國家古籍整理出版專項經費資助項目
國家社科基金項目（12BZW068）

渭南文集箋校

一

〔宋〕陸游 著
朱迎平 箋校

上海古籍出版社

圖書在版編目(CIP)數據

渭南文集箋校 /（宋）陸游著;朱迎平箋校. 一上海：上海古籍出版社，2022.11
（中國古典文學叢書）
ISBN 978-7-5732-0503-2

Ⅰ.①渭… Ⅱ.①陸… ②朱… Ⅲ.①陸游(1125-1210)-文集 Ⅳ.①I214.422

中國版本圖書館 CIP 數據核字(2022)第 200609 號

中國古典文學叢書
渭南文集箋校
（全五册）
［宋］陸　游　著
朱迎平　箋校
上海古籍出版社出版發行
（上海市閔行區號景路 159 弄 1-5 號 A 座 5F　郵政編碼 201101）
（1）網址：www.guji.com.cn
（2）E-mail：guji1@guji.com.cn
（3）易文網網址：www.ewen.co
常熟人民印刷有限公司印刷
開本 850×1168　1/32　印張 84　插頁 27　字數 1,420,000
2022 年 11 月第 1 版　2022 年 11 月第 1 次印刷
印數：1—1,500
ISBN 978-7-5732-0503-2
I·3670　平裝定價：338.00 元
如有質量問題，請與承印公司聯繫

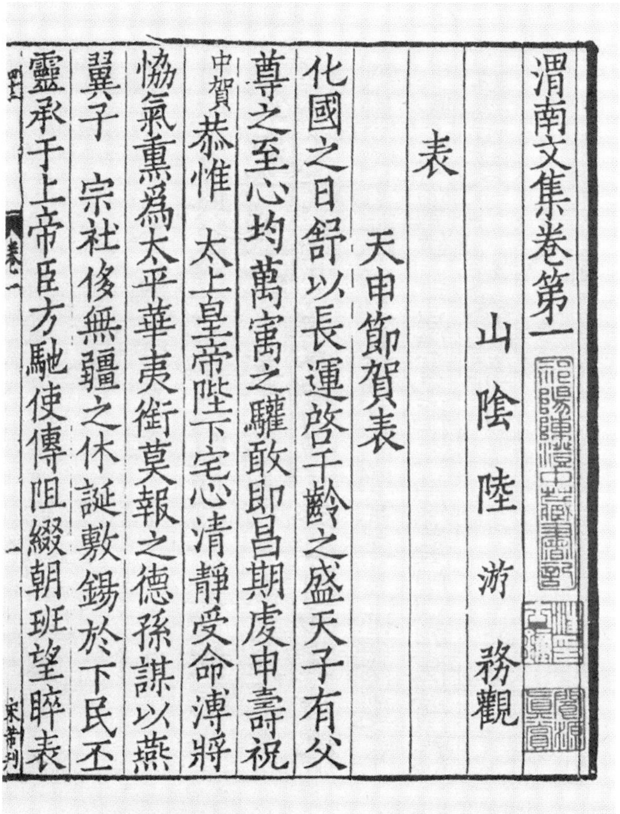
渭南文集卷第一
山陰陸游務觀
表
天申節賀表
化國之日舒以長運啓千齡之盛天子有父
尊之至心均萬寓之驩敢即昌期虔申壽祝
中賀 恭惟 太上皇帝陛下宅心清靜受命溥將
協氣熏爲太平華夷銜莫報之德孫謀以燕
翼子 宗社修無疆之休誕敷錫於下民丕
靈承于上帝臣方馳使傳阻綴朝班望睟表

宋嘉定十三年（1220）陸子遹刊《渭南文集》書影

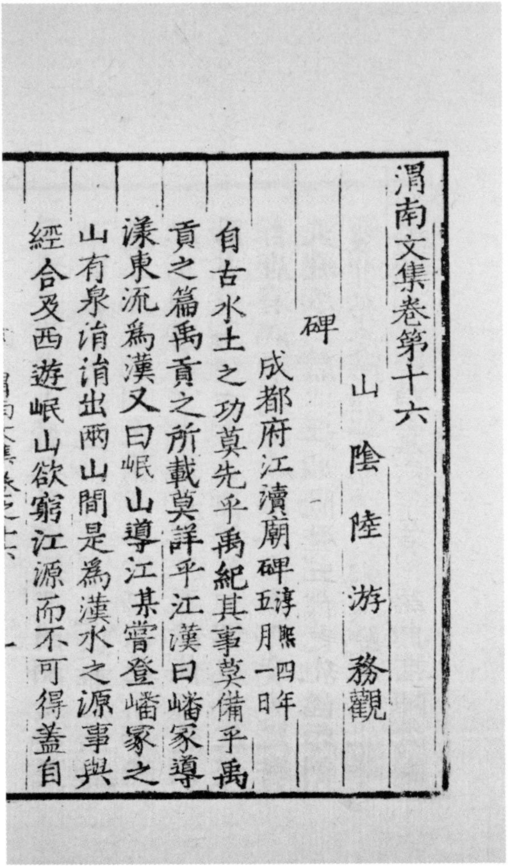

渭南文集卷第十六

山陰陸游務觀

碑

成都府江瀆廟碑 淳熙四年五月一日

自古水土之功莫先乎禹紀其事莫備乎禹貢之篇禹貢之所載莫詳乎江漢曰嶓冢導漾東流爲漢又曰岷山導江某嘗登嶓冢之山有泉涓涓出兩山間是爲漢水之源事與經合及西遊岷山欲窮江源而不可得蓋自

明弘治十五年（1502）華珵活字本《渭南文集》書影

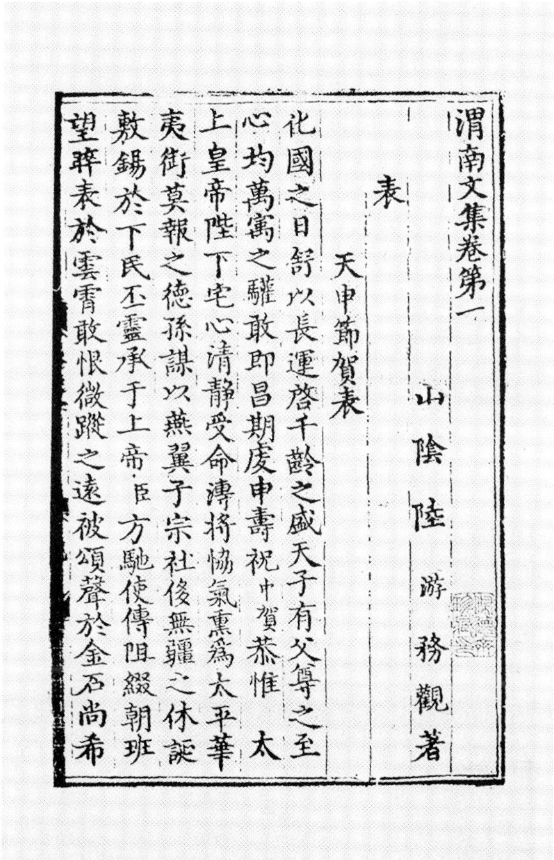

渭南文集卷第一

山陰陸游務觀著

表

天申節賀表

化國之日舒以長運啓千齡之盛天子有父尊之至心均萬寓之驩敢即昌期虔申壽祝中賀恭惟　太上皇帝陛下宅心清靜受命溥將協氣熏爲太平華夷銜莫報之德孫謀以燕翼子宗社後無疆之休誕敷錫於下民丕靈承于上帝臣方馳使傳阻綴朝班望睟表於雲霄敢恨微蹤之遠被頌聲於金石尚希

明正德八年（1513）梁喬刊《渭南文集》書影

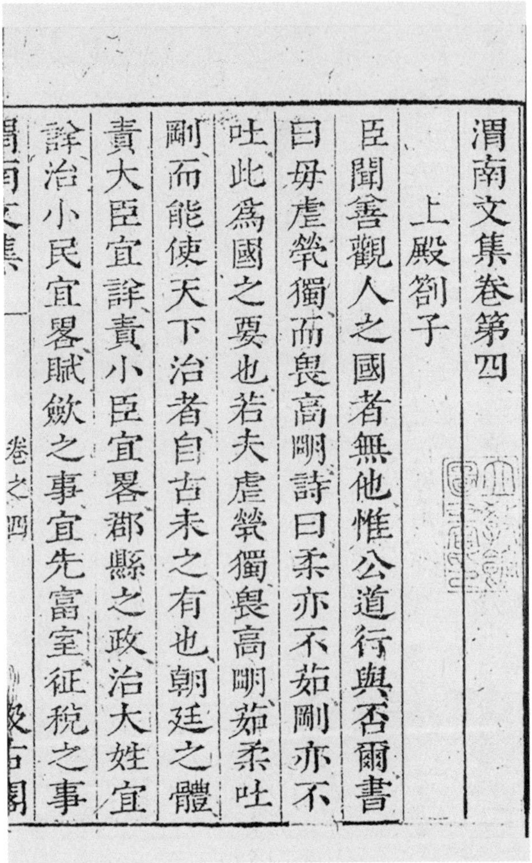
渭南文集卷第四

上殿劄子

臣聞善觀人之國者無他惟公道行與否爾書曰毋虐煢獨而畏高明詩曰柔亦不茹剛亦不吐此爲國之要也若夫虐煢獨畏高明茹柔吐剛而能使天下治者自古未之有也朝廷之體責大臣宜詳責小臣宜畧郡縣之政治大姓宜詳治小民宜畧賦斂之事宜先富室征稅之事

渭南文集　卷之四　汲古閣

明萬曆四十年（1612）毛晉汲古閣刊《渭南文集》書影

渭南文綜論（代前言）

陸游的生平及著述

偉大的愛國詩人陸游，是南宋時期最爲傑出的文學家之一。陸游（一一二五—一二一〇）字務觀，號放翁，越州山陰（今浙江紹興）人。他出身於一個世代詩書簪纓的家族。陸游的高祖陸軫於北宋真宗大中祥符五年（一〇一二）登進士第，官至吏部郎中，後被追贈太傅。陸游的祖父陸佃於神宗熙寧三年（一〇七〇）中進士，曾從王安石學習經學，但因與新黨政見不合，後被列入「元祐黨籍」；官至尚書左丞，被追贈爲太師、楚國公。他精通經史、小學、禮儀，著有陶山集。陸游的父親陸宰由門蔭入仕，官至直秘閣、京西路轉運副使，卒贈少師；他博聞强識，通經能文，尤喜藏書。「經術吾家事，躬行更不疑」（劍南詩稿卷六三自儆之二），家族的學術傳統、文學氛圍，對陸游的一生産生了深遠的影響。

北宋徽宗宣和七年（一一二五）十月十七日，陸游出生於淮河邊的一艘泊舟内，其時陸宰正趕赴京師上任。是年金兵開始大舉南侵，中原大亂，陸宰在兵荒馬亂中舉家南遷。陸游的幼年時代在戰亂中度過，曾隨全家赴東陽山中避亂，至南宋高宗紹興三年（一一三三）才回到山陰故居。陸游年輕時的科舉之路并不平坦，多次應試落第。紹興二十三年（一一五三）赴臨安鎖廳試，被考官擢爲第一，因秦檜之孫秦塤屈居其次而觸怒秦檜，次年禮部試論恢復，又遭秦檜黜落。

紹興二十八年（一一五八），三十四歲的陸游始以恩蔭出仕，任福州寧德縣主簿、福州決曹。兩年後調任京官，先後除敕令所删定官、大理司直兼宗正簿。紹興三十二年（一一六二）孝宗即位，陸游以樞密院編修官兼編類聖政所檢討官，并被賜進士出身。次年因得罪孝宗寵臣，被排擠出朝，先後通判鎮江府、隆興府，又以「力説用兵」的罪名被罷免。從乾道二年（一一六六）始，陸游卜居鏡湖三山。六年（一一七〇）閏五月中出發入蜀，十月底到達夔州通判任，開始了八年的蜀中生活。他入職南鄭四川宣撫使王炎幕府，經歷了六個月的軍旅生涯；他赴任成都府安撫司參議官，又任蜀州通判，攝知嘉州、榮州，再回成都任參議官，又被免官奉祠。淳熙五年（一一七八）春，陸游奉詔東歸，至臨安召對，除提舉福建路常平茶鹽公事，次年改除提舉江西常平茶鹽公事，不久又被以「不自檢飭」論罷，奉祠主管成都府玉局觀。六年後的淳熙十三年（一一八六）七月，陸游到任知嚴州，兩年後任滿除軍器少監。淳熙十六年（一一八九）春，孝宗傳位於光宗，陸游除禮部郎中，後兼實録院檢討官，十一月底再被罷歸故里。

從六十六歲起，陸游在山陰故鄉度過了近二十年的晚年生活。慶元五年（一一九九）七十五歲時，他不再申請領取祠禄，正式致仕。嘉泰二年（一二〇二）六月，陸游應寧宗之召赴京修史，任實録院同修撰兼同修國史，後又除秘書監。孝宗、光宗兩朝實録修成，即於次年五月離京返鄉，再次以寶謨閣待制致仕。「開禧北伐」失敗後，陸游也被牽累，於嘉定元年初被劾落職。嘉定二年（一二〇九）十二月二十九日，陸游病逝於山陰三山故居，臨終賦示兒詩，享年八十五歲。

作爲南宋傑出的大文學家，陸游的詩、詞、文創作都成就斐然。他十八歲起跟隨著名的江西派詩人曾幾學詩，將詩歌創作作爲終身事業，他的劍南詩稿存詩九千三百餘首，位居歷代詩人作品數量之最；他的「放翁詞」作有一百四十餘首，數量雖不算多，但風格多樣，名篇迭出，爲宋代詞壇一大名家；他晚年親手編定的渭南文集收録各體文章近八百首，被朱熹評爲「老筆尤健，在今當推爲第一流」（答鞏仲至第十七書）。此外，陸游還撰有入蜀記、老學庵筆記、家世舊聞等筆記體著述多種，參與或主持了高宗實録、孝宗實録、光宗實録的修纂，并獨立撰有史書南唐書。

由於陸游詩歌的突出成就和重要地位，也由於南宋散文向來不受重視，長期以來，陸游的文名爲詩名所掩。大多數文學史只論其「劍南詩」，不及其「渭南文」；各種陸游詩集、詩選層出不窮，而陸游的文集、文選則難覓蹤影。這是陸游研究中極大的偏頗之處。歷代文學家中，有偏長於一體的，如李白、杜甫是偉大的詩人，但文章流傳很少；也有兼擅諸體的，韓愈、柳宗元是古文大家，詩作也都在唐詩中佔據重要地位。宋代文學家的文化修養往往更爲全面。歐陽修、蘇軾都是詩、詞、文俱精，并有突出成就，歐陽修還是史學家、金石學家，蘇軾則又是著名的書法家和畫家。陸游也是如此，他不但以「劍南詩」著稱，「放翁詞」亦多有名篇，他又是史學家和書法家，而他在文章創作上的成就，更足以與其詩歌成就相頡頏。

陸游的文章創作理論

陸游頗以文章自負，其上辛給事書自述學文心得有云：

> 某束髮好文，才短識近，不足以望作者之藩籬，然知文之不容僞也，故務重其身而養其氣。貧賤流落，何所不有，而自信愈篤，自守愈堅，每以其全自養，以其餘見之於文。文愈自喜，愈不合於世。夫欲以此求合於世，某則愚矣，而世遂謂某終無所合，某亦不敢謂其言爲智也。

這段文字明顯承襲韓愈之説，也反映出他對自己文章的自信。陸游的這種自負更可從其詩集劍南詩稿與其文集渭南文集分别編纂上看出，他稱「劍南乃詩家事，不可施之文，故别爲渭南」

(陸子遹渭南文集跋)。可見陸游認爲「詩家事」與「文章事」有別,自己的詩、文各有其獨立的價值,故詩、文不宜合刊,不應相淆。宋人文集,或僅存詩,或僅存文,更多的是詩、文合集,像陸游這樣詩文分編、各自命名的情況極爲少見。陸游不僅以「詩家」自命,也確以文章自得,并有豐富的文章創作理論。

陸游從自己的學文經歷中,體悟出文章「與至道同一關捩,惟天下有道者,乃能盡文章之妙」的道理。他在上執政書中説:

某小人,生無他長,不幸束髮有文字之愚,自上世遺文、先秦古書,晝讀夜思,開山破荒,以求聖賢致意處,雖才識淺闇,不能如古人迎見逆決,然譬於農夫之辨菽麥,蓋亦專且久矣。原委如是,派别如是,機杼如是,邊幅如是,自六經、左氏、離騷以來,歷歷分明,皆可指數。不附不絶,不誣不紊,正有出於奇,舊或以爲新,横騖别驅,層出間見。每考觀文詞之變,見其雅正,則纓冠肅衽,如對王公大人;得其怪奇,則脱帽大叫,如魚龍之陳前、梟盧之方勝也。間輒自笑曰:「以此娱憂舒悲,忘其貧病,則可耳。持以語人,幾何其不笑且駡哉!」誠不自意,諸公聞之,或以爲可。書生所遭如此,雖窮死足以無憾矣。……夫文章小技耳,然與至道同一關捩。惟天下有道者,乃能盡文章之妙。

依據這種文與道之關係,陸游主張言爲心聲,文不容僞;文如其人,觀文知人。他説:「君子之有文也。如日月之明,金石之聲,江海之濤瀾,虎豹之炳蔚,必有是實,乃有其文。夫心之所養,發而爲言，言之所發，比而成文：人之邪正，至觀其文則盡矣決矣，不可復隱矣。」又說：「賢者之所養，動天地，開金石，其胸中之妙，充實洋溢，而後發見於外，氣全力餘，中正閎博，是豈可容一毫之僞於其間哉！」（上辛給事書）

基於此，陸游對南渡初期喪亂流離中産生的文章評價極高。他一則曰：「我宋更靖康禍變之後，高皇帝受命中興，雖艱難顛沛，文章獨不少衰。得志者司詔令，垂金石；流落不偶者，娱憂紓憤，發爲詩騷：視中原盛時，皆略可無愧，可謂盛矣！」（陳長翁文集序）二則曰：「迨建炎、紹興間，承喪亂之餘，學術文辭，猶不愧前輩。」（吕居仁集序）建炎、紹興之文，自然主要指慷慨昂奮、力主抗戰、痛斥投降之文，對於此類大氣磅礴之作，陸游竭力推崇。如傅給事外制集序稱：「文以氣爲主，出處無愧，氣乃不橈。」并謂傅氏「白首一節，不少屈於權貴，不附時論以苟登用，每言虜，言畔臣，必憤然扼腕裂眥，有不與俱生之意；士大夫稍有退縮者，輒正色責之若讎。一時士氣爲之振起，今觀其制告之詞，可概見也。」在陸游看來，這些「憤然扼腕裂眥」之作，正表達了時代的心聲。與此同時，陸游又强調：「以文知人，非必巨篇大筆、苦心致力之詞也，殘章斷稿，憤譏戲笑，所以娱憂而舒悲者，皆足知之。甚至於郵傳之題詠，親戚之書牘，軍旅官府倉卒之間，符檄書判，類皆可以洞見其人之心術才能，與夫平生窮達壽夭，前知逆決，毫芒不失，如對棋枰而指白黑，如觀人面而見其目衡鼻縱，不待思慮搜索而後得也。何其妙哉！」（上辛給事書）可見，除了垂諸金石的「巨篇大筆」外，陸游同樣重視「憤譏戲笑」、「娱憂舒悲」的短篇小文，認爲只要是抒寫真情，同樣是能洞見人心的好文章。

在文章傳統方面，兼擅古文、四六的陸游對二體的相互消長有着清醒的認識：「自漢魏之間，騣騣爲此體（按指駢體），極於齊梁，而唐尤貴之，天下一律。至韓吏部、柳柳州大變文格，學者翕然慕從。然駢儷之作，終亦不衰……本朝楊劉之文擅天下，傳夷狄，亦駢儷也。及歐陽公起，然後掃蕩無餘。後進之士，雖有工拙，要皆近古……則歐陽氏之功，可謂大矣。」（入蜀記四）他論及科舉對文章的影響時又説：「故自科舉取士以來，如唐韓氏、柳氏，吾宋歐氏、王氏、蘇氏以文章擅天下者，莫非科舉之士也。」（答邢司户書）陸游對文體演進的概括、對唐宋大家的揭舉，都是十分準確的。與此同時，他對當時文壇偏離古文優良傳統的傾向也提出了尖鋭的批評，如指出「近時頗有不利場屋者，退而組織古語，剽裂奇字，大書深刻，以眩世俗，考其實，更出科舉下遠甚，讀之使人面熱」（答邢司户書）。又如説當時「或以纖巧摘裂爲文，或以卑陋俚俗爲詩，後生或爲之變而不自知」（陳長翁文集序）。這些都説明，在古文優良傳統的繼承上，陸游是一位清醒而自覺的文章家。

陸游的古文、四六創作成就

宋代自歐陽修接續韓、柳傳統，重倡古文以後，王、曾、三蘇繼起，文壇紛紛響應，古文逐漸佔據了主導地位；而與此同時，講求駢儷的四六之文仍然據守着傳統地盤，繼續在社會生活中發揮着作用。同宋代大多數文章家一樣，陸游於文章創作上駢、散并擅，在古文、四六兩大領域都取得了傑出的成就。以下分別述之。

一、陸游的古文成就

對於歐、蘇奠定的北宋古文傳統，陸游是自覺的繼承者，他在文章創作上的成就，也主要體現在古文領域。平易暢達的宋代古文，應用範圍大爲拓展，舉凡論政言事、説理論道、言志抒懷、寄情遣興、叙事記人、狀景述遊，直至傷悼哀祭、立傳樹碑等等，幾乎無施不可。陸游的古文充分體現了這一特點，尤其在奏劄、序記、跋文、碑誌、哀祭等體類中取得了突出的成就。

奏劄文　對於論政言事的「巨篇大筆」，陸游向來十分推崇，而渭南文集中劄子、奏狀諸體，也不乏可圈可點之作。堅持抗金，力主恢復，是陸游一生孜孜不倦的追求目標，也是貫串其大部分奏劄的中心思想。如隆興和議訂立之前，陸游在上二府論都邑劄子中明確地提出將建康建成恢復中原的「不拔之基」，鮮明地體現了他的抗金立場，文章援古證今，正反對照，頗具説服力。又如淳熙十三年的上殿劄子，陸游由孝宗稱贊蘇軾「氣高天下」一語，引發議論：「竊謂天下萬事，皆當以氣爲主」，「蓋氣勝事則事舉，氣勝敵則敵服。勇者之鬥，富者之博，非有他也，直以氣勝之耳」。這顯然是在激勵堅持抗金的士氣。全文諄諄告誡，誠篤懇摯，多用排偶，極富氣勢，可稱奏劄佳作。其他如紹興末年的代乞分兵取山東劄子謀畫軍事，力主抗敵；淳熙十三年上殿劄子預測形勢，提出「力圖大計，宵旰弗怠」；淳熙十六年上殿劄子奏請「輕賦」，以救民之貧等，也都論事剴切，說理周詳。充分體現出陸游議事論政的能力。

序記文　序記類文體功能極爲廣泛，表達最爲靈活。它可以叙事，可以議論，可以狀景，可以抒情，幾乎無施不宜，最能見出作者的才情風采，故爲唐宋古文家特別看重。陸游的這類作品總計七卷八十八首，約占文集篇目總數的八分之一，數量十分可觀。陸游序記文的題材極爲廣泛，内容極爲豐富。它們或縱筆評詩論文，或慷慨娱憂紓憤，或記録營造始末，或依托居室遣懷，展現出作者多姿多彩的精神世界。陸游深得詩體三昧，其詩論也是見解獨到，體驗深切。如澹庵居士詩序揭示「悲憤積於中而無言，始發爲詩」的現象，闡明詩歌創作的重要規律；又如曾裘父詩集序將「言志」區分爲三類，囊括了詩人的各種生活體驗，大大拓展了傳統的「詩言志」的内涵。「娱憂紓憤」是陸游詩文作品的中心，這種基於家國情懷的憂患和悲憤更多地在懷古憶舊、狀景叙事中流露出來。東屯高齋記憑弔杜甫遺迹，感歎其身世，如同賈誼之吊屈原，「吊杜甫」實際是「自吊」；師伯渾文集序借伯渾高才而不遇，「放意山水，優遊以終天年」，同樣寄托了深沉的命運之歎。記録營造的記文，在陸游記文中占很大比例，他區别對象，應對得體，議論正大，揮灑自如，充分體現出大家風範。静鎮堂記、萬卷樓記、對雲堂記、圜覺閣記等樓堂亭閣記，都是釋義準確，立意高遠，頗具高屋建瓴之勢。佛寺殿院之記多在記叙佛寺興廢的基礎上，或揭示其折射的社會治亂規律，或頌揚佛徒的堅忍不拔。書巢記、居室記、東籬記等一組記述居處、遺懷抒情的記文，訴説自己率性自適、隨遇而安的生活和心境，尤能見出作者的真實性情。陸游的序記文恪守文體規範，或「主於叙事」，或「叙事而參之以議論」（徐師曾文體明辨序説），而少有主於議論的「破體」之作。其作品叙述明晰，議論點睛，叙議結合，格局多變，寫景狀人，形神皆備。近百首序記文精彩紛呈，可謂古文家的典範。

跋文　題跋文勃興於宋代，并迅速成爲士大夫十分喜愛并大量使用的文體。作爲宋代題跋名家之一，陸游的跋文數量頗多，凡六卷二百五十餘首，且特色鮮明，足以自成一家。陸游這些短篇小簡的最大價值，在於它們全面而典型地反映了宋代士大夫豐富的精神世界。跋李莊簡公家書、跋傅給事帖、跋韓幹馬等篇章，都在懷古憶舊之中，流露出感念時事、「娱憂舒悲」的濃厚家國情懷。而跋花間集、跋東坡七夕詞後、跋中興間氣集、跋淵明集等品評詩文之作，或爲正面闡述，或作引申發揮，或抒直覺，或掉書袋，往往見解獨到，一語中的。陸游是書法名家，他的大量書畫跋文可見出其書藝淵源所自和藝術趣味所在。陸游繼承家族的藏書傳統，終身以藏書爲樂，并親自參與刻書活動，大量的藏書、刻書跋文，記録着其中的甘甜苦澀，也充滿着「書癡」的無限情趣。陸游廣泛涉獵經、史、子、集四部和佛、道二藏，其題寫的載體達六十餘種，反映出作者寬闊的學術視野和豐富的精神追求。而所有這些跋文，展示了士大夫精神生活的多種側面，使我們看到了一個有血有肉的真實而豐富的陸游。陸游的跋文作品有的直抒胸臆，祖露真情，有的幽默詼諧，情趣盎然；體式多種多樣，表述多姿多彩，具有鮮明的文學色彩。他大力提升了跋文的内涵和境界，并在跋文體式和表述上作了更多的探索，爲文學類題跋的創作開闢了更爲廣闊的道路。

碑誌文 碑誌文起源碑文，唐宋已降，用於墓葬的墓誌銘和墓碑文成爲碑誌文的主體。陸游的碑誌文總量有十卷五十三首，除六首碑文外，均爲銘墓之作，是其叙事類文章的重要組成部分。神廟家廟和佛寺道觀是陸游碑文的主要題材，成都府江瀆廟碑和嚴州烏龍廣濟廟碑兩篇山川神廟碑尤爲精彩，二者將經典和傳説、想像和文采融於一爐，展現出雄渾磅礴的氣勢，可稱碑文中的精品。陸游的墓葬碑文主要有墓誌銘、墓表、壙記、塔銘幾類，其對象主要是陸氏族人、交往師友、朋友親屬和高僧禪師。陸游爲曾幾所撰的曾文清公墓誌銘突出恩師的立身大節，頌揚其高尚人格，體式嚴謹，又洋溢着充沛的情感，是墓誌銘的典範之作。爲幾位布衣朋友所作的方伯謨墓誌銘、陳君墓誌銘、何君墓表等，則少受體式束縛，感情真摯充盈，頗具文學色彩。爲愛女所作的山陰陸氏女女墓銘，對夭折的幼女無比摯愛和深切自責之情噴湧而出，令人動容。陸游爲之銘墓者，多爲中下層官吏、士大夫，乃至布衣平民，記載了一批鮮活的中下層人物形象，體現了博大的親情、友情和平民情懷。陸游的碑誌文寫作，大都中規中矩，堅持文體的體式規範，以記事寫人爲主，也偶有「破體」之作。陸游也是史家，他以修史之筆撰寫碑誌文，叙事該要，完備簡潔，注重細節描繪，傳神出彩，具有獨到的魅力。

哀祭文　哀祭文是祭奠死者、抒寫悲哀的文類，唐宋已降使用得最爲普遍的是祭文，其突出特點是專主抒情，因而表現出鮮明的文學色彩。陸游所作哀祭文共二十三首，數量雖不算多，但頗具典範性。陸游祭文的哀悼對象十分廣泛，有朝廷重臣，也有文壇名家；有生平摯友，也有家屬親人。此外如皇族、女眷、循吏、方外等，也都入其筆下。其中祭奠摯友和親屬的篇章寫得尤其深情動人。如告慰五子子約的祭十郎文、祭奠親家許氏的祭許辰州文、悼念布衣朋友的祭方伯謨文，都寫得如怨如慕，如泣如訴，情真意切，回腸蕩氣。陸游還在抒情中穿插與悼念對象相關細節的回憶描述，從而使祭文抒寫的悲慟更具震撼人心的力量，如祭周益公文、祭張季長大卿文等均是如此。尤延之尚書哀辭則別開生面，通篇採用騷體，配以繁縟的辭藻文采，句句用韻，一氣呵成，由對尤袤去世的哀悼引發對整個文壇衰敗的痛惜，成就了哀祭文體史上罕見的雄文大篇。體式繁富、使用靈活是陸游哀祭文的一大特點。其辭有韻語，有散文，有儷辭；韻語之中，又有四言、雜言、騷體等多種體式。其中大部分篇章寫得情深詞簡，哀婉動人。

除上述之外，在書、傳、銘、贊、雜書等文體中，陸游古文也都有不俗的表現，上辛給事書、姚平仲小傳、書浮屠事、放翁自贊等，都是其中膾炙人口的名篇。總之，陸游的古文創作一方面繼承了唐宋大家的優良傳統，另一方面又努力開拓創新，在南宋文壇卓然獨立，自成一家。

二、陸游的四六文成就

六朝成熟的駢儷之文，經唐宋古文運動的反復衝擊，漸漸失去了文壇的主導地位，但仍在廟堂文書、文人交際等領域普遍使用。歐、蘇在大力倡導古文的同時，努力融散入駢，以古文爲四六，變格爲文，開創了不同於「唐體」的「宋四六」新體式。宋代文人普遍兼擅駢散，以之應對仕途和社會生活中的不同需求。作爲文章大家的陸游，在四六文寫作方面同樣成爲翹楚。陸游的四六文主要涉及表、箋、啓、疏文、祝文、青詞、勸農文、致語等文體，總數達二百五十餘首，占到渭南文集總篇數的近三分之一，是陸游文章中不可忽視的組成部分。

表箋文　作爲直接呈遞皇帝和太后、太子所用的上行文書，表箋文在古代文體中具有特殊地位，宋代使用四六之體以示典重。陸游仕途并不順暢，所作表箋文總計五十餘首，主要功能有慶賀、陳謝、請勸幾類。其中約一半以自己名義呈遞，另一半所謂「南宮表箋」則是任職禮部郎中期間代丞相擬寫。表箋文常被視爲官樣文字、陳詞濫調，其實對於作者來説，它們同樣具有不可忽視的價值。如陸游的七首到任、離職謝表，都與陸游的生平出處直接相關。其中誠然少不了感恩戴德、盡忠報國的表態，但不少地方還有作者在特定背景下真情實感的流露，是考察作者生平和心路歷程的重要第一手資料。如福建到任謝表稱：「五十之年已過，非復壯心；八千之路來歸，恍如昨夢。」將蜀中八年的奔波生涯和内心世界，濃縮在短短一聯對句中，吐露出無限感慨，無比辛酸。陸游生命最後三年中所上表箋達十首之多，它們大多反映了「開禧北伐」失敗後這位耄耋老人對現實政治的擔憂以及對終身信念的堅守。落職謝表末尾「尸居餘氣，永無再瞻軒陛之期；老生常談，莫叙仰戴丘山之意」一聯，包含着與朝廷決絶告別之意，也保留了一份自尊和執著。表箋文的第一要義是「得體」，這就需要區别對象，穩妥措辭，陸游的處理可稱極爲得體。陸游表箋文的總體風格以簡潔精緻爲特色，與其古文風格相近。其作品在程式化傾向更爲明顯的同時，格外注意錘煉獨創性的對句，達到了巧妙而精緻的效果。

啓文　宋代啓文是仕途交際的必備文體，所謂「仕途應用，莫急箋啓」。陸游的啓文之作共七卷一百一十五首，幾乎占到其四六文總數的一半，值得充分重視。這些啓文主要包括謝啓（謝除授、謝到任）、賀啓、答啓、上啓（致上司）、與啓（致平級）、問候啓等，受啓對象包括朝廷宰執、京朝官、地方官等，總計八十餘人。陸游的全部啓文，從首獲發解後所作的謝解啓，到致仕後所作的答胡吉州啓，可視爲其仕宦生涯的全記録。陸游啓文的内容涉及面極廣，而抗金報國，收復中原的畢生志向，也時時體現於其中。如陸游到達蜀地之後，迫切希望加入前線幕府，致啓王炎，稱自己「撫劍悲歌，臨書浩歎，每感歲時之易失，不知涕泗之横流。……奮厲欲前，駑馬方思於十駕；羈窮未憖，沉舟又閲於千帆。……心危欲折，髪白無餘。如輪勞效命之有期，顧隕首穴胸而何憾」（上王宣撫啓），表達了奮厲向前、抗金報國的意志。感慨身世，袒露心聲，也是陸游啓文中值得關注的内容。陸游每獲除授遷轉，都要向朝廷宰執和有關官員致送謝啓，爲我們留下了彼時彼地作者真情實感的記録。尤其是出知嚴州前後的十餘首謝啓，將陸游面臨仕途轉機時的欣悦憧憬、屢遭誣陷攻訐的痛苦委屈、對自己發展前景的低調期待等等複雜微妙的心理，表述得淋漓盡致，展現了士大夫在坎坷仕途上真實的内心世界。使事用典是四六文的基本表現手法，陸游啓文中也用傳統的經史之典，但更喜突破陳事，使用唐宋新典。他善於運用剪裁、融化之法，體現出文章大家驅遣典故、融會意境的功力。不少啓文明顯帶有古文的氣息，叙述流利，議論酣暢，體現了宋四六的特色。陸游啓文植根於濃郁的詩人氣質和深厚的文化底藴，直抒胸臆，展露真實心聲和人生感悟，在大量同類作品中脱穎而出，自成一家。清代孫梅在四六叢話中將陸游列爲唐宋啓文八家之一，稱道其作品「素稱作達，語帶煙霞」，給予很高的評價。

疏文等其他文體 宋代四六除用於朝廷公文和交際文書外，還普遍在宗教活動、民間祭祀、聚會娱樂等場合使用，表現出向民間滲透的傾向。陸游此類作品也作有不少，主要有佛教活動所用疏文，道教活動所用青詞，謁廟祈雨等祭祀活動所用疏文、祝文，春耕所用勸農文，節慶娱樂所用致語，總計約九十首，而尤以疏文、祝文爲多。它們雖非廟堂巨製，陸游也精心撰寫，頗有特色。疏文爲佛事活動常用的文體，道教活動亦有用之。疏文可分爲道場疏、募緣疏、法堂疏等細類，陸游所作共五十首，各類均有。他爲天申節、瑞慶節之類皇帝聖節所作的道場疏、功德疏都寫得莊重肅穆，堂皇典雅。他爲各地修造寺廟佛殿及信徒求取度牒寫有大量募緣疏，力陳理由，竭力成全。他爲啓請高僧説法撰寫的法堂疏，精於佛典，多用禪語，表現出極高的佛學修養，不少疏文運用禪宗的機鋒和慣用的語彙，有的還頗爲詼諧，明白如話，意旨醒豁。陸游於兩年的知嚴州任上，爲盡父母官職責，祈求風調雨順，作有謁廟、謁神、祈雨、謝雨、謝雪、祈晴、謝蠶麥、秋祭等内容的疏文、祝文、青詞計二十四首，另有勸農文二首，數量之多，令人驚歎。這些文章往往自明職責所在，祈謝上蒼保佑，體現了陸游系心民瘼、恪盡職守的品格，而四六之體，又展示了恭敬典重之情，起到了很好的表達效果。

在宋代文苑中，四六雖爲應用之體，但在社會生活中仍發揮着不可替代的作用，因而也是文人的必備素養。陸游熟練地驅遣文詞，推敲典故，組織偶句，并努力突破陳詞濫調，用四六述事陳情，袒露心聲，馳騁議論，應對公務，充分而得體地發揮了四六文的特殊作用，在南宋四六中卓然自成一家。陸游四六創作的成就是其文章總體成就的重要組成部分，應該引起充分的重視。

渭南文的總體特點和評價

從古文、四六創作的總體着眼，陸游「渭南文」有着鮮明的特點，即内容基調、文學特質和個性風格的三個「突出」。

渭南文的内容基調是强烈的「娱憂舒悲」和豐富的文人情趣。同他的不朽詩篇一樣，陸游的文章也貫穿了其一如既往的愛國激情。但這種激情在文中較少直接地噴湧，而更多地表現爲在懷古憶舊、狀景叙事中流露憂患和悲憤。這種情感似乎不如詩篇中那麽激烈奔放，但它根植於真實而具體的人事，因而更爲深沉有力。他的跋韓幹馬稱：「大駕南幸，將八十年，秦兵洮馬不復可見，志士所共歎也。觀此畫使人作關輔河渭之夢，殆欲霣涕矣！」寥寥幾句，由韓幹所畫之馬，聯想到「秦兵洮馬」，再引發出「關輔河渭之夢」，真是魂縈夢繞，深極骨髓。觀畫尚且不忘家國，可謂其文中反復出現的「娛憂紓憤」基調的最好注解。陸游評論南渡初期文壇「得志者司詔令，垂金石；流落不偶者，娛憂紓憤，發爲詩騷：視中原盛時，皆略可無愧，可謂盛矣！」（陳長翁文集序）陸游在政壇上無疑難算「得志者」，他以「流落不偶者」的身份，同樣在南宋中期文壇上取得了「略無可愧」的成就。或許正是陸游「流落不偶」的經歷，使他將關注的視野更多地傾向社會中下層，也使其文章内容更多地展現一個普通文人士大夫的生活天地。江山勝迹的徜徉、前輩詩文的吟賞、書畫藝文的考辨、典籍文獻的研藏、故人舊事的追憶、親情友情的體味、佛理禪心的感悟、田園生活的陶醉，這些豐富多彩的文人情趣，共同構成了陸游的文章世界。在道學氣息十分濃厚的南宋文壇上，陸游散文以其坦露普通文人的真實心聲而顯得格外清新。

渭南文表述上的突出特點是長於記叙、抒情，而較短於議論。宋人普遍好議論，宋文中策論、奏議等議論諸體特别發達，馳騁議論的名篇層出不窮，而序記、碑誌、題跋等文體也呈現出明顯的議論化傾向。與大多數擅長議論的宋代作家相比，陸游較短於此道，除了其情有獨鍾的詩論外，只有數量不多的論政奏劄。他也有不少配合記叙、抒情的精彩議論段落，但各種文體中都不見高頭講章、長篇大論。相反，陸游把主要創作精力用於記叙、抒情類文字，對叙事、寫景、狀人、抒懷、寄慨、遺興等各種表達方式都能融會貫通，運用自如，從而在序記、題跋、碑誌、哀祭諸體中都留下了傳世之作。陸游是史家，多次出任史職，參與修史，并獨立著有史著南唐書。他深諳史書叙事之道，并將其用於序記、碑誌類叙事文體的寫作，或叙事該要，細節傳神；或寫景狀人，形神兼備；或叙議結合，畫龍點睛，表現出高超的叙述技巧。陸游的哀祭文專主抒情，其他文體包括四六中也多有抒情段落的穿插、抒情文句的點染，或真情袒露，直抒胸臆；或委婉曲折，寄慨遥深；或融會細節，情韻無限，在抒情手法上多有創獲。由於議論文章多用於論政、論道而較少文學性，記叙、抒情類文章的文學色彩本來就較鮮明，因此，從總體看，文學特質濃厚成爲陸游文章創作的鮮明個性。宋代士大夫往往集從政、治學、著文於一身，陸游仕途不暢，又不入道學，而以修史、撰文爲畢生事業，尤以文學著稱，其渭南文的文學特質在南宋文壇上顯得尤爲耀眼。

渭南文的總體風格是自然穩健，秀雅凝煉。繼承北宋散文的優良傳統，陸游崇尚自然暢達的文風，他的文章詩稱「文章本天成，妙手偶得之」，他嚴肅批評當時文壇「組織古語，剽裂奇字，大書深刻，以眩世俗」的不良傾向。他的創作不染雕繢習氣，但也不故作簡古，而是以平實自然爲特色。他的文章不以宏肆博辯争勝，也不流於柔弱，而是表現出凝斂穩健的風格。陸游是學問廣博的學者，又是「才氣超逸」的詩人，他的作品書卷氣頗重，但在典雅中透出靈秀之氣，不顯得凝滯呆板。他恪守各種文體規範，但追求體式的變化和豐富，也偶有「破體」之作。他的語言準確規範，修潔凝煉，沒有當時文壇冗遝的通病。總之，陸游文章的這種總體風格，與北宋諸大家的文風都不相類似，而是獨具個性，自成一家。這裏可以再舉兩首短文爲例：

李固、杜喬、臧洪之死，士以同死爲榮。范文正之貶，士以不同貶爲恥。今著作之免歸也，御史以風聞言之，天子以無心聽之，與前事固大異，而坐客賦詩或危之。何也？風俗異也。某既列名衆詩之次，又承命作序，二罪當并按矣。乾道六年十二月七日，笠澤陸某序。（送關漕詩序）

予居鏡湖北渚，每見村童牧牛於風林煙草之間，便覺身在圖畫。自奉詔紬史，逾年不復見此，寢飯皆無味。今行且奏書矣，奏後三日，不力求去，求不聽輒止者，有如日。嘉泰癸亥四月一日，笠澤陸某務觀書。（跋韓晉公牛）

前文論述前代士大夫以與名流賢臣同死爲榮、不同貶爲恥，今日關漕「免歸」，只因御史「風聞」、天子「無心」，懲罰也罪不至死，而士大夫卻紛紛以之爲危。「危之何也？風俗異也。」短短八字的設問自答，揭示了當今士大夫明哲保身、趨炎媚俗的「鄉愿」嘴臉，也間接地嘲諷了朝廷賞罰黜陟的無當，力透紙背，却以平淡出之。區區百字內，既有典故的鋪排，又有今昔的對照，還有點睛的設問。後文則由韓滉畫牛名作引發聯想，回憶故鄉鏡湖「風林烟草」中「村童牧牛」的明麗圖景，抒寫了「寢飯無味」的迫切回歸之情，甚至引用詩典發出了「謂予不信，有如皦日」（詩王風大車)的誓言。尺幅之間,迂回轉折,情景交融,可謂淋漓酣暢。兩首短文都是精煉到極致,雅致到極點,確實可爲渭南文自然穩健、秀雅凝煉風格的典範。

綜合上述,内容基調突出,文學特質突出,個性風格突出,構成了陸游文章的主要特色。這種特色的淵源所自,陸游曾在楊夢錫集句杜詩序中談到:「文章要法,在得古作者之意。意既深遠,非用力精到,則不能造也。前輩於左氏傳、太史公書、韓文、杜詩,皆熟讀暗誦,雖支枕據鞍間,與對卷無異。久之,乃能超然自得。」在「熟讀暗誦」經典的基礎上追求「超然自得」,是這位文章大家的心得之言。子遹在渭南文集跋中論及陸游文章的淵源時説:「先太史之文,於古則詩、書、左傳、莊、騷、史、漢,於唐則韓昌黎,於本朝則曾南豐,是所取法。然禀賦宏大,造詣深遠,故落筆成文,則卓然自爲一家,人莫測其涯涘。」子遹之説,揭示出詩、書、莊、騷等文學經典和左傳、史、漢等史學典範對陸游文章的影響。而所謂於唐取法韓愈,恐是指陸游文章剛健的一面;於宋取法曾鞏,當是指其晚年部分平和温雅之作;而廣泛地師法衆家,終於「卓然自爲一家」,這倒的確道出了渭南文的獨到之處。

最早對陸游文章作出極高評價的是朱熹。陸游雖不與道學,但與朱熹一直詩書往來,保持着深厚的交誼,即使在朱熹遭「僞學黨禁」時亦未停止。朱熹白鹿洞書院成,曾向陸游求書;陸游老學庵成,則向朱熹求銘;朱熹逝世後,陸游撰寫了聲情并茂的祭朱元晦侍講文痛悼。慶元初,朱熹在給弟子鞏豐(字仲至)的書簡中多次提及「放翁筆力愈健」、「筆力愈精健」,并稱「放翁老筆尤健，在今當推爲第一流」（答鞏仲至第四、第六、第十七諸書）。推許渭南文爲當今文壇「第一流」，這是朱熹這位理學兼文學大師做出的獨具慧眼的評判。而當時文壇對陸游創作成就的關注仍主要集中在其詩歌，朱熹「第一流」之論，可謂空谷足音。

可惜此論并未受到重視，隨着朱熹、陸游的先後辭世，文壇稱揚的仍然是陸游的詩名，對其文只注意南園、閱古泉二記之撰寫始末及所謂「晚節」的争議。元代劉壎則注意到陸游的四六文成就，其隱居通議稱：「（陸游）有四六前、後、續三集。其文初不累疊全句，專尚風骨，雄渾沉着，自成一家，真駢儷之標準也。因摘其妙語，以訓諸幼。……以上皆放翁集中語。凡此皆以議論爲文章，以學識發議論，非胸中有千百卷書，筆下能挽萬鈞重者不能及。」後清人吴梅編四六叢話，亦將陸游列入宋四六名家，并稱其啓文「素稱作達，語帶煙霞」；阮元四六叢話後序亦稱「渭南、北海（綦崇禮），并號高文」，都對其評價頗高。此外，明代刊行了多種渭南文集的版本，諸序跋對渭南文多有稱揚，但都泛論而不精。

對渭南文作出有份量的評騭的是四庫全書總目，其渭南文集提要評曰：

游以詩名一代，而文不甚著。集中諸作，邊幅頗狹。然元祐黨家，世承文獻，遣詞命意，尚有北宋典型。故根柢不必其深厚，而修潔有餘；波瀾不必其壯闊，而尺寸不失。士龍清省，庶乎近之。較南渡末流以鄙俚爲真切、以庸遝爲詳盡者，有雲泥之別矣。游劍南詩稿有文章詩曰：「文章本天成，妙手偶得之。粹然無瑕疵，豈復須人爲。君看古彝器，巧拙兩無

施。漢最近先秦，固已殊淳漓。」其文固未能及是，其旨趣則可以概見也。（卷一六〇）

由於四庫館臣的權威性，長期以來，這一評價就成爲對渭南文的權威評定。

我們認爲，對四庫館臣的這一評述，還要作具體分析：説陸文「修潔有餘」、「尺寸不失」，與鄙俚、庸遝者「有雲泥之别」，這無疑是正確的。説陸文「邊幅頗狹」，如果指其缺少氣勢磅礴的雄文大篇，這也是中肯的。但將陸文以「士龍清省」擬之，則明顯是將其貶低了。晉代陸雲自稱於文「乃好清省」（與兄平原書），劉勰則謂「士龍思劣，而雅好清省」（文心雕龍鎔裁），這裏的「清省」，主要是指與繁縟相對的清朗簡約的風格。因而，用「清省」來表達陸游文章某方面的特色是可以的，但用它來概括陸游全部豐富的創作，則顯然是片面地認識了陸游的文章創作才華和成就。陸游散文長期不受重視，與這一評價不能不説有相當關係。這裏涉及一個文章批評的標準。自「唐宋八大家」之稱興起於文壇，長期以來，對唐宋文甚至後代文章的評價很大程度是以「八大家」爲準繩的。像陸游這樣的較少載道内容、風格又與八家不相類似的文章，就難以得到文論家的充分首肯。其實，就創作成就而言，渭南文在南宋文壇上，無論就思想内容還是藝術創造性而言，都應該歸入「第一流」之列，朱熹當年的判定是獨具隻眼的。今人錢鍾書先生亦稱：「陸氏古文，僅亞於詩，亦南宋一高手，足與葉適、陳傅良驂靳。」（管錐編二一八）即使與北宋六家中的一些作家相比，渭南文也未必遜色。撰寫過陸游傳、編選過陸游選集（包括文選）的朱東潤先生就曾直言：「平心而論，他的成就（按指散文）遠在蘇洵、蘇轍之上。」（陸游選集序）

這些意見是值得充分重視的。

渭南文集的流傳和本書宗旨

陸游文章的載體，即是由他晚年親自編定的别集渭南文集。子遹渭南文集跋云：「惟遺文自先太史未病時，故已編輯，而名以渭南矣，第學者多未之見。今别爲五十卷，凡命名及次第之旨，皆出遺意，今不敢紊，乃鋟梓溧陽學宫，以廣其傳。渭南者，晚封渭南伯，乃自號爲陸渭南。嘗謂子遹曰：『劍南乃詩家事，不可施於文，故别名渭南。如入蜀記、牡丹譜、樂府詞本當别行，而異時或至散失，宜用廬陵所刊歐陽公集例，附於集後。』此皆子遹嘗有疑而請問者，故備著於此。」可見，這是陸游親自命名、編定的文集，由其幼子子遹於嘉定十三年（一二二〇）刊行於溧陽郡齋，其時距陸游逝世僅過十年，是爲嘉定本。此本今尚存四十六卷（闕卷三、四、十一、十二計四卷）藏於國家圖書館，近年收入宋集珍本叢刊和中華再造善本叢書。嘉定本刊行後，歷宋末元代直至明初，渭南文集并無别本流傳。明代弘治十五年（一五〇二），無錫人華珵據嘉定本用銅活字排版重刊渭南文集五十卷，是爲弘治本。弘治本刊刻精良，對文集流傳貢獻甚大，四部叢刊所收即此本。正德八年（一五一三），紹興人梁喬又刊行一種五十二卷本的渭南文集，是爲正德本，其文章部分仍據嘉定本刊入，但删去入蜀記六卷，却補入宋末流傳的澗谷精選陸放翁詩集、須溪精選陸放翁詩集和陸放翁詩別集三種，成爲一個詩文合編本。這顯然違背了陸游編集的原意，且刊刻錯誤極多。萬曆四十年（一六一二），山陰人陸夢祖據正德本又翻刻了此五十二卷本。至明末常熟汲古閣主人毛晉，搜輯陸游全部著作，刻成陸放翁全集，其中渭南文集五十卷在未見嘉定本的情況下，主要用弘治本和正德本精心校勘，取長補短，擇善而從，并後出轉精，成爲明代諸種渭南文集集大成本。清代編纂四庫全書時即收入汲古閣本渭南文集五十卷，後世流傳多以此本爲據（參見附録三渭南文集宋明諸本源流考辨）。一九七六年，中華書局用簡體字排印出版陸游集，前四册爲劍南詩稿，第五册渭南文集五十卷以嘉定本爲底本參校諸本而成，後附録毛晉、孔凡禮等所輯佚文。二〇一一年浙江教育出版社出版簡體字版陸游全集校注，其中渭南文集校注用汲古閣本爲底本，參校諸本而成，删去入蜀記、牡丹譜和樂府詞三種著作成四十二卷，補入佚文、殘稿，由馬亞中、涂小馬校注。二〇一五年，浙江古籍出版社據校注本用繁體字直行出版單行渭南文集校注四十二卷并附佚文。以上爲渭南文集自嘉定本以來流傳的主要情況。

渭南文集是一部著者生前親手編定、由其親屬在其辭世不久即精心刊行的名家文集。初刊本爲後世傳播的唯一源頭且傳承清晰，初刊本仍基本完整地保存至今，這在文獻傳播史上實屬罕見。本書的宗旨是：在嘉定本問世八百年後，整理出一個最爲接近編刊原貌的文本，并進行編年箋注。本書以盡可能保存渭南文集嘉定本原貌爲目標，包括卷數、卷次、篇數、篇次、文本、目録等，佚文編爲渭南集外文附於書後。

本書爲國家社會科學基金項目成果，在立項及開題期間，得到復旦大學王水照教授、蔣凡教授、陳尚君教授、朱剛教授，中山大學吴承學教授，華東師範大學洪本健教授，上海財經大學李笑野教授、李貴教授，以及上海古籍出版社奚彤雲編審的大力指導和幫助。在編纂過程中，南京大學莫礪鋒教授、紹興文理學院高利華教授、蘇州大學馬亞中教授及中國陸游研究會諸多同仁給予許多鼓勵和支持。台州學院李建軍教授無私提供渭南文集相關的電子文本。上海財經大學圖書館李文濤館員、科研處陳正良副處長也爲本項目文獻查詢和項目管理提供了許多幫助。此外，在箋校過程中，對歐小牧陸游年譜，于北山陸游年譜，孔凡禮陸游佚著輯存，鄒志方陸游家世，錢仲聯劍南詩稿校注，馬亞中、涂小馬渭南文集校注，夏承燾、吴熊和放翁詞編年箋注，蔣方入蜀記校注等前賢著述多有參考吸取，難以一一注明。對於上述諸家的支持幫助，一并在此表示衷心的謝忱。陸游文章博大精深，限於本人的學力和精力，書中仍有諸多不盡人意之處，對於其中的疏誤，歡迎學界同仁及廣大讀者不吝指正。

朱迎平二〇一九年十一月於桐鄉合悦江南

凡例

一、本書以宋嘉定十三年（一二二〇）陸子遹溧陽學宫刊本渭南文集（簡稱嘉定本）爲底本，嘉定本所缺第三、四、十一、十二共四卷，用明弘治本補足。主要校本爲弘治十五年（一五〇二）華珵銅活字印本渭南文集（簡稱弘治本）、正德八年（一五一三）梁喬刊本渭南文集（簡稱正德本）、明末毛晉汲古閣刊本渭南文集（簡稱汲古閣本）三種明本。此外，參校清文淵閣四庫全書本渭南文集（簡稱四庫本），亦參考中華書局一九七六年版陸游集第五册渭南文集（簡稱中華本）和浙江教育出版社二〇一一年馬亞中、涂小馬渭南文集校注（簡稱校注本）助以定奪。

二、本書致力於各篇目的編年考訂，在歐小牧陸游年譜所附陸放翁先生著作繫年之基礎上，修訂增補，盡量考定每篇之作年，難以考定者仍注明待考。書末附録渭南文年表，以見歷年創作概貌。

三、本書於各卷卷首均設「釋體」，箋釋本卷文體，列舉本卷文章篇數。每篇設「篇名」、「正文」、「題解」、「校記」、「箋注」各項。

四、本書各篇正文一般不分段，少數長篇據文意劃分段落。文字繁體豎排，使用新式標點，加注專名號、書名號。底本中異體字、俗體字、避諱字酌情改爲正體，遇人名等特殊情況則不改。

五、本書各篇題解均包括下列内容：解釋篇目詞語，提示寫作背景，概括文章内容，以明寫作主旨；列舉作者自注或歐譜繫年，間加説明考辨，以明寫作時間；列舉本書或劍南詩稿相關篇目，以明寫作關聯。

六、本書校改凡百餘處，校記均列舉底本原文，并説明校改理由及依據。

七、本書各篇箋注重在箋釋事典、語典，均作引證，力求準確精煉；常見語詞不注，一般不作文句串講。

八、本書單篇文章外之三種專著，天彭牡丹譜和入蜀記因爲散文形態，故與一般文章同樣箋校；詞二卷爲韻文，主要參考夏承燾、吴熊和放翁詞編年箋注作繫年簡注。

九、本書匯集前人輯録的渭南文集以外的佚文編爲渭南集外文，并按全書體例分體編排并箋校，列於渭南文集箋校之後。

十、本書書後列附録五種，即陸游生平暨渭南文年表、渭南文集序跋評騭匯録、渭南文集宋明諸本源流考辨、渭南文集編纂體例發微及本書主要引用和參考書目，以供讀者參考。

渭南文集箋校目録

渭南文集箋校卷第六……二三五

渭南文集箋校卷第七……二八七

渭南文集箋校卷第十……四五五

渭南文集箋校卷第十一……五〇五

渭南文集箋校卷第十二……五九五

渭南文集箋校卷第十三……六五一

渭南文集箋校卷第十四……六八七

渭南文集箋校卷第十五……七三九

渭南文集箋校卷第十八……八八三

渭南文集箋校卷第十九……九二七

祝文二十三首……一二〇九

渭南文集箋校卷第二十八 ……一四〇三

渭南文集箋校卷第二十九……一四六三

跋四十一首……一四六三

渭南文集箋校卷第三十……一五二一

跋四十首

渭南文集箋校卷第三十一……一五七五

渭南文集箋校卷第四十一……一九五三

渭南文集箋校卷第四十二……二〇〇五

渭南文集箋校卷第五十……一二三三七

渭南集外文箋校

渭南文集卷首

先太史之文，於古則詩、書、左氏、莊、騷、史、漢，於唐則韓昌黎，於本朝則曾南豐，是所取法〔一〕。然禀賦宏大，造詣深遠，故落筆成文，則卓然自爲一家，人莫測其涯涘〔二〕。蓋今學者，皆熟誦劍南之詩。續稿雖家藏，世亦多傳寫〔三〕。惟遺文自先太史未病時，故已編輯，而名以渭南矣，第學者多未之見。今别爲五十卷，凡命名及次第之旨，皆出遺意，今不敢紊，乃鋟梓溧陽學宫〔四〕，以廣其傳。渭南者，晚封渭南伯，乃自號爲陸渭南。嘗謂子遹曰：「劍南乃詩家事，不可施於文，故别名渭南。如入蜀記、牡丹譜、樂府詞本當别行，而異時或至散失，宜用廬陵所刊歐陽公集例〔五〕，附於集後。」此皆子遹嘗有疑而請問者，故備著於此。嘉定十有三年十一月壬寅，幼子承事郎知建康府溧陽縣主管勸農公事子遹謹書〔六〕。

【題解】本文原置於嘉定本渭南文集卷首，本無標題，爲文集刊印者、陸游幼子陸子遹所撰。全文揭示陸游文章取法所自和「卓然自爲一家」的成就，追記陸游編纂渭南文集的指導思想，并記録編纂始末。從文章體例看，似爲文集跋文，或因文集無序文，遂置於卷首。

【箋注】

〔一〕先太史：指父親陸游。陸游一生多次擔任史官，致仕之前亦在修史，故稱。　詩即詩經。書即尚書。左氏即左傳。莊即莊子。騷即離騷，指楚辭。史即史記。漢即漢書。　韓昌黎：即唐代韓愈，昌黎爲郡望。　曾南豐：即北宋曾鞏，南豐爲籍貫，今屬江西。

〔二〕稟賦：指人先天稟受的資質體性。梅堯臣新婚：「幸皆柔淑姿，稟賦誠所獲。」　造詣：指創作達到的程度。　涯涘：邊際，盡頭。謝朓辭隨王箋：「榮立府庭，恩加顏色。沐髮晞陽，未測涯涘。」

〔三〕劍南之詩：指劍南詩稿中的詩作。淳熙十四年（一一八七）陸游在知嚴州任上，由其弟子鄭師尹、蘇林搜集、編次并刊印其詩作爲劍南詩稿二十卷，由陸游親自校定。　續稿：指劍南續稿中的詩作。寶慶二年至紹定二年（一二二六至一二二九），陸子遹復守嚴州，續刻後二十年之詩爲劍南續稿六十七卷。陳振孫直齋書録解題卷二十：「劍南詩稿二十卷、續稿六十七卷　陸游務觀撰。初爲嚴州，刻前集稿，止淳熙丁未。自戊申以及其終，當嘉定庚午，二十餘年爲詩益多，其幼(子)子遹復守嚴州，續刻之。篇什之富以萬計，古所無也。」

〔四〕録梓：指刻板印刷，因書板多用梓木。溧陽學宫：溧陽縣的縣學。溧陽南宋隸江南東路建康府，今屬江蘇。陸子遹嘉定十一年至十四年任溧陽知縣。嘉定十三年在縣學刊印渭南文集。

〔五〕「宜用」句：指周必大晚年退居廬陵後，廣搜歐集版本，精心主持校勘，於慶元二年(一一九六)刊成歐陽文忠公集一百五十三卷。全書包括居士集、外集、外制集、内制集、表奏書啓四六集、奏議、于役志、歸田録、詩話、近體樂府、集古録和書簡等各體文章及筆記、專著凡二十種，開創了别集彙聚一家之作的「大全集」模式。

〔六〕承事郎：南宋文臣階官共三十七階之二十八階。主管勸農公事：又稱勸農使，北宋初設置的巡查荒地、勸民墾殖的官名。天聖年間廢除專署，而知州、知縣等仍帶轄區勸農公事官銜。

渭南文集箋校卷第一

表

【釋體】徐師曾文體明辨序説：「古者獻言於君，皆稱上書。漢定禮儀，乃有四品，其三曰表，然但用以陳請而已。後世因之，其用寖廣。於是有論諫、有請勸（勸進）、有陳乞（待罪同）、有進（進書）獻（獻物）、有推薦、有慶賀、有慰安、有辭（辭官）解（解官）、有陳謝（謝官、謝上、謝賜）、有訟理、有彈劾，所施既殊，故其詞亦異。至論其體，則漢晉多用散文，唐宋多用四六。」

本卷收録表二十首。

天申節賀表

化國之日舒以長〔一〕，運啓千齡之盛；天子有父尊之至〔二〕，心均萬宇之歡。敢即昌期，虔申壽祝。中賀〔三〕。恭惟太上皇帝陛下，宅心清静，受命溥將〔四〕。協氣熏爲太平〔五〕，華夷銜莫報之德；孫謀以燕翼子，宗社侈無疆之休〔六〕。誕敷錫於下民，丕靈承於上帝〔七〕。臣方馳使傳，阻綴朝班〔八〕。望晬表於雲霄〔九〕，敢恨微蹤之遠；被頌聲於金石〔一〇〕，尚希薄技之陳。

【題解】

天申節爲宋高宗聖節（皇帝生日）。宋史禮志十五：「建炎元年五月，宰臣等上言，請以五月二十一日爲天申節。」本文爲慶賀天申節上呈宋高宗的表文。

本文原未繫年。歐小牧陸游年譜（以下簡稱歐譜）繫於淳熙七年（一一八〇），是。當作於該年五月，時陸游在撫州提舉江西常平茶鹽公事任上。文中稱「太上皇帝陛下」，又稱「臣方馳使傳，阻綴朝班」，可證。

參考卷五天申節進奉銀狀，卷二三天申節樞密院開啓道場疏、滿散道場疏、天申節功德疏二，卷四二天申節致語。

【箋注】

〔一〕「化國」句：後漢書王符傳引潛夫論愛日篇：「化國之日舒以長，故其民閒暇而力有餘。亂國之日促以短，故其民困務而力不足。舒長者，非謂羲和安行，乃君明民静而力有餘也。」化國，即治國，與亂國相對。
〔二〕「天子」句：文獻通考帝系考二：「爲天子父，尊之至也；以天下養，養之至也。」
〔三〕中賀：古代臣子所上賀表、謝表中稱賀、稱謝的套話，文集中往往用「中賀」、「中謝」替代。周密齊東野語卷十三：「今臣僚上表，所稱惟誠惶誠恐，及誠歡誠喜、頓首稽首者，謂之中謝、中賀。自唐以來，其體如此。」
〔四〕受命溥將：詩商頌烈祖：「以假以享，我受命溥將。」朱熹集傳：「溥，廣；將，大也。」
〔五〕協氣：和氣。文選司馬相如封禪文：「協氣橫流。」李善注：「協氣，和氣也。」
〔六〕孫謀：詩大雅文王有聲：「詒厥孫謀，以燕翼子。」毛傳：「燕，安；翼，敬也。」孔穎達疏：「思得澤及後人，故遺傳其所以順天下之謀，以安敬事之子孫。」朱熹集傳：「謀及其身，則子可以無事矣。」後稱善爲子孫謀慮爲「燕翼孫謀」。　無疆之休：無限美好。書太甲中：「俾嗣王克終厥德，實萬世無疆之休。」孔安國傳：「是商家萬世無窮之美。」
〔七〕誕：助詞。　敷錫：施賜。書洪範：「斂時五福，用敷錫厥庶民。」　丕：助詞。　靈承：善於順應。書多士：「今惟我周王，丕靈承帝事。」孔安國傳：「惟我周王，善奉於衆，言以仁政得人心。」
〔八〕使傳：使者所乘驛車。此指陸游才赴撫州任。　朝班：群臣上朝時列班。
〔九〕睟表：睟容，純和潤澤之容貌。孟子盡心上：「君子所性，仁義禮智根於心，其生色也睟然，見於面，盎於背，施於四體，四體不言而喻。」

〔一〇〕頌聲：頌揚之聲。公羊傳宣公十五年：「什一行而頌聲作矣。」何休注：「頌聲者，太平歌頌之聲，帝王之高致也。」

會慶節賀表

有王者興，爰啓不平之運〔一〕；使聖人壽，敢忘胥戴之誠〔二〕。中賀。恭惟皇帝陛下，蕩乎無名，建其有極〔三〕。干戈載戢，恩加遼碣之區〔四〕；囹圄一空，治格成康之上〔五〕。斂時百福，享國萬年。臣迹滯遐陬，心馳魏闕〔六〕。紀虹渚電樞之慶〔七〕，莫厠諸儒；演龍宫蕊笈之文〔八〕，徒修故事。

【題解】

會慶節爲宋孝宗聖節。宋史禮志十五：「孝宗以十月二十二日爲會慶節。」該節始於紹興三十二年（一一六二）。本文爲慶賀會慶節上呈宋孝宗的表文。

本文原未繫年。歐譜繫於淳熙十四年（一一八七），誤。當作於淳熙六年（一一七九）十月，時陸游從提舉福建路常平茶事任上奉召離任。表中稱「臣迹滯遐陬，心馳魏闕」，可證。本卷賀明堂表稱「官縻遐徼」，謝明堂赦表稱「遠在遐陬」，均作於同年。

參考卷二會慶節明慶寺丞相率百僚啓建道場疏、會慶節丞相率文武百僚賀壽皇表。

【箋注】

〔一〕丕平：太平。龐元英文昌雜録卷一：「佇觀來效，共致丕平。」

〔二〕胥戴：擁戴。

〔三〕蕩乎無名：論語泰伯：「蕩蕩乎，民無能名焉。」用以稱頌堯之德。 建其有極：書洪範：「皇建其有極。」極，指中道，法則。

〔四〕干戈載戢：指不用武力。詩周頌時邁：「載戢干戈。」載，助詞。戢，聚藏，收藏。 遼碣：指遼東、碣石，均瀕臨渤海。

〔五〕格：至。 成康：指西周成王、康王之時，在召公、畢公輔佐下處於盛世，史稱「成康之治」。

〔六〕遐陬：邊遠之地，此指福建。 魏闕：古代天子、諸侯宫外之樓觀，其下懸布法令，後借指朝廷。莊子讓王：「身在江海之上，心居乎魏闕之下。」

〔七〕虹渚電樞：帝王誕生的祥瑞。宋書符瑞志：「皇帝軒轅氏，母曰附寶。見大電光繞北斗樞星，照郊野，感而孕。」又：「帝摯少昊氏，母曰女節，見星如虹，下流華渚，既而夢接意感，生少昊。」

〔八〕龍宫蕊笈：比喻宫廷的典籍。蕊，聚也。

又

帝生商而立子，有開必先〔一〕；民戴舜以同心〔二〕，無遠弗届。乾端肇闢，嶽貢交修〔三〕。中賀。臣早以湖海之微生，親見唐虞之盛典〔四〕。蓬轉逾二十年之久，每注想於冕旒〔五〕；嵩呼上千萬壽之時，獨阻陪於簪笏〔六〕。兹膺郡寄，復在王畿〔七〕，目瞻佳氣之鬱葱，耳聽歡聲之洋溢。永言疏賤，已極光榮。恭惟皇帝陛下，焕乎其有堯文，粲然而興周道。三朝圖籍，將還滎河温洛之都〔八〕；萬里車書，已軼碣石榆林之壤〔九〕。以仁政廣華夷之德澤，以豐年奉郊廟之牲牷〔一〇〕。凡曰含齒戴髮之儔，均被淪肌浹髓之賜〔一一〕。光御無疆之曆，益培有永之年。臣猥以分符，莫遑造闕〔一二〕。簫韶方奏，徒傾就日之心〔一三〕；歌頌可陳，尚刻齊天之石。

【題解】

本文亦爲慶賀會慶節上呈宋孝宗的表文。

本文原未繫年。歐譜繫於淳熙十四年（一一八七），是。當作於該年十月，時陸游在知嚴州任上。表中稱「蓬轉逾二十年」、「兹膺郡寄，復在王畿」、「臣猥以分符，莫遑造闕」，可證。

【箋注】

〔一〕「帝生商」句：詩商頌長發：「有娀方將，帝立子生商。」有娀，契之母。將，大。有娀氏始大，帝立其女之子而造商室。蘇軾賀興龍節表：「天佑民而作君，惟德是輔；帝生商而立子，有開必先。」

〔二〕「民戴舜」句：左傳文公十八年：「是以堯崩而天下如一，同心戴舜，以爲天子。」

〔三〕乾端：上天顯示的徵兆。韓愈南海神廟碑：「穹龜長魚，踊躍後先。乾端坤倪，軒豁呈露。」肇闢：始闢。嶽貢：大地山嶽的貢獻。交修：交相進獻。後漢書班固傳：「寶鼎詩：嶽脩貢兮川效珍，吐金景兮歊浮雲。」

〔四〕唐虞之盛典：唐堯、虞舜禪讓的大典。此指紹興三十二年（一一六二）高宗禪位於孝宗。

〔五〕「蓬轉」句：指作者隆興元年（一一六三）離京外任，至此時已逾二十年。注想：注望想念。冕旒：皇冠，借指皇帝。沈約勸農訪民所疾苦詔：「冕旒屬念，無忘夙興。」

〔六〕嵩呼：據漢書武帝紀載，元封元年（前一一〇），武帝登嵩山，從祀吏卒皆聞三次高呼「萬歲」之聲。後指臣下祝頌帝王，高呼萬歲。阻陪：舊時賀表中套語，指因僻守荒遠之地，不能參與拜賀。蘇軾賀興龍節表：「臣久塵法從，出領郡符。奉萬年之觴，雖阻陪於下列；接千歲之統，猶及見於昇平。」

〔七〕「茲膺」二句：指作者淳熙十三年出知嚴州。嚴州毗鄰臨安，故稱王畿。

〔八〕榮河温洛：帝王有盛德，則黄河光閃，洛河水温，呈現圖籙。尚書中候握河紀：「榮光出河，休氣四塞。」易緯乾鑿度：「帝盛德之應，洛水先温。」文心雕龍正緯：「榮河温洛，是孕圖緯。」隋書天文志序：「昔者榮河獻籙，温洛呈圖。」

〔九〕車書：指國家文物制度劃一，天下一統。禮記中庸：「今天下車同軌，書同文。」碣石：山名，在河北昌黎北。榆林：地名，在陝西最北部。二者連稱，極言東西地域之廣。

〔一〇〕牲牷：祭祀用的純色全牲。左傳桓公六年：「吾牲牷肥腯，粢盛豐備。」杜預注：「牲，牛羊豕也；牷，純色完全也。」

〔一一〕含齒戴髮：口中有齒，頭上長髮，指人類。列子黄帝：「有七尺之骸，手足之異，戴髮含齒，倚而趣者，謂之人。」淪肌浹髓：指深入肌肉骨髓。淮南子原道訓：「不浸於肌膚，不浹於骨髓。」高誘注：「浸，潤也；浹，通也。」

〔一二〕分符：剖符，剖分符節之半爲信物，指封官授爵。此指出守嚴州。造闕：朝見皇帝。文心雕龍章表：「章以造闕，風矩應明。」

〔一三〕簫韶：舜樂名。泛指美妙之仙樂。書益稷：「簫韶九成，鳳皇來儀。」就日：比喻對皇帝崇仰。史記五帝本紀：「帝堯者放勳，其仁如天，其知如神，就之如日，望之如雲。」

瑞慶節賀表

虹流電繞〔一〕，適當聖作之辰；鼇抃嵩呼〔二〕，共效壽祺之祝。敢傾丹悃，仰扣睿聰〔三〕。中賀。恭惟皇帝陛下，德當乾符〔四〕，躬有聖瑞。東漸西被，偉聲教之混同〔五〕；上際下蟠〔六〕，極仁恩之滲漉。帝生商而立子，民戴舜以同心。歷考前聞，孰逾盛際。臣生逢千載，仕歷四朝〔七〕。嶽貢川珍，猥預駿奔之末〔八〕；鳶飛魚躍，永依洪造之中〔九〕。

【題解】

瑞慶節爲宋寧宗聖節。宋史禮志十五：「寧宗以十月十九日爲天祐節，尋改爲瑞慶節。」該節始於紹熙五年（一一九四）。本文爲慶賀瑞慶節上呈宋寧宗的表文。

本文原未繫年。歐譜繫於嘉泰二年（一二〇二），是。當作於該年十月。該年五月陸游提舉佑神觀兼實録院同修撰兼同修國史，六月入都修史。文中稱「生逢千載，仕歷四朝」，可證。

參考卷二三瑞慶節功德疏七。

【箋注】

〔一〕虹流電繞：帝王出世時的祥瑞。初學記卷一：「河圖曰：『太星如虹，下流華渚，女節意感，生白帝朱宣。』帝王世紀：『神農氏之末，少典氏娶附寶，見大電光繞北斗，樞星照郊，感附寶，孕二十月，生黄帝於壽丘。』」

〔二〕鼇抃嵩呼：形容歡欣鼓舞，高呼萬歲。鼇抃，楚辭天問：「鼇戴山抃，何以安之？」抃，鼓掌。

嵩呼，見本卷會慶節賀表二注〔六〕。

〔三〕丹悃：赤誠之心。劉禹錫賀收蔡州表：「不獲稱慶闕庭，陳露丹悃。」睿聰：聖聽。資治通鑑唐德宗建中四年：「故睿誠不布於群物，物情不達於睿聰。」

〔四〕乾符：帝王受命於天的吉祥徵兆。韓愈賀册尊號表：「陛下仰稽乾符，俯順人志。」

〔五〕東漸西被：東西流傳。書禹貢：「東漸于海，西被于流沙，朔南暨聲教，訖于四海。」聲教：聲威教化。

〔六〕上際下蟠：上下天地間無所不在。莊子刻意：「精神四達并流，無所不極，上際於天，下蟠於地。」成玄英疏：「下蟠薄於厚地，上際逮於玄天。」

〔七〕四朝：指高宗、孝宗、光宗、寧宗四朝。

〔八〕嶽貢川珍：指山水競獻珍寶。後漢書班固傳：「寶鼎詩：嶽脩貢兮川效珍，吐金景兮歊浮雲。」駿奔：急速奔走。後漢書章帝紀：「駿奔郊疇，咸來助祭。」

〔九〕鳶飛魚躍：比喻萬物各得其所。詩大雅旱麓：「鳶飛戾天，魚躍于淵。」洪造：洪恩。常衮謝賜鹿狀：「上戴洪造，内愧素餐。」

光宗册寶賀表

黽食筮從，考廟方嚴於典册〔一〕；仗全樂備，都人咸覿於禮容。聖教茂昭，歡聲旁達。中賀。恭惟皇帝陛下，道參穹壤〔二〕，德肖祖宗。稽周王「小毖」之求，躬虞帝「終身」之慕〔三〕。父傳歸子，有光盛舉於兩朝〔四〕；天定勝人，果見太平於今日。乃咨元老大臣之參訂，兼采議郎博士之討論，勒崇垂鴻，極高蟠厚〔五〕。臣在列睹龍飛之旦，紬書奏麟止之篇〔六〕，際遇特殊，等夷罕及〔七〕。既莫預曲臺之議，又阻從屬車之塵〔八〕，徒有悃誠，形於夢想。

【題解】

冊寶，冊書和寶璽。宋代爲皇帝或太后等上尊號，常奉上冊寶。冊爲條玉，以金填字，以紅線相聯，可卷舒；寶爲印章。本文爲慶賀光宗冊寶上呈宋寧宗的表文。

本文原未繫年。歐譜繫於慶元六年（一二〇〇）十一月，誤。本文當作於嘉泰三年（一二〇三）十一月。宋史卷三六光宗本紀載，光宗卒於慶元六年八月，十一月上謚號爲憲仁聖哲慈孝皇帝，廟號光宗。又卷三八寧宗本紀二：「（嘉泰三年）十一月壬申，上光宗冊寶於太廟。」該年五月陸游修史畢去國返鄉，秋轉太中大夫。

參考本卷光宗冊寶賀太皇太后箋。

【箋注】

〔一〕龜食筮從：指占卦和合順從。食謂吉兆。尚書洛誥「惟洛食」孔安國傳：「卜必先墨畫龜，然後灼之，兆順食墨，吉也。」古時占卜用龜，筮用蓍，視其象數以定吉凶。書大禹謨：「鬼神其依，龜筮協從。」考廟：父廟。禮記祭法：「是故王立七廟：一壇一墠，曰考廟，曰王考廟，曰皇考廟，曰顯考廟，曰祖考廟，皆月祭之。」孔穎達疏：「父廟曰考。考，考成也，謂父有成德之美也。」

〔二〕穹壤：指天地。文選沈約齊故安陸昭王碑文：「思所以克播遺塵，敝之穹壤。」張銑注：「言使遺塵之聲，與天地同敝。」

〔三〕周王「小毖」：詩周頌小毖：「予其懲，而毖後患。」謂周成王自戒要防微杜漸。後用爲君王自我懲戒，并求助於群臣。小毖，小心謹慎。虞帝「終身」：孟子萬章上：「大孝終身慕父母。五十而慕者，予於大舜見之矣。」此句頌揚寧宗大孝。

〔四〕「父傳」二句：指光宗傳位於寧宗，光大了前兩朝父子禪代的盛舉。

〔五〕勒崇垂鴻：勒名金石，以垂鴻業。漢書揚雄傳上：「因茲以勒崇垂鴻，發祥隤祉。」顏師古注：「勒崇垂鴻，勒崇名而垂鴻業也。」極高蟠厚：頂天立地，遍及天地。鮑防歌響遏行雲賦：「上如抗，下如墜；極高天，蟠厚地。」

〔六〕「臣在」二句：指淳熙十六年二月光宗即位時，作者正任禮部郎中，親見即位盛典。麟趾，詩周南麟之趾：「麟之趾，振振公子。」後以「麟趾」喻有德有才之賢人。紬書，綴集。此指作者當時所上奏書，參見卷四上殿劄子諸篇。

〔七〕「際遇」二句：指經歷了孝宗、光宗權力交接的特殊時期。等夷，同輩。

〔八〕「既莫預」二句：指陸游未被光宗信用，旋遭劾罷。曲臺，原指秦宮殿名，此指皇帝治所。漢書鄒陽傳：「臣聞秦倚曲臺之宮。」屬車，原指皇帝出行時的侍從車，此借指帝王。

皇帝御正殿賀表

肅傳清蹕，端御昕朝〔一〕，德上際而下蟠，澤東漸而西被。中賀。恭惟皇帝陛下，體天廣覆〔二〕，如日正中。率禮無違〔三〕，永歎歲月遷流之速；嚮明而治，勉答臣民愛戴之心。諏太史涓吉之辰，采奉常綿蕝之議〔四〕。對揚宗社之福〔五〕，爰舉公卿之觴。兩曜清明，四方抃舞〔六〕。臣農疇齒耄〔七〕，帝所夢遥。華衮光臨，雖莫望火龍黼黻之盛〔八〕；黄麾備設，尚想聞金石絲竹之音〔九〕。

【題解】

正殿指皇宫中位置居中的主殿。南宋皇宫之正殿爲大慶殿，又名崇政殿，爲舉行大典、大朝會的處所。本卷又有皇帝御正殿賀皇后箋和皇帝御正殿賀皇太子箋兩文，據文中稱「宜中壼之介萬壽」、「寶觴奉萬壽之祝」等語，此次皇帝駕臨正殿，應爲舉行慶賀生日的大典。本文即爲慶賀生日大典而上呈宋寧宗的表文。

本文原未繫年。歐譜繫於致仕之後作。本卷有作於同時的皇帝御正殿賀皇太子箋，皇太子趙詢立於開禧三年（一二〇七）十一月，則表文當作於其後。考寧宗生於乾道四年（一一六八）十月十九日，嘉定元年（一二〇八）恰是其四十歲生日，故本文當作於嘉定元年（一二〇八）十月。時陸游落職家居。

參考本卷皇帝御正殿賀皇后箋、皇帝御正殿賀皇太子箋。

【箋注】

〔一〕清蹕：指帝王出行，清道封路。文選顏延之應詔觀北湖田收詩：「帝暉膺順動，清蹕巡廣廛。」李善注引漢儀注：「皇帝輦動，出則傳蹕，止人清道。」　昕朝：光明的朝堂。

〔二〕體天：依據天命。黄滔省試王者之道如龍首賦：「王者以御彼萬國，居於九重，既體天而立制，遂如首以猶龍。」

〔三〕率禮：遵循禮法。東觀漢記梁冀傳：「大將軍夫人躬先率禮，淑慎其身，超號爲開封君。」

〔四〕諏：詢問，商量。　涓吉：選擇吉祥之日。左思魏都賦：「量寸旬，涓吉日，陟中壇，即帝位。」　綿蕝：又作綿蕞，指製訂朝儀典章。史記叔孫通傳：「遂與……百餘人爲綿蕞野外。」司馬貞索隱引韋昭云：「引繩爲綿，立表爲蕞。」指漢初叔孫通創製朝儀，於野外畫地爲宮，引繩爲綿，立表爲蕞，用以演習禮儀。

〔五〕對揚：答謝，報答。蔡邕司空文烈侯楊公碑：「虔恭夙夜，不敢荒寧，用對揚天子丕顯休命。」

〔六〕兩曜：指日、月。任昉爲齊宣德皇后重敦勸梁王令：「四時等契，兩曜齊明。」抃舞：拍手舞蹈。列子湯問：「一里老幼，喜躍抃舞，弗能自禁。」

〔七〕農疇：農田。齒耄：指年屆八九十。

〔八〕華衮：指王公貴族的多彩禮服。火龍、黼黻：均爲禮服上華美的圖案。左傳桓公二年：「火龍黼黻，昭其文也。」杜預注：「火，畫火也；龍，畫龍也。白與黑謂之黼，形若斧；黑與青謂之黻，兩已相戾。」

〔九〕黄麾：指天子所乘車輿的黄色裝飾。金石絲竹：指鐘、磬、琴瑟、簫管四類樂器。禮記樂記：「金石絲竹，樂之器也。」

皇太子受册賀表

明詔建儲〔一〕，永爲宗社之本；正衙發策〔二〕，顯答神祇之心。國勢尊安①，輿情闓懌〔三〕。中賀。恭惟皇帝陛下，若稽古訓，駿惠先猷〔四〕。壽考億年，誕膺不蔽之福〔五〕；本支萬世〔六〕，坐擁無疆之休。存心養性以事天，修身齊家而治國〔七〕。追舉有邦之慶〔八〕，益昭知子之明。臣迹遠周行〔九〕，心馳魏闕。命太史卜日之吉，徒聞播告之傳；遣上公持節以行，莫預觀瞻之盛。儻未辭於聖代〔一〇〕，尚自力於聲詩。

【題解】

皇太子指寧宗所立太子趙詢，生於紹熙二年，卒於嘉定十三年，年二十九，謚景獻，宋史卷二四六有傳。宋史卷三八寧宗本紀二：「（開禧三年十一月）丁亥，詔立皇子榮王曮爲皇太子，更名㦦。」又卷三九寧宗本紀三：「（嘉定二年八月）甲戌，册皇太子。丁丑，皇太子謁於太廟。戊寅，詔皇太子更名詢。」本文爲慶賀皇太子受册封上呈宋寧宗的表文。

本文原未繫年。歐譜繫於致仕後作。本文當作於嘉定二年（一二〇九）八月，時在陸游逝世前不久。

參考本卷皇太子受册賀皇后箋、賀皇太子受册箋。

【校記】

①「尊」，汲古閣本作「奠」。

【箋注】

〔一〕建儲：立皇太子。穀梁傳隱公四年：「春秋之義，諸侯與正而不與賢。」范甯注：「雍曰：正，謂嫡長也……建儲非以私親，所以定名分。」

〔二〕正衙：唐宋時正式朝會聽政的處所。舊唐書地理志一：「明堂之西有武成殿，即正衙聽政之所也。」

〔三〕尊安：尊貴安泰。史記蘇秦列傳：「夫去尊安而取危卑，智者不爲也。」輿情：群情，民情。闓懌：和樂貌。漢書司馬相如傳下：「昆蟲闓懌，回首面内。」顔師古注：「言四方幽遐，皆懷和樂，回首革面，而内向也。」

〔四〕若稽古訓：即稽古訓。若，助詞。書堯典：「曰若稽古。」駿惠：順從。詩周頌維天之命：「駿惠我文王，曾孫篤之。」鄭玄箋：「大順我文王之意。」先猷：先聖之道。文選班固幽通賦：「謨先聖之大猷兮，亦鄰德而助信。」李善注引曹大家：「猷，道也。」

〔五〕壽考：高壽。詩大雅棫樸：「周王壽考，遐不作人。」鄭玄箋：「文王是時九十餘矣，故云壽考。」誕膺：承受。書武成：「我文考文王，克成厥勳。誕膺天命，以撫方夏。」不蔽之福：荀子解蔽：「詩曰：『……有鳳有凰，樂帝之心。』此不蔽之福也。」楊倞注：「此帝蓋謂堯也。堯時鳳凰巢於阿閣。言堯能用賢，不蔽天下和平，故有鳳凰來儀之福也。」

〔六〕本支：指嫡系和庶出的子孫。詩大雅文王：「文王孫子，本支百世。」毛傳：「本，本宗也；支，支子也。」

〔七〕存心養性：孟子盡心上：「存其心，養其性，所以事天也。」修身齊家：禮記大學：「欲齊其家者，先修其身。」

〔八〕有邦：指諸侯，亦泛指國家。書呂刑：「王曰：『吁！來，有邦有土，告爾祥刑。』」蔡沈集傳：「有邦，諸侯也。」

〔九〕周行：周官的行列，後泛指朝官。詩周南卷耳：「嗟我懷人，寘彼周行。」毛傳：「行，列也。思君子，官賢人，置周之列位。」

〔一〇〕聖代：指當代。陸雲晉故豫章内史夏府君誄：「熙光聖代，邁勳九區。」

賀明堂表

農扈婁豐〔一〕，協氣方流於綿宇；合宮大享，曠儀遂舉於中天〔二〕。驛置星馳〔三〕，嵩呼雷動。伏以聖神在御，祈報閒行〔四〕，肆嚴長至之祠，一舉上辛之典〔五〕。惟茲宗祀，實在季秋。既得萬國之歡心，宜罄一精之嘉薦〔六〕。中賀。恭惟皇帝陛下，範圍元化，斧藻太平〔七〕。采皇祐之舊章〔八〕，茂建中和之極；稽紹興之新制〔九〕，用適古今之宜。上帝顧歆，殊休叢委〔一〇〕。臣官縻遐徼〔一一〕，心繫明廷。考漢家汶上之圖，嗟莫陪於潤色〔一二〕；繼周頌我將之作，尚自力於形容〔一三〕。

【題解】

明堂在先秦時原指帝王會見諸侯、進行祭祀活動的場所，禮記中有明堂位篇記載其樣式和禮儀。北宋前期合祀天地、祖宗的「大享」之禮，皆以大慶殿爲明堂，徽宗政和年間曾另建明堂，南宋時則以常御殿爲明堂。本文爲慶賀明堂祭禮上呈宋孝宗的表文。

本文原未繫年。歐譜繫於淳熙六年（一一七九），是，當作於該年九月。宋史卷一〇一禮志四：「孝宗淳熙六年，以群臣議，復合祭天地，并侑祖宗，從祀百神，如南郊。」時陸游從建安提舉福建路常平茶事任上奉召離任，文中稱「臣官縻遐徼，心繫明廷」，可證。

參考本卷謝明堂赦表。

【箋注】

〔一〕農扈：農官總稱，借指農事。左傳昭公十七年：「九扈爲九農正。」婁：「屢」之古字。

〔二〕合宫：黄帝之明堂。尸子君治：「夫黄帝曰合宫，有虞氏曰總章，殷人曰陽館，周人曰明堂，皆所以名休其善也。」大享：合祀先王的祭禮。書盤庚上：「茲予大享於先王，爾祖其從與享之。」曠儀：曠世之典禮。中天：天運正中，喻盛世。

〔三〕驛置：驛站，亦指驛馬。劍南詩稿卷六八秋夕書事之二：「時泰徵科減，師還驛置稀。」

〔四〕祈報：古代祭祀之名，春祈豐年，秋報神功。禮記郊特牲：「祭有祈焉，有報焉。」

〔五〕長至：指夏至，因該日白晝最長。禮記月令：「（仲夏之月）是月也，日長至，陰陽争，死生分。」上辛：農曆每月上旬的辛日。穀梁傳哀公元年范甯注：「郊必用上辛者，取其新潔莫先也。」

〔六〕一精：謂一意精心。　嘉薦：精美的祭品。儀禮士冠禮：「甘醴惟厚，嘉薦令芳。」鄭玄注：「嘉，善也。善薦，謂脯醢。芳，香也。」

〔七〕範圍：效法。易繫辭上：「範圍天地之化而不過。」孔穎達疏：「範謂模範，圍謂周圍……言法則天地以施其化。」　元化：造化，天地。　斧藻：修飾。揚雄法言學行：「吾未見好斧藻其德，若斧藻其楶者也。」

〔八〕「采皇祐」句：宋仁宗曾於皇祐二年九月，以大慶殿爲明堂，合祭天地，祖宗并配，百神從祀，并製訂了整套祭祀禮儀。見宋史卷一〇一禮志四。

〔九〕「稽紹興」句：宋高宗於紹興元年下詔舉行「會天地以同禮，升祖宗而并配」的大享之禮，并修訂了禮儀。見宋史卷一〇一禮志四。

〔一〇〕顧歆：眷顧享用。詩大雅生民：「其香始升，上帝居歆。」鄭玄箋：「其馨香始上行，上帝則安而歆享之。」　殊休：非常之福佑。　叢委：衆多。

〔一一〕縻：束縛。　遐徼：邊遠之地。此指福建。

〔一二〕漢家汶上之圖：史記孝武本紀：「上欲治明堂奉高旁，未曉其制度。濟南人公王帶上黄帝時明堂圖。……於是上令奉高作明堂汶上，如帶圖。」汶上，汶水之北。　潤色：指修飾，增色。

〔一三〕周頌我將之作：詩周頌我將：「我將我享，維羊維牛，維天其右之。」鄭玄箋：「將，猶奉也。」

毛詩序：「我將，祀文王於明堂也。」形容：指盛德的表現。詩大序：「頌者，美盛德之形容。」

謝明堂赦表

明堂總章，舉曠儀於路寢〔一〕；鈎陳羽衛，敷大號於端闈〔二〕。德協穹祇，春回海縣〔三〕。中謝。恭惟皇帝陛下，道繩祖武〔四〕，政酌民言。乾文仰法於房心〔五〕，肇稱巨典；解澤默符於雷雨〔六〕，一洗衆愆。統和天人〔七〕，空虛囹圄。臣適乘使傳，遠在遐陬。奉五百里之驛書，徒深鼇抃；上千萬年之聖壽，莫綴鳧趨〔八〕。

【題解】

宋史卷三五孝宗本紀三：「（淳熙六年）九月辛未，合祭天地於明堂，大赦。」本文爲感謝明堂祭禮大赦天下上呈宋孝宗的表文。

本文亦作於淳熙六年（一一七九）九月。文中稱「臣適乘使傳，遠在遐陬」，可證。

參考本卷賀明堂表。

【箋注】

〔一〕總章：明堂之西向室。呂氏春秋孟秋：「天子居總章左个。」高誘注：「總章，西向堂也。西方總成萬物，章明之也，故曰總章。左个，南頭室也。」路寢：古代天子、諸侯的正廳。陸游老學庵筆記卷十：「古所謂路寢，猶今言正廳也。」

〔二〕鉤陳羽衛：指帝王的衛隊和儀仗。續資治通鑑宋太宗淳化二年：「巡幸則有大駕法從之盛，御殿則有鉤陳羽衛之嚴。」大號：國號，帝號。端闈：皇宮的正門。班固西都賦：「列鐘虡於中庭，立金人於端闈。」

〔三〕穹祇：指天地。海縣：即神州，指中國。樂府詩集燕射歌辭三隋宴群臣登歌：「皇明御曆，仁深海縣。」

〔四〕祖武：先輩的遺迹。詩大雅下武：「昭茲來許，繩其祖武。」鄭玄箋：「戒慎其祖考所履踐之迹。」

〔五〕乾文：帝王之文，此指赦文。房心：指房宿和心宿。舊時以房心象徵明堂。

〔六〕解澤：布施恩澤。史記樂書：「上自朝廷，下至人民，得以接歡喜，合殷勤，非此和說不通，解澤不流。」張守節正義：「言非此樂和適，亦悦樂之不通，散恩澤之事不流，各一世之化也。」

〔七〕統和：統理協和。范仲淹明堂賦：「風雨攸止，宮室斯美，將復崇高乎富貴之位，統和乎天人之理。」

〔八〕鳧趨：如野鴨飛趨，比喻歡欣。梁涉長竿賦：「聞之者鳧趨雀躍，見之者足蹈手舞。」

謝赦表

宣布仁恩，發揚孝治，觀人心之鼓舞，知天意之協從〔一〕。中謝。恭惟皇帝陛下，躬舜禹之資，履曾閔之行〔二〕。損又損而至道，老吾老以及人〔三〕。一日三朝，雖極寧親之大養〔四〕；四方萬里，尚憂庶獄之亡辜〔五〕。内廣惠心，旁流霈澤〔六〕，雨露所被，囹圄一空。臣適以守藩，恭聞孚號〔七〕。雖與民欣戴，如瞻咫尺之天〔八〕；然受命禱祈，實勞方寸之地〔九〕。

【題解】

宋史卷三五孝宗本紀三：「（淳熙）十三年春正月庚辰朔，率群臣詣德壽宮行慶壽禮。大赦。」該年爲高宗八十大壽。本文爲感謝慶壽大赦天下上呈宋孝宗的表文。

本文原未繫年。歐譜繫於淳熙十三年（一一八六），是。當作於該年春，時陸游剛發布知嚴州，赴行在陛辭。文中稱「臣適以守藩，恭聞孚號」，可證。

【箋注】

〔一〕協從：順從。書大禹謨：「鬼神其依，龜筮協從。」孔穎達疏：「鬼神其依我矣，龜筮復合從矣。」

〔二〕舜禹：虞舜和夏禹的並稱。論語泰伯：「巍巍乎，舜禹之有天下也，而不與焉。」曾閔：曾參與閔損（閔子騫）的並稱，均爲孔子弟子，以孝行著稱。

〔三〕損又損：老子四十八章：「爲學日益，爲道日損。損之又損，以至於無爲；無爲而無不爲。」老吾老：孟子梁惠王上：「老吾老以及人之老，幼吾幼以及人之幼。」

〔四〕三朝：相傳周文王每日早、中、晚三次問安父母，探詢起居，恪盡孝道。寧親：使父母安寧。揚雄法言孝至序：「孝莫大於寧親，寧親莫大於寧神。」此指孝宗詣德壽宮爲高宗慶壽。

〔五〕庶獄：刑獄訴訟。書立政：「庶獄庶慎，惟有司之牧夫，是訓用違。」蔡沈集傳：「庶獄，獄訟也。」

〔六〕旁流：廣泛流布。白居易王澤流人心感策：「夫欲使王澤旁流，人心大感，則在陛下恕已及物而已。」霈澤：豐沛的恩澤，此指赦免罪犯。

〔七〕守藩：駐守封地，此指出知嚴州。孚號：君王的詔命、號令。此指大赦詔令。

〔八〕咫尺之天：比喻離天子之顔極近，亦指天子。左傳僖公九年：「天威不違顔咫尺。」杜預注：「言天鑒察不遠，威嚴常在面之前。八寸曰咫。」

〔九〕方寸之地：指心。列子仲尼：「嘻！吾見子之心矣，方寸之地虚矣。」

謝賜曆日表

春秋以王而次春，丕顯體元之妙〔一〕；閏月定時而成歲，適當班曆之辰〔二〕。治象一新，歡聲四溢。中謝。恭惟皇帝陛下，道兼倫制，化被堪輿〔三〕。念王業之艱難，每急農桑之務；察天心之仁愛，尤深水旱之憂。誠意既孚，嘉生并應〔四〕。呼嵩高之萬歲，幸睹昌期；陳泰階之六符〔五〕，不勝大願。

【題解】

曆日，即曆書，今稱日曆。頒曆授時，是古代國家要政，朝廷盛典。皇帝往往於年中頒布下年新曆，作爲次年舉國行事的時間依據。群臣接到新曆後多有謝表。本文爲感謝頒布新曆上呈宋孝宗的表文。

本文原未繫年。歐譜繫於淳熙十四年。但文中有「閏月定時而成歲，適當班曆之辰」兩句，考該年并無閏月，而上年則有閏七月，故本文當作於淳熙十三年（一一八六）閏七月，時陸游在知嚴州任上。

【箋注】

〔一〕「春秋」句：春秋記事，每年以「春，王正月」起始。春秋公羊傳隱公元年：「元年者何？君之始年也。春者何？歲之始也。王者孰謂？謂文王也。曷爲先言王而後言正月？王正月也。何言乎王正月？大一統也。」「春，王正月」的表述，體現「王道」統一於「天地之道」。丕：大。體元：以天地之元氣爲本。班固東都賦：「體元立制，繼天而作。」

〔二〕閏月：農曆以月球繞地球運行定曆法，十九年置七個閏月。　班曆：同頒曆，頒布曆書。

〔三〕倫制：倫常制度。　堪輿：指天地。　漢書揚雄傳：「屬堪輿以壁壘兮，梢夔魖而抶獝狂。」顏師古注：「張晏曰：堪輿，天地總名也。」

〔四〕嘉生：茂盛之穀物，古代以爲祥瑞。　漢書郊祀志上：「民神異業，敬而不黷，故神降之嘉生，民以物序。」顏師古注：「應劭曰：嘉穀也。師古曰：嘉生，謂衆瑞也。」

〔五〕泰階：古星座名，即三台。上台、中台、下台共六星，兩兩並排而斜上，如階梯，故名。漢書東方朔傳：「願陳泰階六符以觀天變。」顏師古注：「應劭曰：『黄帝泰階六符經曰：泰階者，天之三階也……三階平則陰陽和，風雨時，社稷神祇咸獲其宜，天下大安，是爲太平。』」

又

詔班新曆，雖舉彝章〔一〕；地近清都〔二〕，獨先下拜。恩光旁燭，小己知榮〔三〕。中謝。臣聞堯授人時〔四〕，實前民用；漢得天統〔五〕，克協帝心。方當重熙累洽之盛時，宜謹體元居正之大典〔六〕。恭惟皇帝陛下，凝圖丕赫，受命溥將〔七〕。齊七政於璿璣〔八〕，昭示太平之象；調四時之玉燭〔九〕，用待來歲之宜。爰敕有司，以幸天下。臣偶叨牧養，獲與布宣〔一〇〕。職思其憂，勸課誓殫於綿力〔一一〕；年運而往〔一二〕，功名更感於初心。

【題解】

本文亦爲感謝頒布新曆上呈宋孝宗的表文。

本文原未繫年。歐譜繫於淳熙十四年（一一八七），是。當作於該年七月。時陸游在知嚴州任上。文中稱「地近清都」、「偶叨牧養，獲與布宣」，可證。

【箋注】

〔一〕彝章：常典，舊典。任昉爲范尚書讓吏部封侯第一表：「矜臣所乞，特回寵命，則彝章載穆，微物知免。」

〔二〕清都：帝王居住的都城。列子周穆王：「清都、紫微、鈞天、廣樂，帝之所居。」

〔三〕小己：一己，個人。史記司馬相如列傳論：「大雅言王公大人而德逮黎庶，小雅譏小己之得失，其流及上。」

〔四〕堯授人時：書堯典：「乃命羲和，欽若昊天，曆象日月星辰，敬授人時。」史記五帝本紀引作「敬授民時」。後指頒布曆書。

〔五〕漢得天統：史記高祖本紀：「故漢興，承敝易變，使人不倦，得天統矣。」天統，天之正統。

〔六〕重熙累洽：指前後相繼，累世昇平。文選班固東都賦：「至於永平之際，重熙而累洽。」張銑

注：「熙，光明也；洽，合也。言光武既明，而明帝繼之，故曰重熙累洽也。」體元居正：指以天地元氣爲本，居正道以施政。春秋隱公元年杜預注：「隱公之始年，周王之正月也。凡人君即位，欲其體元以居正，故不言一年一月也。」

〔七〕凝圖：收聚圖籍，喻統轄天下。丕赫：大顯。受命溥將：參見本卷天申節賀表注〔四〕。

〔八〕齊七政於璿璣：書舜典：「在璿璣玉衡，以齊七政。」孔安國傳：「在，察也。璿，美玉。璣、衡，王者正天文之器可運轉者。七政，日、月、五星，各異政。」

〔九〕調四時之玉燭：爾雅釋天：「四氣和謂之玉燭。」邢昺疏：「言四時和氣，温潤明照，故曰玉燭。」

〔一〇〕牧養：治理，統治。漢書鮑宣傳：「陛下上爲皇天子，下爲黎庶父母，爲天牧養元元，視之當如一，合尸鳩之詩。」獲與布宣：指郡守宣揚傳布皇帝拊循百姓之恩德，意即掌握郡守治理之責。

〔一一〕勸課：鼓勵和督責，指郡守鼓勵、督促百姓不違農時的職責。

〔一二〕年運：指不停運行的歲月。元稹長慶曆詩：「年曆復年曆，卷盡悲且惜。曆日何足悲，但悲年運易。」

福建到任謝表

咸造在廷，甫遂朝宗之願〔一〕；奉使有指，遽叨臨遣之榮〔二〕。大造難名〔三〕，餘生曷報。中謝。伏念臣幺然薄命，起自窮閻〔四〕。偶以元祐之黨家，獲與紹興之朝士〔五〕。真人有作，景運方開〔六〕。適當宁歎息人才之實難〔七〕，顧一時豪傑號召而未至。首蒙引對，面錫殊科〔八〕，遭逢稀闊之知，聳動邇遐之聽〔九〕。豈期蹇薄，旋困沉綿〔一〇〕，卒繄全度之恩，俾獲退藏之分〔一一〕。侵尋半世，轉徙兩川〔一二〕，三爲別乘之行，再忝專城之寄〔一三〕。五十之年已過，非復壯心；八千之路來歸，怳如昨夢。敷陳淺拙，應對參差，惟譴黜之是宜，豈超遷之敢望。此蓋伏遇皇帝陛下，道兼倫制，澤被堪輿。念臣留落有年〔一四〕，尚未除於狂態；憐臣馳驅無地，空竊抱於愚忠。顧雖末路之孤蹤，猶玷外臺之高選〔一五〕。臣謹當力思守道，深戒瘝官〔一六〕。禮樂遠有光華，既大逾於素望；靖共好是正直，庶少答於鴻私〔一七〕。

【題解】

于北山陸游年譜（以下簡稱于譜）淳熙五年：「春間奉詔，別蜀東歸……秋抵杭州，召對。除提舉福建路常平茶事……冬季赴閩任……抵建安（今建甌）任所，有謝表。」本文爲到達福建任所上呈宋孝宗的謝恩表文。

本文原未繫年，歐譜繫於淳熙五年（一一七八），是。當作於該年冬。時陸游在福建常平任上。

【箋注】

〔一〕咸造在廷：書盤庚中：「咸造勿褻在王庭。」意爲（百姓）都來到王廷，無有褻慢之人。此指陸游奉詔抵京。朝宗：泛指臣下朝見帝王。周禮春官大宗伯：「春見曰朝，夏見曰宗，秋見曰覲，冬見曰遇。」

〔二〕指：同旨。臨遣：臨軒派遣，指皇帝親自委派。漢書元帝紀：「方田作時，朕憂蒸庶之失業，臨遣光禄大夫褒等十二人循行天下。」

〔三〕大造：大恩德，大功勞。左傳成公十三年：「文公恐懼，綏静諸侯，秦師克還無害，則是我有大造于西也。」

〔四〕窮閻：陋巷。荀子儒效：「雖隱於窮閻漏屋，人莫不貴之，道誠存也。」楊倞注：「窮閻，窮僻之處。閻，里門也。」

〔五〕元祐之黨家：指北宋崇寧間，蔡京開列文彦博、司馬光、蘇軾等一百二十人爲「奸黨」，籍其名氏刻之於石，稱元祐黨人碑。後又增至三百零九人，陸游之祖父陸佃等新黨亦列入黨籍。紹興之朝士：指陸游紹興三十年起歷仕敕令所删定官、大理司直、樞密院編修官等職。

〔六〕真人：指皇帝。此指孝宗。史記秦始皇本紀：「始皇曰：吾慕真人，自謂真人，不稱朕。」景運：好時運。

〔七〕當宁：原指處在門屏之間。後指皇帝臨朝聽政，亦用以借指皇帝。禮記曲禮下：「天子當宁而立，諸公東面，諸侯西面，曰朝。」孔穎達疏：「天子當宁而立者，此爲春夏受朝時也。宁者，爾雅云：『門屏之間謂之宁。』郭注云：『人君視朝所宁立處。』」

〔八〕殊科：指孝宗即位賜陸游進士出身事。

〔九〕稀闊：稀疏。聳動：使人震驚。邇遐：猶遐邇，遠近。蘇軾賀楊龍圖啓：「伏審新改直職，擢司諫垣，傳聞邇遐，竦動觀聽。」

〔一〇〕蹇薄：命運不順。沉綿：指疾病纏綿，經久不愈。杜甫送高司直尋封閬州：「長卿消渴再，公幹沉綿屢。」此指沉淪下僚。

〔一一〕全度：保全救護。退藏：引退藏身。指辭官隱退，藏身不用。白居易元十八從事南海欲出廬山臨別舊居投和兼伸別情：「我正退藏君變化，一杯可易得相逢。」

〔一二〕侵尋：漸近，漸次發展。史記孝武本紀：「是歲，天子始巡郡縣，侵尋於泰山矣。」兩川：東川和西川的合稱，即蜀郡。

〔一三〕別乘：輔佐州牧太守之類地方官職。指陸游在蜀中歷任夔州通判、四川宣撫使司幹辦公事、成都府安撫司參議官等職。專城：主宰一城的州牧太守之類地方官職。王充論衡辨崇：「居位食祿，專城長邑，以千萬數，其遷徙日未必逢吉時也。」此指陸游乾道九年攝知嘉州事。

〔一四〕留落：指留滯下層，難得擢升。史記衛將軍驃騎列傳：「然而諸宿將常坐留落不遇。」

〔一五〕外臺之高選：指此次除提舉福建路常平茶事。

〔一六〕瘝官：曠廢職守，瀆職。書冏命：「非人其吉，惟貨其吉，若時瘝厥官。」

〔一七〕靖共好是正直：詩小雅小明：「靖共爾位，好是正直。」高亭注：「靖，猶敬也。共，奉也。」指恭謹奉守職位，甚是公正无私。鴻私：鴻恩。江淹蕭領軍讓司空并敦勸啓：「且皇華之命，居上之鴻私；鳳舉之招，爲下之殊榮。」

江西到任謝表

疏恩趣召，靡待一人之言；改命遣行〔一〕，猶備四方之使。丹衷欲叙〔二〕，雪涕先傾。中謝。伏念臣稟資迂愚，立身羈窮〔三〕，偶竊犁鋤之餘暇，妄窺述作之淵源。纍然自力於簡編，老之將至〔四〕；過矣見稱於流輩〔五〕，轉而上聞。頃入對於燕朝〔六〕，實親承於睿獎。然而異恩賜第，弗由場屋之選掄〔七〕；特旨造廷，非出公卿之論薦〔八〕。已分亟投於閑散，豈期重累於生成。此蓋伏遇皇帝陛下，立賢無方，用人唯己，一洗拘攣之積弊〔九〕，廣收魁傑之遺才。施及妄庸，亦蒙省録，甫停追詔，還畀使旜〔一〇〕。凡曰自結於上知〔一一〕，皆俾無蹈於後害。海嶽之内纖塵墜露〔一二〕，何所用之；父母之愛幼子童孫〔一三〕，蔑以加此。驅馳入境，感懼填膺。重念臣樸學守株，孤身弔影，素乏蚍蜉螘子之助，孰爲輪囷蟠木之容〔一四〕。愴餘日之安歸，抱微誠而永歎。方天子建中和之極，用告成功；雖文史近卜祝之間〔一五〕，亦思自效。尚憑長育，不遂棄捐。所願預草漢家檢玉之文，未敢遽同堯民擊壤之作〔一六〕。刳肝自訴，伏鑕何辭〔一七〕。疾痛饑寒，仰而呼天，誓靡求於世俗；齋戒沐浴，可以事帝，冀終望於清光〔一八〕。

【題解】

于譜淳熙六年：「秋季奉詔離建安任……途中奏乞奉祠，留衢州皇華館待命……得旨，改除朝請郎（正七品），提舉江南西路常平茶鹽公事，賜緋魚袋……十二月到撫州任。有謝表。」本文爲到達江西任所上呈宋孝宗的謝恩表文。

本文原未繫年，歐譜繫於淳熙六年（一一七九），是。當作於該年十二月。時陸游在江西常平任上。

【箋注】

〔一〕改命遣行：指此次改除提舉江南西路常平茶鹽公事。

〔二〕丹衷：赤誠之心。沈約爲齊竟陵王解講疏：「敢誓丹衷，庶符皎日。」

〔三〕稟資：稟賦。蘇頌再乞致仕表：「伏念臣稟資不厚，儌幸實多。」羈䩨：拘束，柔弱。夏竦謝賜生日羊酒米麪表：「如臣者起於羈䩨，早竊盛名。」

〔四〕纍然：羸憊貌。大戴禮記文王官人：「懼色薄然以下，憂悲之色纍然而静。」老之將至：論語述而：「其爲人也，發奮忘食，樂以忘憂，不知老之將至云爾。」

〔五〕流輩：同流，同輩。沈約奏彈王源：「而托姻結好，唯利是求，玷辱流輩，莫斯爲甚。」

〔六〕入對：臣子入宫回答皇帝提問。燕朝：古代天子、諸侯在路寢會見臣子，亦指其處理政事後休息之所。周禮夏官太僕：「王眡燕朝則正位，掌擯相。」鄭玄注：「燕朝，朝於路寢之庭。」賈公彦疏：「以其路寢安燕之處，則謂之燕朝。」

〔七〕異恩賜第：特殊恩典以賜進士及第。指紹興三十二年孝宗即位後，召見陸游，并賜進士出身，未經科場選拔。

〔八〕論薦：選拔推薦。葛洪抱朴子刺驕：「所論薦則蹇驢蒙龍駿之價，所中傷則孝己受商臣之談。」

〔九〕拘攣：拘束，拘泥。後漢書曹褒傳：「帝知羣僚拘攣，難與圖始，朝廷禮憲，宜時刊立。」李賢

注：「拘攣，猶拘束也。」

〔一〇〕妄庸：凡庸妄爲之人。此陸游自謙之辭。　畀：給予，委派。　使旜：執掌使官之職。旜：純赤色的曲柄旗。句指此次除提舉江南西路常平茶鹽公事。

〔一一〕自結：主動攀附。　上知：聖哲，此指皇帝。

〔一二〕「海嶽」句：指大海高山接納塵土露珠。纖塵墜露，陸游自謙之辭。

〔一三〕童孫：幼小的孫子。書呂刑：「伯父伯兄、仲叔季弟、幼子童孫，皆聽朕言。」

〔一四〕蚍蜉螘子：比喻微小的事物。韓愈張中丞傳後叙：「當其圍守時，外無蚍蜉螘子之援。」輪囷蟠木：指盤曲、難以成器的樹木。鄒陽獄中上書自明：「蟠木根柢，輪囷離奇，而爲萬乘器者，何則？以左右先爲之容也。」

〔一五〕文史近卜祝之間：司馬遷報任少卿書：「僕之先非有剖符丹書之功，文史星曆近乎卜祝之間，固主上所戲弄，倡優所畜，流俗之所輕也。」

〔一六〕檢玉之文：指封禪書。漢代封禪，刻石記號，有金策、石函、金泥、玉檢之封。　擊壤之作：指歌頌太平盛世之作。藝文類聚卷十一引皇甫謐帝王世紀稱帝堯之時，「天下大和，百姓無事，有五十老人擊壤於道。觀者歎曰：大哉帝之德也。老人曰：吾日出而作，日入而息，鑿井而飲，耕田而食，帝何力於我哉？」

〔一七〕刳肝：比喻吐肺腑之言。韓愈歸彭城：「刳肝以爲紙，瀝血以書辭。」　伏鑕：被腰斬，泛指被處死。鑕，鍘刀座。陳子昂謝衣表：「以其伏鑕之魂，更辱賜衣之寵。」

〔一八〕清光：指帝王之風采。漢書晁錯傳：「今執事之臣皆天下之選已，然莫能望陛下清光，譬之猶五帝之佐也。」

嚴州到任謝表

穿延和之細仗，面咫尺天〔一〕；佩新定之左符，秩二千石〔二〕。叨塵過分〔三〕，感懼交懷。中謝。臣聞明主恩深，書生命薄。唐帝之知李白，一官不及於生前；漢皇之念相如，遺稿徒求於身後〔四〕。況如臣輩，莫望昔人。猥緣一技之卑，嘗綴百僚之末〔五〕。雖簪笏久違於昕謁，乃姓名猶在於淵衷〔六〕。乘傳來歸，兩奉召還之旨〔七〕；懷章欲上，亟蒙趣對之榮。親降玉音〔八〕，俯憐雪鬢。勞其久別，蓋寵嘉近侍之所宜〔九〕；勉以屬文〔一〇〕，實臨遣守臣之未有。茲蓋伏遇皇帝陛下，睿謨冠古〔一一〕，英斷如神。肆筆成書，千載獨高於聖學；刺經作制〔一二〕，諸儒絶企於清光。以臣夙被化於明時，憐臣未廢書於晚歲，將激昂其素志，故闊略於往愆〔一三〕。臣敢不戴使愚使過之恩，念有社有民之寄〔一四〕。憩棠陰而聽訟，期無墜於家聲〔一五〕；及瓜戍而代歸〔一六〕，尚少酬於君賜。

【題解】

于譜淳熙十三年：「除朝請大夫（從六品），知嚴州……陛辭時，宋孝宗諭以可多作詩文……七月三日到嚴州任。」本文爲到達嚴州任所上呈宋孝宗的謝恩表文。

本文原未繫年，歐譜繫於淳熙十三年（一一八六），是。當作於該年七月。

【箋注】

〔一〕延和：指延和殿，宫内的便坐殿。　細仗：古時皇帝出巡或朝會時所用之儀仗。宋史儀衛志一：「其殿庭之儀，則有黄麾大仗、黄麾半仗、黄麾角仗、黄麾細仗。」　面咫尺天：比喻離天子容顔極近。左傳僖公九年：「天威不違顔咫尺。」杜預注：「言天鑒察不遠，威嚴常在顔面之前。」

〔二〕新定：嚴州的古稱。　左符：符契的左半。程大昌演繁露：「漢太守之官，必得左符以出，至郡用以爲驗。蓋右符先以留州，故令以左合右也。」　二千石：指郡守。漢制，郡守俸禄爲二千石，即月俸百二十斛。史記孝文本紀：「臣謹請陰安侯列侯頃王后與瑯玡王、宗室、大臣、列侯、吏二千石議。」

〔三〕叨塵：忝任，謂自己才能與所任之職不相配。歐陽修續思潁詩序：「叨塵二府，遂歷三朝。」

〔四〕「漢皇」句：據史記司馬相如列傳載，相如晚年病免家居，武帝派所忠去求書稿，至則相如已死，家無遺書。

〔五〕百僚：百官。書皋陶謨：「百僚師師，百工惟時。」孔安國傳：「僚、工，皆官也。」

〔六〕簪笏：朝臣所用冠簪和手版。借指官員或官職。梁簡文帝馬寶順序：「簪笏成行，貂纓在席。」　昕謁：指臣下朝見天子。　淵衷：指皇帝胸懷淵深。蘇舜欽京兆求罷表：「雖淵衷廣納，未欲加罪於瞽言。」

〔七〕乘傳：指奉命出使。蘇軾冬季撫問陝西轉運使副口宣：「永言乘傳之勞，未遑退食之佚。」　兩奉：指先後奉命出使福建、江西，均被召還。

〔八〕玉音：尊稱皇帝的言語。尚書大傳卷三：「皆莫不磬折玉音，金聲玉色。」

〔九〕寵嘉：恩寵嘉獎。左傳昭公三年：「其自唐叔以下，實寵嘉之。」

〔一〇〕勉以屬文：宋史陸游傳：「起知嚴州，過闕，陛辭，上諭曰：『嚴陵，山水勝處。職事之暇，可以賦詠自適。』」

〔一一〕睿謨：皇帝聖明的謀略。柳宗元爲王京兆賀雨表二：「睿謨潛運，甘雨遂周。」

〔一二〕作制：創立制度。何晏景福殿賦：「皆體天作制，順時立政。」

〔一三〕闊略：寬恕，寬容。漢書王嘉傳：「人情不能不有過差，宜可闊略，令盡力者有所勸。」

〔一四〕使愚使過：指用人之短，發揮其作用。范仲淹讓觀察使第一表：「前春延安之戰，主將不利，大挫國威，朝廷有使愚使過之議，遂及於臣。」 有社有民：指有社稷、百姓。

〔一五〕「憩棠蔭」句：史記燕召公世家：「召公巡行鄉邑，有棠樹，決獄政事其下，自侯伯至庶人各得其所，無失職者。召公卒，而民人思召公之政，懷棠樹不敢伐，哥詠之，作甘棠之詩。」詩召南甘棠：「蔽芾甘棠，勿翦勿伐，召伯所茇。蔽芾甘棠，勿翦勿敗，召伯所憩。蔽芾甘棠，勿翦勿拜，召伯所説。」後以「棠蔭」喻惠政。 家聲：家族世代相傳的聲譽。史記李將軍列傳：「單于既得陵，素聞其家聲，及戰又壯，乃以女妻陵而貴之。」

〔一六〕「及瓜戍」句：左傳莊公八年：「齊侯使連稱、管至父戍葵丘。瓜時而往，曰：『及瓜而代。』」原指瓜熟時派人接替。後稱官吏任職期滿由他人接替。

除寶謨閣待制謝表

陪衆雋以登瀛〔一〕，已慚薄陋；扈六飛而上雍〔二〕，遽踐高華。恩重命輕，感深涕霣。中謝。伏念臣材非異禀，家本至寒。蒼雅遺書，守先臣之孤學〔三〕；莊騷奇作，誦諸老之舊聞〔四〕。竊慕隱居求志之風，尤耻嘩世取名之事。年運而往，道阻且長。仕止爲貧，適遇四朝之盛際〔五〕；老猶不死，遂爲六聖之遺民〔六〕。豈期垂盡之時，更被非常之遇。置之儒館，命以信書〔七〕，特寬尸素之重誅，不待汗青而加賞〔八〕。茲蓋伏遇皇帝陛下，道兼倫制，學備誠明，體穹穹厚厚之仁，躋蕩蕩巍巍之治〔九〕。風行雷動，號令靡隔於幽遐〔一〇〕；魚躍鳶飛，人材不遺於疏賤〔一一〕。雖耄期之已迫，尚覆育之愈深。臣敢不口誦訓辭，心銘德澤。入預甘泉之筆橐〔一二〕，儻效微勞；歸尋杜曲之桑麻〔一三〕，終祈洪造。

【題解】

宋因唐制，於殿、閣均設待制之官，典守文物，位在學士、直學士之下。寶謨閣，藏宋光宗御製處，嘉泰二年置。于譜嘉泰三年：「正月，除寶謨閣待制，舉從政郎曾黯自代。」嘉泰二年五月，陸游應詔以元官提舉佑神觀兼實録院同修撰兼同修國史，六月中入都與修兩朝實録。十二月除秘書監（正四品）。次年又有此任命。本文爲任職寶謨閣待制後上呈宋寧宗的謝恩表文。

本文原未繫年，歐譜繫於嘉泰三年（一二〇三），是。當作於該年正月。陸游時任秘書監。

參考卷五除寶謨閣待制舉曾黯自代狀、卷一二除寶謨閣待制謝丞相啓、謝費樞密啓。

【箋注】

〔一〕登瀛：登上瀛洲，喻士人得到榮寵，如登仙界。李肇翰林志：「唐興，太宗始於秦王府，開文學館，擢房玄齡、杜如晦一十八人，皆以本官兼學士，給五品珍膳，分爲三番更直，宿於閣下，討論墳典，時人謂之『登瀛洲』。」

〔二〕扈：隨從。　六飛：古代皇帝的車駕六馬，疾行如飛。亦作「六騑」。史記袁盎晁錯列傳：「今陛下騁六騑，馳下峻山。」裴駰集解引如淳曰：「六馬之疾若飛。」漢書爰盎傳作「六飛」。後用以指稱皇帝的車駕或皇帝。　上雍：登雍州祭祀天地。古雍州即今陝西、甘肅、青海一帶。漢書郊祀志：「其秋，上雍，且郊。」顔師古注：「雍地形高，故云上也。」此句借指自己升遷。

〔三〕「蒼雅」二句：指陸游祖父陸佃著有爾雅新義、埤雅等小學著述。蒼雅，指三蒼、爾雅，均爲古代字書。三蒼亦作三倉，指倉頡篇、爰歷篇和博學篇。

〔四〕莊騷：指莊子、離騷，均爲文學經典。諸老之舊聞，陸游撰有家世舊聞，載自高祖陸軫起陸氏家族的舊聞逸事。

〔五〕仕止：指出仕或退隱。　四朝：指陸游出仕的高宗、孝宗、光宗、寧宗四朝。

〔六〕六聖：指陸游出生以來經歷的徽宗、欽宗、高宗、孝宗、光宗、寧宗六位皇帝。

〔七〕信書：猶言信史。此指編纂實録。

〔八〕尸素：居位食禄而不盡職。多用於自謙。鍾繇上漢獻帝自劾書：「尸素重禄，曠職廢任。」　汗青：古時用竹簡記事，先以火烤青竹，使水分如汗滲出，便於書寫，并免蟲蛀。後用以指著作完成。

〔九〕穹穹厚厚：指天地。李翺故處士侯君墓誌：「其首章曰：『穹穹與厚厚兮，烏憤予而不攄。』」蕩蕩巍巍：指道德崇高，恩澤博大。論語泰伯：「大哉堯之爲君也！巍巍乎，唯天爲大，唯堯則之。蕩蕩乎，民無能名焉。」朱熹集注：「巍巍，高大之貌；蕩蕩，廣遠之稱也。」

〔一〇〕幽遐：僻遠，深幽。晉書禮志下：「故雖幽遐側微，心無壅隔。」

〔一一〕疏賤：關係疏遠、地位低下之人。韓非子主道：「是故誠有功則雖疏賤必賞，誠有過則雖近愛必誅。」

〔一二〕甘泉之筆槖：比喻文學侍臣。甘泉爲宮殿名，漢武帝時建，在今陝西咸陽。筆槖，携帶文具所用袋子。

〔一三〕杜曲之桑麻：此指隱居之地。杜甫曲江三章章五句其三：「自斷此生休問天，杜曲幸有桑麻田，故將移往南山邊。」杜曲，地名，在今陝西西安東南，唐代大姓杜氏世居之地。

轉太中大夫謝表

信史奏篇，獲紀兩朝之盛〔一〕；恩書馳驛，躐躋四品之崇〔二〕。方醲賞之既行，欲牢辭而弗敢，始終忝幸，俯仰兢慚〔三〕。中謝。伏念臣身出窮閻，家承孤學。披肺肝而自力，雖有素懷；賜骸骨以歸休，已更累歲。昨被出綸之命，起參載筆之遊〔四〕，强眊昏廢忘之餘，均筆削討論之責〔五〕。食常忘事，但憂尸素之當誅；成本因人，乃以汗青而受寵。茲蓋伏遇皇帝陛下，奉先思孝，守位曰仁〔六〕。夙受命於皇天，克肖其德；肆纂圖於列聖，無疆惟休〔七〕。永懷弓劍之藏，每切羹牆之慕〔八〕，爰求遺老，俾誦舊聞。而臣猥以耄期，恭承訓勉。愴大父詩書之業〔九〕，久已寂寥；讀元豐文獻之言〔一〇〕，至於感泣。雖迫蓋棺之日，敢忘結草之酬〔一一〕。

【題解】

南宋太中大夫列爲文散官二十九階之第八階，從四品上。于譜嘉泰三年：「（秋）轉太中大夫（從四品），有辭免狀及謝表。」該年四月中，陸游上孝宗、光宗兩朝實録，以進書畢，請守本官致仕，不允。再上劄子，敕除提舉江州太平興國宮，五月中去國。秋日轉此職。本文爲任職太中大夫後上呈宋寧宗的謝恩表文。

本文原未繫年，歐譜繫於嘉泰三年（一二〇三），是。當作於該年秋。陸游時任提舉江州太平興國宮，去國還鄉。

參考卷五辭免轉太中大夫狀。

【箋注】

〔一〕「信史」二句：指完成了孝宗、光宗兩朝實録。信史，真實可信之史籍。公羊傳昭公十二年：「春秋之信史也，其序則齊桓、晉文；其會則主會者爲之也。」

〔二〕躐躋：指越級提升。

〔三〕忝幸：指受之有愧的幸遇。資治通鑑晉穆帝升平元年：「璋不治節檢，專爲奢縱，而更居清顯，此豈惟璋之忝幸，實時世之陵夷也。」兢慚：惶恐慚愧。杜光庭大王本命醮葛仙化詞：「況荷殊榮，久叨重寄，循涯省分，常切兢慚。」

〔四〕出綸：指帝王的詔命。禮記緇衣：「王言如絲，其出如綸。王言如綸，其出如綍。故大人不倡游言。」孔穎達疏：「言綸粗於絲……綍又大於綸。」謂帝王之言關係重大。載筆：携帶文具記録王事，此指修撰實録。禮記曲禮上：「史載筆，士載言。」鄭玄注：「筆，謂書具之屬。」

〔五〕眊昏：視力昏花。新唐書魏徵傳：「文德皇后既葬，帝即苑中作層觀以望昭陵，引徵同升。徵孰視曰：『臣眊昏，不能見。』」筆削：對作品删改訂正。歐陽修免進五代史狀：「至於筆削舊史，褒貶前世，著爲成法，臣豈敢當。」

〔六〕「奉先」二句：侍奉祖先要思孝敬，保持地位要講仁愛。書太甲中：「奉先思孝，接下思恭。」易繫辭下：「聖人之大寶曰位，何以守位？曰仁。」孔穎達疏：「聖人何以保守其位？必信仁愛，故言曰仁也。」

〔七〕無疆惟休：無窮無盡，無限美好。書召誥：「惟王受命，無疆惟休。」

〔八〕弓劍之藏：史記越王勾踐世家：「蜚鳥盡，良弓藏；狡兔死，走狗烹。」羹牆之慕：指仰慕聖賢。後漢書李固傳：「昔堯殂之後，舜仰慕三年，坐則見堯於牆，食則睹堯於羹。」

〔九〕「大父」句：宋史陸佃傳：「佃著書二百四十二卷，於禮家、名數之説尤精，如埤雅、禮象、春秋後傳皆傳於世。」

〔一〇〕「元豐」句：元豐爲宋神宗年號（一〇七八—一〇八五），指陸佃在此時間内的著述。

〔一一〕結草之酬：結草成繩，搭救恩人。喻受人恩惠，定當厚報。左傳宣公十五年：「及輔氏之役，（魏）顆見老人結草以亢杜回，杜回躓而顛，故獲之。」

謝致仕表

持橐甘泉〔一〕，已竊逢辰之幸；掛冠神武〔二〕，又叨歸老之榮。加恩俯念於耄年，延賞特頒於申命〔三〕。伏讀絲綸之語〔四〕，曷勝犬馬之情。中謝。伏念臣家本窮閻，世承孤學，雖遇千齡之盛際，初無一日之微勞。白首光陰，躐冠登瀛之選；青雲步武〔五〕，亟陪上雍之班。屬預奏於信書，遂祈歸於故里。奉祠雖佚〔六〕，竊食靡安。兹洊貢於忱辭，始恭承於俞旨〔七〕。至於特捐異數，增賁衰門〔八〕，顧令么微，獲被榮耀。兹蓋伏遇皇帝陛下，仁參化育，道極範圍。繼粟繼肉以養賢才，祝鯁祝噎以禮耆耋〔九〕。思貞元之朝士〔一〇〕，寤寐不忘；念山陰之老人，生存無幾。越拘攣於令甲〔一〕，聳觀聽於薦紳，簡編有光，世類知勸。而臣抱痾床笫〔二〕，絶望闕廷。賤息何能，亦忝及親之禄〔三〕；素風未墜，豈無報國之期。

【題解】

陸游曾先後兩次致仕。首次致仕在慶元五年（一一九九，己未）五月，再次致仕在嘉泰四年（一二〇四，甲子）初。本書卷五有乞致仕劄子，自注：甲子。又卷二十作於嘉泰四年三月的常州奔牛閘記文末繫銜爲「太中大夫充寶謨閣待制致仕山陰縣開國子食邑五百户賜紫金魚袋」，可證。本文爲再次致仕後上呈宋寧宗的謝恩表文。

本文原未繫年，歐譜繫於嘉泰四年（一二〇四），是。當作於該年初。

參考卷五乞致仕劄子、卷十二致仕謝丞相啓。

【箋注】

〔一〕持橐：侍從之臣携帶書筆，以備顧問。漢書趙充國傳：「持橐簪筆，事孝武帝數十年。」

〔二〕掛冠神武：指辭官隱居。南史隱逸傳：「（陶弘景）家貧，求宰縣不遂。永明十年，脱朝服掛神武門，上表辭禄。」

〔三〕延賞：延及他人的賞賜。白居易薛從可右清道率府兼倉曹制：「酬庸既以啓封，延賞亦宜及嗣。」申命：任命。三國志魏書王朗傳：「是以唐虞之設官分職，申命公卿，各以其事。」

〔四〕絲綸：指帝王詔書。禮記緇衣：「王言如絲，其出如綸。」孔穎達疏：「王言初出，微細如絲，及其出行於外，言更漸大，如似綸也。」

〔五〕青雲：比喻高官顯爵。史記范雎蔡澤列傳：「須賈頓首言死罪，曰：『賈不意君能自致於青雲之上。』」　步武：比喻模仿、效法。柳宗元爲韋京兆作祭杜河中文：「分命邦畿，步武獲陪。」

〔六〕奉祠：宋代設宫觀使等主祭祀的職務，以安置五品以上不能任事或年老退休的官員。他們只領官俸而無職事，稱奉祠。見宋史職官志十。

〔七〕洊頁：再次上呈。洊，再，屢次。　忱辭：指乞致仕劄子。　俞旨：表示同意的聖旨。司馬光辭樞密副使第三劄子：「臣前者兩次曾辭免樞密副使，未奉俞旨。」

〔八〕異數：指特殊的禮遇。　增賁：光耀。賁，華美光彩之貌。易賁：「九三：賁如濡如，永貞吉。」孔穎達疏：「賁如，華飾之貌。」　衰門：衰落的門第，多用作謙辭。

〔九〕繼粟繼肉：以穀米、肉食供養賢才。孟子萬章下：「曰：『敢問國君欲養君子，如何斯可謂養矣？』曰：『以君命將之，再拜稽首而受。其後廩人繼粟，庖人繼肉，不以君命將之。』」祝鯁祝噎：禱祝不哽不噎以優禮。帝王請年老致仕者飲酒吃飯，設置專人伺候，表示敬老、養老。後漢書禮儀志上：「三老升，東面，三公設几，九卿正履，天子親袒割牲，執醬而饋，執爵而酳，祝鯁在前，祝饐在後。」　耆耋：老人。禮記射義：「幼壯孝弟，耆耋好禮。」

〔一〇〕貞元之朝士：指前朝舊臣。劉禹錫聽舊宮中樂人穆氏唱歌：「曾隨織女渡天河，記得雲間第一歌；休唱貞元供奉曲，當時朝士已無多。」劉貞元中任郎官御史，後坐王叔文黨貶逐，二十餘年後以太子賓客再入朝，感念今昔而作。

〔一一〕令甲：法令第一篇。泛指法令。漢書宣帝紀：「令甲，死者不可生，刑者不可息。」顔師古注：「如淳曰：『令有先後，故有令甲、令乙、令丙。』如説是也。甲、乙者若今之第一、第二篇耳。」

〔一二〕床第：床和墊在床上的竹席。泛指床鋪。周禮天官玉府：「掌王之燕衣服、衽席、床第。」鄭玄注：「第，簀也。」

〔一三〕「賤息」二句：指幼子子遹以陸游致仕恩補官。賤息，對兒女的謙稱。及親，指父母在世。

落職謝表

叨榮罪大〔一〕，念舊恩深，僅鐫筆橐之華，猶保桑榆之景〔二〕。仰慚鴻造，下愧公言。中謝。伏念臣本出故家，初無他技。每自求於遠宦，豈有意於虚名。命之多艱，動輒爲累，强起僅餘於數月，退歸又閲於六年〔三〕。齒豁頭童，心剿形瘵〔四〕。叫閽請命，蒙恩久許其乞骸〔五〕；飾巾待終，視世已同於逆旅〔六〕。敢謂寬平之邦憲，尚令漸盡於里居〔七〕。此蓋伏遇皇帝陛下，勵精大猷〔八〕，惠養遺老。念臣生當全盛，被六聖之涵濡〔九〕；憐臣仕遇中興，荷三宗之識拔〔一〇〕。雖名薄責，益示殊私〔一一〕。臣敢不祗誦訓詞，痛懲宿負〔一二〕。尸居餘氣〔一三〕，永無再瞻軒陛之期；老生常談，莫叙仰戴丘山之意〔一四〕。

【題解】

落職指罷官。陸游曾先後爲韓侂胄作南園記、閱古泉記，隨着開禧北伐失敗和韓氏被殺，陸游亦受牽累而落職。本文爲落職寶謨閣待制後上呈宋寧宗的謝恩表文。

本文原未繫年，歐譜繫於嘉定元年（一二〇八），是。當作於該年二月。劍南詩稿卷七五有半俸自戊辰二月置不復言作絶句詩，可知陸游落職寶謨閣待制在嘉定元年二月。表中稱「退歸又閱於六年」，亦可證。于譜嘉定二年：「春季被劾，落寶謨閣待制。」不知何據。

【箋注】

〔一〕叨榮：忝受恩榮。張九齡賀麥登狀：「臣等叨榮近侍，倍百恒情，無任感戴忭躍之至。」

〔二〕桑榆之景：指晚年時光。劉禹錫謝分司東都表：「雖迫桑榆之景，猶傾葵藿之心。」

〔三〕「强起」二句：指嘉泰二年六月入都修史，嘉泰三年五月去國返鄉，前後僅十餘月。而自嘉泰三年退歸，至嘉定元年落職，正跨六個年頭。强起，勉强起用。閱，經歷。

〔四〕齒豁頭童：頭禿齒缺。形容衰老。韓愈進學解：「頭童齒豁，竟死何裨。」　剿：勞累。瘵：疲憊，衰敗。

〔五〕叫閽：因冤屈向朝廷申訴。此指乞求致仕。杜甫奉留贈集賢院崔于二學士詩：「昭代將垂白，途窮乃叫閽。」乞骸：官吏自請退職，使骸骨得歸葬故鄉。晏子春秋外篇上：「臣愚不能復治東阿，願乞骸骨，避賢者之路。」

〔六〕飾巾：指不戴冠繫帶，隱居賦閒。後漢書陳寔傳：「寔乃謝使者曰：『寔久絶人事，飾巾待終而已。』」逆旅：旅居。常喻人生短促。陶潛自祭文：「陶子將辭逆旅之館，永歸於本宅。」

〔七〕邦憲：指國家大法。詩小雅六月：「文武吉甫，萬邦爲憲。」毛傳：「憲，法也。」　澌盡：盡滅，滅絶。　里居：官吏告老或引退回鄉居住。書酒誥：「越百姓里居，罔敢湎於酒。」孔安國傳：「於百官族姓及卿大夫致仕居田里者。」

〔八〕大猷：指治國大道。詩小雅巧言：「奕奕寢廟，君子作之；秩秩大猷，聖人莫之。」鄭玄箋：「猷，道也；大道，治國之禮法。」

〔九〕六聖：參見本卷除寶謨閣待制謝表注〔六〕。　涵濡：滋潤，沉浸。元結大唐中興頌：「蠲除祆災，瑞慶大來，兇徒逆儔，涵濡天休。」

〔一〇〕三宗：指提拔陸游的高宗、孝宗、寧宗。

〔一一〕殊私：帝王對臣下的特別恩寵。北史姚僧垣傳：「（姚公）對曰：『臣曲荷殊私，實如聖旨。』」

〔一二〕宿負：拖欠的債務。此指錯誤。漢書張敞傳：「敞皆召見責問，因貰其罪，把其宿負，令致諸偷以自贖。」

〔一三〕尸居餘氣：形容人即將死亡。亦指人暮氣沉沉，無所作爲。晉書宣帝紀：「司馬公尸居餘氣，形神已離，不足慮矣。」

〔一四〕仰戴：敬仰感戴。丘山：山岳，比喻朝廷。

逆曦授首稱賀表

天無私覆，實均父母之仁；邦有大刑，爰下風雷之令。英斷若神明之速，成功無晷刻之淹〔一〕，氛祲澄清〔二〕，頌聲洋溢。中賀。臣伏以高皇有作〔三〕，王室中興，方犬戎窺蜀以憑陵，賴驍將奮身而守衛〔四〕。念功無已，分閫相承〔五〕，仰累朝寵數之非常，雖舉族糜捐而曷報〔六〕。豈圖小醜，自取參夷〔七〕，僭服自如〔八〕，改元無憚。受封割地，已北通獯鬻之庭〔九〕；置戍奪符，欲東扼瞿唐之險〔一〇〕。罪不勝於擢髮〔一一〕，誅寧貸於闔門。肆推曠蕩之恩〔一二〕，實自聖神之造。恭惟皇帝陛下，德配天地，功光祖宗。

覽圖籍而動容，每念兩京之未復〔一三〕；奉廟祧而霣涕，不忘九世之深讎〔一四〕。蠢兹雛卵之微，自投鼎鑊之地。人情共憤，天討遂加。菹醢以賜諸侯〔一五〕，雖特寬於漢法；頭顱之行萬里〔一六〕，已大震於戎心。遥知群醜宵遁之餘，無復并塞秋防之警〔一七〕。臣身歸南陌，名寓西清〔一八〕。馳驛四傳，徒快鯨鯢之戮〔一九〕；造朝旅賀，莫趨鵷鷺之班〔二〇〕。

【題解】

逆曦，指吴曦，南宋叛將。信王吴璘孫，吴挺子。德順軍隴干（今甘肅静寧）人。以祖蔭補右承奉郎，累遷武寧軍承宣使。開禧二年（一二〇六），爲四川宣撫副使，兼陝西、河東招撫使。叛宋，獻關外階、成、和、鳳四州地於金，求金封蜀王。宋史卷三八：「（開禧二年六月）金人封吴曦爲蜀王。」又「（開禧三年正月）甲午，吴曦僭位於興州。」又：「（二月）乙亥，四川宣撫副使司隨軍轉運安丙及興州中軍正將李好義、監四川總領所興州合江倉楊巨源等共誅吴曦，傳首詣行在，獻於廟社，梟三日，四川平。并誅曦妻子，家屬徙嶺南。」本文爲慶賀誅滅吴曦上呈宋寧宗的表文。

本文原未繫年。歐譜繫於開禧三年（一二〇七），是。當作於該年二月。時陸游致仕家居。

參考本卷逆曦授首賀太皇太后箋、逆曦授首賀皇后箋。

【箋注】

〔一〕晷刻：片刻，指時間短暫。西京雜記卷四：「成帝時，交趾越嶲獻長鳴雞，伺晨雞，即下漏驗之，晷刻無差。」淹：滯留。

〔二〕氛祲：霧氣，比喻戰亂，叛亂。沈約王亮王瑩加授詔：「氛祲既澄，并宜光贊緝熙，穆茲景化。」

〔三〕高皇：指宋高宗。

〔四〕犬戎：指金人。　憑陵：侵犯，欺侮。左傳襄公二十五年：「今陳忘周之大德，蔑我大惠，棄我姻親，介恃楚衆，以憑陵我敝邑。」　驍將：指吴玠、吴璘兄弟。事見宋史卷三六六玠、璘本傳。

〔五〕分閫：指出任將帥在外統兵。文心雕龍檄移：「故分閫推轂，奉辭伐罪，非唯致果爲毅，亦且厲辭爲武。」

〔六〕糜捐：指粉身碎骨，捨棄生命。曾鞏明州到任謝兩府啓：「誓在糜捐，用酬鈞播。」

〔七〕參夷：誅滅三族的酷刑。漢書刑法志：「韓任申子，秦用商鞅，連相坐之法，造參夷之誅。」顔師古注：「參夷，夷三族。」

〔八〕僭服：越禮違制的服飾。元稹沂國公魏博多政碑：「興又悉取魏之僭服、異器，人臣所不當爲者，斥去之。」

〔九〕獯鬻：北方部族名。泛指北方少數民族。張説高宗天皇大帝室鈞天之舞樂章：「化懷獯鬻，兵戢句驪。」

〔一〇〕瞿唐：峽名，爲長江三峽之首，號稱西蜀門户。峽口有夔門和灩澦堆。入蜀記六：「入瞿唐峽，兩壁對聳，上入霄漢。」

〔一一〕擢髮：拔下頭髮(數)，言其多。宋書臧質傳：「質生與釁俱，不可詳究，擢髮數罪，曾何足言。」

〔一二〕曠蕩：寬宥。宋書薛安都傳：「四方阻逆，無戰不禽，主上皆加以曠蕩，即其才用。」

〔一三〕兩京：東京、西京，指北方金人統治區。

〔一四〕廟祧：指祖廟。周禮春官小宗伯：「辨廟祧之昭穆。」九世之深讎：指君國累世深仇。春秋時，齊哀公遭紀侯誣害，爲周天子所烹，至襄公歷九世始復遠祖之仇，滅紀國。見公羊傳莊公四年。劍南詩稿卷十八縱筆三：「會須瀝血書封事，請報天家九世讎！」

〔一五〕菹醢：古代把人剁成肉醬的酷刑，也泛指處死。楚辭離騷：「后辛之菹醢兮，殷宗用而不長。」史記黥布列傳：「漢誅梁王彭越，醢之，盛其醢遍賜諸侯。」

〔一六〕「頭顱」句：後漢書袁紹傳：「卿頭顱方行萬里，何席之爲！」

〔一七〕并塞：靠近邊塞。秋防：古代西北各遊牧部落，往往趁秋高馬肥時南侵。屆時邊境往往調兵防守，稱爲「秋防」，亦稱「防秋」。

〔一八〕西清：西廂清静處。文選司馬相如上林賦：「青龍蚴蟉於東厢，象輿婉僤於西清。」郭璞注引張揖曰：「西清者，廂中清静處也。」

〔一九〕鯨鯢：喻兇惡之敵。左傳宣公十二年：「古者明王伐不敬，取其鯨鯢而封之，以爲大戮。」杜預注：「鯨鯢，大魚名，以喻不義之人吞食小國。」

〔二〇〕造朝：進謁，朝覲。新唐書蘇弁傳：「弁造朝，輒就舊著，有司疑詰，紿曰：『我已白宰相，復舊班。』」鵷鷺：鵷、鷺飛行有序，比喻班行有序的朝官。隋書音樂志中：「懷黄綰白，鵷鷺成行。文贊百揆，武鎮四方。」

牋

【釋體】徐師曾文體明辨序説：「劉勰云：『牋者，表也，識表其情也。』字亦作『箋』。古者君臣同書，至東漢始用牋記，公府奏記，郡將奏牋……是時太子、諸王、大臣皆得稱牋。後世專以上皇后、太子。於是天子稱表，皇后、太子稱牋，而其他不得用矣。其詞有散文，有儷語。」

本卷收録牋七首。

光宗册寶賀太皇太后牋

諏穀旦於清臺①，著龜允協〔一〕；奉鴻稱於考廟〔二〕，典册有嚴。慶襲重闈，歡騰函宇。恭惟太皇太后殿下，道同先后，德著累朝，閲天下義理之深，體坤元光大之盛〔三〕。密扶睿斷〔四〕，纂修列聖之治功；備述先猷②，啓迪一人之達孝〔五〕。舉時大典，紹國成規。臣斂迹還東，馳心拱北〔六〕。紳綏雜遝〔七〕，遥瞻濟濟之賀班；宫闕岧嶢〔八〕，徒寄區區之夢境。

【題解】

光宗册寶，見本卷光宗册寶賀表題解。太皇太后，指孝宗謝皇后，淳熙三年立。光宗受禪，上尊號壽成皇后。孝宗崩，尊爲皇太后。嘉泰二年，加慈佑太皇太后。開禧三年五月崩，謚成肅。宋史卷二四三有傳。本文爲慶賀光宗册寶上呈太皇太后的牋文。

本文原未繫年。歐譜繫於慶元六年，誤。當作於嘉泰三年（一二〇三）十一月。時陸游轉太中大夫家居。

參考本卷光宗册寶賀表。

【校記】

①「諏」，原作「詠」。據文意，此指選定良辰吉日，「詠」字非是。據弘治本、正德本、汲古閣本改。

②「先」，原作「光」，據弘治本、正德本、汲古閣本改。

【箋注】

〔一〕諏：選取。　穀旦：指吉日良辰。詩陳風東門之枌：「穀旦于差，南方之原。」毛傳：「穀，善也。」孔穎達疏：「見朝日善明，無陰雲風雨，則曰可以相擇而行樂矣。」清臺：古天文臺。三輔黄圖臺榭：「漢靈臺，在長安西北八里，漢始曰清臺，本爲候者觀陰陽天文之變，更名曰靈臺。」蓍龜：古人用蓍草和龜甲占卜凶吉。易繫辭上：「探賾索隱，鈎深致遠，以定天下之吉凶，成天下之亹亹者，莫大乎蓍龜。」允協：恰當。

〔二〕鴻稱：指光宗受册封的稱號。考廟：父廟。

〔三〕坤元：與「乾元」對稱，指大地資生萬物之德。易坤：「至哉坤元，萬物資生，乃順承天。」孔穎達疏：「至哉坤元者，歎美坤德。」

〔四〕密扶：暗中扶持。睿斷：皇帝的謀劃。

〔五〕先猷：前世聖人的大道。文選班固幽通賦：「謨先聖之大猷兮，亦鄰德而助信。」李善注引曹大家曰：「謨，謀也。猷，道也。言人常當謨先聖人之道。」達孝：最大的孝道。達，通大。禮記中庸：「武王、周公，其達孝矣乎……事死如事生，事亡如事存，孝之至也。」

〔六〕還東：指去國還鄉。山陰在臨安之東。馳心：指心向朝廷。拱北：猶拱辰。論語爲政：「爲政以德，譬如北辰，居其所而衆星共之。」

〔七〕紳緌：指有官職的人。紳，大帶；緌，冠帶末梢下垂部分。雜遝：紛雜繁多貌。

〔八〕岧嶤：高峻，高聳。曹植九愁賦：「踐蹊隧之危阻，登岧嶤之高岑。」

皇帝御正殿賀皇后牋

聖治聿新，爰正路朝之御〔一〕；邦儀丕舉〔二〕，實繄内助之功。盛典告成，函生胥慶〔三〕。恭惟皇后殿下，道隆任姒〔四〕，化洽邦家。方當宁之朝群臣，惟聖時克；宜中壼之介萬壽〔五〕，與天同休。内騰六寢之歡〔六〕，外副萬方之望。臣久違近著，獲遇昌辰。聽九賓之臚傳〔七〕，莫陪抃舞；望五雲之宫闕，徒極傾輸〔八〕。

【題解】

御正殿，見本卷皇帝御正殿賀表題解。皇后指寧宗楊皇后，嘉泰二年立。寶慶五年崩。宋史卷二四三有傳。本文爲慶賀寧宗生日大典上呈皇后的牋文。

本文原未繫年。歐譜繫於致仕後作。當作於嘉定元年（一二〇八）十月。時陸游致仕家居。

參考本卷皇帝御正殿賀表、皇帝御正殿賀皇太子牋。

【箋注】

〔一〕聖治：至善之治。亦指帝王之治迹。莊子天地：「官施而不失其宜，拔舉而不失其能，畢見其情事而行其所爲，行言自爲而天下化，手撓顧指，四方之民莫不俱至，此之謂聖治。」聿：助詞。路朝：路門之朝。路門爲古代宫室最裏層的正門。周禮冬官考工記匠人：

「路門不容乘車之五个。」鄭玄注：「路門者，大寢之門。」

〔二〕邦儀：指國家的禮儀制度。

〔三〕函生：衆生。蘇軾興龍節功德疏文其一：「永均介福，下及函生。」

〔四〕任姒：周文王母太任與周武王母太姒的合稱。古代作爲賢惠后妃的典範。漢書外戚傳下孝成班倢伃：「美皇、英之女虞兮，榮任、姒之母周。」顔師古注：「任，太任，文王之母；姒，太姒，武王之母也。」

〔五〕中壼：猶中宫，皇后的住處。壼，宫内巷舍間道。借指皇后。陸贄詔册淑妃王氏爲皇后文：「中壼虚位，於今歷年。」介萬壽：祝福皇帝生日。詩豳風七月：「爲此春酒，以介眉壽。」鄭玄箋：「介，助也。」後以「介壽」爲祝壽之詞。萬壽，指皇帝、皇太后生日。

〔六〕六寢：古代天子的六個寢宫。周禮天官宫人：「掌王之六寢之脩。」鄭玄注：「六寢者，路寢一，小寢五。……路寢以治事，小寢以時燕息焉。」

〔七〕九賓：古代大典上的禮賓人員。漢書叔孫通傳：「大行設九賓，臚傳。」顔師古注引韋昭曰：「九賓則周禮九儀也。謂公、侯、伯、子、男、孤、卿、大夫、士也。」臚傳：傳告皇帝詔旨。

〔八〕五雲：五色之瑞雲。借指皇帝所在地。王建贈郭將軍：「承恩新拜上將軍，當值巡更近五雲。」傾輸：盡量表達情感。舊五代史唐書末帝紀中：「但緣情在傾輸，理難黜責。」

皇帝御正殿賀皇太子牋

清蹕肅九賓之儀〔一〕，方臨當宁；寶觴奉萬壽之祝，允屬儲宮〔二〕。邦家有光，華裔同慶。恭惟皇太子殿下，道隆孝友，性極誠明。以大學爲家傳，一洗俗儒章句之陋；以密贊爲子職，豈獨寢門櫛縰之恭〔三〕。相此多儀，實先百辟〔四〕。某久嬰沉疾，已迫頽齡。想廣殿之崇嚴，莫陪襜翼〔五〕；占前星之明潤〔六〕，徒極傾馳。

【題解】

御正殿，見本卷皇帝御正殿賀表題解。皇太子指趙詢，見本卷皇太子受册賀表題解。本文爲慶賀寧宗生日大典上呈皇太子的牋文。

本文原未繫年。歐譜繫於致仕後作。當作於嘉定元年（一二〇八）十月。時陸游致仕家居。參考本卷皇帝御正殿賀表、皇帝御正殿賀皇后牋。

【箋注】

〔一〕九賓之儀：史記廉頗藺相如列傳：「今大王亦宜齋戒五日，設九賓於廷，臣乃敢上璧。」裴駰集解引韋昭曰：「九賓則周禮九儀。」周禮秋官大行人「以九儀辨諸侯之命」鄭玄注：「九儀謂命者五：公、侯、伯、子、男也；爵者四：孤、卿、大夫、士也。」

〔二〕儲宮：太子所居宮室，借指太子。潘尼贈陸機出爲吴王郎中令：「乃漸上京，乃儀儲宮。」

〔三〕密贊：密切輔佐。　子職：對父母應盡的職責。孟子萬章上：「我竭力耕田，共爲子職而已矣。」　寢門：泛指内室之門。儀禮士喪禮：「君使人弔，徹帷，主人迎于寢門外，見賓不哭。」鄭玄注：「寢門，内門也。」　櫛縰：泛指侍奉父母起居。禮記内則：「子事父母，雞初鳴，咸盥漱，櫛縰笄總……」櫛，梳髮。縰，束髮的緇帛。

〔四〕百辟：百官。宋書孔琳之傳：「羨之内居朝右，外司輦轂，位任隆重，百辟所瞻。」

〔五〕襜翼：襜帷羽翼，比喻圍繞四周的侍臣。

〔六〕前星：指太子。漢書五行志下：「心，大星，天王也。其前星，太子；後星，庶子也。」　明潤：明朗温潤。

皇太子受册賀皇后牋

壼政憂勤，協贊上聖登三之治〔一〕；母慈顧復，遂開東宮明兩之祥〔二〕。汗簡光華〔三〕，函生鼓舞。恭惟皇后殿下，道光圖史，化被宮闈，嗣先后之徽音，體柔祇之厚載〔四〕。嬀汭之降二女〔五〕，允謂盛時；周臣之止九人〔六〕，實資内助。迨此建儲之命，益知儷極之尊。臣自去通班〔七〕，久安故里。頽齡耄矣，莫陪執玉之趨〔八〕；巨典煥然，不勝拭目之喜。

【題解】

皇太子受册，見本卷皇太子受册賀表題解。皇后指寧宗楊皇后，見本卷皇帝御正殿賀皇后牋題解。本文爲慶賀皇太子受册上呈皇后的牋文。

本文原未繫年。歐譜繫於致仕後作。當作於嘉定二年（一二〇九）八月。時在陸游逝世前不久。

參考本卷皇太子受册賀表、賀皇太子受册牋。

【箋注】

〔一〕壼政：指宫内事務。文選顔延之宋文皇帝元皇后哀策文：「壼政穆宣，房樂韶理。」吕延濟注：「壼政穆宣，謂宫中之政明也。」登三：功德登於三王之上。史記司馬相如列傳：「上咸五，下登三。」裴駰集解引韋昭曰：「咸同於五帝，登三王之上。」

〔二〕顧復：指父母之養育。詩小雅蓼莪：「父兮生我，母兮鞠我。拊我畜我，長我育我，顧我復我，出入腹我。」鄭玄箋：「顧，旋視也；復，反覆也。」明兩：本謂離卦爲兩明前後相續之象，後借指皇帝和太子的關係。易離：「明兩作離，大人以繼明照于四方。」

〔三〕汗簡：即殺青。以火炙竹簡，供書寫所用。太平御覽卷六〇六引劉向别録：「殺青者，直治竹作簡書之耳。新竹有汁，善朽蠹。凡作簡者，皆於火上炙乾之。」借指史册、典籍。

〔四〕徽音：猶德音，指令聞美譽。詩大雅思齊：「大姒嗣徽音，則百斯男。」鄭玄箋：「徽，美也。」柔祇：大地的别稱。文選謝莊月賦：「柔祇雪凝，圓靈水鏡。」李善注：「柔祇，地也。」厚載：地厚承載萬物。易坤：「坤厚載物，德合無疆。」

〔五〕嬀汭：嬀水隈曲之處。書堯典：「釐降二女于嬀汭，嬪於虞。」傳説舜居於此，堯將二女娥皇、女英嫁之。嬀水在山西永濟南。

〔六〕「周臣」句：論語泰伯：「舜有臣五人而天下治。武王曰：『予有亂臣十人。』孔子曰：『才難，不其然乎？唐虞之際，於斯爲盛。有婦人焉，九人而已。三分天下有其二，以服事殷。周之德，其可謂至德也已矣。』」亂臣，指善於治國之臣。

〔七〕通班：通於朝班，指官職顯要。徐陵讓散騎常侍表：「洪私過誤，寘以通班。」

〔八〕執玉：執玉圭。古以不同形制之玉圭區别爵位，因以指仕宦。孔子家語三恕：「國無道，隱之可也；國有道，則衮冕而執玉。」

賀皇太子受册牋

父慈子孝，集大慶於我家；日吉時良，發正衙於顯册〔一〕。國勢重於九鼎，歡聲達於四方。恭惟皇太子殿下，秉德淳明，宅心虚静。英姿達識，事洞照於幾先〔二〕；强記博聞，言必稽於古訓。躬守累朝仁恕之訓，日侍兩宫睟穆之顔〔三〕，歷考古初，實爲創見。某夙叨四品〔四〕，垂及九齡。爲國老農，莫簉濟濟鵷鸞之列〔五〕；逢時盛典，尚懷區區犬馬之心。

【題解】

皇太子受册，見本卷皇太子受册賀表題解。本文爲慶賀皇太子受册上呈皇太子的牋文。

本文原未繫年。歐譜繫於致仕後作。當作於嘉定二年（一二〇九）八月。時在陸游逝世前不久。

參考本卷皇太子受册賀表、皇太子受册賀皇后牋。

【箋注】

〔一〕正衙：唐宋時正式朝會聽政的處所。司馬光涑水記聞卷八：「丹鳳之内曰含元殿，正至大朝會則御之。次曰宣政殿，謂之正衙，朔望大册拜則御之。次北紫宸殿，謂之上閣，亦曰内衙，奇日視朝則御之。」

〔二〕幾先：猶機先，事先。蘇舜欽蜀士：「吾相柄天下，處事當幾先。」

〔三〕兩宫：指太后和皇帝或皇帝和皇后。睟穆：温和慈祥貌。張師正括異志卷一來和天尊：「及見天尊，年甚少，睟穆之姿若冰玉焉。」

〔四〕四品：指嘉泰二年十二月陸游除秘書監，爲正四品。

〔五〕篚：同「萃」，聚集。鵷鸞：比喻朝官。高適東平旅遊奉贈薛太守二十四韻：「鵷鸞粉署起，鷹隼柏臺秋。」

逆曦授首賀太皇太后牋

叛臣干紀，敢萌負固之心〔一〕；密詔行誅，不待崇朝之久。慶關宗社，喜溢宮庭。臣伏以參井之墟〔二〕，古今重地，方高帝東巡之始，實群胡南牧之秋〔三〕。爰有驍雄，服勞疆圉〔四〕。惟列聖念功之意，每示優隆；度故臣誓報之心，豈有窮已。蠢兹微孽，亦荷異恩，入居宿衛之聯，出任師干之寄〔五〕。天所助者順，乃懷悖逆之圖；人不食其餘，自掇殲夷之譴〔六〕。尚全遺族，實出上恩。恭惟太皇太后殿下，坤厚資生，母儀燕翼，每道先朝之家法，助成聖主之性仁。慰在天之靈，故誅其孥而無赦〔七〕；廣及物之澤，故宥其族而弗疑〔八〕。臣久屏窮閻，猶叨近侍。用三有宅，欣逢湯德之寬〔九〕；於萬斯年，莫預堯封之祝〔一〇〕。

【題解】

逆曦授首，見本卷逆曦授首稱賀表題解。太皇太后指孝宗謝皇后，見本卷光宗册寶賀太皇太后牋題解。本文爲慶賀誅滅吳曦上呈太皇太后的牋文。

本文原未繫年。歐譜繫於開禧三年（一二〇七），是。當作於該年二月。時陸游致仕家居。

參考本卷逆曦授首稱賀表、逆曦授首賀皇后牋。

【箋注】

〔一〕干紀：違犯法紀。潘勗册魏公九錫文：「犯關干紀，莫不誅殛。」負固：依憑險阻。史記朝鮮列傳論：「右渠負固，國以絶祀。」

〔二〕參井：參宿和井宿，位在西南方。杜光庭司徒青城山醮詞：「惟彼西南，上通參井。」

〔三〕高帝東巡：指建炎年間宋高宗渡江南逃，經臨安、越州、明州至温、台沿海。群胡南牧：指金兵南侵。南牧，南下牧馬，指南侵。語本賈誼過秦論上：「胡人不敢南下而牧馬。」

〔四〕「爰有」二句：指吳玠、吳璘兄弟在西北起兵抗金。彊圉，指邊防。司馬光論屈野河西修堡狀：「伏望陛下察龐籍本心，欲爲國家保固彊圉，發於忠赤。」

〔五〕師干：指軍隊統帥。詩小雅采芑：「其車三千，師干之試。」毛傳：「師，衆；干，扞；試，用也。」陳奂傳疏：「言軍士之衆，足爲扞禦之用也。」

〔六〕殲夷：誅滅。後漢書崔駰傳：「豈無熊僚之微介兮，悼我生之殲夷。」李賢注：「殲，滅也。」

夷，傷也。」

〔七〕「故誅」句：指誅殺吴曦妻子。見本卷逆曦授首稱賀表題解。

〔八〕「故宥」句：指流放吴曦親屬。見本卷逆曦授首稱賀表題解。

〔九〕「用三」二句：指有幸遭逢如商湯網開三面一樣仁德寬厚的盛世。史記殷本紀：「湯出，見野張網四面。祝曰：『自天下四方皆入吾網。』湯曰：『嘻，盡之矣！』乃去其三面，祝曰：『欲左，左。欲右，右。不用命，乃入吾網。』諸侯聞之，曰：『湯德至矣，及禽獸。』」宅，宅心，用心。

〔一〇〕於萬斯年：稱頌太皇太后長壽。詩大雅下武：「於萬斯年，受天之祜。」鄭玄箋：「祜，福也。天下樂仰武王之德，欲其壽考之言也。」堯封：指中國的疆域。書舜典：「肇十有二州，封十有二山。」言堯命舜巡視天下，劃分爲十二州，并封土爲壇，用於祭祀。

逆曦授首賀皇后牋

逆臣負固，上貽正宁之憂〔一〕；密詔行誅，不待靈旗之指〔二〕。勳高古昔，喜溢宫庭。伏以分閫專征，本倚世臣之舊；野心叵測，輒干邦憲之嚴。妖禽自取於覆巢，靡草獨枯於長夏。尚加矜貸〔三〕，曲示涵容。故雖同産之親，止用徙鄉之典〔四〕。恭惟皇后殿下，道光嬀汭，德配坤元。侍膳慈闈〔五〕，克謹晨昏之奉；焦心中壼，每分宵旰之勞〔六〕。及此成功，允爲大慶。聳裔夷之觀聽〔七〕，增竹帛之光華。臣久已歸耕，莫陪入賀。身修家齊國治，實由内助之功；天時地利人和，行睹外攘之烈〔八〕。

【題解】

逆曦授首，見本卷逆曦授首稱賀表題解。皇后指寧宗楊皇后，見本卷皇帝御正殿賀皇后牋題解。本文爲慶賀誅滅吴曦上呈皇后的牋文。

本文原未繫年。歐譜繫於開禧三年（一二〇七），是。當作於該年二月。

參考本卷逆曦授首稱賀表、逆曦授首賀太皇太后牋。

【箋注】

〔一〕正宁：猶當宁，指皇帝。

〔二〕靈旗：出征前祭禱之戰旗，以求旗開得勝。漢書禮樂志：「招摇靈旗，九夷賓將。」顔師古注：「畫招摇於旗以征伐，故稱靈旗。」招摇指北斗七星。

〔三〕矜貸：憐恤寬恕。

〔四〕「故雖」二句：指流放吴曦親屬。見本卷逆曦授首稱賀表題解。

〔五〕慈闈：古稱母親，亦專指皇后。此指太皇太后。梁肅立皇后孟氏制：「明揚德閥之懿，簡在慈闈之公。」

〔六〕宵旰：即宵衣旰食，天不亮穿衣起牀，天黑了才吃飯。多用以形容帝王勤於政事。陸贄論兩河及淮西利害狀：「今師興三年，可謂久矣；稅及百物，可謂繁矣；陛下爲之宵衣旰食，可謂憂勤矣。」

〔七〕裔夷：邊遠夷人。左傳定公十年：「兩君合好，而裔夷之俘以兵亂之。」

〔八〕外攘：對外抵禦敵人。胡錡擬銀青光禄大夫提舉醴泉觀……加食邑實封制：「顧惟禮耕義種之賢，足副内修外攘之志。」烈：功業。

渭南文集箋校卷第二

南宫表牋

【釋體】

南宫，亦稱南省，即尚書省，屬禮部。宋史卷一六三職官志三：「（禮部郎中）凡慶會若謝，掌撰表文。」淳熙十六年二月初，宋孝宗内禪之前，親降手批，除陸游禮部郎中之職，至同年十一月二十八日遭諫議大夫何澹彈劾論罷。本卷即陸游在禮部郎中任上代丞相所擬之表、牋及道場疏。表、牋文體見卷一。又徐師曾文體明辨序説：「道場疏者，釋、老二家慶禱之詞也。慶詞曰生辰疏，禱詞曰功德疏，二者皆道場之所用也。」

本卷收録表十四首、牋五首、道場疏六首。

丞相率文武百僚請建重明節表

飛龍在天〔一〕，方仰君臨之德；流虹繞渚〔二〕，實開聖作之祥。宜紀昌辰，用彰盛際。恭惟皇帝陛下，承謨丕顯〔三〕，受命溥將。致養三宫〔四〕，備本朝之家法；參決萬務，得率土之民心〔五〕。正宁初臨，積陰頓解，於赫明離之象，益昭出震之符〔六〕。臣等不勝大願，請以九月四日爲重明節。伏望皇帝陛下，俯察群情，亟頒俞旨〔七〕。施尊名，建顯號，侈穹昊發祥之期〔八〕；披皇圖，稽帝文，伸臣民歸美之報〔九〕。著之令甲，副在有司。邦家增光，天下幸甚。

【題解】

重明節爲宋光宗聖節。宋史卷三六光宗紀：「（淳熙十六年二月）辛巳，以生日爲重明節。」又卷一一二禮志十五：「光宗以九月四日爲重明節。」本文爲請求光宗設立重明節上呈的表文。此題共三首。古代帝王謙讓有三讓之禮。文心雕龍章表：「曹公稱爲表不必三讓，又勿得浮華。」

本文原未繫年。歐譜繫於淳熙十六年（一一八九）是。當作於該年二月。時陸游在禮部郎中任上，下同。

參考本卷重明節明慶寺丞相率百僚啓建道場疏。

【箋注】

〔一〕飛龍在天：喻帝王在位。易乾卦：「九五，飛龍在天，利見大人。」孔穎達疏：「謂有聖德之人得居王位。」

〔二〕流虹繞渚：喻帝王誕生。參見卷一會慶節賀表注〔七〕。

〔三〕丕顯：猶英明。書康誥：「惟乃丕顯考文王，克明德慎罰。」

〔四〕三宮：指天子、太后、皇后。漢書王嘉傳：「自貢獻宗廟三宮，猶不至此。」顔師古注：「三宮，天子、太后、皇后也。」此指壽聖皇太后（高宗吴皇后）、至尊壽皇聖帝（宋孝宗）和壽成皇后（孝宗謝皇后）。

〔五〕率土：「率土之濱」之省稱，指境域之内。詩小雅北山：「率土之濱，莫非王臣。」

〔六〕於赫：歎美之詞。詩商頌那：「於赫湯孫，穆穆厥聲。」明離：指太陽。易離：「明兩作離，大人以繼明照于四方。」孔穎達疏：「明兩作離者，離爲日，日爲明。今有上下二體，故云明兩作離也。」出震：出於東方。八卦中的「震」卦位對應東方。徐陵勸進梁元帝表：「伏惟陛下出震等於勛華，鳴謙同於旦奭。」

〔七〕俞旨：表示同意之聖旨。司馬光辭樞密副使第三劄子：「臣前者兩次曾辭免樞密副使，未奉俞旨。」

〔八〕侈：誇大，張揚。穹昊：穹蒼，蒼天。謝靈運宋武帝誄：「如何一旦，緬邈穹昊。」發祥：此謂帝王創業登基。傅咸桑樹賦：「惟皇晉之基命，爰於斯而發祥。」

〔九〕「披皇」三句：文選班固東都賦：「於是聖皇乃握乾符，闡坤珍，披皇圖，稽帝文。」呂延濟注：「皇圖，謂河圖也。」帝文，指圖緯，上天所降文字。歸美，稱許，贊美。宋書武帝紀中：「由是四海歸美，朝野推崇。」

二

受命若帝之初，宜邦彝之悉舉〔一〕；盛德如天之覆〔二〕，豈人欲之或違。比罄忱辭，願標令節〔三〕，未回聰聽〔四〕，曷慰群情？伏以紀千秋之名，雖由唐舊〔五〕；允長春之請，則在宋興〔六〕。況今非獨循累代之成規，蓋亦以此侈重華之大慶〔七〕。顯號缺而未講，盛旦鬱而弗彰，謙雖益光，禮則未稱。伏望皇帝陛下，茂昭巨典，亟發德音。漢殿尊榮，親奉玉卮之壽〔八〕；周行抃蹈，各陳金鑑之書〔九〕。豈惟光簡册之傳〔一〇〕，實以副天下之望。

【箋注】

〔一〕邦彝：指國法。

〔二〕天之覆：上天覆被萬物，用以稱美帝王仁德廣被。漢書匈奴傳下：「今聖德廣被，天覆匈奴。」

〔三〕忱辭：至誠之辭。此指前上之表。令節：佳節，此指重明節。藝文類聚卷四引元正詩：「元正啓令節，嘉慶肇自茲，咸奏萬年觴，小大同悦熙。」

〔四〕聰聽：明於聽取，明於辨察。書酒誥：「聰聽祖考之彝訓。」

〔五〕「伏以」二句：指以皇帝誕辰爲聖節，是唐代的舊制，始自唐玄宗。唐會要節日：「開元十七年八月五日，左丞相源乾曜、右丞相張説等，上表請以是日爲千秋節。」

〔六〕「允長」二句：指建立長春節始於宋初。長春，即長春節，宋太祖聖節，宋史禮志十五：「建隆元年，群臣請以二月十六日爲長春節。」

〔七〕重華：原爲虞舜之美稱，後以代稱帝王。書舜典：「曰若稽古帝舜，曰重華，協于帝。」

〔八〕玉巵：玉製的酒杯。史記高祖本紀：「高祖奉玉巵，起爲太上皇壽。」

〔九〕周行：周官的行列，亦泛指朝官。詩周南卷耳：「嗟我懷人，寘彼周行。」毛傳：「行，列也。思君子，官賢人，置周之列位。」抃蹈：手舞足蹈，形容歡欣鼓舞。金鑑：指皇帝生日所上諷喻之書。新唐書張九齡傳：「（玄宗）千秋節，公、王并獻寶鑑，九齡上事鑑十章，號千秋金鑑録，以伸諷諭。」

〔一〇〕簡册：指史籍。劉知幾史通叙事：「夫以吴徵魯賦，禹計塗山，持彼往事，用爲今説，置於文章則可，施於簡册則否矣。」

三

淵聽未回〔一〕，確爾執謙之意；忱辭屢叩，歉然歸美之誠。彝典不可以久稽，衆心不可以屢咈〔二〕。敢控喁喁之請，再干穆穆之光〔三〕。竊以民之戴君，自古有訓；禮之飾治，後世尤詳。惟大德得其名，故因誕彌而紀節〔四〕；雖先王未之有，亦容增益之隨時。當渚虹樞電之辰，受嶽貢川珍之集，乃同常日，夫豈人情？今者博士議郎，固執於廷；秩宗奉常〔五〕，各揚其職。必期得請，疇敢自安。伏望皇帝陛下，聖度兼容，大明委照。帝辭三祝，足昭挹損之懷〔六〕；臣同一心，終冀允俞之命〔七〕。

【箋注】

〔一〕淵聽：指聖明的決斷。臣下稱頌皇帝聽斷奏議的套語。

〔二〕彝典：指舊典。隋書高祖紀下：「删正彝典，日不暇給。」咈：同「拂」，違背，違逆。

〔三〕喁喁：仰望期待貌。司馬光爲始平公祭晉祠文：「然原陸久燥，根荄未浹，畎畝喁喁，猶有待望。」穆穆：端莊恭敬貌。書舜典：「賓於四門，四門穆穆。」

〔四〕誕彌：原指懷孕足月，後用以指生日。詩大雅生民：「誕彌厥月。」毛傳：「彌，終。」誕，語助詞。

〔五〕秩宗：古代掌宗廟祭祀之官。書舜典：「俞，咨，伯，汝作秩宗。」奉常：秦九卿之一。漢書百官公卿表：「奉常，秦官，掌宗廟禮儀，有丞。景帝中六年更名太常。」

〔六〕三祝：舊時祝頌語，祝人壽、富、多子。挹損：謙遜。蔡邕和熹鄧后謚：「允恭挹損，密勿在勤。」

〔七〕允俞：准許，允諾。杜光庭謝允上尊號表：「果回日月之光，俯降允俞之詔。」

立皇后丞相率文武百僚稱賀壽皇表

北宫移仗〔一〕，方瞻與子之明；中禁正名〔二〕，復奉齊家之訓。化行綿宇，歡動群心。中賀。恭惟至尊壽皇聖帝陛下，盛德日新，聖圖天廣。雖名持守〔三〕，躬創業垂統之艱；不憚憂勤，示詒謀燕翼之法〔四〕。乃者獨觀道妙，將就葆頤〔五〕，猶崇朝親發於德音，謂初政莫先於内治〔六〕。茂建壼則〔七〕，所以垂萬世之典常；大明人倫，所以移四方之風俗。臣等獲塵朝著〔八〕，親奉睿謨。發册昕廷〔九〕，共仰光華之典；稱觴廣殿，益深抃舞之情。

【題解】

皇后，指光宗李皇后。壽皇，指壽皇聖帝，即孝宗。宋史卷三五：「（淳熙十六年）二月壬戌，孝宗吉服御紫宸殿，行内禪禮。」「帝（指光宗）還内，及上尊號曰至尊壽皇聖帝，皇后曰壽成皇后。壽皇聖帝詔立帝元妃李氏爲皇后。」李皇后於寧宗即位後被尊爲太上皇后，上尊號壽仁，慶元六年崩，謚慈懿。宋史卷二四三有傳。本文爲祝賀新立李皇后上呈壽皇聖帝的表文。

本文原未繫年。歐譜繫於淳熙十六年（一一八九），是。當作於該年二月。

參考本卷賀皇帝表、賀皇太后牋、賀壽成皇后牋、賀皇后牋。

【箋注】

〔一〕北宫：古代王后所居之宫。周禮天官内宰：「憲禁令于王之北宫而糾其守。」孫詒讓正義：「古者宫必南鄉，王路寢在前，謂之南宫……後六宫在王六寢之後，對南宫言之，謂之北宫。」

〔二〕中禁：皇帝所居之地。宗楚客奉和人日應制：「九重中禁啓，七日早春還。」

移仗：指天子出行。

〔三〕持守：守成。指孝宗繼承高宗之業。創業垂統：開創基業，傳承統緒。孟子梁惠王下：「君子創業垂統，爲可繼也。」

〔四〕詒謀燕翼：指爲子孫妥善謀劃，使其安樂。參見卷一天申節賀表注〔六〕。

〔五〕道妙：理論的精義。此指養身之道。葆頤：保養。葆，通「保」。

〔六〕崇朝：終朝，從天亮到早飯時。亦指整天。詩鄘風蝃蝀：「朝隮於西，崇朝其雨。」毛傳：「崇，終也。從旦至食時爲終朝。」德音：唐宋時詔書的一種，用於施惠寬恤之事，猶言恩詔。桓寬鹽鐵論詔聖：「高皇帝時，天下初定，發德音，行一切之令，權也，非撥亂反正之常也。」內治：指治理后宮。禮記昏義：「古者，天子后立六宮、三夫人、九嬪……以聽天下之內治，以明章婦順，故天下內和而家理。」鄭玄注：「內治，婦學之法也。」

〔七〕壼則：婦女行爲的準則。舊唐書后妃傳下：「顧史求箴，道先於壼則；撝謙率禮，教備於中闈。」

〔八〕獲塵朝著：謙辭，言得以列位朝班。

〔九〕昕廷：指帝后宮廷。

賀皇帝表

寶運紹開，椒塗首建〔一〕，典册以時而告具，蓍龜協吉而弗違〔二〕。慶集宮庭，歡傳海宇。中賀。伏以聖人有作，追參堯舜禹之盛時；壼範增光，上配姜任姒之至德〔三〕。矧惟內助，始自初潛。稽女史彤管之言，廣周南關雎之化〔四〕。兹正中宮之位號，實出壽皇之訓謨〔五〕。玉音誕敷〔六〕，汗簡登載。求於前世，邈矣未聞。顧家國之榮懷〔七〕，宜神祇之安樂。恭惟皇帝陛下，仁參蒼昊，德被黔黎〔八〕。永惟大學齊家之端〔九〕，先誠其意；推原春秋謹始之義〔一〇〕，以御於邦。故當天臨之初，務先坤載之厚〔一一〕。臣等身逢華旦，目覩彌文。燕至祀禖〔一二〕，行慶則百男之祐；鷄鳴問寢〔一三〕，敢祝於萬年之休。

【題解】

皇帝，指宋光宗。本文爲祝賀新立李皇后上呈宋光宗的表文。本文篇名前省略「立皇后丞相率文武百僚」數字，當與上篇同時所作。以下數篇同。

本文原未繫年。歐譜繫於淳熙十六年（一一八九），是。當作於該年二月。

參考本卷立皇后丞相率文武百僚稱賀壽皇表、賀皇太后牋、賀壽成皇后牋、賀皇后牋。

【箋注】

〔一〕寶運：國運，皇業。沈約武帝集序：「夫成天地之大功，膺樂推之寶運。」椒塗：皇后居住的宮室，用椒和泥塗壁。文選顔延之宋文皇帝元皇后哀策文：「蘭殿長陰，椒塗弛衛。」吕向注：「蘭殿、椒塗，后妃所居也……椒塗，以椒塗室也。」

〔二〕蓍龜：以蓍草與龜甲占卜凶吉。參見卷一光宗册寶賀太皇太后牋注〔一〕。

〔三〕壼範：婦女的儀範、典式。蔡襄程相公母制：「賢德本於天姿，儀度隆於壼範。」姜任姒：

齊侯之女姜后、周文王之母太任、周武王之母太姒三人的合稱。古代賢慧后妃的典範。劉向列女傳周宣姜后：「周宣姜后者，齊侯之女也。賢而有德，事非禮不言，行非禮不動。」太任、太姒，參見卷一皇帝御正殿賀皇后牋注〔四〕。

〔四〕女史：古代女官，掌管有關王后禮儀等事。彤管：用以記事的杆身漆朱之筆。後漢書皇帝紀序：「女史彤管，記功書過。」李賢注：「彤管，赤筆管也。」周南關雎：借指賢淑的后妃美德。詩周南關雎序：「關雎，后妃之德也。」

〔五〕「玆正」二句：指立李氏爲皇后乃孝宗之詔令。中宫：皇后居處，借指皇后。周禮天官内宰：「以陰禮教六宫。」鄭玄注：「六宫謂后也。若今稱皇后爲中宫矣。」

〔六〕誕敷：遍布。書大禹謨：「帝乃誕敷文德。」孔安國傳：「遠人不服，大布文德以來之。」

〔七〕榮懷：泛指國家强盛安寧。王安石賀冀國大長公主出降表：「親值榮懷之日，用忘呼舞之勞。」

〔八〕黔黎：黔首黎民，指百姓。風俗通怪神：「死生有命，吉凶由人，哀我黔黎，漸染迷謬。」

〔九〕齊家之端：指修身爲先。禮記大學：「欲齊其家者，先修其身。」

〔一〇〕謹始之義：指慎之於始。穀梁傳桓公元年：「『元年春，王。』桓無王，其曰王，何也？謹始也。」范甯注：「諸侯無專立之道，必受國於王，若桓初立，便以見治，故詳其即位之始，以明王者之義。」

〔一〕天臨：上天照臨下土，喻天子之治。顔延之應詔宴曲水作詩：「太上正位，天臨海鏡。」坤載：大地承載萬物，喻皇后之德。

〔二〕燕至祀禖：帝王於春暖燕來之日祀禖神以求嗣。禖，古代求子之祀，亦指所祀禖神。禮記月令：「（仲春之月）是月也，玄鳥至。至之日，以太牢祠於高禖。天子親往，后妃帥九嬪御。」

〔三〕雞鳴問寢：古時太子每日清晨向皇帝問安的禮儀。禮記文王世子：「文王之爲世子，朝於王季日三。雞初鳴而衣服，至於寢門外，問内豎之御者曰：『今日安否何如？』内豎曰：『安。』文王乃喜。」

賀皇太后牋

聖子問安，方極蘭陔之養〔一〕；神孫正内，肇新椒掖之華〔二〕。母道彌尊，人情溢喜。中賀。恭惟皇太后殿下，抱神以静，藏心於淵，德修蝺蝺蠖濩之中〔三〕，化行昆侖旁薄之外。唐虞盛際，乃出一家父子之親〔四〕；任姒徽音，仍見三朝婦姑之法〔五〕。方且享宗社尊安之福①，視本支蕃衍之祥，於古有光，與天無極。臣等幸逢熙運，獲綴清班〔六〕。至哉坤元，實首彝倫之叙〔七〕；養以天下，益觀孝治之隆。

【題解】

皇太后，指高宗吴皇后，紹興十三年立，孝宗即位後上尊號爲壽聖太上皇后，光宗即位後更號壽聖皇太后。光宗崩，主持立寧宗，慶元三年十一月崩，謚憲聖慈烈。宋史卷二四三有傳。本文爲祝賀新立李皇后上呈皇太后的牋文。

本文原未繫年。歐譜繫於淳熙十六年（一一八九），是。當作於該年二月。

參考本卷立皇后丞相率文武百僚稱賀壽皇表、賀皇帝表、賀壽成皇后牋、賀皇后牋。

【校記】

①「尊」，汲古閣本作「奠」。

【箋注】

〔一〕蘭陔：指孝養父母。詩小雅南陔序：「南陔，孝子相戒以養也……有其義而亡其辭。」束皙補亡詩：「循彼南陔，言采其蘭；眷戀庭闈，心不遑安。」

〔二〕椒掖：椒房和掖庭，指后妃所居宫室。北齊書神武帝紀下：「椒掖之内，進御以序。」

〔三〕蜵蜎蠖濩：深廣貌。漢書揚雄傳上：「蓋天子穆然，珍臺閒館，璿題玉英，蜵蜎蠖濩之中。」顔師古注：「蜵蜎蠖濩，言屋中之深廣也。」

〔四〕父子之親：指孝宗、光宗父子。

〔五〕徽音：指令聞美譽。詩大雅思齊：「大姒嗣徽音，則百斯男。」鄭玄箋：「徽，美也。」三朝婦姑：指高宗壽聖皇太后、孝宗壽成皇后和光宗李皇后三代皇后。婦姑，婆媳。

〔六〕熙運：興盛的國運。蘇頌司空平章軍國事贈太師開國正獻呂公挽詞五首其一：「二聖臨熙運，元精降佐臣。」清班：清貴的官班，多指文學侍從一類臣子。白居易初授拾遺獻書：「未申微效，又擢清班。」

〔七〕彝倫：指倫常。

賀壽成皇后牋

盛德繼承，爰本親傳之妙；中宮崇建，式光就養之尊〔一〕。慶集禁庭，歡傳海宇。中賀。恭惟壽成皇后殿下，婦功飭備，母道含洪〔二〕，躬老氏之儉慈，享周家之福禄〔三〕。密贊乾剛之斷，神器有歸〔四〕；助成離照之明〔五〕，天心允荅。惟每思於靜順〔六〕，故備極於安榮，衮龍兼彩服之紆，褕翟焕玉卮之奉〔七〕。貴無倫敵，日以舒長，簡册熚其有光，風俗爲之丕變。臣等偶逢熙運，獲相多儀。坤順承天，喜徽音之克嗣〔八〕；孫又有子，知壽祉之無窮〔九〕。

【題解】

壽成皇后，指孝宗謝皇后。見卷一光宗册寶賀太皇太后牋題解。本文爲祝賀新立李皇后上呈壽成皇后的牋文。

本文原未繫年。歐譜繫於淳熙十六年（一一八九），是。當作於該年二月。

參考本卷立皇后丞相率文武百僚稱賀壽皇表、賀皇帝表、賀皇太后牋、賀皇后牋。

【箋注】

〔一〕就養：侍奉父母。禮記檀弓上：「事親有隱而無犯，左右就養無方。」孫希旦集解：「就養者，近就而奉養之也。」

〔二〕婦功：舊指紡織、刺繡、縫紉等事，爲婦女四德之一。禮記昏義：「教以婦德、婦言、婦容、婦功。」鄭玄注：「婦功，絲麻也。」

〔三〕老氏之儉慈：老子：「我有三寶，持而保之：一曰慈，二曰儉，三曰不敢爲天下先。」含洪：同含弘。指恩德廣被，寬厚仁慈。

周家之福禄：詩大雅鳧鷖：「爾酒既清，爾肴既馨，公尸燕飲，福禄來成。」詩序：「鳧鷖，守成也。」

〔四〕密贊：密切輔佐。乾剛：天道剛健，指君主的威權。李綱上淵聖皇帝實封言事奏狀：「伏望陛下運以乾剛，照以離明，爲宗社生靈大計，斷而行之。」神器：代表國家政權的玉璽、寶鼎之類，借指帝位。文選左思魏都賦：「劉宗委馭，巽其神器。」吕延濟注：「神器，帝位。」

〔五〕離照：喻帝王之明察。岳飛辭男雲特轉恩命劄子：「伏望陛下揭離照之明，體乾健之斷，特賜睿旨，追還告命。」

〔六〕静順：平静和順，貞静温順。素問五常政大論：「静順之紀，藏而勿害。」

〔七〕衮龍：皇帝的朝服，上有龍紋。徐幹中論治學：「視衮龍之文，然後知被褐之陋。」紆：彎繞。褕翟：古代王后祭祀時所穿命服，上刻畫雉形。詩鄘風君子偕老：「其之翟也。」毛傳：「褕翟、闕翟，羽飾衣也。」鄭玄箋：「侯伯夫人之服，自褕翟而下，如王后焉。」

〔八〕徽音：猶德音，指令聞美譽。詩大雅思齊：「大姒嗣徽音，則百斯男。」鄭玄箋：「徽，美也。」

〔九〕壽祉：長命、幸福。司空圖唐故太子太師致仕盧公神道碑：「吾老如此，克躋壽祉。」

賀皇后牋

誕受丕基，方正宁凝旒之始〔一〕；協修陰教〔二〕，舉路朝發册之儀。厚載有光，群情咸悦。中賀。恭惟皇后殿下，慶鍾勛閥，道媲皇家。輔佐積勤，實自龍潛之日〔三〕；休祥有衍，早符熊夢之占〔四〕。壽皇所以親發於德音，聖主所以深資於内助。副笄奉三殿之養，大練受六宫之朝〔五〕。震耀簡編，感移風俗。臣等預聞巨典，實激歡悰。法地所以法天，仰戴坤儀之至德；事母同之事父，曷勝鰲抃之微誠？

【題解】

皇后，即光宗李皇后，見本卷立皇后丞相率文武百僚稱賀壽皇表題解。本文爲祝賀新立上呈李皇后的牋文。

本文原未繫年。歐譜繫於淳熙十六年（一一八九），是。當作於該年二月。

參考本卷立皇后丞相率文武百僚稱賀壽皇表、賀皇帝表、賀皇太后牋、賀壽成皇后牋。

【箋注】

〔一〕丕基：巨大的基業。舊五代史晉書少帝紀：「朕虔承顧命，獲嗣丕基。」凝旒：冕旒静止不動。形容帝王態度肅穆專注。韋莊和鄭拾遺秋日感事：「負扆勞天眷，凝旒念國章。」

〔二〕陰教：後宫之教化。本周禮天官内宰：「以陰禮教六宫，以陰禮教九嬪。」

〔三〕龍潛：喻帝王未即位。易乾：「潛龍勿用，陽氣潛藏。」

〔四〕休祥：吉祥。書泰誓中：「朕夢協朕卜，襲於休祥，戎商必克。」孔安國傳：「言我夢與卜俱合於美善。」熊夢：古人以夢中見熊羆爲生男的徵兆，後以爲生男的頌語。詩小雅斯干：「吉夢維何？維熊維羆。」又：「大人占之，維熊維羆，男子之祥。」鄭玄箋：「熊羆在山，陽之祥也，故爲生男。」

〔五〕副笄：古代貴族婦女的頭飾。編髮爲髻稱副，髻上插簪稱笄。詩鄘風君子偕老：「君子偕老，副笄六珈。」毛傳：「副者，后夫人之首飾，編髮爲之。笄，衡笄也。」鄭玄箋：「副，既笄而加飾，如今步摇上飾。」三殿：宋時太皇太后在世，與皇太后、皇后并稱三殿。大練：粗帛。後漢書皇后紀：「常衣大練，裙不加緣。」李賢注：「大練，大帛也。」六宫：古代皇后的寢宫，正寢一，燕寢五，合爲六宫。後用以稱后妃或其所居之地。周禮天官内宰：「上春，詔王后帥六宫之人，而生穜稑之種，而獻之於王。」

文武百僚謝春衣表

寶運紹開，方謹人時之授〔一〕；寵光下逮〔二〕，俾均春服之成。榮被簪紳〔三〕，歡騰拜舞。中謝。恭惟皇帝陛下，凝圖丕赫，撫運重熙〔四〕。租税所儲，靡專一己之奉；寒暑有賜，式厚群臣之恩。所以恤其澣濯之私〔五〕，蓋將責其忠嘉之報〔六〕。雖舊章之是舉，實初政之當先。臣等獲綴班聯，恭承錫予。去女工之蠹，已觀府庫之充；遺天下之衣，願廣乾坤之施。

【題解】

春衣，春日所穿服飾。宋史卷一五三輿服志五時服：「宋初因五代舊制，每歲諸臣皆賜時服，然止賜將相、學士、禁軍大校。建隆三年，太祖謂侍臣曰：『百官不賜，甚無謂也。』乃遍賜之。歲遇端午、十月一日，文武群臣將校皆給焉。」本文爲稱謝賞賜春衣上呈宋光宗的表文。

本文原未繫年。歐譜繫於淳熙十六年（一一八九），是。當作於該年五月。

參考本卷文武百僚謝冬衣表。

【箋注】

〔一〕人時：指有關耕獲的時令節氣，亦指曆法。書堯典：「乃命羲、和，欽若昊天，曆象日月星辰，敬授人時。」蔡沈集傳：「人時，謂耕穫之候，凡民事早晚之所關也。」

〔二〕寵光：謂恩寵光耀。左傳昭公十二年：「昭子曰：『必亡。宴語之不懷，寵光之不宣，令德之不知，同福之不受，將何以在？』」

〔三〕簪紳：簪帶，亦指朝臣。顏師古奉和正日臨朝：「肅肅皆鵷鷺，濟濟盛簪紳。」

〔四〕撫運：順應時運。劉禹錫爲京兆李尹賀遷獻懿二祖表：「伏以太祖景皇帝膺期撫運，啓封於唐。」重熙：稱頌君主累世聖明。何晏景福殿賦：「至於帝皇，遂重熙而累盛。」

〔五〕澣濯：洗滌。司空圖華帥許國公德政碑：「王恭勤備至，浣濯必親。」

〔六〕忠嘉：忠厚善良。曾鞏樞密遷官加殿學士知州制：「某忠嘉惠和，德操惟邵，先帝所遺，以輔朕躬。」

重明節明慶寺丞相率百僚啓建道場疏

【題解】

重明節爲宋光宗聖節，見本卷丞相率文武百僚請建重明節表一題解。明慶寺，寺廟名。咸淳臨安志卷七六：「明慶寺在木子巷北。唐大中二年，僧景初建爲靈隱院。大中祥符五年改今額。中興駐蹕，視東京大相國寺，凡朝廷禱雨暘、宰執百僚建散聖節道場，咸在焉。」宋史卷一一二禮志十五：「建隆元年，群臣請以二月十六日爲長春節。正月十七日，於大相國寺建道場以祝壽。至日，上壽退，百僚詣寺行香。」聖節前一月建道場祝壽遂爲宋代定制。重明節爲九月四日，建道場祝壽當在聖節前一月，即八月。本文爲慶禱重明節所擬的道場疏文。包括開起、滿散、進疏三首，分別爲開建道場、期滿散場和正式進呈的疏文。

本文原未繫年。歐譜繫於淳熙十六年（一一八九），是。當作於該年八月。

參考本卷丞相率文武百僚請建重明節表。

開起〔一〕

乾端澄肅，時爰及於杪秋〔二〕；離照光明，運方隆於中夏〔三〕。敢輸誠悃，仰祝壽齡。皇帝陛下，恭願宜君宜王，時萬時億〔四〕。泰元增漢帝之筴〔五〕，配天其休；洪範錫神禹之疇〔六〕，與民同福。

【箋注】

〔一〕開起：指開建道場。

〔二〕杪秋：晚秋。楚辭九辯：「靚杪秋之遥夜兮，心繚悷而有哀。」

〔三〕中夏：華夏，指中國。文選班固東都賦：「目中夏而布德，瞰四裔而抗稜。」吕向注：「中夏，中國。」

〔四〕時萬時億：指福壽無疆。詩小雅楚茨：「既齊既稷，既匡既敕。永錫爾極，時萬時億。」

〔五〕「泰元」句：史記孝武本紀：「天增授皇帝泰元神筴，周而復始。」泰元，天之别稱。

〔六〕「洪範」句：尚書洪範：「鯀則殛死，禹乃嗣興，天乃錫禹洪範九疇，彝倫攸叙。」洪範，謂大法。神禹，指大禹。

滿散〔一〕

肅霜協令，方觀萬寶之成〔二〕；繞電告祥，實契千齡之會。飭供既周於月律〔三〕，殫誠爰集於廷紳。冀憑薰祓之勤〔四〕，仰報照臨之德。皇帝陛下，恭願政敷有截〔五〕，壽格無疆。天地人之三才，共扶興運；堯舜禹之一道，永芘函生〔六〕。

【箋注】

〔一〕滿散：道場期滿謝神的一種儀式。趙昇朝野類要：「滿散者，終徹也。每遇聖節生辰，宰執赴明慶寺預先開啓祝壽道場，至期滿散畢，賜宴。」

〔二〕肅霜：指霜降而萬物收縮。詩豳風七月：「九月肅霜，十月滌場。」毛傳：「肅，縮也，霜降而收縮萬物。」孔穎達疏：「又九月之時，收縮萬物者，是露爲霜也。」朱熹集傳：「肅霜，氣肅而霜降也。」萬寶之成：莊子庚桑楚：「春氣發而百草生，正得秋而萬寶成。」陸德明釋文：「天地以萬物爲寶，至秋而成也。」

〔三〕飭供：指道場的供奉。月律：呂氏春秋將音律與曆法相附會，以十二律應十二月，故稱月律。

〔四〕薰祓：指以香燭齋戒消災求福。

〔五〕有截：整齊貌。代指九州，天下。詩商頌長發：「苞有三蘖，莫遂莫達，九有有截。」鄭玄箋：「九州齊一截然。」故後人以「有截」代指九州。

〔六〕芘：同「庇」。函生：衆生。

進疏〔一〕

大易明兩作離〔二〕，允符繼照之盛；太極函三爲一〔三〕，誕擁無疆之休。壽何待於禱祠，運自臻於熙洽〔四〕。恭演仙真之秘旨〔五〕，實輸臣子之至情。皇帝陛下，恭願化冒群倫，治偕邃古〔六〕，奉親備天下之養，履位處域中之尊。至誠之道，可以前知，方卜億萬年之永命；諸福之物，莫不畢至，豈止百千所之上聞〔七〕。

【箋注】

〔一〕進疏：正式進呈疏文。

〔二〕「大易」句：易離：「明兩作離，大人以繼明照于四方。」孔穎達疏：「明兩作離者，離爲日，日爲明。今有上下二體，故云明兩作離也。」謂離卦離下離上，爲兩明前後相續之象。

〔三〕「太極」句：漢書律曆志上：「太極元氣，函三爲一。極，中也。元，始也。」顏師古注引孟康曰：「元氣始起於子，未分之時，天地人混合爲一，故子數獨一也。」三，指天、地、人。

〔四〕熙洽：清明和樂，安樂和睦。文瑩玉壺清話卷二：「今君臣熙洽，穆穆皇皇。」

〔五〕仙真：升仙得道之人。晏殊拂霓裳詞：「禱仙真。願年年今日，喜長新。」

〔六〕邃古：遠古。後漢書班固傳下：「伊考自邃古，乃降戾爰茲，作者七十有四人。」

〔七〕上聞：向朝廷呈報。鶡冠子王鈇：「柱國不政，使下情不上聞，上情不下究。」

會慶節明慶寺丞相率百僚啓建道場疏

【題解】

會慶節爲宋孝宗聖節，見卷一會慶節賀表題解。明慶寺、啓建道場疏，見本卷重明節明慶寺丞相率百僚啓建道場疏題解。會慶節爲爲十月二十二日，建道場祝壽當在聖節前一月，即九月。本文爲慶禱會慶節所擬的道場疏文。

本文原未繫年。歐譜繫於淳熙十六年（一一八九），是。當作於該年九月。參考本卷會慶節丞相率文武百僚賀壽皇表、卷一會慶節賀表。

開起

有開必先，天地肇興於景運〔一〕；無遠弗屆，華夷畢效於貢琛〔二〕。況在周行〔三〕，敢稽壽祝。至尊壽皇聖帝陛下〔四〕，伏願道超古昔，化洽黔黎。端居無黄屋之心，既高揖遜〔五〕；萬乘致彩衣之養〔六〕，彌極尊榮。

【箋注】

〔一〕景運：好時運。周書獨孤信傳：「今景運初開，椒闈肅建。」

〔二〕貢琛：進貢寶物。蘇軾賜于寘國黑汗王進奉示諭敕書：「卿遠馳信使，來效貢琛。」

〔三〕周行：泛指朝官。見卷一皇太子受册賀表注〔九〕。

〔四〕至尊壽皇聖帝：指宋孝宗。見本卷立皇后丞相率文武百僚稱賀壽皇表題解。

〔五〕端居：平常居處。黄屋：代指帝王權位。北史魏諸宗室傳論：「至如神武之不事黄屋，高揖萬乘，義感隣國，祚隆帝統。」揖遜：揖讓，禪讓。魏泰東軒筆録卷三：「翰林學士葉清臣等言：『本朝以揖遜得天下，而淑誣以干戈，且臣子非所宜言。』」

〔六〕彩衣之養：指孝養父母。列女傳：「昔楚老萊子孝養二親，行年七十，嬰兒自娱，常著五色斑斕衣，爲親取飲。」

滿散

電樞肇紀，適逢震夙之期〔一〕；月琯告周，洊罄延鴻之禱〔二〕。雖嘉祥之自至，顧歸美之敢稽。至尊壽皇聖帝陛下，伏願福等河沙，壽逾劫石〔三〕。堯仁舜孝，治功永焕於青編；天大佛尊，晬表長臨於黼扆〔四〕。

【箋注】

〔一〕電樞：比喻聖明的朝廷。肇紀：開始新的紀元。此指孝宗禪讓，光宗繼位。震夙：誕育。詩大雅生民：「載震載夙，載生載育。」高亨注：「震，通娠，懷孕。夙，當作孕，字形相近而誤。」

〔二〕月琯：月律，古代以十二月附會十二樂律。琯，同管，律管，古時也用以測定節氣。告周：周而復始。洊罄：屢盡。延鴻：長壽。蘇軾興龍節功德疏文：「下民歸仁，自享延鴻之壽。」

〔三〕河沙：佛教認爲佛世界如恒河沙數，不可勝數。後指數量之多無法計算。黄滔丈六金身碑：「謂之爲有，則河沙、芥子之説，虚誕難測。」劫石：指時間久遠。大智度論卷五：「劫義佛譬喻説。四千里石山，有長壽人百歲過持細軟衣一來拂拭，令是此大石山盡，劫故未盡。」

〔四〕睟表：温和慈祥的儀容。見卷一天申節賀表注〔九〕。黼扆：古代帝王座後的屏風，借指帝王。書顧命：「狄設黼扆綴衣。」孔安國傳：「扆，屏風，畫爲斧文，置户牖間。」

進疏

天爲群物之祖，可謂極尊；壽居五福之先〔一〕，實歸上聖。脱屣親傳於大寶，頤神方御於殊庭〔二〕。敢率群倫，恭培睿算〔三〕。至尊壽皇聖帝陛下，伏願誕膺戩穀，端拱穆清〔四〕。以八千歲而爲春〔五〕，永享舒長之景；卜七百年而過曆，茂隆貽燕之祥〔六〕。

【箋注】

〔一〕五福：書洪範：「五福：一曰壽，二曰富，三曰康寧，四曰攸好德，五曰考終命。」

〔二〕脱屣：脱鞋，比喻看得輕，無所顧戀。漢書郊祀志上：「嗟乎！誠得如黄帝，吾視去妻子如脱屣耳！」顔師古注：「屣，小履。脱屣者，言其便易，無所顧也。」大寶：指帝位。易繫辭下：「聖人之大寶曰位。」頤神：養神。後漢書王充傳：「裁節嗜欲，頤神自守。」殊庭：異域，指仙人居處。史記孝武本紀：「上親禪高里，祠后土。臨渤海，將以望祠蓬萊之屬，冀至殊庭焉。」司馬貞索隱引服虔曰：「殊庭者，異也，言入仙人異域也。」

〔三〕睿算：稱皇帝的年齡。歐陽修聖節五方老人祝壽文：「唯願慶源流遠，齊河海以無窮；睿算緜長，等乾坤而不老。」

〔四〕誕膺：承受。見卷一皇太子受册賀表注〔五〕。戩穀：福禄。詩小雅天保：「天保定爾，俾爾戩穀。」毛傳：「戩，福；穀，禄。」端拱：指閒適自得，清静無爲。晉書阮孚傳：「日月自朗，臣亦何可爝火不息？正應端拱嘯詠，以樂當年耳。」穆清：指太平祥和。

〔五〕八千歲：指年壽長久。莊子逍遥遊：「上古有大椿者，以八千歲爲春，八千歲爲秋。」

〔六〕七百年：指年歲久遠。左傳宣公三年：「成王定鼎於郟鄏，卜世三十，卜年七百，天所命也。」過曆：周之國祚實際長於上述占卜所得，漢書諸侯王表稱「周過其曆」。貽燕：子孫安逸。詩大雅文王有聲：「詒厥孫謀，以燕翼子。」

文武百僚謝冬衣表

霜露既降，著孟冬始裘之文〔一〕；法制具存，舉九月授衣之令〔二〕。進趨禬翼，拜舞光華。中謝。恭惟皇帝陛下，大度并包，至仁滲漉〔三〕。及是月也，初有祁寒之虞〔四〕；念無衣兮，俾膺好賜之厚〔五〕。疏恩榮於在列，斥府庫之餘藏。臣等誤荷選掄，獲霑錫予。睹萬里農桑之業，共樂時平〔六〕；誦群臣幣帛之詩〔七〕，誓圖忠報。

【題解】

冬衣，冬日所穿服飾。見本卷文武百僚謝春衣表題解。本文爲稱謝賞賜冬衣上呈宋光宗的表文。

本文原未繫年。歐譜繫於淳熙十六年（一一八九），是。當作於該年十月。

參考本卷文武百僚謝春衣表。

【箋注】

〔一〕孟冬始裘：禮記月令：「（孟冬之月）是月也，天子始裘。」

〔二〕九月授衣：詩豳風七月：「七月流火，九月授衣。」毛傳：「九月霜始降，婦功成，可以授冬衣矣。」

〔三〕滲漉：比喻恩澤下施。文選謝莊宋孝武宣貴妃誄「六祈輟滲」，李善注：「滲謂滲漉，喻福祉也。」

〔四〕祁寒：嚴寒。書君牙：「冬祁寒，小民亦惟曰怨咨。」蔡沈集傳：「祁，大也。」

〔五〕好賜：國君對臣下的特别恩賜。周禮天官内饔：「凡王之好賜肉脩，則饔人共之。」鄭玄注：「好賜，王所善而賜也。」

〔六〕時平：時世承平。梁簡文帝南郊頌序：「塵清世晏，倉兕無用其武功；運謐時平，鵷鷺咸修其文德。」

〔七〕幣帛之詩：詩小雅鹿鳴序：「鹿鳴，燕羣臣嘉賓也，既飲食之，又實幣帛筐篚，以將其厚意。然後忠臣嘉賓，得盡其心矣。」

會慶節丞相率文武百僚賀壽皇表

錫羡無疆，丕顯生商之旦〔一〕；成功不處，適當命禹之時〔二〕。熙運親逢，群情胥慶。中賀。恭惟至尊壽皇聖帝陛下，仁涵動植，道配堪輿〔三〕。詩書所稱何有加，卓爾規模之大；唐虞之際斯爲盛，超然揖遜之風〔四〕。積勤致王業之成，端拱視天民之阜〔五〕。豈特極高而蟠厚，固已勒崇而垂鴻〔六〕。臣等誤置周行，久陶聖化。蓬萊隔弱水三萬里，獲進謁於殊庭〔七〕；上古有大椿八千秋，冀默符於睿算〔八〕。

【題解】

會慶節爲宋孝宗聖節，見卷一會慶節賀表題解。本文爲慶賀會慶節上呈壽皇聖帝的表文。本文原未繫年。歐譜繫於淳熙十六年（一一八九），是。當作於該年十月。參考本卷會慶節明慶寺丞相率百僚啓建道場疏、卷一會慶節賀表。

【箋注】

〔一〕錫羨：謂神明多多賜福，常用於祈求子嗣。李白明堂賦：「若乃高宗紹興，祐統錫羨。」生商：詩商頌玄鳥：「天命玄鳥，降而生商，宅殷土芒芒。」

〔二〕「成功」二句：指舜成功而禪位於禹。論語泰伯：「巍巍乎，舜禹之有天下，而不與焉。」

〔三〕堪輿：指天地。

〔四〕揖遜：指禪讓。參見本卷會慶節明慶寺丞相率百僚啓建道場疏開起注〔五〕。

〔五〕端拱：指閒適自得，清静無爲。天民：指人民；普通人。禮記王制：「少而無父者謂之孤，老而無子者謂之獨，老而無妻者謂之矜，老而無夫者謂之寡，此四者天民之窮而無告者也。」　阜：盛，多。

〔六〕極高而蟠厚：頂天立地，遍及天地。　勒崇而垂鴻：勒名金石，以垂鴻業。

〔七〕「蓬萊」二句：指有幸進入仙境般的殿堂。　續仙傳下卷：「蓬萊隔弱水三十萬里，非舟楫可行，非飛仙無以到。」蓬萊，與方丈、瀛洲同爲神話中三座神山，位於渤海。弱水，位於中國西部，傳説其水不能浮鴻毛，故名。　殊庭，異域，指仙人居處。

〔八〕「上古」二句：祝福壽皇聖帝高壽。　莊子逍遥遊：「上古有大椿者，以八千歲爲春，八千歲爲秋。」睿算，稱皇帝的年齡。　參見本卷會慶節明慶寺丞相率百僚啓建道場疏進疏注〔三〕。

丞相率文武百僚賀至尊壽皇聖帝冬至表

化國之日舒以長，一陽初復〔一〕；天子之父尊之至，萬壽維祺。亞歲肇新〔二〕，群心胥悦。中賀。恭惟至尊壽皇聖帝陛下，道兼倫制，化極範圍。剛長而亨，周測土圭之景〔三〕；功成則退，堯無黄屋之心〔四〕。薰然慈孝之兼隆，允矣古今之莫及。方且内享視膳問安之大養，外騰重熙累洽之頌聲〔五〕，風動華夷，光昭竹帛。臣等幸逢盛際，獲造昕廷。斗建子以定時〔六〕，是爲嘉會；星拱辰而在列〔七〕，同罄丹誠。

【題解】

冬至，與元旦、寒食并稱宋代三大節慶。天子受百官朝賀，儀式如元旦。官員休假五日，店肆罷市。孟元老東京夢華録冬至：「十一月冬至，京師最重此節，雖至貧者，一年之間，積累假借，至此日更易新衣，備辦飲食，享祀先祖。官放關撲，慶賀往來，一如年節。」吴自牧夢粱録：「大抵杭都風俗，舉行典禮，四方則之爲師，最是冬至歲節，士庶所重，如饋送節儀，及舉杯相慶，祭享宗禋，加於常節。」本文爲慶賀冬至節上呈壽皇聖帝的表文。

本文原未繫年。歐譜繫於淳熙十六年（一一八九），是。當作於該年十一月。

參考本卷丞相率文武百僚賀皇帝冬至表。

【箋注】

〔一〕一陽初復：易復：「后不省方。」孔穎達疏：「冬至一陽生，是陽動用而陰復於静也。」古人認爲陰陽二氣，每年夏至日陽氣至盛而陰氣始生，冬至日則陰氣至盛而陽氣開始復生，謂之「一陽來復」。

〔二〕亞歲：即冬至。曹植冬至獻履襪頌表：「亞歲迎祥，履長納慶。」

〔三〕剛長而亨：指白晝長而順利。剛柔和晝夜相對。易繫辭上：「剛柔者，晝夜之象也。」孔穎達疏：「晝則陽日照臨，萬物生而堅剛，是晝之象也。夜則陰潤浸被，萬物而皆柔弱，是夜之象也。」土圭：古代用以測日影、正四時、量土地的器具。周禮地官大司徒：「以土圭之法，測土深，正日景，以求地中。」景，同影。

〔四〕黄屋：代指帝王權位。參見本卷會慶節明慶寺丞相率百僚啓建道場疏開起注〔五〕。

〔五〕視膳：子女侍奉雙親進膳的禮節。禮記文王世子：「食上，必在視寒暖之節；食下，問所膳。」重熙累洽：功績相繼，累世昇平。見卷一謝賜曆日表二注「六」。

〔六〕斗建子：斗指北斗星，古人用其指向判斷時令節氣。淮南子天文訓：「斗指子則冬至。」逸周書周月：「（一月）是月，斗柄建子，始昏，北指。」周朝曆法以夏曆十一月（子月）爲歲首。

〔七〕星拱辰：衆星拱衛北辰。辰指北極星。論語爲政：「爲政以德，譬如北辰，居其所，而衆星共之。」

丞相率文武百僚賀皇帝冬至表

一之日以授時，黄鍾合律〔一〕；萬斯年而介福，赤伏膺符〔二〕。慶集邦家，歡騰海宇。中賀。恭惟皇帝陛下，仁同乾覆，道協時乘〔三〕。旦復旦以重光〔四〕，邦圖有永；新又新而不倦〔五〕，帝德難名。默觀造化之機，自得財成之妙〔六〕。清心省事，成歸根反本之功；任賢去邪，體進陽消陰之象。臣等幸逢熙運，獲邇威顔。和氣先回，豈待葭灰之應〔七〕；豐年已兆，敢陳雲物之占〔八〕。

【題解】

冬至，參考本卷丞相率文武百僚賀至尊壽皇聖帝冬至題解。本文爲慶賀冬至節上呈宋光宗的表文。

本文原未繫年。歐譜繫於淳熙十六年（一一八九），是。當作於該年十一月。

參考本卷丞相率文武百僚賀至尊壽皇聖帝冬至表。

【箋注】

〔一〕一之日：一月之日。一月指周曆正月、夏曆（農曆）十一月。詩豳風七月：「一之日觱發，二之日栗烈。」毛傳：「一之日，十之餘也；一之日，周正月也。」孔穎達疏：「一之日、二之日，猶言一月之日、二月之日。」　授時：記録天時以告民，後指頒行曆書。書堯典：「曆象日月星辰，敬授人時。」孔安國傳：「敬記天時以授人也。」　黄鍾：樂律十二律之第一律。合律：禮記月令：「仲冬之月，日在斗，昏東壁中，旦軫中，其日壬癸，其帝顓頊，其神玄冥，其蟲介，其音羽，律中黄鍾。」鄭玄注：「黄鍾者，律之始也，九寸。仲冬氣至，則黄鍾之律應。」

〔二〕介福：大福。詩小雅楚茨：「報以介福，萬壽無疆。」　赤伏：即赤伏符，新莽末讖緯家所造符籙，謂劉秀上應天命，當繼漢統爲帝。見後漢書光武帝紀。後泛指帝王受命的符瑞。

〔三〕乾覆：天之覆蓋。梁簡文帝南郊頌序：「等乾覆之焘養，合坤載之靈長。」　時乘：指帝王即位。易乾：「時乘六龍以御天。」王弼注：「處則乘潛龍，出則乘飛龍……乘變化而御大器。」

〔四〕旦復旦：指光明，天明。尚書大傳：「日月光華，旦復旦兮。」鄭玄注：「言明明相代。」

〔五〕新又新：指日日更新。禮記大學：「湯之盤銘曰：『苟日新，日日新，又日新。』」

〔六〕財成：裁度以成。財，同裁。易泰：「天地交，泰。后以財成天地之道。」

〔七〕葭灰之應：古人燒葭莩成灰，置於律管中，置密室内，以占氣候。某一節候到，某律管中葭灰即飛出，表示該節候已到。見後漢書律曆志上。

〔八〕雲物之占：雲的色彩。周禮春官保章氏：「以五雲之物，辨吉凶、水旱降豐荒之祲象。」鄭玄注：「物，色也。視日旁雲氣之色。」

丞相率文武百僚請皇帝聽樂表

祖廟寧神，歲洊更於燧火〔一〕；禮經有制，時當備於簫韶〔二〕。敢控微衷，上干淵聽。伏以中月而禫，壽皇已循不易之規〔三〕；逾年改元，聖主方受惟新之命〔四〕。儻未舉鈞天之奏，何以慰率土之懷〔五〕。伏望皇帝陛下，俯察忱辭，仰稽故典。欲聞五聲八音六律〔六〕，以復朝廷之常；親帥三公九卿諸侯，共致慈闈之請〔七〕。笙鏞以間而人神喜，琴瑟在御而心體安〔八〕。茂昭庶政之惟和，孰謂太平之無象〔九〕。奉萬年之觴於廣殿，及此首春〔一〇〕；撞千石之鐘於大庭，震於四海。

【題解】

請皇帝聽樂，宋高宗於淳熙十四年十月崩，至淳熙十六年十月滿兩年，孝宗行大祥祭禮；大祥後隔一月爲十二月，除孝服，行禫禮。按宋代典故，此後可舉樂。詳見宋會要輯稿禮三五。本文爲高宗禫禮之後上呈宋光宗請求開樂的表文。

本文原未繫年。歐譜繫於淳熙十六年（一一八九），是。當用於十二月。文中「中月而禫」、「逾年改元」等語可證。本篇及以下五篇均爲宋光宗紹熙改元前後朝廷各項重要儀式而代作。但陸游已於淳熙十六年十一月二十八日被放罷，則此六篇表牋文或於離職前預爲撰就，或放罷後「返聘」擬撰。

【箋注】

〔一〕寧神：安定其心神。揚雄法言至孝序：「孝莫大於寧親，寧親莫大於寧神。」歲洊：同歲薦，每年定時祭祀。燧火：鑽燧所生之火。淮南子時則訓：「服八風水，爨其燧火。」高誘注：「取其木燧之火炊之。」

〔二〕簫韶：原爲舜樂名，後泛指美妙仙樂。

〔三〕中月而禫：儀禮士虞禮：「又朞而大祥，曰：薦此祥事。中月而禫。」鄭玄注：「又，復也。」

賈公彥疏：「此謂二十五月大祥祭，故云復朞也。」鄭玄注：「中，猶間也；禫，祭名也。與大祥間一月，自喪至此二十七月。」大祥，父母喪後兩周年祭禮。禫，古代除去孝服時舉行的祭祀。「壽皇」句：高宗淳熙十四年十月崩，至淳熙十六年十月滿兩年，孝宗行大祥祭禮；大祥後隔一月爲十二月，除孝服，行禫禮。

〔四〕改元：指次年光宗改元爲紹熙元年。　惟新：更新。詩大雅文王：「周雖舊邦，其命維新。」毛傳：「乃新在文王也。」

〔五〕鈞天：「鈞天廣樂」的略語，指天上的音樂。劉勰文心雕龍樂府：「鈞天九奏，既其上帝。」率土：「率土之濱」的略語，指四海之內。爾雅：「率，自也。自土之濱者，舉外以包內，猶言四海之內。」

〔六〕五聲：指宮、商、角、徵、羽五種音階。　八音：指金、石、絲、竹、匏、土、革、木八種不同質材所製樂器。　六律：指陰陽各六的十二律。律爲定音器，共有十二個，各有固定的音高和名稱，合稱十二律。

〔七〕三公：指古代中央三種最高官銜，周以太師、太傅、太保爲三公；唐宋沿東漢之制，以太尉、司徒、司空爲三公。　九卿：指古代中央政府的九個高級官職，周以少師、少傅、少保、冢宰、司徒、宗伯、司馬、司寇、司空爲九卿，歷代略有不同。　諸侯：古時帝王所轄各小國的王侯。　慈闈：舊時母親的代稱，亦以稱皇后。

〔八〕笙鏞：古樂器名。鏞，大鐘。書益稷：「笙鏞以閒，鳥獸蹌蹌。」孔穎達疏：「吹笙擊鐘，更迭而作。」琴瑟：兩種樂器。古人以琴瑟之聲爲雅樂正聲。荀子非相：「聽人以言，樂於鐘鼓琴瑟。」

〔九〕太平之無象：謂太平盛世并無一定標誌。新唐書牛僧孺傳：「僧孺奏曰：『臣等待罪輔弼，無能康濟，然臣思太平亦無象。今四夷不至交侵，百姓不至流散；上無淫虐，下無怨讟；私室無强家，公議無壅滯。雖未及至理，亦謂小康。』」

〔一〇〕首春：農曆正月。梁元帝纂要：「正月孟春，亦曰孟陽、孟陬、上春、初春、開春、發春、獻春、首春、首歲、初歲、開歲、獻歲、肇歲、芳歲、華歲。」

丞相率文武百僚賀皇太后受册牋

獻歲發春，太史奏元龜之吉〔一〕；展寀錯事，東朝慶大典之成〔二〕。佳氣一新，歡聲四溢。中賀。恭惟壽聖皇太后殿下，聰明睿智，壽富康寧。踐履艱難，佐高廟廓清之烈〔三〕；遵行恭儉，啓壽皇詒燕之圖〔四〕。肆因初元〔五〕，祗奉顯册，璽篆蟲魚之古〔六〕，樂陳鐘磬之和。内而百官有司，方屏息而觀盛事；外則萬方黎獻，咸拜手而頌閎休〔七〕。載稽前聞，可謂盡美。臣等偶叨在列，獲際升平。有子而又有孫，共仰本文之盛〔八〕；視今之猶視昔〔九〕，前知竹帛之傳。

【題解】

皇太后，指高宗吴皇后，光宗即位後更號壽聖皇太后，見本卷賀皇太后牋題解。宋史卷三六光宗本紀：「紹熙元年春正月丙辰朔，帝率群臣詣重華宫，奉上壽聖皇太后、至尊壽皇聖帝、壽成皇后册、寶。」本文爲慶賀受册上呈皇太后的賀牋。

本文原未繫年。歐譜繫於淳熙十六年（一一八九）。當用於紹熙元年（一一九〇）正月。

參考本卷賀皇太后牋。

【箋注】

〔一〕獻歲發春：新年起始，春氣發動。楚辭招魂：「獻歲發春兮，汩吾南征。」王逸注：「獻，進；征，行也。言歲始來進，春氣奮揚，萬物皆感氣而生。」　元龜：大龜，古代用於占卜。書金縢：「今我即命于元龜。」孔安國傳：「就受三王之命於大龜，卜知吉凶。」

〔二〕展寀錯事：史記司馬相如列傳：「而後因雜薦紳先生之略術，使獲耀日月之末光絶炎，以展采錯事。」裴駰集解：「漢書音義曰：『采，官也。使諸儒記功著業，得睹日月末光殊絶之用，以展其官職，設厝其事業者也。』」寀，同「采」，官。展寀，猶供職。錯，同「措」。　東朝：太后所居宫殿，亦借指太后。史記劉敬叔孫通列傳：「孝惠帝爲東朝長樂宫，及閒往，數蹕煩人，乃作複道。」裴駰集解引關中記：「長樂宮本秦之興樂宮也。漢太后常居之。」因長樂宮在未央宮之東，故稱。

〔三〕高廟：指宋高宗。　廓清之烈：指南渡建立南宋的功業。

〔四〕壽皇：指宋孝宗。　詒燕：爲子孫籌畫。詩大雅文王有聲：「詒厥孫謀，以燕翼子。」見卷一天申節賀表注〔六〕。

〔五〕初元：皇帝登極改元之元年。蘇軾次韻蔣穎叔錢穆父從駕景靈宮二：「與君并直記初元，白首還同入禁門。」

〔六〕蟲魚：即蟲魚篆，指鳥蟲書，篆書變體，筆劃似鳥蟲。資治通鑑後晉齊王開運三年：「契丹以所獻傳國寶追琢非工，又不與前史相應，疑其非真。」胡三省注引李心傳曰：「秦璽者，李斯之蟲魚篆也，其圍四寸。」

〔七〕黎獻：黎民中的賢者。書益稷：「萬邦黎獻，共惟帝臣。」蔡沈集傳：「黎民之賢者也。」　拜手：亦稱拜首。男子跪拜禮之一，跪後兩手相拱，俯頭至手。書太甲中：「伊尹拜手稽首。」孔安國傳：「拜手，首至手。」　閎休：指大業美德。韓愈潮州刺史謝上表：「鋪張對天之閎休，揚厲無前之偉迹。」

〔八〕「有子」句：列子湯問：「雖我之死，有子存焉；子又生孫，孫又生子；子又有子，子又有孫；子子孫孫無窮匱也。」　本支：同一家族的嫡系和庶出子孫。漢書韋玄成傳：「子孫本支，陳錫亡疆。」

〔九〕「視今」句：王羲之蘭亭集序：「後之視今，亦猶今之視昔。」

丞相率文武百僚賀壽成皇后受册牋

宫壼塗椒〔一〕，德配重華之盛；册書鏤玉，禮行路寢之嚴〔二〕。聖孝益隆，輿情交慶。中賀。恭惟壽成皇后殿下，儉慈性稟，柔順躬行。至哉坤元，象服早光於内治〔三〕；養以天下，寢門方奉於母儀〔四〕。今者稽參六籍之文〔五〕，博盡諸儒之議。建此顯號，邁於前聞。仰惟貴無敵而富無倫〔六〕，是謂仁之至而義之盡〔七〕。臣等偶緣在列，獲遂逢時。紀嬀汭、塗山之興〔八〕，幸窺簡牘；繼生民、思齊之作〔九〕，尚播聲詩。

【題解】

壽成皇后，指孝宗謝皇后，光宗即位後更號壽成皇后，見卷一光宗册寶賀太皇太后牋題解。宋史卷三六光宗本紀：「紹熙元年春正月丙辰朔，帝率群臣詣重華宫，奉上壽聖皇太后、至尊壽皇聖帝、壽成皇后册、寶。」本文爲慶賀受册上呈壽成皇后的賀牋。

本文原未繫年。歐譜繫於淳熙十六年（一一八九）。當用於紹熙元年（一一九〇）正月。

參考本卷賀壽成皇后牋。

【箋注】

〔一〕宮壼：指帝王後宮。南史后妃傳論：「文宣宮壼，無聞於喪德。」

〔二〕路寢：天子的正廳。見卷一謝明堂赦表注〔一〕。

〔三〕象服：后妃、貴夫人所穿禮服，上繪各種物象作爲裝飾。詩鄘風君子偕老：「象服是宜。」毛傳：「象服，尊者所以爲飾。」

〔四〕寢門：泛指宮殿内室之門。儀禮士喪禮：「君使人吊，徹帷，主人迎于寢門外，見賓不哭。」鄭玄注：「寢門，内門也。」

〔五〕稽參：參考，考察。漢書武帝紀：「稽參政事，祈進民心。」

〔六〕「仰惟」句：揚雄法言五百：「衆人愈利而後鈍，聖人愈鈍而後利。關百聖而不慚，蔽天地而不恥，能言之類，莫能加焉。貴無敵，富無倫，利孰大焉。」

〔七〕「是謂」句：禮記郊特牲：「蜡之祭也……仁之至，義之盡也。」孔穎達疏：「不忘恩而報之，是仁；有功必報之，是義也。」

〔八〕嬀汭：嬀水隈曲之處。相傳舜居於此，堯將二女嫁給他。塗山：相傳禹娶妻之山。

〔九〕生民：指詩大雅生民，毛詩序：「生民，尊祖也。后稷生於姜嫄，文武之功起於后稷，故推以配天焉。」思齊：指詩大雅思齊：「思齊大任，文王之母。」毛亨傳：「齊，莊也。」鄭玄箋：「常思莊敬者，大任也，乃爲文王之母。」二者均贊美母教及内助。

丞相率文武百僚上皇帝賀三殿受册表

重慶有光〔一〕，仰東朝之慈愛；雙親並奉，極北内之尊榮〔二〕。正歲肇新，彌文告備〔三〕，邦家之喜，夷夏所同。中賀。伏以堯舜禹之相承，蓋非一姓；姜任姒之善繼，又不同時。參稽前聞，孰擬昭代〔四〕。恭惟皇帝陛下，奄有萬宇，統和三靈〔五〕。由至公大義，膺寶運之傳〔六〕；講褕威盛容〔七〕，伸天下之養。太史灼龜而獻兆，曲臺綿蕝而具儀〔八〕。黄麾之仗夙陳，簪紳在列；白玉之册時舉，金石充庭。既已隆孝道而通神明，固將禮高年而厚風俗〔九〕。新又新而進德，老吾老以及人。臣等誤被選掄，獲塵班著。雖潤色討論於大典〔一〇〕，每慚稽古之疏；然登降跪拜於路朝，實竊逢辰之幸。

【題解】

三殿，程大昌演繁露三宫三殿：「國朝有太皇太后時，并皇太后、皇后稱三殿，其後，乘輿行幸，奉太后，偕皇后以出，亦曰三殿。」宋史卷三六光宗本紀：「紹熙元年春正月丙辰朔，帝率群臣詣重華宫，奉上壽聖皇太后、至尊壽皇聖帝、壽成皇后册、寶。」因此本文「三殿」即指壽聖皇太后（高宗吴皇后）、至尊壽皇聖帝（宋孝宗）和壽成皇后（孝宗謝皇后）。本文爲慶賀三殿受册上呈宋光宗的賀表。

本文原未繫年。歐譜繫於淳熙十六年（一一八九）。當用於紹熙元年（一一九〇）正月。參考本卷丞相率文武百僚賀皇太后受册牋、丞相率文武百僚賀賀壽成皇后受册牋。

【箋注】

〔一〕重慶：指祖父母與父母俱存。楊萬里題曾景山通判壽衍堂：「人家具慶已燕喜，人家重慶更可偉。」樓鑰跋金花帖子綾本小録：「祖、父俱存者，今曰重慶。」此正切合宋光宗與「三殿」之關係。

〔二〕北内：指北宫，皇后所居之宫。見本卷立皇后丞相率文武百僚稱賀壽皇表注〔一〕。

〔三〕正歲：夏曆正月。周禮天官小宰：「正歲，帥治官之屬，而觀治象之法。」鄭玄注：「正歲，謂夏之正月，得四時之正。」彌文：指彌加文飾的禮制。王安石嫡母追封德國太夫人劉氏可追封許國太夫人：「先王制禮，及後世而彌文。顧所以順理而即人情，古今一也。」

〔四〕昭代：政治清明之時代，常用以稱頌本朝或當代。劍南詩稿卷四六朝饑示子聿：「生逢昭代雖虚過，死見先親幸有辭。」

〔五〕三靈：指天、地、人。文選班固典引：「答三靈之蕃祉，展放唐之明文。」李善注：「三靈，天、地、人也。」李周翰注：「放唐，謂堯也。」

〔六〕寶運：指國運，皇業。見本卷賀皇帝表注〔一〕。

〔七〕祲威盛容：盛大的聲威和典禮。

〔八〕灼龜：用火燒炙龜甲，視其裂紋以測吉凶。史記龜策列傳：「灼龜觀兆，變化無窮。」曲臺：漢代爲著記校書之處，亦指著述校書。漢書儒林傳：「倉説禮數萬言，號曰后氏曲臺記。」顏師古注引服虔曰：「在曲臺校書著記，因以爲名。」綿蕝：同綿蕞，指製訂朝儀典章。參見卷一皇帝御正殿賀表注〔四〕。

〔九〕高年：高齡老人。漢書武帝紀：「然則於鄉里先耆艾，奉高年，古之道也。」

〔一〇〕潤色討論：論語憲問：「爲命，裨諶草創之，世叔討論之，行人子羽脩飾之，東里子産潤色之。」

丞相率文武百僚賀壽皇正旦表

道妙混成，太極著兩儀之本〔一〕；天端更始，三朝受萬國之歸〔二〕。慶集有邦，歡騰率土。中賀。恭惟至尊壽皇聖帝陛下，濬哲稽古，清明在躬〔三〕。握乾符，闡坤珍〔四〕，雖名蕩蕩之德；系唐統，接漢緒，誕受丕丕之基〔五〕。以海宇之富，而蹈巢由高世之風〔六〕；以父子之親，而行堯舜曠代之事〔七〕。迨此獻歲發春之日，實緊考圖數貢之時〔八〕。史册增華，搢紳太息。臣等幸承睿獎，獲睹昌期。鵷行畢集於大庭，共喜威顏之近；龍袞恪趨於小次，更知榮養之尊〔九〕。

【題解】

正旦，農曆正月初一。本文爲慶賀紹熙元年正旦上呈壽皇聖帝的賀表。本文原未繫年。歐譜繫於淳熙十六年（一一八九）。當用於紹熙元年（一一九〇）正月。參考本卷丞相率文武百僚賀皇帝正旦表。

【箋注】

〔一〕道妙：大道。混成：混沌之中自然生成。老子：「有物混成，先天地生。」王弼注：「混然不可得而知，而萬物由之生成，故曰混成也。」「太極」句：易繫辭上：「易有太極，是生兩儀，兩儀生四象，四象生八卦。」孔穎達疏：「太極謂天地未分之前，元氣混而爲一，即是太初、太一也。」

〔二〕天端：指春。公羊傳隱公元年：「春者何？歲之始也。王者孰謂？謂文王也。」漢何休注：「故上繫天端。」徐彦疏：「天端，即春也。」陳立義疏：「春爲天之始，繫王於春，故爲上繫天端。」三朝：正月初一爲歲、月、日之始，故曰三朝。文選班固東都賦：「春王三朝，會同漢京。」李善注：「三朝，歲首朔日也。」漢書孔光傳：「歲之朝，曰三朝。」顔師古注：「歲之朝，月之朝，日之朝，故曰三朝。」

〔三〕濬哲：深邃之智慧。沈約王亮王瑩加授詔：「尚書左僕射亮濬哲淵深，道風清邈。」清明：指政治清廉，法度明晰。詩大雅大明：「肆伐大商，會朝清明。」毛傳：「不崇朝而天下清明。」

〔四〕「握乾符」二句：把握、弘揚天地的符瑞。後漢書班固傳下：「於是聖皇乃握乾符，闡坤珍，披皇圖，稽帝文。」李賢注：「乾符、坤珍謂天地符瑞也。」

〔五〕丕丕之基：巨大的基業，指國家和帝位。書立政：「以并受此丕丕基。」孔安國傳：「并受此大大之基業。」

〔六〕巢由：巢父和許由的並稱。相傳皆爲堯時隱士，堯讓位於二人而不受。指隱居不仕者。

〔七〕曠代之事：指禪讓帝位。

〔八〕考圖數貢：考察圖經，點數貢物。韓愈平淮西碑：「睿聖文武皇帝既受群臣朝，乃考圖數貢。」五百家注昌黎文集有注：「謂考輿地之廣狹，計貢賦之至與不至。」

〔九〕龍衮：繡有龍紋的天子禮服。禮記禮器：「天子龍衮，諸侯黼，大夫黻。」恪：謹慎。小次：爲帝王郊祀所設小篷帳。周禮天官掌次：「朝日祀五帝，則張大次、小次，設重帟、重案。」鄭玄注：「次，謂幄也。」榮養：指兒女贍養父母。晉書文苑傳：「（趙至）曰：『我小未能榮養，使老父不免勤苦。』」

丞相率文武百僚賀皇帝正旦表

堯授舜，舜授禹，方瞻繼照之明；正次王，王次春，茂舉履端之慶〔一〕。乾坤開闢，日月光華。中賀。恭惟皇帝陛下，德上際而下蟠，化東漸而西被〔二〕。改元定號，稽列聖之舊章；發政施仁〔三〕，撫重熙之景運。內有可封之俗，外無不讟之戎〔四〕。方且采諸儒之議，以制朝儀；陳九奏之音〔五〕，以爲親壽。頒朔靡殊於遐邇，受圖高拱於穆清〔六〕，治功卓然，海內幸甚。臣等誤膺睿獎，獲綴通班。戮力同心，永惟春秋五始之義〔七〕；拜手稽首，敢奏天子萬年之詩〔八〕。

【題解】

正旦，農曆正月初一。本文爲慶賀紹熙元年正旦上呈宋光宗的賀表。

本文原未繫年。歐譜繫於淳熙十六年（一一八九）。當用於紹熙元年（一一九〇）正月。

參考本卷丞相率文武百僚賀壽皇正旦表。

【箋注】

〔一〕「正次王」三句：春秋記事，每年以「春，王正月」起始。參見卷一謝賜曆日表注〔一〕。履端，推算年曆始於正月朔日，謂之「履端」。左傳文公元年：「先王之正時也，履端於始，舉正於中，歸餘於終。」杜預注：「步曆之始，以爲術之端首。」孔穎達疏：「履，步也，謂推步曆之初始，以爲術曆之端首。」後因以指正月初一。

〔二〕「德上」二句：德化被於四海之内、天地之間。見卷一瑞慶節賀表注〔六〕、〔七〕。

〔三〕發政施仁：孟子梁惠王上：「今王發政施仁，使天下仕者皆欲立於王之朝。」

〔四〕不譓：指不順服者。文選司馬相如封禪文：「仁育羣生，義征不譓。」李善注：「譓，順也。」

〔五〕九奏：古代行禮奏樂九曲。書益稷「簫韶九成，鳳凰來儀」，孔安國傳：「備樂九奏而致鳳凰。」孔穎達疏：「成，謂樂曲成也。鄭云：『成，猶終也。每曲一終，必變更奏。』故經言九成，傳言九奏，周禮謂之九變，其實一也。」

〔六〕頒朔：帝王每年季冬將來年曆日布告天下諸侯。周禮春官大史：「頒告朔於邦國。」鄭玄注：「天子頒朔於諸侯，諸侯藏之祖廟。」受圖：指帝王受命登位。尚書中候載，河伯曾以河圖授大禹。穆清：指天。史記太史公自序：「漢興以來，至明天子，獲符瑞，封禪，改正朔，易服色，受命於穆清，澤流罔極。」

〔七〕五始：春秋紀事，始以元年、春、王、正月、公即位等五事。漢書王褒傳：「共惟春秋法五始之要，在乎審己正統而已。」顔師古注：「元者，氣之始；春者，四時之始；王者，受命之始；正月者，正教之始；公即位者，一國之始：是爲五始。」

〔八〕「拜手」二句：祝禱天子壽考萬歲。詩大雅江漢：「虎拜稽首：天子萬年。」鄭玄箋：「拜稽首者，受王命策書也。臣受恩無可以報謝者，稱言使君壽考而已。」

渭南文集箋校卷第三

劄子

【釋體】

徐師曾文體明辨序説：「按奏疏者，群臣論諫之總名也。奏御之文，其名不一，故以奏疏括之也。七國以前，皆稱上書。秦初改書曰奏。漢定禮儀，則有四品：一曰章，以謝恩；二曰奏，以按劾；三曰表，以陳請；四曰議，以執異……魏晉以下，啓獨盛行。唐用表狀，亦稱書疏。宋人則監前制而損益之，故有劄子，有狀，有書，有表，有封事，而劄子之用居多，蓋本唐人牓子、録子之制而更其名，乃一代之新式也。」又：「劄者，刺也。」又：「及論其文，則皆以明允篤誠爲本，辨析疏通爲要，酌古御今，治繁總要，此其大體也。」則劄子爲宋代使用最多的新式奏疏之體，亦稱「奏劄」。

本卷收録劄子十首。

本卷嘉定本闕，以弘治本補之。

蠟彈省劄 癸未二月，二府請至都堂撰。

朝廷今來特惇大信、明大義於天下①〔一〕，依周、漢諸侯及唐藩鎮故事〔二〕，撫定中原，不貪土地，不利租賦。除相度於唐、鄧、海、泗一帶置關依函谷關外〔三〕，應有據以北州郡歸命者，即其所得州郡，裂土封建。大者爲王②，帶節度鎮撫大使〔四〕，賜玉帶、金魚、塗金銀印〔五〕。其次爲郡王，帶節度鎮撫使，賜笏頭金帶、金魚、塗金銅印〔六〕。仍各賜鐵券、旌節、門戟從物〔七〕。元係蕃中姓名者，仍賜姓名。各以長子爲節度鎮撫留後〔八〕，世世襲封，永無窮已；餘子弟聽奏充部内防、團、刺史〔九〕，亦令久任。將佐比類金人官制，升等换授。其國置國相一員〔一〇〕，委本國選擇保奏，當降真命。餘官准此。七品以下聽便宜辟除〔一一〕。土地所出，并許截留，充賞給軍兵禄養官吏等用，更不上供。每歲正旦一朝，三年大禮一助祭。如有故，聽遣留後或國相代行③。天申、會慶節，止遣國官一員將命〔一二〕。應刑獄生殺，并委本國照紹興敕令，參酌施行，更不奏案。合行軍法者，自從軍法。四京各用近畿大國兼充留守〔一三〕。朝廷惟於春季遣使朝陵〔一四〕，餘時止用本處官吏侍祠〔一五〕。每遇朝貢〔一六〕，當議厚給茶綵香藥等充回賜，以示撫存。遇一國有警急，諸國迭相救援。如開斥生地〔一七〕，俘獲金寶，并就賜本國，仍永不置監司、帥臣及監軍等官〔一八〕。候議定，各遣子弟一人入覲〔一九〕，當特賜燕勞畢〔二〇〕，即時遣回。機會之來，時不可失，各宜勇決，以稱朝廷開納之意。

【題解】

「蠟彈」即「蠟丸」，古代軍中用於傳遞機密情報。宋趙昇朝野類要帥幕：「蠟彈，以帛寫機密事，外用蠟固，陷於股肱皮膜之間，所以防在路之浮沉漏泄也。」二府指中書省、樞密院，宋代中央政府的核心，分掌軍政，文事出中書，武事出樞密。都堂，指二府的官衙。本文爲陸游應二府邀請，至其官衙所撰。孝宗即位之初，爲集聚抗金力量，欲招撫中原軍閥。宋史卷三三孝宗本紀：「（隆興元年）二月壬戌朔，用史浩策，以布衣李信甫爲兵部員外郎，齎蠟書間道往中原，招豪傑之據有州郡者，許以封王世襲。」該蠟書當即爲此文。本文非奏劄，亦非詔令，以朝廷名義行文，故稱「省劄」。陸游所撰此類代言公文僅此一篇，故置於本卷之首。

本文題下自注作於「癸未二月」，即隆興元年（一一六三）二月。陸游時任樞密院編修官兼編類聖政所檢討官。

參考卷十三代二府與夏國主書。

【校記】

①「特惇」，弘治本、正德本空，注云「光宗廟諱」，據汲古閣本補。

②「王」，原作「玉」，形近而誤，據正德本、汲古閣本改。

③「或國相」，原作「國或相」，字序顛倒，據正德本、汲古閣本乙。

【箋注】

〔一〕惇：推崇，重視。

〔二〕藩鎮：唐初在重要各州設都督府，睿宗時設節度大使，玄宗時又在邊境設置十節度使，通稱「藩鎮」。各藩鎮掌管地區軍政大權，兼管民政、財政，勢力逐漸擴大，形成地方割據，常與朝廷對抗。

〔三〕相度：觀察估量。范仲淹耀州謝上表：「臣相度事機，誠合如此。」唐、鄧、海、泗：均爲州名，其治所分别在今河南泌陽、河南南陽、江蘇灌雲、安徽泗縣一帶。函谷關：關名，因其路在山谷中，深險如函，故名。秦時始置，在今河南靈寶，漢代移至今河南新安。

〔四〕帶節度：指帶節度使銜。宋初削奪節度使實權，使其成爲武官高級虚銜。鎮撫使：南宋初在與金、僞齊接壤的淮南、京西、湖北等路分置鎮撫使，其轄區至數府、州、軍，并兼知府或知州。後廢。

〔五〕玉帶：飾玉的腰帶。金魚：金質的魚符，外有套袋稱金魚袋，唐代作爲符契，宋代無魚符，官員繫魚袋於帶而垂於後。塗金銀印：塗金的銀質印章。這些服飾印記都用以表示品級身分。詳見宋史卷一五三輿服志五、卷一五四輿服志六。

〔六〕笏頭金帶：飾金的腰帶，亦稱「笏頭帶」。洪邁容齋四筆：「執政官宰相，方團毬文帶，俗謂之笏頭者是也。」見宋史卷一五三輿服志五。

〔七〕鐵券：鐵製的券契。古代皇帝頒賜功臣以世代享受某種特權的憑證。旌節：指旌和節。岳珂愧郯録旌節：「旌節之制，命大將帥及遣使於四方，則請而假之。旌以專賞，節以專殺。」「唐天寶中置。節度使受命日賜之，得以專制軍事。行即建節，府樹六纛。」門戟：唐宋時府州衙門、貴官私第等門前陳列的戟。數目各有定制，用來表示威儀。這些券契陳設也都用以表示身分特權。

〔八〕留後：唐代藩鎮坐大，節度使遇有事故，往往以其子侄或親信將吏代行職務，稱節度留後或觀察留後。亦有叛將推翻統師，自稱留後，而後由朝廷補行正式任命者。新唐書兵志：「兵驕則逐帥，帥彊則叛上。或父死子握其兵而不肯代，或取捨由於士卒，往往自擇將吏，號爲『留後』，以邀命於朝。」

〔九〕防、團、刺史：指防禦使、團練使、刺史。均爲唐代始置職官，防禦使和團練使執掌各區、各州軍事，刺史爲一州行政長官。宋承唐制，置諸州防禦使、團練使、刺史，但無職掌，無定員，僅爲武將兼銜，官階高低依次爲防禦使、團練使、刺史。

〔一〇〕國相：指王國或封國輔政之臣。

〔一一〕便宜：指斟酌事宜，不拘陳規，自行決斷處理。史記廉頗藺相如列傳：「以便宜置吏，市租皆輸入莫府，爲士卒費。」辟除：徵聘授官。周禮地官胥鄭玄注：「自胥師以及司稽，皆司市所自辟除也。」

〔二〕國官：指藩王的屬官。隋書百官志下：「諸王置國官。」

〔三〕四京：宋代以開封府（東京）、河南府（西京）、應天府（南京）、大名府（北京）爲四京。宋史徽宗紀一：「己酉，降德音於四京，減囚罪一等，徒以下釋之。」近畿：謂京城附近地區。江淹蕭太尉子侄爲領軍江州兗州豫州淮南黄門謝啓：「兄子臣鸞，忝守近畿。」

〔四〕朝陵：帝王拜掃祖先陵墓。孟元老東京夢華録清明節：「禁中前半月發宫人車馬朝陵，宗室南班近親，亦分遣詣諸陵墳享祀。」

〔五〕侍祠：陪同祭祀。史記孝文本紀：「諸侯王列侯使者侍祠天子，歲獻祖宗之廟。」裴駰集解引張晏曰：「王及列侯，歲時遣使詣京師，侍祠助祭也。」

〔六〕朝貢：藩屬國或外國使臣入朝，貢獻方物。後漢書烏桓傳：「遼西烏桓大人郝旦等九百二十二人率衆向化，詣闕朝貢，獻奴婢牛馬及弓虎豹貂皮。」

〔七〕開斥：擴充，開拓。語本漢書地理志下：「至武帝攘卻胡、越，開地斥境。」

〔八〕監司：指諸路轉運使司、提點刑獄司、提舉常平司等，有監察各州官吏之責。帥臣：指諸路安撫司的長官。監軍：監督軍隊的官員。

〔九〕入覲：諸侯秋季入朝進見天子。詩大雅韓奕：「韓侯入覲，以其介圭，入覲於王。」鄭玄箋：

「諸侯秋見天子曰覲。」也指地方官員入朝進見皇帝。

〔二〇〕燕勞：設宴慰勞。蘇軾王仲儀真贊序：「公至，燕勞將佐而已。」

論選用西北士大夫劄子

臣伏聞天聖以前，選用人才，多取北人，寇準持之尤力〔一〕，故南方士大夫沉抑者多〔二〕。仁宗皇帝照知其弊，公聽并觀，兼收博采，無南北之異。於是范仲淹起於吴，歐陽脩起於楚，蔡襄起於閩，杜衍起於會稽，余靖起於嶺南〔三〕，皆爲一時名臣，號稱聖宋得人之盛。及紹聖、崇寧間，取南人更多，而北方士大夫復有沉抑之歎。陳瓘獨見其弊〔四〕，昌言於朝曰：「重南輕北，分裂有萌。」嗚呼！瓘之言，天下之至言也。臣伏睹方今雖中原未復，然往者衣冠南渡，蓋亦衆矣。其間豈無抱才術、藴器識者？而班列之間北人鮮少，甚非示天下以廣之道也。欲望聖慈命大臣近臣各舉趙、魏、齊、魯、秦、晉之遺才〔五〕，以漸試用，拔其尤者而任之，庶上遵仁祖用人之法，下慰遺民思舊之心。其於國家，必將有賴。伏惟留神省察。取進止〔六〕。

【題解】

本文爲陸游上呈宋孝宗的劄子，總結宋代選用人才「兼收博采，無南北之異」的經驗，主張應當注重任用北方人才。

本文原未繫年。歐譜繫於隆興元年，誤。當作於紹興三十二年（一一六二）九月，陸游時任樞密院編修官兼編類聖政所檢討官。本文列於代乞分兵取山東劄子之前亦可證。

【箋注】

〔一〕寇準（九六一—一〇二三）：字平仲，華州下邽（今陝西渭南）人。太平興國五年進士。頗敢直諫，太宗比之爲魏徵。景德元年拜相。天禧三年再相。仁宗朝追謚忠愍。著有寇萊公集。宋史卷二八一有傳。

〔二〕沉抑：指受壓抑而致埋没。葛洪抱朴子廣譬：「逸才沈抑，則與凡庸爲伍。」

〔三〕范仲淹（九八九—一〇五二）：字希文，蘇州吴縣（今江蘇蘇州）人。少時家貧力學。大中祥符八年進士。歷興化令、祕閣校理等。仁宗時擢右司諫，出知睦州、蘇州，召回權知開封府、陝西都轉運使、陝西經略安撫副使兼知延州。慶曆中入爲樞密副使，旋拜參知政事，推行慶曆新政。出知邠州兼陝西四路安撫使等。著有范文正公集。宋史卷三一四有傳。歐陽脩（一〇〇七—一〇七二）：字永叔，吉州廬陵（今江西吉安）人。幼貧而好學。天聖八年進士。任館閣校勘，貶夷陵令。慶曆中知諫院，擢知制誥，贊助慶曆新政。出知滁、揚、潁等州，召回遷翰林學士。嘉祐中知貢舉，任樞密副使，拜參知政事。神宗初出知亳、青、蔡三州，致仕。著有歐陽文忠公集等。宋史卷三一九有傳。蔡襄（一〇一二—一〇六七）：字君謨，興化軍仙遊（今屬福建）人。天聖八年進士。慶曆間知諫院，贊助慶曆新政。後出知福州，改福建路轉運使。召回歷知制誥、知開封府等，又出知福州、泉州。入爲翰林學士。英宗朝出知杭州。卒謚忠惠。工書法，詩文清妙。著有蔡忠惠集等。宋史卷三二〇有傳。

杜衍（九七八—一〇五七）：字世昌。越州山陰（今浙江紹興）人。大中祥符元年進士。慶曆三年任樞密使，次年拜相。支持慶曆新政，爲相百日而罷，出知兗州。以太子少師致仕。卒謚正獻。宋史卷三一〇有傳。余靖（一〇〇〇—一〇六四）：本名希古，字安道，韶州曲江（今廣東韶關）人。天聖二年進士。因上疏諫罷范仲淹被貶，慶曆中爲右正言，出使契丹，還任知制誥、史館修撰。知桂州、潭州、青州。出任廣西體量安撫使，知廣州。著有武溪集。宋史卷三二〇有傳。

〔四〕陳瓘（一〇五七—一一二四）：字瑩中，號了翁，南劍州沙縣（今屬福建）人。元豐二年進士。歷仕校書郎、左司諫、權給事中等，歷知衛州、泰州。崇寧中入黨籍，除名遠竄，安置通州。著有尊堯集。宋史卷三四五有傳。

〔五〕聖慈：聖明慈祥。舊時對皇帝或皇太后的諛稱。後漢書孔融傳：「臣愚以爲諸在沖齓，聖慈哀悼，禮同成人，加以號謚者，宜稱上恩，祭祀禮畢，而後絕之。」

〔六〕取進止：古代奏疏末所用套語。猶言聽候旨意，以決行止。

代乞分兵取山東劄子

臣等恭睹陛下特發英斷，進討京東〔一〕，以爲恢復故疆、牽制川陝之謀。臣等獲侍清光，親奉睿旨〔二〕，不勝欣抃，然亦有惓惓之愚〔三〕，不敢隱默者。竊見傳聞之言，多謂虜兵困於西北，不復能保京東，加之苛虐相承〔四〕，民不堪命，王師若至，可不勞而取。若審如此説，則弔伐之兵〔五〕，本不在衆，偏師出境〔六〕，百城自下，不世之功，何患不成？萬一未至盡如所傳，虜人尚敢旅拒〔七〕，遺民未能自拔，則我師雖衆，功亦難必，而宿師於外〔八〕，守備先虛。我猶知出兵京東以牽制川陝，彼獨不知侵犯兩淮、荆襄以牽制京東耶〔九〕？爲今之計，莫若戒敕宣撫司〔一〇〕，以大兵及舟師十分之九固守江淮，控扼要害，爲不可動之計；以十分之一，遴選驍勇有紀律之將，使之更出迭入，以奇制勝。俟徐、鄆、宋、亳等處撫定之後〔一一〕，兩淮受敵處少，然後漸次那大兵前進〔一二〕。如此，則進有闢國拓土之功，退無勞師失備之患，實天下至計也。蓋京東去虜巢萬里〔一三〕，彼雖不能守，未害其疆。兩淮近在畿甸〔一四〕，一城被寇，尺地陷没，則朝廷之憂復如去歲。此臣所以夙夜憂懼，寢不能瞑，而爲陛下力陳其愚也。且富家巨室，未嘗不欲利也，然其徒欲賈於遠者，率不肯以多貲付之〔一五〕。其意以爲山行海宿，要不可保，若傾囊而付一人，或一有得失，悔其可及哉！此言雖小，可以喻大。願陛下留神察焉。臣等誤蒙聖慈，待罪樞筦〔一六〕，攻守大計，實任其責。伏惟陛下照其愚忠，臣等不勝幸甚。取進止。

【題解】

山東，指文中「徐、鄆、宋、亳」一帶，詳見本文注〔一一〕。據題中「代」字及文末「待罪樞莞」句，可知本文爲陸游代樞密院長官所作上呈宋孝宗的劄子。宋、金的軍事對峙，大略可分爲東、中、西三線：東線爲江淮，中線爲荆襄，西線爲川陝。本文提出了穩定江淮、進擊山東的戰略。

本文原未繫年。歐譜繫於紹興三十二年（一一六二），于譜繫於隆興元年（一一六三）。歐譜是。文中有云：「兩淮近在畿甸，一城被寇，尺地陷没，則朝廷之憂復如去歲。」此當指紹興三十一年（一一六一）九月金主完顏亮率軍渡淮，陷揚州，爲虞允文擊敗於采石事。又陸游除樞密院編修官在紹興三十二年九月，則本文當作於該年九月之後。陸游時任樞密院編修官兼編類聖政所檢討官。

【箋注】

〔一〕京東：指宋代京東路，轄境相當於今河南東南部、江蘇和安徽北部及山東大部，治應天府

（今河南商丘）。曾分爲東、西二路，後又合并。金改京東路爲山東路。

〔二〕睿旨：聖人的意旨。後指皇帝的詔令。劉勰文心雕龍史傳：「然睿旨幽隱，經文婉約，丘明同時，實得微言。」

〔三〕惓惓：忠心耿耿貌。漢書劉向傳：「欲終不言，念忠臣雖在甽畝，猶不忘君，惓惓之義也。」顔師古注：「惓惓，忠謹之意。惓讀與拳同。」

〔四〕苛虐：嚴厲殘暴。宋書少帝紀：「刑罰苛虐，幽囚日增。」

〔五〕弔伐：即弔民伐罪，慰問受害百姓，討伐有罪之人。宋書索虜傳：「興雲散雨，慰大旱之思；弔民伐罪，積後己之情。」

〔六〕偏師：指主力軍以外的小部分軍隊。左傳宣公十二年：「韓獻子謂桓子曰：『彘子以偏師陷，子罪大矣。』」

〔七〕旅拒：亦作旅距，聚衆抗拒，違抗。後漢書馬援傳：「若大姓侵小民，黠羌欲旅距，此乃太守事宜。」王先謙集解：「旅距，聚衆相拒耳。」

〔八〕宿師：指駐紮軍隊。

〔九〕兩淮：宋代淮南路曾分爲東、西二路，即淮南東路（淮東）、淮南西路（淮西），合稱兩淮。荆襄：泛指古荆州和襄陽郡地區，即今湖北荆州、襄陽一帶。

〔一〇〕宣撫司：即宣撫使司，宣撫使治所，多置於邊境軍事重鎮。

〔二〕徐、鄆、宋、亳：均爲州名，其治所分別在今江蘇徐州、山東鄆城、河南商丘和安徽亳州一帶。

〔三〕那：同挪，移動。

〔三〕虜巢：指金上京會寧府，在今黑龍江阿城南。

〔四〕畿甸：指京城地區。周書蕭詧傳：「昔方千而畿甸，今七里而磐縈。」

〔五〕貲付：計量、交付。

〔六〕樞筦：即樞管，指樞密院。宋代以樞密院爲最高軍事機關，掌軍國機務、兵防、邊備、軍馬等政令，出納機密命令，與中書分掌軍政大權。

上二府論事劄子 壬午六月五日

某伏見大理寺奏北界蒙城縣官邢珪罪狀〔一〕，竊緣有司之議，據其侵犯邊城，殺害義旅〔二〕，雖置極典〔三〕，未足當罪。然既已具奏，則當有特旨，恐與有司之議不可同日而語。何者？有司謹守律令，朝廷當斷以大義故也。按邢珪生於涿、易〔四〕，非祖宗涵養之人；仕於僞界〔五〕，非國家禄使之吏。身有官守，一旦危急，力雖不及，猶能死守，雖懵於逆順〔六〕，不知革面〔七〕，然春秋之義，天下之善一也。若遂誅之，恐非所以勸天下之爲人臣者。奏陳之際，儻爲一言，貸其草芥微命〔八〕，以示中國禮義，實非小補。又慮議者以謂張安國殺耿京事與此略同〔九〕，恐啓寬貸之路〔一〇〕，無以慰歸附之人，則某謂不然。張安國中國人，又嘗受旗榜招安〔一一〕，見利而動，賊殺耿京，反覆奸猾，罪惡明白，與珪實爲不類。兼邢珪所犯，在未被大赦蕩滌之前；張安國所犯，在已受旗榜招安之後。伏乞鈞察。

【題解】

本文爲陸游上呈二府（中書省、樞密院）的劄子，對邢珪的罪狀提出異議，辨析張安國和邢珪的區別。

本文題下自注作於「壬午六月五日」，即紹興三十二年（一一六二）六月五日。陸游時任大理寺司值兼宗正簿。

【箋注】

〔一〕大理寺：掌管刑獄的官署，負責詳斷各地奏報的案件，送審刑院復審後，同署上報。　北界：指北方金人控制的地界。　蒙城：縣名，今屬安徽亳州。

〔二〕義旅：義師。徐陵册陳公九錫文：「英圖邁俗，義旅如雲。」

〔三〕極典：指死刑。岳珂桯史汪革謠讖：「革亶坐手殺平人，論極典，從者末減。」

〔四〕涿、易：均爲州名，其治所分别在今河北涿州和易縣。

〔五〕僞界：即上文「北界」。

〔六〕懵於逆順：指對於宋、金政權孰爲正統認識不清。懵，心智迷亂。

〔七〕革面：比喻徹底悔改。葛洪抱朴子用刑：「洗心而革面者，必若清波之滌輕塵。」

〔八〕草芥：比喻細微、輕賤。孟子離婁上：「視天下悦而歸己，猶草芥也，惟舜爲然。」

〔九〕張安國殺耿京：耿京爲濟南人，金主完顔亮南侵，中原百姓不堪其擾，紛紛組織義軍，耿京等暨起抗金大旗，聚衆數十萬。紹興三十二年正月，耿京遣諸軍都督提領賈瑞、掌書記辛棄疾等人奉表南下，尋求南宋朝廷的支持。宋高宗嘉其忠義，授耿京爲天平節度使、知東平府，下屬也各授官職。辛棄疾等尚未北歸覆命，耿京被叛徒張安國殺害，義軍大部潰散。宋史卷三二高宗本紀：「（紹興三十二年閏二月）張安國等攻殺耿京，李寶將王世隆攻破安國，執之以獻。」

〔一〇〕寬貸：寬恕，赦免。後漢書順帝紀：「惟閻顯、江京近親，當伏辜誅，其餘務崇寬貸。」

〔一一〕旗榜：指標有名號的旗子與榜文。岳飛奏招楊欽狀：「尋遣軍分頭齎執旗牓，諭以禍福。」

上殿劄子 壬午十一月

臣恭惟陛下天縱聖智〔一〕，生知文武，御極之初〔二〕，内出大號，所以加惠於海内甚渥，猶以爲未足也。乃八月戊子寬恤之令繼下〔三〕，至誠惻怛①〔四〕，纖悉備具，歡欣之聲，達於遠邇，可謂盛矣。然今既累月，不知有司皆已推而致之民乎？若猶未也，是不免爲空文而已，無乃不可乎？又有大不可者。陛下初即大位，乃信詔令以示人之時，前日數十條，或曰當置典憲〔五〕，或曰當議根治，或曰當議顯戮〔六〕，可謂丁寧切至，赫然非常之英斷也。若復爲官吏將帥一切翫習〔七〕，漫不加省，一旦國家有急，陛下詔令戒敕之語，將何加此，而欲使人捐肝腦以衛社稷乎？周官冢宰以正月之吉始和，布治於邦國都鄙，垂象之法，徇以木鐸，曰：「不用法者，國有常刑〔八〕。」正月，周正，今之十一月也。正歲，夏正，今之正月也。自十一月至正月，若未甚久，而申敕告戒，俟以刑辟〔九〕，已如此其嚴。今命下累月，而有司或恬然不以爲意，臣竊惑之。欲望聖慈以所下數十條者申諭中外〔一〇〕，使恪意奉行，毋或失墜。仍命諫官、御史及外臺之臣精加考核，取其尤沮格者與衆棄之〔一一〕。不惟聖澤速得下究〔一二〕，亦使文武小大之臣，聳然知詔令之不可慢如此〔一三〕，實聖政之所當先也。伏惟留神省察。取進止。

【題解】

宋史卷三九五陸游傳：「孝宗即位，遷樞密院編修官，兼編類聖政所檢討官。史浩、黄祖善薦游善詞章、諳典故。召見。上曰:『游力學有聞,言論剴切。』遂賜進士出身。入對,言:『陛下初即位,乃信詔令以示人之時,而官吏將帥一切玩習,宜取其尤沮格者與衆棄之。』」本文爲陸游此次入對上殿時上呈宋孝宗的劄子,共三首,分別闡述(一)嚴加考覈,加强詔令威信;(二)悉除繁文,恢復祖宗舊制;(三)政事法度,一以宋仁宗爲法。

本文題下自注作於「壬午十一月」,即紹興三十二年(一一六二)十一月。陸游時任樞密院編修官兼編類聖政所檢討官。

【校記】

①「怛」,原作「但」,據正德本、汲古閣本改。

【箋注】

〔一〕聖智:指聰明睿智,無所不通。墨子尚同中:「是故選擇天下賢良聖知辯慧之人,立以爲天子,使從事乎一同天下之義。」

〔二〕御極:登極,即位。劉勰文心雕龍時序:「明帝秉哲,雅好文會,升儲御極,孳孳講藝。」

〔三〕寬恤之令:寬大體恤百姓的詔令。宋史孝宗本紀:「(紹興三十二年八月)丁亥,班寬恤事十八條。」

〔四〕至誠惻怛:真摯懇切。

〔五〕典憲:法典,典章。舊唐書酷吏傳下:「不唯輕侮典憲,實亦隳壞紀綱。」

〔六〕顯戮：明正典刑，陳屍示衆。書泰誓下：「功多有厚賞，不迪有顯戮。」

〔七〕翫習：玩忽。後漢書桓帝紀：「詔書連下，分明懇惻，而所在玩習，遂至怠慢，選舉乖錯，害及元元。」

〔八〕「周官」七句：周禮天官大宰：「正月之吉，始和，布治於邦國都鄙，乃縣治象之法于象魏，使萬民觀治象，挾日而斂之。」鄭玄注：「正月，周之正月，吉謂朔日。大宰以正月朔日布王治之事於天下。至正歲又書而縣於象魏，振木鐸以徇之，使萬民觀焉。」周禮天官小宰：「正歲，率治官之屬而觀治象之法，徇以木鐸，曰：『不用法者，國有常刑。』」鄭玄注：「正歲，謂夏之正月，得四時之正，以出教令者，審也。古者將有新令，必奮木鐸以警衆，使明聽也。木鐸，木舌也。文事奮木鐸，武事奮金鐸。」徇，對衆宣示。木鐸，以木爲舌的大鈴，銅質。古代宣布政教法令時，巡行振鳴以引起衆人注意。

〔九〕刑辟：刑法，刑律。左傳昭公六年：「昔先王議事以制，不爲刑辟，懼民之有争心也。」楊伯峻注：「刑辟即刑律。」

〔一〇〕申諭：曉諭。江統徙戎論：「此等皆可申論發遣，還其本域。」中外：指朝廷内外、中央和地方。

〔一一〕沮格：阻止，阻撓。新唐書張説傳：「説畏其擾，數沮格之。」

〔一二〕下究：下達。淮南子主術訓：「是故號令能下究，而臣情得上聞。」

〔三〕聳然：敬畏貌。聳，同「竦」。司空圖疑經後述：「今夏孫郃自淮陽緘所著新文而至，愚雅以孫文不尚辭，待之頗易，乃見其卜年論，又聳然加敬。」

二

臣聞夏尚忠，商尚質，周尚文〔一〕，三者迭用，非以爲異，因時制宜，有不得不然者。臣竊觀太祖、太宗之世，法度典章，廣大簡易，律令可以禁奸，無滋彰之患；文移可以應務〔二〕，無叢委之弊〔三〕。君臣上下，如家人父子，論説徑直，誠意洞達，所詳者大，所略者小，事易舉，功易成，其氣象風俗，人物議論，至於今可考也。太平既久，日趨於文，放而不還，末流愈遠，浮虛失實，華藻害道。雖號爲粲然備具，而文移書判增至數倍，居官者窮日之力，實不暇給，猾吏奸人乘隙以逞。其始也，所詳者小，所略者大。其極也，并小者不復能詳，則一切鹵莽〔四〕，聽吏之所爲而已。太上皇帝中興大業〔五〕，當宁歎息〔六〕，思有以救之。於是漸加訂正，以還其舊，兩省復通爲一〔七〕，以革迂滯之風，寺監幾省其半〔八〕，以去支離之害。簡禮容，删律令，規模措置，蓋欲悉除繁文，復從祖宗之質而後已。有司奉承，未能盡如本指〔九〕。此陛下今日所當力行不可緩也。臣愚欲望聖慈明詔輔臣，使帥其屬，因今六曹、寺監、百執事所掌〔一〇〕，講求祖宗舊制①，以趨於廣大簡易之域。繁碎重複，無益實事者，一皆省去，使小大之臣，咸有餘力以察奸去蠹，修舉其職〔一一〕，則太平之基，自此立矣。元祐中，司馬光請改三省職事，一如昔日中書之制〔一二〕。蘇轍亦請收昔日三司之權，悉歸户部〔一三〕。則臣所謂因今所掌，以求祖宗舊制，誠不爲難，顧陛下力行何如爾。干冒天聽〔一四〕，伏深戰慄。取進止。

【校記】

①「祖宗」，原作「宗祖」，據正德本、汲古閣本乙。

【箋注】

〔一〕「臣聞」三句：此謂夏、商、周三代文化傾向不同。語本禮記表記：「夏道尊命，事鬼敬神而遠之，近人而忠焉，先禄而後威，先賞而後罰，親而不尊；其民之敝，惷而愚，喬而野，朴而不文。殷人尊神，率民以事神，先鬼而後禮，先罰而後賞，尊而不親；其民之敝，蕩而不静，勝而無耻。周人尊禮尚施，事鬼敬神而遠之，近人而忠焉，其賞罰用爵列，親而不尊；其民之敝，利而巧，文而不慚，賊而蔽。」論語爲政：「孔子曰：『殷因於夏禮，所損益可知也；周因於殷禮，所損益可知也；其或繼周者，雖百世可知也。』」朱熹集注引馬氏曰：「所因，謂三綱五常；所損益，謂文質三統。」熹按：「文質，謂夏尚忠，商尚質，周尚文。」

〔二〕文移：文書，公文。後漢書光武帝紀上：「於是置僚屬，作文移，從事司察，一如舊章。」

〔三〕叢委：繁多，堆積。范仲淹舉歐陽修充經略掌書記狀：「而或奏議上聞，軍書叢委，情須可達，辭貴得宜。」

〔四〕鹵莽：苟且，馬虎。皇甫湜制策一道：「怙衆以固權位，行賄以結恩澤，因循鹵莽，保持富貴而已。」

〔五〕太上皇帝：指宋高宗。

〔六〕當宁：指皇帝臨朝聽政。宁，古代宫室門内屏外之地。君主在此接受諸侯的朝見。禮記曲禮下：「天子當宁而立，諸公東面，諸侯西面，曰朝。」孔穎達疏：「天子當宁而立者，此爲春夏受朝時也。」

〔七〕兩省：中書省和門下省的合稱。資治通鑑後周世宗顯德四年：「九月，中書舍人竇儼上疏……乞令即日宰相於南宫三品、兩省給舍以上，各舉所知。」胡三省注：「兩省，謂中書、門下省也。」

〔八〕寺監：太常寺、光禄寺、將作監、都水監等寺、監兩級官署的并稱。司馬光論錢穀宜歸一劄子：「其舊日三司所管錢穀財用，事有散在五曹及諸寺監者，并乞收歸户部。」

〔九〕本指：同本旨。原意。史記張耳陳餘列傳：「（貫高）具道本指所以爲者王不知狀。」

〔一〇〕六曹：指尚書省吏、户、禮、兵、刑、工六部。　百執事：百官。國語吴語：「王總其百執事，以奉其社稷之祭。」韋昭注引賈逵曰：「百執事，百官。」

〔一一〕修舉：恢復。范仲淹奏乞兩府兼判：「至歲終，具禮樂有所損益，或廢墜有所修舉，畫一進呈。」

〔一二〕司馬光（一〇一九—一〇八六）：字君實，陝州夏縣（今屬山西）人。寶元元年進士。歷館閣校勘、天章閣待制兼侍講、知諫院。神宗時擢翰林學士，除權御史中丞，反對王安石變法，出知永興軍，判西京御史台，退居洛陽十五年。哲宗時召拜門下侍郎、尚書左僕射，主持朝政，廢除新法。同年病卒。謚文正。著有資治通鑑、傳家集。宋史卷三三六有傳。　三省：指中書省、門下省、尚書省。宋初三省雖存，并無實權，政歸中書、樞密院及三司。元豐五年改制，分建三省，與樞密院同爲最高權力機構。元祐間三省同取旨，實際上又合三爲一。司馬光卒於元祐元年，此稱「元祐中」或有疏誤。見傳家集卷五七乞合兩省爲一劄子。

〔一三〕蘇轍（一〇三九—一一一二）：字子由，蘇軾弟，眉州眉山（今屬四川）人。嘉祐二年進士，復舉制科。歷三司條例司檢詳文字、河南留守推官、監筠州鹽酒税等。哲宗時召爲秘書省校書郎，改右司諫，歷中書舍人、户部侍郎、翰林學士知制誥，拜尚書右丞，進門下侍郎。落職知汝州，提舉宫觀，致仕。著有欒城集。宋史卷三三九有傳。　三司：官署名。宋承唐末五代之制，以鹽鐵、度支、户部爲三司，統籌國家財政。後或分或合。元豐改制，廢三司，將其大部分事務歸於户部及其所屬機構。見欒城集卷四一請户部復三司諸案劄子。

〔一四〕干冒：觸犯，冒犯。周禮秋官士師：「四曰犯邦令。」鄭玄注：「干冒王教令者。」賈公彦疏：「鄭云干冒王教令者，謂犯邦令不肯依行。」

三

臣竊觀周自后稷、公劉以來〔一〕，積德深遠，卜世長久〔二〕。爲之子孫者，宜皆取法焉，然而獨曰「儀刑文王」，又曰「儀式刑文王之典」〔三〕。漢自高帝創業，其後嗣亦多賢君，然史臣獨曰：「漢言文、景〔四〕，美矣！」至武帝之功烈〔五〕，猶以不遵文、景之恭儉爲恨。唐三百年，一祖三宗〔六〕，皆號盛世，而太宗貞觀政要之書獨傳〔七〕，寶以爲大訓〔八〕。元祐中，學士范祖禹亦曰〔九〕：「祖宗畏天愛民，子孫皆當取法。惟仁宗在位最久，德澤深厚，結於天下。誠能專法仁宗，則成康之隆〔一〇〕，不難致也。」嗚呼！祖禹之言，天下之至言也。迨我太上皇帝〔一一〕，躬履艱難，慨然下詔，專法仁祖之政，且竊聞燕閒惟考觀仁祖政事〔一二〕，是以於萬斯年，無疆惟休〔一三〕，亦享仁祖垂拱之福〔一四〕，可謂盛矣。陛下紹體聖緒〔一五〕，正當師太上專法仁祖之意，申命邇英進讀之臣〔一六〕，日以寶訓反覆敷繹，以究微意〔一七〕。仍命輔臣，政事法度，一以仁祖爲法。臣將見陛下福禄川至，治效日見，年穀屢豐，四夷率服，慶曆、皇祐之盛〔一八〕，復見於今。雖遐方絶壤，皆當梯航而至矣〔一九〕，況中原故地，其有不復者哉！臣不勝至願，伏惟聖慈留神省察。取進止。

【箋注】

〔一〕后稷：周之先祖。相傳爲姜嫄踐天帝足迹懷孕所生子，曾被棄而不養，故名「棄」。虞舜命其爲農官，教民耕稼，稱爲「后稷」。詩大雅生民：「厥初生民，時維姜嫄……載生載育，時維后稷。」公劉：古代周族的領袖。相傳爲后稷曾孫。遷徙豳地定居，不貪圖享受，努力發展農業生産。後作爲仁君的楷模。詩大雅公劉序：「成王將涖政，戒以民事。美公劉之厚於民，而獻是詩也。」

〔二〕卜世：占卜預測傳國的世代之數，此泛指國運。左傳宣公三年：「成王定鼎於郟鄏，卜世三十，卜年七百，天所命也。」

〔三〕儀刑、儀式刑：均指效法、取法。詩大雅文王：「儀刑文王，萬邦作孚。」朱熹集傳：「儀，象。刑，法。」詩周頌我將：「儀式刑文王之典，日靖四方。」朱熹集傳：「儀、式、刑，皆法也。」

〔四〕文景：西漢文帝與景帝的並稱。兩帝前後相繼，輕徭薄賦，與民休息，社會比較安定富裕，史稱「文景之治」。

〔五〕功烈：功勳業績。左傳襄公十九年：「銘其功烈，以示子孫。」

〔六〕一祖三宗：指唐高祖、唐太宗、唐高宗、唐玄宗。

〔七〕貞觀政要：唐吴兢編著，凡十卷，分類編撰貞觀年間唐太宗與魏徵、房玄齡等大臣的問答，記録當時的法制政令，以爲治國借鑒。

〔八〕大訓：先王聖哲的教言。書顧命：「嗣守文、武大訓，無敢昏逾。」孔安國傳：「言奉順繼守文、武大教，無敢昏亂逾越。」

〔九〕范祖禹（一〇四一—一〇九八）：字淳甫，成都華陽人。舉進士甲科，從司馬光編修資治通鑑，著有唐鑑、帝學、范太史集等。宋史卷三三七有傳。

〔一〇〕成康：見卷一會慶節賀表注〔五〕。

〔一一〕太上皇帝：指宋高宗。

〔一二〕燕閒：閒暇，公餘之時。　考觀：研究審察。漢書韋賢傳論：「考觀諸儒之議，劉歆博而篤矣。」

〔一三〕於萬斯年：極言年代久長。詩大雅下武：「於萬斯年，受天之祜。」　無疆惟休：無窮美善。書召誥：「惟王受命，無疆惟休，亦無疆惟恤。」孔穎達疏：「所以戒成王，天改殷命，惟王受之，乃無窮惟美，亦無窮惟當憂之。」

〔四〕垂拱：垂衣拱手。指不親理事務，用以稱頌帝王無爲而治。書武成：「惇信明義，崇德報功，垂拱而天下治。」孔穎達疏：「謂所任得人，人皆稱職，手無所營，下垂其拱。」

〔五〕紹體：承繼。　聖緒：帝王的統緒。史記三王世家：「陛下奉承天統，明開聖緒，尊賢顯功，興滅繼絶。」

〔六〕邇英：邇英殿的省稱。宋代禁苑宫殿名，義取親近英才。　進讀：在皇帝前朗讀詩文。漢書叙傳上：「每奏事，斿以選受詔進讀羣書。」顔師古注：「於天子前讀書。」

〔七〕寳訓：皇帝的言論詔諭。蘇轍亡兄子瞻端明墓誌銘：「嘗侍上讀祖宗寳訓，因及時事。」敷繹：敷陳尋繹。　微意：隱藏之意，精深之意。蘇軾杜處士傳：「子能詳微意，知所激刺，亦無患子矣。」

〔八〕慶曆、皇祐：均爲宋仁宗年號。慶曆爲一〇四一至一〇四八年，皇祐爲一〇四九至一〇五四年。

〔九〕梯航：梯山航海的省語。指長途跋涉。唐玄宗賜新羅王詩：「玉帛遍天下，梯杭歸上都。」杭，同「航」。

擬上殿劄子　壬午准備輪對，會内禪遂不果上。

臣觀小毖之詩，見成王孜孜求助，特在初載〔一〕，意其臨天下之久，閲義理之多，則當默識獨斷，雖無待於群臣可也。及考之書，然後知其不然。舜伐三苗，年九十有三，聞伯益一言，則退而敷文德，舞干羽，無一毫自用之意〔二〕。武王受貢獒，年九十有一，召公作訓，累數百言，武王納之，不以爲過〔三〕。嗚呼！爲人臣而不以舜、武王望其君者，不恭其君也。伏以陛下生知之聖，度越百王，稽古之學，博極墳典〔四〕，歷試諸難，身濟大業，更事閱理多矣。自公卿大臣，皆陛下四十年教養所成，況於小儒賤士，見聞淺陋，曾何足以仰清光、備顧問哉？然其所陳，則未必無尺寸之長。何者？舉吏部之籍，縉紳之士幾人，其得見君父者幾人，白首州縣而不得一望闕門者多矣〔五〕。則凡進見之人，固宜夙夜殫思竭誠，以幸千載之遇，雖其間有論事梗野不達大體者，究其設心，亦願際會〔六〕。犯威顏以徇俗，捨富貴以取名，臣竊謂無是理也。欲望陛下昭然無置疑於聖心，克己以來之，虛心以受之，不憚捨短而取長，以求千慮之一得，庶幾下情得以畢達。群臣無伯益、召公之賢，陛下以舜、武王之心爲心，則是聖德巍巍，過於舜、武王矣。如其屈萬乘之尊，躬日昃之勞〔七〕，顧於疏遠之言，無大施用，姑以天地之度容之而已，是獨言者一身之幸也。干冒天威，臣無任惶怖俟罪之至。

【題解】

宋制：在京職事官自侍從以下，五日輪一員上殿面奏時政，并提出建議，稱「輪當面對」，簡稱「輪對」。參見趙昇朝野類要班朝。本文爲陸游準備輪對上殿時上呈宋高宗的劄子，希望高宗如舜、武王一樣虚心納諫，但最終因「内禪」而未能呈上。「内禪」指帝王傳位給内定的繼承人，此指紹興三十二年六月宋高宗傳位於孝宗。

本文題下自注作於「壬午」「内禪」之前，即紹興三十二年（一一六二）六月之前。陸游時任大理寺司值兼宗正簿。

【箋注】

〔一〕「臣觀」三句：謂小毖所載成王求助，在其初年。小毖爲詩經篇名。詩周頌小毖序：「小毖，嗣王求助也。」鄭玄箋：「毖，慎也。天下之事，當慎其小，小時而不慎，後爲禍大。故成王求忠臣早輔助已爲政，以救患難。」初載，初年，早期階段。詩大雅大明：「文王初載，天作之合。」

〔二〕「舜伐」六句：謂舜命禹伐三苗，伯益向禹進言，禹遂收兵。舜施行禮樂教化，三苗爲感化。三苗，古國名。書舜典：「竄三苗於三危。」孔安國傳：「三苗，國名，縉雲氏之後，爲諸侯，號饕餮。三危，西裔。」史記五帝本紀：「三苗在江淮、荆州數爲亂。」張守節正義：「吴起曰：『三苗之國，左洞庭而右彭蠡……今江州、鄂州、岳州，三苗之地也。』」書大禹謨：「益贊于禹曰：『惟德動天，無遠弗屆。滿招損，謙受益，時乃天道……』禹拜昌言曰：『俞！』班師振旅。帝乃誕敷文德，舞干羽於兩階，七月有苗格。」伯益，東夷部落的首領，爲嬴姓各族的祖先。敷文德，施行禮樂教化。舞干羽，指施行禮樂，干羽爲舞者所執舞具，文舞執羽，武舞執干。自用，自行其是，不接受别人的意見。書仲虺之誥：「能自得師者王，謂人莫己若者亡。好問則裕，自用則小。」

〔三〕「武王」六句：謂周武王克商，與蠻夷諸國建立起聯繫。西方小國旅進貢了猛犬獒，召公就作旅獒篇，用來教誨武王。書旅獒：「惟克商，遂通道于九夷八蠻。西旅厎貢厥獒，太保乃作旅獒，用訓于王。」太保即召公，姬姓，名奭，周之支族，食邑於召（今陝西岐山）。佐武王滅商，曾任太保之職。

〔四〕墳典：三墳、五典的并稱，後爲古代典籍的通稱。左傳昭公十二年：「是能讀三墳、五典、八索、九丘。」杜預注：「皆古書名。」書序：「討論墳典。」

〔五〕闕門：兩觀之間。此指朝廷。

〔六〕梗野：率直粗魯。新唐書方伎傳：「武后召見（尚獻甫），由道士擢太史令，辭曰：『臣梗野，不可以事官長。』」設心：用心，居心。孟子離婁下：「其設心以爲不若是，是則罪之大者。」際會：聚首，聚會。禮記大傳：「異姓主名，治際會。」鄭玄注：「際會，昏禮交接之會也。」

〔七〕日昃：太陽偏西，約下午二時左右。易離：「日昃之離，何可久也？」

上二府乞勿受慶雲圖劄子 癸未春

伏睹尚書省劄子〔一〕，知閬州呂游問奏慶雲見〔二〕，并圖一軸，奉聖旨降付編類聖政所〔三〕。仰見主上聖孝，推美太上皇帝之心〔四〕。然竊聞太上皇帝建炎之初，京東進芝草〔五〕，親詔却之，盛德煌煌，光映簡册。今乃以慶雲見爲聖政，恐非太上皇帝之本意。兼閬州所奏，專以慶雲見於普安郡〔六〕，及在主上即位前一日，爲受命之符〔七〕，諛佞牽合，不識大體，政與京東芝草相類。若受而不却，雖不報行，其誰不知？深恐自此草木之妖，氛氣之怪，緯候之説〔八〕，歌頌之文，紛紛來上，却之則自啓其端，不却則遂將成俗。欲望鈞慈以太上皇帝却芝草故事〔九〕，委曲奏陳，主上剛明英斷，必有以處此矣。干冒鈞嚴，不勝恐怖之至。

【題解】

慶雲，爲五色雲，古人以爲喜慶、吉祥之氣。漢書天文志：「若煙非煙，若雲非雲，郁郁紛紛，蕭蕭輪囷，是謂慶雲。慶雲見，喜氣也。」古代地方官常以上奏祥瑞來討好皇帝。本文爲陸游請求編類聖政所不接受慶雲圖而上呈二府（中書省、樞密院）的劄子。

本文題下自注作於「癸未春」，即隆興元年（一一六三）春。陸游時任樞密院編修官兼編類聖政所檢討官。

【箋注】

〔一〕尚書省：官署名，與中書省、門下省合稱三省。宋初無實際職掌。元豐改制後，尚書省掌執行皇帝命令，設左右僕射爲宰相，并分兼門下侍郎和中書侍郎。建炎三年，尚書左右僕射皆加同中書門下平章事。乾道八年，改左右僕射爲左右丞相。

〔二〕閬州：州名。唐代始置，轄境在今四川蒼溪、閬中、南部等地。宋屬利州路。

〔三〕編類聖政所：官署名，簡稱聖政所。紹興三十二年九月由敕令所改名，專掌編纂高宗建炎、紹興年間所頒詔旨條例和重要政事，以及前代勳臣、義士之事迹。隆興元年五月并歸日曆所。

〔四〕推美：推崇美德，推重贊美。李絳王紹神道碑：「内守持盈之誡，外宏推美之度。」太上皇帝：指宋高宗。

〔五〕芝草：靈芝，菌類。古代以爲瑞草，服之能成仙。韓愈與崔群書：「鳳皇芝草，賢愚皆以爲美瑞。」

〔六〕普安郡：郡名，即劍州，屬利州路。轄境在今四川劍閣、梓潼等地。隆興二年升普安軍節度。

〔七〕受命：受天之命。此指孝宗受内禪即位。書召誥：「惟王受命，無疆惟休，亦無疆惟恤。」

〔八〕氛氣：凶邪之氣。漢書董仲舒傳：「今陰陽錯繆，氛氣充塞。」顔師古注：「氛，惡氣也。」緯候：讖緯之學。多指天象符瑞、占驗災異之術。北齊書方伎宋景業：「明周易，爲陰陽緯候之學，兼明曆數。」

〔九〕鈞慈：對帝王或長官的敬稱。謂其仁厚慈愛。岳飛申劉光世乞兵馬糧食狀：「欲望鈞慈，捐一二千之衆，假十餘日之糧，令飛得激厲士卒，徑赴賊壘。」

上二府論都邑劄子

某自頃奏記，迨今累月，自顧賤愚不肖，無尺寸可以上補聰明，而徒以無益之事上勤省閲，實有罪焉，故久不敢以姓名徹左右〔一〕。今者偶有拳拳之愚，竊謂相公所宜聞者〔二〕，伏冀少留觀覽，幸甚幸甚。伏聞北虜累書請和，仰惟主上聖武，相公威名，震疊殊方〔三〕，足以致此，而天下又方厭兵，勢且姑從之矣。然某聞江左自吴以來，未有捨建康他都者〔四〕。吴嘗都武昌，梁嘗都荆渚，南唐嘗都洪州〔五〕，當時爲計，必以建康距江不遠，故求深固之地。然皆成而復毁，居而復徙，甚者遂至於敗亡，相公以爲此何哉？天造地設，山川形勢，有不可易者也。車駕駐蹕臨安，出於權宜〔六〕，本非定都，以形勢則不固，以饋餉則不便〔七〕，海道逼近，凛然常有意外之憂。至於讖緯俗語〔八〕，則固所不論也。今一和之後，盟誓已立，動有拘礙，雖欲營繕，勢將艱難。某竊謂及今當與之約，建康、臨安，皆係駐蹕之地，北使朝聘〔九〕，或就建康，或就臨安。如此，則我得以閒暇之際建都立國，而彼既素聞，不自疑沮。黠虜欲借以爲辭，亦有不可者矣。今不爲，後且噬臍〔一〇〕。至於都邑措置，當有節目〔一一〕，若相公以爲然，某且有以繼進其說，不一二年，不拔之基立矣。某智術淺短，不足以議大計，然受知之深，不敢自以疏遠爲疑。干冒鈞聽，下情恐懼之至〔一二〕。

【題解】

隆興元年（一一六三），宋、金和議將啓。本文爲陸游建議籌畫建都建康而上呈二府（中書省、樞密院）的劄子。

本文原未繫年。歐譜繫於隆興二年，誤。陸游時任鎮江通判，已離朝廷。當作於隆興元年（一一六三）春。陸游時任樞密院編修官兼編類聖政所檢討官。本文列於上二府乞勿受慶雲圖劄子之後亦可證。

【箋注】

〔一〕自頃：近來。奏記：書面向公府等長官陳述意見。漢書丙吉傳：「賀即位，以行淫亂廢，光與車騎將軍張安世諸大臣議所立，未定。吉奏記光曰……」賤愚不肖：自謙之辭。徹：達，到。

〔二〕相公：舊時對宰相的敬稱。文選王粲從軍詩：「相公征關右，赫怒震天威。」李善注：「曹操爲丞相，故曰相公也。」

〔三〕震疊：震驚，恐懼。殊方：遠方，異域。班固西都賦：「踰崑崙，越巨海，殊方異類，至於三萬里。」

〔四〕江左：江東。指長江下游以東地區。丘光庭兼明書雜説江左：「晉、宋、齊、梁之書，皆謂江東爲江左。」魏禧日録雜説：「江東稱江左，江西稱江右，何也？曰：自江北視之，江東在左，江西在右耳。」建康：今江蘇南京。東晉、南朝宋、齊、梁、陳五朝定都於此，爲六朝經濟、文化中心。唐置昇州。宋改江寧府。南宋建炎三年改稱建康府，并設行宫。

〔五〕荆渚：今湖北荆州西。南朝梁元帝、後梁蕭詧曾建都於此。洪州：今江西南昌。南唐李璟建爲南都。

〔六〕駐蹕：指帝王出行，途中停留暫住。左思吴都賦：「于是弭節頓轡，齊鑣駐蹕。」臨安：今浙江杭州。南宋建炎三年設行宫於此，紹興八年定都於此。權宜：指暫時適宜的措施。

後漢書西羌傳論：「計日用之權宜，忘經世之遠略。」

〔七〕餽餉：指運送糧餉。曾鞏上歐陽學士第二書：「承藉世德，不蒙矢石，備戰守，馭車僕馬，數千里餽餉。」

〔八〕讖緯：漢代流行的神學迷信。「讖」爲讖語，指巫師或方士製作的一種隱語或預言，作爲吉凶的符驗或徵兆。「緯」爲緯書，指方士化的儒生編集起來附會儒家經典的各種著作。後漢書方術傳上：「（廖扶）專精經典，尤明天文、讖緯、風角、推步之術。」

〔九〕朝聘：古代諸侯親自或派使臣按期朝見天子。禮記王制：「諸侯之於天子也，比年一小聘，三年一大聘，五年一朝。」鄭玄注：「比年，每歲也。小聘，使大夫；大聘，使卿；朝，則君自行。」

〔一〇〕噬臍：自齧腹臍。比喻後悔不及。左傳莊公六年：「亡鄧國者，必此人也。若不早圖，後君噬齊。」杜預注：「若嚙腹齊，喻不可及也。」齊，同「臍」。

〔一一〕節目：指程式。

〔一二〕下情：謙詞。指自己的心情或情況。晉書陸納傳：「（納）後伺温（桓温）閒，謂之曰：『外有微禮，方守遠郡，欲與公一醉，以展下情。』」

渭南文集箋校卷第四

劄子

【釋體】

本卷文體同卷三，收録劄子十二首。

本卷嘉定本闕，以弘治本補。

上殿劄子

臣聞善觀人之國者無他，惟公道行與否爾。書曰：「毋虐煢獨，而畏高明〔一〕。」詩曰：「柔亦不茹，剛亦不吐〔二〕。」此爲國之要也。若夫虐煢獨，畏高明，茹柔吐剛，而能使天下治者，自古未之有也①。朝廷之體，責大臣宜詳，責小臣宜略；郡縣之政，治大姓宜詳，治小民宜略；賦斂之事〔三〕，宜先富室；征税之事，宜覈大商。是之謂至平，是之謂至公。行之一邑則一邑治，行之一郡則一郡治，行之天下而治不逮於古者，萬無是理也。伏見朝廷頃因人言，必顯有功狀，乃畀職名〔四〕。行之數年，而人臣、近侍不得職者幾人，帥臣、監司之加職者又比比而有，至於銓曹、格法所以戹小官者，則未嘗少弛張也〔五〕。慶典之行，所及至廣，貼職以上，例皆甄復，雖阿附秦氏得罪者亦在焉〔六〕。至於常調孤遠，固多久絓刑憲者〔七〕，今更赦令，雖使皆得霑被，銓法拘攣，必不如是之曠蕩也〔八〕。無乃責大吏反略而責小臣反詳乎？郡縣之吏，不能自立，觀望揣摩，惟强是畏。豪右雖犯重辟②〔九〕，官吏貪者、黠者則公與之爲市，廉者、懦者則又自營曰，得無反爲所害乎？凡嫁禍平人誘罪僮奴者，皆有司爲之道地也〔一〇〕。凶年饑歲，雖貧富俱病，然富者利源至多，貧者惟守田畝，孰爲當恤？視郡縣之庭，鞭笞流血、杻械被體者〔一一〕，皆貧民也。吴蜀萬里，關征相望〔一二〕，富商大賈，先期遣人懷金錢以賂津吏〔一三〕，大舸重載，通行無苦。終更小官，造廷進士，垂槖蕭然〔一四〕，齎糧有限③，而稽留苛暴〔一五〕，略不之恤。如是謂之平可乎？謂之公可乎？臣昧死伏望陛下推至平至公之道，自朝廷始，然後下詔戒敕四方，而繼之以誅賞。不過歲月，治效自見，惟在陛下執之重如山嶽、堅若金石爾。荀卿論鬬國之説曰：「兼并易能也，堅凝之難〔一六〕。」夫豈獨兼并哉，凡爲政，施行之甚易，堅凝之甚難。臣區區之言，陛下或以爲萬有一可采焉，敢并以堅凝爲獻。取進止。

【題解】

于譜：「（淳熙十五年）冬，除軍器少監，入都。」宋史卷三九五陸游傳：「再召，入見，上曰：『卿筆力回斡甚善，非他人可及。』除軍器少監。」宋史卷三五孝宗本紀：「（淳熙十五年十一月）甲辰，詔百官輪對，毋過三奏。」本文爲陸游應詔輪對時上呈宋孝宗的劄子，共三首，分別闡述（一）希望以堅定的決心，推行公平治道；（二）弘揚「氣高天下」的精神，鼓舞抗金士氣；（三）總結和戰交替的規律，提醒加强邊備。

本文原未繫年。歐譜繫於淳熙十五年（一一八八），是。當作於該年冬。陸游時任軍器少監。

【校記】

①「自」，原作「目」，據正德本、汲古閣本改。
②「辟」，原作「郡」，據正德本、汲古閣本改。
③「齎」，原作「齋」，據正德本、汲古閣本改。

【箋注】

〔一〕「毋虐」二句：書洪範：「無虐煢獨，而畏高明。」孔安國傳：「煢，單，無兄弟也。無子曰獨。」

單獨者不侵虐之。寵貴者不枉法畏之。」煢獨，孤苦伶仃之人。

〔二〕「柔亦」二句：詩大雅烝民：「人亦有言，柔則茹之，剛則吐之。維仲山甫，柔亦不茹，剛亦不吐，不侮矜寡，不畏彊禦。」鄭玄箋：「柔，猶濡毳也；剛，堅强也。剛柔之在口，或茹之，或吐之。喻人之於敵强弱。茹，廣雅云：食也。」後用「茹柔吐剛」比喻欺軟怕硬，凌弱避强。此處「柔亦不茹，剛亦不吐」，贊揚仲山甫不凌弱，不畏强。

〔三〕賦斂：田賦，税收。左傳成公十八年：「薄賦斂，宥罪戾。」

〔四〕功狀：報告立功情況的文書。三國志孫堅傳：「刺史臧旻列上功狀，詔書除堅鹽瀆丞。」畀：給予。職名：指職銜。

〔五〕銓曹：主管選拔官員的部門。包湑會昌解頤録：「銓曹往例，各合得一官，或薦他人亦得。」格法：法度，成法。弛張：比喻處事的鬆緊、進退、寬嚴等。劉勰文心雕龍論説：「夫説貴撫會，弛張相隨，不專緩頰，亦在刀筆。」

〔六〕貼職：兼職。劉禹錫復荆門縣記：「初，公以縣之之便聞於上也，禹錫方以郎位貼職於計曹。」甄復：經審查後復職。秦氏：此指秦檜。

〔七〕常調：按常規遷選官吏。高適宋中遇劉書記有别詩：「幾載困常調，一朝時運催。」孤遠，指遠離皇帝，地位低微。曾鞏梅福封壽春真人制：「敕某：在漢之際，數以孤遠，極言天下之事，其志壯哉。」絓：觸犯。刑憲：刑法。王充論衡答佞：「聖王刑憲，佞在惡中；聖王賞勸，賢在善中。」

〔八〕銓法：選拔、任用官吏的條例。新唐書選舉志下：「初，銓法簡而任重。」拘攣：拘束，拘泥。揚雄太玄賦：「蕩然肆志，不拘攣兮。」曠蕩：寬宥，從寬論處。宋書薛安都傳：「四方阻逆，無戰不禽，主上皆加以曠蕩，即其才用。」

〔九〕豪右：富豪家族、世家大户。後漢書明帝紀：「濱渠下田，賦與貧人，無令豪右得固其利。」李賢注：「豪右，大家也。」重辟：極刑，死罪。陳書孔奂傳：「時左民郎沈炯爲飛書所謗，將陷重辟，事連臺閣，人懷憂懼。」

〔一〇〕平人：無罪之人，良民。資治通鑑後唐明宗天成元年：「友謙妻張氏帥家人二百餘口，見紹奇曰：『朱氏宗族當死，願無濫及平人。』」道地：事先疏通，以留餘地。漢書酷吏傳：「丞相議奏延年『主守盜三千萬，不道』。霍將軍召問延年，欲爲道地。」顔師古注：「爲之開通道路，使有安全之地也。」

〔一一〕杻械：脚鐐手銬。泛指刑具。杜甫草堂詩：「眼前列杻械，背後吹笙竽。」

〔一二〕關征：收税的關卡。

〔一三〕津吏：管理渡口、橋樑的官吏。趙曄吴越春秋闔閭内傳：「（椒丘訢）過淮津，欲飲馬於津；津吏曰：『水中有神。』」

〔一四〕垂槖：垂着空袋。指空無所有。韓愈答竇秀才書：「錢財不足以賄左右之匱急，文章不足以發足下之事業，稛載而往，垂橐而歸，足下亮之而已！」

〔一五〕稽留：延遲，停留。墨子號令：「傳言者十步一人，稽留言及乏傳者斷。」孫詒讓閒詁引蘇時學曰：「稽留謂不以時上聞。」

〔一六〕闢國：開國。荀子議兵：「兼并易能也，唯堅凝之難焉。」堅凝：牢固，堅定。

二

臣伏讀御製蘇軾贊〔一〕，有曰：「手抉雲漢，斡造化機①〔二〕，氣高天下，乃克爲之。」嗚呼！陛下之言，典謨也〔三〕。軾死且九十年，學士大夫徒知尊誦其文，而未有知其文之妙在於氣高天下者。今陛下獨表而出之，豈惟軾死且不朽，所以遺學者顧不厚哉！然臣竊謂天下萬事，皆當以氣爲主，軾特用之於文爾。趙普氣蓋諸國，故能成混一之功〔四〕；寇準氣吞醜虜，故能成却敵之功〔五〕；范仲淹氣壓靈夏，故西討而元昊款伏〔六〕；狄青氣懾嶺海，故南征而智高殄滅〔七〕。至於韓琦、富弼、文彦博之勳勞，唐玠、包拯、孔道輔之風節〔八〕，大抵以氣爲主而已。蓋氣勝事則事舉，氣勝敵則敵服。勇者之鬥，富者之博，非有他也，直以氣勝之耳。今天下才者衆矣，而臣猶有憂者，正以任重道遠之氣〔九〕，未能盡及古人也。方無事時，亦何所賴此，一旦或有非常，陛下擇群臣，使之假鉞而董二軍，擁節而諭萬里〔一〇〕，雖得賢厚篤實之士，氣不素養，臨事惶遽〔一一〕，心動色變，則其舉措豈不誤陛下事耶？伏望萬機之餘〔一二〕，留神於此，作而起之，毋使委靡，養而成之，毋使沮折。及乎人才争奮，士氣日倍，則緩急惟陛下所使而已〔一三〕。且吴、蜀、閩、楚之俗，其渾厚勁朴，固已不及中原矣。若夫日趨於拘窘怯薄之域〔一四〕，臣實懼國勢之寖弱也。不勝私憂，犯分獻言，恭惟陛下裁赦〔一五〕。取進止。

【校記】

①「斡」，原作「幹」，據正德本、汲古閣本改。

【箋注】

〔一〕御製蘇軾贊：指宋孝宗乾道九年（一一七三）所作御製文集序末的贊文。序文評價蘇軾文章稱：「成一代之文章，必能立天下之大節。立天下之大節，非其氣足以高天下者，未之能焉。孔子曰：『臨大節而不可奪，君子人歟！』孟子曰：『我善養吾浩然之氣，以直養而無害，則塞乎天地之間。』養存之於身謂之氣，見之於事謂之節。節也，氣也，合而言之，道也。以是成文，剛而無餒，故能參天地之化，關盛衰之運。不然，則雕蟲篆刻童子之事耳，烏足以論一代之文章哉！故贈太師謚文忠蘇軾，忠言讜論，立朝大節，一時廷臣無出其右，負其豪氣，志在行其所學，放浪嶺海，文不少衰，力斡造化，元氣淋漓，窮理盡性，貫通天人，山川風雲，草木華實，千彙萬狀，可喜可愕，有感於中，一寓之於文，雄視百代，自作一家，渾涵光芒，至是而大成矣。……常置左右，以爲矜式，可謂一代文章之宗也歟！」陸游此劄，本此立論。蘇軾（一〇三七—一一〇一），字子瞻，眉州眉山（今屬四川）人。嘉祐二年進士，復舉制科。歷鳳翔府簽書判官、判登聞鼓院、直史館、開封府推官等。熙寧中出爲杭州通判，徙知密、徐、湖三州。元豐二年因諷刺新法下御史獄，貶黄州團練副使。哲宗即位，召爲起居舍人，遷中書舍人、翰林學士、知制誥、兼侍讀。出知杭州、潁州、揚州等，又召爲兵部尚書，改禮部。紹聖初貶知英州，惠州安置，再貶昌化軍安置。元符三年赦還，次年病卒。高宗時追贈太師，謚文忠。著有東坡七集等。宋史卷三三八有傳。

〔二〕雲漢：銀河，天河。詩大雅棫樸：「倬彼雲漢，爲章于天。」毛傳：「雲漢，天河也。」斡造化機：掌握自然變化的樞機。

〔三〕典謨：原指尚書中堯典、舜典和大禹謨、皋陶謨等篇的並稱，後引申爲經典、法言。

〔四〕「趙普」二句：指趙普協助趙匡胤陳橋兵變，建立宋朝，統一天下。趙普（九二二—九九二），字則平，幽州薊縣（今北京）人。宋初名相。宋史卷二五六有傳。

〔五〕「寇準」二句：指寇準力主抗遼，擊退契丹，訂立澶淵之盟。寇準，字平仲。參見卷三論選用西北士大夫劄子注〔三〕。醜虜，謂契丹，源於東胡，居今遼河上游西拉木倫河一帶，以遊牧爲生。北魏時，自號契丹。唐末，首領阿保機統一各部族，稱帝建遼國。宋宣和七年（一一二五）爲金所滅。舊唐書北狄傳契丹：「契丹，居潢水之南，黄龍之北，鮮卑之故地。」

〔六〕「范仲淹」二句：指范仲淹經略陝西，號令嚴明，防禦西夏，制服元昊。范仲淹（九八九—一〇五二），字希文。參見卷三論選用西北士大夫劄子注〔三〕。靈夏，即西夏，宋仁宗明道元年（一〇三二），党項族拓跋氏建立大夏王國，最盛時據有今寧夏、陝西北部、甘肅西北部、青海東北部和内蒙古西部一帶。宋人稱之爲西夏。共傳十主，宋理宗寶慶三年（一二二七）爲元所滅。元昊，西夏開國皇帝。款伏，誠心歸附。舊唐書任瓌傳：「瓌在馮翊積年，人情諳練，願爲一介之使，銜命之關，同州已東，必當款伏。」

〔七〕「狄青」二句：指狄青震懾兩廣，南征奏捷，消滅儂智高。狄青（一〇〇八—一〇五七），字漢臣，汾州西河（今山西汾陽）人。北宋名將。宋史卷二九〇有傳。嶺海，指今兩廣地區，北倚五嶺，南面大海。韓愈潮州刺史謝上表：「雖在萬里之外，嶺海之陬，待之一如畿甸之間，輦轂之下。」智高，即儂智高，宋廣源州土族首領。宋仁宗慶曆元年（一〇四一）建立大曆國。皇祐四年（一〇五二）起兵叛宋，次年被狄青破之於邕州，遁入大理國，不知所終。

〔八〕韓琦（一〇〇八—一〇七五）：字稚圭，相州安陽（今河南安陽）人。宋史卷三一二有傳。富弼（一〇〇四—一〇八三）：字彦國，洛陽（今河南洛陽）人。宋史卷三一三有傳。文彦博(一〇〇六—一〇九七)：字寛夫，汾州介休(今山西介休)人。宋史卷三一三有傳。三人均爲北宋名相，功勳卓著。唐玠：疑即唐介(一〇一〇—一〇六九)，字子方，江陵(今湖北江陵)人。宋史卷三一六有傳。包拯(九九九—一〇六二)：字希仁，廬州合肥(今安徽合肥)人。宋史卷三一六有傳。孔道輔(九八七—一〇四〇)：字原魯，孔子四十五代孫。宋史卷二九七有傳。三人均北宋名臣，以敢言直諫著稱。風節：風骨節操。三國志王淩毌丘儉等傳論：「王淩風節格尚，毌丘儉才識拔幹。」

〔九〕任重道遠：論語泰伯：「曾子曰：士不可以不弘毅，任重而道遠。任以爲己任，不亦重乎？死而後已，不亦遠乎？」

〔一〇〕假鉞：即假黄鉞，指代表皇帝親征。資治通鑑晉武帝咸寧五年：「冬十一月，大舉伐吴……命賈充爲使持節、假黄鉞、大都督，以冠軍將軍楊濟副之。」胡三省注：「黄鉞，天子之器，非人臣所得專用，故曰假。」董：監督管理。二軍：漢代禁衛軍有南軍和北軍。擁節：執持符節，後借指出任一方。隋書高祖紀下：「燕南趙北，實爲天府，擁節杖旄，任當連率。」

〔一一〕惶遽：恐懼慌張。三國志夏侯惇傳：「持質者惶遽叩頭曰：『我但欲乞資用去耳！』」

〔一二〕萬幾：指帝王日常處理的紛繁政務。書皋陶謨：「無教逸欲有邦，兢兢業業，一日二日萬幾。」孔安國傳：「幾，微也，言當戒懼萬事之微。」

〔一三〕緩急：指危急之事或發生變故之時。史記絳侯周勃世家：「孝文且崩時，誡太子曰：『即有緩急，周亞夫真可任將兵。』」

〔一四〕拘窘：局促窘迫。怯薄：薄弱。陸游老學庵筆記卷三：「今人稟賦怯薄，故按古方用藥，多不能愈病。」

〔一五〕裁赦：裁決赦免。漢書翼奉傳：「非有聖明，不能一變天下之道。臣奉愚戇狂惑，唯陛下裁赦。」

三

臣聞天下有無窮之變，而有必然之理。惟默觀陰察，能得其理，則事變之來，雖千態萬狀①，可以坐制而無虞矣〔一〕。天下之變，最幽眇倉卒不可測知者〔二〕，莫如雷霆鬼物。然雷霆冬伏而春作②，鬼物晝隱而夜見，則其理之必然，有不待智者而知之矣。今朝廷内無權家世臣③，外無强藩悍將〔三〕，所慮之變，惟一金虜。虜，禽獸也，譎詐反覆，雖其族類，有不能測，而臣竊以謂是亦有可必知者④。夫何故？寬猛之相繼〔四〕，如寒暑晝夜之必相代也。故自金虜猖獗以來，靖康、建炎之間，窮凶極暴，則有紹興之和〔五〕；通和既久，則有辛巳之寇〔六〕；寇而敗亡，則又有隆興之和〔七〕。今邊陲晏然，枹鼓不作逾二十年⑤〔八〕，與紹興通和之歲月略相若矣。不知此虜終守和約，至數十百年而終不變耶？將如晝夜寒暑必相代也？且虜非中國比也，無君臣之禮，無骨肉之恩，惟制之以力，劫之以威，則粗能少定。今力憊勢削，有亂而已。其亂不起於骨肉相殘，則起於權臣專命，又不然，則奸雄襲而取之耳〔九〕，三者有一焉。反虜酋之政，以悦其國人，且何爲哉？雖陛下聰明英睿，自有所處，然臣竊觀士大夫之私論，則往往幸虜之懦以爲安。不知通和已二十餘年，如歲且秋矣，而謂衣裘爲不必備，豈不殆哉！大抵邊境之備，方無事時觀之，事事常若有餘，一旦有變，乃知不足。伏望陛下與腹心之臣，力圖大計，宵旰弗怠〔一〇〕，繕修兵備，搜拔人才，明號令，信賞罰，常如羽書狎至、兵鋒已交之日〔一一〕。使虜果有變，大則掃清燕、代〔一二〕，復列聖之讎；次則平定河、洛〔一三〕，慰父老之望。豈可復如辛巳倉卒之際，斂兵保江，凜然更以宗社爲憂耶？臣世食君禄，且蒙陛下省録姓名〔一四〕，已二十餘年。念無以報天地父母之大恩，故其陳於陛下者，惟懼不盡⑥，而不知狂愚之爲大罪也。取進止。

【校記】

①「態」，原作「熊」，據正德本、汲古閣本改。

②「春」，原作「眷」，據正德本、汲古閣本改。

③「今」，原作「令」，據正德本、汲古閣本改。

④「而」，原作「面」，據正德本、汲古閣本改。

⑤「枹」，原作「抱」，據汲古閣本改。

⑥「懼」，原作「懽」，據正德本、汲古閣本改。

【箋注】

〔一〕坐制：指輕易制敵。魏書于栗磾傳：「若搏之不勝，豈不虛斃一壯士！自可驅致御前，坐而制之。」

〔二〕幽眇：精深微妙。韓愈進學解：「補苴罅漏，張惶幽眇。」倉卒：亦作倉猝，匆忙急迫。漢書王嘉傳：「今諸大夫有材能者甚少，宜豫畜養可成就者……臨事倉卒乃求，非所以明朝廷也。」

〔三〕權家世臣：豪門貴族，功勳舊臣。劉向説苑政理：「陂池之魚，入于權家。」禮記曲禮下：「大夫不名世臣、姪娣。」鄭玄注：「世臣，父時老臣。」强藩悍將：强大的藩鎮，兇悍的戰將。新唐書憲宗紀贊：「自吴元濟誅，彊藩悍將皆欲悔過而效順。」

〔四〕寬猛相繼：寬大和嚴厲互爲補充。左傳昭公二十年：「仲尼曰：『善哉，政寬則民慢，慢則糾之以猛；猛則民殘，殘則施之以寬。寬以濟猛，猛以濟寬，政是以和。』」孔子家語正論：「寬以濟猛，猛以濟寬，寬猛相濟，政是以和。」

〔五〕紹興之和：指紹興八年（一一三八）和十一年（一一四一）宋、金間兩次簽訂和議。

〔六〕辛巳之寇：指紹興三十一年（一一六一，辛巳年）金主完顔亮率兵大舉攻宋。

〔七〕隆興之和：指隆興二年（一一六四）宋、金再次簽訂和議。

〔八〕晏然：安寧，安定。莊子山木：「聖人晏然體逝而終矣。」枹鼓：指警鼓，用於報警告急。荀悦漢紀宣帝紀三：「由此桴鼓希鳴，世無偷盜。」

〔九〕奸雄：奸人之魁首，也指弄權欺世、竊取高位之人。漢書司馬遷傳贊：「論大道則先黄老而後六經，序遊俠則退處士而進奸雄。」

〔一〇〕宵旰：宵衣旰食。天不亮就起身，天黑後才吃飯。形容帝王勤於政事。旰，天色晚。

〔一一〕羽書狎至：指羽書接連而來。王符潛夫論救邊：「旬時之間，虜復爲害，軍書交馳，羽檄狎至，乃復怔忪如前。」羽書指軍事文書，插鳥羽以示緊急。

〔一二〕燕代：戰國時燕國、代國之地，即今河北西北部、山西東北部地區。史記陳涉世家：「趙南據大河，北有燕、代。」

〔一三〕河洛：黄河、洛水間之地，今河南中部。江淹北伐詔：「驍雄競奮，火烈風掃，剋定中原，肅清河洛。」

〔一四〕省録姓名：指紹興三十二年（一一六二）孝宗即位後，陸游被賜進士出身，距此時已二十六年。

乞祠禄劄子 戊申四月

照對某昨任主管成都府玉局觀〔一〕，將滿，陳乞再任，蒙恩差知嚴州〔二〕，於淳熙十三年七月三日到任。郡政乖剌，雨澤不時〔三〕，上勞宵旰①〔四〕，死有餘責。賴蒙朝廷哀矜，山郡瘠土之民，重賜蠲放，廣行賑恤〔五〕，上格和氣〔六〕，下安衆心，入秋得雨，陸種倍收，六縣並無流徙人户〔七〕。今春以來，雨暘尤爲調適，二麥繼熟〔八〕，民間亦以爲所收倍於常年。賑濟訖事，稍紓吏責。某雖去替不遠，實緣年齡衰邁②，氣血凋耗〔九〕，夏秋之際，痼疾多作〔一〇〕，欲望鈞慈特賜矜憫，許令復就玉局微禄，養痾故山〔一一〕，及天氣尚凉，早得就道，實爲至幸。

【題解】

宋史職官志十：「宋制，設祠禄之官，以佚老優賢。先時員數絶少，熙寧以後乃增置焉。」根據這一制度，大臣罷職，令管理道教宫觀，以示優禮，無職事，但借名食俸，謂之「祠禄」。陸游一生多次奉祠禄，本文爲嚴州任期將滿時上呈宋孝宗請求祠禄的劄子。同時所作上書乞祠詩云：「上書又乞奉祠歸，夢到湖邊自扣扉。此去敢辭依馬磨，向來真貫擁牛衣。致身途遠年齡暮，報國心存氣力微。誓墓那因一懷祖，人間處處是危機。」

本文題下自注作於「戊申四月」，即淳熙十五年（一一八八）四月。時陸游知嚴州。參考劍南詩稿卷二十上書乞祠、上書乞祠輒述鄙懷。

【校記】

①「旰」，原作「肝」，據正德本、汲古閣本改。

②「衰」，原作「哀」，據正德本、汲古閣本改。

【箋注】

〔一〕「照對」句：宋史卷三九五陸游傳：「（江西任後）召還，給事中趙汝愚駁之，遂與祠。」據于譜：淳熙九年（一一八二）四、五月間，「除朝奉大夫（從六品）主管成都府玉局觀」。成都府玉局觀，宋代著名道觀。設於玉局化，在今四川成都北。資治通鑑後唐莊宗同光六年：「蜀主詔於玉局化設道場。」胡三省注引宋彭乘修玉局觀記：「後漢永壽元年，李老君與張道陵至此，有局脚玉牀自地而出，老君昇坐，爲道陵説南北斗經。既去而坐隱，地中因成洞穴，故以『玉局』名之。」

〔二〕「蒙恩」句：宋史陸游傳：「起知嚴州。」據于譜：淳熙十三年（一一八六）春，「除朝請大夫（從六品）知嚴州」。

〔三〕乖剌：違忤，不和諧。漢書劉向傳：「朝臣舛午，膠戾乖剌。」顔師古注：「言意志不和，各相違背。」雨澤不時：雨水不合時。

〔四〕上勞宵旰：使皇上辛勞，宵衣旰食。

〔五〕蠲放：免除。范仲淹奏乞兩府兼判：「每至歲終，盡其減省冗費之數，增息財利之數，蠲放困窮之數，具目進呈。」賑恤：以錢物救濟貧苦或受災之人。後漢書郎顗傳：「立春以來，未見朝廷賞録有功，表顯有德，存問孤寡，賑恤貧弱。」

〔六〕格：感通。和氣：指天地間陰陽交合而成之氣，萬物由此而生。朱子語類卷一〇六：「自古救荒只有兩説：第一是感召和氣，以致豐穰；其次只有儲蓄之計。」

〔七〕陸種：指種植旱地作物。晉書食貨志：「故每有水雨，輒復横流，延及陸田。言者不思其故，因云此土不可陸種。」六縣：嚴州所轄建德、淳安、桐廬、分水、遂安、壽昌六縣。

〔八〕雨暘：指雨天和晴天。語本書洪範：「曰雨，曰暘。」二麥：指大麥、小麥。宋書武帝紀：「今二麥未晚，甘澤頻降，可下東境郡，勤課墾殖。」

〔九〕凋耗：衰敗，損耗。韓愈薦士詩：「逶迤抵晉宋，氣象日凋耗。」

〔一〇〕痼疾：積久難治之病。東觀漢記光武帝紀：「是時醴泉出於京師，郡國飲醴泉者，痼疾皆愈，獨眇蹇者不瘥。」

〔一一〕養痾：養病。後漢書文苑傳下：「公今養痾傲士，故其宜也。」

上殿劄子

臣恭惟陛下躬聖人之資，履天子之位，而致養三宫〔一〕，承顔左右，盛事赫奕〔二〕，冠映千古，尚何待塵露之增山海哉！顧臣竊抱惓惓之愚，不敢輒默。伏惟陛下聖孝純至，禀於天性，昔在潛邸，及登儲宮以來〔三〕，夙夜孜孜，何嘗頃刻不以壽皇爲心。壽皇罷朝而悦，進膳而美，則陛下欣然喜動於色；壽皇罷朝而不悦，進膳而少味，則陛下愀然憂見於色。方是時，徒能喜之憂之而已。今則致親之悦者，責在陛下，其可以不深念乎？所謂悦親之道，非薦旨甘、奉輕暖也〔四〕，非晨昏定省、冬夏溫凊也〔五〕，非千門萬户之宫、鈞天簫韶之樂也〔六〕，惟在陛下得天下之愛戴，以寧壽皇之心而已。雞鳴而攬衣，辨色而視朝〔七〕，必曰此昔者問安之時也。今以萬機之繁，不能日朝重華〔八〕，歉然於懷，豈有限極。然闕問安之常，禮之小也；致天下之治，孝之大也。吾其力爲其大者乎？此固壽皇所望於陛下，亦天下所望於陛下也。治功已成，中外無事，陛下時備法駕〔九〕，率群臣上萬年之觴，豈非天下之大慶？不然，太史或以災異上聞，四方或以寇盜來告，壽皇聞之，萬分有一微輟玉食〔一〇〕，陛下雖居萬乘之貴，孰與解憂哉？臣昧死願陛下於進退人才、罷行政事之際，率以是爲念。自三思、十思以至百思，不爲過也；自一日、五六日至於旬時〔一一〕，不爲緩也；謀及卜筮，謀及卿士，謀及庶人，不爲廣也。一有小失，豈獨上勞宵旰①，壽皇亦與焉。故陛下今日憂勤恭儉，百倍於古帝王，乃僅可耳。譬如臣民之家，上有尊親，則所以交四鄰，訓子弟，備饑饉〔一二〕，禦盜賊，比之他人，自當謹戒百倍〔一三〕。何則？彼亦懼憂之及其親也。犬馬小臣，貪於增廣聖孝，不知言之涉於狂妄，冒犯天威，伏候斧鉞。

【題解】

宋史卷三六光宗本紀：「（淳熙十六年二月）壬申，詔内外臣僚陳時政闕失，四方獻歌頌者勿受……丁亥，詔百官輪對。」本文爲光宗即位後不久要求臣僚陳政背景下上呈宋光宗的劄子。共兩首，分别闡述（一）悦親之道在得民愛戴，天下大治乃爲大孝；（二）帝王所貴在杜絶嗜好，清心寡欲乃爲王道。

本文原未繫年。歐譜繫於淳熙十六年（一一八九），是。根據下組劄子奏於四月十二日，本文約作於該年三月間。陸游時任禮部郎中。

參考卷二一丞相率文武百僚請建重明節表、丞相率文武百僚上皇帝賀三殿受册表。

【校記】

①「盱」，原作「肝」，據正德本、汲古閣本改。

【箋注】

〔一〕三宫：原指天子、太后、皇后。此指壽聖皇太后（高宗吴皇后）、至尊壽皇聖帝（宋孝宗）和壽成皇后（孝宗謝皇后）。參見卷二一丞相率文武百僚上皇帝賀三殿受册表題解。

〔二〕赫奕：顯赫、美盛貌。應劭風俗通過譽：「謹按春秋：『王人之微，處於諸侯之上。』坐則專席，止則專館，朱軒駕駟，威烈赫奕。」

〔三〕潛邸：指皇帝即位前的住所。歐陽修代人辭官狀：「屬潛邸之署官，首膺表擢，陪學黌之講道，無所發明。」儲宮：太子所居宫室，此借指太子。潘尼贈陸機出爲吴王郎中令詩：「乃漸上京，乃儀儲宫。」

〔四〕「非薦」句：不僅是吃好穿暖。旨甘，美食。常指養親之食品。禮記内則：「昧爽而朝，慈以旨甘；日出而退，各從其事；日入而夕，慈以旨甘。」慈，孝敬進奉。輕暖，指輕軟暖和的衣服。孟子梁惠王上：「爲肥甘不足於口與？輕煖不足於體與？」

〔五〕「非晨」句：不僅是早晚、四季問候。禮記曲禮上：「凡爲人子之禮，冬温而夏凊，昏定而晨省。」鄭玄注：「定，安其牀衽也；省，問其安否何如。」後因稱子女早晚向親長問安爲「晨昏定省」。凊，涼，清涼。

〔六〕「非千」句：不僅是住華殿、聽美樂。鈞天，見卷二丞相率文武百僚請皇帝聽樂表注〔五〕。簫韶，見卷一會慶節賀表二注〔一三〕。

〔七〕辨色：天色將明，能辨清東西的時候，指黎明。禮記玉藻：「朝，辨色始入。」鄭玄注：「辨猶正也，别也。」

〔八〕重華：此指重華宫，宋孝宗退位後所居宫殿。

〔九〕法駕：天子車駕的一種。史記呂太后本紀：「迺奉天子法駕，迎代王於邸。」裴駰集解引蔡邕曰：「天子有大駕、小駕、法駕。法駕上所乘，曰金根車，駕六馬，有五時副車，皆駕四馬，侍中參乘，屬車三十六乘。」

〔一〇〕玉食：美食。書洪範：「惟辟作福，惟辟作威，惟辟玉食。」孔傳：「言惟君得專威福，爲美食。」孫星衍疏：「玉食，猶言好食。」

〔一一〕「自一日」句：光宗即位之初，詔五日一朝重華宮，後改爲一月四朝，以示孝順。見宋史卷三六光宗本紀。

〔一二〕饑饉：災荒，莊稼收成很差或顆粒無收。詩大雅雲漢：「天降喪亂，饑饉降臻。」

〔一三〕謹戒：敬慎戒懼。

又

臣聞詩曰：「上天之載，無聲無臭〔一〕。」人君與天同德，惟當清心省事，澹然虚静，損之又損，至於無爲〔二〕。大臣不得而窺所好，則希合苟容之害息〔三〕；小臣不得而窺所好，則諂諛側媚之風止〔四〕。不以從其所好而加賞，則憸人伏〔五〕；不以逆其所好而加罪，則端士進〔六〕。玩好無益之物不好，則不接於目；詼諧敗度之言不好〔七〕，則不聞於耳。大抵危亂之根本，讒巧之機牙〔八〕，奸邪之罅隙，皆緣所好而生。臣下雖有所偏好，而或未至大害者，無奉之者也。人君則不然，絲毫之念形於中心，雖未嘗以告人，而九州四海已悉向之矣，況發於命令、見於事爲乎？且嗜好之爲害，不獨聲色狗馬、宫室寶玉之類也。好儒生而不得真，則張禹之徒足以爲亂階〔九〕；好文士而不責實，則韋渠牟之徒足以敗君德〔一〇〕。其他可推而知矣。昔者漢文帝及我仁宗皇帝所以爲萬世帝王之師者，惟無所嗜好而已。恭惟陛下龍飛御極之初，天下傾耳拭目之時，所當戒者，惟嗜好而已。「無有作好，遵王之道〔一一〕」，天之所以錫神禹也。伏惟陛下留神省察，實天下幸甚。取進止。

【箋注】

〔一〕「上天」二句：詩大雅文王：「上天之載，無聲無臭。」鄭玄箋：「天之道難知也，耳不聞聲音，鼻不聞香臭。」指天道幽微，難以感知。

〔二〕「損之」二句：老子：「爲學日益，爲道日損，損之又損，以至於無爲。」指日去其華僞以歸於純樸無爲。

〔三〕希合：迎合，投合。三國志孫晧傳「所在戰克」，裴松之注引吴録：「（張）悌少知名，及處大任，希合時趣，將護左右，清論譏之。」　苟容：屈從附和以取容於世。荀子臣道：「不恤君之榮辱，不恤國之臧否，偷合苟容以持禄養交而已耳，謂之國賊。」

〔四〕側媚：用不正當的手段討好别人。書冏命：「慎簡乃僚，無以巧言令色，便辟側媚。」孔穎達疏：「側媚者，爲僻側之事以求媚於君。」

〔五〕憸人：奸邪小人。書冏命：「爾無昵於憸人，充耳目之官。」

〔六〕端士：正人君子。大戴禮記保傅：「於是皆選天下端士，孝悌閒博有道術者以輔翼之，使之與太子居處出入，故太子乃目見正事，聞正言，行正道，左視右視前後皆正人，夫習與正人居，不能不正也。」

〔七〕敗度：敗壞法度。書太甲中：「予小子不明于德，自底不類，欲敗度，縱敗禮，以速戾于厥躬。」孔安國傳：「言己放縱情欲，毁敗禮儀、法度，以召罪於其身。」

〔八〕讒巧：讒邪巧佞。曹植贈白馬王彪詩之三：「蒼蠅間白黑，讒巧令親疏。」 機牙：比喻要害、關鍵。韓愈許國公神道碑銘：「公先事候情，壞其機牙，奸不得發。」

〔九〕張禹：字子文，西漢河内軹人。精習易、論語，爲博士。成帝河平四年（前二五）拜相。晚年以特進爲天子師。永始、元延間（前一二年左右），吏民多上書言災異之應，諷刺外戚王氏專權。張禹恐爲王氏所怨，稱吏民之言爲「亂道誤人」，成帝信之。漢書卷八一有傳。傳末贊稱張禹等「咸以儒宗居宰相位」，「皆持禄保位，被阿諛之譏」。

〔一〇〕韋渠牟（七四九—八〇一）：唐京兆萬年人。少慧悟，涉覽經史。善遊説，官至右諫議大夫。

本傳稱其「形神佻躁，無士君子器，志向不根道德」。唐德宗時韋與裴延齡等權傾相府，倚仗恩勢招引趨炎附勢者。舊唐書卷一三五、新唐書卷一六七有傳。

〔二〕「無有」二句：指無因私欲放縱嗜好，必須遵循先王之道。書洪範：「無有作好，遵王之道；無有作惡，遵王之路。」孔安國傳：「言無有亂爲私好惡，動必循先王之道路。」

上殿劄子　二 己酉四月十二日

臣聞王者以一人之身，臨制四海〔一〕，人情錯出，事變遝至，惟靜以俟之，則心虛而明，惟重以持之，則體大而正，無偏聽之過，無輕舉之失。天何言哉！舜何爲哉〔二〕！後世士大夫學術卑陋，識慮褊淺〔三〕，顧謂王者得位，必有以聳動天下〔四〕，於是厭常喜新之論興，飾智駭俗之政作〔五〕，衆人之所喜，而君子之所深憂也。臣伏見陛下自在潛邸，以至龍飛御宇，三十年間，天下之事，何所不習，雖日出百令，固亦易爾。乃謙恭退托〔六〕，而安靜無爲；沉潛淵默〔七〕，而聰明不作。上則承壽皇之睿謨，下則盡群臣之公議。及乎議有未決，徐而斷之，政有當行，從而舉之，理愜事允，出臣下思慮之表，有心者誠服，有口者頌歎，則所謂靜與重者，陛下既得之矣。嗚呼！一郡一邑之長，視事之始，尚且以新奇眩衆，以敏速釣名〔八〕，陛下有天下之利勢而不用，有聖智之絶識而不施，超越群倫，奚啻萬億〔九〕？而或者方以聳動天下爲獻，此固兒童之見，而陛下所不取也。竊恐群臣獻此説者寖多，雖陛下決不取，然臣不勝惓惓愛君之愚忠，思有以堅聖心而廣初政①。昔魏鄭公憂貞觀之政漸不克終〔一〇〕，蘇轍亦謂但如元祐之初足矣〔一一〕。若夫進鋭退速，能動耳目之觀聽，而無至誠惻怛之心以終之，如明皇之焚錦繡、德宗之放馴象，實陛下之龜鑑也〔一二〕。故臣願陛下圖事揆策〔一三〕，不厭於從容；行賞議罰，無取於快意。兢兢業業常如此，三月之間，則成康、文景之盛〔一四〕，復見於今日矣。犬馬小臣，出位妄言〔一五〕，冒犯天威，臣無任〔一六〕。

【題解】

宋史卷三六光宗本紀：「（淳熙十六年二月）壬申，詔内外臣僚陳時政闕失，四方獻歌頌者勿受……丁亥，詔百官輪對。」本文亦爲光宗即位後不久要求臣僚陳政背景下上呈宋光宗的劄子。共兩首，分別闡述（一）治理天下當從容持重，慎始善終。（二）當務之急在蠲省賦税，紓民困弊。

本文題下自注作於「己酉四月十二日」，即淳熙十六年（一一八九）四月十二日。陸游時任禮部郎中。

【校記】

①「思」，原作「恩」，據正德本、汲古閣本改。

【箋注】

〔一〕臨制：監臨控制。史記淮南衡山列傳：「當今陛下臨制天下，一齊海内，汎愛蒸庶，布德施惠。」

〔二〕「天何」二句：論語陽貨：「子曰：『天何言哉！四時行焉，百物生焉。天何言哉！』」論語衛靈公：「子曰：『無爲而治者，其舜也與！夫何爲哉？恭己正南面而已矣。』」

〔三〕褊淺：心地、見識等狹隘短淺。楚辭九辯：「性愚陋以褊淺兮，信未達乎從容。」

〔四〕聳動：恐懼震動，使人震驚。聳，同悚。南史江夷傳：「每從遊幸，與羣僚相隨，見傳詔馳來，知當呼己，聳動愧恧，形於容貌。」

〔五〕飾智：裝作有智慧，弄巧欺人。管子正世：「民淫躁行私，而不從制，飾智任詐，負力而争。」

〔六〕退托：退讓，謙遜。蘇軾賜許將辭免恩命不允詔：「渴聞讜論，少副虚懷，而乃退托無能，力辭舊物，既非所望，其可曲從？」

〔七〕沉潛：指沉浸其中，深入探究。韓愈上兵部李侍郎書：「（愈）遂得究窮於經傳史記百家之説，沉潛乎訓義，反復乎句讀，礱磨乎事業，而奮發乎文章。」淵默：深沉静默。莊子在宥：「尸居而龍見，淵默而雷聲。」

〔八〕敏速：敏捷，迅速。晉書車胤傳：「（車胤）及長，風姿美劭，機悟敏速，甚有鄉曲之譽。」

〔九〕奚啻：何止，豈但。呂氏春秋當務：「蹠之徒問於跖曰：『盜有道乎？』跖曰：『奚啻其有道也。』」

〔一〇〕魏鄭公：即魏徵（五八〇—六四三），字玄成，館陶（今河北館陶）人，唐初著名政治家，封鄭國公，著有魏鄭公集。舊唐書卷七一、新唐書卷九七有傳。貞觀十二年（六三八），魏徵上奏十漸不克終疏，列舉唐太宗執政後逐漸怠惰、懶於政事、追求奢靡的十種表現，提醒他要居安思危。

〔一一〕「蘇轍」句：蘇轍曾上奏乞分別邪正劄子，稱：「臣願陛下謹守元祐之初政，久而彌堅；慎用左右止近臣，毋雜邪正。」

〔一二〕「如明皇」三句：指唐玄宗、唐德宗不能善始善終是最大的教訓。明皇，即唐玄宗。曾於即位之初，焚錦繡、禁珠玉以示節儉。新唐書卷五玄宗本紀：「（開元二年）七月乙未，焚錦繡珠玉於前殿。戊戌，禁采珠玉及爲刻鏤器玩、珠繩帖綏服者，廢織錦坊。」他開創了開元、天寶間的大治，但晚年沉溺享樂，終於導致安史之亂。德宗，即唐德宗。即位之初，亦曾放馴象、出宫女以示戒奢。舊唐書卷十二德宗本紀上：「（大曆十四年閏五月）丁亥，詔文單國所獻舞象三十二，令放荆山之陽，五坊鷹犬皆放之，出宫女百餘人。」他一度使唐代「中興」，但後期宦官專權、藩鎮割據，唐代趨於衰落。馴象，即舞象，會跳舞的大象。龜鑑，比喻可學習的榜樣或可借鑒的教訓。周書皇后傳序：「至於邪僻既進，法度莫修，冶容迷其主心，私謁蠹其朝政，則風化凌替，而宗社不守矣。夫然者，豈非皇王之龜鑑與？」鑑，鏡子。龜可以卜吉凶，鏡可以比美醜。

〔三〕圖事揆策：指處理事務，出謀劃策。王褒聖主得賢臣頌：「昔賢者之未遭遇也，圖事揆策，則君不用其謀。」

〔四〕成康、文景：指周成王、周康王和漢文帝、漢景帝，分别見卷一會慶節賀表一注〔五〕和卷三上殿劄子三首之三注〔四〕。

〔五〕出位：越位，超越本分。易艮：「君子以思不出其位。」王弼注：「各止其所，不侵害也。」

〔六〕無任：敬辭，即不勝。常用於表章奏議之末。蘇軾徐州謝獎諭表：「庶殫朽鈍，少補絲毫，臣無任。」

又

臣聞天下有定理決不可易者〔一〕，饑必食，渴必飲，疾必藥，暑必箑〔二〕，豈容以他物易之也哉。臣伏觀今日之患，莫大於民貧；救民之貧，莫先於輕賦。若賦不加輕，别求他術，則用力雖多，終必無益，立法雖備，終必不行。以臣愚計之，朝廷若未有深入遠討、犁庭掃穴之意〔三〕，能於用度之間事事裁損，陛下又躬節儉以勵風俗，則賦於民者，必有可輕之理。緩急之備，固不可無，姑以歲月徐爲之可也。如是，則和氣浹洽〔四〕，必無水旱之災，歡聲洋溢，必無盜賊之警，何慮國用之不足耶？設使裔夷弗賓〔五〕，侵犯王略，所謂率其子弟，攻其父母，直可舞干羽而格之爾〔六〕。頃者建炎、紹興戡定變亂之日，一切賦斂，有非承平之舊者。高宗皇帝宵旰焦勞①，每欲俟小定而悉除之，故詔令布告天下曰：「惟八世祖宗之澤，豈汝能忘；顧一時社稷之憂，非予獲已。止俟捍防之隙，首圖蠲省之宜〔七〕。」臣幼年親見民誦斯詔，至於感泣，雖傾貲以助軍興，而不敢愛〔八〕。旋屬國家多故，逆亮畔盟〔九〕，雖所蠲已多，終未仰稱聖意。壽皇聖帝臨御以來，所以節用裕民者，皆繼承高宗蠲省之指也，則陛下今日豈可不以爲先務哉？臣昧死欲望聖慈恢大度，明遠略，詔輔臣計司〔一〇〕，博盡論議，量入而用，量用而取，可蠲者蠲，可省者省。富藏於民，何異府庫？果有非常，孰不樂輸以報君父淪肌浹髓之恩哉〔一一〕？若有事之時，既竭其財矣；幸而無事，又曰儲積以爲他日之備也；雖恢復中原，又將曰邊境日廣矣，屯戍日衆矣〔一二〕，則斯民困弊，何時而已耶！瀆犯天威〔一三〕，罪當萬死，惟陛下裁赦。取進止。

【校記】

①「旰」，弘治本作「肝」，據正德本、汲古閣本改。

【箋注】

〔一〕定理：確定的法則或道理。韓非子解老：「凡理者，方圓、短長、麤靡、堅脆之分也。故理定而後可得道也。故定理有存亡，有死生，有盛衰。夫物之一存一亡，乍死乍生，初盛而後衰者，不可謂常。」

〔二〕箑：扇子。淮南子精神訓：「知冬日之箑，夏日之裘，無用於己。」高誘注：「箑，扇也。楚人謂扇爲箑。」

〔三〕犂庭掃穴：犂平敵方大本營，掃蕩其巢穴。比喻徹底摧毁敵方。漢書匈奴傳下：「固已犂其庭，掃其閭，郡縣而置之。」庭，指龍庭，匈奴祭祀天神的處所，也是匈奴統治者的軍政中心。

〔四〕浹洽：普遍沾潤。漢書禮樂志：「於是教化浹洽，民用和睦；災害不生，禍亂不作。」顔師古注：「浹，徹也；洽，霑也。」

〔五〕裔夷：邊遠夷人。左傳定公十年：「兩君合好，而裔夷之俘以兵亂之。」賓：服從，歸順。

王略：指王法。左傳成公二年：「兄弟甥舅，侵敗王略，王命伐之，告事而已。」杜預注：「略，經略，法度。」

〔六〕舞干羽：施行教化。見卷三擬上殿劄子注〔一一〕。　格：感通。

〔七〕「惟八世」六句：出建炎德音，見汪藻浮溪集。　八世祖宗，指宋室至高宗，已歷太宗、太祖、真宗、仁宗、英宗、神宗、哲宗、徽宗、欽宗共九世。有謂徽、欽二宗被擄北庭，應爲七世。　蠲省，指免除賦税。

〔八〕愛：吝惜。

〔九〕逆亮畔盟：指紹興三十一年（一一六一）金主完顔亮大舉攻宋。

〔一〇〕計司：古代掌管財政、賦税、貿易等事務官署的統稱。　權德輿唐故度支郎中裴公神道碑銘序：「其佐鍾陵也，領留府之重，居議郎也，贊計司之職。」

〔一一〕淪肌浹髓：滲入肌肉骨髓。比喻程度之深。　見卷一會慶節賀表二注〔一一〕。

〔一二〕屯戍：駐防。　史記孝文本紀：「今縱不能罷邊屯戍，而又飭兵厚衛，其罷衛將軍軍。」

〔一三〕瀆犯：冒犯。　蘇軾上神宗皇帝書：「臣近者不度愚賤，輒上封章言買燈事，自知瀆犯天威，罪在不赦。」

除修史上殿劄子

臣伏見真宗皇帝至道三年冬修太宗實録〔一〕，至明年咸平元年八月而畢，甫九閲月〔二〕。修書者，錢若水、柴成務、宗度、吴淑、楊億五人而已①〔三〕。書成，又詔重修太祖實録，至明年六月而畢，亦甫九閲月。修書者，王元之、梁顥、趙安仁、李宗諤四人而已②〔四〕。臣竊考之，太祖討澤、潞，取揚州，平吴滅蜀，定荆、楚，下五嶺〔五〕；太宗撫有吴、越，蕩定汾、晉，用師薊門，問罪夏臺〔六〕，皆大舉動。業廣事叢，議論煩委，兵機戎政，攻守饋餉，功罪黜陟之事，可謂夥矣。至於制禮作樂，明刑治曆，修廢官，舉墜典，革五季之弊，復漢唐之盛，側席求治〔七〕，可謂勤矣。宜其摹寫日月，形容造化，雖累歲不成。而奏書之速，不淹三時〔八〕，上足以慰羹墻之思，下足以厭薦紳之望〔九〕，非獨此數人者畢精竭思之力也。意者當時命令重，刑賞必，尊君體國之俗成〔一〇〕，凡史官紬繹之所須者〔一一〕，上則中書密院，下則百司庶府〔一二〕，以至四方萬里郡國之遠，重編累牘，如水赴海，源源而集。然後以耳目所接，察隧碑行述之諛辭〔一三〕，以衆論所存，刊野史小説之謬妄〔一四〕，取天下之公，去一家之私，而史成矣。九閲月而奏書，臣誠未見其爲速也。臣乞身累年〔一五〕，忽蒙聖恩，起之山澤之間，使與聞大典，既不累以他職，又特寬其朝謁〔一六〕，責委之意可謂重矣〔一七〕。然臣之愚慮有欲陳者，未敢遽以仰瀆天聽，而略具梗概於前，欲乞聖慈明詔大臣，俟臣供職，有所陳請，擇其可者，出自朝廷主張施行。如臣不能自力，曠職守，負聖知，則竄殛之刑〔一八〕，所不敢避。取進止。

【題解】

宋史陸游傳：「嘉泰二年，以孝宗、光宗兩朝實録及三朝史未就，詔游權同修國史、實録院同修撰，免奉朝請。」時在五月，陸游於六月十四日入都。本文爲陸游到任後上呈宋寧宗的劄子，陳述前賢撰修實録的艱難，要求此次修史同樣得到朝廷各方面支持。

本文原未繫年。歐譜繫於嘉泰二年（一二〇二），是。當作於該年六月。陸游時任權同修國史、實録院同修撰。

參考卷十二修史謝丞相啓。

【校記】

①「淑」，各本均作「淵」。考宋史卷二六六錢若水傳：「俄詔修太宗實録，若水引柴成務、宗度、吴淑、楊億同修，成八十卷。」又卷四四一吴淑傳：「至道二年，兼掌起居舍人事，預修太宗實録，再遷職方員外郎。」則預修太宗實録者當爲「吴淑」，淑、淵形近而誤，因據改。

②「顥」，各本均作「灝」。宋史卷二九六梁顥傳：「時詔錢若水重修太祖實録，表顥參其事。」又宋史卷二六六錢若水傳：「既又重修太祖實録，參以王禹偁、李宗諤、梁顥、趙安仁，未周歲畢。」

則預修太祖實録者當爲「梁顥」，據改。

【箋注】

〔一〕實録：古代編年史的一種。專記某一皇帝統治時期的大事。始於南朝梁代，至唐初，由史臣撰寫已故皇帝一朝政事爲實録，成爲定制，今存最早的實録是韓愈所撰順宗實録。宋代沿襲了這一制度。

〔二〕甫：剛，才。　閲月：經一月。新唐書李景儉傳：「及延英奉辭，景儉自陳見抑遠，穆宗憐之，追詔爲倉部員外郎，不遣。閲月，拜諫議大夫。」九閲月爲經過九月。

〔三〕錢若水（九六〇—一〇〇三）：字澹成，河南新安（今屬河南）人。雍熙進士，歷任知制誥、翰林學士等，官至同知樞密院事。預修太宗實録，重修太祖實録。宋史卷二六六有傳。　柴成務（九三四—一〇〇四）：字寶臣，曹州濟陰（今山東定陶）人。乾德中進士。歷知制誥、給事中、知揚州、判尚書刑部。預修太宗實録。宋史卷三〇六有傳。　宗度（生卒不詳）：蔡州上蔡（今屬河南）人。登進士第，累官侍御史、京西轉運使。預修太宗實録。宋史卷四五七附宗翼傳。　吴淑（九四七—一〇〇二）：字正儀，潤州丹陽（今屬江蘇）人。宋初授大理評事，歷秘閣校理、職方員外郎。預修太平御覽、太平廣記、文苑英華，又預修太宗實録。宋史卷四四一有傳。　楊億（九七四—一〇二〇）：字大年，建州浦城（今屬福建）人。淳化中賜進士及第，官至翰林學士、工部侍郎。預修太宗實録，主修册府元龜，爲宋初「西昆體」

代表作家。宋史卷三〇五有傳。

〔四〕王元之：即王禹偁（九五四—一〇〇一），字元之，濟州巨野（今山東巨野）人。太平興國進士，歷知制誥、翰林學士、知黄州等。預修太祖實録。宋史卷二九三有傳。梁顥：（九六三—一〇〇四），字太素，鄆州須城（今山東東平）人。雍熙進士，歷知制誥、翰林學士、權知開封府等。預重修太祖實録。宋史卷二九六有傳。趙安仁（九五八—一〇一八）：字樂道，河南洛陽人。雍熙進士，歷右正言、知制誥、翰林學士、御史中丞。預重修太祖實録。宋史卷二八七有傳。李宗諤（九六五—一〇一三）：字昌武，深州饒陽（今屬河北）人。李昉之子。端拱進士，歷起居舍人、知制誥、翰林學士。預重修太祖實録。宋史卷二六五有傳。案：據宋史梁顥傳、錢若水傳（見本文校記二），重修太祖實録亦由錢若水牽頭，則實際參與重修者亦爲五人。

〔五〕澤潞：澤州、潞州，宋代屬河東路，在今山西澤州、上黨一帶。五嶺：大庾嶺、越城嶺、騎田嶺、萌渚嶺、都龐嶺的總稱，位於江西、湖南、廣東、廣西四省之間，是長江與珠江流域的分水嶺。史記張耳陳餘列傳：「北有長城之役，南有五嶺之戍。」

〔六〕汾晉：指汾水流域。亦特指山西太原地區。杜甫八哀詩贈司空王公思禮：「千秋汾晉間，事與雲水白。」薊門：即薊丘，今北京西。蔣一葵長安客話古薊門：「京師古薊地，以薊草多得名……今都城德勝門外有土城關，相傳是古薊門遺址，亦曰薊丘。」夏臺：夏代獄名。

又名均臺。在今河南省禹縣南。史記夏本紀：「桀不務德而武傷百姓，百姓弗堪。乃召湯而囚之夏臺。」司馬貞索隱：「獄名，夏曰均臺。皇甫謐云『地在陽翟』是也。」

〔七〕側席：指謙恭以待賢者。後漢書章帝紀：「朕思遲直士，側席異聞。」李賢注：「側席，謂不正坐，所以待賢良也。」

〔八〕不淹三時：指一天不滯留。淹，滯，久留。三時，指早、午、晚。高適燕歌行：「殺氣三時作陣雲，寒聲一夜傳刁斗。」

〔九〕羹墻：指追念前輩或仰慕聖賢。後漢書李固傳：「昔堯殂之後，舜仰慕三年，坐則見堯於墻，食則睹堯於羹。」薦紳：縉紳。古代高官的裝束。亦指有官職或做過官的人。薦，同搢。韓非子五蠹：「堅甲厲兵以備難，而美薦紳之飾。」

〔一〇〕體國：體念國家。岳飛奏措置曹成事宜狀：「奉聖旨令：……其馬友等并聽帥臣岳飛節制，各務體國，共力破賊。」

〔一一〕紬繹：理出端緒。指撰著。葛洪抱朴子尚博：「其所祖宗也高，其所紬繹也妙。」

〔一二〕中書密院：指中書省、樞密院。百司庶府：指百官、朝廷各部門。

〔一三〕隧碑：指墓碑、墓誌銘一類碑誌文。行述：即行狀，記述死者世系、籍貫、生卒年月和生平概略的文章。

〔一四〕刊：删除。野史：指私人著述的史書，與「正史」相對。陸龜蒙奉酬襲美苦雨見寄詩：

「自愛垂名野史中，寧論抱困荒城側。」

〔一五〕乞身：古代以作官爲委身事君，故稱請求辭職爲乞身。語本史記張儀列傳：「今齊王甚憎儀，儀之所在，必興師伐之，故儀願乞其不肖之身之梁，齊必興師伐之。」

〔一六〕寬其朝謁：指照顧陸游年邁，免奉朝請。

〔一七〕責委：責成、委托。

〔一八〕竄殛：流放和殺戮。葛洪抱朴子用刑：「唐虞之盛，象天用刑，竄殛放流，天下乃服。」

乞致仕劄子 三 癸亥二

臣輒冒重誅〔一〕，仰干洪造。伏念臣生逢千載，仕歷四朝〔二〕，晚蒙旒扆之知，爰錫弓旌之召〔三〕。濫司汗簡，擢長仙蓬〔四〕，曾未幾時，亟躋近列〔五〕。雖願輸於塵露，顧已迫於桑榆。記問荒疏，文辭衰退，重負夜行之責，難貪晝接之榮〔六〕。又況與奏成書，獲經睿覽。時則可矣，敢少緩於控陳〔七〕；天實臨之，冀俯從於懇款〔八〕。伏望聖慈許臣守本官職，依前致仕。

【題解】

陸游於慶元五年（一一九九）五月首次致仕。嘉泰二年（一二〇二）六月應詔入都修史。至嘉泰三年四月，孝宗實録五百卷、光宗實録一百卷修成進呈。陸游時已七十九歲，要求再次致仕。本文爲陸游請求守本官致仕上呈宋寧宗的劄子。共兩首。首次不允，再上劄子，始得敕，除提舉江州太平興國宫，仍未正式批准致仕。陸游於五月十四日去國。

本文題下自注作於「癸亥」，即嘉泰三年（一二〇三）。當作於該年四月。陸游時任寶謨閣待制、秘書監。

參考卷二一心遠堂記、卷二九跋韓晉公牛、跋畫橙。

【箋注】

〔一〕重誅：指極刑。戰國策秦策三：「臣（白起）寧伏受重誅而死，不忍爲辱軍之將。」

〔二〕四朝：指高宗、孝宗、光宗、寧宗四朝。

〔三〕旒扆：旒爲帝王的冕旒，扆爲帝王座位後的屏風，藉以稱帝王。姚崇于知微碑：「朝庭稱歎，聲聞旒扆。」弓旌：弓和旌，古代徵聘之禮，用弓招士，用旌招大夫。後泛指招聘賢者的信物。左傳昭公二十年：「昔我先君之田也，旃以招大夫，弓以招士。」

〔四〕濫司汗簡：指主持撰修兩朝實録。汗簡，指史册、典籍。擢長仙蓬：指嘉泰二年十二月除秘書監。仙蓬，即大蓬，秘書監的別稱。洪邁容齋四筆官稱別名：「唐人好以他名標牓官稱……祕書監爲大蓬。」

〔五〕近列：近臣的行列。司馬光上皇帝謝轉正議大夫表：「伏念臣學不適時，才非經世，謬塵近列。」

〔六〕夜行：夜間出行。此指自己年老而復出修史。　晝接：「晝日三接」的省語。一日之間三次接見，形容深受寵愛禮遇。易晉：「康侯用錫馬蕃庶，晝日三接。」孔穎達疏：「晝日三接者，言非惟蒙賜蕃多，又被親寵頻數，一晝之間，三度接見也。」

〔七〕控陳：申訴。葉適辭免提舉崇福宮狀：「七十既至，一再控陳，但得歸休，便爲止足。」

〔八〕臨：從高處往下看，有監視意。韓愈祭鄭夫人文：「昔在韶州之行，受命於元兄，曰：『爾幼養於嫂，喪服必以期！』今其敢忘？天實臨之。」　懇款：懇切忠誠之情。王維請施莊爲寺表：「上報聖恩，下酬慈愛，無任懇款之至。」

二

臣近緣實録院進書已畢〔一〕，具奏乞守本官職，依前致仕，准尚書省劄子，奉聖旨不允者。伏念臣學緣病廢，志與年衰，步蹇弗支〔二〕，髮存無幾。出入鵷行之内〔三〕，惕然有靦於面顔；追參豹尾之間〔四〕，觀者亦爲之指目。豈容冒昧，久竊寵榮？敢干咫尺之威，洊貢再三之請〔五〕。萬籤黄卷〔六〕，悵已負於初心；十具烏犍〔七〕，冀獲安於故里。伏望聖慈，特賜開允〔八〕。

【箋注】

〔一〕實録院：宋代專門撰修實録的官署，與掌修國史的國史院曾同寓史館。後罷史館，兩院均根據實際需要設置。嘉泰二年後，國史、實録兩院并置。

〔二〕步蹇：跛行，行動遲緩。

〔三〕鵷行：指朝官的行列。梁書張緬傳：「殿中郎缺。高祖謂徐勉曰：『此曹舊用文學，且居鵷行之首，宜詳擇其人。』」

〔四〕豹尾：借指天子屬車，即豹尾車。崔豹古今注輿服：「豹尾車，周制也，所以象君子豹變，尾言謙也，古軍正建之，今惟乘輿得建之。」宋史輿服志一：「豹尾車，古者軍正建豹尾。漢制，後車一乘垂豹尾，豹尾以前即同禁中。」唐貞觀後，始加此車於皇帝的儀仗隊内。

〔五〕洊貢：再次上呈。洊，同「薦」，再，屢次。

〔六〕萬籤黄卷：指著述之多。黄卷，指書籍。陸游寄題徐載叔秀才東莊：「萬籤插架號東莊，多稼連雲亦何有。」

〔七〕十具烏犍：十頭耕牛。晉書苻堅載記：「丞相臨終，托卿以十具牛爲田，不聞爲卿求位。」烏犍，指閹過的公牛，馴順、强健、易御。常泛指耕牛。陸游獨立思故山：「青箬買來衝雨釣，烏犍租得及時畊。」

〔八〕開允：允許。江淹蕭相國讓進爵爲王第二表：「避賢辭智之請，終無開允。」

三 甲子一

臣輒傾愚懇〔一〕，仰達聖聰。伏念臣衰悴餘齡，已開九秩〔二〕；遭逢盛際，逮事四朝。擢置周行，初出高皇之獨斷〔三〕；進登法從〔四〕，晚蒙陛下之異知。期歲强顔〔五〕，秋毫無補。及瀝乞身之請，更蒙優老之除〔六〕。久此叨塵，豈勝危懼。雖天地之恩未報，而犬馬之力已窮。杜曲桑麻〔七〕，儻遂扶犁之初願；灞橋風雪，更尋策蹇之舊游〔八〕。誓教訓於子孫，用報酬於君父。伏望聖慈許臣守本官職致仕。

【題解】

陸游於嘉泰三年四月兩朝實録進呈後，兩上劄子要求致仕，除提舉江州太平興國宮後，於五月去國回鄉。嘉泰四年初，陸游再爲請求致仕上劄。本文爲陸游第三次請求守本官致仕上呈宋寧宗的劄子。作於該年三月丙子的常州奔牛閘記文末繫銜爲「太中大夫充寶謨閣待制致仕山陰縣開國子食邑五百户賜紫金魚袋」，則獲准致仕當在二、三月間。

本文題下自注作於「甲子」，即嘉泰四年（一二〇四）。當作於該年初。陸游時任提舉江州太平興國宮。

參考卷一謝致仕表。

【箋注】

〔一〕愚悃：愚衷。指自己内心的謙辭。康駢劇談録王侍中題詩：「今日陪奉英髦，不免亦陳愚悃。」

〔二〕開九秩：開始望九的十年。時陸游已八十歲。十年爲一秩，故稱。白居易思舊詩：「已開第七秩，飽食仍安眠。」

〔三〕「初出」句：指高宗紹興三十年陸游至行在，被除敕令所删定官，進入朝官行列。

〔四〕法從：跟隨皇帝車駕，追隨皇帝左右。漢書揚雄傳上：「又是時趙昭儀方大幸，每上甘泉，常法從，在屬車間豹尾中。」顔師古注：「法從者，以言法當從耳，非失禮也。一曰從法駕也。」

〔五〕期歲：指一年。强顔：厚顔，不知羞耻。指勉强參與修史。蘇軾乞常州居住表：「與其强顔忍耻，干求於衆人，不若歸命投誠，控告於君父。」

〔六〕優老之除：指除提舉江州太平興國宫。

〔七〕杜曲桑麻：指隱居之地。見卷一除寶謨閣待制謝表注〔一三〕。

〔八〕灞橋：指分别之處。灞橋即霸橋，橋名。據三輔黄圖：霸橋在在長安東，跨水作橋。漢人送客至此橋，折柳贈别。策蹇：「策蹇驢」的省稱。乘跛足驢，比喻行動遲慢。葛洪抱朴子金丹：「何異策蹇驢而追迅風，棹藍舟而濟大川乎？」

渭南文集箋校卷第五

狀

【釋體】 徐師曾文體明辨序説：「按奏疏者，群臣論諫之總名也。奏御之文，其名不一，故以奏疏括之也……宋人則監前制而損益之，故有劄子，有狀，有書，有表，有封事，而劄子之用居多。」又：「上書章表，已列前編；其他篇目，更有八品，今取而總列之：……五曰狀。狀者，陳也。狀有二體，散文、儷語是也。……至於疏、對、啓、狀、劄五者，又皆以『奏』字冠之，以别於臣下私相對答往來之稱。」又：「及論其文，則皆以明允篤誠爲本，辨析疏通爲要，酌古御今，治繁總要，此其大體也。」

本卷收録狀八首。

天申節進奉銀狀

效頌祝於萬年，適逢盛際；備貢輸於九牧〔一〕，敢竭微誠。前件銀祇率典章，獲參包篚〔二〕。大庭旅百，愧非梯山航海之琛〔三〕；神嶽呼三，但切就日望雲之意〔四〕。

【題解】

天申節爲宋高宗聖節。進獻一定數量的銀兩，爲地方官慶賀聖節的禮儀之一。本文爲慶賀天申節上奏宋高宗的狀文。

本文原未繫年。歐譜繫於淳熙七年（一一八〇），是。當作於該年五月，時陸游在撫州提舉江西常平茶鹽公事任上。

參考卷一天申節賀表，卷二三天申節樞密院開啓道場疏、滿散道場疏、天申節功德疏二，卷四二天申節致語。

【箋注】

〔一〕「備貢」句：指地方官進貢各地土產。貢輸，指進貢輸送方物。桓寬鹽鐵論本議：「往者郡國諸侯各以其方物貢輸，往來煩雜，物多苦惡，或不償其費。」九牧，九州之長。周禮秋官掌交：「九牧之維。」鄭玄注：「九牧，九州之牧。」禮記曲禮下：「九州之長，入天子之國曰牧。」

鄭玄注：「每一州之中，天子選諸侯之賢者，爲之牧也。」

〔二〕祇率：恭敬地遵循。　包篚：筐篚。借指爲饋贈之禮品。　沈約與約法師書：「此生篤信精深，甘此藿食，至於歲時包篚，每見請求，凡厥菜品，必令以薦。」

〔三〕大庭：指朝廷。　旅百：形容陳列之物衆多。　左傳宣公十四年：「小國之免於大國也，聘而獻物，於是庭實旅百。」杜預注：「旅，陳也。百，言物備也。」　梯山航海：指長途跋涉。　琛：珍寶。

〔四〕神嶽呼三：指高呼萬歲。　參見卷一會慶節賀表二注〔六〕。　就日望雲：比喻崇仰天子。史記五帝本紀：「帝堯者，放勳。其仁如天，其知如神。就之如日，望之如雲。」

辭免賜出身狀

准尚書省劄子，奉聖旨賜進士出身者。孤遠小臣，比蒙召對，從容移刻，褒稱訓諭，至於再三〔一〕。仰惟天地父母之恩，固當誓死圖報。惟是科名之賜〔二〕，近歲以來，少有此比，不試而與，尤爲異恩〔三〕。揣分量材，實難忝冒〔四〕。欲望敷奏，特賜追寢，以安冗散之分〔五〕。

【題解】

宋史陸游傳：「孝宗即位……史浩、黄祖舜薦游善詞章、諳典故。召見。上曰：『游力學有聞，言論剴切。』遂賜進士出身。」本文爲陸游辭謝賜進士出身上奏宋孝宗的狀文。先後共兩首。

本文原未繫年。歐譜繫於紹興三十二年（一一六二），是。當作於該年十一月。宋會要輯稿選舉九：「（紹興）三十二年十一月四日，賜樞密院編修陸游、尹穡并進士出身。樞臣薦游等力學有聞，故有是命。」時陸游任樞密院編修官兼編類聖政所檢討官。

參考卷七謝賜出身啓。

【箋注】

〔一〕孤遠：指遠離皇帝，地位低微。曾鞏梅福封壽春真人制：「某在漢之際，數以孤遠極言天下之事，其志壯哉。」　召對：君主召見臣下令其回答有關政事、經義等方面的問題。蘇轍謝除中書舍人又表：「一封朝奏，夕聞召對之音；衆口交攻，終致南遷之患。」　移刻：指時間短暫。司馬光涑水記聞卷十二：「京師晝晦如墨，移刻而止。」　訓諭：訓誨，開導。杜甫元日示宗武詩：「訓喻青衿子，名慚白首郎。」

〔二〕科名：科舉功名。韓愈答陳生書：「子之汲汲於科名，以不得進爲親之羞者，惑也。」

〔三〕異恩：特殊恩典。曾鞏曲珍四厢都指揮使絳州防禦使制：「尚有異恩，待爾來效。」

〔四〕揣分：衡量名位、能力。柳宗元柳州謝上表：「揣分則然，惟天知鑒。」　忝冒：猶言濫竽充數。白居易初授拾遺獻書：「但言忝冒，未吐衷誠。」

〔五〕追寢：收回，停止不行。蘇轍四論熙河邊事劄子：「朝廷既追寢成命，臣亦粗可以塞言責矣。」　冗散：閒散，無固定職守。後漢書蔡邕傳：「而今在任無復能省，及其還者，多召拜議郎、郎中。若器用優美，不宜處之冗散。」

二

近蒙恩賜進士出身，嘗具狀乞行追寢，以謂「科名之賜，近歲以來，少有此比，不試而與，尤爲異恩，揣分量材，實難忝冒」。今月六日，准尚書省劄子，奉聖旨不許辭免。螻蟻至微，曲煩申諭〔一〕；雷霆在上〔二〕，其敢飾辭。然義有未安，若不自列，强顏冒寵〔三〕，獲罪愈大。蓋特賜科名，雖有故事〔四〕，必得非常之人，乃副非常之舉，甚非所以重儒科、杜倖門也〔五〕。重念某一介疏賤，行能亡取〔六〕，比蒙召對，面加訓奬，退而感激，至於涕泗。今者但使獲安冗散之分，以效尺寸之勞，則於上報主恩，不敢憚死。

【箋注】

〔一〕螻蟻：比喻地位低微、無足輕重之人。南史循吏傳郭祖深：「所以不憚鼎鑊區區必聞者，正以社稷計重而螻蟻命輕。」申諭：反復開導。三國志孫皓傳：「陳事勢利害，以申諭皓。」

〔二〕雷霆：對帝王或尊者暴怒的敬稱。後漢書獨行傳彭脩：「脩排閤直入，拜於庭，曰：『明府發雷霆於主簿，請聞其過。』」

〔三〕冒寵：指無勳德而受恩寵。

〔四〕故事：先例，舊日的典章制度。漢書楚元王傳附劉向：「宣帝循武帝故事，招名儒俊材置左右。」

〔五〕倖門：奸邪小人或僥倖者進身的門户。白居易雜興詩之三：「奸邪得藉手，從此倖門開。」

〔六〕行能：品行與才能。史記平津侯主父列傳：「臣弘（公孫弘）行能不足以稱，素有負薪之病，恐先狗馬填溝壑，終無以報德塞責。」

條對狀

准今月六日詔書節文〔一〕，令侍從、臺諫取當今弊事〔二〕，悉意以聞，退率其屬，極言毋諱。臣恭依詔旨，條具下項：

一、有國之法，當防其微；人臣之戒，尤在於偪〔三〕。異姓封王，偪之尤者也。蓋封王始於漢初，天下未定，權宜之制〔四〕。然韓、彭、英、盧〔五〕，皆以此敗，漢亦幾至大亂。遂與群臣盟曰「非劉氏不王」。後世懲創其失〔六〕，魏、晉、隋、唐，皆起草昧有天下〔七〕，豈無功臣？止於公侯而已。國初，趙普有社稷大功〔八〕，亦未嘗生加王爵也。唐將封王始於安禄山，而本朝則始於童貫〔九〕。此豈可法？而比年以來，寖以爲常，識者莫不憂之。欲乞聖慈明詔有司，自今非宗室外家〔一〇〕，雖實有勛勞，毋得輒加王爵。藏之金匱，副在有司，永爲甲令〔一一〕，實宗社無疆之福。

【題解】

條對指逐條對答皇帝的垂詢。宋史孝宗本紀：「（紹興三十二年十二月）戊辰，詔侍從、臺諫集議當今弊事，仍命盡率其屬，使極言無隱。」本文爲陸游應詔列舉當今弊事上奏宋孝宗的狀文。共論七項：（一）不在宗室外家之外封異姓王；（二）不在各路職守之外派遣小臣專命；（三）革除以上侵下的弊政，設官分職要正名分；（四）選用有才智學術之士任監司，審知郡守之政；（五）廢除淩遲之刑，以明朝廷至仁之心；（六）宦侍罷進養子，以免童幼横罹刀鋸；（七）嚴禁民間妖幻邪人，以消異時竊發之患。

本文原未繫年。歐譜繫於紹興三十二年（一一六二），是。當作於該年十二月。文中稱「准今月六日詔書節文」，紹興三十二年十二月六日正是戊辰日。時陸游任樞密院編修官兼編類聖政所檢討官。

【箋注】

〔一〕節文：減省文字。後漢書應劭傳：「（臣）輒撰具律本章句、尚書舊事、廷尉板令、決事比例……及春秋斷獄凡二百五十篇，蠲去復重，爲之節文。」

〔二〕侍從：宋代稱翰林學士、給事中、六部尚書、侍郎爲侍從。蘇軾論役法差雇利害起請劃一狀：「臣身爲侍從，又忝長民，不可不言。」臺諫：宋代以專司糾彈的御史爲臺官，以職掌建言的給事中、諫議大夫等爲諫官。兩者職責往往相混，故多合稱「臺諫」。臺指御史臺，諫指諫院。李綱上淵聖皇帝實言封事：「立乎殿陛之間與天子争是非者，臺諫也。」

〔三〕偪：同「逼」。侵迫。

〔四〕權宜：指暫時適宜的措施。後漢書西羌傳論：「計日用之權宜，忘經世之遠略。」

〔五〕韓、彭、英、盧：漢初諸侯王韓信、彭越、英布、盧綰。事迹見漢書卷三四韓彭英盧吴傳。漢書贊曰：「昔高祖定天下，功臣異姓而王者八國。張耳、吴芮、彭越、黥布、臧荼、盧綰與兩韓信，皆徼一時之權變，以詐力成功，咸得裂土，南面稱孤。見疑强大，懷不自安，事窮勢迫，卒謀叛逆，終於滅亡。」

〔六〕懲創：懲戒，警戒。韓愈讀東方朔雜事：「方朔不懲創，挾恩更矜誇。」

〔七〕草昧：草野，民間。梅堯臣讀范桐廬述嚴先生祠堂碑：「所遇在草昧，既貴不爲起。」

〔八〕趙普：宋初名相。參見卷四上殿劄子二注〔四〕。

〔九〕安禄山（七〇三—七五七）：本姓康，名軋犖山。營州（今遼寧朝陽）人。唐代三鎮節度使、安史之亂禍首。天寶間曾封爲東平郡王。舊唐書卷二〇〇、新唐書卷二二五有傳。童貫（一〇五四—一一二六）：字道夫，開封人。宦官。與蔡京勾結，官至開府儀同三司、領樞密院事，掌握兵權二十年，權傾一時。宣和七年封爲廣陽郡王。欽宗繼位後被謫竄，途中被誅。宋史卷四六八有傳。

〔一〇〕宗室：與帝王同宗族之人，猶言皇族。國語魯語下：「宗室之謀，不過宗人。」外家：指外戚，帝王的母族、妻族。後漢書崔駰傳：「漢興以後，迄於哀、平，外家二十，保族全身四人而已。」李賢注：「外家，當爲后家也。」

〔一一〕甲令：最早的法令，重要的法令。易蠱「先甲三日，後甲三日」孔穎達疏：「甲者創制之令者，甲爲十日之首，創造之令爲在後諸令之首，故以創造之令謂之甲。故漢時謂令之重者，謂之甲令，則此義也。」

一、伏見比來朝廷間遣小臣、幹辦於外〔一〕，既銜專命，又無統屬，造作威福，矜詫事權〔二〕，所在騷然，理有必致。如措置酒坊，招捕海賊，未有毫髮成效，而擾害之事，已饜滿聞聽〔三〕。則此事害多利少，可以無疑。若以輕君命、失國體言之，則雖有厚利，亦不可行。臣謂如此二事之類，止當專委户部長貳、轉運司及安撫使、提點刑獄措畫〔四〕。如其不職，自有典憲，誠不足一一上煩聖慮。昔祖宗置走馬承受〔五〕，本欲便於奏報耳，而小人恃勢，日增歲長。及改稱廉訪使者，則監司帥守反出其下〔六〕，敗亂四方，危及社稷，實走馬承受之末流也，可不畏哉！此事乞陛下與輔臣長慮遠計，亟行廢罷。若止如近日改易其人，及令聽安撫使節制之類，根本未除，終必爲害。若朝廷或有大事，勢須遣使，即乞於廷臣中遴選材望〔七〕，庶幾不負任使，不啓弊端，實天下之幸。

【箋注】

〔一〕小臣：指卑微的小吏。禮記禮運：「故政不正，則君位危；君位危，則大臣倍，小臣竊。」孔穎達疏：「大臣謂大夫以上……小臣，士以下。」幹辦：亦稱「幹辦公事」，原名「勾當公事」。由長官委派處置各種事務的小官，制置使、總領、安撫使、鎮撫使、轉運使、提點刑獄公事等屬官。葉紹翁四朝聞見録天上台星：「舊制諸路監司屬官，曰勾當公事。建炎初，避高宗嫌名，易爲幹辦。時軍興屬公數倍，平時有題於傳舍云：『北去將軍少，南來幹辦多。』蓋始此。」

〔二〕矜詫：誇耀。周煇清波雜誌卷六：「以至交通閹寺，矜詫幸恩，市井不爲，搢紳共耻。」

〔三〕饜滿：充滿。聞聽：猶聽聞。多特指上達帝王。鄭棨開天傳信記序：「竊以國朝故事，莫盛於開元、天寶之際。服膺簡策，管窺王業，參於聞聽，或有闕焉。」
〔四〕長貳：指官的正副職。陸游老學庵筆記卷三：「宣和中，百司庶府悉有内侍官爲承受，實專其事，長貳皆取決焉。」轉運司：即轉運使司，轉運使的官署。轉運使爲宋代路一級的長官，掌管財賦和官吏監察。安撫使：宋代一路負責軍務治安的長官。提點刑獄：宋代負責一路司法刑獄、巡察賊盜的長官。
〔五〕走馬承受：宋代官名，以三班使臣或宦官擔任，代皇帝偵伺各地情況。徽宗時改稱廉訪使者，與各路長官對抗。南宋初廢罷。宋史職官志七：「走馬承受，諸路各一員，隸經略安撫總管司，無事歲一入奏，有邊警則不時馳驛上聞。」徐度却掃編卷中：「諸路帥司皆有走馬承受公事二員，一使臣，一宦者，屬官也。每季得奏事京師，軍旅之外，他無所預。徽宗朝易名廉訪使者，仍俾與監司序官，凡耳目所及皆以聞，於是與帥臣抗禮，而脅制州縣，無所不至。」
〔六〕監司帥守：泛指各路長官。見卷三蠟彈省劄注〔一八〕。
〔七〕材望：指有才德和名望之人。

一、自古有國，設官分職，非獨下不得僭上〔一〕，上亦不得侵下，所以正名分也。公師之官，將相之位，人臣之至貴，天子所尊禮，非百官有司比也。方宣和間，王黼以太宰而行應奉司〔二〕，蔡攸以三孤而直保和殿〔三〕，紊亂之事，遂爲禍萌。中興以來〔四〕，所宜痛革。而頃者遂有以師傅而領殿前都指揮使者〔五〕，天下固已怪矣。近復有以太尉而領閤門事者〔六〕。閤門古之中涓〔七〕，太尉服章班列，蓋視二府〔八〕，瀆亂名器〔九〕，莫此爲甚。欲乞聖慈詔輔臣議之，例加訂正，著爲定制，亦革弊所當先也。

【箋注】

〔一〕僭上：指越分冒用尊者的儀制或宫室、器物等。漢書食貨志上：「宗室有土，公卿大夫以下争於奢侈，室廬車服僭上亡限。」

〔二〕王黼（一〇七九—一一二六）：字將明，開封祥符（今河南開封）人。崇寧進士，多智善佞，因助蔡京而迅速升遷拜相，勢傾一時。代蔡京執政，大肆搜刮，盤剥百姓，進太傅。欽宗即位後被貶，遣人誅殺。宋史卷四七〇有傳。太宰：宋崇寧間改左僕射爲太宰、右僕射爲少宰，均爲宰相。應奉司：官署名。崇寧四年置應奉局總領花石綱，後罷。宣和三年復置應奉司。宋史王黼傳：「加少保、太宰。請置應奉局，自兼提領，中外名錢皆許擅用，竭天下財力以供費。官吏承望風旨，凡四方水土珍異之物，悉苛取於民，進帝所者不能什一，餘皆入其家。」

〔三〕蔡攸（一〇七七—一一二六）：字居安，興化軍仙遊（今屬福建）人。蔡京長子。崇寧三年賜進士出身，快速升遷至少保，出入宫禁。後與其父各立門户，相互敵視。促使徽宗内禪。靖康間蔡京死，攸亦被欽宗遣使誅殺。宋史卷四七二有傳。三孤：指少師、少傅、少保。書周官：「少師、少傅、少保曰三孤。」孔安國傳：「此三官名曰三孤。孤，特也。言卑於公，尊於卿，特置此三者。」保和殿：殿名。在宣和殿後，用以貯藏古玉、印璽、禮器、法書、圖畫等。

〔四〕中興：此指高宗南渡恢復宋室。陸游南唐書蕭儼傳：「儼獨建言：帝王，已失之，已得之，謂之反正；非已失之，自己復之，謂之中興。」

〔五〕師傅：太師、太傅或少師、少傅的合稱。史記儒林列傳：「自孔子卒後，七十子之徒散游諸侯，大者爲師傅卿相，小者友教士大夫。」殿前都指揮使：軍職名。掌管諸班值及殿前司軍。從二品。

〔六〕太尉：宋三公之一，武臣官階最高一級。閤門：宋代負責官員朝參、宴飲、禮儀等事宜的機關。吴自牧夢粱録閤職：「閤門，在和寧門外，掌朝參、朝賀、上殿、到班、上官等儀範。有知閤、簿書、宣贊及閤門祗候、寄班等官。」

〔七〕中涓：君主親近的侍從官。漢書曹參傳：「高祖爲沛公也，參以中涓從。」顔師古注：「涓，絜也，言其在内主知絜清灑埽之事，蓋親近左右也。」

〔八〕服章：古代表示官階身份的服飾。左傳宣公十二年：「君子小人，物有服章。」杜預注：「尊卑別也。」班列：指官階，品級。視：比照。二府：宋代稱中書省和樞密院。宋史職官志二：「宋初，循唐五代之制，置樞密院，與中書對持文武二柄，號爲『二府』。」

〔九〕瀆亂：混亂，使混亂。蘇洵上皇帝書：「今以中國之大，使夷敵視之不甚畏，敢有煩言以瀆亂吾聽。」名器：名號與車服儀制，用以別尊卑貴賤的等級。左傳成公二年：「唯器與名，不可以假人，君之所司也。」杜預注：「器，車服；名，爵號。」

一、伏睹詔書，委監司條具部内知州治行〔一〕，仰見陛下撫恤百姓，欲使各安田里之意。然臣竊謂惟賢乃可以知賢，而無瑕者乃可以議人。不審今之監司皆已賢乎？若猶未也，旦夕臧否來上〔二〕，而按行黜陟，無乃未可乎。雖使諫官、御史劾奏其不當者，然人之識見，自有分限〔三〕，若本無才智，又無學術，乃使品藻賢否，而劾其不當，是猶强盲者使察秋毫，而責其不見也。臣欲望聖慈令三省具諸路監司姓名〔四〕，精加討論，其不足當委寄者〔五〕，例皆別與差遣，選有才智學術之士代之。則前日之詔不爲空文，既一清監司之選，又審知郡守之政，實今日先務也。

【箋注】

〔一〕監司：宋代諸路轉運使司、提點刑獄司、提舉常平司等，有監察各州官吏之責，總稱監司。

條具：分條開列。蘇軾試館職策問三首師仁祖之忠厚法神考之勵精：「願深明所以然之故，而條具所當行之事，悉箸於篇，以備採擇。」治行：政績。管子八觀：「治行爲上，爵列爲下，則豪桀材臣不務竭能，便辟左右不論功能。」

〔二〕臧否：品評，褒貶。張衡西京賦：「若其五縣遊麗辯論之士，街談巷議，彈射臧否，剖析毫釐，擘肌分理。」黜陟：指人才進退，官吏升降。書周官：「諸侯各朝於方嶽，大明黜陟。」

〔三〕分限：限制，約束。尉繚子兵教下：「五曰分限，謂左右相禁，前後相待，垣車爲固，以逆以止也。」

〔四〕三省：指中書省、門下省、尚書省。

〔五〕委寄：指委任付托。魏書樊子鵠傳：「時尒朱榮在晉陽，京師之事，子鵠頗預委寄，故在臺閣，征官不解。」

一、伏睹律文，罪雖甚重，不過處斬。蓋以身首異處，自是極刑，懲惡之方，何以加此。五季多故〔一〕，以常法爲不足，於是始於法外特置淩遲一條〔二〕。肌肉已盡，而氣息未絶；肝心聯絡，而視聽猶存。感傷至和，虧損仁政，實非聖世所宜遵也。議者習熟見聞，以爲當然，乃謂如支解人者〔三〕，非淩遲無以報之。臣謂不然，若支解人者必報以凌遲，則盜賊蓋有滅人之族者矣，蓋有發人之丘墓者矣，則亦將滅其族、發其丘墓以報之乎？國家之法，奈何必欲稱盜賊之殘忍哉！若謂斬首不足禁奸，則臣亦有以折之。昔三代以來用肉刑，而隋唐之法杖背〔四〕，當時必亦謂非肉刑、杖背不足禁奸矣。及漢文帝、唐太宗一日除之，而犯法者乃益稀少，幾致刑措〔五〕。仁之爲效，如此其昭昭也。欲望聖慈特命有司除凌遲之刑，以明陛下至仁之心，以增國家太平之福，臣不勝至願。

【箋注】

〔一〕五季：即後梁、後唐、後晉、後漢、後周五代。

〔二〕凌遲：又稱「剮刑」，封建時代一種殘酷的死刑。始於五代，元、明、清俱列入正條，清末始廢。宋史刑法志一：「凌遲者，先斷其支體，乃抉其吭，當時之極法也。」

〔三〕支解：古代碎裂肢體的一種酷刑。戰國策秦策三：「（吴起）功已成矣，卒支解。」鮑彪注：「斷其四支。」

〔四〕三代：指夏、商、周。論語衛靈公：「斯民也，三代之所以直道而行也。」邢昺疏：「三代，夏、殷、周也。」肉刑：殘害肉體的刑罰，古指墨、劓、剕、宫、大辟等。荀子正論：「治古無肉刑，而有象刑。」杖背：隋唐時期五刑（笞、杖、徒、流、死）之一。以大荆條、大竹板或棍棒抽擊人的背、臀或腿部。

〔五〕刑措：亦作「刑錯」，置刑法而不用。史記周本紀：「故成康之際，天下安寧，刑錯四十餘年不用。」裴駰集解引應劭曰：「錯，置也。民不犯法，無所置刑。」漢書文帝紀贊：「斷獄數百，幾致刑措。」

一、臣恭以陛下仁心惻怛，聖澤深廣，四方萬里之遠，昆蟲草木之微，生成長養，惟恐或傷。近者天下奏獄〔一〕，雖盜賊奸蠹〔二〕，罪狀已明，一毫可寬，悉蒙原減，豈有無辜就刑而不加恤者？臣是以不量疏賤，敢昧死有請。夫宦侍之臣〔三〕，自古所有，然晚唐以來，始進養子。童幼何罪，横罹刀鋸。古制宫刑之慘，纔下大辟一等〔四〕，是雖顯有負犯〔五〕，猶在所矜，而况於童幼乎？向使宿衛不足〔六〕，供奉闕人，暫開禁防，尚爲有説。今道路之言，咸謂員已倍冗，司局皆溢，而日增歲加，未聞限止，誠恐非陛下愛人恤物、蕃育群生之意也。臣伏睹太祖皇帝開寶四年詔：内侍官年三十無養父，聽養一子，并以名上宣徽院，違者抵死〔七〕。真宗皇帝咸平中復申前詔〔八〕。仁宗皇帝嘉祐四年又詔入内内侍省權罷進養子〔九〕。三聖詔令，炳如丹青，遵而行之，實在陛下。且方今聖政日新，入無苑囿之觀，出無逸遊之好，諸軍無承受，諸路無走馬〔一〇〕，中人所領〔一一〕，不過兩宮掃除之職而已。顧久弛成憲〔一二〕，以從其私，干犯至和，虧損仁政，臣雖甚愚，猶知其不可也。伏惟聖慈少留聽焉。

【箋注】

〔一〕奏獄：地方司法機構不能判決的疑難案件上奏朝廷復審。

〔二〕奸蠹：指危害國家社會的不法行爲。後漢書梁統傳：「小人奸蠹，比屋可誅。」

〔三〕宦侍之臣：指宦官。

〔四〕宫刑：古代五刑之一，指閹割生殖器。約始於商周時。書吕刑：「宫辟疑赦。」孔安國傳：「宫，淫刑也。男子割勢，婦人幽閉，次死之刑。」大辟：古代五刑之一，指死刑。書吕刑：「大辟疑赦，其罰千鍰。」孔安國傳：「死刑也。」孔穎達疏：「釋詁云：辟，罪也。死是罪之大者，故謂死刑爲大辟。」

〔五〕負犯：指違犯法紀。韓愈瀧吏：「潮州底處所？有罪乃竄流。儂幸無負犯，何由到而知。」

〔六〕宿衛：在宫禁中值宿，擔任警衛。史記齊悼惠王世家：「後四年，封章弟興居爲東牟侯，皆宿衛長安中。」

〔七〕「臣伏睹」五句：宋史卷二太祖本紀：「（開寶四年秋七月）戊午，復著内侍養子令。」内侍官，掌管宫内事務的宦官，宋代有内侍、殿頭内侍、高品内侍、高班内侍諸名，分屬内侍省和入内内侍省。宣徽院，官署名。總領宫中諸司及三班内侍的名籍和郊祀、朝會、宴饗、供帳等事宜。唐肅宗始置，以宦官擔任。宋承唐制，但以大臣充當，常以樞密院官兼任，元豐改制後廢。抵死，處死刑。

〔八〕「真宗」句：宋史卷六真宗本紀：「（咸平五年五月）甲辰，詔申明内侍養一子制。」

〔九〕「仁宗」句：宋史卷十二仁宗本紀：「（嘉祐四年五月）庚子，詔：内臣員多，權罷進養子入内。」入内内侍省，與内侍省同爲内侍管理機構。入内内侍省稱前省，負責宫内執役，尤爲親幸。内侍省又稱後省，負責殿中執役。

〔一〇〕「諸軍」二句：指各地不再有宦官擔任走馬承受。參見本文第二條注〔五〕。

〔一一〕中人：指宦官。漢書百官公卿表上：「將行，秦官，景帝中六年更名大長秋，或用中人，或用士人。」顔師古注：「中人，奄人也。」

〔一二〕成憲：原有的法律、制度。書説命下：「監于先王成憲，其永無愆。」

一、自古盜賊之興，若止因水旱饑饉，迫於寒餓，嘯聚攻劫〔一〕，則措置有方，便可撫定，必不能大爲朝廷之憂。惟是妖幻邪人，平時誑惑良民，結連素定〔二〕，待時而發，則其爲害未易可測。伏緣此色人處處皆有，淮南謂之二檜子，兩浙謂之牟尼教，江東謂之四果，江西謂之金剛禪，福建謂之明教、揭諦齋之類〔三〕，名號不一。明教尤甚，至有秀才、吏人、軍兵亦相傳習，其神號曰明使。又有肉佛、骨佛、血佛等號，白衣烏帽，所在成社。僞經妖像，至於刻版流布，假借政和中道官程若清等爲校勘，福州知州黄裳爲監雕〔四〕。以祭祖考爲引鬼，永絶血食，以溺爲法水，用以沐浴〔五〕。其他妖濫，未易概舉。燒乳香〔六〕，則乳香爲之貴；食菌蕈〔七〕，則菌蕈爲之貴。更相結習，有同膠漆。萬一竊發〔八〕，可爲寒心。漢之張角，晉之孫恩，近歲之方臘〔九〕，皆是類也。欲乞朝廷戒敕監司守臣，常切覺察，有犯於有司者，必正典刑，毋得以習不根經教之文，例行闊略〔一〇〕。仍多張曉示，見今傳習者，限一月聽齎經像衣帽赴官自首，與原其罪。限滿，重立賞，許人告捕。其經文印版，令州縣根尋〔一一〕，日下焚毀〔一二〕。仍立法，凡爲人圖畫妖像及傳寫刊印明教等妖妄經文者，并從徒一年論罪〔一三〕，庶可陰消異時竊發之患。

【箋注】

〔一〕嘯聚：互相招呼着聚集起來。後漢書西羌傳論：「永初之間，羣種蜂起……轉相嘯聚，揭木爲兵，負柴爲械。」

〔二〕結連：聯結，結合。漢書趙充國傳：「臣恐羌變未止此，且復結聯他種，宜及未然之備。」

〔三〕二襘子：宋代摩尼教的一支，主要活動在淮南一帶。牟尼教：即摩尼教，也稱明教。西元三世紀由波斯人摩尼創立，七世紀末傳入中國，後混有道教、佛教的成分。教義認爲光明與黑暗是善與惡的本源，經過三個階段鬥爭，光明必定戰勝黑暗。教徒服飾尚白，提倡節儉、素食、戒酒、裸葬，崇拜日月，不事鬼神。團結互助，稱爲一家。五代和宋時常被農民利用爲組織起義的工具。四果：宋代民間教派名。金剛禪：民間秘密宗教組織名。葉夢得避暑録話卷下：「近世江浙有事魔吃菜者，云其原出於五斗米而誦金剛經，其説皆與今佛者之言異，故或謂之金剛禪。」明教：即摩尼教。揭諦齋：不詳，或是明教的另一叫法。

〔四〕道官：掌道教之官。宣和遺事前集：「政和四年春正月，置道階品秩，凡二十六等……又置道官……凡十六等。」黄裳（一〇四四—一一三〇）：字冕仲，南平人。元豐五年進士。政和四年以龍圖閣學士知福州，累遷端明殿學士、禮部尚書。喜道家玄秘之書，自號紫玄翁，曾監雕五千餘卷的萬壽道藏。著有演山集。宋史翼卷六有傳。

〔五〕祖考：祖先。詩小雅信南山：「祭以清酒，從以騂牡，享于祖考。」血食：指吃魚肉之類葷腥食物。梁書諸夷傳扶南國：「王常樓居，不血食，不事鬼神。」溺：同尿，小便。

〔六〕乳香：本名薰陸，爲橄欖科常緑喬木的凝固樹脂。爲薰香原料，又供藥用。沈括夢溪筆談藥議：「薰陸，即乳香也，以其滴下如乳頭者，謂之乳頭香，鎔塌在地上者，謂之塌香。」

〔七〕菌蕈：生長在樹林裏或草地上的高等菌類植物，傘狀，種類很多，有的可食，有的有毒。

〔八〕竊發：暗中發動。晉書汝南王亮楚王瑋等傳序：「如梁王之禦大敵，若朱虚之除大憝，則外寇焉敢憑陵，内難奚由竊發！」

〔九〕張角（？—一八四）：東漢末鉅鹿人。奉事黄老，創太平道。靈帝時借治病傳教，聚衆數十萬人。中平元年頭纏黄巾起義，稱黄巾軍。旋病死。後漢書卷七一有傳。孫恩（？—四〇二）：東晉琅邪人。世奉五斗米道，隆安三年聚衆起事，吴中八郡響應者數十萬。隆安五年進攻建康，爲劉裕所敗。後赴海自沉。晉書卷一〇〇有傳。方臘（？—一一二一）：一名方十三，睦州青溪（今浙江淳安）人。宣和二年利用摩尼教聚衆揭竿起義，從衆數十萬，攻破州縣，聲震江南。宣和三年遭宋廷大軍鎮壓，退守青溪幫源洞，戰敗被俘，八月被殺。宋史卷四六八有傳。

〔一〇〕不根：荒謬，没有根據。漢書嚴助傳：「朔、皋不根持論，上頗俳優畜之。」顔師古注：「議論委隨，不能持正，如樹木之無根柢也。」闊略：寬恕，寬容。漢書王嘉傳：「人情不能不有過差，宜可闊略，令盡力者有所勸。」顔師古注：「當寬恕其小罪也。」

〔一一〕根尋：跟蹤查找，追根尋底。

〔一二〕日下：即日，當天。葉紹翁四朝聞見録虎符：「御批云：『已降御筆付三省，韓侂冑已與在外宫觀，日下出國門，仰殿前司差兵士三十人防護，不許疏失。』」

〔一三〕徒：指徒刑。古代五刑之一，將罪犯拘禁於一定場所，剥奪其自由，并强制勞動的刑罰。

奏筠州反坐百姓陳彦通訴人吏冒役狀

臣近因民間詞訴，勘會到本路筠州百姓陳彦通，因訴事夾帶，稱高安縣押録陳諒，經兩次徒杖罪斷罷，不合冒役事〔一〕。其本州於淳熙六年十月内，以爲陳彦通所論冒役不實，遂引用乾道六年八月二日臣僚陳請妄訴冒役科反坐刑名，仍引在法諸州縣公人曾因犯罪勒停，謂於法不該收叙及未該收叙者。放罷編配，再行投募充役者，許人告；諸州縣收叙公人於令格有違者，徒二年；公人依法不該收叙，而隱落過犯或改易姓名别行投募者，准此，將百姓陳彦通決脊杖十三〔二〕。臣竊詳反坐之法，本謂如告人放火而實不曾放火，告人殺人而實不曾殺人，誣諂善良，情理重害，故反其所坐。然有司亦不敢即行，多具情法，奏取聖裁。今愚民無知，方其爲奸胥猾吏之所屈抑〔三〕，中懷冤憤，訴之於官。但聞某人曾以罪勒罷，又有許告指揮〔四〕，則遂於狀内夾帶冒役之語。村野小民，何由身入官府，親見案牘，小有差誤，亦當末減〔五〕，以通下情。縱使州郡欲治其虚妄驀越之類〔六〕，亦自有見行條法，笞四十至杖八十極矣，與反坐之法有何干涉？若一言及吏人冒役，便可捃摭〔七〕，置之徒罪，則百姓被苦豈復敢訴？吏何其幸，民何其不幸也。自昔善爲政者，莫不嚴於馭吏，厚於愛民。今乃反之，事屬倒置。兼見今諸處冒役吏人，雖究見是實，亦不過從杖罪科斷罷役而已，未有即置之徒罪者。豈有百姓訴吏人冒役，却決脊杖之理。臣本欲即按治筠州官吏，又緣有上件乾道六年八月二日臣僚陳請到指揮，顯見因此陳請，致得州郡憑藉，用法深刻〔八〕。臣蒙恩遣使一路，出自聖知拔擢，苟有所見，不敢隱默，欲望聖慈更賜詳酌。如以臣所奏爲然，即乞特降睿旨，寢罷乾道六年八月二日因臣僚陳請所降指揮〔九〕，庶使百姓不致枉被深重刑責，且下情獲通，胥吏稍有畏憚，天下幸甚。

【題解】

陸游於淳熙六年十二月到江西撫州任提舉江西常平茶鹽公事。這一職務掌管本路役錢、青苗錢、義倉、賑濟、水利、茶鹽等事，與轉運使、提點刑獄公事分管財賦，并監察各州官吏。筠州百姓陳彦通聽信傳言，在訴訟中告小吏陳諒曾兩次被判刑，却更名重新投役（即冒役），筠州官府認爲是誣告不實，以反坐罪判陳彦通脊杖。陸游認爲以反坐判決過重，爲政要「嚴於馭吏，厚於愛民」。本文爲陸游爲此事上奏宋孝宗的狀文。筠州，在今江西高安一帶，宋代屬江南西路。反坐是對誣告罪的刑罰，即把被誣告的罪名所應得的刑罰加在誣告人身上。

本文原未繫年。歐譜繫於淳熙七年（一一八〇），是。當作於該年十一月前。時陸游在撫州提舉江西常平茶鹽公事任上。

【箋注】

〔一〕詞訴：指訴訟。俞文豹吹劍四録：「臨川黄崖宰是邑，謂此錢出於訟獄之人，恐惹詞訴。」勘會：審核議定。陸贄貞元改元大赦制：「京畿及近縣所欠百姓和糴價直，委度支即勘會支給。」夾帶：指夾雜。朱子語類卷十六：「只是應物之時，不可夾帶私心。」押録：即押司。趙彦衛雲麓漫鈔卷十二：「國朝州郡役人之制：衙前入役曰鄉户，曰押録。」

〔二〕刑名：指刑律。史記秦始皇本紀：「秦聖臨國，始定刑名。」勒停：勒令停職。續資治通鑑宋仁宗景祐三年：「逢年等二十二人決配遠州軍牢城，其爲從者皆勒停。」放罷：罷免職務。續資治通鑑宋孝宗乾道二年：「帝曰：『李道輒恃戚里，敢爾妄作，可與放罷。』」編配：編列流配。司馬光論赦劄子：「比見臣僚多以私意偏見奏赦前事，乞不原赦，或更特行編配，重於不經赦之人，朝廷皆從其請。」收叙：録用。北史隋紀下煬帝：「是以龐眉黄髮，更令收叙。」令格：泛指國家的法令或規章。新唐書刑法志：「令者，尊卑貴賤之等數，國家之制度也；格者，百官有司之所常行之事也。」脊杖：古時一種施於背部的杖刑。韓愈論變鹽法事宜狀引唐張平叔所奏鹽法條件：「連狀聚衆人等，各決脊杖二十。」

〔三〕奸胥猾吏：奸猾的小吏。屈抑：枉屈，壓抑。胥吏：官府中的小吏。北齊書彭城王浟傳：「守令參佐，下及胥吏，行遊往來，皆自賫糧食。」

〔四〕指揮：唐宋詔敕和命令的統稱。李心傳建炎以來繫年要録建炎二年六月：「尚書省言，檢會靖康元年已降指揮：人户願將金帛錢糧獻助者，計價依條補授名目。」

〔五〕末減：指從輕論罪或減刑。左傳昭公十四年：「（叔向）三數叔魚之惡，不爲末減。」杜預注：「末，薄也；減，輕也。」

〔六〕驀越：超越。王栐燕翼詒謀録卷四：「太祖皇帝乾德二年正月己巳，詔應論訴人不得驀越陳狀，違者科罪。」

〔七〕捃摭：指搜羅材料以打擊别人。蘇軾與鄭靖老書四：「某見張君俞，乃始知公中間亦爲小人所捃摭。」

〔八〕深刻：嚴峻苛刻。史記酷吏列傳：「是時趙禹、張湯以深刻爲九卿矣。」

〔九〕寢罷：廢除，停止。范仲淹上攻守二策狀：「今採於邊人，而成末議，固不敢望其必行，在朝庭以衆論參之，擇其可否。如無所取，乞賜寢罷。」

除寶謨閣待制舉曾黯自代狀

準令，侍從授告訖，限三日内舉官一員充自代者。右，臣伏睹從政郎、總領淮東軍馬錢糧所準備差遣曾黯〔一〕，克承家學，早取世科，操行可稱，文詞有法〔二〕。臣實不如，舉以自代。

【題解】

于譜嘉泰三年：「正月，除寶謨閣待制，舉從政郎曾黯自代。」本文爲陸游除寶謨閣待制後上呈宋寧宗的狀文，推薦曾黯以自代。曾黯，字温伯，贛州（今屬江西）人。曾幾之曾孫。舉進士，官從政郎、總領淮東兵馬錢糧。陸游後爲其作字序。

本文原未繫年。歐譜繫於嘉泰三年（一二〇三），是。當作於該年正月。時陸游任秘書監。

參考卷一除寶謨閣待制謝表、卷十二除寶謨閣待制謝丞相啓、謝費樞密啓、卷十五曾温伯字序。

【箋注】

〔一〕總領：官名，即總領財賦或總領某路財賦軍馬錢糧，分掌各路上供財賦、供辦諸軍錢糧，并與聞軍政。紹興十一年置淮東、淮西和湖廣三總領，十五年復置四川總領。總領官署稱總領所。　準備差遣：總領屬官，備臨時派遣處置各種事務。

〔二〕家學：家族世代相傳之學。後漢書黨錮傳孔昱：「昱少習家學，大將軍梁冀辟，不應。」世科：指科舉及第。　操行：操守、品行。史記伯夷列傳論：「操行不軌，專犯忌諱，而終身逸樂，富厚累世不絕。」

辭免轉太中大夫狀

中大夫、充寶謨閣待制、提舉江州太平興國宫陸某狀奏〔一〕：臣以修進兩朝實録，今月二十三日伏準告命〔二〕，授臣太中大夫、依前充寶謨閣待制、提舉江州太平興國宫者。序進一階，雖循故事；擢登四品，實出殊私〔三〕。勞薄賞醲，人微恩重。而況臣遭逢頗異，涉歷寖深〔四〕，四朝嘗綴於廷紳，八十更持於從橐〔五〕。惟寵光之永絶，庶視息之少延〔六〕。敢控愚衷，冀回鴻造〔七〕。

【題解】

于譜嘉泰三年：「（秋）轉太中大夫（從四品），有辭免狀及謝表。」該年四月中，陸游上孝宗、光宗兩朝實録，以進書畢，請守本官致仕，不允。再上劄子，敕除提舉江州太平興國宫，五月中去國。秋日轉此職。本文爲獲轉太中大夫後上呈宋寧宗的狀文，請求免於升轉。

本文原未繫年，歐譜繫於嘉泰三年（一二〇三），是。當作於該年秋。陸游時任寶謨閣待制、提舉江州太平興國宫。

參考卷一轉太中大夫謝表。

【箋注】

〔一〕中大夫：宋代文臣階官三十七階之第十二階，從四品下。提舉：宫觀官官職名。宋代宫觀官有宫觀使、副使、判官、都監及提舉、提點、管勾、勾當、主管等多種名目。

〔二〕告命：指告身，授官之符。岳飛辭建節第四劄：「敢望聖慈察臣之愚，實非矯飾。所有告命見在鄂州軍資庫寄納，伏乞特賜追還，以安愚分。」

〔三〕序進一階：指從文臣階官的第十二階中大夫升遷至第十一階太中大夫。　殊私：指帝王對臣下的特别恩寵。北史姚僧垣傳：「（宣帝）謂曰：『嘗聞先帝呼公爲姚公，有之？』對曰：『臣曲荷殊私，實如聖旨。』」

〔四〕涉歷：經歷，經過。王符潛夫論勸將：「故曰兵之設也久矣，涉歷五代，以迄於今，國未嘗不以德昌而兵彊也。」

〔五〕「四朝」二句：指四朝中先後任職朝廷，近八十歲還負橐修史。從橐，指負橐簪筆，以備顧問。此指任修史職。語出漢書趙充國傳：「安世本持橐簪筆事孝武帝數十年。」顔師古注引張晏曰：「橐，契囊也。近臣負橐簪筆，從備顧問，或有所紀也。」

〔六〕視息：僅存視覺、呼吸等。謂苟全活命。蔡琰悲憤詩：「爲復彊視息，雖生何聊賴。」

〔七〕冀回鴻造：指希望收回轉太中大夫的鴻恩。

薦舉人材狀

太中大夫、充寶謨閣待制致仕臣陸某，近承紹興府牒：備承尚書吏部符，准都省劄子，奉聖旨節文，令前侍從各舉人材三兩人〔一〕。臣爲已致仕累年，竊慮與在外侍從、見任藩郡及宫觀人事體不同，遂具申審〔二〕。今准都省劄子，照得寶謨閣待制致仕俞澂薦舉萬夢實等訖，劄送臣照會者〔三〕。臣切見宣教郎、知臨安府臨安縣鞏豐〔四〕，材識超卓，文辭宏贍；從政郎、前隨州州學教授王田〔五〕，學問淹貫，議論開敏〔六〕。以上并可備文字之職。文林郎、監潭州南嶽廟趙蕃〔七〕，力學好修〔八〕，杜門自守，入仕以來，惟就祠禄，今已數任，若將終身。或蒙朝廷稍加識拔，足以爲静退之勸，抑躁競之風〔九〕，於聖時不爲無補。如或不如所舉，甘坐責罰〔一〇〕。

【題解】

宋史卷三八寧宗本紀：「（開禧二年秋七月）辛巳，詔侍從、臺諫、兩省、卿監、郎官、監司、郡守、前宰執侍從，各舉人材二三人。」本文爲陸游依據都省劄子向朝廷薦舉鞏豐、王田、趙蕃三人的狀文。

本文原未繫年，歐譜繫於開禧三年（一二〇七）。當作於開禧二年（一二〇六）秋。陸游時任太中大夫、寶謨閣待制致仕。

參考卷一轉太中大夫謝表。

【箋注】

〔一〕牒：文書。符：朝廷傳達命令或徵調兵將用的憑證。都省：指尚書省。高承事物紀原會府臺司都省：「漢以僕射總理六尚書，謂之都省，至唐垂拱中，改尚書省曰都省，是則都省之號始自漢也。」

〔二〕事體：體制。北史張普惠傳：「班勞所施，慮違事體。」　申審：申請審核。

〔三〕照得：查察而得。舊時下行公文和布告中常用。曹彦約豫章苗倉受納榜：「今照得所在郡縣受納苗米加耗數目，已失祖宗之舊。」　俞澂：字子清，吳興（今浙江湖州）人。以蔭入仕，官至刑部侍郎，以寶謨閣待制致仕。放意山水，善畫竹石。卒年七十八。圖繪寶鑑、萬姓統譜卷十二有傳。　照會：參照。宋史河渠志三：「訪聞先朝水官孫民先、元祐六年水官賈種民各有河議，乞取索照會。」

〔四〕宣教郎：即宣德郎。文臣階官三十七階中第二十六階。政和四年改宣教郎。　鞏豐（一一四八—一二一七）：字仲至，婺州武義（今屬浙江）人。少受學於吕祖謙。以太學上舍對策及第，歷官知臨安縣、提轄左藏庫。政尚寬簡。擅文辭，尤工詩。葉適集卷二一有墓誌銘、宋史翼卷二八有傳。

〔五〕從政郎：原名通仕郎，文臣階官中第三十五階。　隨州：轄境在今湖北隨州、棗陽一帶。　教授：州學學官，以經術、行義訓導、考核學生，執行學規。

〔六〕淹貫：深通廣曉。楊炯杜袁州墓誌銘：「淹貫義方，周覽典籍。」　開敏：通達明敏。漢書循吏傳文翁：「乃選郡縣小吏開敏有材者張叔等十餘人親自飭厲，遣詣京師。」

〔七〕文林郎：文臣階官中第三十三階。潭州：屬荆湖南路，轄境在今湖南雙峰、醴陵、益陽一帶。趙蕃（一一四三—一二二九）：字昌父，號章泉，鄭州人，徙居信州玉山（今屬江西）。以蔭入仕。歷官太和主簿、辰州司理參軍，屢詔不拜，歷受祠禄，以直秘閣致仕。晚問學朱熹，喜作詩。宋史卷四四五有傳。

〔八〕好修：喜愛修飾儀容。借指重視道德修養。楚辭離騷：「民生各有所樂兮，余獨好脩以爲常。」

〔九〕静退：恬淡謙遜，不競名利。韓非子主道：「人主之道，静退以爲寶。」躁競：急於進取而争競。嵇康養生論：「今以躁競之心，涉希静之塗。」

〔一〇〕甘坐：甘願被定罪。

渭南文集箋校卷第六

啓

【釋體】

劉勰文心雕龍奏啓：「啓者開也。高宗云：『啓乃心，沃朕心。』取其義也。孝景諱啓，故兩漢無稱。至魏國箋記，始云『啓聞』；奏事之末，或云『謹啓』。自晉來盛啓，用兼表奏。陳政言事，既奏之異條；讓爵謝恩，亦表之别幹。必斂飭入規，促其音節，辨要輕清，文而不侈，亦啓之大略也。」四庫全書總目稱：「自六代以來，箋啓即多駢偶，然其時文體皆然，非以是别爲一格也。至宋而歲時通候、仕宦遷除、吉凶慶吊，無一事不用啓，無一人不用啓，其啓必以四六，遂於四六之内别有專門。」則啓之一體，已成爲宋代仕途交際的必備文體，宋人文集中幾乎家家有啓。五百家播芳大全文粹收啓達四十二卷，分爲賀啓、謝除授啓、謝到任啓、其他謝啓、上啓、回啓等類。渭南文集中收録啓文凡七卷，計一百十三首。

本卷收録啓十二首。

謝解啓

倦游場屋〔一〕，分已歸耕；首置賢書，出於過聽〔二〕。得非其分，榮不蓋慚。伏念某行己迂疏，稟資窮薄〔三〕。生逢聖代，豈願老於漁樵〔四〕；性嗜古文，了不通於世俗。因息四方之志，專爲一壑之謀〔五〕。比游都城，適睹明詔，復踴躍而自獻，信習氣之難除。内負初心〔六〕，外慚舊友。然而廢放已久〔七〕，盡忘科舉之章程；得失既輕，頗有山林之氣象。譬之進昌歜於玉食，陳侏儒於燕朝〔八〕，方以怪而見珍，故雖樸而不廢。恭惟某官行爲世表〔九〕，經爲人師。早學長安，識子雲之奇字〔一〇〕；晚游吴會，得中郎之異書〔一一〕。心術正而無邪，文章簡而有法，憤雕蟲之積弊，疑草野之可收〔一二〕。遂致庸虚〔一三〕，輒先豪俊。自知不稱，敢辭同進之争名〔一四〕；所懼流言，竊謂主司之好異〔一五〕。其爲愧悚，實倍尋常。

【題解】

解，指發解。唐宋科舉之制，應解試合格者，由所在州郡發遣解送至京參與禮部會試，稱「發解」。陸游於紹興二十三年（一一五三）應浙漕鎖廳試（有現任官員參加的考試），時兩浙轉運司考試官爲陳之茂，字阜卿，得陸游卷，擢爲第一。劍南詩稿卷四十詩題稱：「陳阜卿先生爲兩浙轉運司考試官。時秦丞相孫以右文殿修撰來就試，直欲首送，阜卿得余文卷，擢置第一。秦氏大怒。予明年既顯黜，先生亦幾蹈危機。」宋史本傳：「鎖廳薦送第一，秦檜孫塤適居其次，檜怒，至罪主司。明年，試禮部，主試復置游前列，檜顯黜之，由是爲所嫉。」本文爲陸游得發解後上呈陳之茂的謝啓。

本文原未繫年。歐譜繫於紹興二十三年（一一五三），是。南宋解試一般都在八月舉行，故本文當作於該年秋。

參考劍南詩稿卷四十陳阜卿先生爲兩浙轉運司考試官時秦丞相孫以右文殿修撰來就試直欲首送阜卿得余文卷擢置第一秦氏大怒予明年既顯黜先生亦幾蹈危機。

【箋注】

〔一〕場屋：指科場。王禹偁謫居感事詩：「空拳入場屋，拭目看京師。」

〔二〕賢書：賢能之書，指舉薦賢能的名録，後用以指考試中式的名榜。洪适回傳解元狀：「造牓外臺，占賢書而獨步。」過聽：誤聽。此用爲謙辭。

〔三〕行己：立身行事。論語公冶長：「子謂子産有君子之道四焉：其行己也恭，其事上也敬，其養民也惠，其使民也義。」迂疏：指迂遠疏闊。權德輿自楊子歸丹陽初遂閒居聊呈惠公詩：「蹇淺逢機少，迂疏應物難。」稟資：指稟賦。窮薄：淺薄。蘇洵與吴殿院書：「嗚呼！豈其命之窮薄至於此耶？」

〔四〕漁樵：指隱居。劉孝威奉和六月壬午應令：「神心重丘壑，散步懷漁樵。」

〔五〕一壑之謀：指隱居山林溝壑。

〔六〕初心：本意。干寶搜神記卷十五：「既不契於初心，生死永訣。」

〔七〕廢放：廢棄。蘇軾御試制科策：「天下者，大器也，久置而不用，則委靡廢放，日趨於弊而已矣。」

〔八〕「譬之」二句：就像將昌歜當作待客的高等食品，將侏儒陳列於宫殿的内庭。强調其「怪而見珍」、「樸而不廢」。昌歜，菖蒲根的醃製品。又稱昌菹。古代用以饗他國的使者，以示優禮。左傳僖公三十年：「冬。王使周公閲來聘。饗有昌歜。白黑，形鹽。」杜預注：「昌歜，昌蒲菹。白熬稻，黑熬黍。形鹽，鹽形象虎。」

〔九〕恭惟某官：舊時啓文中間轉折爲稱頌對方的習用語。「某官」當爲收入文集時統一改定。以下各篇同。

〔一〇〕子雲之奇字：子雲，漢揚雄字。奇字，漢王莽時六體書之一。漢書揚雄傳下：「間請問其故，乃劉棻嘗從雄學作奇字，雄不知情。」顔師古注：「古文之異者。」隋書經籍志一：「漢時以六體教學童，有古文、奇字、篆書、隸書、繆篆、蟲鳥。」

〔一一〕吴會：東漢時分會稽郡爲吴、會稽二郡，并稱吴會。後泛指兩郡故地爲吴會。後漢書蔡邕傳：「邕慮卒不免，乃亡命江海，遠迹吴會。」中郎：指東漢蔡邕，曾任中郎將。異書：指王充論衡。後漢書王充傳：「著論衡八十五篇。」李賢注引晉袁山松後漢書：「充所作論衡，中土未有傳者，蔡邕入吴始得之，恒秘玩以爲談助。其後王朗爲會稽太守，又得其書，及還許下，時人稱其才進。或曰：『不見異人，當得異書。』」

〔一二〕雕蟲：比喻從事不足道的小技藝，常指寫作詩文辭賦。揚雄法言吾子篇：「或問：『吾子少而好賦？』曰：『然。童子雕蟲篆刻。』俄而曰：『壯夫不爲也。』」草野：指鄉野，民間。與「朝廷」相對。王充論衡書解：「知屋漏者在宇下，知政失者在草野，知經誤者在諸子。」

〔一三〕庸虚：才能低下，學識淺薄。自謙之詞。資治通鑑陳宣帝太建十二年：「吾以庸虚，受兹顧命。」胡三省注：「庸，言身無所能；虚，言胸中無所有。謙詞也。」

〔一四〕同進：指同求進取者。羅隱讒書答賀蘭友書：「僕少而羈窘，自出山二十年，所向推沮，未嘗有一得幸於人，故同進者忌僕之名，同志者忌僕之道。」

〔一五〕主司：科舉考試的主試官。新唐書選舉志上：「舉人既及第，綴行通名，詣主司第謝。」

賀台州曾直閣啓

恭審寵辭使節，移鎮便藩〔一〕。上侍老成〔二〕，惟恐弗當其意；士聞静退〔三〕，自消競進之心。凡有識知，誰不歡喜。恭惟某官淵乎似道，清而有容〔四〕。古學名家，鬱爲諸儒之領袖；高文擅世〔五〕，坐還兩漢之風流。早踐清華，屢當要劇〔六〕。民依愷悌之政〔七〕，吏畏道德之威。不言而令已行，寡欲而人自化。好直無矯枉之過〔八〕，爲善無近名之嫌。歷考平生，追配古人而奚愧；中更俗吏，益知儒者之有功。比由真館之宴閒，起奉外臺之委寄〔九〕，翔而後集，泛然敢辭〔一〇〕。子房避三萬户之封，曼容至六百石而去〔一一〕。當宁爲之太息，舉朝仰其高風，故擇名邦，示優耆德〔一二〕。然而公議所屬，久安實難，第恐賜環之來〔一三〕，弗容坐席之暖。某早嘗問道，晚益受知。春服方成，悵又違於師範〔一四〕；郡齋猶冷，翼深衛於生經〔一五〕。

【題解】

台州曾直閣，即曾幾。曾幾（一〇八四—一一六六）字吉甫，河南（今河南洛陽）人。入太學，賜上舍出身。歷校書郎、提刑江西、浙西等。紹興八年，因兄開觸怒秦檜，同被罷官，寓居上饒茶山寺七年。檜死復官，紹興末反對乞和。官至敷文閣待制，致仕。有茶山集。宋史卷三八二有傳。紹興二十五年十月秦檜死後，宋高宗逐步起用老臣。曾幾於十一月被起爲提點兩浙東路刑獄。次年三月改知台州。曾文清公墓誌銘：「逾年，召赴行在所，力以疾辭。除直秘閣，歸故官。」台州，唐武德五年始置，因境内天台山得名。治所在今浙江台州。直閣，官名。宋代稱供職龍圖閣、祕閣等機構者爲「直閣」，位次於修撰。本文爲陸游爲曾幾獲除直秘閣而上呈的賀啓。

本文原未繫年。歐譜繫於紹興二十七年（一一五七），是。當作於該年四月。台州府志卷九職官表一：「（紹興）二十六年，曾幾三月二十日以左朝請大夫知，明年二月十七日召，四月八日除直秘閣回任，九月二十日再召。」

參考卷三二曾文清公墓誌銘、劍南詩稿卷一送曾學士赴行在。

【箋注】

〔一〕「恭審」二句：指曾幾獲除直秘閣，并回任台州知府。恭審，舊時啓文慣用的篇首語，尚有「伏審」、「恭聞」等。

〔二〕老成：指舊臣，老臣。黄庭堅司馬文正公挽詞之一：「元祐開皇極，功歸用老成。」

〔三〕静退：静默恬淡，不競名利。韓愈舉薦張籍狀：「右件官學有師法，文多古風，沉默静退，介然自守。」

〔四〕淵乎似道：深邃難測，胸懷沖虚。後漢書黄憲傳：「余曾祖穆侯以爲憲隤然其處順，淵乎其似道。」李賢注：「老子曰：『道沖而用之，或不盈，淵乎似萬物之宗。』言淵不可知也。」有容：有所包含，寬宏大量。書君陳：「有容德乃大。」孔安國傳：「有所包容，德乃爲大。」

〔五〕高文：對對方詩文的敬稱。曾鞏回傳侍講啓：「高文大策，久聳動於朝端。」擅世：蓋世。

〔六〕清華：指門第或職位清高顯貴。顔之推顔氏家訓雜藝：「王褒地胄清華。」要劇：指政務煩劇的重要部門。曾鞏給事中制：「惟精敏不懈可以統治要劇，惟剛方不苟可以辨白是非。」

〔七〕愷悌：和樂平易。左傳僖公十二年：「詩曰：『愷悌君子，神所勞矣。』」杜預注：「愷，樂也；悌，易也。」

〔八〕矯枉：矯正彎曲。比喻糾正偏邪。孟子滕文公下：「枉己者，未有能直人者也。」趙岐注：「人當以直矯枉耳。」

〔九〕真館：指宮觀，神祠。卷六賀謝提舉啓：「自去清班，久安真館。」宴閒：同燕閒。安寧，安閒。曾鞏中書舍人除翰林學士制：「今宇内嘉靖，朝廷燕閒。」外臺：東漢刺史號爲外臺，此指曾幾知台州。委寄：委任托付。

〔一〇〕「翔而」二句：指曾幾起知台州，又被召回，「力以疾辭，除直秘閣，歸故官」。論語鄉黨：「色斯舉矣，翔而後集。」原指野雞飛翔盤旋，又聚集一處。莊子田子方：「臧丈人昧然而不應，泛然而辭。」泛然，漫不經心貌。

〔一一〕子房：西漢張良字。史記留侯世家：「漢六年正月，封功臣。良未嘗有戰鬥功，高帝曰：『運籌策帷帳中，決勝千里外，子房功也。自擇齊三萬户。』良曰：『始臣起下邳，與上會留，此天以臣授陛下。陛下用臣計，幸而時中，臣原封留足矣，不敢當三萬户。』乃封張良爲留侯，與蕭何等俱封。」曼容：西漢邴漢兄子。漢書兩龔傳：「(邴漢)兄子曼容亦養志自修，爲官不肯過六百石，輒自免去，其名過出於漢。」

〔一二〕耆德：年高德劭、素孚衆望者。書伊訓：「敢有侮聖言，逆忠直，遠耆德，比頑童，時謂亂風。」韓愈論孔戣致仕狀：「憂國忘家，用意深遠，所謂朝之耆德老成人者。」

〔一三〕賜環：指放逐之臣遇赦召還。語本荀子大略：「絶人以玦，反絶以環。」楊倞注：「古者臣有罪待放於境，三年不敢去，與之環則還，與之玦則絶，皆所以見意也。」

〔一四〕「春服」二句：指曾幾任新職，自己不能效法曾點嚮往的師生同遊共歸的生活。論語先進：「（曾點）曰：『莫春者，春服既成，冠者五六人，童子六七人，浴乎沂，風乎舞雩，詠而歸。』夫子喟然歎曰：『吾與點也。』」

〔一五〕「郡齋」二句：指居所寒冷，希望注重養生之道。郡齋，郡守起居之所。生經，養生之道。莊子庚桑楚：「老子曰：『衛生之經，能抱一乎？』」郭象注：「防衛其生，令合道也。」

賀曾秘監啓

恭審趣登文陛，進冠蘭臺〔一〕。簡册光華，孰謂太平之無象〔二〕；薦紳歎息，共欣大老之來歸〔三〕。誠爲中外之榮觀，非復門闌之私慶〔四〕。竊嘗聞諸耆舊，昔在祖宗，朝有道德魁偉之臣，士鄙刑名功利之學，政術既斥夫卑陋，國勢自極於尊安。豈惟右文飾治之方，是亦折衝消萌之要〔五〕。至於主盟儒道，典領書林〔六〕，必求名勝之宗〔七〕，尤極清華之選。不圖近歲，頓異前規。老吏亦驚，兹豈膏粱之地〔八〕；遺編何罪，至遭鋒鏑之腥〔九〕。廷範之污清流，哥奴之非時望〔一〇〕，較之於此，誠何足言。天未墜於斯文，上眷求於舊德。恭惟某官文貴乎道，氣合於神，學稽古以知天，心集虛而應物〔一一〕。舊聞入洛之盛事〔一二〕，疑於古人；追數過江之諸賢〔一三〕，屹然獨在。雖身居湖海之遠，而名滿覆載之間〔一四〕。友化人而遊帝居〔一五〕，顧肯復求於外物；登太山而小天下〔一六〕，蓋嘗俯陋於諸儒。昨者法宮決事之初，起於琳館燕居之際〔一七〕，力歸使節，自乞守符〔一八〕。觀其勇退於急流，真若無意於斯世，迫功名之不赦，凜風節之愈高。姑復領袖館閣之遊，行即几杖廟堂之上〔一九〕。某自惟幸會，最辱知憐。識度闕之雲，距今十載〔二〇〕；從浴沂之樂〔二一〕，終後諸生。孤蹤愈遠於師門，精意空馳於夢想〔二二〕。

【題解】

曾秘監，即曾幾。曾幾於紹興二十七年九月被宋高宗復召入對。曾文清公墓誌銘：「既對，太上皇帝勞問甚渥，曰：『聞卿名久矣。』公因論：『士氣不振既久，陛下興起之於一朝，矯枉者必過直，雖有折檻斷鞅、牽裾還笏，若賣直沽名者，願皆優容獎激之。』……太上大悅。除秘書少監。」秘監，即秘書監。此指秘書少監，秘書省副長官。本文爲陸游爲曾幾獲除秘書少監而上呈的賀啓。

本文原未繫年。歐譜繫於紹興二十七年（一一五七），是。當作於該年九月。

參考卷三二曾文清公墓誌銘。

【箋注】

〔一〕文陛：宫殿的階石。借指朝廷。文選沈約齊故安陸昭王碑文：「升降文陛，逶迆魏闕。」張銑注：「文陛，天子殿階也，以文石砌之。」 蘭臺：唐宋時指秘書省。李商隱無題詩：「嗟余聽鼓應官去，走馬蘭臺類轉蓬。」馮浩箋注：「舊唐書職官志：秘書省，龍朔初改爲蘭臺，光宅時改爲麟臺，神龍時復爲秘書省。」

〔二〕簡册：指史籍。劉知幾史通敘事：「夫以吴徵魯賦，禹計塗山，持彼往事，用爲今説，置於文章則可，施於簡册則否矣。」秘書省掌管古今經書、史籍。 太平無象：謂太平盛世無一定標誌。資治通鑑唐文宗太和六年：「會上御延英，謂宰相曰：『天下何時當太平，卿等亦有意於此乎？』僧孺對曰：『太平無象。今四夷不至交侵，百姓不至流散，雖非至理，亦謂小康。陛下若别求太平，非臣等所及。』」

〔三〕薦紳：縉紳。古代高級官吏的裝束。亦指有官職或做過官的人。薦，通「搢」。史記孝武本紀：「元年，漢興已六十餘歲矣，天下乂安，薦紳之屬皆望天子封禪改正度也。」司馬貞索隱：「上音搢。搢，挺也。言挺笏於紳帶之間，事出禮內則。今作薦者，古字假借耳。」大老：德高望重的老人。孟子離婁上：「二老者，天下之大老也。」二老指伯夷、太公。

〔四〕門闌：此指師門。王安石賀韓魏公啓：「瞻望門闌，不任鄉往之至。」

〔五〕右文：崇尚文治。歐陽修謝賜漢書表：「竊以右文興化，乃致治之所先。」飾治：指粉飾太平。折衝：使敵人戰車後撤，即制敵取勝。衝，衝車。戰車的一種。吕氏春秋召類：「夫脩之於廟堂之上，而折衝乎千里之外者，其司城子罕之謂乎？」高誘注：「衝，車。所以衝突敵之軍，能陷破之也……使欲攻己者折還其衝車於千里之外，不敢來也。」消萌：消除動亂萌芽。

〔六〕典領：主持，領導。漢書王商傳：「蓋丞相以德輔翼國家，典領百寮，協和萬國，爲職任莫重焉。」

〔七〕名勝：有名望的才俊之士。晉書王導傳：「會三月上巳，帝親觀禊，乘肩轝，具威儀，敦、導及諸名勝皆騎從。」

〔八〕膏粱之地：指富貴之處所。膏粱，肥肉和細糧。國語晉語七：「夫膏粱之性難正也。」韋昭注：「膏，肉之肥者；粱，食之精者。」

〔九〕遺編：指前人留下的著作。舊唐書章懷太子賢傳：「往聖遺編，咸窮壼奥。」鋒鏑之腥：

指戰亂之腥味。鋒鏑，戰争。梅堯臣和穎上人南徐十詠鐵甕城：「前朝經喪亂，曾是輕鋒鏑。」

〔一〇〕廷範：晚唐優人，被朱全忠用爲太常卿。新唐書柳璨傳：「廷範者，以優人爲全忠所愛，扈東遷爲御營使，進金吾衛將軍、河南尹。全忠欲以爲太常卿，宰相裴樞持不可，繇是樞罷去。柳璨希旨下詔，責中外不得妄言流品清濁，卒用廷範太常卿。」哥奴：唐宰相李林甫小字。新唐書李林甫傳：「源乾曜執政……乾曜子爲林甫求司門郎中，乾曜素薄之，曰：『郎官應得才望，哥奴豈郎中材邪？』哥奴，林甫小字也。」

〔一一〕集虚：指摒除雜念，心境虚静純一。莊子人間世：「（顔）回曰：『敢問心齋。』仲尼曰：『若一志。無聽之以耳而聽之以心，無聽之以心而聽之以氣。聽止於耳，心止於符。氣也者，虚而待物者也。唯道集虚。虚者，心齋也。』」應物：順應事物。莊子知北游：「邀於此者，四枝彊，思慮恂達，耳目聰明，其用心不勞，其應物無方。」

〔一二〕入洛之盛事：世説新語輕詆：「桓公入洛，過淮、泗，踐北境，與諸僚屬登平乘樓，眺矚中原，慨然曰：『遂使神州陸沉，百年丘墟，王夷甫諸人，不得不任其責！』袁虎率爾對曰：『運自有廢興，豈必諸人之過？』」

〔一三〕過江之諸賢：世説新語言語：「過江諸人，每至美日，輒相邀新亭，藉卉飲宴。周侯中坐而歎曰：『風景不殊，正自有山河之異！』皆相視流淚。惟王丞相愀然變色曰：『當共戮力王室，克復神州，何至作楚囚相對！』」

〔一四〕覆載：指天地。漢書外戚傳下：「猶被覆載之厚德兮，不廢捐於罪郵。」

〔一五〕化人：仙人。杜光庭溫江縣招賢觀衆齋詞：「歷代化人，隨機濟物。大惟邦國，普及幽明。俱賴神功，咸承景貺。」

〔一六〕太山：即泰山。孟子盡心上：「孔子登東山而小魯，登泰山而小天下。」

〔一七〕法宮：宮室的正殿。帝王處理政事之處。漢書晁錯傳：「臣聞五帝神聖，其臣莫能及，故自親事，處於法宮之中，明堂之上。」琳館：仙宮。歐陽修景靈朝謁從駕還宮：「琳館清晨藹瑞氛，玉旒朝罷奏韶鈞。」燕居：閒居。

〔一八〕守符：居官獨掌一地之政。元稹賀聖體平復御紫宸殿受朝賀表：「帝御紫宸，千官畢賀，臣以守符外郡，不獲稱慶明庭。」

〔一九〕「姑復」二句：曾文清公墓誌銘：「公既以老臣自外超用，名震京都，及入朝，鬢鬚皓然，衣冠甚偉。雖都人老吏，皆感欷，以爲太平之象。於是公去館中三十有八年矣，舉故事與同舍賦詩飲酒，縱談前輩言行，臺閣典章，從容每竟日。」几杖，坐几和手杖，皆老人所用。

〔二〇〕「識度」二句：指從曾幾問學，已有十年。度關之雲，老子騎青牛西遊，有紫氣浮關。史記卷六三老子列傳司馬貞索隱：「按列仙傳：『老子西游，關令尹喜望見有紫氣浮關，而老子果乘青牛而過也。』」

〔一三〕浴沂之樂：指弟子從師的樂趣。見本卷賀台州曾直閣啓注〔一四〕。

〔一三〕精意：誠意，專心一意。國語周語上：「精意以享，禋也；慈保庶民，親也。」

賀謝提舉啓

伏審顯膺帝制，起擁使華〔一〕。雖輿論歉然〔二〕，謂未究大賢之藴；然用人如此，誰不知公道之行。恭惟某官躬真獨簡貴之資，藴篤實誠明之學〔三〕，早并游於洛下，晚獨步於江東〔四〕，談笑多聞，文章爾雅〔五〕。履常應變，雖與時而偕行；據古守經，蓋絶世而獨立。風采聞於天下，勞烈簡於上心〔六〕。自去清班，久安真館。付功名於昨夢，若無意然；顧富貴之迫人，恐不免耳。迨法宫之决事，付便郡以優賢〔七〕。曾未逾年，已聞報政〔八〕，入膺三接之寵，出臨千里之畿〔九〕。明詔始傳，吾黨相慶，以謂名流之施設，當有前輩之規摹〔一〇〕。班超之策平平，陽城之考下下〔一一〕，至於俗吏，乃求奇功。所願一洗簿書之塵，庶幾少稱臺閣之望〔一二〕。此自明公之所及，豈須賤子之具陳。冒瀆之深，慚惶無措〔一三〕。

【題解】

提舉，宋代地方官中有提舉常平倉、提舉茶鹽、提舉水利等官，此處謝提舉爲誰不詳。本文爲陸游爲謝某除提舉之職所致的賀啓。

本文原未繫年。歐譜繫於紹興二十八年（一一五八）。據前後文繫年，是。時陸游在寧德縣主簿任上。

【箋注】

〔一〕顯膺帝制：榮耀地接受皇帝的制誥。　起擁使華：擢拔出爲提舉之職。

〔二〕輿論：公衆的言論。三國志魏書王朗傳：「設其傲狠，殊無入志，懼彼輿論之未暢者，并懷伊邑。」　歉然：不滿足貌。

〔三〕躬：自身具有。漢書刑法志：「聖人既躬明哲之性，必通天之心。」顔師古注：「躬，謂身親有之。」　真獨簡貴：獨處時謹慎，富貴時簡省。世説新語品藻：「真獨簡貴，不減父祖。」篤實，純厚樸實。易大畜：「大畜剛健，篤實輝光，日新其德。」　誠明：至誠明德。禮記中庸：「自誠明謂之性，自明誠謂之教，誠則明矣，明則誠矣。」鄭玄注：「由至誠而有明德，是聖人之性者也。」

〔四〕洛下：指洛陽。此指都城。劉令嫻祭夫徐悱文：「調逸許中，聲高洛下。」　獨步江東：江東獨一無二，無與倫比。晉書王坦之傳：「坦之字文度，弱冠與郗超俱有重名，時人爲之語曰：『盛德絶倫郗嘉賓，江東獨步王文度。』」江東，古時指長江下游蕪湖、南京以下的南岸地區，也泛指長江下游地區。

〔五〕文章爾雅：文章雅正。史記儒林列傳：「文章爾雅，訓辭深厚。」司馬貞索隱：「謂詔書文章雅正。」

〔六〕勞烈：勞績，功業。韋端符衛公故物記：「公之勞烈，如是其大，固有以感之。」簡：記。

〔七〕便郡：政務清簡之郡。蘇舜欽贈太子太保韓公行狀：「或謂真定不當北衝，改知澶州，屬以控扼之計。數以疾請便郡，移亳州。」

〔八〕報政：陳報政績。史記魯周公世家：「周公卒，子伯禽固已前受封，是爲魯公。魯公伯禽之初受封之魯，三年而報政周公。」

〔九〕三接：三度接見，指恩寵優獎。易晉：「晉，康侯用錫馬蕃庶，晝日三接。」孔穎達疏：「晝日三接者，言非惟蒙賜蕃多，又被親寵頻數，一晝之間，三度接見也。」千里之畿：指王城周圍千里的地域。周禮夏官職方氏：「乃辨九服之邦國，方千里曰王畿。」

〔一〇〕施設：安排，措置。漢書尹翁歸傳：「會田延年爲河東太守，行縣至平陽，悉召故吏五六十人。延年親臨見，令有文者東，有武者西。閱數十人，次到翁歸，獨伏不肯起，對曰：『翁歸文武兼備，唯所施設。』」規摹：亦作規模，制度，程式。張衡東京賦：「是以西匠營宮，目翫阿房，規摹踰溢，不度不臧。」

〔一一〕「班超」句：後漢書班梁列傳：「初，超被徵，以戊己校尉任尚爲都尉，與超交代。尚謂超曰：『君侯在外國三十餘年，而小人猥承君後，任重慮淺，宜有以誨之！』超曰：『年老失智，任君數當大位，豈班超所能及哉！必不得已，願進愚言：塞外吏士，本非孝子順孫，皆以罪過徙補邊屯；而蠻夷懷鳥獸之心，難養易敗。今君性嚴急，水清無大魚，察政不得下和，宜蕩佚簡易，寬小過，總大綱而已。』超去後，尚私謂所親曰：『我以班君當有奇策，今所言，平平耳。』尚至數年而西域反亂，以罪被徵，如超所戒。」「陽城」句：舊唐書陽城傳：「陽城字亢宗，北平人也……出爲道州刺史……賦税不登，觀察使數加誚讓。州上考功第，城自署其第曰：『撫字心勞，徵科政拙，考下下。』」蘇軾徐州謝獎諭表：「寬如定遠之言，平平無取；拙比道州之政，下下宜然。」

〔二〕臺閣：漢時指尚書臺。後泛指中央政府機構。後漢書仲長統傳：「光武皇帝愠數世之失權，忿彊臣之竊命，矯枉過直，政不任下，雖置三公，事歸臺閣。」李賢注：「臺閣，謂尚書也。」

〔三〕冒瀆：冒犯，褻瀆。元稹上令狐相公詩啓：「詞旨瑣劣，冒瀆尊嚴，俯伏刑書，不敢逃讓，死罪死罪。」慚惶：羞愧惶恐。梁簡文帝答徐摛書：「竟不能黜邪進善，少助國章，獻可替否，仰裨聖政，以此慚惶，無忘夕惕。」

賀禮部曾侍郎啓

恭審顯奉制書，進司邦禮〔一〕。所養既厚，萬鍾亦何足言〔二〕；衆望所歸，九遷猶以爲綏〔三〕。惟是老成之用，式昭至治之符〔四〕，凡有識知，誰不歡喜。竊考六官之制，本皆三代之餘〔五〕。惟宗伯之清華，極近臣之遴選〔六〕。誠使此地常得其人，則朝廷日尊，自弭未形之患；論議守正，亦折群邪之萌。一昨多艱，寖忘大體〔七〕。刑名錢穀，獨號劇曹〔八〕；文物典常，僅同虛器〔九〕。蓋道由時而升降，官以人而重輕，苟凡材非據於其間，則舊章何恃而不廢。孰謂斯文之幸，復聞公議之伸。恭惟某官直哉惟清〔一〇〕，淵乎似道。心至虛而善應，名弗求而愈高。紬繹六經〔一一〕，推明上世之絶學；度越兩漢，追配先秦之古文。早并遊於洛中，晚獨步於江左。人誦其德，家有其書。使少貶於諸公，已亟升於華貫〔一二〕。顧久幽而彌厲，凜自信之不回。上屢興見晚之嗟，公猶懷勇退之志，勉收功業於無復意之後，起踐富貴於不得已之餘。黄髮皤然，德容穆若〔一三〕。昔者慶曆之盛，側席而致衆賢〔一四〕；元祐之初，加璧而聘諸老〔一五〕。今兹盛事，可謂無慚。然猶漸進於省中〔一六〕，未足大慰於天下。竊謂德齒之貴，宜登師保之崇〔一七〕，入則几杖三雍之間，出則卷繡百工之上〔一八〕。使勳貴斂衽，畏楊綰之清〔一九〕；朝野洗心〔二〇〕，化毛公之儉。紀話言於竹帛，肖形像於丹青。垂之無窮，然後爲稱。某頃陶善誘，嘗辱異知。雖借勢於王公大人〔二一〕，非迂愚之敢及；惟侍坐於先生長者〔二三〕，尚夢寐之不忘。逖聞綸綍之傳，獨阻門闌之慶〔二三〕。仰懷曩遇，不勝下情〔二四〕。

【題解】

禮部曾侍郎，即曾幾。曾幾於紹興二十八年七月被擢任尚書禮部侍郎。曾文清公墓誌銘：「初，公兄楙，歷禮部侍郎至尚書；兄開，亦爲禮部侍郎。至是公復繼之，衣冠尤以爲盛事。」侍郎，謂禮部侍郎。尚書省禮部掌管有關禮樂、祭祀、朝會、宴饗、學校、貢舉等政令。本文爲陸游爲曾幾獲除禮部侍郎而上呈的賀啓。

本文原未繫年。歐譜繫於紹興二十八年（一一五八），是。當作於該年七月。時陸游在寧德縣主簿任上。

參考卷三二曾文清公墓誌銘。

【箋注】

〔一〕邦禮：國家禮治之事。書周官：「宗伯掌邦禮，治神人，和上下。」孔安國傳：「春官卿，宗廟官長，主國禮治，天地、神祇、人鬼之事及國之吉凶。」

〔二〕萬鍾：指優厚的俸禄。鍾，古量名。孟子告子上：「萬鍾則不辯禮義而受之，萬鍾於我何加焉。」

〔三〕九遷：指多次升遷。蔡邕表太尉董公可相國：「昭發上心，故有一日九遷。」

〔四〕至治：指安定昌盛、教化大行的時世。書君陳：「至治馨香，感于神明；黍稷非馨，明德惟馨。」

〔五〕「竊考」二句：指宋代六官之制承襲夏商周三代。周禮以天官冢宰、地官司徒、春官宗伯、夏官司馬、秋官司寇、冬官司空分掌邦國之政，總稱六官或六卿。唐宋中央政權置吏、户、禮、兵、刑、工六部，六部之尚書總稱六官，基本與三代之制一一對應。

〔六〕宗伯：周代六卿之一，掌管禮治。周禮春官宗伯：「乃立春官宗伯，使帥其屬而掌邦禮，以佐王和邦國。」鄭玄注：「宗伯，主禮之官。」後世禮部職責與之相應，故稱禮部尚書爲大宗伯或宗伯，禮部侍郎爲小宗伯。　遴選：挑選，選拔。新唐書賈曾傳：「玄宗爲太子，遴選宫僚，以曾爲舍人。」

〔七〕一昨：前些日子。淳化閣帖晉王羲之帖：「多日不知君聞，得一昨書，知君安善爲慰。」寖：逐漸。　大體：指有關大局的道理。史記平原君虞卿列傳論：「（平原君）未睹大體。」

〔八〕刑名：刑律。史記秦始皇本紀：「秦聖臨國，始定刑名。」　錢穀：錢幣、穀物。常借指賦税。史記陳丞相世家：「（孝文皇帝）問：『天下一歲錢穀出入幾何？』勃又謝不知。」此指掌管刑律、賦税的小吏，俗稱「刑名師爺」、「錢穀師爺」。　劇曹：泛指政務繁劇的屬吏。孫逖送趙大夫護邊詩：「欲傳清廟略，先取劇曹郎。」

〔九〕典常：常道，常法。　虛器：虛設而不用，指形同虛設。北史隋紀下煬帝：「自時厥後，軍國多虞，雖復黌宇時建，示同愛禮，函丈或陳，殆爲虛器。」

〔一〇〕直哉惟清：正直清明。尚書虞書：「夙夜惟寅，直哉惟清。」孔安國傳：「夙，早也。言早夜敬思其職，典禮施政教，使正直而清明。」

〔一一〕紬繹：理出頭緒。

〔一二〕華貫：顯要的行列。舊唐書杜審權傳：「踐歷華貫，餘二十年。」

〔一三〕黄髮：老人髮白，白久則黄。　皤然：鬚髮白貌。南史范縝傳：「年二十九，髮白皤然，乃作傷春詩、白髮詠以自嗟。」　德容：有道者之儀容。劍南詩稿卷一別曾學士：「所願瞻德容，頑固或少痊。」　穆若：和美貌。蕭統文選序：「頌者所以遊揚德業，褒讚成功。吉甫有『穆若』之談，季子有『至矣』之歎。」

〔一四〕側席：指謙恭以待賢者。後漢書章帝紀：「朕思遲直士，側席異聞。」李賢注：「側席，謂不正坐，所以待賢良也。」

〔一五〕加璧：即束帛加璧，束帛之上再加玉璧，表示禮物的貴重。禮記禮器：「束帛加璧，尊德也。」

〔一六〕省中：宮禁之中。蔡邕獨斷：「禁中者，門户有禁，非侍御者不得入，故曰禁中。孝元皇后父大司馬陽侯名禁，當時避之，故曰省中。」

〔一七〕德齒：指賢德而年高之人。語出孟子公孫丑下：「天下有達尊三：爵一，齒一，德一。朝廷莫如爵，鄉黨莫如齒，輔世長民莫如德。」師保：輔弼帝王和教導王室子弟的官職，稱師稱保，統稱師保。易繫辭下：「無有師保，如臨父母。」

〔一八〕三雍：亦稱「三雍宮」。漢時對辟雍、明堂、靈臺的總稱。漢書河間獻王傳：「武帝時，獻王來朝，獻雅樂，對三雍宮及詔策所問三十餘事。」顏師古注應劭曰：「辟雍、明堂、靈臺也。雍，和也，言天地君臣人民皆和也。」百工：百官。書堯典：「允釐百工，庶績咸熙。」孔安國傳：「工，官。」

〔一九〕勳貴：功臣權貴。顏之推顏氏家訓雜藝：「唯不可令有稱譽，見役勳貴，處之下坐，以取殘盃冷炙之辱。」斂衽：整飭衣襟，表示恭敬。戰國策楚策一：「一國之衆，見君莫不斂衽而拜，撫委而服。」楊綰之清：舊唐書楊綰傳：「綰素以德行著聞，質性貞廉，車服儉樸，居廟堂未數月，人心自化。」楊綰字公權，華州華陰人，天寶進士，官至中書侍郎、同中書門下平章事。舊唐書卷一一九、新唐書卷一四二有傳。

〔二〇〕洗心：洗滌心胸。比喻除去惡念或雜念。易繫辭上：「聖人以此洗心。」

〔二一〕借勢：借助別人的權勢。韓愈與鳳翔邢尚書書：「布衣之士，身居窮約，不借勢於王公大臣，則無以成其志。」

〔二二〕侍坐：在尊長近旁陪坐。禮記曲禮上：「侍坐於所尊敬，毋餘席。」孔穎達疏：「謂先生坐一席，己坐一席，己必坐於近尊者之端，勿得使近尊者之端更有空餘之席。」

〔三〕遡聞：在遠處聽到。表示恭敬。王安石賀韓魏公啓：「遡聞新命，竊仰遐風，瞻望門闌，不任鄉往之至。」綸綍：同綸紱。古代官吏繫印用的青絲帶。門闌：指師門。

〔四〕下情：謙詞。指自己的心情。晉書陸納傳：「後伺温（桓温）閒，謂温曰：『外有微禮，方守遠郡，欲與公一醉，以展下情。』」

賀辛給事啓

恭審光奉制書，就升巨鎮〔一〕。用人惟己，上方詢事而考言〔二〕；知我其天，公豈枉尋而直尺〔三〕？世不容而何病，道有命而後行。雖殿藩猶屈於經綸，然親擢益知於眷注〔四〕。縉紳頌歎，道路歡欣。伏聞先王相我後人，上天爲生賢佐〔五〕，若時大任之降，將啓非常之元。故必雍容回翔，以養其康濟之才〔六〕；排擯斥疏，以積夫邇遐之望〔七〕。遺之險艱以勵其志，待之耆老以全其能〔八〕。周公居東，歸相成王之善治〔九〕；謝傅高卧，晚爲江表之宗臣〔一〇〕。勳名卒至於偉然〔一一〕，物理殆非於偶爾。恭惟某官氣守剛大，性資方嚴〔一二〕。其在朝廷，有金玉王度之益〔一三〕；其位嶽牧，有股肱帝室之勞〔一四〕。指朋黨於蔽蒙膠漆之時，發姦蠹於潛伏機牙之始〔一五〕。庭叱義府，面折公孫〔一六〕，可否一語而不移，利害十年而後驗。人服其識，家誦其言。皓首來朝，方共推於宿望〔一七〕；丹心自信，寧少貶於諸公。洗鄙夫患失之風，增善類敢言之氣〔一八〕。俯仰無愧〔一九〕，進退兩高。不可誣者忠邪之情，不可掩者是非之實，出守未幾，見思已深。惟是謀帥之難〔二〇〕，孰先舊德之舉。然而方政機之虚席，宜召節之在途〔二一〕，開慰斯民〔二二〕，始自今日。某迂愚不肖，窮薄多奇，雖道德初心之已非，猶節義大閑之可勉〔二三〕。側聞休命，深激懦衷〔二四〕，輒忘奏記之狂，蓋出執鞭之慕〔二五〕。仰祈閎量，曲貸嚴誅。

【題解】

辛給事，即辛次膺（一〇九二—一一七〇），字起季，萊州人。政和二年進士。擢右正言，主張抗金，力斥和議，爲秦檜誣陷，奉祠十六年。秦檜死，起知婺州，擢權給事中，尋罷。紹興二十九年除福州路安撫使兼知福州。孝宗即位，除御史中丞。隆興元年（一一六三）同知樞密院事。尋拜參知政事，以疾力辭。爲官清正，敢於直言。善屬文，尤工詩。宋史卷三八三有傳。給事，即給事中，屬門下省，掌封駁政令之失當者。本文爲陸游爲辛次膺獲除福州路安撫使兼知福州而致的賀啓。

本文原未繫年。歐譜繫於紹興二十九年（一一五九），是。時陸游在福州决曹任上。

參考卷一三上辛給事書。

【箋注】

〔一〕巨鎮：此指福州。白居易和渭北劉大夫借便秋遮虜寄朝中親友詩：「巨鎮爲邦屏，全材作國楨。」

〔二〕用人惟己：指用人之言，如同己出。尚書仲虺之誥：「用人惟己，改過不吝。」孔安國傳：「用人之言，若自己出。」詢事而考言：查考所做的事和所説的話。書舜典：「帝曰：『格！汝舜。詢事考言，乃言厎可績，三載。』」蔡沈集傳：「堯言詢舜所行之事而考其言。」

〔三〕知我者天：指唯天知己。論語憲問：「子曰：『莫我知也夫。』子貢曰：『不怨天，不尤人。下學而上達。知我者其天乎！』」何晏注：「聖人與天地合其德，故曰唯天知己。」枉尋而直尺：指因小失大。孟子滕文公下：「枉尺而直尋，宜若可爲也。」朱熹集注：「枉，屈也；直，伸也。八尺曰尋，所屈者小，所伸者大也。」後因以「枉尺直尋」比喻小有所損，而大有所獲。「枉尋直尺」則反其意用之。

〔四〕殿藩：排名藩鎮最後。此指福州。經綸：指治理國家的抱負和才能。秦觀滕達道挽詞：「經綸未了埋黄土，精爽還應屬斗牛。」眷注：亦作睠注。垂愛關注。王禹偁送僕射相公赴西京：「弼諧終在我，睠注更同誰。」

〔五〕賢佐：賢明的輔臣。管子宙合：「夫繩扶撥以爲正，准壞險以爲平，鉤入枉而出直，此言聖君賢佐之制舉也。」

〔六〕雍容：舒緩，從容不迫。文選班固兩都賦序：「雍容揄揚，著於後嗣。」呂向注：「雍，和；容，緩。」回翔：往返，往復。曾鞏侍中制：「某行蹈中和，學通古今。從容應物，有適用之材；慷慨立朝，多據經之論。比回翔於禁闥，遂更踐於樞庭。」康濟：指安民濟世。北齊書武帝紀：「君有康濟才，終不徒然。」

〔七〕排擯：排斥擯棄。史記平津侯主父列傳：「齊諸儒生相與排擯，不容於齊。」斥疏：疏遠。史記韓長孺列傳：「安國始爲御史大夫及護軍，後稍斥疏，下遷。」邇遐：猶遐邇。遠近。蘇軾賀楊龍圖啓：「伏審新改直職，擢司諫垣，傳聞邇遐，竦動觀聽。」

〔八〕耆老：老成人。禮記檀弓上：「魯哀公誄孔子曰：『天不遺耆老，莫相予位焉。』」陳澔集説：「言天不留此老成，而無有佐我之位者。」

〔九〕「周公」二句：周公姬旦爲武王之弟，封於魯，輔佐武王之子成王，天下大治。參見史記卷三三魯周公世家。

〔一〇〕「謝傅」二句：東晉謝安早年隱居不仕，後起桓温司馬，任征討大都督，指揮淝水之戰大敗前秦，名震江南。參見晉書卷七九謝安傳。高卧，指隱居不仕。世説新語排調：「卿（謝安）屢違朝旨，高卧東山，諸人每相與言：『安石不肯出，將如蒼生何？』」江表，指長江以南南朝統治地區。宗臣，世所敬仰的名臣。漢書蕭何曹參傳贊：「淮陰、黥布等已滅，唯何、參擅功名，位冠羣臣，聲施後世，爲一代之宗臣，慶流苗裔，盛矣哉！」顔師古注：「言爲後世之所尊仰，故曰宗臣也。」

〔一一〕偉然：卓異超群貌。牛僧孺玄怪録岑順：「王神貌偉然，雄姿罕儔。」

〔一二〕剛大：剛直正大。宋史李燾傳：「燾性剛大，特立獨行。」方嚴：方正嚴肅。三國志魯肅傳：「（肅卒），權爲舉哀。」裴松之注引韋昭吴書：「肅爲人方嚴，寡於玩飾。」

〔一三〕金玉王度：指王者的德行器度如金如玉。左傳昭公十二年：「思我王度，式如玉，式如金。」孔穎達疏：「思使我王之德度，用如玉然，用如金然，使之堅而且重，可寶愛也。」

〔一四〕嶽牧：傳説爲堯舜時四嶽十二牧的省稱。後用以泛指封疆大吏。史記伯夷列傳：「堯將遜位，讓於虞舜，舜、禹之間，嶽牧咸薦，乃試之於位，典職數十年。」股肱：輔佐，捍衛。左傳僖公二十六年：「昔周公、大公股肱周室，夾輔成王。」

〔一五〕蔽蒙：蒙蔽。膠漆：比喻親密無間。鄒陽獄中上書：「感於心，合於意，堅如膠漆，昆弟不能離，豈惑於衆口哉！」姦蠹：行爲不法的壞人。南齊書裴叔業傳：「搜蕩山源，糾虔姦蠹。」機牙：比喻要害、關鍵。韓愈許國公神道碑銘：「二寇患公居間，爲己不利，卑身佞辭，求與公好，薦女請昏，使日月至。既不可得，則飛謀釣謗，以間染我。公先事候情，壞其機牙，姦不得發。」

〔一六〕「庭叱」二句：唐高宗時，宰相李義府專權枉法，侍御史王義方大義凜然，廷劾義府，爲高宗所貶。參見舊唐書卷一八七王義方傳。漢武帝時，汲黯當面揭露儒家公孫弘等「懷詐飾智，以阿人主取容」。參見漢書卷五〇張馮汲鄭傳。

〔一七〕皓首：白頭，指年老。李陵答蘇武書：「丁年奉使，皓首而歸。老母終堂，生妻去帷。」宿望：素負重望之人。三國志張既傳：「令既之武都」裴松之注引摯虞三輔決録注：「（游殷）以子楚托之；既謙不受，殷固托之。既以殷邦之宿望，難違其旨，乃許之。」

〔一八〕鄙夫：庸俗淺陋之人。患失：即患得患失。論語陽貨：「子曰：『鄙夫可與事君也與哉？其未得之也，患得之；既得之，患失之。苟患失之，無所不至矣！』」何晏集解：「『患得之』者，患不能得之。楚俗言。」善類：善良有德之人。子華子孔子贈：「明旌善類而誅鋤醜厲者，法之正也。」

〔一九〕俯仰：指一舉一動。蔡邕和熹鄧后謚議：「鄉黨叙孔子，威儀俯仰無所遺；彤管記君王，纖微大小無不舉。」

〔二〇〕謀帥：尋求元帥人選。韓愈酬别留後侍郎詩：「爲文無出相如右，謀帥難居郤縠先。」左傳僖公二十七年：「作三軍，謀元帥。趙衰曰：『郤縠可。』」

〔二一〕政機：政務。三國志傳嘏傳：「及經邦治戎，權法並用，百官羣司，軍國通任，隨時之宜，以應政機。」虚席：空位待賢。駱賓王上司刑太常伯啓：「加以分庭讓士，虚席禮賢。」召節：召唤節義之士。

〔二二〕開慰：寬解安慰。隋書源雄傳：「今日已後，不過數旬之別，遲能開慰，無以累懷。」
〔二三〕大閑：基本的行爲準則。語本論語子張：「大德不踰閑。」
〔二四〕側聞：從旁聽到，指聽説。賈誼吊屈原賦：「側聞屈原兮，自沉汨羅。」休命：美善的命令。多指天子的旨意。書説命下：「敢對揚天子之休命。」懦衷：胸無大志。用於自謙。蘇軾賀提刑馬宣德啓：「恭承榮問，有激懦衷。」
〔二五〕奏記：用書面向長官陳述意見。漢書丙吉傳：「賀即位，以行淫亂廢，光與車騎將軍張安世諸大臣議所立，未定。吉奏記光曰……」執鞭：持鞭駕車，表示景仰追隨。史記管晏列傳論：「假令晏子而在，余雖爲之執鞭，所忻慕焉。」

答福州察推啓

識面卜鄰〔一〕，固常懷於鄙志；杜門掃軌，殊未接於英游〔二〕。於此相逢，慨然永歎。恭惟某官城南舊望，江左名流，高韻照人，清言絶俗〔三〕。過眼不再，真讀五車之書〔四〕；落筆可驚，倒流三峽之水〔五〕。豈有如公之人物，猶令隨牒於海邦〔六〕。政恐驛召之行，弗容席暖之久〔七〕。某奔馳斗粟，流落二年，久親柱後之惠文〔八〕，高束牀頭之周易，政須名理之語，一洗簿書之塵〔九〕。

【題解】

察推，觀察推官的省稱。宋各州幕設節度和觀察推官，主管本州司法事務。此福州察推爲誰不詳。鄒志方陸游研究認爲「福州察推當爲樊光遠」，時任福州路提刑。本文爲陸游寫給福州察推的答啓。

本文原未繫年。歐譜繫於紹興二十九年（一一五九），是。時陸游在福州決曹任上。

【箋注】

〔一〕識面：相見。杜甫奉贈韋左丞丈：「李邕求識面，王翰願卜鄰。」卜鄰：選擇鄰居。左傳昭公三年：「且諺曰：『非宅是卜，唯鄰是卜。』二三子先卜鄰矣。」杜預注：「卜良鄰。」

〔二〕掃軌：掃除車輪痕迹。比喻與人事隔絶。後漢書黨錮傳杜密：「同郡劉勝，亦自蜀郡告歸鄉里，閉門掃軌，無所干及。」李賢注：「軌，車迹也。言絶人事。」英游：英俊之輩。范仲淹楊文公寫真贊：「當時臺閣英游，蓋多出於師門矣。」

〔三〕舊望：指舊家望族。高韻：高雅的風度。世説新語品藻：「冀州刺史楊淮二子喬與髦，俱總角爲成器。淮與裴頠、樂廣友善，遣見之。頠性弘方，愛喬之有高韻，謂淮曰：『喬當及卿，髦小減也。』」

〔四〕五車之書：形容書多，學問淵博。莊子天下：「惠施多方，其書五車。」

〔五〕「倒流」句：杜甫醉歌行：「詞源倒流三峽水，筆陣獨掃千人軍。」

〔六〕隨牒：隨選官之文牒。漢書匡衡傳：「平原文學匡衡材智有餘，經學絶倫，但以無階朝廷，故隨牒在遠方。」顔師古注：「隨牒，謂隨選補之恒牒，不被超擢者。」海邦：古指近海邦國。詩魯頌閟宫：「遂荒大東，至於海邦。」鄭玄箋：「海邦，近海之國也。」此指福州。

〔七〕政：同正。驛召：以驛馬傳召。歐陽修胡先生墓表：「皇祐中，驛召至京師議樂，復以爲大理評事兼太常寺主簿。」弗容席暖：不容席子坐暖，形容無暇久留。語本淮南子脩務訓：「孔子無黔突，墨子無煖席。」

〔八〕柱後惠文：執法官、御史等所戴的冠名。漢書張敞傳：「秦時獄法吏冠柱後惠文。」顔師古注引晉灼曰：「漢注法冠也，一號柱後惠文，以纚裹鐵柱卷。秦制執法服，今御史服之。」陸游所任「決曹」，應即司理參軍，掌州之獄訟勘鞫，故言。

〔九〕政：同正。名理：指魏晉清談家辨析事物名理之言。三國志魏志鍾會傳：「及壯，有才數技藝，而博學精練名理。」簿書：官署中的文書簿册。此指俗務。漢書賈誼傳：「而大臣特以簿書不報，期會之間，以爲大故。」

賀何正言除左司諫啓

恭聞親詔，登用大賢〔一〕，以白首魁偉之臣，膺明時諫諍之任〔二〕。善類相慶，公道遂行。竊以逆指犯顔〔三〕，人疑於甚難，而君子謂之易；盛朝治世，衆安於無事，而識者以爲憂。然非身居獻替之官，與夫素著中外之望〔四〕，雖抱此識，何自而言。邈乎太平之難逢，考之前史而可見。以正人遺聖主，實惟祖宗敷佑之心〔五〕；而公議在朝廷，豈非廟社無疆之福〔六〕。恭惟某官心潛百聖，學貫群經。老成之風，師表一世；直養之氣，充塞兩儀。立朝寬大而持平，論事雍容而守正〔七〕。虚舟觸物〔八〕，此自信其無心；怒髮衝冠〔九〕，彼安知夫有體。居多聖政之助，始明儒者之功，非獨誠僞不可以欺，要之忠邪久而自判。上眷既厚，人望又歸〔一〇〕，遂當登四輔之聯，豈久置七人之列〔一一〕。某頃以樸學，嘗預諸生〔一二〕。雖在泥塗〔一三〕，猶是門闌之舊物；竟無名第〔一四〕，亦竊場屋之虚聲。敢俟明公勳業之成，勉繼輿人歌頌之作〔一五〕。不足爲報，姑盡此心。

【題解】

何正言，即何溥，字通遠，永嘉人。紹興進士。歷臨安府學教授，授删定官，出通判婺州，忤秦檜罷。檜死，除監察御史，遷左正言，紹興二十九年除左司諫，試右諫議大夫。在言路六年，知無不言，號爲稱職。權工部侍郎，除翰林學士、兼權吏部尚書，授龍圖閣學士。永嘉縣志卷十四人物志有傳。建炎以來繫年要録卷一八一：「（紹興二十九年二月庚辰）左正言何溥爲左司諫。」正言、司諫，均諫官名。宋初承唐制，置左、右補闕和左、右拾遺，左隸門下省，右隸中書省。後改左、右補闕爲左、右司諫，左、右拾遺爲左、右正言，掌規諫諷諭。據文中「某頃以樸學，嘗預諸生」語，陸游曾從其學，或在其任臨安府學教授時。本文爲陸游爲何溥獲除左司諫所致的賀啓。

本文原未繫年。歐譜繫於紹興二十九年（一一五九）是，當作於該年二月。時陸游在福州決曹任上。

【箋注】

〔一〕登用：進用。史記夏本紀：「舜登用，攝行天子之政。」

〔二〕明時：指政治清明的時代。常用以稱頌本朝。曹植求自試表：「志欲自效於明時，立功於聖世。」諫諍：直言規勸。韓詩外傳卷十：「言文王咨嗟，痛殷商無輔弼諫諍之臣而亡天下矣。」

〔三〕逆指：違逆旨意。楊惲報孫會宗書：「言鄙陋之愚心，則若逆指而文過。」犯顏：敢於冒犯君王的威嚴。韓非子外儲説左下：「犯顏極諫，臣不如東郭牙，請立以爲諫臣。」

〔四〕獻替：即獻可替否。指對君主進諫，勸善規過。語本左傳昭公二十年：「君所謂可而有否焉，臣獻其否以成其可。君所謂否而有可焉，臣獻其可以去其否。」中外：指朝廷内外。司馬光與吴相書：「竊見國家自行新法以來，中外恟恟，人無愚智，咸知其非。」

〔五〕正人：正直之人，正派之人。書冏命：「小大之臣，咸懷忠良，其侍御僕從罔匪正人。」孔穎達疏：「其左右侍御僕從無非中正之人。」敷佑：指敷布德澤以佑助百姓。書金縢：「乃命於帝庭，敷佑四方。」孔安國傳：「汝元孫受命於天庭爲天子，布其德教，以佑助四方。」

〔六〕廟社：宗廟和社稷。魏書城陽王鸞傳：「古者，軍行必載廟社之主，所以示其威惠各有攸歸。」

〔七〕立朝：指在朝爲官。曾鞏乞出知潁州狀：「伏念臣性行迂拙，立朝無所阿附。」持平：持守公平。董仲舒春秋繁露山川頌：「水則……盈科後行，既似持平者。」守正：恪守正道。史記禮書：「循法守正者見侮於世，奢溢僭差者謂之顯榮。」

〔八〕虛舟：比喻胸懷恬淡曠達。駱賓王秋日於益州李長史宅宴序：「長史公玄牝凝神，虛舟應物。」

〔九〕怒髮衝冠：形容盛怒。史記廉頗藺相如列傳：「相如因持璧卻立，倚柱，怒髮上衝冠。」

〔一〇〕人望：衆人所屬望。後漢書王昌傳：「郎以百姓思漢，既多言翟義不死，故詐稱之，以從人望。」

〔一一〕四輔：相傳古代天子身邊的四個輔佐之臣。書洛誥起有「四輔」之稱。七人：指古代天子的七位諍臣。孝經諫諍：「昔者天子有争臣七人，雖無道不失其天下。」鄭玄注：「七人謂三公及左輔、右弼、前疑、後丞。」唐玄宗注：「争謂諫也。」後以「七臣」泛指諫臣。

〔一二〕樸學：泛指儒家經學。漢書儒林傳歐陽生：「寬有俊材，初見武帝，語經學。上曰：『吾始以尚書爲樸學，弗好，及聞寬説，可觀。』」諸生：衆弟子。韓愈太學生何蕃傳：「歲舉進士，學成行尊，自太學諸生推頌，不敢與蕃齒，相與言於助教博士。」

〔一三〕泥塗：比喻地位卑下。左傳襄公三十年：「武不才，任君之大事，以晉國之多虞，不能由吾子，使吾子辱在泥塗久矣，武之罪也。」

〔一四〕名第：科舉考試中式的名次。王定保唐摭言聽響卜：「韋甄及第年，事勢固萬全矣，然未知名第高下。志在鼎甲，未免撓懷。」

〔一五〕輿人：衆人。國語晉語三：「惠公入，而背外内之賂。輿人誦之。」韋昭注：「輿，衆也。」

賀湯丞相啓

恭審顯膺典册，進冠公台〔一〕。廷告未終，搢紳相慶；郵傳所及〔二〕，夷夏歸心。焕君臣嘉會之逢〔三〕，侈廟社無疆之福。恭惟某官民之先覺〔四〕，國之宗臣，精義探繫表之微〔五〕，英辭鼓天下之動。至誠貫日，歷萬變而志意愈堅；屹立如山，決大事而喜愠不見。一昨力辭重任之降，屈居次輔之聯〔六〕，三年有成，九功惟叙〔七〕。方當詔令之誕布，孰測謀謨之所從〔八〕。凡有大政事之慰斯民，咸曰右丞相之告於上。雖家置一喙以頌德，士予千金而示恩，竊揆其情〔九〕，未至於此。蓋廟堂之寄，代天而理物；帷幄之算，經遠而折衝〔一〇〕。平居用小大之材，欲其披肝膽以自盡；一旦付疆埸之事，欲其捐性命而不辭。自非有以素服衆心，則將誰與共濟大業。晉文側席於子玉，回紇下拜於汾陽〔一一〕。王商以忠謇立朝，則單于不敢仰視〔一二〕；平津以媕婀充位，則淮南謂若發蒙〔一三〕。自昔論世之盛衰，莫如置相之當否。譬猶震風凌雨之動地，夏屋愈安〔一四〕；鴻流巨浸之稽天，方舟獨濟〔一五〕。人望所屬，國體自尊。今者大明弼亮之勳，正席辯章之任〔一六〕。守文致理，將見隆古極治之時〔一七〕；應變制宜，必有仁人無敵之勇。聖主以此屬元輔〔一八〕，學者以此望真儒，行或使之，天所命也。某猥以孤遠，辱在記憐〔一九〕。如其少宣衣食之憂〔二〇〕，猶能頌中興之盛德；必也遂老江湖之外，亦自號太平之幸民。窮達皆出於恩私，生死不忘於報稱〔二一〕。

【題解】

湯丞相，即湯思退（？—一一六四），字進之，處州青田人。紹興十五年中博學鴻詞科，除秘書省正字。依附秦檜，官至簽書樞密院事兼權參知政事。檜死，除知樞密院事，拜尚書右僕射同中書門下平章事，紹興二十九年九月，進左僕射，次年劾罷。隆興元年再相，力主和議，許割海、泗、唐、鄧四州，并撤除戰備，復爲言者所論，責居永州，憂悸而死。宋史卷三七一有傳。宰相（丞相）爲輔佐皇帝、總攬政務之官。宋代元豐改制，以尚書令佐貳左、右僕射爲宰相。建炎三年，尚書左、右僕射皆加同中書門下平章事，爲左、右相。乾道八年又改尚書左、右僕射爲左、右丞相，成爲定制。本文爲陸游爲湯思退進左相所上呈的賀啓。

本文原未繫年。歐譜繫於紹興二十九年（一一五九），是。當作於該年九月。時陸游在福州決曹任上。

【箋注】

〔一〕進冠公台：指進左相。公台，古以三台象徵三公，因借指三公之位。後漢書胡廣傳：「（廣）自在公台三十餘年，歷事六帝，禮任甚優。」

〔二〕郵傳：傳播，口耳相傳。柳宗元與裴塤書：「有喙有耳者，相郵傳作醜語耳。」

〔三〕嘉會：指衆美相聚。易乾：「亨者，嘉之會也……嘉會足以合禮。」孔穎達疏：「言君子能使萬物嘉美集會，足以配合於禮，謂法天之亨也。」

〔四〕先覺：覺悟早於常人者。孟子萬章上：「天之生此民也，使先知覺後知，使先覺覺後覺也。」

〔五〕繫表：指言辭之外。庾信哀江南賦：「聲超於繫表，道高於河上。」

〔六〕次輔：指右相。宰相中以左相爲首輔，右相爲次輔。此指湯思退先任右相。

〔七〕「三年」二句：三年乃有成效，九功依次實現。論語子路：「苟有用我者，期月而已可也，三年有成。」書大禹謨：「禹曰：『於！帝念哉！德惟善政，政在養民。水、火、金、木、土、穀，惟修；正德、利用、厚生，惟和；九功惟叙，九叙惟歌。戒之用休，董之用威，勸之以九歌，俾勿壞。』帝曰：『俞！地平天成，六府三事允治，萬世永賴，時乃功。』」孔安國傳：「言六府三事之功，有次序，皆可歌樂，乃德政之致。」

〔八〕謀謨：謀劃。管子四稱：「昔者有道之臣……居處則思義，語言則謀謨，動作則事，居國則富。」

〔九〕揆：揣測。

〔一〇〕帷幄：指天子決策之處或將帥的幕府、軍帳。史記太史公自序：「運籌帷幄之中，制勝於無形。」經遠：指作長遠謀劃。三國志魏志毛玠傳：「袁紹、劉表，雖士民衆彊，皆無經遠之慮，未有樹基建本者也。」折衝：制敵取勝。

〔一一〕「晉文」二句：晉文公謙恭地對待子玉，郭子儀使回紇酋長下拜。説苑尊賢：「楚有子玉得臣，文公爲之側席而坐。」晉文公，名重耳，春秋時晉國國君。子玉，楚國人，官令尹。新唐書郭子儀傳：「子儀以數十騎出，免胄見其大酋曰：『諸君同艱難久矣，何忽亡忠誼而至是邪？』回紇舍兵下馬拜曰：『果吾父也。』子儀即召與飲，遺錦彩結歡，誓好如初。」汾陽，安史之亂後，郭子儀率唐軍收復長安、洛陽，受封汾陽郡王，世稱郭汾陽。

〔一二〕「王商」二句：王商憑忠誠正直主持朝政，匈奴單于畏懼不敢仰視。漢書王商傳：「商代匡衡爲丞相，益封千户，天子甚尊任之。爲人多質有威重，長八尺餘，身體鴻大，容貌甚過絶人。河平四年，單于來朝，引見白虎殿。丞相商坐未央廷中，單于前，拜謁商。商起，離席與言，單于仰視商貌，大畏之，遷延卻退。天子聞而歎曰：『此真漢相矣！』」忠謇：忠誠正直。

〔一三〕「平津」二句：公孫弘靠曲意逢迎充任相位，淮南王認爲對付他輕而易舉。史記淮南衡山列傳：「一日發兵，使人即刺殺大將軍青，而説丞相下之，如發蒙耳。」裴駰集解引韋昭曰：「如蒙巾，發之甚易。」平津：指公孫弘，以布衣爲相，封平津侯。婞婗：亦作婞嫛，依違阿曲，無主見。韓愈石鼓歌：「中朝大官老於事，詎肯感激徒婞嫛。」

〔一四〕「譬猶」二句：譬如就像狂風暴雨動地，大厦更顯安穩。揚雄法言吾子：「震風陵雨，然後知夏屋之爲帡幪也。」帡幪：覆蓋，庇護。

〔一五〕「鴻流」二句：洪水巨浪滔天，方舟獨自渡河。莊子逍遥遊：「大浸稽天而不溺。」成玄英疏：「稽，至也。」莊子山木：「方舟而濟於河，有虚船來觸舟，雖有惼心之人不怒。」成玄英疏：「兩舟相并曰方舟。」

〔一六〕大明：此指君主。魏書張衮傳：「今大明臨朝，澤及行葦，國富兵强，能言率職。」弼亮：輔佐。書畢命：「弼亮四世，正色率下。」孔安國傳：「言公……輔佐文、武、成、康，四世爲公卿。」孔穎達疏：「亮，佐也。」正席：擺正坐席，使合規定。論語鄉黨：「君賜食，必正席先嘗之。」辯章：使明白清楚。漢書叙傳上：「近者陸子優繇，新語以興；董生下帷，發藻儒林；劉向司籍，辯章舊聞。」

〔一七〕守文：原謂遵循文王法度，後泛指遵循先王法度。公羊傳文公九年：「繼文王之體，守文王之法度。」史記外戚世家：「自古受命帝王及繼體守文之君，非獨内德茂也，蓋亦有外戚之助也。」司馬貞索隱：「守文猶守法也，謂非受命創制之君，但守先帝法度爲之主耳。」隆古：遠古。蕭穎士過河濱和文學張志尹：「隆古日以遠，舉世喪其淳。」

〔一八〕元輔：專指宰相。舊唐書杜讓能傳：「卿位居元輔，與朕同休共戚，無宜避事。」

〔一九〕孤遠：指遠離皇帝，地位低微。曾鞏梅福封壽春真人制：「某在漢之際，數以孤遠極言天下之事，其志壯哉。」記憐：紀念和憐愛。陸佃謝賜生日禮物表：「敢意記憐，曲加慶賚。」

〔二〇〕逭：逃避。書太甲中：「欲敗度，縱敗禮，以速戾于厥躬。天作孽，猶可違；自作孽，不可逭。」孔安國傳：「孽，災；逭，逃也。言天災可避，自作災不可逃。」

〔二一〕窮達：困頓與顯達。墨子非儒下：「窮達賞罰，幸否有極，人之知力，不能爲焉。」恩私：恩惠，恩寵。杜甫北征：「顧慚恩私被，詔許歸蓬蓽。」報稱：報答。漢書孔光傳：「誠恐一旦顛仆，無以報稱。」

除删定官謝丞相啓

收置鈞陶〔一〕，固已逾於素望；責功鉛槧〔二〕，仍俾效其寸長。神觀頓還〔三〕，塵埃一洗，欲叙丹衷之感，不知危涕之横〔四〕。伏念某獨學寡聞，倦遊不遂。瀾翻記誦〔五〕，愧口耳之徒勞；跌宕文辭〔六〕，顧雕蟲而自笑。低回久矣〔七〕，感歎凄然。使有一人之見知，亦勝終身之不遇。然而禀資至薄，與世寡諧，在鄉閭則里胥亭長之所叱訶〔八〕，仕州縣則書佐鈴下之所蹈藉〔九〕。聲名湮晦〔一〇〕，衣食空無，方所向而輒窮，已分甘於永棄〔一一〕。侵尋末路，邂逅殊私〔一二〕，招之於衆人鄙遠之餘，挈之於半世浮沉之後，既賞音於一日〔一三〕，又誦句於諸公。豈料前史之美談，乃獲此身之親見。兹蓋伏遇某官斯民先覺，吾道宗師。大學誠明，上下同流於天地〔一四〕；至仁溥博，遠近一視於華夷〔一五〕。和氣行禮樂之間，治道出政刑之外。惟公故無所不取，惟大故無所不容，訖令頑鈍之資，亦預甄收之數〔一六〕。重念某家世儒學，非有旂常鍾鼎之勳〔一七〕；交友漁樵，又無金張許史之助〔一八〕。特緣薄技，獲齒諸生〔一九〕。形顧影以知歸，口語心而誓報。死而後已，天實臨之〔二〇〕。

【題解】

刪定官，編修敕令所的職事官。編修敕令所掌裒集詔旨，分類編纂成書。其提舉官以宰執兼任，詳定官以侍從官兼任，刪定官爲職事官。宋史本傳：「以薦者除敕令所刪定官。」建炎以來繫年要録卷一八五：「（紹興三十年五月），左從政郎新紹興府府學教授徐履、右從事郎陸游，并爲敕令所删定官。游，山陰人也。」據宋史宰輔表，紹興三十年湯思退任左相，陳康伯任右相。聯繫上篇，此丞相當指湯思退。本文爲陸游獲除删定官上呈丞相湯思退的謝啓。

本文原未繫年。歐譜繫於紹興三十年（一一六〇），是。當作於該年五月。時陸游獲除敕令所删定官。

【箋注】

〔一〕收置：安置，安頓。新唐書叛臣傳下高駢：「駢恐用之屠其家，乃收置署中。」鈞陶：用鈞製造陶器。比喻造就。蘇軾謝韓舍人啓：「將天下實被其鈞陶，豈一夫獨遂其私願。」

〔二〕責功：責求事功。曹植上責躬應詔詩表：「舍罪責功者，明君之舉也。」鉛槧：指寫作，校勘。韓愈送無本師歸范陽：「老懶無鬬心，久不事鉛槧。」

〔三〕神觀：指精神面貌。新唐書裴度傳：「度退然纔中人，而神觀邁爽，操守堅正，善占對。」

〔四〕危涕：指哀傷涕泣。文選江淹恨賦：「或有孤臣危涕，孽子墜心。」李善注：「孟子曰：『孤臣孽子，其操心也危，其慮患也深。』登樓賦曰：『涕横墜而弗禁。』……然心當云危，涕當云墜。江氏愛奇，故互文以見義。」

〔五〕瀾翻：比喻言辭滔滔不絶。韓愈記夢：「絜携陬維口瀾翻，百二十刻須臾間。」

〔六〕跌宕：亦作跌蕩。指文筆豪放，富於變化。朱子語類卷一二五：「莊子跌蕩，老子收斂。」

〔七〕低回：指情感、思緒縈回。

〔八〕鄉閭：家鄉，故里。阮籍大人先生傳：「少稱鄉閭，長聞邦國。」里胥：指里長。漢書食貨志上：「春，將出民，里胥平旦坐於右塾，鄰長坐於左塾，畢出然後歸，夕亦如之。」顏師古注引孟康曰：「里胥，如今里吏也。」亭長：秦漢時在鄉村每十里設一亭，置亭長，掌治安，捕盜賊，理民事，兼管停留旅客。史記高祖本紀：「（高祖）爲泗水亭長。」張守節正義：「秦法，十里一亭，十亭一鄉。亭長，主亭之吏。」叱訶：怒斥，吆喝。蘇軾却鼠刀銘：「有穴於垣，侵堂及室，跳牀撼幕，終夕窣窣，叱訶不去。」

〔九〕書佐：主辦文書的佐吏。漢書王尊傳：「太守奇之，除補書佐，署守屬監獄。」鈴下：指侍衛、門卒或僕役。應劭漢官儀：「太常駕四馬，主簿前車八乘，有鈴下、侍閣、辟車、騎吏、五百等員。」蹈藉：亦作蹈籍，指欺凌。後漢書馮緄傳：「詔策緄曰：『蠻夷猾夏，久不討攝，各焚都城，蹈籍官人。』」

〔一〇〕湮晦：埋没，消失。晉書忠義傳嵇含：「悼大道之湮晦，遂含悲而吐曲。」

〔一一〕分甘：原指分享歡樂，後亦用以指慈愛、關切等。後漢書楊震傳李賢注引孝經援神契：「母之於子也，鞠養殷勤，推燥居濕，絶少分甘也。」

〔一二〕侵尋：漸進，漸次發展。史記孝武本紀：「是歲，天子始巡郡縣，侵尋於泰山矣。」裴駰集解引晉灼曰：「遂往之意也。」司馬貞索隱：「小顏云：『浸淫漸染之義。』蓋尋淫聲相近，假借用耳。」末路：指没有前途的境地。高適酬龐十兵曹詩：「懷書訪知己，末路空相識。」許國不成名，還家有慚色。」邂逅：不期而遇。詩鄭風野有蔓草：「有美一人，清揚婉兮，邂逅相遇，適我願兮。」毛傳：「邂逅，不期而會。」殊私：指帝王對臣下的特別恩寵。北史姚僧垣傳：「（宣帝）謂曰：『嘗聞先帝呼公爲姚公，有之？』對曰：『臣曲荷殊私，實如聖旨。』」

〔一三〕賞音：知音。曹植求自試表之一：「夫臨博而企竦，聞樂而竊抃者，或有賞音而識道也。」

〔一四〕「大學」二句：大學精神至誠明德，充斥涵蓋上下天地。孟子盡心上：「夫君子，所過者化，所存者神，上下與天地同流。」

〔一五〕「至仁」二句：最高仁德周遍廣遠，遠近華夷一視同仁。莊子天運：「曰：『謂問至仁？』莊子曰：『至仁無親。』」禮記中庸：「溥博淵泉，而時出之。」孔穎達疏：「溥，謂無不周徧；博，謂所及廣遠。」

〔一六〕頑鈍：愚昧遲鈍。班固白虎通辟雍：「頑鈍之民，亦足以别於禽獸而知人倫。」甄收：審核録用。蘇軾謝量移汝州表：「豈謂草芥之賤微，尚煩朝廷之紀録，開其恫悔，許以甄收。」

〔一七〕旂常鍾鼎：指王侯貴族。旂常，王侯的旗幟。周禮春官司常：「日月爲常，交龍爲旂……王建大常，諸侯建旂。」貴族的用具，多銘刻紀事表功的文字。舊唐書長孫無忌傳：「自古皇王，褒崇勳德。既勒銘於鍾鼎，又圖形於丹青。」

〔一八〕金張許史：指權門貴族。漢代金日磾、張安世並爲顯宦，許廣漢、史恭均爲后族，四家皆極寵貴。後因以四姓並稱，借指權門。揚雄解嘲：「有談范蔡之説於金張許史之間，則狂矣。」

〔一九〕獲齒：得以列入。諸生：此指儒生。

〔二〇〕死而後已：形容奮鬥終身。論語泰伯：「士不可以不弘毅，任重而道遠。仁以爲己任，不亦重乎？死而後已，不亦遠乎？」天實臨之：上天在監視。韓愈祭鄭夫人文：「昔在韶州之行，受命於元兄。曰：『爾幼養於嫂，喪服必以期。』今其敢忘？天實臨之。」

謝内翰啓

來自遠方，驟參要局〔一〕。知其愛閒而多病，故爲湔俗吏之塵〔二〕；勇於悼屈而哀窮，故使污清流之末〔三〕。緊禁近吹噓之過〔四〕，蒙廟堂選拔之優，俯仰以思〔五〕，愧懼交至。伏念某讀書有限，識字不多，歲月供簿領之勞〔六〕，衣食奪山林之志，窮雖已甚，狂不自懲〔七〕。性本懦孱，輒妄希於骨鯁〔八〕；仕由資蔭，乃深惡於膏粱〔九〕。坐此湮阨而莫收，未忍依違而少貶〔一〇〕。比遊輦轂，久困氛埃〔一一〕。望見車騎之雍容，傳誦文章之閎麗。不勝慕鄉，求備使令〔一二〕。門墻纔許其一登〔一三〕，聲價已增於十倍。夫富貴外物，惟事賢可謂至榮；父子雖親，然相知猶或不盡。曾是疏遠至孤之迹，又無環奇可喜之能。不自省其何繇，乃遽叨於斯遇〔一四〕。非常之幸，從古罕聞。此蓋伏遇某官自明而誠，養氣以直，行著四方之防範，文專一代之統盟〔一五〕。勤於教人，務傳聖師之道〔一六〕；廣於求士，用報睿主之知。豈謂孤生，亦蒙至意〔一七〕。稱於天下曰知己，誰復間然〔一八〕。雖使古人而復生，未易當此。惟誓堅於名節〔一九〕，庶不辱於恩私。

【題解】

内翰，唐宋時稱翰林爲内翰。宋中興學士院題名：「（周麟之）紹興二十九年閏六月除翰林學士。三十年七月除同知樞密院事。」則此内翰當爲周麟之。周麟之（一一一八—一一六四），字茂振，泰州海陵（今江蘇泰州）人。紹興十五年進士，應博學宏詞科合格。歷中書舍人、著作郎、兵部侍郎、翰林學士，官至權吏部尚書、同知樞密院事。兩次使金。後被劾授秘書少監分司南京，筠州居住。宋史翼卷十三有傳。承接上篇，本文爲陸游獲除删定官上呈内翰周麟之的謝啓。

本文原未繫年。歐譜繫於紹興三十年（一一六〇），是。當作於該年五月。時陸游獲除敕令所删定官。

【箋注】

〔一〕要局：重要部門。此指編修敕令所。

〔二〕湔：洗滌。後漢書方術傳下華佗：「若在腸胃，則斷截湔洗，除去疾穢，既而縫合，傅以神霄。」

〔三〕悼屈：爲懷才不遇者感傷。韓愈上兵部李侍郎書：「伏以閣下内仁而外義，行高而德鉅，尚賢而興能，哀窮而悼屈。」清流：指德行高潔、素有名望的士大夫。三國志桓階陳羣等傳評：「陳羣動仗名義，有清流雅望。」

〔四〕緊：相當於「是」。國語吴語：「君王之於越也，緊起死人而肉白骨也。」禁近：禁中帝王身邊之人，多指翰林學士等文學近侍之臣。元稹令狐楚衡州刺史制：「早以文藝，得踐班資；憲宗念才，擢居禁近。」此指内翰。吹嘘：指獎掖，汲引。宋書沈攸之傳：「卵翼吹嘘，得升官秩。」

〔五〕俯仰：形容沉思默想。北史李密傳：「(宇文)化及默然，俯仰良久，乃瞋目大言曰：『共你論相殺事，何須作書傳雅語！』」

〔六〕簿領：指官府記事的簿册、文書。此指陸游此前任寧德主簿、福州決曹等職。後漢書南匈奴傳：「當決輕重，口白單于，無文書簿領焉。」

〔七〕狂不自懲：狂放的習性并未戒止。

〔八〕懦孱：畏怯軟弱。宋祁上端公啓：「由拉飾之驟加，俾懦孱而與進。」骨鯁：指剛直之氣。葛洪抱朴子疾謬：「然落拓之子，無骨鯁而好隨俗者，以通此者爲親密，距此者爲不恭。」

〔九〕仕由資蔭：宋史本傳：「年十二，能詩文。蔭補登仕郎。」資蔭，憑先代的勳功或官爵而被授官封爵。顔之推顔氏家訓終制：「但以門衰，骨肉單弱，五服之內，傍無一人，播越他鄉，無復資蔭，使汝等沉淪廝役，以爲先世之耻。」膏粱：指富貴人家及其後嗣。袁宏後漢紀順帝紀二：「諸侍中皆膏粱之餘，勢家子弟，無宿德名儒可顧問者。」

〔一〇〕湮阨：沉淪困頓。韓愈感二鳥賦：「余生命之湮阨，曾二鳥之不如。」依違：依順，依仗。宋書鄭鮮之傳：「（高祖）爲宰相，頗慕風流，時或言論，人皆依違之，不敢難也。」

〔一一〕輦轂：皇帝的車輿。代指京城。三國志魏志楊俊傳：「今境守清静，無所展其智能，宜還本朝，宣力輦轂，熙帝之載。」氛埃：指塵世或俗念。劍南詩稿卷四夜思：「簿領沉迷無日了，試憑詩思洗氛埃。」

〔一二〕慕鄉：同慕嚮。思慕嚮往。漢書公孫弘傳贊：「（武帝）方欲用文武，求之如弗及，始以蒲輪迎枚生，見主父而歎息，羣士慕嚮，異人并出。」使令：差遣，使喚。孟子梁惠王上：「便嬖不足使令於前與？」

〔一三〕門墻：指師門。語本論語子張：「夫子之牆數仞，不得其門而入，不見宗廟之美，百官之富。得其門者或寡矣。」

〔一四〕何繇：同「何由」。從什麽途徑。楚辭天問：「上下未形，何由考之？」叨：忝，叨承，承受。謙詞。陳子昂爲副大都督蘇將軍謝罪表：「臣妄以庸才，謬叨重任。」

〔一五〕防範：堤壩和模具。比喻約束物。揚雄法言五百：「川有防，器有範。」晉李軌注：「川防禁溢，器範檢形，以諭禮教人之防範也。」統盟：統領，盟主。

〔一六〕聖師：指孔子。三國志秦宓傳：「如揚子雲潛心著述，有補於世，泥蟠不滓，行參聖師，於今海内，談詠厥辭。」

〔一七〕孤生：孤陋之人。謙詞。後漢書周榮傳：「榮曰：『榮江淮孤生……今復得備宰士，縱爲竇氏所害，誠所甘心。』」至意：極誠摯的情意。後漢書孔融傳：「苦言至意，終身誦之。」

〔一八〕間然：非議，異議。論語泰伯：「子曰：『禹，吾無間然矣。』」

〔一九〕名節：名譽與節操。漢書龔勝傳：「二人相友，並著名節。」

謝諫議啓

來自遠方，驟參要局。因書生鉛槧之業，使效尺寸之長；脱俗吏簿領之煩，曲從疏野之性〔一〕。儻非恩舊，每賜揄揚，自顧缺然，何以得此〔二〕？伏念某讀書有限，識字不多，歲月供道路之勞，衣食奪山林之志，窮雖已甚，狂不自懲。材本懦庸〔三〕，輒妄希於骨鯁；仕由資蔭，乃深嫉於膏粱。衆惡所叢，孤生餘幾。自頃並遊於場屋，亦嘗辱遇於宗師〔四〕，徒竊虚聲，莫酬真賞〔五〕，一斥遂甘於蹭蹬，殘年絶望於騫騰〔六〕。此在常情，所宜顯棄，豈謂并容之度〔七〕，未移宿昔之私。既許瞻君子盛德之容，淵乎似道；又使知大人接物之際，歡然有恩。訖致庸虚，誤蒙甄録。此蓋伏遇某官養氣以直，自誠而明。大學、中庸〔八〕，發揮千歲之旨；生民、清廟〔九〕，主盟一代之文。吾道由此而復傳，善人有恃而不恐。施及區區之舊物〔一〇〕，不忘眷眷之深情。求粗稱於門墻，惟益堅於名節。死而後已，天實臨之。

【題解】

諫議，即諫議大夫，掌規諫諷喻。建炎以來繫年要録卷一八三：「（紹興二十九年十二月丙寅）左司諫何溥試右諫議大夫。」宋會要輯稿選舉一之一六：「（紹興三十年正月九日）右諫議大夫何溥同知貢舉。」則此諫議當爲何溥。何溥，字通遠。參見本卷賀何正言除左司諫啓題解。承接上篇，本文爲陸游獲除删定官上呈諫議何溥的謝啓。

本文原未繫年。歐譜繫於紹興三十年（一一六〇），是。當作於該年五月。時陸游獲除敕令所删定官。

【箋注】

〔一〕曲從：委曲順從。漢書鮑宣傳：「以苟容曲從爲賢，以拱默尸禄爲智。」

〔二〕儻：同倘。恩舊：指舊交。後漢書孔融傳：「（李膺）問曰：『高明祖父尚與僕有恩舊乎？』融曰：『然，先君孔子與君先人李老君同德比義，而相師友，則融與君累世通家。』」揄揚：宣揚。班固兩都賦序：「雍容揄揚，著於後嗣，抑亦雅頌之亞也。」缺然：有所不足。莊子逍遥遊：「吾自視缺然，請致天下。」成玄英疏：「自視缺然不足，請將帝位讓與賢人。」

〔三〕懦庸：軟弱庸陋。岳飛辭男雲特轉恩命劄子：「伏望聖慈俯垂天鑒，追還異恩，庶使雲激勵懦庸，别圖報效。」

〔四〕宗師：衆所崇仰，堪稱師表之人。後漢書朱浮傳：「尋博士之官，爲天下宗師，使孔聖之言傳而不絶。」

〔五〕真賞：確能賞識。南史王筠傳：「知音者希，真賞殆絶。」

〔六〕蹭蹬：困頓，失意。杜甫上水遣懷：「蹭蹬多拙爲，安得不皓首。」騫騰：指地位上升。盧綸早春遊樊川野居卻寄李端校書兼呈崔峒補闕司空曙主簿耿湋拾遺：「颯然成一叟，誰更慕騫騰。」

〔七〕并容：廣爲包容。曾鞏移滄州過闕上殿疏：「真宗皇帝繼統遵業，以涵蓄煦生養，蕃育齊民；以并容遍覆，擾服異類。」

〔八〕大學、中庸：均爲禮記篇名。朱熹以之與論語、孟子合稱「四書」。

〔九〕生民、清廟：均爲詩經篇名。

〔一〇〕舊物：舊人。此陸游自稱。蘇轍移岳州謝狀：「豈意聖神御極，恩貸深廣，不遺舊物，尚許北還。」

渭南文集箋校卷第七

啓

【釋體】

本卷文體同卷六，收録啓十六首。

謝曾侍郎啓

結綬彈冠〔一〕，既過尋常之望；懷鉛抱槧，獲輸尺寸之長。永言卵翼之恩〔二〕，忽焉涕淚之集。伏念某讀書有限，與世無緣，吟梁甫於草廬，倒天吴於短褐〔三〕。借助於金張許史〔四〕，既家世之不爲；從事於米鹽簿書〔五〕，又生平之末學。一昨奔馳薄宦，流落殊方〔六〕。土風頓異於中州，宿疾遽侵於壯歲〔七〕。食有蛙蛇之異，醫無針石之良，凛然懷性命之憂〔八〕，不暇計饑寒之迫。毀車殺馬〔九〕，逝從此以徑歸；賣劍買牛〔一〇〕，分餘生之永已。豈謂始終之不棄，俯憐緩急之誰投。出泥塗而濯清風，披泉扃而起白骨〔一一〕。稱於天下曰知己，顧豈在於他門；雖使古人而復生，亦難勝於此賜。兹蓋伏遇某官盡心知性，惟道集虛〔一二〕，氣塞天地之間，辭編詩書之策。授業解惑，務廣先師之傳；揚善進賢，用爲聖主之報。廣則或至於雜，恕則不責其全，是致庸虛，亦污題品〔一三〕。然而仰觀明公之勇退，每蹈前哲之難能〔一四〕，超軼絶塵，優游卒歲〔一五〕。雖賢愚之甚遠，顧師慕之敢忘〔一六〕，誓當力戒它岐〔一七〕，益堅素守。禍福有命，豈其或置於胸中；名節儻全，是則不辱於門下。終期末路〔一八〕，可復斯言。

【題解】

曾侍郎，即曾幾，時任尚書禮部侍郎。承接上篇，本文爲陸游獲除删定官上呈曾幾的謝啓。

本文原未繫年。歐譜繫於紹興三十年（一一六〇），是。當作於該年五月。時陸游獲除敕令所删定官。

參考卷六賀台州曾直閣啓、賀曾秘監啓、賀禮部曾侍郎啓。

【箋注】

〔一〕結綬彈冠：佩繫印綬，整理冠戴。指出仕爲官。漢書蕭育傳：「（蕭育）少與陳咸、朱博爲友，著聞當世。往者有王陽、貢公，故長安語曰『蕭朱結綬，王貢彈冠』，言其相薦達也。」

〔二〕卵翼：鳥類孵卵時用翅膀護卵。比喻養育或庇護。語本左傳哀公十六年：「子西曰：『勝如卵，余翼而長之。』」

〔三〕梁甫：亦作梁父。此爲梁甫吟（梁父吟）的省稱。梁甫吟屬漢樂府相和歌楚調曲，郭茂倩樂府詩集解題云：「按梁甫，山名，在泰山下。」三國志蜀書諸葛亮傳：「（父）玄卒，亮躬耕隴畝，好爲梁父吟。」倒天吳：指穿著打了補丁的粗布短衣。杜甫北征：「海圖圻波濤，舊繡移曲折。天吳及紫鳳，顛倒在裋褐。」天吳，水神名；紫鳳，神鳥名。二者亦指古代官服上的波濤和鳳鳥圖案，因用作補丁而形成上下顛倒。短褐：粗布短衣，古代窮人或僮僕之服。墨子非樂上：「昔者齊康公，興樂萬，萬人不可衣短褐，不可食糟糠。」孫詒讓閒詁：「短褐，即裋褐之借字。」

〔四〕金張許史：指權門貴族。參見卷六除删定官謝丞相啓注〔一八〕。

〔五〕米鹽簿書：指繁雜瑣碎的文書事務。史記天官書：「皋、唐、甘、石因時務論其書傳，故其占驗凌雜米鹽。」張守節正義：「凌雜，交亂也；米鹽，細碎也。」

〔六〕薄宦：卑微的官職。陶潛尚長禽慶贊：「尚子昔薄宦，妻孥共早晚。」殊方：遠方，異域。

班固西都賦：「踰崑崙，越巨海，殊方異類，至於三萬里。」此指福州。

〔七〕土風：當地的風俗。袁宏後漢紀明帝紀上：「夫民之性也，各有所禀。生其山川，習其土風。」中州：指中原地區。三國志吳書全琮傳：「是時中州士人，避亂而南依琮者以百數。」宿疾：舊病，久治不愈的疾病。酈道元水經注若水：「又有温水，冬夏常熱，其源可燖雞豚，下湯沐洗，能治宿疾。」壯歲：壯年。白居易晚歲詩：「壯歲忽已去，浮榮何足論。」

〔八〕凛然：此指驚恐貌。

〔九〕毀車殺馬：亦作殺馬毀車。比喻歸隱意志堅決。語本後漢書周燮傳：「（馮良）年三十，爲尉從佐。奉檄迎督郵，即路慨然，耻在廝役，因壞車殺馬，毀裂衣冠，乃遁至犍爲，從杜撫學。」蘇軾捕蝗詩之二：「殺馬毀車從此逝，子來何處問行藏。」

〔一〇〕賣劍買牛：賣掉武器，從事農耕。漢書循吏傳龔遂：「民有帶持刀劍者，使賣劍買牛，賣刀買犢，曰：『何爲帶牛佩犢！』春夏不得不趨田畝，秋冬課收斂，益蓄果實蔆芡。勞來循行，郡中皆有畜積，吏民皆富實。獄訟止息。」

〔一一〕泥塗：比喻困苦的境地。何遜與建安王謝秀才箋：「州民泥塗，何遜死罪。」泉扃：墓門。江淹蕭太傅謝追贈父祖表：「寵煇泉扃，恩凝松石。」

〔一二〕惟道集虚：指專心於道，心境虚静。參見卷六賀曾秘監啓注〔一一〕。

〔一三〕庸虛：才能低下，學識淺薄。謙詞。陳書高祖紀上：「高祖泣謂休悅曰：『僕本庸虛，蒙國成造。』」 題品：品評。世説新語政事「若得門庭長如郭林宗者，當如所白」，劉孝標注引郭泰別傳：「泰字林宗，有人倫鑒識。題品海内之士，或在幼童，或在里肆，後皆成英彥六十餘人。」

〔一四〕勇退：勇於隱退，見機急退。謝瞻於安城答靈運詩：「歲寒霜雪嚴，過半路愈峻。量己畏友朋，勇退不敢進。」 前哲：前代的賢哲。左傳成公八年：「夫豈無辟王，賴前哲以免力。」

〔一五〕超軼絶塵：軼亦作「逸」。指出類拔萃，不同凡響。蘇軾太息一章送秦少章秀才：「張文潛、秦少游此兩人也，士之超逸絶塵者也。」 優游卒歲：悠閒度日。語本左傳襄公二十一年：「詩曰：『優哉游哉，聊以卒歲。』」

〔一六〕師慕：指對老師仰慕。曾鞏賀趙大資致政啓：「鞏蚤荷陶鈞，與遊門館。觀大賢出處之迹，足勸士倫；知儒者進退之宜，敢忘師慕。」

〔一七〕它岐：正途以外的途徑。岐，通「歧」。元稹上令狐相公詩啓：「稹初不好文，徒以仕無它岐，强由科試。及有罪譴棄之後，自以爲廢滯潦倒，不復以文字有聞於人矣。」

〔一八〕末路：指晚年，老年。文選謝靈運酬從弟惠連詩：「末路值令弟，開顔披心胸。」李周翰注：「末，衰也。衰老始得逢令弟。」

删定官供職謝啓

拔茅以征，冒處清流之末〔一〕；及瓜而往，曾無累月之淹〔二〕。恩重如山，感深至骨。伏以刑措不用，邈矣成康之隆〔三〕；法家者流，肆於秦漢之際。以吏爲師，而先王之澤熄；以律爲書，而聖人之道微。是以鄙夫深文而不知還〔四〕，儒者高談而靡適用。惟我國家之制，克合古今之宜，置局而總以弼臣〔五〕，拔材而列之官屬。必有遠關盛衰之法，以授有司；故非深達體要之人〔六〕，不預此選。豈容憒甚〔七〕，亦在數中。兹蓋伏遇某官學極誠明，才全經緯〔八〕。道樞善應〔九〕，萬變不外於吾心；仁風遠翔，庶物悉陶於和氣〔一〇〕。矜憐墜緒〔一一〕，收拾遺材，致兹流落之餘，被此生成之賜。某敢不討尋廢忘，激勵懦庸。念彼三尺法安出哉，要必通於古誼〔一二〕；否則一獄吏所決耳，尚奚取於諸生。冀收毫髮之勞，庶逃俯仰之愧〔一三〕。

【題解】

供職即任職。本文爲陸游任職删定官後向敕令所長官呈遞的謝啓。編修敕令所提舉官以宰執兼任，則此啓呈遞對象亦當爲左相湯思退。

本文原未繫年。歐譜繫於紹興三十年（一一六〇），是。當作於該年五月。時陸游任敕令所删定官。

【箋注】

〔一〕拔茅：即拔茅連茹。比喻遞相推薦引進。語本易泰：「拔茅茹，以其彙。」王弼注：「茅之爲物，拔其根而相牽引者也。茹，相牽引之貌也。」冒處：無功而居其位。司馬光上太皇太后辭免正議大夫表：「義所當辭，情難冒處。」

〔二〕及瓜：指任職期滿。左傳莊公八年：「齊侯使連稱、管至父戍葵丘，瓜時而往，曰：『及瓜而代。』」言任期一年，今年瓜時往來年瓜時代之。淹：淹留。此指自己福州決曹一年任滿。

〔三〕刑措不用：置刑法而不用。措亦作錯。荀子議兵：「傳曰：『威厲而不試，刑錯而不用。』」成康，西周成王、康王。參見卷一會慶節賀表一注〔五〕。

〔四〕鄙夫：庸俗淺陋之人。論語子罕：「有鄙夫問於我，空空如也。」深文：指制定法律條文苛細嚴峻。史記酷吏列傳：「（張湯）與趙禹共定諸律令，務在深文，拘守職之吏。」

〔五〕置局：設置官署。宋史司馬光傳：「光常患歷代史繁，人主不能遍覽，遂爲通志八卷以獻。英宗悦之，命置局祕閣，續其書。」弼臣：輔佐之臣。蘇軾代張方平諫用兵書：「其始也，弼臣執國命者，無憂深思遠之心。」

〔六〕體要：指體統，體制。宋書沈攸之傳：「（攸之）謂人曰：『州官鞭府職，誠非體要，由小人凌侮士大夫。』」
〔七〕懵甚：極其糊塗者。此爲謙稱。
〔八〕經緯：指規劃治理。舊唐書褚無量傳：「其義可以幽贊神明，其文可以經緯邦國。」
〔九〕道樞：道之樞紐、關鍵。莊子齊物論：「彼是莫得其偶，謂之道樞。樞始得其環中，以應無窮。」
〔一〇〕庶物：衆物，萬物。易乾：「保合大和，乃利貞。首出庶物，萬國咸寧。」
〔一一〕墜緒：指行將絶滅的學説。韓愈進學解：「尋墜緒之茫茫，獨旁搜而遠紹。」
〔一二〕三尺法：史記酷吏列傳：「客有讓（杜）周曰：『君爲天子決平，不循三尺法，專以人主意指爲獄。獄者固如是乎？』周曰：『三尺安出哉？前主所是著爲律，後主所是疏爲令，當時爲是，何古之法乎！』」裴駰集解引漢書音義曰：「以三尺竹簡書法律也。」古誼：同古義。古代典籍之義理。魏書禮志二：「良由去聖久遠，經禮殘缺，諸儒注記，典制無因。雖稽考異聞，引證古誼，然用捨從世，通塞有時，折衷取正，固難詳矣。」
〔一三〕俯仰：指一舉一動。蔡邕和熹鄧后謚議：「鄉黨叙孔子，威儀俯仰無所遺；彤管記君王，纖微大小無不舉。」

賀黄樞密啓

恭審顯膺制書，進貳樞府〔一〕，威望之重，宗社所憑。天其相有永之圖〔二〕，日以冀中興之治。竊以朝廷之政，屬在帷幄之臣。方無事之時，雍容坐談，則夫人而皆可；應一旦之變，酬酢曲當〔三〕，非有道者不能。歷觀昔人，蓋鮮全美。王導之襟量而學不至，德裕之術略而器未優〔四〕，故晉卒安於江東，唐莫追於貞觀。有志之士，太息於斯。恭惟某官心正意誠〔五〕，任重道遠，躬卓行於苟且自恕之俗〔六〕，推絶學於散缺不全之經。凛然一家之言，發乎千載之閟〔七〕。加之博極墳史〔八〕，得興亡治亂之由；綜練典章，識沿革始終之際〔九〕。氣足以懾奸慝〔一〇〕，明足以察忽微。其在掖垣〔一一〕，惟公議是達；其侍經幄〔一二〕，惟王道是陳。果由師錫之同，入總本兵之寄〔一三〕。然而方時多故，爲計實難。夷狄鴟張〔一四〕，肆猖狂不遜之語；邊障狼顧〔一五〕，懷震擾弗寧之心。東有淮江之衝，西有楚蜀之塞〔一六〕。降附踵至〔一七〕，人心雖歸而强弱尚殊；踊躍請行，士氣雖揚而勝負未決。堅壁保境，則曷慰后來之望〔一八〕；闢國復土，則又有兵連之虞。竊惟明公，素已處此。某頃聯官屬，獲侍燕居〔一九〕，每妄發其戇愚〔二〇〕，輒誤蒙於許可。雖輟食竊憂於謀夏，而荷戈莫效於防秋〔二一〕。敢誓糜捐，以待驅策〔二二〕。

【題解】

黄樞密，即黄祖舜，福州福清人。登進士第。累官員外郎、知州、郎中、刑部侍郎兼權給事中。

紹興三十一年九月，除同知樞密院事。著有論語講義。宋史卷三八六有傳。黄祖舜於孝宗即位後曾向其推薦陸游。本文爲陸游爲黄祖舜獲除同知樞密院事而上呈的賀啓。

本文原未繫年。歐譜繫於紹興三十一年（一一六一），是。當作於該年九月。時陸游任大理司直兼宗正簿。

【箋注】

〔一〕進貳：提拔爲次官。宋祁代楊太尉讓加節度使第一表：「猥蒙大度之容，進貳中樞之職。」樞府：主管軍政大權的中樞機構。宋代多指樞密院。歐陽修歸田録卷一：「曹侍中在樞府，務革僥倖，而中官尤被裁抑。」

〔二〕相：協助。有永之圖：即永圖。長久打算，長治久安。書太甲上：「慎乃儉德，惟懷永圖。」孔安國傳：「言當以儉爲德，思長世之謀。」

〔三〕酬酢：斟酌，考慮。孫光憲北夢瑣言卷四：「蓋公於束縑内選擇邊幅，舒卷揲之，第其厚薄，酬酢可否。」曲當：委曲得當，完全恰當。荀子王制：「三節者不當，則其餘雖曲當，猶將無益也。」楊倞注：「曲當，謂委曲皆當。」

〔四〕「王導」二句：王導氣度寬宏而學問不夠，李德裕謀略精明而才幹欠缺。王導（二七六—三三九），字茂宏，琅邪臨沂人。歷仕東晉元帝、明帝、成帝，官至丞相。晉書卷六五有傳。襟量，氣度，氣量。李德裕（七八七—八五〇），字文饒，趙郡人。唐武宗時任丞相，爲李黨首領，與牛僧孺爲首的牛黨争鬥，後被貶。舊唐書卷一七四、新唐書卷一八〇有傳。術略，韜略，謀略。

〔五〕心正意誠：心意純正不偏。禮記大學：「意誠而後心正，心正而後身修。」

〔六〕卓行：高尚的品行。　苟且：得過且過。

〔七〕閟：掩蔽，隱藏。漢書盧綰傳：「上使使召綰，綰稱病。又使辟陽侯審食其、御史大夫趙堯往迎綰，因驗問其左右。綰愈恐，閟匿。」顏師古注：「閟，閉也，閉其蹤迹，藏匿其人也。」

〔八〕墳史：指典籍史書。魏書裴延儁傳：「涉獵墳史，頗有才筆。」

〔九〕綜練：博習，廣泛究習。晉書葛洪傳：「洪傳玄業，兼綜練醫術。」　沿革：沿襲和變革。指事物發展變化的歷程。徐陵在北齊與楊僕射書：「至於禮樂沿革，刑政寬猛，則謳歌已遠，萬舞成風。」　始終：指産生和滅亡。陸機吊魏武帝文：「夫始終者，萬物之大歸；死生者，性命之區域。是以臨喪殯而復悲，睹陳根而絶哭。」

〔一〇〕奸慝：邪惡之人。左傳昭公十四年：「詰姦慝，舉淹滯。」孔穎達疏：「姦，邪；慝，惡。」

〔一一〕掖垣：唐代門下、中書兩省，因分别在禁中左右掖，故稱。後世用以稱類似的中央部門。新唐書權德輿傳：「左右掖垣，承天子誥命，奉行詳覆，各有攸司。」黄祖舜曾任權給事中，爲門下省諫官。見宋史本傳。

〔一二〕經幄：即經筵。黄祖舜曾兼侍講，進論語講義。見宋史本傳。

〔一三〕師錫：指衆人舉薦推許。書堯典：「師錫帝曰：『有鰥在下，曰虞舜。』」孔傳：「師，衆；錫，與也。」 本兵：執掌兵權。新唐書姚崇傳：「崇建言：『臣事相王，而夏官本兵，臣非惜死，恐不益王。』乃召改春官。」

〔一四〕夷狄：古稱東方部族爲夷，北方部族爲狄。此指金人。 鴟張：如鴟鳥張翼。比喻囂張，兇暴。三國志孫堅傳：「卓不怖罪而鴟張大語，宜以召不時至，陳軍法斬之。」

〔一五〕邊障：邊境上的城堡、要塞。新唐書回鶻傳下劉昌傳：「昌在邊凡十五年，身率士墾田，三年而軍有羨食，兵械鋭新，邊障妥寧。」 狼顧：狼行常回頭看，以防襲擊。比喻有所畏懼。戰國策齊策一：「秦雖欲深入，則狼顧，恐韓、魏之議其後也。」

〔一六〕淮江之衝：淮河、長江之間的要衝。 楚蜀之塞：楚地、蜀地之間的要塞。

〔一七〕降附：投降歸附。後漢書伏隆傳：「隆招懷綏緝，多來降附。」 踵至：接踵而來。

〔一八〕尉：同「慰」。 后：同「後」。

〔一九〕頃聯官屬：黄祖舜曾任權刑部侍郎兼詳定敕令司，陸游則任敕令所删定官，故稱。 燕居：退朝而處，閒居。禮記仲尼燕居：「仲尼燕居，子張、子貢、言游侍。」鄭玄注：「退朝而處曰燕居。」

〔二〇〕戇愚：愚昧，愚直。墨子非儒下：「其親死，列尸弗斂，登屋窺井，挑鼠穴，探滌器，而求其人矣。以爲實在，則戇愚甚矣。」

〔二一〕輟食：停止進食。　謀夏：外族覬覦中土。左傳定公十年記齊魯夾谷之會，孔子申盟有「裔不謀夏，夷不亂華，俘不干盟，兵不偪好」語。　荷戈：舉着武器。　防秋：西北遊牧部落往往趁秋高馬肥時南侵。守邊軍士加强警衛，調兵防守，故稱防秋。舊唐書陸贄傳：「又以河隴陷蕃已來，西北邊常以重兵守備，謂之防秋。」

〔二二〕糜捐：粉身碎骨，捨棄生命。曾鞏明州到任謝兩府啓：「誓在糜捐，用酬鈞播。」　驅策：驅使，役使。三國志蔣濟傳：「行稱一州，智效一官，忠信竭命，各奉其職，可并驅策，不使聖明之朝有專吏之名也。」

除編修官謝丞相啓

揆才無似〔一〕，得禄已優，不知何取於聖時，顧使輒塵於清選〔二〕。既難稱塞〔三〕，但有慚惶。伏念某學術空疏，文詞朴拙。頃游場屋，未能絶出於原夫〔四〕；久返山林，但欲追酬於欸乃〔五〕。至於手編簡册，身綴鵷鸞〔六〕，豈惟忘魏闕之心，固已息邯鄲之夢〔七〕。敢圖一旦，輒越稠人〔八〕，與聞國典之權輿，猥備樞廷之掾史〔九〕。此蓋伏遇某官斯民先覺，盛世元臣〔一〇〕，亮天以格物之誠，化俗用修身之道〔一一〕。雖江海至廣，固無待於細流；念燕雀兼容，亦何傷於大厦。故令濫進，以廣旁求〔一二〕。然而某天賦甚窮，自量尤審〔一三〕。層臺起於累土，雖深知獎拔之心；浮屠成於合尖〔一四〕，冀終遂迂愚之分。敢忘惕勵，用對陶成〔一五〕。

【題解】

編修官，即樞密院編修官，爲樞密院編修司屬官，掌編修樞密院文籍。宋史本傳：「孝宗即位，遷樞密院編修官兼編類聖政所檢討官。」紹興三十二年六月，宋孝宗即位。九月，除陸游樞密院編修官兼編類聖政所檢討官。據宋史宰輔表四，其時陳康伯任左相。陳康伯（一〇九七—一一六五）字長卿，信州弋陽人。宣和進士。秦檜當權，不阿附。紹興二十七年自吏部尚書除參知政事，後拜右相，三十一年遷左相。力主抗金，薦虞允文參謀軍事，大敗金兵於采石。隆興二年再任左相兼樞密使，進封魯國公。次年卒。贈太師，謚文恭，後改謚文正。宋史卷三八四有傳。本文爲陸游獲除樞密院編修官上呈丞相陳康伯的謝啓。

本文原未繫年。歐譜繫於紹興三十二年（一一六二），是。當作於該年九月。時陸游任大理司直兼宗正簿。鄒志方陸游研究認爲：陸游被任命爲樞密院編修官實在紹興三十一年趙昚尚未即位時，本傳有誤。紹興三十二年九月再任編類聖政所檢討官。録以備考。

【箋注】

〔一〕揆：測度，量度。詩鄘風定之方中：「揆之以日，作於楚室。」毛傳：「揆，度也。」無似：猶言不肖。謙詞。禮記哀公問：「寡人雖無似也，願聞所以行三言之道，可得聞乎？」鄭玄注：「無似，猶言不肖。」

〔二〕輒塵：猶言卻蒙。謙詞。鄒浩辭免起居舍人第二狀：「顧臣何能，輒塵妙選。」清選：清班，清貴的官班，多指文學侍從之類。南史庾於陵傳：「舊東宫官屬通爲清選，洗馬掌文翰，尤其清者。」

〔三〕稱塞：稱職盡責。陳亮謝張司諫啓：「僥倖至此，稱塞若何？」

〔四〕「絶出」句：指科舉考試中所作律賦傑出。絶出，傑出，突出。原夫，典出唐摭言卷十二：「賈島不善程試，每試，自疊一幅，巡鋪告人曰：『原夫之輩，乞一聯！乞一聯！』」「原夫」本是程試律賦中用於篇首或篇中轉折的語助詞，「原夫之輩」借指善作律賦之流。錢鍾書管錐編第二册頁七〇一有考證。參考程章燦博文誰最喜歡説原夫。

〔五〕「追酬」句：指努力實現蕩槳歸隱的願望。欸乃，摇櫓聲。象聲詞。元結欸乃曲：「誰能聽欸乃，欸乃感人情。」題注：「棹舡之聲。」

〔六〕鵷鸞：鳳凰一類鳥，飛行有序。高適東平旅遊奉贈薛太守二十四韻：「鵷鸞粉署起，鷹隼柏臺秋。」此指朝官官服上所繡圖形。

〔七〕邯鄲之夢：比喻虚幻之事。沈既濟枕中記載：盧生在邯鄲客店中遇道士吕翁，用其所授瓷枕，睡夢中歷數十年富貴榮華。及醒，店主炊黄粱未熟。王安石中年詩：「中年許國邯鄲夢，晚歲還家壙埌遊。」

〔八〕稠人：衆人。舊唐書懿宗紀：「帝姿貌雄傑，有異稠人。」

〔九〕國典：國家的典章制度。國語魯語上：「夫祀，國之大節也；而節，政之所成也，故慎制祀，以爲國典。」權輿：起始。詩秦風權輿：「今也每食無餘，于嗟乎！不承權輿。」朱熹集傳：「權輿，始也。」樞廷：政權中樞，内庭。曾鞏侍中制：「比回翔於禁闥，遂更踐於樞庭。」掾吏：官府中佐助官吏的通稱。東觀漢記吴良傳：「爲郡議曹掾。歲旦，與掾吏入賀。」此指樞密院編修官。

〔一〇〕元臣：重臣，老臣。韓愈送汴州監軍俱文珍序：「當藩垣屏翰之任，有弓矢鈇鉞之權，皆國之元臣，天子所左右。」

〔一一〕亮天：指輔佐君王。亮，輔佐。書舜典：「惟時亮天功。」格物：推究事物之理。禮記大學：「致知在格物，物格而後知至。」化俗：變化風俗。後漢書曹褒傳：「以禮理人，以德化俗。」修身：陶冶身心，涵養德性。元稹授杜元穎户部侍郎依前翰林學士制：「慎獨以修身，推誠以事朕。」

〔一二〕濫進：指進用人才不加選擇。此爲謙辭。旁求：四處徵求，廣泛搜求。書太甲上：「旁求俊彦，啓迪後人，無越厥命以自覆。」

〔一三〕自量：估計自己的才能和力量。葛洪抱朴子刺驕：「今世人無戴阮之自然，而效其倨慢，亦是醜女闚於自量之類也。」　審：詳細，周密。

〔一四〕浮屠：指佛塔。佛教語。酈道元水經注河水一：「阿育王起浮屠於佛泥洹處，雙樹及塔今無復有也。」　合尖：造塔工程最後一步爲塔頂合尖。新五代史雜傳李崧：「（晉高祖）陰遣人謝崧曰：『爲浮屠者，必合其尖。』蓋欲使崧終始成己事也。」

〔一五〕惕勵：亦作惕厲。警惕謹慎，警惕激勵。語本易乾：「君子終日乾乾，夕惕若厲，無咎。」陶成：陶冶使成就。揚雄法言先知：「聖人樂陶成天下之化，使人有士君子之器者也。」

謝參政啓

揆才無似，得禄已優，不知何取於聖時，顧使輒塵於清選。既難稱塞，但有慚惶〔一〕。伏念某至拙無能，下愚不肖。分章析句於蓬樞瓮牖之下，學但慕於俚儒〔二〕；娱憂紓悲於山巔水涯之旁〔三〕，文不供於世用。比坐啼號之迫，浪爲衣食之謀。投檄無緣，强顔可笑〔四〕。橘逾淮而爲枳〔五〕，竊自慨然；泥出井而作塵，望胡及此。手編簡册，身綴鵷鸞，筆研重尋，氛埃一洗〔六〕。兹蓋伏遇某官至仁無間，大德有容，文兼衆作而不以窮人，識高一代而樂於成物〔七〕。雖江海至廣，本無待於細流；念燕雀兼容，亦何傷於大厦。致兹久困，遂得少通。然而某天賦甚窮，自量尤審。層臺起於累土，雖深知獎拔之心；浮屠成於合尖，冀終遂迂愚之分。敢忘惕勵，用對陶成。

【題解】

參政，即參知政事，宋初置爲副宰相，輔佐宰相處理政事。後權位逐步提高，與宰相略齊。據宋史宰輔表四，其時任參政者爲汪澈、史浩。據不久史浩向孝宗推薦陸游來看，陸游所謝參政當爲史浩。史浩（一一〇六—一一九四）字直翁，明州鄞縣人。紹興進士。歷太學正、國子博士、秘書省校書郎、宗正少卿、太子右庶子。孝宗即位，累官中書舍人、翰林學士、知制誥、參知政事。隆興元年拜右相兼樞密使，曾申岳飛之冤。後罷。淳熙五年復爲右相。尋罷，拜少傅、保寧軍節度使，充醴泉觀使兼侍讀。十年除太保致仕，封魏國公。喜薦人才，後皆擢用。宋史卷三九六有傳。承接上篇，本文爲陸游獲除樞密院編修官上呈參政史浩的謝啓。

本文原未繫年。歐譜繫於紹興三十二年（一一六二），是。當作於該年九月。時陸游任大理司直兼宗正簿。

【箋注】

〔一〕「揆才」六句：本篇開頭詞句多有與上篇重複者，此亦乃啓文常例。

〔二〕蓬樞甕牖：類蓬户甕牖。以蓬草拴門，以破甕作窗。史記陳涉世家引賈誼過秦論：「然而陳涉甕牖繩樞之子。」淮南子原道訓：「蓬户甕牖，揉桑爲樞。」高誘注：「編蓬爲户，以破瓮蔽牖。」　俚儒：見識淺陋的儒生。

〔三〕娱憂：排遣憂愁。楚辭九章思美人：「吾將蕩志而愉樂兮，遵江夏以娱憂。」　紓悲：緩解悲傷。

〔四〕投檄：投棄徵召的文書。借指棄官。韓愈憶昨行和張十一：「今君縱署天涯吏，投檄北去何難哉！」　强顔：厚顔，不知羞恥。司馬遷報任少卿書：「及以至是，言不辱者，所謂强顔耳，曷足貴乎？」

〔五〕「橘逾淮」句：比喻事物易地而變質。晏子春秋雜下十：「晏子避席對曰：『嬰聞之，橘生淮南則爲橘，生於淮北則爲枳，葉徒相似，其實味不同。所以然者何？水土異也。』」

〔六〕筆研：亦作筆硯。此指文墨書寫之事。顔之推顔氏家訓雜藝：「猶以書工，崎嶇碑碣之間，辛苦筆硯之役。」　氛埃：污濁之氣，塵埃。楚辭遠遊：「風伯爲余先驅兮，氛埃辟而清涼。」

〔七〕窮人：使旁人陷於困頓。　成物：使外物有所成就。禮記中庸：「誠者，非自成己而已也，所以成物也。成己，仁也；成物，知也。性之德也，合外内之道也。」

謝賜出身啓

明廷錫對，晨趨甲帳之嚴〔一〕；親札疏恩，暮拜丙科之寵〔二〕。感深涕隕，愧極汗流。竊以國家取士之方，固非一路；學者進身之始，又惡多岐〔三〕。故祖宗非私於俊造之科〔四〕，而公卿罕出於選舉之外。至膺特詔〔五〕，尤號異人。頌詩足以配弦歌，則梅堯臣出於皇祐〔六〕；文章足以垂竹帛，則王安國起於熙寧〔七〕。或友朋借譽而不以爲私，或兄弟當途而莫之或議〔八〕。厥繇至當，故可無慚。如某者，才樸拙而無奇，學迂疏而寡要，自悲薄命，久擯名場〔九〕。敢謂一朝，遂叨賜第。門外之袍立鵠〔一〇〕，怳記少時；詔中之字如鴉〔一一〕，猶疑夢事。茲蓋伏惟某官股肱王室，領袖儒林。以謂設一目之羅，蓋非得爵之道〔一二〕；至於售千金之骨，抑明市駿之心〔一三〕。寧借安庸以風四方，不忍拘攣而廢一士〔一四〕。某敢不討尋舊學，企慕前修〔一五〕。儒者之弊，勞而無功，誓少求於實效；聖君所行，即是故事〔一六〕，將時得於遺材。敢仰賀公道之興，非獨叙私情之謝。

【題解】

賜出身，指賜予入仕身份。宋代應舉者殿試合格，由朝廷賜及第、出身或同出身，即成爲「有出身人」。凡文才出衆，不經殿試，亦可由皇帝賜進士出身或同進士出身。宋史本傳：「孝宗即位……史浩、黄祖舜薦游善詞章，諳典故。召見。上曰：『游力學有聞，言論剴切。』遂賜進士出身。」宋會要輯稿選舉九：「（紹興）三十二年十一月四日（原注：壽皇即位，未改元），賜樞密院編修陸游、尹穡並進士出身。」陸游時有辭免賜出身狀上呈孝宗，本首謝啓上呈的對象當爲舉薦者史浩、黄祖舜。

本文原未繫年。歐譜繫於紹興三十二年（一一六二），是。當作於該年十一月。時陸游任樞密院編修官兼編類聖政所檢討官。

參考卷五辭免賜出身狀。

【箋注】

〔一〕明廷：聖明的朝廷。陸龜蒙書帶草賦：「未嘗輒入明廷，何當指佞。」錫對：賞賜召見入對。甲帳：原爲漢武帝所造的帳幕。北堂書鈔卷一三二引漢武帝故事：「上以琉璃珠玉、明月夜光雜錯天下珍寶爲甲帳，次爲乙帳。甲以居神，乙以自居。」此指皇帝所居宫殿。

〔二〕親札：親手寫下的書信。朱熹答江元適書：「孤陋晚生，屏居深僻，未嘗得親几杖之游，乃蒙不鄙，使賢子遺之手書，致發明道要之文三編，加賜親札，存問繾綣。」丙科：指考試的第三等。宋祁又代陳情乞尋醫表：「親逢乙覽，遂中丙科。」此指同進士出身。

〔三〕多岐：即「多歧」，多岔道。列子載楊朱鄰人亡羊而追者衆，鄰人答楊朱問曰：「多歧路。」

〔四〕俊造：指科舉。李德裕進上尊號玉册文狀：「臣本以門蔭入仕，不由俊造之選，獨學無友，未嘗琢磨。」

〔五〕特詔：帝王的特别詔令。後漢書王充傳：「友人同郡謝夷吾上書薦充才學，肅宗特詔公車徵，病不行。」

〔六〕「頌詩」二句：梅堯臣於仁宗時曾預祭郊廟，獻頌詩，皇祐年間獲賜進士出身。梅堯臣（一〇〇二—一〇六〇）字聖俞，宣州宣城人，世稱宛陵先生。早年屢試不第，以蔭補河南主簿。皇祐三年召試，賜進士出身，爲國子監直講。北宋著名詩人。宋史卷四四三有傳。

〔七〕「文章」二句：王安國幼敏悟，以文章稱於世，熙寧初獲賜進士及第。王安國（一〇二八—一〇七四）字平甫，撫州臨川人，王安石之弟。年十二，出所爲詩、銘、論、賦數十篇示人，語皆警拔，遂以文章稱於世，士大夫交口譽之。熙寧初韓絳薦其材行，召試，賜及第，除西京國子教授。官至秘閣校理。宋史卷三二七有傳。

〔八〕「或友」二句：指雖然朋友歐陽修竭力稱譽，且主持貢舉，但不徇私情；雖然兄弟王安石當政，且政見不合，但無人非議。

〔九〕名場：指科舉考場，因其爲士子求功名之場所。劉三復送黃曄明府岳州湘陰赴任：「擬占名場第一科，龍門十上困風波。」

〔一〇〕「門外」句：指穿著白袍的士子像鵠一般引頸直立門外，等候放榜消息。蘇軾催試官考較戲作詩：「願君聞此添蠟燭，門外白袍如立鵠。」

〔一一〕「詔中」句：指賜第詔書的字迹墨色鮮亮。蘇軾和董傳留別：「得意猶堪夸世俗，詔黃新濕字如鴉。」

〔一二〕設一目之羅：設置僅有一個網眼的羅網，不是捕雀的辦法。典出淮南子説山訓：「有鳥將來，張羅而待之，得鳥者，羅之一目也。」反其意僅設一目之羅，則無法得鳥。　爵：古同「雀」。

〔一三〕售千金之骨：用千金買下千里馬之骨，更表明招賢的迫切。典出戰國策燕策一，謂郭隗勸燕昭王招賢，説古代君王懸賞千金買千里馬，三年後得一死馬，以五百金買下馬骨，從而有了愛馬的聲名，其後不到一年，即得千里馬三匹。

〔一四〕妄庸：平庸凡劣。史記齊悼惠王世家：「人謂魏勃勇，妄庸人耳，何能爲乎！」司馬貞索隱：「妄庸，謂凡妄庸劣之人也。」　風：同「諷」，諷諭，感化。　拘攣：拘束，拘泥。後漢書曹褒傳：「帝知羣僚拘攣，難與圖始，朝廷禮憲，宜時刊立。」李賢注：「拘攣，猶拘束也。」

〔一五〕企慕：仰慕。崔寔政論：「富者不足僭差，貧者無所企慕。」　前修：前賢。楚辭離騷：「謇吾法夫前修兮，非世俗之所服。」

〔一六〕故事：先例，舊日的典章制度。漢書楚元王傳：「宣帝循武帝故事，招名儒俊材置左右。」

答人賀賜第啓

比對明廷，猥塵特舉〔一〕。兩章控避〔二〕，莫回天地之恩；一紙來臨〔三〕，復拜友朋之賜。未知稱塞，積有慚惶。伏念某才本迂疏，識尤淺暗，頃遊場屋，首犯貴權〔四〕，既憎糠播之偶前，復惡瓦樞之輒巧。訟劉蕡之下第，空辱公言〔五〕；與李賀而争名，幾成奇禍〔六〕。敢期末路，復齒清流〔七〕。晨趨甲帳之嚴，暮拜丙科之寵。此蓋伏遇某官學窮游夏，文媲卿雲〔八〕。槐花黄而並遊〔九〕，每記帝城之舊；荔子丹而共醉〔一〇〕，未忘閩嶺之歡。特假溢言，俾膺異選〔一一〕。千名記佛〔一二〕，雖叨學者之光榮；一日看花〔一三〕，寧復少年之意氣。但懷感佩，未易敷陳。

【題解】

賜第，此指賜出身。本文爲陸游對友人賀其獲賜進士出身的答啓。友人爲誰不詳，從文中「每記帝城之舊」、「未忘閩嶺之歡」二句，可知此友人曾與陸游共赴京城科舉，同在福建任職。

本文原未繫年。歐譜繫於紹興三十二年（一一六二），是。當作於該年十一月。時陸游任樞密院編修官兼編類聖政所檢討官。

參考卷五辭免賜出身狀。

【箋注】

〔一〕猥：猶辱，謙詞。　塵：污染，玷污。　特舉：指賜進士出身。

〔二〕兩章：指兩首辭免賜出身狀，見卷五。　控避：退避，回避。曾鞏代皇子延安郡王謝表：

「知隆名之難冒，迫大號之既行。控避莫從，震惶滋集。」

〔三〕一紙來臨：指友朋的賀啓送達。

〔四〕貴權：即權貴。此指秦檜。

〔五〕「訟劉」二句：劉蕡字去華，唐昌平人。文宗大和二年應賢良對策，極言宦官禍國，「考官不敢留蕡在籍中，物論喧然不平之。守道正人，傳讀其文，至有相對垂泣者。諫官御史，扼腕憤發，而執政之臣，從而弭之，以避黃門之怨。唯登科人李郃謂人曰：『劉蕡不第，我輩登科，實厚顏矣！』請以所授官讓蕡。事雖不行，士人多之」。事見舊唐書劉蕡傳。此指自己曾在禮部試中名列前茅而被秦檜黜落，時人冤之。下第，落第，科舉考試不中。訟，争辯。

〔六〕「與李」二句：李賀字長吉，唐宗室鄭王之後。因父名晉肅，避諱不舉進士。韓愈爲之作諱辨，勸其舉進士。事見舊唐書李賀傳。争名，韓愈諱辨：「賀舉進士有名，與賀争名者毁之曰：『賀父名晉肅，賀不舉進士爲是，勸之舉者爲非。』」

〔七〕末路：比喻失意潦倒的境地。高適酬龐十兵曹詩：「懷書訪知己，末路空相識。許國不成名，還家有慙色。」　復齒：再次並列。

〔八〕游夏：孔子弟子子游（言偃）、子夏（卜商）的並稱，兩人均長於文學。曹植與楊德祖書：「昔尼父之文辭，與人通流。至於制春秋，游夏之徒乃不能措一辭。」　卿雲：漢代辭賦家司馬相如（字長卿）、揚雄（字子雲）的並稱。南齊書文學傳論：「卿雲巨麗，升堂冠冕；張左恢廓，登高不繼。」

〔九〕槐花黄：指古代舉子忙於準備考試的季節。典出李淖秦中歲時記：「進士下第，當年七月復獻新文，求拔解，故曰：『槐花黄，舉子忙。』」唐代舉子落第者不出京回家，自六月以後多借静坊廟院居住，習業作文，到七月再獻上新作的文章，謂之「過夏」。時逢槐花正黄，因有此語。

〔一〇〕荔子丹：指夏季荔枝樹果實紅如丹砂的時節。白居易荔枝圖序：「實如丹，夏熟。」韓愈柳州羅池廟碑：「荔子丹兮蕉黄，雜肴蔬兮進侯堂。」

〔一一〕溢言：過甚的言辭。莊子人間世：「故法言曰：『傳其常情，無傳其溢言，則幾乎全。』」異選：指賜進士出身。

〔一二〕千名記佛：指科舉登科。佛經中有千佛名經，内容是千名佛祖稱號。後以登科比喻成佛，千佛名經借指科舉上榜。封演封氏聞見記貢舉：「進士張繟，漢陽王柬之曾孫也。時初落第，兩手奉登科記頂戴之，曰：『此千佛名經也。』其企羡如此。」

〔一三〕一日看花：即一日看盡長安花。唐時進士及第者有在長安城内看花的風俗。孟郊登科後：「昔日齷齪不足誇，今朝放蕩思無涯。春風得意馬蹄疾，一日看盡長安花。」

賀張都督啓

恭審誕膺册書，首冠樞府〔一〕。運籌決帷幄之勝，遂定廟謨〔二〕；假鉞督中外之軍，仍專閫寄〔三〕。傳聞所逮，欣抃惟均。恭惟某官降命應期〔四〕，自天生德，許國本事親之孝，化民用克己之仁〔五〕。早際聖神〔六〕，遍居將相。書虞淵取日之績〔七〕，恍若古人；咏東山零雨之詩〔八〕，適當初政。屬邊烽之尚警，煩幕府之親臨〔九〕。玄黄之篚争歸，赤白之囊幾息〔一〇〕。果洊膺於徽數，用卒究於宏規〔一一〕。仰惟列聖之恩〔一二〕，實被中原之俗。耕田鑿井，舉皆涵養之餘〔一三〕；寸地尺天，莫匪照臨之舊〔一四〕。豈無必取之長算，要在熟講而緩行〔一五〕。顧非明公，誰任斯事。不惟衆人引頸以歸責，固亦當宁虚心而仰成〔一六〕。某獲預執鞭，欣聞出綍〔一七〕。斗以南仁傑而已〔一八〕，知德望之素尊；陜以東周公主之〔一九〕，宜勳名之益大。雖不敢紀殊尤於竹帛，尚或能被一二於弦歌〔二〇〕。冒瀆之深，震惶無措〔二一〕。

【題解】

張都督，即張浚（一〇九七—一一六四），字德遠，漢州綿竹人。政和進士。建炎三年勤王復辟有功，除知樞密院事。力主抗金，出任川陜宣撫處置使。紹興五年除右相兼知樞密院事，部署北伐。秦檜執政，被排斥近二十年。紹興三十一年重被起用。隆興元年任樞密使，都督江淮軍馬，率軍北伐，因將相不和而導致符離之戰失利。不久再相，終爲主和派斥去。宋史卷三六一有傳。本文爲陸游爲張浚獲除樞密使的賀啓。

本文原未繫年。歐譜繫於隆興元年（一一六三），是。當作於該年正月。宋史宰輔志四：「（隆興元年）正月庚午，張浚自少傅、觀文殿大學士充江淮東西路宣撫使，節制沿江軍馬、魏國公除樞密使。」又宋史張浚傳：「隆興元年，除樞密使，都督建康、鎮江府、江州、池州、江陰軍軍馬。」時陸游任樞密院編修官兼編類聖政所檢討官。

【箋注】

〔一〕首冠樞府：指擔任樞密院的最高長官樞密使。

〔二〕廟謨：亦作廟謀。朝廷進行的謀劃。後漢書光武帝紀贊：「明明廟謨，赳赳雄斷。」

〔三〕假鉞：即假黄鉞。魏晉時，大臣出征時往往加以「假黄鉞」的稱號，即代表皇帝親征。資治通鑑晉武帝咸寧五年：「冬十一月，大舉伐吴……命賈充爲使持節、假黄鉞、大都督，以冠軍將軍楊濟副之。」胡三省注：「黄鉞，天子之器，非人臣所得專用，故曰假。」中外：朝廷内外，中央和地方。漢書元帝紀：「以用度不足，民多復除，無以給中外繇役。」閫寄：指寄以閫外之事，即委以京外軍事重任。張説贈涼州都督上柱國郭君碑：「鎮西陲，信國之藩屏；坐北落，亦王之爪牙。故入奉期門，而出分閫寄。」閫，指城郭的門檻。史記馮唐列傳：「唐對曰：『臣聞上古王者之遣將也，跪而推轂，曰閫以内者，寡人制之；閫以外者，將軍制之。』」

〔四〕降命：發布下達政令。禮記禮運：「故政者，君之所以藏身也。是故夫政必本於天，殽以降命。」孔穎達疏：「殽，效也。言人君法效天氣以降下政教之命。」應期：指順應期運。曹植制命宗聖侯孔羨奉家祀碑：「於赫四聖，運世應期。」

〔五〕國本：立國的基礎。禮記冠義：「敬冠事所以重禮，重禮所以爲國本也。」民用：民之財用。國語周語下：「絶民用以實王府，猶塞川原而爲潢汙也，其竭也無日矣。」

〔六〕聖神：借指皇帝。柳宗元平淮夷雅之一：「度拜稽首，天子聖神。」此指宋高宗。

〔七〕虞淵：亦稱「虞泉」。傳説爲日没處。淮南子天文訓：「日至於虞淵，是謂黄昏。至於蒙谷，是謂定昏。日入於虞淵之汜，曙於蒙谷之浦。」

〔八〕東山零雨之詩：詩豳風東山：「我來自東，零雨其濛。」孔穎達疏：「道上乃遇零落之雨，其濛濛然。」

〔九〕邊烽：邊疆報警的烽火。沈佺期塞北詩之一：「海氣如秋雨，邊烽似夏雲。」幕府之親臨：指張浚出任川陝宣撫處置使。

〔一〇〕玄黄之篚：指盛有彩色絲織物的竹器。争歸：争相歸附。書武成：「惟其士女，篚厥玄黄，昭我周王。天休震動，用附我大邑周。」孔傳：「言東國士女，篚筐盛其絲帛，奉迎道次，明我周王爲之除害。天之美應，震動民心，故用依附我。」此指川陝邊民争相歸附王師。赤白之囊：紅色和白色的袋子，指古代遞送緊急情報的文書袋。漢書丙吉傳：「適見驛騎持赤白囊，邊郡發犇命書馳來至。」

〔一〕洊膺：多次受到。宋庠謝轉給事中表：「一玷文科，洊膺朝選。」徽數：指褒賜封賞之禮數。王安石除韓琦制：「恩典徽數，所以旌帝臣；明德茂功，所以奬王室。」宏規：深遠的謀略。鮑照河清頌序：「聖上猶夙興昧旦，若有望而未至；宏規遠圖，如有追而莫及。」

〔二〕列聖：列位帝王。此指北宋諸帝。

〔三〕涵養：滋潤養育。陳鵠耆舊續聞卷五：「桑麻千里，皆祖宗涵養之休。」

〔四〕照臨：從上面照察。詩小雅小明：「明明上天，照臨下土。」鄭玄箋：「照臨下土，喻王者當察理天下之事也。」

〔五〕熟講：經常討論。柳宗元與楊京兆憑書：「故公卿之大任，莫若索士。士不預備而熟講之，卒然君有問焉……其無以應之。」

〔六〕引頸：思慕貌，期待貌。韓愈與少室李拾遺書：「朝廷之士，引頸東望，若景星鳳皇之始見也。」仰成：指依賴別人取得成功。書畢命：「嘉績多於先王，予小子垂拱仰成。」孔安國傳：「我小子爲王垂拱，仰公成理。」

〔七〕出綍：指帝王封官的詔令。司馬光送王待制知陝府：「明光新出綍，陝陌重分符。」

〔八〕「斗以南」句：狄仁傑之賢，北斗之南一人而已。語出新唐書卷一一五狄仁傑傳。狄仁傑爲盛唐時名相。

〔九〕「陝以東」句：自陝縣以東，由周公主政。春秋公羊傳卷三隱公五年：「自陝而東者，周公主之；自陝而西者，召公主之。」何休解詁：「陝者，蓋今弘農陝縣是也。」周成王時，周公、召公輔政，以陝縣爲界劃定範圍。

〔二〇〕殊尤：特别優異。司馬光進修心治國劄子狀：「是以明君善用人者，博訪遠舉，拔其殊尤。」

「被一二」句：在禮樂教化方面出一點力。被，同「披」，覆蓋。弦歌，古代傳授詩學，均配以弦樂歌詠，故稱「弦歌」。後因以指禮樂教化。

〔二一〕震惶：震驚，驚惶。范仲淹除樞密副使召赴闕陳讓第五狀：「夙夜震遑，若無所措。」

問候洪總領啓

借勢於王公大人〔一〕，夙懷志願；侍坐於先生長者，適有夤緣〔二〕。仰偉度之兼容〔三〕，撫孤蹤而知幸。伏念某至愚不肖，甚拙無能，一官初迫於饑寒，百慮更成於疾疢〔四〕。綴鴛鷺會朝之列，自傷倦鶴之摧頹〔五〕；望魚龍變化之塗，獨類寒龜之藏縮〔六〕。比求祠廟，歸掃丘墳，猶出佐於近藩〔七〕，實大踰於素望。始終僥幸，進退慚惶。恭惟某官材擅國華〔八〕，德推世美。崇論竑議〔九〕，質諸鬼神而不疑；大册高文，編之詩書而無愧。歷風波並起之險，挺金石可開之誠〔一〇〕。雍容回翔，而愈高康濟之資；排擯斥疏，而彌積邇遐之望〔一一〕。天將降於大任，上惟圖於舊人〔一二〕。荷從橐於西清，方佚論思之益〔一三〕；擁使旜於北固〔一四〕，猶煩道德之威。某竊覬須臾，欽承約束〔一五〕。快威鳳景星之睹〔一六〕，幸孰過焉；辱高山流水之知〔一七〕，儻其自此。

【題解】

洪總領，即洪适（一一一七—一一八四），字景伯，號盤洲，饒州鄱陽人。洪皓長子，與弟遵、邁均中博學鴻詞科，「三洪」文名滿天下。累官秘書省正字、知徽州、提舉江東常平茶鹽。紹興三十二年，除尚書户部郎中，總領淮東軍馬錢糧。孝宗即位，累官權直學士院、中書舍人、翰林學士、簽書樞密院事、參知政事，乾道元年十二月拜右相兼樞密使，歷三月而罷。尋起知紹興府兼浙東安撫使。乾道五年奉祠，家居十六年。著有盤洲文集。宋史卷三七三有傳。建炎以來朝野雜記甲集卷十一總領諸路財賦：「凡鎮江諸軍錢糧，隸淮東總領，治鎮江。」陸游於隆興元年五月，因揭露龍大淵、曾覿招權植黨，觸怒孝宗，出通判鎮江府。時洪适正在淮東總領任上。本文爲陸游問候洪适的啓文。

本文原未繫年。歐譜繫於隆興二年（一一六四），是。當作於該年二月。據陸游鎮江謁諸廟文：「某以隆興改元夏五月癸巳，自西府掾出佐京口，明年春二月己卯至郡。」而洪适亦於二月「召貳太常兼權直學士院」（宋史本傳）。時陸游到任鎮江府通判。

【箋注】

〔一〕借勢：指借助別人的權勢。韓愈與鳳翔邢尚書書：「布衣之士，身居窮約，不借勢於王公大臣，則無以成其志。」

〔二〕夤緣：攀援，攀附。文選左思吴都賦：「夤緣山嶽之岊，幂歷江海之流。」劉逵注：「夤緣，布藤上貌。」

〔三〕偉度：宏大的度量。竇臮述書賦：「越石偉度，粃糠翰墨。」

〔四〕疾疢：泛指疾病。劉琨答盧諶書：「譬由疾疢彌年，而欲一丸銷之，其可得乎？」

〔五〕鴛鷺：即鵷鷺。以鵷、鷺飛行有序，比喻班行有序的朝官。隋書音樂志中：「懷黄綰白，鵷鷺成行。文贊百揆，武鎮四方。」摧頹：摧折，衰敗。焦延壽易林蠱之否：「中復摧頹，常恐衰微。」

〔六〕魚龍變化：指魚變化爲龍。比喻世事或人的根本性變化。寒龜之藏縮：即龜縮。畏縮不敢出頭。

〔七〕「猶出佐」句：指出通判鎮江府。

〔八〕國華：國家的傑出人材。後漢書方術傳論：「至乃誚譟遠術，賤斥國華。」

〔九〕崇論谹議：指高明宏大的議論。漢書司馬相如傳下：「且夫賢君之踐位也……必將崇論閎議，創業垂統，爲萬世規。」顔師古注：「閎，深也。」谹，宏大。

〔一〇〕金石可開：即金石爲開。形容心誠志堅，力量無窮。語本劉向新序雜事四：「熊渠子見其誠心，而金石爲之開，況人心乎？」

〔二〕「雍容」四句：從容往復，增添濟世之資歷；屢遭排斥，纍積遠近之名望。參見卷六賀辛給事啓注〔六〕、〔七〕。

〔三〕舊人：指年高德劭的舊臣。書盤庚上：「古我先王，亦惟圖任舊人共政。」孔安國傳：「先王謀任久老成人共治其政。」

〔三〕從橐：指負橐簪筆，以備顧問。語本漢書趙充國傳：「（張）安世本持橐簪筆事孝武帝數十年。」顏師古引張晏曰：「橐，契囊也。近臣負橐簪筆，從備顧問，或有所紀也。」西清：指宫内遊宴之地。此指洪适任翰林學士。論思：議論、思考。特指皇帝與學士、臣子討論學問。班固兩都賦序：「朝夕論思，日月獻納。」

〔四〕使旜：執掌使官之職。旃，純赤色的曲柄旗。北固：山名，在鎮江東北。有南、中、北三峰。北峰三面臨江，形勢險要，故稱「北固」。梁武帝曾登此山，謂可爲京口壯觀，改曰北顧。此指洪适任淮東總領。

〔五〕覬：希望得到。須臾：優遊自得。儀禮燕禮：「寡君有不腆之酒，以請吾子之與寡君須臾焉，使某也以請。」欽承：恭敬地繼承或承受。書説命下：「監于先王成憲，其永無愆，惟説式克欽承。」

〔六〕威鳳：瑞鳥。舊説鳳有威儀，故稱。漢書宣帝紀：「九真獻奇獸，南郡獲白虎、威鳳爲寶。」顏師古注引晉灼曰：「鳳之有威儀者也，與尚書『鳳皇來儀』同義。」景星：大星，瑞星。舊説現於有道之國。文子精誠：「故精誠内形氣動於天，景星見，黄龍下，鳳凰至，醴泉出，嘉穀生，河不滿溢，海不波湧。」

〔一七〕高山流水：比喻知音相賞。典出列子湯問：「伯牙善鼓琴，鍾子期善聽。伯牙鼓琴，志在高山。鍾子期曰：『善哉！峩峩兮若泰山！』志在流水。鍾子期曰：『善哉！洋洋兮若江河！』」

答鈐轄啓

列屬樞廷，自不安於清選〔一〕；佐州京峴，猶誤被於明恩〔二〕。方修候問之恭，已拜緘縢之賜〔三〕。情文甚寵〔四〕，感愧兼深。伏惟某官胄出山西，書傳圯上〔五〕。緑沉金鎖，雖勇略之無前〔六〕；緩帶輕裘，亦風流而自命〔七〕。兹膺帝眷，暫總兵符〔八〕，遂容憔悴之餘，獲厠遊從之末〔九〕。春容方麗，戎幕多閒〔一〇〕，冀加衛於寢興，用大符於頌禱〔一一〕。

【題解】

鈐轄，亦稱兵馬鈐轄。北宋前期臨時委任的軍區統兵官，後成固定差遣。掌軍旅戍屯、攻防等事務。王安石實行將兵法後，其地位漸低。北宋末至南宋，多成虛銜和閒職。此鈐轄爲誰不詳，當爲駐守鎮江的軍事長官。本文爲陸游致鈐轄的答啓。

本文原未繫年。歐譜繫於隆興二年（一一六四），是。當作於該年二月。時陸游到任鎮江府通判。

【箋注】

〔一〕清選：即清班，文學侍從一類職務。南史庾於陵傳：「舊東宮官屬通爲清選，洗馬掌文翰，尤其清者。」

〔二〕佐州：輔佐州政。指任州司馬、通判等職。宋祁送史温虞部佐郡四明：「外署清郎出佐州，嘲辭不畏上山頭。」京峴：指鎮江。鎮江東南有京峴山。明恩：指賢明君王的恩惠。謝莊月賦：「昧道懵學，孤奉明恩。」

〔三〕緘縢：指緘封之書信。曾鞏與北京韓侍中啓之一：「恨無羽翼之飛馳，與操几杖；欲以緘縢之托寓，聊布腹心。」

〔四〕情文：指情思與文采。世説新語文學：「孫子荆除婦服，作詩以示王武子。王曰：『未知文生於情，情生於文，覽之悽然，增伉儷之重。』」

〔五〕胄出山西：指山西人之後代。胄，後代。書傳圯上：指得傳兵書。典出史記留侯世家，云張良嘗從容步遊下邳圯上，遇一老父，受太公兵法。圯上，橋上。

〔六〕绿沉金鎖：指绿沉槍、金鎖甲。杜甫重過何氏之四：「雨抛金鎖甲，苔卧绿沉槍。」金鎖甲，以金線連綴甲片而成的精細鎖子甲。绿沉槍，漆成濃绿色的長槍。勇略：勇敢和謀略。史記淮陰侯列傳：「勇略震主者身危，而功蓋天下者不賞。」

〔七〕緩帶輕裘：寬束的衣帶、輕暖的皮衣。形容悠閒自在，從容不迫。晉書羊祜傳：「祜在軍中，常輕裘緩帶，身不被甲。」風流而自命：自許爲風流瀟灑。新唐書房杜列傳：「（杜）如晦少英爽喜書，以風流自命，内負大節，臨機輒斷。」

〔八〕帝眷：皇帝的眷顧。兵符：原指調兵遣將的憑證，此借指兵權。南史劉峻傳：「敬通當更始世，手握兵符，躍馬肉食。」

〔九〕遊從：交遊。相隨同遊。魏書張普惠傳：「世宗崩，坐與甄楷等飲酒遊從，免官。」

〔一〇〕春容：猶春色。齊己南歸舟中之一：「春容含衆岫，雨氣泛平蕪。」戎幕：軍府，幕府。李白宣城送劉副使入秦詩：「寄深且戎幕，望重必台司。」王琦注：「戎幕，節度使之幕府。」

〔一一〕寢興：睡眠與起牀，泛指日常起居。潘岳悼亡詩之二：「寢興目存形，遺音猶在耳。」頌禱：贊美祝福。語本禮記檀弓下：「善頌善禱。」孔穎達疏：「頌者，美盛德之形容；禱者，求福以自輔也。」

問候葉通判啓

列屬樞廷，自不安於清選；佐州京峴，猶誤被於明恩。敢謂窮途，獲親耆德〔一〕。

恭惟某官性資直諒〔二〕，學術淵源。愷悌宜民〔三〕，固已高於治績；忠誠許國，曾未究於遠猷〔四〕。行膺召節之嚴，趣上禁途之峻。雖仰觀翔翥，鳳凰方覽於德輝〔五〕；然猶幸須臾，虎鼠同稱於相屬〔六〕。春容方麗，燕寢多閒〔七〕，冀調興止之宜，用副傾依之素〔八〕。

【題解】

通判設置於北宋初年，每州一人，大州二人，爲州府副長官，有監察所在州府官員之權，凡民政、財政、户口、賦役、司法等文書，均須知州（知府）與通判連署方能生效。南宋仍設通判，平時爲州府副長官，戰時則專任錢糧之責。葉通判爲誰不詳，當爲鎮江府原在任通判。本文爲陸游問候葉通判的啓文。

本文原未繫年。歐譜繫於隆興二年（一一六四），是。當作於該年二月。時陸游到任鎮江府通判。

【箋注】

〔一〕耆德：年高德劭、素孚衆望者之稱。書伊訓：「敢有侮聖言，逆忠直，遠耆德，比頑童，時謂亂風。」此指葉通判。

〔二〕直諒：正直誠信。語本論語季氏：「益者三友……友直，友諒，友多聞，益矣。」

〔三〕愷悌：和樂平易。左傳僖公十二年：「詩曰：『愷悌君子，神所勞矣。』」杜預注：「愷，樂也；悌，易也。」

〔四〕遠猷：長遠的打算，遠大的謀略。語本書康誥：「顧乃德，遠乃猷。」孔安國傳：「遠汝謀，思爲長久。」

〔五〕翔翥：飛翔。曹植神龜賦：「感白靈之翔翥，卒不免乎豫且。」德輝：同德煇。仁德的光輝。漢書賈誼傳：「鳳皇翔於千仞兮，覽德煇而下之。」

〔六〕須臾：優遊自得。文選離騷：「折若木以拂日兮，聊須臾以相羊。」李善注引王逸曰：「須臾、相羊，皆遊也。」同稱：同等看待。相屬：用以記人生年的十二生肖。説郛卷七三引宋洪巽暘谷漫録：「子鼠、丑牛、寅虎、卯兔、辰龍、巳蛇、午馬、未羊、申猴、酉鷄、戌犬、亥豬爲十二相屬。」

〔七〕燕寢：指公餘休息。

〔八〕興止：猶起居。王安石賀致政楊侍讀啓：「繄盛德之可師，宜明神之實相，茂惟興止，休有福祥。」傾依：敬重依賴。歐陽修與韓忠獻王書：「乞爲朝自重，以副傾依。下情區區。」

素：同「愫」，誠意。

答吴提宮啓

伏蒙講修拜禮，惠示函書〔一〕，温乎其容若加親〔二〕，粲然有文以相接。雖快景星之睹，終慚明月之投〔三〕。伏惟某官華國英材，通家舊好〔四〕，未嘗少貶於公卿勢位之地，顧乃獨厚於江湖憔悴之人〔五〕。賣劍買牛〔六〕，念即歸於農畝；乘車戴笠，尚永記於交盟〔七〕。

【題解】

提宫爲宋代宫觀官之一種。宫觀本爲崇奉道教而設，始置宫觀使，此外還有提舉、提點、主管、管勾、勾當等官，皆爲安排閒散官員而設，無實職。任宫觀官俗稱奉祠。吴提宫爲誰不詳，此時奉祠，從文中看，與陸游爲「通家舊好」。本文爲陸游致吴提宫的答啓。

本文原未繫年。歐譜繫於隆興二年（一一六四），是。時陸游任鎮江府通判。

【箋注】

〔一〕講修：謀議修治。張載始定時薦告廟文：「然而四時正祀，尚未講修。」拜禮：行拜謝或致敬之禮。儀禮聘禮：「明日，賓拜禮於朝。」函書：書信。三國志張温傳：「謹奉所齎函書一封。」

〔二〕温乎其容：指儀表温文爾雅。

〔三〕「雖快」二句：指雖由拜讀而快意，終因難解而慚愧。景星，大星，瑞星。此指「惠示函書」「粲然有文」。明月之投，指明珠暗投。明月，明珠。語本史記魯仲連鄒陽列傳：「臣聞明月之珠，夜光之璧，以闇投人於道路，人無不按劍相眄者。何則？無因而至前也。」

〔四〕華國：光耀國家。陸雲張二侯頌：「文敏足以華國，威略足以振衆。」通家：猶世交。後漢書孔融傳：「語門者曰：『我是李君通家子弟。』」舊好：舊交，老友。左傳桓公二年：「公及戎盟於唐，脩舊好也。」

〔五〕勢位：權勢地位。荀子正論：「天子者，埶位至尊，無敵於天下，夫有誰與讓矣！」憔悴：陋賤之人。後漢書應劭傳：「左氏實云雖有姬姜絲麻，不棄憔悴菅蒯。」李賢注：「左傳曰：『詩云：雖有絲麻，無棄菅蒯。雖有姬姜，無棄蕉萃。』杜注云：『蕉萃，陋賤之人。』蕉萃、憔悴，古字通。」

〔六〕賣劍買牛：指賣掉武器，從事農業生產。漢書循吏傳龔遂：「民有帶持刀劍者，使賣劍買牛，賣刀買犢。」

〔七〕乘車戴笠：乘車，喻富貴；戴笠，喻貧賤。指友誼不因貧富貴賤而改變。語本初學記卷十八引周處風土記：「越俗性率樸，初與人交有禮，封土壇，祭以犬雞，祝曰：『卿雖乘車我戴笠，後日相逢下車揖。我步行，卿乘馬，後日相逢卿當下。』」交盟：締約結盟。徐陵陳公九錫文：「屈體交盟，人祇感咽。」

賀葉提刑啓

伏審顯奉璽書，改臨畿服〔一〕。坐於廟朝而施利澤〔二〕，雖尚鬱於遠猷；送以禮樂而有光華，實寖隆於睿眷〔三〕。傳聞之始，開慰實深〔四〕。恭惟某官學造宮庭，行尊防範〔五〕，閎議兩朝之望〔六〕，高文百世之師。入踐掖垣，有斧藻聖謨之益〔七〕；出乘使傳，有宣道王意之勞。周旋百爲〔八〕，終始一節。鳳凰之翔千仞〔九〕，雖瞻仰咏歎之實同；虎豹之守九關〔一〇〕，終排擯斥疏而莫進。竊惟大任之降，將啓非常之元，必使備歷於阻難，所以終成其器業〔一一〕。今者承邊鄙宿兵之後，加夏秋積潦之餘〔一二〕，疾癘相熏，流逋未止〔一三〕。憂軫上煩於宵旰，撫摩方屬於忠賢〔一四〕。伏聞親奉尺一之書，下慰億兆之望〔一五〕，坐席未暖，握節遽行〔一六〕。蓋將訪災沴之由〔一七〕，施寬平之政，挈之溝壑之内，厝諸衽席之安〔一八〕。老稚聚觀，感涕相屬。迨及嘉猷之告，宜膺共政之求〔一九〕。某久去門墻，寖疏牋牘。摳衣函丈〔二〇〕，每懷問道之誠；負弩前驅〔二一〕，即下望塵之拜。其爲欣抃，未易敷陳。

【題解】

提刑爲提點刑獄公事的簡稱。北宋初設置，後時設時廢，并雜用文臣、武臣。南宋孝宗始專用文臣，掌所轄地區司法、刑獄，審問囚徒，復查有關文牘，負責上報朝廷，并監察地方官吏。葉提刑，即葉謙亨，字伯益，處州青田人。浙江通志卷一八二文苑有傳，稱「以文章藻繪爲士林推重，累遷起居舍人兼權中書，終浙西提點刑獄，所至有聲」。吴郡志卷七浙西提刑題名：「葉謙亨，左朝奉大夫，直顯謨閣。隆興二年八月二十八日到任，當年十一月五日致仕。」從文中看，陸游曾列其「門牆」。本文爲陸游致爲葉謙亨獲除浙西提刑所作的賀啓。

本文原未繫年。歐譜繫於隆興二年（一一六四），是。時陸游任鎮江府通判。

【箋注】

〔一〕璽書：秦以後專指皇帝的詔書。史記秦始皇本紀：「上病益甚，乃爲璽書賜公子扶蘇曰：『與喪會咸陽而葬。』」　畿服：指京師附近地區。晉書江統傳：「非我族類，其心必異，戎狄志態，不與華同。而因其衰弊，遷之畿服，士庶翫習，侮其輕弱，使其怨恨之氣毒於骨髓。」

〔二〕廟朝：指朝廷上君主聽政的地方。戰國策秦策三：「臣今見王獨立於廟朝矣。」　利澤：利益恩澤。莊子天運：「利澤施於萬世，天下莫知也。」成玄英疏：「有利益恩澤，惠潤羣生。」

〔三〕睿眷：指皇帝的眷顧。龐覺希夷先生傳：「雖潛至道之根，第盡陶成之域。臣敢期睿眷，俯順愚衷。」

〔四〕開慰：寬解安慰。隋書源雄傳：「今日已後，不過數旬之別，遲能開慰，無以累懷。」

〔五〕防範：比喻約束物。揚雄法言五百：「川有防，器有範。」晉李軌注：「川防禁溢，器範檢形，以諭禮教人之防範也。」

〔六〕閎議：即宏議，宏論。　兩朝：指高宗、孝宗兩朝。

〔七〕掖垣：唐代稱門下、中書兩省。因分别在禁中左右掖，故稱。後世亦用以稱類似中央部門。

新唐書權德輿傳：「左右掖垣，承天子誥命，奉行詳覆，各有攸司。」斧藻：修飾。揚雄法言學行：「吾未見好斧藻其德，若斧藻其楶者也。」聖謨：聖訓。帝王的訓諭、詔令。文心雕龍明詩：「大舜云：『詩言志，歌永言。』聖謨所析，義已明矣。」

〔八〕周旋：盤桓，輾轉，反復。蘇軾漁樵閒話録下篇：「周旋宛轉，思之不得。」百爲：多種作爲。書多方：「乃胥惟虐于民，至于百爲，大不克開。」

〔九〕「鳳凰」句：賈誼弔屈原賦：「鳳凰翔於千仞之上兮，覽德輝而下之。」

〔一〇〕「虎豹」句：指天門的門禁森嚴。楚辭招魂：「魂兮歸來，君無上天些。虎豹九關，啄害下人些。」王逸注：「言天門凡有九重，使神虎豹執其關閉，主啄齧天下欲上之人而殺之也。」

〔一一〕器業：功名事業。李商隱和劉評事永樂閒居見寄：「白社幽閒君暫居，青雲器業我全疏。」

〔一二〕邊鄙：邊疆，邊遠之地。國語吴語：「夫吴之邊鄙遠者，罷而未至。」宿兵：駐紮軍隊。袁康越絶書外傳記吴地傳：「宿甲者，吴宿兵候外越也。」積潦：積水成災，洪澇。黄庭堅次韻劉景文登鄴王臺見思之三：「繫匏兩相憶，極目十餘城，積潦干斗極，山河皆夜明。」

〔一三〕疾癘：瘟疫。吕氏春秋仲冬：「（仲冬之月）行春令，則蟲螟爲敗，水泉減竭，民多疾癘。」流逋：流亡之人。韓愈柳州羅池廟碑：「於是民業有經，公無負租，流逋四歸，樂生興事。」

〔一四〕憂軫：深切憂慮。舊唐書裴度傳：「今屬凶徒擾攘，宸衷憂軫，凡有制命，計於安危。」宵旰：指日夜。撫摩：安撫。蘇軾策略五：「昔之有天下者，日夜淬厲其百官，撫摩其人民，爲之朝聘會同燕享，以交諸侯之歡。」

〔一五〕尺一之書：天子的詔書。古時詔板長一尺一寸，故稱。漢書匈奴傳上：「漢遺單于書，以尺一牘，辭曰『皇帝敬問匈奴大單于無恙』，所以遺物及言語云云。」億兆：衆庶萬民。蔡邕太尉汝南李公碑：「憲天心以教育，沐垢濁以揚清，爲國有賞，蓋有億兆之心。」

〔一六〕握節：持符節。謂不辱君命。左傳文公八年：「司馬握節以死，故書以官。」

〔一七〕災沴：指自然災害。袁宏後漢紀順帝紀下：「禮制修，奢僭息；事合宜，則無凶咎。然後神聖允塞，災沴不至矣。」

〔一八〕厝：安置。衽席：亦作袵席。此借指太平安居的生活。大戴禮記主言：「是故明主之守也，必折衝乎千里之外；其征也，袵席之上還師。」

〔一九〕嘉猷：好的治國規劃。書君陳：「爾有嘉謀嘉猷，則入告爾后于内，爾乃順之于外。」孔傳：「汝有善謀善道則入告汝君於内。」蔡沈集傳：「言切於事謂之謀，言合於道謂之猷。」共政：指共掌政事。

〔二〇〕摳衣：提起衣服前襟。古人迎趨時的動作，表示恭敬。管子弟子職：「已食者作，摳衣而降，旋而鄉席，各徹其餽，如於賓客。」函丈：原指講學的座席。後用以對前輩學者或老師的敬稱。

〔二一〕負弩前驅：指背負弓箭，開路先行。語本史記司馬相如列傳：「乃拜相如爲中郎將，建節往使……至蜀，蜀太守以下郊迎，縣令負弩矢先驅。」

賀吕知府啓

恭審光膺中詔，洊畀左符〔一〕，協於師言，出自上意。凡在部封之内〔二〕，舉同抃舞之情。共惟某官襟量恢閎〔三〕，文詞卓偉。飛書走檄〔四〕，名早震於華夷；仗節擁旄〔五〕，功每書於竹帛。比屬邊烽之静，力辭宫鑰之嚴〔六〕。雖北闕之書〔七〕，至於屢上；然東山之志〔八〕，寧許遽從。果被睿知，復膺重寄。仁風穆若，方回比屋之春〔九〕；威望凛然，先破巨奸之膽。某自欣末路，得附餘光〔一〇〕。不汝疵瑕，固荷包荒之度〔一一〕；令公喜怒，敢招越分之尤〔一二〕。惟殫惕勵之誠，用對眷知之舊〔一三〕。

【題解】

吕知府，即吕擢來。乾道元年三月，知鎮江府方滋除兩浙轉運副使，右朝散大夫、直徽猷閣吕擢來知府事。本文爲陸游致知府吕擢來的賀啓。

本文原未繫年。《歐譜》繫於乾道元年（一一六五）六月。誤。當作於該年三月。時陸游任鎮江府通判。

【箋注】

〔一〕中詔：宫中直接發出的帝王詔令。後漢書陳蕃傳：「宦官由此疾蕃彌甚，選舉奏議，輒以中詔譴卻。」　洊畀：再次給予。　左符：符契的左半。漢制，太守出任執左符，至州郡合右符爲驗。梅堯臣送棣州唐虞部詩：「人持左符去，馬逆北風行。」

〔二〕部封：指轄境。范仲淹依韻和并州鄭宣徽見寄之一：「名品久參卿士月，部封全屬斗牛星。」

〔三〕襟量：氣度，氣量。裴鉶傳奇封陟：「伏見郎君坤儀浚潔，襟量端明，學聚流螢，文含隱豹。」　恢閎：同恢弘。博大，寬宏。

〔四〕飛書走檄：快速地撰寫文書，形容文思敏捷。李白送程劉二侍御兼獨孤判官赴安西幕府詩：「繡衣貂裘明積雪，飛書走檄如飄風。」

〔五〕仗節擁旄：手執皇帝授予的符節，高舉犛牛尾裝飾的旗幟。文選丘遲與陳伯之書：「朱輪華轂，擁旄萬里，何其壯也。」李善注：「班固涿邪山祝文：『杖節擁旄，征人伐鼓。』」

〔六〕宫鑰：帝王宫門的鎖鑰。借稱皇宫。白居易司徒令公分守東洛移鎮北都詩：「寵重移宫鑰，恩新换闔旄。」

〔七〕北闕：宫殿北面的門樓，是臣子等候朝見或上書奏事之處。漢書高帝紀下：「蕭何治未央宫，立東闕、北闕、前殿、武庫、太倉。」顔師古注：「未央宫雖南嚮，而上書、奏事、謁見之徒皆詣北闕。」

〔八〕東山：借指隱居或遊憩之地。據晉書謝安傳載，謝安早年曾辭官隱居會稽之東山，經朝廷屢次徵聘，方從東山復出，成爲東晉重臣。

〔九〕仁風：形容恩澤如風之流布。舊時多用以頌揚帝王或地方長官的德政。潘岳爲賈謐作贈陸機詩：「大晉統天，仁風遐揚。」穆若：和美貌。蕭統文選序：「頌者所以游揚德業，褒贊成功。吉甫有『穆若』之談，季子有『至矣』之歎。」比屋，家家户户。形容衆多、普遍。徐幹中論譴交：「有策名於朝而稱門生於富貴之家者，比屋有之。」

〔一○〕餘光：多餘之光。用以美稱他人給予的恩惠福澤。史記甘茂列傳：「我無以買燭，而子之燭光幸有餘，子可分我餘光，無損子明而得一斯便焉。」

〔一一〕「不汝」二句：謂你不以瑕疵指責我，固然度量寬大。左傳僖公七年：「唯我知女，女專利而不厭，予取予求，不女疵瑕也。」杜預注：「我不以女爲罪釁。」女，同汝。疵瑕，指責。荷，承擔。包荒，包含荒穢。指度量寬大。易泰：「包荒，用馮河，不遐遺。」王弼注：「能包含荒穢，受納馮河者也。」

〔一二〕「令公」二句：謂我不超越本分，使你喜怒無措。招尤，招致他人的怪罪或怨恨。韓愈感二鳥賦：「雖家到而户説，祇以招尤而速累。」越分，越出本分，過分。魏書律曆志上：「愚意所及，不能自已，雖則越分，志在補益。」

〔一三〕惕勵：亦作惕厲。警惕激勵。語本易乾：「君子終日乾乾，夕惕若厲，無咎。」眷知：恩寵和知遇。亦泛指相知。舊唐書裴延齡傳：「良以内顧庸昧，一無所堪，夙蒙眷知，唯以誠直。」

上陳安撫啓

佐州北固，麥甫及於再嘗〔一〕；易地南昌，瓜未期而先代〔二〕。雖千里困奔馳之役，幸一官托覆護之私〔三〕。伏念某孤學背時，褊心忤物〔四〕，方牽聯而少進，已恐懼而遽歸。偶充振鷺之廷〔五〕，自知非稱；不失屠羊之肆〔六〕，其又奚言。比自列於私嫌，遂再污於除目〔七〕，始終僥幸，俯仰慚惶。恭惟某官道極誠明，器函康濟，閎議兩朝之望，高名百世之師。經術淵源，造大學、中庸之妙；文章簡古，在先秦、兩漢之間。久以臺省之英，出試蕃宣之績〔八〕。雖弗容而君子乃見，公初無欣戚之殊〔九〕；然必進而朝廷始尊，國實繫安危之重。佇聞休命〔一〇〕，大慰衆心。某再掃餘塵，增光末路，顧才能之有限，加疾疢之未平。先生琴瑟書册在前，願卒門人之業；小子洒掃應對則可，敢睎别駕之功〔一一〕。

【題解】

陳安撫，即陳之茂。曾爲陸游十二年前之座師。參見卷六謝解啓題解。陳之茂字阜卿，無錫人。紹興二年進士。廷對忤權相，黜之。賜同進士出身。除休寧尉，遷秘書郎。歷知平江、建康二府，官至吏部侍郎兼中書舍人，直學士院。詩清勁，畫尤有法。無錫縣志卷二六宦績有傳。安撫使爲宋代各路負責軍務治安的長官，多以知州、知府兼任。宋會要輯稿職官六一：「（乾道元年）三月八日詔：權通判鎮江府陸游與通判隆興府毛欽望兩易其任。……中書門下省奏：陸游以兄沅提舉本路市舶；欽望與安撫陳之茂職事不協，并乞回避。故有是命。」則陳之茂此時任隆興府安撫使，陸游則調任該府通判。本文爲陸游上呈安撫使陳之茂的啓文。

本文原未繫年。歐譜繫於乾道元年（一一六五），是。據文中「甫及於再嘗」新麥，當作於該年孟夏四月。時陸游改任通判隆興府。

【箋注】

〔一〕「麥甫」句：剛趕上第二次嘗食新麥。嘗麥，古代歲典之一。天子於孟夏麥收時先在寢廟薦祭，然後嘗食新麥。逸周書嘗麥：「維四年孟夏，王初祈禱於宗廟，乃嘗麥於太祖。」陸游於隆興二年二月到鎮江通判任，明年孟夏（四月）即準備調任，故言。

〔二〕「瓜未」句：任職未滿期而由他人接替。瓜代，左傳莊公八年：「齊侯使連稱、管至父戍葵丘。瓜時而往，曰：『及瓜而代。』」指第二年瓜熟時派人替代。

〔三〕覆護：保護，庇佑。後漢書東平憲王蒼傳：「臣蒼疲駑，特爲陛下慈恩覆護，在家備教導之仁，升朝蒙爵命之首。」

〔四〕褊心：心胸狹窄。詩魏風葛屨：「維是褊心，是以爲刺。」忤物：觸犯人，與人不合。魏書文苑傳邢昕：「昕好忤物，人謂之牛。」

〔五〕振鷺：比喻朝廷操行純治的賢人。語本詩周頌振鷺：「振鷺于飛，于彼西雝。」孔穎達疏：「言有振振然絜白之鷺鳥往飛也……美威儀之人臣而助祭王廟，亦得其宜也。」

〔六〕「不失」句：指未受什麽損失。屠羊，宰羊。典出莊子讓王：「楚昭王失國，屠羊説走而從於昭王；昭王反國，將賞從者，及屠羊説。屠羊説曰：『大王失國，説失屠羊，大王反國，説亦反屠羊，臣之爵禄已復矣，又何賞之有？』」

〔七〕私嫌：私人間的嫌隙，個人間的不和。晉書劉喬傳：「宜釋私嫌，共存公義。」除目：除授官吏的文書。姚合武功縣中作之八：「一日看除目，終年損道心。」

〔八〕臺省：漢之尚書臺，魏之中書省，均是代表皇帝發布政令的中樞機關。後因以「臺省」指政府中央機構。舊唐書劉祥道傳：「漢魏以來，權歸臺省，九卿皆爲常伯屬官。」蕃宣：即藩垣。蕃，同「藩」。宣，同「垣」。本指藩籬與垣牆。引申爲藩屏護衛。語本詩大雅崧高：「四國于蕃，四方于宣。」

〔九〕欣戚：喜樂和憂戚。魏書孫紹傳：「奉國四世，欣戚是同。」

〔一〇〕佇聞：肅立恭聽，敬聞。敬詞。任昉天監三年策秀才文之一：「斯理何從，佇聞良説。」休命：此指天子的旨意。

〔一一〕洒掃應對：洒水掃地，酬答賓客。儒家教育的基本内容之一。論語子張：「子夏之門人小子，當洒掃應對進退，則可矣。」睎：希望。别駕：指州刺史的佐吏。因隨刺史出巡時另乘傳車，故稱。此指通判。

上史運使啓

佐州北固，麥甫及於再嘗；易地南昌，瓜未期而先代。雖千里困道途之役，幸一官在部封之中〔一〕。伏念某學本小知，器非遠用，昨侵尋於薄宦，偶比數於諸公〔二〕。除目雖頻〔三〕，不出百僚之底；駭機忽發，首居一綱之中〔四〕。謂宜永放於窮閻，猶得出丞於近郡〔五〕。復緣私請，更冒明恩。超超空凡馬之群〔六〕，實非能辦；默默反屠羊之肆〔七〕，其又奚言。僥幸非常，慚惶莫諭。恭惟某官英姿山立，大度淵渟〔八〕。不愧於天而不怍於人，卓矣誠身之學〔九〕；有考於前而有驗於後，大哉致主之言〔一〇〕。顧自信之甚明，雖不容而何病。使事有指，姑少試於澄清〔一一〕；治具畢張，要終煩於經濟〔一二〕。某小舟已具，漫刺將前〔一三〕。雖多病懷歸，徒費噓枯之力〔一四〕；然至仁逮下，實寬東濕之憂〔一五〕。

【題解】

運使，轉運使的簡稱。宋初隨軍設置，供辦軍需。後漸成各路長官，掌一路全部或部分財賦，檢察各州官吏，并以民情上報朝廷。官署稱轉運使司，尚有都轉運使、同轉運使、副使、判官等名目。史運使當爲江南西路轉運判官史正志。考宋會要輯稿職官六一之五二：「（隆興）二年八月二十一日，詔江南東路轉運判官史正志、江南西路轉運判官葉仁兩易其任。」又宋會要輯稿食貨五〇之二〇：「（乾道元年）八月二十五日，江西運判朱商卿、史正志言事。」另據李之亮宋代路分長官通考，史正志乾道元年至四年任江南西路轉運判官。嘉定鎮江志卷一八有傳。本文爲陸游上呈江西轉運判官史正志的啓文。

本文原未繫年。歐譜繫於乾道元年（一一六五）。是。同上文，當作於該年孟夏四月。時陸游改任通判隆興府。

【箋注】

〔一〕部封：轄境。見本卷賀呂知府啓注〔二〕。

〔二〕侵尋：漸進，漸次發展。史記孝武本紀：「是歲，天子始巡郡縣，侵尋於泰山矣。」司馬貞索隱：「小顏云：『浸淫漸染之義。』蓋尋、淫聲相近，假借用耳。」薄宦：卑微的官職。比數：相與并列，相提并論。漢書司馬遷傳：「刑餘之人，無所比數，非一世也。所從來遠矣。」

〔三〕除目：除授官吏的文書。見上陳安撫啓注〔八〕。

〔四〕駭機：突然觸發的弩機。比喻猝發的禍難。語本後漢書皇甫嵩傳：「今將軍遭難得之運，蹈易駭之機。」一綱：指一網打盡。

〔五〕出丞於近郡：指改任隆興府通判。

〔六〕「超超」句：真龍超然於凡馬之上。杜甫丹青引贈曹將軍霸：「斯須九重真龍出，一洗萬古凡馬空。」超超，指超然出塵。陶潛扇上畫贊：「超超丈人，日夕在耘。」

〔七〕「默默」句：默然回到宰羊的場所。屠羊事見本卷上陳安撫啓注〔六〕。

〔八〕淵渟：深靜。魏書宗欽傳：「肅志琴書，恬心初素，潛思淵渟，秀藻雲布。」

〔九〕「不愧」二句：指無愧於天人。孟子盡心上：「仰不愧於天，俯不怍於人。」誠身，指以至誠立身行事。禮記中庸：「順乎親有道，反諸身不誠，不順乎親矣；誠身有道，不明乎善，不誠乎身矣。」孔穎達疏：「言明乎善行，始能至誠乎身。」

〔一〇〕致主：即致君。李頻長安書情投知己：「致主當齊聖，爲郎本是仙。」

〔一一〕澄清：指肅清混亂局面。後漢書黨錮傳范滂：「滂登車攬轡，慨然有澄清天下之志。」

〔一二〕治具：治國的措施。語本莊子天道：「驟而語形名賞罰，此有知治之具，非知治之道。」韓愈進學解：「方今聖賢相逢，治具畢張，拔去兇邪，登崇畯良。」經濟：經世濟民。晉書殷浩傳：「足下沉識淹長，思綜通練，起而明之，足以經濟。」

〔一三〕漫刺：指名刺，名片。語本後漢書文苑傳下禰衡：「（禰衡）建安初來游許下，始達潁川，乃陰懷一刺，既而無所之適，至於刺字漫滅。」

〔一四〕嘘枯：比喻拯絶扶危。蘇軾答丁連州啓：「每憐遷客之無歸，獨振孤風而愈厲，固無心於集苑，而有力於嘘枯。」

〔一五〕逮下：指恩惠及於下人。詩周南樛木序：「樛木，后妃逮下也，言能逮下而無嫉妬之心焉。」束濕：捆紮濕物。形容官吏馭下苛酷急切。漢書酷吏傳甯成：「好氣，爲少吏，必陵其長吏；爲人上，操下急如束濕。」顔師古注：「束濕，言其急之甚也。濕物則易束。」

渭南文集箋校卷第八

啓

【釋體】

本卷文體同卷六，收録啓十六首。

答發解進士啓

都騎來臨，方快景星之先睹〔一〕；雄文授贄，更慚明月之暗投〔二〕。藏去爲榮〔三〕，幸甚過望。伏惟解元先輩材高衆雋，學富三餘〔四〕，將鴻漸於天廷，姑龍驤於學海〔五〕。豈圖羈宦，適與榮觀〔六〕。萬里摶風，莫測雲程之遠〔七〕；一第溷子，行聞桂籍之傳〔八〕。欣佩兼懷，敷宣罔既〔九〕。

【題解】

發解進士，即在發解試中取得發解資格即將進京赴進士科省試的舉子。此發解進士爲誰不詳。本文爲陸游致發解進士的答啓。

本文原未繫年。歐譜繫於乾道元年（一一六五），是。因南宋解試一般都在八月舉行，故本文當作於該年秋冬。時陸游任職隆興府通判。

【箋注】

〔一〕都騎：對他人坐騎的美稱。都，美好。　景星：大星，瑞星。

〔二〕授贄：授予禮物。　明月之暗投：即明珠暗投。見卷七答吴提宫啓注〔三〕。

〔三〕藏去：亦作藏弆。收藏。漢書遊俠傳陳遵：「性善書，與人尺牘，主皆藏去以爲榮。」顔師古注：「去亦藏也。」

〔四〕解元：汎指讀書人。　衆雋：同衆俊，與群英皆謂衆多才智過人之士。陸雲與陸典書：「聆音察微，智越衆俊。」　三餘：泛指閒暇時間。語本三國志魏志王肅傳「明帝時大司農弘農董遇等，亦歷注經傳，頗傳於世」，裴松之注引魏魚豢魏略：「遇言：『（讀書）當以三餘。』或問三餘之意。遇言：『冬者歲之餘，夜者日之餘，陰雨者時之餘也。』」

〔五〕鴻漸：比喻仕宦的升遷。文選班固幽通賦：「皇十紀而鴻漸兮，有羽儀於上京。」李善注引應劭曰：「鴻，鳥也；漸，進也。言先人至漢十世，始進仕。」龍驤：亦作龍襄。昂舉騰躍貌。漢書敘傳下：「雲起龍襄，化爲侯王，割有齊楚，跨制淮梁。」顔師古注：「襄，舉也。」

〔六〕羈宦：在他鄉做官。晉書文苑傳張翰：「人生貴得適志，何能羈宦數千里以要名爵乎？」榮觀：榮盛之景象。舊唐書德宗紀上：「命宰臣諸將送晟（李晟）入新賜第，教坊樂，京兆府供帳食饌，鼓吹導從，京城以爲榮觀。」

〔七〕摶風：乘風直上。語本莊子逍遥遊：「摶扶摇而上者九萬里。」扶摇，旋風。雲程：比喻遠大的前程。指得意的仕途。

〔八〕一第溷子：即一第慁子，指置於一等也辱没了你。慁，辱。新唐書元結傳：「（元結）天寶十二載舉進士，禮部侍郎陽浚見其文，曰：『一第慁子耳，有司得子是賴！』果擢上第。」桂籍：科舉登第者的名籍。徐鉉廬陵别朱觀先輩詩：「桂籍知名有幾人，翻飛相續上青雲。」

〔九〕敷宣：宣揚。罔既：不盡。秦觀代賀蔡相公啓：「系頌實深，敷宣罔既。」

答廖主簿發解啓

都騎來臨，方快景星之先睹；雄文授贄，更慚明月之暗投。藏去爲榮，幸甚過望。伏惟某官文高藝圃，行著鄉評〔一〕，雖數奇如李廣之封，猶强飯有廉頗之志〔二〕。賈勇千人之敵，策勳百戰之餘〔三〕。豈意羈遊〔四〕，與觀盛事。故將軍羨妄校尉，知久鬱於壯圖〔五〕；新天子用老舍人，宜即膺於顯擢〔六〕。其爲贊喜〔七〕，莫究占言。

【題解】

主簿，唐宋時中央官署及州縣設置的主管文書事務的僚屬，多爲初事之官。廖主簿爲誰不詳。其在發解試中取得發解資格。本文爲陸游致廖主簿的答啓。

本文原未繫年。歐譜繫於乾道元年（一一六五），是。同上篇，當作於該年秋冬。時陸游任職隆興府通判。

【箋注】

〔一〕藝圃：指詩苑文壇。鄉評：鄉里公衆的評論。此爲古代選拔人才的重要依據。世説新語言語「王武子、孫子荆」，劉孝標注引晉孫盛晉陽秋：「鄉人王濟，豪俊公子，爲本州大中正，訪問弘爲鄉里品狀，濟曰：『此人非鄉評所能名，吾自狀之。曰：天才英特，亮拔不羣。』」

〔二〕數奇：指命不好，遇事多不利。史記李將軍列傳：「大將軍青亦陰受上誡，以爲李廣老，數奇，毋令當單于，恐不得所欲。」裴駰集解引如淳曰：「數爲匈奴所敗，奇爲不偶也。」强飯：努力加餐，勉强進食。史記廉頗藺相如列傳：「趙以數困於秦兵，趙王思復得廉頗，廉頗亦思復用於趙。趙王使使者視廉頗尚可用否……廉頗爲之一飯斗米，肉十斤，被甲上馬，以示尚可用。趙使還報王曰：『廉將軍雖老，尚善飯，然與臣坐，頃之三遺矢矣。』趙王以爲老，遂不召。」

〔三〕賈勇：鼓足勇氣。語本左傳成公二年：「齊高固入晉師，桀石以投人，禽之，而乘其車，繫桑本焉。以徇齊壘，曰：『欲勇者，賈余餘勇。』」杜預注：「賈，賣也。言己勇有餘，欲賣之。」策勳：記功勳於策書之上。左傳桓公二年：「凡公行，告於宗廟；反行飲至，舍爵策勳焉，禮也。」杜預注：「既飲置爵，則書勳勞於策，言速紀有功也。」

〔四〕羈遊：羈旅無定。元稹誨侄等書：「吾竊見吾兄自二十年來，以下士之禄，持窘絶之家，其間半是乞丐羈游，以相給足。」

〔五〕「故將軍」二句：史記李將軍列傳：「廣嘗與望氣王朔燕語，曰：『自漢擊匈奴而廣未嘗不在其中，而諸部校尉以下，才能不及中人，然以擊胡軍功取侯者數十人，而廣不爲後人，然無尺寸之功以得封邑者，何也？豈吾相不當侯邪？且固命也？』」校尉，漢代軍隊始建爲常職，其地位略次於將軍，并各隨其職務冠以各種名號。壯圖，宏偉的志向。陸機吊魏武帝文：「雄心摧於弱情，壯圖終於哀志。」

〔六〕「新天子」二句：梁周翰贈柳開詩：「九重城闕新天子，萬卷詩書老舍人。」隋唐時有掌記言的起居舍人、掌文翰的禮部南宫舍人等，此指主管文書的廖主簿。顯擢，顯耀地擢升。葛洪抱朴子博喻：「是以淮陰顯擢，而庸隸悒懊以疾其超。」

〔七〕贊喜：助興，增加喜悦氣氛。語本周禮秋官大行人：「歸脤以交諸侯之福，賀慶以贊諸侯之喜。」

上二府乞宫祠啓

白首而困下吏，久安佐郡之卑〔一〕；黄冠而歸故鄉，輒冀奉祠之樂〔二〕。恃廊廟并容之度〔三〕，忘江湖遠屏之蹤。敬布忱誠，仰干造化。伏念某讀書有限，與世無緣，歲月供簿領之勞〔四〕，衣食奪山林之志。捫心自悼，顧影知慚，儻少逭於饑寒〔五〕，誓永投於閒散。頃以牽聯而少進，惕然恐懼而弗寧，亟辭振鷺之廷，徑返屠羊之肆〔六〕。優遊食足，敢陳楚些之窮〔七〕；衰疾土思，但抱越吟之苦〔八〕。伏望某官因材授任，與物爲春〔九〕。察其愚無所能，乏細木侏儒之用〔一〇〕；哀其窮不自活，捐太倉紅腐之餘〔一一〕。特假閒官，使安晚節。棄寶憲如孤雛死鼠〔一二〕，寧足矜憐；譬杜牧以白骨遊魂〔一三〕，少加恤養。某謹當收身末路，没齒窮山〔一四〕，玩仙聖之微言，樂唐虞之盛化〔一五〕。杜門掃軌〔一六〕，固莫望於功名；却粒茹芝〔一七〕，冀粗成於道術。雖無以報，猶不辱知〔一八〕。

【題解】

二府指中書省、樞密院，參見卷三蠟彈省劄題解。宫祠，即宫觀使。宋代宫觀本爲崇奉道教而設，大中祥符五年玉清昭應宫建成，始置宫觀使，由前任宰相或現任宰相充任。此外還有提點、主管、判官、都監等官，皆爲安排閒散官員而設，無實職。陸游老學庵筆記卷五：「承平日，甚重宫觀。」本文爲陸游上呈中書省、樞密院長官請求任宫觀使的啓文。

本文原未繫年。歐譜繫於乾道元年（一一六五），是。當作於該年秋冬。時陸游任職隆興府通判。

【箋注】

〔一〕佐郡：協理州郡政務。指任州郡的司馬、通判等職。李白感時留别從兄徐王延年從弟延陵詩：「佐郡浙江西，病閒絶趨馳。」

〔二〕黄冠：古代指蜡祭時所戴之箬帽之類。後借指農夫野老之服。禮記郊特牲：「黄衣黄冠而祭，息田夫也。野夫黄冠；黄冠，草服也。」孔穎達疏：「黄冠是季秋之後草色之服。」奉祠：宫觀使等只領官俸而無職事，因原主祭祀，故稱「奉祠」。

〔三〕廊廟：殿下屋和太廟。指朝廷。國語越語下：「夫謀之廊廟，失之中原，其可乎？王姑勿許也。」

〔四〕簿領：指官府記事的簿册或文書。後漢書南匈奴傳：「當決輕重，口白單于，無文書簿領焉。」

〔五〕逭：逃避。

〔六〕「亟辭」二句：指辭職返鄉。參見卷七上陳安撫啓注〔五〕〔六〕。

〔七〕楚些：楚辭招魂沿用楚國民間流行的招魂詞的形式寫成，句尾皆有「些」字。後因以「楚些」指招魂歌，亦泛指楚地的樂調或楚辭。牟融邵公母詩：「搔首驚聞楚些歌，拂衣歸去淚懸河。」

〔八〕土思：指對故鄉的懷念。漢書西域傳下烏孫國：「居常土思兮心内傷，願爲黄鵠兮歸故鄉。」顔師古注：「土思，謂憂思而懷本土。」越吟：比喻思鄉憶國之情。越人莊舄仕楚，爵至執珪，富貴不忘故國，病中吟越歌以寄鄉思。事見史記張儀列傳。王粲登樓賦：「鍾儀幽而楚奏兮，莊舄顯而越吟。」

〔九〕與物爲春：像春天一樣充滿生氣，指隨物更生。莊子德充符：「使日夜無郤而與物爲春，是接而生時於心者也。是之謂才全。」

〔一〇〕侏儒：指梁上短柱。韓愈進學解：「欂櫨侏儒。」

〔一一〕自活：自求生存。淮南子道應訓：「爲人君而欲殺其民以自活也，其誰以我爲君者乎？」太倉：京師儲穀的大倉。史記平準書：「太倉之粟，陳陳相因。」紅腐：指陳米。隋書薛道衡傳：「薄賦輕傜，務農重穀，倉廩有紅腐之積，黎萌無阻饑之慮。」

〔一二〕「棄竇」句：指像竇憲遭棄如孤雛死鼠一般。後漢書竇融列傳：「帝大怒，召（竇）憲切責曰：『……今貴主尚見枉奪，何況小人哉！國家棄憲如孤雛腐鼠耳。』憲大震懼。」竇憲（？—九二）字伯度，東漢扶風平陵人。竇融曾孫。妹爲章帝皇后，權震朝廷，驕縱肆虐。大破北單于，拜大將軍，後被迫令自殺。後漢書卷二三有傳。

〔一三〕「譬杜」句：指像杜牧自比爲白骨遊魂一樣。杜牧授司勳員外郎謝宰相書：「不意相公拔自污泥，升於霄漢……當受震駭，神魂飛揚，撫己自驚，喜過成泣，藥肉白骨，香返遊魂，言於重恩，無以過此。」杜牧（八〇三—八五二）字牧之，唐京兆萬年人。大和進士，官至中書舍人。善屬文，工詩，世稱「小杜」。舊唐書卷一四七有傳。

〔一四〕收身：指隱退。韓愈和僕射相公朝回見寄：「放意機衡外，收身矢石間。」没齒：終身。論語憲問：「奪伯氏駢邑三百，飯疏食，没齒無怨言。」

〔一五〕仙聖：道家對神仙或得道成仙者的尊稱。范成大吴船録卷上：「上清之遊，真天下偉觀哉！夜有燈出四山，以千百數，謂之聖燈……其深信者，則以爲仙聖之所設化也。」微言：精深微妙的言辭。逸周書大戒：「微言入心，夙喻動衆。」朱右曾校釋：「微言，微眇之言。」盛化：昌明的教化。董仲舒春秋繁露正貫：「聲響盛化運於物，散入於理，德在天地，神明休集，並行而不竭，盈於四海而訟詠。」

〔六〕掃軌：掃除車輪痕迹。比喻隔絶人事。後漢書黨錮傳杜密：「同郡劉勝，亦自蜀郡告歸鄉里，閉門掃軌，無所干及。」李賢注：「軌，車迹也。言絶人事。」

〔七〕却粒：即辟穀。指不食五穀以求長生。陸機漢高祖功臣頌：「托迹黄老，辭世却粒。」茹芝：吃靈芝。劍南詩稿卷一燒香：「茹芝却粒世無方，隨食江湖每自傷。」

〔八〕辱知：指受人賞識或提拔。謙辭。李漢昌黎先生集序：「門人隴西李漢，辱知最厚且親。」

賀吏部陳侍郎啓

恭審顯膺帝眷，進貳天官〔一〕，成命甫行，群情交慶。若用人每皆如此，則公論寧復間然〔二〕。竊以自昔撫運而有邦〔三〕，孰不好賢而願治。然賢能之進，常齟齬而不合〔四〕；治安之會，亦稀闊而難遭〔五〕。京房事漢，則見謂小忠〔六〕；孔子去魯，則自以微罪〔七〕。有志之士，太息於斯。方今主上嗣無疆之慶基〔八〕，恢有爲之遠略，思求人傑，俾代天工〔九〕。當饋歎無蕭曹〔一〇〕，共傳斯訓；耻君不及堯舜〔一一〕，今得其人。采四海之公言，置六卿之要地，將期共政，以責奮庸〔一二〕。恭惟某官道大而氣剛，才全而業鉅。方登臺閣，則已挺然稱輔相之器〔一三〕；及試嶽牧，則又卓爾著藩垣之勞〔一四〕。福及京師，名震天下，使能少貶，久已趣還。顧乃周旋四鎮之間，淹歷五年之久〔一五〕，積排擯斥疏而莫置，殆艱難險阻之備更。道之將興，理不輕畀〔一六〕。豈惟論思獻納〔一七〕，陳萬世之策；遂將經綸康濟〔一八〕，致三代之隆。某早出門墻，晚依幕府，誨言在耳，盛德銘心。駕下澤之車，雖已安於微分〔一九〕；磨浯溪之石，尚擬頌於中興〔二〇〕。

【題解】

吏部陳侍郎，指陳之茂。文中「某早出門墻，晚依幕府」二句可證。參見卷七上陳安撫啓題解。陳之茂乾道元年任權吏部侍郎。宋會要輯稿職官五一之二二：「（乾道元年）十二月九日，詔權吏部侍郎陳之茂假工部尚書，充館伴金國賀正旦使。」本文爲陸游爲陳之茂獲除吏部侍郎的賀啓。

本文原未繫年。歐譜繫於乾道元年（一一六五），是。當作於該年秋冬。時陸游任職隆興府通判。

參考卷六謝解啓、卷七上陳安撫啓。

【箋注】

〔一〕進貳：提升爲次官。見卷七賀黄樞密啓注〔一〕。天官：即吏部。周禮分設六官，以天官冢宰居首，總御百官。唐武后時曾改吏部爲天官，旋復舊。後世亦稱吏部爲天官。

〔二〕間然：非議，異議。見卷六謝内翰啓注〔一八〕。

〔三〕撫運：順應時運。見卷二文武百寮謝春衣表注〔四〕。

〔四〕齟齬：不相投合，抵觸。揚雄太玄親：「其志齟齬。」范望注：「齟齬，相惡也。」

〔五〕稀闊：稀疏，稀少。後漢書南匈奴傳：「遂内懷猜懼，庭會稀闊。」

〔六〕「京房」二句：漢書京房傳：「（姚）平又曰：『房可謂小忠，未可謂大忠也。』」京房（前七七—前三七）字君明，西漢東郡頓丘人。治易，以孝廉爲郎。因劾奏中書令石顯、尚書令五鹿充宗等專權，出爲魏郡太守。旋爲顯誣，下獄死。漢書卷七五有傳。

〔七〕「孔子」三句：孟子告子下：「孔子爲魯司寇，不用，從而祭，燔肉不至，不稅冕而行。不知者以爲爲肉也，其知者以爲爲無禮也。乃孔子則欲以微罪行，不欲爲苟去。君子之所爲，衆人固不識也。」微罪，小罪。

〔八〕慶基：幸福的根基。後漢書荀淑韓韶等傳贊：「慶基既啓，有蔚潁濱。」

〔九〕天工：天的職任。古以爲王者法天而建官，代天行職事。書皋陶謨：「無曠庶官，天工人其代之。」

〔一〇〕「當饋」句：舊唐書卷一七〇裴度傳：「翰林學士韋處厚上言曰：『……伏承陛下當食歎息，恨無蕭曹。今有一裴度，尚不留驅使，此馮生所以感悟漢文，云雖有廉頗、李牧不能用也。』」

當饋，當食。蕭曹，指蕭何、曹參，漢初名相，以「蕭規曹隨」著稱，事見漢書蕭何曹參傳。

〔一一〕「恥君」句：新唐書卷九八王珪傳：「以諫諍爲心，恥君不及堯舜，臣不如徵。」

〔一二〕奮庸：指努力建功立業。書舜典：「咨！四岳，有能奮庸熙帝之載。使宅百揆，亮采惠疇。」蔡沈集傳：「言有能奮起事功，以廣帝堯之事者，使居百揆之位。」

〔一三〕輔相：宰相。也泛指大臣。韓愈後廿九日復上宰相書：「愈聞周公之爲輔相，其急於見賢也，方一食三吐其哺，方一沐三捉其髮。」

〔一四〕嶽牧：泛指封疆大吏。見卷六賀辛給事啓注〔一四〕。藩垣：藩籬和垣牆。泛指屏障。語本詩大雅板：「价人維藩，大師維垣。」毛傳：「藩，屏也；垣，墻也。」

〔一五〕淹歷：淹留，經歷。

〔一六〕畀：給予。

〔一七〕論思獻納：議論思考朝政，貢獻忠言供採納。班固兩都賦序：「故言語侍從之臣……朝夕論思，日月獻納。」

〔一八〕經綸康濟：治理國家，安民濟世。見卷六賀辛給事啓注〔四〕、〔六〕。

〔一九〕「駕下澤」二句：指自己安分守己，甘於平淡。下澤之車，一種適宜在沼澤地上行駛的短轂輕便車。後漢書馬援傳：「吾從弟少游常哀吾慷慨多大志，曰：『士生一世，但取衣食裁足，乘下澤車，御款段馬，爲郡掾史，守墳墓，鄉里稱善人，斯可矣。致求盈餘，但自苦耳。』」微分：卑微的名分。宋書劉式之傳：「劉式之於國家粗有微分，偷數百萬錢何有，況不偷邪！」

〔二〇〕「磨涪溪」二句：指願爲南宋中興撰寫頌辭。唐代安史之亂後，肅宗收復兩京，元結撰成大唐中興頌，由顏真卿書，刻成石碑，最早樹於浯溪，故稱浯溪中興頌碑。浯溪，溪水名，在湖南祁陽西南。唐代詩人元結卜居於此。周煇清波雜誌卷八：「浯溪中興頌碑，自唐至今，題詠實繁，零陵近雖刊行，止會粹已入石者，曾未暇廣搜而博訪也。」

賀莆陽陳右相啓

恭審廷颺大號〔一〕，位冠群公。識者咨嗟，益信道行之有命〔二〕；聞而興起，共知天定之勝人。某嘗因故老之言，竊考昭陵之治〔三〕。乾坤大度，固兼容而罔間；日月之照，實無隱而弗臨。小人雖有倖進〔四〕，而善類常多；詖論亦或抵巇〔五〕，而公議終勝。故士氣屢折而復振，邦朋既久而自消〔六〕。諤諤昌言，天下誦道輔、仲淹之直〔七〕；巍巍成績，史臣書韓琦、富弼之賢〔八〕。固嘗端拜於遺風，豈意親逢於盛旦〔九〕。恭惟某官名蓋當代，材高古人。瑰偉之器，足以遺大而投艱〔一〇〕；精微之學〔一一〕，足以任重而道遠。方孤論折群邪之鋭，蓋一身爲衆正之宗〔一二〕。徇國忘家〔一三〕，惟天知我。論去草者絶其本，宜無失於事機〔一四〕；及驅龍而放之菹〔一五〕，果不動於聲氣。卓矣回天之力，孰曰拔山之難〔一六〕，積此茂勳〔一七〕，降時大任。豈獨明公視嘉祐之良弼，初無間然〔一八〕；亦惟聖主享仁祖之治功，殆其自此。某孤遠一介，違離累年〔一九〕。登李膺之舟〔二〇〕，恍如昨夢；游公孫之閣〔二一〕，尚覬兹時。敢誓糜捐，以待驅策。

【題解】

莆陽陳右相，指陳俊卿（一一一三—一一八六），字應求，興化軍莆田人。紹興進士。不附秦檜。檜死，召爲校書郎，任普安郡王（即孝宗）王府教授。孝宗即位，遷中書舍人，出知泉州。乾道元年除吏部侍郎同修國史。四年十月，除尚書右僕射，同中書門下平章事兼樞密使。舉薦虞允文才堪宰相。五年允文爲右相，俊卿遷左相。六年以觀文殿大學士知福州。宋史卷三八三有傳。莆陽，即莆田。陳俊卿隆興間與陸游在鎮江多有過從。本文爲陸游爲陳俊卿獲除右相的賀啓。

本文原未繫年。歐譜繫於乾道四年（一一六八），是。當作於該年十一月。陸游該年十一月二十六日與曾逮函：「游村居凡百遲鈍，數日前方能做賀丞相一箋。」即指本文。時陸游家居山陰。

【箋注】

〔一〕颺：同「揚」。　大號：帝王的號令。易渙：「九五，渙汗其大號。」孔穎達疏：「渙汗其大號者，人遇險阨驚怖而勞，則汗從體出，故以汗喻險阨也。九五處尊履正，在號令之中，能行號令以散險阨者也。」

〔二〕道行：指政治主張被採用實行。白居易和楊尚書：「道行無喜退無憂，舒卷如雲得自由。」

〔三〕昭陵：宋仁宗葬永昭陵，宋人以昭陵作爲仁宗的代稱。樓鑰王岐公立英宗詔草：「昭陵以英宗爲皇子。」

〔四〕倖進：因僥倖而進升。新唐書吉頊傳：「公家以倖進，非有大功於天下，勢必危。」

〔五〕詖論：偏邪不正之言論。陸九淵與朱益叔：「私説詖論，充塞彌滿。」抵巇：指鑽營。鬼谷子抵巇：「巇始有朕，可抵而塞，可抵而卻，可抵而息，可抵而匿，可抵而得，此謂抵巇之理也。」陶弘景題注：「抵，擊實也；巇，釁隙也。牆崩因隙，器壞因釁，而繫實之，則牆器不敗。若不可救，因而除之，更有所營置，人事亦由是也。」

〔六〕邦朋：朋黨，相互勾結違法亂政之人。周禮秋官士師：「掌士之八成……七曰爲邦朋。」鄭玄注：「朋黨相阿，使政不平者。故書朋作傰。」賈公彦疏：「朋爲朋黨阿曲，相阿違國家正法，擅生曲法，使政不平以罔國法，故曰邦朋。」

〔七〕諤諤：直言爭辯貌。韓詩外傳卷十：「有諤諤爭臣者，其國昌；有默默諛臣者，其國亡。」昌言：善言，正當的言論。書皋陶謨：「禹拜昌言曰：『俞！』」孔穎達疏：「禹乃拜受其當理之言。」道輔、仲淹：指孔道輔、范仲淹，北宋名臣。參見卷四上殿劄子二注〔八〕、卷三論選用西北士大夫劄子注〔三〕。

〔八〕韓琦、富弼：北宋名相。參見卷四上殿劄子二注〔八〕。

〔九〕盛旦：佳日。

〔一〇〕瑰偉：指性格才能卓異。蔡邕劉鎮南碑：「君膺期誕生，瑰偉大度。」　遺大而投艱：指賦予重大艱難之任。書大誥：「予造天役，遺大投艱于朕身。」孔穎達疏：「我周家蔚天下役事，遺我甚大，投此艱難於我身。言不得已。」

〔一一〕精微：精深微妙。禮記經解：「絜静精微，易教也。」

〔一二〕衆正：指爲衆人表率。易師彖傳：「師，衆也；貞，正也。能以衆正，可以王矣。」

〔一三〕徇國：爲國家利益獻出生命。徇，同「殉」。後漢書种劭傳：「昔我先父以身徇國。」

〔一四〕事機：行事之時機。三國志田疇傳「虞自出祖而遣之」，裴松之注引先賢行狀曰：「疇因説虞曰：『今帝主幼弱，姦臣擅命，表上須報，懼失事機。』」

〔一五〕「驅龍」句：孟子滕文公下：「禹掘地而注之海，驅蛇龍而放之菹。」趙岐注：「菹，澤生草者也。」

〔一六〕拔山：比喻極其困難。漢書劉向傳：「用賢則如轉石，去佞則如拔山，如此望陰陽之調，不亦難乎！」

〔一七〕茂勳：豐功偉績。晉書元帝紀：「茂勳格於皇天，清暉光於四海。」

〔八〕嘉祐之良弼：指上文所言韓琦、富弼、道輔、仲淹等宋仁宗嘉祐年間的良相名臣。良弼，良佐。間然：彼此隔閡貌。岑參尚書念舊垂賜袍衣率題絶句獻上以申感謝：「富貴情還在，相逢豈間然。」

〔九〕違離：離别，分離。盧諶贈劉琨書：「錫以咳唾之音，慰其違離之意。」

〔一〇〕登李膺之舟：後漢書郭符許列傳：「郭太字林宗……後歸鄉里，衣冠諸儒送至河上，車數千輛。林宗惟與李膺同舟而濟，衆賓望之，以爲神仙焉。」李膺（一一〇—一六九）字元禮。東漢潁川襄城人。漢末名士。反對宦官專權，太學生稱之爲「天下楷模李元禮」。後漢書卷六七有傳。

〔一一〕游公孫之閣：漢書公孫弘傳：「弘自見爲舉首，起徒步，數年至宰相封侯。於是起客館，開東閣，以延賢人，與參謀議。」公孫弘（前二〇〇—一二一）字季，一字次卿。西漢菑川薛人。以賢良對策拜博士，官至丞相，封平津侯。漢書卷五八有傳。

謝王宣撫啓

杜門自屏，誤膺物色之求〔一〕；開府有嚴，更辱招延之指〔二〕。銜恩刻骨，流涕交頤。伏念某獨學寡聞，倦遊不遂〔三〕。濫翻誦説〔四〕，愧口耳之徒勞；跌宕文辭，顧雕蟲而自笑。頃預朋來之列，適逢聖作之辰〔五〕。玉音親錫於儒科，奎翰特嘉於樸學〔六〕。曾未乾於詔墨，已亟遠於周行。病骨支離，邅途顛沛〔七〕，駑馬空思於十駕，沉舟坐閱於千帆〔八〕。方所向而輒窮，已分甘於永棄〔九〕。侵尋末路，邂逅賞音，招之於衆人鄙遠之餘，挈之於半世奇窮之後〔一〇〕。夫富貴外物，唯事賢可謂至榮；父子雖親，然相知猶或不盡。曾是疏遠至孤之迹，又無瓌奇可喜之能，不知何由，坐竊殊遇。

稱於天下曰知己，誰或間然；雖使古人而復生，未易當此。此蓋伏遇某官民之先覺，國之宗臣，精義探繫表之微〔一一〕，英辭鼓海内之動。至誠貫日，踐危機而志意愈堅；屹立如山，決大事而喜愠不見。雖裴相請行於淮右，然蕭公宜在於關中〔一二〕。姑訖外庸，即登魁柄〔一三〕。凡一時之薦寵〔一四〕，極多士之光華。豈謂迂疏，亦加采録。某敢不急裝俟命，碎首爲期〔一五〕。運筆颯颯而草軍書〔一六〕，才雖盡矣；持被剌剌而語婢子〔一七〕，心亦鄙之。尚力著於微勞，庶少伸於壯志。

【題解】

王宣撫，指王炎，字公明。安陽人。王競之弟。乾道四年二月賜同進士出身、除端明殿學士、簽書樞密院事。五年二月兼權參知政事、兼同知國用事、同知樞密院事。三月以參知政事除四川宣撫使。七年九月除樞密使，參知政事、四川宣撫使依前。九年正月罷樞密使。執政凡五年。淳熙元年以觀文殿學士知潭州。二年知荆南府，復資政殿大學士。（據宋宰輔編年録校補卷十七）王炎宣撫四川後，首辟陸游參預幕府。本文爲陸游致王炎的謝啓。

本文原未繫年。歐譜繫於乾道五年（一一六九），是。當作於該年三月。時陸游家居山陰。

【箋注】

〔一〕物色：訪求，尋找。挑選。劉向列仙傳關令尹喜：「老子西遊，喜先見其氣，知有真人當過，物色而遮之，果得老子。」

〔二〕開府：指高級官員成立府署，選置僚屬。後漢書董卓傳：「（李）傕又遷車騎將軍，開府，領司隸校尉，假節。」此指王炎宣撫四川，選配幕府。招延：招請，延請。史記梁孝王世家：「招延四方豪桀，自山以東遊説之士，莫不畢至。」

〔三〕倦遊：厭倦遊宦生涯。史記司馬相如列傳：「長卿故倦遊。」裴駰集解引郭璞曰：「厭遊宦也。」

〔四〕瀾翻：言辭滔滔不絶。參見卷六除删定官謝丞相啓注〔五〕。

〔五〕朋來：即吉慶。語本易復：「朋來無咎。」蘇軾賀正啓：「慶此朋來之辰，必有彙征之福。」聖作：多稱頌帝王有所作爲。語本易乾：「聖人作而萬物睹。」

〔六〕「玉音」二句：指孝宗賜己進士出身。奎翰，指帝王的詩文書畫。王十朋謝李侍郎贈御書琳：「九天賜下飛奎翰，照眼昭回倬雲漢。」

〔七〕支離：指殘缺而不中用。莊子人間世：「夫支離其形者，猶足以養其身，終其天年，又況支離其德者乎！」　邅途：坎坷的道路。劍南詩稿卷三自三泉泛嘉陵至利州：「日日邅途處處詩，書生活計絶堪悲。」

〔八〕「駑馬」二句：荀子修身：「夫驥一日而千里，駑馬十駕，則亦及之矣。」駑馬，劣馬。十駕，馬拉車一天爲一駕，十駕爲十天路程。指劣馬奮力拉車，亦可致遠。劉禹錫酬樂天揚州初逢席上見贈詩：「沈舟側畔千帆過，病樹前頭萬木春。」

〔九〕分甘：分享歡樂。見卷六除删定官謝丞相啓注〔一一〕。

〔一〇〕奇窮：困厄。蘇軾祭英烈王祝文：「嗟我惷愚，所向奇窮。」

〔一一〕繫表：指言辭之外。庾信哀江南賦：「聲超於繫表，道高於河上。」

〔一二〕裴相：指裴度（七六五—八三九）字中立，唐河東聞喜人。貞元進士。元和十年六月，藩鎮王承宗、李師道遣刺客刺殺宰相武元衡，御史中丞裴度受傷得脱。唐憲宗即命裴度爲宰相。十二年，裴度請親自督戰淮右，稱「誓不與此賊偕全」。事見舊唐書卷一七〇裴度傳。　蕭公：指蕭何（？—前一九三），西漢泗水沛人。劉邦王漢中，以蕭何爲相，劉邦帶兵擊楚，留蕭何守關中，侍太子，爲法令約束，轉輸士卒糧餉，建立穩固的後方。劉邦稱帝，論蕭何功居第一。事見史記卷五三蕭相國世家。

〔一三〕外庸：指任地方官時的政績。韓愈沂國公先廟碑銘：「曁曁田侯，兩有文武。訖其外庸，可作承輔。」魁柄：比喻朝政大權。漢書梅福傳：「今乃尊寵其位，授以魁柄，使之驕逆，至於夷滅，此失親親之大者也。」顏師古注：「以斗爲喻也，斗身爲魁。」

〔一四〕薦寵：推薦愛護。史記魏其武安侯列傳：「稠人廣衆，薦寵下輩。士亦以此多之。」

〔一五〕碎首：碎裂頭顱，猶言粉身碎骨。漢書杜鄴傳：「臣聞禽息憂國，碎首不恨；卞和獻寶，刖足願之。」

〔一六〕「運筆」句：北史陳元康傳：「元康於壇下作軍書，颯颯運筆，筆不及凍，俄頃數紙。」

〔一七〕「持被」句：宋祁宋景文筆記卷中：「（韓愈）又云：『持被入直三省，丁寧顧婢子，語刺刺不得休。』此等皆新語也。」語刺刺，形容語促。或言，「刺刺」當作「刺刺」。

通判夔州謝政府啓

貧不自支，食粥已逾於數月；幸非望及，彈冠忽佐於名州〔一〕。孰知罪戾之餘，猶在憫憐之數。銜恩曷報，撫己知慚。伏念某少也畸人〔二〕，長而獨學。好莊周齊物之説〔三〕，樂以忘憂；讀嵇康養生之篇〔四〕，慨然有志。秉心不固，涉世寖深，兒女忽其滿前，藜藿至於並日〔五〕。屢求吏隱〔六〕，冀代躬耕。亦嘗辱記其姓名，固欲稍畀之衣食。費元化密移之力〔七〕，不知幾何；悼孤生一飽之艱〔八〕，乃至如此。卒叨薄禄，實謂殊私〔九〕。此蓋伏遇某官黼黻帝猷，權衡國論〔一〇〕。開公孫之東閣〔一一〕，共欣多士之彙征；解晏子之左驂〔一二〕，不忍一夫之獨廢。召來和氣，力致隆平〔一三〕。惟是魚復之故城，雖號烏蠻之絶塞〔一四〕。乃如别駕〔一五〕，實類閒官。况惸惸方起於徒中，宜凛凛過虞於意外〔一六〕，固弗敢視馬曹而不問，亦每當占紙尾而謹書〔一七〕。豈有功勞，能自表見。念昔並遊於英俊，頗嘗抒思於文辭，既嗟氣力之甚卑，復恨見聞之不廣。今將窮江湖萬里之險，歷吴楚舊都之雄〔一八〕。山巔水涯，極詭異之觀；廢宫故墟，吊興廢之迹。動心忍性，庶幾或進於豪分〔一九〕；娱憂紓悲〔二〇〕，亦嘗勉見於言語。儻粗傳於後世，猶少答於深知。過此以還，未知所措〔二一〕。

【題解】

通判夔州，指陸游於乾道五年十二月六日得報，以左奉議郎差通判夔州軍州事。政府，唐宋時稱宰相治理政務的處所爲政府。此指政府首腦即左、右相。考宋史卷二一三宰輔表四，此時執政的爲左相陳俊卿、右相虞允文。本文爲陸游獲除夔州通判後上呈政府首腦的謝啓。

本文原未繫年。歐譜繫於乾道五年（一一六九），是。當作於該年十二月。時陸游家居山陰。

【箋注】

〔一〕彈冠：比喻相友善者援引出仕。葛洪抱朴子自叙：「内無金張之援，外乏彈冠之友。」名州：指夔州。

〔二〕畸人：指特立獨行、不同流俗之人。莊子大宗師：「子貢曰：『敢問畸人？』曰：『畸人者，畸於人而侔於天。』」成玄英疏：「畸者，不耦之名也。修行無有，而疏外形體，乖異人倫，不耦於俗。」

〔三〕齊物之説：指莊子齊物論。老莊學派的一種哲學思想，認爲宇宙間一切事物，如生死壽夭、是非得失、物我有無，都應當同等看待。

〔四〕養生之篇：指嵇康養生論。魏晉玄學的一種理論，認爲人的壽命與先天禀賦有關，更與後天保養有關；通過導引、調養等方法養生，可以達到長壽。嵇康（二二三—二六二）字叔夜，三國魏譙郡人。崇尚老莊，風神俊逸，博洽多聞。工詩文，精樂理。著有養生論、聲無哀樂論等。三國志卷二一有傳。

〔五〕「兒女」二句：王安石送王覃詩：「山林渺渺長回首，兒女紛紛忽滿前。」藜藿，灰菜和豆葉。泛指粗劣的飯菜。文選曹植七啓：「予甘藜藿，未暇此食也。」劉良注：「藜藿，賤菜，布衣之所食。」并日，整天。

〔六〕吏隱：指不以利禄縈心，雖居官而猶如隱者。宋之問藍田山莊詩：「宦遊非吏隱，心事好幽偏。」

〔七〕元化：造化，天地。陳子昂感遇詩之六：「古之得仙道，信與元化并。」密移：暗中遷移。列子天瑞：「運轉亡已，天地密移，疇覺之哉。」

〔八〕孤生：孤陋之人。謙詞。後漢書周榮傳：「榮曰：『榮江淮孤生……今復得備宰士，縱爲竇氏所害，誠所甘心。』」

〔九〕殊私：指帝王對臣下的特別恩寵。北史姚僧垣傳：「（宣帝）謂曰：『嘗聞先帝呼公爲姚公，有之？』對曰：『臣曲荷殊私，實如聖旨。』」

〔一〇〕黼黻：指輔佐。柳宗元乞巧文：「黼黻帝躬，以臨下民。」帝猷：帝王治國之道。後漢書蔡邕傳：「皇道惟融，帝猷顯丕；泜泜庶類，含甘吮滋。」國論：有關國家大計的議論。漢書薛宣傳：「臣聞賢材莫大於治人，宣已有效。其法律任廷尉有餘，經術文雅足以謀王體，斷國論。」

〔一一〕「開公孫」句：指公孫弘開東閣招賢。見本卷賀莆陽陳右相啓注〔一一〕。

〔一二〕「解晏子」句：指晏子在途中解左驂，救贖越石父。史記管晏列傳：「越石父賢，在縲紲中。晏子出，遭之塗，解左驂贖之，載歸。」晏子，即晏嬰（前？—前五〇〇）字平仲。齊夷維人。相齊景公，以節儉力行名聞諸侯。史記卷六二有傳。

〔一三〕隆平：昌盛太平。趙岐孟子題辭：「帝王公侯遵之，則可以致隆平，頌清廟。」

〔一四〕魚復：地名，今四川奉節東。三峽起於此。烏蠻：古代西南少數民族名。亦指其居住地。杜甫秋日夔府詠懷：「絶塞烏蠻北，孤城白帝邊。」

〔一五〕別駕：宋代州、府長史、司馬、別駕稱上佐官，皆無實際職掌。或以特恩授士人，或以犯官充任。

〔一六〕惸惸：孤單無依貌。亦作「煢煢」。曹丕燕歌行：「賤妾煢煢守空房，憂來思君不敢忘。」徒：即徒刑，古代五刑之一。將罪犯拘禁於一定場所，剥奪其自由，并强制勞動，始於北周。隋書刑法志：「（北周大律）三曰徒刑。」凜凜：驚恐畏懼貌。三國志蜀書法正傳：「初，孫權以妹妻先主，妹才捷剛猛，有諸兄之風，侍婢百餘人，皆親執刀侍立，先主每入，衷心常凜凜。」

〔一七〕馬曹：管馬的官署。多用以指閒官或卑微小官。晉書王徽之傳：「徽之字子猷。性卓犖不羈……又爲車騎桓沖騎兵參軍，沖問：『卿署何曹？』對曰：『似是馬曹。』」紙尾：書面文字結尾處，常署名或寫年月日等。宋書蔡廓傳：「廓曰：『我不能爲徐干木署紙尾也。』」

〔一八〕吴楚：泛指春秋吴、楚之故地。即今長江中、下游一帶。世説新語言語：「君吴楚之士，亡國之餘，有何異才，而應斯舉？」

〔一九〕動心忍性：孟子告子下：「所以動心忍性，曾益其所不能。」趙岐注：「所以驚動其心，堅忍其性，使不違仁。」豪分：比喻細微之物。豪，通同毫。漢書叙傳上：「若乃牙、曠清耳於管絃，離婁眇目於豪分。」

〔二〇〕娱憂紓悲：排遣憂愁，緩解悲傷。見卷七謝參政啓注〔三〕。

〔二一〕「過此」二句：除此以外，不知所措。語本易繫辭下：「精義入神，以致用也；利用安身，以崇德也。過此以往，未之或知也。」啓文常用此句式，變换詞語，作爲篇末結束語。

謝洪丞相啓

薄技效官，曾是青袍之朝士〔一〕；明恩起廢，更爲朱綬之山人〔二〕。雖莫與於鴻鈞，猶竊陶於盛化〔三〕。敢修尺牘，敬布寸心。伏念某承學孤生，輟耕漫仕〔四〕，頃輸勞於鉛槧，嘗厠迹於紳緌〔五〕。再歲京華，每有鳬雁少多之歎〔六〕；一時士類，或爲草木臭味之同〔七〕。因遭衆口之鑠金，孰信淡交之如水〔八〕。訖由寛貸，得遂退藏〔九〕，幸未抵於投荒，乃復污於除吏〔一〇〕。兹蓋伏遇某官應期降命，同德格天〔一一〕。以淵源之學，潤色皇猷〔一二〕；以直大之氣，折衝世變〔一三〕。彝鼎方書於偉績，濤瀾忽起於畏途〔一四〕。際嘉會之風雲，將開平治〔一五〕；畀凶人於豺虎，亟正讒誣〔一六〕。乃顧近藩，暫勞卧護〔一七〕。鋤耰競勸〔一八〕，流逋已見於四歸；弦誦相聞〔一九〕，風俗殆期於一變。俯念編氓之賤，嘗居部吏之間〔二〇〕，假之餘光〔二一〕，使不終廢。而某自安隱約，久困沉綿〔二二〕。和堯民擊壤之歌〔二三〕，徒欣末路；刻唐士齊天之頌〔二四〕，尚俟他時。

【題解】

洪丞相，即洪适。參見卷七問候洪總領啓題解。洪适乾道元年十二月拜右相兼樞密使，二年三月即罷右相，授觀文殿學士，提舉江州太平興國宫。此時任知紹興府兼浙東安撫使。標題以舊職稱之。本文爲陸游獲除夔州通判後致紹興知府、故丞相洪适的謝啓。

本文原未繫年。歐譜繫於乾道五年（一一六九）是。當作於該年十二月。時陸游家居山陰。參考卷七問候洪總領啓。

【箋注】

〔一〕青袍：唐代八品、九品官服青色。此泛指品位低級的官吏。朝士：指朝官。

〔二〕起廢：重新起用已被貶黜的官吏。蘇軾送程建用詩：「今年聞起廢，魯史復光景。」朱紱：紅色絲帶。古代用以繫印章、玉佩和帷幕之類。錢起送丁著作佐台郡詩：「佐郡紫書下，過門朱紱新。」山人：隱居在山中的士人。孔稚珪北山移文：「蕙帳空兮夜鶴怨，山人去兮曉猿驚。」

〔三〕鴻鈞：比喻國柄，朝政。司馬光效趙學士體成口號十章獻開府太師之十：「八十聰明强健身，況從壯歲秉鴻鈞。」陶：陶染，薰陶。盛化：昌明的教化。傅亮爲宋公求加贈劉前軍表：「方宣贊盛化，緝隆聖世，志績未究，遠邇悼心。」

〔四〕漫仕：散漫之士人。

〔五〕鉛槧：指寫作，校勘。韓愈送無本師歸范陽詩：「老懶無鬬心，久不事鉛槧。」厠迹：插足，置身。南齊書劉瓛傳：「既習此歲久，又齒長疾侵，豈宜攝齋河間之聽，厠迹東平之僚？」紳緌：指有官職的人。紳，大帶；緌，冠帶末梢下垂部分。

〔六〕「鳬雁」句：感歎數量無多。拓拔興宗請致仕侍親表：「雙鳬隻雁，寧覺少多？九牛一毛，未爲增損。」鳬雁，野鴨和大雁。

〔七〕「草木」句：比喻物以類聚。左傳襄公八年：「季武子曰：『誰敢哉！今譬於草木，寡君在君，君之臭味也。』」杜預注：「言同類。」

〔八〕衆口鑠金：比喻輿論影響的强大。國語周語下：「衆口鑠金。」韋昭注：「鑠，消也，衆口所毁，雖金石猶可消也。」淡交之如水：莊子山木：「且君子之交淡若水，小人之交甘若醴；君子淡以親，小人甘以絶。」

〔九〕寬貸：寬恕，赦免。後漢書順帝紀：「惟閻顯、江京近親，當伏辜誅，其餘務崇寬貸。」退藏：引退藏身。見卷一福建到任謝表注〔一一〕。

〔一〇〕投荒：貶謫、流放到荒遠之地。獨孤及爲明州獨孤使君祭員郎中文：「公負譴投荒，予亦左祚異域。」除吏：拜官授職，除故官就新官。史記魏其武安侯列傳：「上乃曰：『君除吏已盡未？吾亦欲除吏。』」

〔二〕同德：指目標相同。國語吴語：「戮力同德。」格天：感通上天。語本書君奭：「我聞在昔成湯既受命，時則有若伊尹，格于皇天。」

〔三〕潤色：使增加光彩。漢書終軍傳：「夫天命初定，萬事草創，及臻六合同風，九州共貫，必待明聖潤色，祖業傳於無窮。」皇猷：帝王的教化。沈約齊太尉文憲王公墓銘：「帝圖必舉，皇猷諧煥。」

〔三〕折衝：制勝。見卷六賀曾秘監啓注〔五〕。世變：時世變遷。書畢命：「既歷三紀，世變風移，四方無虞。」

〔四〕彝鼎：泛指古代祭祀用的鼎、尊、罍等禮器。禮記祭統：「對揚以辟之，勤大命，施于烝彝鼎。」鄭玄注：「彝，尊也。」畏塗：艱險可怕之道路。莊子達生：「夫畏塗者，十殺一人，則父子兄弟相戒也，必盛卒徒而後敢出焉。」成玄英疏：「塗，道路也。夫路有劫賊，險難可畏。」

〔五〕平治：太平。韓愈請上尊號表：「堯之在位七十餘載，戒飭咨嗟，以致平治。」

〔六〕「畀凶人」句：指將凶人投飼豺虎。詩小雅巷伯：「取彼譖人，投畀豺虎。」凶人，兇惡之人。書泰誓中：「我聞吉人爲善，惟日不足；凶人爲不善，亦惟日不足。」讒誣，讒害誣陷。歐陽修重讀徂徠集詩：「讒誣不須辨，亦止百年間。」

〔一七〕近藩：指紹興府。　卧護：即卧治，謂在卧病中監軍。　史記留侯世家：「上雖病，卧而護之，諸將不敢不盡力。」

〔一八〕鋤耰：鋤和耰，農具名。　一説耰爲鋤柄。　吕氏春秋簡選：「鋤耰白梃，可以勝人之長銚利兵，此不通乎兵者之論。」

〔一九〕弦誦：弦歌誦讀。　禮記文王世子：「春誦，夏弦。」鄭玄注：「誦謂歌樂也，弦謂以絲播詩。」孔穎達疏：「誦謂歌樂者，謂口誦歌樂之篇章，不以琴瑟歌也。　云弦謂以絲播詩者，謂以琴瑟播彼詩之音節，詩音則樂章也。」

〔二〇〕編氓：編入户籍的平民。　武元衡行路難詩：「休説編氓樸無耻，至竟終須合天理。」　部吏：古代各郡的屬吏。　泛指地方官。　王充論衡商蟲：「變復之家，謂蟲食穀者，部吏所致也。」

〔二一〕餘光：他人給予的恩澤。　見卷七賀吕知府啓注〔一〇〕。

〔二二〕隱約：困厄。　莊子山木：「夫豐狐文豹，棲於山林，伏於巖穴，静也；夜行晝居，戒也；雖飢渴隱約，猶且胥疏於江湖之上而求食焉，定也。」　沉綿：指疾病纏綿，經久不愈。　杜甫送高司直尋封閬州詩：「長卿消渴再，公幹沉綿屢。」

〔二三〕堯民擊壤之歌：指歌頌太平盛世之作。　見卷一江西到任謝表注〔一六〕。

〔二四〕唐士齊天之頌：指唐代元結的大唐中興頌。見本卷賀吏部陳侍郎啓注〔一二〕。齊天：頌文中有「湘江東西，中直浯溪。石崖天齊，可磨可鐫。刊此頌焉，何千萬年」之句。

上王宣撫啓

薄命邅回，阻並遊於簪履〔一〕；丹誠精確，猶結戀於門牆〔二〕。敢辭蹈萬死於不測之途，所冀明寸心於受知之地。伏念某禀資凡陋，承學空疏。雖肝膽輪囷〔三〕，常慕昔賢之大節；乃齒牙零落，猶爲天下之窮人。撫劍悲歌，臨書浩歎，每感歲時之易失，不知涕泗之横流。昨屬元臣，暫臨西鄙〔四〕，獲厠油幕衆賢之後〔五〕，實輕玉關萬里之行。奮厲欲前，駑馬方思於十駕〔六〕；羈窮未憖〔七〕，沉舟又閱於千帆。傷弱植之易摇，悼鴻鈞之難報〔八〕，心危欲折，髮白無餘。如輪勞效命之有期，顧隕首穴胸而何憾〔九〕。兹從剡曲，來次夔關〔一〇〕，雖未覘於光塵〔一一〕，已少紓於志願。此蓋伏遇某官應期降命，生德自天。器宇魁閎〔一二〕，鍾太行、黄河温厚之氣；文章巨麗，有慶曆、嘉祐太平之風。取人不棄於小材，論事每全於大體。念兹虚薄，奚足矜憐。然遭遇異知，業已被扆前之薦〔一三〕；使走趨遠郡，豈不爲門下之羞。儻回曩昔之恩〔一四〕，俾叨分寸之進。窮子見父，可量悲喜之懷；白骨成人，盡出生全之賜〔一五〕。過此以往，未知所裁。

【題解】

王宣撫，即王炎。參見本卷謝王宣撫啓題解。陸游於乾道六年閏五月十八日離山陰故家，十月二十七日抵夔州赴通判任。本文爲陸游上呈四川宣撫使王炎的啓文。啓上，王炎辟其爲幕賓，以左承議郎權四川宣撫使司幹辦公事兼檢法官。

本文原未繫年。歐譜繫於乾道七年（一一七一），于譜繫於乾道八年（一一七二）。因陸游乾道八年正月即被王炎辟爲幕賓，故本文約作於乾道七年冬。時陸游任夔州通判。

參考本卷謝王宣撫啓。

【箋注】

〔一〕邅回：困頓，不順利。南史張充傳：「獨師懷抱，不見許於俗人，孤修神崖，每邅回於在世。」

簪履：亦作簪屨。簪笄和鞋子。比喻卑微舊臣。舊唐書高士廉傳：「臣亡舅士廉知將不救，顧謂臣曰：『至尊覆載恩隆，不遺簪履，亡歿之後，或致親臨。』」

〔二〕門牆：原指連接大門處的院牆。此借指門庭。蘇舜欽送黄莘還家詩：「顧亦念所親，歸心劇風檣。想當舍檝初，喜氣充門牆。」

〔三〕輪囷：盤曲貌。文選鄒陽獄中上書自明：「蟠木根柢，輪囷離奇。」李善注引張晏曰：「輪囷離奇，委曲盤戾也。」

〔四〕元臣：老臣。參見卷七除編修官謝丞相啓注〔一〇〕。西鄙：西方的邊邑。春秋莊公十九年：「冬，齊人、宋人、陳人伐我西鄙。」杜預注：「鄙，邊邑。」此指夔州。

〔五〕油幕：塗油的帳幕。借指將帥的幕府。劉禹錫覽董評事思歸之什因以詩贈：「幾年油幕佐征東，却泛滄浪狎釣童。」

〔六〕駑馬：劣馬。見本卷謝王宣撫啓注〔八〕。

〔七〕羈窮：飄泊窮困。王安石答田仲通書：「羈窮不幸，不得常從，以進道藝，其恨豈有忘時哉！」愁：憂愁，傷心。王安石謝宣諭許罷節鉞表：「閉門養疾，曾未愁於朝榮；擊壤歌時，顧難忘於聖力。」

〔八〕弱植：身世寒微、勢孤力單者。王勃春思賦序：「僕不才，耿介之士也……雖弱植一介，窮途千里，未嘗下情於公侯，屈色於流俗，凛然以金石自匹，猶不能忘情於春。」鴻鈞：指鴻恩。蘇頲代家君讓左僕射表：「非臣微命，能答鴻鈞。」

〔九〕隕首穴胸：斷頭穿胸。新唐書李密傳：「豈公一失利，輕去就哉？雖隕首穴胸，所甘已。」

〔一〇〕剡曲：即剡溪，曹娥江的上游。在浙江嵊縣南。李白夢遊天姥吟留别：「湖月照我影，送我至剡溪。」此指家鄉山陰。夔關：即夔州路。北宋始置，轄境在今四川、重慶、貴州、湖北數省交界處。治夔州（今重慶奉節）。

〔一一〕覘：察看。光躔：指光明的前景。

〔一二〕器宇：度量，胸懷。魁閎：形容器宇不凡，氣量宏大。韓愈上宰相書：「枯槁沉溺、魁閎寬通之士，必且洋洋焉動其心，峨峨焉纓其冠，于于焉而來矣。」

〔一三〕被扆前之薦：指除夔州通判。扆前，屏前，指天子之前。扆，宫殿内設在門窗之間的大屏風。

〔一四〕曩昔之恩：指王炎辟陸游參與幕府之前的舊恩。

〔一五〕生全：保全生命，全身。呂氏春秋適音：「勝理以治身則生全，以生全則壽長矣。」

謝晁運使啓 救火後發舉狀

事出權宜〔一〕，弗及先言而後救；恩加慰藉，乃煩並蓄而兼收〔二〕。甫定驚魂，已横感涕。伏念某灰心賤士，焦尾餘生〔三〕，學才比於聚螢，智莫階於束緼〔四〕。偶緣羈宦，獲托餘光。别駕治中，已負曠瘝之責〔五〕；祝融回禄〔六〕，更慚備禦之疏。方炎官熱屬之鼎來，實杯水輿薪之弗救〔七〕。煙埃蔽日，綆缶交途〔八〕，轡攸遽駭於黔廬，倉卒僅知於顧府〔九〕。焦頭爛額〔一〇〕，本資衆力之同；露蓋暴衣〔一一〕，至屈使華之重。惟當治罪，寧可論功。此蓋伏遇某官造道精深，宅心誠敬，曲記熒熒之迹，特收赫赫之威〔一二〕，憐巢燕之幾焚，脱池魚於必死。弗用玉瓚〔一三〕，方勤人事之修；等與牛車〔一四〕，俾離火宅之怖。某敢不仰思難稱，俯愧無勞。深念客言，更謹徙薪之戒；廣儲水器，常如濡幕之時〔一五〕。過此以還，未知所措。

【題解】

運使，掌各路財賦之職。參見卷七上史運使啓題解。晁運使爲誰不詳。于譜推測或爲晁公武。晁氏曾於紹興二十七年任潼川府路轉運判官，但自乾道四年至七年歷任利州路安撫使、淮南東路安撫使、臨安府少尹，未有轉運史之任。題下自注：「救火後發舉狀。」救火事不詳，或陸游在夔州曾遭遇大火。發舉，揭發，檢舉。本文爲陸游致晁運使的謝啓。全篇羅列救火典故，似爲遊戲之作。

本文原未繫年。歐譜繫於乾道七年（一一七一），是。時陸游任夔州通判。

【箋注】

〔一〕權宜：指暫時適宜的措施。後漢書西羌傳論：「計日用之權宜，忘經世之遠略。」

〔二〕並蓄而兼收：指把各種東西一律收羅藏蓄。韓愈進學解：「玉札丹砂，赤箭青芝，牛溲馬勃，敗鼓之皮，俱收並蓄，待用無遺者，醫師之良也。」

〔三〕賤士：士人謙稱。江淹思北歸賦：「況北州之賤士，爲炎土之流人。」焦尾：原指焦尾琴。此指經歷火災。

〔四〕聚螢：收聚螢光以照明。比喻刻苦力學。晉書車胤傳：「家貧不常得油，夏月則練囊盛數十螢火以照書，以夜繼日焉。」階：憑藉。束緼：用亂麻搓成引火物，持之向鄰家討火點燃。比喻求助於人。漢書蒯通傳：「臣之里婦，與里之諸母相善也。里婦夜亡肉，姑以爲盜，怒而逐之。婦晨去，過所善諸母，語以事而謝之。里母曰：『女安行，我今令而家追女矣。』即束緼請火於亡肉家，曰：『昨暮夜，犬得肉，争鬬相殺，請火治之。』亡肉家遽追呼其婦。」

〔五〕别駕：漢代州刺史的佐吏，宋代即通判。治中：漢代州刺史的助理，主管文書案卷，宋代即簽書判官廳公事。曠瘝：指曠廢職守。書冏命：「非人其吉，惟貨其吉，若時瘝厥官。」蔡沈集傳：「言不於其人之善，而惟以貨賄爲善，則是曠厥官。」

〔六〕祝融：帝嚳時的火官，後尊爲火神，命曰祝融。亦用爲火或火災的代稱。左傳昭公二十九年：「火正曰祝融。」又：「顓頊氏有子曰黎，爲祝融。」國語鄭語：「夫黎爲高辛氏火正，以淳燿敦大，天明地德，光照四海，故命之曰『祝融』，其功大矣。」回禄：傳説中的火神。亦用以指火災。左傳昭公十八年：「郊人助祝史除於國北，禳火於玄冥、回禄。」杜預注：「回禄，火神。」

〔七〕炎官：神話中的火神。吴筠遊仙詩之一：「赤帝躍火龍，炎官控朱鳥。」鼎來：方來，正來。漢書匡衡傳：「諸儒爲之語曰：『無説詩，匡鼎來；匡語詩，解人頤。』」顔師古注：「服虔曰：『鼎猶言當也，若言匡且來也。』應劭曰：『鼎，方也。』」杯水輿薪：即杯水車薪。比喻力量微小，無濟於事。孟子告子上：「今之爲仁者，猶以一杯水救一車薪之火也。」

〔八〕綆缶：汲水用繩索和盛水用瓦罐。左傳襄公九年：「九年春，宋災。樂喜爲司城以爲政。使伯氏司里，火所未至，徹小屋，塗大屋，陳畚挶，具綆缶，備水器，量輕重，蓄水潦，積土塗，巡丈城，繕守備，表火道。」杜預注：「綆，汲索；缶，汲器。」襄公九年春，宋國遭遇火災，以上爲災後採取的一系列預防補救措施。

〔九〕鬱攸：火氣。亦指火災。左傳哀公三年：「濟濡帷幕，鬱攸從之，蒙葺公屋。」杜預注：「鬱攸，火氣也。濡物於水，出用爲濟。」黔廬：熏黑屋廬。柳宗元賀進士王參元失火書：「黔其廬，赭其垣，以示其無有，而足下之才能乃可顯白而不汙，其實出矣，是祝融、回禄之相吾子也。」顧府：左傳哀公三年：「五月辛卯，司鐸火，火逾公宫，桓、僖災，救火者皆曰『顧府』。」杜預注：「言常人愛財。」

〔一〇〕焦頭爛額：形容被火燒傷得很嚴重。淮南子説山訓「淳于髠之告失火者，此其類」，高誘注：「淳于髠，齊人也。告其鄰，突將失火，使曲突徙薪。鄰人不從，後竟失火。言者不爲功；救火者焦頭爛額爲上客。」

〔一一〕露蓋暴衣：車無帷蓋，衣不完整。此亦形容救火狼狽貌。

〔一二〕熒熒：指小火。六韜守土：「涓涓不塞，將爲江河；熒熒不救，炎炎奈何？」赫赫：顯赫盛大貌。詩小雅節南山：「赫赫師尹，民具爾瞻。」

〔一三〕玉瓚：古代禮器。爲玉柄金勺，祼祭時用以酌香酒。詩大雅旱麓：「瑟彼玉瓚，黄流在中。」毛傳：「玉瓚，圭瓚也。」鄭玄箋：「圭瓚之狀，以圭爲柄，黄金爲勺，青金爲外，朱中央矣。」孔穎達疏：「瓚者，器名，以圭爲柄。圭以玉爲之，指其體，謂之玉瓚。」

〔一四〕牛車：佛教語。比喻普渡一切衆生的菩薩道。法華經譬喻品：「愍念安樂無量衆生，利益天人，度脱一切，是名大乘，菩薩求此乘故，名爲摩訶薩，如彼諸子，爲求牛車，出於火宅。」

〔一五〕「深念」四句：指早作準備，努力防患於未然。徙薪，即曲突徙薪。使直道煙囱彎曲，搬開灶旁柴禾，以預防火災。濡幕，濡濕帷幕。參見本文注〔八〕、〔九〕。

謝夔路監司列薦啓

意象纍然，揣分方安於下吏〔一〕；寵光異甚，文章遽上於公車〔二〕。莫測何由，但知難稱。伏念某久嬰瞀病，見謂散材〔三〕，偶從諸老先生之遊，粗得前言往行之略。可咨今事，少年誤竊於虚名；力洗陳言，晚節方慚於大學。一來楚峽，再閲王春〔四〕，惟體重於藩方，故職均於曹掾〔五〕。占名惟謹，幸逃有蠻之嘲〔六〕；竊禄甚微，屢起無魚之歎〔七〕。豈期僉論，驟及孤蹤〔八〕，遂令枯槁之餘，漸有敷榮之望〔九〕。此蓋伏遇某官器函魁磊，議極崇谹〔一〇〕，雖持秋霜夏日之嚴，每廓滄海洪河之量。大呼相和〔一一〕，或容醉吏之狂；重聽何傷，曲恕聾丞之老〔一二〕。雖深知其無用，亦並采而不遺。某敢不强恕求仁，質直好義。庶幾夙夜，或免小人之歸〔一三〕；猶有鬼神，尚圖國士之報〔一四〕。

【題解】

夔路，即夔州路。參見本卷上王宣撫啓注〔一〇〕。監司，宋諸路轉運使司、提點刑獄司、提舉常平司等，有監察各州官吏之責，總稱監司。列薦，列舉，薦舉。陸游被王炎辟爲幕賓，以左承議郎權四川宣撫使司幹辦公事兼檢法官。這一任命過程中，或得到諸監司的薦舉。本文爲陸游致夔州路諸監司長官的謝啓。

本文原未繫年。歐譜繫於乾道八年（一一七二），是。當作於該年元月。于譜載陸游乾道八年「正月啓行」赴南鄭。時陸游即將卸任夔州通判。

【箋注】

〔一〕意象：指神態。漢書李廣傳：「廣不謝大將軍而起行，意象愠怒而就部。」纍然：羸憊貌。

大戴禮記文王官人：「懼色薄然以下，憂悲之色纍然而静。」揣分：衡量職分、能力。見卷五辭免賜出身狀注〔四〕。下吏：低級官吏。

〔二〕寵光：指恩寵光耀。見卷二文武百寮謝春衣表注〔二〕。交章：指官員交互向皇帝上奏表章。韓愈唐故秘書少監贈絳州刺史獨孤府君墓誌銘：「君與起居舍人李約交章指摘，事以不行。」公車：漢代官署名，掌管宫殿司馬門的警衛。天下上事及徵召等事宜，經由此處受理。後指此類受理奏章的官署。史記滑稽列傳：「朔初入長安，至公車上書，凡用三千奏牘。」

〔三〕瞀病：眼花目眩的病症。莊子徐無鬼：「予少而自遊於六合之内，予適有瞀病。」成玄英疏：「瞀病，謂風眩冒亂也。」散材：無用之木。比喻不爲世所用之人。施肩吾玩手植松詩：「今日散材遮不得，看看氣色欲凌雲。」

〔四〕楚峽：楚州、峽州。楚州轄境在今重慶及周邊，峽州轄境在今湖北宜昌及周邊。此指夔州。王春：指陰曆新春。語本公羊傳隱公元年：「元年春，王正月……春者何？歲之始也；王者孰謂？謂文王也。」

〔五〕藩方：指邊境地區。古時稱屬國屬地或分封的土地爲藩。曹掾：分曹治事的屬吏，胥吏。東觀漢記吴良傳：「於今議曹掾尚無袴，寧爲家給人足邪？」

〔六〕有蠻之嘲：指嘲諷通判與知州不和。歐陽修歸田録卷二：「國朝自下湖南，始置諸州通判，既非副貳，又非屬官。故嘗與知州争權，每云：『我是監郡，朝廷使我監汝。』舉動爲其所制。……至今州郡往往與通判不和。往時有錢昆少卿者，家世餘杭人也，杭人嗜蟹，昆嘗求補外郡，人問其所欲何州，昆曰：『但得有螃蟹無通判處則可矣。』至今士人以爲口實。」

〔七〕無魚之歎：指慨歎待遇太低。史記孟嘗君列傳：「（馮諼）倚柱彈其劍，歌曰：『長鋏歸來乎，食無魚！』」

〔八〕僉論：即僉議。指衆人的意見。多用於群臣百官。沈約授蕭惠休右僕射詔：「人副朝端，僉議斯在。」孤蹤：孤單，此指自己。

〔九〕敷榮：開花。嵇康琴賦：「迫而察之，若衆葩敷榮曜春風，既豐贍以多姿，又善始而令終。」

〔一〇〕魁磊：亦作「魁壘」。形容高超特出。漢書鮑宣傳：「朝臣亡有大儒骨鯁、白首耆艾、魁壘之士，論議通古今、喟然動衆心、憂國如饑渴者，臣未見也。」顔師古注引服虔曰：「魁壘，壯貌也。」崇谹：高明深刻。語本漢書司馬相如傳下：「必將崇論谹議，創業垂統，爲萬世規。」顔師古注：「谹，深也。」

〔一一〕「大呼」二句：史記曹相國世家：「相舍後園近吏舍，吏舍日飲歌呼。從吏惡之，無如之何。乃請參游園中，聞吏醉歌呼，從吏幸相國召按之。乃反取酒張坐飲，亦歌呼與相應和。」相和，此指相互應和。

〔一二〕「重聽」二句：漢書黄霸傳：「許丞老，病聾，督郵白欲逐之，霸曰：『許丞廉吏，雖老，尚能拜起送迎，正頗重聽，何傷？且善助之，毋失賢者意。』」
〔一三〕「庶幾」二句：或許日夜努力，可以免得成爲小人。韓愈五箴之遊箴：「余之少時，將求多能，蚤夜以孜孜；余今之時，既飽而嬉，蚤夜以無爲。嗚呼，余乎其無知乎？君子之棄，而小人之歸乎？」
〔一四〕國士之報：史記刺客列傳載，豫讓行刺趙襄子被捕，「襄子乃數豫讓曰：『子不嘗事范、中行氏乎？智伯盡滅之，而子不爲報讎，而反委質臣於智伯。智伯亦已死矣，而子獨何以爲之報讎之深也？』豫讓曰：『臣事范、中行氏，范、中行氏皆衆人遇我，我故衆人報之。至於智伯，國士遇我，我故國士報之。』」國士，指才德蓋世者。黄庭堅書幽芳亭：「士之才德蓋一國，則曰國士。」

答薛參議啓

伏審光奉制書，來參戎幕〔一〕。山川信美，久嗟人物之寂寥；車騎甚都，一聳吏民之瞻視〔二〕。極知趣召之在邇，猶幸小留而後東〔三〕。恭惟某官器度清真，風規高亮〔四〕。驥行千里，騰驤本結於主知〔五〕；虎拒九關，排斥遂收於朝迹〔六〕。惟是雄豪之氣，寓於巨麗之文。南吊沉湘，西賡諭蜀〔七〕，顧卧龍之遺磧，有化鶴之故城〔八〕。

雖左官共歎於滯淹，然絶景政煩於彈壓〔九〕。某久疏塵尾之誨，喜聞鷁首之來〔一〇〕。聯遠遊之詩，固莫追於大手〔一一〕；續郊居之賦〔一二〕，猶小異於庸人。

【題解】

參議，即參議官，又名參議軍事。都督、制置使、招討使、宣撫使、安撫使、鎮撫使等屬官。參預軍事謀劃，官位低於參謀官。薛參議爲誰不詳。本文爲陸游致薛參議的答啓。

本文原未繫年。歐譜繫於乾道八年（一一七二），是。當作於該年春夏。時陸游任四川宣撫使司幹辦公事兼檢法官。

【箋注】

〔一〕戎幕：軍府，幕府。北齊書暴顯皮景和等傳論：「皮景和等爰自霸基，策名戎幕，間關夷險，迄於末運。」

〔二〕都：美好。史記司馬相如列傳：「相如之臨邛，從車騎，雍容閒雅甚都。」瞻視：觀瞻。論語堯曰：「君子正其衣冠，尊其瞻視，儼然人望而畏之。」

〔三〕趣召：催促召喚。趣，同促。小留：暫時留止。杜甫彭衙行詩：「小留同家窪，欲出蘆子關。」

〔四〕清真：純真樸素。世説新語賞譽：「清真寡欲，萬物不能移也。」風規：風度品格。宋書張敷傳：「司徒故左長史張敷，貞心簡立，幼樹風規。」　高亮：高尚忠正。晉書羊祜傳：「光禄大夫李憙執節高亮，在公正色。」

〔五〕騰驤：飛騰，奔騰。文選張衡西京賦：「負笴業而餘怒，乃奮翅而騰驤。」薛綜注：「騰，超也；驤，馳也。」

〔六〕虎拒九關：指虎豹據守天門。見卷七賀葉提刑啓注〔一〇〕。　朝迹：在朝廷的蹤迹。指在朝做官。劍南詩稿卷三四村飲示鄰曲：「七年收朝迹，名不到權門。」

〔七〕沉湘：指屈原沉汨羅江（湘江支流）自盡。王褒九懷：「伍胥兮浮江，屈子兮沉湘。」　賡：賡續，接續。　諭蜀：指司馬相如諭巴蜀檄。史記司馬相如列傳：「相如爲郎數歲，會唐蒙使略通夜郎西僰中，發巴蜀吏卒千人，郡又多爲發轉漕萬餘人，用興法誅其渠帥，巴蜀民大驚恐。上聞之，乃使相如責唐蒙，因喻告巴蜀民以非上意。」

〔八〕卧龍：比喻隱居或尚未嶄露頭角的傑出人材。三國志蜀書諸葛亮傳：「（徐庶）謂先主曰：『諸葛孔明者，卧龍也，將軍豈願見之乎？』」　磧：水中砂石。　化鶴：指成仙。陶潛搜神後記卷一：「丁令威本遼東人，學道於靈虚山，後化鶴歸遼。」

〔九〕左官：降官，貶職。　獨孤及爲華陰李太守祭裴尚書文：「亦既左官，時更困蒙。」　滯淹：指人沉抑於下而不得升遷。亦指滯淹之人。左傳文公六年：「宣子於是乎始爲國政……續常職，出滯淹。」杜預注：「拔賢能也。」　彈壓：指把事物窮形極相地描繪出來。劍南詩稿卷八小飲趙園：「滿眼風光索彈壓，酒杯須以蜀江寬。」又文集卷五十訴衷情其二：「平章風月，彈壓江山，別是功名。」

〔一〇〕麈尾之誨：指高明的教誨。麈尾，古人閒談時執以驅蟲、撣塵的一種工具。在細長的木條兩邊及上端插設獸毛，類似馬尾松。因古代傳説麈遷徙時，以前麈之尾爲方向標誌，故稱。後古人清談時必執麈尾，因敬稱他人之指點教誨爲「麈教」。　鷁首：頭上畫着鷁的船。亦泛指船。鷁爲一種似鷺的水鳥。淮南子本經訓：「龍舟鷁首，浮吹以娱。」

〔一一〕遠遊之詩：指楚辭遠遊。王逸楚辭章句以爲「屈原之所作也」。題解云：「屈原履方直之行，不容於世。上爲讒佞所譖毁，下爲俗人所困極，章皇山澤，無所告訴。乃深惟元一，修執恬漠。」　大手：即高手。指工於文辭的名家。僧鸞贈李粲秀才詩：「颯風驅雷暫不停，始向場中稱大手。」

〔一二〕郊居之賦：指沈約的郊居賦。見梁書沈約傳。

答衛司户啓

彈冠巫峽，早欽三語之賢〔一〕；捩柂蜀江，首拜尺書之寵〔二〕。情文兩厚，感怍兼深〔三〕。伏惟某官自立修名，蚤收上第。千人所見，共推高明練達之才；一座盡傾，行接醖藉雍容之論〔四〕。豈獨有光於吾黨，固將增重於此州。至於痛懲文法之疏，一振廉隅之壞〔五〕，非俗吏所爲也，微君子其能乎。願疾其驅，用諧所冀〔六〕。

【題解】

司户，即司户參軍，亦稱户曹參軍。掌各州户籍、賦税、倉庫。衛司户爲誰不詳，據文中首句，當爲夔州司户參軍。本文爲陸游致衛司户的答啓。

本文原未繫年。歐譜繫於乾道九年（一一七三），是。當作於該年春，時陸游將赴蜀州通判任。

【箋注】

〔一〕「彈冠」二句：指任職夔州，早就欽慕衛司户之賢能。彈冠，指爲官。見卷七謝曾侍郎啓注〔一〕。巫峽，指夔州。三語之賢，指衛司户賢能。典出世説新語文學：「阮宣子有令聞，太尉王夷甫見而問曰：『老莊與聖教同異？』對曰：『將無同。』太尉善其言，辟之爲掾。世謂『三語掾』。」掾即佐吏。「三語」即「將無同」，猶言「該是相同吧」，被視爲應對得體。

〔二〕「捩柂」二句：指將赴蜀州任，得到衛司户來信。捩柂，撥轉船舵。指行船。柂，同「舵」。杜甫清明詩：「金鐙下山紅日晚，牙檣捩舵青樓遠。」蜀江，蜀郡境内的江河。劉禹錫竹枝詞：「山桃紅花滿上頭，蜀江春水拍山流。」拜寵，拜受寵倖。獨孤及爲崔使君讓潤州表：「瓠溝東望，始拜寵於韓臺。竹里南浮，遽遷榮於楚澤。」尺書，書信。趙曄吴越春秋勾踐歸國外傳：「越王悦兮忘罪除，吴王歡兮飛尺書。」此指衛司户來信。

〔三〕感怍：感激慚愧。王安石與孟逸秘校手書之三：「鶻已領得，感怍。當有原給之直，幸示下！」

〔四〕醞藉：亦作醞籍、蘊藉。寬和有涵容。漢書薛廣德傳：「廣德爲人温雅有醞藉。」顔師古注引服虔曰：「寬博有餘也。」雍容：舒緩，從容不迫。見卷六賀辛給事啓注〔六〕。

〔五〕文法：法制，法規。史記李將軍列傳：「程不識孝景時以數直諫爲太中大夫，爲人廉，謹於文法。」廉隅：比喻端方不苟的行爲、品性。禮記儒行：「近文章，砥厲廉隅。」

〔六〕疾其驅：盡力驅趕。晏子春秋諫上十六：「昔先君桓公其方任賢而贊德之時……遠征暴勞者，不疾驅海内使朝天子而諸侯不怨。」諧：配合，諧調。冀：希望。

與何蜀州啓

漂流萬里，可知已老之頭顱；贊貳一城〔一〕，復得本來之面目。將就脂車之役，敢稽削牘之恭〔二〕。伏念某小智自私，大惑莫解，自收朝迹，久困宦游。冒别駕治中者三州，假軍諮祭酒者數月〔三〕。老驥伏櫪〔四〕，雖未歇於壯心；逆風撑船，終不離於舊處。忘栖栖之可笑，復挈挈以此來〔五〕。共惟某官曠度清真，高標峻潔〔六〕。體道自得，有見於參倚之間〔七〕；受氣至剛，不移於毀譽之際。顧公言之允穆，知追詔之方行〔八〕。敢意窮途，猥塵上佐〔九〕。然某比緣多病，深願少閒。歲計之有餘〔一〇〕，當守平生之素志；治行其無事，更歸長者之餘風〔一一〕。

【題解】

何蜀州爲誰不詳，當爲何姓的蜀州知州。劍南詩稿卷五書懷之二自注云：「時何守還青城」，可證。陸游於乾道九年三月權通判蜀州。從文中「將就脂車之役」句，可知本文爲將赴蜀州通判任前，陸游致何知州的啓文。

本文原未繫年。歐譜繫於乾道九年（一一七三），是。當作於該年三月。時陸游將赴蜀州通判任。

【箋注】

〔一〕贊貳：輔佐。李嶠爲第二舅讓江州刺史表：「臣行疏道缺，學淺藝空。百里絃歌，尠蒲密之化；六條贊貳，乏海沂之績。」此指通判蜀州事。

〔二〕脂車：塗油於車軸，以利運轉。借指駕車出行。夏侯湛抵疑：「僕固脂車以須放，秣馬以待卻。」　削牘：在寫有文字的竹木片上，刮去重寫，以改正錯誤。亦泛稱書寫、撰述。漢書遊俠傳原涉：「涉乃側席而坐，削牘爲疏，具記衣被棺木，下至飯含之物，分付諸客。」

〔三〕冒別駕治中：指擔任佐吏、助理之職歷經三州。陸游離京後，相繼擔任鎮江府通判、隆興府通判、夔州通判，故曰「三州」。別駕治中，見本卷謝晁運使啓注〔五〕。　假軍諮祭酒：指在王炎幕中擔任權四川宣撫使司幹辦公事兼檢法官，前後凡七月餘。軍諮，古軍職名，相當於宋代的參議、參謀。祭酒，指古代饗宴時酹酒祭神的長者，亦泛稱年長或位尊者。此亦指軍中任職。

〔四〕老驥伏櫪：曹操步出夏門行：「老驥伏櫪，志在千里。烈士暮年，壯心不已。」

〔五〕栖栖：同「棲棲」，忙碌不安貌。詩小雅六月：「六月棲棲，戎車既飭。」朱熹集傳：「棲棲，猶皇皇不安之貌。」　挈挈：急切貌。柳宗元答韋中立論師道書：「愈以是得狂名，居長安，炊不暇熟，又挈挈而東，如是者數矣。」

〔六〕共：同「恭」。　曠度：大度。夏侯湛東方朔畫贊：「遠心曠度，贍志宏材。」　高標：清高脱俗。語本世説新語德行：「李元禮風格秀整，高自標持。」　峻潔：品行高潔。柳宗元南嶽雲峰和尚塔銘：「行峻潔兮貌齊莊，氣混溟兮德洋洋。」

〔七〕參倚：謂一切場合不忘忠信篤敬。論語衛靈公：「子張問行，子曰：『言忠信，行篤敬……立則見其參於前也，在輿則見其倚於衡也，夫然後行。』」

〔八〕允穆：淳和。文選謝朓齊敬皇后哀策文：「爰定厥祥，徽音允穆。」張銑注：「允，信；穆，和也。」追詔：指召回的詔書。韓愈順宗實録二：「而陸贄、陽城皆未聞追詔，而卒於遷所，士君子惜之。」

〔九〕上佐：部下屬官的通稱。通典職官十五：「大唐州府佐吏與隋制同，有別駕、長史、司馬一人。」原注：「大都督府司馬，有左右二員，凡別駕、長史、司馬通謂之上佐。」

〔一〇〕歲計：一年内收入和支出的計算。莊子庚桑楚：「今吾日計之而不足，歲計之而有餘。」

〔一一〕治行：行政，施政。漢書薛宣傳：「吏民言令治行煩苛，適罰作使千人以上；賊取錢財數十萬，給爲非法；賣買聽任富吏，賈數不可知。」餘風：指前人的風範。南史羊玄保傳：「欲令卿二子有林下正始餘風。」

答交代楊通判啓

瓜戍及期〔一〕，幸仁賢之爲代；萍蹤無定，悵候問之未遑。敢謂勞謙，特先榮翰〔二〕。伏惟某官淵乎似道，直哉惟清。風致雖高〔三〕，不廢應酬於衆務；文詞甚麗，要皆原本於六經。所宜問津於黄扉青瑣之間①，何至涉筆於赤甲白鹽之下〔四〕。即聞號召，遂陟清華〔五〕。某猥以陳人，偶叨末契〔六〕。道途迫遽，僅能占報於記曹〔七〕；舟艑軻峨，弗獲往迎於市暨〔八〕。歸依之素，敷叙奚殫〔九〕。

【題解】

交代指前後任相接替、移交。楊通判爲誰不詳，當是接替陸游繼任蜀州通判者。陸游於淳熙元年春返蜀州通判任，夏間和九月兩赴成都。冬，攝知榮州事，即由成都直接赴任。從本文及以下與趙都大啓、與成都張閣學啓等文看，陸游在夏秋間已得到成都幕職的任命，蜀州通判已有接替人選，即楊通判。本文爲陸游致楊通判的答啓。

本文原未繫年。歐譜繫於淳熙元年（一一七四），是。當作於該年夏秋間。時陸游在蜀州通判任上。

【校記】

①「青」，原作「責」，據弘治本、正德本、汲古閣本改。

【箋注】

〔一〕瓜戍：指官員任職期滿由他人接替。見卷一嚴州到任謝表注〔一六〕。

〔二〕勞謙：勤勞謙恭。易謙：「勞謙，君子有終，吉。」榮翰：惠函。敬稱他人的來信。黄庭堅代韓子華回王平甫問候啓：「何圖謙撝，遽枉榮翰。」

〔三〕風致：風度品格。新唐書崔珙傳：「子遠，有文而風致整峻，世慕其爲，目曰『飣座梨』，言座所珍也。」

〔四〕問津：尋訪，探求。陶潛桃花源記：「南陽劉子驥，高尚士也；聞之，欣然規往。未果，尋病終。後遂無問津者。」 黄扉青瑣：指豪門高第。黄扉爲古代丞相、三公等高官辦事處塗成黄色之門，青瑣爲裝飾皇宫及華貴宅第門窗的青色連環花紋。楊炯後周青州刺史齊貞公宇文公神道碑：「黄扉藹藹，青瑣沉沉，有若張公之萬户千門。」 涉筆：動筆，着筆。司空圖月下留丹灶詩序：「果有蹈空而至者，涉筆附楹，久之，乃罷去。」 赤甲白鹽：指四川的險峻山地。赤甲、白鹽，均爲四川奉節以東山名，前者山石悉赤，後者山崖高白。詳見酈道元水經注江水一。杜甫入宅：「奔峭背赤甲，斷崖當白鹽。」

〔五〕清華：指清高顯貴的職位。參見卷六賀台州曾直閣啓注〔六〕。

〔六〕陳人：舊人，故人。蘇軾述古以詩見責屢不赴會復次前韻：「肯對紅裙辭白酒，但愁新進笑陳人。」 末契：即下交。謙詞，稱别人對自己的交誼。

〔七〕迫遽：迫促，急迫。蘇軾與趙德麟書之一：「候吏來，特承書教，禮意兼重……行役迫遽，裁謝草略，想蒙恕察。」 占報：估計上報。記曹：掌表章文檄書記的官署或官員。胡宿謝福州袁待制：「尚稽書驛之儀，先枉記曹之問。」

〔八〕艑：大船。 軻峨：高聳貌。劉禹錫插田歌：「省門高軻峨，儂入無度數。」 市暨：市鎮停泊處，碼頭。杜甫秋日夔府詠懷一百韻：「陣圖沙北岸，市暨瀼西巔。」原注：「峽人目市井泊船處曰市暨。」

〔九〕「歸依」二句：意謂歸服嚮往的本心，陳述不盡。此亦爲啓文常用的結束語。

與趙都大啓

洊被臺移，攝陪幕辯〔一〕，方剡章而俟報，輒懷檄以徑前〔二〕。迫於奇窮，作此頑鈍〔三〕，冒世俗之所憫笑〔四〕，賴門下以爲依歸。伏念某下愚無知，大惑不解。罪宜永斥，朝迹已收者十年；身困遠遊，車轍幾環於萬里。比官巴峽，旋客塞垣〔五〕。歲月不知其再周，形影相顧而自悼。支離病骨〔六〕，無毀而亦消；羈旅危魂，雖招而未返。念悖悖之安往，復挈挈以此來〔七〕。豈忘慚羞，實恃矜惻〔八〕。老馬已甘於伏櫪〔九〕，敢望長途；窮猿方切於投林〔一〇〕，況依茂蔭。斯蓋伏遇某官資函英達，學蘊淵源。早奮奇謀，蓋處囊而立見〔一一〕；晚更劇任，真游刃以無前〔一二〕。寶儲直中禁之嚴，玉節寄西陲之重〔一三〕，曲憐狂簡，自致漂流〔一四〕。每假借於餘談〔一五〕，爲經營其一飽，致茲小憩〔一六〕，盡出大恩。某敢不痛洗昨非，姑休疲役。松陵笠澤，雖賒故國之歸期〔一七〕；錦江草堂，聊竊老師之補處〔一八〕。

【題解】

都大，宋代官名，爲都大提舉茶馬司（簡稱茶馬司）長官。掌管以茶交換西北及西南少數族馬匹。北宋分别於秦州（今甘肅天水）和成都置官署。南宋時北方被金兵佔領，改稱都大主管成都府利州等路茶事、兼提舉四川等路買馬監牧公事。趙都大即趙彦博。乾道六年至淳熙二年任都大一職。宋會要輯稿選舉三四之二八載：「（乾道八年七月）二十七日，直秘閣、都大主管成都府利州等路茶事趙彦博除直顯謨閣，仍再任。」（參考李之亮宋代路分長官通考頁二二四至二二五）

本文爲陸游致都大趙彦博的啓文。從文中「洊被臺移，攝陪幕辯」和「錦江草堂，聊竊老師之補處」等句看，陸游已得到成都幕職的任命，而這與趙都大的薦舉有密切關係，故下卷另有謝啓。

本文原未繫年。歐譜繫於淳熙元年（一一七四），是。當作於該年夏秋間。時陸游在蜀州通判任上。

參考卷九除制司參議官謝趙都大啓。

【箋注】

〔一〕洊：同薦。臺移：送來移文。臺，敬辭，用於稱呼對方或與對方有關的事物。幕辯：此指任幕府屬官。

〔二〕剡章：削牘寫成奏章。泛指寫奏章。胡宿賜宰臣富弼以下賀壽星出見批答：「因垂象之薦休，煩剡章之稱慶。」懷檄：懷揣書檄。後漢書陳寔傳：「寔知非其人，懷檄請見。」

〔三〕頑鈍：愚昧遲鈍。班固白虎通辟雍：「頑鈍之民，亦足以別於禽獸而知人倫。」

〔四〕憫笑：憐憫訕笑。韓愈答崔立之書：「僕見險不能止，動不得時，顛頓狼狽，失其所操持，困不知變，以至辱於再三，君子小人之所憫笑，天下之所背而馳者也。」

〔五〕巴峽：此指夔州。　塞垣：指北方邊境地帶。韋莊送人遊并汾詩：「風雨蕭蕭欲暮秋，獨携孤劍塞垣遊。」此指南鄭。

〔六〕支離：殘缺。參見本卷謝王宣撫啓注〔七〕。

〔七〕惸惸：孤單無依貌。參見本卷通判夔州謝政府啓注〔一六〕。　挈挈：急切貌。參見本卷與何蜀州啓注〔五〕。

〔八〕矜惻：憐憫惻隱。任昉奏彈曹景宗：「早朝永歎，載懷矜惻。」

〔九〕「老馬」句：反用「老驥伏櫪」之典。參見本卷與何蜀州啓注〔四〕。

〔一〇〕「窮猿」句：比喻人處困境，急尋棲身之地。世説新語言語：「李弘度常歎不被遇，殷揚州知其家貧，問：『君能屈志百里不？』李答曰：『北門之歎，久已上聞，窮猿奔林，豈暇擇木！』遂授剡縣。」

〔一一〕處囊而立見：比喻脱穎而出。史記平原君虞卿列傳：「平原君曰：『夫賢士之處世也，譬若錐之處囊中，其末立見……』毛遂曰：『臣乃今日請處囊中耳。使遂早得處囊中，乃穎脱而出，非特其末見而已。』」

〔一二〕劇任：即重任，要職。范仲淹延州謝上表：「范廷召出師於塞門，向敏中移節於京兆。斯爲劇任，曷在匪人。」　游刃：即遊刃有餘。比喻做事熟練，輕而易舉。典出莊子養生主：「今臣之刀十九年矣，所解數千牛矣，而刀刃若新發於硎。彼節者有閒，而刀刃者無厚；以無厚入有閒，恢恢乎其於遊刃必有餘地矣。」

〔一三〕寶儲：指寶物儲備。　中禁：禁中。皇帝所居之處。　玉節：玉製的符節。天子的使者持以爲憑。周禮地官掌節：「守邦國者用玉節，守都鄙者用角節。」　西陲：亦作西垂。西面邊疆。史記封禪書：「秦襄公既侯，居西垂。」

〔一四〕狂簡：志向高遠而處事疏闊。論語公冶長：「吾黨之小子狂簡，斐然成章，不知所以裁之。」朱熹集注：「狂簡，志大而略於事也。」　漂流：漂泊，行蹤無定。陸雲與陸典書書：「沉淪漂流，優遊上國。」

〔一五〕餘談：指一言半語。

〔一六〕小憩：短暫休息。沈括夢溪筆談權智：「遠行之人，若小憩，則足痹不能立，人氣亦闌。」

〔一七〕松陵笠澤：均爲吴淞江的古稱。爲太湖支流三江之一，由吴江縣東流與黄浦江匯合，出吴淞口入海。陸廣微吴地記：「松江，一名松陵，又名笠澤。」晚唐陸龜蒙爲長洲（今蘇州）人，隱居笠澤著書，自編文集笠澤叢書，其與皮日休的唱和詩歌被編爲松陵集。　故國：陸游祖先居吴地，視陸龜蒙爲祖上，自稱籍貫笠澤，别號笠澤漁隱、笠澤病叟。

〔一八〕錦江草堂：成都錦江邊杜甫隱居處，築有草堂。　老師：指杜甫。　補處：指曾經到過的地方。劍南詩稿卷六高齋小飲戲作：「白帝夜郎俱不惡，兩公補處得憑欄。」錢仲聯校注：「兩公謂杜甫曾客夔州，李白曾流夜郎也。」

渭南文集箋校卷第九

啓

【釋體】本卷文體同卷六，收録啓十六首。

與成都張閣學啓

薄遊萬里〔一〕，最爲天下之窮；攝守一官〔二〕，猥與幕中之辯。將携孥而就食，敢削牘以告行〔三〕。伏念某下愚難移，大惑莫解。光陰晼晚〔四〕，已逾不惑之年；簿領沉迷，猶在無聞之地。嗟征途之可厭，舍舊館而疇依。爲晏平仲執鞭〔五〕，既云素願；就謝仁祖乞食〔六〕，寧復自疑。兹承行省之移，遣備大藩之屬〔七〕。雖剡章之末報，輒懷檄以徑前。冒行世俗之譏訶，實恃門闌之知奬。老馬已甘於伏櫪，敢望長途；窮猿方切於投林，况依茂蔭〔八〕。恭惟某官學函經濟，洞極誠明。秉心無邪，不愧於俯仰之際；體道自得，有見於參倚之間。學倡諸儒，惠加多士，雖困窮之自取，亦提挈而不遺。照隱察微，每能得之濠上〔九〕；哀窮悼屈〔一〇〕，幾若推之溝中。施及孤生，亦叨異顧。某敢不暫休疲役，痛洗昨非。陪蓮幕之英遊〔一一〕，雖知遲暮；居草堂之補處〔一二〕，尚竊光華。

【題解】

張閣學，即張震，字真父，廣漢人。嘗爲臺諫，多有諫言。歷官御史、中書舍人。改知夔州。後知成都府，卒於官。宋史翼卷二〇循吏三有傳。張震於隆興初曾與臺諫揭露龍大淵、曾覿弄權，并爲陸游辨誣，終出知夔州。詳見建炎以來朝野雜記乙集卷六臺諫給舍論龍曾事始末。陸游劍南詩稿卷一有寄張真父舍人爲其送行。老學庵筆記卷六亦載張震知成都府事。閣學，宋代諸閣學士、直學士的簡稱。本文爲陸游致知成都府張震的啓文。從文中「兹承行省之移，遣備大藩之屬」和「陪蓮幕之英游，雖知遲暮；居草堂之補處，尚竊光華」等句看，陸游已得到成都幕職的任命，而這與張震的薦舉或有關係。

本文原未繫年。歐譜繫於淳熙元年（一一七四），是。當作於該年夏秋間。時陸游在蜀州通判任上。

【箋注】

〔一〕薄遊：爲薄禄而宦遊於外。謙辭。文選謝朓休沐重還道中詩：「薄遊第從告，思閒願罷歸。」李周翰注：「薄游，薄宦也。」

〔二〕攝守：掌管。蘇轍齊州祈雪文二首：「某攝守濟南，適丁旱災。」

〔三〕携孥：携帶妻兒。削牘：書寫，致函。參見卷八與何蜀州啓注〔三〕。

〔四〕晼晚：年將老，老年。文選陸機歎逝賦：「時飄忽其不再，老晼晚其將及。」劉良注：「晼晚，日暮也，比人年老也。」

〔五〕爲晏平仲執鞭：史記管晏列傳：「假令晏子而在，余雖爲之執鞭，所忻慕焉。」晏子，見卷八通判夔州謝政府啓注〔一二〕。

〔六〕就謝仁祖乞食：世説新語方正：「王修齡嘗在東山甚貧乏。陶胡奴爲烏程令，送一船米遺之，卻不肯取。直語答：『王修齡若饑，自當就謝仁祖索食，不須陶胡奴米。』」謝仁祖，即謝尚，字仁祖，東晉陳郡陽夏人，謝鯤子，博綜衆藝，官至衛將軍，晉書卷七九有傳。

〔七〕行省：中央政府派省官出使地方稱行省。大藩：指比較重要的州郡一級行政區。梁書明山賓傳：「明祭酒雖出撫大藩，擁旄推轂，珥金拖紫，而恒事屢空。」此指成都府。

〔八〕「雖剡章」以下八句：參見卷八與趙都大啓注〔二〕〔四〕〔七〕〔八〕，略有變通。

〔九〕濠上：濠水之上。莊子秋水記莊子與惠子遊於濠梁之上，見儵魚出游從容，因辯論魚知樂否。後用「濠上」比喻別有會心、自得其樂之地。

〔一〇〕哀窮悼屈：哀憐處境困窮之人，感傷懷才不遇之人。韓愈上兵部李侍郎書：「伏以閣下内仁而外義，行高而德鉅，尚賢而興能，哀窮而悼屈。」

〔一一〕蓮幕：指稱幕府。典出南史庾杲之傳：「（王儉）用杲之爲衛將軍長史。安陸侯蕭緬與儉書曰：『盛府元僚，實難其選。庾景行汎淥水，依芙蓉，何其麗也。』時人以入儉府爲蓮花池，故緬書美之。」英遊：英俊之輩，才智傑出者。范仲淹楊文公寫真贊：「當時臺閣英游，蓋多出於師門矣。」

〔一二〕草堂：指成都的杜甫草堂。補處：曾到過之地。見卷八與趙都大啓注〔一八〕。

答勾簡州啓

近被臺移，來陪幕辯〔一〕，以海内孤寒之迹〔二〕，假天涯獨冷之官。但虞譏訶，誰肯慰藉。忽奉華牋之况〔三〕，豈勝末路之榮。伏念某性資冥頑，問學衰廢，留落殊方者累歲，奇窮舉世而一人。雖夢寐思歸，類澤國春生之雁〔四〕；而巾瓶無定，如雲堂旦過之僧〔五〕。比叨闔屬之招〔六〕，實過野人之分。方剡章而待報，忽捧檄以徑前。久矣倦遊，幸兹小憩。此蓋伏遇某官風猷凝粹，志節清真〔七〕，念倀倀浪迹之安歸，假亹亹餘談而借助〔八〕。遂容萍梗〔九〕，暫息道途。惟此意之甚恩，實衰俗之創見〔一〇〕。而某自侵晚境，久歇壯心。理剡曲之歸舟〔一一〕，方從此日；卜浣花之絶境〔一二〕，敢效先賢。

【題解】

簡州，隋代始設，唐代復置，宋代屬成都府路，轄境在今四川簡陽。勾簡州爲誰不詳，當是勾姓的簡州知州。本文爲陸游致簡州勾知州的答啓。從文中「近被臺移，來陪幕辯」和「卜浣花之絶境，敢效先賢」等句看，陸游已得到成都幕職的任命。

本文原未繫年。歐譜繫於淳熙元年（一一七四），是。當作於該年夏秋間。時陸游在蜀州通判任上。

【箋注】

〔一〕「近被」二句：參見卷八與趙都大啓注〔一〕。

〔二〕孤寒：孤立，孤單。朱弁曲洧舊聞卷一：「康節曰：『臣自布衣叨冒至此，有陛下爲知己，安得謂之孤寒，陛下今日便是孤寒也。』」

〔三〕華牋：對他人來信的敬稱。王安石謝夏噩察推啓：「敢圖高明，不自重貴，親存弊館，中貺華牋，切觀以思，懼恐且愧。」况：同貺。賜予。

〔四〕澤國：水鄉，此指吴地。李嘉祐留别毘陵諸公：「凄凉辭澤國，離亂到鄉山。」春生之雁：大雁爲群居水邊的冬候鳥，每年春分後飛回北方繁殖，秋分後飛往南方越冬。

〔五〕巾瓶：出行所帶頭巾、水瓶。比喻行蹤。李曾伯勉時思王和尚留：「巾瓶到處即爲家，何必江湖苦馳逐。」雲堂：僧堂。僧衆設齋吃飯和議事之地。支遁五月長齋詩：「四部欽嘉期，潔己升雲堂。」旦過之僧：佛教徒稱宿於旦過寮的行脚僧。因其夕來宿，過旦去，故稱。劍南詩稿卷一病中簡仲彌性唐克明蘇訓直：「心如澤國春歸雁，身是雲堂旦過僧。」

〔六〕閫屬：此指成都府路安撫司參議官和四川制置使司參議官的職位。閫，統兵在外的將軍。

〔七〕風猷：指風采品格。謝脁奉和隨王殿下：「風猷冠淄鄴，衽舄愧唐牧。」凝粹：精粹，純正。李紳授韓宏河中節度使制：「（韓宏）受天地凝粹之氣，得山川崇深之靈。」志節：指志向節操。漢書叙傳上：「（班伯）家本北邊，志節忼慨，數求使匈奴。」清真：純真樸素。

〔八〕倀倀：無所適從貌。禮記仲尼燕居：「治國而無禮，譬猶瞽之無相與，倀倀乎其何之。」亹亹：談論滔滔不絶貌。盧照鄰南陽公集序：「岑君論詰亹亹，聽者忘疲。」

〔九〕萍梗：浮萍斷梗。比喻人行止無定。許渾晨自竹徑至龍興寺崇隱上人院詩：「客路隨萍梗，鄉園失薜蘿。」

〔一○〕創見：初見，少見。文選司馬相如封禪文：「休烈浹洽，符瑞衆變，期應紹至，不特創見。」李善注引文穎曰：「不獨一物造見也。」

〔一一〕剡曲之歸舟：指歸隱剡曲訪友。世説新語任誕：「王子猷居山陰，夜大雪……忽憶戴安道。時戴在剡，即便夜乘小船就之。」

〔一二〕卜：選擇。浣花之絶境：指浣花溪旁風景絶佳處。浣花溪一名濯錦江，又名百花潭。在成都西郊，爲錦江支流。溪旁有杜甫故居浣花草堂。杜甫將赴成都草堂途中有作詩之三：「竹寒沙碧浣花溪，橘刺藤梢咫尺迷。」仇兆鼇注引梁益記：「溪水出湔江，居人多造綵牋，故號浣花溪。」

與蜀州同官啓

去國十年〔一〕，飽作江湖之夢；佐州萬里，又寬溝壑之憂〔二〕。伏惟某官材術清通〔三〕，風猷凝粹，雖小試尚淹於遠業，而盛名已著於僉言〔四〕。俯念孤蹤，方厄黄楊之閏〔五〕；特詒妙翰，俾生枯枿之春〔六〕。靖言留落之餘，曷副吹嘘之意〔七〕。感慚交集，敷叙奚殫。

【題解】同官，指同僚，在同一官署任職者。蜀州同官爲誰不詳，當是陸游任蜀州通判時的同僚。本文爲陸游致蜀州同僚的啓文。本文前半部分似有闕失。

本文原未繫年。歐譜繫於淳熙元年（一一七四），是。當作於該年夏秋間。時陸游在蜀州通判任上。

【箋注】

〔一〕去國：離開京都或朝廷。顏延之和謝靈運詩：「去國還故里，幽門樹蓬藜。」十年：陸游隆興元年三月通判鎮江府，夏離京返里，至淳熙元年已十一年有餘，此取整數而言。

〔二〕溝壑：借指野死之處。孟子滕文公下：「志士不忘在溝壑，勇士不忘喪其元。」趙岐注：「君子固窮，故常念死無棺槨没溝壑而不恨也。」

〔三〕材術：才學，本領。蘇軾論倉法劄子：「臣材術短淺，老病日侵。」清通：清明通達。隋書儒林傳序：「爰自漢魏，碩學多清通，逮乎近古，巨儒必鄙俗。」

〔四〕淹：廣博。遠業：遠大事業。後漢書馮異岑彭等傳論：「若馮、賈之不伐，岑公之義信，乃足以感三軍而懷敵人，故能剋成遠業，終全其慶也。」僉言：衆人的意見。沈繼祖送合學袁尚書帥蜀：「平章西事久儀圖，朝有僉言帝曰俞。」

〔五〕厄黄楊之閏：舊説黄楊遇閏年不長，因以喻指境遇艱難。蘇軾監洞霄宫俞康直郎中所居退圃：「園中草木春無數，只有黄楊厄閏年。」自注：「俗説黄楊長一寸，遇閏退三寸。」

〔六〕生枯柟之春：枯柟生春，枯枝萌芽，生發春意。劉子翬寄題鄭尚明煮茶軒三首其一：「一點春回枯柟，萬家噪動寒墟。」

〔七〕靖言：同静言。沉静地思考。文選陸機猛虎行：「静言幽谷底，長嘯高山岑。」李善注引毛詩：「静言思之。」吹嘘之意：吹氣使冷，嘘氣使暖，吹冷嘘熱可使萬物枯榮。後漢書鄭泰傳：「孔公緒清談高論，嘘枯吹生。」李賢注：「枯者嘘之使生，生者吹之使枯，言談論有所抑揚也。」

賀薛安撫兼制置啓

恭審璽封緑底，疏恩遥下於霄宸〔一〕；幕建碧油，開府全臨於井絡〔二〕。周邦咸喜〔三〕，舊觀復還。民望息肩之期〔四〕，士知托命之所。竊以江淮駐蹕，勝人在天定之時〔五〕；梁益宿兵，擊首有尾應之勢〔六〕。儻事權之少削，則脉絡之不通。宜得股肱之良，用增臂指之重〔七〕。至於旁連荆豫，外撫戎蠻〔八〕。亭障騫騰，東軼巴渝之阻〔九〕；關河重複，西當秦隴之衝〔一〇〕。蓋有應變於立談之間，豈容禀令於千里之外〔一一〕。維時詔旨，實契事機。恭惟某官淵博有傳，方嚴不撓〔一二〕。竑言崇議，卓爲百世之師；傑作雄辭，散落四夷之遠。入則首處六官之長，出而徧膺十乘之華〔一三〕。進用雖速，而人猶恨其滯淹；位望愈崇，而心益持於挹損〔一四〕。涵湖海胸懷之大，負廟堂器業之優〔一五〕。將究顯庸，果膺隆委〔一六〕。關中既留蕭丞相，上遂寬西顧之憂〔一七〕；江左自有管夷吾，人共望中興之盛〔一八〕。而況絲綸之命，適前弧矢之期〔一九〕。維嶽降神而生申，丕應風雲之會〔二〇〕；夢帝賚弼而得説，遄觀衮繡之歸〔二一〕。某去國十年，佐州萬里〔二二〕。縛袴服弓刀之役〔二三〕，雖恨迫於衰遲；曳裾陪簪履之塵，尚欣承於閒燕〔二四〕。歸依之至，敷繹奚殫〔二五〕。

【題解】

薛安撫，即薛良朋（一一一六—一一八五），字季益，温州瑞安人。紹興八年進士。歷知徽州、臨安府，遷工部侍郎、吏部侍郎，出守福州、泉州、荆南，官終吏部尚書。宋史孝宗本紀二：「（淳熙元年秋七月丁亥）以成都府路安撫使薛良朋爲四川安撫制置使。」本文爲陸游致四川安撫制置使薛良朋的賀啓。

本文原未繫年。歐譜繫於淳熙元年（一一七四），是。當作於該年七月。時陸游在蜀州通判任上。

【箋注】

〔一〕璽封：蓋上璽印的文書封口。王嘉拾遺記前漢上：「元封元年，浮忻國貢蘭金之泥……常以此泥封諸函匣及諸宮門，鬼魅不敢干。當漢世，上將出征，及使絶國，多以此泥爲璽封。」

霄宸：指朝廷。

〔二〕碧油：青緑色的油布帷幕。許渾中秋夕寄大梁劉尚書：「汴人迎拜洛人留，虎豹旌旗擁碧油。」開府：指高級官員成立府署，選置僚屬。參見卷八謝王宣撫啓注〔二〕。井絡：井宿區域。左思蜀都賦：「岷山之精，上爲井絡。」劉逵注：「河圖括地象曰：『岷山之地，上爲井絡，帝以會昌，神以建福，上爲天井。』言岷山之地，上爲東井維絡；岷山之精，上爲天之井星也。」亦泛指蜀地。

〔三〕周邦咸喜：舉國歡喜。詩大雅崧高：「周邦咸喜，戎有良翰。」鄭玄箋：「周，徧也。」

〔四〕息肩：指休養生息。史記律書：「故百姓無内外之繇，得息肩於田畝，天下殷富。」

〔五〕駐蹕：帝王出行途中暫住。見卷三上二府論都邑劄子注〔六〕。天定：宿命論者稱人間的吉凶、禍福、貴賤等皆由天命所定。史記伍子胥列傳：「人衆者勝天，天定亦能破人。」

〔六〕梁益，指蜀地。蜀漢有梁、益等州，因以并稱。張載劍閣銘：「勒銘山阿，敢告梁益。」宿兵：駐紮軍隊。擊首有尾應：指作戰時軍隊各部分互相照應支援。孫子九地：「故善用兵者，譬如率然；率然者，常山之蛇也。擊其首則尾至，擊其尾則首至，擊其中則首尾俱至。」

〔七〕股肱：大腿和胳膊。比喻左右輔佐之臣。書益稷：「臣作朕股肱耳目。」臂指：指指揮靈便，如臂之使指。語本賈誼陳政事疏：「今海内之勢，如身之使臂，臂之使指，莫不制從。」

〔八〕荆豫：荆州、豫州，皆爲古九州之一。戎蠻：泛指四夷。張華命將出征歌：「重華臨帝道，戎蠻或不賓。」

〔九〕亭障：古代邊塞要地設置的堡壘。尉繚子守權：「凡守者，進不郭圉，退不亭障以禦戰，非善者也。」騫騰：即飛騰。杜甫贈特進汝陽王二十韻：「筆飛鸞聳立，章罷鳳騫騰。」巴渝：蜀古地名。漢書司馬相如傳上作「巴俞」。顔師古注：「巴俞之人剛勇好舞。」

〔一〇〕關河：指函谷等關與黄河。史記蘇秦列傳：「秦四塞之國，被山帶渭，東有關河，西有漢中。」張守節正義：「東有黄河，有函谷、蒲津、龍門、合河等關。」秦隴：指今陝西、甘肅之地。

〔一一〕稟令：即受命。書説命上：「王言惟作命，不言臣下罔攸稟令。」孔傳：「稟，受；令，亦命也。」

〔一二〕方嚴：方正嚴肅。參見卷六賀辛給事啓注〔一二〕。

〔一三〕六官之長：指薛良朋曾任吏部侍郎。六官，見卷六賀禮部曾侍郎啓注〔五〕。十乘：詩小雅六月：「元戎十乘，以先啓行。」十乘，指大的戰車。

〔一四〕挹損：謙遜。蔡邕和熹鄧后謚：「允恭挹損，密勿在勤。」

〔一五〕器業：功名事業。見卷七賀葉提刑啓注〔一一〕。

〔一六〕顯庸：明顯的功勞。新唐書韓愈傳：「東巡泰山，奏功皇天，具著顯庸，明示得意，使永永年服我成烈。」隆委：隆重的委任。

〔一七〕「關中」二句：蕭何爲劉邦留守關中，免除其後顧之憂。參見卷八謝王宣撫啓注〔一二〕。

〔一八〕「江左」二句：江左自有管仲那樣的賢相，人們期待中興盛世。典出晉書温嶠傳：「於時江左草創，綱維未舉，嶠殊以爲憂。及見王導共談，歡然曰：『江左自有管夷吾，吾復何慮！』」江左，江東，長江下游地區。管夷吾，即管仲，春秋時齊國賢相。

〔一九〕絲綸：指帝王詔書。參見卷一謝致仕表注〔四〕。弧矢：指兵事，戰亂。杜甫草堂詩：「弧矢暗江海，難爲遊五湖。」

〔二〇〕「維嶽」二句：指嵩山神靈降臨，生下賢臣甫侯、申伯，應驗了君臣的遇合。詩大雅崧高：「崧高維嶽，駿極于天。維嶽降神，生甫及申。」風雲，易乾：「雲從龍，風從虎，聖人作而萬物睹。」意謂同類相感應。後因以比喻遇合、相從。

〔二一〕「夢帝」二句：指商王武丁（殷高宗）夢見上帝賞賜其輔佐之臣，遍尋得到傅説，將其迎回。書説命上：「高宗夢得説，使百工營求諸野，得諸傅巖……王庸作書以誥曰：『以台正于四方，台恐德弗類，兹故弗言。恭默思道，夢帝賚予良弼，其代予言。』」賚，賞賜。遄，快，迅速。

袞繡，袞衣繡裳，古代帝王與上公的禮服。此指賢相。

〔二二〕去國十年：參見本卷與蜀州同官啓注〔一〕。

〔二三〕縛袴：亦作「縛褲」。指紮緊套褲脚管，以便騎乘。亦泛指戎裝。隋書禮儀志六：「車駕親戎，則縛袴，不舒散也。」

〔二四〕曳裾：即曳裾王門。指在王侯權貴門下作食客。語本漢書鄒陽傳：「飾固陋之心，則何王之門不可曳長裾乎？」　簪履：比喻卑微舊臣。見卷八上王宣撫啓注〔二一〕。　閒燕：私宴。曹植車渠椀賦：「俟君子之閒燕，酌甘醴於斯觥。」

〔二五〕敷繹：同敷叙。指陳述。

與李運使啓

伏審抗章力請，優詔曲從〔一〕，雖暫勞諭蜀之行，然益見回天之力〔二〕。恭惟某官致知格物，學道愛人，親承西洛之正傳，獨殿中朝之諸老〔三〕。至於盤礴遊戲之翰墨〔四〕，嬉笑怒駡之文章，過黄初而有餘，嗟正始之復見〔五〕。飛騰捷路，耻煩狗監之吹噓〔六〕；散落遐荒，寧付鷄林之鑑裁〔七〕。比下九天之號召〔八〕，已傾四海之觀瞻。不俟駕行，命義雖存於大戒；可以理奪，忠孝果得而兩全。方帥閫之猶虚，以計司而兼莅〔九〕。仰惟臺省清華之宿望〔一〇〕，加以山林高逸之雅懷。一琴一龜，預想鈴齋之静〔一一〕；三熏三沐，尚陪藥市之遊〔一二〕。過此以還，未知所措。

【題解】

運使，轉運使的簡稱。參見卷七上史運使啓題解。宋會要輯稿職官七二之一二：「(淳熙二年四月)二十二日，成都府路轉運判官李石放罷。」則此李運使或即李石，與文内所述頗合。李石(一一〇八—？)，字知幾，號方舟，資州資陽人。紹興二十一年進士。乾道中任太學博士，因直言徑行，不附權貴，出主石室，蜀人從學者如雲。淳熙初爲成都倅，時作山水小筆，風調遠俗。宋史翼卷二八有傳。本文爲陸游致李運使的啓文。

本文原未繫年。歐譜繫於淳熙元年(一一七四)，是。當作於該年夏秋。時陸游在蜀州通判任上。

【箋注】

〔一〕抗章：向皇帝上奏章。蘇舜欽兩浙路轉運使王公墓表：「每改秩，必抗章辭避，若不勝任。」

優詔：褒美嘉獎的詔書。後漢書東平憲王蒼傳：「(蒼)聲望日重，意不自安，上疏歸職……帝優詔不聽。」曲從：委曲順從。漢書鮑宣傳：「以苟容曲從爲賢，以拱默尸禄爲智。」

〔二〕諭蜀：諭告蜀民。見卷八答薛參議啓注〔七〕。回天：指權大勢重。後漢書宦者傳單超：「其後四侯轉横，天下爲之語曰：『左回天，具獨坐，徐卧虎，唐兩墮。』」

〔三〕西洛：指洛陽程顥、程頤。中朝：偏安江南的南宋稱北宋爲中朝。劍南詩稿卷六九觀渡江諸人詩：「中朝文有漢唐風，南渡詩人尚數公。」

〔四〕盤礴：箕踞。伸開兩腿坐。引申爲不拘形迹，曠放自適。

〔五〕黄初：魏文帝曹丕年號（二二〇—二二六）。黄初詩歌具有建安風格。嚴羽滄浪詩話詩體：「以時而論，則有建安體、黄初體。」原注：「魏年號，與建安相接，其體一也。」正始：齊王曹芳年號（二四〇—二四九）。正始年間玄風漸興，士大夫宗尚老莊，競尚清談，世稱「正始之風」。嵇康、阮籍爲正始詩歌的代表作家。

〔六〕狗監之吹嘘：指楊得意舉薦司馬相如。狗監爲漢代内官名，主管皇帝的獵犬。史記司馬相如列傳：「蜀人楊得意爲狗監，侍上。上讀子虚賦而善之曰：『朕獨不得與此人同時哉！』得意曰：『臣邑人司馬相如自言爲此賦。』」裴駰集解引郭璞曰：「主獵犬也。」

〔七〕雞林之鑑裁：指新羅國相鑒别白居易詩真僞。新唐書白居易傳：「居易於文章精切，然最工詩。初，頗以規諷得失，及其多，更下偶俗好，至數千篇，當時士人争傳。雞林行賈售其國相，率篇易一金，甚僞者，相輒能辯之。」雞林，古代對新羅的稱呼。

〔八〕九天：指天空最高處。孫子形篇：「善攻者，動於九天之上。」梅堯臣注：「九天，言高不可測。」

〔九〕帥閫：鎮撫一方的軍事長官。蘇軾賀高陽王待制啓：「伏審顯奉恩綸，榮更帥閫。」計司：掌管財政、賦税、貿易等事務官署的統稱。

〔一〇〕臺省：泛指政府中央機構。見卷七上陳安撫啓注〔八〕。宿望：素負重望之人。

〔一一〕鈴齋：古代州郡長官辦事之地。韓翃贈鄆州馬使君詩：「他日鈴齋内，知君亦賦詩。」

〔一二〕三熏三沐：亦作三釁三沐。多次沐浴并用香料塗身。表示虔敬。國語齊語：「比（管仲）至，三釁三沐之，桓公親逆之於郊，而與之坐而問焉。」藥市：藥材集市。

上鄭宣撫啓

伏審顯膺大號，出董成師〔一〕。自陝以西，咸舞歌於德化；從天而下，即震疊於威靈〔二〕。豈惟翰海玉關〔三〕，馳奏捷之音；將見博士議郎，上策勳之典〔四〕。士心闓懌，國勢尊安〔五〕。竊以當今秦蜀之權，重無與比；中原祖宗之地，久猶未歸。既天定而勝人，宜王明之受福〔六〕。非得太行、黄河山川所鍾之傑，誰復慶曆、嘉祐華夏太平之基。先王克相後人，上帝爲生賢佐。雖遠猷辰告〔七〕，暫違帳殿之深嚴；然大臣暑行，式慰轅門之徯望〔八〕。復河關其自此，知龜筮之悉從〔九〕。恭惟某官氣壓群公，才周萬務，識若蓍龜之先見，論如山嶽之不摇。湖海襟懷，正在大床之獨卧〔一○〕；廟堂風采，未妨一壑之初心〔一一〕。兹輟近司，來恢遠略〔一二〕。弼臣同德〔一三〕，何難運帷幄之籌；真儒爲邦，寧止學俎豆之事〔一四〕。已慶登壇而授鉞，遄觀推轂而出師〔一五〕。先天下而深憂，方遠同於文正〔一六〕；即軍中而大拜，豈專美於熙寧〔一七〕。某流落無歸，棲遲可歎〔一八〕。青衫去國，十載於兹；白首佐州，一人而已。顧尚賖於委骨，猶復覬於伸眉〔一九〕。仰跂光躔〔二○〕，雖阻服弓刀之役；鋪張勳業〔二一〕，或能助金石之傳。過此以還，未知所措。

【題解】

鄭宣撫，即鄭聞（？—一一七四），字仲益，華亭人。歷任吏部員外郎、中書舍人、禮部侍郎、刑部侍郎、權刑部尚書兼侍讀。乾道九年正月遷端明殿學士，簽書樞密院事，十月除參知政事。淳熙元年三月罷，以資政殿大學士宣撫四川。七月又除參知政事，罷四川宣撫使。十月卒。本文爲陸游上呈四川宣撫使鄭聞的啓文。

本文原未繫年。歐譜繫於淳熙元年（一一七四），是。當作於該年夏秋間。文中「大臣暑行，式慰轅門之徯望」二句可證。時陸游在蜀州通判任上。

【箋注】

〔一〕成師：大軍。左傳宣公十二年：「且成師以出，聞敵强而退，非夫也。」

〔二〕震疊：震動，恐懼。詩周頌時邁：「薄言震之，莫不震疊。」毛傳：「震，動；疊，懼。」威靈：神靈。楚辭九歌國殤：「天時墜兮威靈怒，嚴殺盡兮棄原野。」

〔三〕玉關：即玉門關。庾信竹杖賦：「玉關寄書，章臺留釧。」翰海：即瀚海，西北廣大地區的泛稱。或曰即今呼倫湖、貝爾湖，或曰即今貝加爾湖，或曰爲杭愛山之音譯。史記衛將軍驃騎列傳：「（霍去病）封狼居胥山，禪於姑衍，登臨瀚海。」

〔四〕策勳：記功勳於策書之上。見卷八答廖主簿發解啓注〔三〕。

〔五〕闓懌：和樂貌。尊安：尊貴安泰。參見卷一皇太子受册賀表注〔三〕。

〔六〕王明之受福：指天子聖明，受其賜福。易井：「九三，井渫不食，爲我心惻，可用汲，王明，并受其福。」孔穎達疏：「井之可汲，猶人可用……若遭遇賢主，則申其行能。」

〔七〕遠猷辰告：指長遠打算，以時告戒。詩大雅抑：「訏謨定命，遠猶辰告。」鄭玄箋：「爲天下遠圖庶事，而以歲時告施之。」朱熹集傳：「辰，時。告，戒也。辰告，謂以時播告也。」

〔八〕式：用，以。轅門：領兵將帥的營門。六韜分合：「大將設營而陳，立表轅門。」徯望：希望，期待。方衡齊天樂詞：「中原徯望，總萬里山河，盡歸經畫。」

〔九〕河關：河流和關隘。顔延之秋胡詩：「離居殊年載，一別阻河關。」龜筮：指占卦。古時占卜用龜，筮用蓍，視其象與數以定吉凶。書大禹謨：「鬼神其依，龜筮協從。」蔡沈集傳：「龜，卜；筮，蓍。」

〔一〇〕「湖海」二句：指陳登獨卧大床，體現了湖海之士的豪氣襟懷。三國志陳登傳：「（許）汜曰：『陳元龍（陳登字）湖海之士，豪氣不除。』……（劉）備問汜：『君言豪，寧有事邪？』汜曰：『昔遭亂過下邳，見元龍。元龍無客主之意，久不相與語，自上大床卧，使客卧下床。』備曰：『君有國士之名，今天下大亂，帝主失所，望君憂國忘家，有救世之意。而君求田問舍，言無所采，是元龍所諱也，何緣當與君語？如小人，欲卧百尺樓上，卧君於地，何但上下床之間邪？』」

〔一一〕一壑之初心：指獨佔一壑之水、自由自在的本意。莊子秋水：「（埳井之蛙）謂東海之鱉曰：『且夫擅一壑之水，而跨跱埳井之樂，此亦至矣。』」

〔一二〕「兹輟」二句：指鄭聞罷參知政事，出任四川宣撫使。

〔一三〕弼臣：輔佐之臣。見卷七删定官供職謝啓注〔七〕。

〔一四〕俎豆：指祭祀，奉祀。論語衛靈公：「俎豆之事則嘗聞之矣，軍旅之事未之學也。」

〔一五〕授鉞：古代大將出征，君主授以斧鉞，表示授以兵權。文選張衡東京賦：「授鉞四七，共工是除。」薛綜注引六韜：「凡國有難，君召將以授斧鉞。」推轂：推車前進。古代帝王任命將帥時的隆重禮遇。史記張釋之馮唐列傳：「臣聞上古王者之遺將也，跪而推轂，曰：『閫以內者，寡人制之；閫以外者，將軍制之。』」

〔一六〕「先天下」句：范仲淹岳陽樓記：「先天下之憂而憂，後天下之樂而樂。」 文正：范仲淹謚號。

〔一七〕「即軍中」句：指鄭聞或將拜相。軍中，此指樞密院職務，宋代樞密院爲最高軍事機關。大拜，指拜相。李肇唐國史補卷上：「（李晟）與張延賞有隙。及延賞大拜，二勛臣在朝，德宗令韓晉公和解之。」 熙寧：北宋神宗年號（一〇六八—一〇七七）。熙寧間多有由樞密府職務拜相者，如韓絳、曾公亮、陳旭、吴充等。見宋史宰輔表。

〔一八〕棲遲：漂泊失意。李賀致酒行：「零落棲遲一杯酒，主人奉觴客長壽。」

〔一九〕賖：拖欠。 委骨：棄骨，喪身。鮑照蕪城賦：「東都妙姬，南國佳人，蕙心紈質，玉貌絳唇，莫不埋魂幽石，委骨窮塵。」 覬：希望。 伸眉：舒展眉頭。形容得志。司馬遷報任少卿書：「乃欲仰首伸眉，論列是非，不亦輕朝廷羞當世之士邪？」

〔二〇〕仰跂：踮脚仰望。 光躔：指光明的前景。

〔二一〕鋪張：鋪敘渲染，誇張。 韓愈潮州刺史謝上表：「鋪張對天之閎休，揚厲無前之偉績。」

賀葉樞密啓

恭審顯膺明詔，進貳鴻樞〔一〕。 道大材全，固視功名爲餘事；任隆位重，蓋倚精神之折衝〔二〕。衆志交孚，太平可冀。伏聞今昔有不移之形勢，華夷有一定之土疆。故彼不可越燕、薊而南侵，猶我不能跨遼、碣而北守〔三〕。堯舜尚無冠帶百蠻之理，天地豈忍膻腥諸夏之區〔四〕。又況以本朝積累，而當荒陋崛起之小夷；以陛下神武，而討衰弱僅存之孱虜。重以軍民之憤切，加之廟祏之威靈〔五〕。當一震於雷霆，宜坐消於氛祲〔六〕。夫何玩寇，久使逋誅〔七〕。九聖故都，視同棄屣〔八〕；兩河近地〔九〕，進若登天。莫宣方叔之壯猷，更類棘門之兒戲〔一〇〕。坐殫民力，孰奮士心。上方撫髀而喟然，公宜出身而任此。恭惟某官負沈雄邁往之略，躬英發絶人之姿。撫卷慨慷，夙有四方之大志；立朝開濟，晚收九牧之重名〔一一〕。果副簡求，肆當柄任〔一二〕，以元龍湖海之氣，參子房帷幄之籌〔一三〕。北斗以南一人，誰其倫儗〔一四〕；長安之西萬里，行矣清夷〔一五〕。某識面莫先，托身最早，側聽延登之渥〔一六〕，自悲淪落之餘。雖意氣摧藏，非復雕鶚離風塵之望〔一七〕；然饑寒蹙迫，猶懷駑馬戀棧豆之思〔一八〕。敢敬布於微誠，覬少回於曩眷。

【題解】

葉樞密，即葉衡（一一二二—一一八三），字夢錫，婺州金華人。紹興十八年進士。歷典要郡，以才幹治績稱。自太府少卿除户部侍郎，遷樞密都承旨，知荆南、成都、建康府，除户部尚書、簽書樞密院事，拜參知政事、右丞相兼樞密使。宋史卷三八四有傳。宋史卷二一三宰輔表四：「（淳熙元年甲午四月己卯）葉衡自朝散大夫、户部尚書除端明殿學士、簽書樞密院事。六月癸未，遷中大夫，除參知政事。十月，詔兼權知樞密院事。」本文爲陸游致參知政事兼權知樞密院事葉衡的賀啓。

本文原未繫年。歐譜繫於淳熙元年（一一七四），是。當作於該年十月。時陸游在蜀州通判任上。

參考本卷賀葉丞相啓、卷四九鷓鴣天（送葉夢錫）詞。

【箋注】

〔一〕進貳：提拔爲次官。見卷七賀黄樞密啓注〔一〕。鴻樞：指中央政權的顯要之職。秦觀代賀中書僕射范相公啓：「昔執鴻樞，既致干戈之戢；今居端揆，何難禮樂之興。」

〔二〕折衝：指制敵取勝。見卷六賀曾秘監啓注〔五〕。

〔三〕燕、薊：周武王所封諸侯國，轄境在今北京市及周邊地區。史記周本紀：「武王追思先王，乃褒封……帝堯之後於薊……封召公奭於燕。」張守節正義：「周封以五等之爵，薊、燕二國俱武王立，因燕山、薊丘爲名，其地足自立國。薊微燕盛，乃并薊居之，薊名遂絶焉。今幽州薊縣，古燕國也。」遼、碣：遼東和碣石都臨近渤海，故並稱。宋書索虜傳：「聖朝承王業之資，奮神武之略，遠定三秦，西及蔥嶺，東平遼碣，海隅服從。」

〔四〕冠帶：謂使習禮儀。舊唐書玄宗紀下：「膜拜丹墀之下，夷歌立仗之前，可謂冠帶百蠻，車書萬里。」百蠻：古代南方少數民族的總稱。也泛稱其他少數民族。詩大雅韓奕：「以先祖受命，因時百蠻。」膻腥：原指北方少數民族的風習。後用來比喻其他民族對漢族的入侵或統治造成的影響。杜甫秦州見敕目薛三璩授司議郎……凡三十韻：「華夷相混合，宇宙一膻腥。」諸夏：周代分封的中原各個諸侯國。泛指中原地區。左傳閔公元年：「諸夏親暱，不可棄也。」

〔五〕廟祏：宗廟中藏神主的石匣。亦借指祖宗神靈。范祖禹文潞公生日：「忠勳藏廟祏，異禮冠臣鄰。」

〔六〕氛祲：霧氣，比喻戰亂，叛亂。見卷一逆曦授首稱賀表注〔二〕。

〔七〕玩寇：即消極抗敵。新唐書郗士美傳：「時諸鎮兵合十餘萬繞賊，多玩寇犯法，獨士美兵鋭整，最先有功。」逋誅：逃避誅罰。陳書衡陽獻王昌傳：「王琳逆命，逋誅歲久。」

〔八〕九聖：指北宋自太祖至欽宗共九位皇帝。見卷四已酉上殿劄子二注〔七〕。棄屣：扔掉鞋子。比喻輕視。語本孟子盡心上：「舜視棄天下，猶棄敝蹝也。」朱熹集注：「蹝，草履也。」廣韻去寘「屣」下引孟子：「舜去天下如脱敝屣。」

〔九〕兩河：宋代稱河北、河東地區爲兩河。宋史李綱傳：「莫若於河北置招撫司，河東置經制司，擇有材略者爲之使，宣諭天子恩德、所以不忍棄兩河於敵國之意。」

〔一〇〕方叔之壯猷：指方叔的宏大謀略。詩小雅采芑：「方叔元老，克壯其猶。」鄭玄箋：「猶，謀也；謀，兵謀也。」猶，同「猷」。方叔，周宣王時賢臣，征伐玁狁、蠻荆，使之歸服宣王。棘門之兒戲：指進出棘門軍如同兒戲。漢書周亞夫傳載：漢文帝時，匈奴入侵。以劉禮屯兵霸上，徐厲屯兵棘門，周亞夫屯兵細柳，以備胡。文帝親自勞軍，到霸上、棘門軍，皆直馳而入；到細柳軍，周亞夫軍容整飭，以軍禮相見。文帝感慨地稱贊周亞夫：「此真將軍矣！鄉者霸上、棘門如兒戲耳，其將固可襲而虜也。」

〔一一〕立朝：在朝爲官。開濟：開創并匡濟。杜甫蜀相詩：「三顧頻繁天下計，兩朝開濟老臣心。」九牧：九州之長。見卷五天申節進奉銀狀注〔一〕。

〔一二〕簡求：挑選尋求。後漢書皇后紀序：「自古雖主幼時艱，王家多釁，必委成冢宰，簡求忠賢，未有專任婦人，斷割重器。」肆：盡，極。柄任：指重要職位。范仲淹與韓魏公書：「惟祝正人早歸柄任，以副天下之心。」

〔一三〕元龍湖海之氣：指陳登的豪氣。見本卷上鄭宣撫啓注〔一〇〕。子房帷幄之籌：指張良的計謀。見卷六賀台州曾直閣啓注〔一一〕。

〔一四〕北斗以南一人：指狄仁傑。見卷七賀張都督啓注〔一八〕。倫儗：比較。儗，同「擬」。元積授韓皋尚書左僕射制：「日者銓覈羣才，兼榮揆務，頗煩倫擬，有異優崇。」

〔一五〕清夷：清平，太平。蔡邕貞節先生陳留范史雲銘：「通清夷之路，塞邪枉之門。」

〔一六〕延登：延攬擢用。漢書元帝紀：「臨遣光禄大夫褒等十二人循行天下……延登賢俊，招顯側陋。」渥：優渥，豐厚。

〔一七〕摧藏：收斂，隱藏。阮籍詠懷詩七十九：「林中有奇鳥，自言是鳳凰……適逢商風起，羽翼自摧藏。」雕鶚離風塵：指猛禽絶塵高飛。杜甫奉贈鮮于京兆二十韻：「驊騮開道路，雕鶚離風塵。」雕鶚，均爲猛禽。

〔一八〕駑馬戀棧豆：比喻庸人目光短淺。三國志魏書曹爽傳：「爽於是遣允、泰詣宣王，歸罪，請死，乃通宣王奏事。」裴松之注引干寶晉書：「桓範出赴爽，宣王謂蔣濟曰：『智囊往矣。』濟曰：『範則智矣，駑馬戀棧豆，爽必不能用也。』」棧豆，馬房中的豆料。

除制司參議官謝趙都大啓

攝郡壘之左符〔一〕，已逾素望；備賓僚之右席〔二〕，復玷明恩。雖可知已老之頭顱，猶幸得本來之面目。伏念某下愚不肖，至拙無能。陪蓬嶠之後塵〔三〕，最爲薄命；省桃源之昨夢〔四〕，恍若前身。泛然不繫之舟，莫知税駕之地〔五〕。豈圖末路，更污除書〔六〕。蓋將問道質疑，求備老聃之役〔七〕；豈獨襞牋染翰，預賡嚴武之詩〔八〕。

樂哉斯行，幸甚過望。兹蓋伏遇某官學窺聖域，望冠時髦〔九〕，根於高明，用以忠恕，執詩書之正印〔一〇〕，司翰墨之衆盟。富貴不驕，有偉周宗之百世〔一一〕；誠明自得，屢班漢詔之六條〔一二〕。方當日有九遷之榮〔一三〕，何難身兼數器之地。施及萍蓬之孤迹，亦叨俎豆於群英〔一四〕，但不稱之是虞，豈辱知之敢望。已遵臺檄〔一五〕，即發山城。紀文饒戎幕之談〔一六〕，當從兹日；竊逸少蘭亭之帖〔一七〕，或在暮春。過此以還，未知所措。

【題解】

制司參議官，即四川制置使司參議官。趙都大，即趙彦博，參見卷八與趙都大啓題解。劍南詩稿卷六乙未元日題下自注：「除夕，得制司檄，催赴官。」本文爲陸游獲除成都府路安撫司參議官兼四川制置使司參議官後致都大趙彦博的謝啓。

本文原未繫年。歐譜繫於淳熙二年（一一七五），是。當作於該年初。文中「已遵臺檄，即發山城」二句可證。時陸游即將離榮州赴成都任。

參考卷八與趙都大啓。

【箋注】

〔一〕郡壘：郡邑。　左符：符契的左半。見卷一嚴州到任謝表注〔一一〕。此指攝知榮州事。

〔二〕賓僚：賓客幕僚。世説新語言語：「桓征西治江陵城甚麗，會賓僚出江津望之。」此指任制司參議官。

〔三〕蓬嶠：指蓬萊山。古代傳説中的神山。亦常泛指仙境。李新觀瀾堂：「翻出秋潮真是幻，化成蓬嶠本來空。」

〔四〕桃源：即桃花源。語本陶淵明桃花源記。借指避世隱居之地，亦指理想境界。

〔五〕不繫之舟：比喻自由而無所牽掛，此處喻漂泊無定。莊子列禦寇：「巧者勞而知者憂，無能者無所求，飽食而敖遊，汎若不繫之舟，虚而敖遊者也。」稅駕：即解駕，停車。指休息或歸宿。稅，同挩、脱。史記李斯列傳：「物極則衰，吾未知所稅駕也。」司馬貞索隱：「稅駕，猶解駕，言休息也。李斯言己今日富貴已極，然未知向後吉凶，正泊在何處也。」

〔六〕除書：拜官授職的文書。韋應物始治尚書郎別善福精舍：「除書忽到門，冠帶便拘束。」

〔七〕老聃之役：老聃的弟子。老聃，春秋時楚人，曾爲周藏書室史官，著有老子。役，指門徒，弟子。莊子庚桑楚：「老聃之役，有庚桑楚者。」

〔八〕𥾝牋：折紙作書。語本南史陳紀下後主：「（後主）常使張貴妃、孔貴人等八人夾坐，江總、孔範等十人預宴，號曰『狎客』。先令八婦人𥾝采牋，製五言詩，十客一時繼和，遲則罰酒。」染翰：以筆蘸墨。翰，筆。潘岳秋興賦序：「於是染翰操紙，慨然而賦。」嚴武之詩：嚴武（七二六—七六五）字季鷹，華州華陰人。初任太原府參軍事、隴右節度使判官，歷官殿中侍御史、諫議大夫、成都尹兼劍南節度使、京兆尹兼御史大夫、檢校禮部尚書，封鄭國公。與杜甫友善，常以詩歌唱和。舊唐書卷一一七、新唐書卷一二九有傳。嚴武善詩，筆力雄健，詩有奇趣。與杜甫等多有贈答，杜甫稱其「筆落驚四座」、「詩清立意新」。

〔九〕聖域：指聖人的境界。漢書賈捐之傳：「臣聞堯舜，聖之盛也，禹入聖域而不優。」時髦：當代俊傑。後漢書順帝紀贊：「孝順初立，時髦允集。」李賢注：「爾雅曰：『髦，俊也。』郭璞注曰：『士中之俊，猶毛中之髦。』」

〔一〇〕正印：即正宗。姜特立代陳公實上通守王剛父：「我識通川守，人才世所稀。金陵傳正印，葉縣悟圓機。」

〔一一〕周宗之百世：周王朝宗族的遠裔，此指趙彦博是宋皇室宗族。論語爲政：「子曰：『殷因於夏禮，所損益，可知也；周因於殷禮，所損益，可知也。其或繼周者，雖百世，可知也。』」

〔一二〕漢詔之六條：漢制，刺史頒行六條詔書，以考察官吏。漢書百官公卿表上「武帝元封五年初置部刺史」，顔師古注引漢官典職儀云：「刺史班宣，周行郡國，省察治狀，黜陟能否，斷治冤獄，以六條問事，非條所問，即不省。」

〔一三〕九遷：指多次升遷。見卷六賀禮部曾侍郎啓注〔三〕。

〔一四〕萍蓬：萍浮蓬飄。比喻行蹤轉徙無定。杜甫將别巫峽贈南卿兄瀼西果園四十畝詩：「苔竹素所好，萍蓬無定居。」俎豆：指祭祀，奉祀。見本卷上鄭宣撫啓注〔一四〕。

〔一五〕臺檄：朝廷用於徵召、曉諭、詰責等方面的文書。

〔一六〕「紀文饒」句：指記述李德裕戎幕中的閒談。文饒，李德裕字。參見卷七賀黄樞密啓注〔四〕。戎幕之談，唐韋絢撰有戎幕閒談一卷，記李德裕在西川節度使任上所述古今異聞。

〔一七〕「窺逸少」句：指窺探王羲之蘭亭集序名帖。逸少，王羲之（三〇三—三六一）字，琅琊臨沂人，後遷會稽。歷任秘書郎、江州刺史、會稽内史等。晉書卷八〇有傳。東晉大書法家，其蘭亭集序帖被譽爲「天下第一行書」。

賀葉丞相啓

恭審誕告大廷，延登真相〔一〕。永惟夷夏戴宋之舊〔二〕，思見太平；時則祖宗在天之靈，爲生賢佐。海内幸甚，國勢巋然〔三〕。某少從史氏之遊，粗習星官之説〔四〕。去歲之杪，垂象有開〔五〕。太微紫垣，忽一新於景氣〔六〕；神州赤縣，將寖復於提封〔七〕。曾未閲時〔八〕，遽聞休命。昭哉天人精祲之際〔九〕，見於君臣會遇之初。恭惟某官鍾河嶽英靈之姿，應乾坤開泰之運〔一〇〕，器函魁碩〔一一〕，論極崇谹。萬卷讀書，盡是經綸之藴〔一二〕；十年遇主，獨高康濟之功〔一三〕。比逌井絡之歸，式贊斗樞之重〔一四〕。俄進陪於大政，果首建於永圖〔一五〕。股肱良哉，耻君不及堯舜〔一六〕；期月可也，致治庶幾成康〔一七〕。方將修未央、長樂之故宫，築馬邑、雁門之絶塞〔一八〕，興植禮樂於僵仆之後，整齊法制於搶攘之餘〔一九〕。威憺殊鄰，玉輂受渭橋之謁〔二〇〕；治偕邃古，金泥增岱嶽之封〔二一〕。然後遨遊謝傅之東山，偃息蕭何之甲第〔二二〕，委成功而不處，享眉壽於無窮〔二三〕。某遠寄殊方，久孤隆眷〔二四〕。驥老伏櫪〔二五〕，知難效命於馳驅；狐死首丘〔二六〕，但擬祈哀於造化。

【題解】

葉丞相，即葉衡（一一二二—一一八三），見本卷賀葉樞密啓題解。宋史卷二一三宰輔表四：「（淳熙元年甲午十一月丙午）葉衡自兼樞密使、參知政事遷通奉大夫，除右丞相。」本文爲陸游上呈右丞相葉衡的賀啓。

本文原未繫年。歐譜繫於淳熙二年（一一七五），是。當作於該年初。時陸游在成都府路安撫司參議官兼四川制置使司參議官任上。

參考本卷賀葉樞密啓、卷四九鷓鴣天（送葉夢錫）詞。

【箋注】

〔一〕誕告：廣泛告知。書湯誥：「王歸自克夏，至於亳，誕告萬方。」孔傳：「誕，大也。以天命大義告萬方之衆人。」大廷：即大庭，朝廷。延登，延攬擢用。見本卷賀葉樞密啓注〔一六〕。

真相：指實任宰相。徐度卻掃編卷下：「今歲便當登第，十餘年間可爲侍從，又十年爲執政，然決不爲真相，晚年當以使相終。」

〔二〕夷夏：夷狄與華夏的並稱。周書于翼傳：「翼又推誠布信，事存寬簡，夷夏感悦，比之大小馮君焉。」戴：擁戴。

〔三〕巋然：高大獨立貌。莊子天下：「人皆取實，己獨取虚，無藏也故有餘，巋然而有餘。」成玄英疏：「巋然，獨立之謂也。」

〔四〕史氏：史家，史官。韓愈答劉秀才論史書：「史氏褒貶大法，春秋已備之矣。」星官：古代把天上的恒星組合并命名，稱星官。史記天官書司馬貞題解：「天文有五官。官者，星官也。星座有尊卑，若人之官曹列位，故曰天官。」

〔五〕杪：歲末。垂象：顯示徵兆。易繫辭上：「天垂象，見吉凶，聖人象之。」

〔六〕太微：古代星官名。三垣之一。位於北斗之南，軫、翼之北，大角之西，軒轅之東。諸星以五帝座爲中心，作屏藩狀。古以爲天庭。楚辭遠遊：「召豐隆使先導兮，問大微之所居。」王逸注：「博訪天庭在何處也。大，一作太。」紫垣：星座名。常借指皇宫。令狐楚發潭州日寄李寧常侍詩：「君今侍紫垣，我已墮青天。」景氣：景象。

〔七〕神州赤縣：即赤縣神州。戰國齊人騶衍創立「大九州」學説，謂：「中國名曰赤縣神州。赤縣神州内自有九州，禹之序九州是也，不得爲州數。中國外如赤縣神州者九，乃所謂九州也。」見史記孟子荀卿列傳。後以借指中原或中國。寖復：逐漸收復。寖，同「浸」。提封：即版圖，疆域。薛道衡老氏碑：「牂牁、夜郎之所，靡漢、桑乾之地，咸被聲教，并入提封。」

〔八〕閱時：經歷時日。劉勰文心雕龍明詩：「閱時取證，則五言久矣。」

〔九〕精祲：指陰陽相侵形成的災異徵兆。淮南子泰族訓：「故國危亡而天文變，世惑亂而虹蜺見，萬物有以相連，精祲有以相蕩也。」高誘注：「精祲，氣之侵人者也。」

〔一〇〕河嶽：黄河和五嶽的並稱。泛指山川。語本詩周頌時邁：「懷柔百神，及河喬嶽。」毛傳：「喬，高也。高岳，岱宗也。」孔穎達疏：「言高嶽岱宗者，以巡守之禮必始於東方，故以岱宗言之，其實理兼四嶽。」開泰：亨通安泰。晉書顧榮傳：「弘九合之勤，雪天下之耻，則羣生有賴，開泰有期矣。」

〔一一〕魁碩：壯偉貌。韓愈河南令張君墓誌銘：「君方質有氣，形貌魁碩。」

〔一二〕經綸：整理絲縷，編絲成繩，統稱經綸。引申爲籌畫治理國家大事。易屯：「雲雷屯，君子以經綸。」孔穎達疏：「經謂經緯，綸謂綱綸，言君子法此屯象有爲之時，以經綸天下，約束於物。」

〔一三〕康濟：指安民濟世。見卷六賀辛給事啓注〔六〕。

〔一四〕井絡之歸：指葉衡曾知成都府。井絡，井宿區域，借指蜀地。見本卷賀薛安撫兼制置啓注〔一一〕。　斗樞之重：此指右丞相的重任。斗樞，北斗七星之第一星名天樞。劉允濟天賦：「橫斗樞以旋運，廓星漢之昭回。」

〔一五〕永圖：長久之計，長久打算。書太甲上：「慎乃儉德，惟懷永圖。」孔傳：「言當以儉爲德，思長世之謀。」

〔一六〕股肱良哉：書益稷：「(皋陶)乃賡載歌曰：『元首明哉，股肱良哉，庶事康哉。』」股肱，輔佐之臣。恥君不及堯舜：以(諫諍不盡心)君王不及堯舜爲恥。舊唐書王珪傳：「(王珪)對曰：『孜孜奉國，知無不爲，臣不如(房)玄齡……以諫諍爲心，恥君不及堯舜，臣不如(魏)徵。』」

〔一七〕期月可也：一整年差不多。論語子路：「子曰：『苟有用我者，期月而已可也，三年有成。』」邢昺疏：「期月，周月也，謂周一年之十二月也。」致治庶幾成康：治理天下的美政，近似周成王、周康王。新唐書太宗本紀：「盛哉，太宗之烈也！其除隋之亂，比迹湯、武；致治之美，庶幾成、康。自古功德兼隆，由漢以來未之有也。」

〔一八〕未央、長樂：均爲西漢宮殿，分别在今西安北郊漢長安故城西南隅和東南隅。馬邑、雁門，均爲邊關要塞。馬邑爲古縣名，屬雁門郡，秦置，在今山西朔州。雁門關爲長城重要關口之一，在今山西代縣北。

〔一九〕興植：復興、培植。僵仆：仆倒。戰國策秦策四：「刳腹折頤，首身分離，暴骨草澤，頭顱僵仆，相望於境。」鮑彪注：「僵，僨；仆，倒也。」搶攘：紛亂貌。漢書賈誼傳：「本末舛逆，首尾衡決，國制搶攘，非甚有紀，胡可謂治？」

〔二〇〕威憺：威勢令人畏憚。宋書禮志三：「朕皇考太祖文皇帝功耀洞元，聖靈昭俗，內穆四門，仁濟羣品，外薄八荒，威懾殊俗。」殊鄰：遠方異域。漢書揚雄傳下：「是以遐方疏俗殊鄰絶黨之域，自上仁所不化，茂德所不綏，莫不蹻足抗手，請獻厥珍。」玉輦：天子所乘之車，以玉爲飾。潘岳籍田賦：「天子乃御玉輦，蔭華蓋。」渭橋之謁：指漢文帝（代王）入長安，在渭橋受群臣拜謁。史記孝文帝本紀：「（宋）昌至渭橋，丞相以下皆迎。宋昌還報。代王馳至渭橋，群臣拜謁稱臣。」渭橋，長安以北渭水上的橋樑，秦始建，稱橫橋，漢更名渭橋。

〔二一〕邃古：遠古。金泥：以水銀和金粉爲泥，作封印之用。應劭風俗通正失封泰山禪梁父：「剋石紀號，著己績也。或曰：金泥銀繩，印之以璽。」岱嶽之封：指皇帝登泰山祭天的典禮。漢書武帝紀「登封泰山」，孟康注：「王者功成治定，告成功於天，刻石紀號……有金策石函金泥玉檢之封焉。」

〔二二〕謝傅：指謝安。見卷六賀辛給事啓注〔一〇〕。偃息：睡卧止息。司馬光和君倚藤牀十二韻：「朝訊獄中囚，暮省案前文。雖有八尺牀，初無偃息痕。」蕭何：見卷八謝王宣撫啓注〔一二〕。

〔二三〕眉壽：長壽。詩豳風七月：「爲此春酒，以介眉壽。」毛傳：「眉壽，豪眉也。」孔穎達疏：「人年老者必有豪眉秀出者。」

〔二四〕隆眷：深厚的顧念。江淹知己賦：「吐情志而深賞，忘年齒而隆眷。」

〔二五〕驥老伏櫪：即老驥伏櫪。見卷八與何蜀州啓注〔四〕。

〔二六〕狐死首丘：比喻不忘本或對鄉土的思念。禮記檀弓上：「太公封於營丘，比及五世，皆反葬於周。君子曰：『樂，樂其所自生；禮，不忘其本。古之人有言曰：狐死正丘首，仁也。』」陳澔集説：「狐雖微獸，丘其所窟藏之地，是亦生而樂於此矣。故及死而猶正其首以向丘，不忘其本也。」

賀龔參政啓

恭審光膺明詔，進貳政機〔一〕。爲治不難，其道顧何如耳；用人若此，吾國其庶幾乎。傳聞四方，歡喜一意。某聞公論未嘗盡廢，常恐不在於朝廷；小人豈必無材，惟患與聞於國事。誠使元臣大老〔二〕，守紀綱而不紊；近習外戚〔三〕，保富貴而有終。政一出於廟堂，權弗移於貴倖〔四〕。豈獨坐消於外侮，固將馴致於太平〔五〕。孰成伊尹格天之功，其在孟子敬王之學〔六〕。恭惟某官材負超軼，器局恢閎。造道深〔七〕，故能泛應而不窮；進身正〔八〕，故敢盡言而無諱。建久安之勢，成長治之業，已收效於立談；開衆正之路，塞群枉之門，曾不勞於變色〔九〕。薦紳相賀，史册有光。然而仁人先天下而憂，重矣自任；賢者備春秋之責，艱哉克終。某十年獨荷於異知，萬里敢虚於忠告，輒因尺牘，罄寫寸誠。未死殊方，或見丕天之偉績〔一〇〕；猶期末路，終爲盛世之幸民。

【題解】

龔參政，即龔茂良（一一二一—一一七八），字實之，興化軍（今福建莆田）人。紹興八年進士。累官秘書省正字、監察御史、右正言，除江西轉運判官兼知隆興府，治荒政有政績。擢禮部侍郎，淳熙元年拜參知政事，二年以首參行相事。四年落職放罷。安置英州，卒於貶所。宋史卷三八五有傳。宋史宰輔表四：「（淳熙元年甲午十一月戊戌）龔茂良自禮部侍郎兼權吏部尚書除參知政事。」本文爲陸游上呈參知政事龔茂良的賀啓。

本文原未繫年。歐譜繫於淳熙二年（一一七五），是。當作於該年初。時陸游在成都府路安撫司參議官兼四川制置使司參議官任上。

【箋注】

〔一〕進貳：提拔爲次官。見卷七賀黄樞密啓注〔一〕。政機：指政務。此指除參知政事。

〔二〕元臣：重臣，老臣。見卷七除編修官謝丞相啓注〔一〇〕。大老：德高望重的老人。見卷六賀曾秘監啓注〔三〕。

〔三〕近習：指君主寵愛親信者。禮記月令：「（仲冬之月）省婦事，毋得淫，雖有貴戚近習，毋有不禁。」外戚：指帝王的母族、妻族。史記外戚世家：「自古受命帝王及繼體守文之君，非獨内德茂也，蓋亦有外戚之助焉。」

〔四〕貴倖：指位尊且受君王寵信者。後漢書陳忠傳：「臣下輕慢，貴倖擅權。」

〔五〕馴致：逐漸達到。易坤：「履霜堅冰，陰始凝也；馴致其道，至堅冰也。」

〔六〕伊尹：商湯大臣，名伊，一名摯，尹是官名。相傳生於伊水。曾助湯伐夏桀，被尊爲阿衡。湯去世後歷佐卜丙、仲壬二王。後太甲即位，因荒淫失度，被伊尹放逐到桐宫，三年後迎之復位。書伊訓：「惟元祀十有二月乙丑伊尹祠於先王。」格天：感通上天。語本書君奭：「在昔成湯既受命，時則有若伊尹，格于皇天。」孟子敬王之學：指真正對王尊敬，則要向王宣傳堯舜之道。孟子公孫丑下：「（孟子）曰：『齊人無以仁義與王言者，豈以仁義爲不美也？其心曰「是何足與言仁義也」云爾，則不敬莫大乎是。我非堯舜之道不敢以陳於王前。故齊人莫如我敬王也。』」

〔七〕造道：指提高品德修養。蘇軾與李公擇書之十一：「兄造道深，中必不爾。」

〔八〕進身：指入仕做官。王充論衡逢遇：「倉猝之業，須臾之名，日力不足不預聞，何以准主而納其説，進身而托其能哉？」

〔九〕「開衆」二句：漢書劉向傳：「杜閉羣枉之門，廣開衆正之路。」衆正，衆多合於正道之事。群枉，衆奸邪。變色，指因人的内心活動改變臉色。論語鄉黨：「有盛饌，必變色而作。」

〔一〇〕殊方：遠方，異域。班固西都賦：「踰崑崙，越巨海，殊方異類，至於三萬里。」丕天：偉大的上天。丕，大。

答交代陳太丞啓

撫銅人而歎息，方感舊遊〔一〕；拾竹馬之棄遺，偶叨新命〔二〕。曾馳書之未暇，愧飛翰之鼎來〔三〕。恭惟某官鴻漸賢關，鳳儀朝著〔四〕。傑作紀永和之會〔五〕，邈矣風流；清言繼正始之音〔六〕，超然名勝。初叱乘軺之馭，已勤側席之思〔七〕。峻陟容臺，寖階清禁〔八〕。某自憐末路，獲踵後塵。君遣使而有光華，即載驅於原野；匠誨人而以規矩，尚竊望於門墻〔九〕。

【題解】

淳熙五年春，陸游奉召離蜀東歸。秋至臨安，召對，除提舉福建路常平茶事。冬抵建安任所。交代指前後任相接替、移交。陳太丞爲誰不詳，從文中「某自憐末路，獲踵後塵」二句看，當是將提舉常平茶事一職移交陸游的前任，太丞則是其獲除或曾任的職務。太丞即太常寺丞，爲太常寺助理，掌禮樂、郊廟、社稷、壇壝、陵寢之事。文中有「峻陟容臺」句可證。本文爲陸游致前任陳太丞的答啓。

本文原未繫年。歐譜繫於淳熙五年（一一七八），是。當作於該年秋冬間。時陸游將赴提舉福建路常平茶事任。

【箋注】

〔一〕銅人：銅鑄的人像。漢書郊祀志下：「建章、未央、長樂宮鐘虡銅人皆生毛，長一寸所，時以爲美祥。」　舊遊：陸游曾於紹興二十八年冬至二十九年，先後任福州寧德縣主簿、福州決曹。

〔二〕竹馬：兒童遊戲時當馬騎的竹竿。後漢書郭伋傳：「始至行部，到西河美稷，有童兒數百，各騎竹馬，道次迎拜。」後用以稱頌地方官吏。　新命：指提舉常平茶事的任命。因僅爲掌一路茶事之閒職，故稱「竹馬之棄遺」。

〔三〕鼎來：方來，正來。

〔四〕鴻漸：比喻仕宦升遷。見卷八答發解進士啓注〔五〕。　賢關：進入仕途的門徑。語本漢書董仲舒傳：「太學者，賢士之所關也，教化之本原也。」顔師古注：「關，由也。」　鳳儀：比喻英俊的姿容。張鎡雜興其九：「善人所至處，鳳儀氣芝蘭。」

〔五〕傑作：指王羲之蘭亭集序。　永和之會：指東晉永和九年（三五三）暮春，王羲之與謝安等四十餘人在會稽山陰蘭亭舉行的修禊集會。

〔六〕清言：清談。　正始之音：指正始年間崇尚老莊的風氣。見本卷與李運使啓注〔五〕。

〔七〕乘軺：乘坐輕便馬車。文選丘遲與陳伯之書：「乘軺建節，奉疆埸之任。」李善注引如淳漢書注：「二馬爲軺傳。」側席：指謙恭以待賢者。見卷四除修史上殿劄子注〔七〕。

〔八〕容臺：禮署的别稱。史記殷本紀「表商容之間」，司馬貞索隱引鄭玄云：「商家典樂之官，知禮容，所以禮署稱容臺。」此指太常寺。清禁：指清静嚴肅的皇宫。應劭風俗通十反司徒九江朱倀：「臣願陛下思周旦之言，詳左右清禁之内，謹供養之官，嚴宿衛之身。」

〔九〕門牆：指師門。語本論語子張：「夫子之牆數仞，不得其門而入，不見宗廟之美，百官之富。得其門者或寡矣。」

與錢運使啓

奔走九年，僅補州麾之選〔一〕；來歸萬里，遽叨使傳之華〔二〕。逾分已多，置慚無所。伏念某禀資甚陋，賦命多艱。跌宕文辭，本是書生之常態；蹉跎名宦，獨爲天下之畸人。比由西蜀之歸，獲俟東華之對〔三〕，進趨梗野，占奏空疏〔四〕，謂擯斥之是宜〔五〕，豈超逾之敢望。此蓋伏遇某官道參聖域，學擅經郛〔六〕。愛惜人材，每陰借之餘論；維持公道，尤深憫於窮途。致此安庸，亦叨臨遣〔七〕。某服膺已久，擁篲有期〔八〕。大匠之規矩可師，方日親於函丈〔九〕；小夫之竿牘自見〔一〇〕，姑少述於萬分。

【題解】

錢運使，即錢佃，字仲耕，蘇州常熟人。紹興十五年進士，歷官吏部郎中，遷左右司檢正，兼權吏、兵、工部三部侍郎，出爲江西轉運副使，繼使福建，再使江西。官至祕閣修撰。寶祐琴川志卷八有傳。八閩通志卷三〇轉運副使題名：「錢佃，淳熙間任。」本文爲陸游致轉運副使錢佃的啓文。

本文原未繫年。歐譜繫於淳熙五年（一一七八），是。當作於該年秋冬間。時陸游將赴提舉福建路常平茶事任。

【箋注】

〔一〕奔走九年：指陸游從乾道六年離山陰入蜀，到淳熙五年離蜀東歸，恰跨九年。　州麾：指出任州郡長官。宋祁還都詩：「一封東走罷州麾，却趁清班上赤墀。」

〔二〕使傳：指使者傳達的皇帝詔書。曾鞏代書寄趙宏詩：「君持使傳入南師，忽領貔貅過蓬藋。」

〔三〕東華：即東華門。宮城東門名。宋史地理志一：「宮城周回五里，南三門，中曰乾元，東曰左掖，西曰右掖，東、西面門曰東華、西華。」

〔四〕梗野：率直粗魯。見卷三擬上殿劄子注〔六〕。　占奏：口頭奏對。新唐書王播傳：「（王播）雅善占奏，雖數十事，未嘗書於笏。」

〔五〕擯斥：排斥，棄去。劉孝標辯命論：「昔之玉質金相，英髦秀達，皆擯斥於當年，韞奇才而莫用。」

〔六〕經郛：經學的全部。語本法言問神：「大哉！天地之爲萬物郛，五經之爲衆説郛。」郛，城圈週邊的大城。

〔七〕臨遣：臨軒派遣。見卷一福建到任謝表注〔一一〕。

〔八〕擁篲：執帚。古人執帚清道，迎候賓客，以示敬意。史記孟子荀卿列傳：「（騶子）如燕，昭王擁彗先驅，請列弟子之座而受業。」

〔九〕大匠：技藝高超的木工。孟子盡心上：「大匠不爲拙工改廢繩墨。」函丈：指講學的坐席，師生應相距一丈。禮記曲禮上：「若非飲食之客，則布席，席間函丈。」鄭玄注：「謂講問之客也。函，猶容也，講問宜相對容丈，足以指畫也。」

〔一〇〕小夫之竿牘：指匹夫關心的瑣事。莊子列禦寇：「小夫之知，不離苞苴竿牘。」小夫，匹夫。竿牘，竹簡尺牘，用以相互問候。

答南劍守林少卿啓

比解邊城，猥叨使傳，顧惸惸之寡助，宜挈挈而亟行〔一〕。揣分已逾，置慚靡所。伏念某百罹薄命，九折窮途〔二〕。跌宕文辭，已困諸生之小技；沉迷簿領，又無俗吏之能聲〔三〕。乃者來歸，頽然遲暮，進趨梗野，占奏空疏。宜居擯斥之科，敢辱光華之命。兹蓋伏遇某官道該聖藴，學擅經邦。獨倡諸儒，躬伊尹天民之先覺〔四〕；興憐末路，念貞元朝士之無多〔五〕。致此妄庸，亦叨臨遣。某方圖馳問，已辱詒書〔六〕。墨妙筆精，雖喜窺於近製；頭童齒豁〔七〕，更自感於殘年。

【題解】

南劍守，南劍州知州。南劍州爲福建路「八閩」（一府五州二軍）之一。治所在南平（今南平市）。轄境相當今福建南平市及將樂、順昌、沙縣、尤溪等地。少卿爲宋代各寺副長官，如太常少卿、太僕少卿等。林少卿爲誰不詳，或曾任少卿。本文爲陸游致南劍州知州林少卿的答啓。

本文原未繫年。歐譜繫於淳熙五年（一一七八），是。當作於該年秋冬間。時陸游將赴提舉福建路常平茶事任。

【箋注】

〔一〕惸惸：孤單無依貌。挈挈，急切貌。參見卷八通判夔州謝政府啓注〔一六〕、與何蜀州啓注〔五〕。

〔二〕百罹：種種不幸遭遇。詩王風兔爰：「我生之後，逢此百罹，尚寐無吪。」毛傳：「罹，憂。」

九折：比喻路途艱險。劍南詩稿卷七五東窗：「九折危途寸步艱，至今回首尚心寒。」

〔三〕簿領：指官府記事的簿册、文書。見卷六謝内翰啓注〔六〕。能聲：能幹的聲譽。白居易和夢得：「綸閣沈沈無寵命，蘇台籍籍有能聲。」

〔四〕伊尹：商湯大臣。見本卷賀龔參政啓注〔六〕。天民：指明乎天理、適乎天性的賢者。孟子盡心上：「有天民者，達可行於天下而後行之者也。」

〔五〕貞元朝士：此指前朝舊臣。見卷一謝致仕表注〔一〇〕。

〔六〕詒書：寄書。新唐書蔣儼傳：「於是田遊巖興處士爲洗馬，太子所尊禮，儼詒書責之。」

〔七〕頭童齒豁：頭秃齒缺。形容衰老。韓愈進學解：「頭童齒豁，竟死何裨。」

與建寧蘇給事啓

奔走九年，僅補州麾之選；來歸萬里，遽叨使傳之華〔一〕。忝冒過優〔二〕，慚惶莫喻。伏念某多奇薄命，孑立孤生〔三〕。小智自私，守紙上區區之糟粕〔四〕；大惑不解〔五〕，蹈人間洶洶之風波。比由隴蜀之歸，獲奉宣温之對〔六〕。樸學不足以恭承清問〔七〕，蕪辭不足以罄寫丹衷。謂擯斥之是宜，何超逾之敢望。此蓋伏遇某官材高而善下，道峻而兼容。哀元祐之黨家〔八〕，今其餘幾；數紹興之朝士〔九〕，久矣無多。曲借餘光〔一〇〕，少伸末路。某逖違燕語，喜望提封〔一一〕。大匠之規矩可師，方亟趨於函丈；小夫之竿牘自見，姑少述於萬分〔二〕。

【題解】

建寧，府名，地處今福建省北部。紹興三十二年升建州爲建寧府，爲福建路「八閩」（一府五州二軍）之一。給事，即給事中，官名，掌封駁政令失當者。蘇給事爲誰不詳，或曾任給事中。本文爲陸游致建寧縣蘇給事的啓文。

本文原未繫年。歐譜繫於淳熙五年（一一七八），是。當作於該年秋冬間。時陸游將赴提舉福建路常平茶事任。

【箋注】

〔一〕「奔走」四句：參見本卷與錢運使啓注〔一〕、〔二〕。

〔二〕忝冒：濫竽充數。見卷五辭免賜出身狀注〔四〕。

〔三〕孑立：獨立無依，孤立。後漢書蘇不韋傳：「豈如蘇子單特孑立，靡因靡資。」

〔四〕小智自私：指小聰明淺薄，自以爲是。賈誼鵩鳥賦：「小智自私兮，賤彼貴我；達人大觀兮，物無不可。」　糟粕：莊子天道：「然則君之所讀者，古人之糟粕已夫。」

〔五〕大惑不解：指對大事感到迷惑不解。語本莊子天地：「大惑者，終身不解；大愚者，終身不靈。」成玄英疏：「大愚惑者，凡俗也，心識闇鄙，觸景生迷，所以竟世終身不覺悟也。」

〔六〕宣溫之對：漢文帝於宣室與賈誼進行的問對。此指與天子問對。史記屈原賈生列傳：「後歲餘，賈生徵見。孝文帝方受釐，坐宣室。上因感鬼神事，而問鬼神之本。賈生因具道所以然之狀。至夜半，文帝前席。既罷，曰：『吾久不見賈生，自以爲過之，今不及也。』」宣室，未央殿前正室。

〔七〕樸學：泛指儒家經學。　清問：清審詳問。書呂刑：「皇帝清問下民，鰥寡有辭于苗。」孔安國傳：「帝堯詳問民患，皆有辭怨於苗民。」孔穎達疏：「帝堯清審詳問下民所患。」

〔八〕元祐之黨家：指陸游之祖父陸佃曾列入元祐黨籍。見卷一福建到任謝表注〔五〕。

〔九〕紹興之朝士：指陸游紹興末年曾在朝任敕令所删定官、樞密院編修等職。

〔一〇〕餘光：指美德、出身、身世等留下的影響。歐陽修相州晝錦堂記：「自公少時，已擢高科，登顯仕，海内之士，聞下風而望餘光者，蓋亦有年矣。」

〔一一〕逖違：久違。　燕語：宴飲叙談。詩小雅蓼蕭：「燕笑語兮，是以有譽處兮。」鄭玄箋：「天子與之燕而笑語。」朱熹集傳：「燕，謂燕飲。」　提封：指版圖，疆域。薛道衡老氏碑：「牂牁、夜郎之所，靡漢、桑乾之地，咸被聲教，并入提封。」

〔一二〕「大匠」四句：參見本卷與錢運使啓注〔一一〕、〔一二〕。

與本路郡守啓

比奉宸綸，躐乘使傳〔一〕，方懼誤恩之及，敢勤流問之先〔二〕。伏念某潦倒寒生，沉迷薄宦。曲江禁柳，早旅食於京華〔三〕；東閣官梅，晚狂吟於蜀道〔四〕。偶然不死，復此來歸。豈期憔悴之餘，亦玷光華之選。此蓋伏遇某官天資甚茂，朝望素高〔五〕。俯憐萍梗之孤蹤，每借齒牙之餘論〔六〕，遂令留落，忽有超逾。某弛擔云初①〔七〕，登門尚阻。川途悠邈，敢辭叱馭之行〔八〕；風度清真，先想凝香之地〔九〕。

【題解】

本路郡守，即福建路福州知府。宋代郡改府，知府亦稱郡守。福州知府爲誰不詳。本文爲陸游致福州知府的啓文。

本文原未繫年。歐譜繫於淳熙五年（一一七八），是。當作於該年秋冬間。文中「登門尚阻」句可證。時陸游將赴提舉福建路常平茶事任。

【校記】

①「擔」，原作「檐」，據弘治本、汲古閣本改。

【箋注】

〔一〕宸綸：帝王的詔書、制令。趙抃送同年何推官詩：「到日成優績，宸綸佇九遷。」躐乘：越級乘坐。使傳：使者、官員所乘驛車。

〔二〕流問：詢問。蘇軾答陳提刑啓：「欲聞名而未敢，豈流問之或先。」

〔三〕曲江：曲江，即曲江池，在今陝西西安，唐代長安遊賞勝地。杜甫曲江對酒：「苑外江頭坐不歸，水精春殿轉霏微。」禁柳：禁苑中的柳樹。白居易喜晴聯句（劉禹錫句）：「橋凈行塵息，堤長禁柳垂。」旅食：客居，寄食。杜甫奉贈韋左丞丈二十二韻：「騎驢三十載，旅食京華春。」

〔四〕東閣：指東亭，在蜀州（今四川省崇州縣東）。官梅：官府所種之梅。杜甫和裴迪登蜀州東亭送客逢早梅相憶見寄詩：「東閣官梅動詩興，還如何遜在揚州。」仇兆鰲注：「東閣，指東亭。」狂吟：指陸游在蜀中多有詠梅之作，見劍南詩稿卷三、卷四諸篇，如梅花四首、十二月初一日得梅一枝絶奇戲作長句今年於是四賦此花矣等。

〔五〕朝望：朝廷的人望。南史張融傳：「見卿衣服粗故，誠乃素懷有本，交爾藍縷，亦虧朝望。」

〔六〕萍梗：浮萍斷梗。比喻人行止無定。見本卷答勾簡州啓注〔九〕。齒牙：稱譽，説好話。蘇軾與王荆公書之二：「願公少借齒牙，使增重於世。」餘論：指一言半語。劉孝標廣絶交論：「攀其鱗翼，丐其餘論。」

〔七〕弛擔：指棲息。楊衒之洛陽伽藍記追先寺：「往雖弛擔爲梁，今便言旋闕下，有志有節，能始能終。」

〔八〕川途：道路，路途。謝靈運九日從宋公戲馬臺集送孔令詩：「豈伊川途念，宿心愧將别。」悠邈：遥遠，久遠。文選棗據雜詩：「千里既悠邈，路次限關梁。」吕向注：「悠邈，遠也。」

叱馭：呵斥馭者。指報效國家，不畏艱險。語本漢書王尊傳：漢琅邪王陽爲益州刺史，行至邛郲九折阪，歎曰：「奉先人遺體，奈何數乘此險！」因折返。及王尊爲刺史，至其阪……尊叱其馭曰：「驅之！王陽爲孝子，王尊爲忠臣。」

〔九〕凝香之地：指即將任職之地。語本韋應物郡齋雨中與諸文士燕集：「兵衛森畫戟，宴寢凝清香。」

福建謝史丞相啓

大鈞播物，萬化悉付之無心〔一〕；小己便私〔二〕，一官獲從於所欲。可謂難遭之會，空懷莫報之恩。伏念某早出門闌，嘗塵班綴〔三〕。士於知己，寧無管、鮑之情〔四〕；人之多言，誣爲牛、李之黨〔五〕。既逡巡而自引〔六〕，因委棄而莫收。晚參戎幕之遊，始被邊州之寄〔七〕。知者希則我貴矣，何嫌流俗之見排；加之罪其無詞乎〔八〕，至以虛名而被劾。甫周歲律，復畀守符〔九〕，曾未綰於印章，已遽膺於號召〔一〇〕。行能亡取，資望尚輕〔一一〕，便朝纔畢於對揚，使指遂叨於臨遣〔一二〕。此蓋伏遇某官兩朝元老〔一三〕，千載真儒，以道德性命訓迪人材〔一四〕，以禮義廉耻維持國勢。哀窮悼屈，如伐木故舊之不遺〔一五〕；懷昔感今，異積薪後來之居上〔一六〕。遂容孱瑣〔一七〕，猶被甄收。某敢不斂散視豐凶之宜，阜通去農末之病〔一八〕。觀近臣以其所主〔一九〕，期無負於深知；非俗吏之所能爲，或粗施於素學〔二〇〕。過此以往，未知所裁。

【題解】

史丞相，即史浩。參見卷七謝參政啓題解。宋史宰輔表四：「（淳熙五年）三月壬子，史浩自觀文殿大學士、充醴泉觀使、兼侍讀、永國公依前少保，授右丞相，封衛國公。」又：「十一月甲戌，史浩罷右相。」本文爲陸游赴福建到任後致右丞相史浩的謝啓。

本文原未繫年。歐譜繫於淳熙五年（一一七八），是。當作於該年十一月。時陸游在提舉福建路常平茶事任上。

參考卷一福建到任謝表、卷七謝參政啓、謝賜出身啓。

【箋注】

〔一〕大鈞播物：指上天化育萬物。文選賈誼鵩鳥賦：「雲蒸雨降兮，糾錯相紛。大鈞播物兮，坱圠無垠。」李善注：「如淳曰：『陶者作器於鈞上，此以造化爲大鈞。』應劭曰：『陰陽造化，如鈞之造器也。』」萬化：萬事萬物，大自然。漢書京房傳：「房對曰：『古帝王以功舉賢，則萬化成，瑞應著。』」顏師古注：「萬化，萬機之事，施教化者也。一曰萬物之類也。」

〔二〕小己：一己，個人。史記司馬相如列傳論：「大雅言王公大人而德逮黎庶，小雅譏小己之得失，其流及上。」便私：利於私門。韓非子孤憤：「朋黨比周以弊主，言曲以便私者，必信於重人矣。」

〔三〕門闌，師門。班綴：指朝班相連。陸游紹興末曾受史浩舉薦而任朝官。

〔四〕管、鮑之情：春秋時管仲和鮑叔牙相知最深。後常以二人並稱比喻交誼深厚的朋友。參見史記管晏列傳。

〔五〕牛、李之黨：唐代以牛僧孺、李宗閔爲首和以李吉甫、李德裕父子爲首的兩股勢力。參見新唐書李德裕傳。陳善捫虱新話辨牛李之黨：「唐人指牛、李之黨，謂牛僧孺、李德裕也。新唐書乃嫁其名於李宗閔曰：人指爲『牛、李』，非盜謂何？雖欲爲德裕諱，然非其實矣。」

〔六〕逡巡：退避，退讓。梁書王筠傳：「王氏過江以來，未有居郎署者，或勸逡巡不就。」自引：自行引退。賈誼吊屈原賦：「鳳縹縹其高逝兮，夫固自引而遠去。」

〔七〕邊州：靠近邊境的州邑。泛指邊境地區。宋書索虜傳：「僕以不德，荷國榮寵，受任邊州，經理民物。」

〔八〕加之罪：語本左傳僖公十年，晉惠公將殺大臣里克，里克對曰：「不有廢也，君何以興？欲加之罪，其無辭乎？臣聞命矣。」

〔九〕甫周歲律：指歲星剛運行一周。古人見到木星約十二年運行一周天，其軌道與黄道相近，因將周天分爲十二分，稱十二次。木星每年行經一次，即以其所在星次來紀年，故稱歲星。

復畀守符：重新給予鎮守一地的印符。守符，掌一地之政。陸游從隆興二年（一一六四）通判鎮江至淳熙五年（一一七八）提舉福建常平，正滿十二年有餘。

〔一〇〕綰於印章：卷起官印綬帶。指正式任命。膺於號召：接受朝廷召喚。

〔一一〕行能：品行才能。六韜王翼：「論行能，明賞罰。」資望：資歷聲望。秦觀官制上：「王者用人之要術惟資望而已。歲月有等，功勞有差，天下莫得躐而進者謂之資，行能術業卓然高妙爲世所推者謂之望。」

〔一二〕便朝：順利朝見。對揚：唐宋時期爲官吏除授後謝恩的一種儀式。宋敏求春明退朝録卷中：「吏部流内銓，每除官，皆云權判。正衙謝，復正謝前殿，引選人謝辭。繇唐以來，謂之對揚。」使指：指天子、朝廷的意旨命令。史記司馬相如列傳：「相如欲諫，業已建之，不敢，乃著書，籍以蜀父老爲辭，而已詰難之，以風天子，且因宣其使指，令百姓知天子之意。」叨於臨遣：在臨軒派遣中接受。

〔一三〕兩朝：指高宗、孝宗。

〔一四〕訓迪：教誨啓迪。書周官：「仰惟前代時若，訓迪厥官。」

〔一五〕哀窮悼屈：哀憐處境困窮之人，感傷懷才不遇之人。見本卷與成都張閣學啓注〔一〇〕。故舊之不遺：不遺棄舊交。論語泰伯：「君子篤於親，則民興於仁；故舊不遺，則民不偷。」

〔一六〕積薪後來之居上：比喻選用人才後來居上。漢書汲黯傳：「黯褊心，不能無少望，見上，言曰：『陛下用羣臣如積薪耳，後來者居上。』」

〔一七〕孱瑣：指猥賤無能之人。歐陽修謝進士及第啓：「言皆有味，務推轂以彌勤；先爲之容，俾朽株之見用。致茲孱瑣，及此抽揚，敢不慎服官箴。」

〔一八〕斂散：古代國家對糧食物資的買進和賣出。語本管子國蓄：「夫民有餘則輕之，故人君斂之以輕；民不足則重之，故人君散之以重。」豐凶：豐年和災年。白居易黑龍潭：「豐凶水旱與疾疫，鄉里皆言龍所爲。」阜通：貨物豐富，購銷順暢。周禮天官大宰：「六曰商賈，阜通貨賄。」鄭玄注：「阜，盛也。」農末：指農業和商業。古人以農爲「本」，謂經營商業逐末利。史記貨殖列傳：「夫糶，二十病農，九十病末……上不過八十，下不減三十，則農末俱利。」

〔一九〕近臣：指君主左右親近之臣。墨子親士：「臣下重其爵位而不言，近臣則喑，遠臣則唫。」

〔二〇〕素學：平素所學。曾鞏思政堂記：「（王君）來爲是邦，施用素學，以脩其政。」

渭南文集箋校

〔宋〕陸游 著
朱迎平 箋校

五

上海古籍出版社

渭南文集箋校卷第四十四

入蜀記第二

【題解】

本卷收録入蜀記乾道六年七月一日至七月十六日記文。

七月一日。黎明，離瓜洲，便風掛帆。晚至真州，泊鑒遠亭〔一〕。州本唐揚州揚子縣之白沙鎮。楊溥有淮南，徐温自金陵來覲溥於白沙，因改曰迎鑾鎮〔二〕。或謂周世宗征淮時〔三〕，諸將嘗於此迎謁，非也。國朝乾德中，升爲建安軍。祥符中，建玉清昭應宫，即軍之西北小山置冶，鑄玉皇、聖祖、太祖、太宗四聖像〔四〕。既成，遣丁謂、李宗諤爲迎奉使、副〔五〕。至京，車駕出迎，肆赦，建軍曰真州，而於故冶築儀真觀〔六〕。政和中修九域圖志〔七〕，又名曰儀真郡。舊以水陸之衝，爲發運使治所〔八〕，今廢。

【箋注】

〔一〕真州：隸淮南東路。在今江蘇儀徵。　鑒遠亭：輿地紀勝卷三八：「鑒遠亭在潮閘西，米元章書。」

〔二〕「楊溥」三句：楊溥爲吴王楊行密四子。唐末楊行密控制江北淮南。後楊行密死，長子楊渥繼位，被張顥所殺。徐温殺張顥，立楊渥弟楊渭，漸掌大權。楊渭死，徐温迎楊溥即位。順義四年（九二四），楊溥至白沙鎮檢閲舟師，徐温自金陵來拜見，改白沙爲迎鑾鎮。事見新五代史吴世家。

〔三〕周世宗：即柴榮，後周皇帝，九五七至九五九年在位。　征淮：九五六年，柴榮率大軍伐南唐，渡淮直抵壽春，淮南爲後周所有。

〔四〕祥符：即大中祥符，宋真宗年號，一〇〇八至一〇一六年。祥符二年四月，詔修道觀玉清昭應宫，至七年十一月完工。　置冶：設置冶鑄場。　四聖像：宋真宗崇奉道教，稱夢見九天人皇下降，自稱爲趙氏始祖，遂上封號爲聖祖上帝，并將玉皇大帝、聖祖上帝、宋太祖、宋太宗並稱「四聖」，鑄造銅像，四時祭祀。

〔五〕丁謂（九六六—一〇三七）：字謂之，長洲（今江蘇吴縣）人。淳化三年進士。官至尚書左僕射。宋史卷二八三有傳。　李宗諤（九六五—一〇一三）：字昌武，深州饒陽（今屬河北）

人。李昉子。端拱進士。官至右諫議大夫。宋史卷二六五有傳。　副：副使。

〔六〕肆赦：緩刑，赦免。書舜典：「眚災肆赦，怙終賊刑。」孔傳：「眚，過；災，害；肆，緩；賊，殺也。過而有害，當緩赦之。」　故冶：冶鑄場舊址。　儀真觀：輿地紀勝卷三八：「大中祥符六年，司天臺言，建安軍西山有旺氣。即其地鑄聖像，時有青鸞、白鶴、景雲盤繞爐冶之處，詔即其地建儀真觀，立青鸞、白鶴二亭。」

〔七〕九域圖志：北宋地理總志。真宗朝曾修九域圖，神宗朝曾修九域志（即今元豐九域志），徽宗政和年間再修九域圖志，未完成。

〔八〕發運使：官名。北宋在京師及淮南、江浙、荊湖設置此官，專掌漕運，兼制置茶鹽。南渡後漸廢。

二日。見知州右朝奉郎王察。市邑官寺〔一〕，比數年前頗盛。携統遊東園〔二〕。園在東門外里餘，自建炎兵火後，廢壞滌地，漕司租與民，歲入錢數千。昔之閎壯巨麗，復爲荆棘荒墟之地者四十餘年，乃更葺爲園。以記考之，惟清醺堂、拂雲亭、澄虛閣粗復其舊，與右之清池、北之高臺尚存。若所謂「流水横其前」者，湮塞僅如一帶，而百畝之園，廢爲蔬畦者，尚過半也，可爲太息〔三〕。登臺望下蜀諸山，平遠可愛，裴回久之〔四〕。過報恩光孝寺，少留。辛巳之變〔五〕，儀真焚蕩無餘，而此寺獨存。堂中僧百人，長老妙湍，常州人。

【箋注】

〔一〕官寺：官署，衙門。漢書翼奉傳：「地大震於隴西郡，毀落太上廟殿壁木飾，坏敗豲道縣城郭、官寺及民室屋。」

〔二〕東園：在真州東門外，北宋發運使施正臣、許子春在監軍廢營地建之，日游其中。歐陽修爲作真州東園記，蔡襄書，人稱園、記、書爲三絶。王安石有真州東園詩。

〔三〕「以記考之」九句：歐陽修真州東園記：「園之廣百畝，而流水横其前，清池浸其右，高臺起其北。臺，吾望以拂雲之亭；池，吾俯以澄虚之閣；水，吾泛以畫舫之舟。敞其中以爲清讌之堂，闢其後以爲射賓之圃。芙渠芰荷之的歷，幽蘭白芷之芬芳，與夫佳花美木列植而交陰，此前日之蒼煙白露而荆棘也；高甍巨桷，水光日景動摇而上下，其寬閒深靚可以答遠響而生清風，此前日之頹垣斷塹而荒墟也；嘉時令節，州人士女嘯歌而管弦，此前日之晦冥風雨、鼪鼯鳥獸之嘷音也。吾於是信有力焉。」

〔四〕下蜀：鎮名。在今江蘇句容長江南岸。　平遠：平夷遠闊。　裴回：同「徘徊」。

〔五〕辛巳之變：指紹興三十一年金主完顔亮大舉南侵。

三日。右迪功郎監税務聞人堯民來。堯民，茂德删定之兄子，以恩科入官〔一〕。北山永慶長老藴常來。郡集於平易堂，遍遊澄瀾閣、快哉亭，遂至壯觀以歸。壯觀舊有米元章所作賦石刻，今亡矣〔二〕。初問王守儀真觀去城遠近，云在城南里許。方怪與國史異，既歸，亟往游，則信城南也。有老道士出迎，年七十餘，自言廬州人，能述儀真本末。云舊觀實在城西北數里小土山之麓，祥符所鑄乃金銅像，并座高三丈，以黄麾全仗道門幢節迎赴京師〔三〕，皆與國史合①。故當時樂章曰：「範金肖像申嚴奉，宫館狀翬飛。萬靈拱衛瑞煙披，堤柳映黄麾〔四〕。」道士又言賜號瑞應福地，則史所不載也。今所謂儀真觀者，昔黄冠入城休憩道院耳〔五〕。晚，大風，舟人增纜。

【校記】

①「史」，原作「吏」，據弘治本、汲古閣本改。

【箋注】

〔一〕茂德删定：即聞人滋，陸游任敕令所删定官時同事。參見卷四三之六月五日注〔三〕。恩科：宋代科舉禮部試多次未中者，可在皇帝親試時别立名册呈奏，特許附試，稱爲特奏名，大多得中，故稱恩科。

〔二〕「郡集」五句：輿地紀勝卷三八：「平易堂在州治。澄瀾閣在州治。快哉亭在州城上。壯觀亭在城北五里山之頂。米元章書榜，有賦云：『壯哉，江山之觀也。』」

〔三〕黄麾全仗道門幢節：道教游行的全部儀仗。黄麾仗，皇帝出行的儀仗。幢節，旗幟儀仗。

〔四〕「範金」四句：無名氏建安軍迎奉聖像導引四首其二聖祖天尊。

〔五〕黄冠：道士束髮之冠。借指道士。

四日。風便，解纜挂帆，發真州。岸下舟相先後發者甚衆，煙帆映山，縹緲如畫。有頃，風愈厲，舟行甚疾。過瓜步山〔一〕，山蜿蜒蟠伏，臨江起小峰，頗巉峻。絶頂有元魏太武廟〔二〕，廟前大木可三百年。一井已智〔三〕，傳以爲太武所鑿，不可知也。太武以宋文帝元嘉二十七年南侵至瓜步，建康戒嚴。太武鑿瓜步山爲蟠道，於其上設氈廬，大會羣臣，疑即此地〔四〕。王文公詩所謂「叢祠瓜步認前朝」是也〔五〕。梅聖俞題廟云：「魏武敗忘歸，孤軍駐山頂。」按太武初未嘗敗，聖俞誤以佛貍爲曹瞞耳〔六〕。山出瑪瑙石〔七〕，多虎豹害人，往時大將劉寶，每募人捕虎於此。周世宗伐南唐，齊王景達自瓜步渡江，距六合二十里設柵，亦此地也〔八〕。入夾行數里，沿岸園疇衍沃，廬舍竹樹極盛，大抵多長蘆寺莊〔九〕。出夾望長蘆，樓塔重複。自江淮兵火，官寺民廬莫不殘壞，獨此寺之盛不減承平，至今日常數百衆。江面渺瀰無際，殊可畏。李太白詩云「維舟至長蘆，目送煙雲高」是也〔一○〕。晚泊竹篠港，有居民二十餘家，距金陵三十里〔一一〕。

【箋注】

〔一〕瓜步山：輿地紀勝卷三八：「在揚子縣西四十七里，曰瓜步山。後魏太武南伐起行宮於此，諸軍同日皆臨江，即此也。鮑照瓜步山揭文云：『瓜步山者，亦江中渺小山也，徒以因迥爲高，據絶作雄，而凌清瞰遠，擅奇含秀，是亦居勢使之然也。』」

〔二〕元魏太武：即拓跋燾（四○八—四五二），字佛貍。北魏皇帝，鮮卑族。登基後起用漢族大臣，攻滅諸族，統一北方。四五○年大舉攻劉宋，軍至瓜步，攻城不克，被迫撤退。後爲宦官所殺。在位二十八年，謚曰太武皇帝。魏書卷四、北史卷二有本紀。

〔三〕眢：枯竭。

〔四〕「太武」六句：事見魏書卷五。蟠道，盤曲的山路。氈廬，氈帳。新唐書北狄傳奚：「逐水草畜牧，居氈廬，環車爲營。」

〔五〕「王文公」句：王安石送真州吴處厚使君：「拱木延陵瞻故國，叢祠瓜步認前朝。」叢祠，建在叢林中的神廟。

〔六〕梅堯臣重過瓜步山：「魏武敗忘歸，孤軍處山頂。雖鄰江上浦，鑿岩山巔井。」佛貍：即北魏太武帝。曹瞞：魏武帝曹操，小名阿瞞。此謂梅聖俞錯將北魏太武帝當作魏武帝曹操了。

〔七〕瑪腦石：即瑪瑙。礦物名，種類繁多，顏色光美，可做器皿和裝飾物。

〔八〕「周世宗」四句：九五六年，周世宗柴榮率軍伐南唐。南唐中主李璟命其弟齊王李景達駐守建康。景達從瓜步渡江，卻在六合附近設栅防守，失去進攻時機，終爲周軍所破，南唐精兵消耗殆盡。事見資治通鑑卷二九三。六合，地區名。在長江北岸，今屬江蘇南京。

〔九〕夾：指長江的支流水道。長江水濶風大，航船多利用支流航行確保安全。長蘆：即長蘆寺，在六合地區，與隔江的栖霞寺遥遥相對。始建於梁武帝普通年間，北宋天聖年間首次重建，南宋淳熙初被江水淹没，遷址再建。此仍指在原址之長蘆寺。寺莊：佛寺的地産田莊。

〔一〇〕「李白」句：李白送當塗趙少府赴長蘆：「仙尉趙家玉，英風凌四豪。維舟至長蘆，目送烟雲高。」

〔一一〕竹篠港：景定建康志卷十九：「竹篠港，西至靖安，東至石步，南連直瀆，北臨大江，屬上元縣金陵、長寧兩鄉。由靖安港口至城二十里，由石步港口至城四十里。在唐世已曰竹篠港。」金陵：即建康府。

五日。大風，將曉，覆裌衾，晨起淒然如暮秋。過龍灣，浪湧如山，望石頭山不甚高，然峭立江中，繚繞如垣牆〔一〕。凡舟皆由此下至建康，故江左有變，必先固守石頭，真控扼要地也。自新河入龍光門〔二〕。城上舊有賞心亭、白鷺亭，在門右，近又創二水亭在門左，誠爲壯觀〔三〕。然賞心爲二亭所蔽，頗失往日登望之勝。泊秦淮亭。說者以爲鍾阜艮山，得庚水爲宗廟水。秦鑿淮，本欲破金陵王氣，然庚水反爲吉〔四〕。天下事信非人力所能勝也。見留守右朝請大夫祕閣修撰唐瑑〔五〕、通判右朝散郎潘恕。建康行宮在天津橋北〔六〕，琢青石爲之，頗精緻，意其南唐之舊也。晚，小雨。右文林郎監大軍倉王烜來。王言京口人用七月六日爲七夕，蓋南唐重七夕，而常以帝子鎮京口，六日輒先乞巧〔七〕，翌旦，馳入建康赴内燕〔八〕，故至今爲俗云。然太宗皇帝時，嘗下詔禁以六日爲七夕，則是北俗亦如此。此說恐不然。

六日。見左朝散大夫太府少卿總領兩淮財賦沈复、武泰軍節度使建康諸軍都統郭振。右宣教郎知江寧縣何作善、右文林郎觀察推官褚意來。作善字百祥，意字誠叔。晚，見秦伯和侍郎。伯和名塤，故相益公檜之孫〔九〕。延坐畫堂，棟宇閎麗，前臨大池，池外即御書閣，蓋賜第也。家人病創，托何令招醫劉仲寶視脈。

【箋注】

〔一〕龍灣：市名。景定建康志卷十六：「龍灣市在上元縣金陵鄉，去城一十五里。」石頭山：景定建康志卷十七：「石頭山在城西二里。案輿地志：『環七里一百步，緣大江，南抵秦淮口，去臺城九里。自六朝以來皆守石頭以爲固，以王公大臣領戍軍爲鎮，其形勝蓋必争之地云。』」

〔二〕新河：景定建康志卷十九：「新河在白鷺洲西南，流通大江二十餘里。」龍光門：景定建康志卷二十：「今府城八門：由尊賢坊東出曰東門，由鎮淮橋南出曰南門，由武衛橋西出曰西門，由清化市而北曰北門，由武定橋泝秦淮而東曰上水門，由飲虹橋沿秦淮而西出折柳亭前曰下水門，由斗門橋西出曰龍光門，由崇道橋西出曰柵寨門。」

〔三〕「城上」四句：景定建康志卷二二：「賞心亭在下水門之城上，下臨秦淮，盡觀覽之勝。丁晉公謂建。」又：「白鷺亭接賞心亭之西，下瞰白鷺洲。柱間有東坡留題。」又：「二水亭在下水門城上，下臨秦淮，西面大江，北與賞心亭相對。歲月寖久，舊址僅存。乾道五年秋，留守史公正志因修築城壁重建，自爲記。」

〔四〕「説者」五句：此謂講風水者認爲鍾山衹有山，需得水才能具山川之險，足以稱王。而當年秦始皇相信方士「金陵有王者之氣」的説法，開掘秦淮河以斷地脈，破王氣，結果秦淮河反而成就了六朝的都城。鍾阜，即鍾山，又名蔣山，在金陵東南。艮山，「艮」爲八卦之一，其象爲山。庚水，古代以天干與五行相對應，庚爲金，金生水，故稱庚水。宗廟，指稱王立國。秦鑿淮，許嵩建康實録：「當始皇三十六年，始皇東巡，自江乘渡。望氣者云：『五百年後金陵有天子氣。』因鑿鍾阜，斷金陵長隴以通流，至今呼爲秦淮。乃改金陵邑爲秣陵縣。」

〔五〕留守：建康府爲南宋陪都，設留守，由地方長官兼任。

〔六〕行宫：皇帝巡幸時所居宫殿。景定建康志卷一：「行宫在天津橋之北，御前諸軍都統制司之南。」

〔七〕乞巧：七月七日夜，婦女在庭院向織女星乞求智巧。宗懔荆楚歲時記：「七月七日爲牽牛、織女聚會之夜。是日，人家婦女結彩縷，穿七孔鍼，或以金銀鍮石爲鍼，陳瓜果於庭中以乞巧，有喜子網於瓜上則以爲符應。」

〔八〕内燕：同「内宴」。宫廷宴會。

〔九〕秦伯和：即秦塤，字伯和。江寧（今江蘇南京）人。秦檜孫，秦熺子。紹興二十四年進士。任實録院修撰，次年檜病篤，奉詔提舉太平興國宫。益公檜：即秦檜，曾封益國公。

七日。早，遊天慶觀〔一〕，在冶城山之麓。地理家以爲此山脈絡自蔣山來〔二〕，不可知也。吴、晉間城壘，大抵多因山爲之。觀西有忠烈廟，卞壼廟也，以嵇紹及壼二子眕、盱配食〔三〕。紹死於惠帝時，在壼前，且非江左事〔四〕，而以配壼，非也。廟後叢木甚茂，傳以爲壺墓。墓東北又有亭，頗疏豁，曰忠孝亭。亭本南唐忠貞亭，後避諱改焉〔五〕。忠貞，壺謚，今曰忠孝，則并以其二子死父難也。雲堂道士陳德新，字可久，姑蘇人，頗開敏〔六〕，相從登覽。久之，遂出西門，遊清涼廣慧寺〔七〕。寺距城里餘，據石頭城，下臨大江，南直牛頭山〔八〕，氣象甚雄，然壞於兵火。舊有德慶堂，在法堂前，堂榜乃南唐後主撮襟書〔九〕，石刻尚存，而堂徙於西偏矣。又有祭悟空禪師文曰：「保大九年，歲次辛亥九月，皇帝以香茶乳藥之奠，致祭於右街清涼寺悟空禪師〔一〇〕。」按南唐元宗以癸卯歲嗣位，改元保大，當晉出帝之天福八年，至辛亥，實保大九年，當周太祖之廣順元年〔一一〕。則祭悟空者，元宗也。建康志以爲後主，非是。長老寶餘，楚州人，留食，贈德慶堂榜墨本。食已，同登石頭，西望宣化渡及歷陽諸山，真形勝之地〔一二〕。若異時定都建康，則石頭仍當爲關要〔一三〕。或以爲今都城徙而南，石頭雖守無益，蓋未之思也。惟城既南徙，秦淮乃横貫城中，六朝立栅斷航之類，緩急不可復施〔一四〕。然大江天險，都城臨之，金湯之勢，比六朝爲勝，豈必依淮爲固邪？左迪功郎新湖州武康尉劉煒，右迪功郎監比較務李膺來。煒，秦伯和館客也，言秦氏衰落可念，至屢典質，生産亦薄。問其歲入幾何，曰米七萬斛耳〔一五〕。

【箋注】

〔一〕天慶觀：景定建康志卷四五：「天慶觀在府治西北。觀臺係晉朝治城故址。本朝大中祥符間賜額改爲祥符宫，續又改爲天慶觀。建炎兵火後羽流結茅屋以居。至紹興十七年，留守晁公謙之請於朝重建之。」

〔二〕蔣山：即鍾山，景定建康志卷十七：「鍾山一名蔣山，在城東北一十五里，周回六十里，高一百五十八丈。東連青龍山，西接青溪，南有鍾浦，下入秦淮，北接雉亭山。漢末有秣陵尉蔣子文逐盜，死事於此，吴大帝爲立廟，封曰蔣侯。大帝祖諱鍾，因改爲蔣山。」

〔三〕卞壺（二八一—三二八）：字望之，晉濟陰冤句（今山東菏澤）人。起家著作郎，後爲太子中庶子，侍講東宫。明帝時領尚書令，受遺詔共輔幼主。蘇峻反，卞壺率六軍拒擊，力戰至死。其二子卞眕、卞盱亦相繼戰死。晉書卷七十有傳。嵇紹（二五三—三〇四）：字延祖，晉譙郡銍縣（今安徽宿縣）人。嵇康子。徽爲秘書監，累官至侍中。惠帝「八王之亂」時，嵇紹以身護帝，死於帝側，血濺御服。後追謚忠穆。晉書卷八九有傳。配食：祔祭，配享。

〔四〕江左：指東晉。

〔五〕避諱：宋仁宗名禎，故改忠貞爲忠孝。

〔六〕開敏：通達明敏。漢書循吏傳：「乃選郡縣小吏開敏有材者張叔等十餘人，親自飭厲，遣詣京師。」

〔七〕清涼廣慧寺：景定建康志卷四六：「清涼廣慧寺在石頭城，去城一里。僞吴順義中，徐温建爲興教寺，南唐昇元初改爲石城清涼大道場，國朝太平興國五年閏三月改今額。舊傳此寺嘗爲李氏避暑宫，寺中有德慶堂，今法堂前舊基是也。後主嘗留宿寺中。德慶堂名乃後主親書，祭悟空禪師文乃後主自爲之碑刻，今并存。」

〔八〕牛頭山：景定建康志卷十七：「牛頭山狀如牛頭，一名天闕山，又名仙窟山。在城南三十里，周回四十七里，高一百四十丈。」

〔九〕南唐後主：即李煜。撮襟書：書體名。宣和書譜李煜：「（煜）善書畫，其作大字，不事筆，卷帛而書之，皆能如意，世謂撮襟書。」

〔一〇〕悟空禪師：即釋齊安，俗姓李，唐代高僧。道行高深，主持杭州鹽官海昌寺。圓寂後，唐宣宗敕謚悟空。宋高僧傳卷十一有傳。

〔一一〕元宗：即李璟，南唐中主。癸卯歲：即九四三年。保大：南唐年號，九四三至九五七年。晉出帝：即石重貴，後晉皇帝，九四三至九四六在位。天福：後晉年號，八年爲九四三年。辛亥：爲九五一年，即保大九年。周太祖：即郭威，後周開國皇帝。九五一至九五四在位。廣順：後周年號，九五一至九五三年。

〔一二〕歷陽：即和州，在江北。即今安徽和縣。形勝：指地勢險要。史記高祖本紀：「秦，形勝之國，帶河山之險，縣隔千里。」

〔一三〕「若異時」二句：陸游早年主張遷都建康。參見卷三上二府論都邑劄子。

〔一四〕立栅斷航：六朝時秦淮河在金陵城外，作爲防禦。孫吴時曾夾淮立栅以拒敵，又曾撤河上浮橋斷航守城。　緩急：指危急之時。

〔一五〕可念：可憐。　典質：典當抵押。　斛：容量單位，十斗爲一斛。

八日。晨，至鍾山道林真覺大師塔焚香〔一〕。塔在太平興國寺〔二〕，上寶公所葬也。塔中金銅寶公像，有銘在其膺，蓋王文公守金陵時所作〔三〕。僧言古像取入東都啓聖院，祖宗時每有祈禱，啓聖及此塔皆設道場，考之信然〔四〕。塔西南有小軒，曰木末。其下皆大松，髯甲夭矯如蛟龍，往往數百年物。木末，蓋後人取王文公詩「木末北山雲冉冉」之句名之〔五〕。建康志謂公自命此名，非也。塔後又有定林庵〔六〕。舊聞先君言，李伯時畫文公像於庵之昭文齋壁，着帽束帶，神彩如生〔七〕。文公没，齋常扃閉，遇重客至，寺僧開户〔八〕，客忽見像，皆驚聳，覺生氣逼人，寫照之妙如此。今庵經火，尺椽無復存者。予乙酉秋，嘗雨中獨來遊，留字壁間，後人移刻崖石，讀之感歎，蓋已五六年矣〔九〕。歸途過半山，少留。半山者，王文公舊宅，所謂報寧禪院也〔一〇〕。自城中上鍾山，此爲中途，故曰半山，殘毁尤甚。寺西有土山，今謂之培塿，亦後人取文公詩所謂「溝西雇丁壯，擔土爲培塿」名之也〔二〕。寺後又有謝安墩〔三〕，文公詩云「在冶城西北」，即此是也。

【箋注】

〔一〕道林真覺大師：即寶志（四一八—五一四），一作寶誌，下文又稱上寶公、寶公。齊梁僧人。俗姓朱，金城（今甘肅蘭州）人。少年出家，修業於建康道林寺。名聲頗大，傳言能分身，預知吉凶，屢顯神異。齊武帝曾收其入獄，梁武帝解其禁，虔敬事之。高僧傳卷十有傳。

〔二〕太平興國寺：景定建康志卷四六：「蔣山太平興國禪寺去城一十五里。梁武帝天監十三年，以定林寺前崗獨龍阜葬誌公，永定公主以湯沐之資造浮圖五級於其上。十四年即塔前建開善寺，今寺乃其地也。唐乾符中改爲寶公院，南唐昇元中徐德裕重修，後主又改爲開善道場。本朝太平興國五年改賜今額。」

〔三〕膺：胸。　王文公：即王安石。　守金陵：熙寧九年，王安石自請解除相職，以鎮南軍節度使、同平章事、判江寧府退居金陵。

〔四〕東都：即汴京。　啓聖院：宋太宗所建寺院。鐵圍山叢談卷五：「太宗皇帝以東都有誕育之地，乃新作啓聖禪院。」太平興國末，太宗曾命從金陵取寶公像置啓聖院側殿。

〔五〕「木末」二句：王安石木末：「木末北山煙冉冉，草根南澗水泠泠。繰成白雪桑重緑，割盡黄雲稻正青。」木末，樹梢。

〔六〕定林庵：景定建康志卷四六：「定林寺有二。上定林寺舊在蔣山應潮井後，宋元嘉十六年禪僧竺法秀造，在下定林寺之西。乾道間僧善鑒請其額於方山重建。下定林寺在蔣山寶公塔西北，宋元嘉元年置，後廢。今爲定林庵，王安石舊讀書處。」

〔七〕先君：陸游稱其父陸宰。李伯時：即李公麟（一〇四九—一一〇六）字伯時，號龍眠居士，舒州（今安徽潛山）人。熙寧三年進士。歷泗州録事參軍等，以陸佃薦爲中書門下後省删定官及御史檢法。以風痹致仕，歸老龍眠山。好古博學，精通禪法，善畫山水、人物及馬。宋史卷四四四有傳。文公：指王安石。

〔八〕扃閉：鎖閉。重客：貴客。史記高祖本紀：「沛中豪桀吏聞令有重客，皆往賀。」

〔九〕「予乙酉秋」六句：乙酉，即乾道元年（一一六五）。該年陸游由鎮江通判調任隆興通判，過金陵曾游鍾山。其鍾山題名：「乾道乙酉七月四日，笠澤陸務觀冒大雨獨游定林。」

〔一〇〕報寧禪院：景定建康志卷四六：「半山報寧禪寺在城東七里，距鍾山亦七里。王荆公安石故宅也。其地名白塘，舊以地卑積水爲患。自荆公卜居，乃鑿渠決水，以通城河。元豐七年，安石病聞，神廟遣國醫診視既愈，乃請以宅爲寺，因賜額報寧禪寺。寺後有謝公墩，其西有土山曰培塿，乃安石決渠積土之地。由城東門至鍾山，此半道也，故今亦名半山寺。」

〔一一〕「亦後人」句：王安石示元度營居半山園作：「今年鍾山南，隨分作園囿。鑿池搆吾廬，碧水寒可漱。溝西僱丁壯，擔土爲培塿。扶疏三百株，蒔楝最高茂。」

〔二〕謝安墩：即謝公墩。謝安（三二〇—三八五），字安石，東晉陳郡陽夏（今河南太康）人。官至丞相。曾指揮晉軍在淝水之戰中打敗前秦苻堅百萬大軍。卒葬建康梅岡。晉書卷七九有傳。

九日。至保寧、戒壇二寺〔一〕。保寧有鳳凰臺、攬輝亭，臺有李太白詩云：「三山半落青天外，二水中分白鷺洲〔二〕。」今已廢爲大軍甲仗庫，惟亭因舊趾重築，亦頗宏壯。寺僧言，亭牓本朱希真隸書〔三〕，已爲俗子易之。法堂後有片石，瑩潤如黑玉，乃宋子嵩詩〔四〕，題云：「鳳臺山亭子，陳獻司空，鄉貢進士宋齊丘。」司空者，徐知誥也，後改姓名曰李昪，是爲南唐烈祖〔五〕。而齊丘爲大臣。後又有題字云：「昇元三年奉勑刻石。」蓋烈祖既有國，追念君臣相遇之始，而表顯之。昪、齊丘雖皆不足道，然當攘奪分裂橫潰之時，其君臣相遇，不如是亦不能粗成其功業也。戒壇額曰「崇勝戒壇」寺，古謂之瓦棺寺。有閣，因岡阜，其高十丈，李太白所謂「鍾山對北户，淮水入南榮」者，又横江詞「一風三日吹倒山，白浪高於瓦棺閣」是也〔六〕。南唐後主時，朝廷遣武人魏丕來使〔七〕，南唐意其不能文，即宴於是閣，因求賦詩。丕攬筆成篇，末句云：

「莫教雷雨損基扃〔八〕。」後主君臣皆失色。及南唐之亡，爲吴越兵所焚。國朝承平二百年，金陵爲大府，寺觀競以崇飾土木爲事，然閣終不能復。紹興中，有北僧來居，講惟識百法論，誓復興造，求偉材於江湖間，事垂集者屢矣〔九〕，會建宫闕，有司往往輒取之。僧不以此動心，愈益經營，卒成盧舍那閣，平地高七丈，雄麗冠於江東。舊閣基相距無百步，今廢爲軍營。秦伯和遣醫柴安恭來視家人瘡。柴，邢州龍岡人〔一〇〕。晚，褚誠叔來。誠叔嘗爲福州閩清尉，獲盜應格，當得京官，不忍以人死爲己利，辭不就，至今在選調〔一一〕。又有爲它邑尉者，亦獲盜，營賞甚力，卒得京官。將解去〔一二〕，入郡，過刑人處，輒掩目大呼，數日神志方定。後至他郡，見通衢有石幢〔一三〕，問此何爲，從者曰「法場也」，亦大駭叫呼，幾墜車。自此所至皆迂道，以避刑人之地。人之不可有愧於心如此。移舟泊賞心亭下。秦伯和送藥。

【箋注】

〔一〕保寧、戒壇二寺：景定建康志卷四六：「保寧禪寺在城内飲虹橋南保寧坊内。吴大帝赤烏四年爲西竺康僧舍建，寺名建初。晉宋有鳳翔集此山，因建鳳凰臺於寺側。晉宋更寺名曰祇園，齊更名曰白塔。唐初復名曰建初，開元更名曰長慶，南唐更名曰奉先。本朝太平興國中賜額曰保寧，祥符六年增建經鐘樓、觀音殿、羅漢堂、水陸堂，東西方丈，莊嚴盛麗，安衆五百。又建靈光、鳳凰、凌虚三亭，照映山谷，圍甃磚墻五百丈，茂林修竹，松檜蘗蔚。」又：「崇勝戒壇院即古瓦官寺，又爲昇元寺，在城西南隅。晉哀帝興寧二年詔移陶官於淮水北，遂以南岸窑地施僧慧力造瓦官寺。」

〔二〕「保寧」三句：景定建康志卷二二：「鳳凰臺在保寧寺後。」又：「攬輝亭在今保寧寺後鳳凰臺舊基側。寺有攬輝亭，碑刓缺不可讀，莫詳其人。惟歲月可考，蓋熙寧三年夏四月也。」李太白詩，指李白登金陵鳳凰臺：「鳳凰臺上鳳凰游，鳳去臺空江自流。吴宫花草埋幽徑，晉代衣冠成古丘。三山半落青天外，二水中分白鷺洲。總爲浮雲能蔽日，長安不見使人愁。」

〔三〕朱希真：即朱敦儒，字希真。參見卷十五達觀堂詩序注〔一〕。

〔四〕宋子嵩：即宋齊丘（八八七—九五九），字子嵩，五代豫章（今江西南昌）人。歷任吴國和南唐左右僕射平章事。結黨專權，放歸九華山。絶其食，以餒卒。謚醜繆。新五代史卷六二、南唐書卷四有傳。

〔五〕徐知誥：即李昪（八八八—九四三），字正倫，徐州（今屬江蘇）人。本孤兒，爲楊行密擄爲養子，後予徐温，改名徐知誥。後奪取吴國政權，建立南唐，改號昇元，恢復原名。在位七年卒。謚烈祖。舊五代史卷一三四、新五代史卷六二、南唐書卷一有傳。

〔六〕「李白」二句：李白登瓦官閣：「晨登瓦官閣，極眺金陵城。鍾山對北户，淮水入南榮。」（一曰李賓作）又李白横江詞六首其一：「人道横江好，儂道横江惡。一風三日吹倒山，白浪高於瓦官閣。」南榮，南方之地。楚辭九懷：「玄武步兮水母，與吾期兮南榮。」王逸注：「南方冬温，草木常茂，故曰南榮。」横江，即横江浦，在今安徽和縣，與南岸采石磯隔江相對。

〔七〕魏丕：字齊物，相州（今河南安陽）人。由後周入宋，歷任武官之職，官至左驍衛大將軍。宋史卷二七〇有傳。

〔八〕基扃：泛指城闕。文選鮑照蕪城賦：「觀基扃之固護，將萬祀而一君。」李善注：「説文曰：『扃，外閉之關也。』凡文士之言基扃，泛論城闕。」

〔九〕垂集：垂成，接近完成。

〔一〇〕邢州：隸河北路。在今河北邢臺。

〔一一〕應格：合格，符合標準。　選調：指候補官員等待遷調。吴處厚青箱雜記卷一：「（張居業）滯選調三十餘年，年六十餘，始轉京秩。」

〔一二〕解去：指解職離去。

〔一三〕通衢：四通八達的道路。班昭東征賦：「遵通衢之大道兮，求捷徑欲從誰。」　石幢：刻有經文的石柱。此指行刑之處。

十日。早，出建康城，至石頭〔一〕，得便風，張帆而行。然港淺而狹，行亦甚緩。宿大城岡。金陵岡隴重複，如梅嶺岡、石子岡、佘讀如蛇。婆岡，尤其著者也〔二〕。居民數十家，亦有店肆。

十一日。早，出夾，行大江，過三山磯、烈洲、慈姥磯、采石鎮，泊太平州江口〔三〕。謝玄暉登三山還望京邑，李太白登三山望金陵，皆有詩〔四〕。凡山臨江，皆曰磯。水湍急，篙工併力撑之，乃能上。然今年閏餘秋早〔五〕，水落已數尺矣，則盛夏可知也。三山自石頭及鳳凰臺望之，杳杳有無中耳。及過其下，則距金陵財五十餘里。晉伐吴，王濬舟師過三山，王渾要濬議事，濬舉帆曰：「風利不得泊。」即此地也〔六〕。是日便風，擊鼓挂帆而行。有兩大舟東下者，阻風泊浦漵〔七〕，見之大怒，頓足詬駡不已。舟人不答，但撫掌大笑，鳴鼓愈厲，作得意之狀。江行淹速，常也，得風者矜，而阻風者怒，可謂兩失之矣。世事蓋多類此者，記之以寓一笑。烈洲在江中，上有小山曰烈山，草木極茂密，有神祠在山巔。慈姥磯，磯之尤巉絶峭立者。徐師川有慈姥磯詩，序云：「磯與望夫石相望，正可爲的對，而詩人未嘗挂齒牙〔八〕。」故其詩云：「離鸞只説閨中恨，舐犢誰知目下情。」然梅聖俞護母喪歸宛陵發長蘆江口詩云：「南國山川都不改，傷心慈姥舊時磯。」師川偶忘之耳。聖俞又有過慈姥磯下及慈姥山石崖上竹鞭詩，皆極高奇，與此山稱。

【箋注】

〔一〕石頭：指石頭津。景定建康志卷十六：「石頭津在城西，方山津在石頭津之東。隋食貨志云：『郡西有石頭津，東有方山津，各置津主一人，曹一人，直水五人，以檢察禁物及亡叛者。』」

〔二〕岡隴：山岡。梅嶺岡、石子岡：景定建康志卷十七：「梅嶺岡在城南九里，長六里，高二丈。舊經云：東豫章太守梅頤家於岡下，因名之。上有亭，爲士庶游春所。」又：「石子岡一名石子墩，在城南一十五里，長二十里，高一十八丈。舊經云：俗説此岡多細花石，故名石子岡。」

〔三〕三山磯：太平寰宇記卷九十：「三山在（江寧）縣西五十七里，周回四里。其山孤絶，面東，西截大江。按輿地志云：『其山積石，濱於大江，有三峰，南北接，故曰三山。舊爲吴津所。』」景定建康志卷十九：「三山磯在城西南七十五里。」烈洲：太平寰宇記卷九十：「烈洲在（江寧）縣南八十里，周回六十里。輿地志：『吴舊津所。内有小水，堪泊船，商客多停此，以避烈風，故以名焉。王濬伐吴，宿於此。簡文爲相時，會桓温於此。亦曰栗洲，洲上有山，山形如栗。伏滔北征賦謂之烈洲。』」慈姥磯：太平寰宇記卷一〇五：「慈母山在（當塗）縣北七十里臨江，亦謂之慈姥山。山有慈姥祠。」采石鎮：太平寰宇記卷一〇五：「采石，戍名也，在（當塗）縣西北牛渚山之上，最狹。侯景東渡，路由於此。隋平陳，置赭圻鎮。」

貞觀初於此置戍。」太平州：隸江南東路，轄當塗、蕪湖、繁昌三縣。州治在今安徽當塗。

〔四〕謝玄暉：即謝朓，字玄暉。齊梁詩人。謝朓晚登三山還望京邑：「灞涘望長安，河陽視京縣。白日麗飛甍，參差皆可見。餘霞散成綺，澄江靜如練。喧鳥覆春洲，雜英滿芳甸。去矣方滯淫，懷哉罷歡宴。佳期悵何許，淚下如流霰。有情知望鄉，誰能鬒不變？」「李太白句：李白三山望金陵寄殷淑：「三山懷謝朓，水澹望長安。蕪沒河陽縣，秋江正北看。盧龍霜氣冷，鳷鵲月光寒。耿耿憶瓊樹，天涯寄一歡。」

〔五〕閏餘：指閏月。劉言史奉酬：「閏餘春早景沉沉，禊飲風亭恣賞心。」此指乾道六年閏五月。

〔六〕「晉伐吳」六句：二八〇年，晉伐孫吳，王濬由蜀統軍沿江東下，王渾率軍出橫江。王濬舟師過三山而不停，直入建康滅吳。事見晉書王濬傳。王濬，字士治，弘農湖縣（今河南靈寶）人。西晉名將，官至撫軍大將軍。晉書卷四二有傳。王渾，字玄沖，太原晉陽（今屬山西）人。西晉名臣，官至侍中、録尚書事。晉書卷四二有傳。

〔七〕浦漵：指江邊。

〔八〕徐師川：即徐俯，字師川。江西派詩人。參見卷十五曾裘父詩集序注〔一〇〕。望夫石：太平寰宇記卷一〇五：「望夫山在（當塗）縣西四十七里。昔人往楚，累歲不還，其妻登此山望夫，乃化爲石。周回五十里，高一百丈，臨江。」的對：貼切的對句。此指慈姥磯和望夫石。

采石一名牛渚，與和州對岸，江面比瓜洲爲狹，故隋韓擒虎平陳及本朝曹彬下南唐，皆自此渡〔一〕。然微風輒浪作不可行。劉賓客云「蘆葦晚風起，秋江鱗甲生」，王文公云「一風微吹萬舟阻」，皆謂此磯也〔二〕。磯，即南唐樊若冰獻策作浮梁渡王師處〔三〕。初若冰不得志於李氏，詐祝髪爲僧，廬於采石山，鑿石爲竅，及建石浮圖，又月夜繫繩於浮圖，棹小舟急渡，引繩至江北，以度江面，既習知不謬，即亡走京師上書。其後王師南渡，浮梁果不差尺寸。予按隋煬帝征遼，蓋嘗用此策渡遼水，造三浮橋於西岸。既成，引趨東岸，橋短丈餘不合，隋兵赴水接戰，高麗乘岸上擊之，麥鐵杖戰死，始斂兵。引橋復就西岸，而更命何稠接橋，二日而成，遂乘以濟〔四〕。然隋終不能平高麗，國朝遂下南唐者，實天意也，若冰何力之有？方若冰之北走也，江南皆知其獻南征之策，或請誅其母妻。李煜不敢，但羈置池州而已。其後若冰自陳母妻在江南，朝廷命煜護送，煜雖憤切，終不敢違，厚遺而遣之。然若冰所鑿石竅及石浮圖，皆不毀，王師卒用以繫浮梁，則李氏君臣之暗且怠亦可知矣。雖微若冰，有不亡者乎！張文潛作平江南議〔五〕，謂當縛若冰送李煜，使甘心焉；不然，正其叛主之罪而誅之，以示天下，豈不偉哉！文潛此説，實天下正論也。予自金陵得疾，是日方小愈，尚未能食。夜雨。

【箋注】

〔一〕「采石」五句：輿地紀勝卷十八：「采石山在當塗縣北二十餘里，牛渚北一里。江源記云：『商旅於此取石，因名采石山。』北臨江有磯曰采石，曰牛渚。上有峨眉亭，下有廣濟寺、中元水府廟及承天觀。」和州，隸江南西路，轄歷陽、含山、烏江三縣。州治在今安徽和縣。韓擒虎（五三八—五九二），字子通，河南東垣（今河南新安）人。世代將門。隋時爲廬州總管。開皇八年（五八八）末，隋大舉伐陳，韓擒虎爲先鋒，從橫江夜渡采石，攻入建康滅陳。官終涼州刺史。隋書卷五二有傳。曹彬（九三一—九九九），字國華，真定靈壽（今屬河北）人。開寶七年（九七四）受命率軍滅南唐，在采石磯以預製浮橋渡江。回師後任樞密使，加同平章事。宋史卷二五八有傳。

〔二〕劉賓客：即劉禹錫，字夢得。唐代詩人。劉禹錫晚泊牛渚：「蘆葦晚風起，秋江鱗甲生。殘霞忽變色，游雁有餘聲。戍鼓音響絶，漁家燈火明。無人能詠史，獨自月中行。」王文公句：王安石牛渚：「歷陽之南有牛渚，一風微吹萬舟阻。」

〔三〕樊若冰：即樊知古，字仲師，其先長安人，後徙居池州。父爲南唐縣令，若冰舉進士不第，北歸投宋。在采石偵測江面寬度，宋軍南征據以造浮橋以過江。太宗朝累任轉運使等，後黜知均州卒。宋史卷二七六有傳。「偵測江寬」事見本傳。浮梁：浮橋。

〔四〕「予按」十四句：隋煬帝征遼，大業八年至十年（六一二—六一四），隋煬帝連續三年發兵征伐高句麗，互有勝敗，最終高麗王遣使請降。事見隋書煬帝紀。用此策渡遼水，指首次攻伐，用造浮橋渡之法過遼水。事見隋書麥鐵杖傳、何稠傳。麥鐵杖，始興（今廣東韶關）人。驍勇善戰，任右屯衛大將軍。在渡遼水時爲前鋒，力戰死。隋書卷六四有傳。何稠，字桂林。博學多識，善於製作。遼東之役中任右屯衛將軍，造橋成功。後歸唐，授將作少匠。隋書卷六八有傳。

〔五〕張文潛：即張耒（一〇五四—一一一四），字文潛，楚州淮陰（今屬江蘇）人。熙寧六年進士。「蘇門四學士」之一。累官起居舍人，坐元祐黨籍，屢貶宣州、復州。徽宗時召爲太常少卿，出知潁州、汝州，再貶房州别駕。晚居陳州。宋史卷四四四有傳。

十二日。早，移舟泛姑熟溪五里〔一〕，泊閱武亭。初詢舟人，云：「江口泊船處，距城二十里，須步乃可入。」及至閱武，乃止在城闉之外〔二〕。徽猷閣直學士左朝請郎知州周元特操，聞予病，與醫郭師顯俱來視疾。自都下相别，迨今八年矣〔三〕。太平州本金陵之當塗縣〔四〕，周世宗時，南唐元宗失淮南，僑置和州於此，謂之新和州，改爲雄遠軍。國朝開寶八年下江南，改爲平南軍，然獨領當塗一邑而已。太平興國二年，遂以爲州，且割蕪湖、繁昌來屬，而治當塗，與興國軍同時建置，故分紀年以名之〔五〕。

十三日。通判右朝請郎葉棼、員外通判左朝奉郎錢同仲耕、軍事判官左文林郎趙子覬、知當塗縣右通直郎王權來。午後，入州見元特，呼郭醫就坐間爲予切脈，且議所用藥。州正據姑熟溪北，土人但謂之姑溪，水色正緑，而澄澈如鏡，纖鱗往來可數。溪南皆漁家，景物幽奇。兩浮橋悉在城外，其一通宣城，其一可至浙中〔六〕。姑熟堂最號得溪山之勝，適有客寓家其間，故不得至。又有一酒樓，登望尤佳，皆城之南也。往時溪流分一支貫城中，湮塞已久。近歲嘗浚治，然惟春夏之交暫通，今七月已絶流矣。李太白集有姑熟十詠〔七〕，予族伯父彦遠嘗言：東坡自黄州還，過當塗，讀之撫手大笑曰：「贋物敗矣，豈有李白作此語者！」郭功父争以爲不然，東坡又笑曰：「但恐是太白後身所作耳！」功父甚愠。蓋功父少時，詩句俊逸，前輩或許之，以爲太白後身，功父亦遂以自負，故東坡因是戲之〔八〕。或曰十詠及歸來乎、笑矣乎、僧伽歌、懷素草書歌，太白舊集本無之，宋次道再編時，貪多務得之過也〔九〕。

【箋注】

〔一〕姑熟溪：輿地紀勝卷十八：「寰宇記云：姑浦在縣南二里。姑孰即縣地名。按江浦記，今當塗即晉姑孰城。姑溪有港，舊經城中，建炎中太守郭偉始築新城，限溪流於外，西入大江。」

〔二〕城闉：城内重門，亦泛指城郭。魏書崔光傳：「誠宜遠開闕里，清彼孔堂，而使近在城闉，面接宫廟。」

〔三〕周元特：即周操，字元特，湖州歸安（今浙江湖州）人。紹興五年進士。歷國子學録、吏部員外郎、監察御史、右正言、侍御史等，知衢、太平、泉三州，復召爲太子詹事。爲人氣岸磊落，政績著聞。嘉泰吴興志卷十七有傳。都下相别：指隆興元年陸游除鎮江通判，去國赴任。時周操在朝中任殿中侍御史。

〔四〕太平州：太平寰宇記卷一〇五：「本宣州當塗縣，周世宗畫江爲界之後，僞唐於縣立新和州，又爲雄遠軍。皇朝開寶八年平江南，改爲平南軍。太平興國二年升爲太平州，割當塗、蕪湖、繁昌三縣以隸焉。」

〔五〕興國軍：隸江南西路，轄永興、大冶、通山三縣。治所在今湖北陽新。分紀年以名之：指用太平興國年號分别命名太平州和興國軍。

〔六〕宣城：縣名，隸寧國府。即今安徽宣城。浙中：指今浙江金華、衢州一帶。

〔七〕姑熟十詠：組詩，歌咏姑孰境内十個代表性景觀，包括姑孰溪、丹陽湖、謝公宅、凌歊臺、桓公井、慈姥竹、望夫山、牛渚磯、靈墟山和天門山。

〔八〕「予族伯父」十六句：彦遠，陸游同族伯父，幼時曾從其就學。參見劍南詩稿卷四三齋中雜興十首其一。郭功父，即郭祥正，字功父。當塗人。相傳其母因夢李白而生。參見卷四三入蜀記六月四日注〔二〕。姑熟十詠的作者，歷來有争議。蘇軾東坡志林卷二：「過姑熟堂下，讀李白十詠，疑其語淺陋不類太白。孫邈云：聞之王安國，此李赤詩，祕閣下有赤集，此詩在焉。白集中無此。赤見柳子厚集，自比李白，故名赤。卒爲厠鬼所惑而死。今觀此詩止如此，而以比太白，則其人心疾已久，非特厠鬼之罪。」陸游認爲非李白贋作。見卷四四「二十四日」記文。

〔九〕「或曰」四句：苕溪漁隱叢話前集卷五：「東坡云：今太白集中有歸來乎、笑矣乎及贈懷素草書數詩，決非太白作，蓋唐末五代間學齊己輩詩也。余舊在富陽，見國清院太白詩，絶凡近。過彭澤興唐院，又見太白詩，亦非是。良由太白豪俊，語不甚擇，集中亦往往有臨時率然之句，故使妄庸輩敢耳。若杜子美，世豈復有僞撰邪？」宋次道，即宋敏求（一〇一九—一〇七九），字次道，趙州平棘（今河北趙縣）人。宋綬子。寶元二年賜進士出身。歷館閣校勘、史館修撰等，預修新唐書、仁宗實録、兩朝正史。藏書三萬卷，熟悉朝廷典故。曾編李白詩集。宋史卷二九一有傳。直齋書録解題卷十六著録李翰林集三十卷，又稱：「别有蜀刻大小二本，卷數亦同，而首卷專載碑、序，餘二十三卷歌詩，而雜著止六卷。有宋敏求後序，言舊集歌詩七百七十六篇，又得王溥及唐魏萬集本，因裒唐類詩諸編洎石刻所傳，廣之無慮千篇。」

十四日。晚晴，開南窗觀溪山。溪中絶多魚，時裂水面躍出，斜日映之，有如銀刀。垂釣挽罟者彌望，以故價甚賤，僮使輩日皆饜飫〔一〕。土人云此溪水肥宜魚，及飲之，水味果甘，豈信以肥故多魚耶？溪東南數峰如黛，蓋青山也〔二〕。

十五日。早，州學教授左文林郎吴博古敏叔、員外教授左文林郎楊恂信伯來。飯已，遊黄山東嶽廟、廣福寺，遂登凌歊臺〔三〕。嶽廟棟宇頗盛，本謂之黄山大監廟。大監者，不知何神，蓋淫祠也〔四〕。今既爲嶽廟，而大監反寓食廡下。廣福本壽聖寺，以紹興壬午詔書改額。敗屋二十餘間，殘僧三四人，蕭然如古驛。主僧惠明，温州平陽人。凌歊臺正如鳳凰、雨花之類，特因山巔名之〔五〕。宋高祖所營，面勢虚曠，高出氛埃之表〔六〕。南望青山、龍山、九井諸峰〔七〕，如在几席。龍山即孟嘉登高落帽處〔八〕，九井山有桓玄僭位壇〔九〕。稍西，江中二小山相對，云東梁、西梁也〔一〇〕。北戸臨和州新城，樓櫓歷歷可辨〔一一〕。蓋自絶江至和州，財十餘里，李太白有黄山凌歊臺送族弟泛舟赴華陰詩〔一二〕，即此地也。臺後有一塔，塔之後又有亭曰懷古云。余初至當塗，飲姑熟溪水，喜其甘滑。已而遍飲城中水，皆甘，蓋泉脈佳也。

十六日。郡集於道院〔一三〕，歷遊城上亭榭，有坐嘯亭，頗宜登覽。城濠皆植荷花。

是夜，月白如晝，影入溪中，摇蕩如玉塔，始知東坡「玉塔卧微瀾」之句爲妙也〔二四〕。

【箋注】

〔一〕挽罟：拉漁網。　彌望：滿視野，滿眼。　漢書元后傳：「大治第室，起土山漸臺，洞門高廊閣道，連屬彌望。」　饜飫：指口腹滿足。

〔二〕青山：輿地紀勝卷十八：「青山在當塗縣東南三十里。晉書：『袁宏爲桓温府記室，嘗以游青山飲歸，命桓同載。』即此山也。寰宇記：『齊宣城太守謝朓築室於山南，遺址猶存。絶頂有池，稱爲謝公池。唐天寶改爲謝公山。』文選有朓詩云『還望青山郭』，即此山也。」

〔三〕黄山：輿地紀勝卷十八：「黄山在當塗縣北五里出。傳浮邱翁牧雞於此山。山巔有淩歊臺、懷古臺、誓清堂、浮圖塔，臺下有廣福寺、東嶽行宫。」

〔四〕淫祠：指不合禮儀而設置的祠廟，邪祠。　宋書武帝紀：「淫祠惑民費財，前典所絶，可并下在所除諸房廟。」

〔五〕淩歊臺：輿地紀勝卷十八：「淩歊臺在城北黄山之巔，宋孝武大明七年南游登臺，建離宫。」

〔六〕氛埃：借指塵世。　劍南詩稿卷三嚴君平卜臺：「先生久已蜕氛埃，道上猶傳舊卜臺。」

〔七〕龍山、九井：輿地紀勝卷十八：「龍山在當塗縣南十里。舊經載孟嘉落帽事。」又：「九井在當塗縣。文選有殷仲文南州九井作，即此山也。史載桓玄築壇於九井山。」

〔八〕孟嘉登高落帽：晉書孟嘉傳：「九月九日，(桓)温燕龍山，僚佐畢集。時佐吏并着戎服。有風至，吹嘉帽墮落，嘉不之覺。温使左右勿言，欲觀其舉止。嘉良久如厠，温令取還之，命孫盛作文嘲嘉，著嘉坐處。嘉還見，即答之，其文甚美，四坐嗟嘆。」孟嘉，字萬年，江夏鄳縣（今河南羅山）人。東晉名士。晉書卷九八有傳。

〔九〕桓玄僭位：晉書桓玄傳：「百官到姑孰勸玄僭僞位，玄僞讓，朝臣固請，玄乃於城南七里立郊，登壇篡位。」桓玄，字敬道，譙國龍亢（今安徽懷遠）人。桓温子。官至相國、大將軍，晉封楚王。大亨元年（四〇三），威逼晉安帝禪位，建立桓楚。不久劉裕舉兵起義，桓玄敗逃被殺。晉書卷九九有傳。

〔一〇〕「稍西」三句：江中二小山相對，即天門山。輿地紀勝卷十八：「天門山在當塗縣西南三十里。晏公類要云：『有二山夾大江，東曰博望，西曰梁山，相對如門，故謂之天門。』」博望即東梁，梁山即西梁。

〔一一〕北户：北窗。　樓櫓：軍中用於瞭望攻守的高臺。此指城樓。

〔一二〕「李太白」句：李白黄山凌歊臺送族弟溧陽尉濟允泛舟赴華陰：「送君登黄山，長嘯倚天梯。小舟若鳧雁，大舟若鯨鯢。開帆散長風，舒捲與雲齊。」

〔一三〕道院：輿地紀勝卷十八：「道院在設廳西北，太守吴芾名。」

〔一四〕玉塔卧微瀾：蘇軾江月五首其一：「一更山吐月，玉塔卧微瀾。正似西湖上，湧金門外看。冰輪横海闊，香霧入樓寒。停鞭且莫上，照我一杯殘。」

渭南文集箋校卷第四十五

入蜀記第三

【題解】

本卷收録入蜀記乾道六年七月十七日至八月七日記文。

十七日。郡集於青山李太白祠堂，二教授同集〔一〕。祠在青山之西北，距山尚十五里。墓在祠後〔二〕，有小岡阜起伏，蓋亦青山之別支也。祠莫知其始，有唐劉全白所作墓碣及近歲張真甫舍人所作重修祠碑〔三〕。太白烏巾，白衣錦袍。又有道帽氅裘，侑食於側者，郭功甫也〔四〕。早飯罷，遊青山。山南小市有謝玄暉故宅基〔五〕，今爲湯氏所居。南望平野極目，而環宅皆流泉奇石、青林文篠，真佳處也。遂由宅後登山，路極險巇，凡三四里，有兩道人持湯飲迎勞於松石間。又里許，至一庵，老道人出迎，年七十餘，姓周，濰州人〔六〕，居此山三十年，顴頰如丹，鬚鬢無白者。又有李媼，八十矣，耳目聰明，談笑不衰，自言嘗得異人祕訣。庵前有小池曰謝公池，水味甘冷，雖盛夏不竭。絶頂又有小亭，亦名謝公亭。下視四山，如蛟龍奔放，争赴川谷，絶類吾鄉舜山〔七〕。但舜山之巔，豐沃夷曠，無異平陸，此所不及也。亭北望正對歷陽〔八〕。周生言元顔亮入寇時，戰鼓之聲震於山中云。夜歸舟次，已一鼓盡矣。坐間，信伯言桓温墓亦在近郊〔九〕，有石獸石馬，製作精妙，又有碑，悉刻當時車馬衣冠之類，極可觀，恨不一到也。

【箋注】

〔一〕二教授：指十五日記文所言州學教授吴博古和員外教授楊恂。

〔二〕墓在祠後：輿地紀勝卷十八：「唐李白墓在（當塗）縣東一十七里青山之北。李陽冰爲當塗令，白往依之，悦謝家青山，欲終焉。寶應元年卒，葬龍山東。今采石亦有墓及太白藁殯之地，後遷龍山。元和十二年，宣歙觀察使范傳正委當塗令諸葛縱改葬青山之址，去舊墳六里。」

〔三〕劉全白：唐代詩人，幼以詩受知於李白。貞元中任池州刺史，至龍山憑吊李白，并出資請當塗令整修白墓，又撰唐故翰林學士李君碣記，刻石立於墓前。白墓遷青山後碑碣留存於祠堂。　張真甫：即張震，字真甫。廣漢（一説綿竹，均屬四川）人。紹興二十一年進士。歷太常博士、秘書省正字、著作佐郎、殿中侍御史、中書舍人，知夔州，改成都府，卒於官。宋史翼卷二十有傳。老學庵筆記卷六：「張真甫舍人，廣漢人，爲成都帥，蓋本朝得蜀以來所未有也……然歲餘，真甫以疾不起。」

〔四〕氅裘：羽毛所製外衣。　侑食：勸食，侍奉尊長進食。周禮天官膳夫：「以樂侑食。」鄭玄注：「侑，猶勸也。」　郭功甫：即郭祥正，字功甫。曾被稱爲「太白後身」。參見卷四三入蜀記六月四日注〔一一〕。

〔五〕謝玄暉故宅：輿地紀勝卷十八：「謝公宅在城東南三十里青山。寰宇記云：『齊宣城太守謝朓築室鑿池於山南，遺址今在人呼爲謝家青山。』李白詩有『宅近青山同謝朓』之句。天寶十二年改爲謝公山。」謝玄暉，即謝朓，字玄暉。曾任宣城太守，人稱謝宣城。

〔六〕濰州：隸京東路，轄北海、昌邑、昌樂三縣。治所在今山東濰坊。

〔七〕舜山：亦稱虞山，在餘姚縣。太平寰宇記卷九六：「虞山在縣西三十里。太康志：『舜避丹朱於此。』」

〔八〕歷陽：郡名，即和州，隸淮南西路。在今安徽和縣。

〔九〕桓温墓：輿地紀勝卷十八：「寰宇記云：『桓元父墓今謂之司馬陵。』」太平寰宇記卷一〇五：「司馬陵，晉司馬桓玄篡立，僞尊爲陵。今俚人猶呼之，碑闕俱在。去縣一十一里青陽東北隅。」桓温，字元子，譙國龍亢（今安徽懷遠）人。東晉明帝時封駙馬都尉，穆帝時執朝政。後立簡文帝，以大司馬鎮姑孰，專擅朝政。病卒。晉書卷九八有傳。劍南詩稿卷二吊李翰林墓：「飲似長鯨快吸川，思如渴驥勇奔泉。客從縣令初何有，醉忤將軍亦偶然。駿馬名姬如昨日，斷碑喬木不知年。浮生今古同歸此，回首桓公亦故阡。（桓温冢亦在當塗。）」

十八日。小雨，解舟出姑孰溪，行江中。江溪相接，水清濁各不相亂。挽行夾中三十里，至大信口泊舟〔一〕。蓋自此出大江，須風便乃可行，往往連日阻風。兩小山夾江，即東梁、西梁，一名天門山〔二〕。李太白詩云：「兩岸青山相對出，孤帆一片日邊來〔三〕。」王文公詩云：「崔嵬天門山，江水遶其下〔四〕。」梅聖俞云：「東梁如仰蠶，西梁如浮魚〔五〕。」徐師川云：「南人北人朝暮船，東梁西梁今古山〔六〕。」皆得句於此也。水滸小兒賣菱芡蓮藕者甚衆〔七〕。夜行堤上，觀月大信口。歐陽文忠公于役志謂之帶星口〔八〕，未詳孰是。于役志蓋謫夷陵時所著也〔九〕。

【箋注】

〔一〕挽行：拉繂而行。　大信口：在當塗西南。

〔二〕「兩小山」三句：太平寰宇記卷一〇五：「天門山在（當塗）縣西南三十里。有二山夾大江，東曰博望，西曰天門。按郡國志云：『天門山亦云峨眉山，楚獲吳艅艎於此。』按其山相對，時人呼爲東梁山、西梁山，據縣圖爲天門山。輿地志云：『博望、梁山，東西隔江。相對如門，相去數里，謂之天門。』」

〔三〕「李太白」三句：李白望天門山：「天門中斷楚江開，碧水東流至此回。兩岸青山相對出，孤帆一片日邊來。」

〔四〕「王文公」三句：王安石寄曾子固二首其二：「崔嵬天門山，江水繞其下。寒渠已膠舟，欲往豈無馬。」

〔五〕「梅聖俞」三句：梅堯臣阻風宿大信口：「東梁如印鼉，西梁如游魚。二山夾大江，早暮潮吸噓。」

〔六〕「徐師川」三句：徐俯太平州二首其二：「南人北人朝暮船，東梁西梁今古天。茲地何時復回首，溯流千里到家園。」

〔七〕水滸：水邊。　菱芡：菱角、芡實。芡實，俗稱鷄頭，可食，亦可入藥。

〔八〕于役志：歐陽修所撰日記。景祐三年（一〇三六），范仲淹因直言獲罪貶饒州，歐陽修據理力争，亦謫夷陵。沿汴絶淮，入江西行，顛沛百餘日方抵任所。其間按行程起止，撰成日記于役志，實爲陸游入蜀記先聲。

〔九〕夷陵：縣名。隸荆湖北路峽州。在今湖北宜昌。

十九日。便風，過大、小褐山磯〔一〕。奇石巉絶，漁人依石挽罾〔二〕，宛如畫圖間所見。過梟磯〔三〕，在大江中，聳拔特起。有道士結廬其上，政和中，賜名寧淵觀。舊説梟磯有梟能害人，故得名。方郡縣奏乞觀額時，惡其名，因曰磯在水中，水常沃石，故曰澆磯。今觀屋亦二十餘間，然止一道人居之。相傳有二人，則其一輒死，故無敢往者。至蕪湖縣，泊舟吴波亭〔四〕。知縣右通直郎吕昭問來。按，漢丹楊郡有蕪湖縣①，吴陸遜屯蕪湖〔五〕，又杜預注春秋，楚子伐吴克鳩兹，亦云在蕪湖〔六〕。至東晉，乃改名于湖，不知所自〔七〕。王敦反，屯于湖，今故城尚存。又有玩鞭亭，亦當時遺迹〔八〕。唐温飛卿有湖陰曲叙其事〔九〕。近時張文潛以爲晉書所云「帝至于湖，陰察營壘」，當以于湖爲句，飛卿蓋誤讀也，作于湖曲以反之〔一〇〕。劉夢得歷陽書事詩，叙道中事云：「望夫人化石，夢帝日環營。」蓋夢得自夔州移牧歷陽，過此邑也〔一一〕。邑人云，數年前邑境有盗，發大墓，棺槨已壞，得鏡及刀劍之屬甚衆，甃塼有「大將軍墓」四字〔一二〕，或疑爲敦墓云。

【校記】

①「暘」，弘治本同，汲古閣本作「陽」。

【箋注】

〔一〕褐山磯：輿地紀勝卷十八：「褐山在當塗縣西南三十里，大信口、天門山之南，臨大江。繫年録云：『紹興二年，命沿江岸置烽火臺於當塗之褐山東，采石、慈湖、繁昌、三山，以爲斥堠。』」

〔二〕罾：一種用木棍或竹竿做框的方形漁網。

〔三〕梟磯：輿地紀勝卷十八：「蟂磯在蕪湖縣西南七里大江中。上有舊寧淵觀。蟂，老蛟也。今磯南有一石穴，廣深叵測，此蟂所居，昔時嘗出害人。」

〔四〕吴波亭：方輿勝覽卷十五：「吴波亭，張安國書，取温庭筠曲『吴波不動楚山碧』之句。」張孝祥滿江紅于湖懷古：「千古凄凉，興亡事、但悲陳迹。凝望眼、吴波不動，楚山叢碧。」

〔五〕陸遜（一八三—二四五）：字伯言，吴郡吴縣（今江蘇蘇州）人。孫吴大將，官至丞相。孫權經營江東之時，陸遜屯駐蕪湖，除賊安民。三國志卷五八有傳。

〔六〕「又杜預」三句：左傳襄公三年：「三年春，楚子重伐吴，爲簡之師，克鳩兹，至于衡山。」杜預注：「鳩兹，吴邑，在丹陽蕪湖縣東，今皋夷也。」杜預（二二二—二八四），字元凱，京兆杜陵（今陝西西安）人。司馬昭妹夫。晉武帝時拜鎮南大將軍，太康元年（二八〇）指揮滅吴。官至司隸校尉。著有春秋左氏傳集解。晉書卷三四有傳。春秋，此指春秋左氏傳，即左傳。

〔七〕「至東晉」三句：資治通鑑晉太寧元年（三二三）「（王）敦移鎮姑孰，屯于湖」，胡三省注：「于湖縣，本吴督農校尉治，武帝太康二年，分丹楊縣立于湖縣。」通典：「當塗有于湖故城，在縣南。」

〔八〕王敦（二六六—三二四）：字處仲，瑯琊臨沂（今屬山東）人。與從弟王導擁戴晉元帝建立東晉，遷大將軍。後舉兵反叛，攻入建康，拜丞相。還屯武昌，移鎮姑孰。明帝時再次進兵建康，卒於軍中。晉書卷九八有傳。玩鞭亭：輿地紀勝卷十八：「玩鞭亭在蕪湖縣北二十里。晉王敦鎮姑孰，明帝時敦將舉兵内向，帝密知之，乃乘巴滇駿馬，微行至湖陰，察敦營壘。敦正晝寢，夢日環其城，驚起曰：『此必黄鬚鮮卑奴來也。』乃使五騎追帝。帝亦馳去，見逆旅賣食嫗，以七寶鞭與之，曰：『後有騎來，可以此示之。』俄而追者至，因以鞭示之。五騎傳玩稽留，帝僅獲免。亭名以此。」

〔九〕温飛卿：即温庭筠，字飛卿。晚唐詩人。湖陰曲：即温庭筠湖陰曲序曰：「晉王敦舉兵至湖陰，明帝微行，視其營伍，由是樂府有湖陰曲。後其辭亡，因作而附之。」詩曰：「祖龍黄須珊瑚鞭，鐵驄金面青連錢。虎髯拔劍欲成夢，日壓賊營如血鮮。海旗風急驚眠起，甲重光摇照湖水。蒼黄追騎塵外歸，森索妖星陣前死。五陵愁碧春萋萋，灞川玉馬空中嘶。羽書如電入青瑣，雪腕如槌催畫鞞。白虯天子金煌鋩，高臨帝座回龍章。吴波不動楚山晚，花壓闌干春晝長。」

〔一〇〕張文潛：即張耒，字文潛。北宋文人。　于湖曲：即張耒于湖曲：「武昌雲旗蔽天赤，夜築于湖洗鋒鏑。巴滇騄駿風作蹄，去如滅没來不斷。日圍萬里纏孤壁，虜氣如霜已潛釋。蛇矛賤士識天顔，玉帳髯奴落妖魄。君不見銅駝陌上塵沙起，胡騎春來飲瀍水。浮江天馬是龍兒，蹙踏揚州開帝里。王氣高懸五百秋，弄兵老濞空白頭。石城戰骨卧秋草，更欲君王分上流。」

〔一一〕「劉夢得」六句：長慶四年（八二四），劉禹錫由夔州遷任和州刺史，任内撰有歷陽書事七十韻，記述和州名勝。劉夢得，即劉禹錫，字夢得。中唐詩人。

〔一二〕甃塼：墓塼。甃塼砌井壁。

二十日。寧國太平縣主簿左迪功郎陳炳來見〔一〕，泛小舟往謝之。則寓寧淵觀下院，以提刑司檄來督大禮錢帛〔二〕。寧淵在梟磯，隔大江，故置下院於近邑。道流十餘，壇宇像設甚盛，有觀主何守誠者，今選居太一宫矣〔三〕。炳字德先，婺州義烏人，自言其從姑得道徽宗朝，賜號妙静練師，結廬葛仙峰下〔四〕。平生不火食，惟飲酒，啗生果，爲人言禍福死生，無毫釐差。每風日清和時，輒掩關獨處。或於户外竊聽之，但聞若一嬰兒聲，或歌或笑，往往至中夜方止，莫有能測者。年九十，正旦，自言四月八日當遠行，果以是日坐逝。每爲德先言：「汝有仙骨，當遇異人。」後因得疾委頓，有皖山徐先生來餌以藥，即日疾平。徐因留，教以絶粒訣〔五〕。德先父母方望其成名，固不許。然自是絶滋味，日食淡湯餅及飯而已〔六〕。如此者六年，益覺身輕，能日行二百里。會中第娶妻，復近葷血，徐遂告别。臨行，語德先曰：「汝三紀後當復從我究此事〔七〕。」德先送至溪上，方呼舟欲渡，徐褰裳疾行水上而去〔八〕，呼之不復應。德先至今悵恨，有棄官入灊皖之意〔九〕。予遂遊東寺，登王敦城以歸〔一〇〕。城並大江，氣象宏敞。邑出緑毛龜〔一一〕，就船賣者不可勝數。將午，解舟，過三山磯〔一二〕。磯上新作龍祠。有道人半醉立蘚崖峭絶處，下觀行舟，望之使人寒心，亦奇士也。江中江豚十數出没〔一三〕，色或黑或黄，俄又有物長數尺，色正赤，類大蜈蚣，奮首逆水而上，激水高三二尺，殊可畏也。宿過道口。

【箋注】

〔一〕寧國太平縣：寧國爲府，本爲宣州，乾道二年升爲府。隸江南東路，下轄宣城、南陵、寧國、旌德、太平、涇六縣。

〔二〕提刑司：宋代路一級司法機構。　大禮錢帛：爲朝廷舉行重大祭祀或慶典向地方徵收的錢税。

〔三〕太一宫：一作太乙宫。祭祀太一神的宫殿。

〔四〕從姑：父親的叔伯姐妹。　葛仙峰：在今江西鉛山葛仙山，相傳爲葛仙公修道之處，上有葛仙祠。葛仙公，即葛玄，字孝先，丹陽句容（今屬江蘇）人。葛洪從祖。相傳孫吴時隨左慈學道成仙。事迹見葛洪神仙傳卷八。

〔五〕絶粒：即辟穀。指道家摒除火食、不進五穀，以求延年益壽的修身術。孫綽游天台山賦序：「非夫遺世玩道、絶粒茹芝者，烏能輕舉而宅之。」

〔六〕湯餅：水煮的麵片。俗稱片兒湯。束皙餅賦：「玄冬猛寒，清晨之會，涕凍鼻中，霜凝口外。充虚解戰，湯餅爲最。」

〔七〕二紀：二十四年。古代以十二年爲一紀。　究：完成。

〔八〕褰裳：撩起下裳。詩鄭風褰裳：「子惠思我，褰裳涉溱。」

〔九〕灊皖：即灊山。在今安徽灊山。

〔一〇〕王敦城：指王敦所鎮姑孰之城樓。

〔一一〕緑毛龜：背上生着龜背基枝藻的淡水龜。藻體呈緑絲狀，長達七八寸，在水中如被毛狀，被稱爲神龜。

〔二〕三山磯：輿地紀勝卷十八：「三山磯在繁昌東北四十里。」

〔三〕江豚：俗稱江豬。哺乳類動物，形狀像魚，無背鰭，頭短眼小，全身黑色。郭璞江賦：「魚則江豚海豨。」

二十一日。過繁昌縣，南唐所置，初隸宣城，及置太平州，復割隸焉〔一〕。晚泊荻港〔二〕，散步堤上，遊龍廟。有老道人守之，台州仙居縣人〔三〕，自言居此十年，日伐薪二束賣之以自給。雨雪，則從人乞，未嘗他營也。又至一庵，僧言隔港即銅陵界〔四〕。遠山嶄然，臨大江者，即銅官山〔五〕。太白所謂「我愛銅官樂，千年未擬還」是也，恨不一到〔六〕。最後至鳳凰山延禧觀〔七〕，觀廢於兵燼者四十餘年，近方興葺。羽流五六人，觀主陳廷瑞，婺州義烏縣人，言此古青華觀也〔八〕。有趙先生，荻港市中人，父賣茗。先生幼名王九，年十三，疾亟，父抱詣青華，願使入道。是夕，先生夢老人引之登高山，謂曰「我陰翁也」，出柏枝啗之，及覺，遂不火食。後又夢前老人教以天篆數百字，比覺，悉記不遺。太宗皇帝召見，度爲道士，賜冠簡，易名自然，給裝錢遣還，遂爲觀主。祥符間，再召至京師，賜紫衣，改青華額曰延禧。先生懇求還山養母，得歸，一日，無疾而逝。門人葬之山中，行半途，棺忽大重不可舉，其母曰：「吾兒必有異。」命發棺，果空無尸，惟劍履在耳，遂即其處葬之。今冢猶在，謂之劍冢。自然，國朝有傳①，大概與廷瑞言頗合，惟劍冢一事無之〔九〕。荻港，蓋繁昌小墟市也。歸舟已夜矣〔一〇〕。

【校記】

①「朝」，弘治本、汲古閣本作「史」。

【箋注】

〔一〕「過繁昌縣」五句：太平寰宇記卷一〇五：「繁昌縣本宣州南陵縣地，在南陵之西南大江，西對廬州江口，以地出石緑兼鐵，由是置冶。自唐開元已來，立爲石緑場。其地理枕江，舟旅憧憧，實津要之地。以南陵地遠，民乞輸税於場，僞唐析南陵之五鄉立爲繁昌縣。」

〔二〕荻港：輿地紀勝卷十八：「荻港在繁昌縣西南二十里，與赭圻相屬，西對無爲軍，蓋江流險要之地。」

〔三〕台州仙居縣：隸兩浙路。今浙江仙居。

〔四〕銅陵：縣名，隸池州。在今安徽銅陵。

〔五〕銅官山：在銅陵縣長江邊，以産銅著稱。

〔六〕「太白」二句：李白銅官山醉後絶句：「我愛銅官樂，千年未擬還。要須回舞袖，拂盡五松山。」

〔七〕鳳凰山延禧觀：輿地紀勝卷十八：「鳳凰山在繁昌縣西南二十里，有延禧觀。」

〔八〕羽流：道士。婺州義烏縣：隸兩浙路。今浙江義烏。

〔九〕「有趙先生」至「一事無之」一段：參見宋史卷四六一趙自然傳。天篆，扶乩所書之文字圖形。以木架懸錐在沙盤上劃成文字圖形，作爲神示，筆勢多類篆書而不可識。蘇軾有天篆記。裝錢，指置辦裝束的費用。

〔一〇〕墟市：鄉村集市。范成大曉出古城山：「墟市稍來集，篘籠轉山忙。」

二十二日。過大江，入丁家洲夾，復行大江。自離當塗，風日清美，波平如席，白雲青嶂，遠相映帶，終日如行圖畫，殊忘道塗之勞也。過銅陵縣〔一〕，不入。晚泊水洪口。江湖間謂分流處爲洪，王文公詩云「東江木落水分洪」是也〔二〕。

二十三日。過陽山磯，始見九華山〔三〕。九華本名九子，李太白爲易名〔四〕。太白與劉夢得皆有詩，而劉至以爲可兼太華、女几之奇秀〔五〕。南唐宋子嵩辭政柄，歸隱此山，號九華先生，封青陽公，由是九華之名益盛〔六〕。惟王文公詩云「盤根雖巨壯，其末乃修纖」，最極形容之妙〔七〕。大抵此山之奇，在修纖耳。然無含蓄敦大氣象，與廬阜、天台異矣〔八〕。岸旁荻花如雪。舊見天井長老彥威云，廬山老僧用此絮紙衣〔九〕。威少時在惠日亦爲之，佛燈珣禪師見而大嗔云〔一〇〕：「汝少年輒求温暖如此，豈有心學道耶？」退而問兄弟，則堂中百人，有荻花衣者財三四，皆年七十餘矣。威愧恐，亟除去。泊梅根港〔一一〕。巨魚十數，色蒼白，大如黄犢，出没水中，每出，水輒激起，沸白成浪，真壯觀也。

【箋注】

〔一〕銅陵縣：輿地紀勝卷二二：「九域志云：『在州東北一百四十里，本漢南陵縣梅根監。』十道志云：『梅根監歲鑄四萬貫。』南唐保大中爲縣，屬昇州。皇朝開寶八年屬池州。」

〔二〕「王文公」句：王安石東江：「東江木落水分洪，伐盡黄蘆洲渚空。南澗夕陽煙自起，西山漠漠有無中。」

〔三〕陽山磯：陽山磯在銅陵西。陸游乾道元年七月曾宿陽山磯，作有夜宿陽山磯將曉大雨北風甚勁俄頃行三百餘里遂抵雁翅浦（劍南詩稿卷一）。九華山：輿地紀勝卷二二：「九華山在青陽縣界。九域志云：『舊名九子山。』輿地志云：『上有九峰，出碧雞之類。』」

〔四〕「九華」二句：李白改九子山爲九華山聯句序：「青陽縣南有九子山，山高數千丈，上有九峰如蓮華。按圖徵名，無所依據。太史公南游，略而不書。事絶古老之口，復闕名賢之紀。雖靈仙往復，而賦詠罕聞。予乃削其舊號，加以九華之目。」

〔五〕「太白」二句：李白改九子山爲九華山聯句：「妙有分二氣，靈山開九華。」又望九華贈青陽韋仲堪：「昔在九江上，遥望九華峰。天河挂緑水，秀出九芙蓉。」劉禹錫九華山歌引：「九華山在池州青陽縣西南，九峰競秀，神采奇異。昔予仰太華，以爲此外無奇；愛女几、荆山，以爲此外無秀。及今年見九華，始悼前言之容易也。惜其地偏且遠，不爲世所稱，故歌而大之。」太華，即華山。女几，在今河南洛陽（原宜陽縣）。

〔六〕宋子嵩：即宋齊丘，字子嵩。參見卷四四之九日注〔四〕。

〔七〕「惟王」二句：王安石和平甫舟中望九華：「楚越千萬山，雄奇此山兼。盤根雖巨壯，其末乃修纖。」

〔八〕敦大：厚重博大。　廬阜：即廬山，在今江西九江。　天台：即天台山，在今浙江台州。

〔九〕荻花：荻爲多年生草本植物，生在水邊。葉子長形，似蘆葦。秋天開花，初開爲紫色，凋謝時呈白色。　天井：指天井寺，在今浙江鄞縣。　紙衣：紙製的衣服。蘇易簡文房四譜紙譜：「山居者常以紙爲衣，蓋遵釋氏云，不衣蠶口衣者也。」此指以荻絮充入紙衣保暖。

〔一〇〕佛燈珣禪師：即守珣禪師，號佛燈，俗姓施，安吉人。建炎中住持何山，後居天寧寺。紹興四年圓寂。事迹見五燈會元卷十九。

〔一一〕梅根港：在銅陵，亦稱梅根河，又稱錢溪。港東即梅根監，歷代鑄錢之所。

二十四日。到池州〔一〕，泊税務亭子。州，唐置，南唐嘗爲康化軍節度，今省。又嘗割青陽隸建康，今復故。惟所置銅陵、東流二縣及改秋浦爲貴池，今因之。蓋南唐都金陵，故當塗、蕪湖、銅陵、繁昌、廣德、青陽并江寧、上元、溧陽、溧水、句容凡十一縣，皆隸畿内。今建康爲行都〔二〕，而纔有江寧等五邑，有司所當議也。李太白往來江東，此州所賦尤多，如秋浦歌十七首及九華山、青溪、白笴陂、玉鏡潭諸詩是也。秋浦歌云：「秋浦長似秋，蕭條使人愁。」又曰：「兩鬢入秋浦，一朝颯已衰。猨聲催白髮，長短盡成絲。」則池州之風物可見矣。然觀太白此歌，高妙乃爾，則知姑熟十詠決爲贋作也〔三〕。杜牧之池州諸詩正爾，觀之亦清婉可愛，若與太白詩並讀，醇醨異味矣〔四〕。初，王師平南唐，命曹彬分兵自荆州順流東下，以樊若冰爲鄉導，首克池州，然後能取蕪湖、當塗，駐軍采石，而浮橋成〔五〕。則池州今實要地，不可不備也。

【箋注】

〔一〕池州：隸江南東路。轄貴池、青陽、銅陵、建德、石埭、東流六縣及永豐監。州治在貴池（今安徽池州）。

〔二〕行都：首都之外另設的都城，以備必要時皇帝暫駐。

〔三〕姑熟十詠：參見卷四四之十三日記文及注。

〔四〕杜牧（八〇三—八五二）：字牧之，京兆萬年（今陝西西安）人。大和二年進士。官至中書舍人。舊唐書卷一四七、新唐書卷一六六有傳。杜牧會昌四年（八四四）起在池州任刺史兩年，作有詠池州詩作十餘首，如九日齊山登高、登池州九峰樓寄張祜、池州清溪、題池州貴池亭、題池州弄水亭等。醇醨：酒味的厚與薄。王禹偁北樓感事：「樽中有官醖，傾酌任醇醨。」

〔五〕「王師」七句：樊若冰造浮橋事，參見卷四四之十一日記文及注。

二十五日。見知州右朝議大夫直祕閣楊師中、通判右朝奉郎孫德芻。遊光孝寺〔一〕，寺有西峰聖者所留鐵笛〔二〕。聖者生當吴武王楊行密時〔三〕，陽狂不羈，好吹笛，能役鬼神蛟龍。嘗寓池州乾明寺，乾明即光孝也。及去，留笛付主事僧。笛似銅鐵而非，色緑，而瑩潤如緑玉，不知何物。僧懼爲好事者所奪，郡官求觀之，輒出一凡鐵笛充數。予偶與監寺僧有舊，獨得一見。有石刻沈叡達所作西峰銘〔四〕，文辭古雅可愛，恨非其自書也。僧言貴池去城八十里，在秀山下，江之一支，别匯爲池，四隅皆因山石爲岸，産鯉魚，金鱗朱尾，味極美，本以此得貴池之目〔五〕。秀山有梁昭明太子墓〔六〕，拱木森然。今池州城西，有神甚靈者，曰九郎，或云九郎即昭明。晚登弄水亭，杜牧之所賦詩也〔七〕。亭殊不葺，然正對清溪、齊山〔八〕，景物絶佳。州雖瀕江，然據岡阜上，頗難得水。

【箋注】

〔一〕光孝寺：江南通志卷四七：「乾明寺在（池州）府城西笠山，唐建。一曰西禪院，宋改光孝寺。有鐵佛高二丈餘，紹興二十一年鑄，又稱鐵佛禪院。」

〔二〕西峰聖者：江南通志卷七五：「五代西峰聖者，楊吴時人，陽狂不羈，好吹笛，能役鬼神蛟龍。嘗寓池州乾明寺，及去留笛，後人寶之，共相傳玩。」

〔三〕吴武王楊行密：原名楊行愍，字化源，廬州合肥（今屬安徽）人。五代時吴國開國君主，九〇二至九〇五年在位。卒謚吴武忠王。舊五代史卷一三四、新五代史卷六一有傳。

〔四〕沈叡達：即沈遼，字叡達。參見卷四三閏五月十九日注〔一〕。

〔五〕貴池：輿地紀勝卷二二：「元和郡縣志云：『梁昭明太子以其魚水之美，封其水曰貴池。』寰宇記云：『在縣南五十里，山下有穴，穴有魚似鯇，二月出游，八月復入。』又：「秀山在貴池縣西十里。」

〔六〕昭明太子墓：輿地紀勝卷二二：「梁昭明太子廟在秋浦門外，世稱西郭九郎，元祐三年賜廟額……又有墓在貴池之秀山。」

〔七〕弄水亭：輿地紀勝卷二二：「郡有弄水亭在通遠門外。」杜牧題池州弄水亭：「弄水亭前溪，颭灩翠綃舞。綺席草芊芊，紫嵐峰伍伍。螭蟠得形勢，翬飛如軒户。一鏡奩曲堤，萬丸跳猛雨。檻前燕雁棲，枕上巴帆去。叢筠侍修廊，密蕙媚幽圃。杉樹碧爲幢，花駢紅作堵。停樽遲晚月，咽咽上幽渚。客舟耿孤燈，萬里人夜語。」

〔八〕齊山：輿地紀勝卷二二：「齊山在貴池縣南五里。按王晳齊山記：『有十餘峰其高等，故曰齊山。』或曰以齊映得名。」

二十六日。解舟，過長風沙、羅刹石〔一〕。李太白江上贈竇長史詩云：「萬里南遷夜郎國，三年歸及長風沙。」梅聖俞送方進士遊廬山云：「長風沙浪屋許大，羅刹石齒水下排。」歷此二險過湓浦，始見瀑布懸蒼崖。」即此地也〔二〕。又太白長干行云：「早晚下三巴，預將書報家。相迎不道遠，直到長風沙。」蓋自金陵至此七百里，而室家來迎其夫，甚言其遠也〔三〕。地屬舒州〔四〕，舊最號湍險。仁廟時，發運使周湛役三十萬夫，疏支流十里以避之，至今爲行舟之利〔五〕。羅刹石在大江中，正如京口鶻峰而稍大〔六〕，白石拱起，其上叢篠喬木，亦有小神祠旛竿，不知何神也。西望羣山靡迤，巖嶂深秀，宛如吾廬南望鏡中諸山〔七〕，爲之累欷。宿懷家洑。懷，姓也，吴有尚書郎懷敘，見顧雍傳〔八〕。

【箋注】

〔一〕長風沙：輿地紀勝卷四六：「寰宇記云：『在懷寧縣東一百九十里。置在江界，以防寇盜。』」羅刹石：輿地紀勝卷二二：「羅刹石在東流縣大江之中，嶄巖森白，爲舟行艱險。其中有洲謂之羅刹洲。」羅刹，佛教傳説中的喫人惡鬼。

〔二〕「李太白」九句：李白江上贈竇長史：「漢求季布魯朱家，楚逐伍胥去章華。萬里南遷夜郎國，三年歸及長風沙。」梅堯臣送方進士游廬山：「長風沙浪屋許大，羅刹石齒水下排。歷此二險過湓浦，始見瀑布懸蒼崖。繫舟上岸入松徑，三日踏穿新蠟鞋。」

〔三〕「又太白」五句：李白長干行：「妾髮初覆額，折花門前劇。……早晚下三巴，預將書報家。相迎不道遠，直到長風沙。」室家，妻子。後漢書列女傳：「安定皇甫規妻者，不知何氏女也。規初喪室家，後更娶之。」

〔四〕舒州：即安慶軍，隸淮南西路，轄懷寧、桐城、宿松、望江、太湖五縣及同安監。

〔五〕仁廟：即宋仁宗。周湛：字文淵，鄧州穰人。進士甲科，官至江淮制置發運使，徙知相州，卒。宋史卷三〇〇有傳。宋史周湛傳：「大江歷舒州長風沙，其地最險，謂之石牌灣，湛役三十萬工，鑿河十里以避之，人以爲利。」

〔六〕京口鶻峰：即鶻山。參見卷四三之二十八日記文及注。

〔七〕鏡中諸山：指故鄉山陰一帶山川。太平寰宇記卷九六：「輿地記云：『山陰南湖，縈帶郊郭，白水翠巖，互相映發若圖畫。』故王逸少云：『山陰路上行，如在鏡中游耳。』」

〔八〕「宿懷家洑」五句：三國志顧雍傳載，孫吳丞相顧雍曾遭呂壹讒毀，「後壹奸罪發露，收繫廷尉。雍往斷獄，壹以囚見，雍和顔色，問其辭狀，臨出，又謂壹曰：『君意得無欲有所道？』壹叩頭無言。時尚書郎懷叙面詈辱壹，雍責叙曰：『官有正法，何至於此！』」洑，水流回旋處。

二十七日。五鼓，大風自東北來，舟人不告，乘便風解船。過雁翅夾〔一〕，有税場，居民二百許家，岸下泊船甚衆。遂經皖口至趙屯，未朝食，已行百五十里，而風益大，乃泊夾中〔二〕。皖口即王師破江南大將朱令贇水軍處〔三〕。趙屯有戍兵，亦小市聚也〔四〕。是日大風，至暮不止，登岸，行至夾口，觀江中驚濤駭浪，雖錢塘八月之潮不過也。有一舟掀簸浪中，欲入夾者再三，不可得，幾覆溺矣，號呼求救，久方能入。北望正見皖山〔五〕。太白江上望皖公山詩云：「巉絶稱人意。」「巉絶」二字，不刊之妙也〔六〕。南唐元宗南遷豫章，舟中望皖山，愛之，謂左右曰：「此青峭數峰何名？」答曰：「舒州皖山。」時方新失淮南，伶人李家明侍側，獻詩曰：「龍舟千里颺東風，漢武潯陽事正同。回首皖公山色好，日斜不到壽杯中。」元宗爲悲憤欷歔〔七〕。故王文公詩云：「南狩皖山非故地，北師淮水失名王〔八〕。」計其處當去此不遠也。夜雨。

【箋注】

〔一〕雁翅夾：又名雁翅浦。在羅刹石以西，距陽山磯三百里。參見劍南詩稿卷一夜宿陽山磯將曉大雨北風甚勁俄頃行三百餘里遂抵雁翅浦。

〔二〕皖口：輿地紀勝卷四六：「皖水，元和郡縣志云：『西北自霍山縣流入，經懷寧縣北二里，又東南流二百四十里入大江，謂之皖口。』」趙屯：江邊小村落。劍南詩稿卷二雨中泊趙屯有感：「歸燕羈鴻共斷魂，荻花楓葉泊孤村。風吹暗浪重添纜，雨送新寒半掩門。魚市人煙横慘澹，龍祠簫鼓鬧黄昏。此身且健無餘恨，行路雖難莫更論。」

〔三〕「皖口」句：王師破朱令贇水軍，開寳八年（九七五），宋太祖命曹彬伐南唐，南唐洪州節度使朱令贇率水軍十五萬救援金陵，被阻皖口，戰艦焚毁，朱令贇被執。事見南唐書卷三。

〔四〕市聚：村落，市集。王褒僮約：「往來市聚，慎護奸偷。」

〔五〕皖山：輿地紀勝卷四六：「皖山在懷寧縣西十里。皖伯始封之國，潛屬於皖，至楚滅而縣分於潛。以地言之，則曰潛山；以國言之，則曰皖山。」

〔六〕「太白」四句：李白江上望皖公山：「奇峰出奇雲，秀木含秀氣。清宴皖公山，巉絶稱人意。獨遊滄江上，終日淡無味。但愛兹嶺高，何由討靈異。默然遥相許，欲往心莫遂。待吾還丹成，投迹歸此地。」巉絶，險峻陡峭。

〔七〕「南唐元宗」十五句：元宗南遷，伶人獻詩事，見馬令南唐書李家明傳。元宗名李璟，字伯玉，李昪子。南唐中主。在位十九年，破閩滅楚，後周世祖柴榮南征，李璟割地求和，去帝號，稱國主，建南都於洪州（即豫章）。建隆二年（九六一），李璟南遷豫章，同年卒。舊五代史卷一三四、新五代史卷六二、南唐書卷二有傳。李家明，廬州西昌人。善詼諧滑稽，李璟時爲伶官。事迹見馬令南唐書卷二五。

〔八〕「故王」三句：王安石和微之重感南唐事：「叔寶傾陳衍弊梁，可嗟曾不見興亡。齋祠父子終身費，酣詠君臣舉國荒。南狩皖山非故地，北師淮水失名王。天移四海歸真主，誰誘昏童肯用良。」

二十八日。過東流縣〔一〕，不入。自雷江口行大江〔二〕，江南群山，蒼翠萬疊，如列屏障，凡數十里不絶。自金陵以西，所未有也。是日，便風張帆，舟行甚速，然江面浩渺，白浪如山，所乘二千斛舟〔三〕，揺兀掀舞，纔如一葉。過獅子磯〔四〕，一名佛指磯，蘚壁百尺，青林緑篠，倒生壁間，圖畫有所不及。猶恨舟行北岸，不得過其下。旁有數磯亦奇峭，然皆非獅子比也。至馬當，所謂下元水府①〔五〕。山勢尤秀拔，正面山脚直插大江。廟依峭崖架空爲閣，登降者皆自閣西崖腹小石徑，捫蘿側足而上〔六〕，宛若登梯。飛甍曲檻，丹碧縹緲，江上神祠惟此最佳。舟至石壁下，忽晝晦，風勢横甚，舟人大恐失色，急下帆，趨小港，竭力牽挽，僅能入港。繫纜同泊者四五舟，皆來助牽。早間同行一舟，亦蜀舟也，忽有大魚正緑，腹下赤如丹，躍起舵旁，高三尺許，人皆異之。是晚，果折檣破帆，幾不能全，亦可怪也。入夜，風愈厲，增十餘纜。迨曉，方少定。

二十九日。阻風馬當港中，風雨淒冷，初御裌衣。有小舟冒風濤來賣薪菜豨肉，亦有賣野彘肉者，云獵蘆場中所得〔七〕。飯已，登南岸，望馬當廟〔八〕，北風吹人勁甚，至不能語。既暮，風少定，然怒濤未息，擊船終夜有聲。

【校記】

①「下元水府」，「元」字原作空圍，據弘治本、汲古閣本補。「下」，諸本同，實當作「上」。新五代史吴世家載，乾貞二年封馬當上水府寧江王，采石中水府定江王，金山下水府鎮江王。所謂「下元水府」，即金山下水府也，在鎮江，此在馬當，固當爲「上元水府」。

【箋注】

〔一〕東流縣：隸池州。輿地紀勝卷二二：「在州西一百八十里。本江州彭澤縣地，唐會昌中置東流場，南唐保大中去場置縣，隸江州。國朝太平興國中隸池州。」

〔二〕雷江口：又名雷池。輿地紀勝卷四六：「大雷池，元和郡縣志云：『水西自宿松縣流入望江縣界東南，積而爲池，經縣而入於江。又行百里，爲雷池口。』晉成帝咸和三年蘇峻反，温嶠欲入衛京師，庾亮素忌。陶侃報温嶠書曰：『吾憂西陲過於歷陽，足下無過雷池一步也。』」

〔三〕二千斛舟：指載重二千斛的船。斛，古代量器，十斗曰斛。

〔四〕獅子磯：在馬當山附近。張栻過馬當山：「千秋馬當廟，千尋獅子磯。寒風起崖腹，慘澹含陰威。孤帆駕巨浪，瞬息洲渚非。忠信儻可仗，神理兹不違。」

〔五〕馬當：太平寰宇記卷一一一：「馬當山在古縣北一百二十里。其山横枕大江，山像馬形，回風急繫，波洑涌沸，爲舟船艱阻。山腹在江中，山際立馬當山廟。」輿地紀勝卷二二：「馬當山在東流。其山横枕大江，有陸魯望詩銘在焉。」陸龜蒙馬當山銘：「言天下之險者，在山曰太行，在水曰呂梁，合二險而爲一，吾又聞乎馬當。彼之爲險也，屹於大江之旁。怪石凴怒，跳波發狂。日黯風勁，摧牙折檣。血和蛟涎，骨横魚吭。幸而脱死，神魂飛揚。殊不知堅輪蹄者，夷乎太行；仗忠信者，通乎呂梁；使舟楫者，行乎馬當。合是三險而爲一，未敵小人方寸之包藏。外若脂韋，中如劍鋋。蹈藉必死，鉤蓩必傷。在古已極，如今益彰。敬篆巖石，俾民勿忘！」

〔六〕捫蘿：攀援葛藤。范雲送沈記室夜别：「捫蘿正憶我，折桂方思君。」

〔七〕薪菜豨肉：柴火、蔬菜、豬肉。豨，同「狶」，豬。野彘：野豬。

〔八〕馬當廟：即上元水府。

八月一日。過烽火磯〔一〕。南朝自武昌至京口，列置烽燧，此山當是其一也。自舟中望山，突兀而已。及抛江過其下〔二〕，嵌巖竇穴，怪奇萬狀，色澤瑩潤，亦與它石迥異。又有一石，不附山，傑然特起，高百餘尺，丹藤翠蔓，羅絡其上，如寶裝屏風。是日風静，舟行頗遲，又秋深潦縮，故得盡見杜老所謂「幸有舟楫遲，得盡所歷妙」也〔三〕。過澎浪磯、小孤山，二山東西相望〔四〕。小孤屬舒州宿松縣〔五〕，有戍兵。凡江中獨山，如金山、焦山、落星之類〔六〕，皆名天下，然峭拔秀麗，皆不可與小孤比。自數十里外望之，碧峰巉然孤起，上干雲霄，已非它山可擬，愈近愈秀，冬夏晴雨，姿態萬變，信造化之尤物也。但祠宇極於荒殘，若稍飾以樓觀亭榭，與江山相發揮，自當高出金山之上矣。廟在山之西麓，額曰惠濟，神曰安濟夫人。紹興初，張魏公自湖湘還，嘗加營葺，有碑載其事〔七〕。又有别祠在澎浪磯，屬江州彭澤縣，三面臨江，倒影水中，亦占一山之勝。舟過磯，雖無風，亦浪湧，蓋以此得名也。昔人詩有「舟中估客莫漫狂，小姑前年嫁彭郎」之句，傳者因謂小孤廟有彭郎像，澎浪廟有小姑像，實不然也〔八〕。晚泊沙夾，距小孤一里。微雨，復以小艇遊廟中，南望彭澤、都昌諸山〔九〕，煙雨空濛，鷗鷺滅没，極登臨之勝，徙倚久之而歸。方立廟門，有俊鶻搏水禽〔一〇〕，掠江東南去，甚可壯也。廟祝云，山有棲鶻甚多。

【箋注】

〔一〕烽火磯：輿地紀勝卷四六：「烽火山，寰宇記云：『在宿松縣東北六十里。按郡國圖云：「齊、陳二國隔江爲界，征伐不息。齊因置烽火於此山。」』齊，指北齊。

〔二〕抛江：江上行船熟語，指船横過江面。

〔三〕杜老：指杜甫。杜甫次空靈岸：「沄沄逆素浪，落落展清眺。幸有舟楫遲，得盡所歷妙。空靈霞石峻，楓栝隱奔峭。青春猶無私，白日亦偏照。可使營吾居，終焉托長嘯。毒瘴未足憂，兵戈滿邊徼。向者留遺恨，耻爲達人誚。回帆覬賞延，佳處領其要。」

〔四〕「過澎浪磯」三句：輿地紀勝卷四六：「小姑山在宿松縣東南一百二十里江北岸，與江州彭澤接界。山西有小姑廟，又江州有澎浪磯，語訛爲彭郎磯，遂有『小姑嫁彭郎』之語。」歐陽修歸田録卷二：「世俗傳訛，惟祠廟之名爲甚……江南有大、小孤山，在江水中嶷然獨立，而世俗轉孤爲姑，江側有一石磯謂之澎浪磯，遂轉爲彭郎磯，云『彭郎者，小姑婿也』。余嘗過小孤山，廟像乃一婦人，而敕額爲『聖母廟』，豈止俚俗之繆哉。」

〔五〕宿松縣：隸安慶軍（舒州）。

〔六〕落星：輿地紀勝卷十七：「落星山，寰宇記云：『在上元縣東北三十五里。』」梅堯臣雪中發江寧浦至采石：「落星始前瞻，瞬目已後相。」

〔七〕「紹興初」四句：紹興五年，張浚在醴陵平定楊么，自湖湘轉至淮東匯集諸將，謀劃抗金。張魏公，即張浚，字德遠，封魏國公。參見卷七賀張都督啓題解。

〔八〕「昔人」五句：蘇軾李思訓畫長江絶島圖：「山蒼蒼，水茫茫，大孤小孤江中央。崖崩路絶猿鳥去，惟有喬木攙天長。客舟何處來，棹歌中流聲抑揚。沙平風軟望不到，孤山久與船低昂。峨峨兩煙鬟，曉鏡開新妝。舟中賈客莫漫狂，小姑前年嫁彭郎。」漫狂，縱情放蕩。

〔九〕小舵：小艇。彭澤：縣名，隸江州。都昌：縣名，隸南康軍。均在今江西省。

〔一〇〕俊鶻：矯健之鶻鳥。杜甫朝二首其一：「俊鶻無聲過，飢烏下食貪。」

二日。早，行未二十里，忽風雲騰湧，急繫纜。俄復開霽，遂行。泛彭蠡口，四望無際，乃知太白「開帆入天鏡」之句爲妙〔一〕。始見廬山及大孤〔二〕。大孤狀類西梁①〔三〕，雖不可擬小孤之秀麗，然小孤之旁，頗有沙洲葭葦，大孤則四際渺瀰皆大江，望之如浮水面，亦一奇也。江自湖口分一支爲南江，蓋江西路也〔四〕。江水渾濁，每汲用，皆以杏仁澄之，過夕乃可飲。南江則極清澈，合處如引繩，不相亂。晚抵江州，州治德化縣，即唐之潯陽縣〔五〕。柴桑、栗里，皆其地也〔六〕。南唐爲奉化軍節度，今爲定江軍〔七〕。岸土赤而壁立，東坡先生所謂「舟人指點岸如赬」者也〔八〕。泊湓浦〔九〕，水亦甚清，不與江水亂。自七月二十六日至是，首尾財六日，其間一日阻風不行，實以四日半，泝流行七百里云。

【校記】

①「梁」，原作「粱」，據弘治本、汲古閣本改。按，此西梁即十八日所記西梁也。

【箋注】

〔一〕彭蠡口：彭蠡湖注入長江之處。輿地紀勝卷三十：「彭蠡湖在德化縣東四十里。大合江、漢，細納章、貢，實爲水之都會。」彭蠡湖即今鄱陽湖。「乃知」句：李白下潯陽城泛彭蠡寄黄判官：「浪動灌嬰井，尋陽江上風。開帆入天鏡，直向彭湖東。落景轉疏雨，晴雲散遠空。名山發佳興，清賞亦何窮？石鏡掛遥月，香爐滅彩虹。相思俱對此，舉目與君同。」

〔二〕廬山：輿地紀勝卷三十：「廬山在德化縣。高三千餘丈，周回二百餘里。其山九疊，川亦九派，疊嶂九層，崇巖萬仞。周武王時，康俗兄弟七人皆有道術，結廬於此，仙去空廬尚存，故曰廬山。」大孤：輿地紀勝卷三十：「大孤山在德化縣東南，與都昌分界。顧況詩：『大孤山盡小孤出，月照洞庭歸客船。』按郡國志：『彭蠡湖周回四百五十里内，有石高數十丈，大禹刻其石而紀功焉。』」

〔三〕西梁：即天門山。參見本卷十八日記文并注。

〔四〕江西路：即江南西路。轄江、贛、吉、袁、撫、筠六州及興國、建昌、臨江、南安四軍。治所在洪州（今江西南昌）。

〔五〕江州：隸江南西路，轄德化、德安、瑞昌、湖口、彭澤五縣及廣寧監。治所德化縣（今江西九江）。

〔六〕柴桑：輿地紀勝卷三十：「柴桑，昔孫權擁兵柴桑，以觀成敗，即此。」又：「栗里在縣西南栗里源，舊隱基址猶存，有陶公醉石。」陶淵明曾先後居住二地。

〔七〕定江軍：即江州。宋史地理志四：「江州……建炎元年，升定江軍節度。」

〔八〕「東坡」句：「舟人指點岸如赬」非蘇軾詩句，出自蘇轍自黄州還江州「家在庾公樓下泊，舟人遥指岸如赬」。赬，紅色。

〔九〕湓浦：輿地紀勝卷三十：「湓浦在德化縣西一里。按郡國志云：『有人此處洗銅盆，忽水暴漲，乃失盆，遂投水取之，即見一龍銜盆，奪之而出，故曰盆水。又云水出青盆山，呼爲盆水。』」

三日。移泊琵琶亭〔一〕，見知州左朝請郎周昇强仲、通判左朝散郎胡适、發運使户部侍郎史正志志道、發運司幹辦公事程坦履道、察推左文林郎蔡戡定夫。始得夔州公移〔二〕。

四日。遊天慶觀，李太白詩所謂「潯陽紫極宮」也〔三〕。蘇、黄詩刻，皆不復存〔四〕。太白詩有一石，亦近時俗書。見觀主李守智，問玉芝，亦不能答。觀皆古屋，初不更兵燼，而遺迹掃地，獨太清殿老君像乃唐人所塑〔五〕，特爲奇古。真人、女真、仙官、力士、童子各二軀，又有唐明皇帝金銅像，衣冠如道士，而氣宇粹穆〔六〕，有五十年安亨太平富貴氣象。李守智者，滁州來安人，自言家故富饒，遇亂棄家爲道人，大將岳飛以度牒與之〔七〕，始爲道士。至今晝岳氏父子事之。史志道招飲於發運廨中。登高遠亭〔八〕，望廬山，天氣澄霽，諸峰盡見。志道出新鼓鑄鐵錢〔九〕。

【箋注】

〔一〕琵琶亭：輿地紀勝卷三十：「琵琶亭在西門外，面大江。白居易爲江州司馬，夜送客湓浦口，聞鄰舟琵琶聲，遇商婦爲琵琶行之地，故名其亭。」

〔二〕夔州公移：夔州官府所發公文。

〔三〕天慶觀：輿地紀勝卷三十：「紫極宫去州二里，今天慶觀乃其舊宮。」李白尋陽紫極宮感秋作：「何處聞秋聲，翛翛北窗竹。回薄萬古心，攬之不盈掬。静坐觀衆妙，浩然媚幽獨。白雲南山來，就我簷下宿。懶從唐生決，羞訪季主卜。四十九年非，一往不可復。野情轉蕭灑，世道有翻覆。陶令歸去來，田家酒應熟。」

〔四〕「蘇黄詩刻」二句：蘇軾潯陽紫極宫次李翰林韻：「李太白有潯陽紫極宫感秋作詩，紫極宫，今天慶觀也。道士胡洞微以石本示余，蓋其師卓玘之所刻。玘有道術，節義過人，今亡矣。太白詩云『四十九年非，一往不可復』。今予亦四十九歲，感之次其韻。玉芝一名瓊田草，洞微種之七八年矣，云更數年可食，許以遺予，故并記之。寄卧虚寂堂，明月浸疏竹。泠然洗我心，欲飲不可掬。流光發永嘆，自昔非予獨。行年四十九，還此北窗宿。緬懷卓道人，白首寓醫卜。謫仙固遠矣，此士亦難復。世道如弈棋，變化不容覆。惟應玉芝老，待得蟠桃熟。」黄庭堅次蘇子瞻和李太白潯陽紫極宫感秋詩韻追懷太白子瞻：「不見兩謫仙，長懷倚修竹。行遶紫極宫，明珠得盈掬。平生人欲殺，耿介受命獨。往者如可作，抱被求同宿。砥柱閱頹波，不疑更何卜。但觀草木秋，葉落根自復。我病二十年，大斗久不覆。因之酌蘇李，蟹肥社醅熟。」

〔五〕太清殿老君像：道教尊奉居於三清勝境的三位尊神，即玉清境元始天尊、上清境靈寶天尊、太清境道德天尊。老子爲道教的教主，被尊爲太上老君，亦即道德天尊。此指供奉於太清殿的太上老君像。

〔六〕真人：道教稱存養本性或修真得道之人。女真：指女道士。仙官：道士的尊稱。

力士：道觀的護衛。　二軀：指兩尊塑像。　粹穆：醇和。

〔七〕度牒：發給出家僧道的官方憑證。

〔八〕高遠亭：輿地紀勝卷三十：「高遠亭在子城内東南隅，有名公詩甚多。王十朋有詩刻存焉。」

〔九〕新鼓鑄鐵錢：鐵錢價值低，易生弊竇。

五日。郡集於庾樓，樓正對廬山之雙劍峰，北臨大江，氣象雄麗〔一〕。自京口以西，登覽之地多矣，無出庾樓右者。樓不甚高，而覺江山煙雲皆在几席間，真絶景也。庾亮嘗爲江、荆、豫州刺史〔二〕，其實則治武昌。若武昌南樓名庾樓猶有理，今江州治所，在晉特柴桑縣之湓口關耳，此樓附會甚明。然白樂天詩固已云：「潯陽欲到思無窮，庾亮樓南湓口東〔三〕。」則承誤亦久矣。張芸叟南遷録云〔四〕：「庾亮鎮潯陽，經始此樓。」其誤尤甚。

六日。甲夜〔五〕，有大燈毬數百，自湓浦蔽江而下，至江面廣處，分散漸遠，赫然如繁星麗天。土人云，此乃一家放五百椀以禳災祈福〔六〕，蓋江鄉舊俗云。

【箋注】

〔一〕「郡集」四句：庾樓，輿地紀勝卷三十：「庾樓在州治後。洪芻記曰：『其下又爲水亭月榭、涼廳燠室，山澗石池，號北林院。』言可以分東西二林之勝。」相傳爲東晉庾亮所建，實際是附會。庾亮登臨者爲武昌南樓，江州庾樓始建於唐代。雙劍峰，太平寰宇記卷一一一：「雙劍峰在州南龍門西。下有池，名小天池。峰勢插天，宛如雙劍。」

〔二〕庾亮（二八九—三四〇）：字元規，潁川鄢陵（今屬河南）人。曾與王導共同輔政，推陶侃平定動亂，爲征西將軍，兼領江、荆、豫三州刺史。北伐遇挫而卒。晉書卷七三有傳。

〔三〕「然白」二句：白居易初到江州：「潯陽欲到思無窮，庾亮樓南湓口東。樹木凋疏山雨後，人家低濕水煙中。菰蔣餵馬行無力，蘆荻編房卧有風。遥見朱輪來出郭，相迎勞動使君公。」

〔四〕張芸叟：即張舜民，字芸叟，邠州（今陝西彬縣）人。治平二年進士。歷官監察御史、右諫議大夫等，因元祐黨爭貶楚州團練副使，後任集賢殿修撰。宋史卷三四七有傳。

〔五〕甲夜：初更時分。

〔六〕五百椀：即五百燈毬。

七日。往廬山，小憩新橋市〔一〕。蓋吴蜀大路〔二〕，市肆壁間多蜀人題名。並溪喬木，往往皆三二百年物，蓋山之麓也。自江州至太平興國宫三十里〔三〕，此適當其半。是日，車馬及徒行者憧憧不絶，云上觀，蓋往太平宫焚香，自八月一日至七日乃已，謂之白蓮會〔四〕。蓮社本遠法師遺迹。舊傳遠公嘗以一日借道流，故至今太平宫歲以爲常〔五〕。東林寺亦自作會，然來者反不若太平之盛，亦可笑也。晚至清虚庵〔六〕，庵在撥雲峰下，皇甫道人所居。皇甫名坦，嘉州人，出遊旁郡，獨見其弟子曹彌深〔七〕。登紹興焕文閣，實藏光堯皇帝御書〔八〕。又有神泉、清虚堂，皆宸翰題榜〔九〕。宿清虚西室，曹君置酒堂中，炙鹿肉甚珍，酒尤清醇。夜寒，可附火。

【箋注】

〔一〕新橋市：市鎮名。在德化縣。

〔二〕吴蜀大路：由吴入蜀的官路。大路，指通驛傳的驛路，用於傳遞官方文書等。

〔三〕太平興國宫：亦稱太平宫。輿地紀勝卷三十：「太平宫在德化縣南三十里。按録異記云：『唐開元中，玄宗夢一仙人謁曰：「我九天採訪使者，循糾人間，預於廬山西北置下一宫，俄有神降於庭。」帝敕江州修奉，果有基迹。太平興國二年賜名太平興國觀，宣和間改爲宫。』繫年録云：『紹興二十八年名太平興國宫，新建本命殿曰申殿。』」

〔四〕憧憧：往來不絶貌。易咸：「憧憧往來，朋從爾思。」白蓮會：廬山行香群衆的集會，因此地有慧遠法師爲首的白蓮社。

〔五〕「蓮社」三句：東晉釋慧遠與慧永、慧持及劉遺民、雷次宗等十八人，在廬山東林寺結社，同修淨土之法，又掘池種白蓮，稱白蓮社。慧遠（三三四—四一六），俗姓賈，雁門樓煩（今山西原平）人。幼好學，博通六經，尤善莊子。後師從道安，精研般若性空之學。晉太武帝太元六年（三八一）入廬山結廬講學，結白蓮社，弘揚淨土法門，被尊爲淨土初祖。卜居廬山三十餘年，足不出山，著書立説。八十三歲圓寂，葬於廬山西嶺。高僧傳卷六有傳。借道流，指假托道教。

〔六〕清虚庵：輿地紀勝卷三十：「清虚庵在德化縣南三十里。清虚，皇甫真人坦之隱居。」

〔七〕皇甫坦：嘉州夾江（今屬四川）人。善醫術。紹興間，顯仁太后患目疾，久醫無效。人薦坦，高宗問何以治身，答「心無爲則身安，人主無爲則天下治」，治太后目疾立愈。高宗厚賜不受，書「清静」二字名其庵，并繪其像禁中。宋史卷四六二有傳。出遊旁郡：指皇甫坦外出雲游。

〔八〕紹興焕文閣：紹興年間爲高宗題字所造樓閣。光堯皇帝：即宋高宗，退位後尊封。

〔九〕神泉：輿地紀勝卷三十：「張淏雲谷雜記云：『皇甫履紹興中賜隱於廬山，高宗名其所居曰清虚庵。光宗在東宫日，嘗問履山中所乏，履曰：「山中無闕，但去水差遠，汲取頗勞。」光宗因大書「神泉」二字遺之，云：「持歸隨意鑿一泉。」履歸，乃於庵之側穿一小井，方施畚鍤，而泉已涌，深纔二三尺，味甘冽，尤宜瀹茗。奎畫今刻之泉上。』」按皇甫履當作皇甫坦。宸翰：帝王的墨迹。

渭南文集箋校卷第四十六

入蜀記第四

【題解】

本卷收録入蜀記乾道六年八月八日至八月二十六日記文。

八日。早，由山路至太平興國宫，門庭氣象極閎壯。正殿爲九天采訪使者像，衮冕如帝者〔一〕。舒州灊山靈仙觀祀九天司命真君〔二〕，而采訪使者爲之佐，故南唐名靈仙曰丹霞府，太平曰通玄府，崇奉有自來矣。至太宗皇帝時，嘗遣中使送泥金絳羅雲鶴帔〔三〕，仍命三年一易。神宗皇帝時，又加封應元保運真君及賜塗金殿額。兩壁圖十真人，本吴生筆〔四〕。建炎中，李成、何世清二盜以廬山爲巢，宫屋焚蕩無餘〔五〕。先是，山中有太一宫，摹吴筆於殿廡。及太平再興，復摹取太一本，所托非善工，無復髣髴。憩於雲無心堂，蓋泠翠亭故址也。溪聲如大風雨至，使人毛骨寒慄，一宫之最勝處也。采訪殿前有鍾樓，高十許丈，三層，累磚所成，不用一木，而櫩桷翬飛〔六〕，雖木工之良者不能加也。但鍾爲磚所揜蔽，聲不甚揚，亦是一病。觀主胡思齊云：「此一樓爲費三萬緡，鍾重一萬四千餘斤。」又有經藏亦佳，扁曰雲章瓊室。太平規模，大概類南昌之玉隆〔七〕。然玉隆不經焚，尚有古趣，爲勝也。遂至東林太平興龍寺，寺正對香爐峰〔八〕。峰分一支東行，自北而西，環合四抱，有如城郭，東林在其中，相地者謂之倒掛龍格。寺門外虎溪本小澗，比年甃以磚，但若一溝，無復古趣〔九〕。予勸其主僧法才去磚，使少近自然，不知能用吾言否。食已，煮觀音泉啜茶。登華嚴羅漢閣。閣與盧舍閣、鍾樓鼎峙，皆極天下之壯麗，雖閩浙名藍，所不能逮。遂至上方、五杉閣、舍利塔、白公草堂〔一〇〕。上方者，自寺後支徑，穿松陰、躡石磴而上，亦不甚高。五杉閣前舊有老杉五本，傳以爲晉時物，白傅所謂「大十尺圍」者〔一一〕，今又數百年，其老可知矣。近歲，主僧了然輒伐去，殊可惜也。塔中作如來示寂像，本宋佛馱跋陀尊者，自西域持舍利五粒，來葬於此〔一二〕。草堂以白公記考之，略是故處。三間兩注，亦如記所云，其他如瀑水、蓮池亦皆在，高風逸韻，尚可想見〔一三〕。白公嘗以文集留草堂，後屢亡逸，真宗皇帝嘗令崇文院寫校，包以斑竹帙送寺〔一四〕。建炎中又壞於兵。今獨有姑蘇版本一帙〔一五〕，備故事耳。草堂之旁又有一故址，云是王子醇樞密庵基。蓋東林爲禪苑，始於王公〔一六〕，而照覺禪師常總實第一祖。總公有塑像，嚴重英特人也〔一七〕。宿東林。

【箋注】

〔一〕九天采訪使者：道教尊奉的巡察人間之神。事物紀原卷二引筆談：「廬山太平觀，乃九天采訪使者祠，自唐開元中創建。」參見卷四五之七日記文注〔三〕。衮冕：帝王和上公所用禮服和禮冠。國語周語：「棄衮冕而南冠以出，不亦簡彝乎。」韋昭注：「衮，衮龍之衣也；冕，大冠也。公之盛服也。」

〔二〕靈仙觀：輿地紀勝卷四六：「司命廟，九域志有司命真君之廟。皇朝賜觀額曰靈仙觀。」九天司命真君：道教尊奉的執掌命運之神，「三茅真君」之一。相傳西漢茅盈三兄弟隱居江南句曲山（即茅山），太上老君拜盈爲太元真人東嶽上卿司命真君，得道成仙。事迹見葛洪神仙傳卷五。宋真宗時封茅盈爲九天司命三茅應化真君。

〔三〕中使：宫中使者，常由宦官擔任。泥金絳羅雲鶴帔：深紅色錦緞披風，上面綴以金箔，綉以雲鶴。泥金，用金箔和膠水合成的金色顔料。用以書畫、牋紙及各種裝飾。

〔四〕吴生：指吴道子，又名道玄，陽翟（今河南禹州）人。唐代著名畫家。少孤貧，年輕時即有畫名。曾任兖州瑕丘縣尉。後流落洛陽，開元年間以善畫被召入宫廷，歷任供奉、内教博士。精於佛道、山水、人物畫，長於壁畫創作，被尊爲「畫聖」。事迹略見宣和畫譜。

〔五〕「建炎中」三句：范成大吴船録卷下：「紹興初，賊李成破江州，縱兵大掠，焚宫浄盡，所存止外門數間……凡山之故物，如袈裟、塵扇，皆以不存。承平時獨有晉安帝輦、佛馱耶舍革舄、謝靈運貝葉經，更李成亂，今皆亡去。」

〔六〕櫚桷翬飛：檐角如飛鳥銜天。櫚，同「檐」，屋檐。桷，方形屋椽。翬飛，形容宫室高峻壯麗。詩小雅斯干：「如翬斯飛。」朱熹集傳：「其簷阿華采而軒翔，如翬之飛而矯其翼也。」

〔七〕玉隆：即玉隆萬壽宫，在南昌。參見卷二六跋坐忘論注〔六〕。

〔八〕東林太平興龍寺：輿地紀勝卷三十：「東林寺，晉武帝太和十年建。唐號太平興龍寺，最爲廬山之古刹。寺有遠公袈裟、梁武帝鉢囊、謝靈運翻經貝葉五六片。潯陽志云：『東林寺自唐開元以來，迄於保大、顯德間，文人碑志、游人歌詠題名，班班猶在。』」香爐峰：輿地紀勝卷三十：「香爐峰在山西北。宋鮑照、唐李白有詩，孟浩然所謂『艤舟尋陽郭，始見香爐峰』是也。」

〔九〕虎溪：輿地紀勝卷三十：「虎溪在德化東林寺。晉慧遠法師送客過此，虎輒號鳴，故曰虎溪。」甃：砌。

〔一〇〕上方：佛院名。　白公草堂：輿地紀勝卷三十：「白公草堂在德化縣。元和中，白居易建此堂於香爐峰北，往來游處焉，自有記。後改建於東林寺。」

〔一一〕白傅：即白居易。　大十尺圍：白居易草堂記：「又南抵石澗，夾澗有古松、老杉，大僅十人圍，高不知幾百尺。」其實此非記中所言「老杉」。

〔一二〕如來示寂像：釋迦牟尼在娑羅樹下睡姿辭世的塑像。示寂，即圓寂。　佛馱跋陀：即釋覺賢，天竺僧人。東晉時入華，宋元嘉六年（四二六）圓寂。曾與鳩摩羅什同在長安譯經，後受慧遠之邀在東林寺講法譯經。事迹見高僧傳卷二。相傳曾從天竺携五顆舍利來華，死後隨身安葬，在東林寺建塔。

〔一三〕「草堂」七句：白居易草堂記：「明年春，草堂成。三間兩柱，二室四牖，廣袤豐殺，一稱心力。」又：「堂東有瀑布，水懸三尺，瀉階隅，落石渠，昏曉如練色，夜中如環佩琴筑聲。」又：「臺南有方池，倍平臺。環池多山竹野卉，池中生白蓮、白魚。」但東林寺内草堂并非「故處」，乃略依香爐峰北草堂改建。范成大吴船録卷下：「寺東北隅有新作白樂天草堂。樂天元和十年爲州司馬，作堂香爐峰北，遺愛寺南，往來游處焉。後與寺并廢，今所作非元和故處也。」

〔一四〕「白公」四句：四庫全書總目卷一五一：「居易嘗自寫其集分置僧寺，據所自記，大和九年置東林寺者，二千九百六十四首，勒成六十卷。」後會昌年間又送去後集十卷及香山居士像。

但廣明元年均毀於高駢之亂。崇文院，北宋前期朝廷所設昭文館、集賢院、史館的總稱，負責收藏圖書、編撰國史等。斑竹帙，將斑竹劈爲細絲做成的書卷外套。

〔一五〕姑蘇版本：直齋書録解題卷十六：「今本七十一卷，蘇本、蜀本編次亦不同。」

〔一六〕王子醇樞密：即王韶（一〇三〇—一〇八一），字子醇，江州德安（今屬江西）人。嘉祐進士。官至樞密副使。宋史卷三二八有傳。庵基：指王韶所建禪苑的基址。

〔一七〕照覺禪師常總：俗姓施，延平（今福建南平）人。住持東林寺十二年。事迹見五燈會元卷十七。嚴重英特：容貌嚴肅穩重，英俊奇特。

九日。至晉慧遠法師祠堂及神運殿焚香〔一〕。憩官廳堂中。有耶舍尊者、劉遺民等十八人像，謂之十八賢〔二〕。遠公之側又有一人執軍持侍立，謂之辟蛇童子。傳云，東林故多蛇，此童子盡拾取，投之蘄州〔三〕。神運殿本龍潭，深不可測，一夕，鬼神塞之，且運良材以作此殿。皆不知實否也。然「神運殿」三字，唐相裴休書〔四〕，則此説亦久矣。官廳重堂邃廡，廚廄備設，壁間有張文潛題詩〔五〕。寺極大，連日遊歷，猶不能遍。唐碑亦甚多，惟顔魯公題名最爲時所傳〔六〕。又有聰明泉在方丈之西，卓錫泉在遠公祠堂後，皆久廢不汲，不可食，爲之太息〔七〕。食已，遊西林乾明寺〔八〕。西林在東林之西，二林之間，有小市曰雁門市。傳者以爲遠公雁門人，老而懷故鄉，遂髣髴雁門邑里作此市，漢作新豐之比也〔九〕。西林本晉江州刺史陶範捨地建寺〔一〇〕。紹興十五六年間，方爲禪居，褊小非東林比，又絶弊壞。主僧仁聰閩人，方漸興葺。然流泉泠泠，環遶庭際，殊有野趣。正殿釋迦像著寶冠，他處未見，僧云唐塑也。殿側有慧永法師祠堂，永公蓋遠公之兄。像下一虎偃伏，又有一居士立侍，不知何人〔一一〕。方丈後有磚塔不甚高，制度古朴，予登二級而止。東廂有小閣曰待賢，蓋往時館客之地，今亦頹弊。東、西林寺舊額，皆牛奇章八分書〔一二〕，筆力極渾厚。西林亦有顔魯公題名，書家以爲二林題名，顔書之冠冕也。舊聞廬山天池磚塔初成，有僧施經二匣。未幾，塔震一角，經亦失所在。是日，因登望以問僧，僧云誠然。或謂經乃刺血書〔一三〕，故致此異。又云今年天池火〔一四〕，尺椽不遺，蓋旁野火所及也。晚復取太平宮路還江州，小憩於新亭，距州二十五里。過董真人煉丹井，汲飲，味亦佳。董真人者，奉也〔一五〕。

【箋注】

〔一〕神運殿：陳舜禹廬山記卷一：「初，遠師欲徙香谷也，山神告夢曰：『此處幽静，足以栖神。』

忽於後夜，雷雨震擊，明旦視之，惟素沙匝地，兼有楩楠、文梓良木。既作殿，故名神運。」

〔二〕耶舍尊者：漢名覺民，罽賓國僧人，婆羅門種姓。由西域來華，曾在長安與鳩摩羅什同譯佛經。後南下廬山，爲慧遠之客，參加蓮社。後辭還本國，行至涼州不知所終。事迹見高僧傳卷二。十八賢：輿地紀勝卷三十：「蓮社十八賢，晉太元中，慧遠法師與慧永禪師及慧持、曇順、曇常、道昺、道生、慧叡、道敬、曇詵、白衣張野、宗炳、劉遺民、張詮、周續之、雷次宗、佛馱禪師、耶舍禪師十八人，同修浄土之法，因號蓮社十八賢。然遠公招陶潛入社，終不能致。謝靈運求入社，遠公不許。」

〔三〕軍持：即浄瓶，源出梵語。貯水備飲用及浄手。辟蛇童子：輿地紀勝卷三十：「辟蛇行者，慧遠法師居山，山多蛇蟲。山神嘗侍公行，善驅蛇，故號辟蛇行者。」蘄州：隸淮南西路，治蘄春（今屬湖北）。

〔四〕裴休：字公美，唐代孟州濟源（今屬河南）人。擢進士第。大中六年（八五二）拜相。善楷書。舊唐書卷一七一、新唐書卷一八二有傳。

〔五〕張文潛：即張耒，字文潛。參見卷四四七月十一日注〔五〕。

〔六〕「唐碑」三句：范成大吴船録卷下：「唐以來諸刻皆無恙。最可稱者，李邕寺碑，開元十九年作，并張又新碑陰，大中十年作。李訥兀兀禪師碑，張庭倩書。顔魯公題碑之兩側，略云：『永泰丙午，真卿佐吉州。夏六月，次於東林。仰廬阜之爐峰，想遠公之遺烈。升神運殿，禮僧伽衣。觀生法師麈尾扇、謝靈運翻涅槃經、貝多梵夾，忻慕不足，聊寓刻於張、李二公耶舍禪師之碑側。』自魯公題後，世因傳此石爲張李碑。又有柳公權復寺碑，大中十一年作，書法尤遒麗。又有李肇、蔡京、苗紳等碑，皆佳。」顔魯公，即顔真卿，字清臣，封魯郡公。參見卷二二僧師源畫觀音贊注〔四〕。

〔七〕聰明泉：輿地紀勝卷三十：「寰宇記云：『在五松橋，山之澗北。昔惠遠法師與殷仲堪席澗談易於此，而其下泉湧，號聰明泉。』」卓錫泉：周景式廬山記：「諸道人行，卜地息此而渴，遠法師以杖卓地，泉出。」卓，植立。錫，錫杖，僧人出行用。僧人居留爲卓錫。

〔八〕西林乾明寺：輿地紀勝卷三十：「西林寺，晉太和二年建。水石之美，亦東林之亞。白樂天詩云：『木落天晴山翠開，愛山騎馬入山來。心知不及柴桑令，一宿西林卻復回。』」西林寺於北宋太平興國年間改稱乾明寺。

〔九〕漢作新豐：漢高祖劉邦爲沛縣豐邑（今江蘇豐縣）人。稱帝後接父親太公居長安。太公思鄉，乃改驪邑（在今陝西臨潼）爲豐邑，遷豐邑之民於其中，稱爲新豐。

〔一〇〕陶範：字道則，廬江潯陽（今江西九江）人。陶侃子。太元初爲光禄勳。

〔一一〕慧永法師：俗姓潘，河内（今河南沁陽）人。年十二出家，師從竺曇現、道安。入廬山居西林寺，清心克己，厲行精苦。室恒異香，與虎同居。卒年八十三。事迹見高僧傳卷六。輿地紀勝卷三十：「慧永禪師，晉太和中住西林，號覺寂大師。與陶潛、謝靈運往來。」又：「慧永所居室中嘗有一虎，人畏之，則驅上山，人去復還，帖服如此。」慧遠有弟慧持，但未有慧永爲慧遠之兄的記載。

〔二〕牛奇章：即牛僧孺（七七九—八四七），字思黯，安定鶉觚（今甘肅靈臺）人。貞元二十一年進士。歷德宗、順宗、憲宗、穆宗、敬宗、文宗、武宗、宣宗八朝，官至丞相，封奇章郡公。舊唐書卷一七二、新唐書卷一七四有傳。　八分書：隸書的一種。

〔三〕刺血書：刺血書寫之佛經，以示虔敬。

〔四〕天池：輿地紀勝卷三十：「天池一名羅漢池，在廬山頂。嘗有天燈、錦雲、佛現之異。」

〔五〕董真人：即董奉，字君異，漢末侯官（今福建福州）人。少年學醫，信奉道教。與譙郡華佗、南陽張仲景並稱「建安三神醫」。晚年隱居廬山，治病不取錢，病愈者需植杏樹，重者五株，輕者一株，積年蔚然成林，是爲杏林。事迹見神仙傳卷十。　煉丹井：輿地紀勝卷三十：「德化縣南二十五里有太乙觀，乃董真君修行之地。又新橋有董真君煉丹井。」

十日。史志道餉谷簾水數器〔一〕，真絶品也，甘腴清冷，具備衆美。前輩或斥水品以爲不可信；水品固不必盡當，然谷簾卓然，非惠山所及，則亦不可誣也〔二〕。水在廬山景德觀。晚别諸人。連夕在山中極寒，可擁爐。比還舟，秋暑殊未艾，終日揮扇。

十一日。解舟。吴發幹約待夔州書〔三〕，因小留江口，望廬山。自到江州，至是凡十日，皆晴。秋高氣清，長空無纖雲，甚宜登覽，亦客中可喜事也。泊赤沙湖口〔四〕，東北望，猶見廬山。老杜潭州道林詩云：「殿脚插入赤沙湖〔五〕。」此湖當在湖南。然岳州華容縣及此皆有赤沙湖。蓋江湖間地名多同，猶赤壁也。

十二日。江中見物有雙角，遠望正如小犢，出没水中有聲。晚泊艑牐洑。隔江大山中，有火兩點若燈，開闔久之。問舟人，皆不能知。或云蛟龍之目，或云靈芝丹藥光氣〔六〕，不可得而詳也。

【箋注】

〔一〕史志道：即史正志。參見卷四五之三日記文注〔一〕。谷簾水：輿地紀勝卷三十：「谷簾水在德安縣東北十里，發自廬山。陸鴻漸茶經嘗第其水爲天下第一。」廬山志卷十三：「谷簾泉。桑疏：『谷簾泉在康王谷中……如玉簾縣注三百五十丈，故名谷簾泉，亦匡廬第一觀也。』」王禹偁谷簾水：「瀉從千仞石，寄逐九江船。迢遞康王谷，塵埃陸羽篇。何當結茅屋，長在水簾前。」

〔二〕水品：唐代陸羽品評沏茶之水質，分天下之水爲二十品。惠山：在無錫西郊。其水被陸羽列爲天下第二。

〔三〕吴發幹：吴姓發運使幹辦公事，其名不詳。　夔州書：夔州府公文。

〔四〕赤沙湖：即赤湖，在今江西九江，東北與長江僅一堤之隔。非湖南華容及杜甫詩所言赤沙湖。

〔五〕「老杜」二句：杜甫嶽麓山道林二寺行：「玉泉之南麓山殊，道林林壑争盤紆。寺門高開洞庭野，殿脚插入赤沙湖。」

〔六〕光氣：靈異之氣。王充論衡吉驗：「驗見非一，或以人物，或以禎祥，或以光氣。」

十三日。至富池昭勇廟，以壺酒、特豕，謁昭毅武惠遺愛靈顯王神〔一〕。神，吴大帝時折衝將軍甘興霸也。興霸嘗爲西陵太守，故廟食於此〔二〕。開寶中，既平江南，增江淮神祠封爵，始封褒國公。宣和中，進爵爲王。建炎中，大盜張遇號「一窩蜂」，擁兵過廟下，相率卜珓〔三〕。一珓騰空中不下，一珓躍出户外，羣盜惶恐引去，未幾遂敗。大將劉光世以聞〔四〕，復詔加封。岳飛爲宣撫使，大葺祠宇，江上神祠皆不及也。門起大樓曰卷雪。有釘洲正對廟，故廟雖俯大江，而可泊舟。釘洲者，以鋭下得名〔五〕。神妃封順祐夫人，神二子封紹威、紹靈侯，神女封柔懿夫人，皆有像。而後殿復有王與妃像偶坐〔六〕。祭享之盛，以夜繼日。廟祝歲輸官錢千二百緡，則神之靈可知也。舟人云：「若精虔致禱〔七〕，則神能分風以應往來之舟。」廡下有關雲長像。雲長不應祀於興霸之廟者，豈各忠所事，神靈共食，皆可以無愧耶〔八〕？徹奠〔九〕，自祠後步至旌教寺。寺爲酒務及酒官廨，像設斂置一屋，盡逐去僧輩，亦事之已甚者〔一〇〕。富池蓋隸興國軍〔一一〕。

【箋注】

〔一〕「至富池」三句：輿地紀勝卷三三：「富池湖，源出永興之翠屏六溪，至富池口入江。」又：「富池甘將軍廟在富池口。靈應顯著，褒封薦加，邦人尊敬，飲食必祝。其顯異之迹，有碑以紀，今賜名顯勇廟。又有甘將軍墓在廟側。」繫年録云：『建炎四年，詔加封吳將甘寧爲昭毅武寧靈顯王，以劉光世有請也。』夷堅志云：『建炎間巨寇馬進，自蘄黄渡江，至廟下求盃珓，欲屠興國。神不許，至於再三，進怒曰：「得勝珓亦屠城，得陽珓亦屠城，得陰珓則并廟焚焉。」復手自擲之，一墮地，一不見，俄附著於門頰上，去地數尺，屹立不墜。進驚懼拜謝而去。迄今龕護於故處，過者必瞻禮。殿内高壁上亦有二大珓，虚綴楣間，相傳以爲黄巢所擲也。』」

〔二〕甘興霸：即甘寧，字興霸，巴郡臨江（今重慶忠縣）人。三國孫吳名將。官至西陵太守、折衝將軍。三國志卷五五有傳。卒葬陽新富池半壁山，宋代起被封爲神祇。西陵：轄陽新、下雉二縣，治所在今湖北浠水。

〔三〕卜珓：一種占卜術。以杯形器物投擲於地，視其仰覆以占吉凶。

〔四〕劉光世（一〇八九—一一四二）：字平叔，保安軍（今陝西志丹）人。南宋抗金名將，與韓世忠、張俊、岳飛並列「中興四將」。官至檢校太保、殿前都指揮使。宋史卷三六九有傳。

〔五〕釘洲：狀如鐵釘的沙洲。　鋭下：面部上寬廣而下瘦削稱「豐上鋭下」，與釘狀類似。

〔六〕偶坐：並坐。

〔七〕精虔：誠敬貌。杜光庭壽春節進元始天尊幀并功德疏表：「香燈蠲潔，焚誦精虔，冀憑妙道之功，永祝無疆之壽。」

〔八〕關雲長：即關羽，字雲長，河東解縣（今山西運城）人。三國蜀漢大將。任荆州刺史，遭孫吴吕蒙偷襲，兵敗被殺。三國志卷五五有傳。關羽和甘寧分屬蜀、吴，不應同祀。

〔九〕徹奠：指完成祭奠的全過程。

〔一〇〕「寺爲」四句：指旌教寺被官府佔用爲辦公處所。像設，指被祭祀的神佛供像。斂置，收斂安置。

〔一一〕興國軍：隸江南西路，轄永興、大冶、通山三縣。治永興，在今湖北陽新。

十四日。曉雨，過一小石山，自頂直削去半，與餘姚江濱之蜀山絶相類〔一〕。抛大江〔二〕，遇一木筏，廣十餘丈，長五十餘丈。上有三四十家，妻子、雞犬、臼碓皆具，中爲阡陌相往來，亦有神祠，素所未睹也。舟人云：「此尚其小者耳，大者於筏上鋪土作蔬圃，或作酒肆，皆不復能入夾，但行大江而已。」是日，逆風挽船，自平旦至日昳〔三〕，纔行十五六里。泊劉官磯旁，蘄州界也〔四〕。兒輩登岸，歸云：「得小徑至山後，有陂湖渺然，蓮芰甚富，沿湖多木芙蕖〔五〕。」數家夕陽中，蘆藩茅舍，宛有幽致，而寂然無人聲。有大梨，欲買之，不可得。湖中小艇采菱，呼之亦不應。更欲窮之，會見道旁設機〔六〕，疑有虎狼，遂不敢往。劉官磯者，傳云漢昭烈入吴，嘗檥舟於此〔七〕。晚，觀大黿浮沉水中〔八〕。

【箋注】

〔一〕餘姚江：嘉泰會稽志卷十：「餘姚江在縣南一十步。源出上虞縣通明堰，東流十餘里，經縣江東入於海。江闊四十丈，潮上下二百餘里，雖通海而水不鹹。」蜀山：在餘姚江濱。

〔二〕抛大江：横穿長江。

〔三〕日昳：太陽偏西。書無逸：「自朝至于日中昃。」孔安國傳：「從朝至日昳不暇食。」孔穎達疏：「昃亦名昳，言日蹉跌而下，謂未時也。」

〔四〕蘄州：隸淮南西路，轄蘄春、蘄水、廣濟、黄梅、羅田五縣。治蘄春，在今湖北蘄春。

〔五〕兒輩：指隨行的陸游諸子。　陂湖：陂澤，湖澤。　蓮芰：蓮荷菱角。　木芙蕖：即木芙蓉，亦稱木蓮。落葉灌木或小喬木，葉掌狀，秋天開花，白色或淡紅色，結蒴果，有毛。花葉可入藥。

〔六〕設機：設置捕獸的機關。

〔七〕漢昭烈：即劉備，卒謚昭烈皇帝。　入吳：指章武元年（二二一）劉備率軍伐吳，報關羽被吳所殺之仇。　檥舟：繫舟泊岸。

〔八〕大黿：亦稱緑團魚，俗稱癩頭黿。爬行動物，鱉科。吻突而短，脚上蹼較寬。

十五日。微陰，西風益勁，挽船尤艱。自富池以西，沿江之南皆大山，起伏如濤頭。山麓時有居民，往往作棚，持弓矢，伏其上以伺虎。過龍眼磯，江中拳石耳〔一〕。磯旁山上有龍祠。晡後，得便風，次蘄口鎮，居民繁錯，蜀舟泊岸下甚衆〔二〕。監税秉義郎高世棟來，舊在京口識之，言此鎮歲課十五萬緡，雁翅歲課二十六萬緡〔三〕。夜與諸子登岸，臨大江觀月。江面遠與天接，月影入水，蕩摇不定，正如金虬，動心駭目之觀也。是日，買熟藥於蘄口市。藥貼中皆有煎煮所須，如薄荷、烏梅之類〔四〕，此等皆客中不可倉卒求者。藥肆用心如此，亦可嘉也。

十六日。過新野夾，有石瀨茂林〔五〕，始聞秋鶯。沙際水牛至多，往往數十爲羣，吴中所無也。地屬興國軍大冶縣，當是土産所宜爾。晚過道士磯〔六〕，石壁數百尺，色正青，了無竅穴，而竹樹迸根，交絡其上，蒼翠可愛。自過小孤，臨江峰嶂無出其右。磯一名西塞山，即玄真子漁父辭所謂「西塞山前白鷺飛」者〔七〕。李太白送弟之江東云：「西塞當中路，南風欲進船。」必在荆楚作，故有「中路」之句〔八〕。張文潛云：「危磯插江生，石色擘青玉。」殆爲此山寫真。又云：「已逢娬媚散花峽，不泊艱危道士磯〔九〕。」蓋江行惟馬當及西塞最爲湍險難上。抛江泊散花洲，洲與西塞相直〔一〇〕。前一夕，月猶未極圓，蓋望正在是夕〔一一〕。空江萬頃，月如紫金盤自水中涌出，平生無此中秋也。

【箋注】

〔一〕龍眼磯：龍眼磯在蘄州西江濱。陳造龍眼磯：「誰謂石一拳，不作江流礙。朝來揚帆西，瞥若驥歷塊。龍眼風火磯，培塿視華岱。似聞潢潦時，亦復鼓湍匯。鑿去本不難，奇巧禹所愛。其上嘉樹密，其側魚網曬。居惟羡漁鄉，復欲老犢背。西歸儻得此，庸敵七里瀨。」

〔二〕晡後：申時以後，即午後三至五時後傍晚時分。蘄口鎮：亦稱蘄陽口。蘄州志：「蘄水出州東北三角山，逶迤而來至州西北與蘄水縣接境，回曲注於大江，謂之蘄口，亦曰蘄陽口。

宋置蘄口鎮於此。」」蜀舟：往來蜀地之舟。

〔三〕雁翅：亦鎮名，當在蘄口附近。

〔四〕熟藥：經加工炮製的藥材。夷堅丙志綦叔厚：「藥架甚華楚，上列白陶缶數十，陳熟藥其中。」藥貼：處方單。薄荷用於清涼解熱，烏梅用於治腹瀉。

〔五〕石瀨：水爲石阻激而生成的激流。楚辭九歌湘君：「石瀨兮淺淺，飛龍兮翩翩。」王逸補注：「瀨，湍也。」

〔六〕道士磯：一名西塞山。輿地紀勝卷三三：「西塞山在大冶縣東五十里。張志和詩云：『西塞山邊白鷺飛。』袁宏東征賦云：『沿西塞之峻崿。』今俗呼爲道士磯。」

〔七〕玄真子漁父辭：張志和漁歌子其一：「西塞山前白鷺飛，桃花流水鱖魚肥。青箬笠，緑蓑衣，斜風細雨不須歸。」玄真子，即張志和，字子同，號玄真子，金華（今屬浙江）人。年十六舉明經，授左金吾衛録事參軍。後貶南浦尉，赦還，隱居會稽。著玄真子三萬言，作漁歌子（一作漁父詞）五首。事迹見唐才子傳卷三。張志和詞中之西塞山在湖州，漁歌子源於吴歌中的漁歌，非興國軍大冶之西塞山。

〔八〕「李太白」五句：李白送二季至江東：「初發强中作，題詩與惠連。多慚一日長，不及二龍賢。西塞當中路，南風欲進船。雲峰出遠海，帆影掛清川。禹穴藏書地，匡山種杏田。此行俱有適，遲爾早歸旋。」

〔九〕「張文潛」七句：張耒道士磯：「匡廬奠九江，苗裔遍南服。横江蔽原野，内外實一族。危磯插江生，石色擘青玉。蛟龍穴亂石，猱玃在喬木。我行季冬月，江迹在山腹。扁舟如鏡面，清浄不可觸。躋攀既不可，千古長幽獨。緬想邃古初，巢居戒樵牧。」又二十三日即事：「已逢嫵媚散花峽，不怕艱危道士磯。啼鳥似逢人勸酒，好山如爲我開眉。風標公子鷺得意，跋扈將軍風斂威。到舍將何作歸遺，江山收得一囊詩。」

〔一〇〕散花洲：輿地紀勝卷三三：「散花洲在大冶縣大江中流之南。世傳周瑜敗曹操於赤壁，吴王迎之至此，釃酒散花，以勞軍士，故謂之吴王散花洲。」相直：相對。

〔一一〕望：望日。農曆每月十五日。

十七日。過回風磯，無大山，蓋江濱石磧耳〔一〕。然水急浪湧，舟過甚艱。過蘭溪，東坡先生所謂「山下蘭芽短浸溪」者〔二〕。買鹿肉供膳。晚泊巴河口，距黄州二十里，一市聚也〔三〕。有馬祈寺、吴大帝刑馬壇〔四〕。傳云吴攻壽春，刑白馬祭江神於此。自蘭溪而西，江面尤廣，山阜平遠。兩日皆逆風，舟人以食盡，欲來巴河糴米，極力牽挽，日皆行八九十里。蘇黄門謫高安，東坡先生送至巴河，即此地也〔五〕。張文潛亦有巴河道中詩云：「東南地缺天連水，春夏風高浪卷山〔六〕。」

【箋注】

〔一〕石磧：多石之沙灘。薛道衡入郴江：「跳波鳴石磧，濺沫擁沙洲。」

〔二〕蘭溪：輿地紀勝卷四七：「蘭溪在州之蘄水縣，竹所出之地也。東坡寄蘄簟與蒲傳正：『蘭溪美箭不成笛。』」又：「蘭溪水源出苦竹山，其側多蘭，唐以此名縣。」「東坡先生」句：蘇軾浣溪沙（游蘄水清泉寺，寺臨蘭溪，溪水西流）：「山下蘭芽短浸溪，松間沙路淨無泥，瀟瀟暮雨子規啼。　誰道人生無再少？門前流水尚能西！休將白髮唱黃雞。」

〔三〕巴河口：輿地紀勝卷四九：「巴河在黃岡縣東四十三里。上巴河有東尉司。」黃州：隸淮南西路，轄黃岡、黃陂、麻城三縣。治黃岡，今屬湖北。市聚：市集，村落。

〔四〕馬祈寺：劍南詩稿卷十發黃州泊巴河游馬祈寺：「南望武昌山，北望齊安城。楚江萬頃綠，著我畫舫橫……晚泊巴河市，小陌聞屐聲。紫髯刑馬地，一怒江漢清。中原今何如？感我白髮生。」時淳熙五年陸游離蜀東歸再經此地。

〔五〕蘇黃門：即蘇轍，曾官門下侍郎（漢代稱黃門侍郎），故稱蘇黃門。元豐二年，蘇軾因「烏臺詩案」被貶黃州團練副使，蘇轍受牽連被貶監筠州（高安）鹽酒稅。五年，蘇轍至黃州與蘇軾相聚，蘇軾有曉至巴河口迎子由，兩人多有唱和。

〔六〕「張文潛」三句：張耒自巴河至蘄陽口道中得二詩示仲達與秬同賦其一：「落月娟娟墮半環，嘔啞鳴櫓轉荒灣。東南地缺天連水，春夏風高浪卷山。旅食每愁村市散，近秋已覺暑衣單。自慚老病心兒女，三日離家已念還。」

十八日。食時方行〔一〕，晡時至黄州。州最僻陋少事，杜牧之所謂「平生睡足處，雲夢澤南州〔二〕」。然自牧之、王元之出守，又東坡先生、張文潛謫居，遂爲名邦〔三〕。泊臨皋亭，東坡先生所嘗寓，與秦少游書所謂「門外數步即大江」是也〔四〕。煙波渺然，氣象疏豁。見知州右朝奉郎直祕閣楊由義、通判右奉議郎陳紹復。州治陋甚，廳事僅可容數客，倅居差勝〔五〕。晚，移舟竹園步〔六〕，蓋臨皋多風濤，不可夜泊也。黄州與樊口正相對，東坡所謂「武昌樊口幽絶處」也〔七〕。漢昭烈用吳魯子敬策，自當陽進住鄂縣之樊口，即此地也〔八〕。

【箋注】

〔一〕食時：指早餐時候。

〔二〕杜牧憶齊安郡：「平生睡足處，雲夢澤南州。一夜風欺竹，連江雨送秋。格卑常汩汩，力學强悠悠。終掉塵中手，瀟湘釣漫流。」

〔三〕「然自」三句：杜牧會昌二年（八四二）至四年任黄州刺史。王禹偁字元之，咸平二年（九九九）至四年知黄州。蘇軾元豐三年（一〇七九）至七年以黄州團練副使謫居黄州。張耒於紹聖四年（一〇九七）以黄州酒税監督、元符二年（一〇九九）以黄州通判、崇寧元年（一一〇二）以房州別駕黄州安置先後共三次謫居黄州。

〔四〕臨皋亭：輿地紀勝卷四九：「臨皋館在朝宗門外，原名瑞慶堂。以故相秦公檜之父巘舟其下，秦公於是乎生。又有臨皋亭，東坡曾寓居焉。」秦少游：即秦觀，字少游。蘇門四學士之一。宋史卷四四四有傳。門外數步即大江：出自蘇軾王定國詩集序：「今余老，不復作詩，又以病止酒，閉門不出。門外數步即大江，經月不至江上，眊眊焉真一老農夫也。」此蓋陸游誤記。

〔五〕廳事：官署視事問案的廳堂，古作「聽事」。倅：通「萃」，亦居止意。差勝：差强人意。

〔六〕竹園步：地名。步，猶「埠」。水邊泊船之處。

〔七〕樊口：在今湖北鄂城西北樊港入江處。太平寰宇記卷一一二：「樊港源出青溪山，三百里至大港，闊三十丈，水曲并在縣内界。又吴志云：『谷利拔劍擬舵工，急趨樊口。』即其處也。」蘇軾書王定國所藏煙江疊嶂圖：「君不見武昌樊口幽絶處，東坡先生留五年。春風搖江天漠漠，暮雲卷雨山娟娟。丹楓翻鴉伴水宿，長松落雪驚醉眠。桃花流水在人世，武陵豈必皆神仙。」

〔八〕「漢昭烈」三句：指建安十三年（二〇八），劉備在當陽戰敗後，接受了東吴魯肅的建議，進住樊口，聯合孫權，爲赤壁之戰奠定了基礎。事見資治通鑑卷六五。漢昭烈，即劉備，謚號昭烈皇帝。魯子敬，即魯肅，字子敬，臨淮東城（今江蘇泗洪）人。孫權謀士，力主聯劉抗曹。官至横江將軍。三國志卷五四有傳。當陽，縣名，隸荆門軍。在今湖北當陽。

十九日。早，遊東坡〔一〕。自州門而東，岡壠高下，至東坡，則地勢平曠開豁。東起一壠頗高，有屋三間，一龜頭曰居士亭〔二〕。亭下面南一堂頗雄，四壁皆畫雪。堂中有蘇公像，烏帽紫裘，横按筇杖，是爲雪堂〔三〕。堂東大柳，傳以爲公手植。正南有橋，牓曰「小橋」，以「莫忘小橋流水」之句得名〔四〕。其下初無渠澗，遇雨則有涓流耳。舊止片石布其上，近輒增廣爲木橋，覆以一屋，頗敗人意。東一井曰暗井，取蘇公詩中「走報暗井出」之句〔五〕。泉寒熨齒，但不甚甘。又有四望亭，正與雪堂相直，在高阜上，覽觀江山，爲一郡之最〔六〕。亭名見蘇公及張文潛集中。坡西竹林，古氏故物，號南坡。今已殘伐無幾，地亦不在古氏矣。出城五里，至安國寺〔七〕，亦蘇公所嘗寓。兵火之餘，無復遺迹，惟遶寺茂林啼鳥，似猶有當時氣象也。郡集於棲霞樓〔八〕，本太守閭丘孝終公顯所作。蘇公樂府云：「小舟横截春江，卧看翠壁紅樓起。」正謂此樓也〔九〕。下臨大江，煙樹微茫，遠山數點，亦佳處也。樓頗華潔。先是郡有慶瑞堂，謂一故相所生之地，後毁以新此樓〔一〇〕。

【箋注】

〔一〕東坡：輿地紀勝卷四九：「東坡在州治之東百餘步。元豐三年，蘇軾謫居寓臨皋亭。後得此地，立雪堂而徙居焉。七年移汝州，去黄之日，遂以雪堂付潘大臨兄弟居焉。崇寧壬午，黨禁既興，堂遂毀焉。其後邦人屬神霄宫道士李斯立重建。」

〔二〕龜頭：形容高壟似龜背，居士亭似昂起之龜頭。

〔三〕雪堂：輿地紀勝卷四九：「道士冲妙大師李斯立重建東坡雪堂。何斯舉作上梁文，其警聯云：『歲在辛酉，蔚成鸞鳳之棲；堂毀崇寧，奄作鼪鼯之野。』又上梁文云：『前身化鶴，嘗陪赤壁之游；故事傳鵝，無復黄庭之字。』蓋其雪堂有觀道士作堂故也。」蘇軾雪堂記：「蘇子得廢圃於東坡之脅，築而垣之，作堂焉，號其正曰雪堂。堂以大雪中爲之，因繪雪於四壁之間，無容隙也。起居偃仰，環顧睥睨，無非雪者。蘇子居之，真得其所居者也。」

〔四〕莫忘小橋流水：蘇軾如夢令（春思）：「手種堂前桃李，無限緑陰青子。簾外百舌兒，驚起五更春睡。居士，居士。莫忘小橋流水。」

〔五〕蘇軾東坡八首其二：「荒田雖浪莽，高庳各有適。下隰種秔稌，東原蒔棗栗。江南有蜀士，桑果已許乞。好竹不難栽，但恐鞭横逸。仍須卜佳處，規以安我室。家童燒枯草，走報暗井出。一飽未敢期，瓢飲已可必。」

〔六〕四望亭：輿地紀勝卷四九：「四望亭在雪堂南高阜之上。唐太和中刺史劉嗣之所立，李紳作記。」相直：相對。

〔七〕安國寺：在黄州城南。有茂林修竹，陂池亭榭。始建於南唐保大二年，初名護國寺，嘉祐八年賜安國寺名。蘇軾作有黄州安國寺記，并載：「歲正月，男女萬人會庭中，飲食作樂，且祠瘟神，江淮舊俗也。」

〔八〕棲霞樓：輿地紀勝卷四九：「棲霞樓在儀門之外。西南軒豁爽塏，坐揖江山之勝，爲一郡奇絶。東坡所謂賦鼓笛慢者也。又閭邱太守孝終公顯嘗守黄州，作棲霞樓爲郡之絶勝。東坡次韻王鞏云：『賓州在何處，爲子上棲霞。』」

〔九〕「蘇公」四句：蘇軾水龍吟（小舟横截春江）：「小舟横截春江，卧看翠壁紅樓起。雲間笑語，使君高會，佳人半醉。危柱哀弦，豔歌餘響，繞雲縈水。念故人老大，風流未減，獨回首、煙波裏。　推枕惘然不見，但空江、月明千里。五湖聞道，扁舟歸去，仍携西子。雲夢南州，武昌東岸，昔游應記。料多情夢裏，端來見我，也參差是。」

〔一〇〕「先是」三句：此或與臨皋館相淆。參見本卷之十八日注〔四〕。

酒味殊惡，蘇公「齏湯」「蜜汁」之戲不虚發〔一〕。郡人何斯舉詩亦云：「終年飲惡酒，誰敢憎督郵〔二〕。」然文潛乃極稱黄州酒，以爲自京師之外無過者。故其詩云：「我初謫官時，帝問司酒神，曰此好飲徒，聊給酒養真。去國一千里，齊安酒最醇。失火而得雨，仰戴天公仁。」豈文潛謫黄時，適有佳匠乎〔三〕？循小徑繚州宅之後，至竹樓，規模甚陋，不知當王元之時，亦止此邪〔四〕？樓下稍東即赤壁磯〔五〕，亦茅岡爾，略無草木。故韓子蒼待制詩云：「豈有危巢與栖鶻，亦無陳迹但飛鷗〔六〕。」此磯圖經及傳者皆以爲周公瑾敗曹操之地，然江上多此名，不可考質〔七〕。李太白赤壁歌云：「烈火張天照雲海，周瑜於此敗曹公。」不指言在黄州〔八〕。蘇公尤疑之，賦云：「此非曹孟德之困於周郎者乎？」樂府云：「故壘西邊，人道是，當日周郎赤壁。」蓋一字不輕下如此〔九〕。至韓子蒼云：「此地能令阿瞞走。」則真指爲公瑾之赤壁矣〔一〇〕。又，黄人實謂赤壁曰赤鼻，尤可疑也。晚，復移舟菜園步，又遠竹園三四里。蓋黄州臨大江，了無港澳可泊〔一一〕。或云舊有澳，郡官厭過客，故塞之。

【箋注】

〔一〕「蘇公」句：蘇軾岐亭五首其四：「酸酒如齏湯，甜酒如蜜汁。三年黄州城，飲酒但飲濕。」

〔二〕何斯舉：即何頡之，字斯舉，黄岡人。從蘇、黄學。督郵：漢代郡之屬吏，代表太守督察縣鄉，宣達教令，兼獄訟捕亡。唐以後廢。此指地方官吏。

〔三〕文潛：即張耒。張耒詩爲冬日放言二十一首其十二。

〔四〕王元之：即王禹偁。王禹偁咸平二年至四年知黄州，撰有黄岡竹樓記。略云：「遠吞山光，平挹江瀨，幽閴遼敻，不可具狀。夏宜急雨，有瀑布聲；冬宜密雪，有碎玉聲。宜鼓琴，琴調虛暢；宜詠詩，詩韻清絕；宜圍棋，子聲丁丁然；宜投壺，矢聲錚錚然；皆竹樓之所助也。公退之暇，被鶴氅衣，戴華陽巾，手執周易一卷，焚香默坐，消遣世慮。江山之外，第見風帆沙鳥，煙雲竹樹而已。待其酒力醒，茶煙歇，送夕陽，迎素月，亦謫居之勝概也。」

〔五〕赤壁磯，輿地紀勝卷四九：「赤壁磯在州治之北。東坡作赤壁賦，謂爲周瑜破曹操處。」

〔六〕韓子蒼：即韓駒，字子蒼。參見卷二七跋陵陽先生詩草題解。韓駒登赤壁磯：「緩尋翠竹白沙游，更挽籐稍上上頭。豈有危巢與栖鶻，亦無陳迹但飛鷗。經營二頃將歸老，眷戀群山爲少留。百日使君何足道，空餘詩句在江樓。」

〔七〕考質：咨詢質疑。曾鞏侍讀制：「蓋用儒學之臣入閣侍讀，所以考質疑義，非專誦習而已。」

〔八〕「李太白」四句：李白赤壁歌送別：「二龍争戰決雌雄，赤壁樓船掃地空。烈火張天照雲海，周瑜於此破曹公。君去滄江望澄碧，鯨鯢唐突留餘迹。一一書來報故人，我欲因之壯心魄。」

〔九〕「蘇公」八句：蘇軾前赤壁賦：「西望夏口，東望武昌，山川相繆，鬱乎蒼蒼，此非孟德之困於周郎者乎？」又念奴嬌赤壁懷古：「大江東去，浪淘盡，千古風流人物。故壘西邊，人道是，三國周郎赤壁。亂石穿空，驚濤拍岸，卷起千堆雪。江山如畫，一時多少豪傑。遥想公瑾當年，小喬初嫁了，雄姿英發。羽扇綸巾，談笑間，檣櫓灰飛煙滅。故國神游，多情應笑我，早生華髮。人生如夢，一尊還酹江月。」又東坡志林卷四：「黄州守居之數百步爲赤壁，或言即周瑜破曹公處，不知果是否？」其實周瑜破曹操之赤壁在鄂州蒲圻（今湖北赤壁）。

〔一〇〕「至韓」三句：韓駒某已被旨移蔡賊起旁郡未果進發今日上城部分民兵閱視戰艦口號五首其一：「永安城外山危立，赤壁磯邊水倒流。此地能令阿瞞走，小偷何敢下蘆洲。」

〔一一〕港澳：均指港灣，泊船之處。宋史河渠志：「鎮江府傍臨大江，無港澳以容舟楫。」

二十日。曉，離黄州〔一〕。江平無風，挽船正自赤壁磯下過。多奇石，五色錯雜，粲然可愛，東坡先生怪石供是也〔二〕。挽行十四五里，江面始稍狹。隔江岡阜延袤，竹樹葱蒨〔三〕，漁家相映，幽邃可愛。復出大江，過三江口〔四〕，極望無際。泊戚磯港。

二十一日。過雙柳夾，回望江上，遠山重複深秀。自離黄，雖行夾中，亦皆曠遠。地形漸高，多種菽粟蕎麥之屬。晚泊揚羅洑①，大堤高柳，居民稠衆，魚賤如土，百錢可飽二十口，又皆巨魚。欲覓小魚飼猫，不可得。

二十二日。平旦微雨。過青山磯〔五〕，多碎石及淺灘。晚泊白楊夾口，距鄂州三十里〔六〕，陸行止十餘里。居民及泊舟甚多，然大抵皆軍人也。

【校記】

①「揚」，弘治本、汲古閣本作「楊」。

【箋注】

〔一〕「離黄州」句：劍南詩稿卷二黄州：「局促常悲類楚囚，遷流還歎學齊優。江聲不盡英雄恨，天意無私草木秋。萬里羈愁添白髮，一帆寒日過黄州。君看赤壁終陳迹，生子何須似仲謀！」

〔二〕怪石供：以似玉美石做成案頭擺設。蘇軾在齊安江上得多色美石近三百枚，以古銅盆盛之，注以清水，作爲案頭擺設贈佛印禪師，并先後作怪石供、後怪石供二文記其事。

〔三〕葱蒨：草木青翠茂盛。白行簡李娃傳：「中有山亭，竹樹葱蒨，池榭幽絶。」

〔四〕三江口：輿地紀勝卷四九：「三江口去黄岡縣三十里，在團風鎮之下。有江三路而下，至此會合爲一。」

〔五〕青山磯：在今武漢青山區東長江邊。

〔六〕鄂州：隸荆湖北路，轄江夏、崇陽、武昌、蒲圻、咸寧、通城、嘉魚七縣并寶泉監。治所在江夏（今湖北武昌）。

二十三日。便風掛帆。自十四日至是，始得風。食時至鄂州，泊税務亭。賈船客舫，不可勝計，銜尾不絶者數里，自京口以西皆不及〔一〕。李太白贈江夏韋太守詩云：「萬舸此中來，連帆過楊州〔二〕。」蓋此郡自唐爲衝要之地。夔州迓兵來參〔三〕。見知州右朝奉郎張郯之彦〔四〕、轉運判官右朝奉大夫謝師稷。市邑雄富，列肆繁錯，城外南市亦數里，雖錢塘、建康不能過，隱然一大都會也。吴所都武昌，乃今武昌縣。此州在吴名夏口，亦要害，故周公瑾求以精兵進住夏口。而晉武帝亦詔王濬、唐彬，既定巴丘，與胡奮、王戎共平夏口、武昌，順流長騖也〔五〕。自江州至此七百里泝流，雖日得便風，亦須三四日。韓文公云「盆城去鄂渚，風便一日耳」過矣，蓋退之未嘗行此路也〔六〕。

二十四日。早。謝漕招食於漕園光華堂〔七〕。依山亭館十餘，不甚葺。晚，郡集於奇章堂，以唐牛思黯嘗爲武昌節度使也〔八〕。

二十五日。觀大軍教習水戰。大艦七百艘，皆長二三十丈，上設城壁樓櫓〔九〕，旗幟精明，金鼓鞺鞳，破巨浪往來，捷如飛翔，觀者數萬人，實天下之壯觀也。

【箋注】

〔一〕「賈船」四句：范成大吴船録卷下：「鸚鵡洲前南市沿江數萬家，廛閈甚盛，列肆如櫛……蓋川、廣、荆、襄、淮、浙貿遷之會，貨物之至，無不售，且不問多少，一日可盡。其盛壯如此。」

〔二〕「李太白」三句：李白經亂離後天恩流夜郎憶舊遊書懷贈江夏韋太守良宰：「一忝青雲客，三登黄鶴樓。顧慚禰處士，虚對鸚鵡洲。樊山霸氣盡，寥落天地秋。江帶峨眉雪，川横三峽流。萬舸此中來，連帆過揚州。送此萬里目，曠然散我愁。」

〔三〕夔州迓兵：指夔州派來迎接陸游一行的士兵。

〔四〕張郯之彦：即張郯，字之彦，一作知彦。陸游晚年爲其撰有墓誌銘，稱「晚始識公於武昌，公又特期之遠，不惟以祕閣、中書故也。時方葺南樓，公朝夕召與燕飲，慨然語曰：『吾南樓，天下壯觀，要得如子者落之。子之來，造物以厚我也。』謝不敢當」。參見卷三七朝議大夫張公墓誌銘。

〔五〕「吴所都」九句：三國孫吴建都武昌，在宋代爲武昌縣（今湖北鄂州）。後又在夏口築城（在今武昌龜山）。建安十三年（二〇八），曹操佔領荆州，威脅孫吴，將士多主張歸順，周瑜力排衆議，領三萬精兵進駐夏口，爲赤壁大戰奠定勝局。事見三國志卷五四。晉武帝太康元年（二八〇）起兵伐東吴，命王濬、唐彬舟師出蜀，胡奮、王戎兵發荆州，順流直下建康，一舉滅吴。事見資治通鑑卷八一。巴丘，一名巴陵，在今湖南岳陽西南。長騖，向遠方疾馳。

〔六〕「韓文公」二句：韓愈除官赴闕至江州寄鄂岳李大夫：「盆城去鄂渚，風便一日耳。不枉故人書，無因帆江水。故人辭禮闈，旌節鎮江圻。而我竄逐者，龍鍾初得歸。」韓文公，即韓愈，字退之。謚文，人稱韓文公。

〔七〕漕園：轉運使司衙門所在。

〔八〕奇章堂：輿地紀勝卷六六：「奇章堂在設廳。初，知州陳邦光建，名戲綵，以事親故也。後知州汪叔詹改今名，以夢前身爲奇章公，故易此名。又奇章亭在州治東南一里子城上。又有奇章臺，蓋牛僧孺嘗登燕於此。」牛思黯：即牛僧孺，字思黯，封奇章郡公。

〔九〕城壁樓櫓：指城墻和無頂蓋的瞭望臺。

二十六日。與統、紓同遊頭陀寺，寺在州城之東隅石城山〔一〕。山繚繞如伏蛇，自西亘東，因其上爲城，缺壞僅存。州治及漕司皆依此山。寺毀於兵火，汴僧舜廣住持三十年，興葺略備。自方丈西北躡支徑，至絶頂，舊有奇章亭，今已廢。四顧江山井邑，靡有遺者。李太白江夏贈韋南陵詩云：「頭陀雲外多僧氣。」正謂此寺也〔二〕。黄魯直亦云：「頭陀全盛時，宫殿梯空級〔三〕。」藏殿後有南齊王簡棲碑，唐開元六年建〔四〕。蘇州刺史張庭圭温玉書，韓熙載撰碑陰，徐鍇題額〔五〕。最後云：「唐歲在己巳〔六〕，武昌軍節度觀察留後、知軍州事楊守忠重立，前鄂州唐年縣主簿、祕書省正字韓夔書。」碑陰云：「乃命猶子夔〔七〕，正其舊本而刊寫之。」以是知夔爲熙載兄弟之子也。碑字前後一手，又作「温」字不全，蓋南唐尊徐温爲義祖〔八〕，而避其名，則此碑蓋夔重書也。碑陰又云：「皇上鼎新文物，教被華夷，如來妙旨，悉已遍窮，百代文章，罔不備舉，故是寺之碑，不言而興。」按此碑立於己巳歲，當皇朝之開寶二年，南唐危蹙日甚，距其亡六年爾。熙載大臣，不以覆亡爲懼，方且言其主「鼎新文物，教被華夷」，固已可怪，又以窮佛旨、舉遺文，及興是碑爲盛，誇誕妄謬，真可爲後世發笑。然熙載死，李主猶恨不及相之〔九〕。君臣之惑如此，雖欲久存，得乎？唐制，節度使不在鎮，而以副大使或留後居任，則云知節度事，此云知軍州事，蓋漸變也。唐年縣本故唐時名，梁改曰臨夏，後唐復，晉又改臨江。然歷五代，鄂州未嘗屬中原，皆遥改耳〔一〇〕。故此碑開寶中建，而猶曰唐年也。至江南平，始改崇陽云〔一一〕。簡棲爲此碑，駢儷卑弱，初無過人，世徒以載於文選故貴之耳。自漢、魏之間，駸駸爲此體〔一二〕，極於齊、梁，而唐尤貴之，天下一律。至韓吏部、柳柳州〔一三〕，大變文格，學者翕然慕從，然駢儷之作，終亦不衰。故熙載、鍇號江左辭宗，而拳拳於簡棲之碑如此〔一四〕。本朝楊劉之文擅天下，傳夷狄，亦駢儷也〔一五〕。及歐陽公起，然後掃蕩無餘。後進之士，雖有工拙，要皆近古。如此碑者，今人讀不能終篇，已坐睡矣，而况效之乎？則歐陽氏之功，可謂大矣〔一六〕。若魯直云「惟有簡棲碑，文章巋然立〔一七〕」，蓋戲也。

【箋注】

〔一〕「與統、紓」二句：統、紓，陸游長子子虡、五子子約小名。頭陀寺，輿地紀勝卷六六：「頭陀寺在清遠門外黄鵠山上。宋大明五年建。自南齊王中作寺碑，遂爲古今名刹。黄太史詩有『頭陀全盛時，宫殿梯空級』之句。」石城山，即蛇山，亦稱江夏山、紫竹嶺、黄鵠山。形如伏蛇，與龜山隔江相望。輿地紀勝卷六六：「黄鵠山在江夏縣，起東九里至縣西北，林間甚美。」

〔二〕「李太白」三句：李白江夏贈韋南陵冰：「愁來飲酒二千石，寒灰重暖生陽春。山公醉後能騎馬，别是風流賢主人。頭陀雲月多僧氣，山水何曾稱人意。不然鳴笳按鼓戲滄流，呼取江南女兒歌棹謳。我且爲君槌碎黄鶴樓，君亦爲吾倒卻鸚鵡洲。赤壁争雄如夢裏，且須歌舞寬離憂。」

〔三〕「黄魯直」三句：黄庭堅鄂州節推陳榮緒惠示沿檄崇陽道中六詩老懶不能追韻輒自取韻奉和其一頭陀寺：「頭陀全盛時，宫殿梯空級。城中望金碧，雲外僧趿趿。人亡經禪盡，屋破龍象泣。惟有簡棲碑，文字巋然立。」

〔四〕藏殿：置放佛教經藏之樓殿。王簡棲：即王中，字簡棲，琅邪臨沂（今屬山東）人。曾任郢州從事、征南記室。有才學，文辭巧麗。所撰頭陀寺碑文載文選卷五九。

〔五〕張庭圭：即張廷珪，字温玉，河南濟源人。弱冠應制舉。歷官監察御史、禮部侍郎及沔、蘇、宋、魏四州刺史，官至太子詹事。善楷隸，甚爲時人所重。舊唐書卷一〇一、新唐書卷一一八有傳。韓熙載：字叔言，北海（今山東濰坊）人。後唐同光進士。南唐官至吏部侍郎，拜兵部尚書。多藝能，尤長於碑碣。陸游南唐書卷十二有傳。碑陰：碑後面的文字。徐鍇（九二〇—九七四），字楚金，會稽（今浙江紹興）人。徐鉉之弟。幼聰穎，精通文字學。南唐時官至内史舍人。陸游南唐書卷五有傳。

〔六〕唐歲在己巳：唐歲，指南唐。己巳爲九六九年，時南唐已去帝號。

〔七〕猶子：即侄子。禮記檀弓上：「喪服，兄弟之子，猶子也，蓋引而進之也。」後因稱兄弟之子爲猶子。

〔八〕徐温（八六二—九二七）。字敦美，海州朐山（今江蘇東海）人。少販鹽爲盜，後從楊行密仕吴。行密卒，徐温弑其子楊渥，立其弟楊隆演，遂專政，拜大丞相，封東海郡王。徐温卒，其養子李昪建立南唐，尊其爲義祖。

〔九〕「然熙載」二句：李煜賞識韓熙載之才華，又不滿其游宴挾妓。熙載卒後，李煜謂侍臣「吾竟不得相熙載」，贈其右僕射同平章事。事見南唐書卷十二。

〔一〇〕「唐年縣」七句：唐年縣爲李唐舊名，後梁、後唐、後晉均佔據北方，鄂州在南方，更名只是名義上的，故稱「遥改」。

〔一〕「至江南」二句：輿地紀勝卷六六：「唐天寶元年置唐平縣。僞吴改爲崇陽，僞唐改爲唐年。皇朝郡縣志云：『石晉改爲臨江。皇朝開寶八年改爲崇陽。』」

〔二〕駸駸：漸進貌。李翺故處士侯君墓誌：「每激發，則爲文達意，其高處駸駸乎有漢魏之風。」

〔三〕韓吏部：即韓愈。官至吏部侍郎，故稱。柳柳州：即柳宗元。官至柳州刺史，故稱。

〔四〕「故熙載」二句：王士禛香祖筆記卷五：「五代時中原喪亂，文獻放闕，惟南唐文物甲於諸邦，而鉉、鍇兄弟與韓熙載爲之冠冕。常侍詩文都雅，有唐代承平之風。」江左，江東，長江下游以東地區。拳拳，眷愛貌。劉向列女傳魏芒慈母：「拳拳若親。」

〔五〕楊劉之文：楊劉，指楊億、劉筠，均爲「西崑體」代表人物。參見卷二六跋西崑酬唱集題解。

〔六〕歐陽公：即歐陽修，字永叔。此處陸游精闢闡述了六朝駢儷文體興起和唐宋古文運動的發展歷程，高度肯定了歐陽修的功績。

〔七〕「若魯直」二句：參見注〔三〕。又劍南詩稿卷十頭陀寺觀王簡棲碑有感：「舟車如織喜身閒，獨訪遺碑草棘間。世遠空驚閱陵谷，文浮未可敵江山。老僧西逝新成塔，舊守東歸正掩關。笑我驅馳竟安往，夕陽飛鳥亦知還。」（自注：庚寅過武昌，與太守張之彦遊累日。時頭陀有老僧，持律精苦。）

渭南文集箋校卷第四十七

入蜀記第五

【題解】

本卷收録入蜀記乾道六年八月二十七日至十月五日記文。

二十七日。郡集於南樓，在儀門之南石城上，一曰黄鶴山，制度閎偉，登望尤勝〔一〕。鄂州樓觀爲多，而此獨得江山之要會，山谷所謂「江東湖北行畫圖，鄂州南樓天下無」是也〔二〕。下闞南湖，荷葉彌望。中爲橋，曰廣平〔三〕。其上皆列肆，兩旁有水閣極佳，但以賣酒，不可往。山谷云「凭欄十里芰荷香」，謂南湖也〔四〕。是日早微雨，晚晴。

二十八日。同章冠之秀才甫，登石鏡亭，訪黄鶴樓故址〔五〕。石鏡亭者，石城山一隅，正枕大江，其西與漢陽相對〔六〕，止隔一水，人物草木可數。唐沔州治漢陽縣，故李太白沔州泛城南郎官湖詩序云：「白遷於夜郎，遇故人尚書郎張謂出使夏口，沔州牧杜公、漢陽令王公觴於江城之南湖。」其後沔州廢，漢陽以縣隸鄂州。周世宗平淮南，得其地，復以爲軍。太白詩云：「誰道此水廣，狹如一疋練。江夏黄鶴樓，青山漢陽縣。」大語猶可聞，故人難可見。」形容最妙〔七〕。黄魯直「宵征江夏縣，睡起漢陽城」，亦此意〔八〕。老杜有公安送李晉肅入蜀余下沔鄂及登舟將適漢陽詩，而卒於耒水〔九〕，可恨也。漢陽負山帶江，其南小山有僧寺者，大別山也。又有小別，謂之二別云〔一〇〕。黄鶴樓，舊傳費禕飛升於此，後忽乘黄鶴來歸，故以名樓〔一一〕，號爲天下絶景。崔灝詩最傳，而太白奇句得於此者尤多〔一二〕。今樓已廢，故址亦不復存。問老吏，云在石鏡亭、南樓之間，正對鸚鵡洲〔一三〕，猶可想見其地。樓榜李監篆，石刻獨存。太白登此樓，送孟浩然詩云：「孤帆遠映碧山盡，惟見長江天際流〔一四〕。」蓋帆檣映遠山，尤可觀，非江行久不能知也。復與冠之出漢陽門遊仙洞，止是石壁數尺，皆直裂無洞穴之狀。舊傳有仙人隱其中，嘗啓洞出遊，老兵遇之，得黄金數餅，後化爲石。東坡先生有詩紀其事〔一五〕。初不云所遇何人，且太白固已云：「頗聞列仙人，於此學飛術。

一朝向蓬海，千載空石室〔一六〕。」今鄂人謂之吕公洞〔一七〕，蓋流俗附會也。有道人，澧州人〔一八〕，結廬洞側，設吕公像其中。洞少南，即石鏡山麓，巉頑石也，色黄赤皴駁，了不能鑑物，可謂浪得名者。由江濱堤上還船，民居市肆，數里不絶。其間復有巷陌，往來憧憧如織。蓋四方商賈所集，而蜀人爲多〔一九〕。

【箋注】

〔一〕南樓：輿地紀勝卷六六：「南樓在郡治正南黄鵠山頂。中間嘗改爲白雲閣，元祐間知州方澤重建，復舊名。記文以爲庾亮所登故基，非也。亮所登乃武昌縣安樂宫之端門也。李巽巖燾作鄂州南樓記云『吴孫氏更名漢鄂曰武昌』，今州東百八十里武昌縣是也。今鄂州乃漢沙羨，當晉咸康時，沙羨未始有鄂及武昌之名，庾亮安復從至此。」范成大吴船録卷下：「壬午晚，遂集南樓。樓在州治前黄鶴山上，輪奂高寒，甲於湖外。下臨南市，邑屋鱗差。岷江自西南斜抱郡城東下。」

〔二〕「山谷所謂」句：黄庭堅庭堅以去歲九月至鄂登南樓歎其制作之美成長句久欲寄遠因循至今書呈公悦：「江東湖北行畫圖，鄂州南樓天下無。高明廣深勢抱合，表裏江山來畫閣。雪延披襟簟夏寒，胸吞雲夢何足言。庾公風流冷似鐵，誰其繼之方公悦。」

〔三〕南湖：輿地紀勝卷六六：「南湖在望澤門外，周二十里，舊名赤欄湖。外與江通，長堤爲限，長街貫其中，四旁居民蟻附。」廣平：輿地紀勝卷六六：「廣平橋在望澤門外。總領宋公瀚所創，故名。廣平橋跨南湖，通南草市，兩旁有水閣。」

〔四〕「山谷云」句：黄庭堅鄂州南樓書事四首其一：「四顧山光接水光，憑欄十里芰荷香。清風明月無人管，并作南樓一味涼。」

〔五〕章冠之秀才甫：即章甫，字冠之，鄱陽人。徙居真州，自號易足居士。少從張孝祥游，豪放不羈。曾舉秀才，與陸游、韓元吉、吕祖謙等交往。著有自鳴集。事迹見張端義貴耳集卷中。石鏡亭：亦稱石照亭。輿地紀勝卷六六：「石照亭在黄鶴樓西。臨崖有石如鏡，石色蒼瀞，無異凡石。每爲西日所照，則炯然發光。」黄鶴樓：輿地紀勝卷六六：「黄鶴樓在子城西南隅黄鵠磯山上。自南朝已著，因山得名，鵠、鶴，古通用字也。南齊志以爲世傳仙人子安乘黄鶴過此。唐圖經又云費禕文偉登仙，駕黄鶴返憩於此。閻伯珪作記以費禕事爲信，王得臣、張栻辨之。」

〔六〕漢陽：縣名。隸漢陽軍。與武昌黄鶴樓隔江相望。在今武漢漢陽區。

〔七〕「李太白」二句：李白江夏寄漢陽輔録事：「誰道此水廣，狹如一疋練。江夏黄鶴樓，青山漢陽縣。大語猶可聞，故人難可見。君草陳琳檄，我書魯連箭。報國有壯心，龍顔不回眷。西飛精衛鳥，東海何由填。鼓角徒悲鳴，樓船習征戰。抽劍步霜月，夜行空庭遍。長呼結浮雲，埋没顧榮扇。他日觀軍容，投壺接高宴。」

〔八〕「黄魯直」二句：黄庭堅十二月十九日夜中發鄂渚曉泊漢陽親舊携酒追送聊爲短句：「接淅報官府，敢違王事程。宵征江夏縣，睡起漢陽城。鄰里煩追送，杯盤瀉濁清。衹應瘴鄉老，難答故人情。」

〔九〕卒於耒水：舊唐書杜甫傳：「永泰二年，啖牛肉白酒，一夕而卒於耒陽，時年五十九。」

〔一〇〕「其南」四句：太平寰宇記卷一三二：「小别山在縣東南四十五里。左傳定公四年：『吴子伐楚，令尹子常濟漢而陣，自小别至於大别。』杜注：『漢水自大别南入江，然則此二别在江夏界。』山形如甑，土諺謂甑山。」

〔一一〕費禕：字文偉，江夏鄳縣（今河南信陽）人，三國時蜀漢名臣。官至大將軍，封成鄉侯。後爲魏降將郭循（一作郭脩）行刺身死。三國志卷四四有傳。費禕登仙駕鶴事，見唐圖經記載，見前注。

〔一二〕「崔灝」二句：崔灝即崔顥。崔顥黄鶴樓：「昔人已乘黄鶴去，此地空餘黄鶴樓。黄鶴一去不復返，白雲千載空悠悠。晴川歷歷漢陽樹，芳草萋萋鸚鵡洲。日暮鄉關何處是？煙波江上使人愁。」李白有句云：「眼前有景道不得，崔顥題詩在上頭。」李白有關黄鶴樓詩有黄鶴樓送孟浩然之廣陵、與史郎中欽聽黄鶴樓上吹笛、望黄鶴樓、醉後答丁十八以詩譏余槌碎黄鶴樓、江夏送友人等。

〔一三〕鸚鵡洲：輿地紀勝卷六六：「舊自城南跨城西大江中。尾直黄鵠磯，黄祖殺禰衡處。衡嘗作鸚鵡賦，故遇害之地得名。」

〔一四〕「太白」四句：李白黄鶴樓送孟浩然之廣陵：「故人西辭黄鶴樓，煙花三月下揚州。孤帆遠影碧空盡，唯見長江天際流。」傳本稍異。

〔一五〕「東坡」句：蘇軾李公擇求黄鶴樓詩因記舊所聞於馮當世者：「黄鶴樓前月滿川，抱關老卒飢不眠。夜聞三人笑語言，羽衣著屐響空山。非鬼非人意其仙，石扉三叩聲清圓。洞中鏗鋐落門關，縹緲入石如飛煙。雞鳴月落風馭還，迎拜稽首願執鞭。汝非其人骨腥膻，黄金乞得重莫肩。持歸包裹敝席氈，夜穿茅屋光射天。里閭來觀已變遷，似石非石鉛非鉛。或取而有衆憒喧，訟歸有司今幾年。無功暴得喜欲顛，神人戲汝真可憐。願君爲考然不然，此語可信馮公傳。」

〔一六〕「且太白」五句：李白望黄鶴山：「東望黄鶴山，雄雄半空出。四面生白雲，中峰倚紅日。岩巒行穹跨，峰嶂亦冥密。頗聞列仙人，於此學飛術。一朝向蓬海，千載空石室。金灶生煙埃，玉潭秘清謐。地古遺草木，庭寒老芝术。蹇予羨攀躋，因欲保閒逸。觀奇遍諸嶽，兹嶺不可匹。結心寄青松，永悟客情畢。」

〔一七〕吕公洞：輿地紀勝卷六六：「吕公洞在石鏡亭下。黄鵠磯上初無澗穴，但石迹隱然如門，扣之有聲。世傳吕洞賓嘗題詩其上。」

〔一八〕澶州：即開德府，隸河北東路，轄濮陽、觀城、臨河、清豐、衛南、朝城、南樂七縣及德清軍。

治所在濮陽（今河北濮陽）。

〔一九〕「民居」二句：范成大吴船録卷下：「泊鸚鵡洲前南市堤下。南市在城外，沿江數萬家，廛閈甚盛，列肆如櫛，酒壚樓欄尤壯麗，外郡未見其比。蓋川、廣、荆、襄、淮、浙貿遷之會，貨物之至者無不售，且不問多少，一日可盡，其盛壯如此。」　憧憧：往來不絶貌。易咸：「憧憧往來，朋從爾思。」陸德明釋文引王肅曰：「憧憧，往來不絶貌。」

二十九日。早，有廣漢僧世全、左綿僧了證來附從人舟〔一〕。日昳〔二〕，移舟江口，回望堤上，樓閣重複，燈火歌呼，夜分乃已。招醫趙隨爲靈照視脈〔三〕。

三十日。黎明離鄂州，便風掛帆，沿鸚鵡洲南行。洲上有茂林神祠，遠望如小山。洲蓋禰正平被殺處〔四〕，故太白詩云：「至今芳洲上，蘭蕙不敢生〔五〕。」梁王僧辯擊邵陵王綸軍至鸚鵡洲，即此地也〔六〕。自此以南爲漢水，禹貢所謂「嶓冢導漾，東流爲漢」者〔七〕。水色澄澈可鑑，太白云「楚水清若空」〔八〕，蓋言此也。過謝家磯、金雞洑。磯不甚高，而石皆横裂，如累層甓〔九〕。得縮項鯿魚〔一〇〕，重十斤。洑中有聚落如小縣〔一一〕。出鱘魚，居民率以賣鮓爲業〔一二〕。晚泊通濟口〔一三〕，自此入沌。「沌」讀如「篆」，字書云：「水名，在江夏。」過九月，則沌涸不可行，必由巴陵至荆渚〔一四〕。

【箋注】

〔一〕廣漢：即漢州，隸成都府路，轄雒、什邡、綿竹、德陽四縣。治所在雒（今四川廣漢）。左綿：即綿州，隸成都府路，轄巴西、彰明、魏城、羅江、鹽泉五縣。治所在巴西（今四川綿陽）。附從人舟：搭乘僕從的船。

〔二〕日昳：太陽偏西。書無逸「自朝至於日中昃」，孔傳：「從朝至日昳不暇食。」孔穎達疏：「昃亦名昳，言日蹉跌而下，謂未時也。」

〔三〕靈照：陸游女兒名，時年十九歲。參見入蜀記題解及六月七日注〔二〕。

〔四〕禰正平：即禰衡（一七三—一九八），字正平，平原般縣（今山東臨邑）人。東漢末名士。性剛傲慢。曹操欲辱衡，反爲衡所辱。後爲江夏太守黄祖所殺。有鸚鵡賦傳世。後漢書卷八〇有傳。

〔五〕「故太白」三句：李白望鸚鵡洲懷禰衡：「魏帝營八極，蟻觀一禰衡。黄祖斗筲人，殺之受惡名。吴江賦鸚鵡，落筆超群英。鏘鏘振金玉，句句欲飛鳴。鷙鶚啄孤鳳，千春傷我情。五嶽起方寸，隱然詎可平。才高竟何施，寡識冒天刑。至今芳洲上，蘭蕙不忍生。」

〔六〕「梁王僧辯」二句：梁武帝末年，侯景攻入建康，拘禁武帝蕭衍。其子湘東王蕭繹和邵陵王蕭綸均起兵討逆。蕭繹懼蕭綸擴張勢力，派大都督王僧辯進軍江夏以爲扼制。事見梁書卷二九高祖三王傳。王僧辯，字君才。梁書卷三三有傳。

〔七〕「自此」三句：太平寰宇記卷一三二：「漢水在（漢川）縣東南四十五里。禹貢：『嶓冢導漾，東流爲漢。又東爲滄浪之水，過三澨，至於大別，南入於江。』孔注：『泉始出山爲漾水，至漢中東行乃爲漢水。』」

〔八〕「太白」句：李白江夏別宋之悌：「楚水清若空，遥將碧海通。人分千里外，興在一杯中。谷鳥吟晴日，江猿嘯晚風。平生不下淚，於此泣無窮。」

〔九〕層甓：層疊的磚。

〔一〇〕縮項鯿魚：葛立方韻語陽秋卷十六：「縮項鯿出襄陽，以禁捕，遂以槎斷水，因謂之槎頭縮項鯿。孟浩然云『魚藏縮項鯿』，老杜云『漫釣槎頭縮項鯿』，皆言縮項，而東坡乃謂『一鈎歸釣縮頭鯿』。或疑坡爲平側所牽乃爾，殊不知長腰粳米、縮頭鯿魚，楚人語也。」

〔一一〕聚落：村落，人聚居之處。水經注淯水：「其聚落悉爲蠻居，猶名之爲黃郵蠻。」

〔一二〕鱘魚：又稱中華鱘、鰉魚。爲長江中最大之魚，被稱爲「長江魚王」。體呈紡錘形，頭尖吻長，是中生代留下的稀有古代魚類，介於軟骨與硬骨之間。主要分布於長江幹流金沙江以下至入海河口。鮓：用鹽和紅麯腌製的魚。吴自牧夢粱録鮝鋪：「鋪中亦兼賣大魚鮓、鱘魚鮓、銀魚鮓。」

〔一三〕通濟口：劍南詩稿卷十通濟口：「朝發嘉魚縣，晚泊通濟口。睡起喜微涼，船窗一杯酒。長漁吹浪聲恐人，巨黿露背浮奫淪。今夕風生月復暗，寄語舟人更添纜。」作於淳熙五年離蜀東歸時。

〔一四〕巴陵：縣名。隸荆湖北路岳州。在今湖南岳陽。荆渚：即荆州。在今湖北荆州。

九月一日。始入沌，實江中小夾也〔一〕。過新潭，有龍祠甚華潔。自是遂無復居人，兩岸皆葭葦彌望，謂之百里荒〔二〕。又無挽路，舟人以小舟引百丈〔三〕，入夜財行四五十里，泊叢葦中。平時行舟，多於此遇盜，通濟巡檢持兵來警邏，不寐達旦〔四〕。

二日。東岸葦稍薄缺，時見大江渺瀰，蓋巴陵路也。晡時〔五〕，次下郡，始有二十餘家，皆業漁釣，蘆藩茅屋，宛有幽致。魚尤不論錢。自此始復有挽路，登舟背望竟陵遠山〔六〕。泊白臼，有莊居數家，門外皆古柳侵雲。

三日。自入沌，食無菜。是日，始得菘及蘆服，然不肯斸根，皆刈葉而已〔七〕。過八疊洑口，皆有民居。晚泊歸子保，亦有十餘家，多桑柘榆柳。

四日。平旦，始解舟。舟人云，自此陂澤深阻，虎狼出沒，未明而行，則挽卒多爲所害。是日早，見舟人焚香祈神，云：「告紅頭須、小使頭、長年三老，莫令錯呼錯喚。」問何謂長年三老，云梢工是也，長讀如長幼之長。乃知老杜「長年三老長歌裏，白晝攤錢高浪中」之語蓋如此〔八〕。因問何謂攤錢，云博也。按梁冀「能意錢之戲」〔九〕，注云「即攤錢也」。則攤錢之爲博，亦信矣〔九〕。過綱步，有二十餘家，在夕陽高柳中，短籬曬罾〔一〇〕，小艇往來，正如畫圖所見，沌中之最佳處也。泊畢家池，地勢爽塏〔一一〕，居民頗衆。有一二家雖茅荻結廬，而窗户整潔，藩籬堅壯，舍傍有果園甚盛，蓋亦一聚之雄也。與諸子及二僧步登岸，遊廣福永固寺，闃然無一人〔一二〕。東偏白雲軒前，橙方結實，雖小而極香，相與烹茶破橙。抵莫〔一三〕，乃還舟中。畢家池蓋屬復州玉沙縣滄浪鄉云。

【箋注】

〔一〕小夾：江邊小水道。

〔二〕百里荒：范成大吴船録卷下：「庚辰，行過所謂百里荒者，皆湖濼茭蘆，不復人迹，巨盜之所出没。月色如晝，將士甚武，徹夜鳴櫓，弓弩上弦，擊鼓鉦以行，至曉不止。」

〔三〕百丈：牽船的篾纜。程大昌演繁露卷十五：「杜詩舟行多用百丈，問之蜀人，云水峻，岸石又多廉稜，若用索牽，即遇石輒斷，不耐，故劈竹爲大瓣，以蔴索連貫其際，以爲牽具，是名百丈。百丈，以長言也。南史朱超石傳：宋武北伐，超石董舟師入河陽，『人緣河南岸牽百丈』，則知有百丈矣。」參見本月二十日記文。

〔四〕通濟巡檢：負責通濟口航行安全的巡檢使。　警邏：警戒巡邏。劍南詩稿卷二夜思：「露泣啼螿草，潮聲宿雁汀。經年寄孤舫，終夜托丘亭。楚澤無窮白，巴山何處青？四方男子事，不敢恨飄零。」

〔五〕晡時：即申時，午後三點至五點。

〔六〕竟陵：亦作景陵，縣名。隸荆湖北路復州。在今湖北天門。

〔七〕菘：蔬菜名。又名白菜、黄芽菜等。　蘆服：即蘿蔔。　劚：砍，挖。

〔八〕「乃知」句：杜甫夔州歌十絶句其七：「蜀麻吴鹽自古通，萬斛之舟行若風。長年三老長歌裏，白晝攤錢高浪中。」仇兆鰲注：「峽人以把篙相水道者曰長年，正梢者曰三老。」

〔九〕攤錢：賭博之一種。　梁冀：字伯卓。東漢外戚，任大將軍，專斷朝政近二十年。桓帝時自殺。後漢書卷三四有傳。後漢書梁冀傳：「性嗜酒，能挽滿、彈棊、格五、六博、蹴鞠、意錢之戲，又好臂鷹走狗，騁馬鬥鷄。」李賢注引何承天纂文：「詭億一曰射意，一曰射數，即攤錢也。」

〔一〇〕罾：用木棍或竹竿作支架的方形漁網。

〔一一〕爽塏：高爽乾燥。左傳昭公三年：「子之宅近市，湫隘囂塵，不可以居，請更諸爽塏者。」杜預注：「爽，明；塏，燥。」

〔一二〕闃然：寂静無聲貌。裴鉶傳奇昆侖奴：「侍衛皆寢，鄰近闃然。」

〔一三〕莫：同「暮」。

五日，泊紫湄。

六日。過東場。並水皆茂竹高林，堤浄如掃，雞犬閒暇，鳧鴨浮没。人往來林樾間，亦有臨渡唤船者，使人怳然如造異境〔一〕。舟人云，皆村豪園廬也。泊雞鳴。

七日。泊湛江。

八日。早次江陵之建寧鎮，蓋沌口也〔二〕。晉王澄棄荆州，别駕郭舒不肯從澄東下，乃留屯沌口；陳侯安都討王琳至沌口：皆此地也〔三〕。阻風，大魚浮水中無數。凡行沌中七日，自是泛江，入石首縣界〔四〕。夜觀隔江燒蘆場〔五〕，煙焰亘天如火城，光照舟中皆赤。

九日。早，謁后土祠〔六〕。道旁民屋，苫茅皆厚尺餘，整潔無一枝亂。挂帆抛江行三十里，泊塔子磯〔七〕，江濱大山也。自離鄂州，至是始見山。買羊置酒，蓋村步以重九故〔八〕，屠一羊，諸舟買之，俄頃而盡。求菊花於江上人家，得數枝，芳馥可愛，爲之頹然逕醉。夜雨極寒，始覆絮衾〔九〕。

十日。阻風雨〔一〇〕。遣小舟横絶江面，至對岸買肉食，得大魚之半，又得一烏牡雞〔一一〕，不忍殺，畜於舟中。俄有村翁持荽萌一束來餉〔一二〕，不肯受直。遣人先之夔。

晚晴，開船窗觀月。

【箋注】

〔一〕林樾：林間隙地。皮日休桃花塢：「夤緣度南嶺，盡日寄林樾。」恍然：恍然。

〔二〕江陵：府名、縣名。隸荆湖北路。在今湖北荆州。建寧鎮：原爲縣，南宋撤縣，歸石首。在今湖北石首。沌口：沌水入長江之口。水經注卷三五：「沌水上承新陽縣之太白湖，東南流爲沌水，經沌陽縣南注於江，謂之沌口。」

〔三〕「晉王澄」五句：西晉荆州刺史王澄駐守江陵，日夜縱酒，流民亂起，棄江陵而走，别駕郭舒率軍留屯沌口防守。事見晉書卷四三郭舒傳。梁元帝蕭繹死後，陳霸先擅權，命大將侯安都討伐王琳，戰於沌口，結果侯安都爲王琳所擒。事見陳書卷八侯安都傳。

〔四〕石首縣：隸江陵府。在今湖北石首。

〔五〕燒蘆場：古代開墾沙洲，先遍種蘆葦穩沙，再燒去蘆葦改種作物。

〔六〕后土祠：祭祀土地神的祠廟。周禮春官大宗伯：「王大封，則先告后土。」鄭玄注：「后土，土神也。」

〔七〕塔子磯：劍南詩稿卷二塔子磯：「塔子磯前艇子横，一窗秋月爲誰明？青山不減年年恨，白髮無端日日生。七澤蒼茫非故國，九歌哀怨有遺聲。古來撥亂非無策，夜半潮平意未平。」

〔八〕村步：村邊泊船之處。步，猶「埠」。重九：農曆九月初九，亦稱重陽。陶潛九日閒居詩序：「余閒居，愛重九之名。秋菊盈園，而持醪靡由。」劍南詩稿卷二重陽：「照江丹葉一林霜，折得黄花更斷腸。商略此時須痛飲，細腰宫畔過重陽。」

〔九〕絮衾：棉被。劍南詩稿卷二江陵道中作：「山川雜吴楚，氣候接秋冬。水落魚可拾，霜清裘欲重。鄉遥歸夢短，酒薄客愁濃。白帝何時到，高吟酹卧龍。」

〔一〇〕阻風雨：劍南詩稿卷二石首縣雨中繫舟戲作短歌：「庚寅去吴西適楚，秋晚孤舟泊江渚。荒林月黑虎欲行，古道人稀鬼相語。鬼語亦如人語悲，楚國繁華非昔時。章華臺前小家住，茅屋雨漏秋風吹。悲哉秦人真虎狼，欺侮六國囚侯王。亦知興廢古來有，但恨不見秦先亡。開窗酹汝一杯酒，等爲亡國秦更醜。驪山冢破已千年，至今過者無傷憐！」

〔一一〕烏牡雞：黑色雄鷄。

〔一二〕茭萌：即茭白。多年生水生草本植物，肉質莖可作蔬菜。

十一日。舟行，望西南一角，水與天接。舟人云，是爲潛軍港，古嘗潛軍伺敵於此。遥見港中有兩點正黑，疑其遠樹，則下不屬地〔一〕，久之，漸近可辨，蓋二千五百斛大舟也。又有水禽雙浮江中，色白，類鵝而大，楚人謂之天鵝，飛騫絶高。有弋得者，味甚美，或曰即鵠也〔二〕。泊三江口，水淺，舟行甚艱。自此遂不復有山。太白詩「山隨平野盡，江入大荒流」，蓋荆渚所作也〔三〕。

十二日。過石首縣，不入。石首自唐始爲縣，在龍蓋山之麓，下臨漢水，亦形勝之地。杜子美有送石首薛明府詩，即此邑也〔四〕。泊藕池。

十三日。泊柳子。夜過全、證二僧舟中，聽誦梵語般若心經〔五〕。此經惟蜀僧能誦。

【箋注】

〔一〕下不屬地：下不接地。

〔二〕飛翥：飛行。　鵠：即鴻鵠，俗稱天鵝。體形巨大，羽色潔白，生活在水邊。秋天往越冬地遷徙，春季返回繁殖地。

〔三〕「太白」三句：李白渡荆門送别：「渡遠荆門外，來從楚國遊。山隨平野盡，江入大荒流。月下飛天鏡，雲生結海樓。仍憐故鄉水，萬里送行舟。」

〔四〕「杜子美」二句：杜甫秋日荆南送石首薛明府辭滿告别奉寄薛尚書頌：「南征爲客久，西候别君初。歲滿歸鳧舄，秋來把雁書。荆門留美化，姜被就離居。聞道和親入，垂名報國餘。」

〔五〕梵語：古印度標準的書面語，又稱雅語。　般若心經：又稱般若波羅蜜多心經、心經。凡一卷二百六十字。屬大品般若經中之一節，概括般若經類之義理精要。般若，意爲智慧。

十四日。次公安，古所謂油口也。漢昭烈駐軍，始更今名〔一〕。規模氣象甚壯。兵火之後，民居多茅竹，然茅屋尤精緻可愛。井邑亦頗繁富，米斗六七十錢。知縣右儒林郎周謙孫來，湖州人。遊二聖報恩光孝禪寺〔二〕。二聖謂青葉髻如來、婁至德如來也，皆示鬼神力士之形，高二丈餘，陰威凜然可畏〔三〕。正殿中爲釋迦；右爲青葉髻，號大聖；左爲婁至德，號二聖；三像皆南面。予按藏經「駒」字函①〔四〕，娑羅浮殊童子成道，爲青葉髻如來，青葉髻如來再出世，爲樓至如來，則二如來本一身耳。有碑，言邑人一夕同夢二神人，言我青葉髻、婁至德如來也，有二巨木在江干，我所運者，俟鄱行者來，令刻爲我像。已而果有人自稱鄱行者，又善肖像，邑人欣然請之。像成，人皆謂酷類所夢。然碑無年月，不知何代也〔五〕。長老祖珠，南平軍人〔六〕。寺後有廢城，髣髴尚存，圖經謂之吕蒙城。然老杜乃曰：「地曠吕蒙營，江深劉備城。」蓋玄德、子明皆屯於此也〔七〕。老杜曉發公安詩注云：「數月憩息此縣。」按公移居公安詩云：「水煙通徑草，秋露接園葵。」而留别公安太易沙門詩云：「沙村白雪仍含凍，江縣紅梅已放春。」則是以秋至此縣，暮冬始去。其曰「數月憩息」，蓋爲此也〔八〕。泊弭節亭。馴鷗低飛往來〔九〕，竟日不去。

【校記】

①「函」，原作「亟」，據弘治本、汲古閣本改。

【箋注】

〔一〕「次公安」四句：輿地紀勝卷六四：「公安縣在府東一百里。元和郡縣志及舊唐志并云：『本漢孱陵縣地，左將軍劉備自襄陽來油口，城此而居之，時號左公。』水經注云：『以左公之所安，故號曰公安。』」漢昭烈，即劉備，謚號昭烈皇帝。

〔二〕二聖報恩光孝禪寺：輿地紀勝卷六四：「二聖寺在公安，有二金剛，稍靈驗。」

〔三〕陰威：即神威。

〔四〕藏經：即大藏經，又稱一切經，佛教經典的總集。宋代刻有開寶藏、崇寧萬壽藏、毗盧藏、契丹藏、思溪圓覺藏、思溪資福藏等多種。「駒」字函：大藏經刊本分爲數百函，以千字文爲序排列，始於「天」字，終於「英」字。

〔五〕「有碑」十四句：輿地紀勝卷六五：「晉公安縣二聖記，永和年間，晉人王粲記婁至德如來聖迹。」鄯行者，鄯善的行脚僧。鄯，鄯善，即樓蘭，古代西域國名。

〔六〕長老祖珠：即祖珠禪師，參見卷二六跋卍庵語注〔三〕。南平軍：隸夔州路，轄南川、隆化二縣及溱溪砦。在今重慶南川。

〔七〕呂蒙城：輿地紀勝卷六五：「呂蒙城在公安縣北五十步。杜甫詩云：『野曠呂蒙營，江深劉備城。』」杜甫公安縣懷古：「野曠呂蒙營，江深劉備城。寒天催日短，風浪與雲平。灑落君臣契，飛騰戰伐名。維舟倚前浦，長嘯一含情。」 呂蒙（一七八—二一九）：字子明，汝南富陂（今安徽阜南）人。東漢末孫吴大將，曾計取荆州，擒獲關羽。拜南陵太守，封孱陵侯。三國志卷五四有傳。 玄德：即劉備，字玄德。

〔八〕「老杜」句至「蓋爲此也」：杜甫曉發公安：「北城擊柝復欲罷，東方明星亦不遲。鄰雞野哭如昨日，物色生態能幾時。舟楫眇然自此去，江湖遠適無前期。出門轉眄已陳迹，藥餌扶吾隨所之。」又移居公安敬贈衛大郎鈞：「衛侯不易得，余病汝知之。雅量涵高遠，清襟照等夷。平生感意氣，少小愛文辭。河海由來合，風雲若有期。形容勞宇宙，質樸謝軒墀。自古幽人泣，流年壯士悲。水煙通徑草，秋露接園葵。入邑豺狼鬥，傷弓鳥雀飢。白頭供晏語，烏几伴棲遲。交態遭輕薄，今朝豁所思。」又留别公安太易沙門：「隱居欲就廬山遠，麗藻初逢休上人。數問舟航留製作，長開篋笥擬心神。沙村白雪仍含凍，江縣紅梅已放春。先蹋爐峰置蘭若，徐飛錫杖出風塵。」

〔九〕馴鷗：劍南詩稿卷二公安：「地曠江天接，沙隤市井移。避風留半日，買米待多時。蝶冷停菰葉，鷗馴傍櫓枝。昔人勳業地，搔首歎吾衰。」自注：縣有呂子明舊城。

十五日。周令説縣本在近北，枕漢水，沙虚岸摧，漸徙而南，今江流乃昔市邑也。

又云，縣有五鄉，然共不及二千户，地曠民寡如此。民耕尤苦，堤防數壞，歲歲增築不止。晚携家再遊二聖寺。衆寮有維摩刻木像甚佳，云沙市工人所爲也〔一〕。方丈西有竹軒頗佳。珠老説五祖法演禪師初住四面山〔二〕，孑然獨處凡二年，始有一道士來問道，乃請作知事〔三〕。又三年，僧寶良來，與道士朝夕參叩，皆得法。於是演公之道寖爲人知，而四方學者始稍有至者。雖其後門人之盛稱天下，然終身不過數十衆。珠聞此於其師卍庵顔禪師〔四〕。荆州絶無禪林，惟二聖而已。然蜀僧出關，必走江浙，回者又已自謂有得，不復參叩〔五〕。故語云：「下江者疾走如煙，上江者鼻孔撩天〔六〕。徒勞他二佛打供，了不見一僧坐禪。」

十六日。過白湖，渺然無津，抛江至升子鋪。有天鵝數百，翔泳水際。日入，泊沙市〔七〕。自公安至此六十里，自此至荆南陸行十里〔八〕，舟不復進矣。老杜詩云：「買薪猶白帝，鳴艣已沙頭。」劉夢得云：「沙頭檣干上，始見春江闊。」皆謂此也〔九〕。

【箋注】

〔一〕維摩：亦稱維摩詰，意爲淨名、無垢塵。古印度富商，佛教早期居士，潛心修行，得成正果，被稱菩薩。著有維摩詰所説經。沙市：又稱沙頭市，鎮名。在今湖北江陵。輿地紀勝卷六四：「沙頭市去城十五里。四方之商賈輻輳，舟車駢集，謂之沙頭市。元稹江陵翫月詩云：『闐咽沙頭市，玲瓏竹岸窗。』」

〔二〕五祖法演禪師：俗姓鄧，綿州巴西（今四川綿陽）人。少年出家，三十五歲落髮受具，住成都習百法、唯識諸論。後游方各地，得法於白雲守端禪師，成爲楊歧派法嗣。先後住持安徽舒州白雲山和湖北蘄州五祖寺等處。崇寧三年（一一〇四）圓寂，春秋八十歲。座下著名弟子有佛果克勤、佛鑒慧懃、佛眼清遠等。事迹見五燈會元卷十九。

〔三〕知事：僧職名。掌管僧院事務，後稱住持。趙彦衛雲麓漫鈔卷六：「隋曰道場，唐曰寺，本朝則大曰寺，次曰院。在法寺有寺主，郡有僧首，總稱主首。而宣和三年禁稱主字，改曰管勾院門、同管勾院門事，供養主作知事，庵主作住持。至建炎初，避御名，并改曰住持。」

〔四〕卍菴顔禪師：即道顔禪師，卍庵爲其號。參見卷二二卍庵禪師真贊題解。卷二六跋卍庵語：「乾道庚寅十月入蜀，舟過公安二聖，見祖珠長老，得此書。珠自言南平軍人，得法於卍庵云。」

〔五〕參叩：拜問。

〔六〕鼻孔撩天：形容高傲自大。

〔七〕泊沙市：劍南詩稿卷二沙頭：「遊子行愈遠，沙頭逢暮秋。孫劉鼎足地，荆益犬牙州。鼓角風雲慘，江湖日夜浮。此生應衮衮，高枕看東流。」

〔八〕荆南：即江陵，爲荆湖北路治所。南宋建炎四年，改江陵府爲荆南府，淳熙中復改爲江陵府。

〔九〕「老杜」二句：杜甫送王十六判官：「客下荆南盡，君今復入舟。買薪猶白帝，鳴櫓少沙頭。衡霍生春早，瀟湘共海浮。荒林庾信宅，爲仗主人留。」劉禹錫荆州歌二首：「渚宫楊柳暗，麥城朝雉飛。可憐踏青伴，乘暖着輕衣。」「今日好南風，商旅相催發。沙頭檣竿上，始見春江闊。」

十七日。日入後，遷行李過嘉州趙青船，蓋入峽船也〔一〕。沙市堤上居者，大抵皆蜀人，不然則與蜀人爲婚姻者也。

十八日。見知府資政殿學士劉恭父珙〔二〕、通判右奉議郎權嗣衍、左宣教郎陳孺。荆南，圖經以爲楚之郢都，梁元帝亦嘗都焉。唐爲江陵府荆南節度，今因之。然牧守署銜，但云知荆南軍府，與永興、河陽正同，初無意義，但沿舊而已。

十九日。郡集於新橋馬監〔三〕，監在西門外四十里。自出城，即黄茅彌望，每十餘里，有村疃數家而已〔四〕。道遇數十騎縱獵，獲狐兔，皆繫鞍上，割鮮藉草而飲〔五〕，云襄陽軍人也。是日極寒如窮冬，土人云，此月初已嘗有雪。

【箋注】

〔一〕嘉州：即嘉定府，隸成都府路。趙青：船主名。入峽船：專門往來長江三峽的船隻。劍南詩稿卷二移船：「沙際舟銜尾，相依作四鄰。暮年多感慨，分路亦酸辛。折竹占行日，吹簫賽水神。無勞問亭驛，久客自知津。」

〔二〕劉恭父珙：即劉珙（一一二二—一一七八），字共父，建寧崇安（今屬福建）人。紹興十二年進士。累遷禮部郎官，因忤秦檜罷。歷中書舍人、翰林學士、知制誥兼侍讀，除同知樞密院事，兼參知政事。出知隆興府、江西安撫使，遷知荆南府、荆湖北路安撫使，再知潭州、湖南安撫使，移知建康府、江東安撫使。宋史卷三八六有傳。

〔三〕馬監：官署名，掌馬政。

〔四〕村疃：村莊。唐彦謙夏日訪友：「孤舟唤野渡，村疃入幽邃。」

〔五〕割鮮：宰殺野獸。文選張衡西京賦：「割鮮野饗，犒勤賞功。」張銑注：「謂披破牲體以布賜士卒，割新殺之獸勞賞勤功。」藉草：坐草地。

二十日。倒檣竿，立艣牀〔一〕。蓋上峽惟用艣及百丈，不復張帆矣。百丈以巨竹四破爲之，大如人臂。予所乘千六百斛舟，凡用艣六枝，百丈兩車。

二十一日。劉帥丁内艱。分迓兵之半負肩輿〔二〕，自山路先歸夔州。是日，重霧四塞。

二十二日。五鼓，赴能仁院，建會慶節道場〔三〕。中夜後，舟人祀峽神，屠一豨。

二十三日。奠劉帥母安定郡太夫人卓氏。劉帥受弔禮，與吳人同。

二十四日。見左朝奉郎湖北安撫司主管機宜文字牛達可、右奉議郎安撫司幹辦公事湯衡、右朝奉郎安撫司幹辦公事趙蘊。

二十五日。右文林郎知歸州興山縣高祁來〔四〕。

【箋注】

〔一〕艣牀：摇櫓的支架。艣，同櫓，比槳大的划船工具。

〔二〕劉帥丁内艱：指劉珙遭遇母喪。丁，當，遭逢。　迓兵：官衙之衛兵。迓，通「衙」。　肩輿：人力肩扛的代步工具。

〔三〕建會慶節道場：會慶節爲宋孝宗聖節，在十月二十二日。建道場祝壽當在聖節前一月，即九月二十二日。

〔四〕歸州：即巴東郡。南宋時或隸夔州路，或隸荆湖北路。時隸夔州路。轄秭歸、巴東、興山三縣。興山縣在今湖北興山。

二十六日。修船始畢，骨肉入新船〔一〕。祭江瀆廟，用壺酒、特豕。廟在沙市之東三四里，神曰昭靈孚應威惠廣源王，蓋四瀆之一，最爲典祀之正者〔二〕。然兩廡淫祠尤多〔三〕，蓋荆楚舊俗也。司法參軍右迪功郎王師點，録其叔祖君儀待制訟卦講義來。君儀，嚴州人，師事先大父，精於易，然遺書不傳，講義止存一篇而已，然亦其少作也〔四〕。

二十七日。解舟〔五〕，擊鼓鳴艣，舟人皆大噪，擁堤觀者如堵牆。泊新河口，距沙市三四里，蓋蜀人修船處。

二十八日。泊方城。有嘉州人王百一者，初應募爲船之招頭。招頭蓋三老之長，雇直差厚，每祭神得胙肉倍衆人〔六〕。既而船户趙清改用所善程小八爲招頭。百一失職怏怏，又不決去，遂發狂赴水〔七〕。予急遣人拯之，流一里餘，三没三踊，僅得出。一招頭得喪能使人至死，況大於此者乎！

二十九日。阻風。

【箋注】

〔一〕骨肉：比喻至親。此指同行妻、子等。

〔二〕江瀆廟：供奉江神的廟宇。卷一六有成都江瀆廟碑，此指江陵之江瀆廟。　特豕：一頭豬。祭祀只用一種牲畜稱特牲。　四瀆：長江、黄河、淮河、濟水的合稱。爾雅釋水：「江、河、淮、濟爲四瀆。四瀆者，發原注海者也。」

〔三〕淫祠：不合禮儀而設置的祠廟。

〔四〕君儀：即王昇，字君儀，嚴州人。方勺泊宅編卷一：「王昇字君儀，居嚴州烏龍山。布衣蔬食，無書不讀，道、釋二典，亦皆遍閲。爲湖、婺二州學官，罷歸山中，杜門二年不赴調。一日，自以箕子易筮之，始治裝西去，時年將六十矣。旅京師數月，良倦，將謀還鄉，左丞薛昂以其所撰冕服書獻之，稍歷要官。君儀之學，尤深於禮、易，久爲明堂司常。宣和乙巳，以待制領宫祠，復居烏龍故廬。每正旦，筮卦以卜一歲事，豫言災祥，其驗甚多。金人據臨安，諸郡驚擾，嚴人皆引避山谷間，公獨燕處如平時，且增葺舍宇，以示無虞。壬子正月，微感疾，謂貳車黄策曰：『陸農師待我爲屬官，不久當往，但太元書未畢，且不及見上元甲子太平之會，此爲恨爾。』數日卒，年七十九。」又卷三：「王君儀年弱冠，寓陸農師佃門下，力學工文，至忘寢食。」　訟卦講義：闡述易訟卦義理的著作。　先大父：指陸游祖父陸佃。

〔五〕解舟：劍南詩稿卷二將離江陵：「暮暮過渡頭，旦旦走堤上。舟人與關吏，見熟識顔狀。癡頑久不去，常恐遭誚讓。昨日倒檣幹，今日聯百丈。買薪備雨雪，儲米滿瓶盎。明當遂去此，障袂先側望。即日孟冬月，波濤幸非壯。潦收出奇石，霧卷見疊嶂。地嶮多崎嶇，峽束少平曠。從來樂山水，臨老愈跌宕。皇天憐其狂，擇地令自放。山花白似雪，江水緑於釀。竹枝本楚些，妙句寄悽愴。何當出清詩，千古續遺唱。」

〔六〕招頭：舵工首領。　三老：舵工。參見本月四日記文注〔八〕。　雇直：雇工的工資。　蘇軾上神宗皇帝書：「又欲官賣所在坊場，以充衙前雇直。」　胙肉：祭祀神靈的肉食。　分食胙肉即分享神的佑護。

〔七〕赴水：指投水自盡。　沈亞之湘中怨辭：「我孤，養於兄。嫂惡，常苦我。今欲赴水，故留哀須臾。」

十月一日。過瓜洲壩、倉頭、百里洲，泊沱滽，皆聚落，竹樹鬱然，民居相望。亦有村夫子聚徒教授，羣童見船過，皆挾書出觀，亦有誦書不輟者。沱，江別名，詩「江有沱」、禹貢「岷山導江，東別爲沱」是也〔一〕。滽，則爾雅所謂「春秋夏有水，冬無水曰滽」也〔二〕。

二日。泊桂林灣。全、證二僧陸行來〔三〕，云沿路民居，大抵多四方人，土着財十一也①。舟人殺猪十餘口祭神，謂之開頭〔四〕。

三日。舟人分胙，行差晚。與兒輩登堤觀蜀江，乃知李太白荆門望蜀江詩「江色綠且明」爲善狀物也〔五〕。自離塔子磯，至是始望見巴山，山在松滋縣〔六〕。泊灌子口，蓋松滋、枝江兩邑之間。松滋，晉縣，自此入蜀江。枝江，唐縣，古羅國也，江陵九十九洲在焉〔七〕。晉柳約之、羅述、甄季之聞桓玄死，自白帝至枝江，即此地也〔八〕。歐陽文忠公有枝江山行五言二十四韻。蓋文忠赴夷陵時，自此陸行至峽州，故其望州坡詩云：「崎嶇幾日山行倦，却喜坡頭見峽州〔九〕。」灌子口一名松滋渡。劉賓客有詩云：「巴人淚應猨聲落，蜀客船從鳥道回〔一〇〕。」

【校記】

①「着」，弘治本、汲古閣本作「著」。

【箋注】

〔一〕沱：沱江。詩召南江有汜：「江有沱，之子歸，不我過。不我過，其嘯也歌。」書禹貢：「岷山導江，東別爲沱，又東至于澧。」

〔二〕「灉」二句：今本爾雅未見。灉，同灉，湖名，在今湖南岳陽。范致明岳陽風土記：「灉湖在州南，春冬水涸，昔人謂之乾湖，水經謂之滃湖。秋夏水漲，即渺瀰勝千石舟，通閣子鎮。」

〔三〕全、證二僧：即八月二十九日「附從人舟」的世全、了證二僧。

〔四〕開頭：指撐頭篙。

〔五〕蜀江：方輿勝覽卷六一：「蜀江發源岷山，經嘉、叙、瀘、重慶，至（涪州）城下。自成都登舟十三程，至此會合黔江，過忠、萬、雲安、夔、歸、峽，至荆南一千七百七十里。」「乃知」句：李白荆門浮舟望蜀江：「春水月峽來，浮舟望安極。正是桃花流，依然錦江色。江色綠且明，茫茫與天平。逶迤巴山盡，摇曳楚雲行。雪照聚沙雁，花飛出谷鶯。芳洲却已轉，碧樹森森迎。流目浦煙夕，揚帆海月生。江陵識遥火，應到渚宫城。」

〔六〕巴山：輿地紀勝卷六四：「巴山在松滋縣。左傳：『巴人伐楚。』荆南志云：『巴人後逋而歸。有巴復村，故曰巴山。』」

〔七〕松滋：輿地紀勝卷六四：「舊唐志云：『松滋本屬廬江郡。晉以松滋流民避亂至此，乃僑置松滋縣以治之。屬南郡。』」又：「晉志云：『（枝江縣）故羅國也。』」

〔八〕「晉柳約之」三句：東晉末，桓玄篡位建立桓楚，劉裕舉兵討伐，桓玄敗走江陵，欲入蜀被殺。晉巴東太守柳約之、建平太守羅述、征虜司馬甄季之均參加討桓。事見資治通鑑卷一一三晉紀三五。

〔九〕「歐陽文忠公」六句：景祐三年（一〇三七），歐陽修因支持范仲淹改革，被貶峽州夷陵縣，從枝江陸行至峽州。其自枝江山行至平陸驛：「枝江望平陸，百里千餘嶺。蕭條斷煙火，莽蒼無人境。」望州坡：「聞説夷陵人爲愁，共言遷客不堪遊。崎嶇幾日山行倦，卻喜坡頭見峽州。」

〔一〇〕「劉賓客」三句：劉禹錫松滋渡望峽中：「渡頭輕雨灑寒梅，雲際溶溶雪水來。夢渚草長迷楚望，夷陵土黑有秦灰。巴人淚應猿聲落，蜀客船從鳥道回。十二碧峰何處所，永安宫外是荒臺。」

四日。過楊木寨。蓋松滋有四寨，曰楊木、車羊、高平、税家云。泊龍灣〔一〕。

五日。過白羊市，蓋峽州宜都縣境上〔二〕。宜都，唐縣也〔三〕。謁張文忠公天覺墓〔四〕，殘伐墓木横道，幾不可行。天覺之子直龍圖閣茂已卒；二孫，一有官，病狂易〔五〕，一白丁也。初作墓江濱，已而不果葬，改葬山間，今墓是也。而舊墓亦不復毁。啓隧道出入，中可容數十人坐。有道人結屋其旁守之。道人出一石刻草書云：「莫將外物尋奇寶，須問真師決汞鉛。寄八瓊張子高。鍾離權始自王屋遊都下，弟子浮玉山人來乞此字。今又將西還，丹元子再請書卷之末〔六〕。紹聖元年仲冬望日。」權即世所謂鍾離先生，子高即天覺，丹元子即東坡先生與之酬倡者。後有魏泰道輔跋云：「天覺修黄籙醮法成，浮玉山人謂之曰：上天録公之功，爲須彌山八瓊洞主，宜刻印謝帝而佩之。天覺不以爲信，故浮玉又出鍾離公書爲證，後丹元子又爲天覺求書卷末〔七〕。」又有徐注者跋云：「天覺舟過真州，方出謁，有布衣幅巾者徑入舟中，索筆大書『閒人吕洞賓來謁張天覺』十字，擲筆即去。而天覺適歸，墨猶未乾。」注，真州人云親見之〔八〕。墳前碑樓壁間有詩一篇云：「秋風十驛望台星，想見冰壺照坐清。霖雨已回公旦駕，挽鬚聊聽野王筝。三朝元老心方壯，四海蒼生耳已傾。白髮故人來一别，却歸林下看昇平。」蓋魏道輔贈天覺詩，後人所題者〔九〕。唐立夫舍人亦有一詩，末句云：「無碑堪墮淚，著句與招魂〔一〇〕。」宜都知縣右文林郎吕大辨來。泊赤崖。

【箋注】

〔一〕「泊龍灣」：劍南詩稿卷二晚泊松滋渡口其一：「此行何處不艱難，寸寸强弓且旋彎。縣近歡欣初得菜，江回徙倚忽逢山。繫船日落松滋渡，跋馬雲埋灩澦關。未滿百年均是客，不須數日待東還。」其二：「小灘拍拍鸕鷀飛，深竹蕭蕭杜宇悲。看鏡不堪衰病後，繫船最好夕陽時。生涯落魄惟耽酒，客路蒼茫自詠詩。莫問長安在何許，亂山孤店是松滋。」

〔二〕峽州：隸荆湖北路，轄夷陵、宜都、長楊、遠安四縣。治夷陵，在今湖北宜昌。

〔三〕宜都：輿地紀勝卷七三：「宜都縣……唐志：『本宜昌，隸南郡。武德二年更名宜都，及峽州之夷道，置江州。』」今爲湖北宜都。

〔四〕張文忠公天覺：即張商英（一〇四三—一一二一），字天覺，蜀州新津（今屬四川）人。治平進士。熙寧中以章惇薦，擢監察御史裏行，後屢遭貶。哲宗親政，召爲右正言，遷左司諫。徽宗時除中書舍人，歷翰林學士知制誥，拜尚書右丞，進左丞。與蔡京不合，罷知亳州，入元祐黨籍。大觀四年拜尚書右僕射。罷知河南府，貶衡州安置，後復職。紹興中賜謚文忠。宋史卷三五一有傳。

〔五〕狂易：指精神失常。漢書外戚傳下：「由素有狂易病。」顔師古注：「狂易者，狂而變易常性也。」

〔六〕汞鉛：道家煉丹的兩種原料，指煉丹。　鍾離權：字雲房，一字寂道，號正陽子、和谷子。或説漢人，或説唐宋時人。相傳遇仙成道。全真道尊其爲正陽祖師，亦爲道教傳説中「八仙」之一。　王屋：山名。相傳黄帝訪道於王屋山，故用以泛指修道之山。　都下：指京城。　丹元子：北宋道士。蘇軾曾與之唱和，撰有丹元子示詩飄飄然有謫仙風氣吳傳正繼作復次其韻等。

〔七〕魏泰：字道輔，襄陽（今屬湖北）人。曾布妻弟。逞强行霸，數舉進士不第，曾在試院中毆打考官幾死。博覽群書，善辯，無與争鋒。晚年家居。著有東軒筆録等。事迹見四庫全書總目卷一四〇。　黄籙醮法：道教潔齋之法。隋書經籍志四：「受者必先潔齋……其潔齋之法，有黄籙、玉籙、金籙、塗炭等齋。」　須彌山：佛教中指一小世界之中心。　八瓊洞主：杜撰的稱號。

〔八〕徐注：爲誰不詳。　真州：隸淮南東路。在今江蘇儀徵。　呂洞賓：傳説中「八仙」之一。

〔九〕有詩一篇：此爲魏泰荆門别張天覺。　冰壺：指月亮。　「霖雨」句：指張商英被召回朝中。霖雨，甘雨，時雨。語本書説命：「若歲大旱，用汝作霖雨。」回公旦駕，周公旦輔佐成王，遭猜疑而離京，成王將其召回繼續執政。　「挽鬚」句：指魏泰得聽商英高見。挽鬚，捋鬚。聽野王筝，東晉桓伊字野王，居高官，善音樂。王徽之聞其路過，請求爲己奏笛。桓伊素聞徽之名，下車爲作三調，奏畢即去，不交一言。事見晉書卷八一桓伊傳。

〔一〇〕唐立夫：即唐文若，字立夫，眉山（今屬四川）人。唐庚之子。紹興進士。歷光禄丞、秘書郎，出知邵州、饒州、温州，召爲宗正少卿，遷給事中、中書舍人。孝宗時出知漢州、江州。乾道元年卒。宋史卷三八八有傳。　碑堪墮淚：西晉羊祜鎮守襄陽，有政績，甚得民心。襄陽百姓於其身後在峴山立碑紀念，歲時饗祭，望其碑者莫不流涕，杜預名之曰「墮淚碑」。事見晉書卷三四。　招魂：楚辭篇名。相傳宋玉所作，招屈原之魂。

渭南文集箋校卷第四十八

入蜀記第六

【題解】

本卷收録入蜀記乾道六年十月六日至十月二十七日記文。

六日。過荆門、十二碚〔一〕，皆高崖絶壁，嶄巖突兀，則峽中之險可知矣。過碚望五龍及雞籠山〔二〕，嵯峨正如夏雲之奇峰。荆門者，當以險固得名。碚上有石穴，正方，高可通人，俗謂之荆門則妄也。晚至峽州，泊至喜亭下〔三〕。峽州在唐爲硤州，後改峽，而印文則爲陜州。元豐中，郎官何洵直建言〔四〕，「陜」與「陝」相亂，請改鑄印文從「山」。事下少府監，而監丞歐陽發言〔五〕：「湖北之陜州，從阜從夾，夾從兩人①。陝西之陝州②，從阜從夾，夾從兩入③。偏旁不同，本不相亂。恐四方謂少府監官皆不識字。」當時朝士之議皆是發，而卒從洵直言改鑄云。至喜亭記，歐陽公撰，黃魯直書〔六〕。

【校記】

① 兩「夾」原作「夾」，「入」原作「人」，據弘治本及文意改。
② 「陝州」，原作「陜州」，弘治本、汲古閣本同，據上文改。
③ 「夾從兩入」，原作「夾從兩人」，弘治本、汲古閣本同，據文意改。

【箋注】

〔一〕荆門十二碚：輿地紀勝卷七三：「荆門山在宜都縣西北五十里。水經注云：『大江東歷荆門、虎牙二山間。』郭璞江賦云：『虎牙嵥立以屹崒，荆門闕竦而盤礴。』宜都山水記云：『南崖有山名荆門，北崖有山名虎牙。』」又：「十二碚，在夷陵縣西南三十五里。」碚，地名用字。

〔二〕五龍：輿地紀勝卷七三：「五龍山，寰宇記云：『遠安縣山有五峰若龍，故名。』」

〔三〕至喜亭：輿地紀勝卷七三：「至喜亭，歐公有記。」歐陽修峽州至喜亭記：「蜀於五代爲僭國，以險爲虞，以富自足，舟車之迹不通乎中國者五十有九年。宋受天命，一海内，四方次第平，太祖改元之三年，始平蜀。然後蜀之絲枲織文之富，衣被於天下，而貢輸商旅之往來者，陸輦秦、鳳，水道岷江，不絶於萬里之外。岷江之來，合蜀衆水，出三峽爲荆江，傾折回直，捍怒鬥激，束之爲湍，觸之爲旋。順流之舟頃刻數百里，不及顧視，一失毫釐與崖石遇，則糜潰漂没不見蹤迹。故凡蜀之可以充内府、供京師而移用乎諸州者，皆陸出，而其羡餘不急之物，乃下於江，若棄之然，其爲險且不測如此。夷陵爲州，當峽口，江出峽始漫爲平流。故舟人至此者，必瀝酒再拜相賀，以爲更生。尚書虞部郎中朱公再治是州之三月，作至喜亭於江津，以爲舟者之停留也。且誌夫天下之大險，至此而始平夷，以爲行人之喜幸。夷陵固爲下州，廩與俸皆薄，而僻且遠，雖有善政，不足爲名譽以資進取。朱公能不以陋而安之，其心又喜夫人之去憂患而就樂易，詩所謂『愷悌君子』者矣。自公之來，歲數大豐，因民之餘，然後有作，惠於往來，以館以勞，動不違時，而人有賴，是皆宜書。故凡公之佐吏，因相與謀，而屬筆於修焉。」朱公，即朱慶基，時知峽州。

〔四〕何洵直：道州（今湖南永州道縣）人。治平進士。歷官太常博士、禮部員外郎、司勛員外郎，元祐四年任祕閣校理、秘書郎，出知楚州。元豐中任禮部員外郎。

〔五〕少府監：官署名。掌管皇帝服御、寶册、符印、旌節、度量衡標準，及祭祀、朝會所需器物。歐陽發：字伯和，吉州廬陵人。歐陽修長子。少好學，師事胡瑗。以父恩入仕，賜進士出身。累官大理丞、殿中丞等。長於制度文物、古樂鐘律，蘇軾極稱其學。事迹見張右史集卷五九墓誌銘。時任少府監丞。

〔六〕黄魯直書：清人王士禛蜀道驛程記：「聞至喜堂記山谷書，尚存斷碑數十字，在東門民家作砌石，語州守以他石易之。」

七日。見知州右朝奉大夫葉安行字履道。以小舟遊西山甘泉寺〔一〕，竹橋石磴，甚有幽趣。有静練、洗心二亭，下臨江山，頗疏豁。法堂之右，小徑數十步至一泉，曰孝婦泉，謂姜詩妻龐氏也〔二〕。泉上亦有龐氏祠，然歐陽文忠公不以爲信，故其詩曰：「叢祠已廢姜祠在，事迹難尋楚語訛。」又此篇首章云「江上孤峰蔽緑蘿」，初讀之，但謂孤峰蒙藤蘿耳，及至此，乃知山下爲緑蘿溪也〔三〕。又至漢景帝廟及東山寺〔四〕，景帝不知何以有廟於此。歐陽公爲令時，有祈雨文，在集中〔五〕。東山寺亦見歐陽公詩〔六〕，距望京門五里。寺外一亭臨小池，有山如屏環之，頗佳。亭前冬青及柏，皆百餘年物。遂至夷陵縣，見縣令左從政郎胡振。廳事東至喜堂，郡守朱虞部爲歐陽公所築者〔七〕，已焚壞。杜礎尚存，規模頗雄深。又東則祠堂，亦簡陋，肖像殊不類，可歎。廳事前一井〔八〕，相傳爲歐陽公所浚，水極甘寒，爲一郡之冠。井旁一柟合抱〔九〕，亦傳爲公手植。晚，郡集於楚塞樓，遍歷爾雅臺、錦障亭。亭前海棠二本，亦百年物。爾雅臺者，圖經以爲郭景純註爾雅於此〔一〇〕。又有絳雪亭，取歐陽公千葉紅梨詩〔一一〕，而紅梨已不存矣。

【箋注】

〔一〕西山甘泉寺：劍南詩稿卷十峽州甘泉寺：「江上甘泉寺，登臨擅一州。山亭喜無恙，老子得重遊。灘急常疑雨，林深欲接秋。歸途更清絶，倚杖喚漁舟。」此詩爲淳熙五年五月陸游離蜀東歸途中作。

〔二〕孝婦泉：輿地紀勝卷七三：「姜詩溪在州之南，岸有泉湧。歐公詩云：『叢林已廢姜祠在，事迹難尋楚語訛。』按詩，廣漢人，故歐公詩云耳。」法堂：演説佛法的講堂。姜詩妻龐氏：東漢姜詩娶龐盛之女龐氏。姜母喜飲江水，龐氏每日汲水負歸，一日遇風耽擱，爲詩所逐。龐氏寄止鄰舍，奉養如舊，姜母感慚呼還。舍側忽有泉湧，味如江水。事見後漢書卷八四列女傳。

〔三〕歐陽修和丁寶臣游甘泉寺（題注：寺在臨江一山上，與縣廨相對）：「江上孤峰蔽緑蘿，縣樓終日對嵯峨。叢林已廢姜祠在，事迹難尋楚語訛。……城頭暮鼓休催客，更待横江弄月歸。」自注：「寺有清泉一泓，俗傳爲姜詩泉，亦有姜詩祠。按：詩，廣漢人，疑泉不在此。」

〔四〕漢景帝廟：輿地紀勝卷七三：「漢景帝廟在臨江門外。相傳先主常以帝木主寄饗於月嶺，因立廟。先主乃景帝子中山靖王勝之後也。」

〔五〕「歐陽公爲令」三句：歐陽修居士集卷四九有求雨祭漢景帝文。

〔六〕東山寺：歐陽修居士集卷一一有冬至後三日陪丁元珍游東山寺、初晴獨游東山寺五言六韻，卷四九有求雨祭漢景帝文。

〔七〕至喜堂：歐陽修夷陵縣至喜堂記：「景祐二年，尚書駕部員外郎朱公治是州……又命夷陵令劉光裔治其縣，起敕書樓，飾廳事，新吏舍。三年夏，縣功畢。某有罪來是邦，朱公與某有舊，且哀其以罪而來，爲至縣舍，擇其廳事之東以作斯堂，度爲疏潔高明，而日居之以休其心。堂成，又與賓客偕至而落之。夫罪戾之人，宜棄惡地，處窮險，使其憔悴憂思而知自悔咎。今乃賴朱公而得善地，以偷宴安，頑然使忘其有罪之憂，是皆異其所以來之意。……是非惟有罪者之可以忘其憂，而凡爲吏者莫不始來而不樂，既至而後喜也。作至喜堂記藏其壁。」

〔八〕聽事：亦作廳事。廳堂，官署視事問案之所。

〔九〕柟：同「楠」。楠木，常緑喬木，木質堅固。

〔一〇〕「郡集」六句：輿地紀勝卷七三：「楚塞樓在州治。」又：「爾雅臺，方輿記云：『郭璞注爾雅於此，臺上見有郭璞先生塑像。』」郭璞（二七六—三二四），字景純，河東聞喜（今山西聞喜）人。東晉學者，博學好古，精於天文曆算卜筮，長於詩賦。注爾雅十八年。晉書卷七二有傳。

〔一一〕「又有絳雪亭」三句：輿地紀勝卷七三：「絳雪堂在州治，歐公有詩。」歐陽修千葉紅梨花（題注：峽州署中舊有此花。前無賞者。知郡朱郎中始加欄檻，命坐客賦之）：「紅梨千葉愛者誰，白髮郎官心好奇。徘徊繞樹不忍折，一日千匝看無時。夷陵寂寞千山裏，地遠氣偏紅節異。愁煙苦霧少芳菲，野卉蠻花鬥紅紫。可憐此樹生此處，高枝絶艷無人顧。春風吹落復吹開，山鳥飛來自飛去。根盤樹老幾經春，真賞今才遇使君。風輕絳雪樽前舞，日暖繁香露下聞。從來奇物産天涯，安得移根植帝家。猶勝張騫爲漢使，辛勤西域徙榴花。」

八日。五鼓盡，解船，過下牢關〔一〕。夾江千峰萬嶂，有競起者，有獨拔者，有崩欲壓者，有危欲墜者，有横裂者，有直坼者，有凸者，有窪者，有罅者，奇怪不可盡狀。初冬草木皆青蒼不雕，西望重山如闕，江出其間，則所謂下牢溪也。歐陽文忠公有下牢津詩云：「入峽山漸曲①，轉灘山更多〔二〕。」即此也。繫船與諸子及證師登三游洞〔三〕，躡石磴二里，其險處不可着脚。洞大如三間屋，有一穴通人過，然陰黑峻險尤可畏。繚山腹，傴僂自巖下至洞前，差可行。然下臨溪潭，石壁十餘丈，水聲恐人。又一穴，後有壁，可居。鍾乳歲久，垂地若柱，正當穴門。上有刻云：「黄大臨、弟庭堅，同辛紘、子大方，紹聖二年三月辛亥來遊。」旁石壁上刻云：「景祐四年七月十日，夷陵歐陽永叔」，下缺一字；又云「判官丁」，下又缺數字。丁者，寶臣也，字元珍。今「丁」字下二字亦髣髴可見，殊不類「元珍」字。又永叔但曰夷陵，不稱令〔四〕。洞外溪上又有一崩石偃仆，刻云：「黄庭堅、弟叔向、子相、姪檠同道人唐履來游，觀辛亥舊題，如夢中事也。建中靖國元年三月庚寅。」按魯直初謫黔南〔五〕，以紹聖二年過此，歲在乙亥，今云辛亥者，誤也。泊石牌峽。石穴中，有石如老翁持魚竿狀，略無少異。

【校記】

①「山」，諸本同，今本歐陽修居士集卷一〇作「江」。

【箋注】

〔一〕下牢關：亦名下牢鎮。輿地紀勝卷七三：「下牢鎮，元和郡縣志云：『在夷陵縣二十八里。隋於此置峽州。貞觀九年移於步闡壘，其舊城因置鎮。』」劍南詩稿卷十舟出下牢關：「大舸淩驚濤，飛渡青玉峽。虚壁雲濛濛，陰洞風颯颯。拂天松蓋偃，入水山脚插。炎曦忽摧破，亭午手忘箑。懸知今夜喜，月白宿沙夾。曠哉七澤遊，盟鷗不須歃。」此詩爲陸游淳熙五年五月離蜀東歸途中作。

〔二〕「歐陽文忠」三句：歐陽修下牢津：「依依下牢口，古戍鬱嵯峨。入峽江漸曲，轉灘山更多。白沙飛白鳥，青障合青蘿。遷客初經此，愁詞作楚歌。」

〔三〕證師：即搭船之僧了證。三游洞：輿地紀勝卷七三：「白樂天與弟知退及元微之參會於夷陵，尋幽踐勝，知退曰：『斯景勝絶，天地間有幾乎？』賦古調二十韻書石壁，樂天序而記。

見三游序。今洞在夷陵縣。」白居易三游洞序：「酒酣，聞石間泉聲，因舍棹進，策步入缺岸。初見石如疊如削，其怪者如引臂，如垂幢。次見泉，如瀉如灑，其奇者如懸練，如不絶綫。遂相與維舟巖下，率僕夫芟蕪刈翳，梯危縋滑，休而復上者凡四五焉。仰睇俯察，絶無人迹，但水石相薄，磷磷鑿鑿，跳珠濺玉，驚動耳目。自未訖戌，愛不能去。……請各賦古調詩二十韻，書於石壁。仍命余序而記之。又以吾三人始遊，故目爲三遊洞。洞在峽州上二十里北峰下兩崖相廞間。」劍南詩稿卷二有繫舟下牢溪游三游洞二十八韻、三游洞前巖下小潭水甚奇取以煎茶。

〔四〕黄大臨：字元明，黄庭堅之兄。辛紘、子大方：同游者。丁寶臣：字元珍，常州晉陵（今江蘇常州）人。元祐進士。曾爲峽州軍事判官，與歐陽修交好。事迹見歐陽文忠公集卷二八丁君墓表。

〔五〕魯直初謫黔南：黄庭堅紹聖二年被貶涪州別駕、黔州安置。

九日。微雪，過扇子峽〔一〕。重山相掩，政如屏風扇，疑以此得名。登蝦蟆碚，水品所載第四泉是也〔二〕。蝦蟆在山麓臨江，頭鼻吻頷絶類，而背脊皰處尤逼真〔三〕。造物之巧，有如此者。自背上深入，得一洞穴，石色緑潤，泉泠泠有聲自洞出，垂蝦蟆口鼻間，成水簾入江。是日極寒，巖嶺有積雪，而洞中温然如春。碚洞相對，稍西有一峰孤起侵雲，名天柱峰。自此山勢稍平，然江岸皆大石堆積，彌望正如溜渠積土狀。晚次黄牛廟〔四〕，山復高峻。村人來賣茶菜者甚衆，其中有婦人，皆以青斑布帕首〔五〕，然頗白皙，語音亦頗正。茶則皆如柴枝草葉，苦不可入口。廟曰靈感，神封嘉應保安侯，皆紹興以來制書也。其下即無義灘，亂石塞中流，望之可畏。然舟過乃不甚覺，蓋操舟之妙也。傳云，神佐夏禹治水有功，故食於此。門左右各一石馬，頗卑小，以小屋覆之。其右馬無左耳，蓋歐陽公所見也〔六〕。廟後叢木似冬青而非，莫能名者。落葉有黑文類符篆，葉葉不同，兒輩亦求得數葉。歐詩刻石廟中。又有張文忠一贊，其詞曰：「壯哉黄牛，有大神力。輂聚巨石，百千萬億。劍戟齒牙，磥硊江側。壅激波濤，險不可測。威脅舟人，駭怖失色。刲羊釃酒，千載廟食〔七〕。」張公之意，似謂神聚石壅流，以脅人求祭饗。使神之用心果如此，豈能巍然廟食千載乎？蓋過論也〔八〕。夜，舟人來告，請無擊更鼓，云廟後山中多虎，聞鼓則出。

【箋注】

〔一〕扇子峽：又名明月峽。輿地紀勝卷七三：「明月峽在夷陵縣。高七百餘仞，倚江於崖，面白如月，又如扇，亦曰扇子峽。歐公詩曰：『江上掛帆明月峽。』」

〔二〕蝦蟆碚：輿地紀勝卷七三：「蝦蟆碚在夷陵縣。凡出蜀者必酌水以瀹茗。陸羽云：『水品居第四。』陸游詩云：『巴東峽裏最初峽，天下泉中第四泉。』」陸羽茶經：「峽州扇子山有石突然，泄水獨清泠，狀如龜形，俗云蝦蟆口，水第四。」劍南詩稿卷二蝦蟆碚：「不肯爬沙桂樹邊，朵頤千古向巖前。巴東峽裏最初峽，天下泉中第四泉。齧雪飲冰疑換骨，掬珠弄玉可忘年。清遊自笑何曾足，疊鼓冬冬又解船。」

〔三〕皰：皮膚上似水泡的小疙瘩。

〔四〕黄牛廟：輿地紀勝卷七三：「黄牛靈應廟在黄牛峽。相傳佐禹治水有功，蜀後主建興初，諸葛武侯建祠茲土。」劍南詩稿卷二黄牛峽廟：「三峽東江流，崖谷互吐納。黄牛不負重，雲表恣蹴蹋。吴船與蜀舸，有請神必答。誰憐馬遭馵，百歲創未合。梔師浪奔走，烹燕陳酒榼。紛然餕神餘，羹炙争嚿陀。空庭多落葉，日暮聲颯颯。奇文粲可辨，高古篆籀雜。村女賣秋茶，簪花髻鬟匝。繦兒著背上，帖妥若在榻。山寒雪欲下，虎出門早闔。我行忽至此，臨風久嗚咽。」

〔五〕帕首：指裹頭。

〔六〕歐公所見：歐陽修黄牛峽祠：「大川雖有神，淫祀亦其俗。石馬繫祠門，山鴉噪叢木。潭潭村鼓隔溪聞，楚巫歌舞送迎神。畫船百丈山前路，上灘下峽長來去。江水東流不暫停，黄牛千古長如故。峽山侵天起青嶂，崖崩路絶無由上。黄牛不下江頭飲，行人惟向舟中望。朝朝暮暮見黄牛，徒使行人過此愁。山高更遠望猶見，不是黄牛滯客舟。」蘇軾書歐陽公黄牛廟詩後：「軾嘗聞之於公曰：『予昔以西京留守推官爲館閣校勘，時同年丁寶臣元珍適來京師，夢與予同舟泝江，入一廟中，拜謁堂下。予班元珍下，元珍固辭，予不可。方拜時，神像爲起，鞠躬堂上，且使人邀予上，耳語久之。元珍私念，神亦如世俗，待館閣乃爾異禮耶？既出門，見一馬隻耳，覺而語予，固莫識也。不數日，元珍除峽州判官。已而，余亦貶夷陵令。日與元珍處，不復記前夢云。一日，與元珍泝峽謁黄牛廟，入門惘然，皆夢中所見。予爲縣令，固班元珍下，而門外鎸石爲馬，缺一耳。相視大驚，乃留詩廟中，有「石馬繫祠門」之句，蓋私識其事也。』」

〔七〕張文忠：即張商英，參見卷四七五日記文注〔四〕。　輦聚：運送聚集。　磥硊：猶「壘嵬」，重疊聳立。　刲羊釃酒：宰羊斟酒。　廟食：指死後立廟，受人祀奉，享受祭饗。

〔八〕過論：過分之論。

十日。早，以特豕、壺酒祭靈感廟，遂行。過鹿角、虎頭、史君諸灘〔一〕，水縮已三之二，然湍險猶可畏。泊城下，歸州秭歸縣界也〔二〕。與兒曹步沙上，回望正見黄牛峽。廟後山如屏風疊，嵯峨插天，第四疊上有若牛狀，其色赤黄，前有一人如着帽立者。昨日及今早，雲冒山頂，至是始見之〔三〕。因至白沙市慈濟院，見主僧志堅，問地名城下之由。云院後有楚故城〔四〕，今尚在，因相與訪之。城在一岡阜上，甚小，南北有門，前臨江水，對黄牛峽。城西北一山，蜿蜒回抱，山上有伍子胥廟。大抵自荆以西，子胥廟至多。城下多巧石，如靈壁、湖口之類〔五〕。

十一日。過達洞灘。灘惡，與骨肉皆乘轎陸行過灘。灘際多奇石，五色粲然可愛，亦或有文成物象及符書者。猶見黄牛峽廟後山。太白詩云：「三朝上黄牛，三暮行太遲。三朝又三暮，不覺鬢成絲〔六〕。」歐陽公云：「朝朝暮暮見黄牛，徒使行人過此愁。山高更遠望猶見，不是黄牛滯客舟〔七〕。」蓋諺謂：「朝見黄牛，暮見黄牛。一朝一暮〔八〕，黄牛如故。」故二公皆及之。歐陽公自荆渚赴夷陵，而有下牢、三游及蝦蟆碚、黄牛廟詩者，蓋在官時來游也。故憶夷陵山詩云：「憶嘗祗吏役，巨細悉經覯。」其後又云「荒煙下牢戍，百仞塞溪漱。蝦蟆噴水簾，甘液勝飲酎。亦嘗到黄牛，泊舟聽猨狖」也〔九〕。晚泊馬肝峽口〔一〇〕。兩山對立，修聳摩天，略如廬山。江岸多石，百丈縈絆〔一一〕，極難過。夜小雨。

【箋注】

〔一〕「過鹿角」句：方輿勝覽卷二九：「諸灘，曰青草，曰西蛇，曰難禁，曰三溜，曰偏劫，曰叱波，曰趖灘，曰老翁，曰大蛇，曰鹿角，曰南北兩席頭，曰上狼尾，皆在州西北。」「席頭」或爲「虎頭」。劍南詩稿卷二泊虎頭灘下：「大舟已泊燈火明，小舟猶行聞櫓聲。虎頭崔嵬鹿角横，人生實難君勿輕。」

〔二〕歸州：隸荆湖北路，轄秭歸、巴東、興山三縣。治所秭歸，在今湖北秭歸。太平寰宇記卷一四八：「歸州土地所屬與雲安郡同。周夔子之國，戰國時其地屬楚，秦爲南郡之地，漢於此置秭歸縣。袁山松曰：『屈原，此縣人也，既被流放，忽然暫歸，其姊亦來，因名其地爲秭歸。』秭與姊同。」

〔三〕「回望」九句：水經注卷三四：「江水又東，經黄牛山下，有灘名曰黄牛灘。南岸重嶺疊起，最外高崖間有石，色如人負刀牽牛，人黑牛黄，成就分明。既人迹所絶，莫得究焉。此巖既高，加以江湍紆回，雖途經信宿，猶望見此物。故行者謡曰：『朝發黄牛，暮宿黄牛，三朝三暮，黄牛如故。』言水路紆深，回望如一矣。」

〔四〕楚故城：又名丹陽城。輿地紀勝卷七四：「丹陽城在秭歸東三里，今屈沱楚王城是也。北枕大江，周十二里。山海經：『夏啓封孟除於丹陽城。』輿地志：『秭歸縣東八里有丹陽城，熊繹所封也。』元和郡縣志云：『在秭歸東七里，楚之舊都也。周武王封熊繹於荆丹陽之地，即此也，與江南丹陽不同。』治平中秭歸令韓象求有楚王城記。」

〔五〕「城下」二句：宿州靈壁（今屬安徽）、江州湖口（今屬江西）均出奇石。

〔六〕「太白」五句：李白上三峽：「巫山夾青天，巴水流若茲。巴水忽可盡，青天無到時。三朝上黄牛，三暮行太遲。三朝又三暮，不覺鬢成絲。」

〔七〕「歐陽公云」五句：歐陽修黄牛峽祠，參見九日記文注〔六〕。

〔八〕一朝一暮：水經注和李白詩均作「三朝三暮」。

〔九〕歐陽修憶山示聖俞：「吾思夷陵山，山亂不可究。東城一堠餘，高下漸岡阜。群峰迤邐接，四顧無前後。憶嘗祗吏役，鉅細悉經覯。是時秋卉紅，嶺谷堆纈繡。林枯松鱗皴，山老石脊瘦。斷徑履頽崖，孤泉聽清溜。深行得平川，古俗見耕耨。澗荒驚麏奔，日出飛雉雊。磐石屢攲眠，緑巖堪解綬。幽尋歎獨往，清興思誰侑。其西乃三峽，嶮怪愈奇富。江如自天傾，岸立兩崖鬥。黔巫望西屬，越嶺通南奏。時時縣樓對，雲霧昏白晝。荒煙下牢戍，百仞寒溪漱。蝦蟆噴水簾，甘液勝飲酎。亦嘗到黄牛，泊舟聽猿狖。」經覯：經辦。酎：醇酒。猨狖：泛指猿猴。

〔一〇〕馬肝峽：輿地紀勝卷七四：「馬肝山在秭歸，有石如馬肝，在江北。」

〔一一〕百丈縈絆：牽船的篾纜縈繞羈絆。

十二日。早，過東瀼灘，入馬肝峽〔一〕。石壁高絶處，有石下垂如肝，故以名峽。其傍又有獅子巖，巖中有一小石，蹲踞張頤〔二〕，碧草被之，正如一青獅子。微泉泠泠，自巖中出，舟行急，不能取嘗，當亦佳泉也。溪上又有一峰孤起，秀麗略如小孤山〔三〕。晚抵新灘，登岸宿新安驛〔四〕。夜雪。

十三日。舟上新灘，由南岸上。及十七八〔五〕，船底爲石所損，急遣人往拯之，僅不至沉。然鋭石穿船底，牢不可動，蓋舟人載陶器多所致。新灘兩岸，南曰官漕平聲，北曰龍門。龍門水尤湍急，多暗石，官漕差可行，然亦多鋭石，故爲峽中最險處，非輕舟無一物不可上下。舟人冒利以至此，可爲戒云。遊江瀆北廟，廟正臨龍門。其下石罅中有温泉，淺而不涸，一村賴之。婦人汲水，皆背負一全木盎〔六〕，長二尺，下有三足，至泉旁，以杓挹水，及八分，即倒坐旁石，束盎背上而去。大抵峽中負物率着背，又多婦人，不獨水也。有婦人負酒賣，亦如負水狀，呼買之，長跪以獻。未嫁者率爲同心髻，高二尺，插銀釵至六隻，後插大象牙梳，如手大。

十四日。留驛中。晚，以小舟渡江南，登山至江瀆南廟。新修未畢，有一碑，前進士曾華旦撰。言因山崩石壅成此灘，害舟不可計，於是著令，自十月至二月禁行舟。知歸州尚書都官員外郎趙誠聞於朝〔七〕，疏鑿之，用工八十日，而灘害始去，皇祐三年也。蓋江絶於天聖中，至是而復通。然灘害至今未能悉去，若乘十二月、正月水落石盡出時，亦可併力盡鑱去鋭石〔八〕。然灘上居民皆利於敗舟，賤賣板木及滯留買賣，必摇沮此役〔九〕，不則賂石工，以爲石不可去。須斷以必行，乃可成。又舟之所以敗，皆失於重載，當以大字刻石置驛前，則過者必自懲創〔一〇〕。二者皆不可不講，當以告當路者〔一一〕。

【箋注】

〔一〕「十二日」四句：劍南詩稿卷二過東瀼灘入馬肝峽：「書生就食等奔逃，道路崎嶇信所遭。船上急灘如退鷁，人緣絶壁似飛猱。口誇遠嶺青千疊，心憶平波緑一篙。猶勝溪丁絶輕死，無時來往駕𦨴艚。」（自注：峽中小船謂之𦨴艚。）

〔二〕張頤：張開大口。

〔三〕小孤山：又名小姑山。在舒州宿松縣（今屬安徽），以峭拔秀麗著稱。參見卷四五八月一日記文。

〔四〕新灘：輿地紀勝卷七四：「新灘，天聖丙寅贇唐山摧，遂成新灘。皇祐間太守趙誠疏鑿，有磨崖碑。其灘有龍門、佛指甲、官槽，而官槽與龍門相對。」范成大吴船録卷下：「三十里至新灘。此灘惡名豪三峽，漢晉時，山再崩，塞江，所以後名新灘。石亂水洶，瞬息覆溺，上下欲脱免者，必盤博陸行，以虛舟過之。兩岸多居民，號灘子，專以盤灘爲業。余犯漲潦時來，

韓琦帖子所作的跋文，概括韓氏禦戎戍邊和入輔帷幄的功績。

本文據文末自署，作於嘉泰四年（一二〇四）六月辛丑（初十）日。時陸游致仕家居。

【箋注】

〔一〕曩霄：即李元昊（一〇〇四—一〇四八），党項族，党項爲漢西羌之別種，唐時内附。安史之亂後徙靈、慶、銀、夏等州。因協助鎮壓黄巢起義，被唐朝賜姓李氏。元昊，西夏開國皇帝。北宋明道元年（一〇三二）稱帝，改姓立號，自名曩霄。建年號，建都，製文字，并大敗宋軍和遼軍，奠定了宋、遼、夏三分天下的格局。宋史卷四八五有傳。

〔二〕曾集賢：即曾公亮（九九九—一〇七八），字明仲，泉州晉江（今屬福建）人。天聖進士。歷知制誥兼史館修撰、翰林學士、知開封府，嘉祐初擢參知政事，歷樞密使，六年拜同平章事。爲宰輔十五年，歷仁宗、英宗、神宗三朝。助王安石變法，熙寧三年罷相，以太傅致仕。宋史卷三一二有傳。

〔三〕協贊：協助，輔佐。三國志來敏傳：「（來忠）與尚書向充等并能協贊大將軍姜維。」

跋高大卿家書

子長大卿娶予表從母之女〔一〕，故自少時相從。後又同入征西大幕〔二〕，情分至

水漫羨不復見灘，擊楫飛度，人翻以爲快。」新安驛：劍南詩稿卷二新安驛：「孤驛荒山與虎鄰，更堪風雪暗南津。羈遊如此真無策，獨立淒然默愴神。木盎汲江人起早，銀釵簇髻女妝新。蠻風弊惡蛟龍横，未敢全詩見在身。」

〔五〕十七八：指十分之七八。

〔六〕木盎：木製的大肚小口容器。

〔七〕趙誠：字希平，泉州晉江（今屬福建）人。天聖五年進士。通判撫州，改知歸州，毁淫祠，奏請疏鑿新灘，親自築廬督視，人稱趙江。爲三司户部判官，出知明州，卒於官。宋史翼卷十八有傳。

〔八〕鑱：鑿。

〔九〕必搖沮此役：指必定馬上阻止鑿石的施工。　搖：疾速。

〔一〇〕懲創：懲戒，警戒。

〔一一〕當路者：執政者，掌權者。孟子公孫丑上：「夫子當路於齊，管仲、晏子之功，可復許乎？」

十五日。舟人盡出所載，始能挽舟過灘。然須修治，遂易舟。離新灘，過白狗峽〔一〕，泊舟興山口〔二〕。肩輿遊玉虚洞〔三〕。去江岸五里許，隔一溪，所謂香溪也〔四〕。源出昭君村〔五〕，水味美，録於水品，色碧如黛。呼小舟以渡，過溪又里餘，洞門小纔袤丈〔六〕。既入，則極大可容數百人，宏敞壯麗，如入大宮殿中。有石成幢蓋、旛旗、芝草、竹筍、仙人、龍虎、鳥獸之屬，千狀萬態，莫不逼真。其絶異者，東石正圓如日，西石半規如月，予平生所見巖竇〔七〕，無能及者。有熙寧中謝師厚、岑巖起題名，又有陳堯咨所作記〔八〕，敍此洞本末，云唐天寶中獵者始得之。比歸已夜，風急不可秉燭炬，然月明如晝，兒曹與全師皆杖策相從〔九〕，殊不覺崖谷之險也。

十六日。到歸州，見知州右奉議郎賈選子公〔一〇〕、通判左朝奉郎陳端彦民瞻。館於報恩光孝寺，距城一里許，蕭然無僧〔一一〕。歸之爲州，纔三四百家，負卧牛山〔一二〕，臨江。州前即人鮓甕〔一三〕。城中無尺寸平土，灘聲常如暴風雨至。隔江有楚王城，亦山谷間，然地比歸州差平。或云楚始封於此。山海經「夏啓封孟除於丹陽城」，郭璞註云「在秭歸縣南」，疑即此也。然史記「成王封熊繹於丹陽」，裴駰乃云在枝江〔一四〕。未詳孰是。

【箋注】

〔一〕白狗峽：輿地紀勝卷七四：「白狗峽在秭歸縣東三十里。據道經，係七十二福地之數。又名鷄籠山。荆州記、水經注皆云：『秭歸白狗峽，蜀江水中兩面如削，絶壁之際，隱出白石，如狗形其足，故名。天欲雨，則狗形青，居人以此卜陰晴也。』元和郡縣志云：『石形隱起如狗，因名之。此石大水則没，行人無不投飯飼之。』

〔二〕興山：縣名，隸歸州。在今湖北興山。

〔三〕玉虚洞：輿地紀勝卷七四：「玉虚洞，晏公類要云：『在興山南五十里。』舊經云：『唐天寶五年，有人遇白鹿於此山，薄而窺之，乃有洞，可容千人，周回石壁隱出異文，成龍虎之形、花木之狀，日居左而圓，月居右而闕，如磨如琢若畫，顏色鮮麗，不可備述。中有石座者三，瑩然明白。有石乳自上滴下，結成物象，列之前後，宛如幢節，皆温潤如玉，因謂之玉虚洞。三伏之際，凛若九秋。郡守奏其狀，乃於洞之側置觀。』晏公類要云：『御賜題額，度道士七人。』」

〔四〕香溪：輿地紀勝卷七四：「香溪即昭君溪也。杜詩注云：『歸州有昭君村，俗傳因昭君而草木皆香，故曰香溪。』又云：『昭君有擣練石在巴東縣溪中，即今香溪是也。』寰宇記云：『屬興山縣。』」

〔五〕昭君村：輿地紀勝卷七四：「昭君村在州東北四十里。樂天過昭君村詩：『靈珠産無種，彩雲出無根。亦如彼姝子，生此遐陋村。』杜甫詩云：『群山萬壑赴荆門，生長明妃尚有村。一去紫臺連朔漠，獨留青冢向黄昏。』」

〔六〕衮丈：高一丈。

〔七〕巖竇：巖穴。

〔八〕謝師厚：即謝景初，字師厚，杭州富陽（今屬浙江）人。黄庭堅岳父。慶曆六年進士。官至成都府提刑。宋史翼卷三有傳。岑巖起：即岑象求，字巖起，梓州（今四川三臺）人。舉進士。官至寶文閣待制。宋史翼卷四有傳。陳堯咨（九七〇—一〇三四）：字嘉謨，閬州閬中（今屬四川）人。咸平三年狀元。歷官右正言、知制誥、起居舍人，出知永興軍、陝西緣邊安撫使，以尚書工部侍郎權知開封府，入爲翰林學士。出爲武信軍節度使、知天雄軍。卒謚康肅。宋史卷二八四有傳。

〔九〕全師：即搭船的蜀僧世全。

〔一〇〕賈選：字子公，湖州烏程（今浙江吴興）人。狀元賈安宅之子。歷官大理正、知歸州、大理少卿、大理卿、刑部侍郎、吏部侍郎，出知福州。

〔一一〕「館於」三句：劍南詩稿卷二憩歸州光孝寺寺後有楚冢近歲或發之得寶玉劍佩之類：「秭歸城畔蹋斜陽，古寺無僧晝閉房。殘珮斷釵陵谷變，苦茆架竹井閭荒。虎行欲與人争路，猿嘯能令客斷腸。寂寞倚樓搔短髮，剩題新恨付巴娘。」

〔一二〕卧牛山：輿地紀勝卷七四：「卧牛山在秭歸縣治之後，山形若卧牛，上有翰林亭。」

〔一三〕人鮓甕：輿地紀勝卷七四：「吒溪在秭歸縣。舊經云：『水石相激，如噴吒之聲，一名人鮓甕。』在雷鳴洞之南。分三吒：官漕口爲上吒，雷鳴洞爲中吒，黄石口爲下吒。吒心大潭如甕，舟行多覆溺之患，故名人鮓甕。」甕，同「甕」。

〔四〕楚王城：又名丹陽城。參見本卷十日記文注〔四〕。　夏啓：禹之子，夏朝首任君主。　孟除：又作孟涂，夏啓之臣。　成王：即周成王姬發。　熊繹：楚國首任君主。　枝江：縣名，隸江陵府。

十七日。郡集於望洋堂玩芳亭，亦皆沙石犖确之地〔一〕。賈守云：州倉歲收秋夏二料麥、粟、秔米共五千餘石，僅比吴中一下户耳〔二〕。

十八日。初得艬船，差小〔三〕，然底闊而輕，於上灘爲便。

十九日。郡集於歸鄉堂。欲以是晚行，不果。訪宋玉宅〔四〕，在秭歸縣之東，今爲酒家。舊有石刻「宋玉宅」三字，近以郡人避太守家諱〔五〕，去之。或遂由此失傳，可惜也。

二十日。早，離歸州，出巫峰門，過天慶觀，少留。觀唐天寶元年碑，載明皇夢老子事，巴東太守劉瑫所立〔六〕。字畫頗清逸，碑側題當時郡官吏胥姓名，字亦佳。又有周顯德中荆南判官孫光憲爲知歸州高從讓所立碑。從讓，蓋南平王家子弟。光憲亦知名，國史有事迹〔七〕。蓋五代時歸、峽皆隸荆渚也。殿前有柏，數百年物。觀下即吒灘〔八〕，亂石無數。飯於靈泉寺〔九〕。遂登舟過業灘，亦名灘也。水落舟輕，俄頃遂過。

【箋注】

〔一〕犖确：怪石嶙峋貌。

〔二〕賈守：即知州賈選。州倉：指歸州官倉。料：食料、口糧。吴中一下户：指吴地一個下等縣。

〔三〕艬船：廣韻：「合木船。」差小：略小。

〔四〕宋玉宅：輿地紀勝卷七四：「宋玉宅在州東五里。杜甫詩云：『摇落深知宋玉悲，風流儒雅亦吾師。江山故宅空文藻，雲雨荒臺豈夢思。』」

〔五〕避太守家諱：太守賈選之父賈安宅爲大觀三年狀元。

〔六〕「過天慶觀」五句：輿地紀勝卷七四：「混元皇帝像在郡西五里天慶觀。開元二十九年牛仙客奏置。天寶元年劉守滔刻之石。」資治通鑑卷二一四：「（開元二十九年正月）庚子，上還宫。上夢玄元皇帝告云：『吾有像在京城西南百餘里，汝遣人求之，吾當與汝興慶宫相見。』上遣使求得之於盩厔樓觀山間。夏，閏四月，迎置興慶宫。五月，命畫玄元真容，分置諸州開元觀。」舊唐書卷九：「（開元）二十九年春正月丁丑，制兩京、諸州各置玄元皇帝廟并崇玄學。」唐代奉李耳（老子）爲始祖，唐高宗追尊其爲太上玄元皇帝，亦稱混元皇帝。明皇，即唐玄宗。

〔七〕孫光憲（九〇一—九六八）：字孟文，號葆光子，陵州貴平（今四川仁壽）人。仕南平三世，累官荆南節度副使、檢校秘書少監兼御史中丞。入宋，爲黄州刺史。宋史卷四八三、十國春秋卷一〇二有傳。高從讓：五代十國時南平（荆南）開國君主高季興之子，曾知歸州，入宋授左清道率府率。見十國春秋卷一〇二。

〔八〕吒灘：輿地紀勝卷七四：「吒灘在秭歸，一名人鮓甕。」參見十六日記文注〔一三〕。

〔九〕靈泉寺：輿地紀勝卷七四：「靈泉寺在州西三里。面西臨水，狀若瀑布。張無盡於院著華嚴合論。」

二十一日。舟中望石門關〔一〕，僅通一人行，天下至險也。晚泊巴東縣〔二〕。江山雄麗，大勝秭歸。但井邑極於蕭條，邑中纔百餘户，自令廨而下皆茅茨，了無片瓦。權縣事秭歸尉右迪功郎王康年、尉兼主簿右迪功郎杜德先來，皆蜀人也。謁寇萊公祠堂〔三〕，登秋風亭〔四〕，下臨江山。是日重陰微雪，天氣飂飂〔五〕，復觀亭名，使人悵然，始有流落天涯之歎。遂登雙柏堂、白雲亭。堂下舊有萊公所植柏〔六〕，今已槁死。然南山重複，秀麗可愛。白雲亭則天下幽奇絶境，羣山環擁，層出間見，古木森然，往往二三百年物。欄外雙瀑瀉石澗中，跳珠濺玉，泠入人骨。其下是爲慈溪，奔流與江會。予自吳入楚，行五千餘里，過十五州，亭榭之勝，無如白雲者，而止在縣廨廳事之後〔七〕。巴東了無一事，爲令者可以寢飯於亭中，其樂無涯。而闕令動輒二三年〔八〕，無肯補者，何哉？

二十二日。發巴東，山益奇怪，有夫子洞者，一竇在峭壁絶高處，人迹所不可至，然髣髴若有欄楯〔九〕，不知所謂夫子者何也。過三分泉，自山竇中出，止兩派〔一〇〕。俗云：「三派有年，兩派中熟，一派或絶流饑饉〔一一〕。」泊疲石。夜雨。

【箋注】

〔一〕石門關：輿地紀勝卷七四：「寰宇記云：『石門山在巴東縣東北三十五里。山有石逕，深若重門。劉備爲陸遜所敗，走經石門，追者甚急，備乃燒鎧斷道，然後得免。圖經以爲石門關，通典以爲石門山。』」

〔二〕晚泊巴東縣：劍南詩稿卷二汎溪船至巴東：「溪船莫嫌迮，船迮始相宜。兩槳行何駛，重灘過不知。荒村寇相縣，破屋屈平祠。不耐新愁得，啼猿掛冷枝。」

〔三〕寇萊公祠堂：輿地紀勝卷七四：「寇萊公祠在龍興觀之西，中爲仰止堂。又巴東亦有祠，祠有『萊公柏』二株，在縣庭，民以比甘棠。」此當指縣庭之祠堂。寇萊公，即寇準（九六一—

一〇二三），字平仲，華州下邽（今陝西渭南）人。太平興國五年進士。授大理評事，知巴東、成安。拜樞密副使，遷參知政事，景德元年同平章事。後辭去相位，天禧元年復相。數被貶，終雷州司户參軍。仁宗時復爵萊國公。宋史卷二八一有傳。

〔四〕秋風亭：輿地紀勝卷七四：「秋風亭在巴東縣，寇萊公所建也。」劍南詩稿卷二秋風亭拜寇萊公遺像：「江上秋風宋玉悲，長官手自葺茅茨。人生窮達誰能料，蠟淚成堆又一時。」又：「豪傑何心後世名，材高遇事即峥嶸。巴東詩句澶州策，信手拈來盡可驚。」

〔五〕飀飅：猶「飀戾」。象聲詞。形容風聲。

〔六〕「遂登」二句：輿地紀勝卷七四：「寇準太平興國中爲巴東令，有『野水無人渡，孤舟盡日横』之句。手植雙柏，後人呼爲『萊公柏』。」又：「白雲亭，寇準任巴東縣令時所建。」劍南詩稿卷二巴東令廨白雲亭：「寇公壯歲落巴蠻，得意孤亭縹緲間。常倚曲闌貪看水，不安四壁怕遮山。遺民雖盡猶能説，老令初來亦愛閒。正使官清貧至骨，未妨留客聽潺潺。」

〔七〕止：同「址」。　廳事：廳堂。

〔八〕闕令：指因無人肯來就任而縣令空缺。

〔九〕欄楯：欄杆。史記袁盎晁錯列傳「百金之子不騎衡」，裴駰集解引如淳釋「衡」字曰：「樓殿邊欄楯也。」司馬貞索隱：「纂要云：宮殿四面欄，縱者云檻，横者云楯。」

〔一〇〕三分泉：巫山縣志：「三分水，治東北五十里大江邊。自山根出，分爲三派。其水俗傳以派之多寡，驗年之豐歉：上派驗溪南，中派驗本省，下派驗荆楚；水盛則豐，水枯則歉云。」山竇：山洞。　派：水的支流。

〔二〕有年：豐年。書多士：「爾厥有幹有年于兹洛。」孔傳：「汝其有安事有豐年於此洛邑。」中熟：中等年成。漢書食貨志上：「故大孰則上糴三而舍一，中孰則糴二，下孰則糴一，使民適足，賈平則止。」　飢饉：災荒，顆粒無收。史記貨殖列傳：「地勢饒食，無飢饉之患。」

二十三日。過巫山凝真觀，謁妙用真人祠〔一〕。真人，即世所謂巫山神女也〔二〕。祠正對巫山，峰巒上入霄漢，山脚直插江中。議者謂太、華、衡、廬〔三〕，皆無此奇。然十二峰者不可悉見〔四〕。所見八九峰，惟神女峰最爲纖麗奇峭，宜爲仙真所托。祝史云〔五〕：每八月十五夜月明時，有絲竹之音，往來峰頂，山猿皆鳴，達旦方漸止。廟後山半有石壇平曠，傳云夏禹見神女、授符書於此〔六〕。壇上觀十二峯，宛如屏障。是日天宇晴霽，四顧無纖翳，惟神女峰上有白雲數片，如鸞鶴翔舞，裴徊久之不散〔七〕，亦可異也。祠舊有烏數百，送迎客舟，自唐夔州刺史李貽詩已云「羣烏幸胙餘」矣〔八〕。近乾道元年，忽不至。今絶無一烏，不知其故。泊清水洞。洞極深，後門自山後出，但黮闇〔九〕，水流其中，鮮能入者。歲旱祈雨頗應。權知巫山縣左文林郎冉徽之、尉右迪功郎文庶幾來。

二十四日。早，抵巫山。縣在峽中，亦壯縣也〔一〇〕。市井勝歸、峽二郡。隔江南陵山極高大，有路如綫，盤屈至絶頂，謂之一百八盤，蓋施州正路〔一一〕。黄魯直詩云：「一百八盤携手上，至今歸夢繞羊腸〔一二〕。」即謂此也。縣廨有故鐵盆，底鋭似半罋狀，極堅厚，銘在其中，蓋漢永平中物也〔一三〕。缺處鐵色光黑如佳漆，字畫淳質，可愛玩。有石刻魯直作盆記，大略言「建中靖國元年，予弟叔向嗣直，自涪陵尉攝縣事。予起戎州，來寓縣廨。此盆舊以種蓮，余洗滌乃見字」云〔一四〕。遊楚故離宫，俗謂之細腰宫〔一五〕。有一池，亦當時宫中燕遊之地，今堙没略盡矣。三面皆荒山，南望江山奇麗。又有將軍墓，東晉人也。一碑在墓後，趺陷入地〔一六〕，碑傾前欲壓，字纔半存。

【箋注】

〔一〕巫山凝真觀：即神女祠。唐儀鳳初置，宋宣和中改稱凝真觀。　妙用真人：巫山神女封號。范成大吴船録卷下：「神女峰乃在諸峰對岸小岡之上，所謂陽雲臺、高唐觀，人云在來鶴峰上，亦未必是。」又：「今廟中石刻引墉城記：『瑶姬，西王母之女，稱雲華夫人。助禹驅鬼神，斬石疏波，有功見紀，今封妙用真人，廟額曰凝真觀。從祀有白馬將軍，俗傳所驅之神也。』」

〔二〕巫山神女：習鑿齒襄陽耆舊記卷三：「赤帝女曰瑶姬，未行而卒，葬於巫山之陽，故曰巫山之女。楚懷王游於高唐，晝寢，夢見與神通，自稱巫山。王因幸之。遂爲置觀於巫山之南，號爲朝雲。至襄王時，復游高唐。」宋玉初有高唐賦、神女賦記其事，後代衍生出諸多相關的神話傳説。

〔三〕太華衡廬：指泰山、華山、衡山、廬山。

〔四〕十二峰：即巫山十二峰。方輿勝覽卷五七：「十二峰在巫山，曰望霞、翠屏、朝雲、松巒、集仙、聚鶴、浄壇、上昇、起雲、飛鳳、登龍、聖泉。其下即巫山神女廟。」望霞峰又稱神女峰。

〔五〕祝史：指凝真觀内主持祭祀之道長。

〔六〕「傳云」二句：相傳雲華夫人過巫山，流連久之。大禹於此治水，忽遇大風，求助神女，神女授其策召百神之書，并命神助其斬石疏波。事見杜光庭墉城集仙録卷三。

〔七〕裴徊：同「徘徊」。

〔八〕羣烏幸胙餘：指羣烏啄食祭祀所剩之肉食。

〔九〕黮闇：黑暗無光。

〔一〇〕巫山：縣名。隸夔州路夔州。　壯縣：富庶之縣。

〔一一〕一百八盤：形容山路彎曲險阻。　施州：隸夔州路，轄清江、建始二縣及廣積監。

〔一二〕「黄魯直」三句：黄庭堅新喻道中寄元明用觴字韻：「中年畏病不舉酒，孤負東來數百觴。唤客煎茶山店遠，看人秧稻午風凉。但知家裏俱無恙，不用書來細作行。一百八盤携手上，至今猶夢遶羊腸。」

〔一三〕永平：東漢明帝年號，五八至七五年。

〔一四〕石刻：嘉慶四川通志卷二六：「漢鹽鐵盆記，舊志『在巫山』。黄太史石刻云：『余弟嗣直來攝邑事，堂下有大鹽盆，有款識，蓋漢時物也，其末曰永平二年。』」涪陵：縣名，隸夔州路涪州。在今四川涪陵。戎州：宋代稱叙州，隸潼川府路，轄宜賓、南溪、宣化、慶符四縣。在今四川宜賓。

〔一五〕離宫：供帝王出巡游玩時所居宫室。嘉慶四川通志卷二九：「楚王宫在夔州府巫山縣東北一里，楚襄王所游地。黄庭堅謂即細腰宫。前有一池，今湮没略盡。一云在女觀山西畔小山頂，三面皆荒山，南望江山，奇麗畢攬。」

〔一六〕趺：碑下的石座。

二十五日。晡後，至大溪口泊舟〔一〕。出美梨，大如升。

二十六日。發大溪口，入瞿唐峽〔二〕。兩壁對聳，上入霄漢，其平如削成。仰視天如疋練然〔三〕。水已落，峽中平如油盎。過聖姥泉，蓋石上一罅，人大呼於旁，則泉出，屢呼則屢出，可怪也〔四〕。晚至瞿唐關，唐故夔州，與白帝城相連〔五〕。杜詩云「白帝夔州各異城」〔六〕，蓋言難辨也。關西門正對灩澦堆〔七〕。堆碎石積成，出水數十丈。土人云：「方夏秋水漲時，水又高於堆數十丈。」肩輿入關，謁白帝廟〔八〕，氣象甚古，松柏皆數百年物。有數碑，皆孟蜀時所立〔九〕。庭中石筍，有黄魯直建中靖國元年題字。又有越公堂，隋楊素所創〔一〇〕，少陵爲賦詩者，已毁。今堂近歲所築，亦甚宏壯。自關而東，即東屯，少陵故居也〔一一〕。

【箋注】

〔一〕晡後：申時之後，傍晚五六點。大溪口：嘉慶四川通志卷二八：「大溪口在（巫山）縣西南九十里。」

〔二〕瞿唐峽：方輿勝覽卷五七：「瞿唐峽在州東一里。舊名西陵峽。瞿唐乃三峽之門，兩崖對峙，中貫一江，望之如門。」劍南詩稿卷二瞿唐行：「四月欲盡五月來，峽中水漲何雄哉！浪花高飛暑路雪，灘石怒轉晴天雷。千艘萬舸不敢過，篙工柂師人膽破。人人陰拱待勢衰，誰敢輕行犯奇禍。一朝時去不自由，山腹空有沙痕留。君不見陸子歲暮來夔州，瞿唐峽水平如油。」

〔三〕疋練：白絹。白居易夜入瞿唐峽：「岸似雙屏合，天如疋練開。」

〔四〕「過聖姥泉」六句：王鞏聞見近録：「夔峽將至灔澦堆，峽左巖上有題『聖泉』二字。泉上有大石，謂之洞石，而初無泉也。至者擊石大叫，則水自石下出。予嘗往焚香，俾舟人擊之。舟人呼曰：『山神土地，渴矣！』久之不報。一卒無室家，復大呼曰：『龍王龍王，萬姓渴矣！』隨聲水大注。時正月雪寒，其水如湯，或曰夏則如冰。凡呼者必以『萬歲』、必以『龍王』而呼之，水於是出矣。」

〔五〕瞿唐關：劍南詩稿卷二登江樓：「已過瞿唐更少留，小船聊繫古夔州。」自注：「瞿唐關即唐夔州也。」白帝城：太平寰宇記卷一四八：「白帝城，盛弘之荆州記云：『巴東郡峽上北岸，有一山孤峙甚峭，巴東郡據以爲城。』……按後漢初，公孫述據蜀，自以承漢土運，故號曰白帝城。」方輿勝覽卷五七：「白帝山，元和志：『即州城所據，與赤甲山相接。初，公孫述殿前井有白龍出，因號白帝山。』」

〔六〕「杜詩」句：杜甫夔州歌十絶句其二：「白帝夔州各異城，蜀江楚峽混殊名。英雄割據非大意，霸主并吞在物情。」

〔七〕灔澦堆：方輿勝覽卷五七：「灔澦堆在州西南二百步，瞿唐峽口蜀江之心。水經注：『白帝城西有孤石，冬出二十餘丈，夏即没，名灔澦堆。』土人云：『灔澦大如象，瞿唐不可上；灔澦大如馬，瞿唐不可下。』峽人以此爲水候。又曰：『舟子取塗不決，名曰猶豫。』」

〔八〕白帝廟：公孫述之廟。方輿勝覽卷五七：「白帝廟在奉節縣東八里舊州城内。有三石筍猶存。公孫述據蜀，自稱白帝。」劍南詩稿卷二入瞿唐登白帝廟：「曉入大溪口，是爲瞿唐門。長江從蜀來，日夜東南奔。兩山對崔嵬，勢如塞乾坤。峭壁空仰視，欲上不可捫。禹功何巍巍，尚睹鐫鑿痕。天不生斯人，人皆化魚黿。於時仲冬月，水各歸其源。灩澦屹中流，百尺呈孤根。參差層顛屋，邦人祀公孫。力戰死社稷，宜享廟貌尊。丈夫貴不撓，成敗何足論。我欲伐巨石，作碑累千言。上陳躍馬壯，下斥乘騾昏。雖慚豪偉詞，尚慰雄傑魂。君王昔玉食，何至歆雞豚。願言采芳蘭，舞歌薦清尊。」

〔九〕孟蜀：五代後唐孟知祥封蜀王，不久稱帝，國號蜀，建都成都。其子孟昶繼之，史稱後蜀。

〔一〇〕越公堂：方輿勝覽卷五七：「越公堂在瞿唐關城内。隋楊公素所爲也。」楊公素，即楊素，字處重，弘農華陰（今陝西華陰）人。輔佐隋文帝楊堅滅陳并統一南北。官至尚書左僕射，封越國公。隋書卷四八有傳。

〔一一〕東屯：方輿勝覽卷五七：「東屯乃公孫述留屯之所，距白帝五里。」杜甫自瀼西荆扉且移居東屯茅屋四首其一：「白鹽危嶠北，赤甲古城東。平地一川穩，高山四面同。煙霜淒野日，粳稻熟天風。人事傷蓬轉，吾將守桂叢。」其二：「東屯復瀼西，一種住青溪。來往皆茅屋，淹留爲稻畦。市喧宜近利，林僻此無蹊。若訪衰翁語，須令剩客迷。」

二十七日。早，至夔州〔一〕。州在山麓沙上，所謂魚復永安宫也〔二〕。宫今爲州倉，而州治在宫西北、甘夫人墓西南，景德中轉運使丁謂、薛顔所徙〔三〕。比白帝頗平曠，然失關險，無復形勢。在瀼之西，故一曰瀼西〔四〕。土人謂山間之流通江者曰瀼云。州東南有八陣磧〔五〕，孔明之遺迹，碎石行列如引繩。每歲江漲，磧上水數十丈，比退，陣石如故。

【箋注】

〔一〕夔州：隸夔州路，轄奉節、巫山二縣。治所奉節，在今重慶奉節。

〔二〕魚復永安宫：魚復，奉節縣秦漢時稱魚復縣。永安宫，方輿勝覽卷五七：「永安宫在奉節縣東七里。魏武七年，蜀先主自征吴，爲陸遜所敗，還至白帝，改魚復爲永安宫居之，明年寢疾而卒。諸葛亮受遺於此。」

〔三〕甘夫人：沛國（今安徽淮北）人。劉備之妻，劉禪之母。初葬南郡，後遷葬於蜀。劉禪即位後追謚昭烈皇后。景德：宋真宗年號，一〇〇四至一〇〇七年。丁謂：字謂之。參見卷四四七月一日記文注〔五〕。薛顔（九五三—一〇二五）：字彦回，河中萬泉（今山西萬榮）人。舉三禮中第。曾因丁謂推舉接任夔州轉運使。官至光禄卿分司西京。宋史卷二九九有傳。

〔四〕瀼西：杜甫居夔州時曾遷居於此。其瀼西寒望云：「瞿塘春欲至，定卜瀼西居。」

〔五〕八陣磧：方輿勝覽卷五七：「八陣磧，荆州圖經云：『在奉節縣西南七里。』又云：『在永安宫南一里。渚下平磧上有孔明八陣圖，聚細石爲之，各高五丈，皆棋布相當，中間相去九尺，正中開南北巷，悉廣五尺，凡六十四聚。或爲人散亂，或爲夏水所没，及水退，復依然如故。』」

渭南文集箋校卷第四十九

詞

【釋體】陸游長短句序：「雅正之樂微，乃有鄭衛之音。鄭衛雖變，然琴瑟笙磬猶在也。及變而爲燕之筑，秦之缶，胡部之琵琶箜篌，則又鄭衛之變矣。風、雅、頌之後，爲騷、爲賦、爲曲、爲引、爲行、爲謠、爲歌，千餘年後，乃有倚聲製辭，起於唐之季世。則其變愈薄，可勝歎哉！予少時汩於世俗，頗有所爲，晚而悔之。然漁歌菱唱，猶不能止，今絶筆已數年，念舊作終不可揜，因書其首以識吾過。淳熙己酉炊熟日，放翁自序。」

徐師曾文體明辨序説：「按詩餘者，古樂府之流别，而後世歌曲之濫觴也。……要之，樂府、詩餘同被管弦，特樂府以皦逕揚厲爲工，詩餘以婉麗流暢爲美，此其不同耳。然詩餘謂之填詞，則調有定格，字有定數，韻有定聲。至於句之長短，雖可損益，然亦不當率意而爲之。……至論其詞，則有婉約者，有豪放者。婉約者欲其辭情醖藉，豪放者欲其氣象恢弘，蓋雖各因其質，而詞貴感人，要當以婉約爲正。否則雖極精工，終乖本色，非有識之所取也，學者詳之。」陸游所作詞共六十四調、一百三十首。本卷收録詞六十七首。

赤壁詞　招韓无咎遊金山

禁門鍾曉，憶君來朝路，初翔鸞鵠〔一〕。西府中臺推獨步，行對金蓮宫燭〔二〕。蹙繡華韉，仙葩寶帶，看即飛騰速〔三〕。人生難料，一尊此地相屬〔四〕。　回首紫陌青門，西湖閒院，鎖千梢修竹〔五〕。素壁棲鴉應好在，殘夢不堪重續。歲月驚心，功名看鏡，短鬢無多緑〔六〕。一歡休惜，與君同醉浮玉〔七〕。

【題解】

赤壁詞，即念奴嬌别名，以蘇軾念奴嬌（赤壁懷古）一作命名。韓无咎，即韓元吉。參見卷二六京口唱和序題解。金山，鎮江金山寺。本文爲陸游爲招請韓元吉同游金山所作的詞，調寄念奴嬌。

本文據文意，作於乾道元年（一一六五）春。時陸游在鎮江通判任上。參考韓元吉南澗甲乙稿卷七念奴嬌（次韻陸務觀見貽念奴嬌韻）、江神子（金山會飲）。

【箋注】

〔一〕「禁門」三句：指韓元吉乾道元年正月以考功郎徵。禁門，宮門。鸞鵠，鸞與鵠，比喻賢臣。鮑君徽奉和麟德殿宴百僚應制：「玉筵鸞鵠集，仙管鳳皇調。」

〔二〕西府：指樞密使。　中臺：指尚書省。　金蓮宮燭：即金蓮華炬，金飾蓮花形燈炬。新唐書令狐綯傳：「（綯）爲翰林承旨，夜對禁中。燭盡，帝以乘輿、金蓮華炬送還。」

〔三〕蹙繡華韉：縐縮綫紋方法繡成的馬鞍墊。　仙葩寶帶：用仙界的奇花異草裝飾的佩帶。　飛騰：飛黃騰達。杜甫寄奉李十五秘書文嶷其二：「飛騰知有策，意度不無神。」

〔四〕相屬：酌酒相勸。韓愈八月十五夜贈張功曹：「沙平水息聲影絶，一杯相屬君當歌。」

〔五〕「回首」三句：陸游紹興末至隆興間在京任職，與韓元吉多有交游。　紫陌青門：指京師。鄭嵎津陽門詩：「青門紫陌多春風，風中數日殘春遺。」

〔六〕短鬢無多緑：指鬢角已多白髮。緑，黑髮。

〔七〕浮玉：金山又稱浮玉山。

浣沙溪①和無咎韻

懶向沙頭醉玉瓶〔一〕，喚君同賞小窗明。夕陽吹角最關情〔二〕。　忙日苦多閒日少，新愁常續舊愁生。客中無伴怕君行〔三〕。

【題解】

無咎，即韓元吉。和韻，指按照他人詩詞的原韻創作。韓元吉原作不存，本文爲陸游爲和韓元吉韻所作的詞，調寄浣沙溪。

本文據文意，作於乾道元年（一一六五）正月。時陸游在鎮江通判任上。

【校記】

①「浣沙溪」，汲古閣本作「浣溪沙」。

【箋注】

〔一〕沙頭醉玉瓶：杜甫醉歌行：「風吹客衣日杲杲，樹攪離思花冥冥。酒盡沙頭雙玉瓶，衆賓皆醉我獨醒。乃知貧賤別更苦，吞聲躑躅涕淚零。」玉瓶，瓷瓶的美稱。

〔二〕「唤君」二句：方棫失題：「午醉醒來晚，無人夢自驚。夕陽如有意，長傍小窗明。」

〔三〕客中無伴怕君行：據此，或作於韓元吉將赴考功郎任時。

其二　南鄭席上

浴罷華清第二湯〔一〕，紅綿撲粉玉肌涼。娉婷初試藕絲裳〔二〕。　鳳尺裁成猩血色，螭奩熏透麝臍香。水亭幽處捧霞觴〔三〕。

【題解】

南鄭，在今陝西漢中，時爲四川宣撫使司治所。乾道八年初，陸游被王炎辟爲幕僚，隨即啓程。本文爲陸游抵達南鄭赴任後在宴席上所作的詞，調寄浣沙溪。

本文據文意，作於乾道八年（一一七二）。時陸游在權四川宣撫使司幹辦公事兼檢法官任上。

【箋注】

〔一〕華清第二湯：張洎賈氏譚録：「驪山華清宮……湯泉一十八所，第一所是御湯。」此爲借用。

〔二〕藕絲：彩色，一説純白色。李賀天上謡：「粉霞紅綬藕絲裙，青洲步拾藍苕春。」王琦彙解：「粉霞、藕絲，皆當時彩色名。」葉葱奇注：「藕絲即純白色。」

〔三〕鳳尺：帝王所用尺。　猩血色：常璩華陽國志卷四：「猩猩獸能言，其血可以染朱罽。」螭奩：螭形裝飾的熏香銅匣。螭，傳説中一種無角之龍。　麝臍香：即麝香。説文解字鹿部：「麝如小麋，臍有香。」　霞觴：霞杯，盛滿美酒的酒杯。曹唐送劉尊師祇詔闕庭其二：「霞觴共飲身雖在，風馭難陪迹未閒。」

青玉案　與朱景參會北嶺

西風挾雨聲翻浪。恰洗盡、黄茅瘴〔一〕。老慣人間齊得喪〔二〕。千巖高卧，五湖歸棹，替却淩煙像〔三〕。故人小駐平戎帳。白羽腰間氣何壯〔四〕。我老漁樵君將相。小槽紅酒，晚香丹荔，記取蠻江上〔五〕。

【題解】

朱景參，即朱孝聞，字景參，處州青田（今浙江青田）人。陸游友人。紹興二十四年進士。二十八年任福建寧德尉，與陸游同事。北嶺，在福州。劍南詩稿卷六五道院雜興其三「北嶺空思擘晚紅」，自注：「北嶺在福州。予少時與友人朱景參會嶺下僧舍。時秋晚，荔子獨晚紅在。」本文爲陸游記述與朱景參聚會北嶺所做的詞，調寄青玉案。

本文據文意，作於紹興二十九年（一一五九）秋。時陸游在福州決曹任上。參考劍南詩稿卷六二予初仕爲寧德縣主簿而朱孝聞景參作尉情好甚篤後十餘年景參下世今又幾四十年忽夢見若平生覺而感歎不已。

【箋注】

〔一〕黄茅瘴：嶺南深秋草木枯黄時的瘴氣。嵇含南方草木狀：「芒茅枯時，瘴役大作，交、廣皆爾也，土人呼曰黄茅瘴，又曰黄芒瘴。」

〔二〕老慣：習慣。

〔三〕千巖：世説新語言語：「顧長康從會稽還，人問山川之美。顧云：『千巖競秀，萬壑争流，草木蒙籠其上，若雲興霞蔚。』」五湖：越國范蠡功成身退，輕舟隱於五湖。事見國語越語下。借指隱遁之地。凌煙像：唐代凌煙閣中的功臣畫像。

〔四〕白羽：指羽箭。文選司馬相如上林賦：「彎蕃弱，滿白羽，射游梟，櫟蜚遽。」郭璞注：「以白羽爲箭，故曰白羽也。」

〔五〕小槽紅酒：江南造紅酒。苕溪漁隱叢話前集卷二一：「苕溪漁隱曰：『江南人家造紅酒，色味兩絶。李賀將進酒云「小槽酒滴真珠紅」，蓋謂此也。』」晚香丹荔：卷七答人賀賜第啓：「荔子丹而共醉，未忘閩嶺之歡。」蠻江：此指閩江。

水調歌頭　多景樓

江左占形勝，最數古徐州〔一〕。連山如畫，佳處縹渺著危樓。鼓角臨風悲壯，烽火連空明滅，往事憶孫劉〔二〕。千里曜戈甲，萬竈宿貔貅〔三〕。露霑草，風落木，歲方秋。使君宏放〔四〕，談笑洗盡古今愁。不見襄陽登覽，磨滅遊人無數，遺恨黯難收。叔子獨千載，名與漢江流〔五〕。

【題解】

多景樓在鎮江。張邦基墨莊漫録卷四：「鎮江府甘露寺在北固山上。江山之勝，烟雲顯晦，萃於目前。舊有多景樓，尤爲勝覽之最。蓋取李贊皇題臨江亭詩有『多景懸窗牖』之句，以是命名，樓即臨江故基也。」陸游隆興二年二月到鎮江通判任。方滋於該年秋知鎮江府，邀客游多景樓，陸游乃賦此詞。詞成寄毛幵，幵有和作。本文爲陸游爲陪太守方滋登多景樓所作的詞，調寄水調歌頭。

本文據文意，作於隆興二年（一一六四）秋。時陸游在鎮江通判任上。

參考毛幵水調歌頭（次韻陸務觀陪太守方務德登多景樓）。

【箋注】

〔一〕江左：指江東。魏禧日録雜説：「江東稱江左，江西稱江右。蓋自江北視之，江東在左，江西在右。」形勝：指位置優越，地勢險要。荀子富國：「其固塞險，形埶便，山林川谷美，天材之利多，是形勝也。」古徐州：指鎮江。東晉南渡置僑郡，曾以徐州治鎮江，又稱南徐州。

〔二〕孫劉：指孫權、劉備。二人曾在甘露寺共謀對抗曹操。參見卷四三六月二十三日記文。

〔三〕萬竈宿貔貅：指大軍宿營起竈。蘇軾次韻穆父尚書侍祠郊丘瞻望天光退而相慶引滿醉吟：「令嚴鐘鼓三更月，野宿貔貅萬竈煙。」貔貅，比喻勇猛的戰士。

〔四〕使君：尊稱太守方滋。方滋，字務德。參見卷三九吏部郎中蘇君墓誌銘注〔三〕。宏放：宏偉曠達，開闊奔放。

〔五〕「不見」五句：晉書羊祜傳：「祜樂山水，每風景，必造峴山，置酒言詠，終日不倦。嘗慨然歎息，顧謂從事中郎鄒湛等曰：『自有宇宙，便有此山。由來賢達勝士，登此遠望，如我與卿者多矣！皆湮滅無聞，使人悲傷。如百歲後有知，魂魄猶應登此也。』……襄陽百姓於峴山祜平生游憩之所建碑立廟，歲時饗祭焉。望其碑者，莫不流涕，杜預因名爲『墮淚碑』。」羊祜，字叔子。參見卷二七跋郭德誼墓誌之二注〔六〕。漢江，即漢水。流經襄陽。

浪淘沙　丹陽浮玉亭席上作

緑樹暗長亭〔一〕，幾把離尊。陽關常恨不堪聞〔二〕。何況今朝秋色裏，身是行人。　清淚浥羅巾，各自消魂。一江離恨恰平分。安得千尋横鐵鎖，截斷煙津〔三〕。

【題解】

丹陽浮玉亭，在鎮江。輿地紀勝卷七：「金山在江中，去城七里，舊名浮玉。」又：「浮玉亭，需亭北。」「需亭在府治西五里。」陸游隆興二年到任鎮江府通判，乾道元年三月易任隆興府通判，七月移官豫章。行前同僚餞行於府西之浮玉亭。本文爲陸游在餞行宴席上所作的詞，調寄浪淘沙。

本文據文意，作於乾道元年（一一六五）七月。時陸游將赴隆興通判任。

【箋注】

〔一〕長亭：古時道上隔十里設長亭，供行旅休息，近城用爲送别之處。王褒送别裴儀同：「河橋望行旅，長亭送故人。」

〔二〕陽關：指王維送元二使安西：「渭城朝雨浥輕塵，客舍青青柳色新。勸君更盡一杯酒，西出陽關無故人。」郭茂倩樂府詩集卷八：「渭城一曰陽關，王維之所作也。本送人使安西詩，後遂被於歌。」

〔三〕「安得」三句：晉書王濬傳：「吴人於江險磧要害之處，并以鐵鎖横截之。又作鐵錐，長丈餘，暗置江中。以逆距船。」劉禹錫西塞山懷古：「千尋鐵鎖沉江底，一片降幡出石頭。」煙津，烟波蒼茫之渡口。陳與義次韻尹潛感懷：「共説金陵龍虎氣，放臣迷路感煙津。」

定風波 進賢道上見梅，贈王伯壽

欹帽垂鞭送客回〔一〕，小橋流水一枝梅。衰病逢春都不記，誰謂，幽香却解逐人來〔二〕。　安得身閒頻置酒，携手，與君看到十分開。少壯相從今雪鬢，因甚，流年羈恨兩相催。〔三〕

【題解】

進賢，縣名。隸江南西路隆興府，在今江西進賢。王伯壽，爲誰不詳。從詞中「少壯相從」句看，當是陸游少時朋友。張綱華陽集卷三五、三七有與之唱和之作。本文爲陸游赴進賢途中因見梅而感所作的詞，贈予王伯壽。調寄定風波。

本文據文意，作於乾道二年（一一六六）春。時陸游在隆興通判任上。

【箋注】

〔一〕攲帽：即側帽。比喻行止瀟灑。北史獨孤信傳：「信美風度。……在秦州，嘗因獵，日暮馳馬入城，其帽微側，詰旦而吏人有戴帽者，咸慕信而側帽焉。」攲，傾斜，不正。

〔二〕逐人來：杜甫諸將五首其五：「錦江春色逐人來，巫峽清秋萬壑哀。」

〔三〕兩相催：杜甫九日五首其一：「弟妹蕭條各何往，干戈衰謝兩相催。」

南鄉子

歸夢寄吴檣，水驛江程去路長。想見芳洲初繫纜〔一〕，斜陽，煙樹參差認武昌〔二〕。　愁鬢點新霜，曾是朝衣染御香〔三〕。重到故鄉交舊少，淒涼，却恐它鄉勝故鄉〔四〕。

【題解】

淳熙五年春，陸游奉召離蜀東歸。六月，船過武昌。本文爲陸游東歸途中船過武昌所作的詞，調寄南鄉子。

本文據文意，作於淳熙五年（一一七八）六月。時陸游在離蜀東歸途中。

【箋注】

〔一〕芳洲：指鸚鵡洲，在今武漢西南長江中。初繫纜：乾道六年八月陸游赴夔州途中曾經此地。參見卷四七之八月三十日記文。

〔二〕武昌：縣名。隸鄂州。在今湖北鄂州。

〔三〕朝衣染御香：賈至早朝大明宮呈兩省僚友：「劍佩聲隨玉墀步，衣冠身惹御爐香。」

〔四〕它鄉勝故鄉：杜甫得舍弟消息：「亂後誰歸得，他鄉勝故鄉。」

其二

早歲入皇州，罇酒相逢盡勝流〔一〕。三十年來真一夢，堪愁，客路蕭蕭兩鬢秋〔二〕。蓬嶠偶重遊〔三〕，不待人嘲我自羞。看鏡倚樓俱已矣〔四〕，扁舟，月笛煙蓑萬事休〔五〕。

【題解】

本文爲陸游於游宦中回憶前半生所作的詞，調寄南鄉子。

本文據文意，作於乾道末、淳熙初作者五十歲左右。時陸游在蜀中。

【箋注】

〔一〕皇州：指京城。劍南詩稿卷五二武林：「六十年間幾來往，都人誰解記衰翁。」自注：「紹興癸亥，予年十九，以試南省來臨安，今六十年矣。」勝流：名流。

〔二〕三十年來：時陸游五十歲左右，在蜀中任職。客路：他鄉之路。皇甫冉赴李少府莊失路：「月照煙花迷客路，蒼蒼何處是伊川？」

〔三〕蓬嶠：指蓬山，即蓬萊山。嶠，高山。又借指秘書省。陸游紹興末曾任編類聖政所檢討官，屬秘書省。此或指夢境。

〔四〕看鏡倚樓：杜甫江上：「勛業頻看鏡，行藏獨倚樓。時危思報主，衰謝不能休。」

〔五〕煙蓑：蓑衣。鄭谷郊園：「煙蓑春釣静，雪屋夜棋深。」

滿江紅

危堞朱欄，登覽處、一江秋色。人正似、征鴻社燕〔一〕，幾番輕別。繾綣難忘當日語，淒涼又作它鄉客。問鬢邊、都有幾多絲，真堪織〔二〕。楊柳院，秋千陌。無限事，成虛擲。如今何處也，夢魂難覓。金鴨微溫香縹渺，錦茵初展情蕭瑟〔三〕。料也應、紅淚伴秋霖〔四〕，燈前滴。

【題解】

乾道元年三月，陸游由鎮江府通判易任隆興府通判，七月移官豫章。本文爲陸游赴任前所作的詞，調寄滿江紅。

本文據文意，作於乾道元年（一一六五）七月。時陸游將赴隆興通判任。

參考韓元吉南澗甲乙稿卷七滿江紅（再至丹陽每懷務觀有歌其所製者因用其韻示王季夷章冠之）。

【箋注】

〔一〕征鴻社燕：蘇軾送陳睦知潭州：「有如社燕與秋鴻，相逢未穩還相送。」

〔二〕「問鬢邊」二句：賈島客喜：「鬢邊雖有絲，不堪織寒衣。」

〔三〕金鴨：鍍金的鴨形銅香爐。洪芻香譜卷下：「香獸，塗金爲狻猊、麒麟、鳧鴨之狀，空中以然香，使煙自口出，以爲玩好。復有雕木埏土爲之者。」戴叔倫春怨：「金鴨香消欲斷魂，梨花春雨掩重門。」錦茵：錦製的墊褥。文選潘岳寡婦賦：「易錦茵以苫席兮，代羅幬以素帷。」劉良注：「茵，褥也。」

〔四〕紅淚：王嘉拾遺記：「魏文帝所愛美人，姓薛名靈芸，常山人也。……聞別父母，歔欷累日，淚下沾衣。至升車就路之時，以玉唾壺承淚，壺則紅色。既發常山，及至京師，壺中淚凝如血。」

其二 夔州催王伯禮侍御尋梅之集

疏蕊幽香，禁不過、晚寒愁絶。那更是、巴東江上〔一〕，楚山千疊。欹帽閒尋西瀼路，嚲鞭笑向南枝説〔二〕。恐使君、歸去上鑾坡〔三〕，孤風月。　清鏡裏，悲華髮。山驛外，溪橋側。淒然回首處，鳳凰城闕〔四〕。憔悴如今誰領略，飄零已是無顏色。問行厨，何日唤賓僚，猶堪折〔五〕。

【題解】

王伯禮，即王伯庠，字伯禮。參見卷十四雲安集序注〔六〕。本文爲陸游爲催促王伯庠知府舉行尋梅集會所作的詞，調寄滿江紅。

本文據文意，作於乾道六年（一一七〇）冬。時陸游在夔州通判任上。

參考卷十四雲安集序。

【箋注】

〔一〕巴東：即夔州。

〔二〕欹帽：側帽。 西瀼：即瀼西。 參見卷四八之十月二十七日記文。 嚲鞭：垂鞭。嚲，下垂。 南枝：借指梅花。蘇軾次韻蘇伯固游蜀岡送李孝博奉使嶺南：「願及南枝謝，早隨北雁翩。」王文誥輯注引趙次公曰：「南枝，梅也。」

〔三〕使君：指太守王伯庠。 鑾坡：葉夢得石林燕語卷五：「俗稱翰林學士爲坡，蓋唐德宗時嘗移學士院於金鑾坡上，故亦稱鑾坡。」

〔四〕鳳凰城闕：指京城。杜甫夜：「步蟾倚杖看牛斗，銀漢遥應接鳳城。」趙次公注：「秦穆公女弄玉吹簫，鳳降其城，因號丹鳳城。其後號京都之城曰鳳城。」

〔五〕行厨：執炊，掌竈。曹唐小游仙詩之五八：「行厨侍女炊何物，滿竈無煙玉炭紅。」 猶堪折：杜秋娘金縷詞：「有花堪折直須折，莫待無花空折枝。」

感皇恩 伯禮立春日生日

春色到人間，綵旛初戴〔一〕。正好春盤細生菜〔二〕。一般日月，只有仙家偏耐〔三〕。雪霜從點鬢〔四〕，朱顏在。 温詔鼎來，延英催對〔五〕。鳳閣鸞臺看除拜〔六〕。

對衣裁穩，恰稱毬紋新帶〔七〕。個時方旋了、功名債〔八〕。

【題解】

伯禮，即王伯庠。本文爲立春日陸游爲知州王伯庠生日所作的詞，調寄感皇恩。

本文據文意，作於乾道七年（一一七一）春。時陸游在夔州通判任上。

【箋注】

〔一〕綵旛初戴：孟元老東京夢華録卷六：「春日，宰執親王百官皆賜金銀幡勝，入賀訖，戴歸私第。」綵旛，即幡勝。用金銀箔羅彩製成的長條形旗幟，相贈用作春日的裝飾。

〔二〕春盤細生菜：杜甫立春：「春日春盤細生菜，忽憶兩京梅發時。」陳元靚歲時廣記卷八引唐四時寶鏡：「立春日，食蘆菔、春餅、生菜，號春盤。」又引齊人月令：「凡立春日食生菜，不可過多，取迎新之意而已。」

〔三〕偏耐：獨能忍耐。

〔四〕雪霜從點鬢：任憑白髮點染兩鬢。

〔五〕温詔：詞情懇切之詔書。朱熹次秀野春晴山行紀物之句：「側聞温詔詢耆艾，好趁春風入殿衙。」　鼎來：方來。漢書匡衡傳：「諸儒爲之語曰：『無説詩，匡鼎來。』」服虔注：「鼎猶言當也能，言匡且來也。」應劭注：「鼎，方也。」　延英：即延英殿，朝臣輪對之所。錢易南部新書甲：「上元中，長安東内始置延英殿。每侍臣賜對，則左右悉去，故直言讜議，盡得上達。」

〔六〕鳳閣鸞臺：指中書省、門下省。舊唐書職官一：「光宅元年九月，改……門下省爲鸞臺，中書省爲鳳閣。」除拜：授官。除舊職，拜新官。

〔七〕對衣：一套衣服。常用作賞賜臣下的物品，如歐陽修有謝對衣金帶鞍轡馬狀。毬紋新帶：繡有毬形花紋的腰帶。宋敏求春明退朝録卷下：「太宗命創方團毬路帶，亦名笏頭帶，以賜二府文臣。」

〔八〕個時：這時。旋了：漸了。

其二

小閣倚秋空〔一〕，下臨江渚。漠漠孤雲未成雨。數聲新雁，回首杜陵何處〔二〕？壯心空萬里，人誰許〔三〕？黄閣紫樞，築壇開府〔四〕。莫怕功名欠人做。如今熟計〔五〕，只有故鄉歸路。石帆山脚下、菱三畝〔六〕。

【題解】

本文爲陸游所作懷古思鄉之詞，調寄感皇恩。

本文據文意，當作於蜀中。

【箋注】

〔一〕小閣倚秋空：晁沖之感皇恩：「小閣倚晴空，數聲鐘定韻。」

〔二〕「數聲」二句：杜牧秋浦道中：「爲問寒沙新到雁，來時爲下杜陵無？」于鄴秋夕聞雁：「忽聞涼雁至，如報杜陵秋。」杜陵，在長安城東南。秦代爲杜縣，漢宣帝築陵於此，故名杜陵。三輔黃圖陵墓：「漢宣杜陵，在長安城南五十里。帝在民間時，好游鄠、杜間，故葬此。」

〔三〕誰許：何許。

〔四〕「黃閣」二句：漢代丞相、太尉等等三公官署門塗黃色，以區别於天子的朱門。後用以指宰相官署。紫樞，指樞密院，掌軍事。宋代戎服皆用紫色。辛棄疾水調歌頭：「望清闕，左黃閣，右紫樞。」築壇開府，指主持國家樞機。

〔五〕熟計：周密謀劃。

〔六〕石帆山：在會稽。嘉泰會稽志卷九：「石帆山在縣東一十五里。舊經引夏侯曾先地志云：『射的山北石壁高數十丈，中央少紆，狀如張帆，下有文石如鷂，一名石帆。』十道志云：『山遥望如張帆臨水。』」

好事近　寄張真甫

羈雁未成歸，腸斷寶箏零落〔一〕。那更凍醪無力〔二〕，似故人情薄。　瘴雲蠻雨暗孤城，身在楚山角〔三〕。煩問劍南消息，怕還成疏索〔四〕。

【題解】

張真甫，即張震，字真甫。參見卷四五之七月十七日記文注〔三〕。張震乾道初知夔州，遷知成都府。詞中有「身在楚山角」之句，則當作於夔州。本文爲陸游寄呈張震所作的詞，調寄好事近。

本文據文意，作於乾道七年（一一七一）春。時陸游在夔州通判任上。

【箋注】

〔一〕「羈雁」二句：温庭筠贈彈箏人：「鈿蟬金雁今零落，一曲伊州淚萬行。」

〔二〕凍醪：亦稱春酒。爲冬日釀造、及春乃成之酒。杜牧寄内兄和州崔員外十二韻：「雨侵寒牖夢，梅引凍醪傾。」

〔三〕楚山角：楚山，汎指楚地之山。夔州爲楚、巴交界處，故稱楚山角。

〔四〕劍南：指成都。唐置劍南道，治益州，後升成都府。劍南消息，或指陸游夔州任滿之後的去向。時張震知成都府。　疏索：疏遠，冷淡。

其二

風露九霄寒，侍宴玉華宫闕〔一〕。親向紫皇香案，見金芝千葉〔二〕。　碧壺仙露醖初成〔三〕，香味兩奇絶。醉後却騎丹鳳，看蓬萊春色〔四〕。

【題解】

本文爲陸游所作的游仙詞，調寄好事近。

本文夏承燾、吴熊和放翁詞編年箋注（以下簡稱放翁詞箋注）繫於東歸後作。

【箋注】

〔一〕九霄：道教稱仙人居處。文選沈約游沈道士館：「鋭意三山上，托慕九霄中。」張銑注：「九霄，九天，仙人所居處也。」　玉華宫闕：指仙境。蘇舜欽中秋松江新橋對月和柳令之作：「佛氏解爲銀世界，道家多住玉華宫。」

〔二〕紫皇：道教中的最高神仙。太平御覽引秘要經：「太清九宫皆有僚屬，其最高者稱太皇、紫皇、玉皇。」　香案：放置香爐燭臺的條桌。　金芝：金色芝草。傳説中的仙藥。漢書宣帝紀：「金芝九莖，産於函德殿銅池中。」顔師古注引服虔曰：「金芝，色像金也。」

〔三〕碧壺：即碧玉壺。指仙境。費長房爲市掾，見一老翁賣藥，懸壺於肆頭，市罷即跳入壺中。長房詣翁，翁與俱入壺中，見玉堂華麗，美酒佳餚充盈，相與飲畢而出。事見後漢書費長房傳。

〔四〕丹鳳：頭和翅膀羽毛爲紅色的鳳鳥。禽經「鸞」，張華注：「首翼赤曰丹鳳。」蓬萊：傳説中的海上仙山。史記封禪書：「自威、宣、燕昭使人入海求蓬萊、方丈、瀛洲。此三神山者，其傳在勃海中。」

其三　次宇文卷臣韻

客路苦思歸〔一〕，愁似繭絲千緒。夢裏鏡湖煙雨〔二〕，看山無重數。　尊前消盡少年狂，慵著送春語〔三〕。花落燕飛庭户，歎年光如許。

【題解】

宇文卷臣，即宇文紹奕，字卷臣，一作衮臣。參見卷二八跋原隸題解。宇文紹奕淳熙四年知臨邛，陸游與之交友至厚。本文爲陸游爲次韻宇文紹奕所作的詞，調寄好事近。

本文據文意，作於淳熙五年（一一七八）春。時陸游正擬奉召離蜀東歸。

參考詩稿卷七次韻使君吏部見贈時欲游鶴山以雨止、山中小雨得宇文使君簡問嘗見張仙翁乎戲作一絶、次韻宇文使君山行，卷四三宇文袞臣吏部予在蜀日與之游至厚。

【箋注】

〔一〕客路苦思歸：時陸游入蜀八年，正欲東歸。

〔二〕鏡湖：在紹興山陰。詩稿卷八夜登小南門城上自注：「予故山在鏡湖之南。」

〔三〕慵：困倦，慵懶。

其四

歲晚喜東歸，掃盡市朝陳迹。揀得亂山環處，釣一潭澄碧〔一〕。　賣魚沽酒醉還醒，心事付横笛〔二〕。家在萬重雲外，有沙鷗相識〔三〕。

【題解】

陸游於淳熙五年春離蜀東歸，秋抵臨安，召對，除提舉福建常平茶鹽公事，暫返山陰。本文爲陸游還鄉所作的詞，調寄好事近。中興以來絶妙詞選卷二本闋下題「東歸書事」。

本文據文意，作於淳熙五年（一一七八）秋。時陸游返回山陰故居。

【箋注】

〔一〕一潭澄碧：指鏡湖水。

〔二〕横笛：即今七孔横吹之笛，相對直吹之古笛。沈括夢溪筆談樂律：「後漢馬融所賦長笛……李善爲之注云：『七孔，長一尺四寸。』此乃今之横笛耳。太常鼓吹部中所謂横吹，非融之所賦者。」

〔三〕沙鷗：棲息於沙洲上的鷗鳥。孟浩然夜泊宣城界：「離家復水宿，相伴賴沙鷗。」

其五

華表又千年，誰記駕雲孤鶴〔一〕？回首舊曾遊處，但山川城郭。紛紛車馬滿人間，塵土汚芒屩〔二〕。且訪葛仙丹井〔三〕，看巖花開落。

【題解】

本文與上文爲同時所作。

【箋注】

〔一〕「華表」二句：感歎人世變遷。陶潛搜神後記卷一：「丁令威，本遼東人，學道於靈虛山。後化鶴歸遼，集城門華表柱。時有少年，舉弓欲射之。鶴乃飛，徘徊空中而言曰：『有鳥有鳥丁令威，去家千年今始歸。城郭如故人民非，何不學仙冢壘壘。』遂高上沖天。」華表，石造柱子，設在城垣、宫殿等前，起裝飾作用。

〔二〕芒屩：芒鞋。晉書劉惔傳：「惔少清遠，有標奇，與母任氏寓居京口，家貧，織芒屩爲養。」

〔三〕葛仙丹井：嘉泰會稽志卷十一：「葛仙丹井在雲門淳化寺佛殿西廡之外僧房中，泉味甘寒冠一山。唐顧況詩云：『野人愛向山中宿，況在葛洪丹井西。門前有箇長松樹，半夜子規來上啼。』即此井也。松已槁死，六十年前故老猶有見之者。唐詩人又有句曰：『月在山中葛洪井。』晁文元公愛賞之。今有松偃蹇夭矯如龍，正覆井上，若護此泉者，真可異也。」詩稿卷十九有故山葛仙翁丹井有偃松覆其上夭矯可愛寄題。

其六

揮袖别人間，飛躡峭崖蒼壁〔一〕。尋見古仙丹竈〔二〕，有白雲成積。心如潭水静無風，一坐數千息。夜半忽驚奇事，看鯨波暾日〔三〕。

【題解】

本文爲陸游所作的游仙詞，調寄好事近。

本文放翁詞箋注繫於東歸後作。

【箋注】

〔一〕飛躡：飛登。

〔二〕古仙丹竈：指葛仙丹井。參見前文注〔三〕。

〔三〕鯨波暾日：驚濤駭浪中紅日初升。暾，剛出的太陽。劉禹錫送源中丞充新羅册立使：「煙開鰲背千尋碧，日浴鯨波萬頃金。」

其七

溢口放船歸，薄暮散花洲宿〔一〕。兩岸白蘋紅蓼，映一蓑新緑〔二〕。　有沽酒處便爲家，菱芡四時足〔三〕。明日又乘風去，任江南江北。

【題解】

本文爲陸游抒寫沿江東歸心情所作的詞，調寄好事近。

本文據文意，作於淳熙五年（一一七八）。時陸游在離蜀東歸途中。

【箋注】

〔一〕溢口：即溢浦，溢水流入長江之處。在今江西九江西。散花洲：江中沙洲。在今湖北大冶。參見卷四六之八月十六日記文注〔一〇〕。

〔二〕白蘋紅蓼：兩種水生植物。呂巖促拍滿路花：「袖手江南去，白蘋紅蓼，又尋溢浦廬山。」一簑新緑：指用緑草新編的一領蓑衣。

〔三〕菱芡：菱角和芡實。兩種水生植物果實。

其八 登梅仙山絶頂望海

揮袖上西峰，孤絶去天無尺。拄杖下臨鯨海，數煙帆歷歷〔一〕。貪看雲氣舞青鸞〔二〕，歸路已將夕。多謝半山松吹，解慇懃留客。

【題解】

梅仙山，即梅山，在會稽城東北七里。參見卷二二梅子真泉銘題解及注〔一〕。以梅福命名之梅仙山，福建建安、江西豐城等地均有。此詞稱「望海」，仍應指會稽梅山。本文爲陸游登梅仙山頂望海所作的詞，調寄好事近。

本文放翁詞箋注繫於淳熙八年至十二年間。時陸游奉祠家居。

【箋注】

〔一〕鯨海：大海。馬戴贈別北客：「雁關飛霰雪，鯨海落雲濤。」煙帆：烟波之中的帆船。

〔二〕青鸞：傳説中鳳凰一類神鳥，多爲神仙坐騎。赤色多者爲鳳，青色多者爲鸞。李白鳳凰曲：「嬴女吹玉簫，吟弄天上春。青鸞不獨去，更有携手人。」王琦注引藝文類聚：「決疑注曰：『……多赤色者鳳，多青色者鸞。』」

其九

小倦帶餘醒，澹澹數櫺斜日〔一〕。驅退睡魔十萬，有雙龍蒼璧〔二〕。　少年莫笑老人衰，風味似平昔。扶杖凍雲深處，探溪梅消息〔三〕。

【題解】

本文爲陸游傍晚酒醒，扶杖探梅所作的詞，調寄好事近。

本文放翁詞箋注繫於淳熙八年至十二年間。時陸游奉祠家居。

【箋注】

〔一〕餘醒：宿醉。劉禹錫和牛相公題姑蘇所寄太湖石兼寄李蘇州：「煩熱近還散，餘醒見便醒。」數櫺斜日：指窗櫺中透過的幾縷夕陽。

〔二〕驅退睡魔：封演封氏聞見記卷六：「開元中，泰山靈巖寺有降魔師，大興禪教。學禪，務於不寐，又不夕食，皆許其飲茶。人自懷挾，到處煮飲，從此轉相仿效，遂成風俗。」雙龍蒼璧：當是兩種茶名。黄庭堅謝公擇舅分賜茶三首其一：「外家新賜蒼龍璧，北焙風煙天上來。」

〔三〕凍雲：嚴冬的陰雲。溪梅：溪邊早梅。

其十

覓個有緣人，分付玉壺靈藥〔一〕。誰向市塵深處，識遼天孤鶴〔二〕。　月中吹笛下巴陵，條華赴前約〔三〕。今古廢興何限，歎山川如昨。

【題解】

本文爲陸游所作的游仙詞，調寄好事近。

本文放翁詞箋注繫於東歸後作。

【箋注】

〔一〕玉壺：酒壺的美稱。　靈藥：傳説中的仙藥。

〔二〕「誰向」二句：感嘆人世變遷。典出搜神後記。參見好事近其五注〔一〕。

〔三〕「月中」二句：想象歸隱條華。吹笛，抒寫傷逝懷舊之情。典出向秀思舊賦序。巴陵，舊縣名。在今湖南岳陽。條華，指中條山、華山。赴前約，詩稿卷六九書几試筆：「藥笈箸囊幸無恙，蓮峰吾亦葺吾廬。」自注：「偶見報西師復關中郡縣，昔予常有卜居條華意，因及之。」

其十一

平旦出秦關，雪色駕車雙鹿〔一〕。借問此行安往，賞清伊修竹〔二〕。漢家宫殿劫灰中〔三〕，春草幾回緑。君看變遷如許，況紛紛榮辱〔四〕。

【題解】

本文爲陸游爲感歎秦漢遺迹所作的游仙詞，調寄好事近。

本文放翁詞箋注繫於東歸後作。

【箋注】

〔一〕「平旦」二句：指出關游仙。秦關，指函谷關，在今河南靈寶。雪色，杜甫久雨期王將軍不至：「憶爾腰下鐵絲箭，射殺林中雪色鹿。」

〔二〕清伊修竹：清伊指伊水，在洛陽東南。韓愈送張道士：「嶺北梁可構，寒魚下清伊。」蘇軾别子由三首兼别遲其二：「水南卜築吾豈敢，試向伊川買修竹。」

〔三〕劫灰：佛教謂世界終盡，有劫火洞燒。劫灰即劫火之餘灰，此謂遺址之殘迹。

〔四〕紛紛榮辱：指區區一身之榮辱。

其十二

秋曉上蓮峰〔一〕，高躡倚天青壁。誰與放翁爲伴，有天壇輕策〔二〕。鏗然忽變赤龍飛，雷雨四山黑〔三〕。談笑做成豐歲，笑禪龕榔栗〔四〕。

【題解】

本文爲陸游拄杖漫游時所作的游仙詞，調寄好事近。

本文放翁詞箋注繫於東歸後作。

【箋注】

〔一〕蓮峰：即華山蓮花峰。太平御覽卷三九引華山記：「山頂有池，生千葉蓮花，服之羽化，因曰華山。」

〔二〕天壇：指王屋山頂峰，相傳爲黄帝禮天之處。杜甫昔游：「王喬下天壇，微月映皓鶴。」仇兆鰲注：「王屋山絶頂曰天壇。」　輕策：指籐杖。葉夢得避暑録話卷上：「余往自許昌歸，得天壇籐杖數十，外圓。」詩稿卷二十拄杖：「放翁拄杖具神通，蜀棧吴山興未窮。昨夜夢中行萬里，蓮華峰上聽松風。」

〔三〕「鏗然」二句：指騎龍飛昇。劉向列仙傳陶安公：「陶安公者，六安鑄冶師也。數行火。火一旦散上行，紫色衝天，安公伏治下求哀。朱雀止治上曰：『安公，安公，治與天通，七月七日，迎汝以赤龍。』至期，赤龍到，大雨，而安公騎之東南上。」

〔四〕禪龕：佛堂。楊炯後周明威將軍梁公神道碑：「故得雕檀之妙，俯對禪龕，貝葉之文，式盈梵宇。」　榔栗：木名，可作杖。後借指手杖、禪杖。賈島送空公往金州：「七百里山水，手中榔栗麤。」

鷓鴣天　送葉夢錫

家住東吴近帝鄉，平生豪舉少年場〔一〕。十千沽酒青樓上，百萬呼盧錦瑟傍〔二〕。

身易老，恨難忘，尊前贏得是淒涼〔三〕。君歸爲報京華舊〔四〕，一事無成兩鬢霜。

【題解】

葉夢錫，即葉衡，字夢錫。參見卷九賀葉樞密啓題解。葉衡乾道八年知荆南府，九年八月改知成都府，隨即於淳熙元年初遷知建康府。在知成都府期間或與陸游相見。本文爲陸游爲送葉衡歸京所作的詞，調寄鷓鴣天。

本文據文意，作於乾道九年（一一七三）冬。時陸游在攝知嘉州任上。

【箋注】

〔一〕帝鄉：指臨安。「平生」句：詩稿卷二自笑：「自笑平生醉後狂，千鍾使氣少年場。」

〔二〕十千沽酒：曹植名都篇：「歸來宴平樂，美酒斗十千。」百萬呼盧：李白少年行其三：「呼盧百萬終不惜，報讎千里如咫尺。」呼盧，指賭博。錦瑟：漆有織錦紋的瑟。杜甫曲江對雨：「何時詔此金錢會，暫醉佳人錦瑟傍。」

〔三〕「尊前」句：韓偓五更：「光景旋消惆悵在，一生贏得是淒涼。」

〔四〕君歸：指葉衡將赴京城。

其二　葭萌驛作

看盡巴山看蜀山，子規江上過春殘〔一〕。慣眠古驛常安枕，熟聽陽關不慘顏〔二〕。慵服氣，懶燒丹，不妨青鬢戲人間〔三〕。秘傳一字神仙訣，說與君知只是頑〔四〕。

【題解】

葭萌驛，隸利州路利州，在今四川廣元。蜀中名勝記卷二四引葭萌縣志：「縣北百八十里施店驛，即古葭萌驛，驛即古縣址也。」陸游乾道八年正月赴南鄭王炎幕府。本文爲陸游過葭萌驛所作的詞，調寄鷓鴣天。

本文據文意，作於乾道八年（一一七二）春。時陸游赴南鄭王炎幕府途中。

【箋注】

〔一〕「看盡」二句：指殘春時分，由巴入蜀。子規，即杜鵑鳥。華陽國志蜀志：「杜宇稱帝，號曰望帝……禪位於開明，帝升西山隱焉。時適二月，子鵑鳥鳴，故蜀人悲子鵑鳥鳴也。」

〔二〕陽關：陽關三疊，即渭城曲，乃送别之曲。慘顔：指表情悲傷。

〔三〕服氣：即吐納，道家養生延年之術。晉書張忠傳：「恬静寡欲，清虚服氣，餐芝餌石，修導養之法。」青鬢：濃黑鬢髮。指年輕人。

〔四〕「秘傳」二句：詩稿卷五五雜感其二：「古言忍字似而非，獨有癡頑二字奇。此是龜堂安樂法，大書銘座更何疑？」

其三

梳髮金盤剩一窩，畫眉鸞鏡暈雙蛾〔一〕。人間何處無春到，只有伊家獨占多。

微步處，奈嬌何，春衫初换麴塵羅〔二〕。東鄰鬥草歸來晚〔三〕，忘卻新傳子夜歌〔四〕。

【題解】

本文爲陸游所作的閨情詞，調寄鷓鴣天。

本文放翁詞箋注繫於不編年詞。

【箋注】

〔一〕「梳髮」二句：描寫女子梳妝打扮。一窩，指中空的圓錐形髮型，如窩頭。鸞鏡，指妝鏡。雙蛾，指兩眉。蛾，蛾眉。

〔二〕微步：輕步，緩步。曹植洛神賦：「凌波微步，羅襪生塵。」麴塵羅：淡黄色的絲織品。牛嶠楊柳枝其五：「裊翠籠煙拂暖波，舞裙新染麴塵羅。」麴塵原爲酒麴上所生菌類，色淡黄如塵，用以指淡黄色。

〔三〕鬥草：又名鬥百草。古代游戲，競採花草以比多寡優劣。荆楚歲時記：「五月五日，四民并蹋百草，又有鬥百草之戲。」

〔四〕子夜歌：樂府詩集卷四四：「唐書樂志曰：『子夜歌者，晉曲也。晉有女子名子夜，造此聲，聲過哀苦。』……樂府解題曰：『後人更爲四時行樂之詞，謂之子夜四時歌。』」

其四

家住蒼煙落照間〔一〕，絲毫塵事不相關。斟殘玉瀣行穿竹，卷罷黄庭卧看山〔二〕。

貪嘯傲，任衰殘，不妨隨處一開顔〔三〕。元知造物心腸別〔四〕，老却英雄似等閒。

【題解】

本文爲陸游開始卜居鏡湖三山所作的詞，調寄鷓鴣天。

本文據放翁詞箋注，作於乾道二年（一一六六）。時陸游罷歸家居。

【箋注】

〔一〕蒼煙：蒼茫雲霧。陳子昂峴山懷古：「野樹蒼煙斷，津樓晚氣孤。」落照：夕陽餘暉。梁簡文帝和徐録事見内人作卧具：「密房寒日晚，落照度窗邊。」

〔二〕玉瀣：美酒名。馮時化酒史卷上：「隋煬帝造玉瀣酒，十年不敗。」黄庭：即黄庭經。道教經典，述養真修煉之道。

〔三〕嘯傲：放歌長嘯，傲然自得。陶淵明飲酒其七：「嘯傲東軒下，聊復得此生。」開顔：臉上含笑狀。謝靈運酬從弟惠連：「末路值令弟，開顔披心胸。」

〔四〕造物：造物者，創造萬物之神。莊子大宗師：「偉哉，夫造物者將以予爲此拘拘也。」心腸別：別具心思。

其五

插脚紅塵已是顛〔一〕，更求平地上青天。新來有個生涯別，買斷煙波不用錢〔二〕。

沽酒市，采菱船，醉聽風雨擁蓑眠。三山老子真堪笑，見事遲來四十年〔三〕。

【題解】

同上文。

【箋注】

〔一〕插脚：厠身。紅塵：車馬揚起的飛塵。後佛教、道教借指人世間。顛：通「癲」，癲狂。

〔二〕「新來」二句：指新近開始了避世隱居的别樣生活。買斷，買盡。煙波，烟霧蒼茫的水面，指隱居生活。李白襄陽歌：「清風朗月不用一錢買，玉山自倒非人推。」

〔三〕三山老子：陸游自稱。三山，嘉泰會稽志卷九：「三山在（山陰）縣西九里，地理家以爲與卧龍岡勢相連，今陸氏居之。」見事：識别時勢。史記范睢蔡澤列傳：「吾聞穰侯智士也，其見事遲。」詩稿卷三二幽棲其二自注：「乾道丙戌，始卜居鏡湖之三山。」丙戌，乾道二年（一一六六）。該年五月，陸游自隆興通判任罷歸，卜居三山，時年四十二歲。

其六

懶向青門學種瓜〔一〕，只將漁釣送年華。雙雙新燕飛春岸，片片輕鷗落晚沙〔二〕。歌縹渺，艣嘔啞，酒如清露鮓如花〔三〕。逢人問道歸何處，笑指船兒此是家〔四〕。

【題解】

同上文。

【箋注】

〔一〕青門：長安城東南門。三輔黄圖卷一：「長安城東出南頭第一門曰霸城門，民見門青色，名曰青城門，或曰青門。門外舊有佳瓜。廣陵人召平爲秦東陵侯。秦破，爲布衣，種瓜青門外。瓜美，時人謂之東陵瓜。」

〔二〕片片輕鷗：杜甫小寒食舟中作：「娟娟戲蝶過閒幔，片片輕鷗下急湍。」

〔三〕舼：即船。嘔啞：象聲詞，船行聲。李咸用江行：「瀟湘無事後，征棹復嘔啞。」鮓：用米粉加鹽和其他作料拌製的切碎的菜，可貯存。

〔四〕「逢人」二句：陸游時自號「漁隱」。王質雪山集卷十二寄題陸務觀漁隱序：「乙酉，務觀貳豫章，書來告曰：『吾登孺子亭，見子以詩道南州高士之神情，奇哉！吾巢會稽，築卑棲，號漁隱，子爲我詩之。』」新唐書張志和傳：「顔真卿爲湖州刺史，志和來謁，真卿以舟敝漏，請更之。志和曰：『願爲浮家汎宅，往來苕霅間。』」

其七　薛公肅家席上作

南浦舟中兩玉人，誰知重見楚江濱〔一〕。憑教後苑紅牙版，引上西川緑錦茵〔二〕。

纔淺笑，却輕嚬〔三〕，淡黄楊柳又催春。情知言語難傳恨〔四〕，不似琵琶道得真。

【題解】

薛公肅爲誰不詳。家席，家宴。陸游赴其家席，可見交往頗深。本文爲陸游在薛公肅家席上所作的艷詞，調寄鷓鴣天。

本文據文意，作於蜀中。

【箋注】

〔一〕南浦：南面水邊。常用以稱送别之地。屈原九歌河伯：「子交手兮東行，送美人兮南浦。」

玉人：美人。楚江：指楚地江河。

〔二〕紅牙版：木製的紅色拍板，歌唱時擊之以爲節拍。歷代詩餘引俞文豹吹劍録：「東坡在玉堂日，有幕士善歌，因問：『我詞何如柳七？』對曰：『柳郎中詞，只合十七八女郎，執紅牙版，歌「楊柳岸曉風殘月」。』」西川：北宋設西川路，治益州（今四川成都），南宋改爲成都府路。據此，本詞作於蜀中。緑錦茵：緑色的錦製墊褥。

〔三〕輕嚬：輕顰。微微皺眉。李煜長相思：「雲一緺，玉一梭，淡淡衫兒薄薄羅，輕顰雙黛螺。」

〔四〕情知：明知。駱賓王艷情代郭氏答盧照鄰：「情知唾井終無理，情知覆水也難收。」

驀山溪　送伯禮

元戎十乘，出次高唐館〔一〕。歸去舊鵷行，更何人、齊飛霄漢〔二〕。瞿唐水落，惟是淚波深，催疊鼓，起牙檣〔三〕，難鎖長江斷。春深鼇禁〔四〕，紅日宮磚暖。何處望音塵，黯消魂、層城飛觀〔五〕。人情見慣，不敢恨相忘，梅驛外，蓼灘邊，只待除書看〔六〕。

【題解】

伯禮，即王伯庠，字伯禮。參見卷十四雲安集序注〔六〕。雲安集序：「公以乾道七年八月移牧永嘉。」本文爲陸游爲王伯庠送行所作的詞，調寄驀山溪。

本文據文意，作於乾道七年（一一七一）八月。時陸游在夔州通判任上。

【箋注】

〔一〕元戎十乘：語本詩小雅六月：「元戎十乘，以先啓行。」朱熹集傳：「元，大也；戎，戎車也。」出次：出軍駐紮。高唐館：即高唐觀。楚國臺觀。宋玉高唐賦序：「昔者楚襄王與宋玉游於雲夢之臺，望高唐之觀。」

〔二〕鵷行：指朝官行列。梁書張緬傳：「殿中郎缺，高祖謂徐勉曰：『此曹舊用文學，且居鵷行之首，宜詳擇其人。』」　霄漢：朝中高位。

〔三〕瞿唐：瞿塘峽，三峽之一，在夔州東。　疊鼓：小擊鼓，急擊鼓。文選謝朓鼓吹曲：「凝笳翼高蓋，疊鼓送華輈。」李善注：「小擊鼓謂之疊。」　牙檣：桅杆。庾信哀江南賦：「蒼鷹赤雀，鐵軸牙檣。」倪璠注：「埤蒼曰：『檣，帆柱也。』」

〔四〕鼇禁：鼇山禁地，翰林院別稱。

〔五〕黯消魂：江淹別賦：「黯然消魂者，惟別而已矣。」　層城：指京師。陸機贈尚書郎顧彥先：「朝游游層城，夕息旋直廬。」　飛觀：高聳的宮闕。王延壽魯靈光殿賦：「陽榭外望，高樓飛觀。」

〔六〕梅驛：驛館的雅稱。　蓼灘：水草灘。　除書：授官的文書。韋應物始治尚書郎別善福精舍：「除書忽到門，冠帶便拘束。」

又　游三榮龍洞

窮山孤壘，臘盡春初破〔一〕。寂寞掩空齋，好一個、無聊底我。嘯臺龍岫，隨分有雲山，臨淺瀨，蔭長松，閒據胡牀坐〔二〕。　三杯徑醉，不覺紗巾墮〔三〕。畫角喚人歸，落梅村、籃輿夜過〔四〕。城門漸近，幾點妓衣紅，官驛外，酒壚前，也有閒燈火〔五〕。

【題解】

三榮，即榮州，隸潼川府路。在今四川榮縣。蜀中名勝記卷一一：「曰榮黎，曰榮隱，曰榮德，所謂三榮也。榮黎山，在州東十五里；榮隱山，在州西三十里；榮德山，在州東北四十二里。州以此得名。」龍洞，蜀中名勝記卷一一引勝覽云：「龍洞在州東南四里真如院，巖穴峭深，洞左石壁奇聳，巨柏老蒼。洞右有石角立，舊經以爲孫登嘯臺。三者乃榮之勝處。」淳熙元年冬，陸游攝知榮州事，留榮約七十日，至次年正月十日離榮。據卷五〇齊天樂其二，陸游游三榮龍洞在人日，即正月初七。本文爲陸游游榮州龍洞所作的詞，調寄驀山溪。

本文據文意，作於淳熙二年（一一七五）正月。時陸游在攝知榮州任上。

參考詩稿卷六別榮州。

【箋注】

〔一〕臘盡春初破：臘月已盡，初春已臨。

〔二〕嘯臺：即孫登嘯臺。詩稿卷六別榮州：「嘯臺載酒雲生屨，仙穴尋梅雨墊巾。」自注：「嘯臺，在富義門外一里，號孫登嘯臺。」孫登，晉代隱士，善長嘯。晉書卷九四有傳。　龍岫：泛指精美的湖山建築。語本西京雜記卷六。　隨分：隨處。　胡牀：又稱交牀。一種可摺疊的輕便坐具。程大昌演繁露卷一二：「今之交牀，本自虜來，始名胡牀，桓伊下馬據胡牀取笛三弄是也。隋高祖意在忌胡，器物涉胡著咸令改之，乃改交牀。唐穆宗時又名繩牀。」

〔三〕不覺紗巾墮：晉書孟嘉傳：「九月九日，（桓）温燕龍山，僚佐畢集。時佐吏并著戎服，有風至，吹嘉帽墮落，嘉不之覺。」劉長卿贈秦系：「向風長嘯戴紗巾，野鶴由來不可親。」

〔四〕畫角：古代管樂器。形似竹筒，本細末大，表面有彩繪。發音凄厲高亢，軍中用於警昏曉，肅軍容。梁簡文帝折楊柳：「城高短簫發，林空畫角悲。」籃輿：竹轎。宋書陶潛傳：「潛有脚疾，使一門生二兒轝籃輿。」

〔五〕妓衣：指遮隔女樂的簾子。典出梁書夏侯亶傳：「（亶）晚年頗好音樂，有妓妾十數人，并無被服姿容。每有客，常隔簾奏之，時謂簾爲夏侯妓衣也。」酒壚：指酒肆，酒店。

木蘭花 立春日作

三年流落巴山道，破盡青衫塵滿帽〔一〕。身如西瀼渡頭雲，愁抵瞿唐關上草〔二〕。

春盤春酒年年好，試戴銀旛判醉倒〔三〕。今朝一歲大家添，不是人間偏我老。

【題解】

陸游乾道六年十月至夔州通判任，八年立春，跨入第三個年頭。本文爲陸游在立春日所作的

幕府。

本文據文意，作於乾道八年（一一七二）立春日。時陸游在夔州通判任上，即將赴南鄭王炎幕府。

詞，調寄木蘭花。

【箋注】

〔一〕三年流落：指陸游在夔州已逾三年。青衫：唐代文官八品、九品服青。後借指失意官員。白居易琵琶行：「座中泣下誰最多，江州司馬青衫濕。」

〔二〕西瀼：即瀼西。參見卷四八之十月二十七日記文。瞿唐：即瞿塘峽。參見卷四八之十月二十六日記文。

〔三〕「春盤」二句：參見本卷感皇恩（伯禮立春日生日）注〔一〕〔二〕。判，通「拚」，甘願。

朝中措　梅

幽姿不入少年場〔一〕，無語只淒涼。一箇飄零身世，十分冷淡心腸。　江頭月底，新詩舊夢，孤恨清香。任是春風不管，也曾先識東皇〔二〕。

【題解】

本文爲陸游所作的詠物詞，調寄朝中措。

本文放翁詞箋注繫於不編年詞。

【箋注】

〔一〕幽姿：幽雅的姿態。謝靈運登池上樓：「潛虯媚幽姿，飛鴻響遠音。」

〔二〕東皇：司春之神。尚書緯：「春爲東皇，又爲青帝。」戴叔倫暮春感懷：「東皇去後韶華盡，老圃寒香別有秋。」

其二 代譚德稱作

怕歌愁舞懶逢迎，粧晚托春酲〔一〕。總是向人深處，當時枉道無情〔二〕。　關心近日，啼紅密訴，剪緑深盟〔三〕。杏館花陰恨淺，畫堂銀燭嫌明。

【題解】

譚德稱，即譚季壬，字德稱。參見卷三三青陽夫人墓誌銘。譚季壬曾任崇慶府學教授，後徙成都府。陸游與其唱和之作均作於成都。本文爲陸游代譚德稱所作的艷詞，調寄朝中措。

本文據文意，作於成都。

參考詩稿卷三和譚德稱送牡丹，卷六臨別成都帳飲萬里橋贈譚德稱、喜譚德稱歸，卷九簡譚德稱，卷十一懷譚德稱等。

【箋注】

〔一〕春酲：春日因醉酒造成的困倦。元稹襄陽爲盧竇紀事其三：「猶帶春酲懶相送，櫻桃花下隔簾看。」

〔二〕向：愛，偏愛。枉道：莫道。尚顔秋夜吟：「枉道一生無繫着，湘南山水別人尋。」

〔三〕啼紅：指泣淚玉唾，淚凝如血。典出王嘉拾遺記。深盟：指刻骨銘心的盟誓。

其三

鼕鼕儺鼓餞流年，燭焰動金船〔一〕。彩燕難尋前夢，酥花空點春妍〔二〕。文園謝病，蘭成久旅〔三〕，回首凄然。明月梅山笛夜，和風禹廟鶯天〔四〕。

【題解】

本文爲陸游所作的春詞，調寄朝中措。

本文據文意，作於山陰。放翁詞箋注繫於不編年詞。

【箋注】

〔一〕鼕鼕：象聲詞。儺鼓：驅除疫鬼的鼓聲。吕氏春秋季冬「命有司大儺」，高誘注：「大儺，逐盡陰氣爲陽導也。今人蜡歲前一日擊鼓驅疫，謂之逐除是也。」餞流年：送別舊歲。

金船：金質酒器。庾信北園新齋成應趙王教：「玉節調笙管，金船代酒卮。」

〔二〕彩燕：以彩綢爲燕當頭飾。荆楚歲時記：「立春之日，悉翦彩爲燕戴之，帖『宜春』二字。」酥花：以酥酪或餳糖在糕餅上裱花。歲時廣記卷八引復雅歌詞：「熙寧八年乙卯，楊繪在翰林，十二月立春日肆筵，設滴酥花。陳汝義即席賦減字木蘭花云：『纖纖素手，盤裏酥花新點就。對葉雙心，別有東風意思深。』」春妍：春光妍麗。

〔三〕文園：指司馬相如。史記司馬相如列傳：「相如拜爲孝文園令……既病免，家居茂陵。」蘭成：庾信小字。陸龜蒙小名録：「庾信幼而俊邁，聰敏絶倫。有天竺僧呼信爲蘭成，因以爲小字。」久旅：庾信出使西魏，被留仕不返，常有鄉關之思，作哀江南賦。

〔四〕梅山：即梅仙山。在會稽東北七里。參見本卷好事近其八題解。禹廟：即大禹陵。在會稽東南十二里。

臨江仙　離果州作

鳩雨催成新緑，燕泥收盡殘紅〔一〕。春光還與美人同。論心空眷眷，分袂却匆匆〔二〕。

只道真情易寫，那知怨句難工。水流雲散各西東。半廊花院月，一帽柳橋風〔三〕。

【題解】
果州，隸潼川府路。治南充，在今四川南充。乾道八年正月，陸游自夔州赴南鄭王炎幕府，途經果州。本文爲陸游離果州時所作的閨情詞，調寄臨江仙。

本文據文意，作於乾道八年（一一七二）春。時陸游在赴南鄭王炎幕府途中。

【箋注】
〔一〕鳩雨：下雨時節。因鳩鳴爲雨候。　燕泥：燕子銜泥築巢。
〔二〕論心：談心，傾心交談。　眷眷：依戀反顧貌。陶淵明雜詩其三：「眷眷往昔時，憶此斷人腸。」分袂：離别。干寶秦女賣枕記：「（秦女）取金枕一枚，與度爲信，乃分袂泣别。」
〔三〕柳橋：古代折柳送别，故泛指送别之處。張先江南柳：「今古柳橋多送别，見人分袂亦愁生，何況自關情。」

蝶戀花　離小益作

陌上簫聲寒食近。雨過園林，花氣浮芳潤〔一〕。千里斜陽鍾欲暝〔二〕，憑高望斷南樓信。　海角天涯行略盡。三十年間，無處無遺恨。天若有情終欲問〔三〕，忍教霜點相思鬢。

【題解】

小益，即益昌郡，宋爲昭化，隸利州路。在今四川廣元。輿地紀勝卷一八四：「（益昌）時人又呼爲小益，對成都之爲大益也。」乾道八年正月，陸游自夔州赴南鄭王炎幕府，途經小益。本文爲陸游離小益時所作的閨情詞，調寄蝶戀花。

本文據文意，作於乾道八年（一一七二）春。時陸游在赴南鄭王炎幕府途中。

【箋注】

〔一〕「陌上」三句：宋祁寒食假中作：「草色引開盤馬地，簫聲吹暖賣餳天。」詩周頌有瞽：「既備乃奏，簫管備舉。」孔穎達疏：「其時賣餳之人吹簫以自表也。」寒食，荊楚歲時記：「去冬節一百五日，即有疾風甚雨，謂之寒食。禁火三日，造餳大麥粥。據曆，合在清明前二日，亦有去冬至一百六日者。」餳，飴糖。芳潤，芳香潤澤。

〔二〕暝：昏暗，迷離。

〔三〕天若有情：李賀金銅仙人辭漢歌：「衰蘭送客咸陽道，天若有情天亦老。」

其二

桐葉晨飄蛩夜語。旅思秋光，黯黯長安路〔一〕。忽記橫戈盤馬處，散關清渭應如故〔二〕。江海輕舟今已具。一卷兵書〔三〕，歎息無人付。早信此生終不遇，常年悔草長楊賦〔四〕。

【題解】

本文爲陸游回憶南鄭前綫生涯所作的詞，調寄蝶戀花。

本文據文意，作於淳熙五年（一一七八）秋。時陸游離蜀東歸，秋至行在。

【箋注】

〔一〕蛩：蟋蟀。長安路：此指赴行在臨安之路。

〔二〕横戈盤馬：横戈躍馬。散關清渭：指大散關、渭水，泛指西北抗金前綫。詩稿卷一四夜觀秦蜀地圖：「散關摩雲俯賊壘，清渭如帶陳軍容。」又卷一七江北莊取米到作飯甚香有感：「我昔從戎清渭濱，散關嵯峨下臨賊。」均二者并舉。大散關在今陝西寶鷄西南，川陝間秦嶺咽喉，時爲宋金交界處。渭水流域當時亦爲宋金軍事力量交錯之地。

〔三〕一卷兵書：漢代張良曾於下邳圯上得一老丈贈太公兵法一編，後用以輔佐劉邦成就帝業。事見史記留侯世家。温庭筠簡同志：「留侯功業何容易，一卷兵書作帝師。」

〔四〕長楊賦：漢書揚雄傳：「明年，上將大誇胡人以多禽獸，秋，命右扶風發民入南山……張羅罔罝罘，捕熊羆豪豬虎豹狖玃狐菟麋鹿，載以檻車，輸長楊射熊館。令胡人手搏之，自取其獲，上親臨觀焉。是時農民不得收斂。雄從至射熊館，還，上長楊賦，聊因筆墨之成文章，故借翰林以爲主人，子墨爲客卿以風。」

其三

水漾萍根風卷絮。倩笑嬌顰，忍記逢迎處〔一〕。只有夢魂能再遇，堪嗟夢不由人做。

夢若由人何處去。短帽輕衫，夜夜眉州路〔二〕。不怕銀缸深繡户，只愁風斷青衣渡〔三〕。

【題解】

中興以來絶妙詞選卷二調下題作「懷别」。本文爲陸游所作追憶眉州冶游之詞，調寄蝶戀花。本文據文意，作於淳熙初。時陸游先後在蜀州、榮州、成都任職。

【箋注】

〔一〕倩笑：女子笑容美好。嬌顰：蹙眉含愁。逢迎：奉承，迎合。

〔二〕短帽：輕便小帽。眉州：隸成都府路，在今四川眉山。陸游於乾道九年、淳熙元年、淳熙四年曾三過眉州。

〔三〕銀缸：銀色的燈盞、燭臺。梁元帝草名：「金錢買含笑，銀缸影梳頭。」青衣渡：青衣江渡口。青衣江流經眉州。

釵頭鳳

紅酥手，黄縢酒〔一〕。滿城春色宫牆柳。東風惡，歡情薄。一懷愁緒，幾年離索〔二〕。錯錯錯。春如舊，人空瘦。淚痕紅浥鮫綃透〔三〕。桃花落，閒池閣。山盟雖在，錦書難托〔四〕。莫莫莫。

【題解】

中興以來絶妙詞選卷二調下題作「閨思」。本文爲陸游所作閨情詞，調寄釵頭鳳。據宋代陳鵠西塘集耆舊續聞卷一〇、劉克莊後村先生大全集卷一七八詩話續集、周密齊東野語卷一所載，此詞爲陸游於紹興年間在沈園重會前妻唐氏後所作。清代王士禛開始質疑其本事。夏承燾亦對此本事存疑。吴熊和陸游釵頭鳳詞本事質疑一文，提出此詞爲陸游在成都偶興的冶游之作。趙惠俊渭南文集所附樂府詞編次與陸游詞的繫年則依據渭南文集編次體例，考訂此詞爲陸游於乾道八年春在南鄭懷念前妻唐氏之作。

【箋注】

〔一〕黄縢酒：即黄封酒。蘇軾岐亭五首其三：「爲我取黄封，親拆官泥赤。」施元之注：「京師官法酒，以黃紙或黃羅絹封冪瓶口，名黃封酒。」

〔二〕離索：離群索居。禮記檀弓：「子夏曰：『吾離群而索居，亦已久矣。』」鄭玄注：「索，猶散也。」杜甫夜聽許十一誦詩愛而有作：「離索晚相逢，包蒙欣有擊。」

〔三〕浥：潤濕。　鮫綃：同鮫綃。傳説鮫人所織的絲織品。任昉述異記卷上：「南海出鮫綃紗，泉先潛織。一名龍紗，其價百餘金。以爲服，入水不濡。」

〔四〕山盟：指山爲喻的盟誓，多用於男女相愛。　錦書：亦作錦字書。晉書竇滔妻蘇氏傳：「竇滔妻蘇氏，始平人也，名蕙，字若蘭，善屬文。滔苻堅時爲秦州刺史，被徙流沙。蘇氏思之，織錦爲回文旋圖詩以贈滔，宛轉循環以讀之，詞甚悽惋，凡八百四十字。」

清商怨　葭萌驛作

江頭日暮痛飲。乍雪晴猶凜〔一〕。山驛淒涼，燈昏人獨寢。　鴛機新寄斷錦〔二〕。歎往事、不堪重省。夢破南樓，緑雲堆一枕〔三〕。

【題解】

葭萌驛，在利州。參見本卷鷓鴣天其二題解。乾道八年十月，王炎被召還朝，幕府解散。陸游改除成都府安撫司參議官。十一月啓程赴任，再次途經葭萌驛。本文爲陸游在葭萌驛所作的懷人之詞，調寄清商怨。

本文據文意，作於乾道八年（一一七二）十一月。時陸游在由南鄭赴成都途中。

【箋注】

〔一〕江頭：江邊，江岸。凛：刺骨之寒冷。

〔二〕鴛機新寄斷錦：參見前闕釵頭鳳注〔四〕。鴛機，織機的美稱。

〔三〕緑雲：比喻女子烏黑的秀髮。杜牧阿房宫賦：「緑雲擾擾，梳曉鬟也。」

水龍吟　榮南作

樽前花底尋春處，堪歎心情全減。一身萍寄〔一〕，酒徒雲散，佳人天遠。那更今年，瘴煙蠻雨，夜郎江畔〔二〕。漫倚樓横笛，臨窗看鏡，時揮涕、驚流轉〔三〕。　花落月明庭院。悄無言、魂消腸斷。憑肩携手，當時曾效，畫梁棲燕〔四〕。見説新來，網縈塵暗，舞衫歌扇〔五〕。料也羞憔悴，慵行芳徑，怕啼鶯見。

【題解】

榮南，即榮州。隸潼川府路，轄榮德、威遠、資官、應靈四縣。治榮德，在今四川榮縣。陸游淳熙元年十一月攝知榮州，次年正月離任。本文爲陸游在榮州所作的詞，調寄水龍吟。

本文據文意，作於淳熙二年（一一七五）春。時陸游攝知榮州。

【箋注】

〔一〕萍寄：浮萍寄迹水面，比喻行止無定。張喬寄弟：「故里行人戰後疏，青崖萍寄白雲居。」

〔二〕夜郎：漢代西南地區古國名。太平御覽卷一六六榮州下引九州要記：「和義郡，古夜郎之地。」陸游榮州詩，屢稱其爲夜郎。見詩稿卷六。

〔三〕倚樓横笛：趙嘏長安秋望：「殘星幾點雁横塞，長笛一聲人倚樓。」流轉：流離轉徙。後漢書董卓傳：「靈帝末，黄巾餘黨郭太等復起西河白波谷，轉寇太原，遂破河東，百姓流轉三輔。」

〔四〕憑肩：以手靠他人之肩。白居易新豐折臂翁：「玄孫扶向店前行，左臂憑肩右臂折。」畫梁棲燕：盧照鄰長安古意：「雙燕雙飛繞畫梁，羅幃翠被鬱金香。」

〔五〕「綢繆」二句：蘇軾答陳述古其二：「聞道使君歸去後，舞衫歌扇總生塵。」

秋波媚　七月十六日晚登高興亭望長安南山

秋到邊城角聲哀，烽火照高臺〔一〕。悲歌擊筑，憑高酹酒〔二〕，此興悠哉。多情誰似南山月，特地暮雲開。灞橋煙柳，曲江池館，應待人來〔三〕。

【題解】

高興亭，在南鄭。詩稿卷五四重九無菊有感：「高興亭中香滿把，令人北望憶梁州。」自注：「高興亭在南鄭子城西北，正對南山。」南山，即終南山。本文爲陸游登高遠望所作的詞，調寄秋波媚。

本文據文意，作於乾道八年（一一七二）七月。時陸游在權四川宣撫使司幹辦公事兼檢法官任上。

【箋注】

〔一〕烽火照高臺：詩稿卷一三辛丑正月三日雪：「忽思西戍日，憑堞待傳烽。」自注：「予從戍日，嘗大雪中登興元城上高興亭，待平安火至。」又卷三七感舊其三：「馬宿平沙夜，烽傳絶塞秋。」自注：「平安火並南山來，至山南城下。」

〔二〕擊筑：史記游俠列傳：「荆軻嗜酒，日與狗屠及高漸離飲於燕市。酒酣以往，高漸離擊筑，荆軻和而歌於市中，相樂也。已而相泣，旁若無人者。」筑，古代弦樂器。　酹酒：以酒澆地，以示祭奠。

〔三〕灞橋煙柳：三輔黄圖卷六：「灞橋在長安東，跨水作橋。漢人送客至此橋，折柳贈别。」曲江池館：康駢劇談録卷下：「曲江池本秦世隑洲，開元中疏鑿，遂爲勝境。其南有紫雲樓、芙蓉苑，其西有杏園、慈恩寺。花卉環周，煙水明媚，都人游玩，勝於中和、上巳之節。」應待人來：指希望宋軍收復長安，進而入關，恢復中原。

其二

曾散天花蕊珠宫〔一〕，一念墮塵中。鉛華洗盡，珠璣不御，道骨仙風〔二〕。東游我醉騎鯨去，君駕素鸞從〔三〕。垂虹看月，天台采藥〔四〕，更與誰同？

【題解】

本文爲陸游所作的游仙詞，調寄秋波媚。

本文放翁詞箋注繫於不編年詞。

【箋注】

〔一〕曾散天花：維摩詰經問疾品：「維摩詰以身疾，廣爲説法。佛告文殊師利：『汝詣問疾。』時維摩室中有一天女，見諸天人聞所説法，便現其身，即以天花散諸菩薩、大弟子上。花至諸菩薩即皆墮落，至大弟子便著不墮。天女曰：『結習未盡，故花著身。』」天花，天界鮮花。蕊珠宫：亦稱蕊宫，道教的仙宫。周邦彦汴都賦：「蕊珠、廣寒，黄帝之宫，榮光休氣，瞳朧往來。」

〔二〕道骨仙風：李白大鵬賦序：「余昔於江陵，見天台司馬子微，謂余有仙風道骨，可與神游八極之表。」

〔三〕騎鯨：文選揚雄羽獵賦：「乘巨鱗，騎京魚。」李善注：「京魚，大魚也。字或爲鯨。鯨亦大魚也。」後比喻隱遁或游仙。晁補之少年游：「他日騎鯨，尚憐迷路，與問衆仙真。」素鸞：白色鸞鳥。

〔四〕垂虹：橋名，在今江蘇吴江。范成大吴郡志卷一七：「利往橋，即吴江長橋也。慶曆八年，縣尉王廷堅所建。有亭曰垂虹，而世并以名橋。續圖經云：『東西千餘尺，前臨太湖洞庭三山，横跨松江。行者晃漾天光水色中，海内絶景，唯遊者自知之，不可以筆舌形容也。』」天台采藥：蘇軾秀州報本禪院鄉僧文長老方丈：「明年采藥天台去，更欲題詩滿浙東。」天台，山名。在今浙江台州。

采桑子

寶釵樓上粧梳晚〔一〕，懶上鞦韆。閒撥沉煙，金縷衣寬睡髻偏〔二〕。鱗鴻不寄遼東信〔三〕，又是經年。彈淚花前，愁入春風十四弦〔四〕。

【題解】

本文爲陸游所作的閨情詞，調寄采桑子。

本文放翁詞箋注繫於不編年詞。

【箋注】

〔一〕寶釵樓：詩稿卷十三對酒自注：「寶釵樓，咸陽旗亭也。」此泛指妓樓。

〔二〕沉煙：指點燃的沉香。顧敻酒泉子：「堪憎蕩子不還家，謾留羅帶結，帳深枕膩炷沉煙，負當年。」金縷衣：金絲編製的衣服。劉孝威擬古應教：「青鋪綠瑣琉璃扉，瓊筵玉笥金縷衣。」睡髻偏：白居易長恨歌：「雲髻半偏新睡覺，花冠不整下堂來。」

〔三〕鱗鴻：即魚雁，指書信。遼東：泛指邊遠之地。

〔四〕十四弦：古代弦樂器，以有十四根弦而得名。宋無名氏鬼董周寶：「十四弦，胡樂也。江南舊無之，淳熙間木工周寶以小商販易安豐場，得其製於敵中，始以獻美閹。遂盛行。」

卜算子 詠梅

驛外斷橋邊，寂寞開無主。已是黄昏獨自愁，更著風和雨。無意苦争春，一任群芳妒〔一〕。零落成泥碾作塵，只有香如故。

【題解】 本文爲陸游所作的詠梅詞，調寄卜算子。

本文放翁詞箋注繫於不編年詞。

【箋注】

〔一〕一任：聽憑，聽任。杜甫鷗：「雪暗還須浴，風生一任飄。」

沁園春 三榮横溪閣小宴

粉破梅梢，緑動萱叢〔一〕，春意已深。漸珠簾低卷，筇枝微步〔二〕，冰開躍鯉，林暖鳴禽。荔子扶疏，竹枝哀怨〔三〕，濁酒一尊和淚斟。憑欄久，歎山川冉冉，歲月駸駸〔四〕。 當時豈料如今。漫一事無成霜鬢侵。看故人强半，沙堤黄閣，魚懸帶玉，貂映蟬金〔五〕。許國雖堅，朝天無路〔六〕，萬里淒涼誰寄音。東風裏，有灞橋煙柳〔七〕，知我歸心。

【題解】 三榮横溪閣，在榮州。蜀中名勝記卷一一：「（榮縣）城北有横溪閣。」陸游淳熙元年十一月攝知榮州，次年正月離任。本文爲陸游在榮州横溪閣宴會上所作感懷身世的詞，調寄沁園春。

本文據文意，作於淳熙二年（一一七五）春。時陸游攝知榮州。

參考詩稿卷六晚登横溪閣。

【箋注】

〔一〕粉：白色或粉紅色。　萱：即萱草。多年生草本植物，葉條狀披針形，花黄色或紅黄色。

〔二〕筇枝：即筇竹杖。老學庵筆記卷三：「筇竹杖，蜀中無之，乃出徼外蠻峒。蠻人持至瀘、叙間賣之，一枝纔四五錢，以堅潤細瘦、九節而直者爲上品。」

〔三〕荔子：即荔枝樹。　扶疏：枝葉繁盛紛披。　竹枝：指竹枝詞。本爲巴、渝一帶民歌，劉禹錫改作新詞，其竹枝詞引：「余來建平，里中兒聯歌竹枝，吹短笛、擊鼓以赴節，歌者揚袂睢舞，以曲多爲賢。聆其音，中黄鍾之羽，其卒章激訐如吴聲，雖傖儜不可分，而含思宛轉，有淇澳之艷。」何宇度談資：「竹枝歌悽惋悲怨，蘇長公云：『有楚人哀屈、賈之遺聲焉。』」

〔四〕冉冉：迷離貌。　范成大秋日雜興其二：「西山在何許？冉冉紫翠間。」　騣騣：疾速，匆匆。梁簡文帝納涼：「斜日晚騣騣，池塘半生陰。」

〔五〕强半：過半，大半。　沙堤黄閣：指拜相。李肇國史補卷下：「凡拜相，禮絶班行，府縣載沙填路，自私第至於城東街，名曰沙隄。」衛宏漢官舊儀卷上：「丞相聽事閣曰黄閣。」　魚懸帶玉：指佩戴魚袋。宋史輿服志五：「魚袋，其制自唐始，蓋以爲符契也。其始曰魚符，左一右一。左者進内，右者隨身，刻官姓名，出入合之。因盛以袋，故曰魚袋。宋因之，其制以金銀飾爲魚形，公服則繫於帶而垂於後，以明貴賤，非復如唐之符契也。」貂映蟬金：指戴貂蟬冠。宋史輿服志四：「貂蟬冠，一名籠巾，織藤漆之。形正方，如平巾幘。飾以銀，前有銀花，上綴玳瑁蟬，左右爲三小蟬，銜玉鼻，左插貂尾。三公、親王侍祠大朝會，則加於進賢冠而服之。」

〔六〕許國：報效國家，以身許國。朝天：朝見天子。

〔七〕灞橋煙柳：參見本卷秋波媚其一注〔三〕。

其二

一別秦樓，轉眼新春，又近放燈〔一〕。憶盈盈倩笑，纖纖柔握〔二〕，玉香花語，雪暖酥凝。念遠愁腸，傷春病思，自怪平生殊未曾。君知否，漸香消蜀錦，淚漬吴綾〔三〕。　難求繫日長繩〔四〕。況倦客飄零少舊朋。但江郊雁起，漁村笛怨，寒釭委燼〔五〕，孤硯生冰。水繞山圍，煙昏雲慘，縱有高臺常怯登。消魂處，是魚牋不到，蘭夢無憑〔六〕。

【題解】

中興以來絶妙詞選卷二調下題作「別恨」。本文爲陸游所作抒寫別恨的詞，調寄沁園春。

本文放翁詞箋注繫於不編年詞。

【箋注】

〔一〕秦樓：指妓樓。江總新入姬人應令詩：「洛浦流風漾淇水，秦樓初日度陽臺。」放燈：指元宵節燃放花燈。侯鯖録引江鄰幾雜志：「京師上元放燈三夕，錢氏納土進錢買兩夜，今十七、十八兩夜燈，因錢氏而添之。」

〔二〕倩笑：女子笑容美好。詩衛風碩人：「巧笑倩兮，美目盼兮。」柔握：柔美之手。陶潛閒情賦：「願在竹而爲扇，含凄飆於柔握。」

〔三〕蜀錦：蜀地所産彩錦，多用染色熟絲織成，色彩鮮艷，質地堅韌。吴綾：吴地所産帶有彩紋的絲織品，以輕薄著稱。

〔四〕繫日長繩：指留住時光。傅玄九曲歌：「歲莫景邁羣光絶，安得長繩繫白日。」

〔五〕寒釭委燼：指寒燈堆滿灰燼。

〔六〕魚牋：即魚子牋，産於蜀地的一種牋紙。蘇易簡文房四譜卷四：「又以細布，先以面漿膠令勁挺，隱出其文者，謂之魚子牋，又謂之羅牋。」蘭夢：指得子的徵兆。語本左傳宣公三年：「初，鄭文公有賤妾曰燕姞，夢天使與己蘭，曰：『余爲伯儵。余，而祖也。以是爲而子。』……生穆公，名之曰蘭。」後比喻受恩寵。杜甫同豆盧峰知字韻：「夢蘭他日應，折桂早年知。」無憑：無所倚仗。

其三

孤鶴歸飛，再過遼天，換盡舊人〔一〕。念纍纍枯冢，茫茫夢境，王侯螻蟻，畢竟成塵〔二〕。載酒園林，尋花巷陌，當日何曾輕負春。流年改，歎圍腰帶剩，點鬢霜新〔三〕。交親散落如雲。又豈料如今餘此身。幸眼明身健，茶甘飯軟〔四〕，非惟我老，更有人貧。朵盡危機①，消殘壯志，短艇湖中閒采蓴〔五〕。吾何恨，有漁翁共醉，溪友爲鄰〔六〕。

【題解】

本文爲陸游所作歸隱之詞，調寄沁園春。

本文放翁詞箋注繫於淳熙五年東歸後。

【校記】

①「朵」，汲古閣本作「躲」。按，「朵」通「躲」。

【箋注】

〔一〕「孤鶴」三句：慨歎物是人非。參見本卷好事近其五注〔一〕。

〔二〕「王侯」二句：杜甫謁文公上方：「王侯與螻蟻，同盡隨丘墟。」螻蟻，同螻蟻。

〔三〕圍腰帶剩：指腰帶因消瘦移孔。南史沈約傳：「（約）言已老病，百日數旬，革帶常應移孔；以手握臂，率計月小半分。欲謝事求歸老之秩。」圍腰，即腰圍。點鬢霜新：指兩鬢新添白髮。李賀還自會稽歌：「吴霜點歸鬢，身與塘蒲晚。」

〔四〕「幸眼明」二句：詩稿卷二九新闢小園其二：「眼明身健殘年足，飯軟茶甘萬事忘。」又卷四〇書喜其一：「眼明身健何妨老，飯白茶甘不覺貧。」

〔五〕危機：潛在之危險。晉書諸葛長民傳：「貧賤常思富貴，富貴必履機危。」蘇軾宿州次韻劉涇：「晚覺文章真小技，早知富貴有危機。」「短艇」句：詩稿卷一九寒夜移疾：「天公何日與一飽，短艇湘湖自采蓴。」自注：「湘湖在蕭山縣，産蓴絶美。」蓴，即蒓菜。

〔六〕溪友：卜居溪邊、寄情山水之友。黄庭堅和答子瞻：「故園溪友膾腹腴，遠包春茗問何如。」

憶秦娥

玉花驄，晚街金轡聲璁瓏〔一〕。聲璁瓏，閒欹烏帽①〔二〕，又過城東。富春巷陌花重重〔三〕，千金沽酒酬春風。酬春風，笙歌圍裏，錦繡叢中。

【題解】

本文爲陸游所作的冶游詞，調寄憶秦娥。

本文放翁詞箋注繫於不編年詞。由「富春巷陌」語，或作于淳熙間知嚴州時期。

【校記】

①「欹」，原作「歌」，據汲古閣本改。

【箋注】

〔一〕玉花驄：駿馬名。杜甫丹青引：「先帝御馬玉花驄，畫工如山貌不同。」金轡：飾金的馬繮。唐彦謙詠馬：「騎過玉樓金轡響，一聲嘶斷落花風。」璁瓏：象聲詞，玉石碰擊聲。貫休馬上作：「柳岸花堤夕照紅，風清襟袖轡璁瓏。」

〔二〕閒欹：側戴。參見本卷定風波注〔一〕。烏帽：黑帽。古代貴族常服，唐宋後多爲庶民、隱者之服。邵伯温邵氏聞見録卷一九：「始爲隱者之服，烏帽縚褐，見卿相不易也。」

〔三〕富春巷陌：或指歌樓。富春：浙江建德至富陽之區段。巷陌，街巷。

漢宮春　張園賞海棠作，園故蜀燕王宮也。

浪迹人間。喜聞猿楚峽，學劍秦川〔一〕。虚舟汎然不繫〔二〕，萬里江天。朱顔緑鬢〔三〕，作紅塵、無事神仙。何妨在，鶯花海裏〔四〕，行歌閒送流年。　休笑放慵狂眼，看閒坊深院，多少嬋娟〔五〕。燕宮海棠夜宴，花覆金船〔六〕。如椽畫燭，酒闌時、百炬吹煙〔七〕。憑寄語，京華舊侶，幅巾莫换貂蟬〔八〕。

【題解】

張園，成都私家園林。詩稿卷一三忽忽「列炬燕宮夜」，自注：「成都故蜀時燕王宮，今屬張氏，海棠爲一城之冠。」沈立海棠記序：「蜀花稱美者有海棠焉，而記牒多不録。嘗聞真宗皇帝御製後苑雜花十題，以海棠爲首章，賜近臣唱和，則知海棠足與牡丹抗衡，而獨步於西州矣。」宋祁益部方物略記：「海棠大抵數種，又時小異，惟其盛者則重葩，疊萼可喜，非有定種也。始濃稍淺，爛若錦章。北方所植，率枝强花瘠，殊不可玩，故蜀之海棠，誠爲天下之奇絶云。」本文爲陸游游賞張園海棠所作的冶游詞，調寄漢宮春。

本文放翁詞箋注繫於淳熙二年至五年。陸游詠海棠詩，亦多作於此期間。

參考詩稿卷八張園海棠、卷九張園觀海棠。

【箋注】

〔一〕「喜聞」二句：指赴任夔州和參幕南鄭的生活。楚峽，指三峽。秦川，泛指秦地。

〔二〕虛舟汎然不繫：莊子列禦寇：「巧者勞而智者憂，無能者無所求，飽食而敖游，汎若不繫之舟，虛而敖游者也。」詩稿卷三一汎舟湖山間有感：「我似人間不繫舟，好風好月亦閒游。」

〔三〕朱顏綠鬢：形容年輕美好的容顏。晏殊少年游：「綠鬢朱顏，道家裝束，長似少年時。」綠鬢，烏黑發亮的頭髮。

〔四〕鶯花海裏：指妓女隊中。

〔五〕放慵：故意慵倦。　嬋娟：指美人。

〔六〕燕宮：即張園。　金船：金質酒器。

〔七〕「如椽」二句：詩稿卷六花時遍游諸家園：「枝上猩猩血未晞，尊前紅袖醉成圍。應須直到三更看，畫燭如椽爲發輝。」酒闌，酒宴將盡。

〔八〕幅巾莫換貂蟬：指莫要用平民的狂放生活換取權貴的拘束裝飾。幅巾，男子裹頭的細絹頭巾。李上交近事會元幞頭巾子：「今宋朝所謂頭巾，乃古之幅巾，賤者之服。」貂蟬，貂尾和附蟬，顯貴之臣的冠飾。後漢書輿服志下：「武冠，一曰武弁大冠，諸武官冠之。侍中、中常侍加黃金璫，附蟬爲文，貂尾爲飾，謂之趙惠文冠。」

其二　初自南鄭來成都作

羽箭雕弓，憶呼鷹古壘，截虎平川〔一〕。吹笳暮歸，野帳雪壓青氈〔二〕。淋漓醉墨，看龍蛇、飛落蠻牋〔三〕。人誤許，詩情將略，一時才氣超然。何事又作南來，看重陽藥市，元夕燈山〔四〕。花時萬人樂處，欹帽垂鞭〔五〕。聞歌感舊，尚時時、流涕尊前。君記取，封侯事在，功名不信由天〔六〕。

【題解】

乾道八年十月，王炎幕府解散，陸游改除成都府安撫司參議官，十一月自南鄭至成都。本文爲陸游初抵成都時所作的詞，調寄漢宮春。

本文據文意，作於乾道九年（一一七三）初。時陸游在成都府安撫司參議官任上。

【箋注】

〔一〕「羽箭」三句：詩稿卷一三忽忽「呼鷹古廟秋」，自注：「南鄭漢高帝廟，予從戎時，多獵其下。」又卷三三月十七日夜醉中作：「去年射虎南山秋，夜歸雪急滿貂裘。」又卷六春感：「叉魚狼藉漾水濁，獵虎蹴蹋南山空。」

〔二〕笳：胡笳，北方民族的管樂器，似笛。青氈：青氈帽。

〔三〕醉墨：醉中作書畫。新唐書張旭傳：「旭，蘇州吴人。嗜酒，每大醉，呼叫狂走，乃下筆。或以頭濡墨而書，既醒自視以爲神，不可復得也。世呼『張顛』。」龍蛇：指草書筆勢飛動。李白草書歌行：「怳怳如問神鬼驚，時時只見龍蛇走。」蠻牋：蜀地出産的十色牋紙。費著牋紙譜：「楊文公億談苑載韓浦寄弟詩云：『十樣蠻牋出益州，寄來新自浣花頭。』」

〔四〕重陽藥市：老學庵筆記卷六：「成都藥市以玉局觀爲最盛，用九月九日。」歲時廣記卷三六引四川記：「成都九月九日爲藥市。詰旦，盡一川所出藥草異物與道人畢集，帥守置酒行市以樂之，別設酒以犒道人。是日早，士人盡入市中，相傳以爲吸藥氣愈疾，令人康寧。」元夕燈山：歲時廣記卷一〇引歲時雜記：「成都府燈山或過於闕前。上爲飛橋山亭，太守以次，止三數人，歷諸亭榭，各數杯乃下，從僚屬飲。棚前如京師棘盆處，緝木爲垣，其中旋植花卉。舊日捕山禽雜獸滿其中，後止圖刻土木爲之。蜀人性不兢，以次登垣，旋遶觀覽。」

〔五〕「花時」二句：老學庵筆記卷八：「四月十九日，成都謂之浣花。遨頭宴於杜子美草堂滄浪亭。傾城皆出，錦繡夾道。自開歲宴游，至是而止，故最盛於他時。予客蜀數年，屢赴此集，未嘗不晴。蜀人云：『雖戴白之老，未嘗見浣花日雨也。』」欹帽垂鞭，參見本卷定風波注〔一〕。

〔六〕封侯：建功拜爵。史記衛將軍列傳：「人奴之生，得毋笞罵即足矣，安得封侯事乎？」「功名」句：陸游大聖樂：「壽夭窮通，是非榮辱，此事由來都在天。」

月上海棠

成都城南有蜀王舊苑，尤多梅，皆二百餘年古木。

斜陽廢苑朱門閉。吊興亡、遺恨淚痕裏。淡淡宫梅，也依然、點酥剪水〔一〕。凝愁處，似憶宣華舊事〔二〕。行人別有淒涼意。折幽香、誰與寄千里〔三〕。佇立江皋，杳難逢、隴頭歸騎〔四〕。音塵遠，楚天危樓獨倚〔五〕。宣華，故蜀苑名。

【題解】

詩稿卷一〇梅花絶句其五：「蜀王小苑舊池臺，江北江南萬樹梅。」自注：「成都合江園，蓋故蜀別苑，梅最盛。自初開，監官日報府。報至五分開，則府主來宴，游人亦競集。」曾敏行獨醒雜志卷六：「李布夢祥言：成都合江園，乃孟蜀故苑，在成都西南十五六里外。芳華樓前後植梅極多。故事：臘月賞燕其中，管界巡檢營其側，花時日以報府，至開及五分，府坐領監司來燕，游人亦競集。有兩大樹夭矯若龍，相傳謂之梅龍。」本文爲陸游爲成都合江園賞梅所作的詞，調寄月上海棠。

本文放翁詞箋注繫於淳熙二年至五年在成都作。

參考詩稿卷九故蜀別苑在成都西南十五六里梅至多有兩大樹夭矯若龍相傳謂之梅龍予初至蜀嘗爲作詩自此歲常訪之今復賦一首丁酉十一月也、芳華樓賞梅、蜀苑賞梅、大醉梅花下走筆賦此。

【箋注】

〔一〕點酥：點抹凝酥。蘇軾蠟梅贈趙景貺：「天公點酥作梅花，此有蠟梅禪老家。」剪水：雪花的别稱。陸暢驚雪：「天人寧許巧，翦水作飛花。」

〔二〕宣華：苑囿名。張唐英蜀檮杌卷上：「（乾德三年）三月，（王）衍還成都。五月，宣華苑成，延袤十里。有重光、太清、延昌、會真之殿，清和、迎仙之宫，降真、蓬萊、丹霞之亭。土木之功，窮極奢巧。衍數於其中爲長夜之飲，嬪御雜坐，舄履交錯。」

〔三〕「折幽香」句：太平御覽卷一九引荆州記：「陸凱與范曄爲友，在江南寄梅花一枝，詣長安與曄，并贈詩云：『折花奉秦使，寄與隴頭人。江南無所有，聊寄一枝春。』」隴頭：隴山。借指邊塞。參見上注。

〔四〕江皋：江岸，江邊。楚辭九歌湘夫人：「朝馳余馬兮江皋，夕濟兮西澨。」

〔五〕音塵：音信，消息。蔡琰胡笳十八拍其十：「故鄉隔兮音塵絶，哭無聲兮氣將咽。」楚天：楚地天空。此指遥望楚天。

其二

蘭房繡户厭厭病。歎春酲、和悶甚時醒〔一〕。燕子空歸，幾曾傳、玉關邊信〔二〕。傷心處，獨展團窠瑞錦〔三〕。熏籠消歇沉煙冷〔四〕。淚痕深、展轉看花影。漫擁餘香，怎禁他、峭寒孤枕。西窗曉，幾聲銀瓶玉井〔五〕。

【題解】

本文爲陸游所作的閨怨詞，調寄月上海棠。

本文放翁詞箋注繫於不編年詞。

【箋注】

〔一〕蘭房：香閨，指婦女居室。　厭厭：嬾倦貌，似病態。韓偓春盡日：「把酒送春惆悵在，年年三月病厭厭。」　春酲：春日醉酒後的困倦。

〔二〕玉關：玉門關。泛指邊地。庾信竹杖賦：「玉關寄書，章臺留釧。」

〔三〕團窠瑞錦：蜀錦名。詩稿卷三二齋中雜題其一：「閒將西蜀團窠錦，自背南唐落墨花。」

〔四〕熏籠：覆蓋於火爐上供熏香、取暖用的器物。王昌齡長信秋詞其一：「熏籠玉枕無顔色，卧聽南宫清漏長。」　沉煙：即沉水香。

〔五〕銀瓶玉井：比喻男女情事。語本白居易井底引銀瓶：「井底引銀瓶，銀瓶欲上絲繩絶。石上磨玉簪，玉簪欲成中央折。瓶沉簪折知奈何？似妾今朝與君别。」

烏夜啼

金鴨餘香尚暖〔一〕，緑窗斜日偏明。蘭膏香染雲鬟膩〔二〕，釵墜滑無聲。冷落鞦韆伴侶，闌珊打馬心情〔三〕。繡屏驚斷瀟湘夢，花外一聲鶯。

【題解】

本文爲陸游所作的閨情詞，調寄烏夜啼。

本文放翁詞箋注繫於不編年詞。

【箋注】

〔一〕金鴨：鍍金的鴨形銅香爐。參見本卷滿江紅注〔三〕。

〔二〕蘭膏：一種潤髮香油。浩虚舟陶母截髮賦：「象櫛重理，蘭膏舊濡。」

〔三〕闌珊：衰減，消沉。打馬：古代閨房博戲。李清照打馬圖經序：「打馬世有二種：一種一將十馬者，謂之關西馬；一種無將二十馬者，謂之依經馬。流傳既久，各有圖經凡例可考，行移賞罰，互有異同。又宣和間人取二種馬參雜加減，大約交加僥幸，古意盡矣。所謂宣和馬是也。」又打馬賦：「打馬爰興，樗蒲遂廢，實小道之上流，乃深閨之雅戲。」

其二

簷角楠陰轉日，樓前荔子吹花〔一〕。鷓鴣聲裏霜天晚，疊鼓已催衙〔二〕。　鄉夢時來枕上，京書不到天涯。邦人訟少文移省，閒院自煎茶〔三〕。

【題解】

汲古閣宋六十名家詞毛斧季、陸敕先、黄子雲諸人手校本有「題漢嘉東堂」之題。乾道九年夏，陸游攝知嘉州事。本文爲陸游在嘉州東堂所作的詞，調寄烏夜啼。

本文據文意，作於乾道九年（一一七三）夏。時陸游在攝知嘉州任上。

參考卷三荔枝樓小酌、登荔枝樓、再賦荔枝樓。

【箋注】

〔一〕樓前荔子吹花：嘉州有荔枝樓。老學庵筆記卷四：「予參成都議幙，攝事漢嘉，一見荔子熟。」吹花，吐花。

〔二〕疊鼓已催衙：張耒縣齋：「暗樹五更鷄報曉，晚庭三疊鼓催衙。」

〔三〕「邦人」二句：劍南詩稿卷四得成都諸友書勸少留嘉陽戲作：「新涼爲醉地，少訟作慵媒。」又同何元立蔡肩吾至東丁院汲泉煮茶：「一州佳處盡裴回，惟有東丁院未來。身是江南老桑苧，諸君小住共茶盃。」又：「雪芽近自峨嵋得，不減紅囊顧渚春。旋置風爐清樾下，它年奇事記三人。」文移，文書，公文。後漢書光武帝紀上：「於是置僚屬，作文移，從事司察，一如舊章。」李賢注：「東觀記曰：『文書移與屬縣也。』」

其三

我校丹臺玉字，君書蕊殿雲篇〔一〕。錦官城裏重相遇，心事兩依然〔二〕。携酒何妨處處，尋梅共約年年。細思上界多官府，且作地行仙〔三〕。

【題解】

本文爲陸游爲所作的游仙詞，調寄烏夜啼。

本文據文意，淳熙初作於成都。

【箋注】

〔一〕丹臺：道教指神仙居處。列仙傳：「紫陽真人周季道遇羡門子，乞長生訣。羡門子曰：『名在丹臺石室中，何憂不仙？』」玉字：此指道書。詩稿卷八游學射山遇景道人：「若人真我友，玉字當共讀。」蕊殿：蕊珠殿。道教上清真境宫殿名。雲篇：即雲篆，道教符籙，亦指道教典籍。雲笈七籤卷七雲篆：「又有運篆明光之章，爲順形梵書，文别爲六十四種，播於三十六天。今經書相傳，皆以隸字解天書，相雜而行也。」

〔二〕錦官城：又名錦城、錦里，即成都。初學記卷二七引益州記：「錦城在益州南笮橋東流江南岸，蜀時故錦宫也。其處號錦里，城墉猶在。」杜甫春夜喜雨：「曉看紅濕處，花重錦官城。」

依然：思念，依戀。江淹別賦：「惟世間兮重別，謝主人兮依然。」

〔三〕上界多官府：韓愈酬盧給事曲江荷花行見寄：「上界真人足官府，豈如散仙鞭笞鸞鳳終日相追陪。」地行仙：亦稱地仙。佛典中所記長壽神仙。後比喻隱逸閒適者。顧況五源訣：「番陽仙人王遥琴子高言：『下界功滿方超上界，上界多官府，不如地仙快活。』」

其四

世事從來慣見，吾生更欲何之。鏡湖西畔秋千頃，鷗鷺共忘機〔一〕。一枕蘋風午醉，二升菰米晨炊〔二〕。故人莫訝音書絶，釣侣是新知。

【題解】

本文爲陸游所作的隱逸詞，調寄烏夜啼。

本文放翁詞箋注繫於淳熙八年至十二年山陰作。時陸游奉祠家居。

【箋注】

〔一〕鷗鷺共忘機：比喻與世無争，淡泊隱居。語本列子黄帝：「海上之人有好漚鳥者，每旦至海上，從漚鳥游，漚鳥之至者百數而不止。其父曰：『吾聞漚鳥皆從汝游，汝取來，吾玩之。』明日至海上，漚鳥舞而不下也。」漚鳥，同鷗鳥。忘機，消除機巧之心。

〔二〕蘋風：掠過蘋草之風，指微風。唐玄宗同玉真公主過大哥山池：「桂月先秋冷，蘋風向晚清。」菰米：古六穀之一。周禮天官膳夫：「凡王之饋，食用六穀。」鄭玄注：「六穀：稌、黍、稷、粱、麥、苽。苽，雕胡也。」賈公彦疏：「南方見有苽米，一名雕胡。」苽，同「菰」。杜甫秋興其七：「波漂菰米沈雲黑，露冷蓮房墜粉紅。」

其五

素意幽棲物外，塵緣浪走天涯〔一〕。歸來猶幸身强健，隨分作山家〔二〕。已趁餘寒泥酒〔三〕，還乘小雨移花。柴門盡日無人到，一徑傍溪斜。

【題解】

本文爲陸游所作的隱逸詞，調寄烏夜啼。

本文放翁詞箋注繫於淳熙八年至十二年山陰作。時陸游奉祠家居。

【箋注】

〔一〕素意：平素之意。張衡思玄賦：「遇九皋之介鳥兮，怨素意之不逞。」塵緣：佛、道指塵世的因緣。韋應物春月觀省屬城始憩東西林精舍：「佳士亦棲息，善身絶塵緣。」

〔二〕隨分：按照本分，依據本性。文心雕龍鎔裁：「謂繁與略，隨分所好。」山家：隱士。梅堯臣九華隱士居陳生寄松管筆：「一獲山家贈，令吾媿汝曹。」

〔三〕泥酒：即嗜酒。韓偓有憶：「愁腸泥酒人千里，淚眼倚樓天四垂。」

其六

園館青林翠樾，衣巾細葛輕紈〔一〕。好風吹散霏微雨〔二〕，沙路喜新乾。小燕雙飛水際，流鶯百囀林端。投壺聲斷彈棋罷〔三〕，閒展道書看。

【題解】

本文爲陸游所作的隱逸詞，調寄烏夜啼。

本文放翁詞箋注繫於淳熙八年至十二年山陰作。時陸游奉祠家居。

【箋注】

〔一〕翠樾：緑蔭。道潛子瞻赴守湖州：「揚帆渡江來，洗眼驚翠樾。」細葛輕紈：葛布作衣，薄絹作巾。

〔二〕霏微：雨雪細小貌。李端巫山高：「回合雲藏日，霏微雨帶風。」

〔三〕投壺：古代宴會禮制，亦作娱樂活動。後漢書祭遵傳：「對酒設樂，必雅歌投壺。」李賢注：「禮記投壺經曰：『壺頸修七寸，腹修五寸，口徑二寸半，容斗五升。壺中實小豆焉，爲其矢之躍而出也。矢以柘若棘，長二尺八寸。無去其皮，取其堅而重。投之勝者飲不勝者，以爲優劣也。』」彈棋：古代一種博戲。後漢書梁冀傳：「（冀）性嗜酒，能挽滿、彈棋、格五、六博、蹴踘、意錢之戲。」李賢注：「藝經曰：『彈棋，兩人對局，白黑棋各六枚，先列棋相當，更先彈之。其局以石爲之。』」唐代用木局。柳宗元序棋：「得木局，隆其中而規焉。其下方以直，置棋二十有四：貴者半，賤者半；貴曰上，賤曰下。咸自第一至十二，下者二乃敵一，用朱墨以別焉。」

其七

從宦元知漫浪，還家更覺清真〔一〕。蘭亭道上多修竹，隨處岸綸巾〔二〕。泉洌偏宜雪茗，粳香雅稱絲蓴〔三〕。翛然一飽西窗下〔四〕，天地有閒人。

【題解】

本文爲陸游所作的隱逸詞，調寄烏夜啼。

本文放翁詞箋注繫於淳熙八年至十一年山陰作。時陸游奉祠家居。

【箋注】

〔一〕漫浪：放縱而不受拘束。新唐書元結傳引自釋：「後家瀼濱，乃自稱浪士。及有官，人以爲浪者亦漫爲官乎，呼爲漫郎。」清真：指純真樸素。世説新語賞譽：「清真寡欲，萬物不能移也。」

〔二〕「蘭亭」二句：王羲之蘭亭集序：「此地有崇山峻嶺，茂林修竹。」

〔三〕雪茗：開水沖泡後有一層白色泡沫的茶。賈島送朱休歸劍南：「芽新抽雪茗，枝重集猨楓。」粳香：粳米之香氣。絲蓴：細絲一般的蒓菜。

〔四〕翛然：無拘無束貌。莊子大宗師：「翛然而往，翛然而來而已矣。」成玄英疏：「翛然，無繫貌也。」

其八

紈扇嬋娟素月〔一〕，紗巾縹渺輕煙。高槐葉長陰初合，清潤雨餘天。　弄筆斜行小草〔二〕，鈎簾淺醉閒眠。更無一點塵埃到，枕上聽新蟬〔三〕。

【題解】

本文爲陸游所作的隱逸詞，調寄烏夜啼。

本文放翁詞箋注繫於淳熙八年至十二年山陰作。時陸游奉祠家居。

【箋注】

〔一〕紈扇嬋娟素月：細絹團扇如明媚的皓月。

〔二〕弄筆斜行小草：詩稿卷一七臨安春雨初霽：「矮紙斜行閒作草，晴窗細乳戲分茶。」小草，字形小巧的草書。懷素有小草千字文。

〔三〕新蟬：指初夏的鳴蟬。白居易六月三日夜聞蟬：「微月初三夜，新蟬第一聲。」

真珠簾

山村水館參差路。感羈遊、正似殘春風絮〔一〕。掠地穿簾，知是竟歸何處。鏡裏新霜空自憫，問幾時、鸞臺鼇署〔二〕。遲暮。謾憑高懷遠，書空獨語〔三〕。　自古儒冠多誤〔四〕。悔當年、早不扁舟歸去。醉下白蘋洲，看夕陽鷗鷺。菰菜鱸魚都棄了〔五〕，只換得、青衫塵土。休顧。早收身江上，一蓑煙雨〔六〕。

【題解】

中興以來絶妙詞選卷二調下題作「羈游有感」。本文爲陸游感慨羈游生涯所作的詞，調寄真珠簾。

本文放翁詞箋注繫於不編年詞。

【箋注】

〔一〕羈游：羈旅無定。元稹誨侄等書：「吾竊見吾兄自二十年來，以下士之禄，持窘絶之家，其間半是乞丐羈游，以相給足。」

〔二〕鸞臺鼇署：指門下省和翰林學士院。新唐書百官志二：「垂拱元年改門下省曰鸞臺。」宋祁寒食假中作：「鼇署侍臣貪出沐，珉糜珠餡媿頒宣。」

〔三〕謾：莫，不要。書空：用手指在空中虚畫字形。晉書殷浩傳：「（浩）雖被黜放，口無怨言，夷神委命，談詠不輟，雖家人不見其有流放之戚。但終日書空，作『咄咄怪事』四字而已。」

〔四〕儒冠多誤：杜甫奉贈韋左丞丈二十二韻：「紈袴不餓死，儒冠多誤身。」

〔五〕菰菜鱸魚：世説新語識鑒：「張季鷹辟齊王東曹掾，在洛見秋風起，因思吳中菰菜羹、鱸魚膾，曰：『人生貴得適意爾，何能羈宦數千里以要名爵！』遂命駕便歸。」

〔六〕一蓑煙雨：蘇軾定風波：「一蓑煙雨任平生。」俞成螢雪叢説卷上：「騷人於漁父則曰『一蓑煙雨』，於農夫則曰『一犂春雨』，於舟子則曰『一篙春水』，皆曲盡形容之妙也。」

好事近

混迹寄人間，夜夜畫樓銀燭。誰見五雲丹竈，養黄芽初熟〔一〕。春風歸從紫皇遊，東海宴暘谷〔二〕。進罷碧桃花賦，賜玉塵千斛〔三〕。

【題解】

本文爲陸游所作的游仙詞，調寄好事近。

本文放翁詞箋注繫於東歸後作。

【箋注】

〔一〕五雲：指雲英、雲珠、雲母、雲液、雲沙五種礦物。據説按五季服用，可長壽或成仙。丹竈：煉丹所用爐竈。黃芽：道教稱從鉛裏煉出的精華。參同契卷上：「玄含黃芽，五金之主。」俞琰發揮：「玄含黃芽者，水中産鉛也。鉛爲五金之主，在北方玄冥之内，得土而生黃芽。黃芽，即金華也。」

〔二〕紫皇：道教中的最高神仙。參見好事近其二注〔一〕。暘谷：日出之處。書堯典：「分命羲仲，宅嵎夷，曰暘谷。」孔安國傳：「暘，明也。日出於谷而天下明，故稱暘谷。」

〔三〕碧桃：傳説中西王母給漢武帝的仙桃。韓偓荔枝其一：「漢武碧桃争比得，枉令方朔號偷兒。」玉塵：即玉屑，傳説中仙人的食物。抱朴子卷四金丹：「綺里丹法：先飛取五石玉塵，合以丹砂汞，内大銅器中煮之百日五色，服之不死。」

渭南文集箋校卷第五十

詞

【釋體】

本卷文體同上卷，收録詞六十三首。

柳梢青 故蜀燕王宫海棠之盛爲成都第一，今屬張氏。

錦里繁華，環宫故邸，疊萼奇花〔一〕。俊客妖姬，争飛金勒，齊駐香車〔二〕。何須幕障幃遮。寶杯浸、紅雲瑞霞。銀燭光中，清歌聲裏，休恨天涯。

【題解】

蜀燕王宫，參見卷四九漢宫春題解。本文爲陸游游賞張園海棠所作的冶游詞，調寄柳梢青。

本文放翁詞箋注繫於淳熙二年至五年。

【箋注】

〔一〕錦里：又名錦城，即成都。參見卷四九烏夜啼其三注〔二〕。環宮：即燕王宮。

〔二〕妖姬：美女。金勒：帶金飾的馬籠頭，借指坐騎。韓翃送田倉曹汴州覲省：「玉杯分湛露，金勒借追風。」香車：華美的車轎。盧照鄰行路難：「春景春風花似雪，香車玉轝恒闐咽。」老學庵筆記卷二：「成都諸名族婦女，出入皆乘犢車。惟城北郭氏車最鮮華，爲一城之冠，謂之『郭家車子』。」

其二　乙巳二月西興贈別①

十載江湖，行歌沽酒，不到京華〔一〕。底事翩然〔二〕，長亭煙草，衰鬢風沙。

憑高目斷天涯。細雨外、樓臺萬家。只恐明朝，一時不見，人共梅花。

【題解】

乙巳，即淳熙十二年。西興，又稱西陵，鎮名。在今浙江蕭山西。地處運河邊，爲交通要衝。

本文爲陸游所作的送別詞，調寄柳梢青。

本文據文意，作於淳熙十二年（一一八五）二月。時陸游奉祠家居。

【校記】

①「别」，原脱左旁，據正德本、汲古閣本補。

【箋注】

〔一〕「十載」三句：陸游淳熙五年離蜀東歸，秋至行在所，隨即赴任福建、江西，又罷免歸家，至此已近十年。

〔二〕底事：何事。　翩然：瀟灑貌。

夜遊宫　記夢寄師伯渾

雪曉清笳亂起〔一〕。夢遊處、不知何地。鐵騎無聲望似水。想關河，雁門西，青海際〔二〕。　睡覺寒燈裏。漏聲斷、月斜窗紙。自許封侯在萬里〔三〕。有誰知，鬢雖殘，心未死。

【題解】

師伯渾，陸游蜀中好友。參見卷一四師伯渾文集序題解。陸游乾道九年在眉州始識伯渾。

本文爲陸游所作的寄師伯渾的記夢詞，調寄夜遊宫。

本文據文意，作於乾道九年後數年内之冬日。時陸游在蜀中。

【箋注】

〔一〕雪曉，雪天的拂曉。清笳：凄清的胡笳之聲。謝脁從戎曲：「寥戾清笳轉，蕭條邊馬煩。」

〔二〕關河：關山河川。雁門：即雁門關，在今山西代縣西北。青海：指青海湖，在今青海東部。

〔三〕「自許」句：後漢書班超傳：「（超）家貧，常爲官傭書以供養，久勞苦。嘗輟業投筆歎曰：『大丈夫無它志略。猶當效傅介子、張騫立功異域，以取封侯，安能久事筆研間乎？』左右皆笑之。超曰：『小子安知壯士志哉？』其後行詣相者，曰：『祭酒，布衣諸生耳，而當封侯萬里之外。』超問其狀，相者指曰：『生燕頷虎頸，飛而食肉，此萬里侯相也。』」

其二　宫詞

獨夜寒侵翠被。奈幽夢、不成還起。欲寫新愁淚濺紙。憶承恩，歎餘生，今至此。

蔌蔌燈花墜。問此際、報人何事〔一〕。咫尺長門過萬里〔二〕。恨君心，似危欄，難久倚。

【題解】

本文爲陸游所作的宫怨詞，調寄夜游宫。放翁詞箋注稱是寄慨君臣遇合，有感於王炎被廢而作。王炎於乾道九年初罷樞密使，提舉洞霄宫，不再起用。該年陸游攝知嘉州，作有長門怨、長信宫詞（均見詩稿卷四），均同一寓意。

本文放翁詞箋注繫於乾道九年（一一七三）。

【箋注】

〔一〕蔌蔌：象聲詞，輕微之聲。燈花：俗稱燈花報喜，此反問何喜。

〔二〕長門：司馬相如長門賦序：「孝武皇帝陳皇后，時得幸，頗妒。别在長門宫，愁悶悲思。聞蜀郡成都司馬相如天下工爲文，奉黄金百斤爲相如、文君取酒，因於解悲愁之辭。而相如爲文以悟主上，陳皇后復得親幸。」

安公子

風雨初經社，子規聲裏春光謝〔一〕。最是無情，零落盡、薔薇一架。況我今年，憔悴幽窗下。人盡怪、詩酒消聲價〔二〕。向藥爐經卷〔三〕，忘却鶯窗柳榭。萬事收心也。粉痕猶在香羅帕。恨月愁花，争信道、如今都罷。空憶前身，便面章臺馬〔四〕。

因自來、禁得心腸怕〔五〕。縱遇歌逢酒，但説京都舊話。

【題解】

本文爲陸游所作的傷春詞，調寄安公子。

本文放翁詞箋注繫於不編年詞。

【箋注】

〔一〕社：祭祀土地神場所。　子規：即杜鵑鳥。鳴聲凄切。

〔二〕聲價：聲譽身價。應劭風俗通：「吾以虚獲實，蘊藉聲價。盛明之際，尚不委質，況今政在家哉！」

〔三〕藥爐經卷：蘇軾朝雲詩：「經卷藥爐新活計，舞衫歌扇舊因緣。」

〔四〕便面章臺馬：漢書張敞傳：「敞無威儀，時罷朝會過，走馬章臺街，使御史驅，自以便面拊馬。」顔師古注：「便面，所以障面，蓋扇之類也。不欲見人，以此自障面則得其便，故曰便面，亦曰屏面。」

〔五〕禁得：禁得住，受得住。

玉胡蝶　王忠州家席上作

倦客平生行處，墜鞭京洛，解佩瀟湘〔一〕。此夕何年，來賦宋玉高唐〔二〕。繡簾開、香塵乍起，蓮步穩、銀燭分行〔三〕。暗端相〔四〕。燕羞鶯妒，蝶繞蜂忙。難忘。芳樽頻勸，峭寒新退，玉漏猶長〔五〕。幾許幽情，只愁歌罷月侵廊。欲歸時、司空笑問，微近處、丞相嗔狂〔六〕。斷人腸。假饒相送，上馬何妨〔七〕。

【題解】

王忠州爲誰不詳，當是王姓忠州知州。放翁詞箋注據娛書堂詩話卷下載：「王從周鎬，吉之永豐人，仕至忠州守。喜爲詩，亦有警句。」故推測或即此人。忠州，隸夔州路，治臨江，在今重慶忠縣。陸游淳熙五年離蜀東歸途中經忠州。詩稿卷一〇有忠州醉歸舟中作：「耿耿船窗燈火明，東樓飲罷恰三更。不堪酒渴兼消渴，起聽江聲雜雨聲。垂首道塗悲驥老，滿懷風露覺蟬清。蘭亭禹廟山如畫，安得飄然送此生？」本文爲陸游在王忠州家席上所作的冶游詞，調寄玉胡蝶。

本文據文意，作於淳熙五年（一一七八）四月。時陸游在離蜀東歸途中。

【箋注】

〔一〕墜鞭京洛：白行簡李娃傳：「有娃方凭一雙鬟青衣立，妖姿要妙，絕代未有。（滎陽）生忽見之，不覺停驂久之，徘徊不能去。乃詐墜鞭於地，候其從者，敕取之，累眄於娃。」解佩瀟湘：劉向列仙傳卷上：「江妃二女者，不知何所人也，出游於江漢之湄，逢鄭交甫。見而悦之，不知其神人也，謂僕曰：『我欲下請其佩。』……遂手解佩與交甫。」

〔二〕宋玉高唐：宋玉高唐賦序：「昔者先王嘗游高唐，怠而晝寢，夢見一婦人曰：『妾巫山之女也，爲高唐之客。聞君游高唐，願薦枕席。』王因幸之。去而辭曰：『妾在巫山之陽，高丘之阻，旦爲朝雲，暮爲行雨。朝朝暮暮，陽臺之下。』旦朝視之，如言。故立爲廟，號曰朝雲。王曰：『……試爲寡人賦之。』」

〔三〕香塵：芳香之塵。王嘉拾遺記卷九：「（石崇）又屑沉水之香如塵末，布象牀上，使所愛者踐之。」蓮步：指美女脚步。南史齊廢帝東昏侯傳：「又鑿金爲蓮華以帖地，令潘妃行其上，曰：『此步步生蓮華也。』」

〔四〕端相：細看，正視。司空圖障車文：「兒郎偉，且子細思量，内外端相，事事相稱，頭頭相當。」

〔五〕玉漏：計時漏壺的美稱。蘇味道正月十五夜：「金吾不禁夜，玉漏莫相催。」

〔六〕「欲歸」二句：孟棨本事詩情感第一：「劉尚書禹錫罷和州，爲主客郎中、集賢學士。李司空罷鎮在京，慕劉名，嘗邀之第中，厚設飲饌。酒酣，命妙妓歌以送之。劉於席上賦詩曰：『鬟鬌梳頭宮樣妝，春風一曲杜韋娘。司空見慣渾閑事，斷盡江南刺史腸。』李因以妓贈之。」杜甫麗人行：「炙手可熱勢絶倫，慎莫近前丞相嗔。」

〔七〕假饒：即使，縱然。李山甫南山：「假饒不是神仙骨，終抱琴書向此游。」上馬：指起程。

木蘭花慢　夜登青城山玉華樓

閱邯鄲夢境〔一〕，歎緑鬢、早霜侵。奈華嶽燒丹，青溪看鶴，尚負初心〔二〕。年來向濁世裏，悟真詮秘訣絶幽深〔三〕。養就金芝九畹，種成琪樹千林〔四〕。星壇夜學步虚吟〔五〕。露冷透瑶簪，對翠鳳披雲，青鸞溯月，宫闕蕭森〔六〕。琅函一封奏罷，自鈞天帝所有知音〔七〕。却過蓬壺嘯傲，世間歲月駸駸〔八〕。

【題解】

青城山，蜀中名勝記卷六：「名山記曰：『益州西南青城山，一名青城都。山形似城，其上有崖舍赤壁，張天師所治所。南連峨眉。亦有洞天，諸靈書所藏，不知當是第幾洞天也。』」玉華樓，詩稿卷一八縱筆其一自注：「玉華樓在青城山丈人觀。」范成大吴船録卷上：「真君殿前有大樓，曰玉華。翬飛輪奂，極土木之勝。」淳熙元年冬，陸游攝知榮州，取道青城山赴任，有將知榮州取道青城、丈人觀等詩（見詩稿卷六）。本文爲陸游夜登玉華樓所作的游仙詞，調寄木蘭花慢。

本文據文意，作於淳熙元年（一一七四）冬。時陸游在赴攝知榮州途中。

參考詩稿卷六將知榮州取道青城、丈人觀、題丈人觀道院壁、宿上清宫、自上清延慶歸過丈人觀少留。

【箋注】

〔一〕邯鄲夢境：唐盧生於邯鄲道中遇道士呂翁，翁授以枕，謂枕此可令汝榮適如志。盧生就枕入夢，五十年間，娶望族妻，中進士，建功樹名，出將入相，極盡榮華富貴。當其欠伸而寤，邸舍呂翁如舊，主人蒸黍未熟。詳見沈既濟枕中記。

〔二〕華嶽：西嶽華山。山中多有道士煉丹修行。青溪：山名。文選郭璞游仙詩其二：「青溪千餘仞，中有一道士。雲生梁棟間，風出窗户裏。借問此何誰？云是鬼谷子。」李善注引庾仲雍荆州記：「臨沮縣有青溪山，山東有泉，泉側有道士精舍。」

〔三〕真詮：真解，真理。盧藏用衡嶽高僧序：「年代悠邈，故老或遺，真詮緬微，後生何述。」秘訣：隱秘的方術。南史陶弘景傳：「弘景既得神符秘訣，以爲神丹可成。」

〔四〕金芝：傳説中的仙藥。漢書宣帝紀：「金芝九莖產於函德殿銅池中。」顏師古注引服虔曰：「金芝，色像金也。」九畹：田畝數。屈原離騷：「余既滋蘭之九畹兮。」王逸注：「十二畝曰畹。」琪樹：仙境中的玉樹。孫綽游天台山賦：「建木滅景於千尋，琪樹璀璨而垂珠。」

〔五〕步虚吟：即步虚聲，指道士唱經禮贊。劉敬叔異苑卷五：「陳思王游山，忽聞空裏誦經聲，清遠遒亮。解音者則而寫之，爲神仙聲。道士效之，作步虚聲也。」

〔六〕「對翠鳳」三句：此處當指面對樓内壁畫之景。

〔七〕琅函：指道書。鈞天：天之中央。呂氏春秋有始：「天有九野……中央曰鈞天。」高誘

注：「鈞，平也。爲四方主，故曰鈞天。」史記趙世家：「趙簡子疾，五日不知人。……居二日半，簡子寤，語大夫曰：『我之帝所甚樂，與百神游於鈞天，廣樂九奏萬舞，不類三代之樂，其聲動人心。』」

〔八〕蓬壺：即蓬萊仙境。王嘉拾遺記卷一：「三壺，則海中三山也。一曰方壺，則方丈也；二曰蓬壺，則蓬萊也；三曰瀛壺，則瀛洲也。形如壺器。」嘯傲：長嘯自傲。駸駸：疾速貌。詩小雅四牡：「駕彼四駱，載驟駸駸。」毛傳：「駸駸，驟貌。」

蘇武慢　唐安西湖

澹靄空濛，輕陰清潤，綺陌細塵初静〔一〕。平橋繫馬，畫閣移舟，湖水倒空如鏡。掠岸飛花，傍簷新燕，都似學人無定〔二〕。歎連年戎帳，經春邊壘，暗凋顔鬢。空記憶、杜曲池臺，新豐歌管，怎得故人音信〔三〕。羈懷易感，老伴無多，談麈久閒犀柄〔四〕。惟有翛然，筆牀茶竈，自適筍輿煙艇〔五〕。待緑荷遮岸，紅蕖浮水，更乘幽興。

【題解】

唐安，即蜀州，隸成都府路。治江原，在今四川崇慶。西湖，蜀中名勝記卷七：「紀勝云：『西湖在郡圃，蓋皁江之水，皆導城中，環守之居，因瀦其餘以爲湖也。』」范成大吳船録卷上：「蜀州郡圃內西湖極廣袤，荷花正盛，覓湖船泛之，繫纜修竹古木間，景物甚野，游宴繁盛，爲西州盛處。」淳熙元年春，陸游返蜀州通判任。本文爲陸游游覽蜀州西湖所作的詞，調寄蘇武慢。

本文據文意，作於淳熙元年（一一七四）春。時陸游在蜀州通判任上。

【箋注】

〔一〕綺陌：繁華的街市。梁簡文帝登烽火樓：「萬邑王畿曠，三條綺陌平。」

〔二〕學人：求學之人。左傳昭公九年：「辰在子卯，謂之疾日，君徹宴樂，學人舍業，爲疾故也。」

〔三〕杜曲：地名。在今陝西西安東南。樊川、御宿川流經，唐代大姓杜氏世居於此。唐彦謙長溪秋望：「寒鴉閃閃前山去，杜曲黄昏獨自愁。」新豐，縣名。在今陝西臨潼西北。漢高祖爲其父思鄉改驪邑而置。鮑照數詩：「五侯相餞送，高會集新豐。」故人：此指南鄭幕府中朋友。

〔四〕談麈久閒犀柄：指無人前來暢談。談麈，六朝尚清談，多執麈尾。本用以驅蟲撣塵，後成習尚。麈，鹿一類動物。

〔五〕翛然：無拘無束超脱貌。筆牀茶竈：陸龜蒙甫里先生傳：「或寒暑得中，體佳無事時，則乘小舟，設蓬席，賫一束書、茶竈、筆牀、釣具，櫂船郎而已。」筍輿：竹輿。春秋文公十五年：「齊人歸公孫敖之喪。」公羊傳：「何以不言來？内辭也。脅我而歸之，筍將而來也。」何休注：「筍者，竹箯，一名編輿，齊魯以此名之曰筍。」煙艇：煙波小舟。杜甫八哀詩：「再讀徐孺碑，猶思理煙艇。」卷一七有煙艇記。

齊天樂　左綿道中

角殘鍾晚關山路，行人乍依孤店。塞月征塵，鞭絲帽影〔一〕，常把流年虛占。藏鴉柳暗〔二〕。歎輕負鶯花，謾勞書劍〔三〕。事往關情，悄然頻動壯遊念〔四〕。孤懷誰與强遣。市壚沽酒，酒薄怎當愁釅〔五〕。倚瑟妍詞，調鉛妙筆〔六〕，那寫柔情芳豔。征途自厭。况煙斂蕪痕，雨稀萍點〔七〕。最是眠時，枕寒門半掩。

【題解】

左綿，即綿州，隸成都府路。在今四川綿陽。因在涪江之左，故稱左綿。淳熙八年十月，王炎幕府解散，陸游改除成都府安撫司參議官，由南鄭取道綿州赴成都。本文爲陸游途經綿州所作的羈旅詞，調寄齊天樂。

本文據文意，作於乾道八年（一一七二）冬。時陸游在赴成都途中。

參考詩稿卷三綿州魏成縣驛有羅江東詩云芳草有情皆礙馬好雲無處不遮樓戲用其韻、即事、青村寺、行綿州道中。

【箋注】

〔一〕鞭絲帽影：指行旅裝束。詩稿卷三雪晴行益昌道中頗有春意：「春回柳眼梅鬚裏，愁在鞭絲帽影間。」

〔二〕藏鴉柳暗：佚名讀曲歌：「暫出白門前，楊柳可藏烏。」

〔三〕謾勞：徒勞。謾，通「漫」。

〔四〕壯遊：懷抱壯志遠游。杜甫有壯游詩。

〔五〕釅：指茶酒等飲料味濃，此指愁緒。

〔六〕倚瑟：和着瑟聲。史記張釋之馮唐列傳：「使慎夫人鼓瑟，上自倚瑟而歌，意凄慘悲懷。」司馬貞索隱：「謂歌聲合於瑟聲，相依倚也。」調鉛：調製顔料。古時用鉛粉作繪畫顔料。

〔七〕雨稀萍點：李商隱細雨：「氣涼先動竹，點細未開萍。」

其二　三榮人日遊龍洞作

客中隨處閒消悶，來尋嘯臺龍岫〔一〕。路斂春泥，山開翠霧，行樂年年依舊。天工妙手。放輕緑萱牙〔二〕，淡黄楊柳。笑問東君〔三〕，爲人能染鬢絲否。西州催去近也〔四〕，帽簷風軟，且看市樓沽酒。宛轉巴歌，淒涼塞管，携客何妨頻奏。征塵暗袖。漫禁得梅花，伴人疏瘦。幾日東歸，畫船平放溜〔五〕。

【題解】

三榮游龍洞，參見卷四九驀山溪題解。人日，農曆正月初七。太平御覽卷九七六引荆楚歲時記：「正月七日爲人日。以七種菜爲羹，剪綵爲人或鏤金箔爲人，以貼屏風，亦戴之頭鬢。又造華勝以相遺，登高賦詩。」本文爲陸游游榮州龍洞所作的詞，調寄齊天樂。

本文據文意，作於淳熙二年（一一七五）正月。時陸游在攝知榮州任上。

【箋注】

〔一〕嘯臺龍岫：指孫登嘯臺。參見卷四九驀山溪其二注〔二〕。

〔二〕萱牙：萱草嫩芽。牙，通「芽」。

〔三〕東君：司春之神。王初立春後作：「東君珂佩響珊珊，青馭多時下九關。」

〔四〕西州催去：詩稿卷六乙未元日自注：「除夕，得制司檄，催赴官。」西州，指成都。

〔五〕放溜：讓船順流自行。梁元帝早發龍巢：「征人喜放溜，曉發晨陽隈。」

望梅

壽非金石〔一〕。恨天教老向，水程山驛〔二〕。似夢裏、來到南柯〔三〕，這些子光陰，更堪輕擲。戍火邊塵，又過了、一年春色。歎名姬駿馬，盡付杜陵，苑路豪客〔四〕。長繩漫勞繫日〔五〕。看人間俯仰，俱是陳迹〔六〕。縱自倚、英氣凌雲，奈回盡鵬程，鎩殘鸞翮〔七〕。終日憑高，誚不見、江東消息。算沙邊、也有斷鴻，倩誰問得〔八〕。

【題解】

據詞中云「戍火邊塵，又過了一年春色」，則本文當在南鄭幕府所作。本文爲陸游所作的抒懷詞，調寄望梅。

本文據文意，作於乾道八年（一一七二）春夏。時陸游在權四川宣撫使司幹辦公事兼檢法官任上。

【箋注】

〔一〕壽非金石：古詩十九首回車駕言邁：「人生非金石，豈能長壽考。」

〔二〕水程山驛：水路驛道。姚合送劉禹錫郎中赴蘇州其二：「初經咸谷眠山驛，漸入梁園問水程。」

〔三〕南柯：唐廣陵淳于棼夢入大槐安國獲招駙馬，官拜南柯太守。後公主卒，罷郡還國，由是醒寤。於宅南古槐下得一蟻穴，即槐安國也；又窮穴上南枝，即南柯郡也。詳見李公佐南柯太守傳。

〔四〕杜陵：秦爲杜縣地，漢宣帝葬此，改稱杜陵。在今陝西西安東南。苑路豪客：指豪門。

〔五〕「長繩」句：傅玄九曲歌：「歲暮景邁羣光絶，安得長繩繫白日。」

〔六〕「看人間」二句：王羲之蘭亭集序：「向之所欣，俛仰之間，已成陳迹，猶不能不以之興懷。」

〔七〕鎩殘鸞翮：文選顔延年五君詠其二：「鸞翮有時鎩，龍性誰能馴。」李善注：「許慎云：『鎩，殘羽也。』」

〔八〕「算沙邊」二句：詩稿卷三五秋夜：「故人萬里無消息，便擬江頭問斷鴻。」斷鴻，失羣孤鴻。

洞庭春色

壯歲文章，暮年勳業，自昔誤人。算英雄成敗，軒裳得失〔一〕，難如人意，空喪天真。請看邯鄲當日夢，待炊罷黃粱徐欠伸〔二〕。方知道，許多時富貴，何處關身。人間定無可意，怎換得、玉鱠絲蓴〔三〕。且釣竿漁艇，筆牀茶竈〔四〕，閒聽荷雨，一洗衣塵。洛水秦關千古後，尚棘暗銅駝空愴神〔五〕。何須更，慕封侯定遠，圖像麒麟〔六〕。

【題解】

本文爲陸游爲所作的隱逸詞，調寄洞庭春色（即沁園春）。

本文放翁詞箋注繫於東歸後作。

【箋注】

〔一〕軒裳：指官位爵禄。元結忝官引：「無謀救冤者，禄位安可近。而可愛軒裳，其心又干進。」

〔二〕「請看」二句：即黄粱美夢。參見本卷木蘭花慢注〔一〕。

〔三〕玉鱠絲蓴：白玉般魚肉，細絲般蓴菜。

〔四〕筆牀茶竈：參見本卷蘇武慢注〔五〕。

〔五〕棘暗銅駝：指有先見之明。晉書索靖傳：「靖有先識遠量，知天下將亂，指洛陽宫門銅駝，歎曰：『會見汝在荆棘中耳！』」

〔六〕封侯定遠：後漢書班超傳：「（超）出入二十二年，莫不賓從。改立其王，而綏其人。不動中國，不煩戎士，得遠夷之和，同異俗之心。其封超爲定遠侯，邑千户。」圖像麒麟：漢書蘇武傳：「甘露三年，單于始入朝。上思股肱之美，乃圖畫其人於麒麟閣，法其形貌，署其官爵姓名。……凡十一人，皆有傳。」顔師古注：「張晏曰：『武帝獲麒麟時作此閣，圖畫其像於閣，遂以爲名。』」

漁家傲　寄仲高

東望山陰何處是，往來一萬三千里。寫得家書空滿紙。流清淚，書回已是明年事。

縷茶煙裏〔二〕。

寄語紅橋橋下水〔一〕，扁舟何日尋兄弟。行遍天涯真老矣。愁無寐，鬢絲幾

【題解】

仲高，即陸升之，字仲高。陸游從祖兄。參見卷一七復齋記注〔一〕。詩稿卷三有仙魚鋪得仲高兄書，作於乾道八年九、十月間；卷六有聞仲高從兄訃，作於淳熙二年春。本文爲陸游寄陸升之所作的懷人詞，調寄漁家傲。

本文據文意，作於乾道八、九年間。時陸游先後在成都、蜀州、嘉州任職。

【箋注】

〔一〕紅橋：亦作虹橋。嘉泰會稽志卷一一：「虹橋，在（山陰）縣西七里迎恩門外。」詩稿卷八七反遠遊：「行歌西郭紅橋路，爛醉東關白塔秋。」自注：「皆山陰近郊地名。」

〔二〕「鬢絲」句：杜牧題禪院：「觥船一棹百分空，十歲青春不負公。今日鬢絲禪榻畔，茶煙輕颺落花風。」

繡停針

歎半紀，跨萬里秦吴，頓覺衰謝〔一〕。回首鵷行，英俊並遊，咫尺玉堂金馬〔二〕。

氣凌嵩華〔三〕。負壯略、縱橫王霸。夢經洛浦梁園〔四〕，覺來淚流如瀉。山林定去也。却自恐説著，少年時話。静院焚香，閒倚素屏，今古總成虚假。趁時婚嫁〔五〕。幸自有、湖邊茅舍。燕歸應笑，客中又還過社〔六〕。

【題解】

本文爲陸游爲所作的隱逸詞，調寄繡停針。

本文放翁詞箋注繫於東歸後作。

【箋注】

〔一〕「歎半紀」三句：書畢命「既歷三紀」，孔安國傳：「十二年爲紀。」陸游乾道六年入蜀，淳熙五年東歸，前後八年有餘，故稱「半紀」。萬里秦吴，詩稿卷二七戲詠山陰風物：「萬里秦吴税駕遲，還鄉已歎鬢成絲。」

〔二〕鵷行：指朝官行列。英俊並遊：漢書梅乘傳：「乘久爲大國上賓，與英俊並遊，得其所好。」玉堂金馬：指玉堂署、金馬門，均爲漢時學士待詔之處，因以稱翰林院。漢書揚雄傳：「今子幸得遭明盛之世，處不諱之朝，與羣賢同行，歷金門、上玉堂有日矣。」

〔三〕嵩華：嵩山、華山。

〔四〕洛浦梁園：洛水之濱的梁園。梁園爲西漢梁孝王東園，亦稱兔園。葛洪西京雜記卷三：

「梁孝王好營宮室苑囿之樂，作曜華之宫，築兔園。王日與宫人賓客弋釣其中。」司馬相如、枚乘、鄒陽等文人均爲座上之客。詳見史記梁孝王世家。

〔五〕趁時婚嫁：趁時，及時。後漢書向長傳：「向長字子平，河内朝歌人也。隱居不仕，性尚中和，好通老易。……建武中，男女娶嫁既畢，敕斷家事勿相關，當如我死也。於是遂肆意，與同好北海禽慶俱遊五嶽名山，竟不知所終。」

〔六〕過社：恰逢春社。荆楚歲時記：「社日，四鄰并結宗會社，宰牲牢，爲屋於樹下，先祭神，然後享其胙。」

桃源憶故人 并序

三榮郡治之西，因子城作樓觀，曰高齋。下臨山村，蕭然如世外。予留七十日，被命參成都戎幕而去。臨行，徙倚竟日，作桃源憶故人一首〔一〕。

斜陽寂歷柴門閉，一點炊煙時起。雞犬往來林外，俱有蕭然意〔二〕。　　衰翁老去疏榮利，絶愛山城無事。臨去畫樓頻倚，何日重來此〔三〕。

【題解】

淳熙元年十月，陸游攝知榮州。除夕，得制置司檄，除成都府路安撫司參議官兼四川制置使司參議官。二年正月十日離榮赴任。本文爲陸游臨行前所作的詞，調寄桃源憶故人。

本文據文意，作於淳熙二年（一一七五）正月。時陸游在攝知榮州任上。

參考詩稿卷六高齋小飲戲作。

【箋注】

〔一〕子城：内城，小城。　徙倚：徘徊，逡巡。

〔二〕寂歷：凋零疏落。詩稿卷六登城望西崦：「登城望西崦，數家斜照中。柴荆晝亦閉，乃有太古風。慘澹起炊煙，寂歷下釣筒。土瘦麥苗短，霜重桑枝空。恐是種桃人，或有采芝翁。何當宿樓上，月明照夜舂。」

〔三〕榮利：功名利禄。詩稿卷六别榮州：「浮生歲歲俱如夢，一枕輕安亦可人。偶落山城無事處，暫還老子自由身。嘯臺載酒雲生屨，僊穴尋梅雨墊巾。便恐清遊從此少，錦城車馬漲紅塵。」

其二　應靈道中

欄干幾曲高齋路〔一〕，正在重雲深處。丹碧未乾人去，高棟空留句〔二〕。　離離芳草長亭暮，無奈征車不住。惟有斷鴻煙渚〔三〕，知我頻回顧。

【題解】

應靈，縣名，榮州轄縣。在今四川榮縣西。淳熙二年正月，陸游取道應靈赴成都。本文爲陸游在應靈道中所作的詞，調寄桃源憶故人。

本文據文意，作於淳熙二年（一一七五）正月。時陸游由榮州赴成都途中。

【箋注】

〔一〕「欄干」句：此爲回望所見。高齋，榮州子城上樓觀。見前首序。

〔二〕丹碧：指高齋所塗色彩。空留句：指前首詞作。

〔三〕斷鴻：孤雁。煙渚：霧氣籠罩的洲渚。孟浩然宿建德江：「移舟泊煙渚，日暮客愁新。」

其三

一彈指頃浮生過，墮甑元知當破〔一〕。去去醉吟高卧〔二〕，獨唱何須和。殘年還我從來我，萬里江湖煙舸。脱盡利名繮鎖，世界元來大〔三〕。

【題解】

本文爲陸游爲所作的隱逸詞，調寄桃源憶故人。

本文放翁詞箋注繫於東歸後作。

【箋注】

〔一〕一彈指頃：指時間簡短。法苑珠林卷三引僧祇律：「二十念爲一瞬，二十瞬名一彈指，二十彈指名一羅預，二十羅預名一須臾，一日一夜有三十須臾。」白居易禽蟲其八：「何異浮生臨老日，一彈指頃報恩讎。」墮甑：比喻事過無法挽回，不需回顧。語本後漢書郭太傳：「（孟敏）客居太原，荷甑墮地，不顧而去。林宗見而問其意，對曰：『甑已破矣，視之何益？』」

〔二〕去去：遠去。醉吟：指白居易，自號醉吟先生，作醉吟先生傳云：「因自吟詠懷詩……吟罷自哂，揭甕撥醅。又引數盃，兀然而醉。既而醉復醒，醒復吟，吟復飲，飲復醉，醉吟相仍，若循環然。」

〔三〕利名韁鎖：柳永夏雲峰：「向此免名韁利鎖，虛費光陰。」世界：佛教指宇宙。楞嚴經卷四：「何名爲衆生世界？世爲遷流，界爲方位。汝今當知，東、西、南、北、東南、西南、東北、西北、上、下爲界，過去、未來、現在爲世。」

其四

城南載酒行歌路，冶葉倡條無數〔一〕。一朵鞓紅凝露〔二〕，最是關心處。鶯聲無賴催春去，那更兼旬風雨〔三〕。試問歲華何許，芳草連天暮。

【題解】

本文爲陸游爲所作的冶游詞，調寄桃源憶故人。

本文放翁詞箋注繫於成都作。

【箋注】

〔一〕城南：指成都城南，有蜀王舊苑等。冶葉倡條：形容楊柳枝葉婀娜多姿，借指妓女。李商隱燕臺詩四首其一：「蜜房羽客類芳心，冶葉倡條徧相識。」

〔二〕鞓紅：牡丹之一種。歐陽修洛陽牡丹記：「鞓紅者，單葉，深紅花，出青州，亦曰青州紅。……其色類腰帶鞓，故謂之鞓紅。」

〔三〕兼旬：指二十天。舊唐書王及善傳：「今足下居無尺土之地，守無兼旬之糧。」

其五　題華山圖

中原當日三川震，關輔回頭煨燼〔一〕。淚盡兩河征鎮，日望中興運〔二〕。秋風霜滿青青鬢，老却新豐英俊〔三〕。雲外華山千仞，依舊無人問〔四〕。

【題解】

華山圖，摹寫華山形勝之畫作。詩稿卷七二秋思其三：「一篇舊草天台賦，六幅新傳太華圖。」本文爲陸游爲華山圖所作的題畫詞，調寄桃源憶故人。

本文放翁詞箋注繫於不編年詞。上引「六幅新傳太華圖」句作於開禧三年（一二〇七），或作於同時。

【箋注】

〔一〕「中原」三句：指金兵佔領中原大地。三川震，國語周語上：「幽王二年，西周三川皆震。」韋昭注：「三川，涇、渭、洛，出於岐山也。震，動也。地震，故三川亦動也。」關輔，關中及三輔地區。潘岳關中記：「東自函關，西至隴關，二關之間，謂之關中。」漢書景帝紀「三輔舉不如法令者」，應劭注：「京兆尹、左馮翊、右扶風，共治長安城中，是爲三輔。」

〔二〕兩河：指黄河南北。征鎮：漢魏時設東、南、西、北四征將軍及四鎮將軍，守衛四方，合稱征鎮。中興：指收復中原。

〔三〕新豐英俊：新唐書馬周傳：「馬周字賓王，博州茌平人。少孤，家窶狹。嗜學，善詩、春秋。……舍新豐逆旅，主人不之顧。周命酒一斗八升，悠然獨酌，衆異之。至長安，舍中郎將常何家。……明年拜（周）監察御史，奉命稱職。帝以何得人。」

〔四〕依舊無人問：詩稿卷二五秋夜將曉出籬門迎涼有感：「遺民淚盡胡塵裏，南望王師又一年。」

極相思

江頭疏雨輕煙，寒食落花天[一]。翻紅墜素，殘霞暗錦，一段淒然。　惆悵東君堪恨處[二]，也不念、冷落樽前。那堪更看，漫空相趁，柳絮榆錢[三]。

【題解】

本文爲陸游所作的傷春詞，調寄極相思。

本文放翁詞箋注繫於不編年詞。

【箋注】

〔一〕江頭：江邊，江岸。　寒食：清明前一日或二日。參見卷四九蝶戀花其一注〔一〕。

〔二〕東君：司春之神。

〔三〕相趁：相隨，相逐。何承天纂文：「關西以逐物爲趁。」　榆錢：榆莢形如銅錢，故稱榆錢。施肩吾戲詠榆莢：「風吹榆錢落如雨，繞林繞屋來不住。」

一叢花

樽前凝佇漫魂迷，猶恨負幽期〔一〕。從來不慣傷春淚，爲伊後、滴滿羅衣。那堪更是，吹簫池館，青子緑陰時〔二〕。回廊簾影晝參差，偏共睡相宜。朝雲夢斷知何處〔三〕，倩雙燕、説與相思。從今判了，十分憔悴，圖要個人知〔四〕。

【題解】

本文爲陸游爲所作的傷春詞，調寄一叢花。

本文放翁詞箋注繫於不編年詞。

【箋注】

〔一〕凝佇：凝神佇立。毛滂遍地錦：「白玉闌邊自凝佇。滿枝頭、彩雲雕霧。」幽期：指男女間幽會。

〔二〕青子緑陰時：杜牧歎花：「自是尋春去校遲，不須惆悵怨芳時。狂風落盡深紅色，緑葉成陰子滿枝。」青子，指梅子，青梅。

〔三〕朝雲夢斷：見宋玉高唐賦。參見本卷玉胡蝶注〔二〕。

〔四〕個人：那人。多指情人。毛滂清平樂：「此情没個人知。燈前子細看伊。」

其二

仙姝天上自無雙〔一〕，玉面翠蛾長。黄庭讀罷心如水，閉朱户、愁近絲簧〔二〕。窗明几浄，閒臨唐帖，深炷寶奩香。　人間無藥駐流光，風雨又催涼。相逢共話清都舊〔三〕，歎塵劫、生死茫茫。何如伴我，緑蓑青箬〔四〕，秋晚釣瀟湘。

【題解】

本文爲陸游所作的懷人詞，調寄一叢花。

本文放翁詞箋注繫於不編年詞。

【箋注】

〔一〕仙姝：仙女，亦指美貌女子。裴鉶傳奇封陟：「見一仙姝，侍從華麗，玉佩敲磬，羅裙曳雲。」

〔二〕黄庭：指黄庭經。　絲簧：弦管樂器。文選馬融長笛賦：「漂凌絲簧，覆冒鼓鐘。」吕向注：「絲，琴瑟也；簧，笙也。」

〔三〕清都：指都城。左思魏都賦：「蓋比物以錯辭，述清都之閒麗。」

〔四〕緑蓑青箬：張志和漁歌子：「青箬笠，緑蓑衣，斜風細雨不須歸。」

隔浦蓮近拍

飛花如趁燕子，直度簾櫳裏〔一〕。帳掩香雲暖〔二〕，金籠鸚鵡驚起。凝恨慵梳洗。妝臺畔，蘸粉纖纖指。寶釵墜。才醒又困，厭厭中酒滋味〔三〕。牆頭柳暗，過盡一年春事。罨畫高樓怕獨倚〔四〕，千里。孤舟何處煙水。

【題解】

本文爲陸游所作的閨情詞，調寄隔浦蓮近拍。

本文放翁詞箋注繫於不編年詞。

【箋注】

〔一〕趁：追逐。簾櫳：窗簾和窗牖。借指閨閣。李昂賦戚夫人楚舞歌：「漢王此地因征戰，未出簾櫳人已薦。」

〔二〕香雲：指美女烏髮。柳永尾犯：「記得當初，翦香雲爲約。」

〔三〕厭厭：孏倦貌。中酒：飲酒半酣。漢書樊噲傳：「項羽既饗軍士，中酒。」顔師古注：「飲酒之中也，不醉不醒，故謂之中。」

〔四〕罨畫：指色彩艷麗之畫。高似孫緯略卷七罨畫：「墨客揮犀曰：『罨畫，今之生色也。』余嘗謂五采彰施於五服，此固生色之始也。秦韜玉詩：『花明驛路胭脂暖，山入江亭罨畫開。』盧贊元詩：『花外小樓雲罨畫，杳波晴葉退微紅。』李商隱愛義興罨畫溪者，亦以其如畫也。」

其二

騎鯨雲路倒景〔一〕，醉面風吹醒。笑把浮丘袂，寥然非復塵境〔二〕。震澤秋萬頃〔三〕。煙霏散，水面飛金鏡〔四〕。露華冷。湘妃睡起，鬟傾釵墜慵整〔五〕。臨江舞處，零亂塞鴻清影。河漢橫斜夜漏永，人靜。吹簫同過緱嶺〔六〕。

【題解】

本文爲陸游所作的游仙詞，調寄隔浦蓮近拍。

本文放翁詞箋注繫於不編年詞。

【箋注】

〔一〕騎鯨：比喻游仙。參見卷四九秋波媚其二注〔三〕。倒景：同「倒影」。

〔二〕浮丘：即浮丘公。劉向列仙傳卷上：「王子喬者，周靈王太子晉也。好吹笙，作鳳凰鳴。游伊洛之間，道士浮丘公接以上嵩高山三十餘年。後求之於山上，見桓良曰：『告我家，七月七日待我於緱氏山巔。』至時，果乘白鶴駐山頭，望之不得到。舉手謝時人，數日而去。亦立祠於緱氏山下，及嵩高首焉。」郭璞游仙詩：「左挹浮丘袖，右拍洪崖肩。」寥然：寂靜貌。

〔三〕震澤：湖名。即今江蘇太湖。書禹貢：「三江既入，震澤厎定。」

〔四〕金鏡：比喻月亮。元稹泛江翫月：「遠樹懸金鏡，深潭倒玉幢。」

〔五〕湘妃：舜帝二妃娥皇、女英，没於湘水，遂爲湘水之神。慵整：懶得整理。

〔六〕河漢：指銀河。夜漏：夜裹時間。緱嶺：即緱氏山。見注〔二〕。

昭君怨

晝永蟬聲庭院，人倦懶摇團扇。小景寫瀟湘〔一〕，自生涼。簾外蹴花雙燕〔二〕，簾下有人同見。寶篆拆宫黄，炷熏香〔三〕。

【題解】

本文爲陸游所作的閨情詞，調寄昭君怨。

本文放翁詞箋注繫於不編年詞。

【箋注】

〔一〕小景寫瀟湘：沈括夢溪筆談卷一七書畫：「度支員外郎宋迪工畫，尤善爲平遠山水。其得意者，有平沙雁落、遠浦帆歸、山市晴嵐、江天暮雪、洞庭秋月、瀟湘夜雨、煙寺晚鐘、漁村落照，謂之八景。好事者多傳之。」

〔二〕蹴花雙燕：杜甫城西陂泛舟：「魚吹細浪摇歌扇，燕蹴飛花落舞筵。」蹴，踏。

〔三〕「寶篆」二句：熏香的煙霧繚繞，拆碎了女子額頭上的宫黄。寶篆，熏香的美稱，因煙如篆狀。黄庭堅畫堂春：「寶篆煙消龍鳳，畫屏雲鎖瀟湘。」宫黄，宫中女子額上黄色的塗飾。炷，點燃。

雙頭蓮 呈范至能待制

華鬢星星，驚壯志成虚，此身如寄。蕭條病驥〔一〕。向暗裏，消盡當年豪氣。夢斷故國山川，隔重重煙水。身萬里。舊社凋零，青門俊遊誰記〔二〕。　盡道錦里繁華〔三〕，歎官閒晝永，柴荆添睡。清愁自醉。念此際，付與何人心事。縱有楚柂吴檣〔四〕，知何時東逝。空悵望，鱠美菰香，秋風又起〔五〕。

【題解】

范至能待制，即范成大，字致能。參見卷一四范待制詩集序題解。淳熙二年，范成大除敷文閣待制、四川制置使，兼知成都府，至淳熙四年離任。其間陸游與之多有唱和。本文爲陸游呈送范成大所作的詞，調寄雙頭蓮。

本文據文意，作於淳熙三年（一一七六）秋。時陸游在成都候任。

參考詩稿卷七和范待制月夜有感、和范待制月夜秋興三首、和范待制秋日書懷二首。

【箋注】

〔一〕蕭條病驥：陸游自稱。詩稿卷七和范待制秋興其二：「身如病驥惟思卧，誰許能空萬馬羣。」

〔二〕舊社：舊時之結社。紹興末，陸游在樞密院任職，與范成大、周必大等均爲同僚，多有唱和。青門：泛指京城東門。俊遊：快意游賞。

〔三〕錦里：即錦城，指成都。

〔四〕楚柂吴檣：指東歸的行船。柂，同「舵」。杜甫秋風其一：「吴檣楚柂牽百丈，暖向神都寒未還。」

〔五〕「空悵望」三句：晉書張翰傳：「翰因見秋風起，乃思吴中菰菜蓴羹、鱸魚膾，曰：『人生貴得適志，何能覊宦游數千里，以邀名爵乎？』遂命駕而歸。」詩稿卷七和范待制秋日書懷其一：「欲與衆生共安隱，秋來夢不到鱸鄉。」老學庵筆記卷五：「范至能在成都，嘗求亭名於予。予曰『思鱸』，至能大以爲佳。」

南歌子　送周機宜之益昌

異縣相逢晚，中年作别難〔一〕。暮秋風雨客衣寒，又向朝天門外、話悲歡〔二〕。
瘦馬行霜棧，輕舟下雪灘〔三〕。烏奴山下一林丹，爲説三年常寄、夢魂間〔四〕。

【題解】

周機宜，爲誰不詳，當是陸游任職成都府路同僚，任主管機宜文字之職。益昌，縣名。南朝始置，北宋初復置，後改昭化，隸利州。在今四川廣元。本文爲陸游送周機宜赴益昌所作的詞，調寄南歌子。

本文據文意，作於淳熙二年（一一七五）秋。時陸游在成都府路安撫使參議官兼四川制置使司參議官任上。

【箋注】

〔一〕中年作别難：世説新語言語：「謝太傅語王右軍曰：『中年傷於哀樂，與親友别，輒作數日惡。』王曰：『年在桑榆，自然至此，正賴絲竹陶寫。恒恐兒輩覺，損欣樂之趣。』」

〔二〕朝天門：成都城北門。詩稿卷七出朝天門繚長堤至劉侍郎廟由小西門歸：「曉從北郭過西門，十里沙堤似席平。」

〔三〕霜棧：凝霜的棧道。皮日休奉和魯望寒夜訪寂上人次韻：「院寒青靄正沉沉，霜棧乾鳴入古林。」蜀中名勝記卷二四：「（廣元縣）北爲棧閣道。」雪灘：水中呈白色的沙石堆。詩稿卷六九感舊：「憶昔初乘上峽船，雪灘雲岫過聯翩。」

〔四〕烏奴山：蜀中名勝記卷二四：「志云：『烏奴山一名烏龍山，在廣元西二里嘉陵江岸。峭壁如削，有洞不可上，昔李烏奴於此修寺，因名。』」爲説三年：陸游乾道八年冬抵成都任職，至淳熙二年暮秋恰爲三年。

豆葉黄

春風樓上柳腰肢〔一〕，初試花前金縷衣。嫋嫋娉娉不自持〔二〕。曉妝遲，畫得蛾眉勝舊時。

【題解】

本文爲陸游所作的閨情詞，調寄豆葉黄。

本文放翁詞箋注繫於東歸後作。

【箋注】

〔一〕柳腰肢：比喻女子纖柔的腰身。

〔二〕嫋嫋娉娉：輕盈柔美貌。

其二

一春常是雨和風，風雨晴時春已空。誰惜泥沙萬點紅。恨難窮，恰似衰翁一世中。

【題解】

本文爲陸游所作的惜春詞，調寄豆葉黄。

本文放翁詞箋注繫於東歸後作。

醉落魄

江湖醉客，投杯起舞遺烏幘〔一〕。三更冷翠霑衣濕〔二〕。嫋嫋菱歌〔三〕，催落半川月。　空花昨夢休尋覓，雲臺麟閣俱陳迹〔四〕。元來只有閒難得。青史功名，天却無心惜。

【題解】

本文爲陸游所作的述懷詞，調寄醉落魄。

本文放翁詞箋注繫於不編年詞。

【箋注】

〔一〕烏幘：一種黑色頭巾。吴處厚青箱雜記卷二：「天聖以前，烏幘惟用光紗，自後始用南紗，迨今六十年，復稍稍用光紗矣。」

〔二〕冷翠：予人清涼的翠緑色。陸龜蒙秋荷：「盈盈一水不得渡，冷翠遺香愁向人。」王維山中：「山路元無雨，空翠濕人衣。」

〔三〕菱歌：採菱之歌。鮑照採菱歌其一：「簫弄澄湘北，菱歌清漢南。」

〔四〕空花：空中花。佛教比喻紛繁的妄想和假象。圓覺經：「妄認四大爲自身相，六塵緣影爲自心相，譬如彼病目見空中花。」　雲臺：漢代宫中追念功臣的高臺。後漢書馬武傳：「永平中，顯宗追念前世功臣，乃圖畫二十八將於南宫雲臺。」　麟閣：麒麟閣，參見本卷洞庭春色注〔六〕。

鵲橋仙

華燈縱博，雕鞍馳射，誰記當年豪舉〔一〕。酒徒一一取封侯，獨去作、江邊漁父。

輕舟八尺，低篷三扇，占斷蘋洲煙雨〔二〕。鏡湖元自屬閒人，又何必、君恩賜與〔三〕。

【題解】

中興以來絕妙詞選卷二調下題作「感舊」。本文爲陸游爲所作的隱逸詞，調寄鵲橋仙。

本文放翁詞箋注繫於東歸後作。

【箋注】

〔一〕「華燈」三句：詩稿卷二五九月一日夜讀詩稿有感走筆作歌：「四十從戎駐南鄭，酣宴軍中夜連日。打球築場一千步，閱馬列廄三萬匹。華燈縱博聲滿樓，寶釵豔舞光照席。琵琶弦急冰雹亂，羯鼓手匀風雨疾。」縱博，盡情賭博。

〔二〕低篷：低矮的船窗。　占斷：占盡。

〔三〕「鏡湖」二句：新唐書賀知章傳：「（知章）天寶初，病，夢游帝居。數日寤，乃請爲道士，還鄉里。詔許之，以宅爲千秋觀而居。又求周宮湖數頃爲放生池，有詔賜鏡湖剡川一曲。」

其二

一竿風月，一蓑煙雨，家在釣臺西住〔一〕。賣魚生怕近城門，況肯到、紅塵深處。

潮生理棹，潮平繫纜，潮落浩歌歸去〔二〕。時人錯把比嚴光〔三〕，我自是、無名漁父。

【題解】

本文爲陸游所作的隱逸詞，調寄鵲橋仙。

本文放翁詞箋注繫於東歸後作。

【箋注】

〔一〕釣臺：即嚴子陵釣臺。輿地紀勝卷八：「元和郡縣志：『在桐廬縣西三十里，浙江北岸。』通典：『桐廬縣下有嚴子陵釣臺。』又圖經云：『在桐廬縣。景祐初，范文正公建祠，東西二臺。祠中繪子陵像，附以方干處士。』」

〔二〕浩歌：放聲高歌。楚辭九歌少司命：「望美人兮未來，臨風怳兮浩歌。」

〔三〕嚴光：字子陵，一名遵，會稽餘姚人。少有高名，與劉秀同游學。光武帝即位，乃變姓名隱居。光武再三遣使聘之，除爲諫議大夫，嚴光不屈，歸耕富春山。後人名其釣處爲嚴陵瀨。後漢書卷八三有傳。

其三 夜聞杜鵑

茅簷人静，蓬窗燈暗，春晚連江風雨。林鶯巢燕總無聲，但月夜、常啼杜宇〔一〕。

催成清淚，驚殘孤夢，又揀深枝飛去。故山猶自不堪聽，況半世、飄然羈旅〔二〕。

【題解】

本文爲陸游所作的感懷詞，調寄鵲橋仙。

本文放翁詞箋注繫於蜀中作。

【箋注】

〔一〕杜宇：即子規，杜鵑鳥。參見卷四九鷓鴣天其二注〔一〕。

〔二〕半世飄然羈旅：陸游離蜀東歸時已五十四歲，故此詞當作於蜀中。

長相思

雲千重，水千重，身在千重雲水中。月明收釣筒〔一〕。　頭未童〔二〕，耳未聾，得酒猶能雙臉紅。一尊誰與同。

【題解】

本文爲陸游所作的隱逸詞，調寄長相思。

本文放翁詞箋注繫於東歸後作。

【箋注】

〔一〕釣筒：插入水中的捕魚竹筒。陸龜蒙漁具詩序：「緡而竿者，總謂之筌。筌之流，曰筒，曰車。」又漁具詩釣筒：「短短截筠光，悠悠卧江色。篷差櫓相應，雨慢煙交織。須臾中芳餌，迅疾如飛翼。彼竭我還浮，君看不争得。」

〔二〕頭未童：頭髮未秃。韓愈進學解：「頭童齒豁。」

其二

橋如虹，水如空，一葉飄然煙雨中。天教稱放翁〔一〕。　側船篷，使江風，蟹舍參差漁市東〔二〕。到時聞暮鍾。

【題解】

本文爲陸游所作的隱逸詞，調寄長相思。

本文放翁詞箋注繫於東歸後作。

【箋注】

〔一〕放翁：陸游自號。詩稿卷七和范待制秋興其一：「名姓已甘黄紙外，光陰全付緑尊中。門前剥啄誰相覓，賀我今年號放翁。」

〔二〕蟹舍：指漁家。張志和漁歌：「松江蟹舍主人歡，菰飯蓴羹亦共餐。」

其三

面蒼然，鬢皤然〔一〕，滿腹詩書不直錢。官閒常晝眠。　畫凌煙，上甘泉，自古功名屬少年〔二〕。知心惟杜鵑。

【題解】

本文爲陸游所作的隱逸詞，調寄長相思。

本文放翁詞箋注繫於東歸後作。

【箋注】

〔一〕皤然：鬚髮蒼白貌。

〔二〕「畫凌煙」三句：杜甫乾元中寓居同谷縣作歌七首其七：「長安卿相多少年，富貴應須致身早。」凌煙，凌煙閣。唐太宗貞觀十七年畫功臣像於閣上。甘泉，甘泉宮。原秦宮，漢武帝擴建爲朝諸侯、饗外賓之地。漢書揚雄傳：「(上)召雄待詔承明之庭。正月，從上甘泉。還奏甘泉賦以風。」

其四

暮山青，暮霞明，夢筆橋頭艇子橫〔一〕。蘋風吹酒醒。看潮生，看潮平，小住西陵莫較程〔二〕。蓴絲初可烹〔三〕。

【題解】

本文爲陸游所作的隱逸詞，調寄長相思。

本文放翁詞箋注繫於東歸後作。

【箋注】

〔一〕夢筆橋：嘉泰會稽志卷四：「蕭山縣有夢筆驛，在縣東北百三十步。」卷四三入蜀記一：「至蕭山縣，憩夢筆驛。驛在覺苑寺旁，世傳寺乃江文通舊居也。」夢筆橋或在驛邊。

〔二〕西陵：即西興。參見本卷柳梢青其二題解。

〔三〕蓴絲：蓴菜。杜甫陪王漢州留杜綿州泛房公西湖：「豉化蓴絲熟，刀鳴鱠縷飛。」

其五

悟浮生，厭浮名，回視千鍾一髪輕〔一〕。從今心太平。愛松聲，愛泉聲，寫向孤桐誰解聽〔二〕。空江秋月明。

【題解】

本文爲陸游所作的隱逸詞，調寄長相思。

本文放翁詞箋注繫於東歸後作。

【箋注】

〔一〕千鍾：指優厚的俸禄。史記魏世家：「魏成子以食禄千鍾，什九在外，什一在内。」

〔二〕孤桐：琴的代稱。書禹貢：「羽畎夏翟，嶧陽孤桐。」孔安國傳：「嶧山之陽，特生桐，中琴瑟。孤，特也。」

菩薩蠻

江天淡碧雲如掃，蘋花零落蓴絲老〔一〕。細細晚波平，月從波面生。　漁家真個好，悔不歸來早。經歲洛陽城，鬢絲添幾莖〔二〕。

【題解】

本文爲陸游所作的隱逸詞，調寄菩薩蠻。

本文放翁詞箋注繫於東歸後作。

【箋注】

〔一〕掃：描畫。蓴絲：蓴菜。參見本卷長相思其四注〔三〕。

〔二〕「經歲」二句：反用張翰典，謂未能及時南歸而苦惱。參見本卷雙頭蓮注〔五〕。

其二

小院蠶眠春欲老，新巢燕乳花如掃。幽夢錦城西，海棠如舊時〔一〕。　當年真草草〔二〕，一櫂還吴早。題罷惜春詩，鏡中添鬢絲。

【題解】

本文爲陸游所作的惜春詞，調寄菩薩蠻。

本文放翁詞箋注繫於東歸後作。

【箋注】

〔一〕「幽夢」二句：詩稿卷一〇夢至成都悵然有作其一：「春風小陌錦城西，翠箔珠簾客意迷。下盡牙籌閒縱博，刻殘畫燭戲分題。紫氍毹暖帳中醉，紅叱撥驕花外嘶。孤夢淒涼身萬里，令人憎殺五更雞。」

〔二〕草草：倉促，草率。梅堯臣令狐祕丞守彭州：「前時草草别，渺漫二十年。」

訴衷情

當年萬里覓封侯，匹馬戍梁州〔一〕。關河夢斷何處，塵暗舊貂裘〔二〕。胡未滅，鬢先秋〔三〕，淚空流。此生誰料，心在天山，身老滄洲〔四〕。

【題解】

本文爲陸游所作的感懷詞，調寄訴衷情。

本文放翁詞箋注繫於東歸後作。

【箋注】

〔一〕萬里覓封侯：參見本卷夜游宫其一注〔三〕。梁州：此指南鄭。

〔二〕塵暗舊貂裘：戰國策秦策一：「（蘇秦）説秦王書十上，而説不行。黑貂之裘弊，黄金百斤盡，資用乏絶，去秦而歸。」

〔三〕鬢先秋：鬢髮先白。淮南子時則訓：「（孟秋之月）天子衣白衣，乘白駱，服白玉，建白旗。」高誘注：「白，順金色也。古以五色、五行配四時，秋爲金，其色白，故指白色。」

〔四〕天山：指祁連山。漢書武帝紀：「貳師將軍三萬騎出酒泉，與右賢王戰於天山。」顔師古

注：「即祁連山也。匈奴謂天爲祁連，今鮮卑語尚然。」滄洲：濱水之地，常指隱居處。阮籍爲鄭沖勸晉王箋：「然後臨滄洲而謝支伯，登箕山以揖許由。」

其二

青衫初入九重城〔一〕，結友盡豪英。蠟封夜半傳檄，馳騎諭幽并〔二〕。時易失，志難成，鬢絲生。平章風月，彈壓江山，别是功名〔三〕。

【題解】

本文爲陸游所作的感懷詞，調寄訴衷情。

本文放翁詞箋注繫於東歸後作。

【箋注】

〔一〕青衫：指官職卑微。九重城：指京師。宋玉九辯：「豈不鬱陶而思君兮，君之門以九重。」

〔二〕「蠟封」二句：文集卷三蠟彈省劄自注：「癸未二月，二府請至都堂撰。」卷一三代二府與夏國主書自注：「癸未正月二十一日，二府請至都堂撰。」詩稿卷一八燕堂春夜自注：「游嘗爲丞相陳魯公、史魏公、樞相張魏公草中原及西夏書檄於都堂。」幽并，幽州和并州，均爲古九州之一。約當河北、山西之地，南宋時爲金所有。

〔三〕平章：品評。劉禹錫同樂天和微之深春其十五：「追逐同游伴，平章貴價車。」 風月：清風明月，指美景。 彈壓：竭力描繪。語本淮南子本經訓：「牢籠天地，彈壓山川。」詩稿卷十九讀范文正瀟灑桐廬郡詩戲書：「逢迎風月麴生事，彈壓江山毛穎功。」 功名：指功業名聲。

生查子

還山荷主恩，聊試扶犁手〔一〕。新結小茅茨，恰占清江口。 風塵不化衣〔二〕，鄰曲常持酒。那似宦游時，折盡長亭柳〔三〕。

【題解】

本文爲陸游所作的隱逸詞，調寄生查子。

本文放翁詞箋注繫於東歸後作。

【箋注】

〔一〕荷主恩：蒙受造物主的恩典。 扶犁手：指農夫。蘇軾元祐三年春貼子詞太皇太后閣：「盡驅南畝扶犁手，稍發中都朽貫錢。」

〔二〕風塵不化衣：陸機爲顧彦先贈婦：「京洛多風塵，素衣化爲緇。」
〔三〕折盡長亭柳：頻繁送别，暗指顛沛流離。

其二

梁空燕委巢，院静鳩催雨〔一〕。香潤上朝衣，客少閒談塵〔二〕。　鬢邊千縷絲，不是吴蠶吐。孤夢泛瀟湘，月落聞柔艣〔三〕。

【題解】

本文爲陸游所作的隱逸詞，調寄生查子。

本文放翁詞箋注繫於東歸後作。

【箋注】

〔一〕「梁空」句：薛道衡昔昔鹽：「暗牖懸蛛網，空梁落燕泥。」鳩催雨：嘉泰會稽志卷一七：「陸璣云：『鵓鳩，一名斑鳩，似鵓鳩而大。鵓鳩灰色，無繡項。陰則屏逐其匹，晴則呼之，語曰「天將雨，鳩逐婦」者是也。』」本卷臨江仙：「鳩雨催成新緑。」
〔二〕談塵：閒談時所用麈尾。參見本卷蘇武慢注〔四〕。
〔三〕瀟湘：瀟水和湘水。柔艣：船槳輕划之聲。杜甫船下夔州郭宿雨濕不得上岸别十二判官：「柔艣輕鷗外，含悽覺汝賢。」

破陣子

仕至千鍾良易〔一〕，年過七十常稀。眼底榮華元是夢，身後聲名不自知。營營端爲誰〔二〕。　幸有旗亭沽酒，何妨繭紙題詩〔三〕。幽谷雲蘿朝采藥，静院軒窗夕對棋。不歸真個癡。

【題解】

本文爲陸游所作的隱逸詞，調寄破陣子。

本文放翁詞箋注繫於東歸後作。

【箋注】

〔一〕千鍾：優厚的俸禄。參見本卷長相思其五注〔一〕。

〔二〕營營：忙碌勞累，不知休息。范仲淹與韓魏公書：「吾輩須日夜營營，以備將來。」

〔三〕旗亭：懸旗爲招的酒樓。劉禹錫武陵觀火詩：「花縣與琴焦，旗亭無酒濡。」繭紙：用蠶繭所造紙。相傳王羲之用以書寫蘭亭序。張彦遠法書要録卷三引蘭亭記：「用蠶繭紙、鼠鬚筆。」蘇軾答王定民：「欲寄鼠鬚并繭紙，請君章草賦黄樓。」

其二

看破空花塵世〔一〕，放輕昨夢浮名。蠟屐登山真率飲，笻杖穿林自在行〔二〕。身閒心太平。　料峭餘寒猶力，廉纖細雨初晴〔三〕。苔紙閒題溪上句，菱唱遥聞煙外聲〔四〕。與君同醉醒。

【題解】

本文爲陸游所作的隱逸詞，調寄破陣子。

本文放翁詞箋注繫於東歸後作。

【箋注】

〔一〕空花：參見本卷醉落魄注〔四〕。

〔二〕蠟屐：塗蠟的木屐。世説新語雅量：「阮遥集好屐，并恒自經營。……或有詣阮，見自吹火蠟屐，因歎曰：『未知一生當著幾量屐！』」南史謝靈運傳：「（靈運）尋山陟嶺，必造幽峻，巖嶂數十重，莫不備盡登躡。常著木屐，上山則去其前齒，下山去其後齒。」　笻杖：笻竹所製手杖。參見卷四九沁園春注〔二〕。

〔三〕廉纖：細微。韓愈晚雨：「廉纖晚雨不能晴，池岸草間蚯蚓鳴。」

〔四〕苔紙：用海苔所造紙。王嘉拾遺記：「張華造博物志四百卷，晉武帝賜側理紙萬番。此南越所獻，南人以海苔爲紙，其理縱横邪側，因以爲名。」菱唱：采菱者所唱歌。孟郊感别送從叔校書簡再登科東歸：「菱唱忽生聽，芸書回望深。」

上西樓 一名相見歡

江頭緑暗紅稀〔一〕，燕交飛。忽到當年行處、恨依依。　灑清淚，歎人事，與心違。滿酌玉壺花露、送春歸〔二〕。

【題解】

本文爲陸游所作的傷春詞，調寄上西樓。

本文放翁詞箋注繫於不編年詞。

【箋注】

〔一〕緑暗紅稀：韓琮暮春滻水送别：「緑暗紅稀出鳳城，暮雲樓閣古今情。」

〔二〕玉壺：指酒壺。花露：酒名。王楙野客叢書卷一七：「真州郡齋舊有酒名，謂之花露。」詩稿卷六七林間書意其一：「紅螺盃小傾花露，紫玉池深貯麝煤。」

點絳唇

采藥歸來，獨尋茅店沽新釀〔一〕。暮煙千嶂，處處聞漁唱。醉弄扁舟，不怕黏天浪〔二〕。江湖上，遮回疏放〔三〕，作個閒人樣。

【題解】

本文爲陸游所作的隱逸詞，調寄點絳唇。

本文放翁詞箋注繫於東歸後作。

【箋注】

〔一〕茅店：茅草所蓋旅店。温庭筠商山早行：「雞聲茅店月，人迹板橋霜。」

〔二〕黏天：貼近天際，與天相連。黄庭堅次韻奉答存道主簿：「旅人争席方歸去，秋水黏天不自多。」

〔三〕遮回：這回。元稹過東都别樂天：「自識君來三度别，遮回白盡老髭鬚。」疏放：無拘無束，放縱。

謝池春

壯歲從戎，曾是氣吞殘虜。陣雲高、狼烽夜舉〔一〕。朱顔青鬢，擁雕戈西戍。笑儒冠、自來多誤〔二〕。　功名夢斷，却泛扁舟吴楚。漫悲歌、傷懷吊古。煙波無際，望秦關何處〔三〕。　歎流年、又成虚度。

【題解】

本文爲陸游所作的感懷詞，調寄謝池春。

本文放翁詞箋注繫於紹熙五年（一一九四）前後。

【箋注】

〔一〕陣雲：雲層厚重，形如戰陣。史記天官書：「陣雲如立垣。」　狼烽：即狼煙。段成式酉陽雜俎卷一六：「狼糞煙直上，烽火用之。」錢易南部新書辛集：「凡邊疆放火號，常用狼糞燒之以爲煙，煙氣直上，雖洌風吹之不斜。烽火常用此，故爲候，曰狼煙也。」

〔二〕「笑儒冠」句：杜甫奉贈韋左丞丈二十二韻：「紈袴不餓死，儒冠多誤身。」

〔三〕秦關：指關中地區。陸游壯歲從戎之地。盧綸長安春望：「誰念爲儒逢世難，獨將衰鬢客秦關。」

其二

賀監湖邊，初繫放翁歸棹〔一〕。小園林、時時醉倒。春眠驚起，聽啼鶯催曉〔二〕。

歎功名、誤人堪笑。朱橋翠徑，不許京塵飛到〔三〕。掛朝衣、東歸欠早〔四〕。連宵風雨，捲殘紅如掃。恨樽前、送春人老。

【題解】

本文爲陸游所作的感懷詞，調寄謝池春。

本文放翁詞箋注繫於紹熙五年（一一九四）前後。

【箋注】

〔一〕賀監湖：即鏡湖。唐玄宗以鏡湖贈賀知章。參見本卷鵲橋仙其一注〔三〕。歸棹：歸舟。

〔二〕「春眠」二句：孟浩然春曉：「春眠不覺曉，處處聞啼鳥。」

〔三〕京塵：亦作京洛塵。比喻功名利禄塵俗之事。孟郊送陸暢歸湖州因凴題故人皎然塔陸羽墳：「江調難再得，京塵徒滿躬。」

〔四〕掛朝衣：南史陶弘景傳：「永明十年，（弘景）脱朝服掛神虎門，上表辭禄。」

其三

七十衰翁〔一〕，不減少年豪氣。似天山、淒涼病驥〔二〕。銅駝荆棘〔三〕，灑臨風清淚。甚情懷、伴人兒戲〔四〕。如今何幸，作個故溪歸計。鶴飛來、晴嵐暖翠〔五〕。玉壺春酒，約羣仙同醉。洞天寒、露桃開未〔六〕？

【題解】

本文爲陸游所作的感懷詞，調寄謝池春。

本文放翁詞箋注繫於紹熙五年（一一九四）前後。

【箋注】

〔一〕七十衰翁：陸游七十歲當紹熙五年，據此，謝池春三首約作於此年前後。

〔二〕天山：指祁連山。病驥：比喻困境中的人才。語本戰國策楚策四：「汗明曰：『君亦聞驥乎？夫驥之齒至矣，服鹽車而上太行。蹄申膝折，尾湛胕潰，漉汁灑地，白汗交流，中阪遷延，負轅不能上。伯樂遭之，下車攀而哭之，解紵衣以冪之。驥於是俛而噴，仰而鳴，聲達於天，若出金石聲者。何也？彼見伯樂之知己也。』」

〔三〕銅駝荆棘：指有先見之明。參見本卷洞庭春色注〔五〕。

〔四〕兒戲：比喻不嚴肅，處事輕率。史記絳侯周勃世家：「曩者霸上、棘門軍，若兒戲耳，其將固可襲而虜也。」

〔五〕晴嵐暖翠：形容陽光下的山中霧氣和青翠山色。張明中賀郭落成新宅：「晴嵐暖翠十分好，水鏡山鬟四序新。」

〔六〕洞天：指羣仙所居仙境。

一落索

滿路遊絲飛絮，韶光將暮〔一〕。此時誰與説新愁，有百囀、流鶯語〔二〕。　俯仰人間今古，神仙何處。花前須判醉扶歸，酒不到、劉伶墓〔三〕。

【題解】

本文爲陸游所作的隱逸詞，調寄一落索。

本文放翁詞箋注繫於東歸後作。

【箋注】

〔一〕遊絲：飄動的蛛絲。沈約三月三日率爾成篇：「遊絲映空轉，高楊拂地垂。」飛絮：指柳絮。韶光：指春光。王勃梓州郪縣兜率寺浮圖碑：「每至韶光照野，爽靄晴遥。」

〔二〕百囀流鶯：鶯鳴婉轉多樣。賈至早朝大明宫呈兩省僚友：「千條弱柳垂青瑣，百囀流鶯繞建章。」

〔三〕「酒不到」句：李賀將進酒：「勸君終日酩酊醉，酒不到劉伶墳上土。」

其二

識破浮生虛妄，從人譏謗〔一〕。此身恰似弄潮兒〔二〕，曾過了、千重浪。　且喜歸來無恙，一壺春釀。雨蓑煙笠傍漁磯〔三〕，應不是、封侯相。

【題解】

本文爲陸游所作的隱逸詞，調寄一落索。

本文放翁詞箋注繫於東歸後作。

【箋注】

〔一〕虛妄：荒誕無稽。　從人：任人。

〔二〕弄潮兒：吴自牧夢粱録卷四：「臨安風俗，四時奢侈，賞玩殆無虛日。西有湖光可看，東有江潮堪觀，皆絶景也。每歲八月内，潮怒於常時。……其杭人有一等無賴、不惜性命之徒，以大彩旗或小清涼傘、紅緑小傘兒，各繫繡色緞子滿竿，伺潮出海門，百十爲群，執旗泅水上，以迓子胥弄潮之戲，或有手脚執五小旗，浮潮頭而戲弄。」

〔三〕漁磯：可供垂釣的水邊巖石。

杏花天

老來駒隙騣騣度〔一〕。算只合、狂歌醉舞。金杯到手君休訴〔二〕。看著春光又暮。

誰爲倩、柳條繫住。且莫遣、城笳催去〔三〕。殘紅轉眼無尋處。盡屬蜂房燕户。

【題解】

本文爲陸游所作的惜春詞，調寄杏花天。

本文放翁詞箋注繫於東歸後作。

【箋注】

〔一〕駒隙：比喻光陰迅速。語本莊子知北游：「人生天地之間，若白駒之過郤，忽然而已。」騣騣：匆忙。

〔二〕「金杯」句：韋莊菩薩蠻：「須愁春漏短，莫訴金杯滿。」訴：指辭酒。

〔三〕城笳：城頭胡笳聲。

太平時

竹裏房櫳一徑深，静愔愔〔一〕。亂紅飛盡緑成陰，有鳴禽。　臨罷蘭亭無一事〔二〕，自修琴。銅爐裊裊海南沉〔三〕，洗塵襟。

【題解】

本文爲陸游所作的隱逸詞，調寄太平時。

本文放翁詞箋注繫於東歸後作。

【箋注】

〔一〕房櫳：窗櫺。漢書外戚傳：「廣室陰兮帷幄暗，房櫳虚兮風泠泠。」顔師古注：「櫳，疏檻也。」　愔愔：幽深静寂貌。

〔二〕蘭亭：指王羲之蘭亭序帖。

〔三〕海南沉：海南出産的沉水香。南史夷貊傳：「沉木香者，土人斫斷，積以歲年，朽爛而心節獨在，置水中則沉，故名曰沉香。」范成大桂海虞衡志：「沉水香，上品，出海南黎峒。」

戀繡衾

不惜貂裘換釣篷〔一〕，嗟時人、誰識放翁。歸櫂借、樵風穩〔二〕，數聲聞、林外暮鍾。

幽棲莫笑蝸廬小〔三〕，有雲山、煙水萬重。半世向、丹青看，喜如今、身在畫中。

【題解】

本文爲陸游所作的隱逸詞，調寄戀繡衾。

本文放翁詞箋注繫於東歸後作。

【箋注】

〔一〕貂裘：指邊塞戎裝。本卷訴衷情：「關河夢斷何處，塵暗舊貂裘。」釣篷：垂釣避雨的斗篷。

〔二〕樵風：指順風，好風。典出後漢書鄭弘傳「鄭弘字巨君，會稽山陰人也」，李賢注：「孔靈符會稽記曰：『射的山南有白鶴山，此鶴爲仙人取箭。漢太尉鄭弘嘗采薪，得一遺箭，頃有人覓，弘還之。問何所欲，弘識其神人也，曰：「常患若邪溪載薪爲難，願旦南風，暮北風。」後果然。故若邪溪風至今猶然呼爲「鄭公風」也。』」宋之問遊禹穴回出若耶：「歸舟何慮晚，日暮使樵風。」

〔三〕蝸廬：亦稱蝸牛廬。泛指簡陋房舍，用爲自己居處的謙稱。語本三國志管寧傳「尺牘之迹，動見楷模焉」，裴松之注引魚豢魏略：「先等作圜舍，形如蝸牛蔽，故謂之蝸牛廬。」錢起玉山東溪題李叟屋壁：「野老採薇暇，蝸廬招客幽。」

其二

無方能駐臉上紅，笑浮生、擾擾夢中〔一〕。平地是、沖霄路〔二〕，又何勞、千日用功。

飄然再過蓮峰下〔三〕，亂雲深、吹下暮鍾。訪舊隱、依然在，但鶴巢、時有墮松〔四〕。

【題解】

本文爲陸游所作的隱逸詞，調寄戀繡衾。

本文放翁詞箋注繫於東歸後作。

【箋注】

〔一〕擾擾，紛亂貌。國語晉語六：「唯有諸侯，故擾擾焉。凡諸侯，難之本也。」

〔二〕沖霄：比喻獲取功名。王定保唐摭言卷二：「天府之盛，神州之雄，選才以百數爲名，等列以十人爲首，起自開元、天寶、大曆、建中之年，得之者摶躍雲衢，階梯蘭省，即六月沖霄之漸也。」

〔三〕蓮峰：指華山蓮花峰。參見卷四九好事近其十二注〔一〕。

〔四〕舊隱：舊時隱居處。鶴巢：隱者居室。

風入松

十年裘馬錦江濱，酒隱紅塵〔一〕。萬金選勝鶯花海〔二〕，倚疏狂、驅使青春。吹笛魚龍盡出〔三〕，題詩風月俱新。　自憐華髮滿紗巾，猶是官身。鳳樓常記當年語，問浮名、何似身親〔四〕。欲寄吴牋説與，這回真個閒人〔五〕。

【題解】

本文爲陸游所作的懷舊詞，調寄風入松。

本文放翁詞箋注繫於東歸後作。

【箋注】

〔一〕十年：陸游入蜀前後九年，此約取其數。裘馬：輕裘肥馬，形容生活豪華。論語雍也：「赤之適齊也，乘肥馬，衣輕裘。」酒隱：指不得志而寄情酒中。李白秋於敬亭送從侄耑遊廬山序：「酒隱安陸，蹉跎十年。」

〔二〕選勝鶯花海：指尋勝妓女叢。鶯花，借喻妓女。

〔三〕「吹笛」句：裴鉶傳奇江叟：「（仙師）遂謂叟曰：『子有何能？一一陳之。』叟曰：『好道，癖於吹笛。』仙師因令取笛而吹之。仙師歎曰：『子之藝至矣，但所吹者枯竹笛耳。吾今贈子玉笛，乃荆山之尤者，但如常笛吹之，三年，當召洞中龍矣。』……叟乃受教而去。後三年，方得其音律。後因之岳陽，刺史李虞館之。時大旱，叟因出笛，夜於聖善寺經樓上吹，果洞庭之渚，龍飛而出降。」

〔四〕鳳樓：指官府。　身親：即親身。

〔五〕吳牋：身在吳地，故稱。　真個閒人：蘇軾行香子：「不如歸去，作個閒人，對一張琴、一壺酒、一溪雲。」

真珠簾

燈前月下嬉遊處。向笙歌、錦繡叢中相遇。彼此知名，才見便論心素〔一〕。淺黛嬌蟬風調別〔二〕，最動人、時時偷顧。歸去。想閒窗深院，調絃促柱〔三〕。樂府初翻新譜。漫裁紅點翠，閒題金縷〔四〕。燕子入簾時，又一番春暮。側帽燕脂坡下過，料也記、前年崔護〔五〕。休訴。待從今須與，好花爲主。

【題解】

本文爲陸游所作的冶游詞，調寄真珠簾。

本文放翁詞箋注繫於不編年詞。

【箋注】

〔一〕心素：心意情愫。語本漢書鄒陽傳：「披心腹，見情素。」素，通「愫」。

〔二〕淺黛：黛螺淡畫之眉。　嬌嬋：女子鬢髮。　風調：品格情調。北齊書崔瞻傳：「偃弟儦，學識有才思，風調甚高。」

〔三〕調絃促柱：調節彈奏弦樂器。謝靈運燕歌行：「闢窗開幌弄秦筝，調絃促柱多哀聲。」

〔四〕裁紅點翠：比喻選擇華麗辭藻。　金縷：金縷曲。

〔五〕側帽：灑脱狀。參見卷四九定風波注〔一〕。　燕脂坡：即胭脂坡。泛指青樓妓館。蘇軾百步洪：「不學長安閭里俠，貂裘夜走胭脂坡。」題王十朋集注：「李厚曰：『胭脂坡，長安妓館坊名。』」　前年崔護：典出孟棨本事詩情感，言博陵崔護，舉進士下第，清明獨游城南。叩門求飲，見一女妖姿媚態，意屬殊厚，護顧盼而歸。來歲清明，護徑往尋之，見門鎖，題詩左扉云：「去年今日此門中，人面桃花相映紅。人面只今何處去？桃花依舊笑春風。」數日後再至，女父告之，女已殉情絶食而死。護痛哭牀前而使女復活，父遂以女歸之。

風流子 一名内家嬌

佳人多命薄，初心慕、德耀嫁梁鴻〔一〕。記緑窗睡起，静吟閒詠，句翻離合，格變玲瓏〔二〕。更乘興，素紈留戲墨，纖玉撫孤桐〔三〕。蟾滴夜寒，水浮微凍，鳳牋春麗，花砑輕紅〔四〕。

人生誰能料，堪悲處、身落柳陌花叢〔五〕。空羨畫堂鸚鵡，深閉金籠。向寶鏡鸞釵，臨妝常晚，繡茵牙版〔六〕，催舞還慵。腸斷市橋月笛，燈院霜鐘。

【題解】

本文爲陸游所作的贈妓詞，調寄風流子。

本文放翁詞箋注繫於不編年詞。

【箋注】

〔一〕佳人多命薄：歐陽修再和明妃曲：「紅顔勝人多薄命，莫怨春風當自嗟。」德耀嫁梁鴻：後漢書梁鴻傳：「梁鴻字伯鸞……同縣孟氏有女，狀肥醜而黑，力舉石臼，擇對不嫁，至年三十。父母問其故，女曰：『欲得賢如梁伯鸞者。』鴻聞而聘之。……字之曰德曜，名孟光。」耀同「曜」。

〔二〕離合：一種拆開字形合成詩句的雜體詩。文心雕龍明詩：「離合之發，則萌於圖讖。」玲瓏：一種樂章格式。張端義貴耳集卷上：「自宣政間，周美成、柳耆卿輩出，自製樂章，有曰側犯、尾犯、花犯、玲瓏四犯。」

〔三〕素紈：白色細絹。　戲墨：即戲筆。隨意創作的書畫，惠洪題墨梅山水圖：「華光老人，眼中閣烟雨，胸次有丘壑，故戲筆和墨，即江湖雲石之趣，便足春色，不可收蓄也。」　纖玉：指美女之手。　孤桐：琴的代稱。

〔四〕蟾滴：形如蟾蜍的書滴。西京雜記卷六：「晉靈公冢甚瑰壯……其餘器物皆朽爛不可別，惟玉蟾蜍一枚，大如拳，腹空，容五合水，光潤如新，王取以爲書滴。」　書滴：儲水供磨墨所用水盂。　鳳牋：鳳尾箋，用作牋紙的精細絲織品。陸龜蒙說鳳尾諾：「鳳尾箋，當番薄縷輕，其製作精妙靡麗，而非牢固者也。」　花砑：花形的壓印。

〔五〕柳陌花叢：指妓院聚集之處。

〔六〕牙版：歌唱時按節奏的象牙拍板。錢易南部新書卷九：「臨安出紙，紙徑短，色黃，狀如牙版。」

雙頭蓮

風卷征塵，堪歎處、青驄正搖金轡〔一〕。客襟貯淚。漫萬點如血〔二〕，憑誰持寄。

佇想豔態幽情，壓江南佳麗〔三〕。春正媚。怎忍長亭，匆匆頓分連理〔四〕。目斷淡日平蕪，煙濃樹遠，微茫如薺〔五〕。悲歡夢裏。奈倦客、又是關河千里。最苦唱徹驪歌，重遲留無計〔六〕。何限事。待與丁寧，行時已醉。

【題解】

本文爲陸游爲所作的離別詞，調寄雙頭蓮。

本文放翁詞箋注繫於不編年詞。

【箋注】

〔一〕青驄：青白雜色之駿馬。古詩爲焦仲卿妻作：「躑躅青驄馬，流蘇金縷鞍。」金轡：金飾的馬繮。

〔二〕萬點：指花海。杜甫曲江二首其一：「一片花飛減却春，風飄萬點正愁人。」

〔三〕江南佳麗：謝朓入朝曲：「江南佳麗地，金陵帝王州。」

〔四〕連理：比喻男女歡愛。白居易長恨歌：「在天願爲比翼鳥，在地願爲連理枝。」

〔五〕「煙濃」二句：孟浩然秋登蘭山寄張五：「天邊樹若薺，江畔舟如月。」薺，薺菜。

〔六〕驪歌：告别之歌。漢書王式傳：「博士江公世爲魯詩宗，至江公著孝經説，心嫉式，謂歌吹諸生曰：『歌驪駒。』」顔師古注：「服虔曰：『逸詩篇名也。見大戴禮。客欲去，歌之。』文穎曰：『其辭云「驪駒在門，僕夫具存；驪駒在路，僕夫整駕」也。』」遲留：逗留。王充論衡狀留：「賢儒遲留，皆有狀故。」

鷓鴣天

杖屨尋春苦未遲，洛城櫻筍正當時〔一〕。三千界外歸初到，五百年前事總知〔二〕。吹玉笛，渡清伊，相逢休問姓名誰。小車處士深衣叟，曾是天津共賦詩〔三〕。

【題解】

本文爲陸游所作的感懷詞，調寄鷓鴣天。

本文放翁詞箋注繫於淳熙十六年春陸游在禮部郎中任上。

【箋注】

〔一〕櫻筍：櫻桃和春筍。歲時廣記卷二一：「唐輦下歲時記：『四月十五日，自堂厨至百司厨，通謂之櫻筍厨。』又韓偓櫻桃詩注云：『秦中以三月爲櫻筍時。』」

〔二〕三千界：即三千大千世界。佛教稱以須彌山爲中心，周圍環繞四大洲及九山八海，稱爲一小世界，合一千小世界爲小千世界，合一千小千世界爲中千世界，合一千中千世界爲大千世界，總稱三千大千世界，是爲一佛國。「五百年」句：薊子訓爲神仙，東漢時到洛陽公卿家飲啖終日不盡。有百歲公稱，小兒時見訓賣藥會稽市，顔色即如此。後正始中有人在長安東霸城，見訓與一老人共摩挲銅人，相謂曰：「適見鑄此，已近五百歲矣。」見者呼「薊先生少住」，走馬不及。事見干寶搜神記卷一。

〔三〕小車處士深衣叟：指司馬光和邵雍。宋史邵雍傳：「（雍）春秋時出游城中，風雨常不出，出則乘小車，一人挽之，惟意所適。」邵氏聞見録卷一八：「公（司馬光）一日登崇德閣，約康節（邵雍）久未至，有詩曰：『淡日濃雲合復開，碧伊清洛遠縈回。林間高閣望已久，花外小車猶未來。』」又卷一九：「司馬温公依禮記作深衣、冠簪、幅巾、縉帶。每出，朝服乘馬，用皮匣貯深衣隨其後，入獨樂園則衣之。常謂康節曰：『先生可衣此乎？』康節曰：『某爲今人，當服今時之衣。』温公歎其言合理。」天津：指天津橋，在洛陽西南洛水上，邵雍宅於橋南。

蝶戀花

禹廟蘭亭今古路〔一〕。一夜清霜，染盡湖邊樹。鸚鵡杯深君莫訴〔二〕，他時相遇知何處。　冉冉年華留不住。鏡裏朱顔，畢竟消磨去。一句丁寧君記取①，神仙須是閒人做。

【題解】

本文爲陸游爲所作的隱逸詞，調寄蝶戀花。

本文放翁詞箋注繫於東歸後作。

【校記】

①「一句丁」及上句「去」字，原漫漶不清，據弘治本、正德本、汲古閣本補。

【箋注】

〔一〕「禹廟」句：詩稿卷四九書喜：「家居禹廟蘭亭路，詩在林逋魏野間。」

〔二〕鸚鵡杯：用鸚鵡螺製成的酒杯。薛道衡和許給事善心戲場轉韻詩：「共酌瓊酥酒，同傾鸚鵡杯。」　訴：指辭酒。

渭南集外文箋校

説明

陸游於渭南文集以外所撰之文，宋末即有王理得陸渭南遺文進行輯録（見戴表元題陸渭南遺文抄後），可惜不傳。後代續有輯録，主要有明人毛晉放翁逸稿（汲古閣本）、今人孔凡禮陸游佚著輯存（中華書局一九七六年版陸游集第五册附録）、曾棗莊、劉琳主編全宋文（上海辭書出版社、安徽教育出版社二〇〇六年版全宋文第二二二至二二三册）等數種。兹將諸家輯得之文，匯爲一卷，并依賦、啓、書劄、序、記、銘、題跋諸體排列，逐篇注明出處，亦依本書體例編年箋注。殘篇斷句概不收入。詞體不作輯補。

賦

禹廟賦

世傳禹治水，得玄女之符〔一〕。予從鄉人以莫春祭禹廟，裴回於庭，思禹之功，而歎世之妄，稽首作賦〔二〕。其辭曰：

嗚呼！在昔鴻水之爲害也，浮乾端，浸坤軸，裂水石，卷草木，方洋徐行，瀰漫平陸，浩浩蕩蕩，奔放洄洑〔三〕。生者寄丘阜，死者葬魚腹，蛇龍驕橫，鬼神夜哭。其來也組練百萬〔四〕，鐵壁千仞，日月無色，山嶽俱震。大堤堅防，攻齧立盡，方舟利楫，辟易莫進〔五〕。勢極而折，千里一瞬。莽乎蒼蒼，繼以饑饉。於是舜謀於庭，堯咨於朝，窘羲和，憂皋陶，伯夷莫施於典禮，后夔何假乎簫韶〔六〕？禹於是時，惶然孤臣，耳目手足，亦均乎人。張天維於已絶，極救命於將湮，九土以奠，百穀以陳〔七〕。阡陌鱗鱗，原隰畇畇，仰事俯育，熙熙終身〔八〕。凡人之類至於今不泯者，禹之勤也。

孟子曰：「禹之行水也，行其所無事也〔九〕。」天以水之横流，浩莫之止，而聽其自行，則冒汝之害，不可治已。於傳有之，禹手胼而足胝，宫卑而食菲①，娶塗山而遂去家②，不暇視其呱泣之子，則其勤勞亦至矣〔一〇〕。然則孟子謂之「行其所無事」，何也？曰：世以己治水，而禹以水治水也。以己治水者，已與水交戰，決東而西溢，堤南而北圮，治於此而彼敗，紛萬緒之俱起，則溝澮可以殺人，濤瀾作於平地〔一一〕。此鯀之所以殛死也。以水治水者，内不見己，外不見水，惟理之視。避其怒，導其駛，引之爲江爲河爲濟爲淮，匯之爲潭爲淵爲沼爲沚。蓋滀於性之所安〔一二〕，而行乎勢之不得已。方其懷山襄陵〔一三〕，駕空滔天，而吾以見其有安行地中之理矣。

雖然，豈惟水哉，禹之服三苗〔一四〕，蓋有得乎此矣。使禹有勝苗之心，則苗亦悖然有不服之意。流血漂杵，方自此始，其能格之干羽之間、談笑之際耶〔一五〕？夫人之喜怒憂樂，始生而具。治水而不憂，伐苗而不怒，此禹之所以爲禹也。禹不可得而見之矣，惟澹然忘我、超然爲物者，其殆庶乎。（毛晉放翁逸稿上）

【題解】

禹廟，祭祀大禹的祠廟。嘉泰會稽志卷六：「禹廟在（會稽）縣東南一十二里。越絶書云：

『少康立祠於禹陵所。』梁時修廟，唯欠一梁，俄風雨大至，湖中得一木，取以爲梁，即梅梁也。夜或大雷雨，梁輒失去，比復歸，水草被其上，人以爲神。縻以大鐵繩，然猶時一失之。政和四年，敕即廟爲道士觀，賜額曰告成。禹陵舊在廟傍，今不知所在，獨有當時窆石尚存，高丈許，狀如秤權。廟東廡祭嗣王啓，而越王句踐亦祭别室。鏡湖在廟之下，爲放生池。臨池有咸若亭，又有明遠閣、懷勤亭。懷勤，取建炎御製詩『登堂望稽嶺，懷哉夏禹勤』之句。」本文爲陸游祭祀禹廟時所作的賦，「思禹之功，而歎世之妄」。

本文據文意，或年少時作於山陰。

【校記】

①「宫」，原作「官」，據四庫全書本放翁逸稿（下簡稱四庫本）改。

②「家」，原作「腎」，據四庫本改。

【箋注】

〔一〕禹治水：山海經海内經：「洪水滔天，鯀竊帝之息壤以堙洪水，不待帝命。帝令祝融殺鯀於羽郊。鯀復生禹，帝乃命禹卒布土以定九州。」漢書顏師古注引淮南子：「禹治洪水，通轘轅山，化爲熊。謂塗山氏曰：『欲餉，聞鼓聲乃來。』禹跳石，誤中鼓，塗山氏往，見禹方坐熊，慚而去。至嵩高山下，化爲石，方生啓。禹曰：『歸我子！』石破北方而啓生。」玄女：亦稱九天玄女，傳説中的神女，曾授黄帝兵法，以制服蚩尤。史記五帝本紀「蚩尤最爲暴」，裴駰集解引龍魚河圖：「天遣玄女下授黄帝兵信神符，制伏蚩尤。」玄女似與禹治水無關，僅爲傳説。

〔二〕稽首：叩頭至地的跪拜大禮。儀禮覲禮：「王受之玉。侯氏降階，東北面再拜稽首。」

〔三〕鴻水：洪水，大水。韓非子飾邪：「昔者舜使吏決鴻水，先令有功而舜殺之。」乾端：指天之頭，天際。坤軸：指地之軸。張華博物志：「地下有四柱，四柱廣十萬里，地有三千六百軸，犬牙相舉。」方洋：亦作「方羊」，即彷徉，徘徊。左傳哀公十七年：「如魚竀尾，衡流而方羊。」楊伯峻注：「方羊，即楚辭招魂『彷徉無所倚』之『彷徉』。横流而方羊，言其不自安也。」洄洑：水流湍急回旋。

〔四〕組練：指將士的衣甲服裝。左傳襄公三年：「（楚子重）使鄧廖帥組甲三百、被練三千，以侵吴。」孔穎達疏引賈逵曰：「組甲，以組綴甲，車士服之；被練，帛也，以帛綴甲，步卒服之。」

〔五〕攻齕：攻擊吞蝕。方舟：兩船相并。莊子山木：「方舟而濟於河，有虚船來觸舟，雖有惼心之人，不怒。」成玄英注：「兩舟相并曰方舟。」利檝：好的划船工具。辟易：退避。史記項羽本紀：「是時，赤泉侯爲騎將，追項王。項王瞋目而叱之，赤泉侯人馬俱驚，辟易數里。」

〔六〕羲和：羲氏與和氏並稱。相傳堯曾命羲仲、羲叔與和仲、和叔兩對兄弟分駐四方，觀天象，製曆法。書堯典：「乃命羲和，欽若昊天，曆象日月星辰，敬授人時。」皐陶：相傳舜時的司法官。書舜典：「帝曰：『皋陶，蠻夷猾夏，寇賊奸宄，汝作士。』」伯夷：舜之臣，掌禮儀，爲齊太公祖先。書舜典：「帝曰：『咨！四岳。有能典朕三禮？』僉曰：『伯夷。』」孔安國傳：「伯夷，臣名，姜姓。」后夔：相傳爲舜掌樂之官。文選張衡東京賦：「伯夷起而相儀，后夔坐而爲工。」薛綜注：「后夔，舜臣，掌樂之官。」簫韶：舜樂名。書益稷：「簫韶九成，鳳皇來儀。」

〔七〕天維：天之綱維。文選張衡西京賦：「爾乃振天維，衍地絡。」薛綜注：「維，綱也；絡，網也。謂其大如天地矣。」九土：九州之土地。國語魯語上：「共工氏之伯九有也，其子曰后土，能平九土。」韋昭注：「九土，九州之土也。」奠：定。

〔八〕阡陌鱗鱗：田壟如魚鱗排列。原隰畇畇：原野得到開墾。詩小雅信南山：「畇畇原隰，曾孫田之。」毛傳：「畇畇，墾闢貌。」馬瑞辰通釋：「畇畇，田已均治之貌，故傳訓爲墾闢貌。」

仰事俯育：亦作仰事俯畜，指對上侍奉父母，對下養育妻兒。語本孟子梁惠王上：「是故明君制民之產，必使仰足以事父母，俯足以畜妻子。」熙熙：和樂貌。老子：「衆人熙熙，如享太牢，如春登臺。」

〔九〕「孟子曰」三句：語出孟子離婁下。趙岐注：「禹之用智，決江疏河，因水之性，因地之宜，引之就下，行其空虛無事之處。」

〔一〇〕「於傳有之」六句：書益稷：「予創若時，娶於塗山，辛壬癸甲，啓呱呱而泣。予弗子，惟荒度土功。」史記夏本紀：「禹傷先人父鯀功之不成受誅，乃勞身焦思，居外十三年，過家門不敢入。薄衣食，致孝於鬼神；卑宮室，致費於溝減。」史記李斯列傳：「禹鑿龍門，通大夏，疏九河，曲九防……手足胼胝，面目黧黑。」手胼足胝，手足生繭，極言勞苦。越絶書卷八：「塗山者，禹所娶妻之山也，去縣五十里。」

〔一一〕圯：塌壞。溝澮：泛指田間水渠。孟子離婁下：「苟爲無本，七八月之間雨集，溝澮皆盈。」濤瀾：波瀾。

〔一二〕滀：積聚。

〔一三〕懷山襄陵：指洪水奔騰洶湧溢上山陵。書堯典：「湯湯洪水方割，蕩蕩懷山襄陵，浩浩滔天。」蔡沈集傳：「懷，包其四面也。襄，駕出其上也。」

〔一四〕禹之服三苗：書大禹謨：「三旬，苗民逆命。益贊于禹曰：『惟德動天，無遠弗届。滿招損，謙受益，時乃天道。帝初于歷山，往于田，日號泣于旻天，于父母，負罪引慝。祗載見瞽叟，夔夔齋栗，瞽亦允若。至諴感神，矧兹有苗。』禹拜，昌言曰：『俞！』班師振旅。帝乃誕敷文德，舞干羽於兩階，七旬，有苗格。」史記五帝本紀：「三苗在江淮、荆州數爲亂。」張守節正義：「吴起曰：『三苗之國，左洞庭而右彭蠡。』……以天子在北，故洞庭在西爲左，彭蠡在東爲右。今江州、鄂州、岳州，三苗之地也。」

〔一五〕流血漂杵：血流成河，能漂起木杵。書武成：「受率其旅若林，會于牧野，罔有敵于我師，前徒倒戈，攻于後以北，血流漂杵。」孔傳：「血流漂舂杵，甚之言也。」格：抵禦。干羽：古代舞者所執舞具，武舞執干，文舞執羽。比喻文德教化。

虎節門觀雨賦

南方既秋兮暑弗歸，老火干時兮秋金微〔一〕。赫赫炎炎兮炮烙之威〔二〕，赤雲如山兮其高巍巍。陽烏三足兮中天流輝，吴牛喘卧兮海鳥勸飛〔三〕。水泉枯竭兮桔槔息機〔四〕，禾欲茂而槁死兮婦泣而子欷。曾纖絺之不御兮如被裘衣〔五〕，吾一夕而三起兮汗如寫其屢揮〔六〕，昏然投牀兮飲饞蚊之方飢。

倏清風之颯來兮視庭日其蒼蒼，乃命吾駕兮登古城以徜徉〔七〕。雲興東山兮瀰漫八荒〔八〕，披吾襟而脱吾帽兮受萬里之涼。雨勢飄忽兮其陣堂堂，甚鋭且整兮遇者辟易而莫當。翻江倒海兮沃除驕陽，天地晦冥兮日月翳光〔九〕。如天戰之初酣兮壯士顏行，飛白羽之箭兮攢緑沉之槍〔一〇〕。既散復合兮奇正靡常，乘高督戰兮吾氣甚揚。俄霶霈之霽止兮煙斂雲藏，海山呈嫵兮天水蒼茫〔一一〕。泉流泱泱兮塵清土香，草木蘇醒兮興起仆僵。農夫起舞兮歲以大穰①，九衢行歌兮厥聲洋洋〔一二〕。又如既勝兮底定一方，氛翳廓清兮寇戎披攘〔一三〕。岡巒靡迤兮亭障騫翔，奏凱而歸兮竹帛煒煌〔一四〕。

嗟夫！世有絶景，然後發馳騁怪偉之辭〔一五〕；士有奇志，然後悟超絶詭特之觀〔一六〕。昔人文章之妙兮，固與造化者同夫一端。風霆之奔掣兮震薄九關〔一七〕，追寫以筆墨兮固知其難。彼黄塵赤日兮車馬衣冠，得斯賦而讀之兮亦足以發胸中之高寒也〔一八〕。（毛晉放翁逸稿上）

【題解】

虎節門，福州子城南門。淳熙三山志卷四：「虎節門，雙門。祥符九年，嚴侍御辟疆新而名之。嘉祐四年，元給事絳重作。熙寧二年修。政和六年，黄尚書裳重修。」本文爲陸游登福州虎節門觀雨所作的賦，摹寫雨勢之奇偉，抒發胸中之高寒。

本文據文意，作於紹興二十九年（一一五九）秋。時陸游在福州決曹任上。

【校記】

①「農夫」，原作「晨夫」，據四庫本改。

【箋注】

〔一〕老火：指烈日。楊萬里立秋日聞蟬：「老火薰人欲破頭，唤秋不到得人愁。」干時：違反時勢。慎子威德：「故欲不得干時，愛不得犯法。」秋金：即金秋，指秋季。

〔二〕赫赫炎炎：熱盛貌。詩大雅雲漢：「旱既太甚，則不可沮，赫赫炎炎，云我無所。」炮烙：相傳爲殷紂王所用之酷刑。荀子議兵：「紂刳比干，囚箕子，爲炮烙刑。」史記殷本紀「有炮烙之法」，裴駰集解引列女傳：「膏銅柱，下加之炭，令有罪者行焉，輒墮炭中。妲己笑，名曰炮烙之刑。」此比喻酷熱。

〔三〕陽烏：神話中太陽内的三足烏。文選左思蜀都賦：「羲和假道於峻岐，陽烏回翼乎高標。」李善注：「春秋元命包曰：『陽成於三，故日中有三足烏。』烏者，陽精。」中天：當空。杜甫後出塞：「中天懸明月，令嚴夜寂寥。」吴牛喘卧：吴地之牛畏熱而氣喘。太平御覽卷四引應劭風俗通：「吴牛望見月則喘，使之苦於日，見月怖，喘矣。」形容酷熱難當。

〔四〕桔槔：在井架上設杠桿用於汲水的工具。莊子天運：「且子獨不見夫桔槔者乎？引之則俯，捨之則仰。」息機：停止運轉。

〔五〕纖絺：細葛布衣。潘岳秋興賦：「于是乃屏輕箑，釋纖絺。」不御：不穿。

〔六〕寫：同「瀉」。

〔七〕颯來：宋玉風賦：「楚襄王遊於蘭臺之宫，宋玉、景差侍。有風颯然而至，王乃披襟而當之，曰：『快哉此風！』」蒼蒼：此指灰白色。徜徉：盤旋往返。淮南子人間訓：「翺翔乎忽荒之上，徜徉乎虹蜺之間。」

〔八〕八荒：八方荒遠之地。漢書項籍傳贊：「并吞八荒之心。」顏師古注：「八荒，八方荒忽極遠之地也。」

〔九〕辟易：退避。沃除：蕩滌去除。翳光：蔽光。

〔一〇〕顏行：前行。管子輕重甲：「若此，則士争前戰爲顏行。」漢書嚴助傳：「以逆執事之顏行。」顏師古注引文穎曰：「顏行猶雁行，在前行，故曰顏也。」白羽之箭：尾部裝有白翎的箭。北史突厥傳：「（隋煬帝）取桃竹白羽箭一枚以賜射匱，因謂之曰：『此事宜速，使急如箭也。』」緑沉之槍：以緑色爲裝飾之槍。老學庵筆記卷四：「王逸少筆經曰：『有人以緑沉漆竹管及鏤管見遺。』老杜所謂『苔卧緑沉槍』，蓋謂是也。」吴曾能改齋漫録卷四：「趙德麟侯鯖録云：『緑沉事人多不知。老杜云：「雨抛金鎖甲，苔卧緑沉槍。」又皮日休新竹詩云：「一架三百本，緑沉森冥冥。」始知竹名矣。』……余嘗考其詳。北史：『隋文帝賜大淵緑沉槍甲獸文具裝。』武庫賦曰：『緑沉之槍。』由是言之，蓋槍用緑沉飾之耳，以此得名。如弩稱黄閒，則以黄爲飾；槍稱緑沉，則以緑爲飾。」

〔一一〕霶霈：大雨。焦贛易林巽之離：「隱隱大雷，霶霈爲雨。」霽止：指雨停天晴。後漢書陳忠傳：「常雨大水，必當霽止。」嫵：嫵媚，美好。

〔一二〕大穰：大豐收。九衢：縱横交錯的大道。楚辭天問：「靡蓱九衢，枲華安居？」王逸注：「九交道曰衢。」

〔一三〕厎定：平定。書禹貢：「三江既入，震澤厎定。」蔡沈集傳：「厎定者，言厎於定而不震蕩也。」氛翳：陰霾之氣。李白答高山人兼呈權顧二侯：「應運生夔龍，開元掃氛翳。」披攘：披靡，潰敗。文選曹植責躬詩：「朱旗所拂，九土披攘。」吕向注：「披攘，猶披靡也。」

〔一四〕亭障：邊塞的堡壘。尉繚子守權：「凡守者，進不郭圉，退不亭障以禦戰，非善者也。」騫翔：飛翔。煒煌：輝煌。

〔一五〕恠偉：奇特壯美。

〔一六〕詭特：詭異奇特。柳宗元晉問：「惟良工之指顧，叢臺、阿房、長樂、未央、建章、昭陽之隆麗詭特，皆是之自出。」

〔一七〕九關：九重天門。楚辭招魂：「魂兮歸來，君無上天些；虎豹九關，啄害下人些。」王逸注：「言天門凡有九重，使神虎豹執其關閉。」

〔一八〕高寒：胸懷闊大清峻。

紅梔子華賦

余讀五嶽之書，始知蜀之青城〔一〕。歲癸巳之仲冬，天畀予以此行〔二〕。極山中之奇觀，乃税駕乎雲扃〔三〕。酌瀑泉之甘寒，味芝朮之芳馨〔四〕。濯肺肝之塵土，凛毛骨其淒清。乃步空翠之間〔五〕，而聽風松之聲。睹一童子，衿佩青青，手持異華，六出其英〔六〕。以爲薝蔔則色丹〔七〕，蓋莫得而强名。方就視而愛歎，已絶馳而莫及。忽矯首而清嘯〔八〕，猶舉袂而長揖。援修蔓而上騰，擘峭壁而遽入。敬變滅於轉盼，久惝怳而佇立〔九〕。有老道士，笑而語予：人皆可以得道，求諸己而有餘。顧舍是而外慕，宜見欺於猿狙〔一〇〕。嗟予好學而昧道〔一一〕，有書而無師。雖粗遠於聲利，實未免夫喜奇。請書先生之言，用爲終身之規。（毛晉放翁逸稿上）

【題解】

紅梔子華，即紅梔子花。梔子爲常緑灌木，枝葉繁茂，單葉對生或三葉輪生，葉片倒卵形，革質，翠緑有光澤。春夏多開白花，香氣濃烈，可供觀賞，以開紅色花爲奇。景焕野人閒話載：「蜀主昇平，嘗理園苑，異花芳草，畢集其間。一日，有青城山客申迅入内，進花兩粒曰：『紅梔子花種，賤臣知聖上理苑囿，輒進名花兩樹，以助佳趣。』賜予束帛，携至朝市，散於貧人，遂不知去處。宣令内園子種之，不覺成樹，兩載其葉婆娑，則梔子花矣。其花爛紅六出，其香襲人。蜀主甚愛重之，或令圖寫於團扇，或繡入於衣服，或以熟草、或以絹素鵝毛作爲首飾，謂之紅梔子花。及結實成梔子，則顆大於常者，用染素則成赭紅色，甚妍翠，其時大爲貴重。」張唐英蜀檮杌前蜀後主：「十月，召百官宴芳林園，賞紅梔子花。此花青城山中進三粒子種之而成，其花六出而紅，清香如梅，當時最重之。」陸游於乾道九年夏攝知嘉州事，十一月再游青城山。本文爲陸游爲紅梔子花所作的賦，説明「得道求諸己」之理。

本文據文首自署，作於乾道九年（一一七三）冬。時陸游在攝知嘉州事任上。

【箋注】

〔一〕五嶽：此泛指名山。　青城：即青城山，道教名山，在今四川都江堰。

〔二〕癸巳：即乾道九年（一一七三）。　畀予：給與我。

〔三〕税駕：解駕，停宿。税，通「脱」。史記李斯列傳：「物極則衰，吾未知所税駕也。」司馬貞索隱：「税駕，猶解駕，言休息也。李斯言己今日富貴已極，然未知向後吉凶，止泊在何處也。」　雲扃：指高山頂上的屋室。鮑照從登香爐峰：「羅景藹雲扃，沾光扈龍策。」錢振倫注：「雲扃，猶雲扉也。」

〔四〕芝术：藥草名。謝靈運曇隆法師誄：「茹芝术而共餌，披法言而同卷。」

〔五〕空翠：指籠罩在青翠山林的霧氣。王維山中：「山路元無雨，空翠濕人衣。」

〔六〕衿佩：指青年學子的服飾。語本詩鄭風子衿：「青青子衿，悠悠我心……青青子佩，悠悠我思。」毛傳：「佩，佩玉也。士佩瓀珉而青組綬。」　異華：即異花。　六出其英：指一花生六瓣。任昉述異記卷上：「東海郡尉于台有杏一株，花雜五色，六出，號六仙人杏。」英，即花。

〔七〕薝蔔，梵語音譯，即鬱金花。盧綸送静居法師：「薝蔔名花飄不斷，醍醐法味灑何濃。」

〔八〕矯首：昂首，擡頭。杜甫又上後園山脚：「窮秋立日觀，矯首望八荒。」 清嘯：嘯鳴清越悠長。晉書劉琨傳：「琨乃乘月登樓清嘯。」

〔九〕變滅：變化幻滅。蘇軾答廖明略書其一：「老朽欲屏歸田里，猶或得見，蜂蟻之微，尋以變滅，終不足道。」 轉盼：轉眼，指時間短促。蘇軾徐大正閒軒：「君如汗血駒，轉盼略燕楚。」 惝怳：惆悵。楚辭遠游：「步徙倚而遥思兮，怊惝怳而乖懷。」

〔一〇〕外慕：即他求，别有所好。宋書雷次宗傳：「于時師友淵源，務訓弘道，外慕等夷，内懷悱發。」 見欺於猿狙：事見吴越春秋卷九：「越有處女，出於南林，國人稱善。……越王乃使使聘之，問以劍戟之術。處女將北見於王，道逢一翁，自稱曰袁公，問於處女：『吾聞子善劍，願一見之。』女曰：『妾不敢有所隱，惟公試之。』於是袁公即拔箖箊竹，竹枝上枯槁，未折墮地，女即捷末。袁公操其本而刺處女，處女應即入之，三入，因舉杖擊袁公。袁公則飛上樹，變爲白猿。」

〔一一〕味道：指不懂道理。王安石謝林肇長官啓：「學焉味道，仕則曠官。」

豐城劍賦 過豐城縣作

在晉太康〔一〕，觀星者曰：「夕有異氣，見於牛、斗之躔〔二〕。」時方伐吴，或曰：

「吳未可平，彼方得天。」獨張華之博識〔三〕，排是説之不然。迨孫皓之銜璧，氣益著而不騫〔四〕。於是雷煥附華之説曰：「是寶劍之精，維太阿與龍泉〔五〕。卒之斸獲於豐城之獄，變化於延平之川〔六〕。」世皆以爲是矣。

千載之後，有陸子者，喟其永歎〔七〕。夫占天知人，本以考驗治忽，卜運祚之促延〔八〕。彼區區之二劍，曾何與於上玄〔九〕？若吳亡而氣猶見，其應晉之南遷。有識已悲宗廟之丘墟，與河洛之腥膻矣〔一〇〕。華不此之是懼，方飾智而怙權〔一一〕。嗚呼！負重名，位大吏，俯仰群枉之間，禍敗不可以旋踵，而顧自謂優遊以窮年〔一二〕。夫九鼎不能保東周之存〔一三〕，則二劍豈能救西晉之顛乎！使華開大公，進衆賢，徙南風於長門，投賈謐於羽淵〔一四〕，則身名可以俱泰，家國可以兩全。彼三尺者，尚何足捐乎〔一五〕！煥輩非所責，予將酹卮酒〔一六〕，賦此以吊吾茂先也。（毛晉放翁逸稿上）

【題解】

豐城劍，典出藝文類聚卷六〇引雷次宗豫章記：「吳未亡，恒有紫氣見牛斗之間。張華聞雷孔章（煥）妙達緯象，乃要宿，問天文。孔章曰：『惟牛斗之間有異氣，是寶物也，精在豫章豐城。』張華遂以孔章爲豐城令，至縣，掘深二丈，得玉匣，長八尺，開之，得二劍。其夕斗牛氣不復見。孔章乃留其一匣而進之。劍至，光曜煒曄，煥若電發。後張華遇害，此劍飛入襄城水中。孔章臨亡，戒其子，恒以劍自隨。後其子爲建安從事，經淺瀨，劍忽於腰間躍出，遂視，見二龍相隨焉。」晉書張華傳載入此事并加以推衍，可參看。豐城，縣名，隸江南西路隆興府。在今江西豐城。淳熙七年十月，陸游有自撫州至豐城、高安之行。本文爲陸游過豐城時所作的賦，感慨張華飾智怙權，終致殺身之禍。

本文據題下自注，作於淳熙七年（一一八〇）十月。時陸游在提舉江西常平茶鹽公事任上。參考詩稿卷一二宿城頭鋪小飲而睡、豐城村落小憩、發豐城縣等。

【箋注】

〔一〕太康：西晉武帝年號，滅吴後改元，二八〇至二八九年。

〔二〕牛斗之躔：運行於牛宿、斗宿之間。躔，躔次，日月星辰在運行軌道上的位次。

〔三〕張華（二三二—三〇〇）：字茂先，范陽方城（今河北固安）人。歷官太常博士、佐著作郎、長史兼中書郎。入晉後遷中書令、廣武縣侯、太子少傅等。官至司空，封壯武郡公。因拒絕參與趙王倫篡位謀反被殺。以博物洽聞著稱，著有博物志。晉書卷三六有傳。

〔四〕孫皓（二四二—二八四）：字元宗。孫權之孫、孫和之子，三國吴末代皇帝。二六四年即位，二八〇年降晉，受封歸命侯。三國志卷四八有傳。銜璧：指國君投降。左傳僖公六年：「許男面縛銜璧，大夫衰絰，士輿櫬。」杜預注：「縛手於後，唯見其面，以璧爲贄，手縛故銜之。」潘岳爲賈謐作贈陸機：「僞孫銜璧，奉土歸疆。」不騫：指異氣不虧損。

〔五〕雷煥：字孔章，鄱陽（今屬江西）人。善星曆卜占。曾任豐城令。太阿與龍泉：豐城所出二劍名，見晉書張華傳。

〔六〕劚獲：掘獲。豐城之獄：晉書張華傳稱雷煥就任豐城後「掘獄屋基」得雙劍。延平之川：即延平津，晉書張華傳稱雷煥之子「持劍行經延平津，劍忽於腰間躍出墮水」。延平，縣名，晉代隸建安郡。在今福建南平。

〔七〕喟其永歎：爲之長久歎息。

〔八〕治忽：治理和怠怠。書益稷：「予欲聞六律五聲八音，在治忽，以出納五言。」孔安國傳：「言欲以六律和聲音，在察天下治理及怠怠者。」運祚：國運祚福。南史宋長沙景王道憐傳：「時齊高帝輔政，彦節知運祚將遷，密懷異圖。」促延：短長。

〔九〕上玄：上天。文選揚雄甘泉賦：「惟漢十世，將郊上玄。」李善注：「上玄，天也。」

〔一〇〕有識：有識之士。河洛：黄河和洛水之間。此指西晉。腥膻：喻入侵的外敵。太平廣記卷一九九引鄭處誨劉瑑碑：「天寶末，犬戎乘我多難，無力禦姦，遂縱腥羶，不遠京邑。」

〔一一〕飾智：裝作有智慧。管子正世：「民淫躁行私，而不從制，飾智任詐，負力而争。」怙權：專權。新唐書王正雅傳：「屬監軍怙權，乃謝病去。」

〔一二〕群枉：奸邪之衆。漢書劉向傳：「夫執狐疑之心者，來讒賊之口；持不斷之意者，開羣枉之門。讒邪進則衆賢退，羣枉盛則正士消。」顔師古注：「枉，曲也。」旋踵：轉身。指退縮躲避。商君書畫策：「是以三軍之衆，從令如流，死而不旋踵。」

〔一三〕九鼎：相傳夏禹鑄九鼎，象徵九州。後用以象徵國家政權。史記封禪書：「禹收九牧之金，鑄九鼎。皆嘗亨鬺上帝鬼神。遭聖則興，鼎遷於夏商。周德衰，宋之社亡，鼎乃淪没，伏而不見。」顛：顛覆。

〔一四〕「使華」四句：晉惠帝時，皇后賈南風與其外甥賈謐專權朝廷，謀害太子，最終導致趙王倫叛亂，賈氏被滅，張華、裴頠等重臣被殺。西晉陷入皇族内亂，走向滅亡。開大公，主持天下爲公。南風，即賈南風，賈充女，專權酷虐，荒淫放恣。晉書卷三一有傳。長門，漢宮名。因相傳司馬相如爲陳皇后作長門賦使其復得武帝寵幸而著名，後成爲失寵宮女所居後宮的代稱。賈謐，字長淵，賈皇后外甥。恃寵弄權，奢靡逾度。晉書卷四〇有傳。羽淵，相傳鯀死後化爲黄熊栖身之處。左傳昭公七年：「昔堯殛鯀於羽山，其神化爲黄熊，以入於羽淵。」此指殺身之地。

〔一五〕捐：丢棄。

〔一六〕卮酒：即杯酒。史記項羽本紀：「項王曰：『壯士，賜之卮酒。』」

焚香賦

陸子起玉局，牧新定〔一〕。至郡彌年，困於簿領，意不自得，又適病眚，厭喧嘩，事幽屏，却文移，謝造請，閉閤垂帷，自放於宴寂之境〔二〕。時則有二趾之几，兩耳之鼎，爇明窗之寶炷，消晝漏之方永〔三〕。其始也，灰厚火深，煙雖未形，而香已發聞矣〔四〕。其少進也，綿綿如鼻端之息①；其上達也，靄靄如山穴之雲。新鼻觀之異境，散天葩之奇芬〔五〕，既卷舒而縹渺，復聚散而輪囷〔六〕。傍琴書而變滅，留巾袂之氤氳〔七〕，參佛龕之夜供，異朝衣之晨熏。余方將上疏掛冠，誅茅築室，從山林之故友，娱耄耋之餘日。暴丹荔之衣，莊芳蘭之茁②〔八〕，徙秋菊之英，拾古柏之實，納之玉兔之臼，和以檜華之蜜〔九〕。掩紙帳而高枕〔一〇〕，杜荆扉而簡出，方與香而爲友，彼世俗其奚恤〔一一〕。潔我壺觴，散我籤帙〔一二〕，非獨洗京洛之風塵，亦以慰江漢之衰疾也。（毛晉放翁逸稿上）

【題解】

淳熙十四年，陸游知嚴州逾年，「困於簿領，意不自得」，焚香静修。本文爲陸游所作的焚香之賦，抒寫了掛冠返鄉、退隱山林之志。

本文據文首自述，作於淳熙十四年（一一八七）秋，時陸游在知嚴州任上。

【校記】

①「鼻」，原作「皋」，據四庫本改。

②「莊」，四庫本作「藏」，義勝，疑是。

【箋注】

〔一〕玉局：成都玉局觀，道觀名。淳熙七年，陸游被劾罷職居家。九年，奉祠主管成都玉局觀。新定：嚴州古稱。淳熙十三年，陸游從主管玉局觀起用爲知嚴州軍州事。

〔二〕彌年：經年，逾年。簿領：官府簿册文書。後漢書南匈奴傳：「當決輕重，口白單于，無文書簿領焉。」病眚：患眼疾，今稱白内障。文移：文書，公文。造請，登門晉見。史記酷吏列傳：「公卿相造請（趙）禹，禹終不報謝，務在絶知友賓客之請，孤立行一意而已。」宴寂：佛教語。安息，寂滅。法華經化城喻品：「於佛宴寂後，宣揚助法化。」

〔三〕爇：燒。寶炷：指點燃的香。消：消磨，打發。晝漏：指白天的時間。漏，漏壺，古代計時之器。永：長。

〔四〕發聞：傳播。書吕刑：「上帝監民，罔有馨香，德刑發聞惟腥。」孔穎達疏：「苗民自謂是德刑者，發聞於外，惟乃皆是腥臭。」

〔五〕鼻觀：鼻孔，指嗅覺。詩稿卷一八登北榭：「香浮鼻觀煎茶熟，喜動眉間鍊句成。」天葩：非凡之花。韓愈醉贈張秘書：「東野動驚俗，天葩吐奇芬。」

〔六〕輪囷：盤曲貌。文選鄒陽獄中上書自明：「蟠木根柢，輪囷離奇。」李善注引張宴曰：「輪囷離奇，委曲盤戾也。」

〔七〕氤氳：濃烈的香氣。沈約芳樹：「氤氳非一香，參差多異色。」

〔八〕暴：同「曝」，曬。丹荔：呈紅色的薜荔。楚辭山鬼：「被薜荔兮帶女蘿。」莊：疑「藏」字之訛。四庫本正作「藏」。

〔九〕玉兔之臼：神話中月宮玉兔搗藥之石臼。傅咸擬天問：「月中何有？玉兔搗藥。」檜華之蜜：老學庵筆記卷二：「亳州太清宫檜至多。檜花開時，蜜蜂飛集其間，不可勝數。作蜜極香而味帶微苦，謂之檜花蜜，真奇物也。歐陽公守亳時有詩曰：『蜂採檜花村落香。』則亦不獨太清而已。」

〔一〇〕紙帳：用藤皮繭紙縫製的帳子。蘇軾自金山放船至焦山：「困眠得就紙帳暖，飽食未厭山蔬甘。」

〔一一〕恤：顧及，顧念。

〔一二〕籤帙：標籤書套。泛指書籍。陸龜蒙襲美先輩以龜蒙所獻五百言既蒙見和復示榮唱再抒鄙懷用伸酬謝：「抽書亂籤帙，酌茗煩甌犧。」

自閔賦

余有志於古兮，騁自壯歲。慕殺身以成仁兮，如自力於弘毅〔一〕。視暗室其猶康莊兮，凜昭昭之可畏。敢以不貲之身兮，差冒沒於富貴〔二〕。嗟摧不自止兮草奮如翬①，余旁睨而竊怪兮抵掌戲欷〔三〕。吐狂喙之三尺兮論極涇渭，徒祓齋而潔芳兮蹈道則未〔四〕。念國中孰知我兮去而遠遊，窮三江而浮七澤兮莫維余舟〔五〕。赤甲崇崇兮白鹽酋酋，東屯之下兮清泉美疇，是可以置家兮予即而謀〔六〕。忽馳騁而北首兮道阻且悠，宕渠葭萌兮石摧車輈〔七〕。雲棧劍閣兮險名九州，遂戍散關兮北防盛秋〔八〕。登高以望兮慷慨涕流，畫策不見用兮寧鍾釜之是求〔九〕。歸過蜀而少休兮卜城南之丘，築室鑿井兮六年之留〔一〇〕。或挽而出兮遺以百憂，奚觸而忿兮起爲寇讎〔一一〕？惟節士以見疑兮趨以即死，豈摧辱之不置兮尚馳鶩而弗止〔一二〕？彼賤丈夫之希世兮頑鈍無耻，雖鉗於市其猶安受兮，何有於詆訾〔一三〕。毀吾車兮殿門，逝將老於故里〔一四〕。

毛晉放翁逸稿上

【題解】

自閔，自憫，自憐。本文爲陸游所作的自憐之賦，回顧半生經歷，感慨仕途坎坷，懷才不遇，節士抱憾，決心歸隱故里。

本文據文意，亦當作於淳熙十四年（一一八七）秋，時陸游在知嚴州任上。

參考詩稿卷五九自閔。

【校記】

①「摧不自止」，原作「止不自推」，文意不明，據四庫本乙改。

【箋注】

〔一〕壯歲：壯年。　殺身以成仁：爲「仁」不惜捨棄生命。語本論語衛靈公：「志士仁人，無求生以害仁，有殺身以成仁。」　弘毅：寬宏堅毅。論語泰伯：「士不可以不弘毅，任重而道遠。」

〔二〕康莊：指康莊大道。　不貲：指貴重。漢書蓋寬饒傳：「用不訾之軀，臨不測之險，竊爲君痛之。」　差：略微。　冒没：貪圖。新唐書李夷簡傳：「京兆尹楊憑性驁倪，始爲江南觀察使，冒没於財。」

〔三〕摧：遭摧殘。　草：櫟樹之莢果。説文：「草，草斗，櫟實也。一曰象斗子。從艸早聲。」　奮如翬：振翅高飛。説文：「奮，翬也。從奞在田上。」　旁睨：仔細觀察。　抵掌：擊掌。　戲欷：歎息。

〔四〕狂喙之三尺：指人强言善辯。語本莊子徐無鬼：「丘願有喙三尺。」　論極涇渭：指議論直指事物的真僞是非。　祓齋：指潔身齋戒。史記周本紀：「周公乃祓齋，自爲質，欲代武王，武王有瘳。」　蹈道則未：未履行正道。穀梁傳隱公元年：「若隱者，可謂輕千乘之國，蹈道則未也。」范甯注：「未履居正之道。」

〔五〕三江：此指吴越水道。書禹貢：「三江既入，震澤厎定。」七澤：此指荆楚湖泊。司馬相如子虚賦：「臣聞楚有七澤，嘗見其一，未睹其餘也。」維：繫。

〔六〕赤甲：亦作赤岬。山名，在今重慶奉節東。水經注江水一：「江水又東逕赤岬城西，是公孫述所造……山甚高大，不生樹木，其石悉赤。土人云如人袒胛，故謂之赤岬山。」白鹽：山名，在今重慶奉節東。水經注江水一：「北岸山上有神淵，淵北有白鹽崖，高可千餘丈，俯臨神淵。土人見其高白，故因名之。」酋酋：高貌。杜牧洛中送冀處士東游：「壇宇寬帖帖，符彩高酋酋。」東屯：地名。在今重慶奉節。美疇：良田。以上五句指水路西赴夔州通判任。

〔七〕北首：北向。史記淮陰侯列傳：「方今爲將軍計，莫如……北首燕路。」張守節正義：「首，音狩，向也。」此指馳赴南鄭王炎幕府。宕渠：古郡名。宋代爲渠州，隸潼川府路。在今四川渠縣。葭萌：縣名。隸利州路利州。在今四川廣元。車輈：泛指車輛。

〔八〕雲棧：懸在半空的棧道。王建送李評事使蜀：「轉江雲棧細，返驛板橋新。」劍閣：即劍門關。在今四川廣元。李白蜀道難：「劍閣峥嶸而崔嵬。」散關：即大散關。在今陝西寶鷄西南。當秦嶺咽喉，扼川陜交通。防秋：西北游牧民族多趁秋高馬肥之時南侵，守軍加强防禦稱爲防秋。舊唐書陸贄傳：「又以河隴陷蕃已來，西北邊常以重兵守備，謂之防秋。」

〔九〕畫策：謀劃策略。此指陸游曾向王炎「陳進取之策，以爲經略中原，必自長安始，取長安，必自隴右始。當積粟練兵，有釁則攻，無則守」（宋史陸游傳）。詩稿卷三八三山杜門作歌其三：「畫策雖工不見用，悲吒那復從軍樂。」鍾釜：二者皆古代量器，借指微薄的俸禄。

〔一〇〕歸過蜀：指從南鄭去成都。六年之留：指陸游乾道八年末至成都，到淳熙五年春離蜀東歸，在蜀中滯留達六年。

〔一一〕「或挽」二句：指被推挽而脱離困境，但又觸怒了仇敵。挽而出，被推挽離蜀東歸。起爲寇讎，被視爲仇敵。孟子離婁下：「君之視臣如土芥，則臣視君如寇讎。」

〔一二〕節士：有節操者。韓詩外傳卷十：「吾聞之，節士不以辱生，遂奔敵，殺七十人而死。」摧辱：摧折侮辱。漢書鮑宣傳：「丞相孔光四時行園陵，官屬以令行馳道中，宣出逢之，使吏鈎止丞相掾史，没入其車馬，摧辱丞相。」

〔一三〕賤丈夫：貪鄙小人。孟子公孫丑下：「有賤丈夫焉，必求龍斷而登之，以左右望而罔市利。」趙岐注：「賤丈夫，貪人可賤者也。」希世：迎合世俗。莊子讓王：「原憲笑曰：『夫希世而行，比周而友……憲不忍爲也。』」陸德明釋文引司馬彪云：「希，望也。所行常顧世譽而動，故曰希世而行。」鉗於市：受制於利益。詆訾：毁謗。史記老子韓非列傳：「故其著書十餘萬言，大抵率寓言也。作漁夫、盜跖、胠篋，以詆訾孔子之徒，以明老子之術。」

〔一四〕毁吾車：放棄戰車，指退出與賤丈夫的争鬥。逝將：訣别之辭。詩魏風碩鼠：「逝將去汝，適彼樂土。」鄭玄箋：「逝，往也。往矣將去女，與之訣别之辭。」

思故山賦

陸子爲嚴州逾年，困於吏役，悒然不樂，日有秦、稽之思〔一〕，乃作思故山賦。其詞曰：

仲秋之杪〔二〕，木葉既落，殘暑告歸，霪雨未作。川原奇麗，天宇澄廓，風蕭蕭而未厲，日暉暉而寖薄〔三〕。陸子於是被白葛之單衣，躡青芸之雙屩，抱嶧陽之寶琴，引華亭之雛鶴〔四〕。出衡茅，度畧彴，榜一葉之輕舟，凌浮天之大壑〔五〕。白鷺下渚，文魚出躍，荷蓋摧柄，竹枝隕籜〔六〕。松翳翳以藏寺，柳疏疏而帶郭。行欲盡而更睋，望若邇而逾邈〔七〕。俄而披煙霞，觀嶔崿，千峰巃嵸，萬嶂聯絡〔八〕。或聳起而鳥騫，或怒奮而獸搏，或雍容而暇豫，或峭厲而刻削，或方行而疑立，或將前而復却〔九〕。連者如堤，斷者如笮，廣者如屋，鋭者如槊，泄雲如甑，蓄雨如橐〔一〇〕。或平如燕居之几，或壯如行軍之幕〔一一〕。或筋脈奇瘦，如夔魈之欻見；或竅穴穿空，如渾沌之初鑿〔一二〕。豈惟西壓青城，北掩紫閣，固已擅雄秀於三□，邁□里之旁礴矣〔一三〕。

【題解】

故山，舊山，比喻故鄉。本文爲陸游思念故鄉所作的賦。

本文據文首自述，作於淳熙十四年（一一八七）秋。時陸游在知嚴州任上。

參考詩稿卷一一思故山、卷五三獨立思故山。

【箋注】

〔一〕秦稽：指秦望山和會稽山，均在會稽。文選顔延之和謝監靈運：「跂予間衡嶠，曷月瞻秦稽。」

〔二〕杪：指季節的末尾。

〔三〕暉暉：日光灼熱。劉禎大暑賦：「赫赫炎炎，烈烈暉暉，若熾燎之附體，又温泉而沉肌。」

寖薄：漸漸淡薄。

〔四〕白葛：白夏布。　芸：即芸香，香草名。多年生草本。夏季開黄花，花葉香氣濃鬱。可入藥，驅蟲。　屩：草鞋。　嶧陽：嶧山南坡。其地所生梧桐可製琴。書禹貢：「羽畎夏翟，嶧陽梧桐。」孔傳：「嶧山之陽，特生桐，中琴瑟。」　華亭：地名，在今上海松江。其地出鶴。世説新語尤悔：「陸平原河橋敗，爲盧志所讒，被誅，臨刑歎曰：『欲聞華亭鶴唳，可復得乎？』」

〔五〕衡茅：衡門茅屋。指居室簡陋。陶潛辛丑歲七月赴假還江陵夜行塗口：「養真衡茅下，庶以善自名。」 略彴：漢書武帝紀「初榷酒酤」，顏師古注：「榷者，步度橋，爾雅謂之石杠，今之略彴是也。」 榜：摇船，划船。 張協七命：「榜人奏採菱之歌。」

〔六〕文魚：鯉魚。楚辭河伯：「乘白黿兮逐文魚，與女游兮河之渚。」洪興祖補注：「陶隱居云：鯉魚形既可愛，又能神變，乃至飛越山湖，所以琴高乘之。」 隕籜：剥落筍殼。

〔七〕翳翳：晦暗不明貌。 帶郭：近城郭。 賒：遥遠。 王勃滕王閣序：「北海雖賒，扶摇可接。」 望：視野。

〔八〕嶔崿：險峻的高山。 嶫峨：高大巍峨。 韓愈元和聖德詩：「瀆鬼濛鴻，嶽祇嶫峨。」

〔九〕鳥鶱：鳥兒高飛。 雍容：從容不迫。 暇豫：悠閒逸樂。 峭厲：陡峻。 方行：横行。 嶷立：聳立。

〔一〇〕筰：同「笮」。竹席。 槊：長矛，古代兵器。 泄雲如甑：指山間飄散之雲如蒸鍋噴出的水汽。 甑，古代蒸飯的瓦器，底部多孔，置於鬲上蒸煮。 蓄雨如橐：指大山蓄積雨水如口袋。

〔一一〕燕居：閒居。禮記仲尼燕居：「仲尼燕居，子張、子貢、言游侍。」鄭玄注：「退朝而居曰燕居。」 幕：帳篷的頂部。

〔一二〕夔：傳説中一條腿的怪物。 魈：山林裏的怪物。 欻見：忽然出現。 渾沌：古代指世界開闢前模糊不分的狀態。王充論衡談天：「説易者云：『元氣未分，渾沌爲一。』」

〔三〕青城：青城山，在今四川都江堰，爲道教名山。　紫閣：紫閣山，在今陝西西安，爲終南名山。　旁礴：同「磅礴」，氣勢盛大貌。

予乃涉淺澗之淙潺，步蒼崖之犖确，擷幽蹊之凋蘭，掇孤洲之芳若，歷市聚之鷄犬，望塔廟之丹艧〔一〕。耕壟參差，蔬畦交錯。則有野父樵童，迎揖而勞苦；道翁藥叟，一笑而相握〔二〕。拂藜牀以延坐，持黍酒而請酌〔三〕。秫饘粟餌，牛醢雉臛，陳升果蔬，調燮鹽酪〔四〕。超世俗之澆僞，有太古之簡樸〔五〕。或驚齒髮之衰殘，或喜精神之矍鑠，或譏宿志之久負，或誚浮名之奚樂。嗟餘日之幾何，將舍此而焉托？予仰而歎，俯而怍，蹴然而起謝曰〔六〕：「僕所謂自用而愚，寡要而博，貌智而中粗，類强而實弱者也〔七〕。凡子言者，敢不敬諸，請謝曩昔之過，更堅後日之約，可乎？今予年過六十，血氣已索。春憂重膇，秋畏癉瘧。飲不醮觚，食不加勺，衣食之奉，減於市藥〔八〕。雖富貴而孰享，矧刑禍之可愕。冒平地之濤瀾，忽闖首之蛟鰐〔九〕。以吾身之至貴，就華纓而自縛。旌搖搖而靡定〔一〇〕，舟泛泛而安泊，逝將歸而即汝，尚農圃之可學。指白日以爲盟，挽天河以自濯。冀晨春之相聞，亦社酒之共醵，春原出而耦耕，秋場築而偕獲〔一一〕。僕之念歸，如寒魚之欲就箔也〔一二〕。若曰金棄於躍冶①，足刖於獻璞。

退居之言，困而後酢〔一三〕。識謝獨見，機昧先覺。則敢不斂衽正容，以拜父老之罰爵〔一四〕。」（毛晉放翁逸稿上）

【校記】

①「躍冶」，原作「躍治」，據四庫本改。

【箋注】

〔一〕淙潺：水流聲。蘇軾洞庭春色賦：「卧松風之瑟縮，揭春溜之淙潺。」犖确：怪石嶙峋貌。韓愈山石：「山石犖确行徑微，黄昏到寺蝙蝠飛。」芳若：芳香的杜若。説文：「若，杜若。香草。」市聚：集市。王褒僮約：「往來市聚，慎護姦偷。」丹臒：紅色的顔料。臒，同「雘」。書梓材：「若作梓材，既勤樸斫，惟其塗丹臒。」孔穎達疏：「臒是彩色之名，有青色者，有朱色者。」

〔二〕野父：村翁，農夫。南齊書傅琰傳：「兩野父争鷄，琰各問何以食，一人云粟，一人云豆。」

〔三〕迎揖：迎客時作揖爲禮。顔氏家訓風操：「南人賓至不迎，相見捧手而不揖……北人迎送并至門，相見則揖，皆古之道也。吾善其迎揖。」道翁：年長道士。

〔三〕藜牀：藜莖所編牀榻，簡陋的坐榻。北堂書鈔卷一三三引王粲英雄記：「向詡常坐藜牀上。」黍酒：黍米釀製的酒。詩稿卷二四老景：「黍酒時留客，菱歌或起予。」

〔四〕秫饘：高粱米粥。秫，黏高粱。饘，稠粥。　粟餌：小米糕餅。　牛醢：牛肉醬。　雉臛：野鷄羹。　陳升：陳列進奉。　調燮：調和。　鹽酪：鹽和乳酪。

〔五〕澆僞：澆薄虚僞。李闡顔府君碑：「以爲人神相與，何遠之有？但患人心澆僞，自絶於神耳。」　太古：上古，遠古。

〔六〕怍：慚愧。　蹴然：驚慚不安貌。晏子春秋諫上：「景公飲酒酣，曰：『今日願與諸大夫爲樂飲，請爲無禮。』晏子蹴然改容曰：『君之言過矣！』」

〔七〕自用：自行其是。書仲虺之誥：「能自得師者王，謂人莫己若者亡。好問則裕，自用則小。」　寡要：不知擇要。

〔八〕重腿：脚腫病。重，通「腫」。左傳成公六年：「民愁則墊隘，於是乎有沈溺重腿之疾。」杜預注：「重腿，足腫。」　癉瘧：中醫稱高熱但不寒戰的瘧疾。素問虐論：「其但熱不寒者，陰氣先絶，陽氣獨發，則少氣煩冤，手足熱而欲嘔，名曰癉瘧。」　醮觚：即乾杯。醮，盡，酒飲盡。荀子禮論：「利爵之不醮也，成事之俎不嘗也。」楊倞注：「醮，盡也。」觚，古代飲酒器。　減於市：指少於買藥之費。

〔九〕闖首：即出頭。公羊傳哀公六年：「開之，則闖然公子陽生也。」何休注：「闖，出頭貌。」　蛟鰐：蛟龍和鰐魚。

〔一〇〕旌：心旌，心神。戰國策楚策一：「寡人卧不安席，食不甘味，心摇摇如縣旌，而無所終薄。」

〔一〇〕晨春：晨間舂米聲。　社酒：春秋祭祀土神的社日所備之酒。孟元老東京夢華録秋社：「八月秋社，各以社糕、社酒相賫送。」　醵：相聚飲酒。説文：「醵，會飲酒也。」　耦耕：二人並耕，泛指農事。禮記月令：「（季冬之月）命農計耦耕事，修耒耜，具田器。」

〔一一〕就箔：指鑽進竹編的帘籠。

〔一二〕躍冶：比喻自以爲能，急於求用。語本莊子大宗師：「今之大冶鑄金，金踴躍曰：『我且必爲鏌鋣。』大冶必以爲不祥之金。」成玄英疏：「夫洪爐大冶，熔鑄金鐵，隨器大小，悉皆爲之。而爐中之金，忽然跳躑，殷勤致請，願爲良劍，匠者驚嗟，用爲不善。」　獻璞：獻玉。韓非子和氏載：楚人卞和得玉璞於楚山中，先後獻於厲王、武王，玉工辨認後均曰石也，以欺誑罪被刖兩足。文王即位，卞和抱璞哭於楚山下三日三夜，泣盡而血，文王使玉人理其璞而得寶，名爲和氏璧。　困而後酢：指困窘而後知酸澀。酢，酸味。

〔一四〕識謝：指見識不高。　機昧：指機緣不明。　斂衽正容：整飭衣襟，端正儀容，表示恭敬。戰國策楚策一：「一國之衆，見君莫不斂衽而拜，撫委而服。」　罰爵：罰酒的酒器。詩小雅桑扈「兕觥其觩」，鄭玄注：「兕觥，罰爵也。古之王者與羣臣燕飲，上下無失禮者。其罰爵，徒觩然陳設而已。」

啓

賀洪樞使帥金陵啓

伏審祇奉宸綸，寵司留鑰〔一〕。龍盤虎踞，坐增形勢之雄；箕張翼舒，頓覺精神之改〔二〕。望隆根本，聲讋遐荒〔三〕。恭惟某官學貫神明，文周經緯。鍾異祥於番水，夙推命世之賢；應瑞讖於螺州，出擅濟時之輔〔四〕。早簡冕旒之眷，徑躋簪橐之班〔五〕。視草鑾坡，大手載傳於奕世；判花鳳掖，斯文咸萃於一門〔六〕。是謂儒者之至榮，卓冠本朝之盛事。既家聲之藹著，宜衆望之攸歸〔七〕。遂自北扉，進陞西府〔八〕。運籌制勝，精神折千里之衝；端委居朝，文武爲萬邦之憲。方賴謀猷之告后，遽存明哲以保身〔九〕。謝公獎慰於蒼生，難從均逸；裴度歸遊於緑野，孰與成勞〔一〇〕。果奉賜環，屢專分閫〔一一〕。帝念當途之控扼，時資舊德於鎮臨。雖眷倚之甚優，然帝綸之未究〔一二〕。爰保受釐之托，式寬憂顧之懷〔一三〕。威名肅而軍律具嚴，惠愛孚而民情胥悦。方將訓兵積粟，備萬乘之時巡；擊楫誓江，贊九重之恢復[一四]。深入風雲之會，大輸日月之忠。久切巖瞻，即持魁柄[一五]。某自愧嵬瑣，久辱眷知[一六]。擢第太常，誤塵衡鑑，效官偏壘，復托帲幪[一七]。欣聞顯册之頒，獨倍常情之喜。雖深賀厦，未遂趨隅[一八]。小物克勤，遠繼畢公東郊之命；膚功迄奏，願歌宣王北伐之詩[一九]。

（五百家播芳大全文粹卷一六）

【題解】

洪樞使，即洪遵（一一二〇—一一七四），字景嚴，饒州鄱陽（今江西波陽）人。洪皓次子，洪适弟。以父蔭入仕，紹興十二年中博學宏詞科，賜進士出身，擢秘書省正字。因父遭貶，放外州通判。秦檜死，復入爲正字，累官中書舍人、吏部侍郎等。孝宗即位，拜翰林學士承旨兼侍讀。隆興元年同知樞密院事，次年罷，提舉太平興國宫。乾道六年起知信州，徙太平州。七年六月知建康府，江東安撫使兼行宫留守。九年末拜資政殿學士，提舉洞霄宫。卒謚文安。著有泉志、翰苑羣書等。宋史卷三七三有傳。帥金陵，指洪遵乾道七年六月知建康府。本文爲陸游爲洪遵知建康府所作的賀啓。孔凡禮考證此啓非陸游作，乃許蒼舒所撰，見陸游著述辨僞，載文史第十三輯。可參看。

本文據文意，作於乾道七年（一一七一）六月。時陸游在夔州通判任上。

【箋注】

〔一〕宸綸：帝王的詔令。　留鑰：留都之鑰。指任行宮留守。

〔二〕龍盤虎踞：形容地勢雄壯險要，常指金陵。太平御覽卷一五六引吴勃吴録：「劉備曾使諸葛亮至京，因睹秣陵山阜，歎曰：『鍾山龍盤，石頭虎踞，此帝王之宅。』」　箕張翼舒：箕、翼均爲二十八宿之一。箕宿張開如簸箕，翼宿伸展如雙翼。

〔三〕聲讋遐荒：聲勢震懾邊遠荒僻之地。

〔四〕「鍾異祥」四句：指洪遵很早就在饒州家鄉成名，并登上仕途。番水，即鄱江，古稱番水。螺州，饒州山名。洪适盤洲文集賀饒州洪郎中啓：「螺州芝嶺，皆繡衣舊領之山川。」洪适、洪遵、洪邁三兄弟均中博學宏詞科，任職翰林，文名滿天下。

〔五〕冕旒之眷：指皇帝的眷顧。　簪橐之班：指近臣顧問的行列。簪橐，語本漢書趙充國傳：「安世本持橐簪筆事孝武帝數十年。」顔師古注引張晏曰：「橐，契囊也。近臣負橐簪筆，從備顧問，或有所紀也。」

〔六〕視草：指奉旨起草詔書。漢書淮南王劉安傳：「每爲報書及賜，常召司馬相如等視草乃遣。」　鑾坡：指翰林院。　「大手」句：大手筆世代相傳。　判花：在文書上畫押。韋莊闕山：「到處因循緣嗜酒，一生惆悵爲判花。」　鳳掖：指内宫。

〔七〕「既家聲」二句：指家聲卓著，衆望所歸。藹，繁茂。攸，爾雅：「攸，所也。」

〔八〕北扉：代指學士院。　西府：代稱樞密使。

〔九〕「方賴」二句：指洪遵在樞使任上被劾，自請免職奉祠。見宋史洪遵傳。　謀猷，謀劃。

〔一〇〕「謝公」四句：謝安顧念蒼生，難以長期隱逸；裴度歸隱緑野堂，誰讓其再次出山。此謂洪遵再被起用。　謝公，指謝安。　蒼生，謝安隱居東山，時人相與言：「安石（謝安字）不肯出，將如蒼生何？」見世説新語排調。　均逸，閒散安逸。　緑野，指緑野堂，裴度晚年在東都府邸建緑野堂，與白居易等名士交游。後唐文宗再請其入朝。見舊唐書裴度傳。

〔一一〕賜環：指逐臣遇赦召還。語本荀子大略：「絶人以玦，反絶以環。」楊倞注：「古者臣有罪待放於境，三年不敢去，與之環則還，與之玦則絶，皆所以見意也。」　分閫：指出任將帥或封疆大吏。文心雕龍檄移：「故分閫推轂，奉辭伐罪，非惟致果爲毅，亦且厲辭爲武。」

〔一二〕眷倚：寵愛并倚重。新唐書元稹傳：「乃罷弘簡，而出稹爲工部侍郎，然眷倚不衰。」　帝綸：皇帝的詔命。語本禮記緇衣：「王言如絲，其出如綸。」

〔一三〕受釐：指皇帝於祭祀後受胙肉。釐，胙，祭餘之肉。史記屈原賈生列傳：「孝文帝方受釐，坐宣室。」裴駰集解引如淳曰：「漢唯祭天地五畤，皇帝不自行，祠還致福。」司馬貞索隱引應劭云：「釐，祭餘肉也。」　憂顧：憂慮顧念。

〔一四〕時巡：指帝王按時巡狩。書周官：「又六年，王乃時巡，考制度于四岳。」　擊楫誓江：指矢志收復失地。典出晉書祖逖傳：「（逖）乃將本流徙部曲百餘家渡江，中流擊楫而誓曰：『祖遜不能清中原而復濟者，有如大江！』」九重：指帝王。李邕賀章仇兼瓊克捷表：「遵奉九重，決勝千里。」

〔一五〕巖瞻：指景仰。語本詩小雅節南山：「節彼南山，維石巖巖。赫赫師尹，民具爾瞻。」魁柄：比喻大權。漢書梅福傳：「今乃尊寵其位，授以魁柄，使之驕逆，至於夷滅，此失親親之大者也。」顔師古注：「以斗爲喻也，斗身爲魁。」

〔一六〕嵬瑣：委瑣。鄙陋：自謙之辭。眷知：相知。舊唐書裴延齡傳：「良以内顧庸昧，一無所堪，夙蒙眷知，唯以誠直。」

〔一七〕擢第：科舉及第。誤塵衡鑑：謙指玷污品評。偏壘：邊地。帲幪：帳幕。引申指庇蔭。

〔一八〕賀厦：慶賀新居落成。劉兼秋夕書懷其一：「方守半會蠻夷語，賀厦全忘燕雀心。」趨隅：向隅。禮記曲禮上：「毋踐屨，毋踖席，摳衣趨隅，必慎唯諾。」孔穎達疏：「趨，猶向也；隅，猶角也。」

〔一九〕小物克勤：小事能勤勞。書蔡仲之命：「克勤無怠，以垂憲乃後。」畢公東郊之命：周康王時，命畢公管理東都成周，安定周郊。見書畢命。畢公，名高。周文王庶子，武王克殷封於畢，成王時爲太史，并受遺命輔佐康王。膚功：大功。詩小雅六月：「薄伐玁狁，以奏膚公。」毛傳：「膚，大；公，功也。」宣王北伐之詩：周宣王時，玁狁入侵，尹吉甫率軍北伐，擊退玁狁。詩小雅六月歌其事。周宣王姬静爲厲王子，厲王爲國人驅逐，宣王即位，任用賢臣，討伐玁狁、西戎，史稱「中興」。

賀葉户書啓

伏審祇奉峻除，榮遷劇部〔一〕。官儀如舊，尚聯常伯之班；帝命維新，全總大農之政〔二〕。有識交慶，不謀同辭。恭惟户部尚書才高絶人，器大經世。際熙辰之千載，踐華境者十年〔三〕。夜艾星稀，獨長庚之有爛〔四〕；歲寒木落，惟孤松之不凋。蓋謀猷自簡於帝衷，故遷擢式符於民望〔五〕。陟文昌之八座，聊率屬於中臺；焕泰階之六符，佇同寅於上衮〔六〕。某符叨剖竹，戍甫及瓜。但切欣於得輿，莫趨慶於成厦〔七〕。仰止門墻之際，形於寤寐之間〔八〕。頌歎惟勤，拙訥難盡。（五百家播芳大全文粹卷一一〇）

【題解】

「葉户樞」，原作「韓户書」。户書，即户部尚書。據文意，本文當作於淳熙十五年夏陸游離任嚴州前，而又據宋會要輯稿職官七二之九，户部尚書韓彦直於淳熙十四年八月離任，接任者爲葉翥。故改。

葉户書，即葉翥，字叔羽，青田（今屬浙江）人。紹興二十四年進士。累遷司農寺丞、户部侍郎，淳熙十五年擢權户部尚書，十六年兼侍講。紹熙五年以顯謨閣學士知紹興府。慶元二年以吏部尚書除端明殿學士，簽書樞密院事。以觀文殿學士致仕。事迹見雍正處州府志卷一二。本文爲陸游致權户部尚書葉翥的賀啓。

本文作於淳熙十五年（一一八八）夏。時陸游知嚴州任滿。

【箋注】

〔一〕峻除：升遷。劇部：重地。新唐書楊漢公傳：「同州，太宗興王地，陛下爲人子孫，當精擇守長付之，漢公既以墨敗，陛下容可舉劇部私貪人？」

〔二〕聯常伯之班：指由户部郎官連任户部尚書。常伯，周官名，主管民事。書立政：「王左右常伯、常任、準人、綴衣、虎賁。」蔡沈集傳：「有牧民之長曰常伯。」大農：即大司農。秦置治粟内史，漢武帝時改稱大司農，唐宋時爲司農卿，宋元豐改制後，司農寺并歸户部。

〔三〕熙辰：盛世。華境：指朝廷。

〔四〕夜艾：夜深。江淹爲蕭驃騎録尚書事到省表：「臣自安蒙異寵，輕荷殊爵，晝昃猶聳，夜艾方驚。」長庚：指金星，亦名太白星。詩小雅大東：「東有啓明，西有長庚。」毛傳：「日旦出謂明星爲啓明，日既入謂明星曰長庚。」

〔五〕謀猷：謀略。　簡：簡擇，選拔。　遷擢：升職。

〔六〕文昌：星座名，六星在斗魁之前形成半月形。史記天官書：「斗魁戴匡六星曰文昌宫：一曰上將，二曰次將，三曰貴相，四曰司命，五曰司中，六曰司禄。」　八座：中央政府的八種高級官員，唐宋時以六尚書、左右僕射及令爲八座。此指尚書。　中臺：即尚書省。蘇舜欽杜公讓官表：「尋被峻命，入冠中臺。」　泰階之六符：三台星座之六星兩兩排列斜上如階梯。泰階，即三台。漢書東方朔傳：「願陳泰階六符以觀天變。」顔師古注：「孟康曰：『泰階，三台也。每台二星，凡六星，符六星之符驗也。』」　同寅：即同僚。　上衮：指宰輔。後漢書伏湛牟融等傳贊：「牟公簡帝，身終上衮。」

〔七〕符叨剖竹：指出知嚴州。叨，受。　剖竹，文選謝靈運過始寧墅：「剖竹守滄海，枉帆過舊山。」李善注：「漢書曰：『初與郡守爲使符。』説文曰：『符，信。漢制以竹，分而相合。』」　戍甫及瓜：指任職期將滿。左傳莊公八年：「齊侯使連稱、管至父戍葵丘，瓜時而往，曰：『及瓜而代。』」　得輿：比喻獲庇蔭。易剥：「上九：碩果不食，君子得輿，小人剥廬。」象曰：「『君子得輿』，民所載也；『小人剥廬』，終不可用也。」孔穎達疏：「君子得輿者，若君子而居此位，能覆蔭於下，使得全安。是君子居之，則得車輿也。」　成厦：指新居告成。

〔八〕仰止：仰慕。詩小雅車舝：「高山仰止，景行行止。」　門墻：喻指師門。　寤寐：指思念、渴望。范仲淹與省主葉内翰書：「竊惟皇上念天下之計，至大至重，思得良大夫主之，故寤寐閣下之賢，復有此拜。」

回江西王倉

光膺宸命，出擁使華，逖聞新渥之傳，莫諭故人之喜〔一〕。伏惟某官器姿開敏，學術淵深〔二〕。清節凛然，風高嶺嶠之政；先聲籍甚，已震江淮之間〔三〕。自顧衰遲，常交英俊。雙魚遠至，荷舊好之不忘；倚馬少留，慚報書之良邃〔四〕。惟祈珍嗇，用慰願言〔五〕。

（永樂大典卷七五一一引啓劄淵海）

【題解】

江西王倉，爲誰不詳。王倉爲陸游「舊好」，曾官五嶺，新出使江淮，致啓老友。本文爲陸游回復王倉所作的答啓。

本文作年不詳。待考。

【箋注】

〔一〕光膺宸命：指榮受皇帝的任命。逖聞：遥聞。表示恭敬。王安石賀韓魏公啓：「逖聞新命，竊仰遐風，瞻望門闌，不任鄉往之至。」新渥：新的恩惠。杜甫覽柏中丞兼子侄數人除官制詞因述父子兄弟四美載歌絲綸：「高名入竹帛，新渥照乾坤。」

〔二〕器姿：器度資質。開敏：通達明敏。漢書文翁傳：「乃選郡縣小吏開敏有材者張叔等十餘人親自飭厲，遣詣京師，受業博士，或學律令。」淵深：深邃。吕氏春秋觀表：「人之心隱匿難見，淵深難測，故聖人於事志焉。」

〔三〕嶺嶠：指五嶺地區。夢溪筆談藥議：「嶺嶠微草，凌冬不凋；并、汾喬木，望秋先隕。」先聲：先前的聲望。蘇軾送穆越州：「舊政猶傳蜀父老，先聲已振越溪山。」籍甚：盛大。

〔四〕雙魚：代指書信。唐彥謙寄臺省知己：「久懷聲籍甚，千里致雙魚。」荷：承蒙。邃：遥遠。

〔五〕珍嗇：珍惜，保重。歐陽修與沈内翰交通書：「會見尚遠，更冀爲時珍嗇。」

書劄

與曾逮書

一

游惶恐再拜，上啓仲躬户部老兄台座：苦寒，恭惟省中雍容，台候神相萬福〔一〕。尊眷聞已入都，必定居久矣。第聞在百官宅，無乃迫隘乎〔二〕！游村居凡百遲鈍，數日前，方能作賀丞相一牋，托無咎投之，然不敢及昨來所諭也〔三〕。節後度亦嘗見之，不至中悔否〔四〕。此公於賤子實不薄，然姓名不祥，正恐終難拈出，奈何！奈何！不入城七十餘日矣，以此亦自久不見原伯〔五〕，不論它人也。累日作雪竟未成〔六〕，都城何似生？惟萬萬保護。即登嚴近，不宣〔七〕。十一月二十六日，游惶恐再拜仲躬户部老兄台座。（故宫周刊第三一七、三一八期）

【題解】

曾逮，字仲躬，曾幾次子。歷太常丞、知温州。乾道四年任户部郎官兼删修官。後出知荆州、寧國府、湖州、潤州。淳熙九年擢户部侍郎，十年徙刑部侍郎。官終敷文閣待制。本文爲陸游致曾逮的書信。

孔凡禮案：「本書當作於孝宗乾道四年。是年十月，陳俊卿除右相，陸游有賀莆陽陳右相啓，見文集卷八。」則本文作於乾道四年（一一六八）十一月。時陸游罷職家居。

【箋注】

〔一〕苦寒：嚴寒。　省中：宫禁之中。蔡邕獨斷：「禁中者，門户有禁，非侍御者不得入，故曰禁中。孝元皇后父大司馬陽平侯名禁，當時避之，故曰省中。」台候：敬辭，用於問候對方寒暖起居。　神相：精神，神氣。　萬福：多福。祝禱之詞。詩小雅蓼蕭：「和鸞雝雝，萬福攸同。」

〔二〕百官宅：指臨時的官員宿舍。　迫隘：狹窄，狹小。

〔三〕賀丞相一箋：指賀莆陽陳右相啓。　無咎：即韓元吉，字無咎，陸游好友。

〔四〕度：料想。　中悔：中途反悔。

〔五〕原伯：即曾逢，曾逮兄。

〔六〕作雪：指醖釀下雪。詩稿卷九大雪歌序：「累日作雪竟不成，戲賦此篇。」

〔七〕嚴近：指接近尊位，成近侍。不宣：不一一細説。舊時書末常用語。語本楊修答臨淄侯牋：「反答造次，不能宣備。」

二

游頓首再拜，上啓仲躬侍郎老兄台座：拜違言侍，又復累月，馳仰無俄頃忘〔一〕。顧以野處窮僻，距京國不三驛，邈如萬里。雖聞號召登用，皆不能以時修慶，惟有愧耳〔二〕。東人流殍滿野，今距麥秋尚百日，奈何〔三〕！如僕輩既憂餓死，又畏剽劫，日夜凜凜，而霪雨復未止，所謂麥，又已墮可憂境中矣。朱元晦出衢、婺未還。此公寢食在職事，但恐儒生素非所講，又錢粟有限，事柄不顓，亦未可責其必能活此人也〔四〕。游去臺評歲滿尚兩月〔五〕，廟堂聞亦哀其窮，然賦予至薄，斗升之禄，亦未知竟何如！日望公共政，如望歲也〔六〕。無階參省，所冀以時崇護，即慶延登，不宣〔七〕。游頓首再拜上啓。正月十六日。（宋人法書第三册）

【題解】

本文亦爲陸游致曾逮的書。

孔凡禮案：「孝宗淳熙八年十二月，朱熹到浙東常平茶鹽公事任。見寶慶會稽續志卷二。本書當作於淳熙九年。」則本文作於淳熙九年（一一八二）正月十六日，時陸游罷職家居。

【箋注】

〔一〕拜違言侍：指分别。　馳仰：敬語，表示對對方向往仰慕。

〔二〕號召登用：召唤進用。指曾逮擢户部侍郎。　修慶：循例慶祝。

〔三〕東人：此泛指浙東之人。　流殍滿野：淳熙八年，江浙、兩淮、湖北等地水旱相繼，浙東大水，秋大饑。　麥秋：麥子成熟季節，約在農曆四五月。禮記月令：「（孟夏之月）靡草死，麥秋至。」陳澔集説：「秋者，百穀成熟之期。此於時雖夏，於麥則秋，故曰麥秋。」

〔四〕朱元晦：即朱熹，字元晦，時任浙東常平茶鹽公事，主持賑災。　職事：指職務崗位。顓：同「專」，專擅。

〔五〕臺評：御史臺的彈劾。陸游於淳熙七年十一月遭給事中趙汝愚彈劾，罷職家居，至此恰滿一年又兩月。

〔六〕共政：共掌政事。　望歲：盼望豐收。左傳昭公三十二年：「閔閔焉如農夫之望歲，懼以待時。」

〔七〕參省：參驗省察。荀子勸學：「君子博學而日參省乎己，則知明而行無過矣。」　崇護：推崇愛護。　延登：延攬擢用。漢書元帝紀：「延登賢俊，招顯側陋。」

與曾逢書

游惶恐再拜，上啓原伯知府判院老兄台座：拜違言侍，遂四閱月〔一〕，區區懷仰，未嘗去心。即日秋清，共惟典藩雝容〔二〕，神人相助，台候萬福。游八月下旬方能到武昌。道中勞費百端，不自意達此〔三〕。惟時時展誦送行妙語，用自開釋耳〔四〕。在當塗見報，有禾興之除〔五〕。今竊計奉版輿西來，開府久矣〔六〕。不得爲使君樽前客，命也！鄭推官佳士，當辱知遇。向經由時，府境頗苦潦，後來不至病歲否〔七〕？伯共博士必已造朝久，舟中日聽小兒輩誦左氏博議，殊歎仰也〔八〕。未由參覲，惟萬萬珍護，即膺嚴近之拜，不宣〔九〕。游惶恐再拜，上啓原伯知府判院老兄台座。（故宮周刊第四五、四六、四七期）

【題解】

曾逢，字原伯，曾幾長子，曾逮兄。本文爲陸游致曾逢的書啓。

孔凡禮案：「本書作於孝宗乾道六年赴蜀道中。」則本文作於乾道六年（一一七〇）八月。時陸游在入蜀途中。

參考卷四一祭曾原伯大卿文。

【箋注】

〔一〕四閲月：經四月。陸游乾道六年閏五月十九日離家經蕭山縣時，曾逢爲其餞行。見卷四三閏五月十九日記文。據此，本文當作於八月。

〔二〕共：通「恭」。典藩：鎮守邊遠之地。孔平仲孔氏談苑：「朱巽草制云：『某官素負官材，真宗令出典藩。』」

〔三〕「游八月」三句：陸游至武昌在八月二十三日，見卷四六記文。勞費，耗費人力財力。漢書溝洫志：「若乃繕完故隄，增卑倍薄，勞費無已，數逢其害，此最下策也。」

〔四〕開釋：指釋放抑鬱之懷。書多方：「開釋無辜，亦克用勸。」

〔五〕「在當塗」二句：陸游至當塗在七月十三日，見卷四四記文。當塗，太平州治所。禾興之除，指曾逢除知秀州。禾興，即嘉興，宋時爲秀州。

〔六〕版輿：一種木製的輕便坐車。文選潘岳閒居賦：「太夫人乃御版輿，升輕軒。」李善注：「版輿，車名。一名步輿。」開府：指州長官成立府署，選置僚屬。阮籍辭蔣太尉辟命奏記：「開府之日，人人自以爲掾屬。」

〔七〕苦潦：指苦於大水。見六月七日記文：「終日大雨不止。」病歲：指年成歉收。

〔八〕伯共博士：即吕祖謙，字伯恭，一作伯共。乾道六年任太學博士，并兼國史院編修官、實録院檢討官。造朝：進朝任職。左氏博議：即東萊博議，吕祖謙史學著作，選左傳文分析發揮，爲諸生課試而作。

〔九〕參覲：拜見尊長。嚴近：指接近尊位。

與親家書

游皇恐再拜。拜違道義，忽復許時〔一〕。仰懷誨益，未嘗一日忘也。桐江成期忽在目前，盛暑非道途之時，而代者督趣甚切，不免用此月下澣登舟〔二〕。愈遠門闌〔三〕，心目俱斷。然親家赴鎮〔四〕，亦不過數月間，彼此如風中蓬，未知相遇復在何日，憑紙黯然。惟日望召歸，遂躋禁途〔五〕，爲親舊之光爾。游皇恐再拜。（三希堂法帖卷十七）

【題解】

親家，當指陸游四子子坦之岳父許從龍。參見卷四一祭許辰州文題解。文中「親家赴鎮」當指許從龍赴知辰州任。本文爲陸游赴嚴州任前致親家的書。

孔凡禮按：「本書當作於宋孝宗淳熙十三年。是年七月三日，陸游到嚴州（桐江）任，見嚴州圖經。」本文作於淳熙十三年（一一八六）六月。時陸游將赴知嚴州任。

參考卷四一祭許辰州文。

【箋注】

〔一〕拜違道義：指告别親家。道義，指一同修道的義友。陶弘景冥通記卷一：「親屬道義，賫其上果，要往看之。」許時：多時。

〔二〕桐江：富春江上游，指嚴州。陸龜蒙釣車：「洛客見詩如有問，輾煙衝雨過桐江。」代者：指前任嚴州知州。下澣：指農曆每月下旬。楊慎鉛丹總録時序：「俗以上澣、中澣、下澣，爲上旬、中旬、下旬，蓋本唐制十日一休沐。」

〔三〕門闌：指家門。

〔四〕赴鎮：赴京外任職，此指赴辰州。

〔五〕躋禁途：指躋身朝廷任職。

嚴州劄子

游近者奏記〔一〕，方以草率爲愧。專使奉馳翰，所以動問甚寵，感激未易名也〔二〕。暫還展省，此固龍圖丈襟懷本趣〔三〕。道中春寒，不至衝冒否〔四〕？詔追度不遠旬浹，或已被新渥矣〔五〕。下諭舊貢院，已爲中丞蔣丈所先〔六〕。新定驛舍見空閒，或可備憩泊已，今揚灑矣〔七〕。它委遥候面請。游蒙賜香墨，皆珍絶，足爲蓬户之光，下情感荷之至。它候續上。狀次。又拜具呈。朝請大夫權知嚴州軍州事陸游劄子。

（故宮周刊第一四三期）

【題解】

本文爲陸游致龍圖丈所作的書劄。龍圖丈爲誰不詳。或爲丘崈，時任直龍圖閣兩浙轉運副使。參見卷四一祭丘運使母夫人文題解。

本文據文意，作於淳熙十四年（一一八七）春。時陸游在知嚴州任上。

【箋注】

〔一〕奏記：向公府等長官陳述意見的文書。文心雕龍書記：「迄至後漢，稍有名品，公府奏記，而郡將奏牋。」

〔二〕「專使」三句：指龍圖丈遣使馳復，問候殷勤，令人感激。動問：問候。

〔三〕展省：省視，展看。龍圖丈：對龍圖閣學士的敬稱。此人爲誰不詳。本趣：原本的旨趣。晉書阮籍傳：「此亦籍之胸懷本趣也。」

〔四〕衝冒：指冒着惡劣環境。舊五代史周世宗紀：「太祖欲親征，召羣臣議其事。宰臣馮道奏以方當盛夏，車駕不宜衝冒。」

〔五〕新渥：新的恩惠，指新的任命。杜甫覽柏中丞兼子侄數人除官制詞因述父子兄弟四美載歌絲綸：「高名入竹帛，新渥照乾坤。」

〔六〕中丞蔣丈：即蔣繼周，淳熙十三年任御史中丞。參見卷十一賀蔣中丞啓題解。

〔七〕新定：即嚴州。　憩泊：休憩，栖息。水經注贛水：「西有鸞岡，洪崖先生乘鸞所憩泊也。」

揚灑：揚塵灑掃。

與仲玘書

一

游頓首。忽奉誨帖，欣承苦寒法候萬福。老病日侵，度不能久住世間，且隨緣過日耳。下諭法衣〔一〕，急作字澤師，幾爲九峰所取。幸稍早數日，已令徑附來使納去。想便升座於人天衆前〔二〕，分以披掛也。崖蜜、石芥佳惠，然自此切罷信物，庶全道氣，已屢咨白矣〔三〕。春事鼎來〔四〕，爲道自重，不宣。游再拜南山禪師老友侍者〔五〕。

（徐沁金華遊録注卷下）

【題解】

仲玘，南宋禪師。淳熙十四年，陸游知嚴州時，請仲玘主持重修嚴州南山報恩光孝禪寺，五六年後乃成。紹熙四年二月，陸游爲撰嚴州重修南山報恩光孝寺記。

本文據文意，約作於紹熙四年前後。時陸游奉祠家居。

參考卷十九嚴州重修南山報恩光孝寺記。

【箋注】

〔一〕法衣：僧尼所穿之衣，應法而作，故名法衣。

〔二〕人天：佛教指六道輪回中的人道和天道，亦泛指諸世間、衆生。大寶積經被甲莊嚴會三：「能爲世導師，映蔽人天衆；演説無所畏，我禮勝丈夫。」

〔三〕崖蜜：又稱石蜜。山間野蜂所釀之蜜。石芥：石蕊別名。地衣類植物，産於山地，可代茶。佳惠：對別人賜予財物的敬稱。信物：可作憑證之物。咨白：禀告，陳述。宋書武帝紀：「但康之前言有所不盡，故重使胡道咨白所懷。」

〔四〕鼎來：正來，方來。

〔五〕南山禪師：即仲玘。時在嚴州南山報恩光孝寺修建完成即將升座之前，約當紹熙末年。

二

游頓首。適承臨訪，荷千里命駕之意，殆不勝言〔一〕。晚刻，伏惟道體萬福。來

日輒具湯餅，相屈少款誨益，切勿拒也〔二〕。匆匆，不宣。游再拜南山禪師故人足下〔三〕。（同上）

【題解】

本文據文意，約作於紹熙四年前後。時陸游奉祠家居。

【箋注】

〔一〕臨訪：蒞臨訪問。千里命駕：指遠道來訪。晉書嵇康傳：「東平吕安服康高致，每一相思，輒千里命駕，康友而善之。」

〔二〕湯餅：水煮的麵食。釋名釋飲食：「蒸餅、湯餅、蝎餅、髓餅、金餅、索餅之屬，皆隨形而名之也。」少款誨益：略微款待以示對己教誨的感謝。

〔三〕南山禪師：可證此亦仲玘在南山時所作。

三

游頓首。伏被手帖，獲聞動静，深以爲慰。開諭院記，謹已具稿〔一〕，今遣優婆塞歸拜呈〔二〕，不知可用否。老病無復佳思，皇恐，皇恐！此乃令人寫本，若欲惡札，却須示及，當爲作之，仍告寫及題額人銜位、姓名。若要寫守、倅銜，亦須示及，當爲一手寫去，切不可令他人書〔三〕。向來南山只爲如此，故曾致慮，不免重刻，切望少留神，仍丁寧知事也〔四〕。未即會聚，萬萬爲道珍厚〔五〕。不宣。游頓首。智者圮公禪師友舊。十一月八日。（同上）

【題解】

慶元五年，仲圮又來主持婺州金華山智者寺，重新興造寺院殿閣，至嘉泰三年落成，陸游再爲撰智者寺興造記，稱道仲圮才智器局卓然不凡。後陸游將本文親爲書丹，仲圮將陸游寺記及致其書信八首均刻石勒碑，留存至今。陸游書劄及相關考證參見于譜嘉泰三年注〔一九〕。于譜認爲其中二、三兩首實爲一首，共七札，并認爲「以函意推之，此七札并非同一時期之作，但相距亦不甚遠。仲圮逐件收藏，恐年久湮失，遂陸續刻於碑陰」，「其上石亦有先後也」。

本文據文末自署，作於嘉泰三年（一二〇三）十一月八日。時陸游除太中大夫家居。

參考卷十九嚴州重修南山報恩光孝寺記、卷二十智者寺興造記。

【箋注】

〔一〕院記：指智者寺興造記。　具稿：完成文稿。

〔二〕優婆塞：梵語，即在家中奉佛的弟子，即居士。魏書釋老志：「俗人之信凴道法者，男曰優婆塞，女曰優婆夷。」

〔三〕「此乃」九句：指如需陸游手迹書丹，要提供題額人相關信息，一次完成，不可將來由他人填寫。惡劄，謙稱自己的手迹。銜位，官銜職位。守倅，郡守及其副職。

〔四〕「向來」五句：以先前刻寫嚴州重修南山報恩光孝寺記的教訓告誡仲玘，以免重刻。

〔五〕珍厚：珍重。

四

游頓首，啓智者禪師老友。即日春寒，伏惟法候萬福。寺記本是老夫自欲書丹〔一〕，意爲不過數日可了。不料忽得齒疾，沉綿歲月，又值改歲，一番應接，遂失初約，留滯净人〔二〕。昨法雲忽過，良以爲愧。碑顔不欲更托人〔三〕，并爲寫去。前輩此例甚多。碑上切不須添一字。尋常往往添字，壞卻。「家有弊帚，享之千金〔四〕」，幸痛察。餘惟爲佛囑自愛〔五〕，不宣。游頓首，正月四日〔六〕。（同上）

【題解】

本文據文末自署，作於嘉泰四年（一二〇四）正月四日。時陸游除太中大夫家居。

【箋注】

〔一〕書丹：古代刻碑時書法家先用朱筆在石上書寫需刻的文字。後漢書蔡邕傳：「（熹平四年）奏求正定六經文字。靈帝許之，邕乃自書丹於碑，使工鐫刻，立於太學門外。」

〔二〕净人：指在寺院擔任勤雜勞務的非出家人員。慧皎高僧傳釋智順：「嘗有夜盜順者，净人追而擒之。」

〔三〕碑顔：碑額，碑頭部的題辭。

〔四〕「家有」二句：比喻對己物的珍視。語出東觀漢記光武帝紀：「帝聞之，下詔讓吴漢副將劉禹曰：『城降，嬰兒老母，口以萬數，一旦放兵縱火，聞之可謂鼻酸。家有敝帚，享之千金。禹宗室子孫，故嘗更職，何忍行此！』」

〔五〕佛囑：佛之托付。　自愛：自重。老子：「是以聖人自知不自見，自愛不自貴。」

〔六〕正月四日：此指嘉泰四年。

五

監寺、首座以次不及别上狀，刻碑時且告與點檢，碑樣只依明州宸奎閣碑最妙〔一〕。僭率〔二〕，皇恐，皇恐！游頓首。（同上）

【題解】

本文附於上文末，亦作於嘉泰四年（一二〇四）正月四日。時陸游除太中大夫家居。

【箋注】

〔一〕監寺：佛寺中主持寺務的僧人，地位次於方丈。首座：位居上座的僧人。點檢：查核，校點。碑様：碑之様式。明州宸奎閣碑：北宋熙寧三年，朝廷於明州阿育王山廣利寺建宸奎閣，奉藏所賜御書軸五十五扇。蘇軾爲撰碑文，全稱明州阿育王山宸奎閣碑銘。

〔二〕僭率：草草僭越本分。

六

游頓首，智者堂頭禪師〔一〕。即日春殘，伏惟法候勝（原注：闕數字）別，却不知瓶錫所寓〔二〕。無遺一紙問，動静不可得，惟有馳心爾〔三〕！忽法雲送翰札來，乃知説法名山，玉煙珠氣，要是不可埋没也〔四〕。游去春已請老，一生擾擾，遂得結局，盡出餘芘〔五〕。正月，忽被命寓直内閣〔六〕，殊非野人所宜，一味慚恐耳！崖蜜、蠟燭分寄，足見舊好不替〔七〕。感激，感激！末由握臂，唯萬萬爲大法自重，不宣。游頓首。四月六日。（同上）

【題解】

本文據文末自署，作於嘉泰四年（一二〇四）四月六日。時陸游致仕家居。

【箋注】

〔一〕堂頭：寺院住持的居處。因以稱住持。

〔二〕瓶錫：僧人所用瓶鉢和錫杖。亦指僧侶生涯。齊己夏日荆渚抒懷：「中途息瓶錫，十載依公卿。」

〔三〕馳心：指心之嚮往如車馬背馳。曹植上責躬應詔詩表：「至止之日，馳心輦轂。」

〔四〕翰劄：書翰，書劄。　玉煙珠氣：烟靄寶氣，形容説法的氛圍。

〔五〕去春請老：指陸游嘉泰三年春完成兩朝實録，再次請求致仕。　擾擾：紛亂貌。國語晉語：「唯有諸侯，故擾擾焉。凡諸侯，難之本也。」　餘芘：先祖所遺庇蔭。

〔六〕被命寓直内閣：指陸游被除寶謨閣待制。

〔七〕崖蜜：又稱石蜜。　不替：不棄，不衰。

七

游頓首。秋暑正□，法候萬福。久不□問，徒有馳繫〔一〕。日來衲子必更雲集〔二〕。夏中，有幾人打發。老拙□衰，不能響屧修廊、炷香丈室也〔三〕。偶丘子行□□□候動静，唯冀爲法珍重。不宣。游頓首，智者禪師老兄，七月十三日。

（同上）

【題解】

本文據文末自署，作於嘉泰四年（一二〇四）七月十三日。時陸游致仕家居。

【箋注】

〔一〕馳繫：即馳念，想念遠方之人。蘇軾與袁彦方書：「累日欲上謁，竟未暇辱教。承足疾未平，不勝馳繫。」

〔二〕衲子：僧人。黄庭堅送密老住五峰：「水邊林下逢衲子，南北東西古道場。」

〔三〕「不能響屧修廊」兩句：謂不能親自前去上香也。

八

游頓首啓。伏被誨墨〔一〕，欣承即日尊候萬福。名山大乘師，宜得大筆登載，然後宜稱〔二〕。事偉辭貧，但深愧負。風土之宜，敬已下拜矣！以□不必講此，白頭尚

如新耶〔三〕？石工亦甚佳。小簡尤不足傳，讀之赧然〔四〕。正暑，萬萬爲道□重，不宣。游頓首上智者禪師老友侍者。（同上）

【題解】

本文據文意，亦作於嘉泰四年（一二〇四）七月。時陸游致仕家居。

【箋注】

〔一〕誨墨：指來書。

〔二〕名山大乘師：指仲玘。大筆登載：大手筆記載。

〔三〕白頭如新：指相交雖久仍如新知。文選鄒陽獄中上書自明：「語曰：『白頭如新，傾蓋如故。』何則？知與不知也。」李善注引漢書音義：「或初不相識相知，至白頭不相知。」此爲反問句，謂白頭久相知。

〔四〕石工：指刻智者寺興造記及陸游致仲玘書簡。小簡：即上述書簡。赧然：慚愧臉紅貌。韓詩外傳卷一〇：「孟嘗君赧然，汗出至踵。」

與杜思恭書

正月廿四日，游頓首再拜復書敬叔法曹學士友兄執事。即日春寒，伏惟尊候神相萬福。前歲冬初，聞從者西征，適卧病沉綿，無由追路，一道珍重語〔一〕。既鷁首日遠〔二〕，而游僻居澤中，不與人接，例不能通四方書問，惟有念吾至交之心，朝暮不止耳。忽有遠使到門，出誨帖，諄諄累紙。相與之意，加於在傍邑時，不以老病爲可絶，不以疏怠爲可罪，此古人事，今於左右見之，幸甚過望，幸甚過望。録示近詩，超勝妥帖，殆兩得之〔三〕。人之所難，敬叔何獨得之易也。大抵此業在道途則愈工〔四〕，雖前輩負大名者，往往如此。願舟楫鞍馬間，加意勿輟，他日絶塵邁往之作〔五〕，必得之此時爲多。益公今龍門，又喜接晚進，敬叔得所歸矣。旦夕乘馹造朝，又當過廬陵，必復從容於天香堂上〔六〕。游與益公四十年舊交，窮達雖殊，情好不替如一日，輒有一緘，告爲轉達。又有楊廷秀待制書〔七〕，亦煩送之。不罪，千扣！諭及拙稿，見托一二友人編輯，未成次第。若可出，自當以一帙歸之敬叔。今更當督之矣。手鈔近詩，却如來教，寫得數篇封納，臂力弱不能多寫，負見索之勤，積愧如山矣。相望天末，臨書悵悵，惟幾爲台家倍加保輔，即膺嚴召，不宣〔八〕。游頓首再拜。

□友杜敬叔自嶠南寄書來〔九〕，索余手録□□。七十三翁，豈復能□□筆硯，欹斜跌宕〔一〇〕，□讀之自不能識，敬叔以意求之可也。慶元丁巳正月二十四日，笠澤陸游務觀書。（廣西通志卷二二四）

【題解】

杜思恭，字敬叔，會稽上虞人。淳熙十四年進士。授高郵尉，遷吉州左司理參軍，有政績。除韶州平樂令，卒於官。周必大、楊萬里并以國士期之。陸游亦服其學有根柢，未罄所蘊而卒，人爭惜之。事迹見光緒上虞縣志卷七。杜氏在故鄉常從陸游遊，得其書疏詩文數十軸，後刻之於桂林崖石。見其所撰題跋（載本書附録渭南文序跋評騭）。本文爲陸游致杜思恭之書。

本文據文末自署，作於慶元三年（一一九七）正月二十四日。時陸游奉祠家居。

【箋注】

〔一〕從者西征：指杜思恭西赴吉州司理參軍任。沉綿：指疾病纏綿，經久不愈。杜甫送高司直尋封閬州：「長卿消渴在，公幹沉綿屢。」

〔二〕鷁首：船頭。古代畫鷁鳥於船頭，故稱。薛用若集異記補編葉法善：「法善徐謂侍者曰：『取我黑符投之鷁首。』」

〔三〕「超勝妥帖」句：神思飛揚與嚴謹合律，詩家往往難以兼得，故陸游稱之。

〔四〕「大抵」句：指作詩的成就在東奔西走的歷練中愈加臻於工巧。這是陸游重要的創作理論。

〔五〕絶塵邁往：超凡脱俗。

〔六〕益公：即周必大，字子充，吉州廬陵人，封益國公。參見卷十賀周參政啓題解。龍門：比喻德高望重者的府第。時周必大以少傅、觀文殿大學士、益國公致仕家居。乘駟：乘坐驛車。左傳襄公二十一年：「乘馹而見宣子。」馹，驛站專用之車。

〔七〕楊廷秀待制：即楊萬里，字廷秀，吉州吉水人。參見卷三八夫人樊氏墓誌銘注〔八〕。時楊萬里以煥章閣待制提舉太平興國宫，奉祠家居。

〔八〕天末：天盡頭，遠處。張衡東京賦：「眇天末以遠期，規萬世而大摹。」悢悢：眷念。後漢書陳蕃傳：「天之於漢，悢悢無已，故殷勤示變，以悟陛下。」李賢注：「悢悢，猶眷眷也。」台家：官家，指皇帝。宋祁宋景公筆記釋俗：「今台家詔敕用黄，故私家避不敢用。」保輔：保佐輔助。嚴召：指君命徵召。陳師道除官：「扶老趨嚴召，徐行及盛時。」

〔九〕嶠南：即嶺南。後漢書馬援傳：「援將樓船大小二千餘艘，將士二萬餘人進擊。……斬獲五千餘人，嶠南悉平。」

〔一〇〕七十三翁：陸游自稱，該年正七十三歲。欹斜趺宕：指字迹歪斜起伏。

與明遠書

游頓首。間闊，頃叩甚至〔一〕。忽奉手帖，欣重秋雨，尊候輕安〔二〕。卿禪師遺墨甚妙〔三〕，恨見之晚，輒題數行，不足稱發揚之意。皇恐，得暇見過，不宣。奉簡明遠老友。文字共四軸，又五册納去，五派圖四軸，數日前已就付來人去矣。游。（珊瑚網

法書題跋）

【題解】

明遠，孔凡禮認爲當爲沈作喆，字明遠，吴興人。直齋書録解題卷二〇：「丞相（沈）該之侄。紹興五年進士。改官爲江西運管。嘗爲悲扇工詩，忤魏良臣，陷以深文，奪三官，不得志以卒。」本文爲陸游致沈作喆的書。

本文作年不詳。待考。

參考卷三十跋卿師帖。

【箋注】

〔一〕間闊：久别，遠離。　頃叩甚至：近來多有詢問。

〔二〕尊候：問候起居的敬辭。歐陽修與蘇編禮書：「數日來尊候必更痊安。單藥得效，應且專服。」　輕安：輕健安康。

〔三〕卿禪師，陸游鄉里前輩，善小楷。

與仲信書

游頓首再拜，仲信學士老友兄。即日秋氣寖清，伏惟尊候神相萬福。兒子婚事，甚荷留念，初正以吾輩氣類〔一〕，故敢有請。已令媒氏具道其情，尚何疑哉！今又蒙垂誨，已抵龜而決矣〔二〕。餘令媒氏禀白。自此遂忝瓜葛〔三〕，何幸如之。羸茶控叙〔四〕，草草，不宣。游頓首拜。仲信即省元學士友兄〔五〕。（珊瑚網法書題跋）

【題解】

仲信，孔凡禮按：「陸游交游中，據現有資料，有兩仲信。一爲王廉清，游老友，揮麈録作者王明清之兄。一爲詹仲信，陸游後輩。未知孰是，抑或爲其他人，姑志存疑。」文中稱「仲信即省元學士友兄」，而王明清未中科舉，故此仲信不可能爲王廉清。此書内容爲兒子求婚，詹仲信爲陸游後輩，故亦不可能。本文爲陸游爲兒子求婚致仲信的書信。

本文作年不詳。待考。

【箋注】

〔一〕氣類：意氣相投者。語本易乾：「同聲相應，同氣相求……則各從其類也。」

〔二〕垂誨：教誨自己。抵龜：指占卜。

〔三〕忝瓜葛：榮幸成爲親戚。權德輿奉和韋曲莊言懷貽東曲外族諸弟：「小生忝瓜葛，慕義斯無窮。」

〔四〕羸茶：羸弱疲憊。

〔五〕省元：宋代禮部試第一名。王銍默記卷中：「少年舉人，乃歐陽公也，是榜爲省元。」

與友人書

游皇恐拜問契家尊眷，共惟并擁壽祺〔一〕。鏡中有委敢請〔二〕：子聿亦粗能勤苦，但恨不得卒業，函丈若不棄遺，尚未晚也〔三〕。張七三哥苦貧可念，官期尚遠，奈何！每爲之心折，顧無所置力耳。三丈亦念之否？游皇恐再拜。（陸放翁詩詞選書影）

【題解】

友人爲誰不詳。本文爲陸游致友人之書。

本文作年不詳。待考。

【箋注】

〔一〕契家尊眷：通好之家的貴眷。　壽祺：長壽吉祥。

〔二〕委：原委。

〔三〕子聿：即子遹，陸游幼子。　卒業：完成學業。　函丈：對前輩學者或老師的敬稱。

序

頤庵居士集序

文章之妙，在有自得處，而詩其尤者也。舍此一法，雖窮工極思，直可欺不知者，有識者一觀，百敗并出矣。四明劉良佐先生，盡力於詩，惟石湖范至能獨深賞之〔一〕，每爲客言，客未必領也。予曩時數遊四明，獨不識良佐，近乃見其詩百篇，卓然自得者何其多也。如「頗識造物意，長容吾輩閒」、「日晏猶便睡，犬鳴知有人」、「世事不復問，舊書時一看」、「一夜催花雨，數家鄰水村」、「青山空解供望眼〔二〕，濁酒不能澆別愁」、「覓句忍饑貧亦樂，鈔書得味老何傷」，雖前輩以詩得名者，何以加焉？因書其右，他日有賞音如石湖者，當知予言不妄云。慶元六年四月己亥山陰陸游序。（頤庵居士集卷首）

【題解】

頤庵居士，即劉應時，字良佐，號頤庵居士，四明（今浙江寧波）人。遁居林下，喜讀書，善爲詩。與陸游、楊萬里游，二人皆爲其詩集作序。事迹見宋詩紀事卷六三。本文爲陸游爲劉良佐頤庵居士集所作的序文，贊賞其「盡力於詩」，「卓然自得」。

本文據文末自署，作於慶元六年（一二〇〇）四月己亥（十四）日。時陸游致仕家居。

【箋注】

〔一〕石湖范至能：即范成大，字致能，號石湖居士。參見卷十四范待制詩集序題解。

〔二〕望眼：遠眺之眼。題岳飛滿江紅：「抬望眼，仰天長嘯，壯懷激烈。」

記

南園記

慶元三年二月丙午，慈福有旨，以別園賜今少師、平原郡王韓公〔一〕。其地實武林之東麓〔二〕，而西湖之水匯於其下，天造地設，極山湖之美。公既受命，乃以禄入之餘〔三〕，葺爲南園。因其自然，輔以雅趣。方公之始至也，前瞻却視，左顧右盻，而規模定；因高就下，通窒去蔽，而物象列。奇葩美木，争效於前；清流秀石，若顧若揖。

於是飛觀傑閣，虛堂廣廳，上足以陳俎豆，下足以奏金石者，莫不畢備。高明顯敞，如蜕塵垢而入窈窕〔四〕，邃深疑於無窮。既成，悉取先得魏忠獻王之詩句而名之〔五〕。堂最大者曰許閒，上爲親御翰墨以榜其顔。其射廳曰和容，其臺曰寒碧，其門曰藏春，其闕曰凌風。其積石爲山，曰西湖洞天。其瀦水藝稻，爲囷爲場〔六〕，爲牧羊牛、畜雁鶩之地，曰歸耕之莊。其他因其實而命之名，則曰夾芳，曰豁望，曰鮮霞，曰矜春，曰歲寒，曰忘機，曰照香，曰堆錦，曰清芬，曰紅香。亭之名則曰遠塵，曰幽翠，曰多稼。

自紹興以來，王公將相之園林相望，莫能及南園之仿佛者。公之志，豈在於登臨遊觀之美哉？始曰許閒，終曰歸耕，是公之志也。公之爲此名，皆取於忠獻王之詩，則公之志，忠獻之志也。與忠獻同時，功名富貴略相埒者，豈無其人？今百四五十年，其後往往寂寥無聞。韓氏子孫，功足以銘彝鼎、被弦歌者，獨相踵也。逮至於公，勤勞王家，勳在社稷，復如忠獻之盛。而又謙恭抑畏，拳拳志忠獻之志，不忘如此。公之子孫，又將嗣公之志而不敢忘。則韓氏之昌，將與宋無極，雖周之齊魯，尚何加哉！或曰：上方倚公如濟大川之舟，公雖欲遂其志，其可得哉？是不然。知上之倚公，而不知公之自處〔七〕；知公之勳業，而不知公之志，此南園之所以不可無述。游老病謝事，居山陰澤中，公以手書來曰：「子爲我作南園記。」游竊伏思公之門，才傑所萃也，而顧以屬游者，豈謂其愚且老，又已掛衣冠而去，則庶幾其無諛辭、無侈言〔八〕，而足以道公之志歟？此游所以承公之命而不獲辭也。中大夫、直華文閣致仕、賜紫金魚袋陸游謹記。（毛晉放翁逸稿上）

【題解】

南園，又名勝景園、慶樂園。咸淳臨安志卷八六：「勝景園在長橋南，舊名南園，慈福以賜韓侂冑，後復歸御前。理宗皇帝撥賜福王，御書『勝景』二字爲扁。」董嗣杲西湖百詠卷下勝景園：「在雷峰路口東，開禧間韓侂冑園，陸放翁作南園記。韓游村莊曰『惜無犬吠』，隨有傚之者。韓敗，園屬官，名慶樂園。淳祐中撥賜嗣榮王，易今名。名花嫋嫋草纖纖，臺榭隨幽逐勝添。十樣結亭環水樹，一碑述記卧風簷。梅關橋落停檁鑰，射圃樓空失垛簾。向日相傳誰學吠，村莊畢竟出沽帘。」周密浩然齋雅談卷上：「韓平原南園既成，遂以記屬之陸務觀。務觀辭不獲，遂以其『歸耕』、『退休』二亭名，以警其滿溢，勇退之意甚婉。韓不能用其語，遂至於敗。」本文爲陸游爲南園所作的記文，闡發韓琦「許閒」、「歸耕」之志，警示韓侂冑應「志忠獻之志」。

本文原未繫年。據文首稱韓氏爲「少師、平原郡王」，考韓侂冑於慶元五年九月加少師，封平原郡王；六年十月進太傅，則本文作於慶元五年九月至六年十月之間；又文末署「中大夫、直華文閣致仕、賜紫金魚袋」，陸游慶元六年三月著文始用此銜，則本文作於慶元六年三月之後。故本文作於慶元六年（一二〇〇）三至十月間。

【箋注】

〔一〕慈福，指宋孝宗謝皇后。幼孤，及長，被選入宫。孝宗即位，進貴妃，淳熙三年立爲皇后。孝宗崩，尊爲壽成皇太后。嘉泰二年加慈佑太皇太后。開禧三年崩，謚成肅。宋史卷二四三有傳。慈福：宫名。原爲德壽宫，后改重華宫，謝皇后時改慈福宫。平原郡王韓公：即韓侂胄（一一五二—一二〇七），字節夫，相州安陽（今屬河南）人。北宋名臣韓琦曾孫。以恩蔭入仕。以策立寧宗有功，自宜州觀察使兼樞密都承旨，累遷太師，封平原郡王，除平章軍國事。執政十三年，專權跋扈，貶斥理學，興「慶元黨禁」。開禧元年興兵抗金，發動北伐，初戰略勝，後致失利，遣使請和。爲史彌遠和楊皇后等密謀殺死，函首送金廷乞和。宋史卷四七四有傳。

〔二〕武林：杭州别稱，以武林山得名。葉紹翁四朝聞見録戊集南園記考異：「武林即今靈隱寺山。南園之山，自浄慈而分脈，相去靈隱有南北之間。麓者山之趾，以南園爲靈隱山之趾，恐不其然。惟攻媿樓公賦武林之山甚明。園中有亭曰晚節香，植菊二百種，亦取其祖詩句，記中不及云。」

〔三〕禄入：俸禄收入。曾鞏開封儀同三司制：「朕順於舊典，考正官儀，惟是首於文階，是用制其禄入。」

〔四〕窈窕：深遠秘奥貌。宗炳明佛論：「萍沙見報於白兔，釋氏受滅於昔魚，以示報應之勢，皆其窈窕精深，迂而不昧矣。」

〔五〕魏忠獻王：即韓琦。韓琦卒謚忠獻，宋徽宗時追封魏郡王，故稱魏忠獻王。

〔六〕「其瀦水」二句：瀦水，蓄水。藝稻，種稻。囷，圓形穀倉。場，平坦穀場。

〔七〕自處：自持。宋書劉湛傳：「既不能以禮自處，又不能以禮處人。」

〔八〕諛辭：諂媚奉承之辭。劉向九歎離世：「靈懷曾不吾與兮，即聽夫人之諛辭。」侈言：誇大不實之辭。左思三都賦：「且夫玉巵無當，雖寶非用；侈言無驗，雖麗非經。」

閱古泉記

太師、平原王韓公府之西〔一〕，繚山而上，五步一磴，十步一壑，崖如伏黿，徑如驚蛇。大石磊磊〔二〕，或如地踴以立，或如翔空而下，或翩如將奮，或森如欲搏。名葩碩果，更出互見，壽藤怪蔓，羅絡蒙密。地多桂竹，秋而華敷，夏而籜解〔三〕。至者應接不暇，及左顧而右盼，則呀然而江橫陳〔四〕，豁然而湖自獻。天造地設，非人力所能爲者。其尤勝絶之地曰閲古泉，在溜玉亭之西，繚以翠麓，覆以美蔭〔五〕。又以其東向，故浴海之日、既望之月，泉輒先得之。袤三尺，深不知其幾也。霖雨不溢，久旱不涸，其甘飴蜜，其寒冰雪，其泓止明静〔六〕，可鑒毛髮。雖游塵墮葉，常若有神物呵護屏除者。朝莫雨暘，無時不鏡如也。泉上有小亭，亭中置瓢，可飲可濯，尤於烹茗釀酒爲宜。他石泉皆莫逮。

公常與客倘佯泉上，酌以飲客。游年最老，獨盡一瓢，公顧而喜曰：「君爲我記此泉，使後知吾輩之遊，亦一勝也。」游按泉之壁，有唐開成五年道士諸葛鑒元八分書題名〔七〕，蓋此泉湮伏弗耀者幾四百年，公乃復發之。而「閲古」蓋先忠獻王以名堂者〔八〕，則泉可謂榮矣。游起於告老之後〔九〕，視道士爲有愧，其視泉尤有愧也。幸旦莫得復歸故山，幅巾裋褐〔一〇〕，從公一酌此泉而行，尚能賦之。嘉泰三年四月乙巳，山陰陸游記。

（葉紹翁四朝聞見録卷五）

【題解】

閲古泉，韓侂冑私宅中之水泉。葉紹翁四朝聞見録戊集載：「蓋自寧壽觀梅亭而至太室之後山，皆觀中地也。韓侂冑擅朝，舊居於太廟側，遂奄觀之山而有之，爲閲古堂，爲閲古泉（原注：舊名青衣，有青衣童子見泉上，故以名），爲流觴曲水。泉自青衣下注於池，十有二折，旁砌以瑪瑙。泉流而下，瀦於閲古堂，渾涵數畝，有桃坡十有二級。夜燕則殿巖用紅燈數百，出於桃坡之後以燭之。其雲巖之最奇者曰『雲岫』，韓命程有徽校通鑑於中。侂胄居之既久，歲累月積，剔奇抉勝，洗石而雲根出，剗土而泉脈見。危峰穩石，淺灣曲沼，窈窕渟深，疑爲洞天福地之居，不類其爲園亭也。因在天衢咫尺，有旨盡給還寧壽，命復爲禁地云。」田汝成西湖游覽志卷一二：「青衣泉，淅淅出石罅，清鑒毛髮。崖壁鐫有唐開成五年南嶽道士邢令聞、錢塘縣令錢華、道士諸葛鑑（元）八分書題名。傍鐫佛像及大字心經。山頂巨石墜下，有石承之，若飣飣然。前有石門，上横石梁，壁間皆細字水波文，不知何年浲水至此。宋慶元間韓侂胄賜第寶蓮山下，建閲古堂，砌瑪瑙石爲池，引泉注之，名閲古泉，陸務觀記云。」陸游嘉泰二年五月被召入都修史，次年，韓侂胄建閲古泉成，酌酒飲客，囑陸游爲泉作記。本文爲陸游爲閲古泉所作的記文，勉勵韓氏發揚先祖韓琦之遺烈，表達自己復歸故山的心願。

本文據文末自署，作於嘉泰三年（一二〇三）四月乙巳（初七）日。時陸游修史完成，除寶謨閣待制，準備上書乞再次致仕。

【箋注】

〔一〕太師：韓侂胄於慶元六年十二月加太師。

〔二〕磊磊：石多堆積貌。杜甫白沙渡：「水清石磊磊，沙白灘漫漫。」

〔三〕桂竹：竹名。山海經中山經：「又東南五十里曰雲山，無草木。有桂竹，甚毒，傷人必死。」　華敷：花開。　蘀解：皮葉脱落。

〔四〕呀然：開闊貌。王禹偁歸雲洞：「碧洞何耽耽，呀然倚山根。」

〔五〕翠麓：青翠的山麓。蘇軾哨遍：「步翠麓崎嶇，泛溪窈窕，涓涓暗谷流春水。」　美蔭：濃蔭。莊子山木：「睹一蟬方得美蔭而忘其身。」

〔六〕泓止明静：水深静止明澈。

〔七〕開成：唐文宗年號。開成五年即八四〇年。　八分書：書體名，字體似隸書而體勢多波磔。

〔八〕先忠獻王：即韓琦，字稚圭，卒謚忠獻。參見卷四上殿劄子注〔八〕。韓琦安陽集卷一有閲古堂、卷六有閲古堂八詠、卷二一有定州閲古堂記。

〔九〕起於告老之後：陸游慶元五年（一一九九）五月致仕，嘉泰二年（一二〇二）復被起用入都修史。

〔一〇〕幅巾：男子以全幅細絹裹頭的頭巾。李上交近事會元幞頭巾子：「今宋朝所謂頭巾，乃古之幅巾，賤者之服。」　裋褐：粗陋的布衣，亦賤者之服。列子力命：「朕衣則裋褐，食則粢糲，居則蓬室，出則徒行。」

半隱齋記

邯鄲賈逸祖元放，作半隱齋，屬會稽陸游務觀爲之記。務觀曰：天下之名，常晦於有餘，而著於不足。彼真隱者，山巔水崖，草衣木食〔一〕，其身且不欲見於世矣，又何自得而名？故常謂自漢、魏以來，以隱名世者，非隱之至也。而況若元放者，方且不屑下吏身，雜鈴下、五百之間〔二〕，折腰抑首，以冀斗升，而顧自謂，誰則許之？務觀曰：不然，人之出處，視其所存何如耳。審能羞世利，薄富貴，折腰抑首，何害爲隱？否則，終南、少室〔三〕，是仕宦捷徑也。（乾隆鉛山縣志卷九）

【題解】

半隱齋，南宋賈逸祖所築齋室。賈逸祖字元放，邯鄲（今屬河北）人。好學博古。曾應博學宏詞科，官興化令。事迹見江西通志卷九六。賈氏曾寓居鉛山天王寺，作半隱齋，請陸游爲之記。本文爲陸游爲半隱齋所作的記文，辨析真隱、半隱之區别，闡述「羞世利、薄富貴」即爲真隱。本文似爲節録。

本文作年不詳。待考。

【箋注】

〔一〕草衣木食：以草木爲衣食。極言其生活之艱苦。

〔二〕鈴下五百：指侍衛、門卒或僕役。應劭漢官儀：「太常駕四馬，主簿前車八乘，有鈴下、侍閣、辟車、騎吏、五百等員。」

〔三〕「終南」二句：大唐新語卷一〇隱逸：「盧藏用始隱於終南山中，中宗朝累居要職。有道士司馬承禎者，睿宗迎至京，將還，藏用指終南山謂之曰：『此中大有佳處，何必在遠。』承禎徐答曰：『此僕所覩，乃仕途捷徑耳。』藏用有慚色。」終南，終南山，秦嶺主峰，在今陝西西安南。少室，少室山，嵩山別峰，建有少林寺，在今河南登封西北。

銘

素心硯銘

端溪之穴，毓此美質〔一〕。既堅而貞，亦潤而澤。澀不拒筆，滑不留墨。希世之珍那可得，故人贈我情何極。素心交〔二〕，視此石，子孫保之永無失。老學庵主人。

（西清硯譜卷九）

【題解】

素心硯，產於廣東高要端溪的一種名硯。西清硯譜卷九陸游素心硯説：「硯高七寸六分，寬五寸，厚二寸二分。長方式。石質堅緻，宋坑紫端石也。受墨處正平，有碧暈，大小三，墨池深五分，闊三寸。左側鐫隸書銘五十一字，款署『老學庵主人』。右側鐫御題詩一首，隸書鈐寶二，曰『會心不遠』，曰『德充符』。匣蓋并鐫是詩，亦隸書鈐寶二，曰『乾隆硯』。側上方鈐寶一，曰『乾隆御玩』。硯背左傍中闕寸許，大小長短凡八柱，各有碧暈隱現。考陸游著有老學庵筆記，『主人』蓋其自號云。」又御製題宋陸游素心硯：「猶是端溪出老坑，素心恒泐舊交誠。李仙杜聖詩津逮，張草顔行書體明。染翰抽思同彼伴，桑田海水獨斯更。七言吟罷還成笑，何異放翁當日情。」素心，純潔之心地。顔延之陶徵士誄：「弱不好弄，長實素心。」本文爲陸游爲素心硯所作的銘文。

本文原未繫年。文末自稱「老學庵主人」，考陸游初用「老學庵」名在紹熙二年（見卷二二桑澤卿磚硯銘），故本文當作於紹熙二年（一一九一）之後。

【箋注】

〔一〕毓：孕育。國語晉語四：「黷則生怨，怨亂毓災，災毓滅姓。」

〔二〕素心交：純潔之心的結交。

題跋

浮玉巖題名

陸務觀、何德器、張玉仲、韓无咎，隆興甲申閏月二十九日，踏雪觀瘞鶴銘，置酒上方〔一〕。烽火未息，望風檣戰艦在煙靄間，慨然盡醉。薄晚泛舟，自甘露寺以歸〔二〕。明年二月壬午，圜禪師刻之石〔三〕，務觀書。（焦山志）

【題解】

浮玉巖，在今鎮江焦山。翁方綱復初齋文集卷二六跋陸放翁焦山題名：「焦山陸放翁題名，正書十行，五十八字；後又行楷題二行，十四字。隆興二年甲申，放翁年四十，以左通直郎通判鎮江府事。時莆陽守韓元吉无咎省母於京口，與先生道故舊，有京口唱和集，先生爲之序者也。隆興二年閏十一月二十九日庚辰，其明年二月壬午，則二月三日也。」本文爲陸游爲焦山浮玉巖所作的題名，記載與舊友踏雪觀瘞鶴銘及刻石始末。

本文據文意，作於乾道元年（一一六五）二月。時陸游在鎮江通判任上。

參考韓元吉南澗甲乙稿卷二隆興甲申歲閏月游焦山。

【箋注】

〔一〕何德器：即何佾，字德器。龍泉人。官至江東茶鹽司。事迹見雍正處州府志卷一一。張玉仲：爲誰不詳。韓无咎：即韓元吉，字无咎。參見卷一四京口唱和序題解。瘞鶴銘：焦山江心島上的摩崖刻石。題「華陽真逸撰，上皇山樵書」。參見卷二六跋瘞鶴銘題解。

〔二〕甘露寺：在鎮江北固山。參見卷四三六月二十三日記文注〔六〕。

〔三〕圜禪師：焦山淡庵住持。

鍾山題名

乾道乙酉七月四日，笠澤陸務觀，冒大雨，獨游定林〔一〕。（江蘇金石志卷一二）

【題解】

鍾山，又名紫金山，在今江蘇南京東北。乾道元年七月，陸游在調任隆興府通判途中，冒雨獨遊鍾山定林寺。本文爲陸游所作的題名，記載此事。

本文據自署，作於乾道元年（一一六五）七月。時陸游在赴任隆興通判途中。

【箋注】

〔一〕定林：即定林庵。參見卷四四七月八日記文及注〔六〕。

題蘭亭帖

自承平時，中山石刻屢爲好事者負去〔一〕。如此本固已不易得，況太行、北嶽，墮邊塵中已五十年乎〔二〕！撫卷太息。陸游。（蘭亭考卷六）

【題解】

蘭亭帖，指王羲之書蘭亭集序的摹刻本。陸游外甥桑世昌喜愛蘭亭序，家中庋藏數百本。所撰蘭亭考十二卷，記載各種版本蘭亭序一百五十餘種，是研究宋代以前蘭亭序流傳的重要文獻。書中著録諸家題跋，本卷輯録陸游爲蘭亭帖所作的題跋共六首。

孔凡禮按：「此當爲淳熙三年左右作。時距靖康之變約五十年。」

參考卷二八跋蘭亭樂毅論并趙岐王帖、跋毛仲益所藏蘭亭，卷二九跋蘭亭序，卷三〇跋韓立道所藏蘭亭序，卷三一跋陳伯予所藏蘭亭帖。

【箋注】

〔一〕承平：治平相承，即太平。此指北宋金兵未南侵時。中山石刻：指蘭亭序的中山石刻本。四庫全書總目卷八六蘭亭考提要述及中山刻本及他本流傳情況稱：「其中評議不同者，如或謂梁亂，蘭亭本出外，陳天嘉中爲智永所得；又或謂王氏子孫傳掌，至七代孫智永。此蘭亭真迹流傳之不同也。又如或謂石晉之亂，棄石刻於中山，宋初歸李學究。李死，其子摹以售人。後負官緡，宋祁爲定武帥，出公帑買之，置庫中。又或謂有遊士携此石走四方，其人死營妓家，伶人取以獻宋祁。又或謂唐太宗以搨本賜方鎮，惟定武用玉石刻之，世號定武本。薛紹彭見公廚有石鎮肉，乃別刻石以易之。此又定武石刻流傳之不同也。」中山，指古中山國，在今河北定州。

〔二〕太行，即太行山，在今山西與華北平原之間。北嶽：即恒山，五嶽之一，在今山西渾源南。墮邊塵：指被金人佔領。

跋蘭亭帖

一

馮氏所藏蘭亭二本，得之昭德晁氏〔一〕。端彦字美叔，説之字伯以，公耄字武子：其三世也〔二〕。嘉泰二年二月六日，陸游年七十八題。（蘭亭考卷一〇）

【題解】

本文據文末自署，作於嘉泰二年（一二〇二）二月六日。時陸游致仕家居。

【箋注】

〔一〕馮氏：或即跋蘭亭帖二所稱之馮達道。昭德晁氏，參見卷三〇跋諸晁書帖題解。

〔二〕三世：端彦，即晁端彦，字美叔，嘉祐二年進士。歷官提點淮南東路、兩浙路刑獄，知單州、亳州、蔡州、陝州，充賀遼國正旦使，擢吏部郎中、左司郎中、秘書少監等。説之，即晁説之，字伯以，一字以道，號景迂生。晁端彦子。元豐五年進士。官至中書舍人兼太子詹事、徽猷閣待制兼侍讀。參見卷一四晁伯咎詩集序注〔一〕。公耄，即晁公耄，字武子。晁説之子。曾任遂昌縣令。

二

近見馮達道所藏蘭亭〔一〕，使人欲起拜。留觀百餘日，乃歸之。今又得觀孟達本，清瘦勁拔，亦其流亞也〔二〕。陸游務觀嘉泰二年重午日〔三〕。（蘭亭考卷七）

【題解】

本文據文末自署，作於嘉泰二年（一二〇二）五月五日。時陸游致仕家居。

【箋注】

〔一〕馮達道：爲誰不詳。

〔二〕孟達：即李兼，字孟達，寧國（今屬安徽）人。開禧三年知台州，次年除宗正丞，未行卒。博學工詩，爲楊萬里推許。事迹見陸心源宋詩紀事補遺。流亞：同一類人或物。三國志董劉馬陳董吕傳論：「吕乂臨郡則垂稱，處朝則被損，亦黄薛之流亞矣。」

〔三〕重午：即重五，五月初五。李之儀南鄉子端午：「小雨濕黄昏，重午佳辰獨掩門。」

三

蘭亭刻石，雖佳本皆不免有可恨。此唐人嚮搨，乃獨縱横放肆，不爲法度拘窘，猶可想見繭紙故書之超軼絶塵也〔一〕。其後書乾符元年三月〔二〕，而觀者或以不與史合爲疑。予按歐陽公集古録率以石本證史家之誤〔三〕，此獨不可據以爲證乎！陸游。

（蘭亭考卷六）

【題解】

本文作年不詳。待考。

【箋注】

〔一〕響搨：古代複製法書之法，將紙、絹覆於墨迹上，向光照明，雙鈎填墨。傳世晉唐法書多是響搨本。説郛卷一二引趙希鵠洞天清禄集古今石刻辨：「以紙加碑上，貼於窗户間，以游絲筆就明處圈却字畫，填以濃墨，謂之響搨。」拘窘：局促窘迫。繭紙：一種書畫用紙。相傳王羲之用其書蘭亭序。超軼絶塵，比喻出類拔萃，不同凡響。張戒歲寒堂詩話卷上：「可喜可愕之趣，超軼絶塵。」

〔二〕乾符：唐僖宗年號，八七四至八七九年。

〔三〕歐陽公集古録，即歐陽修撰集古録跋尾十卷，爲最早的金石學著作，收録周秦至五代金石文字跋尾四百餘首。

四

王逸少一不得意，誓墓不出，遂終其身〔一〕。子敬答殿榜之請〔二〕，辭意峻甚，豈知世間有得喪禍福哉！以此學二王書，庶幾得之！若不辨此，雖家藏昭陵繭紙真迹〔三〕，字字而講之，筆筆而求之，去蘭亭愈遠矣。謂予不信，有如大江〔四〕。（蘭亭考卷七）

【題解】

本文作年不詳。待考。

【箋注】

〔一〕王逸少：即王羲之，字逸少。　誓墓：指去官歸隱。典出晉書王羲之傳：「時驃騎將軍王述少有名譽，與羲之齊名，而羲之甚輕之，由是情好不協……述後檢察會稽郡，辯其刑政，主者疲於簡對。羲之深恥之，遂稱病去郡，於父母墓前自誓。」

〔二〕子敬：即王獻之，字子敬。王羲之第七子。以行、草書聞名，與其父并稱二王。晉書王獻之傳：「謝安甚欽愛之，請爲長史。安進號衛將軍，復爲長史。太元中，新起太極殿，安欲使獻之題榜，以爲萬代寶，而難言之，試謂曰：『魏時陵雲殿榜未題，而匠者誤釘之，不可下，乃使韋仲將懸橙書之。比訖，鬚鬢盡白，裁餘氣息。還語子弟，宜絶此法。』獻之揣知其旨，正色曰：『仲將，魏之大臣，寧有此事！使其若此，有以知魏德之不長。』安遂不之逼。」

〔三〕昭陵：唐太宗李世民陵寢。相傳蘭亭序真迹埋入昭陵。秦觀書蘭亭叙後：「貞觀二十三年，高宗奉遺詔，以蘭亭入昭陵。」

〔四〕有如大江：用於誓言。語本晉書祖逖傳：「（逖）仍將本流徙部曲百餘家渡江，中流擊楫而誓曰：『祖逖不能清中原而復濟者，有如大江！』」

五

右定武舊本蘭亭〔一〕，骨氣卓然可見，不以「流」「湍」「帶」「右」「天」五字定真贗也。陸游識。（蘭亭考卷一〇）

【題解】

本文作年不詳。待考。

【箋注】

〔一〕定武舊本：蘭亭的定武石刻本。參見卷二八跋毛仲益所藏蘭亭注〔一〕。定武，在今河北定縣。

跋北齊校書圖

高齊以夷虜遺種，盜據中原，其所爲皆虜政也〔一〕。雖强飾以稽古禮文之事，如犬著方山冠〔二〕；而諸君子乃挾書從之遊，塵壒膻腥〔三〕，污我筆硯，余但見其可耻耳！淳熙八年九月廿日陸游識。（李慈銘越縵堂日記第三十七册）

【題解】

北齊校書圖，北齊楊子華所作繪畫長卷，描繪北齊天保七年（五五六），文宣帝高洋命樊遜和文士高乾和等十一人，借邢子才、魏收的家藏古籍，刊定國家收藏的五經、諸史的情景。稍早陸游好友韓元吉亦撰有跋北齊校書圖，見南澗甲乙稿卷二。本文爲陸游爲北齊校書圖所作的跋文，斥責北齊校書爲「强飾」「稽古禮文之事」，而參與者爲「可耻」。

本文據文末自署，作於淳熙八年（一一八一）九月二十日。時陸游罷職家居。

【箋注】

〔一〕高齊：即北齊，皇帝高姓。文宣帝高洋取代東魏而立，歷六帝而滅於北周，享國二十八年（五五〇至五七七年）。夷虜遺種：高洋之母爲鮮卑人，北齊風俗明顯鮮卑化。陸游站在漢族立場，并在北方被金人佔領的形勢下貶斥北齊爲「夷虜遺種」。虜政，夷虜之政。

〔二〕稽古禮文：考察古事，崇尚禮儀。此指校定古籍。方山冠：漢代祭祀宗廟時樂舞人所戴之冠，蔡邕獨斷卷下：「方山冠以五采縠爲之。漢祀宗廟，大予、八佾樂、五行舞人服之，衣冠各從其行之色，如其方色而舞焉。」

〔三〕塵壒膻腥：指沾染外族的氣味。塵壒，飛揚的塵土。

跋黄山谷三言詩卷

此帖與漢嘉安樂園題名絶相類，豈亦謫僰時所書耶〔一〕！淳熙癸卯二月二十三日，甫里陸游識。

（珊瑚網法書題跋）

【題解】

黄山谷三言詩卷，指黄庭堅紹聖元年夏在黄龍山中所作三言詩的書帖。詩曰：「寄嶽雲，安九夏。無問緣，實蕭灑。碧溪頭，古松下。卧槃陀，晝復夜。八德水，清且美。蕩精神，浸牙齒。亂雲根，衆峰裏。掬與斟，隨器爾。」本文爲陸游爲黄山谷三言詩卷所作的跋文。

本文據文末自署，作於淳熙十年（一一八三）二月二十三日。時陸游奉祠家居，主管成都府玉局觀。

【箋注】

〔一〕漢嘉：即嘉州，今四川樂山。安樂園：園林名。范成大吴船録卷上：「九頂之旁，有烏尤一峰小，江水繞之，如巧畫之圖。樓前百餘步，有古安樂園，山谷常游之，名軒曰涪翁，壁間題字猶存，云『見水繞烏尤』，惟此亭耳。是時未有萬景，故山谷以安樂園爲勝，今不足道矣。」謫僰：指紹聖二年黄庭堅被貶涪州别駕，黔州安置，後再移戎州。僰，古代西南少數民族名，亦指僰人所居今川南滇東一帶。漢書伍被傳：「南越賓服，羌僰貢獻，東甌入朝。」

顔師古注：「僰，西南夷也。」

跋世説新語

郡中舊有南史、劉賓客集，版皆廢於火，世説亦不復在〔一〕。游到官始重刻之，以存故事。世説最後成，因并識於卷末。淳熙戊申重五日新定郡守笠澤陸游書。

（四部叢刊影印明嘉靖本世説新語卷末）

【題解】

陸游於知嚴州任上，除刊行自己詩集新刊劍南詩稿外，還刊刻典籍多種。郡中舊有南史、劉賓客集、世説新語三書，書版均已不存。陸游重刻之。本文爲陸游爲所刻世説新語所作的跋文，紀録始末，以存故事。

本文據文末自署，作於淳熙十五年（一一八八）五月五日。時陸游在知嚴州任上。

【箋注】

〔一〕南史：紀傳體通史，記載南朝宋、齊、梁、陳四朝史事。唐李延壽撰。劉賓客集：唐代劉禹錫的文集。劉禹錫晚年在洛陽任太子賓客，故稱劉賓客。世説：即世説新語，記載東漢至晉宋間諸名士言行軼事的筆記小説。分爲三十六門，共一千二百餘則。宋劉義慶撰，梁劉孝標注。

附録一　陸游生平暨渭南文年表

説明：本年表載録陸游生平簡歷及各年作文（含集外文）情況。文章爲可考定的該年作品，按月日時序排列，無法確定月日的附當年後。不繫年文集中列於表後。簡歷及編年主要參考于北山陸游年譜、歐小牧陸游年譜，亦有修訂。

宋徽宗宣和七年（一一二五）乙巳　一歲

十月十七日，陸游出生於淮河邊泊舟中。

高宗建炎四年（一一三〇）庚戌　六歲

隨父母及全家避兵東陽。

紹興三年（一一三三）癸丑　九歲

隨父母自東陽回山陰。

紹興四年（一一三四）甲寅　十歲

在雲門入鄉校。

紹興六年（一一三六）丙辰　十二歲

能詩文。以門蔭補登仕郎。

紹興十年（一一四〇）庚申　十六歲

赴臨安應銓試不第。

紹興十二年(一一四二)壬戌　十八歲

始從曾幾學詩。

紹興十三年(一一四三)癸亥　十九歲

始發憤爲古學。秋赴臨安應進士試,敗舉。

紹興十四年(一一四四)甲子　二十歲

與唐氏結婚。作文一首。

司馬温公布被銘

紹興十六年(一一四六)丙寅　二十二歲

與唐氏仳離。

紹興十七年(一一四七)丁卯　二十三歲

續娶蜀郡王氏。

紹興十八年(一一四八)戊辰　二十四歲

父陸宰卒。

紹興二十三年(一一五三)癸酉　二十九歲

秋赴臨安應鎖廳試,陳之茂擢置第一,觸怒秦檜。作文一首。

秋　謝解啓

紹興二十四年(一一五四)甲戌　三十歲

赴禮部試,又遭黜落。

紹興二十五年(一一五五)乙亥　三十一歲

故鄉家居。作文二首。

正月　跋尹耘師書劉隨州集

十一月　跋唐御覽詩

紹興二十六年(一一五六)丙子　三十二歲

故鄉家居。作文一首。

十二月　跋文武兩朝獻替記

紹興二十七年(一一五七)丁丑　三十三歲

故鄉家居。作文三首。

四月　賀台州曾直閣啓

九月　賀曾秘監啓

十一月　雲門壽聖院記

紹興二十八年（一一五八）戊寅　三十四歲

始出仕，任福州寧德縣主簿。作文三首。

七月　賀禮部曾侍郎啓

八月　寧德縣重修城隍廟記

賀謝提舉啓

紹興二十九年（一一五九）己卯　三十五歲

調官爲福州決曹。作文十四首。

二月　賀何正言除左司諫啓

五月　答邢司户書

八月　福州準赦禱諸廟文代

九月　賀湯丞相啓

秋　福州城隍昭利東嶽廟祈雨文代

秋　福州謝雨文代

秋　福州歐冶池龍鯶溪河口五龍祈雨祝文代

秋　福州閩王閩忠懿王祈雨祝文代

秋　虎節門觀雨賦

冬　皇太后靈駕發引祭文

賀辛給事啓

上辛給事書

答福州察推啓

答劉主簿書

紹興三十年（一一六〇）庚辰　三十六歲

正月奉召赴行在。五月除敕令所删定官。作文六首。

五月　除删定官謝丞相啓、謝内翰啓、謝諫議啓

五月　謝曾侍郎啓

五月　删定官供職謝啓

十二月　灊亭記

紹興三十一年（一一六一）辛巳　三十七歲

七月遷大理司直兼宗正簿。冬任職玉牒

所。作文三首。

四月　上執政書

八月　煙艇記

九月　賀黄樞密啓

紹興三十二年(一一六二)壬午　三十八歲

六月孝宗即位。九月除樞密院編修官兼編類聖政所檢討官。十一月孝宗召見，賜進士出身。作文十七首。

擬上殿劄子

五月　天申節致語三

六月　上二府論事劄子

九月　除編修官謝丞相啓、謝參政啓

九月　論選用西北士大夫劄子

九月　代乞分兵取山東劄子

十一月　上殿劄子三

十一月　辭免賜出身狀二

十一月　謝賜出身啓

十一月　答人賀賜第啓

十二月　條對狀

孝宗隆興元年(一一六三)癸未　三十九歲

三月除通判鎮江府。六月返里。作文十二首。

正月　代二府與夏國主書

正月　賀張都督啓

二月　蠟彈省劄

春　上二府乞勿受慶雲圖劄子

春　上二府論都邑劄子

四月　天申節樞密院開啓道場疏、滿散道場疏

四月　天申節功德疏二

夏　復齋記

十一月　跋杲禪師蒙泉銘

右朝散大夫陸公墓誌銘

隆興二年（一一六四）甲申　四十歲

二月到鎮江通判任。作文九首。

二月　鎮江謁諸廟文

二月　問候洪總領啓

二月　答鈐轄啓

二月　問候葉通判啓

七月　青山羅漢堂記

七月　跋修心鑑

十月　高宗聖政草

答吴提宫啓

賀葉提刑啓

乾道元年（一一六五）乙酉　四十一歲

七月，易任隆興府通判。作文十二首。

二月　京口唱和序

二月　浮玉巖題名

三月　賀吕知府啓

四月　上陳安撫啓

四月　上史運使啓

五月　跋邵公濟詩

六月　鎮江府城隍忠祐廟記

七月　鍾山題名

秋冬　答發解進士啓

秋冬　答廖主簿發解啓

秋冬　上二府乞宫祠啓

秋冬　賀吏部陳侍郎啓

乾道二年（一一六六）丙戌　四十二歲

四月遭言官彈劾罷歸。始居鏡湖三山別業。作文七首。

正月　跋坐忘論

正月　跋查元章書

二月　跋高象先金丹歌之一

三月　跋天隱子之一

四月　跋造化權輿

十月　跋老子道德古文

秋　陳君墓誌銘

乾道三年(一一六七)丁亥　四十三歲

故鄉家居。作文一首。

正月　黄龍山崇恩禪院三門記

乾道四年(一一六八)戊子　四十四歲

故鄉家居。作文二首。

十一月　賀莆陽陳右相啓

十一月　與曾逮書之一

乾道五年(一一六九)己丑　四十五歲

故鄉家居。十二月得報,差通判夔州。作文四首。

三月　謝王宣撫啓

十二月　通判夔州謝政府啓

十二月　謝洪丞相啓

徐稚山給事慶八十樂語

乾道六年(一一七〇)庚寅　四十六歲

故鄉家居。閏五月十八日啓程赴夔州通判任,十月二十七日到達。作文一組、四首。

閏五月至十月　入蜀記

八月　祭富池神文

八月　與曾逢書

十月　跋卍庵語

十二月　送關漕詩序

乾道七年(一一七一)辛卯　四十七歲

在夔州通判任。作文十二首。

三月　王侍御生祠記

春　夔州勸農文

四月　東屯高齋記

六月　樂郊記

六月　賀洪樞使帥金陵啓
立秋　跋武威先生語録
七月　跋關著作行記
十月　雲安集序
十一月　答王樵秀才書
十二月　對雲堂記
冬　上王宣撫啓
謝晁運使啓

乾道八年（一一七二）壬辰　四十八歲

被王炎辟爲權四川宣撫使司幹辦公事兼檢法官。二月啓程，三月抵南鄭。十月幕府解散，改除成都府安撫司參議官。十一月初啓程抵成都任。作文十首。

年初　上虞丞相書
正月　謝夔路監司列薦啓
春夏　答薛參議啓

七月　静鎮堂記
九月　送范西叔序
秋　致語二
十二月　跋司馬子微餌松菊法
十二月　跋周茂叔通書
費夫人墓誌銘

乾道九年（一一七三）癸巳　四十九歲

春權通判蜀州。未久暫還成都。夏攝知嘉州。作文八首。

三月　與何蜀州啓
春　答衛司户啓
六月　東樓集序
八月　跋岑嘉州詩集
八月　藏丹洞記
九月　跋二賢像
秋冬　祖山主塔銘

冬　紅梔子華賦

淳熙元年（一一七四）甲午　五十歲

春離嘉州返蜀州任。冬攝知榮州。除夕，除成都府路安撫司參議官兼四川制置使司參議官。作文十四首。

二月　跋山谷先生三榮集
二月　跋硯録香法
夏秋　答交代楊通判啓
夏秋　與趙都大啓
夏秋　與成都張閣學啓
夏秋　答勾簡州啓
夏秋　與蜀州同官啓
夏秋　與李運使啓
夏秋　上鄭宣撫啓
七月　賀薛安撫兼制置啓
七月　跋唐修撰手簡
九月　跋瘞鶴銘
九月　跋蔡君謨帖
十月　賀葉樞密啓

淳熙二年（一一七五）乙未　五十一歲

正月别榮州，赴成都任。作文五首。

初　除制司參議官謝趙都大啓
初　賀葉丞相啓
初　賀龔參政啓
正月　跋西昆酬唱集
立冬　跋歷代陵名

淳熙三年（一一七六）丙申　五十二歲

在成都任。三月免官。五月得領祠禄，主管台州桐柏山崇道觀。始自號放翁。作文四首。

三月　范待制詩集序
九月　籌邊樓記
九月　跋温庭筠詩集

題蘭亭帖

淳熙四年(一一七七)丁酉　五十三歲

在成都領祠禄。作文四首。

正月　跋王君儀待制易説

四月　銅壺閣記

五月　成都府江瀆廟碑

五月　彭州貢院記

淳熙五年(一一七八)戊戌　五十四歲

春奉召離蜀東歸。秋抵行在,孝宗召對。除提舉福建路常平茶事。返里。冬抵建安任所。作文一組、十五首。

正月　天彭牡丹譜

五月　跋崔正言所書書法要訣

秋　祭龔參政文

秋　祭劉樞密文

秋　曾文清公墓誌銘

秋冬　答交代陳太丞啓

秋冬　與錢運使啓

秋冬　答南劍守林少卿啓

秋冬　與建寧蘇給事啓

秋冬　與本路郡守啓

十月　跋後山居士詩話

冬　福建到任謝表

冬　福建謝史丞相啓

冬　上趙參政啓

冬　上安撫沈樞密啓

冬　福建謁諸廟文

淳熙六年(一一七九)己亥　五十五歲

在福建任。秋奉詔離建安,留衢州待命。改除提舉江南西路常平茶鹽公事。十二月抵撫州任所。作文二十二首。

三月　跋佛智與升老書

春夏　賀泉州陳尚書啓

春夏　答建寧陳通判啓

春夏　答漳州石通判啓

五月　持老語録序

六月　跋古柏圖

六月　跋中和院東坡帖

六月　跋漢隸

九月　賀明堂表

九月　謝明堂赦表

十月　會慶節賀表

十二月　江西到任謝表

十二月　江西到任謝史丞相啓、謝趙丞相啓、謝王樞使啓、謝錢參政啓、謝侍從啓、謝臺諫啓

十二月　與本路監司啓

十二月　答本路郡守啓

十二月　答寄居官啓

師伯渾文集序

淳熙七年（一一八〇）庚子　五十六歲

在江西任上。十一月被命詣行在。未至被劾還里。作文二十首。

二月　跋晁百谷字叙

二月　賀葛正言啓

春夏　江西祈雨青詞

春夏　謝雨青詞

四月　跋陵陽先生詩草

五月　賀周參政啓

五月　賀謝樞密啓

五月　賀禮部鄭侍郎啓

五月　天申節賀表

五月　天申節進奉銀狀

七月　跋荆公詩

九月　賀施中書啓
九月　書空青集後
秋　答撫州發解進士啓
十月　豐城劍賦
十一月　跋續集驗方
十一月　晁伯咎詩集序
十一月　撫州廣壽禪院經藏記
奏筠州反坐百姓陳彦通訴人吏冒役狀
放翁自贊之一

淳熙八年（一一八一）辛丑　五十七歲

落職家居。三月除提舉淮南東路常平茶鹽公事，被臣僚論罷。作文四首。
三月　上丞相參政乞宫觀啓
四月　先左丞使遼録
九月　跋北齊校書圖
十一月　跋朝制要覽

淳熙九年（一一八二）壬寅　五十八歲

落職家居。五月奉祠，主管成都府玉局觀。作文九首。
正月　與曾逮書之二
五月　跋東坡問疾帖
五月　跋東坡詩草
六月　成都犀浦國寧觀古楠記
六月　跋家藏造化權輿之一
立秋　跋孫府君墓誌銘
立秋　跋蘇魏公百韻詩
九月　書巢記
定法師塔銘

淳熙十年（一一八三）癸卯　五十九歲

奉祠家居。作文四首。
二月　跋黄山谷三言詩卷
九月　景迂先生祠堂記

十一月　圜覺閣記

青陽夫人墓誌銘

淳熙十一年（一一八四）甲辰　六十歲

奉祠家居。作文七首。

正月　跋三蘇遺文

二月　跋兼山先生易説之一

三月　跋鄭虞任昭君曲

五月　跋齊驅集

七月　跋傅正議至樂庵記

八月　跋中興間氣集二

淳熙十二年（一一八五）乙巳　六十一歲

奉祠家居。作文三首。

五月　跋柳柳州集

十月　跋説苑

陸孺人墓誌銘

淳熙十三年（一一八六）丙午　六十二歲

正月除知嚴州。赴行在陛辭。返里。七月初抵嚴州任。作文三十二首。

春　謝赦表

春　知嚴州謝王丞相啓、謝梁右相啓、謝周樞使啓、謝黄參政啓、謝施參政啓、謝臺諫啓、謝葛給事啓

春夏　答交代陳判院啓

五月　能仁寺捨田記

六月　與親家書

七月　嚴州到任謝表

七月　嚴州到任謝王丞相啓、謝梁右相啓、謝周樞使啓、謝臺諫啓、謝監司啓

七月　嚴州謁諸廟文、謁大成殿文、謁社稷神文

七月　答方寺丞啓

閏七月　謝賜曆日表之一

閏七月　賀王提刑啓
閏七月　與汪郎中啓
閏七月　與沈知府啓
閏七月　賀留樞密啓
九月　賀蔣中丞啓
九月　賀賈大諫啓
九月　賀謝殿院啓
秋　嚴州秋祭祝文
十月　跋章氏辨誣録
十一月　跋釣臺江公奏議

淳熙十四年(一一八七)丁未　六十三歲

在嚴州任上。作文四十一首。

正月　先太傅遺像
二月　跋高康王墓誌
二月　賀周丞相啓
二月　賀施知院啓
春　丁未嚴州勸農文
春　嚴州祈雨青詞、謝雨青詞
春　嚴州劄子
四月　賀丘運使啓
六月　祭梁右相文
夏　祭韓無咎尚書文
夏　嚴州祈雨疏三
夏　嚴州祈雨祝文之一、之二
夏秋　嚴州馬目山祈雨祝文二
夏秋　嚴州施大斛疏
夏秋　嚴州謝雨疏
七月　謝賜曆日表之二
九月　山陰陸氏女女墓銘
秋　賀蔣尚書出知婺州啓
秋　嚴州祈晴祝文
秋　嚴州廣濟廟祈雨祝文

秋　嚴州謝雨祝文
秋　浙東安撫司參議陸公墓誌銘
秋　祭丘運使母夫人文
秋　焚香賦
秋　自閔賦
秋　思故山賦
十月　會慶節賀表之二
十二月　常州開河記
冬　嚴州謝雪疏
冬　嚴州謝雪祝文
冬　嚴州久雪祈晴疏
冬　嚴州久雪祈晴祝文
王仲信畫水石贊
真廟賜馮侍中詩
傅正義墓誌銘
良禪師塔銘

淳熙十五年（一一八八）戊申　六十四歲

在嚴州任上。四月上書乞祠。七月任滿返里。冬除軍器少監，入都。作文十五首。

正月　陸氏大墓表
三月　跋半山集
春　戊申嚴州勸農文
四月　乞祠禄札子
四月　跋李深之論事集
五月　跋世説新語
五月　跋李莊簡公家書
夏　嚴州祈雨祝文之三
夏　嚴州戊申謝蠶麥祝文
夏　賀葉户書啓
秋　跋之罘先生稿
十一月　跋吴夢予詩編
冬　上殿劄子三

淳熙十六年（一一八九）己酉　六十五歲

在行在。二月初光宗即位。除禮部郎中。

四月兼膳部檢察。七月兼實録院檢討官。

十一月末被劾罷官返里。作文四十首。

二月　丞相率文武百僚請建重明節表三

二月　立皇后丞相率文武百僚稱賀壽皇表、賀皇帝表、賀皇太后牋、賀壽成皇后牋、賀皇后牋

三月　上殿劄子二

三月　長短句序

四月　上殿劄子二

四月　跋松陵集三

四月　跋王仲言乞米詩

五月　文武百僚謝春衣表

立秋　跋金奩集

八月　重明節明慶寺丞相率百僚啓建道場疏三

八月　跋兼山先生易説之二

九月　會慶節明慶寺丞相率百僚啓建道場疏三

九月　高僧猷公塔銘

十月　文武百僚謝冬衣表

十月　會慶節丞相率文武百僚賀壽皇表

十月　跋韓非子

十一月　丞相率文武百僚賀至尊壽皇聖帝冬至表

十一月　丞相率文武百僚賀皇帝冬至表

十一月　跋却掃編

十一月　明州育王山買田記

丞相率文武百僚請皇帝聽樂表

丞相率文武百僚賀皇太后受册牋

丞相率文武百僚賀壽成皇后受册牋
丞相率文武百僚上皇帝賀三殿受册表
丞相率文武百僚賀壽皇正旦表
丞相率文武百僚賀皇帝正旦表

光宗紹熙元年（一一九〇）庚戌　六十六歲

落職家居。作文九首。

正月　跋彩選
正月　跋陝西印章之一
立夏　跋詩稿
五月　跋秘閣續帖張長史率意帖
六月　跋王深甫先生書簡二
七月　跋尹耘師書劉隨州集
冬至　跋天隱子之三
十二月　書二公事

紹熙二年（一一九一）辛亥　六十七歲

春奉祠家居，提舉建寧府武夷山冲佑觀。作文十一首。

正月　跋郭德誼墓誌二
正月　跋郭德誼書
正月　跋後山居士長短句
三月　跋高象先金丹歌之二
六月　建寧府尊勝院佛殿記
六月　桑澤卿磚硯銘
七月　跋蘇氏易傳
九月　紹興府修學記
十一月　跋資暇集
十二月　跋陸史君廟籤

紹熙三年（一一九二）壬子　六十八歲

奉祠家居。作文五首。

正月　跋法帖二
三月　重修天封寺記
夏　吏部郎中蘇君墓誌銘

夏　別峰禪師塔銘

紹熙四年(一一九三)癸丑　六十九歲

奉祠家居。作文八首。

正月　跋蘭亭樂毅論并趙岐王帖

二月　嚴州重修南山報恩光孝寺記

立夏　跋蔡肩吾所作蘧府君墓誌銘

四月　跋原隸

秋　夫人孫氏墓誌銘

尚書王公墓誌銘

與仲玘書之一、之二

紹熙五年(一一九四)甲寅　七十歲

奉祠家居。七月寧宗即位。作文十二首。

三月　徐大用樂府序

六月　跋李徂徠集

六月　行在寧壽觀碑

八月　跋無逸講義

八月　跋劉文老使君義居遺戒

十月　跋東坡帖

閏十月　跋京本家語

十二月　跋東坡祭陳令舉文

十二月　跋劉凝之陳令舉騎牛圖

冬　尤延之尚書哀辭

楊夫人墓誌銘

海浄大師塔銘

寧宗慶元元年(一一九五)乙卯　七十一歲

奉祠家居。作文五首。

正月　跋東坡七夕詞後

八月　跋家藏造化權輿之二

九月　跋張監丞雲莊詩集

九月　跋淵明集

陸郎中墓誌銘

慶元二年(一一九六)丙辰　七十二歲

奉祠家居。作文四首。

五月　會稽縣重建社壇記

六月　跋巴東集

九月　吕居仁集序

冬　廣德軍放生池記

慶元三年(一一九七)丁巳　七十三歲

奉祠家居。五月,夫人王氏卒。作文十三首。

正月　與杜思恭書

二月　跋吕侍講歲時雜記

五月　令人王氏壙記

六月　跋許用晦丁卯集

七月　跋李涪刊誤

八月　跋歸去來白蓮社圖

九月　跋釋氏通紀

九月　佛照禪師語録序

九月　知興化軍趙公墓誌銘

十一月　跋毛仲益所藏蘭亭

奉直大夫陸公墓誌銘

中丞蔣公墓誌銘

吕從事夫人方氏墓誌銘

慶元四年(一一九八)戊午　七十四歲

奉祠家居。十月,奉祠歲滿,不復請。作文五首。

正月　鎮江府駐劄御前諸軍副都統廳壁記

十月　跋魏先生草堂集

十月　跋王輔嗣老子

十月　夫人陳氏墓誌銘

承議張君墓誌銘

慶元五年（一一九九）己未　七十五歲

五月始以中大夫致仕家居。作文十四首。

三月　跋前漢通用古字韵編
立秋　跋曉師顯應録
七月　跋胡少汲小集
七月　法雲寺觀音殿記
八月　會稽縣新建華嚴院記
八月　跋范巨山家訓
九月　答陸伯政上舍書
十月　嚴州烏龍廣濟廟碑
十一月　跋張安國家問
十一月　跋坐忘論
冬　祭大侄文
祭方伯謨文
德勳廟碑
朝奉大夫石公墓誌銘

慶元六年（一二〇〇）庚申　七十六歲

春除直華文閣致仕家居。作文三十三首。

二月　跋唐盧肇集
三月　趙秘閣文集序
春　除直華文閣謝丞相啓
四月　方德亨詩集序
四月　頤庵居士集序
四月　泰州報恩光孝禪寺最吉祥殿碑
五月　跋居家雜儀
五月　跋南堂語
五月　跋皇甫先生文集
五月　跋漢文帝後元年三月詔
六月　方伯謨墓誌銘
七月　跋注心賦
秋社日　跋朱新仲舍人自作墓誌
八月　居室記

朝議大夫張公墓誌銘
王季嘉墓誌銘
詹朝奉墓表
嘉泰元年(一二〇一)辛酉　七十七歲
致仕家居。作文六首。
二月　會稽志序
四月　敷淨人求僧贊
五月　跋王右丞集
五月　跋盤澗圖
十月　諸暨縣主簿廳記
石君墓誌銘
嘉泰二年(一二〇二)壬戌　七十八歲
致仕家居。五月詔以元官提舉佑神觀兼實録院同修撰兼同修國史，六月十四日入都修史。十二月除秘書監。作文三十二首。
正月　施司諫註東坡詩序
九月　跋黄魯直書
九月　跋蘭亭序
九月　跋樂毅論
九月　跋李朝議帖
九月　跋東方朔畫贊
九月　跋李少卿帖
九月　邵武縣興造記
九月　跋李虞部與范忠宣公啓
九月　跋范文正公書
十月　留夫人墓誌銘
十月　孫君墓表
冬　祭朱元晦侍講文
南園記
跋東坡帖
跋盧衷父絶句
跋四三叔父文集

正月　跋歐陽文忠公疏草
正月　跋爲琛師書維摩經
二月　跋蘭亭帖之一
二月　跋東坡諫疏草
二月　跋東坡代張文定上疏草
四月　跋朱氏易傳
四月　跋晁以道書傳
四月　跋嵩山景迂集
五月　跋任德翁乘桴集
五月　跋蘭亭帖之二
五月　跋洪慶善帖
五月　修史謝丞相啓
六月　除修史上殿劄子
九月　瑞慶節功德疏七
九月　跋蒲郎中易老解
秋冬　賀謝丞相除少保啓
十月　瑞慶節賀表
十月　跋陸子彊家書
十一月　達觀堂詩序
十一月　賀張參政修史啓
閏十二月　跋子聿所藏國史補
閏十二月　跋火井碑
閏十二月　婺州稽古閣記
夫人陸氏墓誌銘
程君墓誌銘

嘉泰三年（一二〇三）癸亥　七十九歲

正月除寶謨閣待制。四月完成修史，上孝宗實録、光宗實録，以致仕乞歸。除提舉江州太平興國宫。五月十四日去國返里。秋轉太中大夫。作文三十首。

正月　除寶謨閣待制舉曾黯自代狀
正月　除寶謨閣待制謝表

正月　除寶謨閣待制謝丞相啓
正月　梅聖俞别集序
正月　楊夢錫集句杜詩序
二月　謝費樞密啓
三月　高宗賜趙延康御書
四月　乞致仕劄子之一、之二
四月　跋韓晉公牛
四月　閱古泉記
四月　跋畫橙
四月　跋臨帖
四月　跋米老畫
五月　高皇御書之一
五月　跋潘豳老帖
五月　跋薌林帖
五月　跋陳魯公所草親征詔
五月　跋蔡忠懷送將歸賦

九月　跋東坡書髓
秋　辭免轉太中大夫狀
秋　轉太中大夫謝表
十月　智者寺興造記
十月　跋范元卿舍人書陳公實長短句後
十一月　與仲玘書之三
十一月　光宗册寶賀表
十一月　光宗册寶賀太皇太后牋
冬　跋謝師厚書
跋楊處士村居感興
洞霄宮碑

嘉泰四年（一二〇四）甲子　八十歲

獲准以太中大夫充寶謨閣待制再次致仕家居。作文三十一首。

正月　與仲玘書之四、之五
正月　乞致仕劄子之三

正月　謝致仕表
正月　致仕謝丞相啓
二月　跋雲丘詩集後
二月　陸伯政山堂類稿序
三月　常州奔牛閘記
三月　普燈録序
四月　與仲玘書之六
六月　跋吕舍人九經堂詩
六月　跋韓忠獻帖
六月　跋高大卿家書
六月　跋諸晁書帖
六月　跋南城吴氏社倉書樓詩文後
六月　跋六一居士集古録跋尾
六月　跋林和靖詩集
七月　與仲玘書之七、之八
八月　跋米元暉書先左丞海岱樓詩
八月　跋陝西印章之二
八月　跋蘇丞相手澤
十月　跋韓幹馬
十一月　跋義松
十二月　跋林和靖帖
十二月　跋東坡集
冬　答權提刑啓
冬　答胡吉州啓
冬　祭周益公文
放翁自贊之二、之三

開禧元年(一二〇五)乙丑　八十一歲

致仕家居。作文二十三首。

正月　跋三近齋餘録
正月　跋陶靖節文集
正月　盱眙軍翠屏堂記
二月　跋望江麴君集

三月　上天竺復庵記
四月　書安濟法後
四月　東籬記
九月　高皇御書之二
九月　跋吴越備史二
九月　跋卿師帖
九月　跋僧帖
九月　跋松陵倡和集
九月　澹齋居士詩序
九月　傅給事外制集序
十一月　跋吕成叔和東坡尖叉韻雪詩
十一月　跋灊虛
十一月　聞鼙録序
十二月　跋花間集二
十二月　周益公文集序
十二月　嚴州釣臺買田記

朝奉大夫直祕閣張公墓誌銘

開禧二年（一二〇六）丙寅　八十二歲

致仕家居。作文十六首。

三月　今上皇帝賜包道成御書崇道庵額
四月　跋韓晉公子母犢
四月　跋韓立道所藏蘭亭
四月　跋龔氏金花帖子
四月　何君墓表
五月　跋曾文清公奏議稿
五月　跋曾文清公詩稿
六月　跋魚計賦
六月　跋徐待制詩稿
九月　跋周益公詩卷
秋　薦舉人材狀
十一月　跋樊川集
十二月　孺人王氏墓表

山堂陸先生墓誌銘
監丞周公墓誌銘
松源禪師塔銘

開禧三年(一二〇七)丁卯　八十三歲

致仕家居。正月晉封渭南伯。作文二十六首。

正月　仁和縣重修先聖廟記
正月　跋鮑參軍文集
正月　跋周侍郎奏稿
正月　跋周侍郎尋姊妹帖
二月　跋南華真經
二月　湖州常照院記
二月　逆曦授首稱賀表
二月　逆曦授首賀太皇太后箋
二月　逆曦授首賀皇后箋
三月　跋與周監丞書
四月　再跋皇甫先生文集後
五月　跋張魏公與劉察院帖
五月　跋世父大夫詩稿
五月　跋魯直書大戴踐阼篇
六月　跋唐昭宗賜錢武肅王鐵券文
六月　宣城李虞部詩序
七月　東陽陳君義莊記
秋　祭張季長大卿文
秋冬　求志居士彭君墓誌銘
十月　跋司馬端衡畫傳燈圖
十二月　跋吕伯共書後
十二月　跋張敬夫書後
十二月　跋劉戒之東歸詩
放翁自贊之四
法慈懺殿記
夫人樊氏墓誌銘

嘉定元年(一二〇八)戊辰 八十四歲

落職家居。二月被劾落職寶謨閣待制。作文二十七首。

二月 落職謝表
二月 廬帥田侯生祠記
二月 曾裘父詩集序
三月 送巖電道人入蜀序
四月 跋秦淮海書
四月 跋柳書蘇夫人墓誌
四月 邢芻甫字序
四月 跋朱希真所書雜鈔
五月 跋爲子遹書詩卷後
五月 跋吕文靖門銘
五月 靈秘院營造記
五月 曾温伯字序
五月 吴氏書樓記
六月 橋南書院記
六月 跋詹仲信所藏詩稿
七月 跋陳伯予所藏樂毅論
七月 跋伯予所藏黄州兄帖
七月 跋傅給事竹友詩稿
七月 心遠堂記
七月 萬卷樓記
九月 天童無用禪師語録序
十月 跋陳伯予所藏蘭亭帖
十月 皇帝御正殿賀表
十月 皇帝御正殿賀皇后牋
十月 皇帝御正殿賀皇太子牋
十二月 跋坡谷帖
退谷雲禪師塔銘

嘉定二年(一二〇九)己巳 八十五歲

落職家居。入秋得疾。十二月二十九日逝

世。作文七首。

三月　陳長翁文集序

四月　跋山谷書陰真君詩

七月　跋呂尚書帖

七月　跋傅給事帖

八月　皇太子受册賀表

八月　皇太子受册賀皇后牋

八月　賀皇太子受册牋

附：不繫年文　共一百二十首

容齋燕集詩序（作於少年時）

梅子真泉銘（作於少年時）

禹廟賦（作於少年時）

跋臨汝志（作於任職隆興通判時）

呂真人贊二（作於蜀中）

中巖圜老像贊（作於蜀中）

姚平仲小傳（作於蜀中）

跋尼光語録（作於蜀中）

祭魯國太夫人文（作於蜀中）

祭王侍御令人文（作於蜀中）

祭祝永康文（作於蜀中）

跋程正伯所藏山谷帖（作於蜀中）

金崖硯銘（作於蜀地東歸後）

蠻溪硯銘（作於蜀地東歸後）

延平硯銘（作於任職福建常平時）

福州請仁王堅老疏（作於任職福建常平時）

福州請九峰圓老疏（作於任職福建常平時）

福州請聖泉穎老疏（作於任職福建常平時）

錢侍郎海山硯銘（作於知嚴州時）

光孝請廓老疏（作於知嚴州時）

祭許辰州文（作於淳熙末）

素心硯銘（作於紹熙後）

法雲寺建觀音藏殿疏（作於慶元初）

重建大善寺疏(作於慶元中)
祭蔣中丞夫人文(作於慶元中)
開元寺重建三門疏(作於慶元末)
書屠覺箏(作於嘉泰初)
書渭橋事(作於嘉泰末)
保安青詞(作於嘉泰末)
祭十郎文(作於嘉定初)

以下待考:

與尉論捕盜書
崔伯易畫像贊
東坡像贊
鍾離真人贊
僧師源畫觀音贊
宏智禪師真贊
大慧禪師真贊
卍庵禪師真贊
塗毒策禪師真贊二
佛照禪師真贊
大洪禪師贊
奉聖淳山主年八十有四放翁爲作真贊
芋庵宗慧禪師真贊
廣慧法師贊
錢道人贊
記太子親王尹京故事
族叔父元肅傳
陳氏老傳
紹興府衆會黄籙青詞
祈雨疏
謝雨疏
道宮謝雨疏
安隱寺修鐘樓疏
重修光孝觀疏

圓通寺建僧堂疏
道像五藏疏
鷲峰寺重建三門疏
重修大慶寺疏
能仁請昕老疏
雍熙請最老疏
鄉士請妙相講主疏
千秋觀修造疏
雍熙請機老疏
雍熙請錫老疏
求僧疏二
紫霄宮女童徐居慶求披戴疏
成都大聖慈寺念經院僧法慧爲行者雷印
　定求度牒疏
雍熙請倫老疏
梁氏子求僧疏

孫餘慶求披戴疏
陶山庵行者求化度牒疏
傅妙和求僧疏
葉可忻求僧疏
書通鑑後二
書賈充傳後
書郭崇韜傳後
書浮屠事
書包明事
書神仙近事
跋熊舍人四六後
跋張待制家傳
跋柳氏訓序
跋祠部集
跋消災頌
跋筆論

先楚公奏檢
跋宗元先生文集
跋韓子蒼語録
跋孟浩然詩集
跋出疆行程
跋李衛公集
跋徐節孝語
跋趙渭南詩集
跋石鼓文辨
跋西崑酬唱集
跋兼山家學
跋淮海後集
跋張季長中庸辨擇
跋法書後
跋李太白詩
跋重廣字説

跋巖壑小集
跋王元澤論語孟子解
祭趙提刑文
祭勤首座文
祭胡監丞文
祭曾原伯大卿文
沈子壽母趙夫人哀詞
回江西王倉
與明遠書
與仲信書
與友人書
半隱齋記
跋蘭亭帖之三
跋蘭亭帖之四
跋蘭亭帖之五

附録二　渭南文集序跋評騭彙録

宋　韓元吉送陸務觀序(節録)

夫以務觀之才，與其文章議論，頡頏於論思侍從之選，必有知其先後者。既未獲逞，下得一郡而施，亦庶幾焉。豈士之進退必有時哉！聖天子在上，二三賢雋在列，不謂之時不可也。然務觀舟敗幾溺，而書來詫曰：「平生未行江也。蒹葭之蒼茫，鳧雁之出没，風月之清絶，山水之夷曠，疇昔皆寓於詩而未盡其髣髴者，今幸遭之，必毋爲我戚戚也。」蓋其志尚不凡如此，吾猶爲之戚戚而言，亦不知務觀者耶！(南澗甲乙稿卷一四)

朱熹答鞏仲至(節録)

向已許爲放翁作老學齋銘，後亦不復敢著語。高明應已默解，不待縷縷自辨數也。……放翁詩書録寄，幸甚！此亦得其近書，筆力愈精健。頃嘗憂其迹太近，能太高，或爲有力者所牽挽，不得全此晚節；計今決可免矣，此亦非細事也。（第四書，朱文公文集卷六四）

放翁筆力愈健，但恨無故被天津橋上胡孫擾亂，却爲大耳三藏覷見。（第六書，同上）

放翁老筆尤健，在今當推爲第一流。近聞復有載筆之招，不知果否？方欲往求一文字，或恐以此疑賤迹之爲累，未必肯作耳。（第十七書，同上）

蘇泂壽陸放翁三首其二

邊松坐石日從容，故國靈光只我公。豈有文章高海内，獨將身世老山中？丹頭躍笥分明異，梅萼含椒即漸紅。千歲斯人要宗主，不妨留眼送歸鴻。（泠然齋集卷五）

杜思恭題跋一則

余在鄉曲，每從放翁陸先生遊，得其書疏詩文，幾數十軸，皆襲藏於家，將爲傳世之寶。兩年來奔走無定止。比至桂林，纔獲一通寒温問，又辱惠近作十餘紙，語精而墨妙，灑然如見其人，置諸篋笥，常隱隱有金石聲。因思王榮老欲渡觀江，傾所蓄珍異，禱於神，而風不休，及取山谷先生所書韋蘇州詩獻之，始得安流以濟。放翁先生文章翰墨，凌跨前輩，爲一世標準。顧余方僕僕羈旅中，得此奇玩，安知不爲幽靈之所覬覦耶？用是不敢祕，命工刻於崖石，與世人共之。慶元三年四月既望，會稽杜思恭書。（廣西通志卷二二四引）

陸子遹渭南文集跋

先太史之文，於古則詩、書、左氏、莊、騷、史、漢，於唐則韓昌黎，於本朝則曾南豐，是所取法。然禀賦宏大，造詣深遠，故落筆成文，則卓然自爲一家，人莫測其涯涘。蓋今學者，皆熟誦劍南之詩。續稿雖家藏，世亦多傳寫。惟遺文自先太史未病時，故已編輯，而名以渭南矣，第學者多未之見。今別爲五十卷，凡命名及次第之旨，皆出遺意，今不敢紊，乃鋟梓溧陽學宫，以廣其傳。渭南者，晚封渭南伯，乃自號爲陸渭南。嘗謂子遹曰：「劍南乃詩家事，不可施於文，故别名渭南。如入蜀記、牡丹譜、樂府詞本當别行，而異時或至散失，宜用廬陵所刊歐陽公集例，附於集後。」此皆子遹嘗有疑而請問者，故備著於此。嘉定十有三年十一月壬寅，幼子承事郎知建康府溧陽縣主管勸農公事子遹謹書。（嘉定本渭南文集卷首）

杜旃陸務觀赴召

四海文章陸放翁，百年漁釣兩龜蒙。數開天地吾何與，老作春秋道未窮。李耳守官逾二

代，張蒼職史到三公。坐令嘉泰追周漢，此是君王第一功。（癖齋小集）

羅大經鶴林玉露陸放翁（節録）

陸務觀，農師之孫，有詩名。……晚年爲韓平原作南園記，除從官。楊誠齋寄詩云：「君居東浙我江西，鏡裏新添幾縷絲？花落六回疏信息，月明千里兩相思。不應李杜翻鯨海，更羨夔龍集鳳池。道是樊川輕薄殺，猶將萬户比千詩。」蓋切磋之也。然南園記唯勉以忠獻之事業，無諛辭。晚年和平粹美，有中原承平時氣象，朱文公喜稱之。（鶴林玉露甲編卷四）

張淏會稽續志（節録）

陸游字務觀，山陰人，左丞佃之孫。自少穎悟，學問該貫，文辭超邁，酷喜爲詩，其他誌銘記序之文，皆深造三昧，尤熟識先朝典故沿革、人物出處，以故聲名振耀當世。張孝祥自謂辭翰獨步一時，每見輒傾下之。（卷五）

葉紹翁四朝聞見録陸放翁

陸游字務觀，名游，山陰人。蓋母氏夢秦少游而生公，故以秦名爲字而字其名。或曰公慕少游者也。……紹興末始賜第。學詩於茶山曾文清公，其後冰寒於水云。嘗從紫岩張公遊，具知西北事。天資慷慨，喜任俠，常以踞鞍草檄自任，且好結中原豪傑以滅敵。自商賈、仙釋、詩人、劍客，無不徧交。遊宦劍南，作爲歌詩，皆寄意恢復。書肆流傳，或得之以御孝宗。上乙其處而韙之，旋除刪定官。或疑其交遊非類，爲論者所斥。上憐其才，旋即復用。未内禪，一日上手批以出，陸游除禮部郎。上之除目，自公而止，其得上眷如此。公早求退，往來若耶、雲門，留賓款洽，以觴詠自娱。官已階中大夫，遂致其仕，誓不復出。韓侂胄固欲其出，落致仕，除次對，公勉爲之出。韓喜陸附己，至出所愛四夫人擘阮琴起舞，索公爲詞，有「飛上錦裀紅縐」之語。又命公勺青衣泉，旁有唐開成道士題名。韓求陸記，記極精古，且以坐客皆不能盡一瓢，惟游盡勺，且謂掛冠復出，不惟有愧於斯泉，且有愧於開成道士云。先是，慈福賜韓以南園，韓求記於公。公記云：「天下知公之功而不知公之志，知上之倚公而不知公之自處。」公之自處與上之倚公，本自不侔，蓋寓微詞也。又云：「游老，謝事山陰澤中。公以手書來，曰：『子爲我作南園記。』豈取其無諛言，無侈辭，足以導公之志歟！」公已賜丙第，人謂公探孝宗恢復之志，故作爲歌詩，以恢復自期。至公之終，猶留詩以示其家云：「王師剋復中原日，家祭毋忘告乃翁。」則公之心，方暴白於易簀之時矣。又有鄭棫者，嘗第進士，自作南園記，并礱石以獻。韓以陸記爲重，仆鄭石瘞之地。後韓敗，鄭竟免。（乙集）

又閱古南園

蓋自寧壽觀梅亭而至太室之後山，皆觀中地也。韓侂胄擅朝，舊居於太廟側，遂奄觀之山而有之，爲閱古堂，爲閱古泉（原注：舊名青衣，有青衣童子見泉上，故以名），爲流觴曲水。泉自青衣下注於池，十有二折，旁砌以瑪瑙。泉流而下，瀦於閱古堂，渾涵數畝，有桃坡十有二級。夜燕則殿巖用紅燈數百，出於桃坡之後以燭之。其雲巖之最奇者曰「雲岫」，韓命程有徽校通鑑於中。侂胄居之既久，歲累月積，剔奇抉勝，洗石而雲根出，剗土而泉脈見。危峰穩石，淺灣曲沼，窈窕渟深，疑爲洞天福地之居，不類其爲園亭也。因在天衢咫尺，有旨盡給還寧壽，命復爲禁地云。又，慈福以南園賜侂胄，有香山十樣錦之勝，有奇石爲十洞，洞有亭，頂畫以文錦。香山本蜀守所獻，高至五丈，出於沙蝕濤激之餘，玲瓏壁立，在凌風閣下，皆記所不載。予已略具記於前集。近聞并閱古記不登於作記者之集，又碑以仆，懼後人無復考其詳，今并載二記云。

（戊集）

又慶元黨

慶元六年，公（按指朱熹）終於正寢。郡守傅伯壽以黨禁，不以聞於朝，猶遣人以賻至其家，辭焉。時故舊莫敢致哀。陸公游僅以文祭，云：「某有捐百身起九原之心，傾長河注東海之淚，路修齒耄，神往形留，公没不忘，庶其歆饗。」僅此六句，詞有所避，而意亦至矣。（丁集）

趙與時賓退録

「姚平仲字希晏，世爲西陲大將。……」此陸放翁所作平仲小傳也。放翁亦嘗以詩寄題青神山上清宮壁間云：「造物困豪傑，意將使有爲。功名未足言，或作出世資。姚公勇冠軍，百戰起西陲，天方覆中原，殆非一木支。脱身五十年，世人識公誰？但驚山澤間，有此熊豹姿。我亦志方外，白頭未逢師，年年幸廢放，儻遂與世辭。從公遊五嶽，稽首餐靈芝，金骨换緑髓，飆然松杪飛。」後守新定，再作詩托上官道人寄之云：「太尉關河傑，飛騰亦遇時。中原方蕩覆，大計易差池。素壁龍蛇字，空山熊豹姿。烟雲千萬疊，求訪固難知。」（卷八）

陳振孫直齋書録解題渭南集

渭南集三十卷，劍南詩稿、續稿八十七卷，華文閣待制山陰陸游務觀撰。左丞佃之孫，紹興末召對，賜出身。……及韓氏用事，游既挂冠久矣，有幼子澤不逮，爲侂胄作南園記，起爲大蓬，以次對再致仕。嘉定庚午，年八十六而終。游才甚高，幼爲曾吉父所賞識，詩爲中興之冠，他文

亦佳，而詩最富，至萬餘篇，古今未有，故文與詩别行。渭南者，封渭南縣伯。（卷十八）

又新修南唐書

新修南唐書十五卷。寶謨閣待制山陰陸游務觀撰。採獲諸書，頗有史法。（卷五）

又高宗聖政草

高宗聖政草一卷。陸游在隆興初奉詔修高宗聖政，草創凡例，多出其手，未成而去，私篋不敢留稿。他日追憶得此，録之而書其後，凡二十條。（卷五）

又老學庵筆記

老學庵筆記十卷。陸游務觀撰。生識前輩，年登耄期，所記見聞，殊可觀也。（卷十一）

又會稽志

會稽志二十卷。通判吴興施宿武子、郡人馮景中、陸子虡、朱鼐、王度等撰，陸放翁爲之序。

首稱禹會諸侯，而以思陵巡狩升府配之，氣壯文雅，蓋奇作也。嘉泰辛酉，陸年已七十七矣。未幾，始落仕爲史官，至八十五歲乃終。其筆力老而不衰，於此序見之。（卷八）

葉寘愛日齋叢鈔

陸放翁劍南詩集中有送兄仲高造朝一首云：「兄去游東閣，才堪直北扉，莫憂持橐晚，姑記乞身歸。道義無今古，功名有是非。臨分出苦語，不敢計從違。」規儆之意，不迫不迂，最可誦也。仲高諱升之，爲諸王宮教授，告李莊簡家私史，擢宗正丞。秦檜死，前誣訐之黨悉投竄，仲高亦坐累徙雷州。務觀後爲記復庵有云：「方爲童子時，仲高文章論議已稱成材，一時名公卿皆慕與之交。諸老先生不敢少之，皆謂仲高仕進且一日千里。自從官御史，識者惟恐不得如仲高者爲之。及其丞大宗正，出使一道，在他人亦足稱美仕，在仲高則謂之蹉跌不偶可也。顧曾不暖席，遂遭口語，南遷萬里，凡七閱寒暑，不得内徙。與仲高親厚者，每相與燕遊，輒南望歎息出涕，因罷酒去，如是數矣。然客自海上來，言仲高初不以遷謫瘴癘動其心，方與學佛者遊，落其浮華，以反本根，非復昔日仲高矣。聞者皆悵然，自以爲不足測斯人之淺深也。」末又云：「馳騁於得喪之場，出入於憂樂之域，而自得者乃如此。」大抵善爲隱蓄，而抑揚寄於言表。況其以兄弟爲之，豈不費回護？前詩之直，後記之宛，俱有味。（卷四）

周密齊東野語賈氏園池（節録）

景定三年正月，詔以魏國公賈似道有再造功，命有司建第宅家廟，賈固辭，遂以集芳園及緡錢百萬賜之。……其後，志之郡乘，從而爲之辭曰：「園囿一也，有藏歌貯舞，流連光景者；有曠志怡神，蜉蝣塵外者；有澄想遐觀，運量宇宙，而游特其寄焉者。嘻！使園囿常興而無廢，天下常治而無亂，非後天下之樂而樂者，其誰能？」嗚呼！當時爲此語者，亦安知俯仰之間，遽有荒田野草之悲哉！昔陸務觀作南園記於中原極盛之時，當時勉之以抑畏退休。今賈氏當國十有六年，諛之者惟恐不極其至，況敢幾微及此意乎？（卷十九）

周密浩然齋雅談

韓平原南園既成，遂以記屬之陸務觀。務觀辭不獲，遂以其歸耕、退休二亭名以警，其滿溢勇退之意甚婉。韓不能用其語，遂至於敗。務觀亦以此得罪，遂落次對，太中大夫致仕。外祖章文莊兼外制，行詞云：「山林之興方適，已遂掛冠；子孫之累未忘，胡爲改節？雖文人不顧於細行，而賢者責備於春秋。某官早著英猷，寖躋膴仕。功名已老，瀟然鑑曲之酒船；文采不衰，貴甚長安之紙價。豈謂宜休之晚節，蔽於不義之浮雲。深刻大書，固可追於前輩；高風勁節，得無愧於古人。時以是而深譏，朕亦爲之嘅歎。二疏既遠，汝其深知足之思；大老來歸，朕豈忘善養之道。勉圖終去，服我寬恩。」此文已載於嘉林外制集。或以爲蔡幼學，或謂出於馮端方，皆非也。（卷上）

元 托克托等宋史陸游傳（節録）

游才氣超逸，尤長於詩。晚年再出，爲韓侂胄撰南園、閱古泉記，見譏清議。朱熹嘗言其能太高，迹太近，恐爲有力者所牽挽，不得全其晚節，蓋有先見之明焉。（宋史卷三九五）

戴表元題陸渭南遺文抄後

右陸渭南遺文一帙，用王理得本傳抄。帙後有庚饒州繫譜。饒州端士，惜放翁所作韓氏南園記無甚諛語，而子孫諱之，不載於家集，其論厚矣。自饒州以下，又詆其閱古泉記及賀平原二子除祕閣等啓，以爲不當作。余早聞好事者説，謂放翁晚歲食貧，牽於幼子之累，賴以文字取妍韓氏，遂得近臣恩數，遍官數子。此説既行，而凡異時不樂於放翁之進與忌其文辭者，同爲一舌以排之，至於死且百年，同時争名角進之人亦已俱盡，宜有定論，而猶未止，蓋其事可傷悲者焉。渡江以來，如放翁，可謂問學行義人矣。諗其放阨而不傷，困窶而能肆，不可謂無君子之守。就令但如常人之見，欲爲身謀，爲子孫謀，當盛年時，知己如麻，何待七八十歲之後，始媚一戚里權幸而爲之邪？雖血氣既衰，聖人不免於戒，不可謂世之君子必當然也。謂世之君子必當然者，其自待亦不厚矣。然放翁固有不得辭者。窮不能忘仕，爲文不能不徇人之求，龐眉皓髮，屑屑道途之間，而曰我意非有它也，人誰能諒之哉！此編取饒州之意，於南園、閱古二記存而不去，使世人知放翁不絶於韓氏者，其語止此。其賀除祕閣等啓絶不類本作。余於文不敢謂知之，若俗雅四三，人望而能辯其爲放翁與否也。并告理得，使删去云。（剡源集卷十八）

劉壎隱居通議（節録）

陸放翁名游，字務觀，文士也。……晚年高卧笠澤，學士大夫尊慕之。會韓侂胄顓政，方修南園，欲得務觀爲之記，峻擢史職，趣召赴闕。務觀耻於附韓，初不欲出。一日，有妾抱其子來前，曰：「獨不爲此小官人地邪？」務觀爲之動，竟爲侂胄作記。由是失節，清議非之。有四六前、後、續三集。其文初不累疊全句，專尚風骨，雄渾沈著，自成一家，真駢儷之標準也。因摘其妙語，以訓諸幼。……以上皆放翁集中語。凡此皆以議論爲文章，以學識發議論，非胸中有千百卷書、筆下能挽萬鈞重者不能及。後來惟劉潛夫尚書極力追攀，得其旨趣，壯年所作絶似之，晚年稍變槎牙蒼欝之態，然覺枯槁矣。（卷二一）

袁桷題放翁訓子帖

放翁先生送其子之官，獨書莊子二章以訓。或曰：「五經切近，而書莊子，何耶？」余曰：自農師右丞師尊臨川，臨川尊老莊，故其家學世守之。此二章足以涉世變，清而容物，遠禍之機也；喜怒哀樂，不入於胸次，進德之本也。紹熙黨禍萌蘖，故逢迎者廢於嘉定，標榜者錮於慶元。雖善惡岐，而當時仕進者寧不自重？先生教子之意深矣。晚歲一出，終能全身以歸，觀此蓋可知矣。袁桷書。（清容居士集卷四六）

郭翼雪履齋筆記（節録）

古來繪風手，莫如宋玉雌雄之論。荀卿雲賦，造語奇矣，寄托未爲深妙。陸務觀跋吴夢予詩云：「山澤之氣爲雲，降而爲雨，勾者伸，秀者實，此雲之見於用者也。予嘗見旱歲之雲，嵯峨突兀，起爲奇峰，足以悦人之目，而不見於用，此雲之不幸也。」從風賦脱胎，雖因襲而饒意味。

明　田汝成西湖游覽志餘（節録）

山陰陸放翁務觀之出也，韓平原實招致之。所作南園、閲古泉二記，時雖稱頌，而有規勸之

忠焉。故平原敗，而猶得免禍。（卷十）

吴寬新刊渭南集序

渭南集者，宋華文閣待制封渭南縣伯山陰陸游務觀之文也。凡五十卷，近少其本。致光禄署丞事錫山華君汝德得之，乃嘉定中其子知溧陽縣子遹初刻本也。因托活字，摹而傳之。按待制以文名當時，其言雍雅典則，足爲學者資益。今觀子遹跋語，稱其所聞於父者，以六經、左氏、莊、騷、班、馬、韓、曾爲師匠，而天資工力，自得尤深。然則其言豈剽略割綴之所成哉？宜其沛然爲一家言，而莫之禦也。集中如表、啓、狀、劄、記、序、銘、贊、碑誌、題跋以及道釋詞疏、長短曲調皆具。大率宋多彌文，而四六之習滋甚，偶儷萎弱，士恒病之。若斯集之渾成，讀之新妙可愛，而又何有於厭倦哉！抑今之士，無詞科贅幅之累，而它文所成如是者幾人歟？此又重可激昂，而光禄君之心之功，尤厚且至也。印成，使來徵序，因以幸古人之見於今，而又望今人之追乎古也，於是爲序。弘治壬戌春三月上日，嘉議大夫吏部右侍郎掌詹事府事翰林院學士長洲吴寬書。（弘治本渭南文集卷首）

祝允明書新本渭南集後

放翁文筆簡健，有良史風，故爲中興大家。馬氏通考所載，有渭南集三十卷，今人猶罕見之，想望久矣。一旦忽睹其全，蓋光禄華公活字新本，凡五十卷，視馬考又過之，即翁子子遹初刻所翻也。皎兮若月食而復，燁兮若玉淤而出，絢兮若春林釋霧而葩葉呈妍，誠文苑之一快矣。初，光禄懸車鄉社，年逾七十，而好學過於弁髦。購蓄典帙，富若山矗，又製活字版，擇其切於學者，亟繙印以利衆，此集之所以易成也。自沈夢溪筆談述活板法，近時三吴好事者盛爲之。然所印有當否，則其益有淺深。惟光禄心行高古，動以益人爲志，凡所圖類若此，與彼留情一草譜禽經者迥別。於乎！人之識趣好尚有間，而事力霑被，相去果何如哉？翁之詩曰劍南稿，視此倍多，光禄得其八卷，因并印傳焉。吴郡祝允明書。（弘治本渭南文集卷末）

華珵刊渭南文集跋

余既得放翁劍南續稿印之，而惜未見其文。無幾又得渭南舊本，於是遂爲全帙，急命歸之梓墨。雖物之行塞有數，而一旦完璧，僉爲快睹，蓋不獨余之私幸而已。書完，漫識其末。尚古生華珵記。（弘治本渭南文集卷末）

汪大章渭南文集序

予少讀宋史至陸放翁傳，識其爲山陰人。正德壬申，以巡行之便，廼得登龍山、瞻禹穴，而式翁之故趾。癸酉之春，與省元張君直尚論前輩遺事，又得翁所著渭南文集，逮夜命燭覽焉，文蔚而充，才俊而逸，廓乎萬物之情，而邃乎六經之道，神目爽然，至忘倦寐。廼知考亭與之，西山論之，不我誣也。顧本多訛闕，附以手録，至不能字。因憶史稱翁長於詩，而集未之備，再求善本，雖紹興亦不可多得矣。嗚呼，況他郡邪？況數十載後邪？惟紹興山川秀發，文獻之懿名天下，然莫爲於後，雖盛有不傳者，況欲其盡傳於世？不次第圖之，則三年之艾，不畜終不可得者。廼屬諸郡守梁君喬，倡其寮屬，廣之於時。同知屈銓，通判王翰、李昇，推官杜盛，知縣張焕、黄國泰，僉以爲是不可後者，而予適更蒞浙西矣。又三月，省元以書來曰：「放翁遺集，郡齋正訛補闕，梓而行之，與吾黨之士共矣，乞序其端焉。」予惟翁忠獻在君，惠政在民，直筆在史館，而體制之工，寔備是集，天下後世，孰不誦讀而愛慕之，鄙賤之言，豈敢緣是爲附姓名計？然表章先賢，以風帥後進，此良有司美政，不可不書。若夫學者以前輩文章爲宗而振發之，求道觀行，從善闕疑，不畫乎已能，而不溺其所安，必文行交致其極，則博文之教。良不外是，尤不可不書也。噫！是豈直爲翁計，又豈直爲郡之章縫輩計哉？予不佞，敬書此爲觀者先，相與導其歸焉。正德癸酉仲夏之吉，賜進士第奉議大夫浙江按察司僉事新安汪大章書。（正德本渭南文集卷首）

梁喬渭南文集後序

古之君子足以表見於世而光大其國者，以有言語文章也。學者知之而不信，信之而不篤，何以達其令辭、昭其成式而帥彼後人哉？志於文獻者所當勉焉以振之也。宋之徐希顔嘗以所爲之文章悉自焚之，而不欲徼名於後世，慎習諸篇，從游者默而識之，曾南豐索而傳之於不朽也。陸放翁之文章具在，而南豐之傳者蓋寡，歷宋至今，待吾僉憲汪大夫而後傳焉。大夫東巡於是，而稽古有文，尚賢有道，奚止審於刑書而已。故獲放翁之遺事於省元張君直，知之而信，信之而篤，命予傳之而勿後也。予也德菲能鮮，而守紹興之名郡，其何以堪之？瞻彼清江祠而常目於劉，升諸清白堂而終心於范，惟自濯磨，願學前修而未克也，文獻之事殆將次第以爲之。大夫蓋嘗爲之矣，吾曹莫能逭其責，而且效其勞焉。書既成矣，張君請從大夫之後而書之。嗟夫！五達之交午固所不能，而七序之素餐尤所不免，予豈能文而善傳者乎？張君道其文爲希顔之屬，而大夫傳其事者南豐之徒也。歐陽子云：「從其人而信之可也。」予信大夫之篤而用命云爾，傳之何有於我哉？自是而後，要其所歸，成一代之制度，以備聖天子之疑丞，必有能於彼矣，予於是乎良有待也。正德八年歲次癸酉五月之吉，賜進士出身中順大夫紹興府知府上杭梁喬書。（正德本渭南文集卷末）

陳邦瞻重刻渭南集序

按通考：渭南集三十卷，劍南詩稿、續稿八十七卷，山陰陸游務觀撰。陳氏稱游才最高，詩爲中興冠。他文亦佳，而詩尤富，至於萬餘首，故文與詩別行。今直指陸公刻渭南集計五十二卷，而詩文俱在，與通考異。蓋後人追哀陸集所得，然未備也。頃，不佞亦購得劍南續稿八十卷，方校梓以上之公，而因以公命序之曰：自古才人學士欲以文章命世而垂後者亦衆矣。然或傳，或不傳，或傳而竟泯，或已泯而復傳，或歷時愈久巋然靈光，或簡牒方新棄置覆瓿。若此者，余以爲非直其文之故也。士惟實有所藴持於己，而思以效諸當世，雖百折而志不奪，氣不衰，其胸次之藏蓬湧渤鬱，不得已而托諸言以鳴，精溢神煥，千載如見，其人常生，其言不朽，固其理也。不然，而區區托浮論以行世，所謂齊虜以口舌得官，末矣。草木飄花之悦目，鳥獸好音之娱耳，其能久乎？宋世文士，視漢唐尤盛，雖南渡後崎嶇兵戈間，士大夫學術不改承平之舊。務觀之在乾、淳世，尤稱挺出。然余考其生平，似欲以文自見者。蓋自獻納人主之前，與感憤燕私之際，靡不鋭然以修政事、攘夷狄，復祖宗之境土爲説，侵假嚮用矣。因語言泄露，一斥不復，晚乃佐邊幕，刺下郡，流離困頓，至老死而其議不少變。今其詩文中所載，大都此物此志也。嗚呼！是豈可泯滅而不傳也哉？務觀文不爲巉刻峭厲語，然渾質有西漢風；其詩尤鑿深抉奥，出以雄放，使人讀之如雲雷交作，又如萬馬躑躅，劍戟森鳴。論者以比唐杜甫，異調同工，非溢評也。直指公與務觀同山陰，雖譜牒無考，而典刑在望，尚論表章之意，直文云乎哉？務觀晚節不絶韓氏，以好談恢復所誤。故朱子嘗憂其才太高，迹太近。若謂南園一記在爲幼子干澤，此庸俗細人之譚，非可與智者道也。萬曆壬子歲季春之吉，福建提刑按察司按察使高安陳邦瞻德遠書。

（萬曆陸夢祖刊本渭南文集卷首）

毛晉重刊渭南文集跋

放翁富於文辭，諸體具備，惜其集罕見於世。馬氏通考載渭南集三十卷，今不傳。邇來吴中士夫有抄而秘其本者，亦頗無詮次。紹興郡有刻本，去入蜀記，溷增詩九卷。據翁命子云，詩家事不可施於文，況十僅一二耶？既得光禄華君活字印本渭南文集五十卷，乃嘉定翁幼子遹編輯也，跋云「命名次第，皆出遺意」。但活板多謬多遺，因嚴加讎訂，并付剞劂，自秋徂冬，凡六月而書成。湖南毛晉記。（汲古閣本渭南文集卷末）

毛晉放翁逸稿跋

渭南文集皆放翁未病時手自編輯者，其不入韓侂胄園記，亦董狐筆也。予已梓行久矣，牧齋師復出賦七篇相示，皆集中所未載，又曰閱古、南園二記，雖見疵於先輩，文實可傳。其飲青衣泉「獨盡一瓢」，且曰「視道士有媿，視泉尤有媿」，已面唾侂冑。至於南園之亂，惟勉以忠獻事業，「無諛辭，無侈言」，放翁未嘗爲韓辱也。因合鐫之，并載詩餘幾闋，以補渭南之遺云。湖南毛晉識。（汲古閣本放翁逸稿卷末）

賀復徵文章辨體匯選

日記者，逐日所書，隨意命筆，正以瑣屑必備爲妙。始於歐公于役志、陸放翁入蜀記。（卷六三九）

清　錢曾讀書敏求記

放翁於乾道五年十二月六日得報差通判夔州，以久病未堪遠役，至次年閏五月十八日晚始即路，十二月二十七日早至夔州。凡途中山川易險，風俗淳漓，及古今名勝戰争之地，無不排日記録。一行役而留心世道如此，後時「家祭毋忘」，蓋有素焉。（卷二）

紀昀渭南文集提要

渭南文集五十卷逸稿二卷（内府藏本），宋陸游撰。游晚封渭南伯，故以名集。陳振孫書録解題作三十卷。此本爲毛氏汲古閣以無錫華氏活字版本重刊，凡表牋二卷、劄子二卷、奏狀一卷、啓七卷、書一卷、序二卷、碑一卷、記五卷、雜文十卷、墓誌銘墓表壙記塔銘九卷、祭文哀辭二卷、天彭牡丹譜致語共爲一卷、入蜀記六卷、詞二卷共五十卷，與陳氏所載不同。疑三字、五字筆畫相近而僞刻也。末有嘉定十三年游子、承事郎知建康府溧陽縣主管勸農事子遹跋,稱「先太史未病時,故已編輯」,「凡命名及次第之旨,皆出遺意,今不敢紊」。又述游之言曰:「劍南乃詩家事,不可施於文,故别名渭南。如入蜀記、牡丹譜、樂府詞本當别行,而異時或至失散,宜用廬陵所刊歐陽公集例,附於集後」云云。則此集雖子遹所刊,實游所自定也。游以詩名一代,而文不甚著。集中諸作,邊幅頗狹。然元祐黨家,世承文獻,遣詞命意,尚有北宋典型。故根柢不必其深厚,而修潔有餘;波瀾不必其壯闊,而尺寸不失。士龍清省,庶乎近之。較南渡末流以鄙俚爲真切、以庸沓爲詳盡者,有雲泥之别矣。游劍南詩稿有文章詩曰:「文章本天成,妙手偶得之。粹然無瑕疵,豈復須人爲。君看古彝器,巧拙兩無施。漢最近先秦,固已殊淳漓。」其文固未能及是,其旨趣則可以概見也。逸稿二卷,爲毛晉所補輯。史稱游晚年再出,爲韓侂冑撰南園、閲古泉記,見譏清議。今集中凡與侂冑啓,皆諱其姓,但稱曰丞相,亦不載此二記。惟葉紹翁四朝聞見録有其全文。晉爲收入逸稿,蓋非游之本志。然足見愧詞曲筆,雖自刊除,而流傳記載,有求其泯没而不得者。是亦足以爲戒矣。(四庫全書總目卷一六〇)

又入蜀記提要

入蜀記六卷(光禄寺卿陸錫熊家藏本),宋陸游撰。游以乾道五年授夔州通判,以次年閏六月十八日自山陰啓行，十月二十七日抵夔州，因述其道路所經，以爲是記。游本工文，故於山川風土，叙述頗爲雅潔，而於考訂古迹，尤所留意。如丹陽皇業寺即史所謂皇基寺，避唐玄宗諱而改；李白詩所謂「新豐酒」者，地在丹陽、鎮江之間，非長安之新豐；甘露寺很石、多景樓皆非故迹；真州迎鑾鎮乃徐温改名，非周世宗時所改；梅堯臣題瓜步祠詩誤以魏太武帝爲曹操；廣慧寺祭悟空禪師文石刻保大九年乃南唐元宗，非後主；庾亮樓當在武昌，不應在江州，白居易詩及張舜臣南遷志并相沿而誤；歐陽修詩「江上孤峰蔽緑蘿」句，緑蘿乃溪名，非汎指藤蘿；宋玉宅在秭歸縣東，舊有石刻，因避太宗家諱毁之，皆足備輿圖之考證。他如解杜甫詩「長年」、「三老」字及「攤錢」字、解蘇軾詩「玉塔卧微瀾」句、解南方以七月六日作七夕之由、辨李白集中姑孰十詠、歸來乎、笑矣乎、僧伽歌、懷素書歌諸篇，皆宋敏求所竄入，亦足廣見聞。其他搜尋金石、引據詩文以參證地理者，尤不可殫數，非他家行記徒流連風景、記載瑣屑者比也。（四庫全書總目卷五八）

史承謙靜學齋偶誌

陸放翁金崖硯銘云：「我遊三峽，得硯南浦。西窮梁益，東掠吴楚。揮灑淋漓，鬼神風雨。百世之下，莫予敢侮。」其語氣甚奇放。又延平硯銘云：「聲如浮磬色蒼璧。」句亦佳。（卷三）

又錢侍郎海山硯銘云：「雲濤三山，飾此怪珍。誰其寶之？天子侍臣。煌煌繡衣，福我遠民。一字落紙，活億萬人。勿謂器小，其重千鈞。從公耑歸，四海皆春。」亦可云小中見大，鯨鏗春麗者已。（同上）

放翁自贊云：「遺物以貴吾身，棄智以全吾真。劍外江南，飄然幅巾。野鶴駕九天之風，澗松傲萬木之春。」又一贊云：「名動高皇，語觸秦檜。身老空山，文傳海外。」其人之賢可知矣。平原一記，其白璧之瑕乎！（同上）

渭南集題跋多佳，吾尤愛其在史館時二跋。跋韓晉公牛云：「予居鏡湖北渚，每見村童牧牛於風林煙草之間，便覺身在圖畫。自奉詔紬史，逾年不復見此，寢飯皆無味。今行且奏書矣，奏後三日，不力求去，求不聽輒止者，有如日。」又跋畫橙云：「嘉泰癸亥四月十六日，兩朝實録將進書，予以史官兼秘書監，宿衛於道山堂之東直舍，茶罷，取此軸摩挲久之，覺香透指爪。此物著霜時，予歸鏡湖小園久矣。」讀之，可想見此翁胸次。若騎牛圖、山谷圖二跋，固人人所膾炙也。（卷四）

又跋杲禪師蒙泉銘云：「右，妙喜禪師爲良上人所作蒙泉銘一首。往予嘗晨過鄭禹功博士，坐有僧焉，予年少氣豪，直據上坐。時方大雪，寒甚，因從禹功索酒，連引徑醉。禹功指僧語予曰：『此妙喜也。』予亦不敢辭。方説詩論兵，旁若無人，妙喜遂去。其後數年，予老於憂患，志氣摧落，念昔之狂，痛自悔責。然猶冀一見，作禮懺悔，孰知此老遂棄世而去耶？雖然，良公

蓋一世明眼衲子，不知予當時是，即今是？試爲下一轉語。隆興改元。」此跋亦有深意。（同上）

又何君墓表云：「詩豈易言哉！一書之不見，一物之不識，一理之不窮，皆有憾焉。同此世也，而盛衰異；同此人也，而壯老殊。一卷之詩有淳漓，一篇之詩有善病，至於一聯一句，而有可玩者，有可疵者；有一讀再讀至十百讀，乃見其妙者；有初悦可人意，熟味之使人不滿者。大抵詩欲工，而工亦非詩之極也。鍛煉之久，乃失本指，斲削之甚，反傷正氣。雖曰名不可幸得，以名求詩，又非知詩者。纖麗足以移人，誇大足以蓋衆，故論久而後公，名久而後定。嗚呼艱哉！予固不足爲知此道者，亦致其意久矣，顧每不敢易於品藻。蓋彼皆廣求約取，極數十年之力，僅得其所謂自喜者以示人，而我乃欲一覽而盡，其可乎？」右論詩，深得甘苦之致。（同上）

姚椿題渭南文集後

先生未願詩人老，文集編題是渭南。正似晦翁嵩華觀，平生志事好同參。晦翁嘗主管華山雲臺觀、嵩山沖祐觀，屢以入銜。（通藝閣詩録卷二）

孫梅四六叢話啓第七叙（節録）

陳伯玉雅有清聲，駱義烏時騫逸氣。柳子厚精純而俶儻，李義山密緻以清圓。蘇長公不合時宜，味含薑桂；陸務觀素稱作達，語帶烟霞。斯啓筆之分途，并作家之盛軌也。自任元受、李梅亭之倫，或隸事多冗，或使才太過，真意不存，緣情轉失，我思古人，翩其反矣。（卷十四）

阮元四六叢話後序（節録）

趙宋初造，鼎臣、大年，猶沿唐舊；歐、蘇、王、宋，始脱恒蹊。以氣行則機杼大變，驅成語則光景一新。然而衣辭錦繡，布帛傷其無華；工謝雕幾，篋業呈其樸鑿。南渡以還，浮溪首倡。野處、西山，亦稱名集；渭南、北海，竝號高文。雖新格别成，而古意寖失。（卷末）

趙翼甌北詩話

朱子嘗言：「放翁能太高，迹太近，恐爲有力者所牽挽。」宋史本傳因之，輒謂其不能全晚節，此論未免過刻。今按嘉泰二年放翁起修孝宗、光宗兩朝實録，其時韓侂冑當國，其係其力。然放翁自嚴州任滿東歸後，里居十二三年，年已七十七八，祠禄秩滿，亦不敢復請，是其絶意於進取可知。侂冑特以其名高而起用之，職在文字，不及他務。且借以報孝宗恩遇，原不必以不就職爲高。甫及一年，史事告成，即力辭還山，不稍留戀，則其進退綽綽，本無可議。即其爲侂冑作南園記、閲古泉記，一則勉以先忠獻之遺烈，一則諷其早退，此亦有何希榮附勢依傍門户之意？而論者輒借爲口實以訾議之，真所謂「小人好議論，不樂成人之美者」也。（自注：今二記不載文集，僅於逸稿中見之。蓋子遹刻放翁文集時，侂胄被誅未久，爲世詬厲，故有所忌諱，不敢刻入；未必放翁在時手自削去也。詩集中仍有韓太傅生日詩，并未删除。則知二記本在文集中，蓋因其乞文而應酬之，原不必諱耳。）（卷六）

袁枚小倉山房文集書陸游傳後（節録）

宋史稱陸游爲侂胄記南園，見譏清議，余嘗寃之。夫侂胄，魏公孫，智小而謀大，不過易所稱折足之鼎耳，非宦寺流也。南園成，延翁爲記，出所寵四夫人侑酒。游感其意，爲文加規，勸其褆躬活民，毋忘先人之德。在侂胄親仁，在游勸善，俱無所爲非。宋儒以惡侂胄，故被及於游。然則據宋儒之意，必使侂胄鏟除善念，不許親近一正人；而爲正人者，又必視若洪水猛獸，望望然去之。嗚呼！此宋以後清流之禍所以延至明季而愈烈也！孟子曰：「逃墨必歸於儒，歸斯受之而已矣。」孔子曰：「人潔己以進，與其進也，不與其退也。」侂胄有好名慕善之心，游因而導之以正，宜也。……使游果有附權貴希冀幸進之心，則當曾覿、龍大淵柄國時，略與沾接，早已致身通顯矣；而乃大與之忤，逐歸不悔，豈有垂暮之年反喪其守之理？卒之，侂胄自咎前失，大弛僞學之禁，又安知非游與往來陰爲疏解乎？彼矜矜然自誇清議者，或陰享其福而不知。蓋宋史成於道學之風甚熾之時，故楊時受蔡京之薦，史無譏詞；胡安國受秦檜之薦，史無譏詞。京與檜之奸，十倍於侂胄；游之過，小於楊、胡，而反詆之不休，何也？游不講學故也。張浚伐金之謀與侂胄同，符離之敗與侂胄同，然而張浚不誅，士林不議者何也？則一與朱子交，一與朱子忭故也。善乎寧宗之言曰：「恢復豈非美事，惜不量力耳。」金人葬侂胄首，謚曰忠繆，言其忠於爲國，繆於爲己故也。夫侂胄之罪，尚且一敵國、一君父爲之末滅，而游作一記之過乃著於本傳中，不亦苛乎？吾故曰：史不易讀。讀全史而後可以讀本傳，讀旁史、雜史而後可以讀正史。不然，知人論世，難矣哉！（卷三十）

今人 陳康黼古今文派述略（節録）

南宋陸游，字務觀，號放翁，山陰人，有渭南文集。文亦高華朗暢，有大家風。（宋及金元時之文派）

錢鍾書管錐編

王中頭陀寺碑文。按余所見六朝及初唐人爲釋氏所撰文字，驅遣佛典禪藻，無如此碑之妥適瑩潔者。……陸游劍南詩稿卷一〇頭陀寺觀王簡棲碑有感：「世遠空驚閲陵谷，文浮未可敵江山。」渭南文集卷四入蜀記四：「頭陀寺……藏殿後有南齊王簡棲碑……駢儷卑弱，初無過人，世徒以載於文選故貴之耳。自漢魏之際，騷騷爲此體，極於齊梁，而唐尤貴之，天下一律。至韓吏部、柳柳州大變文格……及歐陽公起，然後掃蕩無餘。後進之士，雖有工拙，要皆近古。如此篇者，今人讀不能終篇，已坐睡矣，而況效之乎？」陸氏「古文」僅亞於詩，亦南宋一高手，足與葉適、陳傅良相驂靳；然其論詩、文好爲大言，正如其論政事焉。其鄙夷齊梁初唐文若此，亦猶其論詩所謂「元白才倚門，温李真自鄶」，「凌遲至元白，固已可憤疾，即觀晚唐作，令人欲焚筆」，皆不特快口揚己，亦似違心阿世。「不終篇而坐睡」，渠儂殆「渴睡漢」耳。（二一八全梁文卷五四）

朱東潤陸游選集序（節録）

陸游不僅是詩人、詞人，同時也是一位有名的文人。明代茅坤撰集唐宋八大家文鈔的時候，因爲認識的不足，没有提到陸游。其實陸游的同時人，是把他作爲重要的文人看待的。主要的證明在於他多次參加國史、實録和聖政的撰述。古代對於文人的衡量，常常根據他的是否具有史才作爲評判的標準。司馬遷、班固、范曄、沈約、魏收、李百藥、韓愈、歐陽修，乃至司馬光的成就，都是具體的證明。除了參加官書的撰述以外，陸游的南唐書雖然只是一部私人著作，但是從它的取材、持論看，不但應當列入述作之林，而且是具有重大政治意義的作品。……除南唐書以外，我們還可以指出他的老學庵筆記和入蜀記。……老學庵筆記有一些涉及身邊瑣事，但是更多的卻關涉到當代時政和文學批評，常常在新鮮活潑的筆調中，透露出作者敏鋭的認識。入蜀記六卷收入渭南文集，其實是一部獨立的著作。……入蜀記的好處，在於寫得自然，没有做作，有議論見解，有時還很安詳地流露作者的感情。陸游文，除了這三部著作以外，主要見於渭南文集，平心而論，他的成就，遠在蘇洵、蘇轍之上。他的議論文是不多的，最有價值的還是他討論詩歌的幾篇。他是一位有名的詩人，有獨特的見解，因此他的議論更能中肯。在叙記文中，他的成就較爲突出，有些寫得平静坦適，尤其透露出作者晚年的心情。題跋文是宋人的特長，他們能在少則二三十字、多則百餘字的小品中，寫出對於作者的正確估價，同時又能披露自己的思想感情。蘇軾、黄庭堅在這裏都有卓著的成績，陸游的造就尤其顯著。當然，這不是説他不善於寫作長篇的文字，集中曾文清公墓誌銘長達二千八百字，叙述曾幾的立身大節，以及他和陸游的關係；對於曾幾的堅持對敵作戰，反對屈服，尤其有詳盡的叙述，而布置井井，條理秩然，不得不推爲大手筆。渭南文集所收，除散文外，還有應用的四六文。宋代作者一般都能駢散兼長，陸游也是如此。他常能以排偶之體，運用單行之神。因此在讀他的四六文的時候，我們覺得和散文没有不可逾越的界限。（陸游選集卷首）

附録三　渭南文集宋明諸本源流考辨

陸游晚年親自編定并命名的文集渭南文集五十卷，在他去世十年後的嘉定十三年（一二二〇），由其幼子陸子遹刊刻於溧陽學宮，這是渭南文集的首次刊行本（以下簡稱嘉定本）。嘉定本之後，明代渭南文集刊印本存世的尚有四種：弘治十五年（一五〇二）無錫華珵銅活字印本五十卷（簡稱弘治本）、正德八年（一五一三）梁喬紹興刊本五十二卷（簡稱正德本）、萬曆四十年（一六一二）陸夢祖福建翻刻正德本五十二卷（簡稱萬曆本）和明末毛晉汲古閣刊陸放翁全集本五十卷（簡稱汲古閣本）。宋元明各類書目著録而無實物存世的尚有多種。近年來，多有學者對渭南文集的版本流傳進行梳理和研究，[一]但對諸本源流問題仍語焉不詳。筆者近日以幾種主要的明本與嘉定本進行了全本通校，録得異文共計一千餘條，對渭南文集宋明諸本的源流演變有一些新的發現，特撰此文以求正於方家。

從嘉定本到弘治本

渭南文集嘉定本卷首有陸子遹撰於嘉定十三年十一月壬寅的跋文，其中稱：「遺文自先太史未病時，故已編輯，而名以渭南矣。第學者多未之見，今別爲五十卷，凡命名及次第之旨，皆出遺意，今不敢紊。乃鋟梓溧陽學宫，以廣其傳。『渭南』者，晚封渭南伯，因自號爲陸渭南。嘗謂子遹曰：『劍南乃詩家事，不可施於文，故别名渭南。如入蜀記、牡丹譜、樂府詞，本當別行，而異時或至散失，宜用廬陵所刊歐陽公集例，附於集後。』此皆子遹嘗有疑而請問者，故備著於此。」這一跋文明確揭示了渭南文集爲陸游親手編成，命名、次第、體例均其自定，因而是陸游文章最權威的文本。宋史藝文志即著録此本。嘉定本因爲子遹所刻，故書中「游」均缺末筆以避父諱，此外，文中遇宋帝名諱之處也都避諱，稱皇帝名號時採用提行或空格的形式，這些成爲此本最鮮明的版本特徵。嘉定本問世已近八百年，幸猶傳世，今藏國家圖書館，惟僅存四十六卷，缺卷三、卷四、卷十一、卷十二共四卷。中華再造善本收入此本，使其能方便地爲今日學者所利用。

從嘉定本問世到元代，還有三種卷次的渭南文集著録於多種書目，具體情况如下：

（一）渭南集三十卷，著録於陳振孫直齋書録解題卷十八，同時并列著録的還有劍南詩稿、續稿八十七卷。陳氏并撰有序録概述陸游生平，并作評價稱：「游才甚高，幼爲曾吉父所賞識，詩爲中興之冠，他文亦佳，而詩最富，至萬餘篇，古今未有，故文與詩別行。渭南者，封渭南縣伯。』」其後，元代馬端臨著文獻通考經籍考，全部照録了陳氏的著録和所撰序録。（見卷二百四十）但這種三十卷本的渭南集後來再未見著録，故四庫館臣判斷：「疑『三』字、『五』字筆劃相近而僞刻也。』（四庫全書總目卷一六〇渭南文集提要）

（二）渭南集四十五卷，著録於南宋張淏寶慶會稽續志卷五人物之陸游小傳，同時并列著録的還有劍南詩稿二十卷、續稿六十七卷。其後明代萬曆十五年所修紹興府志卷四十著録的陸游著述與此相同，當是照録寶慶會稽續志。而這種方志系統中的四十五卷本渭南集在其他書目中則未見著録。

（三）渭南文集五十二卷，著録於清人彭元瑞等撰天禄琳琅書目後編卷十一，爲元刊本。「書五十二卷，凡表狀二，劄子二，奏狀一，啓七，書一，序二，碑一，記五，雜文十，墓誌、塔銘九，祭文、哀辭二，天彭牡丹譜一，致語一，入蜀記六，詞二。」對照嘉定本的目録，元刊本只是將其第四十一卷祭文、哀辭和第四十二卷天彭牡丹譜、致語各分爲兩卷而已，其他一切同於嘉定本，因此可能是嘉定本的一個翻刻本，且流傳不廣，也未見其他書目著録，且今已不存。

上述兩種宋本的著録者陳振孫和張淏生活的時代比陸游稍晚，直齋書録解題和寶慶會稽續志的編撰也都在嘉定本問世之後，其著録時是否見到過五十卷的嘉定本不得而知。然而，其著録的三十卷和四十五卷本渭南集是刊本還是鈔本？是全本還是選本？是官刻還是坊刻？它們分别包含哪些内容？爲什麽再不見其他書目著録？由於這些基本資訊均無記載，所以二者的存在確是可以存疑的，四庫館臣懷疑前者因「筆劃相近而僞刻」的推斷也是合乎情理的。有的當代學者多方論證其曾經刊行，其依據也多爲推論，并無實據。（見王永波渭南文集版本考述。）筆者認爲，根據現有材料，無論三十卷、四十五卷還是五十二卷本的存佚情況如何，它們在渭南文集的流傳過程中似乎并未發揮過多少作用，應該是没有疑義的。

明弘治十五年（一五〇二），在嘉定本問世二百八十二年之後，又一個渭南文集的全刊本誕生了，刊行者爲無錫人華珵。華珵（一四三八—一五一四）字汝德，别號夢萱，一號尚古生，官至光禄署丞事。他愛好收藏奇器、法書、名畫，也愛好藏書、刻書，曾刻印過百川學海、方言等典籍多種，并刊行銅活字本渭南文集、劍南續稿等。其侄兒華燧的會通館、華燧侄兒華堅的蘭雪堂，更大量以活字銅板刻印典籍。無錫華氏刊刻的銅活字本在中國印刷史上佔有重要的地位。[一]弘治本渭南文集卷首有吴寬所撰弘治新刊渭南集序，卷末則有祝允明撰書弘治新本渭南集後及華珵撰弘治刊渭南文集跋。華跋稱：「余既得放翁劍南續稿印之，而惜未見其文。無幾又得渭南舊本，於是遂爲全帙。」吴序稱：「渭南集者，宋華文閣待制、封渭南縣伯山陰陸游務觀之文也。凡五十卷，近少其本，致光禄署丞事錫山華君汝德得之，乃嘉定中其子知溧陽縣子遹初刻本也，因托活字摹而傳之。」這些序跋將弘治本的來歷做了明確交代，弘治本即是嘉定本的活字翻印本。可惜華氏對「渭南舊本」的具體情況未作詳細描繪，但從翻刻的弘治本看，華氏所得底本是一部基本保存完好的全帙。

筆者以弘治本對校嘉定本，共録得異文約二百五十條（處）。這些異文主要可分爲兩類：一類是弘治本明顯優於嘉定本的約四十條（處），另一類是嘉定本明顯優於弘治本的二百餘條（處），另有少量二本兩可的。這説明，華氏在翻印過程中，對原本作了認真的校讀，對嘉定本一些明顯的舛誤之處進行了校改；但與此同時，又造成了相對於校改數量多達五倍的新的錯誤。這些錯誤包括：脱漏卷二三嚴州謝雨疏全篇三十字，同卷另兩處共二十二字，卷四九和卷五十共二十首詞作的題目共一百三十四字，其餘文中脱漏單字十四字，共計脱文二百字；更多的則是單字的舛誤（包括少量衍文）也有近二百條。造成這些錯誤的原因，可能是活字排版時的疏誤，也可能是底本的缺損或漫漶不清。然而，從總體看，弘治本的刻印品質還是不錯的，對於一部總計達二十五萬字的著作來説，其不到萬分之二的差錯率不算太差。而從渭南文集的傳承着眼，弘治本將二百八十多年前的珍貴「舊本」重新翻刻印行，使陸游親自編纂的全部文章得以完整地傳至後世，其在陸游文章的傳播史上，可謂厥功甚偉，值得充分重視。

正德本源流考

弘治本問世後僅隔十一年，一種新的渭南文集全刊本接踵而出，這就是正德八年（一五一三）紹興梁喬刊本。此本最大的特點是總計五十二卷，卷一至卷四十二爲文，卷四十三至卷五十一爲詩，卷五十二爲詞，與嘉定本、弘治本相比，總數多出兩卷，删去了六卷入蜀記，增入了九卷詩作。由於它改變了陸游自定的詩文分編的原則，在文集中闌入了詩歌，因而歷來不被重視，也少有人研究。其實，它在渭南文集的傳播中十分重要，弄清它的來龍去脈，是梳理陸游文集明代諸本演變的關鍵一環。

正德本前有汪大章正德本渭南文集序，後有梁喬正德本渭南文集後序，大致交待了正德本刊刻的緣由和經過。汪大章爲新安人，時任浙江按察司僉事，其序云：「予少讀宋史至陸放翁傳，識其爲山陰人。正德壬申，以巡行之便，乃得登龍山、瞻禹穴，而式翁之故址。癸酉之春，與省元張君直尚論前輩遺事，又得翁所著渭南文集，逮夜命燭覽焉……顧本多訛闕，附以手録，至不成字。因憶史稱翁長於詩，而集未之備，再求善本，雖紹興亦不可多得矣，嗚呼！況他郡邪？況數十載後邪？惟紹興山川秀發，文獻之懿名天下，然莫爲於後，雖盛有不傳者，況欲其盡傳於世？不次第圖之，則三年之艾，不蓄終不可得者。乃屬諸郡守梁君喬倡其寮屬，廣之於時，同知屈銓，通判王翰、李昇，推官杜盛，知縣張焕、黄國泰，僉以爲是不可後者，而予適更莅浙西矣。又三月，省元以書來曰：『放翁遺集，郡齋正訛補闕，梓而行之，與吾黨之士共矣，乞序其端焉。』」梁氏後序亦稱：「大夫（指汪大章）東巡於是，而稽古有文，尚賢有道，奚止審於刑書而已。故獲放翁之遺事於省元張君直，知之而信，信之而篤，命予傳之而勿後也。」由兩序可知，此次刊行的發起者爲按察司僉事汪大章，具體執行者爲紹興郡守梁喬，參與者有省元、同知、通判、推官、知縣多人。而整個「正訛補闕，梓而行之」的過程僅歷時三月，可謂雷厲風行。

筆者以正德本通校嘉定本一過，有兩項重要發現。

一、正德本文章部分（含詞）的底本即是嘉定本

關於正德本的底本，即汪大章所得渭南文集，歷來藏書家多有關注。如張元濟涵芬樓燼餘書録著録此本，并謂：「卷中『敦』字有注『光宗廟諱』者。又行文涉及宋帝處均空格。是所祖之本，猶宋槧也。」傅增湘藏園群書經眼録稱：「此本文爲四十二卷，詩九卷，詞一卷，卷中遇宋帝提行空格，知所據亦古本。蓋汪大章巡按浙江時，得省元張君直本，屬郡守梁喬刻之紹興郡齋者也。」張氏、傅氏均斷定此底本爲宋本，有學者據此進一步推斷「可能是宋代書賈糅合陸游詩文，刊刻出其他卷數的渭南文集銷售」（王永波渭南文集版本考述）。正德本底本爲宋本的判斷是正確的，但這個宋本其實就是嘉定本。以正德本對照嘉定本，除删去入蜀記六卷、增入詩歌九卷外，從卷一至卷四十二文章部分，卷次、卷目、篇次、篇目，幾乎完全一樣（僅卷十八、卷三十一、卷三十九卷首各一篇分别移入前一卷之末，這可能是刻工疏誤而未予改正），而卷五十二則是嘉定本卷四十九、卷五十合并而成，篇次、篇目也絲毫不差。當然，「遇宋帝提行空格」的特殊格式也與嘉定本相同。造成這種二本卷篇、格式如合符契狀況的唯一解釋就是正德本依據的底本就是嘉定本，而不是什麼其他臆想出來的宋本。也就是説，省元張君直保存了一部珍貴

的嘉定本，獻出後作爲正德本文章部分依據的底本。

二、正德本詩歌部分的底本淵源有自

正德本在文集中闌入九卷詩歌，一直爲後世詬病。但這九卷詩歌究竟是刊刻者選編的，還是別有所據呢？這一點歷來似無人深究。其實，傅增湘早已注意到此點，其明萬曆本渭南文集跋稱：「（萬曆本）其次第與正德本同，蓋即從紹興郡齋本翻刻者也。各卷詩後偶有評騭，細審之乃劉辰翁之語，蓋此九卷之詩即據澗谷、須溪選本前後二集全部收入，於劍南詩稿固未之見也。」（藏園群書經眼録卷一四）澗谷爲羅椅之號，須溪爲劉辰翁之號，兩人均爲宋末元初人。據祝尚書先生考證，兩家精選陸放翁詩集爲劍南詩稿刊行後流行最廣的選刻本，明初弘治十年（一四九七）有劉景寅合刻本，而別集一卷乃弘治翻刻時劉氏從瀛奎律髓中鈔出附後。（宋人別集叙録劍南詩稿）筆者從陸游資料彙編中檢得劉景寅識放翁詩選後一文，内稱：「詩至蘇、黄而下，後山、簡齋、放翁、誠齋諸公相繼崛起，而翁（指放翁）之作最多。其全集有抄本尚存，然雅聞而未嘗見也；獨羅澗谷、劉須溪所選在。勝國時，書肆中嘗合而梓行，以故傳相抄録，迄今漸出，而印本則見亦罕矣。弘治丁巳，在杭之學究家購得前所謂梓行者，即簿領間取讀，而未詳選者之權度果如何也……顧其書歲久且敝，字復多誤，乃舉似善鳴先生，正其足徵而無可疑者，仍其可疑者而待乎其人。又因取方虚谷所編律髓，悉檢翁詩抄出，與選復者去之，爲别集附焉，以備一家之言。暇置諸几上，方圖披勘，會餘杭冉君孝隆，同年友也，偶見而悦之，遂辱授梓，趣使翻刻以傳。」劉氏將這部包含三種選本的放翁詩選的來龍去脈，交代得十分清晰。四部叢刊初編將這部劉氏翻刻本影印收入，題爲精選陸放翁詩集，裝訂成二册，置於渭南文集十二册之後，且共作兩函。（文集前七册爲一函，後五册和詩集合一函。）這二册詩集包括前集澗谷精選陸放翁詩集十卷、後集須溪精選陸放翁詩集八卷和陸放翁詩别集（不分卷）三部分。

據此，筆者將正德本九卷陸詩與精選陸放翁詩集二册進行比對。兩精選均按詩體排列，分爲古詩、七言八句、七言四句、五言八句、五言四句幾類；别集均爲律詩，按五言、七言排列。正德本則分爲古樂府詩、五言古詩、七言古詩、五七言長短句古詩、五言律詩、七言律詩、五言絶句、七言絶句諸類，可見它將古體詩進行了細分，近體詩類則一一對應，具體詩作則同類合并，惟古體另行編排。須溪精選陸放翁詩集中劉辰翁的批語也照樣刻入。各本選詩數量及其對照如下表。至此，正德本九卷選詩的來龍去脈可謂水落石出。

	澗谷精選	須溪精選	虛谷律髓	合計	正德本
古體	三八	九三	/	一三一	卷四三至四六
七律	一五九	四四	一一七	三二〇	卷四八至四九
七絶	六一	六二	/	一二三	卷五一

（續表）

	澗谷精選	須溪精選	虛谷律髓	合計	正德本
五律	三三	十八	五三	一〇四	卷四七
五絶	三	三	/	六	卷五〇
合計	二九四	二二〇	一七〇	六八四	六八四

本文之所以不厭其煩地考述選詩的來歷，是要説明正德本的編刊者并非無所依據。文章取珍藏的嘉定本原樣刊入，惟删去六卷入蜀記；詩歌取名家的精選本三種合并刊入，惟調整了分類和排列次序；全書按文、詩、詞的順序排列。編刊者爲求達到詩文并傳的目的，可算是煞費苦心，可惜在刊刻環節未能把好關，以致錯誤百出，不堪卒讀。

筆者以正德本對校嘉定本，共録得異文七百餘條（處）。其中正德本優於嘉定本的屈指可數，其餘所録均爲正德本的大量脱誤。這些錯誤包括整篇脱漏的八篇（卷二之重明節明慶寺丞相率百僚啓建道場疏、會慶節明慶寺丞相率百僚啓建道場疏，卷九之賀薛安撫兼制置啓，卷二六之真廟賜馮侍中詩、高宗聖政草、高宗賜趙延康御書、高皇御書二），共一千五百餘字；脱漏幾字至幾十字的約三十處，共一千餘字；脱漏單字的二百八十處；三項總計脱漏二千八百餘字；此外還有單字舛誤的約四百處。正德本的脱誤數量約爲弘治本的八倍。造成如此大量刊刻錯誤的原因一是底本太差，所謂「本多訛闕，附以手録，至不成字」；二是時間倉促，前後只用了三個月，就完成了這部約三十萬字大書的刊印。看來梁氏爲首的刊刻者熱情頗高，但非行家。儘管正德本的刊刻品質確實難以恭維，但在渭南文集的傳播史上，仍有它不可替代的作用。一是爲明末汲古閣本恢復嘉定本的原貌提供了重要的校本（詳下節），二是直接催生出明代的另一個渭南文集的全刊本——萬曆本。萬曆四十年（一六一二），即正德本問世百年之際，福建巡撫、山陰人陸夢祖在任上據正德本翻刻了渭南文集五十二卷。卷首有福建提刑按察使陳邦瞻重刻渭南集序稱：「今直指陸公（指陸夢祖）刻渭南集計五十二卷，而詩文俱在，與通考異。蓋後人追哀陸集所得，然未備也……直指公與務觀同山陰，雖譜籍無考，而典刑在望，尚論表章之意，直文云乎哉？」筆者將萬曆本與正德本對照，正德本大量脱誤之處，萬曆本一仍其舊；少數改動之處，核以嘉定本，亦純屬臆改，不足爲訓。由此可以確定，萬曆本在翻刻之前，并未搜尋他本校勘，從陳序看，主事者對版本亦無研究，只是純粹的翻刻而已，且造成了新的錯誤，因此在渭南文集的校勘上并無價值可言。

集大成的汲古閣本

明代末年，渭南文集的傳播有幸遇到了一位真正的藏書家、版本學家兼出版家，他就是汲古閣主人毛晉。毛晉(一五九九—一六五九)爲江蘇常熟人,家産富饒,醉心藏書、刻書,建汲古閣、目耕樓,高價收購宋、元版本,藏書達八萬四千餘册,四十餘年間刻書總計六百餘種。葉德輝書林清話稱:「明季藏書家以常熟毛晉汲古閣爲最著者,當時曾遍刻十三經、十七史、津逮秘書、唐宋元人别集,以至道藏、詞曲,無不搜刻傳之。」(卷七)毛晉對陸游著作情有獨鍾,他搜輯陸游全部著作,刻成陸放翁全集七種一百五十七卷,包括渭南文集五十卷、劍南詩稿八十五卷、放翁逸稿二卷、老學庵筆記十卷、南唐書十八卷、家世舊聞一卷和齋居紀事一卷,成爲傳播陸游著述的最大功臣。

毛晉以傑出版本學家兼出版家的敬業精神,對陸游著作精校精刻,渭南文集可稱典範。其重刊渭南文集跋云:「放翁富於文辭,諸體具備,惜其集罕見於世。馬氏通考載渭南集三十卷,今不傳。邇來吴中士夫有抄而秘其本者,亦頗無詮次。紹興郡有刻本,去入蜀記,溷增詩九卷。據翁命子云,詩家事不可施於文,況十僅一二耶?既得光禄華君活字印本渭南文集五十卷,乃嘉定翁幼子遹編輯也,跋云『命名次第,皆出遺意』。但活板多謬多遺,因嚴加讎訂,并付剞劂,自秋徂冬,凡六月而書成。」從跋文可知,毛晉用於「嚴加讎訂」的主要版本,爲明代渭南文集的兩大主要刊本,即五十卷的弘治本和五十二卷的正德本,并可能參校了「頗無詮次」的吴中士夫的抄本。

雖然毛晉未能見到陸子遹嘉定十三年的原刊本,(三)但他卻充分利用了弘治本和正德本,基本上復原了嘉定本的原貌，并精益求精，校出了一個更爲完備的版本。比照汲古閣本和弘治本、正德本的異同，可以推測毛氏當年的讎訂工作是以弘治本爲底本，以正德本爲校本。因爲前者是根據原刻本所排印的活字印本，傳承清晰，淵源有自，顯然最爲接近渭南文集的原貌，儘管「活板多謬多遺」，但畢竟更爲可靠；而後者雖然「去入蜀記，溷增詩九卷」，違背了陸游原意，但它所收各體文章完備，又出自紹興，來源明確，正可作爲對校本，以彌補底本的不足。

毛氏的這一選擇無疑是正確的，從實際的讎訂效果看，汲古閣本確實做到了取長補短，擇善而從，從而集弘治、正德二本之大成。這具體表現在：弘治本同於正德本之處，汲古閣本均從之，這是全書的絶大部分。弘治本異於正德本之處，汲古閣本作了不同處理，或從前者，或從後者，以嘉定本核之，絶大多數是準確的，凸顯出校勘者的眼光和功力。如弘治本卷二三脱漏的五十二字和正德本卷二、卷九、卷二六脱漏的八篇一千五百餘字，汲古閣本都在通過互校後予以補足。又如卷一天申節賀表之「望睟表於雲霄」句中「睟」字，弘治本作「睟」，而正德本作「睟」，汲古閣本取後者，核之嘉定本，可知弘治本爲誤（「睟表」指温和慈祥之儀容，「睟表」則不辭）；同卷光宗册寶賀太皇太后箋之「諏穀旦於清臺，蓍龜允協」句中首字，正德本從嘉定本作「詠」，弘治本改作「諏」，汲古閣本取「諏」，顯然語意更優（「諏」爲商量之意，「詠」在此處難通）。有時，毛氏還出於己見，作了少量不同於二本的校改。如卷三蠟彈省劄篇首句「朝廷今來特敦大信、明大義於天下」，弘治本、正德本都從嘉定本用小字「光宗廟諱」避免出現「敦」字，汲古閣本則徑改爲「特敦」二字，方便了後人的閱讀，文義更爲順暢。又如卷八與何蜀州啓之「恭惟某官曠度清真」句中的「恭」字，弘治本、正德本都從嘉定本作「共」，顯然是舛誤而未得到校正，汲古閣本則改正爲「恭」。當然，汲古閣本讎訂中也有少量疏誤，包括底本錯誤未改和校改不妥之處，如卷四六入蜀記八月十九日有「蘇公齏湯蜜汁之戲不虛發」句，弘治本「齏」作「齎」，爲形近而誤，汲古閣本未作校改亦從「齎」；而同月十四日「傳云漢昭烈入吴」句中，弘治本作「昭」，而汲古閣本反而誤刊爲「照」，造成了新的舛誤（入蜀記爲正德本删去，故汲古閣本無所參照）。當然，這樣的疏誤在校書中難以絶對避免，汲古閣本的少量疏誤與其成就相比，更是瑕不掩瑜。

通過汲古閣的精心讎訂，弘治本的優長之處（同於、優於嘉定本的）都得到了保存，其脱誤之處則依據正德本的相應文本得到了校改；正德本的優長之處（同於嘉定本的）得到了利用，其大量脱誤之處則得到了弘治本的糾正。而如果從嘉定本着眼，它的基本面貌通過汲古閣本對弘治、正德二本的取長補短而得到了恢復，它的少量疏誤也因汲古閣本吸取了弘治本的校改而得到了糾正。因此，集弘治、正德二本大成的汲古閣本總體上成爲渭南文集一個更爲完善的版本。

除此之外，毛氏對於渭南文集的貢獻，還在於他搜輯陸游集外遺文爲放翁逸稿卷上，包括賦七篇、文二篇和詞五首。其放翁逸稿跋稱：「渭南文集皆放翁未病時手自編輯者，其不入韓侂胄園記，亦董狐筆也。予已梓行久矣，牧齋師復出賦七篇相示，皆集中多未載。又云閲古、南園二記，雖見疵於先輩，文實可傳。其飲青衣泉獨盡一瓢，且曰『視道士有愧，視泉尤有愧』，已面唾侘冑。至於南園之亂，惟勉以忠獻事業，無諛詞，無侈言，放翁未嘗爲韓辱也。因合鐫之，并載詩餘幾闋，以補渭南之遺云。」雖然宋末早有陸渭南遺文的傳抄，也早有學者對閲古泉記和南園記作出了公正的評價，[四]但對二文的詆毁之聲不絶。毛氏再爲放翁辨誣，肯定其「無諛詞，無侈言」、「文實可傳」，并輯入逸稿，表達了自己鮮明的立場，釐清了幾百年來强加在放翁頭上的不實之詞，爲全面認識陸游提供了文獻依據。後人在陸游佚文輯録上取得的新成績，可以視爲毛氏事業的發揚光大。

汲古閣本渭南文集的面世，集明代諸本之大成，遂成爲陸游文集的權威版本。清代編纂四庫全書時將其收入，更確定了它的地位。因此，陸游文集的傳播與許多作家不同，并無多種版本的參雜淆亂，而以相對穩定的形態爲後代讀者提供了較爲理想的文本。毛晉的汲古閣對此可謂功不可没。

結論

渭南文集宋明諸本的源流傳承可用以下簡圖表示：

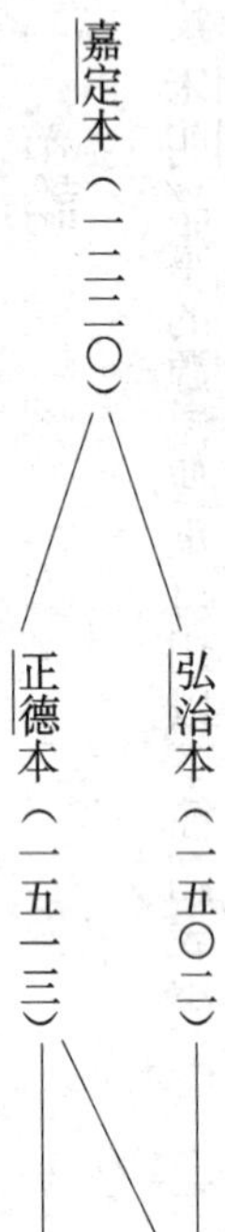

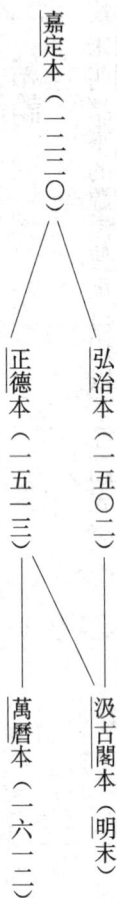

本文的結論是：渭南文集明代諸本的源頭，均出於宋嘉定十三年陸子遹溧陽學宮刊本。嘉定本再次爲我們展示了宋代「家刻本」的精良、權威。[五]弘治本於二百八十餘年後用活字版重新排印嘉定本，對文本有所校改，也造成舛誤，但對文集的傳承貢獻至偉。正德本同樣源出嘉定本，做了不適當的增删，且脱誤嚴重，但對文集的傳承仍不可或缺。萬曆本沿襲舛誤，乏善可陳。汲古閣本用弘治、正德二本互校，取長補短，在未見嘉定本的情況下，基本還原了嘉定本原貌，并更臻完善，成爲文集傳承的最大功臣，爲陸游文章的繼續傳播奠定了基礎。

在歷代名家文集中，渭南文集有其特殊的地位。首先，它是作者親自編定的，命名、次第、體例均其自定，完全體現了作者的意圖，這在歷代存世文集中并不多見。其次，它專收文章，與詩歌分編并存，（入蜀記和詞作附入只是出於保存的考慮，并非違例。）也與大多數詩文并收的文集不同。再次，它由作者之子在其身後不久即已刊行，保存了原始性和完整性，且刊刻精良，十分難得。第四，由於初刻本的權威性避免了流傳版本的蕪雜，後出刊本源頭單一，傳承有序（弘治本、正德本），并有集大成的整理本問世（汲古閣本），加之嘉定年間初刻本仍大體完整傳世，所有這些，使我們在近八百年後仍能見到最爲接近原貌的文本，這在出版史上、文獻傳播史上都是罕見的。這是陸游的幸運，也是今日陸游文章研究者、愛好者們的幸運。

注釋：

（一）如祝尚書宋人别集序録渭南文集，中華書局一九九九年版，第九七一至九七七頁；蔣方渭南文集的編撰與流傳，江漢大學學報二〇〇四年第二期，第四五至四九頁；王永波渭南文集版本考述，陸游與漢中，上海古籍出版社二〇一三年版，第九二至九九頁等。

（二）銅活字本一般理解爲用銅澆鑄的活字來印書，并稱即始於無錫華氏。當代有學者考證認爲實際上是用錫鑄成活字，排列固定於銅板上，然後進行刷印。見辛德勇重論明代的銅活字印書與金屬活字印本問題，燕京學報二〇〇七年第二期（新二十三期）。

（三）雖然流傳有放翁托夢毛晉向錢謙益借集，從而避免了絳雲樓火焚之厄的傳説，但語焉不詳，不足爲據，仍應以毛氏跋文爲準。

（四）見戴表元題陸渭南遺文抄後，載於剡源集卷十八。

（五）在出版史研究中，家刻本與官刻本、坊刻本并列，原指作者親屬私家刻印的文本。渭南文集似用學宫的公帑刻成，由於是陸游幼子子遹主持，亦可視爲家刻本。

原載中華文史論叢二〇一四年第四期

附録四　渭南文集編纂體例發微

陸游渭南文集嘉定十三年溧陽郡齋刊本之首，列有刊刻者陸游幼子陸子遹撰寫并手書的短文一篇：

先太史之文，於古則詩、書、左氏、莊、騷、史、漢，於唐則韓昌黎，於本朝則曾南豐，是所取法。然禀賦宏大，造詣深遠，故落筆成文，則卓然自爲一家，人莫測其涯涘。蓋今學者，皆熟誦劍南之詩。續稿雖家藏，世亦多傳寫。惟遺文自先太史未病時，故已編輯，而名以渭南矣，第學者多未之見。今別爲五十卷，凡命名及次第之旨，皆出遺意，今不敢紊，乃鋟梓溧陽學宫，以廣其傳。渭南者，晚封渭南伯，乃自號爲陸渭南。嘗謂子遹曰：「劍南乃詩家事，不可施於文，故别名渭南。如入蜀記、牡丹譜、樂府詞本當别行，而異時或至散失，宜用廬陵所刊歐陽公集例，附於集後。」此皆子遹嘗有疑而請問者，故備著於此。嘉定十有三年十一月壬寅，幼子承事郎知建康府溧陽縣主管勸農公事子遹謹書。（一）

這是有關渭南文集編纂最爲權威也是唯一的珍貴資訊。本文擬以此文及文集文本爲依據，探索渭南文集的編纂體例，并闡發其在别集編纂中的典範意義。

渭南文集的特殊地位

在數量浩瀚的宋人别集中，陸游的渭南文集佔據着特殊的地位。

首先，這是一部著者晚年親自編定的文集，囊括了著者一生自己確認的全部文章。能在晚年親自編定自己的文集，恐怕是大部分作者的願望，但能實現這一願望的人在古代并不多。由於種種原因，今天能見到的古代文集，絶大部分是作者身後由後代、弟子或其他學者、愛好者搜輯整理編成的。有些作者也編過自己的文集，但往往僅是一個階段的作品，而非全帙。如王禹偁自編小畜集三十卷，後人所編外集亦有二十卷；歐陽修晚年自編居士集五十卷，後人所輯外集有二十五卷；蘇軾手定東坡前集四十卷，并審定劉沔所編後集二十卷，蘇轍自編欒城集五十卷、後集二十四卷、第三集二十四卷，但兄弟二人自編的作品數量與後世流傳的仍相去甚遠（參見祝尚書宋人别集叙録）。陸游以八十五歲的高齡，親自編定渭南文集，「凡命名及次第之旨，皆出遺意」，可以説完全體現了著者的意圖。集中自署撰寫時間最晚的文章是嘉定二年七月的跋傅給事帖，而慶賀寧宗册封皇太子趙詢的三首賀表、賀箋更在八月，此時離陸游逝世僅不滿四月，這可稱奇迹。渭南文集之外，後人輯佚所得佚文數量不多，而且其中大多數也是陸游自己將其摒除在文集之外的（詳後）。再比較陸游詩集劍南詩稿，淳熙十四年知嚴州任上，陸游指導門人鄭師尹編刊劍南詩稿二十卷，而此後詩作，則由其子子虡、子遹在其身後分别刊入八十五卷本和八十七卷本。雖然陸游生前也參與了部分詩篇的校定工作，但與渭南文集由其整體一手編定仍有區别。可見，渭南文集的權威性無疑更爲確定。

其次，這是一部身後經由親人刊刻的文集，保證了内容的原始性和完整性。由於各方面條件的限制，能由自己的親屬在身後主持刊刻文集的作者實不多見。如南宋周必大曾手編自己的多種文集著述如省齋文稿、平園續稿、掖垣類稿等，身後由其子周綸及門客曾三異等編爲周益公集二百卷，刊爲家刻本，這樣的例子實屬鳳毛麟角，可惜此本至明代即已殘闕不全。陸游同樣十分幸運，其幼子子遹長期追隨身邊，爲其整理抄寫文稿，最得其晚年歡心和信任。陸游稱賞子遹學識進步頗大，「吾每爲汗出」（跋爲子遹書詩卷後）。陸游將刊行文集之任托付子遹，子遹也不負所望，在乃父去世十年之後的嘉定十三年，在溧陽郡齋刊行了渭南文集。雖然使用的是公帑，但刊刻精良，堪比家刻本。

第三，這是一部傳承清晰、線索單一的文集，減少了流傳過程中的錯訛舛誤。典籍傳播過程中，往往出現版本源頭多出、文本交互雜糅的現象，從而使其原貌難以釐清。渭南文集的傳承源出一頭，線索十分清晰。自子遹嘉定本初刊後，宋代再無别本流行；明代弘治本據嘉定本用銅活字排印，正德本雖闌入部分詩歌，但文章所據仍是嘉定本；明末汲古閣本在未見嘉定本的情況下，用弘治、正德二本互校，基本還原了嘉定本原貌，并更臻完善；清代四庫全書即據汲古閣本録入，其後諸本均循此例。因此，雖然各本仍互有優劣，但基於源頭單一，并無大的出入，汲古閣本更是後出轉精，保證了文集傳播的一脈相承。

第四，這是一部初刊猶在且基本保存完整的文集，最大程度地保留了初始的原貌。儘管宋代的刻書業已十分發達，刊刻的各類典籍包括文人别集不計其數，但能歷經近千年的歷史變遷而幸存下來的仍是極少數，能基本完整保存的更是極爲罕見，渭南文集卻能有幸躋身其中。陸子遹嘉定初刊本之一部明末清初入藏錢謙益絳雲樓，後又經黄丕烈收藏，其百宋一廛書録有著録，今藏於國家圖書館，并先後爲宋集珍本叢刊和中華再造善本叢書收録，得以影印傳播。國圖本渭南文集存四十六卷，闕卷三、四、十一、十二共四卷，但如用弘治等明本補入，則仍可基本保存嘉定本的原貌。因而總體來看，渭南文集的嘉定初刊本仍可視爲完好地保存至今，陸游八百餘年前編定的文集仍能最爲接近原貌地呈現於今人面前。

總括上述四方面，渭南文集是一部著者生前親手編定、由其親屬在其辭世不久即精心刊行、初刊本爲後世傳播的唯一源頭且傳承清晰、初刊本仍基本完整地保存至今的名家文集。在歷經八百年後，我們仍能見到最爲接近編刊原貌的文本，這在文獻傳播史上實爲罕見之奇迹。

渭南文集的編纂體例

由於今存别集絶大多數不是著者自己完整編成，很難體現其編集的真實意圖，而渭南文集則是一部完全體現著者意圖的文集；又由於陸游在宋代文學史上的重要地位，因而渭南文集的編纂就有着極大的典範意義。可惜陸游在書前并未留下「凡例」或「編例」之類的文字，明確條列自己的編纂體例，但我們依據子遹的跋文和保留着原貌的文集文本進行推測，還是能將這一體例大致地梳理勾畫出來。渭南文集編纂的整體框架可表述爲詩文分編、分體編排、以時爲序、附收專著四項，有的項目下還有細分。以下逐項分述。

一、詩文分編

作爲别集，渭南文集的一大特點是專收文章，而與專收詩歌的劍南詩稿有着明顯的分工。這是陸游確立的自己别集編纂的指導原則，理由是「劍南乃詩家事，不可施於文，故别名渭南」。這説明，在陸游的文學觀念中，「詩家事」和「文家事」有别，自己的詩、文創作各有其獨立的價值，不容相淆，不宜合編。劍南詩稿的編刊早在淳熙末年就已開始，因此陸游的這一原則在當時應已確定。(二)

考察今存宋人文集，少數或僅存詩，或僅存文，更多的則是詩文合集，這也是歷來別集編纂的通例。像陸游這樣詩文分編、各自命名的情況幾乎不見。在古人觀念中，詩、文是文學的兩大主要類别，但又有着明顯的分工。詩以言志抒情爲主要功能，重在呈現作者的主觀精神世界；文則要適應社會生活的各種需求，主要記録作者的仕途和生活行迹。陸游對二者不同功能的認識似特别强烈。「此身合是詩人未」（劍門道中遇微雨），「一生事業略存詩」（衰疾），陸游早就將自己準確地定位爲一位詩人，「詩家事」是他的終身功業，自然不宜與其他俗事相混淆，作爲純粹詩集的劍南詩稿是放翁欲傳諸後世的生命結晶。但陸游又生活在現實的俗世之中，從朝廷的應對、官場的應酬，到自己的興趣愛好、親朋的養生送死，都不容怠慢，不敢草率，「文家事」是其立身世俗社會的必備能力，文集是其留給後世的生存檔案。因此，詩、文集分編更能凸顯各自的獨立價值，這或許是陸游的主導思想。這裏對二者似也并無刻意軒輊，只是態度上可能略有差别，即詩集編纂不妨求全，需盡量保存（少時詩作不在其列）；文集編纂務必求精，需格外謹慎。此外，陸游詩作數量極夥，篇幅巨大，與文章合編，比例相差太大，難求協調平衡（中華書局點校本陸游集五册，詩稿居四，文集僅一册，可見一斑），或許也是陸游採用詩文分編的考慮之一。總之，詩文分編、各自命名是陸游編集框架的第一定位，也可看作他在别集編纂上的一項創新。

二、分體編排

渭南文集所收文章，遵循别集分體編排的通例，同樣按一定的文體順序排列，但又有自己的特色。

（一）文體順序

渭南文集的文體編排順序，依次爲表、箋、劄子、奏狀、啓、書、序、碑、記、銘、贊、記事、傳、青詞、疏、祝文、勸農文、雜書、跋、墓誌銘、墓表、壙記、塔銘、祭文、哀辭和致語，凡二十六體，涵蓋了宋人所用文體的絶大多數。這一順序主要分爲三大部分：經營仕途的上行、平行公文；面向世事的議論、叙事、抒情作品；祭奠死者的叙事、抒情作品。表、箋是直接呈送帝王致賀、稱謝、陳情的文書，劄子、奏狀是上呈朝廷論政、陳事的文書，啓則是呈送上司、平級官吏稱賀致謝、聯絡溝通的文書。這五種文體都是爲仕途公事而作，陸游將其置於文集之首，表示了對這部分文章的特别重視。一方面，它們是陸游一生歷仕四朝的仕宦記録，因而格外珍視；另一方面，在陸游晚年特定的政治背景下，或許也是其避禍自保的一種措施。從書、序到雜書、跋共十四種文體，是陸游在現實生活中面對各類需求寫作的文字。其中既有對現實人事的記述和議論，也有對歷史典籍、事件的考證辨析，還有個人情感的直接抒發；有的應對世俗人事的相處，有的適應宗教儀規的施行，還有的滿足饗神祈福的需求，可謂各緣其體，各遂所求。墓誌銘至哀辭六體，則是爲各類死者而作，或叙事，或抒情，因而居於諸體之後。致語歷來被視爲體卑，更附於最末。這是諸體排列的基本邏輯。

別集的文體排列順序并無明確的規定，各家也不盡相同。如李漢所編昌黎先生集的文體順序爲賦、古詩、聯句、律詩、雜著、書、啓、序、哀詞、祭文、碑誌、筆硯鱷魚文、表、狀（昌黎先生集序）；而歐陽修自編居士集的文體順序爲古詩、律詩、賦、雜文、論、經旨、辯、詔册、神道碑銘、墓表、墓誌銘、行狀、記、序、傳、書、策問、祭文。二者均以詩賦居前，文章諸體排列似無規律可尋。渭南文集諸體依照朝廷公事、世間人事、冥界人事三部分排列，層次更爲分明，次序更爲合理，應是陸游深思熟慮、反復斟酌的安排。

（二）同體細分

在分體編排的前提下，渭南文集對部分文體又進行了細分，使同體之内的文章按題材再次得以類别。最典型的爲卷一表箋，「表」體共二十首，又細分爲三組：即賀表八首，謝表十一首，逆曦授首稱賀表一首。賀表中又有聖節（皇帝生辰）賀表四首，依次呈高宗、孝宗、寧宗；册封、御正殿賀表三首，均呈寧宗；賀明堂表一首，呈孝宗。謝表中又分謝赦、謝賜表四首，到任謝表三首，除官謝表二首，致仕、落職謝表二首，共四小類。因剿滅叛臣吴曦而上呈的賀表别爲一組居末。「箋」體用於上呈太皇太后、皇后、太子，共七首，均爲賀箋，又細分爲兩組：賀册封、御正殿五首，分别上呈孝宗謝皇后（太皇太后）、寧宗楊皇后、寧宗皇太子；賀逆曦授首二首，分别上呈孝宗謝皇后、寧宗楊皇后。可見其排列有序，極爲嚴謹。卷二「南宫表箋」同爲表箋，但因均爲陸游淳熙十六年任職禮部郎中時代丞相所擬，故别爲一卷，與卷一以自己名義所撰表箋區分開來，可見陸游文體分類的細密。

又如卷二三至二四收録疏五十首，疏文是佛事活動常用文體，又分爲道場疏、募緣疏、法堂疏等細類，而道教也時用之。陸游的五十首疏文同樣細分爲多組：從天申節樞密院開啓道場疏至瑞慶節功德疏十一首爲一組，均爲皇家聖節所用疏文（卷二「南宫表箋」中實際包含着六首道場疏，因同爲代擬，故不入此處，可視爲變通處理）。從祈雨疏至嚴州久雪祈晴疏十首爲一組，是陸游任地方官時祈求風調雨順所作祈請疏文；從法雲寺建觀音藏殿疏至重修大慶寺疏九首，多爲陸游爲家鄉寺廟修建所作的募緣疏文；從福州請仁王堅老疏至雍熙請錫老疏十首，多爲陸游爲福州和會稽兩地寺院啓請高僧的法堂疏文；從求僧疏至葉可欣求僧疏十首則爲陸游爲請求出家者所作的募緣疏文。總體上五組疏文類分標準統一，十分整齊，同樣説明陸游的文體觀念十分清晰和嚴謹。

此外，有的文體將有關帝王宰臣的篇目置於前列，隨後再以寫作時間排列，這也是一種細分。如「跋」體將真廟賜馮侍中詩至今上皇帝賜包道成御書崇道庵額六首按真宗、高宗、寧宗的順序排在全部跋文之首，以示對帝王的尊崇。而「祭文」卷則將皇太后靈駕發引祭文、祭梁右相文、祭襲參政文三首以皇族、宰臣爲對象的篇目置於卷首，同樣是推尊其地位的特殊。

（三）棄體原委

渭南文集收録了陸游創作的絶大部分文章，這是没有疑義的，這從後人在集外輯佚所得數量不多可以得到明證。（三）但這些佚文同時也説明，陸游在文集編纂中明顯捨棄了自己創作的某些文體和作品，這主要是賦、書劄二體，閲古泉、南園二記以及策、論之類少時作品。

鋪采摛文、體物寫志的「賦」體歷來是文人十分重視的文體，而且承襲文選的傳統，往往被作者置於别集之首。陸游有賦作七首，卻被摒棄於渭南文集之外，至明末錢謙益出示於毛晉并被編入放翁佚稿之後才得以面世。陸游極富於詩而頗疏於賦，其文學才情全部傾注於詩體，賦體所作既不多，成就亦平平。七首賦作均爲抒情小賦，雖然也有如虎節門觀雨賦鋪叙雨勢、思故山賦狀寫秋景的奇句，但整體格局不大，陳義不高，作於嚴州的焚香、自閔、思故山三賦更顯意志消沉，再加上詩、賦二體的成就反差太大，這或許是陸游不滿己作、因而摒棄賦體入集的原因。

「書劄」更多的被稱之爲「尺牘」，它與「書」體的區别在於：「書」多用來闡述觀點、表明立場，往往用於正式的場合；「尺牘」則篇幅短小，使用隨意靈活，常用於朋友間的日常交往。自蘇、黄尺牘風行天下，宋代文人往往將此體收入别集。陸游交遊廣泛，尺牘之作應不在少數，今輯得佚文近二十首即可證明，其中不少都輯自流傳下來的書帖真迹。渭南文集收録「書」體九首，卻摒棄了大量的尺牘之文，這説明陸游不願將這些用於日常交往的隨意而作的文字，作爲自己的著作正式編入文集，尤其體現了其編纂態度的沉穩和嚴謹。

「記」體被宋代文人視爲「文章家大典册」（葉適習學記言序目）之一，陸游對之也十分重視，渭南文集所收達五卷五十四首，但晚年的兩首重要記文南園記和閱古泉記卻被摒除在外，此事并成爲宋末以來文壇的一段公案。今天來看，後人的誣陷不實之詞不足爲憑，僅就二文本身而言，狀景精細，立言得體，不失爲陸游記體文中的佳作。但韓侂胄「開禧北伐」失敗，旋又被殺，陸游亦遭落職，承受着巨大的精神壓力。在這樣的特殊背景下，陸游在編集時將此二記删去，也是完全可以理解的。故毛晉評論稱：「渭南文集皆放翁未病時手自編輯者，其不入韓侂胄園記，亦董狐筆也。」（放翁逸稿跋）而子遹刊刻文集時，只是忠實地遵照父親的旨意而已。

此外，宋人普遍好議論，論道、論政、論史之文，充斥别集。陸游少年時代也熱衷科舉，科舉必試的策、論之作應亦不少。但渭南文集不收策、論之體，説明陸游不欲保存這些少作，而入仕之後也無興趣寫作此類高頭講章。因此，無策、論之文，也成爲渭南文集的一項特色。

三、以時爲序

在各體及其細類之下，渭南文集依照「以時爲序」的原則排列文章，其中又分幾種情況。

（一）標明時間

渭南文集中的部分文章，陸游在篇中自己標明寫作時間，這是最爲確鑿的篇目繫年。其中主要分爲三類：一是在篇題下注明，如卷三、卷四「劄子」體多數文章篇題下都有標注；二是在篇首或篇末注明，如卷十四、卷十五「序」文、卷十七至卷二一「記」文和卷二六至卷三一「跋」文中的大部分篇目；三是在卷題中注明，如卷二「南宫表箋」都是作者在禮部郎中任内所撰，因此都作於淳熙十六年無疑。上述三類及其他標明時間的篇目總數近四百首。考察以上三類自標時間的篇目，在各體内均嚴格按照時間先後順序排列，僅少數前後略有出入。這説明「以時爲序」是渭南文集編纂的一個重要原則，因此也爲其他未標明時間的各體的排列提供了重要的參照。至於如表箋、疏文之類劃分細類的文體，「以時爲序」更體現在細類中篇目的排列上，因此表面上看各篇排列錯亂無序，實際上在各細類中仍是時序分明的。曾有學者不明此例而提出文集編纂「倉促」、「體例有不嚴謹處」〔四〕的指責，是完全站不住脚的。

（二）未標時間

除了自己標明的之外，渭南文集中的大部分文章未明確標注寫作時間，但根據文章的内容，還是可以判定或基本判定其撰寫年月。如卷六至卷十二的一百餘首「啓」文，與陸游及相關對象的仕宦經歷緊密相聯，因此都能據以判斷其準確的寫作年月。又如卷三二至卷四十的近五十首墓誌銘、墓表、塔銘等，都可以從文中墓主落葬時間或家屬請銘時間，推斷出陸游撰文的大致時間。從這兩大類未標明寫作時間的文體看，渭南文集的編排也是完全依照「以時爲序」的原則處理的。至如集後附録的「詞」二卷，也有學者研究發現，均是先按調名分類，同調詞則同樣「以時爲序」排列，甚至調與調之間也以每調的首闋詞寫作時間先後爲序。(五)

(三) 附綴增補

對於有些在編集時已難以確認時間的短文，陸游將其集中編排在該類文體的最後，如卷三一從跋熊舍人四六後至跋王元澤論語孟子解二十七首，明顯因無從考定寫作時間而附綴於「跋」體之後。而如「墓誌銘」體，從最早的右朝散大夫陸公墓誌銘（作於隆興元年）至求志居士彭君墓誌銘（作於開禧三年），均遵循「以時爲序」之例，而末篇「吏部郎中蘇君墓誌銘」則作於紹熙三年，顯然違例，則很可能是編集已定之後增補的。卷五十末真珠簾、雙頭蓮、鷓鴣天、蝶戀花四調與前重複，當也是此類增補之例。

綜合上述，無論是否標明，「以時爲序」應是渭南文集編纂一以貫之的原則，而且陸游把握得十分嚴謹。除了在啓、跋等文體中有個别篇目的次序略有上下，絶大部分文章的順序可謂編排得一絲不苟，堪爲楷模。因此，這就爲集中每篇文章的編年提供了可靠的依據。文集還有約八十篇文章的繫年尚難查考（主要在銘、贊、疏、雜書、祭文等文體中），但陸游的編排决非隨意，一定有其道理，這是不容置疑的。

四、附收專著

渭南文集與傳統别集的一大區别是，在各體文章之後，又收録了天彭牡丹譜、入蜀記兩種專著和作爲韻文的「樂府詞」二卷。陸游説明稱：「如入蜀記、牡丹譜、樂府詞本當别行，而異時或至散失，宜用廬陵所刊歐陽公集例，附於集後。」這表明，陸游清楚這樣的編排不合傳統的别集編纂體例，但爲了防止「異時」「散失」，故沿用廬陵刊歐陽公集的成例，作了特殊的處理。

廬陵所刊歐陽公集，是指周必大晚年退居廬陵後，廣搜歐集版本，精心主持校勘，編刊成歐陽文忠公集一百五十三卷，集歐文之大成。全書包括居士集、外集、易童子問、外制集、内制集、表奏書啓四六集、奏議、河東奉使奏草、河北奉使奏草、奉事録、濮議、崇文總目序釋、于役志、歸田録、詩話、筆説、試筆、近體樂府、集古録和書簡凡二十種，除歐陽修自編居士集外，還有多種集部單一文體專集和筆記、專著等，開創了别集彙聚一家之作的「大全集」模式。

歐陽公集刊成於慶元二年（一一九六），陸游當在不久後即見到此書，并以其體例爲範本考慮自己文集的編纂。渭南文集將各體文章集於一帙，不設專集，附於集後的僅天彭牡丹譜、入蜀記、樂府詞三種，均承襲歐陽修之作。（天彭牡丹譜承襲居士外集中的洛陽牡丹記、入蜀記承襲于役志、樂府詞承襲近體樂府。）可見陸游在彙集專著時亦採取了十分謹慎的態度，未將老學庵筆記、家世舊聞、齋居紀事等筆記著述編入。直至明末毛晉汲古閣刊陸放翁全集，才將陸游的詩、文、史著、筆記等全部收入，形成陸游著述的大全集。總之，陸游在參考歐陽文忠公集編例的基礎上，在自己各體文章之後，附收若干著作，亦爲斟酌制宜，别存深意。

詩文分編、分體編排、以時爲序、附收專著四項，構成了渭南文集編纂的整體框架，這一體例是陸游深思熟慮的結果，也在子遹的跋文和文集文本中得到了完整的體現。

渭南文集編纂的典範意義

作爲名家自編文集的完整流傳本，渭南文集在文獻傳播史上無疑有其重要地位。而從别集編纂角度著眼，渭南文集同樣有其典範的意義，這主要表現在以下三方面。

首先，編纂態度的嚴謹。與不少由後人編纂的只求其全而編排粗疏的别集不同，渭南文集是陸游在晚年精心籌畫、反復推敲、親手編定的文集，「凡命名及次第之旨，皆出遺意」，體現了極其嚴謹的編纂態度。陸游將文集看作是記録自己仕途和生活行迹的檔案，故相關文章都一絲不苟地留存在文集中。從科舉發解、受挫，到恩賜出身；從初登仕途，到被斥去國；從萬里赴蜀，到奉召東歸；從屢遭攻訐，到奉祠致仕；從晚年復出，到再遭落職，陸游一生的仕宦履歷，都在文集中得到準確無誤的印證。陸游數量不多的上殿劄子奏狀、代執政起草的表箋、與上司同僚聯絡溝通的啓文，都編列在文集中，記録着他仕途上一步步的脚印。此外，陸游一生交往的各類親屬、朋友，在漫長人生中的種種感悟體驗，研習學問、藝術的種種心得收穫等等，所有這一切，都被陸游通過各體文章極爲嚴肅認真地記録在文集中，使之成爲其漫長人生的真實展示。雖然劍南詩稿中或許有更多作者行止細節和内心活動的展示，但渭南文集更像一份作者的履歷表，刻録着他的全部人生軌迹。從這個意義上説，研讀陸游以嚴謹態度自編的渭南文集，應是瞭解其生平的首要途徑。

其次，編纂體例的嚴整。渭南文集編纂中四項框架的設計，無疑是陸游反復斟酌、精心謀劃的結果。它繼承了别集編纂的通例，又有自己的創新。分體編排和以時爲序，是歷來别集的常規，陸游傳承了這一傳統體例，并將其作爲一以貫之的核心。相較劍南詩稿不分詩體而唯按時序（當然這有其長處），渭南文集顯然更爲合規。而詩文分編和附收專著，則是有别於一般别集的創新之處，但它與傳統體例融爲一體，令人并無突兀之感，體現出整個體例的嚴整性。在文體編排順序上，陸游也經過了細緻考慮，將朝廷公事諸體置於首位，隨後是自己應對私事的文章；其中又將針對世間人事的諸體居前，而把爲逝者所作諸體居末；而有的文體還按題材區分爲細類，而集中代言的「南宫表箋」則另立專卷，這些都體現出對文體順序思慮的細密和安排的合理。在「以時爲序」的排列順序上，渭南文集處理得可謂一絲不苟，幾乎少有違例，確已不能考定時間的作品集中置於該體之後，既反映出作者實事求是的嚴肅態度，又解決了排列上的難題。

第三，文章甄選的嚴格。作者對於自己辛勤勞作的成果都是珍愛的，所謂敝帚自珍；但由於種種原因，并非所有的作品都是值得留存的，這就需要認真甄選。由後人編選文集的作者自己無法進行此項選擇，而渭南文集則由作者在生前親自編定，陸游對自己文章的棄取十分嚴格。如前所述，陸游對少時的策論和賦作或不甚滿意，因而都不入文集；對日常朋友間交際的尺牘之作，或覺得過於隨意，也都刊落集外。而附收於集中的三種專著，陸游選擇的都是與集部文章直接相關的著述。天彭牡丹譜脱胎於歐公洛陽牡丹記，入蜀記仿之於歐公于役志，都與「記」體關聯；樂府詞雖是韻語，但本屬集部；而純屬筆記的老學庵筆記、家世舊聞等就不得入集。這些應該都是陸游自己反復推敲後作出的選擇。至於删去後人詬病最多的閲古泉、南園二記，其實也是陸游嚴謹態度的表現。陸游晚年不參與道學集團，與「慶元黨禁」無涉，又長期奉祠，直至致仕家居，遠離政治中心。只是因爲一生主張抗金北伐，因而與韓侂胄走得稍近，并接受了復出修史之任。但修史完成後，堅決再次致仕歸鄉，毫無戀棧之態。陸游奉命作記，立意修辭，均十分得體，「無諛辭，無侈言」（南園記），堂堂正正，磊落光明。但開禧北伐失敗、韓侂胄被殺，一時局勢逆轉，陸游耄耋高齡亦遭落職。此時再將二記編入文集，絶非明智之舉。是非曲直，後世自有公論，遠身避禍，實乃常情，無論對自身和家庭，都是負責謹慎的態度，這或許也是陸游在生命最後階段作出的痛苦無奈的選擇。

「文章千古事，得失寸心知」（杜甫偶題），遺憾的是，很多作者這些「寸心」自知的「得失」，往往很難體現在後人爲他們編纂的文集中。陸游則幸運得多，他以嚴謹的態度、嚴整的體例，經過嚴格甄選親自編成的渭南文集，將他八十五載人生中精心撰寫的篇章，完全按照本人的意圖完整地保存下來，爲後人探索其「寸心」留下了最可靠的依據。渭南文集的編纂，也爲後代直至今人的別集編纂，留下了許多寶貴的經驗和啓迪。

注釋：

（一）陸子遹渭南文集跋，渭南文集嘉定十三年刊本卷首。原文没有標題，後人有的稱之爲「序」，有的稱之爲「跋」。據其在卷首的位置，似應看作序文，或因文集別無他人爲序，子遹遂將此文置於卷首。但從全文内容看，雖略有評論，但主要是交待刊行緣起，并轉述父親的編集意圖，與序文的常規作法不合。另從子遹的身份著眼，子爲父序，似也有違禮儀，少見先例。筆者也曾稱其爲序，現在看來，儘管它居於卷首，還是稱跋爲妥。

（二）其實對於詩文分別編集，陸游早有關注和思考。他在再跋皇甫先生文集後中，引司空圖論詩之語爲證，説明：「持正（皇甫湜）自有詩集孤行，故文集中無詩，非不作也。正如張文昌（張籍）集無一篇文，李習之（李翱）集無一篇詩，皆是詩文各爲集耳。」可見陸游文集的詩文分編，是有唐人「詩文各爲集」的成例在先的。

（三）渭南文集之外的佚文，明人毛晉放翁逸稿、今人孔凡禮陸游佚著輯存、曾棗莊、劉琳主編全宋文等共輯得全篇四十餘首，分屬賦、啓、書劄、序、記、銘、題跋諸體，另有少量殘篇。

（四）見蔣方渭南文集的編纂與流傳，江漢大學學報二〇〇四年第二期。

（五）參見趙惠俊渭南文集所附樂府詞編次與陸游詞的繫年，陸游與南宋社會，中國社會科學出版社二〇一七年版，第七一〇頁。

原載新宋學二〇一九年第八輯

主要引用和參考書目

渭南文集及陸游研究書目

渭南文集五十卷　宋嘉定十三年陸子遹溧陽學宮刊本　中華再造善本叢書本
渭南文集五十卷　明弘治十五年華珵銅活字印本　四部叢刊初編本
渭南文集五十二卷　明正德八年梁喬刊本
渭南文集五十二卷　明萬曆四十年陸夢祖刊本
渭南文集五十卷　明末毛晉汲古閣刊本
放翁逸稿二卷　明末毛晉汲古閣刊本
渭南文集五十卷　清文淵閣四庫全書本
渭南文集五十卷　陸游集點校本　中華書局一九七六年版

陸游文三十二卷　全宋文點校本　上海辭書出版社、安徽教育出版社二〇〇六年版
渭南文集校注四十二卷　馬亞中、涂小馬校注　浙江古籍出版社二〇一五年版
陸游全集校注　錢仲聯、馬亞中主編　浙江教育出版社二〇一一年版
渭南文集校注　浙江教育出版社陸游全集校注本
劍南詩稿校注　浙江教育出版社陸游全集校注本
入蜀記校注　浙江教育出版社陸游全集校注本
南唐書校注　浙江教育出版社陸游全集校注本
老學庵筆記校注　浙江教育出版社陸游全集校注本
家世舊聞校注　浙江教育出版社陸游全集校注本
齋居紀事校注　浙江教育出版社陸游全集校注本
入蜀記校注　蔣方校注　湖北人民出版社二〇〇四年版
劍南詩稿校注　錢仲聯校注　上海古籍出版社一九八五年版
放翁詞編年箋注（增訂本）　夏承燾、吴熊和箋注　陶然訂補　上海古籍出版社二〇一二年版
陸游嚴州詩文箋注　朱睦卿箋注　浙江大學出版社二〇一三年版

陸游年譜　歐小牧著　人民文學出版社一九八一年版
陸游年譜　于北山著　上海古籍出版社二〇〇六年版
陸游資料彙編　孔凡禮、齊治平編　中華書局一九六二年版
陸游研究　朱東潤著　中華書局一九六一年版
陸游選集　朱東潤撰　中華書局一九六二年版
陸游傳　朱東潤著　上海古籍出版社一九七九年版
陸游評傳　邱鳴皋著　南京大學出版社二〇〇二年版
亘古男兒——陸游傳　高利華著　浙江人民出版社二〇〇七年版
陸游家世　鄒志方著　北京出版社二〇〇四年版
陸游研究　鄒志方著　人民出版社二〇〇八年版
陸游研究　歐明俊著　上海三聯書店二〇〇七年版
陸游論集　紹興市文聯編　吉林文史出版社一九八七年版
陸游與越中山水　中國陸游研究會編　人民出版社二〇〇六年版
陸游與鑒湖　中國陸游研究會編　人民出版社二〇一一年版
陸游與漢中　中國陸游研究會編　上海古籍出版社二〇一三年版
陸游與南宋社會　中國陸游研究會編　中國社會科學出版社二〇一七年版

陸游交遊録　孔凡禮著　文史第二十一輯
陸游家世叙録　孔凡禮著　文史第三十一輯
渭南文集的編纂與流傳　蔣方著　江漢大學學報二〇〇四年第二期
陸游碑誌藝術特色與繫年考辨　李强著　陰山學刊二〇〇四年第四期
渭南文集版本考述　王永波著　中華文化論壇二〇一二年第六期
讀陸游入蜀記劄記　莫礪鋒著　文學遺産二〇〇五年第三期
注釋是文本解讀的基石　莫礪鋒著　學術界二〇一二年第八期

經部書目

周易正義　王弼注、孔穎達正義　中華書局影印阮元校刻十三經注疏本
尚書正義　孔安國傳、孔穎達疏　中華書局影印阮元校刻十三經注疏本
毛詩正義　毛亨傳、鄭玄箋、孔穎達疏　中華書局影印阮元校刻十三經注疏本
周禮注疏　鄭玄注、賈公彦疏　中華書局影印阮元校刻十三經注疏本
儀禮注疏　鄭玄注、賈公彦疏　中華書局影印阮元校刻十三經注疏本
禮記正義　鄭玄注、孔穎達疏　中華書局影印阮元校刻十三經注疏本

春秋左傳正義　杜預注、孔穎達疏　中華書局影印阮元校刻十三經注疏本
春秋公羊傳注疏　何休注、徐彦疏　中華書局影印阮元校刻十三經注疏本
春秋穀梁傳注疏　范甯注、楊士勛疏　中華書局影印阮元校刻十三經注疏本
孝經注疏　唐玄宗注、邢昺疏　中華書局影印阮元校刻十三經注疏本
論語注疏　何晏集解、邢昺疏　中華書局影印阮元校刻十三經注疏本
孟子注疏　趙岐注、孫奭疏　中華書局影印阮元校刻十三經注疏本
爾雅注疏　郭璞注、邢昺疏　中華書局影印阮元校刻十三經注疏本
説文解字注　許慎撰、段玉裁注　上海古籍出版社影印經韻樓本

史部書目

史記　司馬遷撰、裴駰集解、司馬貞索隱、張守節正義　中華書局點校本
漢書　班固撰、顔師古注　中華書局點校本
後漢書　范曄撰、李賢注　中華書局點校本
三國志　陳壽撰、裴松之注　中華書局點校本
晉書　房玄齡等撰　中華書局點校本

宋書　沈約撰　中華書局點校本
南齊書　蕭子顯撰　中華書局點校本
梁書　姚思廉撰　中華書局點校本
陳書　姚思廉撰　中華書局點校本
魏書　魏收撰　中華書局點校本
北齊書　李百藥撰　中華書局點校本
周書　令狐德棻撰　中華書局點校本
隋書　魏徵、令狐德棻等撰　中華書局點校本
南史　李延壽撰　中華書局點校本
北史　李延壽撰　中華書局點校本
舊唐書　劉昫等撰　中華書局點校本
新唐書　歐陽修、宋祁撰　中華書局點校本
舊五代史　薛居正等撰　中華書局點校本
新五代史　歐陽修撰　中華書局點校本
宋史　脱脱等撰　中華書局點校本

資治通鑑　司馬光撰　中華書局點校本
續資治通鑑長編　李燾撰　中華書局點校本
建炎以來繫年要録　李心傳撰　中華書局點校本
續資治通鑑　畢沅撰　中華書局點校本

戰國策　高誘注　上海古籍出版社點校本
國語　韋昭注　上海古籍出版社點校本
吴越春秋　趙曄撰　上海古籍出版社點校本
越絶書　袁康等輯録　上海古籍出版社點校本
東觀漢記　班固等撰　文淵閣四庫全書本
十國春秋　吴任臣撰　中華書局中國史學基本典籍叢刊本
南唐書　馬令撰　杭州出版社五代史書彙編本
宋史翼　陸心源撰　中華書局一九九一年版
水經注校證　酈道元撰、陳橋驛校證　中華書局中華國學文庫本
華陽國志校注　常璩撰、劉琳校注　巴蜀書社一九八四年版

元和郡縣圖志　李吉甫撰　中華書局中國古代地理總志叢刊本
太平寰宇記　樂史撰　中華書局中國古代地理總志叢刊本
元豐九域志　王存等撰　中華書局中國古代地理總志叢刊本
輿地廣記　歐陽忞撰　中華書局中國古代地理總志叢刊本
方輿勝覽　祝穆撰　中華書局中國古代地理總志叢刊本
輿地紀勝　王象之撰　中華書局中國古代地理總志叢刊本
嘉泰會稽志　沈作賓、施宿等撰　中華書局影印宋元方志叢刊本
寶慶會稽續志　張淏撰　中華書局影印宋元方志叢刊本
吴郡志　范成大撰　中華書局影印宋元方志叢刊本
乾道臨安志　周淙撰　中華書局影印宋元方志叢刊本
淳祐臨安志　施諤撰　中華書局影印宋元方志叢刊本
咸淳臨安志　潛説友撰　中華書局影印宋元方志叢刊本
嘉泰吴興志　談鑰撰　中華書局影印宋元方志叢刊本
嘉定鎮江志　史彌堅、盧憲撰　中華書局影印宋元方志叢刊本
咸淳毗陵志　史能之撰　中華書局影印宋元方志叢刊本
淳熙嚴州圖經　陳公亮、劉文富撰　中華書局影印宋元方志叢刊本

景定嚴州續志　錢可則、鄭瑶等撰　中華書局影印宋元方志叢刊本
景定建康志　馬光祖、周應合撰　中華書局影印宋元方志叢刊本
淳熙三山志　梁克家撰　中華書局影印宋元方志叢刊本
八閩通志　黄仲昭撰　福建人民出版社福建地方志叢刊本

南宋館閣録續録　陳騤等撰、張富祥點校　中華書局一九九八年版
郡齋讀書志校證　晁公武撰、孫猛校證　上海古籍出版社點校本
直齋書録解題　陳振孫撰　上海古籍出版社點校本
文獻通考經籍考　馬端臨撰　華東師範大學出版社點校本
宋史藝文志　脱脱等撰　中華書局點校本
四庫全書總目　永瑢等撰　中華書局一九八三年影印本

子部書目

荀子集解　荀況撰、王先謙集解　中華書局諸子集成本
老子注　老子撰、王弼注　中華書局諸子集成本

莊子集解　莊周撰、王先謙集解　中華書局諸子集成本
列子集釋　列禦寇撰、楊伯峻集釋　中華書局諸子集成本
墨子閒詁　墨翟撰、孫詒讓注　中華書局諸子集成本
晏子春秋　晏嬰著　中華書局諸子集成本
管子校正　管仲撰　戴望校正　中華書局諸子集成本
韓非子集解　韓非撰、王先謙集解　中華書局諸子集成本
吕氏春秋　吕不韋撰　中華書局諸子集成本
新語　陸賈撰　中華書局諸子集成本
淮南子　劉安撰　中華書局諸子集成本
鹽鐵論　桓寬撰　中華書局諸子集成本
揚子法言　揚雄撰　中華書局諸子集成本
論衡　王充撰　中華書局諸子集成本
潛夫論　王符撰　中華書局諸子集成本
抱朴子　葛洪撰　中華書局諸子集成本
世説新語　劉義慶撰、劉孝標注　中華書局諸子集成本
顔氏家訓　顔之推撰　中華書局諸子集成本

初學記　徐堅等撰，司義祖校點　中華書局一九六二年版
藝文類聚　歐陽詢等撰，汪紹楹校　上海古籍出版社一九八二年版
太平御覽　李昉等撰　中華書局影印本
景德傳燈録　道原撰，朱俊紅校點　海南出版社二〇一一年版
五燈會元　普濟撰　中華書局中國佛教典籍選刊本
古尊宿語録　賾藏主編　中華書局中國佛教典籍選刊本
高僧傳　慧皎撰　中華書局中國佛教典籍選刊本
續高僧傳　道宣撰　中華書局中國佛教典籍選刊本
宋高僧傳　贊寧撰　中華書局中國佛教典籍選刊本

唐語林　王讜撰　中華書局唐宋史料筆記叢刊本
大唐新語　劉肅撰　中華書局唐宋史料筆記叢刊本
封氏聞見記　封演撰　中華書局唐宋史料筆記叢刊本
歸田録　歐陽修撰　中華書局唐宋史料筆記叢刊本
泊宅編　方勺撰　中華書局唐宋史料筆記叢刊本
涑水記聞　司馬光撰　中華書局唐宋史料筆記叢刊本

邵氏聞見後録　邵博撰　中華書局唐宋史料筆記叢刊本
邵氏聞見録　邵博撰　中華書局唐宋史料筆記叢刊本
鐵圍山叢談　蔡絛撰　中華書局唐宋史料筆記叢刊本
青箱雜記　吴處厚撰　中華書局唐宋史料筆記叢刊本
師友談記　李廌撰　中華書局唐宋史料筆記叢刊本
後山談叢　陳師道撰　中華書局唐宋史料筆記叢刊本
東軒筆録　魏泰撰　中華書局唐宋史料筆記叢刊本
侯鯖録　趙令畤撰　中華書局唐宋史料筆記叢刊本
雲麓漫鈔　趙彦衛撰　中華書局唐宋史料筆記叢刊本
石林燕語　葉夢得撰　中華書局唐宋史料筆記叢刊本
建炎以來朝野雜記　李心傳撰　中華書局唐宋史料筆記叢刊本
容齋隨筆　洪邁撰　中華書局唐宋史料筆記叢刊本
范成大筆記六種　范成大撰　中華書局唐宋史料筆記叢刊本
桯史　岳珂撰　中華書局唐宋史料筆記叢刊本
四朝聞見録　葉紹翁撰　中華書局唐宋史料筆記叢刊本
揮麈録　王明清撰　上海古籍出版社一九九〇年版

齊東野語　周密撰　中華書局唐宋史料筆記叢刊本
癸辛雜識　周密撰　中華書局唐宋史料筆記叢刊本
浩然齋雅談　周密撰　中華書局唐宋史料筆記叢刊本
清波雜誌校注　周煇撰　中華書局唐宋史料筆記叢刊本
鶴林玉露　羅大經撰　中華書局唐宋史料筆記叢刊本

集部書目

楚辭今注　屈原著、湯炳正等注　上海古籍出版社一九九六年版
文選　蕭統編、李善注　中華書局影印胡克家本
六臣注文選　蕭統編、李善、吕延濟等注　中華書局影印本
先秦漢魏晉南北朝詩　逯欽立編　中華書局一九八二年版
全上古秦漢三國兩晉六朝文　嚴可均編　中華書局影印廣雅書局本
全唐詩　彭定求等編　上海古籍出版社影印揚州詩局本
全唐詩補編　陳尚君編　中華書局一九九二年版
全唐文　董誥、阮元、徐松等編　中華書局影印嘉慶本

全唐文補編　陳尚君編　中華書局二〇〇五年版
全唐五代詞　曾昭岷等編　中華書局一九九九年版
全宋詩　北大古文獻研究所編　北京大學出版社一九九八年版
全宋文　曾棗莊、劉琳等編　上海辭書出版社、安徽教育出版社二〇〇六年版
全宋詞　唐珪璋、王仲聞編　中華書局一九七九年版
陶淵明集校箋（修訂本）　陶潛著、龔斌校箋　上海古籍出版社中國古典文學叢書本
鮑參軍集注　鮑照著、錢仲聯集注　上海古籍出版社中國古典文學叢書本
謝宣城集校注　謝朓著、曹融南校注　上海古籍出版社中國古典文學叢書本
駱臨海集箋注　駱賓王著、陳熙晉箋注　上海古籍出版社中國古典文學叢書本
王子安集注　王勃著、蔣清翊撰　上海古籍出版社中國古典文學叢書本
陳子昂集　陳子昂著、徐鵬校點　上海古籍出版社中國古典文學叢書本
孟浩然詩集箋注（修訂本）　孟浩然著、佟培基箋注　上海古籍出版社中國古典文學叢書本
王右丞集箋注　王維著、趙殿成箋注　上海古籍出版社中國古典文學叢書本
李白集校注　李白著、瞿蜕園、朱金城校注　上海古籍出版社中國古典文學叢書本
高適集校注（修訂本）　高適著、孫欽善校注　上海古籍出版社中國古典文學叢書本

杜甫集校注　杜甫著、謝思煒校注　上海古籍出版社中國古典文學叢書本
岑參集校注　岑參著、陳鐵民、侯忠義校注　上海古籍出版社中國古典文學叢書本
韓昌黎詩繫年集釋　韓愈著、錢仲聯撰　上海古籍出版社中國古典文學叢書本
韓昌黎文集校注　韓愈著、馬其昶、馬茂元校注　上海古籍出版社中國古典文學叢書本
劉禹錫集箋證　劉禹錫著、瞿蜕園箋證　上海古籍出版社中國古典文學叢書本
白居易集箋校　白居易著、朱金城箋校　上海古籍出版社中國古典文學叢書本
樊川文集　杜牧著、陳允吉校點　上海古籍出版社中國古典文學叢書本
梅堯臣集編年校注　梅堯臣著、朱東潤校注　上海古籍出版社中國古典文學叢書本
歐陽修詩文集校箋　歐陽修著、洪本健校箋　上海古籍出版社中國古典文學叢書本
蘇軾詩集　蘇軾著、孔凡禮校點　中華書局中國古典文學基本叢書本
蘇軾文集　蘇軾著、孔凡禮校點　中華書局中國古典文學基本叢書本
欒城集　蘇轍著、曾棗莊、馬德富校點　上海古籍出版社中國古典文學叢書本
曾鞏集　曾鞏著、陳杏珍校點　中華書局中國古典文學基本叢書本
淮海集箋注　秦觀著、徐培均箋注　上海古籍出版社中國古典文學叢書本
范石湖集　范成大著、富壽蓀校點　上海古籍出版社中國古典文學叢書本
蘇魏公文集　蘇頌著、王同策等點校　中華書局一九八八年版

葉適集　葉適著　中華書局二〇一〇年版
文忠集　周必大著　文淵閣四庫全書本
朱文公集　朱熹著　文淵閣四庫全書本
文心雕龍注　劉勰著、范文瀾注　人民文學出版社一九五八年版
文體明辨序説　徐師曾撰　復旦大學出版社歷代文話本

其他

中國歷史大辭典（宋史卷）　鄧廣銘等撰　上海辭書出版社一九八四年版
中國歷代人名大辭典　張撝之等撰　上海古籍出版社一九九九年版
漢語大詞典　羅竹風等撰　漢語大詞典出版社一九九三年版
中國文學大辭典（修訂本）　錢仲聯等撰　上海辭書出版社二〇〇〇年版
宋宰輔編年録校補　徐自明撰、王瑞來校補　中華書局一九八六年版
宋代京朝官通考　李之亮撰　巴蜀書社二〇〇三年版
宋代路分長官通考　李之亮撰　巴蜀書社二〇〇三年版
南宋制撫年表　吴廷燮撰　中華書局一九八四年版

後記

二〇〇九年秋的歐陽修國際學術研討會上，我榮幸地獲贈華東師範大學洪本健教授的大著歐陽修詩文集校箋。本健教授是著名的歐陽修研究專家，也是我尊敬的一位嚴謹的學者。當我從本健教授手中接過三大册沉甸甸的散發着油墨清香的書册，又瞭解了他爲此付出的巨大心血之時，就萌生了向本健教授看齊，認真做一本宋人文集整理的念頭。宋代文學研究歷來重北宋，輕南宋，而散文尤其少人關注。我曾翻閱瀏覽過四庫全書中所收的南宋別集，給我印象最深的還是陸游的渭南文集。陸游是偉大的愛國詩人，他的文章同樣精彩，卻歷來不受重視。陸游的渭南文充滿了娱憂舒悲的家國情懷和豐富多彩的文人情趣，在道學盛行的南宋文壇上格外清新；作品長於記叙、抒情，文學色彩十分鮮明，并形成了自然穩健、秀雅凝煉的個性風格，在宋代散文中卓然自成一家。陸游的詩、詞都早已有名家的校注本問世，文集卻無人問津。於是，我不自量力，產生了爲渭南文集作箋校的想法，并開始作準備工作。在師友的鼓勵支持下，我幸運地申請到二〇一二年的國家社科基金立項，正式開始了渭南文集箋校的研究和撰寫。這一年，正是我退休的前一年，因而這一項目也就成了我從教三十餘年後爲自己的退休生活準備的一份特殊「作業」。

寒來暑往，時光荏苒，轉眼已是八年，完成這項「作業」成爲我退休生涯的主要内容。我擬訂了箋校工作的整體計畫，按部就班，逐項展開。在推敲擬定全書凡例的基礎上，我首先通過反復校核，完成了一個較爲準確的白文工作本，然後按照凡例的設計，逐卷逐篇地展開題解、校記、箋注，直至編纂附録，撰寫前言，完成全稿。從搜輯資料、編撰書稿到録入文本，我自始至終都是一人獨立完成。由於没有了上班的壓力，整個「作業」過程十分平穩從容。古籍校注工作枯燥而繁瑣，往往爲一個詞、一句話的準確理解和解釋絞盡腦汁，但每當搜尋到一條語詞的出典，或者考證出一篇文章的撰年，就會像發現新大陸一樣的喜悦。爲了潛心研究寫作，我近年來卜居浙江桐鄉，在桑林田頭、河港水塘，呼吸江南土地的芬芳，感受吴越水鄉的情韻，大大提高了工作效率。對於一個學者，還有什麽比在寧静從容的氛圍中從事自己喜愛的學習、研究更爲舒心樂意的！功夫不負有心人，我的「作業」終於完稿，必須結項「交卷」了，當我捧着厚厚三大册打印的項目送審稿，終於長舒了一口氣，多年的功夫没有白費，我享受了辛勞的過程，也收穫了豐收的成果。感謝評審專家的鼓勵，項目得到了「優秀」評價。當然我知道，學無止境，限於自己的學力、精力，書稿中還有一些暫時解決不了的問題，也肯定存有疏誤之處，歡迎專家學者和廣大讀者批評指正，期待拙著有機會進一步修訂補正。

隨着對陸游瞭解的不斷深入，我發現，這位著名的愛國詩人，還是唐宋文人中名副其實的老壽星。歷來的陸游研究，大多集中於其年輕時代的愛情悲劇和入仕後四處奔波、屢遭罷免的坎坷經歷，對於其長達二十年的晚年生活，則關注不夠。從淳熙十六年末罷歸山陰後，二十年間，陸游除復出赴京修史一年外，其餘的全部時間，都是在稽山、鏡湖間的田園中度過的。陸游的晚年生活充實而豐富：他心繫家國，不忘恢復；他徜徉山水，結交鄉鄰；他開闢園圃，種花蒔藥；他教誨子孫，盡享天倫；他佛道兼修，怡然養生……當然，更主要的是，他更勤奮地讀書，更努力地創作。陸游將他晚年山陰故居的讀書之處命名爲「老學庵」，「殘年惟有讀書癖，盡發家藏三萬籤」（次韻范參政書懷其六），「兩眼欲讀天下書，力雖不迨志有餘」（讀書）。晚年又是陸游創作的大豐收期：他留存的九千三百餘首詩篇中，有約六千四百首作于這一時段，占比近百分之七十；他的八百篇左右文章中，有三百餘篇作于這一時段，占比近一半；他在生命的最後五年中，作詩兩千四百三十餘首，作文一百餘篇，更是達到了一生創作的巔峰，可謂愈老詩思愈暢，愈老文筆愈健，實在可稱人間奇跡！陸游的「養老」經驗，對於跨入老年門檻的我們，同樣提供了許許多多的啓迪。我願在完成這份退休「作業」的基礎上繼續努力，追隨陸游的足跡，過好自己的晚年人生。

本書的撰寫出版要特別致謝三位女士。感謝上海古籍出版社領導和編輯的大力幫助；總編奚彤雲女士很早就支持這一選題，長期關注項目的進展，并對全書體例的確定和書稿的修改提出了許多重要的指導性意見；責任編輯彭華女士精心編輯書稿，反復校核，訂正了不少校勘和箋注中的疏誤，提升了書稿質量，并精心爲書名題簽。本書的出版，與她們的辛勤付出是分不開的。感謝老伴李月明女士的長期支持，多年以來，她承擔了大部分的家務，使我能潛心研究著述，卻虧欠了許多陪伴的時光。書稿的完成，自然也有她的功勞。

渭南文集於南宋嘉定十三年（一二二〇）由陸游幼子陸子遹刊行於溧陽郡齋，至今年恰是八百周年。謹以本書作爲對這部陸游自編文集初刊本面世的紀念。

朱迎平謹識於桐鄉合悦江南

二〇二〇年十月

二〇二二年一月改定

敬業堂詩集	[清]查慎行著　周劭標點
納蘭詞箋注	[清]納蘭性德著　張草紉箋注
方苞集	[清]方苞著　劉季高校點
樊榭山房集	[清]厲鶚著　[清]董兆熊注　陳九思標校
劉大櫆集	[清]劉大櫆著　吴孟復標點
儒林外史彙校彙評(增訂版)	[清]吴敬梓著　李漢秋輯校
小倉山房詩文集	[清]袁枚著　周本淳標校
忠雅堂集校箋	[清]蔣士銓著　邵海清校　李夢生箋
甌北集	[清]趙翼著　李學穎、曹光甫校點
惜抱軒詩文集	[清]姚鼐著　劉季高標校
兩當軒集	[清]黄景仁著　李國章校點
惲敬集	[清]惲敬著　萬陸、謝珊珊、林振岳標校　林振岳集評
茗柯文編	[清]張惠言著　黄立新校點
瓶水齋詩集	[清]舒位著　曹光甫點校
龔自珍全集	[清]龔自珍著　王佩諍校點
龔自珍詩集編年校注	[清]龔自珍著　劉逸生、周錫䪖校注
水雲樓詩詞箋注	[清]蔣春霖著　劉勇剛箋注
人境廬詩草箋注	[清]黄遵憲著　錢仲聯箋注
嶺雲海日樓詩鈔	[清]丘逢甲著　丘鑄昌標點

張岱詩文集(增訂本)	[明]張岱著　夏咸淳輯校
陳子龍詩集	[明]陳子龍著 施蟄存、馬祖熙標校
夏完淳集箋校(修訂本)	[明]夏完淳著　白堅箋校
牧齋初學集	[清]錢謙益著　[清]錢曾箋注 錢仲聯標校
牧齋有學集	[清]錢謙益著　[清]錢曾箋注 錢仲聯標校
牧齋雜著	[清]錢謙益著　[清]錢曾箋注 錢仲聯標校
牧齋初學集詩注彙校	[清]錢謙益著　[清]錢曾箋注 卿朝暉輯校
李玉戲曲集	[清]李玉著 陳古虞、陳多、馬聖貴點校
吴梅村全集	[清]吴偉業著　李學穎集評標校
歸莊集	[清]歸莊著
顧亭林詩集彙注	[清]顧炎武著　王蘧常輯注 吴丕績標校
安雅堂全集	[清]宋琬著　馬祖熙標校
吴嘉紀詩箋校	[清]吴嘉紀著　楊積慶箋校
陳維崧集	[清]陳維崧著　陳振鵬標點 李學穎校補
屈大均詩詞編年校箋	[清]屈大均著　陳永正等校箋
秋笳集	[清]吴兆騫撰　麻守中校點
漁洋精華録集釋	[清]王士禛著 李毓芙、牟通、李茂肅整理
聊齋志異會校會注會評本	[清]蒲松齡著　張友鶴輯校

范石湖集	[宋]范成大撰　富壽蓀標校
于湖居士文集	[宋]張孝祥著　徐鵬校點
稼軒詞編年箋注(定本)	[宋]辛棄疾撰　鄧廣銘箋注
辛棄疾詞校箋	[宋]辛棄疾著　吴企明校箋
姜白石詞編年箋校	[宋]姜夔著　夏承燾箋校
後村詞箋注	[宋]劉克莊著　錢仲聯箋注
瀛奎律髓彙評	[元]方回選評　李慶甲集評校點
雁門集	[元]薩都拉著 殷孟倫、朱廣祁校點
揭傒斯全集	[元]揭傒斯著　李夢生標校
高青丘集	[明]高啓著　[清]金檀注 徐澄宇、沈北宗校點
唐寅集	[明]唐寅著　周道振、張月尊輯校
文徵明集(增訂本)	[明]文徵明著　周道振輯校
震川先生集	[明]歸有光著　周本淳校點
海浮山堂詞稿	[明]馮惟敏著 凌景埏、謝伯陽標校
滄溟先生集	[明]李攀龍著　包敬第標校
梁辰魚集	[明]梁辰魚著　吴書蔭編集校點
沈璟集	[明]沈璟著　徐朔方輯校
湯顯祖詩文集	[明]湯顯祖著　徐朔方箋校
湯顯祖戲曲集	[明]湯顯祖著　錢南揚校點
白蘇齋類集	[明]袁宗道著　錢伯城校點
袁宏道集箋校	[明]袁宏道著　錢伯城箋校
珂雪齋集	[明]袁中道著　錢伯城點校
隱秀軒集	[明]鍾惺著　李先耕、崔重慶標校
譚元春集	[明]譚元春著　陳杏珍標校

王荆文公詩箋注(修訂版)	[宋]王安石著　[宋]李壁箋注 高克勤點校
王令集	[宋]王令著　沈文倬校點
蘇軾詩集合注	[宋]蘇軾著　[清]馮應榴注 黄任軻、朱懷春校點
東坡樂府箋	[宋]蘇軾著　[清]朱孝臧編年 龍榆生校箋
東坡詞傅幹注校證	[宋]蘇軾著　[宋]傅幹注 劉尚榮校證
欒城集	[宋]蘇轍著　曾棗莊、馬德富校點
山谷詩集注	[宋]黄庭堅著　[宋]任淵、史容、 史季温注　黄寶華點校
山谷詩注續補	[宋]黄庭堅著　陳永正、何澤棠注
山谷詞校注	[宋]黄庭堅著　馬興榮、祝振玉校注
淮海集箋注	[宋]秦觀撰　徐培均箋注
淮海居士長短句箋注	[宋]秦觀著　徐培均箋注
清真集箋注	[宋]周邦彦著　羅忼烈箋注
石門文字禪校注	[宋]釋惠洪撰　周裕鍇校注
石林詞箋注	[宋]葉夢得著　蔣哲倫箋注
樵歌校注	[宋]朱敦儒著　鄧子勉校注
李清照集箋注(修訂本)	[宋]李清照著　徐培均箋注
吕本中詩集箋注	[宋]吕本中著　祝尚書箋注
陳與義集校箋	[宋]陳與義著　白敦仁校箋
蘆川詞箋注	[宋]張元幹著　曹濟平箋注
劍南詩稿校注	[宋]陸游著　錢仲聯校注
放翁詞編年箋注(增訂本)	[宋]陸游著　夏承燾、吴熊和箋注 陶然訂補
渭南文集箋校	[宋]陸游著　朱迎平箋校

白居易集箋校　［唐］白居易著　朱金城箋校
柳宗元詩箋釋　［唐］柳宗元著　王國安箋釋
柳河東集　［唐］柳宗元著　［宋］廖瑩中輯注
元稹集校注　［唐］元稹著　周相録校注
長江集新校　［唐］賈島著　李嘉言新校
張祜詩集校注　［唐］張祜著　尹占華校注
三家評注李長吉歌詩　［唐］李賀著　［清］王琦等評注　蔣凡校點
樊川文集　［唐］杜牧著　陳允吉校點
樊川詩集注　［唐］杜牧著　［清］馮集梧注
温飛卿詩集箋注　［唐］温庭筠著　［清］曾益等箋注
玉谿生詩集箋注　［唐］李商隱著　［清］馮浩箋注　蔣凡校點
樊南文集　［唐］李商隱著　［清］馮浩詳注　錢振倫、錢振常箋注
皮子文藪　［唐］皮日休著　蕭滌非、鄭慶篤整理
鄭谷詩集箋注　［唐］鄭谷著　嚴壽澂、黄明、趙昌平箋注
韋莊集箋注　［五代］韋莊著　聶安福箋注
李璟李煜詞校注　［南唐］李璟、李煜著　詹安泰校注
張先集編年校注　［宋］張先著　吴熊和、沈松勤校注
二晏詞箋注　［宋］晏殊、晏幾道著　張草紉箋注
乐章集校箋　［宋］柳永著　陶然、姚逸超校箋
梅堯臣集編年校注　［宋］梅堯臣著　朱東潤編年校注
歐陽修詩文集校箋　［宋］歐陽修著　洪本健校箋
歐陽修詞校注　［宋］歐陽修著　胡可先、徐邁校注
蘇舜欽集　［宋］蘇舜欽著　沈文倬校點
嘉祐集箋注　［宋］蘇洵著　曾棗莊、金成禮箋注

蕭繹集校注	[南朝梁]蕭繹著　陳志平、熊清元校注
玉臺新咏彙校	吴冠文、談蓓芳、章培恒彙校
王梵志詩校注(增訂本)	[唐]王梵志著　項楚校注
盧照鄰集箋注	[唐]盧照鄰著　祝尚書箋注
駱臨海集箋注	[唐]駱賓王著　[清]陳熙晉箋注
王子安集注	[唐]王勃著　[清]蔣清翊注
陳子昂集(修訂本)	[唐]陳子昂撰　徐鵬校點
孟浩然詩集箋注(增訂本)	[唐]孟浩然著　佟培基箋注
王右丞集箋注	[唐]王維著　[清]趙殿成箋注
李白集校注	[唐]李白著　瞿蜕園、朱金城校注
高適集校注(修訂本)	[唐]高適著　孫欽善校注
杜詩趙次公先後解輯校	[唐]杜甫著　[宋]趙次公注　林繼中輯校
新定杜工部草堂詩箋斠證	[唐]杜甫著　[宋]魯訔編　[宋]蔡夢弼會箋　曾祥波新定斠證
杜詩鏡銓	[唐]杜甫著　[清]楊倫箋注
錢注杜詩	[唐]杜甫著　[清]錢謙益箋注
杜甫集校注	[唐]杜甫著　謝思煒校注
岑參集校注	[唐]岑參著　陳鐵民、侯忠義校注
戴叔倫詩集校注	[唐]戴叔倫著　蔣寅校注
韋應物集校注(增訂本)	[唐]韋應物著　陶敏、王友勝校注
權德輿詩文集	[唐]權德輿撰　郭廣偉校點
王建詩集校注	[唐]王建著　尹占華校注
韓昌黎詩繫年集釋	[唐]韓愈著　錢仲聯集釋
韓昌黎文集校注	[唐]韓愈著　馬其昶校注　馬茂元整理
劉禹錫集箋證	[唐]劉禹錫著　瞿蜕園箋證

《中國古典文學叢書》已出書目

詩經今注	高亨注
楚辭集注	[宋]朱熹撰　黄靈庚點校
楚辭今注	湯炳正、李大明、李誠、熊良智注
司馬相如集校注	[漢]司馬相如著　金國永校注
揚雄集校注	[漢]揚雄著　張震澤校注
張衡詩文集校注	[漢]張衡著　張震澤校注
阮籍集	[魏]阮籍著　李志鈞等校點
陸機集校箋	[晉]陸機著　楊明校箋
陶淵明集校箋(修訂本)	[晉]陶潛著　龔斌校箋
世説新語箋疏(修訂本)	[南朝宋]劉義慶撰　余嘉錫箋疏　周祖謨等整理
世説新語校釋(增訂本)	[南朝宋]劉義慶撰　[南朝梁]劉孝標注　龔斌校釋
鮑參軍集注	[南朝宋]鮑照著　錢仲聯增補集説校
謝宣城集校注	[南朝齊]謝朓著　曹融南校注集説
江文通集校注	[南朝梁]江淹著　丁福林、楊勝朋校注
文心雕龍義證	[南朝梁]劉勰著　詹鍈義證
詩品集注(增訂本)	[梁]鍾嶸著　曹旭集注
文選	[梁]蕭統編　[唐]李善注

渭南文集箋校

〔宋〕陸游 著
朱迎平 箋校

四

上海古籍出版社

渭南文集箋校卷第三十

跋

【釋體】本卷文體同卷二六，收録跋文四十首。

跋諸晁書帖

某之外大母清豐君，實巨茨先生女兄〔一〕，而墓刻則景迂先生所作〔二〕。故某每見昭德及東眷中表〔三〕，每感愴也〔四〕。況今行年八十，飾巾待盡〔五〕，伏讀此卷，其情可知。嘉泰甲子六月既望，山陰陸某謹識。

【題解】

諸晁，指昭德晁氏，是宋代中原文化大族。晁氏祖籍爲澶州清豐（今河南濮陽），「翰林文元公諱迥、參政文莊公諱宗慤父子以文章德業被遇真宗、仁宗，繼掌内外制，賜第京師昭德坊，子孫蕃衍，分東、西眷，散處汴、鄭、澶、蔡間，皆以昭德爲稱……奕葉聯名，文獻相承。」（周必大迪功郎致仕晁子與墓誌銘）晁氏家族歷代中科第者自晁迥以下共計三十餘人。喻汝礪晁具茨先生詩集序稱：「宋興五十載，至咸平、景德中，儒學文章之盛，不歸之平棘宋氏（宋綬、宋敏求父子），則屬之澶淵晁氏。二氏者，天下甲門也。」本文爲陸游爲晁氏書帖所作的跋文，感懷與晁氏家族的親戚關係。

本文據文末自署，作於嘉泰四年（一二〇四，甲子）六月十六日。時陸游致仕家居。

【箋注】

〔一〕「某之」二句：指陸游外祖母乃晁沖之之姊。外大母，外祖母。清豐君，當爲外祖母封號。巨茨先生，即晁沖之，參見卷十四晁伯咎詩集序注〔一〕。女兄，姊。

〔二〕景迂先生：即晁説之，參見卷十四晁伯咎詩集序注〔一〕。

〔三〕昭德及東眷中表：晁氏家族自晁佺以後分爲東眷（晁迪）、中眷（晁迥）、西眷（晁遘）三支。晁迥後裔居住於京師昭德坊，東眷、西眷後裔居住於濟州巨野一帶。中眷和東眷最爲發達。中表，指與祖父、父親的姐妹的子女，或與祖母、母親的兄弟姐妹的子女的親戚關係。陸游之外祖母爲晁沖之之姊，故與晁氏「之」字輩均爲中表關係。參見何新所著昭德晁氏家族研究第一章昭德晁氏家族考辨第四節婚姻考。

〔四〕感愴：感歎悲傷。東觀漢記丁鴻傳：「鴻感愴，垂涕歎息，乃還就國。」

〔五〕飾巾：婉辭，指死亡。上古人死時不冠而裹巾。

跋南城吴氏社倉書樓詩文後

南城吴君子直兄弟作社倉，略仿古者斂散之法〔一〕；築書樓，用爲子孫講習之地。其設意深遠，流俗殊未易測也。或者乃謂吴氏捐貲以爲社倉，凶歲免民於死徙，其有德於人甚大，後世當有興者；子孫不學，則不足以承之，此其築書樓之意。使吴氏之意信出此，乃市道也〔二〕。市道不可以交鄉黨自好之士〔三〕，其可以與天交乎？吴君之意蓋曰：「吾爲是舉，非一世也。吾兄弟他日要當付之後人。人不可知，吝則嗇出，貪則漁利，怠荒則廢事〔四〕。雖面命之，或不聽，於遺言何有？惟學則免是三者之患，而社倉雖百世可也。此吾兄弟之本指。若夫富貴貧賤，我且不能自知，乃爲後人謀，而責報於荒忽不可致詰之地〔五〕，亦愚矣。」吴君遺書行千餘里，示予以社倉本末，因及諸公書樓紀述〔六〕。予慨然歎以爲知吴君兄弟心者，莫予若也，故書之。嘉泰四年六月某日，山陰陸某書。

【題解】

南城吴氏，即吴伸兄弟，淳熙間在家鄉建社倉及書樓，朱熹和陸游均極爲稱賞。參見卷二一吴氏書樓記題解。社倉書樓詩文，指朱熹、陸游等爲吴氏社倉書樓所作的記述詩文。本文爲陸游爲吴氏有關社倉書樓的詩文所作的跋文，闡述吴氏爲子孫後人謀的本指。

本文據文末自署，作於嘉泰四年（一二〇四）六月某日。時陸游致仕家居。

參考卷二一吴氏書樓記。

【箋注】

〔一〕吴君子直兄弟：兄吴伸字子直，弟吴倫字子常。斂散之法：古代國家對糧食用買進或賣出以調節供需平準糧價的方法。管子國蓄：「夫民有餘則輕之，故人君斂之以輕；民不足則重之，故人君散之以重。」

〔二〕市道：指商賈逐利之道。史記廉頗藺相如列傳：「夫天下以市道交，君有勢，我則從君；君無勢，則去，此固其理也。」

〔三〕鄉黨：同鄉，鄉親。自好：自愛，自重。孟子萬章上：「鄉黨自好者不爲，而謂賢者爲之乎？」朱熹集注：「自好，自愛其身之人也。」

〔四〕怠荒：懶惰放蕩。禮記曲禮上：「毋側聽，毋噭應，毋淫視，毋怠荒。」鄭玄注：「怠荒，放散身體也。」孔穎達疏：「謂身體放縱，不自拘斂也。」

〔五〕責報：求取報答。韓愈病鴟：「亮無責報心，固以聽所爲。」荒忽：虚妄。致詰：詰問，推究。老子：「此三者不可致詰，故混而爲一。」

〔六〕遺書：發信，寄書。阮瑀爲曹公作書與孫權：「是故按兵守次，遺書致意。」諸公書樓紀述：指朱熹建昌軍南城縣吴氏社倉記、陸游吴氏書樓記等記述詩文。

跋六一居士集古録跋尾

始予得此本，刻畫精緻，如見真筆。會有使入蜀，以寄張季長〔一〕。及再得之，纔相距數年，訛闕已多，知古人欲傳遠者，必托之金石，有以也夫！嘉泰甲子六月二十二日，笠澤陸某謹識。

【題解】

六一居士，歐陽修晚年自號。六一居士傳：「客有問曰：『六一何謂也？』居士曰：『吾家藏書一萬卷，集録三代以來金石遺文一千卷，有琴一張，有棋一局，而常置酒一壺。』客曰：『是爲五一爾,奈何?』居士曰:『以吾一翁,老於此五物之間,是豈不爲六一乎?』」集古録跋尾,歐陽修爲家藏金石碑刻拓本所作題跋的彙集,共四百餘篇。本文爲陸游爲歐陽修集古録跋尾所作的跋文,感慨版本流傳中的訛闕現象。

本文據文末自署,作於嘉泰四年(一二〇四,甲子)六月二十二日。時陸游致仕家居。

【箋注】

〔一〕張季長:即張縯,字季長。參見卷二七跋陝西印章注〔三〕。

跋林和靖詩集

和靖人物文章,初不賴東坡公以爲重,况黄、秦哉〔一〕!若李端叔者〔二〕,尤不足録。讀竟使人浩歎〔三〕,書之所以慰和靖於泉下也。嘉泰甲子六月二十四日,放翁識。

【題解】

林和靖詩集,林逋詩集。林逋字君復,人稱和靖先生。直齋書録解題卷二十著録和靖集三卷,并稱「梅聖俞爲之序」。宋史藝文志著録和靖詩集七卷,又詩一卷。梅序稱:「天聖中,聞錢塘西湖之上有林君,嶄嶄有聲,若高峰瀑泉,望之可愛,即之愈清,挹之甘潔而不厭也。是時,予因適會稽還，訪於雪中。其談道，孔、孟也；其語近世之文，韓、李也。其順物玩情爲之詩，則平淡邃美，詠之令人忘百事也。其辭主乎静正，不主乎刺譏，然後知其趣尚博遠，寄適於詩爾。」本文爲陸游爲林和靖詩集所作的跋文，肯定林逋之詩自成一家，不賴他人以爲重。

本文據文末自署，作於嘉泰四年（一二〇四，甲子）六月二十四日。時陸游致仕家居。

【箋注】

〔一〕黄、秦：指黄庭堅、秦觀。

〔二〕李端叔：即李之儀（一〇三八—一一一七），字端叔，號姑溪居士，滄州無棣（今山東無棣）人。治平進士。歷樞密院編修官、通判原州。與蘇軾、黄庭堅、秦觀等交遊甚密。元符中監内香藥庫。徽宗初提舉河南常平，得罪蔡京編管太平州，徙唐州。宋史卷三四四有傳。

〔三〕浩歎：長歎，大聲歎息。王勃益州夫子廟碑：「命歸齊去魯，發浩歎於衰周。」

跋米元暉書先左丞海岱樓詩

右，米侍郎元暉書先大父題海岱樓詩一首。春秋公羊傳曰：「山川有能潤於百里者，天子秩而祭之。觸石而出，膚寸而合，不崇朝而遍雨乎天下者，惟泰山爾〔一〕。」故大父〔二〕云：「起爲霖雨從膚寸。」蓋言遍雨天下之澤，自膚寸而始也。米所書，誤以「從」爲「成」，遂失本意，可爲太息。嘉泰四年秋八月壬寅，山陰陸某書於三山老學庵。

【題解】

米元暉，即米友仁，字元暉，米芾之子。參見卷二九跋米老畫注〔一〕。先左丞，即陸游祖父陸佃。海岱樓，在今江蘇漣水，是唐宋時著名的望海樓，文人多有登臨賦詠之作。陸佃題海岱樓詩今不存。本文爲陸游爲米友仁書陸佃題海岱樓詩所作的跋文，指出詩句出典和米書舛誤。

本文據文末自署，作於嘉泰四年（一二〇四）八月壬寅（十二）日。時陸游致仕家居。

【箋注】

〔一〕「山川」六句：見公羊傳僖公三十一年。言天子祭祀泰山，一朝間遍雨天下，潤於百里。秩，按次序。觸石而出膚寸而合，指雲氣在峰巒中逐漸升騰，水氣在極小的距離集合。膚寸，一指寬爲寸，四指寬爲膚。何休注：「側手爲膚，案指爲寸。」崇朝，一個早上。崇，通「終」。

〔二〕大父：祖父，即陸佃。

跋蘇丞相手澤

某之先大父左丞〔二〕，平生所尊事願學者，惟丞相魏公。每爲門生言，國朝輔相，德量巋然，莫如魏公與王文貞公旦〔二〕，所謂築太平之基，壽宗社之脉，養天下之氣者。他相雖賢，莫敢望。觀此奏稿，可概見也。嘉泰四年秋八月丙辰，山陰陸某謹識。

【題解】

蘇丞相，即蘇頌，字子容，世稱蘇魏公。元祐七年拜相。參見卷二七跋蘇魏公百韻詩題解。手澤，用以指前輩的遺墨。本文爲陸游爲蘇頌遺墨所作的跋文，轉述陸佃之語，稱頌蘇頌和王旦德量巋然，爲輔相之冠。

本文據文末自署，作於嘉泰四年（一二〇四）八月丙辰（二十六）日。時陸游致仕家居。

【箋注】

〔一〕先大父左丞：即陸游祖父陸佃。

〔二〕德量：道德涵養和氣量。世説新語雅量「顧看簡文，穆然清恬」，劉孝標注：「帝舉止自若，音顔無變，温每以此稱其德量。」王文貞公旦：即王旦（九五七—一〇一七），字子明，大名莘縣（今屬山東）人。太平興國進士。以著作佐郎預修文苑英華，遷知制誥。真宗時擢翰林學士兼知審官院，咸平間參知政事。景德三年拜相，知人善任，提拔厚重之士。天禧元年以疾罷相。卒謚文正。宋史卷二八二有傳。

跋韓幹馬

大駕南幸〔一〕，將八十年，秦兵洮馬〔二〕，不復可見，志士所共歎也。觀此畫，使人作關輔河渭之夢〔三〕，殆欲霣涕矣。嘉泰甲子十月二十一日，山陰陸某書。

【題解】

韓幹，唐代畫家，京兆藍田（今屬陝西）人。出身貧賤，受王維賞識，資助學畫，學成後召爲宮廷畫師。初師曹霸，後自成家。官至太府寺丞。善畫人物畫像，尤善畫馬，重視寫生。杜甫畫馬贊：「韓幹畫馬，筆端有神，驊騮老大，腰褭清新。」本文爲陸游爲韓幹畫馬所作的跋文，聯想到北國兵馬，抒寫了故國淪落、志士歎息的情感。

本文據文末自署，作於嘉泰四年（一二〇四，甲子）十月二十一日。時陸游致仕家居。

【箋注】

〔一〕大駕南幸：指宋高宗南渡建立南宋。

〔二〕秦兵洮馬：秦國之兵，臨洮之馬。泛指北方驍勇良馬。臨洮，今甘肅定西。

〔三〕關輔河渭：泛指北方淪陷區。關輔，關中及三輔地區。文選鮑照升天行「家世宅關輔，勝帶宦王城」，李善注：「關，關中也。漢書曰：『右扶風，左馮翊，京兆尹，是謂三輔。』」河渭，黄河、渭水之間地區。

跋義松

黄子邁之爲蓮城〔一〕，以最聞〔二〕。予以相距遠，不能知其詳。然草木無知，造物無心，太平無象，其所感猶如此，則是邑之民，其有以不友不敬至庭造獄者乎〔三〕？予將求諸邑人而紀之，未暇也。嘉泰甲子歲十一月甲子，山陰陸某書。

【題解】

義松，指爲蓮城縣圃之連理松所作之義松圖。袁燮秘閣修撰黄公行狀：「縣圃有松，老而連理，公名之曰義松。取先太史（黄庭堅）翊真觀義松之作，圖而刻之。」（絜齋集卷十四）本文爲陸游爲黄犖義松圖所作的跋文，以義松象徵黄犖在蓮城的治績。

本文據文末自署，作於嘉泰四年（一二〇四，甲子）十一月甲子（初六）日。時陸游致仕家居。

【箋注】

〔一〕黄子邁：即黄犖（一一五一——一二一一），字子邁。先世居婺州金華，後遷居分寧（今江西修水）。黄庭堅從孫。以恩蔭入仕，任吉州龍泉簿，調汀州蓮城令。知湖州歸安，遷大宗正丞，歷大理正、吏部郎中、太府少卿等，除兩浙轉運判官、淮南轉運副使兼提刑，加祕閣修撰。以善政聞，好法書、名畫，家富藏書。詩歌、書法祖述黄山谷，而自出新意。時稱「外氏以當世聞，耳目所接，典型猶在，清標勝韻，自然逸群，讀書往往成誦，落筆無世俗態」（祕閣修撰黄公行狀）。蓮城：今福建連城。

〔二〕以最聞：以政績考核列上等而聞名。古代考核政績以「殿」爲下等，以「最」爲上等，合稱殿最。漢書宣帝紀：「其令郡國歲上繫囚以掠笞若瘐死者所坐名、縣、爵、里，丞相御史課殿最以聞。」顔師古注：「凡言殿最者，殿，後也，課居後也；最，凡要之首也，課居先也。」

〔三〕造獄：興訟，挑起訴訟。

跋林和靖帖

祥符、天禧間〔一〕，士之風節文學名天下者〔二〕，陝郊魏仲先、錢塘林君復〔三〕，二人又皆工於詩。方是時，天子修封禪〔四〕，告太平，有二人在，天下麟鳳芝草不足言矣〔五〕。君復書法又自高勝絶人〔六〕，予每見之，方病，不藥而愈；方飢，不食而飽。忽得觀上竺廣慧法師所藏一帖〔七〕，不覺起敬立。法師能捐一石，刻之山中，使吾輩皆得墨本，以刮目散懷〔八〕，亦一奇事也。嘉泰甲子歲十二月丁卯，山陰陸某務觀書。

【題解】

林和靖，即林逋，字君復，人稱和靖先生。本文爲陸游爲廣慧法師所藏林逋書帖所作的跋文，稱賞林逋書法高勝絶人及廣慧法師捐石刻帖之舉。

本文據文末自署，作於嘉泰四年（一二〇四，甲子）十二月丁卯（初九）日。時陸游致仕家居。

【箋注】

〔一〕祥符、天禧：即大中祥符和天禧，宋真宗年號。分别爲一〇〇八至一〇一六年和一〇一七至一〇二一年。

〔二〕風節：風骨節操。三國志王凌毌丘儉等傳論：「王凌風節格尚，毌丘儉才識拔幹。」

〔三〕陝郊魏仲先：即魏野，陝州人。參見卷二八跋魏先生草堂集題解。

〔四〕天子修封禪：指大中祥符元年，宋真宗封禪泰山。

〔五〕麟鳳芝草：麒麟、鳳凰、靈芝。均用以比喻才智出衆者。

〔六〕高勝：高明優異。南齊書周顒傳：「年少見長安耆老，多云關中高勝乃舊有此義。」

〔七〕上竺：杭州上天竺寺。廣慧法師：上天竺寺住持。嘉泰二年曾在寺中建復庵，陸游爲之作記。參見卷二十上天竺復庵記。

〔八〕刮目：指集中注意力。新唐書張廷珪傳：「華夷百姓清耳以聽，刮目以視，冀有聞見。」散懷：抒發情懷。孫綽游天台山賦序：「方解纓絡，永托兹嶺，不任吟想之至，聊奮藻以散懷。」

跋東坡集

此本藏之三十年矣，嘉泰甲子歲十二月，遺燼幾焚之〔一〕，予緝成編，比舊本差狹小，乃可愛，遂目之曰「焦尾本」云〔二〕。十四日，山陰陸某書。

【題解】

本文爲陸游爲家藏東坡集所作的跋文，記其遭焚并戲稱爲「焦尾本」之經過。

本文據文末自署，作於嘉泰四年（一二〇四，甲子）十二月十四日。時陸游致仕家居。

【箋注】

〔一〕遺燼：燃燒後所留灰燼。

〔二〕焦尾本：焦尾原指燒焦桐木裁成的琴，此借以戲稱燒過的書本。後漢書蔡邕傳：「吴人有燒桐以爨者，邕聞火烈之聲，知其良木，因請而裁爲琴，果有美音，而其尾猶焦，故時人名曰『焦尾琴』焉。」

跋陶靖節文集

張縯季長學士自遂寧寄此集來〔一〕，道中失調護〔二〕，前後皆有壞處，遂去之，而存其偶全者。末有年譜辨正，別緝爲編云。開禧元年正月四日，務觀書。

【題解】

陶靖節，即陶淵明，卒後私謚靖節，世稱靖節先生。本文爲陸游爲張縯所寄陶淵明文集所作的跋文，記録其途中受損及修復過程。

本文據文末自署，作於開禧元年（一二〇五）正月四日。時陸游致仕家居。

【箋注】

〔一〕張縯季長：張縯字季長。參見卷二七跋陝西印章注〔三〕。遂寧：位於四川中部，宋改遂州爲遂寧府。

〔二〕調護：調整保護。

跋三近齋餘録

右，外兄元城王正夫所作〔一〕。正夫名從，元豐中書舍人震字子發之子，仕至上饒守云〔二〕。開禧改元正月庚申，務觀識。

【題解】

三近齋餘録，王從所撰文集。宋史藝文志著録五卷。王從爲王旦五世孫，王震之子。楊萬里三近齋餘録序稱：「其子高安使君淹，詮次其詩文凡四百八十餘篇，正夫自題曰三近齋餘録者，作書寄示予，求序其首，予不得辭。正夫諱從，其官簿嘗歷弋陽主簿、福州司理參軍、知麗水縣、幹辦諸糧料院，倅臨安、添倅天台、知信州、主管建寧府武夷山沖佑觀。年六十，終官朝散郎。」（誠齋集卷八四）本文爲陸游爲三近齋餘録所作的跋文，簡介著者王從。

本文據文末自署，作於開禧元年（一二〇五）正月庚申（初二）日。時陸游致仕家居。

【箋注】

〔一〕外兄：表兄。元城：縣名，屬大名府。

〔二〕震字子發：王震，賜及第。元豐中歷任起居舍人、中書舍人。元祐初遷給事中，知蔡州，歷五郡。復爲給事中，權吏部尚書，拜龍圖閣直學士、知開封府。坐罪知岳州，卒。宋史卷三二〇有傳。上饒守：即知信州。

跋望江麴君集

徐常侍鼎臣送望江張明府詩云〔一〕：「無使千年後，空傳麴令名。」則麴令之名，在唐著矣。開禧改元歲乙丑二月二十七日，山陰陸務觀書，時年八十有一。

【題解】

望江麴君集，唐代望江縣令麴信陵之文集。望江，縣名，屬淮南西路安慶軍，今安徽安慶。麴君，名信陵，貞元元年進士，六年爲望江縣令，有仁政，但聲名不傳。事迹見洪邁容齋五筆卷七書麴信陵事：「夜讀白樂天秦中吟十詩，其立碑篇云：『我聞望江縣，麴令撫煢嫠。（麴，名信陵）在官有仁政，名不聞京師。身殁欲歸葬，百姓遮路歧。攀轅不得去，留葬此江湄。至今道其名，男女涕皆垂。無人立碑碣，唯有邑人知。』予因憶少年寓無錫時，從錢伸仲大夫借書，正得信陵遺集，財有詩三十三首，祈雨文三首。信陵以貞元元年鮑防下及第，爲四人，以六年作望江令。讀其投石祝江文云：『必也私欲之求，行於邑里；慘黷之政，施於黎元。令長之罪也，神得而誅之，豈可移於人以害其歲？』詳味此言，其爲政無愧於神天可見矣。至大中十一年，寄客鄉貢進士姚輦，以其文示縣令蕭縝，縝輟俸買石刊之。樂天十詩，作於貞元、元和之際，距其亡十五年耳，而名已不傳。新唐藝文志但記詩一卷，略無它説。非樂天之詩，幾於與草木俱腐。乾道二年，歷陽陸同爲望江令，得其詩於汝陰，王廉清爲刊板而致之郡庫，但無祈雨文也。」本文爲陸游爲麴信陵文集所作的跋文，引徐鉉詩證明麴令在唐代著名。

本文據文末自署，作於開禧元年（一二〇五）二月二十七日。時陸游致仕家居。

【箋注】

〔一〕徐常侍鼎臣：即徐鉉（九一七—九九二），字鼎臣，廣陵（今江蘇揚州）人。與弟徐鍇並稱「二徐」。仕南唐，歷知制誥、中書舍人、翰林學士、吏部尚書等。降宋後爲太子率更令、直學士院，歷給事中、散騎常侍，貶静難行軍司馬，卒。善詩文，精文字學，參與校訂說文解字。宋史卷四四一有傳。張明府：爲誰不詳。明府，唐宋時常用以專稱縣令。

跋吴越備史

錢氏諱佐〔一〕，故以「左」爲「上」，凡官名「左」字者，悉改爲「上」。此書所謂「上右」者，乃「左右」也。

又

吴越在五代及宋興，最爲安樂少事，然廢立誅殺猶如此。方斯時，吾家先世守農桑之業於魯墟、梅市之間〔二〕，無一人仕於其國者，真保家之法也。開禧乙丑九月四日，山陰陸某書於三山書巢。

【題解】

吴越備史，記載吴越國錢鏐以下累世事迹的史書。直齋書録解題卷五著録吴越備史九卷，并載：「吴越掌書記范坰、巡官林禹撰。按中興書目，其初十二卷，盡開寶三年，後又增三卷，至雍熙四年。今書止石晉開運，比初本尚闕三卷。」本文爲陸游爲吴越備史所作的跋文，凡二首，指出書中避諱用法，及陸氏先世在當時的保家之法。

本文據文末自署，作於開禧元年（一二〇五，乙丑）九月四日。時陸游致仕家居。

【箋注】

〔一〕錢氏諱佐：吴越國忠獻王錢佐（九二八—九四七），原名錢弘佐，字玄祐，文穆王錢元瓘第六子。九四一年至九四七年在位。

〔二〕「吾家先世」句：宋山陰陸氏重修宗譜序：「我山陰陸氏則出侍郎支唐宰相忠宣公之後，當五代時，錢氏割據東南，自嘉禾徙居餘杭之磚街巷，聚族百口，以家世相唐，不仕。有陸仕璋者，錢之貴臣也，求通譜牒，博士誼拒不許，遂東渡錢塘，徙居山陰。厥孫忻，又贅居魯墟，即卜葬地於山陰之九里。山陰陸氏實始博士。」魯墟、梅市：嘉泰會稽志卷十一：「魯墟橋，在縣西北一十三里。南爲漕河，北抵水鄉，如三山、吉澤、南莊之屬。又北復爲漕河，漕河之北復爲水鄉，渺然抵海，謂之九水鄉，蓋大澤也。曾文清詩云：『談誇水鄉勝，謂不減吴松』，即此是也。」又：「梅市橋，在縣西北二十里。唐趙嘏贈山陰叟詩云：『住近梅橋市，嘗稱魯國人。』」

跋僧帖

方外之士，發揚其先德，累世不懈，吾輩亦可少愧矣。開禧乙丑九月五日，陸某書贈觀師。余年八十一，識其家四世矣，安得不爲陳人乎〔一〕？因以寓歎。

【題解】

僧帖，陸游書贈鄉僧觀師的書帖。陸游與其家相識四世。本文爲陸游爲書贈觀師書帖所作的跋文，記録其與觀師的交情。

本文據文中自署，作於開禧元年（一二〇五，乙丑）九月五日。時陸游致仕家居。

【箋注】

〔一〕陳人：指老朽。莊子寓言：「人而無以先人，無人道也；人而無人道，是之謂陳人。」郭象注：「陳久之人。」

跋卿師帖

本朝小楷，至宋宣獻後，僅有道士陳碧虛一人〔一〕。今見吾里中前輩卿師所書，則蕭散小不逮碧虛〔二〕，而法度森嚴無愧者，亦名筆也。後人善藏之。開禧元年乙丑歲九月丁亥，山陰陸某務觀題，時年八十有一。

【題解】

卿師帖，陸游鄉里前輩卿師的書帖。本文爲陸游爲卿師書帖所作的跋文，贊賞其小楷爲「名筆」。

本文據文末自署，作於開禧元年（一二〇五）九月丁亥（初四）日。時陸游致仕家居。

【箋注】

〔一〕宋宣獻：即宋綬，字公垂。參見卷二六跋蔡君謨帖注〔一〕。陳碧虛，即陳景元（一〇二四—一〇九四），字太初，自號碧虛子，建昌軍南城人。宋代道士。宋真宗召對天章閣，賜號真人。乞歸廬山，行李百擔皆經史，讀書至老不倦，詩書畫皆可喜。事迹見宣和畫譜。

〔二〕蕭散：瀟灑不拘束。

跋松陵倡和集

皮襲美當唐末遁於吴越〔一〕，死焉。有子光業爲吴越相〔二〕，子孫業文，不墜家聲。至襲美四世孫公弼，以進士起家，仕慶曆、嘉祐間，爲韓魏公所知〔三〕，雖不甚貴顯，亦當世名士也。方吴越時，中原隔絶，乃有妄人造謗，以謂襲美隳節於巢賊〔四〕，爲其翰林學士。新唐書喜取小説，亦載之，豈有是哉〔五〕！比唐書成時，公弼已死，莫與辨者。可歎也！開禧元年九月十四日，山陰陸某務觀書於松陵倡和集之後。

【題解】

松陵倡和集，晚唐皮日休和陸龜蒙酬唱合集。直齋書録解題卷十五著録松陵集十卷，并載：「唐皮日休、陸龜蒙吴淞倡和詩也。」本文爲陸游爲松陵倡和集所作的跋文，記録皮日休子孫仕履，感歎其遭謗而莫辨。

本文據文末自署，作於開禧元年（一二〇五）九月十四日。時陸游致仕家居。

【箋注】

〔一〕皮襲美：即皮日休，字襲美，襄陽人。早年隱於鹿門山，咸通八年（八六七）舉進士，十年爲蘇州刺史從事。後入爲著作佐郎、太常博士，出爲毗陵副使。或稱其乾符五年（八七八）入黄巢軍，爲翰林學士，後下落不明。事迹見北夢瑣言卷二、唐才子傳卷八。

〔二〕光業：即皮光業，字文通。皮日休之子。吴越武肅王錢鏐辟爲幕府，曾任浙西節度推官。後奉使後梁，被賜進士及第。吴越建國，拜丞相。卒年六十七，謚貞敬。十國春秋卷八六有傳。

〔三〕公弼：即皮公弼（？—一〇七九），皮日休四世孫。英宗治平元年知東明縣，權發遣度支判官。曾爲司馬光所參。累遷陝西轉運使、江淮發運使，官至直昭文館、都轉運使。事迹見宋詩紀事補遺卷十八。韓魏公：即韓琦。

〔四〕隳節：失節。巢賊：對黄巢起義軍的蔑稱。

〔五〕豈有是哉：老學庵筆記卷十：「該聞録言：『皮日休陷黄巢爲翰林學士，巢敗被誅。』今唐書取其事。按：尹師魯作大理寺丞皮子良墓誌，稱：『曾祖日休，避廣明之難，徙籍會稽，依錢氏，官太常博士，贈禮部尚書。祖光業，爲吴越丞相。父璨，爲元帥府判官。三世皆以文雄江東。』據此，則日休未嘗陷賊爲其翰林學士被誅也。光業見吴越備史頗詳。孫仲容在仁廟時，仕亦通顯，乃知小説謬妄，無所不有。師魯文章傳世，且剛直有守，非欺後世者，可信不疑也。故予表而出之，爲襲美雪謗於泉下。」

跋潛虚

學者必通易，乃能以其緒餘通玄〔一〕；玄既通矣，又以其餘及虚，非可以一旦驟得也。劉君談虚如此〔二〕，則其於易與玄可知矣。司馬丞相乃謂己學不足知易，故先致力於玄，蓋謙云耳。開禧乙丑十一月十八日，笠澤陸某書。

【題解】

潛虚，司馬光仿揚雄太玄所撰哲學著作。全書以「虚」爲萬物本原，稱「萬物皆祖於虚，生於氣，氣以成體，體以受性，性以辨名，名以立行，行以俟命」。潛虚有探索隱秘本原之意。郡齋讀書志卷十著録司馬光潛虚一卷，并載：「光擬太玄撰此書，以五行爲本。五行相乘爲二十五，兩之得五十。首有氣、體、性、名、行、變、解七圖。然其辭有闕者，蓋未成也。其手寫稿草一通，今在子建侄房。」直齋書録解題卷九著録司馬光潛虚一卷，并載：「言萬物皆祖於虚，玄以準易，虚以準玄。」本文爲陸游爲潛虚所作的跋文，轉述劉君關於易、玄、虚三者的觀點，贊揚司馬光之謙遜。

本文據文末自署，作於開禧元年（一二〇五，乙丑）十一月十八日。時陸游致仕家居。

【箋注】

〔一〕緒餘：蠶繭經抽絲後所留殘絲。借指事物主體之外所剩餘者。莊子讓王：「道之真以治身，其緒餘以爲國家，其土苴以治天下。」

〔二〕劉君：爲誰不詳。以上當爲劉君觀點。

跋呂成叔和東坡尖叉韻雪詩

古詩有倡有和①，有雜擬、追和之類，而無和韻者〔一〕。唐始有之，而不盡同。有用韻者，謂同用此韻耳。後乃有依韻者，謂如首倡之韻，然不以次也。最後始有次韻，則一皆如其韻之次〔二〕。自元、白至皮、陸〔三〕，此體乃成，天下靡然從之。今蘇文忠集中有雪詩〔四〕，用「尖」、「叉」二韻。王文公集中又有次蘇韻詩〔五〕。議者謂非二公莫能爲也。通判澧州呂文之成叔，乃頓和百篇，字字工妙，無牽强湊泊之病〔六〕。成叔詩成後四十餘年，其子栻乃以示予〔七〕。予固好詩者，然讀書有限，用力尠薄〔八〕，觀此集，有愧而已。乃書集後，而歸其本呂氏。開禧元年乙丑十一月丙申，笠澤陸某務觀書。

【題解】

呂成叔，即呂文之，字成叔，宣州旌德（今屬安徽）人。呂栻之父。曾任澧州通判。東坡尖叉韻雪詩，熙寧七年，蘇軾知密州，恰逢寒冬大雪，因賦雪後書北臺壁二首，末字分别用「尖」、「叉」二字。韻部中「尖」屬「十四鹽」，「叉」屬「六麻」，都是包含韻字不多且常用字極少的所謂「險韻」。

隨後，蘇轍作有次韻東坡賦雪二首，王安石作有讀眉山集次韻雪詩等六首，蘇軾又作謝人見和前篇二首，一時形成唱和。後來，吕文之和詩更達百篇之多。四十餘年後，其子吕栻以示陸游。本文爲陸游爲吕文之所和東坡雪詩所作的跋文，闡述古詩倡和的沿革，首次揭櫫「尖叉韻」的概念，稱道吕氏和詩「字字工妙，無牽强湊泊之病」。

本文據文末自署，作於開禧元年（一二〇五）十一月丙申日。時陸游致仕家居。

【校記】

①「古」，原作「右」，據汲古閣本改。

【箋注】

〔一〕有倡有和：一人首唱，他人相和，互相酬答。禮記樂記：「倡和清濁。」孔穎達疏：「先發聲者爲倡，後應聲者爲和。」　雜擬：類比前人作品寫詩。文選詩雜擬劉良注：「雜，謂非一類。擬，比也，比古志以明今情。」　追和：後人和前人之詩。蘇軾和陶歸去來兮辭序：「子瞻謫居昌化，追和淵明歸去來辭。」　和韻：依照別人詩作的原韻作詩。張表臣珊瑚鈎詩話卷一：「前人作詩，未始和韻。自唐白樂天爲杭州刺史，元微之爲浙東觀察，往來置郵筒倡和，始依韻，而多至千言，少或百數十言，篇章甚富。」

〔二〕用韻：指以原詩韻脚爲韻脚，而不按其次序。　依韻：指以他人詩歌韻部作詩，韻脚用字須同韻而不必同字。　次韻：指依次用所和詩中的韻作詩。也稱步韻。劉攽中山詩話：

「唐詩賡和，有次韻（先後無易）、有依韻（同在一韻）、有用韻（用彼韻不必次），吏部和皇甫陸渾山火是也。今人多不曉。」

〔三〕元、白：即元稹、白居易。皮、陸：即皮日休、陸龜蒙。

〔四〕蘇文忠：即蘇軾。

〔五〕王文公：即王安石。謚號文。

〔六〕湊泊：湊合，拼湊。

〔七〕其子栻：即吕栻，字夢祥。知無爲州。

〔八〕尠薄：鮮薄，稀少。

跋花間集　二

花間集皆唐末五代時人作。方斯時，天下岌岌〔一〕，生民救死不暇，士大夫乃流宕如此〔二〕，可歎也哉！或者亦出於無聊故耶？笠澤翁書。

又

唐自大中後〔三〕，詩家日趣淺薄。其間傑出者，亦不復有前輩閎妙渾厚之作。久而自厭，然梏於俗尚〔四〕，不能拔出。會有倚聲作詞者，本欲酒間易曉，頗擺落故態，適與六朝跌宕意氣差近〔五〕，此集所載是也。故歷唐季五代，詩愈卑，而倚聲者輒簡古可愛〔六〕。蓋天寶以後，詩人常恨文不迨〔七〕。大中以後，詩衰而倚聲作，使諸人以其所長格力施於所短〔八〕，則後世孰得而議？筆墨馳騁則一，能此不能彼，未易以理推也。開禧元年十二月乙卯，務觀東籬書。

【題解】

花間集，後蜀趙崇祚所編詞集。直齋書録解題卷二一著録花間集十卷，并載：「蜀歐陽炯作序，稱衛尉少卿字宏基者所集，未詳何人。其詞自温飛卿而下十八人，凡五百首。此近世倚聲填詞之祖也。詩至晚唐五季，氣格卑陋，千人一律，而長短句獨精巧高麗，後世莫及，此事之不可曉者，放翁陸務觀之言云爾。」本文爲陸游爲花間集所作的跋文，凡二首，闡述詞體興起的背景。

本文據文末自署，作於開禧元年（一二〇五）十二月乙卯（初三）日。時陸游致仕家居。

【箋注】

〔一〕岌岌：危急貌。孟子萬章上：「天下殆哉岌岌乎？」

〔二〕流宕：放蕩，不受拘束。後漢書方術傳序：「意者多迷其統，取遺頗偏，甚有雖流宕過誕亦失也。」

〔三〕大中：唐宣宗年號，八四七至八五九年。

〔四〕梏：拘束兩手的刑具。指束縛。俗尚：世俗風尚。韓愈與馮宿論文書：「然閔其棄俗尚而從於寂寞之道，以之争名於時也。」

〔五〕跌宕：亦作跌蕩。放蕩不羈。後漢書孔融傳：「又前與白衣禰衡跌蕩放言。」李賢注：「跌蕩，無儀檢也。」

〔六〕簡古：簡樸古雅。韓愈王公神道碑銘：「翔于郎署，騫于禁密，發帝之令，簡古而蔚。」

〔七〕不迨：不及。新唐書李晟傳：「常竭嘉言，以匡不迨，情所親重，義無間然。」

〔八〕格力：詩文的格調氣勢。元稹上令狐相公詩啓：「然以爲律體卑痹，格力不揚，苟無姿態，則陷流俗。」

跋韓晉公子母犢

予平生見三尤物〔一〕：王公明家韓幹散馬〔二〕、吴子副家薛稷小鶴及此子母牛是也〔三〕。不知未死間，尚復眼中有此奇偉否？開禧二年四月甲子，陸務觀老學庵北窗書。

【題解】

韓晉公，即韓滉，唐代畫家。參見卷二九跋韓晉公牛題解。子母犢，韓滉所畫牛犢和母牛，今不存。本文爲陸游爲韓滉畫子母牛圖所作的跋文，記録平生所見繪畫「三尤物」。

本文據文末自署，作於開禧二年（一二〇六）四月甲子（十三）日。時陸游致仕家居。

【箋注】

〔一〕尤物：珍奇之物。晉書江統傳：「高世之主，不尚尤物。」

〔二〕王公明：即王炎，字公明。參見卷八謝王宣撫啓題解。韓幹：唐代畫家。參見本卷跋韓幹馬題解。

〔三〕吴子副：即吴則禮（？—一一二一），字子副，號北湖居士，興國永興（今湖北陽新）人。以蔭入仕。元符元年爲衛尉寺主簿。崇寧中官至直祕閣、知虢州。三年，編管荆南。晚居江西豫章。薛稷（六四九—七一三）：字嗣通，蒲州汾陰（今山西萬榮）人。武則天時舉進士，累遷禮部郎中、中書舍人、諫議大夫、昭文館學士。睿宗時爲太常少卿，遷中書侍郎，轉工部、禮部尚書，封晉國公。玄宗時獲罪賜死。善書畫，行書、楷書并入能品。擅長花鳥、人物及雜畫，尤以畫鶴最爲精妙。舊唐書卷七三有傳。

跋韓立道所藏蘭亭序

觀此本蘭亭，如見大勳業巨公於未央庭中〔一〕，大冠若箕，長劍拄頤〔二〕，風采凜凜，雖單于不覺自失，況餘子有不汗洽股栗者哉〔三〕？開禧丙寅歲四月十有三日，陸某年八十二。

【題解】

韓立道，即韓茂卿，字立道。慶元中曾任提舉茶鹽。參見劍南詩稿卷三四題韓運鹽竹隱堂自注。嘉泰初曾任浙東安撫司幹辦公事，與修會稽志。參見卷十四會稽志序。本文爲陸游爲韓茂卿所藏蘭亭序帖所作的跋文，描繪自己觀賞時誠惶誠恐的感受。

本文據文末自署，作於開禧二年（一二〇六，丙寅）四月十三日。時陸游致仕家居。

參見劍南詩稿卷六六送韓立道守池州。

【箋注】

〔一〕未央：漢代宮殿名，在長安西南。漢高帝七年建，常爲朝見之處。新莽末毀。三輔黄圖漢宮：「未央宮，周回二十八里，前殿東西五十丈，深五十丈，高三十五丈。」

〔二〕「大冠」二句：冠如簸箕，劍頂面頰。形容冠大劍長。戰國策齊策：「齊嬰兒謡曰：『大冠若箕，修劍拄頤，攻狄不能，下壘枯丘。』」

〔三〕汗洽股栗：汗流浹背，大腿發抖。形容恐懼。

跋龔氏金花帖子

右，龔氏家藏其先世金花帖子。嘉泰中，陳翰林考質史諜〔一〕，以爲先書姓名散報，始於端拱中宋太素尚書知貢舉時〔二〕。自建隆至端拱，取士已久，始克舉此故事。然予按宋公有追念策名時詩〔三〕，凡千言，略云：「吉音來碧落，帖子報紅牋。清夜驚神王，曨明到省前。風中宮漏盡，日出榜繩懸〔四〕。」宋公蓋建隆二年進士〔五〕，則國初已有前一夕報帖之事，唐制初未嘗廢。若曰五代草創，止用紅牋，至端拱初乃加金華如唐時，則亦細事耳，不得云始舉唐故事也。世必有知者，予復書此於後，以待博洽君子云〔六〕。開禧丙寅夏四月丙寅，山陰陸某書。

【題解】

龔氏爲誰不詳。金花帖子，唐宋以來科舉考試登第者的榜帖。洪邁容齋續筆金花帖子：「唐進士登科，有金花帖子……以素綾爲軸，貼以金花。」趙彥衛雲麓漫鈔卷二：「國初，循唐制，進士登第者，主文以黃花牋，長五寸許，闊半之，書其姓名，花押其下，護以大帖，又書姓名於帖面，而謂之牓帖，當時稱爲金花帖子。」本文爲陸游爲龔氏家藏金花帖子所作的跋文，考證宋初使用金花帖子的情形。

本文據文末自署，作於開禧二年（一二〇六，丙寅）四月丙寅（十五）日。時陸游致仕家居。

【箋注】

〔一〕陳翰林：名字不詳。　考質：咨詢質疑。　曾鞏侍讀制：「蓋用儒學之臣入閣侍讀，所以考質疑義，非專誦習而已。」　史諜：即史牒。史册。

〔二〕端拱：宋太宗年號，九八八至九八九年。　宋太素：即宋白（九三六—一〇一二），字太素，大名（今屬河北）人。建隆進士。歷著作佐郎、左拾遺、中書舍人、史館修撰、翰林學士，與李昉纂修文苑英華。從太平興國中至端拱初三典貢舉。拜禮部侍郎，修國史，兼秘書監。真宗時改吏部侍郎，拜刑部尚書。宋史卷四三九有傳。

〔三〕策名：指科舉及第。

〔四〕碧落：天空，青天。　神王：指精神旺盛。　曨明：天朦朦亮。　宮漏：宮中用銅壺滴漏計時。

〔五〕建隆：宋太祖年號，九六〇至九六三年。

〔六〕博洽：指學識廣博。　文子下德：「覆露皆道，博洽而無私。」

跋曾文清公奏議稿

紹興末，賊亮入塞〔一〕，時茶山先生居會稽禹迹精舍〔二〕，某自敕局罷歸〔三〕，略無三日不進見，見必聞憂國之言。先生時年過七十，聚族百口，未嘗以爲憂，憂國而已。後四十七年，先生曾孫黯以當日疏稿示某〔四〕。於今某年過八十，仕忝近列〔五〕，又方王師討殘虜時〔六〕，乃不能以塵露求補山海〔七〕，真先生之罪人也。開禧二年歲在丙寅五月乙巳，門生山陰陸某謹書。

【題解】

曾文清公，即曾幾，自號茶山先生。陸游少時從其學詩，終生師事之。先生曾孫曾黯以其生前奏議稿示陸游。本文爲陸游爲曾幾奏議稿所作的跋文，追憶紹興末先生憂國情狀，表達自己愧對先生之情。

本文據文末自署，作於開禧二年（一二〇六）五月乙巳（二十五）日。時陸游致仕家居。

【箋注】

〔一〕「紹興末」二句：指紹興三十一年，金主完顔亮渡江南下，大舉攻宋。

〔二〕禹迹精舍：曾幾卜居會稽時居所，在禹迹寺東。嘉泰會稽志卷七：「大中禹迹寺，在府東南四里二百二十六步……紹興末，曾文清公卜居於越，得禹迹東偏空舍十許間居之。手種竹盈庭，日讀書賦詩其中。公平生清約，不營尺寸之產，所至寓僧舍，蕭然不蔽風雨，惟食奉祠之禄，假三兩老兵給使令，始終如一日。公詩有曰：『手自栽培千箇竹，身常枕藉一牀書。』蓋寓居時所賦也。」

〔三〕自敕局罷歸：陸游紹興三十年五月除敕令所删定官，次年冬，敕令所解散，陸游曾返里等候差遣。

〔四〕先生曾孫黯：即曾黯，字温伯。陸游曾爲其作曾温伯字序，并舉其自代。參見卷五除寶謨閣待制舉曾黯自代狀。

〔五〕近列：近臣的行列。時陸游以寶謨閣待制致仕。

〔六〕王師討殘虜：指開禧二年五月，宋寧宗下詔伐金，史稱「開禧北伐」。

〔七〕塵露：微塵滴露，比喻微小不足道。山海：比喻北伐大業。

跋曾文清公詩稿

河南文清公早以學術文章擅大名，爲一世龍門〔一〕。顧未嘗輕許可，某獨辱知〔二〕，無與比者。士之相知，古蓋如此。方西漢時，專門名家之師，衆至千餘人，然能自見於後世者寡矣。揚子惟一侯芭〔三〕，至今誦之。故識者謂千人不爲多，一人不爲少，某何足與乎此？讀公遺稿，不知衰涕之集也。開禧丙寅歲五月乙巳，門生笠澤陸某謹識。

【題解】

本文與上篇同時作，爲陸游爲曾幾詩稿所作的跋文，以揚雄弟子侯芭自比，慨歎受知先生，老淚交集。

本文據文末自署，作於開禧二年（一二〇六，丙寅）五月乙巳（二十五）日。時陸游致仕家居。

【箋注】

〔一〕龍門：此指衆望所歸者。

〔二〕輕許可：輕易允諾、贊許。　辱知：謙辭。指受人賞識、提拔。李漢昌黎先生集序：「門人隴西李漢，辱知最厚且親。」

〔三〕揚子惟一侯芭：揚雄只有一個相知的弟子侯芭。漢書揚雄傳：「雄以病免，復召爲大夫。家素貧，耆酒，人希至其門。時有好事者載酒肴從遊學，而巨鹿侯芭常從雄居，受其太玄、法言焉。劉歆亦嘗觀之，謂雄曰：『空自苦！今學者有禄利，然向不能明易，又如玄何？吾恐後人用覆醬瓿也。』雄笑而不應。年七十一，天鳳五年卒，侯芭爲起墳，喪之三年。」

跋魚計賦

某恭聞徽祖宣和末，將下罪己詔〔一〕，學士王孝迪當直〔二〕，不召，顧謂輔臣曰：「非小宇不能作〔三〕。」遂召肅愍公〔四〕。公初不在北門〔五〕，既至，辭以非職守，不許。遂授以聖意，下筆亹亹〔六〕，不數刻進御。今載在國史，與三代訓誥並驅，蓋千百年間詔令所未有也〔七〕。晚讀魚計堂賦，贍麗超軼如此〔八〕，則施之大手筆〔九〕，固宜絶人遠甚。某嘗見公遺像於友人趙恬家〔一〇〕，英氣如生，恨不得獨拜牀下，致欣慕之意。今得記所聞於賦後，亦幸矣。開禧二年六月己巳，笠澤老民陸某謹書。

【題解】

魚計賦，即魚計亭賦，文中稱魚計堂賦，宇文虚中所撰古賦。周必大跋魚計亭賦稱宇文虚中「（宣和四年）二月，爲滎陽趙公叡作魚計亭賦，引物連類，開闔古今，深得東坡、潁濱之筆勢。」（文忠集卷五十）辛棄疾哨遍序：「趙昌父之祖季思學士，退居鄭圃，有亭名魚計，宇文叔通爲作古賦。」魚計，典出莊子徐無鬼：「故無所甚親，無所甚疏，抱德煬和，以順天下，此謂真人。於蟻棄知，於魚得計，於羊棄意。以目視目，以耳聽耳，以心復心。若然者，其平也繩，其變也循。」本文爲陸游爲魚計亭賦所作的跋文，追述宇文虚中爲徽宗草罪己詔故事，表達對其欣慕之意。

本文據文末自署，作於開禧二年（一二〇六）六月己巳（十九）日。時陸游致仕家居。

【箋注】

〔一〕徽祖：即宋徽宗。　罪己詔：帝王引咎自責的詔書。

〔二〕王孝迪：壽州下蔡（今安徽鳳臺）人。宣和末爲翰林學士。靖康元年除中書侍郎。曾領犒金國金銀所，搜刮百姓財物。建炎三年奉使金國。事迹見三朝北盟會編。　當直：翰林學士承擔起草詔書之責。

〔三〕小宇：指宇文虚中。

〔四〕肅愍公：即宇文虚中（一〇七九—一一四六），初名黄中，徽宗爲其改名，字叔通，成都華陽人。大觀進士。政和五年入爲起居舍人、國史院編修官，遷中書舍人，爲徽宗起草罪己詔。官至資政殿大學士，歷仕徽宗、欽宗、高宗三朝。建炎二年應詔使金，被軟禁。仕金任職，陰結義士復宋，被告謀反被殺，全家百口同日遇害。淳熙間，贈開府儀同三司，謚肅愍。開禧初，賜後代姓趙氏。宋史卷三七一有傳。

〔五〕北門：指學士院。唐宋時學士院在禁中北門，故稱。

〔六〕亹亹：勤勉不倦貌。詩大雅崧高：「亹亹申伯，王纘之事。」

〔七〕「今載在」三句：續資治通鑑卷九五：（徽宗宣和七年十二月）「己未，下詔罪己，其略曰：『言路壅蔽，導諛日聞，恩幸持權，貪饕得志。搢紳賢能，陷於黨籍；政事興廢，拘於紀年。

賦斂竭生民之財，戍役困軍伍之力；多作無益，侈靡成風。利源酤榷已盡，而謀利者尚肆誅求；諸軍衣糧不時，而冗食者坐享富貴。災異譴見而朕不悟，衆庶怨懟而朕不知，追惟己愆，悔之何及！』」

〔八〕贍麗超軼：富麗高超，不同凡俗。

〔九〕大手筆：此指罪己詔。

〔一〇〕趙恬：當爲宇文虛中後人，賜姓趙。

跋徐待制詩稿

予以乾道庚寅入蜀，幾十年而歸〔一〕。故人在朝者，惟許昌韓无咎〔二〕，握手道舊，因相與論當世知名士。无咎獨稱待制徐公，以爲文辭辨論，有貞元、元和間諸賢之遺風〔三〕。恨予不及識，因誦其詩句，信奇作也。後三十年，徐公之子植，以遺稿一編示予，屬以序引。予與待制雖出處不同時〔四〕，然嘗歎愛其筆墨，則亦願托名卷首。而待制之文阨於火，所餘財百之二，則序亦無自作，乃姑書此附於後。它日得全書，細繹其妙處而論載之〔五〕，尚未晚也。開禧二年六月某日，山陰陸某書。

【題解】

徐待制，名字不詳。淳熙五年，好友韓元吉曾向陸游稱道待制徐公。三十年後，徐公之子徐植以其父詩稿求序。本文爲陸游爲徐待制詩稿所作的跋文，追憶當年相聞始末，贊賞其詩句爲「奇作」。

本文據文末自署，作於開禧二年（一二〇六）六月某日。時陸游致仕家居。

【箋注】

〔一〕「予以」三句：陸游於乾道六年（一一七〇）入蜀，淳熙五年（一一七八）東歸。幾，幾近。

〔二〕許昌韓无咎：即韓元吉，字无咎。參見卷十四京口唱和序題解。

〔三〕貞元：唐德宗年號，七八五至八〇五年。元和：唐憲宗年號，八〇六至八二〇年。此時是韓、柳、元、白等中唐文人活躍的時代。

〔四〕出處：指出仕和隱退。蔡邕薦皇甫規表：「修身力行，忠亮闡著，出處抱義，皦然不汙。」

〔五〕細繹：仔細整理頭緒。論載：論説和記載。

跋周益公詩卷

紹興辛巳，予與益公相從於錢塘〔一〕，去題此詩時十一年〔二〕，予年三十七，益公少予一歲。後二年，相繼去國〔三〕，自是用捨分矣〔四〕。今益公捨我去〔五〕，所不知者，相距幾何時耳？開禧丙寅九月二十五日，山陰陸某謹識。

【題解】

周益公，即周必大，封益國公。參見卷十賀周參政啓題解。周益公詩卷，似爲其少年所書詩帖。本文爲陸游爲周必大詩帖所作的跋文，追憶二人交往，感慨老友逝去。

本文據文末自署，作於開禧二年（一二〇六，丙寅）九月二十五日。時陸游致仕家居。

參考卷四一祭周益公文。

【箋注】

〔一〕「紹興」二句：紹興三十一年（一一六一），陸游任敕令所删定官、大理司直，周必大任秘書省正字，二人寓所相連，時相過從。陸游有周洪道學士許折贈館中海棠以詩督之（劍南詩稿卷一），周必大有許陸務觀館中海棠未與而詩來次韻（省齋文稿卷二）。

〔二〕「去題」句：指詩卷題於此前十一年。

〔三〕「後二年」二句：隆興元年（一一六三），陸游通判鎮江府，夏去國返里；周必大因得罪權貴乞祠，主管台州崇道觀。

〔四〕用捨：指被任用或不被任用。蘇軾沁園春赴密州早行馬上寄子由詞序：「用舍由時，行藏在我，袖手何妨閒處看。」

〔五〕益公捨我去：周必大卒於嘉泰四年（一二〇四），年七十九。

跋樊川集

唐人詩文，近多刻本，亦多經校讎，惟牧之集誤繆特甚〔一〕。予每欲求諸本訂正，而未暇也。書以示子遹〔二〕，尚成吾意。開禧丙寅十一月二十七日，放翁書。

【題解】

樊川集，晚唐詩人杜牧的文集。直齋書録解題卷十六著録樊川集二十卷、外集一卷，并稱：「外集皆詩也。又在天台録得集外詩一卷，别見詩集類，未知是否。牧才高，俊邁不羈，其詩豪而艷，有氣概，非晚唐人所能及也。」本文爲陸游爲樊川集所作的跋文，指出杜牧文集刻本謬誤特甚，期望子遹訂正之。

本文據文末自署，作於開禧二年（一二〇六，丙寅）十一月二十七日。時陸游致仕家居。

【箋注】

〔一〕牧之：杜牧字牧之。　誤謬：即謬誤，差錯。

〔二〕子遹：陸游幼子。

跋周侍郎奏稿

某生於宣和末〔一〕，未能言，而先少師以畿右轉輸饟軍，留澤潞，家寓滎陽〔二〕。及先君坐御史徐秉哲論罷，南來壽春，復自淮徂江，間關兵間，歸山陰舊廬，則某少長矣〔三〕。一時賢公卿與先君游者，每言及高廟盜環之寇、乾陵斧柏之憂〔四〕，未嘗不相與流涕哀慟。雖設食，率不下咽引去。先君歸，亦不復食也。伏讀侍郎周公論事榜子〔五〕，猶想見當時忠臣烈士憂憤感激之餘風。於虖！建炎、紹興間，國勢危蹙如此〔六〕，而内平群盜，外捍强虜，卒能披草莽、立社稷者，諸賢之力爲多。某故具載之，以勵士大夫。儻人人知所勉，則北平燕趙，西復關輔〔七〕，實度内事也〔八〕。開禧丁卯歲正月丁亥，故史官陸某謹書。

【題解】

周侍郎，即周聿，濰州（一云青州）人。紹興間歷官比部員外郎、司農寺丞、大理少卿、刑部侍郎、户部侍郎、樞密都承旨，十六年卒於知鼎州任上。數奉使措置邊防，多有建白。（據于北山陸游年譜宣和七年注〔四〕）則周侍郎當是建炎、紹興間與陸游之父陸宰交遊的賢士之一。本文爲陸游爲周侍郎奏稿所作的跋文，追憶幼時家庭變遷及當時忠臣烈士憂憤感激之意氣、平盜捍虜之功績。

本文據文末自署，作於開禧三年（一二〇七，丁卯）正月丁亥（十一）日。時陸游致仕家居。

【箋注】

〔一〕「某生於」句：陸游出生於宣和七年十月十七日。

〔二〕先少師：指陸游之父陸宰。宣和七年任京西路轉運副使，負責畿右軍餉轉輸。澤潞：澤州（今山西晉城）和潞州（今山西長治），位於山西東南部。滎陽，今河南鄭州，位於河南中北部。

〔三〕徐秉哲：靖康元年歷任殿中侍御史、右正言、左司諫、右司諫、給事中、諫議大夫、御史中丞等諫官。（據靖康要録）論罷：遭彈劾落職。壽春：今安徽壽縣。自淮徂江：從淮河往長江。間關：輾轉。少長：稍長大。

〔四〕高廟盜環：漢文帝時高祖廟前玉環被盜。乾陵斧柏：唐高宗、武則天之乾陵柏樹被斫。參見卷十二賀周丞相啓注〔一四〕〔一五〕。

〔五〕榜子：即奏摺。孔平仲孔氏談苑：「唐人奏事非表非狀者，謂之榜子，亦曰録子，今謂之劄子。」

〔六〕危蹙：危迫。後漢書光武帝紀上：「盜賊日多，群生危蹙。」李賢注：「蹙，迫也。」

〔七〕關輔：指關中、三輔。參見本卷跋韓幹馬注〔三〕。

〔八〕度内：計慮之内，意料之中。嵇康與山巨源絶交書：「四民有業，各以得志爲樂，唯達者爲能通之，此足下度内耳。」

跋周侍郎尋姊妹帖

方建炎多故，群盜如林，士大夫家罹禍，有盡室不知在亡者。觀周公所書，可爲流涕。六七十年來，在仕在野，皆安其生。養老者，字幼者〔一〕，藏死者〔二〕，可不知所自耶？尚勉思所以報。開禧三年正月丁亥，山陰陸某書。

【題解】

建炎年間，兵荒馬亂。周侍郎聿家姊妹失散。曾書帖尋找。本文爲陸游爲周侍郎尋姊妹書帖所作的跋文，感慨當年兵禍，慶幸今日安生。

本文據文末自署，作於開禧三年（一二〇七）正月丁亥（十一）日。時陸游致仕家居。

【箋注】

〔一〕字幼：養育幼孩。字，哺乳，養育。

〔二〕藏死：安葬逝者。

跋鮑參軍文集

鮑明遠，宋元嘉中人，比陶淵明、謝靈運差爲晚出〔一〕，然與靈運詩名相埒〔二〕，體制亦頗相類，故世稱鮑、謝云。開禧三正九〔三〕，放翁書。

【題解】

鮑參軍，即鮑照（四一四？—四六六），字明遠，東海（今山東蒼山）人。歷任太子博士，兼中書舍人，出爲秣陵令，轉永嘉令，後任臨海王前軍參軍，世稱鮑參軍。後臨海王叛宋事敗，他爲亂兵所殺。詩文俱佳，與謝靈運、顔延之並稱「元嘉三大家」。宋書卷五一、南史卷十三有傳。直齋書録解題卷十六著録鮑參軍集十卷。本文爲陸游爲鮑參軍文集所作的跋文，肯定其與謝靈運「詩名相埒」。

本文據文末自署，作於開禧三年（一二〇七）正月九日。時陸游致仕家居。

【箋注】

〔一〕「比陶淵明」句：陶淵明（三六五或三七六？—四二七）、謝靈運（三八五—四三三）均略早於鮑照。

〔二〕相埒：相等。梁書何遜傳：「時有會稽虞騫，工爲五言詩，名與遜相埒。」

〔三〕三正九：正德本作「三年正月九日」。是。

跋南華真經

南華真經并音二册〔一〕籤題皆友人莆陽方伯謨書〔二〕。伯謨下世已二年矣〔三〕，哀哉！開禧丁卯二月四日，老學庵識。

【題解】

南華真經，即莊子。唐玄宗於天寶元年詔封莊子爲南華真人，莊子一書被尊稱爲南華真經，在道教經典中地位僅次於道德真經（老子）。但郡齋讀書志、直齋書録解題道家類均稱莊子，而不稱南華真經。本文爲陸游爲方士繇簽題的南華真經所作的跋文，表達對故友的懷念。

本文據文末自署，作於開禧三年（一二〇七，丁卯）二月四日。時陸游致仕家居。

【箋注】

〔一〕南華真經并音：「音」是注音一類著述，往往附於經典之後。

〔二〕籤題：書籍封面的標題。莆陽方伯謨：即方士繇，字伯謨，莆陽人。陸游友人，爲作方伯謨墓誌銘、祭方伯謨文。

〔三〕下世已二年：據方伯謨墓誌銘，伯謨卒於慶元五年（一一九九）夏，距此時已八年，「二年」或有誤。

跋與周監丞書

某頃得監丞公書，作報如此。後二十餘年，公家持以來，屬以題數字於後，乃爲記歲月。公諸子多賢，不幸有早世者，今惟主簿君以力學承其緒〔一〕。他日仕途有嶄然頭角者，必吾主簿君。恨耄期已迫〔二〕，不及見之耳。開禧三年三月丙子，渭南伯陸某書於山陰澤中老學庵。

【題解】

周監丞，即周必正（一一二五—一二〇五），字子中。周必大從兄。以蔭補入仕，歷袁州司户參軍、知南豐縣。入爲主管官告院，進軍器監丞。知舒州，徙贛州，擢提舉江東常平茶鹽公事。罷歸主管武夷山沖佑觀，致仕，開禧元年卒。陸游爲作監丞周公墓誌銘。陸游二十餘年前曾答書周必正，其子周綱求跋答書。本文爲陸游爲與周監丞書所作的跋文，記録答書始末，勖勉其子。

本文據文末自署，作於開禧三年（一二〇七）三月丙子（初一）日。時陸游致仕家居。

【箋注】

〔一〕「公諸子」三句：據監丞周公墓誌銘：「男二人：綎，蚤夭；綱，今爲修職郎，前潭州醴陵主簿。」主簿君，即周綱。

〔二〕耄期：高年。書大禹謨：「朕宅帝位，三十有三載，耄期倦于勤。」孔安國傳：「八十、九十曰耄，百年曰期頤。言己年老，厭倦萬機。」

再跋皇甫先生文集後

司空表聖論詩有曰〔一〕：「愚嘗覽韓吏部詩〔二〕，其驅駕氣勢，掀雷決電，撐抉於天地之垠，物狀其變，不得鼓舞而徇其呼吸也〔三〕。其次，皇甫祠部文集外所作，亦爲遒逸，非無意於深密，蓋或未遑爾〔四〕。」據此，則持正自有詩集孤行，故文集中無詩，非不作也。正如張文昌集無一篇文〔五〕，李習之集無一篇詩〔六〕，皆是詩文各爲集耳。表聖直以持正詩配退之，可謂知之。然猶云未遑深密，非篤論也〔七〕。予讀之，蓋累歎云。開禧丁卯四月二十一日，某再書。

【題解】

皇甫先生文集，唐皇甫湜所撰文集。參見卷二八跋皇甫先生文集題解。本文爲陸游再次爲皇甫先生文集所作的跋文，引司空圖語考證皇甫湜文集外另有詩集孤行，并認爲其詩可與韓愈相配。

本文據文末自署，作於開禧三年（一二〇七，丁卯）四月二十一日。時陸游致仕家居。

【箋注】

〔一〕司空表聖論詩：此段引文出於題柳柳州集後，見司空表聖文集卷二。司空表聖，即司空圖（八三七—九〇八），字表聖，河中虞鄉（今山西永濟）人。咸通十年進士。歷任殿中侍御史、禮部郎中、知制誥、中書舍人等，唐亡不食而卒。工文能詩，善論詩。舊唐書卷一九〇、新唐書卷一九四有傳。

〔二〕韓吏部：即韓愈。

〔三〕撑扶：支撑。　垠：邊際。　徇：順從。

〔四〕深密：深沉縝密。北史齊神武帝紀：「神武性深密高岸，終日儼然，人不能測，機權之際，變化若神。」　未遑：來不及顧及。

〔五〕張文昌：即張籍（約七六六—約八三〇），字文昌，和州烏江（今安徽和縣）人。貞元十五年進士。歷任國子助教、秘書郎、國子博士、水部員外郎、主客郎中、國子司業等。韓愈弟子，工詩，尤善樂府詩。舊唐書卷一六〇、新唐書卷一七六有傳。

〔六〕李習之：即李翱（七七二—八三六），字習之，隴西成紀（今甘肅秦安）人。貞元十四年進士。歷任國子博士、史館修撰、考功員外郎、禮部郎中、中書舍人、户部侍郎、山南東道節度使等。

韓愈弟子，傳承其古文，舊唐書卷一六〇、新唐書卷一七七有傳。

〔七〕篤論：確論。漢書董仲舒傳贊：「至向曾孫龔，篤論君子也，以歆之言爲然。」

跋漢文帝後元年三月詔

漢文此詔，與詩之七月、書之無逸何異〔一〕？吾以此知文景太平之有自也〔二〕。雖然，豈獨爲天下哉，十室之邑，十金之產〔三〕，儻能思是言，其有至於喪敗者乎？庚申五月十七日，陸某書。

【題解】

漢文帝後元年三月詔，見漢書卷四：「間者數年比不登，又有水旱疾疫之災，朕甚憂之。愚而不明，未達其咎。意者朕之政有所失而行有過與？乃天道有不順，地利或不得，人事多失和，鬼神廢不享與？何以致此？將百官之奉養或費，無用之事或多與？何其民食之寡乏也！夫度田非益寡，而計民未加益，以口量地，其於古猶有餘，而食之甚不足者，其咎安在？無乃百姓之從事於末以害農者蕃，爲酒醪以靡穀者多，六畜之食焉者衆與？細大之義，吾未能得其中。其與丞相、列侯、吏二千石、博士議之，有可以佐百姓者，率意遠思，無有所隱也。」本文爲陸游爲漢文帝後元年三月詔所作的跋文，贊賞文帝憂民之心，指出此爲治國理家之本。

本文據文末自署，作於庚申年五月十七日，即慶元六年（一二〇〇）。此與按時間順序排列的體例不合，或編集時疏誤歟？

【箋注】

〔一〕七月：詩豳風篇名，反映周代早期的農業生產和農民的日常生活。無逸：尚書篇名，表達了不要貪圖安逸，知稼穡之艱難，禁止荒淫的思想。

〔二〕文景太平：西漢文帝、景帝時期，推崇黄老之術，採取輕徭薄賦、與民休息的政策，社會安定，百姓富裕，史稱「文景之治」。

〔三〕「十室」二句：指小小村落，少量資産。

跋張魏公與劉察院帖

與人同功，人用而己捨，君子不敢言勞；與人同罪，人免而己窮，君子不敢逃責。非能異夫人也，理固如是也。不然，則亡恥已。使御史公無恙〔一〕，得予此説，其將以爲能知言乎〔二〕？

【題解】

張魏公，即張浚（一〇九七—一一六四），字德遠。封魏國公。參見卷七賀張都督啓題解。劉察院，名字不詳。察院，御史臺三院之一，監察御史稱察院。本文爲陸游爲張浚與劉察院書帖所作的跋文，闡述君子當有功不言勞，有罪不逃責，否則即爲無耻。

本文原未繫年，據前後文，當作於開禧三年（一二〇七）五月。時陸游致仕家居。

【箋注】

〔一〕御史公：即劉察院。

〔二〕知言：指善於辨析他人言辭。論語堯曰：「不知言，無以知人也。」孟子公孫丑上：「『何謂知言？』曰：『詖辭知其所蔽，淫辭知其所陷，邪辭知其所離，遁辭知其所窮。』」

跋世父大夫詩稿

世父大夫公自幼得末疾〔一〕，以左手作字，性喜鈔書，嘗鈔王岐公華陽集百卷〔二〕，筆筆無倦意。豈特其書可貴重哉，亦可見其爲人矣。某年①。

【題解】

世父大夫，即伯父陸寘。老學庵筆記卷二：「伯父通直公，字元長，病右臂，以左手握筆，而字法勁健過人。」家世舊聞卷上：「三十八伯父（諱寘，字元長，楚公長子。）公得子晚，年三十八，始生伯父，遂以三十八爲行。第伯父不幸，少抱微疾。」本文爲陸游爲伯父陸寘詩稿所作的跋文，記録其患末疾而鈔書不倦的軼事。

本文原未繫年，據前後文，當作於開禧三年（一二〇七）五月。時陸游致仕家居。

【校記】

①「某年」，弘治本、正德本、汲古閣本無。

【箋注】

〔一〕末疾：四肢的病患。左傳昭公元年：「陽淫熱疾，風淫末疾。」杜預注：「末，四支也。」

〔二〕王岐公：即王珪，字禹玉。封岐國公。參見卷二七跋高康王墓誌注〔一〕。華陽集：王珪所撰文集。直齋書録解題卷十七著録王珪華陽集一百卷，并稱：「本成都人，故稱華陽。」

渭南文集箋校卷第三十一

跋

【釋體】本卷文體同卷二六，收録跋文四十七首。

跋魯直書大戴踐阼篇

上古之文，幸不泯者，率非後世所可及，不必壞魯壁、發汲冢而得之〔一〕，乃可信也。丹書之辭如此，武王之銘如此〔二〕，雖微大戴禮載之，可置疑哉？某鄉先生傅公子駿爲學者言：洪範自「無偏無黨」至「歸其有極」三十二字，皆古所傳爲人君之常訓，箕子申以告武王〔三〕。吳棫才老著尚書裨傳，以爲得此説於虞仲琳少崔，少崔學於傅公〔四〕。此三十二字，與丹書三十九字，一傳於箕子，一傳於師尚父，武王敬受力行之，卜世卜年之永〔五〕，有所自矣。開禧三年五月辛卯，故史官陸某識於黄太史所書踐阼篇後，以遺廬陵彭君孝求〔六〕。

【題解】

魯直，即黄庭堅。大戴踐阼，即大戴禮記武王踐祚篇。其文曰：「武王踐阼三日，召士大夫而問焉，曰：『惡有藏之約、行之行，萬世可以爲子孫常者乎？』諸大夫對曰：『未得聞也！』然後召師尚父而問焉，曰：『昔黄帝顓頊之道存乎？意亦忽不可得見與？』師尚父曰：『在丹書，王欲聞之，則齊矣！』王齊三日，端冕，師尚父奉書而入，負屏而立，王下堂，南面而立，師尚父曰：『先王之道不北面！』王行西，折而南，師尚父西面道書之言曰：『「敬勝怠者吉，怠勝敬者滅，義勝欲者從，欲勝義者凶。凡事，不强則枉，弗敬則不正，枉者滅廢，敬者萬世。」藏之約行之，行可以爲子孫常者，此言之謂也！且臣聞之：「以仁得之，以仁守之，其量百世；以不仁得之，以仁守之，其量十世；以不仁得之，以不仁守之，必及其世。」』王聞書之言，惕若恐懼，退而爲戒書，於席之四端爲銘焉，於机爲銘焉，於鑑爲銘焉，於盥盤爲銘焉，於楹爲銘焉，於杖爲銘焉，於帶爲銘焉，於履屨爲銘焉，於觴豆爲銘焉，於户爲銘焉，於牖爲銘焉，於劍爲銘焉，於弓爲銘焉，於矛爲銘焉。（以下各銘文略）」踐阼，亦作「踐祚」。即位。師尚父，即呂望。詩大雅大明：「維師尚父，時維鷹揚。」毛傳：「尚父，可尚可父。」鄭玄箋：「尚父，呂望也。尊稱焉。」周必大題山谷書大戴禮踐祚篇載：「大戴禮踐祚篇學者罕讀，東坡妙語聞所未聞，山谷翰墨世共寶之，可謂三絶。太和彭惟孝，字孝求，好古嗜學，謀刻之石。」（文忠集卷四九）則彭惟孝欲將山谷書踐祚篇刻石。本文爲陸游爲黄庭堅所書大戴禮記武王踐祚篇所作的跋文，肯定踐祚篇可信，贊賞周武王敬受力行箕子、呂望傳授的治國訓誡。

本文據文末自署，作於開禧三年（一二〇七）五月辛卯（二十三）日。時陸游致仕家居。

【箋注】

〔一〕魯壁：指孔子故宅藏有古文經傳的牆壁。尚書序：「至魯共王好治宮室，壞孔子舊宅，以廣其居，於壁中得先人所藏古文虞、夏、商、周之書及傳論語、孝經，皆科斗文字。」汲冢：指汲郡（今屬河南衛輝）古墓出土的竹簡古書。西晉武帝時，汲郡人不準偷盜魏襄王陵墓，得竹書數十車，其中有竹書紀年等古籍。

〔二〕「丹書」二句：均見武王踐祚篇。丹書：傳説中赤雀所銜的祥瑞之書。武王：指周武王姬發，周文王次子。

〔三〕傅公子駿：即傅崧卿，字子駿。參見卷十五傅給事外制集序題解。洪範：尚書篇名。老學庵筆記卷三：「鄉里前輩虞少崔言，得之傅丈子駿云：『洪範「無偏無黨，王道蕩蕩；無黨無偏，王道平平；無反無側，王道正直。會其有極，歸其有極」八句，蓋古帝王相傳以爲大訓，非箕子語也。至「曰皇極之敷言」，以「曰」發之，則箕子語。』傳丈博極群書，少崔嚴重不妄。恨予方童子，不能詳叩爾。」箕子：名胥餘，殷商末期人，文丁之子，帝乙之弟，紂王之叔父，官太師，封於箕。與微子、比干並稱「殷末三仁」。論語微子：「微子去之，箕子爲之奴，比干諫而死，殷有三仁焉。」

〔四〕吴棫：字才老。參見卷二七跋韓非子注〔二〕。尚書裨傳：直齋書録解題卷二著録吴棫書裨傳十三卷，并稱：「首卷舉要曰總説，曰書序，曰君辨，曰臣辨，曰考異，曰詁訓，曰差牙，曰孔傳，凡八篇。考據詳博。」虞仲琳少崔：即虞仲琳，字少崔，餘姚（今浙江紹興）人。紹興五年進士。曾任温州州學教授。參見老學庵筆記卷三「鄉里前輩虞少崔」條。傅公：即傅崧卿。

〔五〕卜世卜年：占卜預測傳國的世代數。泛指國運。左傳宣公三年：「成王定鼎於郟鄏，卜世三十，卜年七百，天所命也。」

〔六〕彭君孝求：即彭惟孝（一一三五—一二〇七），字孝求，號求志居士，廬陵太和（今屬安徽）人。三代爲善，周濟鄉鄰。上書論政，丞相推挽，不仕而歸。陸游爲作求志居士彭君墓誌銘。

跋唐昭宗賜錢武肅王鐵券文

某按：唐昭宗乾寧四年，遣中使焦楚鍠賜吴越武肅王鐵券〔一〕，以八月壬子至國。是歲，武肅始兼領鎮東節，出師大敗淮南兵十八營〔二〕，定婺、睦、蘇、湖州，而鐵券適至，蓋其國始盛時也。及忠懿王入朝〔三〕，以其先王所藏玉册鐵券〔四〕，置之祖廟，不敢以自隨。淳化元年，杭州悉上之於朝〔五〕。時忠懿王已薨，太宗皇帝復以册券賜王之子安僖王惟濬〔六〕。安僖王薨，券歸文僖公惟演〔七〕。文僖公薨，券傳仲子霸州防禦使晦〔八〕。霸州侍仁宗皇帝燕閒，帝問先世所賜鐵券，欲見之。霸州并三朝御書以進，帝爲親識御書之末，復賜焉〔九〕。文僖之孫開府公景臻，尚秦魯國大長公主〔一〇〕。某年十二三時，嘗侍先夫人，得謁見大主〔一一〕，鐵券實藏卧内，狀如筒瓦〔一二〕。今七十餘年，乃得見録本於武肅諸孫櫄家〔一三〕。後十字，蓋文僖手書。某家舊藏文僖書帖，亦有押字〔一四〕，皆與此同。武勝軍節度使印，則文僖尹洛時所領鄧州節鉞也〔一五〕。開禧三年六月乙巳，山陰陸某謹書。

【題解】

唐昭宗（八六七—九〇四），名李曄，唐懿宗之子、唐僖宗之弟。八八八至九〇四年在位。錢武肅王，即錢鏐（八五二—九三二），字具美（一作巨美），小字婆留，杭州臨安人，五代十國時期吴越國創建者。唐末跟隨董昌保護鄉里，累遷至鎮海軍節度使，後董昌叛唐稱帝，受詔討平董昌，再加鎮東軍節度使。逐漸佔據以杭州爲首的兩浙十三州，先後被中原王朝（唐朝、後梁、後唐）封爲越王、吴王、吴越王、吴越國王。在位四十一年，廟號太祖，謚號武肅王。在位期間，保境安民，經濟繁榮，文士薈萃，使兩浙在亂世中晏然無事九十年。舊五代史卷一三三、新五代史卷六七、十國春秋卷七七、七八、吴越備史卷一、二均有傳。鐵券文，古代帝王賞給功臣世代享有免罪等特權的證件上的誓詞。唐乾寧四年，昭宗以錢鏐討董昌有功，特賜金書鐵券。券文在列舉錢氏功勳後稱：「是用錫其金板，申以誓詞：長河有似帶之期，泰華有如拳之日，惟我念功之旨，永將延祚子孫，使卿長襲寵榮，克保富貴，卿恕九死，子孫三死，或犯常刑，有司不得加責。承我信誓，往惟欽哉！宜付史館，頒示天下。」本文爲陸游爲唐昭宗賜給錢鏐的鐵券文所作的跋文，追述賜券經過及鐵券在宋代流傳情況，記録幼時親見鐵券及七十年後得見録本的細節。

本文據文末自署，作於開禧三年（一二〇七）六月乙巳（初二）日。時陸游致仕家居。

【箋注】

〔一〕中使：宫中派出的使者。多指宦官。後漢書宦者傳：「凡詔所徵求，皆令西園騶密約敕，號曰中使。」焦楚鍠：生平不詳。

〔二〕大敗淮南兵十八營：乾寧四年四月，錢鏐部將顧全武等攻破圍困嘉興的淮南節度使楊行密的軍隊十八個營寨。見資治通鑑卷二六一。

〔三〕忠懿王：即錢俶（九二九—九八八），初名弘俶，小字虎子，改字文德。錢鏐孫，錢元瓘之子。吴越國末主。宋太祖平定江南，因出兵策應有功，被授天下兵馬大元帥。後入朝，仍爲吴越國王。太平興國三年（九七八），獻所據兩浙十三州之地歸宋。端拱元年卒，謚忠懿。

〔四〕玉册：帝王祭祀告天或上尊號所用册書，用玉簡製成。

〔五〕淳化：宋太宗年號，九九〇至九九四年。杭州：指錢俶後人，在杭州。

〔六〕安僖王惟濬：即錢惟濬，字禹川，錢俶長子。入宋後封淮南節度使、安遠軍節度使、開府儀同三司、檢校太師兼中書令、蕭國公。性放蕩無檢，因沉溺酒色而早卒，追封邠王，謚安僖。

〔七〕文僖公惟演：即錢惟演（九七七—一〇三四），字希聖，錢俶第七子，錢惟濬之弟。從錢俶歸宋，歷任太僕少卿、直祕閣，預修册府元龜，除知制誥，爲翰林學士，累遷工部尚書，拜樞密使，官終崇信軍節度使。卒贈侍中，謚號思。後改謚文僖。宋史卷三一七有傳。

〔八〕霸州防禦使晦：即錢晦，字明叔，錢惟演次子。以大理評事娶太宗女獻穆大長公主女，累遷東上閤門使、貴州團練使，授忠州防禦使，知河中府，改潁州防禦使，歷霸州防禦使，爲群牧副使，卒。宋史卷三一七有傳。

〔九〕霸州：即錢晦。燕閒：安閒，休息。三朝：指太祖、太宗、真宗。

〔一〇〕開府公景臻：即錢景臻，錢惟演孫，錢暄子。尚：娶帝王之女爲妻。秦魯國大長公主：宋仁宗第十女。靖康間未隨諸帝姬北徙，留於汴。建炎初復公主號，改封秦魯國公主。高宗以其行尊年高，甚敬之，推恩其子。卒年八十六，謚賢穆，後加謚明懿。宋史卷二四八有傳。

〔二〕大主：即秦魯國大長公主。

〔三〕筒瓦：圓筒狀的屋瓦。嘉慶太平縣志雜誌：「鐵券，故臨海錢氏所藏。唐乾寧四年，昭宗賜節度使錢鏐嵌金券，文共三百三十三字，券長一尺八寸三分，闊一尺一寸，厚一分五釐，重一百三十二兩，形如半瓦。」

〔三〕諸孫櫄：本家孫輩錢櫄。錢櫄，字誠甫。錢時之子。嘗學於楊簡。宋元學案卷七四有傳。

〔四〕押字：即簽字。

〔五〕「武勝軍」二句：錢惟演天聖七年（一〇二九）任武勝軍節度使，次年判河南府。尹洛，任洛陽尹。鄧州，武勝軍節度所在地，今屬河南。節鉞，符節和斧鉞。古時授予將帥作爲權力的標誌。

跋司馬端衡畫傳燈圖

司馬六十五丈〔一〕，抱負才氣，絶人遠甚。方少壯時，以黨家不獲施用於時〔二〕，欲有以寓其胸中浩浩者，遂放意於畫，落筆高妙，有顧、陸遺風〔三〕。某嘗以通家之舊〔四〕，親聞其論畫，衮衮終日，如孫、吴談兵〔五〕，臨濟、趙州説禪〔六〕，何其妙也。每恨是時不能記録一二，以遺後之好事者。今獲觀傳燈圖，恍如接言論風指〔七〕，時稽首太息，不能自已。開禧丁卯歲十月丁未，山陰陸某謹題。

【題解】

司馬端衡，即司馬槐，字端衡，夏縣（今屬山西）人。司馬光後裔。官參議，紹興初以工畫得名。傳燈圖，内容不詳。傳燈或指佛家傳法。本文爲陸游爲司馬槐畫傳燈圖所作的跋文，贊賞其作畫落筆高妙，并追憶聞其論畫之妙。

本文據文末自署，作於開禧三年（一二〇七，丁卯）十月丁未（初五）日。時陸游致仕家居。

【箋注】

〔一〕司馬六十五丈：即司馬槐。

〔二〕黨家：指入「元祐黨籍」之家。

〔三〕顧陸：指東晉顧愷之和劉宋陸探微。顧愷之（三四五—四〇六），字長康，小字虎頭，晉陵無錫（今江蘇無錫）人。傑出畫家。博學多才，擅詩賦、書法，尤善繪畫。精於人像、佛像、禽獸、山水等。與曹不興、陸探微、張僧繇合稱「六朝四大家」。作畫意在傳神，主張「遷想妙得」、「以形寫神」，成爲傳統繪畫理論的基礎。陸探微，吴縣（今蘇州）人。創始以書法入畫，畫迹不傳。歷代名畫記著録其畫作七十餘件，列入「上品上」，并稱：「宋明帝時，常在侍從，丹青之妙，最推工者。」與顧愷之並稱「顧陸」。

〔四〕通家：指世交。後漢書孔融傳：「語門者曰：『我是李君通家子弟。』」

〔五〕孫吴：即孫武和吴起，皆古代兵家。孫武著有兵法十三篇，吴起著有吴子四十八篇。荀子議兵：「孫、吴用之，無敵於天下。」

〔六〕臨濟趙州：即臨濟院義玄禪師和趙州從諗禪師。義玄，五代時山東菏澤人，俗姓邢。悟得禪宗黄檗佛法，受其印可。到河北住鎮州小院，稱臨濟禪院，創立臨濟宗。其宗風單刀直入，機鋒峻烈，使人突然省悟。從諗，唐代山東青州（一説曹州）人，俗姓郝。幼出家，年八十始住趙州觀音院，講習佛法，世稱從諗禪師，享年一百二十歲。卒謚真際大師。禪風以犀利精妙爲特色。

〔七〕風指：意圖，旨意。漢書薛宣傳：「九卿以下，咸承風指，同時陷於謾欺之辜，咎繇君焉。」

跋吕伯共書後

紹興中，某從曾文清公游〔一〕。公方館甥吕治先〔二〕，日相與講學。治先有子未成童，卓然穎異，蓋吾伯共也。後數年，伯共有盛名，從之學者以百數，不幸中道奄忽〔三〕。而予幾九十尚未死，攬其遺墨，大抵忠信篤敬之言也，爲之涕下。開禧丁卯歲十二月乙巳，山陰陸某書。

【題解】

呂伯共，即呂祖謙（一一三七—一一八一），字伯恭，一作伯共，世稱東萊先生，婺州（今浙江金華）人。隆興元年進士，復中博學宏詞科，調南外宗學教授。累官直祕閣、主管亳州明道宮。參與重修徽宗實録，編纂刊行皇朝文鑒。博學多識，主張明理躬行，學以致用，反對空談心性，開浙東學派先聲。與朱熹、張栻齊名，並稱「東南三賢」。宋史卷四三四有傳。本文爲陸游爲呂祖謙書帖所作的跋文，追憶少時與其相識，感慨其有盛名而早逝。

本文據文末自署，作於開禧三年（一二〇七，丁卯）十二月乙巳（初四）日。時陸游致仕家居。

【箋注】

〔一〕曾文清公：即曾幾。

〔二〕館甥：指擇婿。典出孟子萬章上：「舜尚見帝，帝館甥於貳室。」呂治先：即呂大器，字治先，呂祖謙之父。累官尚書倉部郎。曾幾之女嫁呂大器。

〔三〕奄忽：指死亡。後漢書趙岐傳：「卧蓐七年，自慮奄忽，乃爲遺令敕兄子。」

跋張敬夫書後

隆興甲申，某佐郡京口〔一〕，張忠獻公以右丞相督軍過焉〔二〕。先君會稽公嘗識忠獻於掾南鄭時〔三〕，事載高皇帝實録，以故某辱忠獻顧遇甚厚〔四〕。是時敬父從行，而陳應求參贊軍事〔五〕，馮圜仲、查元章館於予廨中〔六〕，蓋無日不相從。迨今讀敬父遺墨，追記在京口相與論議時，真隔世事也。開禧丁卯十二月乙巳，山陰陸某書。

【題解】

張敬夫，即張栻（一一三三—一一八〇），字敬夫，一作敬父，號南軒，漢州綿竹（今屬四川）人。張浚長子。以蔭入仕，除直祕閣，歷知撫州、嚴州，召爲吏部侍郎，兼侍講，直寶文閣。改知江陵府，提舉武夷山沖佑觀。少時師從胡宏，後主管岳麓書院，從學者數千人，開啓湖湘學派。與朱熹、吕祖謙並稱「東南三賢」。宋史卷四二九有傳。本文爲陸游爲張栻書帖所作的跋文，追憶在京口與張栻等同僚相與議論之往事。

本文據文末自署，作於開禧三年（一二〇七，丁卯）十二月乙巳（初四）日。時陸游致仕家居。

【箋注】

〔一〕「隆興」二句：隆興二年，陸游任鎮江府通判，居京口。

〔二〕張忠獻公：即張浚，卒謚忠獻。參見卷七賀張都督啓題解。隆興二年三月，張浚以右丞相兼樞密使，奉詔視師淮上。

〔三〕先君會稽公：即陸游之父陸宰。掾南鄭：陸宰於宣和中入蜀，與張浚相識。

〔四〕顧遇：指被賞識而受到優遇。後漢書李固傳：「固狂夫下愚，不識大體，竊感古人一飯之報，況受顧遇而容不盡乎！」

〔五〕陳應求：即陳俊卿，字應求。參見卷八賀莆陽陳右相啓題解。

〔六〕馮圜仲：即馮方，字元仲，普康（今四川安岳）人。紹興進士。曾任校書郎、吏部員外郎。事迹見南宋館閣録卷八。查元章：即查籥，字元章。參見卷二六跋查元章書題解。

跋劉戒之東歸詩

乾道中，予與戒之同在宣撫使幕中〔一〕，同舍十四五人。宣撫使召還〔二〕，予輩皆散去。范西叔、宇文叔介最先下世〔三〕，其餘相繼凋落。至開禧中，獨予與張季長猶存〔四〕。今春，季長復考終於江原〔五〕。予年開九秩，獨幸未書鬼録〔六〕，偶得戒之郎君市徵君所藏送行詩觀之〔七〕，恍然如隔世事也，爲之流涕。丁卯十二月乙丑，渭南伯陸某書於山陰老學庵。

【題解】

劉戒之，即劉三戒，字戒之，吴興人。淳熙間知浮梁縣（據同治湖州府志卷七一）。陸游乾道中在王炎宣撫使司的同僚。東歸詩，陸游乾道八年秋在南鄭作送劉戒之東歸：「去國三年恨未平，東城況復送君行。難憑魂夢尋言笑，空向除書見姓名。殘日半竿斜谷路，西風萬里玉關情。蘭臺粉署朝回晚，肯記粗官數寄聲？」（劍南詩稿卷三）陸游晚年偶得劉三戒之子所藏送行詩。本文爲陸游爲當年所作送劉戒之東歸詩所作的跋文，追憶當年同僚存亡情況，抒寫無限感慨之情。

本文據文末自署，作於開禧三年（一二〇七，丁卯）十二月乙丑（二十四）日。時陸游致仕家居。

【箋注】

〔一〕「乾道」二句：乾道八年三月，陸游抵達南鄭，出任四川宣撫使司幹辦公事兼檢法官。宣撫使，指王炎。

〔二〕宣撫使召還：乾道八年九月，虞允文罷相任四川宣撫使，王炎召還回朝。

〔三〕范西叔：即范仲芑，字西叔。參見卷十四送范西叔序題解。陸游又有送范西叔赴召詩二首，見劍南詩稿卷三。范仲芑卒於淳熙三年（一一七六）十一月，見周必大經筵同僚祭范西叔仲芑侍講文（省齋文稿卷三八）。　宇文叔介：生平未詳，劍南詩稿卷四有余往與宇文叔介同客山南今年叔介客死臨安……詩，作於乾道九年十月，則宇文叔介乾道九年（一一七三)卒。

〔四〕張季長：即張縯，字季長。參見卷二七跋陜西印章注〔三〕。

〔五〕考終：盡享天年。書洪範：「五曰考終命。」孔傳：「各成其長短之命以自終，不横夭。」江原：崇州地區古稱。古人誤將岷江當作長江的正源。

〔六〕年開：指老人年齡開始進入新的階段。白居易七年元日對酒：「年開第七秩，屈指幾多人。」九秩：九十。秩，十年。鬼録：陰間死人的名録。曹丕與吴質書：「觀其姓名，已爲鬼録，追思昔遊，猶在心目。」

〔七〕市徵君：劉三戒之子當時擔任掌管市場税收職務。

跋秦淮海書

黄豫章、秦淮海〔一〕，皆學顔平原真、行〔二〕。豫章晚尤自稱許〔三〕，淮海則退避，不肯以書自名，亦各其志也。嘉定改元四月己酉，山陰陸某書。

【題解】

秦淮海，即秦觀，字少游，號淮海居士。本文爲陸游爲秦觀書帖所作的跋文，指出其與黄庭堅在書法上各有其志。

本文據文末自署，作於嘉定元年（一二〇八）四月己酉（初十）日。時陸游致仕家居。

【箋注】

〔一〕黄豫章：即黄庭堅，字魯直，號豫章先生。

〔二〕顔平原：即顔真卿，曾任平原太守，故稱。唐代著名書法家。真、行：楷書（真書）、行書。

〔三〕尤自稱許：如黄庭堅跋此君軒詩稱：「近時士大夫罕得古法，但弄筆左右纏繞，遂號爲草書可，不知蝌蚪、篆、隸同法同意。數百年來，唯張長史、永州狂僧懷素及余三人悟此法可。蘇才翁有悟處而不能盡其宗趣，其餘碌碌耳。」

跋柳書蘇夫人墓誌

近世注杜詩者數十家〔一〕，無一字一義可取。蓋欲注杜詩，須去少陵地位不大遠，乃可下語。不然，則勿注可也。今諸家徒欲以口耳之學〔二〕，揣摩得之，可乎？書家以鍾、王爲宗〔三〕，亦須升鍾、王之堂〔四〕，乃可置論耳。爾來書法中絶〔五〕，求柳誠懸輩尚不可得，書其可遽論哉！然予爲此言，非獨觸人，亦不善自爲地矣〔六〕，覽者當粲然一笑也。嘉定元年四月己酉，陸某書。

【題解】

柳指柳公權，字誠懸。唐代著名書法家，楷書與顔真卿齊名，並稱「顔柳」。蘇夫人墓誌爲柳公權所書名帖。本文爲陸游爲柳公權書蘇夫人墓誌所作的跋文，闡述欲注大家詩書，首須入門，乃可置論。

本文據文末自署，作於嘉定元年（一二〇八）四月己酉（初十）日。時陸游致仕家居。

【箋注】

〔一〕「近世」句：如淳熙八年有蜀人郭知達九家集注杜詩三十六卷（直齋書録解題卷十九作杜工部詩集注三十六卷）之類。

〔二〕口耳之學：耳聽口説之學，亦即道聽塗説的膚淺學問。語本荀子勸學：「小人之學也，入乎耳，出乎口。」

〔三〕鍾王：指鍾繇、王羲之。他們分别是三國和東晉時的著名書法家，樹立了楷書、行書的典範。

〔四〕升堂：比喻學問技藝入門。論語先進：「子曰：『由也升堂矣，未入於室也。』」

〔五〕中絶：中斷，絶滅。劉向九歎思古：「閔先嗣之中絶兮，心惶惑而自悲。」

〔六〕自爲地：自留餘地。

跋朱希真所書雜鈔

朱先生與諸賢，當建炎間裔夷南牧、群盜四起時〔一〕，猶相與講學如此。吾輩生平世〔二〕，安居鄉里，乃欲飽而嬉，可乎？嘉定之元四月乙酉，陸某書於山陰老學庵，時年八十有四。

【題解】

朱希真，即朱敦儒，字希真。參見卷二九跋雲丘詩集後注〔八〕。雜鈔，據文意，其内容當爲講學的雜録。本文爲陸游爲朱敦儒所書雜鈔所作的跋文，贊揚前賢在戰亂中堅持「相與講學」，慨歎今日士人飽食而嬉。

本文據文末自署，作於嘉定元年（一二〇八）四月乙酉日。時陸游致仕家居。

【箋注】

〔一〕裔夷：邊遠之夷。此指金兵。左傳定公十年：「兩君合好，而裔夷之俘以兵亂之。」南牧：指南侵。

〔二〕平世：太平之世。孟子離婁下：「禹稷當平世，三過其門而不入，孔子賢之。」

跋爲子遹書詩卷後

子遹持匹紙求録詩期年矣〔一〕，以乃翁衰疾，不忍迫蹙〔二〕。予更以此念之，爲寫終此卷。然此兒近者時時出所作，皆大進，論建安、黄初以來至元和後詩人〔三〕，皆有本末，歷歷可聽，吾每爲汗出，因併記之。嘉定戊辰歲五月乙巳，放翁書，時年八十有四。

【題解】

子遹，陸游幼子。本文爲陸游爲子遹抄録的詩卷所作的跋文，記録始末，對幼子近來的進步充滿喜悦之情。

本文據文末自署，作於嘉定元年（一二〇八，戊辰）五月乙巳（初七）日。時陸游致仕家居。

【箋注】

〔一〕匹紙：古代供寫字作畫所用的優質紙。録詩：載録詩作。或是搜輯陸游平時所作詩篇抄録副本，以供日後編集。期年：一年。

〔二〕迫蹙：催逼，催促。韓愈答劉秀才論史書：「僕年志已就衰退……苟加一職榮之耳，非必督責迫蹙，令就功役也。」

〔三〕建安、黄初：建安爲東漢獻帝年號，一九六至二二〇年。黄初爲魏文帝年號，二二〇至二二六年。此時期的代表詩人爲「三曹七子」即曹操、曹丕、曹植和王粲、陳琳、徐幹、劉楨、應瑒、孔融、阮瑀。元和：唐憲宗年號，八〇六至八二〇年。此時期的代表詩人爲韓愈、柳宗元、元稹、白居易、孟郊、李賀等。

跋呂文靖門銘

「一言可以終身行之者，其『恕』乎？」〔一〕此聖門一字銘也。「詩三百，一言以蔽之，曰『思無邪』。」〔二〕此聖門三字銘也。其簡且盡如此，學者苟能充之，雖入聖域不難矣〔三〕。丞相申國文靖呂公作門銘，自「忠、孝」十有八字〔四〕，廣吾夫子之訓，以遺後人。某得本於公元孫祖平〔五〕，敢再拜書其後，致願學之意。嘉定元年夏五月辛亥，山陰陸某謹識。

【題解】

呂文靖，即呂夷簡（九七九—一〇四四），字坦夫，壽州（今安徽鳳臺）人。咸平進士。真宗朝歷任地方官，擢刑部郎中，權知開封府。仁宗即位，拜參知政事，天聖六年拜相。後多次罷相，又復入。封申國公，兼樞密使。以病罷相，以太尉致仕。卒贈太師、中書令，謚文靖。子呂公著、玄孫呂本中均爲聞人。宋史卷三一一有傳。呂夷簡門銘：「古者盤、盂、几、杖，規戒存焉。今爲門銘，竊類於此。忠以事君，孝以養親。寬以容衆，謹以修身。清以軌俗，誠以教民。謙以處貴，樂以安貧。勤以積學，靜以澂神。敏以給用，直以全真。約以奉己，廣以施人。重以臨下，恭以待賓。貫之以道，總之以仁。在家爲子，在邦爲臣。斯言必踐，盛德聿新。勒銘於門，永代書紳。」（皇朝文鑒卷七三）陸游從呂夷簡元孫祖平處得見文本。本文爲陸游爲呂夷簡門銘所作的跋文，稱頌聖門之銘「簡且盡」，贊揚呂公門銘十八字「廣夫子之訓」。

本文據文末自署，作於嘉定元年（一二〇八）五月辛亥（十三）日。時陸游致仕家居。

【箋注】

〔一〕「一言」二句：語出論語衛靈公。

〔二〕「詩三百」三句：語出論語爲政。

〔三〕聖域：聖人的境界。漢書賈捐之傳：「臣聞堯、舜，聖之盛也，禹入聖域而不優。」

〔四〕十有八字：指忠、孝、寬、謹、清、誠、謙、樂、勤、靜、敏、直、約、廣、重、恭、道、仁。

〔五〕元孫：玄孫。本人以下第五代。祖平：即呂祖平，呂本中孫。歷知桂陽軍、仙游縣，嘉定初任大理寺丞。

跋傅給事竹友詩稿

王逸少寫經換鵝〔一〕，給事傅公籠鵝换竹〔二〕，二者皆山陰勝絶事〔三〕。然换鵝事人皆能道之；换竹事未甚著，鄉人以爲恨。獨某曰：是不足怪也。逸少志在物外〔四〕，不肯輕爲世用，故换鵝事易傳。給事方南渡之初，忠義大節，爲一時稱首，雖困於讒誣〔五〕，用之不盡，然至今聞其風者，可立衰懦〔六〕，則换竹事固應不傳，蓋所見於世者大也。給事遺文百卷，今藏祕閣，某領策府時見之〔七〕。嘉定元年七月庚申，陸某謹識。

【題解】

傅給事，即傅崧卿，字子駿，官至給事中。參見卷十五傅給事外制序題解。竹友詩稿，傅崧卿所撰詩集。本文爲陸游爲傅崧卿竹友詩稿所作的跋文，以傅公與王羲之「籠鵝」軼事作對比，説明傅公忠義大節，影響更大。

本文據文末自署，作於嘉定元年（一二〇八）七月庚申（二十三日）。時陸游致仕家居。

【箋注】

〔一〕王逸少：即王羲之，字逸少。寫經换鵝：晉書王羲之傳：「山陰有一道士，養好鵝，羲之往觀焉，意甚悅，固求市之。道士云：『爲寫道德經，當舉群相贈耳。』羲之欣然寫畢，籠鵝而歸，甚以爲樂。」

〔二〕籠鵝换竹：嘉泰會稽志卷十三：「本朝會稽文獻相望，然往往不營第宅，如杜丞相、陸左丞、顧内相、陳中書，方鼎貴時，皆無尺椽之居。傅給事歸北海故廬，以鵝换竹，種之而已，未嘗營葺。」

〔三〕勝絶：絶妙。薛用弱集異記崔商：「江濱有溪洞，林木勝絶，商因杖策徐步，窮幽深入。」

〔四〕物外：世外，指超脱塵世。張衡歸田賦：「苟縱心於物外，安知榮辱之所如！」

〔五〕讒誣：讒害誣陷。歐陽修重讀徂徠集：「讒誣不須辨，亦止百年間。」

〔六〕立衰懦：使衰弱怯懦之人奮起。

〔七〕領策府：統領帝王藏書之處。指嘉泰二年末任秘書監。

跋陳伯予所藏樂毅論

世傳中山古本蘭亭「之」、「流」、「帶」、「右」、「天」五字有殘闕處，於是士大夫所藏蘭亭悉然。又謂樂毅論古本至一「海」字止，於是凡樂毅論亦至「海」字而亡。其餘妄僞亂真，大抵如此。今伯予此軸皆佳，後一本尤敷腴可愛〔一〕，未可以「海」字爲定論也。嘉定戊辰歲七月己未，山陰陸某務觀書，時年八十有四。

【題解】

陳伯予，陸游朋友。參見卷二二放翁自贊注〔一五〕。樂毅論：王羲之書法名帖。參見卷二八跋蘭亭樂毅論并趙岐王帖題解。本文爲陸游爲陳伯予所藏樂毅論所作的跋文，辨析書法名帖之真僞。

本文據文末自署，作於嘉定元年（一二〇八，戊辰）七月己未（二十二）日。時陸游致仕家居。參考劍南詩稿卷七一寄題括蒼陳伯予主簿平楚亭、卷七九寄陳伯予主簿、陳伯予見過喜余强健戲作。

【箋注】

〔一〕敷腴：喜悦貌。鮑照擬行路難之五：「人生苦多歡樂少，意氣敷腴在盛年。」

跋伯予所藏黄州兄帖

某之從父兄故黄州使君遺墨〔一〕，伯予書其後，發揚大節至矣。伏讀感涕，不知所云。先兄諱沇，字子東，仕至朝奉大夫。嘉定元年七月己未，山陰老民陸某謹書。

【題解】

黄州兄，即陸游堂兄陸沆，曾官黄州。本文爲陸游爲陳伯予所藏陸沆書帖所作的跋文，記録堂兄的名字、仕履。

本文據文末自署，作於嘉定元年（一二〇八）七月己未（二十二）日。時陸游致仕家居。

【箋注】

〔一〕從父兄：即從兄，堂兄。使君：對州郡長官的尊稱。

跋詹仲信所藏詩稿

予平生作詩至多，有初自以爲可，他日取視，義味殊短，亦有初不滿意，熟觀乃稍有可喜處，要是去古人遠爾。詹仲信何處得予斷稿以見示〔一〕，爲之屢歎，乃題其後歸之。嘉定改元六月壬辰，山陰陸某務觀書於三山老學庵，時年八十四。

【題解】

詹仲信，陸游朋友。劍南詩稿卷六四有題詹仲信所藏米元暉雲山小幅。本文爲陸游爲詹仲信所藏自己斷稿所作的跋文，叙述平生詩歌創作經驗。

本文據文末自署，作於嘉定元年（一二〇八）六月壬辰（二十四）日。時陸游致仕家居。

【箋注】

〔一〕斷稿：不完整的詩稿。

跋陳伯予所藏蘭亭帖

予監定此本〔一〕，自是絶佳，然亦不必云唐舊刻也。卷末數跋，皆吾友王君玉所録黄太史魯直語〔二〕，竊恐未必然。蓋周、孔無過，蘭亭筆法亦無過，學者步亦步，趨亦趨〔三〕，猶或失之，豈可以輕心慢心觀之哉！若以夫子嘗自謂有過〔四〕，孟子云周公之過〔五〕，遂據以爲周、孔有過，乃醉夢中語也。嘉定改元十月庚午，陸某書。

【題解】

蘭亭帖，王羲之書法名帖。參見卷二八跋蘭亭樂毅論并趙岐王帖題解。本文爲陸游爲陳伯予所藏蘭亭帖所作的跋文，闡述學習蘭亭筆法，必須亦步亦趨，不可輕慢。

本文據文末自署，作於嘉定元年（一二〇八）十月庚午（初四）日。時陸游致仕家居。

【箋注】

〔一〕監定：即鑒定。

〔二〕王君玉：即王度（一一五七—一二一三），字君玉，會稽（今浙江紹興）人。從水心先生葉適學。以太學上舍入對，因暢言時務失上第。爲舒州教授，學生盈門。遷太學博士。將召對，以疾卒。黄太史魯直：即黄庭堅。

〔三〕步亦步趨亦趨：亦步亦趨，事事追隨模仿。莊子田子方：「夫子步亦步，夫子趨亦趨，夫子馳亦馳，夫子奔逸絶塵，而回瞠若乎後矣。」

〔四〕夫子嘗自謂有過：論語述而：「加我數年，五十學易，可以無大過矣。」

〔五〕孟子云周公之過：孟子公孫丑下：「『然則聖人且有過與？』（孟子）曰：『周公，弟也；管叔，兄也。周公之過，不亦宜乎？且古之君子，過則改之；今之君子，過則順之。古之君子，其過也，如日月之食，民皆見之；及其更也，民皆仰之。今之君子，豈徒順之，又從爲之辭。』」

跋坡谷帖

先大父左轄，元祐中自小宗伯自請守潁，逾年，移南陽〔一〕。而蘇公自北扉得潁，與大父爲代〔二〕。此當時往來書也。書三幅：前後二幅，藏叔父房〔三〕；其一幅，則從伯父彦遠得之〔四〕，亡兄次川又得於伯父〔五〕，此是也。傳授明白，可以不疑。而或者疑其出於摹仿，識真者寡，前輩所歎。嘉定元年十二月乙亥，山陰陸某謹識。

【題解】

坡谷帖，指蘇軾（東坡）、黄庭堅（山谷）的書帖。但文中未及山谷。本文爲陸游爲蘇軾致祖父陸佃之書所作的跋文，考證其來源及流傳情況。

本文據文末自署，作於嘉定元年（一二〇八）十二月乙亥（初十）日。時陸游致仕家居。

【箋注】

〔一〕先大夫左轄：即陸游祖父陸佃。左轄即左丞，陸佃官至尚書左丞。小宗伯：指禮部侍郎。元祐元年，陸佃遷禮部侍郎。五年，權禮部尚書，被封駁後遂乞外，乃改出知潁州。翌年徙知鄧州。南陽：宋代爲鄧州屬縣。

〔二〕蘇公：即蘇軾。北扉：指學士院。元祐六年，蘇軾自杭州召回，任翰林承旨。八月，出知潁州，接替陸佃。

〔三〕叔父：陸游叔父，有陸宲（四十二叔父）、陸宥（四十三叔父）。

〔四〕從伯父彦遠：即陸彦遠，失其名。陸游堂伯父。

〔五〕亡兄次川：即陸濬，字子清，號次川逸叟。陸游次兄。

跋山谷書陰真君詩

此石刻在夔州漕司白雲樓下〔一〕，黄書無出其右者。嘉定己巳四月辛卯，放翁書。

【題解】

陰真君，姓陰，名長生，漢代新野（今屬河南）人。修道成仙後稱陰真君。事迹見葛洪神仙傳。黄庭堅於紹聖四年四月，抄録忠州豐都山仙都觀朝金殿西壁前人所書陰真君詩三章，遂成名帖。本文爲陸游爲黄庭堅書尹真君詩所作的跋文，指出其石刻所在，肯定其書法成就。

本文據文末自署，作於嘉定二年（一二〇九，己巳）四月辛卯（二十八）日。時陸游致仕家居。

【箋注】

〔一〕漕司：轉運使司的簡稱。宋代路一級機構，主管財賦，監察各州官員等。

跋呂尚書帖

右，尚書呂公、給事傅公往來書二卷。書曰：「昔先正保衡，作我先王〔一〕。」語曰：「起予者商也[二]。」蓋臣當有以作其君，弟子當有以起其師[三]，而況朋友之際乎？二公可謂無負於古道矣。使此書廣傳，安知百世之下無興起者[四]？嘉定己巳秋七月辛亥，山陰陸某謹識。

【題解】

呂尚書，即呂頤浩（一〇七一——一一三九），字元直，齊州（今山東濟南）人。紹聖元年進士。歷任密州司户參軍、河北都轉運使等。高宗南渡，起知揚州。建炎三年任同簽書樞密院事、江淮兩浙制置使，因勤王有功，拜尚書右僕射，遷左僕射。四年罷相。紹興元年再次拜相，任少保、尚書左僕射，同中書門下平章事兼知樞密院事，三年罷相。後以少傅致仕。卒贈太師，封秦國公，謚忠穆。宋史卷三六二有傳。呂頤浩與傅崧卿同朝爲官，關係密切。嘉泰會稽志卷十五載：「左僕射呂頤浩都督江淮荆浙諸軍事，崧卿以徽猷閣待制充參謀官。頤浩還行在，以崧卿管都督事，尋權知建康府。」後人搜輯兩人往來書簡，編爲二卷。本文爲陸游爲呂傅二公書簡中呂頤浩書帖所作的跋文，稱道二公書簡不負古道，足令士人興起。

本文據文末自署，作於嘉定二年（一二〇九，己巳）七月辛亥（二十）日。時陸游致仕家居。

【箋注】

〔一〕「書曰」三句：尚書説命下：「王曰：『嗚呼！説，四海之内，咸仰朕德，時乃風。股肱惟人，良臣惟聖。昔先正保衡，作我先王，乃曰：「予弗克俾厥后惟堯舜，其心愧耻，若撻于市。」』」先正，前代賢臣。保衡，指伊尹。作我先王，使我先王興起。

〔二〕「語曰」二句：論語八佾：「子夏問曰：『「巧笑倩兮，美目盼兮，素以爲絢兮。」何謂也？』子曰：『繪事後素。』曰：『禮後乎？』子曰：『起予者商也，始可與言詩已矣。』」起，啓發。商，即卜商，字子夏。孔子弟子。

〔三〕作其君：興起、振作其君。　起其師：啓發、提振其師。

〔四〕興起：因感動而奮起。孟子盡心下：「奮乎百世之上，百世之下，聞者莫不興起也。非聖人而能若是乎？」

跋傅給事帖

紹興初，某甫成童，親見當時士大夫相與言及國事，或裂眥嚼齒〔一〕，或流涕痛哭，人人自期以殺身翊戴王室〔二〕。雖醜裔方張〔三〕，視之蔑如也〔四〕。卒能使虜消沮退縮〔五〕，自遣行人請盟〔六〕。會秦丞相檜用事，掠以爲功，變恢復爲和戎〔七〕，非復諸公初意矣。志士仁人，抱憤入地者，可勝數哉！今觀傅給事與吕尚書遺帖，死者可作，吾誰與歸〔八〕！嘉定二年七月癸丑，陸某謹識。

【題解】

傅崧卿、吕頤浩爲南宋初期名臣。後人搜輯兩人往來書簡，編爲一卷。本文爲陸游爲吕傅二公書簡中傅崧卿書帖所作的跋文，追憶紹興初年士大夫殺身成仁、同心抗敵的動人場景，痛責秦檜「變恢復爲和戎」的可耻行徑，表達追隨二公精神的堅强意志。

本文據文末自署，作於嘉定二年（一二〇九）七月癸丑（二十二）日。時陸游致仕家居。

【箋注】

〔一〕裂眥嚼齒：因憤怒而眼眶迸裂，咬牙碎齒。

〔二〕翊戴：輔佐擁戴。晉書閻鼎傳：「乃與撫軍長史王毗、司馬傅遜懷翼戴秦王之計。」

〔三〕醜裔：古代對邊外民族的蔑稱。此指金國。劉琨勸進表：「永嘉之際，氛厲彌昏，宸極失御，登遐醜裔，國家之危，有若綴旒。」

〔四〕蔑如：細微，不足道。漢書東方朔傳贊：「而揚雄亦以爲朔言不純師，行不純德，其流風遺書蔑如也。」

〔五〕消沮：沮喪。王安石上皇帝萬言書：「唐既亡矣，陵夷以至五代，而武夫用事，賢者伏匿消沮而不見。」顔師古注：「言辭義淺薄，不足稱也。」

〔六〕行人：指使者。請盟：求結盟好。左傳文公十六年：「公有疾使季文子會齊侯于陽穀。請盟。」

〔七〕和戎：指與别國媾和修好。左傳襄公四年：「公曰：『然則莫如和戎乎？』對曰：『和戎有五利焉。』」

〔八〕「死者」二句：禮記檀弓下：「死者如可作也，吾誰與歸？」陳澔集説：「言卿大夫之死而葬於此者多矣，假令可以再生而起，吾於衆大夫誰從乎？」

跋熊舍人四六後

裕陵見伯通外制〔一〕，手批付中書曰：「熊本文詞，朕自知之〔二〕。」荆公亦曰：「讀熊君奏報，如面相語〔三〕」。

【題解】

熊舍人，即熊本（一〇二五—一〇九一），字伯通，鄱陽（今屬江西）人。慶曆六年進士。爲撫州軍事判官，遷秘書監，知建德縣。提舉淮南常平，遷刑部員外郎、集賢殿修撰。平定西南瀘夷，招降渝州南夷，遷知制誥。與王安石交深，召爲工部侍郎，知桂州。入爲吏部侍郎，出知杭州、洪州等。宋史卷三三四有傳。四六，文體名，駢文之一種，多以四字六字爲對偶。六朝至唐代稱今文，宋代稱四六，詔制表啓多用之。本文爲陸游爲熊本四六文所作的跋文，引述時人對其文章的肯定。

本卷跋文自本篇起，均未繫年，當爲作者編集時，已難考定，只能集中編於卷末。現據跋文内容，可推測時間範圍的注出，其餘均標「待考」。

本文原未繫年。歐譜列於不繫年文。待考。

【箋注】

〔一〕裕陵：即永裕陵，宋神宗陵寢。此處代指神宗。外制：唐宋時期的皇帝誥命，由中書舍人或知制誥所掌的稱外制，由翰林學士所掌的稱内制。内外制文體多用四六。

〔二〕「手批」三句：宋史熊本傳：「大臣議加本天章閣待制，帝曰：『本之文，朕所自知，當典書命。』遂知制誥。帝數稱其文有體，命院吏別録以進。」

〔三〕荆公：即王安石。奏報：向皇帝的書面報告。

跋臨汝志

歐陽澈字德明，撫州臨川人，徙崇仁〔一〕。金虜犯闕，上書請身使虜庭，馭親王以歸，不報〔二〕。建炎初，伏闕上書論大臣誤國〔三〕。太學生陳東亦上書〔四〕，所言略同。遂并誅二人。年三十一。車駕渡江，贈承事郎。紹興初，贈朝奉郎、祕閣修撰，官其三子，賜田十頃。

【題解】

臨汝志，地理類著述。宋史藝文志地理類著録張貴謨臨汝圖志十五卷，江西古志考輯録宋代佚志另有臨汝志。李壁王荆公詩注卷三五清風閣注、卷四七龍泉寺石井二首注均引臨汝志。臨汝，古縣名。宋代屬撫州臨川縣。本文爲陸游爲臨汝志所作的跋文，記録本地名人歐陽澈生平軼事。

本文原未繫年。歐譜列於不繫年文。據文意，或作於乾道元年至二年（一一六五至一一六六）任職隆興通判期間。

【箋注】

〔一〕歐陽澈（一〇九七—一一二七）：字德明，撫州崇仁（今屬江西）人。年少善談世事，尚氣大言，慷慨不稍屈。靖康初應詔上疏，奏論朝廷弊政三十餘事，陳安邊禦敵十策。金兵南侵，徒步赴行在，伏闕上書，力詆和議。建炎元年八月，與陳東同時被殺。有飄然集六卷。宋史卷四五五有傳。

〔二〕不報：不答覆。

〔三〕伏闕：拜伏於宮闕之下。多指直接向皇帝上書奏事。

〔四〕陳東（一〇八六—一一二七）：字少陽，鎮江丹陽（今屬江蘇）人。早有雋聲，倜儻負氣，不戚戚於貧賤。以貢入太學。欽宗即位，多次率太學生伏闕上書，請誅蔡京等六賊，起用主戰派李綱，均獲施行，震動朝野。高宗初立，又請車駕歸京師，不去金陵，激怒高宗，與歐陽澈同日被殺。著有少陽集。宋史卷四五五有傳。

跋尼光語録

予登豫章西山，其上蓋有光禪師塔焉〔一〕。及來成都，又得師所説法要〔二〕，博辯奇偉，雷霆一世，猶有蜀忠文公立朝堂堂、不橈於死生禍福之遺風〔三〕，信其爲范氏女子也。笠澤漁隱陸某。

【題解】

尼光語録，指女尼光禪師所著語録。據文意，光禪師當爲蜀忠文公范鎮族中女子。本文爲陸游爲尼光語録所作的跋文，贊揚其書博辯奇偉，有范氏遺風。

本文原未繫年。歐譜列於不繫年文。據文意，當作於乾道末至淳熙初（一一七二至一一七七）在成都之時。

【箋注】

〔一〕豫章：南昌的古稱，宋代屬隆興府。光禪師塔：安葬光禪師的佛塔。

〔二〕師所説法要：即指尼光語録。

〔三〕蜀忠文公：即范鎮（一〇〇八—一〇八九），字景仁，華陽（今四川成都）人。舉進士。任新安主簿，累擢起居舍人、知諫院，改集賢殿修撰，歷同修起居注，知制誥。英宗時爲翰林學士。神宗即位，復爲翰林學士兼侍讀，反對王安石變法，遂致仕。哲宗朝拜端明殿學士，提舉崇福宫。累封蜀郡公。卒謚忠文。宋史卷三三七有傳。堂堂：志氣宏大貌。漢書蕭望之傳贊：「望之堂堂，折而不橈，身爲儒宗，有輔佐之能，近古社稷臣也。」不橈：不屈。橈，同撓。

跋程正伯所藏山谷帖

此卷不應携在長安逆旅中〔一〕，亦非貴人席帽金絡馬傳呼入省時所觀〔二〕。程子他日幅巾筇杖，渡青衣江，相羊喚魚潭、瑞草橋清泉翠樾之間〔三〕，與山中人共小巢龍鶴菜飯〔四〕，掃石置風爐，煮蒙頂紫茁〔五〕，然後出此卷共讀，乃稱爾。

【題解】

程正伯，即程垓，字正伯，號書舟，眉州眉山（今屬四川）人。與蘇軾爲中表。工詩文及詞。有書舟詞。山谷帖，黄庭堅書帖，内容不詳。本文爲陸游爲程垓所藏黄庭堅書帖所作的跋文，揭示此帖應在清泉緑蔭、烹茶飲食的休閒生活中展讀賞鑒。

本文原未繫年。歐譜列於不繫年文。據文意，或作於乾道末至淳熙初（一一七二至一一七七）在蜀中之時。

【箋注】

〔一〕逆旅：客舍。左傳僖公二年：「今虢爲不道，保於逆旅。」杜預注：「逆旅，客舍也。」

〔二〕席帽：古代帽名。以藤席爲骨架，形同氈笠，四緣下垂，可蔽日遮顏。見崔豹古今注。　金絡馬：指良馬。　入省：指入宫禁之中。

〔三〕幅巾：古代男子用以裹頭的全幅絲絹。後裁出脚稱襆頭。　筇杖：筇竹所製手杖。　青衣江：大渡河支流。主源爲寶興河，匯合天全河、滎經河後稱青衣江，經雅安、洪雅、夾江於樂山草鞋渡處匯入大渡河。以青衣羌國而得名，流域内歷史文化底藴深厚。　相羊：徘徊，盤桓。楚辭離騷：「折若木以拂日兮，聊逍遥以相羊。」洪興祖補注：「相羊，猶徘徊也。」唤魚潭、瑞草橋：均爲青衣江邊的景點。　翠樾：緑蔭。

〔四〕小巢龍鶴菜飯：蜀中名菜，用小巢菜和蛇、家禽等做成。劍南詩稿卷四題龍鶴菜帖小序云：「東坡先生元祐中與其里人史彦明主簿書云：『新春龍鶴菜羹有味，舉箸想復見憶邪？』」小巢，劍南詩稿卷三巢菜小序云：「蜀蔬有兩巢：大巢，豌豆之不實者；小巢，生稻畦中，東坡所賦元修菜是也，吴中絶多，名漂摇草，一名野蠶豆，但人不知取食耳。」

〔五〕風爐：一種用於煮茶温酒的小型爐子。陸羽茶經器：「風爐，以銅鐵鑄之，如古鼎形。」蒙頂紫茁：蜀中名茶，用蒙頂山紫芽製成。陸羽茶經：「茶者，紫者上。」蒙頂山，又稱蒙山，在四川雅安。

跋張待制家傳

待制公躓於仕宦，晚途僅得一郎吏〔一〕，而感激國難〔二〕，冒兵渡河北行，忠義之氣，可沮金石。方其客死靈丘，寓骨雲中時〔三〕，雖夷狄異類，亦爲賫涕也。今其家寖微，一孫未去天官侍郎選〔四〕，公卿大夫乃未有表出之以爲忠義勸者〔五〕，誠某所不識也。

【題解】

張待制，即張宇發，因拜徽猷閣待制，故稱。嘉泰會稽志卷十五：「張宇發字叔光，會稽人。舉進士。調和州含山主簿、溫州瑞安、河南府登封兩縣丞，監炒造丹粉所、京東排岸司。靖康初元，以李綱薦召對，除都官員外郎。金人再犯闕，詭執和議，要大臣宣諭兩河。上以命聶昌、耿南仲，皆辭，惟中書侍郎陳過庭請行。於是宇發爲副，拜徽猷閣待制。已而分過庭往河北，而宇發往河東。會虜情中變，鑾駕北狩，兩人皆已銜命在道，遂縶留異域，聲問阻絕。紹興十三年，前禮部尚書洪皓還朝，言宇發自蔚州歿於雲中，皓見其櫬旅寄荒寺，携至燕山，授僕人徐禹功使葬焉。因再疏請褒贈。時相秦檜沮抑，事不果行。檜薨，皓子、翰林學士遵言宇發執節歿身，南北阻遠，計不及時，未蒙贈卹。於是詔贈左朝請大夫，職賜如故，仍以致仕遺表恩官其子孫焉。」家傳，家中自撰的傳記，區别於史官所著史傳。本文爲陸游爲張待制家傳所作的跋文，稱頌其感激國難、客死北國的忠義之氣，感慨其家世寖微、無人表出的命運。

本文原未繫年。歐譜列於不繫年文。待考。

【箋注】

〔一〕蹭於仕宦：仕途不順。蹭，不順，挫折。　晚途：晚年。晉書會稽文孝王道子傳：「道子張目謂人曰：『桓温晚塗欲做賊，云何？』(桓)玄伏地流汗不得起。」　郎吏：即郎官，侍郎、郎中一類職務。

〔二〕感激：感奮激發。劉向説苑修文：「感激憔悴之音作而民思憂。」

〔三〕靈丘：縣名。西漢初始置，宋代屬河東路。今屬山西大同。　雲中：古郡名。秦置雲中郡，唐時再設，在今山西大同，後改爲雲州。

〔四〕天官侍郎：指吏部侍郎。周禮分設六官，以天官冢宰居首，總御百官。後世稱吏部爲天官。

〔五〕表出：表彰，顯揚。　勸：勸勉，勉勵。

跋柳氏訓序

方玭之爲是書也，璨已長矣〔一〕。詩曰：「誨爾諄諄，聽我藐藐〔二〕。」悲夫！

【題解】

柳氏訓序，唐柳玭所著傳記類著述。新唐書藝文志著録柳玭柳氏訓序一卷。郡齋讀書志傳記類著録柳氏序訓一卷，并載：「唐柳玭叙其祖公綽已下内外事迹，以訓其子孫。」新唐書柳玭傳：「玭常述家訓以戒子孫。」孫光憲北夢瑣言卷十二：「僕嘗覽柳氏訓序，見其家法嚴肅，乃士流之最也。」柳玭（七七三—八一九），京兆華原（今陝西耀縣）人。柳公綽之孫，柳仲郢之子。以明經、書判拔萃科入仕。歷秘書省正字、右補闕、殿中侍御史、刑部員外、起居郎、諫議給事中，官至御史大夫。舊唐書卷一六五、新唐書卷一六三有傳。本文爲陸游爲柳氏訓序所作的跋文，感慨其在柳氏後代柳璨的身上未能奏效。

本文原未繫年。歐譜列於不繫年文。待考。

【箋注】

〔一〕柳璨：字照之，河東人。少孤貧好學，中光化進士。精漢書，判史館，進直學士，遷左拾遺，召爲翰林學士。以諫議大夫平章事，改中書侍郎。因投靠朱全忠又勸阻其篡位，遭其所害。

舊唐書卷一七九、新唐書卷二二三有傳。

〔二〕「詩曰」三句：語出詩大雅抑。指對你反復教導，你却不聽不理。

跋祠部集

祠部叔祖詩文至多，今皆不傳〔一〕。此小集得之書肆，蓋石氏所藏也〔二〕。某謹識。

【題解】

祠部集，陸游六叔祖陸傅所撰文集。陸傅字巖老，陸佃之弟。熙寧六年進士。徽宗時曾任祠部郎中。本文爲陸游爲陸傅祠部集所作的跋文，追憶叔祖「詩文至多」，交代文集來源。

本文原未繫年。歐譜列於不繫年文。待考。

【箋注】

〔一〕「祠部」二句：陸游家世舊聞卷上：「六叔祖祠部平生喜作詩，日課一首，有故則追補之，至老不廢。」

〔二〕石氏：名字不詳。

跋消災頌

高道傳言[一]：此頌蓋武陵張尊師作[二]。尊師亦號白雲子，豈以此故，遂誤爲子微乎[三]？玉笈齋書[四]。

【題解】

消災頌，道教祈求消除災禍的頌文。本文爲陸游爲消災頌所作的跋文，指明其爲張尊師所作，并推測致誤的原因。

本文原未繫年。歐譜列於不繫年文。待考。

【箋注】

〔一〕高道傳：北宋道士賈善翔所著傳記類著述。宋史藝文志神仙類著録賈善翔高道傳十卷。今佚。賈善翔字鴻舉，號蓬丘子，蓬州（今四川蓬安）人。善談笑，好琴，嗜酒，嘗與蘇軾交遊。任道官左街都監同簽書教門公事，賜號崇德悟真大師。

〔二〕武陵張尊師：中唐道士，號白雲子。與令狐楚、許渾等遊。許渾有送張尊師歸洞庭詩：「能琴道士洞庭西，風滿歸帆路不迷。對岸水花霜後淺，傍簷山果雨來低。杉松近晚移茶灶，岩谷初寒蓋藥畦。他日相思兩行字，無人知處武陵溪。」武陵，唐代改六朝武陵郡爲朗州，另設武陵縣，宋代屬荆湖北路鼎州，今屬湖南常德。

〔三〕子微：即司馬承禎，字子微，自號白雲子。盛唐道士。參見卷二六跋坐忘論注〔一〕。

〔四〕玉笈齋：陸游齋名。曾幾茶山集卷一有陸務觀讀道書名其齋曰玉笈。永樂大典卷二五四〇「齋」字下引鎮江志：「通判南廳，齋曰玉笈，乾道中陸游建。」劍南詩稿卷二有玉笈齋書事（乾道七年作）。

跋肇論

高僧傳肇公化時〔一〕，年三十一耳，所著書乃傳百世。吾曹老而無聞，可愧也。

【題解】

肇論，後晉僧肇所撰系統發揮佛教般若思想的論文集。包括宗本義、物不遷論、不真空論、般若無知論、涅盤無名論五篇。郡齋讀書志釋氏類著録肇論四卷，并云：「師羅什規模莊周之言，以著此書物不遷、不真空、涅盤無知、般若無名四論。傳燈録云：『肇後爲姚興所殺。』」僧肇（三八四—四一四），俗姓張，京兆（今陝西西安）人。初信老、莊，讀維摩經，欣賞不已，遂出家從鳩摩羅什門下，在譯場從事譯經，評定經論。擅長般若學，被鳩摩羅什歎爲奇才，稱爲「解空第一」。著作多種，尤以肇論著名。高僧傳卷六有傳。本文爲陸游爲肇論所作的跋文，感慨肇公壽短而書傳百世，自愧老而無聞。

本文原未繫年。歐譜列於不繫年文。待考。

【箋注】

〔一〕筆公：即僧肇。化：指死亡。

先楚公奏檢

舊有海陵時録白元本〔一〕，巨編大字，有先左丞親書更定處〔二〕，今不復存。此本紹興中先少師命筆史傳録者〔三〕。某識。

【題解】

先楚公，即陸游祖父陸佃。奏檢，奏疏的標籤。説文：「檢，書署也。」本文爲陸游爲祖父陸佃的奏疏標籤所作的跋文，指出傳録本和白元本的不同。

本文原未繫年。歐譜列於不繫年文。待考。

【箋注】

〔一〕海陵：地名，今江蘇泰州。陸佃紹聖二年（一〇九五）謫知海陵，凡二年。録白：宋樞密院承旨起草的文件。宋史職官志：「凡中書省畫黄、録黄，樞密院録白、畫旨，則留爲底。」

〔二〕先左丞：即陸佃。更定：改訂，修訂。史記屈原賈生列傳：「諸律令所更定，及列侯悉就國，其説皆自賈生發之。」

〔三〕先少師：即陸游父親陸宰。筆史：指掌文書的吏員。傳録：轉抄，傳抄。歐陽修歸田録卷一：「（楊大年作文）每盈一幅，則命門人傳録，門人疲於應命，頃刻之際，成數千言。」

跋宗元先生文集

宗元先生吴貞節，唐史有傳，以歌詩名天寶中。此一卷，蓋見雲章寶室云〔一〕。放翁書。

【題解】

宗元先生文集，唐代著名道士吴筠所撰文集。吴筠（？—七七八），字貞節，一作正節，華州華陰（今陝西華陰）人。性高鯁，少業儒，進士落第後隱居南陽倚帝山。天寶初召至京師，請隸入道門。後入嵩山，師承馮齊整受正一之法。與李白等交往甚密。玄宗多次徵召，應對皆名教世務，并以微言諷帝，深蒙賞賜。後固辭還山。東遊會稽，卒於剡中。弟子私謚宗元先生。舊唐書卷一九二、新唐書卷一九六有傳。直齋書録解題卷十六著録吴筠集十卷，并云：「傳稱筠所善孔巢父、李白，歌詩相甲乙。巢父詩未之見也。筠詩固不碌碌，豈能與太白相甲乙哉！」郡齋讀書後志卷二著録吴筠宗元先生集十卷。本文爲陸游爲吴筠文集所作的跋文，指出其中有關於道教典籍的內容。

本文原未繫年。歐譜列於不繫年文。待考。

【箋注】

〔一〕雲章寶室：皮藏道教典籍的殿堂。雲章，道教的典籍。雲笈七籤卷一二二：「瓊簡瑶函，爰敷寶訓；雲章鳳篆，咸演秘文。」

跋韓子蒼語録

此故人范季隨周士所記也〔一〕，周士没後數年，得之於其子。然余舊聞周士道韓公語極多，尚恐所記不止於此，當更訪之。

【題解】

韓子蒼語録，即記録韓駒詩論的陵陽室中語。韓子蒼，即韓駒，字子蒼。江西詩派詩人。參見卷二七跋陵陽先生詩草題解。陵陽室中語，范季隨所記，詩人玉屑多有引用。本文爲陸游爲韓駒論詩語録所作的跋文，記録其來源，并指出須繼續訪求。

本文原未繫年。歐譜列於不繫年文。待考。

【箋注】

〔一〕范季隨：字周士。曾任建昌軍教授。學詩於韓駒，録有陵陽室中語。

跋孟浩然詩集

此集有示孟郊詩〔一〕。浩然，開元、天寶間人，無與郊相從之理，豈其人偶與東野同姓名耶？晁伯以謂岳陽樓止有前四句〔二〕，亦似有理。續考之，伯以之説蓋不然。大抵浩然四十字詩〔三〕，後四句率覺氣索〔四〕，如洞庭寄閤九、歲暮歸南山之類皆然。杜少陵評浩然詩云「新詩句句盡堪傳」〔五〕，豈當時已有此論，故少陵爲掩之耶？適越留别譙縣張主簿詩，初云「得與故人會」，後云「浮雲去吴會」，此亦是吴與會稽也〔六〕。

【題解】

孟浩然詩集，盛唐詩人孟浩然所撰詩集。直齋書録解題卷十九著録孟浩然孟襄陽集三卷，并云：「宜城王士源序之。凡二百十八首，分爲七類。太常卿韋縚爲之重序。」孟浩然（六八九—七四〇），字浩然，襄州襄陽（今屬湖北）人。早年隱居鹿門山。開元中應進士不第。漫遊江淮、吴越等地後歸襄陽。二十五年辟爲荆州從事。後復歸襄陽，以病卒。詩擅五言，與王維並稱「王孟」。舊唐書卷一九〇、新唐書卷二〇三有傳。本文爲陸游爲孟浩然詩集所作的跋文，考證其中闌入他人詩作，并揭示其五言詩特點。

本文原未繫年。歐譜列於不繫年文。待考。

【箋注】

〔一〕孟郊（七五一—八一四）：字東野，吴興武康（今浙江德清）人。貞元十二年進士。授溧陽尉，辭歸。元和元年被辟爲河南水陸轉運從事，四年丁母憂罷。九年奏爲興元節度參謀，途中暴疾而卒。詩作與韓愈並稱「韓孟」。舊唐書卷一六〇、新唐書卷一七六有傳。

〔二〕晁伯以：即晁説之，字以道，一字伯以。參見卷十四晁伯咎詩集序注〔一〕。岳陽樓：指孟浩然望洞庭湖贈張丞相：「八月湖水平，涵虚混太清。氣蒸雲夢澤，波撼岳陽城。欲濟無舟楫，端居耻聖明。坐觀垂釣者，徒有羨魚情。」

〔三〕四十字詩：指五言律詩，凡四韻八句，四十字。

〔四〕氣索：氣息衰敗。

〔五〕杜少陵：即杜甫。杜甫解悶十二首其六：「復憶襄陽孟浩然，清詩句句盡堪傳。即今耆舊無新語，漫釣槎頭縮頸鯿。」

〔六〕「適越」四句：孟浩然適越留別譙縣張主簿申屠少府：「朝乘汴河流，夕次譙縣界。幸值西風吹，得與故人會。君學梅福隱，余從伯鸞邁。别後能相思，浮雲在吴會。」

跋出疆行程

此一書蓋陳魯公出使時官屬所記〔一〕，不知爲何人也。文詞雖鄙淺，事頗詳洽〔二〕，故録之。淳熙己酉秋〔三〕，錢愷之子端忠爲金部外郎〔四〕，予在儀曹，與之同廊，日會食〔五〕。嘗問此書誰所作，端忠云：「刁廱也〔六〕。」廱字文叔，頗有文，不應鄙淺如此，恐未必然也。放翁書。

【題解】

出疆行程，記載紹興年間陳康伯出使金國行程的記述類著述。記録者不詳。陳康伯，字長卿。參見卷七除編修官謝丞相啓題解。宋史陳康伯傳：「（紹興）十三年，始遷軍器監。借吏部尚書使金，至汴將晡，不供餉，閉户卧勿問；入夜，館人扣户謝不敏，亦不對。後因金使至，召康伯館伴，端午賜扇帕，與論拜受禮，言者以生事論，罷知泉州。」本文爲陸游爲出疆行程所作的跋文，評價其「文辭雖鄙淺，事頗詳洽」，并辨析其作者。

本文原未繫年。歐譜稱：「此文凡二篇，第一篇不書作年，第二篇記爲己酉秋所作。」歐説可議。第二篇「嘗問」云云，仍是回憶語氣，與第一篇當作於同時。待考。

【箋注】

〔一〕陳魯公：即陳康伯。封魯國公。官屬：官員的屬吏。

〔二〕詳洽：詳備廣博。宋書律曆志序：「劉向鴻範始自春秋，劉歆七略儒墨異部，朱贛博采風謡，尤爲詳洽，固并因仍，以爲三志。」

〔三〕淳熙己酉秋：淳熙十六年（一一八九）秋。時陸游在禮部郎中兼實録院檢討官任上。

〔四〕錢愷：字樂道，會稽郡王錢景臻第四子。以蔭入仕，歷防禦使、承宣使，封吴興郡公。端忠：即錢端忠，錢愷之子。歷官金部郎中、司農少卿、江西轉運副使、知平江府。金部：官署名。屬户部。掌勾考市舶、商税、茶鹽等歲入之數，頒布度量衡法式等。外郎：即員外郎，正員以外的郎官。

〔五〕儀曹：禮部郎官的别稱。會食：會餐，相聚進餐。史記淮陰侯列傳：「令其裨將傳飧，曰：『今日破趙會食！』」

〔六〕刁廱：字文叔。曾任鹽官令。

跋李衛公集

韋執誼之爲人，順宗實録及唐書載之甚詳，正人所唾罵也〔一〕。今觀李衛公祭文，稱譽之乃如此〔二〕。衛公之言固過矣，史官所書無乃亦有溢惡者乎〔三〕？毁譽之可疑如此者多矣，可勝歎哉！執誼作相時，實録言嘗遷中書侍郎同平章事，而史不書，衛公又以爲僕射。雖小節，亦聊附見於此。

【題解】

李衛公集，唐代李德裕的文集。李德裕，字文饒，封衛國公。參見卷二一吴氏書樓記注〔九〕。直齋書録解題卷十六著録李德裕會昌一品集二十卷、别集十卷、外集四卷，并云：「一品集者，皆會昌在相位制誥、詔册、表疏之類也；别集詩賦、雜著；外集則窮愁志也。本文爲陸游爲李德裕文集所作的跋文，比較正史與祭文對韋執誼評價之不同，感慨史書毁譽之可疑，并附見各本記載細節之差異。

本文原未繫年。歐譜列於不繫年文。待考。

【箋注】

〔一〕「韋執誼」三句：言正史唾罵韋氏。韋執誼（七六九—八一四）：字宗仁，京兆（今陝西西安）

人。進士及第，歷任右拾遺、翰林學士、吏部郎中等，與王叔文交好。永貞元年拜相，官至中書侍郎、同平章事，協助王叔文推行永貞革新。憲宗繼位後貶崖州司馬，卒於貶所。舊唐書卷一三五、新唐書卷一六八有傳。順宗實録，韓愈所撰實録類史書，記録唐順宗一朝史實。順宗實録和兩唐書反對永貞革新，對韋執誼評價頗低。如順宗實録稱：「執誼進士，對策高等，驟遷拾遺，年二十餘入翰林，巧慧便辟，媚幸於德宗，而性貪婪詭賊。」

〔二〕「今觀」二句：言祭文稱譽韋氏。李德裕亦貶崖州，與韋執誼同病相憐，對其評價極高，作祭韋相執誼文稱：「嗚呼！皇道咸寧，藉於賢相。德邁皋陶，功宣吕尚。文學世雄，智謀神貺。一遘讒疾，投身荒瘴。地雖厚兮不察，天雖高兮難諒。野掇澗蘋，晨薦秬鬯。信成禍深，業崇身喪。」

〔三〕溢惡：過分指責。莊子人間世：「夫兩喜必多溢美之言，兩怒必多溢惡之言。」

跋徐節孝語

仲車名在天下，孰不知尊仰者，雖無蘇公所云可也〔一〕，況它人乎？此集前後所載，悉當削去〔二〕。陸某識。

【題解】

徐節孝語，即徐積之語録。徐積（一〇二八—一一〇三），字仲車，楚州山陽（今江蘇淮安）人。三歲父死，事母至孝。治平進士，以耳聾不能出仕。年過五十，始以揚州司户參軍爲楚州教授，轉和州防禦推官，改宣德郎，監中嶽廟。卒謚節孝處士。宋史卷四五九有傳。直齋書録解題卷九著録江端禮季恭所録徐積節孝先生語一卷，又卷十七著録徐積節孝集二十卷。本文爲陸游爲徐節孝語所作的跋文，指出徐積名高受尊仰，非因蘇軾之言。

本文原未繫年。歐譜列於不繫年文。待考。

【箋注】

〔一〕蘇公所云：蘇公，即蘇軾。東坡志林載：「徐積字仲車，古之獨行也，於陵仲子不能過，然其詩文則怪而放，如玉川子，此一反也。耳聵甚，畫地爲字，乃始通語，終日面壁坐，不與人接，而四方事無不周知其詳，雖新且密，無不先知，此二反也。」

〔二〕「此集」二句：指此本徐積語録，前後或載有「蘇公所云」等内容，當削去。

跋趙渭南詩集

唐人如韋蘇州五字〔一〕，趙渭南唐律〔二〕，終身所作多出此，故能名一代云。

【題解】

趙渭南詩集，即唐代趙嘏所撰詩集。趙嘏，字承祐，山陽（今江蘇淮安）人。會昌四年進士。大中年間，爲渭南尉。卒年四十餘。工詩，長於七律，詞采贍美，聲韻流轉，時有俊逸之氣，紀昀謂開劍南一派。有渭南集。事迹見唐摭言卷十五、唐才子傳卷七。直齋書録解題卷十九著録趙嘏渭南集一卷，并云：「壓卷有『長笛一聲人倚樓』之句，當時稱爲『趙倚樓』。」陸游晚封渭南伯與趙嘏直接相關，劍南詩稿卷七一有蒙恩封渭南縣伯因刻渭南伯印，有「渭南且作詩人伴」之句；又卷七五有恩封渭南伯唐詩人趙嘏爲渭南尉當時謂之趙渭南後來將以予爲陸渭南乎戲作長句，有「好句真慚趙倚樓」之句。本文爲陸游爲趙嘏詩集所作的跋文，指出詩作專注一體，故能名一代。

本文原未繫年。歐譜列於不繫年文。待考。

【箋注】

〔一〕韋蘇州：即韋應物（七三五—七九二），京兆萬年（今陝西西安）人。早年任俠負氣，後折節讀書。歷任洛陽丞、京兆府功曹、比部員外郎、左司郎中等，貞元四年出爲蘇州刺史。詩與柳宗元齊名，尤長五古。事迹見唐才子傳卷四。　五字：指五言詩。

〔二〕唐律：指唐代律詩體。

跋石鼓文辨

予紹興庚辰、辛巳間在朝路〔一〕，識鄭漁仲〔二〕，好古博識，誠佳士也，然朝論多排詆之。時許至三館借書〔三〕，故館中尤不樂云。

【題解】

石鼓文辨，鄭樵所撰考辨石鼓文的著述。石鼓文，秦代刻石文字，因其刻石外形似鼓而得名。發現於唐初，共十枚，高約三尺，徑約二尺，分别刻有大篆四言詩一首，共十首，計七百一十八字。内容被認爲是記叙周宣王出獵的場面。宋代鄭樵石鼓音序開啓「石鼓秦物論」。原石現藏故宫博物院石鼓館。直齋書録解題卷三著録鄭樵石鼓文考三卷，并云：「其説以爲石鼓出於秦，其文有與秦斤、秦權合者。」又引隨齋批註云：「樵以本文『丞』、『殹』兩字，秦斤、秦權有之，遂以石鼓爲秦物，先文簡論而非之，其説甚博。」本文爲陸游爲石鼓文辨所作的跋文，追憶紹興年間與鄭樵相識的軼事，稱贊其好古博識。

本文原未繫年。歐譜列於不繫年文。待考。

【箋注】

〔一〕紹興庚辰、辛巳：即紹興三十、三十一年（一一六〇、一一六一）。時陸游任敕令所删定官。

朝路：指朝廷官署。

〔二〕鄭漁仲：即鄭樵（一一〇四—一一六二），字漁仲，興化軍莆田（今屬福建）人，世稱夾漈先生。一生不應科舉，刻苦力學三十年，遍讀古今之書。紹興中以薦召對，授迪功郎、禮、兵部架閣。爲御史劾，改監南嶽廟。通志書成，入爲樞密院編修官。著述共八十餘種，廣涉禮樂、文字、天文、地理、蟲魚、草木、史學、文獻、方志之學。今存僅通志、夾漈遺稿、爾雅注、詩辨妄等幾種。事迹見莆陽比事卷三。

〔三〕三館：即昭文館、集賢院、史館，負責藏書、校書、修史等。宋代并在崇文院中。鄭樵通志總序：「欲三館無素餐之人，四庫無蠹魚之簡，千章萬卷，日見流通。」

跋西崑酬唱集

祥符中，嘗下詔禁文體浮艷〔一〕，議者謂是時館中作宣曲詩，宣曲見東方朔傳〔二〕。其詩盛傳都下，而劉、楊方幸〔三〕，或謂頗指宮掖〔四〕。又二妃皆蜀人，詩中有「取酒臨邛遠」之句〔五〕。賴天子愛才士，皆置而不問，獨下詔諷切而已〔六〕。不然，亦殆哉。

【題解】

西崑酬唱集，楊億所編詩歌總集名。參見卷二六跋西崑酬唱集題解。直齋書録解題卷十五著録西崑酬唱集二卷，并云：「景德中館職楊億大年、錢惟演希聖、劉筠子儀唱和，凡二百四十七章。亦有賡屬者，共十五人。所謂『崑體』者，於此可見。億自爲序。」本文爲陸游爲西崑酬唱集所作的跋文，追述祥符中詔禁文體浮艷的背景。

本文原未繫年。歐譜列於不繫年文。待考。

【箋注】

〔一〕「祥符」二句：祥符即大中祥符，宋真宗年號，一〇〇八至一〇一六年。宋真宗大中祥符二年下詔禁浮華，復古風。石介祥符詔書記載：「乃下詔曰：國家道洽天下，化成域中，敦百行於人倫，闡六經於教本，冀斯文之復古，期末俗之還淳。近代以來，屬辭多弊，侈靡滋甚，浮艷相高，忘祖述之大猷，競雕刻之小巧……今後屬文之士，有辭涉浮華、玷於名教者，必加朝典，庶復古風。」

〔二〕「議者」二句：祥符詔書記載：「祥符二年，翰林學士楊億、知制誥錢惟演、祕閣校理劉筠，唱和宣曲詩，述前代掖庭事，辭多浮艷。」西崑酬唱集卷上有宣曲二十二韻。宣曲，漢宮名。三輔黄圖甘泉宮：「宣曲宮在昆明池西。孝宣帝曉音律，常於此度曲，因以爲名。」漢書東方朔傳：「丞相御史知指，乃使右輔都尉徼循長楊以東，右内史發小民共待會所。後乃私置更衣，從宣曲以南十二所，中休更衣，投宿諸宮，長楊、五柞、倍陽、宣曲尤幸。」
〔三〕劉楊：指劉錡、楊億。
〔四〕宫掖：指皇宫。掖即掖庭，宫中旁舍，嬪妃所居處。後漢書竇憲傳：「憲恃宫掖聲勢，遂以賤直請奪沁水公主園田。」
〔五〕「詩中」句：劉筠和宣曲二十二韻：「盡知春可樂，終歎夜何長。取酒臨邛遠，吞聲息國亡。」
〔六〕諷切：諷喻切責。晉書傅咸傳：「咸復與駿箋諷切之，駿意稍折，漸以不平。」

跋兼山家學

予始得此書時，猶未識昌國。後五年，始同朝〔一〕。詳觀其爲人，誠法度之士〔二〕，間相與論學，輒忘昏旦，乃知其得於子和先生者深矣〔三〕。昌國名其所居曰「艮齋」，亦以嗣兼山之學歟〔四〕？

【題解】

兼山家學，或指郭忠孝之子郭雍所撰傳家易説。兼山，即郭忠孝，字立之。參見卷二七跋兼山先生易説題解。其子郭雍傳承家學，亦有著述。直齋書録解題卷一著録其傳家易説十一卷，并云：「自言其父忠孝，受學於程伊川。伊川示以易之艮，曰：『艮，止也。學道之要無出於此。』自是方覺讀易有味。牓其室曰『兼山』。立身行道，皆自『止』始。兵興之初，先人舊學掃地，念欲補續其説，中心所知者『艮，止也』。潛稽易學，以述舊聞，用傳於家。……雍隱居陜州長陽山中。帥守屢薦，召之不至，由處士封頤正先生。其末，提舉趙善譽言於朝，遣官受所欲言，得其傳家兵學六卷以進，時淳熙丙午也。明年卒，年八十有四。又有兼山遺學六卷，見儒家類。餘書皆未之見也。雍實范忠宣丞相外孫，又號白雲先生。」本文爲陸游爲郭雍所撰傳家易説所作的跋文，梳理郭忠孝、郭雍、謝諤之間的家學淵源。

本文原未繫年。歐譜列於不繫年文。待考。

參考卷二七跋兼山先生易説、卷二五書二公事。

【箋注】

〔一〕「予始」四句：昌國即謝諤，字昌國，號艮齋。參見卷十二賀謝殿院啓題解。陸游與謝諤「同朝」當在淳熙十六年。則陸游「始得」其書在淳熙十一年，而陸游作跋兼山先生易説一文亦在此年，可知郭氏父子的著述應是同時得到的。

〔二〕法度之士：指遵守規矩之人。因其懂得「止」。

〔三〕子和先生：即郭雍，字子和。參見卷二五書二公事注〔七〕。

〔四〕「昌國」二句：謝諤傳承了郭忠孝重視易之艮卦的精神。參見本文題解。

跋淮海後集

悼王子開五詩〔一〕，賀鑄方回作也〔二〕。子開名蘧，居江陰，既死，返葬趙州臨城，故有「和氏」、「干將」之句〔三〕。方回詩今不多見於世，聊記之以示後人。放翁。

【題解】

淮海後集，秦觀所撰文集。直齋書録解題卷十七著録秦觀淮海集四十卷、後集六卷、長短句三卷。本文爲陸游爲秦觀淮海後集所作的跋文，指出其中闌入賀鑄詩作。

本文原未繫年。歐譜列於不繫年文。待考。

【箋注】

〔一〕悼王子開五詩：見淮海後集卷三。

〔二〕賀鑄（一〇五二——一一二五），字方回，衛州（今河南衛輝）人，原籍山陰，故自號慶湖遺老。宋太祖賀皇后族孫。博聞强記，氣俠雄爽。元祐中通判泗州，又倅太平州，悒悒不得志，退居吴下。善詞章，有東山樂府、慶湖遺老集。宋史卷四四三有傳。

〔三〕「子開」五句：子開，即王蘧，字子開，趙州臨城（今屬河北）人。曾知江陰、涪州等。與弟王適子立、王遹子敏均從學於蘇軾。後王適娶蘇轍女。秦觀悼王子開其五：「已矣知無憾，賢愚共此途。白駒馳白日，黃髮掩黃壚。和氏終歸趙，干將不葬吳。駑疴如可强，猶擬奠生芻。和氏，即和氏璧，最終完璧歸趙。故事見史記廉頗藺相如列傳。干將，吳人，與妻莫邪爲楚王鑄劍，劍成而爲楚王所殺。其子赤爲父報仇，殺楚王後自刎，共葬於三王墓，在宜春（今河南汝南）。故事見搜神記、孝子傳等。

跋張季長中庸辨擇

此書大概似陳瑩中初著尊堯集〔一〕，識者當自得之。

【題解】

張季長，即張縯，字季長，參見卷二七跋陝西印章注〔三〕。中庸辨擇，辨析禮記中庸的著述，已佚。本文爲陸游爲張縯中庸辨擇所作的跋文，指出其略似尊堯集辨析是非之作。

本文原未繫年。歐譜列於不繫年文。待考。

【箋注】

〔一〕陳瑩中：即陳瓘（一〇五七—一一二四），字瑩中，號了齋，南劍州沙縣（今屬福建）人。元豐進士。歷太學博士、秘書省校書郎、右正言、左司諫、權給事中等。矜莊自持，極論蔡京等劣行，崇寧中入黨籍，除名遠竄。後安置通州，徙台州。宋史卷三四五有傳。尊堯集：陳瓘所撰辨斥王安石變亂史實的著述。宋史陳瓘傳：「瓘嘗著尊堯集，謂紹聖史官專據王安石日録改修神宗史，變亂是非，不可傳信，深明誣妄，以正君臣之義。」

跋法書後

法書一編付子遹〔一〕，能熟觀之，亦可得筆法之梗概矣。

【題解】

法書，指名家的書法範本。本文爲陸游爲書法範本所作的跋文，指示學習書法的門徑。本文原未繫年。歐譜列於不繫年文。待考。

【箋注】

〔一〕子遹：陸游幼子。

跋李太白詩

此本頗精。今當塗本雖字大可喜〔一〕，然極謬誤，不可不知也。

【題解】

李太白，即李白，字太白。李白詩文集，版本十分複雜。直齋書録解題卷十六著録李翰林集三十卷，并梳理其版本流傳云：「唐志有草堂集二十卷者，李陽冰所録也。今案：陽冰序文但言十喪其九，而無卷數。又樂史序文稱李翰林集十卷，别收歌詩十卷，因校勘爲二十卷，又於館中得賦、序、表、書、贊、頌等，亦爲十卷，號曰别集。然則三十卷者，樂史所定也。家所藏本，不知何處本，前二十卷爲詩，後十卷爲雜著，首載陽冰、史及魏顥、曾鞏四序，李華、劉全白、范傳正、裴敬碑誌，卷末又載新史本傳，而姑孰十詠，笑矣、悲來、草書三歌行亦附焉，復著東坡辨證之語，其本最爲完善。别有蜀刻大小二本，卷數亦同，而首卷專載碑、序，餘二十三卷歌詩，而雜著止六卷。有宋敏求後序，言舊集歌詩七百七十六篇，又得王溥及唐魏萬集本，因裒唐類詩諸篇洎石刻所傳，廣之無慮千篇。以别集、雜著附其後。曾鞏蓋因宋本而次第之者也，以校舊藏本篇數，如其言，然則蜀本即宋本也耶？末又有元豐中毛漸題，云『以宋公編類之勤，曾公考次之詳，而晏公又能鏤版以傳於世』，乃晏知止刻於蘇州者。然則蜀本蓋傳蘇本，而蘇本不復有矣。」陸游所跋不知何本。本文爲陸游爲李白詩集所作的跋文，稱其本頗精，而當塗本多謬誤。

本文原未繫年。歐譜列於不繫年文。待考。

【箋注】

〔一〕當塗本：當塗，縣名。南宋屬江南東路。今屬安徽。

跋重廣字説

字説凡有數本〔一〕，蓋先後之異，此猶非定本也。

【題解】

重廣字説：拓展王安石字説的著述，著者不詳。字説，王安石所撰闡述文字源流的小學著述。郡齋讀書志卷著録字説二十卷，并稱其「晚年閒居金陵，以天地萬物之理，著於此書，與易相表裏。而元祐中，言者指其揉雜釋、老，穿鑿破碎，聾瞽學者，特禁絶之。」文獻通考經籍考引石林葉夢得語稱：「凡字不爲無義。但古之制字，不專主義，或聲或形，其類不一。先王略别之，以爲六書；而謂之小學者，自是專門一家之學。其微處遽未易盡通，又更篆隸，損益變易，必多乖失。許慎之説文，但據東漢所存，以偏旁類次，其造字之本，初未嘗深究也。王氏見字多有義，遂一概以義取之，雖六書且不問矣，況所謂小學之專門者乎？是以每至於穿鑿附會，有一字析爲三四文者。古書豈如是煩碎哉！學者所以閧然起而交詆，誠不爲無罪，然遂謂之皆無足取，則過也。」宋史王安石傳：「初，安石訓釋詩、書、周禮，既成，頒之學宫，天下號曰『新義』。晚居金陵，又作字説，多穿鑿傅會，其流入於佛、老。一時學者，無敢不傳習，主司純用以取士，士莫得自名一説，先儒傳注，一切廢不用。」本文爲陸游爲重廣字説所作的跋文，記録字説有先後多本。

本文原未繫年。歐譜列於不繫年文。待考。

【箋注】

〔一〕字説凡有數本：字説一度盛行，版本頗多，先後有異。新政既罷，此書遭禁而湮没不傳。後人僅有輯本。

跋巖壑小集

朱希真夜熱坐寺庭五字一篇及病虎、過酒樓二古詩〔一〕，皆出同時諸人上。

【題解】

巖壑小集，朱敦儒所撰文集。朱敦儒，字希真。參見卷二九跋雲丘詩集後注〔八〕。直齋書録解題卷十八著録朱敦儒巖壑老人詩文一卷，當即此集。本文爲陸游爲朱敦儒巖壑小集所作的跋文，肯定其詩作出同時人上。

本文原未繫年。歐譜列於不繫年文。待考。

【箋注】

〔一〕「朱希真」句：此列三詩均已佚。

跋王元澤論語孟子解

元澤之殁，詔求遺書。荆公視篋中〔一〕，得論語孟子解，皆細字書於策之四旁，遂以上之。然非成書也〔二〕。

【題解】

王元澤，即王雱，字元澤。王安石幼子。參見卷二八跋居家雜儀注〔三〕。論語孟子解，解讀論語、孟子的著述。遂初堂書目著録王元澤論語解。郡齋讀書後志著録王元澤口義十卷。宋史藝文志於論語孟子類著録王雱解十卷。本文爲陸游爲王雱論語孟子解所作的跋文，追述其來歷。

本文原未繫年。歐譜列於不繫年文。待考。

【箋注】

〔一〕荆公：即王安石。篋，收藏文書的小箱子。

〔二〕成書：完整的書。朱弁曲洧舊聞卷八：「子容又圖其形制，著爲成書，上之，詔藏於祕閣。」

渭南文集箋校卷第三十二

墓誌銘

【釋體】

徐師曾文體明辨序説：「按誌者，記也；銘者，名也。古之人有德善功烈可名於世，殁則後人爲之鑄器以銘，而俾傳於無窮，若蔡中郎集所載朱公叔鼎銘是已。至漢，杜子夏始勒文埋墓側，遂有墓誌，後人因之。蓋於葬時述其人世系、名字、爵里、行治、壽年、卒葬年月，與其子孫之大略，勒石加蓋，埋於壙前三尺之地，以爲異時陵谷變遷之防，而謂之誌銘。其用意深遠，而於古意無害也。……至論其題，則有曰墓誌銘，有誌有銘者是也；曰墓誌銘并序，有誌有銘而又先有序者是也。然云誌銘而或有誌無銘，或有銘無誌者，則别體也。曰墓誌，則有誌而無銘；曰墓銘，則有銘而無誌。……又有曰葬誌，曰誌文，曰墳記，曰壙誌，曰壙銘，曰槨銘，曰埋銘。其在釋氏，則有曰塔銘，曰塔記。」又：「其爲文則有正、變二體，正體唯叙事實，變體則因叙事而加議論焉。……若夫銘之爲體，則有三言、四言、七言、雜言、散文；有中用『兮』字者，有末用『兮』字者，有末用『也』字者。其用韻，有一句用韻者，有兩句用韻者，有三句用韻者，有前用韻而末無韻者，有前無韻而末用韻者。」陸游所作共九卷、四十七首。

本卷收録墓誌銘四首。

右朝散大夫陸公墓誌銘

陸氏自漢以來，爲天下名族，文武忠孝史不絶書。比唐亡，惡五代之亂，乃去不仕。然孝弟行於家，行義修於身，獨有古遺法，世世守之，不以顯晦易也〔一〕。宋興，歷三朝數十年〔二〕，秀傑之士畢出。太傅始以進士起家〔三〕，楚公繼之〔四〕，陸氏衣冠之盛〔五〕，寖復如晉、唐時，往往各以所長見於世。而材略偉然可紀者，如公是也。

【題解】

右朝散大夫陸公，即陸游叔父陸寘（一〇八八—一一四八），字元珍。陸佃第五子。歷知仁和、長洲等縣。紹興十八年卒。既葬十五年，其子陸淙等求銘於陸游。本文爲陸游爲叔父陸寘所作的墓誌銘，主要記載其善於治理、敢於擔責、愛護百姓、賑濟鄉里的事迹。

本文據文末自述，作於陸寘葬後十五年，即隆興元年（一一六三）。時陸游新除通判鎮江府，返里待赴任。

【箋注】

〔一〕顯晦：明暗。比喻仕進和隱逸。晉書隱逸傳論：「君子之行殊塗，顯晦之謂也。」

〔二〕三朝：指太祖、太宗、真宗。

〔三〕太傅：即陸軫，字齊卿。參見卷二六跋修心鑑注〔一〕。

〔四〕楚公：即陸佃，字農師。參見卷二六跋造化權輿注〔一〕。

〔五〕衣冠：古代士以上戴冠。此代指士大夫。

公諱宲，字元珍。曾祖吏部郎中、直昭文館、贈太傅諱軫。太傅兩子：伯曰萬載縣令諱琪，縣令生宿州符離縣主簿贈朝奉大夫儼〔一〕；仲曰國子博士贈太尉諱珪，實生楚公，仕至尚書左丞，諱佃〔二〕。公，楚公第五子。大夫早卒無嗣子，楚公命公後焉〔三〕。任爲假承務郎，調台州寧海縣丞，行令事〔四〕。遇事立決，老吏宿姦〔五〕，畏懾縮栗，不敢輒動。巫以淫祀惑民〔六〕，悉捕置於法。習俗爲變。會省丞官，父老送公出境，争贐金帛，公拒之不可，至或泣下，乃取絲一鉤〔七〕。歷杭州仁和縣尉、越州司工曹〔八〕，事以舉。爲蘇州長洲縣，縣號繁劇〔九〕，且久不治，公至，從容如無事，而縣以大治。以最遷郎，就命通判真州事〔一〇〕。發姦伏〔一一〕，申冤枉，號稱神明。州多大陂澤〔一二〕，用事者方興水利，官吏人人懷希望，意謂且得厚賞。公獨不肯與，人莫測也。而覆覈多誕謾，遂置詔獄，惟公獨免〔一三〕。

【箋注】

〔一〕「伯曰」二句：伯，指兄。琪，即陸琪，官萬載縣令。儼，即陸儼，陸琪子，官符離縣主簿。

〔二〕「仲曰」二句：仲，指弟。珪，即陸珪，官國子博士。佃，即陸佃，陸珪子，官尚書左丞，封楚國公。

〔三〕「公」四句：公指陸宲。由於陸儼無子，陸佃命陸宲承其後。

〔四〕「任爲」三句：以陸儼之蔭入仕，任假承務郎。假，指代理。承務郎，從八品下階文散官。行令事，履行縣令的職責。

〔五〕宿姦：一貫奸猾之人。新唐書劉栖楚傳：「栖楚一切窮治，不閱旬，宿奸老蠹爲斂迹。」

〔六〕淫祀：不合禮制的祭祀，妄濫的祭祀。禮記曲禮下：「非其所祭而祭之，名曰淫祀。」

〔七〕省：精簡。　贐：贈送遠行者的路費、禮物。　金帛：泛指錢物。　絲：鈎，指收取少量絲帛。

〔八〕越州：即紹興府。　司工曹：州内主管工程勞作的曹官。

〔九〕繁劇：指事務繁重。郭璞辭尚書表：「以無用之才，管繁劇之任。」

〔一〇〕「以最」二句：因考核上等而升爲郎官，任命爲真州通判。真州，屬淮南東路，今江蘇儀徵。

〔一一〕姦伏：隱伏未露的壞人。袁宏後漢紀桓帝紀下：「（度尚）初爲上虞長，糾摘姦伏，縣中謂之神明。」

〔一二〕陂澤：湖沼，水澤。

〔一三〕「而覆覈」三句：指水利工程多虚妄欺騙，遂被立案查辦，陸宲因不參與而得免。誕謾，虚妄，欺詐。詔獄，奉旨辦案。

盗起青溪，張甚，至出大兵，監司知公長於治劇，共薦爲隨軍勘計官〔一〕。軍食漕浙江，公建議潮汐贏縮不可必〔二〕，請令士卒各持三日糧。舟至龍山，果失期，賴以無乏之。而主將怒護舟吏〔三〕，欲立斬之，莫敢争者。公獨慨然曰：「江行與平地異，非吏罪。且戮一人，衆必大駭，怯者求死，强者委舟竄，立敗事矣。」乃議分所載，募民陸輦以行，舟遂輕，皆以時會〔四〕，雖沙磧湍瀨無害也。衆多其謀，而主將終以戾其意不説。凡與軍事者皆超擢，獨公更爲通判登州〔五〕，徙制置發運司幹當公事〔六〕。

【箋注】

〔一〕青溪：古縣名。今浙江淳安。方臘起義爆發於此，失敗後被改爲淳化，再改爲淳安。張甚：十分張狂。監司：宋代諸路長官。治劇：指處理繁重難辦事務。勘計官：主管校對核算的官吏。

〔二〕漕浙江：指通過浙江漕運。潮汐贏縮不可必：指潮水漲落難以準確預估。

〔三〕怒譴：憤怒督責。

〔四〕皆以時會：指軍糧按時運至目的地。

〔五〕超擢：越級提升。登州：屬京東東路。今屬山東。

〔六〕制置發運司：宋代掌管漕運的機構。

未赴，除江南東路轉運判官〔一〕，實代兄中散公寘〔二〕，當時以爲榮。部中饑，公便宜留上供米六十萬石〔三〕，損直予民，而糴於他郡〔四〕，官無所亡失，而民賴以濟。避親嫌〔五〕，移提舉京畿常平等事，與轉運、提點刑獄皆置司陳留〔六〕。會金人犯京師，游騎突至，轉運、提點刑獄倉卒避去。故事，兩司皆兼提舉將兵及保甲，而常平司弗與也〔七〕。及是，公獨不動，以便宜招集燕山戍卒數千〔八〕，雜以保甲，日夜部勒習教〔九〕，命舊將張憲統之，扼據要害。虜既不能犯，而潰卒亦不爲亂，措置號令，赫然有大將風采。因間道上章自劾〔一〇〕，且乞犒軍。詔釋罪，從所請。方是時，虜剽掠四出，陳留適當其衝，微公幾殆。議者謂宜出入兵間以盡其材，而公罷歸矣。

【箋注】

〔一〕轉運判官：各路轉運司屬官。

〔二〕中散公寘：即陸寘，陸佃第三子。官至中散大夫。參見卷三五奉直大夫陸公墓誌銘。

〔三〕便宜：指斟酌事宜，自行决斷。史記廉頗藺相如列傳：「以便宜置吏，市租皆輸入莫府，爲士卒費。」上供米：解交朝廷的糧食。

〔四〕「損直」二句：指低價賣給百姓，再從旁郡買進糧食。

〔五〕避親嫌：因親人而避嫌。

〔六〕「移提舉」二句：提舉常平司，主管平倉救濟、農田水利；轉運司，主管財賦，兼管考察官吏等；提點刑獄司，主管司法刑獄，審問囚徒，舉劾官吏等。三者都是路一級區域常設的機構。陳留，即宋代汴州，今河南開封。

〔七〕「故事」三句：舊時先例，轉運、提點刑獄二司都有統領士卒及鄉兵的職責，提舉常平司則不必參與。保甲，宋代的鄉兵。

〔八〕燕山戍卒：守衛燕山的士卒。
〔九〕部勒習教：約束紀律，訓練軍事。
〔一〇〕間道：取道偏僻小路。陸賈楚漢春秋：「沛公脱身鴻門，從間道至軍，張良、韓信乃謁項王軍門。」自劾：自我檢討過失。

屏居常州無錫縣〔一〕，讀書賦詩以自適。初甚貧約，公才具高，既不仕，因治産業〔二〕，甫數年，家大贍足。然取予有大略，不務奇碎。凶年賑貸〔三〕，至傾倉庾，無少計惜。鄰里疾病嫁娶喪葬，有弗給者，不待告而賙之〔四〕，然必以暮夜，曰：「吾畏人知也。」蓋公雖退而家居，然有所爲，猶卓卓如此。使得盡其材於多故時〔五〕，視古所謂功名之士豈遠哉！

【箋注】

〔一〕屏居：屏客獨居，也指退隱。史記魏其武安侯列傳：「魏其謝病，屏居藍田南山之下數月，諸賓客辯士説之，莫能來。」
〔二〕産業：指生産事業。史記蘇秦列傳：「周人之俗，治産業，力工商，逐什二以爲務。」
〔三〕凶年賑貸：荒年救濟災民。

〔四〕賙：接濟，救濟。

〔五〕多故：多變亂，多患難。國語鄭語：「（桓公）問於史伯曰：『王室多故，余懼及焉，其何所可以逃死？』」

初，太傅遇異人，得秘訣，服氣仙去〔一〕。公晚而嗣其學，起居康寧，齒髮不衰。疾已革〔二〕，猶不亂。以紹興十八年閏八月四日卒，年六十有一。官至右朝散大夫〔三〕。遺命葬太湖之東、大浮山之原，以宜人徐氏祔〔四〕。宜人，尚書禮部員外郎君平之女，有賢德，善筆札文辭，先公二十有九年卒。四男子：演，某官，仕以廉直稱，亦以故不得志，後公十一年卒；淙，某官；洝，某官；渲，某官。一女子，適某官段彬。孫若。公既葬十有五年，淙等始屬公從子某爲銘〔五〕。銘曰：

以公之材，遭時艱虞〔六〕。馳騁功名，公蓋有餘。世方尚法，豪傑斥疏。亦或知之，旁睨欷歔。卒斂智略，老於里閭。二十三年，燕及惸孤〔七〕。大浮之原，其下震澤〔八〕。春秋奉祠，世世無斁〔九〕。

【箋注】

〔一〕「初太傅」四句：指陸軫辟穀仙逝。參見卷二六跋修心鑒。

〔二〕疾已革：病已危急。禮記檀弓下：「衛有大史曰柳莊，寢疾。公曰：『若疾革，雖當祭必告。』」鄭玄注：「革，急也。」

〔三〕朝散大夫：宋代文散官第十八階，從五品下。

〔四〕宜人：古代婦女因丈夫或子孫而得的一種封號。始於宋代政和年間。文官自朝奉大夫以上至朝議大夫，其母或妻封宜人。這一制度中共有淑人、碩人、令人、恭人、宜人、安人、孺人七等。祔：合葬。

〔五〕公從子某：陸游自稱。陸游爲陸宲侄兒。

〔六〕艱虞：艱難憂患。沈約郊居賦：「逮有晉之隆安，集艱虞於天步。」

〔七〕燕及惸孤：安逸及於孤獨之人。

〔八〕震澤：湖名。即今江蘇太湖。書禹貢：「三江既入，震澤厎定。」

〔九〕無斁：無終，無盡。李翱泗州開元寺鐘銘：「非雷非霆，鏗號其聲。」「弗震弗墜，大音無斁。」

陳君墓誌銘

建炎四年，先君會稽公奉祠洞霄〔一〕。屬中原大亂，兵祲南及吴楚〔二〕，謀避之遠游，而所在盗賊充斥，莫知所鄉〔三〕。有惟悟道人者，東陽人〔四〕，爲先君言：同邑有陳彦聲，名宗譽，其義可依，其勇可恃。彦聲事親孝，父死，貲百萬，悉推以予弟，脱身躬耕，復致富饒。宣和中，盜發旁郡，東陽之民有將應之者，賴彦聲爲言逆順禍福，得不從亂。安撫使劉忠顯公因命悉將其鄉之兵〔五〕。彦聲設方略，明部伍，盡出家貲，激使用命者〔六〕。有潰卒阻林莽，且數百人，彦聲馳一馬自往招之，皆感泣，願效死。東陽當横潰中〔七〕，而能獨全不爲盜區者，彦聲之力也。劉公奇其材，欲官之，辭不肯受。至建炎初，群盜四合，州縣復以禦賊事屬彦聲。方是時，所立尤壯偉，及論賞，則又固辭。先君聞之大喜曰：「是豪傑士，真可托死生者也。」於是奉楚國太夫人間關適東陽〔八〕。彦聲越百里來迎，旗幟精明，士伍不譁。既至，屋廬器用，無一不具者，家人如歸焉。居三年乃歸〔九〕，彦聲復出境餞别，泣下霑襟。已而先君捐館舍〔一〇〕，予兄弟游宦四方，念無以報之，每惕然不自安。

【題解】

陳君，即陳宗譽（一〇九一—一一六五），字彦聲。兩宋之際東陽義軍領袖。建炎末，陸游之父陸宰率全家至東陽避亂，得到陳君禮遇照護。陳君卒於乾道元年，次年，其子陳愔向陸游求銘。本文爲陸游爲陳宗譽所作的墓誌銘，主要記載其全鄉保族、自愛自重的事迹。

本文據文中自述，作於乾道二年（一一六六）秋，時陸游罷歸山陰故居。

【箋注】

〔一〕會稽公：即陸游之父陸宰。奉祠洞霄：陸宰靖康元年落直祕閣，徙居壽春，建炎四年奉祠洞霄宮。洞霄宫，道觀名，在浙江餘姚。

〔二〕兵祲：戰争的凶兆。祲，不祥之氣，妖氛。

〔三〕鄉：通「向」。

〔四〕東陽：縣名。南宋時屬兩浙路婺州。今屬浙江金華。

〔五〕劉忠顯公：即劉韐（一〇六七—一一二七），字仲偃，建州崇安（今福建武夷山）人。元祐九年進士。歷陜西轉運使、集賢殿修撰、知建州、福州、荆南、真定等。靖康元年充河北、河東宣撫副使，除京城四壁守禦使。京城不守，遣使金營，金人欲用之，不屈，自縊而死。高宗初謚忠顯。宋史卷四四六有傳。

〔六〕激使用命者：指激勵效命之人。

〔七〕横潰：以河水决堤横流比喻亂世。梁書沈約傳論：「高祖義拯横潰，志寧區夏。」

〔八〕楚國太夫人：陸宰之母，其父陸佃封楚國公。　間關：輾轉。漢書王莽傳下：「王邑晝夜戰，罷極，士死傷略盡，馳入宫，間關至漸臺。」顔師古注：「間關猶言崎嶇輾轉也。」

〔九〕居三年乃歸：家世舊聞卷下：「建炎之亂，先君避地東陽山中者三年，山中人至今懷思不忘。有祠堂，在安福寺。方先君之歸也，嘗有詩云：『前身疑是此山僧，猿鶴相逢亦有情。

珍重嶺頭風與月，百年常記老夫名。』」

〔一〇〕捐館舍：死亡的婉辭。

乾道二年，予歸自豫章〔一〕。一日，有衰絰來見者〔二〕，則彦聲之子愔也。泣曰：「先君晚歲竟以前功補承信郎，遇登極恩，遷承節郎〔三〕，盱眙軍守嘗奏爲沿淮巡檢〔四〕，不赴。不幸以去年三月某日歿矣，享年七十四。將以今年十一月某日葬於猿騰山之原。遺言求銘。」嗚呼！是蓋嘗有德於予家者，義不可辭。

【箋注】

〔一〕歸自豫章：乾道二年五月，陸游被罷免隆興府通判，回鄉卜居鏡湖。

〔二〕衰絰：穿喪服。古人喪服胸前當心處所綴的麻布稱衰，圍在頭上和腰間的麻繩稱絰。禮記雜記下：「三年之喪，如或遺之酒肉，則受之，必三辭，主人衰絰而受之。」

〔三〕承信郎：宋代武官官階第五十二階（總五十三階）。登極：此指宋高宗建炎元年五月即位。承節郎：武官官階第五十一階。

〔四〕盱眙軍：建炎三年六月，盱眙縣升爲軍，隸淮南東路。次年九月廢軍爲縣，屬濠州。巡檢：官名。掌統轄禁兵、士兵，維持地方治安，部分負責邊防。

彦聲曾大父用之〔一〕，大父希觀，父㕘。娶羅氏，以子回授恩封孺人〔二〕。六男子：恂、忱、惲、懌、愔、恪。恂、忱皆吉州助教，懌成忠郎，新差監光化軍在城都酒稅〔三〕。女一人，適貴州助教盧敏求。孫男二十二人：溥、泳、源、淮、汜、湜、深、潛、沿、澹、淳、浚、汲、潚、涓，皆業進士〔四〕，滋、汪、潭、準、淇、濤、洋，尚幼。孫女二十人，適進士王宦、范庭艾、胡詠、保義郎路光祖、進士葛少伊、晏剛中、左迪功郎婺州武義尉應振〔五〕。曾孫男女三十二人，元孫一人。予聞彦聲既得官，赴銓〔六〕，離立庭中〔七〕，吏操牘唱姓名，彦聲大不樂，即日棄去。其自愛重，又有士大夫所愧者，則其得銘，亦不獨以與之有雅素而已〔八〕。銘曰：

亂能全其鄉，功名非其願也。富能燕其族〔九〕，公侯非其羨也。一辱於銓吏〔一〇〕，而掩耳疾走，終身弗見，則吾儕區區釋耕而干祿者，非可賤也夫！

【箋注】

〔一〕曾大父：曾祖父。

〔二〕孺人：古代婦女因丈夫或子孫而得的一種封號。

〔三〕成忠郎：武官官階第四十九階。光化軍：南宋隸京西南路，治乾德。在今湖北老河口。都酒稅：統管酒稅。

〔四〕業進士：從事科舉考試。

〔五〕保義郎：武官官階第五十階。　迪功郎：文官官階第三十七階（末階），從九品。

〔六〕赴銓：前往吏部聽候銓選。

〔七〕離立：并立。禮記曲禮上：「離立者，不出中間。」

〔八〕雅素：平素的交誼。漢書張禹傳：「君何疑而數乞骸骨，忽忘雅素，欲避流言，朕無聞焉。」顏師古注：「雅素，故也。謂師傅故舊之恩。」

〔九〕燕其族：指使全族安逸。

〔一〇〕銓吏：指吏部銓選時操牘唱名的吏員。

費夫人墓誌銘

故建平守蜀費公樞〔一〕，有女子子曰法謙〔二〕，字海山，年十有七，歸於今右宣教郎晉張君珖三十有八年〔三〕，年五十五而没，没百二十三日而葬，葬再歲而銘。銘之歲，實乾道八年。而作銘者，君之友吴陸某也。

【題解】

費夫人，即費樞之女，名法謙，字海山，嫁於張珖爲妻。陸游與張珖爲友。本文爲陸游爲費夫人所作的墓誌銘，主要記載其篤孝君姑、成夫之賢、臨危不懼的事迹。

本文據文中自述，作於乾道八年（一一七二）。時陸游在權四川宣撫使司幹辦公事兼檢法官任上。

【箋注】

〔一〕建平：漢代縣名。在今河南永城。　蜀費公樞：即費樞，字伯樞，成都人。曾任建平守，餘不詳。直齋書録解題卷七著録費樞撰廉吏傳十卷，并云：「自春秋至唐，凡百十有四人。宣和乙巳爲序。」則費樞亦爲兩宋之際人。

〔二〕女子子：即女兒。儀禮喪服：「女子子在室爲父。」鄭玄注：「女子子者，子女也。別於男子也。」賈公彦疏：「男子、女子各單稱子，是對父母生稱，今於女子別加一字，故雙言二子，以別於男一子者云。」

〔三〕歸：女子出嫁。　宣教郎：文官官階第二十六階，正七品下。　晉張君珖：晉人張珖，曾任劍州刺史。

君少爲進士，有場屋聲〔一〕。既壯，屢屈於禮部，乃以從父任入官，又蹭蹬幾二十年〔二〕。故時同爲進士者、今丞相葉公〔三〕，自大司馬使西鄙，奏君爲其屬。君顧太夫人春秋高，將詞不行〔四〕。夫人曰：「行矣。妾在側，君奚憂？」於是盡斥奩中之藏，具滫髓滑甘，以時進饋〔五〕，奉盥授帨〔六〕，比平日加謹。雖有疾，强自持不怠，至疾平，太夫人或終不知。君得夙夜王事〔七〕，而無内憂者，夫人力也。君嘗自楚歸蜀，上忠州獨珠灘〔八〕，觸石舟敗，舟人皆失魂魄，夫人獨不動，徐謂君曰：「與君平生皆俯仰無愧，何至溺死？」已而果全。上下交慶，而夫人乃澹然無甚喜色。

【箋注】

〔一〕爲進士：猶「業進士」，從事舉業。　有場屋聲：指考場名聲好。

〔二〕屈於禮部：指未能及第。科舉考試由禮部主持。　蹭蹬：指仕途困頓。

〔三〕今丞相葉公：當即葉顒，乾道年間葉姓拜相者唯此一人。葉顒（一一〇〇—一一六七），字子昂，興化軍仙遊（今屬福建）人。紹興元年進士。歷吏部侍郎，拜參知政事、同知樞密院事。乾道二年，拜尚書左僕射兼樞密使。三年末罷相，旋卒。宋史卷三八四有傳。

〔四〕詞：通「辭」。

〔五〕滫髓：柔滑爽口之食物。　滑甘：古時調味的佐料，代指甘美的食物。周禮天官食醫：「調以滑甘。」孫詒讓正義：「謂以米粉和菜爲滑也。」　進饋：饋贈食品。

〔六〕奉盥授帨：奉上洗滌器皿，遞上擦手佩巾。比喻侍奉周到。

〔七〕夙夜王事：日夜潛心公事。

〔八〕忠州：南宋隸夔州路。今重慶忠縣。

某曰：夫人篤孝君姑〔一〕，以成其夫之賢，蓋有古列女風〔二〕。至臨死生之變，而不以動心，則雖學士大夫，有弗及者。然求其所以能至是者，亦自孝敬始而已。夫人生四子，男曰宗望、宗康，女曰海月、海雲。海雲先夫人四十餘日卒。孫祖義。銘曰：

嗚呼！有宋孝婦，費夫人之墓。

【箋注】

〔一〕君姑：古代妻子稱丈夫之母。

〔二〕列女：即烈女。指重義輕生、有節操的女子。戰國策韓策二：「非獨政之能，乃其姊者，亦列女也。」

曾文清公墓誌銘

公諱幾，字吉父。其先贛人，徙河南之河南縣〔一〕。曾祖識，泰州軍事推官；妣祖氏，寧晉縣君李氏〔二〕。祖平，衢州軍事判官，贈朝散大夫；妣慈利縣君劉氏。考準，朝請郎，贈少師；妣魏國太夫人孔氏〔三〕。

【題解】

曾文清公，即曾幾，字吉父，謚文清。陸游少時師從曾幾十餘年，既爲師弟，又爲忘年交。陸游詩風，受曾幾影響，兩人多有唱和。參考鄒志方陸游研究第八章曾幾契誼。曾幾卒於乾道二年，其子請銘於陸游。十二年後，陸游游宦巴蜀東歸，才撰成此文。本文爲陸游爲曾幾所作的墓誌銘，主要記載其精於吏道、堅持抗金、傳承道學、詩擅天下的事迹。

本文據文末自述，作於淳熙五年（一一七八）秋。時陸游離蜀東歸，除提舉福建常平茶事，將赴任。

參考卷六賀台州曾直閣啓、賀曾秘監啓、賀禮部曾侍郎啓；卷七謝曾侍郎啓；卷三十跋曾文清公奏議稿、跋曾文清公詩稿及劍南詩稿相關篇目。

【箋注】

〔一〕河南縣：宋代隸京西北路河南府。在今河南洛陽。

〔二〕縣君：古代命婦的封號。唐代五品官母妻封縣君。宋代政和中改郡縣君號爲七等，縣君爲宜人、安人、孺人。

〔三〕國夫人：古代命婦的封號。宋史職官志三：「外内命婦之號十有四：曰大長公主，曰長公主，曰公主，曰郡主，曰縣主，曰國夫人，曰郡夫人，曰淑人，曰碩人，曰令人，曰恭人，曰宜人，曰安人，曰孺人。」

公有器度，舅禮部侍郎孔武仲、祕閣校理平仲〔一〕，歎譽以爲奇童。未冠，從兄官鄆州〔二〕，補試州學爲第一。教授孫勰亦贛人，異時讀諸生程試，意不滿，輒曰：「吾江西人屬文不爾。〔三〕」諸生初未諭。及是，持公所試文，矜語諸生曰：「吾江西人之文也。」乃皆大服。已而入太學，屢中高等，聲籍甚。會兄弼提舉京西南路學事，按部，溺死。無後，特恩補公將仕郎〔四〕。公以太夫人命，不敢辭。試吏部，銓中優等，賜上舍出身，擢國子正，兼欽慈皇后宅教授〔五〕。遷辟雍博士，兼編修道史檢閱官〔六〕。時禁元祐學術甚厲，而以剽剥頹闒熟爛爲文〔七〕。博士弟子更相授受，無敢異。一少自激昂，輒擯弗取，曰「是元祐體也」。公獨憤歎，思一洗之。一日，得經義絶倫者，而他場已用元祐體見黜〔八〕，公争之，不可。明日會堂上，出其文誦之，一坐聳聽稱善，争者亦奪氣。及啓封，則内舍生陳元有也。元有遂釋褐〔九〕。文體爲少變，學者相賀。改宣義郎，入秘書，爲校書郎〔一〇〕。道士林靈素〔一一〕，以方得幸，尊寵用事，作符書，號神霄籙。自公卿以下，群造其廬拜受。獨故相李綱、故給事中傅崧卿及公俱移疾不行〔一二〕。出爲應天少尹〔一三〕，尹、故相徐處仁敬待公〔一四〕。公嘗決疑獄，徐公謝曰：「始徒謂君儒者，乃精吏道如是邪！」一日，有中貴人傳中旨取庫金，而不賫文書〔一五〕，徐公用府寮議，將姑許之。公力争，至謁告不出〔一六〕。徐公雖不果用，而尤以此服公。丁内艱，服除〔一七〕，主管南外宗室財用。

【箋注】

〔一〕孔武仲（一〇四一—一〇九七）：字常父，臨江新喻（今江西新餘）人。孔文仲弟。嘉祐進士。歷秘書省正字、校書郎、著作郎、國子司業、中書舍人，擢給事中，遷禮部侍郎，出知洪州、宣州。坐元祐黨籍奪職。宋史卷三四四有傳。孔平仲（一〇四四—一一一一）：字義甫，一作毅父。孔武仲弟。治平進士，又應制科。歷秘書丞、集賢校理，出知衡州、韶州。徽宗時提舉永興路刑獄等。坐黨籍被罷。與兄文仲、武仲俱以文名，合稱「清江三孔」。宋史卷三四四有傳。

〔二〕未冠：不滿二十。古代男子二十加冠。鄆州，宋代改東平府，隸京東西路。在今山東東平。

〔三〕孫勰（一〇五〇—一一二〇）：字志康，寧都（今屬江西）人。元祐進士。少師從蘇軾。歷鄆州教授，知太和縣。從辟高陽、太原路安撫司機宜文字，除知岳州。　程試：此指科舉考試文卷。　不爾：不這樣。

〔四〕提舉學事：官名，掌一路州縣學政。　按部：指巡視部屬。新唐書令狐峘傳：「齊映爲江西觀察使，按部及州。」　將仕郎：宋代文官品階最低一級，從九品下。

〔五〕上舍：宋代太學分外舍、内舍和上舍，學生按一定年限和條件依次遞升。　賜上舍出身如同賜進士出身，即可授予官職。　國子正：學官名。國子監設有祭酒、司業、丞、主簿、博士、正、録等職位。　欽慈皇后：即神宗欽慈陳皇后，徽宗之母。宋史卷二四三有傳。

〔六〕辟雍博士：辟雍爲商、周的天子之學。北宋崇寧間建辟雍，爲太學的外學，學生考核合格者升入太學，設有博士十員。宣和間撤銷。

〔七〕元祐學術：此指以蘇、黄文章爲代表的元祐黨人的著述。　剽剥：抄襲竊取。　頽闒：萎靡庸劣。

〔八〕經義：爲科舉文體，以闡述儒家經典義理爲宗旨。熙寧變法中，以經義取代詩賦作爲科舉科目，元祐時又恢復詩賦，後争議不斷，最終取二者并列，科舉分設詩賦進士和經義進士。　元祐體：指蘇、黄的詩賦文風。

〔九〕釋褐：脱去平民服裝，指授官任職。

〔一〇〕宣義郎：文官品階第二十七級，從七品。　秘書：指秘書省，掌古今經籍圖書、國史實録、天文曆數等，設秘書丞、著作郎、秘書郎、校書郎、正字等職位。

〔一一〕林靈素（一〇七五—一一一九）：字通叟，温州永嘉（今屬浙江）人。家世寒微，爲道士，善雷法，以法術得幸於徽宗，賜號通真達靈先生，加號元妙先生、金門羽客。惑衆僭妄，衆皆怨之。在京四年，恣横不悛，斥還故里。宋史卷四六二有傳。

〔一二〕李綱（一〇八三—一一四〇）：字伯紀，邵武（今屬福建）人。政和進士。欽宗時除兵部侍郎、尚書右丞，堅决主戰。高宗即位，拜尚書右僕射兼中書侍郎，組織抗金，在職七十五日被罷。紹興後歷湖廣宣撫使、江西安撫使。上書反對議和，均不納，抑鬱而卒。謚忠定。宋史卷三五八有傳。傅崧卿：字子駿。參見卷十五傅給事外制序題解。移疾：移病，稱疾。

〔一三〕應天：即應天府。宋代南京。在今河南商丘。少尹：副長官。

〔一四〕徐處仁（一〇六二—一一二七）：字擇之，應天府穀熟（今河南商丘）人。元豐進士。歷監察御史、給事中、尚書右丞。出知青州、永興軍、潁昌府等。徽宗時爲應天尹，徙大名尹。欽宗時拜相，旋罷。高宗時爲大名尹。宋史卷三七一有傳。

〔一五〕中貴人：指顯貴的侍從宦官。庫金：庫藏金帛。不齎：不帶。

〔一六〕謁告：請假。

〔一七〕「丁内艱」二句：指因母去世而丁憂，守喪期滿。

靖康初，提舉淮南東路茶鹽公事〔一〕。女真入寇，都城受圍，太府鹽鈔無自得，商賈不行。公乃便宜爲太府鈔給之〔二〕。比賊退，得緡錢六十萬〔三〕。喪亂之餘，國用賴是以濟，而公不自以爲功也。改提舉荆湖北路茶鹽公事。群盗大起，湖北諸郡皆破，獨辰、沅、靖三州僅存。有封樁鹽〔四〕，公以與蠻獠貨易〔五〕，得錢數巨萬，間道上行在所。賊孔彦舟據鼎州〔六〕，川陝宣撫使司幕官有傅雱者，輒假彦舟湖北副總管，彦舟因自稱官軍，而殺掠四出自若也。俄以總管檄，檄公求鹽給軍食，官屬震恐，請與以紓禍〔七〕，公卒拒不予。其後，有爲鼎、澧鎮撫使者，怙權暴横〔八〕，復欲得鹽。公曰：「使吾畏死，則輸彦舟矣。」亦卒不予。以疾乞閒，主管臨安府洞霄宫。起爲福建路轉運判官〔九〕，未赴，改廣南西路。廣南支郡賦入悉隸轉運司，歲度所用給之，吏緣爲姦。公獨親其事，吏不得與。文書下，諸郡愜服〔一〇〕。徙江南西路提點刑獄公事，改兩浙西路。

【箋注】

〔一〕提舉茶鹽公事：掌各路茶鹽專賣。

〔二〕太府：即太府寺，官署名。掌國家財貨政令，及庫藏出納、商税、平準、貿易等事。鹽鈔：

鹽商繳款後領鹽運銷的憑證。　無自得：指無法流轉。　太府鈔：太府寺頒發的臨時憑證。

〔三〕緡錢：一千文紮成串的銅錢。泛指税金。

〔四〕封樁鹽：貯藏的多餘之鹽。封樁指封存國用羨餘。

〔五〕蠻獠：舊時對西南少數民族的蔑稱。

〔六〕孔彦舟（一一〇七—一一六〇）：字巨濟，相州林慮（今河南林縣）人。初爲避罪從軍，曾敗金兵。建炎元年爲東平府兵馬鈐轄。次年叛，收羅潰兵，燒殺擄掠。參與鎮壓洞庭湖義軍，俘殺鍾相。紹興二年降於僞齊，爲攻宋前鋒。歷金朝工、兵部尚書、河南尹等，後爲金人酖殺。金史卷七九有傳。　鼎州：荆湖北路常德府治。在今湖南常德。

〔七〕紓禍：解除禍患。左傳僖公二十一年：「若封須句，是崇皞、濟而修祀紓禍也。」杜預注：「紓，解也。」

〔八〕怙權暴横：專權横行。

〔九〕轉運判官：各路轉運司的屬官。

〔一〇〕愜服：心服。

故太師秦檜用事，與虜和，士大夫議其不可者，輒斥。公兄爲禮部侍郎〔一一〕，争尤力，首斥，而公亦罷。時秦氏專國柄未久，猶憚天下議，復除公廣南西路轉運副使，以慰士心。徙荆湖南路。賊駱科起郴州宜章縣，郴、道、桂陽皆警，且度嶺。詔湖北宣撫司遣將逐捕，賊引歸宜章之臨武峒，宣撫司遂以平賊聞，公獨奏其實〔二〕，朝廷始命他將討平之。主管台州崇道觀。起提舉湖北茶鹽，未赴，改廣西轉運判官。公雖益左遷〔三〕，然於進退，從容自若，人莫能窺其涯。復主管崇道觀，寓上饒七年，讀書賦詩，蓋將終焉。

【箋注】

〔一〕公兄：此指曾幾之兄曾開。

〔二〕奏其實：指賊歸峒而「以平賊聞」。

〔三〕左遷：降官，貶職。漢書朱博傳：「（博）遷爲大司農。歲餘，坐小法，左遷犍爲太守。」

紹興二十五年，檜卒，太上皇帝當宁〔一〕，慨然盡斥其子孫姻黨，而收用耆舊與一時名士。十一月，起公提點兩浙東路刑獄。公老矣，而精明不少衰，去大猾吏張鎬，一路稱快。明年，知台州。公娶錢氏。有郡酒官者，夫人族子也，大爲姦利〔二〕，且恣横，患苦里閭，公亟捕繫獄，奏廢爲民。黄巖令用兩吏爲囊槖以受財〔三〕，吏持之，令不勝怒，械吏置獄，一夕皆死。公發其罪。或以書抵公曰：「令，左丞相客也〔四〕。」公治益急，亦坐廢〔五〕。

【箋注】

〔一〕太上皇帝：指宋高宗。此時已禪位孝宗，被尊爲太上皇帝。當宁：指臨朝聽政。

〔二〕姦利：指非法謀取的利益。韓非子姦劫弑臣：「百官之吏，亦知爲姦利之不可以得安也。」

〔三〕受財：接受賄賂。史記滑稽列傳：「身死家室富，又恐受財枉法，爲姦觸大罪，身死而家滅。」

〔四〕左丞相：據宋史曾幾傳，丞相爲沈該。宋史宰輔表四：「（紹興二十六年）五月壬寅，沈該自參知政事授左朝議大夫，守左僕射、同平章事。」又：「（紹興二十九年）六月乙酉，沈該罷左相。」

〔五〕坐廢：因罪罷官。

逾年，召赴行在所，力以疾辭。除直祕閣，歸故官，數月，復召。既對，太上皇帝勞問甚渥〔一〕，曰：「聞卿名久矣。」公因論：「士氣不振既久，陛下興起之於一朝，矯枉者必過直，雖有折檻斷鞅〔二〕，牽裾還笏〔三〕，若賣直沽名者〔四〕，顧皆優容獎激之〔五〕。」時太上懲秦氏專政之後，開言路，獎孤直，應詔論事者衆，公懼或有以激訐獲戾者〔六〕，故先事反覆極論，以開廣上意。太上大悦。除秘書少監。先是少監選輕〔七〕，士至不樂入館。公既以老臣自外超用〔八〕，名震京都。及入朝，鬢鬚皓然，衣冠甚偉。雖都人老吏，皆感欷，以爲太平之象。於是公去館中三十有八年矣，舉故事與同舍賦詩飲酒〔九〕，縱談前輩言行、臺閣典章，從容每竟日。故相湯思退嘗語客曰〔一〇〕：「恨進用偶在前，不得當斯時從曾公游也。」其爲薦紳歆慕如此。擢尚書禮部侍郎。初，公兄楙，歷禮部侍郎，至尚書〔一一〕。兄開，亦爲禮部侍郎〔一二〕。至是公復繼之，衣冠尤以爲盛事〔一三〕。

【箋注】

〔一〕勞問：慰問。漢書張延壽傳：「永始、元延間，比年日蝕，故久不還放，璽書勞問不絶。」渥：豐厚。

〔二〕折檻斷鞅：均爲直言敢諫之典。「折檻」典出漢書朱雲傳：「成帝時，丞相故安昌侯張禹以帝師位特進，甚尊重。雲上書求見，公卿在前。雲曰：『今朝廷大臣上不能匡主，下亡以益民，皆尸位素餐，孔子所謂「鄙夫不可與事君」，「苟患失之，亡所不至」者也。臣願賜尚方斬馬劍，斷佞臣一人以厲其餘。』上問：『誰也？』對曰：『安昌侯張禹。』上大怒，曰：『小臣居下訕上，廷辱師傅，罪死不赦。』御史將雲下，雲攀殿檻，檻折。雲呼曰：『臣得下從龍逢、比干遊於地下，足矣！未知聖朝何如耳？』御史遂將雲去。……及後當治檻，上曰：『勿易！因而輯之，以旌直臣。』」「斷鞅」典出左傳襄公十八年：「齊侯駕，將走郵棠。太子與郭榮扣馬，曰：『師速而疾，略也。將退矣，君何懼焉！且社稷之主，不可以輕，輕則失衆。君必待之。』將犯之，太子抽劍斷鞅，乃止。」鞅，夾貼在馬頸兩旁的皮條。

〔三〕牽裾還笏：均爲直言敢諫之典。「牽裾」典出三國志魏書辛毗傳：「帝欲徙冀州士家十萬户實河南。時連蝗民饑，群司以爲不可，而帝意甚盛。毗與朝臣俱求見，帝知其欲諫，作色以見之，皆莫敢言。毗曰：『陛下欲徙士家，其計安出？』帝曰：『卿謂我徙之非邪？』毗曰：『誠以爲非也。』帝曰：『吾不與卿共議也。』毗曰：『陛下不以臣不肖，置之左右，廁之謀議之官，安得不與臣議邪！臣所言非私也，乃社稷之慮也，安得怒臣？』帝不答，起入内；毗隨而引其裾，帝遂奮衣不還，良久乃出，曰：『佐治，卿持我何太急邪？』毗曰：『今徙，既失民心，又無以食也。』帝遂徙其半。」「還笏」典出舊唐書褚遂良傳：「高宗將立則天爲后，褚遂良諫，帝不聽。」「遂良致笏於殿階，叩頭流血曰：『還陛下此笏！』」

〔四〕賣直沽名：故作正直以獲取名聲。陸贄又答論姜公輔狀：「公輔知朕必擬移改，所以固論造塔事，賣直取名，據此用心，豈是良善。」

〔五〕優容獎激：寬容激勵。

〔六〕激訐：激烈揭發他人隱私，攻擊他人過失。崔瑗司隸校尉箴：「是故履上位者，無云我貴，苟任激訐，平陽玄默，以式百辟。」獲戾：獲咎，得罪。

〔七〕選輕：指職位不夠重要。

〔八〕超用：越級任用。

〔九〕舉故事：回憶當年往事。

〔一〇〕湯思退：字進之。秦檜死後拜相。參見卷六賀湯丞相啓題解。

〔一一〕兄楙：即曾楙，字叔下，曾幾之次兄。元符進士。任禮部侍郎，歷知洪、福、潭、信諸州，官終吏部尚書。

〔一二〕兄開：即曾開，字天游，曾幾之三兄。崇寧進士。歷起居舍人、太常少卿。高宗時爲刑部侍郎，遷禮部侍郎兼直學士院。忤秦檜，罷知婺州、徽州，以病免。宋史卷三八二有傳。

〔一三〕衣冠：代指縉紳、士大夫。漢書杜欽傳：「茂陵杜鄴與欽同姓字，俱以材能稱京師，故衣冠謂欽爲『盲杜子夏』以相別。」顏師古注：「衣冠謂士大夫也。」

二十七年，吴、越大水，地震，公極論消復災變之道〔一〕，及言賑濟之令當以時下，太上皆嘉納。時將郊祀，公力請對，言：「臣老筋力弗支矣，陛下郊天，若禮官失儀，亦足辱國。」太上曰：「卿氣貌不類老人，姑爲朕留。」公再拜謝曰：「臣無補萬分一，惟進退有禮，尚不負陛下拔擢。不然，且爲清議罪人〔二〕。」乃以集英殿修撰，提舉洪州玉隆觀。又三歲，除敷文閣待制〔三〕。

【箋注】

〔一〕消復災變：消除災禍，回復正常。後漢書鮑昱傳：「建初元年，大旱，穀貴。肅宗召昱問曰：『旱既太甚，將何以消復災眚？』」

〔二〕清議：對時政的議論，社會輿論。曹羲至公論：「厲清議以督俗，明是非以宣教者，吾未見其功也。」

〔三〕敷文閣：閣名。紹興十年建，收藏宋徽宗御製文集等，置學士、直學士、待制等職。

元顏亮盜塞〔一〕，下詔進討，已而虜大入，或欲通使以緩其來。公方病卧，聞之奮起，上疏曰：「遣使請和，增幣獻城，終無小益，而有大害。爲朝廷計，當嘗膽枕戈〔二〕，專務節儉，整軍經武之外〔三〕，一切置之。如是，雖北取中原可也。且前日陛下降詔，諸將傳檄，數金人君臣，如罵奴耳，何詞復和耶？」今上初受内禪〔四〕，公又上疏累數千言，大概如前疏而加詳。既封奏，具衣冠溯闕再拜〔五〕，乃發。

【箋注】

〔一〕元顏亮：即完顏亮（一一二二—一一六一），字元功，女真名迪古乃，金朝第四位皇帝，史稱海陵王。在位十二年，爲人殘暴狂傲，殺人無數，同時勵精圖治，遷都燕京，加强中央集權。宋紹興三十一年大舉攻宋，於瓜州作戰時死於内亂。金史卷五有傳。盜塞：侵犯邊塞。此指南下攻宋。

〔二〕嘗膽枕戈：口嘗苦膽，頭枕兵器。形容刻苦自勵，發奮圖强。沈初明勸進梁元帝第三表：「陛下英略緯天，沉明内斷，横劍泣血，枕戈嘗膽。」

〔三〕整軍經武：整頓軍備，致力武事。語本左傳宣公十二年：「見可而進，知難而退，軍之善政也；兼弱攻昧，武之善經也。子姑整軍而經武乎！」

〔四〕今上：指宋孝宗。内禪：指宋高宗傳位於孝宗。

〔五〕溯闕：回望宫闕。

公自宣義郎十一遷爲左中大夫，至是以即位恩，遷左太中大夫〔一〕，執政欲起公入侍經筵〔二〕，度不可致，乃以公子逮爲提點浙西刑獄以便養〔三〕。隆興二年，公上章謝事，遷左通議大夫，致仕。莊文太子立〔四〕，群臣爲父後者，得加封其親。公子逢請於朝〔五〕，而有司疑公官高，詔特遷左通奉大夫。乾道二年五月戊辰，卒於平江府逮之官舍，享年八十三，爵至河南縣開國伯，食邑至七百户〔六〕。公平生燕居莊敬如齊〔七〕，至没不少變。九月辛酉，逢等葬公於紹興府山陰縣鳳凰山之原。詔贈左光禄大夫，有司謚曰文清。娶故翰林學士錢勰之孫、朝請郎東美之女〔八〕，封魯國太夫人。男三人：逢，朝散大夫、尚書左司郎中〔九〕；逮，朝奉大夫、充集英殿修撰、知湖州；迅，通直郎、主管台州崇道觀。女一人，嫁右朝散郎、知吉州吕大器〔一〇〕。孫男七人：槃，迪功郎、監户部贍軍烏盆酒庫；㮚，承務郎、新知平江府長洲縣；梁，從政郎、監户部贍軍諸暨酒庫；棨，迪功郎、監建康府提領所激賞酒庫；檕，宣教郎；棐，修職郎、監明州支鹽倉；棠，迪功郎、新湖州長興縣尉。孫女九人：長適從事郎、衢州江山縣丞李孟傳，次適通直郎、新通判揚州軍州事朱輅，次適宣義郎、新浙東提舉常平司幹辦公事詹徽之，次適從政郎、新婺州金華縣丞邢世材，次適宣教郎、幹辦行在諸軍審計司葉子强，次適修職郎吕祖儉，次適文林郎、湖州長興縣丞丁松年，次適迪功郎、前明州慈溪縣主簿王中行，次適迪功郎、監衢州比較務張震。曾孫男女十三人。

【箋注】

〔一〕「公自」三句：北宋元豐改革官制，又經增補，至政和末形成文臣階官三十七級，南宋即準此。依次爲開府儀同三司、特進、金紫光禄大夫、銀青光禄大夫、光禄大夫、宣奉大夫、正奉大夫、正議大夫、通奉大夫、通議大夫、太中大夫、中大夫、中奉大夫、中散大夫、朝議大夫、奉直大夫、朝請大夫、朝散大夫、朝奉大夫、朝請郎、朝散郎、朝奉郎、承議郎、奉議郎、通直郎、宣教郎、宣義郎、承事郎、承奉郎、承務郎、承直郎、儒林郎、文林郎、從事郎、從政郎、修職郎、迪功郎。以下官階的升遷均可參照此一序列。十一遷，十一次升遷。

〔二〕經筵：爲帝王講論經史而設的御前講席。講官由翰林學士或其他官員充任或兼任。

〔三〕公子逮：即曾幾次子曾逮。

〔四〕莊文太子：即趙愭，孝宗嫡長子，乾道元年立爲太子，三年薨。謚莊文。宋史卷二四六有傳。

〔五〕公子逢：即曾幾長子曾逢。

〔六〕開國：在五等封爵前所加稱號。事物紀原官爵封建開國：「晉令始有開國之稱，故五等皆郡縣開國。陳亦有開國郡公、縣侯伯子男，侯已降，無郡封。由唐迄今，因而不改。」食邑：唐宋時賜予宗室和高級官員的榮譽性加銜。

〔七〕燕居：閒居。莊敬如齊：莊嚴恭敬如同齋戒。齊，同「齋」。

〔八〕錢勰（一〇三四—一〇九七）：字穆父，杭州人。吴越武肅王六世孫。以蔭入仕，歷中書舍人、給事中、知開封府，拜工部、户部侍郎，進尚書。哲宗時爲翰林學士，兼侍讀。遭章惇排詆，罷知池州。宋史卷三一七有傳。　東美：錢勰之子。

〔九〕「逢」二句：此處均爲陸游淳熙五年銘墓時官階及職務。　以下均同。

〔一〇〕呂大器：字治先。呂祖謙之父。

公貫通六經，尤長於易、論語。夙興，正衣冠，讀論語一篇，迨老不廢。孝悌忠信，剛毅質直，篤於爲義，勇於疾惡，是是非非，終身不假人以色詞〔一〕。少師捐館舍〔二〕，公才十餘歲，已能執喪如禮，終喪不肉食。及遭内艱，則既祥猶蔬食，凡十有四年，至得疾顛眴乃已〔三〕。每生日，拜家廟，未嘗不流涕也。平生取與，一斷以義。三仕嶺外，家無南物，或求沉水香者，雖權貴人不與〔四〕。守台州，以屬縣並海，産蚶菜〔五〕，比去官，終不食。初佐應天時，元祐諫臣劉安世亡恙〔六〕，黨禁方厲，仕者不敢闖其門，公獨日從之游，論經義及天下事，皆不期而合。避亂寓南嶽，從故給事中胡安國推明子思、孟子不傳之絶學〔七〕。後數年，時相倡程氏學〔八〕，凡名其學者，不歷歲取通顯，後學至或矯托干進〔九〕。公源委實自程氏，顧深閉遠引，務自晦匿〔一〇〕。及時相去位，爲程氏學者益少，而公獨以誠敬倡導學者。吴越之間，翕然師尊，然後士皆以公篤學力行、不嘩世取寵爲法。公治經學道之餘，發於文章，雅正純粹，而詩尤工。以杜甫、黄庭堅爲宗，推而上之，繇黄初、建安，以極於離騷、雅、頌、虞夏之際〔一二〕。初與端明殿學士徐俯、中書舍人韓駒、吕本中游〔一三〕。諸公繼没，公巋然獨存。道學既爲儒者宗，而詩益高，遂擅天下。有文集三十卷、易釋象五卷，他論著未詮次者尚數十卷〔一三〕。

【箋注】

〔一〕假人以色詞：指虚僞待人。假人，待人。色詞，神態和言詞。

〔二〕少師：指曾幾之父曾準，贈少師。捐館舍：死的婉辭。

〔三〕内艱：指母喪。既祥：祭日結束。既，盡。祥，祥日，親喪之祭日。顛眴：即癲癇病。揚雄劇秦美新：「臣常有顛眴病，恐一旦先犬馬填溝壑。」李善注：「眴與眩古字通。」張銑注：「顛眴，謂風病也。」

〔四〕南物：南方的特産。沉水香：即沉香。含有樹脂的木材，可作藥材。分布於廣東、海南、廣西、福建等地。具有行氣止痛，温中止嘔，納氣平喘之功效。

〔五〕蚶菜：即蚶子。蚶類動物的總稱。肉味鮮美，是沿海各地普遍食用的海産品。舊唐書孔戣傳：「上謂裴度曰：『嘗有上疏論南海進蚶菜者，詞甚忠正，此人何在？卿第求之。』」

〔六〕劉安世（一〇四八—一一二五）：字器之，元城（今河北大名）人。舉進士，從學於司馬光。

歷秘書省正字、右正言、左諫議大夫，進樞密都承旨。以直諫聞，人稱「殿上虎」。新黨章惇用事，貶英州安置，徙梅州。徽宗立，知鄆州、真定府。蔡京相，謫峽州羈管。宋史卷三四五有傳。

〔七〕胡安國（一〇七四—一一三八）：字康侯，建寧崇安（今福建武夷山）人。學者稱武夷先生。紹聖進士。爲太學博士，提舉湖南學事。欽宗時一再辭官。紹興初除中書舍人兼侍講，上時政論二十一篇。遷給事中，不日辭去，定居湘潭，築碧泉書堂，撰著春秋傳，從游弟子數十人。卒謚文定。宋史卷四三五有傳。推明：究明，闡明。子思：即孔伋，字子思。孔子之孫。相傳受業於曾子，學説以中庸爲核心。孟子發揮其學説，形成思孟學派。

〔八〕時相：指秦檜。程氏學：即二程道學。程顥、程頤奠基的道學，曾受王安石新學的排擠。南宋初期，王學被斥，重倡元祐學術，秦檜與游酢、胡安國等道學人士相互推挽，重倡道學。

〔九〕矯托干進：指假托道學謀求仕進。干進，求取仕途。楚辭離騷：「既干進而務入兮，又何芳之能祇？」

〔一〇〕源委：水的發源和歸宿，指事物的本末、底細。語本禮記學記：「三王之祭川也，皆先河而後海，或源也，或委也，此之謂務本。」鄭玄注：「源，泉所出也；委，流所聚也。」晦匿：隱蔽不露。隋書高祖紀上：「高祖甚懼，深自晦匿。」

〔一一〕「以杜甫」句：曾幾詩屬江西詩派，標榜以杜甫、黄庭堅爲宗。黄初、建安：漢末魏初年號，此時代表詩人爲「三曹七子」。

〔二〕徐俯：字師川。參見卷二七跋陵陽先生詩草注〔二〕。韓駒：字子蒼。參見卷二七跋陵陽先生詩草注題解。呂本中：字居仁。參見卷十四呂居仁集序題解。三人亦均屬江西詩派。

〔三〕詮次：選擇和編排。詮同銓。韓愈進順宗皇帝實録表狀：「史官沈傳師等采事得於傳聞，詮次不精，致有差誤。」

某從公十餘年，公稱其文辭有古作者餘風，及疾革之日〔一〕，猶作書遺某，若永訣者，投筆而逝。故公之子以銘屬某。會某客巴蜀，久乃歸〔二〕，銘之歲，實淳熙五年，去公之殁十二年矣。銘曰：

聖人既没，道裂千歲。士誦遺經，用鮮弗戾。孰如文清，得於絶傳〔三〕。耄期躬行，知我者天。秉禮蹈義，篤敬以終。病不惰偷〔四〕，大學之功。仕豈不逢，施則未究。刻銘於丘，維以詔後。

【箋注】

〔一〕疾革：病情危急。

〔二〕「會某」二句：指陸游乾道六年夏至淳熙五年春宦游巴蜀八年。
〔三〕絶傳：失傳。
〔四〕惰偷：懈怠苟且。蘇軾謝館職啓：「遇寵知懼，庶不至於惰偷。」

渭南文集箋校卷第三十三

墓誌銘

【釋體】

本卷文體同卷三二，收録墓誌銘五首。

青陽夫人墓誌銘

有宋蜀人天池先生譚公諱篆字拂雲之夫人青陽氏，井研人〔一〕。大父知歸州事泰，實生五丈夫子，以幼子古繼其弟春，是爲夫人之考〔二〕。夫人歸譚氏，不及事舅，獨事君姑太安人〔三〕。太安人則歸州之女子子，於夫人爲姑，夫人夙夜婦道，不以親故少懈。天池與其考隆山先生諱望字勉翁，皆以文章名一代，取友皆天下士，亦繼以進士起家，然得年皆不盈五十，志遠年局，未嘗問家人産業〔四〕。方天池殁時，一子曰季壬〔五〕，甫生十年，煢然獨立，而天池亦無兄弟，譚氏不絶如綫。太安人傳家事已久，夫人幼讀書，了大義，於是行其所知。自處儉薄，而不以貧憂其姑；躬履艱難，而不以事累其子。外父母家〔六〕，而一意立譚氏門户。太安人膳服，非其手調芼縫紉，不以進〔七〕。親客至，夫人視庖厨刀匕惟謹。及即席，則立侍姑側，終日不休。酒殽潔豐，果蔬芳甘，奉盥授帨，肅祗無譁〔八〕。客歸，皆太息，祝其女婦願庶幾夫人萬一，而夫人歉然常愧力不足也。斥賣簪褥，遣季壬就學，夜課以書，必漏下三十刻乃止〔九〕。間則爲道隆山、天池言行以磨礪之。及季壬稍長，與人交，則誨之曰：「某可師，某可友，某當絶，勿與通。」故季壬名其堂曰「願學」、室曰「勝己私」，皆夫人所以訓也。夫人享家廟如養姑之孝，字孤嫠如愛子之恩，蓋其節行法度，士君子莫能加焉〔一〇〕。季壬舉進士拔解〔一一〕，太安人尚無恙，夫人不自喜，而爲太安人喜。及擢第拜廟，夫人猶涕泣曰：「先姑不及見矣！」觀者皆感動惻愴。後以德壽宫慶壽恩得封〔一二〕，亦以是不敢樂也。

【題解】

青陽夫人，宋代蜀人譚篆之妻。青陽，複姓。史記五帝本紀：「嫘祖爲黄帝正妃，生二子，其後皆有天下：其一曰玄囂，是爲青陽，青陽降居江水；其二曰昌意，降居若水。」司馬貞索隱：「江水、若水皆在蜀。」宋代青陽氏登進士第者三十餘人，均爲蜀人。青陽夫人之子季壬爲陸游好友，其母卒後請陸游作銘。本文爲陸游爲青陽夫人所作的墓誌銘，主要記載其養姑盡孝、愛子盡責的事迹。

本文據文末自述，作於淳熙十年（一一八三）。時陸游奉祠家居。

【箋注】

〔一〕譚篆：字拂雲，號天池先生。　井研：縣名。隋代始建。南宋隸成都府隆州。今屬四川樂山。

〔二〕大父：指青陽夫人祖父青陽泰，知歸州。幼子青陽古過繼給其弟青陽春，即爲青陽夫人之父。　歸州：宋代隸荆湖北路，今湖北秭歸。　丈夫子：兒子。古代子女通稱子，男稱丈夫子，女稱女子子。

〔三〕「夫人」三句：指青陽夫人嫁入譚家，公公早歿，只能侍奉婆婆。爾雅釋親：「婦稱夫之父曰舅，稱夫之母曰姑。姑舅在，則曰君舅、君姑；没，則曰先舅、先姑。」　太安人：安人爲古代命婦封號之一，宋代自朝奉郎以上，其妻封安人，其母或祖母封太安人。

〔四〕「天池」七句：指譚篆與其父皆以文章名，舉進士，但年壽不滿五十，家無産業。譚望，字勉翁，號隆山先生，陵井（今四川仁壽）人。譚篆之父。志遠年局，志氣高遠，而年壽不長。

〔五〕季壬：字德稱，蜀中名士。與陸游交好，多有唱和。
〔六〕外父母家：指青陽夫人不顧自家父母。
〔七〕膳服：飲食服飾。　調芼：採摘調製。　芼，用手指或指尖採摘。
〔八〕潔豐：潔浄豐盛。　盥：洗手器皿。　帨：擦手佩巾。　肅祗：恭敬。
〔九〕漏下三十刻：刻漏爲古代計時器。銅壺底穿孔，壺中立一標有刻度的浮標，壺中水滴漏漸少，標上刻度漸露，視之可知時刻。漢書哀帝紀：「刻漏以百二十爲度。」顔師古注：「舊漏晝夜共百刻，今增其二十。」則三十刻約六小時。
〔一〇〕享家廟：祭獻家廟。　字孤嫠：養育孤兒寡婦。　節行法度：節操品行，規矩辦法。
〔一一〕拔解：送禮部參加科舉考試。
〔一二〕「後以」句：指夫人因高宗慶壽恩典得到封賞。德壽宫，宋高宗退位後常居的宫殿，此代指高宗。

初，季壬解褐爲崇慶府府學教授，凡四年，徙成都府，吏部以僑寓格不下〔一〕。執政爲奏，復還崇慶以便養。命至，而夫人棄其孤矣〔二〕。初，命教成都，今樞密使周公貳大政〔三〕，知予與季壬友，以書來告曰：「石室得人矣〔四〕。」季壬有學行，爲諸公大人所知蓋如此，以故士皆慕與之交。而夫人墓道之碣，乃萬里來屬予於山陰鏡湖上，義不可辭。夫人諱字及年，與其他在法當書者，皆已見内誌〔五〕，懼於再告，故獨述其大節而已。自周以降，禮教日衰，爲女子者，不聞姆師之訓、圖史之戒〔六〕，閭巷尼媪〔七〕，交煽其間，非天資淑柔，則悖驁嚚昏，貪黷悍驕〔八〕，不復知供養祭祀爲婦職者，固其所也。夫人奮乎千載之下，獨不移於俗，矯矯自立如此。於虖賢哉！予與季壬，實兄弟如也，故述孝子之意以作銘。其辭曰：

淳熙十祀冬十月丙申，孤季壬奉先夫人之柩，祔於天池先生之藏。平生相倚爲命兮，未嘗輕去吾親之傍。日將夕而未返，則倚門其皇皇。今也山空無人，凛乎欲霜。鳥獸紛其號鳴，木葉實兮草黄。吾親不見其孤兮，悲生死之茫茫。兒不能奉養於泉塗兮〔九〕，肝心裂而涕滂。茹哀忍死兮，庶其顯揚〔一〇〕。維友予銘兮，後百世而彌芳。

【箋注】

〔一〕僑寓：僑居，寄居。王讜唐語林豪爽：「李元將評事及弟仲將嘗僑寓江都。」格：指調令。

〔二〕夫人棄其孤：指青陽夫人去世。

〔三〕樞密使周公：指周必大。宋史宰輔表四：「（淳熙）十一年六月庚申，周必大自知樞密院事進樞密使。」貳大政：輔大政。

〔四〕石室：此指收藏圖書檔案之地。

〔五〕諱字及年：指名字和年壽。内誌：或指另有碑誌文。

〔六〕姆師之訓：古代女師宣講婦道的訓示。韓愈順宗實録五：「雅修彤管之規，克佩姆師之訓。」圖史之戒：古代對女子的規勸、戒鑒大多配合圖畫，如顧愷之根據張華女史箴所做的女史箴圖之類。

〔七〕尼媪：即尼姑。

〔八〕悖驁嚚昏：狂悖傲慢，冥頑不靈。嚚，愚蠢，頑固。貪黷悍驕：貪污驕横。

〔九〕泉塗：黄泉，陰間。謝莊宋孝武宣貴妃誄：「皇帝痛掖殿之既闃，悼泉途之已宫。」

〔一〇〕茹哀：銜哀。顯揚：顯親揚名。白居易爲崔相陳情表：「爵禄之榮，實有踰於同輩；顯揚之命，獨未及於先人。」

陸孺人墓誌銘

孺人山陰陸氏。曾大父某，國子博士，贈太尉〔一〕。大父某，承奉郎。考某，迪功郎，明州司法參軍。母同郡齊氏。孺人年若干，嫁爲承議郎、知梧州高郵桑公莊之妻〔二〕。端靖淑柔〔三〕，讀書略知大義，自其在父母家，已得孝名，見治絲枲〔四〕，輒趨與共事，法曹與齊夫人皆異之〔五〕。建炎間，法曹避兵天台，而承議適攝縣主簿事，故時兩家已繼爲婚姻，情好甚篤，因以孺人歸焉。承議既罷主簿，以亂故不克北歸，因寓近縣山中凡四十年。間雖出仕，歲滿輒歸。居山之日多於在官，衣食嘗不足，孺人處之超然。自幼奉佛法，戒擊鮮〔六〕，終身不犯。嘗舟行溯汴，遇老桑門丐錢〔七〕，孺人亟施之，且問曰：「師何許人？老如此，尚行乞耶？」對曰：「居天台，兄弟十八人，我獨好遠游，故抵此。汝與我有宿契〔八〕，他日當爲鄰。」及是，寓居適近石橋。一日，登應真閣，修茶供，至第三尊者，驚歎曰：「此吾汴舟所見也〔九〕。」承議嘗爲西安令〔一〇〕，有娠婦以事繫獄，念釋之，未果。孺人夢白衣人告曰：「囚且字子矣〔一一〕。」旦以告承議，呼乳醫視之而信〔一二〕，即脱械，予假使歸。果以是夕産。孺人事佛之驗至如此。然奉家廟盡孝盡敬，朝夕定省如事生〔一三〕，凡祭祀、烹飪、滌濯皆親之，至累夕不寐。承議平生所與游，多知名士，每客至，輒信宿留〔一四〕，孺人執刀匕，白首無倦色，曰：「此婦職也。」近世閨門之教略，妄以學佛自名，則於祭祀、賓客之事皆置不顧，惟私財賄以徇其好，曰：「吾徼福於佛也〔一五〕。」於虖！娶婦所以承先祖、主中饋〔一六〕，顧乃使之徼佛福而止耶？安得以孺人之事告之。承議有兄之子，妻士人陳汝翼，貧無以生。孺人力贊承議挈之歸，同爨十五年〔一七〕，使其子與己子俱就學，遂中名第。而孺人諸子皆好修〔一八〕，世昌從諸公問學，不以貧奪其志，人以爲積善之報。孺人得年七十有四，以淳熙十二年正月己丑卒。丈夫子三人：長之瑞，早卒；次則世昌；次世茂。女子子四人：徐廷焕、顧淵、陳寬、吴植，其甥也〔一九〕。明年某月甲子，葬於天台之太平鄉朴墺，祔承議之墓。世昌實來請銘，孺人於予爲從祖姊，其敢辭。銘曰：

廟祭賓享，維婦之職。嫚驁很驕〔二〇〕，蠹我壼則〔二一〕。孰如孺人，耆老益恭。名山崇崇，閟此幽宫〔二二〕。

【題解】

陸孺人，陸游之從祖姊。孺人，爲古代命婦封號之一，宋代自通直郎以上，其妻或母封孺人。陸孺人卒於淳熙十二年，其子桑世昌請銘於陸游。本文爲陸游爲陸孺人所作的墓誌銘，主要記載其樂善好施、恪守壼則的事迹。

本文據文末自述，作於淳熙十二年。時陸游奉祠家居。

【箋注】

〔一〕曾大父某：即陸珪，官至國子博士，卒贈太尉。參見卷三二右朝散大夫陸公墓誌銘。

〔二〕桑莊：字公肅，高郵人。陳耆卿赤城志卷三四遺逸：「桑莊，高郵人，字公肅。官至知柳州。

紹興初寓天台。曾文清公幾誌其墓。有茹芝廣覽三百卷藏於家。子世昌。自號莫庵。有文集三十卷。事見尤尚書袤、楊閣學萬里、陸待制游、樓參政鑰、葉侍郎適序跋。」

〔三〕端靖淑柔：端莊恬静，賢淑温柔。

〔四〕絲枲：生絲和麻。書禹貢：「岱畎絲枲，鈆松怪石。」孔穎達疏：「枲，麻也。」

〔五〕法曹：掌司法的官吏。此指明州司法參軍，即陸孺人之父。

〔六〕擊鮮：宰殺活的牲畜禽魚。漢書陸賈傳：「數擊鮮，毋久溷女爲也！」顔師古注：「鮮謂新殺之肉也。」

〔七〕桑門：沙門的異譯，即僧人。後漢書楚王英傳：「其還贖，以助伊蒲塞桑門之盛饌。」李賢注：「桑門，即沙門。」

〔八〕宿契：即宿緣。

〔九〕應真閣：在石橋庵内。陳耆卿赤城志卷二八：「石橋庵，在縣北五十里，建中靖國元年建，後燬於火，紹熙四年復新之。中有妙音、曇華二亭，應真閣。舊有先照亭，今廢。」茶供：指以茶供佛的儀式。唐代開始，寺院形成以茶供佛的禪規，如雲仙雜記卷六載：「覺林院志崇收茶三等。待客以驚雷莢，自奉以萱草帶，供佛以紫茸香。蓋最上以供佛，而最下以自奉也。客赴茶者，皆以油囊盛餘瀝以歸。」尊者：羅漢之尊稱。

〔一〇〕西安：縣名。唐咸通中改信安爲西安，因西溪（衢江）得名，隸衢州。南宋屬兩浙東路。在今浙江衢州。

〔一一〕字子：生子，生産。

〔一二〕乳醫：古代稱産科醫生。漢書霍光傳：「顯愛小女成君，欲貴之，私使乳醫淳于衍行毒藥殺許后。」顔師古注：「乳醫，視産乳之疾者。」

〔一三〕定省：子女早晚向父母問安。禮記曲禮上：「凡爲人子之禮，冬温而夏清，昏定而晨省。」鄭玄注：「定，安其牀衽也；省，問其安否何如。」

〔一四〕信宿：指連宿兩夜。詩豳風九罭：「公歸不復，於女信宿。」毛傳：「再宿曰信。宿，猶處也。」

〔一五〕閨門之教：指婦德教育。　徼福：祈福，求福。左傳成公十三年：「君亦悔禍之延，而欲徼福于先君獻穆。」

〔一六〕中饋：家中供膳諸事。易家人：「無攸遂，在中饋。」孔穎達疏：「婦人之道……其所職，主在於家中饋食供祭而已。」

〔一七〕同爨：同灶炊食。指同住不分家。禮記檀弓上：「或曰：『同爨緦。』」孔穎達疏：「既同爨而食，合有緦麻之親。」

〔一八〕好修：喜歡修飾儀容。借指重視道德修養。楚辭離騷：「民生各有所樂兮，余獨好修以爲常。」

〔一九〕甥：此指女婿。

〔二〇〕嫚鷘很驕：傲慢驕横。很，同「狠」。

〔二一〕蠹：蛀蝕。　壼則：婦女行爲的準則。陳子昂唐故袁州參軍妻清河張氏墓誌銘：「承禮訓於公庭，習威儀於壼則。」

〔二二〕閟：掩蔽。　幽宫：指墳墓。王維過秦皇墓：「古墓成蒼嶺，幽宫象紫臺。」

浙東安撫司參議陸公墓誌銘

紹興初，詔修元祐故事，命大臣近侍以十科舉士〔一〕。翰林學士承旨知制誥孫公近〔二〕，首舉右迪功郎陸静之文章典麗，可備著述科。方詔之下也，孫公一時辭宗，主盟翰墨，自三館諸儒與進士高第願得一言者，袂相屬也〔三〕。公年財二十餘，以門蔭入官〔四〕，初未爲人知，而孫公獨歎譽稱薦之。一旦出千百人右，於是中朝名勝士〔五〕，莫不知陸伯山，慕與之交。而公仲弟升之仲高〔六〕，亦以文章有名，號二陸。仲高遂登進士丙科〔七〕。公業春秋及賦，再試禮部，乃輒斥，因不復踐名場〔八〕，而一意欲以才略致通顯。然愈不偶以老，豈非命耶！公會稽山陰人。曾大父珪，國子博士，贈太尉〔九〕。大父佖，中大夫〔一〇〕。考長民，左朝請大夫、尚書右司員外郎〔一一〕。兩世皆贈金紫光禄大夫〔一二〕。公以父任補將仕郎，調信州上饒縣、台州天台縣主簿，皆不赴。監潭州南嶽廟，徙措置户部贍軍酒庫所幹辦公事，又不赴。徙江南東路轉運司、淮南西路轉運司幹辦公事，知台州寧海縣。部使者挾私憾，中公以法，鍛鍊累月，無所得，然猶坐微文衝替〔一三〕。起知臨安府臨安縣，主管台州崇道觀，通判隆興府、建康府。資當守郡，會得重聽疾〔一四〕，不能奉臨遣，乃爲浙東路安撫司參議官。官至朝散大夫，服三品。淳熙十四年六月癸酉卒，享年七十七。娶季氏，先公二十年卒，贈宜人。子二人：子墨，前台州寧海縣主簿；子埜，當以公納禄恩補官〔一五〕。女子二人：長適承議郎、新權知台州軍州事司馬佶，次適從政郎趙善价。孫男三人：立達、立言、立柔。孫女五人，長適鄉貢進士石正大，餘尚幼。子墨、子埜將以九月丙午葬公於會稽縣上皋尚書塢，以季宜人祔，實來請銘。公平生不大試於事，故可傳載者少。然在寧海，有嫗訴子不孝二十條，公遽呼嫗問之，懵不能置一辭。逮問爲書者，則嫗之女婿實爲之，案驗辭服，一邑驚以爲神〔一六〕。佐建康，會久旱，力請於府爲火備。已而火屢作，皆以有備不爲災，士民至今誦之。晚，既久不仕，日誦左氏傳、史記、前漢書，率盡兩卷，不以寒暑疾恙少廢。有疑義，客至輒講之。前五年，忽作治命百餘言〔一七〕，戒家人勿用浮屠法及厚葬〔一八〕。比終，無大疾，疾已亟，猶起坐堂上觀書如平生，徐闔書危坐，遂逝。於虖！亦奇矣。銘曰：

士患不材，材患莫知。既或之知，又弗克施。在昔所歎，天啬其壽。耄耋不試，將孰歸其咎？

【題解】

陸公，即陸静之，字伯山。陸游從祖兄。舉進士不第。以蔭入仕，歷江南東路轉運司、淮南西路轉運司幹辦公事、知台州寧海縣、臨安府臨安縣，隆興府、建康府通判等，官至浙東路安撫司參議官。陸静之卒於淳熙十四年，其子子墨、子埜請銘陸游。本文爲陸游爲陸静之所作的墓誌銘，主要記載其仕途坎坷及治郡有法、終身讀書的事迹。

本文據文中自述，作於淳熙十四年（一一八七）。當作於該年秋。時陸游在知嚴州任上。

【箋注】

〔一〕「紹興初」三句：宋史選舉志六：「（紹興）三年，復司馬光十科，時遣五使宣諭諸道，令訪廉潔清修可以師表吏民者。尋詔宣諭官所薦，并俟終更，令入對升擢，以勸能吏。復用舊制，侍從官受命三日，舉官一員自代，中書、門下省籍記姓名，每闕官，即以舉狀多者進擬。内外武臣，舉忠勇智略可自代者一人，如文臣法。」元祐故事，指元祐初恢復内外舉官法，宰相司馬光請朝廷設十科舉士，即：一、行義純固可爲師表科；二、節操方正可備獻納科；三、智勇過人可備將帥科；四、公正聰明可備監司科；五、經術精通可備講讀科；六、學問該博可備顧問科；七、文章典麗可備著述科；八、善聽獄訟盡公得實科；九、善治財賦公私俱便科；十、練習法令能斷請讞科。見宋史選舉志六。

〔二〕孫公近：即孫近，字叔諸，常州無錫（今屬江蘇）人。崇寧二年進士，五年復中宏詞科。高宗時累遷吏部侍郎、直學士院。從帝親征，書命悉委之。以翰林學士承旨參知政事，兼知樞密院。附秦檜主和，爲士論所輕。紹興十一年罷政，謫秘書監，責漳州居住，移贛州，卒。寶慶會稽志卷二有傳。

〔三〕辭宗：文壇宗師。　三館：唐代設弘文、集賢、史館三館，負責藏書、校書、修史等。宋代因之，三館合一，併入崇文館。　袂相屬：衣袖相連。比喻人多。

〔四〕門蔭：憑藉祖先功勳循例做官。晉書范弘之傳：「（謝）石階藉門蔭，屢登崇顯。」

〔五〕中朝：朝中，朝廷。三國志杜畿傳：「中朝苟乏人，兼才者勢不獨多。」

〔六〕升之：即陸升之，字仲高，陸靜之之弟。

〔七〕進士丙科：進士考試第三等。

〔八〕名場：指士子求取功名的科舉考場。劉復送黄曄明府岳州湘陰赴任：「擬占名場第一科，龍門十上困風波。」

〔九〕曾大父珪：即陸珪（一〇二二—一〇七六），字廉叔，陸軫次子。官至國子博士。贈太尉、正義大夫。事迹見蘇頌蘇魏公文集卷五九國子博士陸君墓誌銘。

〔一〇〕大父佖：即陸佖，陸珪長子。歷尉氏縣丞、楚州通判。官至中大夫。卒年八十六。贈金紫光禄大夫。

〔一一〕考長民：即陸長民，陸佖次子。政和五年進士。歷吏部郎官、知明州。官至左朝請大夫、尚書右司員外郎。卒贈金紫光禄大夫。

〔一二〕金紫光禄大夫：正三品文散官，相當於吏部尚書。

〔一三〕私憾：私人之間的怨恨。左傳宣公二年：「君子謂羊斟非人也，以其私憾，敗國殄民。」中：中傷。　鍛鍊：指羅織罪名，陷人於罪。後漢書韋彪傳：「鍛煉之吏，持心近薄。」李賢注：「言深文之吏，入人之罪，猶工冶陶鑄鍛煉，使之成孰也。」　微文：隱寓諷喻的文辭。班固典引：「司馬遷著書成一家之言，揚名後世，至以身陷刑之故，反微文刺譏，貶損當世，非誼士也。」　衡替：宋代公文用語。指貶降官職。司馬光涑水記聞卷九：「獄成，以贖論，猶衡替。」

〔一四〕重聽：聽覺遲鈍，耳聾。枚乘七發：「虛中重聽，惡聞人聲。」

〔一五〕納禄：歸還俸禄，辭官。國語魯語上：「若罪也，則請納禄與車服而違署。」韋昭注：「納，歸也；禄，田邑也。」

〔一六〕爲書者：指爲嫗書寫狀紙者。　案驗辭服：指查詢驗證後其婿服罪。
〔一七〕治命：與亂命相對，指人生前清醒時所立遺囑。泛指生前遺言。
〔一八〕浮屠法：指佛教的喪葬辦法。

山陰陸氏女女墓銘

淳熙丙午秋七月，予來牧新定〔一〕。八月丁酉，得一女，名閏娘，又更名定娘。予以其在諸兒中最稚，愛憐之，謂之「女女」而不名。姿狀瓌異凝重〔二〕，不妄啼笑，與常兒絶異。明年七月，生兩齒矣。得疾，以八月丙子卒，葬於城東北澄溪院〔三〕。九月壬寅，即葬北岡上。其始卒也，予痛甚，灑淚棺衾間，曰「以是送吾女」，聞者皆慟哭。女女所生母楊氏，蜀郡華陽人〔四〕。銘曰：

荒山窮谷，霜露方墜，被荆榛兮。於虖吾女，孤冢巋然，四無鄰兮。生未出房奥〔五〕，死棄於此，吾其不仁兮。

【題解】

陸氏女女，即陸游之妾楊氏所生女兒。生於淳熙十三年八月，卒於次年八月。陸游尤愛憐此女，夭折後悲痛下淚。本文爲陸游爲女兒所作的墓銘，記載其生卒過程，抒寫無限悲痛之情。

本文據文中自述，作於淳熙十四年（一一八七）。當作於該年九月。時陸游在知嚴州任上。

【箋注】

〔一〕淳熙丙午：即淳熙十三年（一一八六）。牧新定：即知嚴州。

〔二〕姿狀瓌異：形貌特異。魏書世祖紀上：「（世祖）體貌瓌異，太祖奇而悦之。」

〔三〕菆：特指將木材堆放於靈柩四周。引申爲停放靈柩。

〔四〕楊氏：陸游在成都時所納之妾，蜀郡華陽（今四川成都）人。生子布、子遹和定娘。參見鄒志方陸游研究第七章楊氏發隱。

〔五〕房奥：房屋之深處。

傅正議墓誌銘

公諱某，字凝遠，其先爲北地清河著姓〔一〕，後徙光州，爲固始人。唐廣明之亂〔二〕，光人相保聚〔三〕，南徙閩中，今多爲大家。而傅氏之祖曰府君，實與其夫人林氏，始居泉州晉江縣〔四〕。生五子。長子卒，謀葬，有異人告以葬聖姑山之右，而徙其居仙遊羅山之麓〔五〕。林夫人有高識，悉用其言。宋興，仙遊隸興化軍，而傅氏巨公顯人始繼出矣。若夫德修於家，教行於鄉，而身不及用者，亦在其子孫，如公是也。公之大父程，父嵩，以累舉進士推恩，閉門教子，不肯仕，累贈奉直大夫。公，奉直第二子，幼有美質，讀書日數千言，學爲文，輒驚其長老。崇寧中，甫年十八，入太學，聲名籍甚，試中高等。然猶幾二十年，乃以上舍登第，調滄州無棣縣主簿〔六〕。會女真陷全燕〔七〕，乘虚南下，兩河皆震〔八〕，吏士相顧無人色，或委官去。郡檄公餉軍〔九〕，公南方書生，平生不習金鼓，初咸意公難之。而公得檄即行，不暇秣馬，冒兵往來。軍賴以無乏。虜出塞，會公亦遭奉直憂，始南歸。終喪，得南劍州順昌縣尉〔一〇〕。時所在盜起，縣民亦相挻爲亂〔一一〕，公素得士心，徐設方略，窮其窟穴，未幾悉平。部使者欲言之朝，公辭而出。弓手有謀叛者〔一二〕，語其徒曰：「奈累傅公何！」比公罷去，盜遂作，殺掠暴甚，邑人以不留公爲悔。

【題解】

傅正議，即傅佇（一〇八三—一一五一），字凝遠，興化軍仙遊（今屬福建）人。以太學上舍登第。歷無棣主簿、順昌縣尉、安溪縣丞、南安縣丞、知晉江縣、茶事司幹辦公事，除通判南劍州，未到任而卒。官至左朝奉大夫，累贈正議大夫。其子傅淇使浙東，陸游與之遊。傅淇爲父請銘。本文爲陸游爲傅佇所作的墓誌銘，主要記載其臨危不懼、治事有方、廉政愛民的事迹。

本文據文末自述，約作於淳熙十四年（一一八七）。時陸游在知嚴州任上。

【箋注】

〔一〕清河：縣名。漢高帝始置郡，後改縣。在今河北邢臺。

〔二〕廣明之亂：指唐僖宗廣明元年（八八〇），黄巢攻陷長安稱帝，國號大齊。唐僖宗倉皇奔蜀。

〔三〕保聚：聚衆守衛。左傳僖公二十六年：「及君即位，諸侯之望曰：『其率桓之功。』我敝邑用不敢保聚。」杜預注：「用此舊盟，故不聚衆保守。」

〔四〕晉江：縣名。宋代隸福建路泉州，今屬福建泉州。

〔五〕仙遊：縣名。宋代隸福建路興化軍，今屬福建莆田。

〔六〕無棣：縣名。宋代隸河北路滄州，今屬山東濱州。

〔七〕燕：春秋諸侯國，其地包括今遼寧南部和河北北部。

〔八〕兩河：宋代稱河北路、河東路爲兩河，約今河北、山西地區。

〔九〕檄：行文調動。　餉軍：給軍隊發糧餉。

〔一〇〕順昌：縣名。宋代隸福建路南劍州，今屬福建南平。

〔一一〕挻：延及，引發。

〔一二〕弓手：又稱弓箭手。宋代一種吏役。宋初多差富户充當，爲縣尉所屬武裝，負責巡邏、緝捕等。神宗後由差役改爲雇役，實際已成募兵。

調泉州安溪縣丞〔一〕，改宣教郎，猶安其官，不求徙。有自吏部擬注來代者〔二〕，始徙南安縣丞〔三〕。其恬於仕進如此。南安大饑，民棄子者相屬，公請於州，出常平錢米，設安養院於延福僧舍，乳湩糜粥湯液，皆不失其宜〔四〕。明年，歲豐，悉訪其所親歸之。曩時，縣之貧民鬻業者〔五〕，輒減其户産，以求速售。或業盡而賦獨存〔六〕，官責之急，至死徙相踵。公既得其弊，一切以肥磽定賦，民之寃失職者皆得直，治最一路〔七〕。遷知晉江縣。會詔造戰艦，他郡縣吏多並緣煩擾〔八〕，事亦不時集。公獨不以諉吏，躬督其役，勞費視他邑省殆半，而事獨先期辦。安撫使張忠獻公聞於朝，特減磨勘年，遂爲茶事司幹辦公事〔九〕。公於是行能已爲時所知〔一〇〕。秩滿，造行在所，顧不數見公卿。赴銓〔一一〕，得通判南劍州而歸。將之官，以紹興二十一年六月十一日感疾不起，享年六十有八。積寄禄官至左朝奉大夫〔一二〕，累贈正議大夫。

【箋注】

〔一〕安溪：縣名。宋代隸福建路泉州，今屬福建泉州。

〔二〕擬注：宋代官制。應試入選者由吏部注名於册，經考詢後擬定授官，稱爲擬注。范仲淹奏乞差新轉京官人充沿邊知縣事：「自來除合差京朝官外，其餘并從銓司擬注，别無選擇之法。」

〔三〕南安：縣名。宋代隸福建路泉州，今屬福建泉州。

〔四〕常平錢：官府預儲供借貸的錢。　安養院：救濟災民的機構。　乳湩糜粥湯液：乳汁、米粥、中藥湯劑。均爲救濟所用。

〔五〕鬻業：出賣家業。

〔六〕業盡而賦獨存：家業賣完但田賦仍在。

〔七〕肥磽：土地肥沃或瘠薄。孟子告子上：「雖有不同，則地有肥磽，雨露之養，人事之不齊也。」　失職：失去常業。周禮地官大司徒：「十曰以世事教能，則民不失職。」孫詒讓正義：「職謂四民之常職。」

〔八〕並緣：互相依附勾結。漢書薛宣傳：「三輔賦斂無度，酷吏並緣爲奸。」　煩擾：攪擾，干擾。

〔九〕張忠獻公：即張浚，字德遠，卒謚忠獻。參見卷七賀張都督啓題解。　磨勘：古代政府通過勘察官員政績，任命和使用官員的一種考核方式。選人須經過三任六考的磨勘，層層遞升。每任的期限爲三年。　茶事司：即提舉茶事司，宋代各路管理茶事的機構。

〔一〇〕行能：品行和才能。六韜王翼：「論行能，明賞罰。」

〔一一〕赴銓：指前往吏部聽候銓選。

〔一二〕寄禄官：宋代用以表示品級、俸禄的一種官稱，與職事官相對應。宋初，官名與職掌分離，元豐改制後二者合一，原寄祿官成爲名副其實的職事官，另取前代散官舊名，製定階官，成爲新寄祿官。文臣階官共三十七階，武臣階官共五十三階。

公亡恙時，自發書卜葬於白石之南，雖月日莫不有治命〔一〕。至殁，悉遵用焉。娶林氏，正議大夫豫之女〔二〕，封宜人，今累封太淑人。六子：淶，奉議郎、知漳州漳浦縣；汶，朝散郎、江南西路提舉常平茶鹽公事；淇，朝散大夫直龍圖閣、兩浙西路提點刑獄公事；泃、淩、湑，舉進士。奉議莅官有家法，不幸與泃、淩皆早世。常平以材望擢使一道，而龍圖嘗位列卿，實中朝宿德，皆且柄用矣，士大夫以爲公積行累功之報〔三〕。四女：長適進士林維，次適龍溪縣尉陳希錫，次適進士林若思，次適進士林若公。

【箋注】

〔一〕發書：特指打開卦書。卜葬：占卜選擇吉祥之葬日和葬地。禮記雜記下：「卜葬其兄弟曰『伯子某』。」孔穎達疏：「謂卜葬擇日而卜人祝龜所稱主人之辭也。」治命：指遺囑，遺言。

〔二〕豫：即林豫，字順之，興化軍仙遊人。熙寧九年進士。歷知保德、廣信、邵武軍及邢、邵、鄜、冀州凡七任，所至有惠政。後坐蘇軾薦，入元祐黨籍。事迹見莆陽比事卷二、卷三。

〔三〕淇：即傅淇，字元瞻，興化軍仙遊人。紹興三十年進士。授潮陽縣尉，改知平陽縣。擢監察御史，除太府少卿。歷宗正少卿、浙西提點刑獄，官終直龍圖閣、知温州。莆陽文獻傳卷十有傳。　莅官：居官。　材望：才能聲望。　宿德：年老有德者。　柄用：指被信任而掌權。

初，龍圖使浙東，實治會稽〔一〕，而某爲郡人，始從龍圖游，獲觀公文章，豪邁絶人，而其詩尤工。龍圖又爲某言，公當官至廉，爲縣時，有小吏持官燭入中閾〔二〕，公顧見，立遣出。仕官三十年，先疇無一壟之增〔三〕。老猶力學不厭，行其所知，未嘗以窮達累心。飢者輟食濟之，病者治藥療之。所居之傍，有路達泉州，而林谷阻險者四十餘里，行旅告病。公率親黨，塹山伐石，易爲夷途，人至今誦焉。疾革，猶戒諸子曰：「吾平生無愧俯仰，殁後，汝曹居官主清，治家主嚴，奉先主敬，收族主恩，造次顛沛〔四〕，必主忠信。能用吾言，雖貧賤猶爲有德君子。不然，獵取光顯，奚爲哉！」語終遂瞑。方龍圖言此時，固已屬某以發揚潛德〔五〕。會徙節浙西，後逾年，乃以狀來請銘〔六〕。銘曰：

築野肖夢相武丁，死不泯亡騎列星〔七〕。後世繼起三千齡，峩冠相望立漢廷。公入太學奮由經，蹭蹬晚乃駕箳篁〔八〕。抱才不試歸泉扃，二妙山立尚典刑〔九〕。公雖埋玉有餘馨〔一〇〕，印綬三品告諸冥。馬鬣之封柏青青〔一一〕，咨爾雲來視斯銘。

【箋注】

〔一〕「初」三句：指傅淇任浙東提點刑獄公事，治所在會稽。

〔二〕官燭：公家供給用於辦公的蠟燭。中闥：中門。

〔三〕先疇：現任所遺的田地。文選班固西都賦：「士食舊德之名氏，農服先疇之畎畝。」吕延濟注：「先疇，先人畎畝。」

〔四〕造次顛沛：流離困頓。語出論語里仁：「君子無終食之間違仁，造次必於是，顛沛必於是。」

〔五〕「方龍圖」二句：指當初傅淇介紹父親事迹之時，已委托陸游將其發揚光大。潛德，指不爲人知的美德。

〔六〕「會徙節」三句：徙節浙西：范成大吴郡志卷七：「傅淇，以朝請大夫浙東提刑除，淳熙九年十月十六日到任，十一年六月除直龍圖閣，十月十六日再任，十二年三月二十六日改知寧國府。」則傅淇出任浙西提刑在淳熙九年至十二年，其介紹父親時在除直龍圖閣而尚在浙西提刑任上，即淳熙十二年。逾年，一年以後。狀，指行狀，詳細記録死者世系、籍貫和生平的文章，一般由家族請人撰寫。

〔七〕「築野」二句：用商代武丁賢臣傅説之典比喻傅佇。孟子告子下：「傅説舉於版築之間。」史記殷本紀：「武丁夜夢得聖人，名曰説。」莊子大宗師：「傅説得之，以相武丁，奄有天下，乘東維，騎箕尾，而比於列星。」相傳傅説死後升天化爲星辰，在箕宿、尾宿之間。

〔八〕篳篁：以竹席遮塵的車幡。古代别駕之車皆有篳篁，故用爲别駕車名。此指傅佇赴銓，得通判南劍州，駕别駕之車。

〔九〕泉扃：墓門，地府。山立：像高山一樣屹立不動。

〔一〇〕埋玉：指埋葬才華。梁書陸雲公傳引張纘書：「不謂華齡，方春掩質，埋玉之恨，撫事多情。」

〔一一〕馬鬣之封：墳墓封土如馬頸長毛的形狀。禮記檀弓上：「馬鬣封之謂也。」孔穎達疏：「馬鬣鬣之上，其肉薄，封形似之。」

渭南文集箋校卷第三十四

墓誌銘

【釋體】

本卷文體同卷三二，收録墓誌銘五首。

尚書王公墓誌銘

寶謨閣直學士、正議大夫致仕、贈銀青光禄大夫王公既葬之二年，孫宿來請於公之里人陸某，願次公出處〔一〕，請謚於有司。某辭不獲，既以狀授其家〔二〕，宿復來，泣且言曰：「古之葬以碑封，因識於碑，則碑固在墓外。後世隧葬〔三〕，識於隧中，非古也。吴、會稽之葬弗隧，則雖已葬，刻石墓旁，實爲近古。惟丈人予之銘〔四〕。」某辭以既嘗狀公之行，願更求名卿巨人以信後世。宿復泣言：「近世固有既爲狀，而復爲之碑者，丈人何獨謂謙？」某用是不果固辭。

【題解】

尚書王公，即王佐（一一二六—一一九一），字宣子，號敬齋，山陰（今浙江紹興）人。紹興十八年狀元。任秘書省校書郎、吏部員外郎，歷知永州、吉州、平江、隆興、潭州、揚州、臨安等州府，進工部侍郎、權工部尚書、權户部尚書，兼侍講、侍讀。後奉祠，紹熙二年卒。其孫王宿求狀於陸游，陸游爲撰行狀；王宿復來求銘。本文爲陸游爲王佐所作的墓誌銘，主要記述其不屈權貴、善治州府、力剿陳峒、勉力尹京的事迹。

本文據文首自述，作於紹熙四年（一一九三）。時陸游奉祠家居。

【箋注】

〔一〕次公出處：按順序記録其生平。

〔二〕狀：行狀，亦稱行述，記述死者生平事迹的文體。陸游所撰行狀已不存。

〔三〕隧葬：指挖墓道而葬。古代爲天子葬禮。禮記喪大記鄭玄曰：「禮，唯天子葬有隧。」

〔四〕丈人：指稱陸游。

惟公諱佐，字宣子，會稽山陰人。曾大父諱仁，大父諱忠，世有隱德〔一〕。考諱俊彦，以進士起家，經行尊顯〔二〕，爲時醇儒，仕至左宣義郎、太平州州學教授，贈至特進。兩娶同郡葉氏，追贈同安、永寧郡夫人〔三〕。同安實生公，幼而穎異不群，七歲，特進爲講孟子，即能復講，不遺一言，退無矜色〔四〕。特進歎曰：「吾家積善百年，當有興者，是子其當之乎？」十八補太學生。二十有一以南省高選奉廷對爲第一〔五〕。方唱名時，趨拜進止，詳華中度〔六〕。高宗皇帝喜動玉色，授承事郎、簽書平江軍節度判官廳公事。未赴，召爲秘書省校書郎。

【箋注】

〔一〕隱德：指施德於人而不爲所知。晉書王湛傳：「初有隱德，人莫能知，兄弟宗族皆以爲癡，其父昶獨異焉。」

〔二〕經行：經術和品行。漢書師丹傳：「丹經行無比，自近世大臣能若丹者少。」

〔三〕郡夫人：古代命婦封號。唐宋三品以上文武官員之母或妻封郡夫人。

〔四〕矜色：驕傲的神情。韓愈論薦侯喜狀：「辭氣激揚，面有矜色。」

〔五〕南省：指禮部，主持科舉考試。廷對：宋代科舉禮部省試後還要舉行殿試（廷試）試對策，皇帝親自主持。廷對第一即狀元。

〔六〕「方唱名」三句：唱名，指殿試後皇帝呼名召見登第進士。趨拜：趨走拜謁，指上前行禮。詳華：端莊安詳而有風采。張説鄎國長公主神道碑：「每至三元上賀，五日中參，進對詳華，折旋舒婉。」

時秦丞相檜專政，其子熺以前執政提舉秘書省〔一〕，館中或趨附以爲捷徑。公獨簡默嚴重〔二〕，未嘗妄交一語，嘗語同舍曰：「唐三館故事，丞相與赤縣尉均爲學士〔三〕，安得妄自屈哉！」熺聞不能平，嗾言者論去之〔四〕。逾年，請祠禄〔五〕，爲主管台州崇道觀。丁特進憂，服除，會秦丞相死，熺亦斥逐，起家拜秘書郎，兼玉牒所檢討官。遷尚書吏部員外郎，右司郎闕〔六〕，以公兼領。秦丞相夫人王氏，陳乞舊所得恩數之未用者，自稱冲真先生〔七〕。公持白執政曰：「婦人安得此名？向者誤恩，有司不能執，爲失職，今當追正。然王氏封兩國夫人，蓋祖宗以寵親王之配及外家尊屬者，何可輒引以階僭紊〔八〕，當併奪之。」執政不能聽，但寢其請而已〔九〕。後王氏死，卒奪先生號，識者猶恨不盡用公初議。

【箋注】

〔一〕熺：即秦熺，字伯陽，秦檜子。紹興十二年進士。除秘書郎。十三年擢禮部侍郎，兼直學士院，提舉秘書省，除翰林學士。十八年遷知樞密院事。二十五年秦檜卒後致仕。前執政：指其前任禮部侍郎。執政，主管某一方面事務，猶執事。提舉：宋代差遣名目之一，猶掌管。

〔二〕簡默嚴重：簡静沉默，嚴肅穩重。

〔三〕赤縣：京都所治縣稱赤縣。杜佑通典：「大唐縣有赤、畿、望、緊、上、中、下七等之差。京都所治爲赤縣，京之旁邑爲畿縣，其餘則以户口多少、資地美惡爲差。」

〔四〕嗾：教唆，指使。

〔五〕祠禄：宋代大臣罷職後管理道教宫觀，借名食俸，稱爲祠禄。

〔六〕右司：宋代尚書省分左右兩司分管事務，左司管吏、户、禮三部等，右司管兵、刑、工三部等。右司郎：即右司員外郎。

〔七〕「秦丞相夫人」三句：建炎以來繫年要録卷一六九：「（紹興二十五年十月）甲辰，秦檜妻韓魏國夫人王氏乞改賜一道號，詔特封沖真先生。」恩數：指朝廷賜予的封號等級。

〔八〕階：招致。僭紊：超越禮制，錯亂失序。洪邁容齋隨筆蔡君謨帖語：「相呼不以字，而云某丈，僭紊官稱，無復差等。」

〔九〕寖：擱置，停止。

同安夫人墓在山陰，爲盗所發，公即日不待命，奔赴至墓。一日獲盗，公與母弟左司公公衮欲手殺之〔一〕，親戚爲言，此在法固當死，不患讎耻不雪，乃告於有司。公既斂葬，猶不忍去墓所。朝旨趣還，不得已，造朝。逾月獄成，盗不死，左司公憤切，手戮盗，挈其首詣郡，自繫待罪。公乃乞盡納官以贖弟罪，詔給舍議〔二〕。給事中楊公椿等共議曰：「春秋之義，義復讎。公衮無罪。佐納官之請，可勿許。」詔曰：「給舍議是。」〔三〕於是趣公就職如初。

【箋注】

〔一〕左司公公衮：即王佐之同母弟，任職左司。母弟，同母之弟。書牧誓「昏棄厥遺王父母弟不迪」，孔傳：「母弟，同母弟。」孔穎達疏：「春秋之例，母弟稱弟，凡春秋稱弟皆母弟也。母弟謂同母之弟。」

〔二〕納官：指捐納官職爲親屬贖罪。給舍：給事中和中書舍人的並稱。朱弁曲洧舊聞卷六：「近來給舍封駁太多，而晁舍人特甚。」

〔三〕此事周密齊東野語卷九王公衮復仇條載：「王宣子尚書母葬山陰獅子塢，爲盗所發。時宣子爲吏部員外郎，其弟公衮待次烏江尉，居鄉物色得之，乃本村無賴嵇泗德者所爲。遂聞於官，具服其罪，止從徒斷，黥隸他州。公衮不勝悲憤。時猶拘留鈐轄司，公衮遂誘守卒飲之以酒，皆大醉，因手斷賊首，朝復提之自歸有司。宣子亟以狀白堂，納官以贖弟罪。事下給舍議，時楊椿元老爲給事，張孝祥安國兼舍人，書議狀曰：『復仇，義也。夫仇可復，則天下之人，將交仇而不止，於是聖人爲法以制之。當誅也，吾爲爾誅之；當刑也，吾爲爾刑之。以爾之仇，麗吾之法。於是凡爲人子而仇於父母者不敢復，而惟法之聽。何也？法行則復仇之義在焉故也。今夫佐、公衮之母既葬而暴其骨，是僇尸也。父母之仇，孰大於是？佐、公衮得賊而輒殺之，義也，而莫之敢也，以爲有法焉。律曰：「發冢開棺者，絞。」二子之母，遺骸散逸於故藏之外，則賊之死無疑矣。賊誠死，則二子之仇亦報，此佐、公衮所以不敢殺之於其始獲，而必歸之吏也。獄成而吏出之，使賊陽陽出入閭巷與齊民齒。夫父母之仇，不共戴天者也。二子之始不敢殺也，蓋不敢以私義故亂法。今獄已成矣，法不當死，二子殺之，罪也；法當死，而吏廢法，則地下之辱，沈痛鬱結，終莫之伸，爲之子者，尚安得自比於人也哉！佐有官守，則公衮之殺是賊，協於義而宜於法者也。春秋之義，復仇。公衮起儒生，尫羸如不勝衣。當殺賊時，奴隸皆驚走，賊以死捍，公衮得不死，適耳。且此賊掘冢至十數，嘗敗而不死，今又敗焉，而又不死，則其爲惡，必侈於前。公衮之殺之也，豈特直王氏之冤而已哉！椿等謂公衮復仇之義可嘉，公衮殺掘冢法應死之人爲無罪，納官贖弟佐之請當不許，故縱失刑有司之罰宜如律。』詔：『給舍議是。』其後，公衮於乾道間爲敕令所删定官。一日，登對。孝宗顧問左右曰：『是非手斬發冢盗者乎？』意頗喜之。未幾，除左司。公衮爲人矱甚。王龜齡嘗贈詩有云『貌若尫羸中甚武』者，蓋紀實也。」

紹興二十九年二月，拜起居郎〔一〕，遇事直前獻納〔二〕，多所裨益。未兩月，以臺評罷〔三〕。然言者詆公甚峻，至請投竄，而上終保全之，命守外郡。遂知永州。公自初仕，即在館閣，未嘗一日歷州縣。到郡，每決事，吏皆抱牘立數步外，不呼不敢輒進。公親與民語，有冤者得盡其言。誕謾者一再詰〔四〕，皆詞窮折服，自謂當受罰。公乃延見諸生，勞問耆年〔五〕，凡可美民俗、勵士節者，舉之無遺。又言，永之士衆於道州，而解名財及道四之一〔六〕，願詔有司稍均之，庶無失士。徙知吉州。廬陵號江西劇郡〔七〕，人疑公且困於事，不得復閒暇。公至，爲政如零陵時，不知有閒劇之異〔八〕，而事亦頓省。治聲聞於行在，詔直寶文閣。

【箋注】

〔一〕起居郎：官名。宋代隸門下省，與中書省起居舍人共同擔任記録皇帝言行之職。

〔二〕獻納：指獻忠言以供採納。班固兩都賦序：「故言語侍從之臣，若司馬相如……之屬，朝夕論思，日月獻納。」

〔三〕臺評：指御史臺的彈劾。

〔四〕誕謾：放誕傲慢。淮南子脩務訓：「彼并身而立節，我誕謾而悠忽。」高誘注：「誕謾，倨傲。」

〔五〕勞問：慰問。耆年：老年人。王融三月三日曲水詩序：「耆年闕市井之遊，稚齒豐車馬之好。」

〔六〕解名：解額。指各地解送科舉省試的名額。財，通「才」。

〔七〕劇郡：指州務繁劇的大郡。

〔八〕閒劇：空閒和繁忙。隋書后妃傳序：「女使流外，量局閒劇，多者十人已下，無定員數。」

逾年，徙知明州，仍命入奏。而張丞相浚力薦公及王侍郎十朋、張舍人孝祥，以爲可大用。既對，壽皇聖帝諭以且有親擢〔一〕，既退，除中書門下省檢正諸房公事〔二〕，兼權户部侍郎。公力辭，且言：「臣昨面奏，乃者户部以江東歲歉，有江西和糴之令〔三〕。臣在江西，實見一路決不能獨出百五十萬石，而關子、茶藥、乳香之屬〔四〕，既不能售，必至抑配〔五〕，其爲民病，且甚於江東之饑。今臣若不自揆，貪榮冒受〔六〕，而實未有以爲策，他日固不敢逃譴，然民力國計，將何以支？願復補外，或止供檢正職事。」詔不允，仍兼侍講。湯丞相思退以首相領江淮都督〔七〕，請公參其軍謀，公爲湯公言：「虜方議和，而以兵入吾境，此非其酋本指，蓋用事者幸一勝以遂所求〔八〕。當選驍將精卒，乘其驕惰，急擊之。彼以敗聞，則用事者且得罪，吾可從容制之矣。」會湯公去位，公亦罷參謀。方是時，疆埸未靖，調兵遣戍，用度日窘，且諸路歲頗不登〔九〕。公從容應變，室漏察欺，事無不集〔一〇〕，而民間泰然如無事時。

【箋注】

〔一〕壽皇聖帝：即宋高宗退位後之尊稱。

〔二〕檢正諸房公事：中書門下屬吏。原分孔目房、吏房、户房、兵禮房、刑房分別處理文書事務。建炎三年置檢正諸房公事二人，次年廢。紹興二年復置檢正官一員。

〔三〕和糴：指官府以議價交易的名義向民間强制徵購糧食。

〔四〕關子：南宋時發行的一種紙幣。　茶藥：茶葉藥材。　乳香：熏香原料，亦可作藥用。

〔五〕抑配：强行攤派。陸贄貞元九年南郊大赦天下制：「已後官司應有市糴者，各須先付價直，不得賒取抑配。」

〔六〕自揆：自我測度。　貪榮冒受：貪圖榮華，不應受而受職。

〔七〕湯丞相思退：即湯思退，字進之。參見卷六賀湯丞相啓題解。湯思退以首相領江淮都督在隆興二年，不久即罷相。

〔八〕用事者：指敵軍主持領兵者。與敵酋相對。
〔九〕歲頗不登：指年成不好。
〔一〇〕集：成功。

會永寧夫人卧疾，懇求奉祠，改權吏部侍郎，請不已，乃復以直寶文閣知宣州，徙知建康府行宫留守〔一〕。建康自車駕行幸，建爲别都，居守多執政及侍從久次者，惟公以威望被親擢，中外皆知上任屬之意〔二〕。妖人朱端明、崔先生挾左道，與軍中不逞輩謀不軌且久〔三〕。及公至，相與謀曰：「是不可欺。少緩必敗，不如先事發。」乃共約以春大閱日起事〔四〕，雖極詭秘，而公已盡得其陰謀。一日，坐帳中決事，命捕爲首者至前，略詰數語，即責短狀〔五〕，判斬之，而流其徒數人於嶺外，餘置不問。僚屬方候見於客次〔六〕，無一人知者，見公擲筆，乃異之，而妖人已誅矣。公方閲案牘，治他事如平時。良久，延見賓僚乃退，無一豪異於常日〔七〕。

【箋注】
〔一〕行宫：京城以外供帝王出行時居住的宫室。建康置行宫留守，始於紹興四年。
〔二〕車駕行幸：指建炎三年五月，宋高宗復位後，曾入駐建康數月。别都：即陪都，首都之外另設的都城。久次：指久居官次。任屬：信用托付。史記淮陰侯列傳：「項王喑噁叱咤，千人皆廢，然不能任屬賢將，此特匹夫之勇耳。」

〔三〕妖人：有妖術之人。左道：邪門旁道。多指非正統的巫蠱、方術等。禮記王制：「執左道以亂政，殺。」鄭玄注：「左道，若巫蠱及俗禁。」孔穎達疏：「盧云左道謂邪道。地道尊右，右爲貴……故正道爲右，不正道爲左。」不逞輩：指犯法爲非之徒。

〔四〕大閱日：大規模檢閱軍隊的日子。古代閱兵一般在春秋二季。

〔五〕責短狀：責令寫下供狀。

〔六〕客次：接待賓客的處所。資治通鑑後漢隱帝乾祐二年：「守恩猶坐客次。」胡三省注：「客次猶今言客位也。坐於客次以俟見。」

〔七〕豪：通「毫」。

又徙知平江、隆興二府。未赴，會知上元縣李允升坐賄，前事未作，已丐尋醫去，而讒者謂公縱有罪，坐削官，居建昌軍〔一〕。讒者去，上察守臣連坐，未有公比〔二〕，且數思其才，復官，主管台州崇道觀。俄起知饒州，又復直寶文閣，知揚州。入對，勞問甚渥，留爲宗正少卿，兼權户部侍郎。上祀南郊，命公玉輅執綏〔三〕，凡所顧問，占對贍敏〔四〕，上甚悦，有褒嘉語。於是疾公者益衆。史侍郎正志爲發運使，坐奏課不實謫，有欲爲史分謗者，乃併罷公〔五〕。而發運司事，公始末未嘗與，且嘗論其徒擾無補，至是乃併得罪。逾年，主管台州崇道觀，起爲福建路轉運判官，徙知潭州，連進祕閣修撰、集英殿修撰〔六〕。

【箋注】

〔一〕上元：縣名，南宋與江寧同隸建康府。　坐賄：因行賄犯罪。　丐：乞求。　建昌軍：北宋始置，軍治在南城（今江西南城）。

〔二〕「上察」二句：連坐，因親戚下屬犯法連帶受處罰。未有公比，未有能與公相比。

〔三〕祀南郊：古代天子在京城南郊築圜丘以祭天。　玉輅：帝王所乘之車，以玉爲飾。　執綏：陪帝王乘車的侍臣。孟元老東京夢華録：「輅上御座，惟近侍二人，一從官傍立，謂之執綏，以備顧問。」

〔四〕占對：對，對答。　贍敏：詞語豐富，文思敏捷。

〔五〕史侍郎正志，即史正志（一一一九—一一七九），字志道，丹陽人。紹興二十一年進士。除樞密院編修，隨高宗視師鎮江、建康。進恢復要覽五篇。出爲江西、福建、江東運判，擢吏部、刑部、兵部侍郎，歷知建康、寧國二府及贛、廬二州。淳熙初歸老姑蘇。著有建康志、菊譜。

嘉定鎮江志卷十八有傳。發運使，官名，掌管漕運，兼茶鹽錢政等。奏課：將計簿、户籍等按時報送朝廷。資治通鑑陳宣帝太建十三年：「岐俗質厚，彦光以静鎮之，奏課連爲天下最。」胡三省注：「奏課，奏計賬及輸籍也。」分謗：分擔誹謗。

〔六〕祕閣修撰：宋代貼職之一。以他官兼領諸閣學士等職名及三館職名，有諸殿學士、諸閣學士、修撰、直閣、直祕閣等諸多名目。集英殿修撰同。

淳熙六年正月，彬州宜章縣民陳峒竊發〔一〕，俄破道州之江華，桂陽軍之藍山、臨武，連州之陽山縣，旬日，有衆數千。郴、道、連、永、桂陽軍皆警，公奏乞荆鄂精兵三千，未報。公度不可待，而見將校無可用者，流人馮湛適在州〔二〕，公召與語曰：「君能有功，不特雪前罪，且遂爲朝廷用，北鄉恢復，自此始矣。」湛請行，公曰：「請行易耳，今當不俟奏報，以兵相付。既受此命，即以群盗授首爲期，一有弗任，軍法非某敢貸也〔三〕。」遂檄湛帶元管權湖南路兵馬鈐轄，統制軍馬，即日令湛自選潭州厢禁軍及忠義寨〔四〕，凡八百人，即教場誓師遣行。仍命凡兵之分屯諸州縣者，皆聽湛調發，違慢皆立誅。又出軍令牌付湛，軍士所過，秋毫擾民，及臨敵不用命，或既勝而攘賊金帛，使得竄逸者，皆必行軍法。上奏以擅遣湛待罪〔五〕，且請亟發荆鄂軍。

【箋注】

〔一〕陳峒：南宋宜章太平鄉人，農民義軍領袖。淳熙六年（一一七九）正月聚衆起義，旬日内衆至數千，佔領湖南江華、藍山、臨武及廣東陽山等地。王佐起用馮湛領兵圍剿，五月一日，陳峒兵敗被殺。竊發：暗中發動。

〔二〕流人：被流放之人。馮湛（一一二四—一一九五）字瑩中，泰州成紀人。祖上均爲武將。南宋初從劉錡軍征戰，紹興末帥水軍轉戰海州一帶。乾道六年任御前水軍諸軍統制。後遭誣陷罷職謫居潭州，王佐用其爲兵馬鈐轄，剿滅陳峒起義。官至荆鄂副都統制。慶元元年卒。生平詳見袁燮絜齋集卷十五武功大夫閤門宣贊舍人鄂州江陵府駐劄御前諸軍副都統制馮公行狀。

〔三〕貸：寬恕，饒恕。

〔四〕厢禁軍：宋代諸州募兵，壯勇者送京師充禁軍，其餘留駐充勞役，稱厢軍，後部分訓練以備戰守。厢禁軍爲厢軍、禁軍的混合稱呼。忠義寨：南宋民間抗金軍事團體。

〔五〕擅遣湛：指擅自任命馮湛的職務。待罪：等候處罰。

又私念湛有善戰名，賊必遁入廣南。思得勁兵遏其衝，而廣南非所部，未有以爲計。會受命節制討賊軍馬，而前一日又奉詔會合諸路兵，乃合二命爲一，稱節制會合諸路兵馬，檄廣南摧鋒軍兵官黄進、張喜〔一〕，分屯要害。賊知湛至，而廣南守備已嚴，乃驅載所掠輜重，由間道歸宜章〔二〕。轉運司聞之，即移諸州，以爲賊已窮蹙〔三〕，自守巢穴，毋以備禦妨農。公得報曰：「是不獨害捕寇，且必惑朝廷。」乃檄轉運司及諸州，以爲賊未嘗敗，何謂窮蹙；其巢穴旁接三路七郡，林菁深阻〔四〕，出入莫測，何謂自守。復奏言：「遣馮湛之後，事方有緒，若遽弛備，賊必更猖獗，愚民且有附和而起者，非細事也。」因堅乞前所請荆鄂軍，從之。

【箋注】

〔一〕摧鋒軍：宋代廣東兵力薄弱，兵禍嚴重。紹興四年，朝廷派湖南安撫司後軍統制韓京充廣東兵馬鈐轄，屯廣州，此即成爲廣東摧鋒軍。

〔二〕間道：偏僻小路。

〔三〕窮蹙：窘迫，困厄。文選宋玉九辯：「悲憂窮蹙兮獨處廓，有美一人兮心不繹。」

〔四〕林菁：草木叢生之地。新唐書南蠻傳下：「戎瀘間有葛獠，居依山谷林菁，踰數百里。」

已而果聞賊方作箭鏃甚盛，遣入溪峒買毒藥之可爲藥箭者〔一〕。公赫然以蕩滅爲期，且奏：「向者連州受賊首李晞降，賞犒備足，未幾復亡去爲賊，今陳峒之次首領是也。以此知不一意討捕，容其不死，湖廣之憂未艾〔二〕。俟誅賊首而貸脅從，未爲晚也。」樞密院猶謂當先招降，上獨是公策，命公躬至軍前節制。公即日戒行〔三〕，師徒不譁，耕隴市肆之人莫有知者。既至宜章，命湛以四月二十三日移屯何卑山。湛請進兵日，不答，惟給以合符曰〔四〕：「符至即行耳。」二十九日夜半，始發兵符，命湛及鄂州軍統領夏俊五月朔日詰旦分五路進兵〔五〕。賊初詐降，實欲繕治寨柵，阻險以抗官軍。公得其情，督兵甚峻，及馳入隘口，賊果立寨柵未及成，聞官軍至，狼狽出戰。既敗，又退失所憑，乃皆潰走。是日，奪空岡寨，駐兵十二渡。賊之起也，假唐源淫祠以誑其下〔六〕，日殺所虜一人祭神，至是斬像焚其祠。湛遂誅陳峒，函首來獻。已而李晞以下，誅獲無遺。宥其脅從，發倉粟振貸安輯之〔七〕。案功行賞，悉如初令，且上其事於朝，振旅而還〔八〕。詔以公忠勞備著，起拜顯謨閣待制。湛亦由此復進用。

【箋注】

〔一〕箭鏃：箭頭上的金屬尖物。溪峒：古代對西南少數民族聚居地的統稱。

〔二〕未艾：未盡，未止。左傳哀公二年：「雖克鄭，猶有知在，憂未艾也。」

〔三〕戒行：登程，出發。新唐書石洪傳：「（烏重胤）乃具書幣邀辟，洪亦謂重胤知己，故欣然戒行。」

〔四〕合符：指符信。古代以竹木或金石爲符，上書文字，剖而爲二，各執其一，合之爲證。管子宙合：「時德之遇，事之會也，若合符然。」

〔五〕詰旦：平明，清晨。宋書柳元景傳：「自詰旦而戰，至於日昃，虜衆大潰。」

〔六〕淫祠：不合禮制的祠廟。宋書武帝紀：「淫祠惑民費財，前典所絶，可并下在所除諸房廟。」

〔七〕安輯：安撫。漢書西域傳序：「都護督察烏孫、康居諸外國動静，有變以聞。可安輯，安輯之；可擊，擊之。」

〔八〕振旅：整隊班師。詩小雅采芑：「伐鼓淵淵，振旅闐闐。」毛傳：「入曰振旅，復長幼也。」

俄徙公知揚州、平江，遂知臨安府，公力辭曰：「人各有能有不能。天府〔一〕，臣所不能爲也。方祖宗時，用人莫重於三司、開封〔二〕，高選賢傑，號將相之儲，豪右憚其威望〔三〕，莫不斂避，故得人爲多。巡幸以來〔四〕，用人益輕，惟能媚奉權貴，則爲稱職，沿襲非一日矣。若使方拙自守者爲之〔五〕，猶推舟於陸，決不可行。縱臣欲降心下氣〔六〕，周旋其間，賦性既定，如燥濕之不可移，終有不能自抑者，徒速顛隮而已〔七〕。」奏三上，不得請，遂就職。入對，上褒勉甚寵，特賜金帶，進工部侍郎，兼知臨安府。進權工部尚書，而尹京猶如故〔八〕，兼侍講〔九〕。久之，進侍讀，遂權户部尚書，知淳熙十一年貢舉〔一〇〕。公尹京逾三年，又兼版曹〔一一〕，故時以冗劇，日夜不得休。公處之超然閒暇，事皆立辦。貴臣權家，斂手不敢干以私。民間利病，無巨細，罷行之。或可施於四方者，則疏其事以聞，多見施行。歲饑，畿内小民，或以農器蠶具抵粟於大家，苟紓目前〔一二〕，明年皆有失業之憂。公乃出令，斷自東作之日〔一三〕，先以還之。俟蠶麥訖事，而歸其子本。大家不遵令，小民負約不以時償，皆坐罪。令下，農家相慶。識者以爲與吕文靖公建請不税農器事相埒〔一四〕，他日且爲名相。上亦自器異之，嘗因夜直召對，出御書三都賦序以賜，蓋倚以拓定中原之事〔一五〕。

【箋注】

〔一〕天府：此指京師。

〔二〕三司：宋代以鹽鐵、度支、户部爲三司，主理財賦。續通志職官四：「三司起於唐末，五代特重其職，至宋而專掌財賦，皆以重臣領之。」開封：開封府。此指北宋。

〔三〕豪右：富豪家族，世家大户。後漢書明帝紀：「濱渠下田，賦與貧人，無令豪右得固其利。」李賢注：「豪右，大家也。」

〔四〕巡幸：指皇帝巡遊駕幸。此指高宗南渡，建立南宋。

〔五〕方拙：剛直而不知通變。孟郊灞上輕薄行：「自歎方拙身，忽隨輕薄倫。」自守：潔身自好。

〔六〕降心下氣：平抑心氣，平心静氣。

〔七〕顛隮：困頓挫折。王安石辭使相第三表：「末學短能，固知易竭，要官重任，終懼顛隮。」

〔八〕尹京：指任京師府尹，即知臨安府。

〔九〕侍講：官名。宋代以學士、侍從之學術修養較高者爲翰林侍講、侍讀，爲皇帝進讀書史，講説經義，備顧問應對。

〔一〇〕知貢舉：朝廷特派的主持科舉考試的大臣。

〔一一〕版曹：宋代户部左曹因執掌版籍，别稱版曹。亦借指户部。

〔一二〕苟紓目前：暫時緩解眼前的困境。

〔一三〕東作：指春耕。書堯典：「寅賓出日，平秩東作。」孔安國傳：「歲起於東，而始就耕，謂之東作。」

〔一四〕吕文靖公：即吕夷簡，字坦夫。参見卷三一跋吕文靖門銘題解。請不税農器事：宋史吕夷簡傳：「河北水，選指濱州。代還奏：『農器有算，非以勸力本也。』遂詔天下農器皆勿算。」相埒：相等。

〔一五〕器異：器重，看重。後漢書馬嚴傳：「（嚴）因覽百家群言，遂交結英賢，京師大人咸器異之。」三都賦序：西晉左思撰。三都賦爲吴都賦、魏都賦、蜀都賦。拓定：平定。潘勖册魏公九錫文：「濟師洪河，拓定四州。」

會長子病卒，公力乞奉祠，上察其不可留，命以寶文閣直學士出守。公復力申前請，得提舉江州太平興國宫以歸。執永寧夫人喪〔一〕。服除，提舉隆興府玉隆萬壽觀、鳳翔府上清太平宫。紹熙元年八月，自制壙記，又爲治命，凡沐浴斂葬之節，莫不備具〔二〕。時公方康强無疾，人或怪之。二年二月十一日，晨起，猶讀書理家事如平時，俄暴感風眩〔三〕，遂卒，享年六十有六。寄禄官自承事郎積遷至正奉大夫，封自山陰縣開國男至開國伯，食邑自三百户至九百户〔四〕。致仕，進正議大夫。遺表上，贈銀青光禄大夫。以卒之歲十一月四日，葬於山陰縣天樂鄉竺里峰之源。

【箋注】

〔一〕執喪：奉行喪禮，守孝。史記萬石張叔列傳：「其執喪，哀戚甚悼。」

〔二〕壙記：墓誌銘之類。治命：遺囑，遺言。沐浴殮葬之節：指死後沐浴、入殮、下葬的禮節。

〔三〕風眩：又稱風頭眩，眩暈的一種。

〔四〕寄禄官：宋代用以表示品級、俸禄的一種官稱。宋初寄禄官官名和職掌分離，元豐改制後，依官名定職掌，原寄禄官成爲職事官，另雜取唐代及此前散官舊名，制定階官，成爲新的寄禄官。封：即封號，帝王封授的爵號或稱號。食邑：唐宋時期賜予宗室或高級官員的榮譽性加銜。

公娶同郡高氏，早卒。繼室括蒼季氏，亦先公若干年卒。皆追封碩人〔一〕。子男二人：履常，承奉郎、監淮西總領所建康府西酒庫；克常，承奉郎、知台州天台縣丞；皆前卒。女四人：長適温州平陽縣主簿梁叔括，叔括卒，再適提舉湖北路常平茶鹽張孝曾；次適通判建康府曾概。今存者，惟適曾氏女，而概卒矣。孫男二人：宿，承務郎；某，某官。孫女二人，尚幼。

【箋注】

〔一〕碩人：宋代命婦封號之一，大夫以上内眷封碩人。

公以英傑邁往之資〔一〕，自學校科舉時，已卓然出千萬人上。仕雖至侍從，所施設曾未究一二〔二〕。閒居九年，憂患或出意表，而公所養愈剛大，不爲事變之所折困，人莫窺其涯。一日，嘗語某曰：「里中或謂僕以誅殺衆，故多難。不知僕爲人除害也。湖湘鄉者盜相踵，今遂掃迹者二十年〔三〕，綿地數州〔四〕，深山窮谷之氓，得以滋息。而僕以一身當禍譴〔五〕，萬萬無悔。」於虖！公可謂知命者。銘曰：

維宋中興，三聖相承〔六〕。公聽並觀，以出賢能。公奮於幽，有德有勳。知我者天，用我者君。蹈義秉節，迄至耆艾〔七〕。山立在庭①〔八〕，以道進退。大夏方建，拱把毓材〔九〕。豈兹棟梁，萬牛莫回。生或忌之，亦歎其死。我銘弗誣，用諗太史〔一〇〕。

【校記】

①「山」，原作「出」，據弘治本、正德本、汲古閣本改。

【箋注】

〔一〕英傑邁往：才智傑出，超凡脱俗。王羲之誡謝萬書：「以君邁往不屑之韻，而俯同群辟，誠難爲意也。」

〔二〕施設：即施展。蘇舜欽答杜公書：「蓋或得其位而無其才，有其才而無其時者多矣。丈人才位如此，而又當有爲之時，是天付之全，而使施設才業之秋也。」未究：未盡。

〔三〕掃迹：指絶跡。

〔四〕綿地數州：連綿數州之地。

〔五〕禍譴：罪愆。温子昇孝莊帝殺尒朱榮大赦詔：「蓋天道忌盈，人倫嫉惡，疏而不漏，刑之無捨。是以吕霍之門，禍譴所伏；梁董之家，咎徵斯在。」

〔六〕三聖：此指高宗、孝宗、光宗三帝。

〔七〕耆艾：師長，老年人。國語周語上：「瞽史教誨，耆艾修之。」韋昭注：「耆艾，師傅也。」

〔八〕山立：如高山屹立不動。禮記玉藻：「立容，辨卑毋讇，頭頸必中，山立時行。」孔穎達疏：「山立者，若住立則嶷如山之固，不搖動也。」

〔九〕大夏，即大廈。拱把：兩手合圍般粗。孟子告子上：「拱把之桐梓，人苟欲生之，皆知所以養之者。」趙岐注：「拱，合兩手也；把，以一手把之也。」指樹木尚細小。毓材：即育材。杜甫古柏行：「大厦如傾要梁棟，萬牛回首丘山重……志士幽人莫怨嗟：古來材大難爲用。」

〔一〇〕諗：告知，規勸。

楊夫人墓誌銘

鄆爲東方大邦，宋興以來多名公卿，雖擯不仕及仕而不顯者，如穆參軍修、士兵部建中、學易劉先生跂，皆既死而言立，化行於家，至今學者尊焉〔一〕。建炎南渡，人物寖衰矣。而山堂鞏先生，諱庭芝，經爲人師，行爲世範，德義之化，自家人始，凛然克配前數公。先生之仲子、處士諱瀍之夫人，曰武義楊氏。年二十有一而嫁，二十有三而字，二十有六而寡。寡四十有三年，年六十有八而卒，卒一年而葬，望處士之墓，實紹熙五年十一月丙申也。夫人自爲鞏氏婦，事山堂及君姑錢夫人〔二〕，一步趨，一話言，悉皆鞏氏家法。耳目濡染，又皆天下長者事〔三〕。故行成德進，山堂以爲稱吾家婦，宗黨姻戚鄰里皆取法焉〔四〕。處士先山堂不禄〔五〕，當是時，夫人尚盛年也，遂誓不再行〔六〕。二子：伯始學步，踉蹡不逾閾〔七〕；仲尚襁褓。及能言，夫人皆親授以孝經、論語、毛詩國風，爲之講聲形，正章句，具有師法。二子未從外塾，而於幼學之事，各已通貫精習，卓然爲奇童矣。其後子益長，夫人身任家事，不以荒其子之業，故皆舉進士，中其科，然夫人不喜子之得禄，所以教而進之者，父師莫加焉。於虖！非是母，固不能成其子，非鞏氏家法，亦不能成是婦也。予少時，猶及見趙、魏、秦、晉、齊、魯士大夫之渡江者，家法多可觀。雖流離九死中〔八〕，長幼遜悌〔九〕，内外嚴正，肅如也。距今未五十年，散處四方，寖不能如故時。久而不變如鞏氏者，蓋鮮矣。

夫人曾大父瓊，大父彬，父仲卿，皆不仕。子曰豐〔一〇〕，從事郎、江南東路提點刑獄司幹辦公事；嶸，奉議郎、知徽州歙縣事。孫復亨、慈孫、陽孫、耦孫。孫女七，皆處。豐來請銘。銘曰：

鞏氏之先，化行閨門〔一一〕。我觀夫人，典則具存。夫人之賢，實應圖史。有如不信，視其二子。東有茂檟〔一二〕，處士所藏。雖不克祔〔一三〕，鬱乎相望。

【題解】

楊夫人，即鞏庭芝之子鞏瀍之夫人，武義（今屬浙江）人。鞏庭芝（一〇九九—一一六三）字德秀，號山堂，山東須城（今山東東平）人。少時受業於名儒劉安世。建炎初遷居武義，在明招寺辦學，朱熹、葉適、呂祖謙、陳亮等名流先後蒞臨講學。紹興八年進士。歷任建德縣尉、太平州録事參軍、知諸暨縣，晚主管台州崇道觀。著有山堂類稿等。楊夫人卒於紹熙五年，其子鞏豐請銘於陸游。本文爲陸游爲楊夫人所作的墓誌銘，主要記述其承續鞏氏家法，教子有方的事迹。

本文據文中自述，作於紹熙五年（一一九四）。時陸游奉祠家居。

參考葉適水心集卷十四楊夫人墓表。

【箋注】

〔一〕鄆：州縣名，縣亦稱鄆城。宋代隸京東西路濟州。今屬山東菏澤。穆參軍修，即穆修（九七九—一〇三二），字伯長，鄆州汶陽（今山東汶上）人。大中祥符進士。初爲泰州司理參軍，後爲潁州文學參軍，從蔡州。搜校韓、柳文集并印售，宣導古文。宋史卷四四二有傳。士兵部建中：即士建中，字熙道，鄆州人。與孫復、石介同時以學鳴。以進士授評事，知魏縣，官至尚書兵部員外郎。事迹見宋儒學案卷六。學易劉先生跋，即劉跂，字斯立，號學易先生，永静軍東光（今屬河北）人。劉摯之子。元豐進士。從父貶所。後遭黨禍，編管壽春，爲官拓落，政和末以壽終。宋史卷三四〇有傳。

〔二〕君姑：古代妻子稱丈夫之母。

〔三〕長者：指德高望重之人。韓非子詭使：「重厚自尊謂之長者。」

〔四〕宗黨：宗族，鄉黨。姻戚，姻親。

〔五〕不禄：士死的諱稱。禮記曲禮下：「天子曰崩，諸侯曰薨，大夫曰卒，士曰不禄。」鄭玄注：「不禄，不終其禄。」

〔六〕再行：此指再嫁。

〔七〕踉蹡：同踉蹌，跌跌撞撞，行步不穩貌。　逾閾：超越門檻。

〔八〕九死：萬死。文選楚辭離騷：「亦余心之所善兮，雖九死其猶未悔。」劉良注：「九，數之極也，言……雖九死無一生，未足悔恨。」

〔九〕遜悌：指敬順兄長。禮記祭義下「朝廷同爵則尚齒」孔穎達疏：「是遜悌敬老之道，通達於朝廷矣。」

〔一〇〕豐：即鞏豐（一一四八—一二一七），字仲至。少受學於吕祖謙。淳熙十一年以太學上舍對策及第。歷知臨安縣，遷提轄左藏庫，卒。擅文工詩。事迹見水心集卷二二鞏仲至墓誌銘。

〔一一〕化行：教化施行。漢書王莽傳：「是以三年之間，化行如神。」

〔一二〕茂櫝：指樹木茂密的墳頭。

〔一三〕祔：合葬。

陸郎中墓誌銘

公諱沅，字子元，會稽山陰人。曾大父某①，國子博士，贈太尉。大父某②，中大夫、尚書左丞，贈太師楚國公。考寘，右中散大夫，贈少師。公於某爲從父兄，某蓋少公十五歲。方爲童子時，公已學成行著，以兩浙轉運司進士試禮部，不中；試博學宏詞〔一〕，又不中；乃以世賞試吏部〔二〕，再爲第一人。所與交，多一時知名士。每見某，必諄諄道其所與共學、日夜磨礲浸灌、以希古人者〔三〕，曰時然、進之。時然莊氏，名革，早死不顯；而進之則故相湯岐公也〔四〕。及岐公以文章事業相高皇帝，公猶沉浮州縣。久之，乃得監行在都進奏院〔五〕，監尚書六部門。岐公每見，必留公道往昔相從講習時事，抵掌笑語，公輒俯首蹴蜡自引去〔六〕。岐公亦歎息，以爲不可親疏〔七〕。後輩躐進至大官者相望〔八〕，公顧處百僚底，自若也。岐公免相，門下士多牽聯以罪斥，未去者亦不自安，公獨澹然如平時，人亦莫指議者。

【題解】

陸郎中，即陸沅（一一一〇—一一九四），字子元，山陰人。陸寘之子，陸游從兄，大游十五歲。歷監行在都奏進院、太府寺丞、權尚書户部郎中，提舉兩浙市舶、權知舒州、提舉福建市舶。陸沅紹熙五年卒，次年返葬，諸子請銘。本文爲陸游爲陸沅所作的墓誌銘，主要記述其不阿權貴、躓於仕途、喜讀詩書、夷雅待人的事迹。

本文據文末自述，作於慶元元年（一一九五）。時陸游奉祠家居。

【校記】

①「某」，弘治本、正德本、汲古閣本作「珪」，此後人改填。

②「某」，弘治本、正德本、汲古閣本作「佃」，此後人改填。

【箋注】

〔一〕博學宏詞：科舉科目之一。原爲唐代吏部的科目選，宋初因之。自紹聖間設宏詞科，大觀間設詞學兼茂科，至紹興初改爲博學宏詞科，亦稱詞科，則通過專門考試，搜羅文學博異之士，以備朝廷詞臣之儲。

〔二〕世賞：即恩蔭，指遇朝廷重要慶典時，官員子孫承恩特許入國學讀書并入仕。

〔三〕磨礲浸灌：切磋浸染，形容勤學苦練，相互影響。韓愈考功員外盧君墓銘：「君時始任戴冠，通詩、書，與其群日講説周公、孔子，以相磨礲浸灌，婆娑嬉遊，未有捨所爲爲人意。」希：仰慕。

〔四〕故相湯岐公：即湯思退，字進之。參見卷六賀湯丞相啓題解。

〔五〕都進奏院：宋代官署，隸給事中。掌承轉詔敕和三省、樞密院命令及相關文件給諸路；摘録各州章奏事由報門下省，及投遞各州文書等。

〔六〕踧踖：恭敬不安貌。論語鄉黨：「君在，踧踖如也。」

〔七〕親疏：親近或疏遠。

〔八〕躐進：越級擢升。

初，少師自山陰徙四明，已數十年，婚姻皆在焉，蓋四明人也。會史魏公入爲參知政事〔一〕，爲右丞相，與公實姻家，少相從，魏公亦器待公〔二〕，而公未嘗數謁見，朝士亦莫知其相國親且厚也。監門歲滿，遷太府寺丞，權尚書户部郎。久次當爲真矣〔三〕，而公亟求歸養，得提舉兩浙市舶〔四〕，權知舒州，提舉福建市舶，遭母益國夫人憂以歸。初，通判泉州者，嘗有所請，以法拒之。公去，而提點刑獄兼權舶司事，通判者因訹提點刑獄，以危法中公〔五〕。公平日以恭謹聞，又方以舉職被賞遷一官〔六〕，朝論右之。公雖得罪，猶傅輕比〔七〕。於是公斂門絶交游〔八〕，誦佛書，以夜繼日，多至萬卷，不復言再仕，亦絶口不及仇家，對客清談而已。自束髮至老，無一日廢書，尤長於詩，閒澹有理致。在場屋時，以賦稱，老猶自喜，子孫及族黨從之講貫〔九〕，皆有師法。

【箋注】

〔一〕史魏公：即史浩，字直翁，封魏國公。參見卷七謝參政啓題解。

〔二〕器待：器重而禮遇之。北齊書袁聿修傳：「聿修少平和温潤……以名家子歷任清華，時望多相器待。」

〔三〕久次當爲真：久居權户部郎中應轉正。

〔四〕提舉市舶：市舶司屬官。市舶司掌海外貿易徵税、管理外商及收購舶來貨物以資專賣。

〔五〕訹：恫嚇。危法：損害法律。中：中傷。

〔六〕舉職：盡職，稱職。新唐書牛僧孺傳：「會宰相請廣諫員，宣宗曰：『諫臣惟能舉職爲可，奚用衆耶？』」

〔七〕傳：依憑。　輕比：從輕按治。
〔八〕斂門：杜門。
〔九〕講貫：即講習。國語魯語下：「晝而講貫，夕而習復。」韋昭注：「貫，習也。」

公爲人夷雅曠遠〔一〕，與人言，惟恐傷之，然遇事必力行所知，無所撓屈。嘗爲丹徒丞，朝廷用言者，遣使籍江上沙田，立税額，使指甚厲〔二〕，吏莫敢違，亦或從而張虚數以爲功。使者至郡，聞人人稱公詳練〔三〕，乃檄與偕往，公既極論其不可，又爲詩陳民情。詩流傳至朝廷，遂止不行。沙人礱石刻其詩，今猶可考。其使福建也，有中貴人所親皇甫甲者，輒諷公以珍貨别進，公正色拒之，戒典客者，他日謁至勿復通〔四〕。其不阿類如此。

【箋注】

〔一〕夷雅：平和閒雅。文選任昉王文憲集序：「夷雅之體，無待韋弦。」李善注：「夷，平也……言王公平雅之性，無待此韋弦以成也。」
〔二〕使指：指朝廷的意旨命令。史記司馬相如列傳：「相如欲諫，業已建之，不敢，乃著書，籍以蜀父老爲辭，而已詰難之，以風天子，且因宣其使指，百姓知天子之意。」

〔三〕詳練：周詳練達。徐鉉唐故奉化軍節度判官趙君墓誌銘：「察獄詳刑，號爲詳練。」
〔四〕中貴人：指帝王寵倖的近臣。諷：規勸。珍貨：珍貴的財寶。典客：秦漢時官名，掌與少數民族接待交往。此指市舶司内負責接待交往之吏。

有五。

公仕自修職郎，至朝奉大夫而廢，二十三年。以紹熙五年四月六日卒，享年八十有五。娶盧氏，封宜人，先公十二年卒，享年亦八十有五。六子：曰梓，通直郎、知寧國府宣城縣，先公十二年卒；曰格，舉進士；曰之瑞，國學免解進士〔一〕；曰橦，曰檍，曰之祥，皆舉進士。一女，適文林郎、監淮東總領所糴場樓鈞。六孫：曰炳，曰焕，曰炎，曰熺，曰爕，曰熨。四孫女。諸孤以慶元元年九月二十五日〔二〕，遵治命返葬於會稽溼塢〔三〕，望少師墓百步，且來屬某爲銘。銘曰：

仕躓於時，年登耄期。孰奪孰與，理莫可推。銘識於幽，孰知我悲。

【箋注】
〔一〕免解：不須參加地方解試而直接參加禮部試。
〔二〕諸孤：衆孤兒。禮記月令：「養幼少，存諸孤。」
〔三〕治命：遺囑，遺言。

知興化軍趙公墓誌銘

慶元二年八月辛亥，朝請郎、新知興化軍事趙公以疾卒於第。越十月庚午，葬於會稽會稽五雲鄉湯家畈之原〔一〕。明年九月乙卯，諸孤寀夫等墨其衰〔二〕，見予於郡西南澤中，泣且言曰：「先君之葬，將請銘於執事。以大事之日迫，方伏苫塊間〔三〕，不能自通。今幸逾年，未即死，敢以承事郎、簽書平江軍節度判官廳公事莫君子純之狀來告〔四〕，惟公幸許之，某等即死無憾。」予以老疾辭，請益牢。維公文學治行，皆應銘法，而寀夫實娶予從孫女，與其弟同時中進士科，爲鄉里後來之秀，乃卒與銘。

【題解】

趙公，即趙彦真（一一四三—一一九六），原名彦能，字從簡。宋宗室，魏王廷美七世孫。隆興元年進士。調撫州録事參軍，知吴縣，通判袁州，慶元二年知興化軍，未赴卒。次年，其子趙寀夫等請銘於陸游。本文爲陸游爲趙彦真所作的墓誌銘，主要記述其公正治獄、誠心督役、大力革弊的事迹。

本文據文首自述，作於慶元三年（一一九七）九月。時陸游奉祠家居。

【箋注】

〔一〕兩「會稽」：上會稽乃會稽郡，古稱；下會稽乃會稽縣也，時爲紹興府治。

〔二〕墨衰：穿黑色喪服。左傳僖公三十三年：「遂發命，遽興姜戎，子墨衰絰。」杜預注：「晉文公未葬，故襄公稱子，以凶服從戎，故墨之。」

〔三〕苫塊：草席和土塊。古代服父母喪，孝子以草薦爲席，土塊爲枕。

〔四〕莫君子純：即莫子純（一一五九—一二一五），字粹中，山陰人。以恩蔭補官，又中慶元二年狀元。簽書平江節度判官廳公事，擢秘書省正字，遷中書舍人。因忤韓侂胄，出知贛州，改江州，又改温州，提舉太平興國宮。事迹見越中雜識。

謹按公諱彦真，一名彦能，以淳熙新制改今名。胄出宣祖昭武皇帝之後〔一〕。曾大父諱叔澹，贈武康軍節度使、洋川郡公。大父諱賚之，武經大夫、浙東路兵馬鈐轄，贈右朝請大夫。考諱公懋，左朝請大夫、知臨江軍，贈太中大夫。公少純篤，從故侍御史王公十朋學〔二〕。王公嘗得中書舍人張公孝祥書「不欺室」榜〔三〕，持以遺公，所以期公者甚遠。公益自奮，雖舉進士，蓋不止爲科舉而已。然同時爲進士，亦皆推之，遂中其科。調撫州録事參軍，以太中公喪解官歸〔四〕。除喪，起爲信州弋陽縣丞。

終更調建寧府觀察推官。薦者如格，改宣教郎、知寧國府宣城縣。未赴，以内艱罷〔五〕。除喪，知平江府吳縣，通判袁州，知興化軍。朝廷知公者寖多，謂且用矣，而得郡未及赴，遽至大故〔六〕。

【箋注】

〔一〕胄，指世系。宣祖昭武皇帝：即趙弘殷（八九九—九五六），涿郡（今河北涿縣）人，後遷居洛陽。宋開國皇帝趙匡胤之父。少驍勇善戰，初事後唐王鎔，後漢任護聖都指揮使，後周以功累遷至檢校司徒，與子趙匡胤分典禁兵。卒贈武德軍節度使。建隆元年追謚武昭皇帝，廟號宣祖。

〔二〕王公十朋：即王十朋（一一一二—一一七一），字龜齡，號梅溪，温州樂清（今屬浙江）人。紹興二十一年狀元。歷秘書郎、國史院編修、起居舍人、侍御史等。力排和議，出知饒、夔、湖、泉四州。除太子詹事。以龍圖閣學士致仕，命下而卒。紹熙三年謚忠文。宋史卷三八七有傳。

〔三〕張公孝祥：即張孝祥，字安國。參見卷二八跋張安國家問題解。宋史王十朋傳：「書室扁曰『不欺』，每以諸葛亮、顔真卿、寇準、范仲淹、韓琦、唐介自比，朱熹、張栻雅敬之。」

〔四〕太中公：即趙彦真之父趙公懋，卒贈太中大夫。

〔五〕内艱：古時遭母喪稱内艱。

〔六〕大故：指亡故。楚辭九章懷沙：「舒憂娱哀兮，限之以大故。」王逸注：「大故，死亡也。」

公之將赴撫州録事參軍也，太中公戒之曰：「汝任治獄，人死生所繫也，可不勉乎！」公再拜受教。既就職，吏甚嚴，視囚之寒暑飢渴，慘然不啻在己。因以故皆輸其情，曰：「不忍欺吾父也。」會部使者以事付獄〔一〕，有冤狀，而使者方怒，風指甚厲〔二〕，人皆謂乖其意且得譴，吏尤皇恐，即欲捶掠成之〔三〕。公叱吏去，具列其冤，使者爲屈，因欲薦公，公亦終不就也。太中聞之太息曰：「吾有子矣。」及公在建寧幕，南劍州將樂、沙縣諸寨，軍食不時給，群卒空壘來訴於轉運司。趙公碩、謝公師稷爲使〔四〕，乃檄公行。公馳至沙縣，與其令調財得三千緡。明日召卒於庭，閲籍〔五〕，自下給之，軍吏及卒長皆不得一摇手〔六〕，衆乃大服。比至將樂，給之如沙縣，亦皆大服。於是議者謂公所試者小，然猶能表表如此〔七〕，他日功名事業，詎可測哉？郡守鄭公伯熊知公最深〔八〕，有疾，不以郡事屬其貳，而言於使者，請檄公攝守〔九〕。疾革，獨延公至卧内，屬以草乞致仕奏，其知之如此。

【箋注】

〔一〕部使者：六部派出的使者。

〔二〕風指：旨意，意圖。漢書薛宣傳：「九卿以下，咸承風指，同時陷於謾欺之辜，咎繇君焉。」

〔三〕捶掠：杖擊。指用刑逼供。

〔四〕爲使：指爲轉運司使。

〔五〕閱籍：查閱名册。

〔六〕摇手：指插手事務。

〔七〕表表：卓異，突出。韓愈祭柳子厚文：「子之自著，表表愈偉。」

〔八〕鄭公伯熊：即鄭伯熊（一一二七—一一八一），字景望，温州永嘉人。紹興十五年進士。歷秘書省正字、國子監丞、著作佐郎兼太子侍讀。出任提舉福建茶鹽公事，知婺州。召爲國子司業，兼國史院編修官，改宗正少卿。知寧國府、建寧府。卒謚文肅。宋史翼卷十三有傳。

〔九〕攝守：代理掌管。

高宗皇帝永思陵欑宫事興〔一〕，公適爲吴縣，轉運司調取洞庭青石，期會迫〔二〕，不可遽辦。公即日涉湖至其地，召石工泣諭之曰：「先皇帝櫛風沐雨，惡衣菲食，爲天下攘强虜，除大盜，輕賦薄役。汝曹數十年安居樂業，亦知所自乎？今官取此石欲何用？而汝曹尚可顧望不竭力哉！」於是民趣役不待督責，先期告畢。使者欲上其勞於朝，公力辭曰：「此臣子職也。」袁州積剟弊，公佐其守，窮利病根源，一切罷行之，郡爲一振。民困於坊場，官弊於護運〔三〕，皆久不能革。公奮曰：「小民知目前之利，不知後日之害，一陷於坊場，則富者貧，貧者大壞，非死徙不得免。」乃取尤者白守，請於户部，蠲除之。挺繫收檄，一旦幾空，郡人歡呼，以爲昔所未有。護運異時多以所遣官非其人，故多蠹害，公一切精擇才吏，其以權貴請托來者，皆力拒絶之。抵公去，所發漕運四十萬緡，不費一錢。造朝，得知興化軍，未及到郡而卒，享年五十有四。

【箋注】

〔一〕永思陵：宋高宗陵墓，在紹興府會稽縣。欑宫：帝、后暫殯之所。宋室南渡後，帝、后塋冢均稱欑宫，表示暫厝，待收復中原後遷葬汴京。

〔二〕期會：指期限。沈俶諧史：「國家用兵，斂及下户，期會促迫，刑法慘酷。」

〔三〕坊場：官設專賣的市場。宋史食貨志上：「今天下坊場，官收而官賣之，歲計緡錢無慮數百萬，自可足衙前雇募文酬之直。」護運：指護送漕運。

公篤學，工文辭，有集五卷、易集解五卷，他所著未成編者尚多。初，太中通判饒州，有江州統軍官王益者，坐事下吏，更江州、鄂州鞫治〔一〕，獄成，而家以冤聞。由是復命太中鞫之，得冤狀明白，益賴以不死，而太中以決疑獄進秩除郡。未幾，捐館舍，益之家人懷太中之德無已，乃厚載金帛以助葬爲請。公固辭不受曰：「非吾先人之志也。」益家人泣而去。蓋公之清德類此。然常畏人知，故予亦不得而悉書也。公娶李氏、馮氏，皆早世，贈安人，今皆從葬；徐氏，封安人。四子二女，皆李出。康夫，迪功郎、隆興府武寧縣主簿，先公十一年卒；寀夫，從政郎、隆興府南昌縣丞；寯夫，從政郎、臨安府於潛縣尉；忌夫，未仕。女長嫁從事郎、新平江府常熟縣尉劉祖邁，次未行。二孫：時敏，時哲。銘曰：

以公之才，何適不宜？晚始專城〔二〕，政弗克施。天嗇其報，子孫是貽。匪筮匪龜，視我銘詩。

【箋注】

〔一〕鞫治：審問定罪。鞫，通「鞠」。史記李斯列傳：「於是群臣諸公子有罪，輒下（趙）高，令鞠治之。」

〔二〕專城：指主宰一城的州牧、太守等地方長官。王充論衡辨祟：「居位食禄，專城長邑以千萬數，其遷徙日未必逢吉時也。」

渭南文集箋校卷第三十五

墓誌銘

【釋體】本卷文體同卷三二，收録墓誌銘三首。

夫人孫氏墓誌銘

夫人孫氏，會稽山陰人。四世祖沔〔一〕，觀文殿學士、户部侍郎，謚威敏，有傳國史。曾祖之文，朝議大夫、主管杭州洞霄宫，累贈正奉大夫。祖延直，奉議郎、通判盱眙軍，贈朝散郎。考綜，宣義郎致仕。母，同郡梁氏。夫人幼有淑質，故趙建康明誠之配李氏〔二〕，以文辭名家，欲以其學傳夫人。時夫人始十餘歲，謝不可，曰：「才藻非女子事也。」宣義奇之，乃手書古列女事數十授夫人。夫人日夜誦服不廢。既笄〔三〕，歸今文林郎、寧海軍節度推官蘇君璩。逮事舅姑左右〔四〕，就養唯謹。凡組織縫紉、烹飪調絜之事，非出其手，舅姑弗悦。舅姑歿，夫人執喪哀。終喪，事家廟如生〔五〕，祭薦豐絜中度〔六〕。疾已革，猶修秋祭，不知其力之憊。推官女兄，實朝議大夫、直顯謨閣呂公正己之夫人，性堅正，善持家法，凡家人必責以法度，不知者以爲過嚴，至夫人能事之，則終身怡怡，未嘗少忤。宗黨間既稱譽夫人之賢〔七〕，又以知呂夫人非難事者也。紹熙四年，從推官官臨安，以其年七月辛巳，疾終於官舍。夫人平生奉浮圖氏，能信踐其言，及處生死之際，盥濯易衣，泰然不亂，世外道人有所不逮，亦賢矣！享年五十有三。五子：瀛，太學生；汭、洞、濱、潞，皆卓然自立，能世其家，蓋推官與夫人善訓督之力也〔八〕。二女：長適修職郎、通州録事參軍王易簡，次尚幼。孫男二人：曰暹，幼未名字。予世家山陰，先太尉邊夫人〔九〕，實與威敏夫人爲女兄弟。予與宣義，外兄弟也，少時交好甚篤。今夫人年逾五十而歿，予乃及銘其隧，則予安得不老。銘曰：

猗與夫人，率德不惰。舅姑宜之，曰善事我。移其事姑，以奉女公〔一〇〕。雍雍肅肅〔一一〕，既和且恭。相夫以正，教子以嚴。施於先後，以遜以謙。一病不復，奄其告終。我作銘詩，用詔亡窮。

【題解】

夫人孫氏，即寧海軍節度推官蘇瑑之妻，陸游的遠房侄女。孫氏卒於紹熙四年。本文爲陸游爲孫氏所作的墓誌銘，主要記述其恪守婦道、孝養舅姑的事迹。

本文據文中自述，作於紹熙四年（一一九三）秋。時陸游奉祠家居。

【箋注】

〔一〕四世祖沔：即孫沔（九九六—一〇六六），字元規，越州會稽（今浙江紹興）人。天禧進士。歷秘書丞、監察御史裏行、知處州、陝西轉運使、知慶州，熟悉邊事，有治軍才。皇祐中爲湖南、江西路安撫使兼廣南東、西路安撫使，退敵有功，授樞密副使。後以罪廢。起知河中府，徙慶州，卒。宋史卷二八八有傳。

〔二〕趙建康明誠：即趙明誠（一〇八一—一一二九），字德甫，密州諸城（今屬山東）人。趙挺之之子。以蔭入仕。除鴻臚少卿，宣和中知萊州、淄州，靖康中起知江寧府。建炎三年移知湖州，未赴，卒於建康。撰有金石録。李氏：即李清照（一〇八四—一一五五），號易安居士，濟南章丘人。李格非之女，趙明誠之妻。宋代著名女詞人。

〔三〕既笄：指成年。古代女子十五盤髮插笄，表示成年。

〔四〕舅姑：稱夫之父母，俗稱公婆。國語魯語下：「古之嫁者，不及舅姑，謂之不幸。」

〔五〕家廟：祖廟，宗祠。宋代有官爵者始能建家廟祭祀祖先。

〔六〕祭薦豐絜中度：祭品豐盛潔淨合於法度。

〔七〕宗黨：宗族，鄉黨。

〔八〕訓督：訓教督促。司馬光涑水記聞卷十：「仲淹嘗宿學中，訓督學者，皆有法度。」

〔九〕先太尉：即陸游曾祖陸珪。

〔一〇〕女公：此指丈夫之姐。

〔一一〕雍雍肅肅：和睦莊重貌。北齊書段榮傳：「（段韶）教訓子弟，閨門雍肅。」

奉直大夫陸公致仕墓誌銘①

吴郡陸氏，方唐盛時，號四十九枝，太尉枝最盛。唐末，自吴之嘉興，東徙錢塘。吴越王時，又徙山陰魯墟〔一〕。宋祥符中，贈太傅諱軫以進士起家，仕至吏部郎中，直昭文館。太傅生國子博士、贈太尉諱珪；太尉生尚書左丞、贈太師楚國公諱佃；太師生中散大夫、贈少師諱寘。少師八子，皆以文學政事自奮〔二〕。公諱洸，字子光，少師第四子。紹興初，以蔭補登仕郎，調右迪功郎、浦江縣尉，歷筠州司法參軍、徽州司法參軍，湖北路轉運司幹辦公事，知玉山縣，江淮等路坑冶司主管文字，通判通州，知荆門軍，提舉江南西路常平茶鹽公事、江南西路提點刑獄公事，主管建寧府武夷山冲佑觀，遂致仕。積官至奉直大夫，賜紫金魚袋，封陳留縣開國男，食邑三百户。以慶元元年十月丙寅卒於私第，享年七十有二。初，少師避建炎之亂，益東徙，居明州鄞縣之横溪，猶返葬山陰。至公兄弟，遂有即葬鄞縣者。故公以三年十二月庚午，葬於縣之豐樂鄉西嶴之原。諸孤請銘於公從弟某〔三〕。某則少公一歲，兒時分梨共棗，稍長，同入家塾，實知公比他人爲詳。

【題解】

奉直大夫陸公，即陸洸（一一二四—一一九五），字子光。陸寘第四子，陸游堂兄。以蔭入仕。歷浦江縣尉、筠州、徽州司法參軍、湖北轉運司幹辦公事，知玉山、荆門軍，提舉江西常平、江西提刑，主管武夷山冲佑觀，致仕，官至奉直大夫。卒於慶元元年，於三年下葬。本文爲陸游爲陸洸所作的墓誌銘，主要記述其敬業廉潔、安度凶年、平反冤獄的事迹。

本文據文首自述，作於慶元三年（一一九七）。時陸游奉祠家居。

【校記】

①「致仕」，弘治本、正德本、汲古閣本無。按，此「致仕」二字疑衍刻。

【箋注】

〔一〕「吴郡陸氏」九句：宋山陰陸氏重修宗譜序：「陸氏出自嬀姓，後齊宣王少子通，字季達，封於平原般縣陸鄉，因以爲氏，卒謚元侯。生恭侯發，爲齊上大夫。生二子，曰萬，曰皋。皋生邕。邕生漢大中大夫賈。賈生五子，一曰烈，字伯元，爲吴令，遷豫章都尉，迎葬於吴，子孫始爲吴人。吴郡陸氏，皆祖都尉。唐元和間，福建觀察使庶分著漢潁川太守閎以後四十九支，我山陰陸氏則出侍郎支唐宰相忠宣公之後。當五代時，錢氏割據東南，自嘉禾徙居餘杭之磚街巷，聚族百口，以家世相唐，不仕。有陸仕璋者，錢之貴臣也，求通譜牒，博士誼拒不許，遂東渡錢塘，徙居山陰。厥孫忻，又贅居魯墟，即卜葬地於山陰之九里，山陰陸氏實始博士。」太尉支，或應作「侍郎支」，即陸贄一支。

〔二〕自奮：自我奮發有所作爲。漢書常惠傳：「少時家貧，自奮應募，隨栘中監蘇武使匈奴，并見拘留十餘年。」

〔三〕公從弟某：陸游自稱。

公天資潁異，數歲能屬文，舉進士，連拔兩浙轉運司解〔一〕，又爲江東轉運司解首〔二〕，然卒不第。公不以懟有司，治經考古，益不少懈。爲吏窮日夜勤其官，未嘗事燕游。所至，上官委以事，公至忘寢食寒暑以趨事赴功。在玉山時，刓剔蠹弊，根原窟穴，毫髮必盡〔三〕。正俸外，他增給悉棄不取，比代去，計其數凡六十餘萬。故諫官尹穡有別業在縣〔四〕，歲往來邑中。尹爲人喜議論，仕者多憚之，公不爲動。尹顧敬公，每曰：「子光清足以肅吏，惠足以養民，諸邑求其比，殆未見也。」自荆門回，奏事殿上，所陳合指〔五〕，皆即日施行。明日，孝宗皇帝對輔臣稱公之才，丞相王魯公力薦之①〔六〕，遂擢江西常平使者。到官，治便坐於廳事之後，治事退，足迹不履中閾〔七〕。揭所治錢穀出納之最於壁〔八〕，列案皆簿書，終日坐卧其間，目閱手披，窒罅漏，嚴期會，官屬吏胥，奔走承命不暇。不旬月，事大治，一道肅然。歲旱，公一先事爲備，得米百萬斛，吏不能一毫爲姦，五州之民，訖無流殍〔九〕。於是特進一官②，遂除提點刑獄，且進用於朝。會有臨江軍民習儀卿，爲其奴所殺，獄成，則謂儀卿弟宣卿實使之。宣卿既服，復以冤告，凡八移鞫，皆然。最後特以命公，公始得其情，宣卿實無使之之迹，奴亦無異辭，遠近稱神明。事上刑部，刑部以爲疑，言諸朝，移大理寺窮治久〔一〇〕，自卿以下，亦不能與公異，宣卿竟不死。公既以自請得奉祠而歸矣，於是益知奉法守官之難，不復有仕進意。甫七十，即上書告老，始終進退之際，可謂無愧矣。

【校記】

①「王魯公」，原作「王魯國公」，衍「國」字，據弘治本、正德本、汲古閣本删。

②「於是」下原衍「時」字，據弘治本、正德本、汲古閣本删。

【箋注】

〔一〕拔解：唐宋科舉不經地方考試，直接送禮部省試的稱拔解。李肇唐國史補卷下：「京兆府考而升者，謂之等第。外府不試而貢者，謂之拔解。」

〔二〕解首：解試第一。

〔三〕刳剔蠹弊：剷除積弊。　根原窟穴：挖掘其根源。

〔四〕尹穡：字少稷，兖州（今屬山東）人。建炎中南渡，居信州玉山。紹興三十二年與陸游同爲樞密院編修官，賜進士出身。隆興間歷監察御史、殿中侍御史，官至諫議大夫。後被劾罷去。宋史卷三七二有傳。

〔五〕指：猶「旨」。

〔六〕丞相王魯公：即王淮，字季海。淳熙八年拜相，十五年封魯國公。參見卷十謝王樞使啓題解。

〔七〕中閫：廳中門檻。

〔八〕最：總計，統計。

〔九〕流殍：指流亡他鄉的饑民。新唐書李栖筠傳：「蘇州豪士方清因歲凶誘流殍爲盜，積數萬。」

〔一〇〕窮治：徹底查辦。漢書戾太子劉據傳：「是時，上春秋高，意多所惡，以爲左右皆爲蠱道祝詛，窮治其事。」

公娶林氏，吏部侍郎保之女。三男子：桂，修職郎、監秀州蘆瀝鹽場，已卒；椿，迪功郎、臨安府臨安縣主簿；棣，迪功郎、徽州歙縣西尉。二女子：長適迪功郎、平江府司户參軍詹騏，次女適從政郎、監楚州鹽城縣鹽場耿開。孫男焯、焯、燀、煒、焕，皆進士。孫女適文林郎、新監台州支鹽倉宋安雅，餘尚幼。銘曰：

邅余道兮晚乃逢〔一〕，握使節兮撫困窮。發積勸分兮忘歲凶〔二〕，以經決獄兮平反之功。人不我知兮道則通，歸築室兮老於東。位列卿兮善始終，服三品兮五等之封。植槓鬱鬱兮起墳崇崇，閲百世兮過者必恭。

【箋注】

〔一〕邅：難以行走，困頓。

〔二〕發積：今發常平積聚。勸分：勸導百姓有無相濟。左傳僖公二十一年：「修城郭，貶食，省用，務穡，勸分，此其務也。」杜預注：「勸分，有無相濟。」

中丞蔣公墓誌銘

公諱繼周，字世修。初，周公相成王，封元子伯禽於魯，是爲魯公〔一〕。别子伯齡封於蔣〔二〕，其後子孫因以國爲氏。至漢，有蔣詡，十世孫休自樂安徙義興陽羡縣，始爲吴人〔三〕。裔孫伸〔四〕，相唐宣宗、僖宗，故蔣氏益大。宋興，有堂爲仁宗侍臣，之奇執政徽宗初，芾相孝宗，皆不去陽羡〔五〕。而公之先獨益東徙，家處州青田縣。曾祖球，贈通奉大夫。祖禋、父伃，宣教郎致仕，贈中散大夫。

【題解】

中丞蔣公，即蔣繼周（一一三四—一一九六），字世修，處州青田（今屬浙江）人。紹興二十四年進士。歷官太學正、秘書省正字、秘書丞兼國史院編修官、將作監兼太子侍讀，遷右諫議大夫、御史中丞，任諫官五年，敢犯顔直諫。遷禮部尚書，辭不拜。出知婺州，徙寧國府、太平州。晚年卜居嚴州。慶元二年卒。本文爲陸游爲蔣繼周所作的墓誌銘，主要記述其静退沉穩、直言敢諫、不避權豪的事迹。

本文據文末自述，作於慶元三年（一一九七）。時陸游奉祠家居。

參考卷十一賀蔣中丞啓、卷十二賀蔣尚書出知婺州啓。

【箋注】

〔一〕元子：天子和諸侯之嫡長子。詩魯頌閟宫：「王曰叔父，建爾元子，俾侯於魯。」朱熹集傳：「叔父，周公也。元子，魯公伯禽也。」

〔二〕別子：庶子。禮記大傳：「百世不遷者，別子之後也，宗其繼別子之所自出者。」孔穎達疏：「別子謂諸侯之庶子也。諸侯之適子適孫繼世爲君，而第二子以下悉不得禰先君，故云別子。」伯齡：周公旦第四子，封於蔣，在今河南固始。

〔三〕蔣詡（前六九—前一七）：字元卿，杜陵（今陝西西安）人，東漢兗州刺史，以廉直著稱，因不滿王莽專權而辭官退隱，閉門不出。舍中有三徑，惟求仲、羊仲從之遊。漢書卷七二有傳。休：即蔣休，揚州壽春（今安徽壽縣）人，三國吴將蔣欽少子。父兄卒，代領兵，後因罪失業。樂安：郡名，在今山東博興。義興陽羨：郡縣名，在今江蘇宜興。

〔四〕裔孫伸：即蔣伸（七九九—八八一），字大直，唐常州義興（今江蘇宜興）人。登進士第，大中初入朝，任右補闕、史館修撰，轉中書舍人，召入翰林爲學士。歷户部侍郎、學士承旨，轉兵部侍郎。大中末，擢中書侍郎、同中書門下平章事。懿宗即位，任刑部尚書、河中節度使、太子少保、太子太傅，致仕。卒贈太尉。舊唐書卷一四九、新唐書卷一三二有傳。裔孫：遠代子孫。

〔五〕堂：即蔣堂，字希魯，常州宜興人。擢進士第。授大理寺丞，知臨川縣。通判諸州，歷監察御史、侍御史，出爲江東、淮南轉運使。入爲户部度支、鹽鐵副使，出知越州、蘇州、洪州、杭州、益州等。以尚書禮部侍郎致仕。宋史卷二九八有傳。之奇：即蔣之奇（一〇三一—一一〇四）字穎叔，常州宜興人。蔣堂之侄。嘉祐進士，又舉賢良方正科。歷監察御史、殿中侍御史，因誣歐陽修遭貶。歷淮東、陝西諸路轉運副使，知潭州、廣州、熙州等。紹聖中召爲中書舍人，拜翰林學士兼侍讀。徽宗立，拜同知樞密院、知樞密院事。出知杭州，以疾告歸。宋史卷三四三有傳。芾：即蔣芾（一一一七—一一八八），字子禮，常州宜興人。蔣之奇曾孫。紹興二十一年進士。歷起居郎兼直學士院、中書舍人，簽書樞密院事、權參知政事。乾道四年拜相。知紹興府，提舉洞霄宫，卒。宋史卷三八四有傳。

公天資警邁〔一〕，七歲賦牧童詩，有奇思，遂精詞賦。十四棄其業，習戴氏禮〔二〕，期年輒通貫，諸老先生自謂莫及。一日，先生有欲勉成之者，期以間處〔三〕，曰：「吾將有以發子。」公先時往，俟之甚謹，先生喜曰：「子誠可教。士當務學，才不足恃也。子於書，能博觀而得要則善。如其未也，當勉之，毋以才自足，蹈吾所悔。」公再拜謝。

自是窮日之力，無所不讀，人罕見其面。遂舉進士，中其科，調衢州常山縣主簿。試教官中選，歷太平州州學、臨安府府學教授，改宣教郎，入爲太學正。會省官〔四〕，添差簽書鎮東軍節度判官廳公事〔五〕，復入爲司農寺主簿。召試館職，擢秘書省正字，進校書郎、秘書郎兼國史院編修官、實録院檢討官。遭中散公憂，服除，起知舒州。陛辭，改宗正丞。初，公在館中得對，所論甚衆，其間因論和糴省運〔六〕，孝宗皇帝大悦曰：「公文絶類陸贄，省運誠不難行。」又曰：「朕將用卿，卿果有趨事赴功之意乎？」公逡巡退避久之〔七〕，上亦默然。方是時，士大夫鋭於進取者衆，得上一語，自謂結主知，往往遂投合以取大官。公獨若不敢當上意者，故至是財得補郡，然上終賢之。辭日，上問：「卿往年論事，朕謂似陸贄。今七年矣，卿尚能記否？舒州待次幾年〔八〕？」公以三年對。上曰：「卿家貧母老，豈得待遠次，當除卿行在職事官。」公謝曰：「臣事君，猶子事父，固願朝夕膝下。然幹蠱於外〔九〕，亦子職也，敢有所擇？」上益察公静退〔一〇〕，乃大悦，即有是命。改秘書丞，兼國史院編修官，權吏部郎官。

【箋注】

〔一〕警邁：警拔，敏悟超群。

〔二〕戴氏禮：先秦至西漢闡發禮經的文章極多，東漢出現了兩種選輯本：一是戴德的八十五篇本，稱大戴禮記；二是其侄戴聖的四十九篇本，稱小戴禮記。大戴禮記流傳不廣，到唐代已亡佚大半。小戴禮記因鄭玄作注而暢行於世，後人徑稱之爲禮記。

〔三〕閒處：同「閑處」。僻静之處所。史記張釋之馮唐列傳：「上怒，起入禁中。良久，召唐讓曰：『公奈何衆辱我，獨無閒處乎？』」

〔四〕省官：裁減冗官。晉書荀勖傳：「勖議以爲，省吏不如省官，省官不如省事，省事不如清心。」

〔五〕添差：宋代正官皆授虚銜，實不任事，内外政務另立差遣主管。凡於差遣員額外增添的稱添差。

〔六〕和糴：官府以議價交易爲名向民間强徵糧食。　省運：減省漕運。

〔七〕逡巡退避：徘徊遲疑，退讓躲避。

〔八〕待次：指官吏授職後，依次按照資歷補缺。抱朴子釋滯：「士有待次之滯，官無暫曠之職。」

〔九〕幹蠱：泛指主事，辦事。易蠱：「幹父之蠱，有子，考无咎，厲終吉。」幹，習也，承也。蠱，事也。

〔一〇〕静退：恬淡謙遜，不競名利。韓非子主道：「人主之道，静退以爲寶。」

公還朝逾二年，杜門絶造請〔一〕，諸公貴人以爲簡我〔二〕，將假他事出之。會熒惑犯氐〔三〕，公因對言：「氐者邸也，驛傳宜備非常〔四〕。」不淹旬，都進奏院果災〔五〕，上諭輔臣曰：「蔣某博學善論事，卿知其人否？」皆對以不詳知。上乃自禁中索班簿閱之，將作監闕，即命除公〔六〕。已而命下，則少監也，蓋有密以資淺爲言者，上終不快。未幾，遷將作監，遂兼太子侍讀。然所以屬公者，顧不在是。方試太學諸生，未出院，除右正言，實淳熙十年九月也。十一年正月，同知貢舉，有禮記義絶出流輩〔七〕，已見黜，公力主之，拔置高等，及啓封，則吴人衛涇也〔八〕。已而廷對，遂爲第一。

【箋注】

〔一〕造請：登門晉見。史記酷吏列傳：「公卿相造請禹，禹終不報謝，務在絶知友賓客之請，孤立行一意而已。」

〔二〕以爲簡我：認爲怠慢自己。

〔三〕熒惑犯氐：火星運行於氐宿。古代認爲是不祥之兆。熒惑，即火星，因其熒熒似火，隱現不定，令人迷惑，故名。吕氏春秋制樂：「熒惑在心。」高誘注：「熒惑，五星之一，火之精也。」氐，二十八宿之一，被視爲天根。史記天官書：「氐爲天根，主疫。」

〔四〕驛傳：驛站，傳舍。古代供官員往來和傳遞公文所用的交通機構。

〔五〕「不淹旬」二句：不多時，都進奏院果然送來了災情的報告。淹，滯留。都進奏院，諸路官署名。掌承轉詔敕和轉遞公文。

〔六〕班簿：在朝職官名册。新唐書鄭綮傳：「昭宗意其有所藴未盡，因有司上班簿，遂署其側曰：『可禮部侍郎、同中書門下平章事。』」將作監：官署名。掌宫室、城郭、橋樑、舟車營繕等事務，置將作監、少監爲正副長官。

〔七〕禮記義：題出自禮記的經義試卷。義，指經義，宋代科舉文體之一。

〔八〕衛涇：字清叔，嘉興華亭人，徙居平江崑山。淳熙十一年狀元。與朱熹友善。開禧初累遷御史中丞，參與謀誅韓侂胄，除簽書樞密院事兼參知政事。後爲史彌遠所忌，罷知潭州。卒謚文穆，改文節。宋史翼卷十五有傳。

十二年二月兼侍講，八月遷右諫議大夫，十三年九月遷御史中丞。公任諫官、中執法凡五年〔一〕，知無不言。初，上受内禪，收召四方名士，畢集於朝。其間議論或過爲激昂，貴近不便之〔二〕，於是妄言方秦檜當國時，遴於除授〔三〕，一人或兼數職，亦未嘗廢事，又可省縣官用度〔四〕。於是要官多不補，而收召絶稀。公首論之曰：「往者權臣用事，專進私黨，廣斥異己，故朝列多闕，至有一人兼數職者。今獨何取此？朝臣俸禄有限，侍從、卿、監、郎中以至百司，月計其俸，乘除百緡而已〔五〕。假使省二十員，不過月省二千緡，是特一二節度使俸耳，其省幾何？而遺才乏事，上下交病。且一官治數司而收其禀，裴延齡用以欺唐德宗也〔六〕。孰倡此議者？請得其人詰之。」其言蓋指貴臣。人服其敢言。時著令，贓吏必坐舉官〔七〕，既屢施行矣。有蔣億者，以贓坐罪，而舉官獨置不問。公劾之曰：「此非有所避，則有所芘耳〔八〕。同罪異罰，法且由是廢。」上悦，命有司舉行如初詔。進士黄光大上書，送台州聽讀，公極論其不可，且曰：「臣既樸愚，不長於言，人之有言，又不能開導以廣言路，實有愧焉。」

【箋注】

〔一〕中執法：即中丞。漢書高帝紀下：「御史中執法下郡守。」顔師古注引晉灼曰：「中執法，中丞也。」

〔二〕貴近：指顯貴的近臣。陸贄奉天論擬與翰林學士改轉狀：「夫行罰先貴近而後卑遠，則令不犯；行賞先卑遠而後貴近，則功不遺。」

〔三〕遴於除授：在拜官授職上十分吝惜。遴，通「吝」，吝惜。

〔四〕縣官：指朝廷，官府。史記孝景本紀：「令内史郡不得食馬粟，没入縣官。」

〔五〕乘除：計算，算計。緡：成串的銅錢，每串一千文。

〔六〕稟：指俸禄。裴延齡（七二八—七九六）：唐河中河東（今山西永濟）人。德宗貞元八年以户部侍郎判度支，以苛刻剥下附上爲功。時陸贄秉政，反對由他掌管財賦。德宗信用不疑，反斥逐陸贄。延齡死，中外相賀。舊唐書卷一三五、新唐書卷一六七有傳。舊唐書裴延齡傳載：「（裴）嘗因奏對請積年錢帛以實帑藏，上曰：『若爲可得錢物？』延齡奏曰：『開元、天寶中，天下户僅千萬，百司公務殷繁，官員尚或有闕；自兵興已來，户口減耗大半，今一官可兼領數司。伏請自今已後，内外百司官闕，未須補置，收其闕官禄俸，以實帑藏。』」

〔七〕贓吏必坐舉官：懲治貪贓之吏必須懲辦舉薦他的官員。

〔八〕芘：通「庇」。庇護。

太史奏日中有黑子，公言：「日象君德，豈容陰慝乘之〔一〕。大臣之蒙蔽，外夷之侵軼〔二〕，後宫之私謁〔三〕，宦者之用事，下民之困窮，皆其應也。願陛下仰觀天文，俯察人事，以消群陰之萌。」會地震，公復反覆論奏，而加詳焉。將行郊禮〔四〕，上春秋寖高，或以陟降拜跪爲勞，公言：「今距冬至則逾半年，願陛下清心省事，養性導和，毋强疲勞，毋過燕樂。飲酒以和氣，不可以無節而飲過度之酒；服藥以養生，不可以無疾而服伐性之藥〔五〕。自今以往，宜若神祇在其上下，祖宗臨其左右，誠意所加，幽明并助，將不勞而成禮矣。」上悉嘉納，議者亦翕然以爲得耳目之體〔六〕。

【箋注】

〔一〕陰慝：指陰氣。後漢書馬融傳：「至於陽月，陰慝害作，百草畢落，林衡戒田，焚萊柞木。」李賢注：「左傳曰：『唯正月之朔，慝未作。』杜注云：『慝，陰氣也。害作言陰氣肅殺，害於百草也。』」

〔二〕侵軼：侵犯襲擊。左傳隱公九年：「北戎侵鄭。鄭伯禦之，患戎師，曰：『彼徒我車，懼其侵軼我也。』」杜預注：「軼，突也。」

〔三〕私謁：因私事而干謁請托。詩周南卷耳序：「内有進賢之志，而無險詖私謁之心。」毛傳：「謁，請葉。」

〔四〕郊禮：天子祭祀天地的大禮。史記封禪書：「天子從昆侖道入，始拜明堂，如郊禮。」

〔五〕伐性：危害身心。劉勰文心雕龍養氣：「秉牘以驅齡，灑翰以伐性，豈聖賢之素心，會文之直理哉？」

〔六〕耳目：比喻輔佐或親信之人。書益稷：「帝曰：『臣作朕股肱耳目。』」孔穎達疏：「君爲元首，臣爲股肱耳目，大體如一身也。」

有女冠請於皇太子妃，以久廢上清宫額，徙置其居，因爲住持，祝妃本命〔一〕。女冠入謝禁奥，適有他女冠祝中宫本命者，同列庭中，争長〔二〕。舊例，以住持者爲首。事聞，上取文書毁之，初不知有舊額也。皇太子皇恐不敢入朝，群臣不知所爲。公乃抗言：「徙廢額置他寺觀，天下皆有之。然女冠自不應入宫，今當一切禁絶，僧、尼、道士、女冠，勿使得入而已。」上悦曰：「卿此奏，善處朕父子間矣〔三〕。」封以付東宫。明日，皇太子入謝，上歡甚。皇太子，今太上皇帝也〔四〕，亦遣人謝曰：「非公慮不及此。」方是時，上以暇日，時御佛書，間召其徒入對，或自内東門賜肩輿以入〔五〕，故公因以爲諫。自是遂無所召，士論歸重〔六〕。

【箋注】

〔一〕女冠：即女道士。亦稱女黄冠，因道士皆戴黄冠。王建唐昌觀玉蕊花：「女冠夜覓香來處，唯見階前碎玉明。」皇太子：此指恭王趙惇，乾道七年立。後即位爲光宗。上清宫額：上清宫道士的員額。上清宫爲宋代道觀。本命：即本命年，指與生年地支相同的年份，十二年爲一輪。

〔二〕禁奥：宫禁深密處。中宫：指皇太子妃。争長：争行禮先後。左傳隱公十一年：「滕侯、薛侯來朝，争長。」

〔三〕善處朕父子間：指既肯定皇太子妃任命女冠爲住持，又順皇帝意禁絶僧道入宫争寵。

〔四〕「皇太子」二句：指皇太子恭王趙惇，慶元間已成爲太上皇帝，禪位於其子寧宗趙擴。

〔五〕肩輿：一種轎子。

〔六〕歸重：推重。

都下喧傳遊奕軍統制官笞百姓娠婦〔一〕，至墮胎。公上章彈之，詔大理寺鞫治。同時又有故内人陸靚姬者，訴其夫恃爲閤門官，無故棄逐，且據有其貲〔二〕。公請窮治，其人自計下吏詞且窮，乃遣人妄訹公曰：「旦暮且除簽書樞密矣〔三〕。」公叱遣之，論愈力。會考殿試進士，此兩人者相與合力〔四〕，於是大理具獄〔五〕，以爲所笞乃軍妻，公爲風聞不實〔六〕。即日統制官者復還故官，且賜金帶。而靚姬所訴，亦得不治。考試畢，公方再抗章〔七〕，詔遷禮部尚書，辭不拜，出知婺州。未幾，以母喪解。

【箋注】

〔一〕喧傳：哄傳，盛傳。張仲素賀獲劉辟表：「萬里喧傳，兆人鼓舞。」遊奕軍：古代軍種之一。遊奕，遊弋，巡邏。

〔二〕内人：指宫女。閤門官：負責官員朝參、宴飲、禮儀等事宜的官員。吴自牧夢粱録閤職：「閤門，在和寧門外，掌朝參、朝賀、上殿、到班、上官等儀範。有知閤、簿書、宣贊及閤門祗候、寄班等官。」棄逐：捨棄驅逐。

〔三〕妄訹：虚妄引誘。僉書樞密：即僉書樞密院事，知樞密院事的副職。

〔四〕此兩人：指游奕軍統制官和閤門官。

〔五〕大理：即大理寺，宋代最高審判機關，掌刑獄案件審理。具獄：備文定案。漢書于定國傳：「吏驗治，孝婦自誣服。具獄上府。」

〔六〕風聞：經傳聞而知。漢書南粤傳：「又風聞老夫父母墳墓已壞削，兄弟宗族已誅論。」顔師古注：「風聞，聞風聲。」

〔七〕抗章：向皇帝上奏章。蘇舜欽兩浙路轉運使王公墓表：「每改秩，必抗章辭避，若不勝任。」

郡。紹熙元年，除喪復還，徙寧國府，加焕章閣待制〔一〕，徙太平州。比四年，易三郡。適遇水旱，公力行賑恤之政，寢食不置。所條上者，皆盡利害之實。其大略曰：「臣夙夜訪求荒政〔二〕，言者萬端，然大指不過廣儲畜一事爾。有備，則拙者亦能集事〔三〕。不然，雖智何益？」中外服其論，故奏多見聽。其以常平樁管通融賑民〔四〕，蓋得請乃行，又旋已補足。且災傷五分，許賑糶〔五〕，方高宗時已屢著之春秋頒矣。常平使者顧劾以爲罪。或曰：「是爲其所親報宿怨，公盍自言於朝？」公曰：「吾初不計此。人臣奉行寬大詔令，寧過無不及，天下豈無公論。」會使者召用，公卒以口語罷歸〔六〕。卜居嚴州，得屋僅庇風雨，頹垣壞甓，悠然自適，讀書旦暮不輟。時從其耆老而訓其子弟，若未嘗貴達者。初，公任言責累年〔七〕，排擊不避權豪，至士大夫有以誣得謗傷者，輒語同舍曰：「夷考其人平日〔八〕，恐不至此。」及廣詢之，果不合。故一時在朝寒遠孤進之士〔九〕，得以自保。而四方賢牧伯〔一〇〕，皆得究其設施，不爲怨仇所揺。及公治郡，善政爲一路最，所遭乃如此，人爲公憤悒，而公未嘗見之色辭。於虖！非學問之力，疇克至此〔一一〕。居嚴逾年，稍起，提舉江州太平興國宮。俄感疾，以通議大夫致仕，遂卒，實慶元二年十一月二十一日也。享年若干。

【箋注】

〔一〕焕章閣：宋閣名。收藏高宗御製。淳熙初建，置學士、直學士、待制等職。

〔二〕荒政：賑濟饑荒的政令或措施。周禮地官大司徒：「以荒政十有二聚萬民。」鄭玄注：「荒，凶年也。」鄭司農云：『救饑之政，十有二品。』」

〔三〕集事：成事，成功。左傳成公二年：「此車一人殿之，可以集事。」杜預注：「集，成也。」

〔四〕常平椿管：指常平倉儲保管的糧食。常平，即常平倉。宋史食貨志上：「淳化三年，京畿大穰，分遣史臣於四城門置場，增價以糴，虚近倉貯之，命曰常平，歲饑即下其直予民。」

〔五〕賑糶：售米拯救。

〔六〕口語：指譭謗。楊惲報孫會宗書：「懷禄貪勢，不能自退，遂遭變故，横被口語。」

〔七〕言責：指諫官。王安石右司諫趙汴禮部員外郎兼侍御史知雜事制：「以爾嘗任言責，有猷有爲。」

〔八〕夷考：考察。孟子盡心下：「夷考其行，而不掩焉者也。」趙岐注：「考察其行，不能掩覆其言。」

〔九〕寒遠孤進：指出身寒門，又特别出色之人。

〔一〇〕牧伯：指州郡長官。漢書朱博傳：「今部刺史居牧伯之位，秉一州之統，選第大吏，所薦位高至九卿，所惡立退，任重職大。」

〔一一〕疇克至此：誰能如此。

娶梁氏，故户部尚書汝嘉之孫〔一〕，封碩人。五男子：綸，修職郎、台州司法參軍；緯，宣義郎、知徽州休寧縣丞；繹，承奉郎；維，將仕郎；紳，承務郎。二女子，朝散郎、通判温州湯宋彦、進士梁至，其婿也。五孫男，一孫女，皆幼。諸孤將以某年某月某日，葬公於處州某縣某原，以某獲從公遊〔二〕，屬以銘，不敢以衰耄辭，銘曰：

孝宗龍興〔三〕，大哉爲君。聖意圖回，群才駿奔。于時語公，爾朕自知。今且巨用，欽哉勿違。公屹如山，却立弗前。曰臣實愚，敢先衆賢？帝初不怡，久乃太息。是予所求，忠厚諒直。乃長諫垣〔四〕，乃丞御史。陳謨諤諤〔五〕，國論所倚。一去不復，白首外藩。晚躓于讒，浩然丘園。維始及終，進德彌劭〔六〕。勒銘墓隧，萬世是詔。

【箋注】

〔一〕汝嘉：即梁汝嘉（一〇九六—一一五四），字仲謨，處州麗水（今屬浙江）人。以蔭入仕。建炎間通判常州。紹興初知臨安府。擢户部侍郎，權尚書兼江淮荆廣經濟使。親近秦檜，出知明州、温州、宣州等。事迹見周必大文忠集卷六九寶文閣學士通奉大夫贈少師梁公汝嘉神道碑。

〔二〕某獲從公遊：陸游於淳熙十四年知嚴州時，作有賀蔣中丞啓、賀蔣尚書出知婺州啓。

〔三〕龍興：比喻王者興起。此指孝宗登基。

〔四〕諫垣：指諫官官署。權德輿酬南園新亭宴會璩新第慰慶之作時任賓客：「予婿信時英，諫垣金玉聲。」

〔五〕陳謨：陳獻謀劃。諤諤：直言争辯貌。韓詩外傳卷十：「有諤諤争臣者，其國昌；有默默諛臣者，其國亡。」

〔六〕劭：美好，高尚。

渭南文集箋校卷第三十六

墓誌銘

【釋體】

本卷文體同卷三二，收録墓誌銘六首。

吕從事夫人方氏墓誌銘

維申國吕氏，自五代至宋，歷十二聖，常有顯人〔一〕。忠孝文武，克肖先世。婚姻多大家名胄〔二〕，婦姑相傳以德，先後相勉以義，富貴不驕汰，雖甚貧，喪祭猶守其舊，養上撫下，恩意曲盡，雖寓陋巷環堵之屋〔三〕，鄰里敬化服之，猶在京師故第時。於虖盛哉！從事郎諱大同之夫人方氏，嚴州桐廬人。曾大父楷，尚書駕部員外郎。大父蒙，朝散郎、尚書屯田員外郎。父元矩，朝散郎、知建州。建州之殁，夫人尚幼，事母已爲宗黨所稱。年二十有一來歸，生一男一女，而從事不禄〔四〕。夫人能篤禮好義，哀死字孤，爲子求師擇友，日夜進其業，而教其女以婦事，皆訖於成。不幸得年不長，四十有九而卒於淳熙三年，祖平猶未仕也〔五〕。及祖平通朝籍，以宗祀恩贈從事通直郎，夫人亦追封孺人〔六〕。故祖平每言輒霣涕曰：「祖平不天〔七〕，不得以斗升之禄養吾親，視斯世尚何聊？惟圖所以慰親於九原者〔八〕，在墓隧之文乎？」遂來告某於山陰澤中，曰：「願有述。」某亦早失先親〔九〕，與吾子之憾無異也。行年八十，每思之，殆欲忘生，則吾子之悲哀①，某實能深知之。其敢愛一日之勞，不以成吾子之悲乎？初，從事葬於信州上饒縣明遠鄉之德源山，以潦水齧墓趾〔一〇〕，改卜於舊墓少東二百步，實慶元二年十二月庚申。而夫人初没時，祖平窶〔一一〕，不能以柩祔從事墓，乃即婺州武義縣明招山祖墓之旁葬焉。自改葬從事，諏日奉夫人歸祔，而筮未得吉〔一二〕。祖平於是爲承議郎、知興化軍仙游縣事。女嫁朝請郎、添差通判鎮江府曾棐。孫男樗年，孫女萊孫。銘曰：

維呂世世有令德，繄女父母皆得職。夫人熏陶成厥質，行則尊矣壽胡嗇。歸柩同穴慰存殁，先刻此銘俟卜吉。

【題解】

吕從事，即吕大同，字逢吉。吕好問之孫，吕弸中之子，吕本中之侄。宋元學案列於紫微家學，稱「其所講釋者，莫非前言往行之要，蓋皆有得於家學者」（宋元學案卷三六）。大同官從事郎，後贈通直郎，娶桐廬方氏。本文爲陸游爲吕大同夫人方氏所作的墓誌銘，主要記述其篤禮孝義、哀死字孤的事迹。

本文據文末自述，作於慶元三年（一一九七）。時陸游奉祠家居。

【校記】

①「悲」，原作「志」，據弘治本、正德本、汲古閣本改。

【箋注】

〔一〕申國吕氏：古申國和吕國同爲姜姓，周宣王時同遷於今南陽。詩大雅崧高：「維嶽降神，生甫（吕）及申。維申及甫，維周之翰。」伯夷曾佐堯帝掌管四嶽，後又助大禹治水有功，爲大禹「心吕之臣（心腹重臣）」，故封之爲吕侯，是爲吕氏始祖。春秋初年，楚國攻伐南陽，相繼滅古申國、吕國，吕國子孫以故國名爲姓氏，形成吕氏的主脈，被視爲吕姓正宗，是爲南陽吕氏。中國吕氏即指南陽吕氏。常有顯人：如後唐吕夢奇曾任御史中丞、户部侍郎。入宋，其孫吕夷簡於太宗、真宗兩朝爲相，封申國公；夷簡子吕公著於哲宗時與司馬光共爲宰相；公著孫吕好問靖康末助高宗即位，拜尚書右丞；好問子吕本中官至中書舍人兼侍講，善詩，標舉江西詩派；本中侄孫吕祖謙博學多識，領袖浙東學派，學者稱東萊先生。吕氏家族在兩宋傳承十餘代，人才輩出。

〔二〕名胄：名門後代。新唐書嚴綬傳：「綬既名胄，於吏事有方略，然鋭進取，素議薄之。」

〔三〕環堵：四周環繞每面一方丈的土牆。形容居室狹小簡陋。禮記儒行：「儒有一畝之宫，環堵之室。」

〔四〕不禄：士大夫死的諱稱。

〔五〕祖平：即吕祖平，吕大同與方氏之子。歷知仙游縣、江陰軍、常州、徽州、處州等。

〔六〕通朝籍：指初入仕。朝籍，在朝官吏的名册。宗祀恩：指吕氏先祖的恩典。

〔七〕不天：不爲天所護佑。左傳宣公十二年：「鄭伯肉袒牽羊以逆，曰：『孤不天，不能事君，使君懷怒，以及敝邑，孤之罪也。』」杜預注：「不天，不爲天所佑。」

〔八〕九原：指九泉，黄泉。蘇軾亡妻王氏墓誌銘：「君得從先大人於九原，余不能，嗚呼哀哉！」

〔九〕某亦早失先親：陸游之父陸宰卒於紹興十八年，時陸游二十四歲。

〔一〇〕潦水齧墓趾：指墓地地勢低，被水浸淹。

〔一一〕窶：貧窮，貧寒。

〔一二〕諏日：商量選擇吉日。儀禮特牲饋食禮：「特牲饋食之禮，不諏日。」鄭玄注：「諏，謀也。」歸祔：合葬。筮未得吉：卜筮暫未得吉日。

夫人陳氏墓誌銘

紹熙、慶元之間，予以故史官屏居鏡湖上，有東陽進士呂友德自太學來與予游〔一〕，問學論議文辭，皆有源流，而衣冠進趨甚偉〔二〕。予固異之，訪於東陽人，則曰：「是清潭呂君紹義之子。呂君蓋賢有德，而其配陳夫人又賢，生三子，孟則友德，仲定夫，季友之〔三〕。孟固奇士，仲、季亦有聲學校場屋間，能稱其兄者也。」自是友德不閲歲必一過予，過必見其進〔四〕。予老病謝客，無貴賤，多不能接。獨友德來，欣然倒屣〔五〕，不知疾痛之在體也。歲戊午十月壬午，忽墨其衰絰〔六〕，叩予門哭，且言母夫人不幸以八月戊子歿矣，得年六十有五，卜用十二月壬申，葬於孝順鄉蟠谷之原。以其家君之命，徵銘於予。予方病，亦不勝悲，不敢以病爲解，乃按從事郎陳君黼狀〔七〕，序次爲銘。夫人與呂君同邑人，曾大父懿，大父嚴，父子淵，皆鄉長者。夫人幼孤，女功不待教而能。稍長，佐其母經紀家事如成人。大父猶無恙，奇之，爲擇所歸，得呂君。既嫁，事舅姑以孝聞。女妹適人，傾其嫁時橐裝無少靳〔八〕。積勤儉以裕財，隆祭享以盡孝，厚振施以立義〔九〕，呂氏之興，夫人之助爲多。處事明果〔一〇〕，雖呂君有不能回者，諸子獻疑，亦堅守初意不爲變，曰：「後當如是。」及事定，一如夫人言，人人歎服。其後呂氏家益康，大第千礎，堂寢尤宏麗。而夫人顧自挹損，齊居玩道，即東偏汛掃一室，蕭然如老釋之廬，或終日不出閾[一一]。如是歷十餘年，呂君與諸子婁勸其歸堂中，皆不可。然絲枲針縷之事，至老猶自力，暇日勉諸子以學，授諸婦以家事，諄諄不惰。雖古賢婦，殆無以加。不幸一日不疾而卧，醫藥至，皆却之，曰：「吾固無疾也。」已而遂不復語。諸子方就試，馳歸省疾，頷之而已，神宇泰定[一二]，超然就蜕[一三]。及有司以友德名上禮部，報至，夫人不及見矣。可哀也已！夫人三女，嫁吴一夔、徐僑、徐鼒，皆良士。孫男四人。銘曰：

山盤水紆，龜食筮從。吉日壬申，宅是幽宫[一四]。表表三子[一五]，奮繇書詩。維夫人之賢，有以基之。

【題解】

夫人陳氏，即東陽呂紹義之妻，呂友德之母。呂友德曾多次赴鏡湖向陸游問學，陸游倒屣相迎。劍南詩稿卷三六次呂子益韻：「呂子奇才非復常，詩來起我醉中狂。大音誰和陽春曲，真色一空時世妝。東閣獻諛無轍迹，西湖寄傲有杯觴。病懷正待君湔祓，墨妙時須寄數行。」本文爲陸游爲夫人陳氏所作的墓誌銘，主要記述其孝事舅姑、處事明果、齋居玩道、超然就蜕的事迹。

本文據文中自述，作於慶元四年（一一九八）十月。時陸游奉祠家居。

【箋注】

〔一〕東陽：縣名。宋代隸兩浙路婺州，今屬浙江金華。陸游幼時曾隨父避亂東陽山中。呂友德：字子益，東陽人。舉進士。

〔二〕進趨：行動舉止。莊子天道「老子曰：而容崖然」，郭象注：「進趨不安之貌。」

〔三〕孟：長子。兄弟姐妹排行依次爲孟、仲、叔、季。正妻所生長子稱「伯」，妾媵所生長子稱「孟」。

〔四〕不閲歲：不過一年。進：進步。

〔五〕倒屣：急於出迎而把鞋倒穿。形容熱情歡迎。三國志王粲傳：「時邕才學顯著，貴重朝廷，常車騎填巷，賓客盈坐。聞粲在門，倒屣迎之。」

〔六〕戊午：慶元四年。墨其衰絰：穿着黑色喪服。

〔七〕陳君黼狀：陳黼所作行狀。陳黼，字斯士，東陽人。少從呂祖謙遊。淳熙八年進士。累遷國子博士、著作郎，仕途偃蹇，後丐祠歸。事迹見宋元學案卷七三。陳黼當爲夫人陳氏親屬。

〔八〕女妹：指夫之妹，即小姑。爾雅釋親：「夫之女弟爲女妹。」適人：出嫁。橐裝：珠寶財物，指嫁妝。靳：吝惜。

〔九〕振施：猶「賑施」。救濟布施。

〔一〇〕明果：聰穎果決。三國志黄權張嶷等傳論：「張嶷識斷明果，咸以所長，顯名發迹，遇其時也。」

〔一一〕挹損：指縮減、回避享受。　齊居：即齋居，齋戒别居。　玩道：體悟道之真諦。　汛掃：灑掃。　閾：門檻。

〔一二〕神宇：神情氣宇。　泰定：安定，鎮定。莊子庚桑楚：「宇泰定者，發乎天光。」成玄英疏：「且德宇安泰而静定者，其發心照物，由於自然之智光。」

〔一三〕就蜕：指離世。道家認爲修道者死後留下形骸，魂魄散去成仙，稱爲「尸解」，也叫「蜕」。

〔一四〕幽宫：指墳墓。

〔一五〕表表：卓異，特出。韓愈祭柳子厚文：「子之自著，表表愈偉。」

承議張君墓誌銘

君諱錤，字深父，年三十有八，慶元三年十一月壬辰病卒。以四年九月庚申，孤某葬君於臨安府西湖佛首山之原。因其伯父、寺丞功父鎡，以君之友、太學内舍生陳公道原狀請銘〔一〕。予與功父交二十年，信重其言，而陳君所叙文亦甚美，可考據，遂與爲銘。君家秦之三陽〔二〕。曾大父安民靖難功臣〔三〕，太師，靖江、寧武、静海軍節度使，清河郡王，追封循王，謚忠烈，配饗高宗皇帝廟庭。大父諱子厚，左武大夫、康州刺史、帶御器械〔四〕，贈少傅。考諱宗元，通議大夫、敷文閣待制，贈少師。君幼而穎異，强記好學。少師遇郊祀恩，任爲承事郎〔五〕，稍長，主管建昌軍仙都觀。遭少師憂，未除，而母夫人繼卒。君執喪累年，毁瘠幾不可識〔六〕，族人以不勝喪爲憂，共諭勉之，始稍自抑，然終喪猶羸甚。歷兩浙轉運司明州造船場，簽書安豐軍判官廳公事，江、淮、荆、浙、福建、廣南路都大提點坑冶鑄錢司檢踏官監〔七〕，總領淮西、江東軍馬錢糧所太平惠民局〔八〕，積官承議郎。君之爲船場，人或啗其非勳閥所宜處〔九〕，君謝之曰：「景迂晁以道先生所嘗爲也〔一〇〕，吾處之，懼弗稱，敢薄之耶？」訖代去，不以卑冗怠其事，自守以下，皆歎譽之。晚官藥局〔一一〕，尤號閒冷，顧無所施其才。又素簡儉，遠聲色，獨以書自娱，時屬文辭見志，然未嘗妄出以示人。所居帷屏壁門，皆有銘以自警戒。其文尤高，没後，始或見之，皆驚其才，服其識，以爲使未死，得享中壽〔一二〕，其所至詎可量哉？孰謂不幸，年止於此。君嘗以進士試禮部，見黜，不以懟有司，亦遂不復踐場屋。諸公貴人多知之，然仕常從銓〔一三〕，與寒士並進，至終其身。其静退乃天性〔一四〕。娶楊氏，太師、和王存中之孫〔一五〕。繼室以潘氏，少保、安慶軍節度使邵之孫。皆封孺人。子男一人，渥，將仕郎，有賢稱。女一人，與孫伯東皆幼。

銘曰：君家勳德奕世傳[一六]，圖像麟閣侍甘泉[一七]。佳哉公子何翩翩，才當用世不永年。有美樂石可磨鐫，百世之下知此賢。

【題解】

承議張君，即張錤（一一五九—一一九七），字深父。張俊曾孫張鎡之侄。以蔭入仕，多歷地方職務，官至承議郎。其伯父張鎡向陸游請銘。本文爲陸游爲張錤所作的墓誌銘，主要記述其簡儉静退，以文見志的事迹。

本文據文中自述，作於慶元四年（一一九八）。時陸游奉祠家居。

【箋注】

〔一〕寺丞功父鎡：即張鎡（一一五三—一二三五），字功父，一作功甫，號約齋。參見卷十六德勳廟碑題解。

〔二〕秦之三陽：三陽，砦名，宋代隸秦鳳路秦州成紀縣（今甘肅天水）。陳公道原狀，陳道原所撰行狀。

〔三〕曾大父：指張俊（一〇八六—一一五四），字伯英。參見卷十六德勳廟碑題解。

〔四〕帶御器械：武官軍職名，係御前親侍。

〔五〕任爲承事郎：指張錤承恩任承事郎。

〔六〕毁瘠：因居喪過哀而極度瘦弱。荀子禮論：「故量食而食之，量要而帶之，相高以毁瘠，是奸人之道也，非禮義之文也，非孝子之情也，將以有爲者也。」

〔七〕都大提點坑冶鑄錢司：官署名，掌治煉和錢幣鑄造。　檢踏官監：實地監督檢查的官員。

〔八〕惠民局：官署名，屬太府寺。掌配置藥品出售。

〔九〕唁：指對遭遇非常變故者的慰問。　勳閥：勳門。建立過功勳的家族。蘇軾次許沖元韻送成都高士敦鈐轄：「高才本不緣勳閥，餘力還思治蜀兵。」

〔一〇〕景迂晁以道：即晁説之，字以道，號景迂先生。參見卷十四晁伯咎詩集序注〔一〕。晁説之爲船場，參見卷十八景迂先生祠堂記。

〔一一〕藥局：指太平惠民局。

〔一二〕中壽：中等年壽。古代説法不一，有九十、八十、七十、六十等多種。如呂氏春秋安死：「中壽不過六十。」

〔一三〕從銓：根據吏部的銓選。

〔一四〕静退：恬淡謙遜，不争名利。韓非子主道：「人主之道，静退以爲寶。」

〔一五〕和王存中：即楊存中（一一〇二—一一六六），本名沂中，字正甫，代州縣（今山西代縣）人。初從張俊抗金，遷御前中軍統制。紹興間屢敗金兵，官至殿前都指揮使。聽命秦檜，權崇日盛，任殿帥二十五年。封同安郡王，以太師致仕。追封和王，謚武恭。宋史卷三六七有傳。

〔一六〕奕世：累世，代代。國語周語上：「奕世載德，不忝前人。」

〔一七〕麟閣：即麒麟閣。漢代閣名，在未央宮内。甘露三年，漢宣帝令人畫霍光等十一名功臣圖像於閣上，以示紀念和表彰。後世多以畫像於麒麟閣爲最高榮譽。甘泉：即甘泉宮。漢代宮殿名。在咸陽城北，於秦代甘泉宮基址上建成，爲漢武帝時僅次於未央宮的重要活動場所，兼作避暑之地。陪侍甘泉宮是當時大臣的榮耀。

朝奉大夫石公墓誌銘

公諱繼曾，字興宗。周武王之弟康叔封於衛〔一〕，五世生靖伯，邑於石，是爲石氏之始祖。而會稽新昌之石，實自青之樂陵南徙〔二〕，距公二十三世，其詳見於世譜。左朝議大夫、累贈正奉大夫諱端中，朝散大夫、大理正、出爲福建路參議諱邦哲，迪功郎、温州平陽縣主簿、累贈朝奉大夫諱祖仁，公之三代也。公幼穎異，入家塾，日誦千言，過目不再。寺正築堂，名博古，藏書二萬卷〔三〕，每撫公歎曰：「吾是書以遺爾，無恨矣。」客至，侍左右，進退應對唯謹。客悚然不敢童子視之，曰：「石氏興未艾也。」朝議捐館舍時〔四〕，公尚未生，遺言吾致仕得任子恩〔五〕，當以予適曾孫。公既生，補明州文學，調黃州黃陂縣尉，以便養親。監潭州南嶽廟，歷臨安縣、新城縣主簿，楚州司理參軍，監行在編估打套局門〔六〕，監建康府户部贍軍西酒庫〔七〕，知饒州德興縣，兩浙轉運司主管文字，提轄行在文思院〔八〕。未及造朝，以疾卒於家，享年五十有八。自迪功郎十遷至朝奉大夫。公事親孝，執喪如禮，毁瘠幾不可識，除喪久之，乃復居官。守家法，以廉自勵。俸入可以受，可以無受，必辭；饋饈可以取〔九〕，可以無取，必却。徇公而忘私，約己而裕物，捐利而篤義。爲主簿新城時，謹簿書，扼吏姦，以善其職聞〔一〇〕。移於潛丞，邑民讙於境上，曰：「奈何奪我主簿〔一一〕？」久乃涕泣辭去。在楚州，治獄尤詳明。屬縣尉一日獲盗十輩，意且得醲賞〔一二〕，同僚爲言：「君雖恕，然不可縱盗。」公正色對曰：「盗誠不可縱，罪亦不可入，因辭亦不可不盡。」同僚退相顧曰：「尉賞不諧矣。」然憚其正，不敢復言。獄成，真盗財伍人〔一三〕，餘破械遣去。部使者趙公思尤賢公，一路有疑獄滯訟，輒以委公。公治之無遺察〔一四〕，雖受罰者，皆稱其平。德興壯縣，俗喜負氣，健鬥而終訟。公始下車，歎曰：「是不可以柱後惠文治也〔一五〕。」於是爲政一本於教化，有兄弟宗族争訟者，輒對之泣下，多感愧而去，俗爲一變。繕治學宫，聚經史，豐饍羞〔一六〕，尊延耆老，而賓友其秀民〔一七〕，又創小學以誘進其童子，誦書之聲聞於行路。會科詔下德興，與薦送者二十有三人，比他邑爲最盛。縣之遠郊，貧民憚多子，或不能全，公舉行胎養之令〔一八〕。置保伍以察之甚悉〔一九〕，而盜攘因不得輒發。其政大抵類此。郡以上聞，勢孤無爲援者，不報。還朝，從吏部得兩浙漕司屬官，公澹然無滯留色。浙江西陵渡，舊設官護舟楫，歲久不復擇人，其弊叢出，歲有覆溺。公建言請各命文臣一員，察其勤惰，以爲陞黜。且渡舟一，置備舟二以翼之，雖有惡風怒濤，可無大害。江之津，官舊爲築舍數十區爲待渡之所，後輒廢，往來有暴衣露蓋之患，公亦請以官廢房復之。事有施行者，皆至今爲利，而議者惜其不盡用也。公雖以任子入仕，然志在繼世科〔二〇〕，嘗貢禮部，不合有司，退而力學著書。比卒，遺稿可次第者數十卷，多可行世。娶郭氏，封安人，先公一歲卒。丈夫子三：曰正大、正誼、正權，皆舉進士。而正大亦嘗至禮部。女子子九，已嫁者五。鄉貢進士郭溪，修職郎、新邵武軍司户參軍趙善駷，從政郎、新隆興府府學教授王益之，國學進士孫之淵，國學進士劉敏文，其婿也。諸孤將以卒之明年，慶元六年正月丙午，葬於山陰縣謝墅之原，以安人祔前葬，來請銘。銘曰：

噫大夫，秀而文。學自强，仕有聞。秩中郎，返蒿焄〔二一〕。我作銘，賁其墳〔二二〕。後百世，仰遺芬。

【題解】

朝奉大夫石公，即石繼曾（一一四一—一一九九），字興宗，會稽新昌（今屬浙江）人。歷州縣，官至朝奉大夫。慶元五年卒。其子請銘陸游。本文爲陸游爲石繼曾所作的墓誌銘，主要記述其守法敬業、公平治獄、教化治縣的事迹。

本文據文末自述，作於慶元五年（一一九九）。時陸游致仕家居。

【箋注】

〔一〕康叔：又稱衛康叔、康叔封，姬姓，名封。周文王姬昌與正妻太姒所生第九子，周武王姬發同母弟，因獲封畿内之地康國（今河南禹州西北），故稱康叔或康叔封。後因功改封於殷商故都朝歌（今河南淇縣），建立衛國，成爲衛國第一任國君。

〔二〕青：青州，書禹貢所載古九州之一，大體指起自渤海、泰山，涉及河北、山東半島的一片區域。樂陵：縣名。今屬山東德州。

〔三〕寺正：即大理正，指石邦哲，字熙明，石公弼從侄。嘉泰會稽志卷十六藏書：「越藏書有三家：曰左丞陸氏，尚書石氏，進士諸葛氏。中興祕府始建，嘗於陸氏就傳其書。而諸葛氏在紹興初頗有獻焉，可以知其所蓄之富矣。（二事見求遺書門。尚書則石公公弼也。）陸氏書特全於放翁家，嘗宦兩川，出峽不載一物，盡買蜀書以歸，其編目日益鉅。諸葛氏以其書入四明，子孫猶能保之。而石氏當尚書亡恙時，書無一不有，又嘗纂集前古器爲圖記，亦無一不具。其後頗弗克守，而從子大理正邦哲盡以金求得之，於是爲博古堂，博古之所有衆矣。其冥搜遠取，抑終身不厭者。後復散出，而諸孫提轄文思院繼曾稍加訪尋，間亦獲焉。三家圖籍，其二氏嘗更廢遷，而至今最盛者惟陸氏。」石邦哲曾輯刊博古堂帖傳世。石公弼：原名公輔，字國佐，越州新昌人。元祐進士。歷宗正寺主簿、侍御史、太常少卿、御史中丞，上章力劾蔡京。進兵部尚書兼侍讀。出知揚州、襄州。蔡京再相，遭貶秀州團練副使，台州安置。遇赦歸。宋史卷三四八有傳。

〔四〕朝議：即朝議大夫，指石端中。

〔五〕任子：因父兄功績得保任授予官職。

〔六〕編估打套局：官署名。屬太府寺，掌挑選市舶所納香藥雜物等進行估價，除供朝廷外，送雜賣場出售。

〔七〕贍軍酒庫：負責造酒和賣酒的機構，隸户部。

〔八〕文思院：官署名。隸工部。掌金銀、犀玉工巧及彩繪、裝鈿之飾。

〔九〕饋𩞄：贈送行資，贈送財物。

〔一〇〕抳：遏止，阻塞。　職聞：職務聲譽。

〔一一〕潛丞：指楚州司理參軍。　讙：喧嘩。説文解字：「讙，嘩也。从言，雚聲。」

〔一二〕醲賞：重賞。岳飛辭宣撫副使劄：「顧士字恢復之迹，未見尺寸，而厚恩醲賞，涯分已逾。」

〔一三〕財：通「才」。

〔一四〕遺察：即失察。

〔一五〕柱後惠文：冠名。執法官、御史等所戴。此指嚴刑峻法。漢書張敞傳：「秦時獄法吏冠柱後惠文。」

〔一六〕饍羞：美味食品。饍，亦作「膳」。周禮天官膳夫：「膳夫掌王之食飲膳羞。」鄭玄注：「膳，牲肉也；羞，有滋味者。」

〔一七〕秀民：德才優異之平民。國語齊語：「其秀民之能爲士者，必足賴也。」韋昭注：「秀民，民之秀出者也。」

〔一八〕胎養：養育。後漢書魯恭傳：「今始夏，百穀權輿，陽氣胎養之時。」

〔一九〕保伍：泛指基層的户籍編制。因古代五家爲伍，又立保相統攝。

〔二〇〕世科：指世代科舉入仕的傳統。

〔二一〕蒿君：祭祀時祭品發出的氣味，也用以指祭祀。禮記祭義：「其氣發揚于上，爲昭明，焄蒿，悽愴，此百物之精也，神之著也。」鄭玄注：「焄謂香臭也，蒿謂氣蒸出貌也。」

〔二二〕賁：修飾，裝飾。説文解字：「賁，飾也。」

方伯謨墓誌銘

伯謨甫姓方氏〔一〕，名士繇，一名伯休，莆陽人。曾大父會〔二〕，事徽宗皇帝，出入榮顯，顯謨閣待制，贈少師。大父昭，左朝請大夫，嘗入尚書省，爲駕部郎中。父豐之〔三〕，右迪功郎、監建州豐國監〔四〕，中書舍人呂公居仁、著作郎何公晉之〔五〕，皆屈年輩與之遊，紹興間有名士方德亨者是也。予嘗序其文〔六〕，今行於世。伯謨甫所自出，曰兵部尚書呂公安老〔七〕，尚書以臨大節不橈，死淮西之難，載在國史〔八〕。伯謨甫遭父憂，時財十二歲，從太夫人依外家，居邵武軍〔九〕。執喪，已能無違禮，而事太夫人及庶祖母以孝謹稱。入小學，與他童子從師授經，既退，意不滿，爲朋儕剖析義理〔一〇〕。師聞之，悚然自失。既冠，遊鄉校，試屢在高等。聞侍講朱公元晦倡道學於建安，往從之。朱公之徒數百千人，伯謨甫年尚少，而學甚敏，不數年，稱高弟。因徙家從之於崇安五夫籍溪之上〔一一〕。所以熏陶器質，涵養德業，磨礲浸漬，以至於廣大高明者，蓋朱公作成之妙，而伯謨甫有以受之也。伯謨甫既見朱公，即厭科舉之習，久之，遂自廢，不爲進士，專以傳道爲後學師。六經皆通，尤長於易，亦頗好老子，嘗歎曰：「老子之言，蓋有所激者，生於衰周，不得不然。世或黜之，以爲申、韓慘刻，原於道德〔一二〕，亦過矣。」又曰：「釋氏固夷也，至於立志堅決，吾亦有取焉。」其博學兼取，不以百家之駁擠所長如此，亦足見其資之寬裕忠厚，與世俗異也。伯謨甫晚得脾弱之疾[一三]，春夏之交輒作，不能食者彌月乃已。慶元五年夏，病如常歲。至五月庚申，忽命家人爲之總髮[一四]。既畢，取鏡自照，正冠危坐而歿，得年五十有二。娶黄氏、曹氏。男女各三：男曰丕、曰立、曰平。女嫁張崟、劉學稼，幼未行。明年，卜葬於武夷山石門寺之原。六月，丕書來請銘，其辭指甚哀。予雖老病昏眊，亦重違孝子之意[一五]。且伯謨甫之賢，固願有所述，遂不敢辭。初，德亨之文，豪邁警絶，人莫能追及。而伯謨甫之作，則閒澹簡遠，有一倡三歎之音，世莫能優劣之也。工於書，自篆、籀、分、隸、行、草諸體[一六]，皆極其妙，又能講其時世之變，與圜方腴瘠之法[一七]，聽之終日忘倦。遺稿數百篇，與它著書甚衆，丕等方輯之未成。好方技[一八]，治疾有奇驗，能逆決生死，著傷寒括要，亦未成。嘗謂予曰：「士貧，惟賣藥可爲。然子孫繼爲之，有怠且欺，則不免害人，不若不爲之愈也。」大抵伯謨甫多才藝，所能輒過人，其思慮精詣又若此。然在伯謨甫，皆不足言，故不詳著。銘曰：

方氏三徙，而不出閩。君從朱公，始爲建人。武夷山麓，鬱有封樹[一九]。車過必式[二〇]，曰是爲伯謨甫之墓。

【題解】

方伯謨，即方士繇（一一四八—一一九九），一名伯休，字伯謨，號遠庵，興化軍莆陽（今福建莆田）人。少時從朱熹受學，後不事科舉，專以傳道爲業。慶元五年卒，其子方丕書來請銘。陸游淳熙間提舉福建常平，與伯謨交遊甚篤。本文爲陸游爲方士繇所作的墓誌銘，主要記述其受學朱熹、爲師傳道、博學兼取、多才多藝的事迹。

本文據文意，作於慶元六年（一二〇〇）六月。時陸游致仕家居。

參考卷四一祭方伯謨文、劍南詩稿卷十六寄題方伯謨遠庵。

【箋注】

〔一〕伯謨甫：伯謨之美稱。説文解字：「甫，男子美稱也。」多用於表字之後。

〔二〕曾大父會：即方會，字子元，興化軍莆田人。熙寧九年進士。任建州教授，知越州、廣州，再知越州，充兩浙安撫使。政和中歷太子詹事，累爵文安郡開國侯。事迹見莆陽比事卷五。

〔三〕父豐之：即方豐之，字得亨，號北山。參見卷十四方得亨詩集序題解。

〔四〕建州：古州名。唐代始置，南宋升建寧府，府衙在今福建建甌。豐國監：北宋咸平三年置，屬建州，鑄銅錢，爲全國四監之一。元代廢，故址在今福建建甌東北。

〔五〕吕公居仁：即吕本中，字居仁。參見卷十四吕居仁集序題解。何公晉之：即何大圭，字晉之，廣德軍（今安徽廣德）人。政和八年進士。以文章著名。歷秘書省正字、著作郎。建炎間坐失洪州除名，編管嶺南。紹興中以左朝請郎直祕閣，後主管台州崇道觀。萬姓統譜卷三四有傳。

〔六〕予嘗序其文：指陸游撰方德亨詩集序，見卷十四。

〔七〕吕公安老：即吕祉（一〇九二—一一三七），字安老，建州建陽（今屬福建）人。以上舍生入仕。建炎中爲右正言、明州通判。紹興初爲直龍圖閣、知建康府。遷兵部尚書兼都督府參謀軍事，後被叛將酈瓊所害。宋史卷三七〇有傳。

〔八〕「尚書」三句：紹興七年春，朝廷罷劉光世兵權，所部駐淮西行營左護軍，依張浚主張，以劉氏舊部王德爲都統制，酈瓊爲副，派文臣吕祉節制。酈瓊與王德不協，吕祉密奏罷酈瓊兵權，事泄爲瓊所執。宋史吕祉傳載：「瓊遂率全軍四萬人渡淮降劉豫，擁祉次三塔，距淮三十里。祉下馬曰：『劉豫逆臣，我豈可見之？』衆逼祉上馬，祉駡曰：『死則死於此！』又語其衆曰：『劉豫逆臣，爾軍中豈無英雄，乃隨酈瓊去乎？』衆頗感動，凡千餘人環立不行。瓊恐摇動衆心，急策馬先渡，祉遇害。」此即「淮西之難」。

〔九〕邵武軍：隸福建路。今屬福建南平。

〔一〇〕朋儕：朋輩。陸倕爲息纘謝敕賜朝服啓：「姻族移聽，朋儕改矚。」

〔一一〕崇安：縣名，隸建寧府。今福建武夷山市。五夫：鎮名，朱熹故鄉。今武夷山市東南。

〔一二〕申韓，戰國時法家代表人物申不害和韓非。慘刻：兇狠刻毒。道德：指老子道德經。

〔一三〕脾弱：脾氣虚，表現爲脘腹脹滿，不思飲食，大便溏薄，形體消瘦，精神不振，肢體倦怠，面色萎黄，舌淡苔白，脈緩弱無力。

〔一四〕總髮：束髮。

〔一五〕重違：難違。漢書孔光傳：「傅太后欲與成帝母俱稱尊號……唯師丹與光持不可。上重違大臣正議，又内迫傅太后，猗違者連歲。」顏師古注：「重，難也。」

〔一六〕篆籀分隸行草：指篆書、籀文、八分書、隸書、行書和草書，均爲書法之體。

〔一七〕圜方腴瘠：指書法中圓與方、肥與瘦的處理方法。

〔一八〕方技：醫藥及養生之類技術。漢書藝文志：「侍醫李柱國校方技。」顏師古注：「醫藥之書。」

〔一九〕封樹：堆土爲墳，植木爲樹。古代士以上的葬制。禮記王制：「庶人縣封，葬不爲雨止，不封不樹，喪不貳事。」孔穎達疏：「庶人既卑小，不須顯異，不積土爲封，不標墓以樹。」

〔二〇〕車過必式：指經過墳地必加祭奠。式，通「軾」，以手撫軾，表示尊敬。

留夫人墓誌銘

慶元六年十月，余之友信安徐賡赴告其母夫人之喪於山陰澤中曰〔一〕：「賡不天，早失先人〔二〕。先人無他子，賡與母氏相恃爲命。稍長，娶婦韓。賡出遊，獲從一時知名士學問。母氏與婦韓，治家事以待賡歸。賡雖遊，不敢甚遠。母氏壽而康，間有小疾，則馳歸省〔三〕，到家，往往已愈。母氏見賡所與諸公論議辨質文章，則大喜曰：『使汝嘗在吾傍，詎有是哉！』今年六月，賡客都下，得報母氏有疾，賡即日歸，行二日而遭大變。至家，已無及矣。俯仰天地，豈能生存！大事未終，不敢致毀〔四〕，惟是幽隧之銘，敢請於執事。賡忍死以須〔五〕，執事忍却乎？」按狀〔六〕，夫人姓留氏，常山之馬尪人〔七〕。曾大父唐，大父永，父師古，世爲儒。夫人適西安人徐君諱國潤。徐君，一鄉善士。其卒也，故尚書謝公諤狀其行〔八〕，而内相洪公邁誌其葬〔九〕。不知徐君者，以二公許與〔一〇〕，可信其賢。夫人資端重，色莊言厲，然遇人慢己者〔一一〕，輒退自省曰：「吾其有以致之？」舅姑御家嚴，夫人左右無違①。嫁女妹，凡己嫁時服飾妝澤無所惜〔一二〕。與先後處，自始逮終，歡如一日。凡徐君行事，見稱於族黨閭里者，多夫人相之。而賡之學識卓然聞於世者，抑又夫人教誨之力也。是可以得銘矣。夫人享年七十。生丈夫子一，賡也。女子子三，知武當縣劉錧、新知樂安縣劉𤕦、前監太平縣稅韓朴，其壻也〔一三〕。孫男曰魯。孫女長適進士翁時敏，餘二尚處。卒之歲，某月某日葬於清平鄉官檥山，祔徐君之墓。銘曰：

三代益遠，世廢女史〔一四〕。豈無淑人〔一五〕，曾莫之紀。玉埋於泉，孰知貞堅？我文尚傳，夫人與焉。

【題解】

留夫人，即陸游之友、朱熹弟子徐賡之母。常山（今浙江衢州）人，嫁西安人徐國潤。慶元六年卒，其子徐賡赴告陸游請銘。本文爲陸游爲留夫人所作的墓誌銘，主要記述其孝養舅姑、相夫教子的事迹。

本文據文首自述，作於慶元六年（一二〇〇）十月。時陸游致仕家居。

參考卷二一橋南書院記。

【校記】

①「違」，原作「遲」，據弘治本、正德本、汲古閣本改。

【箋注】

〔一〕信安：即衢州。唐宋時二者曾交替使用，信安得名於信安溪。下文又稱「西安」，因晚唐咸通中曾改信安爲西安，因西溪得名。

〔二〕不天：不爲上天護佑。先人，指亡父。左傳宣公十五年：「爾用先人之治命，余是以報。」

〔三〕歸省：回家探望父母。朱慶餘送張景宜下第東歸：「歸省值花時，閒吟落第詩。」

〔四〕致毀：造成哀毀。指居喪時因過分哀傷而損害健康。

〔五〕忍死以須：到死殷切期待。須，等待。

〔六〕狀：指留夫人行狀。

〔七〕常山：縣名。今屬浙江衢州。馬𧻓，地名，得名於馬𧻓溪。

〔八〕謝公諤：即謝諤，字昌國，官至權工部尚書。參見卷十二賀謝殿院啓題解。狀其行：爲其作行狀。

〔九〕洪公邁：即洪邁（一一二三—一二〇二），字景盧，號容齋，饒州鄱陽（今江西鄱陽）人。紹興十五年中博學宏詞科。累遷中書舍人兼侍讀、直學士院、同修國史。淳熙間爲翰林學士。以端明殿學士致仕。學識博洽，著述宏富。宋史卷三七三有傳。内相：唐代改翰林供奉爲學士，專掌内命，參裁朝廷大政，人稱「内相」。誌其葬：爲其作碑誌。

〔一〇〕許與：指結交引爲知己。任昉王文憲集序：「弘獎風流，許與氣類，雖單門後進，必加善誘。」

〔一一〕慢己：輕慢自己，對己無禮。

〔一二〕妝澤：指化妝的油脂。

〔一三〕甥：此指女婿。

〔一四〕女史：古代女官名。以知書女子充任。周禮天官女史：「女史掌王后之禮職，掌内治之貳，以詔后治内政。」

〔一五〕淑人：即淑女。賢良美好的女子。

渭南文集箋校卷第三十七

墓誌銘①

【釋體】

本卷文體同卷三二，收録墓誌銘五首。

【校記】

①「墓誌銘」，原無「銘」字，各本同，據各首標題補「銘」字。

朝議大夫張公墓誌銘

於虖！士有才足以任重責成，謀足以折衝經遠〔一〕，而不見知於人，不獲用於時者，世固有矣，人猶未以爲憾也。至於知之而不盡，用之而不極，利安元元之功〔二〕，卒不克見，則後世讀其事，至於悲傷歎息，有不能自已者。某自壯歲客遊四方，獲識其豪傑，如朝議大夫張公，其殆是已。公諱郯，字知彦，和州烏江人。曾大父諱延慶，大父諱補，蓄德深厚，然皆不仕。父諱幾，才尤高，以子貴，贈金紫光禄大夫。公少用兄待制邵出使恩〔三〕，授右迪功郎，調開化尉，兼主簿。歷平江府西比較務〔四〕、監南嶽廟，平江府録事參軍、全椒令，復監南嶽廟，監行在激賞酒庫所糯米場〔五〕，樞密院編修官，通判建康府，主管台州崇道觀，主管淮西轉般倉〔六〕，監登聞檢院〔七〕，太府寺丞〔八〕，知真州、鄂州，提舉江南東路常平茶鹽公事，復主管崇道觀、建寧府武夷山沖佑觀。積九遷至朝奉大夫，遂請老。以子遇郊祀恩〔九〕，積四封至朝議大夫。

【題解】

朝議大夫張公，即張郯（一一〇二—一一八九），字知彦，和州烏江（今安徽和縣）人。以兄邵出使恩入仕。官至朝奉大夫、提舉江東常平。以郊祀恩遷朝議大夫。淳熙十六年卒。張郯長兄張邵使金被囚，十四年後得歸；次兄張祁官至直祕閣、淮南轉運判官，其子張孝祥爲陸游舊友。陸游曾在鄂州結識張郯，并得其賞識。張郯子孝伯請銘於陸游，本文爲陸游爲張郯所作的墓誌銘，主要記述其臨事逆決、整飭吏治、賑恤災民、收養孤嫠的事迹。

本文原未繫年，文中述及銘主張郯長子孝伯官權禮部尚書兼實録院同修撰，考張孝伯始任此職在慶元五年十月（見南宋館閣續録卷九），而本文前後篇均作於慶元六年，根據編例，本文當作於慶元六年（一二〇〇）。時陸游致仕家居。

【箋注】

〔一〕折衝：制敵取勝。衝，戰車名。吕氏春秋召類：「夫脩之於廟堂之上，而折衝乎千里之外者，其司城子罕之謂乎？」高誘注：「衝，車。所以衝突敵之軍，能陷破之也……使欲攻己者折還其衝車於千里之外，不敢來也。」經遠：指謀劃長遠。

〔二〕利安元元：利好安定百姓。元元，百姓，庶民。戰國策秦策一：「制海内，子元元，臣諸侯，非兵不可。」

〔三〕兄待制邵：即張邵（一〇九六—一一五六），字才彦。宣和三年登上舍第。建炎三年以直龍圖閣、假禮部尚書出使金國，被因不屈。直至紹興十三年和議成乃歸。擢祕閣修撰，改敷文閣待制，知池州，奉祠卒。宋史卷三七三有傳。

〔四〕比較務：宋代徵收酒税的地方機構。徽宗政和年間，在原先的都酒務基礎上分設比較務，以立額比較，增加課税，并在各郡推廣。務，爲州縣徵收商税的機構。

〔五〕行在激賞酒庫所：高宗紹興七年（一一三七），於行在設置贍軍酒庫，以專管酒利。後又稱贍軍激賞酒庫，歸户部管轄。糯米場：貯藏釀酒用糯米的倉庫。

〔六〕轉般倉：漕運的轉運倉庫。宋代在真、揚、楚、泗四州設立轉般倉，卸納東南各路漕糧，再换船轉由汴河運至京師等地。

〔七〕登聞檢院：官署名，簡稱檢院。隸諫議大夫。宋代官民有關朝政得失、公私利害、軍期機密、陳乞恩賞、理雪冤濫的上書，先向登聞鼓院（簡稱鼓院）投進。如遭拒，再投登聞檢院。檢院收到上書，如事關緊急，即日上達皇帝，否則五日一次通進。

〔八〕太府寺：官署名。掌有關國家財貨政令，以及庫藏出納、商税、平準、貿易等事。置太府卿、少卿爲正副長官，丞爲助理。

〔九〕郊祀恩：皇帝於郊外祭祀天地時封賞的恩典。

公爲人魁磊不凡〔一〕，學問識其大者，臨事前見逆決，若燭照龜卜，無秋毫疑滯〔二〕。他人極思慮不能可否者，公一言處之，常有餘裕。初爲編修官，公府吏素容養，習爲姦利，無所畏忌，視掾屬無如也〔三〕。公因事時白發其甚不可者，群吏縮栗〔四〕，至相語以公白事爲憂。未幾，坐臺評免歸〔五〕。孝宗皇帝受内禪，虜猶窺江淮，上慨然思却虜復中原，廟堂共謀拔擢人材，分任兩淮事，築城浚隍，什伍民兵，漕上江之粟，以儲兵食〔六〕。乃自散地起公主管淮西轉般倉，然初議乃欲概付以淮西邊事，不獨治倉庾也〔七〕。會更用大臣，所議不果行，乃以公監鹽院丞〔八〕。太府無深知公者，求試外，出守儀真〔九〕。得對，言：「臣疏賤，歷州縣，頗熟民間事。今蒙恩使治郡，不敢不力。惟淮南新被虜禍，民散徙未還，臣當體聖意，安輯撫摩〔一〇〕，察其蠹弊，一皆上聞，惟陛下省察。如臣不任職，固不敢逃罪。」前守員琦，獻羨緡八萬，皆文具，實不有一金〔一一〕。公到郡，悉以實聞，訖得免輸。

【箋注】

〔一〕魁磊不凡：形容高超特出，不同一般。

〔二〕前見逆決：指超前察覺，預先決斷。　龜卜：指灼龜甲以卜凶吉。

〔三〕容養：蓄養，供奉。宗炳明佛論：「非崇塔侈像，容養濫吹之僧，以傷財害民之謂也。」掾屬：佐治的官吏。　無如：不如，比不上。

〔四〕白發：告發，揭露。新唐書元載傳：「華原令顧繇上封白發其私，帝方倚以當國，乃斥繇，除名爲民。」　縮栗：畏縮戰慄。韓愈與少室李拾遺書：「彊梁之凶，銷鑠縮栗，迎風而委伏。」

〔五〕臺評：指御史臺的彈劾。

〔六〕浚隍：疏浚城壕。隍，没有水的城壕。　什伍：指組織。古代軍隊編制，五人爲伍，十人爲什。　上江：泛指長江上流地區。

〔七〕散地：閒散之地，指閒散的官職。　倉庾：貯藏糧食的倉庫。

〔八〕匭院：官署名，即匭使院。始置於唐代，以諫議大夫爲知匭使，設方函列於署外，凡臣民有懷才自薦、匡正補過、申冤辯誣、進獻賦頌者，均可分類投匭。宋太宗雍熙初，改匭院爲登聞鼓院和登聞檢院。此指登聞檢院。

〔九〕太府：指太府寺。儀真：即真州，隸淮南東路。即今江蘇儀徵。

〔一〇〕安輯撫摩：即安撫百姓。

〔一一〕羨緡：即餘錢。羨，剩餘。文具：指空有條文。史記張釋之馮唐列傳：「且秦以任刀筆之吏，吏争以亟疾苛察相高，然其敝徒文具耳，無惻隱之實。」司馬貞索隱：「謂空具其文而無其實也。」

俄詔兩淮郡守及部使者，各上用錢券利害〔一〕。公力言：「券用於四蜀全盛之地，故能流轉，然猶有弊。今兩淮凋瘵如此〔二〕，諸郡賴以給用度者，不過酒税，新爲戰場，無復土産可以貿易，獨賴錢幣而已。若用券，商賈且不行，何以爲郡？」時議者多妄揣時事，謀開邊隙〔三〕，公密奏：「虜盟固不足恃，然其主孱懦，懲故酋敗盟之失，方幸無事，其任事之臣，又皆齪齪，日事琴弈，無遠略可知〔四〕。我若惑浮言遽動，不惟力有未給，又激彼使生事，朝廷且旰食矣〔五〕。」上頗采用其説。公因言：「真爲揚、楚之衝，當城此郡，以固人心。度費緡錢十萬，米三千斛，而郡有上供與經制羨數〔六〕，可得太半。止乞給降三萬緡，發傍近屯兵二千人。臣身自督役，不再閱月可成〔七〕。」既得請，果以四十有四日告畢，樓櫓屹立，而民不與知。上聞，益知公可用。代歸入對，所陳又合上指，乃有武昌之命〔八〕。入辭，上慰諭曰：「卿真州之政不苟，鄂上游重地，是以委卿。卿便宜體此意〔九〕，到郡有事，第奏來御前，當遣金字牌報卿〔一〇〕。」公感奮，益盡力。

【箋注】

〔一〕錢券：錢幣（銅錢、鐵錢）和紙幣（會子）。

〔二〕凋瘵：衰敗，困乏。王勃廣州寶莊嚴寺舍利塔碑：「昔者萬人疾疫，神農鞭草而救之；四維凋瘵，夏禹刊木以除之。」

〔三〕邊隙：邊釁，邊境上挑釁。梁書武帝紀上：「永明季年，邊隙大啓，荆河連率，招引戎荒。」

〔四〕齪齪：拘謹、謹小慎微貌。史記貨殖列傳：「而鄒魯濱洙泗，猶有周公遺風，俗好儒，備於禮，故其民齪齪。」琴弈：彈琴下棋。

〔五〕旰食：晚食。指政務繁忙不得按時進食。左傳昭公二十年：「奢聞員不來，曰：『楚君、大夫其旰食乎！』」

〔六〕上供：唐宋時賦税中解交朝廷的部分。新唐書食貨志三：「（憲宗）分天下之賦以爲三，一曰上供，二曰送使（節度使），三曰留州。」經制：即經制錢，始於北宋宣和年間的一種附加雜税。楊萬里轉對劄子：「民之以軍興而暫佐師旅征行之費者，因其除軍帥謂之經制使也，於是有經制之錢。既而經制使之軍已罷，而經制錢之名遂爲常賦矣。」羨數：剩餘之數。

〔七〕不再閲月：指不到兩月。

〔八〕武昌之命：指知鄂州。

〔九〕便宜：指斟酌事宜，自行決斷處理。史記廉頗藺相如列傳：「以便宜置吏，市租皆輸入莫府，爲士卒費。」

〔一〇〕金字牌：宋代驛傳中以最快速度發送檔的「急脚遞」所懸之木牌，爲朱漆金字，故名。宋史輿服志：「又有檄牌，其制有金字牌、青字牌、紅字牌。金字牌者，日行四百里，郵置之最速遞也。」

鄂爲江、湖間一都會〔一〕，總領、轉運及都統制〔二〕，三司鼎立，異時多縱肆，雖幕府僚屬，皆下視郡守〔三〕。公素剛介難犯，人固已震畏其名。及視事，衣冠視瞻甚偉，號令設施皆當人心，由是莫不敬憚。而軍中猶倔强自如，縱群卒入市，視民及郡兵有長身中度程者〔四〕，輒驅以往。公捕至郡庭，呼吏作奏，軍吏羅拜，請後不敢。自是訖公去，無敢犯。都統入朝，有營卒夜挾刃貸於富室，脅使不敢言。公廉得之〔五〕，馳入提舉軍事張平家。平素以兄事公，呼家人置酒，公曰：「我來正欲飲，但當得劫富民者，行軍法，乃快飲爾。」平惶恐，立捕治如公言。妖人吴興居屬邑〔六〕，有詔名捕〔七〕。公求得善捕盜者唐青，厚資給之，且授以方略，遣行。而方士皇甫坦挾禁奥勢，爲私請〔八〕，公弗聽，俄獲興以獻。及公還朝，上首問獲興之狀，公謝曰：「妖人在郡境，不即置法，至煩詔命，臣乃有罪。然唐青實盡力，賞未償勞，敢昧死以爲請。」蜀士以喪歸，遇名盜破舟殺人，又欲斲其棺，公厚賞捕之，竟伏法。由是江路清夷，有誤觸舟者，舵師大言曰：「今張公在此，汝尚敢爾耶！」歲大疫，公爲之營醫藥，以全否爲醫殿最〔九〕。餓給之食，死予之轊〔一〇〕。民家一牛死，貸錢三萬以買犢。治聲聞於行在。

【箋注】

〔一〕江湖：指長江、洞庭湖。

〔二〕總領：即總領財賦或總領某路財賦軍馬錢糧。高宗紹興間先後置淮東、淮西、湖廣、四川四總領，分掌各路上供財賦，供辦諸軍錢糧，成爲户部派出機構。轉運：即轉運使，宋代各路長官，掌管一路財賦，監察各州官吏等。都統制：南宋各屯駐大軍統兵官。

〔三〕下視：輕視，看不起。

〔四〕度程：標準。禮記月令：「（孟冬之月）是月也，命工師效功，陳祭器，按度程。」鄭玄注：「度，謂制大小也；程，謂器所容也。」

〔五〕廉：考察，視察。

〔六〕妖人：指有妖術之人。

〔七〕名捕：按名緝捕。漢書平帝紀：「家非坐不道，詔所名捕，它皆無得繫。」

〔八〕方士：古代從事醫、卜、星、相之類職業的人。挾禁奥勢：倚仗方術隱秘的威勢。爲私請：指私下爲吴興求情。

〔九〕殿最：考核，評比。下等爲殿，上等爲最。葛洪抱朴子道意：「又非在職之要務，殿最之急事。」

〔一〇〕轉：通「槥」。小棺材。漢書高帝紀下：「令士卒從軍死者爲槥，歸其縣。」顏師古注引應劭曰：「小棺也，今謂之櫝。」

及使江東，公言部中旱，饒、南康尤甚〔一一〕，濟之當如救焚拯溺，今當奏事，往返且兩月，請先馳至部，議所以賑恤者，又條上其事甚悉。上皆從其請。事略定，乃入對，且以聞。上惻然曰：「何以使吾民得食至麥熟耶？」公又具以計畫對，上勞勉遣行。會詔諸路諸郡陳事之不便於民者，公因言：「歲饑民流，去年渡江而北者殆數百萬，至淮南，亦無所得食，死者相枕藉。今僅中熟，而郡縣不度民力，督常賦及私負甚厲。加之造寨屋，教民兵，行和糴〔二〕，創馬棚，鑄錢幣，未見其利，已不勝其擾。願發德音，一切罷之。」此數事，有主之者，施行方力，而公盡言乃如此。武臣提點刑獄，怙權侵官，公略不爲屈，職業所及，必力争得直乃已。至甚不可者，又以互察法劾上之〔三〕。其人懼，乃與池州守相附結排公〔四〕。賴上素知公，譖不得行。歲滿，請奉祠而歸。

【箋注】

〔一〕饒、南康：饒州和南康軍均隸江南東路。在今江西鄱陽、贛州。

〔二〕和糴：官府以議價交易爲名向民間强制徵購糧食。魏書食貨志：「又收内郡兵資與民和糴，積爲邊備。」

〔三〕互察法：指文臣和武臣互相監察之法。

〔四〕附結：依附交結。新唐書宦者傳上：「玄宗在藩，力士傾心附結，已平韋氏，乃啓屬内坊，擢内給事。」

初，待制治命〔一〕，以遺恩官諸侄。仲兄祕閣公祁辭不取〔二〕，以予公之子，初不告也。公聞，亦固辭，而乞官孤侄孝嚴。寓家蕭山，收養孤嫠〔三〕，與同甘苦，視所居之鄉，如其宗黨。進善人，誨責其有過者，俗爲一變。門當吴越大道，有病於旅、死於行，公以私財療治斂瘞之〔四〕，無遺力。歲惡，飢民争歸公，公爲設食，不可數計，然用度初不給足，食或不肉也。間無事，時出門徜徉，扶一童立里巷，老稚遥見，稽首祝之曰：「願吾父壽百千歲，爲窮民歸。」淳熙十六年八月七日晨闢户，有方外士二人來謁〔五〕，公接之如平時。將食，曰：「吾今日病，不能同汝食。」家人請命醫，公不許，且麾使去。家人行數步，回視之，奄然逝矣，享年八十有七。

【箋注】

〔一〕待制：即張鄰長兄張邵。　治命：指人死之前神智清醒時的遺囑。

〔二〕祕閣公祁：即張祁，字晉彦，鄰次兄，孝祥父。以兄使金恩補官。負氣尚義，爲秦檜羅織下獄，檜死獲免。累遷直祕閣、淮南轉運判官。後卜居蕪湖，築堂曰歸去來，自號總得翁。

〔三〕孤嫠：孤兒寡婦。王安石哀賢亭：「終欲往一慟，詠言慰孤嫠。」

〔四〕斂瘞：入殮安葬。

〔五〕方外士：方外人，即不拘世俗禮法之人，如釋、道、隱士等。南史謝澹傳：「帝以爲澹方外士，不宜規矩繩之。」

娶余氏，進士芾之女，封恭人，贈碩人，先公三年卒。諸孤以公捐館之明年十月二十有八日，奉公之喪，與碩人合葬於慶元府鄞縣桃源鄉西山之原。子六人：孝伯〔一〕，朝請大夫、權禮部尚書兼侍講，兼實録院同修撰；孝仲，承議郎、京西南路安撫司幹辦公事；孝叔、孝季，未官而卒；孝穉，從事郎、監嚴州神泉監；孝聞，從事郎、新差管押紹興府石堰，慶元府鳴鶴鹽場袋鹽。女四人：修職郎高得中、進士王孝友，其婿也；其二早卒。孫六人：守之、宜之、約之、及之、即之、能之。孫女十有五人。

【箋注】

〔一〕孝伯：即張孝伯，字伯子，官至參知政事。參見卷二八跋張安國家問注〔三〕。

初，公兄弟皆負異材，惟待制稍顯榮，然皆不得盡行其志。祕閣之子中書舍人孝祥，以進士第一起家，出入朝廷二十年，文學議論政事，隱然號中興名臣，亦未四十而卒。公晚遇主，又壽最高，亦竟不用。識者謂天嗇其報〔一〕，將大興張氏後，而公之陰德在人，其後亦當大。今尚書公忠孝文武〔二〕，方極柄用。公既以通議大夫告第矣，追榮且繼下〔三〕，然後知識者之言爲驗。某生晚，不及拜待制之門，若祕閣及中書，則辱知厚甚。晚始識公於武昌〔四〕，公又特期之遠，不惟以祕閣、中書故也。時方葺南樓，公朝夕召與燕飲，慨然語曰：「吾南樓天下壯觀，要得如子者落之〔五〕。子之來，造物以厚我也。」謝不敢當。今尚書之客，皆一時賢傑，其巨筆鴻藻〔六〕，皆足以慰公於九泉，而尚書獨以誌墓屬某，豈猶以公遺意耶？用是不敢辭。銘曰：

世患無才，才大輒棄。萬里之途，方駕而稅〔七〕。若時張公，表表國器。入掾樞庭〔八〕，謗讒亟至。兩城一節〔九〕，所至大治。抱負萬億，出微一二。猶或忌之，竟以讒躓。言歸江濱，風雨財蔽〔一〇〕。聃然耄期〔一一〕，化被閭里。天其知我，報在嗣子。教忠之榮，四品告第。尚有寵褒，震耀一世。爰勒斯銘，式賁幽隧〔一二〕。

【箋注】

〔一〕天嗇其報：上天吝嗇其報謝。指將報謝後代。

〔二〕尚書公：即張郯長子張孝伯。

〔三〕追榮：爲死者追加恩榮。北齊書楊愔傳：「追榮之盛，古今未之有也。」

〔四〕晚始識公於武昌：乾道六年陸游溯江入蜀，八月至鄂州結識知州張郯。參見卷四六、四七入蜀記第四、第五。

〔五〕落：古代宫室樓觀建成時舉行祭禮。左傳昭公七年：「楚子成章華之臺，願與諸侯落之。」

〔六〕鴻藻：雄文。班固東都賦：「鋪鴻藻，信景鑠，揚世廟，正雅樂。」

〔七〕駕而税：解駕，停車，休息。史記李斯列傳：「物極則衰，吾未知所税駕也。」司馬貞索隱：「税駕，猶解駕，言休息也。」

〔八〕入掾樞庭：指在朝廷擔任掾屬之職。

〔九〕兩城一節：指知真州、鄂州，提舉江東常平。

〔一〇〕財：通「才」。

〔一一〕聃然：高壽貌。聃，耳大垂。耄期：高年。書大禹謨：「朕宅帝位，三十有三載，耄期倦于勤。」孔傳：「八十、九十曰耄，百年曰期頤。言已年老，厭倦萬機。」

〔一二〕式：語助詞。賁：文飾，光彩，光耀。

王季嘉墓誌銘

予自尚書郎罷歸〔一〕，屏居鏡湖上，郡牧、部使者多不識面，至縣大夫以耕釣所寄〔二〕，尤避形迹，弗敢與通。惟兩人，曰山陰張君橐、會稽王君時會，相從歡然如故交。張君端亮英達〔三〕，不幸卒於官。王君尤淵粹有守〔四〕，官滿造朝〔五〕，來別予，悵然語之曰：「贈行當以言，願足下自愛，毋以用捨愧初心、敗晚節。」君曰：「是我志也。」及見除書，從天官銓調湖南轉運司主管文字以去〔六〕。方是時，大臣多知君賢，近臣或奏疏薦君，而揚歷久〔七〕，且嘗爲邑以最聞，近比當得美官〔八〕。君一不顧，方上書論進退人才當考實，不宜以近似斥善士。已而迂道來過予，喜津津見眉宇曰〔九〕：「某於是粗能不負公所期矣。」予作而答曰：「僕不失言，足下不失己，皆可賀也。」及卒，予聞訃歎驚，爲朝廷惜此一士，亦竊喜君仕雖躓而志達也。會其子前葬來求銘。因叙而銘之。

【題解】

王季嘉：（一一三六—一二〇〇），名時會，字季嘉，慶元府奉化（今浙江奉化）人。乾道五年進士。曾知紹興府會稽縣，官至湖南轉運司主管文字。鋭意經學，善詩文。慶元六年卒。陸游紹熙初與之交遊，并多有期望。其子向陸游求銘，本文爲陸游爲王時會所作的墓誌銘，主要記述其淵粹有守、見識過人、鋭意經學、長於詩文的事迹。

本文據文末自述，作於慶元六年（一二〇〇）。時陸游致仕家居。

參考劍南詩稿卷三六送王季嘉赴湖南漕司主管官。

【箋注】

〔一〕「予自」句：淳熙十六年十一月，陸游自禮部郎中兼實録院檢討官任上被劾罷歸。

〔二〕郡牧，州郡長官。部使者：宋代監司的俗稱，即諸路轉運使、提點刑獄、提舉常平等監察機構長官。縣大夫：指縣裏的官吏。

〔三〕端亮：端正誠實。新唐書路隋傳：「父泌，字安期，通五經，端亮寡言，以孝悌聞。」英達：英明通達。袁宏後漢紀靈帝紀上：「吾嘗與杜周甫論林宗之德也，清高明雅，英達瑰瑋，學問淵深，妙有俊才。」

〔四〕淵粹有守：精深純粹有操守。

〔五〕官滿：指知會稽縣任滿。

〔六〕天官：周禮分設六官，以天官冢宰居首，總御百官。後世用以指吏部。銓調：根據考績遷調官職。

〔七〕揚歷：指仕宦的經歷。王禹偁請撰大行皇帝實録表：「然念臣太平興國五年，徒步應舉，再就御試，遂登文科，服勤州縣，揚歷四考。」

〔八〕近比：近例。蘇軾張文定公墓誌銘：「公又奏百官遷秩，恩已過厚，若錫賚復用嘉祐近比，恐國力不能支，乞追用乾興例足矣。」

〔九〕喜津津：得意貌。新唐書奸臣傳上：「初，三宰相就位，二人磬折趨，而林甫在中，軒驁無少讓，喜津津出眉宇間。」

君字季嘉，慶元府奉化縣人。曾大父起，大父元發，皆布衣。考中立，以君有列於朝，再贈至宣教郎。君自少時事親孝，事兄悌，處鄉里學校，從師擇友甚嚴，言語舉動，忠敬有法，與兄時叙同登乾道五年進士第。仕自台州司户參軍，歷袁州州學教授，監行在左藏西庫〔一〕，知紹興府會稽縣①，最後終於長沙。自廸功郎七遷至朝散郎，賜緋魚袋。初，魏惠憲王判明州累年〔二〕，君移書丞相史魏公〔三〕，言：「國家早建儲宫〔四〕，以定天下之本，而魏王偃藩在外〔五〕，天下皆以爲當然者。父子異宫，天下爲家，東藩之守，猶異宫也，然父子兄弟之情，終若有間。雖曲加恩禮，豈若用故事，使得日奉朝謁，外庭濟濟，示天下以公，内庭熙熙，從家人之樂哉！」史公讀之，太息稱善。會魏王薨，言不果行。觀君此書，使得居中任用，其補國家、化天下，必有大過人者矣。有識之士，恨君之不遇也。

【校記】

①「縣」，原作空圍，據弘治本、正德本、汲古閣本補。

【箋注】

〔一〕左藏：古代國庫名。始於晉代。宋代國庫有内藏和左藏，内藏待非常之用，左藏供經常之費。宋史職官志五：「左藏東西庫，掌受四方財賦之入，以待邦國之經費，給官吏、軍兵奉禄賜予。舊分南北兩庫，政和六年修建新庫，以東西庫爲名。」

〔二〕魏惠憲王：即趙愷，宋孝宗次子。孝宗受禪時封慶王。莊文太子卒，愷當立，孝宗未決。後立恭王惇即光宗，進封愷魏王，判寧國府。淳熙元年徙判明州，加荆南、集慶軍節度使，行江陵尹，改永興、成德軍節度使、揚州牧。七年卒於明州，年三十五。謚惠寧。宋史卷二四六有傳。

〔三〕史魏公：即史浩，字直翁。隆興元年、淳熙五年兩次拜相。參見卷七謝參政啓題解。

〔四〕儲宫：借指太子。潘尼贈陸機出爲吴王郎中令：「乃漸上京，羽儀儲宫。」

〔五〕偃藩：安卧藩邸。指居於明州。

會稽歲霖潦〔一〕，郡方督已蠲之賦甚急，君持不可。守不聽，乃袖告身〔二〕，易服立庭中力争，守爲之奪氣，民賴以紓。遂修社倉之政〔三〕，因立保伍〔四〕，以察不孝不悌惰遊不逞者，風俗一變。會營奉永阜陵〔五〕，吏按舊比〔六〕，抱文檄如山，環案立。

君徐視，去十之七，餘不可已者，召民面給錢粟，與爲期會〔七〕。於是民不知役，而事悉集。君所至設施多可稱述，論事亦多識大體。予所書，特其章章可備史官之求者〔八〕。若廉於貨財，簡於自奉，不納妄饋，不受羨俸〔九〕，此在君爲不足言，故皆略之。

【箋注】

〔一〕霖潦：淫雨。曹攄思友人：「密雲翳陽景，霖潦掩庭除。」

〔二〕告身：古代授官的文憑。

〔三〕社倉：即義倉。古代爲防糧荒而在鄉社設置的糧倉。始於隋代，歷代管理體制不一。宋史食貨志上：「時陸九淵在敕令局，見之歎曰：『社倉幾年矣，有司不復舉行，所以遠方無知者。』」

〔四〕保伍：指基層户籍編制。古代五家爲伍，又立保相統攝，故名。曾鞏陳康民管勾永興等路常平制：「勑具官某等：朕爲保伍之法，寓耕戰之政，典農之官屬以兼領。」

〔五〕營奉：指施工營建。奉，行。永阜陵：宋孝宗陵墓，在紹興東南二十五里。

〔六〕舊比：舊例。

〔七〕期會：期限。沈俶諧史：「國家用兵，斂及下户，期會促迫，刑法慘酷。」

〔八〕章章：昭著貌。史記貨殖列傳：「關中富商大賈，大抵盡諸田，田嗇，田蘭。韋家栗氏，安陵杜氏，亦巨萬。此其章章尤異者也。」

〔九〕羨俸：多餘的俸禄。

君鋭意經學，有易、詩、書、論語訓傳、鄉飲酒辨疑〔一〕，凡數十百卷。文辭簡古，尤喜爲詩，與范文穆公及尤延之、楊廷秀倡酬〔二〕，諸公皆推之，有泰庵存稿三十卷。病已亟，猶强起，拱手端坐，無惰容，顧家人曰：「吾學易，晝夜之理甚明。」遂卒，享年六十有四，慶元六年正月丙申也。娶楊氏，封安人，淑柔孝恭，晚益好静，安於死生，有學士大夫所難者，先君一歲卒。男女各五：男宗廣，以君遺恩入官；宗大，太學生；宗朴，早卒；宗野、宗愚；女長嫁進士楊琪、迪功郎沈黯、進士杜思問、進士孫之穎，幼尚處。孫男五人：與點、與回、與賜、與文、與求。孫女七人，皆尚處。諸孤將以十二月甲午，奉君及安人之柩合葬於某地之原。銘曰：

君才雋偉天所授，早篤於學晚益富。年過六十是亦壽，道悠運促志弗究。子孫森然敏而秀，如芝在庭驥在廐。築丘植檟日高茂，盛德表表宜有後。

【箋注】

〔一〕鄉飲酒：即鄉飲酒禮。周代鄉學三年業成大比，考核道行德藝優異者，薦於諸侯。將行之時，由鄉大夫設宴以賓禮相待。後歷代沿用。

〔二〕范文穆公：即范成大，謚文穆。尤延之：即尤袤，字延之。楊廷秀：即楊萬里，字廷秀。倡酬：以詩詞相酬答。

石君墓誌銘

會稽之姓石爲大〔一〕。君諱允德，字迪之，會稽剡人。梁開平中〔二〕，分剡爲新昌，君之籍在焉，爲新昌人。五世祖開府儀同三司待旦，以學行爲范文正公所禮〔三〕。子孫又多賢，爲聞人，而石氏益爲名家。君曾祖景恭，祖端怡，父圖南，獨皆不列仕籍，然邑人皆推以爲賢長者。至君繼以好學謹行，事後母至孝，舉鄉進士，亦每在選中，然卒不遇以死。吾嘗觀一邦一邑之士，其犯法觸禁、流離困踣者，非必皆其身不善也。問其先，往往喪節而貴者也，否則不義而富者也，否則養交黨、事頰舌、飾詐售僞以取名譽者也〔四〕。其仕而達、處而給足、且有才子令孫者，非必皆其身之賢也。

問其先，往往正直而不遇者也，否則廉讓而貧者也〔五〕，否則篤學守道而不爲人知者也。若君之家世，庶幾於正直廉讓、篤學守道者歟？君又能繼之，而滋不遇〔六〕。

【題解】

石君，即石允德，字迪之，會稽新昌（今浙江新昌）人。好學謹行，事後母至孝，終身未仕，卒於慶元六年。其子請銘於陸游，本文爲陸游爲石允德所作的墓誌銘，主要記述其厚於賓友、樂善好施的事迹。

本文據文末自述，作於嘉泰元年（一二〇一）。時陸游致仕家居。

【箋注】

〔一〕會稽之姓石爲大：嘉泰會稽志卷三：「會稽今宦學最盛者，杜氏、石氏、陸氏、唐氏、諸葛氏等。」

〔二〕梁開平：即後梁太祖年號，九〇七至九一一年。

〔三〕待旦：即石待旦（九八五—一〇四二），字季平，新昌人。真宗咸平四年創石溪義塾，親自掌教。天禧三年登進士第，棄仕歸隱，創鼓山書院。時范仲淹知越，尊禮之，稱石城先生而不名。受聘任稽山書院山長，四方受業者甚衆。成就諸多名臣，相傳文彦博、吕公著、杜衍、韓絳皆出其門。後以子貴贈開府儀同三司、刑部尚書。卒後祀於學宫。萬曆新昌縣志卷十一有傳。

〔四〕交黨：同黨，朋黨。史記燕召公世家：「已而啓與交黨攻益，奪之。」頰舌：口舌言語。比喻口才。梁武帝責賀琛敕：「欺罔朝廷，空示頰舌。」

〔五〕廉讓：清廉遜讓。王符潛夫論遏利：「世人之論也，靡不貴廉讓而賤財利焉，及其行也，多釋廉甘利。」

〔六〕滋：愈益，更加。

初，君先世寡兄弟，至君亦孑立。而君乃生四子，皆不墜詩、書之業，天之報將有在矣。君薄於自奉，厚於賓友，所居財蔽風雨〔一〕，而作東園，有大堂方池，爲宴客之地。客至，把酒賦詩，弈棋投壺，或終日乃休。平居尤樂施惠，嘗葬不舉之喪，遣失時之女〔二〕。晚與族人吏部公晝問議同作義莊〔三〕，以給族之貧者。會吏部下世，君乃與其子提刑宗昭將終爲之〔四〕。而君又殁，提刑亦殁。善之鮮克舉如此。於虖悲夫！君殁以慶元六年四月癸丑，享年四十九。娶許氏，朝散郎、知辰州從龍之女〔五〕。諸子孝本、孝施、孝聞、孝積，皆進士。女孟嫁太平州司户參軍趙時儒，仲、季未行。諸子將以嘉泰元年十二月甲申，葬君於仙桂鄉大姥山之原，實祔大墓，來請銘。銘曰：

維石畜德世克嗣，至君宜顯乃復躓。報不在身在後裔，天之昭昭其可恃。

【箋注】

〔一〕財：通「才」。

〔二〕不舉：無子女謂之不舉。　失時：超過可婚嫁之齡謂之失時。

〔三〕吏部公晝問：即石晝問，字叔訪，新昌人。父爲秦檜所陷，年十四奉母屏居苦學。檜死上書訴父冤，詔復職，恩補入仕。歷監造船場、知鄞縣、軍器監丞等，主管武夷山沖佑觀。官至朝請大夫。善於管理財貨。萬曆新昌縣志卷十一有傳。　義莊：古代家族中設置的救濟族人的田莊。宋史范仲淹傳：「置義莊里中，以贍族人。」

〔四〕提刑宗昭：即石宗昭，字應之，别號誠齋。石晝問子。師事楊龜山，與一時名賢交遊，朱熹曾與論學。乾道八年進士。歷無爲軍教授、知長洲縣。召試館職，授秘書省正字、直華文閣。官至福建提刑。後贈金紫光禄大夫，加特進。萬曆新昌縣志卷十一有傳。

〔五〕「娶許氏」二句：從龍，即許從龍，陸游親家，陸游四子子坦娶許從龍女。參見卷四一祭許辰州文題解。石允德亦娶許氏女，則與子坦爲連襟。陸游乃其長輩。

夫人陸氏墓誌銘

夫人陸氏，吴興人。曾大父某，大父某，皆爲薦紳士大夫〔一〕。父某，有學行，爲進士。母劉氏，同郡户部侍郎劉公岑之女〔二〕，劉公蓋與進士君遊甚久。夫人幼有美質懿行，既笄〔三〕，嫁金溪人故通直郎黄君齊〔四〕。黄君仕至靖州軍事判官以殁。夫人持家教子有法度，廟享賓燕合禮，嫁娶不苟，里中多稱之。遇疾雖篤不亂，起坐盥櫛，正衣冠，乃殁。其殁以慶元六年十一月己未，享年六十七，上距黄君捐館舍三十六年。初葬以嘉泰二年十月壬午，實祔黄君之墓。夫人三男子：曰甲，曰庚，曰丙。一女嫁陸緝。四孫：自勉、自得、自立、自防。一孫女。予與夫人皆吴人，夫人之先徙吴興，而予家徙山陰，其實一族也，而緝又予從子。故其孤以朝奉郎、通判江州黄君榮之狀來請銘。銘曰：

生苕溪〔五〕，嫁汝水〔六〕。夫善士，又有子。家方興，孫嶷嶷〔七〕。葬得銘，永弗毁。

【題解】

夫人陸氏，即陸游同族吴興陸氏夫人。其婿陸緝爲陸游侄子。夫人卒於慶元六年，其子請銘於陸游，本文爲陸游爲陸氏夫人所作的墓誌銘，主要記述其持家教子、遇疾不亂的事迹。

本文據文末自述，作於嘉泰二年（一二〇二）。時陸游致仕家居。

【箋注】

〔一〕薦紳：縉紳。古代高官的裝束。借指有官職之人。韓非子五蠹：「堅甲厲兵以備難，而美薦紳之飾。」

〔二〕劉公岑：即劉岑（一〇八六—一一六七），字季高，號杼山居士，吴興（今浙江湖州）人。宣和六年進士。任著作郎，出使遼國。紹興三年除秘書少監，因得罪秦檜被免官。檜死復官，歷知泰州、揚州、温州，除户部侍郎。以徽猷閣待制致仕。文章雄贍，工草書。事迹見江寧府志。

〔三〕笄：簪。古代特指女子十五盤髮插簪，以示成年。

〔四〕金溪：縣名。宋淳化五年設立，隸撫州。今屬江西撫州。

〔五〕茗溪：在浙江北部，浙江八大水系之一。沿河盛長蘆葦，秋天蘆花飄散如飛雪。當地稱蘆花爲「茗」，故名茗溪。

〔六〕汝水：又稱撫河，是鄱陽湖水系主要河流之一。發源於武夷山脈西麓，納流域中南城、金溪、撫州、臨川等地支流後匯入鄱陽湖。

〔七〕嶷嶷：幼小聰慧貌。詩大雅生民「克岐克嶷」，鄭玄箋：「嶷，識也。其貌嶷嶷然，有所識別也。」

程君墓誌銘

君諱宏濟，字志仁，兵部尚書諱瑀之子〔一〕。尚書鄉里世次，家有譜，墓有碑，國史有傳。君生於宣和六年，客有得古劍於武夷山中，以獻尚書。已而君生，遂以劍命之。幼讀書，記誦博敏，號奇童。十二能爲詩，有老成氣。紹興初，尚書以給事中勸講邇英殿〔二〕，敷繹古義，開廣上聽，以濟中興之業者甚衆。君概聞其説，輒歎息不已。一夕，夢道君皇帝大駕南還〔三〕，且以告尚書。尚書悲慨，爲賦詩。他日，以示中書舍人傅公崧卿〔四〕。傅公抱負大節，常思捐肝腦，死國家，與尚書尤厚，讀詩感欷曰：「忠義出天資，非勉彊可至。吾輩老矣，使後生皆如此兒，寤寐不忘國事，尚何慮讎耻之不雪哉！」十年，以宗祀恩授右承務郎〔五〕，久之不調官。或勸之仕，皆不從。秦丞相檜亦嘗以問尚書，君尤不謂可。凡再爲監南嶽廟，法不許復請，乃命以江南西路安撫司屬官。尚書壽終，君哀慕過人〔六〕。除喪，監通州金沙鹽場。秦丞相用事久，數起羅織獄，士大夫株連被禍者，袂相屬也。廉得尚書所著論語説〔七〕，摘近似語以爲訕〔八〕，禍且叵測，母夫人憂懼不知所爲。君侍左右，無俄頃捨去，且慰解，言先人逮事三朝，上所眷禮〔九〕，必且蒙矜宥〔一〇〕，願毋戚戚。母夫人賴以少安。君雖竟坐罷官，然母子居家如平日。同時得罪，莫得與比，蓋高宗皇帝終保全之，如君所料。久之，起家爲江南西路轉運司幹辦公事。時李莊簡公光自海南歸〔一一〕，舟下瀟湘而病，君曰：「吾先友也〔一二〕，且兒時蒙公知，得一見，死不恨。」亟謁告往迓，兼程抵江州，則李公至蘄州薨矣，君弔祭盡哀。歷江南西路提舉常平司幹辦公事，遭内艱〔一三〕，除喪，監建康府榷貨務〔一四〕。乾道元年六月丙戌，以疾卒，年財四十有二〔一五〕，官止通直郎。明年五月庚申，葬於番陽縣鑒山之原。夫人臨川黄氏，吏部郎季岑之女〔一六〕。六男子：有功，宣教郎、故通判秀州；有孚，朝散郎、户部犒賞酒庫所主管文字；有元，進士；有徽，太學内舍生，充國子監小學教諭，當赴殿試正奏名〔一七〕；有初、有大，皆進士。二女子，長適進士鮑庭掞，次適黄州黄岡縣尉臧誨。一孫莅。始予自蜀召歸，出爲江南西路常平使者，進士程君有章，字文若，以五字詩爲贄，卓然有元和遺風〔一八〕，予刮目視之。自是二十餘年間，數相見。及見於臨安〔一九〕，程君已入太學，更名有徽，字晦之，才名動一時，即君第四子也。來屬予銘君墓，不獲以衰病辭。銘曰：

古士奚學？惟忠暨孝。君雖不試，志弼名教。中蹈險艱，凜不回撓。咨爾後人，是則是效。

【題解】

程君，即程宏濟（一一二三—一一六五），字志仁，饒州浮梁（今江西景德鎮）人。程瑀之子。

以宗祀恩入仕，官至監建康府榷貨務。乾道六年卒。淳熙七年，陸游任職江西常平時與其四子程有章（有徽）交遊。二十餘年後，陸游入都修史，有徽請銘父墓。本文爲陸游爲程宏濟所作的墓誌銘，主要記述其不忘中興、不屈權臣、不棄先友的事迹。

本文據文末自述，作於嘉泰二年至三年（一二〇二至一二〇三）。時陸游在實録院同修撰兼同修國史或秘書監任上。

【箋注】

〔一〕兵部尚書諱瑀：即程瑀（一〇八七—一一五二），字伯寓，號愚翁。太學試第一。歷校書郎、兵部員外郎，出使高麗、金國。高宗時召爲司封員外郎，歷國子司業、直祕閣、太常少卿，遷給事中兼侍講。出知撫州、嚴州、宣州，除兵部侍郎、兵部尚書。秦檜忌之，出知信州，提舉江州太平興國宫。卒年六十六。宋史卷三八一有傳。

〔二〕勸講：即侍講。給皇帝講學。邇英殿：宋代宫殿名。義取親近英才。

〔三〕道君皇帝：即宋徽宗。趙與時賓退録卷一：「上自稱教主道君皇帝。」

〔四〕傅公崧卿：即傅崧卿，字子駿。參見卷十五傅給事外制序題解。

〔五〕宗祀：祭祀祖宗。孝經聖治：「昔者周公郊祀后稷以配天，宗祀文王於明堂以配上帝。」

〔六〕哀慕：指因父母、君上之死而哀傷思慕。梁書處士傳：「父靈瑜，居父憂，以毁卒。元琰時童孺，哀慕盡禮。」

〔七〕廉得：訪得，考察而得。

〔八〕擿：挑剔，指摘。訕：譭謗。

〔九〕眷禮：愛重禮遇。新唐書武元衡傳：「帝素知元衡堅正有守，故眷禮信任異它相。」

〔一〇〕矜宥：矜憐寬宥。後漢書劉愷傳：「宜蒙矜宥，全其先功。」

〔一一〕李莊簡公光：即李光，字泰發。參見卷二七跋李莊簡公家書題解。李光自海南歸在紹興二十八年。

〔一二〕先友：亡父之友人。邵博聞見後録卷十四：「柳子厚記其先友於父墓碑，意欲著其父雖不顯，其交遊皆天下偉人善士。」

〔一三〕内艱：舊時指遭母喪。

〔一四〕榷貨務：官署名。屬太府寺，掌折换糧食、金帛等物。

〔一五〕財：通「才」。

〔一六〕季岑：即黄彦平，字季岑，洪州分寧人。黄庭堅族子。宣和間進士。靖康初坐與李綱善貶官。建炎初擢吏部郎中，出提點荆湖南路刑獄，旋主管亳州明道宫。著有三餘集。事迹見四庫全書總目卷一五七。

〔一七〕正奏名：宋代科舉中與「特奏名」相對。正奏名是通過禮部省試正常録取者；特奏名是屢考不中，經造册附試，特賜出身者。

〔一八〕元和遺風：指唐代元和年間以元稹、白居易爲代表的文人間以詩章相贈答的風氣，其詩號「元和體」。

〔一九〕見於臨安：時陸游應詔入京修史。

渭南文集箋校卷第三十八

墓誌銘

【釋體】

本卷文體同卷三二，收録墓誌銘四首。

朝奉大夫直祕閣張公墓誌銘

公諱瑄，字子律，寧州真寧縣人。其先爲邠寧望族〔一〕，世以學行著，或居邠，或居寧。居邠之後，故吏部侍郎兼侍讀舜民，爲元祐名臣〔二〕。居寧者，則公之大父大中大夫也，諱居，擢元祐六年進士第〔三〕。元符三年，徽宗皇帝嗣位，下詔求言，太中時爲黔州彭水令，上疏切直，出數百人上，而數百人者得其副〔四〕，亦歎以爲不可及。會蔡京入相，取奏疏次第之，置姦黨上等，特降官銜替〔五〕，永不許改官。數年，遂卒於沉廢〔六〕。後以子仕登朝，累贈至今官。實生朝請大夫、通判永州事諱遹〔七〕，則公之考也，亦累贈至中奉大夫。中奉遭亂南渡，從大將岳少保飛，爲之屬，身先將士，屢與金虜鏖戰，走其名王大酋〔八〕，策功進官。方慨然以功名自許，會朝廷與虜和，中奉去幕府，調知岳州巴陵縣，有異政。久之，佐永州以殁。識者謂用不究其才，後當有興者。

【題解】

朝奉大夫直祕閣張公，即張瑄（一一四一—一二〇五），字子律，寧州真寧（今甘肅寧縣）人。以郊祀恩入官，歷會昌主簿、興國丞、信豐令、潭州右司理參軍、武陵縣丞、遷主管官告院，進將作監主簿、太府寺丞，出知嘉興府，改主管武夷山沖佑觀。晚居錢塘門外張氏園。官至朝奉大夫。卒於開禧元年。以其季子張嗣古使金加直祕閣。張嗣古嘉泰間與入都修史的陸游同事，遂請銘於陸游。本文爲陸游爲張瑄所作的墓誌銘，主要記述其治獄公正、關心民瘼，勤官循吏，磊落清約的事迹。

本文據文末自述，作於開禧元年（一二〇五），時陸游致仕家居。

【箋注】

〔一〕邠寧：唐方鎮名，在今陝西、甘肅東交界處。乾元二年（七五九）置，治所在邠州（今陝西彬縣）。長期領有邠、寧、慶三州。

〔二〕舜民：即張舜民，字芸叟，號浮休居士，邠州人。陳師道姊夫。治平二年進士。爲襄樂令。元祐初任祕閣校理、監察御史。徽宗時擢吏部侍郎，以龍圖閣待制知定州，改同州。坐元祐黨，被貶楚州團練副使，商州安置。後復集賢殿修撰。工詩畫，著有畫墁集等。宋史卷三四七有傳。

〔三〕諱居：張居，元祐六年進士。任黔州彭水令，上疏切直，爲蔡京所黜，卒。以子登朝贈太中大夫。

〔四〕副：指奏疏副本。

〔五〕衝替：指貶降官職。司馬光涑水記聞卷九：「獄成，已贖論，仍衝替。」

〔六〕沉廢：指埋没下層，不被起用。北史序傳：「（李季凱）坐兄事，與母弟俱徙邊，久之，會赦免。遂寓居晉陽，沉廢積年。」

〔七〕諱適：張適，張居之子，張琯之父。曾任岳飛幕僚，調知巴陵縣、永州通判，卒贈中奉大夫。

〔八〕名王大酋：指金國的貴族、首領。

公始以郊祀恩入官〔一〕，調贛州會昌縣主簿。未幾，以材選攝事興國丞、信豐令，皆閱歲〔二〕。會昌與梅州比境，梅移文捕逃卒，卒已亡去，巡檢司乃發卒圍其所親李杞舍〔三〕。杞雄其鄉，以爲耻詬，聚謀亂。令托辭委縣去，以印屬公。公不爲動，械巡檢卒繫獄，親爲檄，諭杞以禍福。杞皇恐聽命，縣賴以無事。興國有婚訟，久不決，公察其婦人不類良家，一問引服〔四〕。信豐俗悍，輸賦率不以時，吏亦以此擾之，至相率拖險自固。吏計窮，即以民拒官爲言。公曰：「豈有是哉！」馳至近村，憩僧廬中，以善言招其鄉之爲士者及父老，與之酒食，從容曰：「税賦豈可終負？然已失時，姑使吾得十一藉手若何〔五〕？」皆踴躍而去，更相告，即日皆集如約。公去而之他鄉，悉如之，旬日歸報。太守洪公邁異其能〔六〕，方薦於朝，而忌者間之於部使者，遂止。

【箋注】

〔一〕郊祀：古代在郊外祭祀天地，南郊祭天，北郊祭地。漢書郊祀志下：「帝王之事莫大乎承天之序，承天之序莫重於郊祀。」

〔二〕攝事：代理，代行其事。蘇軾上圓丘合祭六議劄子：「若親郊之歲，遣官攝事，是無故而用有故之禮也。」閱歲：經一歲。

〔三〕巡檢司：負責統轄禁兵、土兵，維持地方治安的機構。

〔四〕引服：認罪，服罪。魏書樊子鵠傳：「太山太守彭穆參候失儀，子鵠責讓穆，并數其罪狀，穆皆引服。」

〔五〕藉手：借助，借人之手爲助。左傳襄公十一年：「凡我同盟，小國有罪，大國致討，苟有以藉手。」

〔六〕洪公邁：洪邁，參見卷三六留夫人墓誌銘注〔九〕。

調潭州右司理參軍〔一〕。有老卒夫婦居牙城中〔二〕，白晝爲何人所屠，而掠其貲。卒有義子，兵官疑之，執送州，且以同處之卒及牧羊兒爲證。既繫獄，公親詰之，皆詞服〔三〕。公察其冤屈①，日取牧羊兒置壁間，引義子者與他重囚雜立庭中，出兒問孰爲殺老卒者，懵無以對。乃入白州，請揭厚賞，募告真盜，不閱日獲之〔四〕，則卒王青也。捕至，具伏，且得其貲於市庫無遺。即日釋義子去。湘鄉縣械鋪卒張德上州，以爲手刃其叔祖。公引至前，語之曰：「茲罪十惡，赦宥所不及。汝兄與叔祖同居，汝暫自外來，有何憾而戕之？」德泣曰：「囚來省叔祖，不得見，兄以疾告，就視則死，而非疾也。方愕視，兄與里正及鄰人共謀執誣之，且以言脅誘，謂決不死，今乃知死矣。」因稱冤不已。公亟呼其兄與對，兄情得語塞，遂伏辜〔五〕。他死囚類此得不死者，十有七人，終不言賞〔六〕。

【校記】

①「冤屈」，弘治本、正德本、汲古閣本皆無「屈」字，有「他」字從下句讀。按，底本此頁原闕，係鈔配，疑鈔者涉「冤」字而誤録，又脱「他」字。

【箋注】

〔一〕司理參軍：官名。掌各州獄訟勘鞫。

〔二〕牙城：軍中主帥或主將所居之城。因須建牙旗，故稱。

〔三〕詞服：告服，認罪。

〔四〕不閲日：不過一天。

〔五〕情得：情況相符。　伏辜：服罪，擔責而死。語本詩小雅雨無正：「舍彼有罪，既伏其辜。」辜，罪。

〔六〕終不言賞：指張琯伸冤救活多人，最終未得賞賜。

府帥林公栗以直得名〔一〕，臨事剛果，小人揣知之，有榜於州治門，言提轄官者爲帥謀〔二〕，將稱兵〔三〕。林公怒，闔門遍呼吏卒，驗其書，一兵典者與榜出一手，親詰不服，乃以付僉廳〔四〕，苛慘雖至，終不服。乃屬公即僉廳鞫問〔五〕，公寬之，而諭使以情言，且許以不死。始具言提轄官横甚，爲所患苦之狀，度不可訴，故出下策，爲此榜，以爲不及帥，則無以激其怒，不知乃陷重辟〔六〕。公問於六局兵，人人言同。公乃白帥，且求寬其罪。林公大怒嘻笑，必誅之。公一日凡十餘進，力争曰：「帥所以屬某者，欲得其情也。今得其情而失信，則有司自是不復可鞫獄矣。」争至暮，林公亦悟，黥隸嶺外而已〔七〕。民有訴一冤死而十年不見理者，訴於提點刑獄馬公大同〔八〕。馬公以屬公，公閲其獄，皆謂震死，公獨得其死狀，實以鬥毆，非震也。公曰：「罪固有所歸。然歲月久，屢更赦令，當從末減〔九〕。」馬公强果自信，下吏莫敢與争，公獨不爲屈。又有訟者，馬公直判委公勘某罪，公力陳其不可。馬公皆霽威嚴〔一〇〕，如公請。識者兩善之〔一一〕。公每白事，姓名歲月，及事之名數曲折，皆成誦在口，無一遺者。馬公始亦疑，因强記一條驗之牘，皆合，乃大歎服，自謂不逮。

【箋注】

〔一〕府帥：此指知州。　林公栗：即林栗（一一二二—一一九〇），字黄中，福州福清（今屬福建）人。紹興十二年進士。歷崇仁尉、南安軍教授、屯田員外郎、恭王府直講，出知江州。召還歷慶王府直講、太常少卿，知興化軍、夔州，改潭州、隆興府等。除兵部侍郎，與朱熹論學不合，攻擊其爲僞學之首。出知泉州，改明州，奉祠卒。宋史卷三九四有傳。

〔三〕提轄官：宋代州郡置提轄兵甲官，簡稱提轄。掌統轄軍隊，訓練校閱，維持治安。

〔三〕稱兵：舉兵，指發動戰事。禮記月令：「（孟春之月）是月也，不可以稱兵，稱兵必天殃。」

〔四〕僉廳：即簽廳，簽書判官廳。州府官署名，首長稱簽書判官廳公事，由京官選派充任。

〔五〕鞫問：審訊。戴孚廣異記仇嘉福：「吾非常人，天帝使我案天下鬼神，今須入廟鞫問。」

〔六〕重辟：極刑，死罪。陳書孔奐傳：「沈炯爲飛書所謗，將陷重辟，事連臺閣，人懷憂懼。」

〔七〕黥隸：處黥刑充作徒隸。嶺外：指五嶺以南地區。

〔八〕提點刑獄：宋代各路掌管司法、刑獄的官員。馬公大同：即馬大同，字會叔，嚴州建德（今屬浙江）人。紹興二十四年進士。歷國子監、大理正、湖南提刑、刑部侍郎等，官至户部侍郎。事迹見景定嚴州續志卷三。

〔九〕末減：指從輕論罪或減刑。左傳昭公十四年：「（叔向）三數叔魚之惡，不爲末減。」杜預注：「末，薄也；減，輕也。」

〔一〇〕霽威嚴：消除威嚴之色。

〔一一〕兩善：兩者都好。

又調常德府武陵縣丞，政事益明習，攝縣及府從事者，凡再閲歲〔一〕。紹熙中，武陵大水，犯縣城，不没者三版〔二〕，門不得闔，水且入城。公時方攝縣，亟命實土於布囊以窒門。俄而水定，乃設方略，募舟救民，且親載粟，户給之，泥行露宿無所憚。蠲閣賦輸〔三〕，一切必以實，吏不得一摇手〔四〕，民忘其災。縣三里港灌溉甚廣，久弗治，數遇枯旱，公爲築之，不愆期訖事〔五〕。因治他陂塘，無遺利，迨今賴焉。以薦者及格，改宣教郎，知隆興府奉新縣。縣有營田〔六〕，征賦比他爲最薄，民競耕之。久而營田罷，以鬻於民，履畝取税〔七〕，比舊已增，俄而復命折粟帛以緡錢，其低卬或至十百，民皆破家不能輸。令屢以病告，不見聽。公力請，又不聽，則欲棄官去。會帥張公杓來〔八〕，是公言，始奏蠲之。户千有九十，皆若更生，楊公萬里記其事。他興除利害，勸農桑，築陂防，興學校，不可勝載。所部及府俱以其事論薦於朝。而王公大人亦自知公，乃命主管官告院〔九〕，進將作監主簿、太府寺丞。

【箋注】

〔一〕攝：代理。　從事：州郡長官的僚屬。　再閲歲：經過兩年。

〔二〕不没者三版：指未被淹没的城牆僅有三版高。史記趙世家：「三國攻晉陽，歲餘，引汾水灌其城，城不浸者三版。」張守節正義引何休云：「八尺曰版。」一説築牆用版一塊高二尺，三版爲六尺。

〔三〕蠲閣：免除。閣：同「擱」。賦輸：賦税的繳納。

〔四〕摇手：插手，經手。漢書外戚傳下：「家吏不曉，今壹受詔如此，且使妾摇手不得。」

〔五〕愆期：失期，誤期。易歸妹：「歸妹愆期，遲歸有時。」

〔六〕營田：即屯田。利用士兵或招募流民於駐紮地區種田，以供軍餉。

〔七〕履畝：指丈量田畝，實地觀察。公羊傳宣公十五年：「税畝者何，履畝而税也。」何休注：「履踐案行，擇其善畝、穀最好者税取之。」

〔八〕張公杓：即張杓，字定叟，漢州綿竹（今屬四川）人。張浚次子，以父蔭入仕。知臨安府，出知鎮江、明州，召爲户部侍郎。高宗崩，知紹興府，召爲吏部侍郎。光宗時權刑部侍郎，兼知臨安府，又歷知建康府、隆興府等。以疾乞祠，卒。宋史卷三六一有傳。

〔九〕官告院：官署名。屬尚書省，掌文武官員、將校告身（授官文憑）及封贈。

方公在朝，子右史舍人翱翔三館，俄擢從班〔一〕，父子相望於班列中。客至門見公，便坐從容，聞國朝故事，前輩履行〔二〕，後生所未聞者，人人饜足。退而見舍人，碩大雋傑之資，同時進用，爲國光華，史册所載，殆無以進焉。而公了不以自滿，方勤其官，如仕州縣時。文思院火〔三〕，告身綾無在者〔四〕，士大夫不以時得告身。公時在告院，建言援故例，便宜以雜華綾紵目前〔五〕，從之。藥局舊隸太府，積姦弊至衆，公日夜窮極弊原，髮櫛而縷析之〔六〕，都人無貴賤，皆得善藥。方擢置要官，而近比厄於未爲郡〔七〕，公亦小疾，思彷徉外藩〔八〕，力請去。乃知嘉興府。

【箋注】

〔一〕右史舍人：即起居舍人，與左史起居郎同掌記録皇帝言行及朝廷政令活動，以授著作官。三館：指弘文館、集賢院、史館，負責藏書、校書、修史。此指張琯之子張嗣古。張嗣古嘉泰間歷任校書郎、著作佐郎、著作郎、起居舍人，并兼實録院檢討官、國史院編修官。（據南宋館閣序録卷八）故稱「翱翔三館」。從班：列於朝班，借指朝臣。

〔二〕履行：指履歷。王禹偁送丁謂序：「是秋，何來訪，僕既與之交，又得生之履行，甚熟，且渴其惠顧於我也。」

〔三〕文思院：官署名。屬少府監。宋史職官志五：「文思院，掌造金銀、犀玉工巧之物，金采、繪素裝鈿之飾，以供輿輦、册寶、法物凡器服之用。」火：指嘉泰元年三月臨安大火，四日乃滅。

〔四〕告身綾無在者：製作告身的綾緞均被焚毁。

〔五〕雜華綾：雜有花紋的一種絲織品。　紓：紓解，延緩。
〔六〕髮櫛：梳理。櫛，梳子。
〔七〕近比：指近例。厄：困厄。
〔八〕彷徉：周遊，遨遊。文選宋玉招魂：「彷徉無所倚，廣大無所極些。」張銑注：「彷徉，遊行貌。」外藩：外部的屏藩。三國志陳矯傳：「矯説太祖曰：『鄙郡雖小，形便之國也，若蒙救援，使爲外藩，則吴人剉謀，徐方永安。』」

中貴人藍氏，殖産於崇德縣，名田過制而役不及〔一〕，有鍾淳者糾之。藍迫期去産以規免〔二〕，官吏欲許之。公判曰：「兩家物力，相去遠甚。而藍又白脚〔三〕，必如法乃可。」一郡稱快。故人子乘舟方醉，縱從者與將官朱樗年忿争，交訴於府。公察故人子不直，治其從者不少貸〔四〕。民張瑨得臨安營妓，與之歸，遂欲棄妻出子。其兄止之，復悖兄。兄以告官，公爲逐妓歸臨安，且以大義開諭之，於是瑨爲兄弟、夫婦、父子如初。其爲政有古循吏風〔五〕，類如此。且摘發隱伏，照了如神。良民雖相與化服，而奸豪之讒作矣。改主管建寧府武夷山冲佑觀，公怡然命駕去〔六〕。郡人錢公孜，鄉之老成人，嘗以書抵其舅婁公機曰〔七〕：「張公廉直有守，近時鮮及，今乃遽去。此無他，吾鄉士民福薄耳。」

【箋注】

〔一〕中貴人：指顯貴的侍從宦官。　殖産：置産，購置田産。　崇德縣：今浙江桐鄉。　名田：以私名佔有田地。漢書食貨志上：「限民名田，以澹不足。」顏師古注：「名田，占田也。各爲立限，不使富者過制，則貧弱之家可足也。」　役不足：按田地應服的差役不足。

〔二〕迫期去産以規免：迫近期限賣出田産，設法免除差役。

〔三〕白脚：指差役中未曾正式充役者。　文獻通考職役二：「已充役者謂之批朱，未曾充役者謂之白脚。」

〔四〕不直：不正，不公。　史記淮南衡山列傳：「王使人上書告内史，内史治，言王不直。」　不少貸：不稍寬恕。

〔五〕循吏：守法循理的官吏。　史記太史公自序：「奉法循理之吏，不伐功矜能，百姓無稱，亦無過行。作循吏列傳第五十九。」

〔六〕命駕：指立即動身。　左傳哀公十一年：「退，命駕而行。」

〔七〕婁公機：即婁機，字彦發，嘉興（今屬浙江）人。乾道二年進士。歷於潛丞、江東提舉司幹辦公事、知西安縣等，遷宗正寺主簿、秘書郎，兼資善堂小學教授。擢監察御史，遷右正言，權中書舍人。召爲吏部侍郎，遷禮部尚書兼給事中，擢同知樞密院事，進參知政事。提舉洞霄宫卒。深於書學。宋史卷四一〇有傳。

歸過國門，右史方請外，乃檥舟北關，需同載而歸〔一〕。會右史被命使金國〔二〕，右史將懇奏辭行，公不許曰：「使事不可辭。我留此待汝自薊門回〔三〕，乃偕去，未晚也。」遂寓錢塘門外張氏園。甫再旬，右史既渡淮而北，公女孫醜老生十歲，暴得疾。醜老慧而孝，公甚愛之，朝暮親撫視，因亦感疾。比其夭，家人不敢告，而公揣知之曰：「吾與此孫偕逝矣。」遂卒，享年六十有四。上始聞公疾革〔四〕，以子方遠使，加直祕閣，蓋異恩也。公自宣教郎七遷至朝奉大夫，賜緋魚袋。娶韓氏，魏忠獻王元孫通直懿冑之女〔五〕，封恭人。三子：嗣真，從事郎、新新州新興縣尉，先公七年卒；嗣祖，苦學得心疾〔六〕，未能仕；其季則朝散大夫、侍立修注官兼實録院檢討官、國史院編修官、資善堂小學教授嗣古也〔七〕。一女，適宣教郎、新知太平州蕪湖縣趙汝鍔。三孫：烜、煜舉進士，幼未名。

【箋注】

〔一〕國門：指都城臨安城門。　檥舟：停船靠岸。檥，猶「艤」。　北關：臨安城北門。　需：

等待。

〔二〕「會右史」句：宋史孝宗紀二：「（嘉泰四年六月癸巳）遣張嗣古賀金主生辰。」

〔三〕薊門：即薊丘。古地名，在今北京城西德勝門外西北。

〔四〕疾革：病情危急。禮記檀弓下：「衛有大史曰柳莊，寢疾。公曰：『若疾革，雖當祭必告。』」鄭玄注：「革，急也。」

〔五〕魏忠獻王：即韓琦，參見卷四上殿劄子二注〔八〕。

〔六〕心疾：勞思、憂憤引起的疾病。左傳昭公元年：「晦淫惑疾，明淫心疾。」杜預注：「思慮煩多，勞成心疾。」

〔七〕侍立修注官：即起居舍人。資善堂：宋代皇帝子孫讀書處。

公資磊落恢疏〔一〕，與人交，洞然無城府，而默察其賢否邪正，無能遁者。善則稱之不遺餘力，不善則苦言規之，雖愠，不恤也〔二〕。初，中奉公遭亂去秦，生公於襄陽，遂卜居宜春〔三〕。公仕宦五十年，先疇之外〔四〕，不增一壟。比右史奉公喪歸，至無屋可廬，其清約如此。右史卜以開禧元年八月丙申，葬公於袁州宜春縣歸化鄉宜化里大富嶺趙家衝之原。以王君克勤之狀〔五〕，來屬某爲銘。某與舍人同爲史官，因得從公游，義不可以耄疾辭。銘曰：

彭原之張〔六〕，與邠相望。邠遷杜城〔七〕，元祐之英。彭原綿綿，獨處不遷。至大中公，得譴以忠〔八〕。中奉履艱，有功兵間。傳家禾興〔九〕，益以才稱。剛不容世，方用而躓。是生記注，麟儀鳳翥〔一〇〕。父子在廷，國有典刑。子聘於幽〔一一〕，公逝不留。上聞歎息，加錫祕職〔一二〕。生誰不終，賁耀無窮〔一三〕。刻銘隧道，百世是告。

【箋注】

〔一〕資：天資，天賦。　恢疏：寬宏，開朗。

〔二〕雖愠不恤：雖惱怒但不顧念。

〔三〕中奉公：即張琯之父張遹。　秦：指張氏故鄉寧州。　襄陽：在今湖北西北。　宜春：在今江西西北。

〔四〕先疇：先人遺留的田産。　文選班固西都賦：「士食舊德之名氏，農服先疇之畎畝。」呂延濟注：「先疇，先人畎畝。」

〔五〕王君克勤：即王克勤，字叔弼，臨川人。淳熙二年中童子科，十四年中進士。歷官太常簿、秘書省正字等。

〔六〕彭原：彭澤之原。　彭澤，即今鄱陽湖，在江西北部。

〔七〕杜城：周杜伯國封地，後爲秦所滅，置杜縣。在今陝西西安雁塔區。

〔八〕大中公：即張瑄祖父張居。得譴以忠：見本文首段。

〔九〕禾興：嘉興古稱。

〔一〇〕記注：指擔任起居舍人的兒子張嗣古。麟儀鳳翥：比喻才智出衆。如麟之儀表，如鳳之展翼。麟鳳，麒麟和鳳凰。

〔一一〕聘於幽：指出任賀金使。幽，幽州。

〔一二〕加錫祕職：指加直祕閣。

〔一三〕賁耀：光耀，榮耀。

山堂陸先生墓誌銘

陸氏之遺譜曰：漢太中大夫賈，生烈①，仕爲豫章都尉，葬於吴胥屏亭，始爲吴人〔一〕。至晉侍中贈太尉玩〔二〕，生始。始生萬載，萬載生子真〔三〕，子真生惠澈，惠澈生閑〔四〕，閑生兒，兒生丘公，丘公生探，探生山仁，山仁生玄之，玄之生元生，元生生景融。景融後四世曰文公希聲〔五〕，仕唐爲户部侍郎、同中書門下平章事。文公生崇，崇生德遷，猶居吴。遭唐季之亂，始徙家撫州之金溪。德遷生有程，有程生演，演生處士諱戩，配曰周氏。處士生贈宣教郎諱賀，配曰孺人饒氏。宣教生從政郎諱九思〔六〕，配曰孺人賜冠帔彭氏〔七〕。

【題解】

山堂陸先生，即陸焕之（一一四〇—一二〇三），字伯章，一作伯政，號山堂先生。參見卷十三答陸伯政上舍書。陸焕之卒於嘉泰三年，其子陸浚再三請銘於陸游。本文爲陸游爲陸焕之所作的墓誌銘，主要記述其家族沿革及其穎異端重、學成文奇的事迹。

本文據文末自述，作於開禧二年（一二〇六）。時陸游致仕家居。

參考卷十三答陸伯政上舍書、卷十五陸伯政山堂類稿序。

【校記】

①「烈」，原脱，諸本同，據宋山陰重修陸氏宗譜序補。按，底本有修「仕」爲「烈」之痕迹，蓋脱刻「烈」字，因改「仕」爲「烈」也。

【箋注】

〔一〕「漢太中」五句：宋山陰重修陸氏宗譜序：「邕生漢大中大夫賈。賈生五子，一曰烈，字伯元，爲吴令，遷豫章都尉，迎葬於吴，子孫始爲吴人。吴郡陸氏，皆祖都尉。」朱長文吴郡圖經續記卷下：「（陸烈）字伯元，爲吴令、豫章都尉。既卒，吴人思之，迎其喪葬於胥亭。子孫遂爲吴縣人。吴郡陸氏之所自出也。」陸賈(前二四〇？—前一七〇),其先爲楚人。有辯才,隨劉邦平天下。漢高祖十一年,奉命出使南越,招諭趙佗臣屬漢朝,歸來擢太中大夫。高祖崩,吕后擅權,參與誅滅諸吕、迎立文帝。文帝即位,又出使勸南越王回歸稱臣。史記卷九七、漢書卷四三有傳。

〔二〕玩:即陸玩(二七八—三四二),字士瑶,晉吴郡吴縣(今屬蘇州)人。歷任侍中、吏部尚書、尚書左僕射等,擢尚書令,升任侍中、司空。卒贈太尉,謚康。晉書卷七七有傳。

〔三〕子真:即陸子真,字同宗。陸仲元弟。元嘉十年爲海陵太守,後遷國子博士、臨海東陽太守。宋書卷五三有傳。

〔四〕閑:即陸閑,字遐業。仕至揚州别駕。後始安王作亂,爲徐世標所害。南齊書卷五五有傳。

〔五〕文公希聲:即陸希聲,字鴻磐。博學工書,善屬文,昭宗時召爲給事中,歷同中書門下平章事,以太子太師罷。卒贈尚書左僕射,謚曰文。新唐書卷一一六有傳。

〔六〕九思:即陸九思,字子彊。參見卷二九跋陸子彊家書題解。

〔七〕冠帔:古代婦女所戴帽子和披肩。

從政生山堂先生諱焕之,字伯章,一字伯政。生而穎異端重,五歲入家塾,坐立語默,悉有常度,讀書自能質問,出長者意表。與季父象山先生九淵〔一〕,生同年,學同時，先生不敢以年均狎季父〔二〕，象山則朋友視之，磨礲浸灌甚至。十三學爲進士，即有聲。十六諸父開以大學，先生一聞，輒窮深造微，極其指趣〔三〕。而文章機杼，自成一家，宿士見之，多自貶以爲不可及。屢貢禮部，皆不合。學益成，文章益奇，閔世學多淪於異端，尤務自拔出，以張吾道。意所不可，雖名儒顯人爲時所宗者，必力斥之，恨力之不足也。諸父雖繼以進士起家〔四〕，亦不用於時。象山晚爲朝士，陸陸百寮底〔五〕，旋復斥死。先生滋信其道之窮，蓋將退耕於野，著書傳世，而未及也。以嘉泰三年十月戊子卒，年六十有四。諸孤以是年十二月乙酉，葬先生於某鄉之福林。

【箋注】

〔一〕季父：叔父。亦專指最小的叔父。九淵：即陸九淵，字子静，號象山。「心學」創始人。與朱熹齊名，史稱「朱陸」。參見卷二一吴氏書樓記注〔三〕。

〔二〕狎：親昵，親近而不莊重。

〔三〕指趣：宗旨，意義。王充論衡案書：「六略之録，萬三千篇，雖不盡見，指趣可知。」

〔四〕「諸父」句：陸九思兄弟共六人，即九思、九叙、九皋、九韶、九齡和九淵，皆學識不凡，卓然有成。其中九齡和九淵均舉進士。

〔五〕陸陸：猶「碌碌」。無所作爲貌。後漢書馬援傳：「季孟（隗囂）嘗折愧子陽（公孫述）而不受其爵，今更其陸陸，欲往附之，將難爲顏乎？」李賢注：「陸陸，猶『碌碌』也。」

娶陳氏，鄱陽人，有賢行，先十八年卒。子男三：洽、濬、浹。洽篤於養，先生出遊，賴以經理家事，無後憂。濬遊太學，有雋才，而器度淵粹可喜〔一〕。浹方就學。女五，項黠、朱日邁、鄧文子，其婿也，皆良士；餘二尚處。先生葬日迫，幽隧之銘未刻。既葬二年，濬以先生之友晁君百談之狀來請銘〔二〕，某以既嘗序先生文章所謂山堂集者〔三〕，而先生多朋遊，不應併以銘見屬，因辭焉。連三年〔四〕，請益勤，乃叙而銘之。銘曰：

陸姓入漢，祖好畤兮〔五〕。迨及豫章〔六〕，始南徙兮。吴晉至唐，世見史兮。斷自文公，三百祀兮〔七〕。傳世八九，皆可紀兮。雖不公卿，世爲士兮。後乃浸大，名實偉兮。培養既久，産杞梓兮〔八〕。維時伯章〔九〕，繼以起兮。白首篤學，未見止兮。擯斥異端，正而不詭兮。天不少留，使耄齒兮〔一〇〕。伯章之志，在其子兮。我銘於隧，亦以誄兮。

【箋注】

〔一〕器度：器量。晉書列女傳：「范陽王有非常器度，若燕祚未盡，其在王乎！」淵粹：精深。

蕭統答雲法師請開講書：「夫釋教凝深，至理淵粹，一相之道，杳然難測。」

〔二〕晁君百談：即晁百談，字元默。晁詠之曾孫。師從陸九淵，通理學。淳熙進士，歷官吉州教授、知南康軍、道州。

〔三〕「某以」句：即卷十五陸伯政山堂類稿序。

〔四〕連三年：指連着的（既葬後）第三年。下葬在嘉泰三年（一二〇三），初次請銘在兩年後，即開禧元年（一二〇五），則「連三年，請益勤，乃敘而銘之」在開禧二年（一二〇六）。

〔五〕好畤：縣名。漢書陸賈傳：「孝惠時，吕太后用事，欲王諸吕，畏大臣及有口者。賈自度不能争之，乃病免。以好畤田地善，往家焉。」顔師古注：「好畤即今雍州好畤縣。」後以「好畤田」喻隱居耕種之田。

〔六〕豫章：指豫章都尉陸烈。

〔七〕文公：指唐代宰相陸希聲。其拜相在唐昭宗（八八八至九〇四年）時，距作銘時約三百年。

〔八〕杞梓：兩種樹木皆良材。左傳襄公二十六年：「晉卿不如楚，其大夫則賢，皆卿材也。如杞梓、皮革，自楚往也。雖楚有材，晉實用之。」杜預注：「杞、梓皆木名。」

〔九〕伯章：即山堂先生陸焕之。

〔一〇〕耄齒：古人稱七十至九十歲年紀。陸焕之享年僅六十四，故云。

監丞周公墓誌銘

公諱必正，字子中。曾祖諱衎，朝奉郎；祖諱詵，左朝散大夫：皆贈太師、秦國公。曾祖妣郭氏，祖妣潘氏、李氏、張氏，俱贈秦國夫人。考諱利見，左朝請郎，贈金紫光禄大夫。妣尚氏，贈鄴郡夫人。世居鄭州管城縣〔一〕。祖秦公通判吉州〔二〕，遇亂，不能北歸，因家焉。光禄與弟秦公諱利建，皆世以進士擢第〔三〕。公與從父弟、丞相益公諱必大，成童俱入家塾，學行修立〔四〕，俱以世科自期〔五〕。已而益公策名，又舉博學宏詞，如其志〔六〕。公乃不偶，始以祖遺澤補將仕郎，易迪功郎，監潭州南岳廟。亦嘗貢至禮部，久之，調袁州司户參軍。適歲旱盜起，分宜尉巡檢捕之，皆不能獲。安撫龔公茂良聞公至〔七〕，召問計，公曰：「此皆飢民，群聚貸粟以自活耳。桀黠爲之倡者〔八〕，財一二輩，可以計取，餘必自散。」龔公乃檄公往捕，至則諭以禍福，解散其黨，而陰募鄉豪，授之策，俾擒致盜首，於是盜盡得，坐誅者二人而已。龔公復委公以荒政。當是時，自郡至屬邑，流民坌集〔九〕，公日夜行視，凡累月，全活巨萬〔一〇〕。諸司共薦於朝，孝宗皇帝召對便殿，論奏合上指，諭以將褒用，遂改宣教郎，知建昌軍南豐縣。

【題解】

監丞周公，即周必正（一一二五—一二〇五），字子中，吉州廬陵（今江西吉安）人。周必大從兄。蔭補迪功郎。歷袁州司户參軍、知南豐縣，除主管官告院、軍器監丞，出知舒州，徙贛州，擢提舉江東常平。遭誣罷歸，主管武夷山沖佑觀，告老致仕。開禧元年卒。陸游與周必大交厚，亦曾與必正相逢。其子周綱求銘，本文爲陸游爲周必正所作的墓誌銘，主要記述其善理荒政、公平治獄、恢復鼓鑄、興修水利等事迹。

本文據文末自述，作於開禧二年（一二〇六），時陸游致仕家居。

【箋注】

〔一〕鄭州管城縣：今河南鄭州中心城區，因春秋時爲管國都城而得名。

〔二〕祖秦公：指周詵，字仁叔，元符三年進士，宣和間任吉州通判。建炎中遷居廬陵。

〔三〕「光禄」二句：光禄指周必正之父周利見，政和八年進士。其弟周利建爲周必大之父，舉進士，官至左宣教郎、太學博士，累贈太師、秦國公。

〔四〕修立：修身而有所成就。周書李遷哲傳：「遷哲少修立，有識度，慷慨善謀畫。」

〔五〕世科：指世代登科及第。

〔六〕策名：指科舉及第。　舉博學宏詞：指再登詞科。

〔七〕安撫龔公茂良：即龔茂良，字實之。曾任江西轉運判官，兼知隆興府。參見卷九賀龔參政啓題解。

〔八〕桀黠：兇悍狡黠之人。羅隱薛陽陶觱篥歌：「掃除桀黠似提帚，制壓群豪如穿鼻。」

〔九〕坌集：聚集。劉禹錫山南西道新修驛路記：「説使之令既下，奮行之徒坌集。」

〔一〇〕全活：保全救活。漢書成帝紀：「流民欲入關，輒籍内，所之郡國，謹遇以理，務有以全活之。」

南豐，劇邑也〔一〕。公遇事明敏，常若有餘。民柏氏夜被盜，并殺守藏奴。賊逸去，公物色求之，果獲。面詰猶不承，搜其家，得白金器一篋。既至，倒奩出之，囚聞其聲，即引服。净梵寺有盜，夜斬關入〔二〕，既獲，公察其非盜，挺出之，立賞捕真盜。僧恨甚，以公爲故出，訴之郡。郡方以他事怒公，即逮所縱囚，繫鞠甚峻，囚不能自伸，并邑吏皆重坐。未幾，獲真盜送郡，拒不肯治，公乃以白諸司，雖治，猶久不决。御史聞之，奏徙大理，乃得實，如公所言。邑賦色目極繁〔三〕，以入償出，不足者猶四萬緡，率苛征預借，苟逭吏責〔四〕。公至，一切罷之，且以其實言於轉運司，得稍朘〔五〕，邑賴以蘇。鄉校久不治，公凡可以補弊起仆者，一切爲之。甫滿秩，詔赴都堂審察〔六〕，除主管官告院，進軍器監丞。

【箋注】

〔一〕劇邑：政務繁劇之郡縣。晉書王猛傳：「陛下不以臣不才，任臣以劇邑，謹爲明君翦除凶猾。」

〔二〕斬關：指砍斷門閂。

〔三〕色目：種類名目。元稹彈奏劍南東川節度使狀：「本判官及諸州刺史名銜，并所收色目，謹具如後。」

〔四〕逭：逃避。

〔五〕朘：縮減。

〔六〕都堂：唐宋時尚書省的總辦公處所。

會益公參政事①〔一〕，公請外，知舒州。陛辭，所陳又合指，命公䘏民隱，修武備，闢田萊，并究鼓鑄利害〔二〕。先是同安、宿松兩監〔三〕，歲鑄鐵錢三十萬緡，言者以爲擾，既損其半，而監亦遽廢。亟復，會歲荐饑〔四〕，又命罷鑄，故臨遣及之〔五〕。公至郡，乃知地産鐵炭〔六〕，民以不售爲患，而兵工失業，亦或轉而爲盜，故當饑歲，尤宜鼓鑄以聚民。條上便宜，詔命復鑄，且省宿松監入同安。公奉行尤有術，公私皆便。又奏：「自昔鼓鑄，未始殺以鉛〔七〕，止因議者謂入鉛之錢，不可爲兵〔八〕，始殺鉛以鑄。臣嘗親視之，鉛之精者爲飛烟，其滓惡下墜爐底，與鐵初不相爲用。亦嘗以入鉛不入鉛錢，較其堅脆，及冶爲兵，初無異。徒使處、信兩州歲歲輓運〔九〕。」謂宜廢夾鉛之制。又奏：「郡歲輸上供緡錢五萬八千，舊皆倚辦於常賦，不足則取征榷之贏以補之〔一〇〕。乾道間，守臣偶以羨餘爲民代輸租稅一年，而來者因踵爲例。會征榷之贏不能當其半，餘三萬趣辦於坊渡二十九所〔一一〕。今諸場舊餘鐵炭及民所貸錢，凡一萬五千緡，若取以爲鑄本，可歲得三萬緡，代舒民上供。悉罷坊渡之征，百世利也。」事俱施行。大修學宫，如在南豐時。又立文翁廟於學，立周將軍廟於城南，皆舒人也〔一二〕。復故堤城北，以禦灊溪漲溢。民田數千畝，復爲膏腴，因作四橋於北、西、東門之外。其一公自捐奉爲之，州民號周公橋。郡東南有烏石陂分其流，旁則爲石塘陂。烏石之民欲專其利，乃壅水使不得行〔一三〕，石塘之田歲以旱告。公命懷寧令、丞視之，得實圖上於州，公按圖自以意定水門高下〔一四〕。甫去壅水未尺餘，得古舊迹，與所高下不少差，陂利始均。石塘民喜至感泣，乃歌曰：「烏石陂，石塘陂，流水濺濺有盡時，思公無盡時。」

【校記】

①「參政事」，正德本、汲古閣本「參」下有「知」字。

【箋注】

〔一〕益公參政事：周必大拜參知政事在淳熙七年（一一八〇）。

〔二〕鼓鑄：指鼓風扇火，鑄造錢幣。史記貨殖列傳：「即鐵山鼓鑄，運籌策，傾滇蜀之民，富至僮千人。」

〔三〕監：此指鑄錢的機構。

〔四〕荐饑：連年災荒。左傳僖公十三年：「晉荐饑。」孔穎達疏引李巡曰：「連歲不熟曰荐。」

〔五〕臨遣：臨軒派遣。

〔六〕鐵炭：指一種用於冶煉的煤，火焰不高。宋應星天工開物煤炭：「炎平者曰鐵炭，用於冶鍛。」

〔七〕殽：相雜錯，摻入。

〔八〕「止因」二句：指摻雜了鉛的鐵錢不能再用以打兵器。

〔九〕輓運：即運輸。

〔一〇〕常賦：國定的賦稅。征榷：指國家徵收的商品稅。

〔一一〕坊渡：指酒坊、河渡，均由官府經營牟利。

〔二〕文翁（前一五六—前一〇一）：字仲翁，廬江舒人。西漢景帝末爲蜀郡守，興教舉賢，整修水利，政績卓著。廬江建鄉賢祠，首立文翁祭祀。周將軍：即周瑜，字公瑾，廬江舒人。三國東吴名將。

〔三〕壅水：在水中建閘或壩阻斷水流。

〔四〕水門高下：指水閘門的高低。

徙知贛州。過闕，上諭曰：「聞贛兵悍驕，死徙之餘，今亦無幾，可勿復補。倘循故習，卿當便宜行事。朕將以他郡兵更戍。」公對：「守臣古號郡將，今結銜云『知軍州事』，苟有過，臣自當臨幾應變，不敢勞聖慮。」上喜。明日語宰相曰：「周必正有器識，似其弟。」謂益公也。至郡，江西副總管錢卓，本起行伍，暴人也。入境，下令諸校將，以翼日部肆其子弟〔一〕，選補軍額，初不以告郡。會卓請見，公詰其率意，力止之，且微諭以上指。錢驚謝，然意不悦，乃漏公言於諸校將，激使詣郡訴。公徐曉之，如所以告卓，辭指明辯，卒皆帖服〔二〕，無敢讙者。章、貢二水，來自郡南，夾城東西流，皆有浮梁以濟〔三〕，而城南獨以舟渡。溪惡，或至覆溺。公始作南橋，又治道路，以石易甓，最數百丈〔四〕。興國縣之安陂，溉田六十頃，水勢自上奔突，故難築而易壞，壞且五十年。公命復之，費不及民。

【箋注】

〔一〕翼日：明日。書金縢：「公歸，乃納册於金縢之匱中，王翼日乃瘳。」孔傳：「翼，明。」

〔二〕帖服：服帖，馴順。北齊書厙狄士文傳：「法令嚴肅，吏人貼服，道不拾遺。」

〔三〕浮梁：即浮橋。方言第九：「艁舟謂之浮梁。」郭璞注：「即今浮橋。」艁，同「造」。

〔四〕甓：磚。最：合計。

擢提舉江東常平茶鹽公事。入奏，還道玉山縣。縣有徐田陂，其渠瀕江，數決。將徙渠，則地主不可；將徙陂，而下則柘陂，居下流，懼爲己害，復不可。交訟於公。公諭徐田民買地鑿渠，倍讎其直。柘陂民遂幡然無靳色〔一〕。不三日，渠成，溉田三百餘頃，民大感悦。江自陂而下，避礙析爲兩支，其一掠縣壖而去〔二〕。歲久岸潰，民居其濱者，聞公修渠以利民，乃遮道自言。公爲相水之衝，爲石堤。民欣賴之，相與繪公像，祠於玉虹橋側，歲時奉牲酒，抵今不懈。舊法，没官之産以畀民耕，而歸其租於常平〔三〕。及是，議臣請鬻田，以價充糴本〔四〕。公言：「如此，則常平儲愈匱，請除新令。」光宗皇帝從之，因并行於諸路。池州舊試貢士，率寓景德寺，隘不能容，士病之。會闕守，公兼領郡事，始作貢院，植八桂於門，名其門曰擢桂〔五〕。是歲，貢士五人而三奏名，士以爲公之賜。言者訹於間言〔六〕，誣玉山之役以爲擾。罷歸，主管建寧府武夷山沖佑觀。上章納禄〔七〕，不許，再命武夷祠，而公歸志已决，告老益力，乃許致仕。

【箋注】

〔一〕靳色：吝色，捨不得貌。

〔二〕縣壖：縣城牆外的田地。

〔三〕常平：指常平倉，用以平準糧價的糧倉。

〔四〕糴本：指糴買糧草的成本。

〔五〕擢桂：猶「折桂」，指科舉及第。杜誦哭長孫侍御：「禮闈曾擢桂，憲府舊乘驄。」

〔六〕訹：引誘，誘惑。間言：離間之語。魏書獻文六王傳論：「北海義昧鶺鴒，奢淫自喪，雖禍由間言，亦自貽伊戚。」

〔七〕納禄：歸還俸禄，指辭官。國語魯語：「若罪也，則請納禄與車服而違署。」韋昭注：「納，歸也；禄，田邑也。」

公自江東還，闔門屏外事，讀書賦詩者累年。益公少公一歲，亦謝事歸第，相與置酒高會無少間，時人比漢二疏〔一〕。益公薨，公哭之慟，不復有世間意。開禧元年十一月旦〔二〕，感疾不起，享年八十一。娶向氏，文簡公五世孫〔三〕，封恭人，前公一年卒。男二人：縱，蚤夭；綱，今爲修職郎，前潭州醴陵主簿。一女，適進士胡楡。孫男二人，頌、穎，皆將仕郎。孫女一人，尚幼。恭人之歿也，葬廬陵縣膏澤鄉金鳳山，祔大墓之東。至是，乃以十二月庚申，奉公柩合葬焉。維公仕自迪功郎，積遷至奉直大夫，爵管城縣開國男，服三品。

【箋注】

〔一〕漢二疏：指漢代名臣疏廣與兄子疏受。疏廣字仲翁，東海蘭陵人。少好學，明春秋，徵爲博士、太中大夫，選少傅，徙太傅。疏受字公子，以賢良舉爲太子家令，拜爲少傅。漢書卷七一有傳。

〔二〕月旦：指農曆每月初一。

〔三〕文簡公：即向敏中（九四九—一〇二〇），字常之，開封（今屬河南）人。太平興國進士。歷户部推官、知制誥、樞密院直學士、同知樞密院事等。咸平初拜參知政事，四年拜相，次年罷。大中祥符五年復相，進右僕射兼門下侍郎。卒於官。謚文簡。宋史卷二八二有傳。

公孝友最篤，歸自龍舒〔一〕，築第於永和鎮，聚族共爨。弟侄蚤世〔二〕，育其孤如己子。伯氏宜春守〔三〕，出妾之子世修，流落贛境，公訪得之，爲治産築室於永豐，蓋伯氏志也。其處閨門率如此〔四〕。鄭人有寓旁近者，皆歲饋之。剛介有守〔五〕，不以進退累心。方家居時，前後當國數公，多與公有雅故〔六〕，數問公安否，公應之泊然。益公屢推恩數以貤公〔七〕，亦辭不受。善屬文，尤長於詩。孝宗皇帝嘗訪當代詩人於胡忠簡公銓〔八〕，忠簡首稱公。敷文閣直學士程公大昌亦稱公文學操行之美〔九〕。晚取莊周息黥補劓之説，名其堂曰「乘成」，因以自號〔一〇〕。有文集三十卷。書有古法，四方豐碑巨扁，多出公筆。既葬，綱以朝奉大夫、新知真州郭君贇之狀來求銘。某與益公定交五十年，且嘗遇公於臨川，適重九日，同集擬峴臺〔一一〕，風度話言，尚可想也。而女孫又歸公之從子紀〔一二〕，情好厚矣，銘其敢辭？銘曰：

仕不爲不逢，人不以爲通。年不爲不究，人不以爲壽。有愛在民，百世不泯。有藁其丘〔一三〕，利爾後之人。

【箋注】

〔一〕龍舒：舒州古稱，在今安徽舒城。

〔二〕蚤世：同「早世」。過早去世，夭亡。左傳昭公三年：「則又無禄，早世殞命，寡人失望。」
〔三〕伯氏：指伯父。
〔四〕閨門：内室之門。借指家庭。禮記樂記：「在閨門之内，父子兄弟同聽之則莫不和親。」
〔五〕剛介：剛强正直。世説新語賢媛：「彼剛介，有才氣，卿往不如不去。」
〔六〕雅故：故舊，舊友。新唐書安禄山傳：「陛下少恩，雖腹心雅故，皆爲仇敵。」
〔七〕恩數：朝廷賜予的封號等級。范仲淹求追贈考妣狀：「今又俯臨葬禮，尚闕褒封，祭奠之間，誌述之際，乏兹恩數。」貤：通「移」。轉贈。
〔八〕胡忠簡公銓：即胡銓（一一〇二—一一八〇），字邦衡，號澹庵。吉州廬陵（今江西吉安）人。建炎進士。紹興初任樞密院編修官。上書力斥和議，乞斬秦檜，聲震朝野，被除名，編管新州，再謫吉陽軍。檜死復出，歷國史院編修官、國子祭酒、兵部侍郎，以資政殿學士致仕，卒謚忠簡。宋史卷三七四有傳。
〔九〕程公大昌：即程大昌（一一二三—一一九五），字泰之，徽州休寧（今屬安徽）人。紹興二十一年進士。歷著作佐郎、國子司業、直學士院、中書舍人、權吏部尚書等，出知泉州、建寧府，徙明州。長於考訂名物典故，著有演繁露等。宋史卷四三三有傳。
〔一〇〕息黥補劓：指修補面容殘缺，恢復本來面目。乘成：指承載精神之軀體不再殘缺。乘，承，載；成，備。語本莊子大宗師：「庸詎知夫造物者之不息我黥而補我劓，使我乘成以隨先生邪？」

〔一〕「且嘗」三句：時在淳熙七年（一一八〇），陸游在提舉江西常平任上。擬峴臺，在臨川東隅城垣上，爲縣治登臨勝處。始建於北宋嘉祐二年，用晉羊祜登峴山故事。曾鞏有擬峴臺記。

〔二〕女孫：孫女。從子：侄兒。

〔三〕㐫：高聳貌。

夫人樊氏墓誌銘

廬陵隱君子宣溪王英臣之夫人樊氏，同郡永新人〔一〕。曾大父佐，大父仲文，學行皆見推於其里中。父才，字子明，尤以賢著聞，敬其里之長老，而教其子弟，環數縣從之決曲直。雖所不與，亦皆厭服，往往内省而徙義爲善士矣〔二〕。二男五女，獨奇夫人，以爲吾門亦將賴焉。及少長，女工婦儀，未習而能，事親左右無違。及笄，歸英臣君。舅南鵬〔三〕，交友傾一世，食客塞門。君姑不幸早没，二長子亦不得年〔四〕，冢婦嫠居，悲傷齋居，不能與賓祭事〔五〕。亞婦又父母奪志〔六〕。獨夫人佐英臣，仰事俯育，凡祭祀、燕享、將迎、慶吊、婚姻之事〔七〕，一皆身任之。英臣隱操達識，見於楊公廷秀誌銘〔八〕，先夫人十五年捐館舍。夫人不以家事累諸子，使皆得用其力於學，暇則勉以道義名節，不獨責其仕進起家也。及琳以進士策名〔九〕，又嘗有列於朝，出爲大縣，文章得盛名，然後薦紳間愈知英臣及夫人之賢。夫人母壽百歲，夫人無一日不遣人問起居，珍膳良劑，必出其手，終身不少怠。又請於朝，得封，卒如子明之言。夫人以宣和五年五月某日生，以開禧二年十一月甲辰卒，享年八十有四。卒之明年三月甲申，葬於廬陵縣膏澤鄉山寺岡之原。子男四人：長即琳也，宣教郎、新知潭州衡山縣；次揚某、揚烈、揚暉，皆進士。女二人：迪功郎、辰州叙浦縣主簿張履、免解進士曾需〔一〇〕，二女及履皆已卒。孫男八人：霽之、彬之、勝之、濛之、得之、冲之、隆之、豐之，嘗試吏部。孫女九人：婿則迪功郎、新道州江華縣主簿張淵、進士左利見、戴元崇、曾克寬、易應龍、彭舜牧、劉侃、劉治元、曾克願。利見、克寬亦皆嘗貢禮部。曾孫女各七人，尚幼。琳，予友也，遣一介行千七百里〔一一〕，持書抵予於山陰澤中，以臨安府府學教授危君稹之狀來求銘〔一二〕。予年八十三，不敢以老疾辭。銘曰：

女也而行則士，耄也而志不惰。敏而好修〔一三〕，静以寡過。持身如畏，趨義則果。我銘之悲，維以代些。

【題解】

夫人樊氏，爲廬陵隱士王英臣之妻。持身趨義，相夫教子。樊氏卒於開禧二年，其子王琳爲陸游之友，求銘于游，本文爲陸游爲夫人樊氏所作的墓誌銘，主要記述其家世及教子孝母的事迹。

本文據文中自述，作於開禧三年（一二〇七），時陸游致仕家居。

【箋注】

〔一〕永新：縣名。南宋隸江南西路吉州，今屬江西吉州。

〔二〕不與：不贊成。　厭服：信服。東觀漢記馮勤傳：「由是使典諸侯封事，勤差量功次輕重，國土遠近，地勢豐薄，不相逾越，莫不厭服焉。」　徙義：指見義則改變意念而跟從。論語顏淵：「子曰：『主忠信，徙義，崇德也。』」何晏集解引包咸曰：「徙義，見義則徙意而從之。」

〔三〕舅：指丈夫之父，即公公。　南鵬：即王翊，字南鵬，廬陵宣溪（今江西吉州）人。王英臣之父。官德興縣丞，棄去歸隱，購書萬卷。事迹見誠齋集卷一二七王南鵬墓誌銘。

〔四〕君姑：舊時妻稱丈夫之母，此指王英臣妻。　不得年：未享高年。

〔五〕冢婦：嫡長子之妻。　嫠居：寡居。　齋居：家居。　賓祭：指招待賓客和主持祭祀。

〔六〕亞婦：指次子之妻。　父母奪志：指父母促其改嫁。

〔七〕燕享：猶「燕饗」。以酒食款待客人。　將迎：送往迎來。莊子知北遊：「顏淵問乎仲尼曰：『回嘗聞諸夫子曰：「無有所將，無有所迎。」回敢問其遊。』仲尼曰：『……唯無所傷者，爲能與人相將迎。』」　慶吊：慶賀、吊慰，指喜事喪事。

〔八〕楊公廷秀：即楊萬里（一一二七—一二〇六），字廷秀，號誠齋，吉州吉水（今屬江西）人。紹興進士。歷知奉新縣，擢國子監博士、太常博士、太子侍讀等，出知筠州。光宗即位，召爲秘書監，出爲江東轉運副使。紹熙中致仕，後屢召不赴。工詩，與尤袤、范成大、陸游並稱「中興四大家」。著有誠齋集。宋史卷四三三有傳。楊萬里所撰王英臣志銘不見於誠齋集。

〔九〕琳：即王琳，字子林。王孚侄。淳熙十四年進士。監車輅院，授瀏陽主簿，歷融州推官、衡山、茶陵二縣令，知南安、靖州。同治廬陵縣志卷二八有傳。劍南詩稿卷五三有謝王子林判院惠詩篇，題下自注：「王從楊廷秀甚久。」詩中有云：「王子江西秀，詩有誠齋風。」

〔一〇〕免解進士：宋代獲得永遠免解赴禮部省試者。顧炎武日知録舉人自注：「宋時亦有不須再試而送南宮者，謂之免解進士。」南宮，指禮部。

〔一一〕一介：一位使者。

〔一二〕危君積：即危稹，字逢吉，號巽齋，撫州臨川（今屬江西）人。舊名科，淳熙十四年進士，孝宗更名稹。歷南康軍、臨安府、諸王宮教授，擢著作郎，出知潮州，移漳州，提舉崇禧觀。卒年七十四。宋史卷四一五有傳。

〔一三〕好修：指重視道德修養。楚辭離騷：「民生各有所樂兮，余獨好脩以爲常。」洪興祖補注：「皆言好自脩潔也。」

渭南文集箋校卷第三十九

墓誌銘

【釋體】

本卷文體同卷三二，收録墓誌銘二首。

求志居士彭君墓誌銘

廬陵太和有士曰彭君惟孝，字孝求。曾大父述，大父琮，父汝弼，三世皆篤於爲善。鄉人過其門，乘車者式，放鷙者肅，忿争者解去，蓋古所謂一鄉之善士，殁而可祭於社者〔一〕。至君不幸，甫冠而孤〔二〕，服喪致毁。族姻憂其不勝喪，共以大義寬譬之，乃少自抑〔三〕。而事母盡子道，鄉人皆喜曰：「是稱其家子也。」稍長，力於學，聚書萬餘卷，號彭氏山房，延老師宿士主講説，命子侄執弟子禮惟謹。君亦造其席，旦暮不懈，每自勵曰：「學而不施於事，猶不學也。」於是賙鄉閭之急，赴公上之難〔四〕，必行其志乃已。鄉士當試禮部，而以道遠食貧未能駕者，君不待其求，亟饋之，蓋非一人。其他館寓客，藥疾癘，藏死字孤〔五〕，多至不可數。造梁以濟涉，甃甓以夷途〔六〕，周其鄉百里，無不以身任之。退無夸辭矜色，以人不知爲喜。識者謂且享天報，然舉進士輒阨於命。乃浮江東遊，遂詣行在所，上書言天下事，自丞相以下，多稱其言議英發，將推挽之，而卒報聞〔七〕。公即日南歸，自誓老於故鄉，築第閎壯，園林臺沼爲一邦之盛。自號求志居士，或曰玉峰老人，日置酒觴客，笑談不倦，間則賦詩，多警邁之思〔八〕。以開禧三年五月癸未，考終於新第，享年七十有三。明年嘉定改元正月甲申，葬於石陂臯岡之原。初，君從艮齋、平園、誠齋三先生遊〔九〕。君之卜築也〔一〇〕，三先生賦詩屬文以表之〔一一〕，一日而傳天下，由是無遠近皆知彭孝求國士也。及君之葬，將求銘，而三先生皆已殁。於是諸孤與君之友曾君之謹謀曰〔一二〕：「然則捨陸渭南將安歸？」乃以曾君之狀來請銘。君之配倪氏，婉嫕有法度〔一三〕，先君九年卒。丈夫子五：一飛，前卒；一鳴、一德，太學生；一愚，禮部進士；一遵。皆有學行。女子子二，周環、曾煒，其婿也。孫模、果、寀、榘、宲、棐、桌、榮、菜、槩、縈。模、槩皆繼君卒。女孫七，已嫁者二，其婿曰吳克勤、李憲周。銘曰：

有蘊不逢，以布衣終，世歎其窮。孝以事親，惠以及人，世與其仁。冠弁峩峩，後從前訶〔四〕，憂愧則多。櫝書充宇，行必稽古，孰予敢侮。於虖孝求，學講行修，言歸於丘。我作銘詩，百世是貽，匪君之私。

【題解】

求志居士彭君，即彭惟孝，字孝求，廬陵太和（今江西泰和）人。三世爲善，聚書力學，厄於科舉，上書行在。還鄉築第，自號求志居士。開禧三年卒，其子請銘於陸游。本文爲陸游爲彭惟孝所作的墓誌銘，主要記述其力學苦讀、樂於助人、詩酒交友的事迹。

本文據文末自述，作於開禧三年（一二〇七）秋冬，時陸游致仕家居。

【箋注】

〔一〕式：通「軾」，以手撫軾，表示尊敬。書武成：「釋箕子囚，封比干墓。式商容閭。」驁：駿馬。社：鄉社。鄉間祭祀土地神的處所。

〔二〕甫冠：才行冠禮。指二十歲。

〔三〕族姻：家族和姻親。左傳襄公二十六年：「雖楚有材，晉實用之。子木曰：『夫獨無族姻乎？』」寬譬：寬慰勸解。後漢書馮異傳：「自伯升之敗，光武不敢顯其悲戚，每獨居，輒不御酒肉，枕席有涕泣處。異獨叩頭寬譬哀情。」

〔四〕賙：接濟。　鄉閭：鄉親，同鄉。後漢書朱儁傳：「儁以孝致名，爲縣門下書佐，好義輕財，鄉閭敬之。」　公上：朝廷，官府。漢書楊惲傳：「是故身率妻子，勠力耕桑，灌園治産，以給公上。」

〔五〕寓客：寄居他鄉之人。　藏死字孤：指埋葬逝者，養育孤兒。

〔六〕「造梁」二句：造橋以渡河，砌磚以平路。

〔七〕推挽：薦舉，引薦。韓愈柳子厚墓誌銘：「既退，又無相知有氣力得位者推挽，故卒死於窮裔。」　報聞：皇帝批答臣下奏章後書一「聞」字，意爲已知。漢書哀帝紀：「書奏，天子報聞。」此指終不得任用。

〔八〕警邁：警拔，警策拔俗。

〔九〕艮齋：即謝諤，字昌國，號艮齋。參見卷十二賀謝殿院啓題解。　平園：即周必大，號平園老人。　誠齋：即楊萬里，號誠齋。

〔一〇〕卜築：擇地築屋，指定居。

〔一一〕「三先生」句：周必大跋彭惟孝求志堂記有云：「夫子之門，升堂入室者衆矣。隱居求志，猶云未見其人，蓋非伯夷、叔齊莫能當也。太和彭氏築堂而是之名，以似以續，今三世矣。至於孝求，無念爾祖，聿修厥德，復形於名字之間，則其求之也，其諸異乎人之求之與？」（文忠集卷十八）謝諤、楊萬里詩文未見。

〔二〕曾君之謹：即曾之謹，曾安止侄孫。曾任耒陽令。安止嘗著禾譜五卷，蘇軾爲賦秧馬歌，并惜其不譜農器。之謹作農器譜三卷，續二卷，直齋書録解題卷十著録，并稱「追述東坡作歌之意爲此編。周益公爲之序，陸務觀亦作詩題其後」。周必大平園續稿卷十四有曾氏農器譜題辭，劍南詩稿卷六七有耒陽令曾君寄禾譜農器譜二書求詩。

〔三〕婉嫕：温順嫻静。張華女史箴：「婉嫕淑慎，正位居室。」

〔四〕「冠弁」二句：冠弁，古代禮帽的總稱。荀子君道：「修冠弁衣裳，黼黻文章，琱琢刻鏤皆有等差，是所以藩飾之也。」後從前訶：前呼後擁，開路呵道。

吏部郎中蘇君墓誌銘

公諱玭，字訓直，泉州同安人。其高大父翰林侍讀學士諱某〔一〕，曾大父觀文殿大學士、太子太保諱某〔二〕，兩世皆贈太師，封魏國公。大父諱某，朝請郎，贈金紫光禄大夫〔三〕。考諱某，中散大夫，贈正議大夫〔四〕。兩魏公皆厚德重望，仕至公卿，登載國史。至光禄、正議，仕雖不甚通顯，而學術風節，皆挺挺爲時聞人〔五〕。游公定夫銘光禄墓，而正議之銘則韓公无咎作〔六〕，兩公皆重許可，然於稱述，猶歉然若不能盡者。正議三子，公最長，而正議之配碩人歐陽氏，實兖文忠公之孫〔七〕。

【題解】

吏部郎中蘇君，即蘇玭（一一二九—一一九二），字訓直，泉州同安（今屬福建厦門）人。蘇頌曾孫。以蔭入仕，歷遂安尉、黄巖縣主簿、淮西安撫司書寫機宜文字，知衢州常山縣，通判明州，知泰州，擢爲尚書吏部郎。蘇玭卒於紹熙三年，其子溱請銘於陸游。陸游於少時與蘇玭交好。本文爲陸游爲蘇玭所作的墓誌銘，主要記述其家世淵源及關心民瘼、事親盡孝、振興士風的事迹。

本文據文末自述，作於紹熙三年（一一九二）夏，時陸游奉祠家居。

【箋注】

〔一〕高大父：高祖父。此即蘇紳（九〇九—一〇四六）字儀甫，泉州晉江（今屬福建）人。天禧三年進士，再舉賢良方正。歷宜州、開封府推官、三司鹽鐵判官等，進史館修撰，擢知制誥、翰林學士，遷尚書禮部郎中。出知揚州、河陽，徙河中，未行而卒。宋史卷二九四有傳。

〔二〕曾大父：曾祖父。此即蘇頌（一〇二〇—一一〇一），字子容。參見卷二七跋蘇魏公百韻詩題解。

〔三〕大父：祖父。此即蘇京，字世美。曾知丹陽。

〔四〕考：父親。此即蘇師德，字仁仲。任歷陽主簿，監華亭縣市舶務，監都進奏院，充樞密院計議官，通判平江府、建康府，提舉荆湖南路常平茶鹽。遷中散大夫，贈正議大夫。

〔五〕挺挺：正直貌。左傳襄公五年：「詩曰：『周道挺挺，我心扃扃。』」杜預注：「挺挺，正直也。」聞人：有名望之人。荀子宥坐：「夫少正卯，魯之聞人也。」楊倞注：「聞人，謂有名爲人所聞知者也。」

〔六〕游公定夫：即游酢（一〇五三—一一二三），字定夫，建州建陽（今屬福建）人。元豐六年進士。歷太學博士、監察御史、知漢陽軍、和舒濠三州等。師事程顥、程頤，與謝良佐、吕大臨、楊時合稱「程門四先生」，卒謚文肅。著有中庸義、易説等。宋史卷四二八有傳。其撰蘇京墓銘今不見。韓公无咎：即韓元吉，字无咎。參見卷十四京口唱和序題解。其所作故中散大夫致仕蘇公墓誌銘見南澗甲乙稿卷二十。

〔七〕兖文忠公：即歐陽修。以其謚文忠，追封兖國公，故稱。

公生出既異於人，又天資嗜學，恂恂孝悌〔一〕，才雖高而不以驕人，處群衆中，退然若不能者〔二〕。及遇事奮發，切中事機，於古有考，於後可傳，而公色辭愈謙下，衆或不知其出於公也。初以叔祖待制致仕恩補將仕郎〔三〕，調右迪功郎、嚴州遂安尉。會正議通判平江府〔四〕。正議嘗爲樞密院計議官，同僚胡公銓上書詆斥時相〔五〕，胡公既貶竄，正議亦株連去國，不調者久之。及來平江，適王晌爲守，揣時相意，日窺伺正議。正議廉且公，無所肆毒。既去，而正議權府事，適中丞常公同卒於海鹽，公爲文歠之〔六〕，語頗及時相。晌得之曰：「此奇貨，可以逞。」即爲告密之舉。時相大怒，嗾御史劾奏，且曰：「常同，師德之友婿，且其子玭之婦翁〔七〕。遣玭致祭，以庫金二千緡賻之〔八〕。」雖究得誣狀〔九〕，正議猶徙汀州，公坐停官。

【箋注】

〔一〕恂恂：温順恭謹貌。論語鄉黨：「孔子於鄉黨，恂恂如也，似不能言者。」陸德明釋文：「恂恂，温恭之貌。」

〔二〕退然：謙卑貌。柳宗元與太學諸生喜詣闕留陽城司業書：「太學生聚爲朋曹，侮老慢賢……有凌傲長上而誶罵有司者。其退然自克，特殊於衆人者無幾耳。」

〔三〕叔祖：父親的叔父。此當爲蘇頌之弟。

〔四〕正議：即蘇玭之父蘇師德，贈正議大夫。

〔五〕「同僚」句：胡銓上書詆斥時相，事在紹興八年，詳見宋史胡銓傳。時相，指秦檜。

〔六〕常公同：即常同（一〇九〇—一一五〇），字子正，邛州臨邛（今四川邛崍）人。政和八年進士。紹興初歷殿中侍御史、中書舍人、史館修撰、禮部侍郎、御史中丞。出知湖州，與秦檜不睦，請祠。退居海鹽十餘年卒。宋史卷三七六有傳。　歠：飲以酒，奠祭之也。

〔七〕友婿：連襟。　婦翁：妻之父。　賻：以錢財助人辦理喪事。

〔八〕庫金：庫藏金帛。

〔九〕究得誣狀：指最終發現爲誣告。

及時相死，正議起於久廢，公亦復官，調台州黄巖縣主簿。台四邑，黄巖爲大，綿地百萬畝，吏與豪民爲市，户籍惟出鄉有秩手，官莫能稽考〔一〕。公日夜紬繹，吏不得欺，雖數十年蠹弊皆洞見，貧下始得職〔二〕。徙淮西安撫司書寫機宜文字。又以辟書從舅侍郎方公某使金國〔三〕，裨助既多，又以其暇繫日爲書〔四〕，凡山川、城邑、人情、風俗，登載詳密，史官蓋有取焉。歸而知衢州常山縣，其治抑豪右，伸貧弱，下令簡而信，用刑明而寬，前日輸公上不以時者〔五〕，皆期而至。又因定陽一鄉民病於役，與義役厝置〔六〕，井井有理，至今爲利，它鄉人不病者亦置之，其虚心裕民如此。歲饑，出倉粟振糶〔七〕，不待上命，民賴以不死徙。徐遣吏市米於吴，視常平舊藏〔八〕，悉如其故。政既成，顧縣學久茀不治〔九〕，乃力葺之。進秀民於學，以禮延鄉老先生爲之表倡〔一〇〕，士亦自知勉勵，儒風益盛。至於橋梁道路，廐置委積，産蓐醫藥，莫不爲之經理，而於掩骼殣死、長養孩幼尤篤〔六〕。後數十年，士民追論之，猶感涕也。召赴都堂審察，監行在榷貨務都茶場公事〔七〕。

【箋注】

〔一〕四邑：台州下轄黄巖、寧海、天台、仙居四縣。　綿地：薄地。　豪民：有錢有勢之人。　有秩：古代鄉官名，掌管一鄉人事。後漢書百官志五：「鄉置有秩、三老、遊徼。本注曰：有秩，郡所署，秩百石，掌一鄉人。」此指百姓户籍均出自鄉官之手。　稽考：查考。

〔二〕紬繹：指理出户籍亂象的頭緒。　貧下：貧困小民。　得職：得所。漢書趙廣漢傳：「廣漢雖坐法誅，爲京兆尹廉明，威制豪彊，小民得職。」顔師古注：「得職，各得其常所也。」

〔三〕辟書：徵召文書。　侍郎方公某：即方滋，字務德，嚴州桐廬人。以蔭入仕，歷知秀、楚、廣、福、明等十餘州郡，有政績。入爲吏部、户部、刑部侍郎，兩次出使金國。以敷文閣學士提舉宫觀。事迹見韓元吉方公墓誌銘（南澗甲乙稿卷二一）。

〔四〕繫日：逐日。即撰寫出使日記。

〔五〕輸公上不以時：指不按時繳納賦税。　公上：官府。

〔六〕與義役厝置：參與義役的設置。義役爲宋代一種徭役形式。宋史食貨志上：「乾道五年，處州松陽縣倡爲義役，衆出田穀，助役户輪充。」

〔七〕振糶：賑糶。售米賑救。

〔八〕常平：常平倉。爲調節米價設置的一種糧倉。

〔九〕茀：野草塞路。

〔一〇〕秀民：德才優異的平民。國語齊語：「其秀民之能爲士者，必足賴也。」韋昭注：「秀民，民之秀出者也。」表倡：表率宣導。

〔一一〕厩置委積：指驛站的糧草儲備。　産蓐：指産婦坐月子。　掩骼殣死：指掩蓋暴露的屍骨。殣，掩埋。

〔一二〕搉貨務都茶場：官署名。掌給賣茶引，即茶商納税後發給的行銷執照。

事親盡孝，惟恐毫髮不當親意。繼遭家難，執喪毀瘠注血，食米不鑿，鹽酪蔬果皆不御，終喪期如一日〔一〕。朋友規以於禮爲過，輒痛哭以對，規者亦爲慘愴。至除喪久之，容貌猶不能復故。通判明州，在官二年，歷兩守，政事獄訟不苟合，亦不爲崖異〔二〕。然有一幟事〔三〕，士民輒諱曰：「此出於蘇公也。」城東有造船場，晁公以道坐元符上疏，錮不許親民，來爲船官，所著書及文章最多，邦人至今言晁朝散〔四〕。公慨然爲築祠立碣，致其師尊之意。陳忠肅公嘗謫於明，而豐清敏公明人也〔五〕，公又言於郡，立二公祠於學宫，風勵學者。其所建類，非庸衆人所及如此。會歲歉，常平使者朱公元晦檄公〔六〕，屬以一郡荒政。客米自海道至者多，公請於朱公，請發積錢廣糴，以爲後備。朱公爲聞於朝，如其請。又建築定海縣崇丘河，灌四千頃，公爲之親駕，不避風雨，歷五月而後成。還朝，除知衡州。大臣薦公才可用，乃改常州。常，股肱郡，守符蓋不輕畀〔七〕。及入對，所陳皆當上意。且行矣，會有間言，乃改知泰州。泰亦名城也，公下車已六十，殊無倦意，祀社稷，陟降盥薦，恪敬不懈〔八〕。學校釋奠〔九〕，器服有不如禮令者，一皆正之。盡買國子監書，以惠諸生。王公明叟墓在郡境〔一〇〕，遣郡僚致奠，人士爲之興起。既擢爲尚書吏部郎，分職侍郎西銓〔一一〕，吏畏縮不敢肆，孤遠微眇〔一二〕，悉得自伸，譽望日著。

【箋注】

〔一〕毁瘠注血：因居喪過哀而極度瘦弱，乃至吐血。　鑿：舂米使之精白。左傳桓公二年：「粢食不鑿，昭其儉也。」　鹽酪：鹽和乳酪，調味品。

〔二〕崖異：乖異。指性情言行不合常理。莊子天地：「行不崖異之謂寬，有萬不同之謂富。」

〔三〕孅事：美事。孅，同「美」。

〔四〕晁公以道：即晁説之，字以道。參見卷十四晁伯咎詩集序注〔一〕、卷十八景迂先生祠堂記。

錮不許親民：禁錮不許任父母官。　晁朝散：晁説之任船官時爲朝散大夫。

〔五〕陳忠肅公：即陳瓘，字瑩中。參見卷二六跋武威先生語録注〔六〕。　豐清敏公：即豐稷，字相之。參見卷二六跋武威先生語録注〔一〕。

〔六〕朱公元晦：即朱熹，字元晦。時任提舉浙東常平茶鹽公事，故稱常平使者。

〔七〕殷肱郡：拱衛京師的要地。史記季布欒布列傳：「河東吾股肱郡，故特召君耳。」　守符：太守之符信。　畀：給予。

〔八〕陟降盥薦：指升降祭壇，濯手進獻。　恪敬：謹慎恭敬。李翱祭楊僕射文：「公自登朝，及於謝政，善接交友，居官恪敬。」

〔九〕釋奠：古代在學校設酒食奠祭先聖先師的典禮。禮記文王世子：「凡學，春官釋奠於其先師，秋冬亦如之。凡始立學者，必釋奠於先聖先師。」鄭玄注：「釋奠者，設薦饌酌奠而已。」

〔一〇〕王公明叟：即王覿，字明叟，泰州如皋（今屬江蘇）人。嘉祐進士。元祐間爲侍御史、刑部侍郎，權禮部、户部。紹聖初出知成都府，徙河陽，後再貶鼎州團練副使。徽宗時入爲御史中丞，改翰林學士。出知潤州，徙海州，罷宫觀。宋史卷三四四有傳。

〔一一〕侍郎西銓：唐代選用、考績文官由吏部主管，分由尚書、侍郎主持。尚書一人爲尚書銓，掌五品至七品選，侍郎二人，分爲東銓與西銓，掌八品、九品選，合爲三銓。中唐後全由侍郎主持，尚書僅在文書上署名。宋代改稱吏部四選。

〔二〕孤遠微眇：指遠離朝廷、地位卑微的官吏。

以紹熙三年五月某甲子，遇疾捐館舍，享年六十有四，寄禄至朝請大夫〔一〕。八月庚申，葬於會稽陶山西塢，祔正議墓。娶常氏，封宜人，以賢稱於族黨，先公一年卒。丈夫子二人：溱，文林郎、新知衢州常山縣，有志節，執喪如公喪考妣時；濂，將仕郎。女子二人：長嫁承直郎、常州晉陵縣丞徐邦傑，次尚處。孫男女二人：男曰隨，與其妹皆尚幼。公家世顯於累朝，天資穎異，讀書一過目輒不忘，尤長考訂異同。其於官名、地里、軍制、民賦，雖甚細微，皆能講畫窮盡，無所放軼。屬文有體制，筆法簡遠，其尺牘尤爲時所珍愛，往往藏去。少從張公子韶、徐公端立、汪公聖錫遊〔二〕，皆期之甚遠。晚學於朱公元晦，盡門人禮，元晦亦稱其善學。初，公從父有著魏公談訓者〔三〕，未及成，或附益之。正議嘗以爲有可更定者，而未及書，公卒成之，藏之家塾。又著魏公年譜一卷，累歲乃成，識者貴之。公既殁之年，溱乃以吕君祖儉狀來請銘〔四〕。某曾大父太尉隧銘，實出魏公〔五〕。而正議之銘，則某實書之〔六〕。又少時獲獨拜正議於牀下，退而與公相從甚久〔七〕。山陰之居，又俱在城西南，相望煙水間，扁舟往來，交好不薄，故爲之銘。銘曰：

維相魏公，克有全德。葘畬三世〔八〕，是生訓直。事賢友仁，政則宜民。晚纔爲郎，志不盡信。陶山之腋，松栝孔碩〔九〕，峩峩高丘，過者必式。

【箋注】

〔一〕寄禄：即寄禄官。宋代表示品級、俸禄的一種官稱。後又稱階官、散官，與有具體執掌的職事官相對。

〔二〕張公子韶：即張九成（一〇九二—一一五九），字子韶，其先開封人，徙居錢塘。少從楊時學。紹興二年狀元。歷太常博士、著作郎、宗正少卿、權禮部侍郎兼侍講等。因忤秦檜謫邵州。檜死，起知温州。丐祠歸，病卒。寶慶初贈太師，封崇國公，謚文忠。宋史卷三七四有傳。　徐公端立：即徐度，字端立，一字敦立，睢陽穀熟（今河南商丘）人。宰相徐處仁子，賜進士出身。紹興八年除校書郎，遷都官員外郎，官至吏部侍郎。著有却掃編。事迹見南宋館閣録卷八。　汪公聖錫：即汪應辰（一一一九—一一七六），字聖錫，信州玉山（今屬江西）人。紹興五年狀元。召爲秘書省正字，以忤秦檜出通判建州、袁州、廣州等。檜死還朝。爲四川制置使、知成都府，入爲吏部尚書、兼翰林學士并侍讀。出知平江府。宋史卷三八七有傳。

〔三〕從父：父親的兄弟。　魏公談訓：此魏公當指蘇頌。下同。

〔四〕呂君祖儉：即呂祖儉，字子約，婺州金華（今屬浙江）人。呂祖謙弟。歷台州通判、太府丞。諫罷趙汝愚，忤執政韓侂胄，貶韶州安置，改吉州，量移高安，慶元二年卒。宋史卷四五五有傳。

〔五〕曾大父太尉：指陸游曾祖父陸珪，贈太尉。蘇頌爲撰國子博士陸君墓誌銘（蘇魏公文集卷五九）。

〔六〕「而正議」二句：據前文，蘇師德墓銘爲韓元吉撰，此謂由陸游書丹，即以朱筆書寫上石。

〔七〕「退而」句：劍南詩稿卷一有病中簡仲彌性唐克明蘇訓直、卷十四有簡蘇訓直判院莊器之賢良。

〔八〕菑畬：耕耘。易无妄：「不耕穫，不菑畬，則利有攸往。」

〔九〕松栝：松檜。栝，檜樹。　孔碩：碩大。詩小雅楚茨：「執爨踖踖，爲俎孔碩」，朱熹集傳：「碩，大也。」

墓表

【釋體】徐師曾文體明辨序説：「墓表自東漢始……其文體與碑碣同，有官無官皆可用，非若碑碣之有等級限制也。」

本卷收録墓表五首。

陸氏大墓表

山陰陸氏大墓，九里袁家嶴。曰二評事諱忻〔一〕，配李氏祔，是爲某之七世祖。九評事諱郇〔二〕，配范氏祔，是爲某之六世祖。光禄卿、贈太子太保諱昭〔三〕，配福昌縣君、贈昌國夫人李氏祔，是爲某之五世祖。九評事冢前少右，有小冢，或以爲殤子〔四〕。昌國冢傍，又有冢差小，或以爲其娣，不可考也〔五〕。四世祖太傅公，始別葬焦塢〔六〕，而元配靖安縣君、贈崇國夫人吴氏，猶祔大墓。紹聖九年，先大父楚公，懼寖遠失傳，墓上皆立石表〔七〕。自是距今又九十五年，中更兵亂，惟太保冢可識，餘皆迷不知處，歲時祭於太保冢前而已。淳熙十二年三月，或爲某言，鄉民鋤麥，得石表草間，蓋陸氏祖。某亟往視，則二評事冢也，幸不毁。乃從父老參訂，不三日，盡得之，石表皆在，封識如新，而地多爲人冒没〔八〕。聞某至，迭相質證〔九〕，於是侵地皆歸，培冢築垣，鬭道藝木，而陸氏大墓皆復其故。某老矣，群從有曾孫行〔一〇〕，其視二評事已十世。世益遠，則大墓守護或益怠，故具書始末於石，以告後之人。淳熙十五年正月日，朝請大夫、權知嚴州軍州事某謹書。

【題解】

陸氏大墓，指山陰陸氏祖墳，爲陸游七世祖至四世祖之墓。年久湮没。淳熙十二年，陸游發現祖墳，質證屬實，討還侵地，培冢築垣，恢復其故。本文爲陸游爲山陰祖墳所作的墓表文，記述家世沿革及發現、修復祖墳之經過。

本文據文末自述，作於淳熙十五年（一一八八）正月。時陸游在知嚴州任上。

【箋注】

〔一〕二評事諱忻：即陸忻，字孟達，號中和，因恥事吴越，入贅山陰魯墟農家，隱居讀書。後因孫陸軫功績，宋廷贈大理評事。生子陸郇參鄒志方陸游研究之陸游家世。二評事：「二」爲排行，因下文有評事郇者，故以排行區之。

〔二〕九評事諱郇：即陸郇，字元邦，號哲氏。宋太祖開寶年間官大理評事，真宗咸平年間官翰林學士，校書天禄閣。生二子，長子陸仁旺，次子陸仁昭。參鄒志方陸游研究之陸游家世。文中作「諱昭」，不知孰是。

〔三〕諱昭：即陸仁昭，字允明，號韜輝。宋仁宗天聖年間因數陸軫功績贈光禄卿。徽宗建中靖國元年又因曾孫陸佃功績贈光禄大夫、太子太保。生子陸軫。參鄒志方陸游研究之陸游家世。

〔四〕殤子：未成年而死者，短命者。莊子齊物論：「莫壽於殤子，而彭祖爲夭。」成玄英疏：「人生載運繦褓而亡，謂之殤子。」陸德明釋文：「殤子，短命者也。」

〔五〕昌國：即贈昌國夫人李氏。　娣：古代姐姐稱妹妹。

〔六〕「四世祖」二句：太傅公，即陸軫，字齊卿。參見卷二六跋修心鑒注〔一〕。焦塢，嘉泰會稽志卷六：「陸諫議軫墓在五雲鄉焦塢。贈太傅。」

〔七〕先大父楚公：即陸游祖父陸佃。　寖遠：漸遠。　石表：石碑。

〔八〕封識：指墓封合的標識。　冒没：冒領侵吞。

〔九〕迭相質證：反復核實驗證。

〔一〇〕群從：指堂兄弟及諸子侄。陶淵明悲從弟仲德：「禮服名群從，恩愛若同生。」　曾孫行：曾孫輩。

詹朝奉墓表

新定遂安縣詹氏，爲郡望族。自光禄公諱良臣以死勤事〔一〕，被褒顯，書其事於國史。少保公諱大方，純誠質厚，爲中興賢輔〔二〕。熏陶漸漬，子孫皆以學行顯聞，雖未必皆至貴仕，而學行淵粹，論議堅正，師友稱其賢，鄉閭服其化，身殁而不泯。若故朝奉郎諱靖之，字康仲，及其子承奉郎諱長民，字子齊者，是矣。某謹按家傳〔三〕，及質之鄉人所傳，朝奉公以少保遇郊祀恩，補承務郎，歷浙東安撫司主管機宜文字，監潭州南嶽廟，婺州金華、常州宜興縣丞，浙東提舉常平司幹辦公事，通判靖州，卒於官舍，年五十一，葬淳安縣仁壽鄉拜山之陽。

【題解】

詹朝奉，即詹靖之，字康仲。新定遂安（今浙江淳安）人。以父恩入仕，歷浙東安撫司主管機宜文字、金華、宜興縣丞、浙東提舉常平司幹辦公事，遷靖州通判，卒於官舍，年五十一。其長子詹長民，字子齊，以祖恩入仕，歷監紹興府都税院、鎮江府排岸兼拆船公事。卒於家，年二十七。靖之次子、長民弟詹阜民請墓表於陸游，願共爲一碑。本文爲陸游爲詹靖之、詹長民父子所作的墓表文，主要記述其公正孝悌、屬孤托死及勤官孝親的事迹。

本文據文末繫銜「中大夫、直華文閣致仕、山陰縣開國男、食邑三百户、賜紫金魚袋」，當作於慶元六年（一二〇〇）。時陸游致仕家居。

【箋注】

〔一〕光禄公諱良臣：即詹良臣，字元公，一字唐公，睦州分水（今浙江桐廬）人。舉進士不第，以恩得官，爲縉雲尉。方臘舉青溪，犯處州，良臣率兵禦之，爲所執。賊欲降之，良臣怒罵，賊怒割其肉，使自啖之，良臣吐且罵，至死不絕聲，時年七十二。徽宗聞而傷之，官其子孫二人。宋史卷四四六、東都事略卷一一〇有傳。死勤：因盡力國難而死。

〔二〕少保公諱大方：即詹大方。紹興十三年起歷監察御史、右司諫、右諫議大夫、御史中丞兼侍讀，工部尚書、知紹興府等。紹興十八年七月簽書樞密院事，兼權參知政事，九月卒。宋史秦檜傳列其於附秦檜「立與擢用」任執政二十八人之中。

〔三〕家傳：家族中記載父兄及祖先事迹的傳記。

初，將赴金華，而代者以私故〔一〕，欲遷延，而重於自言，既遣吏來迓，公始聞之，亟出避。吏至，家人告以適他郡。後數月乃往。郡委以受輸〔二〕，而公所親有居部内者，貧不能及期，公亟代之輸。民聞之，莫敢後。嵊有筮者徐生〔三〕，嘗倉卒繫獄，無妻孥，有田數畝，預書券，屬其友鬻之。友鬻而有其直。徐生出訟於有司，久不决，公詰以數語，得其情。宜興到官，纔再閱月〔四〕，會兄得疾甚篤，丐歸視疾，郡不許，乃棄官歸。郡督還甚厲，公卒不可，曰：「寧坐法，不忍有負於孝悌也。」人服其決，郡亦卒無以罪。浙東茶鹽司同僚有嫚公者〔五〕，公置不較。及其人遇疾卒，妻前死，男女皆幼稚，貧甚，斂具歸裝〔六〕，一切皆出公力。又爲營其葬，及嫁孤女之費，無憾而後已。公雖閒居，無厚積餘藏，然勇於爲義，有婚姻不能舉，及疾病死喪之急，慨然助之，忘其力之不足也。所親鄭椿年官於嚴〔七〕，公以嫌不數見。一日椿年卒，有子在外〔八〕，名以似宗，而未及以歸。及卒，有致仕恩，族子自其鄉來，衰絰而入，將冒取官，公力排出之，求得似宗，卒官之。公爲大率類此，不可概舉。古所謂可以屬孤托死者，公真其人也。

【箋注】

〔一〕代者：指將被取代縣丞職務者。

〔二〕受輸：接受繳納賦税。

〔三〕筮者：以占卦爲生者。

〔四〕再閱月：即兩月。閱月，經一月。

〔五〕嫚：輕視，侮辱。

〔六〕斂具歸裝：指斂尸安葬。

〔七〕鄭椿年：字春卿，福州福清人。隆興元年進士。紹興間知南劍州。事迹見福清縣志循良傳。

〔八〕有子在外：指將兒子過繼或送予族外人。

公娶王氏，封安人，賜冠帔，後公四年卒。子七人：長民，承奉郎，前公三年卒；阜民，文林郎、新寧海軍節度推官；表民，出繼公弟徽之，仕至從事郎、常州無錫縣丞，卒；定民，少有疾，亦已卒；乂民，從事郎、前楚州司户參軍；養民、仁民未仕。女子二人：朝請郎、前通判湖州曾槃，朝散大夫、直華文閣、前淮南轉運副使石宗昭，其婿也。孫七人：强學、好學、好問、好禮、好謙、好修、好信。

承奉君以少保遺表恩，補承務郎，遷承奉郎，歷監紹興府都税院、鎮江府排岸兼拆船公事，卒於家，享年二十七，葬祔世墓之次。君所至勤其官，在紹興時，府遣官檢察〔一〕，所遣者無以爲功，則肆爲侵刻〔二〕，行道爲之咨嗟。君與争，不聽，即自劾去。故時鎮江排岸官兼掌總領所〔三〕，逋欠綱運官吏〔四〕，君至閲視，凡八九十輩，皆飢寒疾病，或父死而督其子，君慨然爲之言，皆得挺繫以去。未幾屬疾，謁告歸省〔五〕，郡持不可。比得請，則疾已篤矣。朝奉公見其癯瘠，驚問故，以實告。且曰：「懼爲親憂，故不敢左右。」聞者皆感欷。自是疾遂不可爲，而君每見父母，輒以有瘳告〔六〕，痛楚則忍不發聲，懼親之聞也。君從吾友吕祖謙伯恭學〔七〕。伯恭門人數百，君以孝謹好學屢見稱歎。比卒，伯恭哀之，見於歡辭〔八〕。雖位下而年不遐，亦可不泯矣。娶馮氏，子一人，强學。初，朝奉公之子阜民，以父兄遺事屬予爲墓表，且曰：「願共爲一碑，而疑古未有比。」予謂石元懿公熙載〔九〕，及其子文定公中立〔一〇〕，實同一碑，故相蘇魏公所爲也〔一一〕。是爲比，後世尚有考焉。慶元某年某月某日，中大夫、直華文閣致仕、山陰縣開國男、食邑三百户、賜紫金魚袋陸某撰。

【箋注】

〔一〕檢察：檢舉稽查，考察。後漢書百官志五：「什主十家，伍主五家，以相檢察。民有善事惡事，以告監官。」

〔二〕侵刻：侵害，剥奪。詩曹風下泉序：「曹人疾共公侵刻下民，不得其所，憂而思明王賢伯也。」

〔三〕總領所：官署名。掌總領一路財賦軍馬錢糧。

〔四〕逋欠：拖欠。　綱運：分組成批運送大宗貨物，一組稱一綱。謂之綱運。其法始於唐，宋代沿用。

〔五〕歸省：回家探望父母。

〔六〕瘳：病癒。

〔七〕吕祖謙：字伯恭。參見卷三一跋吕伯共書後題解。

〔八〕歠辭：奠祭之辭。

〔九〕石元懿公熙載：即石熙載（九二八—九八四），字凝績，河南洛陽人。後周顯德進士。宋初爲太宗幕僚，太宗即位，遷左補闕、同知貢舉，擢簽書樞密院事，遷刑部侍郎，拜户部尚書、樞密使，授尚書右僕射。卒贈侍中，謚元懿。宋史卷二六三有傳。

〔一〇〕文定公中立：即石中立，字表臣，石熙載之子。以蔭入仕。歷光禄寺丞、直集賢院、禮部侍郎、户部郎中、史館修撰等，以吏部郎中、知制誥領審官院，遷右諫議大夫、給事中、翰林學士、禮部侍郎、學士承旨兼龍圖閣學士。景祐四年拜參知政事。以太子少傅致仕。卒贈太傅，謚文定。宋史卷二六三有傳。

〔一一〕蘇魏公：即蘇頌，字子容。參見卷二七跋蘇魏公百韻詩題解。蘇頌所爲即二樂陵郡公石公神道碑銘，見蘇魏公文集卷五四。

孫君墓表

會稽餘姚縣有士曰孫君，名椿年，字永叔。其先山陰人。當仁宗皇帝時，有諱沔者〔一〕，仕至樞密副使，有忠直名，謚威敏。威敏之弟曰洞，洞生儼，始東徙餘姚。儼生璣，璣生繹，繹生逑，君之考也。以君貢南省〔二〕，遇慶壽恩補修職郎〔三〕。實始聚書館士人，以善其子弟。子弟多自奮於學，而君尤知名，間遊四方，從老師宿儒受學，尤好左氏春秋、班氏漢書、司馬氏通鑑。平居至忘寢食，遇其得意，時時著説，以發明三家奥指，多世儒所不及。又從長老及有識者，講國家兵興以來理亂得失之故〔四〕，某事可法，某事可戒，至於淮、江以北，極於司、并、幽、薊，山川險要，及前代用師饋糧道路所出，言之莫不詳盡，聽者忘倦。使君得至人主前，口論手畫，極利害是非之實，以感悟上聽，安知不見拔用而成功名哉？士固有幸不幸，未易以成敗論也。晚預特奏名，人皆謂公且遇合，乃復以不合有司意入下第〔五〕。時有詔例補嶽祠〔六〕，君辭焉。然君年未六十，識者以爲學識如此，安知終不合，而君不幸死矣。

【題解】

孫君，即孫椿年，字永叔，會稽餘姚（今屬浙江）人。淳熙二年鄉貢禮部，遇恩補修職郎。屢次應舉，晚預特奏名，終未第。其子孫子宏請墓表於陸游。本文爲陸游爲孫椿年所作的墓表文，主要記述其勤學博識、屢舉不第、篤於孝友、資助里人的事迹。

本文據文末自述，作於慶元六年（一二〇〇）十月。時陸游致仕家居。

參考水心集卷十六孫永叔墓誌銘。

【箋注】

〔一〕諱洒者：即孫洒，字元規。參見卷三五夫人孫氏墓誌銘注〔一〕。

〔二〕貢南省：鄉貢禮部應試。南省，指禮部。

〔三〕慶壽恩：指淳熙二年慶祝太上皇高宗七十壽辰的恩典。

〔四〕國家兵興以來：指抵抗金兵侵略。

〔五〕入下第：即落第。

〔六〕補嶽祠：指任宫觀官。

君雖終不合以死，然居家可紀者多，尤篤於孝友。兄早死，諸孤猶襁負〔一〕，父母哀之。君曰：「某在，兄不亡也。」父母爲損哭泣〔二〕。君於是奉嫠嫂，撫孤侄，盡敬盡愛。父母既終，視平日加篤。立義居〔三〕，法度寬裕而密察，可久不廢。兩院子弟，分授諸經，擇名師，遣從學，朋遊亦謹擇，以故皆有學行可稱。姊適里中胡氏〔四〕，夫婦皆早卒，君撫孤，恩意甚備。不幸其孤又早夭，君益哀憐之，復爲立後。胡氏之祭，繄君力得不絶。晚仿范文正公義莊之制贍其族，長幼親疏，咸有倫序，歲以爲常〔五〕。

有餘，又以及姻戚故舊，無遺力。紹熙中，歲旱，米價日翔，君悉發廩貸里人〔六〕。明年，稼登糶賤〔七〕，來償者止受其米如初貸之數。有鬻屋廬，將散而之四方者，君必貸之以錢如鬻屋之數，曰：「所得幾何，奈何捨鄉里而去？」以此旁近無流徙者。縣並海，堤防數決，在仕者欲泆湖〔八〕，募人耕其中，積粟爲築堤費。君争不可，曰：「捍海固利矣〔九〕，泆湖則無以灌溉，歲且饑，利不補害。」請出私金，率鄉里共營之，堤可成。卒如君言，而湖利亦得不廢。君之所爲，大概類此，觀者可知其磊落不凡矣。

【箋注】

〔一〕襁負：以襁褓背負。韓詩外傳卷三：「道無襁負之遺育。」

〔二〕損：減少。

〔三〕義居：指孝義之家世代同居。范正敏遁齋閒覽人事：「姑蘇馮氏兄弟三人，其季娶婦逾年，輒風其夫分異。夫怒詬曰：『吾家義居三世矣，汝欲敗吾素業耶？』婦乃不復言。」

〔四〕姊：同姊。　里中：同里之人。

〔五〕范文正公義莊：即范仲淹所設義莊。宋史范仲淹傳：「置義莊里中，以贍族人。」　倫序：條理，順序。

〔六〕發廩：開倉分發糧食。

〔七〕稼登糶賤：穀物豐收，米價下跌。

〔八〕泆湖：指填湖使水溢出。

〔九〕捍海：抵禦海水入侵。

君享年五十有九，以慶元五年二月壬申卒，卜以明年十二月甲申，葬於龍泉鄉澄清之原。娶吴氏。子四人：之宏、之亮、之望、之穎〔一〕，皆有學行。之宏、之亮嘗同試禮部。女一人，歸迪功郎、衢州州學教授史彌忠〔二〕，亦知名士。既納銘竁中〔三〕，又來請文以表墓上〔四〕。於虖！義修而命窒，施豐而報嗇，維報不忒〔五〕，亦不在亟。尚其後人，克肖君德。慶元六年十月，中大夫、直華文閣致仕陸某表。

【箋注】

〔一〕之宏：即孫之宏，字偉夫，葉適弟子。嘉定七年登進士第。後爲葉適習學記言序目作序。

〔二〕史彌忠：字良叔，明州鄞縣（今浙江寧波）人。宰相史浩從子、史嵩之之父。淳熙十四年進士。歷知廬陵縣、饒州、南安軍、吉州，提舉福建常平，遷寶謨閣待制、龍圖閣學士，以資政殿學士致仕。卒贈少師、鄭國公，謚文靖。延祐四明志卷五有傳。

〔三〕竁：墓穴。

〔四〕「又來」句：葉適孫永叔墓誌銘：「君子之宏來索銘，值余得眩疾，文理顛倒，不自省録，乃請山陰陸公表於墓以待。」

〔五〕忒：差錯。

何君墓表

詩豈易言哉！一書之不見，一物之不識，一理之不窮，皆有憾焉。同此世也，而盛衰異；同此人也，而壯老殊。一卷之詩有淳漓〔一〕，一篇之詩有善病，至於一聯一句，而有可玩者，有可疵者；有一讀再讀至十百讀，乃見其妙者；有初悦可人意、熟味之使人不滿者。大抵詩欲工，而工亦非詩之極也。鍛煉之久，乃失本指，斲削之甚，反傷正氣。雖曰名不可幸得，以名求詩，又非知詩者。纖麗足以移人，夸大足以蓋衆，故論久而後公，名久而後定。嗚呼艱哉！予固不足爲知此道者，亦致其意久矣，顧每不敢易於品藻〔二〕。蓋彼皆廣求約取，極數十年之力，僅得其所謂自喜者以示人，而我乃欲一覽而盡，其可乎？何君名逮，字思順，能詩，終身不自足而卒〔三〕。卒後，予友人曾樂道、鞏仲至〔四〕，始介思順之子羡，以遺稿屬予表墓，且言思順平生欲見予而不果，故有斯請。予年近九十，病卧鏡湖上，凡以文章來者，積架上不能省。一日，取思順詩讀之，不覺起坐太息曰：「今世豈無從事於此者？如思順蓋未易得也。不以字害其成句，不以句累其全篇，超然於世俗毁譽之外，予之恨不一見其人，甚於其人之願見予也。」思順曾大父諱粹中，大父諱汝能，父諱松，東陽東陽人〔五〕。以嘉泰三年九月十一日卒，年五十有一。兩娶郭氏，皆先卒。以開禧元年十一月二十日，合葬於仁壽鄉陂頭山之原。子一人。女長適進士郭槩，次尚幼。開禧二年四月戊寅，太中大夫、寶謨閣待制致仕、山陰縣開國子、食邑五百户、賜紫金魚袋陸某表。

【題解】

何君，即何逮，字思順。東陽（今屬浙江）人。布衣善詩，永不自足，超然世俗。何逮卒於嘉泰三年（一二〇三），其子何羨以父遺稿請陸游表墓。本文爲陸游爲何逮所作的墓表文，闡述品藻詩歌的原則，稱道其詩「超然於世俗毁譽之外」。

本文據文末自述，作於開禧二年（一二〇六）四月戊寅（二十七）日。時陸游致仕家居。

【箋注】

〔一〕淳漓：醇厚和澆薄。劍南詩稿卷五七獨酌：「已於醉醒知狂聖，又向淳漓見古今。」

〔二〕品藻：品評鑒定。漢書揚雄傳：「爰及名將尊卑之條，稱述品藻。」顔師古注：「品藻者，定其差品及文質。」

〔三〕自足：自己滿意。王羲之三月三日蘭亭詩序：「當其欣於所遇，暫得於己，快然自足。」

〔四〕曾樂道：即曾槃，字樂道。曾幾之孫。　鞏仲至：即鞏豐，字仲至。婺州武義（今屬浙江）人。師從朱熹、吕祖謙。淳熙十一年進士。歷漢陽軍學教授、江東提刑司幹辦公事、福州帥司幹辦公事、知臨安縣等，晚提轄左藏庫。事迹見鞏仲至墓誌銘（水心集卷二二）。陸游曾薦其「材識超卓，文辭宏贍」。（參見卷五薦舉人材狀）

〔五〕東陽東陽：指東陽郡（婺州）東陽縣。

孺人王氏墓表

孺人王氏名中，字正節，濰州北海人。曾大父諱競，朝議大夫、直祕閣。大父諱慎修，迪功郎、贈中奉大夫。父諱嵎，贈承事郎，字季夷，負天下才名〔一〕。孺人嫁司馬文正公元孫、龍圖閣待制諱伋之仲子、通直郎、新權發遣信州軍州事遵〔二〕。司馬君亦有文學、政事稱其家，登用於朝，孺人實相之〔三〕。人謂季夷雖坎壈不偶以死，而三子皆知名士，夫人復以賢婦稱，天所以報善人，亦昭昭矣。司馬君簽書寧海軍節度判官公事，孺人不幸遇疾卒，時嘉泰三年二月初二日也，得年四十有四。司馬君來赴告曰〔四〕：「亡婦不逮事君姑，其事舅及少姑，皆盡孝〔五〕。執喪中禮，而哀有餘。至除喪，猶不能自抑。」司馬，大族也，孺人承上接下，肅敬慈恕。既殁，哭之皆哀。以開禧二年十二月壬申，葬於會稽山陰清巒北塢之原。三子：拓、挭、操，二女尚幼。予與待制及季夷少共學〔六〕，情好均兄弟，兩公又皆娶予中表孫氏，則表孺人之墓，宜莫如予，乃泣而書之。太中大夫、寶謨閣待制致仕、山陰縣開國子、食邑五百户、賜紫金魚袋陸某書。

【題解】

孺人王氏，即王中，名正節，濰州北海（今山東濰坊）人。名士王嵎之女，嫁司馬光後裔司馬遵。嘉泰三年（一二〇三）卒，封孺人。陸游與王氏之父及公公少時共學。本文爲陸游爲王氏所作的墓表文，記述其本家與夫家身世以及與陸游之關係。

本文據文末自述，作於開禧二年（一二〇六）。時陸游致仕家居。

【箋注】

〔一〕「父諱嵎」四句：直齋書録解題卷二十著録王季夷北海集二卷，解題稱：「北海王嵎季夷撰。紹、淳間名士，寓居吴興，陸務觀與之厚善。三子甲、田、申皆登科。」王氏乃其女。

〔二〕司馬文正公元孫：即司馬光玄孫。元孫，玄孫之諱改，本人以下第五代。龍圖閣待制諱伋：即司馬伋，字季思。高宗紹興八年受詔以司馬光族曾孫爲右承務郎，嗣光後。歷添差浙東安撫司幹辦公事、通判處州。孝宗乾道二年爲建康總領，六年以試工部尚書使金。淳熙四年爲吏部侍郎，五年以中奉大夫、徽猷閣待制知鎮江，六年升寶文閣待制，改知平江，尋奉祠。九年，知泉州。卒。仲子：次子。

〔三〕相：輔佐。

〔四〕赴告：指報喪。史記周本紀：「昭王南巡狩不返，卒於江上。其卒不赴告，諱之也。」

〔五〕君姑：女子稱丈夫之母，即婆婆。舅：稱丈夫之父，即公公。少姑：稱丈夫之庶母。姑在則曰君姑，姑歿則曰先姑。又，婦謂夫之庶母爲少姑。

〔六〕待制：即司馬伋。季夷：即王嵎。

壙記①

【釋體】徐師曾文體明辨序說：「（墓誌銘）又有曰葬誌，曰誌文，曰墳記，曰壙誌，曰壙銘，曰槨銘，曰埋銘。其在釋氏，則有曰塔銘，曰塔記。」

本卷收録壙記一首。

【校記】

① 原脱文體名，諸本同，據目録補。

令人王氏壙記

於虖！令人王氏之墓。中大夫、山陰陸某妻蜀郡王氏，享年七十有一，封令人，以宋慶元丁巳歲五月甲戌卒。七月己酉葬，祔君舅少傅、君姑魯國夫人墓之南岡〔一〕。有子子虡，烏程丞；子龍，武康尉；子惔；子坦；子布；子聿〔二〕。孫元禮、元敏、元簡、元用、元雅〔三〕。曾孫阿喜，幼未名〔四〕。

【題解】

令人王氏，即陸游第二任夫人，蜀郡人。紹興十七年（一一四七）嫁入陸家，時陸游二十三歲。慶元三年（一一九七）卒，封令人。山陰陸氏族譜載：「（陸游）娶唐，於母夫人爲姑姪。繼蜀郡晉安澧州刺史王鐇字竭之之女，封令人，加封陳國夫人。」本文爲陸游爲妻王氏所作的壙記，記述其卒葬及子孫情況。

本文據文中自述，作於慶元三年（一一九七）五月，時陸游奉祠家居。

【箋注】

〔一〕君舅少傅：即陸游之父陸宰。君舅，妻子稱丈夫之父。　君姑魯國夫人：即陸游之母唐氏，封魯國夫人。君姑，妻子稱丈夫之母。

〔二〕「有子」三句：陸游共有七子二女：夫人王氏生有子虡、子龍、子修（即子惔）、子坦、子約及大女靈照，其中子約入贅餘姚呂家，故文中不書；妾楊氏生有子布、子遹（即子聿）及小女女女。七子仕履列下：

陸子虡（一一四八—一二二二），字伯業，小字彭兒。以父郊恩補常州比較務，歷烏程、金壇丞、浙西提刑司幹辦官，通判清州、隋州，擢京西提刑、軍器監丞，知江州節度軍馬使，召除國子監丞，終朝奉大夫，贈紫金魚袋。

陸子龍（一一五〇—一二三三），字叔夜，小字恩哥。以父郊恩補將仕郎，歷武康尉、吉州司理，東陽、灌陽令，除左司諫，賜紫緋魚袋。

陸子修（一一五一—一二二八），原名子惔，字文長，小字秀哥。以父致仕恩補通仕郎，歷湘鄉丞、平江令，除知江寧軍，終奉直大夫。

陸子坦（一一五六—一二二七），字文度，小字行哥。以父待制日郊恩補承務郎，歷荆門、歸州僉判，知安豐軍，終朝議大夫。

陸子約（一一六六—一一九二），字文清。以父待制恩補承務郎，知辰州軍，終朝請大夫。贅餘姚吕參議之女。

陸子布（一一七四—一二五二）字思遠，小字英孫。以父遺表恩補從仕郎，歷安平軍通判，遷將監簿，知高郵軍，轉隋州，除淮南東路提刑，終通奉大夫。

陸子遹（一一七八—一二五〇），原名子聿，字懷祖，以父致仕恩補官，歷新喻丞、漢陽令，知溧陽縣，遷臨安僉判，監登聞鼓院、司農丞，出知平江軍、嚴州，召還吏部侍郎。終中奉大夫，賜紫金魚袋。

〔三〕「孫元禮」句：陸游孫輩共十四人，情況如下：子虡有四子：元常、元韶、元用、元過；子龍生一子：元禮；子修生二子：元簡、元廷；子坦生二子：元史、元黨；子布生三子：元質、元雅（出繼給子虡，更名元常）、元楚；子遹生三子：元敏、元道、元性。作壙記時僅五人。

〔四〕曾孫阿喜：父祖不詳。

渭南文集箋校卷第四十

塔銘

【釋體】徐師曾文體明辨序説：「(墓誌銘)又有曰葬誌，曰誌文，曰墳記，曰壙誌，曰壙銘，曰槨銘，曰埋銘。其在釋氏，則有曰塔銘，曰塔記。」

本卷收録塔銘八首。

祖山主塔銘

嘉州天王禪院景倫師有二弟子，孟曰紹覺，仲曰紹祖〔一〕。倫且老，歎曰：「孰能問法南方，以大吾門者乎〔二〕？」於是覺請行，曰：「不可使師有恨。」祖請留，曰：「老人不可以莫養也。」覺南游得法，居蘄州五祖山〔三〕。而祖左右就養，先意承志〔四〕，終身不去。倫欲新其廬，祖則雨濡日炙，出入閭巷〔五〕，累年崇成，鬱爲寶坊。倫飲食往來者，祖則高囷大庖，床敷絮温〔六〕，凡至者如歸焉。皆曰：「倫師可謂有子矣。」祖既老，亦有二弟子，曰海慧、海澄。慧萬里走閩中，求大藏經以歸〔七〕。祖不及待，而澄實送終。其撰次祖行實以求予銘者〔八〕，慧弟子法琳也。是倫師不獨有子，子又有孫，何其盛哉！世所謂學士大夫，蹈義秉禮，終其身者或鮮矣，況至四世、閱百年而不失者乎？予於是有感焉。祖姓楊氏，字繼遠，世居龍游，殁以乾道四年十月某甲子，年七十五。葬以五年二月某甲子。銘曰：

峨眉之麓，鬱鬱方墳。維爾有承，以弋吾文〔九〕。

【題解】

祖山主，即嘉州天王禪院住持紹祖禪師。俗姓楊，字繼遠，世居龍游。禪師堅忍不拔，奉養祖師，乾道四年圓寂。其再傳弟子法琳求銘於陸游。本文爲陸游爲紹祖禪師所作的塔銘，主要記述其尊養祖師，矢志不渝，及世代相傳的事迹。山主，寺院的住持。

本文據文意，約作於乾道九年（一一七三）秋冬。時陸游攝知嘉州。

【箋注】

〔一〕嘉州：宋代屬成都府路，即今四川樂山。孟、仲，兄弟姊妹間的長幼順序。左傳隱公元年「惠公元妃孟子」，孔穎達疏：「孟仲叔季，兄弟姊妹長幼之別字也，孟、伯俱長也。」

〔二〕問法：指問佛法。大吾門：廣大天王禪院之門庭。

〔三〕蘄州：在今湖北蘄春。五祖山：又稱馮茂山、東山。在今湖北黄梅東北。禪宗五祖弘忍建寺於此，圓寂後葬於此山。

〔四〕先意承志：指孝子先父母之意而承順其志。禮記祭義：「君子之所爲孝者，先意承志，諭父母於道。」

〔五〕「祖則雨」二句：指到處化緣，籌措經費。雨濡日炙，日曬雨淋。

〔六〕「祖則高」二句：指高倉大廚，牀鋪潔浄。

〔七〕大藏經：佛教典籍叢書。北宋初四川首先刻成開寳藏，隨即福建在神宗、徽宗時又先後開雕大藏經，世稱崇寧萬壽大藏和毗盧藏。

〔八〕行實：指生平事迹。黄滔華嚴寺開山始祖碑銘：「十一年，其徒從紹疏師行實於闕，昇其院爲華嚴寺。」

〔九〕弋：取得。

定法師塔銘

淳熙四年，予自梁、益還吴，蓋西游九年矣〔一〕。耆老凋落，朋舊散徙，無與晤語。而少年學問日新，議論鋒出，亦莫與顧，爲之憮悦不樂〔二〕。一日，有叩户者，攝衣迎之，則所謂惠定法師也。風骨巉巉〔三〕，如太華之立雲表；議論衮衮〔四〕，如黄河之行地中。爲予談諸經，辭指精詣，往輒破的，窮日夜不休。予作而曰：「公生、肇一輩人〔五〕，予懼不足以辱公友也。」會予復出仕，又三年，乃還，屏居鏡湖之西，略無十日不過予，霰雪風雨，往往留不去。予方以譴斥退〔六〕，亦安於不遇，意者相從湖山間以老，而師不幸死矣。其徒來乞銘。師字寧道，姓王氏，世爲紹興山陰人。幼歲從錢清保安院子堯道人得度〔七〕，出遊四方，從道隆、師會、景崇三師〔八〕，授華嚴義〔九〕，盡得其説。至超然自得，出入古今，不妄隨，不苟異，三師蓋莫能屈也。衆請住戒珠省院，未幾棄去。時大惠禪師宗杲説法阿育王山〔一〇〕，師慨然往造其居，所聞益廣，學者宗之。起住妙相，徙觀音，復還省院，皆蕭然小刹〔一一〕，羹藜飯豆，人不堪其枯槁。然著書不少輟，若金剛般若經解、法界觀圖、會三歸一章、莊嶽論，已盛行於世，餘在稿者猶數十百篇。以淳熙八年十二月二十四日，焚香説偈示滅，年六十八，僧夏四十八〔一二〕。九年十二月十八日，葬於錢清。得法弟子妙定、了洪、了悦，得度弟子了知、了端、了達〔一三〕。初，師著金剛解成，持以示予。語之曰：「昔德山見龍潭，言下悟，盡焚金剛疏鈔〔一四〕。公見大慧而歸，更著此解，與德山孰優？」師笑不答，豈魯之善學柳下惠者歟〔一五〕？銘曰：

木葉旁行，九譯而東〔一六〕。維此雜華，衆經之宗〔一七〕。肇自有唐，世以名家。師如巨舟，極其津涯。著書至死，此亦奚求？承其師傳，以絶爲羞。我徂弔之，遺書滿室。喟然作銘，用愧逢掖〔一八〕。

【題解】

定法師，即惠定法師，俗姓王，字寧道，紹興山陰人。曾問道於大慧禪師宗杲。住持妙相等小刹，但著書不輟。淳熙八年圓寂。陸游曾與其多有交遊。本文爲陸游爲惠定法師所作的塔銘，主要記述法師不懈著書的事迹及兩人之間的交遊。

本文據文末自述，作於淳熙九年（一一八二）。時陸游奉祠家居。

【箋注】

〔一〕「淳熙」三句：陸游奉召離蜀東歸在淳熙五年（一一七八）春，此云「四年」恐誤。

〔二〕懭悢：惆悵，傷感。楚辭遠遊：「步徙倚而遥思兮，怊惝怳而乖懷。」

〔三〕巉巉：山勢峻峭險拔貌。張祜遊天台山：「巉巉割秋碧，媧女徒巧補。」

〔四〕衮衮：説話滔滔不絶貌。太平御覽引竹林七賢論：「張華善説史、漢，裴逸民叙前言往行，衮衮可聽。」

〔五〕生肇：指道生、僧肇。道生，即竺道生（三五五—四三四），本姓魏，巨鹿（今河北平鄉）人。東晉佛教學者。幼年跟從竺法汰出家，改姓竺。後師從鳩摩羅什譯經，是其著名門徒之一。僧肇（三八四—四一四），俗姓張，京兆（今陝西西安）人。初好老莊，後讀維摩經感悟出家。師從鳩摩羅什，擅長般若學。參與鳩摩羅什譯經場，著有肇論。

〔六〕以譴斥退：陸游淳熙七年（一一八〇）十一月奉詔詣行在，後待命。次年三月因臣僚論其「不自檢飭」，給事中趙汝愚封駁其提舉淮東常平新命，遂奉祠。

〔七〕錢清：鎮名。在今浙江蕭山。保安院：嘉泰會稽志卷七：「保安院，在（山陰）縣西北五十一里。晉開運元年建，號保寧院。治平三年改賜今額。」

〔八〕道隆：嘉泰普燈録卷九：「嚴州鍾山道隆首座，桐廬董氏子。於鍾山寺得度，自游方，所至耆衲皆推重。晚抵黄龍，死心延爲座元。心順世，遂歸隱鍾山。慕陳尊宿高世之風，掩關不事事，日鬻數屨自適，人無識者。」師會：號可堂，籍貫不詳。自幼研究華嚴之教章。痛感華嚴之衰頽，乾道二年始著五教章復古記，以償多年宿志，未成得疾而寂，遺命弟子繼其業。

謚號法真大師。　景崇：事迹不詳。

〔九〕華嚴，即華嚴經，全名大方廣佛華嚴經，大乘佛教主要經典，華嚴宗的立宗之經。記佛陀之因行果德，并開顯重重無盡、事事無礙之妙旨。以唐代所譯八十卷本品目完備，文義暢達，流傳最廣。

〔一〇〕大惠禪師宗杲：即徑山宗杲禪師。惠，或作「慧」。參見卷二二大慧禪師真贊題解。阿育王山：在今浙江鄞縣。爲臨濟宗道場，南宋高僧多往住持。

〔一一〕「起住」四句：妙相、觀音、戒珠省院，均爲會稽之小寺廟，所謂「蕭然小刹」。

〔一二〕説偈：吟誦偈語。　示滅：佛教稱坐化身死。　僧夏：指僧尼受戒後的年數。夏，夏臘。僧人以七月十六日爲歲首，十五日爲除夕，出家後，以夏臘計算年歲。

〔一三〕得法：指得到佛法傳授。　得度：指得到引度、披剃出家。

〔一四〕德山：即德山宣鑒，俗姓周，簡州（今四川簡陽）人。唐代高僧。少出家，初精究律學，常講金剛經，時稱周金剛。後師從澧州龍潭崇信禪師，通過言辭機鋒達於頓悟，盡焚其原讀金剛疏鈔，遂皈依禪宗。又去寧鄉大潙山與靈佑鬥法。懿宗咸通初，應邀住朗州德山，從學者甚衆，時稱德山和尚。

〔一五〕魯之善學柳下惠：孔子家語好生：「魯人有獨處室者，鄰之嫠婦亦獨處一室。夜暴風雨至，嫠婦室壞，趨而托焉，魯人閉户而不納。嫠婦自牖與之言：『何不仁而不納我乎？』魯人曰：『吾聞男女不六十不同居，今子幼吾亦幼，是以不敢納爾也。』婦人曰：『子何不如柳下惠？然嫗不逮門之女，國人不稱其亂。』魯人曰：『柳下惠則可，吾固不可。吾將以吾之不可，學柳下惠之可。』孔子聞之曰：『善哉！欲學柳下惠者，未有似於此者，期於至善而不襲其爲，可謂智乎！』」

〔一六〕「木葉」二句：指佛經東傳。木葉，樹葉。旁行，橫寫。相傳古印度佛經多傳寫於貝樹葉子，即「貝葉經」。九譯，輾轉翻譯。史記大宛列傳：「重九譯，致殊俗。」張守節正義：「言重重九遍譯語而致。」

〔一七〕「維此」二句：謂華嚴經爲衆經之宗。雜華，華嚴經之異名。

〔一八〕逢掖：寬大的衣袖。指儒生所穿之衣，亦借指儒生。禮記儒行：「丘少居魯，衣逢掖之衣；長居宋，冠章甫之冠。」

良禪師塔銘

禪師處良，字遂翁，會稽山陰劉氏子。紹興五年，甫九歲，以童子得度。十三歲遊諸方〔一〕，僅勝衣笠〔二〕，路人爲之驚歎。初爲妙喜禪師宗杲侍者〔三〕，又從卍庵禪師道顏爲書記〔四〕。遂翁英邁玉立，遊二師間，皆受記莂〔五〕，餘事能文詞〔六〕，善筆札，諸方翕稱良書記。然亦以議論皦核，不少假借〔七〕，不爲諸方所容。妄一比丘〔八〕，輒得名山壯刹，遂翁獨陸陸衆中〔九〕。嘗居嘉興法喜院，舉香爲卍庵嗣，蕭然數僧，食財半菽〔一〇〕。再歲，退廬會稽海上〔一一〕。今太常尤公延之守臨海，起遂翁領紫囊，復以縣大夫不樂〔一二〕，棄去。久之，領崑山薦嚴資福寺，遂以疾逝，淳熙十四年六月戊寅也。遺言藏骨廬山智林寺。寺，卍庵與遂翁所同建也。逝之日，手書求銘於予。銘曰：

山棲谷汲，利欲靡及。孰擠使躓，道成謗集。廬阜峩峩，浮屠岌岌〔一三〕。吾識其封，身没名立。

【題解】

良禪師，即處良禪師，俗姓劉，字遂翁，會稽山陰人。九歲出家，先後問道於宗杲、道顔禪師。曾先後主持法喜院、薦嚴資福寺等。淳熙十四年圓寂。卒前手書求銘於陸游。本文爲陸游爲處良禪師所作的塔銘，主要記述其生平事迹。

本文據文末自述，作於淳熙十四年（一一八七）。時陸游在知嚴州任上。

【箋注】

〔一〕諸方：各地。晉書何劭傳：「每諸方貢獻，帝輒賜之，而觀其占謝焉。」

〔二〕僅勝衣笠：指因年幼而勉强套上僧人寬大的衣帽。
〔三〕妙喜禪師宗杲：即大慧禪師。宗杲號妙喜。參見卷二二大慧禪師真贊題解。
〔四〕卍庵禪師道顔：即道顔禪師。參見二二卍庵禪師真贊題解。
〔五〕記莂：佛教指佛爲弟子預記死後生處及未來成佛因果、佛名等事。
〔六〕餘事：指佛事之外的才華。
〔七〕皦核：明白切實。　假借：指假托，婉轉表述。
〔八〕妄一比丘：指一個愚妄的和尚。
〔九〕陸陸：猶「碌碌」。無所作爲貌。後漢書馬援傳：「季孟（隗囂）嘗折愧子陽（公孫述）而不受其爵，今更共陸陸，欲往附之，將難爲顔乎？」李賢注：「陸陸猶碌碌也。」
〔一〇〕財，通「才」。　半菽：半菜半糧，指粗劣食物。漢書項籍傳：「今歲飢民貧，卒食半菽。」
〔一一〕海上：指湖濱。江淹恨賦：「遷客海上，流戍隴陰。」
〔一二〕尤公延之，即尤袤，字延之，常州無錫人。紹興十八年進士。歷泰興令、秘書丞兼國史院編修官、著作郎、太常少卿、給事中等，官至禮部尚書兼侍讀。工詩文，與陸游、楊萬里、范成大齊名。宋史卷三八九有傳。　縣大夫：即縣令。
〔一三〕浮屠岌岌：指佛塔聳立。

高僧猷公塔銘

宋山陰有高僧曰子猷，字修仲，晚自號笑雲老人。宏材博學，高行達識，卓然出一世之表。雖華嚴其宗，而南之天台，北之慈恩，少林之心法，南山之律部〔一〕，莫不窮探歷討，取其妙以佐吾説。雖浮屠其衣，百家之書，無所不讀。聞名儒賢士，雖在千里之遠，必往交焉。篤行義，勵風操，嚴取與，一得喪，接物簡而峻，不屈於富貴〔二〕。有以供施及門者〔三〕，苟禮不足，雖累百金，輒拒不取。於虖賢哉！修仲出陳氏，生七歲，從同郡大善寺晏時爲童子〔四〕。十有二歲，祝髮受具〔五〕，習華嚴經論於廣福院〔六〕，擇交得其學。又遊錢塘，見惠因院師會〔七〕，博盡所疑，二師皆自以爲弗迨。遂還山陰，説法於城東妙相院〔八〕。僅二十年〔九〕，學者常百餘人，修仲厭其近城市，思居山林，乃捨衆遁於梅山上方〔一〇〕。學者不肯散去，而院隘不能容，相與言於府，願迎修仲還妙相。於是法席加盛於昔〔一一〕，所著書大行於世，院亦益葺，號爲壯刹。大慧禪師宗杲過而異之〔一二〕，爲留偈壁間。然修仲竟棄去，學者猶不捨，又説法者三。最後住姜山〔一三〕，閲三年，喟然歎曰：「老矣，將安歸耶？」亟橐書歸梅市，結庵以老。淳熙十六年八月二十有六日，忽命舟遍别平日所往來者，明日晨起説法，遂坐逝，壽六十有九。又三日，火化，得舍利，五色粲然。弟子即庵之西建塔，奉靈骨及舍利以葬〔一四〕。修仲度弟子四人：戒海、戒先、戒明、戒堅。戒先傳家學。而四方之學者，得法出世又十有七人〔一五〕。隱於衆者，蓋以百數。修仲之道，其傳又可涯哉！戒明來乞銘。銘曰：

予嘗觀古高僧，窮幽闡微，能信踐之，不爲利訹，不爲勢橈〔一六〕，未嘗不與學士大夫同也。考修仲之爲人，可謂有古高僧之風矣。吾予之銘，非獨以厚故人，蓋亦天下之公也。

【題解】

高僧，指精通佛理、道行高深的僧人。猷公，即子猷禪師，俗姓陳，字修仲，晚自號笑雲老人。山陰人。七歲入寺院爲童子，十二歲出家，習華嚴經論，師從宴時、師會禪師。說法山陰妙相院二十餘年，弟子百餘人。綜采禪學諸宗，兼及百家。歸老梅山，淳熙十六年圓寂。弟子請銘，本文爲陸游爲子猷禪師所作的塔銘，主要記述其生平事迹及佛學特點，贊賞其「有古高僧之風」。

本文據文末自述，作於淳熙十六年（一一八九）九月。時陸游在禮部郎中兼實録院檢討官任上。

參考劍南詩稿卷十七送猷講主赴李明府姜山之招、卷二十過猷講主桑瀆精舍。

【箋注】

〔一〕華嚴其宗：以華嚴爲宗門。華嚴，即華嚴宗，又名法界宗、賢首宗，以華嚴經爲主要法典。出現於陳、隋之際，以唐代杜順爲初祖，至宋代宗密爲五祖。天台：即天台宗，又名法華宗。隋代智顗依據法華經創立。智顗常住天台山，故名。盛行於唐，五代衰微，至宋復興。慈恩：即慈恩宗，又名法相宗、唯識宗。唐代玄奘至中印度就學於戒賢論師，歸來住持慈恩寺，與弟子窺基開啓慈恩宗。至明末大振。少林之心法：指少林寺在經典外傳授之法，以心相印證，故名。如少林氣功，即注重心與意合。意與氣合，氣與力合。南山之律部：指唐代道宣在終南山開創的以研究和修持佛教戒律爲主的律宗。

〔二〕行義：品行道義。風操：志行品德。接物簡而峻：指與人交往簡單而嚴苛。

〔三〕以供施及門：指上門布施。

〔四〕大善寺：嘉泰會稽志卷七稱「大善寺，在府東一里二百一十步」，梁天監年間建，後改名開元，吴越王時復大善舊名。「建炎中，大駕巡幸，以州治爲行宫，而守臣寓治於大善。及移蹕臨安，乃復以行宫賜守臣爲治所，然歲時内人及使命朝攢陵猶館於大善。乾道中蓬萊館成，乃止」。童子：指僕役。

〔五〕祝髮受具：指削髮受具足戒。王維大唐大安國寺故大德淨覺禪師碑銘序：「入太行山，削髮受具。」具足戒：指比丘所受之二百五十戒，比丘尼所受之五百戒。

〔六〕廣福院：據嘉泰會稽志卷七、卷八載，會稽府城及會稽、山陰、諸暨、蕭山、新昌諸縣均有廣福院，不知孰是。

〔七〕惠因院：咸淳臨安志卷七八：「惠因院，天成二年吴越王建。元豐八年，高麗國王子僧統義天入貢，因請從淨源法師學賢首教，詔許之，遂竟其學以歸。元祐二年以金書晉譯華嚴五十卷、唐則天時譯八十卷、德宗朝譯四十卷共三部，附海舟捨入院。元符二年又施金建華嚴大閣以崇奉之。」師會：字可堂。參見本卷定法師塔銘注〔八〕。

〔八〕説法：指宣講佛教教義。妙相院：嘉泰會稽志卷七有石佛妙相寺，或即此院。其云：「石佛妙相寺，在縣東五里。唐大和九年建，號南崇寺。會昌廢。晉天福中僧行欽於廢寺前水中得石佛，遂重建。治平三年賜今額。石佛今在寺中，高財二尺餘，背有銘曰：『齊永明六年太歲戊辰，於吴郡敬造，維衛尊像。』凡十有八字，筆法亦工。」

〔九〕僅：將近。

〔一〇〕梅山：又名巫山。嘉泰會稽志卷九：「巫山，在（山陰）縣北一十八里。舊經：『巫山一名梅山。』越絶書云：『巫山者，越䰢，神之官，死葬其上。』朱育對濮陽興曰：『越王翳，遜位逃於巫山之穴，越人薰而出之。』陸左丞農師適南亭記云：『梅山，昔子真之所居也。其少西有里曰梅市，其事應史。山西南有永覺寺、梅子真泉、適南亭、竹徑、茶塢。』」參見卷二二梅子真泉銘題解。　上方：指住持僧人居住的内室。

〔一一〕法席：講解佛法的座席。又泛指講解佛法的場所。

〔一二〕大慧禪師宗杲：參見卷二二大慧禪師真贊題解。

〔一三〕姜山：嘉泰會稽志卷九：「姜山，在（餘姚）縣西北五十里。袤十里，山有五峰：曰金雞，曰峨嶧，曰積翠，曰凌雲，曰白馬。山下有姜女泉、精舍。」

〔一四〕靈骨及舍利：均指佛教徒火化後的遺骸。魏書釋老志：「佛既謝世，香木焚尸，靈骨分碎，大小如粒，擊之不壞，焚亦不燋，或有光明神驗，胡言謂之『舍利』。弟子收奉，置之寶瓶，竭香花，致敬慕，建宫宇，謂爲『塔』。」

〔一五〕出世：指出家。皇甫曾秋夕寄懷契上人：「真僧出世心無事，静夜名香手自焚。」

〔一六〕訹：引誘，誘惑。 橈：彎曲。

别峰禪師塔銘

南山自長安、秦中西南馳，爲嶓爲岷〔一〕。岷東行，紆餘起伏，歷蠻夷中，跨軼且千里〔二〕，然後秀偉特起，爲三峰，摩星辰，蓄雲雨，龍蟠鳳翥，是名峨眉山。通義、犍爲二郡〔三〕，實在其下，人鍾其氣，爲秀民傑士。出而仕者，固多以功業文章，擅名古今。至於厭薄紛華〔四〕，棄捐衣冠，木食澗飲，自放於塵垢聲利之外，而不幸爲人知，不能遂其隱操〔五〕，亦卒至於光顯榮耀者，如別峰禪師是也。

【題解】

別峰禪師，即釋寶印（一一〇九—一一九〇），字坦叔，號別峰。參見卷十八圓覺閣記注〔二〕。別峰禪師於紹熙元年圓寂，其弟子於三年請銘於陸游。陸游早在蜀中即與禪師交好，禪師住持徑山寺時，陸游又與其「相約還蜀」。本文爲陸游爲別峰禪師所作的塔銘，詳細記述其生平事迹及成就。

本文據文末自述，作於紹熙三年（一一九二）夏。時陸游奉祠家居。

參考卷十八圓覺閣記。

【箋注】

〔一〕南山：指終南山。秦中：亦稱關中，指今陝西中部平原地區。嶓：即嶓冢，山名，在今陝西寧强北，一説在今甘肅天水、禮縣之間。書禹貢：「導嶓冢至于荆山。」岷：即岷山。

〔二〕蠻夷：古代對西南邊遠地區少數民族的泛稱。跨軼：即穿越。三峰：指峨眉之大峨、中峨、小峨三座山峰。

〔三〕通義、犍爲：即眉州、嘉州。宋代屬成都府路。

〔四〕紛華：繁華，富麗。史記禮書：「出見紛華盛麗兒説，入聞夫子之道而樂，二者心戰，未能自決。」

〔五〕隱操：恬退的操守。南齊書褚伯玉傳：「伯玉少有隱操，寡嗜欲。」

師名寶印，字坦叔，生爲龍游李氏子〔一〕，世居峨眉之麓。少而奇警，日誦千言，然不喜在家，乃從德山院清遠道人得度〔二〕。自成童時，已博通六經及百家之説，至是復從華嚴、起信諸名師〔三〕，窮源探賾，不高出同學不止，論説雲興泉涌。衆請主講席，謝不可。圜悟克勤禪師有嗣法上首安民，號密印禪師〔四〕，説法於中峰道場，乃挈一笠往從之。一日，密印舉僧問巖頭：「起滅不停時如何？」巖頭叱曰：「是誰起滅！」師豁然大悟〔五〕。自是室中鋒不可觸，密印恨相得之晚。會圜悟自南歸成都昭覺〔六〕，乃遣師往省，因隨衆入室。圜悟舉：「從上諸聖，以何法接人？」〔七〕師舉起拳，圜悟曰：「此是老僧用者。孰爲從上諸聖用者？」師即揮拳。圜悟亦舉拳相交，大笑而罷。圜悟歎異之曰：「是子他日必類我師。」留昭覺三年，密印猶在中峰，以堂中第一座致師。師辭，密印大怒曰：「我以法得人，人不我傳，尚何以説法爲？」欲棄衆去。衆皇恐，亟趨昭覺，羅拜懇請，圜悟亦助之請，始行。道望日隆〔八〕，學者爭歸之，雖圜悟、密印不能揜也〔九〕。

【箋注】

〔一〕龍游：縣名。隸嘉州。在今四川樂山。

〔二〕德山院：即德山禪院，在朗州（今湖南常德）。唐代高僧德山宣鑒，俗姓周，簡州（今四川簡陽）人。少出家，初精律學，後皈依禪宗。晚年應邀住朗州德山，人稱德山和尚。清遠道人：生平不詳。

〔三〕華嚴起信：即華嚴經、大乘起信論。諸名師：此指專攻兩部佛經的名師。

〔四〕「圜悟」二句：圜悟即圓悟，即昭覺克勤禪師。參見卷二二大慧禪師真贊注〔五〕。嗣法上首：指繼承佛法的首席。安民：號密印禪師，俗姓朱，嘉定州（即嘉州，今四川樂山）人。師從昭覺克勤禪師。先後住寶寧、華藏二寺，紹興年間歸峨眉山，住持中峰寺，并圓寂於本山。

〔五〕舉：指例舉。巖頭：即鄂州巖頭禪師，俗姓柯，名全奯，泉州人。在長安寶壽寺受戒，并習經律諸部。後遊歷諸方禪苑，與義存、文邃禪師爲友。師從德山宣鑒禪師，後往鄂州巖頭住山。武宗滅法後結庵洞庭卧龍山，光啓三年（八八七）圓寂。謚清嚴禪師。事迹見五燈會元卷七德山鑒禪師法嗣。起滅：佛教指因緣和合而産生與因緣離散而消滅。

〔六〕成都昭覺：即成都昭覺寺，在成都市北青龍鄉，素有「川西第一禪林」之稱。原爲漢代眉州司馬董常故宅。唐代貞觀年間改建爲佛刹，名建元寺。唐僖宗時，禪宗曹洞宗傳人休夢禪師任住持，擴建寺廟，并奉旨改名爲昭覺寺。宋真宗時，延美禪師住持昭覺，進行全面修復。高僧圓悟克勤兩度住持昭覺寺，并圓寂於此。

〔七〕舉：發問。　接人：接引啓發習禪法之人。

〔八〕道望：令譽，好聲望。

〔九〕揜：同「掩」。遮蔽，蓋過。

久之，南游見潙山佛性泰、福嚴月庵果、疏山草堂清〔一〕，皆目擊而契〔二〕。或以第一座留之，師潛遁以免。最後至徑山，見大慧杲〔三〕。大慧問曰：「上座從何處來？」師曰：「西川來。」大慧曰：「未出劍門關，與汝三十棒了也。」師曰：「不合起動和尚。」時徑山衆千七百，雖耆宿名衲，以得棲笠地爲幸〔四〕，顧爲師獨掃一室，堂中皆驚。大慧南遷〔五〕，師亦西歸。始住臨邛鳳凰山，舉香嗣密印〔六〕。歷住廣漢崇慶、武信東禪、成都龍華、眉山中巖，復還成都，住正法〔七〕。道既盛行，士大夫亦喜從之游。築都不會庵，松竹幽邃。暇日，名勝畢集，聞師一言，皆自謂意消，稍或間闊，輒相語曰：「吾輩鄙吝萌矣〔八〕。」其道德服人如此。

【箋注】

〔一〕潙山：山名，亦稱大潙山，在今湖南寧鄉西。密印寺爲禪宗潙仰宗祖庭。佛性泰：即法泰禪師。俗姓李，漢州（今屬四川）人。圓悟克勤弟子，出住鼎州德山、邵州西湖等。曾奉敕住於大潙山，受賜號佛性禪師。著有佛性泰禪師語要一卷。事迹見五燈會元卷十九昭覺勤禪師法嗣。福嚴：即福嚴寺，在南嶽衡山。禪宗七祖懷讓大師在此開創南嶽系，傳承鼎盛。宋代省賢和尚（福嚴大士）重修寺院，後更名福嚴寺，宋太宗賜匾「福嚴禪寺」。月庵果：即大潙善果禪師，號月庵。俗姓余，信州人。師從開福寧禪師。事迹見五燈會元卷二十開福寧禪師法嗣。疏山：即疏山寺，在今江西金溪西。始建於唐代，原名書山，唐僖宗御筆親書「敕建疏山寺」。草堂清：即泐潭善清禪師。俗姓何，南雄州保昌人。師從晦堂祖心，曾於黄龍山闡揚大法。歷住曹山、疏山、隆興泐潭等寺。事迹見五燈會元卷十七黄龍心禪師法嗣。

〔二〕目擊而契：一見相傾。

〔三〕大慧杲：即大慧禪師宗杲。參見卷二二大慧禪師真贊題解。

〔四〕笠地：一竹笠之地，比喻處所狹小。

〔五〕大慧南遷：指宗杲因與張九成往來而忤秦檜，紹興十年被貶衡州，二十年再貶梅州，至二十六年才返浙江。

〔六〕臨邛：即邛州，在今四川邛崍。　舉香嗣密印：指繼承密印禪師的衣鉢。

〔七〕廣漢：即漢州，在今四川德陽。　武信，即武信軍，在今四川遂寧。　中巖：參見卷二二中巖圜老像贊題解。

〔八〕間闊：久别，遠離。　鄙吝，指心胸狹窄，高適苦雨寄房四昆季：「攜手流風在，開襟鄙吝祛。」

俄復下硤〔一〕，抵金陵。應庵華方住蔣山，館師於上方〔二〕，白留守張公燾〔三〕，舉以代己。師聞，即日發去。會陳丞相俊卿來爲金陵，以保寧延師，俄徙京口金山，學者傾諸方〔四〕。金山自兵亂後，雖婁葺，莫能成，至是始復大興，如承平時而有加焉。師異時，居此山鮮逾三年者，師獨安坐十五夏。潭帥張公孝祥，嘗延以大潙山〔五〕。師與張公雅故〔六〕，念未有以却，而京口之人，自郡守以降力争之，卒返潭使。魏惠憲王牧四明，虚雪竇來請〔七〕，師度不可辭，乃入東。凡住四年①，樂其山林，有終老之意，而名益重。被敕住徑山〔八〕，淳熙七年五月也。

【校記】

①「凡」，原作「几」，據弘治本、正德本、汲古閣本改。

【箋注】

〔一〕下硤：指沿江過峽而下。

〔二〕「應庵華」二句：應庵華，即天童曇華禪師，俗姓江，字應庵，法號曇華，蘄州（今屬湖北）人。虎丘紹隆禪師法嗣。曾住金陵蔣山。晚居明州天童寺。與大慧宗杲並稱。事迹見五燈會元卷二十虎丘隆禪師法嗣。蔣山，即鍾山，又名紫金山，在今南京東北。漢末秣陵尉蔣子文逐盜死於此，三國時孫權爲之立廟於鍾山，因改稱蔣山。上方，住持僧居住的内室。

〔三〕張公燾：即張燾，字子公，饒州德興（今屬江西）人。政和八年進士。紹興初累遷中書舍人、權吏部尚書，出知成都府兼本路安撫使。自蜀歸，閒居十三年。秦檜死，知建康府兼行宫留守。擢吏部尚書，復知建康府。隆興元年遷參知政事。以老病辭歸。宋史卷三八二有傳。

〔四〕陳丞相俊卿：即陳俊卿，字應求。參見卷八賀莆陽陳右相啓題解。保寧：指保寧寺。在建康府城内，宋太宗太平興國年間賜額。京口金山：指鎮江金山寺。傾諸方：指超過各地其他寺院。

〔五〕潭帥張公孝祥：即張孝祥，字安國。孝祥曾知潭州，故稱。參見卷二八跋張安國家問題解。大潙山：在今湖南寧鄉西。

〔六〕雅故：故舊，舊友。新唐書安禄山傳：「御下少恩，雖腹心雅故，皆爲仇敵。」

〔七〕魏惠憲王：即趙愷，宋孝宗次子。參見卷三七王季嘉墓誌銘注〔二〕。四明：即明州。魏惠憲王鎮明州在淳熙元年。雪竇：指雪竇寺，全稱雪竇資聖禪寺，在今浙江奉化溪口雪竇山中。寺院創於晉，興於唐，盛於宋，南宋被敕封爲「五山十刹」之一。

〔八〕徑山：指徑山寺，在今浙江餘杭徑山鎮。創建於唐代天寶年間，南宋達於極盛，孝宗親書「徑山興聖萬壽禪寺」額，被列爲江南「五山十刹」之首。

七月至行在所，至尊壽皇聖帝降中使〔一〕，召入禁中。以老病足蹇，賜肩輿於東華門内，賜食於觀堂，引對於選德殿，特賜坐，勞問良渥〔二〕。師因舉古宿云〔三〕：「透得見聞覺知，受用見聞覺知，不墮見聞覺知〔四〕。」上悦曰：「此誰語？」師曰：「祖師皆如此提倡，亦非别人語。」上爲微笑。時秋暑方熾，師再欲起，上再留，使畢其説乃退。後十餘日，又命開堂於靈隱山〔五〕，中使齎賜御香，恩禮備至。十年二月，上製圜覺經注，遣使馳賜，且命作序〔六〕。師乃築大閣秘奉，以侈上恩。師老，益厭住持事，門人懼其遠游不返，相與築庵於山北，俟其歸。今上在東宫〔七〕，書「别峰」二大字榜之。十五年冬，奏乞養疾於别峰，得請。明年，上受内禪〔八〕，取向所賜宸翰，識以御寶，復賜焉。紹熙元年冬十一月，忽往見今住山智策告别〔九〕。策問行日，師曰：「水到渠成。」歸取幅紙，大書曰：「十二月七日夜鷄鳴時。」如期而化。奉蜕質返寺之法堂〔一〇〕，留七日，顏色精明，鬚髮皆長，頂温如沃湯。是月十四日，葬於別峰之西岡。壽八十有二，臘六十有四〔一一〕。

【箋注】

〔一〕至尊壽皇聖帝：即宋孝宗。淳熙十六年二月孝宗傳位於光宗，被尊爲至尊壽皇聖帝。中使：宫中所派使者，多指宦官。

〔二〕勞問良渥：慰問至厚。

〔三〕古宿：耆宿，年高有德者。

〔四〕見聞覺知：佛教稱眼識之用爲見，耳識之用爲聞，鼻舌身三識之用爲覺，意識之用爲知，又云識。

〔五〕開堂：佛教指開壇説法。蘇軾重請戒長老住石塔疏：「大士未曾説法，誰作金毛之聲；衆生各自開堂，何關石塔之事。」

〔六〕「十年」四句：參見卷十八圜覺閣記。

〔七〕今上：指宋光宗。

〔八〕上受内禪：指光宗接受孝宗禪讓登基。

〔九〕智策：即智策禪師，號塗毒。參見卷二二塗毒策禪師真贊題解。

〔一〇〕蜕質：遺體。

〔一一〕臘：指佛教教齡。佛教戒律規定比丘受戒後每年夏季三個月安居一處，修習教義，完成稱一臘。

得法弟子梵牟、宗性、道奇、智周、慧海、宗璨等，得度弟子智穆、慧密等百四十有七人〔一〕。有慧綽者，山陰陸氏子，當以蔭得官，辭之，從師祝髮，又得記莂，遁迹巖岫，終身不出〔二〕。師既示寂，上爲敕有司定謚曰慈辯，且名其塔曰智光，庵曰別峰，極方外之寵。師説法數十年，所至門人集爲語録。晚際遇壽皇，被宸翰〔三〕，咨詢法要〔四〕，皆對使者具奏。將化，説偈尤奇偉，已別行於世，此不悉著。三年三月，法孫宗愿走山陰鏡湖，屬某銘師之塔。某與師交最久，嘗相約還蜀，結茅青衣喚魚潭上〔五〕。今雖老病，義不可辭。銘曰：

圜悟再傳，是爲別峰。坐十道場，心法之宗〔六〕。淵識雄辯，震驚一世，矯乎人中龍也〔七〕。海口電目，旄期稱道〔八〕，卓乎凋壑松也。叩而能應，應已能默，渾乎金鐘大鏞也〔九〕。師之出世，如日在空。升於暘谷不爲生，隱於崦嵫其可以爲終乎〔一〇〕？

【箋注】

〔一〕得法：指得到佛法傳授。得度：指得到引渡，剃披出家。

〔二〕綽：山陰陸氏族譜：「綽，字伯餘，僉判通州。雅慕淵明高風，棄官歸隱，事浮屠教，名惠綽。」劍南詩稿卷五寓寶相有作自注：「從子綽棄其婦，爲僧廬山。」又卷十七有送綽侄住庵吴興山中。祝髮：剃髮出家。記莂：指佛爲弟子預記死後生處及未來成佛因果等。

〔三〕被宸翰：得到皇帝墨迹。指孝宗賜圓覺經注。

〔四〕法要：佛法的要義。維摩經弟子品：「佛爲諸比丘，略説法要。」

〔五〕結茅：編茅爲屋，建造陋居。青衣唤魚潭：青衣江邊中巖名勝。參見卷二二中巖圜老像贊題解。

〔六〕心法：指經典以外的傳授之法。以心相印證，故名心法。

〔七〕人中龍：比喻卓越傑出之人。典出晉書宋纖傳。宋纖隱居不仕，太守馬岌造訪不見，歎曰：「名可聞，而身不可見；德可仰，而形不可睹。吾而今而後知先生人中龍也。」

〔八〕庬期：老年。禮記射義：「好學不倦，好禮不變，旄期稱道不亂。」陸德明釋文：「旄，本又作耄，莫報反。八十、九十曰耄。期，本又作旗，音期，如字。百年曰期頤。」

〔九〕金鐘大鏞：金鑄的大鐘。

〔一〇〕暘谷：亦稱湯谷，傳説日出之處。崦嵫：山名，在甘肅天水西。傳説日落之處。

海浄大師塔銘

乾道中，史魏公以故相牧會稽〔一〕，嚴重簡貴〔二〕，士大夫非素負才望，莫得登其門。顧每召靈秘院僧智性與語〔三〕，有大興造輒以付之。性公時年且七十，亦輒受命不辭。已而事皆井井有條理，邦之人始服魏公之知人，雖方外道人，任之亦能舉其事如此，又歎性公之不負所知也。及淳熙末，予還朝典南宫牋奏，兼領祠部〔四〕。而會稽守言靈秘院本籧篨衮丈地〔五〕，智性以孤身力成之，今爲名刹，請以其徒世守之。報可。予雖會稽人，然自魏公去，不復見性公，乃驚歎曰：「是道人尚在耶！」又五年〔六〕，予卧疾鏡湖上，性公法孫德恭來告白：「公以紹熙三年六月五日示化，將奉遺骨塔於小夾山。」且來請銘。性公本會稽山陰蔡氏子，七歲從廣福院崇教大師慧超祝髪〔七〕，九歲賜紫方袍〔八〕，號海浄大師。坐八十三夏，住靈秘五十一載，年九十。度弟子七人：覃永、宗慶、宗亮、宗振、宗懋、宗寶、宗一。孫四人：德和、德恭、德興、德椿。曾孫二人：行昭、行聞。銘曰：

龜食筮從〔九〕，宅此山阿。陵谷有遷，吾銘不磨。

【題解】

海浄大師，即智性禪師。俗姓蔡，會稽山陰人。七歲祝髮師從慧超禪師。紹熙三年圓寂。弟子請銘於陸游。本文爲陸游爲海浄大師所作的塔銘，主要記述其生平及善於營造的事迹。

本文據文末自述，作於紹熙五年（一一九四）。時陸游奉祠家居。

參考卷二一靈秘院營造記。

【箋注】

〔一〕史魏公：即史浩，字直翁。封魏國公。參見卷七謝參政啓題解。史浩出知會稽在乾道初。

〔二〕嚴重簡貴：嚴肅穩重，簡傲高貴。

〔三〕靈秘院：在山陰縣西柯橋館旁。參見卷二一靈秘院營造記題解。

〔四〕「及淳熙末」三句：指陸游淳熙十六年任禮部郎中，兼膳部檢察。南宫：指禮部。牋奏，參考卷二南宫表牋。祠部：禮部官署，掌僧道、祠祭、醫官等，兼領膳部。

〔五〕籧篨：粗竹席。方言第五：「簟……其粗者謂之籧篨。」此指地方狹小。衮丈：南北丈餘。

〔六〕又五年：自「淳熙末」始計，當爲紹熙五年（一一九四）。

〔七〕廣福院：參見本卷高僧猷公塔銘注〔六〕。

〔八〕方袍：指僧人所穿袈裟，因平攤爲方形，故稱。

〔九〕龜食筮從：指遵從卜筮的結果。古代占卜用龜，筮用蓍草，視其象數定吉凶。

松源禪師塔銘

松源禪師名崇岳，生於處州龍泉之松源吴氏，故因以自號。自幼時，已卓犖不群，處群兒中，未嘗嬉宕〔一〕。稍長，聞出世法〔二〕，慕嚮之。年二十三棄家，衣掃塔服，受五戒於天明寺首造靈石妙禪師〔三〕。繼見大慧杲禪師於徑山〔四〕，久之，大慧升堂，稱蔣山應庵華公爲人徑捷〔五〕。師聞之，不待旦而行。既至，入室未契，退愈自奮勵。中夜，自舉「狗子無佛性」話〔六〕，豁然有得，即以扣應庵。舉庵世尊有密語，迦葉不覆藏，師云鈍置和尚〔七〕，應庵厲聲一喝。自是朝夕咨請，應庵大喜，以爲法器〔八〕，説偈勸使祝髮，棟梁吾道。

【題解】

松源禪師（一一三二—一二〇二），俗姓吴，名崇嶽，處州龍泉（今浙江麗水）人。二十三歲棄家，先後參拜靈石妙、大慧宗杲、應庵華等大師。三十三歲得度，遍禮江浙諸師，終嗣密庵之法。歷任報恩光孝寺、靈隱寺等，嘉泰二年圓寂。四年後，弟子請銘於陸游，本文爲陸游爲松源禪師所作的塔銘，主要記述其生平事迹，稱頌其爲臨濟宗「正傳」。

本文據文末自述，作於開禧二年（一二〇六）。時陸游致仕家居。

【箋注】

〔一〕嬉宕：嬉戲遊樂。蘇軾王子立墓誌銘：「人人自重，不敢嬉宕，子立實使然。」

〔二〕出世法：佛教指達到超脱生死境界的方法。

〔三〕五戒：指不殺生、不偷盗、不邪淫、不妄語、不飲酒五種戒律，爲在家人之所持。

〔四〕大慧杲禪師：即大慧宗杲禪師。參見卷二二大慧禪師真贊題解。

〔五〕應庵華公：即天童曇華禪師。參見本卷别峰禪師塔銘注〔一〕。徑捷：簡便，直接。沈括夢溪筆談技藝：「有數法可求，惟此法最徑捷。」

〔六〕狗子無佛性：禪宗公案。又作趙州狗子、趙州佛性。趙州從諗用「狗子佛性」打破常人有無之執見。五燈會元第四：「僧問：『狗子還有佛性也無？』師曰無。僧曰：『上自諸佛下至螻蟻，皆有佛性，狗子爲甚麽却無？』師曰：『爲伊有業識在。』」

〔七〕鈍置：折磨，折騰。

〔八〕法器：佛教指具有學佛弘法善根之人。

隆興二年，師始得度於臨安西湖白蓮精舍〔一〕。自是遍歷江、浙諸大老之門〔二〕，罕當其意，乃浮海入閩，見乾元木庵永禪師〔三〕。一日辭木庵，欲往黄檗〔四〕。木庵舉有句無句〔五〕，如藤倚樹，師云：「裂破。」木庵云：「琅琊道好一堆爛柴蕈〔六〕。」師云：「矢上加尖。」如是應酬數反，木庵云：「老兄下語，老僧不過如此，只是未在。他日拂柄在手，爲人不得，驗人不得。」師云：「爲人者，使博地凡夫〔七〕，一超入聖域，固難矣。驗人者，打向面前過，不待開口，已知渠骨髓，何難之有？」木庵舉手云：「明明向汝道，開口不在舌頭上，後當自知。」逾年，見密庵於衢之西山〔八〕，隨問即答。密庵微笑曰：「黄、楊禪爾〔九〕。」師切於明道，至忘寢食。密庵移住蔣山、華藏、徑山，皆從之。一日，密庵入室次問傍僧：「不是心，不是佛，不是物。」師侍側，豁然大悟，乃云：「今日方會木庵道『開口不在舌頭上』。」自是機辯縱横，鋒不可觸。木庵又遷靈隱，遂命師爲堂中第一座。旋出世於平江澄照爲密庵嗣，遷江陰之光孝、無爲之冶父、饒之薦福、明之香山、平江之虎丘，皆天下名山〔一〇〕。惟冶父最寂寞，又以火廢，師一臨之，四方名衲踵至〔一一〕，棟宇亦大興，人謂師能使所居山大。

【箋注】

〔一〕精舍：指佛教徒修行者之住處。

〔二〕大老：德高望重者。孟子離婁上：「二老者，天下之大老也。」二老指伯夷、太公。此大老指佛寺高僧。

〔三〕木庵永禪師：即鼓山安永禪師，號木庵，俗姓吴，福建閩縣人。弱冠爲僧，師從懶庵鼎需禪師。事迹見五燈會元卷二十西禪需禪師法嗣。

〔四〕黄檗：山名。即福州福清西黄檗山。始建於唐貞元間，後希運禪師大振宗法，臨濟義玄從其學法，後開臨濟一宗。

〔五〕有句無句：佛教就有無之義立四句而别之：第一句「有而非無」，是有句也；第二句「無而非有」，是無句也；第三句「亦有亦無」，是雙亦句也；第四句「非有非無」，是雙非句也。

〔六〕聻：句末語氣詞，相當於呢、哩。

〔七〕博地：指人間。

〔八〕密庵：即天童咸傑禪師，號密庵，俗姓鄭，福州福清人。母嘗夢靈山老僧入舍而生之。師從應庵曇華禪師。事迹見五燈會元卷二十天童華禪師法嗣。衢之西山：衢州城南烏巨山之西山禪院。

〔九〕黄楊：即黄龍、楊岐兩派。禪宗入宋後，臨濟宗分爲黄龍、楊岐兩派。黄龍派爲慧南禪師所創，以隆興府（今江西修水）黄龍山爲中心，盛於北宋；楊岐派爲方會禪師所創，祖庭爲袁州（今江西萍鄉）楊岐山普通寺，盛於南宋。

〔一〇〕出世：此指住持。平江澄照，平江府（今江蘇蘇州）陽山澄照寺。江陰之光孝：江陰軍（今江蘇江陰）君山報恩光孝寺。無爲之治父：無爲軍（今安徽蕪湖）治父山實際寺。饒之薦福：饒州（今江西上饒）薦福寺。明之香山：明州（今浙江寧波）香山智度寺。平江之虎丘：平江府虎丘山雲岩寺。

〔一一〕名衲：名僧。

慶元丁巳年〔一〕，適靈隱虚席，僉曰：「安得岳公來乎？」果被旨以畀師〔二〕，歡聲如潮。居六年，道盛行，得法者衆，法席爲一時冠〔三〕。而師有棲隱之志，即上章乞罷住持事。上察其誠，許之。退居東庵。俄屬微疾，猶不少廢倡道，忽垂一則語以驗學者曰：「有力量人，爲甚麽擡脚不起，開口不在舌頭上？」又貽書嗣法香山光睦、雲居善開①，傳以大法〔四〕。因書偈曰：「來無所來，去無所去。瞥轉玄關〔五〕，佛祖罔措。」跏趺而寂〔六〕，實嘉泰二年八月四日也。得年七十有一，坐夏四十〔七〕，奉全身塔於北高峰之原〔八〕。塔成之四年，香山遣其侍者道乎以銘屬某。某方謝事居鏡湖上，年過八十，病卧一榻，得書，不覺起立曰：「亡友臨川李德遠浩實聞道於應庵，蓋與密庵同參〔九〕。」李德遠每與某談參問悟入時機緣言句〔一〇〕，率常達旦。今讀師語，峻峭嵒崒〔一一〕，下臨雲雨，如立千仞之華山。蹴天駕空〔一二〕，駭心眩目，如錢塘海門之濤；虎豹股栗，屋瓦震動，如漢軍昆陽之戰〔一三〕。追思德遠所言，然後知師真臨濟正宗，應庵、密庵之真子孫也。銘曰：

臨濟一宗，先佛正傳。應庵父子，以一口吞〔一四〕。金圈栗蓬〔一五〕，晚授松源。松源初心，論劫參禪。於一笑中，疾雷破山。坐八道場，衆如濤瀾。金鏃脱手，碎首裂肝。彼昏何知，萬里鐵關。後十大劫〔一六〕，摧山湮川。法力所持，此塔巋然。

【校記】

①「法」，原作「去」，據弘治本、正德本、汲古閣本改。

【箋注】

〔一〕慶元丁巳年：即慶元三年（一一九七）。

〔二〕僉：衆人，大家。　岳公：指松源禪師。　畀：給予。

〔三〕法席：佛教指講解佛法的座席。

〔四〕嗣法：即法嗣。禪宗指繼承祖師衣鉢而主持一方叢林的僧人。　香山光睦：即香山智度寺少室光睦禪師。　雲居善開：即南嶽衡山雲居寺掩室善開禪師。　大法：指深妙之法。

〔五〕玄關：佛教指出入玄旨之關門，入道之法門。文選王中頭陀寺碑文：「玄關幽鍵，感而遂通。」
〔六〕跏趺：「結跏趺坐」的簡稱。佛教坐禪法，交疊左右足背於左右股上而坐。相傳爲如來成正覺時坐法。
〔七〕坐夏：佛教指僧人於夏季三月中安居不出，坐禪静修。借指出家年齡。
〔八〕全身塔：佛教徒圓寂後一般都用火化，也有由弟子用盂（大瓷缸）覆蓋其全身，建成全身塔。
〔九〕李德遠浩：即李浩（一一一六—一一七六），字德遠，臨川人。紹興十二年進士。歷太常寺主簿、光禄寺丞、司農少卿、大理卿等。出知静江府兼廣西安撫，除權吏部侍郎。以疾卒。宋史卷三八八有傳。劍南詩稿卷一有送李德遠寺丞奉祠歸臨川、寄别李德遠。應庵：即天童曇華禪師。密庵：即天童咸傑禪師。同參：佛教指共同參謁一師。
〔一〇〕參問：指參師問道。悟入：佛教指開悟實相之理，而入於實相之理。機緣：佛教指衆生信受佛法的根機和因緣。
〔一一〕崷崒：高峻貌。班固西京賦：「巖峻崷崒，金石崢嶸。」
〔一二〕蹴天：踏天。蹴，踏。
〔一三〕漢軍昆陽之戰：王莽新朝和漢軍在昆陽（今河南葉縣）進行的一次戰略決戰，戰况慘烈，結果劉秀擊敗王莽。後漢書光武帝紀：「會大雷風，屋瓦皆飛，雨下如注，滍川盛溢，虎豹皆股戰，士卒争赴，溺死者以萬數，水爲不流。」

〔一四〕一口吞：指融匯一切無遺漏。

〔一五〕金圈栗蓬：銅箍裼身，形容熔爐的形狀。此指熔煉的佛學精華。栗蓬，栗子的外殼。介石智朋禪師語録：「金圈栗蓬，爐鞴鎔鎔。吞得透得，鈍鐵頑銅，百丈徒誇三日聾。」

〔一六〕大劫：佛教稱世界經歷一次大生大滅的時間，包括成、住、壞、空四中劫。

退谷雲禪師塔銘

佛照禪師有嗣子曰淨慈報恩光孝退谷禪師〔一〕，名義雲，生於福州閩清黄氏，世爲士。禪師幼入家塾，成童入鄉校，穎異有聲。既冠，遊國學〔二〕，因讀論語、中庸，有所悟入。後聞龜峰山堂淳禪師説法，遂自斷出家〔三〕，從山堂祝髮。遍遊江湖，至吴見鐵庵一大禪〔四〕，爲侍者。一日，室中問國師三喚侍者話，師亟舉手揜其口，又問曰：「侍者三應，又作麼生？」師拂袖徑出，鐵庵大喜。時佛照倡道靈隱，師往依之。及佛照移育王〔五〕，師從其行，歷十年，爲堂中第一座。佛照聞其説法，歎曰：「此子提倡，宛如雪堂行和尚〔六〕，吾鉢袋有所付矣。」遂出住香山〔七〕。居五年，徙台州光孝，又徙鎮江甘露〔八〕。會平江虎丘、萬壽皆欲延師〔九〕，師聞萬壽頗廢，即欣然就之。

淮南轉運使虞公儔又以長蘆來招〔一〇〕，師與虞公有雅故，又從之。

【題解】

退谷雲禪師，俗姓黄，名義雲，福州閩清人。幼習儒學，後師從龜峰山堂淳禪師出家。臨濟宗僧人先後住持明州香山、台州光孝、鎮江甘露、平江萬壽、明州育王等寺院。晚年奉朝命住持浄慈寺。開禧二年圓寂。弟子請銘於陸游。本文爲陸游爲退谷雲禪師所作的塔銘，記述其生平及晚年住持浄慈寺的事迹。

本文據文末自述，作於嘉定元年（一二〇八）。時陸游致仕家居。

【箋注】

〔一〕佛照禪師：即佛照德光禪師。參見卷二二佛照禪師真贊題解。

〔二〕國學：指國家設立的學校。與「鄉校」相對而言。周禮春官樂師：「樂師掌國學之政，以教國子小舞。」

〔三〕自斷：自己剪斷頭髮。

〔四〕鐵庵一大禪：即鐵庵一大禪師，建昌人。與佛照、曇道俱同行。學禪於月庵果禪師、應庵華禪師。乾道間，歷住台州慶善寺、衢州祥符寺，爲月庵法嗣。後自嘉禾遷疏山、仰山，兩住雪峰而終。事迹見道融叢林盛事卷下。

〔五〕育王：即明州阿育王寺。

〔六〕雪堂行和尚：即烏巨道行禪師，號雪堂，俗姓葉，處州（今浙江麗水）人。依普照英禪師得度，爲佛眼清遠禪師法嗣。歷住壽寧、法海、天寧、烏巨諸刹。事迹見五燈會元卷二十龍門遠禪師法嗣。

〔七〕香山：即明州香山智度寺。

〔八〕台州光孝：即台州報恩光孝寺。　鎮江甘露：即鎮江甘露寺。

〔九〕平江虎丘，即平江虎丘雲岩寺。　萬壽：即平江府萬壽報恩光孝禪寺。

〔一〇〕虞公儔：即虞儔，字壽老，寧國（今安徽寧國）人。隆興元年進士。累遷監察御史、太常少卿、淮南轉運使等，官至兵部侍郎。　長蘆：即長蘆崇福禪寺，簡稱長蘆寺，是禪宗著名寺院，在今江蘇南京六合區。始建於南朝梁普通八年，北宋天聖和南宋淳熙時兩次重建。

會育王虛席，朝命師補其處。時佛照方居東庵〔一〕，父子日相從，發明臨濟正宗，學者雲集。會有魔事〔二〕，師即捨衆退居香山，蓋將終焉。而朝命又起師説法淨慈〔三〕，恩光赫奕，都邑聳動。一日，領衆持鉢畿邑〔四〕，是夕，寺災無遺宇。比師歸，獨三門巋然在瓦礫中〔五〕，師不動容曰：「成壞相尋〔六〕，亦豈有常？今日之壞，安知不爲四衆作福之地哉？」天子聞之〔七〕，出内庫金以賜。自重臣貴戚以下，傾橐輦金，惟恐居後。未期年，廣殿邃廡，崇閎傑閣，蓋愈於前日矣。於是上爲親御翰墨，書「慧日閣」三大字賜之。開禧二年五月師示微疾，六月朔旦辛亥，作偈别衆曰：「意烏猝嗟〔八〕，萬人氣索。佛法向上，何曾蹋着。臨行業識茫茫，一任諸方卜度〔九〕。」遂寂。後九日，弟子處約等奉全身塔於寺之東北隅〔一〇〕。世壽五十八，僧夏三十五，住山十九載，度弟子四十有畸〔一一〕。學者集師語爲七會録行於世。

【箋注】

〔一〕東庵：佛照禪師晚年所居處。

〔二〕魔事：佛教指成道的障礙。

〔三〕浄慈：即浄慈禪寺。在今杭州南屏山。創自周顯德元年，吴越忠懿王時號慧日永明院。宋太宗改賜壽寧院。南渡時毁而復興，紹興九年改賜浄慈報恩光孝寺。繼而復毁，再建時孝宗御書「慧日閣」賜之。嘉泰四年再毁。

〔四〕持鉢：即托鉢，指手托鉢盂向施主乞食。畿邑：京城管轄之縣。

〔五〕三門：指寺院大門。形制如闕，開三門。僅有一門亦稱三門，標識空、無相、無作三解脱門。

〔六〕成壞相尋：成劫和壞劫相續。佛教稱世界變化經成、住、壞、空四個階段，即四大劫。

尋：接續。

〔七〕天子：指宋孝宗。淨慈寺焚毁重建在淳熙十四年（一一八七）。

〔八〕意烏猝嗟：發聲怒吼。漢書韓信傳：「項王意烏猝嗟，千人皆廢。」顔師古注引晉灼曰：「意烏，恚怒聲也。」又引李奇曰：「猝嗟，猶咄嗟也。言羽一咄嗟，千人皆失氣也。」

〔九〕業識：佛教指人投胎時心動的一念，爲十二因緣中的行緣識。卜度：推測，臆斷。

〔一〇〕全身塔：參見本卷松源禪師塔銘注〔八〕。

〔一一〕有畸：有餘。畸，零，餘數。

師初欲以復佛殿屬予記之，未及而棄世。於是處約等以西堂可宣禪師之狀來求予銘〔一〕。適予老疾，弗克就，宣公又以書來固請，而師之侍僧處訥者，留逾年不肯去〔二〕，辭指懇款〔三〕。予爲之歎曰：「師之在育王也，將新僧堂，而陰陽家以爲法所禁〔四〕，將不利於主人，師奮不顧，排衆説力爲之。堂成而魔果作，遂去。陰陽家之説，使人拘而多畏，然其法本出流俗，不待師之明，知其妄決也。雖或適中，終爲不足信也。又師在淨慈遭火患，滌地皆盡，度非金錢累億萬，且假以歲月，必不能成，師談笑盡復舊觀。議者或以爲師之才用絶人，見於此者，則亦陋矣。此事若澄觀輩，則可稱大善知識，直遊戲爾〔五〕。師所以獨立一世者，豈直以此哉！師示衆有曰：『鳥道孤危，玄關妙密，在曹洞宗旨亦奇矣，若較臨濟，直是天地懸隔〔六〕。』此足以知師能繼圜悟、妙喜、佛照之大作用者〔七〕，自有所在也。」銘曰：

猗歟雲公〔八〕，自儒衣奮。爲東庵子〔九〕，無示無問。上距圜悟，四世而近。龍象蹴踏，獅子奮迅〔一〇〕。或造其室，目不容瞬。丹碧南山，蓋其游刃〔一一〕。於談笑頃，變化煨燼。以此論師，其殆未盡。譬如觀海，測以尺寸〔一二〕。我銘不磨，百世其信。

【箋注】

〔一〕西堂：與東堂相對。東堂指本寺前任主持，西堂指曾住持其他寺院，而今客居本寺者。可宣禪師：俗姓許，蜀嘉定（今四川樂山一帶）人。南宋嘉定年間詔住徑山。

〔二〕留逾年：求銘在開禧二年，「留逾年」作銘則在開禧三年或嘉定元年。劍南詩稿卷七八法雲孚上座求詩自注：「近有淨慈僧訥來求銘其師塔」，即指此文。詩作於嘉定元年秋，則文當作於該年上半年。

〔三〕懇款：懇切忠誠之情。王維請施莊爲寺表：「上報聖恩，下酬慈愛，無任懇款之至。」

〔四〕陰陽家：指以擇日、占星、風水之術爲業者。

〔五〕澄觀：即澄觀法師（七三八—八三九），唐代高僧，被尊爲華嚴宗四祖。俗姓夏侯，越州山陰人。十一歲出家。廣學律、禪、三論、天台、華嚴各宗教義，又研究經傳、子、史、小學、天竺悉曇、諸部異執等學問。撰成華嚴經疏二十卷等，被稱爲「華嚴疏主」。世壽一〇二歲。大善知識：佛教指偉大的善知識，即偉大的信解佛法又學識淵博之人。遊戲：指隨心所欲、自由自在的狀態。

〔六〕曹洞：即曹洞宗，禪宗南宗五家之一。以良价禪師在瑞州洞山（今江西宜豐）創宗，弟子本寂禪師在撫州曹山（今江西吉水）傳禪，故名。曹洞宗宣導「回互」，施教方式是「行解相應」，精耕細作，態度較爲穩健、綿密，具有哲學的辯證精神，且體現對儒道兩家思想的融攝。臨濟：即臨濟宗，亦爲禪宗南宗五家之一。以唐代義玄禪師在河北臨濟院創立，故名。臨濟宗主張「四料簡」，以「棒」、「喝」見稱，其施教方式偏重行動之開導，宗風單刀直入，機鋒峻烈，使人猛然醒悟。

〔七〕圜悟：即昭覺克勤禪師。參見卷二二大慧禪師真贊注〔五〕。妙喜：即大慧宗杲禪師。參見卷二二大慧禪師真贊題解。佛照：即佛照德光禪師。參見卷二二佛照禪師真贊題解。

〔八〕猗歟：歎詞，表示贊美。詩周頌潛：「猗與漆沮，潛有多魚。」鄭玄箋：「猗與，歎美之言也。」雲公：即退谷雲禪師。

〔九〕東庵：即佛照德光禪師。

〔一〇〕龍象：佛教指修行勇猛且具有大力之人。維摩經不思議品：「譬如迦葉，龍象蹴踏，非驢所堪。」嘉祥疏：「此言龍象者，只是一象耳，如好馬名龍馬，好象云龍象也。」蹴踏：指行走，奔跑。獅子奮迅：獅子奮起時，身毛俱豎，其勢迅速勇猛。佛教用以比喻佛之威猛。法華經湧出品：「諸佛師子奮迅之力。」兩句皆贊美雲禪師説法之聲勢。

〔一一〕丹碧南山：指南屏山浄慈寺之宏偉絢爛。遊刃：遊刃有餘。

〔一二〕「譬如」二句：指管窺蠡測，眼界狹小。

渭南文集箋校卷第四十一

祭文

【釋體】徐師曾文體明辨序説：「按祭文者，祭奠親友之辭也。古之祭祀，止於告饗而已。中世以還，兼贊言行，以寓哀傷之意，蓋祝文之變也。其辭有散文，有韻語，有儷語。而韻語之中，又有散文、四言、六言、雜言、騷體、儷體之不同。劉勰云：『祭奠之楷，宜恭且哀。』若夫辭華而靡實，情鬱而不宣，皆非工於此者也。作者宜詳審之。」

本卷收録祭文二十一首。

皇太后靈駕發引祭文

風御上賓，玉衣永閟〔一〕。生堯鈎弋，尚懷帝武之祥〔二〕；從禹會稽，遽奉寢園之卜〔三〕。母慈罔極，坤載無疆〔四〕。方同軌之畢來，悵東朝之已遠〔五〕。然而艱難契闊，歸慰聖主問安之誠〔六〕；壽考康寧，躬享先后莫致之福〔七〕。陰功陽德，上際下蟠，歷邃古而罕聞〔八〕，知聖心之無憾。臣藩維有守〔九〕，愴慕徒深。目斷柏城，神馳翣御〔一〇〕，敢修饋奠之禮，少致攀號之心〔一一〕。

【題解】

皇太后，指宋高宗生母韋太后（一〇八〇—一一五九），開封人，宋徽宗趙佶的妃嬪，宋高宗趙構之母。「靖康之難」時，與徽、欽二宗及六宫后妃、皇族等人同時被金人擄往北方。宋高宗即位後，被遥尊爲宣和皇后。紹興五年，宋徽宗病死五國城。七年，被尊爲皇太后。紹興十二年三月，宋金紹興和議成。夏四月，韋賢妃同徽宗棺槨歸宋，入居慈寧宫。紹興二十九年九月得疾崩，享年八十，謚曰顯仁。攢於永祐陵之西，祔神主太廟徽宗室。宋史卷二四三有傳。靈駕，載運天子靈柩之車。發引，指出殯，靈車起行。本文爲陸游爲韋太后出殯所作的祭文。

本文原未繫年，歐譜列於不繫年文。據文意及文中「臣藩維有守」句，當作於紹興二十九年

(一一五九)冬，時陸游在福州決曹任上。

【箋注】

〔一〕風御：即御風，乘風飛行。　上賓：作客天帝之所。指帝王去世。逸周書太子晉解：「王子曰：『吾後三年，上賓於帝所，汝慎無言。』」孔晁注：「言死必爲賓於上帝之所。」　玉衣永閟：此指皇太后駕崩。玉衣，古代帝王、后妃、王侯所穿玉制葬服。如馬王堆漢墓出土的金縷玉衣。閟，掩蔽，埋葬。

〔二〕「生堯」二句：指鈎弋夫人爲漢武帝生下昭帝。鈎弋，漢武帝寵妃趙氏的稱號。史記外戚世家：「鈎弋夫人姓趙氏，河間人也。得幸武帝，生子一人，昭帝是也。」堯，代指皇帝。

〔三〕「從禹」二句：指韋太后歸返會稽守護徽宗陵園。禹，代指皇帝。寢園，陵園。

〔四〕坤載：指帝后功德博厚，如大地載育萬物。王安石慰太皇太后表：「伏惟太皇太后功在帝圖，德齊坤載。」

〔五〕「方同軌」二句：描繪太后被擄時情景。同軌，原指華夏諸侯國。左傳隱公元年：「天子七月而葬，同軌畢至。」杜預注：「言同軌，以别四夷之國。」此指各路勤王之兵。東朝，借指太后，太妃。蘇軾春帖子詞皇太妃閣：「孝心日奉東朝養，儉德應師大練風。」王文誥注：「按漢書惠帝東朝長樂宫，時吕太后居長樂，後世稱太后爲東朝。」

〔六〕「然而」二句：指韋太后歷盡艱難，終歸國寬慰高宗之孝心。契闊，勤苦，勞苦。詩邶風擊鼓：「死生契闊，與子成説。」毛傳：「契闊，勤苦也。」聖主，指宋高宗。

〔七〕「壽考」二句：指韋太后終享高壽之福。壽考，長壽，年高。詩大雅棫樸：「周王壽考，遐不作人。」鄭玄箋：「文王是時九十餘矣，故云壽考。」

〔八〕邃古：遠古。後漢書班固傳：「伊考自邃古，乃降戾爰兹，作者七十有四人。」

〔九〕藩維有守：指守衛邊防。此指任福州決曹。藩維，邊防要地。張籍送裴相公赴鎮太原：「盛德雄名遠近知，功高先乞守藩維。」

〔一〇〕柏城：指皇陵。古代帝后陵寢四周列植柏樹成牆，故稱。 翣御：指靈駕。翣，出殯的棺飾。

〔一一〕饋奠：指喪中祭奠之事。禮記曾子問：「曾子問曰：『大功之喪，可以與於饋奠之事乎？』」孫希旦集解：「饋奠，謂執喪奠之事也。」攀號：用史記封禪書黄帝騎龍上天，小臣攀龍鬚至鬚斷，乃抱其弓與龍鬚號泣之事，指哀悼帝喪。南史梁紀論：「攀號之節，忍酷於踰年；定省之制，申情於木偶。」

祭梁右相文

人之生世，如雲之出於山川。雲不自用，用之者天，降爲甘澤，散爲豐年。抑有時而弗用，則輪囷磅礴〔一〕，或卷或舒，以自適於野水之涯、荒山之巔。彼雲無心，豈有用舍之異、出處之偏哉〔二〕？公之在朝，道大材全。不爲世變，不爲物遷。顯相廟郊，華衮金蟬〔三〕。太平之功，溢於簡編。謝病而歸，大節愈堅。從容邇英，抗議慨然〔四〕，曰我非堯舜之道，不敢以陳於前。孰謂萬鍾之禄，不足顧留〔五〕，遂委之而仙乎？抑公之學，得聖所傳，視生死爲一區，等華屋於荒阡乎？又豈如雲之既散，廓然太虚〔六〕，則前日用舍，初不足以爲愚賢乎？酒不盈觴，肉不揜豆〔七〕，獨區區之詞，寫其肺肝者，公豈捐之乎？

【題解】

梁右相，即梁克家（一一二八—一一八七），字叔子。參見卷十一知嚴州謝梁右相啓題解。梁克家於淳熙九年再拜右相，十三年罷，十四年六月卒。十三年春陸游剛有知嚴州謝梁右相啓之作。本文爲陸游爲梁克家所作的祭文。

本文原未繫年。歐譜系於淳熙十四年（一一八七），是。當作於該年六月。時陸游在知嚴州任上。

【箋注】

〔一〕輪囷：盤曲貌。文選鄒陽獄中上書自明：「蟠木根柢，輪囷離奇。」李善注引張晏曰：「輪囷離奇，委曲盤戾也。」

〔二〕用舍：即用舍行藏。指被任用即行其道，不被任用即退隱。論語述而：「子謂顏淵曰：『用之則行，舍之則藏，唯我與爾有是夫。』」　出處：指出仕和退隱。蔡邕薦皇甫規表：「修身力行，忠亮闡著，出處抱義，皦然不汙。」

〔三〕顯相：指有名望的公卿諸侯參與助祭。詩周頌清廟：「於穆清廟，肅雝顯相。」朱熹集注：「顯，明；相，助業。」　廟郊：亦作郊廟。古代天子祭祀天地稱郊，祭祀先祖稱廟。　華衮金蟬：古代王公貴族禮服冠飾。

〔四〕邇英：即邇英殿，宋代禁苑宮殿名，義取親近英才。　抗議：指持論正直，反對錯誤意見。後漢書盧植傳：「（董卓）大會百官於朝堂，議欲廢立，群僚無敢言，植獨抗議不同。」

〔五〕顧留：眷顧留戀。

〔六〕太虛：指天空。文選孫綽游天台山賦：「太虛遼廓而無閡，運自然之妙有。」李善注：「太虛謂天也。」

〔七〕揜豆：掩蓋器皿底部。說文：「豆，古食肉器也。」

祭龔參政文

某官劍南，公在廊廟〔一〕。書從驛來，如奉色笑〔二〕。哀窮悼屈，忘其不肖。歲戊戊春，某辱號召〔三〕。歸未及都，公殁荒徼〔四〕。山川阻修，萬里孤旐〔五〕。官事有守，不遑往弔〔六〕。寓哀一觴，公乎來釂〔七〕。

【題解】

龔參政，即龔茂良，字實之。參見卷九賀龔參政啓題解。陸游於乾道二、三年之際有寄龔實之正言詩（劍南詩稿卷一）；淳熙二年初有賀龔參政啓。龔氏淳熙四年罷相，旋被責寧遠軍節度副使、英州安置。次年六月卒於貶所。本文爲陸游爲龔茂良所作的祭文。

本文原未繫年，歐譜繫於淳熙五年（一一七八），是。當作於該年秋，時陸游由蜀中東歸臨安候任。

【箋注】

〔一〕劍南：劍閣以南，泛指蜀中。 廊廟：指朝廷。

〔二〕「書從」二句：指陸游在蜀中與龔氏有書信往來。色笑，和顏悦色的態度。語本詩魯頌泮水：「載色載笑，匪怒伊教。」鄭玄箋：「和顏色而笑語，非有所怒，於是有所教化也。」

〔三〕「歲戊戌」二句：指淳熙五年春，陸游奉召離蜀東歸。戊戌，淳熙五年。

〔四〕荒徼：荒遠的邊域。楊衡送人流雷州：「不知荒徼外，何處有人家？」

〔五〕孤旐：孤獨的引魂幡。比喻客死邊城。旐，古代畫著龜蛇的旗幟。亦指引魂幡。潘岳寡婦賦：「龍轜儼其星駕兮，飛旐翩以啓路。」

〔六〕不遑：無暇。詩小雅四牡：「王事靡盬，不遑啓處。」

〔七〕釂：飲酒乾杯。漢書郭解傳：「解姊子負解之勢，與人飲，使之釂，非其任，强灌之。」

祭魯國太夫人文

嗚呼！昔先太師，遁世懷寶，播慶於家，生我元老〔一〕。維少傅公，秉德逢辰，長養成就，則緊夫人〔二〕。少傅在朝，衮衣繡裳，帝錫夫人，御醴宸章〔三〕。少傅在藩，豹尾玉節，帝錫夫人，兼金重帛〔四〕。僉曰盛哉〔五〕，其榮則多，夫人曰嘻，其報伊何。帝虛元弼，方屬少傅，於時夫人，以疾即路〔六〕。煌煌安輿，少傅實從，天祐德人，華其初終〔七〕。某受恩門闌，義均子姓，晚偕婦息，升堂修敬〔八〕。萬里羈宦，忽承哀音，東望永懷，碎裂寸心〔九〕。送車轔轔，傾動鄉黨，隕涕羞奠，形留神往〔一〇〕。

【題解】

魯國太夫人，即陸游之母唐氏。山陰陸氏族譜：「（宰）娶唐質肅公孫、十三朝奉女，封魯國夫人。」唐質肅公，即唐介，字子方，卒謚質肅。參見卷二六高皇御書其二注〔七〕。十三朝奉，指唐介季子唐之問，字季實，官至太常寺太祝。事迹見家世舊聞卷下。陸宰娶唐之問之女，是爲陸游之母。太夫人，官吏之母均可稱。本文爲陸游爲母親唐氏所作的祭文。

本文原未繫年。據文意，當作於陸游在蜀中之時。

【箋注】

〔一〕太師：即陸游祖父陸佃，卒贈太師。播慶：撒播吉慶。元老，指陸游之父陸宰，字元鈞。

〔二〕少傅公：即陸游父親陸宰，卒贈少傅。逢辰：遭遇好時機。長養：指撫育培養子女。繄：是。

〔三〕御醴宸章：御酒和御製詩文。

〔四〕兼金：好金，古代金銀銅通稱金。泛指多量金銀錢幣。孟子公孫丑下：「前日於齊，王餽兼金一百而不受。」趙岐注：「兼金，好金也，其價兼倍於常者。」

〔五〕僉曰：衆人説。

〔六〕「帝虛」四句：此指宣和七年十月，陸宰奉詔朝京師，出任京西轉運副使，主管畿右轉輸。陸游即出生於赴京途中。劍南詩稿卷三三有十一月十七日予生日也孤村風雨蕭然偶得二絶句予生淮上是日平旦大風雨駭人及余墮地雨乃止詩，其一云：「少傅奉詔朝京師，艤船生我淮之湄。宣和七年冬十月，猶是中原無事時。」元弼，首席輔臣。

〔七〕安輿：安車，供老年高官及貴婦人乘用。德人：有德之人。莊子天下：「德人者，居無思，行無慮，不藏是非美惡。」初終：始終。曾鞏祭歐陽少師文：「維公平生，愷悌忠實，内外洞徹，初終如一。」

〔八〕門闌：指家門，門庭。義均：道義（名義）上等同。子姓：子輩，子女。婦息：妻與子。修敬：表示敬意。晏子春秋諫下：「夫冠足以修敬，不務其飾。」

〔九〕「萬里羈宦」句：據此，本文當作於蜀中。羈宦，指在他鄉做官。

〔一〇〕送車：送葬之車。陸九淵宋故吴公行狀：「葬之日，送車塞塗。」羞奠：進獻祭品祭奠。

祭王侍御令人文

惟靈生自大家，來嬪德門〔一〕。象服有煒，娣媵如雲〔二〕。相我御史，克勤藻蘋〔三〕。諸子甚材，頎然薦紳〔四〕。世所願懷，孰如夫人。惟是孤生，實忝外姻〔五〕。萬里焉依，如在鄉鄰。遭此不淑〔六〕，慘然酸辛。薄酈之微，侑以斯文〔七〕。

【題解】王侍御爲誰不詳。侍御，指曾任殿中侍御使或監察御史。文中稱「惟是孤生，實忝外姻」，則陸游與之爲姻親。令人，宋代命婦封號，太中大夫以上官員之妻封令人。本文爲陸游爲王侍御夫人所作的祭文。

本文原未繫年。據文意，當作於陸游在蜀中之時。

【箋注】

〔一〕嬪：婦。指爲婦。詩大雅大明：「摯仲氏任，自彼殷商，來嫁于周，曰嬪于京。」鄭玄箋：「嫁爲婦於周之京。」德門：有德之家。陸機爲陸思遠婦作：「潔己入德門，終遠母與兄。」

〔二〕象服：古代后妃、貴婦人所穿禮服。詩鄘風君子偕老：「象服是宜。」毛傳：「象服，尊者所以爲飾。」娣媵：指陪嫁侍女。

〔三〕藻蘋：亦作蘋藻。皆水草名，古人常采來用以祭祀。左傳襄公二十八年：「濟澤之阿，行潦之蘋藻，置諸宗室，季蘭尸之，敬也。」此代指祭祀。

〔四〕頎然：風姿挺秀貌。韓愈送陳秀才彤序：「潁川陳彤，始吾見之楊湖南門下，頎然其長，薰然其和。」薦紳：同縉紳。古代高官的裝束。代指官宦。

〔五〕孤生：自謙之詞。外姻：因婚姻關係結成的親戚。左傳隱公元年：「士踰月，外姻至。」杜預注：「姻，猶親也。」陸游夫人爲蜀郡王氏。

〔六〕不淑：指不幸。吊問之詞。逸周書度邑：「王乃升汾之阜以望商邑，永歎曰：『嗚呼不淑！』」

〔七〕蓴鯽：蓴菜鯽魚，用作祭品。侑：報答。

祭祝永康文

嗟我與公，萬里羈單〔一〕。人孰知之，所恃者天。庶幾白首，相從鄉關。追談梁益〔二〕，把酒笑歡。云胡不淑〔三〕，一病莫還。遺孤孑立，未逮冠婚〔四〕。謂天可恃，公宜百年。玉裂竹折，唶其永歎。公守導江，齧蘗飲泉〔五〕。凜凜色詞，請謁莫干〔六〕。人或謗嘲，公守益堅。雖昔君子，終此實難。云持此歸，何憾九原。公喪之東，丹旐翩然〔七〕。我病莫興，撫枕涕潸。矢辭羞奠，尚慰營魂〔八〕。

【題解】

祝永康，爲誰不詳。據文意，當是陸游在蜀中之友，祝姓，曾知永康軍及其屬縣導江。當地環境艱苦，但祝氏拒絶干謁，操守堅貞，陸游甚爲佩服。永康軍，南宋隸成都府路，下轄導江、青城二縣。即今四川都江堰。本文爲陸游爲祝永康所作的祭文。

本文原未繫年。據文意，當作於陸游在蜀中之時。

【箋注】

〔一〕羈單：羈旅孤單。曾鞏明州謝到任表：「眇是羈單，了無黨助。」

〔二〕梁益：蜀漢有梁州、益州，用以泛指蜀地。晉張載劍閣銘：「勒銘山阿，敢告梁益。」

〔三〕云胡：爲什麽。詩鄭風風雨：「既見君子，云胡不夷？」毛傳：「胡，何。」
〔四〕未逮冠婚：此指年尚幼，未到行冠禮、婚禮之時。
〔五〕導江，縣名。南宋隸成都府路永康軍。　齧蘗飲泉：咬草木，飲泉水。形容生活艱苦。蘗，草木新芽。
〔六〕「凛凛」二句：指神態言辭凛然，拒絶干謁。
〔七〕丹旐：丹旐，出喪所用紅色旐旗。韓愈祭鄭夫人文：「水浮陸走，丹旐翩然。」
〔八〕「矢辭」二句：用正直之言作爲祭奠，以安慰孤獨的魂魄。營魄，同魂魄。老子：「載營魄抱一，能無離乎？」河上公注：「營魄，魂魄也。」

祭劉樞密文

嗚呼公乎！有文有武，有仁有智。立朝無助，以直自遂〔一〕。聲氣不動，而折萬里之衝〔二〕；從容一言，而决盈庭之議。蓋人所難，公之所易。仰天俯地，一念不愧。秋毫未安，寢食忘味。輕失富貴，而重朋友之責；自屈達尊，而伸白屋之士〔三〕。蓋人之所忽，公之所畏。昔歲癸未，某始去國〔四〕。見公西省，凛然正色〔五〕。顧雖不肖，竊師公直。流落得歸〔六〕，公與有力。舟過金陵，公疾已亟〔七〕，命之不淑，旋聞易簣〔八〕。祭不及時，實負盛德，尚想平生，出涕橫臆〔九〕。

【題解】

劉樞密，即劉珙（一一二二—一一七八），字共父，建寧崇安（今屬福建）人。紹興進士。累遷禮部郎官，因忤秦檜被逐。檜死召還。紹興末除中書舍人、直學士院，出知潭州。歷翰林學士、知制誥兼侍讀，乾道三年除同知樞密院事，兼參知政事。次年罷，出知隆興府、江西安撫使，再知潭州兼湖南安撫使。淳熙二年移知建康府、江東安撫使、行宫留守。五年病卒。謚忠肅。宋史卷三八六有傳。陸游早就崇敬劉公的剛直，離蜀東歸又得其相助，舟至金陵時曾爲其獻詩。本文爲陸游爲劉珙所作的祭文。

本文原未繫年，歐譜繫於淳熙五年（一一七八），是。當作於該年秋，時陸游由蜀中東歸臨安候任。

參考劍南詩稿卷十將至金陵先寄獻劉留守。

【箋注】

〔一〕以直自遂：以剛正而自行其意。後漢書朱暉傳：「暉好節概，有所拔用，皆厲行士……吏人畏愛，爲之歌曰：『强直自遂，南陽朱季。吏畏其威，人懷其惠。』」

〔二〕折萬里之衝：折衝，使敵人戰車後撤。衝，古代一種戰車。吕氏春秋召類：「夫修之於廟堂之上，而折衝乎千里之外者，其司城子罕之謂乎？」

〔三〕達尊：指衆所共尊。孟子公孫丑下：「天下有達尊三：爵一，齒一，德一。」趙岐注：「三者，天下之所通尊也。」　白屋之士：指貧寒士人。論衡語增：「周公執贄下白屋之士。」

〔四〕「昔歲」二句：指隆興元年春，陸游除通判鎮江府，六月返里。癸未，隆興元年（一一六三）。

〔五〕「見公」二句：時劉珙任中書舍人、直學士院。西省，中書省别稱。宋史劉珙傳：「時張浚留守建康，衆望屬之。及詔出，以楊存中爲江淮宣撫使，珙不書録黄，仍論其不可。上怒，謂宰相曰：『劉珙父爲浚所知，此特爲浚地耳！』命再下，宰相召珙諭旨，且曰：『再繳則累張公。』珙曰：『某爲國家計，豈暇爲張公謀。』執奏如初，存中命乃寢。」

〔六〕流落得歸：指陸游遊宦蜀中八年，奉召東歸。

〔七〕舟過金陵：劍南詩稿卷十有將至金陵先寄獻劉留守：「梁益羈遊道阻長，見公便覺意差强。别都王氣半空紫，大將牙旗三丈黄。江面水軍飛海鶻，帳前羽箭射天狼。歸來要了浯溪頌，莫笑狂生老更狂。」

〔八〕易簀：更换寢席，指人之將死。簀，華美之竹席。典出禮記檀弓上，言曾參病重，臨終要求爲他更换寢席，因他未曾任大夫，却使用了大夫可用之「簀」，違犯了禮制。

〔九〕出涕横臆：淚滿胸臆。臆，胸部。

祭蔣中丞夫人文

維靈出由德閥，克配儒先〔一〕，從容圖史之規，肅敬蘋蘩之薦〔二〕。是生耆哲，來瑞明時〔三〕。大邦開賜沐之封，列鼎極循陔之養〔四〕。奄聞不淑，靡究遐齡〔五〕，窀穸有期，川途云邈〔六〕。雖莫綴千車之盛，顧敢稽一酹之恭〔七〕。仰冀靈魂，俯歆誠意〔八〕。

【題解】

蔣中丞，即蔣繼周，字世修。參見卷十一賀蔣中丞啓題解。蔣中丞夫人，即梁氏。中丞蔣公墓誌銘：「娶梁氏，故户部尚書汝嘉之孫，封碩人。」本文爲陸游爲蔣繼周夫人所作的祭文。

本文原未繫年，歐譜列於不繫年文。蔣繼周卒於慶元二年，中丞蔣公墓誌銘中未載其妻卒，故本文當作於慶元二年（一一九六）之後。

參考卷三五中丞蔣公墓誌銘。

【箋注】

〔一〕維靈：亦作「惟靈」。祭文常作開頭語，用於稱呼對象的靈位。德閥：指有德的仕宦門第。儒先：儒生。史記匈奴列傳：「匈奴俗，見漢使非中貴人，其儒先，以爲欲説，折其辯。」裴駰集解：「先，先生也。漢書作『儒生』。」

〔二〕「從容」二句：指修習女德規範、祭祀禮儀。圖史，指彙聚婦女規範之類著述。顔延之宋文皇帝元皇后哀策文：「進思才淑，傍綜圖史。」蘋蘩，古代用於祭祀的兩種水草，借指遵守祭祀禮儀。詩召南采蘩序：「采蘩，夫人不失職也。夫人可以奉祭祀，則不失職矣。」薦，進獻祭品。

〔三〕耆哲：老成賢達之人。歐陽修回文相公服除遷侍中移判永興書：「從容話言，固多仁者之利；體貌耆哲，是惟先帝之臣。」瑞：吉利。明時：政治清明之時。多用以稱頌本朝。

〔四〕賜沐之封：封湯沐邑，即分封國君、皇后、公主等收取賦税的私邑。史記平準書：「自天子以至於封君湯沐邑，皆各爲私奉養焉。」循陔：指奉養父母。典出文選束晳補亡詩南陔：「循彼南陔，言采其蘭。眷戀庭闈，心不遑安。」李善注：「循陔以采香草者，將以供養其父母。」

〔五〕奄聞不淑：忽聞不幸。遐齡：高壽。郭璞山海經圖贊：「有人爰處，員丘之上，赤泉駐年，神木養命。禀此遐齡，悠悠無竟。」

〔六〕窀穸：埋葬。左傳襄公十三年：「若以大夫之靈，獲保首領以殁於地，惟是春秋窀穸之事，所以從先君子禰廟者，請爲靈若厲，大夫擇焉。」杜預注：「窀，厚也；穸，夜也。厚夜猶長夜。春秋謂祭祀，長夜謂葬埋。」川途：路途。

〔七〕稽：延遲。酹：以酒灑地表示祭祀。

〔八〕歆：饗，嗅聞。祭祀時神靈享受祭品的香氣。

祭趙提刑文

惟靈早以茂異，起膺簡求〔一〕。逢時休明，爲國壽雋〔二〕。建牙淮服，擁節王畿〔三〕。方期來朝，遽以疾諗〔四〕。挂冠決去，共高靜退之風；易簀亟聞，何勝殄瘁之感〔五〕。某早托通家之好，晚逢攬轡之行〔六〕。揮麈軒昂〔七〕，恍如昨日；拊棺摧痛，莫喻孤懷。敢陳一奠之恭，少叙九京之訣〔八〕。

【題解】

提刑爲各路提點刑獄公事的簡稱，掌所轄地區司法、刑獄。趙提刑爲誰不詳。據文意，陸、趙兩家爲世交，陸游對其頗爲熟識。本文爲陸游爲趙提刑所作的祭文。

本文原未繫年，歐譜列於不繫年文。待考。

【箋注】

〔一〕茂異：才德出衆。漢書公孫弘等傳贊：「孝宣承統，纂修洪業。亦講論六藝，招選茂異。」

簡求：征選尋求。後漢書皇后紀序：「自古雖主幼時艱，王家多釁，必委成冢宰，簡求忠賢，未有專任婦人，斷割重器。」

〔二〕休明：美好清明。謝朓始出尚書省：「惟昔逢休明，十載朝雲陛。」壽雋：高齡俊才。

〔三〕建牙：古時指出征前樹立軍旗，引申爲武臣出鎮。鮑溶讀淮南李相行營至楚州：「閫外建牙威不賓，古來戡難憶忠臣。」淮服：指淮河流域。擁節：執持符節，指出任一方。徐陵關山月其二：「將軍擁節起，戰士夜鳴弓。」

〔四〕諗：告知，知悉。

〔五〕挂冠：辭官。靜退：恬淡退隱，不競名利。韓非子主道：「人主之道，靜退以爲寶。」易簀：將死。參見本卷祭劉樞密文注〔八〕。殄瘁：凋謝，枯萎。抱朴子自叙：「以朝菌之耀秀，不移晷而殄瘁；類春華之暫榮，未改旬而凋墜。」

〔六〕通家：指世交。後漢書孔融傳：「語門者曰：『我是李君通家子弟。』」陸、趙世交情況不詳。攬轡：指諫止君王履險。典出史記袁盎晁錯列傳。此所指不詳。

〔七〕揮麈：揮動麈尾。高談闊論時作爲談助。歐陽修和聖俞聚蚊：「抱琴不暇撫，揮麈無由停。」

〔八〕九京：九原。春秋時晉大夫墓地。泛指墓地。黄庭堅送范德孺知慶州：「平生端有活國計，百不一試薶九京。」

祭勤首座文

我之與公，義則師友，情骨肉也。相從十年，談道賦詩，蓺松菊也。别雖數月，使來自東，書相續也。比獨怪公，書詞諄諄，若予屬也〔一〕。嗟哉已矣，頎然野鶴〔二〕，尚在目也。卵塔告成〔三〕，欲往不果，身桎梏也。上愧道義，下負交情，淚可掬也。龍文之茗，沉水之薰，薦甘馥也〔四〕。懷舊之心，有如丘山，此一粟也。

【題解】

首座，指位居上座之僧人。勤首座爲誰不詳。據文意，陸游與之「相從十年，談道賦詩」，義則師友，情同骨肉，當是山陰故居附近的禪師。本文爲陸游爲勤首座所作的祭文。

本文原未繫年，歐譜列於不繫年文。待考。

【箋注】

〔一〕屬：同「囑」。囑咐，囑托。

〔二〕頎然野鶴：描繪勤首座形貌。頎然，風姿挺秀貌。野鶴，常比喻性情孤高的隱士。

〔三〕卵塔：安葬佛徒骨殖的無縫石塔，狀如大鳥卵。司馬光涑水記聞卷七：「（王旦）性好釋氏，臨終遺命剃髮著僧衣，棺中勿藏金玉，用茶毗火葬法，作卵塔而不爲墳。」

〔四〕龍文之茗：或指龍鳳團茶，宋代江南圓餅形貢茶，上有龍鳳紋。歐陽修歸田録卷二：「茶之品，莫貴於龍鳳……宮人往往鏤金花於其上，蓋其貴重如此。」沉水之薰：即沉水香，名貴熏香，由天竺、西域傳入中原。甘馥：甘甜芳香。

祭許辰州文

惟靈美操懿行，達識英辭。筆陣掃千人軍，早擢太常之第〔一〕；胸中吞九雲夢，恥裁光範之書〔二〕。抱沉英之歎者十年，分共理之憂者兩郡〔三〕。人之不淑〔四〕，生也有涯。旅館招魂，一朝今古；孤舟反葬，萬里風濤〔五〕。豈知故里之交，遽作夜臺之别〔六〕。魂兮未遠，鑒此哀誠。嗚呼哀哉！

【題解】

許辰州即許從龍，新昌（今屬浙江）人。早年入擢太常寺職，沉淪十年，官至朝請郎、知辰州。其女嫁陸游四子陸子坦，故與陸游爲親家。參一九五九年紹興出土之宋故僉判宣義陸公（陸子坦）壙記和許氏壙記所載，詳見于譜附録四注〔一〕。辰州，隸荆湖北路，在今湖南懷化。本文爲陸游爲親家許從龍所作的祭文。

本文原未繫年，歐譜列於不繫年文。據陸游淳熙十三年六月將赴嚴州任前所作與親家書稱

「親家赴鎮，亦不過數月間」，則許從龍赴辰州任亦在該年稍後。則其卒應在其後兩三年間，故本文約作於淳熙十四至十六年之間。

參考渭南集外文與親家書。

【箋注】

〔一〕筆陣：以詩文謀篇布局如軍陣，比喻寫作文章。杜甫醉歌行：「詞源倒流三峽水，筆陣獨掃千人軍。」　太常：太常寺，掌管祭祀禮樂的官署。

〔二〕吞九雲夢：比喻胸懷闊大。典出司馬相如子虛賦：「吞若雲夢者八九，其於胸中曾不蔕芥。」雲夢，指雲夢澤。　光範之書：指邊光範論選拔刺史重要的上書。參見卷十一謝梁右相啓注〔一四〕。

〔三〕沉英：落英。比喻才華埋没。　分共理之憂：指共同爲皇帝出守州郡。　兩郡：指陸游知嚴州，許從龍知辰州。

〔四〕不淑：不幸。吊問之詞。逸周書度邑：「王乃升汾之阜以望商邑，永歎曰：『嗚呼不淑！』」

〔五〕旅館招魂：指客死他鄉。　反葬：指返葬故鄉。據此，許從龍當卒於辰州任上，并返葬故里。

〔六〕故里之交：山陰、新昌，均隸紹興府。　夜臺：指墳墓。沈約傷美人賦：「曾未申其巧笑，忽淪軀於夜臺。」

祭韓无咎尚書文

兄之初載，甚躓而艱。逢亂客吴，萬里孤騫〔一〕。文方日衰，蕩爲狂瀾。組織纖弱，各自謂賢。士睨莫救，兄勇而前。陋巷一室，日旰未饘〔二〕。誦書鼓琴，志操益堅。落筆天成，不事雕鎸。如先秦書，氣充力全。壯年相從，顧憫我孱。曰是有志，許以周旋〔三〕。我自蜀歸，兄典三銓〔四〕。邂逅都門，挈手歡然。兄牧東陽，我走閩山〔五〕。曠不相值，今五六年。我病早衰，顧未及泉。兄之壽康，一朝先顛〔六〕。餉酒踵門〔七〕，乃酹柩前。嗟嗟造物，孰尸此權〔八〕。豈其好惡，亦與俗遷。微官有守，喪車莫攀〔九〕。薄鯽之奠，叙訣終天〔一〇〕。

【題解】

韓无咎尚書，即韓元吉（一一一八—一一八七），字无咎。乾道末官至吏部尚書。參見卷十四京口唱和序題解。陸游與韓元吉於隆興末在鎮江詩酒唱和，今存京口唱和序；其後兩人又多有唱和。韓元吉卒於淳熙十四年。本文爲陸游爲韓元吉所作的祭文。

本文原未繫年，歐譜繫於淳熙十四年（一一八七），是。當作於該年夏。時陸游在知嚴州任上。

參考卷十四京口唱和序、詩稿卷十九聞韓无咎下世、卷二六開書篋見韓无咎書有感。

【箋注】

〔一〕客吴：韓元吉紹興中兩次客居湖州德清。　孤騫：獨自高飛。楊炯王勃集序：「得其片言而忽焉高視，假其一氣則邈矣孤騫。」

〔二〕日旰：日暮。左傳襄公十四年：「衛獻公戒孫文子、甯惠子食，皆服而朝，日旰不召。」杜預注：「旰，晏也。」　饘：稠粥，煮粥。

〔三〕孱：微弱，窘迫。　周旋：周全，照顧。三國志臧洪傳：「每登城勒兵，望主人之旗鼓，感故友之周旋。」

〔四〕兄典三銓：指韓元吉於淳熙三年至五年復爲吏部尚書。三銓，唐代對文武百官選授考課，由吏部和兵部之尚書、侍郎分掌。尚書爲尚書銓，掌五品至七品選；侍郎二人分爲中銓、東銓，掌八品、九品選，合稱三銓。

〔五〕「兄牧」二句：指淳熙五年韓元吉出知婺州，陸游除提舉福建常平茶鹽公事。東陽，郡名，即婺州，南宋隸兩浙路，在今浙江金華。閩山，指福建。

〔六〕顛：顛殞，死亡。

〔七〕餉酒：獻酒，送酒。　踵門：登門。

〔八〕尸：執掌，主持。詩召南采蘋：「誰其尸之？有齊季女。」

〔九〕「微官」二句：指自己官守在身，不能登上喪車。

〔一〇〕蕁鯽：蕁菜鯽魚。用作祭品。終天：終身。陶潛祭程氏妹文：「如何一往，終天不返！」

祭胡監丞文

惟公文學足以發身，政事足以宜民〔一〕。人則不合，何罪於神？乃者起家，往守宜春〔二〕。臨别慨然，握手江津〔三〕。曾未逾月，乃以訃聞。舟載銘旐，返其鄉枌〔四〕。臺省衮衮，公獨逡巡〔五〕；室家嘻嘻，公獨悲辛。我雖晚交，甚知公真。適苦骭瘍〔六〕，奠弗及親。尚想平生，寓哀斯文。

【題解】

監丞，宋代國子監、將作監、軍器監等機構助理官員的通稱。胡監丞爲誰不詳。據文意，曾任監丞，後出守宜春，但未逾月而卒。陸游曾與其交往，并握别江津。本文爲陸游爲胡監丞所作的祭文。

本文原未繫年，歐譜列於不繫年文。待考。

【箋注】

〔一〕發身：成名，起家。禮記大學：「仁者以財發身，不仁者以身發財。」鄭玄注：「發，起也。言仁人有財則務於施與。以起身成其令名。」宜民：使民衆安輯。詩大雅假樂：「假樂君子，顯顯令德。宜民宜人，受禄于天。」毛傳：「宜安民，宜官人也。」

〔二〕起家：指徵召自家，出任官職。宜春：郡名，即袁州，南宋隸江南西路，在今江西宜春。

〔三〕江津：江邊渡口。

〔四〕銘旐：墓銘和引魂幡。鄉枌：家鄉。枌，指枌榆社，爲漢高祖劉邦故鄉，故借稱家鄉爲鄉枌。蘇軾子由生日以檀香觀音像及新合印香銀篆槃爲壽：「問君何時返鄉枌，收拾散亡理放紛。」

〔五〕臺省袞袞：即臺省諸公袞袞。杜甫醉時歌：「諸公袞袞登臺省，廣文先生官獨冷。」臺省，尚書臺和中書省，代指中央機構。逡巡：滯留，徘徊不前。

〔六〕「適苦」二句：指恰逢脚瘡，不能親往祭奠。骭瘍，脛瘡。爾雅釋訓：「既微且尰：骭瘍爲微，腫足爲尰。」郭璞注：「骭，脚脛；瘍，瘡。」

祭丘運使母夫人文

昔先大夫〔一〕，懷寶里閭，没世不耀。乃以其孤，屬之夫人，道德是詔〔二〕。故河圖公①，文學政事，望在廊廟。榮養五鼎，眉壽百年，其德彌劭〔三〕。高識超然，朱門畫戟，視若蓬藋〔四〕。再入都城，曾未温席，翩其歸旆〔五〕。方歲之惡，公私交病，蠲寬賦調〔六〕。而河圖公，遽以憂歸〔七〕，道路相弔。我登門闌，情均甥侄，宜送宅兆〔八〕。官守所縻，矢辭傷悲，薦此清醥〔九〕。

【題解】

丘運使，即丘崈（一一三五—一二〇八），字宗卿。參見卷十二賀丘運使啓題解。據嘉泰會稽志卷二，丘崈於淳熙十三年以朝請大夫、直龍圖閣知紹興，十四年四月除兩浙轉運副使。陸游有賀啓。丘崈之母臧氏，卒於淳熙十四年（一一八七）七月。見葉適水心集卷十三太碩人臧氏墓誌銘。本文爲陸游爲丘崈之母臧氏所作的祭文。

本文原未繫年，歐譜列於不繫年文。據臧氏卒年，當作於淳熙十四年（一一八七）秋。時陸游在知嚴州任上。

【校記】

①「河圖公」，諸本同，疑當作「龍圖公」。據嘉泰會稽志，丘崈於淳熙十三年以朝請大夫、直龍圖閣知紹興府，故得龍圖之稱。此「河」當係「龍」字之誤。下文「河圖公」同。

【箋注】

〔一〕先大夫：指丘崈之父丘經，字子常。終身未仕，贈朝散大夫。

〔二〕「乃以」三句：葉適太碩人臧氏墓誌銘：「大夫終，諸子皆幼。夫人悉罷廢故所治生事，獨郭外田數十畝，曰：『耕此，教若曹耳。』……察士之材否，使其子擇而後從。夜必令執書，從旁曰：『我婦人也，不能知書之義，觀其玩誦反復、清切不寐者，深於學之驗也。』」

〔三〕「榮養」三句：指丘崈贍養母親，使其長壽。榮養，指兒女贍養父母。晉書趙至傳：「（至）聞父耕叱牛聲，投書而泣。師怪問之，至曰：『我小未能榮養，使老父不免勤苦。』師甚異之。」五鼎，即五鼎食，列五鼎而食，形容貴族生活。眉壽，長壽。詩豳風七月：「爲此春酒，以介眉壽。」劭，美好，高尚。

〔四〕「高識」三句：指丘崈視豪門儀飾爲草芥。畫戟，畫有彩飾的兵器。唐代三品以上官可列畫戟於門，作爲儀飾。蓬藋，蓬草、藋草，喻微不足道之物。

〔五〕再入都城：指由知紹興除兩浙轉運副使。曾未温席：指未及盡孝。温席，以身温暖穿上席被，以侍父母就寢。歸旐：指引魂幡。

〔六〕歲之惡：指一年無收成。漢書卜式傳：「往年西河歲惡，率齊人入粟。」顔師古注：「歲惡，猶凶歲也。」賦調：賦税。調爲古代賦税之一種。後漢書劉虞傳：「舊幽部應接荒外，資費甚廣，歲常割青、冀賦調二億有餘，以給足之。」

〔七〕遽以憂歸：急忙因丁憂歸家。憂，丁憂，遭逢父母喪事。舊制，子女守喪，三年内不做官，不婚娶，不赴宴，不應考。

〔八〕我登門闌：陸游奉祠家居，自稱爲紹興知府丘崈弟子。陸游得出知嚴州，或亦與丘崈有關。甥侄：外甥和侄輩。宅兆：墓地。孝經喪親：「卜其宅兆而安措之。」唐玄宗注：「宅，墓穴也；兆，塋域也。」

〔九〕縻：羈縻，束縛。清醥：清酒。

祭曾原伯大卿文

惟靈淵乎似道，敏而好學〔一〕。韋編鐵硯，雪窗螢几，不足以言其勤〔二〕；冢書壁簡，銅墻鬼炊，不足以名其博〔三〕。文辭典奥，論議超卓，不使直承明之庭，猶當置諸天禄之閣〔四〕。時方越拘攣以用人〔五〕，公奚彼之不若，而乃老於惠文之冠，弗預甘泉之橐〔六〕。痛結慈闈，悲纏華萼〔七〕。凡閭巷之故交，想話言之如昨。聞訃相弔，摧然涕落〔八〕。羞一醊以祖行，冀九原之可作〔九〕。

【題解】

曾原伯大卿，即曾逢，字原伯，曾幾之長子。卷三二曾文清公墓誌銘：「男三人，逢，朝散大夫、尚書左司郎中。」宋史曾幾傳：「二子，逢，仕至司農卿。」大卿，宋代俗稱中央各寺正職長官爲大卿。此指司農寺卿。陸游師從曾幾，少時與曾幾之子同學，多有交遊唱和，如詩稿卷一有病起寄曾原伯兄弟、曾原伯屢勸居城中而僕方欲自梅山入雲門今日病酒偶得長句奉寄等詩。曾逢乾道九年至淳熙元年任司農卿，淳熙七年至九年任江東運副（景定建康志卷二六），其卒年當在其後。本文爲陸游爲曾逢所作的祭文。

本文原未繫年，歐譜列於不繫年文。待考。

【箋注】

〔一〕淵乎似道：淵深如得道。後漢書黄憲傳論：「余曾祖穆侯以爲憲隤然其處順，淵乎其似道，淺深莫臻其分，清濁未議其方。若及門於孔氏，其殆庶乎！」敏而好學：語出論語公冶長：「子曰：『敏而好學，不耻下問，是以謂之文也。』」

〔二〕「韋編」三句：指曾逢勤苦讀書。韋編，古代用皮繩編聯書簡，謂之「韋編」，泛指書籍。史記孔子世家：「讀易，韋編三絶。」鐵硯，即磨穿鐵鑄硯臺。新五代史桑維翰傳：「又鑄鐵硯以示人曰：『硯弊則改而佗仕。』卒以進士及第。」雪窗螢几，映雪照螢苦讀。文選任昉爲蕭揚州作薦士表「集螢映雪」李善注引孫氏世録：「孫康家貧，常映雪讀書。」晉書車胤傳：「家貧不常得油，夏月則練囊盛數十螢火以照書，以夜繼日焉。」

〔三〕「冢書」三句：指曾逢學問廣博。冢書，即汲冢書，汲郡人不準盜發魏襄王墓所得竹書，皆科斗文。見晉書束晳傳、荀勖傳。壁簡，即孔壁古文，漢魯共王壞孔子宅，得古文尚書等數十篇，皆古字。見漢書藝文志、魯共王餘傳。銅牆鬼吹，比喻奇聞怪事。陸龜蒙四明山詩序：「探海嶽遺事，以期方外之交，雖銅牆鬼吹，虎獄劍餌，無不窺也。」

〔四〕承明之庭：即承明殿，漢代未央宫中殿名。班固西都賦：「又有承明、金馬，著作之庭，大雅宏達，于兹爲群。」天禄之閣：即天禄閣，漢代未央宫内皇家藏書之地。三輔黄圖未央宫：「天禄閣，藏典籍之所。」

〔五〕拘攣：拘束，拘泥。後漢書曹褎傳：「帝知群僚拘攣，難與圖始，朝廷禮憲，宜時刊立。」李賢注：「拘攣，猶拘束也。」

〔六〕惠文之冠：即惠文冠，相傳爲趙惠文王創製，爲武官之冠，又説爲執法者之冠。此當指司農卿的職位。甘泉之橐：即從橐甘泉，指爲文學侍從。典出漢書趙充國傳：「（張）安世本持橐簪筆事孝武帝數十年。」顔師古注引張晏曰：「橐，契橐也。近臣負橐簪筆，從備顧問，或有所紀也。」甘泉，秦、漢時宫名。

〔七〕慈闈：舊時代稱母親。華萼：比喻兄弟。文選謝瞻於安城答靈運：「華萼相光飾，嚶鳴悦同響。」吕延濟注：「華萼，喻兄弟也。」

〔八〕摧然：傷痛貌。

〔九〕醊：指祭祀時以酒灑地。祖行：指餞送死者。陶潛祭從弟敬遠文：「蓍龜有吉，制我祖行。望旐翩翩，執筆涕盈。」九原之可作：指設想死而再生。國語晉語：「趙文子與叔向游於九原曰：『死者若可作也，吾誰與歸？』」九原，泛指墓地。

祭大侄文

汝實先少傅之長孫，岳州使君之嫡子〔一〕。早列仕籍，垂五十年。夫婦二人，更相爲命。嶺海萬里，淪謝不還〔二〕。收骨於灰燼之中，藏櫝於松楸之次〔三〕。煩冤痛酷〔四〕，霣涕何言。歿而有靈，歆此薄醊〔五〕。

【題解】

大侄，即陸絳，陸游仲兄陸濬長子。陸游另有大侄挽詞（自注：前知鬱林州博白縣絳）：「束髮已青袍，終身州縣勞。一官常骯髒，萬里忽焄蒿。竟負昂霄志，空傳擲印豪。（自注：君在博白，與郡争辨職事，袖印還之而去。）兩疏心不遂，遺恨寄滔滔。」（詩稿卷四一）由此可知陸絳年輕即入仕，但一直任職州縣。爲官剛直，知鬱林博白（今廣西博白）時曾與州官争辯，掛冠而去，最終含恨客死他鄉。陸絳卒於慶元五年，約六七十歲。本文爲陸游爲陸絳所作的祭文。

本文原未繫年，歐譜繫於慶元五年（一一九九），是。當作於該年冬（同大侄挽詞）。時陸游致仕家居。

參考劍南詩稿卷四一大侄挽詞。

【箋注】

〔一〕先少傅：指陸游之父陸宰。岳州使君，指陸宰次子陸濬，字子清。以父恩補將仕郎，官至朝請大夫、知岳州。

〔二〕「嶺海」二句：指陸綘晚知博白，客死他鄉。淪謝，去世。杜光庭宣勝軍使王讜爲亡男昭胤明真齋詞：「飄魂異境，憫其淪謝。」

〔三〕「藏槥」句：指安葬於父母墳塋的旁邊。槥，棺材。松楸，松樹和楸樹，多植於墓地，因借指墳地。

〔四〕煩冤痛酷：煩躁憤懣，悲痛至極。

〔五〕歆：享。薄醊：薄酒。

祭十郎文

自汝不幸早世，將二十年，乃克祔葬於先少師、魯國夫人塋兆之南岡，距汝母令人墓尤邇〔一〕。汝而不泯〔二〕，豈不得所願哉！感念疇昔，悲痛何言。

【題解】

十郎，即陸游第五子子約（一一六六—一一九二），字文清。陸宰孫輩排行第十，故稱。以父待制補承務郎，官至朝請大夫、知辰州軍。入贅餘姚吕參議之女，即居餘姚之横河。紹熙三年（一一九二）卒，年二十七。本文爲陸游爲子約所作的祭文。

本文原未繫年，歐譜列於不繫年文。文中稱「幾二十年」，則本文約作於嘉定初。

【箋注】

〔一〕祔葬：合葬，亦指葬於先塋之旁。禮記喪禮小記：「祔葬者不筮宅。」孫希旦集解：「祔葬，謂葬於祖之旁也。」　先少師：即陸宰。魯國夫人：即陸宰夫人唐氏，爲子約之祖父母。汝母令人：即陸游夫人王氏。

〔二〕不泯：指靈魂不滅。

祭朱元晦侍講文

某有捐百身、起九原之心，有傾長河、注東海之淚〔一〕。路修齒耄，神往形留〔二〕。公殁不亡，尚其來饗〔三〕。

【題解】

朱元晦侍講，即朱熹（一一三〇—一二〇〇），字元晦，官至焕章閣待制兼侍講。陸游與朱熹多有交遊。朱熹卒於慶元六年三月，十一月落葬。本文爲陸游爲朱熹所作的祭文。

本文原未繫年，歐譜繫於慶元六年（一二〇〇），是。當作於該年冬。時陸游致仕家居。

【箋注】

〔一〕捐百身：語本詩秦風黄鳥：「如可贖兮，人百其身。」起九原：即九原可作。參見本卷祭曾元伯大卿文注〔九〕。傾長河、注東海：語本世説新語言語：「聲如震雷破山，淚如傾河注海。」

〔二〕路修齒耄：陸游自稱路遠年老。

〔三〕饗：通「享」。享用祭品。

祭方伯謨文

予與伯謨别於武夷，予五十有五，齒髮未衰，伯謨蓋方壯耳〔一〕。顧後日猶長，未知别之悲也。俯仰二十有一年，卒不相遇，而伯謨遂捨我而何之乎？予年垂八十，如朝露之將晞〔二〕，與伯謨别，尚復幾時？生也相遇，猶不可必，死游地下，果可期乎？予言之及兹，涕不可止，伯謨尚能有知也乎？

【題解】

方伯謨，即方士繇（一一四八—一一九九），字伯謨。參見卷三六方伯謨墓誌銘題解。陸游與方士繇爲友，爲作墓誌銘。本文爲陸游爲方士繇所作的祭文。

本文原未繫年，歐譜繫於慶元五年（一一九九），是。據陸游作於該年九月六日的答陸伯政上舍書（見卷十三）稱「昨日兒子自城中來，知方伯謨已卒」，則陸游得其死訊在九月初，故本文當作於該年秋冬。時陸游致仕家居。

參考卷三六方伯謨墓誌銘、劍南詩稿卷十六寄題方伯謨遠庵。

【箋注】

〔一〕「予與」四句：陸游淳熙五年冬至六年秋任提舉福建常平時，與方士繇多有交遊，參見卷二七跋漢隸。時方士繇三十一歲。

〔二〕如朝露之將晞：比喻存世短促。漢書蘇武傳：「人生如朝露，何久自苦如此。」顔師古注：「朝露見日則晞乾，人命短促亦如之。」曹植贈白馬王彪：「人生處一世，去若朝露晞。」

祭張季長大卿文

於虖！世之定交有如某與季長者乎？一產岷下〔一〕，一家山陰。邂逅南鄭〔二〕，異體同心。有善相勉，闕遺相箴〔三〕。公醉巴歌，我病越吟〔四〕。大笑劇談，坐客皆瘖。公既造朝，衆彦所欽。我南入蜀，九折嶔崟〔五〕。公以憂歸，我亦陸沉〔六〕。久乃相遇，垂涕沾襟。宿好未遠〔七〕，舊盟復尋。駕言造公〔八〕，公已來臨。我倡公和，如鼓瑟琴。送我東歸，握手江潯。欲行復尼，頓足噫喑〔九〕。是實古道，乃見於今。公還爲卿，華路駸駸。我方畏讒，潛恐不深〔一〇〕。公去我召，如商與參〔一一〕。渺邈天涯，一書萬金。我自史闈，進長書林。迫老亟退，突不暇黔。亦嘗挽公，力微弗任〔一二〕。比乃聞公，請投華簪〔一三〕。旋又聞訃，天乎難諶〔一四〕。玉樹永閟，壟柏已森。何時復聞，正始遺音〔一五〕。漬酒絮中〔一六〕，不及手斟。英魂如生，豈忘來歆。於虖哀哉！

【題解】

張季長大卿，即張縯（？—一二〇七），字季長。曾任大理寺少卿。參見卷二七跋陝西印章注〔七〕。陸游與張縯爲摯友，兩人相交於乾道八年王炎幕府，其後多有唱和，陸游一直關注其行迹，見跋陝西印章、跋劉戒之東歸書。張縯卒於開禧三年。陸游作哭季長詩：「岷山剡曲各天涯，死籍前時偶脱遺。三徑就荒俱已老，一樽相屬永無期。寢門哀慟今何及？泉壤從遊後不疑。邂逅子孫能記此，交情應似兩翁時。」本文爲陸游爲張縯所作的祭文。

本文原未繫年，歐譜繫於開禧三年（一二〇七），是。當作於該年秋。時陸游致仕家居。

參考劍南詩稿卷七三哭季長。

【箋注】

〔一〕一産岷下：張縯爲江原（今四川崇州）人，在岷江邊。古人誤將岷江當作長江正源，故稱其地爲江原。

〔二〕邂逅南鄭：指二人在南鄭王炎幕府相識。

〔三〕闕遺相箴：互相勸誡缺失。闕遺，缺失，疏忽。

〔四〕巴歌、越吟：張縯爲四川人，陸游爲浙江人，故稱各自吟詩爲「巴歌」、「越吟」。

〔五〕「公既」四句：指王炎幕府解散後，張縯入朝任秘書省正字，陸游赴成都任安撫使參議官。九折嶔崟，路途艱險。嶔崟，高大，險峻。文選張衡思玄賦：「嘉曾氏之歸耕兮，慕歷阪之嶔崟。」張銑注：「嶔崟，高貌。」

〔六〕公以憂歸：指張縯於淳熙元年因丁憂而歸。陸沉：比喻埋没，不爲人知。王維送從弟蕃游淮南：「高義難自隱，明時寧陸沉。」

〔七〕宿好：老交情。三國志劉繇傳：「康寧之後，常願渝平更成，復踐宿好。」

〔八〕駕言：駕車，指出行。語本詩邶風泉水：「駕言出遊，以寫我憂。」言，語助詞。

〔九〕東歸：指陸游淳熙五年春奉召離蜀東歸。尼：阻，未成行也。噫喑：歎息，呼叫。

〔一〇〕「公還」四句：指張縯紹熙初任大理少卿，其時陸游則被劾罷歸里。華路騄騄，指仕途順暢。騄騄，馬急速奔馳貌。

〔一一〕「公去」二句：指張縯不久被論罷出知漢州等地，陸游則於嘉泰二年奉召入都修史。如參與商，指無法相見。參星在西，商星在東，此出彼没，永不相見。
〔一二〕「我自」六句：指陸游自史官晉升秘書監，但時間短暫，曾推薦張縯，但力薄未成。史闈，指史館。書林，指秘書省。曾鞏趙君錫宗正丞制：「爾辭學之敏，列職書林，宜進文階，往祇厥服。」突不暇黔，指特別繁忙。典出班固賓戲：「孔席不暖，墨突不黔。」謂墨子東奔西走，每至一處，煙囱未及熏黑，又奔别處。挽公，指向朝廷推薦張縯。
〔一三〕「比乃」二句：指聽説張縯曾知潼川府，旋罷新命。華簪，代指顯貴的官職。陶潛和郭主簿之一：「此事真復樂，聊用忘華簪。」
〔一四〕難諶：難以相信。
〔一五〕玉樹永閟：即埋玉樹，埋葬有才華之人。語本世説新語傷逝：「庾文康亡，何揚州臨葬云：『埋玉樹箸土中，使人情何能已已！』」正始遺音：指魏晉何晏、王弼爲代表的玄談風氣。正始，曹魏年號。語本世説新語賞譽：「王敦爲大將軍……於時謝鯤爲長史，敦謂鯤曰：『不意永嘉之中，復聞正始之音。阿平若在，當復絶倒。』」
〔一六〕漬酒絮中：指爲朋友弔喪祭墓。典出後漢書徐穉傳，徐穉常在家預先炙雞一隻，又以一兩棉絮漬酒中，曝乾以裹雞。遇有喪事，則携至墓前，以水漬棉使有酒氣，祭畢則去。

祭周益公文

某紹興庚辰，始至行在。見公於途，欣然傾蓋〔一〕。得居連墻，日接嘉話。每一相從，脱帽褫帶〔二〕。從容笑語，輸寫肝肺。鄰家借酒，小圃鉏菜。熒熒青燈，瘦影相對。西湖弔古，並轡共載。賦詩屬文，頗極奇怪〔三〕。淡交如水〔四〕，久而不壞。各謂知心，絶出流輩。别二十年，公位鼎鼐〔五〕。我方西遊，荷戈窮塞〔六〕。歸得臺郎，旋又坐廢〔七〕。公亦策免，久處於外〔八〕。見不可期，使我形瘵〔九〕。斯文日卑，公則崧岱。士昏於智，公則蓍蔡〔一〇〕。公老不衰，雷霆百代。每得手書，字細如芥。痴兒騃女〔一一〕，問及瑣碎。孰謂一病，良醫莫差。赴告鼎來〔一二〕，震動海内。奔赴不遑，涕泗滂湃。豈無蕁鯽，致此薄酹〔一三〕。辭則匪工，聊寄悲慨。

【題解】

周益公，即周必大（一一二六—一二〇四），字子充。封益國公。參見卷十賀周參政啓題解。陸游初入仕途，即與周必大同事，兩人傾蓋相交，情投意合。後周必大仕途順暢，位極宰輔，陸游則奔走困頓，屢遭罷廢。晚年則手書往來，互致問候。周必大卒於嘉泰四年。本文爲陸游爲周必大所作的祭文。

本文原未繫年，歐譜繫於嘉泰四年（一二〇四），是。當作於該年冬。時陸游致仕家居。參考卷十賀周參政啓、卷十一賀周樞使啓、卷十二賀周丞相啓，詩稿卷一周洪道學士許折贈館中海棠以詩督之、玉牒所迎駕望見周洪道舍人、丫頭岩見周洪道以進士入都日題字。

【箋注】

〔一〕「某紹興」四句：指陸游紹興三十年除敕令所删定官，時周必大任秘書省正字。傾蓋，停車交談，車蓋相傾。指初次相逢訂交。儲光羲貽袁三拾遺謫作：「傾蓋洛之濱，依然心事親。」

〔二〕褫帶：鬆開衣帶。表示閒適、歡樂。梅堯臣次韻和劉原甫紫微過予飲酒：「後從江韓來，褫帶歡莫涯。」

〔三〕奇怪：新奇特異，不同一般。韓愈喜何喜至贈張籍張徹：「地遐物奇怪，水鏡涵石劍。」

〔四〕淡交如水：莊子山木：「且君子之交淡若水，小人之交甘若醴。君子淡以親，小人甘以絶。」

〔五〕「別二十年」二句：指周必大淳熙七年任參知政事，後又知樞密院，任樞密使，至十四年拜右丞相。鼎鼐，比喻宰相等執政大臣。蘇頲唐紫微侍郎兼黄門監李乂神道碑：「鼎鼐遞襲，簪纓相望。」

〔六〕「我方」二句：指陸游乾道六年入蜀，守衛邊塞。

〔七〕「歸得」二句：指陸游淳熙五年奉召東歸，歷任福建常平、江西常平，至十三年知嚴州，十六年除禮部侍郎，年底又被劾罷官。臺郎，指尚書郎，爲尚書省各部侍郎、郎中通稱。坐廢，獲罪罷官。

〔八〕「公亦」二句：指周必大紹熙初被劾罷相，出判潭州、隆興府，隨即致仕。策免，以策書免官。

〔九〕形瘵：形似久病。

〔一〇〕「斯文」四句：指周必大在文壇士林德高望重。崧岱，嵩山和泰山。蓍蔡，即蓍龜。楚辭王褒九懷：「蓍蔡兮踴躍，孔鶴兮回翔。」王逸注：「蓍，筮也；蔡，大龜也。」比喻德高望重之人。

〔一一〕痴兒騃女：指天真無邪的少男少女。徐鉉新月賦：「乃有騃女癡男，朱顏稚齒，欣春物之駘蕩，登春臺之靡迆。」騃，呆。

〔一二〕赴告鼎來：報喪正來。赴告，指報喪。史記周本紀：「昭王南巡狩不返，卒於江上。其卒不赴告，諱之也。」鼎來，方來，正來。漢書匡衡傳：「諸儒爲之語曰：『無說詩，匡鼎來；匡說詩，解人頤。』」顔師古注：「服虔曰：『鼎猶言當也，若言匡且來也。』應劭曰：『鼎，方也。』」

〔一三〕蓴鯽：蓴菜鯽魚，用作祭品。薄酹：薄酒灑地。

哀詞

【釋體】

徐師曾文體明辨序説：「按哀辭者，哀死之文也，故或稱文。夫哀之爲言依也，悲依於心，故曰哀；以辭遣哀，故謂之哀辭也。昔班固初作梁氏哀辭，後人因之，代有撰著。或以有才而傷其不用，或以有德而痛其不壽。幼未成德，則譽止於察惠；弱不勝務，則悼加乎膚色。此哀辭之大略也。其文皆用韻語，而四言、騷體，惟意所之，則與誄體異矣。」哀辭亦作「哀詞」。

本卷收録哀辭二首。

尤延之尚書哀辭

帝藝祖之初造兮紀號建隆〔一〕，煥乎文章兮躡揖遜之遐蹤〔二〕。詔册施於朝廷兮萬里雷風，灝灝噩噩兮始掃五季之雕蟲〔三〕。閲世三傳兮車書大同〔四〕，黄麾繡仗兮駕言東封〔五〕。繼七十二后於邃古兮勒崇垂鴻〔六〕，吾宋之文抗漢唐而出其上兮震耀無窮〔七〕。柳、張、穆、尹、歐、王、曾、蘇名世而間出兮巍如華嵩〔八〕。雖宣和之蠹弊與建炎之軍戎〔九〕，文不少衰兮殷殷靁靁〔一〇〕，太平之象兮與六龍而俱東〔一一〕。余自梁益歸吴兮愴故人之莫逢〔一二〕，後生成市兮摘裂剽掠以爲工〔一三〕。遇尤公於都城兮文氣如虹，落筆縱横兮獨殿諸公〔一四〕。晚乃契遇兮北扉南宫〔一五〕，塗改雅、頌兮蹈躪軻、雄〔一六〕。余久擯於世俗兮公顧一見而改容，相期江湖兮斗粟共舂〔一七〕。别五歲兮晦顯靡同〔一八〕，書一再兮奄其告終〔一九〕。於虖哀哉！孰抗衣而復公兮呼伯延甫於長空〔二〇〕？孰誦些以招公兮使之捨四方而歸徠乎郢中〔二一〕？孰酹荒丘兮露草霜蓬？孰闖虚堂兮寒燈夜蛩〔二二〕？文辭益衰兮奇服尨茸〔二三〕，天不憖遺兮黼黻火龍〔二四〕。嗟局淺之一律兮彼寧辨夫瓦釜黄鍾〔二五〕，話言莫聽兮孰知我衷？患難方殷兮孰恤我躬？君蒿不返兮吾黨孰宗〔二六〕？死而有知兮惟公之從。

【題解】

尤延之尚書，即尤袤（一一二七—一一九四），字延之，號遂初居士。官至禮部尚書。參見卷二八跋資暇集注〔四〕。尤袤與楊萬里、范成大、陸游並稱南宋「中興四大詩人」。陸游與尤袤交好，淳熙十六年，尤袤任太常少卿兼權中書舍人，復詔兼直學士院，力辭，舉陸游自代，未許。光宗即位，尤袤奉祠歸里，陸游爲其遂初堂題詩以送之。尤袤卒於紹熙五年。本文爲陸游爲尤袤所作的祭文。

本文原未繫年，歐譜繫於紹熙五年（一一九四），是。當作於該年冬。時陸游奉祠家居。參考卷二八跋資暇集、詩稿卷二一尤延之侍郎屢求作遂初堂詩詩未成延之去國因以奉送。

【箋注】

〔一〕藝祖：指宋太祖。本指有文德之祖。書舜典：「歸，格于藝祖，用特。」孔安國傳：「巡守四方，然後歸告至文祖之廟。藝，文也。」孔穎達疏：「才藝文德，其義相通，故藝爲文也。」後用以稱開國帝王。建隆：宋太祖首個年號，九六〇至九六三年。

〔二〕躡：追蹤，跟隨。揖遜：揖讓，禪讓。魏泰東軒筆録卷三：「翰林學士葉清臣等言：『本朝以揖遜得天下，而（李）淑誣以干戈，且臣子非所宜言。』」遐蹤：遠蹤，先賢的事迹。陸雲贈顧驃騎：「徽音爍穎，邈矣遐蹤。」

〔三〕灝灝噩噩：廣博浩大，嚴肅端直。揚雄法言問神：「虞夏之書渾渾爾，商書灝灝爾，周書噩噩爾。」五季之雕蟲：指五代時期雕琢柔靡的文風。雕蟲，指雕琢辭章的小技藝。文心雕龍銓賦：「此揚子所以追悔於雕蟲，貽誚於霧縠者也。」

〔四〕閱世三傳：經歷三代，指歷太祖、太宗到真宗。車書大同：指國家文物制度統一。禮記中庸：「今天下車同軌，書同文。」

〔五〕黄麾繡仗：指天子所乘車輿的裝飾品。駕言東封：出遊東至泰山封禪。指大中祥符元年（一〇〇八）真宗封禪泰山。

〔六〕七十二后：七十二家。古代視爲天地陰陽五行之成數。史記封禪書：「古者封泰山、禪梁父者七十二家，而夷吾所記者十有二焉。」　邃古：遠古。　勒崇垂鴻：勒名金石表示尊崇，以延續大業。漢書揚雄傳：「因兹以勒崇垂鴻，發祥隤祉。」顔師古注：「勒崇垂鴻，勒崇名而垂鴻業也。」

〔七〕抗漢唐：匹敵漢、唐。　震耀：震動，顯耀。　三國志高貴鄉公髦傳：「及烈祖明皇帝躬征吴蜀，皆所以奮揚赫斯，震耀威武也。」

〔八〕柳、張、穆、尹、歐、王、曾、蘇：即柳開、張詠、穆修、尹洙、歐陽修、王安石、曾鞏、三蘇，均爲北宋古文家。

〔九〕宣和之蠹弊：指宣和年間蔡京擅權、方臘起義、金兵南侵等久積之弊。　建炎之軍戎：指建炎年間金兵破汴、二帝被擄、高宗即位、金兵渡江等軍事行動。

〔一〇〕殷殷靁靁：雷聲隆隆。比喻文氣旺盛，文勢洶湧。

〔一一〕六龍：天子車駕爲六馬，馬八尺稱龍，故用以代指天子車駕。　俱東：齊至江東。此借指南宋領域。

〔一二〕自梁益歸吴：指出蜀東歸。梁益，泛指蜀地。

〔一三〕成市：像市場一樣。比喻衆多。漢書刑法志：「而奸邪並生，赭衣塞路，囹圄成市。」　摘裂剽掠：破碎零散，抄襲竊取。參見卷十五陳長翁文集序：「我宋更靖康禍變之後，高皇帝受命中興，雖艱難顛沛，文章獨不少衰……久而寖微，或以纖巧摘裂爲文，或以卑陋俚俗爲詩，後生或爲之變而不自知。」

〔一四〕殿諸公：爲同輩殿軍。

〔一五〕契遇：投合相遇。　北扉南宫：分别爲學士院和禮部的代稱。此指淳熙十六年尤袤兼任直學士院，陸游任禮部郎中。

〔一六〕塗改雅頌：意指創造出與雅頌比肩的詩篇。李商隱韓碑：「點竄堯典舜典字，塗改清廟生民詩。」雅頌，泛指盛世禮樂。禮記樂記：「故聽其雅頌之聲，志意得廣焉。」孔穎達疏：「雅以施正道，頌以贊成功，若聽其聲，則淫邪不入，故志意得廣焉。」　蹈躪軻、雄：意指創造出不遜於孟軻、揚雄的文章。

〔一七〕斗粟共舂：比喻兩人相得，情同兄弟。「斗粟」語本史記淮南衡山列傳所載民謡：「一尺布，尚可縫；一斗粟，尚可舂；兄弟二人不相容。」

〔一八〕别五歲：自淳熙十六年相别五歲即紹熙五年。　晦顯靡同：此指兩人五年中隱伏和顯達不同。歐陽修觀文殿大學士晏公神道碑銘序：「其世次晦顯，徙遷不常。」

〔一九〕書一再：指五年中書信一再往來。　奄：忽然。

〔二〇〕伯延甫：即稱尤袤。袤字延之，伯指兄弟中排行第一，甫爲男子美稱。如方士繇稱伯謨甫。參見卷三六方伯謨墓誌銘注〔一〕。

〔二一〕誦些：指吟誦招魂。楚辭招魂章多用「些」作語末助詞。　歸徠：歸來，回來。楚辭大招：「魂魄歸徠，無遠遥只。」　郢中：郢都。楚國都城。在今湖北荆州東北郢縣故城。

〔二二〕虚堂：高堂。蕭統示徐州弟：「屑屑風生，昭昭月影。高宇既清，虚堂復静。」　蛩：蟋蟀。

〔二三〕奇服尨茸：比喻禮儀混亂。左傳僖公五年：「狐裘尨茸，一國三公，吾誰適從？」杜預注：「尨茸，亂貌。」

〔二四〕天不慭遺：左傳哀公十六年：「孔丘卒，公誄之曰：『旻天不吊，不慭遺一老，俾屏余一人以在位。』」後用以哀悼老臣。慭遺，願意留下。　黼黻火龍：原指火形和龍形的文采，比喻作文雕章琢句，猶如補綴百家之衣。左傳桓公二年：「火龍黼黻，昭其文也。」

〔二五〕局淺：即淺局。指見識狹隘。三國志周魴傳：「謹拜表以聞，并呈箋草，懼於淺局，追用悚息。」　瓦缶黄鍾：指世道不公，賢才見棄。語本楚辭卜居：「黄鍾毁棄，瓦釜雷鳴。」

〔二六〕焄蒿：祭祀時祭品發出的氣味。此指文氣。禮記祭義：「其氣發揚於上，爲昭明，焄蒿、悽愴，此百物之精也，神之著也。」鄭玄注：「焄謂香臭也，蒿謂氣蒸出貌也。」　吾黨：吾輩，吾儕。陸游視尤袤爲詩家同黨。論語公冶長：「子在陳，曰：『歸與！歸與！吾黨之小子狂簡，斐然成章，不知所以裁之。』」

沈子壽母趙夫人哀詞

於虖！人孰無母，母孰無子？母以壽終，子克終養〔一〕，亦可紓無窮之悲矣。維吾子壽，自初遭艱，晝夜號泣，匪淚伊血〔二〕，羸乎莫支。陞堂弔祭者，不忍聞其聲；得書赴告者，不忍觀其辭。子壽蓋曰：「不孝孤少罹閔凶〔三〕，父喪母嫠，無壟可耕，母子相依。及遊太學，母客京師。冬兮母寒，晝兮母飢，飢無一囊之粟，寒無一襲之衣。不孝孤雖食於學官，羹炙在前，歎息而麾〔四〕。撫所讀書，而與之誓曰：『編絶則輯，字渝則補，寧死於書傍，不敢畏難苟止，以負吾母之慈。』如是十年，幸賜第於太常〔五〕。歸而拜母，相持以泣，淚盡目萎，母前子後，告於先墓，庶幾吾父聞之，而寬其九泉之思也。」於虖！此子壽之既言，而其未言者，蓋可推矣。奉身以道義，發身以書詩〔六〕，文章傳於不朽，節行全而無虧。士患無志，不患無位；士患無才，不患無恃。子壽之志，所以事親者，蓋其所以事君。子壽之才，顧猶屈而未施。親則日遠，時節奉祀，如將見之，一言一行，足以顯揚吾親者，苟有怠忽，是以吾親爲殁而亡知也。子壽之令名，與天壤同弊〔七〕，則親實與焉。刻誄千字，置守萬家，蓋不足進於斯也。子壽之存於胸中而未言者，予得陳之。非獨慰吾子壽，蓋以爲天下孝子之詒①〔八〕。哀哉！

【題解】

沈子壽，即沈瀛，字子壽，號竹齋，湖州歸安（今浙江湖州）人。自太學登紹興三十年進士。歷太平州、常州教授、主管吏部架閣文字、樞密院編修官，知梧州、江州等。葉適沈子壽文集序載：「吴興沈子壽少入太學，名聞四方。仕四十餘年，紬於王官。再入郡，三佐帥幕。……然其平生業，嗜文字若性命，在身非外物也，甲乙自著累百千首。」（水心集卷十二）陸游乾道六年入蜀經常州時曾與沈瀛相見（卷四三入蜀記第一六月十四日）。據文意，沈瀛早年喪父，終身孝母。本文爲陸游爲沈瀛之母趙夫人所作的祭文。

本文原未繫年，歐譜列於不繫年文。待考。

【校記】

①「詒」，原作「詔」，正德本同，據弘治本、汲古閣本改。

【箋注】

〔一〕壽終：自然死亡。釋名釋喪制：「老死曰壽終。壽，久也；終，盡也。生已久遠，氣終盡也。」終養：奉養父母以終其天年。詩小雅蓼莪序：「蓼莪，刺幽王也。民人勞苦，孝子不得終養爾。」

〔二〕匪淚伊血：不是淚，即是血。匪伊，詩小雅蓼莪：「匪莪伊蒿。」

〔三〕閔凶：憂患凶喪之事。左傳宣公十二年：「寡君少遭閔凶，不能文。」杜預注：「閔，憂也。」

〔四〕羹炙：羹湯和烤肉。麾：同「揮」。揮之使去。

〔五〕太常：官名，即太常卿，掌祭祀禮樂。沈瀛或官太常卿。

〔六〕奉身：養身，守身。　發身：成名，起家。

〔七〕令名：美好聲譽。左傳襄公二十四年：「僑聞君子長國家者，非無賄之患，而無令名之難。」

與天壤同弊：與天地共存亡，謂長久。

〔八〕詒：贈言。

渭南文集箋校卷第四十二

天彭牡丹譜

【題解】

天彭，即彭州，南宋隸成都府路，即今四川彭州。酈道元水經注江水載：「（江）東南下百餘里，至白馬嶺而歷天彭闕，亦謂之天彭谷也。秦昭王以李冰爲蜀守，冰見氐道縣有天彭山，兩山相對，其形如闕，謂之天彭門，亦曰天彭闕。」元和郡縣志：「彭州以岷山導江，江出山處，兩山相對，古謂之天彭門，因取以名。」天彭牡丹栽培始於唐代，大盛於南宋。唐代上元元年（七六〇），杜甫應彭州刺史高適之邀至彭州丹景山觀賞牡丹，作花底詩：「紫萼扶千蕊，黄須照萬花。忽疑行暮雨，何事入朝霞。恐是潘安縣，堪留衛玠車。深知好顔色，莫作委泥沙。」陸游客居成都六年，遍訪彭州花户、名園、名花，考察研究天彭牡丹，仿歐陽修洛陽牡丹記體例，撰成天彭牡丹譜，記載了天彭牡丹的栽培歷史、種植技術、品種、花期以及賞花習俗等，并表達了對中原盛世的無限嚮往。

本文據文末自述，作於淳熙五年（一一七八）正月十日。時陸游奉祠客居成都。

花品序第一〔一〕

牡丹在中州，洛陽爲第一〔二〕；在蜀，天彭爲第一。天彭之花，皆不詳其所自出。土人云：曩時永寧院有僧，種花最盛，俗謂之牡丹院。春時，賞花者多集於此。其後花稍衰，人亦不復至。崇寧中，州民宋氏、張氏、蔡氏，宣和中，石子灘楊氏，皆嘗買洛中新花以歸〔三〕。自是洛花散於人間，花户始盛，皆以接花爲業〔四〕。大家好事者，皆竭其力以養花，而天彭之花，遂冠兩川。今惟三井李氏、劉村毋氏、城中蘇氏、城西李氏花特盛，又有餘力治亭館〔五〕，以故最得名。至花户連畛相望〔六〕，莫得而姓氏也。天彭三邑皆有花〔七〕，惟城西沙橋上下，花尤超絶。由沙橋至堋口、崇寧之間，亦多佳品。自城東抵濛陽，則絶少矣。大抵花品近百種，然著者不過四十，而紅花最多，紫花、黄花、白花，各不過數品，碧花一二而已。今自狀元紅至歐碧，以類次第之。所未詳者，姑列其名於後，以待好事者。

狀元紅　祥雲　紹興春　燕脂樓　金腰樓　玉腰樓　雙頭紅　富貴紅　一尺紅　鹿胎紅　文公紅　政和春　醉西施　迎日紅　彩霞　疊羅　勝疊羅　瑞露蟬

乾花　大千葉　小千葉
右二十一品紅花
紫繡毬　乾道紫　潑墨紫　葛巾紫　福嚴紫
右五品紫花
禁苑黃　慶雲黃　青心黃　黃氣毬
右四品黃花
玉樓子　劉師哥　玉覆盂
右三品白花
歐碧
右碧花
轉枝紅　朝霞紅　灑金紅　瑞雲紅　壽陽紅　探春毬　米囊紅　福勝紅　油紅　青絲紅　紅鵝毛　粉鵝毛　石榴紅　洗妝紅　蹙金毬　間緑樓　銀絲樓　六對蟬　洛陽春　海芙容　膩玉紅　内人嬌　朝天紫　陳州紫　袁家紫　御衣紫
靳黃　玉抱肚　勝瓊　白玉盤　碧玉盤　界金樓　樓子紅
右三十三品未詳

【箋注】

〔一〕本章總序彭州花事，分色列舉牡丹品種。

〔二〕「牡丹」二句：歐陽修洛陽牡丹記：「牡丹出丹州、延州，東出青州，南亦出越州。而出洛陽者，今爲天下第一。」

〔三〕崇寧：宋徽宗年號，一一〇二至一一〇六年。宣和：宋徽宗年號，一一一九至一一二五年。洛中新花：指洛陽新品種牡丹。

〔四〕接花：嫁接牡丹品種。

〔五〕治亭館：建造亭臺樓館，以爲襯托。

〔六〕連畛：連片，滿田。阮籍詠懷其六：「昔聞東陵瓜，近在青門外。連畛距阡陌，子母相鈎帶。」

〔七〕天彭三邑：彭州下轄堋口、崇寧、濛陽三縣。

花釋名第二〔一〕

洛花見紀於歐陽公者〔二〕，天彭往往有之，此不載，載其著於天彭者。彭人謂花之多葉者京花，單葉者川花。近歲尤賤川花，賣不復售。花之舊栽曰祖花。其新接頭，有一春、兩春者，花少而富。至三春，則花稍多。及成樹，花雖益繁，而花葉減矣。

狀元紅者，重葉深紅花，其色與鞓紅、潛緋相類〔三〕，而天姿富貴，彭人以冠花品。多葉者謂之第一架，葉少而色稍淺者謂之第二架。以其高出衆花之上，故名狀元紅。或曰：舊制進士第一人，即賜茜袍，此花如其色，故以名之。祥雲者，千葉淺紅花，妖艷多態，而花葉最多。花户王氏謂此花如朵雲狀，故謂之祥雲。紹興春者，祥雲子花也〔四〕，色淡佇而花尤富〔五〕，大者徑尺，紹興中始傳。大抵花户多種花子〔六〕，以觀其變，不獨祥雲耳。燕脂樓者，深淺相間，如燕脂染成〔七〕，重趺累萼〔八〕，狀如樓觀。色淺者出於新繁勾氏〔九〕，色深者出於花户宋氏，又有一種色稍下，獨勾氏花爲冠。金腰樓、玉腰樓，皆粉紅花，而起樓子〔一〇〕，黄白間之，如金玉色，與燕脂樓同類。雙頭紅者，並蒂駢萼〔一一〕，色尤鮮明，出於花户宋氏。始秘不傳，有謝主簿者，始得其種。今花户往往有之。然養之得地，則歲歲皆雙，不爾則間年矣，此花之絶異者也。富貴紅者，其花葉圓正而厚，色若新染未乾者。他花皆落，獨此抱枝而槁，亦花之異者。一尺紅者，深紅頗近紫色，花面大幾尺，故以一尺名之。鹿胎紅者，鶴頂紅子，花色紅，微帶黄，上有白點如鹿胎，極化工之妙。歐陽公花品有鹿胎花者〔一二〕，乃紫花，與此頗異。文公紅者，出於西京潞公園〔一三〕，亦花之麗者。其種傳蜀中，遂以文公名之。政和春者，淺粉紅花，有絲頭，政和中始出。醉西施者，粉白花，中間紅暈，狀如酡顔〔一四〕。迎日紅者，與醉西施同類，淺紅花中特出深紅花，開最早，而妖麗奪目，故以迎日名之。彩霞者，其色光麗，爛然如霞。疊羅者，中間瑣碎，如疊羅紋。勝疊羅者，差大於疊羅。此三品，皆以形而名之。瑞露蟬，亦粉紅花，中抽碧心，如合蟬狀〔一五〕。乾花者，粉紅花，而分蟬旋轉，其花亦富。大千葉、小千葉，皆粉紅花之傑者。大千葉無碎花，小千葉則花萼瑣碎，故以大小别之。此二十一品，皆紅花之著者也。

【箋注】

〔一〕本章解釋天彭牡丹品種命名緣由，描述其形貌特徵。

〔二〕「洛花」句：歐陽修洛陽牡丹記分爲花品序、花釋名、風俗記三章，記載牡丹品種二十四種。

〔三〕鞓紅、潛緋：洛陽牡丹記：「鞓紅者，單葉深紅花，出青州，一曰青州紅。故張僕射有第西京賢相坊，自青州以槖駝馱其種，遂傳洛中，其色類腰帶鞓，故謂之鞓紅。」又：「潛溪緋者，千葉緋花。出於潛溪寺，寺在龍門山後，本唐相李藩别墅。今寺中已無此花，而人家或有之。本是紫花，忽於叢中特出緋者，不過一二朵，明年移在他枝，洛人謂之轉枝花，故其接頭尤難得。」

〔四〕子花：從母本上嫁接出來的新品種。

〔五〕淡佇：淡雅，淡静。周邦彦玉團兒：「鉛華淡佇新妝束。好風韻，天然異俗。」

〔六〕花子：花的種子。周師厚洛陽花木記：「凡欲種花子，先於五六月間，擇背陰處肥美地，治作畦。」

〔七〕燕脂：即胭脂。一種紅色的顔料。蕭統美人晨妝：「散黛隨眉廣，燕脂逐臉生。」

〔八〕重趺累萼：花萼重疊。趺，花萼。

〔九〕新繁：縣名。南宋隸成都府。今四川成都新都。

〔一〇〕起樓子：即上文「重趺累萼，狀如樓觀」之意。

〔一一〕並蒂駢萼：兩花共蒂，花萼成雙。

〔一二〕鹿胎花：洛陽牡丹記：「鹿胎花者，多葉紫花。有白點如鹿胎之紋，故蘇相宅今有之。」

〔一三〕潞公園：文彦博之花園。潞公，即文彦博（一〇〇六—一〇九七），字寬夫，汾州介休（今屬山西）人。天聖五年進士。累遷殿中侍御史、河東轉運副使，慶曆七年拜樞密副使，旋拜參知政事、同中書門下平章事。後罷相，至和二年復相。出判河南、大名等府，封潞國公。英宗時入爲樞密使。神宗時反對變法，出判河陽等地，終以太師致仕。歷仕四朝，任將相五十年。宋史卷三一三有傳。明彭大翼山堂肆考卷二七載：「宋文潞公園地薄東城，水渺瀰甚廣，泛舟遊者如在江湖間也。淵映、瀍水二堂宛在水中，湘膚、藥圃二堂間列水右。潞公年九十官太師，尚時杖屨遊之。」

〔一四〕酡顔：飲酒臉紅貌。白居易與諸客空腹飲：「促膝纔飛白，酡顔已渥丹。」

〔一五〕合蟬：即連弩。裝有機括，可連續發射。通雅器用：「合蟬，連弩也……武經總要曰：『古弩有黄連、百竹、八簷、雙弓、擘張之類，今有參弓、合蟬、小黄，其遺法也。』」

紫繡毬，一名新紫花，蓋魏花之别品也〔一〕。其花葉圓正如繡毬狀，亦有起樓者，爲天彭紫花之冠。乾道紫，色稍淡而暈紅，出未十年。潑墨紫者，新紫花之子花也，單葉深黑如墨。歐公記有葉底紫近之〔二〕。葛巾紫，花圓正而富麗，如世人所戴葛巾狀〔三〕。福嚴紫，亦重葉紫花，其葉少於紫繡毬，莫詳所以得名。按歐公所紀，有玉版白出於福嚴院〔四〕。土人云此花亦自西京來，謂之舊紫花，豈亦出於福嚴邪？禁苑黄，蓋姚黄之别品也〔五〕。其花閒淡高秀，可亞姚黄。慶雲黄，花葉重複，郁然輪囷〔六〕，以故得名。青心黄者，其花心正青。一本花往往有兩品，或正圓如毬，或層起成樓子，亦異矣。黄氣毬者，淡黄檀心〔七〕，花葉圓正，向背相承〔八〕，敷腴可愛。玉樓子者，白花起樓，高標逸韵①〔九〕，自然是風塵外物。劉師哥者，白花帶微紅，多至數百葉，纖妍可愛〔一〇〕，莫知何以得名。玉覆盂者，一名玉炊餅，蓋圓頭白花也。碧花止一品，名曰歐碧。其花淺碧，而開最晚。獨出歐氏，故以姓著。

大抵洛中舊品，獨以姚、魏爲冠〔二〕。天彭則紅花以狀元紅爲第一，紫花以紫繡毬爲第一，黄花以禁苑黄爲第一，白花以玉樓子爲第一。然花户歲益培接〔三〕，新特間出，將不特此而已，好事者尚屢書之。

【校記】

①「標」，原作「褾」，正德本同，據弘治本、汲古閣本改。

【箋注】

〔一〕魏花：洛陽牡丹記：「魏家花者，千葉肉紅花，出於魏相家。始樵者於壽安山中見之，斫以賣魏氏。魏氏池館甚大，傳者云：此花初出時，人有欲閲者，人税十數錢，乃得登舟渡池至花所，魏氏日收十數緡。其後破亡，鬻其園，今普明寺後林池乃其地，寺僧耕之以植桑麥。花傳民家甚多，人有數其葉者，云至七百葉。錢思公嘗曰：『人謂牡丹花王，今姚黄真可爲王，而魏花乃後也。』」

〔二〕葉底紫：洛陽牡丹記：「葉底紫者，千葉紫花，其色如墨，亦謂之墨紫花。在叢中旁必生一大枝，引葉覆其上。其開也，比他花可延十日之久。噫！造物者亦惜之耶。此花之出，比他花最遠。傳云：『唐末有中官爲觀軍容使者，花出其家，亦謂之軍容紫，歲久失其姓氏矣。』」

〔三〕葛巾：葛布製成的頭巾。宋書陶潛傳：「郡將候潛，值其酒熟，取頭上葛巾漉酒，畢，還復著之。」

〔四〕玉版白：洛陽牡丹記：「玉板白者，單葉白花，葉細長如拍板，其色如玉，而深檀心。洛陽人家亦少有。余嘗從思公至福嚴院見之，問寺僧而得其名，其後未嘗見也。」

〔五〕姚黄：洛陽牡丹記：「姚黄者，千葉黄花，出於民姚氏家。此花之出，於今未十年，姚氏居白司馬坡，其地屬河陽。然花不傳河陽傳洛陽，亦不甚多，一歲不過數朵。」

〔六〕輪囷：盤曲貌。文選鄒陽獄中上書自明：「蟠木根柢，輪囷離奇。」李善注引張晏曰：「輪囷離奇，委曲盤戾也。」

〔七〕黄檀：落葉喬木，羽狀複葉，小葉倒卵形，花淡紫色或黄白色。木質堅硬緻密。

〔八〕向背：正面和背面。梅堯臣和楊直講夾竹花圖：「萼繁葉密有向背，枝瘦節疏有直曲。」

〔九〕高標：清高脱俗的風範。語本世説新語德行：「李元禮風格秀整，高自標持。」

〔一〇〕纖妍：纖細美好。魏書崔浩傳：「浩纖妍潔白，如美婦人。」

〔一一〕姚、魏：指姚黄、魏紫兩個品種。

〔一二〕培接：培養嫁接。

風俗記第三〔一〕

天彭號小西京，以其俗好花，有京洛之遺風〔二〕。大家至千本。花時，自太守而下，往往即花盛處張飲，帟幕車馬〔三〕，歌吹相屬。最盛於清明、寒食時。在寒食前者，謂之火前花，其開稍久。火後花則易落。最喜陰晴相半時，謂之養花天〔四〕。栽接剝治〔五〕，各有其法，謂之弄花。其俗有「弄花一年，看花十日」之語，故大家例惜花，可就觀，不敢輕翦。蓋翦花則次年花絶少，惟花户則多植花以侔利。雙頭紅初出時，一本花取直至三十千〔六〕。祥雲初出，亦直七八千，今尚兩千。州家歲常以花餉諸臺及旁郡〔七〕。蠟蔕筠籃，旁午於道〔八〕。予客成都六年，歲常得餉，然率不能絶佳。淳熙丁酉歲，成都帥以善價私售於花户〔九〕，得數百苞，馳騎取之。至成都，露猶未晞。其大徑尺。夜宴西樓下〔一〇〕，燭焰與花相映發，影摇酒中，繁麗動人。

嗟乎！天彭之花，要不可望洛中，而其盛已如此。使異時復兩京〔一一〕，王公將相，築園第以相誇尚，予幸得與觀焉，其動蕩心目，又宜何如也！明年正月十日，山陰陸游書。

【箋注】

〔一〕本章記述彭州賞花風俗，交代作譜緣由，寄托對恢復兩京、觀賞洛花的嚮往。

〔二〕「天彭」三句：宋代以洛陽爲西京，故又稱京洛。洛陽牡丹天下第一，故以之比稱。

〔三〕帟幕：帳幕。左思蜀都賦：「將饗獠者，張帟幕，會平原，酌清酤，割芳鮮。」

〔四〕養花天：指暮春牡丹開花時節。其時輕雲微雨，適於養花。鄭文寶送曹緯劉鼎二秀才：「小舟聞笛夜，微雨養花天。」

〔五〕栽接剝治：栽種、嫁接、修剪、整治。

〔六〕取直：售價。直，同「值」。

〔七〕州家：刺史。應劭風俗通：「比自乞歸，未見聽許，州家幸能爲，相得去，實上願也。」諸臺：指各府、路高官。

〔八〕蠟蔕筠籃：裝有花枝的竹籃。蠟蔕，黄蠟色花蔕。旁午：交錯，紛繁。漢書霍光傳：「受璽以來二十七日，使者旁午，持節詔諸官署徵發。」顔師古注：「一從一横爲旁午，猶言交横也。」

〔九〕淳熙丁酉：即淳熙四年（一一七七）。成都帥：指四川制置使兼知成都府范成大。

〔一〇〕西樓：即五代時蜀宫中部之會仙樓。曹學佺蜀中廣記成都府：「吴師孟修西樓記云：『西樓直府寢之北，每春月花時，大帥置酒高會參佐於其下，五日復縱民遊觀宴嬉西園，以爲歲事。』」

〔一一〕兩京：指汴京、洛陽。

致語

【釋體】徐師曾文體明辨序説：「按樂語者，優伶獻伎之詞，亦名致語。……宋制，正旦、春秋、興龍、地成諸節，皆設大宴，仍用聲伎，於是命詞臣撰致語以畀教坊，習而誦之；而吏民宴會，雖無雜戲，亦有首章，皆謂之樂語。其制大㡀古樂，而當時名臣，往往作而不辭，豈其限於職守，雖欲辭之而不可得歟？然觀其文，間有諷詞，蓋所謂曲終而奏雅者也。」本卷收録致語（樂語）六首。

天中節致語 三首

得吾道而上爲皇，方探真詮之妙〔一〕；有天下而尊歸父，適當孝治之隆。肆均湛露之恩，用侈流虹之瑞〔二〕。恭惟皇帝陛下德高邃古，澤被綿區〔三〕。神武應期，三紀撫紹開之運〔四〕；希夷玩志〔五〕，兆民傾愛戴之誠。爰輯上儀，式彰華旦〔六〕。山呼萬歲，歡已浹於神人；花覆千官，慶更同於中外。臣獲預梨園之法部〔七〕，遥瞻鳳闕於丹霄，敢采民謡，恭陳口號。

宫殿紅雲捧紫皇，河清電繞擁休祥〔八〕。壺中常占青春在，物外方知浩劫長〔九〕。晝立龍旗風不動，曉開瓊笈遠飄香〔一〇〕。堯年豈特封人祝〔一一〕，動地歡聲遍萬方。

【題解】

天申節，宋高宗聖節。參見卷一天申節賀表題解。本文爲陸游爲慶賀天申節所作的致語。

本文原未繫年。歐譜列於不繫年文。據文中「三紀撫紹開之運」句，「三紀」爲三十六年，自高宗建炎元年（一一二七）即位起計，當作於紹興三十二年（一一六二）五月。時陸游在大理司直兼宗正簿任上。

參考卷五天申節進奉銀狀，卷二三天申節樞密院開啓道場疏、滿散道場疏、天申節功德疏一。

【箋注】

〔一〕真詮：即真諦。盧藏用衡岳十八高僧序：「然而年代悠邈，故老或遺，真詮緬微，後生何述？」

〔二〕湛露：詩小雅篇名。左傳文公四年：「昔諸侯朝正於王，王宴樂之，於是乎賦湛露。則天子當陽，諸侯用命也。」後用以喻君王之恩澤。　流虹：比喻帝王降生的祥瑞。典出帝王世紀：「黄帝時有大星如虹，下流華渚，女節意感而生少昊，是爲玄囂。」相傳高宗降生時「赤光照室」。

〔三〕邃古：遠古。　綿區：指廣闊的疆域。

〔四〕神武：指帝王英明威武。　三紀：三十六年。一紀爲十二年。　撫紹開之運：順應繼承、開拓的時運。高宗建炎元年（一一二七）即位，至紹興三十二年（一一六二），恰滿三十六年。

〔五〕希夷：指虚寂玄妙。老子：「視之不見名曰夷，聽之不聞名曰希。」河上公注：「無色曰夷，無聲曰希。」　玩志：指專心致志。張協七命：「遊心於浩然，玩志乎衆妙。」

〔六〕輯：聚集。　上儀：隆重之禮節。班固東都賦：「至乎永平之際，重熙而累洽，盛三雍之上儀，修衮龍之法服。」　華旦：吉日良辰。

〔七〕「臣獲預」句：此爲致語撰寫的套話。梨園，指教練宫廷藝人的場所。法部，梨園訓練和演奏法曲的部門。

〔八〕紫皇：道教傳説中的最高神仙。　休祥：吉祥。書泰誓中：「朕夢協朕卜，襲于休祥，戎商必克。」孔安國傳：「言我夢與卜俱合於美善。」

〔九〕壺中：指勝境，仙境。典出後漢書費長房傳，謂費長房與賣藥翁俱入壺中，見玉堂嚴麗，酒肴滿盈，共飲畢而出。　物外：世外，塵世之外。　浩劫：極長的時間。佛教稱天地從形成至毁滅爲一大劫。

〔一〇〕瓊笈：玉飾之書箱。多指道書。

〔一二〕堯年：指長壽。傳説帝堯壽達一百十六歲。封人：即華封人，華地管封疆之人。莊子天地：「堯觀乎華，華封人曰：『嘻，聖人！請祝聖人，使聖人壽。』堯曰：『辭。』」後用作對帝王祝頌。

又

樞電效祥，丕顯生商之日〔一〕；需雲示惠，肆均在鎬之恩〔二〕。喜溢鵷鸞，光生俎豆〔三〕。伏惟皇帝陛下聖神廣運，垂拱無爲，躬堯舜之性仁，致成康之刑措〔四〕。克肖其德，天惟申命〔五〕。用休非求於民〔六〕，人皆同心以戴。號令雷風之鼓舞，文章日月之昭明。侈甲觀之昌期，疏瑶池之廣宴〔七〕。山呼萬歲，花覆千官。瀲灩上樽，味挹金莖之露〔八〕；悠颺法曲〔九〕，聲留玉宇之雲。臣等生值聖時，身參樂府，敢緣歸美之義，賡載太平之詩〔一〇〕。

廣殿遥聞警蹕音，觚稜曉色尚沉沉〔一一〕。半空瑞靄爐香馥，一點紅雲黼座深〔一二〕。夷夏歡聲歸羽舞，乾坤和氣入薰琴〔一三〕。欲知聖德齊堯舜，溯闕争傾萬國心。

【箋注】

〔一〕樞電：即電樞，比喻聖明的朝廷。效祥：呈露祥瑞。梁簡文帝馬寶頌序：「是以天不愛道，白馬嘶風；王澤效祥，朱鬣降祉。」生商：有娀氏之女吞鳥卵而生契，帝立爲商。參見卷一會慶節賀表二注〔一〕。

〔二〕需雲：比喻德澤遍降於民。語本易需：「象曰：雲上於天，需。君子以飲食宴樂。」孔穎達疏：「若言雲上於天，是天之欲雨，待時而落。所以明需，大惠將施，而盛德又亨，故君子於此之時以飲食宴樂。」在鎬：語本詩小雅魚藻：「魚在在藻，有頒其首。王在在鎬，豈樂飲酒。」鄭玄注：「豈亦樂也。天下平安，萬物得其性，武王何所處乎？處於鎬京，樂八音之樂，與群臣飲酒而已。」

〔三〕鵷鸞：比喻朝官。俎豆：泛指各種禮器。

〔四〕垂拱無爲：垂衣拱手，無爲而治。書武成：「惇信明義，崇德報功，垂拱而天下治。」成康，周成王和周康王之時，天下安定，刑措不用，被稱爲治世。

〔五〕申命：重申教命。易巽：「象曰：重巽以申命。」高亨注：「巽之卦像是君上重申其教命，故曰『重巽以申命』。」

〔六〕用休：達成美善、吉慶。

〔七〕甲觀：第一觀。漢代樓觀名，爲皇太子所居。昌期：興隆昌盛時期。瑶池：傳説中西王母所居昆侖山池名，曾於此受周天子宴請。

〔八〕瀲灩：滿盈貌。上樽：即上樽酒，上等酒。金莖之露：承露盤中之露。傳説此露與玉屑合服，可得成仙之道。李商隱漢宮詞：「侍臣最有相如渴，不賜金莖露一杯。」

〔九〕法曲：一種古代樂曲。自晉代起不斷吸取西域音樂、漢族清商樂及佛教、道教音樂結合而成，至唐代達到極盛。使用樂器豐富，代表曲目有赤白桃李花、霓裳羽衣等。白居易江南遇天寶樂叟：「能彈琵琶和法曲，多在華清隨至尊。」

〔一〇〕歸美：贊美，稱許。晉書鄭沖傳：「昔漢祖以知人善任，克平宇宙。推述勳勞，歸美三俊。」賡載：指相續而成。書益稷：「皋陶拜手稽首，颺言曰：『念哉，率作興事，慎乃憲，欽哉！屢省乃成，欽哉！』乃賡載歌曰：『元首明哉，股肱良哉，庶事康哉！』」孔安國傳：「賡，續；載，成也。」

〔一一〕警蹕：指帝王出入之途，侍衛警戒，清道止行。崔豹古今注輿服：「警蹕，所以戒行徒也。周禮蹕而不警。秦制出警入蹕，謂出軍者皆警戒，入國者皆蹕止也，故云出警入蹕也。至漢朝梁孝王，王出稱警，入稱蹕，降天子一等焉。」觚稜：宮闕轉角處瓦脊成方角棱瓣形。借指宮闕。文選班固西都賦：「設壁門之鳳闕，上觚稜而棲金爵。」吕向注：「觚稜，闕角也。」

〔一二〕黼座：指帝座。因帝王座位後面設繪有斧形花紋的屏風。

〔一三〕羽舞：古代舞者執羽的文舞。周禮春官樂師：「掌國學之政，以教國子小舞。凡舞，有帗舞，有羽舞，有皇舞，有旄舞，有干舞，有人舞。」薰琴，指南風之詩，歌頌國泰民安。孔子家語卷八：「昔者舜彈五弦之琴，造南風之詩，其詩曰：『南風之薰兮，可以解吾民之愠兮；南風之時兮，可以阜吾民之財兮。』」

又

有王者興，應繞電流虹之瑞〔一〕；使聖人壽，實敷天率土之心〔二〕。欣逢震夙之期，恭致厖鴻之祝〔三〕。伏惟皇帝陛下聰明稽古，曆數在躬，聖澤上際而下蟠，睿化東漸而西被〔四〕。追景德祥符之治〔五〕，萬寓丕平；御紫宸垂拱之朝〔六〕，四夷入貢。爰錫需雲之宴，用均湛露之恩〔七〕。臣等端遇清時，遥瞻丹闕。聽虞帝簫韶之奏〔八〕，同極歡情；綴漢家樂府之詩，敢陳薄技。

嘉會千齡豈易逢，珮聲俱集未央宮〔九〕。九重鳳闕曈曨日，百尺龍旗掩苒風〔一〇〕。奇瑞屢書圖諜上〔一一〕，太平長在詠歌中。區區擊壤雖無取〔一二〕，意與生民既醉同。

【箋注】

〔一〕繞電流虹：帝王出世時的祥瑞。參見卷一瑞慶節賀表注〔一〕。

〔二〕敷天率土：指四海之内，整個天下。敷，通「溥」。語本詩小雅北山：「溥天之下，莫非王土；率土之濱，莫非王臣。」

〔三〕震夙：指誕育。語本詩大雅生民：「載震載夙，載生載育。」高亨注：「震，通『娠』，懷孕。夙，當作孕，字形相近而誤。」厖鴻：洪大，盛大。文選司馬相如封禪文：「湛恩厖鴻，易豐也。」李善注：「厖、鴻，皆大也。言湛恩廣大，易可豐厚也。」

〔四〕稽古：考察古事。書堯典：「曰若稽古。帝堯曰放勳。」曆數在躬：指帝王繼承的次序在自身。論語堯曰：「堯曰：『咨！爾舜，天之曆數在爾躬。』」聖澤：帝王的恩澤。睿化：聖明的教化。

〔五〕景德祥符：指北宋真宗景德（一〇〇四至一〇〇七年）和大中祥符（一〇〇八至一〇一六年）兩個年號的十餘年間。

〔六〕紫宸垂拱：指天子垂拱無爲而治。紫宸，天子所居宮殿名。借指天子。梁書元帝紀：「紫宸曠位，赤縣無主，百靈聳動，萬國回皇。」

〔七〕需雲：指君臣宴樂。參見上篇注〔二〕。湛露：詩小雅篇名。喻君主恩澤。左傳文公四年：「昔諸侯朝正於王，王宴樂之，於是乎賦湛露。則天子當陽，諸侯用命也。」

〔八〕簫韶：舜樂名。書益稷：「簫韶九成，鳳皇來儀。」

〔九〕未央宮：漢代宮殿名。在長安故城内西南隅，百官朝見之處。

〔一〇〕曈曨：日初出漸明之貌。説文日部：「曈，曈曨，日欲明也。」掩苒：摇曳貌。

〔一一〕圖諜：指圖讖。北齊書文宣帝紀：「圖諜潛蘊，千祀彰明，嘉禎幽秘，一朝紛委，以表代德之期，用啓興邦之迹。」

〔一二〕擊壤：即擊壤歌，歌詠太平盛世。論衡藝增：「傳曰：有年五十擊壤於路者，觀者曰：『大哉，堯德乎！』擊壤者曰：『吾日出而作，日入而息，鑿井而飲，耕田而食。堯何等力！』」

徐稚山給事慶八十樂語

伏以就第而賜安車，爰及常珍之歲〔一〕；爲酒以介眉壽〔二〕，宜伸善頌之誠。恭惟致政龍學給事，東省近臣，西清宿望〔三〕。體鍾和氣，生元祐之盛時〔四〕；道合聖君，贊隆興之初政〔五〕。抗議每先於諸老，遺榮靡顧於萬鍾〔六〕。雖容疏傅之歸，行見謝公之起〔七〕。至若籯金比訓，庭玉生輝〔八〕，出將使指之榮，入奉色難之養〔九〕。膺茲全福，屬我耆英〔一〇〕。維降嶽之嘉辰，當發春之令月〔一一〕。廟堂舊弼，紆華衮以臨觴；臺閣名卿，焕繡衣而在席。式歌且舞，俾熾而昌。上對台顔〔一二〕，敢陳口號。

欲知主聖本臣忠，傾盡嘉謨沃舜聰〔一三〕。同載方如周吕尚，安車不數漢申公〔一四〕。日烘盎盎花光暖，燭映鱗鱗酒浪紅。白首同朝各强健，莫辭爛醉答春風。

【題解】

徐稚山給事，即徐林，字稚山，號硯山居士，和州歷陽（今安徽和縣）人，遷居吴縣硯石山下。

宣和三年進士。少有特操，不肯附麗姨父王黼。高宗時累遷太府少卿、江西轉運副使，因忤秦檜貶興化軍。後復入爲刑部、户部、吏部侍郎，出知平江府，力辭。旋乞致仕。再以給事中召，辭疾不起。遷龍圖閣學士，卒年八十餘，葬靈巖山之西。工書，以篆名家。吴郡志卷二七有傳。事迹又見中吴紀聞卷六。陸游與徐林的交遊不詳。本文爲陸游爲慶賀徐林八十壽辰所作的樂語。

本文原未繫年。歐譜列於不繫年文。周必大文忠集卷五有徐稚山林龍學挽詞二首，下署「庚寅」作。庚寅爲乾道六年（一一七〇），則徐林卒於此年。倒推八十年，其生年當在元祐初，與文中稱「生元祐之盛時」相合。則其八十壽辰當乾道五年或六年。時陸游落職家居，并得差任夔州通判將赴任。

【箋注】

〔一〕安車：古代可供坐乘的小車，多爲年老高官及貴婦人乘用。高官告老還鄉或徵召有重望者，往往賜乘安車。周禮春官巾車：「安車，雕面鷖總，皆有容蓋。」鄭玄注：「安車，坐乘車。凡婦人車皆坐乘。」常珍：指日常所食皆爲珍饈。

〔二〕「爲酒」句：詩豳風七月：「爲此春酒，以介眉壽。」介，祈求。眉壽，長壽。人老眉間有豪毛，稱秀眉。

〔三〕致政：同致仕，向君主歸還政權。禮記王制：「五十而爵，六十不親學，七十致政。」鄭玄注：「還君事。」龍學：即龍圖閣學士。給事：即給事中。東省：指門下省，給事中屬門下省。　西清：宋代指朝廷帶殿閣的文職官署。文選司馬相如上林賦：「青龍蚴蟉於東葙，象輿婉僤於西清。」郭璞注引張揖曰：「西清者，葙中清浄處也。」程大昌雍録卷十：「本朝汴京大内御藥院太清樓在西，祖宗書閣，自龍圖以下皆在其前，故進職帶殿閣者訓辭多用『西清』，正本此也。」此指龍圖閣。

〔四〕「體鍾」二句：可知徐林出生於元祐年間（一〇八六——一〇九四）。

〔五〕「道合」二句：指徐林隆興初爲吏部侍郎。

〔六〕「抗議」二句：指徐林任吏部侍郎時：「復論符離之役爲非計，遂以敷文閣直學士奉祠」（吴郡志卷二七）。遺榮，抛棄榮華富貴。萬鍾，指優厚俸禄。鍾，古代量器名。孟子告子上：「萬鍾則不辯禮義而受之，萬鍾於我何加焉。」

〔七〕疏傅之歸：指漢代太傅疏廣、少傅疏受，功成身退，告老辭官還鄉。事見漢書疏廣疏受傳。謝公之起：指晉代謝安曾隱居會稽東山，年逾四十復出爲桓温司馬，累遷要職，晉室轉危爲安。事見晉書謝安傳。

〔八〕籯金：一箱金子，此喻指儒經。漢書韋賢傳：「遺子黄金滿籯，不如一經。」　庭玉：庭中玉樹，喻指優秀子弟。世説新語言語：「謝太傅問諸子侄：『子弟亦何豫人事，而正欲使其佳？』諸人莫有言者。車騎答曰：『譬如芝蘭玉樹，欲使其生於階庭耳。』」

〔九〕出將：指出爲將帥。　使指：謂執行天子的意旨命令。　色難：保持侍奉父母的愉悦容色很難。典出論語爲政：「子夏問孝，子曰：『色難。有事，弟子服其勞；有酒食，先生饌，曾是以爲孝乎？』」

〔一〇〕耆英：指高年碩德之人。此指徐林。

〔一一〕降嶽：指生日。語本詩大雅崧高：「崧高維嶽，駿極于天。維嶽降神，生甫及申。」令月：吉月。儀禮士冠禮：「令月吉日，始加元服。」鄭玄注：「令、吉，皆善也。」一説指夏曆二月。

〔一二〕台顔：即尊顔。稱對方的敬稱。

〔一三〕嘉謨：嘉謀。揚雄法言孝至：「或問忠言嘉謨，曰：『言合稷、契謂之忠，謀合皋陶謂之嘉。』」

〔一四〕周吕尚：周文王遇姜太公於渭濱，同載以歸。史記齊太公世家：「於是周西伯獵，果遇太公於渭之陽，與語大説，曰：『自吾先君太公曰「當有聖人適周，周以興」。子真是邪？吾太公望子久矣。』故號之曰『太公望』，載與俱歸，立爲師。」漢申公：西漢魯人，名培。傳魯詩。史記儒林列傳載，武帝初，「欲立明堂以朝諸侯，不能就其事，乃言師申公。於是天子使使束帛加璧，安車駟馬迎申公，弟子二人乘軺傳從」。後拜爲太中大夫，時年八十餘。吕尚、申公均爲高齡被擢重用。

致語　二首

伏以碧油紅旆，有嚴幕府之容〔一〕；琱俎華觴，用飾輿情之喜〔二〕。恭惟某官西清禁從，東省名臣〔三〕。據古守經，凛北斗泰山之望；黜浮崇雅，粲銘鍾篆鼎之辭〔四〕。行表縉紳，言書簡册。雖弗容然後見君子〔五〕，顧未起何以慰蒼生？適兹謀帥之辰，誰處耆英之右〔六〕。佩麟符而就鎮，猶屈經綸；穿豹尾以還朝，佇聞趣召〔七〕。某官爰申宴樂，式奉笑談。士民踴躍而仰瞻，將吏奔馳而即事。諧金石鏗鏘之奏，盛魚龍曼衍之觀〔八〕。上對台階，敢陳口號。

曾立蛾眉禁省班〔九〕，至今風采照金鑾。縱横筆陣千人廢，浩蕩辭源萬頃寬。落紙煙雲紛態度，照人冰玉峙高寒〔一〇〕。從容坐嘯香凝寢，説與賓僚拭目觀〔一一〕。

【題解】

此致語二首對象未注明。據文意，并無慶壽之内容，故非爲承上篇爲徐林所作。兩首對象應爲同一人，其人奉命守邊有功，秋日受召還朝，陸游爲作致語送之。考陸游生平，與此情景相符者唯王炎一人。王炎乾道五年三月以參知政事除四川宣撫使，七年七月授樞密使，依前四川宣撫使。八年九月奉詔赴都堂治事。陸游乾道八年正月被辟爲權四川宣撫使司幹辦公事兼檢法官，直至十月王炎幕府解散後改任成都府安撫司參議官。從身份和時間兩方面考慮，當可確定爲王炎。故本文爲陸游爲慶賀王炎應召還朝的宴會所作的致語。共二首。

本文原未繫年。歐譜列於不繫年文。據上文考述，當作於乾道八年（一一七二）秋。

【箋注】

〔一〕碧油：即碧油幢，青緑色油布車帷。紅旆：紅旗。嚴：整飭。

〔二〕琱俎華觴：指華麗的祭器酒器。琱，同雕。輿情：民情。李中獻喬侍郎：「格論思名士，輿情渴直臣。」

〔三〕西清：帶館閣的職位。東省：門下省。參見上篇注〔三〕。禁從：皇帝侍從。特指翰林學士之類文學侍從。胡仔苕溪漁隱叢話前集：「然東坡自此脱謫籍，登禁從，累帥方面。」

〔四〕銘鍾篆鼎：用篆書在鐘鼎上刻寫的銘文莊重古雅。

〔五〕「雖弗」句：語本史記孔子世家：「顔回曰：『夫子之道至大，故天下莫能容。雖然，夫子推而行之，不容何病，不容然後見君子。夫道之不修也，是吾醜也。夫道既已大修而不用，是有國者之醜也。不容何病，不容然後見君子。』孔子欣然而笑曰：『有是哉！顔氏之子，使爾多財，吾爲爾宰。』」

〔六〕耆英之右：高年碩德者之上。

〔七〕麟符：朝廷頒發的麟形符節。新唐書車服志：「皇太子監國給雙龍符，左右皆十。兩京、北都留守給麟符，左二十，右十九。」經綸：指治國之抱負才能。豹尾：將帥旌旗上的飾物，或懸豹尾，或畫豹紋。趣召：急召。趣，促。

〔八〕魚龍曼衍：古代百戲雜耍之名，執持特製的珍異動物模型進行表演。魚龍、曼衍皆獸名。

隋書音樂志：「魚龍漫衍之伎，常陳殿前，累日繼夜，不知休息。」

〔九〕蛾眉禁省：指皇宫中的才士。蛾眉，代指美女。此喻才士。禁省，禁中。指皇宫。

〔一〇〕態度：氣勢。陸龜蒙送侯道士還太白山序：「侯生嘗應舉，名彤。作七言詩，甚有態度。」

冰玉：比喻高潔的人品。康駢劇談録洛中豪士：「弟兄列座矜持，儼若冰玉，肴羞每至，曾不下箸。」

〔一一〕坐嘯：閒坐吟嘯。指爲官清閒。後漢書黨錮傳：「汝南太守宗資任功曹范滂，南陽太守成瑨亦委功曹岑晊，二郡又爲謡曰：『汝南太守范孟博，南陽宗資主畫諾。南陽太守岑公孝，弘農成瑨但坐嘯。』」香凝寢：語本韋應物郡齋雨中與諸文士燕集：「兵衛森畫戟，宴寢凝清香。」賓僚：賓客幕僚。世説新語言語：「桓征西治江陵城甚麗，會賓僚出江津望之。」

又

西顥司辰，素商紀節〔一〕，涓日初開於莫府，肆筵式奉於皇華〔二〕。恭惟某官節概清真，風規簡亮〔三〕。過眼不再，盡讀五車之書；落筆可驚，早冠萬人之勇。文久傳於後學，名疑睹於昔賢。凛臺柏之生風，焕使星之下燭〔四〕。繡衣持斧，威聲方肅於列城〔五〕；豹尾屬車，趣召行參於法從〔六〕。某官爰開燕豆，款奉談犀〔七〕。畫棟珠簾，納九秋之爽氣；金樽玉酒，醉一道之歡聲。仰對台階，敢陳口號。

涼月參差白露溥，請看賓主罄清歡〔八〕。麟符玉節交相映，鳳竹鸞絲殊未闌。百穀方登倉庾足，七州無事里閭安〔九〕。樽前莫惜山頹玉，四者能兼自古難〔一〇〕。

【箋注】

〔一〕西顥：指秋天。因西方稱顥天，秋位在西。劉禹錫上門下裴相公啓：「授鉞於西顥之半，策勳於北陸之初。」素商：亦指秋天。因秋天色尚白，又屬五音之「商」。員半千儀坤廟樂章：「雲感玄羽，風悽素商。」

〔二〕涓日：選擇吉祥之日。語本左思魏都賦：「量寸旬，涓吉日，陟中壇，即帝位。」肆筵：設宴。詩大雅行葦：「戚戚兄弟，莫遠具爾，或肆之筵，或授之几，肆筵設席，授几有緝御。」

皇華：詩小雅篇名，其序稱「皇皇者華，君遣使臣也。送之以禮樂，言遠而有光華也」。後用以贊頌奉命出使。

〔三〕節概：志節氣概。文選左思吳都賦：「士有陷堅之鋭，俗有節概之風。」李周翰注：「俗有志節梗概之人。」風規：風度品格。宋書張敷傳：「司徒故左長史張敷，貞心簡立，幼樹風規。」

〔四〕臺柏：指御史臺。漢代御史府列植柏樹，常有數千野鳥棲息其上，故後稱御史臺爲柏臺。

事見漢書朱博傳。　使星：典出後漢書李郃傳：「和帝即位，分遣使者，皆微服單行，各至州縣觀采風謡。使者二人當到益都，投郃候舍。時夏夕露坐……郃指星示云：『有二使星向益州分野。』」

〔五〕繡衣：即繡衣直指。漢武帝時，特派使者衣繡衣，持斧仗節執法，稱繡衣使者。繡衣以示尊貴，直指謂處事無私。事見漢書武帝紀等。　列城：邊塞城堡。

〔六〕豹尾：將帥旌旗上的飾物。　屬車：帝王出行時之侍從車。漢書賈捐之傳：「鸞旗在前，屬車在後。」顔師古注：「屬車，相連屬而陳於後也。」　趣召：急召。　法從：跟隨皇帝車駕。漢書揚雄傳：「又是時趙昭儀方大幸，每上甘泉，常法從，在屬車間豹尾中。」

〔七〕燕豆：宴飲時盛食物的高足盤，多用於隆重場合。曾鞏英宗實録院謝賜御筵表：「此蓋伏遇皇帝陛下永懷先烈，務廣孝思，故因始於信書，俾特豐於燕豆。」　談犀：即拂塵。因多用犀角飾其柄。宋庠次韻和資政吴育侍郎見贈：「争奈詔書催上道，談犀從此日生塵。」

〔八〕涼月：秋月。謝朓移病還園示親屬：「停琴佇涼月，滅燭聽歸鴻。」　參差：忽隱忽現貌。　溥：盛多。　罄：顯現。

〔九〕倉庾：貯藏糧食的倉庫。史記孝文本紀：「發倉庾以振貧民。」　七州：指東晉之轄境。文選謝靈運述祖德詩：「高揖七州外，拂衣五湖裏。」李善注：「舜分天下爲十二州，時晉有七，故云七州也。」此指王炎四川宣撫使所轄之地。

〔一〇〕山頹玉：形容醉後體態，如玉山傾頹。語本世説新語容止：「嵇叔夜之爲人也，巖巖若孤松之獨立；其醉也，傀俄若玉山之將崩。」四者能兼自古難：語本謝靈運擬魏太子鄴中集詩序：「天下良辰、美景、賞心、樂事，四者難并。」

渭南文集箋校卷第四十三

入蜀記第一

【題解】

入蜀記爲陸游於乾道六年（一一七〇）由山陰故家赴夔州通判任上沿途所作日記，逐日記載所經之地、所歷之事、所見之人、所觀之景，以及由此引發之聯想和思考。此次入蜀之行，全程走水路，由大運河至鎮江，再轉長江溯流而上至夔州，途經紹興府、臨安府、秀州、平江府、常州、鎮江府、真州、建康府、太平州、安慶軍、寧國府、池州、舒州、江州、興國軍、黄州、鄂州、江陵府、峽州、歸州等二十個州府軍，最後抵達夔州。沿途得到州縣官員及諸多朋友的接待。同行有夫人王氏及六個子女，即子虡（統，二十三歲）子龍（綯，二十一歲）、子修（綱，二十歲）、子坦（繪，十五歲）、子約（紓，五歲）及女兒靈照（十九歲）。（據鄒志方陸游家世）途中又有蜀僧世全、了證搭船同行。

本文據逐日自述，作於乾道五年（一一六九）十二月六日至乾道六年（一一七〇）十月二十七日。時陸游得獲通判夔州任命及在赴夔州任途中。

本卷收録乾道五年十二月六日至六月二十九日記文。

乾道五年十二月六日。得報差通判夔州〔一〕。方久病，未堪遠役〔二〕，謀以夏初離鄉里。

【箋注】

〔一〕報：邸報。宋代傳抄詔令、奏章等報與諸藩的報紙。夔州：州名，南宋隸夔州路。即今重慶奉節。

〔二〕「方久病」二句：劍南詩稿卷二將赴官夔府書懷：「病夫喜山澤，抗志自年少。有時緣龜飢，妄出丐鶴料。亦嘗厠朝紳，退懦每自笑。正如怯酒人，雖愛不敢釂。一從南昌免，五歲嗟不調。朝廷每哀矜，幕府誤辟召。終然斂孤迹，萬里遊絶徼。民風雜莫傜，封域近無詔。淒涼黄魔宫，峭絶白帝廟。又嘗聞此邦，野陋可嘲誚。通衢舞竹枝，譙門對山燒。浮生一夢耳，何者可慶吊？但愁瘦累累，把鏡羞自照。」

六年閏五月十八日。晚行，夜至法雲寺〔一〕。兄弟餞别〔二〕，五鼓始決去〔三〕。

【箋注】

〔一〕法雲寺：嘉泰會稽志卷七：「法雲寺在（山陰）縣西北八里。本名王舍城寺，久廢。吴越王時有大校巡警見其地有光景，乃復興葺。開寶七年改名寶城寺，中允陸公仁旺及弟大卿捨園地以益之。大中祥符中改額法雲。建中靖國元年，大卿之孫拜左丞，請爲功德院。」可知此寺爲陸游祖父陸佃的功德院。劍南詩稿卷五五有法雲寺。

〔二〕兄弟：陸游之父陸宰生四子：長曰淞，仲曰濬，叔曰游，季曰浘。下文言及拜訪陸淞，此處當指陸濬和陸浘。

〔三〕五鼓：五更，拂曉時分。顔氏家訓書證：「漢魏以來，謂爲甲夜、乙夜、丙夜、丁夜、戊夜；又云鼓，一鼓、二鼓、三鼓、四鼓、五鼓；亦云一更、二更、三更、四更、五更；皆以五爲節。」

十九日。黎明，至柯橋館〔一〕，見送客。巳時至錢清〔二〕，食亭中，涼爽如秋。與諸子及送客步過浮橋。橋堅好非昔比，亭亦華潔，皆史丞相所建也〔三〕。申後，至蕭山縣，憩夢筆驛〔四〕。驛在覺苑寺旁，世傳寺乃江文通舊居也〔五〕。有大碑，葉道卿文。寺額及佛殿榜，皆沈睿達所書〔六〕，有碑亦睿達書，尤精古。又有毗陵人戚舜臣所畫水〔七〕，蓋佛座後大壁也。卒然見之，覺濤瀾洶湧可駭，前輩或謂之死水，過矣。縣丞權縣事紀旬、尉曾槃來〔八〕。曾原伯逢招飲於其子槃廨中〔九〕，二鼓歸。原伯復來，共坐驛門，月如晝，極涼。四鼓，解舟行，至西興鎮〔一〇〕。

【箋注】

〔一〕柯橋館：館驛名。嘉泰會稽志卷四：「柯橋驛在（山陰）縣西二十五里。」

〔二〕巳時：上午九點至十一點。古代將一天分爲十二時辰，用十二地支表示，以夜半二十三點至一點爲子時，一至三點爲丑時，餘類推。錢清：館驛名。嘉泰會稽志卷四：「錢清驛在（山陰）縣北五十里。」

〔三〕史丞相：即史浩，字直翁。參見卷七謝參政啓題解。

〔四〕申：申時，下午十五點至十七點。蕭山縣：隸紹興府。夢筆驛：館驛名，嘉泰會稽志卷四：「夢筆驛在（蕭山）縣東北百三十步。」劍南詩稿卷十七有夢筆驛。

〔五〕覺苑寺：嘉泰會稽志卷八：「覺苑寺在（蕭山）縣東北一百三十步。齊建元二年江淹子昭玄捨宅建。會昌廢，大中二年重建，賜名昭玄寺。大中祥符中避聖祖名改今額。寺有大悲閣，熙寧元年沈睿達遼爲之記，又作八分書字額四字，筆意極簡古。閣後壁有毗陵戚舜臣水，戚氏以畫水名家，此壁尤爲識者所貴，并睿達文及書謂之『三絶』。或詆戚氏以爲似印版水紙，過矣。」江文通：即江淹（四四四—五〇五），字文通，濟陽考城（今河南蘭考）人。南朝梁文學家，作有恨賦、别賦。南史江淹傳：「淹少以文章顯，晚節才思微退……嘗宿於冶亭，夢一丈夫自稱郭璞，謂淹曰：『吾有筆在卿處多年，可以見還。』淹乃探懷中得五色筆一以授之。爾後爲詩絶無美句，時人謂之才盡。」

〔六〕葉道卿：即葉清臣（一〇〇〇—一〇四九），字道卿，蘇州長洲人。天聖二年榜眼。歷光禄寺丞、集賢校理，遷太常丞，進直史館，權三司使。出知永興軍。宋史卷二九五有傳。沈睿達：即沈遼（一〇三二—一〇八五），字睿達，錢塘（今浙江餘杭）人。沈遘之弟，沈括同族弟。曾官監内藏庫、監杭州軍資庫，攝知華亭縣。被誣下獄，流放永州。遇赦還居池州，築雲巢，偃蹇傲世，悠遊山水，與蘇軾等唱酬。宋史卷三三一有傳。

〔七〕毗陵：古地名。在今江蘇常州。戚舜臣（九九六—一〇五二）：字世佐，應天府楚丘（今商丘北、曹縣東南）人。曾鞏元豐類稿卷四二有墓誌銘。此處恐爲戚文秀之誤。戚文秀爲常州毗陵人，宋代畫家，工畫水，筆力調暢。名作清濟灌河圖，其中一筆長五丈，自邊際起，超騰四折，通貫於波浪之上，與衆毫不失次序。事迹見圖繪寶鑒卷三。

〔八〕曾槃：字樂道，曾逢長子，時任蕭山縣尉。

〔九〕曾元伯逢：即曾逢，字元伯，曾幾長子。宋史曾幾傳：「（幾）二子，逢仕至司農卿……而逢最以學稱。」

〔一〇〕西興鎮：在錢塘江南岸，過江即爲臨安。咸淳臨安志卷三九：「浙江渡，在候潮門外，對西興。」

二十日。黎明，渡江，江平無波。少休仙林寺〔一一〕，寺僧爲開館設湯飲。遂買小舟出北關〔二〕，登漕司所假舟於紅亭税務之西〔三〕，夜無蚊。

二十一日。省三兄〔四〕。

二十二日至二十四日。皆留兄家。

【箋注】

〔一〕仙林寺：咸淳臨安志卷七六：「仙林慈恩普濟教寺，在鹽橋北。紹興三十二年，僧洪濟大師智卿造，賜今額。隆興元年，賜『隆興萬善大乘戒壇』額。」

〔二〕北關：咸淳臨安志卷十八：「城北餘杭門，俗呼北關門。」又：「水門餘杭門，據乾道志，錢氏舊門，南曰龍山，東曰竹車、南土、北土、保德，北曰北關。」此當指水門。

〔三〕漕司：即轉運使司，宋代各路管理徵税、錢糧及漕運等事務的官署。紅亭税務：乾道臨安志卷二：「紅亭税務在崇新門外。」

〔四〕三兄：即陸淞，字子逸，陸游長兄，在族中排行第三，故稱。據山陰陸氏族譜，陸淞以祖恩補通仕郎，歷祕閣校理、工部郎中、知辰州，官至左朝請大夫。淳熙九年卒，年七十三。葬陸宰墓側。耆舊續聞：「陸辰州子逸，左丞佃之孫。晚以疾廢，卜築於秀野，越之佳山水也。放傲世間，不復有營念。對客則終日清談不倦，尤好語前輩事。」（見于譜宣和七年注七）此時當在朝中任職。

二十五日。晚，葉夢錫侍郎衡招飲〔一〕，案間設礬山數盆〔二〕，望之如雪。

二十六日。晚，芮國器司業曄招飲〔三〕，同集仲高兄、詹道子大著亢宗、張叔潛編修淵〔四〕。坐中，國器云：「頃在廣東作漕〔五〕，有提舉茶鹽石端義者，性殘忍，每捕官吏繫獄，輒以石鹽木枷枷之〔六〕，蓋木之至堅重者。每曰：『木名石鹽，天生此爲我用也。』其後，石坐罪，竟荷校去①〔七〕。」

二十七日。

【校記】

①「去」，弘治本、汲古閣本作「云」。

【箋注】

〔一〕葉夢錫：即葉衡，字夢錫。參見卷九賀葉樞密啓題解。時任户部侍郎。

〔二〕礬山：堆明礬於盤中，置席上像冰雪，宋代士大夫暑月宴客常用之。

〔三〕芮國器：即芮燁（一一一四—一一七二），字國器，一字仲蒙，湖州烏程人。任仁和尉，因忤秦檜被竄。檜死復官，歷國子正、監察御史、國子司業、祭酒，以右文殿修撰致仕。與周必大、朱熹等多有交往。宋史翼卷十三有傳。劍南詩稿卷二有送芮國器司業。

〔四〕仲高：即陸升之，字仲高，山陰人。陸游從兄。參見卷二九跋范元卿舍人書陳公實長短句後注〔二〕。詹道子：即詹亢宗，字道子，山陰人。紹興十八年進士。乾道三年除秘書省正字，四年除校書郎，五年除著作佐郎，六年出知處州。事迹見南宋館閣録卷七。大著，即著作郎。張叔潛：即張淵，字叔潛，長樂（今屬福建）人。隆興元年進士。曾爲左宣教郎、樞密院編修，乾道六年閏五月除秘書郎。事迹見郡齋讀書志附志、南宋館閣録卷七。劍南詩稿卷二有送張叔潛編修造朝。

〔五〕作漕：指任轉運司官員。

〔六〕石鹽木：木名。產南方，木質堅重。蘇軾兩橋詩引：「棲禪院僧希固築進兩岸，爲飛樓九間，盡用石鹽木，堅若鐵石。」枷：刑具名，方形木質項圈，套住犯人脖子和雙手。

〔七〕荷校：以肩荷枷，即頸上戴枷。校，枷具。資治通鑑後梁均王乾化三年：「庚辰，晉王發幽州，劉仁恭父子皆荷校於露布之下。」

二十八日。同仲高出闇門，買小舟泛西湖，至長橋寺〔一〕。予不至臨安八年矣〔二〕，湖上園苑竹樹皆老蒼，高柳造天，僧寺益葺，而舊交多已散去，或貴不復相通，爲之絶歎。

二十九日。沈持要檢正樞招飲〔三〕，邂逅趙德莊少卿彦端〔四〕。晚出湧金門〔五〕，並湖繞城，至舟中。

三十日。

【箋注】

〔一〕闇門：臨安西城門之一。淳祐臨安志卷五：「清波門，俗呼闇門。」西湖：湖名。淳祐臨安志卷十：「西湖在郡西，舊名錢塘湖。源出於武林泉，周回三十里，澄波浮山，自相映發，清華盛麗，不可模寫。朝暮四時，疑若天下景物，於此獨聚，而飛欄橋柳，畫浪出没，層樓傑觀，林梢隱露，都人遨娱歌鼓不絶，則其習尚自古然也。唐人言吴越暖景，山川如繡，將無是耶？」

〔二〕「予不至」句：陸游隆興元年（一一六三）三月被貶通判鎮江府，去國還鄉，至乾道六年（一一七〇）閏五月，已經八年未曾入都。

〔三〕沈持要：即沈樞，字持要，湖州安吉人。紹興十五年進士。官至太子詹事。見嘉泰吴興志卷十七。檢正：官名。中書門下省屬吏，監督處理文書事務。

〔四〕趙德莊：即趙彦端（一一二一—一一七五），字德莊，號介庵。宋宗室。紹興八年進士。知餘干縣，進吏部員外郎、太常少卿，乾道間知建寧府，遷浙東提刑，官至朝奉大夫。韓元吉南澗甲乙稿卷二一有墓誌銘。少卿：指太常少卿。

〔五〕湧金門：臨安西城門之一。天福元年，吴越王錢元瓘引西湖水入城，在此開鑿湧金池，築此門，門瀕湖，東側有水門。傳説爲西湖中金牛湧現之地，故名。紹興二十八年改稱豐豫門。淳祐臨安志卷五：「豐豫門，舊名湧金門。」

六月一日。早，移舟出閘，幾盡一日，始能出三閘〔一〕。船舫櫛比。熱甚，午後小雨，熱不解。泊羅場前〔二〕。

二日。禺中解舟〔三〕。鄉僕來言：鄉中閔雨，村落家家車水。比連三年頗稔，今春父老言，占歲可憂，不知終何如也〔四〕。過赤岸班荆館〔五〕，小休前亭。班荆者，北使宿頓及賜燕之地〔六〕，距臨安三十六里。晚，急雨，頗涼。宿臨平〔七〕。臨平者，太師蔡京葬其父準於此，以錢塘江爲水，會稽山爲案，山形如駱駝，葬於駝之耳，而築塔於駝之峰。蓋葬師云：「駝負重則行遠也〔八〕。」然東坡先生樂府固已云：「誰似臨平山上塔，亭亭，迎客西來送客行〔九〕。」則臨平有塔亦久矣。當是蔡氏葬後增築，或遷之耳。京責太子少保制云「托祝聖而飾臨平之山」是也〔一〇〕。夜半解舟。

【箋注】

〔一〕三閘：臨安城北餘杭門外運河水上要道，有上、中、下三閘。出閘即可通湖州、蘇州、常州等地。淳祐臨安志卷十：「清湖上、中、下三閘，在餘杭門外。」

〔二〕糴場：米市。

〔三〕禺中：將午之時。淮南子天文訓：「（日）至於衡陽，是爲隅中；至於昆吾，是爲正中。」劉文典集解：「藝文類聚、初學記、御覽引『隅』并作『禺』。」

〔四〕閔雨：擔憂少雨。閔，同「憫」。　車水：用水車排灌。　稔：穀物成熟，豐年。　占歲：占卜一年收成。

〔五〕赤岸班荊館：乾道臨安志卷一：「班荊館在赤岸港。」班荊館，設在京郊接待外國使臣的館驛。「班荊」語本左傳襄公二十六年「班荊相與食」，指布草坐地談心。赤岸港，在臨安北運河邊。

〔六〕北使：指金使。　宿頓：臨時寄宿。　賜燕：南宋時金使來朝，先命館伴使賜御宴於班荊館。

〔七〕臨平：鎮名。今屬浙江餘杭。咸淳臨安志卷二十：「臨平鎮在府之東四十五里。」

〔八〕「臨平者」九句：老學庵筆記卷十：「蔡太師父準，葬臨平山，山爲駝形。術家謂駝負重則行，故作塔於駝峰。而其墓以錢塘江爲水，越之秦望山爲案，可謂雄矣。然富貴既極，一旦喪敗，幾於覆族，至今不能振。俗師之不可信如此。」

〔九〕「誰似」三句：出自蘇軾南鄉子送述古詞。

〔一〇〕京責太子少保制：貶謫蔡京爲太子少保的制書。大觀四年，御史張克公論蔡京「輔政八年，權震海内」，「不軌不忠，凡數十事」，其中有「名爲祝聖而修塔，以壯臨平之山」。遂貶其爲太子少保。見宋史蔡京傳。

三日。黎明，至長河堰〔一〕，亦小市也，魚蟹甚富。午後，至秀州崇德縣〔二〕，縣令右從政郎吴道夫、丞右承直郎李植、監秀州都税務右從政郎章湜來。舊聞戴子微云〔三〕：「崇德有市人吴隱，忽棄家寓旅邸，終日默坐一室。室中惟一卧榻，客至，共坐榻上。或載酒過之，亦不拒，清談竟日。隱初不學問，至是間與人言易數〔四〕，皆造精微，亦能先知人吉凶壽夭，見者莫能測也。」因見吴令問之，云皆信然，今徙居村落間矣。是晚行十八里，宿石門〔五〕。火雲如山，明日之熱可知也。

【箋注】

〔一〕長河堰：在餘杭門以北。

〔二〕秀州：隸兩浙路。在今浙江嘉興。崇德縣：秀州屬縣。在今浙江桐鄉崇福鎮。

〔三〕戴子微：即戴幾先，字子微，常州無錫人。紹興十八年進士。歷國子司業、宗正寺丞、司農少卿、太常少卿，淳熙六年除直龍圖閣、湖北運判。無錫志卷三有傳。

〔四〕易數：根據易理占卜的方法。吴曾能改齋漫録類對：「時主司問易數，元用素留意，遂中第一人。」

〔五〕石門：鎮名。在今浙江桐鄉石門鎮。

四日。熱甚，午後始稍有風。晚泊本覺寺前。寺故神霄宫也，廢於兵火，建炎後再修，今猶甚草創〔一〕。寺西廡有蓮池十餘畝，飛橋小亭，頗華潔。池中龜無數，聞人聲，皆集，駢首仰視，兒曹驚之不去。亭中有小碑，乃郭功甫元祐中所作醉翁操〔二〕，後自跋云：「見子瞻所作未工，故賦之。」亦可異也。

【箋注】

〔一〕本覺寺：在嘉興城西陡門村，緊鄰大運河。至元嘉禾志卷十一：「本覺禪寺在縣西二十七里。考證舊名報本，宋宣和年改神霄玉清萬壽宫。建炎元年復舊額。此正檇李之地，今有檇李亭。」蘇軾曾與該寺文長老友善，三過該寺而三賦詩，寺中有三過堂。

〔二〕郭功甫：即郭祥正，字功父，一作功甫，太平州當塗（今屬安徽）人。舉進士，熙寧中知武岡縣，簽書保信軍節度判官。後通判汀州，知端州。棄官歸隱於青山，詩風奔放似李白。宋史卷四四四有傳。醉翁操：歐陽修作醉翁亭記，膾炙人口，後刻石立碑。太常博士沈遵爲作三疊琴曲醉翁吟（即醉翁操），并請歐陽修填詞。但調不主聲，爲知琴者所惜。三十多年後，廬山道人崔閑再請蘇軾爲琴曲填詞，蘇軾欣然命筆，被看作珠聯璧合。元祐中，郭祥正不滿蘇軾所作，又作有醉翁操（效東坡）。

五日。早，抵秀州〔一〕。見通判權郡事右通直郎朱自求、員外通判右承事郎直祕閣趙師夔、方務德侍郎滋〔二〕。務德留飯。飯罷，還舟小憩，極熱。謁樊自强主管、樊自牧教授、廣、抑，皆茂實吏部子。聞人伯卿教授。阜民，茂德删定子。〔三〕二樊居城外，居第頗壯，茂實晚歲所築，尚未成也。隔水有小園，竹樹修茂，荷池渺瀰可喜〔四〕。池上有堂曰讀書堂。遊寶華尼寺，拜宣公祠堂，有碑，缺壞磨滅之餘，時時可讀，蘇州刺史于頔書〔五〕。大略言祕書監陸公齊望始作尼寺於此，其後灞、滻、澧兄弟又新之，後又有賢妹字意者，陸氏嘗有女子爲尼云。然不言宣公所以有祠者。家譜澧作澧，賴此證誤，諱灞者則宣公之父也。老尼妙濟、大師法淳及其弟子居白留啜茶，且言方新祠堂也。移舟北門宣化亭，晚復過務德飯。

【箋注】

〔一〕秀州：太平寰宇記卷九五：「秀州本蘇州嘉興縣地。晉天福四年於此置秀州，從兩浙錢元瓘之所請也，仍割嘉興、海鹽、華亭三縣，并置崇德縣以屬焉。」

〔二〕趙師夔（一一三六—一一九六）：字汝一，宋宗室。以蔭入仕。歷判台州、秀州，知徽州、湖州，遷浙西提刑，改江東運判、監建康場務，知明州、兼沿海制置使，遷興寧軍節度使。充永阜陵橋道頓遞使，遷開府儀同三司。卒封新安郡王。宋史卷二四四有傳。方務德：即方滋，字務德。參見卷三九吏部郎中蘇君墓誌銘注〔三〕。

〔三〕「謁樊」句：樊廣，字自强，樊抑字自牧，二樊爲樊光遠之子。樊光遠（一一〇二—一一六四），字茂實，錢塘人。紹興五年進士。歷秘書省正字、秘書丞、監察御史，出知興化軍、嚴州，官至吏部郎。汪應辰文定集卷二十有墓誌銘。陸游爲寧德縣主簿時與樊光遠有舊誼，參見老學庵筆記卷九。聞人皁民，字伯卿，爲聞人滋之子。聞人滋，字茂德，嘉興人。陸游任敕令所删定官時與之同事。事迹見老學庵筆記卷一。

〔四〕渺彌：浩渺彌漫狀。

〔五〕寶華尼寺：至元嘉禾志卷十：「寶花尼寺在郡治西南二百步。考證唐陸宣公宅也。大曆中因女叔法興誦法華經，感天花亂墜，寶雨四下，外祖秘書監遂舍宅爲寺。因名寶花，法興亦爲尼。」宣公：即陸贄，字敬輿，嘉興人。謚曰宣。參見卷二七跋續集驗方注〔一〕。山陰陸氏奉爲先祖。嘉興陸氏後裔繁衍甚衆。于頔（？—八一八）：字允元，唐代河南洛陽人。以蔭入仕，歷湖州、蘇州刺史，拜襄州刺史，充山南東道節度使。加檢校左僕射、同中書門下平章事，進司空。以太子賓客致仕。舊唐書卷一五六、新唐書卷一七二有傳。

六日。右奉議郎新通判荆南吕援來，援字彦能。進士聞人綱來，綱字伯紀，方務德館客，自言識毛德昭〔一〕。德昭名文，衢州江山縣人，居於秀，予兒時從之甚久。德昭極苦學，中年不幸病盲而卒，無子。綱言其盲後，猶終日危坐，默誦六經，至數千言不已。可哀也！赴郡集於倅廨中〔二〕。坐花月亭，有小碑，乃張先子野「雲破月來花弄影」樂章，云得句於此亭也〔三〕。晚赴方夷吾導之集於陳大光縣丞家，二樊、吕倅皆在。大光字子充，瑩中諫議孫〔四〕，居第潔雅，末利花盛開〔五〕。

【箋注】

〔一〕毛德昭：即毛文，字德昭，衢州江山（今浙江江山）人。陸游少時舊友。事迹見老學庵筆記卷一。

〔二〕郡集：州郡置辦的酒宴。倅廨：州郡副職官員的官衙。倅，副職。此指通判吕援。

〔三〕張先（九九〇—一〇七八）：字子野，烏程（今浙江湖州）人。天聖八年進士。歷宿州掾、吴江令、嘉禾判官、永興軍通判，知渝州、虢州。晚年優遊湖、杭間。長於詞，喜用「影」字，人稱張三影。宋史翼卷三六有傳。張先天仙子（時爲嘉禾小倅，以病眠，不赴府會）：「水調數聲持酒聽。午醉醒來愁未醒。送春春去幾時回？臨晚鏡。傷流景。往事後期空記省。　沙上並禽池上暝，雲破月來花弄影。重重簾幕密遮燈，風不定。人初静。明日落紅應滿徑。」

至元嘉禾志卷九：「來月亭在郡治内舊府判東廳。考證舊名『花月』，宋倅張子野創此亭，取『雲破月來花弄影』之句。」

〔四〕瑩中諫議：即陳瓘，字瑩中。參見卷二六跋武威先生語録注〔六〕。

〔五〕末利花：今作「茉莉花」。

七日。早，遍辭諸人，赴方務德素飯。晚，移舟出城，泊禾興館前〔一〕。館亦頗閎壯，終日大雨不止，招姜醫視家人及絢〔二〕。

八日。雨霽，極涼如深秋。遇順風，舟人始張帆。過合路〔三〕，居人繁夥，賣鮓者尤衆〔四〕。道旁多軍中牧馬。運河水泛溢，高於近村地至數尺。兩岸皆車出積水，婦人兒童竭作，亦或用牛。婦人足踏水車，手猶績麻不置。過平望〔五〕，遇大雨暴風，舟中盡濕。少頃，霽。止宿八尺〔六〕，聞行舟有覆溺者。小舟叩舷賣魚，頗賤。蚊如蠆可畏〔七〕。

【箋注】

〔一〕禾興館：明一統志卷三九：「禾興館在府城北望雲門外，舊名安遠。宋知州曾紆改曰將歸，陸經爲記，後易今名。」

〔二〕家人及綯：指陸游夫人王氏及次子子龍。綯，子龍小名。

〔三〕合路：鎮名。在今江蘇吴江。

〔四〕鮓：泛指鹽醃的魚。

〔五〕平望：鎮名。在今江蘇吴江。爲水陸交通要衝。

〔六〕八尺：鎮名。在今江蘇吴江。

〔七〕蠭蠆：兩種有毒刺的螫蟲。國語晉語：「螮蝀蠭蠆，皆能害人，況君相乎！」

九日。晴而風，舟人懲昨夕狼狽，不敢解舟，日高方行。自至崇德，行大澤中，至此始望見震澤遠山〔一〕。午間，至吴江縣〔二〕。渡松江〔三〕，風極静。癯庵竹樹益茂〔四〕，而主人死矣。知縣右承議郎管銑、尉右迪功郎周郔來。縣治有石刻曾文清公漁具圖詩〔五〕，前知縣事柳楹所刻也。漁具比松陵倡和集所載〔六〕，又增十事云。托周尉招醫鄭端誠，爲統、綯診脈〔七〕，皆病暑也。市中賣魚鮓頗珍。晚解舟中流，回望長橋層塔〔八〕，煙波渺然，真若圖畫。宿尹橋，登橋觀月。

【箋注】

〔一〕震澤：湖名。即今江蘇太湖。書禹貢：「三江既入，震澤厎定。」

〔二〕吴江縣：隸平江府。太平寰宇記卷九一：「吴江縣，梁開平三年，兩浙奏析吴縣於松江置。」

〔三〕松江：吴淞江别稱。其下游稱蘇州河。陸廣微吴地記：「松江一名松陵，又名笠澤。左傳曰：『越伐吴，禦之笠澤。』其江之源，連接太湖。一江東南流，五十里入小湖。一江東北流，二百六十里入於海。一江西南流，入震澤，此三江之口也。咸仲云：『松，容也，容裔之貌。』尚書云『三江既入，震澤厎定』是也。」顧祖禹讀史方輿紀要三江：「三江皆太湖之委流也。一曰松江，一曰婁江，一曰東江。」

〔四〕癯庵：一作臞庵。宋人王份所建園林。范成大吴郡志卷十四：「臞庵在松江之濱，邑人王份有超俗趣，營此以居。圍江湖以入圃，故多柳塘花嶼，景物秀野，名聞四方。一時名勝喜遊之，皆爲題詩。圃中有與閒、平遠、種德及山堂四堂，煙雨觀……等處，而浮天閣爲第一，總謂之臞庵。份字文孺，以特恩補官，嘗爲大冶令，歸休老焉。」

〔五〕曾文清公：即曾幾，字吉甫。參見卷六賀台州曾直閣啓題解。漁具圖詩：曾幾爲各種漁具所作之詩，今茶山集不見。

〔六〕松陵倡和集：晚唐陸龜蒙、皮日休唱和詩集。其中有陸龜蒙作漁具詩十五首，皮日休和之；皮氏又作添漁具詩五首，陸氏亦和之。參松陵集卷四。

〔七〕統絢：分别爲陸游長子子虡、次子子龍小名。

〔八〕長橋：又名利往橋。吴郡志卷十七：「利往橋即吴江長橋也，慶曆八年縣尉王廷堅所建。

有亭曰垂虹，而世并以名橋。續圖經云：『東西千餘尺，前臨太湖洞庭三山，橫跨松江。』行者晃漾天光水色中，海内絕境，唯遊者自知之，不可以筆舌形容也。」

十日，至平江〔一〕，以疾不入。沿城過盤門，望武丘樓塔，正如吾鄉寶林，爲之慨然〔二〕。宿楓橋寺前，唐人所謂「半夜鐘聲到客船」者〔三〕。

十一日。五更，發楓橋，曉過許市，居人極多〔四〕。至望亭小憩〔五〕，自是夾河皆長岡高壟，多陸種菽粟〔六〕，或灌木叢篠，氣象窘隘，非楓橋以東比也。近無錫縣，始稍平曠。夜泊縣驛。近邑有錫山，出錫。漢末讖記云：「有錫天下兵，無錫天下清。有錫天下争，無錫天下寧。」至今錫見輒揜之，莫敢取者。

十二日。早，謁喻子材郎中樗〔七〕。子材來謝，以兩夫荷轎，不持胡牀，手自授謁云〔八〕。知縣右奉議郎吴澧來。晚行，夜四鼓，至常州城外〔九〕。

【箋注】

〔一〕平江：府名。隸兩浙路。即今江蘇蘇州。下轄吴縣、長洲、崑山、常熟、吴江、嘉定六縣。府治在吴縣。談遷北遊録：「蘇州舊名平江，謂地下與江水準也。宋慶曆二年築堤便運，截江流五十里，致太湖水溢而不泄。」

〔二〕盤門：吴郡志卷三：「吴地記云：『吴嘗名蟠門，刻木作蟠龍以鎮此。』又云：『水陸縈回，徘徊屈曲，故謂之盤。』」武丘：陸廣微吴地記：「虎丘山，避唐太祖諱，改爲武丘山，又名海湧山。在吴縣西北九里二百步。闔閭葬此山中。發五郡之人作冢，銅槨三重，水銀灌體，金銀爲坑。史記云：『闔閭冢在吴縣閶門外，以十萬人治冢，取土臨湖。葬經三日，白虎踞其上，故名虎丘山。』吴越春秋云：『闔閭葬虎丘，十萬人治葬。經三日，金精化爲白虎，蹲其上，因號虎丘。』」寶林：即龜山。嘉泰會稽志卷九：「龜山，在府東南二里二百七十二步，隸山陰。一名飛來，一名寶林，一名怪山。舊經云：『山遠望似龜形，故名。』越絶云：『龜山，勾踐所起遊臺也。東南司馬門，因以灼龜。又仰望天氣，睹天怪也。』」

〔三〕楓橋寺：吴郡志卷三三：「普明禪院，即楓橋寺也。在吴縣西十里，舊楓橋妙利普明塔院也。」唐代張繼楓橋夜泊：「月落烏啼霜滿天，江楓漁火對愁眠。姑蘇城外寒山寺，夜半鐘聲到客船。」劍南詩稿卷二宿楓橋：「七年不到楓橋寺，客枕依然半夜鐘。風月未須輕感慨，巴山此去尚千重。」

〔四〕楓橋：吴郡志卷十七：「楓橋在閶門外九里道旁，自古有名。南北客經由，未有不憩此橋而題詠者。」許市：即滸墅。瀕臨運河，爲通衢之地。吴地記：「秦始皇東巡至虎丘，求吴王寶劍。其虎當墳而踞，始皇以劍擊之，不及，誤中於石。其虎西走二十五里，忽失於今虎疁。唐諱虎，錢氏諱疁，改爲滸墅。」

〔五〕望亭：鎮名，古名御亭。隸常州無錫縣。姑蘇志卷三三：「望亭在吴縣西境，吴先主所御亭。隋開皇九年置爲驛遞，唐常州刺史李襲譽改今名。」

〔六〕陸種菽粟：旱地種植的黄米和豆類。

〔七〕喻子材：即喻樗（？—一一八〇），字子材，嚴州（今浙江建德）人。少受業於楊時。建炎二年進士。歷秘書省正字兼史館校勘，因忤秦檜致仕。檜死復出爲大宗正丞、工部員外郎，孝宗時知蘄州，遷浙東提舉常平。宋史卷四三三有傳。

〔八〕胡牀：一種可以折疊的輕便坐具。陶穀清異録逍遥座：「胡牀施轉關以交足，穿便條以容坐，轉縮須臾，重不數斤。」授謁：遞交名片。

〔九〕常州：隸兩浙路。即今江蘇常州。下轄晉陵、武進、宜興、無錫四縣。

十三日。早，入常州，泊荆溪館〔一〕。夜月如晝，與家人步月驛外。綯始小愈。

十四日。早，見知州右朝奉大夫李安國、通判右朝奉郎蔣誼、員外倅左朝散郎張堅。堅，文定公綱之子〔二〕。教授左文林郎陳伯達、員外教授左從政郎沈瀛、司户右從政郎許伯虎來。伯達字兼善，瀛字子壽，皆未識。子壽仍出近文一卷。伯虎字子威，余兒時筆硯之舊也〔三〕。至東嶽廟觀古檜〔四〕，數百年物也。又小憩崇勝寺納涼〔五〕，遂解舟。甲夜，過奔牛閘〔六〕。宋明帝遣沈懷明擊孔覬，至奔牛築壘，即此也〔七〕。閘水湍激有聲，甚壯。遂抵呂城閘〔八〕。自祖宗以來，天下置堰軍止四處，而呂城及京口二閘在焉。

【箋注】

〔一〕荆溪館：館驛名。咸淳毗陵志卷五：「荆溪館舊名毗陵驛，在天禧橋東，枕漕渠以通荆溪，故名。」

〔二〕文定公綱：即張綱，字彦正，潤州丹陽（今江蘇丹陽）人。以上舍及第。歷太學正、校書郎，與蔡京不合。遷著作佐郎，權監察御史，進起居舍人，改中書舍人。除給事中。秦檜用事，卧家二十年不與通問。檜死召爲吏部侍郎兼侍讀，權吏部尚書，除參知政事。以資政殿學士知婺州，尋致仕。卒謚文定。宋史卷三九〇有傳。

〔三〕「伯虎」二句：許伯虎字子威，爲陸游兒時同學。卷二九跋洪慶善帖：「某兒童時，以先少師之命，獲給掃灑丹陽先生之門。退與子威講學，則兄弟如也。」又劍南詩稿卷四五紹興辛酉予年十七矣距今已六十年追感舊事作絶句自注：「與許子威輩同從鮑季和先生，晨興必具帽帶而出。」

〔四〕東嶽廟：咸淳毗陵志卷十四：「東嶽行宫在市東，前俯運河。有天齊仁聖帝殿、聖母殿、帝后德生殿、五嶽會聖樓，兩廡皆有象設。樓東有嶽司堂，西有廣惠行殿。郡官辭謁祈求雨暘咸詣焉。」

〔五〕崇勝寺：咸淳毗陵志卷二五：「崇勝禪寺在州東南二里。武烈帝西第。廟有軫氏舍宅疏。初名杜業，更曰福業，太平興國中改賜今額。有觀音閣，今爲祝聖道場。」

〔六〕奔牛閘：在奔牛堰。咸淳毗陵志卷十五：「奔牛堰在縣西二十七里。輿地志云：『漢有金牛，出茅山，經曲阿，至此驟奔，故名。』東坡有『臥看古堰横奔牛』之句。」參考卷二十常州奔牛閘記。

〔七〕「宋明帝」三句：南朝劉宋時，明帝劉彧派沈懷明抗擊由會稽西進的孔覬，在奔牛閘築壘抗守而獲勝。事見南史卷二七。

〔八〕呂城閘：運河水閘。在丹陽境内。

十五日。早，過呂城閘，始見獨轅小車。過陵口〔一〕，見大石獸，偃仆道傍，已殘缺，蓋南朝陵墓。齊明帝時，王敬則反，至陵口，慟哭而過，是也〔二〕。余頃嘗至宋文帝陵，道路猶極廣，石柱、承露盤及麒麟、辟邪之類皆在，柱上刻「太祖文皇帝之神道」八字〔三〕。又至梁文帝陵。文帝，武帝父也，亦有二辟邪尚存〔四〕。其一爲藤蔓所纏，若縶縛者。然陵已不可識矣。其旁有皇業寺〔五〕，蓋史所謂皇基寺也，疑避唐諱所改。二陵皆在丹陽〔六〕，距縣三十餘里。郡士蔣元龍子雲謂予曰：「毛達可作守時，有賣黄金石榴、來禽者，疑其盜，捕得之，果發梁陵所得〔七〕。」夜抵丹陽，古所謂曲阿，或曰雲陽〔八〕。謝康樂詩云「朝日發雲陽，落日到朱方〔九〕」，蓋謂此也。

【箋注】

〔一〕陵口：地名。當齊梁陵墓入口處，故名。江南通志卷三二：「陵口在丹陽縣東三十一里。齊、梁諸陵多在金牛山旁。」

〔二〕王敬則（四三五—四九八）：晉陵南沙（今江蘇常州）人。宋前廢帝時入宫爲將，後謀殺前廢帝。宋明帝時爲直閣將軍。後又謀殺宋後廢帝，擁立齊高帝，出爲都督、南兖州刺史。齊明帝即位，起兵反叛，敗死。南齊書卷二六有傳。王敬則過陵口慟哭事見本傳。

〔三〕「余頃」四句：宋文帝劉義隆四二四至四五三年在位，史稱「元嘉之治」。後爲長子劉劭所弒，葬於長寧陵，在金陵蔣山（即鍾山）東南。陸游乾道元年由鎮江通判移官豫章，曾過金陵。承露盤，承接甘露之盤，甘露爲祥瑞之物。麒麟、辟邪均爲傳説中神獸，亦象徵祥瑞。南朝陵墓前常有此類石雕。

〔四〕「又至」四句：梁武帝蕭衍稱帝後，追尊其父蕭順爲梁文帝，其建陵在丹陽。梁武帝的修陵亦在附近。

〔五〕皇業寺：梁武帝蕭衍爲其父祈求冥福而建的皇家寺院。在今丹陽埤城鎮。

〔六〕二陵：指梁文帝的建陵和梁武帝的修陵。

〔七〕毛達可：即毛友，字達可，衢州西安（今浙江江山）人。大觀元年進士。政和末爲給事中，出守鎮江。靖康元年知杭州。　來禽：果名。即沙果，亦稱花紅、林檎、文林果。藝文類聚卷八七引廣志：「林檎似赤柰，亦名黑檎……一名來禽，言味甘熟則來禽也。」

〔八〕丹陽：縣名。隸鎮江府。太平寰宇記卷八九：「本漢曲阿縣地，舊名雲陽，屬會稽郡。史記云：『秦始皇改雲陽曰曲阿。』」

〔九〕謝康樂：即謝靈運，襲封康樂公。謝靈運廬陵王墓下作詩：「曉月發雲陽，落日次朱方。含淒泛廣川，灑淚眺連岡。」　朱方：春秋吴地名。在今江蘇丹徒。史記吴太伯世家裴駰集解引吴地記：「朱方，秦改曰丹徒。」

十六日。早，發丹陽。汲玉乳井水，井在道旁觀音寺，名列「水品」，色類牛乳，甘冷熨齒〔一〕。井額陳文忠公所作，堆玉八分也〔二〕。寺前又有練光亭，下闞練湖〔三〕，亦佳境，距官道甚近，然過客罕至。是日，見夜合花方開。故山開過已月餘，氣候不齊如此〔四〕。過夾岡，有二石人植立岡上，俗謂之石翁石媪，其實亦古陵墓前物。自京口抵錢塘，梁、陳以前不通漕，至隋煬帝始鑿渠八百里，皆闊十丈〔五〕。夾岡如連山，蓋當時所積之土。朝廷所以能駐蹕錢塘，以有此渠耳。汴與此渠〔六〕，皆假手隋氏，而爲吾宋之利，豈亦有數邪？過新豐〔七〕，小憩。李太白詩云：「南國新豐酒，東山小妓歌。」又唐人詩云：「再入新豐市，猶聞舊酒香〔八〕。」皆謂此，非長安之新豐也。然長安之新豐亦有名酒，見王摩詰詩〔九〕，至今居民市肆頗盛。夜抵鎮江城外。是日立秋。

【箋注】

〔一〕玉乳井：玉乳井在丹陽城北，觀音寺旁。水品：唐代張又新煎茶水記謂劉伯芻稱水之品質宜煎茶者有七等，「丹陽縣觀音寺水第四」。熨齒：使牙齒感覺寒冷。韓偓雨後月中玉堂閒坐：「緑香熨齒冰盤果，清冷侵肌水殿風。」

〔二〕陳文忠公：即陳堯叟（九六一—一〇一七），字唐夫，閬州閬中（今屬四川）人。端拱二年進士。歷官秘書丞、河南東道判官、工部員外郎。拜知樞密院事兼群牧制置使。大中祥符五年升任同平章事、樞密使。後因病改授右僕射、知河陽軍。卒謚文忠。宋史卷二八四有傳。堆玉八分：陳堯叟之弟陳堯佐，與其同年進士，官至參知政事，拜同平章事，卒謚文惠，善書法，澠水燕談録卷八：「陳文惠公善八分書，變古之法，自成一家。雖點畫肥重，而筆力勁健，能爲方丈字，謂之堆墨，目爲八分。凡天下名山勝處，碑刻題榜，多公親迹。世或效之，皆莫能及。」

〔三〕練湖：又名後湖。太平寰宇記卷八九：「後湖亦名練湖，在（丹陽）縣北一百二十步……輿地志云：『曲阿出名酒，皆云後湖水所釀，故純洌也。』」

〔四〕夜合花：又名夜香木蘭，常緑灌木，喜温暖濕潤環境。往往清晨開放，晚上閉合，故名夜合花。香味幽馨，入夜更烈。故山：故鄉。

〔五〕隋煬帝始鑿渠：隋煬帝開鑿大運河，是在前代基礎上疏浚連接而成。自錢塘至京口段今稱江南運河，開鑿始於春秋時期，秦漢至六朝都有開掘，隋代將其疏通并通航。

〔六〕汴與此渠：汴指汴渠，即通濟渠，引黄河水循汴水故道，入於泗水，注入淮河，也是隋代在歷來修築基礎上疏通開鑿的。此渠指江南運河。

〔七〕新豐：鎮名。在丹陽東北，出名酒。

〔八〕「李太白」六句：李白出妓金陵子呈盧六四首其二：「南國新豐酒，東山小妓歌。對君君不樂，花月奈愁何。」陳存丹陽作：「暫入新豐市，猶聞舊酒香。抱琴沽一醉，盡日卧垂楊。」

〔九〕王摩詰：即王維。王維少年行四首其一：「新豐美酒斗十千，咸陽遊俠多少年。相逢意氣爲君飲，繫馬高樓垂柳邊。」

十七日。平旦，入鎮江，泊船西驛〔一〕。見知府右朝散郎直祕閣蔡洸子平、都統慶遠軍節度使成閔、通判右朝奉大夫章汶、右朝奉郎陶之真、府學教授左文林郎熊克、總領司幹辦公事右承奉郎史彌正端叔〔二〕。

十八日。右奉議郎簽書節度判官廳公事葛郃、觀察推官右文林郎徐務滋、司户參軍左迪功郎楊沖、焦山長老定圜、甘露長老化昭來〔三〕。

十九日。金山長老寶印來〔四〕，字坦叔，嘉州人。言自峽州以西，灘不可勝計，白傅詩所謂「白狗到黄牛，灘如竹節稠」是也〔五〕。赴蔡守飯於丹陽樓〔六〕。熱特甚，堆冰滿坐，了無涼意。蔡自點茶，頗工，而茶殊下〔七〕。同坐熊教授〔八〕，建寧人，云：「建茶舊雜以米粉，復更以薯蕷，兩年來，又更以楮芽，與茶味頗相入，且多乳，惟過梅則無復氣味矣〔九〕。非精識者，未易察也。」申後〔一〇〕，移舟出三閘，至潮閘而止。

二十日。遷入嘉州王知義船〔一一〕，微雨，極涼。

二十一日。

【箋注】

〔一〕西驛：西津渡口驛館。嘉定鎮江志卷二：「西津渡去府治九里，北與瓜洲渡對岸。」

〔二〕蔡洸：字子平，興化仙遊人。蔡襄曾孫。以蔭入仕，官至户部尚書。宋史卷三九〇有傳。成閔：字居仁，邢州（今河北邢臺）人。從軍積功入仕，官至鎮江都統制。宋史卷三七〇有傳。熊克：字子復，建寧建陽（今福建南平）人。紹興二十一年進士。官至知台州。博聞强記，著有中興小記。宋史卷四四五有傳。史彌正：字端叔，鄞縣（今屬浙江）人。史浩次子，史彌遠弟。

〔三〕焦山長老定圜：即焦山寺圜禪師。陸游隆興二年在鎮江通判任上有焦山題名，由圜禪師刻之於石：「陸務觀、何德器、張玉仲、韓无咎，隆興甲申閏月二十九日，踏雪觀瘞鶴銘，置酒上方。烽火未息，望風檣戰艦在煙靄間，慨然盡醉。薄晚，泛舟自甘露寺以歸。明年二月壬午，圜禪師刻之石，務觀書。」甘露：即甘露寺。

〔四〕金山長老寶印：即釋寶印，字坦叔，號别峰。參見卷十八圜覺閣記注〔一一〕。卷四十别峰禪師塔銘：「俄徙京口金山，學者傾諸方。金山自兵亂後，雖屢葺莫能成，至是始復大興，如承平時而有加焉。異時，居此山鮮逾三年者，師獨安坐十五夏。」

〔五〕峽州：隸荆湖北路。在今湖北宜昌。白傅：即唐代白居易，曾任太子少傅。白居易發白狗峽次黄牛峽登高寺卻望忠州：「白狗到黄牛，灘如竹節稠。路穿天地險，人續古今愁。」

〔六〕丹陽樓：輿地紀勝卷七：「丹陽樓在（鎮江）府治。」

〔七〕點茶：宋代一種煮茶方式。將茶葉末置於茶碗裏，注入少量沸水調成膏狀，然後直接向茶碗中注入沸水，同時用茶筅攪動，茶末上浮，形成粥面。點茶成爲宋代時尚的待客之道。蔡襄茶録載：「茶少湯多則雲脚散，湯少茶多則粥面聚。鈔茶一錢七，先注湯，調令極勻，又添注入，環回去拂，湯上盞可四分則止，視其面色鮮白，着盞無水痕爲絶佳。」

〔八〕熊教授：即上文府學教授熊克。

〔九〕建茶：宋代建寧府一帶出産之茶。　薯蕷：即俗稱山藥。塊莖多含澱粉，可入藥。　楮芽：楮樹的葉芽。　乳：指煮茶泛起的白色浮沫。　梅：指江南梅雨時節。

〔一〇〕申後：申時後，即下午十五點至十七點之後。

〔一一〕嘉州：隸成都府路。在今四川樂山。　王知義：當爲船主名。

二十二日。郡集衛公堂後圃。比舊唯增染香亭〔一〕。飲半，登壽丘普照寺終宴〔二〕。壽丘者，宋高祖宅，有故井尚存。寺本名延慶，隆興中，復泗州〔三〕，有普照寺僧奉僧伽像來歸〔四〕，寓焉，因賜名普照寺，僑置僧伽道場。東望京山〔五〕，連亘抱合，勢如繚牆，官寺樓觀如畫，西闞大江，氣象極雄偉也。

二十三日。至甘露寺〔六〕，飯僧。甘露，蓋北固山也〔七〕。有很石，世傳以爲漢昭烈、吴大帝嘗據此石共謀曹氏〔八〕。石亡已久，寺僧輒取一石充數，游客摩挲太息，僧及童子輩往往竊笑也。拜李文饒祠〔九〕。登多景樓〔一〇〕。樓亦非故址，主僧化昭所築，下臨大江，淮南草木可數，登覽之勝，實過於舊。邂逅左迪功郎新太平州教授徐容。容字子公，泉州人。此山多峭崖如削，然皆土也，國史以爲石壁峭絶，誤矣。

二十四日。

【箋注】

〔一〕衛公堂、染香亭：輿地紀勝卷七：「衛公堂在（鎮江）府治正堂之後。」又：「染香亭在郡治。」衛公指唐代李德裕，曾任鎮江觀察使。比舊：指與陸游任鎮江通判時相比。

〔二〕壽丘普照寺：至順鎮江志卷九：「普照寺在壽丘山巔，宋高祖故宅也。至陳，立寺名慈和。宋號爲延慶。寺之上方，先是泗州有僧伽塔。紹興中寓建塔院於此，以奉僧伽像，名曰普照。」

〔三〕泗州：隸淮南東路。在今江蘇盱眙、泗縣一帶。

〔四〕僧伽：唐代西僧。自言何國人，以何爲姓。龍朔二年入唐，始發涼州，歷洛陽，抵江表，止嘉禾靈光寺。後住持泗州普照王寺，神行異蹤變現不一。中宗遣使迎入内道場。景龍四年圓寂於長安，葬於泗州普照王寺。

〔五〕京山：亦稱京峴山。嘉定鎮江志卷六：「京峴山在府治東五里。潤州類集云：『州謂之京，鎮京口者因此山。』」

〔六〕甘露寺：嘉定鎮江志卷八：「甘露寺在北固山。唐寶曆中，李德裕建以資穆宗冥福。時甘露降此山，因名。乾符中寺焚，裴璩重建。宋朝祥符庚戌有詔再修，令轉運使陳堯佐擇長老居之。……元符末爲火所焚，六朝遺物掃地。」

〔七〕北固山：元和郡縣圖志：「山在縣北一里，下臨長江，其勢險固，因以爲名。」長江江濱和江中的金山、焦山、北固山三山夾江相峙，世稱「京口三山」。

〔八〕很石：又作「狠石」。蔡寬夫詩話：「潤州甘露寺有塊石，狀如伏羊，號狠石。相傳孫權嘗據其上，與劉備論曹公。」漢昭烈：即劉備，謚號昭烈帝。吴大帝：即孫權，卒謚大皇帝。曹氏：即曹操。

〔九〕李文饒祠：即李德裕祠。嘉定鎮江志卷七：「李衛公德裕祠，在北固山甘露寺。蓋寺乃德裕所建，而金壇華陽觀亦有祠焉。元祐中林希爲守，既新甘露之祠，又寫德裕所著以授緇徒，俾與佛書同藏，今不存矣。淳熙中建閣，貯公之文。」

〔一〇〕多景樓：嘉定鎮江志卷十二：「多景樓在甘露寺，天下之殊景也。始因焚蕩，再建蠹齋。周孚稱樓非舊址，唯東面可眺，三隅暗甚。」米芾多景樓詩稱之爲「天下江山第一樓」。

二十五日。早，以一豨、壺酒，謁英靈助順王祠，所謂「下元水府」也〔一一〕。祠屬金山寺，寺常以二僧守之，無他祝史。然牓云「賽祭豬頭，例歸本廟」，觀者無不笑〔一〕。初，紹興末，元顏亮入寇〔三〕，樞密葉公審言督視大軍守江〔四〕，禱於水府祠，請事平奏加帝號。既而不果。隆興中，虜再入，有近臣申言之，議者謂四瀆止封王〔五〕，水府不應在四瀆上，乃但加美稱而已〔六〕。廟中遇武人王秀，自言博州人，年五十一，元顏亮寇邊時，自河朔從義軍，攻下大名，以待王師。既歸朝，不見録〔七〕。且自言孤遠無路自通，歔欷不已。是晚，欲出江，舟人辭以潮不應，遂宿江口。

【箋注】

〔一〕豨：小豬，作爲祭品。　下元水府：長江水神廟之一。嘉定鎮江志卷七：「英靈普護聖惠泰江王廟在江下。即下元水府廟也。嘉泰元年加封。按五代史，楊氏據江左，封馬當上水府寧江王、采石中水府定江王、金山下水府鎮江王，而鎮江實爲聖朝開寳所更軍額之兆。范鎮東齋記事：『歲送金龍玉簡於名山，三水府預焉。』祥符初，賜下水府廟曰顯濟。元豐中，僧了元住金山之龍遊寺，見廟附禪林，以爲非便，乃白郡聞朝移於此。自建炎焚毁、大帥劉光世重創，至紹興丁卯都統制王勝重修、進士黄俞爲記，歲久頽圮，東西廊龍王二祠尤甚。」

〔二〕金山寺：即龍遊寺。至順鎮江志卷九：「龍遊寺在金山，舊名澤心，不知始於何時。梁武帝嘗臨寺設水陸會。或云起於唐之裴頭陀。宋祥符五年改山名曰龍遊，天禧五年復名山曰金，而以龍遊名寺。政和四年改爲神霄玉清萬壽宮，郡守毛友爲記。南渡後仍爲寺，而厄於火。淳熙中主僧蘊衷重加修創，翰林學士洪邁爲記。」祝史：主持祭祀的僧人。

〔三〕元顔亮：即完顔亮，金海陵王（一一二二—一一六一），字元功，女真名迪古乃，金太祖完顔阿骨打庶長孫，金朝第四位皇帝。紹興三十一年，完顔亮率兵大舉攻宋，被虞允文大敗於采石，在瓜洲渡兵變被殺。金史卷五有海陵紀。

〔四〕葉公審言：即葉義問（一〇九八—一一七〇），字審言，嚴州壽昌（今浙江建德）人。建炎進士。歷知江寧縣、通判江州。因忤秦檜被罷，檜死，擢殿中侍御史。遷吏部侍郎，拜同知樞密院事。完顔亮南侵時奉命督師抵禦，因不習軍旅而措置失當，罷提舉宮觀，謫饒州。宋史卷三八四有傳。

〔五〕四瀆：長江、黄河、淮水、濟水的合稱，均獨流入海。爾雅釋水：「江、河、淮、濟爲四瀆。四瀆者，發原注海者也。」

〔六〕加美稱：指加封水神爲上文「英靈助順王」。

〔七〕博州：隸河北東路。在今山東聊城。河朔：泛指黄河以北地區。大名：府名，隸河北東路，在今河北大名。不見録：不被録用。

二十六日。五鼓發船。是日，舟人始伐鼓。遂游金山，登玉鑑堂、妙高臺，皆窮極壯麗，非昔比。玉鑑蓋取蘇儀甫詩云：「僧於玉鑑光中坐，客蹋金鼇背上行〔一〕。」儀甫果終於翰苑，當時以爲詩讖〔二〕。新作寺門亦甚雄，翟耆年伯壽篆額〔三〕，然門乃不可泊舟，凡至寺中者，皆由雄跨閣。長老寶印言〔四〕：「舊額仁宗皇帝御飛白〔五〕。張之，則風波洶湧，蛟鼉出没，遂藏之寺閣，今不復存矣。」印住山近十年，興造皆其力。寺有兩塔，本曾子宣丞相用西府俸所建〔六〕，以薦其先者。政和中，寺爲神霄宫，道士乃去塔上相輪而屋之〔七〕，謂之鬱羅霄臺。至是五十餘年，印始復爲塔，且增飾之，工尚未畢，山絶頂有吞海亭，取「毛吞巨海」之意〔八〕，登望尤勝。每北使來聘，例延至此亭烹茶。金山與焦山相望，皆名藍，每争雄長〔九〕。焦山舊有吸江亭，最爲佳處，故此名吞海以勝之，可笑也。夜，風水薄船，鞺鞳有聲。

二十七日。留金山，極涼冷。印老言蜀中梁山軍鷺鷥爲天下第一〔一〇〕。

【箋注】

〔一〕蘇儀甫：即蘇紳，字儀甫，泉州晉江（今屬福建）人。蘇頌之父。天禧三年進士。歷宜州、開封府推官、三司鹽鐵判官等，進史館修撰，擢知制誥，爲翰林學士。出知河陽，徙河中，未行而卒。宋史卷二九四有傳。蘇紳金山寺：「九派分流湧化城，登臨潛覺骨毛清。僧依玉鑑光中坐，客踏金鼇背上行。鍾阜雲開春雨霽，海門雲吼夜潮生。因思絶頂高秋夜，四面雲濤浸月明。」玉鑑：比喻皎潔的月亮。金鼇：比喻臨水山丘。

〔二〕翰院：指蘇紳任翰林學士。詩讖：指所作詩無意中預言了後來發生之事。

〔三〕翟耆年：字伯壽，號黄鶴山人，潤州丹陽（今屬江蘇）人。翟汝文子。以蔭入仕。性孤介，不苟合。棄官歸，著書自娱，善篆、隸、八分書。著有籀史。事迹見古今圖書集成氏族典卷五四〇。篆額：用篆書題寫門額。雄跨閣：嘉定鎮江志卷六：「雄跨堂，乾道初，淮東總領洪适取聖製詩中詞揭之。」

〔四〕長老寶印：即釋寶印。參見本卷十九日注〔四〕。

〔五〕仁宗皇帝御飛白：歐陽修歸田録：「仁宗萬機之暇，無所玩好，惟親翰墨，而飛白尤爲神妙。」飛白，傳統書法筆法之一，筆劃中絲絲露白，似枯筆所寫。始於漢代蔡邕，漢魏宫闕題字廣泛採用。

〔六〕曾子宣丞相：即曾布（一〇三六—一一〇七），字子宣，建昌軍南豐（今屬江西）人。曾鞏弟。嘉祐二年進士。任集賢校理，頗受王安石信任。進翰林學士、兼三司使。黜知饒州。哲宗時任同知樞密院事。徽宗立，被任右僕射。受蔡京排擠，出知潤州，貶廉州司户，徙舒州。卒於潤州。宋史卷四七一有傳。西府：指樞密院。

〔七〕相輪：佛塔的主要部分，指貫串在刹杆上的圓環，多與塔的層數相應，爲塔的表像。翻譯名義集寺塔壇幢：「佛造迦葉佛塔，上施槃蓋，長表輪相，經中多雲相輪，以人仰望而瞻相也。」屋之：指在塔上建小屋。

〔八〕毛吞巨海：五燈會元卷十天台德韶國師：「毛吞巨海，海性無虧；纖芥投鋒，鋒利無動。見與不見，會與不會，唯我知焉。」

〔九〕焦山：嘉定鎮江志卷六：「焦山在江中，去城九里，旁有海門二山。金、焦相望，凡十五里。潤州類集：『舊經言：焦光所隱，故名。』」名藍：有名的伽藍，即名寺。

〔一〇〕梁山軍：隸夔州路。在今重慶梁平。鷺鷥：鷺科大中型涉禽，俗稱白鷺。多見於熱帶濕地，常安静地涉行淺水。國畫常作爲主題。

二十八日。夙興，觀日出江中〔一〕，天水皆赤，真偉觀也。因登雄跨閣，觀二島。左曰鶻山，舊傳有栖鶻〔二〕，今無有。右曰雲根島，皆特起不附山，俗謂之郭璞墓〔三〕。奉使金國起居郎范至能至山〔四〕，遣人相招食於玉鑑堂。至能名成大，聖政所同官，相别八年〔五〕，今借資政殿大學士、提舉萬壽觀、侍讀，爲金國祈請使云。午間，過瓜洲〔六〕，江平如鏡。舟中望金山，樓觀重複，尤爲巨麗。中流風雷大作，電影騰掣，止在江面，去舟財丈餘，急繫纜。俄而開霽，遂至瓜洲。自到京口無蚊，是夜蚊多，始復設幮〔七〕。

二十九日。泊瓜洲，天氣澄爽。南望京口月觀〔八〕、甘露寺、水府廟，皆至近。金山尤近，可辨人眉目也。然江不可横絶，放舟稍西，乃能達，故渡者皆遲回久之〔九〕。舟人以帆弊，往姑蘇買帆，是日方至。檣高五丈六尺，帆二十六幅。兩日間，閲往來渡者，無慮千人，大抵多軍人也。夜觀金山塔燈〔一〇〕。

【箋注】

〔一〕觀日出江中：劍南詩稿卷二金山觀日出：「繫船浮玉山，清晨得奇觀。日輪擘水出，視覺江面寬。遥波蹙紅鱗，翠靄開金盤。光彩射樓塔，丹碧浮雲端。詩人窘筆力，但詠秋月寒。何當羅浮望，湧海夜未闌。」

〔二〕鶻山：輿地紀勝卷七：「鶻山在金山後，有孤峰。以鶻棲其上，故曰鶻山。」鶻，即隼，鷙鳥。翅尖嘴鈎，背青腹黄。馴養後可助捕獵。

〔三〕雲根島：又名石排山，原爲江中一排奇石。至順鎮江志卷七：「石排山，在金山西水中，排一作牌。宋米芾臨金山賦『浮玉掩霧，石牌落潮』。今按韻書，『排』與『簰』通，大桴曰簰。此山皆巉石，隱出水面，狀若木簰，故名石簰耳。」島上葬有東晉郭璞的遺物，俗稱郭璞墓。

〔四〕范至能：即范成大。乾道六年五月，范成大遷起居郎、假資政殿大學士、醴泉觀使兼侍讀、丹陽郡開國公，充金祈請國信使，奉命出使金國。

〔五〕「至能」三句：紹興三十二年末至隆興元年初，陸游任編類聖政所檢討官，曾與范成大同事。隆興元年三月，陸游出爲鎮江通判，至乾道六年六月，恰已八年。

〔六〕瓜洲：長江中沙洲，處於京杭大運河和長江交匯處。元和郡縣志：「昔爲瓜洲村，蓋揚子江中之沙磧也。沙漸漲出，狀如瓜字，遥接揚子渡口。自唐開元來漸爲南北襟喉之處。」

〔七〕幮：似櫥形的帳子。

〔八〕月觀：至順鎮江志卷十三：「月觀在譙樓之西，即古萬歲樓，亦王恭所創。至唐猶存，宋呼爲月臺，後改名月觀。」

〔九〕遲回：猶豫，徘徊。

〔一〇〕「夜觀」句：劍南詩稿卷二晚泊：「半世無歸似轉蓬，今年作夢到巴東。身遊萬死一生地，路入千峰百嶂中。鄰舫有時來乞火，叢祠無處不祈風。晚潮又泊淮南岸，落日啼鴉戍堞空。」

取調節氣血，不必成寐〔五〕；讀書取暢適性靈，不必終卷。衣加損，視氣候，或一日屢變。行不過數十步，意倦則止。雖有所期處，亦不復問。客至，或見或不能見。間與人論説古事，或共杯酒，倦則亟捨而起。四方書疏，略不復遣，有來者，或亟報，或守累日不能報，皆適逢其會，無貴賤疏戚之間。足迹不至城市者率累年。少不治生事〔六〕，舊食奉祠之禄以自給。秩滿，因不復敢請〔七〕，縮衣節食而已。又二年，遂請老〔八〕。法當得分司禄〔九〕，亦置不復言。舍後及旁，皆有隙地，蒔花百餘本。當敷榮時，或至其下，方羊坐起〔一〇〕，亦或零落已盡，終不一往。有疾，亦不汲汲近藥石，久多自平。家世無年，自曾大父以降，三世皆不越一甲子〔一一〕，今獨幸及七十有六，耳目手足未廢，可謂過其分矣。然自記平昔於方外養生之説〔一二〕，初無所聞，意者日用亦或默與養生者合，故悉自書之，將質於山林有道之士云。慶元六年八月一日，山陰陸某務觀記。

【題解】

陸游於乾道元年（一一五六）用京口俸禄在鏡湖邊修築三山別業，次年七月免歸，「始卜居鏡湖之三山」。三山成爲陸游一生，尤其是晚年家居的主要地方。本文爲陸游爲自己居室所作的記

渭南文集箋校卷第二十

記

【釋體】本卷文體同卷十七，收録記十首。

居室記

陸子治室於所居堂之北，其南北二十有八尺，東西十有七尺。東、西、北皆爲窗，窗皆設簾障，視晦明寒燠爲舒卷啓閉之節〔一〕。南爲大門，西南爲小門。冬則析堂與室爲二，而通其小門以爲奧室〔二〕，夏則合爲一，而闢大門以受涼風。歲暮必易腐瓦，補罅隙〔三〕，以避霜露之氣。朝晡食飲〔四〕，豐約惟其力，少飽則止，不必盡器；休息

〔宋〕陸游 著
朱迎平 箋校

渭南文集箋校

三

上海古籍出版社

文，叙述居室的位置、規模、環境和在其中的日常起居生活，書寫自己清逸高雅的情趣。

本文據篇末自署，當作於慶元六年（一二〇〇）八月一日。時陸游致仕家居。

參考卷十八書巢記、本卷東籬記。

【箋注】

〔一〕寒燠：冷暖。漢書天文志：「故日進爲暑，退爲寒。若日之南北失節，晷過而長爲常寒，退而短爲常燠。此寒燠之表也，故曰爲寒暑。」

〔二〕奥室：内室。後漢書梁冀傳：「堂寢皆有陰陽奥室，連房洞户。」

〔三〕罅隙：縫隙，裂縫。姚合拾得古硯：「背面生罅隙，質狀樸且醜。」

〔四〕朝晡：指一日兩餐之食。王翰古娥眉怨：「朝晡泣對麒麟樹，樹下蒼苔日漸斑。」

〔五〕成寐：入睡。杜甫東屯月夜：「天寒不成寐，無夢寄歸魂。」

〔六〕生事：即生計。常璩華陽國志蜀志：「山原肥沃，有澤漁之利……土地易爲生事。」

〔七〕「舊食」三句：劍南詩稿卷三七病雁（自注：祠禄將滿，幸粗支朝夕，遂不敢復有請，而作是詩）：「東歸或十載，四忝侍祠官。雖云幸得飽，早夜不敢安。」時在慶元四年九月。

〔八〕「又二年」二句：陸游致仕在慶元五年五月。　請老：請求退休養老。

〔九〕分司禄：指分穀米。司禄原爲官名，周禮地官序官「司禄」，鄭玄注：「主班禄。」

〔一〇〕敷榮：開花。　方羊：即彷徉。徘徊。左傳哀公十七年：「如魚竀尾，衡流而方羊。裔焉大國，滅之將亡。」

〔二〕家世無年：家族壽命不長。宋書謝莊傳：「家世無年，亡高祖四十，曾祖三十二，亡祖四十七。」陸游曾祖陸珪生卒年不詳，祖父陸佃（一〇四二—一一〇二）、父親陸宰（一〇八八—一一四八）均享年六十。

〔三〕方外：世外。楚辭遠遊：「覽方外之荒忽兮，沛罔象而自浮。」此指佛教和道教。

邵武縣興造記

太平興國五年，詔即建州邵武縣置邵武軍，而縣爲屬，其治在軍之東〔一〕。建炎三年，盜起閩縣〔二〕，邵武亦被兵，焚官寺民廬略盡。紹興十年，作譙門〔三〕。十六年，作守丞治所〔四〕。於是學宫軍壘，囹圄倉廥〔五〕，以次皆復其舊。獨縣故地廢爲教場，而縣寓尉廨〔六〕。至二十一年，知縣事葉邃始復縣治，未及成，安撫使用兵官王存之請〔七〕，即日撤除，滌地皆盡，而縣徙寓武陽驛。乾道六年，知縣事尤昂始作縣門，它猶未暇及。慶元四年，宣義郎史君定之來爲縣〔八〕，始至而歎曰：「縣，古子男國也〔九〕。因時之治忽〔一〇〕，政之善否，以爲盛衰。自建炎己酉，訖今歲在戊午〔一一〕，凡七十年。自高宗皇帝至今天子，歷四聖，寬賦薄征，休養元元，歲且屢豐，公饒私餘，生齒繁滋〔一二〕，考之九域圖〔一三〕，郡户八萬七千九百有奇，今增五萬四千二百有奇，爲户十四萬二千一百有奇，可謂盛矣。而邵武一邑，獨當户五萬六千四百有奇，爲郡境十之四，則吾邑顧不又盛哉！而反寓其治於傳舍，詔敕法令，圖志符檄，護藏不嚴，棲列無所；決訟問囚，延見丞佐與賓客之來者，其地皆褊迫庳陋〔一四〕，仰漏旁穿，非所以宣布德澤、示民以上下之分也。」念非所先，姑置弗議。比爲政期年，家無弗伸之冤，庭無弗直之訟，善無濫刑，惡無佚罰〔一五〕。太守趙侯不譎知君爲深，君所設施，郡未嘗以勢撓焉。以故君之政成，民之俗變，有所爲輒共成之，於是始有意於新縣治矣。會得吏蠹與用度之餘〔一六〕，爲錢百餘萬。自五年七月甲午鳩工〔一七〕，至十月己巳落成。出令有所，燕息有次〔一八〕，勞賓有館，胥吏徒役，咸有寧宇〔一九〕，貨布器物，各司其局，事立令行，老稚舞歌，視承平舊觀有加焉。而木章竹箇，瓦甓髹丹，悉視時低昂，交手畀予〔二〇〕。梓匠、杇鏝、百工之來者〔二一〕，得直皆如私家。訖事，民不及知，吏不得沿以爲姦，非君之才有餘，顧能若是哉！堂之名有九：曰晝簾，曰無私，曰近民，曰仁平，曰居敬樓，曰瞻雲軒，曰讀書，曰如水亭，曰海棠。其扁牓多君自書〔二二〕，有筆法。其命名之意，即其地可知，故不詳著。君蓋故丞相、太師魏公之孫〔二三〕。予魏公客也，故君與趙侯皆以記縣之興造爲請。予受知魏公時甫壯歲爾〔二四〕，俯仰四十餘年〔二五〕，同時賓客凋喪略盡，而予偶獨後死，見君以才稱於世，且猶能秉筆有所紀述，亦可謂幸矣，故不復辭。慶元六年九月癸酉，中大夫、直華文閣致仕陸某記并書。

【題解】

邵武縣南宋時隸屬福建路邵武軍，縣城建炎年間毀於兵火。紹興後逐漸恢復，但仍不成規模。慶元四年史定之出任知縣，始全力興造縣治，於慶元五年落成。史定之爲故丞相史浩之孫，陸游曾受知於史浩，故史定之求記於陸游。本文爲陸游爲邵武縣興造落成所作的記文，考述邵武沿革，記述縣治興造始末，稱贊史定之之才幹。

本文據篇末自署，當作於慶元六元年（一二〇〇）九月癸酉（二十）日。時陸游致仕家居。

【箋注】

〔一〕「詔即」三句：宋代地方行政區有府、州、軍、監之稱，其中「軍」起源於五代時期藩鎮節度使管轄的縣一級行政區，至宋代部分上升到州一級。邵武縣升置邵武軍，邵武軍下轄邵武、光澤、泰寧、建寧四縣，即是其例。其治在軍之東，指縣政府在軍政府之東。

〔二〕閩縣：屬福州府，在邵武東南。

〔三〕譙門：建有瞭望樓的城門。漢書陳勝傳：「攻陳，陳守令皆不在，獨守丞與戰譙門中。」顏師古注：「譙門，謂門上爲高樓以望者耳。」

〔四〕守丞：輔助縣令的主要官吏。

〔五〕學宮：指縣里的孔廟，爲儒學教官的衙署。　軍壘：軍營。　囹圄：監獄。禮記月令：「命有司，省囹圄，去桎梏。」孔穎達疏：「囹，牢也；圄，止也，所以止出入，皆罪人所舍也。」

倉廥：貯藏糧食和草料的倉庫。參見卷十九會稽縣新建華嚴院記注〔六〕。

〔六〕縣寓尉廨：縣衙署寄寓在縣尉的官署内。

〔七〕兵官：軍官。晉書職官志：「武帝甚重兵官，故軍校多選朝廷清望之士居之。」

〔八〕宣義郎：宋代文臣階官名之二十七級，從八品。　史定之：字子應，自號月湖老樵，鄞縣（今浙江寧波）人。以祖恩補修職郎，授豫章丞。慶元四年知邵武縣，改知蘭溪縣。開禧三年知吉州。嘉定間知饒州、池州。有月湖集，已佚。鄞縣通志文獻志有傳。

〔九〕子男：子爵和男爵。國語鄭語：「是其子男之國，虢、鄶爲大。」

〔一〇〕治忽：治理或怠忽。書益稷：「予欲聞六律五聲八音，在治忽，以出納五言。」孔安國傳：「言欲以六律和聲音，在察天下治理及怠忽者。」

〔一一〕建炎己酉：即建炎三年（一一二九）。　歲在戊午：即慶元四年（一一九八）。

〔一二〕生齒：人口，人民。權德輿司徒贈太傅馬公行狀：「生齒益息，庶物蕃阜。」

〔一三〕九域圖：九州地圖。劍南詩稿卷書歎：「書生有淚無揮處，尋見祥符九域圖。」原注：「祥符中，曾詔王曾等修九域圖。」

〔一四〕褊迫：狹窄，不寬廣。封演封氏聞見記第宅：「高宗時，中書侍郎李義琰亦至褊迫。」庳陋：矮小簡陋。新唐書盧懷慎傳：「望懷慎家，環堵庳陋。」

〔一五〕濫刑：過量的刑罰，任意判罪或施刑。　佚罰：指罰而失當。書盤庚上：「邦之不臧，惟予一人有佚罰。」孔安國傳：「佚，失也。」蔡沈集傳：「惟我一人失罰其所當罰也。」

〔一六〕吏蠹：指吏胥的弊害。黄庭堅次韻吴可權題餘干縣白雲亭：「弦歌解民愠，根節去吏蠹。」

〔一七〕鳩工：聚集工匠。黄滔泉州開元寺佛殿碑記：「乃割俸三千緡，鳩工度木。」

〔一八〕燕息：安息。語本詩小雅北山：「或燕燕居息。」毛傳：「燕燕，安息貌。」

〔一九〕寧宇：指固定的住所。曾鞏瀛洲興造記：「賓屬士吏，各有寧宇。」

〔二〇〕木章竹箇，瓦甓髹丹：木料、竹材、磚瓦、塗料，泛指各種建材。　低昂：指價格高低。王充論衡變動：「故穀價低昂，一貴一賤矣。」　交手畀予：拱手給予。交手，拱手，形容恭敬。漢書燕刺王劉旦傳：「前高后時，僞立子弘爲皇帝，諸侯交手事之八年。」顔師古注：「交手，謂拱手也。」

〔二一〕杇鏝：塗飾，粉刷。此指粉刷匠。白居易修香山寺記：「大小屋共七間，凡支壞補缺，壘隤覆漏，杇鏝之功必精。」

〔二二〕扁牓：即匾額。掛在廳堂、亭榭上的題字横額。

〔三〕故丞相、太師魏公：指史浩。曾任右丞相，封太師、魏國公。參見卷七謝參政啓題解。

〔四〕「予受知」二句：陸游於紹興三十二年（一一六二）得史浩薦舉，遷樞密院編修官，及被賜進士出身，時年三十八歲。參見卷七謝參政啓、謝賜出身啓。

〔五〕俯仰：比喻時間短暫。

諸暨縣主簿廳記

建炎、紹興間，予爲童子，遭中原喪亂，渡河沿汴，涉淮絶江，間關兵間以歸〔一〕。方是時，天子暴衣露蓋，櫛風沐雨，巡狩四方，曾不期月休也〔二〕。大臣崎嶇於山海阻險之地，草行露宿，不敢告勞，亦宜矣。况於州牧郡守以降，籧篨一厦以治其事者相望，又况降而爲縣令丞簿者哉〔三〕！及王室中興，内外粗定，然郡縣吏寓其治於郵亭民廬、僧道士舍者〔四〕，尚比比皆是。積累六七十年，四聖相授〔五〕，天下日益無事，兵寢歲登，用度饒餘，然後皆得稍復承平之舊。至於縣，則有迨今苟且因循者。主簿在縣官中，卑於令丞，而冷於尉〔六〕，非甚有才，則其舉事爲尤難。若諸暨主簿丁君窑者，可謂才矣。君海陵人也，今居吴，世有顯人，爲吏精察而平恕，學工文辭，而不忽簿書期會之事〔七〕。嘗兼攝丞，久之，得添給〔八〕，不取一錢，皆用以新主簿之廨。諸暨舊無丞，元豐間置丞，徙主簿以居之。而主簿更得廨，乃故鹽廥，藉濕支傾〔九〕，殆不可居。然閱百二十年〔一〇〕，爲主簿者凡幾人，至君乃更新之，不亟不徐，不侈不陋，不費於公，不斂於民，竹箇木章，瓦甓丹堊，不蠹，不苦窳，不漫漶〔一一〕。堂後舊有池，自君來，比二歲，産異蓮駢跗〔一二〕，邑人歡傳，以爲君且通貴之祥〔一三〕，相與名其池上之亭曰雙蓮。君故不喜怪，而邑人之意如此，亦足知其得民也。君與予之子子虡遊〔一四〕，乃因子虡請記歲月，予不得辭也。昔我藝祖肇造區夏，當乾德六年二月癸亥，嘗詔郡縣吏代歸者，皆上其官舍敝壞或興葺之數於有司，以爲殿最〔一五〕。於虖！祖宗明詔，具在汗簡，而近世乃有相戒以爲非急務，且徒速謗者〔一六〕，獨安取此哉！予嘗備太史牛馬走，獲窺金匱石室之藏〔一七〕，故敢并記之，以曉他在仕者。嘉泰元年十月二十七日，中大夫、直華文閣、山陰縣開國男、食邑三百户致仕陸某記。

【題解】

諸暨縣爲紹興府下屬八縣之一。主簿爲宋代州縣設置的掌文書之官。朱熹建陽縣主簿廳記云：「縣之屬有主簿，掌縣之簿書。凡民租之版，出納之會，符檄之要，獄訟之成，皆總而治之。勾檢其事之稽遲與財之亡失，以贊令治。」南渡以後，州縣治所敝壞難修，主簿廳舉事尤難。諸暨縣主簿丁宻努力更新，且因陸游之子子虡請爲記。本文爲陸游爲諸暨縣主簿廳作所的記文，記叙南宋官舍變遷及丁宻更新主簿廳始末，追述太祖重視官舍興葺詔令以曉時人。

本文據篇末自署，當作於嘉泰元年（一二〇一）十月二十七日。時陸游致仕家居。

【箋注】

〔一〕閒關：即輾轉。漢書王莽傳：「王邑晝夜戰，罷極，士死傷略盡，馳入宫，閒關至漸臺。」顔師古注：「閒關猶言崎嶇輾轉也。」

〔二〕暴衣露蓋：日曬衣裳，露濕車蓋。參見卷十六德勳廟碑注〔一二〕。櫛風沐雨：風梳髮，雨洗頭。形容奔波勞苦。語本莊子天下：「沐甚雨，櫛急風。」巡狩：即巡守。指天子出行視察邦國州郡。書舜典：「歲二月，東巡守，至於岱宗，柴。」孔傳：「諸侯爲天子守土，故稱守。巡，行之。」孟子梁惠王下：「天子適諸侯曰巡狩。巡狩者，巡所守也。」不期月休：指整年無休。期月，一整年。論語子路：「子曰：『苟有用我者，期月而已可也，三年有成。』」邢昺疏：「期月，周月也，謂週一年之十二月也。」

〔三〕籧篨一廈：以粗竹席搭成一屋。籧篨，粗竹席。方言第五：「簟，其粗者謂之籧篨。」縣令丞簿：縣令和縣丞、主簿，後二者均佐令治縣。

〔四〕郵亭：驛館，遞送文書者休止之所。漢書薛宣傳：「過其縣，橋梁郵亭不修。」顔師古注：

「郵，行書之舍，亦如今之驛及行道館舍也。」

〔五〕四聖：指高宗、孝宗、光宗、寧宗。

〔六〕冷於尉：比縣尉更不受重視。縣尉掌一縣治安。

〔七〕海陵：古縣名，南宋爲淮南東路泰州治所，今屬江蘇泰州。　精察：精細明察。韓愈、孟郊征蜀聯句：「石潛設奇伏，穴覷騁精察。」　平恕：持平寬仁。吴兢貞觀政要公平：「古稱至公者，蓋謂平恕無私。」　期會：在規定期限内實施政令，多指財物之類出入。漢書王吉傳：「公卿幸得遭遇其時，言聽諫從，然未有建萬世之長策，舉明主於三代之隆替也。其務在於期會簿書，斷獄聽訟而已，此非太平之基也。」

〔八〕兼攝丞：兼代理縣丞。　添給：指俸禄之外的補貼。沈括夢溪筆談故事：「元豐中，改立官制，内外制皆有添給，罷潤筆之物。」

〔九〕故鹽廥：存放鹽的舊倉庫。　藉濕支傾：指襯墊潮濕，支撑傾斜。

〔一〇〕閲：經歷。

〔一一〕苦窳：粗糙質劣。苦，通「盬」。韓非子難一：「東夷之陶者器苦窳，舜往陶焉，期年而器牢。」　漫漶：模糊不可辨别。韓愈新修滕王閣記：「於是棟楹梁桷板檻之腐黑撓折者，蓋瓦級磚之破缺者，赤白之漫漶不鮮者，治之則已，無侈前人，無廢後觀。」

〔一二〕駢跗：雙萼，并蒂。跗，同「柎」。李石芝草：「駢跗兼紅紫，合蓋暈黄白。」

〔一三〕通貴：通達貴顯。南史沈慶之傳：「慶之既通貴，鄉里老舊素輕慶之者，後見皆膝行而前。」

〔一四〕子虡：陸游長子，字伯業。歷官縣簿、六安令、通判、知江州。曾與修會稽志。

〔一五〕藝祖：此指宋太祖。區夏：諸夏之地，指華夏。書康誥：「用肇造我區夏。」孔安國傳：「始爲政於我區域諸夏。」「嘗詔」句：宋大詔令集卷一九〇令外郡官罷任具官舍有無破損及增修文帳詔：「郡國之政，三年有成；官次所居，一日必葺。如聞諸道藩鎮郡邑府署倉庫等，凡有損庳，多不繕修，因循歲時，漸至頹圮。及僝工而庀役，必倍費以勞民。自今節度、觀察、防禦、團練、刺史、知州、通判等罷任日，具官舍有無破損及增修文帳，仍委前後政各件以聞。其幕職、州縣官候得替，據增葺及創造屋宇，對書新舊曆子，方許給付解由。損壞不完補者殿一選；如能設法不擾人整葺或創造舍宇，與減一選；無選可減者取收。」殿最：古代考核政績，下等稱殿，上等稱最。漢書宣帝紀：「其令郡國歲上繫囚以掠笞瘐死者所坐名、縣、爵、里，丞相御史課殿最以聞。」顔師古注：「凡言殿最者，殿，後也，課居後也；最，凡要之首也，課居先也。」

〔一六〕速謗：招致譭謗。張説進白烏賦：「恐同類之見嫉，畏不才之速謗。」

〔一七〕備太史牛馬走：自謙曾任史官。太史牛馬走，語本文選司馬遷報任少卿書：「太史公牛馬走司馬遷再拜言。」李善注：「走，猶僕也……自謙之辭也。」金匱石室：古時保存書契文獻之處。漢書高帝紀下：「又與功臣剖符作誓，丹書鐵契，金匱石室，藏之宗廟。」顔師古

注：「如淳曰：『金匱，猶金縢也。』以金爲匱，以石爲室，重緘封之，保慎之義。」

婺州稽古閣記

大觀二年九月乙丑，天子既大興學校，舉經行之士，於是詔天下州學經史閣，皆賜名「稽古」〔一〕。婺州稽古閣者，本以閣之下爲講堂，而閣用大觀詔書易名。紹興中，學廢於火，及再建講堂，雖復其故，不暇爲閣。至嘉泰元年，太守丁公逢乃即講堂後得舊直舍地以爲閣，而請於今參知政事許公大書其顔〔二〕。公書宏偉有漢法，於是閣一日而傳天下。丁公既代去，曾公㮚來爲郡〔三〕，閣之役尚未既也。於是窗户闌楯〔四〕，瓦甓髹丹，粲然皆備。又爲兩廡，達於講堂，高廣壯麗無遺力。南山在其上，雙溪繚其下，烟雲百變，朝莫獻狀〔五〕。閣之後有仰高堂，舊祠資政宗公澤、尚書梅公執禮、中書舍人潘公良貴〔六〕。三公皆郡人，有忠義大節，而祠庳陋且弗葺，曾公徹而大之，始奕奕與閣稱〔七〕。曾公以邦人之請，及州學教授潘君夢得所叙，移書史官山陰陸某，願記其始末。時方修孝宗、光宗兩朝實録，業大事叢，而奏篇有程，久乃能如曾公之請。夫堯、舜、禹、皋陶，書紀其事雖不同，然未嘗不同者，稽古也。稽古必以書，前乎堯舜之書，其易之始畫與典墳乎〔八〕？易之畫幸在至今，而三墳、五典自楚倚相以後〔九〕，不聞有能盡讀者，世所共歎也。雖然，今讀易不能知伏羲之心，讀典謨不能知堯、舜、禹、皋陶之心〔一〇〕，雖典墳盡在，亦何益於稽古？故予以爲士能玩易之畫，與身親見虙羲等；反覆盡心於典謨，與身親見堯、舜、禹、皋陶等。能親見聖人，而不能佐其君，興聖人之治理，豈有是哉！士之放逸惰偷〔一一〕，不力於學者，固所不論。學而不親見聖人，猶未學也；親見不疑而不用於天下，則有命焉。進則不負所學，退則安吾命而無愠，斯可仰稱大觀詔書，與賢守復閣之意矣。士尚勉之。嘉泰二年閏月二十五日，中大夫、直華文閣、提舉佑神觀、兼實録院同修撰、兼同修國史陸某謹記。

【題解】

稽古，指考察古事。書堯典：「曰若稽古。帝堯曰放勳。」婺州於南宋屬兩浙路。婺州州學稽古閣因徽宗大觀詔書而命名。紹興中廢於火，嘉泰初始重建。曾桌知婺州後完成建閣，且增建仰高堂，并移書陸游求記。本文爲陸游爲婺州稽古閣所作的記文，追述稽古閣命名緣起及婺州稽古閣重建始末，發揮「稽古」之義，勉勵士大夫「進則不負所學，退則安吾命而無愠」。

本文據篇末自署，當作於嘉泰二年（一二〇二）閏十二月二十五日。時陸游在直華文閣提舉佑神觀、兼實録院同修撰兼同修國史任上。

【箋注】

〔一〕「大觀」五句：宋大詔令集卷一七九賜諸路州學經閣名：「比聞諸路州學有閣藏書，皆以經史爲名。方今崇八行以迪多士，尊六經而黜百家，史何足言？應已置閣處，可賜名『稽古』。」徽宗大觀二年，即一一〇八年。經行：經術品行。漢書師丹傳：「丹經行無比，自近世大臣能若丹者少。」

〔二〕丁公逢：即丁逢，慶元四年曾以司農少卿兼知臨安府，五年六月除宫觀。嘉泰元年知婺州。直舍：當值辦事之處。今參知政事許公：即許及之，字深甫，温州永嘉人。隆興元年進士。因諂事韓侂胄，慶元四年同知樞密院事。嘉泰二年十一月，拜參知政事，進知樞密院事兼參政。宋史卷三九四有傳。書其顔：爲稽古閣書寫匾額。

〔三〕曾公㮚：即曾㮚，爲曾幾孫。

〔四〕闌楯：欄杆。梁元帝攝山棲霞寺碑：「七重闌楯，七寶蓮花，通風承露，含香映日。」

〔五〕朝莫：同「朝暮」。

〔六〕資政宗公澤：即宗澤（一〇六〇—一一二八）字汝霖，婺州義烏人。元祐進士。靖康元年知磁州，阻金兵南下。建炎元年爲東京留守，屢敗金兵。先後上書二十餘道，奏請高宗還都，以圖恢復。受權臣所抑，憂憤成疾，臨終連呼過河者三。謚忠簡。宋史卷三六〇有傳。尚書梅公執禮：即梅執禮（一〇七九—一一二七）字和勝，婺州浦江人。崇寧進士。靖康元年任户部尚書。金兵南下，勸帝親征。次年京城失守，謀集兵夜襲金帥帳，迎二帝歸，謀泄而敗。金人命搜刮金銀，以數不足被殺。宋史卷三五七有傳。中書舍人潘公良貴：即潘良貴（一〇九四—一一五〇），字子賤，婺州金華人。政和五年以上舍釋褐爲太學博士。高宗即位，召爲左司諫，首請殺叛國之臣，被權臣排擠而去。累官中書舍人，奉祠歸里，十年不出。家居貧甚，秦檜諷令求郡，不從。宋史卷三七六有傳。

〔七〕庳陋：矮小簡陋。徹：治，開發。奕奕：高大貌。詩大雅韓奕：「奕奕梁山，維禹甸之。」毛傳：「奕奕，大也。」

〔八〕典墳：即三墳五典。傳説中的古書名。文選張衡東京賦：「昔常恨三墳五典既泯，仰不睹炎帝帝魁之美。」薛綜注：「三墳，三皇之書也；五典，五帝之書也。」

〔九〕楚倚相：指春秋時楚靈王左史倚相。左傳昭公十二年：「左史倚相趨過，王曰：是良史也，是能讀三墳、五典、八索、九丘。」

〔一〇〕典謨：尚書中堯典、舜典、大禹謨、皋陶謨等篇並稱，亦代指尚書。

〔一一〕放逸：放縱逸樂。逸周書時訓：「蜩不鳴，貴臣放逸。」惰偷：懈怠苟且。蘇軾謝館職啓：「遇寵知懼，庶不至於惰媮。」

智者寺興造記

婺州金華山智者廣福禪寺，浮圖氏所謂梁樓約法師道場〔一〕，國朝開寶九年，始爲禪寺〔二〕。自浄悟禪師全肯傳三十七代〔三〕，二百餘年，至慶元之五年，而仲玘實來。方是時，事廢不舉，地茀不糞，棟橈柱腐，垣斷甃缺，若不可復爲者〔四〕。玘植杖而四顧曰〔五〕：「智者之爲寺，天造地設者至矣，而人事不能充焉，故寖壞至於此〔六〕。天其使我興此地歟？」乃諏諸爲地理學者〔七〕，則其言與玘略合。蓋寺在金華山之麓，峰嶂屹立，林岫間出〔八〕，日月映蔽，風雲吞吐，而前之形勢無以留之。如王公大人南嚮坐帷幄中，宜其前有列鼎大牲之養，盛禮備樂之奉，賓客進趨，擯相襜翼，將吏武士，執檛執何，然後爲稱〔九〕。今乃巍然獨坐，而侍衛者皆奔趨而去，則其威重無乃少損乎？於是始議鑿大池，潴水於門，梁其上，通大路，而增門之址，高於故三之二，異時所謂奔趨而去者，皆肅然就列，恪然執事〔一〇〕，則王公大人之尊，於是始全，則其施置建立，號令賞罰，亦何可少訾耶〔一一〕？方議之初，或謂門有大木數十，必盡去乃可興池役，而木所從來久，以是未決。忽一夕大風，木盡拔，若有鬼神相其役者，其亦異矣！玘之來，百役皆作，修廊傑閣，虛堂廣殿〔一二〕，至於棲衆養老之室，庖湢帑庾之所〔一三〕，繚爲垣墻，引爲道路，莫不美於觀而便於事。後雖有能者，無以加焉。玘有道行，爲其徒所宗，而才智器局，又卓然不凡如此〔一四〕，故薦紳多喜道之。予又與有夙昔〔一五〕，且嘗記其嚴州南山興造之盛。故玘今又從予求作智者興造記，而予友人寧遠軍節度使、提舉佑神觀姜公邦傑〔一六〕，復以手書助之請。未及屬稿，而邦傑歿，予尤感焉。雖耄，不敢詞也〔一七〕。今兹之役池爲大，故書之特詳。嘉泰三年十月二十九日記。

【題解】

婺州金華山智者寺歷史悠久，北宋起始爲禪寺，其後漸趨頹圮。慶元五年，仲玘禪師來爲住持，重新興造寺院殿閣。仲玘曾於紹熙四年請陸游爲重修嚴州報恩寺作記，智者寺竣工後，再請陸游爲記。本文爲陸游爲智者寺興造所作的記文，詳述興造始末，稱道仲玘才智器局卓然不凡。後陸游將本文親爲書丹，仲玘將陸游寺記及致其書信八首均刻石勒碑，留存至今。陸游書劄及相關考證參見于譜嘉泰三年注〔一九〕。

本文據篇末自署，當作於嘉泰三年（一二〇三）十月二十九日。時陸游修史完畢去國家居，轉太中大夫。

參考渭南集外文與仲玘書。

【箋注】

〔一〕智者廣福禪寺：位於今浙江金華北郊五公里左右的金華山南麓，尖峰山（芙蓉峰）以西。梁樓約法師道場，法師俗姓樓，名慧約，字德素，金華義烏人。十七歲於上虞東山寺出家爲僧，與太守沈約同游金華山赤松澗後，即留山結庵修行。天監十一年（五一二），梁武帝召樓約法師至京爲其受菩薩戒，并親執弟子禮，并賜號「智者國師」。普通七年（五二六）梁武帝於金華山芙蓉峰麓爲其敕建智者寺。

〔二〕「國朝」二句：宋太祖開寶九年（九七六）智者寺始稱智者廣福禪寺。

〔三〕浄悟禪師全肯：天台韶國師法嗣。見五燈會元卷十智者全肯禪師條。

〔四〕茀：雜草叢生。　糞：掃除，清理。　楝橈：屋樑脆弱曲折。易大過彖：「棟橈，本末弱也。」

〔五〕植杖：倚仗，扶杖。語本論語微子：「子路從而後，遇丈人，以杖荷蓧。子路問曰：『子見夫子乎？』丈人曰：『四體不勤，五穀不分，孰爲夫子？』植其杖而芸。」

〔六〕寖壞：逐漸衰敗。舊唐書郭子儀傳：「自兵亂以來，紀綱寖壞，時多躁競，俗少廉隅。」

〔七〕諏：詢問。　地理學：指風水之術。韓琦誌石蓋記：「得釋保聰善地理學，遣侄公彦同往視焉。」

〔八〕林岫：泛指山林。世説新語言語：「（道壹道人）從都下還東山，經吳中，已而會雪下，未甚寒。諸道人問在道所經，壹公曰：『風霜固所不論，乃先集其慘澹；郊邑正自飄瞥，林岫便已皓然。』」

〔九〕列鼎：陳列盛有盛饌的鼎器。孔子家語致思：「從車百乘，積粟萬鍾，累茵而坐，列鼎而食。」大牲：供祭祀用的牛。易萃：「用大牲，吉，利有攸往，順天命也。」李鼎祚集解引鄭玄曰：「大牲，牛也。」擯相：導引賓客，執贄禮儀。周禮秋官司儀：「掌九儀之賓客擯相之禮，以詔儀容辭令揖讓之節。」鄭玄注：「出接賓曰擯，入贊禮曰相。」襜翼：襜帷羽翼，比喻圍繞四周的侍臣。執檛：執鞭。孰何：即誰何。指詰問。

〔一〇〕「於是」九句：此指智者寺原在山麓，位置較低，所見景物皆「奔趨而去」，現擬提高寺門位置三分之二，則所見兩邊山峰皆「肅然就列，恪然執事」。瀦，聚積。梁其上，在水池上架橋。恪然，恭敬貌。

〔一一〕訾：批評，議論。

〔一二〕虛堂：高堂。蕭統示徐州弟：「屑屑風生，昭昭月影。高宇既清，虛堂復静。」

〔一三〕庖湢：廚房和浴室。帑庾：儲藏錢、糧的倉庫。

〔一四〕道行：僧道修行的工夫。支遁五月長齋詩：「淵汪道行深，婉婉化理長。」器局：器量，度量。晉書何充傳：「何充器局方概，有萬夫之望。」

〔一五〕夙昔：指昔時交情。

〔一六〕姜公邦傑：即姜特立，字邦傑，號梅山老人，處州麗水人。以父恩補承信郎。淳熙中還福建兵馬副都監。趙汝愚薦於朝，召見獻詩，除閤門舍人，充太子宮左右春坊。孝宗即位，除知閤門事。恃恩縱恣，被劾罷。復除浙東副總管。寧宗時，官終寧遠軍節度使。特立工於詩，意境超曠。有梅山集、梅山續稿。傳列宋史卷四七〇佞幸傳。

〔一七〕詞：通「辭」，違也。

常州奔牛閘記

岷山導江，行數千里，至廣陵、丹陽之間，是爲南北之衝，皆疏河以通餫餉〔一〕。北爲瓜州閘〔二〕，入淮、汴以至河、洛。南爲京口閘，歷吳中以達浙江〔三〕。而京口之東，有吕城閘〔四〕，猶在丹陽境中。又東有奔牛閘〔五〕，則隸常州武進縣。以地勢言之，自創爲餫河時〔六〕，是三閘已具矣。蓋無之，則水不能節，水不節，則朝溢暮涸，安在其爲餫也？蘇翰林嘗過奔牛，六月無水，有仰視古堰之歎〔七〕。則水之苦涸固久，地志概述本末而不能詳也。今知軍州事趙侯善防，字若川，以諸王孫來爲郡，未滿歲，政事爲畿内最〔八〕。考古以驗今，約己以便人，裕民以束吏，不以難止，不以毁疑，不以費懼。於是郡之人僉以閘爲請，侯慨然是其言。會知武進縣丘君壽雋來白事〔九〕，所陳利病益明。侯既以告於轉運使，且亟以其役專畀之丘君〔一〇〕。於是凡閘前後左右受水之地，悉伐石於小河元山〔一一〕。爲無窮計，舊用木者皆易去之。凡用工二萬二千，石二千六百，錢以緡計者八千，米以斛計者五百，皆有奇〔一二〕。又爲屋以覆閘，皆宏傑牢堅〔一三〕。自鳩材至訖役，閲三時〔一四〕，其成之日，蓋嘉泰三年八月乙巳也。明年正月丁卯，侯移書來請記。予謂方朝廷在故都時，實仰東南財賦，而吴中又爲東南根柢〔一五〕，語曰：「蘇、常熟，天下足。」故此閘尤爲國用所仰。遲速豐耗，天下休戚在焉。自天子駐蹕臨安，牧貢戎贄〔一六〕，四方之賦輸，與郵置往來、軍旅征戍、商賈貿遷者〔一七〕，途出於此，居天下十七，其所繫豈不愈重哉！雖然，猶未盡見也。今天子憂勤恭儉〔一八〕，以撫四海，德教洋溢，如祖宗時。齊、魯、燕、晉、秦、雍之地〔一九〕，且盡歸版圖，則龍舟仗衛，復泝淮汴以還故都，百司庶府，熊羆貔虎之師，翼衛以從〔二〇〕，戈旗蔽天，舳艫相銜，然後知此閘之功，與趙侯爲國長慮遠圖之意，不特爲一時便利而已。侯，吾甥也，請至四五不倦，故不以衰耄辭〔二一〕。三月丙子，太中大夫、充寶謨閣待制致仕、山陰縣開國子、食邑五百户、賜紫金魚袋陸某記〔二二〕。

【題解】

常州奔牛閘是大運河江南水閘之一，地處江南水路要衝，但長期乾涸缺水。嘉泰三年，宋宗室趙善防知常州，支持武進縣令重修奔牛閘成，并請記於陸游。本文爲陸游爲常州奔牛閘所作的記文，記述奔牛閘沿革及重修始末，闡述奔牛閘「爲國用所仰」，關係「天下休戚」的重要地位，稱贊趙侯爲國「長慮遠圖」。

本文據篇末自署，當作於嘉泰四年（一二〇四）三月丙子（十三）日。時陸游致仕家居。

參考卷十八常州開河記。

【箋注】

〔一〕疏河：指疏通運河河道。餫餉：運送糧餉。餫，運糧贈送。

〔二〕瓜州閘：在大運河與長江交匯處江北側。與江南側京口閘隔江相望。王安石詩稱「京口瓜州一水間」。

〔三〕吴中：即吴縣。今蘇州吴中。

〔四〕吕城閘：大運河江南水閘之一，在今江蘇丹陽東部。因三國時東吴大將吕蒙在此屯兵築城而得名。

〔五〕奔牛閘：咸淳毗陵志卷十五引輿地志：「漢有金牛出茅山，經曲阿至此驟奔，故名。東坡有『卧看古堰横奔牛』之句。」

〔六〕餫河：即運河。

〔七〕蘇翰林：指蘇軾，曾任翰林學士。蘇軾次韻答賈耘老詩：「東來六月井無水，卧看古堰横奔牛。」

〔八〕趙善防：字若川，漢恭靖王趙元份裔孫。紹熙四年進士。嘉泰三年知常州。開禧元年知臨安府，二年除福建路轉運判官。　畿内：指京城管轄地區。常州與臨安府同屬兩浙路，故稱。

〔九〕白事：禀告公務。三國志董卓傳「睚眥之隙必報」，裴松之注引王粲英雄記：「卓欲震威，侍御史擾龍宗詣卓白事，不解劍，立撾殺之。」

〔一〇〕其役：指重修工程。　畀：給予。

〔一一〕伐石：採石料。

〔一二〕有奇：有餘。漢書食貨志：「而罷大小錢，改作貨幣，長二寸五分，廣一寸，首長八分有奇。」顔師古注：「奇，音居宜反，謂有餘也。」

〔一三〕宏傑：即宏偉。舊唐書李華傳：「華文體温麗，少年宏傑之氣。」

〔一四〕閲三時：經歷春、夏、秋三季農作之時。左傳桓公六年：「絜粢豐盛，謂其三時不害而民和年豐也。」杜預注：「三時，春、夏、秋。」

〔一五〕故都：指北宋都城汴京。　根柢：比喻根基，基礎。後漢書王充王符傳論：「百家之言政者尚矣，大略歸乎寧固根柢，革易時敝也。」

〔一六〕牧貢戎贄：指四周邦國的貢品、獻禮。

〔一七〕郵置：驛站。後漢書郭太傳：「又識張孝仲芻牧之中，知范特祖郵置之役。」李賢注：「廣雅曰：『郵，驛也。』風俗通曰：『漢改郵爲置。置者，度其遠近之間而置之也。』」貿遷：販運買賣。荀悦申鑒時事：「貿遷有無，周而通之。」

〔一八〕憂勤：多指帝王爲國事憂慮勤勞。史記司馬相如列傳：「且夫王事固未有不始於憂勤，而終於佚樂者也。」

〔一九〕「齊魯」句：泛指北方失地。

〔二〇〕熊羆貔虎：均爲猛獸，比喻勇士或雄師勁旅。書牧誓：「尚桓桓，如虎如貔，如熊如羆。」貔，傳説中的一種野獸，似熊，一説似虎。翼衛：護衛。逸周書大明武：「陣若雲布，侵若風行，輕車翼衛，在戎二方。」

〔二一〕衰髦：衰老，年老糊塗。劉向九歎逢盼：「顔黴黧以沮敗兮，精越裂而衰髦。」

〔二二〕太中大夫：宋代文臣階官名之十一級，從四品。開國子食邑：參見卷十九重修天封寺記注〔一三〕。

盱眙軍翠屏堂記

國家故都汴時，東出通津門，舟行歷宋、亳、宿、泗〔一〕，兩堤列植榆、柳、槐、楸，所在爲城邑。行千有一百里，汴流始合淮以入於海〔二〕。南舟必自盱眙絶淮，乃能入汴；北舟亦自是入楚之洪澤，以達大江〔三〕。則盱眙實梁、宋、吴、楚之衝，爲天下重地，尚矣。粵自高皇帝受命中興，駐蹕臨安，歲受朝聘，始詔盱眙進郡，除館治道，以爲迎勞宿餞之地〔四〕。而王人持尺一牘，懷柔殊鄰者〔五〕，亦皆取道於此。於是地望益重〔六〕，城郭益繕治，選任牧守，重於曩歲。及吴興施侯之來爲知軍事也，政成俗阜〔七〕，相地南山，得異境焉。前望龜山，下臨長淮，高明平曠，一目千里，草木蔽虧，鳧雁翔泳〔八〕，蓋可坐而數也。乃築傑屋，衡爲四楹〔九〕，縱爲七架，前爲陳樂之所，後有更衣之地，而傍又有麗牲擊鮮，與夫吏士更休之區〔一〇〕。翼室修廊，以陪以擁，斲削髹丹，皆極工緻，最二十有六間〔一一〕。而堂成，既取米禮部芾之詩，名之曰翠屏〔一二〕，且疏其面勢於簡，繪其棟宇於素〔一三〕，走騎抵山陰澤中，請記於予。侯與予故相好也。予聞方國家承平時，其邊郡遊觀，有雅歌之堂、萬柳之亭〔一四〕，以地勝名天下，雖區脱間猶能詠歎〔一五〕，以爲盛事。然嘗至其地者，皆謂不可與淮水、南山爲比。翠屏之盛，又非雅歌、萬柳可及，則亦宜有雄文傑作以表出之〔一六〕，而予之文不足稱也。雖强承命，終以負愧。侯名宿，字武子，於是爲朝散郎、直祕閣。開禧元年春正月癸酉記。

【題解】

盱眙軍，本屬淮南東路泗州，南宋升軍，下轄天長、招信二縣，後入金。今爲江蘇盱眙。盱眙爲交通要衝，天下重地。嘉泰末，吴興施宿知軍事，在南山築翠屏堂，并請陸游爲記。本文爲陸游爲盱眙軍翠屏堂所作的記文，記述盱眙地望之重及翠屏堂修築始末，稱頌翠屏之盛，勝於雅歌、萬柳。

本文據篇末自署，當作於開禧元年（一二〇五）正月癸酉（十五）日。時陸游致仕家居。

參考卷十五施司諫注東坡詩序。

【箋注】

〔一〕宋、亳、宿、泗：宋州（今河南商丘），北宋屬京東路，後升爲應天府及南京。亳州（今安徽亳州）、宿州（今安徽宿州）、泗州（在今安徽泗縣），宋代均屬淮南東路。

〔二〕汴流始合淮：汴水即隋代開鑿的通濟渠東段，自汴京往東，經宋亳宿泗至盱眙與淮河合流。

〔三〕「南舟」四句：盱眙處於淮河下游，洪澤湖南岸，爲隋唐大運河的轉折處，聯通長江、淮河、黄河三大水系，是南北舟船必經之地。

〔四〕朝聘：原指古代諸侯派使臣按期朝見天子。此實指南宋時期宋、金間使臣來往。盱眙進郡，盱眙縣建炎三年升軍，後再爲縣，紹興十二年復升軍。　迎勞宿餞：迎接慰勞，住宿餞別，即宿歇迎送。

〔五〕王人：周王室之微官。春秋莊公六年：「六年春正月，王人子突救衛。」杜預注：「王人，王之微官也。雖官卑，而見授以大事，故稱人而又稱字。」後因以稱天子使臣。　尺一牘：古時詔板長一尺一寸，故用以稱天子詔書。　懷柔：指籠絡、安撫外國或外族。語本禮記中庸：「送往迎來，嘉善而矜不能，所以柔遠人也。繼絶世，舉廢國，治亂持危，朝聘以時，厚往以薄來，所以懷諸侯也。」　殊鄰：遠方異域。漢書揚雄傳：「是以遐方疏俗殊鄰絶黨之域，自上仁所不化，茂德所不綏，莫不蹻足抗手，請獻厥珍。」

〔六〕地望：指地理位置。

〔七〕吴興施侯：即施宿（一一六四—一二二二），字武子，長興人。紹熙四年進士。慶元二年任餘姚令。嘉泰間遷紹興府通判、知盱眙軍。嘉定間提舉淮東常平。晚年還居餘姚施家山。著有嘉泰會稽志，又爲其父施元之注東坡詩作補注，復撰東坡年譜。宋史翼卷二九有傳。　俗阜：指民衆富庶。崔鉉進宣宗收復河湟：「共遇聖明千載運，更觀俗阜與時和。」

〔八〕蔽虧：指因遮蔽而半隱半現。孟郊夢澤行：「楚山争蔽虧，日月無全輝。」　鳧雁：野鴨和大雁。　翔泳：升沉。劉禹錫酬令狐相公見寄：「翔泳各殊勢，篇章空寄情。」

〔九〕衡：横。

〔一〇〕麗牲：祭祀時將所用牲口繫在石碑上。語本禮記祭義：「祭之日，君牽牲，穆答君，卿大夫序從。即入廟門，麗於牲。」　擊鮮：宰殺活的牲畜。漢書陸賈傳：「數擊鮮，毋久溷女爲也！」顏師古注：「鮮爲新殺之肉也。」更休：輪番休息。陳亮酌古論四：「節制之兵，其法繁，其行密……前者鬥，後者息力；後者進，前者更休。」

〔一一〕最：總計。

〔一二〕米禮部芾，即米芾，字元章，曾任禮部員外郎。北宋著名書畫家。米芾盱眙第一山：「京洛風塵千里還，船頭出汴翠屏間。莫論衡霍撞星斗，且是東南第一山。」

〔一三〕「且疏」二句：指安排周邊的景物尚簡，描繪廳堂的樑柱尚素。

〔一四〕邊郡：邊境地區。盱眙在南宋時爲宋、金轄地交界處，故稱。遊觀：供遊覽的樓臺。史記李斯列傳：「治馳道，興遊觀，以見主之得意。」雅歌之堂、萬柳之亭：均在盱眙縣。乾隆盱眙縣志載，雅歌堂在縣西山下淮水濱，萬柳亭在雅歌堂下。

〔一五〕區脱：匈奴語，指漢代與匈奴交界處設立的土堡哨所。漢書蘇武傳：「區脱捕得雲中生口。」顏師古注引服虔曰：「區脱，土室，胡兒所作以候漢者也。」此指邊境地區。

〔一六〕雄文傑作：北宋趙鼎臣有詞詠雅歌、萬柳。其念奴嬌送王長卿赴河間司録云：「舊游何處，記金湯形勝，蓬瀛佳麗。渌水芙蓉，元帥與賓僚，風流濟濟。萬柳庭邊，雅歌堂上，醉倒春風裏。十年一夢，覺來煙水千里。　惆悵送子重游，南樓依舊不，朱闌誰倚。要識當時，惟是有明月，曾陪珠履。量減杯中，雪添頭上，甚矣吾衰矣。酒徒相問，爲言憔悴如此。」趙鼎臣，元祐進士。紹聖中登宏詞科。宣和中以右文殿修撰知鄧州。召爲太府卿。與蘇軾、王安石諸人交好，相與酬倡。

上天竺復庵記

嘉泰二年，上天竺廣慧法師築退居於寺門橋南〔一〕，名之曰復庵。後負白雲峰，前直獅子、乳竇二峰，帶以清溪，環以美箭嘉木〔二〕，凡屋七十餘間。寢有室，講有堂，中則爲殿，以奉西方像設〔三〕。殿前辟大池，兩序列館，以處四方學者。炊爨湢浴，皆有其所，床敷巾鉢，雲布鱗次〔四〕。又以爲傳授講習梵唄之勤〔五〕，宜有遊息之地，以休其暇日，則又作園亭流泉，以與學者共之。既成，命其弟子了懷走山陰鏡湖上，從予求文，以記歲月。予告之曰：進而忘退，行而忘居，知趨前而昧於顧後者，士大夫之通患也。故朝廷於士之告歸，每優禮之，而又命有司察其尤不知止者，以勵名節而厚風俗，士猶有不能决然退者。又况物外道人，初不踐是非毁譽之途，名山大衆，以説法爲職業，愈老而愈尊，愈久而人愈歸之，雖一坐數十夏，何不可者？如法師道遇三朝，名蓋萬衲〔六〕，自紹熙至嘉泰十餘年間，詔書褒録，如日麗天〔七〕，學者歸仰，如泉赴壑，非有議其後者。而法師慨然爲退居之舉，傾竭橐裝，無所顧惜。雖然，以予觀之，師非獨視天竺之衆，不啻弊屣〔八〕，加以歲年，功成行著，遂爲西方之歸〔九〕，則復庵又一弊屣也。死生去來無常，予老甚矣，安知不先在寶池中俟師之歸〔一〇〕，語今日作記事，相與一笑乎？開禧元年三月三日記。

【題解】

上天竺在杭州靈隱寺南，爲天竺三寺之一，供奉觀音大士。嘉泰二年，廣慧法師在寺門橋南築居所復庵，環境優美，設施齊全，向陸游求記。本文爲陸游爲上天竺復庵所作的記文，記述復庵周邊環境及設施，對比士大夫，稱贊廣慧法師慨然退居，視天下爲弊屣的胸懷。

本文據篇末自署，當作於開禧元年（一二〇五）三月三日。時陸游致仕家居。

【箋注】

〔一〕退居：指退位移居。莊子天道：「以此退居而閒遊，江海山林之士服。」亦指寺院中方丈之居所。

〔二〕美箭：美竹。杜甫石龕：「爲官采美箭，五歲供梁齊。」

〔三〕西方：佛教的極樂世界。像設：供奉的佛像。參見卷十九法雲寺觀音殿記注〔一一〕。

〔四〕炊爨：燒火煮飯。東觀漢記第五倫傳：「倫性節儉，作會稽郡，雖爲二千石，卧布被，自養馬，妻炊爨。」湢浴：洗浴。床敷：床鋪。王安石半山春晚即事：「床敷每小歇，杖屨或幽尋。」巾鉢：洗滌用品和器具。雲布：形容極多。文選班固西都賦：「列卒周匝，星羅雲布。」吕延濟注：「星羅雲布，言衆也。」鱗次：魚鱗般排列。潘岳射雉賦：「緑柏參差，文翮鱗次。」

〔五〕梵唄：佛教作法事時歌詠贊歎之聲。高僧傳經師論：「原夫梵唄之起，亦造自陳思。」

〔六〕三朝，指孝宗、光宗、寧宗三朝。萬衲，衆僧。

〔七〕麗天：附著於天。語本易離：「日月麗乎天。」孔穎達疏：「日月麗乎天，百穀草木麗乎土者，此廣明附著之義。」

〔八〕弊屣：破舊之鞋。喻無用之惡物。太平御覽卷六九八引孟子：「舜視棄天下猶棄弊屣也。」今本孟子盡心上作「敝蹝」。

〔九〕西方之歸：指去到西方極樂世界。

〔一〇〕寶池：即七寶池。佛教西方浄土中由七寶構成的蓮花池。往生浄土的人在該池蓮花中化生。阿彌陀經：「極樂國土有七寶池，八功德水充滿其中。」

東籬記

放翁告歸之三年，闢舍東茀地〔一〕，南北七十五尺，東西或十有八尺而贏，或十有三尺而縮，插竹爲籬，如其地之數。埋五石瓮，瀦泉爲池，植千葉白芙蕖〔二〕，又雜植木之品若干，草之品若干，名之曰「東籬」。放翁日婆娑其間〔三〕，掇其香以嗅，擷其穎以玩，朝而灌，莫而鉏。凡一甲坼，一敷榮，童子皆來報惟謹〔四〕。放翁於是考本草以見其性質，探離騷以得其族類，本之詩、爾雅及毛氏、郭氏之傳，以觀其比興，窮其訓詁〔五〕。又下而博取漢、魏、晉、唐以來，一篇一詠無遺者，反覆研究古今體制之變革〔六〕，間亦吟諷爲長謠短章、楚調唐律，酬答風月煙雨之態度〔七〕，蓋非獨娛身目、遣暇日而已。昔老子著書，末章自「小國寡民」至「甘其食，美其服，安其居，樂其俗，鄰國相望，鷄犬之聲相聞，民至老死不相往來」〔八〕，其意深矣。使老子而得一邑一聚〔九〕，蓋真足以致此。於虖！吾之東籬，又「小國寡民」之細者歟？開禧元年四月乙卯記。

【題解】

東籬爲陸游山陰三山别業中的小圃。劍南詩稿卷六四讀吕舍人詩追次其韻其三有云：「言歸鏡湖上，日日醉東籬。」自注：「東籬，予小圃名。」語本陶淵明詩名句「采菊東籬下，悠然見南山」。本文爲陸游爲自建的小圃東籬所作的記文，記述在圃中廣植草木、考據訓詁、吟詠比興的閒適生活，抒發對「小國寡民」、桃花源式的社會的嚮往。

本文據篇末自署，當作於開禧元年（一二〇五）四月乙卯（二十八）日。時陸游致仕家居。

參考本卷居室記、劍南詩稿卷六二東籬雜題五首。

【箋注】

〔一〕告歸之三年：陸游自嘉泰三年（一二〇三）五月完成修史，去國返鄉，至開禧元年（一二〇五），恰是三年。　苐地：長滿雜草的荒地。

〔二〕瀦泉：匯聚泉水。　千葉：形容花瓣重疊繁多。　芙蕖：荷花的別名。爾雅釋草：「荷，芙渠。其莖茄，其葉蕸，其本密，其華菡萏，其實蓮，其根藕，其中的，的中薏。」郭璞注：「（芙蕖）別名芙蓉，江東呼荷。」

〔三〕婆娑：盤桓，逗留。杜摯贈毌丘儉：「騏驥馬不試，婆娑槽櫪間。壯士志未伸，坎軻多辛酸。」

〔四〕甲坼：指草木發芽時種子外皮開裂。易解：「天地解而雷雨作，雷雨作而百果草木皆甲坼。」孔穎達疏：「雷雨既作，百果草木皆孚甲開坼，莫不解散也。」　敷榮：開花。嵇康琴賦：「迫而察之，若衆葩敷榮曜春風，既豐贍以多姿，又善始而令終。」　惟謹：謹慎小心。

〔五〕「放翁」五句：指遍考記叙草木名稱、性質等的典籍。本草，即神農本草經。古代藥書，記草類爲多，故名。阮孝緒七録著録，收藥三百六十五種。離騷：屈原作。詩中大量描寫衆芳草木，以爲比喻。宋人吴仁傑有離騷草木疏。詩經中多寫到草木，論語陽貨稱讀詩可「多識於鳥獸草木之名」，魯人毛亨的毛詩詁訓傳是現存最早的詩經注本。爾雅是古代第一部詞典，漢語訓詁的開山之作，被列入十三經，其中有釋草、釋木等篇。晉人郭璞有爾雅注，是現存最早最完整的注本。

〔六〕「又下」三句：指博取歷代歌詠草木的篇章無遺漏。體制，此指詩文的體裁、格調。

〔七〕長謡短章：指長短不同的歌謡詩章。楚調唐律：指楚辭騷體和唐代今體格律詩。酬答風月煙雨之態度：指應答自然界千姿百態的狀貌。

〔八〕「昔老子」二句：通行本老子共八十一章。第八十章云：「小國寡民。使有什伯之器而不用，使民重死而不遠徙。雖有舟輿，無所乘之；雖有甲兵，無所陳之。使民復結繩而用之。甘其食，美其服，安其居，樂其俗。鄰國相望，雞犬之聲相聞，民至老死不相往來。」

〔九〕聚：聚落，人群聚集處。説文：「聚，會也。邑落云聚。」

嚴州釣臺買田記

嘉泰四年，詔以嚴州久不治，命朝散郎、直祕閣、浙西路安撫司參議孫公叔豹爲知州事。公至數月，州以大治聞。獄無淹繫，庭無滯訟〔一〕，幕府閒暇，符檄簡少，榜笞之聲不聞於屏外。向之逋賦佚罰〔二〕，皆以時舉，倉有餘粟，府有餘帛。公天資近道，不樂燕遊歌舞優戲之奉，又不喜以土木無益之事勞其民〔三〕。治事少休，則宴坐別室，自夜至旦，盥靧而出〔四〕，終歲如一日。獨念初赴郡，過七里瀨漢嚴先生釣臺下，讀唐興元中崔儒釣臺記，以爲上有平田百畝，足以力耕，下臨清流，足以垂釣〔五〕。今投釣之地具在，而田則亡有。乃以屬縣令訪之，則田亦具在，旁有流泉，雖大旱不竭，可給灌溉。而或者輒有之〔六〕。公乃遣語以當歸田直而取田，以爲先生歲時祭享之奉〔七〕，其人難之。公歎曰：「光武欲與先生共天下，而先生不屑也。千有餘歲後，吾乃欲必取百畝之田以奉祀事乎？且吾教化未孚，而遽望人以輟耕遜畔，難矣〔八〕。」因置不問。會有没官田，又從傍買民田足百畝，除其泛科斂，以畀浮屠之奉祠者〔九〕。又即祠之右創爲佛院，棲鍾於樓，櫝經於室，僧廬客館，略皆有所。度歲入可以食其徒七人，而樵汲之役，又在其外。則先生之祠，可以永世不廢。乃礱美石〔一〇〕，請記於予。予曰：「嚴，名城也。自大駕巡幸臨安，以朝士出守者，與夫入對行殿被臨遣而來者〔一一〕，大抵多取道於富春。入謁祠下，有高山仰止之歎，而恨祠屋弊壞，椒桂不以時薦〔一二〕，往往咨嗟躊躇，久而後去。及其下車，則日困於簿書米鹽、將迎燕勞之事〔一三〕，忽焉忘前日之言。寒暑再更，復上車去，則又過祠下，負初心、戴愧面而去者，袂相屬也〔一四〕。聞孫公之舉，得無少自咎哉？」予二十年前，蓋嘗來爲此邦，亦自咎者之一也，故喜道孫公之舉，且以勵來者云。開禧元年十二月辛未，太中大夫、寶謨閣待制致仕、山陰縣開國子、食邑五百户賜紫金魚袋陸某記。

【題解】

嚴州釣臺即東漢隱士嚴子陵釣魚臺。後漢書嚴光傳：「嚴光字子陵，一名遵，會稽餘姚人也。少有高名，與光武同遊學。及光武即位，乃變名姓，隱身不見。帝思其賢，乃令以物色訪之。後齊國上言：『有一男子，披羊裘釣澤中。』帝疑其光，乃備安車玄纁，遣使聘之。三反而後至。……除爲諫議大夫，不屈，乃耕於富春山，後人名其釣處爲嚴陵瀨焉。」後代文人多有詩文題詠，唐人崔儒嚴先生釣臺記稱其上有平田百畝，足以力耕。南宋嘉泰四年，孫叔豹知嚴州，尋訪平田不得，從傍另購民田百畝，又建佛院，以爲祠堂，并請陸游爲記。本文爲陸游爲孫公釣臺買田所作的記文，詳述買田始末，慨歎歷任官員多有心而來、懷愧而去者，勉勵士大夫發揚孫公之舉。

本文據篇末自署，當作於開禧元年（一二〇五）十二月辛未（十九）日。時陸游致仕家居。

參考卷五十鵲橋仙（一竿風月）詞。

【箋注】

〔一〕淹繫：拘禁，關押。滯訟：積壓的訟案。陸機晉平西將軍孝侯周處碑：「轉爲廣漢太守，郡多滯訟，有經三十年不決者，處立評其枉直。」

〔二〕逋賦：拖欠的賦税。漢書武帝紀：「行所巡至，博、奉高、蛇丘、歷城、梁父，民田租、逋賦貸，已除。」顔師古注：「逋賦，未出賦者也。」　佚罰：指罰而失當。書盤庚上：「邦之不臧，惟予一人有佚罰。」孔安國傳：「佚，失也。」蔡沈集傳：「惟我一人失罰其所當罰也。」

〔三〕土木：指建築工程。吴兢貞觀政要論務農：「若兵革屢動，土木不息，而欲不奪農時，其可得乎！」

〔四〕盥皾：洗手和洗臉。説文：「盥，澡手也。」禮記内則：「其間面垢，潭潘清皾。」陸德明釋文：「皾，洗面。」

〔五〕七里瀨：在桐廬富春江上，其下數里即嚴陵瀨。謝靈運赴任永嘉太守時，有七里瀨詩。崔儒嚴先生釣臺記，見董弅嚴陵集卷七，其云：「觀其兩峰相嶔，群木茂植，上有平田，足以力耕，下臨清流，可以垂釣，乃嘉遁之勝境，舍此何居？則吕尚父不應餌魚，任公子未必釣鼇，世人名之耳，釣臺之名亦猶是乎？」該文作於唐興元元年（七八四）夏四月。

〔六〕或者：某人，指田主。

〔七〕遺語：贈言。　歸田直而取田：指出價購買此田。　祭享：陳列祭品祭祀。逸周書周月：「至於敬授民時，巡狩祭享，猶自夏焉。」

〔八〕孚：使人信服。　遜畔：即讓畔，推讓田界。陳堯叟題義門胡氏華林書院：「田里從來應遜畔，兒孫遊戲亦成行。」

〔九〕泛：不切實。科斂：即科派，指攤派力役、賦税或索取錢財。蘇洵重遠：「方今賦取日重，科斂日煩。」畀：給予。奉祠：此指祭祀。史記封禪書：「杜主，故周之右將軍，其在秦中，最小鬼之神者。各以歲時奉祠。」

〔一〇〕礱：打磨。

〔一一〕入對行殿：臣下進入皇帝行宫回答提問或質問。臨遣：臨軒派遣。

〔一二〕高山仰止：指崇敬仰慕。語出詩小雅車舝：「高山仰止，景行行止。」椒桂：椒漿桂酒。李百藥登葉縣故城謁沈諸梁廟：「椒桂奠芳樽，風雲下虚室。」薦：進獻，祭獻。

〔一三〕下車：指官員到任。上車爲離任而去。將迎燕勞：送往迎來，設宴慰勞。

〔一四〕負初心、戴愧面：違背初心，面有愧色。袂相屬：衣袂相接，比比皆是。

渭南文集箋校卷第二十一

記

【釋體】本卷文體同卷十七，收録記十首。

仁和縣重修先聖廟記

聖人之道，位天地，育萬物，可謂大矣。然常寓之於宫室、祭祀、器服、度數之間〔一〕，非如後世佛、老子，廢禮棄樂，掃除名分，務爲玄默寂滅，浩然不可致詰也〔二〕。夫子生於周，故其尊以爲師者，文王、周公也。使夫子生於今，有不奉孔子、顔子、孟子以爲先聖先師者乎？則今之即學校以春秋舍奠於先聖先師者，非獨甲令也〔三〕。

方先朝學校盛時〔四〕，縣有學，與郡等。後以海内多事，縣學往往廢壞，而所以奉先聖先師者，亦苟而已。知臨安府仁和縣事謝君庭玉，獨慨然以爲急務重責，寢食不敢安，捐己之公租錢二十萬以經始〔五〕。會得廢寺當没官錢以佐其費，又取吏舍以益其址。自開禧元年十二月，至二年正月，廟乃告成，最其費爲錢五十萬〔六〕。吾夫子被衮服冕，巍然當坐，既悉如舊制，配享從祀，亦皆就列〔七〕。出入有門，陟降有階，設燎有庭〔八〕，三獻及受胙瘞幣皆有位，儲峙祭器則又有庫〔九〕。是歲二月上丁〔一〇〕，將有事於廟。吏言異時惟丞以下執事，令以劇劇〔一一〕，率不行。謝君曰：「豈有是哉！」於是告於府，肅恭齋明，以時訖事〔一二〕，且來告請記其始末。天子中興大業，講太平典禮，方自學校始，學校之設，方自兩赤縣始，則兹廟又學校之權輿也〔一三〕，其可闕書？三年正月戊寅，太中大夫、寶謨閣待制致仕、渭南縣開國伯、食邑八百户、賜紫金魚袋陸某記〔一四〕。

【題解】

仁和縣，隸屬兩浙路臨安府，爲京都所治的赤縣。五代時爲錢江縣，北宋太平興國四年改仁和縣。先聖廟，亦稱孔子廟、夫子廟、文廟、孔廟等，紀念和祭祀孔子的祠廟。其中除少數家廟、國廟外，大多爲學廟，即各級學宮與孔廟爲一體。南宋初，各地學宮都遭廢壞，仁和知縣謝庭玉以重修縣學孔廟爲急務，開禧二年正月告成，舉行了祭祀儀式，并請陸游記其始末。本文爲陸游爲仁和縣重修孔廟所作記文，記述仁和縣重修孔廟始末，闡述祭孔和恢復孔廟的意義。

本文據篇末自署，當作於開禧三年（一二〇七）正月戊寅（初二）日。時陸游致仕家居。

【箋注】

〔一〕器服：器物和服飾。詩衛風木瓜序：「齊桓公救而封之，遺之車馬器服焉。」孔穎達疏：「器服謂門材與祭服。」　度數：標準，規則。周禮春官墓大夫：「令國民族葬，而掌其禁令。正其位，掌其度數。」鄭玄注：「度數，爵等之大小。」

〔二〕玄默：指清静無爲。文選揚雄長楊賦：「且人君以玄默爲神，澹泊爲德。」李周翰注：「玄默，無事也。」　寂滅：佛教語，即謂涅槃，指超脱生死的境界。無量壽經卷上：「超出世間，深樂寂滅。」明劉元卿賢奕編仙釋：「清静無爲者，老氏之説也。佛氏以爲不足爲，而主於寂滅。蓋清静者，求以超出乎仁義禮法；而寂滅者，又求超出乎清静無爲者也。」　致詰：推究，詰問。老子：「此三者不可致詰，故混而爲一。」

〔三〕舍奠：即釋奠，指陳設酒食以祭祀的儀式。學宮中有定期的舍奠，又始立學宮必舍奠。舍，通「釋」。周禮春官大祝：「大會同，造於廟，宜於社，過大山川則用事焉，反行舍奠。」甲令：朝廷的重要法令。易蠱「先甲三日，後甲三日」，孔穎達疏：「甲者創制之令者，甲爲十日之首，創造之令，爲在後諸令之首，故以創造之令謂之甲。故漢時謂令之重者，謂之甲令，則此義也。」

〔四〕先朝：前朝。此指北宋。

〔五〕公租錢：即公用錢，指宋代外任官員於俸禄外，按等級隨月給錢，皆如俸禄，可自行支配。略相當於各級機構的日常辦公費用。　經始：開始營建。詩大雅靈臺：「經始靈臺，經之營之。」

〔六〕最：總計，合計。

〔七〕被衮服冕：穿戴着禮服和禮冠。周禮春官司服：「享先王則衮冕……公之服，自衮冕而下，如王之服。」　配享從祀：合祭，祔祀，指孔子弟子或歷代名儒祔祀於孔廟。享，同饗。清錢大昕十駕齋養新録宣聖配享：「元初，釋奠先聖，以顔、孟配享，蓋用宋、金舊制。至延祐三年，始增曾子、子思配享。」

〔八〕燎：古作「尞」。燒柴祭天。説文火部：「尞，柴祭天也。」段玉裁注：「燒柴而祭謂之柴，亦爲之尞。凡柴尞作柴燎者，皆誤。」

〔九〕三獻：古代祭祀時獻酒三次，即初獻爵、亞獻爵、終獻爵，合稱三獻。儀禮聘禮：「薦脯醢，三獻。」　受胙：接受祭祀所用胙肉。　瘞幣：即瘞繒，古代埋繒帛以祭地。禮記禮運：「故先王秉蓍龜，列祭祀，瘞繒，宣祝嘏辭説，設制度。」幣，繒帛。　儲峙：儲備。書費誓：

「峙乃糗糧，無敢不逮。」孔穎達疏：「峙，具也。預貯米粟謂之儲峙。」

〔一〇〕上丁：農曆每月上旬的丁日。唐代以後，朝廷規定每年仲春（二月）、仲秋（八月）的上丁日爲祭祀孔子之日。

〔一一〕異時：往時，過去。剸劇：剸繁治劇，裁處繁劇之政務。王安石賀運使學士轉官啓：「紬秘延閣，剸劇外司。」

〔一二〕肅恭齋明：端嚴恭敬。史記魯周公世家：「肅恭明神，敬事耆老。」以時訖事：按時完成了祭孔典禮。

〔一三〕赤縣：唐宋京都所治之縣。吴自牧夢粱録兩赤縣市鎮：「杭州有縣者九，獨錢塘、仁和附郭，名曰赤縣。」權輿：起始，開始。詩秦風權輿：「今也每食無餘，于嗟乎！不承權輿。」朱熹集傳：「權輿，始也。」

〔一四〕開國伯：陸游本年晉封渭南伯（正四品）并刻渭南伯印。劍南詩稿卷七一蒙恩封渭南縣伯因刻渭南伯印：「旋著朝衫拜九天，榮光夜半屬星躔。渭南且作詩人伴，敢望移封向酒泉。」（自注：唐詩人趙嘏爲渭南尉時，謂之趙渭南。）

湖州常照院記

昔在高宗受命中興全功至德聖神武文昭仁憲孝皇帝，龍興河朔，克濟大業，祀宋配天，三十有六年〔一〕。涵養生齒〔二〕，其數無量。遺弓故劍〔三〕，群臣皆當追慕號泣，思所以報在天之靈，至千萬世，無怠無斁〔四〕，而况山林外臣，以道藝供奉仗内〔五〕，嘗被異禮厚賜者乎？鎮江府延慶寺僧梵隆，以異材贍學，高操絶藝，自結上知，不由先容，得對内殿〔六〕。先是，隆師固已結廬於湖州菁山〔七〕，號無住精舍。一時名士，如葉左丞夢得、葛待制勝仲、汪内翰藻、陳參政與義〔八〕，皆爲賦詩勒銘，傳於天下矣。至是詔賜庵居於萬松嶺金地山〔九〕，江濤湖光，映帶几席，壽藤老木，岑蔚夭矯〔一〇〕。隆師方力辭，願歸故巢。既至，悦其地，且侈上賜，皤然願留。久之示化〔一一〕，上爲悵然不懌，賜金歸葬故山。及孝宗皇帝嗣位，又命創常照院於無住故址，以隆師弟子上首至叶嗣其事〔一二〕，賜田以贍其徒。又命充丁亥、丁未本命道場，以祈兩殿之福〔一三〕。高宗皇帝御德壽宫，賜御書「寂而常照，照而常寂」八字，以示名院本指〔一四〕，且賜「天申金剛無量壽閣」扁榜及紫檀刻佛號「如來閣」榜〔一五〕，悉御書也。又一再賜萬機暇日所臨晉王羲之帖二十二紙、唐陸柬之蘭亭詩一卷及米芾史略帖一卷、題團扇二柄〔一六〕，又賜白金助建立。於是院悉崇成，有釋迦、文殊、普賢、十六阿羅漢殿〔一七〕，左則觀音大士道場，右則法輪藏室〔一八〕。食息有堂，鐘經有樓，湢浴、炊爨、儲積各有其所，犍椎鼓鐘〔一九〕，器亦備足。至於遊息臨眺，種蓺疏鑿，莫不極思致區處之妙，而西巖尤爲勝絶曠快之地。叶師以老疾請罷院事，屏居西巖，今皇帝詔從之，且命改院爲禪院，專以仰薦高宗神遊〔二〇〕。世擇其徒有道行者嗣住持事，而本澄首被是選，實嘉泰四年甲子歲之四月也。叶師乃來告曰：「願有述焉。」某實紹興朝士，歷事四朝，三備史官，名列策府諸儒之右，則與隆師及其子孫，雖道俗迹異〔二一〕，而被遇則同。今叶、澄父子晨香夜燈，梵唄禪定〔二二〕，雖世外枯槁，亦有以伸其圖報萬一之意。某則不然，飽食而安居，日復一日，飾巾待終而已，視叶、澄豈不有愧哉！故遂秉筆而不敢辭，上以紀三朝眷遇山林學道者之盛德〔二三〕，下以識某愧云。開禧三年二月壬子謹記。

【題解】

湖州屬兩浙路。常照院位於湖州菁山，南宋建炎中，梵隆禪師初建無住精舍，得到高宗眷顧。孝宗時創常照院於無住故址，由至叶禪師住持。寧宗嘉泰四年，至叶退居西巖，詔改院爲禪院，本澄住持。至叶請記於陸游。本文爲陸游爲湖州常照院所作的記文，記述常照院沿革，稱頌高宗、孝宗、寧宗厚遇常照院數代禪師之盛德。

本文據篇末自署，當作於開禧三年（一二〇七）二月壬子（初六）日。時陸游致仕家居。

【箋注】

〔一〕「昔在」五句：指宋高宗即皇帝位共三十六年。受命中興全功至德聖神武文昭仁憲孝皇帝，爲宋光宗紹熙二年給高宗添加的謚號，見宋史高宗本紀。龍興，指王者興起。河朔，古代泛指黄河以北地區。書泰誓中：「惟戊午，王次于河朔。」孔傳：「戊午渡河而誓，既誓而止於河之北。」祀宋配天，接續宋祀爲天子。配天，指受天命爲天子。莊子天地：「齧缺可以配天乎？」郭象注：「謂爲天子。」

〔二〕生齒：人口，人民。權德輿司徒贈太傅馬公行狀：「生齒益息，庶物蕃阜。」

〔三〕遺弓故劍：遺弓劍爲帝王死亡的委婉語。酈道元水經注河水三：「陽周縣故城南橋山……王莽更名上陵畤，山上有黄帝冢故也。帝崩，惟弓劍存焉，故世稱黄帝仙矣。」

〔四〕「群臣」四句：追慕，追念仰慕。後漢書皇后紀上：「明帝性孝愛，追慕無已。」無怠，不怠惰。無斁，不厭倦。詩周南葛覃：「爲絺爲綌，服之無斁。」鄭玄箋：「斁，厭也。」

〔五〕外臣：方外之臣，指隱居不仕者。南齊書明僧紹傳：「太祖謂慶符曰：『卿兄高尚其事，亦堯之外臣。朕雖不相接，有時通夢。』」道藝：指學問、技能。周禮地官鄉大夫：「正月之吉，受教法于司徒，退而頒之于其鄉吏，使各以教其所治，以考其德行，察其道藝。」仗内：儀仗之内，指内宮。

〔六〕延慶寺：據鎮江志載，延慶寺在壽丘山巔，原爲南朝宋武帝故宅。陳時建寺名慈和寺，宋代改稱延慶寺，南宋紹興中改名普照寺。　梵隆：字茂宗，號無住，吴興人。南宋著名畫僧，擅長佛像、人物，師法李公麟。宋高宗喜愛其畫，召對内殿。　先容：先加修飾，引申爲事先介紹、推薦。史記鄒陽列傳：「鄒陽於獄中上梁王書曰：『蟠木根柢，輪囷離詭，而爲萬乘器者，何則？以左右先爲之容也。』」司馬貞索隱：「謂左右先加雕刻，是爲之容飾也。」

〔七〕菁山：位於湖州城南青山鄉，據湖州府志載，晉葛洪種黃菁於此山，至今山多黃菁，故以名山。

〔八〕葉夢得（一〇七七—一一四八）：字少藴，號石林居士，蘇州吴縣人。紹聖進士，歷官翰林學士兼侍讀、尚書左丞、江東安撫大使兼知建康府、知福州兼福建安撫使等。　葛勝仲（一〇七二—一一四四）：字魯卿，丹陽人。紹聖進士，中宏詞科，官至文華閣待制。　汪藻（一〇七九—一一五四）：字彦章，饒州德興（今屬江西）人。崇寧進士，歷官太常少卿、起居舍人、中書舍人、給事中、翰林學士、知湖州、顯謨閣學士等。　陳與義（一〇九〇—一一三八）：字去非，號簡齋，洛陽人。政和上舍甲科，歷官太學博士、中書舍人、禮部侍郎、翰林學士、參知政事。四人均爲南宋前期著名文人，宋史卷四四五均有傳。

〔九〕萬松嶺金地山：位於杭州西湖東南鳳凰山北。

〔一〇〕岑蔚：草木深茂。禮記大學「詩云：緡蠻黃鳥，止於丘隅」，鄭玄注：「知其所止，知鳥擇岑蔚安閒而止處之耳。」　夭矯：屈伸貌。淮南子修務訓：「木熙者，舉梧檟，據句枉，蝯自縱，好茂葉，龍夭矯。」蝯，同猿。

〔一〕示化：即示滅，指高僧圓寂。

〔二〕上首：指寺院中的首座。梁武帝十喻詩夢：「出家爲上首，入寺作梁棟。」

〔三〕丁亥、丁未本命道場：指高宗、孝宗的本命道場。高宗生於丁亥年（一一〇七），孝宗生於丁未年（一一二七）。兩殿：指高宗、孝宗。

〔四〕御德壽宫：指高宗紹興三十二年禪位於孝宗後移居德壽宫。寂而常照，照而常寂：佛教稱寂、照二者的體用關係。真理之體云寂，真智之用云照。正陳論曰：「真如照而常寂爲法性，寂而常照是法身，義雖有二名，寂照亦非二。」名院本指：常照院命名的本義。

〔五〕天申金剛無量壽：天申，南宋以高宗生日爲「天申節」。金剛，佛教喻堅貞不壞。無量壽，指長生不老。扁榜：匾額。

〔六〕陸柬之（五八五—六三八）：唐吴縣（今蘇州）人。虞世南外甥。官至朝散大夫、太子司議郎、崇文侍書學士。唐代書法家，早年學其舅，晚學「二王」，與歐陽詢、褚遂良齊名。傳世書迹以五言蘭亭詩刻帖與書陸機文賦墨迹最著名。米芾（一〇五一—一一〇七）：字元章，祖籍山西，遷居湖北襄陽，後定居潤州（今江蘇鎮江）。曾任校書郎、書畫博士、禮部員外郎。北宋書法家、畫家，與蔡襄、蘇軾、黄庭堅合稱「宋四家」。宋史卷四四四有傳。史略帖：未詳。

〔一七〕文殊：佛教菩薩名。意譯爲「妙吉祥」。其形頂結五髻，象徵五智；持劍、騎青獅，象徵智慧銳利威猛。爲釋迦牟尼佛的左脅侍。其説法道場爲五臺山。普賢：佛教菩薩名。意譯爲「遍吉」。其形乘白象，爲釋迦牟尼佛的右脅侍。其道場爲峨眉山。阿羅漢：小乘佛教稱斷絶嗜欲、解脱煩惱，修得最高果位者，其中年長德高者十六位稱十六阿羅漢。

〔一八〕觀音大士：佛教菩薩名。慈悲的化身，救苦救難之神。法輪藏：藏置佛經能旋轉的書架。

〔一九〕犍椎：梵語音譯，意爲聲鳴。指寺院木魚、鐘、磬之類物品。道誠釋氏要覽雜記：「今詳律，但是鐘磬、石板、木板、木魚、砧槌，有聲能集衆者，皆名犍椎也。」

〔二〇〕今皇帝：指宋寧宗。仰薦高宗神遊：進獻專門作爲與高宗神交之地。

〔二一〕道俗迹異：出家和入俗道路不同。

〔二二〕梵唄：佛教作法事時的歌詠贊頌之聲。禪定：坐禪習定。佛教修行方法之一，一心審考爲禪，息慮凝心爲定。

〔二三〕眷遇：殊遇，優待。北史房彦謙傳：「忝蒙眷遇，輒寫微誠，野人愚瞽，不知忌諱。」

法慈懺殿記

東出慶元府五十里曰小溪〔一〕，有僧舍曰法慈院。院創於唐咸通中〔二〕，舊號鳳山院，歷五季至宋興，院常不廢。治平二年，始賜今名。雖世以院僧主之，然其徒多出遊四方，學經論，問祖師第一義〔三〕，或終其身不歸。淳熙十四年，老宿及後來者始議作懺殿〔四〕，而如戒等十輩，願盡力營之。久而不成，十人或死或緣不偶〔五〕，獨如戒、智玻、行慈誓不怠廢，必遂其始願，行乞勞苦，積細微以成高大。於是施者墻立，助者麕至〔六〕，聞者興歎，見者起敬。木章竹箇，山積雲委，伐石於山，陶甓於竈，丹漆黝堊〔七〕，致於四方。以紹熙壬子三月癸酉始土工〔八〕，明年八月庚申始匠事，十一月土木皆告成。南北八丈六尺，東西五丈八尺，而棟之高四丈一尺。耽耽奕奕〔九〕，窮極藝巧。雖慶元多名山巨刹，然懺堂之盛，未有加法慈者。奉釋迦於中，而左則彌勒，右則無量壽〔一〇〕，又以天地鬼神之像陪擁四旁。於虖亦盛矣！院僧因餘姚普明院僧則華求予爲記〔一一〕。則華嘗游蜀，予識之於成都，今三十餘年〔一二〕，以故舊不忍拒也，乃爲之書，而刻施者姓名於碑陰云〔一三〕。

【題解】

法慈院，寶慶四明志卷十三（鄞縣志卷二）寺院甲乙律院：「法慈院，縣西南七十里，舊號鳳山院，唐咸通七年建，皇朝治平三年賜今額。常住田八十畝，山無。」懺殿，寺院中專供懺悔的佛殿。

佛教規定，出家人每半月集合舉行誦戒，給犯戒者説過悔改的機會。後成爲自陳己過、悔罪祈福的宗教儀式。法慈院懺殿建成於紹熙四年（一一九三）十一月，院僧因普明院僧則華向陸游求記。本文爲陸游爲法慈院懺殿所作的記文，記述懺殿興建始末，表達對故舊的留戀之情。

本文未署作年。歐譜繫於開禧三年（一二〇七），并稱「此文無著作月日，以原編於本年所作記文中，故繫於是」。歐説是。時陸游致仕家居。文末稱「則華嘗遊蜀，予識之於成都，今三十餘年」，陸游成都任職在淳熙二年（一一七五）至三年，加上三十餘年，亦當此時，此亦可爲證。

【箋注】

〔一〕慶元府：本爲兩浙路明州，紹熙五年（一一九四）七月寧宗即位，因明州曾爲其潛邸，升爲慶元府。治鄞縣，奉化等六縣。

〔二〕咸通：唐懿宗年號，共十四年（八六〇—八七三）。

〔三〕經論：佛教指三藏中的經藏和論藏。梁書謝舉傳：「爲晉陵郡時，常與義僧遞講經論。」

祖師：佛教中創立宗派者。第一義：佛教指最上至深的妙理。

〔四〕老宿：釋道中年老而有德行者。杜甫岳麓山道林二寺行：「依止老宿亦未晚，富貴功名焉足圖。」

〔五〕不偶：不遇，不合。王充論衡命義：「行與主乖，退而遠，不偶也。」

〔六〕墻立：如牆環立，比喻衆多。麕至：亦作麇至。群集而來。左傳昭公五年：「求諸侯而麞至。」

〔七〕陶甓於竈：砌爐灶以燒磚。丹漆黝堊：紅色和黑色。黝堊，塗以黑色和白色。禮記喪服大記：「既祥，黝堊。」孔穎達疏：「黝，黑色，平治其地令黑也。堊，白也，新塗堊於牆壁令白。」

〔八〕紹熙壬子：即紹熙三年（一一九二）。

〔九〕耽耽：深邃貌。文選張衡西京賦：「大夏耽耽，九戶開闢。」薛綜注：「耽耽，深邃之貌也。」奕奕：高大貌。詩大雅韓奕：「奕奕梁山，維禹甸之。」毛傳：「奕奕，大也。」

〔一〇〕彌勒：佛教菩薩名，意譯「慈氏」。爲未來佛，其形胸腹袒露，面帶笑容。無量壽：佛教菩薩名，阿彌陀佛的譯名。浄土宗的信仰對象。

〔一一〕餘姚：縣名，隸屬紹興府。普明院：嘉泰會稽志卷八：「普明院，在縣西北三十五里。漢乾祐元年建，號松山報恩院。大中祥符元年改賜今額。」漢乾祐元年，指五代後漢隱帝乾祐元年（九四八）。

〔一二〕「則華」三句：老學庵筆記卷二：「射洪陸使君廟以杜子美詩爲籤，亦驗。予在蜀，以淳熙戊戌春被召，臨行，遣僧則華往求籤，得遣興詩曰：『昔在龐德公，未曾入州府。襄陽耆舊間，處士節獨苦。豈無濟時策，終竟畏網罟。林茂鳥有歸，水深魚知聚。舉家隱鹿門，劉表焉得取？』予讀之惕然。」劍南詩稿卷四七亦有相關詩篇。

〔一三〕碑陰：古代名家之記文往往刻石立碑，碑陰即碑之背面。

東陽陳君義莊記

東陽進士陳君德高，因吾友人呂君友德來告曰〔一〕：「德高不幸，早失先人，舉進士又輒斥。念昔先人進德高輩於學，蓋將使之事君，使之字民〔二〕，以廣我先人之志。今雖自力，而不合於有司之繩尺〔三〕，如其遂負所期望付托，生何面以奉祭享，死何辭以見吾親於地下？不獲施於仕進，爲時雨爲豐年矣，獨不可退而施於宗族乎〔四〕？於是欲爲義莊，略用范文正公之矩度〔五〕，而稍增損之，以適時變。敢求文於執事者，且載其凡於碑陰〔六〕。」予復之曰：「美哉吾子之志也！人之情，於其宗族，遠則疏之，彌遠則益疏，而至於忘之。蓋以身爲親疏，而不以先人爲親疏也。視兄之子，已或不若己之子。己之子與兄之子，自吾父視之有異乎？能以父之心爲心，則己之子與兄之子，且不知其同異矣。推而上之，大父之孫爲從父兄弟，曾大父之曾孫爲從祖兄弟。又推而上之，至於無服〔七〕，雖天下長者，不能無親疏之殺矣〔八〕。於虖！制服不得不若是也〔九〕。若推上世之心，愛其子孫，欲使之衣食給足，婚嫁以時，欲使之爲士，而不欲使之流爲工商，降爲皂隸，去爲浮圖、老子之徒〔一〇〕，則一也。死而有知，豈以遠而忘之哉？義莊之設，蓋基於是〔一一〕。然舉天下言之，能爲是者有幾？非以爲不美而不爲也，力不足也。若陳君者，自其先人勤勞節約以致饒餘，而陳君不敢私有之。其地在塍頭昭福寺之傍，初期以千畝〔一二〕，今及十之七，而吾地在塍頭者止此。比鄰感其義，皆欲期年間貿易以成之〔一三〕。又植桑、畜牛、築陂，以豐衣食之源，其詳見碑陰。又有最當慮者：吾子之心則盡矣，後人或貪而專利，或嗇而吝出，或夸而廣費，或挾長、挾仕、挾有力之助而敗約〔一四〕，非有司者別白之〔一五〕，則莊且壞不支。府牧、邑長、丞掾、曹吏及鄉之卿大夫、先生、處士①〔一六〕，其必綱維主張之〔一七〕，使久而如一日。陳氏布衣也，其貲産非能絶出一鄉之上，而義倡於鄉如此。吾徒仕於朝、於四方，雖未必皆厚禄，然聞陳氏之風而不知愧且慕者，豈人情也哉！」於是并書以遺焉。君之先君子〔一八〕，蓋諱士澄，字彦清云。開禧三年七月辛丑記。

【題解】

東陽爲縣名，南宋隸屬兩浙路婺州（今浙江金華）。義莊爲舊時家族中所置的贍濟族人的田莊。宋史范仲淹傳：「置義莊里中，以贍族人。」北宋仁宗時，范仲淹在蘇州用俸禄置田産，收地租，用以贍族人，固宗族，用租佃制方式經營義莊。此爲義莊之始。南宋東陽人陳德高，仿范仲淹之舉，舉辦義莊，并請記於陸游。本文爲陸游爲陳德高義莊所作的記文，記述陳君辦義莊緣起，闡述其仁愛之心，稱頌其義舉，呼籲官府和地方維繫、扶持好義莊。

本文據篇末自署，當作於開禧三年（一二〇七）七月辛丑（二十七）日。時陸游致仕家居。

【校記】

①「及鄉之」，原脱「鄉」字，據弘治本、汲古閣本補。

【箋注】

〔一〕進士：古代指薦舉的人才。禮記王制：「大樂正論造士之秀者，以告于王，而升諸司馬，曰進士。」鄭玄注：「進士，可進受爵禄也。」此即用此意。　吕君友德：陸游友人。據本集卷三六夫人陳氏墓誌銘載：「紹熙、慶元之間，予以故史官屏居鏡湖上。有東陽進士吕友德，自太學來與予遊問學，議論文辭，皆有源流，而衣冠進趨甚偉，予固異之。訪於東陽人，則曰：是清潭吕君紹義之子。」

〔二〕字民：撫治、管理百姓。逸周書本典：「字民之道，禮樂所生。」

〔三〕不合於有司之繩尺：指不符合朝廷舉進士的標準。

〔四〕不獲施於仕進：不能在仕途中得到任用，即不能進入仕途。　時雨：應時的雨水。書洪範：「曰肅，時雨若。」

〔五〕矩度：規矩法度。

〔六〕凡：大概，要略。　碑陰：參見本卷法慈懺殿記注〔一三〕。

〔七〕無服：古代喪制於五服（高祖、曾祖、祖父、父親、自身）之外無服喪關係。禮記喪服小記：「爲父後者，爲出母無服。無服也者，喪者不祭故也。」

〔八〕殺：等級，差別。禮記中庸：「子曰：『仁者人也，親親爲大。義者宜也，尊賢爲大。親親之殺，尊賢之等，禮所生也。』」

〔九〕制服：指制定服喪之制。

〔一〇〕皁隸：古代賤役。左傳隱公五年：「若夫山林川澤之實，器用之資，皁隸之事，官司之守，非君能及也。」　浮圖、老子之徒：指佛教、道教徒。

〔一一〕基於是：指祖先愛其子孫之心，不以遠而忘之。

〔一二〕初期以千畝：開始希望（義莊之地）有千畝之大。

〔一三〕期年：一年。　貿易以成之：通過買賣來成全他。

〔一四〕挾長：倚仗年長。　挾仕：倚仗做官。　敗約：撕毀義莊的盟約。

〔一五〕別白：分辨明白。漢書董仲舒傳：「辭不別白，指不分明，此臣淺陋之罪也。」

〔一六〕府牧、邑長、丞掾、曹吏：泛指州府以下各級官吏。　鄉之卿大夫、先生、處士：指鄉里的退休高官、有學問者、有才德者。

〔一七〕綱維：維繫、護持。三國志劉放傳：「又深陳宜速召太尉司馬宣王，以綱維王室。」主張：提倡，扶持。歐陽修跋李翰林昌武書：「向時蘇、梅二子，以天下兩窮人主張斯道，一時士人傾想其風采，奔走不暇。」

〔一八〕先君子：舊時稱自己或他人已去世的祖父。禮記檀弓上：「門人問諸子思曰：『昔者子之先君子喪出母乎？』」孔穎達疏：「子之先君子，謂孔子也。」

廬帥田侯生祠記

開禧二年八月，詔以開封田侯琳爲淮南西路安撫使，兼知廬州〔一〕，節制淮西軍馬。時虜方入塞〔二〕，侯既受命，謂廬州爲淮西根本，而古城又爲州之襟要〔三〕。堅守廬州，則淮西有太山之安；修復古城，則廬州有金城湯池之固〔四〕。異時議者知守南城而已，古城不復繕治，一日有警，如有太阿之利而不持鐏柄〔五〕，七尺之軀而授人腰領，幾何其不敗也！古城雖不甓〔六〕，而其實峭堅，利以禦寇。且西北堅城，多止用土，雖潼關及赫連氏統萬城，亦土爾〔七〕。乃躬臨視之，芟夷草棘，則城果屹如石壁，戈戟皆廢，衆始駭服。於是增陴浚濠，大設樓櫓〔八〕。又有月城，亦得地利，而卑不可恃，則又爲築羊馬城，厚六尺，高倍之，且爲重塹，設釣橋，而月城亦不可復犯矣〔九〕。

然自興役至訖事，不三閱月〔一〇〕，將士爭奮，民不與知，一旦巍然，若役鬼神，可謂奇偉不世之功矣。城甫畢，虜果大入，道執鄉民，問知侯在是，相顧曰：「殊不知乃鐵面將軍也。」蓋虜自王師攻蔡州時，已習知侯名，未戰，氣先奪矣。乘城拒守甚力〔一一〕，夜遣偏將自屯所攻其營，殺傷數千人，萬户死者二人〔一二〕。侯聞捷，曰：「是且伏兵東門，夜攻吾水柵，以幸一勝。」乃提親兵隨所向禦之，莫不摧破。虜知廬州不可近，遂解而趨和州。侯又亟遣親信間道督光州戍將，斷橋梁，燒賊艦，絶其餉道〔一三〕，奪俘虜，復取安豐軍。又遣萬騎由梁縣援和州。會和州亦堅壁，虜窮，乃盡遁。侯又出兵濠州，以戰車敗虜屯兵。戰車久不用，侯以意爲之，果取勝。策勳真拜達州刺史，且以車制頒之諸軍〔一四〕。侯猶不敢自以爲功，方益修水門之備，濬河深二丈，乃得昔人撒星椿〔一五〕，横亘兩城間，始知昔固有此舉，遂益植新椿而城之。其崇五丈有奇，樓櫓稱焉。將吏士民聚而謀曰：「侯之所立如此，郡人無以報萬一，則不可。」相與築生祠於城中，而移書於予，請書歲月。予以衰疾辭。比書復來，則侯捐館舍矣〔一六〕。請既益堅，予亦痛若人之不淑，而不獲卒大勳業也，故采之僉論，以叙其始末〔一七〕。昔劉滬城水洛，趙立城山陽，滬所遇非堅敵，立雖死事，而不能全其城，猶皆廟食，載在祀典〔一八〕。況如侯之功，光明卓絶如此，則祀典之請，必有任其事者。尚繼書之，以垂示後世，爲忠義之勸云。嘉定元年春二月己巳謹記。

【題解】

開禧二年五月，在平章軍國事韓侂胄主持下，宋寧宗下詔伐金，拉開了「開禧北伐」的序幕。宋軍雖因準備不足，屢遭敗績，但也湧現出畢再遇等一批名將。建康府副都統田琳收復壽春，堅守廬州，戰功卓著。軍民在廬州城中築紀念活人的生祠紀念田琳，并請陸游爲記。本文爲陸游爲田琳生祠所作的記文，詳細記述田琳堅守廬州的具體戰績和卓絶功勳，稱頌其忠義精神，希望將其載入祀典。

本文據篇末自署，當作於嘉定元年（一二〇八）二月己巳（二十九）日。時陸游致仕家居。

【箋注】

〔一〕淮南西路：簡稱淮西，宋代十五路之一。南渡後轄安慶、壽春二府，廬、蘄、和、舒、濠、光、黄七州，及安豐、鎮巢、懷遠、六安四軍。淮西位於淮河與長江之間，大致包括今安徽中部、湖北東部及河南東南部。南渡後淮河成爲宋、金的邊界綫，淮西成爲宋、金交戰的主戰場之一。開禧二年五月，寧宗下詔伐金。六月丁卯，建康副都統田琳收復壽春府（今安徽壽縣）。八月又有此任。廬州，南宋淮南西路治所。今安徽合肥。

〔二〕入塞：此指南侵淮西。

〔三〕襟要：地勢要衝，要害之地。晉書石勒載記下：「勒大怒，名張敬據其襟要以守之。」

〔四〕金城湯池：金屬所造城，沸水充滿的護城河，形容城池堅固。漢書蒯通傳：「必將嬰城固守，皆爲金城湯池，不可攻也。」顏師古注：「金以喻堅，湯喻沸熱不可近。」

〔五〕太阿：古寶劍名。相傳爲春秋時歐冶子、干將所鑄。李斯諫逐客書：「垂明月之珠，服太阿之劍。」鐔柄：劍柄。

〔六〕不甓：不用磚砌。

〔七〕潼關：位於今陝西渭南。北臨黃河，南踞山腰，是關中東大門，歷來爲兵家必争之地。赫連氏：源出匈奴，屬於漢化改姓。漢代右賢王劉去卑的後代自稱爲夏王，改爲赫連氏。東晉時，劉虎曾孫勃勃稱大夏天王，建國夏，又改復姓赫連氏。統萬城：北方名城，在今陝西靖邊。大夏國主赫連勃勃所建，故又稱赫連城。當地人稱白城子。勃勃自稱「朕方統一天下，君臨萬邦，可以統萬爲名。」城建歷時六年，用「蒸土築城」之法，即將白石灰、白粘土以糯米汁攪拌，蒸熟後灌注，城牆堅固異常。參見晉書赫連勃勃載記。

〔八〕陴：城上矮牆，亦稱女牆。樓櫓：軍中用於瞭望、攻守的高臺。北史王思政傳：「於是修城郭，起樓櫓，營田農，積芻秣，凡可以守禦者皆具焉。」

〔九〕月城：即甕城，城外所築半圓形小城，掩護城門，加强防禦。新唐書李光弼傳：「賊憚光弼，未敢犯宮闕，頓白馬祠，治壍溝，築月城以守。」　羊馬城：古時爲防守禦敵而在城外所築類似城圈的工事。通典兵五：「於城外四面壕内，去城十步，更立小隔城，厚六尺，高五尺，仍立女牆，謂之羊馬城。」　釣橋：吊橋。古代護城河上可以吊起的橋。陳規守城録守城機要：「城門外壕上，舊時多設釣橋，本以防備奔衝，遇有寇至，拽起釣橋，攻者不可越壕而來。」

〔一〇〕不三閲月：不到三個月。

〔一一〕乘城：登城。國語晉語一：「郤叔虎將乘城。」韋昭注：「乘，升也。」

〔一二〕萬户：官名。金初設置，爲萬夫之長，總領於中央樞密院。

〔一三〕間道：取道偏僻小路。陸賈楚漢春秋亞父碎玉斗：「沛公脱身鴻門，從間道至軍，張良、韓信乃謁項王。」　餉道：運軍糧之道。史記樊酈滕灌列傳：「受詔别擊楚軍後，絶其餉道。」

〔一四〕策勳：用策書記載勳勞。左傳桓公二年：「凡公行，告于宗廟；反行，飲至、舍爵、策勳焉，禮也。」杜預注：「既飲置爵，則書勳勞於策，言速紀有功也。」　真拜：實授官職。韓愈唐故國子司業竇公墓誌銘：「八遷至檢校虞部郎中，元和五年，真拜尚書虞部郎中。」　車制，指上述戰車之制。

〔一五〕撒星樁：古代水中防禦裝置，如星散般設置。宋史張順傳：「北兵增守益密，水路連鎖數十里，列撒星樁，雖魚蝦不得度。」

〔一六〕捐館舍：拋棄館舍。死亡的婉辭。戰國策趙策二：「今奉陽君捐館舍。」

〔一七〕若人：此人。不淑：不幸。吊問之辭。禮記雜記上：「寡君使某，如何不淑。」陳澔集説：「如何不淑，慰問之辭，言何爲而罹此凶禍也。」僉論：衆人之議論。

〔一八〕劉滬城水洛：北宋將軍劉滬守水洛城，以千人擊退氐族萬人之兵。後築城水洛，病卒葬水洛，居民立祠祀之。事詳宋史卷三二四劉滬傳。水洛城在今甘肅莊浪。趙立城山陽：南宋初將軍趙立，以勇戰金兵聞名，爲徐州觀察使兼知楚州，堅守楚州孤城數月，飛砲中其首而亡，城始陷。後立顯忠祠祀之。事詳宋史卷四四八趙立傳。山陽：楚州治所，今江蘇淮安。廟食：指死後立廟，受人奉祀，享受祭饗。史記滑稽列傳：「廟食太牢，奉以萬户之邑。」祀典：記載祭祀儀禮的典籍。國語魯語上：「凡禘、郊、祖、宗、報，此五者國之典祀也……非是，不在祀典。」

吴氏書樓記

天下之事，有合於理而可爲者，有雖合於理而不可得爲之者。士於可爲者，不可不力；力不足，則合朋友鄉閭之力而爲之；又不足，告於在仕者以卒成之。成矣，又慮其壞，則吾有子，子又有孫，孫又有子，雖數十百世，吾之志猶在也，豈不賢哉！彼不可得爲之者，則有命焉，有義焉，不知命義，徒呶呶紛紛奚益〔一〕？故君子不爲也。然爲此者寡也，或易之爲彼者，輒可以得名於流俗，故士之爲此者寡也。吾友南城吴君伸與其弟倫，初以淳熙之詔建社倉，其詳見於侍講朱公元晦所爲記〔二〕。其後又以錢百萬創爲大樓，儲書數千卷，會友朋，教子弟，其意甚美。於是朱公又爲大書「書樓」二字以揭之。樓之下曰讀書堂，堂之前又爲小閣，閣之下曰和豐堂。旁復有二小閣，左則象山陸公子静書其顔曰「南窗」〔三〕，右則艮齋謝公昌國書其顔曰「北窗」〔四〕。堂之後榮木軒〔五〕，則又朱公實書之。於虖，亦可謂盛矣！蓋吴君，未命之士爾〔六〕，爲社倉以惠其鄉，爲書樓以善其家，皆其力之所及。自是推而上之，力可以及一邑一郡一道，以至謀謨於朝者，皆如吴君自力而不愧，則民殷俗美，兵寢刑厝〔七〕，如唐虞三代，可積而至也。吴君兄弟爲是，迨今已十五六年，使皆壽考康寧〔八〕，則倉與樓皆當益治，鄉之民生業愈給足安樂，日趨於壽富，而君之子弟孝悌忠信，亦皆足以化民善俗，是可坐而俟也。然年運而往，天人之際，有不可常者，則又當有以垂訓於無窮。予讀唐李衛公文饒平泉山居記有曰：「鬻平泉者，非吾子孫也。以平泉一木一石與人者，非佳子弟也。」〔九〕平泉特燕遊地，木石之怪奇者，亦奚足道，而其言且如此，況義倉與書樓乎？後之人讀吾記至此，將有涣然汗出、霰然涕下者〔一〇〕，雖百世之後，常如吴君時，有不難者矣。嘉定元年五月甲子記。

【題解】

吴氏，即吴仲兄弟。兄吴仲，字子直；弟吴倫，字子常。江西南城上唐鎮蛤蟆窩村富户。紹熙五年應朝廷之令，建社倉以濟饑民，名動一時。江西通志卷八三引人物志：「吴仲，南城人。與弟倫俱太學生。立社倉以周貧乏。朱子記略云：『紹興（當作紹熙）甲寅之歲，發私穀四千斛以應詔旨，民有所仰食，無復死徙之虞，咸德於吴。而仲與倫不敢當，曰：是倉之立，君師之教，祖考之澤，而鄉鄰之功也。』」吴氏兄弟建社倉後，又建大樓儲書數千卷，朱熹爲題「書樓」二字。本文爲陸游爲吴氏書樓所作的記文，記述書樓之盛，稱贊吴氏「爲社倉以惠其鄉，爲書樓以善其家」，努力爲其力之所及而可爲者，告誡後人效仿吴君則世事不難。

本文據篇末自署，當作於嘉定元年（一二〇八）五月甲子（二十六）日。時陸游致仕家居。

參考卷三十跋南城吴氏社倉書樓詩文後。

【箋注】

〔一〕呶呶紛紛：指喋喋不休。

〔二〕「吾友」三句：社倉是古代爲防止荒年而在鄉社設置的糧倉。始於隋代，歷代體制不一。據朱熹建昌軍南城縣吴氏社倉記（晦庵先生朱文公文集卷八十）載，乾道四年，建昌大饑，朱熹請於官，始作社倉於崇安縣開耀鄉。淳熙八年，朱熹上奏設置社倉的經驗，孝宗頒其法於四方，下詔鼓勵民間效仿。吴伸兄弟因之開始建設社倉。慶元二年，朱熹應吴伸兄弟之邀，到該村講學，爲吴氏廳堂書寫「榮木軒」、「書樓」二匾，并爲社倉撰寫了吴氏社倉記，還在該村寫下了觀書有感詩。（有「問渠那得清如許，爲有源頭活水來」之句）朱熹離村後，村民將蚣蟆窩村改爲源頭村。

〔三〕象山陸公子静：即陸九淵（一一三九—一一九三），字子静，號象山翁，世稱象山先生，撫州金溪（今屬江西）人。乾道進士，官至知荆門軍。南宋理學家，與朱熹齊名，并會於鵝湖，争論學術。宋史卷四三四有傳。南窗：陶淵明問來使詩：「我屋南窗下，今生幾叢菊。」

〔四〕艮齋謝公昌國：即謝諤（一一二一—一一九四），字昌國，人稱艮齋先生，臨江軍新餘（今江西新餘）人。紹興進士，官至工部尚書。南宋理學家。宋史卷三八九有傳。北窗：晉書陶潛傳：「嘗言夏月虚閒，高卧北窗之下，清風颯至，自謂羲皇上人。」

〔五〕榮木軒：陶淵明榮木詩：「采采榮木，結根于兹。晨耀其華，夕已喪之。」逯欽立注：「榮木，木槿。其花朝生暮落。」

〔六〕未命之士：未取得科名的讀書人。朱熹朱子語類卷八六：「上士、中士、下士，是有命之士，已有禄。如管子『士鄉十五』，是未命之士。若民皆爲士，則無農矣，故鄉止十五。亦受田，但不多，所謂『士田』者是也。」

〔七〕兵寢：戰争止息。刑厝：亦作刑錯、刑措。刑法置而不用。荀子議兵：「傳曰：『威厲而不試，刑錯而不用。』」

〔八〕壽考康寧：長壽安康。書洪範：「五福：一曰壽，二曰富，三曰康寧，四曰攸好德，五曰考終命。」

〔九〕「予讀」五句：唐代李德裕在伊洛築平泉别墅，廣植草木，又作平泉山居記述之，告誡子孫不得鬻賣與人，言辭懇切。李衛公文饒，即李德裕（七八七—八五〇）字文饒，趙郡贊皇（今屬河北）人。以門蔭入仕，兩度爲相，封衛國公，世稱李衛公，後在牛李黨争中失勢，貶死崖州。舊唐書卷一七四、新唐書卷一八〇有傳。

〔一〇〕涣然：汗出貌。嵇康養生論：「夫服藥求汗，或有弗獲；而愧情一集，涣然流離。」霰然：如小冰粒貌。

靈秘院營造記

出會稽城西門，舟行二十五里，曰柯橋靈秘院。自紹興中，僧海浄大師智性築屋設供〔一〕，以待遊僧，名「接待院」，久而寖成，始徙廢寺故額名之。海浄年九十，坐八十三夏而終〔二〕，以其法孫德恭領院事〔三〕。恭少嘗學於四方，有器局〔四〕，迨今二十年，食不過一簞，衣不加一稱〔五〕，而惟衆事是力。夕思晝營，心揆手畫，施者自至，魔事不作〔六〕，用能於二十年間，或改作，或增葺，光明偉麗，毫髮無憾，上承先師遺志，下爲子孫基業。閎堂傑閣，房奥廊序，棲鐘之樓，櫝經之堂，館客之次，下至庖厨湢浴〔七〕，無一不備。爲屋僅百間，自門而出，直視旁覽，道路繩直，而原野砥平。一遠山在前，孤峭奇秀，常有煙雲映帶其傍。卜地者以爲在法百世不廢〔八〕，且將出名僧。今院纔一傳，其興如此，後烏可量哉！院之崇成也〔九〕，恭來請記曰：「先師之塔，公實與之銘〔一〇〕。今院當有記，非公誰宜爲哉？」予報之曰：「子廬於此，凡東之會稽、四明與西入臨安者，風帆日相屬也〔一一〕。彼其得志於仕宦，獲利於商賈者，寧可計耶？有能家世相繼，支久不壞，如若之爲父子者乎？有能容衆聚族，爕和安樂〔一二〕，如若之處兄弟者乎？至於度地築室，以奢麗相誇，斤斧之聲未停，丹堊之飾未乾，而盛衰之變已遽至矣，亦有如若之安居奠處〔一三〕，子傳之孫、孫又傳之子者乎？此無他，彼其初與若異也。雖曰有天數，然人事常參焉，人事不盡而諉之數，於虖其可哉？」嘉定元年夏五月庚申記。

【題解】

靈秘院位於山陰縣以西柯橋旁。嘉泰會稽志卷七：「靈祕院，在縣西三十里柯橋館之旁。紹興中僧智性創柯橋接待院，初惟蘧蒢一夏，日益增葺，請於府，移江北安昌鄉靈祕廢院額。智性年九十餘，精神不衰，猶能領院事。淳熙十六年九月，準尚書禮部符甲乙住持。」智性圓寂後，由德恭領院事，二十年間，靈秘院面貌焕然一新。營造功成，德恭求記於陸游。本文爲陸游爲靈秘院營造成功所作的記文，叙述靈秘院沿革及營造始末，感慨佛徒的家世相繼、燮和安樂，與仕宦商賈的盛衰之變形成鮮明對照，指出「雖曰有天數，然人事常參焉」，表明對時局的看法。

本文據篇末自署，當作於嘉定元年（一二〇八）五月庚申（二十二）日。時陸游致仕家居。

參考卷四十海浄大師塔銘。

【箋注】

〔一〕海浄大師智性（一一〇二—一一九二）：山陰人，俗姓蔡。七歲出家，九歲賜紫方袍，號海浄大師。住靈秘院五十一年，卒年九十。陸游爲撰海浄大師塔銘。

〔二〕坐八十三夏：坐夏爲佛教語，指僧人於夏季三個月中安居不出，坐禪静修，稱坐夏。因正當雨季，亦稱坐雨安居。玄奘大唐西域記印度總述：「故印度僧徒，依佛聖教，坐雨安居，或前三月，或後三月。前三月當此從五月十六日至八月十五日，後三月當此從六月十六日至九月十五日。前代譯經律者，或云坐夏，或云坐臘。」坐夏一年一次，坐八十三夏，即出家爲僧八十三年。

〔三〕法孫：指佛教法師的第二代弟子。

〔四〕器局：器量，度量。晉書何充傳：「何充器局方概，有萬夫之望。」

〔五〕稱：古代計算衣服的量詞。

〔六〕魔事：佛教指稱道德障礙。梁武帝斷酒肉文：「酒是惡本，酒是魔事，檀越今日幸不可飲。」

〔七〕奥：房屋角落。説文：「室之西南隅。」序：牆壁。説文：「東西牆也。」次：旅行所居止之處所。庖厨湢浴：廚房、浴室。

〔八〕卜地：選擇居住之地。趙曄吴越春秋勾踐歸國外傳：「唐虞卜地，夏殷封國，古公營城周雒。」

〔九〕崇成：終於成功。崇，通「終」。

〔一〇〕「先師」二句：指陸游爲海浄大師撰寫塔銘。見本集卷四十。

〔一一〕相屬：相繼，相連接。史記孟子荀卿列傳：「荀卿嫉濁世之政，亡國亂君相屬。」

〔一二〕燮和：協和。書顧命：「燮和天下，用答文、武之光訓。」

〔一三〕奠處：穩固居處。

橋南書院記

吾友西安徐載叔，豪隽人也〔一〕，博學善屬文，所從皆知名士。方其少壯時，視功名富貴猶券内物，一第直浼我爾〔二〕。然出遊三十年，蹭蹬不偶〔三〕，異時知己，零落且盡。家貲本不薄，載叔常糞壤視之，權衡仰俯，算籌衡縱〔四〕，一切不能知，惟日夜從事於塵編蠹簡中〔五〕，至食不足，不問也。中年，卜居城中，號橋南書院，地僻而境勝，屋庳而人傑，清流美竹，秀木芳草，可玩而樂者，不一而足。載叔高卧其中，裾不曳，刺不書〔六〕，客之來者日益衆。行者交迹，乘者結轍，呵殿者籠坊陌〔七〕，雖公侯達官之門，不能過也。名不可妄得，客不可强致，載叔蓋有以得此於人矣。乃者數移書於予，請記所謂橋南書院者。嗟乎！漢梁伯鸞入吴，賃舂於臯伯通廡下，至今吴有臯橋，蓋以伯鸞所寓得名〔八〕。載叔之賢，不減伯鸞，而橋南乃其居，則後世不蘁没决矣，尚何待記？然載叔之請，不可終拒也，乃爲之書。嘉定元年夏六月庚寅，山陰陸某務觀記。

【題解】

橋南書院爲陸游友人徐載叔居所。徐載叔名賡，衢州西安人，爲豪雋名士。中年卜居城中橋南書院，聲名鵲起，移書陸游求記。本文爲陸游爲橋南書院所作的記文，記叙徐載叔豪雋人品和橋南隱居生活，慨歎其如東漢隱士梁鴻必傳後世。

本文據篇末自署，當作於嘉定元年（一二〇八）六月庚寅（二十二）日。時陸游致仕家居。

參考劍南詩稿卷二二寄題徐載叔秀才東莊（東莊乃藏書之所）。

【箋注】

〔一〕西安：縣名，南宋隸兩浙路衢州，民國始稱衢縣，今浙江衢州衢江。　豪隽：亦作豪儁、豪俊。謂氣魄大，行爲特出。新五代史劉旻傳：「兀欲性豪儁，漢使者至，輒以酒肉困之。」

〔二〕券内：分内。劍南詩稿卷五七送辛幼安殿撰造朝：「功名固是券内事，且葺園廬了婚嫁。」　一第直浼我：指及第只是玷污了我。浼，玷污。孟子公孫丑上：「雖袒裼裸裎於我側，爾焉能浼我哉？」

〔三〕蹭蹬不偶：困頓失意。

〔四〕「權衡」二句：指重量高低，數量多少。權衡，稱量輕重的器具，權爲秤錘，衡爲秤桿。仰俯，即俯仰，指高低。算籌，計算數目的器具。衡縱，即縱横，指雜亂貌。

〔五〕塵編蠹簡：指古舊破書。唐彦謙題宗人故帖詩：「所忠無處訪相如，風笈塵編迹尚餘。」劉知幾史通惑經：「徒以研尋蠹簡，穿鑿遺文，菁華久謝，糟粕爲偶。」

〔六〕高卧：安卧，悠閒地躺著。晉書陶潛傳：「嘗言夏月虚閒，高卧北窗之下，清風颯至，自謂羲皇上人。」　裾不曳：衣襟不拖。指穿着隨便。陶潛勸農詩：「矧伊衆庶，曳裾拱手。」　刺不書：名刺不寫。指禮節不拘。後漢書王符傳：「後度遼將軍皇甫規解官歸安定，鄉人有以貨得雁門太守者，亦去職還家，書刺謁規。」

〔七〕結轍：亦作結徹。指車轍交錯，車輛往來不絕。漢書文帝紀：「故遣使者冠蓋相望，結徹於道，以諭朕志於單于。」顔師古注引韋昭曰：「使車往還，故徹如結也。」訶殿：指官員出行時侍衛大聲呵呼開道，以示威嚴。籠坊陌：遮蓋街巷。

〔八〕「漢梁伯鸞」四句：後漢書梁鴻傳載，梁鴻與妻孟光「遂至吴，依大家臯伯通，居廡下，爲人賃舂。每歸，妻爲具食，不敢於鴻前仰視，舉案齊眉」。梁鴻，字伯鸞，扶風平陵（今陝西咸陽）人，東漢隱士，後漢書卷八十有傳。臯伯通，吴郡富豪。吴郡志卷二十：「臯伯通，漢賢者。居臯橋，梁鴻與孟光偕至吴，爲人賃舂，伯通異之，舍之於家。」

心遠堂記

大卿朱公以開禧元年築第於昭武城東，取陶淵明詩語，名其堂曰「心遠」〔一〕。既成，與士大夫落之，而以書來告，曰：「子爲我記。」始嘉泰壬戌，予蒙恩召爲史官，朱公丞秘書〔二〕，日相從甚樂。公去爲御史，予領監事，閒劇異趣〔三〕，會見甚疏，然每與同舍焚香煮茶於圖書鐘鼎之間，時時言及公，未嘗不相與興懷絶歎也〔四〕。明年，國史奏御之明日，予乞骸骨而歸〔五〕。俄而公亦自寺卿得請外補〔六〕，不復相聞者累歲。退比書來，予方卧病，作而言曰：「朱公真可人哉〔七〕！」士得時遇主，施其才於國。

居閭里，閒暇之日爲多，樽俎在前，琴弈迭進〔八〕，欣然自得，悠然遐想。問饋宴樂〔九〕，以修親舊夙昔之好；講解誦説，以垂後進無窮之訓。進退兩得，可謂賢矣。予獨相望累千里，不得持一觴爲公壽，且慶斯堂之成，顧方以爲歉。今乃得以不腆之文〔一〇〕，自托於後世，亦可謂幸矣夫！嘉定元年秋七月甲子記。

【題解】

心遠堂，爲陸游在秘書省時同僚朱欽則在家鄉邵武城東所建宅第，取陶淵明飲酒「心遠地自偏」詩意命名，并移書陸游求記。本文爲陸游爲心遠堂所作的記文，追憶與朱公相處始末，遥寄對朱公新居的祝福。

本文據篇末自署，當作於嘉定元年（一二〇八）七月甲子（二十七）日。時陸游致仕家居。

參考本卷萬卷樓記。

【箋注】

〔一〕大卿朱公：即朱欽則，字敬父，一字敬之，邵武軍邵武（今福建邵武）人。乾道八年進士。慶元中幹辦諸司糧料院。嘉泰二年三月除秘書丞，八月改監察御史。出知寧國府。嘉定元年爲臣僚奏劾，放罷。見全宋文卷六二七一小傳、南宋館閣續録卷七。大卿，宋代俗稱中央各寺的正職長官。趙與時賓退録卷三：「世俗稱列寺卿曰大卿，諸監曰大監，所以别於少卿監。」昭武：三國時所置縣名，西晉避司馬昭諱改稱邵武，後沿用。此用古名。陶淵明詩語：陶淵明飲酒五：「結廬在人境，而無車馬喧。問君何能爾，心遠地自偏。」

〔二〕「始嘉泰」三句：指陸游嘉泰二年（一二〇二）五月召爲實録院同修撰兼同修國史，時朱欽則任秘書丞。

〔三〕領監事：指陸游嘉泰二年十二月除秘書監。　閒劇：清閒和繁忙。隋書后妃傳序：「女使流外，量局閒劇。多者十人已下，無定員數。」

〔四〕興懷：引起感觸。王羲之蘭亭集序：「俯仰之間，已爲陳迹，猶不能不以之興懷。」　絶歎：極爲感歎。晉書劉毅傳：「毅驕縱滋甚，每覽史籍，至藺相如降屈於廉頗，輒絶歎以爲不可能也。」

〔五〕乞骸骨：指退休。意爲使骸骨得歸葬故鄉。晏子春秋外篇上：「臣愚不能復治東阿，願乞骸骨，避賢者之路。」

〔六〕寺卿：指監察御史任。

〔七〕可人：有才德之人，可愛之人。禮記雜記下：「其所與遊辟也，可人也。」孔穎達疏：「可人也者，謂其人性行是堪可之人也。」

〔八〕樽俎：指宴席。樽以裝酒，俎以盛肉。　琴弈：彈琴下棋。

〔九〕問饋：同問遺。親友相饋贈。史記酷吏列傳：「（郅）都爲人勇，有氣力。公廉，不發私書，問遺無所受，請寄無所聽。」

〔一〇〕不腆：謙詞，指淺薄。柳宗元送蕭鍊登第後南歸序：「僕不腆，見邀爲序，狂夫之言非所以志君子也。」

萬卷樓記

學必本於書。一卷之書，初視之若甚約也。後先相參，彼是相稽〔一〕，本末精粗，相爲發明，其所關涉，已不勝其衆矣。一編一簡，有脱遺失次者，非考之於他書，則所承誤而不知。同字而異詁，同辭而異義，書有隸、古，音有楚、夏〔二〕，非博極群書，則一卷之書，殆不可遽通，此學者所以貴夫博也。自先秦兩漢，訖於唐五代以來，更歷大亂，書之存者既寡，學者於其僅存之中，又莽鹵焉以自便，其怠惰因循，曰吾懼「博之溺心」也〔三〕，豈不陋哉！故善學者通一經而足，藏書者雖盈萬卷，猶有憾焉。而近世淺士，乃謂藏書如鬥草〔四〕，徒以多寡相爲勝負，何益於學。嗚呼！審如是説，則秦之焚書，乃有功於學者矣。昭武朱公敬之，粹於學而篤於行，早自三館爲御史，爲寺卿，出典名藩〔五〕，尊所聞，行所知，亦無負於爲儒矣。然每悒然自以爲歉〔六〕，益務藏書，以棲於架、藏於櫝爲未足，又築樓於第中，以示尊閣傳後之意，而移書屬予記之。予聞故時藏書，如韓魏公萬籍堂、歐陽兖公六一堂，司馬温公讀書堂〔七〕，皆實萬卷，然未能絶過諸家也。其最擅名者，曰宋宣獻、李邯鄲、吕汲公、王仲至〔八〕，或承平時已喪，或遇亂散軼，士大夫所共歎也。朱公齒髮尚壯，方爲世顯用，且澹然無財利聲色之奉，儻網羅不倦，萬卷豈足道哉！予聞是樓南則道人三峰，北則石鼓山，東南則白渚山，烟嵐雲岫，洲渚林薄〔九〕，更相映發，朝暮萬態。公不以登覽之勝名之，而獨以藏書見志，記亦詳於此略於彼者，蓋朱公本志也。嘉定元年秋七月甲子記。

【題解】

萬卷樓，爲朱欽則在邵武宅第所建之藏書樓，以示尊閣傳後之意。朱氏藏書萬卷，有其傳統。南唐藏書家朱遵度，青州書生，人稱「朱萬卷」；宋初文人朱昂好學，被目爲「小萬卷」。（見宋史卷四三九朱昂傳）樓主取名「萬卷」，或亦有步武前賢之意。朱氏移書陸游求記，本文爲陸游爲萬卷樓所作的記文，記叙築樓緣起，闡述「學者貴博」、「藏書見志」的意義。

本文據篇末自署，當作於嘉定元年（一二〇八）七月甲子（二十七）日。時陸游致仕家居。

參考本卷心遠堂記。

【箋注】

〔一〕相參：相互參證。墨子號令：「遣他候，奉資之如前候，反，相參審信，厚賜之。」相稽：相互稽查，稽考。

〔二〕書有隸、古：書體有隸書、科斗的區别，謂今文、古文。老學庵筆記卷三：「孔安國尚書序言：『爲隸古定，更以竹簡寫之。』隸爲隸書，古爲科斗。蓋前一簡作科斗，後一簡作隸書，釋之以便讀誦。近有善隸者，輒自謂所書爲隸古，可笑也。」音有楚、夏：語音有南楚和中原的區分。荀悦申鑒時事：「文有磨滅，言有楚夏，出有先後……孰不俱是，比而論之，必有可參者焉。」夏，諸夏，指中原地區諸國。

〔三〕莽鹵：粗疏，馬虎。寒山詩：「男兒大丈夫，做事莫莽鹵。」博之溺心：博學會沉溺心靈。莊子繕性：「文滅質，博溺心，然後民始惑亂，無以反其性情而復其初。」

〔四〕鬥草：亦作鬥百草。古代遊戲之一。競採花草，比賽多寡優劣，常於端午節舉行。宗懔荆楚歲時記：「五月五日，四民并蹋百草，又有鬥百草之戲。」

〔五〕「早自」三句：參見本卷心遠堂記注〔一〕。三館，宋初承唐制，以史館、昭文館、集賢院爲三館，掌修史、藏書、校書。元豐改制，罷三館，職事歸秘書省。此指任秘書丞。出典，指出任某官職。

〔六〕悒然：鬱悶貌。韓詩外傳卷七：「宣王悒然，無以應之。」

〔七〕韓魏公萬籍堂：韓魏公即韓琦，李清臣韓忠獻公琦行狀：「家聚書萬餘卷，悉經簽題點勘，列屋貯之，目曰『萬籍堂』。」歐陽兗公六一堂：歐陽兗公即歐陽修，撰有六一居士傳，自稱吾家藏書一萬卷，集録金石遺文一千卷，有琴一張，有棋一局，常置酒一壺，再加老翁一個，是爲「六一」。後人在其出生地綿州（今四川綿陽）建「六一堂」以紀念。司馬温公讀書堂：司馬温公即司馬光，費衮梁溪漫志卷三：「司馬温公獨樂園之讀書堂，文史萬餘卷，而公晨夕所常閲者，雖累數十年，皆新若手未觸者。嘗謂其子公休曰：『賈豎藏貨貝，儒家惟此耳，然當知寶惜。』」

〔八〕宋宣獻：即宋綬（九九一—一〇四〇）字公垂，趙州平棘（今河北趙縣）人。因平棘爲漢代常山郡治所，故稱常山宋氏，後人稱宋常山公。大中祥符元年賜同進士出身，官至參知政事。謚宣獻。北宋藏書家，至其子宋敏求，藏書達三萬卷。宋史卷二九一有傳。李邯鄲：即李淑（一〇〇二—一〇五九）字獻臣，號邯鄲，徐州豐人（今江蘇豐縣），天聖五年賜進士，一生多在館閣任職。家富藏書，編有邯鄲圖書志十卷，著録二萬三千餘卷。宋史卷二九一有傳。呂汲公：即呂大防（一〇二七—一〇九七）字微仲，京兆藍田（今陝西藍田）人，其先汲郡人。皇祐元年進士，官至尚書左僕射兼門下侍郎，爲相八年。博學，長於經學。宋史卷三四〇有傳。王仲至（生卒不詳）：北宋藏書家，元祐間提舉太平興國宫，賜紫金魚袋，與蘇軾、晁補之等遊。

〔九〕煙嵐：山林間蒸騰的霧氣。宋之問江亭晚望：「浩渺浸雲根，煙嵐出遠村。」雲岫：指雲霧繚繞的峰巒。語本陶淵明歸去來辭「雲無心以出岫」。唐中宗石淙：「霞衣霞錦千般狀，雲峰雲岫百重生。」洲渚：水中小塊陸地。左思吳都賦：「島嶼緜邈，洲渚馮隆。」林薄：交錯叢生的草木。楚辭涉江：「露申辛夷，死林薄兮。」王逸注：「叢木曰林，草木交錯曰薄。」

渭南文集箋校卷第二十二

銘

【釋體】劉勰文心雕龍銘箴：「銘者，名也，觀器必名焉，正名審用，貴乎慎德。」又：「夫箴誦於官，銘題於器，名用雖異，而警戒實同。箴全禦過，故文資確切；銘兼褒贊，故體貴弘潤。其取事也必核以辨，其摛文也必簡而深，此其大要也。」徐師曾文體明辨序説：「考諸夏商鼎、彝、尊、卣、盤、匜之屬，莫不有銘……其後作者寖繁，凡山川、宮室、門井之類皆有銘詞，蓋不但施之器物而已。然要其體不過有二：一曰警戒，二曰祝頌，故今辯而列之。陸機云：『銘貴博文而温潤。』斯言得之矣。此外又有碑銘、墓碑銘、墓誌銘，則各爲類，不并列於此云。」陸游所作，多爲器物銘，亦有水泉之銘。

本卷收録銘七首。

梅子真泉銘

距會稽城東北七里有山，曰梅山〔一〕。山之麓有泉，曰子真泉。遊者或疑焉，智者及道人求笠澤漁父爲之銘〔二〕。銘曰：

梅公之去漢，猶鴟夷子之去越也〔三〕。變姓名，棄妻子，舟車所通，何所不閲？彼吴市門人偶傳之，而作史者因著其説。儻信吴市而疑斯山，不幾乎執一而廢百？梅公之去，如懷安於一方，則是以頸血丹莽之斧鉞也〔四〕。山麓之泉，甘寒澄澈，珠琲玉雪，與子徘徊〔五〕。酌泉飲之，亦足以盡公之高而歎其決也。

【題解】

梅子真，即梅福，西漢九江壽春（今安徽壽縣）人。少年求學長安，通尚書和穀梁春秋。爲郡文學，補南昌尉。後去官歸壽春。屢次上書言政，不被採納。王莽專政，梅福一朝棄妻子，去九江，人傳以爲仙。其後，人有見福於會稽者，變名姓，爲吴市門卒。漢書卷六七有傳。梅子真泉，即子真泉。嘉泰會稽志卷七：「本覺寺，在（山陰）縣西北一十五里梅山後……又有子真泉。」又卷十一：「子真泉，在梅山本覺寺，泉味甘寒。廉博士布嘗爲書『子真泉』三大字。或疑子真隱吴市門，不應在會稽。然子真方避禍，棄妻子，變姓名，豈常在吴市門者。故今會稽多有子真遺迹。」本文爲陸游爲梅子真泉所作的銘文，辨析梅山及泉之真僞，稱頌梅公的隱逸高風，贊歎梅公的決絕態度。

本文原未繫年。歐譜列於不繫年文。因編於銘文之首，據下篇司馬温公布被銘自注作於二十歲，則本文當作於二十歲前。鄒志方認爲本文與復齋記同作於隆興元年去國返鄉之時，見陸游研究第二章第三節梅山寓所。

參考劍南詩稿卷十九胸次鬱鬱偶取枯筆作狂草遂成長句。

【箋注】

〔一〕梅山：嘉泰會稽志卷九：「梅里尖山，其陰爲梅仙塢，多桃李梨梅來禽，以梅福里得名。」越中雜識：「今山陰有梅山、梅市、梅里，皆以福得名。」

〔二〕笠澤漁父：陸游别號。陸游視晚唐陸龜蒙爲祖上賢人，崇敬有加。陸龜蒙隱居笠澤（今蘇州吴江），其文集名笠澤叢書。又唐人張志和辭官隱居，以漁釣自適，作漁父詞，陸游對其十分仰慕。陸游還曾自號笠澤漁隱、笠澤漁翁、笠澤老漁等。

〔三〕鴟夷子：即范蠡。史記越王勾踐世家載，范蠡助勾踐滅吴稱霸，乘舟去越，「浮海出齊，變姓名，自謂鴟夷子皮」，止於陶，自謂陶朱公。未幾，致貲累巨萬，成爲天下巨富。

〔四〕懷安：苟且安逸。三國志魏書管寧傳：「徒欲懷安，必肆其志，不惟古人亦有翻然改節以隆斯民乎！」丹莽之斧鉞：指染紅王莽的暴政。

〔五〕珠琲玉雪：指泉水如珠串，潔白晶瑩。文選左思吴都賦：「金鎰磊砢，珠琲闌干。」劉逵注：「琲，貫也。珠十貫爲一琲。」徘徊：流連，留戀。曹植上責躬詩表：「是以愚臣徘徊於恩澤，而不敢自棄者也。」

司馬温公布被銘

公孫丞相布被，人曰詐〔一〕；司馬丞相亦布被，人曰儉〔二〕。布被，可能也；使人曰儉不曰詐，不能也。此銘予二十歲時作，今傳以爲秦少游〔三〕，非也。

【題解】

司馬温公，指司馬光。因光卒贈太師、温國公，謚文正。本文爲陸游爲司馬光布被所作的銘文，對比公孫弘與司馬光同用布被故事，説明儉、詐出於本性，世人自有定評，用於自我警戒。

本文據篇末自注，當作於紹興十四年（一一四四）。時陸游二十歲。

【箋注】

〔一〕「公孫」二句：公孫丞相指公孫弘。史記平津侯主父列傳：「（公孫）弘爲人恢奇多聞，常稱以爲人主病不廣大，人臣病不儉節。弘爲布被，食不重肉。……汲黯曰：『弘位在三公，奉禄甚多。然爲布被，此詐也。』上問弘。弘謝曰：『有之。夫九卿與臣善者無過黯，然今日庭詰弘，誠中弘之病。夫以三公爲布被，誠飾詐欲以釣名。且臣聞管仲相齊，有三歸，侈擬於君，桓公以霸，亦上僭於君。晏嬰相景公，食不重肉，妾不衣絲，齊國亦治，此下比於民。今臣弘位爲御史大夫，而爲布被，自九卿以下至於小吏，無差，誠如汲黯言，且無汲黯忠，陛下安得聞此言。』天子以爲謙讓，愈益厚之。卒以弘爲丞相，封平津侯。」

〔二〕「司馬」二句：司馬丞相指司馬光。司馬光性不喜華靡，亦以布被蔽寒。其訓儉示康稱：「吾本寒家，世以清白相承。吾性不喜華靡，自爲乳兒，長者加以金銀華美之服，輒羞赧棄去之。二十忝科名，聞喜宴獨不戴花。同年曰：『君賜不可違也。』乃簪一花。平生衣取蔽寒，食取充腹，亦不敢服垢弊以矯俗干名，但順吾性而已。衆人皆以奢靡爲榮，吾心獨以儉素爲美。人皆嗤吾固陋，吾不以爲病。」

〔三〕秦少游：即秦觀（一〇四九—一一〇〇），字少游，揚州高郵（今屬江蘇）人。元豐八年進士。少從蘇軾遊，爲蘇門四學士之一。歷官太學博士、秘書省正字兼國史院編修官。坐元祐黨籍，出通判杭州，又被劾貶監處州酒稅，編管雷州。徽宗即位，被召回，卒於途。宋史卷四四四有傳。

金崖硯銘

我遊三峽，得硯南浦〔一〕。西窮梁益，東掠吴楚〔二〕。揮灑淋漓，鬼神風雨〔三〕。

百世之下，莫予敢侮〔四〕。

【題解】

金崖硯，指重慶萬州金崖石所製之硯。宋人朱長文墨池編卷六：「萬州懸金崖石，其色正黑，體雖潤密，而色晻昧，其間亦有文如銅屑，或時有如楚石大點，如荳，此最佳者。其發墨在歙石之下，扣之無聲。」本文爲陸游爲金崖硯作所作的銘文，叙述得硯經歷及用筆豪情。

本文原未繫年。歐譜列於不繫年文。據文意，當作於淳熙五年（一一七八）蜀地東歸之後。

【箋注】

〔一〕南浦：縣名。蜀漢建興八年（二三〇）始置，南宋隸夔州路萬州。今重慶萬州。

〔二〕梁益：指蜀地。蜀漢有梁、益等州。晉張載劍閣銘：「勒銘山阿，敢告梁益。」吴楚，泛指長江中下游一帶，春秋時爲吴、楚故地。

〔三〕淋漓：形容酣暢。李商隱韓碑詩：「公退齋戒坐小閣，濡染大筆何淋漓。」鬼神風雨：杜甫寄李十二白二十韻：「筆落驚風雨，詩成泣鬼神。」

〔四〕莫予敢侮：石介宋頌九首聖神：「三國之君，各保爾土。虎憑於山，莫予敢取。蛟憑於淵，莫予敢侮。萬斯年兮，關鑰以固。」

延平硯銘

延平雙龍去無迹，收斂光氣鍾之石〔一〕。聲如浮磬色蒼璧〔二〕，予文日衰愧匪敵。

【題解】

延平，即延平津，古津渡名，在今福建南平東南。延平硯，延平津所出之硯。本文爲陸游爲延平硯所作的銘文，描述雙龍傳説和寶硯聲色，感慨文章日衰。

本文原未繫年。歐譜列於不繫年文。據文意，當作於淳熙五年（一一七八）秋陸游任職提舉福建常平茶事之後。

【箋注】

〔一〕雙龍去無迹：據晉書張華傳載，晉代張華見斗、牛二宿間常有紫氣，推知豫章豐城有寶劍。遂派雷焕到豐城尋得寶劍兩把，焕與張華各得其一。後張華被誅，寶劍頓失。雷焕卒，其子持劍行經延平津，寶劍忽於腰間躍出墮水。使人入水取之，惟見兩龍各長數丈，蟠縈有文章，光彩照水。於是失劍。鍾之石：指匯聚雙龍寶劍之精氣集中於石硯。

〔二〕浮磬：水邊能製磬之石。書禹貢：「泗濱浮磬。」孔穎達疏：「石在水旁，水中見石，似若水中浮然，此石可以爲磬，故謂之浮磬也。」蒼璧：深青色的玉璧。

蠻溪硯銘

斯石也，出於漢嘉之蠻溪，蓋夷人佩刀之礪也〔一〕；琢於山陰之鏡湖，則放翁筆墨之瑞也〔二〕。質如玉，文如縠〔三〕，則黟龍尾之群從，而淄韞玉之仲季也①〔四〕。

【題解】

蠻溪硯，即思州石硯。石呈黛青色，内含金星，又稱「金星石硯」。産地思州爲「五溪」蠻地，故又稱「蠻溪硯」。古思州於唐、宋間時設時廢，在今貴州岑鞏縣思陽鎮一帶。蠻溪硯在宋代已十分出名。黄庭堅答王道濟寺丞觀許道寧山水圖詩云：「往逢醉許在長安，蠻溪大硯磨松煙。」王安石元珍以詩送緑石硯所謂玉堂新樣者詩云：「玉堂新樣世珍傳，况以蠻溪緑石鐫。」均可爲證。本文爲陸游爲蠻溪硯所作的銘文，稱贊蠻溪硯與名硯同類，爲放翁祥瑞。

本文原未繫年。歐譜列於不繫年文。據文意，當作於淳熙五年（一一七八）蜀地東歸之後。

【校記】

①「淄」，原作「溜」，各本同，據校注改。淄，淄川，地名，參箋注〔四〕。

【箋注】

〔一〕漢嘉：古地名。東漢時設漢嘉縣，屬益州。轄境相當今四川雅安、蘆山、名山、天全、滎經、漢源等地。後改郡。西晉時廢。　礪：粗磨刀石。

〔二〕瑞：祥瑞，吉祥物。

〔三〕縠：有皺紋的紗。

〔四〕黟龍尾：安徽黟縣産龍尾歙硯。歐陽修硯譜：「歙石出於龍尾溪，其石堅勁，大抵多發墨，故前世多用之。以金星爲貴，其石理微粗，以其手摩之，索索有鋒芒者尤佳。」群從：指堂兄弟及侄子輩。陶淵明悲從弟仲德詩：「禮服名羣從，恩愛若同生。」淄韞玉：山東淄川産韞玉硯。高似孫硯箋卷三：「淄石韞玉硯，發墨損筆。」仲季：長幼排行。此言相當。班固白虎通姓名：「以時長幼，號曰伯仲叔季也。伯者，子最長，迫近父也。仲者，中也。叔者，少也。季者，幼也。」

錢侍郎海山硯銘

雲濤三山〔一〕，飾此怪珍。誰其寶之？天子侍臣。煌煌繡衣，福我遠民〔二〕。一字落紙，活億萬人。勿謂器小，其重千鈞。從公遄歸〔三〕，四海皆春。

【題解】

錢侍郎，即錢伯言（一〇六六—一一三八），字遜叔，錢勰子，錢彥遠孫。臨政有風采。建炎元年知開封府尹，旋任尚書吏部侍郎，後以龍圖閣直學士知杭州、鎮江府。紹興八年卒於嚴州任上。海山硯，指有海山圖案之硯。宋杜綰雲林石譜卷上：「蜀水永康軍産異石。錢遜叔遺余一石，平如板，厚半寸，闊六七寸，於面上如鋪一紙許，甚潔白。上有山一座，高低前後凡數十峰，劇有佳趣。回邊不脱其底，山色皆青黑。温潤而堅，利刃不能刻。扣之有聲清越，目爲江山小平遠。遜叔得自蜀中部使者，云出自永康軍。後未見偶者。」海山硯即用此永康石製成。本文爲陸游爲錢伯言的海山硯所作的銘文，稱頌錢公爲民造福的功績。

本文原未繫年。歐譜列於不繫年文。據文意，或作於淳熙十三年（一一八六）嚴州任上。

【箋注】

〔一〕雲濤三山：指硯面似有雲濤、三山的圖案。三山，蓬萊、方丈、瀛洲，傳説中海上三神山。

〔二〕繡衣：即繡衣直指。漢武帝時，曾派直指使者衣繡衣，持斧仗節，鎮壓民衆，督察官員。後稱特派官員爲「繡衣直指」。繡衣表地位尊貴，直指謂處事無私。此指錢氏位尊。遠民：指外地或境外之人。謝伯初走筆寄夷陵歐陽永叔：「絶境化成儒雅俗，遠民争識校讎郎。」

〔三〕遄歸：速歸。

桑澤卿磚硯銘

古名硯以瓦，今名硯以磚。瓦以利於用，磚以全其天〔一〕。磚乎磚乎，寧用之鈍

而保其全乎〔二〕？尚無愧之，日陳於前。放翁銘桑甥澤卿硯磚，紹熙二年六月九日老學庵書。〔三〕

【題解】

桑澤卿，即桑世昌，字澤卿，自號莫庵。淮海（今江蘇揚州）人，陸游甥。博雅工詩，極喜王羲之蘭亭序，庋藏數百本，著有蘭亭考十二卷，另輯有回文類聚等。磚硯，又有瓦硯，指唐宋時利用秦漢宫殿所遺留的磚瓦改製成的硯。二者均屬陶硯，磚瓦均用澄泥製法而成。唐人吴融古瓦硯賦有云：「勿謂乎柔而無剛，土埏而爲瓦；勿謂乎廢而不用，瓦斷而爲硯。」歐陽修古瓦硯歌云「巍然銅雀高岧岧」，「此瓦一墜埋蓬蒿。苔文半滅荒土蝕」，「誰使鐫鑱成凸凹」。可見磚硯、瓦硯的由來。本文爲陸游爲桑世昌所藏磚硯所作的銘文，稱道磚硯雖使用笨拙，但保全了自然天性。

本文據篇末自署，當作於紹熙二年（一一九一）六月九日。時陸游奉祠家居。

【箋注】

〔一〕「瓦以」二句：瓦硯是利用其潛在價值（細密品質），磚硯是保全其自然形態（長方形狀）。

〔二〕鈍：笨拙，不靈活。

〔三〕老學庵：此陸游詩文中首次出現「老學庵」之稱，則陸游自號「老學庵」當在紹熙二年六月或稍前。

贊

【釋體】劉勰文心雕龍頌贊：「贊者，明也，助也。……本其爲義，事生獎歎，所以古來篇體，促而不廣，必結言於四字之句，盤桓乎數韻之辭，約舉以盡情，昭灼以送文，此其體也。發源雖遠，而致用蓋寡，大抵所歸，其頌家之細條乎？」徐師曾文體明辨序説：「按字書云：『贊，稱美也。字本作讚。』……其體有三：一曰雜贊，意專褒美，若諸集所載人物、文章、書畫諸贊是也。二曰哀贊，哀人之没而述德以贊之者是也。三曰史贊，詞兼褒貶，若史記索隱、東漢、晉書諸贊是也。」陸游所作多爲畫像贊，包括自贊。

本卷收録贊二十四首。

崔伯易畫像贊

崔公名公度，字伯易，高郵人。劉相沆舉賢良方正，不赴，以任爲三班差使〔一〕。韓魏公薦之，詔易文資，爲國子監直講〔二〕，亦辭。元祐中，再召爲郎，又皆固辭。補外郎，諸公力白於朝，强起爲國子司業〔三〕，訖不肯。復出爲郡，以起居郎、秘書少監召〔四〕，亦不肯起。紹聖中，復以爲秘書少監，辭如初。遂請宫觀，尋致仕。予喜其白首一節〔五〕，乃求畫像於高郵，而爲贊曰：

古之君子，學以爲己〔六〕。可行則行，可止則止。仕以行義，止以遠耻。世衰道微，豈復知此？蚩蚩始學，青紫思拾〔七〕。萬馬並馳，孰能獨立？始雖弗急，後亦汲汲〔八〕。我思崔公，涕泗横集〔九〕。

【題解】

崔伯易，即崔公度。宋史卷三五三本傳：「崔公度字伯易，高郵人。口吃不能劇談，而内絶敏，書一閲即不忘。劉沆薦茂才異等，辭疾不應命。用父任，補三班差使，非其好也，益閉户讀書。歐陽修得其所作感山賦，以示韓琦，琦上之英宗，即付史館。授和州防禦推官，爲國子直講，以母老辭。王安石當國，獻熙寧稽古一法百利論，安石解衣握手，延與語。召對延和殿，進光禄丞，知陽武縣。京官謁尹，故事當拜庭下，公度疑尹辱己，徑詣安石訴之，安石使鄧綰薦爲御史。未幾，爲崇文校書，删定三司令式，於是諷言京官庭謁尹非宜，安石爲下編敕所更其制。加集賢校理，知太常理院。公度起布衣，無所持守，唯知媚附安石，晝夜造請，雖踞廁見之，不屑也。嘗從後執其帶尾，安石反顧，公度笑曰：『相公帶有垢，敬以袍拭去之爾。』見者皆笑，亦恬不爲耻。請知海州。

元祐、紹聖之間，歷兵、禮部郎中，國子司業，除秘書少監、起居郎，皆辭不受。知潁、潤、宣、通四州。以直龍圖閣卒。」陸游此文所載崔公生平，與宋史本傳多有出入。陸游突出其屢召屢辭，且有「請宫觀，尋致仕」情節，并强調其「白首一節」；本傳則詳載其仕履，及媚附王安石細節。二者不知孰是。畫像，指畫成的肖像。本文爲陸游爲崔公度畫像所作的贊文，稱頌其不汲汲於富貴、遺世獨立、白首一節的精神。

本文原未繫年。歐譜列於不繫年文。待考。

【箋注】

〔一〕劉相沆：即劉沆（九九五—一〇六〇），字沖之，吉州永新（今屬江西）人。天聖進士。皇祐三年參知政事，至和元年同中書門下平章事，嘉祐初罷相。宋史卷二八五有傳。舉賢良方正：舉薦參加制科考試。「賢良方正能直言極諫」爲仁宗時制舉「天聖九科」之一，熙寧後成爲宋代制舉的唯一科目。三班差使：全稱三班院差使，北宋無品武階官名，後改名爲進武校尉。

〔二〕韓魏公：即韓琦（一〇〇八—一〇七五），字稚圭，相州安陽（今屬河南）人。天聖進士。與范仲淹共同防禦西夏，時並稱「韓范」。嘉祐元年任樞密使，三年拜同中書門下平章事。英宗時拜右僕射，封魏國公。宋史卷三一二有傳。文資：文職。曾鞏代翰林侍讀學士錢藻遺表：「伏望聖慈，并於文資内安排。」國子監：宋代最高學府，掌管全國學校，負責訓導學生，薦送學生應舉，修建校舍，建閣藏書，并刻印書籍。内設判監事、直講、丞、主簿等職。

〔三〕國子司業：學官名。北宋元豐改制後，國子監始設國子司業一員，掌國子監及各學的教法、政令，爲祭酒的副手。

〔四〕起居郎：官名。與起居舍人共同記載皇帝言行、朝廷大事，以授著作官。秘書少監：秘書省副長官。協助秘書監掌管古今經籍圖書、國史、實録、天文曆數等事。

〔五〕白首一節：指年雖老而志節不衰。後漢書吴良傳：「竊見臣府西曹掾齊國吴良資質敦固，公方廉恪，躬儉安貧，白首一節。」李賢注：「言雖耆耄，志節不衰。」

〔六〕「古之」二句：論語憲問：「古之學者爲己，今之學者爲人。」

〔七〕蚩蚩：無知貌。詩衛風氓：「氓之蚩蚩，抱布貿絲。」朱熹集傳：「蚩蚩，無知之貌。」青紫思拾：想要獲取高官顯位。周書儒林傳論：「前世通六藝之士，莫不兼達政術，故云拾青紫如地芥。」

〔八〕汲汲：急切追求貌。漢書揚雄傳：「不汲汲於富貴，不戚戚於貧賤。」

〔九〕横集：縱横交集。漢書中山靖王劉勝傳：「今臣心結日久，每聞幼眇之聲，不知涕泣之横集也。」

東坡像贊

我遊鈞天〔一〕，帝之所都。是老先生，玉色敷腴〔二〕。顧我而歎，閔世垢濁〔三〕。

笑謂侍仙，畀以靈藥。稽首徑歸〔四〕，萬里天風。碧山巉然〔五〕，月墮江空。

【題解】

東坡，即蘇軾。本文爲陸游爲蘇軾畫像所作的贊文，稱頌蘇軾閔世垢濁、欲以靈藥救之的品格。

本文原未繫年。歐譜列於不繫年文。待考。

【箋注】

〔一〕鈞天：天之中央。傳説中天帝所居之處。吕氏春秋有始：「中央曰鈞天。」高誘注：「鈞，平也。爲四方主，故曰鈞天。」

〔二〕玉色：尊稱容顔。敷腴：喜悦貌。鮑照擬行路難之五：「人生苦多歡樂少，意氣敷腴在盛年。」

〔三〕垢濁：污穢。詩唐風揚之水「揚之水，白石鑿鑿」，鄭玄箋：「激揚之水，波流湍疾，洗去垢濁，使白石鑿鑿然。」

〔四〕稽首：古代的一種跪拜禮，叩頭至地。史記趙世家：「公子成再拜稽首曰：『臣固聞王之胡服也。』」

〔五〕巉然：高峭陡削貌。蘇軾峻靈王廟碑：「有山秀峙海上，石峰巉然，若巨人冠帽。」

王仲信畫水石贊

亡友王仲信爲予作水石一壁，仲信下世二十年，乃爲之贊，恨仲信之不及見也。其詞曰：

導江三峽，神禹之迹〔一〕。王子寫之，洶洶撼壁〔二〕。後三十年〔三〕，塵暗苔蝕。瀸墨色之欲盡，尚觀者之慘慄〔四〕。或曰：是學蜀兩孫者，非耶〔五〕？放翁曰：吾但見其有歐陽信本、柳誠懸之筆力也〔六〕。

【題解】

王仲信，即王廉清（一一二五—一一六七?），字仲信，潁州汝陰（今安徽阜陽）人。王銍長子。其弟王明清揮麈録餘話卷二載廉清所作慈寧殿賦，并云：「伯氏天才既高，輔以承家之學，經術文章，超邁今古；真草篆隸，沉著痛快；天文地理，星官曆翁之所歎服；肘後卜筮，三乘九流無不玄解；丹青之妙，模寫煙雲，落筆人藏以爲寶。奏賦之時，與范致能成大詔俱赴南宫，其後致能登第，名位震耀，而伯氏坎壈以終，興言流涕。」可知其才高命蹇，鬱鬱以終。厲鶚宋詩紀事卷五八稱其「問學該博，與弟明清齊名。著有京都歲時紀、廣古今同姓名録、補定水陸章句、新乾曜真形圖」。王銍家富藏書，逮數萬卷，陸游老學庵筆記卷二載，王銍「既卒，秦熺方恃其父氣焰熏灼，手書移郡，將欲取其所藏書，且許以官其子。長子仲信名廉清，苦學有守，號泣拒之曰：『願守此書以死，不願官也。』郡將以禍福誘脅之，皆不聽。熺亦不能奪而止」。可見其氣骨。仲信善畫，與陸游交好，曾爲陸游作石門瀑布圖；又爲畫水石，陸游常掛於庵中。劍南詩稿卷三八庵中晨起書觸目稱「廉宣卧壑松楠老，王子穿林水石幽」。自注：「唐希雅畫鵲，易元吉畫猿，廉宣仲老木，王仲信水石，皆庵中所掛小軸。」又題王仲信畫水石横幅：「王郎書逼楊風子，畫亦憑陵蜀兩孫。豈是天公憎絶藝，一生憔悴向衡門。」水石，指流水與水中之石。本文爲陸游爲王廉清畫水石所作的贊文，稱贊其畫作歷久韻存，有歐陽詢、柳公權筆力。

本文原未繫年。歐譜繫於淳熙十年，不知何據。據小序稱作於「仲信下世二十年」，仲信卒於乾道三、四年間，則本文約作於淳熙十四、五年。

參考劍南詩稿卷十五紹興庚辰余遊謝康樂石門與老洪道士痛飲賦詩既還山陰王仲信爲予作石門瀑布圖今二十有四年開圖感歎作、卷三八題王仲信畫水石横幅、卷六三天王寺迪上人房五十年前友人王仲信同題名尚在。

【箋注】

〔一〕「導江」二句：相傳大禹鑿通三峽，疏導大江。書禹貢：「岷山導江。」郭璞江賦：「若乃巴東之峽，夏后疏鑿，絶岸萬丈，壁立赮駁。」

〔二〕洶洶撼壁：形容畫面水勢騰湧，搖撼掛畫之壁。

〔三〕後三十年：指仲信爲陸游畫水石後三十年。

〔四〕慘慄：悲痛之極。王褒九懷思忠：「感余志兮慘慄，心愴愴兮自憐。」

〔五〕蜀兩孫：即蜀中畫家孫位、孫知微。孫位，後改名遇，原籍會稽（今浙江紹興），故又號會稽山人，後入蜀。唐末書畫家，擅畫人物、鬼神、松石、墨竹，所作皆筆精墨妙，雄壯奔放，情高格逸。尤以畫水著名，與張南本善畫火並稱於世。孫知微，字太古，眉州彭山（今四川眉山）人。北宋畫家。善畫山水人物，用筆放逸，不蹈襲前人筆墨畦畛。蘇軾書蒲永昇畫後載兩孫畫水稱：「古今畫水多作平遠細皺……唐廣明中，處士孫位始出新意，畫奔湍巨浪，與山石曲折，隨物賦形，盡水之變，號爲神逸。其後蜀人黄筌、孫知微皆得其筆法。始知微欲於大慈寺壽寧院壁作湖灘水石四堵，營度經歲，終不肯下筆。一日，倉皇入寺，索筆墨甚急，奮袂如風，須臾而成，作輸瀉跳蹙之勢，洶洶欲崩屋也。知微既死，筆法中絶五十餘年。」

〔六〕歐陽信本：即歐陽詢（五五七—六四一），字信本，潭州臨湘（今湖南長沙）人。唐初著名書法家，其書於平正中見險絶，最便於初學者，號爲「歐體」，并有書論著述傳世。與同代的虞世南、褚遂良、薛稷並稱「初唐四大家」；後世又將其與顔真卿、柳公權、趙孟頫合稱「楷書四大家」。柳誠懸：即柳公權（七七八—八六五），字誠懸，京兆華原（今陝西耀縣）人。唐代著名書法家。元和三年進士及第，官至太子少師。其楷書吸取顔真卿、歐陽詢之長，融會新意，自創「柳體」，以骨力勁健見長。與顔真卿齊名，人稱「顔柳」。

鍾離真人贊

五季之亂〔一〕，方酣於兵。叱嗟風雲，卓乎人英〔二〕。功雖不成，氣則莫奪。煌煌金丹，粃糠陶葛〔三〕。

【題解】

真人，道家稱存養本性或修真得道之人。鍾離真人，即鍾離權，字雲房，一字寂道，號正陽子，又號和谷子，東漢咸陽人。相傳身長八尺，官至大將軍。因兵敗入終南山，遇東華帝君引導其修道飛升。全真道尊其爲正陽祖師，後列爲全真第二祖。又爲民間傳説中「八仙」之一，受鐵拐李點化，上山學道。下山後又飛劍斬虎，點金濟衆。最後與兄簡同日上天，度吕洞賓而去。其傳説始於五代、宋初。胡應麟少室山房筆叢正集描繪其狀稱「作偉岸丈夫，或峨冠紺衣，或虯髯蓬鬢，不冠巾而頂雙髻，文身跣足，頎然而立，睥睨物表」。本文爲陸游爲鍾離權畫像所作的贊文，稱贊鍾離權卓然人英，兵敗修道，氣奪陶葛。

本文原未繫年。歐譜列於不繫年文。待考。

【箋注】

〔一〕五季：指五代十國時期。

〔二〕人英：俊傑，英傑。文子上禮：「明於天地之道，通於人情之理，大足以容衆，惠足以懷遠，智足以知權，人英也。」

〔三〕秕糠：輕視，視爲秕糠。北齊書王晞傳：「雖執謙挹，秕糠神器，便是違上玄之意，墜先帝之基。」陶葛：指陶弘景、葛洪，二人均以煉丹著稱。陶弘景（四五六—五三六）字通明，丹陽秣陵（今江蘇南京）人。南齊武帝永明十年，辭官隱居句容茅山，修道煉丹，尋仙訪藥。卒謚貞白先生。梁書卷五一、南史卷七六有傳。葛洪（二八四—三六四）字稚川，自號抱朴子。丹陽句容（今江蘇句容）人。東晉道教學者、煉丹家。曾受封關内侯，後隱居羅浮山煉丹。著有抱朴子、肘後方等。晉書卷七二有傳。

呂真人贊　二

一粒之粟，有國有民。二升之釜，浩渺嶙峋〔一〕。我遊巴陵〔二〕，始識公面。青蛇鏗然〔三〕，求之不見。

又

天下家家畫呂公，衣冠顔鬢了無同。勸君莫被丹青誤，那有長繩可繫風〔四〕？

【題解】

呂真人，即呂洞賓（七九八—？）名巖，字洞賓，道號純陽子，自稱回道人。據説本姓李，蒲州永樂（今山西芮城）人。舉進士，任縣令，棄官隱居深林山洞，改名呂洞賓。於長安遇仙人鍾離權結爲知交，隨其遁入終南山修煉成真。遍遊天下，濟世化人。道教全真教奉其爲北五祖之一。呂洞賓又是民間傳説中的八仙之一，影響最大，集劍仙、酒仙、詩仙於一身，是個放浪形骸的神仙。本文爲陸游爲呂洞賓畫像所作的贊文，化用呂祖詩句，表達景仰呂祖、難得真容的遺憾。

本文原未繫年。歐譜列於不繫年文。據「我遊巴陵，始識公面」，當作於入蜀後。

【箋注】

〔一〕「一粒」四句：宋朝事實類苑卷四三仙釋僧道呂先生：「洞賓詩什，人間多傳寫，有自詠曰：『朝辭百越暮三吴，袖有青蛇膽氣粗。三入岳陽人不識，朗吟飛過洞庭湖。』又有『飲海龜兒人不識，燒山符子鬼難看』，『一粒粟中藏世界，二升鐺内煮山川』之句，大率詞意多奇怪類此，世所傳者百餘篇，人多誦之。」有國有民，指世界。浩渺嶙峋，形容山川。

〔二〕巴陵：山名。在岳陽縣西南，洞庭湖之濱。元和郡縣圖志卷二七：「昔羿屠巴蛇於洞庭，其骨若陵，故曰巴陵。」

〔三〕鏗然：聲音響亮貌。

〔四〕長繩繫風：即長繩繫日。指留住時光。傅玄九曲歌：「歲暮景邁時光絶，安得長繩繫白日。」

僧師源畫觀音贊

三世如來同一閧，大士亦作補陀夢〔一〕。佛子無財可修供，尺紙寸毫俱妙用〔二〕。寶纓天冠儼四衆〔三〕，長年造極筆愈縱。唯師魯公爲作頌，十方世界俱震動〔四〕。

【題解】

僧師源，爲誰不詳。本文爲陸游爲僧師源畫觀音像所作的贊文，稱贊觀音寶纓天冠、面對四衆的莊嚴形象。

本文原未繫年。歐譜列於不繫年文。待考。

【箋注】

〔一〕三世如來：佛教稱過去、現在、未來三世，各有千佛出世。過去佛爲迦葉諸佛，現在佛爲釋迦牟尼佛，未來佛爲彌勒諸佛。法華經方便品：「如三世諸佛，説法之儀式。」一閧：衆聲喧擾貌。大士：即觀音菩薩。補陀：即普陀。趙彦衛雲麓漫鈔卷二：「補陀落迦山，自明州定海縣招寶山泛海東南行，兩潮至昌國縣。自昌國縣泛海到沈家門，過鹿獅山，亦兩潮至山下。」普陀洛迦新志卷二：「普陀落迦山，在浙江定海縣治東百里許海中，爲華嚴經善財第二十八參觀世音菩薩説法處。」

〔二〕佛子：佛教信徒。修供：向佛貢獻物品。尺紙寸毫：指用紙筆描畫觀音畫像。

〔三〕寶纓天冠：帶纓絡的冠冕。儼：莊重（面對）。四衆：即四部衆，指比丘、比丘尼、優婆塞、優婆夷。梁書武帝紀下：「（中大通三年十月）行幸同泰寺，高祖升法座，爲四部衆説大般若涅槃經義。」

〔四〕魯公：即顏真卿（七〇九—七八四）字清臣，京兆萬年（今陝西西安）人。唐代宗時官至吏部尚書、太子少師，封魯郡公，人稱顏魯公。唐代著名書法家。舊唐書卷一二八、新唐書卷一五三有傳。曾作大唐中興頌，刻於湖南祁陽浯溪摩崖之上。十方世界：佛教稱十方無量無邊世界。

宏智禪師真贊

死諸葛走生仲達〔一〕，死姚崇賣生張説〔二〕。看渠臨了一着子，諸方倒退三千里〔三〕。

【題解】

宏智禪師（一〇九一—一一五七）俗姓李，法號正覺，隰州（今山西臨汾）人。十一歲出家，十四歲受戒具。入丹霞淳禪師門下。此後七坐道場，名振叢林，建炎三年應請住天童寺。紹興八年被旨住靈隱寺，復還舊山。二十七年十月六日圓寂，詔謚宏智禪師。事迹見寶慶四明志卷九。大正藏卷八二建康面山和尚普説：「按宏智臨殁，請妙喜主後事。喜至，問：『師安否？』侍者曰：『師無恙也。』喜笑曰：『鈍鳥。』宏智聞，遽以偈達之，有『鈍鳥離巢易，靈龜脱殼難』之語，同一胠篋遺之，并誡曰：『有急當啓之。』宏智遂化去。無何，喜患背疽潰決，憶宏智言，啓篋視之，乃木棉花也。用以塞瘡，花盡而喜乃卒。時以定兩師優劣。故陸務觀作宏智贊曰云云。」本文爲陸游爲宏智禪師的寫真所作的贊文，鋪陳典故，贊揚宏智禪師的先見之明。

本文原未繫年。歐譜列於不繫年文。待考。

【箋注】

〔一〕「死諸葛」句：諸葛，諸葛亮。仲達，司馬懿，字仲達。晉書卷一：「會亮病卒，諸將燒營遁走，百姓奔告，帝出兵追之。亮長史楊儀反旗鳴鼓，若將距帝者。帝以窮寇不之逼，於是楊儀結陣而去。經日，乃行其營壘，觀其遺事，獲其圖書、糧穀甚衆。帝審其必死，曰：『天下奇才也。』……追到赤岸，乃知亮死審問。時百姓爲之諺曰：『死諸葛走生仲達。』帝聞而笑曰：『吾便料生，不便料死故也。』」

〔二〕「死姚崇」句：姚崇、張説，均爲唐玄宗時名相。鄭處誨明皇雜録卷上：「姚元崇與張説同爲宰輔，頗懷疑阻，屢以事相侵，張銜之頗切。姚既病，誡諸子曰：『張丞相與我不叶，釁隙甚深。然其人少懷奢侈，尤好服玩，吾身殁之後，以吾嘗同寮，當來弔。汝其盛陳吾平生服玩寶帶重器，羅列於帳前，若不顧，汝速計家事，舉族無類矣；目此，吾屬無所虞，便當録其玩用，致於張公，仍以神道碑爲請。既獲其文，登時便寫進，仍先礱石以待之，便令鐫刻。張丞相見事遲於我，數日之後必當悔，若却徵碑文，以刊削爲辭，當引使視其鐫刻，仍告以聞上。』訖姚既歿，張果至，目其玩服三四，姚氏諸孤，悉如教誡。不數日文成，敍述該詳，時爲極筆。其略曰：『八柱承天，高明之位列；四時成歲，亭毒之功存。』後數日，張果使使取文本，以爲詞未周密，欲重爲删改。姚氏諸子乃引使者視其碑，乃告以奏御。使者復命，悔恨拊膺，曰：『死姚崇猶能算生張說，吾今日方知才之不及也遠矣！』

〔三〕「看渠」二句：渠，方言稱「他」或「它」。一着子：比喻一個計策或手段。倒退三千里：禪宗比喻作家之機鋒不可當，倒戈退走三千里。

大慧禪師真贊

平生嫌遮老子，説法口巴巴地〔一〕。若是靈利阿師，參取畫底妙喜〔二〕。爲昭覺文老作〔三〕。

【題解】

大慧禪師，即徑山宗杲禪師（一〇八九—一一六三），字曇晦，號妙喜，又號雲門。俗姓奚。宣州寧國(今安徽宣城)人。宋代臨濟宗高僧。十七歲出家於慧齊禪師門下,後追隨圓悟克勤禪師,圓悟以其所著臨濟正宗記付矚之,名震京師。靖康元年授紫衣,賜「佛日大師」號。紹興七年,住持徑山能仁寺。十一年遭秦檜陷害,被褫奪衣牒,流放衡州,再貶梅州。二十五年遇赦復僧服,再住徑山,世稱徑山宗杲。晚年住徑山,孝宗皈依之,賜號大慧禪師。隆興元年八月示寂,謚號普覺禪師。著有大慧語録、正法眼藏等,有弟子九十餘人。事迹見五燈會元卷十九。本文爲陸游爲昭覺禪師所作的大慧禪師畫像贊文,稱贊大慧禪師伶俐的形象。

本文原未繫年。歐譜列於不繫年文。待考。

【箋注】

〔一〕遮老子:即這老頭。遮爲代詞。口巴巴:多言貌。

〔二〕靈利:同伶俐。阿師:對和尚的親切稱呼。阿爲發語詞。參取:參酌吸取。妙喜:指大慧禪師。

〔三〕昭覺文老:即昭覺克勤禪師(一〇六三—一一三五),俗姓駱,四川崇寧(今郫縣)人。宋代臨濟宗高僧。自幼出家,依成都圓明禪師學習經論。徽宗時敕賜紫服及「佛果禪師」號。後奉召住金陵蔣山,大振宗風。再居金山,高宗時入對,賜號「圓悟」。後歸成都昭覺寺。紹興五年示寂,謚號「真覺禪師」。編有碧巖録十卷,世稱禪門第一書。又有圓悟佛果禪師語録。事迹見五燈會元卷十九。文老爲古代對德高望重老者的敬稱。

卍庵禪師真贊 爲處良長老作

灑灑落落五十年，一句不說祖師禪〔一〕。妙喜堂中正法眼，等閒滅在瞎驢邊〔二〕。

【題解】

卍庵禪師，即道顏禪師（一〇九四—一一六四），號卍庵，俗姓鮮于，銅川飛烏（今四川射洪）人。宋代臨濟宗高僧。幼年出家。初從圓悟克勤，後依大慧宗杲，朝夕質疑，方大悟。後歸雲頂寺，歷住薦福、報恩等寺，晚年移住江州東林寺。隆興二年示寂。事迹見五燈會元卷二十。處良長老：即良禪師（一一二六—一一八七），字遂翁，俗姓劉，會稽山陰人。初爲大慧禪師侍者，又從道顏禪師爲書記。歷住嘉興法喜院、臨海紫槖寺、崑山薦嚴資福寺，淳熙十四年以疾逝。事迹見陸游良禪師塔銘。本文爲陸游爲良禪師所作的道顏禪師畫像的贊文，稱贊「一句不說祖師禪」的道顏禪師，却得傳大慧禪師的正法眼藏。

本文原未繫年。歐譜列於不繫年文。待考。

參考卷四十良禪師塔銘。

【箋注】

〔一〕灑灑落落：指灑脱飄逸，不受拘束。祖師禪：亦即南宗禪法，是禪宗初祖菩提達摩傳來，傳至六祖惠能以下五家七宗的禪法。它主張教外別傳，不立文字，不依言語，直接由師父傳給弟子，祖祖相傳，心心相印，見性成佛，故名「祖師禪」。它與「如來禪」相對稱，其區別在於「如來禪」主張先做後悟，通過行爲引導内心，達到解脱，未悟前以行動原則約束身心，直到完全契合如來藏妙心；「祖師禪」强調先悟，遇事而得契合妙心，屬機緣巧合得知無本無性，非從言語約束而是如實無所得，即契合本心。

〔二〕妙喜：指大慧宗杲。正法眼：又稱正法眼藏。禪宗用正法指全體佛法，朗照宇宙謂眼，包含萬有謂藏。相傳釋迦牟尼以正法眼藏付於大弟子迦葉，是爲禪宗初祖，爲佛教「以心傳心」授法之始。景德傳燈録摩柯迦葉：「佛告諸大弟子，迦葉來時，可令宣揚正法眼藏。」大慧禪師著有正法眼藏六卷。等閒：輕易，隨便，無端。滅在瞎驢邊：禪宗公案稱，臨濟禪師將示滅時，對衆人道：「吾滅後，不得滅却正法眼藏。」這時，三聖慧然禪師說：「争敢滅卻和尚正法眼藏？」臨濟禪師便問：「以後有人問，你向他道甚麽？」三聖禪師便喝。臨濟禪師道：「誰知吾正法眼藏，向這瞎驢邊滅却。」言訖，端坐而逝。臨濟禪師用「向這瞎驢邊滅却」的反語，表達認可了慧然禪師。瞎驢：指最愚蠢之人。

塗毒策禪師真贊 二

骨相瓌奇，風神蕭散〔一〕。貌肅而和，語盡而簡。畫得者英氣逼人，畫不得者頂門上一隻眼〔二〕。

又

塗毒不自贊，留待三山老〔三〕。試問卿上人〔四〕，贊好莫贊好？海中忽起劫初風，北斗柄折須彌倒〔五〕。

【題解】

塗毒策禪師，即徑山智策禪師（一一一七—一一九二），號塗毒，俗姓陳，天台（今屬浙江）人。宋代臨濟宗高僧。十六歲依護國寺楚光落髮。後謁國清寺寂室光、萬壽寺大圓、雲岩寺天游諸禪師。歷住黄岩普澤寺、天台太平寺、吉州祥符寺、越州等慈及大能仁寺。淳熙十五年詔住徑山寺。紹熙三年示寂。事迹見五燈會元卷十八。本文爲陸游爲塗毒策禪師畫像所作的贊文，稱贊禪師英氣逼人，洞察力超群，影響巨大。

本文原未繫年。歐譜列於不繫年文。待考。

參考劍南詩稿卷二五哭徑山策老、樓鑰攻媿集卷一一〇徑山塗毒禪師塔銘。

【箋注】

〔一〕「骨相」二句：指相貌奇特，神態瀟灑。

〔二〕畫得者：畫中表現得出的。頂門上一隻眼：即頂門眼。佛教傳説：摩醯首羅天有三眼，其中一眼，竪生額頭，稱「頂門眼」。高低一顧，萬類齊瞻，徹底明瞭，最超常眼。比喻具有明智徹底的洞察力。續傳燈録蘆山法真禪師：「欲明向上事，須具頂門眼；若具頂門眼，始契出家心。既契出家心，常具頂門眼。」

〔三〕三山老：陸游自稱。鷓鴣天詞：「三山老子真堪笑，見事遲來四十年。」

〔四〕卿上人：不詳。上人，對僧人的尊稱。

〔五〕劫初：世界生成之初。「北斗」句：北斗折柄，神山傾覆。極言威力之大。須彌，原爲印度神話中山名，佛教指小世界之中心。

佛照禪師真贊

名動三朝〔一〕，話行四海。撒手歸來，雲山不改〔二〕。人言大覺同龕，師云老僧掩彩〔三〕。

【題解】

佛照禪師，即佛照德光禪師（一一二一—一二〇三），俗姓彭，名德光，自號拙庵，臨江軍新喻（今江西新餘）人。宋代臨濟宗高僧。二十一歲落髮受戒，初從足庵普吉禪師，後參謁大慧宗杲禪師於明州阿育王寺，隨侍數年。乾道三年起歷住台州天寧等寺。淳熙三年敕住杭州靈隱寺，孝宗屢召入宫，賜號「佛照禪師」。十六年佛照禪師爲阿育王寺買田，落實了高宗當年買田之詔。慶元初歸老阿育王寺，嘉泰三年示寂，謚號「普慧宗覺大禪師」。有佛照光和尚語要一卷傳世。本文爲陸游爲佛照禪師畫像所作的贊文，稱贊佛照禪師名高天下，歸老雲山，掩彩見性。

本文原未繫年。歐譜列於不繫年文。待考。

參考卷十九明州阿育王山買田記。

【箋注】

〔一〕三朝：指高宗、孝宗、光宗三朝。

〔二〕撒手歸來：指分别靈隱寺，歸老阿育王寺。　雲山：遠離塵世之處，指出家人之居處。

〔三〕大覺同龕：與佛同處一龕。大覺，指佛的覺悟，惟有佛徹底覺悟宇宙人生的真理。謝靈運佛贊：「惟此大覺，因心則靈。」阿育王經：「如來大覺於菩提樹下覺諸法。」佛地論：「佛者，覺也。覺一切種智，復能開覺有情。」　掩彩：指隱去世俗光彩，回歸本性。

大洪禪師贊

髮長無心剃，衣破無心補〔一〕。大洪山上有賊，大洪山下有虎〔二〕。非但白刃殺盡兒孫，更能一口吞却佛祖。

【題解】

大洪禪師，即芙蓉道楷禪師（一〇四三—一一一八），俗姓崔，名道楷，沂州費縣（今山東蒼山）人，一説沂水人。宋代曹洞宗高僧。初學道術，後棄而學佛，投義青禪師得法。先後住持洛陽招提寺、隨州大洪山保壽禪院等，弘揚曹洞之法，從者如雲。崇寧三年，徽宗召住京師十方浄因禪院，賜紫衣及「定照禪師」號，禪師却而不受，黥而流放淄州，終不屈，後徽宗聽其自便，禪師於家鄉芙蓉湖上建寺，學者風從。政和八年示寂，臨終書偈云：「吾年七十六，世緣今已足。生不愛天堂，死不怕地獄。撒手横身三界外，騰騰任運何拘束。」有芙蓉道楷禪師語要一卷傳世。事迹見五燈會元卷十四。本文爲陸游爲道楷禪師畫像所作的贊文，稱贊其不拘形迹，追求了無拘束的精神。

本文原未繫年。歐譜列於不繫年文。待考。

【箋注】

〔一〕「髮長」二句：指禪師不拘形迹的形象。髮長，指蓄髮。

〔二〕賊：即賊住，指外道和無信仰者爲了騙取利養，假扮佛徒，混入佛門，這種人被稱爲「賊住比丘」。　虎：佛教比喻無常之可畏。

中巖圜老像贊

我遊中巖〔一〕，拜師於床。巍巍堂堂，鳳舉龍驤〔二〕。公住無爲，訪我成都〔三〕。雄辯縱横，玉色敷腴〔四〕。別未十日，梁木告摧〔五〕。我如飛蓬，萬里南來。孰謂窮山，乃瞻儀形〔六〕。牆壁説法，況此丹青。

【題解】

中巖，即中巖寺，在今四川樂山青神東南九公里處，傍岷江東岸，分上、中、下三寺，統稱中巖，以山水奇秀、林壑幽美著稱，有「西南林泉最佳處」之説。祝穆方輿勝覽卷五三眉州：「中巖在青神縣。諾矩羅尊者道場。游者渡江入岩口，有喚魚潭。循山三里許，始至寺中。有羅漢洞，即牛頭以木鑰扣石筍處。」范成大中巖詩序：「去眉州一程，諾詎羅尊者道場。相傳昔有天僧，遇病僧，與之木鑰匙云：『異時至眉州中巖，扣石筍，當再相見。』後果然。」圜老，生平不詳，當爲中巖寺僧，後住持無爲寺。本文爲陸游爲中巖圜老畫像所作的贊文，回顧交往經過，稱贊圜老氣勢不凡。

本文原未繫年。歐譜列於不繫年文。據文意，當在陸游成都任職期間。

【箋注】

〔一〕我遊中巖：陸游遊中巖，約在淳熙二年六月至四年六月間，時范成大知成都府權四川制置使，與陸游多有交遊唱和。范成大有中巖詩，又有次韻陸務觀慈姥岩酌别二絶，稱「不辭更宿中巖下，投老餘年豈再來？」

〔二〕「巍巍」二句：形容圜老高大魁梧，氣勢不凡，有如鳳飛龍騰。

〔三〕「公住」二句：指圜老住持無爲寺，至成都回訪陸游。無爲或即漢州（今四川廣漢）無爲寺。

〔四〕玉色：尊稱他人容顔。敷腴：喜悦貌。鮑照擬行路難之五：「人生苦多歡樂少，意氣敷腴在盛年。」

〔五〕梁木告摧：用梁木折毁比喻賢哲逝世。潘岳楊仲武誄：「魂兮往矣，梁木實摧。」

〔六〕儀形：指圜老畫像中的儀容。

奉聖淳山主年八十有四放翁爲作真贊

兩住名山一老禪，目光如電照人天〔一〕。行藏不用占蓍草，卦氣全來二十年〔二〕。

【題解】

奉，承奉，奉迎。聖淳山主，生平不詳，時年八十四。山主，指寺廟的住持。本文爲陸游爲聖淳山主所作的贊文，稱贊其洞察一切，吉兆連連。

本文原未繫年。歐譜列於不繫年文。待考。

【箋注】

〔一〕目光如電：亦作目光如炬。形容眼光明亮有神，亦比喻見識高明。洞察一切。　人天：佛教指留到輪回中的人道和天道，亦泛指世間、衆生。

〔二〕行藏：指出處或行止。語本論語述而：「用之則行，舍之則藏。」　蓍草：古代用來占卦的草莖。　卦氣：以周易六十四卦與四時、月令、氣候等相配之法。　全來：指全爲吉兆。

芋庵宗慧禪師真贊

煨懶殘芋〔一〕，打塗毒鼓〔二〕。舌本雷霆，毫端風雨〔三〕。

【題解】

芋庵宗慧禪師，生平不詳。本文爲陸游爲宗慧禪師畫像所作的贊文，稱贊禪師機鋒凌厲，筆墨酣暢。

本文原未繫年。歐譜列於不繫年文。待考。

參考劍南詩稿卷三五題慧老芋岩。

【箋注】

〔一〕煨懶殘芋：唐衡岳寺明瓚禪師，性懶而食殘，自號懶殘。李泌異之，夜半往見。時懶殘撥火煨芋，見泌至，授半芋而曰：「勿多言，領取十年宰相。」後果如其言。事見太平廣記卷九六、宋高僧傳卷十九。

〔二〕打塗毒鼓：以毒料塗於鼓上，使人聞聲而即死。景德傳燈録卷十六全豁禪師：「師曰：『吾教意猶如塗毒鼓，擊一聲，遠近聞者皆喪。』」禪宗比喻佛性常住之聲，能超度衆生，使入於佛道。

〔三〕舌本雷霆：形容禪宗的機鋒凌厲，如雷霆霹靂。毫端風雨：形容筆墨酣暢。杜甫寄李十二白二十韻：「筆落驚風雨，詩成泣鬼神。」

廣慧法師贊

東土震旦〔一〕，西方極樂〔二〕。一緉草鞋，到處行脚〔三〕。

【題解】

廣慧法師，杭州上天竺寺禪師。陸游上天竺復庵記稱其「道遇三朝，名蓋萬衲，自紹熙至嘉泰十餘年間，詔書褒録，如日麗天，學者歸仰，如泉赴壑」。本文爲陸游爲廣慧法師畫像所作的贊文，稱贊法師不遠萬里，雲遊天下。

本文原未繫年。歐譜列於不繫年文。待考。

參考卷二十上天竺復庵記。

【箋注】

〔一〕東土震旦：古代印度稱中國爲震旦。翻譯名義集：「東方屬震，是日出之方，故曰震旦。」亦有學者稱：震即秦，乃一聲之轉。旦，即所謂斯坦，於義爲地。「震旦」蓋曰「秦地」。

〔二〕西方極樂：佛經中指阿彌陀佛所居國土，俗稱西天。阿彌陀經：「從是西方過十萬億佛土，有世界名曰極樂……其國衆生，無有衆苦，但受諸樂，故名極樂。」

〔三〕一緉：即一雙。行脚：禪僧爲尋師訪友或求證佛法而四處旅行。祖庭事苑八：「行脚者，謂遠離鄉曲，脚行天下，脱情捐累，尋訪師友，求法證悟也。所以學無常師，遍歷爲尚。」

敷淨人求僧贊

光薙頭，淨洗鉢，頭頭拈起頭頭活〔一〕。有時與，有時奪，受用現前活鱍鱍〔二〕。敷道者〔三〕，一短褐，欠個什麽更要惡水潑。將錯就錯也不妨，只在檀那輕手撥〔四〕。

道敷淨人求伽陀〔五〕，見施主求買度牒〔六〕，爲説此數語。嘉泰辛酉四月十日放翁書。

【題解】

敷浄人，即敷姓浄人。浄人指在寺院擔任勤雜勞務的非出家人員。敷浄人欲出家爲僧，向陸游求偈頌。本文爲陸游爲敷浄人所作的贊文，稱贊他做事頭頭是道，做人自然真誠，希望施主援手成全。

本文據篇末所署，作於嘉泰辛酉，即嘉泰元年（一二〇一）四月十日。時陸游致仕家居。

【箋注】

〔一〕薙頭：同剃頭。「頭頭」句：指做事有條不紊，頭頭是道。

〔二〕「有時」二句：指有時賜予（獎勵），有時剥奪（懲罰）。活鱍鱍：生動自然，如魚兒擺尾跳動狀。景德傳燈録無相禪師：「真心者，念生亦不順生，念滅也不依寂……無爲無相活鱍鱍，平常自在。」

〔三〕道者：佛教指投佛寺求出家而未得度者。

〔四〕檀那：施主，布施者。

〔五〕伽佗：即偈頌。佛經中的贊頌之詞。佛陀在説佛法義理時，爲免遺漏忘失，遂以伽陀輔助弘法，以諷誦之法記於心中，遇説法時隨誦隨説。

〔六〕度牒：僧道出家時由官府發給的憑證。唐宋時官府可出售度牒，以充軍政費用。

錢道人贊

栟櫚冠，青芒屩，上天下天不騎鶴〔一〕。喚作神仙渠不肯〔二〕，道是凡人我又錯，會稽城中且賣藥。

【題解】

錢道人，本姓張，陸游朋友。送巖電道人入蜀序稱其「本張氏子，施藥説相，不受人一錢，乃自稱姓錢，以滑稽玩世」。本文爲陸游爲錢道人所作的贊文，稱贊他亦仙亦凡、滑稽玩世的生活。

本文原未繫年。歐譜列於不繫年文。待考。

參考卷十五送巖電道人入蜀序、劍南詩稿卷四七錢道人不飲酒食肉囊中不蓄一錢所須飯及草屨二物皆臨時乞錢買之非此雖强與不取也。

【箋注】

〔一〕栟櫚冠：用棕毛編織的帽子。　青芒屩：道士所穿用青芒編織的草鞋。　騎鶴：指仙人、道士乘鶴雲遊。賈島遊仙：「歸來不騎鶴，身自有羽翼。」

〔二〕渠：他。

放翁自贊　四

遺物以貴吾身，棄智以全吾真〔一〕。劍外江南，飄然幅巾〔二〕。野鶴駕九天之風，澗松傲萬木之春〔三〕。或以爲跌宕湖海之士，或以爲枯槁隴畝之民〔四〕。二者之論雖不同，而不我知則均也。淳熙庚子務觀自贊〔五〕，時在臨川，年五十有六。

二

名動高皇，語觸秦檜〔六〕。身老空山，文傳海外。五十年間，死盡流輩〔七〕。老子無才，山僧不會。

三

皮葛其衣，巢穴其居，烹不糝之藜羹，駕秃尾之蹇驢〔八〕。聞鷄而起，則和甯戚之牛歌〔九〕；戴星而耕，則稽氾勝之農書〔一〇〕。謂之痒則若腴，謂之澤則若癯。雖不能草泥金之檢〔一一〕，以紀治功；其亦可挾兔園之册〔一二〕，以教鄉閭者乎？周彦文令畫工爲放翁寫真〔三〕，且來求贊，時年八十。

四

進無以顯於時，退不能隱於酒，事刀筆不如小吏〔四〕，把鋤犁不如健婦。或問陳子何取而肖其像〔五〕，曰：是翁也，腹容王導輩數百，胸吞雲夢者八九也〔六〕。陳伯予命畫工爲放翁記顏，且屬作贊，時開禧丁卯〔七〕，翁年八十三。

【題解】

自贊，指爲自己的畫像作贊，或用文辭作自畫像并作贊。陸游自贊共四首，作於五十六歲至八十三歲，表達了自己的人生感悟、追求以及自我評價。

據篇末自署，第一首作於淳熙七年（一一八〇）五十六歲，時陸游在臨川江西常平茶鹽公事任上。第二首據「語觸秦檜」後「五十年」計，約在嘉泰四年（一二〇四）。第三首作於嘉泰四年（一二〇四）八十歲，時陸游致仕家居。第四首作於開禧三年（一二〇七）八十三歲，時陸游致仕家居。

【箋注】

〔一〕「遺物」二句：超脱物外而貴惜自身，抛棄智巧而保全天性。文選賈誼鵩鳥賦：「至人遺物兮，獨與道俱。」李善注：「鶡冠子曰：『聖人捐物。』」老子：「故貴身於天下，若可托天下。」

老子：「絶聖棄智，民利百倍；絶仁棄義，民復孝慈；絶巧棄利，盜賊無有。」莊子盜跖：「子之道狂狂汲汲，詐巧虚僞事也，非可以全真也，奚足論哉！」

〔二〕劍外：四川劍閣以南地區。杜甫聞官軍收河南河北：「劍外忽傳收薊北，初聞涕淚滿衣裳。」亦泛指蜀地。江南：指作者東歸之地。飄然幅巾：作者自喻。幅巾爲古代男子所用頭巾，以全幅細絹裹頭。宋代的頭巾爲賤者之服。李上交近事會元襆頭巾子：「今宋朝所謂頭巾，乃古之幅巾，賤者之服。」

〔三〕野鶴：鶴居林野，秉性孤高。比喻隱士。劉長卿送方外上人：「孤雲將野鶴，豈向人間住。」韋應物贈王侍御：「心同野鶴與塵遠，詩似冰壺見底清。」九天：指天空最高處。孫子形篇：「善攻者，動於九天之上。」梅堯臣注：「九天，言高不可測。」澗松：即澗底松。比喻才高位卑之人。左思詠史之二：「鬱鬱澗底松，離離山上苗。」

〔四〕跌宕：放蕩不拘。三國志蜀書簡雍傳：「優遊風議，性簡傲跌宕，在先主坐席，猶箕踞傾倚，威儀不肅，自縱適。」湖海之士：有豪俠氣概者。三國志魏書陳登傳：「陳元龍湖海之士，豪氣不除。」枯槁：即枯槁士。指隱逸之士。莊子徐無鬼：「兵革之士樂戰，枯槁之士宿名。」隴畝之民：草野之民。陶淵明癸卯歲始春懷古田舍：「長吟掩柴門，聊爲隴畝民。」

〔五〕淳熙庚子：即淳熙七年。

〔六〕「名動」二句：指作者紹興二十四年試禮部，遭秦檜黜落事。參見卷六謝解啓題解。

〔七〕流輩：同輩，同流之人。沈約奏彈王源：「而托姻結好，唯利是求，玷辱流輩，莫斯爲甚。」

〔八〕「皮葛」四句：極寫自己家居生活之簡陋。獸皮葛布作衣，構木爲巢，穴居野處；食物粗劣，坐騎疲弱。不糝之藜羹，莊子讓王：「孔子窮於陳蔡之間，七日不火食，藜羹不糝。」成玄英疏：「藜菜之羹，不加米糝。」糝，米粒。

〔九〕甯戚之牛歌：指不遇之士自求用世。楚辭離騷：「甯戚之謳歌兮，齊桓聞以該輔。」王逸注：「甯戚修德不用，退而商賈，宿齊東門外。桓公夜出，甯戚方飯牛，叩角而商歌。桓公聞之，知其賢，舉用爲客卿，備輔佐也。」

〔一〇〕氾勝之農書：西漢末氾勝之著有農書，漢書藝文志著録爲氾勝之十八篇。

〔一一〕泥金之檢：古代帝王行封禪禮所用玉牒有檢（封緘），檢用金縷相纏，再用水銀和金屑泥封，稱泥金之檢。指代重要文書。

〔一二〕兔園之册：原指唐五代時私塾教授學童的課本，内容膚淺，故受士大夫輕視。後泛指淺近書籍。新五代史劉岳傳：「（馮）道行數反顧，贊問岳：『道反顧何爲？』岳曰：『遺下兔園册爾。』兔園册者，鄉校俚儒教田夫牧子之所誦也。」

〔一三〕周彦文：即周紀，字彦文。吉州（今江西吉安）人。周必大之子，陸游子陸子龍之女婿。

〔一四〕事刀筆：從事公案文牘。

〔一五〕陳子：即陳伯予。括蒼（今浙江麗水）人。陸游朋友，劍南詩稿中多有題贈之作。

〔一六〕「腹容」二句：指如周顗（字伯仁）和大海般胸懷寬廣。世説新語排調：「王丞相枕周伯仁膝，指其腹曰：『卿此中何所有？』答曰：『此中空洞無物，然容卿輩數百人。』」王導（二七六—三三九），字茂弘，琅玡臨沂（今山東臨沂）人。東晉丞相。晉書卷六五有傳。文選司馬相如子虚賦：「齊東陼巨海，南有琅邪，觀乎成山，射乎之罘，浮勃澥，游孟諸，邪與肅慎爲鄰，右以湯谷爲界，秋田乎青丘，傍偟乎海外，吞若雲夢者八九，其於胸中曾不蒂芥。」

〔一七〕開禧丁卯：即開禧三年。

記事

【釋體】

「記事」，此指記載掌故之雜記體。本卷收録記事一首。

記太子親王尹京故事

隋齊王暕尹河南〔一〕，唐秦公世民尹京兆〔二〕，衛王重俊爲洛州牧〔三〕，皆親王尹京故事也，然尚未甚以爲重。後唐秦王從榮以長子爲河南尹，又爲天下兵馬大元帥，故當時遂以尹京爲儲貳之位〔四〕。至晉天福中鄭王重貴、周廣順中晉王榮，皆尹開封，用秦王故事也〔五〕。國朝太祖皇帝建隆二年七月，以太宗皇帝爲開封尹〔六〕。開寶末，太宗嗣位纔八日，即以齊王廷美爲開封尹。後封秦王。太平興國七年，秦王出爲西京留守〔七〕。自是開封不置尹，止命近臣權知府而已。權知府自李符始〔八〕。雍熙二年，始以陳王元僖爲開封尹〔九〕，蓋是時太宗元子楚王元佐被疾廢〔一〇〕，則陳王亦儲君也。淳化三年薨，後二年，真宗皇帝自襄王爲開封尹。後封壽王。至道元年正東宮，議者謂尹有品秩，非太子所宜兼領，乃改判府事〔一一〕。自後唐以來，雖以尹京陰爲儲副之位，然皆藩王〔一二〕。以太子判京府，則自至道始也。故事，開封尹之上有牧，雖具員，而初未嘗置。國朝惟親王乃除尹，餘但爲權知府事。自太祖至徽宗，八朝百七十年，未嘗改。蔡京爲相，始建議置尹，尹非獨故事，須親王乃除；又太宗、真宗潛藩所領〔一三〕，人臣所宜避。天下皆罪京之不學。其後宣和末，欽宗皇帝自東宮爲開封牧〔一四〕。是時已有尹，尹之上惟有牧，故以命之。然牧故事序位在太子少保之下〔一五〕，御史大夫、六曹尚書之上〔一六〕，亦非太子所宜兼，蓋有司失考至道判府之制也。尹之下，故事有少尹〔一七〕，位在少府、將作少監之下，太子少詹事之上〔一八〕。後唐秦王時，嘗以劉陟爲之〔一九〕。而建隆以來，率不置，惟置判官、推官各一員或二員，通掌府事，并以常參官充〔二〇〕。親王爲尹，則判官以給諫充，今太中大夫以上。推官差降焉〔二一〕。真宗爲尹時，判官二員，推官三員，蓋特置也。或問：「太宗以來，尹京則謂之南衙，何也？」曰：開封府治所，本在正陽門南街東〔二二〕。然太宗爲尹，乃就晉邸視事〔二三〕，晉邸又在大内及府治之南，故曰「南衙」，亦曰「南宮」。秦王、許王因之〔二四〕。及真宗爲尹，太宗以秦王、許王皆不利〔二五〕，始命還就府治焉。

【題解】

親王，指皇帝的近支親屬中封王者。唐宋時期以皇帝的兄弟和皇子爲親王。太子親王，即立爲太子的親王。尹京，指擔任京畿府尹。故事，指先例，舊時典章制度。本文歷述隋代至北宋的太子親王以尹京作爲儲君的制度安排，考辨尹京的序位及治所名稱。

本文原未繫年。歐譜列於不繫年文。待考。

【箋注】

〔一〕齊王暕：即楊暕（五八五—六一八），隋煬帝楊廣子，封齊王。暕大業初任豫州牧，後轉雍州牧，再轉河南尹，開府儀同三司。元德太子薨，嗣爲太子。隋書卷五九有傳。

〔二〕秦公世民：即李世民（五九九—六四九），唐高祖李淵次子。隋大業十三年，李淵立代王楊侑爲帝，即隋恭帝。任李世民爲京兆尹，改封秦王。見舊唐書卷一高祖本紀。

〔三〕衛王重俊：即李重俊（？—七〇七），唐中宗第三子。神龍初進封衛王，拜洛州牧。二年立爲皇太子。後兵敗被殺，謚節愍。舊唐書卷八六、新唐書卷八一有傳。

〔四〕後唐秦王從榮：即李從榮（？—九三三），後唐明宗李嗣源次子。長興元年拜河南尹。兄從璟死後，在皇子中最長，封秦王，加天下兵馬大元帥。明宗議立嗣未決，後病，從榮起兵犯宮，兵敗被殺。舊五代史卷五一、新五代史卷十五有傳。文中稱「從榮以長子爲河南尹」，「當時遂以尹京爲儲貳之位」，似有誤。儲貳，即太子。

〔五〕鄭王重貴：即石重貴（九一四—九六四），後晉石敬瑭之侄，收爲養子。天福三年爲開封尹，封鄭王。七年石敬瑭死，重貴即位，即後晉出帝，又稱少帝。在位三年後晉亡。舊五代史卷八一、新五代史卷九有紀。　晉王榮：即郭榮（九二一—九五九），本姓柴，爲郭威内侄，被收爲養子，改姓郭。郭威建後周，廣順三年授郭榮開封尹，封晉王。顯德元年即位，即後周世宗。勵精圖治，在位六年卒。舊五代史卷一一四、新五代史卷十二有紀。

〔六〕太宗皇帝：即趙光義（九三九—九九七），宋太祖趙匡胤大弟。建隆二年七月，太祖以光義爲開封府尹，後封晉王。見宋史卷一太祖本紀。

〔七〕齊王廷美：即趙廷美（九四七—九八四），宋太祖趙匡胤四弟。開寶九年冬，太宗即位，以弟廷美爲開封尹兼中書令，封齊王。太平興國四年冬，以平北漢功，進封秦王。七年三月，出爲西京留守。見宋史卷四太宗本紀。

〔八〕權知府自李符始：宋史卷二七〇李符傳：「（太平興國）七年春，開封尹秦王廷美出守西京，以符知開封府。」

〔九〕陳王元僖：即趙元僖（九六六—九九二），宋太宗次子。太平興國八年冬，封爲陳王。雍熙三年冬，以陳王爲開封尹。端拱元年二月進封許王。淳化三年十一月薨。見宋史卷五太宗本紀。

〔一〇〕楚王元佐：即趙元佐（九六五—一〇二七），宋太宗長子。太平興國八年冬，封爲楚王。雍熙二年廢爲庶人。見宋史卷五太宗本紀。

〔一一〕真宗皇帝：即趙恒（九六八—一〇二二），原名德昌，後改爲元休、元侃，宋太宗第三子。淳化五年九月，以襄王元侃爲開封尹，改封壽王。至道元年八月，立壽王元侃爲皇太子，改名恒，兼判開封府。見宋史卷五太宗本紀。

〔一二〕藩王：擁有封地或封國的親王、郡王。

〔一三〕潛藩：指尚未即位的帝王。

〔一四〕欽宗皇帝：即趙桓（一一〇〇—一一六一），宋徽宗長子。宣和七年十二月，皇太子桓爲開封牧。隨後即皇帝位。見宋史卷二二徽宗本紀。

〔一五〕序位：安排位次。董仲舒春秋繁露天辨在人：「天下之尊卑隨陽而序位。」太子少保：輔導太子的官。東宫官職之一，皆以他官兼。

〔一六〕御史大夫：御史臺官員。宋代御史大夫爲加官，御史臺長官爲御史中丞。六曹尚書：尚書省所屬吏、户、禮、兵、刑、工六部長官。

〔一七〕少尹：宋代京城開封府、臨安府及陪都河南、應天、大名府等設少尹，爲副長官，不常置。

〔一八〕少府：少府監長官，掌百工伎巧政令，供應皇帝服御、寶册、符印、旌節、度量衡標準及祭祀、朝會所須器物。將作少監：將作監副長官，掌營繕宫室、城郭、橋樑、舟車等。太子少詹事：東宫詹事府長官，設太子詹士、少詹事各一人，掌東宫内外庶務。

〔一九〕劉陟：後唐秦王曾以劉陟爲河南府少尹。舊五代史卷四四載秦王犯宫兵敗後，秦王府官屬均遭流配，「河南少尹劉陟配均州」。

〔二〇〕判官、推官：均爲宋代官府屬官名。開封府設判官二員，左右廳推官各一員，分日輪流審判案件。常參官：常朝日參見皇帝的高級官員。

〔二一〕給諫：給事中和諫議大夫的合稱。韓愈崔十六少府攝伊陽以詩及書見投因酬三十韻：「才名三十年，久合居給諫。」差降：按等地遞降。

〔二二〕正陽門：宋代汴京宫城門名，原名宣德門，明道元年改名正陽門。

〔二三〕晉邸：即晉王府。

〔二四〕秦王：即趙廷美。見本篇注〔七〕。許王：即趙元僖，見本篇注〔九〕。因之：因襲以王府視事。

〔二五〕不利：指未能即帝位。

渭南文集箋校卷第二十三

傳

【釋體】

徐師曾文體明辨序説：「按字書云：『傳者，傳也，記載事迹以傳於後世也。』自漢司馬遷作史記，創爲『列傳』以紀一人之始終，而後世史家卒莫能易。嗣是山林里巷，或有隱德而弗彰，或有細人而可法，則皆爲之作傳，以傳其事，寓其意，而馳騁文墨者，間以滑稽之術雜焉，皆傳體也。」陸游所作共三首。

本卷收録傳三首。

姚平仲小傳

姚平仲字希晏，世爲西陲大將〔一〕。幼孤，從父古養爲子〔二〕。年十八，與夏人戰臧底河〔三〕，斬獲甚衆，賊莫能枝梧〔四〕。宣撫使童貫召與語〔五〕，平仲負氣不少屈，貫不悦，抑其賞，然關中豪傑皆推之，號「小太尉」。睦州盗起〔六〕，徽宗遣貫討賊。貫雖惡平仲，心服其沉勇，復取以行。及賊平，平仲功冠軍，乃見貫曰：「平仲不願得賞，願一見上耳。」貫愈忌之。他將王淵、劉光世皆得召見〔七〕，平仲獨不與。欽宗在東宫知其名，及即位，金人入寇，都城受圍，平仲適在京師，得召對福寧殿〔八〕，厚賜金帛，許以殊賞。於是平仲請出死士斫營擒虜帥以獻。及出，連破兩寨，而虜已夜徙去。平仲功不成，遂乘青騾亡命，一晝夜馳七百五十里，抵鄧州〔九〕，始得食。入武關〔一〇〕，至長安，欲隱華山，顧以爲淺，奔蜀，至青城山上清宫，人莫識也。留一日，復入大面山〔一一〕，行二百七十餘里，度採藥者莫能至，乃解縱所乘騾，得石穴以居。朝廷數下詔物色求之〔一二〕，弗得也。乾道、淳熙之間始出，至丈人觀道院〔一三〕，自言如此〔一四〕。時年八十餘，紫髯鬱然長數尺，面奕奕有光，行不擇崖塹荊棘，其速若奔馬。亦時爲人作草書，頗奇偉，然秘不言得道之由云。

【題解】

姚平仲，字希晏，五原（在今陝西）人。世爲西陲大將。十八歲與西夏人大戰，後參與討平方臟。靖康元年，金人圍攻開封，宋欽宗召對，平仲請斫營擒帥以獻功，不成，遂亡命奔蜀。入大面山得石穴以居。朝廷數下詔求之弗得。乾道、淳熙間始出，至丈人觀道院。時年八十餘，善行走，及爲人作草書。姚平仲爲兩宋之交傳奇人物，其斫營失敗之事，史書、筆記多有記載。宋史种師道傳載：「帝日遣使趣師道戰，師道欲俟其弟秦鳳經略使師中至，奏言過春分乃可擊。時相距才八日，帝以爲緩，竟用平仲斫營，以及於敗。」又姚古傳載：「靖康元年，金兵逼京城，古與秦鳳經略种師中及折彦質、折可求等俱勤兵勤王。……欽宗拜師道同知樞密院，宣撫京畿、河北、河東，平仲爲都統制。上方倚師道等却敵，而种氏、姚氏素爲山西巨室，兩家子弟各不相下。平仲恐功獨歸种氏，忌之，乃以士不得速戰爲言，欲夜劫斡离不營。謀泄，反爲所敗。」李綱靖康傳信録卷二載：「姚平仲者，古之子，屢立戰功，在道君朝爲童貫所抑，未嘗朝見。至是，上以驍勇，屢召見内殿，賜予甚厚，許以功成有茅土、節鉞之賞。平仲武人，志得氣滿，勇而寡謀，謂大功可自有之。先期於二月一日夜，親率步騎萬人以劫金人之寨，欲生擒所謂斡离不者，取今上皇帝以歸。种師道宿城中，弗知也。余時以疾給假，卧行營司。夜半，上遣中使降親筆曰：『平仲已舉事，決成大功，卿可將行營司兵出封邱，爲之應。』余具劄子，辭以疾……是夜，宿於城外。而平仲者，前一夕劫寨，爲虜所覺，殺傷相當，所折不過千餘人，既不得所欲，恐以違節制爲种師道所誅，即遁去。而宰執、臺諫閧然，謂西兵勤王之師及親征行營司兵爲金人所殲，無復存者。上震恐，有詔不得進兵。」本文爲陸游爲姚平仲所作的小傳，記述其生平戰鬥事迹及亡命蜀中得道始末。

本文原未繫年。歐譜列於不繫年文。據文意，陸游似與晚年姚氏相見，故本文或作於淳熙年間陸游在蜀中時。

參考老學庵筆記卷四、劍南詩稿卷七姚將軍靖康初以戰敗亡命……將軍倘見之乎、卷十九青城大面山中有二隱士……托上官道人寄之。

【箋注】

〔一〕西陲：西部邊疆。張説贈郭君神道碑：「鎮西陲，信國之藩屏；坐北落，亦王之爪牙。」

〔二〕從父古：伯父姚古。古，五原人。姚兕次子，姚雄弟。以邊功任熙河經略使。靖康元年參與起兵勤王。宋史卷三四九有傳。

〔三〕臧底河：即臧底河城（在今陝西志丹一帶）。政和四年（一一一四），西夏人築臧底河城。六年，种師道攻克之。

〔四〕枝梧：指對抗，抵擋。史記項羽本紀：「當是時，諸將皆慴服，莫敢枝梧。」

〔五〕童貫（一〇五四—一一二六）：字道夫，開封人。北宋權宦。性巧媚。初任供奉官，助蔡京爲相，任西北監軍，領樞密院事，掌兵權二十年，權傾内外。參與平定方臘。欽宗即位，被處死。宋史卷四六八有傳。

〔六〕睦州盜起：指方臘起義。方臘爲睦州青溪（今浙江淳安）人。

〔七〕王淵（一〇七七—一一二九）：字幾道，熙州（今甘肅臨洮）人。兩宋之交名將。官至簽書樞密院事。後爲苗傅等所殺。宋史卷三六九有傳。劉光世（一〇八九—一一四二）：字平叔，保安軍（今陝西志丹）人。「中興四將」之一，官至少師。宋史卷三六九有傳。

〔八〕福寧殿：北宋皇宮中的寢宮。

〔九〕鄧州：地處豫、鄂交界。今屬河南南陽。

〔一〇〕武關：古代晉楚、秦楚交界處。位於陝西丹鳳東武關河北岸，與函谷關、蕭關、大散關並稱「秦之四塞」。

〔一一〕大面山：位於四川達州萬源市東南，爲道教聖地。

〔一二〕物色：訪求，尋找。劉向列仙傳關令尹喜：「老子西遊，喜先見其氣，知有真人當過，物色而遮之，果得老子。」

〔一三〕丈人觀：宮觀名，在今四川灌縣。輿地紀勝：「丈人觀，在青城山，即建福宮也。」又：「建福宮，即丈人觀，乃寧真君道場也。在青城縣北二十里。」青城山記：「昔寧封先生棲於此巖之上，黃帝築壇，拜爲五嶽丈人。晉置觀焉。」劍南詩稿卷六有丈人觀、題丈人觀道院壁、自上清延慶歸過丈人觀少留諸詩。

〔一四〕自言如此：指上述行迹皆姚平仲在丈人觀自述。

族叔父元燾傳

族叔父元燾名宧，一字居安，自山陰徙家餘姚〔一〕。性恭謹純厚，閉門力學，不安與人交。尤好樂律，每言樂所以成人才，今世所用皆胡部，雖鄭、衛亦不得聞，况韶、濩乎〔二〕。因考按古關雎、鹿鳴諸詩，抑揚皆合音律，時時自歌之，中正簡古，聞者興起。欲上書請用之鄉飲酒〔三〕，會疾病不果。所居瀕江，一室蕭然，數十年間，几席、書册、琴樽之屬，皆未嘗易。好飲酒，然不肯自釀，或饋以家所醖，亦辭不取，曰：「法不可也。」其謹如此。有子洙，登進士第，爲鹽官尉〔四〕，迎養官舍。期年洙卒，元燾護其喪歸，亦能自釋〔五〕。久之，以疾卒，年七十。

與元燾同時有鄭從革者，名鼎之，丹徒人〔六〕，自三舍法行，已在鄉校〔七〕。能自刻苦，口誦手鈔，日常兼數人，然試有司輒黜。從革亦不以黜故少怠，終始如一日。事父篤孝。建炎中，客山陰，遇寇，從革欲奉父避之，父不聽。從革乃束帶立牀前，煮糜粥，奉湯液，悉如平時。寇至，則迎門拜泣曰：「父老不能去，惟哀憐之。」寇爲感動，乃署其門，使其屬勿犯。終亂定，父子俱得全。年六十餘，貧益苦，比卒，衣衾不能具，而一鄉皆推其賢云。

【題解】

族叔父元燾，陸游同族叔父陸宧，字元燾，一字居安，移家餘姚。本文爲陸游爲族叔父元燾所作的傳文，記述其精於樂律、甘於淡泊的平凡生涯。附傳鄭從革，記述其刻苦至孝、感動盜寇的事迹。

本文原未繫年。歐譜列於不繫年文。待考。

【箋注】

〔一〕餘姚：今屬浙江，位於山陰以東寧紹平原，毗鄰上虞、慈溪、寧波。

〔二〕胡部：指北方少數民族音樂，從西涼一帶傳入，含有西涼樂等成分，當時稱「胡部新聲」。新唐書禮樂志十二：「開元二十四年，升胡部於堂上。」沈括夢溪筆談樂律一：「外國之聲，前世自別爲四夷樂。自唐天寶十三載，始詔法曲與胡部合奏。自此樂奏全失古法，以先王之樂爲雅樂，前世新聲爲清樂，合胡部者爲宴樂。」鄭、衛：指春秋時鄭、衛兩國的音樂，當時的流俗之樂。韶、濩：均商湯時樂名，指高雅之樂。

〔三〕鄉飲酒：即鄉飲酒禮。周代鄉學三年業成大比，考其德行道藝優異者，薦於諸侯。將行之時，由鄉大夫設宴以賓禮相待。後演變爲地方官設宴招待應舉之士。

〔四〕鹽官：鎮名，在今浙江海寧，歷來爲觀潮勝地。

〔五〕自釋：自我寬解。顔氏家訓勉學：「元帝在江荆間，復所愛習，召置學生，親爲教授，廢寢忘食，以夜繼朝，乃至倦劇愁憤，輒以講自釋。」

〔六〕丹徒：縣名，宋時屬兩浙路鎮江府，今爲江蘇鎮江市轄區。

〔七〕三舍法：北宋王安石變法措施之一，用學校教育取代科舉考試。分太學爲外舍、内舍、上舍，别生員爲三等置之。依一定年限和條件，依次由外舍升入内舍、再升入上舍，最終按科舉法分别規定其出身并授以官職。後來地方官學也推行此法。這一方法將學校變成了選官制度的組成部分。紹聖中，曾一度廢科舉，專以三舍法取士。宣和三年，詔罷此法。鄉校：指地方官學。

陳氏老傳

會稽五雲鄉陳氏老，年近八十，生三子，有孫數人，皆業農。惟力耕致給足，凡兼并之事，抵質賈販以取贏者〔一〕，一切不爲。耕桑之外，惟漁樵畜牧而已。子孫但略使識字，不許讀書爲士。婚姻悉取農家，非其類皆拒不與通。室廬不妄增一椽，器用皆朴質堅壯，不加漆飾。衣惟布襦裙〔二〕，取適寒暑之宜。行之四五十年如一日，子孫亦皆化之無違〔三〕。陳氏所居，在剌涪山下〔四〕，地名曰南溪云。

陸子曰：予嘗悲士之仕者，若苟名位而已，則爲負國〔五〕。必無負焉，則危身害家，憂其父母，有所不免。耕稼之業，一捨而去之，復其故甚難。予先世本魯墟農家，自祥符間去而仕〔六〕，今且二百年，窮通顯晦所不論，竟無一人得歸故業者。室廬、桑麻、果樹、溝池之屬，悉已蕪没。族黨散徙四方〔七〕，蓋有不知所之者。過魯墟，未嘗不太息興懷，至於流涕也。聞陳氏事，因爲述其梗概傳之，庶觀者有感焉。

【題解】

本文爲陸游爲普通農家陳氏老人所作的傳文，記述其淳樸簡單的農耕生活，并對照自己家族，感慨士宦之家已難以回歸故業。

本文原未繫年。歐譜列於不繫年文。待考。

【箋注】

〔一〕兼并：指土地侵并。墨子天志下：「今天下之諸侯，將猶皆侵凌攻伐兼并。」抵質：指以土地、房屋等財産進行抵押交换。賈販：經商販賣。

〔二〕襦裙：上身所穿短衣和下身所束裙子，是宋代婦女普通的衣著。

〔三〕化之無違：教化成俗，無有違背。

〔四〕刺涪山：山名。嘉泰會稽志卷九：「刺涪山，在雲門南山。不甚高，而登其上，則見雲門、陶宴諸山林立在下。又山頂有池，大旱不涸。」

〔五〕苟名位：貪求職務地位。負國：對不起國家。漢書王嘉傳：「嘉喟然卬天歎曰：『幸得充備宰相，不能進賢退不肖，以是負國，死有餘責。』」

〔六〕「予先世」三句：陸游先世本居吴郡，唐末，一支遷嘉興。又徙錢塘。吴越時，再徙山陰魯墟。陸游高祖陸軫於北宋大中祥符五年中進士，進入仕途。魯墟，嘉泰會稽志卷十一：「魯墟橋，在縣西北一十三里。南爲漕河，北抵水鄉，如三山、吉澤、南莊之屬。又北復爲漕河，漕河之北，復爲水鄉，渺然抵海，謂之九水鄉，蓋大澤也。曾文清詩云：『談誇水鄉勝，謂不減吴松』，即此是也。」

〔七〕族黨：聚居的同族親屬。左傳襄公二十三年：「晉人克欒盈于曲沃，盡殺欒氏之族黨。」

青詞

【釋體】李肇翰林志：「凡太清宫道觀薦告詞文，用青藤紙、朱字，謂之青詞。」徐師曾文體明辨序説：「按陳繹曾云：『青詞者，方士懺過之詞也，或以祈福，或以薦亡，唯道家用之。』……詞用儷語，諸集皆有。」陸游所作多爲祈雨、謝雨、保安而作。

本卷收録青詞六首。

紹興府衆會黄籙青詞

上帝福善禍淫，雖各繇於類應〔一〕；大道回骸起死，或俯徇於哀祈〔二〕。敢露忱詞，仰干聰鑒〔三〕。伏念臣等所居紹興府，地連三輔，人雜五方〔四〕。任職居官，當閭閻之太半〔五〕；鮮衣美食，味稼穡之所從〔六〕。習俗莫還，神明積譴，方凶饑之薦至，加疫癘之相乘〔七〕。疾痛呻吟，未及三醫之謁〔八〕；焄蒿凄愴〔九〕，已悲萬鬼之鄰。念升濟之無方〔一〇〕，敢號呼而有請。伏望少回洪造〔一一〕，一洗衆辜，逝者脱泉路之冥冥，生者安王民之皞皞〔一二〕。天職生覆，地職形載〔一三〕，敢忘夙夜之歸；冬無愆陽，夏無伏陰〔一四〕，永冀生成之賜。

【題解】

黄籙，指道教的道場。因道士設壇祈禱所用符籙均爲黄色，故稱黄籙。本文爲陸游爲紹興府道衆所設道場撰寫的青詞，敷陳饑荒瘟疫之害，祈禱天地諧和，生民安居。

本文原未繫年。歐譜列於不繫年文。待考。

【箋注】

〔一〕福善禍淫：指賜福於爲善之人，降禍於作惡之人。書湯誥：「天道福善禍淫。」孔安國傳：

「政善，天福之；淫過，天禍之。」類應：指分類感應。

〔二〕回骸起死：同起死回生。　徇：順從，曲從。　哀祈：哀告，祈禱。

〔三〕干：冒犯。　聰鑒：明鑒，英明的識察。

〔四〕三輔：指輔助京師的三個職官，亦泛指京城周邊地區。太平御覽卷一六四引三輔黄圖：「武帝太初元年改内史爲京兆尹，以渭城以西屬右扶風，長安以東屬京兆尹，長陵以北屬左馮翊，以輔京師，謂之三輔。」　五方：東、南、西、北和中央，亦泛指各方。禮記王制：「五方之民，衍於不通，嗜欲不同。」孔穎達疏：「五方之民者，謂中國與四夷也。」

〔五〕當：面對。　閭閻：里巷内外之門，借指里巷。史記平準書：「守閭閻者食粱肉，爲吏者長子孫，居官者以爲姓號。」

〔六〕昧：隱藏，隱瞞。

〔七〕凶饑：災荒。　薦至：接連而來。史記曆書：「少皞氏之衰也，九黎亂德，民神雜擾，不可放物，禍菑薦至，莫盡其氣。」　疫癘：瘟疫。　相乘：相加，相繼。漢書王莽傳：「政令煩多，當奉行者，輒質問乃以從事，前後相乘，憒眊不渫。」顔師古注：「乘，積也，登也。」

〔八〕三醫：指古代名醫矯氏、俞氏、盧氏。列子力命：「季梁得疾，七日大漸……終謁三醫：一曰矯氏，二曰俞氏，三曰盧氏，診其所疾。」後泛指名醫。

〔九〕焄蒿：祭祀時祭品所發出的氣味。亦借指祭祀。禮記祭義：「其氣發揚于上，爲昭明、焄蒿、悽愴，此百物之精也，神之著也。」鄭玄注：「焄爲香臭也，蒿謂氣蒸出貌也。」

〔一〇〕升濟：超度。晉書王坦之傳：「貧道已死，罪福皆不虛。惟當勤修道德，以升濟神明耳。」

〔一一〕洪造：即洪恩。常衮謝賜鹿狀：「上戴洪造，内愧素餐。」

〔一二〕泉路：指地下，陰間。張説馮府君神道碑：「朱轓象服。寵及泉路，榮其親兮。」王民之皞皞：王者之民心情舒暢。孟子盡心上：「霸者之民，驩虞如也；王者之民，皞皞如也。」朱熹集注：「廣大自得之貌。」

〔一三〕「天職」二句：天之職在生長覆蓋，地之職在成形載物。語出列子天瑞。

〔一四〕「冬無」二句：冬天没有陽氣過盛（冬温），夏天没有寒氣潛伏（夏寒）。語出左傳昭公四年。

江西祈雨青詞

天惟至仁，久寬水旱之譴；吏實有罪，仰累陰陽之和。既閔雨之歷時，敢叩閽而請命〔一〕。伏念臣濫膺上指，出使近畿〔二〕，深惟冥頑固陋之資，莫副惻怛丁寧之訓，徒積勤於夙夜，冀無負於幽明〔三〕。然而風采不足以讋服豪强，惠愛不足以撫綏鰥寡〔四〕。政婾愒日〔五〕，田疇曠陂澤之修；訟積淹時，囹圄困桁楊之繫〔六〕。務均力役，而或蔽於所見；思廣賑恤，而或緣以爲姦。既莫致於善祥〔七〕，懼卒罹於饑饉。

是用諏辰之吉〔八〕，稽首以陳：伏望推善貸之慈，霈曲成之惠〔九〕。雖有司曠職，宜伏雷霆之誅；然比屋何辜〔一〇〕，流爲溝壑之瘠。若復未回於洪造，遂將絶望於有秋〔一一〕。敢殫皇皇哀迫之誠，冒貢懇懇吁嗟之禱。庶格九霄之澤，少紓一道之憂〔一二〕。稼穡順成，儻僅蒙於中熟〔一三〕；里閭疾苦，誓靡壅於上聞〔一四〕。

【題解】

陸游蜀中東歸後，於淳熙六年十二月至淳熙七年十一月任江西常平茶鹽公事。本文爲陸游在江西任上爲祈雨所作的青詞，自責政偷訟積，祈禱上天降雨，紓解民憂。

本文原未繫年。歐譜繫於淳熙七年（一一八〇），是。當作與該年春夏。時陸游在江西常平茶鹽公事任上。

參考本卷下文謝雨青詞。

【箋注】

〔一〕歷時：經歷四時。穀梁傳文公二年：「歷時而言不雨，文不憂雨也。」范甯注：「今文公歷四時乃書，是不勤雨也。」叩閽：指吏民因冤屈等直接向朝廷申訴。

〔二〕上指：同上旨。皇帝的意旨。近畿：京師附近地區。此指江西。

〔三〕幽明：人與鬼神。李白溧陽瀨水貞義女碑銘：「皇唐葉有六聖，再造八極，鏡照萬方，幽明咸熙。」

〔四〕讋服：使之畏懼服從。　撫綏：安撫，安定。書太甲上：「天監厥德，用集大命，撫綏萬方。」

〔五〕媮：同偷。苟且，怠惰。　愒日：荒廢光陰。左傳昭公元年：「主民，翫歲而愒日，其與幾何？」

〔六〕淹時：移時，過一段時間。謝靈運酬從弟惠連：「洲渚既淹時，風波子行遲。」　桁楊：套在脚上或頸上的枷鎖，亦泛指刑具。莊子在宥：「今世殊死者相枕也，桁楊者相推也，刑戮者相望也。」成玄英注：「桁楊者，械也。夾脚及頸，皆名桁楊。」

〔七〕善祥：吉祥的徵兆。漢書禮樂志：「至成帝時，犍爲郡於水濱得古磬十六枚，議者以爲善祥。」

〔八〕諏辰：即諏吉。挑選吉日。宋祁上夏太尉啓：「諏辰前定，樹政允和。」

〔九〕善貸：善於寬假，善於施與。老子：「夫唯道，善貸且成。」　霈：大雨。比喻降恩澤。　曲成：委曲成全。易繫辭上：「曲成萬物而不遺。」孔穎達疏：「言聖人隨變而應，屈曲委細，成就萬物。」

〔一〇〕比屋：家家户户，借指百姓。舊五代史唐書末帝紀：「由是文武百辟，岳牧群賢，至於比屋之倫，盡祝當陽之位。」

〔一〕有秋：有收成，豐收。書盤庚上：「若農服田力穡，乃亦有秋。」

〔二〕格：感通。書説命下：「佑我烈祖，格于皇天。」紓：解除。一道：一路，指江西。

〔三〕中熟：中等年成。

〔四〕靡壅：不遮蔽。上聞：向朝廷呈報。

謝雨青詞

旱大甚以是虞，不違啓處〔一〕；天蓋高而可叩，思罄精誠。方祇祓於齋場，已亟霑於膏澤〔二〕。尚懼豐凶之未决，敢忘祈報之交修〔三〕？仰企叢霄，少回冲馭。伏願哀黎民之匱食，有衆吏之瘝官〔四〕，申敕有神，更終大惠〔五〕。一穀不升謂嗛〔六〕，豈勝夙夜之憂；三日以往爲霖〔七〕，實賴乾坤之造。

【題解】

本文爲陸游在祈雨成功後爲謝雨所作的青詞，感謝天降膏澤，企盼再賜甘霖。

本文原未繫年。歐譜繫於淳熙七年（一一八〇），是。當作與該年春夏。時陸游在江西常平茶鹽公事任上。

參考本卷江西祈雨青詞。

【箋注】

〔一〕不遑啓處：無暇過安寧日子。詩小雅采薇：「王事靡盬，不遑啓處。」

〔二〕祇祓：恭敬地祓祀。國語周語上：「王其祇祓，監農不易。」膏澤：滋潤作物的雨水。曹植贈徐幹：「良田無晚歲，膏澤多豐年。」

〔三〕祈報：古代祈社，春夏祈而秋冬報。禮記郊特牲：「祭有祈焉，有報焉。」交修：指交替祭祀。

〔四〕瘝官：曠廢職守，不能稱職。王安石陳奇太子中允致仕制：「爾年尚强，而疾不至乎瘝官。」

〔五〕申敕：告誡。有神：指雨神。更終大惠：指再賜大雨。

〔六〕「一穀」句：一種穀物無收成就叫歉收。語本穀梁傳襄公二十四年：「一穀不升謂之嗛，二穀不升謂之饑。」不升，即不登。嗛，歉收。

〔七〕「三日」句：三天以上的大雨就叫甘霖。語本左傳隱公九年：「凡雨，自三日以往爲霖。」

嚴州祈雨青詞

歲律肇新，農功伊始。居者慮陰淫陽伏之寇，耕者懷旱乾水溢之虞〔一〕。仰惟上穹，職是元化〔二〕，俯遂群黎之育，式均六氣之平〔三〕。敢即熙壇，恭陳薄薦〔四〕。所冀歲豐民樂，寬九重宵旰之憂〔五〕；賦足刑清，逭衆吏簡書之責〔六〕。敢忘惕勵〔七〕，仰對生成。

【題解】

陸游於淳熙十三年七月至淳熙十五年七月知嚴州。本文爲陸游在嚴州任上爲祈雨所作的青詞，祈禱風調雨順，年豐民樂。

本文原未繫年。歐譜繫於淳熙十三年，誤。據本文「農功伊始」及下文「迨今累月」之句，當作於淳熙十四年（一一八七）春。時陸游在知嚴州任上。

參考本卷下文謝雨青詞。

【箋注】

〔一〕陰淫陽伏：陰氣過重，陽氣潛藏。　寇：侵犯。　旱乾水溢：乾旱水災。孟子盡心下：「犧牲既成，粢盛既絜，祭祀以時，然則旱乾水溢，則變置社稷。」　虞：擔心。

〔二〕職：掌管。　元化：造化，天地。陳子昂感遇之六：「古之得仙道，信與元化并。」

〔三〕「俯遂」二句：順遂百姓的生養，調節六氣的平衡。　群黎：萬民，百姓。詩小雅天保：「群黎百姓，徧爲爾德。」鄭玄注：「黎，衆也。群衆百姓。」　六氣：六種自然現象。莊子天宥：「天氣不和，地氣鬱結，六氣不調，四時不節。」成玄英疏：「陰、陽、風、雨、晦、明，此六氣也。」

〔四〕熙壇：光明之神壇。　薄薦：微薄的祭品。

〔五〕九重：指皇帝。李邕賀章仇兼瓊克捷表：「遵奉九重，決勝千里。」　宵旰：即宵衣旰食。比喻勤政。徐陵陳文帝哀册文：「勤民聽政，旰食宵衣。」

〔六〕逭：免除。　簡書：指文牘。

〔七〕愓勵：警愓謹慎。語本易乾：「君子終日乾乾，夕愓若厲，無咎。」

謝雨青詞

天九關之在上〔一〕，精誠可以徹聞；雨三日而成霖，枯槁爲之盡起。恭陳薄薦，冒瀆丹衷。伏念臣領此偏州，迨今累月〔二〕。上無以布宣寬大，而逭屯膏之咎〔三〕；下不能撫摩凋瘵，而格解澤之施〔四〕。跼蹐靡遑〔五〕，吁嗟上訴。敢謂叢霄之應，曾無浹日之淹〔六〕。月離畢以示期〔七〕，山出雲而效職，風霆下擊，澗壑交流。井汲如初，家享一瓢之樂〔八〕；粟儲可繼，士寬半菽之憂〔九〕。商旅通行，道途鼓舞。彼有遺秉，此有滯穗，方將均惠於惸嫠〔一〇〕；冬無愆陽，夏無伏陰，更冀默消於疾癘〔一一〕。敢忘兢愓〔一二〕，仰對生成。

【題解】

本文爲陸游在祈雨成功後爲謝雨所作的青詞，鋪叙雨露滋潤大地的情景，感謝上天的賜福。

本文原未繫年。歐譜繫於淳熙十三年，誤。承上文，當作於淳熙十四年（一一八七）春。時陸游在知嚴州任上。

參考本卷嚴州祈雨青詞。

【箋注】

〔一〕九關：指九重天門。楚辭招魂：「魂兮歸來，君無上天些。虎豹九關，啄害下人些。」王逸注：「言天門凡有九重，使神虎豹執其關閉。」

〔二〕累月：多月，接連幾月。左思蜀都賦：「合樽促席，引滿相罰。樂飲今夕，一醉累月。」

〔三〕逭：免除。屯膏：指恩澤不施於下。易屯：「九五，屯其膏。」程頤傳：「唯其施爲有所不行，德澤有所不下，是屯其膏，人君之屯也。」屯，吝嗇。膏，恩澤。

〔四〕凋瘵：指窮困之民。白居易忠州刺史謝上表：「下安凋瘵，上副憂勤，未死之間，斯展微效。」格：感通。解澤：恩澤。

〔五〕跼蹐：局促不安。後漢書秦彭傳：「奸吏跼蹐，無所容詐。」靡遑：指不安。

〔六〕叢霄：即九霄。挾日：指十日。從甲至癸，十干已周匝。挾，通「浹」，周匝。周禮天官大宰：「乃縣治象之法于象魏，使萬民觀治象，挾日而斂之。」

〔七〕月離畢：月亮靠近畢宿，這是降雨的徵兆。語本詩小雅漸漸之石：「月離于畢，俾滂沱矣。」離，通「麗」，附麗。

〔八〕一瓢之樂：語本論語雍也：「賢哉，回也！一簞食，一瓢飲，在陋巷，人不堪其憂，回也不改其樂。」

〔九〕半菽：指半菜半糧的粗劣飯食。語本漢書項籍傳：「今歲飢民貧，卒食半菽。」顔師古注：「孟康曰：『半，五升器名也。』臣瓚曰：『士卒食蔬菜，以菽雜半之。』瓚説是也。菽謂豆也。」

〔一〇〕「彼有」三句：語本詩小雅大田：「彼有遺秉，此有滯穗。」毛傳：「秉，把也。」孔穎達疏：「彼處有遺餘之秉把，此處有滯漏之禾穗。」　惸嫠：同煢嫠，泛指孤苦無依之人。

〔一一〕「冬無」二句：冬天陽氣不過盛，夏天寒氣不潛伏，希望瘟疫消散。參見本卷紹興府衆會黄籙青詞注〔一四〕。　疾癘：瘟疫。

〔一二〕兢惕：戒懼。南史王融傳：「悚怍之情，夙宵兢惕。」

保安青詞

道垂光而下濟〔一〕，罔不興慈；情至敬則無文，惟當直訴。伏念臣少多罪垢，晚乏功能，寓形寖迫於九齡，定著遂階於四品〔二〕。先世被追榮之典，已冠三孤〔三〕；諸兒荷延賞之恩，例霑寸禄〔四〕。首坐滿盈之久，自掇災釁之來〔五〕。時涉夏秋，疾生經絡，有藥必試，靡神不祈，呻吟之聲，晨暮不絶。惟歸誠於洪造，或少逭於往愆〔六〕。么然微衷，亟以自列〔七〕。伏望曲回聰聽，俯佑殘軀〔八〕，俾耄及之餘生，獲奠居於故社〔九〕，耕桑安樂，父子團欒〔一〇〕。天實無私，敢汲汲希望外之福；人誰不死，願熙熙須數盡之期〔一一〕。

【題解】

保安，此指保護安康。本文爲陸游爲祈求祛病患、保安康所作的青詞。

本文原未繫年。據文中「迫於九齡」、「階於四品」、「諸兒荷延賞之恩，例沾寸禄」、「俾耄及之餘生」等句，當作於嘉泰四年（一二〇四）陸游再次致仕以後。文中有「時涉夏秋」句，則又作於夏秋之時。時陸游致仕家居。

【箋注】

〔一〕垂光：光芒俯射。比喻恩澤普施。　下濟：利澤下施，長養萬物。易謙：「彖曰：謙亨。天道下濟而光明，地道卑而上行。」孔穎達疏：「下濟者謂降下濟生萬物也。」

〔二〕寓形：寄托形體。陶淵明歸去來兮辭：「已矣乎，寓形宇内復幾時，曷不委心任去留？」

九齡：指九十歲。引申爲長壽。禮記文王世子：「文王謂武王曰：『女何夢矣？』武王對曰：『夢帝與我九齡。』」鄭玄注：「九齡，九十年之祥也。」定著：審定著録。此指官職最終定格。四品：陸游嘉泰二年十二月除秘書監，官職爲正四品。

〔三〕「先世」二句：指陸游祖先死後所得追封都高於「三孤」。陸游高祖陸軫贈太傅，祖父陸佃贈太師，父陸宰贈少傅。追榮，爲死者追加恩榮。三孤，指少師、少傅、少保。

〔四〕「諸兒」二句：指陸游諸兒享受到由自己延續的恩典，都食俸禄。陸游七子子虡、子龍、子惔、子坦、子約、子布、子聿，除子約紹熙三年先卒外，餘皆食禄。子聿居末，以陸游嘉泰三年致仕恩補官。延賞，延及他人的賞賜。

〔五〕挻：招引。災釁：禍端。孫楚爲石仲容與孫皓書：「桓靈失德，災釁并興。」

〔六〕洪造：指上天的洪恩。少逭於往愆：稍稍免除往日的罪過。

〔七〕幺然：微小貌。自列：自白，自陳。

〔八〕聰聽：指上天的聽聞。殘軀：指自己殘弱的身軀。

〔九〕耄及：即及耄，將近耄年。書大禹謨：「朕宅帝位，三十有三載，耄期倦于勤。」孔安國傳：「八十、九十曰耄，百年曰期頤。」奠居：安居，定居。故社：故鄉。

〔一〇〕團欒：團聚。孟郊惜苦：「可惜大雅旨，意此小團欒。」

〔一一〕須：等待。數盡：天數已盡，指辭世。

疏

【釋體】「疏」爲佛事活動常用的文體，道教活動亦有用之。疏文可分爲道場疏、募緣疏、法堂疏等細類。徐師曾文體明辨序説：「道場疏者，釋、老二家慶禱之詞也。慶詞曰『生辰疏』，禱詞曰『功德疏』，二者皆道場之所用也。」又：「募緣疏者，廣求衆力之詞也。橋樑、祠廟、寺觀、經像，與夫釋、老衣食器用之類，凡非一力所能獨成者，必撰疏以募之。詞用儷語，蓋世俗所尚。」又：「法堂疏者，長老主持之詞也。其用有三：未至，用以啓請；將行，用以祖送；既至，用以開堂。其事重，其體尊，非夫高僧，恐不足以當此。」陸游所作共五十首，分在兩卷，道場疏、募緣疏、法堂疏等細類均有。另卷二「南宫表牋」中有道場疏六首。

本卷收録疏二十一首。

天申節樞密院開啓道場疏

得道者上爲皇，啓帝圖之廣大〔一〕；有德者得其壽，當化日之舒長〔二〕。率籲衆情，虞仲善祝〔三〕。光堯壽聖太上皇帝，伏願三靈介祉，九廟儲休〔四〕。無黄屋之心，雖退藏於淵默〔五〕；如南山之壽，冀茂對於天祺〔六〕。

【題解】

天申節爲宋高宗聖節，參見卷一天申節賀表題解。本文爲陸游爲樞密院祝賀天申節的道場開啓所作的疏文，爲頌聖之作。

本文原未繫年。歐譜列於不繫年文。考高宗退位、孝宗即位在紹興三十二年（一一六二）六月，高宗受尊號光堯壽聖太上皇帝也在同月，而天申節在五月二十一日，故本文之作不可能在當年。而陸游該年九月除樞密院編修官。故本文當作於隆興元年（一一六三）四月（建道場在聖節前一月）。時陸游已公布通判鎮江府，但尚未離京。

參考本卷以下三文，及卷一天申節賀表、卷五天申節進奉銀狀、卷四二天申節致語。

【箋注】

〔一〕帝圖：指帝業。李白大庭庫：「帝圖終冥没，歎息滿山川。」

〔二〕化日：化國之日。參見卷一天申節賀表注〔一〕。

〔三〕率籲：坦率籲告。虞仲：虞誠展開。

〔四〕三靈：指天申、地祇、人鬼。介祉：大福。應劭風俗通祀典：「桃梗，梗者，更也，歲終更始，受介祉。」九廟：帝王的宗廟。古代祭祀祖先立七廟，即太祖廟及三昭廟、三穆廟。王莽時增加爲祖廟五、親廟四，共九廟。儲休：積蓄福禄。

〔五〕黄屋：指帝王權位。續資治通鑑宋高宗紹興八年：「朕本無黄屋之心，今横議若此，據朕本心，惟有養母耳。」退藏：引退。淵默：深沉静默。莊子在宥：「尸居而龍見，淵默而雷聲。」

〔六〕茂對：順應。天祺：上天之福。

滿散道場疏

惟天其申命用休，誕御無疆之曆〔一〕；有德者必得其壽，共輸歸美之誠〔二〕。敢叩梵宫〔三〕，仰申善頌。光堯壽聖太上皇帝陛下，伏願頤神物外，布澤寰中〔四〕。福禄萬年，丕介厖鴻之祉①〔五〕；本支百世，永奉詒燕之謀〔六〕。

【題解】

滿散，道場期滿謝神的一種儀式。參見卷二重明節明慶寺丞相率百僚啓建道場疏滿散注〔一〕。本文爲陸游爲樞密院祝賀天申節的道場滿散所作的疏文，爲頌聖之作。

本文原未繫年。歐譜列於不繫年文。承上文，本文當作於隆興元年（一一六三）四月。時陸游已公布通判鎮江府，但尚未離京。

參考本卷前後三文，及卷一天申節賀表、卷五天申節進奉銀狀、卷四二天申節致語。

【校記】

①「祉」，原作「祕」，據弘治本、正德本、汲古閣本改。

【箋注】

〔一〕「惟天」二句：上天賜予休美，君臨無疆之天下。尚書益稷：「禹曰：『安汝止，惟幾惟康。其弼直，惟動丕應。徯志以昭受上帝，天其申命用休。』」御曆：指皇帝登基，君臨天下。

〔二〕輸歸美之誠：獻納贊美的誠心。歸美，稱許，贊美。

〔三〕梵宫：原指梵天的宫殿，後指佛寺。

〔四〕頤神：養神。後漢書王充傳：「裁節嗜欲，頤神自守。」布澤：敷布恩澤。寰中：宇内，天下。

〔五〕丕：大。介祉：大福。厖鴻：洪大，廣大。文選司馬相如封禪文：「湛恩厖鴻，易豐也。」李善注：「厖、鴻，皆大也。言湛恩廣大，易可豐厚也。」

〔六〕本支百世：指子孫昌盛，百代不衰。詩大雅文王：「文王孫子，本支百世。」毛傳：「本，本宗也；支，支子也。」鄭玄箋：「其子孫適爲天子，庶爲諸侯，皆百世。」詒燕之謀：指爲子孫妥善謀劃。語本詩大雅文王有聲：「詒厥孫謀，以燕翼子。」

天申節功德疏

得吾道而上爲皇，算自齊於箕翼〔一〕；有天下而傳之子，福方寖於華夷〔二〕。敢因震夙之期，申致延鴻之祝〔三〕。恭惟光堯壽聖太上皇帝陛下，聰明時憲〔四〕，清淨無爲。黄屋非心〔五〕，共仰堯仁之大；玉卮爲壽，益瞻漢殿之尊。光堯壽聖太上皇帝，恭願茂對昌辰，丕承景貺〔六〕。以聖傳聖，增光奕世之休〔七〕；爲天中天〔八〕，永享萬方之奉。

【題解】

功德疏，即上述樞密院道場慶賀天申節的進呈疏文，與開啓、滿散疏文共爲一組。參考卷二重明節明慶寺丞相率百僚啓建道場疏題解。本文爲陸游爲樞密院祝賀天申節的道場進呈所作的疏文，共二首，均爲頌聖之作。

本文原未繫年。歐譜列於不繫年文。承上文，本文當作於隆興元年（一一六三）四月。時陸游已公布通判鎮江府，但尚未離京。

參考本卷前二文，及卷一天申節賀表、卷五天申節進奉銀狀、卷四二天申節致語。

【箋注】

〔一〕算：壽命。　齊：相當，相同。　箕翼：指長壽。或曰同「期頤」，即百歲。荀子富國：「爲名者否，爲利者否，爲忿者否，則國安於磐石，壽於旗翼。」楊倞注：「旗，讀爲箕，箕、翼，二十八宿名，言壽比於星也……或曰禮記『百年曰期頤』。」

〔二〕寖：浸潤，滲透。

〔三〕震夙：誕育。語本詩大雅生民：「載震載夙，載生載育。」　延鴻：長久宏大。

〔四〕聰明時憲：明察事理，法天立教。語本書説命中：「惟天聰明，惟聖時憲。」孔傳：「憲，法也。言聖王法天以立教。」

〔五〕黄屋非心：帝位非聖君的抱負。范曄樂游應詔詩：「山梁協孔性，黄屋非堯心。」

〔六〕茂對：順應。　昌辰：盛世。　景貺：大賞賜。

〔七〕奕世：累世，代代。國語周語上：「奕世載德，不忝前人。」

〔八〕中天：天運正中。比喻盛世。後漢書劉陶傳：「伏惟陛下年隆德茂，中天稱號。」

又

得道上爲皇，誕受泰元之册〔一〕；重華協於帝，光臨孝治之朝〔二〕。敢殫向日之誠，仰祝後天之算〔三〕。尊號陛下，恭願又新湯德，丕顯文謨〔四〕。日舒以長，燕處益探於衆妙〔五〕；道沖而用，陰功廣被於群生〔六〕。

【箋注】

〔一〕泰元：天之别稱。史記孝武本紀：「天增授皇帝泰元神筴，周而復始。」

〔二〕重華協於帝：比喻帝王功德相繼。語本書舜典：「曰若稽古，帝舜曰重華，協于帝。」孔安國傳：「華，謂文德。言其光文重合於堯，俱聖明。」孝治：以孝道治理國家，教化百姓。孝經有孝治篇。

〔三〕後天：指後於天，極言長壽。故用爲祝壽之詞。曾鞏進奉元豐元年同天節功德疏狀：「傾率土之歡心，祝後天之遐算。」算：年壽。

〔四〕又新湯德：語本禮記大學：「湯之盤銘曰：『苟日新，日日新，又日新。』」丕顯：大顯。文謨：文章謀略。

〔五〕燕處：退朝而處，閒居。此指退位。禮記經解：「天子者，與天地參……其在朝廷，則道仁聖禮義之序；燕處，則聽雅頌之音。」衆妙：一切深奥玄妙之理。老子：「玄之又玄，衆妙之門。」

〔六〕道沖而用：符合大道而用之。沖，同中。老子：「道沖而用之，或不盈。淵兮似萬物之宗。」陰功：指在人世間所做而在陰間可以紀功的好事。吴筠遊仙之五：「豈非陰功著，乃致白日升。」

瑞慶節功德疏

有開必先，天地肇開於景運〔一〕；無遠弗届，華夷畢效於貢珍〔二〕。矧備邇聯〔三〕，敢稽壽祝。皇帝陛下，伏願誕膺戩穀，端拱穆清〔四〕。以八千歲而爲春，永御舒長之景〔五〕；卜七百年而過曆〔六〕，用符愛戴之誠。

【題解】

瑞慶節爲宋寧宗聖節，參見卷一瑞慶節賀表題解。陸游於嘉泰二年五月除提舉佑神觀兼實録院同修撰兼同修國史，六月入都修史，次年五月完成修史去國還鄉。其在朝遭逢瑞慶節僅嘉泰二年十月一次。該年作有瑞慶節賀表。本文爲陸游爲慶賀瑞慶節的道場所作的疏文，共七首。均爲頌聖之作。

本文原未繫年。歐譜列於不繫年文。據陸游仕履，當作於嘉泰二年（一二〇二）九月（建道場在聖節前一月）。時陸游在提舉佑神觀兼實録院同修撰兼同修國史任上。

參考卷一瑞慶節賀表。

【箋注】

〔一〕景運：好時運。周書獨孤信傳：「今景運初開，椒闈肅建。」

〔二〕貢珍：進貢珍寶。班固東都賦：「天子受四海之圖籍，膺萬國之貢珍。」

〔三〕矧備邇聯：況且身居近職。聯，指官聯。

〔四〕戩穀：福禄。詩小雅天保：「天保定爾，俾爾戩穀。」毛傳：「戩，福；穀，禄。」端拱：帝王莊嚴臨朝，清簡爲政。魏書辛雄傳：「端拱而四方安，刑措而兆民治。」穆清：太平祥和。曹植七啓：「天下穆清，明君莅國。」

〔五〕八千歲而爲春：比喻長壽。語本莊子逍遥遊：「上古有大椿者，以八千歲爲春，八千歲爲秋。」舒長：安寧，太平。王符潛夫論愛日：「治國之日舒以長。」

〔六〕七百年：指國運綿長。語本左傳宣公三年：「成王定鼎於郟鄏，卜世三十，卜年七百，天所命也。」過曆：指超過預計的享國年數。語本漢書諸侯王表：「周過其曆，秦不及期，國勢然也。」

二

誕彌厥月，丕昭震夙之期〔一〕；長發其祥，共致厖鴻之祝〔二〕。皇帝陛下，恭願後天難老，如日正中，紹十二聖之睿謨，開三百年之景運〔三〕。金泥玉檢①，肇修稀闊之儀〔四〕；楛矢石砮，永享貢輸之盛〔五〕。

【校記】

①「玉」，原作「王」，據弘治本、正德本、汲古閣本改。

【箋注】

〔一〕「誕彌」二句：指誕生受命於天。語出詩大雅生民：「誕彌厥月，先生如達。」原指后稷之母姜嫄懷孕足月，生産順利。震夙：誕育。參見本卷天申節功德疏注〔三〕。

〔二〕「長發」二句：指長久吉祥發達。語出詩商頌長發：「濬哲維商，長發其祥。」原指商王始祖明智聰慧，長久興發受命禎祥。厖鴻：洪大。參見本卷滿散道場疏注〔五〕。

〔三〕十二聖：指古代傳説中的十二位聖人，即黄帝、顓頊、帝嚳、唐堯、虞舜、夏禹、皋陶、商湯、周文王、武王、周公、孔子。睿謨：聖明的謀略。三百年：指歷代王者有三百年改令明法的規律。語本後漢書郭陳列傳：「（郭寵）曰：春秋保乾圖曰：『王者三百年一蠲法。』」景運：好時運。

〔四〕金泥玉檢：以水銀和金爲泥作裝飾、以玉製成的標籤，古代天子封禪所用。漢書武帝紀「夏四曰癸卯，上還，登封泰山」，顔師古注引孟康曰：「……刻石紀號，有金策石函、金泥玉檢之封焉。」肇修稀闊之儀：重修冷落的儀式。此指封禪之儀。

〔五〕楛矢石砮：楛木的箭杆和石製的箭頭，爲古代東北民族肅慎氏的貢品。國語魯語下：「肅慎氏貢楛矢石砮，其長尺有咫。先王欲昭其令德之致遠也，以示後人，使永監焉，故銘其楛曰：『肅慎氏之貢矢』。」貢輸之盛：四夷進貢方物的豐盛。

三

叨榮禁路〔一〕，千齡獲遇於聖明；歸老故山，一飯敢忘於君父〔二〕？敬修梵供，仰祝堯年〔三〕。皇帝陛下，恭願光照大千，壽踰時萬，繼統燕無爲之治〔四〕，御邦躋有道之長。上際下蟠〔五〕，永享化國舒長之日；東封西祀〔六〕，嗣修太平稀闊之儀。

【箋注】

〔一〕叨榮禁路：忝受皇帝的恩榮。禁路，即御道。此指皇上。

〔二〕歸老故山：退居故鄉養老。陸游慶元五年（一一九九）已獲准致仕，此次應詔重新出山。一飯：蘇軾王定國詩集叙：「古今詩人衆矣，而杜子美爲首，豈非以其流落飢寒，終身不用，而一飯未嘗忘君也歟？」

〔三〕堯年：指長壽。相傳帝堯壽一百十六歲。

〔四〕繼統：繼承帝統。　燕：安寧。易中孚：「初九，虞吉，有它不燕。」孔穎達疏：「燕，安也。」
〔五〕上際下蟠：上下天地間無所不在。參見卷一瑞慶節賀表注〔七〕。
〔六〕東封西祀：指東至泰山封禪，西至汾陰（今山西萬榮）祭祀后土地祇。此事在北宋真宗大中祥符元年（一〇〇八）。

四

節紀千秋，實踵開元之盛〔一〕；神呼萬歲，洊膺嵩嶽之祥〔二〕。顧雖遁迹於丘園〔三〕，敢怠馳誠於軒陛。皇帝陛下，伏願道極高而蟠厚，治咸五而登三〔四〕。碣石河源〔五〕，盡復輿圖之舊；泰山梁甫，嗣修檢玉之儀〔六〕。

【箋注】

〔一〕「節紀」二句：唐會要節日：「開元十七年八月五日，左丞相源乾曜、右丞相張説等，上表奏請以是日爲千秋節。」設皇帝聖節由此始。千秋，稱人壽辰，用爲敬辭。戰國策齊策二：「犀首跪行，爲（張）儀千秋之祝。」
〔二〕「神呼」二句：漢書武帝紀：「元封元年春正月……翌日親登嵩高，御史乘屬，在廟旁吏卒咸聞呼萬歲者三」。東漢荀悦注：「萬歲，山神稱之也。」洊，再，屢次。

〔三〕遁迹於丘園：指致仕退居故鄉。

〔四〕極高而蟠厚：頂天立地，遍及天地。參見卷一光宗册寶賀表注〔五〕。咸五而登三：等同五帝，而居三王之上。史記司馬相如傳：「方將增泰山之封，加梁父之事，鳴和鸞，揚樂頌，上咸五，下登三。」裴駰集解引韋昭曰：「咸同於五帝，登三王之上。」

〔五〕碣石：碣石山，在今河北昌黎。河源：黄河之源。

〔六〕檢玉之儀：即封禪之儀。參見本卷本題二注〔四〕。

五

惟皇之極，欣逢熙洽之辰〔一〕；於萬斯年，共效厖鴻之祝〔二〕。敢趨淨域，薦控丹衷〔三〕。皇帝陛下，伏願允叶帝心，誕膺神策〔四〕，化東漸而西被，功上際而下蟠〔五〕。降德於衆兆民，坐致唐虞之治；上瑞至千百所，永符箕翼之祥〔六〕。

【箋注】

〔一〕熙洽：清明和樂，安樂和睦。語本班固東都賦：「至於永平之際，重熙而累洽。」

〔二〕厖鴻：洪大。參見本卷滿散道場疏注〔五〕。

〔三〕淨域：原指彌陀所居淨土，後爲寺院别稱。薦控：再次申訴。

〔四〕允叶：和洽。北史薛孝通傳：「奉以爲主，天人允叶。」誕膺：承受。書武成：「我文考文王，克成厥勳，誕膺天命，以撫方夏。」神策：卜筮所用蓍草。史記孝武本紀：「黄帝得寶鼎神筴。」此指帝位。

〔五〕東漸而西被：流傳東方、西方。書禹貢：「東漸於海，西被於流沙。」上際而下蟠：上下天地間無所不在。參見卷一瑞慶節賀表注〔七〕。

〔六〕上瑞：上呈祥瑞。箕翼：此指長壽。參見本卷天申節功德疏注〔一〕。

六

聖恩念舊，猶叨四品之崇〔一〕；景運開先，敢後萬年之祝。皇帝陛下，恭願當宁撫盈成之業，垂衣紹積累之休〔二〕。朔易南訛，綿鋤耰於率土〔三〕；東漸西被，會玉帛於中朝〔四〕。

【箋注】

〔一〕叨：承受，忝列。四品之崇：指陸游入都修史，官居四品。

〔二〕當宁：指天子。盈成：完滿。多指帝業。垂衣：定衣服之制，示天下以禮。稱頌帝王無爲而治。易繫辭下：「黄帝、堯、舜垂衣裳而天下治。」

〔三〕朔易：指歲末年初有所更易。書堯典：「平在朔易。」蔡沈集傳：「朔易，冬月歲事已畢，除舊更新，所當改易之事也。」南訛：指夏時耕作及勸農等事。書堯典：「申命羲叔，宅南交，平秩南訛，敬致。」孔傳：「訛，化也。掌夏之官，平叙南方化育之事。」綿鎡耰：指境内農事不斷。綿，綿延。鎡耰，農具。率土：即率土之濱，指境域之内。詩小雅北山：「率土之濱，莫非王臣。」

〔四〕會玉帛：指四夷與本朝和好。玉帛，圭璋和束帛。古代諸侯會盟用玉帛表示和好。

七

恩霑遺老，幸聯上雍之班〔一〕；身遇明時，敢後祝堯之請〔二〕？皇帝陛下，恭願乾端廣大，日轂正中〔三〕，髦蠻奉九譯之琛，農扈告三登之候〔四〕。應帝王之運，故聰明睿智足以有臨〔五〕；集天地之祥，皆筭數譬喻所不能及。

【箋注】

〔一〕上雍：指獻上樂歌。雍，本指詩周頌雍，原爲祭祀宗廟結束撤去祭品時所奏之樂，後用於天子食畢時奏。此泛指進獻天子的樂歌。

〔二〕祝堯：祝賀帝王壽誕。語本莊子天地：「堯觀乎華，華封人曰：『嘻，聖人。請祝聖人，使聖人壽。』」

〔三〕日轂：即日輪，太陽。日形如輪運行不息。

〔四〕髦蠻：指四夷蠻族。九譯：指邊遠地區或外國。晉書江統傳：「周公來九譯之貢，中宗納單于之朝。」琛：珍寶。用作貢物。農扈：古時各種農官的總稱。語本左傳昭公十七年：「九扈爲九農正。」三登：指連續二十七年五穀豐登。漢書食貨志：「三考黜陟，餘三年食，進業曰登；再登曰平，餘六年食；三登曰泰平，二十七歲，遺九年食。然後至德流洽，禮樂成焉。」

〔五〕有臨：指臨朝。

祈雨疏

九秋伊始〔一〕，百穀將登，念零雨之稍愆〔二〕，率群情而致禱。仰惟慈蔭〔三〕，曲鑒丹誠。三日爲霖，俯慰雲霓之望〔四〕；大田多稼，上寬宵旰之憂〔五〕。

【題解】

本文爲陸游爲祈雨所作的疏文。

本文原未繫年。歐譜列於不繫年文。待考。

參考本卷下文謝雨疏。

【箋注】

〔一〕九秋：即秋天。張協七命：「晞三春之溢露，遡九秋之鳴飆。」

〔二〕愆：愆期，誤期。

〔三〕慈蔭：神佛的庇蔭。

〔四〕三日爲霖：左傳隱公九年：「凡雨，自三日以往爲霖。」雲霓之望：指大旱思雨。語本孟子梁惠王下：「民望之，若大旱之望雲霓也。」趙岐注：「霓，虹也，雨則虹見，故大旱而思見之。」

〔五〕大田多稼：詩小雅大田：「大田多稼，既種既戒，既備乃事。」宵旰：宵衣旰食，指帝王勤於政事。

謝雨疏

諸佛願心，本常存於澤物〔一〕；衆生業果〔二〕，或自召於凶年。民愚無良，吏惰不職。駭驕陽之作害，閔零雨之弗時。內罄寸誠〔三〕，方吁嗟而遍禱；起瞻四野，已枯槁之一蘇〔四〕。自惟莫格於太和，乃至上勤於慧力〔五〕。敢忘祗報，用答鴻慈。

【題解】

本文爲陸游承上文所作的謝雨疏文。

本文原未繫年。歐譜列於不繫年文。待考。

參考本卷上文祈雨疏。

【箋注】

〔一〕諸佛願心：對諸佛祈求時許下的酬謝承諾。　澤物：施恩於人，做好事。

〔二〕業果：佛教指惡業或善業所造成的苦樂果報。

〔三〕内罄寸誠：用盡内心微小的誠意。

〔四〕一蘇：指片刻已得到緩解。

〔五〕格：感通。　太和：亦作「大和」。天地間沖和之氣。易乾：「保合大和，乃利貞。」大，一本作太。朱熹本義：「太和，陰陽會合沖和之氣也。」　慧力：智慧有消除煩惱的力量，爲佛教五力之一。

道宫謝雨疏

上帝至仁，本不忘於澤物；下民胡罪，幾坐致於凶年。由官吏之惰偷，致政刑之疵癘〔一〕。驕陽作害，零雨弗時。内罄寸誠，方吁嗟而仰禱；起瞻四野，已枯槁之一蘇。自惟莫格於太和，乃至輒干於鴻造〔二〕。敢忘祗報，用答好生〔三〕。

【題解】

本文爲陸游爲道教宫觀所作的謝雨疏文。

本文原未繫年。歐譜列於不繫年文。待考。

【箋注】

〔一〕惰偷：懈怠苟且，懶惰。蘇軾謝館職啓：「遇寵知懼，庶不至惰偷。」疵癘：災害疫病。莊子逍遥遊：「其神凝，使物不疵癘而年穀熟。」成玄英疏：「疵癘，疾病也。」

〔二〕干：冒犯。鴻造：鴻恩。

〔三〕好生：愛惜生靈。書大禹謨：「好生之德，洽于民心。」

嚴州祈雨疏

倬彼雲漢〔一〕，尚愆霖雨之期；害於粢盛，俯劇淵冰之懼〔二〕。敢輸丹悃，仰叩真(覺)慈〔三〕，冀占離畢之祥，少逭屯膏之咎〔四〕。

【題解】

陸游於淳熙十三年七月至淳熙十五年七月知嚴州。本文及以下六首，均作於這一時期。淳熙十四年夏秋間，江南大旱。宋史孝宗本紀三：「六月戊寅，以久旱，班畫龍祈雨法。甲申，幸太一宮、明慶寺禱雨。……庚寅，臨安府火。」嚴州亦遭旱災。本文爲陸游爲祈雨所作的疏文，共三首。

本文原未繫年。歐譜繫於淳熙十四年（一一八七），是。當作於該年夏。時陸游在知嚴州任上。

參考卷二四嚴州祈雨祝文三。

【箋注】

〔一〕倬彼雲漢：詩大雅雲漢：「倬彼雲漢，昭回于天。王曰：於乎！何辜今之人？天降喪亂，饑饉薦臻。」倬，高大。雲漢，天河，銀河。

〔二〕粢盛：古代盛在祭器内供祭祀的穀物。公羊傳桓公十四年：「御廩者何？粢盛委之所藏也。」何休注：「黍稷曰粢，在器曰盛。」淵冰：比喻危險境地。語本詩小雅小旻：「戰戰兢兢，如臨深淵，如履薄冰。」

〔三〕丹悃：赤誠之心。劉禹錫賀收蔡州表：「不獲稱慶闕庭，陳露丹悃。」真（覺）慈：真慈、覺慈二詞並列。疏文佛道兩家均可使用，「真慈」用於道觀，指慈悲的真人；「覺慈」用於佛寺，指慈悲的覺者（佛陀）。這種情況本卷尚有多例，用法均同。

〔四〕離畢：指降雨徵兆。參見本卷〈嚴州〉謝雨青詞注〔七〕。逭：免除。屯膏：指恩澤不施於下。參見本卷〈嚴州〉謝雨青詞注〔三〕。

二

時雨少愆，上勞宵旰。詔音亟下，恭致禱祈。敢冀覺慈（洪恩）〔一〕，誕敷惠澤〔二〕。

【箋注】

〔一〕覺慈（洪恩）：覺慈、洪恩二詞並列。「覺慈」用於佛寺，「洪恩」用於道觀。

〔二〕誕敷：遍布。書大禹謨：「帝乃誕敷文德，舞干羽於兩階。」孔傳：「遠人不服，大布文德以來之。」惠澤：同恩澤。

三

龜占墨而尚違，凜有屯膏之懼〔一〕；龍蟠泥而未舉，方緊解澤之施〔二〕。冀軫鴻慈寺云「覺慈」〔三〕，曲成樂歲〔四〕，俯慰闔境雲霓之望，上寬淵衷宵旰之憂〔五〕。

【箋注】

〔一〕龜占墨：指用火燒炙龜甲，使其出現裂紋，據以預測凶吉。周禮卜師：「凡卜事，眂高，揚火以作龜，致其墨。」墨，粗紋。吉。尚違：尚未兑現。屯膏：指恩澤不施於下。參見本卷（嚴州）謝雨青詞注〔三〕。

〔二〕龍蟠泥：龍盤卧於泥地。未舉：未升天施雨。解澤：恩澤。

〔三〕鴻慈（寺云覺慈）：「鴻慈」用於道觀，「覺慈」用於佛寺。鴻慈：大慈。

〔四〕樂歲：豐年。孟子梁惠王上：「是故明君制民之産，必使仰足以事父母，俯足以畜妻子，樂歲終身飽，凶年免於死亡。」

〔五〕雲霓之望：指久旱思雨。參見本卷祈雨疏注〔五〕。淵衷：胸懷淵深。用於稱頌皇帝。蘇舜欽京兆求罷表：「雖淵衷廣納，未欲加罪於瞽言；而卑論弗臧，安可尚居於厚位。」

嚴州施大斛疏

旱魃爲虐〔一〕，念莫釋於衆憂；飯香普熏，敢恭陳於浄供。伏願雲從龍而效職，月離畢以告祥〔二〕，解澤亟行，屯膏一洗〔三〕。如來施無量食，既靡間於聖凡〔四〕；史臣書大有年〔五〕，庶上寬於宵旰。

【題解】

斛，古代容量單位。一斛本爲十斗，宋代起改爲五斗。施大斛，指用大斛放賑濟糧。本文爲陸游爲嚴州旱災放賑所作的疏文。

本文原未繫年。歐譜繫於淳熙十四年，是。當作於淳熙十四年（一一八七）夏秋。時陸游在知嚴州任上。

參考本卷嚴州祈雨疏、嚴州謝雨疏。

【箋注】

〔一〕旱魃：傳説中造成旱災的怪物。詩大雅雲漢：「旱魃爲虐，如惔如焚。」孔穎達疏：「神異經曰：『南方有人，長二三尺，袒身，而目在頂上，走行如風，名曰魃，所見之國大旱，赤地千里。一名旱母。』」

〔二〕雲從龍：龍吟雲出，指降雨。易乾：「同聲相應，同氣相求。水流濕，火就燥，雲從龍，風從虎，聖人作而萬物睹。」孔穎達疏：「龍是水畜，雲是水氣，故龍吟則景雲出，是雲從龍也。」效職：指龍主降雨之職。月離畢，指降雨徵兆。參見本卷（嚴州）謝雨青詞注〔七〕。

〔三〕屯膏一洗：指恩澤順利下施。
〔四〕無量食：没有限量的糧食。　靡間於聖凡：不區分聖人和凡夫。
〔五〕大有年：大豐年。春秋宣公十六年：「冬，大有年。」穀梁傳：「五穀大熟，爲大有年。」

嚴州謝雨疏

時雨愆期，方軫焦勞之慮〔一〕；天心(佛慈)從欲〔二〕，遽蒙霈澤之施〔三〕。敢擇良辰，敬伸昭報〔四〕。

【題解】

本文爲陸游爲久旱得雨所作的謝雨疏文。

本文原未繫年。歐譜繫於淳熙十四年，是。當作於淳熙十四年(一一八七)夏秋。時陸游在知嚴州任上。

參考本卷嚴州祈雨疏、嚴州施大斛疏。

【箋注】

〔一〕軫：軫恤，顧念。　焦勞：焦慮煩勞。易林恒之大壯：「病在心腹，日以焦勞。」
〔二〕天心(佛慈)：天心、佛慈二詞並列。「天心」用於道觀，「佛慈」用於佛寺。天心，即天意。書咸有一德：「克享天心，受天明命。」佛慈，佛之慈悲。　從欲：順從自己心意。書大禹謨：「俾予從欲以治，四方風動，惟乃之休。」孔傳：「使我從心所欲而政以治。」

〔三〕霈澤：雨水。杜甫大雨：「風雷颯萬里，霈澤施蓬蒿。」

〔四〕昭報：公開報答。

嚴州謝雪疏

萬邦屢豐，幸際中天之熙運〔一〕；平地尺雪，鬱爲嗣歲之嘉祥〔二〕。敢忘薄薦之陳，少謝叢霄之貺〔三〕。尚祈洪造，益介純禧〔四〕。佛寺云〔五〕：「敢忘凈供之修，少謝覺慈之貺。尚祈垂佑，益介純禧。」

【題解】

本文爲陸游爲降雪所作的謝雪疏文。

本文原未繫年。歐譜繫於淳熙十四年，是。當作於淳熙十四年（一一八七）冬。時陸游在知嚴州任上。

參考卷二四嚴州謝雪祝文。

【箋注】

〔一〕萬邦：所有諸侯封國。引申爲天下，全國。書堯典：「協和萬邦，黎民於變時雍。」中天：天運正中。比喻盛世。熙運：興隆的國運。

〔二〕嗣歲：指來年、新的一年。詩大雅生民：「載燔載烈，以興嗣歲。」毛傳：「興來歲，繼往歲也。」鄭玄箋：「嗣歲，今新歲也。」嘉祥：祥瑞。

〔三〕叢霄：九霄。貺：贈，賜。

〔四〕純禧：大吉。

〔五〕佛寺云：以下爲佛寺用，以上爲道觀用。

嚴州久雪祈晴疏

時雪屢應，已占嗣歲之登〔一〕；春氣未和，寧免祈寒之怨〔二〕。敢趨秘（梵）宇〔三〕，仰叩真（覺）慈〔四〕。冀日麗於層霄，俾民安於比屋〔五〕，上寬旰食，俯慰輿情。

【題解】

本文爲陸游爲久雪祈晴所作的疏文。

本文原未繫年。歐譜繫於淳熙十四年，是。當作於淳熙十四年（一一八七）冬。時陸游在知嚴州任上。

參考卷二四嚴州久雪祈晴祝文。

【箋注】

〔一〕占：占卜。　登：登歲，豐年。

〔二〕祈寒：大寒。祈通「祁」。

〔三〕秘（梵）宇：秘宇、梵宇二詞並列。道觀用「秘宇」，佛寺用「梵宇」。秘宇，道院。梵宇，佛寺。

〔四〕真（覺）慈：真慈、覺慈二詞並列。道觀用「真慈」，佛寺用「覺慈」。

〔五〕層霄：高空。庾闡遊仙詩之三：「層霄映紫芝，潛澗汎丹菊。」　比屋：居室相鄰。

渭南文集箋校卷第二十四

疏文

【釋體】

疏文文體同上卷。本卷收録疏文二十九首。

法雲寺建觀音藏殿疏

補落伽之道場，蓁蕪已久〔一〕；修多羅之妙典，函匭僅存〔二〕。先師每志於經營，四衆亦思於協助〔三〕。天時默定，佛事將成。伏望巨公大人、居士長者，深戒着鞭之後，共合浮圖之尖〔四〕。庶得萬瓦鱗差〔五〕，修梁虹舉，紺容輝日，梵唄陵雲〔六〕。結難值之勝因〔七〕，作無窮之壯觀。

【題解】

法雲寺在山陰縣西北八里，參見卷十九法雲寺觀音殿記題解。本文爲陸游爲法雲寺修建觀音殿所作的募緣疏文。

本文原未繫年。歐譜列於不繫年文。據法雲寺觀音殿記，觀音殿建成於慶元五年（一一九九），故此疏約作於慶元初。時陸游奉祠家居。

參考卷十九法雲寺觀音殿記、劍南詩稿卷十七遊法雲寺觀彝老新葺小園。

【箋注】

〔一〕落伽：山名。即普陀。梵語的省音譯。在今浙江舟山。五代後梁時，日僧慧鍔從五臺山請觀音聖像回國，爲大風所阻，於此山建「不肯去觀音院」，落伽始爲觀音道場。蓁蕪：荒蕪，雜草叢生。蘇轍浰陽早發：「楚人信稀少，田畝任蓁蕪。」

〔二〕多羅：樹名，即貝多樹。梵語音譯，形同棕櫚，其葉可供書寫，即貝葉。函匭：指裝佛經的匣子。

〔三〕先師：指陸游祖父楚公陸佃。參見法雲寺觀音殿記。四衆：指僧俗四衆，即比丘、比丘尼、優婆塞、優婆夷。

〔四〕着鞭：指着手進行，開始做。晉書劉琨傳：「與范陽祖逖爲友，聞逖被用，與親故書曰：『吾枕戈待旦，志梟逆虜，常恐祖生先我著鞭。』」合尖：造塔最後一道工序爲塔頂合尖，故用以比喻大功告成前的最後一步。新五代史雜傳李崧：「（晉高祖）陰遣人謝崧曰：『爲浮屠者，必合其尖。』蓋欲使崧始終成己事也。」浮圖：指佛塔。

〔五〕鱗差：即鱗次。王定保唐摭言慈恩寺題名遊賞賦詠雜紀：「邇來林棲谷隱，櫛比鱗差。」

〔六〕紺容：指佛像。佛教稱如來的毛髮爲紺琉璃色，即青而含赤的紺青色。錢惟治春日登大悲閣：「聖主欽崇教，千光顯紺容。」梵唄：佛教作法事時歌詠贊頌之聲。僧慧皎高僧傳卷一三：「原夫梵唄之起，亦肇自陳思。」

〔七〕難值：難遇。勝因：善因。善因結善果。

開元寺重建三門疏

巍然古刹，實居大府之喉衿〔一〕；卓爾高閎〔二〕，復爲一寺之眉目。歷數百載，極祇園之盛〔三〕；乃七十年，猶劫火之殘〔四〕。伏望大發積藏〔五〕，亟成巨麗，粲鬆丹於久廢，偉扁榜之一新〔六〕。雨霽塵清，碧瓦勢凌於霄漢〔七〕；霧開日出，金鋪光射於康莊〔八〕。還壯觀於承平，垂美名於不朽。

【題解】

開元寺，在紹興府城東南二里餘。嘉泰會稽志卷七：「開元寺在府東南二里一百七十步，節度使董昌故第。後唐長興元年吳越武肅王建。奏以開元，復爲大善寺。而以此爲開元寺，蓋處一州之中，四旁遠近適均，重閎廣殿，修廊傑閣，大鐘重數千斤，聲聞浙江之湄。佛大士應真之像，皆雄特工緻，冠絶它刹。歲正月幾望爲燈市，傍十數郡及海外商估皆集，玉帛珠犀，名香珍藥，組繡髹藤之器，山積雲委，眩耀人目。法書名畫，鐘鼎彝器，玩好奇物，亦間出焉。士大夫以爲可配成都藥市。建炎庚戌，虜騎侵犯，既退，群盗投隙而至，遂焚不遺一椽。今七十年，雖繼興葺，尚未能復。初武肅王有浙東，以董昌第爲開元，而以昌生祠爲天王院。及是同時廢於火，亦有數焉。」三門：指佛寺大門。釋氏要覽住處：「凡寺院有開三門者，知有一門亦呼三門者，何也？佛地論云：『大宫殿，三解脱門爲所入處。大宫殿喻法空涅槃也，三解脱門謂空門、無相門、無作門。』今寺院是持戒修道、求志涅槃者居之，故由三門入也。」本文爲陸游爲開元寺重建三門所作的募緣疏文。

本文原未繫年。歐譜列於不繫年文。據篇中「乃七十年」句，約作於慶元六年（一二〇〇）左右。時陸游致仕家居。

參考劍南詩稿卷二三開元寺小閣十四韻。

【箋注】

〔一〕大府：指紹興府。　喉衿：比喻要害之地。晉書石勒載記上：「鄴有三臺之固，西接平陽，四塞山河，有喉衿之勢。」

〔二〕高閎：高大的門。

〔三〕祇園：佛寺的代稱。全名「祇樹給孤獨園」，印度佛教聖地。相傳釋迦牟尼成道後，給孤獨長者重金購置舍衛城南祇陀太子園地，建築精舍，請釋迦説法。太子亦奉獻園内樹木，故以二人名字命名。

〔四〕「乃七」二句：開元寺於建炎四年（一一三〇）遭群盜焚毁，七十年後仍未修復。

〔五〕積藏：積存儲藏的物資或錢財。管子輕重丁：「功臣之家，皆争發其積藏，出其資財，以予其遠近兄弟。」

〔六〕髹丹：塗刷紅漆。　扁榜：亦作扁牓。即匾額。此指三門上的題字横額。

〔七〕霄漢：雲霄、天河。借指天空。後漢書仲長統傳：「不受當時之責，永保性命之期。如是，則可以陵霄漢、出宇宙之外矣。」

〔八〕金鋪：門户之美稱。包佶朝拜元陵：「宫前石馬對中峰，雲裏金鋪閉幾重。」　康莊：四通八達的大道。

安隱寺修鐘樓疏

金鐘大鏞，蓋以聲爲佛事〔一〕；雄樓傑閣，宛在水之中央〔二〕。歷歲既深，須人乃復。敢遍投於信士，祈同結於勝緣〔三〕。浮翠流丹〔四〕，儻復還於巨麗；撞昏擊曉，實大警於沉冥〔五〕。

【題解】

安隱寺，即安隱院。在山陰縣西北十里。嘉泰會稽志卷七：「安隱院在縣西北一十里。隋開皇十三年建，唐武德中重修。會昌毀廢後，唐清泰元年高伯興等重建，號安養院。治平三年改賜今額。」本文爲陸游爲安隱寺修鐘樓所作的募緣疏文。

本文原未繫年。歐譜列於不繫年文。待考。

參考卷十追涼至安隱寺前。

【箋注】

〔一〕鏞：大鐘。詩大雅靈臺：「虡業維樅，賁鼓維鏞。」鄭玄箋：「鏞，大鐘也。」佛事：佛家指諸佛教化衆生之事。

〔二〕宛在水之中央：詩秦風蒹葭：「溯洄從之，道阻且長。溯游從之，宛在水中央。」

〔三〕信士：指信奉佛教而出錢布施者。漢碑用「義士」指出財布施者，宋避太宗諱改稱「信士」。

勝緣：善緣。梁武帝游鍾山大愛敬寺：「駕言追善友，回輿尋勝緣。」

〔四〕浮翠流丹：形容鐘樓色彩明麗。

〔五〕撞昏擊曉：指早晚敲鐘。沉冥：即幽冥。亦指幽明中人。楞嚴經卷四：「引諸沉冥，出於苦海。」

重修光孝觀疏

天覆地載之間，飲啄皆由於道蔭〔一〕；跂行喙息之類，涵濡悉荷於國恩〔二〕。豈獨忠義之心，人人具有；抑亦生成之賜，物物皆同。永惟光孝之道場，實薦徽皇之飆御〔三〕。神祠佛刹，尚營繕之相望；琳館珍臺，豈修崇之可後〔四〕。某等叨恩冠褐，庀職宫庭〔五〕，敢忘夙夜之勤，冀復規模之舊。既侈先朝之遺迹〔六〕，遂新大府之榮觀。

【題解】

光孝觀，即報恩光孝觀。在紹興府城東三里餘。嘉泰會稽志卷七：「報恩光孝觀在府東三里九十四步，隸會稽。陳武帝永定二年捨宅建，名思真觀。太平興國九年，州乞改額乾明，以從聖節，祝至尊壽。詔俞其請。崇寧二年改崇寧萬壽，政和三年改天寧萬壽，置徽宗本命殿，號景命萬年殿。紹興七年改報恩廣孝，十二年又改今額，專奉徽宗皇帝香火。」本文爲陸游爲重修光孝觀所作的募緣疏文。

本文原未繫年。歐譜列於不繫年文。待考。

【箋注】

〔一〕飲啄：飲水啄食，引申爲吃喝、生活。語本莊子養生主：「澤雉十步一啄，百步一飲，不蘄畜乎樊中。」道蔭：庇覆之大恩。道，敬辭。南齊書豫章文獻王傳：「吾西州窮士，一介寂寥，恩周榮譽，澤遍衣食，永惟道蔭，日月就遠，緬尋遺烈，觸目崩心。」

〔二〕跂行喙息：本指蟲豸爬行呼吸，亦泛指人和動物。跂，通「蚑」。史記匈奴列傳：「元元萬民，下及魚鱉，上及飛鳥，跂行喙息蠕動之類，莫不就安利而辟危殆。」司馬貞索隱：「言蟲豸之類。」涵濡：滋潤，沉浸。元結大唐中興頌：「蠲除祆災，瑞慶大來。凶徒逆儔，涵濡天休。」荷：負荷，承受。

〔三〕薦：祭獻。徽皇：指宋徽宗。飆御：即聖駕，皇帝的車駕。皮日休奉和再招：「飆御已應歸杳眇，博山猶自對氛氲。」

〔四〕琳館珍臺：仙宮道院。修崇：高峻。

〔五〕庀職：任職，供職。

〔六〕侈：顯揚。

圓通寺建僧堂疏

如來香飯，取時已遣化人〔一〕；開士鉢單〔二〕，展處又須得所。營兹華屋，延我勝流〔三〕。念非極棟宇之功，何以稱龍象之衆〔四〕？木魚哮吼，千僧閣也在下風〔五〕；露柱證明，九梁星直須退步〔六〕。

【題解】

圓通寺，原名興福院，在會稽縣南一里餘。嘉泰會稽志卷七：「興福院在縣南一里一百步。晉天福五年觀察使錢倎建，號錢湖院，大中祥符元年改賜今額。今廢。」又卷十：「錢湖在縣東一里。湖上僧菴號興福院，今爲圓通寺。」僧堂，即禪堂，僧人坐禪之所，亦可用作齋堂。本文爲陸游爲圓通寺修建僧堂所作的募緣疏文。

本文原未繫年。歐譜列於不繫年文。待考。

【箋注】

〔一〕「如來」二句：維摩詰所説經香積佛品：「於是香積如來，以衆香鉢盛滿香飯，與化菩薩。」化人：佛教稱佛、菩薩變形爲人，以化度衆生者。此即化菩薩。

〔二〕開士：開悟之士。菩薩的異名。亦用作對僧人的敬稱。　鉢單：僧人飯單，用綢片或厚紙折成，齋食時用以鋪墊鉢盂。

〔三〕勝流：即名流。魏書張纂傳：「纂頗涉經史，雅有氣尚，交結勝流。」

〔四〕龍象：指高僧。王維四分律宗記序：「二邊雲徹，方知實相之尊；十刹風行，乃識真如之貴。將使龍象緇服，維明克允。」

〔五〕木魚：佛家法器。佛家謂魚晝夜不合目，故刻木爲魚形，以警戒僧衆應晝夜忘寐而思道。一爲圓狀魚形，誦經禮佛時扣之以音節；一爲挺直魚形，齋飯或集會時敲擊，俗稱梆。亦用以指木魚聲。　哮吼：器物發出的聲響。　下風：比喻下位。

〔六〕露柱：佛殿外正面的圓柱。　證明：指參悟。　九梁星：民間傳説中主管營建的星煞，不可冒犯。洪邁夷堅志乙卷九：「陰陽家有九梁星煞之禁，謂當其所值不可觸犯。或誤於此方隅營建，則災禍立起，俚俗畏之特甚。」

重建大善寺疏

劫火之壞大千〔一〕，雖云有數；長者之施億萬〔二〕，要豈無時？儻阿練若獲了大緣，則窣堵波亦還舊觀〔三〕。可謂非常之舉，惟須不退之心〔四〕。

【題解】

大善寺在紹興府東一里餘，嘉泰會稽志卷七：「大善寺在府東一里二百一十步。梁天監三年，民黄元寶捨地，錢氏女未嫁而死，遺言以奩中資建寺。僧澄貫主其役，未期年而成，賜名大善。屋棟有題字云：『天監三年歲次甲申十二月庚子朔八日丁未。』唐開元二十六年改名開元，後唐長興元年吴越武肅王别創今開元，乃復大善舊名。建炎中，大駕巡幸，以州治爲行宫，而守臣寓治於大善。及移蹕臨安，乃復以行宫賜守臣爲治所。然歲時内人及使命朝攢陵，猶館於大善。乾道中，蓬萊館成，乃止。獨太常少卿按行陵下寓館焉。慶元三年十一月，寺僧不戒於火，一夕煨燼，惟羅漢天王堂、浴院、經院、庫堂僅存。」本文爲陸游爲大善寺重建所作的募緣疏文。

本文原未繫年。歐譜列於不繫年文。據大善寺火災時間，當作於慶元三年（一一九七）十一月之後。時陸游奉祠家居。

【箋注】

〔一〕劫火：壞劫之末所起的大火。佛經上説，在舊世界崩潰的「壞劫」之末，將發生「大三災」，即火災、水災和風災。仁王經：「劫火洞然，大千俱壞。」大千：佛教「三千大千世界」的省稱。

〔二〕長者：佛教指積財具德者。法華玄贊卷十：「心平性直，語實行敦，齒邁財盈，名爲長者。」施：施捨，布施。

〔三〕阿練若：又作阿蘭若、阿蘭那等。梵語音譯，意爲寂静之處，是比丘所居寺院的總稱。窣堵波：又作窣堵坡。梵語音譯，即佛塔。玄奘大唐西域記呾蜜國：「諸窣堵波及佛尊像，多神異，有靈鑒。」

〔四〕不退：佛教指功德善根，愈增進而無退失轉變。

道像五藏疏

道雖與貌，固非耳目口鼻之施；天本無心，尚何肝膽肺腸之有？既云肖像〔一〕，蓋亦同人。願共發於信心〔二〕，不須疑着；庶亟成於盛事〔三〕，垂示無窮。

【題解】

道像，指道教始祖老子之雕像。宣和遺事前集：「政和三年夏四月，玉清和陽宮成，即福寧殿東誕聖之地作宫，至是成，奉安道像，上詣宫行禮。」五藏，即五臟，爲心、肝、脾、肺、腎。素問五臟別論：「所謂五藏者，藏精氣而不寫也。」老子河上公章句卷一：「人能養神則不死也。神，謂五藏之神也。肝藏魂，肺藏魄，心藏神，腎藏精，脾藏志。五藏盡傷，則五神去矣。」道像五藏，或是以老子養神爲主題的雕像。本文爲陸游爲製作老子人像所作的募緣疏文。

本文原未繫年。歐譜列於不繫年文。待考。

【箋注】

〔一〕肖像：圖畫或雕塑人像。

〔二〕信心：指虔誠信仰宗教之心。

〔三〕盛事：指完成人像的製作。

鷲峰寺重建三門疏

建寺年深，築門役巨。雖不下禪牀相接〔一〕，用此何爲；然倒騎佛殿出來〔二〕，少它不得。伏望念古阿蘭若之勝地，結檀波羅密之大緣〔三〕。或備土木磚甓之材，或施黝堊髹丹之費〔四〕。初發心處〔五〕，已有諸聖證明；一落筆時，自然大地震動〔六〕。

【題解】

鷲峰寺亦稱鷲峰院，在會稽縣東南七十里。嘉泰會稽志卷七：「鷲峰院在縣東南七十里。唐大中五年建，天祐六年賜號金峰院。治平三年二月改賜今額。」三門，佛寺大門。參見開元寺重建三門疏題解。本文爲陸游爲鷲峰寺重建三門所作的募緣疏文。

本文原未繫年。歐譜列於不繫年文。待考。

【箋注】

〔一〕不下禪牀：禪語。景德傳燈録卷十：「趙州觀音院從諗禪師，曹州郝鄉人也，姓郝氏。……一日真定帥王公携諸子入院。師坐而問曰：『大王會麽？』王云：『不會。』師云：『自小持齋身已老，見人無力下禪牀。』王公尤加禮重。翌日令客將傳語，師下禪牀受之。少間侍者問：『和尚見大王來不下禪牀，今日軍將來爲什麽却下禪牀？』師云：『非汝所知。第一等人來禪牀上接。中等人來下禪牀接。末等人來三門外接。』……師之玄言布於天下。時謂趙州門風。皆悚然信伏矣。」

〔二〕倒騎佛殿：禪語。雨山和尚語録卷一：「升座。問：『此是選佛場，心空及第歸。如何是心空及第歸？』師云：『拔出眼中楔。』進云：『昨夜露柱得大慶快，倒騎佛殿，出山門去也。』」

〔三〕古阿蘭若：指古代寺院。參見本卷重建大善寺疏注〔三〕。檀波羅密：梵語。指由布施而到達彼岸的修行。檀：即檀那，意爲布施。波羅密：又作波羅蜜。意爲到彼岸，即由此岸度人到彼岸。布施爲六波羅密之一。

〔四〕黝堊髹丹：塗以黑色、白色，漆成紅色。

〔五〕發心：佛教語。指發願求無上菩提之心。亦泛指許下向善的心願。法華經從地湧出品：「從誰初發心，稱揚何佛法？」

〔六〕落筆：此指簽單布施。大地震動：佛教稱大地震動有三種、六動，地動時人如小兒臥摇籃中，不覺籃動，惟覺舒服，故地動表示祥瑞。只有天眼通者才能知見，凡人則毫不知情。

重修大慶寺疏

佛出本爲一大緣〔一〕，初無差别；越城昔有六尼寺，五已丘墟〔二〕。惟大慶之名藍，實故唐之遺址〔三〕。兹蒙賢牧〔四〕，命復舊規。方廣募於衆財，冀亟成於偉觀。魔王魔民魔女，盡空蜂蟻之區〔五〕；法鼓法炬法幢，一新龍象之衆〔六〕。倘承金諾，敢請冰銜〔七〕。

【題解】

大慶寺即大慶尼寺，在紹興府城南三里餘。嘉泰會稽志卷七：「大慶尼寺在府城南三里三百步，隸山陰。西晉永康元年，有諸葛姥日投錢井中，一日，錢溢井外，遂置靈寶寺。會昌毁廢。大中元年觀察使李褒重建，改今額。及廢顯教院，又并其尼入焉。西偏别爲教院，用十方規制選名行尼主焉。頗習經學勵行業，郡人稱之。顯教院本名保越，尼皆織羅爲業，所謂寶階羅是也。乾道中，以其院舍忠順官而徙其徒於大慶。又有善法尼院，晉天福七年吴越所建，名永寧。大中祥符元年改額，熙寧八年知州趙清獻公以其幽迥，非尼可居，徙尼於大慶，而院爲僧坊。又有觀音尼院在縣東南二十五里，晉開運二年建，今爲妙智院，亦僧居之。山陰有寶積尼寺，在縣北五里。乾德四年觀察使錢儀建，名執慈寺。大中祥符元年改額。又有崇尼教院在縣西北五里二十步，周廣順二年吴越武肅王建，名惠清院。大中祥符元年改額。今并廢。」本文爲陸游爲重修大慶尼寺所作的募緣疏文。

本文原未繫年。歐譜列於不繫年文。待考。

【箋注】

〔一〕佛出：即佛出世。佛教認爲世界每經歷一小劫，有一佛出世。

〔二〕「越城」二句：紹興府原有大慶尼寺、顯教院、善法尼院、觀音尼院、寶積尼寺、崇尼教院六所尼寺，僅存大慶尼寺，五所皆成廢墟。參見本文題解。

〔三〕名藍：名寺。藍，即伽藍。梵語僧伽藍摩譯音之略稱。意爲衆園、僧院。楊衒之洛陽伽藍記法雲寺：「伽藍之内，花果蔚茂，芳草蔓合，嘉木被庭。」故唐之遺址：指大慶寺於唐代大中元年由觀察使李褒重建并命名。參見本文題解。

〔四〕賢牧：賢明的州郡長官。王融永明十一年策秀才文：「昔者賢牧分陝，良守共治。」

〔五〕魔王魔民魔女：佛教泛指惡鬼。楞嚴經卷六：「如不斷婬，必落魔道，上品魔王，中品魔民，下品魔女。」蜂蟻之區：指大慶寺破敗的遺址。

〔六〕法鼓法炬法幢：泛指佛教法器。法幢，指寫有佛教經文的長筒形綢傘或刻有經文、佛像等的石柱。龍象：指高僧。參見本卷圓通寺建僧堂疏注〔四〕。

〔七〕冰銜：指清貴的官職。夷門君玉國老談苑卷二：「陳彭年在翰林，所兼十餘職，皆文翰清秘之目。時人謂其署銜爲『一條冰』。」

福州請仁王堅老疏

勇退急流，雖具衲子參尋之眼〔一〕；旁觀袖手，要非邦人嚮慕之誠。爰擇名藍〔二〕，往迎高士。某人芙蓉正派〔三〕，真歇諸孫〔四〕，默觀已得於本心，自重每輕於外物。不合則去，蹈儒士之難能；知我者希，得老氏之所貴。付越山於昨夢，聽石嶺之儻來。野鶴溪雲〔五〕，豈有去留之迹；齋魚粥鼓〔六〕，一隨宿昔之緣。

【題解】

陸游於淳熙五年冬至淳熙六年秋任提舉福建常平茶事。本文及以下兩文均應作於其時。仁王，指福州侯官仁王寺。淳熙三山志卷三三：「侯官仁王寺，州西南。天福三年閩連重遇所造，國朝僧歸贇始修葺之。」堅老爲誰不詳，據文中「真歇諸孫」一語，當爲曹洞宗真歇清了禪師的再傳弟子。本文爲陸游在福州爲啓請仁王寺堅老所作的法堂疏文。

本文原未繫年。歐譜列於不繫年文。據陸游仕履，當作於淳熙五年（一一七八）冬至淳熙六年秋之間。時陸游在提舉福建常平茶事任上。

【箋注】

〔一〕衲子：又稱衲僧。禪僧之别稱，因其多著一衲衣而游方。參尋：尋訪。韓愈游青龍寺贈崔大補闕：「由來鈍騃寡參尋，況是儒官飽閒散。」

〔二〕名藍：名寺。參見本卷重修大慶寺疏注〔三〕。

〔三〕芙蓉：即芙蓉道楷（一〇四三—一一一八），俗姓崔，沂州（今山東蒼山）人。曹洞宗禪師。曾遊歷國内名寺，誦經主持，大觀中，敕賜「定照禪師」，固辭不受。回故鄉芙蓉湖畔，建興化寺。六年後圓寂。撰有祇園正儀一卷。事迹見五燈會元卷十四。正派：正統。

〔四〕真歇：即真歇清了（一〇八九—一一五一），俗姓雍，左綿安昌（今四川綿陽）人。曹洞宗禪師。師從道楷禪師弟子丹霞淳禪師。先後入主雪峰寺、徑山寺、崇先院等。謚號悟空禪師。事迹見五燈會元卷十四。

〔五〕野鶴溪雲：亦作野鶴閒雲。幽閒孤高的鶴和來去無定的雲，形容閒散自在。劉長卿送方外上人：「孤雲將野鶴，豈向人間住。」

〔六〕齋魚粥鼓：寺院中敲木魚吃齋，擊鼓食粥，形容佛門生活。佛光國師語録卷二寄東皋友山：「莫去朝來送復迎。齋魚粥鼓一般鳴。三千里外垂鈎意，端的何人别重輕。」

福州請九峰圓老疏

鬧籃裏入頭〔一〕，不妨奇特；懸崖邊撒手，只要承當〔二〕。須遇作家〔三〕，方了此事。某人參臨濟正法眼，得補陀大辯才〔四〕。雖則跛跛挈挈走諸方，不認昭昭靈靈作自己〔五〕。伏請如雲出岫，似月印潭，放下鉢袋衣囊，打起齋魚粥鼓。直到佛祖不知處，猶是半途；且向父母未生前，試道一句。

【題解】

九峰，指九峰鎮國禪院。淳熙三山志卷三八：「九峰院，興城里。以山峭拔若筆格名。與芙蓉、壽山號曰三山。大中二年僧□賢創，咸通二年號九峰鎮國禪院。大順元年賜僧慈慧禪師并紫衣。」圓老爲誰不詳。本文爲陸游在福州爲啓請九峰院圓老所作的法堂疏文。

本文原未繫年。歐譜列於不繫年文。據陸游仕履，當作於淳熙五年（一一七八）冬至淳熙六年秋之間。時陸游在提舉福建常平茶事任上。

【箋注】

〔一〕鬧籃：熱鬧多事的場合。五燈會元萬年曇貫禪師：「鬧籃方喜得抽頭，退鼓而今打未休。」

入頭：即入門。

〔二〕「懸崖」二句：比喻人至絶境，只能另做選擇，義無反顧。景德傳燈録蘇州永光院真禪師：「直須懸崖撒手，自肯承當。」

〔三〕作家：禪宗稱善用機鋒者。景德傳燈録普岸禪師：「有僧到參，師打一拄杖……僧却打師一拄杖。師曰：『作家！作家！』」

〔四〕臨濟：禪宗五宗之一。其宗風特色爲單刀直入，機鋒峻烈，使人忽然省悟。北宋時分爲黄龍、楊岐二派，南宋傳播尤盛。正法眼：即正法眼藏。禪宗用以指全體佛法。補陀：即普陀。大辯才：指善於説法之才。

〔五〕跛跛挈挈：跌跌撞撞。圓悟佛果禪師語録：「老老倒倒，跛跛挈挈，百事無能，向個裏如何設施？」昭昭靈靈：明快靈活。明覺禪師語録：「玄沙云：大小傅大士，只認得個昭昭靈靈。師拈云：玄沙也是打草蛇驚。」

福州請聖泉穎老疏

少室玄機，陽岐正脉〔一〕。最端的處〔二〕，只要言下承當；有多少人，盡向面前蹉過〔三〕。某人談鋒峻峭，心地圓明。當初向竹篦子頭〔四〕，偶然築着磕着；而今踞寶華王座〔五〕，選甚胡來漢來。便須拈起鉗鎚〔六〕，打開窠臼，以鐵酸豏普供大衆，與木上座同演宗風〔七〕，鐘鼓鏗鍧，旛幢炳焕。豈惟流輩，知不由兔徑之高〔八〕；要使師翁，發撞破煙樓之歎〔九〕。

【題解】

聖泉，指東山聖泉院。淳熙三山志卷三三：「東山聖泉院，瑞聖里。景龍元年，僧懷一始卜居於愛同寺之西。苦乏水，忽一日二禽鬥噪於地，心異之，杖錫往視，因卓其所。有泉如縷，俄而湧溢。人乃甃石環其口，分爲兩道。注東者濯所用之，南流者爲池。寺舊名法華，先天二年立今額。」穎老爲誰不詳。本文爲陸游在福州爲啓請聖泉院穎老所作的法堂疏文。

本文原未繫年。歐譜列於不繫年文。據陸游仕履，當作於淳熙五年（一一七八）冬至淳熙六年秋之間。時陸游在提舉福建常平茶事任上。

【箋注】

〔一〕少室：即少室山，在河南登封。南北朝時，天竺僧人菩提達摩來華，善好禪法，頗得北魏孝文帝禮遇。太和二十年（四九六），敕就少室山爲佛陀立寺，供給衣食。寺處少室山林中，故名少林寺。達磨爲禪宗初祖，在少室山面壁九年。玄機：指禪宗深奥微妙的義理。陽岐：即楊岐，臨濟宗楊岐派，爲禪宗五宗七家之一。臨濟宗第七世石霜楚圓之弟子楊岐方會（九九六—一〇四九）爲開派之祖，與同門之黄龍派同時并列。法嗣中高僧輩出，門徒於南宋幾乎囊括臨濟宗全部道場。正脉：正統，正宗。

〔二〕端的：指真實，真正。

〔三〕蹉過：錯失，錯過。

〔四〕竹篦子：禪林中一種使弟子警覺悟道的法具，剖竹作成，手握處卷藤、上漆，并結絹紐，附流蘇。它的長度不一，與拄杖、拂子同爲禪師所用的法具。

〔五〕寶華王座：由珍貴的佛國之花裝飾的座牀，如來據以説法。

〔六〕鉗鎚：鐵鉗和鐵錘。比喻禪家經鍛煉而成器。

〔七〕鐵酸䭔：鐵一般堅硬的酸䭔。䭔，同「餡」。酸餡，以蔬菜爲餡的包子。五燈會元法演禪師：「後到白雲門下，咬破一個鐵酸䭔，直得百味具足。」木上座：戲稱木製手杖。景德傳燈録杭州佛日和尚：「佛日禪師見夾山，夾山問：『什麽人同行？』師舉拄杖曰：『唯有木上座同行耳！』」宗風：禪家一宗之風儀。

〔八〕兔徑：指曲徑，小路。

〔九〕撞破煙樓：比喻子勝於父。煙樓，煙囱。宋胡繼宗書言故事子孫：「煙樓，灶上煙窗也。言子過父，猶如跨灶撞破煙樓也。」

能仁請昕老疏

視世如庵摩勒果〔一〕，雖外物之本輕；説法如優曇鉢華〔二〕，要應時而出現。久已名行於海内，豈容身隱於雲根〔三〕？敬虚金布之園，往致空飛之錫〔四〕。某人材高龍象，辯震雷霆，潛閩嶺者十年，遇寒巖而一笑〔五〕。始初歎賞，明窗下特地安排；最後殷勤，鉢袋子親自分付〔六〕。幸念先師之遺語，亟爲故人而遠來。要傳無盡燈，當觀第一義〔七〕。

【題解】

能仁，指大能仁禪寺，在紹興府南二里餘，參見卷十八能仁寺舍田記題解。昕老爲誰不詳。本文爲陸游爲能仁寺啓請昕老所作的法堂疏文。

本文原未繫年。歐譜列於不繫年文。待考。

參考卷十八能仁寺舍田記。

【箋注】

〔一〕菴摩勒果：亦作菴摩羅果、阿摩洛迦等。一種印度果實。大唐西域記卷八：「阿摩落迦，印度藥果之名也。」維摩詰經弟子品僧肇注曰：「菴摩勒果，形似檳榔，食之除風冷。」楞伽經卷四：「如來者，現前世界，猶如掌中視阿摩勒果。」

〔二〕優曇鉢華：即優曇花，亦作優曇鉢羅花，意譯爲祥瑞靈異之花。法華經：「佛告舍利弗，如是妙法，如優曇鉢花，時一現耳。」

〔三〕雲根：道院僧寺，爲雲遊僧道歇脚之處。司空圖上陌梯寺懷舊僧：「雲根禪客居，皆説吾舊廬。」

〔四〕金布之園：即祇園、祇樹給獨孤園。參見本卷開元寺重建三門疏注〔三〕。傳説給獨孤長者爲買園事至祇陀太子處，太子戲稱：「汝以黄金布滿園地，我便賣之。」長者即以金布地，太子遂將園賣予長者建造精舍。空飛之錫：凌空飛起的錫杖。錫，錫杖，僧人所持禪杖，杖頭有一鐵卷，中段用木，下安鐵纂，振動時發聲。景德傳燈録卷八：「（五臺隱峰禪師）唐元和中薦登五臺，路出淮西。屬吴元濟阻兵，違拒王命，官軍與賊交鋒，未決勝負。師曰：『吾當去解其患。』乃擲錫空中，飛身而過。兩軍將士仰觀，事符預夢，鬥心頓息。」

〔五〕閩嶺：福建北部的山嶺。寒巖：在浙江天台，唐代詩僧寒山子曾居此。寒山詩之二〇三：「我家本住在寒山，石巖棲息離煩緣。」

〔六〕鉢袋子：即衣鉢。佛教中由師傳徒表示傳法的袈裟和鉢。

〔七〕無盡燈：佛教指以一燈點燃千百盞燈，比喻以佛法度化無數衆生。維摩經菩薩品：「無盡燈者，譬如一燈燃百千燈，冥者皆明，明終不盡。……夫一菩薩開導百千衆生，令發阿耨多羅三藐三菩提心，於其道意，亦不滅盡，隨所説法，而自增益一切善法。是名無盡燈也。」第一義：亦稱第一義諦，佛教指最上至深之妙理。大乘入楞伽經集一切佛法品：「第一義者，是聖樂處因言而入，非即是言。第一義者，是聖智內自證境，非言語分別智境。言語分別不能顯示。」

雍熙請最老疏

山陰道中萬壑水，依舊潺湲；雲門寺裏一爐香，久成寂寞。忽於旁邑，得此高人。某人立雪飽參〔一〕，隔江大悟，通威音以前消息，踏毗盧向上機關〔二〕。血指汗顔〔三〕，諸方不供一笑；搏風擊水〔四〕，萬里始自今朝。豈惟續且庵家傳，更喜得可齋道伴〔五〕。

【題解】

雍熙，指雍熙院，在會稽縣南雲門寺。參見卷十七雲門壽聖院記題解。嘉泰會稽志卷七：「雍熙院在縣南三十一里一十步。初僧重曜於雲門拯迷寺之西建懺堂，號浄名菴。開寶五年觀察使錢儀廣之，爲大乘永興禪院。雍熙二年十月改賜今額。紹興元年六月賜故尚書左丞陸公爲功德院。」原注：「陸氏功德院本在證慈，至是證慈改爲泰寧，奉攢宫，乃改賜是院。時方立法，應賜功德院者不許用有敕額寺院，惟雍熙特賜。」最老爲誰不詳。本文爲陸游爲雍熙院啓請最老所作的法堂疏文。

本文原未繫年。歐譜列於不繫年文。待考。

參考卷十七雲門壽聖院記。

【箋注】

〔一〕立雪：指禪宗二祖慧可立雪斷臂求法故事，爲僧人精誠求法之典。景德傳燈録卷三：「時有僧神光者，曠達之士也。久居伊洛，博覽群書，善談玄理。每歎曰：『孔老之教禮術風規，莊易之書未盡妙理。近聞達磨大士住止少林，至人不遥，當造玄境。』乃往彼晨夕參承。師常端坐面牆，莫聞誨勵。光自惟曰：『昔人求道，敲骨取髓，刺血濟饑，布髮掩泥，投崖飼虎。古尚若此，我又何人？』其年十二月九日夜天大雨雪，光堅立不動，遲明積雪過膝。師憫而問曰：『汝久立雪中，當求何事？』光悲淚曰：『惟願和尚慈悲，開甘露門廣度群品。』師曰：『諸佛無上妙道，曠劫精勤，難行能行，非忍而忍，豈以小德小智、輕心慢心，欲冀真乘，徒勞勤苦。』光聞師誨勵，潛取利刀自斷左臂，置於師前。師知是法器，乃曰：『諸佛最初求道，爲法忘形，汝今斷臂吾前，求亦可在。』師遂因與易名曰慧可。」飽參：指充分領略事理。曉瑩羅湖野録卷四：「明州和庵主從南嶽辨禪師游，叢林以爲飽參。」

〔二〕威音：即威音王佛，劫初之佛。此佛出世之前，爲極早之境界，義同天地開闢之前。毗盧：即毗盧舍那，法身佛的通稱，意爲光明遍照。向上機關：禪宗指由下至上、由末進本、由迷境入悟境的心機。

〔三〕血指汗顔：手指出血，臉上冒汗。形容不善其事的窘態。韓愈祭柳子厚文：「不善爲斲，血指汗顏；巧匠旁觀，縮手袖間。」

〔四〕摶風擊水：語本莊子逍遥遊：「鵬之徙於南冥也，水擊三千里，摶扶摇而上者九萬里。」

〔五〕且庵：指且庵守仁禪師。上虞人。臨濟宗楊岐派僧人，師從烏巨山寺雪堂道行禪師，嗣其法。事迹見五燈會元卷二十。最老或爲且庵弟子。可齋，陸游書齋名，始於乾道三年（一一六七）。此處自稱。劍南詩稿卷一書室名可齋或問其義作此告之：「得福常廉禍自輕，坦然無愧亦無驚。平生秘訣今相付，只向君心可處行。」道伴：修道的夥伴。

鄉士請妙相講主疏

雜華設教〔一〕，猶日照山；大士應緣〔二〕，如雲出岫。某人英姿邁往，雋辯絶倫，早集布金之園〔三〕，久造笑雲之室。伏望俯從衆志，來繼道場。且要於談笑間，取上方香積之飯〔四〕；然後以神通力，成夜摩睹史之宫〔五〕。

【題解】

鄉士，泛指鄉紳。妙相，莊嚴之相貌。梁簡文帝大愛敬寺刹下銘：「儼如常住，妙相長存。」講主，指升座講經説法的高僧。本文爲陸游爲鄉紳啓請相貌莊嚴之高僧所作的法堂疏文。

本文原未繫年。歐譜列於不繫年文。待考。

【箋注】

〔一〕雜華：即雜華經，華嚴經之異名。萬行譬如華，以萬行莊嚴佛果，謂之華嚴；百行交雜，謂之雜華。大方廣佛華嚴經疏：「今經受稱亦多種不同……名此經爲雜華經，以萬行交雜緣起集成故。」

〔二〕大士：對高僧的敬稱。　應緣：指接受邀請。

〔三〕布金之園：即祇園。參見本卷能仁請昕老疏注〔四〕。

〔四〕上方：指佛寺，亦稱佛寺住持。　香積之飯：佛寺的齋飯。典出維摩詰經香積品：「是化菩薩以滿鉢香飯與維摩詰，飯香普熏毗耶離城及三千大千世界。」

〔五〕神通力：指佛、菩薩、阿羅漢等過通修持禪定所得到的神秘法力。法華經如來壽量品：「我常住於此，以諸神通力，令顛倒衆生，雖近而不見。」　夜摩睹史：即夜摩天和睹史多天。夜摩天意爲善時分、善時、妙善。是佛教欲界六欲天中之第三層天。相傳夜摩天界光明照耀，生於此天界之天人，身體輕盈潔浄，相親相愛，享受種種歡樂。睹史多天亦稱兜率天，意譯爲妙足天、知足天、喜足天、喜樂天。爲欲界六天的第四層天。此天之人，壽四千歲，對於自身及外界感受，生喜樂知足之心，故名喜足。此天的内院，即是彌勒菩薩的弘法度生之處，成爲大乘行者所仰望的浄土。

千秋觀修造疏

一曲澄湖〔一〕，千秋古觀。瓊樓玉宇，正須月斧之修〔二〕；蕊笈琅函，未極雲章之奉〔三〕。至於傑閣翬飛於天半〔四〕，長橋虹卧於波心，皆擬繕營，用成勝絶。况丞相肇新於真館，與邦人仰禱於帝齡〔五〕。覆載之間，共陶化日；髮膚之外，皆是聖恩。願垂不朽之名，更效無疆之祝。

【題解】

千秋觀，會稽縣道觀名。嘉泰會稽志卷七：「千秋觀在縣東南五里。乾道四年八月。安撫使史丞相浩奏移天長觀舊額建。其中爲三清殿，兩廡分享前代高士。東廡曰高尚之士，西廡曰列仙之儒。凡四十一人，故俗謂之先賢堂。前有閣，牓曰『鏡湖一曲』，亭曰『懷賀』。」本文爲陸游爲修造千秋觀所作的募緣疏文。

本文原未繫年。歐譜列於不繫年文。待考。

【箋注】

〔一〕澄湖：即鏡湖。千秋觀前有閣，牓曰「鏡湖一曲」。

〔二〕月斧：修月之斧。傳説月由七寶合成，常有八萬二千户修之。事見段成式酉陽雜俎天咫。

〔三〕蕊笈琅函：均指道書。楊慎藝林伐山仙經：「瓊文、藻笈、琳篆、琅函，皆指道書也。」雲章：道教的典籍。雲笈七簽卷一二二：「瓊簡瑶函，爰敷寶訓；雲章鳳篆，咸演秘文。」

〔四〕翬飛：形容宮室高峻壯麗。語本詩小雅斯干：「如翬斯飛。」朱熹集傳：「其簷阿華采而軒翔，如翬之飛而矯其翼也。」

〔五〕丞相：指史浩，隆興元年拜右相。參見卷七謝參政啓題解。肇新：參見本文題解引嘉泰會稽志文。仰禱於帝齡：祈禱皇帝長壽。慶賀皇帝誕辰的節日初名「千秋節」，始於唐玄宗。此觀以「千秋」命名，蓋有仰禱帝齡之意。

光孝請廓老疏

孤峰頂上，一口吞三世如來〔一〕；七里灘邊，隻手接十方衲子〔二〕。既是隨緣自在〔三〕，便須信手承當①〔四〕。某人號真作家〔五〕，有大力量。拈起拂子，且與陸大夫同舉宗風〔六〕；放下鉢囊，不妨陳尊宿暫爲鄰舍〔七〕。

【題解】

光孝，指南山報恩光孝寺，在浙江桐廬。參見卷十九嚴州重修南山報恩光孝寺注〔七〕。廓老爲誰不詳。嚴州重修南山報恩光孝寺文中有智廓者，或即廓老。本文爲陸游爲光孝寺啓請廓老所作的法堂疏文。

本文原未繫年。歐譜列於不繫年文。據文中「陸大夫同舉宗風」、「陳尊宿暫爲鄰舍」二句，當作於淳熙十三年（一一八六）七月至淳熙十五年七月間。時陸游在知嚴州任上。

參考卷十九嚴州重修南山報恩光孝寺。

【校記】

①「手」，原作「采」，弘治本、正德本同，據汲古閣本改。

【箋注】

〔一〕「一口」句：佛家指忘記過去、現在、未來。三世如來：即三世佛，過去佛爲迦葉佛，現在佛爲釋迦牟尼佛，將來佛爲彌勒佛。

〔二〕七里瀨：在浙江桐廬南。兩山夾峙，東陽江奔瀉其間，水流湍急，連綿七里，故名。北岸富春山相傳爲嚴子陵耕作垂釣處。十方衲子：各方僧人。十方，佛教指東、西、南、北、東南、西南、東北、西北、上、下各方位。

〔三〕隨緣自在：順應機緣，任其自然。

〔四〕信手：佛家稱入佛之寶山以信心爲手而采寶，故云信手。

〔五〕作家：禪宗稱善用機鋒者。參見本卷福州請九峰圓老疏注〔三〕。

〔六〕拂子：即拂塵。用以撣拭塵埃和驅趕蚊蠅的器具。佛家常用棉線、羊毛、樹皮等製，禁用牛尾、馬尾等。陸大夫：陸游自稱。陸游淳熙十三年初除朝請大夫（從六品），知嚴州。據此，本文當作於嚴州任上。宗風：宗派之風儀。

〔七〕陳尊宿：唐末禪僧。名道明，睦州人，江南陳氏之後。事迹見五燈會元卷四。嚴州圖經卷一：「兜率寺在天慶觀西。唐末有僧道明居此寺，因號陳尊宿道場。寺又有陳尊宿庵。」

雍熙請機老疏

諸方到處，只解抱不哭孩兒〔一〕；好漢出來，須會打無麪餺飥〔二〕。舉起一枝拂子，勘破四海禪和〔三〕。某人心地超然，談鋒俊甚。最初遊歷，倒却門前刹竿〔四〕；末後承當，分付先師鉢袋〔五〕。十年涵養，一旦闡揚。請木上座作先馳，拈鐵酸豏施大衆〔六〕。鯨鐘鼉鼓，無非塗毒家風〔七〕；蘿月溪雲，盡是放翁供養〔八〕。

【題解】雍熙，指雍熙院。參見本卷雍熙請最老疏題解。機老爲誰不詳。本文爲陸游爲雍熙院啓請機老所作的法堂疏文。

本文原未繫年。歐譜列於不繫年文。待考。

【箋注】

〔一〕抱不哭孩兒：指謹守家法，墨守成規。大慧普覺禪師法語卷二十示空慧道人：「若只抱得不哭孩兒，有甚用處。」朱子語類卷一〇一：「和靖（尹焞）守得謹，見得不甚透，如俗語説，他只是抱得一個不哭底孩兒。」

〔二〕打無麵餺飥：做無米之炊。餺飥：即湯餅，水煮的麵食。歐陽修歸田録卷二：「湯餅，唐人謂之『不托』，今俗謂之『餺飥』矣。」

〔三〕禪和：即禪和子，指參禪之人，亦指禪僧。和，指和尚。蘇軾禪戲頌：「已熟之肉，無復活理，投在東坡無礙羹釜中，有何不可！問天下禪和子，且道是肉是素？喫得是喫不得？是大奇大奇。一盌羹，勘破天下禪和子。」

〔四〕門前刹竿：寺門前的幡竿，頂上有金銅造寶珠形。五燈會元卷一二祖阿難尊者：「一日問迦葉曰：『師兄，世尊傳金襴袈裟外，别傳箇甚麽？』迦葉召阿難，阿難應諾。迦葉曰：『倒却門前刹竿著。』」

〔五〕鉢袋：即衣鉢。表示傳法的袈裟和鉢。

〔六〕木上座：木製手杖。鐵酸豏：鐵硬的包子。均參見本卷福州請聖泉穎老疏注〔七〕。

〔七〕鯨鐘：古代大鐘。鐘紐爲蒲牢狀，鐘杵爲鯨魚狀。鼉鼓：用鼉皮所蒙之鼓，其聲如鼉鳴。詩大雅靈臺：「鼉鼓逢逢。」塗毒：指塗毒策，即徑山智策禪師。參見卷二二塗毒策禪師真贊題解。

〔八〕蘿月溪雲：泛指雍熙院景物。蘿月，藤蘿間的明月。鮑照等月下登樓聯句：「髴髣蘿月光，繽紛篁霧陰。」盡是放翁供養：雍熙院爲陸氏功德院，須由陸氏供養。

雍熙請錫老疏

瞿唐峽、灩澦堆〔一〕，萬里不生寸草；若耶溪、雲門寺，三人即是叢林〔二〕。要看雲居錫上座點檢諸方，須與宣城陸大夫激揚此事〔三〕。某人得來孤峻，用處縱横〔四〕，巍巍堂堂，灑灑落落〔五〕。半月巖戴起箬子，好泉亭脱下草鞋〔六〕。水宿山行〔七〕，平日只成露布；刀耕火種〔八〕，從今别是生涯。

【題解】

雍熙，指雍熙院。參見本卷雍熙請最老疏題解。錫老爲誰不詳。本文爲陸游爲雍熙院啓請錫老所作的法堂疏文。

本文原未繫年。歐譜列於不繫年文。待考。

【箋注】

〔一〕灩澦堆：即灎澦堆。長江瞿塘峽口的險灘，在四川奉節東。李白長干行之一：「十六君遠行，瞿塘灩滪堆。」王琦注引太平寰宇記：「灩滪堆周回二十丈，在夔州西南二百步蜀江中心瞿塘峽口。冬水淺，屹然露百餘尺。夏水漲，没數十丈。其狀如馬，舟人不敢進。」

〔二〕若耶溪：溪名。出紹興若耶山，北流入運河。相傳爲西施浣紗之處。杜甫奉先劉少府新畫山水障歌：「若耶溪，雲門寺，吾獨胡爲在泥滓，青鞋布襪從此始。」雲門寺：參見卷十七雲門壽聖院記。叢林：佛教多數僧衆聚集之處。後泛指寺院。

〔三〕雲居錫上座：雲居寺的錫上座，當即錫老。上座，僧寺中僅次於住持的職位。點檢：查核，考核。宣城陸大夫：當即陸游自稱。

〔四〕孤峻：孤岸嚴峻。葉夢得石林詩話：「（杜正獻）立朝孤峻，凛然不可屈。」用處：指處世待人的態度。縱横：肆意横行，無所顧忌。

〔五〕巍巍堂堂：崇高莊嚴貌。灑灑落落：飄逸瀟灑貌。

〔六〕半月巖：當爲雍熙院山巖。箬子：斗笠。好泉亭：雍熙院前的橋亭。參見卷十七雲門壽聖院記注〔六〕。

〔七〕水宿山行：指跋山涉水，外出雲游。

〔八〕刀耕火種：古代山地的耕作方法。

求僧疏

掀禪牀，拗柱杖，雖屬具眼厮兒〔一〕；搭袈裟，展鉢盂，却要護身符子〔二〕。伏望尊官長者、達士通人〔三〕，共燃續慧命燈，不惜判虚空筆〔四〕，起難遭想，結最勝緣〔五〕。向僧堂前喝參，幸離俗諦〔六〕；以比丘身得度〔七〕，敢負厚恩？

【題解】

本文爲陸游爲求出家爲僧者所作的募緣疏文。共兩首。

本文原未繫年。歐譜列於不繫年文。待考。

【箋注】

〔一〕禪牀：坐禪之牀。賈島送天台僧：「寒蔬修浄食，夜浪動禪牀。」具眼斲兒：指有眼力之人。斲兒，猶言小子。

〔二〕護身符子：即護身符。指佛教僧尼的度牒，因其可作免除徭役的憑證。

〔三〕達士：見識高超、不同流俗之人。吕氏春秋知分：「達士者，達乎死生之分。」通人：學識淵博通達之人。莊子秋水：「當桀紂而天下無通人，非知失也。」

〔四〕慧命：弘揚佛法。佛教以智慧爲法身之壽命，智慧夭，則法身亡，故稱慧命。虚空：指入佛門。

〔五〕難遭想：千載難逢的念頭。最勝緣：最高的善緣。

〔六〕喝參：亦稱唱參。身自來報到伺候。俗諦：亦稱世諦，與真諦相對。佛教指淺明而易爲世人理解的道理。

〔七〕比丘：指已受具足戒的男子，俗稱和尚。

又

佛有八萬四千法門〔一〕，出家最勝；僧受二百五十大戒，利物無邊〔二〕。方今雲門諸山，莫如浄智一境〔三〕。必度優婆塞〔四〕，俾成比丘僧。巍巍堂堂，聿觀龍象之衆〔五〕；雍雍肅肅，不愧旃檀之林〔六〕。儻許結緣，願垂涉筆〔七〕。

【箋注】

〔一〕八萬四千法門：八萬四千個進入佛地的門户。法門，修行者入道的門徑。法華經序品：「以種種法門，宣示於佛道。」

〔二〕二百五十大戒：比丘所受的二百五十條戒律。大戒，即具足戒。漢族僧尼按四分律受戒，比丘戒二百五十條，比丘尼戒三百四十八條。利物：指利益衆生。

〔三〕浄智：即清静智慧。以此智慧，照了諸法皆空，即得内心寂静。由寂静故，得真實理。

〔四〕優婆塞：在家奉佛的男子，即居士。

〔五〕龍象：指高僧。

〔六〕雍雍肅肅：和睦莊重貌。旃檀：即檀香。香木名，可以雕刻佛像，寺廟多以木屑燃燒祈佛。

〔七〕涉筆：動筆，着筆。

紫霄宫女童徐居慶求披戴疏

雲山棲隱，雖從金門羽客之遊〔一〕；冠珮焚修，尚欠白水真人之力〔二〕。敢輸微懇，仰叩高閎〔三〕。伏望推博施之心，植衆妙之本。仙槎乞得支機石〔四〕，既遇有緣；天風飄下步虚聲〔五〕，是爲報德。

【題解】

紫霄宫，女道士宫觀，在臨安府富陽縣南三十里。咸淳臨安志卷七五：「紫霄宫（女冠）在大元山，去縣南三十里。前有二石，世傳三官下馬石。靖康丙午，女冠清妙虚心大師孫千霞，與其師宋道録自中都來，止山前。一夕，里人見祥光上騰。初結茅以居，久之遂成宫觀。雅潔幽爽，亦縣之勝概也。紹興十三年賜今額。」披戴，指做道士。胡繼宗書言故事道教：「初爲道士，披氅衣，戴星冠，曰披戴。」本文爲陸游爲紫霄宫女童徐居慶要求做道士所作的募緣疏文。

本文原未繫年。歐譜列於不繫年文。待考。

【箋注】

〔一〕雲山：遠離塵世之地，隱者或出家人之居處。江淹蕭被侍中敦勸表：「臣不能遵煙洲而謝支伯，迎雲山而揖許由。」金門羽客：道士的稱號。陳舜俞廬山記敘山南：「保大中，道士譚紫霄來自閩中，賜號『金門羽客』。」

〔二〕冠珮：女道士的帽子和佩飾。焚修：焚香修行。白水真人：漢代錢幣「貨泉」的別稱。後漢書光武帝紀論：「及王莽篡位，忌惡劉氏，以錢文有金刀，故改爲貨泉。或以貨泉文字爲『白水真人』。」

〔三〕高閎：高大的門。此指紫霄宫。

〔四〕「仙槎」句：周密癸辛雜識前集引宗懔荆楚歲時記載，漢代張騫奉命尋找河源，乘槎經月亮至天河，在月中見一女織，又見一丈夫牽牛飲河，織女取支機石與騫。支機石，織女用於支撑織機之石。

〔五〕「天風」句：本事詩事感：「詩人許渾嘗夢登山，有宫室凌雲，人云：『此崑崙也。』即入，見數人方飲酒，招之，至暮而罷。賦詩云：『曉入瑶臺露氣清，坐中唯有許飛瓊。塵心未斷俗緣在，十里下山空月明。』他日復夢至其處，飛瓊曰：『子何故顯余姓名於人間？』座上即改爲『天風吹下步虚聲』。曰：『善。』」步虚聲，指道士誦經禮贊之聲。異苑卷五：「陳思王遊山，忽聞空裏誦經聲，清遠遒亮，解音者則而寫之，爲神仙聲。道士效之，作步虚聲。」

成都大聖慈寺念經院僧法慧爲行者雷印定求度牒疏

拈華會上，正法眼雖是自明〔一〕；剗草殿前，護身符少伊不得〔二〕。故鄉踰八千里路，空手要七十萬錢〔三〕。欲辦大緣，莫嫌俗氣。從此鉢盂兩度濕，受賜不貲〔四〕；忽然平地一聲雷〔五〕，酬恩有在。

【題解】

大聖慈寺，俗稱大慈寺，成都著名古寺。古稱「震旦第一叢林」。修建於七世紀中葉，唐玄宗賜匾「敕建大聖慈寺」。玄奘曾在此受戒。唐宋間極盛，以壁畫和銅佛著稱。寺内多有别院，念經院爲其中之一。行者，此指在寺院服役尚未剃度的出家者。本文爲陸游爲大聖慈寺念經院僧法慧替行者雷印定求出家度牒所作的募緣疏文。

本文原未繫年。歐譜列於不繫年文。待考。

【箋注】

〔一〕「拈華」二句：五燈會元七佛釋迦牟尼佛：「世尊在靈山會上，拈花示衆，是時衆皆默然，唯迦葉尊者破顔微笑。世尊云：『吾有正法眼藏，涅槃妙心，實相無相，微妙法門，不立文字，教外別傳，付囑摩訶迦葉。』」正法眼，即正法眼藏，禪宗用以指全體佛法（正法）。

〔二〕剗草殿前：可知雷印定乃服役的「行者」。　護身符：即度牒。參見本卷求僧疏注〔二〕。

〔三〕七十萬錢：指度牒的價格要七十萬錢。

〔四〕鉢盂：僧人的食器。　兩度濕：指一日兩餐。　不貲：不可計數。

〔五〕平地一聲雷：突發意外。此指有人捐贈度牒。

雍熙請倫老疏

修竹茂林，久作蘭亭之客〔一〕；青鞋布襪，忽尋秦望之盟〔二〕。此有宿因〔三〕，寧容力避。某人渡河香象，跋浪長鯨〔四〕。初得法於室中，耳聾三日〔五〕；晚抽身於林下，壁觀九年〔六〕。道價雖高，世緣未契〔七〕，方公言之共歎，亦勝地之將興。百草頭祖師，本來知見〔八〕；一毫端寶刹，今日神通〔九〕。但辦肯心〔一〇〕，必無難事。

【題解】

雍熙，指雍熙院。參見本卷雍熙請最老疏題解。倫老爲誰不詳。本文爲陸游爲雍熙院啓請倫老所作的法堂疏文。

本文原未繫年。歐譜列於不繫年文。待考。

【箋注】

〔一〕蘭亭：亭名，在紹興西南之蘭渚山上。東晉永和九年（三五三）王羲之與謝安、謝萬等四十二人修禊於蘭亭，成爲文人雅集的典範。

〔二〕秦望：即秦望山，在杭州西南。酈道元水經注漸江水：「又有秦望山，在州城正南，爲衆峰之傑，陟境便見。史記云：秦始皇登之以望南海。」

〔三〕宿因：前世的因緣。華嚴經卷七五：「宿因無失壞，今受此果報。」

〔四〕渡河香象：佛教比喻證道的深刻。優婆塞戒經三種菩提品：「如恒河水，三獸俱渡，兔、馬、香象。兔不至底，浮水而過。馬或至底，或不至底。象則盡底。」跋浪：破浪，踏浪。杜甫短歌行贈王郎司直：「豫章翻風白日動，鯨魚跋浪滄溟開。」長鯨：大鯨。左思吴都賦：「長鯨吞航，修鯢吐浪。」

〔五〕耳聾三日：指受到極大的震動。

〔六〕壁觀九年：相傳達摩禪師在少林寺面壁静坐九年以修道。五燈會元東土祖師初祖菩提達磨大師：「（大師）寓止於嵩山少林寺，面壁而坐，終日默然，人莫測之，謂之壁觀婆羅門。」

〔七〕道價：僧人在修持方面的聲望。王十朋哭純老：「莫年住甌閩，道價高遠邇。」世緣：俗緣，人世間之事。未契：不相合。

〔八〕百草頭祖師：大慧普覺禪師語録：「明明百草頭，明明祖師意。」圓悟佛果禪師語録：「百草頭上有祖師。」百草頭，百種花草乃至一切存在。祖師，即祖師意，指佛法的真諦。知見：佛教指真知灼見。

〔九〕一毫端寶剎：楞嚴經：「於一毛端現寶王刹，坐微塵裏轉大法輪。」一毫之末梢能洞見全部的佛國。猶言見微知著。神通：亦作神通力。佛教指通過修持禪定所得到的神秘法力。

〔一〇〕肯心：稱心，甘心。

梁氏子求僧疏

名家有千里駒，本意折一枝桂〔一〕。忽厭魯章甫，擬著僧伽黎〔二〕。可謂人英，堪承佛種〔三〕。長者若能成就，放翁爲作證明。

【題解】

梁氏子爲誰不詳。本文爲陸游爲梁氏子要求爲僧所作的募緣疏文。

本文原未繫年。歐譜列於不繫年文。待考。

【箋注】

〔一〕千里駒：比喻能力極强的少年人才。折一枝桂：即折桂。晉書郤詵傳：「武帝於東堂會送，問詵曰：『卿自以爲何如？』詵對曰：『臣舉賢良對策，爲天下第一，猶桂林之一枝，崑山之片玉。』」後以「折桂」指科舉及第。

〔二〕魯章甫：指儒者之冠。禮記儒行：「丘少居魯，衣逢掖之衣；長居宋，冠章甫之冠。」章甫，商代的一種冠，後宋人冠之。　僧伽黎：亦作僧伽梨，即袈裟。僧人法服，由肩至膝束於腰間。

〔三〕佛種：佛教指成佛之因。華嚴經明法品：「復次於衆生田中，下佛種子，是故能令佛種不斷。」

孫餘慶求披戴疏

孤雲野鶴，山林自屬閒身；布襪青鞋，巾褐本來外物〔一〕。伏念心久游於塵外，迹尚寄於人間。傅翕雖然頭戴道冠，王恭終要身披鶴氅〔二〕。直須白水真人力，共了青溪道士緣〔三〕。

【題解】

孫餘慶爲誰不詳。本文爲陸游爲孫餘慶要求做道士所作的募緣疏文。

本文原未繫年。歐譜列於不繫年文。待考。

【箋注】

〔一〕巾褐：頭巾和褐衣。古代平民服裝。三國志吴書薛瑩傳：「特蒙招命，拯擢泥污，釋放巾褐，受職剖符。」

〔二〕傅翕（四七九—五六九）：字玄風，號善慧，浙江義烏人。佛教著名居士，世稱傅大士。二十四歲棄妻子，捨第宅，於松下建雙林寺以居，苦修七年。通儒、道典籍，主張三教兼收并蓄。梁武帝迎入都，一日大士披袈裟、冠儒巾、著道履上殿朝見。武帝問其原故，不得其解。不久放歸。續高僧傳卷二六有傳。王恭（？—三九八）：字孝伯，太原晉陽（今山西太原）人。東晉大臣、外戚。官至前將軍、青兗二州刺史。少有美譽，清操過人。美姿儀，嘗披鶴氅裘，涉雪而行，孟昶贊爲「神仙中人」。晉書卷八四有傳。

〔三〕白水真人：指貨泉。參見本卷紫霄宫女童徐居慶求披戴疏注〔二〕。青溪道士：文選卷二一遊仙詩七首其二：「青溪千餘仞，中有一道士。雲生梁棟間，風出窗户裏。借問此何誰？云是鬼谷子。」

陶山庵行者求化度牒疏

昔於如來所發心〔一〕，蓋非一世；今以比丘身得度，夫豈小緣？况貞白先生升仙之區，實文昌左轄植福之地〔二〕。遍投信施，庶獲圓成〔三〕。七條九條二十五條，儻無魔障〔四〕；一佛二佛百千億佛〔五〕，當共證明。

【題解】

陶山庵，應與陸游祖父陸佃有關。陸佃號陶山先生，文集稱陶山集。山陰陸氏族譜載：「公嘗請今之陶山泰寧寺爲功德院……紹興初，以其地爲昭慈孟太后攢宫，遷寺於山南二里白鹿峰下，復賜泰寧……公號陶山，蓋出於此。」陶山庵或即此功德院。本文爲陸游爲陶山庵行者求出家度牒所作的募緣疏文。

本文原未繫年。歐譜列於不繫年文。待考。

【箋注】

〔一〕發心：佛教稱發願求無上菩提之心。法華經從地湧出品：「從誰初發心，稱揚何佛法？」

〔二〕貞白先生：即陶弘景，南朝時博物學家、道教代表人物。升仙：得道成仙。相傳陶弘景升仙在浙江瑞安陶山。文昌左轄：指陸佃。陸佃曾拜尚書右丞，轉左丞。文昌，爲唐代尚書省别名。左轄，即左丞。植福：造福。似指以陶山庵爲功德院。

〔三〕信施：佛教稱信者之施物。圓成：佛教指成就圓滿。

〔四〕「七條」句：袈裟用小片横綴而成，呈長方形。其形制分五條、七條、二十五條等多種。魔障：佛教指修身的障礙。

〔五〕「一佛」句：佛爲化度衆生，在世上現身説法時可化身爲種種形象，從一佛、二佛，直至百千億佛。

傅妙觪求僧疏

四十劫前記作佛，已定出家〔一〕；百尺竿頭坐底人，正須進步〔二〕。兹述慺慺之請〔三〕，敬趨赫赫之門。伏望王公大臣、長者居士，揮雲煙於紙上，運財寶於庫中，出現優鉢曇花，成就僧伽黎相〔四〕。十方諸佛同聲贊，可謂勝緣；一日鉢盂兩度開〔五〕，敢忘大施？

【題解】

傅妙觪爲誰不詳。本文爲陸游爲傅妙觪要求出家所作募緣疏文。

本文原未繫年。歐譜列於不繫年文。待考。

【箋注】

〔一〕「四十」二句：佛教類書經律異相載「貧女難陀」故事：貧女難陀乞討换錢，布施燈油供佛，發願要使光明照徹十方。燈長明不熄。佛陀給她授記，稱其四十劫後可以成佛。劫，佛教稱世界從生成到毀滅的過程爲一劫。

〔二〕「百尺」二句：佛教指道行境界極高，仍須更進一步。五燈會元天童浄全禪師：「百尺竿頭須進步，十方世界現全身。」

〔三〕慺慺：恭謹貌，勤懇貌。

〔四〕優鉢曇花：祥瑞靈異之花。參見本卷能仁請昕老疏注〔二〕。僧伽黎：袈裟。參見本卷梁氏子求僧疏注〔二〕。

〔五〕「二日」句：指一日兩餐。

葉可忻求僧疏

七寶布施作福〔一〕，止屬有爲；一人發心歸源〔二〕，方名大事。非賴賢豪之助，曷弘清浄之緣。所冀見聞，各懷喜捨〔三〕。續佛壽命，成苾芻不壞之身〔四〕；爲國焚修，效芥石無疆之祝〔五〕。

【題解】葉可忻爲誰不詳。本文爲陸游爲葉可忻要求出家所作募緣疏文。

本文原未繫年。歐譜列於不繫年文。待考。

【箋注】

〔一〕七寶：佛教指七種珍寶，但説法不一。如法華經以金、銀、琉璃、硨磲、瑪瑙、真珠、玫瑰爲七寶等。

〔二〕歸源：指出家爲僧。

〔三〕喜捨：指樂於施捨。

〔四〕苾芻：即比丘。原爲西域草名，梵語以喻出家的佛弟子，爲受具足戒者之通稱。玄奘大唐西域記僧訶補羅國：「大者爲苾芻，小者稱沙彌。」

〔五〕焚修：焚香修行。司空圖携仙籙之五：「若道陰功能濟活，且將方寸自焚修。」芥石：芥子劫和磐石劫。比喻劫期長遠。

祝文

【釋體】

徐師曾文體明辨序説：「按祝文者，饗神之詞也，劉勰所謂『祝史陳信，資乎文辭』者是也。昔伊祁始蜡以祭八神，其辭云：『土反其宅，水歸其壑，昆蟲毋作，草木歸其澤。』此祝文之祖也。厥後虞舜祠田，商湯告帝，周禮設太祝之職，掌六祝之辭。春秋已降，史辭寖繁，則祝文之來尚矣。考其大旨，實有六焉：一曰告，二曰脩（脩，常祀也），三曰祈（求也），四曰報（謝也），五曰辟（讀曰弭，讓也，見郊特牲），六曰謁（見也），用以饗天地山川、社稷宗廟、五祀群神，而總謂之祝文。其詞有散文，有韵語。」

本卷收録祝文二十三首。

鎮江謁諸廟文

某以隆興改元夏五月癸巳，自西府掾出佐京口〔一〕，明年春二月己卯至郡。洪惟上恩〔二〕，不可量數。敢不夙夜祗惕，圖稱所蒙〔三〕。區區之心，神其監之。

【題解】

隆興元年三月，陸游因論龍大淵、曾覿招權植黨，觸怒孝宗，除左通直郎通判鎮江府。夏日，自都還里中。隆興二年二月至鎮江赴任。古代地方官到任，往往要拜謁當地的各種神廟，并呈上饗神的祝文。本文爲陸游拜謁鎮江府諸廟所作的祝文。

據文中自述，本文當作於隆興二年（一一六四）二月。時陸游在鎮江府通判任上。

【箋注】
〔一〕西府掾：指陸游原任的樞密院編修官。西府，宋代樞密院所居處。掾，掾吏，佐助官吏。京口：鎮江古稱。
〔二〕洪惟上恩：猶言皇恩浩蕩。
〔三〕祗惕：敬慎恐懼。北齊書文宣帝紀：「循躬自省，實懷祗惕。」所蒙：指所受之職位。

祭富池神文

某去國八年〔一〕，浮家萬里。徒慕古人之大節〔二〕，每遭天下之至窮。登攬江山〔三〕，裵徊祠宇。九原孰起〔四〕，孤涕無從。雖薄奠之不豐，冀英魂之來舉。

【題解】

富池神，即富池昭勇廟供奉的孫吴名將甘寧。富池在今湖北陽新。入蜀記第四：「十三日，至富池昭勇廟，以壺酒、特豕，謁昭毅武惠遺愛靈顯王神。神，吴大帝時折衝將軍甘興霸也。興霸嘗爲西陵太守，故廟食於此。」本文爲陸游爲拜謁祭祀富池神所作的祝文。

據文中所述，本文當作於乾道六年（一一七〇）八月十三日。時陸游在入蜀赴夔州通判任途中。

【箋注】

〔一〕去國八年：陸游隆興元年（一一六三）夏離開朝廷，至此時已跨八年。

〔二〕大節：高遠宏大的志節。後漢書馬援傳：「（光武）且開心見誠，無所隱伏，闊達多大節，略與高帝同。」

〔三〕登攬：登高攬勝。

〔四〕九原：原指晉國的墓地。後泛指墓地。國語晉語：「趙文子與叔向遊於九原曰：『死者若可作也，吾誰與歸？』」

福建謁諸廟文

某聞聰明正直，神之所以爲神也；靖共爾位，好是正直〔一〕，吏之所以事神也。一戾於此，神且殛之〔二〕，其何福之敢望？某蒙恩出使一道，告至之始，祗慄於祠下〔三〕。

【題解】

淳熙五年秋，陸游由蜀地東歸臨安，除提舉福建常平茶事。冬抵建安任所。本文爲陸游爲拜謁福建諸廟所作的祝文。

本文原未繫年。歐譜繫於淳熙五年（一一七八），是。文中「某蒙恩出使一道」可證。當作於該年冬。時陸游在提舉福建常平茶事任上。

【箋注】

〔一〕「靖共」二句：恭謹從事，忠於職守，協助正直之士。語出詩小雅小明：「嗟爾君子，無恒安息。靖共爾位，好是正直。神之聽之，介爾景福。」靖，恭謹。共，同恭，奉，履行。

〔二〕戾：違背，違逆。殛：殺死，誅戮。

〔三〕祗慄：敬慎恐懼。漢書匡衡傳：「蓋欽翼祗栗，事天之容也。」

福州城隍昭利東嶽廟祈雨文 代

閩之風俗，祭祀報祈，比他郡國最謹〔一〕，以故祠廟之盛，甲於四方。斧斤丹堊〔二〕，靡有遺巧，重門傑閣，煥然相望。則神之所以福其人者，亦宜與他郡國異。而自夏訖秋，驕陽爲害，水泉淺涸，草木焦卷，多稼彌野，將茂而槁。夫幽顯之際雖遠〔三〕，然豈有享其奉而不恤其害者。惟神聰明，宜動心焉。

【題解】

據八閩通志卷五七祠廟，福州所轄各縣均有城隍廟。懷安縣有昭利廟，在越王山之麓，宋政和二年重建。又福州東嶽廟在福州東門外易俗里東岱山麓，五代後梁時爲東華宫泰山廟，宋大中祥符三年寖廣其制，改稱天慶觀。元祐三年宫觀遭焚，哲宗詔令重修。本文爲陸游代知州爲福州城隍、昭利、東嶽諸廟祈雨所作的祝文。

本文原未繫年。歐譜繫於淳熙六年（一一七九），誤。本文及以下四文均爲陸游代人所作。考陸游初入仕，於紹興二十八年（一一五八）爲福州寧德縣主簿，次年調官爲福州決曹。故代作對象當爲福州知州。此五文均應作於紹興二十九年（一一五九）秋。時陸游在福州決曹任上。福州準敕禱諸廟文載因皇太后服藥而大赦天下事，確定發生於紹興二十九年八月（見該文題解），更可爲明證。文集此處編排似稍有違例，未按時間順序，容易引起誤解，與前文任提舉福建常平時相混淆。但如理解爲按地域編排，福州代作五篇附於福建篇之後，亦無不可。

【箋注】

〔一〕郡國：漢初分置直屬中央的郡和分封王侯的國，南北朝沿用并置，隋代廢國存郡。後泛指地方行政區。

〔二〕斧斤丹堊：木工和漆工。

〔三〕幽顯：即陰陽，亦指陰間和陽間。北史李彪傳：「天下斷獄起自初秋，盡於孟冬。不於三統之春，行斬絞之刑。如此則道協幽顯，仁垂後昆矣。」

福州謝雨文 代

吏受命天子，牧養百姓；神受命上帝，保衛一方：其責則均。然而祠宇貌像，孰與府寺之雄；犧牲醪幣，孰與廩餼之厚〔一〕；巫覡尸祝〔二〕，孰與官屬之盛。吏惰政紕，無以格豐年之祥〔三〕，不自責而望神，宜拒而弗享矣。區區之禱，曾未信宿〔四〕，雲興東山之麓，雨被千里之内，雷發而不怒，風行而不疾，祁祁霡霂〔五〕，如哺如乳。起視四野，莫不霑足，愁歎之聲，變爲歡謡。嗚呼！吏之愧於神多矣。酒冽牲肥，樂歌送迎，匪報也，以識吏之愧也。

【題解】

本文爲陸游代知州爲福州祈雨成功所作的謝雨祝文。

本文原未繫年。歐譜繫於淳熙六年（一一七九），誤。當作於紹興二十九年（一一五九）秋。時陸游在福州決曹任上。

【箋注】

〔一〕醪幣：濁酒和幣帛，均爲祭祀用品。廩餼：公家供給的糧食等物資。亦泛指俸禄。南史蕭正德傳：「敕所在給汝廩餼。」

〔二〕巫覡：巫師。女巫爲巫，男巫爲覡，合稱巫覡。尸祝：祭祀的主祭人。莊子逍遥遊：「庖人雖不治庖，尸祝不越樽俎而代之矣。」成玄英疏：「尸者，太廟中神主也。祝者，則今太常太祝是也。」

〔三〕格：感通。

〔四〕信宿：連宿兩夜。詩豳風九罭：「公歸不復，於女信宿。」毛傳：「再宿曰信；宿，猶處也。」

〔五〕祁祁：衆多貌。詩豳風七月：「春日遲遲，采蘩祁祁。」霡霂：小雨飄灑貌。

福州準赦禱諸廟文 代

乙未詔書，慈寧殿服藥〔一〕，敷大宥於四方〔二〕，分命郡國，禱山川神示之在典祀者〔三〕。惟神受職，欽承上意。

【題解】

宋史卷三二高宗本紀八：「（紹興二十九年八月）乙未，以皇太后不豫，大赦，不視朝。」續資治通鑑宋紀卷一三三：「（紹興二十九年八月）乙未，以皇太后服藥，赦天下，命輔臣祈禱天地、宗廟、社稷。不視朝，召輔臣奏事内殿。」本文爲陸游代知州爲照準大赦祈禱諸廟所作的祝文。

本文原未繫年。歐譜繫於淳熙六年（一一七九），誤。當作於紹興二十九年（一一五九）八月。時陸游在福州決曹任上。

【箋注】

〔一〕慈寧殿：南宋皇太后的起居宫殿。借指皇太后。此皇太后指高宗生母、徽宗韋賢妃，隨徽宗北擄，高宗即位後尊爲皇太后。紹興十二年遣使迎歸，入居慈寧宫。二十九年慶賀八十壽辰，九月得疾，俄崩於慈寧宫。宋史卷二四三有傳。

〔二〕敷：施行。宥：寬恕，赦免。

〔三〕典祀：按常禮舉行的祭祀。書高宗肜日：「典祀無豐于昵。」孔傳：「祭祀有常，不當特豐於近廟。」

福州歐冶池龍鱓溪河口五龍祈雨祝文 代①

繚垣閟宇，瀦水灌木〔一〕，窈然而幽陰者，龍之神也。升天御雲，濟世澤物，霈然而成功者，龍之仁者也。聰明正直，有禱必應者，又其所以食於民也。歷時不雨，粢盛將害〔二〕，則龍亦何心視民之窮，如越人之視秦也〔三〕。變化呼吸，轉災爲豐，在龍之力，其易如指之屈伸也。犧牲醪幣〔四〕，吏之所以報龍者，其敢怠而弗親也。

【題解】

歐冶池今位於福州市鼓樓區冶山北麓。淳熙三山志卷四：「甌冶池，今將軍山之北，昔冶山之麓也。亦名，及俗呼甌冶，皆以東越故耳。程大卿師孟創甌冶亭作詩，又爲後序云：『予至州之明年，新子城。城之東北隅，灌木陰翳。因爲開通，始問此水。或對曰：甌冶池。予竊喜其迹最古，且愛其平闊清泚。又池之南隴阜盤迂，喬林古木，滄洲野色，鬱然城堞之下。於是亭閣其上，而浮以畫舫，可燕可遊。亭之北跨濠而梁，以通新道。既而州人士女，朝夕不絕，遂爲勝概。』」龍鱓溪河口五龍，廟名，不詳。本文爲陸游代知州爲向歐冶池等地祈雨所作的祝文。

本文原未繫年。歐譜繫於淳熙六年（一一七九），誤。當作於紹興二十九年（一一五九）秋。時陸游在福州決曹任上。

【校記】

①「五龍」，汲古閣本作「五龍廟」，疑是。

【箋注】

〔一〕繚垣：繚繞的圍牆。閟宇：幽深的屋簷。瀦水：蓄積的池水。

〔二〕粢盛：祭器内供祭祀的穀物。

〔三〕越人之視秦：比喻痛癢與己無關。語本韓愈爭臣論：「視政之得失，若越人之視秦人之肥瘠，忽焉不加喜戚於其心。」

〔四〕醪幣：濁酒和幣帛，均爲祭祀用品。

福州閩王閩忠懿王祈雨祝文 代

維神之生，禦災捍患〔一〕，有功德於此邦之人。没而祀之，非獨父老子弟不忘神之功德，意者神亦眷眷於此邦，没而不已也。歷時不雨，稼穡將害，吏雖不言，神其忍安視弗救耶？雖然，敢不以告。

【題解】

閩王閩忠懿王，即王審知（八六二—九二五），字信通，唐光州固始（今河南固始）人。五代十國時期閩國建立者。唐末爲武威軍節度使、福建觀察使，遷檢校太保、同中書門下平章事，封琅琊王。後梁太祖朱温加封王審知爲中書令、閩王。後唐同光三年卒，謚忠懿王，葬於福州西郊。舊五代史卷一三四、新五代史卷六八有傳。本文標題「閩忠懿王」下疑脱「廟」字。八閩通志卷五八祠廟：「閩縣忠懿王廟在府治東慶城寺之東。王姓王氏，諱審知，謚忠懿，詳見封爵志。晉開運三年，閩地入吴越，錢氏始命即王故第立廟祀之。宋開寶七年，刺史錢昱重新修建，并塑故都押衙建州刺史孟威等二十六人配饗。政和元年，郡守羅畸復修。紹興二年，郡守張守命閩縣知縣李公彦重修。」本文爲陸游代知州爲向閩忠懿王廟祈雨所作的祝文。

本文原未繫年。歐譜繫於淳熙六年（一一七九），誤。當作於紹興二十九年（一一五九）秋。時陸游在福州決曹任上。

【箋注】

〔一〕禦災捍患：抵禦災難禍患。

嚴州謁諸廟文

新定爲郡〔一〕，地狹民貧，而回禄馮夷〔二〕，數見譴告。市邑蕭然，至今未復。某蒙恩來守是邦，宜知所報。如或黷貨以厲民，淫刑以飾怒，事燕遊以廢政，納請謁以橈法〔三〕，是宜即罪於有神，死不敢悔。使其能粗踐今兹之言，則神亦宜哀矜之，調節雨暘〔四〕，驅逐癘疫，使與吏民仰戴明神之休〔五〕。牲酒鼓歌，以時來報，豈不幽顯各得其職哉〔六〕？

【題解】

陸游於淳熙十三年七月至淳熙十五年七月知嚴州。本文及以下十四首均作於該時期。本文爲陸游在嚴州到任後爲拜謁諸廟所作的祝文。

本文原未繫年。歐譜繫於淳熙十三年（一一八六），是。當作於該年七月。時陸游在知嚴州任上。

【箋注】

〔一〕新定：嚴州古稱，即新定郡。唐天寶元年改睦州置，乾元元年復爲睦州。宋宣和三年，改睦州爲嚴州，隸屬兩浙路。

〔二〕回禄馮夷：此指火災和水災。回禄，火神。左傳昭公十八年：「郊人助祝史除於國北，禳火於玄冥、回禄。」杜預注：「回禄，火神。」馮夷，黄河之神，即河伯。泛指水神。莊子大宗師：「馮夷得之，以遊大川。」成玄英疏：「姓馮名夷，弘農華陰潼鄉堤首里人也。服八石，得山川。大川，黄河也。天地錫馮夷爲河伯，故游處盟津大川之中也。」

〔三〕黷貨：貪污納賄。蘇軾論特奏名：「臣等伏見恩榜得官之人，布在州縣，例皆垂老，别無進望，惟務黷貨，以爲歸計。」淫刑：濫用刑罰。左傳僖公二十三年：「淫刑以逞，誰則無罪？」燕遊：宴飲遊樂。晉書五行志下：「魏代宫人猥多，晉又過之，燕遊是湎，此其孽也。」橈法：枉法。漢書酷吏傳：「所愛者撓法活之，所憎者曲法滅之。」

〔四〕雨暘：雨天和晴天。書洪範：「曰雨，曰暘。」

〔五〕休：吉慶，美善。

〔六〕幽顯：指陰間和陽間。

謁大成殿文

某聞之夫子曰：「言不忠信，行不篤敬，雖州里，行乎哉〔一〕？」某家世山陰，被命來守，不三舍而至〔二〕，殆與古之仕於其國者無以異。然一於忠敬有所不力，則吏與民且合其智詐澆浮以欺其守〔三〕，豈不殆哉！視事之始，款謁先聖先師〔四〕，非獨以令甲也〔五〕，敢告夙夜祗懼之意〔六〕。

【題解】

大成殿，爲孔子廟之正殿。唐代稱文宣王殿。宋崇寧三年，徽宗取孟子「孔子之謂集大成」之語，下詔更名爲大成殿。本文爲陸游在嚴州到任後爲拜謁大成殿所作的祝文。

本文原未繫年。歐譜繫於淳熙十三年（一一八六），是。當作於該年七月。時陸游在知嚴州任上。

【箋注】

〔一〕「言不」四句：語出論語衛靈公。

〔二〕三舍：古代一舍三十里，三舍爲九十里。國語晉語四：「若以君之靈，得復晉國，晉楚治兵，會於中原，其避君三舍。」

〔三〕智詐：巧詐。文子自然：「又爲其懷智詐不以相教，積材不以相分，故立天子以齊一之。」

澆浮：浮薄。齊武帝吉凶條制詔：「三季澆浮，舊章陵替。」

〔四〕款謁：誠懇拜謁。

〔五〕令甲：第一道詔令（法令）。後泛指法令。漢書宣帝紀「令甲」顔師古注：「文穎曰：『令甲者，前帝第一令也。』如淳曰：『令有先後，故有令甲、令乙、令丙。』」

〔六〕夙夜祗懼：朝夕敬懼，小心謹慎。書泰誓上：「予小子夙夜祗懼。」

謁社稷神文

某蒙上恩，來守新定。邦雖小，有社稷焉，其敢不恪，以獲戾於神〔一〕。敬以到郡之三日，周視壇壝〔二〕。

【題解】

社稷神，土地神和穀神。本文爲陸游在嚴州到任後爲拜謁社稷神所作的祝文。

本文原未繫年。歐譜繫於淳熙十三年（一一八六），是。當作於該年七月。時陸游在知嚴州任上。

【箋注】

〔一〕恪：恭敬，恭謹。獲戾：獲罪。書湯誥：「兹朕未知獲戾於上下。」孔傳：「未知得罪於天地。」

〔二〕壇壝：壇場，祭祀場所。周書武帝紀：「丁亥，初立郊丘壇壝制度。」

嚴州秋祭祝文

秋有祀，國之典也。筮日之良〔一〕，爰舉祀事，牲酒樂歌，靡敢不飭〔二〕。惟爾有神，來格來歆〔三〕，惠我吏民，神亦永饗典祀〔四〕。

【題解】

秋祭，四時祭祀之一。禮記祭統：「凡祭有四時：春祭曰礿，夏祭曰禘，秋祭曰嘗，冬祭曰烝……禘者，陽之盛也；嘗者，陰之盛也。故曰：莫重於禘嘗……禘嘗之義大矣，治國之本也，不可不知也。」本文爲陸游在嚴州到任後爲秋祭所作的祝文。

本文原未繫年。歐譜繫於淳熙十三年（一一八六），是。當作於該年秋。時陸游在知嚴州任上。

【箋注】

〔一〕筮日之良：用筮法確定吉祥之日。

〔二〕飭：謹慎，恭敬。

〔三〕格：感通。　歆：嗅，聞。古時指祭祀時鬼神享受祭品的香氣。詩大雅生民：「其香始升，上帝居歆。」

〔四〕典祀：按常禮舉行的祭祀。參見本卷福州準敕禱諸廟文注〔三〕。

嚴州祈雨祝文

新定爲郡，介於溪山之間，雨暘少愆〔一〕，輒能病稼。戊申水溢〔二〕，方禱於神，曾未再旬，復以旱告〔三〕。吏政無以格陰陽之和，而惟神之瀆〔四〕，群趨廟庭，僕僕亟拜〔五〕。神固不以吏罪而棄斯民，吏獨無愧於神乎？尚力厥事，以蓋兹愧，神其監臨之〔六〕。

【題解】

淳熙十四年夏秋間，江南大旱。宋史孝宗本紀：「六月戊寅，以久旱，班畫龍祈雨法。甲申，幸太一宮、明慶寺禱雨……庚寅，臨安府火。」嚴州亦遭旱災。本文爲陸游爲嚴州祈雨所作的祝文，共三首。

本文原未繫年。歐譜繫於淳熙十四年（一一八七）。前二首當作於該年夏秋，第三首據文中「幸及終更」、「去郡有期」句，當然作於淳熙十五年（一一八八）夏。時陸游均在知嚴州任上。

參考卷二三嚴州祈雨疏。

【箋注】

〔一〕雨暘：雨天和晴天。愆：違失，耽誤。

〔二〕戊申：此爲干支紀日。當爲五月戊申日。水溢：水災。

〔三〕再旬：一旬十日，再旬爲二十日。復以旱告：當地戊申水災後十餘日，又遭逢旱災。

〔四〕吏政：官吏的政績。格：感通。惟神之瀆：即瀆神，輕慢神祇。

〔五〕僕僕亟拜：一再作揖行禮。語本孟子萬章下：「子思以爲鼎肉使己僕僕爾亟拜也，非養君子之道也。」

〔六〕監臨：監督。史記張耳陳餘列傳：「且夫監臨天下諸將，不爲王不可，願將軍立爲楚王也。」

二

甲辰詔旨〔一〕，以閔雨命郡守致禱〔二〕。惟神受職，欽承上命。

【箋注】

〔一〕甲辰：指七月甲辰日。

〔二〕閔雨：指國君憐念施恩澤於民。陳亮上孝宗皇帝第二書：「其君之有志於民而閔雨者必書，無志於民而不閔雨者必書，土功必書，饑饉必書。」

三

某被命來守，幸及終更〔一〕，不敢以去郡有期〔二〕，怠荒厥事。屏逐暴吏，慰安疲民，稽於幽明〔三〕，儻逭咎責〔四〕。而嘉穀方秀，時雨未渥〔五〕，維神正直，宜監於兹。敢列忱辭，恭俟嘉澤〔六〕。

【箋注】

〔一〕終更：更替，指任職到期。

〔二〕去郡有期：指任期滿而離郡。

〔三〕稽：稽考，考核。幽明：指善惡、賢愚。書舜典：「三載考績，三考黜陟幽明。」孔傳：「三年有成，故以考功；九歲，則能否、幽明有別，黜退其幽者，升進其明者。」

〔四〕儻：儌倖。逭：逃避。咎責：罪責。韓愈寄崔立之：「歡華不滿眼，咎責塞兩儀。」

〔五〕時雨：應時的雨水。渥：沾潤，沾濕。

〔六〕嘉澤：及時雨。後漢書郎顗傳：「自冬涉春，訖無嘉澤。」

嚴州馬目山祈雨祝文

維神有祠，兹山尚矣。唐刺史韓泰，以禱雨獲應，載新廟貌〔一〕。今又四百餘年，而未列命祀，無以慰父老祝史之心〔二〕。今兹旱勢已極，某雖愚，蒙恩假守〔三〕，得以專達於朝。敢與爾神期以三日，甘澤霑足，槁苗復興，當列奏乞封，以侈神之威靈〔四〕。顧以守郡，不獲親行，謹遣迪功郎、建德縣主簿汪仲儀即事祠下，而某帥郡僚望拜於軍門，傴以俟命〔五〕。

【題解】

馬目山，在建德縣城西南。淳熙嚴州圖經卷二建德縣：「馬目山在城西南二十五里。山有峰如馬首狀，中有小峰如馬首之目，因以得名。山有神廟。」又：「馬目山新廟在馬目浦口，瀕江距城三十里。唐文宗時刺史吕述建。按述記，謂先是州之右有潭曰罾潭，其深無至，鱗物宅焉。因立廟潭上，而馬目顧無之。每有禱，則附而祝曰：告於罾潭、馬目之神。開成己未歲旱，請於神曰：

『能雨則立廟。』越三日而雨。乃泝江四十里，躬擇神居，依山取勢，以爲新廟，至今歲時祀焉，水旱祈輒應。」本文爲陸游爲向馬目山神祈雨所作的祝文，共二首。

本文原未繫年。歐譜繫於淳熙十四年（一一八七），是。當作於該年夏秋。時陸游在知嚴州任上。

參考劍南詩稿卷十九聽事望馬目山。

【箋注】

〔一〕「唐刺史」三句：據淳熙嚴州圖經卷一載，韓泰於長慶四年（八二四）六月拜睦州刺史，吕述於開成二年（八三七）七月拜睦州刺史。而「禱雨獲應，載新廟貌」的是吕述，事在開成四年（己未），見題解。又吕述有馬目山新廟記，見嚴陵集卷七。故此處「韓泰」或有誤。載，語首助詞。

〔二〕四百餘年：自開成四年（八三九）至淳熙十四年（一一八七），尚不足四百年。命祀：遵天子之命進行的祭祀。左傳哀公六年：「三代命祀，祭不越望。」祝史：司祭祀之官。左傳昭公十八年：「郊人助祝史除於國北。」孔穎達疏：「祝史，掌祭祀之官。」

〔三〕假守：古時指權宜派遣而非正式任命的地方官。此爲謙稱。

〔四〕侈：張大，顯揚。

〔五〕傴：屈身。表示恭敬。

又

考於圖志〔一〕，得神之威靈而致禱焉。既累日矣，誠弗能格，雖間得小雨，地不及濡，塵不及斂，而赫日復出矣〔二〕。然父老之言，以爲比夕雲物〔三〕，多起神之祠傍，意者神哀憫斯民，終有以活之也。敢復以請。僂僂之誠〔四〕，神尚鑒之。

【箋注】

〔一〕圖志：指嚴州圖經，董弅於紹興九年撰成嚴州圖經八卷，今已佚。陳公亮等於淳熙十三年重修，今存卷一至卷三。此「圖志」似指董弅所撰。

〔二〕赫日：紅日。韋莊上春詞：「曈曨赫日東方來，禁城煙暖蒸青苔。」

〔三〕比夕：靠近傍晚。 雲物：雲氣，雲彩。

〔四〕僂僂：勤懇貌，恭謹貌。後漢書楊賜傳：「老臣過受師傅之任，數蒙寵異之恩，豈敢愛惜垂没之年，而不盡其僂僂之心哉！」

嚴州祈晴祝文

雨勢未止，溪流暴溢。民廬官寺，倉庾獄户，皆有意外之憂。惟神聽相，亟俾開霽〔一〕，約束漲水，以時返壑。某與吏民，其敢忘報？

【題解】

本文爲陸游爲嚴州久雨後祈晴所作的祝文。

本文原未繫年。歐譜繫於淳熙十四年（一一八七），是。當作於該年秋。時陸游在知嚴州任上。

【箋注】

〔一〕開霽：放晴。後漢書質帝紀：「比日陰雲，還復開霽。」

嚴州謝雪祝文

四時冬爲元英，閭里毋虞於癘疫〔一〕；平地尺爲大雪，麥禾預卜於豐穰〔二〕。敢忘薄薦之陳，少答明神之賜。尚祈孚佑〔三〕，永保安寧。

【題解】

本文爲陸游爲答謝天降瑞雪所作的祝文。

本文原未繫年。歐譜繫於淳熙十四年（一一八七），是。當作於該年冬。時陸游在知嚴州任上。

【箋注】

〔一〕元英：即玄英。冬季之别稱。秦觀代賀皇太后生辰表：「考曆占星，氣應元英之候。」癘疫：瘟疫。左傳昭公元年：「山川之神，則水旱癘疫之災，於是乎禜之。」孔穎達疏：「癘疫爲害流行，歲多疾病。」

〔二〕豐穰：豐熟。韓愈爲宰相賀雪表：「春雲始繁，時雪遂降，實豐穰之嘉瑞，銷癘疫於新年。」

〔三〕孚佑：庇佑，保佑。書湯誥：「上天孚佑下民，罪人黜伏。」孔安國傳：「孚，信也。天信佑助下民。」

嚴州久雪祈晴祝文

雪雖嘉瑞，過則爲災；春氣未和，民屢告病。郡政乖剌〔一〕，惟神之歸。尚祈興哀，以卒大賜〔二〕。牲酒之報，其敢弗虔！

【題解】

本文爲陸游爲久雪祈晴所作的祝文。

本文原未繫年。歐譜繫於淳熙十四年（一一八七），是。當作於該年冬。時陸游在知嚴州任上。

【箋注】

〔一〕乖剌：違迕，不和諧。楚辭七諫怨世：「吾獨乖剌而無當兮，心悼怵而耄思。」洪興祖補注：「剌，戾也。」

〔二〕卒：終止。　大賜：指天降瑞雪。

嚴州廣濟廟祈雨祝文

不雨且再旬矣，井泉涸竭，蔬菽告病〔一〕，閭巷講救焚之備，郡庭決争汲之訟。秋陽益熾，疾癘將作。吏雖愚，猶知恐懼，豈神之聰明而忘之乎？出雲興雨，以一洗之，神之德於斯民，豈有既哉〔二〕！

【題解】

廣濟廟，在建德烏龍山。淳熙嚴州圖經卷二稱仁安靈應王廟：「在嘉貺門外二里。據廟記，神姓邵，名仁祥，字安國。性倨傲，不拘小節，隱烏龍山。嘗謁縣令，令怒其無禮，因笞殺之。仁祥且死，語人曰：吾三日内必報之。至期，雷電晦冥，有大白蛇長數十丈，至縣庭中，令驚怖立死。神空中語人曰：立廟祀我，吾當福汝。時唐貞觀三年也。舊經載：梁時封禎應王，後或封護境感應王。國朝熙寧八年，封仁安靈應王。紹興二十九年，加封忠顯。乾道二年，又加昭惠。累封至八字，曰忠顯仁安靈應昭惠。」參見卷十六嚴州烏龍廣濟廟碑題解。本文爲陸游爲向廣濟廟神祈雨所作的祝文。

本文原未繫年。歐譜繫於淳熙十四年（一一八七），是。當作於該年秋。時陸游在知嚴州任上。

參考卷十六嚴州烏龍廣濟廟碑。

【箋注】

〔一〕蔬菽：蔬果豆類。

〔二〕既：盡頭，完結。

嚴州謝雨祝文

比承詔旨〔一〕，致禱靈祠，果遂感通，沛然甘澤。敢涓吉日，祗報靈休〔二〕。

【題解】

本文爲陸游爲答謝天降甘霖所作的祝文。

本文原未繫年。歐譜繫於淳熙十四年（一一八七），是。當作於該年秋。時陸游在知嚴州任上。

【箋注】

〔一〕詔旨：指「甲辰詔旨，以閔雨命郡守致禱」。參見本卷嚴州祈雨祝文二。

〔二〕涓吉日：選擇吉日。左思魏都賦：「涓吉日，陟中壇，即帝位，改正朔。」祇報：敬報。

靈休：神靈的福佑。陸雲答兄平原：「哀矣我世，匪蒙靈休。」

嚴州戊申謝蠶麥祝文

乃者蠶老而未繭，麥秋而未獲〔一〕，天作霪雨，將害於成。惟神降康，陰沴消弭〔二〕，牲登於俎，酒湛於觴〔三〕。維以薦誠，匪敢言報。

【題解】

戊申，指淳熙十五年（一一八八）。蠶麥，指蠶和麥的收成。本文爲陸游爲祈禱蠶麥豐收所作的祝文。

本文原未繫年。歐譜繫於淳熙十五年（一一八八），是。當作於該年夏。時陸游在知嚴州任上。

【箋注】

〔一〕乃者：近期。　麥秋：麥熟季節。指農曆四五月。禮記月令：「（孟夏之月）靡草死，麥秋至。」陳澔集説：「秋者，百穀成熟之期。此於時雖夏，於麥則秋，故云麥秋。」

〔二〕降康：降下安康。　陰沴：四時之氣不和而生的災害。元稹苦雨：「陰沴皆電掃，幽怪亦雷驅。」

〔三〕湛：同淫。滿漫出。

渭南文集箋校卷第二十五

勸農文

【釋體】吳曾祺文體芻言：「勸農文：漢世重農，文帝有勞勸孝弟力田詔，即勸農之文托始。作此文者，多括豳風、月令之旨爲之。唐以前無所見，宋以來始有之。」陸游所作共三首。

本卷收録勸農文三首。

夔州勸農文

仰惟天子臨遣牧守，每以務農勸課之指〔一〕，丁寧訓敕。雖遐陬僻邑，如在畿甸〔二〕，惟懼一穀之不登，一夫之失職也。峽中之郡夔爲大，其於奉明詔，以倡屬郡、慰齊民者〔三〕，尤不敢不勉。繼自今，不縱捂克，不長嚣訟〔四〕，不傷爾力，不奪爾時。爾父兄子弟，其亦恭承天地惠澤，毋爲惰游，毋怠東作，毋失收斂，毋熳蓋藏〔五〕，勤以殖産〔六〕，儉以足用。有司與民交致其愛，使公私之蓄日以富饒，無貽朝廷宵旰之憂，豈不韙哉〔七〕！

【題解】

宋代重視勸農之事。如宋太祖建隆三年春正月「詔郡國長吏勸民播種」，乾德二年春正月「諭郡國長吏勸農耕作」（宋史太祖本紀）；宋真宗景德三年春，丁謂等奏：「諸州長吏，職當勸農，乃請少卿監、刺史、閤門使已上知州者，並兼管内勸農使，餘及通判並兼勸農事，諸路轉運使、副並兼本路勸農使。」詔可。（續資治通鑑長編卷六二）乾道六年十月，陸游到任夔州通判，即兼任勸農事之職。本文爲陸游在夔州所作的勸農文。

本文原未繫年，歐譜繫於乾道七年（一一七一），是。當作於該年春。時陸游在夔州通判任上。

【箋注】

〔一〕勸課：鼓勵和督責。後漢書卓茂傳：「是時王莽秉政，置大司農六部丞，勸課農桑。」指：旨意。

〔二〕遐陬：邊遠之地。　畿甸：指京城地區。
〔三〕倡：宣導。　齊民：即平民。莊子漁父：「上以忠於世主，下以化於齊民。」
〔四〕掊克：亦作掊剋。聚斂，搜刮。亦指搜刮民財者。詩大雅蕩：「曾是彊禦，曾是掊克。」朱熹集注：「掊克，聚斂之臣也。」　嚚訟：奸詐而好爭訟。書堯典：「吁！嚚訟可乎？」孔傳：「言不忠信爲嚚，又好爭訟可乎？」
〔五〕惰游：遊手好閒。禮記玉藻：「垂緌五寸，惰游之士也。」　東作：指春耕。書堯典：「寅賓出日，平秩東作。」孔安國傳：「歲起於東，而始就耕，謂之東作。」　嫚：怠慢，懈怠。　蓋藏：儲藏。禮記月令：「（孟冬之月）命百官，謹蓋藏。」鄭玄注：「謂府庫囷倉有藏物。」
〔六〕殖産：增殖財産。
〔七〕韙：善。

丁未嚴州勸農文

蓋聞農爲四民之本，食居八政之先〔一〕，豐歉無常，當有儲蓄。吾民生逢聖世，百穀順成，仰事俯育〔二〕，各遂其性。太守幸得以禮遜相與從事於此，故延見高年，勞問勸課，致誠意以感衆心，非特應法令、爲文具而已〔三〕。今茲土膏方動，東作維時〔四〕，汝其語子若孫，無事末作〔五〕，無好終訟，深甽廣耜〔六〕，力耕疾耘，安豐年而憂歉歲。太守亦當寬期會，簡追胥，戒興作，節燕遊〔七〕，與吾民共享無事之樂，而爲後日之備，豈不美哉！

【題解】

淳熙十三年七月至十五年七月，陸游出任知嚴州，并按宋制兼勸農使。本文爲陸游丁未年（淳熙十四年）所作的勸農文。

本文據篇題自署，當作於淳熙十四年（一一八七）春。時陸游在知嚴州任上。

參考本卷戊申嚴州勸農文。

【箋注】

〔一〕四民：指士、農、工、商四種不同職業的百姓。書周官：「司空掌邦土，居四民，時地利。」蔡沈集傳：「冬官，卿，主國邦土，以居士、農、工、商四民。」穀梁傳成公元年：「古者有四民：有士民，有商民，有農民，有工民。」八政：古代國家施政的八個方面。書洪範：「八政：一曰食，二曰貨，三曰祀，四曰司空，五曰司徒，六曰司寇，七曰賓，八曰師。」漢書王莽傳中：「民以食爲命，以貨爲資，是以八政以食爲首。」

〔二〕仰事俯育：亦作仰事俯畜。指上侍奉父母，下養育子女。語本孟子梁惠王上：「是故明君制民之産，必使仰足以事父母，俯足以畜妻子。」

〔三〕禮遜：禮數。　延見高年：召見老年人。　文具：指空有條文。史記張釋之馮唐列傳：「且秦以任刀筆之吏，吏爭以亟疾苛察相高，然其敝徒文具耳，無惻隱之實。」司馬貞索隱：「謂空具其文而無其實也。」

〔四〕土膏：泥土中所含適合植物生長的養分。國語周語上：「陽氣俱蒸，土膏其動。」　東作：指春耕。　維時：按時。

〔五〕末作：指工商業。管子治國：「凡爲國之急者，必先禁其末作文巧。末作文巧禁，則民無所遊食；民無所遊食，則必農。」

〔六〕深甽：深挖溝。甽同圳。田邊水溝。　廣耜：廣耕田。耜，翻土所用耒耜的起土部分，借指耕地。

〔七〕期會：指在規定的期限内實施政令，多指財賦。漢書王吉傳：「其務在於期會簿書，斷獄聽訟而已，此非太平之基也。」　追胥：追租的公差。　興作：興造製作，大興土木。禮記禮運：「是故夫政必本於天，殽以降命……降於山川之謂興作。」陳澔集説：「有事於山川而出命，是興作之政。」

戊申嚴州勸農文

蓋聞爲政之術，務農爲先，使衣食之粗充，則刑辟之自省〔一〕。當職自蒙朝命，來剖郡符〔二〕，雖誠心未格於豐穰，然拙政每存於撫字〔三〕。觴酒豆肉，曷嘗妄蠹於邦財〔四〕；銖漆寸絲，不敢輒營於私利。所冀追胥弗擾，墾闢以時，春耕夏耘，仰事俯育。服勞南畝，各終藨蓘之功〔五〕；無犯有司，共樂舒長之日〔六〕。今者土膏既動，穡事將興〔七〕，敢延見於耆年，用布宣於聖澤。清心省事，固守令之當爲；曠土游民〔八〕，亦父兄之可耻。歸相告戒，恪務遵承。上以寬當宁之深憂，下以成提封之美俗〔九〕。

【題解】

淳熙十三年七月至十五年七月，陸游出任知嚴州，并按宋制兼勸農使。本文爲陸游戊申年（淳熙十五年）所作的勸農文。

本文據篇題自署，當作於淳熙十五年（一一八八）春。時陸游在知嚴州任上。

參考本卷丁未嚴州勸農文。

【箋注】

〔一〕刑辟：刑法，刑律。左傳昭公六年：「昔先王議事以制，不爲刑辟，懼民之有爭心也。」

〔二〕當職：職官自稱。剖郡符：指任郡守。剖符，即剖竹。古代帝王分封諸侯、功臣，以竹符爲信，剖分爲二，君臣各執其一。後裔剖符爲分封、授官之稱。

〔三〕撫字：指對百姓的安撫體恤。北齊書封隆之傳：「隆之素得鄉里人情，頻爲本州，留心撫字，吏民追想，立碑頌德。」

〔四〕蠹：蛀蝕。　邦財：州郡的財賦。

〔五〕南畝：指農田。南坡向陽，利於作物生長，田土多南向。詩小雅大田：「俶載南畝，播厥百穀。」　蔍蓘：耕耘和培育。文選張華勵志：「蔍蓘致功，必有豐殷。」李善注引杜預曰：「蔍，耘也。壅苗爲蓘。」

〔六〕舒長：指安寧，太平。王符潛夫論愛日：「治國之日舒以長，故其民閒暇而力有餘。」

〔七〕穡事：農事。書湯誓：「我后不恤我衆，舍我穡事而割正夏。」

〔八〕曠土游民：曠廢土地，游惰百姓。

〔九〕當宁：指皇帝。　提封：指版圖，疆域。薛道衡老氏碑：「牂牁、夜郎之所，靡漢、桑乾之地，咸被聲教，並入提封。」

雜書

【釋體】

「雜書」實包括兩體：一爲「書後」，一爲「書事」。「書後」乃讀書之後，記録心得之文，以議論爲主；「書事」即記事，爲記叙之作。陸游各作有六首。

書通鑑後

司馬丞相曰〔一〕：「天地所生，財貨百物，止有此數，不在民則在官〔二〕。」其説辯矣，理則不如是也。自古財貨，不在民又不在官者，何可勝數？或在權臣，或在貴戚近習〔三〕，或在强藩大將，或在兼并，或在老釋。方是時也，上則府庫殫乏，下則民力窮悴。自非治世，何代無之？若能盡去數者之弊，守之以悠久，持之以節儉，何止不加賦而上用足哉！雖捐賦以予民〔四〕，吾知無不足之患矣。彼桑洪羊輩〔五〕，何足以知之？然遂以爲無此理，則亦非也。

【題解】

通鑑，即司馬光撰編年體史書資治通鑑。本文爲陸游讀資治通鑑後所作的書後文，共兩首，對司馬光的觀點提出不同看法。

本文原未繫年。歐譜列於不繫年文。待考。

【箋注】

〔一〕司馬丞相：即司馬光。宋哲宗元祐元年（一〇八六）拜尚書左僕射兼門下侍郎，數月後即卒。

〔二〕「天地」四句：蘇軾司馬温公行狀載司馬光與王安石争論理財事：「公曰：『善理財之人，不過頭會箕斂以盡民財。民窮爲盜，非國之福。』安石曰：『不然，善理財者，不加賦而上用足。』公曰：『天下安有此理，天地所生財貨百物，止有此數，不在民則在官。譬如雨澤，夏澇則秋旱。不加賦而上用足，不過設法陰奪民利，其害甚於加賦。此乃桑洪羊欺漢武帝之言，太史公書之，以見武帝不明耳。』」

〔三〕近習：指君主寵愛親信之人。禮記月令：「（仲冬之月）省婦事，毋得淫，雖有貴戚近習，毋有不禁。」

〔四〕捐賦：捐棄賦税。

〔五〕桑洪羊：即桑弘羊。此避宋宣祖趙弘殷名諱改字。漢武帝時任治粟都尉、大司農、御史大夫等職，獨掌財政二十餘年。他主張和踐行工商官營，主持或參與製定一系列經濟政策和制度，爲漢武帝的文治武功聚斂財富，亦招致物議，所謂「烹弘羊，天乃雨」。

又

周世宗既服江南，諭使修守備，通鑑以爲近於「大邦畏其力，小邦懷其德」，是比之文王也〔一〕。方是時，世宗將有事於燕、晉，其謀以爲若南方有變，雖不能爲大害，然北伐之師，勢亦不得不還，故先思有以安江南之心，又疲其力於大役，使不得動。比北伐成功，江南折簡可致矣〔二〕。此世宗本謀也，遽謂之近於文王，豈不過哉！然世宗之謀，則誠奇謀也。蓋先取淮南，去腹心之患，不乘勝取吴、蜀、楚、粤，而舉勝兵以取幽州。使幽州遂平，四方何足定哉！甫得三關〔三〕，而以疾歸，則天也。其後中國先取蜀、南粤、江南、吴越、太原〔四〕，最後取幽州，則兵已弊於四方，而幽州之功卒不成。故雖得諸國，而中國之勢終弱，然後知世宗之本謀爲善也。

【箋注】

〔一〕「周世宗」五句：資治通鑑卷二九四後周紀五：「臣光曰：世宗以信令御羣臣，以正義責諸國……江南未服，則親犯矢石，期於必克，既服，則愛之如子，推誠盡言，爲之遠慮。其宏規大度，豈得與莊宗同日語哉！書曰：『無偏無黨，王道蕩蕩。』又曰：『大邦畏其力，小邦懷其德。』世宗近之矣！」「大邦畏其力，小邦懷其德」，語本書武成。孔安國傳：「言天下諸侯，大者畏威，小者懷德。」周世宗柴榮（九二一—九五九），五代時期後周皇帝。即位後政治清明，百姓富庶，中原開始復蘇。他又南征北戰，西敗後蜀，三征南唐，北破契丹，下三關，欲取幽州時病倒，不久去世，年僅三十九歲。舊五代史卷一一四、新五代史卷一二有傳。文王，指周文王。

〔二〕折簡：指裁紙寫信。

〔三〕三關：指益津關、瓦橋關、淤口關。在今河北雄縣、霸縣一帶。新五代史周世宗紀：「（六年夏四月）辛丑，取益津關，以爲霸州。癸卯，取瓦橋關，以爲雄州。」徐無黨注：「世宗下三關，瓦橋、益津以建州及見，淤口關止置寨，故舊史、實録皆闕不書。」

〔四〕中國：指宋朝。宋代開國皇帝趙匡胤「陳橋兵變」後奪取了後周政權，在鞏固統治後先後襲佔荆湖，攻滅後蜀，平定江南，未能取幽州而亡。

書賈充傳後

言一也，情則三也〔一〕，其惟論兵乎？自古惟用兵最多異論，以其有是三者也。禍機亂萌〔二〕，伏於隱微，人知兵之利，不知其害。有識者焉，逆見而力止之，王猛之於秦是也〔三〕。投機之會，轉眄已移，而常人闇於事機，私憂過計〔四〕，馮道之於周是也〔五〕。猛固賢矣，道雖闇，猶有憂國之心焉。至於賈充，當晉武時力沮伐吴之舉，至請斬張華〔六〕，則何説哉？自漢之季，百數十年間，庸人習見南北分裂，謂爲故常。赤壁之役，以魏武之雄，乘破竹之勢，而大敗塗地，終身不敢南鄉〔七〕。充之心，蓋竊料吴未可下，因爲先事之言，以徼後日之福〔八〕，而不料天下之遂一也。要之，戰，危事也。以舜爲君，禹出師，不能一舉而定三苗〔九〕；以唐太宗自將，李勣在行，不能遂平區區之高麗〔一〇〕。故爲充之説者，常有利焉。此人臣之陰爲身計者，所以多出於此也。馮道不足言矣，王猛、賈充之論，所謂差毫釐而謬千里者，可不察哉！

【題解】

賈充傳，即晉書賈充傳。賈充（二一七—二八二）字公閭，平陽郡襄陵（今山西襄汾）人。賈逵之子，西晉開國元勳，與司馬氏結爲姻親。官至司空、太尉。曾反對出兵滅吴。晉書卷四十有傳。本文爲陸游讀晉書賈充傳後所作的書後文，闡述用兵要抓住戰機，不能考慮自身利害而貽誤時機。

本文原未繫年。歐譜列於不繫年文。待考。

【箋注】

〔一〕情：指情況，情勢。

〔二〕禍機：指隱伏待發的禍患。

〔三〕王猛（三二五—三七五）：字景略，東晉北海郡劇縣（今山東濰坊）人，後移家魏郡。十六國時期著名政治家、軍事家，在前秦官至丞相、大將軍，輔佐苻堅掃平群雄，統一北方。晉書卷一一四、南史卷二四有傳。秦：指前秦。

〔四〕過計：過多的考慮。荀子富國：「墨子之言，昭昭然爲天下憂不足。夫不足，非天下之公患也，特墨子之私憂過計也。」

〔五〕馮道（八八二—九五四）：字可道，號長樂老，瀛州景城（今河北滄州）人。歷仕唐、後唐、後晉、後漢、後周五朝，先後效力十帝，任將相、三公、三師之位。卒謚文懿。舊五代史卷一二六、新五代史卷五四有傳。周：指後周。

〔六〕「至於」三句：晉書賈充傳：「伐吴之役……充慮大功不捷，表陳：『西有昆夷之患，北有幽并之戍，天下勞擾，年穀不登，興軍致討，懼非其時。又臣老邁，非所克堪。』詔曰：『君不行，吾便自出。』充不得已，乃受節鉞，將中軍。……王濬之克武昌也，充遣使表曰：『吴未可悉定，方夏，江淮下濕，疾疫必起，宜召諸軍，以爲後圖。雖腰斬張華，不足以謝天下。』」

〔七〕鄉：通「嚮」。

〔八〕先事：即事先。漢書張湯傳：「老臣耳妄聞，言之爲先事，不言情不達。」顔師古注：「事未施行而遽言之，故曰先事也。」徼：求取。

〔九〕三苗：古國名。書舜典：「竄三苗於三危。」孔傳：「三苗，國名，縉雲氏之後，爲諸侯，號饕餮。」史記五帝本紀：「三苗在江淮、荆州數爲亂。」

〔一〇〕李勣（五九四—六六九）：原名徐世勣，字懋功。唐高祖賜其姓李，後避唐太宗諱改名李勣，曹州離狐（今山東菏澤）人。唐初名將，與李靖並稱，封英國公，爲凌煙閣二十四功臣之一。貞觀十八年從太宗征高麗。高麗：朝鮮半島古代國家之一。高麗自公元九一八年至一三九二年，歷經三十四代君主，共四百七十五年。建都開京（今朝鮮開城）。

書郭崇韜傳後

後唐莊宗初得天下〔一〕，欲立愛姬劉氏爲后，而韓夫人正室也，伊夫人位次在劉氏上。莊宗雖出夷狄，又承天下大亂、禮樂崩壞之際，然顧典禮人情，亦難其事，未知所出。群臣雖往往阿諛，亡學術，然亦無敢當其議者。豆盧革爲相〔二〕，郭崇韜爲樞密使。崇韜功高迹危〔三〕，思爲自安計，而革庸懦無所爲，惟諂崇韜以自安，因相與上章言劉氏當立。於是莊宗遂立劉氏爲后。劉氏既立，黷貨蠹政〔四〕，殘賊忠良，天下遂大亂。莊宗以弑崩，李氏之子孫殲焉。嗚呼！革不足言矣，崇韜佐命大臣，忠勞爲一時冠，其請立劉氏，非有他心也，不過謂天子所寵昵而自結焉〔五〕，將賴其助以少安而已。然唐之亡，實由劉氏，是亡唐者崇韜也。後唐之先，皆有勳勞於帝室，晉王克用百戰以建王業〔六〕，莊宗因之遂有天下。同光之初，海内震動，幾可指麾而定矣。而崇韜顧區區之私，引劉氏以覆其社稷，而滅其後嗣，宗廟之靈，其肯赦之乎？崇韜卒以盡忠赤其族〔七〕，革亦無罪誅死，豈非天哉！昔唐高宗欲立武昭儀爲后，大臣褚遂良等力争以爲不可者，皆得禍，獨李勣勸成之〔八〕，窮極富貴而死，自謂得計矣。及武氏得志，唐高祖、太宗之子孫，誅戮幾盡，而勣雖已死，亦卒以孫敬業故，發墓剖棺，夷其宗族〔九〕。遂良等雖得禍，不至此也，天理之不可逃如此。雖然，豈獨天理哉，彼勣與崇韜皆武夫烈士〔一〇〕，勇於報德，乃以此心揣婦人，以爲自安之奇策，安知婦人之性，陰忮忍毒，果於背德〔一一〕。方其得志自肆，若豺虎然，豈復思得立之所自哉！然則二人之禍雖微，天理固有不可逃者矣。悲夫！

【題解】

郭崇韜傳，即新五代史郭崇韜傳。郭崇韜（八六五？—九二六），字安時，代州雁門（今山西代縣）人。五代十國時期後唐宰相、名將。歷仕兩代三主，奇襲滅梁，平定巴蜀。後遭權臣和劉皇后聯手構陷，遭杖斃。舊五代史卷五七、新五代史卷二四有傳。本文爲陸游讀五代史郭崇韜傳後所作的書後文，列舉郭崇韜和李勣投靠婦人以自保、終遭滅族的命運，闡述歷史教訓。

本文原未繫年。歐譜列於不繫年文。待考。

【箋注】

〔一〕後唐莊宗：即李存勖（八八五—九二六），沙陀族，山西應縣人。李克用長子，後唐開國皇帝，年號同光。勇猛善戰，長於謀略，但不懂治國，寵倖伶人，重用宦官，又吝嗇錢財，不懂撫恤士兵，三年即兵變被殺。廟號莊宗。舊五代史卷二七、新五代史卷五有傳。

〔二〕豆盧革（？—九二七）：五代時同州人。唐末避亂，後唐時拜相。素不學問，政事常錯亂，專求長生修煉之術。莊宗亡後被貶，尋賜自盡。

〔三〕功高迹危：功勳卓著，行迹危殆。

〔四〕黜貨蠹政：貪污納賄，敗壞朝政。

〔五〕自結：主動攀附。宋書恩倖傳：「朝士貴賤，莫不自結，而矜傲無降意。」

〔六〕晉王克用：即李克用（八五六—九〇八），沙陀族，生於神武川新城（今山西雁門）。唐末將領。參與鎮壓黄巢起義，封晉王。長期割據河東，與後梁争雄。其子李存勖建立後唐後追尊爲太祖。新唐書卷二一八、舊五代史卷二五、新五代史卷四有傳。

〔七〕赤族：誅滅全族。漢書揚雄傳下：「客徒欲朱丹吾轂，不知一跌將赤吾之族也。」顔師古注：「見誅殺者必流血，故云赤族。」

〔八〕「昔唐」四句：唐高宗李治即位後，納太宗才人武氏入宫爲昭儀，不久又欲立其爲后。褚遂良、長孫無忌等大臣反對，李義府、許敬宗等則迎合帝意。李勣奏稱：「此陛下家事，何必更問外人。」高宗遂廢王皇后，立武氏爲后。褚遂良等均遭貶斥。

〔九〕「而勣」四句：李勣死後，其孫李敬業襲爵英國公，歷官太僕少卿等。武則天廢唐中宗立睿宗，臨朝稱制，李敬業起兵討伐。武則天追削李敬業祖考官爵，發冢斫棺，復姓徐氏。後敬業兵敗被殺。

〔一〇〕烈士：指有節氣有壯志之人。韓非子詭使：「而好名義不進仕者，世謂之烈士。」

〔一一〕陰忮忍毒：陰險嫉妒，殘忍狠毒。果於背德：斷然背棄恩德。

書安濟法後

當安濟坊法行時，州縣醫工之良者，憚於入坊。越州有庸醫曰林彪，其技不售〔一〕，乃冒法代它醫造安濟〔二〕。今日傅容平當來，則林彪也；明日丁資當來，又林彪也；又明日僧寧當來，亦林彪也。其治疾亦時效〔三〕，遂以起家〔四〕，然里巷卒不肯用。比安濟法罷，林彪已爲温飽家矣。年八十餘乃終。開禧乙丑四月七日，務觀書。

【題解】

安濟法，即安濟坊法，宋代社會救濟制度之一。宋史徽宗紀：「（崇寧元年八月）辛未，置安濟坊養民之貧病者，仍令諸郡縣并置。」曾鞏越州趙公救災記所載即是一例：「明年春，大疫。爲病坊，處疾病之無歸者，募僧二人，屬以視醫藥飲食，令無失所。時凡死者，使在處隨收瘞之。」洪邁夷堅乙志宋固殺人報載：「時大觀四年，朝廷方行安濟法，若有病者，則里正當任責。」陸游老學庵筆記卷二亦載：「崇寧間……已而置居養院、安濟坊、漏澤園，所費尤大，朝廷課以爲殿最，往往竭州郡之力，僅能枝梧。諺曰：『不養健兒，卻養乞兒。不管活人，只管死尸。』蓋軍糧乏，民力窮，皆不問，若安濟等有不及，則被罪也。」可見安濟法之類也有不少弊病。安濟，安撫救濟。本文爲陸游讀「安濟法」後所作的書後文，記叙其時越州庸醫林彪冒法起家的故事。

據文末自署，本文作於開禧元年（一二〇五）四月七日。時陸游致仕家居。

【箋注】

〔一〕不售：賣不出去。詩邶風谷風：「既阻我德，賈用不售。」鄭玄箋：「如賣物之不售。」此指醫技低劣，無人求治。

〔二〕冒法：違犯法規。新唐書食貨志四：「亭户冒法，私鬻不絶。」造：造訪，拜訪。指到安濟坊行醫。

〔三〕時效：指時有起效。

〔四〕起家：興家立業。史記外戚世家：「衛氏枝屬以軍功起家，五人爲侯。」

書空青集後

建中靖國元年，景靈西宮成〔一〕，詔丞相曾公銘於碑〔二〕，以詔萬世。碑成，天下傳誦，爲宋大典，且歎曾公耆老白首〔三〕，而筆力不少衰如此。建炎後，仇家盡斥〔四〕，曾公文章始行於世，而獨無此文。或謂中更喪亂，不復傳矣。淳熙七年，某得曾公子寶文公遺文於臨川〔五〕，然後知其寶文公代作，蓋上距建中八十年矣〔六〕。嗚呼！文章巨麗閎偉至此，使得用於世，代王言，頌成功，施之朝廷，薦之郊廟，孰能先之？而終寶文公之世，士大夫莫知也。汪翰林平生故人〔七〕，及銘其墓，惟曰「始爲家賢子弟，中爲時勝流，晚爲能吏」〔八〕，是豈足以言公哉？公家世固以文章名天下〔九〕，又自少時所交皆諸父客，天下偉人，出入試用〔一〇〕，亦數十年，朋舊滿朝，然世猶不盡知之如此，況山林之士，老於布衣，所交不出閭巷，其埋没不耀、抱材器以死者〔一一〕，可勝數哉！可勝歎哉！九月十九日，山陰陸某書。

【題解】

空青集，曾紆文集名。曾紆（一〇七三—一一三五）字公衮，晚號空青老人，建昌軍南豐（今屬江西)人。曾布四子,曾肇侄。以蔭補承務郎,紹聖間中博學鴻詞科。崇寧二年坐元祐黨籍編管永州。紹興初除直顯謨閣,知撫州。進直寶文閣,知信州,尋移知衢州,未上任卒。宋史翼卷二六有傳。空青集爲其别集名。本文爲陸游讀空青集後所作的書後文,慨歎世上被埋没的人才不可勝數。

本文據篇中、篇末自署,當作於淳熙七年(一一八〇)九月十九日。時陸游在撫州江西常平茶鹽公事任上。

參考汪藻浮溪集卷二八右中大夫直寶文閣知衢州曾公墓誌銘。

【箋注】

〔一〕「建中」二句:景靈宫爲北宋安放先朝帝王神御(肖像)、牌位,供歲時祭祀的宫殿,始於真宗大中祥符間。徽宗即位,又建景靈西宫。宋史卷十九徽宗本紀:「(元符三年八月)庚子,作景靈西宫,奉安神宗神御,建哲宗神御殿於其西。」又:「(建中靖國元年十二月)丙午,奉安神宗神御於景靈西宫大明殿。丁未,詣宫行禮。」李攸宋朝事實卷六有景靈西宫記。

〔二〕丞相曾公:即曾布(一〇三六—一一〇七)字子宣,建昌軍南豐(今屬江西)人。曾鞏異母弟。嘉祐二年進士。神宗時任集賢校理,參與王安石變法。進翰林學士,兼三司使。哲宗親政,任同知樞密院事。徽宗立,除右僕射,獨當國政。受蔡京排擠,屢遭放逐,卒於潤州。宋史卷四七一有傳。

〔三〕耆老：年老。漢書宣帝紀：「朕惟耆老之人，髮齒墮落，血氣衰微，亦亡暴虐之心。」
〔四〕仇家：指當年排擠曾布的蔡京之流。
〔五〕寶文公：即曾紆，曾任直寶文閣。
〔六〕八十年：從建中靖國元年（一一〇一）至淳熙七年（一一八〇），恰爲八十年。
〔七〕汪翰林：即汪藻（一〇七九—一一五四），字彦章，號浮溪，饒州德興（今屬江西）人。崇寧二年進士。官至顯謨閣大學士、左大中大夫，封新安郡侯。長於四六，代表作建炎三年十一月三日德音等，廣爲傳誦。有浮溪集。宋史卷四四五有傳。
〔八〕「及銘」二句：汪藻撰有右中大夫直寶文閣知衢州曾公墓誌銘，見浮溪集卷二八。勝流，名流。
〔九〕「公家世」句：南豐曾氏爲儒學世家，自曾致堯、曾易占至曾鞏三代，及曾鞏弟曾肇、曾布等，均擅文名。
〔一〇〕試用：任用。墨子尚同下：「然胡不賞使家君，試用家君，發憲布令其家。」
〔一一〕材器：才能，器識。漢書王吉傳：「自吉至崇，世名清廉，然材器名稱稍不能及父，而禄位彌隆。」

書浮屠事

浮屠師宗杲〔一〕，宛陵人；法一〔二〕，汴人。相與爲友，資皆豪傑〔三〕，負氣好遊，出入市里自若。已乃折節〔四〕，同師蜀僧克勤〔五〕，相與磨礲浸灌〔六〕，至忘寢食。遇中原亂，同舟下汴，杲數視其笠，一怪之，伺杲起去，亟視笠中，果有一金釵，取投水中。杲還，亡金，色頗動，一叱之曰：「吾期汝了生死〔七〕，乃爲一金動耶？吾已投之水矣。」杲起，整衣作禮曰：「兄真宗杲師也。」交益密。於虖！世多詆浮屠者，然今之士有如一之能規其友者乎？藉有之〔八〕，有如杲之能受者乎？公卿貴人謀進退於其客〔九〕，客之賢者不敢對，其不肖者則勸之進，公卿亦以適中其意而喜。謀於子弟亦然。一旦得禍①，其客、其子弟，則曰：「使吾公早退，可不至是。」而公卿亦歎曰：「向有一人勸吾退，豈至是哉！」然亦晚矣。

【題解】

浮屠，此指和尚。本文記載了宗杲和法一相互規誡、恪守信仰的事迹，揭露公卿士大夫各爲私利、難成摯友的世態。

本文原未繫年。歐譜列於不繫年文。待考。

參考卷二一大慧禪師真贊、老學庵筆記卷三。

【校記】

①「旦」，原作「且」，據弘治本、正德本、汲古閣本改。

【箋注】

〔一〕宗杲：即大慧禪師。參見卷二二大慧禪師真贊題解。

〔二〕法一：字貫道，號雪巢，開封祥符人。俗姓李。大觀年間祝髮，師從圜悟、草堂禪師，紹興間歷遷巨刹，晚歸天台萬年觀音院，卒年七十五。事迹見五燈會元卷十八。

〔三〕資：資質，天資。

〔四〕折節：屈己下人。管子霸言：「折節事彊以避罪，小國之形也。」

〔五〕蜀僧克勤：即圜悟禪師。參見卷二二大慧禪師真贊注〔三〕。

〔六〕磨礲浸灌：切磋浸染。形容勤學苦練，相互影響。韓愈考功員外盧君墓銘：「君時始任戴冠，通詩書，與其群日講説周公、孔子，以相磨礲浸灌，婆娑嬉遊，未有舍所爲爲人意。」

〔七〕了：明瞭，參透。生死：佛教指流轉輪回。釋道安人本欲生經序：「生者，生死也。人在生死，莫不浪滯於三世，飄縈於九止，綢繆於八縛者也。」

〔八〕藉：假使。

〔九〕進退：出仕和退隱。王安石得孫正之詩因寄兼呈曾子固：「未有詩書論進退，謾期身世托林泉。」

書渭橋事

中大夫賈若思，宣和中知京兆櫟陽縣〔一〕，夏夜，以事行三十里，至渭橋。夜漏欲盡，忽見二三百人馳道上，衣幘鮮華〔二〕，最後車騎旌旄，傳呼甚盛。若思遽下馬，避於道傍民家，且使從吏詢之，則曰：「使者來按視都城基〔三〕，漢唐故城，王氣已盡，當求生地。此十里内已得之，而水泉不壯，今又舍之矣。」語畢，馳去如飛。時方承平，若思大駭。明日還縣，亟使人訪諸府，則初無是事也。若思，河朔人，自櫟陽從蔡靖辟爲燕山安撫司管勾機宜文字〔四〕。靖康中，自燕遁歸，入尚書省，爲司封郎而卒。

陸某曰：河渭之間，奥區沃野〔五〕，周、秦、漢、唐之遺迹隱轔故在〔六〕。自唐昭宗東遷，廢不都者三百年矣〔七〕。山川之氣，鬱而不發，藝祖、高宗〔八〕，皆嘗慨然有意焉，而群臣莫克奉承。予得此事於若思之孫逸祖〔九〕。豈關中將復爲帝宅乎？虜暴中原，積六七十年，腥聞於天。王師一出，中原豪傑必將響應，決策入關，定萬世之業，兹其時矣。予老病垂死，懼不獲見，故私識若思事以示同志，安知士無脱輓輅以進説者乎〔一〇〕？

【題解】

渭橋，長安渭水上的橋梁。此指中渭橋，秦始皇時始建。另有東、西渭橋，均建於漢代。本文記載賈若思夜遇使者尋察都城地基的傳説，表達了陸游期待王師北定中原、關中復爲帝宅的願望。

本文原未繫年。歐譜列於不繫年文。據文中「自唐昭宗東遷，廢不都者三百年」推算，約作於嘉泰四年（一二〇四）。文中稱「予老病垂死」，亦可爲證。

【箋注】

〔一〕賈若思：生平不詳。河朔人，歷任知櫟陽縣、燕山安撫司管勾機宜文字，靖康中爲司封郎而卒。京兆櫟陽縣：屬今陝西西安。櫟陽爲戰國時秦國故都，秦國定都櫟陽二世三十五年，秦孝公十三年遷都咸陽。

〔二〕衣幘：衣服和頭巾。

〔三〕按視：查看，察看。釋名釋言語：「識，幟也，有章幟可按視也。」都城基：都城的地基。

〔四〕蔡靖：字安世，浙江餘杭人，蔡松年父。歷任中書舍人、太子詹事、禮部侍郎等。宣和七年爲宣撫使，兼知燕山府。金兵佔領燕山，蔡靖降金。管勾：管理。

〔五〕奥區：腹地。文選班固西都賦：「防禦之阻，則天下之奥區也。」李善注：「奥，深也。言秦地險固，爲天下深奥之區域。」

〔六〕隱轔：隱約模糊。

〔七〕「自唐」二句：唐昭宗東遷，唐昭宗李曄（八六七—九〇四）於天祐元年（九〇四）正月在朱温逼迫下遷都洛陽，八月即被殺害。廢不都，長安不再作爲都城。三百年，距唐昭宗東遷三百年，當爲嘉泰四年（一二〇四）。

〔八〕藝祖：有文德之祖。此指宋太祖趙匡胤。高宗：指宋高宗趙構。

〔九〕逸祖：即賈逸祖，字元放，磁州邯鄲（今屬河北）人。嘗應宏詞科，官興化令。江西通志卷九六稱其「好古博學，寓居鉛山天王寺，有半隱齋，陸務觀爲之記」。參見渭南集外文半隱齋記。

〔一〇〕脱輓輅：解脱車前横木。此指擺脱羈絆，開拓思路。史記劉敬叔孫通列傳：「婁敬脱輓輅，衣其羊裘，見齊人虞將軍曰：『臣願見上言便事。』」司馬貞索隱：「輓者，牽也。音晚。輅者，鹿車前横木，二人前輓，一人後推之。」

書包明事

包明者，不知其鄉里。少爲兵，事湯岐公〔一〕，自樞密至左相，明常在府。紹興末，岐公以御史論罷。故例，一府之人皆罷，遇拜執政，則往事焉。久之，御史中丞汪公澈拜參知政事〔二〕，一府皆往。汪公，蓋前日劾岐公者也。於是明獨不肯往，曰：「是嘗論擊吾公者，持何面目事之？」雖妻子飢寒，不之顧。未幾，以病死。方岐公貴時，所薦達士大夫多矣，至其失勢，不反噬以媚權門者幾人〔三〕？且岐公平日待明，非有異於衆人也。汪公之拜，一府俱往，非獨明也，明而往事汪公，非有負也。泥塗賤隸〔四〕，又非清議所及〔五〕，而其自信毅然不移如此，蓋有古烈士之風矣〔六〕。書其始末，使讀者有感焉。

【題解】

包明，生平不詳。本文記載包明不肯背叛故主而貧病至死的事迹，稱贊其自信毅然的「古烈士之風」。

本文原未繫年。歐譜列於不繫年文。待考。

【箋注】

〔一〕湯岐公：即湯思退，字進之。參見卷六賀湯丞相啓題解。

〔二〕汪公澈：即汪澈（一一〇九—一一七一），字明遠，饒州浮梁（今江西景德鎮）人。紹興八年進士。歷官監察御史、殿中侍御史等，劾罷左相湯思退。紹興末除參知政事，與宰相陳康伯同贊内禪。官至樞密使。宋史卷三八四有傳。

〔三〕反噬：比喻背叛。晉書張軌傳：「（張）祚既震懼，又慮（王）擢反噬。」

〔四〕泥塗：指輕賤。　賤隸：地位低下的役隸。

〔五〕清議：社會輿論，對時政的議論。晉書傅玄傳：「其後綱維不攝，而虚無放誕之論盈於朝野，使天下無復清議。」

〔六〕古烈士：古代有氣節壯志之人。參見本卷書郭崇韜傳後注〔一〇〕。

書神仙近事

昔道士侯道華喜讀書，或問其意，答曰：「天上無凡俗神仙。」後果騰舉而去〔一〕。呂洞賓、陳摶、賀元、施肩吾皆本書生〔二〕，近歲有譙定、雍孝聞、尹天民〔三〕，亦皆以儒士得道。定今百二十餘歲，故在青城山中，采藥道人有見之者，讀易尚不輟也。孝聞或自稱木先生，往來沔鄂間〔四〕。天民客青城儲福宮〔五〕，一日，大罵所與往來道士，即閉門睡。道士明日相率謝之，而門不啓，壞壁視之，危坐死矣，方相與驚歎，俄失所在。此三人者皆顯人，故其事傳閭巷。山澤之士，名迹湮晦，本不爲人知者，又可悉數哉！予從子慧綽爲浮屠〔六〕，爲予言豫章西山香城寺之傍〔七〕，有野人身被緑毛，每雨霽，多坐石上暴日〔八〕，見人輒避去，追之不可及。有識者曰：「此馬祖弟子亮座主者〔九〕。」乃知長生久視之道〔一〇〕，人人可以得之，初不必老氏之徒也。因書置座右以自勵云。

【題解】

本文記載陸游所聞近時幾位儒生成仙者的事迹，説明「長生久視之道，人人可以得之」的道理。

本文原未繫年。歐譜列於不繫年文。待考。

【箋注】

〔一〕「昔道士」四句：據張讀宣室志侯道華載：侯道華爲蒲人，泊河中永樂縣道浄院，灑掃隸役，無所不爲。常好子史，手不釋卷，必誦之於口。衆或問之要此何爲，答曰：「天上無愚懵仙人。」咸大笑之。一日，道華執斧斫古松枝，且盡如削，無人喻其意。明晨，留詩一首而亡，稱服食院内前道士鄧太玄所煉丹藥，升仙而去。時在大中五年五月二十日。侯道華事迹又見沈汾續仙傳、高元謨侯真人降生臺記等，細節略有不同。

〔二〕吕洞賓：即吕巖，字洞賓。道教八仙之一。參見卷二二吕真人贊題解。陳摶（八七一—九八九）：字圖南，自號扶摇子。亳州真源（今河南鹿邑）人。唐末五代前後在武當山、峨眉山隱居著書，從道講學。後周時受世宗柴榮召見，賜號「白雲先生」。宋初太宗又兩次召見，賜號「希夷先生」。仙逝於華山張超谷。宋史卷四五七有傳。賀元：生平不詳。施肩吾：字希聖，自號華陽子。北宋前中期道士。或謂唐代道士。撰有西山群仙會真記。渭南文集卷二六跋修心鑒、老學庵筆記卷五均提及。

〔三〕譙定：字天授，涪陵人。少喜學佛，後學易象數之學。曾師伊川程顥講道於洛，得聞精義。靖康初欽宗召爲崇政殿説書，以論弗合，辭不就。高宗欲用之而未果。歸蜀隱居青城山，不知所終，世傳其爲仙。宋史卷四五九有傳。雍孝聞：費衮梁溪漫志卷七：「雍孝聞，蜀人。崇寧間廷試對策，力詆時政缺失，駁放。後雖授以右列，然卒不仕。浪迹山林，遂遇異人得道。政和末變姓名爲道士，入内説法，徽宗謂其得林靈素之半，因賜姓木，更名廣莫，竟不知其爲孝聞也。孝聞嘗自詠云：『百萬人中隱一身，深如勺水在滄溟。獨醒自負賢人酒，天闕難尋處士星。照影自憐湖水碧，高吟贏得蜀山青。城南老樹如相問，不枉翻空過洞庭。』」尹天民：字先覺，贛州會昌人。由太學博士知果州。時王黼專政，黼舊在太學，乃天民所隸齋生也。有强天民共謁之者，天民笑曰：「見王丞相豈不得好官？但恐爲顏、閔所笑。」後召除侍講，不就。隱居青城山。

〔四〕沔鄂：沔陽、鄂州。宋時屬荆湖北路，今爲湖北仙桃、鄂州。

〔五〕儲福宫：青城山宫觀。祝穆方輿勝覽卷五五：「（儲福宫）在天倉峰下。有唐代宗女玉真公主及明皇像，乃公主修真之地。有天峰閣，望三十六峰如列屏焉。」

〔六〕從子：兄弟之子，侄兒。又稱猶子。左傳襄公二十八年：「衛人立其從子圃，以守石氏之祀，禮也。」

〔七〕豫章：古郡名，即今江西省。後指南昌一帶。西山香城寺：江西通志卷一一一：「（香城寺）在新建縣西山。晉沙門曇顯欲創佛殿，禱於山，得香木，大堪爲柱。殿成，每誦經佛前，以木屑焚之，香聞數里，故名。寺旁有香城書院，後有講經臺遺址。」

〔八〕暴日：曬太陽。暴，同「曝」。

〔九〕馬祖（七〇九—七八八）：唐代禪僧。俗姓馬，法名道一，漢州什邡人，世稱馬祖，又稱江西馬祖。幼出家，從懷讓禪師學法，密授心印。代宗大曆中，據豫章開元寺，聚徒説法，禪宗大盛於江西。卒謚大寂禪師。

〔一〇〕長生久視：長久地活着，長生不老。老子：「深根固柢，長生久視之道。」吕氏春秋重己：「無賢不肖，莫不欲長生久視。」高誘注：「視，活也。」

書屠覺筆

建炎、紹興之間，有筆工屠希者，暴得名。是時大駕在宋，都在廣陵〔一〕，又南渡幸會稽、錢塘，希嘗從駕〔二〕。自天子、公卿、朝士、四方士大夫，皆貴希筆，一筒至千錢，下此不可得。晁侍讀以道作詩稱譽之〔三〕。有吴先生師中，字茂先〔四〕，得其筆，以一與先少師〔五〕。希之技誠絶人，入手即熟，作萬字不少敗，莫能及者。後七十餘年，予得其孫屠覺筆，財價百錢，入手亦熟可喜，然不二百字，敗矣。或謂覺利於易敗而速售〔六〕，是不然。價既日削矣，易敗則人競趨它工〔七〕，覺固不爲書者計，獨不自爲計乎？乃書希事，庶覺或見之。

【題解】

屠覺，南宋製筆匠人屠希之孫。本文記載屠希製筆之技絶人，而其孫屠覺則日漸敗落的情狀，希望屠覺有所感悟。

本文原未繫年。歐譜列於不繫年文。據文中「建炎、紹興之間……後七十餘年」推算，當作於嘉泰元年（一二〇一）之後。

參考劍南詩稿卷三七屠希筆。

【箋注】

〔一〕「是時」二句：宋高宗趙構於靖康二年五月即位於南京（今河南商丘南），改元建炎，是爲南宋之始。南京爲故宋地。十月，高宗南遷揚州，至建炎三年二月渡江南逃。揚州古稱廣陵。

〔二〕「又南」二句：建炎三年二月高宗南渡後至杭州，閏八月赴浙西，後暫駐越州（今紹興），十二月再浮海至温、台沿海。至建炎四年四月，返駐越州。越州古稱會稽，錢塘即杭州。從駕，指隨從皇帝出行。

〔三〕晁侍讀：即晁説之（一〇五九—一一二九），字以道，號景迂生。文集稱景迂生集。參見卷十四晁伯咎詩集序注〔一〕。建炎元年，高宗召説之赴行在，除徽猷閣待制兼侍讀，不久即除宫觀，建炎三年卒。景迂生集卷九有贈筆處士屠希詩：「屠希祖是屠牛坦，今日却屠秋兔毫。自識有心三副健，可憐無副一生勞。」

〔四〕吴師中：生平不詳。或謂曾任岳飛幕僚者。
〔五〕先少師：指陸游之父陸宰。
〔六〕利於易敗而速售：因筆易壞快速更換而獲利。
〔七〕競趨它工：競相尋求其他品質優良之筆。

書二公事

鄭介夫名俠，以剛直名天下〔一〕。晚居福清，自號一拂居士，布衣糲食，而雜植華木於舍傍，觴詠自適。客至，必與飲，食不過五爵，蔬果之外，一肉而已。遇貧士過者，亦薄贐之〔二〕，止於千錢。飲具皆白鑞〔三〕，或遺以銀杯，辭不取。好强客弈棋，有辭不能者，則留使旁觀，而自以左右手對局〔四〕。左白右黑，精思如真敵。白勝則左手斟酒，右手引滿〔五〕，黑勝反是。如是幾二十年如一日。謝昌國名諤〔六〕，嘗聞道於頤正郭先生〔七〕。居臨江〔八〕，名其廬曰艮齋。晨興，烹豆腐菜羹一釜，偶有肉，則縷切投其中。客至，亦不問何人，輒共食。有貧士及醫卜之類，飯已，輒語之曰：「吾無錢予君，豈欲詩乎？」取幅紙作絶句贈之，以爲常。二公皆予所鄉慕也〔九〕。予貧甚，欲學介夫辦五杯、千錢，亦復未易，又不解弈棋，或可力貧學昌國耳。書之座右，當徐圖之。紹熙之元十二月八日，九曲老樵書〔一〇〕。

【題解】

二公，指鄭俠、謝諤。本文記叙鄭、謝二公布衣糲食、觴詠自適的灑脱生活，表達了嚮慕之情。本文據篇末自署，當作於紹熙元年（一一九〇）十二月八日。時陸游被劾罷返里家居。參考老學庵筆記卷九鄭介夫條。

【箋注】

〔一〕鄭俠（一〇四一—一一一九）：字介夫，福清（今屬福建）人。治平四年進士。爲王安石所重，但因抨擊新政，屢遭貶斥。晚歲布衣糲食而終。宋史卷三二一有傳。

〔二〕贐：臨别時贈與路費或財物。

〔三〕白鑞：錫的别名。

〔四〕左右手對局：劉宰漫塘集卷一贈鄭介夫：「無事一樽誰與醉？有時兩手自争先。也知世上皆兒戲，出處如公豈偶然。」自注：「鄭公自用兩手圍棋，左手勝則右手把盞飲，右手勝則左手把盞飲。」

〔五〕引滿：指斟酒滿杯而飲。

〔六〕謝昌國：即謝諤，字昌國，號艮齋。參見卷十二賀謝殿院啓題解。

〔七〕頤正郭先生：即郭雍（一〇九一—一一八七），字子和。祖籍洛陽。出身儒門，其父師事程頤，著易説，雍傳其父學。隱居峽州，放浪山谷，號白雲先生。孝宗旌召不起，賜號沖晦處士，後封頤正先生。宋史卷四五九有傳。

〔八〕臨江：即臨江軍，治清江，新淦、新喻三縣。

〔九〕鄉慕：嚮往思慕。鄉，通「嚮」。

〔一〇〕九曲老樵：陸游自署别號。九曲，指河道迂回曲折。

渭南文集箋校卷第二十六

跋

【釋體】

徐師曾文體明辨序説：「題跋者，簡編之後語也。凡經傳子史詩文圖書之類，前有序引，後有後序，可謂盡矣。其後覽者，或因人之請求，或因感而有得，則復撰詞以綴以末簡，而總謂之題跋。至綜其實，則有四焉：一曰題，二曰跋，三曰書某，四曰讀某。夫題者，締也，審締其義也。跋者，本也，因文而見本也。書者，書其語。讀者，因於讀也。題、讀始於唐，跋、書起於宋。曰題跋者，舉類以該之也。其詞考古證今，釋疑訂謬，褒善貶惡，立法垂戒，各有所爲，而專以簡勁爲主，故與序引不同。」陸游所作共六卷、二百五十五首。

本卷收録跋文四十首。

真廟賜馮侍中詩

某家舊藏孝嚴殿繪像，先正侍中馮公在焉〔一〕。冠劍偉然，與太行、黄河氣象相埒。每稽首歎曰：「侍中輔相兩朝，更天下大變，而社稷尊安，夷狄讋服〔二〕，鉏耰萬里〔三〕，無犬吠之警，有以也夫！」晚待罪新定〔四〕，公之孫頎，出示章聖皇帝賜詩，又以想見一時盛事，恨不生其時，俯伏沙堤旁，窺望風采云〔五〕。

【題解】

真廟，指北宋真宗趙恒，謚號爲文明武定章聖元孝皇帝，簡稱章聖皇帝，廟號真宗。馮侍中指馮拯（九五八—一〇二三），字道濟，孟州河陽人。太平興國三年（九七八）進士。真宗朝歷官同知樞密院事、參知政事等，天禧四年（一〇二〇）拜同平章事。乾興元年（一〇二二）封魏國公，遷司空兼侍中。仁宗天聖初罷相，拜檢校太尉兼侍中。尋卒，謚文懿。宋史卷二八五有傳。本文爲陸游爲宋真宗賜馮拯詩所作的跋文，感慨先朝名臣的風采功業。

本文原未繫年。歐譜繫於淳熙十四年（一一八七）。是。當作於知嚴州時，文中「晚待罪新定」可證。

【箋注】

〔一〕孝嚴殿：宋宮殿名。位於供奉歷朝皇帝御容的景靈宮内，宋史禮志十二：「景靈宮創於大中祥符五年，聖祖臨降，爲宮以奉之……治平元年，又詔就宮之西園建殿，以奉仁宗，署曰孝嚴，奉安御容，親行酌獻。」郭若虚圖畫見聞志卷六載：「治平甲辰歲，於景靈宮建孝嚴殿，奉安仁宗神御。乃鳩集畫手，畫諸屏扆、牆壁，先是三聖神御殿兩廊，圖畫創業戡定之功及朝廷所行大禮，次畫講肄文武之事、遊豫宴饗之儀，至是又兼畫應仁宗朝輔臣吕文靖已下至節鉞凡七十二人。時張龍圖燾主其事，乃奏請於逐人家取影貌傳寫之，鴛行序列，歷歷可識其面，於是觀者莫不歎其盛美。」先正：前代賢臣。書説命下：「昔先正保衡，作我先王。」孔安國傳：「正，長也。言先世長官之臣。」

〔二〕讋服：畏懼服從。

〔三〕鉏耰萬里：指天下安於農耕。鉏耰，鋤草、平地之農具。鉏，同「鋤」。

〔四〕待罪：古代官吏謙稱任職，意爲不稱其職而將獲罪。司馬遷報任少卿書：「僕賴先人緒業，得待罪輦轂下，二十餘年矣。」新定：嚴州古名。此指知嚴州。

〔五〕「俯伏」二句：指瞻望馮拯輔相兩朝的風采。沙堤，唐代爲新任宰相鋪築的沙面大路。李肇唐國史補卷下：「凡拜相禮，絶班行，府縣載沙填路，自私第至子城東街，名曰沙堤。」

高宗聖政草

某被命修光堯皇帝聖政〔一〕，草創凡例，網羅放逸，雖寢食間，未嘗置也。然不敢以稿留私篋〔二〕。暇日偶追記得此，命兒輩録之。隆興二年十月一日，左通直郎、通判鎮江軍府事陸某記。

【題解】

高宗聖政，指記録宋高宗在位時重要政事的史籍。紹興三十二年，朝廷將編修敕令所改置爲編類聖政所，掌接續修纂慶曆、建中靖國編載未盡勳臣及元祐、靖康、建炎以來勳臣事迹，并裒輯建炎、紹興以來詔旨條例，編類高宗在位時重要政事。長官由宰相提舉。九月，陸游除樞密院編修官兼編類聖政所檢討官，具體負責編纂高宗聖政。本文爲陸游爲追記高宗聖政草稿所作的跋文，回憶當時的編修活動。

本文據文末自署，作於隆興二年（一一六四）十月一日。時陸游在鎮江通判任上。

【箋注】

〔一〕「某被命」句：陸子虡劍南詩稿跋：「孝宗皇帝嗣位之初，召對便殿，賜進士第。時始置編類太上皇帝聖政所，妙柬時髦，先君首預其選，擢檢討官。」時在紹興三十二年九月。光堯皇帝，宋高宗退位後，孝宗上尊號爲光堯壽聖太上皇帝，簡稱光堯或光堯皇帝。

〔二〕私篋：私家書箱，私人藏書。

高宗賜趙延康御書

右，知金壇縣趙君師懇録高宗賜其大父延康公書〔一〕，及延康移僞楚書〔二〕，共爲一編，以示史官陸某。某曰：延康在宣和、靖康間，聲望風采，震曜一時。及守宛丘，百戰禦狂虜，卒全其城，視唐代張巡、許遠、顔真卿皆過之〔三〕。來朝行在，高皇蓋欲以左轄命之〔四〕，議者謂宗室輔政非故事，遂止。方公之南徙也〔五〕，謝表有云：「臣本支百世，侍從三朝〔六〕。」又云：「堅壁以保近畿，慨前功之俱廢；登壇而陪盛禮，懷曩遇以自憐〔七〕。」讀者悲之。某又嘗於公從孫師嚴有翼家〔八〕，見公建炎奏議稿一編，皆人所至難言者。不知此稿皆在鑑堂集中否〔九〕？或可訪於有翼院中，以補逸遺，敢并以告。嘉泰癸亥歲三月丙申，臣某謹識。

【題解】

趙延康，即趙子崧（？—一一三二），字伯山，號鑑堂居士。宋燕王德昭五世孫。崇寧五年進士。官宗正少卿，知淮寧府。汴京失守，起兵勤王。康王以爲大元帥府參議官、東南都道總管，統東南勤王兵。高宗建炎元年除延康殿學士、知鎮江府。二年坐事降單州團練副使，謫居南雄州。世稱延康公。宋史卷二四七有傳。嘉泰二年六月，陸游應詔入都修史。趙子崧孫師愨録高宗賜其祖御書等材料示陸游。本文爲陸游爲高宗賜趙子崧御書所作的跋文，高度評價延康公勤王功績，并爲搜集其遺著提供線索。

本文據文末自署，作於嘉泰三年（一二〇三）三月丙申（二十七）日。時陸游在秘書監、寶謨閣待制任上。

【箋注】

〔一〕趙君師愨：趙子崧之孫，時知金壇縣。

〔二〕僞楚：靖康二年，金兵攻陷汴京，擄走徽、欽二帝，立張邦昌爲大楚皇帝，定都金陵，但稱帝僅三十二天。金退兵後，張邦昌被迫去除帝號，迎元祐皇后垂簾聽政。張氏政權史稱「僞楚」。高宗即位後，張邦昌被賜死。僞楚政權存在時，趙子崧曾移書責之。

〔三〕張巡、許遠、顔真卿：均爲唐代藩鎮叛亂中拚死抵抗、不降叛軍的英雄。張、許守睢陽，因外援不至，城破均被殺害。事迹參見韓愈張中丞傳後序。顔氏在「安史之亂」時固守平原，代宗時因曉諭叛將李希烈部，拒賊被殺。參見舊唐書卷一二八、新唐書卷一五三本傳。

〔四〕左轄：即左丞。左右丞管轄尚書省事，故稱左右轄。周書韋瑱傳：「瑱明察有幹局，再居左轄，時論榮之。」
〔五〕南徙：指被貶謫居南雄州。
〔六〕本支百世：指子孫昌盛，百代不衰。詩大雅文王：「文王孫子，本支百世。」毛傳：「本，本宗也；支，支子也。」鄭玄箋：「其子孫適爲天子，庶爲諸侯，皆百世。」此指趙子崧自己爲趙宋宗族。三朝：指徽宗、欽宗、高宗三朝。
〔七〕「堅壁」四句：趙子崧回顧自己勤王保國，屢受重用的經歷，感慨前功盡棄而自憐。
〔八〕從孫：兄弟的孫子。師嚴：即趙師嚴，字有翼。曾於高宗末、孝宗初添差通判吴興。
〔九〕鑑堂集：當爲趙子崧文集。

高皇御書　二

臣某少時與胡尚書之子杞同學於雲門山中〔一〕，見高皇帝賜尚書御題扇曰：「文物多師古，朝廷半老儒。」蓋黄體也〔二〕，與此手詔絶相類〔三〕。後數年，蒙收召，得面天顔，距今四十四年矣〔四〕。伏讀霣涕，不知所云。嘉泰癸亥五月一日，史官臣陸某謹題〔五〕。

【題解】

高皇，即宋高宗。本文爲陸游見到宋高宗手詔後所作的跋文，抒寫對高宗的感恩之情。

本文據文末自署，作於嘉泰三年（一二〇三）五月一日。時陸游修史完成，除提舉江州太平興國宫，即將返鄉。

【箋注】

〔一〕胡尚書：即胡直孺，字少汲，號西山老人，洪州奉新（今屬江西）人。紹聖四年進士。累遷監察御史、知平江府。靖康間知南京，爲金人所執，不屈，久之得歸。高宗朝爲刑部尚書，兼權禮部尚書，官至兵部尚書兼侍讀。卒於會稽，葬雲門白水塘。事迹見宋詩紀事卷三四。胡杞：字基仲，胡直孺長子。陸游少時同學。曾任政和縣尉。參見劍南詩稿卷五讀胡基仲舊詩有感、卷四四追懷胡基仲、卷五六寄題胡基仲故居。雲門山：在秦望山南麓，參見卷十七雲門壽聖院記題解。

〔二〕「文物」二句：出自杜甫行次昭陵。黄體：指黄庭堅的書體。

〔三〕手詔：帝王親手所寫詔書。

〔四〕「後數年」四句：紹興三十年（一一六〇）正月，陸游自福州任上北歸。五月，除敕令所删定官，進入朝官行列，得面見高宗。此時距嘉泰三年恰跨四十四年。

〔五〕史官：陸游於嘉泰二年六月入都出任實録院同修撰兼同修國史，十二月除秘書監。此時即將離任，仍自稱史官。

又

臣某伏睹高皇帝御天下幾三十年，進用諫官、御史，皆出聖選，故往往躐至相輔〔一〕，其不合者，猶爲侍從乃去〔二〕。如施公財任遺補〔三〕，即出守小郡，蓋無幾人。則其犯顔咈指〔四〕，不橈於權倖〔五〕，可以想見。而上之知人受盡言〔六〕，有仁祖用范仲淹、唐介之風矣〔七〕。惜乎施公遽逝去，不及召用。於虖悲夫！開禧乙丑九月一日，故史官陸某謹書〔八〕。

【題解】

本文爲陸游見到宋高宗相關御書（内容不詳）後所作的跋文，稱頌高宗能用諫官。

本文據文末自署，作於開禧元年（一二〇五）九月一日。時陸游致仕家居。

【箋注】

〔一〕躐：超越，越級。

〔二〕侍從：隨侍帝王的重臣。漢書史丹傳：「自元帝爲太子時，丹以父高任爲中庶子，侍從十餘年。」

〔三〕施公：爲誰不詳。　財：通「才」。　遺補：拾遺、補闕的並稱，因同爲諫官，職掌相同。白居易大官乏人策：「丞郎、給舍之材，選於御史、遺補、郎官。」

〔四〕咈指：違背旨意。

〔五〕不橈：不屈。　權倖：有權勢而得到帝王寵倖的奸佞之徒。後漢書陳球傳：「在朝清忠，權倖憚之。」

〔六〕盡言：直言。指毫無保留地暢所欲言。國語周語下：「唯善人能受盡言，齊其有乎？」

〔七〕仁祖：指宋仁宗。　唐介（一〇一〇—一〇六九）：字子方，江陵（今屬湖北）人。天聖進士。歷任殿中侍御史、開封府判官、知諫院等，諍諫不避權貴。神宗時爲三司使，除參知政事，數與王安石争論。宋史卷三一六有傳。

〔八〕故史官：陸游此時已離任致仕，故自稱「故史官」。

今上皇帝賜包道成御書崇道庵額

開禧某年某月甲子，皇帝親御翰墨，書「崇道庵」三字，賜妙行先生臣包道成，以示故史官臣陸某，將刻之石，具載歲月及被賜之由，示天下後世。臣某竊聞臣道成實晉陵人，少學黄老之説，以劬身濟衆爲事〔一〕。寓迹都城三十餘年，築堂以居，凡以黄冠褐衣至者，靡不館之〔二〕。往來千人，蓋嘗有神仙異人混於衆中，道成獨默識之而不言。會稽光孝觀故名乾明，天聖間章獻明肅皇后遣中使築之〔三〕，久壞不葺，道成談笑復其舊。凡都城橋梁道路，皆力治之，費至緡錢百餘萬。建東嶽廟吴山上〔四〕，既成，又即其傍築室以奉真武〔五〕。左江右湖，氣象雄麗，而道院屹立於廡外，鐘磬步虚之聲在雲霄間〔六〕，都人爲之心駭神竦。於是皇帝聞而異之，故有扁榜之賜。臣某犬馬之年，駸駸九十〔七〕，獲在聖主仁壽域中，且嘗獲紬繹三朝金匱石室之藏〔八〕。今雖篤老，猶幸未病廢，得以紀稀闊盛事〔九〕，豈非幸哉！開禧二年歲在丙寅，三月某日，太中大夫、充寶謨閣待制致仕、山陰縣開國子食邑五百户、賜紫金魚袋臣陸某昧死稽首，再拜謹書。

【題解】

今上皇帝，指宋寧宗。包道成，號妙行先生，南宋道士，晉陵（今江蘇常州）人。寓居臨安三十餘年。於吴山重建東嶽廟，寧宗爲題「崇道庵」匾額，并將刻石。本文爲陸游爲寧宗題額「崇道庵」所作的跋文，記叙道士包道成修建道觀及寧宗題額始末。

本文據文末自署，作於開禧二年（一二〇六）三月。時陸游致仕家居。

【箋注】

〔一〕黄老之説：即道家的學説。黄老，黄帝和老子的並稱，後世道家奉爲始祖。　劬身濟衆：勞苦自身，救助衆人。

〔二〕寓迹：寄足，暫時居住。馬吉甫蟬賦：「聊息心於萬事，欣寓迹於一枝。」　黄冠褐衣：道士的裝束。

〔三〕「會稽」二句：嘉泰會稽志卷七：「報恩光孝觀在府東三里九十四步，隸會稽。陳武帝永定二年捨宅建，名思真觀。太平興國九年，州乞改額乾明，以從聖節，祝至尊壽。詔俞其請。崇寧二年改崇寧萬壽。政和三年改天寧萬壽，置徽宗本命殿，號景命萬年殿。紹興七年改報恩廣孝，十二年又改今額，專奉徽宗皇帝香火。初，天聖間章獻明肅皇后敕遣中使修建，用玉清昭應宫別殿小樣。」章獻明肅皇后，即劉娥，宋真宗皇后，真宗逝世後爲皇太后，曾垂簾聽政。宋史卷二四二有傳。

〔四〕建東嶽廟吴山上：咸淳臨安志卷七五：「中興觀在吴山，大觀中建東嶽行祠，規置略具。紹興七年鄉民始合力營葺之，二十九年有茹氏者捐貲訖成之，翼以道館。嘉泰辛酉燬，包道成募緣重建，扁曰『崇道庵』。」

〔五〕真武：即玄武，北方之神。趙彦衛雲麓漫鈔卷九：「朱雀、玄武、青龍、白虎爲四方之神。祥符間，避聖祖諱，始改玄武爲真武……後興醴泉觀，得龜蛇，道士以爲真武現，繪其像以爲北方之神，被髮，黑衣，仗劍，蹈龜蛇，從者執黑旗。」

〔六〕步虛：道士唱經禮贊。李白題隨州紫陽先生壁：「喘息飡妙氣，步虛吟真聲。」王琦注引異苑：「陳思王遊山，忽聞空裏誦經聲，清遠遒亮，解音者則而寫之，爲神仙聲。道士效之，作步虛聲。」

〔七〕駸駸：漸進貌。李翱故處士侯君墓誌：「每激發，則爲文達意，其高處駸駸乎有漢魏之風。」

〔八〕紬繹：整理綴集。金匱石室：古代國家秘藏文獻之處。史記太史公自序：「（司馬談）卒三歲而遷爲太史令，紬史記石室金匱之書。」

〔九〕稀闊：稀疏，少見。

跋尹耘師書劉隨州集

傭書人韓文持束紙支頭而睡〔一〕，偶取視之，劉隨州集也。乃以百錢易之，手加裝褫〔二〕。紹興二十五年正月八日，陸某記。

尹耘師耕，鄉里前輩，與九伯父及先君游〔三〕。此集蓋其手抄云。紹熙元年七月望，某再跋。

【題解】

尹耘師，名耕，陸游的鄉里前輩。劉隨州集，唐代劉長卿的文集，因其官終隨州刺史，故稱劉隨州。本文爲陸游爲尹耕手抄劉隨州集所作的跋文，記叙其來歷及前輩概況。

本文據文末自署，作於紹興二十五年（一一五五）正月八日。時陸游家居，尚未出仕。再跋於紹熙元年（一一九〇）七月望日，時陸游被劾罷家居。前後相隔三十五年。

【箋注】

〔一〕傭書人：受雇爲人抄書者。後漢書班超傳：「家貧，常爲官傭書以供養。」

〔二〕裝褫：裝裱古籍或書畫。

〔三〕九伯父：陸游家族父輩，爲誰未詳。先君：已故之父親。

跋唐御覽詩

右，唐御覽詩一卷，凡三十人，二百八十九首，元和學士令狐楚所集也〔一〕。按盧綸墓碑云〔二〕：「元和中，章武皇帝命侍臣采詩〔三〕，第名家得三百一十篇。公之章句奏御者居十之一〔四〕。」今御覽所載綸詩，正三十二篇，所謂「居十之一」者也。據此，則御覽爲唐舊書不疑。然碑云三百一十篇，而此纔二百八十九首，蓋散逸多矣，姑校定訛謬，以俟完本。御覽一名唐新詩，一名選集，一名元和御覽云。紹興乙亥十一月八日，吴郡陸某記。

【題解】

唐御覽詩，又名唐新詩、選集、元和御覽，爲唐代令狐楚於元和年間選輯及上呈唐憲宗的唐詩選本。本文爲陸游爲唐御覽詩所作的跋文，考證詩集版本及名稱。

本文據文末自署，作於紹興二十五年（一一五五）十一月八日。時陸游家居，尚未出仕。

【箋注】

〔一〕令狐楚（七六六？—八三七）：字殼士，唐宜州華原（今陝西耀縣）人。貞元七年（七九一）進士。憲宗時歷任知制誥、翰林學士，遷中書侍郎同平章事；穆宗時貶衡州刺史；敬宗時歷户部尚書、東都留守、吏部尚書，累官至檢校尚書右僕射，封彭陽郡公。舊唐書卷一七二、新唐書卷一六六有傳。元和學士：令狐楚元和九年至十三年任翰林學士。

〔二〕盧綸（七三七？—七九九？）：字允吉，河中蒲州（今山西永濟）人。舉進士，屢不第。大曆年間被舉薦入仕，任集賢學士、秘書省校書郎，升監察御史，後遭貶。德宗時官至檢校户部郎中。爲「大曆十才子」之一。舊唐書卷一六三、新唐書卷二〇三有傳。墓碑：指盧言撰唐兵部尚書盧綸碑。金石録卷十：「唐兵部尚書盧綸碑，盧言撰，崔倬正書，大中十三年七月。」

〔三〕章武皇帝：即唐憲宗李純（七七八—八二〇），順宗長子。貞元二十一年（八〇五）立爲太子，同年八月即位。在位十五年，勵精圖治，重用賢良，改革弊政，勤勉政事，使藩鎮勢力有所削弱，史稱元和中興。元和十五年薨，謚號昭文章武大聖至神孝皇帝，廟號憲宗。舊唐書卷一四、新唐書卷七有本紀。

〔四〕公之章句：指盧綸的詩篇。

跋文武兩朝獻替記

學者當以經綸天下自期〔一〕，此書不可不見也。但傳本繆誤，幾不容讀，以它書尋繹之〔二〕，十得四五云。紹興丙子臘日〔三〕，務觀題。

【題解】

文武兩朝獻替記三卷，唐李德裕撰，新唐書藝文志史部雜史類著録，今已佚。本文爲陸游爲文武兩朝獻替記所作的跋文，抒發「學者當以經綸天下自期」的抱負。

本文據文末自署，作於紹興二十六年（一一五六）十二月初八日。時陸游家居，尚未出仕。

【箋注】

〔一〕經綸天下：指籌畫治理天下。經綸，整理絲緒，編絲成繩。引申爲籌畫治國大事。易屯：「雲雷屯，君子以經綸。」孔穎達疏：「經謂經緯，綸謂綱綸。言君子法此屯象有爲之時，以經綸天下，約束於物。」禮記中庸：「唯天下至誠，爲能經綸天下之大經，立天下之大本，知天地之化育。」　自期：自許，自己期望。

〔二〕尋繹：抽引推求。漢書黄霸傳：「米鹽靡密，初若煩碎，然霸精力能推行之。吏民見者，語次尋繹，問它陰伏，以相參考。」顔師古注：「繹，謂抽引而出也。」

〔三〕臘日：古代臘祭之日，在農曆十二月初八。應劭風俗通祀典灶神引荀悦漢紀：「南陽陰子方積恩好施，喜祀灶，臘日晨炊而灶神見。」

跋杲禪師蒙泉銘

右，妙喜禪師爲良上人所作蒙泉銘一首〔一〕。往予嘗晨過鄭禹功博士〔二〕，坐有僧焉，予年少氣豪，直據上坐。時方大雪，寒甚，因從禹功索酒，連引徑醉。禹功指僧語予曰：「此妙喜也。」予亦不辭謝，方説詩論兵，旁若無人，妙喜遂去。其後數年，予老於憂患，志氣摧落，念昔之狂，痛自悔責。然猶冀一見，作禮懺悔，孰知此老遂棄世而去耶〔三〕。雖然，良公蓋一世明眼衲子〔四〕，不知予當時是，即今是？試爲下一轉語〔五〕。隆興改元十一月五日，笠澤漁隱陸某書。

【題解】

杲禪師，即徑山大慧宗杲禪師，號妙喜。參見卷二二大慧禪師真贊題解。本文爲陸游爲大慧禪師蒙泉銘所作的跋文，睹物思人，悔責自己少時氣狂，目中無人，唐突妙喜禪師，現欲作禮懺悔而不得。

本文據文末自署，作於隆興元年（一一六三）十一月五日。時陸游除鎮江通判，返里尚未赴任。

【箋注】

〔一〕良上人：即良禪師，參見卷二三卍庵禪師真贊題解。上人，對僧人的尊稱。蒙泉銘：大慧普覺禪師年譜紹興二十七年載：「育王爲浙東大道場，地高無水，僧衆苦之。紹興丙子，佛日受請。周旋其間，令僧廣恭穿穴玆地爲大池。鍬鍤一施，飛泉噴湧。知軍事秘監姜公見而異之，名曰妙喜。無垢居士爲之銘，末句有云：『謂余未然，妙喜其決之。』師因説偈於其後，仍作蒙泉銘曰：『廣利東，泉曰蒙。源玲瓏，萬竅通。聲淙淙，出無窮。良施工，不落空。銘泉者爲誰？山僧妙喜翁。』」

〔二〕鄭禹功：號雙槐居士。多與禪僧遊，并與少年陸游、曾幾等交往。
〔三〕「孰知」句：妙喜禪師隆興元年八月示寂。
〔四〕良公：即良上人。衲子：僧人。
〔五〕轉語：禪宗稱撥轉心機、使人恍然大悟的機鋒話語。

跋修心鑑

右，高祖太傅公修心鑑一篇〔一〕。初，公生七年，家貧未就學，忽自作詩，有神仙語〔二〕，觀者驚焉。晚自號朝隱子，嘗退朝，見異人行空中，足去地三尺許，邀與俱歸，則古仙人嵩山栖真施先生肩吾也〔三〕。因受鍊丹辟穀之術，尸解而去〔四〕。然其術秘不傳，今惟此書尚存。某既刻版傳世，并以七歲吟及自贊附卷末，庶幾篤志方外之士讀之〔五〕，有所發焉，亦公之遺意也。隆興二年七月二日，元孫某謹書〔六〕。

【題解】

修心鑑，陸游高祖陸軫所撰修身鏡鑒。文中稱：「夫人在陰則慘，在陽則舒。一日之中有善惡：所涉善事，類屬於陽，所謂君子也；所涉惡事，類屬於陰，所謂小人也。別而白之，是可鑒焉。」以下列舉焚香、誦讀、修煉、好生等善事二十四類，好殺、嗔惡、强梁、殘忍等惡事三十二類，并云「鑒上之目，常須警戒，毋勿沾染」。全文見永樂大典卷八六二九（中華書局影印本第九十五册）及山陰陸氏族譜遺稿。陸游將其刻版傳世。本文爲陸游爲修心鑒所作的跋文，記載高祖修道異事，期盼同道有所發明。

本文據文末自署，作於隆興二年（一一六四）七月二日。時陸游在鎮江通判任上。

【箋注】

〔一〕太傅公：即陸軫，字齊卿，號朝隱子，山陰人。大中祥符五年進士。歷官祠部員外郎、集賢校理，知會稽，移明州，守新定，分司西京。卒年七十七，贈太傅、諫議大夫。生平軼事參見陸游家世舊聞卷上。

〔二〕「公生」四句：即下文所謂七歲吟，陳鵠耆舊續聞卷一：「陸太傅軫，會稽人，神采秀異，好爲方外遊。七歲猶不能語，一日乳媪携往後園，俄而吟詩曰：『昔時家住海三山，日月宫中屢往還。無事引他天女笑，謫來爲吏在人間。』」

〔三〕施先生肩吾：號栖真子，唐代詩人、道士，有詩集西山集十卷、養生辨疑訣等。或云北宋道士。參見卷二五書神仙近事注〔二〕。

〔四〕辟穀：指不食五穀。道教修煉術之一。辟穀之時，仍食藥物，并兼做導引等。史記留侯世家：「乃學辟穀，道引輕身。」尸解：指道士得道後遺棄肉體而仙去，或不留遺體，只假托一物（如衣、杖、劍）遺世而升天。後漢書王和平傳李賢注：「尸解者，言將登仙，假托爲尸以解化也。」

〔五〕方外之士：不涉塵世或不拘世俗禮法之人，多指僧人、道士、隱者。

〔六〕元孫：玄孫，係避趙宋聖祖諱改。指本人以下第五代。

跋邵公濟詩①

先子入蜀時〔一〕，與邵子文遇於長安〔二〕，同游興慶池〔三〕，有詩倡酬，相得歡甚。夜讀公濟詩，超然高逸，恨未嘗得講世舊與文盟也〔四〕。乾道元年五月十八日，笠澤漁隱陸某書。

【題解】

邵公濟，即邵博，字公濟，號西山。洛陽人。邵伯温次子。紹興八年賜同進士出身。曾知果州、眉州，任職雅州。後居犍爲而卒。著有邵氏聞見後録。本文爲陸游夜讀邵博詩所作的跋文，感歎兩家兩代人之間的交往和文學緣分。

本文據文末自署，作於乾道元年（一一六五）五月十八日。時陸游在鎮江通判任上。

【校記】

①「濟」，原作「澤」，據正文及弘治本、汲古閣本改。

【箋注】

〔一〕先子入蜀：指陸游之父陸宰於宣和年間曾入蜀。卷二八跋蘇氏易傳：「此本，先君宣和中入蜀所得也。」

〔二〕邵子文：即邵伯温（一〇五七—一一三四），字子文，河南洛陽人。邵雍之子。元祐中因薦特授大名府助教，調長子縣尉。徽宗時出監華州西嶽廟，主管耀州三白渠公事。除知果州，擢提點成都路刑獄。卒於利州路轉運副使。著有河南集、皇極系述、邵氏聞見録等。宋史卷四三三有傳。

〔三〕興慶池：即長安興慶宫龍池。興慶宫是唐長安城三大宫殿群（太極宫、大明宫、興慶宫）之一，稱爲「南内」。位於長安外郭東城春明門内。原是唐玄宗做藩王時的府邸，登基後大規模擴建，成爲開元、天寶時期的政治中心。安史之亂後成爲太上皇或太后閒居之所，唐末被廢棄。至宋代仍存遺迹。

〔四〕世舊：世交舊誼。李嘉祐送張惟儉秀才入舉：「以吾爲世舊，憐爾繼家風。」文盟：文壇盟友。

跋坐忘論

司馬子微師體玄先生潘師正〔一〕，體玄師昇玄先生王遠知〔二〕，昇玄師貞白先生華陽隱居陶弘景〔三〕。故體玄語子微曰：「吾得陶隱居正一法，逮汝四世矣〔四〕。」乾道二年天慶節〔五〕，借玉隆藏室本傳〔六〕。漁隱子手記。

【題解】

坐忘論是道教講述修道「階次」即修習次第的著作，分信敬、斷緣、收心、簡事、真觀、泰定、得道七章。一說爲唐司馬承禎撰，一說爲唐趙堅撰。本文爲陸游借玉隆藏室本傳寫坐忘論後所作的跋文，指明其傳承世次。

本文據文末自署，作於乾道二年（一一六六）正月初三日。時陸游在隆興通判任上。

參考卷二八跋坐忘論。

【箋注】

〔一〕司馬子微：即司馬承禎（六四七—七三五），字子微，法號道隱。河内温縣（今屬河南）人。自少篤學好道，無心仕宦。師事嵩山道士潘師正，得受上清經法及符籙、導引、服餌諸術。遍游天下名山，隱居於天台山玉霄峰，自號天台白雲子。唐睿宗、唐玄宗先後召入宮中，優禮有加。羽化後追謚正一先生。著有修真秘旨、坐忘論等。舊唐書卷一九二、新唐書卷一九六有傳。潘師正（五八四—六八二）：字子真，趙州贊皇（今屬河北）人。隋大業間師事王遠知，盡受道門隱訣及符籙。隨之至茅山，居嵩陽雙泉嶺逍遥谷修道二十餘年。唐高宗多次召見。卒謚體玄先生。舊唐書卷一九二、新唐書卷一九六有傳。

〔二〕王遠知（五〇九—六三五）：又名遠智，字廣德，原籍琅琊，後爲揚州人。年十五，師事陶弘景，得上清派道法。又從宗道先生臧兢學，得諸秘訣。遂遊歷天下，後歸隱茅山，專習辟穀休糧、上清道法。隋煬帝召見，親執弟子禮。唐太宗爲秦王時，親授三洞法策於官邸。太宗即位，以疾固辭還山。卒謚昇真先生，武后時改謚昇玄先生。舊唐書卷一九二、新唐書卷一九六有傳。

〔三〕陶弘景（四五六—五三六）：字通明，自號華陽隱居，丹陽秣陵（今屬南京）人。少以才學聞名，歷任宋、齊諸王侍讀等，永明十年辭官，掛冠神武門，退隱句容句曲山（茅山）。梁武帝屢請不出，常去咨詢，人稱「山中宰相」。隱居茅山四十五年。卒謚貞白先生。著有真誥、登真隱訣、肘後百一方、本草集注等數十種。梁書卷五一、北史卷七六有傳。

〔四〕「故體玄」三句：舊唐書司馬承禎傳：「（潘）師正特賞異之，謂曰：『我自陶隱居傳正一之法，至汝四葉矣。』」正一：道教之一派。東漢張道陵所創。相傳太上老君親授道陵太玄經、正一經等，道陵被尊爲「正一天師」，其道派稱「天師道」、「正一道」。主要奉持正一經，崇拜鬼神，畫符念咒，驅鬼降妖，祈福禳災等。

〔五〕天慶節：宋代宮廷節日。宋真宗大中祥符元年，因傳有天書下降人間，下詔定正月初三日爲「天慶節」，官員等休假五日。後爲道教節日。

〔六〕玉隆：即玉隆萬壽宮，在江西新建逍遥山。净明道祖庭。原爲祖師許遜故宅，後歷經變遷，宋真宗大中祥符三年改稱玉隆宮。徽宗政和六年擴建，題額玉隆萬壽宮。

跋查元章書

李份事士大夫謹〔一〕，以故得書帖多不可數。然閟其書〔二〕，至不敢與他札偕臧者，元章吏部一人而已〔三〕。份一吏耳，知敬元章如此。豈知元章仕於朝，既不容；去而居幕府，又不容；自引於數千里外赤甲白鹽之間〔四〕，乃少安。嗚呼，亦可歎也夫！丙戌上元後三日〔五〕，漁隱書。

【題解】

查元章即查籥，字元章，江陵人。趙逵榜進士及第，治春秋。紹興二十九年七月除秘書省正字，三十年十二月罷。隆興初以御史出爲夔路運判，後轉成都運使、四川總領。乾道六年以太府少卿兼國史院編修官。七年改知鎮江（據南宋館閣録卷八、蜀中廣記卷四九、景定建康志卷二六）。本文爲陸游爲查籥書信所作的跋文，感歎查籥不容於朝廷和幕府，惟稍安於蜀地的命運。

本文據文末自署，作於乾道二年（一一六六）正月十八日。時陸游在隆興通判任上。

【箋注】

〔一〕李份：吏部小吏。生平不詳。

〔二〕閟：珍重。

〔三〕元章吏部：查籥早年當曾在吏部任職，李份或爲其屬吏。

〔四〕赤甲白鹽：均爲山名，在四川奉節東三峽夔門兩側，北曰赤甲山，南曰白鹽山。杜甫夔州歌十絶句之四：「赤甲白鹽俱刺天，閭閻繚繞接山巔。」

〔五〕上元：節日名，農曆正月十五，亦稱元宵節。

跋高象先金丹歌

右，玉隆萬壽觀本〔一〕。序言有注解而不傳〔二〕，亦不知序者爲何人也。丙戌二月八日，務觀書。

【題解】

高象先，宋史戚同文傳附：「高象先父凝祐，刑部郎中，以彊幹稱。象先，淳化中三司户部副使，卒於光禄少卿。」又太宗實録卷四四：「（端拱元年四月）丙午，以監察御史高象先爲廣南西路轉運使。」金丹歌，傳爲高象先所作，爲長篇七言古詩，氣勢雄渾，乃作者於大中祥符七年在京師乘醉答諸宫高員外而作。自述學仙修道之經歷，推崇道教經典參同契。本文爲陸游爲高象先金丹歌所作的跋文，考證版本及序言，并存疑。

本文據文末自署，作於乾道二年（一一六六）二月八日。時陸游在隆興通判任上。

【箋注】

〔一〕玉隆萬壽觀：即玉隆萬壽宫。參見本卷跋坐忘論注〔六〕。

〔二〕序言：正統道藏太玄部有真人高象先金丹歌，前有序言稱：「高先，字象先，朐陽人也。余素昧平生，祥符六年，因四明傳神僧禹昌，始得識公面於京師。佳其負才學而輕名位，陶陶然以酒自娱；又視其眼光溢臉，歎曰：真明瞭人也。始與定交，然莫測有他術。洎七年秋，觀公承醉答諸宫高員外歌一首，幾二千言，雖朝上帝，問道西華，率皆寓言。其排邪斥僞，矯正歸真，真一之道也。余不佞，春秋六十四矣，學道四十年間，百師千友，萬言億術，皆蒙蒙相授，迷迷相指，其皎然明白若象先是歌者，未之前聞。余懼覽者目爲狂怪之詞，不悟至真之道，遂爲注解，以示將來。」

又

國初有高象先，淳化中爲三司户部副使，少從戚同文學〔一〕，與宗度、許驤、陳象輿、郭成範、王礪、滕涉齊名〔二〕，不言其所終，亦不知其鄉里，恐即此人。然序言名先，字象先，又似别一人。神仙隱顯，不可必知，聊記之耳。辛亥炊熟日書〔三〕。

【題解】

本文爲陸游在上文二十五年後所作的再跋文，考證金丹歌及序言之作者，仍存疑。

本文據文末自署，作於紹熙二年（一一九一）炊熟日。時陸游奉祠家居。

【箋注】

〔一〕戚同文（九〇四—九七六）：字文約，一曰同文，宋州楚丘（今山東曹縣）人。幼以孝聞。從名儒楊慤學禮記，誦五經，慤妻以女弟。同文築室聚徒，請益者不遠千里，登第者五六十人。純質尚信義，樂於助人，深爲鄉里推服。生平不至京師，好爲詩。著有孟諸集二十卷。宋史卷四五七有傳。

〔二〕「與宗度」句：據宋史戚同文傳，宗度等六人，與高象先「皆踐臺閣」。宗度，蔡州上蔡（今屬河南）人。宗翼子。舉進士，官至侍御史，歷京西轉運使，預修太宗實録。許驤，字允升，世家薊州。十三能屬文，善詞賦。與呂蒙正齊名，擢進士第。歷官右拾遺、直史館、江南轉運使、諫議大夫、御史中丞、工部侍郎等。人以儒厚長者稱之。宋史卷二七七有傳。陳象輿，太宗時任鹽鐵副使、户部員外郎兼吏部選事等。與胡旦、董儼、梁灝等人日夕相處，形影不離，京師爲之語曰：「陳三更，董半夜。」陳三更即陳象輿，董半夜即董儼。事見宋史趙昌言傳。郭成範，戚門中最有文，任倉部員外郎，掌安定公書記，以司封員外郎致使仕。王礪，太平興國五年進士，官至屯田郎中。滕涉，滕知白之子，曾任給事中。宗、郭、王、滕四人均附傳於戚同文。

〔三〕辛亥：承前文「丙戌」，此「辛亥」當爲紀年，即紹熙二年（一一九一）。炊熟日：宋代指寒食節前一日，因寒食禁火，前一日須燒好食物。孟元老東京夢華録卷七清明節：「尋常京師以冬至後一百五日爲大寒食，前一日謂之炊熟。……寒食第三日，即清明節矣。」

跋天隱子

最後「易簡」、「漸門」二説，非天隱子本語，他日録本當去之〔一〕。丙戌三月中休〔二〕，傳本於玉隆萬壽宮。漁隱。

又

東坡先生以爲天隱子真司馬子微所著也〔三〕。傳本後二十五年，紹熙庚戌冬至日書。

【題解】

天隱子，道教養生學專著。凡一卷八篇，依次爲神仙、易簡、漸門、齋戒、安處、存想、坐忘、神解，具體闡述養生術的過程和方法，主張漸修成仙，并把漸修分爲齋戒、安處、存想、坐忘、神解五個階段。相傳爲司馬承禎所著。但承禎所撰序言稱「天隱子，吾不知其何許人，著書八篇，包括秘妙，殆非人間所能力學」。後序又稱：「承禎誦天隱子之書三年，恍然有所悟，乃依此五門漸漸進習。又三年，覺身心之閒，而名利之趣淡矣。又三年，天隱子出焉，授之以口訣。其要在存想篇『歸根覆命、成性衆妙』者是也。」則此書又似非承禎所作。故天隱子作者歷來均有爭議。本文爲陸游爲玉隆萬壽宮本天隱子所作的跋文，認爲此本非司馬承禎所作。再跋則轉述了蘇軾肯定司馬承禎所作的觀點。

本文據文末自署，作於乾道二年（一一六六）三月中旬。時陸游在隆興通判任上。再跋作於紹熙元年（一一九〇）冬至日。時陸游被劾罷官返鄉家居。

【箋注】

〔一〕「最後」三句：陸游認爲易簡、漸門兩篇非司馬承禎所著，應從天隱子中去除。

〔二〕中休：宋代指每月中旬的休沐日。蘇轍和子瞻沉香山子賦序：「仲春中休，子由於是始生。」

〔三〕「東坡先生」句：蘇軾與孫運勾：「脾能母養餘藏，故養生家謂之黄婆。司馬子微著天隱子，獨教人存黄氣入泥丸，能致長生。」司馬子微，即司馬承禎。參見本卷跋坐忘論注〔一〕。

跋造化權輿

先楚公著埤雅〔一〕，多引是書，然未之見也。乾道二年孟夏十八日①〔二〕，傳自玉隆藏室。甫里陸某謹題。

【題解】

造化權輿，雜記自然界各種事物起源的著作。權輿，起始。陳振孫直齋書録解題子部雜家類著録：「造化權輿六卷，唐豐王府法曹趙自勔撰。天寶七年表上。陸農師著埤雅頗採用之，其孫務觀嘗兩爲之跋。」本文爲陸游爲玉隆萬壽宫傳本造化權輿所作的跋文，揭示祖父著作與之關係。

本文據文末自署，作於乾道二年（一一六六）四月十八日。時陸游在隆興通判任上。參考卷二七跋家藏造化權輿。

【校記】

①「乾道二年」，原作「乾道三年」，各本均同。考陸游乾道三年五月已罷免返鄉，無法再去玉隆萬壽宮傳本題跋；又本卷下一篇仍署「乾道二年十月」，故此處「三年」當爲「二年」之誤。因改。

【箋注】

〔一〕先楚公：即陸游祖父陸佃（一〇四二—一一〇二），字農師，越州山陰（今浙江紹興）人。少受經於王安石。熙寧三年進士。歷國子監直講、中書舍人、吏部侍郎，與修神宗實録。徽宗即位，與修哲宗實録，遷吏部尚書，使遼。歸拜尚書右丞，轉左丞。罷知亳州。卒贈太師，追封楚國公。著有陶山集、埤雅、禮象、春秋後傳等。宋史卷三四三有傳。埤雅：陸佃所著小學著作，爲爾雅之增補。埤，增補。

〔二〕孟夏：夏季第一月，即農曆四月。

跋老子道德古文

右，漢嚴君平著道德經指歸古文〔一〕。此經自唐開元以來獨傳明皇帝所解〔二〕，故諸家盡廢。今世惟此本及貞觀中太史令傅奕所校者尚傳〔三〕，而學者亦罕見也。予求之逾二十年，乃盡得之。玉笈藏道書二千卷〔四〕，以此爲首。漁隱陸某題，乾道二年十月十日。

【題解】

老子道德古文，指漢嚴遵所著道德經指歸古本。又名道德真經指歸、老子指歸。道德經注本之一。以韻文形式闡發老子思想，先引用原文，然後分析其指歸，條理清晰，文筆優美，義理深邃博大，是西漢道家思想代表作之一。本文爲陸游爲老子指歸所作的跋文，考證其版本流傳及價值。

本文據文末自署，作於乾道二年（一一六六）十月十日。時陸游罷免返鄉家居。

【箋注】

〔一〕嚴君平（前八六—一〇）：原姓莊，名遵，字君平，漢書避明帝諱改「莊」爲「嚴」。蜀郡成都人。好黄老，成帝時隱居成都市井中，以卜筮爲業，宣揚老子道德經，并聚徒講學，著有老子注、老子指歸等，是西漢初道家學者。

〔二〕明皇帝：指唐玄宗李隆基。玄宗崇尚老子，建太清宮供奉，并親自兩注道德經。指歸，主旨，意向。

〔三〕傅奕（五五五—六三九）：相州鄴（今河南安陽）人。精於天文曆數，唐武德初拜太史丞，遷太史令。主張廢佛。著有老子注、老子音義。舊唐書卷七九、新唐書卷一〇七有傳。

〔四〕玉笈：玉飾的書箱，爲書箱之雅稱。此處或指玉隆萬壽宮藏書。

跋卍庵語

乾道庚寅十月入蜀〔一〕，舟過公安二聖〔二〕，見祖珠長老〔三〕，得此書。珠自言南平軍人〔四〕，得法於卍庵云。

【題解】

卍庵，即卍庵禪師、道顔禪師，卍庵爲其號。參見卷二二卍庵禪師真贊題解。本文爲陸游爲道顔禪師語録所作的跋文，説明其來歷。

本文原未繫年，歐譜繫於乾道六年（一一七〇）十月，是。當在陸游抵達夔州之後。

參考卷四七入蜀記第五。

【箋注】

〔一〕「乾道」句：庚寅爲乾道六年，陸游於該年閏五月十八日從山陰出發入蜀，赴夔州通判任，十月二十七日抵達夔州。

〔二〕「舟過」句：據入蜀記，時在九月十四日，陸游曾遊公安二聖報恩光孝禪寺：「二聖謂青葉髻如來、婁至德如來也，皆示鬼神力士之形，高二丈餘，陰威凛然可畏。」公安：縣名，南宋隸屬荆南府。在今湖北荆州。

〔三〕祖珠長老：即遯庵祖珠禪師。臨濟宗僧人。嘉泰普燈録卷二一：「荆南府公安遯庵祖珠禪師，南平人也。依卍庵之久。一日，入室次，庵問僧云：『如何是佛？麻。』師聞頓契。有偈曰：『機前一句子，用處不留情。如撞幢子弩，箭箭中紅心。』後開法公安，四衆歸仰。」事迹又見五燈會元卷二十。

〔四〕南平軍：宋代行政區劃，屬夔州路管轄。在今重慶南川。

跋武威先生語録

豐清敏公爲中執法〔一〕，論事上前，曰：「司馬光、吕公著皆忠賢〔二〕，何爲引赦復官？赦當及有罪耳，無罪何赦也？」徽祖曰〔三〕：「光等變先帝法度，非罪乎？」清敏公頓首曰：「誠當變，無可罪者。」方元符、建中間，衆正畢集於朝〔四〕，天下喁喁〔五〕，想望太平。清敏公與陳忠肅公俱極諫官、御史之選〔六〕，而所以言，則有婉直之異。吾先大父楚公〔七〕，每以爲二公之論皆不可廢。蓋忠肅似孟子説齊，而清敏似伯夷諫周〔八〕，其歸一也。今觀武威先生之論，又甚似清敏。百世之下，志士仁人，得此書讀之，當有太息流涕者矣。乾道七年立秋日，山陰陸某書。

【題解】

武威先生爲誰不詳，據文意當爲北宋末至南宋初敢於犯顔直諫的儒者。考此時段内有著名學者武夷先生胡安國。胡安國（一〇七四—一一三八）字康侯，建寧崇安（今福建武夷山）人。紹聖四年進士。歷太學博士、提舉湖南、成都學事，以不肯阿附爲蔡京等所惡。高宗即位，除給事中、中書舍人兼侍講，上時政論二十一篇，力陳恢復方略。後去職受命著春秋傳，結廬衡嶽講學。進寶文閣直學士，卒謚文定。宋史卷四三五有傳。學宗程頤，武夷學案見宋元學案卷四一。陸游之師曾幾即出胡門。胡安國直諫事迹見宋史本傳。又「語録」常爲道學家或禪宗的著述形式，直齋書録解題卷九著録胡氏傳家録五卷，與龜山語録、尹和靖語録、無垢語録、南軒語録等並列，又稱：「曾幾吉父、徐時動舜鄰、楊訓子中所記胡安國康侯問答之語，及其子寧和仲所録家庭之訓。」故此文「武威先生」疑爲「武夷先生」之誤。本文爲陸游爲武威先生語録所作的跋文，追憶北宋後期諫官豐稷、陳瓘等，稱贊武威先生與之相似。

本文據文末自署，作於乾道七年（一一七一）立秋日。時陸游在夔州通判任上。

【箋注】

〔一〕豐清敏公：即豐稷（一〇三三—一一〇七），字相之，明州鄞（今浙江寧波）人。神宗時任監察御史。入爲殿中侍御史，除刑部侍郎兼侍講，拜吏部侍郎。徽宗立，除御史中丞，轉工部尚書兼侍讀。以直言開罪蔡京等，屢遭貶黜而卒。建炎中追復學士，謚曰清敏。宋史卷三二一有傳。中執法：即中丞。漢書高帝紀下：「御史中執法下郡守。」顏師古注引晉灼曰：「中執法，中丞也。」

〔二〕吕公著（一〇一八—一〇八九）：字晦叔，壽州（今安徽鳳臺）人。吕夷簡之子。慶曆進士。神宗時任翰林學士兼侍讀，歷知開封府，爲御史中丞。因反對新法被貶。哲宗立，拜尚書左丞，元祐元年拜尚書右僕射兼中書侍郎，與司馬光共爲宰相。三年加司空、同平章軍國事。卒贈太師、申國公，謚曰正獻。宋史卷三三六有傳。

〔三〕徽祖：即宋徽宗。

〔四〕衆正：原指衆人表率，引申爲群吏。書酒誥「百僚庶尹」，孔安國傳：「百官衆正及次大夫服事尊官，亦不自逸。」

〔五〕喁喁：仰望期待貌。趙曄吴越春秋越王無余外傳：「惡無細而不誅，功無微而不賞，天下喁喁，若兒思母、子歸父而留越。」

〔六〕陳忠肅公：即陳瓘（一〇五七—一一二四），字瑩中，號了翁，南建州沙縣（今屬福建）人。元豐進士。歷任太學博士、校書郎。徽宗即位，擢左司諫，以彈劾蔡京被貶。遷權給事中，出知泰州。崇寧中入黨籍，除名遠竄，卒。紹興間追謚忠肅。宋史卷三四五有傳。

〔七〕先大父楚公：即陸游祖父陸佃，卒封楚國公。

〔八〕孟子説齊：孟子進諫迂回曲折，步步進逼，指出王須對「四境之内不治」負責。齊宣王只能「顧左右而言他」。事見孟子梁惠王下。伯夷諫周：伯夷與兄叔齊叩馬諫阻武王伐紂，後又不食周粟而死。事見史記伯夷列傳。

跋關著作行記

著作關公出使峽中〔一〕，風采峻甚，仕者人人震慄，莫敢仰視。某以孤生起罪籍〔二〕，萬里佐州，淺闇滯拙〔三〕，自期且汰去。而關公獨厚遇之，舉酒賦詩，談臺閣舊事，忘其位之重也。公免歸之明年，某以事至卧龍山咸平寺〔四〕，長老惠璉言，公往有行記，今將刻之石，因屬某書其末。某曰：方關公之門可炙手時，此書伏不出。今公歸卧青城山中〔五〕，賓客解散，形勢一變，而璉方刻其書爲不朽計。嗟乎！足以愧士大夫矣。乾道七年七月七日，左奉議郎、通判夔州軍、州主管學事陸某謹識。

【題解】

關著作，即關耆孫，字壽卿。稱「著作」或因其曾任著作郎或佐郎。參見卷十四送關漕詩序題解。行記，記述行旅遊覽的文章。本文爲陸游爲闕耆卿行記文所作的跋文，回憶闕耆卿風采和對己厚遇，感嘆璉禪師在其歸卧後爲其行記刻石足以使士大夫生愧。

本文據文末自署，作於乾道七年（一一七一）七月七日。時陸游在夔州通判任上。

參考卷十四送闕漕詩序。

【箋注】

〔一〕出使峽中：指闕耆卿曾任轉運使司職務，故又稱闕漕。峽中，指夔州。

〔二〕孤生：孤陋之人。常用於自謙之詞。後漢書周榮傳：「榮曰：『榮江淮孤生……今復得備宰士，縱爲竇氏所害，誠所甘心。』」起罪籍：陸游乾道二年（一一六六）春因「力説張浚用兵」，自隆興通判任上免歸，卜居山陰近四年，至乾道五年（一一六九）底才以左奉議郎差通判夔州軍州事，故稱。

〔三〕淺闇：膚淺而不通達。王充論衡别通：「深知道術，無淺闇之毁也。」滯拙：遲鈍笨拙，用作謙辭。

〔四〕卧龍山咸平寺：卧龍山在夔州府城東北五里，因上有諸葛亮祠而得名，陸游乾道七年春有題卧龍山詩。（蜀中名勝記卷二一引）咸平寺在卧龍山麓。魏了翁鶴山集卷四四夔州卧龍山記：「咸平寺，寺雖名咸平，而有天成、長興、開寶題識，非始於咸平也。寺之上有五龍水，又爲野猪池。池上爲山又數里，乃至絶頂。耆舊相傳，謂諸葛忠武侯駐軍此山。」咸平，宋真宗年號，九九八至一〇〇三年。

〔五〕歸臥青城山：闕耆卿免官後當隱居青城山。青城山，在四川成都都江堰西南，爲道教四大名山之一。

跋司馬子微餌松菊法

乾道初，予見異人於豫章西山〔一〕，得司馬子微餌松菊法，文字古奥，非妄庸所能附托。八年，又得别本於蜀青城山之丈人觀〔二〕，齋戒手校〔三〕，傳之同志。十二月六日，笠澤漁翁陸務觀書於玉華樓〔四〕。

【題解】

司馬子微，即司馬承禎，字子微，法號道隱。唐代道教宗師。參見本卷跋坐忘論注〔一〕。松菊，指松脂和菊花。餌松菊法，司馬承禎撰，今已佚。服食丹藥和草木藥是道教的修煉方式，以求長生。初學記卷二八引本草曰：「松脂出隴西，如膠者善。松脂一名松肪，味苦温，久服輕身延年。」抱朴子中載有服食松脂之例。菊花亦能入藥治病，久服或飲菊花茶能令人長壽。本文爲陸游爲司馬子微餌松菊法所作的跋文，記録兩得餌松菊法及手校經過。

本文據文末自署，作於乾道八年（一一七二）十二月六日。時陸游在成都安撫司參議官任上。

【箋注】

〔一〕豫章：乾道元年七月，陸游自京口移官豫章，任隆興通判。豫章，古郡名，治所在今南昌，南宋爲隆興府治。

〔二〕丈人觀：即青城山建福宮。王象之輿地紀勝：「建福宫，即丈人觀，乃寧真君道場也。在青城縣北二十里。上清宫記云：『昔寧封先生棲於此巖之上，黄帝師焉，乃築壇拜寧君爲五嶽丈人。』」

〔三〕齋戒：古人在祭祀前沐浴更衣，潔浄身心，以示虔誠。孟子離婁下：「雖有惡人，齊戒沐浴，則可以祀上帝。」齊，通「齋」。

〔四〕玉華樓：丈人觀真君殿前大樓。范成大玉華樓夜醮：「丈人峰前山四周，中有五城十二樓，玉華仙宫居上頭。」又吴船録卷上：「真君殿前有大樓，曰玉華，翬飛輪奂，極土木之勝。」

跋周茂叔通書

濂溪之生也，世但以佳士許之耳〔一〕。既死，蒲左轄作誌〔二〕，黄太史作詩〔三〕，其稱述亦不過如此。向使無二程先生〔四〕，後世豈知濂溪爲大儒，傳聖人之道者耶？以此知士之埋没無聞者，何可勝計！乾道壬辰十一月十五日，成都驛南窗書。

【題解】

周茂叔，即周敦頤（一〇一七—一〇七三），字茂叔，號濂溪，道州營道（今湖南道縣）人。歷南安軍司理參軍、虔州通判等，有治績。熙寧初知郴州，六年卒於知南康軍任。嘉定中謚元。好談名理，精於易學，爲道學創始人。程顥、程頤從之受業。著有太極圖説、通書等。宋史卷四二七有傳。通書原名易通，爲太極圖説之姊妹篇，共四十章，有胡宏編次本，朱熹曾爲作注。本文爲陸游爲周敦頤通書所作的跋文，感慨其道學成就幾遭埋没。

本文據文末自署，作於乾道八年（一一七二）十二月十五日。時陸游在成都安撫司參議官任上。

【箋注】

〔一〕佳士：指品行或才學優良之人。三國志魏書楊俊傳：「同郡審固、陳留衛恂，本皆出自兵伍，俊資拔奬致，咸作佳士。」

〔二〕蒲左轄：即蒲宗孟（一〇二八—一〇九三），字傳正，閬州新井（今四川南部）人。皇祐進士。熙寧初爲著作佐郎，遷同修起居注、知制誥，擢翰林學士兼侍讀。元豐五年拜尚書左丞，次年被劾罷，出知汝州等。元祐初改知杭州等，尋知河中府，徙永興軍、大名府。性奢侈，燕飲無度。宋史卷三二八有傳。左轄，即左丞。作誌：作碑誌。

〔三〕黄太史：即黄庭堅（一〇四五—一一〇五），字魯直，自號山谷道人，分寧（今江西修水）人。

治平進士。歷校書郎、神宗實録檢討官，擢起居舍人。遷秘書丞，兼國史編修官。入元祐黨籍，紹聖初貶涪州別駕，黔州安置。徽宗初，羈管宜州，卒。爲蘇門四學士之一，工詩文，善書法，開創江西詩派。宋史卷四四四有傳。作詩：山谷集有濂溪詩并序。

〔四〕二程先生：即程顥（一〇三二—一〇八五）、程頤（一〇三三—一一〇七）。兄弟二人皆爲濂溪弟子，傳承發揚其道學。

跋岑嘉州詩集

予自少時，絶好岑嘉州詩。往在山中，每醉歸，倚胡牀睡〔一〕，輒令兒曹誦之，至酒醒，或睡熟，乃已。嘗以爲太白、子美之後，一人而已。今年自唐安別駕來攝犍爲〔二〕，既畫公像齋壁，又雜取世所傳公遺詩八十餘篇刻之，以傳知詩律者，不獨備此邦故事，亦平生素意也。乾道癸巳八月三日，山陰陸某務觀題。

【題解】

岑嘉州，即岑參（約七一五—七七〇），江陵（今屬湖北）人，郡望南陽（今屬河南）。唐代邊塞詩人。天寶三載進士。先後入安西高仙芝幕掌書記、封常清幕充節度判官。旋領伊西北庭支度副使。東歸，入爲右補闕，歷起居舍人、祠部員外郎等。永泰元年出爲嘉州刺史，以蜀亂未赴。大曆元年赴嘉州任，三年罷郡東歸，流寓成都。世稱岑嘉州。事迹見唐才子傳卷三。岑嘉州詩集爲陸游在攝知嘉州任上所刻。本文爲陸游爲岑嘉州詩集所作的跋文，記述刊刻詩集緣起。

本文據文末自署，作於乾道九年（一一七三）八月三日。時陸游在權通判蜀州攝知嘉州事任上。

【箋注】

〔一〕胡牀：古代一種可折疊的輕便坐具。又稱交牀。三國志魏書武帝紀「賊亂取牛馬，公乃得渡」，裴松之注引曹瞞傳：「公將過河，前隊適渡，超等奄至，公猶坐胡牀不起。」

〔二〕唐安：即蜀州（今四川崇州）。別駕：漢代官職名，州刺史佐吏。陸游權蜀州通判，故稱别駕。攝犍爲：即執掌知嘉州事。犍爲爲漢代郡名，嘉州爲其所轄。

跋二賢像

右，孟貞曜、歐陽率更二像〔一〕，皆唐人筆墨。北湖者，吴則禮子傅也〔二〕；無悔者，劉燾無言也〔三〕。最後實先君會稽公、茶山先生曾文清公書〔四〕。萬里羈旅，不自意全，撫卷流涕。乾道九年九月既望，刻石置漢嘉月榭上〔五〕，山陰陸某識。

【題解】

二賢像，陸游在嘉州爲孟郊和歐陽詢所刻之畫像。本文爲陸游爲二賢畫像所作的跋文，交代刻本内容，抒寫羈旅感慨。

本文據文末自署，作於乾道九年（一一七三）九月十六日。時陸游在權通判蜀州攝知嘉州事任上。

【箋注】

〔一〕孟貞曜：即孟郊（七五一—八一四），字東野，吴興武康（今浙江德清）人。早年屢試不第，客遊江西、湖南等地。貞觀十二年登進士第。授溧陽尉，辭歸。元和元年，河南尹鄭餘慶辟爲水陸轉運從事。四年，丁母憂罷。九年，奏爲興元節度參謀。暴疾卒。張籍等私謚爲貞曜先生。唐代詩人，從韓愈遊，詩風艱僻。舊唐書卷一七〇、新唐書卷一七六有傳。歐陽率更：即歐陽詢（五五七—六四一），字信本，潭州臨湘（今湖南長沙）人。仕隋爲太常博士，入唐授給事中。主持修撰藝文類聚。貞觀初，歷太子率更令、弘文館學士，爲唐初四大書家之一。書法學二王，勁險刻厲，人稱歐體。舊唐書卷一八九、新唐書卷一九八有傳。

〔二〕吴則禮（？—一一二一）：字子副，一作子傅，興國永興（今湖北陽新）人。以蔭入仕。元符元年爲衛尉寺主簿。崇寧中直祕閣、知虢州，三年編管荆南。晚居江西豫章，號北湖居士。事迹見直齋書録解題卷十七。

〔三〕劉燾：字無言，湖州長興（今屬浙江）人。元祐三年進士。得蘇軾推薦，任秘書省正字，歷官秘書少監、祕閣修撰。善書法，召修閣帖。事迹見宋詩紀事卷三一。「北湖」、「無悔」：當是吴則禮、劉燾二人在二賢畫像上所留跋尾。

〔四〕先君會稽公：即陸游之父陸宰。茶山先生曾文清公：即曾幾。

〔五〕漢嘉：即嘉州（今四川樂山）。月榭：陸游任職嘉州時所建賞月建築。范成大吴船録卷上：「庚子、辛丑，皆泊嘉州。壬寅，將解纜，嘉守王亢子蒼留看月榭，前權守陸游務觀所作，正對大峨，取李太白『峨眉山月半輪秋，影入平羌江水流』之句。郡治乃在山坡上。」

跋山谷先生三榮集

予集黄帖〔一〕，得贈元師及王周彦三詩〔二〕，甚愛之。有黄淑者，家三榮，見而笑曰：「紹興中再刻本也，舊石方黨禁時已磨毁矣。」乃出此卷曰：「是舊石本。」其筆力精勁蓋如此。因録藏之。淳熙之元二月二日，務觀書。

【題解】

山谷先生三榮集，指三榮黄淑所藏黄庭堅舊石本書帖。三榮，即榮州（今四川榮縣）。本文爲陸游爲録藏的黄庭堅石本書帖所作的跋文，記載藏本的來歷。

本文據文末自署，作於淳熙元年（一一七四）二月二日。時陸游在權通判蜀州任上。

【箋注】

〔一〕黄帖：黄庭堅的書帖。黄庭堅爲北宋書法蘇、黄、米、蔡四大家之一。

〔二〕贈元師及王周彦：見山谷別集詩注卷下。原題爲：元師自榮州來追送余於瀘之江安綿水驛因復用舊所賦此君軒詩韻贈之并簡元師從弟周彦公。詩共三首。

跋硯録香法

硯録舊有本而亡之，香法蓋未之見。師房者，濟南衛昂也〔一〕，娶婆娑先生崔德符女〔二〕，晚官巴峽，死焉。乾道辛卯冬〔三〕，予得此編於巫山縣，師房手鈔也，已腐敗不可讀，乃録藏之。後三年，淳熙之元二月三十日，蜀州漱玉南窗務觀書〔四〕。

【題解】

硯録，唐詢撰。郡齋讀書志卷十四：「硯譜二卷，右皇朝唐詢撰。記硯之故事及其優劣，以紅絲石爲第一，端石次之。」宋史藝文志著録「唐詢硯録二卷」。唐詢（一〇〇五—一〇六四）字彦猷，錢塘（今浙江杭州）人。以父蔭入仕，詔賜進士及第。歷官知歸州、御史、尚書工部員外郎、直史館、江西轉運使、知制誥、翰林侍讀學士、右諫議大夫、給事中等。卒賜禮部侍郎。好畜硯，客至輒出而玩之，有硯録三卷。宋史卷三〇三有傳。香法，不詳著者。郡齋讀書志卷十四：「香譜一卷，右皇朝洪芻駒父撰。集古今香法……所記甚該博。」不知是否即此書。本文爲陸游爲録藏的硯録、香法所作的跋文，記載藏本的來歷。

本文據文末自署，作於淳熙元年（一一七四）二月三十日。時陸游在權通判蜀州任上。

【箋注】

〔一〕衛昂：字師房，濟南人。曾官巴峽。

〔二〕婆娑先生崔德符：即崔鶠（一〇五八—一一二六），字德符，號婆娑，開封府雍丘（今河南開封）人。隨父居潁州，遂爲陽翟人。元祐進士。歷筠州推官、相州教授，被蔡京免官。居郟城，治地數畝爲婆娑園，屏居十餘年，人皆尊師之。宣和中召爲殿中侍御史，欽宗時授右正言，極論蔡京奸邪。旋病卒。婿衛昂集其遺文爲婆娑集三十卷。宋史卷三五六有傳。

〔三〕乾道辛卯：即乾道七年（一一七一），時陸游在夔州通判任上。

〔四〕潄玉：當爲陸游在蜀州所居亭閣名。

跋唐修撰手簡

某之曾外大父質肅唐公守并州〔一〕，故給事中吕公實爲幕客〔二〕。質肅爲人方嚴〔三〕，少許可，或面折人。臨川王和甫同時在幕中〔四〕，每言見唐公，退輒汗滿握。然遇吕公特歡，他客莫敢望也。淳熙元年，某在蜀州，得質肅仲子修撰公與給事手帖讀之，蓋元祐初修撰使河北，給事爲御史時也。書論黄河、市易〔五〕，辭指激烈，無一語及其私，與世俗責報父客，至有違言者〔六〕，何其遠哉！修撰字君益，元祐中，建議棄渠陽城。紹聖初，坐貶團練副使〔七〕。元符、建中之間，起守許昌，方治事，得報召蔡京，撫案憤咤，即日疽發背卒〔八〕。某不及拜公，而先夫人爲言公大節如此〔九〕，敢并記之，以遺給事之孫教授君云。七月二十三日，山陰陸某謹書。

【題解】

唐修撰，即唐義問，字士宣，又字君益，唐介次子。善文辭。鎖廳試禮部，召試祕閣。歷湖南轉運判官、知齊州、提點京東刑獄、河北轉運副使。加集賢修撰，帥荆南，拜湖北轉運使。以集賢殿修撰知廣州。貶舒州團練副使，後七年，知潁昌府，卒。宋史卷三一六有傳。本文爲陸游爲唐義問致吕公弼的手簡所作的跋文，追記曾外祖父唐介父子事迹。

本文據文末自署，作於淳熙元年（一一七四）七月二十三日。時陸游在權通判蜀州任上。

【箋注】

〔一〕曾外大父：曾外祖父，陸游母親的祖父。質肅唐公：即唐介（一〇一〇—一〇六九），字子方。江陵（今屬湖北）人。擢第後歷武陵尉、平江令。仁宗時入爲監察御史裏行，轉殿中侍御史。因忠言直諫論文彦博事，貶官廣東，後起復通判潭州、知復州。召爲殿中侍御史，出知揚州，徙江東轉運使。入知諫院，又出知洪州、瀛州。治平元年召爲御史中丞。熙寧元年拜參知政事，數與王安石争論，憂憤疽發而卒。謚質肅。宋史卷三一六有傳。

〔二〕呂公：即呂公弼（一〇〇七—一〇七三），字寶臣，壽州（今安徽鳳臺）人。呂夷簡次子。仁宗時賜進士出身。歷直史館、河北轉運使、權知開封府。英宗即爲加給事中，除樞密副使。神宗熙寧元年擢樞密使。與王安石不合，罷知太原府、判秦州。爲西太一宫使。卒謚惠穆。宋史卷三一一有傳。

〔三〕方嚴：方正嚴肅。三國志吴書魯肅傳：「（肅）卒，權爲舉哀。」裴松之注引韋昭吴書：「肅爲人方嚴，寡於玩飾。」

〔四〕王和甫：即王安禮（一〇三五—一〇九六），字和甫，臨川（今江西東鄉）人。王安石之弟。嘉祐進士。初入幕唐介門下。歷開封府判官、同修起居注、知制誥、知開封府。元豐四年拜尚書右丞，轉左丞。爲御史所劾，出知江寧府，歷知揚、青、蔡、舒四州，知永興軍、太原府，卒。宋史卷三二七有傳。

〔五〕黄河：指治理黄河。市易：指市易法，王安石推行的新法之一。宋史食貨志下：「市易之設，本漢平準，將以制物之低昂而均通之。」

〔六〕責報：求取報答。韓愈病鴟：「亮無責報心，固以聽所爲。」父客：指父親的幕客。吕公弼曾爲唐義問父親唐介的幕客。違言：因言語不合而失和。左傳隱公十一年：「鄭、息有違言，息侯伐鄭。」杜預注：「以言語相違恨。」

〔七〕「元祐」四句：宋史唐義問傳：「帥荆南，請廢渠陽諸砦。蠻楊晟秀斷之以叛，即拜湖北轉運使，討降之，復砦爲州……章惇秉政，治棄渠陽罪，貶舒州團練副使。」

〔八〕疽發背卒：背發毒瘡而亡。

〔九〕先夫人：指陸游母親唐氏。

跋蔡君謨帖

近歲蘇、黄、米芾書盛行，前輩如李西臺、宋宣獻、蔡君謨、蘇才翁兄弟書皆廢〔一〕。此兩軸，君謨真、行、草、隸皆備。石在仙井〔二〕，可寶也。淳熙元年九月八日，蜀州手裝〔三〕。

【題解】

蔡君謨，即蔡襄（一〇一二—一〇六七），字君謨。參考卷三論選用西北士大夫劄子注〔三〕。蔡襄爲北宋書法蘇、黄、米、蔡四大家之一。本文爲陸游爲蔡襄書帖所作的跋文，記述北宋書壇變遷，肯定蔡襄書法。

本文據文末自署，作於淳熙元年（一一七四）九月八日。時陸游在權通判蜀州任上。

【箋注】

〔一〕李西臺：即李建中（九四五—一〇一三），字得中，京兆（今陝西西安）人。太平興國進士。歷太常博士、兩浙轉運副使等，歷知曹、解、潁、蔡四州。曾掌西京留司御史臺，人稱李西臺。善書劄，尤工行書，多構新體，人多摹習。宋史卷四四一有傳。宋宣獻：即宋綬（九九一—一〇四〇），字公垂，趙州平棘（今河北趙縣）人。年十五召試中書，後賜同進士出身。歷左正言、知制誥、史館修撰，遷翰林學士兼侍讀學士、中書舍人。拜參知政事。卒謚宣獻。博通經史百家，筆劄尤精妙。宋史卷二九一有傳。蘇才翁兄弟：即蘇舜元、蘇舜欽。蘇舜元（一〇〇六—一〇五四），字子翁，一作才翁，梓州銅山（今四川中江）人。蘇易簡之孫。官至尚書度支員外郎、三司度支判官。尤善草書。蘇舜欽（一〇〇八—一〇四九），字子美。蘇舜元之弟。少有大志，好爲古文歌詩。舉進士，歷大理評事、集賢校理。罷職寓於吴中，在蘇州作滄浪亭，發憤攄於歌詩。後復湖州長史，卒。亦善草書，但不及其兄。宋史卷四四二有傳。

〔二〕石：指刻有字體的碑石，書帖從上拓下。仙井：即仙井監，宋代行政區劃名。因其地有鹽井，相傳爲漢代張道陵所開。熙寧五年置陵井監，宣和四年改仙井監，隆興元年改隆州。

治所在仁壽，轄境包括今四川仁壽、井研。

〔三〕手裝：親手裝裱。

跋瘞鶴銘

瘞鶴銘，予親至焦山摹之，止有此耳。殘璋斷玦〔一〕，當以真爲貴，豈在多耶？淳熙之元九月一日，蜀州重裝〔二〕。

【題解】

瘞鶴銘，鎮江焦山江心島上的摩崖石刻，爲六朝名碑。其内容爲哀悼家鶴的銘文（瘞謂埋葬），署名爲「華陽真逸撰，上皇山樵書」，作者和書家歷來争議很大。石刻後遭雷擊崩落長江中，北宋熙寧年間修建運河，於江中撈出一塊斷石，經辨認正是瘞鶴銘之一部分。黄庭堅稱「大字無過瘞鶴銘」，譽之爲「大字之祖」，在書法史上意義重大。陸游曾親自到焦山摹拓。本文爲陸游爲重新裝裱的瘞鶴銘拓本所作的跋文，記載其來歷。

本文據文末自署，作於淳熙元年（一一七四）九月一日。時陸游在權通判蜀州任上。

參考集外文浮玉巖題名。

【箋注】

〔一〕殘璋斷玦：指殘缺的瘞鶴銘。

〔二〕重裝：重新裝裱。

跋西昆酬唱集

通直郎張玠，河陽人，吕汲公家外甥〔一〕，藏書甚富。淳熙二年正月八日夜讀此集，燈架忽仆，壞書。時傳畢方一日〔二〕，豈歐、尹諸人亦有靈耶〔三〕？記之爲異時一笑。

【題解】

西昆酬唱集，總集名，北宋楊億編。宋真宗景德二年（一〇〇五），楊億等奉詔於内廷藏書秘閣，編纂大型類書册府元龜。修書之餘，相互賡和，并編輯成集。楊億將祕閣比爲崑崙山藏書之府，題名爲西昆酬唱集。集中收録楊億、劉筠、錢惟演等十七人唱和之作二百四十八首，均爲近體詩。其中楊、劉、錢三人詩作占五分之四以上。本文爲陸游爲張玠所藏西昆酬唱集所作的跋文，記録夜讀中的軼事。

本文據文中自署，作於淳熙二年（一一七五）正月八日。時陸游在權通判蜀州攝知榮州任上。

【箋注】

〔一〕吕汲公：即吕大防，字微仲。參見卷二一萬卷樓記注〔八〕。

〔二〕畢方：神話中的火災之兆。山海經西山經：「有鳥焉，其狀如鶴，一足，赤文青質而白喙，名曰畢方，其鳴自叫也，見則其邑有譌火。」

〔三〕「豈歐尹」句：歐尹指歐陽修、尹洙，二人都提倡古文，宣導詩文革新，而與西昆酬唱集爲代表的多用僻典、雕琢聲律的詩風相對立，故稱其「有靈」。歐陽修六一詩話：「蓋自楊、劉唱和，西昆集行，後進學者争效之，風雅一變，謂『西昆體』。由是唐賢諸詩集幾廢而不行。」又：「楊大年與錢、劉數公唱和，自西昆集出，時人争效之，詩體一變。而先生老輩患其多用故事，至於語僻難曉，殊不知自是學者之弊。」

跋歷代陵名

三榮守送來〔一〕。近世士大夫所至，喜刻書版，而略不校讎，錯本書散滿天下，更誤學者，不如不刻之愈也。可以一歎。淳熙乙未立冬，可齋書〔二〕。

【題解】

歷代陵名，著者不詳，當是梳理歷代皇陵的著作，爲榮州太守送來成都。本文爲陸游爲歷代陵名所作的跋文，批評士大夫喜刻書版而忽視校讎，以致錯本流傳的現象。

本文據文末自署，作於淳熙二年（一一七五）立冬日。時陸游在成都府路安撫司參議官兼四川制置使司參議官任上。

【箋注】

〔一〕三榮守：三榮即榮州，三榮守即知榮州。

〔二〕可齋：陸游書齋名。乾道三年（一一六七），陸游在山陰自名書齋曰「可齋」，劍南詩稿卷一書室名可齋或問其義作此告之：「得福常廉禍自輕，坦然無愧亦無驚。平生秘訣今相付，只向君心可處行。」作此跋時在成都，亦名「可齋」。至慶元元年（一一九五）春，陸游仍用「可齋」，劍南詩稿卷三三齋中雜題：「列屋娥眉不足誇，可齋别自是生涯。閒將西蜀團窠錦，自背南唐落墨花。」

跋温庭筠詩集

先君舊藏此集〔一〕，以華清宫詩冠篇首〔二〕，其中有早行詩〔三〕，所謂「鷄聲茅店月，人迹板橋霜」者。久已墜失，得此集於蜀中，則不復見早行詩矣，感歎不能自已。

淳熙丙申重陽日，某識。

【題解】

温庭筠，字飛卿，晚唐著名詩人，與李商隱齊名。參見卷十四徐大用樂府序注〔一二〕。温庭筠詩集，新、舊唐書均無載，郡齋讀書志著録温庭筠金筌集七卷、外集一卷，不知是否即此本。本文爲陸游爲蜀中所得温庭筠詩集所作的跋文，抒寫舊集失而復得的感慨。

本文據文末自署，作於淳熙三年（一一七六）九月九日。時陸游在成都府路安撫司參議官兼四川制置使司參議官任上。

【箋注】

〔一〕先君：指陸游之父陸宰。

〔二〕華清宫：指温庭筠過華清宫二十二韻：「憶昔開元日，承平事勝遊。貴妃專寵倖，天子富春秋。月白霓裳殿，風乾羯鼓樓。鬥雞花蔽膝，騎馬玉搔頭。繡轂千門妓，金鞍萬户侯。薄雲欹雀扇，輕雪犯貂裘。過客聞韶濩，居人識冕旒。氣和春不覺，煙暖霽難收。澀浪和瓊甃，晴陽上彩斿。卷衣輕鬢懶，窺鏡澹蛾羞。屏掩芙蓉帳，簾褰玳瑁鉤。重瞳分渭曲，纖手指神州。御案迷萱草，天袍妒石榴。深岩藏浴鳳，鮮隰媚潛虬。不料邯鄲虱，俄成即墨牛。劍鋒揮太皞，旗焰拂蚩尤。内嬖陪行在，孤臣預坐籌。瑶簪遺翡翠，霜仗駐驊騮。豔笑雙飛斷，香魂一哭休。早梅悲蜀道，高樹隔昭丘。朱閣重霄近，蒼崖萬古愁。至今湯殿水，嗚咽縣前流。」

〔三〕早行詩：即温庭筠商山早行：「晨起動征鐸，客行悲故鄉。雞聲茅店月，人迹板橋霜。槲葉落山路，枳花明驛牆。因思杜陵夢，鳧雁滿回塘。」

跋王君儀待制易説

王公易學，雖出於葆光張先生〔一〕，然得於心者多矣。建炎間，胡騎在錢塘，明、越俱陷〔二〕，王公端居於嚴〔三〕，曰：「虜決不至此，且狼狽而歸，自此窮天地，不復渡江矣。」其妙於易數蓋如此。淳熙丁酉元日，山陰陸某書於錦官閣下〔四〕。

【題解】

王君儀待制，即王昇（一〇五二—一一三二），字君儀。早年居嚴州烏龍山讀書，因陸佃之薦，任湖州、婺州學官。罷歸居家二十年，近六十進京，任明堂司常。宣和七年，以待制領宫祠。紹興二年卒，年七十九。易説，爲王昇所著易學著作。方勺泊宅編卷一：「王昇字君儀，居嚴州烏龍山。布衣疏食，無書不讀，道、釋二典，亦皆遍閲。爲湖、婺二州學官，罷歸山中，杜門二十年不赴調。一日，自以箕子易筮之，始治裝西去，時年將六十矣。旅京師數月，良勸，將謀還鄉。左丞薛昂以其所撰冕服書獻之，稍歷要官。君儀之學，尤深於禮、易，久爲明堂司常。宣和乙巳，以待制領宫祠，復居烏龍故廬，每正旦筮卦以卜一歲事，豫言災祥，其驗甚多。金人據臨安，諸郡驚擾，嚴人均引避山谷間，公獨燕處如平時，且增葺舍宇以示無虞。壬子正月，微感疾，謂貳車黄策曰：『陸農師待我爲屬官，不久當往。但太元書未畢，且不及見上元甲子太平之會，此爲恨爾。』數日卒，年七十九。」羅濬寶慶四明志卷九：「顛僧明州人，不得其名。佯狂，頗言人災福。王君儀年弱冠，寓陸佃門下，力學工文，至忘寢食。一日顛僧來托宿，佃曰：『王秀才雖設榻，不曾睡，可就歇息。』明日僧夙興，見君儀猶挾策窗下，一燈熒然，睥而言曰：『若要官，須四十九歲。』君儀聞之頗不懌。其後累應試不偶。直至年四十八，又夢顛僧笑而謂曰：『明年做官矣。』時顛僧遷化已久，而來年又非唱第之年，君儀叵測。明年，佃入與大政，首薦君儀，遂除湖州教授。君儀嘗謂予，念欲遊四明求僧遺事，爲作傳以報之而未能。」陸佃陶山集卷一有贈王君儀詩。本文爲陸游爲王昇易説所作的跋文，記載其用易學準確推測未來的故事。

本文據文末自署，作於淳熙四年（一一七七）元月一日。時陸游在成都奉祠，主管台州崇道觀。

【箋注】

〔一〕葆光張先生：即張弼，字舜元，福建仙遊人。曾任福州司户參軍，充泉州教授。紹聖中，未赴任而卒。著有葆光易解十卷。郡齋讀書志卷一著録張弼葆光易解十卷，并載：「紹聖中，章惇薦於朝，賜號葆光處士。後黄裳等再薦，詔以爲福州司户、本州教授。其學頗宗鄭氏。」直齋書録解題卷一亦著録此書，并稱：「其學多言取象。」乾隆仙遊縣志卷三八人物志儒林：「張弼字舜元，唐招討副使濬後。恬淡好學，尤刻意於易，用力三十年，釋然頓悟，因著爲書。其説爻象之詞，字字皆有所本，上及道德性命之理，下及昆蟲草木之微。有漢晉易家所不到者，宋紹聖初，大臣以其名聞，并上所著易解九卷，賜號葆光處士。朝奉郎林伸等列薦於守帥，部使者奉上敕授福州司户參軍，充泉州教授，未赴官，卒。」

〔二〕明越：指明州、越州。

〔三〕嚴：指嚴州。

〔四〕錦官閣：即四川制置使司簽廳。老學庵筆記卷五：「老杜海棕詩，在左綿所賦，今已不存。成都有一株，在文明廳東廊前，正與制置司簽廳門相直。簽廳乃故錦官閣。」

跋崔正言所書書法要訣

德符詩名一代〔一〕，書則未之見也。觀此編中字，瘦健有神采，亦類其詩，乃知前輩未易以一技名也。戊戌重午〔二〕，務觀書。

【題解】

崔正言，即崔鶠，字德符，曾任右正言。參見本卷跋硯録香法注〔一〕。書法要訣，著者不詳。本文爲陸游爲崔鶠所書書法要訣所作的跋文，評論其書法瘦健有神采。

本文據文末自署，作於淳熙五年（一一七八）五月五日。時陸游在離蜀東歸途中。

【箋注】

〔一〕詩名一代：郡齋讀書志卷十九婆娑集：「其爲文最長於詩，清婉敷腴，有唐人風。」

〔二〕重午：即重五，五月初五，端午節。王楙野客叢書重三：「今言五月五日曰重五，九月九日曰重九。」

跋後山居士詩話

談叢、詩話皆可疑〔一〕，談叢尚恐少時所作，詩話決非也。意者後山嘗有詩話而亡之，妄人竊其名爲此書耳。後山二子，豐、登。登過江爲會稽曹官①，李鄴降虜，登亦被驅以北。悲夫〔二〕！淳熙戊戌十月二十四日，可齋。

【題解】

後山居士詩話，舊題陳師道撰。陳師道（一〇五三—一一〇一），字無己，又字履常，號後山居士，彭城（今江蘇徐州）人。初師曾鞏，後遊蘇軾門下，爲「蘇門六君子」之一。元祐二年被薦於朝，任徐州教授、太學博士。元符三年授秘書省正字。以病卒。著有後山集。宋史卷四四四有傳。後山詩話一卷，郡齋讀書志著録於子部小説類，稱「論詩七十餘條」，直齋書録解題著録於集部文史類，宋史藝文志著録於子部小説類。由於書中記有陳師道身後之事，宋時即有人疑爲托名之作。本文爲陸游爲後山居士詩話所作的跋文，否定詩話爲陳師道所撰，并慨歎其子的命運。

本文據文末自署，作於淳熙五年（一一七八）十月二十四日。時陸游在臨安候任。

【校記】

①「登」，諸本皆同。按，老學庵筆記卷九叙作會稽曹官者爲陳豐，非陳登。

【箋注】

〔一〕談叢：即後山談叢，爲宋代史料筆記，作四卷或六卷，亦題陳師道撰。此書於北宋政事、君臣言行、對遼關係乃至異聞傳説、節令物候、書法繪圖，無不涉及。尤其對北宋重要人物如寇準、張詠、富弼、韓琦等人事迹，叙述頗詳，可補史書之缺。

〔二〕「登過」四句：「登」疑當作「豐」。老學庵筆記卷九：「陳無己子豐，詩亦可喜，晁以道集中有謝陳十二郎詩卷是也。建炎中，以無己故，特命官。李鄴守會稽，來從鄴作攝局。鄴降虜，豐亦被縶累而去，無己之後遂無在江左者，豐亦不知存亡，可哀也。」建炎以來繫年要録卷二六：「鄉貢進士陳登爲迪功郎。登，師道子也，三試禮部下第，客遊南方，貧窶不能自立。翰林學士張守等三人言於朝，故有是命。」李鄴，累官給事中，嘗充通問金國使，心懷叛意。建炎三年四月除知紹興府。十二月降金。

跋佛智與升老書

此一編，佛智禪師與其法子寒巖升公書也〔一〕。議論超卓，殆非世儒所及。三復歎仰〔二〕。淳熙己亥三月九日，建安雙清堂書〔三〕。

【題解】

佛智，即佛智禪師。張淏寶慶會稽續志卷六：「端裕，會稽人。俗姓錢氏，武肅王之裔孫。年十八，投大善寺，則思落髮受戒。具見佛果勤和尚，與語大悦。勤住蔣山，往依焉。勤命典記室，尋分座，道聲藹著，施旨住靈隱。慈寧皇太后幸韋王第，召裕演法，賜金襴袈裟。紹興十八年，移四明之育王。裕涖衆，色必凛然，寢食不背衆，唱道無倦。紹興二十年十月十一日，示微疾，至十八日，索筆書偈，跏趺而逝。世壽六十六，僧臘四十八。荼毗煙凝五色如車蓋，收舍利無數，目睛齒舌皆不壞。門人奉遺骨分塔於鄮峰、西華。初，賜號佛智禪師。至是謚曰大悟，塔名寶勝。」升老，即寒巖升禪師。周必大文忠集卷四十寒巖升禪師塔銘：「師，建寧府建安縣人，姓吴，母游氏。……年十四，依本府龍居寺出家。……母没，遂之長樂。會圓悟高第佛智禪師端裕演法於西禪，入其室，言下頓悟。自是機鋒迅發，人莫能當。佛智移杭之靈隱，師爲首座。佛智歸，師亦還鄉。初，德輿結庵於大王峰之下，名曰寒巖。與師有世外約，至時居焉。……壽七十九，僧臘六十。」則升禪師爲佛智禪師之弟子。本文爲陸游爲佛智禪師致升禪師書所作的跋文，歎仰佛智禪師的議論超卓。

本文據文末自署，作於淳熙六年（一一七九）三月九日。時陸游在提舉福建常平茶事任上。

【箋注】

〔一〕法子：猶言法嗣，佛教稱傳法弟子。

〔二〕三復：猶言三遍。亦指反復。新唐書張巡傳：「讀書不過三復，終身不忘。」歎仰：贊歎仰慕。

〔三〕雙清堂：福建通志卷三一：「雙清堂，在府城從化坊舊提舉司內，宋紹興十三年，提舉司杜圯建堂於廳後，臨濠，扁以是名。」

跋古柏圖

此圖吾家舊藏。予居成都七年，屢至漢昭烈惠陵〔一〕，此柏在陵旁廟中忠武侯室之南〔二〕。所謂「先主武侯同閟宫」者〔三〕，與此略無小異，則畫工亦當時名手也。淳熙六年龍集己亥六月一日〔四〕，陸某識。

【題解】

古柏圖，陸游家藏圖畫。本文爲陸游爲古柏圖所作的跋文，以親眼所見印證圖畫的精確。

本文據文末自署，作於淳熙六年（一一七九）六月一日。時陸游在提舉福建常平茶事任上。

【箋注】

〔一〕漢昭烈惠陵：指三國蜀漢昭烈帝劉備的陵墓，位於成都南郊，陵前有寢殿、神道。

〔二〕忠武侯室：諸葛亮的祠堂，在昭烈廟西偏少南。太平寰宇記卷七二：「先主祠在府南八里，惠陵東七十步。」又：「諸葛武侯祠，在先主廟西。」

〔三〕先主武侯同閟宮：句出杜甫古柏行：「孔明廟前有老柏，柯如青銅根如石。霜皮溜雨四十圍，黛色參天二千尺。君臣已與時際會，樹木猶爲人愛惜。雲來氣接巫峽長，月出寒通雪山白。憶昨路繞錦亭東，先主武侯同閟宮。崔嵬枝幹郊原古，窈窕丹青户牖空。落落盤踞雖得地，冥冥孤高多烈風。」閟宮，神廟。

〔四〕龍集：即歲次。龍指歲星。集，次於。王莽銅權銘：「歲在大梁，龍集戊辰。」

渭南文集箋校卷第二十七

跋

【釋體】

本卷文體同卷二六，收録跋四十七首。

跋中和院東坡帖

此一卷，皆蘇仲虎尚書所藏〔一〕。鑑定精審，無一帖可疑者。刻石在成都大聖慈寺中和勝相院。淳熙六年六月十七日，陸務觀題。

【題解】

中和院，即成都大聖慈寺中和勝相院。東坡帖，蘇軾有中和勝相院記和勝相院經藏記二文。

前者稱曾游成都，與文雅大師惟度游，其同門寶月大師惟簡求其爲院記，并載「始居此者，京兆人廣寂大師希讓，傳六世至度與簡。簡姓蘇氏，眉山人，吾遠宗子也，今主是院，而度亡矣」；後者稱「在蜀成都，大聖慈寺，故中和院，賜名勝相」。此碑帖刻石或即此二文或其中之一。本文爲陸游爲成都中和院蘇軾刻石碑帖所作的跋文，交代碑帖來歷、價值和刻石所在地。

本文據文末自署，作於淳熙六年（一一七九）六月十七日。時陸游在提舉福建常平茶事任上。

【箋注】

〔一〕蘇仲虎尚書：即蘇符（一〇八六—一一五六），字仲虎。蘇邁之子，蘇軾之孫。隨侍蘇軾十五年，直至惠州。紹興五年，賜進士出身，歷尚書司勳員外郎、中書舍人，試給事中，充賀金正旦使。十年，權禮部尚書。十二年，除知遂寧府。十六年，復敷文閣待制，乃還蜀，爲蘇門子孫中官職最爲顯要者。

跋漢隸

漢隸十四卷，皆中原及吴、蜀真刻〔一〕。淳熙己亥，集於建安公署〔二〕，友人莆陽方士繇伯謨〔三〕親視裝褾，故無一字差謬者。六月二十一日，山陰陸某書。

【題解】

漢隸，漢代隸書碑帖集。「漢隸」指東漢碑刻上的隸書，筆勢生動，風格多樣，以别於刻板的「唐隸」，代表作如曹全碑、張遷碑、禮器碑等。此十四卷漢隸，據文意似爲陸游與友人方士繇在建安公署共同收集、裝裱的漢隸碑刻集。本文爲陸游爲漢隸所作的跋文，記録漢隸碑刻由來和整理過程。

本文據文末自署，作於淳熙六年（一一七九）六月二十一日。時陸游在提舉福建常平茶事任上。

【箋注】

〔一〕真刻：原刻。馬永卿嬾真子嶧山碑：「今所傳摹本亦自奇絶，想見真刻奇偉哉！」

〔二〕建安公署：指陸游任職的提舉福建常平茶事公署，在建安。

〔三〕莆陽方士繇伯謨：陸游友人，紹興名士方德亨之子，曾從學朱熹。慶元五年卒，陸游爲撰方伯謨墓誌銘、祭方伯謨文。參見卷十三答陸伯政上舍書注〔一五〕。

跋晁百谷字叙

名者士所願也，而或懼太早。何哉？吾測之審矣。少而得名，我不能不矜〔一〕，人不能不忌。以滿假之心，來讒慝之口，幾何其不躓也〔二〕？吾元歸年甫二十，筆力扛鼎，不患無名，患太早耳。雖然，洪道方力張其名，而吾獨欲其退避掩覆〔三〕，元歸未必樂也。異時出入朝廷，更歷世故〔四〕，會當思吾言也夫！淳熙庚子二月三日，山陰陸某書。

【題解】

晁百谷字序，周必大爲晁百谷取字曰「元歸」，并作字序闡發其意義。文見文忠集卷二十：「晁氏子百谷生十年，已有成人風。去年秋袖書過予，儀矩肅然，音吐琅然，予故不敢以童子待也。明日以父命來求字，請字之曰『元歸』。大傳曰：『大川相間，小川相屬，東流歸海。』人之於道，奚異於是。自灑掃應對之末，而達之道德性命之理，惟識其所歸故也。歸與歸與，無迷其途。有始有卒，惟聖門是趨。子夏之言，焉可誣也。」典出老子：「江海所以能爲百谷王者，以其善下之，故能爲百谷王。」晁百谷（一一六一—？），字元歸，晁子與之子，晁公邁之孫。淳熙初進士及第。趙蕃淳熙稿卷六有寄答晁百谷元歸詩：「嗟我與君爲近親，向來未識但有聞。維夏臨川省伯父，時君束書寄荒村。豈知邂逅宜春郡，皎如玉樹相輝映。品題舊熟大參文，諸公所作皆傳信。探懷贈我一紙詩，功名慷慨真男兒。我衰怕作此硬語，君言水漲方東之。外家自有文章種，國朝名家居伯仲。只今人物未厭多，屬君勉矣加研磨。」本文爲陸游爲晁百谷字序所作的跋文，闡述士大夫出名太早的弊病。

本文據文末自署，作於淳熙七年（一一八〇）二月三日。時陸游在江西常平茶鹽公事任上。

【箋注】

〔一〕矜：自尊，自大，自誇。

〔二〕滿假：自滿自大。書大禹謨：「克勤于邦，克儉于家，不自滿假。」孔安國傳：「滿，謂盈實。假，大也。」孔穎達疏：「言己無所不知，是爲自滿；言己無所不能，是爲自大。」讒慝：邪惡奸佞。左傳成公七年：「爾以讒慝貪惏事君，而多殺不辜。」躓：絆倒，受挫。

〔三〕洪道：周必大字子充，一字洪道。掩覆：遮蔽，掩蓋。司馬光論夏令公謚狀：「知竦平生不協群望，不欲委之有司，概以公議，且將掩覆其短，推見所長，故定謚於中，而後宣示於外。」

〔四〕世故：指世俗人情。

跋陵陽先生詩草

右，陵陽先生韓子蒼詩草一卷，得之其孫籍。先生詩擅天下，然反覆塗乙，又歷疏語所從來〔一〕，其嚴如此，可以爲後輩法矣。予聞先生詩成，既以予人，久或累月，遠或千里，復追取更定，無毫髮恨乃止，則此草亦未必皆定本也。大歇庵詩一章，徐師川作〔二〕，而先生手録之，亦足見其無昔人争名之病矣，故附見卷中。淳熙庚子四月二十二日，笠澤陸某書。

【題解】

陵陽先生，即韓駒（一〇八〇—一一三五）字子蒼，號牟陽，陵陽仙井（今四川仁壽）人。少時從蘇轍學。徽宗政和初，召試舍人院，賜進士出身，除秘書省正字，因黨籍被謫，復召爲著作郎，校正御前文籍。宣和五年除秘書少監，遷中書舍人兼修國史。高宗立，知江州，卒。宋史卷四四五有傳。韓駒爲「江西詩派」詩人，作詩講究典故韻律，錘字煉句，有陵陽集四卷。詩草當爲韓駒詩稿。本文爲陸游爲韓駒詩草所作的跋文，記録韓駒作詩反復塗乙修改的軼聞。

本文據文末自署，作於淳熙七年（一一八〇）四月二十二日。時陸游在江西常平茶鹽公事任上。

【箋注】

〔一〕塗乙：删改文字，泛指修改文章。歷疏：一一疏解。

〔二〕徐師川：即徐俯（一〇七四—一一四〇），字師川，自號東湖居士，原籍洪州分寧（今江西修水）人，後遷居德興天門村。黄庭堅之甥。因父死於國事，授通直郎等，靖康中致仕。高宗時官右諫議大夫。紹興二年賜進士出身。三年，遷翰林學士，擢端明殿學士、簽書樞密院事，官至參知政事。後提舉洞霄宫，知信州。宋史卷三七二有傳。江西詩派著名詩人，著有東湖集，不傳。

跋荆公詩

右，荆公手書詩一卷。前六首贈黄慶基〔一〕，後七首贈鄧鑄〔二〕。石刻皆在臨川。淳熙七年七月十七日，陸某謹題。

【題解】

荆公詩，指王安石詩手迹碑帖。本文爲陸游爲王安石詩手迹碑帖所作的跋文，記録其内容及碑刻所在地。

本文據文末自署，作於淳熙七年（一一八〇）七月十七日。時陸游在江西常平茶鹽公事任上。

【箋注】

〔一〕黄慶基：字吉甫，江西金溪人。王安石表弟。曾任袁州通判、鴻臚寺丞、監察御史、知南康軍等。（據續資治通鑑長編）

〔二〕鄧鑄：生平不詳。

跋續集驗方

予家自唐丞相宣公在忠州時，著陸氏集驗方〔一〕，故家世喜方書〔二〕。予宦游四方，所獲亦以百計，擇其尤可傳者，號陸氏續集驗方，刻之江西倉司民爲心齋〔三〕。淳熙庚子十一月望日，吴郡陸某謹書。

【題解】

續集驗方，爲陸游接續先祖陸氏集驗方，在江西任上所刊刻的一部藥方之書。宋史藝文志著録爲二卷，今佚。驗方，指臨牀經驗證明確有療效的藥方。本文爲陸游爲陸氏續集驗方所作的跋文，記載刊刻驗方緣由、内容和地點。

本文據文末自署，作於淳熙七年（一一八〇）十一月望日。時陸游在江西常平茶鹽公事任上。

【箋注】

〔一〕唐丞相宣公：即陸贄（七五四—八〇五），字敬輿，吴郡嘉興（今屬浙江）人。唐代大曆進士，中博學宏辭科。德宗時由監察御史召爲翰林學士。貞元七年，拜兵部侍郎，八年遷中書侍郎、同平章事。兩年後被貶忠州别駕，後卒於任所。謚宣，有陸宣公翰苑集二十四卷行世。舊唐書卷一三九、新唐書卷一五七有傳。陸游視陸贄爲陸氏先祖。舊唐書陸贄傳：「贄在忠州十年，常閉關静處，人不識其面，復避謗不著書。家居瘴鄉，人多癘疫，乃抄撮方書，爲陸氏集驗方十五卷。」

〔二〕方書：醫方之書。白居易病中逢秋招客夜酌：「合和新藥草，尋檢舊方書。」

〔三〕倉司：宋代各路提舉常平司的簡稱，茶鹽公事是其職掌之一。民爲心齋：江西提舉常平司官署之齋名。

先左丞使遼語録

右，先楚公使遼録一卷〔一〕，三十八伯父手書〔二〕。伯父自幼被疾，以左手書，然筆力清健如此。平生凡鈔書至數十百卷云。淳熙八年四月五日，某謹識。

【題解】

先左丞，指陸游祖父陸佃。徽宗建中靖國元年（一一〇一）七月，陸佃拜尚書右丞，十一月，遷左丞，故稱。使遼，陸佃於徽宗元符三年（一一〇〇）冬奉命出使遼國，次年初即返回。宋史徽宗紀：「（元符三年七月癸未）遣陸佃、李嗣徽報謝於遼。」陸游家世舊聞卷上：「楚公元符庚辰冬，自權吏部尚書受命，爲回謝北朝國使，與西上閤門使、泰州團練使李嗣徽偕行（嗣徽字公美，仁廟朝駙馬都尉瑋之子）。北虜遣金紫崇禄大夫檢校太傅左金吾衛將軍耶律成、朝議大夫守太常少卿充史館修撰李儔來迓。儔自言燕人，年四十三，劉霄榜及第，今二十八年矣。行過古北口，數日，置酒會仙石（查道、梅詢嘗飲酒賦詩於此，因得名）。儔忽自言：『兄儼新入相。』時已十二月中旬。後數日，至其國都，見虜主洪基，則已苦肺喘，不能親宴勞，移宴就館。明年正月旦南歸，未至幽州，聞洪基卒，孫燕王延禧嗣立。延禧長徽宗七歲，以故事稱兄，號天祚。」本文爲陸游爲祖父陸佃使遼録所作的跋文，記載三十八伯父陸宦鈔書故事。

【箋注】

〔一〕先楚公：即陸游祖父陸佃。陸佃卒後於紹興元年追復資政殿學士，贈太師、楚國公。

〔二〕三十八伯父：即陸宦，陸佃長子。家世舊聞卷上：「三十八伯父諱宦，字元長，楚公長子。公得子晚，年三十八始生伯父，遂以三十八爲行第。伯父不幸，少抱微疾。」老學庵筆記卷二：「伯父通直公，字元長，病右臂，以左手握筆，而字法勁健過人。」

跋朝制要覽

先君會稽公晚歲喜觀此書〔一〕，間爲子弟講論因革〔二〕，率至夜分。先君捐館舍三十有四年〔三〕，統得此於故廬〔四〕。伏讀悲哽，敬識卷末。淳熙八年龍集辛丑十一月二十五日〔五〕，山陰陸某書。

【題解】

朝制要覽，北宋宋咸撰，記録北宋初年朝廷典故。直齋書録解題卷五：「朝制要覽五十卷，屯田郎中宋咸撰。此書傳於陸放翁氏，放翁書其後曰：『先君會稽公晚歲喜觀，間爲弟子講論因革，率至夜分。』會稽公者，其父宰元鈞也。其書作於嘉祐中，皆國初故實，觀之使人有感焉。」宋史藝文志則著録爲十五卷。宋咸，字貫之，建州建陽（今屬福建）人。天聖進士。歷知邵武軍、韶州，遷廣西轉運使，官至都官郎中。有易補注、朝制要覽、延年集等。事迹見萬姓統譜卷九二。本文爲陸游爲朝制要覽所作的跋文，回憶父親陸宰晚年讀書講論情景。

本文據文末自署，作於淳熙八年（一一八一）十一月二十五日。時陸游罷職家居。

【箋注】

〔一〕先君會稽公：即陸游父親陸宰。

〔二〕因革：即沿革，包括因襲和變革。葛洪抱朴子用刑：『以畫一之歌，救鼎湧之亂，非識因革之隨時，明損益之變通也。」

〔三〕捐館舍：捨棄館舍，去世的婉辭。戰國策趙策二：「今奉陽君捐館舍。」

〔四〕統：陸游長子子虡小名，時年三十五歲。

〔五〕龍集辛丑：歲次辛丑。龍，指歲星。

跋東坡問疾帖

東坡先生憂其親黨之疾〔一〕，委曲詳盡如此，則愛君憂國之際可知矣。其曰「勿使常醫弄疾」，天下之至言，讀之使人感歎彌日。淳熙九年五月乙未，甫里陸某書〔二〕。

【題解】

東坡問疾帖，指蘇軾探問疾病爲内容的手書碑帖，今不傳。本文爲陸游爲蘇軾問疾帖所作的跋文，感歎蘇軾的委曲詳盡和「勿使常醫弄疾」的至言。

本文據文末自署，作於淳熙九年（一一八二）五月乙未日。時陸游奉祠家居，主管成都府玉局觀。

【箋注】

〔一〕親黨：親信黨羽。袁宏後漢紀順帝紀下：「侍中杜喬奏免陳留太守梁讓、濟陽太守汜宫、濟北太守崔瑗贓罪狼籍，梁氏親黨也。」

〔二〕甫里：在今蘇州甪直鎮。唐陸龜蒙曾居此，自號甫里先生。陸游仰慕陸龜蒙，視其爲陸氏祖上賢人，故自署甫里。

跋東坡詩草

東坡此詩云：「清吟雜夢寐，得句旋已忘」，固已奇矣。晚謫惠州，復出一聯云：「春江有佳句，我醉墮渺莽」〔一〕，則又加於少作一等。近世詩人老而益嚴，蓋未有如東坡者也。學者或以易心讀之〔二〕，何哉？淳熙九年五月二十六日，玉局祠吏陸某書於鏡湖下鷗亭〔三〕。

【題解】

東坡詩草，指蘇軾湖上夜歸詩作草稿。詩云：「我飲不盡器，半酣尤味長。籃輿湖上歸，春風吹面涼。行到孤山西，夜色已蒼蒼。清吟雜夢寐，得句旋已忘。尚記梨花村，依依聞暗香。入城定何時，賓客半在亡。睡眼忽驚矍，繁燈鬧河塘。市人拍手笑，狀如失林麞。始悟山野姿，異趣難自强。人生安爲樂，吾策殊未良。」本文爲陸游爲蘇軾詩草所作的跋文，比較蘇軾晚歲作品，稱道其詩「老而益嚴」。

本文據文末自署，作於淳熙九年（一一八二）五月二十六日。時陸游奉祠家居，主管成都府玉局觀。

【箋注】

〔一〕「春江」二句：出蘇軾和歸田園居六首之二。詩云：「窮猿既投林，疲馬初解鞅。心空飽新得，境熟夢餘想。江鷗漸馴集，蜒叟已還往。南池緑錢生，北嶺紫筍長。提壺豈解飲，好語時見廣。春江有佳句，我醉墮渺莽。」

〔二〕易心：改變心志，改變想法。韓詩外傳卷六：「小人易心，百姓易俗。」

〔三〕玉局祠吏：陸游自稱，時奉祠主管成都府玉局觀。下鷗亭：陸游鏡湖故里齋名。下鷗，指鷗鳥停下棲息。又作「下漚」。

跋孫府君墓誌銘

方五代割裂時，自一郡以上，非其國子弟，則大將功臣也。士大夫仕爲令、掾者〔一〕，已爲達官。錢氏土境尤蹙〔二〕，而孫公至專城〔三〕，蓋其國顯人也。觀杜公所述〔四〕，亦誠有以得之矣。淳熙壬寅立秋日，甫里陸某。

【題解】

孫府君，爲誰人不詳，據文意，當是五代吴越國「專城」的「顯人」。本文爲陸游爲孫府君墓誌銘所作的跋文，闡述孫府君任職的背景。

本文據文末自署，作於淳熙九年（一一八二）立秋日。時陸游奉祠家居，主管成都府玉局觀。

【箋注】

〔一〕令、掾：縣令和官府中的佐吏。

〔二〕錢氏：指吴越國主，由錢鏐創建，歷三代五王，至太平興國三年（九七八）納土歸宋，立國七十二年。　蹙：局促。

〔三〕專城：指擔任主宰一城的州牧、太守等地方官。王充論衡辨祟：「居位食禄，專城長邑，以千萬數，其遷徙日未必逢吉時也。」

〔四〕杜公：不詳，當是墓誌銘的作者。

跋蘇魏公百韻詩

右首一卷，丞相魏公謝事歸第且八十時所作也〔一〕。蘇端明賀趙清獻公，得謝啓云：「念平生之百爲，一無可恨〔二〕。」某於魏公亦云。淳熙壬寅立秋日，吴郡陸某謹識。

【題解】

蘇魏公，即蘇頌（一〇二〇—一一〇一），字子容，泉州同安（今屬福建）人，徙居潤州丹徒（今江蘇鎮江)。慶曆進士。歷仕州縣,有能名。遷集賢校理,召修起居注,進知制誥。元祐初,除吏部尚書兼侍讀,遷翰林學士承旨,五年拜尚書左丞,七年拜右僕射兼中書侍郎,次年罷知揚州。紹聖末致仕。卒贈司空。後追謚正簡,追封魏國公。學問淹博,尤明於典章故事,於天文曆算、山經本草無所不通。著有蘇魏公集、新儀象法要等。宋史卷三四〇有傳。百韻詩,全名累年告老恩旨未俞詔領祠官遂還鄉閈燕閒無事追省平生因成感事述懷詩五言一百韻示兒孫輩使知遭遇始終之意以代家訓故言多不文,見蘇魏公文集卷五。百韻詩後人評爲「晚年自叙百詠,可謂生平本傳」(毛晉語)。本文爲陸游爲蘇頌百韻詩所作的跋文,引蘇軾語評價其平生「百爲」無恨。

本文據文末自署,作於淳熙九年(一一八二)立秋日。時陸游奉祠家居,主管成都府玉局觀。

【箋注】

〔一〕謝事:辭職,免除俗事。蘇轍贈致仕王景純寺丞:「潛山隱君七十四,紺瞳緑髮方謝事。」

〔二〕「蘇端明」四句:蘇軾賀趙大資少保致仕啓:「恭惟致政大資少保,道心精微,德望宏遠。無施不可,尤高臺諫之風;所臨有聲,最宜吴蜀之政。才不究於大用,命乃系於生民。與時偕行,不可則止。見故人而一笑,綽有餘歡;念平生之百爲,絶無可恨。」蘇端明,即蘇軾,曾任端明殿學士,故稱。趙清獻公,即趙抃(一〇〇八—一〇八四),字閱道,衢州西安(今浙江衢州)人,景祐進士。爲殿中侍御史,人稱「鐵面御史」。治平初知成都府,爲政簡易。神宗即位,除參知政事。因反對新法,熙寧三年罷知杭州,徙青州。五年再知成都府,復徙越州、杭州，以太子少保致仕。卒謚清獻。宋史卷三一六有傳。大資，抃曾任資政殿學士。

跋家藏造化權輿

右，造化權輿六卷，楚公舊藏〔一〕，有九伯父大觀中題字〔二〕。淳熙壬寅，得之故第廢紙中，用別本讎校，而闕其不可知者。兩本俱通者，亦具疏其下。六月四日，山陰陸某謹記。

後十有四年，慶元元年八月十二日重校，凡三日而畢。時年七十一。

【題解】

造化權輿，雜記自然界各種事物起源的著作。參見卷二六跋造化權輿題解。本文爲陸游爲家藏本造化權輿所作的跋文，記録其來歷、讎校及重校情況。

本文據文末自署，作於淳熙九年（一一八二）六月四日。時陸游奉祠家居，主管成都府玉局觀。再跋於慶元元年（一一九五）八月十四日，時陸游奉祠家居，提舉武夷山沖佑觀。

【箋注】

〔一〕楚公：即陸游祖父陸佃。

〔二〕九伯父：陸游家族父輩，爲誰未詳。又見卷二六跋尹耘師耕書劉隨州集。

跋三蘇遺文

此書蜀郡吕商隱周輔所編〔一〕。周輔入朝爲史官，得唐安守以歸〔二〕，未至家，暴卒，可悲也！淳熙十一年正月十一日，務觀識。

【題解】

三蘇遺文，吕商隱所編三蘇（蘇洵、蘇軾、蘇轍）散佚的詩文集，今佚。本文爲陸游爲三蘇遺文所作的跋文，慨歎編者的可悲命運。

本文據文末自署，作於淳熙十一年（一一八四）正月十一日。時陸游奉祠家居，主管成都府玉局觀。

【箋注】

〔一〕蜀郡吕商隱：南宋館閣録續録卷九：「吕商隱字周輔，成都人。乾道二年蕭國梁榜進士出身。治春秋。（淳熙）七年十月，以國子監兼（國史院編修官）；八年七月爲宗正丞仍兼。」

〔二〕唐安：即蜀州。

跋兼山先生易説

郭立之從程先生遊最久，程先生病革〔一〕，猶與立之有問答語，著於語録。而尹彦明獨謂立之自黨論起〔二〕，即與程先生絶，死亦不弔祭，蓋愛憎之論也〔三〕。立之子雍，字子和，屏居峽中，屢聘不起，亦著易説，得其家學〔四〕。蓋程氏易學，立之父子實傳之。淳熙甲辰二月三十日，甫里陸務觀云。

後六年，得謝昌國所贈頤正先生辨尹公説〔五〕，乃知予此言粗合也。頤正，即雍也。己酉八月二十八日，某書。

【題解】

兼山先生，即郭忠孝（？—一一二八），字立之，河南人。受易、中庸於程頤。元豐進士。宣和間爲河東路提舉。靖康初召爲軍器少監，力陳抗金之策，并赴關陝招募精兵，大破金人。高宗即位，金人犯永興，郭忠孝與經略唐重等堅守戰死。朝廷贈大中大夫。宋史卷四四七有傳。易説，郡齋讀書志著録爲兼山易解二卷，并稱：「忠孝字立之，河南人，頗明象數。自謂得李挺之卦變論於陳子惠，因亟讀，有得焉。靖康中，持憲關右，死於難，故其書散落大半。」本文爲陸游爲兼山先生易説所作的跋文，肯定郭忠孝父子傳承程頤易學，并以郭雍之論佐證。

本文據文末自署，作於淳熙十一年（一一八四）二月三十日。時陸游奉祠家居，主管成都府玉局觀。再跋於淳熙十六年（一一八九，己酉）八月二十八日，時陸游在禮部郎中兼實録院檢討官任上。

【箋注】

〔一〕病革：病勢危急。語出禮記檀弓上：「夫子之病革矣。」鄭玄注：「革，急也。」

〔二〕尹彦明：程門弟子。郡齋讀書志著録其論語解十卷，并稱：「彦明，程氏門人。紹興中，自布衣召爲崇政殿説書，被旨訓解，多采純夫之説。」

〔三〕愛憎之論：好惡之論，指偏見。韓非子説難：「故彌子之行未變於初也，而以前之所以見賢而後獲罪者，愛憎之變也。」黨論：朋黨間的争論。

〔四〕「立之」六句：郭雍爲郭忠孝之子。直齋書録解題著録其傳家易説十一卷，并稱：「自言其父忠孝受學於程伊川。伊川示以易之艮，曰：『艮，止也。學道之要無出於此。』自是方覺讀易有味。牓其室曰『兼山』。立身行道，皆自『止』始。兵興之初，先人舊學掃地，念欲補續其説，中心所知者『艮，止也』。潛稽易學，以述舊聞，用傳於家。……雍隱居陝州長陽山中。帥守屢薦，召之不至，由處士封頤正先生。其末，提舉趙善譽言於朝，遣官受所欲言，得其傳家兵學六卷以進，時淳熙丙午也。明年卒，年八十有四。又有兼山遺學六卷，見儒家類。餘書則未之見也。」又郭雍，宋史卷四五九有傳。

〔五〕謝昌國：即謝諤，字昌國。參見卷十二賀謝殿院啓題解。頤正先生辨尹公説：郭雍此文未見，或在其傳家易説中，當爲辨正尹彦明之偏見。

跋鄭虞任昭君曲

自張文潛下世〔一〕，樂府幾絶。吾友鄭虞任作昭君曲，如「羊車春草空芊芊」及「重瞳光射搔頭偏」之類，文潛殆不死也。「但願夕烽長不驚甘泉，妾身勝在君王前」，能道昭君意中事者。淳熙甲辰三月二十三日，甫里陸某書。

【題解】

鄭虞任即鄭舜卿，字虞任，號陶窗，福建長樂人。乾道五年進士。昭君曲，載詩家鼎臠卷上：「前輩作昭君曲，其詞多後人追感昭君之事而憐之耳，未足以見當時馬上之情而寄其隱悲也。從當時之稱當曰昭君曲：沙平草軟雲連綿，臂弱不勝黄金鞭。琵琶圍繞情如訴，妾心驟感君王憐。自入昭陽宫，過箭流芳年。娙娥容華貌如玉，瑣窗粉黛添嬋娟。妾醜已自知，羊車春草空芊芊。内中時時宣畫工，分定愧死行金錢。那知咫尺間，筆端變媸妍。玉階銅砌呼上馬，重瞳光射搔頭偏。念此一顧恩，穹廬萬里寧無緣。紫臺房櫳夢到曉，日暮忍看征鴻翩。吞聲不敢哭，哭聲應徹天。但得君王知妾身，應信目前皆山川。不必誅畫工，此事古則然。但願夕烽長不驚甘泉，妾身勝在君王前。寄語幕南諸將軍，虎頭燕頷食肉休籌邊。自呼琵琶寫此曲，有聲無詞誰能傳！」本文爲陸游爲鄭舜卿昭君曲所作的跋文，肯定作品傳承了張耒樂府創作的傳統。

本文據文末自署，作於淳熙十一年（一一八四，甲辰）三月二十三日。時陸游奉祠家居，主管成都府玉局觀。

參考劍南詩稿卷十六答鄭虞任檢法見贈。

【箋注】

〔一〕張文潛：即張耒（一〇五四—一一一四），字文潛，號柯山，楚州淮陰（今屬江蘇）人。熙寧進士。歷任臨淮主簿、著作郎、史館檢討等。哲宗紹聖初，以直龍圖閣知潤州。徽宗初，召爲太常少卿。少以文章受知於蘇軾。爲「蘇門四學士」之一。宋史卷四四四有傳。

跋傅正議至樂庵記

伏波將軍困於壺頭，曳病足土室中，以望夷賊，左右哀之，莫不爲流涕〔一〕。定遠侯在西域三十年①，年老思土，上書自言，願生入玉門關，詞指甚哀〔二〕。彼封侯富貴矣，然戚戚無聊乃如此，其他盈滿䠒𣨼〔三〕，畏禍憂誅，願爲布衣不可得者，又何可勝嘆！然則富貴果不如貧賤之樂耶？曰：「此自富貴者言之耳。貧賤之士，仕則無路，處則無食，自非有道君子，其憂又有甚者矣。」正議傅公在學校二十年〔四〕，聲震京師，同舍生去爲公卿者袂相屬〔五〕，而公始僅得一第。既仕矣，適時艱難，妄男子往往起閭巷，取美官〔六〕，公又棄不用，則亦何自樂哉？及讀所作至樂庵記，自道其胸中恢疏磊落〔七〕，所以樂而忘憂者，文辭辯麗動人，有列禦寇、莊周之遺風，然後知公蓋有道者。或曰：「使天以富貴易公之樂，公其許之乎？」予曰：公所以處貧賤者，則其所以處富貴也。顔回之簞瓢，周公之袞繡〔八〕，一也。觀斯文者，盍以是求之。淳熙十一年七月十六日，山陰陸某謹書。

【題解】

傅正義，即傅凝遠（一〇八三—一一五一），名不詳，凝遠乃其字，光州固始（今屬河南）人。以太學上舍登第。歷官順昌縣尉、安溪縣丞、南安縣丞、晉江知縣等。遷通判南劍州，未赴任而卒。累贈正義大夫，故稱傅正義。生平見本書卷三三傅正義墓誌銘。至樂庵記，傅凝遠所作記文。本文爲陸游爲傅凝遠至樂庵記所作的跋文，稱道傅氏處貧賤如同處富貴、樂而忘憂的君子之風。

本文據文末自署，作於淳熙十一年（一一八四）七月十一日。時陸游奉祠家居，主管成都府玉局觀。

參考卷三三傅正義墓誌銘。

【校記】

①「西域」，原作「西城」，各本同，據後漢書班超傳改。

【箋注】

〔一〕伏波將軍：即馬援（前十四—四九）字文淵，東漢扶風茂陵（今陝西興平）人。少有大志。歸光武帝後，拜隴西太守，後爲伏波將軍，曾以「馬革裹尸」自誓，出征匈奴、烏桓。病卒軍中，封新息侯。後漢書卷二四有傳。後漢書本傳：「（建武二十四年）三月，進營壺頭。賊乘高守隘，水疾，船不得上。會暑盛，士卒多疫死，援亦中病，遂困，乃穿岸爲室，以避炎氣。賊每升險鼓噪，援輒曳足以觀之，左右哀其壯意，莫不爲之流涕。」壺頭：山名，在今湖南沅陵，因山峰形如壺頭得名。

〔二〕定遠侯：即班超（三二—一〇二）字仲升，東漢扶風安陵（今陝西咸陽）人。班固弟。少投筆從戎，後奉使西域。任西域都護，封定遠侯。在西域三十一年，五十餘國悉皆歸附漢朝。拜射聲校尉，旋病卒。後漢書卷四七有傳。後漢書本傳：「超自以久在絶域，年老思土。十二年，上疏曰：『臣聞太公封齊，五世葬周。狐死首丘，代馬依風。夫周、齊同在中土千里之間，況於遠處絶域，小臣能無依風、首丘之思哉？蠻夷之俗，畏壯侮老。臣超犬馬齒殲，常恐年衰，奄忽僵仆，孤魂棄捐。昔蘇武留匈奴中尚十九年，今臣幸得奉節帶金銀護西域，如自以壽終屯部，誠無所恨；然恐後世或名臣爲没西域。臣不敢望到酒泉郡，但願生入玉門關！臣老病衰困，冒死瞽言，謹遣子勇隨獻物入塞，及臣生在，令勇目見中土。』」

〔三〕盈滿：指達到極限。後漢書方術傳上：「吾門户殖財日久，盈滿之咎，道家所忌。」 鯢甈：動摇不安貌。易困：「困於葛藟，于鯢甈。」

〔四〕學校：指太學。傅正義墓誌銘：「崇寧中，甫年十八，入太學，聲名籍甚，試中高等。然猶幾二十年，乃以上舍登第。」

〔五〕袂相屬：即連袂，衣袖相連，携手并肩。

〔六〕美官：指位高禄厚之官。

〔七〕恢疏磊落：寬宏開朗，胸懷坦蕩。

〔八〕顔回之簞瓢：語本論語雍也：「一簞食，一瓢飲，在陋巷，人不堪其憂，回也不改其樂。賢哉回也！」 周公之衮繡：語本詩豳風九罭：「我覯之子，衮衣繡裳。」朱熹集傳：「之子，指周公也。」

跋中興間氣集 二

高適字仲武〔一〕，此乃名仲武，非適也。評品多妄，蓋淺丈夫耳，其書乃傳至今。天下事出於幸不幸，固多如此，可以一歎！淳熙甲辰八月二十九日，放翁書。

高適字仲武，此集所謂高仲武，乃別一人名仲武，非適也。議論凡鄙〔二〕，與近世宋百家詩中小序可相甲乙〔三〕。唐人深於詩者多，而此等議論乃傳至今，事固有幸不幸也。然所載多佳句，亦不可以所托非其人而廢之。

【題解】

中興間氣集，唐人選唐詩之一，爲高仲武所編。該集收録肅宗至德初至代宗大曆末二十餘年間二十六人一百三十餘首作品，每人皆附評語，推重「體狀風雅，理致清新」的大曆詩風。本文爲陸游爲中興間氣集所作的跋文，辨析其編者名仲武，而非字仲武之詩人高適，批評詩選「議論凡鄙」。共二首。

本文據文末自署，作於淳熙十一年（一一八四，甲辰）八月二十九日。時陸游奉祠家居，主管成都府玉局觀。二跋似非作於一時，後跋時間不詳。

【箋注】

〔一〕高適（約七〇〇—七六五）：字達夫，一字仲武，唐渤海蓨（今河北景縣）人。少貧寒，後遊河西，入哥舒翰幕任書記。歷淮西、西川節度使，終散騎常侍，世稱高常侍。曾三度出塞，以邊塞詩著稱。舊唐書卷一一一、新唐書卷一四三有傳。

〔二〕凡鄙：平庸鄙陋。晉書庾亮傳：「臣凡鄙小人，才不經世。」

〔三〕宋百家詩：直齋書録解題卷十五：「本朝百家詩選一百卷，太府卿曾慥端伯編。編此所以續荆公之詩選（指王安石唐百家詩選），而識鑒不高，去取無法，爲小傳略無義類，議論亦凡鄙。陸放翁以比中興間氣集，謂相甲乙，非虚語也。」

跋齊驅集

此集刻版於宣和三年〔一〕。方是時，黨禁猶未解〔二〕，文士蓋僅有見者，故本多誤。然好事者冒法刻之，亦奇矣。淳熙甲辰重午日〔三〕，陸務觀書。

【題解】

齊驅集，似爲北宋末總集名，内容及編者不詳。本文爲陸游爲齊驅集所作的跋文，説明其刻版背景和版本特點。

本文據文末自署，作於淳熙十一年（一一八四，甲辰）五月五日。時陸游奉祠家居，主管成都府玉局觀。

【箋注】

〔一〕宣和三年：即一一二一年。宣和爲徽宗年號之一。

〔二〕黨禁：指元祐黨禁。徽宗即位後，任用蔡京爲相，以恢復新法爲名，排斥舊黨，立元祐黨籍碑，銷毁黨人著作，大興黨禁。至徽宗退位，黨禁方弛。

〔三〕重午：同重五，即端午節。李之儀南鄉子端午詞：「小雨濕黄昏，重午佳辰獨掩門。」

跋柳柳州書①

此一卷集外文，其中多後人妄取他人之文冒柳州之名者，聊且裒類於此〔一〕。子京〔二〕。

右三十一字，宋景文公手書，藏其從孫晸家〔三〕。然所謂集外文者，今往往分入卷中矣。淳熙乙巳五月十七日，務觀校畢。

【題解】

柳柳州集，指收録柳宗元集外文的北宋刊本，宋祁已有跋文。本文爲陸游校畢柳柳州集在宋跋後再作的跋文，保存宋跋并交代其來歷。

本文據文末自署，作於淳熙十二年（一一八五）五月十七日。時陸游奉祠家居，主管成都府玉局觀。

【校記】

①「書」，弘治本、正德本、汲古閣本作「集」。

【箋注】

〔一〕哀類：收集并分類。新唐書姚璹傳：「（武）后方以符瑞自神，璹取山川草樹名有「武」字者，以爲上應國姓，哀類以聞。」

〔二〕子京：即宋祁（九九八—一〇六一）字子京。卒謚景文。參見卷十五施司諫註東坡詩序注〔五〕。

〔三〕從孫：兄弟之孫。國語周語下：「共之從孫，四岳佐之。」韋昭注：「共，共工。從孫，昆季之孫也。」晸：即宋晸，宋庠之曾孫，曾知全州，擢將作少監、軍器少監。

跋説苑

李德芻云〔一〕：館中説苑二十卷，而闕反質一卷。曾鞏乃分修文爲上下，以足二十卷。後高麗進一卷〔二〕，遂足。淳熙乙巳十月六日，務觀書。

【題解】

説苑，西漢劉向輯録先秦至漢初史事、傳説編纂的雜著。原爲二十卷，後僅存五卷，經宋曾鞏搜輯，復爲二十卷，每卷各有標目。依次爲：君道、臣術、建本、立節、貴德、復恩、政理、尊賢、正諫、敬慎、善説、奉使、權謀、至公、指武、談叢、雜言、辨物、修文、反質。本文爲陸游爲説苑所作的跋文，引李德芻語説明其卷次沿革情況。

本文據文末自署，作於淳熙十二年（一一八五，乙巳）十月六日。時陸游奉祠家居，主管成都府玉局觀。

【箋注】

〔一〕李德芻：邯鄲（今屬河北）人。元祐間歷官秘書省正字、校書郎、集賢校理、都官員外郎、官制所檢討、光禄寺丞等。長於地理學，著有元豐郡縣志三十卷圖三卷，又與王存、曾肇共同編修元豐九域志。

〔二〕高麗：又稱高麗王朝、王氏高麗（九一八——一三九二），朝鮮半島古代國家之一。歷經三十四代君主，共四百七十五年。都城爲開京（今朝鮮開城）。

跋章氏辨誣録

徽宗皇帝盛德大度，自秦漢以來，人主莫能及者。尤在友愛蔡王，寬貸章惇〔一〕，而史臣不能發明，可爲太息。淳熙丙午十月望，陸某謹題。

【題解】

章氏辨誣録，北宋宰相章惇後人爲其辨誣的著述。宋史卷四七一章惇傳於其卒後載：「紹興五年，高宗閲任伯雨章疏，手詔曰：『惇詆誣宣仁后，欲追廢爲庶人，賴哲宗不從其請，使其言施用，豈不上累泰陵？貶昭化軍節度副使，子孫不得仕於朝。』詔下，海内稱快，獨其家猶爲辨誣論，見者哂之。」章氏辨誣録當即指此。本文爲陸游爲章氏辨誣録所作的跋文，以蔡王、章惇爲例，稱頌徽宗的「盛德大度」。

本文據文末自署，作於淳熙十三年（一一八六，丙午）十月望日。時陸游在知嚴州任上。

【箋注】

〔一〕蔡王：即趙似（？—一一〇六），宋神宗第十三子。宋史卷二四六入宗室傳。宋史卷二四六載：「楚榮憲王似，帝第十三子。初爲集慶軍節度使、和國公，進普寧郡王。元符元年出閣，封簡王。似於哲宗爲母弟，哲宗崩，皇太后議所立，宰相章惇以似對。后曰：『均是神宗子，何必然。』乃立端王。徽宗定位，加司徒，改鎮武昌、武成，徙封蔡，拜太保，移鎮保平、鎮安，又改鳳翔、雄武。以王府史語言指斥，送大理寺驗治，似上表待罪。……（徽宗）止治其左右。崇寧中，徙鎮荆南、武寧。崇寧五年薨，贈太師、尚書令兼中書令、冀州牧、韓王，改封楚王，謚榮憲。」章惇（一〇三五—一一〇五）：字子厚，建州蒲城（今屬福建）人。嘉祐進士。王安石重其才，擢爲編修三司條例官。元豐三年任參知政事。高太后聽政時力辯新法被貶，哲宗親政後起爲尚書左僕射兼門下侍郎，引用蔡京等，力排元祐黨人，株連甚衆。哲宗亡，反對議立徽宗。徽宗即位，累貶睦州卒。宋史卷四七一入奸臣傳。宋史卷四七一載：「哲宗崩，皇太后議所立，惇厲聲曰：『以禮律言之，母弟簡王當立。』皇太后曰：『老身無子，諸王皆是神宗庶子。』惇復曰：『以長則申王當立。』皇太后曰：『申王病，不可立。』惇尚欲言，知樞密院事曾布叱之曰：『章惇，聽太后處分。』皇太后決策立端王，是爲徽宗，遷惇特進，封申國公。」

跋釣臺江公奏議

某乾道庚寅夏〔一〕，得此書於臨安。後十有七年，蒙恩守桐廬，訪其家，復得三表及贈告墓誌〔二〕，因併刻之，以致平生尊仰之意。淳熙十三年十一月十有六日，笠澤陸某書。

【題解】

釣臺江公奏議，陸游在知嚴州任上刊刻的江公望的奏議集。江公望，字民表，睦州（今浙江桐廬）人。桐廬七里瀧有嚴子陵釣臺，故稱釣臺江公。舉進士。建中靖國間由太常博士拜左司諫，上疏極論時政，徽宗多從之。歷知淮陽軍、壽州。蔡京爲政，編管南安軍，遇赦還家卒。建炎中贈右諫議大夫。著有江司諫奏稿等。宋史卷三四六有傳。本文爲陸游爲所刻釣臺江公奏議所作的跋文，記録刊刻緣由。

本文據文末自署，作於淳熙十三年（一一八六）十一月十六日。時陸游在知嚴州任上。

【箋注】

〔一〕乾道庚寅夏：即乾道六年（一一七〇）夏，時陸游準備赴夔州通判任。

〔二〕三表：三篇表文。贈告：古代官員死後被朝廷追封爵位和稱號。

先太傅遺像

先太傅皇祐中，以吏部郎中直昭文館〔一〕，自會稽移守新定，期年請老〔二〕，得分司西京以歸〔三〕，迨今百四十年。而某自奉祠玉局，起爲是邦，實繼遺躅於是〔四〕。知建德縣事蘇君林以父老之請〔五〕，築祠宇於兜率佛寺〔六〕。淳熙十四年春正月丙辰，備車旗儀物，大合樂〔七〕，奉遺像於祠，且以公自贊、道帽羽服像，刻之堅珉，尉邦人無窮之思〔八〕。朝隱子，蓋公自號云。元孫、朝請大夫、權知嚴州軍州事陸某謹書〔九〕。

【題解】

先太傅，指陸游的高祖陸軫，字齊卿，號朝隱子。參考卷二六跋修心鑒注〔一〕。陸軫皇祐二年（一〇五〇）以吏部郎中、直昭文館守新定。三年分司西京。約一百四十年後，陸游於淳熙十三年(一一八六)知嚴州。建德知縣蘇林築祠紀念陸軫，舉行儀式，奉陸軫遺像於祠并刻石。本文爲陸游爲嚴州祠宇中陸軫遺像所作的跋文，記述高祖陸軫與嚴州因緣及嚴人築祠紀念始末。

本文據文中自署，作於淳熙十四年(一一八七)正月丙辰(十四)日。時陸游在知嚴州任上。

【箋注】

〔一〕昭文館：官署名。唐武德間始置，曾改稱弘文館。宋沿襲唐制，并以昭文館和集賢院、史館爲三館，分掌藏書、校書和修史。以上相爲昭文館大學士，監修國史。直館以京朝官充任。

〔二〕期年：一年。左傳僖公十四年：「秋八月辛卯，沙鹿崩。晋卜偃曰：『期年將有大咎，幾亡國。』」請老：請求退休養老。左傳襄公三年：「祁奚請老，晉侯問嗣焉。」杜預注：「老，致仕。」

〔三〕分司：唐宋之制，中央官員在陪都(洛陽)任職者，稱爲分司。西京：北宋承襲後晉，以汴州爲東京開封府，改東都河南府爲西京。

〔四〕遺躅：即遺迹。蘇軾葉教授和溽字韻詩復次韻爲戲記龍井之遊：「似聞雪髯叟，西嶺訪遺躅。」

〔五〕蘇君林：即蘇林，四川眉山人。時任建德知縣，主持刊刻劍南詩稿二十卷。

〔六〕兜率佛寺：淳熙嚴州圖經卷一：「兜率寺，在天慶觀西。唐神龍元年建，名中興。景龍元年改龍興。開元中又改開元。國朝大中祥符元年改今名。唐末有僧道明居此寺，因號陳尊宿道場。寺有靈香閣，元祐宰相蘇公頌爲之記，又有陳尊宿庵。紹興五年，寺爲火爇，蕩然無遺。八年，稍即舊基建屋，有僧守越築室山上，復名尊宿庵」

〔七〕大合樂：規模宏大的諸樂合奏。儀禮鄉飲酒禮：「乃合樂。」鄭玄注：「謂歌樂與衆聲俱作。」

〔八〕自贊：陸軫自贊，陸游刻入其修心鑒之末。跋修心鑒：「某既刻版傳世，并以七歲吟及自贊附卷末。」道帽羽服：道家裝束。陸軫通道，晚年辟穀近二十年。珉：像玉的石頭。

尉：同「慰」。

〔九〕元孫：玄孫。指本人以下第五代。

跋高康王墓誌

王岐公文章閎麗〔一〕，有西漢風；而宋常山公書法森嚴〔二〕，實傳鍾、張古學〔三〕。方裕陵致孝寶慈〔四〕，極天下養，故并命兩公彰顯高氏先王功烈，以詔萬世，可以爲寵光矣〔五〕。中更亂離，而墨本寶藏如新，殆有神物護持云。淳熙十四年二月三日，笠澤陸某謹識。

【題解】

高康王，即高繼勳（九五八—一〇三五），字紹先，亳州蒙城（今屬安徽）人。名將高瓊子。以軍功累遷崇儀使。歷數路鈐轄、知州。仁宗時授隴州團練使，知雄州、滑州。有威名，號神將。神宗時追封康王，謚武穆。高宗建炎間建高氏「五王祠」，祀武烈王高瓊、康王高繼勳、楚王高遵甫、普安郡王高士林、新興郡王高公紀五代。高繼勳墓誌由王珪撰文、宋祁書墨。本文爲陸游爲高康王墓誌所作的跋文，記述墓誌作者及墨本品相。

本文據文末自署，作於淳熙十四年（一一八七）二月三日。時陸游在知嚴州任上。

【箋注】

〔一〕王岐公：即王珪（一〇一九—一〇八五），字禹玉，成都華陽人。慶曆進士。通判揚州，召直集賢院，修起居注。進知制誥，爲翰林學士、知開封府。熙寧間拜參知政事，進同中書門下平章事。元豐間拜尚書左僕射兼門下侍郎，封岐國公。善文翰，典内外制十八年。著有華陽集。宋史卷三一二有傳。

〔二〕宋常山公：即宋祁，字子京。參見卷十五施司諫註東坡詩序注〔五〕。

〔三〕鍾張古學：鍾、張指漢魏書法家鍾繇、張芝。孫過庭書譜卷上：「夫自古之善書者，漢魏有鍾、張之絶，晉末稱二王之妙。」

〔四〕裕陵：代指宋神宗，其陵墓稱永裕陵。寶慈：代指高太后，其寢宮稱寶慈宮。高太后（一

○三二—一○九三），亳州蒙城人。高繼勳孫女。宋英宗皇后，宋神宗生母。哲宗立，以太皇太后身份臨朝稱制凡九年，起用司馬光等舊黨，盡廢新法，史稱「元祐更化」。宋史卷二四二有傳。

〔五〕寵光：恩寵光耀。左傳昭公十二年：「夏，宋華定來聘，通嗣君也。享之，爲賦蓼蕭，弗知，又不答賦。昭子曰：『必亡。宴語之不懷，寵光之不宣，令德之不知，同福之不受，將何以在？』」

跋半山集

右，半山集二卷，皆荆公晚歸金陵後所作詩也。丹陽陳輔之嘗編纂刻本於金陵學舍〔一〕，今亡矣。淳熙戊申上巳日〔二〕，笠澤陸某書。

【題解】

半山集，爲收録王安石晚年作品的詩集。王安石號半山。本文爲陸游爲王安石半山集所作的跋文，記録詩集内容及編刊者。

本文據文末自署，作於淳熙十五年（一一八八，戊申）三月三日。時陸游在知嚴州任上。

【箋注】

〔一〕陳輔之：即陳輔，字輔之，自號南郭子，丹陽（今江蘇鎮江）人。少爲王安石所知，以詩名世。有陳輔之詩話傳世。

〔二〕上巳日：漢代以前以農曆三月上旬巳日爲「上巳」，魏晉以後定爲三月三日。

跋李深之論事集

唐丞相司空李公深之論事集，有兩本：其一本七卷，無序；其一本一卷，史官蔣偕作序〔一〕。然以序考之，則偕所序蓋七卷者也。淳熙戊申四月十九日，笠澤陸某識。

【題解】

李深之，即李絳（七六四—八三〇），字深之，趙郡贊皇（今屬河北）人。貞元進士，補渭南尉，拜監察御史。元和二年授翰林學士，六年拜相，爲中書侍郎，同中書門下平章事，封高邑男。罷爲禮部尚書，後入爲兵部尚書。文宗時，召爲太常卿，出任山南西道節度使。兵變爲亂軍所殺，謚號貞。舊唐書卷一六四、新唐書卷一五二有傳。論事集爲唐代史官蔣偕所編李絳奏議之文和論諫之事，四庫提要卷五七：「雖以集名，實魏徵諫録之類也。前有大中五年偕自序，稱『今中執法夏侯公授余以公平生所論諫，凡數十事。其所爭皆磊磊有直臣風概，讀之令人激起忠義。始自內廷，終於罷相，次成七篇，著之東觀，目爲李相國論事集。』」本文爲陸游爲李相國論事集所作的跋文，考辨版本及序文。

本文據文末自署，作於淳熙十五年（一一八八，戊申）四月十九日。時陸游在知嚴州任上。

【箋注】

〔一〕蔣偕：字大化，唐常州義興（今江蘇宜興）人。有史才。以父蔭歷遷右拾遺、史館修撰、主客郎中。除太常少卿。參與修唐曆、文宗實録等。舊唐書卷一四九、新唐書卷一三二有傳。

跋李莊簡公家書

李丈參政罷政歸鄉里時，某年二十矣〔一〕。時時來訪先君，劇談終日〔二〕，每言秦氏，必曰咸陽〔三〕，憤切慨慷，形於色辭。一日平旦來，共飯，謂先君曰：「聞趙相過嶺〔四〕，悲憂出涕。僕不然，謫命下，青鞋布襪行矣〔五〕，豈能作兒女態耶〔六〕！」方言此時，目如炬，聲如鐘，其英偉剛毅之氣，使人興起。後四十年，偶讀公家書，雖徙海表〔七〕，氣不少衰。丁寧訓戒之語，皆足垂範百世，猶想見其道「青鞋布襪」時也。淳熙戊申五月己未，笠澤陸某題。

【題解】

李莊簡公，即李光（一〇七八—一一五九）字泰發，一字泰定。越州上虞（今浙江上虞）人。崇寧進士。靖康初爲殿中侍御史。紹興元年遷吏部尚書，八年除參知政事。力主抗金，在高宗面前斥秦檜「懷奸誤國」，爲秦檜所惡，十一年貶藤州安置，再移瓊州、昌化軍。秦檜死，内遷郴州。二十八年復左朝奉大夫。二十九年致仕，卒。孝宗即位後贈資政殿學士，賜謚莊簡。宋史卷三六三有傳。李光與陸游父陸宰爲友。本文爲陸游爲李光家書所作的跋文，追憶名臣李光力斥秦檜、大義凜然的言行，稱頌其英偉剛毅的氣概。

本文據文末自署，作於淳熙十五年（一一八八，戊申）五月己未（二十四）日。時陸游在知嚴州任上。

【箋注】

〔一〕李丈：對李光的尊稱。李光爲陸游的父輩。某年二十：時爲紹興十四年（一一四四）。

〔二〕劇談：暢談。漢書揚雄傳上：「口吃不能劇談，默而好深湛之思。」

〔三〕秦氏：指秦檜。咸陽：爲秦國國都，借指秦檜。

〔四〕趙相：即趙鼎（一〇八五—一一四七），字元鎮，號得全居士。解州聞喜（今屬山西）人。崇寧進士。累官洛陽令。高宗建炎三年拜御史中丞，四年簽書樞密院事，旋出知建州、洪州。紹興年間幾度爲相，後因反對和議，爲秦檜所構陷，罷相，出知泉州。尋謫居興化軍，移漳州、潮州安置。再移吉陽軍。絶食而死。孝宗時贈太傅、豐國公，謚忠簡。宋史卷三六〇有傳。趙鼎與李綱、胡銓、李光並稱爲南宋四名臣。

〔五〕青鞋布襪：指平民裝束。杜甫奉先劉少府新畫山水障歌：「若耶溪，雲門寺，吾獨胡爲在泥滓，青鞋布襪從此始。」仇兆鼇注：「此見畫而思托身世外。」

〔六〕兒女態：兒女間依戀、忸怩的情態。韓愈北極一首贈李觀：「無爲兒女態，憔悴悲賤貧。」

〔七〕海表：海外。古代指四境外僻遠之地。書立政：「方行天下，至於海表，罔有不服。」孫星衍疏：「溥行天下至於海外，無有不服。」此指瓊州。

跋之罘先生稿

肩吾，文忠公四世孫〔一〕，博學工文章，與予蓋莫逆也〔二〕。晚來行在，諸公貴人頗知之，欲引置要津〔三〕，有毁之者。肩吾既不偶〔四〕，乃調桂陽令去。客姑蘇，未繫舟〔五〕，暴疾，一夕死。哀哉！嘉父〔六〕，楗爲人，肩吾没後數年，始以進士起家。淳熙戊申秋社日〔七〕，放翁書。

【題解】之罘先生稿，蔡迨所著文集。蔡迨，字肩吾，萊州膠水（今山東平度）人。蔡齊四世孫，文辭字畫過人，之罘先生當爲其號。歷任犍爲郡法曹、桂陽縣令。陸游在成都時結識交遊。之罘，亦作芝罘，山名，在今山東煙臺。本文爲陸游爲之罘先生稿所作的跋文，記載蔡迨身世經歷，及陸游與其交情。

本文據文末自署，作於淳熙十五年（一一八八，戊申）秋社日。時陸游知嚴州任滿返回故里。

參考卷二八跋蔡肩吾所作蘧府君墓誌銘。

【箋注】

〔一〕文忠公：即蔡齊（九八八—一〇三九），字子思，萊州膠水人。大中祥符八年狀元。歷官知制誥、翰林學士、右諫議大夫、御史中丞、樞密副使、參知政事。出知潁州卒。贈兵部尚書，謚文忠。宋史卷二八六有傳。

〔二〕莫逆：指彼此志同道合，交誼深厚。語出莊子大宗師：「四人相視而笑，莫逆於心，遂相與爲友。」

〔三〕要津：要路，指顯要的職位。

〔四〕不偶：不遇，不合。論衡命義：「行與主乖，退而遠，不偶也。」

〔五〕未繫舟：言尚未登岸。

〔六〕嘉父：陸游輩爲友人，姓名生平不詳。

〔七〕秋社日：秋季祭祀土地神的日子。始於漢代，在立秋後第五個戊日。

跋吴夢予詩編

山澤之氣爲雲，降而爲雨，勾者伸，秀者實〔一〕，此雲之見於用者也。子嘗見旱歲之雲乎？嵯峨突兀，起爲奇峰，足以悦人之目，而不見於用，此雲之不幸也。君子之學，蓋將堯舜其君民〔二〕，若乃放逐憔悴，娱悲舒憂〔三〕，爲風爲騷，亦文之不幸也。吾友吴夢予，槖其歌詩數百篇於天下，名卿賢大夫之主斯文盟者，翕然歎譽之〔四〕。末以示余，余愀然曰〔五〕：子之文，其工可悲，其不幸可弔。年益老，身益窮，後世將曰，是窮人之工於歌詩者。計吾吴君之情，亦豈樂受此名哉？余請廣其志曰：窮當益堅，老當益壯，丈夫蓋棺事始定。君子之學，堯舜其君民，余之所望於朋友也。娱悲舒憂，爲風爲騷而已，豈余之所望於朋友哉！淳熙十五年十一月二十六日，甫里陸某書。

【題解】

吴夢予，爲陸游朋友，生平不詳。吴氏携歌詩數百篇遍訪詩壇名家，最後呈送陸游，以求定評。本文爲陸游爲吳夢予詩編所作的跋文，鼓勵其「窮當益堅，老當益壯」，走出個人「娛悲舒憂」的小天地，追求「堯舜其君民」的「君子之學」。

本文據文末自署，作於淳熙十五年（一一八八）十一月二十六日。時陸游知嚴州任滿返回故里。

【箋注】

〔一〕「勾者」二句：指莊稼得雨露滋潤，蜷曲的得以伸展，吐穗的得以結實。

〔二〕堯舜其君民：意爲使君民被堯舜之澤。語本孟子萬章上：「（伊尹曰）與我處畎畝之中，由是以樂堯舜之道，吾豈若使是君爲堯舜之君哉？吾豈若使是民爲堯舜之民哉？吾豈若於吾身親見之哉？」

〔三〕娛悲舒憂：亦作娛憂舒悲。指排遣憂愁。

〔四〕翕然歎譽：樓鑰攻媿集卷八有書吳夢予古樂府後：「古來樂府近來無，筆力如君却有餘。日恐遺音亡正始，喜聞新作過黃初。不誇藝苑徒工瑟，應免侯門久曳裾。更向江西詩窟去，他年時寄一行書。」

〔五〕愀然：容色改變貌。禮記哀公問：「孔子愀然作色而對曰：『君之及此言也，百姓之德也。』」鄭玄注：「愀然，變動貌也。」

跋松陵集 三

淳熙十六年四月二十六日，車駕幸景靈宫〔一〕，予以禮部郎兼膳部檢察，賜公卿食〔二〕。訖事作假，會陵陽韓籍寄此集來，云東都舊本也〔三〕。欣然讀之，時寓磚街巷街南小宅之南樓。山陰陸某務觀手識。

此集蔡景繁舊物〔四〕，復嘗歸韓子蒼〔五〕。子蒼之孫籍以遺予，蓋百年前本也。景繁元豐中嘗爲開封推官〔六〕，此所題「開封南司」者是也。景繁二子，居厚、居易〔七〕。此題居厚者，其長也。景繁，臨川人，而韓子蒼居臨川，故得此書。務觀手記。

【題解】

松陵集，又名松陵唱和集，以吴中地望而得名，是晚唐詩人皮日休與陸龜蒙互相酬唱的唱和詩集。詩集記載了二人從咸通十年到十二年間創作的六百多首作品，多圍繞飲酒、烹茶、賞花、玩石等閒情逸致展開，注意將日常生活中的器具、景物、人事作爲詩歌題材。陸游從朋友韓籍處得到北宋舊本松陵集。本文爲陸游爲松陵集所作的跋文，共三首，記載得書背景、地點及緣由，考證版本原主及流傳經過。

本文據文首自署，作於淳熙十六年（一一八九）四月二十六日。時陸游在禮部侍郎兼膳部檢察任上。

【箋注】

〔一〕景靈宮：咸淳臨安志卷三：「景靈宮在新莊橋之西。中興初四孟朝獻皆於禁中行禮。紹興十三年，臣寮言景靈宮以奉祖宗衣冠之遊，即漢原廟也。（按景靈宮本大中祥符五年以聖祖臨降而建，神宗皇帝始廣其制。）今就便朝設位以饗，未副廣孝之意。遂詔臨安府同修内司相度修蓋，即劉光世家所獻賜第基爲之，門曰思成，前爲聖祖殿，宣祖至徽宗皇帝殿居中，（東西廊圖配饗功臣於壁。）元天大聖后與昭憲太后而下諸后殿居後。……二十一年，議廣殿宇，韓世忠家復以賜第獻。遂增建前殿五楹，中七楹，後十七楹。自是齋殿、進膳殿、更衣殿、寢殿次第皆備焉。」

〔二〕膳部：官署名，屬禮部。主管供進酒膳、祠祭牲牢禮料、藏冰供賜等事。設郎中、員外郎。劍南詩稿卷七八仲秋書事自注：「昔爲儀曹郎兼領膳部，每蒙賜食，與王公略等。」

〔三〕韓籍：韓駒之孫。韓駒，見本文注〔五〕。東都：南宋稱北宋汴京爲東都。如王偁有紀傳體史書東都事略。

〔四〕蔡景繁：即蔡承禧（一〇三五—一〇八四），字景繁，臨川（今江西撫州）人。嘉祐二年與父元導同登進士。歷官太平州司理參軍、知雩都縣、太子中允、監察御史、集賢院校理、開封府推官等。事迹見蘇頌蘇魏公文集卷五七承議郎集賢校理蔡公墓誌銘。

〔五〕韓子蒼：即韓駒（一〇八〇—一一三五）字子蒼，號牟陽，學者稱陵陽先生，陵陽仙井（今四川仁壽）人。少時爲蘇轍所賞。政和初，召試舍人院，賜進士出身，除秘書省正字。因元祐黨籍被謫，後復召爲著作郎，校正御前文籍。宣和五年除秘書少監，六年遷中書舍人兼修國史。高宗立，知江州。卒。爲江西派詩人。

〔六〕開封推官：開封府設左、右廳推官各一員，分日輪流審判案件。

〔七〕居厚：即蔡居厚（？—一一二五），字寬夫。蔡承禧長子。第進士。歷太常博士、吏部員外郎。大觀初爲右正言，遷起居郎、右諫議大夫，改户部侍郎、知秦州，因事罷職。政和中歷知滄州、應天府等。有蔡寬夫詩話。宋史卷三五六有傳。

跋王仲言乞米詩

仲言貸米，本自欲就魯肅輩人，而艮齋又戒以勿取陶胡奴米〔一〕。仲言治己可謂嚴，而艮齋告之亦可謂忠矣。數年來，仲言以貧甚客長安中，豪子資給殊厚〔二〕。今春忽捨去，主人叩首乞少留，不可。豈獨能踐初言，亦不負艮齋期待矣。淳熙己酉四月二十七日，陸某務觀書。

【題解】

王仲言，即王明清（一一二七？—一二〇二），字仲言，汝陰（今安徽阜陽）人。王銍之子。孝宗即位，得補官。乾道初，奉祠居山陰。淳熙四年，至臨安，獲登李燾之門。十二年以朝請大夫主管台州崇道觀。紹熙間任雜買務雜買場提轄官、簽書寧國軍節度判官、添差通判泰州。嘉泰初爲浙西參議官。著有揮麈録二十卷、玉照新志四卷等。宋史翼卷二九有傳。陸游與王銍、王明清父子均有交往。王明清貧甚，客臨安時，貸米以活，有乞米詩。楊萬里誠齋集卷三三有跋天台王仲言乞米詩云：「敢言縮頸更長腰，黄獨青精也絶苗。尚有囊中餐玉法，藍田山裏過明朝。」本文爲陸游爲王明清乞米詩所作的跋文，稱道其貧而有志氣。

本文據文末自署，作於淳熙十六年（一一八九，己酉）四月二十七日。時陸游在禮部郎中兼膳部檢察任上。

【箋注】

〔一〕「仲言」三句：指仲言乞米要選魯肅之類人，艮齋也勸誡他不隨便求取。三國志魯肅傳：「周瑜爲居巢長，將數百人故過侯肅，并求資糧。肅家有兩囷米，各三千斛，肅乃指一囷與周瑜。」魯肅，字子敬，東吴大臣，官至横江將軍。艮齋，即謝諤，字昌國。參見卷十二賀謝殿院啓題解。陶胡奴米，典出世説新語方正：「王修齡嘗在東山，甚貧乏。陶胡奴爲烏程令，送一船米遺之，卻不肯取。直答語：『王修齡若飢，自當就謝仁祖索食，不須陶胡奴米。』」陶胡奴即陶范，小名胡奴，東晉名將陶侃之子。

〔二〕長安：唐宋詩文中常用作都城通稱，此指臨安。周密武林舊事淳熙八年：「雪卻甚好，但恐長安有貧者。」豪子：豪家子弟。資給：資助，供給。三國志蜀書劉璋傳：「璋資給先主，使討張魯，然後分别。」

跋金奩集

飛卿南鄉子八闋〔一〕，語意工妙，殆可追配劉夢得竹枝〔二〕，信一時傑作也。淳熙己酉立秋，觀於國史院直廬〔三〕。是日風雨，桐葉滿庭。放翁書。

【題解】

金奩集，現存早期文人詞總集。原署唐温庭筠編，成書年代不詳，當是南宋淳熙前的坊刻本。該書收録温庭筠詞六十二首、韋莊詞四十八首、張泌詞一首、歐陽炯詞十六首、和張志和漁父詞十五首，共一百四十二首，另菩薩蠻五首有目無詞。朱祖謀跋文稱：「蓋宋人雜取花間集中温、韋諸家詞，各分宮調，以供歌唱，其意欲爲尊前之續。」本文爲陸游爲金奩集所作的跋文，評價温庭筠詞

「語意工妙」，爲「一時傑作」。

本文據文末自署，作於淳熙十六年（一一八九，己酉）立秋日。時陸游在禮部郎中兼實録院檢討官任上。

【箋注】

〔一〕飛卿：即温庭筠。南鄉子：詞調名。本唐教坊曲名，有單、雙調二體。

〔二〕劉夢得竹枝：即劉禹錫竹枝詞。劉氏將古代巴蜀民歌改變爲詩體，寫成多首竹枝詞，以吟詠風土爲主要特色，後世多有仿作者。

〔三〕國史院：官署名，掌修國史。後又置實録院。紹興初，實録、國史皆寓史館。後罷史館，遇修實録即置實録院，遇修國史即置國史院。直廬：侍臣直宿之處。

跋韓非子

右，韓非子一卷。紹興丁卯〔一〕，先君年六十時，傳吴棫才老本〔二〕。後四十有二年，淳熙己酉〔三〕，某重裝而藏之，時年六十有五。十月九日，史院東閣手識〔四〕。

【題解】

韓非子，戰國韓非所著子書。陸游之父陸宰於紹興年間收藏吴棫刊本，淳熙十六年，陸游重新裝幀收藏。本文爲陸游爲重裝的韓非子所作的跋文，交代其來歷。

本文據文末自署，作於淳熙十六年（一一八九，己酉）十月八日。時陸游在禮部郎中兼實録院檢討官任上。

【箋注】

〔一〕紹興丁卯：即紹興十七年（一一四七）。時陸宰六十歲，陸游二十三歲。

〔二〕吴棫（一一〇〇—一一五四）：字才老，舒州（今安徽潛山）人。政和進士。官太常丞。紹興十五年添差通判泉州。精音韻訓釋之學。事迹見揮麈三録卷三。

〔三〕淳熙己酉：即淳熙十六年（一一八九）。時陸游六十五歲。

〔四〕史院：即國史院。東閣：國史院内建築。

跋卻掃編

此書之作，敦立猶少年，故大抵無紹興以後事。淳熙己酉十一月十四日，書於儀曹直廬〔一〕。

【題解】

卻掃編，徐度所撰筆記類著述，主要記載宋代典章制度，凡三卷。徐度，字敦立，應天府穀熟

（今河南商丘）人。欽宗朝宰相徐處仁幼子。南渡後寓居吴興。紹興八年除校書郎，遷都官員外郎，官至吏部侍郎。著有卻掃編三卷。四庫提要稱「纂述舊聞，足資掌故，與揮麈諸録、石林燕語可以鼎立；而文簡於王，事核於葉，則似較二家爲勝焉。」本文爲陸游爲卻掃編所作的跋文，記載其書之時限。

本文據文末自署，作於淳熙十六年（一一八九，己酉）十一月十四日。時陸游在禮部郎中兼實録院檢討官任上。

【箋注】

〔一〕儀曹：唐宋禮部郎官的别稱。卷三一跋出疆行程：「淳熙己酉秋……予在儀曹。」

跋彩選

紹興甲戌七月三日〔一〕，子宅過此，彩選畢景〔二〕。丙子二月五日〔三〕，同季思訪務觀雲門山草堂〔四〕，復爲此戲。子宅記。紹興十九年正月十有七日，友人王仲言父自京江來〔五〕，以是書爲贈。酴醾庵記〔六〕。

官制，左右丞不爲平章事，自侍郎拜者皆躐遷尚書。此書蓋失之〔七〕。

子宅、季思下世，忽已數年。予今年六十有七，覽此太息。然予方從事金丹〔八〕，丹成，長生不死直餘事耳〔九〕。後五百年，過雲門草堂故趾，思昔作彩戲，豈非夢耶？紹熙元年上元日〔一〇〕，放翁書。去子宅題字時三十年矣〔一一〕。

【題解】

彩選爲唐宋時博戲。相傳唐李郃所創製，意在諷刺「任官失序，而廉耻路斷」，「言其無實，惟彩勝而已」。宋劉蒙叟、陳堯佐曾有所損益，但大抵取法李郃。後趙明遠、尹洙仿照李郃的升官圖作彩選格。具體方法是將京外文武大小官位寫在紙上，用骰子擲之，依點數彩色以定升降：一爲贓，二、三、五爲功，四爲德，六爲才；遇一降罰，遇四超遷，二、三、五、六亦升轉。舊時民間很流行這種木版套色彩印的玩具。此彩選爲載録彩選博戲之書。本文爲陸游爲彩選所作的跋文，指出其失誤之處，并載録少時朋友跋語，追憶當年遊戲情景，抒寫物是人非的感慨。

本文據文末自署，作於紹熙元年（一一九〇，甲戌）正月十五日。時陸游被劾罷歸里。

【箋注】

〔一〕紹興甲戌：即紹興二十四年（一一五四）。時陸游三十歲。

〔二〕子宅：姓名不詳。陸游早年朋友。　畢景：竟日，整天。南史殷臻傳：「（臻）幼有名行，袁粲、褚彦回并賞異之，每造二公之席，輒清言畢景。」

〔三〕丙子：即紹興二十六年（一一五六）。

〔四〕季思：即司馬伋，字季思，夏縣（今屬山西）人。紹興八年以司馬光族曾孫爲右承務郎，十五年爲添差浙東安撫司幹辦公事，紹興末通判處州。乾道二年爲建康總領，六年以試工部尚書使金。淳熙四年爲吏部侍郎，五年知鎮江，六年改平江，尋奉祠，九年知泉州。

〔五〕王仲言父：即王明清之父王銍，字性之，世稱雪溪先生，汝陰（今安徽阜陽）人。建炎四年纂集太宗以來兵制，書成，賜名樞庭備檢。後罷爲右承事郎，主管台州崇道觀，續上七朝國史。紹興九年，爲湖南安撫司參議官。晚年，受秦檜擯斥，避地剡溪山中。京江：指長江流經鎮江北一段，因鎮江古名京口而得名。杜牧杜秋娘詩：「京江水清滑，生女白如脂。」

〔六〕酴醿庵：當是陸游舊居。酴醿，花名。本爲酒名，因花色似之，故用爲花名。

〔七〕「官制」四句：此指彩選一書將朝廷最高級别的官制升遷搞錯了。躐遷，越級提升。

〔八〕從事金丹：指煉丹。

〔九〕餘事：多餘之事，不重要之事。蘇軾與吴秀才書之二：「以長生不老爲餘事，而以練氣服藥爲土苴也。」

〔一〇〕上元日：即正月十五日。又稱上元節、元宵節。

〔一一〕三十年：此爲約數。子宅題字在紹興二十六年（一一五六），陸游作跋在紹熙元年（一一九〇），相距三十四年。

跋陝西印章 二

紹熙庚戌正月十九日[一]，夜閲故書，得此。追思在山南時[二]，已二十年。同幕惟周元吉、閻才元、章德茂、張季長及余五人[三]，尚亡恙爾。拊卷累欷。放翁題。

又十有五年，當嘉泰之四年，歲在甲子，因暴書再觀[四]。則元吉、才元、德茂又皆物故數年矣[五]。季長在蜀，累歲不得書，存亡有不可知者。而予年已八十，感歎不能已。八月十六日，務觀書。

【題解】

陝西印章，當指陸游在陝西南鄭王炎幕府時印在書籍上的官印。乾道八年（一一七二）陸游應邀入四川宣撫使王炎幕府，任權四川宣撫使司幹辦公事兼檢法官。三月抵達南鄭，十一月奉調回成都，凡八月。陸游在幕府與一批同僚結下了深厚情誼。本文爲陸游在重睹陝西幕府印章後所作的跋文，共二首，追思當年同僚，感歎其相繼物故。

本文據文首、文末自署，前首作於紹熙元年（一一九〇）正月十九日。時陸游被劾罷歸里；後首作於嘉泰四年（一二〇四）八月十六日。時陸游致仕家居。

【箋注】

〔一〕紹熙庚戌：即紹熙元年（一一九〇）。時陸游六十六歲。

〔二〕山南：泛指太華、終南兩山以南之地。史記魏世家：「所亡於秦者，山南、山北、河外、河内，大縣數十，名都數百。」張守節正義：「山，華山也。」

〔三〕周元吉：即周頡，字元吉，號適庵。紹興進士。乾道八年入王炎幕府。淳熙三年知德安府，遷右司郎中、荆湖北路轉運司判官、提點浙東刑獄公事。紹熙間任福建路轉運使、福建路常平茶鹽公事，旋致仕。同治湖州府志有傳。閻才元：名蒼舒，字才元，四川閬中人。紹興進士。淳熙中以試吏部尚書使金，還右司員外郎兼國史院編修官、宗正少卿。章德茂：即章森，字德茂，四川綿竹人。淳熙十五年以朝散大夫敷文閣待制江東安撫使知建康府。紹熙二年改知江陵府。景定建康志有傳。張季長：名縯，字季長，江源（今四川成都）人。隆興進士。歷任秘書省正字、夔州路轉運使、湖南運判、大理寺少卿、知潼川府等。崇慶縣志有傳。

〔四〕暴書：曬書。古時有七夕曬書之俗。暴，同「曝」。

〔五〕物故：死亡。荀子君道：「人主不能不有游觀安燕之時，則不能不有疾病物故之變焉。」

跋詩稿

此予丙戌以前詩二十之一也〔一〕。及在嚴州再編〔二〕，又去十之九。然此殘稿，終亦惜之，乃以付子聿〔三〕。紹熙改元立夏日書。

【題解】

詩稿，指陸游乾道二年所編之詩稿，其數量僅占此前詩作的二十分之一。淳熙十四年嚴州編劍南詩稿時，僅收入此稿的十分之一。本文爲陸游爲乾道二年所編詩稿所作的跋文，交代其來歷及數量。

本文據文末自署，作於紹熙元年（一一九〇）立夏日。時陸游被劾罷歸里。

【箋注】

〔一〕丙戌：即乾道二年（一一六六）。時陸游初次被罷免家居，編成了首部詩稿，收入其早期詩作。劍南詩稿編刊後即成爲「殘稿」。

〔二〕嚴州再編：淳熙十四年，蘇林收集陸游詩作并經本人按年編次後刻於嚴州郡齋，即直齋書録解題著録的劍南詩稿二十卷本。這是陸游詩作的首次刊印，收詩凡二千五百二十四首，前有鄭師尹序。

〔三〕子聿：即陸游幼子陸子遹。

跋祕閣續帖張長史率意帖

此一帖，在故簽書樞密王倫家〔一〕。倫出使時，得之故都，予少日嘗見之〔二〕。紹熙改元五月甲子，甫里陸某識。時年六十有六，距初見時四十有五年矣。

【題解】祕閣續帖，匯刻碑帖名，又稱元祐祕閣續帖。淳化三年（九九二），宋太宗令出內府所藏歷代墨迹，命翰林侍書王著編次摹勒上石於禁内，名淳化閣帖，又名淳化秘閣法帖，簡稱閣帖，凡十卷。元祐五年（一〇九〇），邵彰、孫謂、劉燾等人奉旨以内府所藏而閣帖未刊的晉、唐法帖摹刻，於建中靖國元年（一一〇一）完成，稱元祐祕閣續帖，共十卷。南宋淳熙十二年又刻有淳熙祕閣續帖十卷。此處指元祐祕閣續帖。張長史率意帖，爲元祐祕閣續帖之一。張長史，即張旭，字伯高，一字季明，吴郡（今江蘇蘇州）人。官至金吾長史。唐代著名草書家。率意帖爲其名帖之一。本文爲陸游爲祕閣續帖中張旭率意帖所作的跋文，追憶其來源。

本文據文末自署，作於紹熙元年（一一九〇）五月甲子（十一）日。時陸游被劾罷歸里。

【箋注】

〔一〕王倫：字正道，莘縣（今屬山東）人。建炎元年初次使金被拘，紹興二年放歸，遷右文殿修撰。七年充迎奉梓宫使再次赴金，約定和議。八年，以端明殿學士三使金國，與金使同返。九年賜同進士出身、簽書樞密院事，充迎梓宫、奉還兩宫、交割地界使，爲東京留守兼開封尹，四赴金國被拘，不屈被殺。宋史卷三七一有傳。

〔二〕少日：少時。據下文，當在紹興十五年，時陸游二十一歲。

跋王深甫先生書簡 二

深父先生以治平二年七月二十八日卒，而此卷末答其弟容季書〔一〕，是年六月一日，相距無兩月矣。悲夫！紹熙元年六月望，陸某書。

此書朝夕觀之，使人若居嚴師畏友之間〔二〕，不敢萌一毫不善意。

【題解】

王深甫，即王回（一〇二三—一〇六五），字深甫（深父），福州侯官（今福建福州）人。嘉祐進士。爲亳州衛真主簿，稱病自免，退居潁州不仕。治平中除忠武軍節度推官、知南頓縣，命下而卒。宋史卷四三二有傳。王回弟王向子直、王同容季同傳。曾鞏元豐類稿卷四二王容季墓誌銘：「初，容季之伯兄回深甫，以道義、文學退而家居，學者所崇；而仲兄向子直亦以文學、器識名聞當世；容季又所立如此，學士大夫以謂此三人者皆世不常有，藉令有之，或出於燕，或出於越，又不可得之一鄉一國也，未有同時并出於一家如此之盛。」本文爲陸游爲王回書簡所作的跋文，感歎王氏兄弟的高尚品格。共二首。

本文據文末自署，作於紹熙元年（一一九〇）六月十五日。時陸游被劾罷歸里。

【箋注】

〔一〕容季：即王同，字容季，王回之弟。嘉祐六年進士。任新蔡縣主簿。治平間卒，年三十二。

〔二〕畏友：在道義、德行、學問方面互相砥礪，令人敬重的朋友。

跋郭德誼墓誌　二

仲晦先生識郭公墓〔一〕，或恨其太簡。然吾夫子銘季札曰：「於虖！有吴延陵季子之墓〔二〕。」財十字耳〔三〕，至今傳以爲寶。彼賣菜求益之論〔四〕，可付一歎。紹熙二年正月二十三日，陸某謹書。

又

顔魯公麻姑壇記、東坡先生經藏記〔五〕，皆有大字、小字兩本，蓋用羊叔子峴山故事〔六〕。千載之後，陵谷變遷，尚冀其一存爾。德誼之名，固自不朽，然吾元晦爲斯人計亦至矣。豈希吕兄弟孝愛篤至〔七〕，有以發之耶？紹熙二年正月壬申，笠澤陸某識。

【題解】

郭德誼，即郭欽止（一一二八—一一八四），字德誼，婺州東陽（今浙江東陽）人。從張九成遊。輕財樂施，辟石洞書院，延名師以教子弟，撥田數百畝以贍之，吕祖謙、魏了翁、葉適等都曾主講書院，後進多所成就。又助縣學創書閣，置書籍輸之。卒後朱熹爲作墓銘，見其晦庵集卷九二。文曰：「東陽郭君德誼之墓，新安朱熹銘之。其詞曰：才百夫之特，而身不階於一命；志四方之遠，而行不出於一鄉。然而子弟服師儒之訓，州閭識孫弟之方。霍然其變豪俠之窟，焕乎其闢理義之場。是則其思，百世而長，勿替繩之，有永彌昌。」本文爲陸游爲朱熹所作郭德誼墓誌所作的跋文，引孔子銘季札駁斥賣菜求益之論，用羊叔子峴山故事祈求其不朽。共二首。

本文據文末自署，作於紹熙二年（一一九一）正月二十三日及壬申日。時陸游被劾罷歸里。

【箋注】

〔一〕仲晦先生：即朱熹，字元晦，一字仲晦，號晦庵。

〔二〕「然吾」三句：相傳孔子曾爲季札所作銘文，世稱「十字碑」。但有人認爲不可能爲孔子所書，也有説孔子僅書「嗚呼有吴君子」六字，其餘爲後人所增，歷來説法不一。季札（前五七六—前四八四），姬姓，名札，又稱公子札、延陵季子。春秋時吴國人，吴王壽夢四子，封於延陵（今江蘇常州）。傳説爲避王位，「棄其室而耕」於武進焦溪的舜過山下。

〔三〕財：通「才」。

〔四〕賣菜求益：亦作買菜求益。比喻争多嫌少。典出高士傳嚴光傳：「（司徒霸遣子道請光入仕，光拒之）子道求報，光曰：『我手不能書。』乃口授之，使者嫌少，可更足。光曰：『買菜乎？求益也？』」

〔五〕「顔魯公」二句：指唐顔真卿所書麻姑仙壇記和宋蘇軾所作勝相院經藏記。

〔六〕羊叔子：即羊祜（二二一—二七八），字叔子，泰山南城人。西晉司馬炎稱帝，祜坐鎮襄陽，都督荆州諸軍事，屯田興學，以德懷柔，深得軍民之心；繕甲訓卒，準備伐吴未果。咸寧四年病歸洛陽，尋卒。臨終前舉薦杜預自代。贈侍中、太傅，謚號成。晉書卷三四有傳。峴山故事：指羊祜卒後，其部屬、百姓在羊祜生前遊息之地峴山建廟立碑，原名爲「晉征南大將軍羊公祜之碑」，簡稱羊公碑。歲時饗祭，望其碑者多爲流涕，杜預稱之爲「墮淚碑」。永興年間，荆州刺史劉弘命幕僚李興重撰晉故使持節侍中太傅鉅平成侯羊公碑，刻之祠前。因感情充沛，筆觸深沉，頗爲時人推重，遂將「墮淚碑」之名移貫此碑。（見襄陽耆舊傳）此指重複刻碑，以求確保傳世。

〔七〕希呂兄弟：郭欽止有二子：一曰郭津，字希呂，劍南詩稿卷二六有謝郭希呂送石洞酒；另一不詳。孝愛：孝敬愛重。禮記文王世子：「戰則守於公禰，孝愛之深也。」孔穎達疏：「載主將行，示不自專，是孝也；使守而尊之，是愛也。乃是孝愛之深也。」

跋郭德誼書

予童子時，嘗避兵東陽山中〔一〕，距今六十年〔二〕。予長德誼三歲，計其年可以相從而不及也。觀此遺墨，爲之太息。紹熙二年正月二十三日，笠澤老漁陸某謹書。

【題解】

郭德誼書，指郭欽止書簡遺墨。本文爲陸游爲郭欽止書簡遺墨所作的跋文，追憶少時避兵東陽經歷，感歎無緣結識郭欽止。

本文據文末自署，作於紹熙二年（一一九一）正月二十三日。時陸游被劾罷歸里。

【箋注】

〔一〕東陽：縣名。今屬浙江金華。

〔二〕距今六十年：陸游家避兵東陽，始於建炎四年（一一三〇），紹興三年（一一三三）返山陰。時陸游六歲至九歲。參考卷三二陳君墓誌銘。

渭南文集箋校卷第二十八

跋

【釋體】本卷文體同卷二六，收録跋四十一首。

跋後山居士長短句

唐末詩益卑，而樂府詞高古工妙〔一〕，庶幾漢魏。陳無己詩妙天下，以其餘作辭〔二〕，宜其工矣。顧乃不然，殆未易曉也〔三〕。紹熙二年正月二十四日雪中試朱元亨筆，因書〔四〕。

【題解】

後山居士長短句，爲陳師道詞集。直齋書録解題卷十七著録陳師道後山集十四卷、外集六卷、談叢六卷、理究一卷、詩話一卷、長短句二卷，又卷二一著録後山詞一卷。此後山居士長短句似應指單行本詞集，而非合集本。本文爲陸游爲後山居士長短句所作的跋文，評論唐末詞體「高古工妙」，又陳師道「詩妙天下」，詞則不工。

本文據文末自署，作於紹熙二年（一一九一）正月二十四日。時陸游被劾罷歸里。

【箋注】

〔一〕樂府詞：指長短句的詞體。

〔二〕辭：亦指詞體。

〔三〕「顧乃」二句：四庫全書總目卷一五四後山集提要稱「（後山）長短句亦自爲别調，不甚當行。大抵詞不如詩。」

〔四〕朱元亨：當爲製筆匠人。

跋蘇氏易傳

此本先君宣和中入蜀時所得也〔一〕。方禁蘇氏學，故謂之毗陵先生云〔二〕。紹熙辛亥七月二十日，陸某識。

【題解】

蘇氏易傳，又稱東坡易傳。蘇軾所撰易學著述。直齋書録解題卷一著録蘇軾東坡易傳十卷，并稱「蓋述其父洵之學也」。朱彝尊經義考卷十九：「（軾）父洵晚讀易，作易傳未究，疾革，命軾述其志，卒以成書。復作論語説，最後居海南作書傳。三書既成，撫而歎曰：『後有君子，當知我矣。』」本文爲陸游爲蘇氏易傳所作的跋文，交代其來歷及背景。

本文據文末自署，作於紹熙二年（一一九一，辛亥）七月二十日。時陸游奉祠家居。

【箋注】

〔一〕先君：指陸游之父陸宰。

〔二〕毗陵先生：即蘇軾。毗陵即常州，蘇軾嘗居於此，亦終於此。

跋資暇集

吾家舊有此本，先左丞所藏〔一〕，書字簡樸，疑其來久矣。首曰「隴西李匡文濟翁編」，「匡」字猶成文也〔二〕。久已淪墜〔三〕。忽尤延之寄刻本來〔四〕，爲之愴然。紹熙二年十二月二十九日，陸某識。

【題解】

資暇集，唐李匡文所撰雜著。郡齋讀書志卷十三小説家類著録唐李匡義濟翁撰資暇三卷，并稱「序稱世俗之談，類多訛誤，雖有見聞，默不敢證，故著此書。上篇正誤，中篇譚原，下篇本物，以資休暇云。」直齋書録解題卷十雜家類著録唐李匡文濟翁撰資暇集三卷。四庫館臣後又考爲「李匡乂」（見四庫全書總目卷一一八）本文爲陸游爲尤袤刻本資暇集所作的跋文，追憶家藏舊本的特點。

本文據文末自署，作於紹熙二年（一一九一）十一月二十九日。時陸游奉祠家居。

【箋注】

〔一〕先左丞：指陸游之祖陸佃。

〔二〕「首曰」二句：指「匡」字後因避宋太祖諱，寫成「㐶」字，不成文字。

〔三〕淪墜：埋没喪亡。晉書王導傳：「拯其淪墜而濟之以道，扶其顛傾而弘之以仁。」

〔四〕尤延之：即尤袤（一一二七—一一九四），字延之，號遂初，常州無錫（今屬江蘇）人。紹興十八年進士。爲泰興令。遷大宗正丞、秘書丞兼國史院編修官、著作郎兼太子侍讀。孝宗時除太常少卿，進權禮部侍郎，兼權中書舍人。官至禮部尚書兼侍讀。卒謚文簡。工詩文，與楊萬里、范成大、陸游並稱「中興四大詩人」。宋史卷三八九有傳。

跋法帖

此本嘗見之，清勁可愛，及移之石，乃爾失真〔一〕，拙工誤人如此。乾符元年十一月乃改元，此云三月，何耶？〔二〕蔡君謨用「𧎳」字「頴」字俱非是〔三〕，又何耶？紹熙三載正月二十二日，三山下漚亭書。

又

魯公書殊不類〔四〕。紙乃烟熏，「周副」之語尤俚俗。羅紹威用「羅氏世寶」印，犯唐諱〔五〕，益可疑。跋語詩句亦鄙甚也，君謨豈至是哉！惟錢希白字奇古可喜〔六〕，然非題顔帖，乃剪它軸附卷後耳。

【題解】

法帖指彙集歷代名家書法墨迹，將其鐫刻在石或木板上，然後拓成墨本并裝裱成卷或册，作爲書法範本的刻帖。此法帖何指不詳。本文爲陸游爲某法帖所作的跋文，指出其刻印上的許多錯誤和弊病。共二首。

本文據文末自署，作於紹熙三年（一一九二）正月二十二日。時陸游奉祠家居。

【箋注】

〔一〕乃爾：竟然如此。後漢書方術傳下：「（薊子訓）道過滎陽，止主人舍，而所駕之驢忽然卒僵，蛆蟲流出，主遽白之。子訓曰：『乃爾乎？』」

〔二〕「乾符」三句：乾符爲唐僖宗年號。乾符元年（八七四）爲甲午年，十一月才改元稱乾符，三月不該稱乾符。

〔三〕蔡君謨：即蔡襄，字君謨。參見卷二六跋蔡君謨帖題解。

〔四〕魯公：指顔真卿，封魯郡公。參見卷二二僧師源畫觀音贊注〔四〕。不類：不像。

〔五〕「羅紹威」二句：羅氏爲唐臣，應避太宗名「世」字諱。羅紹威（九一〇—九四二），字端己，魏州貴鄉（今河北大名）人。唐末爲魏博節度使，後升任檢校太傅、兼侍中、長沙郡王，加檢校太尉、進封鄴王。後依朱温建立後梁，封太傅、兼中書令。卒年三十四。舊唐書卷一八一、新唐書卷二一〇、舊五代史卷十四、新五代史卷三九均有傳。

〔六〕錢希白：即錢易，字希白，臨安（今浙江杭州）人，錢惟演從弟。咸平進士。又舉制科入等。召直集賢院，擢知制誥、翰林學士。工行書及草書。宋史卷三一七有傳。

跋蘭亭樂毅論并趙岐王帖

某恭聞太宗皇帝天縱聖學〔一〕，跨軼百王，萬幾之餘〔二〕，尤留神翰墨。文昭武穆〔三〕，世受筆法，有若岐簡獻王得稾書之妙。蓋其爲學，上稽三代兩漢，以象其高古，下專以晉右將軍王羲之爲法，以極其變化。所藏魯公作文王尊彝、伯禽祀文王之器〔四〕，紹聖間詔取藏祕閣，宣和博古圖亦列於他周器上〔五〕。又政和中，關中發地得竹簡，皆東漢討羌書檄，字作章草〔六〕，好事者争取，而王獨多獲之。則王之窮深造微，豈寒窶書生所及哉〔七〕！至蘭亭修禊序、樂毅論，又王所愛玩，天下名本。王之於書，名尊一代，固無足異。今周器漢札，雖不可復見，而修禊序、樂毅論，如魯靈光巋然獨存，意有神物護持，非適然也〔八〕。王遺墨藏家廟者，今雖僅存，某嘗獲觀，皆奇麗超絶，動心駭目。往時，米芾於書少許可〔九〕，獨推王以爲能學古人。語在芾所著書畫史〔一〇〕。王之孫不流，以從官長東諸侯〔一一〕，懼書家不能盡見是奇迹，乃諏良工，併刻樂石〔一二〕，置會稽郡齋，而屬某書其後。惟王歷事累朝，典司宗盟〔一三〕，嘉言善行，不可勝載，文章尤長於詩，有唐人餘風，此特論其書而已。紹熙四年正月辛卯，中奉大夫、提舉建寧府武夷山冲佑觀、山陰縣開國男、食邑三百户陸某謹書。

【題解】

蘭亭，即王羲之蘭亭序，與顔真卿祭侄季明文稿、蘇軾寒食帖並稱三大行書法帖。桑世昌蘭亭考卷一蘭亭休禊序題注：「晉人謂之臨河序，唐人稱蘭亭詩序，或云蘭亭記，歐公云休禊序，蔡君謨云曲水序，東坡云蘭亭文，山谷云禊飲序；通古今雅俗所稱，俱云蘭亭。至高宗皇帝所御宸翰，題曰禊帖。」樂毅論，共四十四行，王羲之楷書作品，真迹早已不存。文章爲三國魏夏侯玄撰。趙岐王帖，趙岐王所刻法帖。趙岐王，即岐王趙仲忽，謚簡獻，亦稱岐簡獻王。宋太宗四世孫（宋史卷二三一宗室世系表十七載）。本文爲陸游爲蘭亭、樂毅論及趙岐王所刻法帖的跋文，記述趙岐王喜愛書法及其精深造詣，贊賞其刻帖功績。

本文據文末自署，作於紹熙四年（一一九三）正月辛卯（二十三）日。時陸游奉祠家居。

【箋注】

〔一〕天縱：天所放任，即上天賦予。用以諛美帝王。論語子罕：「故天縱之將聖，又多能也。」

〔二〕萬幾：指帝王日常處理的紛繁政務。書皋陶謨：「無教逸欲有邦，兢兢業業，一日二日萬幾。」孔安國傳：「幾，微也。言當戒懼萬事之微。」

〔三〕文昭武穆：原指文王子孫衆多，後泛指子孫繁衍。古代宗廟位次，始祖廟居中，以下父子遞爲昭穆，左爲昭，右爲穆。祭祀時也按昭穆次序排列行禮。

〔四〕「所藏」二句：指趙岐王所藏禮器。此魯公指周公旦，武王封周公旦爲魯公，周公祭文王作尊彝；伯禽爲周公長子，其祀文王亦作器。

〔五〕宣和博古圖：簡稱博古圖。宋徽宗敕撰，王黼編纂。金石學著作，凡三十卷，著録宋代皇室在宣和殿收藏的自商代至唐代的青銅器八百三十九件。

〔六〕章草：是草書中帶有隸書筆意的一種書體，由隸書演變而來。筆劃特點圓轉如篆，點捺如隸，字字獨立不相連。

〔七〕窮深造微：窮極細緻，達於精妙。寒寠：貧寒。三國志荀攸傳「顒憂懼自殺」，裴松之注引漢末名士録：「郭賈寒寠，無他資業。」

〔八〕魯靈光：指漢魯恭王所建靈光殿，在曲阜。王延壽魯靈光殿賦稱：「自西京未央、建章之殿，皆見隳壞，而靈光巋然獨存。」適然：偶然。韓非子顯學：「故有術之君，不隨適然之善，而行必然之道。」

〔九〕米芾：著名書法家，北宋蘇、黄、米、蔡四大家之一。許可：允諾，贊賞。

〔一〇〕書畫史：米芾著書畫論著。郡齋讀書後志卷二：「輯本朝公卿士庶家藏法書名畫，論其優劣真僞。」

〔一一〕不流：追封申國公，見宋史卷二三一。東諸侯：借指掌握軍政大權的地方長官。

〔二〕諏：商量，詢問。樂石：原指可製樂器的石料，後泛指碑石。李斯嶧山刻石文：「今皇帝壹家天下，兵不復起……群臣頌略，刻此樂石，以著經紀。」章樵注：「石之精堅堪爲樂器者，如泗濱浮磬之類。」

〔三〕典司宗盟：主管同宗事務。

跋蔡肩吾所作蘧府君墓誌銘

蔡迨肩吾與予同官犍爲郡〔一〕，文辭字畫皆過人。自蜀入吴，持予書見友人許昌韓無咎〔二〕。無咎時爲吏部侍郎〔三〕，薦之甚力，且有除命矣。蜀士有排之者，肩吾遂從銓部得桂陽令〔四〕，行至吴門〔五〕，暴死舟中。每念之，未嘗不流涕也。不識肩吾者，讀此文，亦足知其不凡矣。蘧昌老字真叟，亦佳士，蓋與肩吾爲方外友云〔六〕。紹熙癸丑立夏日，笠澤陸務觀書。

【題解】

蔡肩吾，即蔡迨，字肩吾，萊州膠水（今山東平度）人。參見卷二七跋之罘先生稿題解。蘧府君，即蘧昌老，字真叟，成都犀浦國寧觀道人。參見卷十八成都犀浦國寧觀古楠記。府君，舊時對已故者的敬稱，多用於碑版文字。蔡迨爲蘧昌老作墓誌銘。本文爲陸游爲蔡肩吾所作蘧府君墓誌銘所作的跋文，記述蔡迨的不幸遭遇。

本文據文末自署，作於紹熙四年（一一九三，癸丑）立夏日。時陸游奉祠家居。

【箋注】

〔一〕犍爲郡：嘉州古稱。陸游攝知嘉州在乾道九年（一一七三）夏至淳熙元年（一一七四）春。

〔二〕韓無咎：即韓元吉，字無咎，開封雍丘人，一作許昌人。參見卷十四京口唱和序題解。

〔三〕吏部侍郎：韓元吉任權吏部侍郎在乾道八年至九年。淳熙元年初出知婺州，後改福建建寧府。三年至五年任吏部尚書。故此「吏部侍郎」或當爲「吏部尚書」。

〔四〕銓部：主管選拔官吏的部門。唐宋文官均由吏部銓選。

〔五〕吴門：指蘇州或蘇州一帶，爲春秋吴國故地。

〔六〕方外友：不涉塵世的朋友，多指僧、道、隱者。新唐書隱逸傳：「（田遊巖）蠶衣耕食，不交當世，惟與韓法昭、宋之問爲方外友。」

跋原隸

故吏部郎宇文卷臣所著。卷臣爲郎數月，坐口語〔一〕，亟去。晚守臨邛、廣漢，有能名，然亦以謗絀，遂卒於家，可哀也。紹熙癸丑四月二十一日，老學庵書。

【題解】

原隸，爲宇文紹奕所撰。宇文紹奕，字衮臣，一作卷臣，廣都（今四川雙流）人。以承議郎通判劍州。曾任吏部郎，晚知臨邛、廣漢，以謗被黜。著有臨邛志、原隸，均佚。宇文淳熙四年知臨邛，陸游與之交友至厚。林光朝資中行奉寄臨邛守宇文郎中有云：「如何西京到魏晉，搜盡蒼崖惟此書。即今原隸見顛末，仍於晝上分錙銖。」（全宋詩卷二〇五二）從此詩看，原隸當是一部探索隸書源流的著述。本文爲陸游爲原隸所作的跋文，感慨宇文紹奕遭謗被黜的命運。

本文據文末自署，作於紹熙四年（一一九三，癸丑）四月二十一日。時陸游奉祠家居。

參考卷四九好事近其三次宇文卷臣韻、劍南詩稿卷四三宇文衮臣吏部予在蜀日與之遊至厚契闊死生二十年矣。

【箋注】

〔一〕口語：指譭謗的話。劉禹錫謝上連州刺史表：「亦緣臣有微才，所以嫉臣者衆，競生口語，廣肆加誣。」

跋京本家語

「本朝藏書之家，獨稱李邯鄲公、宋常山公〔一〕，所蓄皆不減三萬卷。而宋書校讎尤爲精詳，不幸兩遭回禄之禍〔二〕，而方策掃地矣〔三〕。李氏書屬靖康之變，金人犯闕，散亡皆盡，收書之富，獨稱江浙。繼而胡騎南騖，州縣悉遭焚劫，異時藏書之家，百不存一，縱有在者，又皆零落不全。予舊收此書，得自京師。中遭兵火之餘，一日於故篋中偶尋得之，而蟲齕鼠傷，殆無全幅。綴緝累日〔四〕，僅能成秩。乃命工裁去四周所損者，别以紙裝背之，遂成全書。嗚呼！予老懶目昏，雖不復讀，然嗜書之心，固未衰也。後世子孫知此書得存之如此，則其餘諸書幸而存者，爲予寶惜之。紹興戊午十月七日〔五〕，雙清堂書〔六〕。

後五十有七年，復脱壞不可挾。子聿亟裝緝之〔七〕，持以相示。方先少保書此時〔八〕，某年十四，今七十矣，不覺老淚之濡睫也。紹熙甲寅閏月四日，第三男中大夫某謹識〔九〕。

【題解】

京本家語，即孔子家語，又名孔氏家語，簡稱家語。漢書藝文志六藝略論語類著録二十七卷。今本爲十卷，共四十四篇，是一部記録孔子及孔門弟子思想言行的著作。陸游之父陸宰得自京師，故稱京本家語，并於紹興八年作有跋文，叙述藏書名家沿革及家語得書始末，并囑托子孫寶惜。本文爲陸游五十七年後再作的跋文，録存陸宰原跋，抒寫子孫重新裝緝的感慨。

本文據文末自署，作於紹熙五年（一一九四，甲寅）閏（十）月四日。時陸游奉祠家居。

【箋注】

〔一〕李邯鄲公：即李淑，字獻臣，號邯鄲。宋常山公：即宋綬，字公垂。二人均爲宋初藏書家。參見卷二一萬卷樓記注〔八〕。

〔二〕回禄：傳説中的火神。後指火災。左傳昭公十八年：「郊人助祝史除於國北，禳火於玄冥、回禄。」杜預注：「回禄，火神。」

〔三〕方策：同方册。簡策，典籍。禮記中庸：「哀公問政。子曰：『文武之政，布在方策。』」鄭玄注：「方，版也；策，簡也。」

〔四〕綴緝：編輯。韓愈招揚之罘：「先王遺文章，綴緝實在余。」

〔五〕紹興戊午：即紹興八年（一一三八）。

〔六〕雙清堂：在越州城内中正坊斜橋里祖父陸佃傳下的尚書府第内，時爲陸宰所居。

〔七〕子聿：即陸游幼子陸子遹。　裝緝：輯集裝訂成册。

〔八〕先少保：即陸游之父陸宰。

〔九〕第三男：陸宰四子，即陸淞、陸濬、陸游、陸浸，陸游排行第三。

跋李徂徠集

中野、去魯、歸周三詩，可以追媲退之琴操〔一〕，而世不甚傳。使予得見李公，當百拜師之，不特願爲執鞭而已〔二〕。紹熙甲寅六月二日書。

【題解】

李徂徠集，别集名，著者不詳。徂徠，山名，在今山東泰安。本文爲陸游爲李徂徠集所作的跋文，高度評價李詩，并表達師從之情。

本文據文末自署，作於紹熙五年（一一九四，甲寅）六月二日。時陸游奉祠家居。

【箋注】

〔一〕追媲：與前代的的人或事物比美。退之琴操：韓愈琴操詩共十首，擬蔡邕琴操。唐子西文録曰：「琴操非古詩，非騷詞，惟韓退之爲得體。」嚴羽曰：「韓退之琴操極高古，正是本色，非唐賢所及。」

〔二〕百拜：多次行禮。禮記樂記：「是故先王因爲酒禮，壹獻之禮，賓主百拜，終日飲酒而不得醉焉。」執鞭：比喻傾心追隨。

跋劉文老使君義居遺戒

祥符中〔一〕，天子封禪，講墜典〔二〕，以文太平，詔求孝義之門。於是天下以名聞者數十家，遠不過十世，獨吾鄉裘承詢，自齊梁以來，十九世如一日，郡國莫先焉〔三〕。吾亡友劉文老歿，當上一子世其禄，而長子復詞〔四〕，以予其季，蓋文老所未嘗命者。於未嘗命者如此，况其所命者乎？將見世世守遺訓不墜，十九世豈足道哉！紹熙甲寅中秋日，陸某識。

【題解】

劉文老使君，陸游故鄉亡友，生平不詳。使君，對人的尊稱。義居遺戒，世代同居家族的遺囑。義居，舊指孝義之家世代同居。范正敏遁齋閒覽人事：「姑蘇馮氏兄弟三人，其季娶婦逾年，輒風其夫分異。夫怒詬曰：『吾家義居三世矣，汝欲敗我素業耶？』婦乃不復言。」遺戒，遺囑。

本文爲陸游爲劉文老義居遺戒所作的跋文，贊揚亡友劉文老子孫「世世守遺訓不墜」的家風。

本文據文末自署，作於紹熙五年（一一九四，甲寅）八月十五日。時陸游奉祠家居。

【箋注】

〔一〕祥符：即大中祥符，宋真宗年號，一〇〇八至一〇一六年。

〔二〕墜典：已廢亡的典章制度。沈約侍皇太子釋奠宴：「墜典必修，闕祀咸薦。」

〔三〕「獨吾」四句：宋史卷四五六孝義傳：「裘承詢，越州會稽人。居雲門山前，十九世無異爨。子弟習弦誦，鄉里稱其敦睦，州以聞，詔旌其門閭。」

〔四〕世其禄：承襲其爵禄。詞：通「辭」。推辭。

跋無逸講義

按實録〔一〕：「元祐五年二月壬寅，邇英閣講畢無逸篇〔二〕，詔詳録所講以進。今後具講義，次日别進。」壬寅，是月七日也。與此卷首所云「面奏乞候講畢録進」乃不同，恐當以此爲正。紹熙五年八月十日，陸某謹識。

【題解】

無逸講義爲向哲宗進講無逸之記録。玉海卷三七：「元祐五年二月壬寅，講無逸終篇，侍講司馬康、吴安詩、范祖禹等録進講義一卷。」無逸，尚書篇名。書無逸序：「周公作無逸。」孔傳：「中人之性好逸豫，故戒以無逸。」講義，指講解經義之書。邢昺孝經注疏序：「今特剪裁元疏，旁引諸書，分義錯經，會合歸趣，一依講説，次第解釋，號之爲講義也。」本文爲陸游爲無逸講義所作的跋文，考證其與哲宗實録的不同。

本文據文末自署，作於紹熙五年（一一九四）八月十日。時陸游奉祠家居。

【箋注】

〔一〕實録：指哲宗實録。

〔二〕邇英閣：又稱邇英殿。宋代禁苑宫殿名，取親近英才之意。蘇軾東坡志林記講筵：「秘書監、侍講傅堯俞始召赴資善堂，對邇英閣。」

跋東坡帖

此碑蓋所謂横石小字者耶〔一〕？頃又嘗見竪石本，字亦不絶大，數簡行筆，尤奇妙可貴。與成都西樓十卷中所書郭熙山水詩〔二〕，頗相甲乙也〔三〕。紹熙甲寅十月二十三日，務觀題。

【題解】

東坡帖，蘇軾書法的碑帖，内容不詳。本文爲陸游爲東坡帖所作的跋文，辨析横石、竪石兩本的區别。

本文據文末自署，作於紹熙五年（一一九四，甲寅）十月二十三日。時陸游奉祠家居。

【箋注】

〔一〕横石：與下文竪石相對。碑是竪石，記叙當代的人或事，以志紀念；帖是横石（也有用木刻），一般是將古代名人墨迹摹勒上石。

〔二〕成都西樓十卷：卷二九跋東坡書髓：「西樓下石刻東坡法帖十卷，擇其尤奇逸者爲一編，號東坡書髓。」西樓，爲五代時蜀國宫殿中之會仙樓。郭熙山水詩：蘇軾有郭熙秋山平遠二首：「目盡孤鴻落照邊，遥知風雨不同川。此間有句無人見，送與襄陽孟浩然。」又：「木落騷人已怨秋，不堪平遠發詩愁。要看萬壑争流處，他日終煩顧虎頭。」郭熙（一〇〇〇？—一〇九〇？），字淳夫。出身布衣，信奉道教，游於方外，以畫聞名。熙寧元年召入畫院，後任翰林待詔直長。師法李成，擅長山水，自放胸臆，筆勢雄健，水墨明潔，在畫論方面亦有建樹，深受神宗恩寵。

〔三〕甲乙：比并，相屬。

跋東坡祭陳令舉文

東坡前、後集祭文凡四十首〔一〕，惟祭賢良陳公辭指最哀〔二〕，讀之使人感歎流涕。其言天人予奪之際〔三〕，雖若出憤激，然士抱奇材絶識，沉壓擯廢，不得少出一二，則其肝心凝爲金石，精氣去爲神明，亦烏足怪？彼憒憒者固不知也〔四〕。紹熙甲寅十二月二十九日，笠澤陸某謹書。

【題解】

陳令舉，即陳舜俞（？—一〇七二），字令舉，湖州烏程（今浙江吴興）人。慶曆進士，又舉制科第一，授秘書省著作佐郎。後棄官歸，居秀州白牛村，號白牛居士。熙寧三年復出，知山陰縣。反對青苗法，責監南康軍鹽酒税，卒。著有都官集。宋史卷三三一有傳。蘇軾祭陳令舉文，載蘇軾文集卷六三（中華書局點校本）。本文爲陸游爲蘇軾祭陳令舉文所作的跋文，贊賞其「辭指最哀」，抒寫出士大夫的肝心、精氣。

本文據文末自署，作於紹熙五年（一一九四，甲寅）十月二十九日。時陸游奉祠家居。

【箋注】

〔一〕東坡前後集：蘇軾文集，最早由著者手定，刊爲東坡集（又稱前集）四十卷。後劉沔編録知杭州以後至北歸途中詩文，刊爲東坡後集二十卷。此爲東坡前、後集。另有奏議集、内制集、外制集、和陶詩，合爲「東坡六集」，在其生前均已刊行。（詳見祝尚書宋人别集叙録卷第九）

〔二〕賢良陳公：即陳舜俞。因其舉制科，即賢良方正直言極諫科，簡稱賢良。

〔三〕言天人予奪之際：蘇軾祭陳令舉文云：「嗚呼哀哉！天之所付，爲偶然而無意耶？將亦有意，而人之所以周旋委曲成其天者不至耶？將天既生之以畀斯人，而人不用，故天復奪之而自使耶？不然，令舉之賢，何爲而不立，何立而不遂？」

〔四〕憒憒：昏庸，糊塗。班固詠史：「百男何憒憒，不如一緹縈！」

跋劉凝之陳令舉騎牛圖

公卿貴人，方黄金絡馬、傳呼火城中時〔一〕，欲如二公騎牛山谷〔二〕，蕭散遺物〔三〕，固不可得。若予者，仕既齟齬〔四〕，及斥歸，欲買一黄犢代步，其費二萬有畸，作欄蓄童，又在此外〔五〕，遂一笑而止，徒有「此生猶著幾兩屐」之歎〔六〕。乃知二公風流，亦未易追也。紹熙甲寅十二月二十九日，陸某識。

【題解】

劉凝之，即劉涣（一〇〇〇—一〇八〇），字凝之，筠州（今江西高安）人。天聖進士。爲潁上令，剛直不能事上，棄官歸隱廬山，時年五十。歐陽修高其節，作廬山高詩美之。居廬山三十餘年，環堵蕭然，饘粥爲食，人皆師尊。其子劉恕（一〇三二—一〇七八），字道原。舉進士。博極群書，尤擅史學，司馬光編資治通鑑召爲局僚。面刺王安石過，以親老求監南康軍酒以就養。官至秘書監，卒於官。著有通鑑外紀等。宋史卷四四有劉公父子傳。蘇轍曾至廬山拜見劉渙，劉公父子卒後贊歎其「潔廉不撓，冰清而玉剛」，鄉人因以命名劉渙故居之室爲「冰玉堂」。（見張耒柯山集卷四一冰玉堂記）淳熙中，曾致虛爲郡，重修冰玉堂，繪劉公父子像於其上，又因陳舜俞曾監南康軍，亦繪其像侑之，并請朱熹作記。朱熹高度評價劉公父子及陳公的風節，并請刻陳令舉騎牛詩畫於堂上，「以補一時故事之缺」（見晦庵集卷八十冰玉堂記）。古代士大夫騎牛常作爲隱居的象徵。本文爲陸游爲劉凝之陳令舉騎牛圖所作的跋文，稱羨二公「蕭散遺物」之風流，自嘲欲「騎牛」而不得的境遇。

本文據文末自署，作於紹熙五年（一一九四，甲寅）十月二十九日。時陸游奉祠家居。

【箋注】

〔一〕火城：朝會時所用火炬儀仗。李肇唐國史補下：「每元日、冬至立仗，大官皆備珂傘，列炬有至五六百炬者，謂之火城。宰相火城將至，則衆少皆撲滅以避之。」

〔二〕二公：指劉渙、陳舜俞。

〔三〕蕭散：瀟灑。形容神情舉止不受拘束，閒散舒適。西京雜記卷二：「司馬相如爲上林、子虛賦，意思蕭散，不復與外事相關。」遺物：超脱於世外之物，賈誼鵩鳥賦：「至人遺物兮，獨與道俱。」李善注：「鶡冠子曰：聖人捐物。」

〔四〕齟齬：仕途不順達。新唐書王求禮傳：「然以剛正故，宦齟齬。神龍初，終衛王府參軍。」

〔五〕黄犢：小牛。　作欄蓄童：修建牛欄，蓄養牧童。

〔六〕此生猶著幾兩屐：喻指人生短暫。　語出世説新語雅量：「祖士少好財，阮遥集好屐，并恒自經營。……或有詣阮，見自吹火蠟屐，因歎曰：『未知一生當著幾量屐？』神色閒暢。」量，通「兩」，雙。

跋東坡七夕詞後

昔人作七夕詩，率不免有珠櫳綺疏惜別之意〔一〕。惟東坡此篇，居然是星漢上語〔二〕，歌之曲終，覺天風海雨逼人〔三〕。學詩者當以是求之。慶元元年元日，笠澤陸某書。

【題解】

東坡七夕詞，即蘇軾詞作鵲橋仙七夕送陳令舉，詞曰：「緱山仙子，高情雲渺，不學癡牛騃女。鳳簫聲斷月明中，舉手謝、時人欲去。　客槎曾犯，銀河微浪，尚帶天風海雨。相逢一醉是前緣，風雨散、飄然何處。」本文爲陸游爲蘇軾鵲橋仙詞所作的跋文，贊賞東坡此篇超塵拔俗，曠達飄逸，別有風味。

本文據文末自署，作於慶元元年（一一九五）正月一日。時陸游奉祠家居。

【箋注】

〔一〕珠櫳：珠飾的窗櫺。綺疏：雕成綺麗紋飾的窗户。此指華麗的閨房。

〔二〕星漢：天河，銀河。曹操步出夏門行：「日月之行，若出其中；星漢粲爛，若出其裏。」

〔三〕天風海雨：形容暴雨。蘇軾有美堂暴雨：「遊人脚底一聲雷，滿座頑雲撥不開。天外黑風吹海立，浙東飛雨過江來。」

跋張監丞雲莊詩集

虜覆神州七十年〔一〕，東南士大夫視長淮以北，猶傖荒也〔二〕。以使事往者，不復黍離麥秀之悲〔三〕，殆無以慰答父老心。今讀張公爲奉使官屬時所賦歌詩數十篇，忠義之氣鬱然，爲之悲慨彌日。慶元改元九月二十七日，陸某書。

【題解】

張監丞，誰人不詳。據文義，曾奉使金國。雲莊詩集當爲所著。本文爲陸游爲張監丞雲莊詩集所作的跋文，贊賞其使金詩作「忠義之氣鬱然」。

本文據文末自署，作於慶元元年（一一九五）九月二十七日。時陸游奉祠家居。

【箋注】

〔一〕「虜覆」句：金兵靖康元年（一一二六）攻破汴京，至慶元元年（一一九五）恰是七十年。

〔二〕長淮：指淮河。王維送方城韋明府：「高鳥長淮水，平羌故郢城。」傖荒：唐前南人諷刺北地荒遠，北人粗鄙。宋書杜驥傳：「晚渡北人，朝廷常以傖荒遇之，雖復人才可施，每爲清塗所隔，坦以此慨然。」

〔三〕黍離麥秀：指感慨亡國。語本詩王風黍離：「彼黍離離，彼稷之苗。行邁靡靡，中心搖搖。」又史記宋微子世家：「其後箕子朝周，過故殷虚，感宮室毁壞，生禾黍……乃作麥秀之詩以歌詠之：『麥秀漸漸兮，禾黍油油。彼狡僮兮，不與我好兮。』」均爲經過前朝廢墟，觸景傷懷之作。

跋淵明集

吾年十三四時，侍先少傅居城南小隱〔一〕，偶見藤牀上有淵明詩，因取讀之，欣然會心。日且暮，家人呼食，讀詩方樂，至夜卒不就食。今思之，如數日前事也。慶元元年①，歲在乙卯，九月二十九日，山陰陸某務觀書於三山龜堂〔二〕，時年七十有一。

【題解】

淵明集，東晉詩人陶淵明之詩集。本文爲陸游爲淵明集所作的跋文，追憶少年時醉心陶詩，廢寢忘食的情景。

本文據文末自署，作於慶元元年（一一九五）九月二十九日。時陸游奉祠家居。

【校記】

①「元年」，原作「二年」，各本均同。「乙卯」爲慶元元年，陸游時年七十一。故此處「二年」當爲「元年」之誤。據改。

【箋注】

〔一〕先少傅：指陸游之父陸宰。小隱：指陸宰退居之小隱山園。嘉泰會稽志卷十三：「小隱山園在郡城西南鏡湖中，四面皆水。舊名侯山，晉孔愉嘗居焉。皇祐中，太守楊紘始與賓從往游。游而愜焉，問其主王氏山何名，對曰有之，非佳名也；亭有名否，則謝不敢。乃使以其圖來，悉與之名，山曰小隱之山，堂曰小隱之堂，池曰瑟瑟之池；命其亭曰勝奕亭、曰志歸亭、曰湖光亭、曰翠麓亭，又有探幽徑、擷芳徑、捫蘿磴、百花頂。山之外有鑑中亭、倒影亭，皆楊公所自命名，而通判軍州事錢公輔又爲刻石記之。後且百年，浸廢弗理，少師陸公宰嘗得之，以爲别墅，作賦歸堂、六友堂、遐觀堂、秀發軒、放魚臺、蠟屐亭、明秀亭、拄頰亭、撫松亭。會公改築子城之東隅，今惟賦歸堂、蠟屐亭存焉，皆少師所扁也。」

〔二〕龜堂：陸游晚年齋名，取龜長壽之意，并自稱龜堂叟、龜堂病叟、龜堂老人。

跋陸史君廟籤

「昔者龐德公〔一〕，未曾入州府。襄陽耆舊間，處士節獨苦〔二〕。豈無濟時策，終竟畏羅罟〔三〕。林茂鳥有歸，水深魚知聚。舉家隱鹿門，劉表焉得取？」射洪陸史君廟以杜詩爲籤〔四〕，極靈。余自蜀被召東歸，將行，求得此籤。後十四年〔五〕，乃決意不復仕宦，愧吾宗人多矣。紹熙辛亥十二月十日，山陰陸務觀書。

【題解】

陸史君，即陸使君，名弼，梁天監中爲瀘州刺史。卒於官，歸舟過白崖山而覆，鄉人在山上立廟祭祀。僞蜀封射洪濟王，大中祥符六年詔封公號。射洪陸史君廟以杜甫詩句爲籤。陸游在離蜀東歸之時，曾求得其一籤。本文爲陸游爲陸史君廟杜詩籤所作的跋文，證明其東歸後經歷與籤文相符。

本文據文末自署，作於紹熙二年（一一九一，辛亥）十二月十日。時陸游奉祠家居。

參考劍南詩稿卷四七予出蜀日嘗遣僧則華乞籤於射洪陸使君祠使君以老杜詩爲籤予得遺興詩五首中第二首其言教戒甚至退休暇日因用韻賦五首。

【箋注】

〔一〕「昔者」句：引詩爲杜甫遣興五首之二。龐德公：後漢書逸民傳：「龐公者，南郡襄陽人也。居峴山之南，未嘗入城府。夫妻相敬如賓。荆州刺史劉表數延請，不能屈，乃就候之。謂曰：『夫保全一身，孰若保全天下乎？』龐公笑曰：『鴻鵠巢於高林之上，暮而得所棲；黿鼉穴於深淵之下，夕而得所宿。夫趣舍行止，亦人之巢穴也。且各得其棲宿而已，天下非所保也。』因釋耕於壟上，而妻子耘於前。表指而問曰：『先生苦居畎畝而不肯官禄，後世何以遺子孫乎？』龐公曰：『世人皆遺之以危，今獨遺之以安。雖所遺不同，未爲無所遺也。』表歎息而去。後遂攜其妻子登鹿門山，因采藥不反。」

〔二〕耆舊：年高望重者。處士：指有才德而隱居不仕者。孟子滕文公下：「聖王不作，諸侯放恣，處士横議，楊朱、墨翟之言盈天下。」

〔三〕罹罟：遭受網羅束縛。

〔四〕射洪：縣名。南宋時屬潼川府。今屬四川遂寧。

〔五〕後十四年：陸游離蜀東歸在淳熙五年（一一七八），至紹熙辛亥（二年，一一九一），恰跨十四年。

跋巴東集

予自乾道庚寅入蜀，至淳熙戊戌東歸〔一〕，九年間，兩過巴東，登秋風、白雲二亭〔二〕，觀萊公手植檜，未嘗不悵然流涕，恨古人之不可作也。又十有七年，慶元丙辰六月二十四日，山陰陸某書，時年七十二。

【題解】

巴東集，宋寇準自編詩集。寇準（九六一—一〇二三），字平仲，華州下邽（今陝西渭南）人。太平興國進士。授大理評事，知巴東縣，通判鄆州。歷右正言、樞密直學士、樞密副使等，淳化五年除參知政事。真宗時歷知河陽、同州等，權知開封府，歷三司使，景德元年拜同中書門下平章事。力請真宗征遼，和議而還。天禧三年再相。因奏請太子監國，事泄罷相，封萊國公。後貶雷州司户參軍，卒於貶所。仁宗時追謚忠愍。宋史卷二八一有傳。巴東集，直齋書録解題卷二十著録三卷，并稱：「初，以將作監丞知巴東縣，自擇其詩百餘首，且爲之序，今刻於巴東。」則巴東集爲寇準早年詩作。巴東，縣名，宋代屬歸州，今屬湖北恩施。本文爲陸游爲巴東集所作的跋文，聯繫自身經歷，抒寫身世感慨。

本文據文末自署，作於慶元二年（一一九六，丙辰）六月二十四日。時陸游奉祠家居。

【箋注】

〔一〕乾道庚寅：即乾道六年（一一七〇）。淳熙戊戌：即淳熙五年（一一七八）。

〔二〕秋風白雲二亭：均在巴東，爲寇準知巴東時所建。秋風亭今存，在長江邊。白雲亭在秋風亭西，今不存。劍南詩稿卷二有秋風亭拜寇萊公遺像、巴東令廨白雲亭二詩。參見卷四八入蜀記第六。

跋呂侍講歲時雜記

承平無事之日，故都節物及中州風俗，人人知之〔一〕，若不必記。自喪亂來七十年，遺老凋落無在者，然後知此書之不可闕。呂公論著，實崇寧、大觀間，豈前輩達識，固已知有後日耶〔二〕？然年運而往，士大夫安於江左〔三〕，求新亭對泣者〔四〕，正未易得。撫卷累欷。慶元三年二月乙卯，笠澤陸某書。

【題解】

呂侍講，即呂希哲（一〇三九—一一一六），字原明，壽州（今安徽鳳臺）人。呂公著之子。少從衆學者遊，聞見益廣。以蔭入官，始爲兵部員外郎，哲宗召爲崇政殿説書，擢右司諫。徽宗初任光禄少卿、知曹州。遭崇寧黨禍，奪職奉祠，授徒講學。晚年名益重，遠近師尊之。宋史卷三三六有傳。歲時雜記，直齋書録解題卷六時令類著録二卷，并稱：「希哲，正獻公公著之子，號滎陽公。在歷陽時與子孫講誦，遇節日則休學者。雜記風俗之舊，然後團坐飲酒以爲樂，久而成編。承平舊事，猶有考焉。」本文爲陸游爲呂希哲歲時雜記所作的跋文，闡述呂著記録節物風俗的價值，感慨士大夫偏安不振的現狀。

本文據文末自署，作於慶元三年（一一九七）二月乙卯（十一）日。時陸游奉祠家居。

【箋注】

〔一〕承平：治平相承，太平。漢書食貨志：「今累世承平，豪富吏民訾數鉅萬，而貧弱俞困。」

〔二〕故都節物：指汴京應節的物品。老學庵筆記卷二：「靖康初，京師織帛及婦人首飾衣服皆備四時，如節物則春旛、燈毬、競渡、艾虎、雲月之類，花則桃、杏、荷花、菊花、梅花，皆并爲一景，謂之一年景。」

〔三〕「吕公」四句：指吕著似在崇寧、大觀間已預見到後來汴京的陷落，因而記録下當時的節物風俗。

〔四〕江左：江東。原指長江下游以東地區，後東晉及南朝統治地區被稱爲江左。此指南宋統治地區。

〔五〕新亭對泣：指懷念故國、憂國傷時的情感。典出世説新語言語：「過江諸人，每至美日，輒相邀新亭，藉卉飲宴。周侯中坐而歎曰：『風景不殊，正自有山河之異！』皆相視流淚。唯王丞相愀然變色曰：『當共戮力王室，克復神州，何至作楚囚相對！』」

跋許用晦丁卯集

許用晦居於丹陽之丁卯橋，故其詩名丁卯集，在大中以後〔一〕，亦可爲傑作。自是而後，唐之詩益衰矣。悲夫！慶元丁巳六月四日，放翁識。

【題解】

許用晦，即許渾（八〇〇？—八五八？），字用晦，一作仲晦，唐潤州丹陽（今屬江蘇）人。大和六年進士。任當塗尉、攝太平令。授監察御史，出爲潤州司馬，遷郢州刺史。詩作長於律體，多登臨懷古之作。著有丁卯集。唐才子傳卷七有傳。丁卯集，直齋書録解題卷十九著録二卷，并稱「丁卯者，其所居之地有丁卯橋。蜀本又有拾遺二卷。」本文爲陸游爲許渾丁卯集所作的跋文，評價其詩爲晚唐「傑作」，感慨其後唐詩的衰落。

本文據文末自署，作於慶元三年（一一九七，丁巳）六月四日。時陸游奉祠家居。

【箋注】

〔一〕大中：唐宣宗年號，八四七至八六〇年。

跋李涪刊誤

王行瑜作亂〔一〕，宗正卿李涪盛陳其忠，必悔過。及行瑜傳首京師，涪亦放死嶺南〔二〕，疑即此人也。丁巳七月十六日識。

【題解】

李涪，唐人，曾任國子祭酒。博學，尤精通禮樂舊典，時人稱之爲「周禮庫」。刊誤，新唐書藝文志著録二卷，爲刊正古今舛誤的著述。李氏自序稱：「余嘗於學古問政之暇，而究風俗之不正者，或未造其理，則病之於心。爰自秦漢迨於近世，凡曰乖盭，豈可勝道哉？前儒廣學刊正固已多矣。然尚多漏略，頗惑將來。則書傳深旨，莫測精微。而沿習舛儀，得陳愚淺，撰成五十篇，號曰刊誤。雖欲自申專志，亦如路瑟以掇其譏也。」本文爲陸游爲李涪刊誤所作的跋文，考證李涪事迹。

本文據文末自署，作於慶元三年（一一九七，丁巳）七月十六日。時陸游奉祠家居。

【箋注】

〔一〕王行瑜（？—八九五）：邠州（今陝西彬縣）人。唐末將領，原爲邠寧節度使朱玫的部將，後朱玫反叛，王行瑜倒戈殺之，唐僖宗命其爲邠寧節度使。唐昭宗時，王行瑜擅權，欲任尚書令未果，攻入長安，殺死宰相，并謀廢昭宗。後爲李克用所敗，爲部屬所殺。新唐書卷二二四叛臣下有傳。

〔二〕「宗正卿」四句：新唐書王行瑜傳：「始，行瑜亂，宗正卿李涪盛陳其忠，必悔過。至是帝怒，放死嶺南。」

跋歸去來白蓮社圖

予在蜀得此二卷，蓋名筆，規模龍眠〔一〕，而有自得處。季子子聿手自裝褫藏之〔二〕。慶元丁巳中秋前三日，放翁識。

【題解】

歸去來，原爲陶淵明辭賦名，此指晁補之。晁補之晚年以陶淵明爲師，尤賞其名篇歸去來辭。晁氏撰有歸來子名緡城所居記：「讀陶潛歸去來詞，覺已不似而願師之，買田故緡城，自謂歸來子，廬舍登覽游息之地，一户一牖，皆欲致歸去來之意，故頗摭陶詞以名之：爲堂，面園之草木，曰松菊，『松菊猶存』也。爲軒，達其屏，使虚以來風，曰舒嘯，『登東皋以舒嘯』也。爲亭，廣其趾，使庳以瞰池，曰臨賦，『臨清流以賦詩』也。封土爲臺，架屋其顛，若樓瞰百里，曰遐觀；穿室其腹，若洞深五步，曰流憩，『策扶老以流憩，時矯首而遐觀』也。爲庵，抱陽而圓之以嬉晝，『倚南窗以寄傲』也，曰寄傲。爲庵，負陰而方之以休夜，『鳥倦飛而知還』也，曰倦飛。顧所居，遠山水，非柴桑比，門直通道，有長阪亘其前數十里，故渠縈之，蒲柳蓊然，魚鳥之所聚，有丘壑意，俯而就其深爲亭，曰窈窕，『既窈窕以尋壑』也。跂而即其高爲亭，曰崎嶇，『亦崎嶇而經丘』也。凡因其詞以名之者九。既牓而書之，日往來其間，則若淵明卧起與俱；仰牓而味其詞，則如與淵明晤語，皆躊躇自

得，無往而不歸來矣。」（雞肋集卷三一）

白蓮社圖，爲李公麟用白描筆法畫東晉高僧慧遠在廬山虎溪東林寺結盟白蓮社的故事。因寺内種白蓮，故稱蓮社。參加蓮社者爲慧遠、慧持、竺道生、雷次宗、宗炳、周續之、張野等十八人，均爲當時名流。另有社外名人陶淵明、陸修静、謝靈運、殷仲堪四人。此後多有模擬李公麟名畫的同題之作。晁補之亦有擬作，并撰有白蓮社圖記稱：「今龍眠李公麟爲此圖，筆最勝，然恨其略也，故餘稍附益之。凡社中十八人，非社中十四，從者若干，馬六。蓋人物因龍眠之舊者十五，他皆新意也。菩薩像仿侯翌，雲氣仿吴道元，受塔天王圖、松石以關仝，堂殿、雜草樹以周昉、郭忠恕，卧槎、垂藤以李成，崖壁、瘦木以許道寧，湍流、山嶺、騎從、韃服以魏賢，馬以韓幹，虎以包鼎，猿猴、鹿以易元吉，鶴、白鷳、若鳥鼠以崔白。余自以意，先爲山石，位置向背，物皆作粉本，以授畫史孟仲寧，使模寫潤色之。」（雞肋集卷三〇）文中將各種人、物模仿對象，及仿作程式，交代得一清二楚。

本文爲陸游爲晁補之模仿的白蓮社圖所作的跋文，交代其來歷，及作簡要評價。

本文據文末自署，作於慶元三年（一一九七，丁巳）八月十二日。時陸游奉祠家居。

【箋注】

〔一〕規模：摹仿，取法。司空圖容城侯傳：「能强記天象地形草木蟲介萬殊之狀，皆視諸掌握，蓋其術亦規模洪範耳。」龍眠：即李公麟（一〇四九—一一〇六），字伯時，祖籍安徽桐城。

因長居桐城龍眠山，自號龍眠居士、龍眠山人。宋代名畫家，擅長人物、駿馬。

〔二〕季子：小兒子。　子聿：即子遹。　裝褫：裝裱書畫。

跋釋氏通紀

予少時避兵東陽山中，有沈師者，丞相恭惠公之裔〔一〕。近有僧來往天衣山〔二〕，自言歐陽文忠公家。今又得修公所著釋氏通紀觀之，則建炎樞臣盧公諸孫也〔三〕。近世不以世類求人〔四〕，名門大家，散而爲方外道人者多矣。如修公既棄衣冠，猶能博學强記，寓史氏法於是書，亦賢矣夫！慶元丁巳重九日，放翁陸某務觀識。

【題解】

釋氏通紀，德修所撰佛教通史類著述。佛祖統紀通例修書旁引載：「德修，淳熙間居金華，撰釋氏通紀。其紀釋迦，則附以慈恩三時之教，一代化事，最爲疏略。又以五運圖、石柱銘、三寶録，言佛生皆不同。糅雜於佛紀正文，甚失撰述之體。其叙時事，與琇本互有出入，而徒取乎冗長之辭也。」本文爲陸游爲釋氏通紀所作的跋文，揭示其著者爲盧益諸孫，肯定其「寓史氏法於是書」，感慨「名門大家，散而爲方外道人者多矣」。

本文據文末自署，作於慶元三年（一一九七，丁巳）九月九日。時陸游奉祠家居。

【箋注】

〔一〕丞相恭惠公：即沈倫（九〇九—九八七），字順宜，開封太康（今屬河南）人。後周時入趙匡胤幕府。宋初爲户部郎中，遷給事中，爲陝西轉運使。開寶六年拜中書侍郎平章事。太平興國初加右僕射兼門下侍郎，七年罷相。卒贈侍中，謚恭惠。宋史卷二六四有傳。

〔二〕天衣山：山名。在山陰。嘉泰會稽志卷六冢墓山陰縣：「李太尉顯忠墓在天衣山。」

〔三〕建炎樞臣盧公：指盧益。據宋史卷二一三宰輔表四：「（建炎二年）十二月己巳，盧益自試兵部尚書遷太中大夫，除簽書樞密院事。（建炎三年）三月辛巳，盧益自中大夫、同知樞密院事除尚書左丞。」樞臣，指宰輔重臣。諸孫：本家孫輩。

〔四〕世類：家世品類，即出身。漢書樊酈滕灌等傳贊：「仲尼稱『犁牛之子騂且角，雖欲勿用，山川其舍諸？』言士不繫於世類也。」

跋毛仲益所藏蘭亭

龍乘雲氣而上天，鳳凰翔於千仞。吾見舊定本蘭亭〔一〕，其猶龍鳳耶？慶元丁巳十一月二十日，笠澤陸某務觀書。

【題解】

毛仲益，生平不詳。朱熹晦庵集卷三四答吕伯恭有「毛仲益自江西來」句，或毛氏爲朱熹弟子。蘭亭，指王羲之書蘭亭集序的摹刻本。本文爲陸游爲毛仲益所藏蘭亭摹刻本所作的跋文，稱道定武本爲蘭亭摹刻本中的龍鳳。

本文據文末自署，作於慶元三年（一一九七，丁巳）十一月二十日。時陸游奉祠家居。

【箋注】

〔一〕舊定本蘭亭：蘭亭序帖石刻名。唐太宗喜愛王羲之父子書法，得蘭亭序真迹，命人臨拓，刻於學士院。五代梁時移置汴都，後經戰亂而遺失。北宋慶曆間發現，置於定州州治。大觀中，徽宗命取其石，置於宣和殿。北宋亡，石亦散失不傳。定州在宋時屬定武軍，故稱此石刻及其拓本爲「定武蘭亭」或「定武石刻」。其拓本簡稱「定本」。毛仲益所藏蘭亭是否定本蘭亭，語意未詳。

跋魏先生草堂集

按國史〔一〕，野，陜人。沈存中筆談以爲蜀人〔二〕，居陜州，不知何所據也。予在蜀十年，亦不聞野爲蜀人，筆談蓋誤也。慶元戊午，得之書肆。十月十九日，龜堂病叟手識，時年七十有四矣。

【題解】

魏先生，即魏野（九六〇—一〇二〇），字仲先，號草堂居士。陝州陝（今河南陝縣）人。世爲農，居東郊，自築草堂，彈琴賦詩其中。真宗聞其名，召之不出。宋史卷四五七有傳。直齋書録解題卷二十著録其草堂集二卷。本文爲陸游爲魏野草堂集所作的跋文，質疑沈括夢溪筆談稱其先爲蜀人之説。

本文據文末自署，作於慶元四年（一一九八，戊午）十月十九日。時陸游奉祠家居。

【箋注】

〔一〕國史：此指宋人修纂的本朝歷史。

〔二〕沈存中：即沈括（一〇三一—一〇九五），字存中，杭州錢塘人。嘉祐進士。任館閣校勘，參與熙寧變法。擢知制誥，出使遼國。還翰林學士，權三司使。熙寧末遭貶。沈括博學多聞，晚居潤州夢溪園，撰成夢溪筆談。宋史卷三三一有傳。筆談：即夢溪筆談，直齋書録解題卷十一著録夢溪筆談二十六卷。

跋王輔嗣老子

晁以道謂王輔嗣老子「題曰道德經，不析乎道、德而上下之，猶近於古〔一〕」。此本乃已析矣，安知其他無妄加竄定者乎〔二〕？慶元戊午十月晦書〔三〕。

【題解】

王輔嗣，即王弼（二二六—二四九），字輔嗣，三國魏時山陽高平（今山東鄒縣）人。曾任尚書郎。魏晉玄學代表人物。曾注老子、周易等。老子，指王弼的老子注。本文爲陸游爲王弼老子注所作的跋文，引用晁説之跋語考證此本已經竄定。

本文據文末自署，作於慶元四年（一一九八，戊午）十月三十日。時陸游奉祠家居。

【箋注】

〔一〕晁以道：即晁説之（一〇五九—一一二九），字以道。參見卷十四晁伯咎詩集序注〔一〕。晁説之撰有王弼老子注跋：「王弼老子道德經二卷，真得老子之學歟？蓋嚴君平指歸之流也。其言仁義與禮，不能自用，必待道以用之，天地萬物各得於一，豈特有功於老子哉。凡百學者，蓋不可不知乎此也。予於是知弼本深於老子，而易則末矣。其於易，多假諸老子之旨，而老子無資於易者，其有餘不足之迹，斷可見也。嗚呼，學其難哉！弼知『佳兵者不祥之器，至於戰勝，以喪禮處之』，非老子之言，乃不知『常善救人，故無棄人；常善救物，故無棄物』，獨得諸河上公，而古本無有也。賴傅奕能辯之爾。然弼題是書曰道德經，不析乎道、德，而上下之，猶近於古歟！其文字則多謬誤，殆有不可讀者，令人惜之。嘗謂，弼之於老子，張湛之於列子，郭象之於莊子，杜預之於左氏，范甯之於穀梁，毛萇之於詩，郭璞之於爾雅，完然成一家之學，後世雖有作者，未易加也。予既繕寫弼書，并以記之。政和乙未十月丁丑，嵩山晁説之鄜時記。」今本道德經分上下兩篇，原本上篇德經、下篇道經，不分章，後改爲道經三十七章在前，第三十八章之後爲德經，共分爲八十一章。

〔二〕竄定：删改訂正。新唐書楊師道傳：「師道再拜，少選輒成，無所竄定，一坐嗟伏。」

〔三〕晦：晦日，農曆每月的最後一天。公羊傳僖公十六年：「何以不日？晦日也。」

跋前漢通用古字韻編

古人讀書多，故作文時偶用一二古字，初不以爲工，亦自不知孰爲古、孰爲今也。近時乃或鈔綴史、漢中字入文辭中〔一〕，自謂工妙，不知有笑之者。偶見此書，爲之太息，書以爲後生戒。己未三月二十四日，龜堂識。

【題解】

前漢通用古字韻編，小學類著述。直齋書録解題卷三：「前漢古字韻編五卷，侍郎宣城陳天麟季陵撰。取漢書所用古字，以今韻編入之。」前漢，指前漢書，即漢書。陳天麟（一一一六—一一七七），字季陵，宣州宣城（今屬安徽）人。紹興十八年進士。累官集賢殿修撰，歷知饒州、襄陽、贛州。未幾罷。起集英殿修撰卒。著有易三傳、西漢南北史左氏綴節等。事迹見宋詩紀事卷四七。本文爲陸游爲前漢通用古字韻編所作的跋文，指出作文用古字的利弊。

本文據文末自署，作於慶元五年（一一九九，己未）三月二十四日。時陸游奉祠家居。

【箋注】

〔一〕鈔綴：鈔録，連綴。

跋胡少汲小集

少汲之兄名僧孺，字唐臣，在元祐、紹聖間，亦知名士也〔一〕。少汲十詩中一篇所謂「阿兄驚世才」者是也。周秀實名蔚〔二〕，予亡姑之子，及與元祐前輩游，紹興十六七年猶亡恙，有文集數十卷，王性之作序〔三〕。少汲倡酬最多〔四〕，班班見於此集〔五〕。秀實有子名曇文者，乃翁每稱其穎異。自先少師捐館〔六〕，兩家相去地遠，不復相聞，每爲之惻愴於懷也〔七〕。因讀少汲小集，并書之。慶元己未七月一日，老學庵書。

【題解】

胡少汲，即胡直孺。參見卷二六高皇御書注〔一〕。小集，指作者部分作品積聚成的書册，一般篇幅較小。本文爲陸游爲胡直孺小集所作的跋文，追憶少時與胡家及周家交往，抒寫惻愴之情。

本文據文末自署，作於慶元五年（一一九九，己未）七月一日。時陸游致仕家居。

【箋注】

〔一〕「少汲」四句：雍正江西通志卷六六：「胡僧孺，字唐臣，奉新人。直孺之兄，在元祐、紹聖間聲稱甚著。」

〔二〕周秀實：生平不詳。

〔三〕王性之：即王銍，字性之。參見卷二七跋彩選注〔五〕。

〔四〕倡酬：指以詩詞相酬答。

〔五〕班班：明顯貌。後漢書趙壹傳：「余畏禁，不敢班班顯言，竊爲窮鳥賦一篇。」李賢注：「班班，明貌。」

〔六〕先少師：指陸游之父陸宰。捐館：拋棄館舍。死亡的婉辭。顔真卿鮮于公神道碑銘：「公之捐館也，萬里迎喪。」

〔七〕惻愴：哀傷。荀悅漢紀文帝紀論：「夫賈誼過湘水，吊屈原，惻愴慟懷，豈徒忿怨而已哉！」

跋曉師顯應録

法華之爲書，天不足以喻其大，海不足以喻其深。利根之士〔一〕，一經目，一歷耳，自不能捨，雖舉天下沮之，彼且不動，尚何勸相之有哉〔二〕？然人之根性利鈍，蓋有如天淵者〔三〕。善知識諄諄告語，誘之以福報〔四〕，懼之以禍罰，亦有不得已者。譬之世法〔五〕，道德風化固足坐致唐虞三代之治矣，而賞以進善，罰以懲惡，亦烏可廢哉！觀曉師顯應録者，當作是觀。慶元己未立秋日，山陰陸某書。

【題解】

曉師，即宗曉（一一五一—一二一四），俗姓王，字達先，號石芝，四明（今浙江寧波）人。十八歲受具足戒。先後師從具庵强公、雲庵洪公。住持四明昌國翠蘿寺，學者雲集。後退隱西山，日課法華經。游浙西諸刹，還居延慶寺首座，潛心著述，編著有法華顯應録、樂邦文類、四明教行録等。顯應録，即法華經顯應録，載録誦法華經者靈驗故事。樓鑰慶元四年序稱：「法華經凡三譯，而鳩摩羅什所譯舉世誦之，功德效驗昭然顯著，傳記所載非一。蓋此經實如來祕密之藏，非思量分別之所能解，故其神異如此。鄉僧宗曉朝夕誦習書寫，嘗刺血書之，又集古今簡策之言凡二百餘事，遂成巨編，皆有依據。將版行於時，以助流通。」本文爲陸游爲宗曉法華經顯應録所作的跋文，認爲佛教因果報應之説，俗世亦不可廢。

本文據文末自署，作於慶元五年（一一九九，己未）立秋日。時陸游致仕家居。

【箋注】

〔一〕利根之士：佛教指具有慧性之人。利根，鋭利之根器、天性。法華經妙音菩薩品：「精進勇猛攝諸善法，利根智慧善答問難。」

〔二〕勸相：勸助，勸勉。易井：「君子以勞民勸相。」孔穎達疏：「君子以勞來之恩，勤恤民隱，勸助百姓，使有成功，則此養而不窮也。」

〔三〕天淵：高天和深淵。比喻相隔極遠，差别極大。張耒超然臺賦：「何善惡之足較兮，固天淵之異區。」

〔四〕福報：福德報應。史記張儀列傳：「夫造禍而求其福報，計淺而怨深，逆秦而順楚，雖欲毋亡，不可得也。」

〔五〕世法：世人典範，社會沿用的常規。桓寬鹽鐵論相刺：「居則爲人師，用則爲世法。」

跋范巨山家訓

人莫不愛其子孫，愛而不知教之，猶弗愛也。人莫不思其父祖，思而不知奉其教，猶弗思也。使爲人父祖者，皆如范氏之先，爲人子孫者，皆如吾友巨山，世其有不興者乎？吾所謂興者，天地鬼神與之，鄉人慕之，學者尊之，是爲興。不然，雖門列戟〔一〕，牀堆笏〔二〕，德弗稱焉，何興之有？巨山之子，既以文章擢高科，公卿將相之儲也。故予思廣其意，而書其家訓後如此，巨山父子不以予爲老悖〔三〕，則將有感也夫。巨山名中立，其子名薰。慶元己未八月晦，山陰陸某謹書。

【題解】

范巨山，名中立，字巨山。劍南詩稿卷四十秋晚有云：「只怪勝遊頻入夢，今朝蜀客話青城。」自注：「故人范中立巨山自青城來見訪。」則范中立乃陸游在蜀中結識的舊友。慶元五年秋，范中立自青城至山陰造訪故友，并出家訓求序。本文爲陸游爲范中立家訓所作的跋文，盛贊其家教有方，闡述「家和萬事興」的内涵。

本文據文末自署，作於慶元五年（一一九九，己未）八月三十日。時陸游致仕家居。

【箋注】

〔一〕門列戟：官府及顯貴之家陳戟門前，以爲儀仗。舊唐書德宗紀下：「壬戌，詔以太尉、中書令、西平郡王李晟長子愿爲銀青光禄大夫、太子賓客，賜勳上柱國，與晟門並列戟。」

〔二〕牀堆笏：牀上堆滿笏版。指權貴之家高官滿座。舊唐書崔神慶傳：「開元中，神慶子琳等皆至大官，群從數十人，趨奏省闥。每歲時家宴，組佩輝映，以一榻置笏，重疊於其上。」笏，古代大臣上朝所持手板，用玉、象牙或竹片製成，上面可記事。

〔三〕老悖：年老昏亂，不明事理。戰國策楚策四：「襄王曰：『先生老悖乎？將以爲楚國祅祥乎？』」吴師道補正：「悖，亂也。言老而耄亂也。」

跋張安國家問

東坡先生書遍天下，而黄門公所藏至寡〔一〕，蓋常以爲易得，雖爲人持去，不甚惜也。紫微張舍人書帖〔二〕，爲時所貴重，錦囊玉軸，無家無之。今大宗伯兄弟自爲知己〔三〕，家書往來，蓋以百計矣，相稱相勉，期以遠者，亦何可勝計，而今所存財五紙耳〔四〕。方紫微亡恙時，豈亦以爲易得，故多散逸耶？某昔者及爲紫微客〔五〕，今老病卧家，而大宗伯猶以世舊寄此卷〔六〕，命寓姓名於後〔七〕。某自浮玉别紫微〔八〕，三十六年之間，摧頽抵此〔九〕。紫微若尚在而見之，且不能識，則大宗伯尚何取哉？援筆至此，慨然不知衰涕之集也〔一〇〕。慶元五年十一月戊申，笠澤陸某書。

【題解】

張安國，即張孝祥（一一三二—一一七〇）字安國，號于湖居士，歷陽烏江（今安徽和縣）人。

紹興二十四年狀元。除秘書省正字，遷校書郎、禮部員外郎，爲起居舍人、中書舍人。張浚出兵北伐，兼建康留守。出知静江府、潭州等。以顯謨閣直學士致仕。張孝祥文章過人，尤工翰墨。宋史卷三八九有傳。家問，即家書。隆興、乾道間，陸游通判鎮江，與張孝祥交遊。慶元五年，張孝祥從弟張孝伯以其兄家書手卷寄陸游。本文爲陸游爲張孝祥家書所作的跋文，追憶當年孝祥翰墨流傳天下及後散佚情況，感慨三十六年時光流逝。

本文據文末自署，作於慶元五年（一一九九）十一月戊申（二十）日。時陸游致仕家居。

【箋注】

〔一〕黄門公：指蘇轍。因其曾任門下侍郎（副相），門下侍郎舊稱黄門侍郎，故有「黄門公」之稱。老學庵筆記卷一：「東坡先生與黄門公南遷，相遇於梧、藤間。」

〔二〕紫微張舍人：即張孝祥。因其曾任中書舍人，中書省舊稱紫微省，故有「紫微舍人」之稱。

〔三〕大宗伯：指張孝伯，字伯子，張孝祥從弟。隆興元年進士。歷任國子監丞、監察御史。慶元四年爲吏部侍郎，五年除禮部尚書。嘉泰三年除同知樞密院事，四年四月兼參知政事，八月罷。大宗伯，周官名，春官之長，掌邦國祭祀、典禮等事。此指禮部尚書。張孝伯慶元五年除禮部尚書，故稱。

〔四〕財：通「才」。

〔五〕「某昔者」句：指陸游曾任鎮江通判，而張孝祥時任建康留守。

〔六〕世舊：世交舊誼。蘇軾辨舉王鞏劄子：「鞏與臣世舊，幼小相知，從臣爲學，何名諂事？」

〔七〕命寓姓名於後：指題寫跋文。

〔八〕浮玉：指浮玉山，即今鎮江之金山、焦山。周必大二老堂雜誌記鎮江府金山：「焦山大江環遶，每風濤四起，勢欲飛動，故南朝謂之浮玉山。」此代指鎮江。

〔九〕摧頹：摧折，衰敗。

〔一〇〕衰涕：老淚。

跋坐忘論

此一篇，劉虚谷刻石在廬山〔一〕。以予觀之，司馬子微所著八篇，今昔賢達之所共傳，後學豈容置疑於其間？此一篇雖曰簡略，詳其義味〔二〕，安得與八篇爲比？兼既謂出於子微，乃復指八篇爲道士趙堅所著〔三〕，則堅乃子微以前人，所著書淵奧如此〔四〕，道書仙傳豈無姓名？此尤可驗其妄。予故書其後，以祛觀者之惑。己未十一月二十一日，放翁書。

【題解】

坐忘論是道教講述修習次第的著作。參見卷二六跋坐忘論。此指劉虚谷刻本。本文爲陸游爲劉刻坐忘論所作的跋文，辨析驗證其妄。本文據文末自署，作於慶元五年（一一九九，己未）十一月二十一日。時陸游致仕家居。參考卷二六跋坐忘論。

【箋注】

〔一〕劉虛谷：廬山太平興國宫道士。乾道九年坐化。曾與朱熹、張孝祥、王炎等交遊。將坐忘論在廬山刻石。

〔二〕義味：文章的意味、情趣。文心雕龍總術：「數逢其極，機入其巧，則義味騰躍而生，辭氣叢雜而至。」

〔三〕趙堅：即趙志堅，唐代道士，著有道德真經疏義六卷。

〔四〕淵奥：深奥。抱朴子行品：「甄墳索之淵奥，該前言以窮理者，儒人也。」

跋唐盧肇集

子發嘗謫春州〔一〕，而集中誤作「青州」〔二〕，蓋字之誤也。題清遠峽觀音院詩作「青州遠峽」，則又因州名而妄竄定也。前輩謂印本之害，一誤之後，遂無别本可證。真知言哉！病馬詩云：「塵土卧多毛已暗，風霜受盡眼猶明。」足爲當時佳句。此本乃以「已」爲「色」、「猶」爲「光」，壞盡一篇語意，未必非安校者之罪也，可勝歎哉！慶元庚申二月三日，放翁燈下書。

【題解】

盧肇（八一八—八八二），字子發，唐代袁州宜春（今屬江西）人。會昌三年狀元。歷官秘書省著作郎、集賢院直學士。咸通時，先後任歙、宣、池、吉四州刺史。詩、文、賦俱佳，海潮賦歷二十年而成，爲時所稱。宋史藝文志著録盧肇文標集三卷。本文爲陸游爲盧肇文集所作的跋文，指出版本安校竄改之誤。

本文據文末自署，作於慶元六年（一二〇〇，庚申）二月三日。時陸游致仕家居。

【箋注】

〔一〕春州：唐代武德四年（六二一）置春州，隸屬嶺南道，州治陽春縣（今廣東陽春）。後稱南陵郡。

〔二〕青州：唐代屬北海郡。今屬山東。

跋居家雜儀

王性之言〔一〕：熙寧初，有朝士集於相藍之燒朱院〔二〕，俄有一人末至，問之，則王元澤也〔三〕。時荆公方有召命〔四〕，衆人問：「舍人不堅辭否？」元澤言：「大人亦不敢不來，然未有一居處。」衆言居處固不難得，元澤曰：「不然。大人之意，乃欲與司馬十二丈卜鄰〔五〕，以其修身齊家，事事可爲子弟法也。」某聞此語六十年矣，偶讀居家雜儀，遂識之。慶元庚申五月四日書。

【題解】

居家雜儀，司馬光所撰家庭禮儀類著述。直齋書録解題卷六禮注類著録居家雜禮一卷。朱熹家禮卷一録入，并稱：「此章本在昏禮之後。今按：此乃家居平日之事，所以正倫理、篤恩愛者，其本皆在於此。必能行此，然後其儀章度數有可觀焉。不然，則節文雖具而本實無取，君子所不貴也。故亦列於首篇，使覽者知所先焉。」本文爲陸游爲居家雜儀所作的跋文，追憶王銍之語，稱道司馬光修身齊家可法。

本文據文末自署，作於慶元六年（一二〇〇，庚申）五月四日。時陸游致仕家居。

【箋注】

〔一〕王性之：即王銍，字性之。參見卷二七跋彩選注〔五〕。

〔二〕相藍：汴京大相國寺的省稱。藍，梵語「僧伽藍摩」的略稱，意爲僧院，後用以稱佛寺。王明清玉照新志卷四：「刊板印售於相藍，中人得之，遂干乙覽。」燒朱院：在大相國寺内。張舜民畫墁録：「舊日有僧惠明，善庖，炙豬肉尤佳，一頓五觔。楊大年與之往還，多率同舍具飡。一日大年曰：『爾爲僧，遠近皆呼燒豬院，安乎？』惠明曰：『奈何？』大年曰：『不若呼燒朱院也。』都人亦自此改呼。」

〔三〕王元澤：即王雱（一〇四四—一〇七六），字元澤，王安石之子。治平進士。歷太子中允、崇政殿説書，擢天章閣待制兼侍講。遷龍圖閣直學士。卒贈左諫議大夫。宋史卷三二七有傳。

〔四〕荆公：即王安石。下文「舍人」、「大人」均指王安石。

〔五〕司馬十二丈：即司馬光。因其排行十二，故稱。卜鄰：表示願爲鄰居。王安石送陳諤：「鄉閭孝友莫如子，我願卜鄰非一日。」

跋皇甫先生文集

右一詩〔一〕，在浯溪中興頌傍石間〔二〕，持正集中無詩，詩見於世者，此一篇耳，然自是傑作。近時有容齋隨筆亦載此詩，乃云風格殊無可采〔三〕。人之所見，恐不應如此，或是傳寫誤爾。慶元六年五月十七日，龜堂書〔四〕。

【題解】

皇甫先生，即皇甫湜（七七七—八三五），字持正，唐代睦州新安（今浙江建德）人。元和進士，再登賢良方正科。官至工部郎中、東都判官。與李翺同師韓愈學古文，以奇崛爲特色。新唐書卷一七六有傳。直齋書録解題卷十六著録皇甫持正集六卷。本文爲陸游爲皇甫湜文集所作的跋文，肯定其唯一詩作乃「傑作」，并對文本提出質疑。

本文據文末自署，作於慶元六年（一二〇〇）五月十七日。時陸游致仕家居。

【箋注】

〔一〕右一詩：此詩或另題於皇甫湜文集之後，因文集中無詩。陸游跋文則專論此詩。

〔二〕浯溪中興頌：即浯溪摩崖上的大唐中興頌，元結撰文，顔真卿書丹。

〔三〕「近時」二句：洪邁容齋隨筆卷八皇甫湜詩：「皇甫湜、李翺，雖爲韓門弟子，而皆不能詩。浯溪石間有湜一詩，爲元結而作，其詞云：『次山有文章，可惋只在碎。然長於指叙，約潔多餘態。心語適相應，出句多分外。於諸作者間，拔戟成一隊。中行雖富劇，粹美君可蓋。子昂感遇佳，未若君雅裁。退之全而神，上與千年對。李杜才海翻，高下非可概。文於一氣間，爲物莫爲大。先王路不荒，豈不仰吾輩。石屏立衙衙，溪口揚素瀨。我思何人知，徒倚如有待。』味此詩乃論唐人文章耳，風格殊無可采也。」

〔四〕龜堂：陸游晚年自號，又稱「老龜堂」、「龜堂叟」、「龜堂病叟」、「龜堂老人」。「龜」有「老」、

「壽」、「閒」諸義。

跋南堂語

予入蜀時，南堂入滅已久〔一〕，獨有一二弟子在，然皆破齋犯律〔二〕，諸禪皆詆訾之〔三〕。予亦以衆毁意薄其爲人。及其死也，乃卓然穎脱〔四〕，人亦不得而議，是誠未易測也。庚申五月壬戌書於龜堂。

【題解】

南堂語，即南堂興和尚語要，南堂道興禪師撰。道興原名元静，俗姓趙，閬州玉山（今屬四川）人。幼時因病出家，元祐三年得度。從五祖法演禪師參學，并承其法嗣。始於五祖山之南堂開法接衆，名冠寰海，歷任成都昭覺寺及能仁、大隨諸寺住持。紹興五年示寂。本文爲陸游爲南堂興和尚語要所作的跋文，記述自己對道興禪師及其弟子認識的變化。

本文據文末自署，作於慶元六年（一二〇〇，庚申）五月壬戌（初八）日。時陸游致仕家居。

【箋注】

〔一〕入滅：佛教指達到不生不滅的境界。指僧尼死去。壇經付囑品：「法海上座再拜問曰：『和尚入滅之後，衣法當付何人？』」

〔二〕破齋：八齋戒以不過中食的齋法爲主，如受戒後違犯，稱爲破戒。　犯律：違犯戒律。

〔三〕詆訾：譭謗，非議。史記老子韓非列傳：「故（莊子）其著書十餘萬言，大抵率寓言也。作漁父、盜蹠、胠篋。以詆訾孔子之徒，以明老子之術。」

〔四〕穎脱：指超脱世俗拘束。晉書陶潛傳：「潛少懷高尚，博學善屬文，穎脱不羈，任真自得，爲鄉鄰所貴。」

跋注心賦

世之未通佛説者，觀此亦得其梗概矣。慶元庚申七月庚申，龜堂老人書。

【題解】

注心賦，又名心賦注，凡四卷，永明延壽禪師撰。本書依據楞伽經中「佛語心爲宗，無門爲法門」一語進行發揮，引用諸經論自作注釋。延壽字仲玄，俗姓王，餘杭（今浙江杭州）人。賜號智覺禪師，天台德韶禪師法嗣。宋太祖建隆二年（九六一）始住持永明寺十五年，開寶八年（九七五）示寂。本文爲陸游爲注心賦所作的跋文，説明其能得佛説梗概。

本文據文末自署，作於慶元六年（一二〇〇，庚申）七月庚申（初六）日。時陸游致仕家居。

跋朱新仲舍人自作墓誌

秦丞相擅國十九年〔一〕，而朱公竄嶠南者十有四年〔二〕，僅免僵仆於炎瘴中耳〔三〕。以此胸中浩然無愧，將終，自識其墓，辭氣山立〔四〕。向使公諂附以苟富貴，至莫年世事一變〔五〕，方憂愧内積，惟恐聞人道其平口事，其能慨然奮筆自叙如此乎？慶元六年秋社日〔六〕，笠澤陸某謹書。

【題解】

朱新仲舍人，即朱翌（一〇九七—一一六七），字新仲，號潛山居士、省事老人，舒州懷寧（今屬安徽）人，卜居四明鄞縣（今屬浙江）。政和八年賜同上舍出身。紹興八年除秘書省正字，遷校書郎兼實録院檢討官、秘書少監、起居舍人。十一年，擢中書舍人。因忤秦檜，謫居韶州十九年。檜死，充祕閣修撰，出知嚴州、宣州、平江府。宋史翼有傳。朱翌自作墓誌，今佚。本文爲陸游爲朱翌自撰墓誌所作的跋文，稱道其「慨然奮筆」、「辭氣山立」。

本文據文末自署，作於慶元六年（一二〇〇）秋社日。時陸游致仕家居。

【箋注】

〔一〕秦丞相：指秦檜。擅國：獨攬國政。逸周書史記解：「昔者有巢氏有亂臣而貴，任之以國，假之以權，擅國而主斷。君已而奪之，臣怒而生變，有巢以亡。」

〔二〕嶠南：指嶺南。柳宗元桂州裴中丞作訾家洲亭記：「凡嶠南之山川，達於海上，於是畢出，而古今莫能知。」

〔三〕炎瘴：南方濕熱致病的瘴氣。杜甫寄岳州賈司馬六丈巴州嚴八使君兩閣老五十韻：「地僻昏炎瘴，山稠隘石泉。」

〔四〕山立：像高山屹立不動。禮記玉藻：「立容，辨卑毋諂，頭頸必中，山立時行。」孔穎達疏：「山立者，若住立則嶷如山之固，不摇動也。」

〔五〕莫年：暮年。

〔六〕秋社日：古代秋季祭祀土神的日子，爲立秋後第五個戊日。

跋黄魯直書

老子曰：「豫兮若冬涉川，猶兮若畏四鄰〔一〕。」山谷此卷，蓋有得於此。慶元庚申重九日，笠澤陸某書。

【題解】

黄魯直書，指黄庭堅的書帖。本文爲陸游爲黄庭堅書帖所作的跋文，指出其有得於道德經謹愼、警戒之意。

本文據文末自署，作於慶元六年（一二〇〇，庚申）九月九日。時陸游致仕家居。

【箋注】

〔一〕「老子曰」句：語出道德經第十五章：「古之善爲士者，微妙玄通，深不可識。夫不唯不可識，故强爲之容：豫兮若冬涉川，猶兮若畏四鄰，儼兮其若客，涣兮其若冰之將釋，敦兮其若樸，曠兮其若谷，混兮其若濁。孰能濁以静之徐清？孰能安以久動之徐生？保此道者，不欲盈。夫唯不盈，故能蔽不新成。」豫，獸名，性好疑慮。遲疑愼重貌。冬涉川：形容戰戰兢兢、如臨深淵。猶，亦獸名，性警覺。警覺戒備貌。畏四鄰，防備四鄰攻擊。

渭南文集箋校卷第二十九

跋

【釋體】本卷文體同卷二六，收録跋文四十一首。

跋蘭亭序

觀蘭亭當如禪宗勘辨，入門便了。若待渠開口，堪作什麽〔一〕。識者一開卷已見精粗，或者推求點畫，參以耳鑑〔二〕，瞞俗人則可，但恐王内史不肯爾〔三〕。余平生見佳本亦多，然如武子所藏〔四〕，不過三四，真可寶也。慶元庚申重九日，笠澤陸某書。

【題解】

蘭亭序，即王羲之蘭亭序法帖。參見卷二八跋蘭亭樂毅論并趙岐王帖題解。此指施宿所藏本。本文爲陸游爲施宿所藏蘭亭序所作的跋文，闡述鑒賞蘭亭序的法門，并肯定其爲「佳本」。

本文據文末自署，作於慶元六年（一二〇〇，庚申）九月九日。時陸游致仕家居。

【箋注】

〔一〕「觀蘭亭」四句：指觀賞蘭亭序必須如禪宗勘辨，先掌握門徑，否則難得真諦。勘辨，指禪林中禪師判别修行者之力量或學者探問禪師的邪正。入門，指獲得學問或技藝的門徑。語出論語子張：「夫子之牆數仞，不得其門而入。」

〔二〕耳鑑：指鑒藏書畫，但憑耳聞，并無真識。沈括夢溪筆談書畫：「藏書畫者多取空名，偶傳爲鍾、王、顧、陸之筆，見者争售，此所謂『耳鑒』。」

〔三〕王内史：即王羲之。

〔四〕武子：即施宿，字武子。施元之之子。參見卷十四會稽志序注〔一一〕。

跋李少卿帖

宣城李氏，自推官至今八九世，詩人不絶，蓋時有如少卿者振起之也〔一〕。慶元庚申九月二十日，笠澤陸某書。

【題解】

李少卿，即李兼（？—一二〇八），字孟達，號雪巖，宣城（今安徽宣州）人。歷官進賢縣丞、知台州。嘉定元年除宗正丞，未行，卒。編有宣城總集、嘉定宣城志及李氏祖先詩集等。陸游與李兼爲友，曾爲其所編宣城李虞部詩作序。本文爲陸游爲李兼帖子所作的跋文。

本文據文末自署，作於慶元六年（一二〇〇，庚申）九月二十日。時陸游致仕家居。

【箋注】

〔一〕「宣城」四句：從晚唐李咸用、北宋李閌，再到南宋李兼，宣城李氏「詩人不絕」。參見卷十五宣城李虞部詩序題解。推官，指李咸用。

跋樂毅論

樂毅論横縱馳騁，不似小字；瘞鶴銘法度森嚴〔一〕，不似大字。此後世作者所以不可仰望也。庚申重九，陸某書。

【題解】

樂毅論，王羲之小楷名帖，四十四行。褚遂良晉右軍王羲之書目將其列爲第一。陶弘景云：

「右軍名迹，合有數首：黄庭經、曹娥碑、樂毅論是也。」王羲之書皆有真迹，惟此帖只有石刻。樂毅論原文爲三國魏夏侯玄所撰。本文爲陸游爲樂毅論碑帖所作的跋文，比較其與瘞鶴銘之不同風格。

本文據文末自署，作於慶元六年（一二〇〇，庚申）九月九日。時陸游致仕家居。

【箋注】

〔一〕瘞鶴銘：楷書帖，原刻於鎮江焦山西麓摩崖上，作者衆説紛紜，參見卷二六跋瘞鶴銘題解。

跋李朝議帖

胡唐臣僧孺、少汲直孺兄弟〔一〕，爲江西名士，其朋友亦皆知名。朝議公蓋其一也。慶元庚申重九日，陸某書。

【題解】

李朝議，名字不詳，曾官朝議大夫，爲江西名士胡僧孺、胡直孺兄弟的朋友。朝議，朝議大夫的省稱。文散官名，正五品下。本文爲陸游爲李朝議帖子所作的跋文，指出其亦爲名士。

本文據文末自署，作於慶元六年（一二〇〇，庚申）九月九日。時陸游致仕家居。

【箋注】

〔一〕少汲：即胡直孺，字少汲。參見卷二六高皇御書注〔一〕。

跋東方朔畫贊

元豐間，有德州士人携畫贊示東坡〔一〕，自言二百年前本，家藏數世矣。東坡爲題之曰：「畫贊世多本，惟德州者第一，君所藏又爲德州第一。」或曉之曰：「此言君是德州人耳。」其人雖不伏〔二〕，亦大笑止。因觀武子所藏〔三〕，聊識卷末。慶元六年九月甲子，陸某務觀書。

【題解】

東方朔畫贊，即東方朔畫像贊，楷書名帖。有兩件，其一傳爲王羲之小楷，另一爲顔真卿大楷。蘇軾題云：「顔魯公平生寫碑，唯此碑爲清雄。字間不失清遠，其後見王右軍本，乃知字字臨此書，雖大小相懸，而氣韻良是。」此本爲施宿所藏，大楷或小楷未詳。東方朔畫像贊原文爲晉夏侯湛所撰。本文爲陸游爲施宿所藏東方朔畫像贊所作的跋文，記載有關蘇軾與此帖的軼聞。

本文據文末自署，作於慶元六年（一二〇〇）九月甲子（十一）日。時陸游致仕家居。

【箋注】

〔一〕德州：在今山東西北。北宋分屬河北東路、京東東路。

〔二〕不伏：同不服。

〔三〕武子：即施宿。参見卷十四會稽志序注〔一一〕。

跋李虞部與范忠宣公啓

某家藏先大父遺書〔一〕，其櫝背多當時士大夫牋啓〔二〕，剌字不過曰尚書左丞，或曰左丞中大而已〔三〕，數十百人無一人異者。此建中靖國之元也，上距元祐又十餘年，風俗淳厚可知，況丞相忠宣公與虞部李公之相與親厚者乎〔四〕！宜其不爲諂也。諸公或以今日耳目求之〔五〕，過矣夫。慶元庚申九月二十一日，陸某書。

【題解】

李虞部，即李閌，宣城人，曾任虞部郎中。參見卷十五宣城李虞部詩序題解。范忠宣公，即范純仁（一〇二七—一一〇一），字堯夫，吴縣（今江蘇蘇州）人。范仲淹次子。皇祐進士。父死始出仕，歷任知州、監司。神宗時遷同知諫院，反對新法。哲宗立，除給事中。元祐元年同知樞密院事，三年拜相，次年出知潁昌、太原、河南等府。八年復相。哲宗親政，累貶永州安置。徽宗時歸許養疾。卒謚忠宣。宋史卷三一四有傳。本文爲陸游爲李閎致范純仁啓文所作的跋文，追記北宋後期士大夫間的淳厚風俗。

本文據文末自署，作於慶元六年（一二〇〇，庚申）九月二十一日。時陸游致仕家居。

【箋注】

〔一〕先大父：指陸游祖父陸佃。

〔二〕櫝背：書櫝背面。　牋啓：下達上的牋記、書啓。

〔三〕「刺字」二句：指名刺上署名十分簡要。刺字，寫在名刺上的官職、姓名等文字。後漢書禰衡傳：「建安初，來游許下。始達潁川，乃陰懷一刺，既而無所之適，至於刺字漫滅。」中大，中大夫，陸佃曾因論事罷爲中大夫、知亳州。

〔四〕親厚：關係親密，感情深厚。朱浮爲幽州牧與彭寵書：「凡舉事無爲親厚者所痛，而爲見讎者所快。」

〔五〕耳目：視聽、見聞。引申爲審察、瞭解。國語晉語五：「若先，則恐國人之屬耳目於我也，故不敢。」

跋范文正公書

觀文正范公書札，如欲與韓魏公同薦李泰伯〔一〕，見其進賢之誠；戒余安道、石守道避禍〔二〕，見其愛惜人材之意。於虖賢哉！然泰伯卒棄不用，安道、守道俱陷患難，或至死不解，志士仁人至今以爲歎。信乎明哲保身之難也。慶元庚申九月二十九日，笠澤病叟陸某書。

【題解】

范文正公，即范仲淹。本文爲陸游讀范仲淹書札後所作的跋文，感歎范公愛惜、舉薦人才之誠和人才明哲保身之難。

本文據文末自署，作於慶元六年（一二〇〇，庚申）九月二十九日。時陸游致仕家居。

【箋注】

〔一〕韓魏公：即韓琦（一〇〇八—一〇七五），字稚圭，相州安陽（今屬河南）人。天聖進士。歷樞密院直學士、陝西四路經略安撫招討使。與范仲淹同禦西夏，名重一時。嘉祐元年任樞密使，三年拜同中書門下平章事。英宗時拜右僕射，封魏國公。神宗立，拜司空兼侍中，出知相州、大名府等。卒謚忠獻。著有安陽集五十卷。宋史卷三一二有傳。　李泰伯：即李覯（一〇〇九—一〇五九），字泰伯，建昌軍南城（今屬江西）人。舉制科不第，創立盱江書院講學。范仲淹薦爲試太學助教，歷任太學説書、直講、權同管勾太學。著有直講先生文集。宋史卷四三二有傳。

〔二〕余安道：即余靖（一〇〇〇—一〇六四），字安道，韶州曲江（今廣東韶關）人。天聖進士。歷官集賢校理、右正言。使契丹還，遷知制誥、史館修撰。曾棄官返里，起知桂州、經制廣南東西路盜賊。以尚書左丞知廣州。著有武溪集。事迹見歐陽文忠公集卷二三神道碑。石守道：即石介（一〇〇五—一〇四五），字守道，兖州奉符（今山東泰安）人。世稱徂徠先生。天聖進士。歷鄆州觀察推官等。入爲國子直講、直集賢院。著有徂徠集。宋史卷四三二有傳。

跋東坡帖

成都西樓下有汪聖錫所刻東坡帖三十卷〔一〕，其間與呂給事陶一帖，大略與此帖同，是時時事已可知矣〔二〕。公不以一身禍福易其憂國之心，千載之下，生氣凜然，忠臣烈士所當取法也。予謂武子當求善工堅石刻之〔三〕，與西樓之帖並傳天下，不當獨私囊褚〔四〕，使見者有恨也。

【題解】

東坡帖，蘇軾書法的碑帖。此指施宿所藏蘇軾與呂陶書帖。本文爲陸游爲施宿所藏蘇軾碑帖所作的跋文，稱道蘇軾「憂國之心」，希望施宿刻石傳播。

本文末署作年，據文集編例，或作於慶元、嘉泰間（一二〇〇至一二〇一）。時陸游致仕家居。

【箋注】

〔一〕「成都西樓」句：「西樓蘇帖」爲蘇軾的集帖拓本。共五册，收入蘇軾二十九至六十六歲的詩文六十餘篇，行、草、楷三體均有。帖尾有汪應辰所刻題記：「右東坡蘇公帖三十卷，每搜訪所得，即以入石，不復銓次也。乾道四年三月一日汪應辰書。」現藏天津市藝術博物館。汪應辰（一一一八—一一七六），初名洋，字聖錫，信州玉山（今江西上饒）人。紹興五年狀元。除秘書省正字，因忤秦檜被貶。檜死還朝，官四川制置使、知成都府，入爲吏部尚書，兼翰林學士并侍讀。出知平江府，致仕不起。卒謚文定。宋史卷三八七有傳。

〔二〕「其間」三句：蘇軾答呂元鈞三首之二或即此帖：「中間承進職，雖少慰人望，然公當在廟堂，此豈足賀也。此間語言紛紛，比來尤甚，士大夫相顧避罪而已，何暇及中外利害大計乎？示諭，但閔然而已。非久，季常人行，當盡區區。」（蘇軾文集卷五九）呂陶（一〇二七—一一〇三），字元鈞，成都人。皇祐進士。舉制科，爲蜀州通判，知彭州。因反對新法被貶。哲宗即位，擢殿中侍御史，遷左司諫，官至中書舍人。坐元祐黨籍遭貶。徽宗時，復集賢殿修撰，知梓州，致仕。宋史卷三四六有傳。

〔三〕武子：即施宿。參見卷十四會稽志序注〔一一〕。

〔四〕獨私囊褚：私藏囊袋。

跋盧夷父絶句

「客懷耿耿自難寬，老傍京塵更鮮歡〔一〕。遠夢已回窗不曉，杏花同度五更寒。」盧夷父絶句。夷父名謟，青社人〔二〕，今寓犍爲郡夾江縣〔三〕，佳士也。

【題解】

盧夷父，即盧謟，字夷父。生平不詳。本文爲陸游爲盧謟絶句所作的跋文，點名其籍貫、住址，評價其爲「佳士」。

本文未署作年，據文集編例，或作於慶元、嘉泰間（一二〇〇至一二〇一）。時陸游致仕家居。

【箋注】

〔一〕京塵：亦謂京洛塵。比喻功名利禄之類塵俗之事。語本陸機爲顧彦先贈婦之一：「京洛多風塵，素衣化爲緇。」蘇軾次韻孫巨源見寄五絶：「不羨京塵騎馬客，羨他淮月弄舟人。」

〔二〕青社：借指青州，在今山東北部，齊國故地。梅堯臣送張諷寺丞赴青州幕：「富公鎮青社，有來咸鞠育。」

〔三〕夾江縣：縣名。今屬四川樂山。

跋四三叔父文集

先楚公捐館時〔一〕，叔父未成童，已從章貢黄先生安時學喪禮，覆講無小差〔二〕，蓋天資精敏如此〔三〕。謹附書於遺文之後，以示後人。

【題解】

四三叔父，指陸佃第六子陸宥，在陸珪之孫輩中排行第四十三。本文爲陸游爲叔父陸宥文集所作的跋文，追憶其幼時天資精敏。

本文未署作年，據文集編例，或作於慶元、嘉泰間（一二〇〇至一二〇一）。時陸游致仕家居。

【箋注】

〔一〕先楚公：指陸游祖父陸佃。捐館：死亡的婉辭。

〔二〕章貢：章水和貢水的並稱，亦泛指贛江流域。蘇軾鬱孤臺：「日麗崆峒曉，風酣章貢秋。」黄先生安時：即黄安，字安時，陸佃弟子。老學庵筆記卷五：「靖康兵亂，宣和舊臣悉已遠竄。黄安時居壽春，歎曰：『造禍者全家盡去嶺外避地，却令我輩横尸路隅耶！』安時卒死於兵，可哀也。」喪禮：有關喪事的禮儀、禮制。禮記曲禮：「居喪未葬，讀喪禮。既葬，讀祭禮。」孔穎達疏：「喪禮，謂朝夕奠下室，朔望奠殯宫，及葬等禮也。」覆講：復述。小差：稍有誤差。

〔三〕精敏：精細敏捷。漢書丁寬傳：「時寬爲項生從者，讀易精敏，材過項生。」

跋王右丞集

余年十七八時，讀摩詰詩最熟，後遂置之者幾六十年。今年七十七，永晝無事〔一〕，再取讀之，如見舊師友，恨間闊之久也〔二〕。嘉泰辛酉五月六日，龜堂南窗書。

【題解】

王右丞集，唐代王維文集。王維（六九二？—七六一），字摩詰，太原祁縣（今屬山西）人，遷居蒲州（今山西永濟）。開元九年進士。歷官右拾遺、左補闕、侍御史、給事中。安史叛軍陷京，被迫受僞職。兩京收復後，弟縉爲其贖罪。旋遷中書舍人，復拜給事中，轉尚書右丞。舊唐書卷一九〇、新唐書卷二〇二有傳。王維是盛唐山水田園詩的代表詩人，兼通音樂、繪畫、書法。王右丞集，直齋書録解題卷十六著録爲十卷，并稱：「建昌本與蜀本次序皆不同，大抵蜀刻唐六十家集多異於他處本，而此集編次尤無倫。」本文爲陸游爲王右丞集所作的跋文，記録自己六十年後重讀王維詩的親切之情。

本文據文末自署，作於嘉泰元年（一二〇一，辛酉）五月六日。時陸游致仕家居。

【箋注】

〔一〕永晝：漫長的白天。李清照醉花陰詞：「薄霧濃雲愁永晝，瑞腦銷金獸。」

〔二〕間闊：久别，遠離。

跋歐陽文忠公疏草

慶曆之盛，蓋庶幾漢文、景矣〔一〕，而賢人君子猶如是之難。文忠公之奏議，非獨不明諸公之讒也，身亦墮排陷中〔二〕，滁州之謫是已〔三〕。於虖悲夫！嘉泰二年人日〔四〕，笠澤陸某書。

【題解】

歐陽文忠公疏草，指歐陽修奏疏的稿本。本文爲陸游爲歐陽修奏疏稿本所作的跋文，感歎賢人君子即使在盛世也難逃誣陷。

本文據文末自署，作於嘉泰二年（一二〇二）正月初七日。時陸游致仕家居。

【箋注】

〔一〕「慶曆」二句：此將宋仁宗慶曆盛世，比爲漢代文帝、景帝時的「文景之治」。

〔二〕排陷：排擠陷害。漢書嚴主父嚴賈等傳贊：「主父求欲鼎亨而得族，嚴、賈出入禁門招權利，死皆其所也，亦何排陷之恨哉！」

〔三〕滁州之謫：指慶曆三年，歐陽修參與范仲淹、韓琦、富弼等推行的「慶曆新政」。但在守舊派阻撓下，新政失敗。五年，范、韓、富等相繼被貶。歐陽修因上書分辯，被貶爲滁州太守。

〔四〕人日：農曆正月初七。宗懍荆楚歲時記：「正月初七爲人日。以七種菜爲羹，剪綵爲人或鏤金箔爲人，以貼屏風，亦戴之頭鬢。又造華勝以相遺，登高賦詩。」

跋盤澗圖

紹興己卯、庚辰之間〔一〕，予爲福州決曹，延平張仲欽爲閩縣大夫〔二〕，朝暮相從。後四年，予佐京口，仲欽佐金陵，數以檄往來於鍾阜、浮玉間〔三〕，把酒道舊甚樂。又二十年，予使閩中，仲欽閒居延平〔四〕，數相聞。方約相過，而予蒙恩召還〔五〕，遂有死生之異。言之悵然。仲欽之子爲西和守〔六〕，寄此軸來求詩，蓋又二十餘年，予年七十有七矣。嘉泰改元歲辛酉五月十九日，陸某書。時予納禄已三年〔七〕，居會稽山陰之三山。

【題解】

陸游之友張維，於故鄉延平劍溪之南山水間，疏泉發石，號曰盤澗，并繪成盤澗圖。張維之子向陸游寄圖軸求詩。陸游作有寄題張仲欽左司槃澗詩：「劍溪之南有佳處，山靈尸之不輕付。張公鼻祖晉司空，談笑得地開窗户。溪光如鏡新拂拭，白雲青嶂無朝暮。伏几讀書時舉頭，萬象爭陣陶謝句。公今仙去有嗣子，關塞崎嶇方叱馭。山城何曾歎如斗，皦皦不受世俗汙。君不見伾文往者勢如山，朝士幾人無汗顔？尊公遺事不須述，但看當時出處間。」（劍南詩稿卷四五）本文爲陸游在賦詩後爲盤澗圖所作的跋文，追憶與張維的多次交遊，慨歎時光之流逝。

本文據文末自署，作於嘉泰元年（一二〇一）五月十九日。時陸游致仕家居。

【箋注】

〔一〕紹興己卯庚辰：即紹興二十九年、三十年（一一五九、一一六〇）。

〔二〕延平：縣名。三國時稱南平，晉代改爲延平，後或稱南平，或稱龍津。宋代爲南劍州劍浦縣。今隸屬福建南平。張仲欽：即張維，字仲欽，一字振綱，南劍州劍浦人。紹興八年進士。知福州閩縣，後主管崇道觀以歸。又辟爲建康府通判府事，入爲尚書左司郎中，屢與權倖忤，被論罷。前已結廬延平山水間，號爲盤澗，至是徜徉其間，縱觀古書以自娱。有爲請祠官，得主管武夷山沖佑觀（見朱熹左司張公墓誌銘）。閩縣大夫：指知閩縣。

〔三〕鍾阜：指紫金山，在建康。浮玉：即焦山，在鎮江。

〔四〕予使閩中：指陸游淳熙五年秋至六年秋出任提舉福建常平茶事。仲欽閒居延平：指張維在盤澗徜徉，讀書自娱。

〔五〕予蒙恩召還：指陸游淳熙六年秋奉召離建安。

〔六〕「仲欽之子」句：即題解引陸游詩句：「公今仙去有嗣子，關塞崎嶇方叱馭。」西和：南宋時州名，在今甘肅隴南。

〔七〕納禄已三年：指陸游自慶元五年（一一九九）致仕至此時（一二〇一）已跨三年。納禄，歸還俸禄，指致仕。國語魯語上：「若罪也，則請納禄與車服而違署。」韋昭注：「納，歸也；禄，田邑也。」

跋爲琛師書維摩經

鄉僧琛上座求予書維摩詰所説法〔一〕，欲刻石施四衆，以薦其母〔二〕。會予病，不能即如其請。琛十返不厭〔三〕。孝哉此僧，吾徒所樂從也，乃力疾爲書〔四〕。嘉泰壬戌正月二十一日，放翁書。

【題解】

琛師爲鄉間寺僧。維摩經又稱維摩詰經，全稱維摩詰所説經，佛教經典。後秦鳩摩羅什譯，凡三卷，十四品。琛師請陸游書寫維摩經，欲刻石施衆，爲母親超度亡靈。陸游爲其孝心感動，抱病爲其書寫。本文爲陸游爲琛師書寫維摩經後所作的跋文，記録書寫緣由，稱道琛師孝心。

本文據文末自署，作於嘉泰二年（一二〇二，壬戌）正月二十一日。時陸游致仕家居。

【箋注】

〔一〕上座：僧寺中位於住持之下的職位。

〔二〕薦：指請和尚道士念經拜懺以超度亡靈。

〔三〕十返：亦作十反。指反復或往返多次。列子黄帝：「列子師老商氏，友伯高子；進二子之道，乘風而歸。尹生聞之，從列子居，數月不省舍。因間請蘄其術者，十反而十不告。」

〔四〕力疾：勉强支撑病體。三國志曹爽傳：「臣輒力疾，將兵屯洛水浮橋，伺察非常。」

跋東坡諫疏草

天下自有公論，非愛憎異同能奪也。如東坡之論時事，豈獨天下服其忠，高其辯，使荆公見之，其有不撫几太息者乎？東坡自黄州歸，見荆公於半山，劇談累日不厭，至約卜鄰以老焉〔一〕。公論之不可揜如此，而紹聖諸人乃遂其忮心，投之嶺海必死之地〔二〕，何哉？此疏藏馮氏三世八十年矣〔三〕，真可寶哉！嘉泰壬戌二月七日，笠澤陸某謹書。

【題解】

東坡諫疏草，蘇軾諫諍奏疏的稿本。此指馮氏三世八十年所藏本。本文爲陸游爲馮氏藏本蘇軾諫疏稿本所作的跋文，稱道蘇軾論時事天下信服，痛斥紹聖政敵的嫉恨之心。

本文據文末自署，作於嘉泰二年（一二〇二，壬戌）二月七日。時陸游致仕家居。

【箋注】

〔一〕「東坡」四句：胡仔苕溪漁隱叢話前集卷三五引西清詩話：「元豐中，王文公在金陵，東坡自黄北遷，日與公遊，盡論古昔文字，閒即俱味禪説。公歎息謂人曰：『不知更幾百年，方有如此人物。』」又引潘子真詩話：「東坡得請宜興，道過鍾山，見荆公。時公病方愈，令坡誦近作，因爲手寫一通以爲贈。復自誦詩，俾坡書以贈己。仍約坡卜居秦淮。故坡和公詩云：『騎驢渺渺入荒陂，想見先生未病時。勸我試求三畝宅，從公已覺十年遲。』」劇談，暢談。卜鄰，求爲鄰居。

〔二〕紹聖諸人：指紹聖年間哲宗親政後，重新起用章惇爲首的新黨集團，對舊黨進行了殘酷打擊。忮心：嫉恨之心。莊子達生：「雖有忮心者，不怨飄瓦。」投之嶺海：指將蘇軾貶至惠州（今屬廣東），再貶至儋州（今屬海南）。

〔三〕馮氏：此馮氏何人不詳。

跋東坡代張文定上疏草

張安道實一時偉人，以其論新法，諫用兵，則不得不爲忠。以其力排吴育〔一〕，深惡石介〔二〕，歐陽文忠公、司馬文正公斥之於前，吕正獻公抑之於後〔三〕，則又似有可議者。然東坡此疏，則自與日月争光，安道之爲人不與焉。元祐初，盡起舊老，安道獨置不問，近臣請加恩禮，亦不報，更奪其宣徽使〔四〕，議者以爲多出正獻公之意云。嘉泰壬戌二月七日，笠澤陸某謹書。

【題解】

東坡代張文定上疏，即熙寧十年蘇軾代張方平諫用兵書，見蘇軾文集卷三七。文章論述好兵如好色，最終導致亡國滅身，并列舉秦始皇、漢武帝、隋文帝、唐太宗及本朝事例進行論證，説明人君應順應天理民意。張文定，即張方平（一〇〇七—一〇九一）字安道，號樂全居士，應天府宋城

（今河南商丘）人。景祐間中制科。直集賢院，知諫院。歷知制誥、權知開封府，進翰林學士，拜御史中丞。坐事罷知滁州等地，召爲三司使。神宗即位，除參知政事，反對新法，極論其害。罷爲宣徽使、判應天府，致仕。卒謚文定。宋史卷三一八有傳。本文爲陸游爲蘇軾代張方平諫用書稿本所作的跋文，肯定其可「與日月争光」，分析張方平之爲人及結局。

本文據文末自署，作於嘉泰二年（一二〇二，壬戌）二月七日。時陸游致仕家居。

【箋注】

〔一〕吴育（一〇〇四—一〇五八）：字春卿，建安（今屬福建）人。天聖進士。舉制科。擢著作郎、直集賢院，知太常禮院，遷知開封府。慶曆五年拜右諫議大夫、樞密副使，改參知政事。出知許州等，遷禮部侍郎，召兼翰林侍讀學士。知河中府，徙河南。卒謚正肅。宋史卷二九一有傳。

〔二〕石介：字守道。參見本卷跋范文正公書注〔二〕。

〔三〕歐陽文忠公：即歐陽修。司馬文正公：即司馬光。吕正獻公：即吕公著，參見卷二六跋武威先生語録注〔二〕。

〔四〕宣徽使：宋承唐制，置宣徽南、北院，長官爲宣徽南院使與北院使，用以安排罷政的勳舊大臣。

跋楊處士村居感興

一壺村酒膠去牙酸，十數胡皴徹骨乾〔一〕。隨着四婆裙子後，杖頭挑去賽蠶官〔二〕。

右畢仲荀景儒所記楊處士詩也〔三〕。四婆，即處士之配也。蘇嶠季真家有處士夫妻像〔四〕，野逸如生，恨不曾傳摹得之。它日見蘇氏子孫，尚可畢此志也。嘉泰癸亥，放翁書於三山老學庵北窗。

【題解】

楊處士，即楊璞（九二一—一〇〇三），一作楊樸，字契玄，鄭州新鄭（今屬河南）人。善歌詩。與畢士安尤相善，每乘牛往來郭店，自稱東里遺民。真宗召見，作歸耕賦以見志。宋史卷四五七有傳。處士，指有才德而隱居不仕者。本文爲陸游爲楊璞村居感興詩所作的跋文，交代來歷并作銓釋。

本文據文末自署，作於嘉泰三年（一二〇三，癸亥），月日不明。嘉泰二年五月至三年五月，陸游被召入都修史，本文或作於五月中去國返鄉後。

【箋注】

〔一〕膠牙：膠，去聲。宗懍荆楚歲時記「進屠蘇酒、膠牙餳」，引周處風土記：「膠牙者，蓋以使其牢固不動。」胡皴：牛頷下鬆弛有皺紋的皮。老學庵筆記卷十：「楊樸處士詩云：『數箇胡皴徹骨乾，一壺村酒膠牙酸。』南楚新聞亦云：『一楪氈根數十皴，盤中猶自有紅鱗。』不知皴爲何物，疑是餅餌之屬。」明郎瑛七修類稿續稿辯證皴：「殊不知胡皴乃牛頷下之垂皮，對之酸酒，楊言其味之惡也。」

〔二〕蠶官：司蠶之神。

〔三〕畢仲荀：一作畢仲詢，字景儒。畢士安之曾孫。元豐初爲嵐州推官。善書。著有幕府燕閒録、續紀年通譜等。

〔四〕蘇嶠：字季真，蘇軾曾孫。

跋朱氏易傳

易道廣大，非一人所能盡，堅守一家之説，未爲得也。元晦尊程氏至矣〔一〕，然其爲説亦已大異，讀者當自知之。嘉泰壬戌四月十二日，老學庵識。

【題解】

朱氏易傳，指朱熹所撰易傳。直齋書録解題卷一著録朱熹撰易傳十一卷、本義十二卷、易學啓蒙一卷，并云：「初爲易傳，用王弼本。復以吕氏古易經爲本義，其大旨略同，而加詳焉，首列九圖，末著揲法大略，兼義理、占象而言。」本文爲陸游爲朱熹易傳所作的跋文，主張易道不宜堅守一家之説，指出朱熹傳易與程頤已「大異」。

本文據文末自署，作於嘉泰二年（一二〇二，壬戌）四月十二日。時陸游致仕家居。

【箋注】

〔一〕元晦：即朱熹，字元晦。程氏：指程頤，著有伊川易解六卷。直齋書録解題卷一著録，并稱：「止解六十四卦，不解大傳，而以序卦分置諸卦之首。蓋唐李鼎祚集解亦然。伊川平生著述惟易傳爲深，而亦不解大傳。」

跋晁以道書傳

晁以道著書，專意排先儒，故其言多而不通，然亦博矣。凡予家所録本，多得於以道孫子闔〔一〕。子闔本自多誤，予方有吏役，故所録失誤又多，不暇校定。及謝事居山陰〔二〕，欲得别本參考，又不能致，可恨也。壬戌四月十八日，老學庵記，時年七十八。

【題解】

晁以道，即晁説之，字以道。參見卷十四晁伯咎詩集序注〔一〕。晁説之書傳，郡齋、直齋及宋史藝文志均不載。此是陸氏家録本。本文爲陸游爲家録本晁説之書傳所作的跋文，評判其博而不通及傳本失誤又多。

本文據文末自署，作於嘉泰二年（一二〇二，壬戌）四月十八日。時陸游致仕家居。

【箋注】

〔一〕子闔：晁説之孫。官連江令、朝奉郎、通判廬州、朝請郎（參見李朝軍宋代晁氏家族文學研究）。

〔二〕謝事：辭職，免除俗事。蘇轍贈致仕王景純寺丞：「潛山隱君七十四，紺瞳緑髮方謝事。」

跋嵩山景迂集

景迂鄜畤排悶詩云：「莫言無妙麗，土稚動金門。〔一〕」蓋鄜人善作土偶兒精巧，雖都下莫能及〔二〕，宫禁及貴戚家争以高價取之。喪亂隔絶，南人不復知，此句遂亦難解。可歎！嘉泰壬戌四月二十四日，放翁識。

【題解】

嵩山景迂集，晁説之文集。曾隱居嵩山，故稱。郡齋讀書志卷四著録晁氏景迂集十二卷，并稱：「右從父詹事公也。諱説之，字以道，文元公元孫。少慕司馬温公爲人，自號景迂生。年未三十，蘇子瞻以著述科薦之。元符中上書，居邪中等。博極群書，通六經，尤精於易，傳邵堯夫之學，著太極傳，縉紳高其節行。嘗守成州，時民訴歲旱，公以爲十分，盡蠲其税。轉運使大怒，督責甚峻，因丐老而歸。靖康初，以著作郎召，遷秘書監，免試，除中書舍人兼太子詹事，俄以論不合去國。建炎初，終於徽猷閣待制。」直齋書録解題卷十八著録景迂集二十卷，并稱：「又本止刊前十卷。説之平生著述至多，兵火散逸。其孫子健裒其遺文，得十二卷，續廣之爲二十卷。別本刊前十卷而止者，不知何説也。劉跂斯立墓誌，景迂所撰，見學易集後，而此集無之，計其逸者多矣。」

本文爲陸游爲晁説之景迂集所作的跋文，解釋集中一詩句的典故。

本文據文末自署，作於嘉泰二年（一二〇二，壬戌）四月二十四日。時陸游致仕家居。

【箋注】

〔一〕鄜畤：東周時秦文公祭白帝之處，在今陝西洛川。　土稚：泥娃娃。　金門：代指富貴人家。魏書常景傳：「夫如是，故綺閣金門，可安其宅；錦衣玉食，可頤其形。」

〔二〕都下：京都。三國志呂據傳：「又遣從兄憲以都下兵逆據於江都。」

跋任德翁乘桴集

德翁感遇篇云：「言行身不用，無乃我所欲。長沙地卑濕，正可高閣足〔一〕。」其議賈生〔二〕，可謂善矣。所抱如此，排擯至死〔三〕，天下之不幸也。壬戌五月一日，老學庵書。

【題解】

任德翁，即任伯雨（一〇四七—一一一九），字德翁，眉州眉山（今屬四川）人。元豐進士。歷清江主簿、知雍丘。召爲大宗正丞，擢左正言。條疏章惇、蔡卞罪狀，致其貶官，大臣畏其言。出知虢州，崇寧初以黨事編管通州，徙昌化軍，居海上三年而歸。宣和初卒。淳熙中謚忠敏。宋史卷三四五有傳。乘桴集爲任伯雨文集。本文爲陸游爲任伯雨乘桴集所作的跋文，用伯雨議賈誼詩句悼其不幸。

本文據文末自署，作於嘉泰二年（一二〇二，壬戌）五月一日。時陸游致仕家居。

【箋注】

〔一〕卑濕：地勢低下潮濕。史記貨殖列傳：「江南卑濕，丈夫早夭。」高閣足：比喻高蹈世外。

閡，同「擱」。

〔二〕賈生：指賈誼。賈誼年少才高，不爲文帝所用，被貶長沙。因長沙卑濕，自以壽不得長，爲賦以吊屈原。

〔三〕排擯：排斥擯棄。史記平津侯主父列傳：「齊諸儒生相與排擯，不容於齊。」

跋洪慶善帖

某兒童時，以先少師之命〔一〕，獲給掃灑丹陽先生之門〔二〕。退與子威講學〔三〕，則兄弟如也。每見子威言洪成季、慶善學行〔四〕，然皆不及識。今獲觀慶善遺墨，亦足少慰。衰病廢學，負師友之訓，如愧何！嘉泰二年五月丁卯，陸某謹題。

【題解】

洪慶善，即洪興祖（一〇九〇—一一五五），字慶善，鎮江丹陽（今屬江蘇）人。政和八年上舍及第。初爲湖州士曹，尋改宣教郎。建炎三年被召試秘書省正字，遷太常博士。紹興四年遷駕部郎官，提點江東刑獄，知真州，徙饒州。秦檜當國，編管韶州卒。著有楚辭補注、楚辭考異等。宋史卷四三三有傳。本文爲陸游爲洪興祖帖子所作的跋文，追憶幼時師從葛勝仲、初聞洪興祖往事。

本文據文末自署，作於嘉泰二年（一二〇二）五月丁卯（二十四）日。時陸游致仕家居。

【箋注】

〔一〕先少師：指陸游之父陸宰。

〔二〕「獲給」句：得到師從葛勝仲的機會。丹陽先生，即葛勝仲（一〇七二—一一四四），字魯卿，丹陽（今屬江蘇）人。紹聖進士。中詞科，入爲太學正，提舉議曆所檢討官兼宗正丞，遷禮部員外郎、太常少卿。徙太府少卿，國子祭酒。知汝州，改湖州，徙鄧州，罷歸。建炎初復知湖州。丐祠歸，卒。謚文康。宋史卷四四五有傳。葛氏與陸游祖、父均有交往。

〔三〕子威：即許伯虎，字子威。陸游兒時學友。卷四三入蜀記第一：「伯虎字子威，余兒時筆硯之舊也。」

〔四〕洪成季：即洪擬（一〇七一—一一四五），字成季，丹陽人，洪興祖叔父。進士登第。崇寧中爲國子博士，宣和中爲監察御史，進殿中侍御史。知桂陽軍，改海州。高宗時爲中書舍人，遷給事中、吏部尚書。知温州，召爲禮部尚書，遷吏部。罷爲提舉江州太平觀、亳州明道宮，卒。謚文憲。宋史卷三八一有傳。

跋蒲郎中易老解

易學自漢以後寖微〔一〕，自晉以後與老子並行，其說愈高，愈非易之舊。宋興，有酸棗先生以易名家〔三〕。同時种豹林亦開門傳授〔三〕，傳至邵康節〔四〕，遂大行於時。然康節欲以授伊川程先生〔五〕，乃拒弗受，而伊川每稱胡安定、王荆公易傳〔六〕，以爲今學者所宜讀，惟此二家。王公乃自毁其説，以爲不足傳，著論悔之〔七〕。易之難知如此。夜讀蜀蒲公易傳、老子解，喟然歎曰：「公於易與老子，蓋各自立説，迹若與晉諸人同而實異也。」書以遺其族孫中仲〔八〕，試以予言請問，信何如也？嘉泰二年九月丁卯，笠澤陸某書。

【題解】

蒲郎中，爲誰不詳，蜀人，曾任郎中。郎中爲地位次於尚書丞及所屬各部侍郎之下的官員。本文爲陸游爲蒲郎中所著易傳、老子解所作的跋文，梳理宋代易學演進歷史，慨歎易之難知，指出蒲郎中治易與老子「各自立説」的成就。

本文據文末自署，作於嘉泰二年（一二〇二）九月丁卯（二十六）日。時陸游在實録院同修撰兼同修國史任上。

【箋注】

〔一〕寖微：逐漸衰微。漢書董仲舒傳：「故朕垂問乎天人之應，上嘉唐虞，下悼桀紂，寖微寖滅寖明寖昌之道，虚心以改。」

〔二〕酸棗先生：即王昭素（八九四—九八二），開封酸棗（今河南延津）人。博通九經，兼究莊、老，尤精詩、易。著易論二十三篇。不慕榮利，樂善好施。太祖曾召見，賜國子博士致仕。宋史卷四三一有傳。郡齋讀書志卷一著録王昭素易論三十三卷，并稱：「昭素居酸棗，太祖時嘗召令講易。其書以注疏異同，互相詰難，蔽以己意。昭素隱居求志，行義甚高。史臣以王烈、管寧比之。」

〔三〕种豹林：即种放（九五六—一〇一五），字明逸，自稱退士，河南洛陽人。與母隱居終南山豹林谷，講學授徒。母卒始出山應詔，累拜起居舍人、右諫議大夫、給事中、工部侍郎。屢隱屢仕。求歸山，賜宴遣之。一日，焚章疏，服道衣，與諸生飲酒而卒。宋史卷四五七有傳。

〔四〕邵康節：即邵雍（一〇一一—一〇七七），字堯夫，范陽（今河北涿縣）人。少居蘇門山刻苦爲學，出遊河、汾、淮、漢，從李之才受河圖、洛書及象數之學。晚居洛陽，反對新政。嘉祐及熙寧中先後被召，不赴。卒謚康節。著有皇極經世、伊川擊壤集等。宋史卷四二七有傳。宋史朱震傳：「陳摶以先天圖傳种放，放傳穆修，穆修傳李之才，之才傳邵雍。」

〔五〕伊川程先生：即程頤，字正叔，世稱伊川先生。郡齋讀書志卷一著録程氏易十卷。直齋書録解題卷一著録伊川易解六卷。

〔六〕胡安定：即胡瑗（九九三—一〇五九），字翼之，世稱安定先生，泰州海陵（今江蘇泰州）人。以經術教授吳中，後教授湖州，學生常數百人，教學有法。更定雅樂。皇祐中任國子監直講。嘉祐初擢太子中允、天章閣侍講，主持太學。以太常博士致仕。宋史卷四三二有傳。郡齋讀書志卷一著録胡先生易傳十卷。直齋書録解題卷一著録胡瑗撰周易口義十三卷。

王荆公：即王安石。郡齋讀書志卷一著録王介甫易義二十卷。直齋書録解題卷一著録王安石撰易解十四卷。

〔七〕「王公」三句：王安石答韓求仁書：「某嘗學易矣，讀而思之，自以爲如此，則書之以待知易者質其義。當是時，未可以學易也，惟無師友之故，不得其序，以過於進取。乃今而後知昔之爲可悔，而其書往往已爲不知者所傳，追思之未嘗不愧也。」

〔八〕申仲：蒲郎中族孫。

跋陸子彊家書

吾友伯政持其先君子家問來〔一〕，讀之累日不厭。使學者皆能如此，孰得而呰病之〔二〕？雖有呰者，吾可以無愧矣。乃令子聿鈔一通〔三〕，置篋中，時覽觀焉。嘉泰壬戌十月二十三日，宗人某書〔四〕。

【題解】

陸子彊，即陸九思（一一一五—一一九六），字子彊，金溪（今江西撫州）人。陸賀長子，兄弟六人，幼弟九淵視之如父。初與鄉舉，後授從政郎。著有家問一卷，教育子孫要識禮義，其語殷勤懇切。朱熹爲之序。題中「家書」即爲家問。本文爲陸游爲陸九思家問所作的跋文，給予高度評價。

本文據文末自署，作於嘉泰二年（一二〇二，壬戌）十月二十三日。時陸游在實録院同修撰兼同修國史任上。

【箋注】

〔一〕伯政：即陸焕之（一一四〇—一二〇三），字伯章，又字伯政。金溪人。陸九思子。與季父陸九淵同歲生。州里重其學行，稱曰山堂先生。著有山堂集，陸游爲之序，并爲其作墓誌銘。先君子：指陸焕之之父陸九思。

〔二〕呰病：指摘。

〔三〕子聿：即陸游幼子陸子遹。

〔四〕宗人：同族之人。陸游認金溪陸氏爲同族。

跋子聿所藏國史補

子聿喜蓄書，至輟衣食〔一〕，不少吝也。吾世其有興者乎！嘉泰壬戌閏月幾望〔二〕，放翁記。時年七十有八，以同修國史兼秘書監居六官宅第六位〔三〕。

【題解】

子聿，即陸游幼子陸子遹。國史補，亦稱唐國史補，唐李肇撰。載唐代開元至長慶百年間事。直齋書録解題卷五著録國史補三卷。本文爲陸游爲陸子遹所藏的國史補所作的跋文，贊賞幼子喜蓄書，并寄予厚望。

本文據文末自署，作於嘉泰二年（一二〇二，壬戌）閏十二月十四日。時陸游在同修國史兼秘書監任上。

【箋注】

〔一〕輟：中止，停止。

〔二〕閏月：嘉泰二年（一二〇二）爲閏十二月。幾望：稱農曆月之十四日。幾，近。易中孚：「六四，月幾望，馬匹亡，無咎。」孔穎達疏：「充乎陰德之盛，如月之近望，故曰『月幾望』也。」

〔三〕秘書監：秘書省長官，掌古今經籍圖書、國史、實録、天文曆數等。少監爲其副，下屬有秘書丞、著作郎、著作佐郎、秘書郎、校書郎、正字等。所有職務皆稱館職，爲文臣清貴之選。

跋火池碑①

予昔在征西幕府〔一〕，嘗得小校言火山軍地枯燥〔二〕，不可耕，鋤犁入地不及尺，烈火隨出。今江吳間穿地尺餘則見水〔三〕，北人聞之，亦未必信也。夜讀蜀彭君火井碑，乃知天地間何所不有，亦喜彭君之善記事也。嘉泰壬戌閏月十有五日，山陰陸某務觀書。

【題解】

火池碑，即文中所言「火井碑」。火井碑，蜀地彭君所撰，記載火井之事。彭君，生平不詳。火井，指出産可燃天然氣的井。古代多用以煮鹽。文選左思蜀都賦：「火井沉熒於幽泉，高爓飛煽於天垂。」劉逵注：「蜀郡有火井，在臨邛縣西南。火井，鹽井也。」明宋應星天工開物井鹽：「西川有火井，事奇甚，其井居然冷水，絶無火氣。但以竹剖開去節，合縫漆布，一頭插入井底，其上曲接，以口緊對釜臍，注鹵水釜中，只見火意烘烘，水即滚沸。」曹學佺蜀中廣記卷六六亦有詳載。本文爲陸游爲彭君火井碑所作的跋文，以親身耳聞證實火井奇觀，并稱贊彭君善記事。

本文據文末自署，作於嘉泰二年（一二〇二，壬戌）閏十二月十五日。時陸游在同修國史兼秘書監任上。

【校記】

①「火池」，汲古閣本作「火井」。

【箋注】

〔一〕征西幕府：指陸游乾道八年（一一七二）在四川宣撫使王炎幕府。

〔二〕火山軍：宋代行政區劃名，并置火山縣爲軍治。在今山西河曲。

〔三〕江吳：指長江下游吴郡一帶。

跋韓晉公牛

予居鏡湖北渚，每見村童牧牛於風林煙草之間〔一〕，便覺身在圖畫。自奉詔紬史〔二〕，逾年不復見此，寢飯皆無味。今行且奏書矣〔三〕，奏後三日，不力求去，求不聽輒止者，有如日〔四〕。嘉泰癸亥四月一日，笠澤陸某務觀書。

【題解】

韓晉公，即韓滉（七二三—七八七），字太沖，唐京兆長安（今陝西西安）人。歷官吏部員外郎、户部侍郎、判度支。貞元初，加檢校左僕射、同中書門下平章事、江淮轉運使，封晉國公。卒謚忠肅。工書法，得張旭筆法。善畫人物及農村風物，繪牛、羊等尤佳。畫有五牛圖、文苑圖等傳世。舊唐書卷一二九、新唐書卷一二六有傳。本文爲陸游爲韓滉所畫牛所作的跋文，由圖畫聯想起鄉居生活，表達了堅決辭歸的決心。

本文據文末自署，作於嘉泰三年（一二〇三，癸亥）四月一日。時陸游在同修國史兼秘書監、寶謨閣待制任上。

【箋注】

〔一〕風林煙草：風吹林木，霧籠草叢。

〔二〕紬史：即修史。紬，綴輯。此指修撰孝宗、光宗兩朝實録。

〔三〕行且：將要。奏書：進書，指完成實録修撰後進奏。參見卷四乞致仕劄子癸亥年二首。

〔四〕有如日：用於誓詞，意爲有此日可鑒。詩王風大車：「穀則異室，死則同穴。謂予不信，有如皦日。」朱熹集傳：「有如皦日，約誓之辭也。」

跋畫橙

嘉泰癸亥四月十六日，兩朝實録將進書〔一〕，予以史官兼秘書監，宿衛於道山堂之東直舍〔二〕，茶罷取此軸摩挲，久之〔三〕，覺香透指爪。此物著霜時〔四〕，予歸鏡湖小園久矣。山陰陸某務觀書。

【題解】

畫橙，指繪有橙子的畫軸。本文爲陸游爲畫橙所作的跋文，想像橙子著霜時得歸鏡湖的情景。

本文據文首自署，作於嘉泰三年（一二〇三，癸亥）四月十六日。時陸游在同修國史兼秘書監、寶謨閣待制任上。

【箋注】

〔一〕兩朝實録：指孝宗實録五百卷和光宗實録一百卷。將進書：進書在次日，即四月十七日。

〔二〕宿衛：值宿宫禁，擔任警衛。史記齊悼惠王世家：「後四年，封章弟興居爲東牟侯，皆宿衛長安中。」

〔三〕摩挲：撫摸，把玩。釋名釋姿容：「摩挲，猶末殺也，手上下之言也。」

〔四〕著霜：蒙霜。橙子果期約在農曆九月，恰逢白露節氣。則陸游估計秋季當歸鏡湖。

跋臨帖

此書用筆①，靄靄多態度〔一〕，如雙鉤鍾、王遺書〔二〕，可寶藏也。笠澤陸務觀跋。

時年七十九，當嘉泰癸亥四月二十八日，居於六官宅老學行庵。

【題解】

臨帖，仿寫的字帖，書者不詳。本文爲陸游爲臨帖所作的跋文，肯定其臨摹傳神。

本文據文末自署，作於嘉泰三年（一二〇三，癸亥）四月二十八日。時陸游修史完畢，請求致仕。

【校記】

①「書」，原作「晝」，形近而誤。據弘治本、汲古閣本改。

【箋注】

〔一〕靄靄：猶「藹藹」，盛多貌。詩大雅卷阿：「藹藹王多吉士。」態度：姿態，氣勢。陸龜蒙送侯道士還太白山序：「侯生嘗應舉，名彤，作七言詩，甚有態度。」

〔二〕雙鈎：用綫條鈎畫所摹文字筆劃四周，形成空心字體。此指臨摹傳神。姜夔續書譜臨：「雙鈎之法，須得墨暈不出字外，或郭填其内，或朱其背，正得肥瘦之本體。」鍾王：指鍾繇、王羲之。

跋米老畫

畫自是妙迹，其爲元章無疑者。但字却是元暉所作〔一〕，觀者乃并畫疑之，可歎也。嘉泰癸亥四月二十九日，陸務觀書。

【題解】

米老，指米芾，字元章，北宋書法四大家之一。參見卷一一湖州常照院記注〔一六〕。本文爲陸游爲米芾畫作所作的跋文，肯定畫作無疑，而題字者乃其子。

本文據文末自署，作於嘉泰三年（一二〇三，癸亥）四月二十九日。時陸游修史完畢，請求致仕。

【箋注】

〔一〕元暉：即米友仁（一〇七二—一一五一），一名尹仁，字元暉。米芾長子，與其父並稱「大小米」。書畫皆承家學，宣和四年應選入掌書學，南渡後備受高宗優遇，官至兵部侍郎、敷文閣直學士。工書法，雖不逮其父，卻自有一種風格。其山水畫脱盡古人窠臼，發展了米芾技法，自成一家。

跋潘邠老帖

潘邠老詩妙絶世〔一〕，恨不見其字。今見此卷，無復遺恨矣。癸亥五月一日，笠澤陸某書。

【題解】

潘邠老，即潘大臨，字君孚，一字邠老，又作郊老，黄州（今湖北黄岡）人。元豐進士。與弟潘大觀皆以詩名。善詩文，又工書，從蘇軾、黄庭堅、張耒遊。爲人風度恬適。宋史翼卷十九有傳。

本文爲陸游爲潘大臨帖子所作的跋文，稱道其詩妙字佳。

本文據文末自署，作於嘉泰三年（一二〇三，癸亥）五月一日。時陸游修史完畢，請求致仕。

【箋注】

〔一〕詩妙絶世：惠洪冷齋夜話卷四載：「黄州潘大臨工詩，多佳句，然甚貧。東坡、山谷尤喜之。臨川謝無逸以書問：『有新作否？』潘答書曰：『秋來景物，件件是佳句，恨爲俗氛所蔽翳。昨日清卧，聞攪林風雨聲，遂題壁曰：「滿城風雨近重陽。」忽催租人至，遂敗意。只此一句奉寄。』聞者笑其迂闊。」

跋薌林帖

先少師使淮南〔一〕，實與薌林向公爲代。薌林作雍熙堂於廨中〔二〕，堂之前有井，泉甘寒，宜茶。洪駒父聞之〔三〕，寄詩云：「何如唤取陸鴻漸〔四〕，石鼎風爐來試茶。」詩與除代堂帖同日到〔五〕，薌林大以爲異，手書報先少師，今尚在也。伏觀公移文奏牘稿，大節貫金石，然諸公所書，已可傳世，贅書之亦屋下架屋耳〔六〕。而某家世所傳，足補薌林逸事者，則不可不書以遺後人。嘉泰三年五月十日，陸某謹書。

【題解】

薌林，即向子諲（一〇八五—一一五二），字伯恭，號薌林居士，臨江（今江西清江）人。元符三年以蔭補官。宣和間累官京畿轉運副使兼發運副使。建炎間遷江淮發運使。後落職。起知潭州，金兵圍城，子諲率軍民堅守八日。紹興中累官户部侍郎，知平江府，因反對秦檜議和，落職居臨江。向子諲曾致書接替其職務的陸游之父陸宰，本文爲陸游爲向子諲帖子所作的跋文，交代帖子來源，補記向子諲逸事。

本文據文末自署，作於嘉泰三年（一二〇三，癸亥）五月十日。時陸游修史完畢，請求致仕。

【箋注】

〔一〕先少師：指陸游之父陸宰。　使淮南：指宣和六年（一一二四）陸宰接替向子諲任淮南東路轉運判官。

〔二〕廨：官署，舊時官吏辦公處所的通稱。

〔三〕洪駒父：即洪芻（一〇六六—一一三〇），字駒父，南昌（今屬江西）人。黄庭堅之甥。與兄朋，弟炎、羽並稱「四洪」。紹聖進士。因入黨籍貶謫閩南。靖康元年官諫議大夫。建炎元年坐事長流沙門島，卒於貶所。

〔四〕陸鴻漸：即陸羽（七三三—八〇四），字鴻漸；一名疾，字季疵；道號竟陵子、桑苧翁、東岡子，又號茶山御史。復州竟陵（今湖北天門）人。一生嗜茶，精於茶道。隱居江南各地，撰《茶經三卷，被尊爲「茶聖」，祀爲「茶神」。

〔五〕堂帖：又稱堂帖子。唐代宰相簽押下達的文書。李肇國史補卷下：「宰相判四方之事有堂案，處分百司有堂帖。」

〔六〕屋下架屋：比喻重複他人所爲，無所創新。世説新語文學：「庾仲初作揚都賦成，以呈庾亮，亮以親族之懷，大爲其名價，云可三二京，四三都。於此人人競寫，都下紙爲之貴。謝太傅云：『不得爾，此是屋下架屋耳。事事擬學，而不免儉狹。』」

跋陳魯公所草親征詔

紹興辛巳、壬午之間〔一〕，某由書局西府掾〔二〕，親見丞相魯公經綸庶務〔三〕，鎮服中外，有人所不可及者，然猶不知此詔爲出於公也。後四十有三年，某行年且八十，偶幸未先犬馬〔四〕，獲見公手稿。於虖！公之謙厚不伐〔五〕，與露才揚己者〔六〕，相去何啻千萬哉！追懷盛德大度，如巨山喬嶽，凜然猶在目前，爲之賨涕。嘉泰三年五月十二日，門人、前史官陸某謹書。〔七〕

【題解】

陳魯公，即陳康伯，字長卿，封魯國公。參見卷七除編修官謝丞相啓題解。親征詔，宋史陳康伯傳：「（紹興三十一年十月）一日，（高宗）忽降手詔：『如敵未退，散百官。』康伯焚之而後奏曰：『百官散，主勢孤矣。』上意既堅，請下詔親征，以葉義問督江淮軍，虞允文參謀軍事。……允文尋敗敵於采石，金主亮爲其臣下所斃而還。」陳康伯在凝聚人心、促成親征、最終退敵的過程中發揮了重要作用。四十三年後，陸游獲見陳康伯所草親征詔手稿。本文爲陸游爲親征詔手稿所作的跋文，重現當年親見的陳丞相風采，追懷其盛德大度。

本文據文末自署，作於嘉泰三年（一二〇三，癸亥）五月十二日。時陸游修史完畢，請求致仕。

【箋注】

〔一〕紹興辛巳壬午之間：即紹興三十一至三十二年。

〔二〕書局：指官府編書之機構。西府掾：樞密院佐助官吏。此句指紹興三十二年九月，陸游任職樞密院編修官。其時陳康伯任左相。

〔三〕經綸：整理絲縷、理出絲緒、編絲成繩，統稱經綸。引申爲籌畫治理國家大事。易屯象傳曰：「雲雷屯，君子以經綸。」孔穎達疏：「經謂經緯，綸爲綱綸，言君子法此屯象有爲之時，以經綸天下，約束於物。」庶務：各種政務。

〔四〕犬馬：古代大夫生病的婉辭。公羊傳桓公十六年：「屬負茲舍，不即罪爾」，何休注：「天子有疾稱不豫，諸侯稱負茲，大夫稱犬馬，士稱負薪。」徐彦疏：「大夫言犬馬者，代人勞苦，行役遠方，故致疾。」

〔五〕謙厚不伐：謙遜厚道，不自誇耀。易繫辭上：「勞而不伐，有功而不德，厚之至也。」

〔六〕露才揚己：顯露才能，表現自己。班固離騷序：「今若屈原，露才揚己，競乎危國群小之間，以離讒賊。」

〔七〕門人前史官：陸游在陳康伯任左相時得除樞密院編修官，故稱「門人、前史官」。

跋蔡忠懷送將歸賦

予讀送將歸之賦，爲之流涕，不爲蔡氏也。宋興百餘年，累聖致治之美，庶幾三代〔一〕。熙寧、元祐所任大臣，蓋有孟、楊之學，稷、卨之忠〔二〕，而朋黨反因之以起，至不可復解。一家之禍福曲直，不足言也，爲之子孫者，能力學進德，不爲偏詖〔三〕，則承家報國，皆在其中矣。嘉泰三年五月十五日，山陰陸某書於浙江亭〔四〕。

【題解】

蔡忠懷，即蔡確（一〇三七—一〇九三），字持正，泉州晉江（今屬福建）人。舉進士。擢監察御史裏行。初附王安石，及安石罷相，即論其過失。以起獄奪人位，自知制誥至御史中丞、參知政事。元豐五年任尚書右僕射。哲宗立，遷左僕射。被劾出知陳州，奪職徙安州。因謗譏貶英州別駕，安置新州，卒於貶所。紹聖間謚忠懷。宋史卷四七一奸臣類有傳。送將歸賦，蔡確撰，鋪陳貶謫的悲涼心態，充滿身世之感。開篇有云：「昔人之言秋意也，曰『若在遠行，登山臨水送將歸』，此其平日遊。此子之所悲，怨慕悽愴，尚不能自支，而況於予乎？」（見宋文鑑卷九）本文爲陸游爲蔡確送將歸賦所作的跋文，反思宋代朋黨問題，抒發力學進德、承家報國的情懷。

本文據文末自署，作於嘉泰三年（一二〇三，癸亥）五月十五日。時陸游正在去國還鄉途中。

【箋注】

〔一〕致治：使國家在政治上安定清明。史記范雎蔡澤列傳：「公孫鞅之事孝公也……設刀鋸以禁奸邪，信賞罰以致治。」庶幾三代：差不多與夏、商、周三代相并列。

〔二〕孟楊之學：指孟軻、楊朱的學問。均爲先秦諸子，學問相互對立。孟子滕文公下：「聖王不作，諸侯放恣，處士横議，楊朱、墨翟之言盈天下。天下之言不歸楊，即歸墨。楊氏爲我，是無君也；墨氏兼愛，是父也。無父無君，是禽獸也。」稷卨之忠：指虞舜的兩位忠臣。稷爲農師，卨爲司徒。

〔三〕偏詖：邪僻不正。南史齊桂陽王鑠傳：「（蕭鑠）性理偏詖，遇其賞興，則詩酒連日，情有所廢，則兄弟不通。」

〔四〕浙江亭：施諤淳祐臨安志卷六：「浙江亭，舊爲樟亭驛。祥符舊經云：在錢塘舊治南，到縣一十五里。府尹趙公愳重建。」浙江亭爲陸游由京城回鄉必經之地。

跋東坡書髓

成都西樓下石刻東坡法帖十卷，擇其尤奇逸者爲一編〔一〕，號東坡書髓。三十年間，未嘗釋手。去歲在都下〔二〕，脱敗甚，乃再裝緝之。嘉泰三年歲在癸亥九月三日，務觀老學庵北窗手記。

【題解】

東坡書髓，蘇軾法帖精髓。陸游珍藏三十年，重新裝緝。本文爲陸游爲重新裝緝的東坡書髓所作的跋文，記録收藏始末。

本文據文末自署，作於嘉泰三年（一二〇三）九月三日。時陸游去國家居。

參考卷二八跋東坡帖、卷二九跋東坡帖。

【箋注】

〔一〕奇逸：奇特超俗。後漢書孔融傳：「鴻豫亦稱文舉奇逸博聞，誠怪今者與始相違。」

〔二〕都下：指臨安。

跋范元卿舍人書陳公實長短句後

紹興庚申、辛酉間〔一〕，予年十六七，與公實遊。時予從兄伯山、仲高、葉晦叔、范元卿皆同場屋〔二〕，六人者蓋莫逆也〔三〕。公實謂予「小陸兄」。後六十餘年，五人皆已隔存殁〔四〕，予年七十九，而公實郎君宧字伯廣者出此軸，恍然如與公實、元卿聯杖屨、均茵憑也〔五〕。爲之太息彌日，因識其末。雖然，使死而有知，吾六人者安知不復相從如紹興間乎？會當相與挈手一笑，尚何歎？嘉泰癸亥十月二十九日，笠澤釣叟陸某書。

【題解】

范元卿舍人，即范端臣，字元卿，婺州蘭溪（今屬浙江）人。紹興二十四年進士。官至中書舍人。工詩，善篆楷草隸書，學者稱蒙齋先生。金華先民傳卷七有傳。陳公實，生平不詳。陸游少年時有五位莫逆之交，六十餘年後均已亡故。陳公實之子以父親詞作卷軸示陸游。本文爲陸游爲陳公實詞作所作的跋文，追憶六人當年的莫逆之交，感歎存殁之隔。

本文據文末自署，作於嘉泰三年（一二〇三，癸亥）十月二十九日。時陸游去國家居。

【箋注】

〔一〕紹興庚申辛酉間：指紹興十年、十一年（一一四〇至一一四一年）之間。

〔二〕伯山：即陸静之，字伯山。陸珪曾孫，佖孫，長民長子，與陸游同曾祖，長游十四歲。陸游爲作浙東安撫司參議陸公墓誌銘（見卷三三）。仲高：即陸升之，字仲高，伯山弟。葉晦叔：即葉黯，字晦叔，處州松陽（今浙江麗水）人。紹興十二年進士。曾任敕令所删定官等。

同場屋：指同赴科舉。

〔三〕莫逆：指彼此志同道合，交誼深厚。莊子大宗師：「（子祀、子輿、子犁、子來）四人相視而笑，莫逆於心，遂相與爲友。」

〔四〕隔存殁：生死相隔，指亡故。

〔五〕聯杖屨：手杖和鞋子相連，禮記曲禮上：「侍坐於君子，君子欠伸，撰杖屨，視日蚤莫，侍坐者請出矣。」鄭玄注：「撰猶持也。」均茵憑：坐席和靠墊平分。茵憑，又作茵馮。漢書周陽由傳：「汲黯爲忮，司馬安之文惡，俱在二千石列，同車未嘗敢均茵馮。」顔師古注：「茵，車中蓐也。馮，車中所馮者也。」馮，同「憑」。

跋謝師厚書

謝師厚早歲與歐陽兖公、王荆公、梅直講、江記注諸人遊〔一〕，名甚盛。晚更蹭蹬〔二〕，居穰下二十餘年〔三〕，學愈進，文章愈成，獨後諸公死。子愔、悰，甥黄魯直〔四〕，皆知名天下。然年運而往〔五〕，士大夫鮮能知師厚者。今觀吾友傅漢孺所藏其上世墓刻〔六〕，實師厚遺文。至送行詩，雜之宛陵詩中〔七〕，殆不可辨，字則宋宣獻父子之流亞也〔八〕。爲之太息。嘉泰癸亥立春後四日〔九〕，笠澤陸某書，時年七十九。

【題解】

謝師厚，即謝景初（一〇二〇—一〇八四），字師厚，號今是翁，富陽（今浙江杭州）人。慶曆進士。知餘姚縣，歷通判秀、汾、唐、海諸州，遷湖北轉運判官、成都府提刑。熙寧初，上疏反對新法，遭劾免。博學能文，尤長於詩。宋史翼卷三有傳。陸游友傅稚所藏先輩碑帖，爲謝景初遺文。本文爲陸游爲傅稚所藏謝景初書帖所作的跋文，記載謝氏當年與名家交遊，肯定其詩作和書法的成就。

本文據文末自署，作於嘉泰三年（一二〇三，癸亥）冬。時陸游去國家居。

【箋注】

〔一〕歐陽兖公：即歐陽修。王荆公：即王安石。梅直講：即梅堯臣。江記注：即江休復（一〇〇五—一〇六〇），字鄰幾，開封陳留（今屬河南）人。登進士第。歷藍山尉、大理寺丞、殿中丞。擢集賢校理，與修起居注。累進至刑部郎中。博學善詩工書。事迹見歐陽修所撰墓誌銘。

〔二〕蹭蹬：困頓，失意。杜甫上水遣懷：「蹭蹬多拙爲，安得不皓首。」

〔三〕穰下：即穰縣，屬南陽郡。在今河南鄧縣。

〔四〕黄魯直：即黄庭堅。

〔五〕年運而往：指歲月流逝。

〔六〕傅漢孺：即傅稚，字漢孺，湖州（今屬浙江）人。傅崧卿孫。善歐書，施宿刻其父施元之所注東坡詩，使書之。墓刻：墓碑刻文。

〔七〕宛陵：指梅堯臣。

〔八〕宋宣獻父子：即宋綬及其子宋敏求。宋綬字公垂，趙州平棘（今河北趙縣）人。參見卷二六跋蔡君謨帖注〔一〕。宋敏求（一〇一九—一〇七九）字次道。賜進士第。爲館閣校勘，擢編修官，預修新唐書。歷同知太常禮院、通判西京。治平中擢知制誥，判太常寺。加龍圖閣直學士，修兩朝正史。輯有唐大詔令集。家富藏書，熟悉典故。宋史卷二九一有傳。流亞：同一類人。

〔九〕立春後四日：該年立春當在年終冬日。

跋雲丘詩集後

宋興，詩僧不愧唐人，然皆因諸巨公以名天下。林和靖之於天台長吉〔一〕，宋文安之於凌雲惟則〔二〕，歐陽文忠公之於孤山惠勤〔三〕，石曼卿之於東都秘演〔四〕，蘇翰林之於西湖道潛〔五〕，徐師川之於廬山祖可〔六〕，蓋不可殫紀。潛、可得名最重，然世亦以蘇、徐兩公許之太過爲病，餘則徒得所附托，故聞後世，非能巋然自傳也〔七〕。予觀雲丘詩，平淡閒暇，蓋庶幾可以自傳者。政使不遇吕居仁、蘇養直、朱希真、王性之、范至能，亦決不泯没〔八〕，況如予者，烏足爲斯人重哉？其徒覺浄以遺稿來，求題其後，十款吾門不厭〔九〕，故爲之書。嘉泰四年二月乙巳，笠澤陸某書。

【題解】

雲丘，南宋詩僧。生平不詳。其徒覺浄以雲丘詩集遺稿求跋於陸游。本文爲陸游爲雲丘詩集所作的跋文，梳理宋代詩僧以巨公名天下之例，肯定雲丘詩平淡閒暇，可以自傳。

本文據文末自署，作於嘉泰四年（一二〇四）二月乙巳（十一）日。時陸游去國家居。

【箋注】

〔一〕林和靖：即林逋（九六七—一〇二八），字君復，杭州錢塘人。性孤高自好，喜恬淡，弗趨榮利。曾漫遊江淮間，後隱居杭州西湖，結廬孤山。終生不仕不娶，惟喜植梅養鶴，自謂「以梅爲妻，以鶴爲子」，人稱「梅妻鶴子」。卒賜謚和靖先生。宋史卷四五七有傳。　天台長吉：即釋梵才，台州臨海人。住持北固山浄名庵。天聖中游京師，詔入譯經館，與編釋教總録三十卷。七年書成，賜號梵才大師。得宋庠等百餘人所書般若經，歸建般若臺以藏。與范仲淹、宋庠、宋祁等名公交遊，其歸天台時，得錢惟演、宋庠等贈詩數十首。

〔二〕宋文安：即宋白（九三六—一〇一二），字太素，一字素臣，大名（今屬河北）人。建隆進士。太宗時擢左拾遺，預修太祖實録。拜中書舍人。嘗三掌貢舉，頗致譏議。入爲翰林學士，加禮部侍郎。遷户部侍郎，兼秘書監。拜禮部尚書，改刑部，以兵部尚書致仕，進吏部尚書。奉召纂文苑英華、續通典等。卒謚文憲。宋史卷四三九有傳。凌雲惟則：生平不詳。

〔三〕歐陽文忠公：即歐陽修。孤山惠勤：從歐陽修游三十餘年，歐公稱之爲「聰明才智有學問者」，尤長於詩。歐公有送惠勤。

〔四〕石曼卿：即石延年，字曼卿。參見卷十五梅聖俞別集序注〔六〕。東都秘演：歐陽修釋秘演詩集序：「浮屠秘演者，與曼卿交最久，亦能遺外世俗，以氣節自高。二人歡然無所間。曼卿隱於酒，秘演隱於浮屠，皆奇男子也，然喜爲歌詩以自娛。當其極飲大醉，歌吟笑呼，以適天下之樂，何其壯也！一時賢士，皆願從其遊，予亦時至其室。……夫曼卿詩辭清絶，尤稱秘演之作，以爲雅健有詩人之意。秘演狀貌雄傑，其胸中浩然，既習於佛，無所用，獨其詩可行於世，而懶不自惜。已老，胠其橐，尚得三四百篇，皆可喜者。」

〔五〕蘇翰林：即蘇軾。西湖道潛（一〇四三—一一〇六）：俗姓何，字參寥，賜號妙總大師。於潛（今浙江臨安）人。自幼出家。元祐中，住杭州智果禪院。與蘇軾諸人交好，軾謫居黄州時，曾專程探望。因寫詩語涉譏刺，被勒令還俗。後得昭雪，復削髮爲僧。著有參寥子詩集。蘇軾稱其「詩句清絶，可與林逋相上下，而通了道義，見之令人蕭然」。

〔六〕徐師川：即徐俯（一〇七四—一一四〇），字師川。洪州分寧（今江西修水）人。黄庭堅之甥。因父死於國事，授通直郎，累官右諫議大夫。紹興二年賜進士出身。三年遷翰林學士，擢端明殿學士，簽書樞密院事，官至參知政事。後以事提舉洞霄宫。宋史卷三七二有傳。廬山祖可：字正平，俗名蘇序，蘇庠弟。有癩病，人稱癩可。與陳師道、謝逸等結江西詩社。

〔七〕巋然：獨立貌。莊子天下：「人皆取實，己獨取虚，無藏也故有餘，巋然而有餘。」成玄英疏：「巋然，獨立之謂也。」

〔八〕政使：同正使。縱使，即使。呂居仁：即呂本中，字居仁，參見卷十四呂居仁集序題解。蘇養直：即蘇庠（一〇六五—一一四七），字養直，澧州人，徙居丹陽後湖，號後湖居士。少能詩，得蘇軾賞識。紹興間居廬山，被召固辭不赴。工詩詞。宋史卷四五九有傳。朱希真：即朱敦儒（一〇八一—一一五九），字希真，號巖壑老人，河南人。紹興二年賜進士出身。任秘書省正字、浙東路提刑。因專立異論被罷。寓居嘉禾（今嘉興）。晚年受秦檜籠絡，出爲鴻臚少卿，爲時論所譏。檜死被廢。工詞。宋史卷四四五有傳。王性之：即王銍，字性之。參見卷二七跋彩選注〔五〕。范至能：即范成大，字至能。泯没：埋没。

柳宗元貞符：「念終泯没蠻夷，不聞於時，獨不爲也。」

〔九〕十款吾門：多次叩門請求。款，敲打，叩。

跋呂舍人九經堂詩

前輩以文章名世者，名愈高，則求者愈衆，故其間亦有徇人情而作者。有識之士，多以爲恨。如呂公九經堂詩，蓋自少時與昭德尊老諸公〔一〕，師友淵源〔二〕，講習漸漬所得〔三〕，又爲其子孫而發〔四〕，故雄筆大論如此。於虖，凛乎其可敬畏也哉！嘉泰四年六月庚子，陸某書。

【題解】

呂舍人，即呂本中，字居仁。曾任中書舍人，故稱。參見卷十四呂居仁集序題解。九經堂詩，即呂本中東萊詩集卷十九晁公詩九經堂：「人家有屋但堆錢，君家有屋定不然。一堂無物四壁立，六藝三傳相周旋。人言君貧君不顧，以此辛勤立門户。聖人遺意要沉思，暫脱楚騷辭漢賦。他年相見問何如？且説九經得力處。」九經堂在金溪（今江西撫州），爲晁氏後裔晁公詩所建聚書講學之地，名重一時。本文爲陸游爲呂本中晁公詩九經堂所作的跋文，稱頌呂、晁師友淵源，評論詩作「雄筆大論」，足以「敬畏」。

本文據文末自署，作於嘉泰四年（一二〇四）六月庚子（初九）日。時陸游致仕家居。

【箋注】

〔一〕昭德：指宋代源於澶州清豐的晁氏家族。晁迥官至翰林學士承旨，深得真宗器重，賜第於京師昭德坊，其後裔亦多居於此，故稱昭德晁氏。尊老諸公：指晁氏「端、之、公」輩，如晁端禮、晁沖之、晁補之、晁説之、晁公邁、晁公武、晁公遡等，晁公詩亦在其列。

〔二〕師友淵源：吕本中撰有師友淵源録。

〔三〕漸漬：浸潤，感化。史記禮書：「而況中庸以下，漸漬於失教，被服於成俗乎？」

〔四〕爲其子孫而發：晁公詩九經堂詩乃是揭示晁氏以九經傳家立門户的傳統。

跋韓忠獻帖

方曩霄犯邊時〔一〕，忠獻王首當禦戎重任，功冠諸公。後人輔帷幄，陳謨畫策，駕馭人材，鎮服虜情，自曾集賢以降〔二〕，皆協贊而已〔三〕。觀此帖，可概見也。嘉泰四祀六月辛丑，故史官山陰陸某謹識。

【題解】

韓忠獻，即韓琦，字稚圭。卒謚忠獻，故稱。參見本卷跋范文正公書注〔一〕。本文爲陸游爲韓琦帖子所作的跋文，概括韓氏禦戎戍邊和入輔帷幄的功績。

本文據文末自署，作於嘉泰四年（一二〇四）六月辛丑（初十）日，時陸游致仕家居。

【箋注】

〔一〕曩霄：即李元昊（一〇〇四—一〇四八），党項族，党項爲漢西羌之別唐時内附。安史之亂後徙靈、慶、銀、夏等州。因協助鎮壓黄巢起義，被唐朝賜姓李氏。北宋明道元年（一〇三二）稱帝，改姓立號，自名曩霄。建年號，建都，製文夏開國皇帝。敗宋軍和遼軍，奠定了宋、遼、夏三分天下的格局。宋史卷四八五有傳。

〔二〕曾集賢：即曾公亮（九九九—一〇七八），字明仲，泉州晉江（今屬福建）人。天知制誥兼史館修撰、翰林學士、知開封府，嘉祐初擢參知政事，歷樞密使，六年拜同爲宰輔十五年，歷仁宗、英宗、神宗三朝。助王安石變法，熙寧三年罷相，以太傅致仕。卷三一二有傳。

〔三〕協贊：協助，輔佐。三國志來敏傳：「（來忠）與尚書向充等并能協贊大將軍姜維。」

跋高大卿家書

子長大卿娶予表從母之女〔一〕，故自少時相從。後又同入征西大幕〔二〕，情分至

渭南文集箋校

〔宋〕陸游 著
朱迎平 箋校

二

上海古籍出版社

渭南文集箋校卷第十

啓

【釋體】本卷文體同卷六，收録啓十七首。

上趙參政啓

造於王廷，既盡除於宿負〔一〕；試以使事，復蠲被於明恩。豈惟寬溝壑之憂，遂亦有桑榆之望〔二〕。大鈞難報，末路知榮。伏念某固陋不通，迂疏寡合，雖抱宿道鄉方之志，了無赴功趨事之能〔三〕。迨從幕府之遊，始被邊州之寄。方漂流於萬里，望飽暖於一麾〔四〕。豈圖下石之交，更起鑠金之謗〔五〕。素無實用，以爲頽放則不敢辭；橫得虚名，雖曰僥倖而非其罪。甫周歲律，再畀守符，曾未綰於印章，已遽膺於號召〔六〕。遂以羈旅入朝之始〔七〕，首預光華遣使之行。此蓋伏遇某官造德精微，宅心忠厚。念錦里十年之卜築〔八〕，已是蜀人；憐萍蹤萬里之來歸，特捐漢節〔九〕。茶然遲暮〔一〇〕，被此恩榮。某敢不斂散視豐凶之宜，阜通去農末之病。覯近臣以其所主，期無負於深知；非俗吏之所能爲，或粗施於素學〔一一〕。過此以往，未知所裁。

【題解】

趙參政，即趙雄（一一二九—一一九三），字温叔，資州人。隆興元年類省試第一。極論恢復，爲孝宗賞識，除中書舍人，使金不辱使命。淳熙初爲禮部侍郎、同知樞密院事，五年參知政事，進右丞相。改知江陵府。光宗時授寧武軍節度使，進衛國公，改帥湖北，以判隆興府終。宋史卷三九六有傳。宋史卷二一三宰輔表四：「（淳熙五年）六月己未，趙雄自同知樞密院事除參知政事。」又：「十一月丁丑，趙雄自參知政事遷正義大夫，除右丞相。」本文爲陸游上呈參知政事趙雄的啓文。

本文原未繫年。歐譜繫於淳熙五年（一一七八），是。當作於該年冬。時陸游在提舉福建路常平茶事任上。

【箋注】

〔一〕王廷，指朝廷。易夬：「揚於王廷。」孔穎達疏：「王廷是百官所在之處。」宿負：素日過錯。司馬光涑水記聞：「爵賞賜予，當倍常科；舊惡宿負，一皆原滌。」

〔二〕溝壑：借指野死之處或困厄之境。孟子滕文公下：「志士不忘在溝壑，勇士不忘喪其元。」趙岐注：「君子固窮，故常念死無棺槨没溝壑而不恨也。」桑榆：比喻晚年，垂老之年。文選曹植贈白馬王彪詩：「年在桑榆間，影響不能追。」李善注：「日在桑榆，以喻人之將老。」

〔三〕宿道鄉方：歸於正道，持守道義。荀子王霸：「若夫論一相以兼率之，使臣下百吏莫不宿道鄉方而務，是夫人主之職也。」楊倞注：「宿道，止於道也。」赴功：建立功業。曾鞏本朝政要策任將：「小其名而不撓其權，則在位者有赴功之心，而勇智者得以騁。」趨事：辦事，立業。漢書朱博傳：「夜寢早起，妻希見其面……其趨事待士如是。」

〔四〕一麾：一面旗幟，代指出京外任。杜牧將赴吳興登樂游原：「欲把一麾紅海去。」

〔五〕下石：即落井下石。比喻乘人之危加以陷害。語本韓愈柳子厚墓誌銘：「落陷穽，不一引手救，反擠之，又下石焉者，皆是也。」鑠金：即衆口鑠金。比喻衆口同聲可混淆視聽。國語周語下：「衆口鑠金。」韋昭注：「鑠，消也，衆口所毀，雖金石猶可消也。」

〔六〕「甫周」四句：參見卷九福建謝史丞相啓注〔九〕、〔一〇〕。

〔七〕羈旅：寄居異鄉。左傳莊公二十二年：「齊侯使敬仲爲卿，辭曰：『羈旅之臣……敢辱高位？』」杜預注：「羈，寄；旅，客也。」

〔八〕錦里：即錦官城。成都的代稱。常璩華陽國志蜀志：「州奪郡文學爲州學，郡更於夷里橋南岸道東邊起文學，有女牆，其道西城，故錦官也。錦工織錦，濯其江中則鮮明，濯他江則不好，故命曰錦里。」卜築：擇地建築住宅，即定居。梁書處士傳劉訏：「（劉訏）曾與族兄劉歊聽講於鍾山諸寺，因共卜築宋熙寺東澗，有終焉之志。」

〔九〕漢節：漢天子授予的符節。漢武帝天漢元年，蘇武以中郎將使持節出使匈奴，單于留不遣，欲其降。武堅貞不屈，持漢節牧羊於北海畔十九年，始元六年得歸，鬚髮盡白。參見漢書蘇武傳。

〔一〇〕茶然：疲憊貌。王安石答吕吉甫書：「然公以壯烈，方進爲於聖世，而茶然衰疾，特待盡於山林，趣舍異事，則相呴以濕，不如相忘之愈也。」

〔一一〕「某敢不」六句：參見卷九福建謝史丞相啓注〔一八〕至〔二〇〕。

上安撫沈樞密啓

造於王廷，既盡除於宿負〔一〕；試以使事，復躐被於明恩。豈惟寬溝壑之憂，遂亦有桑榆之望〔二〕。慚汗爲之浹背，感涕至於交頤〔三〕。伏念某固陋不通，迂疏寡合，雖抱宿道鄉方之志，了無赴功趨事之能〔四〕。自屏迹於寬閒，已頽心於榮進〔五〕。徒中起廢，方蒙棘道之除〔六〕；望外召還，忽奉燕朝之對。然而進趨梗野，論奏空疏，徒叨三接之榮〔七〕，莫陳一得之慮。循名責實，所宜伏司敗之誅〔八〕；含垢匿瑕，特俾玷外臺之寄〔九〕。茲蓋伏遇某官望隆而善下，道峻而兼容。哀元祐之黨家，今其餘幾；數紹興之朝士，久矣無多〔一〇〕。曲借餘光，少伸末路。某敢不求民疾苦，絕吏並緣〔一一〕。斂散視時，益廣倉箱之積〔一二〕；阜通助國〔一三〕，庶無農末之傷。過此以還，未知所措。

【題解】

安撫沈樞密，即沈復，字德之，德清人。紹興二十一年進士。乾道九年除端明殿學士，簽書樞密院事、同知樞密院事。淳熙二年以知鎮江府罷，四年移知福州軍州事，充福建安撫使。以中大夫致仕。五年十二月卒。宋史翼卷十三有傳。本文爲陸游上呈福建安撫使沈復的啓文。

本文原未繫年。歐譜繫於淳熙五年（一一七八），是。當作於該年冬。時陸游在提舉福建路常平茶事任上。

【箋注】

〔一〕「造於」二句：參見本卷上趙參政啓注〔一〕。

〔二〕「豈惟」二句：參見本卷上趙參政啓注〔二〕。

〔三〕交頤：即滿腮。孫子兵法九地：「士卒坐者涕沾襟，偃卧者涕交頤。」

〔四〕「雖抱」二句：參見本卷上趙參政啓注〔三〕。

〔五〕寬閒：寬鬆僻静。詩鄭風溱洧「女曰觀乎」，鄭玄箋：「欲與士觀於寬閒之處。」頽心：意志消沉。

〔六〕起廢：重新起用已被貶黜的官吏。見卷八謝洪丞相啓注〔二〕。僰道：古縣名。漢屬犍爲郡。爲僰人所居，故名。王莽時曾改稱僰治。在今四川宜賓縣境。見漢書地理志上。此指嘉州、榮州一帶。

〔七〕三接：一日之間三次接見，形容深受寵愛禮遇。參見卷四乞致仕劄子一注〔六〕。

〔八〕循名責實：按其名而求其實，要求名實相符。文子上仁：「循名責實，使自有司以不知爲道，以禁苛爲主，如此則百官之事，各有所考。」司敗：原指司寇。亦泛指司法機關。周書文帝紀上：「臣不能式遏寇虐，遂使乘輿遷幸。請拘司敗，以正刑書。」

〔九〕含垢匿瑕：包容污垢，隱匿缺失。形容寬宏大度。語本左傳宣公十五年：「瑾瑜匿瑕，國君含垢。」外臺：州郡所置别駕、治中，諸曹掾屬，號爲外臺。此指提舉福建常平之任。

〔一〇〕「兹蓋」八句：參見卷九與建寧蘇給事啓注〔八〕至〔一〇〕。

〔一一〕並緣：相互依附勾結。漢書薛宣傳：「三輔賦斂無度，酷吏並緣爲姦。」

〔一二〕斂散：古代國家對糧食物資的買進和賣出。參見卷九福建謝史丞相啓注〔一八〕。倉箱：倉廩車箱，比喻豐收。語本詩小雅甫田：「乃求千斯倉，乃求萬斯箱。」鄭玄箋：「成王見禾穀之税，委積之多，於是求千倉以處之，萬車以載之。是言年豐收入踰前也。」朱熹集傳：「箱，車箱也。」

〔一三〕阜通：貨物豐富，購銷順暢。參見卷九福建謝史丞相啓注〔一八〕。

賀泉州陳尚書啓

恭審顯奉璽書，起臨藩府〔一〕。廟堂虚位，固宜大老之遂歸〔二〕；嶽牧得人〔三〕，聊見太平之有象。恭惟某官道參聖域，德冠民彝〔四〕。下視諸公，負元龍湖海之豪氣〔五〕；獨尊九牧，擅諸葛宇宙之大名〔六〕。風雲自際於明時，金石靡渝於素履〔七〕。超然去國之久，綽有高世之風。雖力避寵名，亟欲急流而勇退〔八〕；顧眷求舊德，未容袖手而旁觀〔九〕。姑暫起於名邦，即延登於政路〔一〇〕。某久違德宇〔一一〕，喜聽除音。承顔接辭〔一二〕，恍不殊於曩日；質疑問道，尚自慰於窮途。

【題解】

泉州，州名，地處今福建省東南部。南宋爲福建路「八閩」（一府五州二軍）之一。陳尚書，即陳彌作，字季若，閩縣人。紹興八年進士。歷福建、兩浙運判，提舉四川都大茶馬，召爲大理少卿，除兵部侍郎，遷吏部侍郎，兼權尚書，知潭州、泉州，終敷文閣直學士、大中大夫。淳熙三山志卷二八有傳。陳彌作淳熙五年十月知泉州，次年即離任。本文爲陸游致知泉州陳彌作的賀啓。

本文原未繫年。歐譜繫於淳熙六年（一一七九）。是。當作於該年春夏。時陸游在提舉福建路常平茶事任上。

【箋注】

〔一〕藩府：指邊防重鎮。此指泉州。

〔二〕大老：德高望重的老人。參見卷六賀曾秘監啓注〔三〕。

〔三〕嶽牧：泛指封疆大吏。

〔四〕民彝：即人倫。舊指人與人之間相處的倫理道德準則。書康誥：「天惟與我民彝大泯亂。」孔安國傳：「天與我民五常，使父義、母慈、兄友、弟恭、子孝，而廢棄不行，是大滅亂天道。」

〔五〕元龍：指陳登。參見卷九上鄭宣撫啓注〔一〇〕。

〔六〕九牧：指地方長官。諸葛：指諸葛亮。杜甫詠懷古迹五首之五：「諸葛大名垂宇宙，宗臣遺像肅清高。」

〔七〕明時：指政治清明的時代。常用以稱頌本朝。曹植求自試表：「志欲自效於明時，立功於聖世。」素履：無文飾之鞋。比喻清白自守的處世態度。易履：「初九：素履往，無咎。」

象曰：素履之往，獨行願也。」王弼注：「履道惡華，故素乃無咎。」

〔八〕急流勇退：比喻在官場得意時及時引退，以明哲保身。宋陳摶約錢若水相晤。錢至，見陳與一老僧擁爐而坐。僧視若水良久，以火箸畫灰作「做不得」三字，徐曰：「是急流中勇退人也。」意謂錢若水做不了神仙，但也不是久戀官場之人。後錢官至樞密副使，年四十即退休。見邵伯温聞見前録卷七。

〔九〕袖手旁觀：比喻置身事外，不參預其中。語本韓愈祭柳子厚文：「不善爲斲，血指汗顔，巧匠旁觀，縮手袖間。」

〔一〇〕延登：延攬擢用。參見卷九賀葉樞密啓注〔一六〕。

〔一一〕德宇：德澤恩惠的庇蔭。國語晉語四：「今君之德宇，何不寬裕也？」韋昭注：「宇，覆也。」

〔一二〕承顔接辭：順承尊長的顔色和言辭。指謂侍奉尊長。漢書雋不疑傳：「聞暴公子威名舊矣，今乃承顔接辭。」

答建寧陳通判啓

伏審顯膺新渥，出貳潛藩〔一〕。逖聞旌旆之臨〔二〕，宜有神明之相。伏惟某官風規高秀，德宇粹夷〔三〕。含英咀華，早預蓬萊道山之選〔四〕；飛英騰茂，暫爲治中別駕之行〔五〕。雖澹然克守於家風，顧籍甚難淹於國器〔六〕。即聞追詔〔七〕，遂陟顯途。某托契至深，開緘竊喜〔八〕。自憐下客，久孤國士之知〔九〕；猶冀殘年，及見郎君之貴〔一〇〕。

【題解】

建寧，府名。參見卷九與建寧蘇給事啓題解。陳通判爲誰不詳。本文爲陸游致建寧府陳通判的答啓。

本文原未繫年。歐譜繫於淳熙六年（一一七九），是。當作於該年春夏。時陸游在提舉福建路常平茶事任上。

【箋注】

〔一〕新渥：新的恩惠。杜甫覽柏中丞兼子侄數人除官制詞因述父子兄弟四美載歌絲綸：「高名入竹帛，新渥照乾坤。」出貳：出任副手，此指通判。潛藩：指帝王爲王侯時的封地。據宋史孝宗本紀：紹興三十年二月，孝宗被立爲皇子，更名瑋，并進封建王。三十二年，因建州爲孝宗舊邸，升爲建寧府。

〔二〕逖聞：在遠處聽到。表示恭敬。參見卷六賀禮部曾侍郎啓注〔一三〕。旌旆：即尊駕、大駕。多用於官員。賈島送周判官元範赴越詩：「已曾幾遍隨旌旆，去謁荒郊大禹祠。」

〔三〕風規：風度品格。參見卷八答薛參議啓注〔四〕。　德宇：德澤恩惠的庇蔭。參見本卷賀泉州陳尚書啓注〔一一〕。　粹夷：純潔平和。葛勝仲賀運使郎中學士啓：「恭惟某官宏材挺特，雅量粹夷。」

〔四〕含英咀華：比喻欣賞、體味詩文的精華。韓愈進學解：「沉浸醲鬱，含英咀華。」　蓬萊道山：指秘閣、文苑。語本後漢書竇章傳：「是時學者稱東觀爲老氏臧室、道家蓬萊山。」

〔五〕飛英騰茂：指聲名遠揚。　治中别駕：指助理、佐吏。參見卷八謝晁運使啓注〔五〕。

〔六〕籍甚：同藉甚。盛大，卓著。史記酈生陸賈列傳：「陸生以此遊漢廷公卿間，名聲藉甚。」　國器：指可以治國的人材。漢書韓安國傳：「於梁舉壺遂、臧固，至它，皆天下名士，士亦以此稱慕之，唯天子以爲國器。」顏師古注：「國器者，言其器用重大，可施於國政也。」

〔七〕追詔：謂召回的詔書。韓愈順宗實録二：「而陸贄、陽城皆未聞追詔，而卒於遷所，士君子惜之。」

〔八〕托契：寄托交情，彼此信賴投合。陶潛扇上畫贊周陽珪：「飲河既足，自外皆休。緬懷千載，托契孤遊。」　開緘：開拆信函。李白久别離詩：「況有錦字書，開緘使人嗟。」

〔九〕下客：指下等賓客。盧照鄰宴梓州南亭詩序：「下客悽惶，暫停歸轡；高人賞玩，豈輟斯文。」　國士：指才德蓋世者。見卷八謝夔路監司列薦啓注〔二一〕。

〔一〇〕郎君：貴家子弟的通稱。杜甫題柏大兄弟山居之一：「叔父朱門貴，郎君玉樹高。」

答漳州石通判啓

伏審被命佐州，涓辰視印〔一〕。士心甚鬱，謂斂經濟以惠小邦〔二〕；天意孰知，蓋儲名望而須大用〔三〕。伏惟某官好是正直，擇乎中庸〔四〕。崇論竑言，挺松柏貫四時之操〔五〕；高文大册，擅江河流萬古之名〔六〕。謂宜凌厲以横翔，乃復逡巡而小却〔七〕。使爲治中，乃展驥耳，雖暫試於外庸〔八〕；不有君子，其能國乎，當亟還於近列〔九〕。某未遑馳問，先辱寄聲〔一〇〕。祭竈而請比鄰，歎高懷之莫測〔一一〕；烹魚而得尺素，藏妙語以爲榮〔一二〕。

【題解】

漳州，州名，地處今福建省南部。南宋爲福建路「八閩」（一府五州二軍）之一。石通判，即石起宗（一一四〇—一二〇〇），字似之，泉州晋江人，祖籍同安。乾道五年進士，榜眼及第。歷删定官、秘書省正字、權倉部郎官兼國史院編修，判漳州，知徽州，除提舉浙西常平，擢尚書吏部員外郎。善書畫，工詩賦。八閩通志卷六六有傳。石起宗於淳熙五年七月添差漳州通判。本文爲陸游致漳州通判石起宗的答啓。

本文原未繫年。歐譜繫於淳熙六年（一一七九），是。當作於該年春夏。時陸游在提舉福建路常平茶事任上。

【箋注】

〔一〕涓辰：選擇吉利的時辰。沈遘台州通判都官：「伏審涓辰之良，受署以禮。」 視印：掌印就職。葛立方旅次二首：「視印宜春一月過，寧知平地起風波。」

〔二〕鬱：憂愁，擔心。 斂：聚集。 經濟：指治國的才幹。

〔三〕名望：名聲，威望。三國志黄忠傳：「忠之名望，素非關、馬之倫也。」 須：等待。

〔四〕好是正直：甚是公正無私。參見卷一福建到任謝表注〔一七〕 中庸：待人、處事不偏不倚，無過無不及。論語雍也：「中庸之爲德也，其至矣乎。」何晏集解：「庸，常也，中和可常行之道。」

〔五〕松柏貫四時：禮記禮器：「其在人也，如竹箭之有筠也，如松柏之有心也。二者居天下之大端矣，故貫四時而不改柯易葉。」

〔六〕江河流萬古：杜甫戲爲六絶句：「爾曹身與名俱滅，不廢江河萬古流。」

〔七〕横翔：高飛。張耒次韻蘇公武昌西山：「横翔相與顧鴻雁，寶劍再合張與雷。」 逡巡：退避，退讓。參見卷九福建謝史丞相啓注〔六〕。 小却：稍稍後退。後漢書馮異傳：「異與禹合兵救之，赤眉小却。」

〔八〕治中：治理文書檔案的佐吏。此指通判。 展驥：比喻施展才能。語本三國志蜀書龐統傳：「龐士元非百里才也，使處治中、别駕之任，始當展其驥足耳。」外庸：指任地方官時的政績。參見卷八謝王宣撫啓注〔一三〕。

〔九〕近列：近臣的行列。參見卷四乞致仕劄子一注〔五〕。

〔一〇〕寄聲：托人傳話。漢書趙廣漢傳：「界上亭長寄聲謝我，何以不爲致問？」此指來啓。

〔一一〕「祭竈」二句：指孫寶祭竈請鄰居，難測其内心。典出漢書孫寶傳：「孫寶字子嚴，潁川鄢陵人也，以明經爲郡吏。御史大夫張忠辟寶爲屬，欲令授子經，更爲除舍，設儲偫。寶自劾去，忠固還之，心内不平。後署寶主簿，寶徙入舍，祭竈請比鄰。忠陰察，怪之，使所親問寶：『前大夫爲君設除大舍，子自劾去者，欲爲高節也。今兩府高士俗不爲主簿，子既爲之，徙舍甚説，何前後不相副也？』寶曰：『高士不爲主簿，而大夫君以寶爲可，一府莫言非，士安得獨自高？前日君男欲學文，而移寶自近。禮有來學，義無往教；道不可詘，身詘何傷？且不遭者可無不爲，况主簿乎！』」祭竈：即祀竈。爲五祀之一。舊俗農曆十二月二十三日或二十四日祭祀竈神。

〔一二〕「烹魚」二句：指烹魚得絹書，以内藏妙語爲榮耀。文選古樂府飲馬長城窟行：「客從遠方來，遺我雙鯉魚。呼兒烹鯉魚，中有尺素書。長跪讀素書，書中竟何如？上言加飡飯，下言長相憶。」吕向注：「尺素，絹也。古人爲書，多書於絹。」尺素，小幅的絹帛。此四句均指石通判來啓。

江西到任謝史丞相啓

詣行在所〔一〕，方承命以北馳；駕使者車，復改轅而西上〔二〕。訓詞甚寵，地望加優〔三〕。本宜使之省循〔四〕，乃更增其僥倖。伏念某性資鄙陋，學問荒唐，雖慕長者之餘風，豈聞君子之大道。早親函丈，偶竊緒餘〔五〕，曾未免於鄉人〔六〕，乃見待以國士。知憐覆護，殆塵沙曠劫之難逢〔七〕；頹墮摧藏〔八〕，無絲髮微勞之上報。昨者甫還吴會，即使甌閩，超躐既多，便安尤極〔九〕。徒以久違於公衮〔一〇〕，悵然顧事於師門。山川間之，日月逝矣。方坐馳於夢想，忽祇奉於詔追〔一一〕，深惟幸會之非常，但懼奔馳之弗及。夫何奇蹇〔一二〕，更累生成。方仇怨造言，投鼠不思於忌器〔一三〕；乃保全極力，舍牛寧廢於釁鍾〔一四〕。此蓋伏遇某官偉量包荒，深仁篤舊〔一五〕。念招之來而麾之去〔一六〕，若匪近於人情；謂舍其短而取其長，猶可勝於官使〔一七〕。故推餘潤，以及枯荄〔一八〕。而某筋力疲於往來，疾恙成於憂畏〔一九〕。質疑問道，自憐卒業之何時〔二〇〕；訟過戴恩，尚冀收身於末路〔二一〕。

【題解】

淳熙六年秋，陸游奉詔離建安任。途中奏乞奉祠，留衢州皇華館待命。尋得旨，改除朝請郎，提舉江南西路常平茶鹽公事，賜緋魚袋。十二月到撫州任。史丞相，即史浩。參見卷七謝參政啓題解。史浩已於淳熙五年十一月罷相，此仍以原職稱之。本文爲陸游到任江西後致故相史浩的謝啓。

本文原未繫年。歐譜繫於淳熙六年（一一七九），是。當作於該年十二月。時陸游在提舉江西常平茶鹽公事任上。

參考卷一江西到任謝表。

【箋注】

〔一〕行在所：指天子出行所在之地。史記衛將軍驃騎列傳：「右將軍蘇建盡亡其軍，獨以身得亡去，自歸大將軍……遂因建詣行在所。」裴駰集解引蔡邕曰：「天子自謂所居曰『行在所』，言今雖在京師，行所至耳。」宋高宗於紹興八年以臨安爲行在所，并定都於此。

〔二〕改轅：改變車行方向。轅，車前駕牲畜的直木。韓愈奉和兵部張侍郎馬帥已再領鄆州之作：「來朝當路日，承詔改轅時。」

〔三〕地望：地理位置。陸游從福建調往江西，後者優於前者，故曰「地望加優」。

〔四〕省循：反復省察。蘇轍代李諫議謝免罪表：「未能消於謗口，實有累於知人，每自省循，謂宜廢黜。」

〔五〕函丈：對前輩學者或老師的敬稱。此指史浩。緒餘：蠶繭抽絲後留剩的殘絲。借指事物之殘餘。莊子讓王：「道之真以治身，其緒餘以爲國家，其土苴以治天下。」

〔六〕鄉人：指俗人。孟子離婁下：「舜爲法於天下，可傳於後世，我由未免爲鄉人也。」

〔七〕知憐：賞識愛護。南史王彧傳：「（彧）幼爲從叔球所知憐。美風姿，爲一時推謝。」覆護：保護，庇佑。參見卷七上陳安撫啓注〔三〕。塵沙：即塵世。曠劫：佛教語。大劫難。李白地藏菩薩贊序：「獨出曠劫，導開横流。」王琦注：「曠劫，謂久遠之劫也。」

〔八〕頹墮：指精神頹廢衰憊。韓愈送高閑上人序：「泊與淡相遭，頹墮委靡，潰敗不可收拾，則其於書得無象之然乎？」摧藏：摧傷，挫傷。古詩源王昭君怨詩：「離宫絶曠，身體摧藏。」

〔九〕超躐：指越級提拔。陸游老學庵筆記卷七：「宋煇係直龍圖閣，便除待制，太超躐，欲且與脩撰。」便安：便利安適。後漢書霍諝傳：「就有所疑，當求其便安，豈有觸冒死禍，以解細微？」

〔一〇〕公衮：指三公一類顯職。范仲淹祭吕相公文：「憂勞疾生，辭去台衡，命登公衮，以養高年，如處嘉遁。」

〔一一〕祗奉：敬奉。阮籍大人先生傳：「汝又焉得挾金玉萬億，祗奉君上而全妻子乎？」詔追：指詔書召回。

〔一二〕奇蹇：指命運不好。岳飛辭例賜銀絹劄子：「然臣稟生奇蹇，賦分寒薄。」

〔一三〕投鼠忌器：比喻欲除害而有所顧忌。語本賈誼治安策：「里諺曰：『欲投鼠而忌器。』此善諭也。鼠近於器，尚憚不投，恐傷其器，況於貴臣之近主乎！」

〔一四〕舍牛釁鍾：指放了牛但不廢除釁鍾的儀式。孟子梁惠王上：「王坐於堂上，有牽牛而過堂下者，王見之，曰：『牛何之？』對曰：『將以釁鍾。』王曰：『舍之，吾不忍其觳觫，若無罪而就死地。』對曰：『然則廢釁鍾與？』曰：『何可廢也？以羊易之。』」釁鍾，古代祭祀時殺牲以血塗鍾。趙岐注：「新鑄鍾，殺牲以血塗其釁郤，因以祭之曰釁。」

〔一五〕包荒：包含荒穢。謂度量寬大。易泰：「包荒，用馮河，不遐遺。」王弼注：「能包含荒穢，受納馮河者也。」篤舊：以深情厚誼待故舊。南史王晏傳：「敕特原詡。詡亦篤舊，後拜廣州刺史。」

〔一六〕「招之來」句：指服從指揮，聽候調遣。語本史記汲鄭列傳：「使（汲）黯任職居官，無以逾人。然至其輔少主，守城深堅，招之不來，麾之不去，雖自謂賁、育亦不能奪之矣。」原指汲黯堅持原則，剛直不屈，今多反用其義。

〔一七〕「舍其短」句：指棄其所短，用其所長。語本漢書藝文志：「若能修六藝之術而觀此九家之言，舍短取長，則可以通萬方之略矣。」官使：指授之官職以使其才。漢書董仲舒傳：「諸侯、吏二千石皆盡心於求賢，天下之士可得而官使也。」顏師古注：「授之以官，以使其材也。」

〔一八〕餘潤：比喻旁及的德澤。秦觀陪李公擇觀金地佛牙詩：「乃知金仙妙難測，餘潤普及霑凡枯。」枯荄：乾枯的草根。文選潘岳悼亡詩之三：「落葉委埏側，枯荄帶墳隅。」李善注引方言：「荄，根也。」

〔一九〕疾恙：泛指疾病。杜牧祭周相公文：「牧守吴興，繼奉手示，但思休退，不言疾恙。」憂畏：憂慮畏怯。蕭統陶淵明集序：「宜乎與大塊而榮枯，隨中和而任放；豈能戚戚勞於憂畏，汲汲役於人間。」

〔二〇〕卒業：完成未竟的學業或事業。荀子仲尼：「文王誅四，武王誅二，周公卒業。」

〔二一〕訟過：指自責過失。劍南詩稿卷三一歲暮感懷其二：「訟過豈不力，壽非金石堅。」收身：指隱退。韓愈和僕射相公朝回見寄詩：「放意機衡外，收身矢石間。」

謝趙丞相啓

詣行在所，方承詔以北馳；駕使者車，復改轅而西上〔一〕。仰戴公朝之寬大〔二〕，重爲遠吏之光華。伏念某拳曲散材，聱牙末學〔三〕。衣食不繼，自竄夔楚之邦；齒髮寖衰，倦游隴蜀之境。惟習氣未忘於筆硯，每苦心自力於文詞。藏之名山，本欲粗傳於後世；待以國士，豈期親遇於巨公〔四〕。記憶不忘，詔除屢下〔五〕，雖復顛隮於薄命，要爲比數於明時〔六〕。而况仍皇華臨遣之榮，易江表清閒之處〔七〕，優游甚適，僥幸難名。此蓋伏遇某官誕保民彝〔八〕，堅持國是。致君密勿，偉治具之必張〔九〕；望古慨慷，閔道術之將裂〔一〇〕。務廣人文之化，仰扶主斷之明〔一一〕。念此窮途，爲之擇地。更令破萬卷之讀，或可成一家之言〔一二〕。某敢不開益舊聞〔一三〕，激昂懦意，稍竊簿書之暇日，試求學問之新功。構櫨侏儒〔一四〕，儻未捐於大匠；雕蟲篆刻〔一五〕，尚少進於故時。庶仰答於聖知，亦粗酬於鈞播〔一六〕。過此以往，未知所裁。

【題解】

趙丞相，即趙雄。參見本卷上趙參政啓題解。宋史宰輔表四：「（淳熙五年）十一月丁丑，趙雄自參知政事遷正議大夫，除右丞相。」承接上篇，本文爲陸游到任江西後致丞相趙雄的謝啓。

本文原未繫年。歐譜繫於淳熙六年（一一七九），是。當作於該年十二月。時陸游在提舉江西常平茶鹽公事任上。

【箋注】

〔一〕「詣行在所」四句：參見本卷江西到任謝史丞相啓注〔一〕、〔二〕。

〔二〕公朝：古代官吏在朝廷的治事之所，借指朝廷。莊子達生：「當是時也，無公朝，其巧專而外骨消。」

〔三〕拳曲：捲曲，彎曲。莊子逍遥遊：「吾有大樹，人謂之樗。其大本擁腫而不中繩墨，其小枝捲曲而不中規矩。」成玄英疏：「捲曲，不端直也。」散材：無用之木。比喻不爲世用之人。蘇軾東山浮金堂戲作詩：「我子乃散材，有如木輪囷。」聱牙：亦作「聱齖」。乖忤：抵觸。亦指不隨世俗。元結自釋書：「彼聱叟不羞聱齖於隣里，吾又安能慙漫浪於人間？」末學：膚淺無本之學。多用作自謙之詞。莊子天道：「本在於上，末在於下……末學者，古人有之，而非所以先也。」成玄英疏：「先，本也。五末之學，中古有之，事涉澆僞，終非根本也。」

〔四〕巨公：指王公大臣。蘇舜欽應制科上省使葉道卿書：「某觀前古之士，欻然奮起於賤庸之地，建名樹勳，風采表於當世者，未始不由上官巨公推引而能至也。」

〔五〕詔除：詔命拜官授職。三國志魏書王粲傳：「（粲）年十七，司徒辟，詔除黄門侍郎，以西京擾亂，皆不就。」

〔六〕顛隮：困頓挫折。王安石辭使相第三表：「末學短能，固知易竭，要官重任，終懼顛隮。」比數：相與并列；相提并論。參見卷七上史運使啓注〔一〕。

〔七〕仍：因襲。皇華：詩小雅篇名。詩序：「皇皇者華，君遣使臣也。送之以禮樂，言遠而有光華也。」後因以皇華爲贊頌奉命出使的典故。臨遣：臨軒派遣。江表：江外。指長江以南的地區。此指江西。

〔八〕誕保：大力治理。書洛誥：「惟周公誕保文武受命，惟七年。」孔傳：「大安文武受命之事。」

民彝：即人倫。參見本卷賀泉州陳尚書啓注〔四〕。

〔九〕密勿：勤勉努力。詩小雅十月之交：「黽勉從事，不敢告勞。」王先謙詩三家義集疏謂「魯『黽勉』作『密勿』」。漢書劉向傳：「君子獨處守正，不撓衆枉，勉彊以從王事……故其詩曰：『密勿從事，不敢告勞。』」顔師古注：「密勿，猶黽勉從事也。」治具必張：治理措施必須到位。韓愈進學解：「方今聖賢相逢，治具畢張，拔去兇邪，登崇畯良。」

〔一〇〕道術之將裂：天道之術將要割裂。莊子天下：「後世之學者，不幸不見天地之純，古人之大體，道術將爲天下裂。」道術，指普遍適用的反映天道之術，與局部適用的方術（一方之術）相對。

〔一一〕主斷：專斷，決斷。韓非子内儲説上：「叔孫相魯，貴而主斷。」

〔一二〕破萬卷之讀：杜甫奉贈韋左丞丈二十二韻：「讀書破萬卷，下筆如有神。」成一家之言：司馬遷報任少卿書：「亦欲以究天人之際，通古今之變，成一家之言。」

〔一三〕開益：啓發，增益。曾鞏乞賜唐六典狀：「其於就列，皆知其任；其於治體，開益至多。」

〔一四〕欂櫨侏儒：指托梁的方形短木和梁上短柱。韓愈進學解：「夫大木爲宗，細木爲桷，欂櫨侏儒，椳闑店楔，各得其宜，施以成室者，匠氏之工也。」

〔一五〕雕蟲篆刻：比喻詞章小技。「蟲」指蟲書，「刻」指刻符，均爲字體之一種。揚雄法言吾子：

「或問：『吾子少而好賦？』曰：『然。童子雕蟲篆刻。』俄而曰：『壯夫不爲也。』」

〔一六〕聖知：即聖智。聰明睿智，無所不通。此指皇帝。墨子尚同中：「是故選擇天下賢良聖知辯慧之人立以爲天子，使從事乎一同天下之義。」鈞播：尊長的教化。曾鞏明州到任謝兩府啓：「誓在糜捐，用酬鈞播。」

謝王樞使啓

詣行在所，方奉詔以北馳；駕使者車，復改轅而西上〔一〕。訓詞甚寵，地望加優。伏念某拳曲散材，邅回末路〔二〕。浪遊山澤，不知歲月之屢遷；篤好文辭，自是書生之一癖。斐然妄作〔三〕，本以自娱，流傳偶至於中都，鑒賞遂塵於乙夜〔四〕。既閲期年之久〔五〕，兩膺召節之頒。雖改命於半途，尚乘軺於名部〔六〕。始終僥倖，進退光榮。兹蓋伏遇某官謨明弼諧〔七〕，任重道遠。以國士待我，卓爲特達之知〔八〕；於古人求之，每極吹嘘之論。詔除屢下，器使不遺〔九〕。雖云薄命之顛隮，要是公朝之記省〔一〇〕。某敢不竊簿書之暇日，求學問之新功。欂櫨侏儒，儻未捐於大匠；雕蟲篆刻，尚少進於曩時〔一一〕。庶仰答於上恩，亦粗酬於鈞播〔一二〕。過此以往，未知所裁。

【題解】

王樞使，即王淮（一一二六—一一八九），字季海，婺州金華人。紹興十五年進士。爲臨海尉，除監察御史，遷右正言。淳熙二年除同知樞密院事、參知政事。五年除知樞密院事、樞密使。八年拜右丞相兼樞密使。尋拜左丞相。素善唐仲友，擢陳賈、鄭丙，攻擊道學，開慶元黨禁之先聲。宋史卷三九六有傳。

本文原未繫年。承接上篇，本文爲陸游到任江西後致樞密使王淮的謝啓。歐譜繫於淳熙六年（一一七九），是。當作於該年十二月。時陸游在提舉江西常平茶鹽公事任上。

【箋注】

〔一〕「詣行在所」四句：參見本卷江西到任謝史丞相啓注〔一〕、〔二〕。

〔二〕拳曲散材：彎曲無用之木。參見本卷謝趙丞相啓注〔三〕。邅回：困頓，不順利。參見卷八上王宣撫啓注〔一〕。

〔三〕斐然：穿鑿妄作貌。魏書元深傳：「頃恒州之人，乞臣爲刺史，徽乃斐然言不可測。」

〔四〕中都：京都。史記平準書：「漕轉山東粟，以給中都官。」司馬貞索隱：「中都，猶都内也。」

乙夜：二更時候，約爲夜間十時。後漢書百官志三「左右丞」劉昭注引蔡質漢儀：「凡中宮漏夜盡，鼓鳴則起，鐘鳴則息，衛士甲乙徼相傳。甲夜畢，傳乙夜，相傳盡五更。」資治通鑑魏邵陵厲公嘉平元年「自甲夜至五鼓」，胡三省注：「夜有五更：一更爲甲夜，二更爲乙夜，三更爲丙夜，四更爲丁夜，五更爲戊夜。」此指陸游詩作流傳宫中，得孝宗鑒賞。
〔五〕閲：經歷。　期年：一周年。左傳僖公十四年：「秋八月辛卯，沙鹿崩。晉卜偃曰：『期年將有大咎，幾亡國。』」
〔六〕乘軺：乘坐輕便馬車。參見卷九答交代陳太丞啓注〔七〕。　名部：名區。此指江西。
〔七〕謨明弼諧：謀略美善，輔佐協調。書皋陶謨：「允迪厥德，謨明弼諧。」孔安國傳：「言人君當信蹈行古人之德，謀廣聰明，以輔諧其政。」孔穎達疏：「聰明者自是己性，又當受納人言，使多所聞見，以博大此聰明，以輔弼和諧其政。」
〔八〕特達：特殊知遇。劉商送廬州賈使君拜命詩：「特達恩難報，升沉路易分。」
〔九〕器使：即重用。秦觀朋黨下：「(韓)琦、(富)弼、(范)仲淹等，旋被召擢，復蒙器使，遂得成其功名。」
〔一〇〕顛隮：困頓挫折。參見本卷謝趙丞相啓注〔六〕。　記省：記志省識。劉攽後漢書精要序：「若夫政化之要，禮刑之殊，材良節義之風，智勇名實之效，間見層出，悉使粲明，介善毛惡，咸可記省。」
〔一一〕「構櫨」四句：參見本卷謝趙丞相啓注〔一四〕〔一五〕。
〔一二〕鈞播：尊長的教化。參見本卷謝趙丞相啓注〔一六〕。

謝錢參政啓

詣行在所，方承詔以北馳；駕使者車，復改轅而西上〔一〕。訓詞甚寵，地望加優。伏念某少苦賤貧，長更憂患。名場蹭蹬〔二〕，幾白首以無成；宦海漂流，顧青衫而自笑。不圖遠戍，乃誤明恩。一麾在巴蜀之間〔三〕，萬里促宣温之對〔四〕，清光咫尺，睿獎再三〔五〕。略有司資格之常，備奉使詢謀之選〔六〕。方虞官謗〔七〕，又辱詔追。半道遣行，雖歎棲遲之薄命〔八〕；頻年記録，要爲比數於公朝〔九〕。兹蓋伏遇某官培植衆材，主張公論。憐其跋前疐後〔一〇〕，姑令全進退之宜；謂其尺短寸長，或可責馳驅之效〔一一〕。曲加拔拭〔一二〕，俾竊便安。某謹當增所不能，修其可願。侵尋遲暮，雖嗟已失於東隅〔一三〕；激勵衰疲，尚及未先於朝露〔一四〕。

【題解】

錢參政，即錢良臣，字師魏，一作友魏，華亭（今松江）人。紹興二十四年進士。累遷軍器少監、總領淮東財賦，除中書舍人兼侍講。淳熙五年六月，除簽書樞密院事，十一月，除參知政事。後出知鎮江府，改知建康府。嘉慶松江府志卷五〇有傳。承接上篇，本文爲陸游到任江西後致參知政事錢良臣的謝啓。

本文原未繫年。歐譜繫於淳熙六年（一一七九），是。當作於該年十二月。時陸游在提舉江西常平茶鹽公事任上。

【箋注】

〔一〕「詣行在所」四句：參見本卷江西到任謝史丞相啓注〔一〕、〔二〕。

〔二〕名場：指科舉考場。參見卷七謝賜出身啓注〔九〕。蹭蹬：困頓，失意。參見卷六謝諫議啓注〔八〕。

〔三〕一麾：一面旌麾。舊時作爲出爲外任的代稱。杜牧即事詩：「莫笑一麾東下計，滿江秋浪碧參差。」

〔四〕宣温之對：指與天子問對。參見卷九與建寧蘇給事啓注〔六〕。

〔五〕清光：指帝王之風采。參見卷一江西到任謝表注〔一八〕。睿獎：聖明的獎賞。薛逢送西川梁常侍之新築龍山城并錫賚兩州刺史及部落酋長等：「迴軒如睿獎，休作苦辛行。」

〔六〕詢謀：咨詢，商議。後漢書桓帝紀：「永惟大宗之重，深思嗣續之福，詢謀台輔，稽之兆占。」

〔七〕官謗：因居官不稱職而受到的責難和非議。左傳莊公二十二年：「齊侯使敬仲爲卿。辭曰：『羈旅之臣……敢辱高位，以速官謗？』」

〔八〕棲遲：漂泊失意。參見卷九上鄭宣撫啓注〔一八〕。

〔九〕比數：相與並列；相提並論。參見卷七上史運使啓注〔一一〕。

〔一〇〕跋前疐後：亦作跋前躓後、跋胡疐尾。比喻進退兩難。語本詩豳風狼跋：「狼跋其胡，載疐其尾。」韓愈進學解：「然而公不見信於人，私不見助於友，跋前躓後，動則得咎。」

〔一一〕馳驅：奔走，效力。蘇轍代張公祭蔡子正資政文：「聲聞於朝，遂付兵樞，剔朽鉏荒，許之馳驅。」

〔一二〕抆拭：掩飾。漢書朱博傳：「馮翊欲洒卿耻，抆拭用禁，能自效不？」顔師古注：「抆拭，摩也。」王先謙補注謂「禁」乃「卿」之誤。

〔一三〕侵尋：漸近，漸次發展。參見卷一福建到任謝表注〔一二〕。東隅：因日出東隅，故用以指早晨，引申指初始。後漢書馮異傳：「赤眉破平，士吏勞苦，始雖垂翅回谿，終能奮翼黽池，可謂失之東隅，收之桑榆。」

〔一四〕朝露：比喻存在時間短促。漢書蘇武傳：「人生如朝露，何久自苦如此！」顔師古注：「朝露見日則晞，人命短促亦如之。」

謝侍從啓

祈天請命，冀循省於叢祠〔一〕；便道之官，復驅馳於近甸〔二〕。始終僥幸，俯仰兢慚〔三〕。伏念某鄙朴不材，荒唐寡學。生逢盛際，無尺寸之可稱；久戍遠方，乞斗升而自活。昨蒙臨遣，已劇超逾〔四〕。但虞薄祐之難勝〔五〕，寧復異恩之敢望。未温坐席，遽辱賜環〔六〕，初疑誤報者再三，俄乃真承於尺一〔七〕。文詞吏事，何者粗堪；物論人情〔八〕，居然不允。非賴密加於覆護，固難終逭於顛隮〔九〕。此蓋伏遇某官義薄九天〔一〇〕，量容百輩。念器盈則覆〔一一〕，推轂無所復施〔一二〕；然令出惟行，反汗豈其得已〔一三〕。遂容末路，獲忝優除〔一四〕。雖愧招麾之頻〔一五〕，亦驚吊賀之速。而某昨緣奔走，積困沉綿〔一六〕。顧影獨悲，豈久堪於從宦〔一七〕；服勤不怠，尚少贖於空餐。

【題解】

侍從，宋代稱翰林學士、給事中、六部尚書、侍郎爲侍從。此侍從爲誰不詳。承接上篇，本文爲陸游到任江西後致侍從官的謝啓。

本文原未繫年。歐譜繫於淳熙六年（一一七九），是。當作於該年十二月。時陸游在提舉江西常平茶鹽公事任上。

【箋注】

〔一〕循省：檢查，省察。韓愈潮州謝孔大夫狀：「欲致辭爲讓，則乖伏屬之禮；承命苟貪，又非循省之道。」　叢祠：叢林中的神廟。史記陳涉世家：「又間令吴廣之次所旁叢祠中，夜篝火，狐鳴呼曰『大楚興，陳勝王』。」司馬貞索隱引戰國策高誘注：「叢祠，神祠也。叢，樹也。」

〔二〕便道之官：指拜官或受命後不必入朝謝恩，直接赴任。史記酷吏列傳：「孝景帝乃使使持節拜都爲鴈門太守，而便道之官，得以便宜從事。」　近甸：指都城近郊。晉書食貨志：「此又三魏近甸，歲當復入數十萬斛穀。」此指江西。

〔三〕俯仰：一舉一動。蔡邕和熹鄧后謚議：「鄉黨叙孔子，威儀俯仰無所遺；彤管記君王，纖微大小無不舉。」

〔四〕臨遣：臨軒派遣。　超踰：越級擢升，提拔。王充論衡命禄：「或時才高行厚，命惡，廢而不進；知寡德薄，命善，興而超踰。」

〔五〕薄祐：缺少神明的佑助。後漢書皇后紀上和熹鄧皇后：「薄祐不天，早離大憂。」

〔六〕賜環：指放逐之臣遇赦召還。參見卷六賀台州曾直閣啓注〔一三〕。

〔七〕尺一：指天子的詔書。參見卷七賀葉提刑啓注〔一五〕。

〔八〕物論：衆人的議論，輿論。晉書謝安傳：「是時桓沖既卒，荆江二州并缺，物論以玄勳望，宜以授之。」　人情：人心，衆人的情緒。後漢書皇甫規傳：「而災異猶見，人情未安者，殆賢愚進退，威刑所加，有非其理也。」

〔九〕逭：逃避。　顛隮：困頓挫折。參見本卷謝趙丞相啓注〔六〕。

〔一〇〕九天：指天空最高處。孫子形篇：「善攻者，動於九天之上。」梅堯臣注：「九天，言高不可測。」

〔一二〕器盈則覆：器指宥坐之器，即欹器，古時君主置於座右以爲警戒。荀子宥坐：「吾聞宥坐之器者，虚則欹，中則正，滿則覆。」楊倞注：「宥與右同。言人君可以置於坐右以爲戒也。」

〔一三〕推轂：薦舉，援引。史記魏其武安侯列傳：「魏其、武安俱好儒術，推轂趙綰爲御史大夫。」

〔一三〕反汗：指翻悔食言或收回成命。漢書劉向傳：「易曰：『涣汗其大號。』言號令如汗，汗出而不反者也。今出善令，未能踰時而反，是反汗也。」此以汗出而不能反喻令出不能收。

〔一四〕優除：授予美官。宋祁上謝轉吏部郎中表：「遂容孤迹，亦被優除。」

〔一五〕招麾：徵召，起用。劍南詩稿卷二八村居之一：「是中堪送老，高枕謝招麾。」

〔一六〕沉綿：指疾病纏綿，經久不愈。參見卷八謝洪丞相啓注〔一二〕。

〔一七〕從宦：即做官。劉勰文心雕龍時序：「偉長從宦於青土。」

謝臺諫啓

祈天請命，冀循省於窮閻；便道之官，復馳驅於近甸。始終僥幸，俯仰兢慚〔一〕。伏念某鄙朴不材，荒唐寡學。生逢盛際，無尺寸之可稱；久戍遠方，賴斗升而自活。昨蒙臨遣，已劇超逾〔二〕。但虞薄祐之難勝，寧復異恩之敢望。未温坐席，遽辱賜環〔三〕，初疑誤報於姓名，俄乃真承於詔命。人才吏事，何者粗堪；自計旁觀，居然不允。敢謂并包之廣大，更令進退之從容。此蓋伏遇某官山立英姿，海涵偉量。盡言劇論〔四〕，雖震聳於朝端〔五〕；用恕持平，每保全於士類。遂容末路，獲忝優除。俯伏以思，論報何所〔六〕。而某昨緣奔走，積困沉綿。顧影獨悲，豈久堪於從宦；服勤不怠，尚少贖於空餐。

【題解】

臺諫，宋代以專司糾彈的御史爲臺官，以職掌建言的給事中、諫議大夫等爲諫官。兩者職責往往相混，泛稱臺諫。此臺諫爲誰不詳。承接上篇，本文爲陸游到任江西後致臺諫官的謝啓。

本文原未繫年。歐譜繫於淳熙六年（一一七九）是。當作於該年十二月。時陸游在提舉江西常平茶鹽公事任上。

【箋注】

〔一〕「祈天請命」六句：參見本卷謝侍從啓注〔一〕至〔三〕。本篇文句多同於上篇。

〔二〕「昨蒙」二句：參見本卷謝侍從啓注〔四〕。

〔三〕「但虞」四句：參見本卷謝侍從啓注〔五〕、〔六〕。

〔四〕盡言：即直言。指暢所欲言，毫無保留。國語周語下：「唯善人能受盡言，齊其有乎？」

劇論：深刻論議，激切論辯。范仲淹舉張昇自代狀：「清介自立，精思劇論，有憂天下之心。」

〔五〕朝端：朝廷。任昉齊竟陵文宣王行狀：「敷奏朝端，百揆惟穆。」

〔六〕論報：指報答恩情。新唐書馬周傳：「竊自惟念無以論報，輒竭區區，惟陛下所擇。」

與本路監司啓

詣行在所，方奉詔以北歸；駕使者車，復改轅而西上〔一〕。稍息道途之役，獲全溝壑之身〔二〕。揣分已逾〔三〕，置慚靡所。伏念某頹然遲暮，久矣漂流。戍隴十年，形容盡變；還吳萬里，交舊半空〔四〕。騎馬而聽朝鷄，已冥心於昨夢〔五〕；賣刀而買耕犢，將掃軌於窮閻〔六〕。敢謂頻年，屢膺嚴召〔七〕，既衆知其不可，亦自揆之甚明〔八〕。所期獨往於山林，乃得本來之面目。此蓋伏遇某官英姿玉立①，大度海涵。愛惜人材，每陰借之餘論〔九〕；維持公道，尤深憫於窮途。施及妄庸，未忘記省。某登門維舊，擁篲有期〔一〇〕。大匠之規矩可師，即趨函丈〔一一〕；小夫之竿牘自見〔一二〕，姑致萬分。

【題解】

本路監司，即江南西路監司。宋諸路轉運使司、提點刑獄司、提舉常平司等，有監察各州官吏之責，總稱監司。此監司爲誰不詳。承接上篇，本文爲陸游致江南西路監司長官的啓文。

本文原未繫年。歐譜繫於淳熙六年（一一七九），是。當作於該年十二月。時陸游在提舉江西常平茶鹽公事任上。

【校記】

①「玉立」，汲古閣本作「山立」。

【箋注】

〔一〕「詣行在所」四句：參見本卷江西到任謝史丞相啓注〔一〕、〔二〕。

〔二〕溝壑：借指處困厄之境。孟子滕文公下：「志士不忘在溝壑，勇士不忘喪其元。」

〔三〕揣分：衡量名位、能力。參見卷五辭免賜出身狀注〔四〕。

〔四〕交舊：故交，舊友。後漢書張奐傳：「（奐）既被錮，凡諸交舊莫敢爲言。」

〔五〕騎馬聽朝鷄：借指擔任京官。葉夢得石林詩話卷中：「常待制秩，居汝陰，與王深父皆有盛名於嘉祐、治平之間，屢召不至，雖歐陽文忠公亦重推禮之，其詩所謂『笑殺潁川常處士，十年騎馬聽朝鷄』者是也。熙寧初，荆公當國，力致之……嘗一日，大雪趨朝，與百官待門於仗舍，時秩已衰，寒甚不可忍，喟然若有所恨者，乃舉文忠詩以自戲曰：『凍殺潁川常處士，也來騎馬聽朝鷄。』」冥心：泯滅俗念，使心境寧靜。魏書逸士傳序：「冥心物表，介然離俗，望古獨適，求友千齡，亦異人矣。」

〔六〕「賣刀」二句：指賣掉武器務農。漢書循吏傳龔遂：「民有帶持刀劍者，使賣劍買牛，賣刀買犢。」 掃軌：比喻隔絶人事。參見卷六答福建察推啓注〔二〕。 窮閻：陋巷。參見卷一福建到任謝表注〔四〕。
〔七〕嚴召：指君命徵召。陳師道除官詩：「扶老趨嚴召，徐行及聖時。」
〔八〕自揆：自度，自測。
〔九〕餘論：識見廣博之論，宏論。司馬相如子虛賦：「問楚地之有無者，願聞大國之風烈，先生之餘論也。」
〔一〇〕維舊：維繫舊情。 擁篲：執帚清道，迎候賓客，以示敬意。參見卷九與錢運使啓注〔八〕。
〔一一〕大匠：技藝高超的木工。參見卷九與錢運使啓注〔九〕。 函丈：指講學的坐席。參見卷九與錢運使啓注〔一〇〕。
〔一二〕小夫之竿牘：指匹夫關心的瑣事。參見卷九與錢運使啓注〔一一〕。

答本路郡守啓

末路賜環，本出聖知之舊〔一〕；半途畀節〔二〕，尚承寵命之新。揣分實逾，置慚靡所。伏念某易摇弱植，無用散材〔三〕。轍環天下而老於行〔四〕，寧非薄命；舟近神山而引之去，殆有宿緣〔五〕。方力丐於退藏，乃更叨於臨遣〔六〕。此蓋伏遇某官指南公議，推轂時髦〔七〕，顧雖流落之餘。亦在揄揚之末〔八〕。某方勤馳傳，未卜登門〔九〕，頌詠之私，敷宣罔既〔一〇〕。

【題解】

本路郡守，即江南西路隆興府知府。宋代郡改府，知府亦稱郡守。隆興知府爲誰不詳。本文爲陸游致隆興知府的答啓。

本文原未繫年。歐譜繫於淳熙六年（一一七九），是。當作於該年十二月。時陸游在提舉江西常平茶鹽公事任上。

【箋注】

〔一〕賜環：指放逐之臣遇赦召還。參見卷六賀台州曾直閣啓注〔一三〕。聖知：即聖智。此指皇帝。參見本卷謝趙丞相啓注〔一六〕。

〔二〕畀節：給予符節。此指提舉江西常平茶鹽公事的任命。

〔三〕弱植：身世寒微、勢孤力單者。參見卷八上王宣撫啓注〔八〕。散材：無用之木。比喻不爲世所用之人。參見卷八謝夔路監司列薦啓注〔三〕。

〔四〕「轍環」句：韓愈進學解：「轍環天下，卒老於行。」

〔五〕「舟近」二句：史記封禪書：「自威、宣、燕昭使人入海求蓬萊、方丈、瀛洲。此三神山者，其傳在勃海中，去人不遠；患且至，則船風引而去。」宿緣：佛教指前生因緣。宗炳明佛論：「況須彌之大，佛國之偉，精神不滅，人可成佛，心作萬有，諸法皆空，宿緣綿邈，億劫乃報乎！」

〔六〕丐：乞求。退藏：指辭官隱退，藏身不用。參見卷一福建到任謝表注〔一一〕。叨：承受。臨遣：臨軒派遣，指皇帝親自委派。參見卷一福建到任謝表注〔二〕。

〔七〕指南：比喻指導。文選張衡東京賦：「鄙哉予乎！習非而遂迷也，幸見指南於吾子。」公議：公衆共同評論。韓非子説疑：「彼又使譎詐之士……使諸侯淫説其主，微挾私而公議。」推轂：薦舉，援引。參見本卷謝侍從啓注〔一一〕。時髦：當代俊傑。參見卷九除制司參議官謝趙都大啓注〔九〕。

〔八〕揄揚：宣揚。參見卷六謝諫議啓注〔二〕。

〔九〕馳傳：駕馭驛站車馬疾行。史記孟嘗君列傳：「秦昭王後悔出孟嘗君，求之，已去，即使人馳傳逐之。」未卜：没有占卜。引申爲不知，難料。李商隱馬嵬詩：「海外徒聞更九州，他生未卜此生休。」

〔一〇〕敷宣：宣揚。罔既：不盡。參見卷八答發解進士啓注〔九〕。

答寄居官啓

賜環半道，易節回轅〔一〕，去閩中瘴癘之區，得江表清閒之地〔二〕。優游甚適，僥幸難名。此蓋某官義重嘘枯，情深推轂〔三〕，每假揄揚之助，俾叨臨遣之榮。黄撫幹、晏簽判云〔四〕。老夫耄矣而無能，寧有澄清之效〔五〕；君子居之而何陋，尚陪名理之餘〔六〕。范提幹云〔七〕。尺素驚傳，喜論交之未替〔八〕；一樽相屬，悵道舊之何由〔九〕。陳檢法云〔一〇〕。汩没簿書〔一一〕，敢冀澄清之效；從容談笑，尚爲衰晚之光〔一二〕。

【題解】

寄居官，指本爲朝廷官員，而今返里家居之人。趙昇朝野類要稱謂：「寄居官，又名私居官。不以客居及本貫土著，皆謂之私居、寄居。其義蓋有官者，本朝廷仕宦也。」此寄居官爲誰不詳。本文爲陸游致某寄居官的答啓。

本文原未繫年。歐譜繫於淳熙六年（一一七九）是。當作於該年十二月。時陸游在提舉江西常平茶鹽公事任上。

【箋注】

〔一〕賜環：指放逐之臣遇赦召還。參見卷六賀台州曾直閣啓注〔一三〕。易節：指改换任命。

〔二〕閩中：古郡名。秦置，秦末廢。後指福建一帶。謝靈運還舊園作見顔范二中書詩：「閩中安可處，日夜念歸旋。」瘴癘：指瘴氣。杜甫悶：「瘴癘浮三蜀，風雲暗百蠻。」江表：江外。此指江西。

〔三〕嘘枯：比喻拯絶扶危。參見卷七上史運使啓注〔一四〕。推轂：薦舉，援引。參見本卷謝侍從啓注〔一一〕。

〔四〕撫幹：安撫司幹辦公事的簡稱。僉判：簽書判官廳公事的簡稱。黄撫幹、晏僉判，及下文范提幹、陳檢法，當均爲陸游在江南西路任職時的同事。「云」前文句或爲這些同事所續。

〔五〕「老夫」句：左傳隱公四年：「石碏使告於陳曰：『衛國褊小，老夫耄矣，無能爲也。』」耄，年老，八九十歲的年紀。澄清：指肅清混亂局面。後漢書黨錮傳范滂：「滂登車攬轡，慨然有澄清天下之志。」

〔六〕「君子」句：論語子罕：「子欲居九夷，或曰：『陋，如之何？』子曰：『君子居之，何陋之有？』」名理：指辨析事物名理之論。

〔七〕提幹：幹辦公事的簡稱。

〔八〕尺素：小幅絹帛，古人多用以寫信或文章。文選古樂府飲馬長城窟行：「客從遠方來，遺我雙鯉魚。呼兒烹鯉魚，中有尺素書。」吕向注：「尺素，絹也。古人爲書，多書於絹。」論交：結交，交友。高適送前衛縣李寀少府詩：「怨別自驚千里外，論交却憶十年時。」

〔九〕道舊：談論往事，叙説舊情。史記高祖本紀：「道舊故爲笑樂。」

〔一〇〕檢法：提點刑獄司檢法官的簡稱。

〔一一〕汩没：沉溺。歐陽修與劉侍讀書：「汩没聲利，惟溺惑者不勝其勞。」簿書：官署中的文書簿册。漢書賈誼傳：「而大臣特以簿書不報，期會之間，以爲大故。」

〔一二〕衰晚：即暮年。范仲淹與韓魏公書：「蓋年向衰晚，風波屢涉，不自知止，禍亦未涯，此誠懼於中矣。」

賀葛正言啓

恭審儤直北扉，方演出綸之命〔一〕；拾遺西省，遂輸補袞之忠〔二〕。上虛佇於嘉言，士共歸於碩望〔三〕。恭惟某官英辭擅世，偉識絶人，諸老先生聞名而願交，學士大夫望風而知敬。讎書群玉之府，視草承明之廷〔四〕，比傳夜對之從容，屢動天顔之忻懌〔五〕。主聖臣直，共知千載之逢；言聽諫行，獨任七人之責〔六〕。木從繩而必正，石投水以奚難。某屬以乘軺，阻陪賀厦〔七〕。比年十漸〔八〕，必盡告於吾君；一日九遷，將孰先於門下〔九〕。其爲抃躍〔一〇〕，罔罄敷陳。

【題解】

葛正言，即葛邲（約一一三一—約一一九六），字楚輔，世居丹陽，後徙吴興。葛立方子。隆興進士。歷國子博士、著作郎兼學士院權直、右正言、中書舍人、給事中、刑部尚書、參知政事，紹熙四年（一一九三）拜左丞相。後知建康府。宋史卷三八五有傳。正言，諫官名。唐有左、右拾遺，宋初改爲左、右正言，掌規諫諷喻，分隸門下、中書二省。南宋館閣續録卷八：「葛邲（淳熙）六年十月除著作郎，七年二月爲右正言」。本文爲陸游爲葛邲獲除右正言所致的賀啓。

本文原未繫年。歐譜繫於淳熙六年（一一七九），誤。當作於淳熙七年（一一八〇）二月。時陸游在提舉江西常平茶鹽公事任上。

【箋注】

〔一〕儤直：指官吏在官府連日值宿。王禹偁贈浚儀朱學士詩：「何時儤直來相伴，三入承明興漸闌。」北扉：北向之門。沈括夢溪筆談故事一：「唐制……又學士院北扉者，爲其在浴堂之南，便於應召。」因以「北扉」爲學士院的代稱。蘇轍謝翰林學士宣召狀之二：「今臣與兄軾皆塵西掖，繼入北扉，曾未三年，遍經兩制。」此指葛邲任著作郎兼學士院權直。演：依照程式練習。出綸：指帝王的詔命。參見卷一轉太中大夫謝表注〔四〕。翰林學士掌起草帝王詔命。

〔二〕拾遺：補正他人缺點過失。史記汲鄭列傳：「臣願爲中郎，出入禁闥，補過拾遺，臣之願也。」西省：中書省的別稱。蘇軾再次韻答完夫穆父：「豈知西省深嚴地，也著東坡病瘦身。」此指葛邲新任隸屬中書省的右正言。　補衮：補救規諫帝王的過失。　語本詩大雅烝民：「衮職有闕，維仲山甫補之。」

〔三〕虛佇：虛心期待。杜甫北征詩：「聖心頗虛佇，時議氣欲奪。」　碩望：重望，高名。　李德裕授石雄晉絳行營節度使制：「朕以彥佐，早升大將之壇，久服上公之冕，資其碩望，任以指蹤。」

〔四〕讎書：校書。柳宗元唐故萬年令裴府君墓碣：「讎書宮闈，佐職於京。」　群玉之府：指帝王珍藏圖籍書畫之所。穆天子傳卷二：「天子北征，東還，乃循黑水，癸巳，至於羣玉之山……先王之所謂策府。」郭璞注：「言往古帝王以爲藏書册之府，所謂藏之名山者也。」　視草：詞臣奉旨修正詔諭一類公文。漢書淮南王劉安傳：「每爲報書及賜，常召司馬相如等視草乃遣。」　承明：漢承明殿旁侍臣值宿之屋，稱承明廬。後以入直承明爲入朝作官之典。

〔五〕夜對：指夜晚對天子之問。　天顏：天子的容顏。趙曄吳越春秋勾踐歸國外傳：「羣臣拜舞天顏舒，我王何憂能不移。」　忻懌：喜悦。唐庚賀王尚書啓：「忻懌之私，叙陳罔既。」

〔六〕七人：指古代天子的七位諍臣。泛指諫臣。參見卷六賀何正言除左司諫啓注〔一一〕。

〔七〕乘軺：乘坐輕便馬車。指出征，出使。文選丘遲與陳伯之書：「今功臣名將，雁行有序，佩紫懷黃，贊帷幄之謀；乘軺建節，奉疆場之任，并刑馬作誓，傳之子孫。」阻陪：指因僻守荒遠之地，不能參與拜賀。參見卷一會慶節賀表二注〔六〕。賀廈：指祝賀新居。淮南子説林訓：「湯沐具，而蟣虱相弔；大厦成，而燕雀相賀。憂樂別也。」後以「賀厦」、「賀燕」作爲祝賀新居落成的套語。

〔八〕十漸：指魏徵名篇十漸不克終疏中所列舉的唐太宗即位後「漸不克終」的十項弊端。

〔九〕九遷：指多次升遷。參見卷六賀禮部曾侍郎啓注〔三〕。門下：即閤下。對人的尊稱。朱熹與江東陳帥書：「不審高明何以處此？熹則竊爲門下憂之，而未敢以爲賀也。」

〔一〇〕抃躍：手舞足蹈。表示歡欣鼓舞。梁江淹爲蕭驃騎讓太尉表：「雖蹈疵戾，猶深抃躍。」

賀周參政啓

恭審顯奉廷揚，進陪國論〔一〕。號令涣焉可述，乃專討論潤色之功〔二〕；疇咨若時登庸，遂處輔弼疑丞之位〔三〕。國有隆儒之盛，士知稽古之榮〔四〕。伏以典謨實列於六經〔五〕，臣主難逢於千載。高文大册，或托之不得其人；老師宿儒，有死而莫見於世。維時鴻碩之彦，早冠清華之途〔六〕。成功告於神明，大業刻之金石。發德音，下明詔，大哉王言；建顯號，施尊名，震於方外。一變猥釀枝駢之體，復還雄深灝噩之風〔七〕。縉紳竊誦而得師，夷狄傳觀而動色。顧於昭代〔八〕，可謂殊勛。雖箕、潁之志屢陳，然莘、渭之求焉往〔九〕。恭惟某官任重而宏毅，謨明而弼諧〔一〇〕。以窮深測遠之才，坐酬衆務；以極高蟠厚之氣，陰折遐衝〔一一〕。至於擅世之英辭，本皆全德之餘事，僅少施於一二，已見謂於崇紘〔一二〕。豈容卷懷經濟之圖〔一三〕，遂欲袖手寬閒之地。公毋困我，初誦留行之言〔一四〕；上誠知人，亟下延登之命〔一五〕。然易問者聖君之眷〔一六〕，難居者天下之名。方仰對於寵光，願益思於挹損〔一七〕，茂迪謙尊之吉，永爲善類之依〔一八〕。

【題解】

周參政，即周必大（一一二六—一二〇四），字子充，一字洪道，吉州廬陵（今江西吉安）人。紹興二十年進士。舉博學宏詞科。歷秘書省正字、監察御史、秘書少監、侍讀、兵部侍郎、禮部尚書兼翰林學士、吏部侍郎、參知政事、樞密使、參知政事等。淳熙十四年（一一八七）拜右丞相，進左丞相，封益國公。後出判潭州，以少傅致仕。宋史卷三九一有傳。宋史宰輔表四：「（淳熙）七年五月戊辰，周必大自吏部尚書除參知政事。」本文爲陸游爲周必大獲除參知政事所致的賀啓。

本文原未繫年。歐譜繫於淳熙七年（一一八〇），是。當作於該年五月。時陸游在提舉江西常平茶鹽公事任上。

【箋注】

〔一〕廷揚：即對揚王廷。指面君奏對。　國論：指商討國家大計。岳飛乞解樞柄第三劄：「伏念臣濫厠樞庭，誤陪國論，貪榮滋甚，補報蔑然，豈惟曠職之可憂，抑亦妨賢之是懼。」

〔二〕討論潤色：探討研究，修飾文字。論語憲問：「爲命，裨諶草創之，世叔討論之，行人子羽修飾之，東里子産潤色之。」王安石西垣當直：「討論潤色今爲美，學問文章老更醇。」

〔三〕疇咨若時登庸：書堯典：「帝曰：『疇咨若時登庸。』」孔安國傳：「疇，誰；庸，用也。誰能咸熙庶績，順是事者，將登用之。」疇咨，訪問，訪求。　輔弼：輔佐君主者。後多指宰相。呂氏春秋自知：「故天子立輔弼，設師保，所以舉過也。」　疑丞：傳説古代供天子咨詢的四位輔臣中的二位。後泛指輔佐大臣。禮記文王世子：「虞、夏、商、周，有師保，有疑丞。」

〔四〕稽古：考察古事。書堯典：「曰若稽古。帝堯曰放勳。」

〔五〕典謨：尚書中堯典、舜典和大禹謨、皋陶謨等篇的並稱。書序：「典、謨、訓、誥、誓、命之文凡百篇，所以恢弘至道，示人主以軌範也。」

〔六〕鴻碩：學識淵博之人。蘇頲封東嶽朝覲頌：「而左輔右弼，雜縉紳鴻碩之倫。」　清華：清高顯貴。參見卷六賀台州曾直閣啓注〔六〕。

〔七〕猥釀：雜亂，鄙陋。新唐書劉子玄吴兢等傳贊：「又舊史之文，猥釀不綱，淺則入俚，簡則及漏。」　枝駢：即駢枝。比喻多餘無用之物。莊子駢拇：「是故駢於足者，連無用之肉也；

枝於手者，樹無用之指也。多方駢枝於五藏之情者，淫僻於仁義之行，而多方於聰明之用也。」　灝噩：博大。語本揚雄法言問神：「虞、夏之書渾渾爾，商書灝灝爾，周書噩噩爾。」司馬光謝賜資治通鑑序表：「發言爲典，肆筆成書。炳蔚互變，如虎豹之明；灝噩無涯，逾商周之盛。」

〔八〕昭代：政治清明的時代。常用以稱頌本朝或當今時代。崔塗問卜：「不擬逢昭代，悠悠過此生。」

〔九〕箕、潁：箕山和潁水。相傳堯時，賢者許由曾隱居箕山之下，潁水之陽。後因以「箕潁」指隱居之地。謝靈運擬魏太子鄴中集詩徐幹詩序：「少無宦情，有箕潁之心事，故仕世多素辭。」　莘、渭：莘，古國名。在今陝西合陽。孟子萬章上：「伊尹耕於有莘之野。」趙岐注：「有莘，國名。伊尹初隱之時，耕於有莘之野。」後以「莘野」指隱居之地。渭，水名。黄河支流。相傳姜太公隱居垂釣於渭水之濱。韓非子喻老：「文王舉太公於渭濱者，貴之也。」

〔一〇〕任重而宏毅：任重道遠，意志堅毅。論語泰伯：「曾子曰：『士不可以不弘毅，任重而道遠。』」朱熹集注：「弘，寬廣也；毅，强忍也。非弘不能勝其重，非毅無以致其遠。」　謨明而弼諧：謀略美善，輔佐協調。參見本卷謝王樞使啓注〔七〕。

〔一一〕極高蟠厚：頂天立地，遍及天地。參見卷一光宗册寶賀表注〔五〕。　遐衝：遠方之衝車。引申爲與遠方邦國間的衝突。後漢書馬融傳：「蓋安不忘危，治不忘亂，道在乎兹，斯固帝王之所以曜神武而折遐衝者也。」

〔一二〕崇訞：即崇論訞議。指高明宏大的議論。參見卷七問候洪總領啓注〔九〕。

〔一三〕卷懷：指收心息慮，藏身隱退。語本論語衛靈公：「邦無道，則可卷而懷之。」劉寶楠正義：「卷，收也。懷，與『褱』同，藏也……卷而懷之，蓋以物喻。」劉勰文心雕龍養氣：「意得則舒懷以命筆，理伏則投筆以卷懷。」

〔一四〕留行：挽留，使不離去。孟子公孫丑下：「孟子去齊，宿於晝，有欲爲王留行者。」趙岐注：「欲爲王留孟子行。」

〔一五〕延登：延攬擢用。參見卷九賀葉樞密啓注〔一六〕。

〔一六〕「然易」句：謂帝王之眷愛信任易受到離間而衰減。

〔一七〕挹損：謙遜。蔡邕和熹鄧后謚：「允恭挹損，密勿在勤。」

〔一八〕茂迪：勉力開導。茂，同「懋」。謙尊：即謙尊而光。指尊者謙虚而顯示其光明美德。語本易謙：「謙，尊而光，卑而不可踰。」孔穎達疏：「尊者有謙而更光明盛大，卑謙而不可踰越。」善類：善良有德之人。參見卷六賀辛給事啓注〔一八〕。

賀謝樞密啓

恭審顯膺出綍，進貳本兵〔一〕。蠻夷奪氣而息謀〔二〕，朝野動容而相慶。恭惟某官英猷經遠，敏識造微〔三〕，秉心如金石之堅，論事若權衡之審。主知千載，際聖世之風雲；言責三年，極人才之涇渭〔四〕。士恃公平而不恐，上嘉孤直之無朋〔五〕。遂由常伯之聯〔六〕，進貳中樞之任。較一時之同進〔七〕，得喪孰多；付四海之僉言〔八〕，忠邪自見。固將力回薄俗，盡建明謨。網漏吞舟〔九〕，示太平之寬大；雲興膚寸，澤庶物之焦枯〔一〇〕。豈惟康濟於兹時，固足儀刑於後世〔一一〕。某早迂記省，晚荷甄收〔一二〕。雖知薄命之多奇，猶復誦言而不置，使駑馬妄思於十駕，而沉舟未羨於千帆〔一三〕。求之古人，可謂曠世難逢之會；報以國士，敢忘終身自勵之心。

【題解】

謝樞密，即謝廓然（？—一一八二），字開之，臨海人。謝升俊之子。淳熙四年賜同進士出身。以父蔭補官。歷鄂州通判、知萬州、知真州、殿中侍御史、右諫議大夫、刑部尚書、簽書樞密院事、同知樞密院事、兼權參知政事等。嘉定赤城志卷三三有小傳。宋史宰輔表四：「（淳熙）七年五月戊辰，謝廓然自刑部尚書除端明殿學士、簽書樞密院事。」本文爲陸游爲謝廓然獲除簽書樞密院事所致的賀啓。

本文原未繫年。歐譜繫於淳熙七年（一一八〇），是。當作於該年五月。時陸游在提舉江西常平茶鹽公事任上。

【箋注】

〔一〕出綍：指帝王封官的詔令。參見卷七賀張都督啓注〔一七〕。進貳：提拔爲次官。參見卷七賀黄樞密啓注〔一〕。本兵：執掌兵權。參見卷七賀黄樞密啓注〔一三〕。

〔二〕蠻夷：古代對四方邊遠地區人民的泛稱。書舜典：「柔遠能邇，惇德允元，而難任人，蠻夷率服。」

〔三〕英猷：即良謀。晉書宣帝紀：「（宣皇）雄略内斷，英猷外決，殄公孫於百日，擒孟達於盈旬，自以兵動若神，謀無再計。」經遠：指作長遠謀劃。三國志毛玠傳：「袁紹、劉表，雖士民衆彊，皆無經遠之慮，未有樹基建本者也。」敏識：聰明博識。韓愈爲韋相公讓官表：「臣本非長才，又乏敏識，學不能通達經訓，文不足緣飾吏事。」造微：達到精妙的程度。齊己酬微上人詩：「古律皆深妙，新吟復造微。」

〔四〕言責：進言勸諫的責任。孟子公孫丑下：「有言責者，不得其言則去。」趙岐注：「言責，獻言之責，諫諍之官也。」涇渭：古人謂涇清渭濁，因常用「涇渭」比喻人品的優劣、事物的真僞。晉書外戚傳王濛：「夫軍國殊用，文武異容，豈可令涇渭混流，虧清穆之風。」

〔五〕孤直：孤高耿直。北齊書庫狄士文傳：「士文性孤直，雖隣里至親莫與通狎。」

〔六〕常伯：周官名。管理民事的大臣。因從諸伯中選拔，故名。後稱皇帝的近臣。書立政：「王左右常伯、常任、準人、綴衣、虎賁。」蔡沈集傳：「有牧民之長曰常伯。」

〔七〕同進：指同求進取者。羅隱讒書答賀蘭友書：「僕少而羈窘，自出山二十年，所向推沮，未嘗有一得幸於人，故同進者忌僕之名，同志者忌僕之道。」

〔八〕僉言：衆人的意見。參見卷九與蜀州同官啓注〔四〕。

〔九〕網漏吞舟：比喻法網疏寬，大奸得脱。史記酷吏列傳序：「漢興，破觚而爲圜，斲雕而爲樸，網漏於吞舟之魚，而吏治烝烝，不至於姦，黎民艾安。」

〔一〇〕雲興膚寸：雲集聚、興起於雲氣。膚寸，指下雨前逐漸集合的雲氣。張協雜詩之九：「雖無箕畢期，膚寸自成霖。」庶物：衆物，萬物。易乾：「保合大和，乃利貞。首出庶物，萬國咸寧。」

〔一一〕康濟：指安民濟世。參見卷六賀辛給事啓注〔六〕。儀刑：爲法，作爲楷模。袁宏後漢紀桓帝紀一：「德苟成，故能儀刑家室，化流天下；禮苟順，故能影響無遺，翼宣風化。」

〔一二〕甄收：審核録用。參見卷六除删定官謝丞相啓注〔一六〕。

〔一三〕「使駑」二句：以駑馬、沉舟自喻并無非分之想。參見卷八謝王宣撫啓注〔八〕。

渭南文集箋校卷第十一

啓

【釋體】

本卷文體同卷六，收録啓二十三首。

本卷嘉定本原闕，以弘治本補之。

賀禮部鄭侍郎啓

恭審肇橐陞華，資論思於禁路〔一〕；絲綸出令，兼潤色於皇猷〔二〕。共知儒術之益尊，孰謂太平之無象〔三〕。恭惟某官好是正直，擇乎中庸。大册高文，固已寫之琬琰〔四〕；崇言谹議，皆可質於鬼神。殆將與日月而争光，奚止當雷霆而獨立〔五〕。惟上聖克勤於總攬，察群臣各盡於才能。謂其代予言，既久煩於鴻碩〔六〕；求能典朕禮，宜無易於老成〔七〕。況以南省之要司，仍寓西垣之舊直〔八〕，惟時異數，實冠清途〔九〕。然而文關國之盛衰，官以人而輕重。籲俊尊上帝，豈止在玉帛鐘鼓之間〔一〇〕；斂福錫庶民，其必有典謨訓誥之盛〔一一〕。視古無愧，非公而誰。所冀復如三代禮樂大備之時，抑亦追還兩漢文辭爾雅之體〔一二〕。顧雖老矣，尚及見之。

【題解】

鄭侍郎，即鄭丙（一一二一—一一九四），字少融，福州長樂人。紹興十五年進士。歷官監察御史、秘書監、中書舍人、禮部侍郎、吏部侍郎、吏部尚書等。在朱熹劾奏唐仲友案中，庇護仲友，首倡「道學」之名，稱其「欺世盜名，不宜信用」，遂開「慶元黨禁」之始。宋史卷三九四有傳。周必大吏部尚書鄭公丙神道碑：「（淳熙）七年五月，除禮部侍郎。」本文爲陸游爲鄭丙獲除禮部侍郎所致的賀啓。

本文原未繫年。歐譜繫於淳熙七年（一一八〇），是。當作於該年五月。時陸游在提舉江西常平茶鹽公事任上。

【箋注】

〔一〕筆橐：攜帶文具所用袋子。蘇軾次韻李公擇梅花：「嗟臣本侍臣，筆橐從上雍。」論思：

議論、思考。特指皇帝與學士、臣子討論學問。參見卷七問候洪總領啓注〔一三〕。禁路：即御道。供帝王車駕行走的道路。秦觀輦下春晴詩：「衣冠紛禁路，雲氣繞宫牆。」

〔二〕絲綸：指帝王詔書。參見卷一謝致仕表注〔四〕。皇猷：帝王的教化。參見卷八謝洪丞相啓注〔一二〕。

〔三〕太平無象：謂太平盛世并無一定標誌。參見卷二丞相率文武百僚請皇帝聽樂表注〔九〕。

〔四〕琬琰：碑石之美稱。唐玄宗孝經序：「寫之琬琰，庶有補於將來。」

〔五〕雷霆：對帝王或尊者暴怒的敬稱。參見卷五辭免賜出身狀二注〔二〕。

〔六〕鴻碩：指學識淵博之人。參見卷十賀周參政啓注〔六〕。

〔七〕老成：指年高有德之人。後漢書和帝紀：「今彪聰明康彊，可謂老成黄耇矣。」李賢注：「老成，言老而有成德也。」

〔八〕南省之要司：指禮部侍郎。南省，尚書省的别稱。唐中書、門下、尚書三省均在大内之南，而尚書省更在中書、門下二省之南，故稱南省。韓愈論孔戣致仕狀：「右臣與孔戣，同在南省爲官，數得相見。」此特指隸屬尚書省的禮部。西垣之舊直：指中書舍人。西垣，唐宋時中書省的别稱。因設於宫中西掖，故稱。韋應物和張舍人夜值中書寄吏部劉員外：「西垣草詔罷，南宫憶上才。」

〔九〕清途：清貴的仕途。北堂書鈔卷六二引晉武帝治書侍御史詔：「基子沖尚書郎中，雖復清途，猶未免楚撻。」

〔一〇〕籲俊尊上帝：招呼賢俊，尊事天子。書立政：「迪惟有夏，乃有室大競，籲俊尊上帝。」孔穎達疏：「招呼賢俊之人，與共立於朝，尊事上天。」玉帛：圭璋和束帛。鐘鼓：制禮作樂所用的鐘和鼓。均爲古代聘用賢俊所用的禮物和禮器。

〔一一〕斂福錫庶民：掌握五福之道，賞賜百姓。書洪範：「斂時五福，用敷錫厥庶民。」孔穎達疏：「斂是五福之道以爲教，用布與衆民使慕之。」書洪範：「五福：一曰壽，二曰富，三曰康寧，四曰攸好德，五曰考終命。」典謨訓誥：尚書的四種文體，亦泛指經典之文。書序：「典謨訓誥誓命之文凡百篇，所以恢弘至道，示人主以軌範也。」蘇軾賜新除寶文閣直學士李之純辭恩命不允詔：「祖宗之文章，與典謨訓誥，并寶於世。」

〔一二〕爾雅：雅正，文雅。史記儒林列傳：「文章爾雅，訓辭深厚。」司馬貞索隱：「謂詔書文章雅正。」

答撫州發解進士啓

士論推賢〔一〕，方恨定交之晚；鄉書擢秀，遽勤授贄之恭〔二〕。恭惟某官奥學海涵，英姿玉立〔三〕。山川信美，生大儒名世之邦〔四〕；絃誦相聞，陶聖主右文之化〔五〕。

將鵬摶於宦海，姑鴻漸於名場〔六〕。某偶此乘軺，遂叨勸駕〔七〕。宸廷射策，豈惟慶榜帖之馳〔八〕；藏室讎書，尚及見雲霄之舉〔九〕。解魁云〔一〇〕：籍甚聞名〔一一〕，方恨定交之晚；褒然擢秀〔一二〕，遽勤授贄之恭。

【題解】

撫州：州名，地處今江西省東部。南宋隸屬江南西路，治臨川郡。發解進士，即在發解試中取得發解資格即將進京赴進士科省試的舉子。此發解進士爲誰不詳。本文爲陸游致發解進士的答啓。

本文原未繫年。歐譜繫於淳熙七年（一一八〇），是。因南宋解試一般都在八月舉行，故本文當作於該年秋。時陸游在提舉江西常平茶鹽公事任上。

【箋注】

〔一〕推賢：推薦賢人。禮記儒行：「儒有内稱不辟親，外舉不辟怨，程功積事，推賢而進。」

〔二〕鄉書：周禮地官鄉大夫載：周制，三年對鄉吏進行考核，鄉老與鄉大夫薦鄉中賢能書於王，謂之「鄉書」或「鄉老書」。後世科舉因以「鄉書」代指鄉試中式。擢秀：比喻人才秀出。趙至與嵇茂齊書：「吾子植根芳苑，擢秀清流。」授贄：授禮。贄，古代初次拜見尊長所送的禮物。

〔三〕奥學：高深的學問。岑參入劍門作寄杜楊二郎中詩：「高文出詩騷，奥學窮討賾。」 玉立：挺拔，矗立。白居易題東虎丘寺六韻：「龍蟠松矯矯，玉立竹森森。」

〔四〕名世：名顯於世。孟子公孫丑下：「五百年必有王者興，其間必有名世者。」朱熹集注：「名世，謂其人德業聞望，可名於一世者。」

〔五〕絃誦：弦歌誦讀。參見卷八謝洪丞相啓注〔一九〕。 陶化：陶冶化育。淮南子本經訓：「天地之合和，陰陽之陶化萬物，皆乘人氣者也。」 右文：崇尚文治。參見卷六賀曾秘監啓注〔八〕。

〔六〕鵬摶：鵬展翅盤旋而上。比喻奮發有爲。語本莊子逍遥遊：「鵬之徙於南冥也，水擊三千里，摶扶摇而上者九萬里。」 鴻漸：比喻仕宦的升遷。參見卷八答發解進士啓注〔五〕。

〔七〕乘軺：乘坐輕便馬車。參見卷九答交代陳太丞啓注〔七〕。 勸駕：勸人任職或作某事。語本漢書高帝紀下：「賢士大夫有肯從我遊者，吾能尊顯之。布告天下，使明知朕意……御使中執法下郡守，其有意稱明德者，必身勸，爲之駕。」顏師古注引文穎曰：「有賢者，郡守身自往勸勉，令至京師，駕車遣之。」

〔八〕宸廷：朝廷。 射策：漢代考試取士方法之一。漢書蕭望之傳：「望之以射策甲科爲郎。」顏師古注：「射策者，謂爲難問疑義書之於策，量其大小署爲甲乙之科，列而置之，不使彰顯。有欲射者，隨其所取得而釋之，以知優劣。射之言投射也。」後亦泛指考試。 榜帖：

科舉録取的報帖或揭示的名單。曾敏行獨醒雜誌卷四：「時第一名畢漸，當時榜帖，偶然脱去漸字旁點水，天下遂傳名云畢斬。」

〔九〕雲霄：比喻高位。陸雲晉故豫章内史夏府君誄：「明明皇儲，叡哲時招。奮厥河滸，矯足雲霄。」

〔一〇〕解魁：發解進士之魁首。以下四句或爲解魁來啓篇首。

〔一一〕籍甚：盛大，卓著。參見卷十答建寧陳通判啓注〔六〕。

〔一二〕褎然：出衆貌。漢書董仲舒傳載漢武帝策賢良制：「今子大夫褎然爲舉首，朕甚嘉之。」顔師古注引張晏曰：「褎，進也，爲舉賢良之首也。」

賀施中書啓

伏審蓬壺清閟〔一〕，早冠群仙之遊；詞掖高華〔二〕，旋觀一佛之出。得人之盛，吾道有光。恭惟某官秉德醇明，宅心夷粹〔三〕。高文大册，非復騷人墨客感寓之詞〔四〕；崇論竑言，盡得宗廟朝廷嚴重之體〔五〕。久矣絶世而獨立，固難袖手而旁觀。況今聖政之新，方建太平之業，推明天子惻怛愛民之指，開慰海内奔走鄉化之心〔六〕。德意達於四夷〔七〕，號令媲乎三代。清議所屬〔八〕，匪公而誰。且甘泉均號於從臣，而西省獨稱於政本〔九〕。國僑潤色〔一〇〕，雖概取儒學之長；山甫將明〔一一〕，必深通天下之務。正官名者蓋已百祀〔一二〕，稱職業者凡有幾人，戛乎其難〔一三〕，理若有待。動心駭目，自茲觀大手筆之傳〔一四〕；削牘濡毫〔一五〕，又當慶真學士之拜。

【題解】

施中書，即施師點（一一三四—一一九二），字聖與，信州上饒人。歷官臨安府教授、給事中兼太子詹事。使金不辱使命。淳熙間除秘書少監、秘書監、中書舍人。十一年參知政事兼同知樞密院事。十四年除知樞密院事。後出知泉州，除知隆興府、江西安撫使。宋史卷三八五有傳。南宋館閣續録卷七：「（秘書監）施師點（淳熙）七年七月除，九月爲中書舍人。」本文爲陸游爲施師點獲除中書舍人所致的賀啓。

本文原未繫年。歐譜繫於淳熙七年（一一八〇），是。當作於該年九月。時陸游在提舉江西常平茶鹽公事任上。

【箋注】

〔一〕蓬壺：即蓬萊。傳説中的海中仙山。王嘉拾遺記高辛：「三壺則海中三山也。一曰方壺，則方丈也；二曰蓬壺，則蓬萊也；三曰瀛壺，則瀛洲也。形如壺器。」清閟：清静幽邃。梁書昭明太子統傳：「即玄宮之冥漠，安神寢之清閟。」

〔二〕詞掖：翰林院之類詞臣的官署。韓琦辭免集賢第一表：「自羌庭之叛命，去詞掖以臨師，周旋兵間，竭盡死節。」高華：典雅華美。胡仔苕溪漁隱叢話後集張芸叟：「杜牧之詩，風調高華，片言不俗。」

〔三〕夷粹：平和純正。世説新語尤悔：「夫以水性沉柔，入隘奔激。方之人情，固知迫隘之地，無得保其夷粹。」

〔四〕感寓：寄托感慨。王之望許總卿見和再用韻：「試將風格比唐人，堪與拾遺參感寓。」

〔五〕嚴重：嚴肅莊重。後漢書清河孝王慶傳：「蒜爲人嚴重，動止有度，朝臣太尉李固等莫不歸心焉。」

〔六〕惻怛：惻隱。蘇軾寄劉孝叔：「詔書惻怛信深厚，吏能淺薄空勞苦。」開慰：寬解安慰。參見卷六賀辛給事啓注〔二二〕。鄉化：趨從教化。鄉，同向。漢書王莽傳上：「天下聞公不受千乘之土，辭萬金之幣，散財施予千萬數，莫不鄉化。」

〔七〕德意：布施恩德的心意。周禮秋官掌交：「道王之德意志慮，使咸知王之好惡。」四夷：古代華夏族對四方少數民族的統稱。含有輕蔑之意。書畢命：「四夷左衽，罔不咸賴。」孔安國傳：「言東夷、西戎、南蠻、北狄，被髮左衽之人，無不皆恃賴三君之德。」

〔八〕清議：對時政的議論。藝文類聚卷二二引曹羲至公論：「厲清議以督俗，明是非以宣教者，吾未見其功也。」

〔九〕甘泉：宫名。故址在今陝西淳化西北甘泉山。本秦宫。漢武帝增築擴建，在此朝諸侯王，饗外國客；夏日亦作避暑之處，爲侍從之臣匯集之處。從臣：侍從之臣。西省：中書省的别稱。參見卷十賀葛正言啓注〔二〕。政本：爲政的根本。漢書蕭望之傳：「望之以爲中書政本，宜以賢明之選。」

〔一〇〕國僑潤色：子産加工文詞。國僑即春秋鄭大夫公孫僑，字子産。父公子發，字子國，以父字爲氏，故又稱國僑。論語憲問：「子曰：『爲命，裨諶草創之，世叔討論之，行人子羽修飾之，東里子産潤色之。』」

〔一一〕山甫將明：仲山甫奉行王命，明辨國事。仲山甫爲周宣王時賢臣。語本詩大雅烝民：「肅肅王命，仲山甫將之；邦國若否，仲山甫明之。」漢書刑法志：「有司無仲山父將明之材。」顔師古注：「言王有誥命，則仲山父行之；邦國有不善之事，則仲山父明之。」父，同甫。

〔一二〕正官名：即注〔九〕蕭望之稱「中書政本，宜以賢明之選」。官名指中書舍人之名。百祀：指相當長的年月。

〔一三〕戛乎其難：韓愈答李翊書：「惟陳言之務去，戛戛乎其難哉！」戛戛，艱難貌。

〔一四〕大手筆：指朝廷詔令文書等重要文章。後亦指傑出的文辭、書畫。晉書王珣傳：「珣夢人以大筆如椽與之，既覺，語人云：『此當有大手筆事。』俄而帝崩，哀册謚議，皆珣所草。」

〔一五〕削牘：泛稱書寫、撰述。參見卷八與何蜀州啓注〔二〕。濡毫：指蘸筆書寫或繪畫。韋應物酬劉侍郎使君詩：「濡毫意僶俛，一用寫悁懃。」

上丞相參政乞宫觀啓

年運而往〔一〕，益知涉世之艱；職思其憂，獨幸侍祠之樂〔二〕。惓惓微志，懇懇自陳〔三〕。伏念某擁腫凡材，聱牙曲學〔四〕，既無甚高論足以譁世，豈有它繆巧用以致身〔五〕。隨牒半生，問津萬里〔六〕。雖誓圖微報，不勝狗馬之心〔七〕；而俯迫頹齡，已罹霜露之疾〔八〕。壯志纍然而欲盡，殘骸悴爾以難支〔九〕。拉朽摧枯，競爲排陷〔一〇〕；哀窮悼屈，孰借聲光〔一一〕。敢圖廊廟之尊，未棄門闌之舊〔一二〕。曲憐不逮，力謂無他。至於跌宕之文〔一三〕，辱在褒稱之域。二百年無此作矣，固難稱愜於奬知〔一四〕；萬户侯豈足道哉，私亦激昂於衰懦〔一五〕。然而揣數奇之薄命，懼徒費於鴻鈞〔一六〕。與其度越群材，留朱雲於東閣〔一七〕；曷若稍捐薄禄，置陶令於北窗〔一八〕。伏望某官仁風翱及物之恩，赫日照覆盆之陋〔一九〕。念前跋胡而後疐尾〔二〇〕，惟當自屏於江湖；方上昭天而下漏泉，忍使獨擠於溝壑。假以毫端之潤，寵其林下之歸。某謹當刻骨戴恩，刳心慕道〔二一〕。誦丹臺之蕊笈，少慰素懷〔二二〕；拜玉局之冰銜〔二三〕，用華晚景。

【題解】

宫觀，官名。宫觀使的省稱。宋代宫觀本爲崇奉道教而設，大中祥符五年（一〇一二）玉清昭應宫建成，始置宫觀使，由前任或現任宰相充任。此外還有提點、主管、判官、都監等官，皆爲安排閒散官員而設，無實職。淳熙七年冬，陸游從提舉江西常平茶鹽公事任上被召還。宋史本傳載：「給事中趙汝愚駁之，遂奉祠。」本文爲陸游致丞相趙雄、參政周必大請求授予宫觀使的啓文。

本文原未繫年。于譜繫於淳熙七年末，并稱：「此文未標年月，以序次及語意推之，蓋此時所作。本年丞相爲趙雄，參政爲周必大。」歐譜繫於淳熙八年（一一八一）。是。當作於該年三月後。宋會要輯稿職官：「（淳熙八年）三月二十七日，提舉淮南東路常平茶鹽公事陸游罷新任，以臣僚論游不自檢飭，所爲多越於規矩，屢遭物議故也。」則陸游於七年冬被召回至八年三月間一直在候任之中，直至新任被罷，故乞除宫觀當在該年三月後。而陸游正式獲除朝奉大夫（從六品）主管成都府玉局觀，已在淳熙九年五月。

【箋注】

〔一〕年運：歲月流逝。參見卷一謝賜曆日表二注〔一二〕。

〔二〕侍祠：陪從祭祀。參見卷三蠟彈省劄注〔一五〕。

〔三〕惓惓：忠心耿耿貌。參見卷三代乞分兵取山東劄子注〔三〕。　懇懇：誠摯殷切貌。揚雄劇秦美新：「夫不勤勤，則前人不當；不懇懇，則覺德不愷。」

〔四〕聱牙：指不隨世俗。參見卷十謝趙丞相啓注〔三〕。　曲學：囿於一隅之學。商君書更法：「窮巷多恡，曲學多辨。」

〔五〕繆巧：詐術和巧計。漢書韓安國傳：「意者有它繆巧可以禽之，則臣不知也；不然，則未見深入之利也。」　致身：原指獻身。論語學而：「事父母能竭其力，事君能致其身，與朋友交言而有信。」後用作出仕之典。杜甫乾元中寓居同谷縣作歌之七：「長安卿相多少年，富貴應須致身早。」

〔六〕隨牒：隨選官之文牒。參見卷六答福建察推啓注〔六〕。　問津：尋訪，探求。參見卷八答交代楊通判啓注〔四〕。

〔七〕狗馬：自謙之詞。漢書公孫弘傳：「臣弘行能不足以稱，加有負薪之疾，恐先狗馬填溝壑，終無以報德塞責。」

〔八〕頹齡：衰年，垂暮之年。陶潛九日閒居詩：「酒能祛百慮，菊解制頹齡。」　霜露：比喻艱難困苦的條件。蘇洵六國論：「思厥先祖父，暴霜露，斬荆棘，以有尺寸之地。」

〔九〕纍然：失意不得志貌。孔子家語困誓：「纍然如喪家之狗。」　悴爾：疲萎，憔悴。

〔一〇〕拉朽摧枯：摧折枯枝朽木。比喻乘勢而爲。語本漢書異姓諸侯王表序：「鐫金石者難爲功，摧枯朽者易爲力，其勢然也。」　排陷：排擠陷害。漢書嚴主父嚴賈等傳贊：「主父求欲鼎亨而得族，嚴、賈出入禁門招權利，死皆其所也，亦何排陷之恨哉！」

〔二〕悼屈：爲懷才不遇者感傷。參見卷六謝内翰啓注〔三〕。聲光：聲譽風光。元稹盧均等三人授通事舍人制：「今郊丘有日，事務方殷，爾等各茂聲光，副朕兹選，宜膺寵命，無廢國容。」

〔三〕門闌：此指師門。參見卷六賀曾秘監啓注〔四〕。

〔三〕跌宕：指文筆豪放，富於變化。參見卷六除删定官謝丞相啓注〔六〕。

〔四〕二百年：歐陽修梅聖俞詩集序：「昔王文康公嘗見而歎曰：『二百年無此作矣！』雖知之深，亦不果薦也。」稱愜：稱心快意。李復言續玄怪録訂婚店：「刺史王泰俾攝司户掾，專鞫詞獄，以爲能，因妻以其女，可年十六七，容色華麗，固稱愜之極。」

〔五〕萬户侯：史記李將軍列傳：「惜乎，子不遇時！如令子當高帝時，萬户侯豈足道哉！」衰懦：衰弱怯懦。杜甫舟中苦熱遣懷奉呈陽中丞通簡臺省諸公詩：「聲節哀有餘，夫何激衰懦。」仇兆鼇注：「激衰懦，言懦夫猶當激動。」

〔六〕數奇：指命運不好，遇事多不利。漢書李廣傳：「大將軍陰受上指，以爲李廣數奇，毋令當單于，恐不得所欲。」顔師古注：「言廣命隻不耦合也。」鴻鈞：指鴻恩。參見卷八上王宣撫啓注〔一一〕。

〔七〕「留朱雲」句：漢書朱雲傳載：朱雲以直臣聞名於世。曾上書切諫，請斬佞臣安昌侯張禹。成帝大怒，欲誅雲，雲攀折殿檻。後雲歸隱不仕，曾往見丞相薛宣，「宣從容謂雲曰：『在田野亡事，且留我東閣，可以觀四方奇士。』雲曰：『小生乃欲相吏邪？』宣不敢復言。」東閣：古代宰相招致、款待賓客的地方。

〔一八〕「置陶令」句：陶潛與子儼等疏：「見樹木交蔭，時鳥變聲，亦復歡然有喜。嘗言五六月中北窗下卧，遇涼風暫至，自謂是羲皇上人。」

〔一九〕赫日：紅日。韋莊上春詞：「曈曨赫日東方來，禁城煙暖蒸青苔。」覆盆：比喻陽光照不到的黑暗之處。語本葛洪抱朴子辨問：「是責三光不照覆盆之内也。」

〔二〇〕「前跋胡」句：比喻進退兩難。詩豳風狼跋：「狼跋其胡，載疐其尾。」

〔二一〕刳心：指摒棄雜念。莊子天地：「夫子曰：『夫道，覆載萬物者也，洋洋乎大哉！君子不可以不刳心焉。』」郭象注：「有心則累其自然，故當刳而去之。」成玄英疏：「刳，去也，洗也。」

慕道：嚮往修道。

〔二二〕丹臺：道教指神仙的居處。藝文類聚卷七八引真人周君傳：「子名在丹臺玉室之中，何憂不仙？」　蕊笈：蕊宫雲笈，指道教仙宫中的典籍。張君房著有道教著作雲笈七籤。尉，同慰。

〔二三〕玉局：成都道觀名。參見卷四乞祠禄劄子注〔一〕。　冰銜：指清貴的官職。語本王君玉國老談苑卷二：「陳彭年在翰林，所兼十餘職，皆文翰清祕之目。時人謂其署銜爲『一條冰』。」

知嚴州謝王丞相啓

故里浮沉，竊玉局再期之禄〔一〕；公朝拉拭，付桐江千里之民〔二〕。瓜戍非遥，竹符甚寵〔三〕，感淪病骨，愧溢衰顔。伏念某元祐黨家，紹興朝士〔四〕。池魚瀺灂〔五〕，本思自放於江湖①；社櫟支離〔六〕，久已難施於斤斧。繇治生之素拙〔七〕，因從宦以忘歸②。頃自吴中，久留劍外〔八〕。顧彼衣冠之所萃〔九〕，頗以文字而相從。方深去國之悲，敢有擇交之意〔一〇〕。流偶殊於涇渭，風自隔於馬牛〔一一〕。睚眦見憎〔一二〕，本出一朝之忿；排擠盡力，幾如九世之讎。藐是羈孤，孰爲别白〔一三〕。縱免投荒之大罰，亦宜置散以終身〔一四〕。且定遠未歸，惟望玉關之生入〔一五〕；輕車已老，猶護北平之盛秋〔一六〕。豈有朝爲閭閻廢斥之人，暮竊畿輔承宣之寄〔一七〕。兹蓋伏遇某官學窮窔奥③，勳塞堪輿〔一八〕。南山巖巖，冠公師之重任〔一九〕；赤舄几几，同宗社之閎休〔二〇〕。念人才之實難，悼士氣之不振，埏陶至廣〔二一〕，收拾無遺。方與物以皆春，憫向隅之獨泣〔二二〕。燮和輿論，闊略彝章〔二三〕。起安國於徒中〔二四〕，較恩未大；還管寧於海外〔二五〕，爲力尚輕。而某少非列於通才，晚徒專於樸學。棄雞肋而猶惜〔二六〕，雖仰戴於深仁；

續鳧脛則自悲〔二七〕，恐難逃於薄命。

【題解】

淳熙十三年春，奉祠居家多年的陸游獲除朝請大夫（從六品），知嚴州。嚴州，州名。地處今浙江省西部。南宋隸屬兩浙西路，治建德。王丞相，即王淮。參見卷十謝王樞使啓題解。宋史宰輔表四：「（淳熙）八年八月，王淮自樞密使、信國公除光禄大夫、右丞相兼樞密使，封福國公。」又：「十五年五月己亥，王淮罷左丞相，除觀文殿大學士判衢州，依前特進、魯國公。」宋宰輔編年録校補卷十八：「（淳熙）九年九月庚午，王淮左丞相。」本文爲陸游獲除知嚴州後致左丞相王淮的謝啓。

本文原未繫年。歐譜繫於淳熙十三年（一一八六），是。當作於該年春。時陸游奉祠家居。

【校記】

①「自」，原作「目」，據汲古閣本改。

②「宦」，原作「官」，據正德本、汲古閣本改。

③「宊」，原作「突」，據汲古閣本改。本卷（嚴州到任）謝周樞使啓亦作「宊」。

【箋注】

〔一〕玉局：即玉局觀。陸游自淳熙九年五月起主管成都府玉局觀，領祠禄。再期：第二期。

祠禄兩年一期。

〔一〕公朝：指朝廷。參見卷十謝趙丞相啓注〔二〕。　拉拭：掩飾。參見卷十謝錢參政啓注〔一二〕。　桐江：富春江上游。即錢塘江流經桐廬縣境内一段。陸龜蒙釣車：「洛客見詩如有問，輾煙衝雨過桐江。」此指嚴州。

〔三〕瓜戍：指官吏任職期滿由他人接替。參見卷一嚴州到任謝表注〔一六〕。　竹符：泛指地方長官印符。　權德輿送孔江州詩：「才子厭蘭省，邦君榮竹符。」

〔四〕元祐黨家、紹興朝士：參見卷一福建到任謝表注〔五〕。均陸游自稱。

〔五〕瀺灂：沉浮。石崇思歸歎：「魚瀺灂兮鳥繽翻，澤雉遊凫兮戲中園。」

〔六〕社櫟：指里中不材之木。比喻無所可用。莊子人間世：「匠石之齊，至於曲轅，見櫟社樹，其大蔽牛，絜之百圍……（匠石）曰：『散木也，以爲舟則沉，以爲棺槨則速腐，以爲器則速毁，以爲門户則液樠，以爲柱則蠹，是不材之木也，無所可用，故能若是之壽。』」櫟，樹名。社，土地神。　支離：指殘缺而不中用。參見卷八謝王宣撫啓注〔七〕。

〔七〕治生：經營家業，謀生計。管子輕重戊：「出入者長時，行者疾走，父老歸而治生，丁壯者歸而薄業。」

〔八〕吴中：泛指吴地。此指任鎮江通判。　劍外：指四川劍閣以南地區。杜甫聞官軍收河南河北：「劍外忽傳收薊北，初聞涕淚滿衣裳。」亦泛指蜀地。

〔九〕衣冠：古代士以上戴冠，故代稱士大夫。漢書杜欽傳：「茂陵杜鄴與欽同姓字，俱以材能稱京師，故衣冠謂欽爲『盲杜子夏』以相別。」顔師古注：「衣冠謂士大夫也。」

〔一〇〕去國：離開京都或朝廷。顔延之和謝靈運：「去國還故里，幽門樹蓬藜。」擇交：選擇朋友。白居易寓意之三：「窮通尚如此，何況死與生；乃知擇交難，須有知人明。」

〔一一〕涇渭：涇渭二水，有涇清渭濁之不同。參見卷十賀謝樞密啓注〔四〕。「風自」句：比喻不相干。左傳僖公四年：「君處北海，寡人處南海，唯是風馬牛不相及也。」孔穎達疏引服虔曰：「牝牡相誘謂之風……此言『風馬牛』，謂馬牛風逸，牝牡相誘，蓋是末界之微事，言此事不相及，故以取喻不相干也。」

〔一二〕睚眦：瞋目怒視，瞪眼看人。借指微小的怨恨。戰國策韓策二：「夫賢者以感忿睚眥之意，而親信窮僻之人，而政獨安可嘿然而止乎？」

〔一三〕羈孤：羈旅孤獨之人。文選謝莊月賦：「親懿莫從，羈孤遞進。」李善注：「羈孤，羈客孤子也。」別白：辯白，辯說。新唐書忠義傳中顔杲卿：「嘗爲刺史詰讓，正色別白，不爲屈。」

〔一四〕投荒：貶謫、流放到荒遠之地。參見卷八謝洪丞相啓注〔一〇〕。置散：指安置爲散官。韓愈進學解：「投閒置散，乃分之宜。」

〔一五〕「且定遠」二句：謂班超出征西域，年老思鄉，只望生入玉門關。後漢書班超傳：「超自以久在絶域，年老思土。（永元）十二年，上疏曰：『……臣不敢望到酒泉郡，但願生入玉門關。』」

定遠，班超封定遠侯。玉關，即玉門關。

〔一六〕「輕車」二句：謂李廣雖已年老，還能出守右北平，保護盛秋的安寧。漢書李廣傳：「於是上乃召拜廣爲右北平太守。……上報曰：『……將軍其率師東轅，彌節白檀，以臨右北平盛秋。』廣在郡，匈奴號曰『漢飛將軍』，避之，數歲不入界。」北平，即右北平，西漢郡名，在今内蒙古寧城縣一帶。盛秋，指農曆八九月，秋季中最當令之時。古代認爲此時禾熟、馬肥，常易遭邊敵入侵而備加防範。輕車，即輕車將軍，西漢將軍名。李廣曾爲驍騎將軍，但未曾任輕車將軍，西漢時先後任輕車將軍的有公孫賀、李蔡（李廣從弟），此處用典或有疏誤。

〔一七〕閭閻：指里巷。史記平準書：「守閭閻者食粱肉，爲吏者長子孫，居官者以爲姓號。」畿輔：京都附近的地方。南齊書王融傳：「若來之以文德，賜之以副書，漢家軌儀，重臨畿輔，司隸傳節，復入關河。」承宣：繼承發揚。漢書匡衡傳：「蓋受命之王務在創業垂統傳之無窮，繼體之君心存於承宣先王之德而褒大其功。」

〔一八〕宎奧：亦作「窔奧」。屋内的東南隅和西南隅。比喻事物深奥之處。文選班固答賓戲：「守窔奧之熒燭，未仰天庭而睹白日也。」李善注引應劭曰：「爾雅曰：『西南隅謂之奧，東南隅謂之窔。』」堪輿：指天地。參見卷一謝賜曆日表注〔三〕。

〔一九〕「南山」三句：終南山高峻，象徵賦予師長的重任。詩小雅節南山：「節彼南山，維石巖巖。赫赫師尹，民具爾瞻。」南山，指終南山，屬秦嶺山脈，在今陝西西安南。巖巖，高峻貌。公師，即三公，泛稱朝廷司掌重權之大臣。

〔二〇〕「赤舄」二句：赤色鞋穩重，如同宗廟社稷的大業。詩豳風狼跋：「公孫碩膚，赤舄几几。」毛傳：「公，成王也，豳公之孫也。碩，大。膚，美也。赤舄，人君之盛屨也。几几，絇貌。」朱熹集傳：「安重貌。」閎休，指大業美德。

〔二一〕埏陶：和泥製作陶器。蘇轍息壤詩：「埏陶鼓鑄地力困，久不自補無爲憂。」此喻陶冶，培育。

〔二二〕向隅：對着角。形容孤獨、絶望。劉向説苑貴德：「今有滿堂飲酒者，有一人獨索然向隅而泣，則一堂之人皆不樂矣。」

〔二三〕爕和：協和。書顧命：「爕和天下，用答揚文武之光訓。」闊略：寬簡，簡省。漢書王莽傳上：「願陛下愛精休神，闊略思慮。」顔師古注：「闊，寬也。略，簡也。」彝章：常典，舊典。參見卷一謝賜曆日表二注〔一〕。

〔二四〕「起安國」句：從徒刑之中起用韓安國。漢書竇田灌韓傳：「居無幾，梁内史缺，漢使使者拜（韓）安國爲梁内史，起徒中爲二千石。」韓安國（？—前一二七），梁成安（今河南汝州）人。西漢時期的名臣、將領。漢書卷五二有傳。

〔二五〕「還管寧」句：使管寧從遼東返回。管寧（一五八—二四一），字幼安。北海郡朱虚縣（今山東安丘、臨朐東南）人。東漢末年避亂遼東三十餘年，魏文帝時返回中原，朝廷屢辟不就，以布衣終。三國志卷十一有傳。

〔二六〕「棄雞肋」句：雞肋食之無味，但棄之可惜。三國志武帝紀「備因險拒守」，裴松之注引晉司馬彪九州春秋：「時王欲還，出令曰『雞肋』，官屬不知所謂。主簿楊脩便自嚴裝，人驚問脩：『何以知之？』脩曰：『夫雞肋，棄之如可惜，食之無所得，以比漢中，知王欲還也。』」

〔二七〕「續鳧脛」句：野鴨小腿短，接長則悲傷。莊子駢拇：「是故鳧脛雖短，續之則憂；鶴脛雖長，斷之則悲。」

謝梁右相啓

故里投閒，久竊奉祠之禄〔一〕；清時起廢，遽叨出守之榮〔二〕。挈於九折之途，置之一飽之地〔三〕。感深至骨，涕溢交頤。伏念某鄉校孤生，京塵下吏〔四〕。學徒盡力，徐而察之則鷁退飛〔五〕；仕已冥心，非敢後也而馬不進〔六〕。頃者南遊七澤，西上三巴〔七〕，繆見推於文辭，因頗交其秀傑。愛憎遂作，譽毁相乘，肆爲部黨之讒，規動朝端之聽〔八〕。雖漸能忍事，聽唾面之自乾〔九〕；猶競起浮言，至擢髮而莫數〔一〇〕。澒洞風波之上，流離道路之旁。幸逢皦日之中天，固宜潦水之歸壑。矧此江山之郡，介於吴越之間。先世嘗臨，尚有召伯憩棠之愛〔一一〕；提封甚邇，僅同買臣衣繡之歸〔一二〕。

蒀爾何堪〔一三〕，居然非稱。此蓋伏遇某官身扶昌運，手斡化鈞〔一四〕。一氣爲魚，咸遂飛潛之性〔一五〕；衆材宋桷，各安小大之宜〔一六〕。俯憐爨下之餘〔一七〕，嘗沐筆端之潤，摧頽雖久，省録未忘〔一八〕。謂人士舍之則藏，固當慕昔賢顯晦之節〔一九〕；然朝廷養非所用，何以待異時緩急之求。既啓迪於淵衷，遂爕和於輿論〔二〇〕。而某年齡抵此，意氣蕭然。律召東風，雖幸春回於寒谷〔二一〕；手遮西日，敢希身到於修門〔二二〕。

【題解】

梁右相，即梁克家（一一二八—一一八七），字叔子，泉州晉江人。紹興三十年進士第一。歷著作佐郎、給事中、參知政事、兼知樞密院事，乾道八年爲右丞相兼樞密使。後出知建寧府。淳熙八年起知福州，九年再拜右丞相。十三年十一月罷。十四年卒。贈少師，謚文靖。宋史卷三八四有傳。宋宰輔編年録卷十八：「（淳熙）九年九月庚午，王淮左丞相。梁克家右丞相。」承接上篇，本文爲陸游獲除知嚴州後致丞相梁克家的謝啓。

本文原未繫年。歐譜繫於淳熙十三年（一一八六），是。當作於該年春。時陸游奉祠家居。

【箋注】

〔一〕奉祠：宋代安排部分不能任事或年老退休官員只領官俸而無職事的制度。參見卷一謝致仕表注〔六〕。

〔二〕清時：清平之時，太平盛世。文選李陵答蘇武書：「勤宣令德，策名清時。」張銑注：「清時，謂清平之時。」起廢：重新起用已被貶黜的官吏。參見卷八謝洪丞相啓注〔一〕。出守：由京官出爲太守。顔延之五君詠阮始平：「屢薦不入官，一麾乃出守。」此指知嚴州。

〔三〕九折：比喻曲折的人生之路。劍南詩稿卷六白髮：「我生實多邅，九折行晚途。」一飽：指滿足生存要求。陶潛飲酒詩二十首：「此行誰使然，似爲饑所驅。傾身營一飽，少許便有餘。」

〔四〕孤生：孤陋之人。參見卷六謝内翰啓注〔一七〕。京塵：比喻功名利禄之類塵俗之事。語本陸機爲顧彦先贈婦詩之一：「京洛多風塵，素衣化爲緇。」

〔五〕「徐而」句：慢慢觀察，鳥飛遇風而實質倒退。語本春秋公羊傳僖公十六年：「六鷁退飛，記見也。視之則六，察之則鷁，徐而察之則退飛。」鷁，一種水鳥。此處自謙學業退步。

〔六〕冥心：泯滅俗念，使心境寧静。魏書逸士傳序：「冥心物表，介然離俗，望古獨適，求友千齡，亦異人矣。」「非敢」句：論語雍也：「孟之反不伐。奔而殿，將入門，策其馬，曰：『非敢後也，馬不進也。』」

〔七〕七澤：相傳古時楚有七處沼澤。後泛稱楚地諸湖泊。司馬相如子虛賦：「臣聞楚有七澤，嘗見其一，未睹其餘也。臣之所見，蓋特其小小者耳，名曰雲夢。」三巴：巴郡、巴東、巴西的合稱。在今四川嘉陵江和綦江流域以東的大部分地區。亦泛指四川。常璩華陽國志巴志：「建安六年，魚復蹇允白璋争巴名，璋乃改永寧爲巴郡，以固陵爲巴東，徙羲爲巴西太守，是爲三巴。」

〔八〕部黨：朋黨，徒黨。後漢書黨錮傳序：「牢脩因上書誣告（李）膺等養太學遊士，交結諸郡生徒，更相驅馳，共爲部黨，誹訕朝廷，疑亂風俗。」朝端：朝廷。參見卷十謝台諫啓注〔五〕。

〔九〕唾面自乾：形容逆來順受，受辱而不反抗。尚書大傳卷三：「罵女毋歎，唾女毋乾。」新唐書婁師德傳：「其弟守代州，辭之官，教之耐事。弟曰：『人有唾面，絜之乃已。』師德曰：『未也。絜之，是違其怒，正使自乾耳。』」

〔一〇〕擢髮莫數：即擢髮難數。形容罪行數不勝數。史記范雎蔡澤列傳載，魏國須賈曾陷害范雎，後范雎爲秦相，須賈使秦，請罪於范雎，「范雎曰：『汝罪有幾？』曰：『擢賈之髮以續賈之罪，尚未足。』」

〔一一〕先世嘗臨：指陸游高祖陸軫，曾於北宋仁宗皇祐元年（一〇四九）知嚴州。召伯憩棠：召伯在其下休憩的棠樹，邑人珍愛保護。比喻地方官的德政。語本詩召南甘棠：「蔽芾甘棠，勿翦勿敗，召伯所憩。」參見卷一嚴州到任謝表注〔一五〕。

〔一二〕提封：即版圖，疆域。薛道衡老氏碑：「牂牁、夜郎之所，靡漢、桑乾之地，咸被聲教，并入提封。」買臣衣繡：朱買臣獲除太守，衣錦還鄉。漢書嚴朱吾丘主父徐嚴終王賈傳：「上拜買臣會稽太守。上謂買臣曰：『富貴不歸故鄉，如衣繡夜行，今子何如？』買臣頓首辭謝。」

〔一三〕蕞爾：形容小。左傳昭公七年：「鄭雖無腆，抑諺曰『蕞爾國』，而三世執其政柄。」

〔一四〕斡：讀同「管」，掌管。化鈞：造化之力，教化之權。語本史記鄒陽列傳：「是以聖王制世御俗，獨化於陶鈞之上。」裴駰集解引崔浩曰：「以鈞制器萬殊，故如造化也。」

〔一五〕「一氣」二句：指鳶飛魚躍，萬物各得其所。詩大雅旱麓：「鳶飛戾天，魚躍於淵。」孔穎達疏：「其上則鳶鳥得飛至於天以遊翔，其下則魚皆跳躍於淵中而喜樂，是道被飛潛，萬物得所，化之明察故也。」

〔一六〕「衆材」二句：指大木細枝，衆材各盡其用。韓愈進學解：「夫大木爲宗，細木爲桷，欂櫨侏儒，椳闑扂楔，各得其宜，施以成室者，匠氏之工也。」

〔一七〕爨下之餘：指灶下燒剩的木材。韓愈題木居士二首：「爲神詎比溝中斷，遇賞還同爨下餘。」

〔一八〕省録：省察録用。後漢書班超傳：「故超萬里歸誠，自陳苦急，延頸逾望，三年於今，未蒙省録。」

〔一九〕顯晦：比喻仕宦與隱逸。晉書隱逸傳論：「君子之行殊塗，顯晦之謂也。」

〔二〇〕淵衷：指皇帝胸懷淵深。參見卷一嚴州到任謝表注〔六〕。燮和：協和。參見本卷知嚴州謝王丞相啓注〔一三〕。

〔二一〕律召東風：吹奏律管以招致東風。劉禹錫與刑部韓侍郎書：「春雷一振，必歆然翹首，與生爲徒，況有吹律者召東風以薰之，其化也益速。」春回於寒谷：律爲陽聲，故傳説吹奏律管可使地暖。藝文類聚卷九引劉向别録：「鄒衍在燕，燕有谷，地美而寒，不生五穀，鄒子居之，吹律而温氣至，而穀生，今名黍谷。」

〔二二〕手遮西日：指遮手西向，遥望京師。語本杜牧途中絶句：「惆悵江湖釣竿手，却遮西日向長安。」修門：楚國郢都的城門。楚辭招魂：「魂兮歸來！入修門些。」王逸注：「修門，郢城門也。」後泛指京都城門。

謝周樞使啓

起由散地〔一〕，付以名州。朝迹久疏〔二〕，忽喜長安之近；戍期未及，先寬方朔之飢〔三〕。靖言孤蹤〔四〕，可謂過望。伏念某簞瓢窮巷，土木殘骸〔五〕。早已孤危，馬一鳴而輒斥〔六〕；晚尤顛沛，鼀六鑄而不成〔七〕。羽翮摧傷，風波震蕩。薄禄作無窮之祟，虚名結不解之讎。酈生自謂非狂，甚矣見知之寡〔八〕；韓愈何恃敢傲，若爲取怒之深〔九〕。乘下澤之車〔一〇〕，忽過半生；掛神武之冠〔一一〕，今無多日。偶然未死，得此少伸。制出西垣，地連右輔〔一二〕。顧視必恭之梓〔一三〕，阡陌相望；封培勿剪之棠，鄉閭太息〔一四〕。此蓋伏遇樞使丞相學優聖域〔一五〕，道覺民先，卓爾爲衆正之宗，毅然開孤進之路〔一六〕。自太公已久望子〔一七〕，仰關宗廟之靈；有夷吾可無復憂〔一八〕，盡釋薦紳之慮。方廣求於雋傑，乃首記其姓名。生物功深，奚啻吹律召東風之妙〔一九〕；回天力大，未覺挾山超北海之難①〔二〇〕。而某少頗激昂，老猶矍鑠〔二一〕。志士弗忘在溝壑，固當堅馬革裹尸之心〔二二〕；薄福難與成功名，第恐有猿臂不侯之相〔二三〕。

【題解】

周樞使，即周必大。參見卷十賀周參政啓題解。宋史宰輔表四：「（淳熙）十一年六月庚申，周必大自知樞密院事進樞密使。」承接上篇，本文爲陸游獲除知嚴州後致樞密使周必大的謝啓。

本文原未繫年。歐譜繫於淳熙十三年（一一八六），是。當作於該年春。時陸游奉祠家居。

【校記】

①「超」，原作「起」，據正德本、汲古閣本改。

【箋注】

〔一〕散地：閒散之地。多指閒散的官職。岑參虢中酬陝西甄判官見贈詩：「微才棄散地，拙宦慚清時。」

〔二〕朝迹：指在朝做官。劍南詩稿卷三四村飲示鄰曲：「七年收朝迹，名不到權門。」

〔三〕成期：指出知嚴州的日期。「先寬」句：指預先寬解了東方朔的饑餓。借指自己有了領俸禄之地。方朔，即東方朔。據漢書東方朔傳載：東方朔稱漢武帝要盡殺侏儒，「（武帝）召問朔：『何恐侏儒爲？』對曰：『臣朔生亦言，死亦言。侏儒長三尺餘，奉一囊粟，錢二百四十。臣朔長九尺餘，亦奉一囊粟，錢二百四十。侏儒飽欲死，臣朔饑欲死。臣言可用，幸異其禮；不可用，罷之，無令但索長安米。』」

〔四〕靖言：同静言。静思。文選陸機猛虎行：「静言幽谷底，長嘯高山岑。」李善注引毛詩：「静言思之。」言，語助詞。

〔五〕簞瓢窮巷：指生活簡樸，安貧樂道。語本論語雍也：「一簞食，一瓢飲，在陋巷，人不堪其憂，回也不改其樂。賢哉回也！」土木殘骸：謙辭，指自己的老朽之軀。土木，自稱，語本論語公冶長：「宰予晝寢。子曰：『朽木不可雕也，糞土之牆不可杇也，於予與何誅？』」蘇舜欽杜公讓官表：「故嘗屢拜懇牘，乞收殘骸。」

〔六〕「馬一鳴」句：指一發聲就遭貶斥。典出新唐書李林甫傳：「林甫居相位凡十九年，固寵市權，蔽欺天子耳目，諫官皆持禄養資，無敢正言者。補闕杜璡再上書言政事，斥爲下邽令。因以語動其餘曰：『明主在上，群臣將順不暇，亦何所論？君等獨不見立仗馬乎，終日無聲，而飫三品芻豆；一鳴，則黜之矣。後雖欲不鳴，得乎？』由是諫争路絶。」

〔七〕「龜六鑄」句：指任職多地而不成功。典出梁書王瑩傳：「瑩將拜，印工鑄其印，六鑄而龜六毁，既成，頸空不實，補而用之。居職六日，暴疾卒。」龜，指雕成龜形印紐的印章。

〔八〕「酈生」句：典出史記酈生陸賈列傳：「吾聞沛公慢而易人，多大略，此真吾所原從游，莫爲我先。若見沛公，謂曰：『臣里中有酈生，年六十餘，長八尺，人皆謂之狂生，生自謂我非狂生。』」酈生，即酈食其（？—前二〇三），秦陳留高陽鄉（今河南杞縣西南）人，嗜酒，自稱高陽酒徒。楚漢相争時常爲劉邦作説客，終爲齊王田廣烹殺。見知，受到知遇。

〔九〕「韓愈」句：典出韓愈釋言：「夫傲雖凶德，必有恃而敢行。愈之族親鮮少，無扳聯之勢於今；不善交人，無相先相死之友於朝；無宿資蓄貨以釣聲勢，弱於才而腐於力，不能奔走乘機抵巇以要權利：夫何恃而傲？」若爲，怎堪。王維送楊少府貶郴州詩：「明到衡山與洞庭，若爲秋月聽猿聲？」取怒，指得罪。

〔一〇〕乘下澤之車：指胸無大志的生活。下澤爲一種車名。參見卷八賀吏部陳侍郎啓注〔一九〕。

〔一一〕掛神武之冠：指辭官隱居。神武指神武門。參見卷一謝致仕表注〔二〕。

〔一二〕西垣：指中書省。參見本卷賀禮部鄭侍郎啓注〔八〕。　右輔：泛指京西之地。李商隱行次西郊作一百韻：「右輔田疇薄，斯民常苦貧。」嚴州在臨安之西。

〔一三〕必恭之梓：指桑梓。詩小雅小弁：「維桑與梓，必恭敬止。」朱熹集傳：「桑、梓二木。古者五畝之宅，樹之墻下，以遺子孫給蠶食、具器用者也……桑梓父母所植。」後以「桑梓」借指故鄉或鄉親父老。

〔一四〕封培：封土培植。　勿剪之棠：指甘棠。詩召南甘棠：「蔽芾甘棠，勿翦勿敗，召伯所憩。」

此借指先人的德政。參見卷一嚴州到任謝表注〔一五〕。　太息：大聲長歎，深深歎息。史記蘇秦列傳：「於是韓王勃然作色，攘臂瞋目，按劍仰天太息曰：『寡人雖不肖，必不能事秦。』」司馬貞索隱：「太息，謂久蓄氣而大籲也。」

〔一五〕樞使丞相：周必大淳熙十三年春任樞密使，十四年二月除右丞相。此處當衍「丞相」二字。

〔一六〕衆正：指爲衆人表率。易師彖：「師，衆也，貞，正也，能以衆正，可以王矣。」　孤進：特別上進，非常出色。新唐書王涯傳：「帝以其孤進自樹立，數訪逮，以私居遠，或召不時至，詔假光宅里官第，諸學士莫敢望。」

〔一七〕「自太公」句：史記齊太公世家：「周西伯獵，果遇太公於渭之陽，與語大説，曰：『自吾先君太公曰「當有聖人適周，周以興」。子真是邪？吾太公望子久矣。』故號之曰『太公望』，載與俱歸，立爲師。」太公，指周文王先君太公。

〔一八〕「有夷吾」句：世説新語言語：「温嶠初爲劉琨使來過江。於時江左營建始爾，綱紀未舉。温新至，深有諸慮。既詣王丞相，陳主上幽越、社稷焚滅、山陵夷毁之酷，有黍離之痛。温忠慨深烈，言與泗俱，丞相亦與之對泣。叙情既畢，便深自陳結，丞相亦厚相酬納。既出，懽然言曰：『江左自有管夷吾，此復何憂！』」夷吾，指管夷吾，即管仲。温嶠將王丞相（即王導）比擬爲管夷吾。

〔一九〕吹律召東風：吹奏律管以招致東風。參見本卷謝梁右相啓注〔一一〕。

〔一〇〕挾山超北海：挾持泰山以越過北海。孟子梁惠王上：「（孟子）曰：『挾太山以超北海，語人曰「我不能」，是誠不能也。』」

〔一一〕矍鑠：形容老人精神健旺，目光炯炯。後漢書馬援傳：「援據鞍顧眄，以示可用。帝笑曰：『矍鑠哉，是翁也！』」

〔一二〕弗忘在溝壑：孟子滕文公下：「志士不忘在溝壑，勇士不忘喪其元。」趙岐注：「君子固窮，故常念死無棺槨沒溝壑而不恨也。」馬革裹尸：指死於戰場。後漢書馬援傳：「男兒要當死於邊野，以馬革裹尸還葬耳，何能卧牀上在兒女子手中邪？」

〔一三〕「猿臂」句：指臂長而不能封侯的命相。史記李將軍列傳：「廣爲人長，猿臂，其善射亦天性也。」又：「廣嘗與望氣王朔燕語，曰：『自漢擊匈奴而廣未嘗不在其中，而諸部校尉以下，才能不及中人，然以擊胡軍功取侯者數十人，而廣不爲後人，然無尺寸之功以得封邑者，何也？豈吾相不當侯邪？且固命也？』」

謝黄參政啓

病餘揣分，蘄續食於叢祠〔一〕；望外疏恩，俾牧民於近郡〔二〕。感深雪涕，慚劇騂顔〔三〕。伏念某早歲多艱，晚途益困。岷嶓巉絶，身行禹貢之書〔四〕；雲夢蒼茫〔五〕，口誦楚騷之句。未葬支離之骨，辱招羈旅之魂〔六〕。八千之路雖還，五十之年已過。視荒荒而益廢，髮種種以堪哀〔七〕。斷港絶潢，徒有朝宗之願〔八〕；朽株枯木，何施造化之功。雖存溝壑之餘生，已是簪紳之棄物〔九〕。驚宿愆之盡洗〔一〇〕，知孤迹之少安。如絲如綸，命出西垣之潤色〔一一〕；有民有社，地連右輔之封圻〔一二〕。矧復嚴瀨遺祠，桐山故隱〔一三〕，企高風之如在，顧俗狀以自慚。此蓋伏遇參政相公黼黻皇猷，權衡國是〔一四〕，衆仰規模之大，天知議論之公。謂設廉耻以遇群臣，士斯自好；且蹈仁義則爲君子，人亦何常。務與惟新〔一五〕，不求其備。某謹當銘膺感德，擢髮思愆〔一六〕。弱羽繞枝，姑低回於晚景①〔一七〕；靈丹點礫，儻邂逅於初心〔一八〕。

【題解】

黄參政，即黄洽（一一二二—一二〇〇），字德潤，福州侯官人。隆興元年進士。歷國子博士、太常卿、著作郎。久居諫職，自侍御史、右諫議大夫至御史中丞。淳熙十年參知政事，十五年除知樞密院事。後知隆興府。光宗即位後致仕。宋史卷三八七有傳。宋史宰輔表四：「（淳熙）十年八月戊申，黄洽自御史中丞、兼侍講遷中大夫，除參知政事。」承接上篇，本文爲陸游獲除知嚴州後致參知政事黄洽的謝啓。

本文原未繫年。歐譜繫於淳熙十三年（一一八六），是。當作於該年春。時陸游奉祠家居。

【校記】

①「回」，原作「曰」。形近而誤，據正德本、汲古閣本改。

【箋注】

〔一〕揣分：衡量名位、能力。參見卷五辭免賜出身狀注〔四〕。叢祠：指奉祠。

〔二〕牧民：治民。國語魯語上：「且夫君也者，將牧民而正其邪者也，若君縱私回而棄民事，民旁有慝無由省之，益邪多矣。」近郡：指嚴州。

〔三〕雪涕：擦拭眼淚。列子力命：「晏子獨笑於旁。公雪涕而顧晏子。」騂顏：因羞愧而臉紅。孫覿靈泉寺：「但見虛童蒙白帢，且無瀧吏發騂顏。」

〔四〕岷嶓：岷山和嶓冢山的並稱。書禹貢：「岷嶓既藝，沱潛既道。」孔安國傳：「岷山、嶓冢，皆山名。」巉絶：險峻陡峭。李白江上望皖公山詩：「清宴皖公山，巉絶稱人意。」禹貢：尚書篇名，中國最古老的地理志書。

〔五〕雲夢：亦作「雲瞢」。古藪澤名。周禮夏官職方氏：「正南曰荆州，其山鎮曰衡山，其澤藪曰雲瞢。」鄭玄注：「衡山在湘南，雲瞢在華容。」亦借指古代楚地。

〔六〕支離：指殘缺而不中用。參見卷八謝王宣撫啓注〔七〕。羈旅：寄居異鄉。參見卷十上趙參政啓注〔七〕。

〔七〕荒荒：黯淡迷茫貌。杜甫漫成詩之一：「野日荒荒白，春流泯泯清。」種種：頭髮短少貌。

形容老邁。左傳昭公三年：「余髮如此種種，余奚能爲。」杜預注：「種種，短也。」

〔八〕斷港絶潢：與其他水流隔絶的港汊、水池。韓愈送王秀才序：「故學者必慎其所道，道於楊、墨、老、莊、佛之學，而欲之聖人之道，猶航斷港絶潢，以望至於海也。」朝宗：原指朝見天子。此比喻小水流注大水。書禹貢：「江漢朝宗於海。」孔穎達疏：「朝宗是人事之名，水無性識，非有此義。以海水大而江漢小，以小就大，似諸侯歸於天子，假人事而言之也。」

〔九〕簪紳：簪帶，亦指朝臣。參見卷二文武百寮謝春衣表注〔三〕。

〔一〇〕宿愆：舊時的過失。王邁還旣行：「聖主赦宿愆，仁恩等天幬。」

〔一一〕如絲如綸：指帝王詔書。參見卷一謝致仕表注〔四〕。西垣：指中書省。參見本卷賀禮部鄭侍郎啓注〔八〕。

〔一二〕有民有社：指人民和社稷。右輔：泛指京西之地。參見本卷謝周樞使啓注〔一一〕。封圻：封畿。漢書文帝紀：「封圻之内，勤勞不處。」顔師古注：「圻亦畿字。王畿千里。」

〔一三〕嚴瀨：即嚴陵瀨。地名。在浙江桐廬南，相傳爲東漢嚴光隱居垂釣處。水經注漸江水：「自縣（桐廬）至於潛，凡十有六瀨，第二是嚴陵瀨，瀨帶山，山下有一石室，漢光武帝時嚴子陵之所居也。故山及瀨，皆即人姓名之。」瀨，急水流過沙石。桐山：即桐君山。地名。在浙江桐廬東。相傳黄帝時有老者結廬煉丹於此，懸壺濟世。鄉人問其姓名，老人指桐爲名，鄉人遂稱之爲「桐君老人」，後世尊其爲「中藥鼻祖」。該山即以桐君名，縣則稱桐廬縣。

〔一四〕黼黻：指輔佐。柳宗元乞巧文：「黼黻帝躬，以臨下民。」皇猷：帝王的謀略。參見卷八謝洪丞相啓注〔一二〕。權衡：評量，比較。劉勰文心雕龍熔裁：「權衡損益，斟酌濃淡。」國是：國策，國家大事。劉向新序雜事二：「願相國與諸侯士大夫共定國是。」

〔一五〕惟新：更新。參見卷二丞相率文武百寮請皇帝聽樂表注〔四〕。

〔一六〕銘膺：銘記胸中。劍南詩稿卷二一杭湖夜歸二首其一：「莫謂陶詩恨枯槁，細看字字可銘膺。」擢髮：拔下頭髮計數，極言其多。宋書臧質傳：「質生與釁俱，不可詳究，擢髮數罪，曾何足言。」

〔一七〕弱羽：指羽毛未豐的小鳥。王僧孺棲雲寺雲法師碑：「庭棲弱羽，簷掛輕蘿。」此處比喻勢孤力單者。低回：徘徊，流連。史記司馬相如傳：「低回陰山翔以紆曲兮，吾乃今目睹西王母皬然白首。」

〔一八〕靈丹：古代道士所煉丹藥，能使人消除百病，長生不老。杜荀鶴白髮吟：「九轉靈丹那勝酒，五音清樂未如詩。」邂逅：不期而遇。參見卷六除刪定官謝丞相啓注〔一一〕。初心：本意。干寶搜神記卷十五：「既不契於初心，生死永訣。」

謝施參政啓

起由散地，畀以專城〔一〕。命出詞垣，仰戴絲綸之寵〔二〕；名居節鎮，俯慚章綬之華〔三〕。傴僂拜恩，譫諄敘感〔四〕。伏念某薄才綿力，多病早衰。竊慕長者之餘風，每思砥礪〔五〕；未聞君子之大道，徒益顛危〔六〕。零丁稷下之遊，寂寞漳濱之卧〔七〕，尚無漂母哀王孫而進食，況有故人憐范叔而贈袍〔八〕。牛欲釁鐘，誰其弗忍〔九〕；婦非束緼，何以自還〔一〇〕。敢期累年不振之蹤，忽有一旦殊常之遇，光生分表，喜溢情涯。惟兹山水之邦，自昔詩書之俗。修門在望，曾無日近之嗟〔一一〕；先世嘗臨，獲慰露濡之感〔一二〕。此蓋伏遇參政相公至仁善下，盛德兼容。一引坐，一解顔〔一三〕，士托終身之重；三吐哺，三握髮〔一四〕，野無片善之遺。賢能借勢以騫騰，孤遠望風而傾屬〔一五〕。自悲蓬梗，獨遠門闌〔一六〕。向使不爲萬里之行，固亦久在諸生之末。誦文章於方册〔一七〕，竊喜得師；聞道義於薦紳，亦嘗願學。既積精誠之至，果歸甄冶之公〔一八〕。旅進無階〔一九〕，歎空馳於清夢；餘年有幾，懼終負於初心。

【題解】

施參政，即施師點。參見本卷賀施中書啓題解。宋史宰輔表四：「（淳熙）十年八月戊申，施師點自端明殿學士、簽書樞密院事兼權參知政事，遷中大夫，除參知政事兼同知樞密院事。」承接上篇，本文爲陸游獲除知嚴州後致參知政事兼同知樞密院事施師點的謝啓。

本文原未繫年。歐譜繫於淳熙十三年（一一八六），是。當作於該年春。時陸游奉祠家居。

【箋注】

〔一〕散地：閒散之地。多指閒散的官職。參見本卷謝周樞使啓注〔一〕。　專城：主宰一城的州牧太守之類地方官職。參見卷一福建到任謝表注〔一三〕。此指知嚴州。

〔二〕詞垣：詞臣的官署。宋庠送石舍人賜告還鄉：「幾日詞垣棲健筆，九秋朝橐冒征塵。」　絲綸：指帝王詔書。參見卷一謝致仕表注〔四〕。

〔三〕節鎮：設置節度使的重鎮。宋史職官志六：「中興，諸州升改節鎮凡十有二。」　章綬：官印和繫印的絲帶。亦泛指官印。西京雜記卷二：「朱買臣爲會稽太守，懷章綬還至舍亭，而國人未知也。」

〔四〕傴僂：恭敬貌。賈誼新書官人：「柔色傴僂，唯諛之行，唯言之聽，以睚眥之間事君者，廝役也。」　譫諄：即叨嘮。蘇軾用前韻再和孫志舉：「願子事篤實，浮言掃譫諄。」

〔五〕砥礪：激勵，勉勵。荀子王制：「案平政教，審節奏，砥礪百姓。」

〔六〕顛危：顛困艱危。石介讀韓文：「寥寥千餘年，顛危誰扶持。揭揭韓先生，雄雄周孔姿。」

〔七〕零丁：孤獨無依貌。陳書沈炯傳：「臣嬰生不幸，弱冠而孤，母子零丁，兄弟相長。」　稷下：指戰國齊都城臨淄西門稷門附近地區。應劭風俗通窮通孫況：「齊威、宣王之時，聚天下賢士於稷下，尊寵之。」　漳濱：漳水邊。劉楨贈五官中郎將詩之二：「余嬰沉痼疾，竄身清漳濱。」後因用爲卧病的典故。

〔八〕「漂母」句：史記淮陰侯列傳載：韓信年輕時釣於淮水，漂母飯信數十日，「信喜，謂漂母曰：『吾必有以重報母。』母怒曰：『大丈夫不能自食，吾哀王孫而進食，豈望報乎！』」「故人」句：史記范睢蔡澤列傳載：戰國時魏人范睢事中大夫須賈，遭其譭謗，笞辱幾死。後改名逃秦，仕秦爲相，權勢顯赫。魏命須賈使秦，范睢敝衣往見，「須賈意哀之，留與坐飲食，曰：『范叔一寒如此哉！』乃取其一綈袍以賜之」。後須賈知范睢即秦相，惶恐請罪。范睢念須賈有贈袍念舊之情，終寬釋之。

〔九〕「牛欲」二句：想要用牛釁鐘，誰不忍心？參見卷十江西到任謝史丞相啓注〔一四〕。

〔一〇〕「婦非」二句：婦人不是束緼，爲何自己回還？意謂需人幫助。參見卷八謝晁運使啓注〔四〕。

〔一一〕修門：指京都城門。參見本卷謝梁右相啓注〔一二〕。日近之嗟：指不見京都的感歎。典出世説新語夙惠：「晉明帝數歲，坐元帝膝上。有人從長安來，元帝問洛下消息，潸然流涕。明帝問何以致泣，具以東渡意告之。因問明帝：『汝意謂長安何如日遠？』答曰：『日遠。不聞人從日邊來，居然可知。』元帝異之。明日，集群臣宴會，告以此意，更重問之。乃答曰：『日近。』元帝失色，曰：『爾何故異昨日之言邪？』答曰：『舉目見日，不見長安。』」

〔一二〕先世嘗臨：指高祖陸軫曾知嚴州。參見本卷謝梁右相啓注〔一一〕。露濡：露水沾濕，比喻祖先的恩澤滋潤。

〔三〕引坐：指引導就坐。解顔：開顔歡笑。曹植七啓：「雍容閒步，周旋馳曜，南威爲之解顔，西施爲之巧笑。」

〔四〕「三吐哺」二句：形容禮賢下士，求才心切。韓詩外傳卷三：「成王封伯禽於魯，周公誡之曰：『往矣，子無以魯國驕士。吾文王之子，武王之弟，成王之叔父也，又相天下，吾於天下亦不輕矣，然一沐三握髪，一飯三吐哺，猶恐失天下之士。』」

〔五〕騫騰：即飛騰。參見卷九賀薛安撫兼制置啓注〔九〕。傾屬：同「傾矚」。傾心嚮往。隋書觀德王楊雄傳：「雄寛容下士，朝野傾矚。」

〔六〕蓬梗：飛蓬斷梗，飄蕩無定。比喻飄泊流離。姚鵠隨州獻李侍御之二：「風塵匹馬來千里，蓬梗全家望一身。」門闌：指師門。參見卷六賀曾秘監啓注〔四〕。

〔七〕方册：簡牘，典籍。蔡邕東鼎銘：「保乂帝家，勛在方册。」

〔八〕甄冶：燒製陶器，熔煉金屬。比喻造就人才。司馬光司徒開府韓國富公挽辭：「欲知甄冶力，試問白頭人。」

〔九〕旅進：叙進，分級提拔。

謝臺諫啓

貧念代耕之禄〔一〕，懇乞奉祠；恩開使過之門〔二〕，復令治郡。方窮閻之待盡，非公議而疇依〔三〕。慚極騂顔，感深雪涕〔四〕。伏念某邅回薄命〔五〕，憔悴餘生。肄業荒唐①，小學僅通於蒼雅〔六〕；屬辭卑弱，奇文徒慕於莊騷。髮種種以將童，心摇摇而欲折〔七〕。食粥動逾於累月，陳絺或至於隆冬〔八〕。不能引分以掛冠，廉隅已喪〔九〕；更復貪榮於懷綬〔一〇〕，愧懼可知。况此名城，今爲近輔〔一一〕。九霄嘉氣，日未邇於長安〔一二〕；千載遺祠，星嘗從於帝座〔一三〕。孰爲之地，使有此行。兹蓋伏遇某官偉量海涵，英姿山立。正言云：義急噓枯，仁先念舊〔一四〕。衆惡之而必察，俯憐久困於風波；今老矣而無能，尚使少紓於溝壑〔一五〕。爲國廣旁求之路，示人無終棄之才。曾是妄庸，曲蒙全護〔一六〕。除書已下，徒叨湔洗之恩〔一七〕；羸疾益侵〔一八〕，無復激昂之日。

【題解】

臺諫，宋代以專司糾彈的御史爲臺官，以職掌建言的正言、給事中、諫議大夫等爲諫官。兩者職責往往相混，泛稱臺諫。文中引「正言云」，則此臺諫當任「正言」。淳熙十三年任右正言者爲蔣繼周。宋會要輯稿食貨四一之一二：「（淳熙十三年八月）四日，右正言蔣繼周言事。」又文集卷三五中丞蔣公墓誌銘：「除右正言，實淳熙十年九月也。十二年八月，遷右諫議大夫。」則此臺諫當爲蔣繼周。承接上篇，本文爲陸游獲除知嚴州後致臺諫蔣繼周的謝啓。

本文原未繫年。歐譜繫於淳熙十三年（一一八六），是。當作於該年春。時陸游奉祠家居。

參考卷三五中丞蔣公墓誌銘。

【校記】

①「肄」，原作「棣」，據汲古閣本改。

【箋注】

〔一〕代耕：指爲官食禄，因舊時官吏不耕而食。語本禮記王制：「諸侯之下士，視上農夫，禄足以代其耕也。」

〔二〕使過：指用人之短。參見卷一嚴州到任謝表注〔一四〕。

〔三〕窮閻：陋巷。參見卷一福建到任謝表注〔四〕。 疇依：依靠誰。疇，誰。書五子之歌：「萬姓仇予，予將疇依？」孔穎達疏：「仇，怨也。言當依誰以復國乎？」

〔四〕騂顔：因羞愧而臉紅。 雪涕：擦拭眼淚。參見本卷謝黄參政啓注〔三〕。

〔五〕邅回：困頓，不順利。參見卷八謝王宣撫啓注〔一〕。

〔六〕肄業：修習課業。古代師授生曰授業，生受之於師曰受業，習之曰肄業。左傳文公四年：「衛甯武子來聘，公與之宴，爲賦湛露及彤弓。不辭，又不答賦。使行人私焉。對曰：『臣以爲肄業及之也。』」 小學：漢代稱文字學爲小學，因兒童入小學先學文字。漢書藝文志：「古者八歲入小學，故周官保氏掌養國子，教之六書，謂象形、象事、象意、象聲、轉注、假借，造字之本也。」 蒼雅：指三蒼、爾雅，均爲古代字書。三蒼亦作三倉，指倉頡篇、爰歷篇和博學篇。

〔七〕種種：頭髮短少貌。參見本卷謝黄參政啓注〔七〕。　童：頭秃。　摇摇：心神不定貌。詩王風黍離：「行邁靡靡，中心摇摇。」毛傳：「摇摇，憂無所愬。」孔穎達疏：「戰國策云：楚威王謂蘇秦曰：寡人心摇摇然，如懸旌而無所薄。然則摇摇是心憂無所附著之意。」　折：摧折。

〔八〕陳絺：穿著暑服。絺，細葛布衣服。禮記月令孟夏之月：「是月也，天子始絺。」鄭玄注：「初服暑服。」

〔九〕引分：即引咎。韓愈瀧吏詩：「官不自謹慎，宜即引分往。」　掛冠：指辭官，棄官。　廉隅：比喻端方不苟的行爲、品性。參見卷八答衛司户啓注〔五〕。

〔一〇〕貪榮：貪圖榮華。周書柳帶韋傳：「夫顧親戚，懼誅夷，貪榮慕利，此生人常也。」　懷綬：指做官。

〔一一〕近輔：即近畿。蘇舜欽啓事上奉寧軍陳侍郎：「比者，閣下入鎮近輔，曾未踰旬，而輒辱書教。」

〔一二〕九霄：天之極高處。葛洪抱朴子暢玄：「其高則冠蓋乎九霄，其曠則籠罩乎八隅。」　嘉氣：瑞氣。庾信黄帝雲門舞：「神光乃超忽，嘉氣恒蔥蔥。」　「日未遍」句：即「日近長安遠」，比喻嚮往帝京而不得至。參見本卷謝施參政啓注〔一一〕。

〔一三〕千載遺祠：指嚴子陵釣臺。參見本卷謝黄參政啓注〔一三〕。帝座：亦作「帝坐」。古星名。屬天市垣。即武仙座α星。戰國甘石星經：「帝座一星在市中，神農所貴，色明潤。」

〔一四〕正言：宋代諫官名。左、右正言分屬門下、中書二省。此指右正言蔣繼周。夾註引正言二句正適合此處文義。　嘘枯：比喻拯絶扶危。參見卷七上史運使啓注〔一四〕。

〔一五〕紓：緩和，解除。　溝壑：比喻困厄之境。

〔一六〕妄庸：自謙之辭。凡庸妄爲之人。　全護：保全，保護。北史齊紀上：「〔神武〕聽斷昭察，不可欺犯，知人好士，全護勳舊。」

〔一七〕除書：拜官授職的文書。參見卷九除制司參議官謝趙都大啓注〔六〕。　湔洗：除去，洗雪。舊唐書劉晏傳：「使僕湔洗瑕穢，率罄愚懦，當憑經義，請護河堤，冥勤在官，不辭水死。」

〔一八〕羸疾：羸疢，痼疾。南史隱逸傳陶潛：「遂抱羸疾。江州刺史檀道濟往候之，偃卧瘠餒有日矣。」

謝葛給事啓

杜門訟六十年之非，久安散地〔一〕；起家忝二千石之重〔二〕，忽奉明恩。驚矍垢之漸除〔三〕，扶衰殘而下拜。舍人云〔四〕：起自窮閻，叨臨近郡。爲農爲圃，三年之冗不治〔五〕；如絲如綸，一字之褒過寵〔六〕。伏念某學由病廢，仕以罪歸，冥心鵷鷺之行，投迹雞豚之社〔七〕。海三山之縹緲，釣鼇已愧於初心〔八〕；楚七澤之蒼茫，殪兕亦成於昨夢〔九〕。但欲負耒慕許行之學①，豈復叩角歌甯戚之詩〔一〇〕。偶逢公朝使過之時，躐畀近郡承流之寄〔一一〕。所蒙過矣，自揆茫然。天際鬱葱，望九重之雲氣〔一二〕；道周蔽芾，掃四世之棠陰〔一三〕。得遂此行，孰爲之地。此蓋伏遇侍講給事道本文王之正，學師孟氏之醇〔一四〕。騰茂實而蜚英聲，久隆上眷〔一五〕；息邪説而距詖行〔一六〕，遂擅儒宗。方與萬物而皆春，不忍一夫之獨泣。某偶階末契〔一七〕，遂借餘光。舍人云：議論四方之望，文章百世之師。餘談激水之斗升，窮鱗悉逝〔一八〕；麗藻生雲於膚寸，甘澤無窮〔一九〕。方與萬物而皆春，不忍一夫之獨泣。而某適有懷章之幸，首叨泚筆之榮〔二〇〕。雖飯豆羹藜〔二一〕，不敢望功名於老大；然書紳銘座，尚思復玷缺之艱難〔二二〕。

【題解】

葛給事，即葛邲。參見卷十賀葛正言啓題解。宋中興東宮官僚題名：「淳熙九年八月以中書舍人兼左庶子，十年二月升兼詹事。十一年四月除給事中，仍兼。十三年七月除權刑部尚書，仍兼。」陸游除知嚴州的制書爲時任中書舍人的葛邲所草，故陸游有謝啓。承接上篇，本文爲陸游獲除知嚴州後致給事中葛邲的謝啓。本文原未繫年。歐譜繫於淳熙十三年（一一八六），是。當作於該年春。時陸游奉祠家居。參考卷十賀葛正言啓。

【校記】

①「欲」，原脱，據正德本、汲古閣本補。

【箋注】

〔一〕訟：自責。六十年：本年陸游六十二歲。散地：閒散之地。多指閒散的官職。參見本卷謝周樞使啓注〔一〕。

〔二〕忝：辱，有愧於，謙辭。二千石：指郡守。參見卷一嚴州到任謝表注〔二〕。

〔三〕釁垢：争端，辱駡。垢，通詬。

〔四〕舍人：此指中書舍人葛邲。以下夾註六句引用葛邲爲陸游除知嚴州所草制書的文句。文末另有夾註「舍人云」十句同。

〔五〕「三年」句：三年閒職，不見治績。語本韓愈進學解：「三年博士，冗不見治。」

〔六〕「一字」句：一字之褒，寵過禮服。語本范寧春秋穀梁傳序：「一字之褒，寵逾華衮之贈；片言之貶，辱過市朝之撻。」

〔七〕冥心：泯滅俗念，使心境寧静。參見卷十與本路監司啓注〔五〕。鵷鷺：比喻班行有序的朝官。參見卷一逆曦授首稱賀表注〔二〇〕。　雞豚：指平民之家的微賤瑣事。語本禮記大學：「畜馬乘，不察於雞豚；伐冰之家，不畜牛羊。」鄭玄注：「畜馬乘，謂以士初試爲大夫也。伐冰之家，卿大夫以上……雞豚牛羊，民之所畜養以爲利者也。」

〔八〕三山：傳説中的海上三神山。王嘉拾遺記高辛：「三壺，則海中三山也。一曰方壺，則方丈也；二曰蓬壺，則蓬萊也；三曰瀛壺，則瀛洲也。」　釣鼇：比喻抱負遠大或舉止豪邁。典出列子湯問：「（勃海之東有五山，）而五山之根，無所連著，常隨潮波上下往還，不得蹔峙焉。仙聖毒之，訴之於帝。帝恐流於西極，失羣聖之居，乃命禺彊使巨鼇十五舉首而戴之，迭爲三番，六萬歲一交焉，五山始峙。而龍伯之國有大人，舉足不盈數步而暨五山之所，一釣而連六鼇，合負而趣歸其國，灼其骨以數焉。於是岱輿、員嶠二山流於北極，沉於大海。」

〔九〕七澤：傳説中楚地的七處沼澤。參見本卷謝梁右相啓注〔七〕。　殪兕：射死犀牛。典出戰國策楚策一：「於是楚王遊雲夢，結駟千乘，旌旗蔽日，野火之起也若雲蜺，兕虎嘷之聲若雷霆。有狂兕牂車依輪而至，王親引弓而射，一發而殪。王抽旃旄而仰兕首，仰天而笑曰：『樂矣，今日之遊也。』」

〔一〇〕許行之學：前秦諸子百家中農家之學，主張君民并耕，自食其力。參見孟子滕文公上。許行爲戰國時楚人。　甯戚之詩：藝文類聚卷九四引琴操：「甯戚飯牛車下，叩角而商歌曰：『南山矸，白石爛，生不逢堯與舜禪，短布單衣裁至骭，長夜冥冥何時旦。』齊桓公聞之，舉以爲相。」後以之爲不遇之士自求用世的典故。

〔一一〕公朝：指朝廷。參見卷十謝趙丞相啓注〔三〕。使過：指用人之短。參見卷一嚴州到任謝表注〔一四〕。躐畀：超越常規給予。承流：繼承良好風尚傳統。史記三王世家：「百蠻之君，靡不鄉風，承流稱意。」

〔一二〕「天際」二句：指天邊雲氣，象徵朝廷的旺盛。

〔一三〕「道周」二句：指道旁甘棠，見證着四代惠政。陸游高祖陸軫知嚴州，至其恰是四世。參見卷一嚴州到任謝表注〔一五〕。

〔一四〕侍講：此指爲太子講學。據宋史本傳，葛邲曾「爲東宫僚屬八年」，故稱。文王：指周文王。孟氏：指孟子。

〔一五〕「騰茂」句：升騰盛美的德業，播揚美好的名聲。司馬相如封禪文：「俾萬世得激清流，揚微波，蜚英聲，騰茂實。」隆：盛大，深厚。上眷：皇帝的眷顧。

〔一六〕「息邪」句：平息荒謬的言論，抵制不正的行爲。孟子滕文公下：「我亦欲正人心，息邪説，距詖行，放淫辭，以承三聖者。」

〔一七〕階：憑藉。末契：稱别人對自己交誼的謙詞。

〔一八〕窮鱗：失水之魚。比喻處在困境之人。柳宗元酬婁秀才將之淮南見贈之什：「好音憐鎩羽，濡沫慰窮鱗。」

〔一九〕甘澤：甘雨。後漢書循吏傳孟嘗：「昔東海孝婦，感天致旱，于公一言，甘澤時降。」
〔二〇〕懷章：指做官。此指任中書舍人。泚筆：以筆蘸墨。新唐書岑文本傳：「或策令叢遽，敕吏六七人泚筆待，分口占授，成無遺意。」
〔二一〕飯豆：吃豆，以豆當飯。王褒僮約：「奴但當飯豆，飲水，不得嗜酒。」羹藜：煮野菜羹。李頎答高三十五留別便呈於十一詩：「羹藜被褐環堵中，歲晚將貽故人耻。」
〔二二〕書紳：將須牢記的話寫在紳帶上。語本論語衛靈公：「子張書諸紳。」邢昺疏：「紳，大帶也。子張以孔子之言書之紳帶，意其佩服無忽忘也。」銘座：刻寫座右銘。玷缺：比喻缺點，過失。漢書韋玄成傳：「玄成復作詩，自著復玷缺之艱難，因以戒示子孫。」

答交代陳判院啓

病求玉局〔一〕，但懷優游卒歲之心；恩畀桐廬，獲繼超軼絶塵之迹〔二〕。方自嫌於通問，乃遽辱於移書〔三〕。公真快哉，我則陋矣。伏念某少而落魄，老益迂疏。憔悴關河，萬里客岷嶓之境〔四〕；馳驅節傳，三年使閩楚之郊〔五〕。迨此退歸，頽然遲暮。投幘已安於蟹舍，起家忽奉於魚符〔六〕。此蓋伏遇某官秉節以貫四時，瑞世而翔千仞〔七〕，經行早推於庠序，謀猷晚著於朝廷〔八〕。謡誦上聞，豈獨最列城之課〔九〕；

規模甚遠，又足爲來者之師。某偶幸懷章，遂將接武〔一〇〕。雖取棄竹馬，望英躅以增慚〔一一〕；然獲舊青氈〔一二〕，在衰門而甚寵。發春伊始，坐嘯多閒〔一三〕，願遵輔養之宜，即慶禁嚴之拜〔一四〕。

【題解】

交代指前後任相接替、移交。陳判院即陳公亮，爲陸游即將接替的嚴州知府。淳熙嚴州圖經卷一賢牧題名：「陳公亮，淳熙十一年六月初三日以朝請郎權知（嚴州），十三年七月初三日滿，除倉部郎官。」宋史職官三：「倉部郎中、員外郎：參掌國之倉庾儲積及其給受之事。」其執掌北宋初屬三司，鹽鐵、度支、户部三部勾院設判官各一人，稱判院。故此用舊稱。本文爲陸游獲除知嚴州後致陳公亮的答啓。

本文原未繫年。歐譜繫於淳熙十三年（一一八六），是。當作於該年春夏。時陸游奉祠家居。

【箋注】

〔一〕玉局：即玉局觀。參見本卷知嚴州謝王丞相啓注〔一〕。

〔二〕桐廬：縣名。南宋時隸屬嚴州。此指嚴州。超軼絶塵：指出類拔萃，不同凡響。參見卷七謝曾侍郎啓注〔一五〕。

〔三〕自嫌：對自己不滿。白居易花前歎：「幾人得老莫自嫌，樊李吴韋盡成土。」通問：互相問候。禮記曲禮上：「男女不雜坐……嫂叔不通問。」 移書：致書。漢書劉歆傳：「歆因移書太常博士，責讓之。」

〔四〕關河：關山河川。後漢書荀彧傳：「此實天下之要地，而將軍之關河也。」 岷嶓：岷山和嶓冢山的並稱。參見本卷謝黄參政啓注〔四〕。

〔五〕節傳：璽節與文書。周禮地官司關：「凡所達貨賄者，則以節傳出之。」鄭玄注：「商或取貨於民間，無璽節者至關，關爲之璽節及傳出之；其有璽節，亦爲之傳。傳如今移過所文書。」

使閩楚之郊：指任職福建、江西。

〔六〕蟹舍：漁家。亦指漁村水鄉。張志和漁父歌：「松江蟹舍主人歡，菰飯蓴羹亦共餐。」 魚符：朝廷頒發的符信，雕木或鑄銅爲魚形，刻書其上，剖而分執之，以備符合爲憑信。 陸龜蒙送董少卿游茅山詩：「將隨羽節朝珠闕，曾佩魚符管赤城。」此指知嚴州之任。

〔七〕秉節：保持節操，守節。 貫四時：參見卷十答漳州石通判啓注〔五〕。 瑞世：即盛世。向子諲浣溪沙老妻生日詞：「葉上靈龜來瑞世，林間白鶴舞胎仙。」

〔八〕經行：經術和品行。漢書師丹傳：「丹經行無比，自近世大臣能若丹者少。」 庠序：古代的地方學校，殷代叫庠，周代叫序。後亦泛稱學校。孟子梁惠王上：「謹庠序之教，申之以孝弟之義。」 謀猷：計謀，謀略。書文侯之命：「亦惟先正克左右昭事厥辟，越小大謀猷，罔不率從，肆先祖懷在位。」

〔九〕謡誦：歌頌。陶弘景吴太極左仙公葛公之碑：「其可以垂軌範、著謡誦者，迄於兹辰。」列城：指城邑長官。劍南詩稿卷一喜小兒輩到行在：「傳聞賊棄兩京走，列城争爲朝廷守。」課：即考課，指按一定標準考核官吏，分别等差，決定升降賞罰。

〔一〇〕接武：步履相接。引申爲前後接替，繼承。劉勰文心雕龍物色：「古來辭人，異代接武，莫不參伍以相變，因革以爲功。」

〔一一〕棄竹馬：丟棄的竹馬。典出晉書殷浩傳：「（桓温）語人曰：『少時吾與浩共騎竹馬，我棄去，浩輒取之。』」竹馬，當馬騎的竹竿。此指知嚴州之任。英躅：精英的足迹。此指前任的政績。

〔一二〕舊青氈：太平御覽卷七〇八引晉裴啓語林：「王子敬在齋中卧，偷人取物，一室之内略盡，子敬卧而不動，偷遂登榻，欲有所覓。子敬因呼曰：『石染青氈是我家舊物，可特置否？』於是群偷置物驚走。」晉書王獻之傳亦載此事。後因以「青氈舊物」泛指仕宦人家傳世之物或舊業。此亦指知嚴州之任，因陸游高祖陸軫亦曾任此職。

〔一三〕發春：春氣發動。參見卷二丞相率文武百僚賀皇太后受册牋注〔一〕。坐嘯：閒坐吟嘯。東漢成瑨少修仁義，篤學，以清名見，任南陽太守，用岑晊（字公孝）爲功曹，公事悉委岑辦理，民間爲之謡曰：「南陽太守岑公孝，弘農成瑨但坐嘯。」事見後漢書黨錮傳序。後因以「坐嘯」指爲官清閒或不理政事。

〔一四〕輔養：即調養。嵇康養生論：「故神農曰：上藥養命，中藥養性者，誠知性命之理，因輔養以通也。」禁嚴：指帝王宫禁。蘇軾杭州謝上表：「伏念臣起自廢黜，驟登禁嚴，畢命驅馳，未償萬一。」

嚴州到任謝王丞相啓

懇求祠禄，乃叨便郡之除〔一〕；甫及戍期，亟奉燕朝之對〔二〕。身既復歸於鈞播〔三〕，衆知未棄於明時。伏念某淺智褊能，薄才綿力。棲遲屏迹，但欲射猛虎以終殘年〔四〕；辛苦著書，不足藏名山而俟後世〔五〕。偶爲貧而求仕，旋觸罪以免歸。雁食無儲，鶉衣不補〔六〕。凡百君子，悠悠非特達之知〔七〕；平生故人，往往處嫌疑之際。欲言誰聽，投老奚歸？豈期廟堂任使之公，挈出溝壑漂流之地〔八〕。此蓋伏遇某官孟韓道統，伊吕王功〔九〕。黼黻聖猷，謂言之不文則行之不遠〔一〇〕；甄陶士類，每捨其所短而取其所長〔一一〕。慨念孤生〔一二〕，已侵暮境。儻使抱所聞而不試，則將賫遺恨於無窮。何止屢陳於斧扆之前，蓋亦昌言於搢紳之上〔一三〕。故雖久斥，亦復漸收。而某已知悔童子之雕蟲，未免守古人之糟粕〔一四〕。決無可用，寧不自知。續鍾釜之禄以待掛冠，嘗面祈於大造〔一五〕；效尺寸之勞而垂汗簡，悵永負於初心〔一六〕。

【題解】

卷四乞祠禄劄子：「蒙恩差知嚴州，於淳熙十三年七月三日到任。」王丞相即王淮，參見本卷知嚴州謝王丞相啓題解。本文爲陸游到嚴州任後致丞相王淮的謝啓。

本文原未繫年。歐譜繫於淳熙十三年（一一八六），是。當作於該年七月。時陸游在知嚴州任上。

參考卷一嚴州到任謝表、本卷知嚴州謝王丞相啓。

【箋注】

〔一〕祠禄：宋代大臣罷職後，以管理道教宫觀的名義食俸。參見卷四乞祠禄劄子題解。　便郡：政務清簡之郡。參見卷六賀謝提舉啓注〔七〕。

〔二〕燕朝之對：臣子入宫回答皇帝詢問。參見卷一江西到任謝表注〔六〕。

〔三〕鈞播：尊長的教化。參見卷十謝趙丞相啓注〔一六〕。

〔四〕棲遲：漂泊失意。參見卷九上鄭宣撫啓注〔一八〕。　屏迹：隱居匿迹。玄奘大唐西域記婆羅痆斯國：「有一隱士於此池側結廬屏迹，博習伎術，究極神理。」　射猛虎以終殘年：杜甫曲江三章章五句：「短衣匹馬隨李廣，看射猛虎終殘年。」

〔五〕「藏名山」句：史記太史公自序：「以拾遺補藝，成一家之言……藏之名山，副在京師，俟後世聖人君子。」司馬貞索隱：「言正本藏之書府，副本留京師也。」名山，指藏書之所。俟後世，傳之後世。

〔六〕雁食：粗糙的食物。鴻雁以野草和種子爲主食。鶉衣：破爛的衣服。鶉尾秃，故稱。語本荀子大略：「子夏貧，衣若縣鶉。」

〔七〕凡百君子：一切有德君子。詩小雅雨無正：「凡百君子，各敬爾身。」悠悠：衆多貌。史記孔子世家：「桀溺曰：『悠悠者天下皆是也。』」特達，獨特，特出。禮記聘義：「圭璋特達，德也。」孔穎達疏：「聘享之禮，有圭、璋、璧、琮。璧、琮則有束帛加之乃得達；圭、璋則不用束帛，故云特達。」

〔八〕廟堂：指朝廷。任使：差遣，委用。左傳昭公六年：「猶求聖哲之上，明察之官，忠信之長，慈惠之師，民於是乎可任使也，而不生過亂。」溝壑：指困厄之境。孟子滕文公下：「志士不忘在溝壑，勇士不忘喪其元。」漂流：漂泊無定。陸雲與陸典書書：「沉淪漂流，優遊上國。」

〔九〕孟韓：孟子和韓愈的並稱。蘇洵上田樞密書：「孟韓之温醇，遷固之雄剛，孫吴之簡切，投之所嚮，無不如意。」道統：儒家學術思想授受的系統。伊吕：伊尹和吕尚的並稱。伊尹輔商湯，吕尚佐周武王，皆有大功。漢書刑法志：「故伊吕之將，子孫有國，與商周並。」

王功：輔佐人君成就王業的功績。周禮夏官司勳：「王功曰勳，國功曰功，民功曰庸，事功曰勞，治功曰力，戰功曰多。」鄭玄注：「王功，輔成王業，若周公。」

〔一〇〕黼黻：指輔佐。柳宗元乞巧文：「黼黻帝躬，以臨下民。」聖猷：皇帝的謀略。晉書庾冰傳：「上不能光贊聖猷，下不能緝熙政道。」「言之」句：左傳襄公二十年：「仲尼曰：『志有之，言以足志，文以足言。不言誰知其志？言而無文，行而不遠。』」

〔一一〕甄陶：化育，培養造就。揚雄法言先知：「甄陶天下者，其在和乎！」士類：文人、士大夫的總稱。後漢書宦者傳孫程：「臣生自草茅，長於宮掖，既無知人之明，又未嘗交知士類。」「舍其」句：漢書藝文志：「若能修六藝之術而觀此九家之言，舍短取長，則可以通萬方之略矣。」

〔一二〕孤生：孤陋之人。自謙之詞。後漢書周榮傳：「榮曰：『榮江淮孤生……今復得備宰士，縱爲竇氏所害，誠所甘心。』」

〔一三〕斧扆：古代帝王朝堂所用器具，狀如屏風，以絳爲質，高八尺，東西當户牖之間，其上有斧形圖案。逸周書明堂：「天子之位，負斧扆，南面立。」昌言：指直言不諱。後漢書馬融傳：「俾之昌言而宏議，軼越三家，馳騁五帝，悉覽休祥，總括羣瑞。」搢紳：舊時官宦的裝束，插笏於紳帶間。借指士大夫。漢書郊祀志上：「其語不經見，縉紳者弗道。」顔師古注：「李奇曰：『縉，插也，插笏於紳。』……字本作搢，插笏於大帶與革帶之間。」

〔一四〕「悔童子」句：揚雄法言吾子：「或問：『吾子少而好賦？』曰：『然。童子雕蟲篆刻。』俄而曰：『壯夫不爲也。』」蟲指蟲書，刻指刻符，各爲一種字體。後以「雕蟲篆刻」比喻詞章小技。古人之糟粕：莊子天道：「（輪扁）問桓公曰：『敢問公之所讀者，何言耶？』公曰：『聖人之言也。』曰：『聖人在乎？』公曰：『已死矣。』曰：『然則君之所讀者，古人之糟粕已夫！』」

〔一五〕鍾釜：均爲古容量單位元，一鍾爲十釜。掛冠：指辭官隱居。參見卷一謝致仕表注〔二〕。大造：指天地，大自然。謝靈運宋武帝誄：「業盛曩代，惠侔大造，澤及四海，功格八表。」

〔一六〕汗簡：借指史册，典籍。參見卷一皇太子受册賀皇后牋注〔三〕。初心：本意。參見卷六謝解啓注〔六〕。

謝梁右相啓

玉局二年，已竊代耕之禄〔一〕；桐廬千里，復叨起廢之恩〔二〕。望睟表之顒昂，撫編氓之繁夥〔三〕。退惟忝冒，徒積兢慚〔四〕。伏念某四壁寒家，一簞賤士〔五〕。刻舟求劍〔六〕，固匪通材；懲羹吹虀〔七〕，已消壯志。比由蟹舍，起領魚符〔八〕，永言久斥之餘，亦有少伸之望。然而察簿領稽違之細，擿吏胥隱伏之微〔九〕，一皆非其素知，又不可以遽習。淵明之寄事外〔一〇〕，已迫頽齡；安國之擢徒中〔一一〕，曷勝煩使。此蓋伏遇某官才全經緯，氣塞堪輿〔一二〕。博取衆材，屢抗延英之論〔一三〕；宏開公道，靡須光範之書〔一四〕。施及妄庸，未忘夙昔。温飽一門之衣食，洗湔累歲之罪愆〔一五〕，使爲全人，以畢餘日。某敢不好是正直〔一六〕，擇乎中庸。戒舞智以賊民，寧取椎魯少文之誚〔一七〕；務盡心於折獄〔一八〕，庶無冤枉失職之嗟。苟不辱知〔一九〕，其敢言報。

【題解】

梁丞相即梁克家，參見本卷（知嚴州）謝梁右相啓題解。承接上篇，本文爲陸游到嚴州任後致右相梁克家的謝啓。

本文原未繫年。歐譜繫於淳熙十三年（一一八六），是。當作於該年七月。時陸游在知嚴州任上。

參考本卷知嚴州謝梁右相啓。

【箋注】

〔一〕玉局：成都道觀名。參見卷四乞祠禄劄子注〔一〕。二年：祠禄二年一期。代耕：舊時官吏不耕而食，因稱爲官食禄爲代耕。語本禮記王制：「諸侯之下士，視上農夫，禄足以代其耕也。」

〔二〕桐廬：縣名。此指嚴州。　起廢：重新起用已被貶黜的官吏。參見卷八謝洪丞相啓注〔二二〕。

〔三〕睟表：睟容，純和潤澤之容貌。參見卷一天申節賀表注〔九〕。　顒昂：肅敬軒昂。形容氣度不凡。獨孤及絳州聞喜縣崇慶鄉太平里裴積年若干行狀：「公天姿英拔，德宇宏曠，顒昂公器，磊砢高節。」　編氓：編入户籍的平民。參見卷八謝洪丞相啓注〔二〇〕。　繁夥：繁多，甚多。王充論衡恢國：「德惠盛熾，故瑞繁夥也。」

〔四〕忝冒：猶言濫竽充數。參見卷五辭免賜出身狀注〔四〕。　兢慚：惶恐慚愧。參見卷一轉太中大夫謝表注〔四〕。

〔五〕一簞：一盒。論語雍也：「一簞食，一瓢飲，在陋巷，人不堪其憂，回也不改其樂。賢哉回也！」簞，古代盛食物的圓形竹器。

〔六〕刻舟求劍：比喻拘泥成法，不知變通。吕氏春秋察今：「楚人有涉江者，其劍自舟中墜於水，遽契其舟曰：『是吾劍之所從墜。』舟止，從其所契者入水求之。舟已行矣，而劍不行，求劍若此，不亦惑乎？」

〔七〕懲羹吹韲：被滚湯燙過之人，吃冷菜也要吹一下。比喻戒懼過甚。羹，熱湯；韲，細切的肉菜，冷食。語本楚辭九章惜誦：「懲於羹者而吹韲兮，何不變此志也？」

〔八〕蟹舍：指漁村水鄉。魚符：符信。此指知嚴州之任。參見本卷答交代陳判院啓注〔六〕。

〔九〕簿領：指官府記事的簿册、文書。參見卷六謝内翰啓注〔六〕。稽違：耽誤，延誤。北史高道悦傳：「道悦以使者書侍御史薛聰、侍御史主文中散元志等稽違期會，奏舉其罪。」吏胥：官府中小吏。白居易和微之除夜作詩：「我統十郎官，君領百吏胥。」隱伏：隱瞞，隱諱。後漢書馬援傳：「且開心見誠，無所隱伏，闊達多大節。」

〔一〇〕「淵明」句：陶淵明始作鎮軍參軍經曲阿作：「弱齡寄事外，委懷在琴書。」

〔一一〕「安國」句：韓安國從徒刑中被起用。參見本卷知嚴州謝王丞相啓注〔一四〕。

〔一二〕經緯：即經緯天下。指治理國家。史記秦始皇本紀：「普施明法，經緯天下，永爲儀則。」堪輿：指天地。參見卷一謝賜曆日表注〔三〕。

〔一三〕延英：即延英殿。唐代宫殿名。在延英門内。高承事物紀原引宋朝會要：「康定二年八月，宋庠奏：『唐自中葉已還，雙日及非時大臣奏事，别開延英賜對，今假日御崇政、延和是也。』」

〔一四〕光範：即邊光範，字子儀，并州陽曲（今山西陽曲）人。有吏材，歷仕後唐、後晉、後漢、後周四朝，入宋後官至御史中丞。宋史卷二六二有傳。光範之書，指其上書論選拔刺史之重要。宋史邊光範傳：「（後晉天福二年）上書曰：『臣聞唐太宗有言：「朕居深宫之中，視聽不能及遠，所委者惟都督、刺史。」則知此官實繫治亂，必須得人。今則刺史或因緣世禄，或貢奉家財，或微立軍功，或但循官序，實恐撫民無術，御吏無方。以此牧民，而民受其賜鮮矣。望選能吏以蘇民瘼，用致升平。』」

〔一五〕洗湔：洗滌，清除。韓愈示爽詩：「才短難自力，懼終莫洗湔。」

〔一六〕好是正直：甚是公正無私。參見卷一福建到任謝表注〔一七〕。

〔一七〕舞智：玩弄智巧，弄小聰明。史記酷吏列傳：「（張）湯爲人多詐，舞智以御人。」賊民：害民。劉向列女傳齊傷槐女：「犯槐者刑，傷槐者死，刑殺不正，是賊民之深者也。」椎魯：愚鈍，魯鈍。蘇軾六國論：「其力耕以奉上，皆椎魯無能爲者。」

〔一八〕折獄：判決訴訟案件。易豐：「君子以折獄致刑。」孔穎達疏：「斷決獄訟。」

〔一九〕辱知：指受人賞識或提拔。謙辭。參見卷八上二府乞宫祠啓注〔一八〕。

謝周樞使啓

入望清光〔一〕，出臨近郡。天威不違咫尺，既諧就日之心〔二〕；父命惟所東西，況被牧民之寄〔三〕。感恩至矣，揣分茫然〔四〕。伏念某下愚難移〔五〕，大惑莫解。不能高飛遠舉，求避橫目之民〔六〕；乃復直情徑行，自掇噬臍之悔〔七〕。永言窮薄，數蹈邅回〔八〕。毀靡待於德高，災非由於福過。斷雲零落，敢懷出岫之心〔九〕；病鶴褵褷，忽忝乘軒之寵〔一〇〕。此蓋伏遇某官道窮宎奧，氣塞堪輿〔一一〕。南山之石巖巖，帝資宿望〔一二〕；綈袍之意戀戀，士感誠言〔一三〕。哀細德之嶮微，開鴻鈞之块圠〔一四〕。念茲積譴，雖擢髮而有餘〔一五〕；察彼衆讒，亦吹毛之已甚〔一六〕。未加顯棄，聊復少收。雖不在於英材樂育之中，實創見於薄俗相挺之際〔一七〕。而某扶衰自笑，迫老宜歸。無復入闕，西日舉釣竿之手〔一八〕；惟希度世，東封謁玉輅之塵〔一九〕。傾倒具陳，慚惶無措。

【題解】

周樞使即周必大，參見本卷〈知嚴州〉謝周樞使啓題解。承接上篇，本文爲陸游到嚴州任後致樞密使周必大的謝啓。

本文原未繫年。歐譜繫於淳熙十三年（一一八六），是。當作於該年七月。時陸游在知嚴州任上。

參考本卷知嚴州謝周樞使啓。

【箋注】

〔一〕清光：指帝王之風采。參見卷一江西到任謝表注〔一八〕。

〔二〕「天威」句：帝王威嚴近在咫尺。國語齊語：「天威不違顏咫尺。」韋昭注：「違，遠也。」就曰：比喻對皇帝崇仰。參見卷一會慶節賀表二注〔一三〕。

〔三〕父命惟所東西：天子差遣不論東西。 牧民：治民。國語魯語上：「且夫君也者，將牧民而正其邪者也，若君縱私回而棄民事，民旁有慝無由省之，益邪多矣。」

〔四〕揣分：衡量名位、能力。參見卷五辭免賜出身狀注〔四〕。

〔五〕下愚難移：愚蠢之人難以改變。論語陽貨：「子曰：『惟上智與下愚不移。』」

〔六〕横目：指人民，百姓。莊子天地：「夫子無意於横目之民乎？願聞聖治。」成玄英疏：「五行之内，唯民横目。」

〔七〕噬臍：自齧腹臍。比喻後悔不及。參見卷三上二府論都邑劄子注〔一〇〕。

〔八〕窮薄：淺薄。指命運很差。參見卷六謝解啓注〔三〕。 邅回：困頓，不順利。參見卷八上王宣撫啓注〔一〕。

〔九〕「斷雲」二句：陶淵明歸去來兮辭：「雲無心以出岫，鳥倦飛而知還。」岫，山洞。

〔一〇〕「病鶴」二句：左傳閔公二年：「衛懿公好鶴，鶴有乘軒者。將戰，國人受甲者皆曰：『使鶴！鶴實有禄位。余焉能戰？』」 褵褷：離披散亂貌。齊己荆門寄沈彬：「罷趨明聖懶從知，鶴鷙褵褷遂性披。」「病鶴」與上「斷雲」均用以自喻。

〔一一〕宎奥：比喻深邃、高深的境界。參見本卷知嚴州謝王丞相啓注〔一八〕。 堪輿：指天地。參見卷一謝賜曆日表注〔三〕。

〔一二〕「南山」二句：指齊桓公聞甯戚「南山」之歌，任之以國。史記魯仲連鄒陽列傳「甯戚販牛車下，而桓公任之以國」，裴駰集解引應劭曰：「齊桓公夜出迎客，而甯戚疾擊其牛角商歌曰：『南山矸，白石爛，生不逢堯與舜禪，短布單衣適至骭，從昏飯牛薄夜半，長夜曼曼何時旦？』公召與語，説之，以爲大夫。」宿望，素負重望之人。

〔一三〕「綈袍」二句：指范雎感念須賈贈送綈袍的恩情。參見本卷（知嚴州）謝施參政啓注〔八〕。

〔一四〕細德：細行，細節。嶮微：艱難細微。鴻鈞：指鴻恩。參見卷八上王宣撫啓注〔八〕。坱圠：亦作坱軋，漫無邊際貌。史記屈原賈生列傳：「大專槃物兮，坱軋無限。」裴駰集解引應劭曰：「其氣坱軋，非有限齊也。」

〔一五〕積譴：累積的罪過。蘇轍東塋老翁井齋僧疏：「轍以愚暗，曩竊名位，積譴致罰，以累玆泉。」擢髮：即擢髮難數，極言其多。參見本卷（知嚴州）謝梁右相啓注〔一〇〕。

〔一六〕吹毛：即吹毛求疵，比喻刻意挑剔過錯。語本韓非子大體：「古之全大體者……不吹毛而求小疵，不洗垢而察難知。」

〔一七〕薄俗：輕薄的習俗，壞風氣。漢書元帝紀：「民漸薄俗，去禮義，觸刑法，豈不哀哉！」

〔一八〕「無復」二句：指遮手西向，遥望京師，不再入關。參見本卷（知嚴州）謝梁右相啓注〔一二〕。

〔一九〕「惟希」二句：指天下太平，進謁帝王，只求出世。蘇軾送喬仝寄賀君詩之三：「曾謁東封玉輅塵，幅巾短褐亦逡巡。」東封，指帝王行封禪大典，昭告天下太平。玉輅，帝王所乘之車以玉爲飾。度世，即出世。楚辭遠遊：「欲度世以忘歸兮，意恣睢以擔撟。」

謝臺諫啓

掛洪景之衣冠，宜還故里〔一〕；懷買臣之印綬，尚冒明恩〔二〕。觸熱即途〔三〕，扶衰領郡。伏念某身常短褐，家本衡門〔四〕，一官惟妻子之謀，萬里極關河之遠。景翳翳以將入〔五〕，餘日幾何；芳菲菲其彌章，素心空在〔六〕。比者竊冰銜於玉局，築雲屋於鏡湖〔七〕，惟俟引年，遂將没齒〔八〕。散地方蘄於因任，除書忽畀於專城〔九〕。宫闕中天，有就日望雲之幸〔一〇〕；鄉閭接壤，逾過家上冢之榮〔一一〕。此蓋伏遇某官望重朝綱，學通國體〔一二〕。收真才於水落石出之後〔一三〕，坐銷浮僞之風；察定理於舟行岸移之時〔一四〕，盡黜讒誣之巧。稍收久廢，用示至公。某謹當勉效微勤，堅持素守。吏犯法而法在，先務去姦；政近民則民歸，敢忘用恕。或粗逃於大譴〔一五〕，庶少答於深知。

【題解】

臺諫，指專司糾彈、建言的官員。參見本卷《知嚴州謝臺諫啓》題解。此臺諫亦當爲蔣繼周。承接上篇，本文爲陸游到嚴州任後致臺諫蔣繼周的謝啓。

本文原未繫年。歐譜繫於淳熙十三年（一一八六），是。當作於該年七月。時陸游在知嚴州任上。

參考本卷知嚴州謝臺諫啓。

【箋注】

〔一〕「掛洪景」二句：指陶弘景辭官隱居。洪景，即弘景。參見卷一謝致仕表注〔二〕。

〔二〕「懷買臣」二句：指朱買臣懷印還鄉。參見本卷謝施參政啓注〔三〕。

〔三〕觸熱：冒着炎熱。崔駰博徒論：「（博徒）乃謂曰：『子觸熱耕耘，背上生鹽。』」

〔四〕衡門：横木爲門。指簡陋的房屋。詩陳風衡門：「衡門之下，可以棲遲。」朱熹集傳：「衡門，横木爲門也。門之深者，有阿塾堂宇，此惟横木爲之。」

〔五〕「景翳」句：陶淵明歸去來兮辭：「景翳翳以將入，撫孤松而盤桓。」翳翳，晦暗不明貌。

〔六〕「芳菲」句：屈原離騷：「佩繽紛其繁飾兮，芳菲菲其彌章。」菲菲，香氣盛。　素心：本心，素願。江淹雜體詩效陶潛田居：「但願桑麻成，蠶月得紡績。素心正如此，開徑望三益。」

〔七〕冰衔：指清貴的官職。　玉局：成都道觀名。參見本卷上丞相參政乞宫觀啓注〔一三〕。雲屋：隱者或出家人的居處。皮日休江南道中懷茅山廣文南陽博士之一：「鶴雛入夜歸雲屋，乳管逢春落石牀。」　鏡湖：在陸游故鄉會稽山北麓。以水準如鏡，故名。

〔八〕引年：古代對年老而賢者加以尊養。後用以稱年老辭官。禮記王制：「凡三王養老，皆引年。八十者一子不從政，九十者其家不從政。」　没齒：此指死亡。

〔九〕散地：閒散的官職。參見本卷〈知嚴州〉謝周樞使啓注〔一〕。　因任：根據才能加以任用。莊子天道：「形名已明，而因任次之。」王先謙集解：「因材授任。」　除書：拜官授職的文書。參見卷九除制司參議官謝趙都大啓注〔六〕。　畀於：給予。　專城：主宰一城的地方官職。參見卷一福建到任謝表注〔一三〕。

〔一〇〕中天：即參天。文選班固西都賦：「樹中天之華闕，豐冠山之朱堂。」李周翰注：「中天，高及天半。」　就日望雲：比喻對天子的崇仰或思慕。參見卷五天申節進奉銀狀注〔七〕。

〔一一〕過家上冢：還鄉掃墓。晁詠之賀同州侍郎啓：「伏審抗疏中山，易符左輔，過家上冢，榮動鄉邦。」

〔一二〕朝綱：此指朝廷。　國體：國家的典章制度。漢書成帝紀：「儒林之官，四海淵原，宜皆明於古今，温故知新，通達國體，故謂之博士。」

〔一三〕水落石出：比喻事物真相完全顯露。歐陽修醉翁亭記：「野芳發而幽香，佳木秀而繁陰，風霜高潔，水落而石出者，山間之四時也。」

〔一四〕「察定」句：省察舟行岸移的變通道理。參見本卷〈嚴州到任〉謝梁右相啓注〔六〕。

〔一五〕大譴：大罪，大的過錯。柳宗元亡姊前京兆府參軍裴君夫人墓誌：「嗚呼！我之大譴歟？裴氏之大不幸歟？」

謝監司啓

掛洪景之衣冠，宜還故里；懷買臣之印綬，尚冒明恩。觸熱即途，扶衰領郡。伏念某身常短褐，家本衡門，一官惟妻子之謀，萬里極關河之遠。景翳翳以將入，餘日幾何；芳菲菲其彌章，素心空在。比者竊冰銜於玉局，築雲屋於鏡湖，惟俟引年，遂將没齒。散地方蘄於因任，除書忽畀於專城。宫闕中天，有就日望雲之幸；鄉閭接壤，逾過家上冢之榮〔一〕。此蓋伏遇某官學貫經郛，望隆國器〔二〕。繡衣持斧，姑小試於使軺〔三〕；豹尾屬車，即超登於禁路〔四〕。尚容衰悴之迹，暫托澄清之餘。某謹當勉效微勤，堅持素守。吏犯法而法在，先務去姦；政近民則民歸，敢忘用恕。或粗逃於大譴〔五〕，庶少答於深知。

【題解】

監司，宋諸路轉運使司、提點刑獄司、提舉常平司等，有監察各州官吏之責，總稱監司。此監司爲誰不詳。承接上篇，本文爲陸游到嚴州任後致兩浙路監司的謝啓。

本文原未繫年。歐譜繫於淳熙十三年（一一八六），是。當作於該年七月。時陸游在知嚴州任上。

【箋注】

〔一〕「掛洪景」二十四句：參見本卷〈嚴州到任〉謝臺諫啓注〔一〕至〔一一〕。

〔二〕經郛：經學的全部。參見卷九與錢運使啓注〔六〕。國器：指可以治國的人才。參見卷十答建寧陳通判啓注〔六〕。

〔三〕繡衣：即繡衣直指，亦稱繡衣御史。官名。漢武帝時，民間起事者衆，地方官員督捕不力，因派直指使者衣繡衣，持斧仗節，興兵鎮壓，刺史郡守以下督捕不力者亦皆伏誅。後因稱此等特派官員爲「繡衣直指」。此指各路監司。持斧：指執法或執法者。漢書王訢傳：「武帝末，軍旅數發，郡國盜賊羣起，繡衣御史暴勝之使持斧逐捕盜賊，以軍興從事，誅二千石以下。」使軺：出使所乘之車。此指監司的職責。

〔四〕豹尾：即豹尾車，用豹尾裝飾的車子。宋史輿服志一：「豹尾車，古者軍正建豹尾。漢制，後車一乘垂豹尾，豹尾以前即同禁中。」屬車：帝王出行時的侍從車。秦漢以來，皇帝大駕屬車八十一乘，法駕屬車三十六乘，分左中右三列行進。漢書賈捐之傳：「鸞旗在前，屬車在後。」顏師古注：「屬車，相連屬而陳於後也。」超登：躍登。禁路：即御道，供帝王車駕行走的道路。參見本卷賀禮部鄭侍郎啓注〔一〕。

〔五〕大譴：大罪，大的過錯。參見本卷〈嚴州到任〉謝臺諫啓注〔一五〕。

答方寺丞啓

年運而往，悵久隔於英遊〔一〕；道阻且長，忽恭承於榮問〔二〕。情文甚寵，衰晚增光。伏念某笠澤漁家，紹興朝士〔三〕。捫參歷井〔四〕，久困客遊；煮海摘山，屢乘使傳〔五〕。既罪愆之未洗，復衰疾之相乘。骨相宜窮，頭顱可揣〔六〕。穿延和之細仗，恍若隔生〔七〕；分新定之左符，更叨起廢〔八〕。此蓋伏遇某官義存推轂，德重匿瑕〔九〕，哀其憔悴之百罹，借以揄揚之一諾〔一〇〕。遂叨共理之寄〔一一〕，亦及歸耕之餘。而某緣病廢書，迫貧隨牒〔一二〕。能古文何用於今世，徒慚長者之見知〔一三〕；居是邦不非其大夫，殊匪小人之所望。佇奉丁寧之誨，用寬瘝曠之虞〔一四〕。

【題解】

寺丞，宋太常寺、光禄寺、大理寺、司農寺等寺丞的通稱，爲各寺長官的佐吏。此方寺丞爲誰不詳。本文爲陸游致方寺丞的答啓。

本文原未繫年。歐譜繫於淳熙十三年（一一八六），是。當作於該年七月。時陸游在知嚴州任上。

【箋注】

〔一〕年運：指不停運行的歲月。參見卷一謝賜曆日表二注〔一二〕。英遊：英俊之輩，才智傑出者。參見卷九與成都張閣學啓注〔一一〕。

〔二〕道阻且長：詩豳風蒹葭：「蒹葭蒼蒼，白露爲霜。所謂伊人，在水一方。遡洄從之，道阻且長。」榮問：榮獲問候。高適酬秘書弟兼寄幕下諸公詩：「前席屢榮問，長城兼在躬。」

〔三〕笠澤漁家：陸游視晚唐陸龜蒙爲祖上，陸龜蒙隱居笠澤，著有笠澤叢書，故陸游自署别號「笠澤漁隱」、「笠澤老漁」、「笠澤漁家」等。笠澤，即松江（吴淞江）。陸廣微吴地記：「松江一名松陵，又名笠澤……其江之源，連接太湖。」紹興朝士：陸游紹興年間在朝廷任職。參見卷一福建到任謝表注〔五〕。

〔四〕捫參歷井：指自秦入蜀途中，山勢高峻，可以摸到參、井兩星宿。後用以形容山勢高峻，道路險阻。李白蜀道難：「捫參歷井仰脅息，以手撫膺坐長嘆。」參、井皆星宿名，分别爲蜀、秦兩地分野。

〔五〕煮海摘山：亦作摘山煮海。指開山煉礦，煮海成鹽。秦觀國論：「至於摘山煮海，冶鑄之事，他日吏緣以爲奸者，臨遣信臣，更定其法。」此指任職福建、江西。

〔六〕骨相：指人的骨骼、相貌。韓愈韶州留别張端公使君詩：「久欽江總文才妙，自歎虞翻骨相屯。」揣：捶擊。

〔七〕「穿延和」句：穿過延和殿的儀仗。參見卷一嚴州到任謝表注〔一〕。隔生：即隔世。王建渡遼水詩：「來時父母知隔生，重着衣裳如送死。」

〔八〕「分新定」句：擔任嚴州知府。參見卷一嚴州到任謝表注〔二〕。起廢：重新起用已被貶黜的官吏。參見卷八謝洪丞相啓注〔二〕。

〔九〕推轂：薦舉，援引。參見卷十謝侍從啓注〔一一〕。匿瑕：隱匿缺失。指寬宏大度。參見卷十上安撫沈樞密啓注〔九〕。

〔一〇〕百罹：種種不幸遭遇。參見卷九答南劍守林少卿啓注〔二〕。揄揚：宣揚。參見卷六謝諫議啓注〔二〕。

〔一一〕共理：指共同治理政事。白居易賀平淄青表：「臣名參共理，職忝分憂，抃舞歡呼，倍萬常品。」

〔一二〕隨牒：隨選官之文牒。參見卷六答福州察推啓注〔六〕。

〔一三〕見知：受到知遇。酈道元水經注汾水：「飛廉以善走事紂，惡來多力見知。」

〔一四〕瘝曠：耽誤荒廢。王安石乞宫觀表四道：「戇愚弗逮於清光，衰疾更成於瘝曠。」

賀王提刑啓

恭審繡衣玉節，肅王畿風憲之嚴〔一〕；寶畫奎文，新内閣圖書之直〔二〕。方攬澄清之譽，已騰謠誦之聲〔三〕。恭惟某官學道愛人，至誠格物，德秉民彝之粹，才推國器之英〔四〕。中外踐揚〔五〕，自際風雲之會；始終操履〔六〕，靡移金石之堅。將階言語侍從之除，洊被禮樂光華之遺〔七〕。欽恤副九重之指，平反奉一笑之春〔八〕。始訖外庸〔九〕，即躋近列，計乘軺之未幾〔一〇〕，旋頒詔以趣歸。某意廣才疏，心勞政拙。伏櫪志在千里〔一一〕，悵暮景之已侵；巢林不過一枝，幸卑棲之有托〔一二〕。

【題解】

王提刑，即王尚之。范成大吳郡志卷七：「王尚之以朝奉郎、大理少卿除直寶文閣、浙西提刑。淳熙十三年閏七月初三到任，十四年二月十四改除司農少卿、湖廣總領。」提刑爲提點刑獄公事的簡稱。參見卷七賀葉提刑啓題解。本文爲陸游爲王尚之獲除浙西提刑所致的賀啓。

本文原未繫年。歐譜繫於淳熙十三年（一一八六），是。當作於該年閏七月。時陸游在知嚴州任上。

【箋注】

〔一〕繡衣：指朝廷特派的穿繡衣的執法官。參見本卷謝監司啓注〔三〕。玉節：玉製的符節。天子的使者持以爲憑。參見卷八與趙都大啓注〔一一〕。王畿：王城周圍千里的地域。周禮夏官職方氏：「乃辨九服之邦國，方千里曰王畿。」此指嚴州。風憲：風紀法度。後漢書皇后紀序：「爰逮戰國，風憲逾薄，適情任欲，顛倒衣裳，以致破國身亡，不可勝數。」

〔二〕寶晝奎文：指御像御書。宋代寶文閣藏仁宗御書、御製文集及英宗御書等。　内閣：宋代收藏本朝皇帝御書、御集等的機構，如龍圖閣、天章閣、寶文閣等，泛稱内閣。　諸閣均置學士、直學士、待制等職。

〔三〕澄清：指肅清混亂局面。後漢書黨錮傳范滂：「滂登車攬轡，慨然有澄清天下之志。」　謡誦：歌頌。　參見本卷答交代陳判院啓注〔九〕。

〔四〕民彝：即人倫。參見卷十賀泉州陳尚書啓注〔四〕。　國器：指可以治國的人材。　參見卷十答建寧陳通判啓注〔六〕。

〔五〕中外：朝廷内外。　踐揚：指仕宦所經歷。王禹偁謝除刑部郎中知制誥啓：「竊念某猥以腐儒，受知先帝，踐揚兩制，出處九年。」

〔六〕操履：操守。葛洪抱朴子博喻：「潔操履之拘苦者，所以全拔萃之業；納拂心之至言者，所以無易方之惑也。」

〔七〕言語侍從：指文學侍從。班固兩都賦序：「故言語侍從之臣，若司馬相如、虞丘壽王、東方朔、枚皋、王褒、劉向屬，朝夕論思，日月獻納。」　洊：再，屢次。　禮樂光華之遺：指直寶文閣之職。

〔八〕欽恤：指理獄量刑要慎重不濫，心存矜恤。語本書堯典：「欽哉欽哉，惟刑之恤哉！」〔九〕

重：指帝王。平反：漢書雋不疑傳：「每行縣録囚徒還，其母輒問不疑：『有所平反，活幾何人？』即不疑多有所平反，母喜笑，爲飲食語言異於他時；或亡所出，母怒，爲之不食。故不疑爲吏，嚴而不殘。」

〔九〕訖：終了。外庸：指任地方官時的政績。韓愈沂國公先廟碑銘：「暨暨田侯，兩有文武。訖其外庸，可作承輔。」

〔一〇〕乘軺：乘坐輕便馬車。參見卷九答交代陳太丞啓注〔七〕。

〔一一〕「伏櫪」句：比喻壯志未酬，蟄居待時。曹操步出夏門行：「老驥伏櫪，志在千里；烈士暮年，壯心不已。」

〔一二〕「巢林」句：鷦鷯築巢，只不過佔用一根樹枝。比喻安守本分不貪多。莊子逍遥遊：「鷦鷯巢於深林，不過一枝；鼴鼠飲河，不過滿腹。」卑棲：指居於低下的地位。皇甫冉送田濟之揚州赴選詩：「調補無高位，卑棲屈此賢。」

與汪郎中啓

去蜀歸吴，已侵尋於晚境〔一〕；乞祠得郡，尚記録於明時。夙戒行艫，已臨弊邑〔二〕。方竊依仁之幸，敢稽告至之恭〔三〕。伏念某笠澤農家，紹興朝士。捫參歷井，久困客游；煮海摘山，屢乘使傳。既罪愆之未洗，復衰疢之相乘。骨相宜窮，頭顱可揣。穿延和之細仗，恍若隔生；分新定之左符，更叨起廢。恭惟某官義存推轂，德重匿瑕，哀其憔悴之百罹，借以揄揚之一諾。遂容共理之寄，亦及歸耕之餘〔四〕。而某扶憊以來〔五〕，罔功是懼。快景星之先睹，雖尚阻於瞻承〔六〕；分鄰燭之餘光，遂密依於覆護〔七〕。其爲慰幸〔八〕，曷究敷陳。

【題解】

郎中，尚書省及所屬各部高級官員，位次尚書丞和各部侍郎，分掌本司事務。此汪郎中爲誰不詳。本文爲陸游致汪郎中的啓文。

本文原未繫年。歐譜繫於淳熙十三年（一一八六），是。當作於該年閏七月。時陸游在知嚴州任上。

【箋注】

〔一〕侵尋：漸近，漸次發展。參見卷一福建到任謝表注〔一二〕。

〔二〕行艫：行船。王珪又寄公儀四首：「紫掖新書换使符，春晴紅旆照行艫。」弊邑：偏僻之處。文選左思吴都賦：「習其弊邑，而不覿上邦者，未知英雄之所躔也。」

〔三〕依仁：以「仁」作爲言行的標準。語本論語述而：「子曰：『志於道，據於德。依於仁，遊於藝。』」　告至：古人拜謁或約會往往先修書告知日期，以示慎重與敬意。劉克莊回李巡轄：「輒修告至之辭，以叙同寅之雅。」

〔四〕「伏念」以下二十句：參見本卷答方寺丞啓注〔三〕至〔一一〕。

〔五〕扶傿：指陷於困頓。

〔六〕景星：大星，瑞星。參見卷七問候洪總領啓注〔一六〕。　瞻承：瞻仰承恩。

〔七〕鄰燭之餘光：鄰舍多餘之光。美稱他人給予的恩惠福澤。史記樗里子甘茂列傳：「臣聞貧人女與富人女會績。貧人女曰：『我無以買燭，而子之燭光幸有餘，子可分我餘光，無損子明而得一斯便焉。』今臣困而君方使秦而當路矣。茂之妻子在焉，願君以餘光振之。」　覆護：保護，庇佑。參見卷七上陳安撫啓注〔三〕。

〔八〕慰幸：欣慰幸運。

與沈知府啓

乘傳江皋〔一〕，偶同一道；分符畿内，復幸鄰邦〔二〕。公將假道於虞，僕其得御於李〔三〕。胡交臂而失此，亟削牘而布之〔四〕。恭惟某官厚德鎮浮〔五〕，英姿邁往。富貴固有命矣，未嘗枉尺以自謀〔六〕；將相豈無種哉，方且搏風而直上〔七〕。雖仰急流之勇退，寧容袖手而旁觀〔八〕。果奉明綸，起臨近甸〔九〕。豐年高廩，想謡誦之已聞〔一〇〕；燕寢清香〔一一〕，知文書之益簡。願精調於列鼎，即歸覲於凝旒〔一二〕。瞻詠之私，敷宣曷既〔一三〕。

【題解】

沈知府，即沈樞，字持要，一作持正、持孝。湖州德清人，一説安吉人。紹興十五年進士。累官監察御史、比部員外郎、尚書考功郎中、福建轉運副使、太子詹事、吏部侍郎等。淳熙十二年至十四年知温州。本文爲陸游致温州知府沈樞的啓文。

本文原未繫年。歐譜繫於淳熙十三年（一一八六），是。當作於該年閏七月。時陸游在知嚴州任上。

【箋注】

〔一〕乘傳：指奉命出使。參見卷一嚴州到任謝表注〔七〕。江皋：江岸，江邊地。楚辭九歌湘夫人：「朝馳余馬兮江皋，夕濟兮西澨。」

〔二〕分符：剖符。此指出守嚴州。參見卷一會慶節賀表二注〔一二〕。畿内：王都及其周圍千里以内的地區。蔡邕獨斷上：「京師，天子之畿内千里，象日月，日月躔次千里。」鄰邦：此指嚴州與温州。

〔三〕假道於虞：借路虞國。左傳僖公二年：「晉荀息請以屈産之乘，與垂棘之璧，假道於虞以伐虢。」杜預注：「自晉適虢，途出於虞，故借道。」得御於李：能爲李膺駕車。指得以親近賢者。李膺爲東漢名士，後漢書黨錮列傳：「荀爽嘗就謁膺，因爲其御，既還，喜曰：『今日乃得御李君矣。』其見慕如此。」

〔四〕交臂而失：指當面錯過。語本莊子田子方：「吾終身與汝交一臂而失之。」王先謙集解：「雖吾汝終身相與，不啻把一臂而失之，言其暫也。」削牘：書寫，致函。參見卷八與何蜀州啓注〔一二〕。

〔五〕鎮浮：抑制輕浮。語本國語楚語上：「教之樂，以疏其穢而鎮其浮。」韋昭注：「浮，輕也。」

〔六〕枉尺：即枉尺直尋。比喻小有所損，而大有所獲。參見卷六賀辛給事啓注〔三〕。

〔七〕「將相」二句：史記陳涉世家：「（陳勝）召令徒屬曰：『……且壯士不死即已，死即舉大名耳，王侯將相寧有種乎！』」摶風：乘風直上。參見卷八答發解進士啓注〔七〕。

〔八〕急流勇退：比喻及時引退，以明哲保身。袖手旁觀：比喻置身事外，不參預其中。參見卷十賀泉州陳尚書啓注〔八〕〔九〕。

〔九〕明綸：指帝王的詔令。張鎡賀尤禮侍兼修史侍講直學士院：「胸中悟復悟，筆底新又新。幻爲九色絲，鑾坡演明綸。」近甸：指都城近郊。參見卷十謝侍從啓注〔一一〕。

〔一〇〕豐年高廩：指豐收。謡誦：歌頌。參見本卷答交代陳判院啓注〔九〕。

〔一一〕燕寢：泛指起居。

〔一二〕列鼎：指陳列有盛饌的鼎器。古代貴族按爵品配置鼎數。孔子家語致思：「從車百乘，積粟萬鍾，累茵而坐，列鼎而食。」歸覲：指歸謁君王父母。酈炎遺令書：「炎之歸覲，在旦夕之間耳。」凝旒：冕旒静止不動，此代帝王。參見卷二賀皇后牋注〔一〕。

〔一三〕瞻詠：觀瞻吟詠。朱熹次韻劉彦采觀雪之句：「徘徊瞻詠久，默識造化機。」敷宣曷既：宣揚不盡。參見卷八答發解進士啓注〔九〕。

賀留樞密啓

恭審行玉關之萬里，方喜遄歸〔一〕；陳泰階之六符〔二〕，亟聞殊眷。地禁處承明之邃①，任崇參宥密之嚴〔三〕。成命誕揚，師言允穆〔四〕。切以藝祖鑒五代之弊，不偏重於中書〔五〕；裕陵新六官之名，亦旁開於西府〔六〕。豈獨並隆於文武，固將兼注於安危。至以明詔特預於訏謨〔七〕，尤爲本朝久虚之盛舉。中原多故，首用种忠憲之偉人〔八〕；聖政方新，則有虞雍公之近事〔九〕。或名光於竹帛，或位極於廟堂。恭惟某官躬閎深魁碩之資，負剛大直方之氣〔一〇〕，早推雅望，寖歷近班〔一一〕。以至公服小人，故雖疏而不怨；以大節事明主，故既去而見思。世方譊譊以自營，公固落落而難合〔一三〕。迨此寵光之自至，益知巇險之徒勞〔一三〕。淵乎一心，應彼萬事。七擒七縱，已成服遠之功〔一四〕；三起三留，果有處中之命〔一五〕。方且端委冠鈞衡之位，挽河洗夷虜之塵〔一六〕。復列聖在天之讎，攄遺民泣血之憤〔一七〕。某幸身未死，見國中興。材館旁招〔一八〕，雖莫陪於下士；浯溪深刻〔一九〕，尚自力於斯文。

【題解】

留樞密，即留正（一一二九—一二〇六），字仲至，泉州永春人。紹興十三年進士。累官起居舍人、中書舍人兼侍講，權吏部尚書，出知紹興府、隆興府、成都府兼四川制置使。淳熙十三年簽書樞密院事，旋進參知政事兼同知樞密院事，十六年拜右丞相。紹熙元年進左丞相。寧宗即位後罷相。宋史卷三九一有傳。宋史宰輔表四：「（淳熙十三年）閏七月戊申，留正自敷文閣學士除端明殿學士、簽書樞密院事。」本文爲陸游爲留正獲除簽書樞密院事所致的賀啓。

本文原未繫年。歐譜繫於淳熙十三年（一一八六），是。當作於該年閏七月。時陸游在知嚴州任上。

【校記】

①「承」，原作「丞」，據正德本、汲古閣本改。

【箋注】

〔一〕玉關：即玉門關。參見卷九上鄭宣撫啓注〔三〕。此指留正出知成都府等地。　遄：快，迅速。

〔二〕「陳泰階」句：指星象預示天下太平。參見卷一謝賜曆日表注〔五〕。

〔三〕地禁：指地處禁中。禁，指宮禁。韓愈釋言：「吾時在翰林，職親而地禁。」承明：古代天子左右路寢，因承接明堂之後，故稱承明。劉向説苑修文：「守文之君之寢曰左右之路寢，謂之承明何？曰：承乎明堂之後者也。」任崇：官職地位崇高。宥密：指樞密院。因其掌管軍事機密，故稱。蘇軾賜正議大夫樞密院事安燾乞退不允批答：「宥密之司，安危所寄。」

〔四〕成命：既定之天命。詩周頌昊天有成命：「昊天有成命，二后受之。」誕揚：大力傳揚。師言：衆人之言。岳飛辭招討使第三劄子：「伏望聖慈察臣之衷，實欲少安分守，早賜追還成命，庶協師言。」允穆：淳和。參見卷八與何蜀州啓注〔八〕。

〔五〕藝祖：有文德之祖。書舜典：「歸，格於藝祖，用特。」孔安國傳：「巡守四嶽，然後歸告至文祖之廟。藝，文也。」孔穎達疏：「才藝文德，其義相通，故藝爲文也。」後用以爲開國帝王的通稱。此指宋太祖。中書：指中書省。參見卷三上殿劄子三首二注〔一二〕。

〔六〕「裕陵」二句：指宋神宗改革官制。神宗元豐三年至五年實行官制改革。裕陵爲宋人對神宗的習慣稱呼。神宗陵本名永裕陵，在河南省鞏縣西南。蘇軾送陳伯修察院赴闕詩：「裕陵固天縱，筆有雲漢姿。」西府：指樞密使。熙寧間於京師建東西兩府，西府爲樞密使所居。張端義貴耳集卷上：「周益公以内相將過府，壽皇問：『欲除卿西府，但文字之職，無人可代，有文士可薦二人來。』」

〔七〕訏謨：宏偉的謀劃。詩大雅抑：「訏謨定命，遠猶辰告。」毛傳：「訏，大；謨，謀。」鄭玄箋：「大謀定命，謂正月始和，布政於邦國都鄙也。」

〔八〕种忠憲：即种師道（一〇五一—一一二六）字彝叔，洛陽人。北宋末名將。少從大儒張載學，以蔭補入仕，累官通判原州、提舉秦鳳常平等。金兵南下，起爲京畿、河北制置使，拜同知樞密院事、京畿兩河宣撫使，天下稱爲「老种」。力主抗金，深得百姓擁戴，京師解圍即被解除兵權。不久病逝，而後京師失守。建炎中，加贈少保，謚忠憲。宋史卷三三五有傳。

〔九〕虞雍公：即虞允文（一一一〇—一一七四）字彬甫，隆州仁壽人。紹興二十三年進士。累官秘書丞、禮部郎官、中書舍人。紹興三十一年督宋軍在采石大敗金兵，出爲川陝宣諭使。乾道元年拜參知政事兼知樞密院事，三年拜四川宣撫使，五年拜右相兼樞密使，遷左相。再宣撫四川，使蜀一年病卒。出將入相二十年，搜羅舉薦名士，有所見聞即記之，號材館録。宋史卷三八三有傳。

〔一〇〕閎深：廣博深遠，博大精深。曾鞏開府儀同三司制：「某材資桀異，識慮閎深。莊重足以鎮浮，精明足以成務。」魁碩：壯偉貌。參見卷九賀葉丞相啓注〔一一〕。剛大：剛直正大。李廌下第留别舍弟弼：「雖服貧賤勞，無損剛大氣。」直方：公正端方。韓詩外傳卷一：「廉潔直方，疾亂不治，惡邪不匡，雖居鄉里，若坐塗炭。」

〔二〕近班：近臣之列。張方平送内閣蔡公歸闕：「尹正司留鑰，賢公出近班。」

〔三〕譾譾：十分淺薄。潘興嗣濂溪先生墓誌銘：「譾譾日甚，風俗之偷。」落落：形容孤高，與人難合。李綱辭免尚書右僕射第一表：「志廣材疏，自笑落落而難合。」

〔三〕寵光：謂恩寵光耀。參見卷二文武百寮謝春衣表注〔二〕。巇險：同「巇嶮」。艱險，險惡。陸龜蒙彼農詩：「世路巇嶮，淳風蕩除。」

〔四〕七擒七縱：相傳三國時諸葛亮出兵南方，曾七次生擒酋長孟獲，又七次釋放，終於使孟獲心悦誠服。詳見三國志諸葛亮傳裴注引漢晉春秋。服遠：使遠方歸服。逸周書謚法：「辟土服遠曰桓。」

〔五〕三起三留：三次起身離去，三次留下。新唐書蔣伸傳：「宣宗雅信愛伸，每見必咨天下得失……帝嗟歎，伸三起三留，曰：『它日不復獨對卿矣。』伸不諭。未幾，以本官同中書門下平章事。」處中：居於中樞之位。漢書公孫劉田等傳贊：「車丞相履伊吕之列，當軸處中，括囊不言，容身而去，彼哉！彼哉！」

〔六〕端委：古代禮服。左傳昭公元年：「吾與子弁冕端委，以治民臨諸侯。」杜預注：「端委，禮衣。」孔穎達疏引服虔曰：「禮衣端正無殺，故曰端；文德之衣尚褒長，故曰委。」鈞衡：比喻國家重任。楊炯王勃集序：「幼有鈞衡之略，獨負舟航之用。」夷虜：此指金兵。

〔一七〕攄憤：抒發怨憤。蔡邕瞽師賦：「撫長笛以攄憤兮，氣轟鍠而横飛。」

〔一八〕材館：指虞允文材館録。參見本文注〔九〕。

〔一九〕浯溪：指元結浯溪中興頌碑。參見卷八賀吏部陳侍郎啓注〔二〇〕。

賀蔣中丞啓

伏審顯膺帝制，進總臺評〔一〕。公道大開，在廷爲之相賀〔二〕；正人益進，吾國殆其庶幾。仰惟廟社之休，非復門闌之慶〔三〕。某聞人情不遠，立朝誰樂於抨彈〔四〕；仕者自謀，干世本求於遇合〔五〕。皆使從容而徐進，自非怨嫉之所歸。一居三院七人之官〔六〕，遂任四海九州之責。至於諫大夫之助成主德，中執法之振肅朝綱〔七〕，知不可以不言，言不可以不盡。雷霆在上〔八〕，獨立自如；鼎鑊當前，直趨不避。始也負當世之名〔九〕，而人不我捨；今也居得言之地〔一〇〕，則責將誰歸。卓乎偉人，更此重任。恭惟某官英姿邁往，奥學造微〔一一〕。論必盡忠，得堪輿剛大之氣〔一二〕；仕常思退，有耕釣高逸之風〔一三〕。位逾達而謙有加，權益隆而量莫測。姑小煩於繩肅，即進與於弼諧〔一四〕。豈惟斯民〔一五〕，被化於春風和氣之中；亦使多士〔一六〕，吐氣於青天白日之下。今其始矣，幸孰甚焉。某嘗辱王翰卜鄰之榮，妄懷貢禹彈冠之喜〔一七〕。崇言紘議，已觀魁磊光信史之傳〔一八〕；過計私憂，妄有一二爲執事之獻〔一九〕。儻少寬於斧鑕，尚嗣布於腹心〔二〇〕。

【題解】

蔣中丞，即蔣繼周（一一三四—一一九六）字世修，處州青田人。紹興二十四年進士。歷官太學正、秘書省正字、秘書丞兼國史院編修官，遷將作監，兼太子侍讀，遷右諫議大夫。淳熙十三年九月遷御史中丞。出知婺州，徙寧國府、太平州。晚年卜居嚴州。陸游爲撰中丞蔣公墓誌銘。本文爲陸游爲蔣繼周獲除御史中丞所致的賀啓。

本文原未繫年。歐譜繫於淳熙十四年，誤。當作於淳熙十三年（一一八六）九月。時陸游在知嚴州任上。

參考卷三五中丞蔣公墓誌銘。

【箋注】

〔一〕顯膺帝制：顯赫地接受皇帝的制誥。　臺評：指御史臺的官職。

〔二〕在廷：指朝廷。語本論語鄉黨：「其在宗廟朝廷，便便言，唯謹爾。」

〔三〕廟社：宗廟和社稷。參見卷六賀何正言除左司諫啓注〔六〕。休：吉慶，福祉。　門闌：

此指師門。參見卷六賀曾秘監啓注〔四〕。

〔四〕立朝：指在朝爲官。參見卷六賀何正言除左司諫啓注〔七〕。　抨彈：彈劾。漢書杜周傳贊「業因勢而抵陒」，顔師古注引服虔曰：「謂罪敗而復抨彈之。」

〔五〕干世：求爲世用。王嘉拾遺記秦始皇：「（張儀、蘇秦）嘗息大樹之下，假息而寐，有一先生（鬼谷子）……教以干世出俗之辯。」　遇合：指相遇而彼此投合。呂氏春秋遇合：「凡遇合也時，時不合，必待合而後行。」

〔六〕三院：宋代御史臺爲中央監察機構，下設三院。宋史職官志四：「其屬有三院，一曰臺院，侍御史隸焉；二曰殿院，殿中侍御史隸焉；三曰察院，監察御史隸焉。」　七人：指古代天子的七位諍臣。參見卷六賀何正言除左司諫啓注〔一一〕。

〔七〕諫大夫：即諫議大夫。　中執法：即御史中丞。漢書高帝紀下：「御史中執法下郡守。」顔師古注引晉灼曰：「中執法，中丞也。」

〔八〕雷霆：對帝王或尊者暴怒的敬稱。參見卷五辭免出身狀二注〔一〕。

〔九〕負當世之名：享有用世的盛名。當世，用世，治世。晉書桓伊傳：「父景，有當世才幹。」

〔一〇〕居得言之地：居於當言的地位。顔之推顔氏家訓省事：「諫諍之徒，以正人君之失爾，必在得言之地，當盡匡贊之規，不容苟免偷安，垂頭塞耳。」

〔一一〕奧學：高深的學問。岑參入劍門作寄杜楊二郎中詩：「高文出詩騷，奧學窮討賾。」　造微：達到精妙的程度。齊己酬微上人詩：「古律皆深妙，新吟復造微。」

〔二〕堪輿：指天地。參見卷一謝賜曆日表注〔三〕。

〔三〕耕釣：商伊尹曾耕於莘野，周吕尚曾釣於渭水，後因以「耕釣」比喻隱居不仕。孟浩然題張野人園廬詩：「耕釣方自逸，壺觴趣不空。」

〔四〕繩肅：即直繩肅下。直如繩墨，整肅下屬。曾鞏待制王堯臣知單州制：「無直繩肅下之誼，有浮言罔上之迹。」　弼諧：即謨明弼諧。謀略美善，輔佐協調。參見卷十謝王樞使啓注〔七〕。

〔五〕斯民：指百姓。孟子萬章上：「予將以斯道覺斯民也。」

〔六〕多士：衆多賢士。亦指百官。詩大雅文王：「濟濟多士，文王以寧。」

〔七〕王翰卜鄰：杜甫奉贈韋左丞丈：「王翰願卜鄰。」唐才子傳：「翰工詩，多壯麗之詞。文士祖詠、杜華等嘗與遊從。華母崔氏云：『吾聞孟母三遷，吾今欲卜居，使汝與王翰爲鄰足矣。』其才名如此。」王翰，字子羽，唐并州晉陽人。景雲元年擢進士第。歷官秘書省正字、通事舍人、駕部員外郎、汝州長史、道州司馬等。工詩，以涼州詞知名。新唐書卷二〇二有傳。卜鄰，擇鄰。左傳昭公三年：「且諺曰：『非宅是卜，唯鄰是卜。』二三子先卜鄰矣。」杜預注：「卜良鄰。」　貢禹彈冠：漢書王吉傳：「吉與貢禹爲友，世稱『王陽在位，貢公彈冠』。」言其取捨同也。」謂貢禹與王吉（字子陽）友善，見其在位，亦願爲官。後因以比喻樂意輔佐志向相同之人。貢禹，字少翁，西漢琅琊人。以明經潔行徵爲博士。复舉賢良，爲河南令。元帝初徵爲諫大夫，遷御史大夫。漢書卷七二有傳。彈冠，比喻相友善者援引出仕。葛洪抱朴子自叙：「内無金張之援，外乏彈冠之友。」

〔一八〕崇言紘議：指高明宏大的議論。參見卷七問候洪總領啓注〔九〕。魁磊：形容高超特出。參見卷八謝夔路監司列薦啓注〔一〇〕。

〔一九〕過計私憂：指私下過多的考慮。荀子富國：「墨子之言，昭昭然爲天下憂不足。夫不足，非天下之公患也，特墨子之私憂過計也。」執事：對對方的敬稱。左傳僖公二十六年：「寡君聞君親舉玉趾，將辱於敝邑，使下臣犒執事。」杜預注：「言執事，不敢斥尊。」

〔二〇〕斧鑕：斧子與鐵鍖，古代刑具。行刑時置人於鍖上，以斧砍之。晏子春秋問下：「寡君之事畢矣，嬰無斧鑕之罪，請辭而行。」腹心：至誠之心。左傳宣公十二年：「君之惠也，孤之願也，非所敢望也。敢布腹心，君實圖之。」

渭南文集箋校卷第十二

啓

【釋體】本卷文體同卷六，收録啓十五首。

本卷嘉定本闕，以弘治本補之。

賀賈大諫啓

恭審顯膺一札之放，首冠七人之選〔一〕。主賢臣直，國勢巋然；言聽諫行，天下幸甚。某聞昔在本朝之官制，參稽前代之舊章。南臺不置大夫，中憲任紀綱之重寄〔二〕；北省久虚常侍，諫坡率遺補以盡規〔三〕。選求既艱，畀托尤重。故政在中書〔四〕，而常開言路；事由獨斷，而不廢争臣〔五〕。仰觀十一聖家法之傳，兹爲三百年治功之本〔六〕。繼昔之盛，非公而誰？恭惟某官學造精微，器函閎遠，許國弗渝於夷險〔七〕，憂時如抱於渴飢。造膝告猷〔八〕，浩浩江河之决；傾心愛士，拳拳涇渭之分〔九〕。慨然死生，禍福不入於中；常若天地，鬼神實臨其上。以今日陳善閉邪之效，成異時贊元經體之功〔一〇〕，同出此心，夫孰能禦。某侵尋暮景，蹭蹬孤生〔一一〕。迹本甚疏，妄欲依歸於公道；分當永棄，特蒙拔拭於窮途〔一二〕。何以仰答門闌特達之知〔一三〕，惟有稍陳郡縣利病之實。儻少寬於斧鑕，尚嗣布於腹心〔一四〕。

【題解】

大諫，即諫議大夫。宋代門下省左諫議大夫、中書省右諫議大夫的簡稱。賈大諫其人不詳。本文爲陸游爲賈氏獲除右諫議大夫所致的賀啓。

本文原未繫年。歐譜繫於淳熙十四年，誤。據前後文，當作於淳熙十三年（一一八六）九月。時陸游在知嚴州任上。

【箋注】

〔一〕一札：指賈氏任諫議大夫的除書。攽：同頒，發布。七人，指古代天子的七位諍臣。參見卷六賀何正言除左司諫啓注〔一一〕。

〔二〕「南臺」句：宋代以御史臺爲監察機構，但御史大夫則爲加官，不任命正員，而以御史中丞爲長官承擔重任。南臺即御史臺，因在宫闕西南而稱。中憲：唐代中丞的别稱。洪邁容齋四筆官稱别名：「唐人好以他名標榜官稱……中丞爲獨坐、爲中憲。」

〔三〕「北省」句：宋初尚書省尚書令、僕射等長官均無實際職掌，諸司皆以他官主判，故無侍從近臣，而諫議大夫率諫官竭力諍諫。北省即尚書省，因在宫闕之北而稱。常侍：指皇帝的侍從近臣，宋代不設此職。諫坡：即諫議大夫，沿用唐代的稱呼。遺補：即拾遺、補闕的並稱，均爲唐代諫官，此亦沿用舊稱。清錢大昕十駕齋養新録官名地名從省：「唐人稱拾遺、補闕曰遺補。」

〔四〕政在中書：宋初門下、中書、尚書三省雖并存，但并無實權，政歸中書、樞密院及三司。元豐改制後，中書省秉承皇帝意旨總管政務，宣布皇帝命令，批復臣僚奏疏及朝官除授等。

〔五〕争臣：能直言諍諫之臣。争，同「諍」。孝經諫争：「昔者天子有争臣七人，雖無道，不失其天下。」

〔六〕十一聖：到陸游時宋代的十一個皇帝，即太祖、太宗、真宗、仁宗、英宗、神宗、哲宗、徽宗、欽宗、高宗和孝宗。　三百年：從高祖建隆元年（九六〇）至孝宗淳熙十四年（一一八七），實僅二百二十七年，此取其整數。

〔七〕夷險：指艱險。葛洪抱朴子交際：「又欲使悉得可與，經夷險而不易情，歷危苦而相負荷者，吾未見其可多得也。」

〔八〕造膝：即促膝。蔡邕司空臨晉侯楊公碑：「及其所以匡輔本朝，忠言嘉謀，造膝危辭，當事而行。」告猷：陳述謀略。

〔九〕涇渭：比喻人品的優劣。參見卷十賀謝樞密啓注〔四〕。

〔一〇〕贊元經體：亦作經體贊元。指治理國家，輔佐元首。王安石謝除昭文表：「承流宣化，方虞失職之誅；經體贊元，更誤選舉之賢。」

〔一一〕侵尋：漸近。參見卷一福建到任謝表注〔一一〕。蹭蹬：困頓，失意。參見卷六謝諫議啓注〔六〕。

〔一二〕拉拭：掩飾。參見卷十謝錢參政啓注〔一二〕。

〔一三〕門闌：此指師門。參見卷六賀曾秘監啓注〔四〕。特達：特殊知遇。劉商送廬州賈使君拜命詩：「特達恩難報，升沉路易分。」

〔一四〕斧鑕：指刑罰。腹心：至誠之心。參見卷十一賀蔣中丞啓注〔二〇〕。

賀謝殿院啓

恭審顯膺帝制，進貳臺端〔一〕。手縮袖以逡巡〔二〕，久已抱獨立無朋之操；髮衝冠而憤切，自兹皆盡言不諱之時。在庭聳觀〔三〕，有識相慶。伏以御史分職〔四〕，本以論事任耳目之司；忠臣設心〔五〕，蓋欲去邪爲宗社之福。抗雷霆而獨立〔六〕，凛山嶽之不摇，非以近名，固將竭節〔七〕。天子爲之改容而垂聽，大臣不敢持必而自私〔八〕。國有紀綱，治自形於四海九州之遠；士篤名義，效或見於數世百年之餘。今兹孰配於古人，識者固歸於門下。恭惟某官道德醇備〔九〕，議論正堅，灰寒木槁而譽益高，鯤擊鵬摶而才乃見〔一〇〕。默究朝廷之利病，盡得源流；徐觀天下之是非，若指白黑。放斥者有愧心而無怨，更革者雖害己而謂然〔一一〕。太平之功，指日可待。某侵尋暮景〔一二〕，蹭蹬孤生。迹本甚疏，妄欲依歸於公道；分當永棄，特蒙拔拭於窮途。何以仰答一見特達之知，惟有稍陳千里利病之實。儻少寬於斧鑕，尚嗣布於腹心。

【題解】

謝殿院，即謝諤（一一二一—一一九四）字昌國，臨江軍新餘人。紹興二十七年進士。歷官監察御史、侍御史、右諫議大夫兼侍講。光宗時除御史中丞、權工部尚書。宋史卷三八九有傳。南宋御史臺臺長爲御史中丞，下隸三院：臺院設侍御史一人，稱「臺端」，又稱「臺雜」，即臺院知雜事侍御史，主持臺中事務，其地位在一般侍御史之上；殿院設殿中侍御史二人，稱「殿院」，别稱「副端」；察院設監察御史三人。周必大文忠集卷六八朝議大夫謝諤神道碑：「淳熙十年春擢監察御史，十三年九月爲副端，十四年升臺雜，十月入諫垣。明年冬兼侍講。十六年四月遂進中執法，徙權工部尚書。」則謝謂任殿中侍御史在十三年九月。本文爲陸游爲謝謂獲除殿中侍御史所致的賀啓。

本文原未繫年。歐譜繫於淳熙十四年，誤。當作於淳熙十三年（一一八六）九月。時陸游在知嚴州任上。

【箋注】

〔一〕進貳臺端：晉升爲臺端的副手，即殿中侍御史，亦即副端。進貳，提拔爲次官。參見卷七賀黄樞密啓注〔一〕。

〔二〕逡巡：退避，退讓。參見卷九福建謝史丞相啓注〔六〕。

〔三〕在庭：即在廷。指朝廷。聳觀：踮足觀看。唐司空圖蒲帥燕國太夫人石氏墓誌：「每屬歲時，競先迎奉，宗姻列侍，士庶聳觀。」

〔四〕御史分職：御史分其職掌。參考宋史職官志四御史臺。

〔五〕設心：用心，居心。孟子離婁下：「其設心以爲不若是，是則罪之大者。」

〔六〕雷霆：對帝王或尊者暴怒的敬稱。參見卷五辭免出身狀二注〔二〕。

〔七〕竭節：盡忠，堅持操守。王逸九思逢尤：「念靈閨兮隩重深，願竭節兮隔無由。」

〔八〕持必：即固執。

〔九〕醇備：淳厚完美。漢書王莽傳下：「（唐林、紀逡）孝弟忠恕，敬上愛下，博通舊聞，德行醇備，至於黄髮，靡有愆失。」

〔一〇〕灰寒木槁：即寒灰槁木。比喻無欲無求，心如枯木。 鯤擊鵬摶：鯤鵬摶擊高飛。比喻奮發有爲。參見卷十一答撫州發解進士啓注〔六〕。

〔一一〕更革：改革，變革。王安石上皇帝萬言書：「法其意，則吾所改易更革，不至乎傾駭天下之耳目，囂天下之口，而固已合乎先王之政矣。」

〔一二〕「某侵尋」以下十句：參見本卷賀賈大諫啓注〔一一〕至〔一四〕。

賀周丞相啓

恭審夢卜襲祥，揚王庭而涣號〔一〕；典册備物，熙帝載以宅師〔二〕。國其庶幾，民以寧壹〔三〕。實惟宗社無疆之祐，非復門闌旅賀之常〔四〕。竊以時玩久安〔五〕，輒生天下之患；國無遠略，必有意外之虞。方今風俗未淳，名節弗勵。仁聖焦勞於上，而士夫無宿道嚮方之實〔六〕；法度修明於内，而郡縣無赴功趨事之風〔七〕。邊防寖弛於通和，民力坐窮於列戍〔八〕，每静觀於大勢，懼難待於非常。至若靖康喪亂，而遺平城之憂〔九〕；紹興權宜，而蒙渭橋之耻〔一〇〕。高廟有盗環之逋寇，乾陵有斧柏之逆儔〔一一〕。

江淮一隅，夫豈仗衛久留之地〔一二〕；梁益萬里，未聞腹心不貳之臣〔一三〕。文恬武嬉〔一四〕，戈朽鉞鈍。謂宜博采衆謀之同異，然後上咨廟論之崇嚴〔一五〕，非素望之偉然〔一六〕，誰出身而任此。共惟某官降神維嶽〔一七〕，生德自天。居安資深，學洞六經之韞；探賾索隱〔一八〕，識窮萬務之微。蓋嘗獨立以當雷霆，何止貴名之揭日月〔一九〕。運籌帷幄，每當上心；端委廟堂，遂持國柄〔二〇〕。玉燭肇時和之慶，雲龍協聖作之辰〔二一〕。清未央、長樂之宫，將肅六飛之御〔二二〕；築碣石、榆林之塞，永奠四夷之封〔二三〕。於古有光，自今以始。某側聞盛舉，實抃歡悰〔二四〕。恤百口之飢寒，豈無竊覬〔二五〕；拔四方之英俊，願付至公。庶未死之餘生，睹太平之盛際〔二六〕。

【題解】

周丞相，即周必大，字子充。參見卷十賀周參政啓題解。宋史宰輔表四：「（淳熙十四年）二月丁丑，周必大自樞密使遷光禄大夫，除右丞相。」本文爲陸游爲周必大獲除右丞相所致的賀啓。

本文原未繫年。歐譜繫於淳熙十四年（一一八七），是。當作於該年二月。時陸游在知嚴州任上。

【箋注】

〔一〕夢卜：古代傳説稱，殷高宗因夢見傳説，周文王占卜得吕尚。後因以比喻帝王求得良相。

呂頌賀陸相公拜相啓：「叶一人夢卜之求，副四海具瞻之望。」 襲祥：因襲吉祥。 王庭：指朝廷。參見卷十上趙參政啓注〔一〕。

〔二〕備物：備辦各種器物。易繫辭上：「備物致用，立成器以爲天下利，莫大乎聖人。」孔穎達疏：「謂備天下之物，招致天下所用，建立成就天下之器以爲天下之利。」 熙：興起，興盛。 帝載：帝王的事業。書舜典：「咨，四岳：有能奮庸熙帝之載，使宅百官揆，亮采惠疇。」孔傳：「載，事也。」

〔三〕寧壹：亦作寧一。安定統一。史記曹相國世家：「蕭何爲法，顜若畫一；曹參代之，守而勿失。載其清浄，民以寧一。」

〔四〕門闌：指師門。 旅：衆。左傳昭公三年：「敢煩里旅。」杜預注：「旅，衆也。」

〔五〕玩：輕視，忽視。

〔六〕仁聖：對皇帝的尊稱。王安石上執政書：「竊以方今仁聖在上，四海九州冠帶之屬，望其施爲以福天下者，皆聚於朝廷。」 焦勞：焦慮煩勞。焦贛易林恒之大壯：「病在心腹，日以焦勞。」 宿道嚮方：歸於正道，崇尚正直。參見卷十上趙參政啓注〔三〕。

〔七〕赴功趨事：指建立功業。參見卷十上趙參政啓注〔三〕。

〔八〕列戍：防守邊塞。宋祁鈐轄冒上閤就移知雄州：「列戍儼趨風，諸將走咨事。」

〔九〕靖康喪亂：指欽宗靖康元年金兵南侵，欽宗被困汴京。 平城之憂：漢高祖七年，出擊韓王信至平城，爲匈奴包圍七日而脱。見史記高祖本紀。平城，屬雁門郡，在今山西大同東。

〔一〇〕紹興權宜：指高宗建炎末年敗於金兵，被迫簽訂紹興和議。權宜，暫時適宜的措施，此指和議。渭橋之耻：唐太宗初登基，突厥大軍兵臨長安，太宗設疑兵，親率六騎幸渭水斥敵，訂立渭水之盟。見舊唐書太宗本紀。渭橋，位於長安以北渭水上。參見卷九賀葉丞相啓注〔二〇〕。

〔一一〕「高廟」句：漢文帝時有人盗高廟座前玉環，捕得，文帝怒，下廷尉治罪。見史記張釋之馮唐列傳。高廟，祭祀漢高祖的宗廟。逋寇，逃寇，流寇。乾陵：唐高宗和武則天的合葬墓，在今陝西乾縣梁山。乾陵周圍遍種柏樹，稱「柏城」。斧柏：砍斫柏樹。逆儔：奸臣逆黨。

〔一二〕仗衛：手持兵仗的侍衛。晉書姚襄載記：「戰騎度淮，見豫州刺史謝尚於壽春，尚命去仗衛，幅巾以待之。」此指仗衛侍衛的皇帝。

〔一三〕梁益：指蜀地。參見卷九賀薛安撫兼制置啓注〔六〕。腹心：親信。不貳：專心，無二心。左傳昭公十三年：「君苟有信，諸侯不貳，何患焉？」

〔一四〕文恬武嬉：指文官武將習於安逸嬉樂，不顧國事。韓愈進撰平淮西碑文表：「相臣將臣，文恬武嬉，習熟見聞，以爲當然。」

〔一五〕咨：商議，詢問。廟論：朝廷對政事的議論。歐陽修謝參知政事表：「贊貳國鈞，參聞廟論。」

〔一六〕素望：平素的聲望。宋書武帝紀中：「毅既有雄才大志，厚自矜許，朝士素望者多歸之。」偉然：卓異超群貌。

〔一七〕降神維嶽：山嶽降其神靈。詩大雅崧高：「崧高維嶽，駿極于天。維嶽降神，生甫及申。」

〔一八〕探賾索隱：探求隱微奥秘的道理。易繫辭上：「探賾索隱，鈎深致遠，以定天下之吉凶，成天下之亹亹者，莫大乎蓍龜。」孔穎達疏：「探謂窺探求取，賾謂幽深難見。卜筮則能窺探幽昧之理，故曰探賾也。索謂求索，隱謂隱藏。」

〔一九〕雷霆：對帝王或尊者暴怒的敬稱。參見卷五辭免出身狀二注〔一一〕。貴名：顯貴的聲名。荀子儒效：「則貴名白而天下願也。」楊倞注：「貴名，謂儒名可貴。白，明顯。」

〔二〇〕端委：古代禮服。世説新語品藻：「明帝問謝鯤：『君自謂何如庾亮？』答曰：『端委廟堂，使百僚準則，則臣不如亮。』」國柄：國家權柄。管子立政：「大德不至仁，不可以授國柄。」

〔二一〕「玉燭」二句：指四時之氣和暢，君臣風雲際會。玉燭，參見卷一謝賜曆日表二注〔九〕。易乾：「雲從龍，風從虎，聖人作而萬物睹。」孔穎達疏：「龍是水畜，雲是水氣，故龍吟則景雲出，是雲從龍也。」

〔二二〕未央、長樂：均爲西漢宫殿，分别在今西安北郊漢長安故城西南隅和東南隅。六飛：指稱皇帝的車駕。參見卷一除寶謨閣待制謝表注〔二〕。

〔二三〕碣石：山名，在河北昌黎北。榆林：地名，在陝西最北部。四夷：古代華夏族對四方少數民族的統稱。含有輕蔑之意。書畢命：「四夷左衽，罔不咸賴。」孔傳：「言東夷、西戎、南蠻、北狄，被髮左衽之人，無不皆恃賴三君之德。」

〔二四〕側聞，從旁聽到，指聽説。參見卷六賀辛給事啓注〔二四〕。歡悰：歡樂。何遜與崔録事別兼叙携手詩：「道術既爲務，歡悰苦未并。」

〔二五〕竊：私下希望。

〔二六〕盛際：即盛時，盛世。曹植七啓：「此霸道之至隆，而雍熙之盛際。」

賀施知院啓

恭審誕布明綸，進專籌幄〔一〕。用真儒而無敵，翊扶宗社之基〔二〕；得大老以來歸，開慰華夷之望〔三〕。恭惟某官英姿邁往，精識造微。居安資深，韞六藝淵源之學〔四〕；任重道遠，炳兩朝開濟之心〔五〕。明辯足以折遐衝，果敢足以斷幾事〔六〕。自初拔用，迄此延登〔七〕。大節全名，松柏挺歲寒之操；同心一德，風雲協聖作之期〔八〕。堪輿清夷，星緯明潤〔九〕，致太平其自此，將魁柄之焉歸〔一〇〕。曩暫入於修門，竊有聞於行路〔一一〕，謂明公之得政，以人物爲最先。自隆師尹南山之瞻，復見平津東閣之盛〔一二〕。揚庭薦拔，造膝開陳〔一三〕，凡人所難，以身獨任。今雖總本兵之地，顧益尸善類之盟〔一四〕。公能以士而報國家，士亦以身而歸門下。某侵尋暮境〔一五〕，憔悴偏州。志氣已衰，無復獻狗盜鷄鳴之技〔一六〕；文辭自力，尚能助稗官野史之傳〔一七〕。過此以還，未知所措。

【題解】

施知院，即施師點。參見卷十一賀施中書啓題解。宋史宰輔表四：「（淳熙十四年）二月戊子，施師點自參知政事除知樞密院事。」本文爲陸游爲施師點獲除知樞密院事所致的賀啓。

本文原未繫年。歐譜繫於淳熙十四年（一一八七），是。當作於該年二月。時陸游在知嚴州任上。

【箋注】

〔一〕誕布：廣泛宣布。晁補之河中府謝曆日表：「初郊上帝，肇改新元。謹堯曆以迎推，因夏時而誕布。」明綸：指帝王的詔令。參見卷十一與沈知府啓注〔九〕。籌幄：亦作籌帷。在軍帳中謀劃軍機。陸龜蒙京口詩：「可憐宋帝籌帷處，蒼翠無言草自生。」

〔二〕翊扶：亦作扶翊。輔佐，護持。舊唐書裴光庭傳：「張燕公有扶翊之勳。」

〔三〕大老：德高望重之人。參見卷六賀曾秘監啓注〔三〕。開慰：寬解安慰。參見卷六賀辛給事啓注〔二二〕。

〔四〕居安資深：居於安寧，蓄積深厚。語本孟子離婁下：「君子深造之以道，欲其自得之也。自得之則居之安，居之安則資之深，資之深則取之左右逢其原，故君子欲其自得之也。」六藝：指儒家的「六經」，即禮、樂、書、詩、易、春秋。史記滑稽列傳：「孔子曰：『六蓺於治一也。禮以節人，樂以發和，書以道事，詩以達意，易以神化，春秋以義。』」

〔五〕兩朝：此指高宗、孝宗。開濟：開創并匡濟。杜甫蜀相詩：「三顧頻繁天下計，兩朝開濟老臣心。」

〔六〕遐衝：指與鄰國的衝突。參見卷十賀周參政啓注〔一一〕。幾事：機密之事。易繫辭上：「幾事不密則害成。」孔穎達疏：「幾，謂幾微之事當須密慎，預防禍害。」

〔七〕延登：延攬擢用。參見卷九賀葉樞密啓注〔一六〕。

〔八〕聖作：稱頌帝王有所作爲。語本易乾：「聖人作而萬物睹。」

〔九〕堪輿：指天地。參見卷一謝賜曆日表注〔三〕。清夷：清平，太平。參見卷九賀葉樞密啓注〔一五〕。星緯：指星辰。南齊書武帝紀：「星緯失序，陰陽愆度。」明潤：明亮潤澤。曾鞏郊祀慶成狀：「天宇湛然，日光明潤。」

〔一〇〕魁柄：比喻朝政大權。參見卷八謝王宣撫啓注〔一三〕。

〔一一〕修門：指京都城門。參見卷十一（知嚴州）謝梁右相啓注〔一二〕。　行路：指路人。後漢書黨錮傳范滂：「行路聞之，莫不流涕。」

〔一二〕師尹南山之瞻：指詩經節南山篇以南山起興，贊美師尹的顯赫權勢。詩小雅節南山：「節彼南山，維石巖巖。赫赫師尹，民具爾瞻。」節，高峻貌。師尹，指周太師尹氏。　平津東閣之盛：指漢代公孫弘開東閣延攬人才。參見卷八和莆陽陳右相啓注〔二一〕。平津，即平津侯公孫弘。

〔一三〕揚庭：激揚朝廷。　薦拔：推薦提拔。隋書煬帝紀上：「可分遣使人，巡省方俗，宣揚風化，薦拔淹滯，申達幽枉。」　造膝：即促膝。參見本卷賀賈大諫啓注〔八〕。　開陳：陳述。史記平津侯主父列傳：「每朝會議，開陳其端，令人主自擇，不肯面折庭爭。」

〔一四〕本兵：執掌兵權。參見卷七賀黄樞密啓注〔一三〕。　尸盟：主持盟會。左傳襄公二十七年：「叔向謂趙孟曰：『諸侯歸晉之德只，非歸其尸盟也。子務德，無争先！且諸侯盟，小國固必有尸盟者。』」杜預注：「尸，主也。」　善類：指有德之士。

〔一五〕侵尋：漸近。參見卷一福建到任謝表注〔一二〕。

〔一六〕狗盗雞鳴：亦作「雞鳴狗盜」。學雄雞啼鳴，裝狗行偷竊。指有卑微技能者。事見史記孟嘗君列傳。

〔一七〕稗官野史：泛稱記載軼聞瑣事的文字。漢書藝文志：「小説家者流，蓋出於稗官。街談巷語，道聽途説者之所造也。」顔師古注：「稗官，小官。如淳曰：『細米爲稗，街談巷説，其細碎之言也。王者欲知閭巷風俗，故立稗官使稱説之。』」

賀丘運使啓

恭審上印帥藩，乘軺幾甸〔一〕。得人若是，則吾國其庶幾乎；先聲隱然〔二〕，非俗吏之所能也。公論爲之慰愜，大用此其權輿〔三〕。伏以寬猛異施〔四〕，古今莫一。子産號衆人之母，用於鄭而弗救陵夷〔五〕；申商爲法家者流，弊至秦而卒以顛覆〔六〕。歷考簡編之迹，莫先儒術之功。惟蹈君子之時中〔七〕，斯得古人之大體。方其尊瞻視〔八〕、正顔色，教化固已有成；雖使空囹圄、畫衣冠〔九〕，法令其誰敢犯。恭惟某官英姿邁往，敏學造微，夷途早踐於高華，隆委遍當於繁劇〔一〇〕。所臨輒治，雖千變萬化而不窮；自守弗阿〔一一〕，終特立獨行之如此。上將引而自近，公其有以告猷〔一二〕。某早陪談讌之餘〔一三〕，誤辱賞知之異，敢圖暮境，獲備屬城〔一四〕。閭里亡聊，每攬涕下催科之筆〔一五〕；事功靡著〔一六〕，更忍慚修候問之牋。尚加惠於始終，俾粗全於進退〔一七〕。歸依之切，敷繹奚殫〔一八〕。

【題解】

丘運使，即丘崈（一一三五—一二〇八）字宗卿，江陰軍人。隆興元年進士。累官太常博士、户部郎中、知鄂州、知平江府、帥紹興府、兩浙轉運副使。光宗即位，進户部侍郎、四川安撫制置使兼知成都府。寧宗時知慶元府、建康府、刑部尚書、江淮宣撫使、簽書樞密院事等。宋史卷三九八有傳。嘉泰會稽志卷二：「丘崇，（淳熙）十四年四月除兩浙轉運副使。」崇，同崈。本文爲陸游爲丘崈獲除兩浙轉運副使所致的賀啓。

本文原未繫年。歐譜繫於淳熙十四年（一一八七），是。當作於該年四月。時陸游在知嚴州任上。

【箋注】

〔一〕上印：上繳官印。指辭官退職。劉長卿贈元容州詩：「擁旌臨合浦，上印卧長沙。」帥藩：指帥紹興府。乘軺：乘坐輕便馬車。指出任。畿甸：指京城地區。周書蕭詧傳：「昔方千而畿甸，今七里而磐縈。」此指兩浙路。

〔二〕先聲：昔日的聲望。蘇軾送穆越州詩：「舊政猶傳蜀父老，先聲已振越溪山。」隱然：威重貌。

〔三〕大用：重要的用度。周禮天官内府：「掌受九賦九貢九功之貨賄，良兵良器，以待邦之大用。」權輿：起始。詩秦風權輿：「今也每食無餘，于嗟乎！不承權輿。」朱熹集傳：「權興，始也。」

〔四〕寬猛：寬大與嚴厲。左傳昭公二十年：「仲尼曰：『善哉！政寬則民慢，慢則糾之以猛。猛則民殘，殘則施之以寬。寬以濟猛，猛以濟寬，政是以和。』」

〔五〕「子産」二句：子産被稱爲「衆人之母」，但挽救不了鄭國的衰落。禮記仲尼燕居：「子曰：子産猶衆人之母也，能食之，不能教也。」子産，春秋鄭國大夫公孫僑。他主張「以寬服民」。左傳昭公二十年：「鄭子産有疾。謂子大叔曰：『我死，子必爲政。惟有德者能以寬服民，其次莫如猛。夫火烈，民望而畏之，故鮮死焉。水懦弱，民狎而玩之，則多死焉。故寬難。』」

〔六〕「申商」二句：申、商之流都屬於法家，其弊病致秦國最終覆滅。申商，戰國時申不害和商鞅的並稱，二人均爲法家代表人物。

陵夷，由盛轉衰，衰落。

〔七〕時中：儒家主張立身行事，合乎時宜，無過與不及。禮記中庸：「君子之中庸也，君子而時中。」孔穎達疏：「謂喜怒不過節也。」

〔八〕瞻視：觀瞻。指外觀。論語堯曰：「君子正其衣冠，尊其瞻視，儼然人望而畏之。」

〔九〕畫衣冠：指上古傳説中讓犯人穿著特殊標誌的衣冠代替刑罰。慎子逸文：「有虞之誅，以幪巾當墨，以草纓當劓，以菲履當刖，以艾韠當宮，布衣無領當大辟……畫衣冠，異章服，謂之戮。上世用戮而民不犯也。」

〔一〇〕夷途：指仕途平坦。高華：高貴顯要。新唐書蕭復傳：「復望閥高華，厲名節，不通狎流俗。」隆委：指委任隆盛。繁劇：事務繁重之極。郭璞辭尚書表：「以無用之才，管繁劇之任。」

〔一一〕自守：自堅其操守。揚雄解嘲：「攫挐者亡，默默者存；位極者宗危，自守者身全。」阿：迎合，阿諛。

〔一二〕告猷：陳述計謀。

〔一三〕談讌：叙談宴飲。讌，同宴。曹操短歌行：「契闊談讌，心念舊恩。」

〔一四〕屬城：指下屬的地方官員。後漢書陳蕃傳：「時李膺爲青州刺史，名有威政，屬城聞風，皆自引去，蕃獨以清績留。」此指知嚴州。

〔一五〕閭里：里巷；平民聚居之處。周禮天官小宰：「聽閭里以版圖。」賈公彦疏：「在六鄉則二十五家爲閭，在六遂則二十五家爲里。閭里之中有争訟，則以户籍之版、土地之圖聽決之。」亡聊：無所依賴，無以聊生。漢書食貨志上：「重以貪暴之吏，刑戮妄加，民愁亡聊，亡逃山林。」攬涕：揮淚。楚辭九章思美人：「思美人兮，擥涕而竚眙。」王夫之通釋：「擥涕，揮淚也。」擥同攬。催科：催收租税。租税有科條法規，故稱。宋史職官志三：「以四善、三最考守令：……獄訟無冤、催科不擾爲治事之最。」

〔一六〕事功：功績，功業，功勞。三國志魏書牽招傳：「漁陽傅容在雁門有名績，繼招後，在遼東又有事功。」

〔一七〕進退：去就，出仕和退隱。王安石得孫正之詩因寄兼呈曾子固詩：「未有詩書論進退，謾期身世托林泉。」

〔一八〕敷繹奚殫：敘説難盡。

賀蔣尚書出知婺州啓

恭審解中執法以暫均勞佚，拜大宗伯而入侍禁嚴〔一〕。雖若不得其言，固亦未爲弗用。乃抗投閒之請，力蘄就養之榮〔二〕。詔諭靡從，藩條初布〔三〕。上倚承宣之績，士高廉退之風〔四〕。恭惟某官直哉惟清，淵乎似道〔五〕。懇款許國，肝膽凛其輪囷〔六〕；慷慨疾邪，山嶽爲之震動。進率由於獨斷，節早見於盡言。未移桑蔭之淹，人總柏臺之峻〔七〕。國方增九鼎之重，身已如一葉之輕。魯人獲麟以爲不祥，雖愛憎之叵測〔八〕；塞翁失馬未必非福，抑倚伏之何常〔九〕。某幸托里門，獲趨賓席〔一〇〕。身世等蒯菅之棄〔一一〕，孰閔餘生；姓名托甄冶之公①〔一二〕，尚須異日。

【題解】

蔣尚書，即蔣繼周。參見卷十一賀蔣中丞啓題解。陸游中丞蔣公墓誌銘：「考試畢，公方再抗章。詔遷禮部尚書，辭不拜，出知婺州。」此次省試在淳熙十四年秋。本文爲陸游爲蔣繼周出知婺州所致的賀啓。

本文原未繫年。歐譜繫於淳熙十四年（一一八七），是。當作於該年秋。時陸游在知嚴州任上。

參考卷三五中丞蔣公墓誌銘。

【校記】

①「托」，原作「訖」，據正德本、汲古閣本改。

【箋注】

〔一〕中執法：即御史中丞。參見卷十一賀蔣中丞啓注〔七〕。勞佚：即勞逸。勞苦與安逸。左傳哀公元年：「勤恤其民，而與之勞逸。」大宗伯：指禮部尚書。參見卷六賀禮部曾侍郎啓注〔六〕。禁嚴：指帝王宮禁。參見卷十一答交代陳判院啓注〔一四〕。

〔二〕投閒：投置於清閒之地。韓愈進學解：「動而得謗，名亦隨之。投閒置散，乃分之宜。」就養：侍奉父母。參見卷二賀壽成皇后牋注〔一〕。

〔三〕靡從：無從。指没有門徑或頭緒。漢書司馬相如傳下：「蓋聞其聲，今視其來。厥塗靡從，天瑞之徵。」顔師古注引文穎曰：「其來之道何從乎？此乃天瑞之應也。」藩條：漢代州刺史以六條考察州郡官吏，後因以指刺史之職。晉書應詹傳論：「入居列位，則嘉謀屢陳；出撫藩條，則惠政斯洽。」

〔四〕承宣：繼承發揚。參見卷十一知嚴州謝王丞相啓注〔一七〕。廉退：廉讓，謙讓。陶潛感士不遇賦序：「自真風告逝，大僞斯興，閭閻懈廉退之節，市朝驅易進之心。」

〔五〕直哉惟清：正直清明。參見卷六賀禮部曾侍郎啓注〔一〇〕。淵乎似道：深邃難測。參見卷六賀台州曾直閣啓注〔四〕。

〔六〕懇款：懇切忠誠之情。參見卷四乞致仕劄子注〔八〕。輪囷：碩大貌。禮記檀弓下「美哉輪焉」，鄭玄注：「輪，輪囷，言高大。」

〔七〕未移桑蔭：指時間短暫。語本戰國策趙策四：「昔者堯見舜於草茅之中，席隴畝而蔭庇桑，蔭移而授天下傳。」柏臺：御史臺的别稱。漢代御史府中列植柏樹，常有野鳥數千棲其上。事見漢書朱博傳。後因以柏臺稱御史臺。

〔八〕「魯人」二句：孔子家語卷四辯物：「叔孫氏之車士曰子鉏商，采薪於大野，獲麟焉，折其前左足，載以歸。叔孫以爲不祥，棄之於郭外。使人告孔子曰：『有麏而角者，何也？』孔子往觀之，曰：『麟也。胡爲來哉？胡爲來哉？』反袂拭面，涕泣沾衿。叔孫聞之，然後取之。子貢問曰：『夫子何泣爾？』孔子曰：『麟之至，爲明王也，出非其時而害，吾是以傷焉。』」

〔九〕「塞翁」二句：淮南子人間訓：「夫禍福之轉而相生，其變難見也。近塞上之人，有善術者，馬無故亡而入胡，人皆弔之。其父曰：『此何遽不爲福乎？』居數月，其馬將駿馬而歸，人皆賀之。其父曰：『此何遽不爲禍乎？』家富良馬，其子好騎，墮而折其髀，人皆弔之。其父曰：『此何遽不爲福乎？』居一年，胡人大入塞，丁壯者引弦而戰，近塞之人死者十九，此獨以跛之故，父子相保。故福之爲禍，禍之爲福，化不可極，深不可測也。」倚伏，指禍福互相依存、轉化。語本老子：「禍兮福之所倚，福兮禍之所伏。」倚，依托；伏，隱藏。

〔一〇〕里門：閭里之門。同里人家聚居一處，設有里門。史記萬石張叔列傳：「慶及諸子弟入里門，趨至家。」賓席：賓客之席位。儀禮大射：「小臣設公席於阼階上，西鄉；司宮設賓席於户西，南面。」此二句指嚴州和婺州如鄰里關係。

〔一一〕蒯菅：均爲茅草之類。比喻微賤的人或物。任昉爲范尚書讓吏部封侯第一表：「陛下不棄菅蒯，愛同絲麻。」

〔一二〕甄冶：燒製陶器，熔煉金屬。比喻造就人才。參見卷十一謝施參政啓注〔一八〕。

除直華文閣謝丞相啓

秩視大蓬，已竊垂車之寵〔一〕；恩加邃閣，更叨出綍之榮〔二〕。初聞道路之傳，猶謂姓名之誤。迨兹被命，重以懷慚。伏念某承學迂疏，稟資蕞陋〔三〕。幼生京洛，尚爲全盛之編氓〔四〕；長綴班聯，曾是中興之朝士〔五〕。福未容於盈眥，祟已駭於燒城〔六〕。西征至岐鳳之間，南戍掠甌閩之境〔七〕。晚僅升於省闥，旋即返於鄉閭〔八〕。鶴歸遼天，狐死丘首〔九〕。蓬户十移於歲律，幔亭四閲於祠官〔一〇〕。久遂屏居，非始掛冠之日；盡捐半俸，真爲納禄之人〔一一〕。豈期垂盡之光陰，忽玷殊常之惠澤。復緣詔札，并竊身章〔一二〕。里巷聳觀，共仰恩光之下燭；兒孫扶拜，不知衰涕之横流。兹蓋伏遇某官降命應期，奮庸熙載〔一三〕。神無方，易無體，心獨運於道樞〔一四〕；尺有短，寸有長，士悉歸於鈞播〔一五〕。雖迫崦嵫之景，亦歸坱圠之公〔一六〕。而某意氣空存，筋骸已憊。草具明堂辟雍之禮〔一七〕，雖遭甚盛之時；塗竄清廟生民之詩，其在方來之隽〔一八〕。

【題解】

陸游於慶元五年五月首次獲准致仕，劍南詩稿卷有五月七日拜致仕敕口號。同年八月所作會稽縣新建華嚴院記繫銜「中大夫致仕、山陰縣開國男食邑三百户」。慶元六年三月所作趙秘閣文集序繫銜「中大夫直華文閣致仕，賜紫金魚袋」。可知陸游獲除直華文閣當在慶元六年春。華文閣爲慶元二年設置，藏宋孝宗御製。直華文閣爲貼職，從七品。丞相指京鏜、謝深甫。宋史宰輔表四：「（慶元六年）閏二月庚寅，京鏜自右丞相拜少傅、左丞相，封冀國公。謝深甫自知樞密院事遷金紫光禄大夫，除右丞相。」京鏜（一一三八—一二〇〇）字仲遠，豫章人。紹興二十七年進士。歷官監察御史、權工部侍郎、四川安撫制置使兼知成都府、刑部尚書、右丞相、左丞相。宋史卷三九四有傳。謝深甫（一一三九—一二〇四）字子肅，台州臨海人。乾道二年進士。歷官青田知縣、大理丞、右正言、給事中、知臨安府、建康府、御史中丞、簽書樞密院事、參知政事，拜右丞相。宋史卷三九四有傳。本文爲陸游爲獲除直華文閣致丞相的謝啓。

本文原未繫年。歐譜繫於慶元六年（一二〇〇），是。當作於該年春。時陸游致仕家居。

【箋注】

〔一〕秩：官職級別。　大蓬：秘書監的別稱。洪邁容齋四筆官稱別名：「唐人好以他名標榜官稱……秘書監爲大蓬。」　垂車：即懸車。指致仕。班固白虎通致仕：「臣年七十懸車致仕者，臣以執事趨走爲職，七十陽道極，耳目不聰明，跂踦之屬，是以退老去避賢者……懸車，示不用也。」

〔二〕邃閣：深邃之樓閣。此指華文閣。　出綍：指帝王封官的詔令。參見卷七賀張都督啓注〔一七〕。

〔三〕稟資：稟賦。參見卷一江西到任謝表注〔三〕。　蕞陋：醜惡，猥陋。文選左思魏都賦：「宵貌蕞陋，稟質遳脆。」劉良注：「蕞陋，醜惡也。」

〔四〕幼生京洛：此京洛泛指國都汴京地區。陸游徽宗宣和七年（一一二五）十月出生於淮河岸邊舟中，時其父直秘閣、淮南計度轉運副使陸宰正由壽春奉命進京。故言「幼生京洛」。　編氓：編入户籍的平民。參見卷八謝洪丞相啓注〔二九〕。

〔五〕班聯：朝班的行列。李綱謝宰執復大觀文啓：「奉香火於琳宫，已負素餐之責；冠班聯於書殿，更貽非據之譏。」中興：偏安的諱稱。宋書謝靈運傳論：「在晉中興，玄風獨善。」此指南宋。

〔六〕「福未容」二句：指福禄富貴渺小而短暫，讒言的禍害極其嚴重。文選班固答賓戲：「朝爲榮華，夕爲顦顇，福不盈眥，禍溢於世。」李善注引李奇曰：「當富貴之間，視之不滿目。」揚雄太玄干：「赤舌燒城，吐水於缾。」清陳本禮太玄闡秘卷一：「赤舌燒城，猶衆口爍金之意。小人架辭誣害君子，其舌赤若火，勢欲燒城。」

〔七〕岐鳳：岐爲山名，在今陝西岐山。鳳指鳳縣，今屬陝西。此泛指川陝一帶。甌閩：甌爲古地名，在今浙江温州一帶，後爲温州别稱。閩爲福建簡稱。

〔八〕省闥：宫中，禁中。又稱禁闥。漢書谷永傳：「臣永幸得給事中出入三年，雖執干戈守邊垂，思慕之心常存於省闥。」鄉關：即故鄉。陳書徐陵傳：「蕭軒靡御，王舫誰持？瞻望鄉關，何心天地？」

〔九〕鶴歸遼天：指丁令威化鶴歸遼，喻指回歸故鄉。陶潛搜神後記卷一：「丁令威本遼東人，學道於靈虚山，後化鶴歸遼。」狐死首丘：比喻不忘根本，思念鄉土。參見卷九賀葉丞相啓注〔二六〕。

〔一〇〕「蓬户」二句：指回歸陋室已超過十年，領取祠禄已經歷四届。從淳熙十六年（一一八九）被劾罷歸至慶元六年（一二〇〇），陸游已家居十年有餘。歲律，歲時。陸游從紹熙二年（一一九一）始提舉武夷山沖佑觀領取祠禄，至慶元五年（一一九九）五月致仕，歷經八年。祠禄兩年一届。幔亭，指福建武夷山。因山上有幔亭峰勝境，故稱。明王志堅表異録地理：「武夷山一名幔亭。」

〔一二〕「盡捐」二句：指放棄一半俸禄，成爲退休的平民。半俸，致仕領取一半俸禄。劍南詩稿卷五月七日拜致仕敕口號：「坐糜半俸猶多愧，月費公朝二萬錢。」納禄，歸還俸禄。指辭官。國語魯語上：「若罪也，則請納禄與車服而違署。」韋昭注：「納，歸也；禄，田邑也。」

〔一三〕身章：指表明貴賤身分的服飾。左傳閔公二年：「衣，身之章也。」後泛指衣服的文飾。此指除華文閣的同時還「賜紫金魚袋」。

〔一三〕降命：發布政令。禮記禮運：「故政者，君之所以藏身也。是故夫政必本於天，殽以降命。」孔穎達疏：「殽，效也。言人君法效天氣以降下政教之命。」應期：順應期運。曹植制命宗聖侯孔羨奉家祀碑：「於赫四聖，運世應期。」奮庸熙載：指努力建功立業。語本書舜典：「舜曰：『咨，四嶽，有能奮庸熙帝之載。』」孔安國傳：「載，事也。訪羣臣有能起發其功，廣堯之事者。」

〔一四〕神無方：神變化無窮。韓愈賀册尊號表：「無所不通之謂聖，妙而無方之謂神。」易無體：易道没有形體。淮南子精神訓：「其動無形，其静無體。」高誘注：「無形無體，道之容也。」道樞：道之樞紐、關鍵。參見卷七删定官供職謝啓注〔九〕。

〔一五〕尺有短寸有長：楚辭卜居：「夫尺有所短，寸有所長，物有所不足，智有所不明，數有所不逮，神有所不通。」鈞播：尊長的教化。參見卷十謝趙丞相啓注〔一六〕。

〔一六〕崦嵫：山名。在甘肅天水西。傳説爲日落之處。楚辭離騷：「吾令羲和弭節兮，望崦嵫而勿迫。」王逸注：「崦嵫，日所入山也。」此喻人之暮年。坱圠：漫無邊際貌。參見卷十一謝周樞使啓注〔一四〕。

〔一七〕草具：草擬，初步擬訂。漢書賈誼傳：「乃草具其儀法。」顔師古注：「草謂創造之。」明堂：古代帝王宣明政教的地方。參見卷一賀明堂表題解。辟雍：古代天子所設大學，圓形，圍以水池，前門外有便橋。班固白虎通辟雍：「天子立辟雍何？所以行禮樂宣德化也。辟者，璧也，象璧圓，又以法天，於雍水側，象教化流行也。」

〔一八〕清廟：詩周頌篇名。毛詩序：「清廟，祀文王也。」生民：詩大雅篇名。毛詩序：「生民，尊祖也。」方來：將來。越絶書外傳記吴王占夢：「(王孫聖)博學彊識，通於方來之事，可占大王夢。」

修史謝丞相啓

七十告老〔一〕，誓待盡於山林；尺一召還，恍復瞻於觀闕〔二〕。内祠禄厚〔三〕，信史事嚴，容孤迹於其間，知鴻鈞之有自〔四〕。恭以高皇之盛德大業〔五〕，雖號中興，而實同開創之難；孝廟之内修外攘〔六〕，躬享太平，而不忘恢復之志。治躋古昔，威震裔夷〔七〕。俄屬鼎成之悲，肆修麟止之緒〔八〕。固已網羅軼事，潤色皇猷〔九〕，備述巍巍蕩蕩之功，曲盡業業兢兢之指〔一〇〕。豈繄遲暮〔一一〕，能與討論。伏念某天予散材〔一二〕，家承孤學。生逢盛旦，蒙六聖之涵濡〔一三〕；身綴清班，被四朝之識拔〔一四〕。常恐倏先於朝露，遂將莫報於秋毫。豈期及耄之餘齡，猥得效勤於大典。兹蓋伏遇某官材全經緯，氣塞堪輿。平生陳謨決策之言〔一五〕，焕乎可誦；十載知人安民之績〔一六〕，厎於有成。殊鄰款塞而奉琛，多士鄉風而釋屩〔一七〕。内而臺閣，極稽古禮文之選〔一八〕；外而郡縣，有宜民愷悌之風〔一九〕。肇闢大公至正之途，不棄偏能一曲之士〔二〇〕。故如某輩，亦在數中。謹當益廣見聞，更勤采掇。老驥伏櫪〔二一〕，修途已非其所堪；小草出山〔二二〕，薄效尚期於自見。

【題解】

宋史陸游傳：「嘉泰二年，以孝宗、光宗兩朝實録及三朝史未就，詔游權同修國史、實録院同修撰，免奉朝請。」南宋館閣續録卷九：「（同修國史）陸游二年五月以直華文閣提舉佑神觀權。」

又：「（實録院同修撰）陸游二年五月以直華文閣提舉佑神觀權。」則陸游獲除修史在五月，而於六月進京。丞相指謝深甫。參見本卷除直華文閣謝丞相啓題解。本文爲陸游爲獲除修史之職致丞相謝深甫的謝啓。

本文原未繫年。歐譜繫於嘉泰二年（一二〇二），是。當作於該年五月。時陸游致仕家居。

參考卷四除修史上殿劄子。

【箋注】

〔一〕告老：指官吏年老辭官退休。左傳襄公七年：「韓獻子告老。」

〔二〕尺一：指天子的詔書。參見卷七賀葉提刑啓注〔一五〕。觀闕：古代帝王宫門前的兩座樓臺。漢書王尊傳：「夫人臣而傷害陰陽，死誅之罪也；靖言庸違，放殛之刑也。審如御史章，尊乃當伏觀闕之誅，放於無人之域，不得苟免。」

〔三〕内祠：指宫觀使。此指提舉佑神觀之職。

〔四〕鴻鈞：指鴻恩。參見卷八上王宣撫啓注〔八〕。

〔五〕高皇：指宋高宗。

〔六〕孝廟：指宋孝宗。

〔七〕裔夷：邊遠夷人。參見卷一逆曦授首賀皇后牋注〔七〕。

〔八〕鼎成：即鼎成龍去。指帝王去世。史記封禪書：「黄帝采首山銅，鑄鼎於荆山下。鼎既成，有龍垂胡髯下迎黄帝。黄帝上騎，羣臣後宫從上者七十餘人，龍乃上去。」麟止：同麟趾。比喻高貴的行迹。詩周南麟之趾：「麟之趾，振振公子。」鄭玄箋：「喻今公子亦信厚，與禮相應，有似於麟。」此指孝宗、光宗行迹。

〔九〕皇猷：帝王的教化。參見卷八謝洪丞相啓注〔一二〕。

〔一〇〕巍巍蕩蕩：形容道德崇高，恩澤博大。語出論語泰伯：「大哉堯之爲君也！巍巍乎！唯天爲大，唯堯則之。蕩蕩乎，民無能名焉。」朱熹集注：「巍巍，高大之貌；蕩蕩，廣遠之稱也。」業業兢兢：小心謹慎、認真負責貌。後漢書明帝紀贊：「顯宗丕承，業業兢兢。危心恭德，政察姦勝。」

〔一一〕遲暮：比喻晚年。楚辭離騷：「惟草木之零落兮，恐美人之遲暮。」

〔一二〕散材：比喻不爲世所用之人。參見卷八謝夔路監司列薦啓注〔三〕。

〔一三〕六聖：指陸游出生以來經歷的徽宗、欽宗、高宗、孝宗、光宗、寧宗六位皇帝。涵濡：滋潤，沉浸。元結大唐中興頌：「蠲除祆災，瑞慶大來，凶徒逆儔，涵濡天休。」

〔一四〕四朝：指陸游任職的高宗、孝宗、光宗、寧宗四朝皇帝。

〔一五〕陳謨：陳獻謀畫。後漢書崔駰傳：「臯陶陳謨而唐虞以興。」

〔一六〕「十載」句：指謝深甫長期任地方官的政績。

〔一七〕殊鄰：遠方異域。參見卷九賀葉丞相啓注〔二〇〕。款塞：叩塞門。指外族前來通好。

史記太史公自序：「海外殊俗，重譯款塞。」裴駰集解引應劭曰：「款，叩也。皆叩塞門來服從也。」奉琛：奉上珠寶。釋屩：亦作釋蹻。脱去草鞋。比喻出仕。王褒聖祖得賢臣頌：「(賢者)去卑辱奥渫而升本朝，離疏釋蹻而享膏粱，剖符錫壤而光祖考。」

〔一八〕臺閣：泛指中央機構。禮文：指禮樂儀制。漢書禮樂志：「是時，上方征討四夷，鋭志武功，不暇留意禮文之事。」

〔一九〕愷悌：和樂平易。參見卷六賀台州曾直閣啓注〔七〕。

〔二〇〕一曲：即一隅。曲，局部，片面。荀子解蔽：「凡人之患，蔽於一曲而闇於大理。」楊倞注：「一曲，一端之曲説。」

〔二一〕老驥伏櫪：比喻雖年老而仍有雄心。參見卷八與何蜀州啓注〔四〕。

〔二二〕小草出山：比喻本欲隱居，而今又出仕。小草，中藥遠志苗别名。張華博物志卷七：「遠志苗曰小草，根曰遠志。」世説新語排調：「謝公始有東山之志，後嚴命屢臻，勢不獲已，始就桓公司馬。於時人有餉桓公藥草，中有遠志。公取以問謝：『此藥又名小草，何一物而有二稱？』謝未即答。時郝隆在坐，應聲答曰：『此甚易解，處則爲遠志，出則爲小草。』謝甚有愧色。桓公目謝而笑曰：『郝參軍此過乃不惡，亦極有會。』」

賀謝丞相除少保啓

恭審命出淵衷〔一〕，廷揚顯册。人主之論一相〔二〕，方寄腹心；少保兹爲三公，益隆體貌〔三〕。傳聞所逮，歡頌惟均。恭以某官謨明弼諧〔四〕，任重道遠。協天心於崑崙旁魄之際〔五〕，動必有成；隆主眷於蜵蜎蠖濩之中〔六〕，言無不用。自登近輔，允迪大猷〔七〕。疇咨雖首於群公，謙畏不殊於一日〔八〕，每稽首而遜稷契，終選衆而舉伊皋〔九〕。三年有成，四海用乂〔一〇〕。農扈告豐登之候，戎韜臻偃息之期〔一一〕。熙運方興，周召并爲於師保〔一二〕；衆心所繫，平勃均任於安危〔一三〕。是宜大號之繼敷，昭示元臣之同體〔一四〕。群生咸遂，協氣横流〔一五〕。謹乃憲而屢省則成，孰測化鈞之妙〔一六〕；本無事而庸人實擾，始知静治之功〔一七〕。某獲綴清班，欣逢盛事。無好無惡而遵王路〔一八〕，共欣聖政之大成；不愆不忘而由舊章，更冀廟謨之無倦〔一九〕。敢效涓塵之助，輒干碪斧之誅〔二〇〕。冒瀆實深，兢惶罔措。

【題解】

謝丞相，即謝深甫。參見本卷除直華文閣謝丞相啓題解。少保爲宋代加官「三少」之一，宋初曾以三師（太師、太傅、太保）和三公（太尉、司徒、司空）爲宰相、親王的加官。政和二年以太師、太傅、太保爲三公，置少師、少傅、少保爲三孤，亦稱三少。南宋以三公、三少爲加官。宋史謝深甫傳載其嘉泰年間「拜少保」，但不載何時。據本文，當在陸游進京修史期間。本文爲陸游爲丞相謝深甫獲加少保所致的賀啓。

本文原未繫年。歐譜繫於嘉泰二年（一二〇二），是。當作於該年秋冬。時陸游在權同修國史、實録院同修撰任上。

【箋注】

〔一〕淵衷：指皇帝胸懷淵深。參見卷一嚴州到任謝表注〔六〕。

〔二〕「人主」句：荀子王霸：「若夫論一相以兼率之，使臣下百吏莫不宿道鄉方而務，是夫人主之職也。」

〔三〕「少保」句：少保作爲朝廷的最高官職之一。此「三公」泛指三公、三少。體貌：指以禮相待，敬重。體，同禮。戰國策齊策三：「淳于髡爲齊使於荆，還反，過薛，孟嘗君令人體貌而親郊迎之。」

〔四〕謨明弼諧：謀略美善，輔佐協調。參見卷十謝王樞使啓注〔七〕。

〔五〕天心：即天意。書咸有一德：「克享天心，受天明命。」旁魄：廣大，宏偉。荀子性惡：「齊給便敏而無類，雜能旁魄而無明。」王先謙集解引郝懿行曰：「旁魄，即旁薄，皆謂大也。」

〔六〕主眷：皇帝的顧念。蝹蜎蠖濩：宮殿深廣貌。參見卷二賀皇太后牋注〔三〕。

〔七〕近輔：指近臣。曾鞏左僕射門下侍郎王珪追封三代并妻制父准追封漢國公：「所以遂吾大臣欲顯其親之志，而開示在位，予一人尊獎近輔之心。」允迪：認真遵循。書皋陶謨：「允迪厥德，謨明弼諧。」孔安國傳：「言人君當信蹈行古人之德。」大猷：指治國大道。參見卷一謝落職表〔八〕。

〔八〕疇咨：訪問、訪求。參見卷十賀周參政啓注〔三〕。 謙畏：謙遜敬慎。新唐書吴湊傳：「湊才敏鋭，而謙畏自將，帝數顧訪，尤見委信。」

〔九〕稷契：唐虞時代的賢臣稷和契的並稱。王逸九思守志：「配稷契兮恢唐功，嗟英俊兮未爲雙。」 伊皋：商代名相伊尹和舜之大臣皋陶。喻指良相賢臣。劉向九歎湣命：「三苗之徒以放逐兮，伊皋之倫以充廬。」

〔一〇〕三年有成：參見卷六賀湯丞相啓注〔七〕。乂：治理，安定。書堯典：「浩浩滔天，下民其咨，有能俾乂。」孔安國傳：「乂，治也。」

〔一一〕農扈：指農事。參見卷一賀明堂表注〔一〕。 戎韜：韜略，軍事謀略。庾信哀江南賦：「侍戎韜於武帳，聽雅曲於文絃。」

〔一二〕熙運：興隆的國運。參見卷二賀皇太后牋注「六」。 周召：周成王時共同輔政的周公旦和召公奭的並稱。禮記樂記：「武亂皆坐，周召之治也。」 師保：輔弼帝王和教導王室子弟的官職，統稱師保。參見卷六賀禮部曾侍郎啓注〔一七〕。

〔一三〕平勃：漢高祖劉邦的創業功臣陳平和周勃的並稱。漢書刑法志：「夫以孝文之仁，平勃之知，猶有過刑謬論如此甚也，而況庸材溺於末流者乎！」

〔一四〕大號：帝王的號令。易渙：「渙汗其大號。」 元臣：重臣，老臣。參見卷七除編修官謝丞相啓注〔一〇〕。

〔一五〕協氣：和氣。參見卷一天申節賀表注〔五〕。

〔一六〕謹乃憲：指謹行法令。省：簡易。化鈞：造化之力，教化之權。參見卷十一謝梁右相啓注〔一四〕。

〔一七〕「本無事」句：新唐書陸象先傳：「天下本無事，庸人擾之爲煩耳。」靜治：即無爲而治。歐陽修國學試策第三道：「帝堯以巍巍之功，臻乎靜治。」

〔一八〕「無好」句：無偏好，無作惡，遵行先王的法度。書洪範：「無偏無陂，遵王之義……無有作惡，遵王之路。」

〔一九〕「不愆」句：無過錯，無過失，本之昔日之典章。詩大雅假樂：「不愆不忘，率由舊章。」廟謨：朝廷謀劃。參見卷七賀張都督啓注〔一〕。

〔二〇〕涓塵：細水和微塵。比喻微小的事物。謝靈運撰征賦：「施隆貸而有渥，報涓塵而無期。」碪斧：砧板和斧鉞。古代殺人刑具。蘇洵張益州畫像記：「重足屏息之民，而以碪斧令，於是民始忍以其父母妻子之所仰賴之身，而棄之於盜賊。」

賀張參政修史啓

恭審誕布明綸，總提巨典〔一〕。固已動鵷鷺行之喜色，而况在牛馬走之後塵〔二〕，不能自已於寸誠〔三〕，是敢冒陳於尺牘。恭惟某官自天生德，降命應期〔四〕。闡温厚爾雅之文，經緯萬象〔五〕；藴超軼絶塵之識〔六〕，鎮撫四夷。位居台鼎，而有山澤清臞之容〔七〕；禮絶縉紳，而無王公驕泰之意〔八〕。心虚静而觀復，道冲用而不盈〔九〕。周公、太公，方隆夾輔之望〔一〇〕；堯典、舜典，更專點竄之功〔一一〕。實以衮衣黄閣之尊，下兼蘭臺石室之事〔一二〕。在天三后，巍乎下臨〔一三〕；作宋一經〔一四〕，信矣無憾。某偶蒙簡拔〔一五〕，獲預討論，已侵投老之殘年，何補不刊之信史〔一六〕。仰傅巖之霖雨〔一七〕，幸預在廷；歸杜曲之桑麻，尚勞泚筆〔一八〕。一作〔一九〕。想典刑於諸老，已愧空疏；竭精力於是書，敢忘策勵〔二〇〕。

【題解】

張參政，即張巖，字肖翁，大梁人。乾道五年進士。歷官監察御史、殿中侍御史、給事中、參知政事、知平江府、知揚州等。開禧二年，遷知樞密院事，次年督視江淮軍馬，未幾罷去。宋史卷三九六有傳。宋史宰輔表四：「（嘉泰元年）八月甲申，張巖自給事中除參知政事。」南宋館閣續録卷七：「（監修國史）張巖（嘉泰）二年十一月以參知政事兼權。」本文爲陸游爲參知政事張巖獲除兼權監修國史所致的賀啓。

本文原未繫年。歐譜繫於嘉泰二年（一二〇二），是。當作於該年十一月。時陸游在權同修國史、實録院同修撰任上。

【箋注】

〔一〕誕布：廣泛宣布。晁補之河中府謝曆日表：「初郊上帝，肇改新元。謹堯曆以迎推，因夏時而誕布。」明綸：指帝王詔令。參見卷十一與沈知府啓注〔九〕。總提巨典：指張巖以參知政事兼權監修國史。

〔二〕鵷鷺行：比喻班行有序的朝官。參見卷一逆曦授首稱賀表注〔二〇〕。牛馬走：自謙之辭。文選司馬遷報任少卿書：「太史公牛馬走司馬遷再拜言。」李善注：「走，猶僕也……自謙之辭也。」

〔三〕寸誠：微誠。蕭統錦帶書十二月啓夾鍾二月：「謹伸數字，用寫寸誠。」

〔四〕降命應期：發布政令順應期運。參見本卷除直華文閣謝丞相啓注〔一三〕。

〔五〕經緯：規劃治理。左傳昭公二十九年：「夫晉國將守唐叔之所受法度，以經緯其民。」

〔六〕超軼絶塵：指出類拔萃，不同凡響。參見卷七謝曾侍郎啓注〔一五〕。

〔七〕台鼎：古稱三公爲台鼎，如星之有三台，鼎之有三足。語本蔡邕太尉汝南李公碑：「天垂三台，地建五嶽，降生我哲，應鼎之足。」清臞：清瘦。王之道梅花十絶追和張文潛韻其八：「何必霓裳掩前古，清臞端不羨豐肥。」

〔八〕縉紳：插笏於紳帶間，舊時官宦的裝束。借指士大夫。漢書郊祀志上：「其語不經見，縉紳者弗道。」顔師古注：「李奇曰：『縉，插也，插笏於紳。』……字本作搢，插笏於大帶與革帶之間。」　驕泰：驕恣放縱。禮記大學：「是故君子有大道，必忠信以得之，驕泰以失之。」

〔九〕「心虛」二句：心靈虛静而觀其往復，大道謙和而不懼滿盈。老子第十六章：「致虚極，守静篤。萬物并作，吾以觀其復。」又第四章：「道沖，而用之久不盈。」

〔一〇〕周公、太公：周初輔佐大臣周公姬旦、太公望吕尚。　夾輔：輔佐。左傳僖公四年：「五侯九伯，女實征之，以夾輔周室。」

〔一一〕堯典、舜典：尚書篇名，分别記載堯、舜事迹。　點竄：删改，修改。李商隱韓碑詩：「點竄堯典舜典字，塗改清廟生民詩。」

〔一二〕衮衣：古代帝王及上公穿的繪有卷龍的禮服，此借指上公。沈約梁三朝雅樂歌俊雅：「衮衣前邁，列辟雲從。」　黄閣：漢代丞相、太尉和漢以後的三公官署廳門塗黄色，以區别於天子。此借指宰相。錢起送張員外出牧岳州詩：「自憐黄閣知音在，不厭彤幨出守頻。」　蘭臺：唐宋時指秘書省。參見卷六賀曾秘監啓注〔一〕。　石室：古代藏圖書檔案處。史記太史公自序：「周道廢，秦撥去古文，焚滅詩書，故明堂石室，金匱玉版，圖籍散亂。」此指利用蘭臺石室圖籍修史之事。

〔一三〕三后：古代三個君主。其時天子、諸侯皆稱后。此指太王、王季、文王。詩大雅下武：「三后在天，王配于京。」毛傳：「三后，大王、王季、文王也。」　下臨：下視。枚乘七發：「上有千仞之峯，下臨百丈之谿。」

〔一四〕一經：一種經書。此指張參政監修之史籍。

〔一五〕簡拔：選拔，選擇。司馬光涑水記聞卷十：「上嘗從容問度：『用人資序與才器孰先？』度對曰：『天下無事則循守資序，有事則簡拔才器。』」

〔一六〕不刊：不容更動和改變。劉歆答揚雄書：「是縣諸日月，不刊之書也。」

〔一七〕傅巖之霖雨：尚書説命上：「（王）命之曰：『朝夕納誨，以輔台德。若金，用汝作礪；若濟巨川，用汝作舟楫；若歲大旱，用汝作霖雨。』」殷相傅説曾隱於傅巖，商王武丁求之，將他比作兵器的磨刀石、渡河的舟楫和大旱時的霖雨。

〔一八〕杜曲之桑麻：此指隱居之地。參見卷一除寶謨閣待制謝表注〔一三〕。泚筆：以筆蘸墨。參見卷十一謝葛給事啓注〔二〇〕。

〔一九〕一作：指此下四句爲本文的另一種結尾。

〔二〇〕「竭精」二句：竭精力於是書，司馬光進資治通鑑表：「臣之精力，盡於此書。」策勵，督促勉勵。蕭子良與孔中丞釋疑惑書：「孜孜策勵，良在於斯。」

除寶謨閣待制謝丞相啓

册府秩清，偶至鼇峰之頂〔一〕；禁途地密，遂穿豹尾之中〔二〕。雖造化之至公，實恩憐之曲被。欲叙丹衷之感，莫知雪涕之横。伏念某雖起耕疇〔三〕，粗傳家學。書藏屋壁，尚擯斥而不容〔四〕；迹遁園廬〔五〕，豈榮華之敢望。虚名作祟，聚謗成雷，幸於先狗馬塞溝壑之前，遂其賜骸骨歸卒伍之請〔六〕，任了以世其禄，寓直以華其行〔七〕。固已負耒學耕，飾巾待盡〔八〕，身還民服，口誦農書，從故里漁樵之游，拜高年羊酒之賜〔九〕。忽從廐置，遜奉詔除〔一〇〕。所愧忝大門之官〔一一〕，敢愧奪匹夫之志①。惟俟奏篇之御〔一二〕，即伸告老之誠。簡牘未終，絲綸已降〔一三〕。半生淹泊〔一四〕，沉舟真閲於千帆；一旦遭逢，開印適當於三日〔一五〕。已扶衰而拜命，旋曳蹇以造庭〔一六〕。兹蓋伏遇某官德懋忱恂，化均块圠〔一七〕。作成士類〔一八〕，兼小大而不遺；勸相皇家〔一九〕，泯異同於無迹。澤東漸而西被，功上際而下蟠〔二〇〕。才或取於寸長，罪不捐於一眚②〔二一〕。故雖么麽〔二二〕，亦被生成。某敢不頂踵知恩，冰霜勵節〔二三〕。少不自力，坐沉廢者半生；老當告休，悵報酬之無地。

【題解】

陸游於慶元三年正月獲除寶謨閣待制。于譜：「『一旦遭逢，開印適當於三日。』三日，當即正月三日。」錢譜以除命繫於本年正月，蓋本此。」寶謨閣待制，參見卷一除寶謨閣待制謝表題解。丞相，即謝深甫。參見本卷除直華文閣謝丞相啓題解。謝深甫該年正月罷相。本文爲陸游爲獲除寶謨閣待制致丞相謝深甫的謝啓。

本文原未繫年。歐譜繫於嘉泰三年（一二〇三），是。當作於該年正月。時陸游在秘書監任上。

參考卷一除寶謨閣待制謝表、卷五除寶謨閣待制舉曾黯自代狀。

【校記】

①「敢愧」，各本均同。然中華本、校注本、全宋文作「敢竟」，不知何據，録以備考。

②「眚」，原作「青」，據正德本、汲古閣本改。

【箋注】

〔一〕册府：帝王册書的存放處。司空圖上考功：「洛下則神仙元禮，威振邊陲；江南則談笑謝公，勳高册府。」此指寶謨閣。　秩：指官職級别。　鼇峰：指翰林院。魏泰東軒筆録卷十一：「宋景文公守益州……爲承旨，又作詩曰：『粉署重來憶舊遊，蟠桃開盡海山秋。寧知不是神仙骨，上到鼇峰更上頭。』」

〔二〕豹尾：借指天子屬車，即豹尾車。參考卷四乞致仕劄子二注〔四〕。此指進入皇帝的儀仗隊中。

〔三〕耕疇：耕種田地。宋祁自訟其三：「借問殿科能免否，杜陵男子有耕疇。」

〔四〕擯斥：排斥，棄去。參考卷九與錢運使啓注〔五〕。

〔五〕園廬：田園與廬舍。張衡南都賦：「於其宫室，則有園廬舊宅，隆崇崔嵬。」

〔六〕先狗馬塞溝壑：指自己死去。史記平津侯主父列傳：「臣弘行能不足以稱，加有負薪之病，恐先狗馬填溝壑，終無以報德塞責。」狗馬，臣下對君主自謙之詞。賜骸骨歸卒伍：指讓自己歸於普通人。史記項羽本紀：「范增大怒，曰：『天下事大定矣，君王自爲之。願賜骸骨歸卒伍。』」骸骨，指身體。卒伍，行伍。此指普通人。

〔七〕任子：因父兄的功績，得保任授予官職。蘇洵上皇帝書：「夫所謂任子者，亦猶曰信其父兄而用其子弟云爾。」寓直：寄宿於别的署衙當值。潘岳秋興賦：「餘春秋三十有二，始見二毛，以太尉掾兼虎賁中郎將，寓直於散騎之省。」此指獲除寶謨閣待制。

〔八〕飾巾：指不冠帶，隱居賦閒。參考卷一落職謝表注〔六〕。

〔九〕羊酒：泛指賞賜或饋贈之物。史記韓信盧綰列傳：「高祖、盧綰同日生，里中持羊酒賀兩家。」

〔一〇〕廐置：驛站。史記田儋列傳：「田衡乃與其客二人，乘傳詣洛陽。未至三十里，至尸鄉廐置。」司馬貞集解引瓚曰：「廐置，置馬以傳驛也。」 逖：遠。 詔除：詔命拜官授職。參考卷十謝趙丞相啓注〔五〕。

〔一一〕大門：大族。逸周書皇門：「乃維其有大門宗子、勢臣，罔不茂揚肅德。」朱右曾校釋：「大門，大族也。」

〔一二〕奏篇：指上奏所修之史書。

〔一三〕絲綸：指帝王詔書。參考卷一謝致仕表注〔四〕。

〔一四〕淹泊：漂泊。皇甫冉江草歌送盧判官：「問君行邁將何之，淹泊沿洄風日遲。」

〔一五〕開印：指舊時官府於年底封印，次年正月開封用印，照常辦事。賈島宿姚少府北齋詩：「鳥絶吏歸後，蛩鳴客卧時。鎖城涼雨細，開印曙鐘遲。」

〔一六〕拜命：受命。多指拜官任職。岑參送顔平原詩：「吾兄鎮河朔，拜命宣皇猷。」　曳蹇：拖着跛足。

〔一七〕忱恂：誠信。書立政：「迪知忱恂於九德之行。」孔安國傳：「禹之臣蹈知誠信於九德之行。」蔡沈集傳：「忱恂者，誠信而非輕信也。」　坱圠：漫無邊際貌。參考卷十一謝周樞使啓注〔一四〕。

〔一八〕作成：培育，造就。王十朋丁丑二月二十一日集英殿賜第：「太平天子崇儒術，寒賤書生荷作成。」

〔一九〕勱相：努力輔佐。

〔二〇〕「澤東漸」二句：恩澤從東到西無不覆蓋，事功上下天地無所不在。參考卷一瑞慶節賀表注〔六〕、〔七〕。

〔一一〕一眚：一小點過失。左傳僖公三十三年：「吾不以一眚掩大德。」

〔一二〕么麽：細微貌。

〔一三〕頂踵：即摩頂放踵。指不顧身體，不畏勞苦，盡力報效。孟子盡心上：「墨子兼愛，摩頂放踵利天下，爲之。」冰霜勵節：堅貞清白，砥礪節操。隸續晉右軍將軍鄭烈碑：「故雖夙罹不造，而能全老成之德；居無簷石，而能厲冰霜之絜。」

謝費樞密啓

猥被恩綸，躐持從槖〔一〕，處内閣諏咨之地，繼大門揚歷之榮〔二〕。揣分奚堪〔三〕，置慚靡所。伏念某百罹薄命〔四〕，九折窮途，迹久困於多言，年已侵於大耋〔五〕。都門屢入，壯遊恍似於前身〔六〕；册府再來〔七〕，衆吏多非其舊識。扶衰殘而就列，刮瞖膜以紬書〔八〕。非徒莫揜於旁觀，每亦不勝其自愧。惟俟奏篇之御，即伸請老之誠。敢謂遭逢，曲蒙識拔。兹蓋伏遇某官道尊皇極〔九〕，學統聖傳。雖吐哺握髮之勞〔一〇〕，曾靡遺於一士；然引坐解顔之遇〔一一〕，顧豈在於他人。每屈崇嚴〔一二〕，不移疇昔。爰自東壁圖書之府，俾躋西清鵷鷺之班〔一三〕。驥伏櫪以悲鳴〔一四〕，曩誰念者；犬舐丹而仙去〔一五〕，今乃似之。某燈火尚親，簞瓢未厭〔一六〕。修世官而不墜〔一七〕，益體上恩；繼家學於寖衰，或傳來裔〔一八〕。庶幾瞑目，無愧初心。

【題解】

費樞密，即費士寅，字戒父，成都人。乾道五年進士。歷官秘書丞、著作郎、起居舍人、起居郎兼實録院檢討官、禮部侍郎、給事中、吏部尚書、樞密院事、參知政事、知興元府等。宋史宰輔表四：「（嘉泰三年）二月乙巳，費士寅除端明殿學士、簽書樞密院事。」本文爲陸游獲除寶謨閣待制後致簽書樞密院事費士寅的謝啓。

本文原未繫年。歐譜繫於嘉泰三年（一二〇三），是。當作於該年二月。時陸游在寶謨閣待制任上。

【箋注】

〔一〕恩綸：即恩詔。蘇軾賀高陽王待制啓：「伏審顯奉恩綸，榮更帥閫。」躐持：越級擔任。從橐：此指任修史職。參見卷五辭免轉太中大夫狀注〔五〕。

〔二〕諏咨：咨詢。王安石祭高樞密若訥文：「謂且永年，左右諏咨，曷云其凶，弗耄弗期。」大門：大族。參見本卷除寶謨閣待制謝丞相啓注〔一一〕。揚歷：顯揚其所經歷。三國志魏志管寧傳：「優賢揚歷，垂聲千載。」裴松之注：「今文尚書曰『優賢揚』，謂揚其所歷試。」

〔三〕揣分：衡量名位、能力。參見卷五辭免賜出身狀注〔四〕。

〔四〕百罹：種種不幸遭遇。參見卷九南劍守林少卿啓注〔二〕。

〔五〕大耋：指八十歲左右。

〔六〕壯遊：指懷抱壯志而遠遊。杜甫有壯遊詩。

〔七〕册府：帝王册書的存放處。參見本卷除寶謨閣待制謝丞相啓注〔一〕。

〔八〕瞖膜：眼角膜上所生障礙視線的白斑，即白内障。　紬：綴集。史記太史公自序：「卒三歲而遷爲太史令，紬史記石室金匱之書。」司馬貞索隱：「如淳云：『抽徹舊書故事而次述之。』小嚴云：『紬謂綴集之也。』」

〔九〕皇極：帝王統治天下的準則。即所謂大中至正之道。書洪範：「五，皇極，皇建其有極。」孔穎達疏：「皇，大也；極，中也。施政教，治下民，當使大得其中，無有邪僻。」

〔一〇〕吐哺握髮：形容禮賢下士，求才心切。參見卷十一謝施參政啓注〔一四〕。

〔一一〕引坐解顔：指引導就坐，開顔歡笑。參見卷十一謝施參政啓注〔一三〕。

〔一二〕崇嚴：莊重嚴肅。李嶠讓鸞臺侍郎表：「夫以瑣闥崇嚴，玉堂祕近；職參持蓋，位亞掌壺。」

〔一三〕東壁：星宿名。即壁宿。因在天門之東，故稱。晉書天文志上：「東壁二星，主文章，天下圖書之祕府也。」因以稱皇宮藏書之所。　西清：西廂清浄之處。後指帝王宫内遊宴之處。

　　鵷鷺：比喻班行有序的朝官。參見卷一逆曦授首稱賀表注〔一〇〕。

〔一四〕驥伏櫪以悲鳴：即老驥伏櫪。參見卷八與何蜀州啓注〔四〕。

〔一五〕犬舐丹而仙去：即雞犬升天。比喻依附於有權勢的家人、親友而得勢。語本王充論衡道虛：「儒書言：淮南王學道，招會天下有道之人。傾一國之尊，下道術之士，并會淮南，奇方異術，莫不争出，王遂得道，舉家升天。畜産皆仙，犬吠於天上，雞鳴於雲中。此言仙藥有餘，犬雞食之，并隨王而升天也。」

〔一六〕燈火：指讀書、學習。黄庭堅謝送碾壑源揀芽詩：「搜攪十年燈火讀，令我胸中書傳香。」簞瓢：簞瓢窮巷，指生活簡樸，安貧樂道。參見卷十一謝周樞使啓注〔五〕。

〔一七〕世官：指某官職由一族世代承襲。孟子告子下：「四命曰，士無世官，官事無攝，取士必得，無專殺大夫。」

〔一八〕來裔：後世子孫。蔡邕太尉汝南李公碑：「銘勒顯於鐘鼎，清烈光於來裔。」

致仕謝丞相啓

優詔許歸，已荷乾坤之造；異恩及幼，更霑雨露之私〔一〕。非公台力假於敷陳，則草野何從而甄録〔二〕。感銘刻骨，涕泗交頤。伏念某少乏通材①，晚嬰羸疢〔三〕。史闈八月，常懷愒日之慚〔四〕；祠禄三時，洊上引年之請〔五〕。初但虞於煩瀆，旋曲被於矜從〔六〕。而况從中明降於德音，任子特逾於常制〔七〕。桑榆已迫〔八〕，俾華垂白之年；豚犬何能，遽有拾青之幸〔九〕。里閭歎息，門户敷榮〔一〇〕。茲蓋伏遇某官降命應期，奮庸熙載〔一一〕。告猷於内〔一二〕，時已措於太平；祝鯁在前〔一三〕，禮每加於諸老。亹亹誠明之學〔一四〕，巍巍忠厚之風，坐格華裔之寧〔一五〕，有光簡册之載。故推餘澤，俯及衰門。重念稚兒，雖非異稟。善和之書幸在〔一六〕，敢虚棄於光陰；太常之第可收，尚仰酬於長育〔一七〕。

【題解】

致仕，指陸游嘉泰四年初完成修史後第二次致仕。參見卷一謝致仕表題解。丞相，指陳自强，字勉之，福州閩縣人。淳熙五年進士。慶元初入都待銓，因曾爲韓侂胄童子師，遷轉迅速，歷官太學録、國子博士、秘書郎、諫議大夫、御史中丞、簽書樞密院事，拜右丞相。韓侂胄被誅後罷相，累貶雷州安置。死於廣州。宋史卷三九四有傳。宋史宰輔表四：「（嘉泰三年）五月戊寅，陳自强自知樞密院事除右丞相。」本文爲陸游獲准致仕後致右丞相陳自强的謝啓。

本文原未繫年。歐譜繫於嘉泰四年（一二〇四）是。當作於該年初。時陸游以太中大夫充寶謨閣待制致仕。

參考卷一謝致仕表、卷五乞致仕劄。

【校記】

①「少乏」，原作「乏少」，據正德本、汲古閣本乙。

【箋注】

〔一〕「異恩」二句：指幼子子遹以陸游致仕恩補官。

〔二〕公台：借指三公之位。此指丞相。參見卷六賀湯丞相啓注〔一〕。草野：草民，平民百姓。甄録：甄選録用。

〔三〕羸疢：羸疾，即痼疾。久治不愈之病。

〔四〕史闈八月：指在朝廷修史期間。愒日：荒廢光陰。左傳昭公元年：「主民，翫歲而愒日，其與幾何？」

〔五〕祠禄三時：指陸游嘉泰三年四月除提舉江州太平興國宫，五月十四日去國返鄉。三時，夏至後半個月。庾信奉和夏日應令詩：「五月炎蒸氣，三時刻漏長。」周之璵農圃六書占候五月占：「夏至後半月爲三時，頭時三日，中時五日，三時七日。」洊：同「薦」。再，屢次。引年：指對年老而賢者加以尊養。後用以稱年老辭官。禮記王制：「凡三王養老，皆引年。八十者一子不從政，九十者其家不從政。」

〔六〕煩瀆：冒昧干擾。司馬光請建儲副或進用宗室第三狀：「此臣所以夙夜遑遑，起則思之，卧則夢之，感嘆涕泗不能自已，不避煩瀆之誅，再三進言者也。」矜從：哀憐允准。曾鞏福州謝到任表：「理當懇請，輒奉冒聞。雖未賜於矜從，亦終寛於僭黷。」

〔七〕德音：指帝王的詔書。唐宋詔敕之外，别有德音一體，用於施惠寛恤之事，猶言恩詔。任子：因父兄的功績，保任子弟授予官職。參見本卷除寶謨閣待制謝丞相啓注〔七〕。
〔八〕桑榆：指晚年。參見卷一落職謝表注〔一二〕。
〔九〕豚犬：用以謙稱自己的兒子。　拾青：即拾青紫。指獲取高官顯位。周書儒林傳論：「前世通六藝之士，莫不兼達政術，故云拾青紫如地芥。」
〔一〇〕敷榮：開花。參見卷八謝夔路監司列薦啓注〔九〕。
〔一一〕奮庸熙載：指努力建功立業。參見本卷除直華文閣謝丞相啓注〔一三〕。
〔一二〕告猷：禀告謀劃。
〔一三〕祝鯁：即祝鯁祝饐。禱祝不哽不噎以優禮。參見卷一謝致仕表注〔九〕。
〔一四〕亹亹：勤勉不倦貌。詩大雅崧高：「亹亹申伯，王纘之事。」
〔一五〕坐格：坐致。　華裔：指中原和邊遠地區。劉琨勸進表：「天地之際既交，華裔之情允洽。」
〔一六〕善和：借指藏書。典出柳宗元寄許孟容書：「家有賜書三千卷，尚在善和里舊宅。」
〔一七〕太常之第：指掌管宗廟禮儀的官府，宋置太常寺。　仰酬：恭敬報答。　長育：養育，培育。蘇舜欽上范公參政書并咨目七事：「夫爲國之要，在乎長育人才。」

答權提刑啓

伏審抗章請外，攬轡入東〔一〕，謂宜因對而復留〔二〕，故欲馳書而未敢。遽先垂問，莫喻愧心。恭惟某官英識造微，宏材經遠，學術得前言往行之要，議論有群公先正之風〔三〕。踐揚早歷於清華，錐能自見〔四〕；寄任靡辭於叢委，刃每有餘〔五〕。兹乃勇退急流，旁觀袖手，明刑以弼五教，誦詩而使四方〔六〕。雖暫試於外庸，顧豈符於僉矚〔七〕。還節旄於少府〔八〕，行被詔追；司筆槖於甘泉〔九〕，孰居公右。某退依耕隴①，密邇臺綱〔一〇〕。躬愷悌以宜民〔一一〕，既蒙賜矣；用春秋而决獄〔一二〕，行且見之。頌詠惟深，敷陳罔既。

【題解】

權提刑，當爲權安節。宋張淏會稽續志卷二提刑題名：「權安節以朝散大夫、司農卿除充秘閣修撰除，嘉泰四年十一月十七日到任，當年十二月十六日改差知鄂州。」文中稱「某退依耕隴」，正是致仕家居之時。提刑爲提點刑獄公事的簡稱。參見卷七賀葉提刑啓題解。本文爲陸游致浙東提刑權安節的答啓。

本文原未繫年。歐譜亦不繫年，謂當爲晚年作。當作於嘉泰四年（一二〇四）冬。時陸游致仕居家。

【校記】

①「依」，原作「衣」，據正德本、汲古閣本改。

【箋注】

〔一〕抗章：向皇帝上奏章。參見卷九與李運使啓注〔一〕。　入東：指獲任浙東提刑。

〔二〕因對：即因應，指隨機應變。

〔三〕前言往行：指前代聖賢的言行。易大畜：「君子以多識前言往行，以畜其德。」孔穎達尚書正義序：「斯乃前言往行，足以垂法將來者也。」　先正：前代的賢臣。書説命下：「昔先正保衡，作我先王。」孔安國傳：「正，長也，言先世長官之臣。」

〔四〕踐揚：揚歷。指仕宦所經歷。王禹偁謝除刑部郎中知制誥啓：「竊念某猥以腐儒，受知先帝，踐揚兩制，出處九年。」　清華：指職位清高顯貴。參見卷六賀台州曾直閣啓注〔六〕。　錐能自見：比喻賢能之士終能嶄露頭角。語本史記平原君虞卿列傳：「夫賢士之處世也，譬若錐之處囊中，其末立見。」

〔五〕寄任：指委托的重要職任。江總爲沈君理讓僕射領吏部表：「遵其軌躅，必大厦之棟樑；總其寄任，亦巨川之舟楫。」　叢委：繁多，堆積。　刃每有餘：即遊刃有餘。比喻輕而易舉。語本莊子養生主：「彼節者有間，而刀刃者無厚；以無厚入有間，恢恢乎其於遊刃必有餘地矣。」

〔六〕「明刑」二句：用五刑輔佐五教，誦讀詩經出使四方。書大禹謨：「汝作士，明於五刑，以弼五教，期于予治。」五刑指墨、劓、剕、宫、大辟五種輕重不等的刑法。五教指父義、母慈、兄友、弟恭、子孝五種倫理道德的教育。論語子路：「子曰：誦詩三百，授之以政，不達。使於四方，不能專對。雖多，亦奚以爲。」

〔七〕外庸：指任地方官時的政績。參見卷八謝王宣撫啓注〔一三〕。僉矚：即衆望。陸贄蕭復劉從一姜公輔平章事制：「并可以參贊大猷，允膺僉矚。」

〔八〕還節旄於少府：指回朝廷官署任職。節旄，指旌節。少府：泛指朝廷官署。權安節曾任司農卿。

〔九〕司筆槖於甘泉：比喻擔任文學侍臣。參見卷一除寶謨閣待制謝表注〔一二〕。權安節曾任秘閣修撰。

〔一〇〕密邇：貼近，靠近。書太甲上：「予弗狎于弗順，營于桐宮，密邇先王其訓，無俾世迷。」臺綱：指朝廷綱紀。

〔一一〕愷悌：和樂平易。左傳僖公十二年：「詩曰：『愷悌君子，神所勞矣。』」杜預注：「愷，樂也；悌，易也。」

〔一二〕用春秋而決獄：儒家認爲春秋一字寓褒貶，故可用於決獄。董仲舒著有春秋決獄十卷。春秋：五經之一。決獄：判決獄訟。

答胡吉州啓

伏以累疏乞歸，既拜賜骸之命〔一〕；華牋贊喜，更煩泚筆之勞〔二〕。異書憐老學之勤，厚幣篤嘉賓之禮〔三〕。顧惟衰悴，曷稱眷私〔四〕。伏惟某官絕識超然，英聲籍甚。簡編插架，早推師友之淵源；紳佩在廷〔五〕，旋慶君臣之際遇。兹暫煩於共理，即歸告於嘉猷〔六〕。而某已返農疇，愈賒門戟〔七〕。嘘枯甚寵〔八〕，徒藏櫝以爲榮；詠德雖深，愧占辭之莫既〔九〕。

【題解】

胡吉州，即胡元衡，字平一，隆興府武寧人。淳熙八年進士。嘉泰三年至開禧元年知吉州。陸游次子子龍嘉泰二年初赴任吉州掾，劍南詩稿卷五十有送子龍赴吉州掾詩。本文爲陸游致吉州知府胡元衡的答啓。

本文原未繫年。歐譜亦不繫年，謂當爲晚年。當作於嘉泰四年（一二〇四）至開禧元年（一二〇五）間。時陸游致仕居家。

【箋注】

〔一〕賜骸：即賜骸骨。指允許官員致仕。史記張儀列傳：「臣聞之，積羽沉舟，群輕折軸，衆口鑠金，積毀銷骨，故願大王審定計議，且賜骸骨辟魏。」

〔二〕泚筆：以筆蘸墨。參見卷十一謝葛給事啓注〔二〇〕。

〔三〕異書：珍貴的書信。指來信。　厚幣：豐厚的禮物。史記老子韓非列傳：「楚威王聞莊周賢，使使厚幣迎之，許以爲相。」

〔四〕眷私：垂愛，眷顧。韓愈答魏博田僕射書：「愈雖未獲拜識，嘗承僕射眷私，猥辱薦聞，待之上介。」

〔五〕紳佩：紳帶佩飾。指在朝爲官。

〔六〕共理：指共同治理政事。參見卷十一答方寺丞啓注〔一一〕。嘉猷：好的治國規劃。參見卷七賀葉提刑啓注〔一九〕。

〔七〕賒：賒欠。門戟：州府衙門、高官私邸門前陳列的戟，用來表示威儀。

〔八〕嘘枯：比喻拯絶扶危。參見卷七上史運使啓注〔一四〕。寵：推崇。

〔九〕詠德：贊歎高尚的品德。王褒四子講德論：「含淳詠德之聲盈耳，登降揖讓之禮極目。」占辭：口述言辭。文心雕龍書記：「至如陳遵占辭，百封各意；禰衡代書，親疏得宜。」

渭南文集箋校卷第十三

書

【釋體】劉勰文心雕龍書記：「書者，舒也，舒布其言，陳之簡牘，取象於『夬』，貴在明決而已。」又：「詳諸書體，本在盡言，所以散鬱陶、托風采，故宜條暢以任氣，優柔以懌懷。文明從容，亦心聲之獻酬也。」

本卷收録書九首。

代二府與夏國主書 癸未正月二十一日，二府請至都堂撰。

隆興元年正月二十二日，特進、尚書左僕射、同中書門下平章事兼樞密使、信國公陳康伯等〔一〕，謹致書夏國主殿下：昔我祖宗與夏世修盟好，豈惟當無事時，共享安平之福，亦惟緩急同休戚〔二〕，恤災患，相與爲無窮之托。中更變故，壤地阻絶〔三〕，雖玉帛之聘弗克往來，然朝廷未嘗忘祖宗之志也。乃者皇天悔禍，輿圖寖歸，會今天子紹登寶位，慨然西顧，宣諭大臣曰：「夏，二百年與國也〔四〕，豈其不念舊好而忘齊盟哉〔五〕？」某等恭以國主英武聰哲，聞於天下，是敢輒布腹心於執事〔六〕，願留神圖之。惠以報音，當告於上，議所以申固歡好者〔七〕。同心協慮，義均一家，永爲善鄰，傳之萬世，豈不美歟！有少幣儀〔八〕，具如别幅，伏惟照察不宣〔九〕。某等謹白。

〔貼黄〕〔一〇〕前件事宜，臣等雖已面陳，緣利害至大，陛下反覆省覽，故敢輒具此奏。

【題解】

二府指中書省、樞密院。都堂，二府的官衙。參見卷三蠟彈省劄題解。夏，即西夏。宋仁宗景祐五年（一〇三八），西北党項族李元昊稱帝，建國號大夏。宋朝不予承認，興師伐夏，經三川口、好水川、定川寨三大戰役，宋軍屢敗，與西夏議和。慶曆四年（一〇四四）訂立和議，規定西夏取消帝號，接受宋朝封號，稱夏國主；宋朝每年賜予西夏大量銀、絹、茶等錢幣物資，并開放邊境貿易等。宋、夏間維持了約半個世紀的和平狀態。西夏共傳十主。最盛時據有今寧夏、陝西北部、甘肅西北部、青海東北部和内蒙古西部一帶。南宋孝宗即位，欲與西夏修好，共同抗金。書，此指國家間往來的國書。本文爲陸游應二府邀請所撰寫的給西夏國主的國書，提出繼承宋、夏「世修盟好」的傳統，同心協慮，永爲善鄰的建議。

本文題下自注作於「癸未正月二十一日」，即隆興元年（一一六三）正月二十一日。陸游時任樞密院編修官兼編類聖政所檢討官。

參考卷三蠟彈省劄。

【箋注】

〔一〕陳康伯：時任左相兼樞密使。參見卷七除編修官上丞相啓題解。

〔二〕緩急：指危急或發生變故之時。史記絳侯周勃世家：「孝文且崩時，誡太子曰：『即有緩急，周亞夫真可任將兵。』」休戚：喜樂和憂慮。國語周語下：「晉國有憂，未嘗不戚；有慶，未嘗不怡……爲晉休戚，不背本也。」

〔三〕「中更」二句：指靖康間金滅北宋，盡掠中原之地，南宋偏安江淮以南，疆域與西夏不再接壤。

〔四〕與國：盟國，友邦。管子八觀：「與國不恃其親，而敵國不畏其彊。」

〔五〕齊盟：即同盟。左傳襄公二十二年：「寡君盡其土實，重之以宗器，以受齊盟。」杜預注：「齊，同也。」

〔六〕腹心：至誠之心。左傳宣公十二年：「君之惠也，孤之願也，非所敢望也。敢布腹心，君實圖之。」執事：對對方的敬稱。左傳僖公二十六年：「寡君聞君親舉玉趾，將辱於敝邑，使下臣犒執事。」杜預注：「言執事，不敢斥尊。」

〔七〕申固：即鞏固。左傳宣公十五年：「後之人或者將敬奉德義以事神人，而申固其命，若之何待之？」

〔八〕幣儀：進獻之禮物。

〔九〕照察：明察。常用於書信。

〔一〇〕貼黄：宋代奏劄意有未盡，摘要另書於後，稱「貼黄」。葉夢得石林燕語卷三：「今奏狀劄子皆白紙，有意所未盡，揭其要處，以黄紙别書於後，乃謂之貼黄。」

上執政書　辛巳四月

某官閤下：文人之在天下，用之，徒以爲治世之觀、太平之飾；不用，則亦已耳。非如兵刑錢穀之吏，不可一日無也。然爲國者每每收取，不忍棄去，豈固爲是不急哉〔一〕？蓋天下之事，惟此爲最難。非誠好之，捐三二十年之勤，耗心疲力，雕瘁齒髮〔二〕，飲食寢夢，悲歡得喪，一在於是者，殆未易可以言工。信工矣〔三〕，然且高不足以爲功名，下不足以得財利，塵編蠹簡，束而藏之，幸世有知此道者，歎息稱工。嗚呼，可謂鈍哉！以天下之至勤苦，爲天下之至鈍，待千萬中一二人之知，此賢公卿以人物爲己任者，所以不忍棄也。某小人，生無它長，不幸束髮有文字之愚〔四〕，自上世遺文、先秦古書，晝讀夜思，開山破荒，以求聖賢致意處〔五〕。雖才識淺闇〔六〕，不能如古人迎見逆決〔七〕，然譬於農夫之辨菽麥，蓋亦專且久矣。原委如是，派别如是，機杼如是〔八〕，邊幅如是〔九〕，自六經、左氏、離騷以來，歷歷分明，皆可指數。不附不絶，不誣不紊，正有出於奇，舊或以爲新，横鶩别驅〔一〇〕，層出間見。每考觀文詞之變，見其雅正，則纓冠肅衽，如對王公大人；得其怪奇，則脱帽大叫，如魚龍之陳前〔一一〕、梟盧之方勝也〔一二〕。間輒自笑曰：「以此娱憂舒悲〔一三〕，忘其貧病，則可耳。持以語人，幾何其不笑且罵哉！」誠不自意，諸公聞之，或以爲可。書生所遭如此，雖窮死足以無憾矣。然師慕下風〔一四〕，而未得一望履舄，此心歉然，不敢遑寧〔一五〕。恭惟明公道德風節，師表一世，當功名富貴之會而不矜，踐山林鍾鼎之異而不變〔一六〕，非大有得於胸中，其何以能此？夫文章小技耳，然與至道同一關捩〔一七〕。惟天下有道者，乃能盡文章之妙，此某所以忘其賤且愚，而願有聞於左右也。

【題解】 執政，宋代部分高級官員的通稱。王闢之澠水燕談録官制：「今官制復古，而樞密之職如舊，與三省長官通謂之執政矣。」此執政指陳康伯，參見卷七除編修官上丞相啓題解。紹興三十一年三月，陳康伯自右僕射遷左僕射同平章事，力主抗金。本文爲陸游上呈執政陳康伯的書信，闡述文章「與至道同一關捩，惟天下有道者，乃能盡文章之妙」的觀點，請求執政録用。

本文題下自注作於「辛巳四月」，即紹興三十一年（一一六一）四月。陸游時罷任敕令所删定官，等候吏部差遣。參考邱鳴皋陸游研究劄記二，載徐州師範大學學報（哲社版）二〇〇一年第四期。

參考卷七除編修官上丞相啓。

【箋注】

〔一〕不急：不切需要。戰國策秦策三：「吴起爲楚悼罷無能，廢無用，損不急之官，塞私門之請，壹楚國之俗。」

〔二〕雕瘁：凋零憔悴。雕，同凋。鍾會菊花賦：「百卉凋瘁，芳菊始榮。」

〔三〕信：果真，確實。

〔四〕束髮：古代男孩成童時束髮爲髻，代指成童之年。賈誼新書容經：「古者年九歲入就小學，蹍小節焉，業小道焉；束髮就大學，蹍大節焉，業大道焉。」

〔五〕致意：指使人明理達變。戰國策趙策二：「夫制於服之民，不足與論心；拘於俗之衆，不足與致意。」

〔六〕淺闇：膚淺而不明達。王充論衡別通：「深知道術，無淺闇之毀也。」

〔七〕迎見逆決：預先發現、判定。

〔八〕機杼：指作品的新巧構思和布局。魏書祖瑩傳：「文章須自出機杼，成一家風骨，何能共人同生活也。」

〔九〕邊幅：指作品内涵的寬度、廣度。舊唐書楊炯傳：「張九齡之文，如輕縑素練，實濟時用，而微窘邊幅。」

〔一〇〕横騖：縱横馳騁。文選班固答賓戲：「侯伯方軌，戰國横騖。」李善注：「東西交馳謂之騖。」

〔一一〕魚龍：古代百戲雜耍名，能變化爲魚和龍的猞猁模型。漢書西域傳贊：「設酒池肉林以饗四夷之客，作巴俞都盧、海中碭極、漫衍魚龍、角抵之戲以觀視之。」顔師古注：「魚龍者，爲舍利之獸，先戲於庭極，畢乃入殿前激水，化成比目魚，跳躍漱水，作霧障日，畢，化成黄龍八丈，出水敖戲於庭，炫燿日光。」

〔一二〕梟盧：古代博戲樗蒲的兩種勝彩名。幺爲梟，最勝；六爲盧，次之。杜甫今夕行：「馮陵大叫呼五白，袒跣不肯成梟盧。」

〔一三〕娱憂：排遣憂愁。楚辭九章思美人：「吾將蕩志而愉樂兮，遵江夏以娱憂。」

〔一四〕師慕：指對老師仰慕。曾鞏賀趙大資致政啓：「鞏蚤荷陶鈞，與遊門館。觀大賢出處之迹，足勸士倫；知儒者進退之宜，敢忘師慕。」下風：比喻處於下位、卑位。用作謙辭。左傳僖公十五年：「晉大夫三拜稽首曰：『君履后土而戴皇天，皇天后土，實聞君之言，羣臣敢在下風。』」

〔一五〕遑寧：安逸，安寧。柳宗元塗山銘：「方嶽列位，奔走來同。山川守神，莫敢遑寧。」

〔一六〕山林：指隱居山野。鍾鼎：指出任高官。

〔一七〕關捩：比喻原理，道理。陳善捫虱新話：「坡嘗語陸（惟忠）云：『子神清而骨寒，其清足以仙，其寒亦足以死。』此語雖似相法，其實與文字同一關捩，蓋文字固不可犯俗而亦不可太清。」

上虞丞相書

某聞才而見任，功而見録，天下以爲當。君子曰：「是管仲相齊、衛鞅相秦之法耳〔一〕。」有人於此，才不足任，功不足録，直以窮故哀之，天下且以爲過。君子則曰：「是三代之俗，周公、孔子之政也。」何也？彼有才，吾賴其才，因以高位處之；彼有功，吾藉其功，因以厚禄報之。上持禄與位以御其下，下挾才與功以望其上，非市道乎〔二〕？故齊、秦用之，雖足濟一時之急，而俗以大壞，君子羞稱焉。若夫三代之俗，周公、孔子之政則不然。無才也，無功也，是直無所用也。無所用之人，雖窮而死者百千輩，何損於人之國哉，自薄者視之尚奚恤？君子顧深哀之〔三〕，視其窮，若自我推以與之之不敢安也〔四〕，矜憐撫摩〔五〕，衣之食之，曰：「彼有才有功者，何適而不遇。吾所急者，其惟無所用而窮者乎！」此心父母也。推父母之心，以及於天下無所用之人，非聖賢孰能哉？謂之三代之俗，周公、孔子之政，則宜。故王霸之分〔六〕，常在於用心之薄厚，而昧者不知也。恭惟大丞相道學精深，力量廣大，庶幾以周公、孔子之政，而復三代之俗者，渾渾巍巍〔七〕，不可窺測。平時挾功恃才、錙銖較計者〔八〕，皆自失退聽〔九〕。若某之愚，不才無功，留落十年〔一〇〕，乖隔萬里，而終未敢自默〔一一〕，特曰身之窮，大丞相所宜哀耳。某行年四十有八，家世山陰，以貧悴逐禄於夔。其行也，故時交友醵緡錢以遺之〔一二〕。峽中俸薄，某食指以百數〔一三〕，距受代不數月〔一四〕，行李蕭然，固不能歸。歸又無所得食，一日禄不繼，則無策矣。兒年三十，女二十，婚嫁尚未敢言也。某而不爲窮，則是天下無窮人。伏惟少賜動心，捐一官以禄之，使粗可活，甚則使可具裝以歸〔一五〕，又望外則使可畢一二婚嫁〔一六〕。不賴其才，不藉其功，直以其窮可哀而已。此氣象，自秦以來，世以功利相高，没不見者累二千年，今始見於門下。所願持之不摇，行之不疑，則豈獨某之幸哉！

【題解】

虞丞相，即虞允文（一一一〇—一一七四），字彬甫，隆州仁壽（今屬四川）人。參見卷十一賀留樞密啓注〔九〕。宋宰輔編年録卷十七：「乾道五年八月，虞允文自樞密使除右僕射、同平章事兼樞密使。乾道八年二月辛亥，虞允文左丞相。九月戊寅，虞允文罷左丞相。」本文爲陸游上呈丞相虞允文的書信，叙述窮困無助之狀，請求遷官受禄以解困。

本文原未繫年。歐譜繫於乾道八年（一一七二），是。文中有「某行年四十有八」可證。當作於該年初。時陸游之夔州通判任將滿。又該年正月，陸游被王炎辟爲幕賓，啓行南鄭，作該書當在此前。

【箋注】

〔一〕管仲：春秋時齊國賢相，輔佐齊桓公稱霸天下。史記卷六二有管晏列傳。衛鞅：即商鞅，戰國時法家代表人物，入秦變法，秦國大治。史記卷六八有商君列傳。

〔二〕市道：指商賈逐利之道。史記廉頗藺相如列傳：「夫天下以市道交，君有勢，我則從君；君無勢，則去。此固其理也。」

〔三〕顧：連詞，反而，卻。

〔四〕推與：讓與。東觀漢記承宫傳：「耕種禾黍，臨熟，人就認之，悉推與而去，由是顯名。」

〔五〕矜憐：憐憫。爾雅釋訓：「矜憐，撫掩之也。」郭璞注：「撫掩，猶撫拍，謂慰卹也。」撫摩：

安撫。蘇軾策略五：「昔之有天下者，日夜淬厲其百官，撫摩其人民，爲之朝聘會同燕享，以交諸侯之歡。」

〔六〕王霸：王業與霸業。語本孟子滕文公下：「大則以王，小則以霸。」

〔七〕渾渾：渾厚純樸。揚雄法言五百：「渾渾乎聖人之道，羣心之用也。」　巍巍：崇高偉大。論語泰伯：「巍巍乎！舜禹之有天下也而不與焉。」何晏集解：「巍巍，高大之稱。」

〔八〕錙銖：比喻數量微小或錢極少。錙、銖均爲古代重量單位，六銖等於一錙，四錙等於一兩。莊子達生：「累丸二而不墜，則失者錙銖。」

〔九〕退聽：退讓順從。易艮：「六二：艮其腓，不拯其隨，其心不快。象曰：不拯其隨，未退聽也。」孔穎達疏：「聽，從也。既不能拯動，又不能靜退聽從其見止之命，所以其心不快矣。」

〔一〇〕留落：流落。指窮困而隨處飄泊。新唐書王琚傳：「李邕故與琚善，皆華首外遷，書疏往復，以譴謫留落爲慊。」　十年：指陸游隆興元年去國通判鎮江府始，至此時恰滿十年。

〔一一〕自默：指自己沉默不出聲。

〔一二〕醵緡錢：聚錢，集資。緡錢，用繩穿連成串的錢。

〔一三〕食指：指家庭或家族人口。

〔一四〕受代：指官吏任滿由新官代替。北史侯深傳：「而貴平自以斛斯椿黨，亦不受代。」

〔一五〕具裝：治裝，準備行裝。

〔一六〕望外：意料之外。庾信謝趙王賚絲布等啓：「望外之恩，實符大賚；非常之錫，乃溢生涯。」

上辛給事書

某官閣下：君子之有文也，如日月之明，金石之聲，江海之濤瀾，虎豹之炳蔚〔一〕，必有是實，乃有是文。夫心之所養，發而爲言；言之所發，比而成文。人之邪正，至觀其文，則盡矣決矣，不可復隱矣。爝火不能爲日月之明〔二〕，瓦釜不能爲金石之聲〔三〕，潢汙不能爲江海之濤瀾〔四〕，犬羊不能爲虎豹之炳蔚，而或謂庸人能以浮文眩世，烏有此理也哉！使誠有之，則所可眩者，亦庸人耳。某聞前輩以文知人，非必巨篇大筆、苦心致力之詞也。殘章斷稿，憤譏戲笑，所以娱憂而舒悲者，皆足知之。甚至於郵傳之題詠〔五〕，親戚之書牘，軍旅官府倉卒之間，符檄書判，類皆可以洞見其人之心術才能，與夫平生窮達壽夭。前知逆決〔六〕，毫芒不失，如對棋枰而指白黑，如觀人面而見其目衡鼻縱，不待思慮搜索而後得也。何其妙哉！故善觀晁錯者，不必待東市之誅，然後知其刻深之殺身〔七〕；善觀平津侯者，不必待淮南之謀，然後知其阿諛之易與〔八〕。方發策決科時〔九〕，其平生事業，已可望而知之矣。賢者之所養，動天地，開金石，其胸中之妙，充實洋溢，而後發見於外，氣全力餘，中正閎博，是豈可容一毫之僞於其間哉！某束髮好文，才短識近，不足以望作者之藩籬〔一〇〕，然知文之不容僞也，故務重其身而養其氣。貧賤流落，何所不有，而自信愈篤，自守愈堅，每以其全自養，以其餘見之於文。文愈自喜，愈不合於世。夫欲以此求合於世，某則愚矣。而世遂謂某終無所合，某亦不敢謂其言爲智也〔一一〕。恭惟閣下以皋陶之謨〔一二〕，周公之誥〔一三〕，清廟、生民之詩〔一四〕，啓迪人主而師表學者，雖鄉殊壤絶〔一五〕，百世之下，猶將想望而師尊焉〔一六〕。某近在屬部，而不能承下風、望餘光〔一七〕，則是自絶於賢人君子之域矣。雖然，非敢以文之工拙爲言也。某心之爲邪爲正，庶幾閣下一讀其文而盡得之。唐人有曰：「士之致遠，先器識而後文藝〔一八〕。」是不得爲知文者。天下豈有器識卑陋，而文詞超然者哉？狂率冒犯，死有餘罪。

【題解】

辛給事，即辛次膺，參見卷六賀辛給事啓題解。本文爲陸游致福州路安撫使兼知福州辛次膺的書信，闡述文章當直抒胸臆，文如其人，「務重其身而養其氣」的主張。

本文原未繫年。歐譜繫於紹興二十九年（一一五九），是。時陸游在福州決曹任上。文中有「某近在屬部」可證。

參考卷六賀辛給事啓。

【箋注】

〔一〕虎豹之炳蔚：形容文采鮮明華美。語本易革：「大人虎變，其文炳也……君子豹變，其文蔚也。」

〔二〕爝火：炬火，小火。莊子逍遥遊：「日月出矣，而爝火不息；其於光也，不亦難乎！」成玄英疏：「爝火，猶炬火也，亦小火也。」

〔三〕瓦釜：陶製炊具，古代用作簡單的樂器。柳宗元代人進瓷器狀：「且無瓦釜之鳴，是稱土硎之德。」

〔四〕潢汙：聚積而不流動之水。鮑照拜侍郎上疏：「潢汙流藻，充金鼎之實。」

〔五〕郵傳：傳舍，驛館。王禹偁商於驛記後序：「吴、越、江、淮、荆、湘、交、廣，郡吏上計，皇華宣風，憧憧往來，皆出是郡，蓋半天下矣。故郵傳之盛，甲於它州。」

〔六〕前知逆決：即先知預見。

〔七〕「故善」三句：指晁錯因爲人刻深而招來殺身之禍，被誅東市。晁錯（前二〇〇—前一五四），西漢潁川人。漢景帝時舉賢良文學，官至御史大夫，更定法令，削諸侯封地。晁錯之父力勸，不聽，錯父預言「晁氏危」，飲藥死。吴楚七國以誅晁錯「清君側」爲名，起兵謀反。晁錯爲袁盎等所讒，穿朝衣被斬於東市。史記卷一〇一有晁錯傳。東市，西漢在長安東市處決罪犯。刻深，苛刻，嚴酷。

〔八〕「善觀」三句：指公孫弘因善於逢迎而容易得到好處。公孫弘（前二〇〇—前一二一），字季，一字次卿。西漢菑川人。以賢良對策拜博士，官至丞相，封平津侯。淮南、衡山二王謀反後，公孫弘上書稱頌武帝，自稱不盡責，請辭丞相，漢武帝賜以牛酒，讓其繼續執政，終丞相位。史記卷一一二有平津侯傳。

〔九〕發策決科：命題考試，此指上述兩人參加賢良對策。揚雄法言學行：「或曰：『書與經同而世不尚，治之可乎？』曰：『可。』或人啞爾笑曰：『須以發策決科。』」李軌注：「射以決科，經以策試，今徒治同經之書，而不見策用，故笑之。」

〔一〇〕藩籬：比喻界域，境界。蘇軾和寄天選長官：「藩籬吾未窺，敢議窮閫奧。」

〔一一〕「文愈」六句：韓愈與馮宿論文書：「僕爲文久，每自則意中以爲好，則人必以爲惡矣；小稱意人亦小怪之，大稱意即人必大怪之也。時時應事作俗下文字，下筆令人慚，及示人，則人以爲好矣；小慚者亦蒙謂之小好，大慚者即必以爲大好矣，不知古文直何用於今世也，然以竢知者知耳。」

〔一二〕皋陶之謨：皋陶的謀略。皋陶爲帝舜大臣，掌管刑法獄訟。謨，即謀。皋陶與禹討論國家大計，史官載之，即尚書虞書皋陶謨篇。

〔一三〕周公之誥：周公的誥文。武王崩，周公相成王，管叔、蔡叔等作亂，周公東征，作誥文申述理由，即尚書周書大誥篇。

〔一四〕清廟、生民之詩：分別爲詩周頌、大雅篇名。清廟祭祀文王，生民記録后稷傳説。

〔一五〕鄉殊壤絶：指異鄉遠地。王嘉拾遺記軒轅黄帝：「帝乘雲龍而遊，殊鄉絶域，至今望而祭焉。」

〔一六〕想望：仰慕。周書李和傳：「和前在夏州，頗留遺惠，及有此授，商洛父老莫不想望德音。」師尊：師事，尊仰。漢書董仲舒傳：「進退容止，非禮不行，學士皆師尊之。」

〔一七〕餘光：喻指美德。歐陽修相州晝錦堂記：「自公少時，已擢高科，登顯仕，海内之士，聞下風而望餘光者，蓋亦有年矣。」

〔一八〕「唐人」三句：新唐書裴行儉傳：「行儉曰：『士之致遠，先器識，後文藝。』」器識，器局，見識。

答邢司户書

五月二十六日，笠澤陸某頓首再拜復書司户迪功足下〔一〕：某辱賜書，及聖人之道與古作者之文章，又以世之稱師弟子而徒事科舉、求利禄者爲羞。卓乎偉哉！非某所敢仰望萬一也。某少之日，學文而不工。及其老，妄意於道〔二〕，亦未敢謂得也。

身且弗給，而何以及人？及庸衆人且弗能〔三〕，其况有以助足下乎？皇恐皇恐。雖然，足下顧我厚，某其敢有所弗盡？吾曹有衣食祭祀婚嫁之累，則出而求禄，恐未爲非。既不免求禄，則從事於科舉，恐亦未爲可憾。科舉之文，固亦尊王而賤霸，推明六藝而誦説古今，雖小出入，要其歸亦何負於道哉？若言之而弗踐，區區於口耳而不自得於心〔四〕，則非獨科舉之文爲無益也。近時頗有不利場屋者，退而組織古語，剽裂奇字〔五〕，大書深刻，以眩世俗。考其實，更出科舉下遠甚，讀之使人面熱。足下謂此等果可言文章乎？尚不可欺僕輩，安能欺足下哉！故自科舉取士以來，如唐韓氏、柳氏，吾宋歐氏、王氏、蘇氏，以文章擅天下者，莫非科舉之士也。此無他，徒以在場屋時，苦心耗力，凡陳言淺説之可病者，已知厭棄，如都市之玉工，珉玉雜治〔六〕，積日既久，望而識之矣，一旦取荆山之璞〔七〕，以爲黄琮蒼璧萬乘之寶〔八〕，珉其可復欺耶？凡今不利場屋而名古之文者，往往多未嘗識珉者也，又安知玉哉！乃如足下識之可謂精矣，當棄珉剖玉而已。至於聖人之道，足下往昔朝夕所講習者，豈外於是？言之而必踐焉，心之而不徒口耳焉，無餘道矣。某文既不工，聞道又甚淺，則今所以進於左右者，其果近乎？一讀置之，無重吾過。不宣〔九〕。

【題解】

司户，即司户參軍，亦稱户曹參軍。掌各州户籍、賦税、倉庫。邢司户爲誰不詳。本文爲陸游答福州邢司户的書信，闡述對於科舉的態度。

本文原未繫年。歐譜列入不繫年文。于譜繫於紹興二十九年（一一五九），是。據篇首，當作於該年五月。時陸游在福州決曹任上。

【箋注】

〔一〕笠澤：陸游視晚唐陸龜蒙爲祖上，陸龜蒙隱居笠澤，故陸游自署「笠澤陸某」。參見卷十一答方寺丞啓注〔三〕。　迪功：迪功郎，宋代文臣階官末階，從九品。

〔二〕妄意：臆測。莊子胠篋：「夫妄意室中之藏，聖也。」

〔三〕庸衆：常人，一般人。荀子修身：「容貌、態度、進退、趨行，由禮則雅，不由禮則夷固僻違，庸衆而野。」楊倞注：「庸，凡庸；衆，衆人。」

〔四〕區區：拘泥，局限。漢書楊王孫傳：「且孝經曰『爲之棺槨衣衾』，是亦聖人之遺制，何必區區獨守所聞？」

〔五〕剽裂：摘抄，竊取。蘇軾太息：「方是時，士以剽裂爲文，聚而見訕。」

〔六〕珉玉：珉和玉。鮑照見賣玉器者詩：「涇渭不可雜，珉玉當早分。」珉，似玉的美石。

〔七〕荆山：山名。在今湖北省。山有抱玉巖，相傳爲楚人卞和得璞處。　璞：未雕琢過的玉石。

〔八〕黄琮蒼璧：黄色和青緑色的瑞玉。古代祭祀用。周禮春官大宗伯：「以蒼璧禮天，以黄琮禮地。」鄭玄注：「禮神者必象其類。璧圜象天，琮八方象地。」萬乘：指帝王。

〔九〕不宣：不一一細説。舊時常用於書信末尾。楊修答臨淄侯牋：「反答造次，不能宣備。」

答劉主簿書

某才質愚下，又兒童之歲，遭罹多故，奔走避兵〔一〕，得近文字最晚。年幾二十，始發憤欲爲古學。然方是時，無師友淵源之益，凡古人用心處，無所質問〔二〕，大率以意度，或中或否。或始疑其非，終乃大信；或初甚好之，已而徐覺不可者，多矣。然亦竟不知所謂是且非者卒何如也。方竊愧歎，不自意如足下學術文章足以雄長一世者〔三〕，乃不鄙其愚，而欲與之交，惠然見臨〔四〕，賜之以言，以爲可與言古學者，文詞偉麗，讀之惕然〔五〕。夫道遇乞人，責之千金，足下固過矣，然遂謂足下爲非則不可。往者前輩之學，積小以成大，以所有易所無，以能問於不能。故其久也，汪洋浩博，該極百家，而不可涯涘〔六〕。如足下所稱諸公，蓋皆如是也。至中原喪亂，諸名勝渡江，去前輩尚未甚遠，故此風猶不墜。不幸三二十年來，士自爲畦畛甚狹〔七〕，已所未知者，輒訕薄之〔八〕，以爲不足學，排抑沮折〔九〕，惟恐不力。詆窮經者，則曰傳注已盡矣；詆博學者，則曰不知無害爲君子〔一〇〕。嗚呼陋哉！夫世既未有仁智之足如孔孟而師焉，則亦各出所長，相與講習，從其可者，去其不可者。自六經、百氏、歷代史記，與夫文詞議論、禮樂耕戰、鍾律星曆、官名地志、姓族物類之學〔一一〕，今四方之士，亦不可謂無人。雖不能兼該衆長，要爲各有所得，往往皆捐數十年之功，耗心疲力，雕悴齒髮而爲之，豈可易哉！如足下之所已得者，某願就學焉。其未者，頗願與足下從諸君子歷探其所有。足下亦宜盡發所渟蓄〔一二〕，以與朋友共之。某所聞誠最淺薄，亦願再拜以進，惟足下與諸君子之所決擇。使前輩風俗，由吾輩復少振，而狹陋之病，不遂沉痼〔一三〕，豈細事哉！屬兩日苦眩，未得面陳，而先以書布謝，惶恐惶恐。

【題解】

主簿，官名，各州縣主管文書，辦理事務，唐宋時多爲初事之官。劉主簿爲誰不詳。本文爲陸游答福州劉主簿的書信，闡述對於當時學風的看法。

本文原未繫年。歐譜列入不繫年文。于譜繫於紹興二十九年（一一五九），是。當作於該年秋。時陸游在福州決曹任上。

【箋注】

〔一〕避兵：指爲躲避戰亂而移居他處。焦贛易林無妄之謙：「東行避兵，南去不祥。」

〔二〕質問：詢問以正是非。漢書劉歆傳：「時丞相史尹咸以能治左氏，與歆共校經傳。歆略從咸及丞相翟方進受，質問大義。」顏師古注：「質，正也。」

〔三〕不自意：不自料，没想到。史記項羽本紀：「然不自意能入關破秦，得復見將軍於此。」

〔四〕惠然：順心貌。

〔五〕惕然：警覺省悟貌。史記龜策列傳：「元王惕然而悟。」

〔六〕該極：指全部通曉，并達到極高水準。摯虞神農贊：「神農居世，通變該極。」涯涘：限量，窮盡。

〔七〕畦畛：田間的界道。比喻界限，隔閡。韓愈贈崔立之評事詩：「高士例須憐麴蘖，丈夫終莫生畦畛。」

〔八〕訕薄：毀謗藐視。新唐書宦者傳下楊復恭：「復恭子守貞爲龍劍節度使，守忠洋州節度使，皆自擅貢賦，上書訕薄朝政。」

〔九〕排抑沮折：排斥貶抑，阻撓折服。

〔一〇〕無害：不損害，不妨害。荀子儒效：「不知無害爲君子，知之無損爲小人。」

〔一一〕鍾律：音律。蔡邕彈琴賦：「爰制雅器，協之鍾律。」星曆：天文曆法。史記曆書論：「蓋黄帝考定星曆，建立五行，起消息，正閏餘，於是有天地神祇物類之官。」姓族：姓氏家族。沈約奏彈王源：「竊尋璋之姓族，士庶莫辨。」物類：萬物類別。

〔二〕渟蓄：指蓄藏於胸中的才識。

〔三〕沉痼：頑固難治之病。皮日休奉酬魯望惜春見寄：「十五日中春日好，可憐沉痼冷如灰。」

與尉論捕盜書

某昨暮聞以逐盜遽出，雖小事，亦有難處置者。此十許人皆負重辟〔一〕，相與竄伏山林中，昏夜伺便小劫。比官知之，則已分散跳匿，無次舍旗鼓可以物色求〔二〕，無褊裨部伍可以策畫破〔三〕，無糧可燒，無巢穴可窮，驟集忽散，如鬼物然。又實小盜，官兵計其不能爲甚害，所以久不獲也。今未言能萬一馴至大盜〔四〕，但無辜之民，時時遭劫，亦不可云細事。方其劫時，執縛恐迫，計民之冤，與遭大盜亦有何異。今日偶見一退卒説此事，頗若可采。不敢效庸人以非職事故，默默不以告。卒言：「此十許人雖出没合散不常，似難遽獲，然晝必食，夜必息，得金帛必賣，劫掠往來，至近亦須行四五里，豈有都無一人見之之理。蓋自頃民言見賊〔五〕，官輒意其與賊通，捕繫笞掠，久之無所得，始釋去，是官自塞耳目，爲賊計則多，爲捕賊計則疏矣。一二年來，民間懲創此事〔六〕，雖與賊交臂而過，歸家噤默〔七〕，不敢以語比鄰，而况於告官乎？故官兵動息，賊皆先知，而賊雖近在十步内，官兵終不得知。」某思其言，實中事情，亦嘗竊度之，環三縣弓手土兵〔八〕，爲人幾何，逐捕十許賊，連歲弗獲，不可不思其故也。四境無事，秋稼如雲，誰肯爲賊囊槖者〔九〕？縱有，亦不應人人皆然。吾輩儒者，當有大略。願足下曠然無疑於胸中〔一〇〕，不當效武夫俗吏但知守故常也。夫戰而獻馘〔一一〕，自三代以來用之，不可謂非古。然近世至賊殺平人以爲功，靖康、建炎間，不勝其弊，始更制，凱還勿獻馘，使將校列上功最而已〔一二〕。由是妄殺之禍十去八九。然則三代聖人之遺法，尚可改以便事〔一三〕，而况近歲妄庸者所爲乎？自今有言見盜者，當一切慰藉遣去，即度其不妄，或粗有補，則又稍旌别之〔一四〕。雖目前未得力，但使人人敢言見賊，賊蹤迹益露，勢益窮蹙〔一五〕，遠不過數月，獲矣。足下試熟策之。秋暑野次〔一六〕，自愛。

【題解】

尉，即縣尉，掌統轄弓手，維持本縣治安。此縣尉爲誰不詳。本文爲陸游致某縣尉討論捕盜方法的書信，反對懷疑舉報者，主張鼓勵「人人敢言見賊」，方能捕獲盗賊。

本文原未繫年。歐譜列入不繫年文。當作於夏秋時任職地方期間，具體時間待考。

【箋注】

〔一〕重辟：極刑，死罪。陳書孔奂傳：「沈炯爲飛書所謗，將陷重辟，事連臺閣，人懷憂懼。」

〔二〕次舍：止息之所。周禮天官宫伯：「授八次八舍之職事。」鄭玄注：「鄭司農云：『庶子衛王宫，在内爲次，在外爲舍。』次，其宿衛所在；舍，其休沐之處。」物色求：訪求，搜尋。

〔三〕褊裨：偏將，副將。策畫破：謀劃各個擊破。

〔四〕馴至：馴致，逐漸達到。易坤象：「『履霜』『堅冰』，陰始凝也；馴致其道，至堅冰也。」

〔五〕自頃：近來。後漢書李固傳：「自頃選舉牧守，多非其人，至行無道，侵害百姓。」

〔六〕懲創：懲戒，警戒。韓愈讀東方朔雜事詩：「方朔不懲創，挾恩更矜誇。」

〔七〕噤默：緘默不言。隋書李穆傳：「丹赤所懷，無容噤默。」

〔八〕弓手：宋代吏役名目的一種。又稱弓箭手。宋初多差富户充當，爲縣尉所屬武裝，負責巡邏、緝捕之事。神宗時由差役改爲雇役，實際已成募兵。土兵：地方兵。

〔九〕囊橐：窩藏，包庇。漢書張敞傳：「廣川王姬昆弟及王同族宗室劉調等通行爲之囊橐，吏逐捕窮窘，蹤迹皆入王宫。」顔師古注：「言容止賊盜，若囊橐之盛物也。」

〔一〇〕曠然：豁然通曉。焦贛易林明夷之恒：「魂微惙惙，行纊聽絶。曠然大通，復更生活。」

〔一一〕獻馘：古時征戰殺敵，割取左耳以獻上論功。馘，被殺者之左耳。詩魯頌泮水：「矯矯虎臣，在泮獻馘。」鄭玄箋：「馘，所格者之左耳。」

〔一二〕功最：軍功上者爲最。史記絳侯周勃世家：「攻槐里、好畤，最。」裴駰集解：「如淳曰：於將率之中功爲最。」

〔一三〕便事：便於行事。墨子號令：「諸可以便事者，亟以疏傳言守。」

〔一四〕旌別：識別，區別。書畢命：「旌別淑慝，表厥宅里。」孔安國傳：「言當識別頑民之善惡。」

〔一五〕窮蹙：窘迫，困厄。文選宋玉九辯：「悲憂窮蹙兮獨處廓，有美一人兮心不繹。」

〔一六〕秋暑：入秋尚熱。蘇軾初秋寄子由：「憶在懷遠驛，閉門秋暑中。」野次：止宿於野外。沈約齊故安陸昭王碑文：「富商野次，宿秉停菑。」

答陸伯政上舍書

九月六日，某再拜復書伯政學士宗友兄閤下〔一〕：即日初寒，伏惟尊候萬福〔二〕。春中蒙見顧，衰疾無聊，不得款承絶塵邁往之論，至今悒悒〔三〕。忽賢郎上舍携所況書及新詩來，已深開慰〔四〕，又得雜著詩文一編，置百事讀之，所以開益〔五〕，殆非一端。古聲不作久矣，所謂詩者，遂成小技。詩者果可謂之小技乎？學不通天人，行不能無愧於俯仰，果可以言詩乎？僕紹興末在朝路〔六〕，偶與同舍二三君至太一宫〔七〕，聞中有高士齋，皆名山高逸之士。欣然訪之，則皆扃户出矣〔八〕。裴回老松流水之間〔九〕，久之，一丫髻童負琴引鶴而來，風致甚高。吾輩相與言曰：「不得見高士，得見此童，亦足矣。」及揖而問之，則曰：「今日董御藥生日〔一〇〕，高士皆相率往獻香矣。」吾輩遂一笑而去。今世之以詩自許者，大抵多太一高士之流也，不見笑於人幾希矣，而望其有陶淵明、杜子美之餘風，果可得乎？雜文數篇，多甲寅以來所著〔一一〕，言論風旨〔一二〕，皆非同乎俗、合乎世者。與平甫書用意尤至〔一三〕，則石守道、李泰伯氣格相上下〔一四〕，而師友淵源，未可以望吾伯政也。然所以告平甫者，尚恐有所含蓄，不欲盡發。此非面莫究。昨日兒子自城中來，知方伯謨已卒〔一五〕。天乎，有是哉！計老兄亦同此哀也。賢子表表超絶〔一六〕，當爲名士，不止取科第而已。奉爲宗家，贊喜無已〔一七〕。黄精奇妙〔一八〕，感激千萬，匆匆不既。所欲言者，亦坐老憊耳〔一九〕。漸寒，珍重珍重。

【題解】

陸伯政，即陸焕之（一一四〇—一二〇三），字伯章，一字伯政，金溪（今屬江西）人。陸九思之子，陸九淵之侄。生而穎異端重，十三學爲進士，即有聲，但屢貢禮部不合。鄉里稱山堂先生。陸游有山堂陸先生墓誌銘。宋代學校實行三舍法，分上舍、内舍、外舍，上舍爲第一等。後也用於對一般讀書人的尊稱。本文爲陸游答陸煥之的書信，揭露當時「以詩自許者」都如太一宫的假高士，稱贊伯政文章氣格不凡。

本文原未繫年。歐譜繫於慶元五年（一一九九），是。文中稱「昨日兒子自城中來，知方伯謨已卒」，而方伯謨墓誌銘載其卒於慶元五年五月庚申，則本文作於慶元五年無疑。據篇首，當作於該年九月六日。時陸游致仕家居。

參考卷十五陸伯政山堂類稿序、卷三八山堂陸先生墓誌銘。

【箋注】

〔一〕學士：對讀書人的尊稱。　宗友兄：同宗學友兄長。

〔二〕尊候：書信中用於問候對方起居等情況的敬詞。歐陽修與蘇編禮書：「數日來尊候必更痊安。單藥得效，應且專服。」

〔三〕見顧：即光顧。南史柳惔傳：「賢子俱有盛才，一日見顧，今故報禮。」　無聊：無可奈何。史記吴王濞列傳：「今王始詐病，及覺，見責急，愈益閉，恐上誅之，計乃無聊。」　款承：殷勤接受。　絶塵邁往：超脱凡俗。文選范曄逸民傳論：「蓋録其絶塵不反，同夫作者。」劉良注：「絶塵謂超塵離俗，往而不反者。」王羲之誡謝萬書：「以君邁往不屑之韻，而俯同羣辟，誠難爲意也。」悒悒：憂鬱，愁悶。大戴禮記曾子制言中：「故君子無悒悒於貧，無勿勿於賤，無憚憚於不聞。」

〔四〕况：同貺，賜予。開慰：寬解安慰。隋書源雄傳：「今日已後，不過數旬之别，遲能開慰，無以累懷。」

〔五〕開益：啓發，增益。曾鞏乞賜唐六典狀：「其於就列，皆知其任；其於治體，開益至多。」

〔六〕朝路：指朝廷。此指陸游紹興末年在朝廷任敕令所删定官、樞密院編修等職。

〔七〕同舍：指同僚。杜甫潭州送韋員外迢牧韶州詩：「分符先令望，同舍有輝光。」太一宫：亦作太乙宫，道教祭祀太一神的宫殿。南宋臨安太乙宫分東西兩處：東太乙宫，在新莊橋南，祠五福太乙神；西太乙宫在西湖孤山，安奉太乙十神帝像。見吴自牧夢粱録卷八。

〔八〕扃户：閉户。李白贈清漳明府侄聿詩：「牛羊散阡陌，夜寢不扃户。」

〔九〕裴回：即「徘徊」，流連，留戀。

〔一〇〕董御藥：董姓御藥。御藥爲官名，掌禁中醫藥并兼管禮文。李綱建炎行序：「上慰勞久之，即遣御藥押赴都堂治事。」

〔一一〕甲寅：當指紹熙五年（一一九四）。

〔一二〕言論風旨：議論風格旨趣。後漢書黄憲傳：「黄憲言論風旨，無所傳聞，然士君子見之者，靡不服深遠，去玼吝。」

〔一三〕平甫：同平父，即項安世（？—一二〇八），字平父，江陵（今屬湖北）人。淳熙進士。慶元黨禁時請留朱熹，被劾罷。開禧用兵，起知鄂州，除湖廣總領，官至太府卿。慶元間謫居江陵，閉門研究易學。著有周易玩辭等。宋史卷三九七有傳。

〔一四〕石守道：即石介（一〇〇五—一〇四五），字守道，世稱徂徠先生，兗州奉符（今山東泰安）人。天聖進士。官至太子中允、直集賢院。主張道統文統合一，推崇韓愈，力倡古文。宋史卷四三二有傳。　李泰伯：即李覯（一〇〇九—一〇五九）字泰伯，世稱直講先生，建昌軍南城（今屬江西）人。舉茂才異等不中，以教授儒學自資。嘉祐中召爲太學説書。以文章知名，力斥釋道二教。宋史卷四三二有傳。二人均爲北宋著名儒學家。　氣格：指人的氣度品格。范仲淹兵部侍郎致仕胡公墓誌銘：「公少而倜儻，負氣格。」

〔一五〕方伯謨，即方士繇（一一四八—一一九九），字伯謨，一字伯休，興化軍莆田（今屬福建）人。從朱熹遊，以講學授徒爲業，精於易學。陸游作有方伯謨墓誌銘。

〔一六〕表表：卓異，特出。韓愈祭柳子厚文：「子之自著，表表愈偉。」

〔一七〕宗家：同族，本家。漢書韋玄成傳：「室家問賢當爲後者，賢恚恨不肯言。於是賢門下生博士義倩等與宗家計議，共矯賢令，使家丞上書言大行，以大河都尉玄成爲後。」顏師古注：「宗家，賢之同族也。」　贊喜：增加喜悦氣氛，助興。語本周禮秋官大行人：「歸脤以交諸侯之福，賀慶以贊諸侯之喜。」

〔一八〕黄精：藥草名。多年生草本，中醫以根莖入藥。嵇康與山巨源絶交書：「又聞道士遺言，餌术黄精，令人久壽，意甚信之。」

〔一九〕老憊：年老體衰。新唐書陽城傳：「城封還詔，自稱多病老憊，不堪奔奉，惟哀憐。」

答王樵秀才書

十一月二日，山陰陸某再拜復書先輩足下：貢舉之法〔一〕，擇進士入官者爲考試官。官以考試名，當日夜專心致志以去取士，不可兼涖他事。則又爲設一官，謂之監試。監試粗官不復擇〔二〕，蓋夫人而可爲也，甚至法吏流外〔三〕，平日不與清流齒者〔四〕，亦得爲之。故又設法曰「監試毋輒與考校」，則所以待監試可知矣。某鄉佐洪州〔五〕，適科舉歲，當以七月到官，遂泊舟星子灣幾月，聞已鎖院，乃敢進，非獨畏監試事煩，實亦羞爲之。今年在夔府，府以四月試。試前嘗白府帥〔六〕，願得移疾〔七〕，已見許矣。會部使者難之，某駑弱〔八〕，畏以避事得罪，遂黽勉入院〔九〕。某與諸試官皆不相識，惴惴恐其以侵官犯律令見詬，自命題至揭榜，未嘗敢一語及之。不但不與也，間偶見程文一二可愛者〔一〇〕，往往遭塗抹疵詆〔一一〕，令人氣涌如山〔一二〕。然歸卧室中，財能向壁歎息〔一三〕。蓋再三熟計，雖復强聒〔一四〕，彼護短者決不可回，但取詬耳。若可回，雖詬固不避也。如足下之文，又不止可愛，誠可敬且畏者。而一旦以疑黜，此豈獨足下不能無言，雖試官與拔解諸人〔一五〕，亦嘖嘖稱屈。某至是直欲以粗官不與考試自恕，其可乎？將因紹介再拜請罪於門墻而未敢也〔一六〕。不圖足下容之察之，更辱賜書，講修朋友之好〔一七〕，而以前者不能無言爲悔。方是時，使足下遂能無言，固大善。然士以功名自許，非得一官，則功名不可致。雖決當黜，尚悒悒不能已，况以疑黜乎？某往在朝，見達官貴人免去，不憂沮者蓋寡〔一八〕。彼已貴，雖免，貴固在，其所失孰與足下多，然猶如此。今乃責足下以不少動心，亦非人情矣。前輩有錢希白〔一九〕，少時試開封，得第二。希白豪邁，自謂當第一，乃詣闕上書詆主司，當時不以爲大過，希白卒爲名臣。夫科舉得失爲重，高下細事耳。希白不能忍其細，而責足下默默於其重者，可不可耶？是皆已往事，不足復言。區區仰歎足下才氣〔二〇〕，思有以奉廣，故詳及之。某吴人，凡吴之陸皆同譜，所謂四十九枝譜是也〔二一〕。如龍圖公雖差遠，顧尚可紀，則於足下亦有瓜葛〔二二〕。蒙敦篤〔二三〕，尤感。旦暮詣見〔二四〕，先此爲謝。

【題解】

唐宋時應舉者皆可稱「秀才」。王樵爲誰不詳，當爲一舉子，府試失利。文中稱其「先輩」，蓋年長者。乾道七年四月，適逢科舉府試，陸游爲監試官。本文爲陸游答舉子王樵的書信，揭露科舉内幕，并勸慰對方。

本文原未繫年。歐譜繫於乾道七年（一一七一），是。文中言「今年在夔府」可證。據篇首，當作於該年十一月二日。時陸游在夔州通判任上。

【箋注】

〔一〕貢舉：指科舉考試。蘇軾議學校貢舉狀：「使君相有知人之才，朝廷有責實之政，則胥吏皂隸，未嘗無人，而況於學校貢舉乎？」

〔二〕粗官：指武官。唐代重内輕外，凡不歷臺省便出任節鎮者，人稱粗官。薛能謝劉相寄天柱茶詩：「粗官寄與真拋却，賴有詩情合得嘗。」

〔三〕法吏：指獄吏。司馬遷報任少卿書：「身非木石，獨與法吏爲伍，深幽囹圄之中，誰可告愬者。」流外：唐宋時九品以下官員的通稱。流外經考銓後，可遞升入流，成爲流内。京師官署吏員多以流外官充任。王安石上皇帝萬言書：「以臣使事之所及，一路數千里之間，州縣之吏，出於流外者，往往而有，可屬任以事者，殆無二三。」

〔四〕不齒：不與同列，鄙視。清流：比喻德行高潔負有名望的士大夫。三國志桓階陳羣等傳評：「陳羣動仗名義，有清流雅望。」

〔五〕鄉佐洪州：指陸游乾道元年任隆興通判。鄉，同「嚮」。

〔六〕府帥：唐代對地方軍政長官如都督府都督、節度使、經略使等的一種稱謂。宋人沿用之。

〔七〕移疾：官員上書稱病，多爲求退的婉辭。漢書公孫弘傳：「使匈奴，還報，不合意。上怒，以爲不能，弘乃移病免歸。」顔師古注：「移病，謂移書言病也。」

〔八〕駑弱：指才能低下，力量薄弱。傅咸攝司隸上表：「臣既駑弱，不勝重任。」

〔九〕黽勉：勉强。葛洪抱朴子自敘：「乃表請洪爲參軍，雖非所樂，然利避地於南，故黽勉就焉。」

〔一〇〕程文：此指科場應試者進呈的文章。蘇轍張公安道答吕陶屯田啓：「伏審決策大廷，程文優等，聲華籍甚，慶慰良深。」

〔一一〕疵詆：指摘，詆毁。

〔一二〕氣湧如山：形容氣憤之極。三國志吴書吴主傳「權大怒，欲自征淵」，裴松之注引晉虞溥江表傳：「朕年六十，世事難易，靡所不嘗，近爲鼠子所前卻，令人氣湧如山。」

〔一三〕財：同「才」。

〔一四〕强聒：嘮叨不休。莊子天下：「以此周行天下，上説下教，雖天下不取，强聒而不舍者也。」

〔一五〕拔解：唐宋科舉中不經州府考試，直接送禮部應試的稱「拔解」。李肇唐國史補卷下：「京兆府考而升者，謂之等第。外府不試而貢者，謂之拔解。」

〔一六〕紹介：介紹。古代賓主間傳話之人稱介。賓至，須介傳話，介不止一人，相繼傳辭，故稱紹介。戰國策趙策三：「國有魯連先生，其人在此，勝請爲紹介而見之於將軍。」門牆：此指試院内部的障礙（權勢者）。

〔一七〕講修：謀議修治。張載始定時薦告廟文：「然而四時正祀，尚未講修。」

〔一八〕憂沮：憂愁沮喪。舊唐書蔣鎮傳：「既知不免，每憂沮，常懷刃將自裁，多爲兄錬所救而罷。」

〔一九〕錢希白，即錢易（九六八—一〇二六），字希白，吴越王錢倧之子。宋史卷三一七錢易傳：「易年十七，舉進士，試崇政殿，三篇，日未中而就。言者惡其輕俊，特罷之。然自此以才藻知名。……易再舉進士，就開封府試第二。自謂當第一，爲有司所屈，乃上書言試朽索之馭六馬賦，意涉譏諷。真宗惡其無行，降第三。明年，第二人中第。」錢易後又舉賢良方正科，官至翰林學士。

〔二〇〕區區：自稱的謙詞。後漢書竇融傳：「區區所獻，唯將軍省焉。」

〔二一〕四十九枝譜：指陸氏族譜。陸氏自東漢尚書令陸閎始，分爲四十九支。唐元和七年陸庶撰有陸氏四十九支宗譜序。

〔二二〕瓜葛：瓜與葛皆蔓生植物，比喻輾轉相連的親戚或社會關係。蔡邕獨斷卷下：「四姓小侯，諸侯冢婦，凡與先帝先后有瓜葛者……皆會。」

〔二三〕敦篤：敦厚篤實。左傳成公十三年：「君子勤禮，小人盡力。勤禮莫如致敬，盡力莫如敦篤。」

〔二四〕詣見：前往謁見。

渭南文集箋校卷第十四

序

【釋體】徐師曾文體明辨序説：「按爾雅云：『序，緒也。』字亦作『叙』，言其善叙事理、次第有序若絲之緒也。又謂之大序，則對小序而言也。其爲體有二：一曰議論，二曰叙事。……其序事又有正、變二體。其題曰某序，曰序某；字或作序，或作叙，惟作者隨意而命之，無異義也。……又有名序、字序。」又：「按儀禮，士冠三加三醮而申之以字辭，後人因之，遂有字説、字序、序解等作，皆字辭之濫觴也。雖其文去古甚遠，而丁寧訓誡之義無大異焉。」渭南文集中收録序文凡二卷，計三十四首，包括詩文集序、著述序、贈序和字序。

本卷收録序十七首。

容齋燕集詩序

廉宣仲葺其燕居之室曰「容齋」〔一〕。既成，置酒落之，舉觴屬客，曰：「吾聞東郭順子之爲人，人貌而天，清而容物〔二〕。吾雖不能，而竊慕焉。諸君以爲何如？」或曰：「方公盛壯時，以郡文學高第入爲博士，公卿盡傾，名流彥士執贄求見者，肩摩而袂屬〔三〕。車騎雍容，行者趨避，議論英發，聞者傾聽，傲色不至於目，嫚言不接於耳〔四〕。方是時，容物固無甚難也。及轉徙江湖，白首下吏，舍於邸者争席，遇於途者相誰何，則公之容固難矣。至於罷口語，絓吏議〔五〕，少年之喜謗前輩者，閧然成市，公猶容之，則豈不甚難哉！敢問所以能此者，何也？」宣仲笑曰：「是亦有道焉。可容者吾以其情容之，不可容者吾以其人容之。故吾遇客而歡然，遇酒而醺然，遇怒罵姍侮〔六〕，如風葉之過吾前、候蟲之鳴吾旁也。子欲聞其説乎？方子之飲酒也，俳諧者箕倨〔七〕，角觝者裸裎〔八〕，子何以不怒？豈不以其爲此者非嫚耶？此吾所謂以其情容之也。世有服讒蒐慝〔九〕、習於爲惡、勇於爲不義者，誠若可疾矣。吾則徐思之，曰：彼君子耶，固不至此；彼小人耶，此固小人之常。而吾以動心，則去彼亦無幾何耳。此又吾所謂以其人容之也。二者可容，何所不容，而子獨何怪於是？」坐客愧且歎曰：「吾儕誠小人哉。」某在衆人中尤號褊率〔一〇〕，蓋屢歎也。酒酣，客皆賦詩，而屬某爲序。既不得辭，則因以識其愧，將覽觀之，以自儆焉。

【題解】

容齋爲廉布的起居室，室成之日，主人舉行宴飲聚會。酒酣，賓客賦詩祝賀。本文爲陸游爲容齋燕集詩所做的序文，闡述世間「容物」之理。

本文原未繫年。歐譜列於不繫年文，并注曰：「此文原編於諸序之先，自爲少年之作。」歐譜所云是。此當爲陸游入仕前所作。于譜繫於紹興二十七年，可參考。

【箋注】

〔一〕廉宣仲，即廉布（一〇九二—？），字宣仲，號射澤老農，楚州山陽（今江蘇淮安）人。宣和進士。善詩畫，官至武學博士。爲張邦昌婿，一時身價百倍。高宗即位後，不得任用。晚居紹興，專意繪事，工山水，尤工枯木竹石。淮安府志卷二八有傳。燕居：閒居。禮記仲尼燕居：「仲尼燕居，子張、子貢、言游侍。」鄭玄注：「退朝而處曰燕居。」

〔二〕「吾聞」三句：高士傳卷中：「東郭順子者，魏人也。修道守真，田子方師事之。……子方曰：『其爲人也真，人貌而天，虛緣而葆真，清而容物。物無道，則正容以悟之，使人之意也消。』」又見莊子田子方。天，指神仙。容物，指氣量大，能容人。

〔三〕執贄：即執摯，謁見人時携禮物相贈。禮記檀弓上：「魯人有周豐也者，哀公執摯請見之。」摯，陸德明釋文作「贄」。肩摩而袂屬：即袂接肩摩，形容人多。

〔四〕嫚言：輕侮的言辭。新五代史吴世家徐温：「大將李遇怒温用事，出嫚言，温使柴再用族遇於宣州。」

〔五〕口語：特指譭謗。楊惲報孫會宗書：「懷禄貪勢，不能自退，遂遭變故，横被口語。」絓：觸犯。吏議：指官吏定罪的擬議。文選司馬遷報任少卿書：「拳拳之忠，終不能自列，因爲誣上，卒從吏議。」

〔六〕姍侮：訕笑侮辱，譏笑輕慢。

〔七〕俳諧：詼諧戲謔。北史文苑傳侯白：「(白)通侻不持威儀，好爲俳諧雜説。」箕倨：同箕踞。隨意張開兩腿坐著，形似簸箕。指輕慢不拘禮節的坐姿。莊子至樂：「莊子妻死，惠子弔之，莊子則方箕踞鼓盆而歌。」

〔八〕角觝：亦作「角抵」，古代體育項目之一，類似現代的摔跤。吴自牧夢粱録角抵：「角抵者，相撲之異名也，又謂之『争交』。」裸裎：赤身露體。孟子公孫丑上：「爾爲爾，我爲我，雖袒裼裸裎於我側，爾焉能浼我哉？」

〔九〕服讒蒐慝：信從讒言，掩蓋罪惡。左傳文公十八年：「少皞氏有不才子，毁信廢忠，崇飾惡言，靖譖庸回，服讒蒐慝，以誣盛德，天下之民謂之窮奇。」杜預注：「服，行也。蒐，隱也。慝，惡也。」

〔一〇〕編率：編急直率。

京口唱和序

隆興二年閏十一月壬申，許昌韓無咎以新番陽守來省太夫人於潤〔一〕。方是時，予爲通判郡事，與無咎别蓋逾年矣，相與道舊故，問朋遊〔二〕，覽觀江山，舉酒相屬，甚樂。明年，改元乾道，正月辛亥，無咎以考功郎徵〔三〕。念别有日，乃益相與遊。遊之日，未嘗不更相和答，道群居之樂〔四〕，致離闊之思〔五〕，念人事之無常，悼吾生之不留。又丁寧相戒以窮達死生毋相忘之意，其詞多宛轉深切，讀之動人。嗚呼！風俗日壞，朋友道缺，士之相與如吾二人者，亦鮮矣。凡與無咎相從者六十日，而歌詩合三十篇。然此特其略也，或至於酒酣耳熱，落筆如風雨，好事者從旁掣去，他日或流傳樂府，或見於僧窗驛壁，恍然不復省識者〔六〕，蓋又不可計也。潤當淮、江之衝〔七〕，予老，益厭事，思自放於山巔水涯，與世相忘，而無咎又方用於朝，其勢未能遽合，則今日之樂，豈不甚可貴哉！予文雖不足與無咎并傳，要不當以此廢而不録也。二月庚辰，笠澤陸某務觀序。

【題解】

京口唱和，指陸游和韓元吉在京口交遊唱和所作的詩歌。韓元吉（一一一八—一一八七），字無咎，號南澗，開封雍丘（今河南開封）人，一作許昌（今屬河南）人。曾徙居信州上饒之南澗。以蔭入仕。歷龍泉縣主簿、知建安縣，進權禮部尚書、吏部侍郎，知婺州，移建安府。官至吏部尚書。宋史翼卷一四有傳。平生交遊極廣，與陸游、朱熹、辛棄疾、陳亮等相善，多有詩詞唱和。隆興末，陸游通判鎮江。韓元吉來潤與之相從前後六十日，輯得唱和歌詩三十篇。本文爲陸游爲兩人京口唱和詩歌所作的序文，敘述唱和始末，書寫朋友深情。

本文據篇末自署，當作於乾道元年（一一六五）二月庚辰（初一）日。時陸游在鎮江通判任上。

【箋注】

〔一〕新番陽守：指新除鄱陽太守。　省太夫人：指韓元吉省母。　潤：即潤州，鎮江古稱。

〔二〕朋遊：朋友。杜審言贈蘇味道詩：「輿駕還京邑，朋遊滿帝畿。」

〔三〕考功郎：即考功員外郎，掌文武百官考課、磨勘、資任、叙遷的政令等。

〔四〕群居：衆人共處。論語衛靈公：「羣居終日，言不及義，好行小慧，難矣哉！」

〔五〕離闊：即闊別。嵇康與山巨源絶交書：「時時與親舊叙離闊，陳説平生。」

〔六〕省識：即認識。韓愈赴江陵途中寄贈王二十補闕李十一拾遺李二十六員外翰林三學士詩：「汗漫不省識，恍如乘桴浮。」

〔七〕淮江之衝：淮水、長江間的要衝。

送關漕詩序

李固、杜喬、臧洪之死，士以同死爲榮〔一〕。范文正之貶，士以不同貶爲耻〔二〕。今著作之免歸也，御史以風聞言之〔三〕，天子以無心聽之，與前事固大異，而坐客賦詩或危之，何也？風俗異也。某既列名衆詩之次，又承命作序，二罪當併按矣。乾道六年十二月七日，笠澤陸某序。

【題解】

關漕，即關耆孫，字壽卿，零陵（今屬湖南）人。紹興進士。據南宋館閣録卷八載，關耆孫乾道二年除秘書省正字，三年七月除校書郎，九月知簡州（今四川簡陽）。漕指漕司，即轉運使司。稱關漕，或其免歸時兼任轉運使司職務。文中又稱其爲「著作」，陸游次年又有跋關著作行記。著作即著作郎或著作佐郎，稱「著作」，或其任秘書省正字前曾任著作郎或佐郎。乾道六年，關耆孫被

「免歸」，同僚送別賦詩。本文爲陸游爲送别關耆孫之詩集所做的序文，諷刺朝廷賞罰黜陟之無據。

本文據篇末自署，當作於乾道六年（一一七〇）十二月七日。時陸游在夔州通判任上。

參考卷二六跋關著作行記。

【箋注】

〔一〕「李固」句：李固（九四—一四七），字子堅。漢中城固（今屬陝西）人。東漢名臣。年輕時博覽古今，學識淵博。對朝廷屢有諫言。歷任將作大匠、大司農、太尉，受大將軍梁冀忌恨。因不肯立劉志（即漢桓帝）爲帝，遭梁冀誣告殺害。後漢書卷六三有傳。杜喬（？—一四七），字叔榮，河内林慮（今河南林州）人。東漢名臣，與李固齊名。歷任太子太傅、大司農、光禄勳、太尉，多次上疏彈劾梁冀及其親信，終受宦官及梁冀誣陷，下獄而死。後漢書卷六三有傳。臧洪（一六〇—一九五），字子源，廣陵射陽（今屬江蘇）人。漢末群雄之一。爲人雄氣壯節，曾爲關東聯軍設壇盟誓，共伐董卓。受袁紹賞識，先後治理青州及任東郡太守，政績卓著。後因袁紹不肯出兵救張超，與紹爲敵，終被擒，不肯投降，慷慨赴死。後漢書卷五八有傳。　士以同死爲榮：後漢書臧洪傳：「洪邑人陳容，少爲諸生，親慕於洪，隨爲東郡丞。先城未敗，洪使歸紹。時，容在坐，見洪當死，起謂紹曰：『將軍舉大事，欲爲天下除暴，而專先誅忠義，豈合天意？臧洪發舉爲郡將，奈何殺之！』紹慚，使人牽出，謂曰：『汝非臧洪疇，空復爾爲？』容顧曰：『夫仁義豈有常所，蹈之則君子，背之則小人。今日寧與臧洪同日死，不與將軍同日生也。』遂復見殺。」

〔二〕「范文正」二句：景祐三年，范仲淹上百官圖及四論，揭露宰相吕夷簡徇私用人，被罷知饒州，并被指結交朋黨。余靖、尹洙、歐陽修等均聲援范仲淹，尹洙表示「願從降黜」，結果皆坐貶。事見宋史范仲淹傳。

〔三〕風聞：經傳聞而得知。唐宋時御史等監察官員可以根據傳聞進諫或彈劾官吏。資治通鑑唐玄宗開元五年：「武后以法制羣下，諫官、御史得以風聞言事，自御史大夫至監察得互相彈奏，率以險詖相傾覆。」

雲安集序

濟南治歷城〔一〕，漢故縣也，帶濼水而表歷山〔二〕，其山川雜見於春秋、孟子、史記諸書〔三〕。舜之遺迹〔四〕，蓋至於今可考。士生其間，多通儒名卿秀傑之士，而以筆墨馳騖相高〔五〕，往往多清麗雄放警絶之詞，與山川稱，若今夔府連帥王公是已〔六〕。公自少時寓祕閣直，晚由尚書郎長三院御史，出牧於夔，實督峽中十五郡〔七〕。資忠厚故政令簡，心樂易故民夷親〔八〕。乃因暇日，登臨矚望，裴徊太息，吊丞相之遺祠，想拾遺之高風〔九〕，醉墨淋漓，放肆縱横，實爲一代傑作。顧夔雖號大府，而荒絶瘴癘〔一〇〕，户口寡少，曾不敵中州一下郡。如某輩又以憂患留落，九死之餘〔一一〕，才盡志衰，欲强追逐公後而不可得。向使公當承平時，爲并爲雍，爲鎮爲定，盡得四方賢士大夫以爲賓客，相與覽其河關之勝，以騁筆力，則公衆作森列，豈特此而已哉。雖然，是猶未也。必極公之文，弦歌而薦郊廟，典册而施朝廷，然後曰宜。今乃猶嘯詠於荒山野水之濱〔一二〕，追前世放逐羈旅之士而與之友，雖小夫下吏，或幸得之。於虖，是可歎歟！公以乾道七年八月移牧永嘉，行有日，奉節令、右從政郎普慈安禼袞公在郡文章若干篇〔一三〕，爲雲安集，且屬通判州事、左承議郎山陰陸某爲序。十月二十六日序。

【題解】

雲安爲漢代夔州的古名。乾道七年八月，夔州知府王伯庠調任永嘉，奉節縣令安禼彙集王伯庠在夔州所作文章成雲安集，爲其送行。本文爲陸游爲雲安集所作的序文，稱頌王公功業文章。

本文據篇末自署，當作於乾道七年（一一七一）十月二十六日。時陸游在夔州通判任上。

【箋注】

〔一〕歷城：縣名，西漢景帝四年（前一五三）設置。在今濟南東南。

〔二〕帶濼水：濼水如帶（繞城）。表歷山：背靠歷山（即千佛山）。

〔三〕「其山川」句：相傳舜耕於歷山。孟子萬章上：「舜往於田，號泣於旻天。」又告子下：「舜發於畎畝之中。」史記五帝本紀：「舜耕歷山，歷山之人皆讓畔。」

〔四〕舜之遺迹：「舜耕歷山」之「歷山」，此山東濟南之歷山。

〔五〕馳騖：指在某個領域縱横自如，并有所建樹。史記司馬相如列傳：「故馳騖乎相容并包，而勤思乎參天貳地。」

〔六〕連帥：泛稱地方高級長官。王公：即王伯庠（一一〇六—一一七三），字伯禮，濟南章丘人，遷居明州鄞縣（今浙江寧波）。紹興二年進士。充明州教授。乾道元年以户部員外郎兼直講，二年除殿中侍御史，直言敢諫。後歷知閬州、夔州、温州，以治績聞。事迹見樓鑰攻媿集卷九〇侍御史左朝請大夫直秘閣致仕王公行狀。

〔七〕寓祕閣直：任直秘閣之職。祕閣爲宋代收藏三館書籍及宫廷古畫墨迹等的機構，直祕閣掌管祕閣事務。尚書郎：宋代尚書省各司郎中、員外郎均爲尚書郎。此指户部員外郎。三院：宋代御史臺下所設臺院、殿院、察院合稱三院。三院長官均稱御史。參見卷十一賀蔣中丞啓注〔六〕。出牧：出任州府長官。「實督」句：指夔州雄踞瞿塘峽口，控巴蜀地區東門。

〔八〕資：天資。樂易：和樂平易。荀子榮辱：「安利者常樂易，危害者常憂險；樂易者常壽長，憂險者常夭折。」楊倞注：「樂易，歡樂平易也，詩所謂愷悌者也。」民夷：即民衆。後漢書劉虞傳：「虞初舉孝廉，稍遷幽州刺史，民夷感其德化，自鮮卑、烏桓、夫餘、穢貊之輩，皆隨時朝貢，無敢擾邊者，百姓歌悦之。」

〔九〕丞相：指諸葛亮，曾任蜀漢丞相。諸葛亮先後兩至夔州，并在江邊魚復浦沙灘留下著名的「八陣圖」。夔州有武侯廟祭祀諸葛亮。　拾遺：指杜甫，曾任左拾遺。杜甫晚年滯留夔州，作詩八十餘首。

〔一〇〕瘴癘：指瘴氣。杜甫悶：「瘴癘浮三蜀，風雲暗百蠻。」

〔一一〕留落：即流落。指因窮困而隨處飄泊。新唐書王琚傳：「李邕故與琚善，皆華首外遷，書疏往復，以讉謫留落爲慊。」　九死：即萬死。屈原離騷：「亦余心之所善兮，雖九死其猶未悔。」

〔一二〕嘯詠：即歌詠。晉書阮孚傳：「竊以今王莅鎮，威風赫然……正應端拱嘯詠，以樂當年耳。」

〔一三〕普慈：古郡名。北周置，隋廢。轄境在今四川樂至。　裒：聚集，搜集。

送范西叔序

乾道壬辰二月〔一〕，予道益昌〔二〕，始識范東叔。後月餘，遂與東叔兄西叔爲僚於宣威幕府〔三〕。又三月，西叔以樞密使薦，趣召詣行在所〔四〕。二君皆中書侍郎榮公孫也〔五〕。昔榮公對制策於治平，爭詔獄於熙寧，論河事、邊事、刑名、赦令於元祐〔六〕，雖用舍或小異，而要皆不合，故用不極其材以没。没又列黨籍〔七〕，其門户爲世排詆諱惡者幾四十年。又四十年，而西叔兄弟始復奮發，爲蜀知名士。世之論盛衰者，謂人衆勝天，天定亦勝人〔八〕。予獨鄙此説。夫盛衰皆天也，人何與焉？天將禍人之國，則小人得志而君子廢；其將福之也，則君子見用而小人絀。國有禍福，而君子無屈伸。彼區區者〔九〕，乃誠謂天與人以衆寡疾徐爲勝負，豈不可悲也哉！九月丁丑，西叔始東下，同舍相與臨漾水〔一〇〕，置酒賦詩，而屬予爲序。夫吾曹之望於西叔所以繼榮公者，豈獨爵位隆赫、文辭行中朝而已哉〔一一〕？雖然，予與西叔，皆黨籍家也〔一二〕。既以勵西叔，亦以自勵，且勵吾東叔云。

【題解】

范西叔，即范仲芑，字西叔；其弟范仲藝，字東叔，成都華陽人。其高祖范鎮、曾祖范百祉、從祖范祖禹均爲北宋著名大臣，掌中書制策，以方正著稱。後新黨執政，申禁元祐之學，范氏列在黨籍。高宗時解除黨籍，仲芑兄弟舉進士進入仕途。乾道末均在南鄭王炎幕府任職，與陸游同僚。范仲芑累官諫議大夫。乾道八年夏，范仲芑因王炎薦舉將入京，九月動身東下。同僚聚會漾水邊，置酒賦詩。本文爲陸游爲送别范仲芑的詩篇所作的序文，感慨黨籍家弟子命運沉浮，并以互勉。

本文據篇末自署，當作於乾道八年（一一七二）九月丁丑（十一）日。時陸游在權四川宣撫使司幹辦公事兼檢法官任上。

參考劍南詩稿卷三送范西叔赴召。

【箋注】

〔一〕乾道壬辰：即乾道八年（一一七二）。

〔二〕益昌：縣名。東晉置，五代、唐時改爲益光，宋初復稱益昌，後又改稱昭化，隸利州。在今四川廣元。

〔三〕宣威幕府：此指四川宣撫使王炎幕府。宣威，宣揚武力。

〔四〕樞密使：指王炎，時任樞密使兼四川宣撫使。趣召：催促召取。趣，同促。行在所：指天子出行所在之地。史記衛將軍驃騎列傳：「右將軍蘇建盡亡其軍，獨以身得亡去，自歸大將軍……遂囚建詣行在所。」裴駰集解引蔡邕曰：「天子自謂所居曰『行在所』，言今雖在京師，行所至耳。」

〔五〕榮公：即范百祉，字子功。官至中書侍郎，贈榮國公。

〔六〕河事：指治理黄河事務。邊事：指邊防事務。刑名：指刑律刑事。赦令：減免罪刑或賦役的命令。

〔七〕黨籍：指元祐黨籍。宋徽宗時，將元祐年間反對新法者刻入「元祐黨人碑」樹於端禮門外，列一百二十人，後增至三百零九人，亦含部分新黨。元祐黨人一律永不録用，其子孫不准留在京師，不准參加科舉考試。至南宋高宗時解除黨禁。

〔八〕「謂人衆」二句：史記伍子胥列傳：「申包胥亡於山中，使人謂子胥曰：『子之報讎，其以甚乎！吾聞之，人衆者勝天，天定亦能破人。』」張守節正義：「申包胥言聞人衆者雖一時兇暴勝天，及天降其凶，亦破於彊暴之人。」天定，天命所定。

〔九〕區區：指愚拙，凡庸。玉臺新詠古詩爲焦仲卿妻作：「阿母謂府吏：何乃太區區！」

〔一〇〕漾水：古水名。漢水上游，源出陝西寧羌北嶓冢山。書禹貢：「嶓冢導漾，東流爲漢。」孔安國傳：「泉始出山爲漾水，東南流爲沔水，至漢中東流爲漢水。」

〔一一〕隆赫：貴顯，顯赫。新唐書李抱玉傳：「抱玉兼三節度、三副元帥，位望隆赫。」中朝：朝中，朝廷。

〔一二〕皆黨籍家：陸游祖父陸佃亦入黨籍，故稱。

東樓集序

余少讀地志，至蜀、漢、巴、僰〔一〕，輒悵然有遊歷山川、攬觀風俗之志。私竊自怪，以爲異時或至其地以償素心〔二〕，未可知也。歲庚寅〔三〕，始泝峽至巴中，聞竹枝之歌。後再歲，北游山南〔四〕，憑高望鄠、萬年諸山〔五〕，思一醉曲江、渼陂之間〔六〕，其勢無繇，往往悲歌流涕。又一歲，客成都、唐安〔七〕，又東至於漢嘉〔八〕，然後知昔者之感，蓋非適然也〔九〕。到漢嘉四十日，以檄得還成都。因索在笥〔一〇〕，得古、律三十首，欲出則不敢，欲棄則不忍，乃叙藏之。乾道九年六月二十一日，山陰陸某務觀叙。

【題解】

東樓集，爲陸游入蜀後所作古詩、律詩三十首的合集，也是陸游詩歌的首次集結。淳熙十四年在嚴州編劍南詩稿時，東樓集中所收詩歌散入其中，則其原貌已不可見。東樓，或爲陸游在成都的居所。本文爲陸游爲其詩集東樓集所作的序文，叙述創作始末。

本文據篇末自署，當作於乾道九年（一一七三）六月二十一日。時陸游在攝知嘉州事任上，恰因公事還成都。

【箋注】

〔一〕蜀、漢、巴、僰：蜀郡、漢中、巴郡、僰地。僰，古代西南少數民族，居於今川南、滇東一帶。

〔二〕素心：本心，素願。晉書孫綽傳：「播流江表，已經數世，存者長子老孫，亡者丘隴成行，雖北風之思，感其素心，目前之哀，實爲交切。」

〔三〕庚寅：指乾道六年（一一七〇）。

〔四〕山南：古時泛指太華、終南兩山以南之地。史記魏世家：「所亡於秦者，山南、山北，河外、河内，大縣數十，名都數百。」張守節正義：「山，華山也。」

〔五〕鄠：秦代邑名，在今陝西户縣北。萬年：山名，在今四川西充。

〔六〕曲江：即曲江池，在今陝西西安東南。渼陂：古代湖名。在今陝西户縣西，匯終南山諸谷水，西北流入澇水。

〔七〕唐安：古縣名，在今四川崇州東南。唐宋時屬蜀州。

〔八〕漢嘉：古縣名，在今四川蘆山。東漢時置。唐宋時屬嘉州。

〔九〕適然：偶然。韓非子顯學：「故有術之君，不隨適然之善，而行必然之道。」

〔一〇〕笥：盛飯或衣物的方形竹器。

范待制詩集序

石湖居士范公待制敷文閣〔一〕，來帥成都，兼制置成都、潼川、利、夔四道〔二〕。成都地大人衆，事已十倍他鎮，而四道大抵皆帶蠻夷，且北控秦、隴〔三〕，所以臨制捍防一失其宜〔四〕，皆足致變故於呼吸顧眄之間〔五〕。以是莫府率窮日夜力，理文書，應期會〔六〕，而故時巨公大人，亦或不得少休。及公之至也，定規模，信命令，弛利惠農，選將治兵，未數月，聲震四境。歲復大登〔七〕，莫府益無事，公時從其屬及四方之賓客飲酒賦詩。公素以詩名一代，故落紙墨未及燥，士女萬人，已更傳誦，被之樂府弦歌，或題寫素屏團扇〔八〕，更相贈遺，蓋自蜀置帥守以來未有也。或曰：「公之自桂林入蜀也，舟車鞍馬之間，有詩百餘篇，號西征小集，尤雋偉〔九〕，蜀人未有見者，盍請於公以傳？」屢請而公不可，彌年乃僅得之〔一〇〕。於是相與刻之，而屬某爲序。淳熙三年上巳日〔一一〕，朝奉郎、成都府路安撫司參議官、兼四川制置使司參議官山陰陸某序。

【題解】

范待制，即范成大（一一二六—一一九三），字致能，號石湖居士，吴郡（今江蘇蘇州）人。紹興進士。乾道六年使金，不畏强暴。除中書舍人，遷静江知府兼廣西安撫使、敷文閣待制、知成都府兼四川制置使。淳熙五年除參知政事，僅二月被劾罷。因病退居石湖故里。宋史卷三八六有傳。范成大素有文名，尤工詩，與陸游、楊萬里、尤袤合稱「中興四大詩人」。待制，官名。宋代於殿、閣均設待制之官，掌典守文物，位在學士、直學士之下。淳熙二年，范成大由廣西調任四川制置使，陸游爲其直接下屬。范成大自桂入蜀，有詩百餘篇，號西征小集，刊於淳熙三年。本文爲陸游爲范成大詩集所作的序文，稱頌范公政績、詩名，記叙編集始末。

本文據篇末自署，當作於淳熙三年（一一七六）上巳日，即三月三日。時陸游在成都府路安撫司參議官兼四川制置使司參議官任上。

【箋注】

〔一〕敷文閣：宋閣名。紹興十年建，收藏徽宗御製文集等。置學士、直學士、待制等職。

〔二〕制置：宋代制置使爲一路至數路地區統兵大員，掌經畫邊防軍務。成都：成都府路，轄今成都周圍。潼川：潼川府路，轄今四川三臺、中江、射洪等地。利：利州路，轄今四川廣元、旺蒼和陝西寧强等地。夔：夔州路，轄今四川、重慶、貴州三省交界處。四道合稱「川陝四路」。道：即路。

〔三〕秦、隴：指今陝西、甘肅之地。

〔四〕臨制：監臨控制。史記淮南衡山列傳：「當今陛下臨制天下，一齊海内，汎愛蒸庶，布德施惠。」捍防：抵禦，防衛。

〔五〕呼吸顧眄之間：指時間短促。顧眄，目光移動，斜視。

〔六〕莫府：同「幕府」。期會：指在規定期限内實施政令。後漢書袁紹傳：「尚書記期會，公卿充員品而已。」

〔七〕大登：大豐收。魏書安定王元休傳：「去歲已熟，秋方大登，四境晏安，京師無事。」

〔八〕素屛：白色屛風。團扇：圓形有柄的扇子。古代宫内多用之，又稱宫扇。

〔九〕雋偉：優美而宏偉。曾鞏贈黎安二生序：「讀其文，誠閎壯雋偉，善反復馳騁，窮盡事理。」

〔一〇〕彌年：經年。後漢書李固傳：「永和中，荊州盜賊起，彌年不定，乃以固爲荊州刺史。」

〔一一〕上巳日：漢以前以農曆三月上旬巳日爲「上巳」，魏晉以後，定爲三月三日，不必取巳日。後漢書禮儀志上：「是月上巳，官民皆絜於東流水上，曰洗濯祓除去宿垢疢爲大絜。」吴自牧夢粱録：「三月三日上巳之辰，曲水流觴故事，起於晉時。唐朝賜宴曲江，傾都禊飲踏青，亦是此意。」

持老語録序

持禪師，明州鄞人，世爲士〔一〕。一旦，棄髮鬚學佛，得法於白牛卿〔二〕。初住餘姚法性〔三〕，數年忽謝去。越牧欲以雍熙邀致〔四〕，疑不就，試一問之，師欣然曰：「願即得檄〔五〕。」牧大喜。師懷負包笠，即日徒步入院，秉節如金石〔六〕，説法如雷霆，雖從之遊者不過四五十輩，而名震吴越，盡交一世名卿賢大夫。予先君會稽公知之最深〔七〕。予時甫數歲，侍先君旁，無旬月不見師，至今想其抵掌笑語〔八〕，瞭然在目前，夷粹真率〔九〕，真山林間人也。後又徙居雪竇、護聖二山〔一〇〕，年德益高，如徑山杲公輩①〔一一〕，皆以丈人行尊事之。其滅也，談笑如平時，蓋以真率爲佛事者耶？得法弟子子詢行光、如寂廣懃，或出世説法，或遁迹衆中，皆不幸早逝去。而法揚用璋獨在，揚於是亦住護聖，巋然爲叢林耆宿〔二〕。璋老且病，猶自力刻師語録，且合辭屬予爲序。師可謂有子矣。予以先君故不敢辭。淳熙六年五月二十五日，山陰陸某序。

【題解】

持老，即釋行持，明州鄞縣（今浙江寧波）人，臨濟宗黄龍派僧人。俗姓盧。事迹見嘉泰普燈録卷十雪竇持禪師條。佛祖統紀卷四十六則稱「餘姚法性行持禪師」并云：「師號牧庵，得法於象田卿和上。」持禪師曾住持會稽雍熙寺，因此寺爲陸氏功德寺，持禪師與陸游之父陸宰過從甚密，陸游也多受其影響。持禪師後徙居雪竇、護聖二寺，卒。弟子用璋住持護聖寺，刻印其師語録。本文爲陸游爲持老語録所作的序文，回憶持老印象，記叙編集始末。

本文據篇末自署，當作於淳熙六年（一一七九）五月二十五日。時陸游在提舉福建常平茶事任上。

參考卷十七雲門壽聖院記。

【校記】

①「杲」，原作「果」，據弘治本、正德本、汲古閣本改。

【箋注】

〔一〕世爲士：指持禪師出家前，家中世代爲士大夫。

〔二〕白牛卿：浙江嘉興人，俗姓錢。弱冠投超果寺德强披削，後依東林寺常總受法。出住白牛海慧、永嘉靈峰及紹興象田諸寺。事迹見嘉泰普燈録卷六。

〔三〕餘姚法性：指餘姚法性寺。

〔四〕越牧：越地地方官。　雍熙：指會稽雲門寺雍熙院。

〔五〕檄：指正式任命的文書。

〔六〕秉節：保持節操。

〔七〕先君會稽公：指陸游之父陸宰。

〔八〕抵掌：擊掌。指人在談話中的高興神情。戰國策秦策一：「（蘇秦）見説趙王於華屋之下，抵掌而談。」

〔九〕夷粹：平和純正。世説新語尤悔：「夫以水性沉柔，入隘奔激。方之人情，固知迫隘之地，無得保其夷粹。」

〔一〇〕雪竇：山名，在奉化溪口鎮西北。屬四明山，高八百米。山上有乳峰，峰上有竇，水從竇出，色白如乳，故得名。山上有建於唐代的雪竇寺，爲禪宗十刹之一。　護聖：寺名，在鄞州横溪鎮大梅山。始建於唐，北宋大中祥符元年賜「護聖禪寺」額。寶慶四明志有記載。樓鑰有遊護聖寺詩。

〔一一〕徑山：寺名，在今浙江餘杭徑山鎮。始建於唐，南宋香火鼎盛，孝宗親書「徑山興聖萬壽禪寺」額。徑山寺原屬「牛頭派」，建炎四年興「臨濟宗」，道譽日隆，被列爲江南「五山十刹」之首。（「五山」指徑山、靈隱、浄慈、天童、阿育王五大叢林） 杲公：即宗杲（一〇八九—一一六三），字曇晦，號妙喜，宣州寧國（今安徽寧國）人，俗姓奚。南宋高僧。十三歲入惠雲寺，次年爲衲於郡中景德寺。宣和六年在汴州參謁禪師園悟克勤。得園悟許可，與之分座講法，以雄辯聞名。紹興七年居徑山能仁寺。十一年因不滿秦檜投降政策，被誣與張九成「謗訕朝政」，奪去衣牒，充軍衡州、梅州、福建洋嶼等地。二十六年赦免，恢復僧服，住明州阿育王山。三十二年，孝宗聞其名，召對，賜名大慧禪師，并御書「妙喜庵」三字賜之。後在雲居山首倡看話禪，開禪宗參話頭之先。圓寂後謚普覺，塔曰寶光。

〔三〕叢林：佛教多數僧衆聚居之處。後泛稱寺院爲叢林。大智度論卷三：「僧伽秦言衆，多比丘一處和合，是名僧伽；譬如大樹叢聚是名爲林。」耆宿：年高有德者。後漢書樊儵傳：「耆宿大賢，多見廢棄。」

師伯渾文集序

乾道癸巳〔一〕，予自成都適犍爲〔二〕，識隱士師伯渾於眉山。一見，知其天下偉人。予既行，伯渾餞予於青衣江上〔三〕。酒酣浩歌，聲搖江山，水鳥皆驚起。伯渾飲至斗許，予素不善飲，亦不覺大醉。夜且半，舟始發，去至平羌〔四〕。酒解，得大軸於舟中，則伯渾醉書，紙窮墨燥，如春龍奮蟄，奇鬼搏人，何其壯也。後四年，伯渾得疾不起。子懷祖集伯渾文章，移書走八千里〔五〕，乞余爲序。嗚呼！伯渾自少時名震秦蜀，東被吳楚，一時高流皆尊慕之〔六〕，願與交。方宣撫使臨邊〔七〕，圖復中原，制置使并護梁益兵民〔八〕，皆巨公大人。聞伯渾名，將聞於朝，而卒爲忌者所沮。夫伯渾既決不肯仕，即無沮者，不過有司歲時奉粟帛牛酒勞問〔九〕，極則如孔旼、徐復輩〔一〇〕，賜散人號〔一一〕，書其事於史而已，於伯渾何失得，而忌已如此。鄉使伯渾出而事君，爲卿爲公，則忌者當益衆，排擊沮橈〔一二〕，當不遺力，徒比景〔一三〕，輸左校〔一四〕，殆未可知。安得如在眉山，躬耕婦織，放意山水，優游以終天年耶？則伯渾不遇，未見可憾。或曰：「伯渾之才氣，空海内無與比，其文章英發巨麗，歌之清廟〔一五〕，刻之彝器〔一六〕，然後爲稱。今一不得施，顧退而爲山巔水涯娱憂紓悲之言，豈不可憾哉！」予曰：「是則有命。識者爲時惜，不爲伯渾歎也。」淳熙某月某日，山陰陸某序。

【題解】

師伯渾，宋代隱士。又名師渾甫，字伯渾。老學庵筆記卷三：「師渾甫本名某，字渾甫。既拔解，志高，退不赴省試。其弟乃冒其名以行，不以告渾甫也。俄遂登第，渾甫因以字爲名，而字伯渾，人人盡知之。弟仕亦至郡倅，無一人議之者。」乾道九年，陸游與師伯渾始相識於眉山，一見如故，多有詩書酬答。伯渾病卒後，其子懷祖集其文章，移書陸游求序。本文爲陸游爲師伯渾文集所作的序文，追述相識情景，感慨其放意山水的自由生活。

本文據篇末自署作於淳熙某月某日，似有缺漏。歐譜稱「以其原編於六、七兩年諸作之間，且有『癸巳……後四年』云云」，故繫於淳熙六年。是。具體月日待考。時陸游在提舉福建常平茶事任上。

參考劍南詩稿卷五次韻師伯渾見寄、卷三八感舊第二、卷四三齋中雜興第八、卷五十夜遊宮（記夢寄師伯渾）。

【箋注】

〔一〕乾道癸巳：即乾道九年（一一七三）。

〔二〕犍爲：縣名，今屬四川樂山。乾道九年夏，陸游攝知嘉州事，由成都赴任。

〔三〕青衣江：大渡河支流。發源於巴朗山與夾金山之間的蜀西營，流經寶興與天全河、滎經河匯合後，始稱青衣江，經雅安、洪雅、夾江於樂山草鞋渡處匯入大渡河。

〔四〕平羌：古縣名，在今四川樂山東。太平寰宇記卷七四平羌縣：「因平羌山爲名。」李白峨眉山月歌「峨眉山月半輪秋，影入平羌江水流」，即指此。

〔五〕移書：致書。漢書劉歆傳：「歆因移書太常博士，責讓之。」

〔六〕高流：指才識出衆的人物。三國志王粲傳裴松之注：「臣松之以爲傳嘏識量名輩，寔當時高流。」傳論「傳嘏用才達顯云」，

〔七〕宣撫使：鎮撫一方的軍政長官。此指虞允文，乾道年間兩任四川宣撫使。

〔八〕制置使：此指范成大。淳熙二年任四川制置使。參見本卷范待制詩集序題解。梁益：梁州、益州，均指蜀地。梁州爲書禹貢所謂古九州之一，益州爲漢武帝所設十三州之一。

〔九〕勞問：慰問。漢書張延壽傳：「永始、元延間，比年日蝕，故久不還放，璽書勞問不絕。」

〔一〇〕孔旼：宋代隱士。字寧極，孔子四十六代孫。隱居汝州龍興縣龍山。性孤潔，喜讀書。樂聞人之善，動止必依禮法。周遭人皆愛慕。屢召不出仕。宋史卷四五七有傳。徐復：宋代隱士。字復之，建州（今福建建甌）人。舉進士不中，退而學易，遊學淮、浙間，精通陰陽、天文、地理、遁甲、占射及音律。仁宗曾召見，命爲大理評事，固辭，賜號沖晦處士，後居杭州十數年卒。宋史卷四五七有傳。

〔一一〕散人：不爲世用之人，閒散自在之人。陸龜蒙江湖散人傳：「散人者，散誕之人也。心散、意散、形散、神散，既無羈限，爲時之怪民，束於禮樂者外之曰：『此散人也。』」

〔一二〕沮橈：阻撓。新唐書沙陀傳：「全忠奪邢、磁、洺三州，茂貞度克用沮橈，無能出師，乃與韓建謾好，致書言帝暴露累年，請共治宫室迎天子。」

〔一三〕比景：古郡名，在今越南廣平省。

〔一四〕左校：即左校署，漢唐官署名，掌製作樂器、兵仗、喪葬儀物等木器。

〔一五〕清廟：即太廟。古代帝王的宗廟。詩周頌清廟：「於穆清廟，肅雝顯相。」

〔一六〕彝器：古代宗廟常用青銅祭器的總稱。如鐘、鼎、尊、罍、俎、豆之屬。左傳襄公十九年：「且夫大伐小，取其所得以作彝器。」杜預注：「彝，常也。謂鐘鼎爲宗廟之常器。」

晁伯咎詩集序

傳密居士東里晁公伯咎詩四百六十有一篇，其孫教授君百談集爲四卷以授予，請序卷首。伯咎少以文學稱，自其諸父景迂、具茨先生皆歎譽之〔一〕。諸公貴人亦往往聞其名，顧黨家不敢取〔二〕。靖康之元，黨禁解，伯咎召爲開封掾，且顯用矣〔三〕，阻兵不能造朝。比乘輿過江〔四〕，中原方兵連不解，士大夫多以甲兵錢穀進〔五〕。故家名流，乃見謂不切事機〔六〕，伯咎落江湖者數年。久之，雖起，乘傳嶺海〔七〕，復坐微文斥〔八〕，卒棄不用以死。其名章秀句，傳之士大夫，皆以爲有承平臺閣之風〔一〇〕。而伯咎傲睨憂患〔九〕，不少動心，方扁舟往來吳松，嘯歌飲酒，益放於詩。蓋晁氏自文元公以大手筆用於祥符、天禧間〔一一〕，方吾宋極盛時，封太山〔一二〕，禮百神，歌頌德業，冶金伐石，極文章翰墨之用。汪洋渟滀〔一三〕，五世百餘年〔一四〕，文獻相望，以及建炎、紹興，公獨殿其後。又少時所交，皆中州名勝，講習磨礲之益深矣〔一五〕。是豈窶書生聞見局陋者敢望其涯哉〔一六〕！伯咎學問贍博，胸中恢疏，勇於爲義，視死生禍福無如也〔一七〕。至他文亦皆豪奇，不獨其詩可貴，尚力求而盡傳之。伯咎諱公邁，仕至某官。淳熙七年十一月十七日，山陰陸某序。

【題解】

晁伯咎，即晁公邁，字伯咎，號傳密居士，鉅野（今山東巨野）人。晁詠之之子。以蔭補將仕郎。初爲開封府户曹參軍，建炎中通判撫州，紹興間任廣東提舉茶鹽公事，權市舶司，以貪利爲大食國進奉使所訟，罷。晁氏爲望族，人才輩出，且與陸游家有親（陸游外祖母乃晁沖之之姊），晁氏南渡後世居江西，陸游在撫州時曾向晁氏借書抄録。晁公邁之孫晁百談集其祖詩篇，請序於陸游。本文爲陸游爲晁公邁詩集所作的序文，感慨晁氏家族的命運，稱贊公邁的學問人品。

本文據篇末自署，當作於淳熙七年（一一八〇）十一月十七日。時陸游在提舉江西常平茶鹽公事任上。

【箋注】

〔一〕諸父：指伯父和叔父。景迂，即晁説之（一〇五九—一一二九），字以道，一字伯以，自號景迂生。元豐進士，蘇軾曾以文章典麗、可備著述薦之。官至中書舍人兼太子詹事。生平博極群書，尤精於易。工詩，善畫山水。事迹見宋元學案卷二二。具茨：即晁沖之（一〇七三—一一二六），字叔用，一字用道。曾受學於陳師道，紹聖間隱居具茨山（在今河南禹縣），人稱具茨先生。後屢薦不起。爲江西詩派詩人。事迹見宋詩紀事卷三三。

〔二〕顧：但，但看。黨家：晁補之爲蘇門四君子之一，晁氏亦列入元祐黨籍。

〔三〕顯用：即重用。後漢書張玄傳：「解天下之倒縣，報海内之怨毒，然後顯用隱逸忠正之士，則邊章之徒宛轉股掌之上矣。」

〔四〕乘輿：古代特指天子和諸侯所乘坐的車子。孟子梁惠王下：「今乘輿已駕矣，有司未知所之。」此指宋高宗。

〔五〕進：指進身。

〔六〕故家：世家大族，世代仕宦之家。孟子公孫丑上：「紂之去武丁，未久也。其故家遺俗，流風善政，猶有存者。」焦循正義：「故家，勳舊世家。」見謂：被稱爲。賈誼新書修政語上：「故言之者見謂智，學之者見謂賢。」事機：行事的時機。吳兢貞觀政要任賢：「勣（李勣）每行軍，用師籌算，臨敵應變，動合事機。」

〔七〕乘傳：指奉命出使。蘇軾冬季撫問陝西轉運使副口宣：「永言乘傳之勞，未遑退食之佚。」嶺海：兩廣地區。因其地北倚五嶺，南臨南海。韓愈潮州刺史謝上表：「雖在萬里之外，嶺海之陬，待之一如畿甸之間，輦轂之下。」

〔八〕微文：苛細的法律條文。史記汲鄭列傳：「陛下縱不能得匈奴之資以謝天下，又以微文殺無知五百餘人，是所謂『庇其葉而傷其枝』者也。」此指晁公邁貪利事。

〔九〕傲睨：鄙視一切。嵇康卜疑：「寧斥逐凶佞，守正不傾，明否臧乎？將傲倪滑稽，挾智佯迷，爲智囊乎？」

〔一〇〕承平：治平相承，指太平。漢書食貨志上：「今累世承平，豪富吏民訾數鉅萬，而貧弱俞困。」臺閣：泛指中央政府機構。

〔一一〕文元公：指晁迥（九五一——一〇三四），字明遠，謚文元，澶州清豐（今屬河南）人，徙居彭門（今四川彭縣）。太平興國進士。官至禮部尚書。通釋老和儒學經傳。爲宋代晁氏家族興旺的始祖。宋史卷三〇五有傳。「大手筆」句：據本傳載：晁迥「知大中祥符元年貢舉。封泰山，祀汾陰，同太常詳定儀注，累遷尚書工部侍郎。使契丹，還，奏北庭記，加史館修撰、知通進銀臺司。獻玉清昭應宮頌，其子宗操繼上景靈宮慶成歌。帝曰：『迥父子同獻歌頌，縉紳間美事也。』史成，擢刑部侍郎，進承旨。時朝廷方修禮文之事，詔令多出迥手。」

〔一二〕封太山：指大中祥符元年（一〇〇八）十月宋真宗東封泰山。

〔一三〕渟滀：匯聚貌。

〔一四〕五世百餘年：晁氏自迥以下，歷宗字輩（如宗慤、宗操）、仲字輩（如仲衍、仲偃）、端字輩（如端禮、端友、端彦）、之字輩（補之、説之、沖之、詠之）、公字輩（如公武、公溯、公邁）五代，前後百餘年。

〔一五〕磨礱：即磨礱。磨練；切磋。劉禹錫酬湖州崔郎中見寄詩：「磨礱老益智，吟詠閒彌精。」

〔一六〕窶書生：窮讀書人。局陋：局限，鄙陋。

〔一七〕贍博：豐富廣博。司空圖疑經後述：「今鍾陵秀士陳用拙，出其宗人嶽所作春秋折衷論數十篇，贍博精緻，足以下視兩漢迂儒矣。」恢疏：寬宏，開朗。無如：平常。

長短句序

雅正之樂微，乃有鄭衛之音〔一〕。鄭衛雖變，然琴瑟笙磬猶在也〔二〕。及變而爲燕之筑，秦之缶，胡部之琵琶、箜篌〔三〕，則又鄭衛之變矣。風、雅、頌之後，爲騷，爲賦，爲曲，爲引，爲行，爲謡，爲歌，千餘年後，乃有倚聲制辭〔四〕，起於唐之季世，則其變愈薄〔五〕，可勝歎哉！予少時汩於世俗〔六〕，頗有所爲，晚而悔之。然漁歌菱唱〔七〕，猶不能止，今絶筆已數年，念舊作終不可揜，因書其首以識吾過。淳熙己酉炊熟日〔八〕，放翁自序。

【題解】

長短句，即詞。宋代詞體崛起，成爲一代之文學，陸游是南宋重要詞家之一，其詞作收入渭南文集卷四九、卷五〇。本文爲陸游爲自己的詞作所作的序文，考述詞體起源，表達留戀而又後悔之意。

本文據篇末自署，當作於淳熙己酉炊熟日，即淳熙十六年（一一八九）寒食節前一日。時陸游在禮部郎中任上。

【箋注】

〔一〕鄭衛之音：春秋時鄭、衛兩國的民間音樂。因不同於雅樂，曾被儒家斥爲「亂世之音」。後泛指淫靡的音樂。禮記樂記：「鄭衛之音，亂世之音也。」

〔二〕琴瑟笙磬：均爲古代樂器。琴瑟爲絃樂器，笙爲管樂器，磬爲打擊樂器。書益稷：「戛擊鳴球，搏拊琴瑟以詠，祖考來格。」宋書樂志二：「晳晳庭燎，喤喤鼓鍾，笙磬詠德，萬舞象功。」

〔三〕筑：古代絃樂器，形似琴，有十三弦。演奏時，左手按弦的一端，右手執竹尺擊弦發音。缶：原指大肚小口的瓦器，此指瓦質的打擊樂器。琵琶箜篌：兩種撥絃樂器。箜篌有豎式和横式兩種。

〔四〕倚聲：依照歌曲的聲律節奏。新唐書劉禹錫傳：「禹錫謂屈原居沅、湘間作九歌……乃倚其聲作竹枝辭十餘篇。」

〔五〕薄：澆薄，不莊重。

〔六〕汩：沉迷。

〔七〕漁歌：漁人所唱民歌小調。王勃上巳浮江宴序：「榜謳齊引，漁歌互起。」菱唱：采菱人所唱之歌。孟郊感别送從叔校書簡再登科東歸詩：「菱唱忽生聽，芸書回望深。」

〔八〕炊熟日：宋代稱寒食節前一日爲炊熟。因寒食禁火，節前一日必須燒好食物。孟元老東京夢華録清明節：「尋常京師以冬至後一百五日爲大寒食，前一日謂之炊熟。」

徐大用樂府序

古樂府有東武吟〔一〕，鮑明遠輩所作〔二〕，皆名千載。蓋其山川氣俗〔三〕，有以感發人意，故騷人墨客得以馳騁上下，與荆州、邯鄲、巴東三峽之類，森然並傳〔四〕，至於今不泯也。吾友徐大用家本東武，呼吸食飲於邦、淇之津〔五〕，蓋有以相其軼思者〔六〕，故自少時，文辭雄於東州〔七〕。比南歸，以政事議論顯聞薦紳〔八〕，顧不肯輕出其文以沽世取富貴，三十年猶屈治中别駕〔九〕，澹然莫測涯涘〔一〇〕。獨於悲歡離合、郊亭水驛、鞍馬舟楫間，時出樂府辭，贍蔚頓挫〔一一〕，識者貴焉。或取其數百篇，將傳於世，大用復不可，曰：「必放翁以爲可傳，則幾矣。不然，姑止。」予聞而歎曰：「温飛卿作南鄉九闋〔二〕，高勝不減夢得竹枝〔三〕，訖今無深賞音者，予其敢自謂知君哉？」獨感東武山川既墮胡塵中〔四〕，而大用之才久伏不耀，故爲之一言。紹熙五年三月庚寅，笠澤陸某務觀序。

【題解】

徐大用，東武（今山東諸城）人，陸游友人。樂府，樂府詩，亦汎指詩歌。徐大用作詩數百首，堅持要陸游首肯才可刊行。本文爲陸游爲徐大用的詩作所作的序文，分析其特色，肯定其可傳。

本文據篇末自署，當作於紹熙五年（一一九四）三月庚寅（二十九）日。時陸游奉祠家居。

【箋注】

〔一〕古樂府：此指南朝樂府詩。東武吟：東武一帶的民間樂曲。樂府詩集相和歌辭楚調曲上東武吟行引左思齊都賦注云：「東武、泰山，皆齊之土風，弦歌謳吟之曲名也。」又引通典曰：「漢有東武郡，今高密、諸城縣是也。」

〔二〕鮑明遠輩：樂府詩集東武吟行著録有陸機、鮑照、沈約、李白多人的作品。鮑明遠，即鮑照（四一四—四六六），字明遠，劉宋東海（今江蘇漣水）人。南朝詩人，長於樂府，與謝靈運、顏延之並稱「元嘉三大家」。

〔三〕氣俗：風氣習俗。漢書辛慶忌傳：「其風聲氣俗自古而然，今之歌謡慷慨，風流猶存耳。」

〔四〕荆州：荆州樂。　邯鄲：邯鄲宮人怨。與巴東三峽俱樂府題名，見樂府詩集。　森然：衆多貌。南齊書陳顯達傳：「忠黨有心，節義難遺，信次之間，森然十萬。」

〔五〕郏：水名，流經今山東膠州、諸城。　淇：水名，在河南北部，古爲黄河支流，後改道入衛河。

〔六〕相其軼思：考察其地散失的思念。

〔七〕東州：泛指山東的州郡。

〔八〕薦紳：指有官職或做過官的人。

〔九〕治中別駕：指地方佐吏。參見卷八謝晁運使啓注〔五〕。

〔一〇〕澹然：恬淡貌。韓非子大體：「澹然閒静，因天命，持大體。」

〔一一〕贍蔚：形容文辭豐美。新唐書后妃傳上太宗徐賢妃：「手未嘗廢卷，而辭致贍蔚，文無淹思。」　頓挫：聲調抑揚。

〔一二〕温飛卿：即温庭筠（八一二—八七〇），字飛卿，太原祁縣（在山西）人。晚唐詩人，與李商隱並稱「温李」。工詞，多寫閨情，風格濃艷，爲花間詞人之首。舊唐書卷一九〇、新唐書卷九一有傳。　南鄉：即南鄉子，詞調名。温庭筠有南鄉子九首。

〔一三〕高勝：高明優異。南齊書周顒傳：「年少見長安耆老，多云關中高勝，乃舊有此義，當法集盛時，能深得斯趣者，本無多人。」　夢得：指劉禹錫，字夢得，洛陽人。中唐詩人。曾仿民歌體作竹枝詞一組。

〔一四〕墮胡塵：指被金兵佔領。

呂居仁集序

天下大川莫如河、江，其源皆來自蠻夷荒忽遼絶之域〔一〕，累數萬里，而後至中國，以注於海。今禹之遺書所謂岷、積石者〔二〕，特記禹治水之迹耳，非其源果止於是也。故爾雅謂河出崑崙虛〔三〕，而傳記又謂河上通天漢〔四〕。某至蜀，窮江源，則自蜀岷山以西，皆岷山也，地斷壤絶，不復可窮，河、江之源，豈易知哉！古之學者蓋亦若是。惟其上探虙羲、唐、虞以來〔五〕，有源有委，不以遠絶，不以難止，故能卓然布之天下後世而無愧。凡古之言者皆莫不然。自漢以下，雖不能如三代盛時，亦庶幾焉。宋興，諸儒相望，有出漢唐之上者。迨建炎、紹興間，承喪亂之餘，學術文辭，猶不愧前輩。如故紫微舍人東萊呂公者〔六〕，又其傑出者也。公自少時，既承家學，心體而身履之〔七〕，幾三十年。仕愈躓〔八〕，學愈進，因以其暇盡交天下名士，其講習探討，磨礲浸灌〔九〕，不極其源不止。故其詩文，汪洋閎肆〔一〇〕，兼備衆體，間出新意，愈奇而愈渾厚，震耀耳目，而不失高古，一時學士宗焉。晚節稍用於時，在西掖，嘗兼直内庭，草趙丞相鼎制，力排和戎之議，忤秦丞相檜〔一一〕。秦公自草日曆，載公制辭以爲罪，而天下益推公之正。公平生所爲詩，既已孤行於世，嗣孫祖平又盡裒他文凡若干首，爲若干卷，而屬某爲序。某自童子時，讀公詩文，願學焉。稍長，未能遠遊，而公捐館舍〔一二〕。晚見曾文清公〔一三〕，文清謂某，君之詩淵源殆自吕紫微〔一四〕，恨不一識面，某於是尤以爲恨。則今得托名公集之首，豈非幸歟！慶元二年九月既望〔一五〕，中大夫、提舉建寧府武夷山沖佑觀、山陰陸某謹序。

【題解】

吕居仁，即吕本中（一〇八四—一一四五），字居仁，壽州（今安徽鳳臺）人，學者稱東萊先生。北宋宰相吕公著曾孫。紹興六年賜進士出身，官至中書舍人兼侍講，兼直學士院。上書陳恢復大計，因與趙鼎關係密切，忤秦檜，被劾罷。宋史卷三七六有傳。吕本中爲江西詩派重要詩人，詩集早有流傳。其孫吕祖平又集其文章編爲吕居仁集，問序於陸游。本文爲陸游爲吕居仁集所作的序文，稱頌吕公道德文章，表達傾慕之情。

本文據篇末自署，當作於慶元二年（一一九六）九月十六日。時陸游奉祠家居。

【箋注】

〔一〕荒忽：遥遠貌。楚辭九章哀郢：「發郢都而去閭兮，怊荒忽其焉極。」遼絶：遥遠。柳惲贈吳均詩之二：「關候曰遼絶，如何附行旅。」

〔二〕禹之遺書：指書禹貢。岷：岷山。在四川北部，綿延四川、甘肅兩省邊境。爲長江、黄河分水嶺，岷江、嘉陵江支流白龍江發源地。書禹貢：「岷山之陽，至於衡山。」積石：山名。在青海東南部，延伸至甘肅南部邊境。爲崑崙山脈中支，黄河繞流東南側。書禹貢：「導河積石，至於龍門。」

〔三〕崑崙虚：即崑崙墟，崑崙山的基部。亦指崑崙山。在新疆、西藏之間，西接帕米爾高原，東延入青海境内。勢極高峻，多雪峰、冰川。

〔四〕天漢：天河。詩小雅大東：「維天有漢，監亦有光。」毛傳：「漢，天河也。」

〔五〕虙羲：即伏羲。古代傳説中的三皇之一。唐、虞：唐堯、虞舜。

〔六〕紫微舍人：唐宋時中書舍人的別稱。

〔七〕心體而身履：領悟精神，身體力行。

〔八〕躓：事情不順利，受挫折。

〔九〕磨礲浸灌：磨練切磋，浸漬薰陶。

〔一〇〕閎肆：宏偉恣肆。曾鞏李白詩集後序：「白之詩連類引義，雖中於法度者寡，然其辭閎肆雋偉，殆騷人所不及，近世所未有也。」

〔一〕「晚節」六句：宋史本傳：「趙鼎素主元祐之學，謂本中公著後，又范沖所薦，故深相知。會哲宗實録成，鼎遷僕射，本中草制，有曰：『合晉、楚之成，不若尊主而賤霸；散牛、李之黨，未如明是而去非。』檜大怒，言於上曰：『本中受鼎風旨，伺和議不成，爲脱身之計。』風御史蕭振劾罷之。」西掖，中書省的别稱。趙鼎（一〇八五—一一四七）字元鎮，解州聞喜（今屬山西）人。高宗時宰相。因力主抗金，被秦檜陷害。宋史卷三六〇有傳。

〔二〕捐館舍：拋棄館舍。死亡的婉辭。戰國策趙策二：「今奉陽君捐館舍。」

〔三〕曾文清公：即曾幾，陸游師事之。

〔四〕淵源殆自吕紫微：徽宗年間，吕本中作江西詩社宗派圖，首倡「江西詩派」之稱，後曾幾、吕本中均被列入這一詩派。

〔五〕既望：農曆十五日爲望，十六日爲既望。

佛照禪師語録序

拙庵禪師以佛法際遇孝宗皇帝〔一〕，問答之語，既刻金石，傳天下久矣。晚庵居阿育王山中〔二〕，其徒相與盡哀五會所説法〔三〕，凡數萬言，爲五卷，遣侍者正球走山陰澤中，請某作序。某曰：拙庵之道，棟梁大法，無語可也；拙庵之語，雷霆百世，無録可也，又何以序爲哉？然五會之外，則有一會；數萬言之外，别有一句。是可録，是不可録，諸人試下語〔四〕。若也道得，老農贊歎有分。慶元三年九月壬子，陸某謹序。

【題解】

佛照禪師（一一二一—一二〇四），俗姓彭，法名德光，自號拙庵，賜號佛照，臨江軍新喻（今江西新餘）人。德光爲宗杲禪師的得意弟子，爲臨濟宗發展做出了貢獻，其法嗣遍布海内，甚至遠播東瀛。他名揚四方，廣結善緣，與范成大、陸游、周必大等文人學士多有交往，甚至與孝宗以禪相會。晚年還居明州阿育王寺，嘉泰三年圓寂。慶元三年，弟子彙集其説法語録數萬言，編爲五卷，請序於陸游。本文爲陸游爲佛照禪師語録所作的序文，稱道禪師别有超越説法文字之外的妙旨，接引百世後學開悟。

本文據篇末自署，當作於慶元三年（一一九七）九月壬子（十二）日。時陸游奉祠家居。

參考卷二二佛照禪師真贊。

【箋注】

〔一〕際遇孝宗皇帝：孝宗篤信佛法，淳熙三年春，敕令德光住持靈隱寺，多次召見，探討佛法，并特賜佛照禪師法號。孝宗退位爲太上皇後，仍多次召見佛照。際遇，遭遇，適逢其遇。

〔二〕「晚庵居」句：淳熙七年，孝宗詔令佛照禪師歸老於明州阿育王山廣利禪寺。

〔三〕五會：五時之會，指春、夏、季夏、秋、冬五時集會僧徒説法。

〔四〕下語：措辭，用語。蘇軾西江月昨夜扁舟京口詞：「此景百年幾變，箇中下語千難。」

趙祕閣文集序

漢孝武帝好文〔一〕，淮南王安以高帝孫爲諸侯王，而學問文辭在漢庭諸儒甲乙中〔二〕。其所著大小山〔三〕，至與雅、頌、離騷並。魏陳思王，唐太白、長吉，則又以帝子及諸王孫〔四〕，落筆妙古今，冠冕百世。河出崑崙虛，首四瀆〔五〕，經天下，以入於海。彼源委固自不同〔六〕，無足異也。宋興，宗室深居宮中，不與外庭接，故雖博學軼材〔七〕，不得著見。然以詩文、飛白書詔藏秘府者〔八〕，亦不乏人。熙寧、元豐間，始與群臣並進於朝〔九〕。積數十年，而德麟、伯山〔一〇〕，屬文英妙〔一一〕，寖見推於諸公間矣。漢王五世孫祕閣公〔一二〕，諱不拙，字若拙，少以進士奮，主司及流輩皆伏其工〔一三〕。初苦貧無以養，乃教授諸生以自給，其勤苦殆有非宴人子所堪者〔一四〕。既得第，猶不廢也。晚入蜀爲州，遂持使者節，學益不厭，文益妙。予行南充、閬中、小益至成都〔一五〕，歷山郵津亭及浮屠、老子之廬〔一六〕，見穹碑巨板〔一七〕，多公遺文，每觀之至忘食。已而故尚書孫公仲益、端明汪公聖錫、侍御王公龜齡文益出於世〔一八〕，往往見公名字於其間，許與甚至〔一九〕，然後知天下自有公論也。公之子善發、善零，皆取世科。善發字正已，尤以文學稱。其爲漢州判官也〔二〇〕，囊公之文，萬里請予於山陰澤中，曰：「願有以冠篇右〔二一〕。」顧公平生知己久已凋落，予材下，徒以後死不得讓，愧可量哉！慶元六年三月丁巳，中大夫、直華文閣致仕、賜紫金魚袋山陰陸某序〔二二〕。

【題解】

趙祕閣，即趙不拙，字若拙，宋宗室之後。家貧力學，中進士。任直祕閣。乾道元年知果州（今四川南充），四年移漕成都，任都大四川茶馬，五年罷。與王十朋、孫覿、汪應辰等多有交往。趙不拙之子漢州判官趙善發彙集其父之文，請序於陸游。本文爲陸游爲趙祕閣文集所作的序文，歷述宗室人才之盛，肯定趙公勤苦奮進，文章傳世。

本文據篇末自署，當作於慶元六年（一二〇〇）三月丁巳（初二）日。時陸游致仕家居。

【箋注】

〔一〕漢孝武帝：即漢武帝劉徹（前一五六—前八七），謚孝武皇帝。爲高祖劉邦曾孫、文帝之孫、景帝之子。十六歲登基，在位五十四年。史記卷十二、漢書卷六有傳。

〔二〕淮南王：即劉安（前一七九—前一二二），爲高祖劉邦之孫、淮南厲王劉長之子，被封淮南王。武帝時因謀反敗露自盡。史記卷一一八、漢書卷四四有傳。漢書本傳載：「淮南王安爲人好書，鼓琴，不喜弋獵狗馬馳騁，亦欲以行陰德拊循百姓，流名譽。招致賓客方術之士數千人，作爲内書二十一篇，外書甚衆，又有中篇八卷，言神仙黄白之術，亦二十餘萬言。時武帝方好藝文，以安屬爲諸父，辯博善爲文辭，甚尊重之。……使爲離騷傳，旦受詔，日食時上。又獻頌德及長安都國頌。」甲乙：即數一數二。韓愈苗氏墓誌銘：「夫人年若干，嫁河南法曹盧府君，諱貽，有文章德行，其族世所謂甲乙者。」

〔三〕大小山：即大山、小山，爲淮南王招募俊偉之士所作的辭賦集。王逸楚辭章句招隱士序：「昔淮南王安，博雅好古，招懷天下俊偉之士。自八公之徒，咸慕其德，而歸其仁，各竭才智，著作篇章，分造辭賦，以類相從，故或稱小山，或稱大山。其義猶詩有小雅、大雅也。」

〔四〕魏陳思王：即曹植（一九二—二三二），字子建，沛國譙（今安徽亳州）人。曹操幼子。生前曾爲陳王，去世後謚思，故稱陳思王。文學成就出衆，被稱爲「才高八斗」。三國志卷十九有傳。　李太白：據新唐書載，李白爲興聖皇帝（西涼武昭王李暠）九世孫，據此，李白與李唐諸王同宗，是唐太宗的同輩族弟。　長吉：據舊唐書載，李賀爲唐宗室鄭王李亮後裔。

〔五〕崑崙虚：即崑崙山。　四瀆：長江、黄河、淮河、濟水的合稱。爾雅釋水：「江、河、淮、濟爲四瀆。四瀆者，發原注海者也。」

〔六〕源委：指水的發源和歸宿。語本禮記學記：「三王之祭川也，皆先河而後海，或源也，或委也，此之謂務本。」鄭玄注：「源，泉所出也；委，流所聚也。」

〔七〕軼材：超群。司馬相如上書諫獵：「卒然遇軼才之獸，駭不存之地。」

〔八〕飛白書：一種特殊的書法。相傳東漢靈帝時修飾鴻都門，匠人用刷白粉的帚寫字，蔡邕見後，歸作「飛白書」。其特點是筆劃中絲絲露白，像枯筆所寫。漢魏時宮闕題字曾廣泛採用。

〔九〕並進於朝：指一起進用朝廷任職。

〔一〇〕德麟：即趙令畤（一〇六一—一一三四），初字景貺，改字德麟。宋宗室，太祖次子燕王趙德昭玄孫。善詩文，與蘇軾交好，多有唱和。伯山：即趙子崧（？—一一三二），字伯山。宋宗室，燕王趙德昭五世孫。崇寧進士。官宗正少卿、知懷寧府、鎮江府等，助高宗即位有功。

〔一一〕英妙：優美。

〔一二〕漢王：即宋太宗長子漢王趙元佐。祕閣公：宋史宗室世系十一有「左承議郎、直祕閣不拙」，故稱「祕閣公」。

〔一三〕流輩：同輩，同流之人。沈約奏彈王源：「而托姻結好，唯利是求，玷辱流輩，莫斯爲甚。」

〔一四〕非窶人子：指富家弟子。窶人，貧困者。

〔一五〕南充：郡名，即果州，南宋屬潼川府路順慶府。閬中：郡名，南宋屬利州路閬州。小益：地名。

〔一六〕山郵：山中驛站。王維送禰郎中詩：「孤鶯吟遠墅，野杏發山郵。」津亭：建於渡口旁的亭子。王勃江亭夜月送別詩之一：「津亭秋月夜，誰見泣離羣？」浮屠、老子之廬：指佛寺道觀。浮屠指佛教，老子指道教。

〔一七〕穹碑巨板：圓頂高大的石碑。

〔一八〕尚書孫公仲益：即孫覿（一〇八一—一一六九），字仲益，常州晉陵（今江蘇常州）人。大觀進士，政和四年中詞科。官至户部尚書。人品低下，工詩文。事迹見朱文公文集卷七一記孫覿事。端明汪公聖錫：即汪應辰（一一一九—一一七六），字聖錫，信州玉山（今屬江西）人。紹興五年進士第一。官至端明殿學士、知平江府。正直敢言，有政聲。宋史卷三八七有傳。侍御王公龜齡：即王十朋（一一一二—一一七一），字龜齡，號梅溪，温州樂清（今屬浙江）人。紹興二十七年進士第一。官至侍御史。力主抗金恢復大業，有治績。宋史卷三八七有傳。

〔一九〕許與：稱許。杜甫壯遊：「許與必詞伯，賞游實賢王。」

〔二〇〕漢州：今四川廣漢，南宋屬成都府路。

〔二一〕冠篇右：指作序。序置文集前，豎行右起，故云。

〔二二〕直華文閣：宋代貼職之一，陸游以中大夫（正五品）兼領直華文閣。華文閣，慶元二年置，藏宋孝宗御製詩文。　賜紫金魚袋：魚袋之制始於唐，爲出入宫廷的符契，魚形，盛於袋。宋因之，以金銀飾爲魚形，繫於公服腰帶垂於後，以明貴賤。三品以上官員服紫，飾金魚；五品以上服緋，飾銀魚。品位不及但有功或受寵者，可特加賜紫或賜緋，以示尊崇。參見宋史輿服志五。

方德亨詩集序

詩豈易言哉！才得之天，而氣者我之所自養。有才矣，氣不足以御之，淫於富貴，移於貧賤〔一〕，得不償失，榮不蓋愧，詩由此出，而欲追古人之逸駕〔二〕，詎可得哉？予自少聞莆陽有士曰方德亨，名豐之，才甚高，而養氣不橈〔三〕。吕舍人居仁、何著作搢之皆屈行輩與之遊〔四〕。德亨晚愈不遭，而氣愈全，觀其詩，可知其所養也。既殁若干年，待制朱公元晦以書及德亨之詩示予於山陰〔五〕，曰：「子爲我作德亨集序。」往時有方畇者〔六〕，與德亨同族，爲予言：德亨遇疾，卒於臨安逆旅〔七〕。垂困，猶能起坐，正衣冠，手自作書與其族人官臨安者，使買棺。棺至，乃殁，色辭不異平日。非養氣之全，能如是乎？請以是爲序。慶元六年四月丁酉，山陰陸某序。

【題解】

方德亨，即方豐之，字德亨，號北山，莆陽（在今福建）人。紹興年間名士，與吕本中、何大圭等遊。工詩。方德亨去世後，朱熹將其詩作寄送陸游請序。本文爲陸游爲方德亨詩集所作的序文，闡述才與氣之關係，贊賞方氏「養氣不撓」的精神。

本文據篇末自署，當作於慶元六年（一二〇〇）四月丁酉（十二）日。時陸游致仕家居。

【箋注】

〔一〕「淫於」二句：孟子滕文公下：「富貴不能淫，貧賤不能移，威武不能屈，此之謂大丈夫。」

〔二〕逸駕：奔逸之車駕。此指高遠的境界。唐玄宗孝經序：「希升堂者必自開户牖，攀逸駕者必騁殊軌轍。」邢昺疏：「逸駕，謂奔逸之車駕也。」

〔三〕不橈：亦作不撓。不彎曲。形容剛正不屈。荀子榮辱：「義之所在，不傾於權，不顧其利，舉國而與之不爲改視，重死持義而不橈，是士君子之勇也。」

〔四〕吕舍人居仁：即吕本中。參見本卷吕居仁集序題解。何著作揩之：即何大圭，字揩之，一作晉之。廣德（今屬安徽）人。政和八年進士。宣和六年爲秘書省正字。紹興間依附秦檜，官至直祕閣。曾居福州，陸游與之有來往（見老學庵筆記卷十、卷六）。因其曾任職館閣，故稱「著作」。行輩：輩分。韓翃送崔秀才赴上元兼省叔父詩：「詩家行輩如君少，極目苦心懷謝朓。」

〔五〕待制朱公元晦：即朱熹，字元晦。寧宗初曾爲焕章閣待制。

〔六〕方畇：莆田人，以父蔭補官，知長溪縣（今福建霞浦），以廉謹聞名。

〔七〕逆旅：客舍，旅館。左傳僖公二年：「今虢爲不道，保於逆旅。」杜預注：「逆旅，客舍也。」

會稽志序

昔在夏禹，會諸侯於會稽〔一〕。歷三千歲，而我高宗皇帝御龍舟，横濤江，應天順動，復禹之迹〔二〕。駐蹕彌年，定中興之業，群盗削平，强虜退遁。於是用唐幸梁州故事，升州爲府，冠以紀元〔三〕。大駕既西幸，而府遂爲股肱近藩，稱東諸侯之首〔四〕。地望蓋視長安之陝、洛，汴都之陳、許〔五〕。所命牧守〔六〕，皆領浙東安撫使，其自丞相執政來，與去而拜丞相執政者，不可遽數。而又昭慈聖烈皇后及永祐以來四陵攢殿，相望於鬱葱佳氣中〔七〕。朝謁之使〔八〕，艫銜轂擊。中原未清，今天下巨鎮，惟金陵與會稽耳，荆、揚、梁、益、潭、廣，皆莫敢望也。則山川圖諜〔九〕，宜其廣載備書，顧未暇及者，綿數十年。大卿沈公作賓、待制趙公不迹繼爲守〔一〇〕，皆慨然以爲己任。乃與通判軍事施君宿、安撫司幹辦公事李君兼、韓君茂卿及郡士馮景中、邵持正、陸子虞、王度、朱鼐等〔一一〕，上參禹貢，下考太史公及歷代史、金匱石室之藏〔一二〕，旁及爾雅、本草、道釋之書〔一三〕，稗官野史所傳，神林鬼區幽怪恍惚之説，秦漢晉唐以降金石刻，歌詩賦詠，殘章斷簡，靡有遺者。若父老以口相傳，不見於文字者，亦間見層出，積勞累月乃成。是雖本之圖經，圖經出於先朝，非藩郡所可附益，乃用長安、河南、成都、相臺之比，名會稽志〔一四〕。會稽爲郡，雖遷徙靡常，而郡本以山得名，又禹所巡也，故卒以名之，而屬某爲之序。嘉泰元年二月庚子，中大夫、直華文閣致仕陸某謹序。

【題解】

會稽爲紹興古名。會稽志即紹興府之地志，又稱嘉泰會稽志。陳振孫直齋書録解題卷八：「會稽志二十卷。通判吴興施宿武子、郡人馮景中、陸子虡、朱鼐、王度等撰，陸放翁爲之序。首稱禹會諸侯，而以思陵巡狩升府配之，氣壯文雅，蓋奇作也。嘉泰辛酉，陸年已七十七矣。未幾，始落仕爲史官，至八十五歲乃終。其筆力老而不衰，於此序見之。」本文爲陸游爲會稽志所作的序文，叙述紹興近世沿革和重要地位，交代志書編纂及命名緣由。

本文據篇末自署，當作於嘉泰元年（一二〇一）二月庚子（十九）日。時陸游致仕家居。

【箋注】

〔一〕「昔在」二句：史記夏本紀：「太史公曰：『禹爲姒姓……或言禹會諸侯江南，計功而崩，因葬焉，命曰會稽。會稽者，會計也。』」

〔二〕「而我」四句：建炎三年正月，金兵大舉南下。二月，高宗渡江南逃。閏八月赴浙西，經越州、明州、温州、台州沿海，於建炎四年二月至温州，四月起駐蹕越州。

〔三〕「於是」三句：建炎四年，高宗駐蹕越州，取「紹奕世之宏休，興百年之丕緒」之意，下詔從建炎五年正月起改元紹興，并升越州爲紹興府。唐幸梁州故事，指興元元年（七八四），唐德宗避朱泚軍亂，幸梁州，後亂平還都長安，詔改梁州爲興元府，位同京都長安。梁州，今陝西漢中。

〔四〕大駕西幸：指紹興八年高宗自建康返回并正式定都臨安。西幸：臨安在紹興之西。府：指紹興府。股肱：大腿和胳膊。此指拱衛首都并與之密切相關之地。韓非子外儲説左下：「中牟，三國之股肱，邯鄲之肩髀。」近藩：近處之屏障。東諸侯：東方的諸侯。此指東南諸州府。

〔五〕地望：指地理位置。視：比照。長安之陝、洛：漢唐首都長安同陝州（今河南三門峽）、洛陽的關係。汴都之陳、許：北宋首都汴京（今河南開封）同陳州（今河南淮陽）、許昌的關係。

〔六〕牧守：州郡的長官。州官稱牧，郡官稱守。漢書翟方進傳：「持法刻深，舉奏牧守九卿，峻文深詆，中傷者尤多。」

〔七〕昭慈聖烈皇后：宋史作昭慈聖獻皇后，即元祐皇后（一〇七三—一一三一），孟姓，洺州（今河北永年)人。宋哲宗首位皇后,兩度被廢又兩度復位,并兩次於國勢危急時垂簾聽政。宋史卷二四三有傳。孟皇后去世後,葬於會稽縣。　永祐:即永祐陵,宋徽宗陵墓。宋徽宗趙佶(一〇八二—一一三五),神宗第十一子、哲宗之弟。在位二十五年,國亡被俘受折磨而死。紹興十二年,根據宋金協定,宋徽宗遺骸歸宋,高宗將其葬於紹興永祐陵,立廟號徽宗。

四陵:指孟皇后、徽宗之後下葬的欽宗(永獻陵)、高宗(永思陵)、孝宗(永阜陵)和光宗(永崇陵)。　攢殿:即攢宫。指帝、后暫殯之所。宋南渡後,帝、后塋冢均稱「攢宫」,表示暫厝,準備收復中原後還葬河南。上述宋帝、后陵墓,均在今紹興東南富盛鎮攢宫山。　鬱葱:氣旺盛貌。　佳氣:美好的雲氣。古代以爲是吉祥、興隆的象徵。王安石南鄉子詞之二:「自古帝王州,鬱鬱葱葱佳氣浮。」

〔八〕朝謁:入朝覲見。後漢書東夷傳三韓:「光武封蘇馬諟爲漢廉斯邑君,使屬樂浪郡,四時朝謁。」

〔九〕圖諜:亦作圖牒。圖籍表册。白居易許昌縣令新廳壁記:「若其官邑之省置,風物之有亡,田賦之上下,蓋存乎圖諜。」

〔一〇〕大卿沈公作賓:即沈作賓,字賓王,吴興歸安(今浙江湖州)人。慶元初,官淮南轉運判官,擢太府少卿,總領淮東軍馬錢糧,繼升爲卿。除直龍圖閣,帥浙東,知紹興府。官至江西安撫兼知隆興府。宋史卷三九〇有傳。大卿,俗稱中央各寺的正職長官爲大卿。此指太府卿。　待制趙公不迹:即趙不迹,宋宗室,曾任華文閣待制,慶元六年五月以朝議大夫、司農少卿、湖廣總領除直寶文閣，知紹興府。

〔一一〕施宿：字武子，湖州長興人。紹熙四年進士。歷任知餘姚縣、知盱眙軍，提舉淮東常平等，時任紹興府通判。　李兼、韓茂卿：時任浙東安撫司幹辦公事。　馮景中：字克温，諸暨人。慶曆二年進士。官至集賢學士。乾隆紹興府志卷五三有傳。　邵持正：字子文，温州平陽人。試禮部不第。能歌詩，工四六。卒年四十九。葉適水心集卷二十有邵子文墓誌銘。　陸子虡：陸游長子。　王度：字君玉，會稽人。以太學上舍入對，失第。爲舒州教授，遷太學博士。　朱鼐：未詳。

〔一二〕金匱石室：古時保存書契文獻之處。漢書高帝紀下：「又與功臣剖符作誓，丹書鐵契，金匱石室，藏之宗廟。」顔師古注：「如淳曰：『金匱，猶金縢也。』以金爲匱，以石爲室，重緘封之，保慎之義。」

〔一三〕爾雅：十三經之一，古代最早解釋詞義的專著。　本草：即神農本草經，古代著名藥書。因所記以草類爲多，故稱本草。

〔一四〕「是雖」五句：指這部志書雖然以圖經爲本，但圖經出於前代，不可增加紹興這樣的藩郡之稱，因此沿用長安、河南、成都、相臺諸志之例，命名爲會稽志（而不稱紹興府志）。圖經，附有圖畫、地圖的書籍或地理志。圖經爲後來地方志的前身。附益，增加，增益。　相臺，即相州（今河北臨漳），因州有銅雀臺，故稱。

渭南文集箋校卷第十五

序

【釋體】

本卷文體同卷十四，收録序十七首。

施司諫註東坡詩序

古詩唐虞賡歌，夏述禹戒作歌，商周之詩，皆以列於經〔一〕，故有訓釋。漢以後詩，見於蕭統文選者，及高帝、項羽、韋孟、楊惲、梁鴻、趙壹之流歌詩見於史者〔二〕，亦皆有註。唐詩人最盛，名家者以百數，惟杜詩註者數家，然概不爲識者所取。近世有蜀人任淵〔三〕，嘗註宋子京、黄魯直、陳無己三家詩〔四〕，頗稱詳贍。若東坡先生之詩，則援據閎博，指趣深遠，淵獨不敢爲之説。某頃與范公至能會於蜀〔五〕，因相與論東坡詩，慨然謂予：「足下當著一書，發明東坡之意，以遺學者。」某謝不能。他日，又言之。因舉二三事以質之曰：「『五畝漸成終老計，九重新掃舊巢痕。』『遥知叔孫子，已致魯諸生〔六〕。』當若爲解？」至能曰：「東坡竄黄州，自度不復收用，故曰『新掃舊巢痕』。建中初，復召元祐諸人〔七〕，故曰『已致魯諸生』。恐不過如此耳。」某曰：「此某之所以不敢承命也。昔祖宗以三館養士〔八〕，儲將相材。及官制行，罷三館〔九〕，而東坡蓋嘗直史館，然自謫爲散官，削去史館之職久矣，至是史館亦廢，故云『新掃舊巢痕』，其用字之嚴如此。而『鳳巢西隔九重門』，則又李義山詩也〔一〇〕。建中初，韓、曾二相得政〔一一〕，盡收用元祐人，其不召者亦補大藩〔一二〕。惟東坡兄弟猶領宫祠〔一三〕。此句蓋寓所謂不能致者二人，意深語緩，尤未易窺測。至如『車中有布乎』〔一四〕，指當時用事者，則猶近而易見。『白首沉下吏，緑衣有公言』〔一五〕，乃以侍妾朝雲嘗歎黄師是仕不進〔一六〕，故此句之意，戲言其上僭〔一七〕。則非得於故老，殆不可知。必皆能知此，然後無憾。」至能亦太息曰：「如此，誠難矣。」後二十五六年，某告老居山陰澤中，吴興施宿武子出其先人司諫公所註數十大編，屬某作序。司諫公以絶識博學名天下，且用工深，歷歲久，又助之以顧君景蕃之該洽〔一八〕，則於東坡之意，蓋幾可以無憾矣。某雖不能如至能所托，而得序斯文，豈非幸哉！嘉泰二年正月五日，山陰老民陸某序。

【題解】

施司諫，即施元之，字德初，吴興（今浙江湖州）人。紹興二十四年進士。除秘書省正字、著作佐郎，用爲起居舍人、左司諫、左正言，知衢州、贛州。宋史翼卷二八有傳。與顧禧及子施宿合著注東坡先生詩。直齋書録解題卷二十：「注東坡集四十二卷，年譜、目録各一卷。司諫吴興施元之德初與吴郡顧景蕃共爲之。元之子宿從而推廣，且爲年譜，以傳於世。陸放翁爲作序，頗言注之難，蓋其一時事實，既非親見，又無故老傳聞，有不能盡知者。」本文爲陸游爲施元之等注東坡詩作所作的序文，追述注詩傳統，感慨注東坡詩之難，肯定注者的絶識博學。

本文據篇末自署，當作於嘉泰二年（一二〇二）正月五日。時陸游致仕家居。

【箋注】

〔一〕「古詩」四句：指唐虞太平盛世，夏禹述戒，君臣唱和，以及商周時期詩歌，都已列入儒家經典。夏禹述戒，見於書益稷：「禹曰：『都！帝，慎乃在位。』帝曰：『俞！』禹曰：『安汝止，惟幾惟康。其弼直，惟動丕應。徯志以昭受上帝，天其申命用休。』……庶尹允諧，帝庸作歌。曰：『敕天之命，惟時惟幾。』乃歌曰：『股肱喜哉，元首起哉，百工熙哉！』皋陶拜手稽首，颺言曰：『念哉！率作興事，慎乃憲，欽哉！屢省乃成，欽哉！』乃賡載歌曰：『元首明哉，股肱良哉，庶事康哉！』又歌曰：『元首叢脞哉，股肱惰哉，萬事墮哉！』帝拜曰：『俞，往，欽哉！』」賡歌，酬唱和詩。商周之詩，指詩經中的作品。

〔二〕韋孟：漢初詩人，彭城（今江蘇徐州）人。曾任楚元王傅。文心雕龍明詩：「漢初四言，韋孟首唱，匡諫之義，繼軌周人。」楊惲：字子幼，華陰（今屬陝西）人。司馬遷外孫。初爲中郎將，封平通侯，因作報孫會宗書以悖逆罪被處腰斬。梁鴻：字伯鸞，扶風平陵（今陝西咸陽）人。東漢詩人，隱士，作有五噫歌。趙壹：字元叔，漢陽郡西（今甘肅天水）人。漢末辭賦家，其刺世疾邪賦直抒胸臆，狂傲不羈。

〔三〕任淵：字子淵，新津（今四川成都）人。少從黄庭堅學詩。直齋書録解題卷二十著録其注黄山谷詩二十卷、注後山詩六卷，并稱「大抵不獨注事，而兼注意，用工爲深」。

〔四〕宋子京：即宋祁（九九八—一〇六一），字子京，安陸（今屬湖北）人。天聖二年進士。累遷尚書工部員外郎、知制誥，改龍圖學士、史館修撰，拜翰林學士承旨。與歐陽修同修新唐書。卒謚景文。宋史卷二八四有傳。任淵注宋子京詩不傳。黄魯直：即黄庭堅（一〇四五—一一〇五），字魯直，號山谷道人，洪州分寧（今江西修水）人。治平進士。官至起居舍人。蘇門四學士之一。尤工詩，與蘇軾並稱「蘇黄」，被奉爲江西詩派之宗。宋史卷四四四有傳。陳無己：即陳師道（一〇五三—一一〇二），字履常，一字無己，號後山居士，彭城（今江蘇徐州）人。曾任太學博士。蘇門四學士之一。工詩，亦被奉爲江西詩派之宗。宋史卷四四四有傳。

〔五〕范公至能：即范成大，字致能。參見卷十四范待制詩集序題解。

〔六〕「五畝」四句：蘇軾六年正月二十日復出東門仍用前韻：「亂山環合水侵門，身在淮南盡處村。五畝漸成終老計，九重新掃舊巢痕。豈惟見慣沙鷗熟，已覺來多釣石温。長與東風約今日，暗香先返玉梅魂。」又余昔過嶺而南題詩龍泉鐘上今復過而北次前韻：「秋風卷黄落，朝雨洗緑浄。人貪歸路好，節近中原正。下嶺獨徐行，艱險未敢忘。遥知叔孫子，已致魯諸生。」

〔七〕「建中初」二句：北宋黨争過程曲折。哲宗元祐年間，朝廷罷新法，啓用舊黨；至紹聖間，則貶斥舊黨，再行新法；徽宗即位，於建中靖國年間，召回元祐舊黨，但蔡京爲相後，則再次嚴禁元祐學術，樹黨人碑，史稱「元祐黨禁」。建中，指建中靖國，徽宗年號。

〔八〕三館：宋承唐制，以史館、昭文館、集賢院爲三館，掌修史、藏書、校書。

〔九〕「及官制行」二句：神宗元豐三年至五年，進行官制改革，史稱「元豐改制」。新官制實行後，取消三館，職事歸秘書省。

〔一〇〕「而鳳巢」二句：李商隱贈劉司户：「江風吹浪動雲根，重碇危檣白日昏。已斷燕鴻初起勢，更驚騷客後歸魂。漢廷急詔誰先入，楚路高歌自欲翻。萬里相逢歡復泣，鳳巢西隔九重門。」

〔一〕韓、曾二相：指韓忠彦、曾布。

〔二〕大藩：指比較重要的州郡一級行政區。

〔三〕領宫祠：任宫觀使。此指徽宗即位後，蘇氏兄弟遇赦，蘇軾提舉玉局觀，復朝奉郎；蘇轍復太中大夫，提舉鳳翔上清太平宫。均見本傳。

〔四〕「至如」句：蘇軾董卓：「公業平時勸用儒，諸公何事起相圖。只言天下無健者，豈信車中有布乎？」

〔五〕「白首」二句：蘇軾送黄師是赴兩浙憲：「世久無此士，我晚得王孫。寧非叔度家，豈出次公門。白首沉下吏，緑衣有公言。哀哉吴越人，久爲江湖吞。……」緑衣，詩邶風篇名。公言，公衆的言論。

〔六〕侍妾朝雲：即王朝雲，原爲歌妓。十二歲時爲蘇軾所贖，後收爲侍妾。陪伴蘇軾貶至惠州而卒，年三十四。黄師是：名寔，章惇甥，蘇轍姻家。見香祖筆記。

〔七〕上僭：謂越位踰制，冒用高於自己身份的名義、禮儀或器物等。詩邶風緑衣序：「緑衣，衛莊姜傷己也。妾上僭，夫人失位而作是詩也。」孔穎達疏：「由賤妾爲君所嬖而上僭，夫人失位而幽微。」

〔一八〕該恰：博通。晉書藝術傳論：「陳、戴等諸子并該洽墳典，研精數術。」

達觀堂詩序

朝請郎致仕吴公景先，少嘗從洛川先生朱公希真問道〔一〕。朱公爲名所居堂曰「達觀」〔二〕，手書以遺之，且賦詩一章，屬之曰：「子爲人深静簡遠〔三〕，不富貴，必壽考〔四〕，故吾以此事相期。」景先出仕五十年，不求速化〔五〕，不治生産，位僅至二千石〔六〕。晚爲東諸侯客〔七〕，遂引年以歸，距八十不遠。望其容貌，不腴不瘠，視聽步趨如五六十人，非得朱公密傳親付，殆不能爾。朱公之逝甚異，世以爲與尹先覺、譙天授、蘇養直俱解化仙去〔八〕，則吾景先亦其流亞歟〔九〕？自朱公賦詩後，士大夫繼作凡若干篇，屬予爲序。嘉泰二年十一月癸丑，放翁陸某務觀序。

【題解】

達觀堂，爲吴褒所居堂名。吴褒，字景先。乾道間曾宰上元（在今南京）。以朝請郎致仕。吴褒曾從學於朱敦儒，朱公爲其居室題名「達觀」，并賦詩爲贈。後士大夫多有繼作，吴褒彙聚後，請序於陸游。陸游少時亦曾得朱公賞識。本文爲陸游爲達觀堂詩所作的序文，稱道朱公、吴公之隱居生涯。

本文據篇末自署，當作於嘉泰二年（一二〇二）十一月癸丑（十二）日。時陸游在實録院同修撰兼同修國史任上。

參考劍南詩稿卷三五題吴參議達觀堂堂榜蓋朱希真所作也僕少亦辱知於朱公故尤感慨云。

【箋注】

〔一〕洛川先生朱公希真：即朱敦儒（一〇八〇—一一七五），字希真，號巖壑，又稱伊水老人、洛川先生，河南人。紹興二年賜進士出身。歷官秘書省正字、浙東提刑、鴻臚少卿。晚年退居嘉禾（今浙江嘉興）。工詞。宋史卷四四五有傳。

〔二〕達觀：指一切聽其自然，隨遇而安。羅含更生論：「達觀者所以齊死生，亦云死生爲寤寐，誠哉是言！」

〔三〕深静簡遠：深沉寧静，簡樸閒遠。

〔四〕壽考：年高，長壽。詩大雅棫樸：「周王壽考，遐不作人。」鄭玄箋：「文王是時九十餘矣，故云壽考。」

〔五〕速化：指快速入仕做官。韓愈答陳生書：「足下求速化之術，不於其人，乃以訪愈，是所謂借聽於聾，求道於盲。」

〔六〕二千石：指郡守。參見卷一嚴州到任謝表注〔一〕。

〔七〕東諸侯：指封疆大員。參見卷十四會稽志序注〔四〕。

〔八〕尹先覺：即尹天民，字先覺，會昌（今屬江西）人。少時清苦自勵，通經學，尤精於易。崇寧間由上舍登第，任國子博士，時稱尹夫子。知果州相如縣。靖康初改授翰林院待講，不就。棄官歸隱青城山。譙天授：即譙定，字天授，人稱譙夫子，涪州涪陵（今屬重慶）人。少喜學佛，後從程頤學易。南宋初召爲崇政殿説書，辭不就，歸隱青城山，不知所終。宋史卷四五九有傳。蘇養直：即蘇庠（一〇六五—一一四七），字養直，號後湖居士。澧州（今湖南澧縣）人，後徙居丹陽（今屬江蘇）之後湖。紹興間被徵召，固辭不赴。工詩善文。解化仙去：指修行成道，成仙而去。

〔九〕流亞：同一類人。三國志蜀書董劉馬陳董吕傳論：「吕乂臨郡則垂稱，處朝則被損，亦黄、薛之流亞矣。」

梅聖俞别集序

宛陵先生遺詩及文若干首，實某官李兼孟達所編緝也〔一〕。先生當吾宋太平最盛時，官京洛〔二〕，同時多偉人巨公，而歐陽公之文，蔡君謨之書〔三〕，與先生之詩，三者鼎立，各自名家。文如尹師魯〔四〕，書如蘇子美〔五〕，詩如石曼卿輩〔六〕，豈不足垂世哉，要非三家之比，此萬世公論也。先生天資卓偉，其於詩，非待學而工。然學亦無出其右者。方落筆時，置字如大禹之鑄鼎〔七〕，練句如后夔之作樂〔八〕，成篇如周公之致太平〔九〕，使後之能者欲學而不得，欲贊而不能，況可得而譏評去取哉？歐陽公平生常自以爲不能望先生，推爲詩老〔一〇〕。王荆公自謂虎圖詩不及先生包鼎畫虎之作〔一一〕，又賦哭先生詩〔一二〕，推仰尤至，晚集古句〔一三〕，獨多取焉。蘇翰林多不可古人，惟次韻和陶淵明及先生二家詩而已〔一四〕。雖然，使本無此三公，先生何歉；有此三公，亦何以加秋毫於先生？予所以論載之者，要以見前輩識精論公，與後世妄人異耳。會李君來請予序，故書以予之。嘉泰三年正月己卯，山陰陸某序。

【題解】

梅聖俞，即梅堯臣（一〇〇二—一〇六〇），字聖俞，宣州宣城（今屬安徽）人，世稱宛陵先生。早年屢試不第，皇祐三年賜進士出身。歷官河南主簿、國子監直講、尚書都官員外郎，預修唐書。以詩著稱，晚益工。宋史卷四四三有傳。梅堯臣去世後，摯友歐陽修爲其編集，并撰梅聖俞詩集序。嘉泰年間，李兼搜集梅堯臣遺佚詩文編爲梅聖俞別集，請序於陸游。本文爲陸游爲梅聖俞別集所作的序文，高度評價梅堯臣的詩歌創作成就。

本文據篇末自署，當作於嘉泰三年（一二〇三）正月己卯（初九）日。時陸游在秘書監、寶謨閣待制任上。

參考劍南詩稿卷五五書宛陵集後、卷六〇讀宛陵先生詩。

【箋注】

〔一〕李兼，字孟達，宣城人。官宗正丞、知台州。直齋書録解題著録其李孟達集一卷，并稱「嘗知台州，時稱善士」。陸游曾應李兼之請，爲其曾祖詩集撰宣城李虞部詩序，見本卷。

〔二〕官京洛：此指梅堯臣早年以蔭補河南主簿。京洛，洛陽的别稱。因東周、東漢均建都於此，故名。班固東都賦：「子徒習秦阿房之造天，而不知京洛之有制也。」

〔三〕蔡君謨：即蔡襄（一〇一二—一〇六七），字君謨，號莆陽居士，謚忠惠，興化軍仙遊（今屬福建）人。天聖進士。官至翰林學士。多有政績。工書法，恪守晉唐法度，被歐陽修、蘇軾等推爲「本朝第一」。宋史卷三二〇有傳。

〔四〕尹師魯：即尹洙（一〇〇一—一〇四七），字師魯，河南府（今河南洛陽）人。天聖進士。歷官館閣校勘、知涇、渭等州，兼涇源路經略公事等。博學有識度，與歐陽修等宣導古文。宋史卷二九五有傳。

〔五〕蘇子美：即蘇舜欽（一〇〇八—一〇四九），字子美，綿州鹽泉（今四川綿陽）人。蘇易簡之孫。景祐進士。歷官光禄寺主簿、大理評事、集賢校理、監進奏院、湖州長史等。慷慨有大志，力主改革。與歐陽修、梅堯臣等倡和，歌詩豪放，善草書。宋史卷四四二有傳。

〔六〕石曼卿：即石延年（九九四—一〇四一），字曼卿，宋城（今河南商丘）人。屢舉進士不第，以武臣叙遷得官，仕至太子中允、秘閣校理。跌宕任氣節，爲文勁健，工詩善書。宋史卷四四二有傳。

〔七〕大禹之鑄鼎：相傳夏禹鑄九鼎，象徵九州，夏商周三代奉爲象徵國家政權的傳國之寶。史記封禪書：「禹收九牧之金，鑄九鼎。」

〔八〕后夔之作樂：相傳后夔製作樂曲。文選張衡東京賦：「伯夷起而相儀，后夔坐而爲工。」薛綜注：「后夔，舜臣，掌樂之官。」

〔九〕周公之致太平：周公實現了天下太平。漢書地理志：「河南，故郟鄏地。周武王遷九鼎，周公致太平，營以爲都，是爲王城，至平王居之。」

〔一〇〕詩老：指老於作詩者，作詩老手。蘇軾鳳翔八觀王維吴道子畫詩：「摩詰本詩老，佩芷襲芳蓀。」

〔一一〕虎圖詩：王安石有陰山畫虎圖詩。包鼎畫虎：梅堯臣有答王君石遺包虎二軸詩。包鼎，宣城人，包貴子，父子均爲畫虎名家而鼎最妙。

〔一二〕又賦哭先生詩：王安石有哭梅聖俞詩。

〔一三〕集古句：又稱集句詩，指輯前人詩句以成篇什。沈括夢溪筆談藝文一：「古人詩有『風定花猶落』之句，以謂無人能對；王荆公以對『鳥鳴山更幽』。『鳥鳴山更幽』，本宋王籍詩……荆公始爲集句詩，多者至百韻，皆集合前人之句。」

〔一四〕蘇翰林：指蘇軾，曾任翰林學士知制誥，故稱。蘇軾有和陶詩四卷，遍和陶淵明詩篇。

楊夢錫集句杜詩序

文章要法，在得古作者之意。意既深遠，非用力精到〔一〕，則不能造也。前輩於左氏傳、太史公書、韓文、杜詩，皆熟讀暗誦，雖支枕據鞍間〔二〕，與對卷無異。久之，乃能超然自得。今後生用力有限，掩卷而起，已十亡三四，而望有得於古人，亦難矣。楚人楊夢錫才高而深於詩，尤積勤杜詩〔三〕，平日涵養不離胸中，故其句法森然可喜〔四〕。因以暇戲集杜句。夢錫之意，非爲集句設也，本以成其詩耳。不然，火龍黼黻手〔五〕，豈補綴百家衣者耶〔六〕？予故爲表出之，以告未深知夢錫者。嘉泰三年正月丁亥，笠澤陸某務觀序。

【題解】

楊夢錫，即楊冠卿，字夢錫，號客亭，江陵（今屬湖北）人。與范成大等有交往。著有客亭類稿。楊冠卿精通詩法，對杜詩用力尤深，作杜詩集句若干首。本文爲陸游爲楊夢錫的集句杜詩所作的序文，説明集句非爲補綴百家衣，文章要法在於對文史經典的熟讀暗誦。

本文據篇末自署，當作於嘉泰三年（一二〇三）正月丁亥（十七）日。時陸游在秘書監、寶謨閣待制任上。

【箋注】

〔一〕精到：精細周到。

〔二〕支枕據鞍：豎枕跨鞍，指閒居休憩和行軍作戰。

〔三〕積勤：長久勤劬。韓愈祭馬僕射文：「惟公積勤，以疾以憂。及其歸時，當謝之秋。」

〔四〕森然：嚴整貌。

〔五〕火龍黼黻手：描畫火龍黼黻之手。指深得集句三昧的詩人。火龍，指火形和龍形的圖案。多用於帝王服飾。黼黻，指禮服上所繡的華美花紋。左傳桓公二年：「火龍黼黻，昭其文也。」

〔六〕豈補綴百家衣者邪：劍南詩稿卷二一次韻和楊伯子主簿見贈：「文章最忌百家衣，火龍黼黻世不知。」

陸伯政山堂類稿序

古之學者，始於家塾鄉校，而貢於天子之辟雍〔一〕；始於抱關擊柝〔二〕，而至於公卿；始於賦物銘器、師旅會盟之辭，而至於陳謨作誥〔三〕。其所遇雖不同，然於明聖人之道，闡性命精微之理〔四〕，則一也。周衰，道術裂於百氏〔五〕，士各以所見著書授徒，於是稽之堯、舜、禹、文王、周公、孔子之遺書〔六〕，始有大不合者。今六經散缺不全，而諸子之書則往往具在。又其辭怪偉辯麗〔七〕，足以動蕩世之耳目，乃欲學者之文辭一合於道，而不悖戾於經〔八〕，可謂難矣。吾宗伯政，諱焕之，唐丞相文公希聲之九世孫〔九〕。文公上距丞相元方五世〔一〇〕，中間子孫遇五季之亂，獨不失譜，至今世次皆可序述。伯政家世爲儒，力學篤行，至老不少衰。所爲文皆本六經，無一毫汩於釋老〔一一〕。雖其徒有從之求文者，伯政尊所聞，猶毅然不爲之貶。至如楊公時〔一二〕，近世名儒，獨以立論少入釋老，伯政正色斥之，不遺餘力。使死而有知，吾伯政有以見周公、孔子矣。其孤集遺文爲二十卷，來請余爲序。伯政之文，可稱述者衆，予獨言其學術文辭之正以序之，尚不失斯人之本意，又進其子孫云〔一三〕。嘉泰四年二月丁巳，笠澤陸某謹序。

【題解】

陸伯政，即陸焕之。參見卷十三答陸伯政上舍書題解。陸焕之於嘉泰三年十月去世，其子集其遺文成山堂類稿二十卷，請序於陸游。本文爲陸游爲陸焕之山堂類稿所作的序文，稱道其「文皆本六經」，揭示其「學術文辭之正」。

本文據篇末自署，當作於嘉泰四年（一二〇四）二月丁巳（二十三）日。時陸游致仕家居。

參考卷十三答陸伯政上舍書、卷三八山堂陸先生墓誌銘、劍南詩稿卷五六聞金溪陸伯政下世。

【箋注】

〔一〕辟雍：古代天子所設大學。參見卷十二除華文閣待制謝丞相啓注〔一七〕。

〔二〕抱關擊柝：守門打更的小吏。荀子榮辱：「故或禄天下而不自以爲多，或監門御旅，抱關擊柝，而自不以爲寡。」楊倞注：「抱關，門卒也，擊柝，擊木所以警夜者。」

〔三〕陳謨作誥：擬製朝廷文書。謨、誥，均爲尚書文體名。

〔四〕性命：指萬物的天賦和稟受。易乾：「乾道變化，各正性命。」宋代道學家專意研究性命之學，因以指道學。　精微：精深微妙。

〔五〕道術：指學術，學説。莊子天下：「後世之學者，不幸不見天地之純，古人之大體，道術將爲天下裂。」

〔六〕稽：考核，稽考。

〔七〕怪偉：怪異，特異。　辯麗：指文辭華美綺麗。漢書王褒傳：「辭賦大者與古詩同義，小者辯麗可喜。」

〔八〕悖戾：違逆，乖張。舊唐書蕭遘傳：「時溥恃勳壞法，淩蔑朝廷，而抗表請按侍臣，悖戾何甚？」

〔九〕文公希聲：即陸希聲，唐代蘇州吴人。博學善屬文，通易、春秋、老子。昭宗時官至宰相。卒謚文。新唐書卷一一六有傳。

〔一〇〕元方：即陸元方，字希仲，唐代蘇州吴人。舉明經第。武則天時官至宰相。新唐書卷一一六有傳。

〔一一〕汩於釋老：爲佛教、道教所擾亂。

〔一二〕楊公時：即楊時（一〇五三—一一三五），字中立，世稱龜山先生，南劍州將樂（今屬福建）人。熙寧進士。先後學於程顥、程頤，東南學者奉爲「程學正宗」。官至工部侍郎。致仕後專事著述講學。宋史卷四二八有傳。

〔一三〕進：推進，促進。

普燈録序

粤自曠大劫來〔一〕，至神應迹〔二〕，開示天人〔三〕，未有不以文字語言相授者，今七佛偈是其一也〔四〕。至於中夏，則三十萬年之前，包犧氏作，已畫八卦、造書契矣〔五〕。釋迦之興〔六〕，固亦無異。今一大藏教〔七〕，可謂富矣，乃獨於最後舉華示其上足弟子迦葉，迦葉欣然一笑，不立文字，不形言語，謂之正法眼藏〔八〕。師舉華而傳，弟子一笑而受，既書之木葉旁行之間矣〔九〕，亦未見其與古聖異也。豈謂之文而非文，謂之言而非言耶？昔有景德傳燈三十卷者〔一〇〕，蓋非文之文，非言之言也。此門一開，繼者相望，其尤傑立者，續燈、廣燈二書也〔一一〕。然皆草創簡略，自爲區別，雖聖君賢臣之事，有不能具載者，獨旁見間出於諸祖章中，識者以爲恨。吴僧正受始著普燈，凡十有七年，成三十卷，前日之恨，毫髮無遺矣。而尤爲光明崇顯者〔一二〕，我祖宗之明詔睿藻〔一三〕，裒集周悉，一一皆有據依，足以傳示萬世，實爲大訓，其有功於釋門最大。方且上之御府，副在名山〔一四〕，而又以其副示某，俾得紀述梗概於後。某自隆興距嘉泰，五備史官〔一五〕，今雖告老，待盡山澤，猶於祖宗遺事，思以塵露之微，仰足山海，不自知其力之不逮也。嘉泰四年三月乙酉，太中大夫、充寶謨閣待制致仕、山陰縣開國子食邑五伯户、賜紫金魚袋陸某謹序〔一六〕。

【題解】

普燈録，亦稱嘉泰普燈録，三十卷，禪宗燈録之一。南宋平江府報國光孝寺僧正受編。正受鑒於向來之傳燈録偏重記録禪門師徒傳法，乃着手補充景德傳燈録、天聖廣燈録、建中靖國續燈録等書之不足，由於内容普及王侯、士庶、女流、尼師等聖賢衆庶，故名普燈録。全書費時十七年，於嘉泰四年編成，并請序於陸游。本文爲陸游爲普燈録所作的序文，追述傳燈録之歷史，肯定普燈録「傳示萬世，實爲大訓」的價值。

本文據篇末自署，當作於嘉泰四年（一二〇四）三月乙酉（二十二）日。時陸游致仕家居。

【箋注】

〔一〕粤：句首語助詞。　曠大劫：劫，佛教指注定的災難。又謂天地一成一毀爲一劫，經八十小劫爲一大劫。曠劫，久遠之劫，過去的極長時間。

〔二〕應迹：指應化垂迹，即佛菩薩應衆生之機緣而自其本體示現種種身，以濟度衆生。觀音玄義卷上：「上地爲真爲本，下地爲應爲迹。」

〔三〕開示：啓示，啓發。後漢書南蠻傳：「喬至，開示慰誘，并皆降散。」

〔四〕七佛偈：七位佛祖的偈語。七佛，指毗婆尸佛、尸棄佛、毗舍浮佛、拘留孫佛、拘納含牟尼佛、迦葉佛和釋迦牟尼佛。佛偈爲佛經中的頌詞。多用三言、四言、五言、六言、七言以至多言爲句，四句合爲一偈。如釋迦牟尼之佛偈謂：「法本法無法，無法法亦法，今付無法時，法法何曾法。」

〔五〕「包犧氏」二句：包犧亦稱庖犧、伏羲。古代傳説中的三皇之一。風姓。相傳其始畫八卦，又教民漁獵，取犧牲以供庖廚，因稱庖犧。書序：「古者伏羲氏之王天下也，始畫八卦，造書契，以代結繩之政，由是文籍生焉。」陸德明釋文：「書者，文字。契者，刻木而書其側。」

〔六〕釋迦：即釋迦牟尼（約前五六三—前四八三），姓喬答摩，名悉達多。佛教始祖。釋迦牟尼是佛教徒對他的尊稱，意即釋迦族的聖人。

〔七〕一大藏教：指以釋迦佛所説之經、律、論三藏教法，爲全佛教之教説，故稱一大藏教。

〔八〕「乃獨於」五句：指釋迦佛傳法於迦葉。宋釋普濟五燈會元七佛釋迦牟尼佛卷一：「世尊於靈山會上，拈花示衆。是時衆皆默然，唯迦葉尊者破顔微笑。世尊曰：『吾有正法眼藏，涅盤妙心，實相無相，微妙法門，不立文字，教外别傳，付囑摩訶迦葉。』」華，同花。迦葉，即摩訶迦葉波，釋迦佛的大弟子，被認爲是中國禪宗初祖。正法眼藏，佛教語。禪宗用來指依徹見真理之智慧眼（正法眼）透見萬德秘藏之法（藏），亦即佛内心之悟境，由師父之心傳至弟子之心。

〔九〕木葉旁行：指書寫佛經的載體。木葉，即貝葉，古代印度人用以寫經。旁行，横寫。佛經與漢籍豎行不同。

〔一〇〕景德傳燈：即景德傳燈録三十卷，北宋景德元年東吴道原撰。集録自過去七佛及歷代禪宗諸祖五家五十二世，共一千七百零一人之傳燈法系。傳燈録介於僧傳與語録之間，爲禪宗首創。它略於記行，詳於記言；且擷取語録之精要，又按照授受傳承的世系編列，相當於禪宗思想史。

〔一一〕續燈、廣燈：即天聖廣燈録、建中靖國續燈録。前者爲天聖年間李遵勗編，仁宗賜「天聖」二字并序；後者爲建中靖國元年惟白編。二書均爲接續景德傳燈録而編。

〔一二〕崇顯：尊貴顯要。後漢書皇后紀下陳夫人：「況二母見在，不蒙崇顯之次，無以述遵先世，垂示後世也。」

〔一三〕明詔：英明的詔令。史記蘇秦列傳：「臣請令山東之國奉四時之獻，以承大王之明詔。」

睿藻：指皇帝或后、妃所作的詩文。宋之問夏日仙萼亭應制詩：「睿藻光巖穴，宸襟洽薜蘿。」

〔一四〕「方且」二句：普燈録書成後，正受上進朝廷，宋寧宗敕許入藏。御府，主藏禁中圖書秘記的官署。名山，指可以傳之不朽的藏書之所。史記太史公自序：「以拾遺補藝，成一家之言……藏之名山，副在京師，俟後世聖人君子。」司馬貞索隱：「言正本藏之書府，副本留京師也。」

〔一五〕「某自」二句：陸游自紹興末至嘉泰年間，先後五次出任史官，即敕令所删定官（紹興三十年）、玉牒所編修官（紹興三十一年）、樞密院編修兼編類聖政所檢討官（紹興三十二年）、實録院檢討官（淳熙十六年）、實録院同修撰兼同修國史（嘉泰二年）。「隆興」似應作「紹興」。

〔一六〕開國：在五等封爵前所加的稱號。高承事物紀原官爵封建開國：「晉令始有開國之稱，故五等皆郡縣開國。陳亦有開國郡公、縣侯伯子男，侯已降，無郡封。由唐迄今，因而不改。」食邑：唐宋時賜予宗室和高級官員的榮譽性加銜。賜紫金魚袋：宋代元豐改制後，四品以上服紫，官品不及而皇帝推恩特賜，准許服紫以示尊寵，稱賜紫。賜紫同時賜金魚袋，合稱賜紫金魚袋。魚袋之制始於唐，以魚符盛於袋。宋代無袋，以金銀飾爲魚形，繫於帶而垂於後，以明貴賤。陸游時以太中大夫、充寶謨閣待制致仕，賜紫金魚袋以示尊寵。

澹齋居士詩序

詩首國風，無非變者〔一〕，雖周公之豳亦變也〔二〕。蓋人之情，悲憤積於中而無言，始發爲詩。不然，無詩矣。蘇武、李陵、陶潛、謝靈運、杜甫、李白，激於不能自已，故其詩爲百代法。國朝林逋、魏野以布衣死〔三〕，梅堯臣、石延年棄不用〔四〕，蘇舜欽、黄庭堅以廢絀死〔五〕。近時江西名家者〔六〕，例以黨籍禁錮〔七〕，乃有才名，蓋詩之興本如是。紹興間，秦丞相檜用事，動以語言罪士大夫。士氣抑而不伸，大抵竊寓於詩，亦多不免。若澹齋居士陳公德召者，故與秦公有學校舊〔八〕，自揣必不合，因不復與相聞，退以文章自娱。詩尤中律吕，不怨不怒〔九〕，而憤世疾邪之氣，凛然不少回撓〔一〇〕。其不坐此得禍，亦僅脱爾。及秦氏廢，始稍起，爲吏部郎〔一一〕，爲國子司業、秘書少監，遽没於官。後四十餘年，有子知津爲高安守〔一二〕，最其詩〔一三〕，得三卷，屬某爲序。某少識公於山陰，方公召還，嘗以詩贈别〔一四〕。及公爲郎時，故相湯岐公一日語公曰〔一五〕：「陸務觀别君詩方傳世。」非公之賢，何以發其語如此，時紹興己卯歲也〔一六〕。因高安之請〔一七〕，重以感欷〔一八〕，某於是年八十有一矣。開禧元年九月，太中大夫、寶謨閣待制致仕、山陰縣開國子食邑五百户、賜紫金魚袋陸某序。

【題解】

澹齋居士，即陳棠（一一〇一—一一六二），字德召，號澹齋居士，毗陵（今江蘇常州）人。紹興二年進士。因與秦檜不合，居家不仕。秦檜卒，始出仕，曾任宫學教授，紹興二十九年除考功員外郎，三十年除國子司業，三十二年九月除秘書少監，十二月致仕。（據南宋館閣録卷七）四十餘年後。其子陳知津收聚父親之詩編爲三卷，請序於陸游。本文爲陸游爲澹齋居士陳棠詩集所作的序文，追憶陳棠事迹及與其交往，闡述詩之興蓋因悲憤積於中而無言。

本文據篇末自署，當作於開禧元年（一二〇五）九月。時陸游致仕家居。

參考劍南詩稿卷一送陳德邵宫教赴行在二十韻。

【箋注】

〔一〕「詩首」二句：詩大序：「至於王道衰，禮儀廢，政教失，國異政，家殊俗，而變風變雅作矣。」

孔穎達疏：「王道衰，諸侯有變風；王道盛，諸侯有正風。」古人將詩經國風中的周南、召南稱爲「正風」，將邶至豳等十三國的作品稱爲「變風」。

〔二〕周公之豳：豳地爲周人祖居之地，約包括今陝西咸陽、旬邑、彬縣及周邊一帶。朱熹認爲豳風中七月一篇爲周公所作，其餘六篇也都與周公相關。詩集傳卷八：「武王崩，成王立，年幼不能莅阼，周公旦以冢宰攝政，乃述后稷、公劉之化，作詩一篇，以戒成王，謂之豳風，而後人又取周公所作及凡爲周公而作之詩以附焉。」

〔三〕林逋（九六八—一〇二八）：字君復，杭州錢塘人。早歲放游江淮間，後歸杭州，隱居西湖孤山二十年，種梅養鶴，終身不仕不娶。卒謚和靖先生。宋史卷四五七有傳。魏野（九六一—一〇二〇）：字仲先，號草堂居士，陝州（今河南陝縣）人。築草堂於州之東郊，不求仕進，屢徵不赴。詩格清苦類晚唐。宋史卷四五七有傳。

〔四〕梅堯臣：參見本卷梅聖俞別集序題解。石延年：參見本卷梅聖俞別集序注〔六〕。

〔五〕蘇舜欽：參見本卷梅聖俞別集序注〔五〕。黃庭堅：參見本卷施司諫注東坡詩序注〔五〕。

〔六〕江西名家者：指江西派詩人。

〔七〕黨籍禁錮：指元祐黨禁中因入黨籍而遭禁錮。參見卷十四送范西叔序注〔七〕。

〔八〕「與秦公」句：秦檜中詞科後，曾任太學學正，或陳棠此時亦曾在太學任職。

〔九〕「詩尤」三句：指符合儒家温柔敦厚的詩教標準。

〔一〇〕回撓：即屈服。魏書游肇傳：「雖寵勢干請，終無回撓。方正之操，時人服之。」

〔一一〕吏部郎：指考功員外郎。宋會要輯稿選舉二〇之一四：「（紹興二十九年八月）考功員外郎陳棠充小院考試官。」

〔一二〕高安：即筠州，今江西宜春。

〔一三〕最：聚合，彙聚。

〔一四〕以詩贈別：即劍南詩稿卷一送陳德邵宫教赴行在二十韻。

〔一五〕湯岐公：即湯思退，參見卷六賀湯丞相啓題解。湯思退紹興二十九年九月進左僕射。

〔一六〕紹興己卯歲：即紹興二十九年（一一五九）。

〔一七〕高安：此指高安守陳知津。

〔一八〕感歙：感激歙歔。韓愈唐故檢校尚書左僕射右龍武軍統軍劉公墓誌銘：「蜀人苦楊琳寇掠，公單船往説，琳感歙，雖不即降，約其徒不得爲虐。」

傅給事外制集序

國家自崇寧來，大臣專權，政事號令，不合天下心，卒以致亂〔一〕。然積治已久，文風不衰，故人材彬彬，進士高第及以文辭進於朝者，亦多稱得人〔二〕，祖宗之澤猶在。黨籍諸家爲時論所貶者〔三〕，其文又自爲一體，精深雅健，追還唐元和之盛〔四〕。及高皇帝中興，雖披荆棘，立朝廷〔五〕，中朝人物〔六〕，悉會於行在。雖中原未平，而詔令有承平風〔七〕，識者知社稷方永、太平未艾也。故給事中傅公以是時典西省文書〔八〕，得名尤盛。公天資忠義絶人。自東夷寇逆滔天〔九〕，建炎中大駕南渡，虜吞噬不遺力，幾犯屬車之塵〔一〇〕。公眇然書生〔一一〕，位未通顯，獨涕泗感激，請提孤軍，横遏虜衝，衛乘輿〔一二〕，論功埒諸大將〔一三〕。及駐蹕會稽，公遂爲浙東帥，始隱然有大臣望，雖擯斥不容，而士論愈歸。及在東省〔一四〕，御史力詆去之，然猶知公爲一代大儒，蓋公論不可揜如此〔一五〕。公遺文百餘卷，嗣孫稚貧甚，手自鈔録，以傳後世。未能竟，乃先緝外制數百篇，屬某爲序。公之文，固天下所願見而取法。某未成童時，公過先少師〔一六〕，每獲出拜侍立，被公教誨，距今七十餘年〔一七〕，幸猶後死，得論序公文，亦幸矣。某聞文以氣爲主，出處無愧，氣乃不橈〔一八〕，韓柳之不敵，世所知也。公自政和訖紹興，閲世變多矣，白首一節，不少屈於權貴，不附時論以苟登用〔一九〕。每言虜，言畔臣〔二〇〕，必憤然扼腕裂眦，有不與俱生之意。士大夫稍有退縮者，輒正色責之若讎。一時士氣，爲之振起。今觀其制告之詞，可概見也。公諱崧卿，字子駿。於虖賢哉！

開禧元年九月某日，太中大夫、充寶謨閣待制致仕、山陰縣開國子食邑五百户、賜紫金魚袋陸某謹序。

【題解】

傅給事，即傅崧卿，字子駿，號樵風，越州山陰（今浙江紹興）人。政和五年進士。歷官考功員外郎、秘書少監、中書舍人、權户部侍郎、給事中，紹興八年提舉江州太平觀。宋史翼卷二七、嘉泰會稽志卷十五有傳。外制：唐宋時由中書舍人或知制誥所掌的皇帝誥命稱外制，由翰林學士所掌之誥命稱内制。傅公南渡之初，忠義大節，爲一時稱首，但壯志未酬，遭讒誣不用。遺文百餘卷，後人無力刊刻，其孫傅稚先輯外制數百篇，請序於陸游。本文爲陸游爲傅給事外制集所作的序文，稱頌傅公之功業氣概，揭示「文以氣爲主，出處無愧，氣乃不撓」的規律。

本文據篇末自署，當作於開禧元年（一二〇五）九月。時陸游致仕家居。

參考卷三一跋傅給事竹友詩稿、跋傅給事帖。

【箋注】

〔一〕「國家」五句：指宋徽宗崇寧元年新黨蔡京拜相，開元祐黨禁，打擊舊黨，導致内憂外患。這是南宋初士大夫對北宋覆亡的普遍看法。

〔二〕得人：謂得到德才兼備的人。論語雍也：「子曰：『女得人焉耳乎？』」邢昺疏：「孔子問子游，言女在武城，得其有德之人乎？」

〔三〕黨籍諸家：指列入元祐黨籍的各家，如「蘇門四學士」等。「黨籍」參見卷十三送范西叔序注〔七〕。
〔四〕唐元和之盛：唐憲宗元和年間，文壇上韓柳、元白等並駕齊驅，極一時之盛。
〔五〕「及高皇帝」三句：指宋高宗渡江後歷經艱險，穩定了南宋政權。
〔六〕中朝：偏安江左的東晉、南宋分别稱建都中原時的西晉、北宋爲「中朝」。
〔七〕承平風：指太平年代的風貌。
〔八〕西省：中書省的别稱。蘇軾再次韻答完夫穆父：「豈知西省深嚴地，也著東坡病瘦身。」
〔九〕東夷寇逆滔天：指金兵攻陷汴京，擄走徽、欽二帝。
〔一〇〕「虜吞」二句：指金兵渡江追擊，幾次逼近高宗車駕。屬車，帝王出行時的侍從車，借指帝王。
〔一一〕眇然：微小、弱小貌。
〔一二〕乘輿：特指天子和諸侯所乘坐的車子。孟子梁惠王下：「今乘輿已駕矣，有司未知所之。」
〔一三〕埒：等同，並列。史記平準書：「故吴諸侯也，以即山鑄錢，富埒天子。」
〔一四〕東省：宋代指秘書省，掌圖籍。傅崧卿紹興元年至二年任秘書少監。
〔一五〕揜：同掩。掩飾，遮蔽。
〔一六〕先少師：指陸游之父陸宰。

〔一七〕詎：同距。

〔一八〕不橈：亦作不撓。不彎曲。形容剛正不屈。荀子榮辱：「義之所在，不傾於權，不顧其利，舉國而與之不爲改視，重死持義而不橈，是士君子之勇也。」

〔一九〕時論：當時的輿論。登用：進用。史記夏本紀：「舜登用，攝行天子之政。」

〔二〇〕畔臣：背叛君國的臣子。漢書蕭望之傳：「如使匈奴後嗣卒有鳥竄鼠伏，闕於朝享，不爲畔臣……萬世之長策也。」

聞鼙録序

元豐初，置武學，先太師以三館兼判學事，今學制規模多出於公〔一〕，而策問亦具載家集中〔二〕。後百餘年，某從子朴作聞鼙録若干篇〔三〕，論孫吴遺意〔四〕，欲上之朝，且乞序於某。某懦且老，非能知武事者。朴許國自奮之志〔五〕，亦某所愧也，乃從其請。開禧元年十一月丁卯，陸某序。

【題解】

聞鼙録，陸朴著，内容爲「論孫吴遺意」，乃論兵之作。鼙，古代軍中小鼓。陸朴爲陸游從子，欲將聞鼙録獻上朝廷，請序於陸游。本文爲陸游爲聞鼙録所作的序文，揭示武學乃陸氏家族傳統，贊揚陸朴許國自奮之志。

本文據篇末自署，當作於開禧元年（一二〇五）十一月丁卯日。時陸游致仕家居。

【箋注】

〔一〕「先太師」二句：先太師指陸游祖父陸佃。元豐初，陸佃任集賢校理、崇政殿説書。時正處於元豐改制中，陸佃精於禮，參與了武學學制的製定。三館，參見本卷施司諫注東坡詩注〔九〕。

〔二〕「而策」句：陸佃陶山集（文淵閣四庫全書本）卷九有武學策問九首，當即此。

〔三〕從子：侄子，兄弟之子。

〔四〕孫吳：春秋時孫武和戰國時吳起，皆古代兵家。孫武著兵法十三篇。吳起著吳子四十八篇。荀子議兵：「孫吳用之，無敵於天下。」楊倞注：「孫，謂吳王闔閭將孫武；吳，謂魏武侯將吳起也。」遺意：前人著述留下的意味、旨趣。

〔五〕許國：指將一身奉獻給國家，報效國家。晉書陸玩傳：「誠以身許國，義忘曲讓。」自奮：自我奮發而欲有所爲。漢書常惠傳：「少時家貧，自奮應募，隨移中監蘇武使匈奴，并見拘留十餘年。」

周益公文集序

天之降才固已不同，而文人之才尤異。將使之發册作命、陳謨奉議〔一〕，則必畀之以閎富淹貫、温厚爾雅之才〔二〕，而處之以帷幄密勿之地〔三〕。故其位與才常相稱，然後其文足以紀非常之事，明難喻之指，藻飾治具〔四〕，風動天下〔五〕，書黄麻之詔〔六〕，鏤白玉之牒〔七〕，藏之金匱石室〔八〕，可謂盛矣。若夫將使之闡道德之原，發天地之秘，放而及於鳥獸蟲魚草木之情〔九〕，則畀之才亦必雄渾卓犖〔一〇〕，窮幽極微，又畀以遠遊窮處，排擯斥疏，使之磨礲齟齬〔一一〕，瀕於寒餓，以大發其藏。故其所賦之才，與所居之地，亦若造物有意於其間者。雖不用於時，而自足以傳後世。此二者，造物豈真有意哉？亦理之自然，古今一揆也〔一二〕。大丞相太師益公，自少壯時以進士、博學宏詞疊二科起家〔一三〕。不數年，歷太學三館，予實定交於是時〔一四〕。時固多豪隽不群之士〔一五〕，然落筆立論，傾動一座，無敢嬰其鋒者，惟公一人。中雖暫斥，而玉煙劍氣、三秀之芝〔一六〕，非窮山腐壤所能湮没。復出於時，極文章禮樂之用，絶世獨立，遂登相輔。雖去視草之地〔一七〕，而大詔令典册，孝宗皇帝猶特以屬公。於虖！聖主之心，亦如造物，非私公以富貴。蓋大官重任，不極不久，則無以盡公之才也。公既薨逾年，公之子綸以公遺文號省齋文稿者，屬予爲之序。公在位久，崇論谹議，豐功偉績，見於朝廷、傳之夷狄者，何可勝數，予獨論其文者。墓有碑，史有傳，非集序所當及也。開禧元年十二月甲子，太中大夫、寶謨閣待制致仕、山陰縣開國子食邑五百户、賜紫金魚袋陸某謹序。

【題解】

周益公，即周必大。因封益國公，故稱周益公。參見卷十賀周參政啓題解。宋史本傳載：「必大在翰苑幾六年，制命温雅，周盡事情，爲一時詞臣之冠。」他學問廣博，著書八十一種、二百卷。周必大去世一年後，其子周綸將其文集省齋文稿送陸游求序。本文爲陸游爲省齋文稿所作的序文，闡述文人之才的特殊和難得，高度評價周必大詔令典册之文的成就。

本文據篇末自署，當作於開禧元年（一二〇五）十二月甲子（十二）日。時陸游致仕家居。

參考卷十賀周參政啓、卷十一賀周樞密啓、卷十二賀周丞相啓。

【箋注】

〔一〕發册作命：草擬、發布帝王封后立嗣等的册命文書。　陳謨奉議：陳獻謀劃，進奉論議。

〔二〕畀：給予。　閎富淹貫：宏偉富贍，深通廣曉。　温厚爾雅：温和寬厚，近於雅正。

〔三〕帷幄：指帝王。天子居處必設帷幄，故稱。　密勿：機要，機密。三國志魏書杜恕傳：「與聞政事密勿大臣，寧有懇懇憂此者乎？」

〔四〕治具：治國的措施。語本莊子天道：「驟而語形名賞罰，此有知治之具，非知治之道。」

〔五〕風動：指廣泛回應。書大禹謨：「帝曰：『俾予從欲以治，四方風動，惟乃之休。』」

〔六〕黃麻之詔：黃麻紙的詔書。古代詔書，内事用白麻紙，外事用黃麻紙。杜甫贈翰林張四學士垍：「紫誥仍兼綰，黃麻似六經。」楊倫箋注引唐會要：「開元三年，始用黃麻紙寫詔。」

〔七〕白玉之牒：古代帝王用於封禪、郊祀的玉簡文書。史記孝武本紀：「封泰山下東方，如郊祠泰一之禮。封廣丈二尺，高九尺，其下則有玉牒書，書祕。」

〔八〕金匱石室：古時保存書契文獻之處。漢書高帝紀下：「又與功臣剖符作誓，丹書鐵契，金匱石室，藏之宗廟。」顔師古注：「如淳曰：『金匱，猶金縢也。』以金爲匱，以石爲室，重緘封之，保慎之義。」

〔九〕放：擴展。　鳥獸蟲魚草木：泛指生物。

〔一〇〕雄渾卓犖：雄健渾厚，超絶出衆。

〔一一〕磨礲：磨煉，折磨。　齟齬：指仕途不順達。新唐書王求禮傳：「然以剛正故，宦齟齬。神龍初，終衛王府參軍。」

〔一二〕一揆：指同一道理。書序：「雅誥奧義，其歸一揆。」

〔一三〕疊二科起家：指周必大紹興間連中進士科、博學宏詞科。

〔一四〕「歷太學」二句：指周必大起家後歷任太學録、秘書省正字兼國史院編修官。陸游紹興三十年五月進京除敕令所删定官，同年周必大任太學正，應試館職，十月除秘書省正字。三館，參見本卷施司諫注東坡詩注〔九〕。

〔一五〕豪雋不群：才能傑出，高出同輩。

〔一六〕玉煙：指煙靄。劍氣：劍之光芒。比喻人的才氣。任昉宣德皇后令：「劍氣凌雲，而屈迹於萬夫之下。」三秀之芝：即靈芝，一年開花三次。楚辭九歌山鬼：「采三秀兮於山間，石磊磊兮葛蔓蔓。」王逸注：「三秀，謂芝草也。」

〔一七〕視草：詞臣奉旨修正詔諭類公文。漢書淮南王劉安傳：「每爲報書及賜，常召司馬相如等視草乃遣。」

宣城李虞部詩序

宣之爲郡，自晉唐至本朝，地望常重。來爲守者不知幾人，而風流吟詠，謝宣城實爲之冠〔一〕。生其鄉者幾人，而歌詩復古，梅宛陵獨擅其宗〔二〕。此兩公蓋與敬亭之山俱不磨矣〔三〕。故宣之士多工於文，而五七字爲尤工。唐有李推官〔四〕，以詩名當代。其家傳遺詩得數百篇，以詩考之，蓋與皮、陸同時歟〔五〕？自推官後，世世得能詩聲。當元豐間，有虞部公作詩益工。推官清新警邁〔六〕，極鍛鍊之妙。而虞部則規模思致〔七〕，宏放簡遠〔八〕，自宛陵出。如劉子駿，文學不盡與父同〔九〕，議者亦不能優劣之也。予得其兩世遺編於虞部之曾孫臨海太守兼〔一〇〕，字孟達。孟達固詩人，蓋淵源二祖而能不愧者。推官、虞部之家世、諱字，與其學術、行治〔二〕，蓋各見於其墓刻家諜，予獨志其詩云。開禧三年六月丙午，太中大夫、寶謨閣待制致仕、渭南縣開國伯食邑八百户、賜紫金魚袋陸某謹序。

【題解】

宣城李虞部，即李閎，宣城人。元豐間曾任虞部郎中。元祐間知明州，除都官郎中、提點江西刑獄。寶慶四明志卷一郡守：「李閎，曾任虞部郎中。元祐年（在明州任）。」其曾孫、知台州李兼，將先祖李咸用和李閎之詩集送陸游求序。本文爲陸游爲李閎詩作所作的序文，梳理宣城之文學傳統，揭示李咸用、李閎詩的不同特點。

本文據篇末自署，當作於開禧三年（一二〇七）六月丙午日（初二）。時陸游致仕家居。

參考本卷梅聖俞别集序。

【箋注】

〔一〕謝宣城：即謝朓（四六四—四九九），字玄暉，陳郡陽夏（今河南太康）人。曾參加竟陵王蕭子良西邸的文學活動，爲「竟陵八友」之一。長於五言詩，爲永明體代表，尤工山水詩。世稱小謝。建武二年（四九五）出爲宣城太守，後人又稱謝宣城。南齊書卷四七有傳。

〔二〕梅宛陵：即梅堯臣，參見本卷梅聖俞别集序題解。

〔三〕敬亭山：山名。原名昭亭山，晉初爲避帝諱，改名敬亭山。在今安徽宣城北。山高數百丈，千巖萬壑，爲江南名勝。謝朓有遊敬亭山詩，李白有獨坐敬亭山詩。

〔四〕李推官：即李咸用，袁州（今江西宜春）人。唐末舉進士不第，寓居湘中、廬山等地。後官浙西推官。著有披沙集。事迹見唐才子傳卷十。

〔五〕皮、陸：指晚唐詩人皮日休、陸龜蒙。

〔六〕警邁：同「警拔」，警策拔俗。

〔七〕規模：指體制，程式。思致：指才思，意趣。

〔八〕宏放簡遠：宏偉曠達，簡古深遠。

〔九〕「如劉子駿」二句：劉歆字子駿，與其父劉向均爲西漢著名經學家、文學家、目録學家，但父子學派不同。劉向崇尚今文經學，劉歆推崇古文經學。

〔一〇〕兩世遺編：指李咸用之披沙集和李閎之詩集。

〔一一〕家世、諱字：指家族世系、名諱表字。學術、行治：指學問本領、行誼治績。

曾裘父詩集序

古之説詩曰「言志」。夫得志而形於言，如皋陶、周公、召公、吉甫〔一〕，固所謂志也。若遭變遇讒，流離困悴，自道其不得志，是亦志也。然感激悲傷，憂時閔己，托情寓物，使人讀之，至於太息流涕，固難矣。至於安時處順，超然事外，不矜不挫，不誣不懟〔二〕，發爲文辭，沖澹簡遠，讀之者遺聲利，冥得喪〔三〕，如見東郭順子〔四〕，悠然意消，豈不又難哉。如吾臨川曾裘父之詩，其殆庶幾於是乎！予紹興己卯、庚辰間〔五〕，始識裘父於行在所。自是數見其詩，所養愈深，而詩亦加工。比予來官臨川〔六〕，則裘父已没。欲求其遺書，而予蒙恩召歸〔七〕，至今以爲恨。友人趙去華彦穮寄裘父艇齋小集來〔八〕，曰：「願序以數十語。」然裘父得意可傳之作，蓋不止此，遺珠棄璧，識者興歎。去華爲郡博士，尚能博訪之，稍增編帙，計無甚難者，敢以爲請。裘父諱季貍，及與建炎過江諸賢遊〔九〕，尤見賞於東湖徐公〔一〇〕。嘉定元年二月丁酉，山陰陸某序。

【題解】

曾裘父，即曾季貍，字裘父，自號艇齋，南豐（今屬江西）人。曾鞏之弟曾宰的曾孫。早年科考不順，後無意仕途。師事江西詩派吕本中、韓駒，又與朱熹、張栻有書信往返。吕本中稱其「學有淵源」。陸游紹興末在臨安與其相識。晚歲友人趙彦穮寄曾季貍艇齋小集請序於陸游。本文爲陸游爲艇齋小集所作的序文，説明裘父「自道不得志」亦爲「言志」，并追憶與裘父交往，希望繼續博訪其遺作。

本文據篇末自署，當作於嘉定元年（一二〇八）二月丁酉日。時陸游致仕家居。

【箋注】

〔一〕「如皋陶」句：四人均爲輔弼名臣。皋陶輔佐舜帝，周公和召公輔佐武王、成王，吉甫輔佐宣王。吉甫指周宣王賢臣尹吉甫。又稱兮伯吉父。曾率師北伐玁狁至太原。詩小雅六月：「文武吉甫，萬邦爲憲。」

〔二〕「不矜」二句：指不驕傲，不傷害，不矇騙，不怨恨。書大禹謨：「汝惟不矜，天下莫與汝爭能。」孔傳：「自賢曰矜。」禮記表記：「是故君有責於其臣，臣有死於其言，故其受禄不誣。」孔穎達疏：「以其言善乃受禄，是受禄不誣罔也。」國語周語上：「事君者險而不懟，怨而不怒。」

〔三〕「讀之者」三句：指拋棄名利，淡化得失。

〔四〕東郭順子：戰國時魏隱士，修道守真，清而容物。參見卷十四容齋燕集詩序注〔二〕。

〔五〕紹興己卯、庚辰：紹興二十九、三十年。時陸游由福州決曹入京調任敕令所删定官。

〔六〕官臨川：指陸游乾道元年任隆興府通判。

〔七〕蒙恩召歸：指陸游乾道二年五月免職歸家。

〔八〕趙去華彦穮：彦穮爲名，去華爲字。宋宗室（見宋史卷二三八宗室世系二四）。爲郡博士。

劍南詩稿卷五七有贈趙去華。

〔九〕建炎過江諸賢：指建炎年間跟隨宋室南渡的士大夫。

〔一〇〕東湖徐公：指徐俯（一〇七五—一一四一），字師川，號東湖居士，洪州分寧（今江西修水）人。紹興二年賜進士出身，四年權參知政事，後罷。早年從黄庭堅學詩，被列爲江西詩派詩人。與曾幾、吕本中游。宋史卷三七二有傳。

送巖電道人入蜀序

王衍一生酣豢富貴〔一〕，乃以口不言錢自高〔二〕。巖電本張氏子，施藥説相〔三〕，不受人一錢，乃自稱姓錢，以滑稽玩世〔四〕。古今相反有如此者〔五〕。忽來告放翁，言將西入蜀，乃書以遺之。他日到青城、大峨、霧中、鵠鳴諸名山〔六〕，見孫思邈、朱桃椎、張四郎、尒朱先生、姚小太尉、譙天授、尹先覺輩〔七〕，有問放翁安否者，可出此卷，相與一笑。

【題解】

巖電道人，俗姓張，會稽少微山道士。王炎雙溪類稿卷八贈巖電道人：「胸次有藻鑒，聲行朝野間。我來勾踐國，君住少微山。青眼肯相顧，白頭今得閒。窮通無可問，歸去掩雲關。」可證。劍南詩稿卷二二有少微山：「平生一舴艋，幾到少微山。傑觀掃無迹，高人呼不還。崖崩危欲壓，磴斷滑難攀。日暮增幽興，漁歌莽蒼間。」嘉泰會稽志卷九：「會稽縣：少微山，在縣東一十二里，職方郎齊公唐居也。顧内翰臨序職方集云：『鑑湖東北有山巋然，公親率箕畚，栽培其上，而辟其下爲寢，疏泉爲沼，植花卉果蔬爲圃，與湖之西南會稽山禹祠相望，爲山水奇偉之觀，自名其山曰少微山。』」巖電道人將入蜀，陸游作序送之。本文爲陸游爲巖電道人入蜀所作的贈序文，突出巖電道人「滑稽玩世」的特點，借托其問候蜀地仙道，表達對蜀中生活的懷念之情。

本文原未繫年。歐譜繫於嘉定元年（一二〇八），是。據本文上下篇所署月日，當作於三月左右。時陸游致仕家居。

參考卷二二錢道人贊、劍南詩稿卷四七錢道人不飲酒食肉囊中不蓄一錢所須飯及草屨二物皆臨時乞錢買之非此雖强與不取也。

【箋注】

〔一〕王衍（二五六—三一一），字夷甫，西晉琅琊臨沂（今屬山東）人。官至宰輔。喜談老莊，妙善玄言，名重一時。後爲石勒所殺。晉書卷四三有傳。酣豢：指沉迷於某種情境。歐陽修釋惟儼文集序：「苟皆不用，則絶寵辱，遺世俗，自高而不屈，尚安能酣豢於富貴而無爲哉？」

〔二〕口不言錢：晉書王衍傳：「衍疾（妻）郭（氏）之貪鄙，故口未嘗言錢。郭欲試之，令婢以錢繞牀，使不得行。衍晨起見錢，謂婢曰：『舉阿堵物却！』其措意如此。」

〔三〕説相：指爲人相面。

〔四〕滑稽：指能言善辯，言辭流利。史記滑稽列傳：「淳于髡者，齊之贅壻也。長不滿七尺，滑稽多辯。」司馬貞索隱：「按：滑，亂也；稽，同也。言辨捷之人，言非若是，説是若非，言能亂異同也。」

〔五〕「古今」句：指古人王衍沉迷富貴却口不言錢，今人張氏不受人錢却自稱姓錢，均是言行刻意相反之例。

〔六〕青城：山名，在四川都江堰西南。山形如城，故名。北接岷山，連峰不絶，以青城爲第一峰。山中有八大洞、七十二小洞，風景秀麗。相傳東漢張道陵修道於此。道教稱爲「第五洞天」。大峨：即峨眉山，在四川樂山。是大峨、二峨、三峨山的總稱，大峨爲峨眉山主峰。霧中：山名，在四川大邑北。因常年被雲霧覆蓋，故名。爲古佛彌陀的道場。鵠鳴：即鶴鳴山，在四川崇慶西北。劍南詩稿卷八書寓舍壁又詩：「鵠鳴山谷曾遊處，剩欲扶犁學老農。」自注：「鵠鳴，一名鶴鳴，在邛之大邑縣。」

〔七〕孫思邈（五八一—六八二）：唐京兆華原（今陝西耀縣）人。少因病學醫，博涉諸家學術，爲著名醫師、道士。高宗顯慶中拜諫議大夫，後稱疾還山，采藥治病，貧富貴賤一視同仁，後世稱爲「藥王」。著有千金要方、千金翼方。舊唐書卷一九一有傳。朱桃椎：唐益州成都（今四川成都）人。淡泊絶俗，結廬山中，人稱朱居士。不受人饋贈，織草鞋置路旁易米，終不見人。新唐書卷一九六有傳。張四郎：或云即張遠霄，唐眉山人，傳説在青城山修道成仙，擅長彈弓絶技，百發百中，爲人消災避邪，且助人得子。尒朱先生：五代時蜀人，後成仙。事迹略見五代史補。姚小太尉：即姚平仲，少爲關中名將，號「小太尉」。後隱居青城山。參見卷二三姚平仲小傳。譙天授、尹先覺：均爲青城山隱士。參見本卷達觀堂詩序注〔八〕。

邢刍甫字序

衛詩美武公之德〔一〕，一章曰：「瞻彼淇奥〔二〕，緑竹猗猗〔三〕。」終之曰〔四〕：「有匪君子〔五〕，終不可諼兮〔六〕。」淇，大川也，見淇而思武公，可也。王刍、萹竹〔七〕，草之微者，亦見而思焉，則思之至矣。此所謂「終不可諼兮」者歟？吾友邢子名淇，請字於予，予復之曰：士之仕者，能使一國一邑之人，安其政而無怨疾嘲譏，亦已難矣，況見其鄉閭而咨嗟追慕〔八〕，豈不甚難哉！今衛人於武公，見其地而思之，見其草木而思之，見其草之微者如王刍、萹竹而思之，況遇其子孫，又將何如哉？人不我忘，於我何加？然使人不怨疾嘲譏，又咨嗟追慕，久而不忘，必有以得之矣。故爲士者於此不可不知勉也。請字子曰芻甫〔九〕，芻甫勉之！仕而使一國一邑之人不忘，相處而使鄉閭黨友不忘，相與記其行事以爲法，傳其言論風指〔一〇〕，誦習而勉於善，豈不美哉！嘉定元年四月己未，山陰陸某序。

【題解】

邢芻甫，即邢淇。陸游晚輩，年二十將行冠禮，請陸游爲其名「淇」取字。本文爲陸游爲邢淇取字芻甫所作的字序，發揮見淇、見王芻而思武公的大義，勉勵邢淇將來出仕要做到「使一國一邑之人不忘」。

本文據篇末自署，當作於嘉定元年（一二〇八）四月己未（二十）日。時陸游致仕家居。參考劍南詩稿卷七六贈邢芻甫、卷八二送邢芻甫入閩、從邢芻甫求桃竹拄杖。

【箋注】

〔一〕衛詩：指詩衛風淇奧。詩序：「淇奧美武公之德也。有文章，又能聽其規諫，以禮自防，故能入相於周。」舊時常用以稱頌輔佐國政之人。武公：指衛武公，名和，在位五十五年，政通人和。曾親自率兵輔佐周朝平定犬戎之亂，周平王封其爲公爵。

〔二〕淇奧：亦作淇澳，淇水彎曲處。毛傳：「奧，隈也。」

〔三〕猗猗：美盛貌。

〔四〕終之：指首章結束之句。

〔五〕匪：同「斐」，有文采貌。

〔六〕諼：忘記。

〔七〕王芻：植物名。菉草的别稱，又名藎草。詩衛風淇奥：「緑竹猗猗」，毛傳：「緑，王芻也。」萹竹：又名萹蓄，一年生草本植物。葉狹長似竹，初夏於節間開淡紅色或白色小花，入秋結子，嫩葉可入藥。

〔八〕鄉閭：指鄉親，同鄉。咨嗟：贊歎。楚辭天問：「何親揆發，定周之命以咨嗟？」王逸注：「咨嗟，歎而美之也。」

〔九〕請字子曰芻甫：請爲你取字稱「芻甫」。「芻」即王芻，與名「淇」呼應。「甫」爲古代在男子名字下加的美稱。

〔一〇〕風指：旨意，意圖。漢書薛宣傳：「九卿以下，咸承風指，同時陷於謾欺之辜，咎繇君焉。」

曾温伯字序

堯舜去今遠矣，其言傳於今者蓋寡，惟「直而温」與「寬而栗」之言再見焉〔一〕。方是時，教化之所覃〔二〕，人才之所慕，全德如夔、皋陶所言〔三〕，是豈戒其不足哉？至商周之間，始有得聖人之清、聖人之和者。清近直，和近温，則既分而爲二矣。若漢汲長孺事君無隱〔四〕，天下謂之直，然去古之全德，又益以遠。贛川曾君黯，方其入家塾也，大父大卿公用蘇子由、張芸叟字其子孫例〔五〕，字之曰温伯，蓋以古全德訓之。有其義而亡其説，温伯請於予曰：「願有以補之，以終大父之意。」予慨然歎曰：「自大卿至温伯，三世傳嫡，德亦克肖〔六〕，其有以承此訓矣。序其敢辭。」嘉定元年五月辛酉，山陰陸某序。

【題解】

曾温伯，即曾黯，贛州（今屬江西）人。曾幾曾孫。寧宗慶元五年進士。曾黯入家塾讀書時，曾幾曾爲其取字「温伯」，但其説明已失。曾黯請陸游補作。本文爲陸游爲曾黯字温伯補作的字序，發揮其字「温伯」中「全德」之義，并以勉勵曾黯。

本文據篇末自署，當作於嘉定元年（一二〇八）五月辛酉（二十三）日。時陸游致仕家居。

參考卷五除寶謨閣待制取曾黯自代狀。

【箋注】

〔一〕直而温、寬而栗：指行爲正直而態度温和，胸懷寬廣而意志堅實。語出書皋陶謨：皋陶論

「行有九德」：「寬而栗，柔而立，愿而恭，亂而敬，擾而毅，直而温，簡而廉，剛而塞，强而義。」

〔二〕覃：遍及，廣施。

〔三〕全德：道德上完美無缺。莊子天地：「天下之非譽，無益損焉，是謂全德之人哉。」夔：即后夔，爲舜掌樂之官。皋陶：相傳舜時的司法官。

〔四〕漢汲長孺：即汲黯（？—前一一二），字長孺，濮陽（今河南濮陽）人。西漢名臣。曾任東海太守，有政績。被召爲主爵都尉，列於九卿。汲黯爲人耿直，好直諫廷諍，漢武帝稱其爲「社稷之臣」。史記卷一二〇有傳。

〔五〕大父：祖父。大卿公：指曾幾。蘇子由：即蘇轍，字子由，蘇軾弟。張芸叟：即張舜民，字芸叟，邠州（今陝西彬縣）人。北宋文學家、畫家。

〔六〕克肖：相似。韓愈平淮西碑：「天以唐克肖其德，聖子神孫繼繼承承，於千萬年敬戒不怠。」

天童無用禪師語録序

虙羲一畫〔一〕，發天地之秘；迦葉一笑〔二〕，盡先佛之傳。浄名一默〔三〕，曾點一唯〔四〕，丁一牛刀〔五〕，扁一車輪〔六〕，臨濟一喝〔七〕，德山一棒〔八〕，妙喜一竹篦子〔九〕，皆同此關捩〔一〇〕，但恨欠人承當〔一一〕。天童無用禪師蓋卓爾能承當者。未見妙喜，大事已畢，豈有住山示衆之語可累編簡哉〔一二〕？放翁謂若不投之水火，無有是處〔一三〕。惟韓退之所云「火其書」〔一四〕，其語差似痛快，又恐退之亦止是説得耳。五百年後，此話大行〔一五〕，方知無用與放翁却是同參〔一六〕。嘉定元年秋九月丙辰序。

【題解】

天童無用禪師（一一三八—一二〇七）：法名浄全，俗姓翁，諸暨（今屬浙江）人，臨濟宗僧人。弱冠出家，入徑山參大慧宗杲，得授心印。歷主蘇州承天寺、宣城廣教寺、建業保寧寺。紹熙年間住持天童寺，聲譽日隆。曾自題云：「匙挑不起箇村夫，文墨胸中一點無。曾把虚空揣出骨，惡聲贏得滿江湖。」無用禪師圓寂後，其弟子持其語録請序於陸游。本文爲陸游爲無用禪師語録所作的序文，闡發禪宗通過點撥啓發達到「頓悟」的主張。

本文據篇末自署，當作於嘉定元年（一二〇八）九月丙辰（十九）日。時陸游致仕家居。

【箋注】

〔一〕虙羲一畫：指伏羲始畫八卦。虙羲，同伏羲。

〔二〕迦葉一笑：指釋迦牟尼拈花示衆，惟迦葉破顔微笑。參見本卷普燈録序注〔八〕。

〔三〕浄名一默：指維摩詰以默然無言回答提問。典出維摩詰所説經，謂文殊師利菩薩問維摩詰居士：「何等是菩薩入不二法門？」維摩詰默然不語，文殊歎服曰：「善哉善哉，乃至無有文字語言，是真入不二法門。」浄名，即維摩詰，與釋迦牟尼同時，是毘耶離城中的一位大乘居士。爲佛典中現身説法、辯才無礙的代表人物。

〔四〕曾點一唯：「曾點」當作「曾參」，指曾參的一聲應答表明其領會夫子之道。典出論語里仁，孔子對曾參説「吾道一以貫之」，曾參答曰「唯」。孔子出去後，弟子問是何意？曾參説：「夫子之道，忠恕而已矣。」

〔五〕丁一牛刀：指庖丁一把牛刀遊刃有餘。典出莊子養生主，謂庖丁解牛，刀使用十九年，仍若「新發於硎」。

〔六〕扁一車輪：指輪扁斫輪出神入化。典出莊子天道，謂輪扁斫輪之術精湛，「口不能言，有數存乎其間」。

〔七〕臨濟一喝：指義玄禪師以一聲叱吒警醒弟子。典出臨濟録，謂唐代臨濟義玄禪師以「四喝」接引徒衆，「有時一喝如金剛王寶劍，有時一喝如踞地金毛獅子，有時一喝如探竿影草，有時一喝不作一喝用」。徒衆正在議論，義玄師再下一喝。

〔八〕德山一棒：指宣鑒禪師一頓棒打點醒學人。典出五燈會元，謂唐代德山宣鑒禪師宣稱「道得也三十棒，道不得也三十棒」，棒打一切念起，目的在一念不生。

〔九〕妙喜一竹篦子：指宗杲禪師用竹篦子代棒，起警醒作用。妙喜，即宗杲禪師，號妙喜。參見卷十四持老語録序注〔一一〕。

〔一〇〕同此關捩：同一原理。指上述儒釋大師和能工巧匠在傳道、行事中，善於點撥啓發而達到出神入化或一語點破之境界。

〔一一〕承當：承擔，擔當。此指承當點撥啓發之責任。

〔一二〕「未見」三句：指無用禪師生前已將住持説法之語編成語録。

〔一三〕「放翁」二句：此爲反話，意謂語録不當投之水火，有其保存之價值。宗杲禪師曾師事圜悟克勤，克勤將臨濟正宗記付屬之。但宗杲却焚毁了克勤代表作碧巖録的刻板。宗杲堅持禪宗「不立文字」的原初精神，强調禪宗的生命在於「悟」，需要體現於行爲實踐。禪宗轉入「文字禪」的歧途，不僅與之相背，而且必將走向末路。則無用禪師編纂語録，也與其師相悖。但陸游則與其主張相似，即下文所謂「同參」。

〔一四〕「韓退之」句：韓愈尊儒反佛，其原道提出：「不塞不流，不止不行。人其人，火其書，廬其居。明先王之道以道之。」即主張將僧衆還俗爲民，將佛書全部焚毁，將寺廟改成民居，然後推行儒家先王之道。

〔一五〕「五百」二句：假設五百年後韓愈「火其書」的主張成爲現實。

〔一六〕同參：佛教語。指共同參謁一師。王安石驢詩之一：「臨路長鳴有真意，盤山弟子久同參。」

陳長翁文集序

漢之文章，猶有六經餘味。及建武中興〔一〕，禮樂法度，粲然如西京時〔二〕，惟文章頓衰。自班孟堅已不能望太史公之淳深〔三〕，崔、蔡晚出〔四〕，遂墮卑弱，識者累欷而已〔五〕。我宋更靖康禍變之後，高皇帝受命中興，雖艱難顛沛，文章獨不少衰。得志者司詔令、垂金石；流落不偶者〔六〕，娛憂紓憤〔七〕，發爲詩騷。視中原盛時，皆略可無愧，可謂盛矣。久而寖微，或以纖巧摘裂爲文〔八〕，或以卑陋俚俗爲詩，後生或爲之變而不自知。方是時，能居今行古、卓然傑立於頹波之外，如吾長翁者，豈易得哉！其子師文來乞予爲長翁集序，乃寓吾歎以慰其子，且以慰長翁於地下云。長翁，高郵陳氏，諱造，字唐卿。嘉定二年三月丁巳，渭南伯陸某務觀序。

【題解】

陳長翁，即陳造（一一三三—一二〇三），字唐卿，高郵（今屬江蘇）人。淳熙二年進士。官至淮西安撫司參議。自以輾轉州縣幕僚，無補於世，置江湖乃宜，遂自號江湖長翁。著有江湖長翁集。四庫總目稱「其文則恢奇排奡，要亦陳亮、劉過之流。其他劄子諸篇，多剴切敷陳，當於事理。

記序各體，錘字煉詞，稍傷真氣，而皆謹嚴有法，不失規程。在南宋諸作中，亦鐵中錚錚者矣」。陳造去世後，其子陳師文請陸游爲長翁集作序。本文爲陸游爲江湖長翁集所作的序文，揭示南宋文壇變遷，肯定陳造文章「卓然傑立於頹波之外」。

本文據篇末自署，當作於嘉定二年（一二〇九）三月丁巳（二十四）日。時陸游致仕家居。

【箋注】

〔一〕建武中興：亦稱光武中興。建武爲東漢光武帝劉秀年號（公元二五—五六年）。

〔二〕西京：指長安。此指西漢。

〔三〕班孟堅：即班固（三二—九二），字孟堅。東漢史學家、文學家。漢書卷一〇〇有傳。淳深：敦厚精深。

〔四〕崔、蔡：即崔駰、蔡邕。崔駰（？—九二），字亭伯，涿郡安平（今屬河北）人。與班固、傅毅齊名。後漢書卷五二有傳。蔡邕（一三二—一九二），字伯喈，陳留圉（今河南杞縣）人。博學多才，精通天文、數術、音律、書法。後漢書卷六〇有傳。二人均以文章著名。

〔五〕累欷：屢次欷歔。王褒洞簫賦：「故聞其悲聲，則莫不愴然累欷，撆涕抆淚。」

〔六〕不偶：不遇，不合。王充論衡命義：「行與主乖，退而遠，不偶也。」

〔七〕娱憂紓憤：排遣憂愁，抒發憤懣。

〔八〕纖巧摘裂：細巧柔弱，破碎零散。

渭南文集箋校卷第十六

碑

【釋體】劉勰文心雕龍誄碑：「碑者，埤也。上古帝王，紀號封禪，樹石埤嶽，故曰碑也。周穆紀迹於弇山之石，亦古碑之意也。又宗廟有碑，樹之兩楹，事止麗牲，未勒勳績。而庸器漸缺，故後代用碑，以石代金，同乎不朽，自廟徂墳，猶封墓也。」又：「夫屬碑之體，資乎史才，其序則傳，其文則銘。標序盛德，必見清風之華；昭紀鴻懿，必見峻偉之烈：此碑之制也。夫碑實銘器，銘實碑文，因器立名，事先於誄。是以勒石贊勳者，入銘之域；樹碑述亡者，同誄之區焉。」徐師曾文體明辨序説碑文：「碑之體主於叙事，其後漸以議論雜之，則非矣。故今取諸大家之文，而以三品列之：其主於叙事者曰正體，主於議論者曰變體，叙事而參之以議論者，曰變而不失其正。至於托物寓意之文，則又以別體列焉。」

本卷包括碑文六首。

成都府江瀆廟碑 淳熙四年五月一日

自古水土之功，莫先乎禹，紀其事莫備乎禹貢之篇〔一〕。禹貢之所載，莫詳乎江、漢，曰「嶓冢導漾，東流爲漢」，又曰「岷山導江」〔二〕。某嘗登嶓冢之山，有泉涓涓出兩山間，是爲漢水之源，事與經合。及西遊岷山，欲窮江源，而不可得。蓋自蜀境之西，大山廣谷，谽谺起伏〔三〕，西南走蠻夷中，皆岷山也。則江所從來，尤荒遠難知。而漢過三澨，至大別之麓〔四〕，亦卒附江以達於海。故江爲四瀆之首〔五〕，三代典祀，秩視諸侯，而楚大國，亦以爲望，有事必禱祠焉〔六〕，可謂盛哉！成都自唐有江瀆廟，其南臨江。唐末，節度使高駢大城成都〔七〕，廟與江始隔。歷五代之亂，淫昏割裂，神弗受職〔八〕，廟亦弗治。宋興，乾德三年平蜀。越八年，當開寶六年，有詔自京師，繪圖遣工，侈大廟制，傑閣廣殿，修廊邃宇〔九〕，聞於天下。慶曆七年，故太師忠烈潞公以樞密直學士來作牧〔一〇〕，則又築大堂，並廟東南，以爲徹祭飲福之所〔一一〕，而廟益宏麗矣。厥後雖屢繕治，有司不力，寖以大壞。上漏旁穿，風雨入屋，支傾苴罅，苟偷歲月〔一二〕。

淳熙二年六月，今尹敷文閣待制范公之始至也，躬執牲幣，祗肅祀事〔一三〕。既退，讀開寶中修廟碑，惕然改容〔一四〕，曰：「此太祖皇帝之詔，敢弗虔？」南出登堂，見忠烈公之識，則又歎曰：「潞國予自出也，敢弗嗣？」始有葺廟意矣。會歲旱，公潔齋以禱〔一五〕，曰：「三日而雨，且大治祠宇以報。」如期，高下洽足，歲以大穰〔一六〕，公饒私餘，蠻夷順服。乃自三年某月庀工〔一七〕，訖四年五月廟成。總其費，木以章計者八千一百二十有八，竹以箇計者四萬九千四百七十，磚甓釘以枚計者十八萬七千七百二十有四〔一八〕，丹青黝堊以斤計者一萬八十有七〔一九〕，梓匠役徒以口計者二萬三千八百〔二〇〕，爲屋二百有九間，墻六千八百七十尺。廟之制度，復還開寶、慶曆之盛而有加焉。於是府之屬吏來請其刻文麗牲之石〔二一〕，且繫以詩。詩曰：

井絡之躔，下應岷山〔二二〕。蟠踞華夷〔二三〕，江出其間。奔蹴三峽〔二四〕，放於荆揚①。我考禹迹，九州茫茫。千礎之宫，肇自開寶。吏靡嚴恭，庭有茀草〔二五〕。范公來止，事神是力。廟未克成，當食太息。江流東傾，於海朝宗〔二六〕。廟成公歸〔二七〕，與江俱東。壯哉湯湯，環我蜀城。萬古不竭，亦配公名。

【題解】

江瀆廟，祭祀長江水神之廟。古代有祭祀五嶽山神、四瀆水神之民俗傳統，四瀆爲江、淮、河、濟。范成大於淳熙二年調任四川制置使知成都府，三年重修江瀆廟，四年五月完工。制置使府屬吏請陸游爲其撰寫碑文。本文爲陸游爲成都府重修江瀆廟所作的碑文，追叙江瀆廟來源和沿革，詳述范成大重修江瀆廟經過，并作詩贊頌。

本文據題下自署，當作於淳熙四年（一一七七）五月一日。時陸游奉祠主管台州崇道觀。

【校記】

①「揚」，原作「楊」，據弘治本、正德本、汲古閣本改。

【箋注】

〔一〕禹貢：尚書篇名，中國最古老的地理志書。

〔二〕「禹貢」四句：書禹貢：「嶓冢導漾，東流爲漢，又東，爲滄浪之水，過三澨，至于大別，南入于江。東，匯澤爲彭蠡，東，爲北江，入于海。」又：「岷山導江，東別爲沱，又東至于澧，過九江，至於東陵，東迤北，會于匯，東爲中江，入於海。」嶓冢，山名。在今甘肅天水與禮縣之間。古人以爲是漢水之源。漾，水名。岷山，在今四川北部，綿延四川、甘肅兩省邊境。爲長江和黄河的分水嶺。

〔三〕谽谺：山石險峻貌。獨孤及招北客文：「其北則有劍山巉巉，天鑿之門，二壁谽谺，高岸嶙峋。」

〔四〕三澨：水名。大別：山名，在今河南、湖北、安徽三省邊境，爲長江和淮河的分水嶺。

〔五〕四瀆：長江、黄河、淮河、濟水的合稱。爾雅釋水：「江、河、淮、濟爲四瀆。四瀆者，發原注海者也。」

〔六〕秩：級别。禱祠：指向神求福及得福以後報賽以祭。周禮春官喪祝：「掌勝國邑之社稷之祝號，以祭祀禱祠焉。」賈公彦疏：「禱祠，謂國有故祈請，求福曰禱，得福報賽曰祠。」

〔七〕高駢（？—八八七）：字千里，唐幽州人。世代爲禁軍將領，屢統兵駐西南。僖宗時歷天平、劍南、鎮海、淮南節度使。舊唐書卷一八二、新唐書卷二二四有傳。城：築城。

〔八〕淫昏：極度昏庸。書多方：「有夏誕厥逸，不肯慼言于民，乃大淫昏，不克終日勸于帝之迪。」孔安國傳：「言桀乃大爲過昏之行，不能終日勸於天之道。」受職：接受委派的職務。周禮春官宗伯：「壹命受職。」賈公彦疏：「鄭司農云『受職治職事』者，謂始受王之官職，治其所掌之事也。」

〔九〕侈大：擴大。漢書霍光傳：「太夫人顯改光時所自造塋制而侈大之。」傑閣：高閣。韓愈記夢：「隆樓傑閣磊嵬高，天風飄飄吹我過。」邃宇：深廣的屋宇。楚辭招魂：「高堂邃宇，檻層軒些；層臺累榭，臨高山些。」

〔一〇〕「故太師」句：指文彦博慶曆七年以樞密直學士知益州。文彦博（一〇〇六—一〇九七），字寬夫，汾州介休（今屬山西）人。天聖進士。歷仕仁宗、英宗、神宗、哲宗四朝，出將入相五十餘年。拜太師，封潞國公，謚忠烈。宋史卷三一三有傳。樞密直學士，簡稱「樞直」，與觀文殿學士并充皇帝侍從，備顧問應對。作牧：出任州府長官。

〔一一〕徹祭：撤去祭品。　飲福：古禮，指祭祀完畢飲食供神的酒肉，以求神賜福。

〔一二〕支傾苴罅：支撑傾斜，彌補漏洞。　韓愈進學解：「補苴罅漏，張惶幽眇。」　苟偷：苟且偷安之略語。曾鞏策問二：「朕於士民，憊精刻意以待其善，而天下靡靡，便文苟偷而已。」

〔一三〕「今尹」三句：指范成大以敷文閣待制出任四川制置使知成都府。牲幣：犧牲和幣帛。古代用以祭祀日月星辰、社稷、五嶽等。周禮春官肆師：「立大祀用玉帛牲牷，立次祀用牲幣，立小祀用牲。」祗肅，恭謹而嚴肅。書太甲上：「社稷宗廟，罔不祗肅。」

〔一四〕惕然：警覺省悟貌。史記龜策列傳：「元王惕然而悟。」

〔一五〕潔齋：浄潔身心，誠敬齋戒。群書治要引桓譚新論：「王翁好卜筮，信時日，而篤於事鬼神，多作廟兆，潔齋祀祭。」

〔一六〕高下洽足：指雨量周遍充足。　大穰：大豐收。列子天瑞：「一年而給，二年而足，三年大穰。」

〔一七〕庀工：具備動工條件，開始動工。

〔一八〕磚甓：即磚。晉書孝友傳吴逵：「晝則傭賃，夜燒磚甓。」

〔一九〕丹青黝堊：紅色、青色、黑色、白色等各色塗料。

〔二〇〕梓匠：兩種木工。梓指梓人，造器具；匠指匠人，主建築。墨子節用中：「凡天下羣百工，輪車鞼匏，陶冶梓匠，使各從事其所能。」役徒：服勞役者。墨子七患：「苦其役徒，以治宮室觀樂。」

〔二一〕麗牲：指古代祭祀時將所用的牲口繫在石碑上。語出禮記祭義：「祭之日，君牽牲，穆答君，卿大夫序從。即入廟門，麗于碑。」

〔二二〕「井絡」二句：天上井宿的運行，對應着地下的岷山。井絡，指二十八宿中的井宿區域。參見卷九賀薛安撫兼制置啓注〔二〕。躔，天體的運行。

〔二三〕蟠踞華夷：盤踞在漢族和外夷之間。蟠踞，同盤踞。

〔二四〕奔蹴：奔騰踩踏。

〔二五〕嚴恭：莊嚴恭敬。書無逸：「昔在殷王中宗，嚴恭寅畏，天命自度。」孔安國傳：「言太戊嚴恪恭敬，畏天命。」　茀草：雜草。

〔二六〕朝宗：比喻小水流注大水。書禹貢：「江、漢朝宗於海。」孔穎達疏：「朝宗是人事之名，水無性識，非有此義。以海水大而江、漢小，以小就大，似諸侯歸於天子，假人事而言之也。」

〔二七〕廟成公歸：指范成大淳熙四年五月離任返京。

行在寧壽觀碑

紹興二十年十月，詔賜行在三茅堂名曰寧壽觀〔一〕，因東都三茅寧壽院之舊也〔二〕。初，章聖皇帝建會靈觀，實爲崇奉之始〔三〕。至是，高宗皇帝方躋天下於仁壽之域〔四〕，尤垂意焉。乃命道士蔡君大象知觀事，蒙君守亮副之，許其徒世守；又命中貴人劉君敖典領〔五〕，置吏胥〔六〕，給清衛兵，略用大中祥符故事〔七〕。後十年，敖遂請棄官，專奉寧壽香火，詔如所請，賜名能真，改左右街都道録〔八〕，仍領觀事，實又用至道中內侍洪正一故事〔九〕。上心眷顧，每示優假如此〔一〇〕。然迨今歲月寖久，未有紀之金石以侈上賜者〔一一〕。紹熙五年六月，知觀事冲素大師邵君道俊始礱石來請某爲文〔一二〕，傳示後世。某實紹興朝士，屢得對行殿〔一三〕，同時廷臣，零落殆盡，某適後死，獲以草野之文，登載盛事，顧不幸歟！伏觀寧壽觀實居七寶山之麓，表裏湖江〔一四〕，拱輔宮闕，前帶馳道，後枕崇阜〔一五〕，盡得都邑之勝。廣殿中峙，修廊外翼，雲章寶室，籤帙富麗，浩浩乎道山蓬萊之藏也〔一六〕。鍾、經二樓，翬飛霄漢，飄飄乎化人中天之居也〔一七〕。金符象簡，羽流畢集，進趨有容，肅恭齋法，濟濟乎茹靈芝、飲沆瀣之衆也〔一八〕。導以霓旌，節以玉磬〔一九〕，侍者翼從，以登講席，琅琅乎徹九天、震十方之音也。祐陵之御畫，德壽、重華之宸翰，煥乎河雒之圖書也〔二〇〕。鴻鍾大鼎，華蓋寶劍，褚遂良、吴道子之遺迹，卓乎秘府之怪珍也〔二一〕。榮光異氣，夜燭天半，所以扶衛社稷、安鎮夷夏者，於是乎在，非他宮館壇宇可得而比。永惟我高宗皇帝，實與三茅君自渾沌溟涬開闢之初，赤明、龍漢浩劫之前，俱以願力，應世濟民〔二二〕。雖時有古今，迹有顯晦，其受命上帝，以福天下，則合若符券。及夫風御上賓，威神在天，與三十六帝翱翔太虛〔二三〕，三茅君亦與焉。時臨熙壇，顧享明薦〔二四〕，用敷佑於我聖子神孫，降福發祥，時萬時億，於虖休哉！某既述觀之所繇興，且繫之以銘曰：

炎祚中否開真人〔二五〕，以大誓願濟下民。左右虛皇友三真〔二六〕，坐令化國風俗淳。乃營斯宮示宿因，丹碧岌嶪天與鄰〔二七〕。神君龍虎呵重闉，鯨鐘橫撞震無垠〔二八〕。錦旛寶蓋高嶙峋，天華龍燭晝夜陳〔二九〕。歷載九九符堯仁〔三〇〕，超然脱屣侍帝晨。遺澤滲漉萬宇均〔三一〕，歲豐兵偃無呻吟。咨爾衆士嚴冠巾〔三二〕，以道之真治子身。服膺聖訓常如新，冲霄往從龍車塵〔三三〕。

【題解】

行在寧壽觀，即三茅寧壽觀，位於今杭州「吴山天風」之南。寧壽觀爲符籙派道教聖地，祀三茅真君。秦漢時得道成仙的茅氏三兄弟茅盈、茅固、茅衷，被後世奉爲三茅真君。南宋紹興二十年，宋高宗將臨安府三茅堂改名爲寧壽觀，并修葺一新。紹熙五年六月，知觀事沖素太師邵道俊請陸游爲寧壽觀撰寫碑文。本文爲陸游爲寧壽觀所作的碑文，叙述寧壽觀沿革，描繪道觀盛況，稱頌高宗皇帝。

本文據篇中自署，當作於紹熙五年（一一九四）六月。時陸游奉祠家居。

【箋注】

〔一〕寧壽觀：乾道臨安志卷一：「三茅寧壽觀，在城中七寶山。紹興十六年賜今額。」夢粱録卷八：「三茅寧壽觀在七寶山，原三茅堂，因東都三茅寧壽之名，賜觀額『寧壽觀』，殿扁曰『太元』，奉三茅真君像。」

〔二〕「因東都」句：指因襲北宋東京開封府三茅寧壽院的舊名。

〔三〕「初章聖」三句：指宋真宗大建宮觀，崇奉道教。章聖皇帝，指宋真宗趙恒（九六八—一〇二二），謚號文明武定章聖元孝皇帝。真宗大力崇道，於大中祥符年間建造玉清昭應宮、會靈觀等大批道教宮觀。宋史真宗本紀：「（大中祥符）九年春正月丙辰，置會靈觀使，以丁謂爲之。」

〔四〕躋：上升，登。　仁壽：指有仁德而長壽。語出論語雍也：「知者動，仁者静，知者樂，仁者壽。」邢昺疏：「言仁者少思寡欲，性常安静，故多壽考也。」漢書王吉傳：「驅一世之民，躋之仁壽之域。」

〔五〕中貴人：指顯貴的侍從宦官。舊唐書李林甫傳：「林甫多與中貴人善，乃因中官干惠妃云：『願保護壽王。』惠妃德之。」

〔六〕吏胥：官府中的小吏。白居易和微之除夜作詩：「我統十郎官，君領百吏胥。」

〔七〕大中祥符故事：指宋真宗大中祥符年間崇奉道教的措施。

〔八〕左右街都道録：宋代道教事務管理機構道録院下設的官員名稱。

〔九〕至道：宋太宗最後一個年號，共三年，九九五至九九七年。内侍洪正一：不詳。

〔一〇〕優假：優待照顧。資治通鑑唐玄宗開元七年：「選人宋元超於吏部自言侍中（宋）璟之叔父，冀得優假。」

〔一一〕侈：誇大，張揚。上賜：皇帝的賞賜。

〔一二〕礱石：磨石立碑。

〔一三〕得對行殿：獲准在行宫當面向皇帝奏對。行殿，行宫。

〔一四〕表裏：比喻地理上的鄰接。湖江：指西湖、錢塘江。

〔一五〕馳道：古代供君王行駛車馬的道路。禮記曲禮下：「歲凶，年穀不登，君膳不祭肺，馬不食穀，馳道不除，祭事不縣。」孔穎達疏：「馳道，正道。如今之御路也。是君馳走車馬之處，故曰馳道也。」崇阜：高岡，高丘。此指七寶山。

〔一六〕雲章：指道教的典籍。雲笈七籤卷一二二：「瓊簡瑶函，爰敷寶訓；雲章鳳篆，咸演秘文。」籤帙：標籤和書套。陸龜蒙襲美先輩以龜蒙所獻五百言既蒙見和復示榮唱再抒鄙懷用伸酬謝：「抽書亂籤帙，酌茗煩甌犧。」道山蓬萊：蓬萊仙山。相傳蓬萊、方丈、瀛洲三座神山在渤海中。

〔一七〕鍾、經二樓：指鐘樓、藏經樓。　翬飛：形容宫室高峻壯麗。語本詩小雅斯干：「如翬斯飛。」朱熹集傳：「其簷阿華采而軒翔，如翬之飛而矯其翼也。」翬，有五彩羽毛的雉。　化人：仙人。杜光庭温江縣招賢觀衆齋詞：「歷代化人，隨機濟物，大惟邦國，普及幽明，俱賴神功，咸承景貺。」　中天：指上界，神仙世界。白居易曲江醉後贈諸親故詩：「中天或有長生藥，下界應無不死人。」

〔一八〕金符：符命。上天賜與君王的符瑞。尚書璿璣鈐：「湯受金符帝籙，白狼銜鈎入殷朝。」　象簡：即象笏，象牙製成的手版。康駢劇談録龍待詔相笏：「開成中有龍復本者，無目，善聽聲揣骨，每言休咎，無不必中，凡有象簡竹笏，以手捻之，必知官禄年壽。」　羽流：指道人，道士。傳米芾西園雅集圖記：「以文章議論、博學辨識、英辭妙墨、好古多聞、雄豪絶俗之資，高僧羽流之傑，卓然高致，名動四夷。」　肅恭：端嚴恭敬。書微子之命：「恪慎克孝，肅恭神人。」　齋法：祭祀前清心潔身之法。　沆瀣：夜間的水氣，露水。舊謂仙人所飲。楚辭遠遊：「餐六氣而飲沆瀣兮，漱正陽而含朝霞。」王逸注：「冬飲沆瀣。沆瀣者，北方夜半氣也。」

〔一九〕霓旌：相傳仙人以雲霞爲旗幟。楚辭九歎遠逝：「舉霓旌之墆翳兮，建黄纁之總旄。」王逸注：「揚赤霓以爲旌。」　玉磬：石制樂器。禮記郊特牲：「諸侯之宫縣，而祭以白牡，擊玉磬……諸侯之僭禮也。」孫希旦集解：「玉磬，書所謂鳴球，天子之樂器也。」

〔二〇〕「祐陵」三句：指幾代宋帝的書畫作品入藏於寧壽觀中，就像河圖洛書般燦爛。祐陵，即宋徽宗，其陵墓稱永祐陵。德壽，即宋高宗，其退位後居德壽宫。重華，即宋孝宗，其退位後居重華宫。宸翰，帝王的墨迹。河雒之圖書，即河圖洛書。易繫辭上：「河出圖，洛出書，聖人則之。」相傳伏羲時有龍馬出於黄河，馬背有旋毛如星點，稱作龍圖。伏羲取法以畫八卦。夏禹治水時有神龜出於洛水，背上有裂紋如文字，禹取法而作洪範「九疇」。古人將出現河圖洛書作爲帝王聖者受命之祥瑞。

〔二一〕「鴻鐘」四句：指宋高宗賜予寧壽觀的唐鐘、宋鼎以及褚遂良、吴道子的書畫作品，都是秘府的珍寶。唐鐘、宋鼎、褚遂良書小字陰符經，以及後來入藏的吴道子畫南方星君像、玉靶劍、七寶數珠、軒轅鏡，合稱觀中「七寶」，故所在山也以七寶名之。褚遂良（五九六—六五八），字登善，錢塘（今杭州）人，唐代著名書法家。吴道子（六八五—七五八），字道子，陽翟（今河南禹縣）人，唐代著名畫家。

〔二二〕三茅君：即茅氏三兄弟茅盈、茅固、茅衷。溟涬：天地未形成前，自然之氣混沌之貌。張衡靈憲：「太素之前，幽清玄浄，寂寞冥默，不可爲象。厥中惟虚，厥外惟無，如是者永久焉，斯謂溟涬。」赤明、龍漢：道教指天地開闢以後用來計時的年號。隋書經籍志四：「（道經）以爲天尊之體，常存不滅。每至天地初開，或在玉京之上，或在窮桑之野，授以秘道，謂之開劫度人。然其開劫，非一度矣，故有延康、赤明、龍漢、開皇，是其年號。其間相去經四十一億萬載。」願力：指意願之力。

〔二三〕三十六帝：即道教所稱三十六天帝，又稱三十六玉皇。其所居之處，分爲三清三境，即玉清聖境、上清真境和太清仙境。

〔二四〕熙壇：光明的神壇。　明薦：指潔淨的貢品。禮記祭統：「奉之以物，道之以禮，安之以樂，參之以時，明薦之而已矣，不求其爲。」鄭玄注：「明，猶絜也。」

〔二五〕炎祚：五行家稱劉漢、趙宋皆以火德王，因以指稱漢或宋的國統。宋史樂志七：「盛德在火，相我炎祚。」　中否：中道衰落。此指宋室南渡。　真人：道家稱存養本性或修真得道之人。莊子大宗師：「古之真人，其寢不夢，其覺無憂，其食不甘，其息深深……古之真人，不知説生，不知惡死，其出不訢，其入不距；翛然而往，翛然而來而已矣。」

〔二六〕左右：幫助，輔佐。易泰：「輔相天地之宜，以左右民。」孔穎達疏：「左右，助也，以助養其人也。」　虛皇：道教神名。　三真：指三茅君。

〔二七〕宿因：佛教語。前世的因緣。華嚴經卷七五：「宿因無失壞，今受此果報。」　丹碧：指繪畫。　岌嶪：高峻貌。文選張衡西京賦：「疏龍首以抗殿，狀巍峩以岌嶪。」張銑注：「岌嶪，高壯貌。」

〔二八〕神君：神靈，神仙。　重闈：指多重宮門。楊炯渾天賦：「列長垣之百堵，啓閶闔之重闈。」　鯨鐘：古代大鐘。鐘紐爲蒲牢狀，鐘杵爲鯨魚形，故名。王起寅月釁龜賦：「齊國鯨鐘，仁稱孟子。」無垠：無邊際。楚辭遠遊：「道可受兮而不可傳，其小無内兮其大無垠。」

〔二九〕天華：天界鮮花。龍燭：以龍爲飾之燭。劉禹錫觀舞柘枝詩之一：「神飆獵紅蕖，龍燭然金枝。」

〔三〇〕歷載九九：古以九爲陽數之極。九月九日稱「重九」或「重陽」。堯仁：堯之仁政。

〔三一〕滲漉：比喻恩澤下施。文選謝莊宋孝武宣貴妃誄「六祈輟滲」，李善注：「滲謂滲漉，喻福祉也。」

〔三二〕咨爾：用於句首，表示贊歎或祈使。論語堯曰：「堯曰：『咨，爾舜！天之曆數在爾躬。』」邢昺疏：「咨，咨嗟；爾，女也……故先咨嗟，歎而命之。」

〔三三〕龍車：指神仙所乘車。陶弘景冥通記卷三：「此月初乃見許侯與紫徽夫人及右英共轡龍車，往詣南真。」

嚴州烏龍廣濟廟碑

山川之祀，自虞書以來〔一〕，見於載籍，與天地宗廟並。或謂山川興雲雨，澤枯槁，宜在秩祀〔二〕，非必有神主之。以予考之殆不然。「維嶽降神，生甫及申」〔三〕，山川之神，降而爲人，與人死而爲山川之神，一也。豈幸而見於經則可信，後世則舉不可信耶？柳宗元死爲羅池之神，其傳甚怪，而韓文公實之〔四〕。張路斯自人爲龍，廟於潁上，其傳尤怪，而蘇文忠公實之〔五〕。蓋二神者，所傳雖不可知，而水旱之禱，卓乎偉哉，不可泯沒，則二公亦不得而擠也。予適蜀，見李冰、張惡子廟於離堆、梓潼之山，皆血食千載〔六〕，非獨世未有疑者，蓋其靈響暴著〔七〕，亦有不容置疑者矣。嚴州烏龍山廣濟廟之神曰忠顯仁安靈應昭惠王，舊碑以爲唐貞觀中人，姓邵氏，所記甚詳〔八〕。雖幽顯殊隔，不可盡質，然神靈動人如羅池，變化不測如潁上，歷數百年未嘗少替。而朝廷之所褒顯，吏民之所奉事，亦猶一日，此烏可以幸得哉？至於紹興辛巳東海之師〔九〕，群胡見巨人皆長丈餘，戈戟麾旄，出没煙雲間，則相告曰：「烏龍神兵至矣！」或降或遁去，無敢枝梧者〔一〇〕，是又與東晉八公山及慶曆嘉嶺神之事相埒〔一一〕。然彼皆在近境，而此獨見於山海阻絶數千里之外，豈不尤異也哉！不得韓、蘇之文以侈大其傳〔一二〕，而邦人進士沈奂顧以屬筆於某。辭卑事偉，有足恨者，乃作送迎神詩一章，使併刻之，實慶元五年十月甲子也。其辭曰：

王之生兮值唐初基，龍翔於天兮英雄是資。獨沉草萊兮默不得施，巉然萬仞兮胸中之奇〔一三〕。使得小試兮冒白刃而搴朱旗〔一四〕，丈夫戰死兮固亦其宜。死於不遭兮精神曷歸〔一五〕？王亦何懟兮人則爲悲。烏龍之山兮跨空巍巍，築傑屋兮奉祠，釀桂兮差芝〔一六〕。彈箜篌兮吹參差〔一七〕，王捨斯民兮逝何之？錫以社兮燕及惸嫠〔一八〕，歲屢豐兮長無凶饑。擁羽蓋兮駕玉螭，時節來饗兮民之依〔一九〕。國有征誅兮克相王師，長戈大纛兮肅肅陰威。掃平河雒兮前功弗隳〔二〇〕，隆名顯爵兮永世有辭。

【題解】

嚴州烏龍廣濟廟，在今浙江建德東。胡翰新修廣濟廟碑：「嚴陵之山，其望爲烏龍，矗起江上……其西南爲郡城。未至郡二里，有祠翼然，負山而蔭巨木，則廣濟廟也……郡守吏至者，即視事，則必告謁，有故則必爲民祈請，著爲恒典。」陸游淳熙年間出守嚴州，作有詠烏龍山詩篇多首，并熟悉相關傳説。當地進士沈奐請陸游撰寫碑文。本文爲陸游爲烏龍廣濟廟所作的碑文，梳理辨析山川神祇的真僞虚實，記述烏龍山神的傳奇故事并爲之頌揚。

本文據篇末自署，當作於慶元五年（一一九九）十月甲子（初五）日。時陸游致仕家居。

參考劍南詩稿卷十九烏龍廟、烏龍雪等篇。

【箋注】

〔一〕虞書：尚書分爲虞書、夏書、商書、周書，虞書爲其中一部分。

〔二〕澤：潤澤。秩祀：依照禮分等級舉行之祭。孔叢子論書：「孔子曰：『高山五嶽定其差，秩祀所視焉。』」

〔三〕「維嶽」二句：語出詩大雅崧高。意爲四嶽神靈降臨，甫侯、申伯出生。維，語助詞。甫，國名，此指甫侯。其封地在今河南南陽西。申，國名，此指申伯。其封地在今河南南陽北。

〔四〕「柳宗元」三句：柳宗元元和十年被貶爲柳州刺史，到任後頗有政績，元和十四年逝於柳州，百姓在羅池畔立祠祭祀，尊其爲「羅池之神」。韓愈撰有柳州羅池廟碑，記録了有關立祠的怪異傳説，并予以肯定。

〔五〕「張路斯」四句：張路斯嘗居潁上（今屬安徽阜陽），後爲宣城令，罷官後回潁上閒居至逝。百姓尊其爲龍王，稱其九子均爲龍，建張公祠祭祀，神宗熙寧間封其爲昭靈侯，其傳説更爲怪異。蘇軾元祐間知潁州，撰昭靈侯碑記記載其事。

〔六〕李冰、張惡子廟：李冰爲戰國時水利工程專家，秦昭王時任蜀郡太守，與其子主持建造都江堰工程，鑿開離堆，引岷江水灌溉成都平原。死後百姓建廟祭祀。舊唐書地理志：「大郎（王）廟，在治（什邡）北五十里，大蓬山之陽，蜀太守李冰神祠。」張惡子爲晉人，戰死後被封爲「梓潼神」，建廟祀之。唐玄宗、唐僖宗時先後顯靈，被封左丞相、濟順王。北宋咸平中再次顯靈，被封英顯王。事見事物紀原卷七英顯王條。離堆：史記河渠書：「蜀守冰鑿離碓，辟沫水之害，穿二江成都之中。」裴駰集解引晉灼曰：「（碓），古「堆」字也。」梓潼：縣名。屬利州路隆慶府，今屬四川綿陽。血食：指受享祭品。古代殺牲取血用以祭祀，故稱。左傳莊公六年：「若不從三臣，抑社稷實不血食，而君焉取餘？」

〔七〕靈響：即靈應。列子黄帝：「物無疵厲，鬼無靈響焉。」暴著：指顯揚。

〔八〕忠顯仁安靈應昭惠王：嚴州圖經卷二：「任安靈應王廟，在嘉貺門外二里。據廟記，神姓邵名仁祥，字安國，性倨傲，不拘小節，隱烏龍山。嘗謁縣令，令怒其無禮，因笞殺之。仁祥且死，語人曰：『吾三日内必報之。』至期，雷電晦冥，有大白蛇長數十丈至縣庭中，令驚怖立死。神空中語人曰：『立廟祀我，吾當福汝。』時唐貞觀三年也。……國朝熙寧八年封仁安靈應王。紹興二十九年加封忠顯，乾道二年又加昭惠。累封至八字，曰忠顯仁安靈應昭惠。」

〔九〕紹興辛巳東海之師：指紹興三十一年宋將李寶率水師在東海唐島（又名陳家島，在今山東膠南）海面用火攻大敗金兵水師。詳見宋史李寶傳。

〔一〇〕枝梧：互相撑抵的支柱。引申爲對抗，抵擋。史記項羽本紀：「當是時，諸將皆慴服，莫敢枝梧。」

〔一一〕東晉八公山：東晉太元八年（三八三），謝玄大敗前秦苻堅，苻堅登壽春城而望晉師，見陣容齊整，將士精鋭，又望八公山上草木，皆以爲晉兵。詳見資治通鑑晉孝武帝太元八年。慶曆嘉嶺神：北宋康定元年（一〇四〇），西夏元昊大敗宋軍於三川口，進逼延州（今陝西延安）城下。知府范雍因嘉嶺山神素靈，南望禱之，隨即天降大雪，西夏軍連夜退兵，延州遂安。朝廷封嘉嶺山神爲威顯公。宋大詔令集卷一三七有封嘉嶺山神詔。康定二年即慶曆元年(一〇四一),此處陸游或有誤記。嘉嶺山,即今延安寶塔山。　相埒:相當。

〔一二〕侈大:誇大,張揚。

〔一三〕草萊:即草野。鄉野,民間。漢書蔡義傳:「臣山東草萊之人,行能亡所比,容貌不及衆。」　巉然:高峭陡削貌。蘇軾峻靈王廟碑:「有山秀峙海上,石峯巉然,若巨人冠帽。」

〔一四〕搴朱旗:拔取戰旗。

〔一五〕不遭:不遇,冤屈。此指邵仁祥因倨傲而被笞殺。

〔一六〕奉祠:祭祀。史記封禪書:「杜主,故周之右將軍,其在秦中,最小鬼之神者。各以歲時奉祠。」　釀桂:以桂花釀酒。　羞芝:以靈芝爲美食。羞,同饈。

〔一七〕箜篌:古代撥絃樂器,分爲豎式、卧式兩種。　參差:古代樂器名。即排簫。亦名笙。相傳爲舜造,象鳳翼參差不齊。楚辭九歌湘君:「望夫君兮未來,吹參差兮誰思?」

〔一八〕錫以祉:賜以福祉。　燕及惸嫠:安樂遍及孤苦無依之人。燕,同「宴」。惸嫠,無兄弟與無丈夫的人。岑參過梁州奉贈張尚書大夫公詩:「百堵創里閭,千家恤惸嫠。」

〔一九〕羽蓋:指仙人車駕。韋應物王母歌:「衆仙翼神母,羽蓋隨雲起。」　玉螭:駿馬。蘇軾書韓幹牧馬圖詩:「樓下玉螭吐清寒,往來蹙踏生飛湍。」　時節:合時而有節律。國語晉語八:「夫德廣遠而有時節,是以遠服而邇不遷。」韋昭注:「作之有時,動之有序。」　饗:

同「享」。

〔二〇〕掃平河雒：此指收復中原。雒，同洛，洛水。　隳：毀壞。

德勳廟碑

自古王者經綸草昧，戡定亂略〔一〕，必有熊羆之士，不貳心之臣，内任心膂之寄，外宣股肱之力〔二〕，而廟謨國論，密賴以決，實兼將相之任者。在我高宗皇帝時，有若太師循忠烈王張公〔三〕，實維其人。粤自高宗，歷試於外，開大元帥府，總天下兵，首以山西豪傑，入侍帷幄〔四〕。龍飛順動，避狄南渡，公則有扶天夾日之功〔五〕。蕭墻釁起，群公喑拱，公則倡勤王復辟之大策〔六〕。氛祲内侵，戎馬豕突，公則奮却敵禦侮之奇略〔七〕。巨盜乘間，群兇和附，公則建剪除安輯之成績〔八〕。由是不數年間，國勢安强，夷虜奪氣請和。而一二重將，未還宿衛，論者咸以爲非長久計。公則率先請罷宣撫使事，奉朝請，章再上，引義懇款，於是議始定〔九〕。士大夫咸謂其得大臣體，而高宗亦每謂之腹心舊將，又曰「從來待卿如家人」，又曰「是人與他功臣相去萬萬」〔一〇〕。蓋高宗蹈履艱危，身濟大業，沉機獨智〔一一〕，燭微察遠，以爲方海内横流，巡幸四方，暴衣露蓋，周衛單寡，非如中都高拱蝹蜎蠖濩之居〔一二〕，江流阻艱，海道阽危，非如平時安行清蹕馳道之中〔一三〕。不有如公者，協心同德，均禍福，共安危，譬之一家，父兄有急，子弟不召而自至，譬之一身，頭目有患，手足不令而自力，則天下之計，將以誰諉？爰盎謂絳侯功臣，非社稷臣〔一四〕，則社稷臣與功臣果異。建炎以來，功臣則有矣，至可名社稷臣者，非公而誰？故國家所以褒表崇異，常出等夷之上〔一五〕，非私恩也。及配享高宗廟庭〔一六〕，其次偶居其後，或者疑焉，是不然。唐名將前曰英、衛，後曰李、郭〔一七〕。衛公、汾陽之勳德，巍如泰山，終不以姓名次序爲歉。欽宗皇帝下詔褒顯故老，而范文正實次司馬文正之下〔一八〕。司馬公之賢不肖，不過與范公等。范公輔政先數十年，聲詩所載，以配夔、卨〔一九〕，而顧乃居次，世豈以此爲有抑揚之意哉！公之曾孫鎡，三世傳嫡長〔二〇〕，始築廟於居第之東。廟成，以高宗御書「德勳」二大字爲廟之名。自忠烈以下爲三室：忠烈之配曰秦國夫人魏氏、漢國夫人章氏；第二室曰少傅公諱子厚〔二一〕，配曰漢國夫人蕭氏；第三室曰少師公諱宗元〔二二〕，配曰楚國夫人劉氏。維忠烈王勳業之詳，與夫世諱、字系、官爵，葬有碑，謚有誥，史有傳，此不復載。顧廟祭宜有歌詩，刻於麗牲之碑，乃作詩曰：

宋傳九聖，高宗是承。化龍渡江，天開中興。維忠烈王，翼從帝旁。捐身棄孥，獨當豺狼。煙塵未息，變生肘腋〔二三〕。首倡義師，氣沮金石。大業復隆，退不矜功。雪涕引罪〔二四〕，身衛行宮。國有大難，我則出捍。功成愈謙，將士畏歎。既空盜藪〔二五〕，鏖虜淮右。柘皋之捷〔二六〕，梁楚無寇。河雒將平，虜畏乞盟。亟上虎符，就第王城〔二七〕。茂勳明德，爛然史册。燕及家國，匪王孰克。築廟作主，三室同宇。歲時奉享，豐豆碩俎〔二八〕。國有世臣，家有元孫。咨爾後人，衹栗廟門〔二九〕。

【題解】

德勳廟，張鎡爲曾祖張俊所建的家廟。張俊（一〇八六—一一五四），字伯英，鳳翔府成紀（今甘肅天水）人。出身盜匪，後從軍抗金，屢立戰功，南渡後與韓世忠、劉錡、岳飛並稱名將。後附秦檜，力主和議，首先請納兵權，參與謀殺岳飛。拜樞密使。晚年封清河郡王，拜太師，備受高宗寵遇。死後追封循王。宋史卷三六九有傳。張鎡（一一五三—？）爲張俊曾孫，字功父，一字時可，號約齋。累官直祕閣、權通判臨安府事等，參與謀誅韓侂胄，後忤宰相史彌遠，貶死象臺。有詩名，廣交遊。建宅南湖，其園池聲色服玩之麗甲天下。陸游與張鎡多有唱和。慶元年間，張鎡於居地之東築家廟，并以高宗御書「德勳」二字爲名。本文爲陸游爲德勳廟所作的碑文，歷數張俊功業，肯定其爲社稷之臣，記述德勳廟格局，并作詩頌揚。

本文原未繫年。歐譜列於不繫年文。本卷前篇烏龍廣濟廟碑作於慶元五年十月，後篇泰州報恩光孝禪寺最吉祥殿碑作於慶元六年四月，則本篇當作於慶元五、六年間。時陸游致仕家居。

【箋注】

〔一〕經綸：籌畫治理。　草昧：形容時世混亂。杜甫重經昭陵詩：「草昧英雄起，謳歌曆數歸。」仇兆鰲注：「草而不齊，昧而不明，此言隋末之亂。」　戡定：武力平定。韓愈賀册尊號表：「經緯天地之謂文，戡定禍亂之謂武。」　亂略：叛亂侵奪。蘇軾醉白堂記：「文致太平，武定亂略。」

〔二〕熊羆：皆爲猛獸。比喻勇士。書牧誓：「尚桓桓，如虎如貔，如熊如羆。」　心膂：心和脊梁骨。比喻親信得力之人。書君牙：「今命爾予翼，作股肱心膂。」

〔三〕太師循忠烈王張公：即指張俊。

〔四〕「粤自」六句：宋史本傳載，靖康年間，高宗任兵馬大元帥，張俊勤兵勤王，高宗見俊英偉，擢爲元帥府後軍統制。

〔五〕「龍飛」三句：宋史本傳載，汴京城破，二帝北遷，人心皇皇，張俊懇辭勸進，稱「大王皇帝親弟，人心所歸，當天下洶洶，不早正大位，無以稱人望」。又高宗召諸將議恢復，張俊曰：「今敵勢方張，宜且南渡，據江爲險，練兵政，安人心，俟國勢定，大舉未晚。」龍飛，指帝王即位。

〔六〕「蕭牆」三句：宋史本傳載，苗傅、劉正彦謀反，拉攏張俊，張俊拒不受，與張浚、呂頤浩、韓世忠、劉光世等合力起兵勤王，使高宗復辟。　唶拱：指諸將沉默不表態，拱衛四周。

〔七〕「氛祲」三句：宋史本傳載，金兵分兵深入，渡江攻浙，直下明州、温州，張俊領兵拒敵，擊退金兵。氛祲，比喻戰亂。豕突，比喻野豬一樣奔突竄擾。

〔八〕「巨盜」三句：宋史本傳載，江浙群盜蠭起，張俊任浙西、江東制置使，招收群盜，不久，浙西群盜悉平。安輯，安撫。

〔九〕「公則」五句：宋史本傳載，張俊知朝廷欲罷兵，首請納所統兵。奉朝請，指定期參加朝會。懇款，懇切忠誠。

〔一〇〕相去萬萬：超出許多倍，遠遠勝過。

〔一一〕沉機獨智：深謀遠慮，獨運智慧。

〔一二〕横流：比喻動亂，災禍。文選謝靈運述祖德詩之二：「中原昔喪亂，喪亂豈解已……萬邦咸震懾，横流賴君子。」暴衣露蓋：日曬衣裳，露濕車蓋。形容奔波勞碌。史記蕭相國世家：「鮑生謂丞相曰：『王暴衣露蓋，數使使勞苦君者，有疑君心也。』」周衛：指禁衛兵士。袁宏後漢紀明帝紀上：「至秋冬，乃振威靈，整法駕，備周衛，設羽旄。」中都：京都。蜵蜎蠖濩：深廣貌。參見卷二賀皇太后牋注〔三〕。

〔一三〕阽危：危險。王禹偁黄州重修文宣王廟壁記：「黄州文宣王廟舊殿三間，阽危不可入，以十數柱扶持之。」清蹕：指帝王出行，清除道路，禁止行人。文選顔延之應詔觀北湖田收詩：「帝暉膺順動，清蹕巡廣廛。」李善注引漢儀注：「皇帝輦動，出則傳蹕，止人清道。」馳道：專供君王行駛車馬的道路。

〔一四〕「爰盎」二句：史記袁盎鼂錯列傳：「絳侯爲丞相，朝罷趨出，意得甚。上禮之恭，常自送之。袁盎進曰：『陛下以丞相何如人？』上曰：『社稷臣。』盎曰：『絳侯所謂功臣，非社稷臣。社稷臣主在與在，主亡與亡。方吕后時，諸吕用事，擅相王，劉氏不絶如帶。是時絳侯爲太尉，主兵柄，弗能正。吕后崩，大臣相與共畔諸吕，太尉主兵，適會其成功，所謂功臣，非社稷臣。丞相如有驕主色。陛下謙讓，臣主失禮，竊爲陛下不取也。』」爰盎，即袁盎，漢文帝時爲中郎，敢言直諫，景帝時封楚相。絳侯，即周勃，西漢開國將領，劉邦臨終前預言「安劉氏天下者必勃也」，後與陳平合謀剿滅諸吕，擁立文帝，官至丞相。

〔一五〕等夷：同等，同輩。韓詩外傳卷六：「遇長老則修弟子之義，遇等夷則修朋友之義。」

〔一六〕配享：合祭，祔祀。指功臣祔祀於帝王宗廟。高承事物紀原禮祭郊祀配饗：「功臣配饗之禮，由商人始也。」享，通「饗」。

〔一七〕英、衛：即李勣、李靖，唐代開國功臣。李勣封英國公，李靖封衛國公。李、郭：即李光弼、郭子儀。唐代名將。郭子儀封汾陽郡王。

〔一八〕范文正：即范仲淹。司馬文正：即司馬光。兩人卒後均謚文正。

〔一九〕夔、卨：帝舜二賢臣之名。卨，同契。夔典樂，契爲司徒。

〔二〇〕嫡長：嫡系長子。

〔二一〕子厚：張俊五子爲子琦、子厚、子顔、子正、子仁。

〔二二〕宗元：張子厚之子。張鎡之父。

〔二三〕肘腋：比喻切近之地。三國志法正傳：「主公之在公安也，北畏曹公之彊，東憚孫權之逼，近則懼孫夫人生變於肘腋之下。」

〔二四〕雪涕行罪：擦拭眼淚，確定罪罰。

〔二五〕盜藪：强盜聚集之地。

〔二六〕柘皋之捷：紹興十一年二月，金兀术自合肥南下，張俊部將王德與楊存中、劉錡會兵，敗金人於柘皋。事見宋史本傳。

〔二七〕上虎符：指上繳兵權事。就第王城：奉敕在王城修築宅第。

〔二八〕豐豆碩俎：祭祀的禮器盛大。

〔二九〕祇栗：敬慎恐懼。漢書匡衡傳：「蓋欽翼祇栗，事天之容也。」

泰州報恩光孝禪寺最吉祥殿碑

天下無不可舉之事，亦無不可成之功。始以果，終以不倦〔一〕，此事之所以舉，而功之所以成也。海陵通川之間〔二〕，自建炎後爲盜區戰場，中雖息兵，然猶鬼嘯狐嗥於藜莠瓦礫中〔三〕，自官寺民廬，皆略具爾。未幾，復有紹興辛巳虜禍〔四〕，前日之略具者，又踐蹂燔燒，滌地而盡。乾道、淳熙以來，中外無事，函養滋息，且以國力興葺之〔五〕，迨今四十年，而城郭邑屋，尚未能復承平之舊。至於浮圖之廬〔六〕，又非郡縣所急，或盛或衰，皆在仕者所不問，則其舉事若尤難者。嗚呼！是特不遇浮圖之傑耳，信有之，未見其果難也，泰州報恩光孝禪寺是已。寺始爲天寧萬壽寺，今名蓋用紹興詔書改賜，亦火於辛巳之變。有祖彦師者復葺之，未成而化〔七〕。中間屢易主者，至紹熙中，今長老德範師應轉運陳公損之之請而至〔八〕。寺雖粗建，而大役多未之舉。有巨鐘千石〔九〕，方寺壞於兵時，樓焚鐘墮，扁而不壞。範始至，奮曰：「鐘不壞，寺將興之符也。吾舉事，將自鐘始。」乃建樓百尺以棲鐘。鐘始鑄，歲在乙卯，至是三乙卯矣，而樓成〔一〇〕，人咸異之。遂議佛殿，殿之役最大，度費錢數千萬，見者縮頸曰：「使可爲，豈至今日耶？」範曰：「不然。吾當與有緣者力成之，不敢以難故止。」已而有居士劉洪首施錢五百萬，施者不勸而集，積爲四千萬有奇。乃伐木於黄岡，蔽流而下〔一一〕。方役之興，以關征爲懼〔一二〕。常平使者王公寧聞之〔一三〕，曰：「斯殿以資永祐陵在天之福〔一四〕，孰敢議者？吾當任其事。」於是所至皆爲弛禁〔一五〕。殿以崇成，爲重屋八楹〔一六〕，東西百三十六尺，南北九十六尺，高百一十尺，佛菩薩、阿羅漢三十有一軀。會王公去，而後使者韓公梴取華嚴經語〔一七〕，書殿之顔，曰「最吉祥殿」。範又爲閣六楹，以奉今天子昔在潛邸賜前住持覺深「碧雲」二大字〔一八〕。閣之廣袤雄麗，亦略與殿稱。餘若方丈、寢堂、厨庫、水陸堂、兩廡，累數十年不能成者，皆不淹歲而備〔一九〕。最其費，爲緡錢二十萬〔二〇〕。在它人若寢食不遑暇〔二一〕，範獨終日從容，倡道以進。其徒一謦欬，一顧視，皆具第一義〔二二〕，學者往往得入。而其師别峰之法〔二三〕，遂盛行於江淮間矣。凡一寺内外，莫不粲然復興，是殿實爲之冠。慶元六年夏四月，範使其書記蜀僧祖興來，求予作碑。予既盡述其始末，且爲之銘，銘曰：

海陵奥區名寰中，長淮大江爲提封〔二四〕。於皇徽祖御飛龍，臣民薦福遐邇同〔二五〕。是邦巍然千柱宫，中有廣殿奉大雄〔二六〕。瓌材蔽江西徂東，波神呵護如雲從〔二七〕。璇題藻井翔虚空，丹碧髹堊無遺工〔二八〕。劫火不能壞鴻鐘〔二九〕，雷震鯨吼聲隆隆。層閣閟奉龍鸞蹤〔三〇〕，榮光夜起騰長虹。徽祖聖德齊天崇，澤覃草木函昆蟲〔三一〕。咨爾梵衆極嚴恭，熙運共慶千載逢〔三二〕。餘福漸被兼華戎，長佑農扈消兵烽〔三三〕。

【題解】

泰州報恩光孝禪寺，位於今江蘇泰州，今稱報恩光孝律寺。始建於東晉義熙年間（四〇五—

四一八)，北宋崇寧二年(一一〇三)賜名崇寧萬壽寺，政和元年(一一一一)重賜名天寧萬壽寺。南宋紹興八年(一一三八)高宗爲徽宗設道場，敕改名報恩光孝禪寺，紹興三十一年毁於戰火。光宗紹熙年間，德範禪師着手復建，初成鐘樓，續建大殿最吉祥殿，於慶元六年落成，并請陸游撰寫碑文。本文爲陸游爲泰州報恩光孝寺最吉祥殿所作的碑文，詳述建殿始末，弘揚「始以果，終以不倦」，以至事舉功成的精神。

本文據篇末自署，當作於慶元六年(一二〇〇)四月。時陸游致仕家居。

【箋注】

〔一〕「始以」二句：謂開始果敢，孜孜不倦而終於成功。

〔二〕海陵：泰州漢代稱海陵。通川：流通的河川。文選司馬相如上林賦：「醴泉湧於清室，通川過於中庭。」李善注：「通流爲川而過中庭。」

〔三〕藜莠：均爲野草。亦泛指野草。禮記月令：「(孟春之月)行秋令，則其民大疫，猋風暴雨總至，藜莠蓬蒿並興。」

〔四〕紹興辛巳虜禍：指紹興三十一年金主完顏亮大舉攻宋，渡淮南下，泰州失陷。

〔五〕函養：即覆育。庇護養育。史記五帝本紀「其仁如天」，司馬貞索隱：「如天之函養也。」滋息：繁殖，增生。孔叢子陳士義：「於是乃適西河，大畜牛羊於猗氏之南，十年之間，其滋息不可計。」興葺：興建修理。杜光庭宣再往青城安複真靈醮詞：「今則山觀之中，已加興葺。」

〔六〕浮圖之廬：佛教的寺廟。浮圖，亦作浮屠、佛圖。梵語 Buddha 的音譯。原指佛，亦指佛教、和尚。

〔七〕化：指坐化，佛教徒端坐安然而死。

〔八〕轉運：轉運使，分管一路財賦。陳損之：字子長，隆州籍縣（今屬四川）人。乾道二年進士。紹熙三年十月除秘書丞，四年三月爲淮東提舉。見南宋館閣叙録卷七。提舉，即提舉常平官，分管各路財賦，與轉運使職責相近。

〔九〕石：古代容量單位，十斗爲一石。

〔一〇〕歲在乙卯：當爲北宋大中祥符八年（一〇一五）。三乙卯：當爲南宋慶元元年（一一九五）。距大中祥符八年經過了三個甲子，即一百八十年。

〔一一〕黄岡：今湖北黄岡，位於湖北東部、大别山南麓，長江中游北岸。古代盛産木材。蔽流而下：木材衆多，順流而下，運至泰州。

〔一二〕關征：關口所收之稅。曾鞏任將策：「（李）漢超猶私販榷場，規免商筭。有以事聞者，上即詔漢超私物所在，悉免關征。」

〔一三〕常平使者：朝廷掌管財賦的使者。王寧：宋會要輯稿選舉二一之六：「（慶元元年二月二十五日）太府寺丞兼左曹郎官王寧考校。」太府寺掌管國家財貨政令，以及庫藏出納、商稅、平準、貿易等事務。

〔一四〕永祐陵：宋徽宗陵墓，亦指宋徽宗。報恩光孝禪寺爲宋徽宗道場。

〔一五〕弛禁：解除禁令。三國志蜀書諸葛亮傳「領司隸校尉」，裴松之注：「法正諫曰：『願緩刑弛禁，以慰其望。』」

〔一六〕崇成：終於建成。崇，終。重屋：重簷之屋，大廳堂。楹：量詞，古代計算房屋的單位，或稱一列爲一楹；或稱一間爲一楹。

〔一七〕後使者：繼任的常平使者。韓梴：韓世忠之孫，紹熙初以朝請大夫直祕閣，知真州事，纂修真州志。華嚴經：全稱大方廣佛華嚴經，爲大乘佛教主要經典。

〔一八〕今天子：指宋光宗。潛邸：指皇帝即位前的住所。

〔一九〕方丈：一丈之方。此指寺廟長老、住持的居室。水陸堂：舉行水陸道場的齋堂。兩廡：寺廟的東西兩廊。淹歲：即經年。晉書苻堅載記下：「臣聞季梁在隨，楚人憚之；宮奇在虞，晉不闚兵。國有人焉故也。及謀之不用，而亡不淹歲。」

〔二〇〕緡錢：指以千文結紮成串的銅錢。

〔二一〕遑暇：閒空，安閒。韋應物雲陽館懷谷口詩：「吏役豈遑暇，幽懷復朝昏。」

〔二二〕謦欬：咳嗽。借指談笑，談吐。莊子徐无鬼：「夫逃空虛者，藜藋柱乎鼪鼬之逕，踉位其空，聞人足音跫然而喜矣，又況乎昆弟親戚之謦欬其側者乎？」成玄英疏：「況乎兄弟親眷謦欬言笑者乎？」第一義：佛教語。指最上至深的妙理。大乘入楞伽經集一切佛法品：「第一義者是聖樂處，因言而入，非即是言。第一義者是聖智内自證境，非言語分別智境。言語分別不能顯示。」

〔二三〕別峰：即寶印禪師。陸游有別峰禪師塔銘。

〔二四〕奥區：腹地。後漢書班固傳上：「防禦之阻，則天下之奥區焉。」李善注：「奥，深也。言秦地險固，爲天下深奥之區域。」寰中：宇内，天下。孫綽喻道論：「焉復睹夫方外之妙趣、寰中之玄照乎？」提封：即版圖，疆域。薛道衡老氏碑：「牂牱、夜郎之所，靡漢、桑乾之地，咸被聲教，并入提封。」

〔二五〕於皇：歎詞。用於贊美。詩周頌武：「於皇武王，無競維烈。」徽祖：即宋徽宗。薦福：祭祀以求福。新唐書宦者傳上魚朝恩：「朝恩有賜墅，觀沼勝爽，表爲佛祠，爲章敬太后薦福，即后謚以名祠，許之。」

〔二六〕大雄：梵文「摩訶毗羅」的意譯。原爲古印度耆那教對其教主的尊稱。佛教亦用爲釋迦牟尼的尊號。

〔二七〕波神：水神。雲從：比喻隨從之盛。語本詩齊風敝笱：「齊子歸止，其從如雲。」

〔二八〕璇題：玉飾的椽頭。文選揚雄甘泉賦：「珍臺閒館，璇題玉英。」李善注引應劭曰：「題，頭也。榱椽之頭，皆以玉飾，言其英華相燭也。」藻井：天花板上裝飾。凹面上有各種花紋、雕刻和彩畫。文選張衡西京賦：「蔕倒茄於藻井，披紅葩之狎獵。」薛綜注：「藻井，當棟中交木方爲之，如井幹也。」丹碧：塗飾在建築物上的色彩。髹堊：即塗飾。

〔二九〕劫火：佛教語。謂壞劫之末所起的大火。仁王經：「劫火洞然，大千俱壞。」

〔三〇〕層閣：即層樓。閟奉：慎重供奉。龍鸞蹤：指光宗的題詞。

〔三一〕覃：延及。函：包含。

〔三二〕梵衆：僧徒。徐陵四無畏寺刹下銘：「梵衆朝禮，天歌夜清。」熙運：興隆的國運。

〔三三〕農扈：農官的總稱。借指農事。參見卷一賀明堂表注〔一〕。

洞霄宮碑

造化之初，昆侖旁薄〔一〕。一氣既分，天積氣於上，地積塊於下〔二〕，明爲日月，幽爲鬼神，聚爲山嶽海瀆〔三〕，散爲萬物。萬物之最靈爲人，人之最靈爲聖哲、爲仙真〔四〕。而道爲天地萬物之宗，幽明巨細之統，此虙羲、黄帝、老子所以握乾坤、司變化也。其書爲易六十四卦，道德五千言，陰符西昇度人生神之經，列圄寇、莊周、關喜之書〔五〕。其學者必謝去世俗，練精積神，棲於名山喬嶽〔六〕，略與浮屠氏同。而篤於父子之親、君臣之義，與堯、舜、周公、孔子遺書無異，浮屠氏蓋有弗及也。臨安府洞霄宮，舊名天柱觀，在大滌洞天之下，蓋學黄老者之所廬〔七〕，其來久矣。至我宋，遂與嵩山崇福宮獨爲天下宮觀之首〔八〕，以寵輔相大臣之去位者，亦有以提舉洞霄召拜左相者。則其地望之重，殆與昭應、景靈、醴泉、萬壽、太一、神霄、寶籙爲比〔九〕，它莫敢望。在真宗皇帝時，始制詔改宮名，賜金寶牌，又賜仁和縣田十有五頃奉齋醮〔一〇〕，悉除其租賦。至政和間，宮以歷歲久，穿壞漫漶〔一一〕，徽宗皇帝降度牒三百〔一二〕，命兩浙轉運司復興葺之，歲度童子一人爲道士。建炎中，又廢於兵火。高宗皇帝中興大業，聞之當宁太息〔一三〕，乃紹興二十五年以皇太后之命〔一四〕，建昊天殿，鐘樓經閣，表以崇閎，繚以修廡。費出慈寧宮，梓匠工役，具於修内步軍司，中使臨護，犒賜踵至〔一五〕。既不以命有司，而山麓之民亦晏然不知有役〔一六〕。一旦告成，金碧之麗，光照林谷，鐘磬之作，聲摩雲霄，見者疑其天降地涌，而神運鬼輸也，可謂盛矣！及上脱屣萬幾，頤神物表〔一七〕，遂以乾道二年，自德壽宮行幸山中，駐蹕累日〔一八〕。敕太官進蔬膳，親御翰墨，書度人經以賜〔一九〕。自有天地，即有此山，殊尤之迹〔二〇〕，未有若此者。慶元六年九月，葆光大師宮都監潘三華與知宮事高守中、同知宮事水丘居仁以告山陰陸某〔二一〕，曰：「願有紀以爲無窮之傳。」某以疾未能屬稿〔二二〕。後三年，同知宮事王思明與其徒李知柔，杭濤江入東〔二三〕，繼以請。乃叙載其本末如此，且爲之銘曰：

在宋祥符，帝錫之書。乃作昭應，比隆羲圖〔二四〕。元豐景靈，列聖攸居〔二五〕。元祐上清，以祝帝儲〔二六〕。棟宇煌煌，焕於天衢〔二七〕。徽祖神霄，誕彌九區〔二八〕。迨我高皇，東巡於吴。眷言天柱〔二九〕，鎮兹行都。警蹕來臨〔三〇〕，神明翊扶。乃御幄殿，穆清齋居〔三一〕。天日下照，雨露普濡。迨今遺民，注望屬車〔三二〕。三聖嗣興〔三三〕，光紹聖謨。千礎之宫，騫騰太虚〔三四〕。寶磬鴻鐘，震於江湖。肆作頌詩，用紀絶殊。

【題解】

洞霄宫，又稱大滌洞天、天柱觀。道教宫觀，在今杭州餘杭區中泰鄉大滌山下。與北京白雲觀、山西永樂宫、成都青羊宫等齊名。創建於漢武帝時，唐代弘道元年（六八三）奉敕建天柱觀，南唐乾寧二年（八九五）錢鏐改建後稱天柱宫。北宋大中祥符五年（一〇一二）奉敕改名洞霄宫。政和二年（一一一二）奉旨重建。方臘起事廢於兵火。紹興二十五年（一一五五）出内帑重建，遂爲天下道觀統領。南宋常以去位之宰輔大臣提舉洞霄宫。宫中道官多次請陸游撰寫碑文。本文爲陸游爲洞霄宫所作的碑文，梳理前代帝王修建道教宫觀的故事，記述宋高宗重建洞霄宫始末。

本文據篇末自署，當作於嘉泰三年（一二〇三）。文中又稱王思明等「杭濤江入東，繼以請」，則當在該年五月中去國還鄉後。

【箋注】

〔一〕造化：指大自然。莊子大宗師：「今一以天地爲大鑪，以造化爲大冶，惡乎往而不可哉？」 昆侖旁薄：廣大無垠貌。昆，同「渾」。揚雄太玄中：「昆侖旁薄，思之貞也。」司馬光集注：「昆，音魂；侖，盧昆切。」

〔二〕一氣：指混沌之氣。古人認爲是構成天地萬物之本原。莊子大宗師：「彼方且與造物者爲人，而遊乎天地之一氣。」 積氣：列子天瑞：「天，積氣耳，亡處亡氣。」 積塊：列子天瑞：「地，積塊耳，充塞四虚，亡處亡塊。」

〔三〕海瀆：泛指江海。沈約梁雅樂歌誡雅：「出尊祇，展誠信，招海瀆，罷嶽鎮。」

〔四〕聖哲：指具有超人的道德才智之人，亦以稱帝王。左傳文公六年：「古之王者，知命之不長，是以并建聖哲。」孔穎達疏：「聖哲，是人之儁者。」 仙真：道家稱昇仙得道之人。李白上雲樂詩：「生死了不盡，誰明此胡是仙真？」

〔五〕陰符：即陰符經，全稱黄帝陰符經。道教經書，全文僅三百餘字，論涉養生要旨、氣功、房中等方面。作者無從考證，姜太公、范蠡、鬼谷子、張良、諸葛亮、李筌、朱熹等爲之作注。 列圄寇：即列禦寇，春秋時鄭人，道家學派代表人物，著有列子。主張順從自然，清虚無爲，淡泊名利，清静修道。 莊周：戰國時宋人，道家學派代表人物，著有莊子。主張順從天道，返璞歸真，崇尚自由，保身全生。 關喜：亦稱關尹、尹喜，姓名不可考。先秦時邽縣（今甘肅天水)人，周敬王時大夫，後辭職任函谷關令，被稱爲「關尹」。道家學派代表人物，相傳老子授其道德經。著有關尹子。吕氏春秋謂：「老聃貴柔，關尹貴清。」

〔六〕練精積神：鍛煉精神，精神貫注。王充論衡感虛：「凡人能以精誠感動天，專心一意，委務積神，精通於天，天爲變動。」喬嶽：本指泰山，後泛稱高山。詩周頌時邁：「懷柔百神，及河喬嶽。」毛傳：「喬，高也。高岳，岱宗也。」

〔七〕黃老：黃帝和老子的並稱。後世道教奉爲始祖。史記老子韓非列傳：「申子之學本於黃老而主刑名。」

〔八〕嵩山崇福宮：在今河南登封北、嵩山太室山南麓萬歲峰下。初名萬歲觀，創建於西漢。唐高宗時改爲太乙觀。宋真宗時更名崇福宮，大加整修，并由宮廷管理。主管崇福宮的名儒先後有范仲淹、韓維、司馬光、程顥、程頤等百餘人。崇福宮不但是道教活動場所，而且是名儒著書治學之地。

〔九〕地望：此指其在道教宮觀中的地位。昭應：即玉清昭應宮，宋真宗建於大中祥符年間。景靈：即景靈宮，宋神宗元豐五年建成。醴泉：即醴泉宮，宋英宗治平年間所建。萬壽：即玉隆萬壽宮，宋徽宗政和六年以崇福宮爲藍本建成，并賜額玉隆萬壽宮。太一：即中太一宮，宋神宗熙寧年間所建。神霄：即神霄宮，宋徽宗宣和元年建，徽宗親自撰文并書寫神霄玉清萬壽宮記。寶籙：即上清寶籙宮，宋徽宗政和年間道士林靈素所建。以上均爲北宋著名宫觀，金人入主中原後大都被焚毁，有的在南宋臨安重建。見吴自牧夢粱録卷八。

〔一〇〕齋醮：請道士設齋壇誦經祈神。王建同于汝錫遊降聖觀詩：「聞説開元齋醮日，曉移行漏帝親過。」

〔一一〕漫漶：模糊難辨。韓愈新修滕王閣記：「於是棟楹梁桷板檻之腐黑撓折者，蓋瓦級甎之破缺者，赤白之漫漶不鮮者，治之則已，無侈前人，無廢後觀。」

〔一二〕度牒：官府發給僧道准許出家的憑證。唐宋時，官府可出售度牒，以充軍政費用。趙彦衛雲麓漫鈔卷四：「紹興中，軍旅之興，急於用度，度牒之出無節。上户和糴所得，減價至二三十千。時有『無路不逢僧』之語。」

〔一三〕當宁：指臨朝聽政。參見卷一福建到任謝表注〔七〕。

〔一四〕皇太后：高宗之母，原爲徽宗韋賢妃，隨徽宗北遷。紹興十二年高宗迎回臨安，尊爲皇太后，入居慈寧宫。好佛、老。宋史卷二四三有傳。

〔一五〕修内步軍司：即修内司，官署名。屬將作監，掌管宫城、太廟修繕事務。中使：宫中派出的使者。多指宦官。後漢書宦者傳張讓：「凡詔所徵求，皆令西園騶密約勅，號曰『中使』。」臨護：蒞臨監護。

〔一六〕晏然：安定貌。荀悦漢紀高后紀贊：「高后女主制政，不出房闥而天下晏然。」

〔一七〕上：指宋高宗。　脱屣：脱鞋般無所顧戀。漢書郊祀志上：「嗟乎！誠得如黄帝，吾視去妻子如脱屣耳！」顏師古注：「屣，小履。脱屣者，言其便易，無所顧也。」　萬幾：指帝王日常處理的紛繁政務。書皋陶謨：「無教逸欲有邦，兢兢業業，一日二日萬幾。」孔安國傳：「幾，微也，言當戒懼萬事之微。」　頤神：即養神。後漢書王充傳：「裁節嗜欲，頤神自守。」　物表：物外，世俗之外。文選孔稚珪北山移文：「若其亭亭物表，皎皎霞外，芥千金而不盼，屣萬乘其如脱。」張銑注：「表，外也。物表、霞外，言志高遠也。」

〔一八〕德壽宫：高宗退位後所居宫殿。　行幸：專指皇帝出行。漢書武帝紀：「（元鼎）四年，冬十月，行幸雍。」　駐蹕：指帝王出行途中停留暫住。

〔一九〕太官：官名。掌皇帝膳食及燕享之事。　度人經：全稱太上洞玄靈寶無量度人上品妙經，號稱道教群經之首、萬法之宗。

〔二〇〕殊尤：特别奇異。司馬相如封禪文：「未有殊尤絶迹，可考於今者也。」

〔二一〕宫都監、知宫事、同知宫事：均爲執掌洞霄宫的職務名稱。　水丘：複姓。

〔二二〕屬稿：起草文稿。

〔二三〕杭濤江入東：指入越。李翺復性書：「南觀濤江，入於越。」韓愈此日足可惜贈張籍：「東野窺禹穴，李翺觀濤江。」劍南詩稿卷三七屏迹：「昔者航濤江，雲山迎我東。」杭，渡。

〔二四〕「在宋」四句：指宋真宗在大中祥符年間建造玉清昭應宫，可與伏羲圖像之隆盛媲美。

〔二五〕「元豐」二句：宋史神宗本紀：「（元豐五年十一月）壬午，景靈宮成，告遷祖宗神御。癸未，初行酌獻禮。」列聖攸居，列代祖宗肖像就位。攸，語助詞。

〔二六〕「元祐」二句：宋史哲宗本紀：「（元祐六年九月）甲辰，幸上清儲祥宮。壬子，宮成，減天下囚罪一等，徒以下釋之。」蘇軾上清儲祥宮碑載，至道元年，宋太宗作上清宮於朝陽門之内，慶曆三年底因失火一夕而燼。神宗元豐二年命道士修復祠宇，「以宮之所在爲國家子孫地，乃賜名上清儲祥宮」，至哲宗元祐六年方始建成。帝儲，皇位繼承者。

〔二七〕天衢：京都。文選張衡西京賦：「豈伊不虔思於天衢，豈伊不懷歸於枌榆。」劉良注：「天衢，洛陽也。」

〔二八〕「徽祖」二句：指宋徽宗宣和元年建成的神霄宮，擴展到九州。誕彌，擴展。九區，指九州。

〔二九〕眷言：回顧貌。言，語助詞。詩小雅大東：「睠言顧之，潸焉出涕。」天柱：指洞霄宮的前身天柱宮。

〔三〇〕警蹕：指帝王出入時，於所經路途侍衛警戒，清道止行。史記淮南衡山列傳：「厲王以此歸國益驕恣，不用漢法，出入稱警蹕，稱制，自爲法令，擬於天子。」

〔三一〕幄殿：即帳殿。梅堯臣金明池遊詩：「津樓金間采，幄殿錦文窠。」穆清：指太平祥和。蔡邕釋誨：「夫子生穆清之世，秉醇和之靈。」齋居：齋戒别居。

〔三二〕屬車：帝王出行時的侍從車。借指帝王。漢書張敞傳：「孝昭皇帝蚤崩無嗣，大臣憂懼，選賢聖承宗廟，東迎之日，唯恐屬車之行遲。」顏師古注：「不欲斥乘輿，故但言屬車耳。」

〔三〕三聖：指真宗、徽宗、高宗。 嗣興：繼承并振興。

〔四〕騫騰：即飛騰。杜甫贈特進汝陽王二十韻：「筆飛鸞聳立，章罷鳳騫騰。」 太虛：指空寂玄奥之境。莊子知北遊：「是以不過乎崑崙，不遊乎太虛。」

渭南文集箋校卷第十七

記

【釋體】徐師曾文體明辨序説：「按金石例云：『記者，紀事之文也。』禹貢、顧命，乃記之祖；而記之名，則昉於戴記、學記諸篇。厥後揚雄作蜀記，而文選不列其類，劉勰不著其説，則知漢、魏以前，作者尚少。其盛自唐始也。其文以叙事爲主，後人不知其體，顧以議論雜之。……而歐、蘇以下，議論寖多，則記體之變，豈一朝一夕之故哉？……又有托物以寓意者，有首之以序而以韻語爲記者，有篇末繫以詩歌者，皆爲别體。」渭南文集中收記凡五卷，計五十四首。

本卷收録記十三首。

雲門壽聖院記

雲門寺自晉、唐以來名天下。父老言昔盛時，繚山並溪，樓塔重複，依巖跨壑，金碧飛踴，居之者忘老，寓之者忘歸，遊觀者累日乃遍，往往迷不得出，雖寺中人或旬月不相覿也。入寺，稍西石壁峰爲看經院，又西爲藥師院，又西繚而北爲上方。已而少衰，於是看經別爲寺曰顯聖，藥師別爲寺曰雍熙，最後上方亦別曰壽聖，而古雲門寺更曰淳化〔一〕。一山凡四寺，壽聖最小，不得與三寺班〔二〕，然山尤勝絶。遊山者自淳化，歷顯聖、雍熙，酌煉丹泉〔三〕，窺筆倉〔四〕，追想葛稚川、王子敬之遺風〔五〕，行聽灘聲，而坐蔭木影，徘徊好泉亭上〔六〕，山水之樂，饜飫極矣〔七〕。而亭之旁，始得支徑，逶迤如綫，修竹老木，怪藤醜石，交覆而角立〔八〕，破崖絶澗，奔泉迅流，喊呀而噴薄〔九〕。方暑，凜然以寒，正晝仰視，不見日景〔一〇〕。如此行百餘步，始至壽聖，嶄然孤絶。老僧四五人，引水種蔬，見客不知拱揖〔一一〕，客無所主而去，僧亦竟不知辭謝。好奇者或更以此喜之。今年，予來南〔一二〕，而四五人者相與送予至新溪，且曰：「吾寺舊無記，願得君之文，磨刻崖石。」予異其朴野而能知此也〔一三〕，遂與爲記。然憶爲兒時往來山中，今三十年〔一四〕，屋益古，竹樹益蒼老，而物色益幽奇〔一五〕，予亦有白髮久矣，顧未知予之文辭亦能少加老否。寺得額以治平某年某月〔一六〕，後九十餘年，紹興丁丑歲十一月十七日，吴郡陸某記〔一七〕。

【題解】

雲門壽聖院，指雲門寺之壽聖院。雲門寺位於今浙江紹興城南平水鎮西，南有若耶溪，北靠秦望山。始建於東晉義熙三年（四〇七），本爲王獻之舊宅。唐宋間高僧雲集，文人薈萃，多有詩文名篇傳世。雲門寺爲總稱，包括多個副寺，即文中所謂「一山凡四寺」。其中雍熙院爲陸游祖父陸佃的功德院。陸游少時在寺中讀書，常來往山中，後有詩作二十餘首歌詠雲門。本文爲陸游應寺僧之請爲壽聖院所作的記文，記叙壽聖院沿革、景物及作記緣起，并寄托兒時生活的追憶。

本文據篇末自署，當作於紹興二十七年（一一五七）十一月十七日。時陸游赴寧德縣主簿任。歐譜云：「十一月，先生赴福州寧德縣主簿任，道經雲門寺，作雲門壽聖院記。」參考邱鳴皋陸游研究劄記一，載徐州師範大學學報（哲社版）二〇〇一年第四期。

【箋注】

〔一〕「已而」五句：嘉泰會稽志卷七：「淳化寺在縣南三十里，中書令王子敬所居也。義熙三年，有五色祥雲見，安帝詔建雲門寺。會昌毀廢。大中六年，觀察使李褒奏再建，號大中拯迷寺。淳化五年十一月改今額。寺有彌陀道場，杭僧元照書額。門外有橋，亭名麗句亭，刻唐以來名士詩最多。先唐時雲門止有此一寺，今裂而爲四。雍熙者，懺堂也；顯聖者，看經院也；壽聖者，老宿所棲庵也。」又：「雍熙院在縣南三十里一十步。初，僧重曜於雲門拯迷寺之西建懺堂，號浄名庵。開寶五年，觀察使錢儀廣之爲大乘永興禪院。雍熙二年十月改賜今額。紹興元年六月，賜故尚書左丞陸公爲功德院。」又：「顯聖院在縣南三十里。周顯德二年於拯迷寺石壁峰前建看經院，乾德六年賜號雲門寺，至道二年九月改今額。」

〔二〕班：等列。

〔三〕煉丹泉：即葛洪煉丹處。

〔四〕筆倉：嘉泰會稽志卷七：「（顯聖）院後有王子敬筆倉，實一智井，有經藏，甚靈異。」智井即枯井。

〔五〕葛稚川：即葛洪，字稚川，自號抱朴子，東晉道教學者、煉丹家、醫藥學家。相傳曾結廬會稽，煉丹修行。王子敬：即王獻之，字子敬，王羲之第七子，書法家，工書善畫。雲門寺即其捨宅爲寺。

〔六〕好泉亭：嘉泰會稽志卷七：「（雍熙）院前橋亭曰好泉亭，亭扁蓋陸少師所題，取范文正公詩『林無惡獸住，岩有好泉來』之句。」

〔七〕饜飫：飽足，滿足。杜牧杜秋娘詩：「歸來煮豹胎，饜飫不能飴。」

〔八〕角立：卓然特立。後漢書徐穉傳：「至於穉者，爰自江南卑薄之域，而角立傑出，宜當爲先。」李賢注：「如角之特立也。」

〔九〕喊呀：即呼嘯。象聲詞。柳宗元解祟賦：「風雷唬唬以爲槖籥兮，回禄煽怒而喊呀。」

〔一〇〕日景：陽光。文選班固西都賦：「上反宇以蓋戴，激日景而納光。」李善注：「言宮殿光輝外激於日，日景下照而反納其光也。」

〔一一〕不知拱揖：不懂招呼接待。拱揖，拱手作揖，以示敬意。

〔一二〕來南：到南方赴任。李翺有來南録。此指作者赴福州寧德縣主簿任。

〔一三〕朴野：質樸無華。管子小匡：「是故農之子常爲農，樸野而不慝。」尹知章注：「農人之子樸質而野，不爲奸慝。」

〔一四〕「然憶」二句：于北山陸游年譜紹興七年注〔一〕：「務觀時年三十三歲，文中所云『三十年』，當爲『二十年』之誤。」于説是。

〔一五〕物色：景色，景象。鮑照秋日示休上人詩：「物色延暮思，霜露逼朝榮。」　幽奇：幽深奇特。

〔一六〕治平：北宋英宗年號，一〇六四至一〇六七年。

〔一七〕吴郡：東漢時分會稽郡浙江以西部分設置吴郡，治所在吴縣（今蘇州）。陸游祖先居吴地，爲世家望族，故自署籍貫爲吴郡。

寧德縣重修城隍廟記

禮不必皆出於古，求之義而稱、揆之心而安者，皆可舉也〔一〕。斯人之生，食稻而祭先嗇，衣帛而祭先蠶，飲而祭先酒，畜而祭先牧〔二〕。猶以爲未，則凡日用起居所賴者皆祭，祭門、祭竈、祭中霤之類是也〔三〕。城者以保民禁姦，通節内外〔四〕，其有功於人最大，顧以非古黜其祭，豈人心所安哉？故自唐以來，郡縣皆祭城隍，至今世尤謹。守令謁見，其儀在他神祠上。社稷雖尊，特以令式從事〔五〕，至祈禳報賽〔六〕，獨城隍而已，則其禮顧不重歟！寧德爲邑，帶山負海〔七〕。雙巖、白鶴之嶺，其高摩天，其險立壁，負者股栗，乘者心掉〔八〕。飛鸞、關井之水〔九〕，濤瀾洶湧，蛟鰐出没，登舟者涕泣與父母妻子别，已濟者同舟更相賀。又有氣霧之毒，蛙黽、蛇蠶、守宫之蟲〔一〇〕，郵亭逆旅，往往大署墻壁，以道出寧德爲戒〔一一〕。然邑之吏民獨不得避，則惟神之歸，是以城隍祠比他邑尤盛。祠故在西山之麓，紹興元年，知縣事趙君詵之始遷於此。二十八年五月，權縣事陳君攄復增築之，高明壯大，稱邑人尊祀之意。既成，屬某爲記。某曰：「幽顯之際遠矣〔一二〕！惟以其類可感，故古之祭者，必思其所嗜好。夫神之所以爲神惟正直，所好亦惟正直。君儻無愧於此，則擷澗溪之毛，挹行潦之水，足以格神〔一三〕。不然，豐豆碩俎〔一四〕，是諂以求福也，得無與神之意異耶？」既以勵君，亦以自勵，又因以勵邑人。八月一日，右迪功郎、主簿陸某記〔一五〕。

【題解】

寧德縣，在福建東北部沿海，宋代屬福建路福州府，爲陸游首次入仕之地。城隍，爲守護城池之神。禮記郊特牲：「天子大蜡八。」鄭玄注：「蜡祭有八神：先嗇一，司嗇二，農三，郵表畷四，貓虎五，坊六，水庸七，昆蟲八。」孔穎達疏：「水庸之屬，在地益其稼穡。」後人附會水庸爲守護城池之神，稱之爲城隍。北齊書慕容儼傳：「城中先有神祠一所，俗號城隍神，公私每有祈禱。」紹興二十八年五月，權寧德縣事陳攄重修本縣城隍廟，功成後屬主簿陸游爲記。本文爲陸游爲寧德縣重修城隍廟所作的記文，叙述祭祀城隍之緣起、寧德祠盛之緣由及修廟始末，并以「正直」相勉勵。

本文據篇末自署，當作於紹興二十八年（一一五八）八月一日。時陸游在寧德縣主簿任。

【箋注】

〔一〕揆：度量，揣測。　舉：舉行。

〔二〕先嗇：即先農，如神農氏。禮記郊特牲：「蜡之祭也，主先嗇而祭司嗇也。」鄭玄注：「先嗇，若神農者。」　先蠶：教民育蠶之神。相傳周制王后享先蠶，其後歷代均由皇后主祭先蠶。

後漢書禮儀志上：「祠先蠶，禮以少牢。」先酒：釀酒創始人，後祀以爲神。柳宗元飲酒詩：「舉觴酹先酒，遺我驅憂煩。」先牧：牧馬創始人，後奉爲司牧之神。周禮夏官校人：「夏祭先牧。」鄭玄注：「先牧，始養馬者。」

〔三〕中霤：指窗。清夏炘學禮管釋釋窗牖向：「窗即中霤，古者復穴當中開孔取明，謂中霤，後世以交木爲之，謂之窗。」

〔四〕通節：指交通、節制。

〔五〕社稷：土神和穀神。左傳僖公四年：「君惠徼福於敝邑之社稷，辱收寡君，寡君之願也。」令式：章程，程式。北史儒林傳下：「諸儒莫不推其通博，皆自以爲不能測也，尋奉詔預修令式。」

〔六〕祈禳：祈禱以求福除災。漢書孔光傳：「俗之祈禳小數，終無益於應天塞異，銷禍興福。」顏師古注：「祈，求福也。禳，除禍也。」報賽：農事完畢後謝神的祭祀。周禮春官小祝「將事侯禳禱祠之祝號」，賈公彦疏：「求福謂之禱，報賽謂之祠。」

〔七〕帶山負海：連着高山，背靠大海。

〔八〕負者股栗：負重者腿部發抖。乘者心掉：騎馬者心旌摇擺。形容極度恐懼。

〔九〕飛鸞：寧德城南有飛鸞嶺。

〔一〇〕氣霧：指瘴氣，熱帶或亞熱帶山林中的濕熱空氣。蛙黽：蛙類動物。周禮秋官蟈氏：

「蟈氏掌去蛙黽。」 蛇蠶：即蛇類動物。 守宮：即壁虎，又稱蠍虎，因常伏於宮牆屋壁以捕食飛蟲，故名守宮。 蟲：害人的毒物。

〔一一〕郵亭：驛館，信使止宿之處。漢書薛宣傳：「過其縣，橋樑郵亭不修。」顏師古注：「郵，行書之舍，亦如今之驛及行道館舍也。」 逆旅：客舍，旅館。 左傳僖公二年：「今虢爲不道，保於逆旅。」杜預注：「逆旅，客舍也。」 道出：道經，路過。

〔一二〕幽顯之際：陰陽之間，陰間和陽間。 北史李彪傳：「天下斷獄起自初秋，盡於孟冬，不於三統之春，行斬絞之刑。如此則道協幽顯，仁垂後昆矣。」

〔一三〕擷：摘取。 毛：如毛之物，指地上穀物和草。 挹：酌，以瓢舀取。 行潦：溝中流水。 詩召南采蘋：「于以采藻？于彼行潦。」毛傳：「行潦，流潦也。」 格：感動，感通。 書說命下：「佑我烈祖，格於皇天。」

〔一四〕豐豆碩俎：豐盛的祭品。豆、俎，古時祭祀所用禮器。

〔一五〕迪功郎：宋代文臣階官名之末級，從九品。相當於司理、司户、司法參軍、主簿、縣尉職務的官階。

灊亭記

灊山道人廣勤廬於會稽之下〔一〕，伐木作亭，苫之以茅〔二〕，名之曰灊亭，而求記於陸子。吾聞鄉居邑處，父兄子弟相扶持以生、相安樂以老且死者，民之常也〔三〕。士大夫去而立朝，散之四方，功名富貴，足以老而忘返矣，猶或以不得車騎冠蓋雍容於途，以夸其鄰里而光耀其族姻爲憾〔四〕。惟浮屠師一切反此〔五〕，其出遊惟恐不遠，其遊之日惟恐不久，至相與語其平生，則計道里遠近、歲月久暫以相高〔六〕。嗚呼！亦異矣。勤公之心獨不然，言曰：「吾出遊三十年，無一日不思灊。」而適不得歸，未嘗以遠遊夸其朋儕〔七〕。其在灊亭，語則灊也，食則灊也。煙雲變滅，風雨晦冥，吾視之若灊之山；樵牧往來，老稚嘯歌，吾視之若灊之人。疏一泉，移一石，蓺一草木〔八〕，率以灊觀之，恍然不知身之客也。夫人之情無不懷其故者，浮屠師亦人也，而忘其鄉邑父兄子弟，無乃非人之情乎？自堯、舜、周、孔，其聖智千萬於常人矣，然猶不以異於人情爲高，浮屠師獨安取此哉？則吾勤公可謂篤於自信，而不移於習俗者矣。故與爲記。紹興三十年十二月十二日記。

【題解】

灊爲古地名。史記封禪書：「其明年冬，上巡南郡，至江陵而東。登禮灊之天柱山，號曰南嶽。」灊山，即潛山、皖山、皖公山、天柱山，在今安徽省西南部。夏、商之際，灊山與泰山、恒山、華山，合稱「四嶽」。瀔山道人，即釋廣勤。嘉泰會稽志卷一九：「雲門雲泉庵僧廣勤，字行之，能詩。廉宣仲布嘗作墨梅贈之，勤答以詩云：『筆端造化如東君，著物不簡亦不繁。』宣仲大稱之，以爲非僧詩也。」廣勤在會稽山下作瀔亭，求記於陸游。本文爲陸游爲瀔亭所作的記文，稱贊瀔亭主人釋廣勤篤於自信，同於人情，三十年懷念故里的精神。

本文據篇末自署，當作於紹興三十年（一一六〇）十二月十一日。時陸游罷敕令所删定官在吏部聽候差遣。

【箋注】

〔一〕廬：居住。會稽：指會稽山。吴越春秋記載：山本名苗山，禹更名會稽。會稽者，會計也，相傳禹會諸侯於此計功。

〔二〕苫：遮蔽，覆蓋。茅：茅草。

〔三〕常：綱常，倫常。

〔四〕「猶或」句：在路上展示華貴的車馬冠服。雍容，形容華貴，有威儀。漢書薛宣傳：「宣爲人好威儀，進止雍容。」族姻：家族和姻親。左傳襄公二十六年：「雖楚有材，晉實用之。子木曰：『夫獨無族姻乎？』」

〔五〕浮屠師：指和尚。

〔六〕道里：路途，行程。漢書司馬相如傳下：「道里遼遠，山川阻深。」

〔七〕朋儕：朋輩，同輩朋友。陸倕爲息纘謝敕賜朝服啓：「姻族移聽，朋儕改矚。」

〔八〕蓺：同「藝」，種植。

煙艇記

陸子寓居，得屋二楹〔一〕，甚隘而深，若小舟然，名之曰「煙艇」。客曰：「異哉！屋之非舟，猶舟之非屋也，以爲似歟？舟固有高明奧麗逾於宫室者矣〔二〕，遂謂之屋，可不可耶？」陸子曰：「不然。新豐非楚也，虎賁非中郎也〔三〕，誰則不知？意所誠好而不得焉，粗得其似，則名之矣。因名以課實，子則過矣，而予何罪？予少而多病，自計不能效尺寸之用於斯世，蓋嘗慨然有江湖之思。而饑寒妻子之累，劫而留之〔四〕，則寄其趣於煙波洲島蒼茫杳靄之間，未嘗一日忘也。使加數年，男勝鋤犂，女任紡績，衣食粗足，然後得一葉之舟，伐荻釣魚，而賣芰芡，入松陵，上嚴瀨，歷石門、沃洲，而還泊於玉笥之下，醉則散髮扣舷爲吴歌，顧不樂哉〔五〕！雖然，萬鍾之禄，與一葉之舟，窮達異矣，而皆外物〔六〕。吾知彼之不可求，而不能不眷眷於此也〔七〕。其果可求歟？意者使吾胸中浩然廓然〔八〕，納煙雲日月之偉觀，攬雷霆風雨之奇變，雖坐容膝之室，而常若順流放櫂，瞬息千里者〔九〕，則安知此室果非煙艇也哉！」紹興三十一年八月一日記。

【題解】

紹興三十一年七月，陸游被任命爲大理司直，寄居於臨安「百官宅」兩間小屋内，名其居室爲「煙艇」。煙艇意爲煙波中之小舟。杜甫八哀詩故右僕射相國曲江張公九齡：「向時禮數隔，制作難上請。再讀徐孺碑，猶思理煙艇。」本文爲陸游爲自己居室「煙艇」所作的記文，闡述進退出處之矛盾心理，抒寫身居陋室、胸懷宇宙的曠放之情。

本文據篇末自署，當作於紹興三十一年（一一六一）八月一日。時陸游在大理司直任上。

【箋注】

〔一〕寓居：寄居。文選張衡西京賦：「鳥畢駭，獸咸作，草伏木棲，寓居穴托。」楹：古代計量房屋的量詞，一列或一間爲一楹。

〔二〕高明奥麗：高深明麗。宮室：泛指房屋。

〔三〕新豐非楚：秦地的新豐邑造得再像也不是楚地的豐邑。劉邦爲沛豐邑中陽里人，稱帝後，因父親懷念故鄉生活，改秦地酈邑爲新豐。史記高祖本紀「更命酈邑曰新豐」，張守節正義引括地志：「新豐故城在雍州新豐縣西南四里，漢新豐宫也。太上皇時悽愴不樂，高祖竊因左右問故，答以平生所好皆屠販少年，酤酒賣餅，鬥雞蹴鞠，以此爲歡，今皆無此，故不樂。高祖乃作新豐，徙諸故人實之，太上皇乃悦。」虎賁非中郎：勇士長相再像蔡邕也不是蔡邕本人。後漢書孔融傳：「（融）與蔡邕素善，邕卒後，有虎賁士貌類於邕，融每酒酣，引與同坐，曰：『雖無老成人，且有典刑。』」中郎，蔡邕曾任左中郎將，故稱蔡中郎。

〔四〕劫而留之：指被迫留在官場。

〔五〕荻：多年生草本植物，生在水邊，似蘆葦。芰芡：兩種水生植物。芰，即菱。芡，又名雞頭，葉似圓盾浮於水，花托形似雞頭。種子成芡實，可食用，可入藥。松陵：吴淞江之古稱。發源於蘇州市吴江區松陵鎮以南太湖瓜涇口，向東流至上海外白渡橋以東匯入黄浦江。陸廣微吴地記：「松江，一名松陵，又名笠澤。」嚴瀨：即嚴陵瀨，在浙江桐廬縣南，相傳爲東漢嚴光隱居垂釣處。老學庵筆記卷十：「嚴州有嚴光釣瀨，名嚴陵瀨。」石門：即石門洞，位於浙江青田縣城西北甌江北岸。臨江旗、鼓兩峰劈立，對峙如門，故稱石門。相傳晉永嘉太守謝靈運躡屐來遊，始開此洞。沃洲：亦作沃州。山名。在浙江新昌縣東。相傳爲晉僧支遁放鶴養馬處。玉笥：山名。在紹興。嘉泰會稽志卷九：「宛委山，在（會稽）縣東南一十五里。舊經云：『山上有石簣，壁立干雲，升者累梯而至。』十道志：『石匱山，一名宛委，一名玉笥，有懸崖之險，亦名天柱山。』」吴歌：吴地之歌，亦指江南民歌。晉書樂志下：「吴歌雜曲，并出江南。東晉以來，稍有增廣。」

〔六〕萬鍾之禄：指優厚的俸禄。鍾，古容量單位。十釜爲一鍾。外物：身外之物，多指功名利禄。莊子外物：「外物不可必，故龍逄誅，比干戮，箕子狂，惡來死，桀紂亡。」

〔七〕眷眷：依戀反顧貌。文選王粲登樓賦：「情眷眷而懷歸兮，孰憂思之可任。」

〔八〕浩然：廣大壯闊貌。淮南子要略：「誠通其志，浩然可以大觀矣。」廓然：遠大貌。説苑君道：「廓然遠見，踔然獨立。」

〔九〕容膝：形容場地狹小，僅能容納雙膝。韓詩外傳卷九：「今如結駟列騎，所安不過容膝；食方丈於前，所甘不過一肉。以容膝之安、一肉之味，而殉楚國之憂，其可乎？」放棹：行船，乘船。

復齋記

仲高於某爲從祖兄〔一〕，某蓋少仲高十有二歲。方某爲童子時，仲高文章論議已稱成材，冠峨帶博，車騎雍容〔二〕，一時名公卿皆慕與之交。諸老先生不敢少之，皆謂仲高仕進且一日千里。自從官御史〔三〕，識者惟恐不得如仲高者爲之。及其丞大宗正，出使一道，在他人亦足稱美仕，在仲高則謂之蹉跌，不偶可也〔四〕。顧曾不暖席，遂遭口語，南遷萬里，凡七閲寒暑，不得内徙〔五〕。與仲高親厚者，每相與燕遊〔六〕，輒南望歎息出涕，因罷酒去，如是數矣。然客自海上來，言仲高初不以遷謫瘴癘動其心〔七〕，方與學佛者遊，落其浮華，以反本根〔八〕，非復昔日仲高矣。聞者皆悵然，自以爲不足測斯人之淺深也。隆興元年夏，某自都還里中，始與兄遇，視其貌，淵乎似道，聽其言，簡而盡，所謂落浮華、反本根者，乃親見之。嘗對榻語至丙夜〔九〕，謂某曰：「吾名吾燕居之室曰復齋〔一〇〕，子爲我記。」某自念少貧賤，仕而加甚，凡世所謂利欲聲色，足以敗志汩心者，一不踐其境，兀然枯槁〔一一〕，似可學道者。然從事於此數年，卒無毛髮之得。若仲高馳騁於得喪之場，出入於憂樂之域，而自得者乃如此，非深於性命之理〔一二〕，其孰能之？某蓋將就學焉，敢極道本末〔一三〕，以爲復齋記。

【題解】

隆興元年三月，陸游被貶通判建康府。宋史本傳：「時龍大淵、曾覿用事，游爲樞臣張燾言：『覿、大淵招權植黨，熒惑聖聽。公及今不言，異日將不可去。』燾遽以聞。上詰語所自來，燾以游對。上怒，出通判建康府，尋易隆興府。」六月，陸游出都返鄉。其從兄陸升之字仲高乃少時好友，此時亦自貶所返里家居，名其居室爲「復齋」，求記於陸游。本文爲陸游爲仲高復齋所作的記文，叙述仲高少年得志、蹉跌不偶、立志學道的經歷，闡發「落其浮華，以反本根」的「性命之理」。

本文據篇中自署，當作於隆興元年（一一六三）夏。時陸游返鄉待任，寄寓梅山。（參考鄒志

方陸游研究第二章第三節）

參考劍南詩稿卷一送仲高兄宫學秩滿赴行在、出都，卷六聞仲高從兄訃，卷十五紹興中與陳魯山王季夷從兄仲高以重九日同游禹廟……慨然作此詩，卷四二枕上口占。

【箋注】

〔一〕仲高：陸升之（一一一三—一一七四），字仲高，山陰人。與陸游同曾祖，爲陸游從兄。紹興十八年進士。王明清玉照新志卷二：「陸升之仲高，山陰勝流，詞翰俱妙。晚坐秦黨，遂廢於家。」

〔二〕冠峨帶博：即峨冠博帶，高冠和闊衣帶，爲古代儒生或士大夫裝束。車騎雍容：乘着車馬，從容不迫，舉止文雅。史記司馬相如列傳：「相如之臨邛，從車騎，雍容閒雅，甚都。」

〔三〕從官御史：任御史大夫的屬官。

〔四〕丞大宗正：任大宗正丞，爲大宗正司的屬官，管理宗室事務。建炎以來繫年要録卷一六三：「（紹興二十二年十月）左承議郎、諸王宫大小學教授陸升之知大宗正丞，秦檜以其嘗訐李光，故用之。」陸升之乃李光侄婿，却迎合秦檜之意，檢舉李光及子私造「小史」，譏謗朝廷，則爲一無行小人。　蹉跌：失誤。漢書朱博傳：「功曹後常戰栗，不敢蹉跌，博遂成就之。」　不偶：不遇，命不好。陸游在此對陸升之上述行爲予以委婉的譴責。

〔五〕曾不暖席：没坐多久，指時間不長。暖席，安坐閒居，留有體温。　口語：言論，非議。司馬遷報任少卿書：「僕以口語遇此禍，重爲鄉黨所笑。」南遷萬里：指被貶雷州。葉寘愛日齋從鈔卷四：「秦檜死，前誣陷之黨悉投竄，仲高亦坐累徙雷州。務觀後爲記復庵，大抵善爲隱蓄，而抑揚寄於言表。」閱：經歷。

〔六〕燕遊：宴飲遊樂。禮記少儀：「朝廷曰退，燕遊曰歸。」

〔七〕遷謫：官吏因罪降職流放。王昌齡留別武陵袁丞詩：「皇恩暫遷謫，待罪逢知己。」瘴癘：瘴氣。

〔八〕本根：本原，初始。北齊書杜弼傳：「竊惟道、德二經，闡明幽極，旨冥動寂……實衆流之江海，乃群藝之本根。」

〔九〕丙夜：三更時分，午夜十一點至凌晨一點。

〔一〇〕燕居：閒居。禮記仲尼燕居：「仲尼燕居，子張、子貢、言游侍。」鄭玄注：「退朝而處曰燕居。」

〔一一〕敗志汩心：敗壞意志，汩没初心。兀然：依舊。枯槁：指安貧之心。謝靈運遊名山志：「枕岩漱流者，乏於大志，故保其枯槁。」

〔一二〕性命之理：宋代道學家的核心命題。指萬物的天賦和稟受。易乾：「乾道變化，各正性命。」孔穎達疏：「性者，天生之質，若剛柔遲速之別；命者，人所稟受，若貴賤夭壽之屬也。」朱熹本義：「物所受爲性，天所賦爲命。」

〔一三〕本末：始末，原委。左傳莊公六年：「夫能固位者，必度其本末，而後立衷焉。」杜預注：「本末，始終也。」

青山羅漢堂記①

隆興改元秋九月，某訪故人奕公於青山之下〔一〕。與奕公別，蓋十餘年矣〔二〕，聞某至，曳杖出迎松間，黔瘠腊如，殘雪覆頂〔三〕，相與握手，訪問朋舊，且悲且喜。既至其居，修廊邃屋，曲折皆有意。已而入法堂之東室〔四〕，忽見澗壑巖竇，飛泉迅流，菩薩、阿羅漢翔游其中，使人如身在峨眉、天台〔五〕，應接不暇。奕公從旁笑曰：「此吾使工人幻爲之者也。始王君某築是庵於墓左，以資其先人之福〔六〕，而請吾居焉。王君閉門讀書，未嘗少貶於世，顧於吾獨委曲周盡。吾亦感其意，爲之留而弗去者十年。凡此土木金碧以爲像，設供養之具者〔七〕，積費千金，王君無絲毫計惜〔八〕，而吾之心志亦竭於是矣。子爲我記。」嗚呼！某不天，少罹閔凶〔九〕，今且老矣，而益貧困。每遊四方，見人之有親而得致養者〔一〇〕，與不幸喪親而葬祭之具可以無憾者，輒悲痛流涕，愴然不知生之爲樂也。聞王君之事，既動予心，又況奕公勤勤之意乎〔一一〕，記其可辭？明年七月一日，甫里陸某記〔三〕。

【題解】

青山，嘉定本及諸本均作「青州」。青州爲古九州之一，在山東中部。文中所記事在隆興元年九月，時陸游返鄉待任，不可能去往青州。文中則稱青山，今紹興柯橋區有青山，位於雲門寺以東。羅漢堂應即在此地。羅漢，是阿羅漢的簡稱。含有殺賊、無生、應供等義。殺賊是殺盡煩惱之賊，無生是解脱生死，不生不滅，應供是應受天上人間的供養。是佛陀得法弟子修證最高的果位。相傳釋迦牟尼佛有十六位得道弟子，後增補二人成「十八羅漢」。佛寺中專門供奉十八羅漢的法堂稱羅漢堂。本文爲陸游應故人奕公之請爲青山羅漢堂所作的記文，追記訪問奕公所得王君供養資福的事迹，感慨王君的孝心和奕公的誠意。

本文據篇末自署，當作於隆興二年（一一六四）七月一日。時陸游在鎮江府通判任上。

【校記】

①青山，原作「青州」，諸本皆同。文中稱「青山」，非「青州」也，蓋誤刻，今據文中所述改。

【箋注】

〔一〕隆興改元：宋孝宗於紹興三十二年（一一六二）六月即位，次年改元稱隆興元年（一一六三）。改元，指君王啓用新年號。奕公：當即羅漢堂住持。與陸游十餘年前有來往，其餘事迹不詳。

〔二〕十餘年：陸游隆興元年三十九歲，十餘年前約二十餘歲，尚未入仕。

〔三〕黔瘠腊如：形容奕公容貌黑瘦，皮膚皴皺。　殘雪覆頂：比喻奕公頭髮全白。

〔四〕法堂：寺院中聚衆説法的場所。任孝恭多寶寺碑銘：「法堂每諠，禪室恒静。」

〔五〕澗壑：溪澗山谷。　巖竇：巖穴。以下景物均爲雕塑、壁畫構成的模型。　飛泉：瀑布。白居易與元微之書：「流水周於舍下，飛泉落於簷間。」　菩薩、阿羅漢：佛教中依覺悟之境界分爲佛、菩薩、阿羅漢三個層次。菩薩指具備自利、利他的大願，追求無上覺悟境界，并且已證得性空之理的衆生。阿羅漢見題解。　峨眉：山名，在四川峨嵋。　天台：山名，在浙江天台。二山均爲佛教勝地。

〔六〕資福：求福。

〔七〕供養：佛教指以珍寶、飲食、衣服、卧具、湯藥、燃燈、衆華、衆香、幡蓋等供給佛，也指以飲食、衣服、卧具、湯藥等供給於僧侣助其修行。於佛誠敬供養之人有福報，若能無所希望供養於佛則有功德。

〔八〕計惜：計較，吝惜。新唐書盧懷慎傳：「所得禄賜，於故人親戚無所計惜，隨散輒盡。」

〔九〕不天：不爲天所護佑。左傳宣公十二年：「鄭伯肉袒牽羊以逆，曰：『孤不天，不能事君，使君懷怒，以及敝邑，孤之罪也。』」杜預注：「不天，不爲天所佑。」　閔凶：憂患凶喪之事。左傳宣公十二年：「寡君少遭閔凶，不能文。」杜預注：「閔，憂也。」

〔一〇〕致養：奉親養老。後漢書明帝紀：「昔曾閔奉親，竭歡致養。」

〔一一〕勤勤之意：懇切至誠之意。

〔一二〕甫里：古地名，即今江蘇吴縣甪直鎮。唐代陸龜蒙曾居此，自號甫里先生。陸游視陸龜蒙爲祖上，故署甫里。

鎮江府城隍忠祐廟記

漢將軍紀侯以死脱高皇帝於滎陽之圍，而史失其行事，司馬遷、班固作列傳弗載也〔一〕。維宋十一葉天子駐蹕吴會〔二〕，改元乾道，正月甲子，右中奉大夫、直敷文閣、知鎮江府方滋言〔三〕：「府當淮、江之衝〔四〕，屏衛王室，號稱大邦，自故時祠紀侯爲城隍神，莫知其所以始。然實有靈德，以芘其邦之人〔五〕。禱祈禬禳，昭答如響〔六〕。紹興、隆興之間，虜比入塞，金鼓之聲震於江壖〔七〕，吏民不知所爲，則惟神之歸。雖虜畏天子威德，折北不支〔八〕，退舍請盟，府以無事。至於流徙蔽野，兵民參錯，而居處弗驚，疾癘以息，則神實陰相之〔九〕，吏其敢貪神之功以爲己力乎？謹上尚書，願有以褒顯之〔一〇〕，以慰父兄子弟之心。」越三月癸丑〔一一〕，有詔賜廟額曰「忠祐」。詔下，而方公爲兩浙轉運副使，右朝散大夫、直徽猷閣呂公擢來知府事，侈上之賜〔一二〕。五月癸亥，大合樂，盛服齊莊〔一三〕，躬致上命。神人協心，霧雨澄霽，靈風肅然，來享來臨〔一四〕。於是呂公以屬某曰：「願有紀焉。」某惟紀侯忠奮於一時〔一五〕，而暴名於萬世；功施於漢室，而見褒於聖宋；身隕於滎陽，而血食於是邦〔一六〕。士惟力於爲善而已，豈有有其善而不享其報者乎？吏之仕乎是邦者，必將有事於廟；有事於廟者，必將有考於碑，其尚知所勉焉，毋爲神羞〔一七〕。六月癸未記。

【題解】

鎮江府城隍廟祠漢將軍紀信爲城隍神，乾道元年，詔賜廟額曰「忠祐」。知府呂擢囑府通判陸游爲記。本文爲陸游爲鎮江府城隍忠祐廟所作的記文，叙述紀侯庇護鎮江之功及詔賜廟額「忠祐」始末，勉勵士大夫忠奮爲善。

本文據篇末自署，當作於乾道元年（一一六五）六月癸未（初六）日。時陸游在鎮江府通判任上。

【箋注】

〔一〕「漢將軍紀侯」三句：漢書高帝紀載：漢王（劉邦）三年（前二〇四）五月，劉邦被項羽圍於滎陽月餘，「將軍紀信曰：『事急矣！臣請誑楚，可以間出。』於是陳平夜出女子東門二千餘人，楚因四面擊之。紀信乃乘王車，黄屋左纛，曰：『食盡，漢王降楚。』楚皆呼萬歲，之城東觀，以故漢王得與數十騎出西門遁。……羽見紀信，問：『漢王安在？』曰：『已出去矣。』羽燒殺信」。但紀信的生平事迹佚失，故史記、漢書均未爲紀信立傳。高皇帝，指漢高祖劉邦。

〔二〕宋十一葉天子：指宋孝宗。十一葉，十一世。駐蹕：帝王出行途中暫住。吴會：泛指吴、會稽二郡故地。參見卷六謝解啓注〔一一〕。

〔三〕中奉大夫：宋代文臣階官名第十三級。直敷文閣：直閣爲宋代以他官兼領的貼職名。敷文閣收藏宋徽宗御製文集等。方滋（一一〇二—一一七二），字務德，嚴州桐廬（今屬浙江）人。紹興初以蔭補入仕，累官吏部侍郎、敷文閣學士等，三爲監司，五爲郡守，七領節帥，所至務盡其職，多有政聲。宋史無傳。韓元吉南澗甲乙稿卷二一有方公墓誌銘。

〔四〕淮、江之衝：淮河、長江之間的交通要衝。

〔五〕芘：同「庇」。庇護。

〔六〕禬禳：祭祀祈禱以消災除病。周禮天官女祝：「掌以時招梗禬禳之事，以除疾殃。」昭答：指神祇顯示徵兆酬答人世。李綱上淵聖皇帝實封言事奏狀：「伏望陛下運以乾剛，照以離明，爲宗社生靈大計，斷而行之，天意昭答，人心悦服，則夷狄不難禦矣。」

〔七〕金鼓：古代行軍作戰的信號，進攻擂鼓，鳴金收兵。左傳僖公二十二年：「三軍以利用也，金鼓以聲氣也。」江壖：江邊之地。

〔八〕折北：挫敗奔逃。史記淮陰侯列傳：「漢王將數十萬之衆，距鞏、雒，阻山河之險，一日數戰，無尺寸之功，折北不救。」裴駰集解引張晏曰：「折，敗也。北，奔北。」

〔九〕參錯：參差交錯。董仲舒春秋繁露玉杯：「春秋論十二世之事，人道浹而王道備，法布二百四十二年之中，相爲左右，以成文采。其居參錯，非襲古也。」疾癘：瘟疫。流行性傳染病。吕氏春秋仲冬：「（仲冬之月）行春令，則蟲螟爲敗，水泉減竭，民多疾癘。」陰相：庇護，輔助。陰，同蔭。

〔一〇〕褒顯：褒崇宣揚。漢書丙吉傳：「願將軍詳大議，參以蓍龜，豈宜褒顯，先使入侍，令天下昭然知之，然後決定大策，天下幸甚！」

〔一一〕越：于。

〔一二〕朝散大夫：宋代文臣階官名第十八級。徽猷閣：收藏宋哲宗御製文集等。吕擢：史彌堅嘉定鎮江志卷十四：「吕擢，右朝散大夫直徽猷閣。乾道元年三月到，次年除直龍圖閣再任，除司農少卿、淮東總領。」侈上之賜：顯揚皇帝的恩賜。韓愈鄆州溪堂詩序：「公亦樂衆之和，知人之悦，而侈上之賜也。」

〔一三〕大合樂：指舉行盛大儀式，諸樂合奏。儀禮鄉飲酒禮：「乃合樂。」鄭玄注：「謂歌樂與衆聲俱作。」齊莊：嚴肅恭敬。禮記祭義：「孝子將祭祀，必有齊莊之心以慮事。」

〔一四〕協心：同心，齊心。書畢命：「周公克慎厥始，惟君陳克和厥中，惟公克成厥終，三后協心，同底于道。」澄霽：指雨霧廓清，天色清朗。謝靈運游南亭詩：「時竟夕澄霽，雲歸日西馳。」來享來臨：前來歆享供品。享，同「饗」。詩商頌烈祖：「來假來饗，降福無疆。」鄭玄箋：「饗，謂獻酒使神享之也。」

〔一五〕忠奮：忠勇奮發。

〔一六〕血食：指享受祭品。古代祭祀需殺牲，祭品帶血。

〔一七〕毋爲神羞：不要使神羞辱。書武成：「惟爾有神，尚克相予，以濟兆民，無作神羞。」孔傳：「神庶幾助我，渡民危害，無爲神羞辱。」

黄龍山崇恩禪院三門記

自浮屠氏之説盛於天下，其學者尤喜治宫室，窮極侈靡，儒者或病焉。然其成也，無政令期會，惟太平久，公私饒餘，師與弟子四出丐乞，積累歲月而後能舉〔一〕。其壞也，無衛守誰何〔二〕，一日寇至，則立爲草莽丘墟。故天下亂則先壞，治則後成。予於是蓋獨有感焉。黄龍山方南公時〔三〕，學者之盛名天下，而其居亦稱焉。中更夷狄盜賊大亂之後，學者散去，施者弗至，昔之閎壯巨麗者，嘗委地矣〔四〕。自庚申訖丁亥〔五〕，二十餘年之間，乃能粲然復興，樓塔殿閣，空翔地踴，鐘魚之聲，聞十餘里，法席之盛，殆庶幾南公時〔六〕。是非兵革之禍不作，遠方之氓蕃息阜安，得以其公賦私養之餘及於學佛者〔七〕，則此山且爲虎狼魑魅之所宅矣，而安能若是哉！禪師升公於其寺門之成也〔八〕，屬予爲記。予謂升公方以身任道，起其法於將墜，門蓋未足言，獨書予所感。使凡至山中者，皆知前日之禍亂嘗如此，而國家之覆燾函育斯民若是其深〔九〕，吏勤其官，民力其業，相與思報上之施焉，升公豈不得所願哉！乾道三年正月十四日，左通直郎陸某記〔一〇〕。

【題解】

黄龍山地處湘、鄂、贛三省交界處，在今湖南平江、湖北通城和江西修水境内。其東麓黄龍寺是中國佛教禪宗五宗七派之一黄龍派的發源地。黄龍寺始建於唐乾寧二年（八九五），五代十國時期因戰亂廢爲民居。宋大中祥符八年（一〇一五），宋真宗敕賜黄龍寺爲崇恩黄龍禪院。英宗治平年間，臨濟宗名僧慧南入寺爲住持，以「三關」説教，開創黄龍一派，使黄龍寺成爲宋代江西四大叢林之一，名僧輩出。陸游乾道元年七月至二年五月任隆興通判期間，嘗嘗遊黄龍崇恩禪院，并與禪師道升多有交遊。周必大省齋文稿卷四十寒巖升禪師塔銘：「故人山陰陸務觀儒釋并通，於世少許可；獨與僧道升遊，敬愛之如師友……淳熙丙申，升既殁，其得法弟子本高、本妙聯務觀平日往來詩書爲大軸，且以同郡人鄭德輿行狀及師語録來，屬余銘其塔。」三門，指寺院大門。

釋氏要覽住處：「凡寺院有開三門者，只有一門亦呼三門者何也？佛地論云：『大宮殿，三解脱門爲所入處。大宮殿喻法空涅槃也，三解脱門謂空門、無相門、無作門。』今寺院是持戒修道、求至涅槃人居之，故由三門入也。」崇恩禪院新修寺門成，本文爲陸游應升公之請爲黄龍山崇恩禪院三門所作的記文，記述崇恩禪寺興廢沿革，總結寺院「天下亂則先壞，治則後成」的規律。

據篇末自署，本文當作於乾道三年（一一六七）正月十四日。時陸游被罷免家居。

參考劍南詩稿卷一寄黄龍升老。

【箋注】

〔一〕期會：指官府的財物出入。漢書王吉傳：「（公卿）其務在於期會簿書、斷獄聽訟而已，此非太平之基也。」　饒餘：富饒餘裕。　丐乞：求乞。羅隱讒書市儺：「故都會惡少年則以是時鳥獸其形容，皮革其面目，丐乞於市肆間，乃有以金帛應之者。」

〔二〕誰何：指警衛。白居易田盛可金吾將軍勾當左街市制：「而盛生勳德門，有文武略，居貴介而無佚，領誰何而有勞。」

〔三〕南公：即釋慧南（一〇〇二—一〇六九），一作惠南，信州玉山（今江西玉山）人，俗姓章。初學禪宗雲門宗，後造訪臨濟宗禪僧石霜楚圓，於北宋治平年間住持黄龍寺，直至圓寂，開創臨濟宗黄龍派。

〔四〕委地：比喻没落，消亡。太平廣記卷四五五引奇事記眘規：「唐長安眘規因喪母，又遭火，焚其家産，遂貧乏委地。」

〔五〕庚申：此指紹興十年（一一四〇）。　丁亥：此指乾道三年（一一六七）。

〔六〕鐘魚：寺院撞鐘之木，因狀如鯨魚，故名。亦借指鐘，鐘聲。語本文選班固東都賦「於是發鯨魚，鏗華鐘」，李善注引薛綜西京賦注：「海中有大魚名鯨，又有獸名蒲牢。蒲牢素畏鯨魚。鯨魚擊蒲牢，蒲牢輒大鳴呼。凡鐘欲令其聲大者，故作蒲牢於其上，撞鐘者名曰鯨魚。」　法席：佛教中講解佛法的座席，亦可泛指講解佛法之場所。古尊宿語録慈明禪師語録：「一夕訴曰：自至法席不蒙指示。」

〔七〕蕃息：滋生，繁衍。莊子天下：「以衣食爲主，以蕃息蓄藏。」　阜安：富足安寧。周禮地官大司徒：「然則百物阜安，乃建王國焉。」　公賦：官府的賦税。漢書王嘉傳：「今賢散公賦以施私惠，一家至受千金。」　私養：私家的供養。

〔八〕禪師升公：寒巖慧升，臨濟宗僧人，從佛智端裕學法。建寧府建安（今屬福建）人，俗姓吴。淳熙三年圓寂。參見周必大省齋文稿卷四十寒巖升禪師塔銘。

〔九〕覆燾：亦作覆幬。覆被，指加恩。禮記中庸：「仲尼祖述堯舜，憲章文武，上律天時，下襲水土。辟如天地之無不載持，無不覆幬。」鄭玄注：「幬，亦覆也。」　函育：容納化育。新唐書突厥傳上：「漢建武時，置降匈奴留五原塞，全其部落，以爲扞蔽，不革其俗，因而撫之，實空虚之地，且示無所猜。若内究豫，則乖其本性，非函育之道。」

〔一〇〕通直郎：宋代文臣階官名之二十五級，從六品下。

王侍御生祠記

乾道七年二月，知夔州濟南王公新作貢院成〔一〕。越三月，夔、歸、萬、施、梁山、大寧六郡之士，不謀同辭〔二〕，曰：「夔雖號都督府，而僻在巴峽，無贏財羨工〔三〕。公之爲是役也，寸寸銖銖〔四〕，心計而手度之，累月乃成，形容爲癯，髮爲盡白，其德於士，豈有既耶〔五〕！盍思所以報者。」乃相與築祠於院之東堂，畫像惟肖，又相與屬予記之。予曰：「公之施厚矣〔六〕，祠未足報也。」士則曰：「吾等將日夜勉於學，父兄詔子弟於家，長老先生訓諸生於鄉〔七〕，期有以應有司之求，如是足乎？」予曰：「未也。郡國貢士於天子，天子命近臣與館閣文學之士選其尤者，而親策之於廷〔八〕。策既上，天子爲親第其名〔九〕，謂之進士。進士，將相儲也。自是而起於朝，其任政事，毋伏嘉言，毋醜衆正〔一〇〕；其任言責，毋比大吏，毋置宵人〔一一〕；其任百執事，守節秉誼，宿道鄉方，毋懷諼，毋服讒〔一二〕。使天下稱之，史臣書之，曰：『是夔州所貢士也。』士以是報公，公以是報天子，乃可無愧，而予於記亦無愧辭矣，若何？」皆曰：「唯。敢不力〔一三〕！」乾道七年三月十五日，左奉議郎、通判軍州主管學事兼管内勸農事陸某記〔一四〕。

【題解】

王侍御，即王伯庠（一一〇六—一一七三），字伯禮，濟南章丘人。參見卷十四雲安集序注〔六〕。乾道二年五月遷侍御史，故稱王侍御。乾道五年八月知夔州，兼本路安撫。七年移知温州，九年二月二十五日終於州治。生祠，指爲活人所建的祠廟。乾道七年二月，王伯庠在夔州新建之貢院落成。三月後，夔州周邊六郡士子共同爲王公築祠畫像，以爲紀念。本文爲陸游應士子之請爲王公的生祠所作的記文，記述王公建院的功德，勉勵士子不負郡國貢士的期望以報答王公和天子。

本文據篇末自署，當作於乾道七年（一一七一）三月十五日。時陸游在夔州通判任上。

參考卷十四雲安集序。

【箋注】

〔一〕貢院：古代科舉考試的場所，始於唐代。李肇唐國史補卷下：「開元二十四年，考功郎中李昂爲士子所輕詆。天子以郎署權輕，移職禮部，始置貢院。」

〔二〕「越三月」三句：南宋之夔州、萬州、施州、梁山軍、大寧監五郡均屬夔州路，歸州屬荊湖北路。不謀同辭：事先未經商量而意見相同。後漢書祭祀志：「群下百僚，不謀同辭。」

〔三〕都督府：唐代在重要地區設置的地方行政機構，夔州爲其中之一，掌管忠、萬、歸、涪、黔、施等六州。宋代改稱路。巴峽：重慶以東的石洞峽、銅鑼峽、明月峽統稱巴峽。杜甫聞官軍收河南河北詩：「即從巴峽穿巫峽，便下襄陽向洛陽。」贏財：餘財。諸葛亮自表後主：「若臣死之日，不使内有餘帛，外有贏財，以負陛下。」羨工：多餘的勞力。羨，剩餘。

〔四〕寸寸銖銖：微小。此指建造貢院中的細枝末節。銖，古代重量單位，爲二十四分之一兩。

〔五〕既：窮盡。

〔六〕施：給予。

〔七〕詔：教導，告誡。莊子盜跖：「夫爲人父者，必能詔其子；爲人兄者，必能教其弟。」長老：老年人。管子五輔：「養長老，慈幼孤。」諸生：衆弟子。

〔八〕郡國：泛指地方行政區劃。貢士：地方向朝廷薦舉人才。禮記射義：「諸侯歲獻，貢士於天子。」孔穎達疏：「諸侯三年一貢士於天子也。」館閣：宋代昭文館、史館、集賢院三館和祕閣統稱館閣，掌管儲藏圖書、編修國史等事務，培養文學侍臣。親策之於廷：在朝廷親自主持策問，即殿試。

〔九〕親第其名：親自確定科舉考試及格的名次。

〔一〇〕毋伏嘉言：不要使善言隱伏而不用。語本書大禹謨：「嘉言罔攸伏，野無遺賢，萬邦咸寧。」 毋醜衆正：不要使合於正道之事變味。衆正，指衆多合於正道之事。漢書劉向傳：「杜閉群枉之門，廣開衆正之路。」

〔一一〕言責：進言勸諫之責。孟子公孫丑下：「有言責者，不得其言則去。」趙岐注：「言責，獻言之責，諫諍之官也。」 毋比大吏：不要順從大官。比，順從，附從。 毋置宵人：不要放過小人。宵人，小人，壞人。史記三王世家：「於戲！悉爾心，戰戰兢兢，乃惠乃順，毋侗好軼，毋邇宵人，維法維則。」司馬貞索隱引褚先生解云：「宵人，小人也。」

〔一二〕百執事：即百官。國語吴語：「王總其百執事，以奉其社稷之祭。」韋昭注引賈逵曰：「百執事，百官。」 守節：堅守節操。左傳成公十五年：「聖達節，次守節，下失節。」 秉誼：遵守道義。誼，同義。柳宗元清河張府君墓誌銘：「逮夫弱冠，遵道秉義。」 宿道鄉方：歸於正道，持守道義。參見卷十上趙參政啓注〔三〕。 懷諼：心存欺詐。 服讒：説人壞話。左傳文公十八年：「少皞氏有不才子，毁信廢忠，崇飾惡言，靖譖庸回，服讒蒐慝，以誣盛德。」杜預注：「服，行也。」

〔一三〕敢不力：豈敢不盡力。

〔一四〕奉議郎：宋代文臣階官名之二十四級，從六品上。

東屯高齋記

少陵先生晚遊夔州〔一〕，愛其山川不忍去，三徙居皆名「高齋」。質於其詩，曰「次水門」者，白帝城之高齋也〔二〕；曰「依藥餌」者，瀼西之高齋也〔三〕；曰「見一川」者，東屯之高齋也〔四〕。故其詩又曰「高齋非一處」〔五〕。予至夔數月，吊先生之遺迹，則白帝城已廢爲丘墟百有餘年，自城郭府寺〔六〕，父老無知其處者，况所謂高齋乎！瀼西蓋今夔府治所，畫爲阡陌，裂爲坊市〔七〕，高齋尤不可識。獨東屯有李氏者，居已數世，上距少陵財三易主，大曆中故券猶在，而高齋負山帶溪，氣象良是〔八〕。李氏業進士，名襄，因郡博士雍君大椿屬予記之〔九〕。予太息曰：少陵，天下士也〔一〇〕。早遇明皇、肅宗，官爵雖不尊顯，而見知實深，蓋嘗慨然以稷、卨自許〔一一〕。及落魄巴蜀，感漢昭烈、諸葛丞相之事〔一二〕，屢見於詩。頓挫悲壯，反覆動人，其規模志意豈小哉！然去國寖久，諸公故人熟睨其窮〔一三〕，無肯出力。比至夔，客於柏中丞、嚴明府之間〔一四〕，如九尺丈夫俛首居小屋下，思一吐氣而不可得。予讀其詩，至「小臣議論絶，老病客殊方」之句〔一五〕，未嘗不流涕也。嗟夫，辭之悲乃至是乎！荆卿之歌，阮嗣宗之哭〔一六〕，不加於此矣。少陵非區區於仕進者〔一七〕，不勝愛君憂國之心，思少出所學佐天子，興貞觀、開元之治〔一八〕，而身愈老，命愈大謬，坎壈且死〔一九〕，則其悲至此，亦無足怪也。今李君初不踐通塞榮辱之機，讀書絃歌〔二〇〕，忽焉忘老，無少陵之憂而有其高。少陵家東屯不浹歲〔三〕，而君數世居之，使死者復生，予未知少陵自謂與君孰失得也。若予者，仕不能無愧於義，退又無地可耕，是直有慕於李君爾，故樂與爲記。乾道七年四月十日，山陰陸某記。

【題解】

唐代宗大曆元年（七六六），詩人杜甫由蜀地沿江東下途中到達夔州，得到都督柏茂琳的關照，在夔州暫住了不到兩年。作詩四百餘首，達到了其創作的高峰。杜甫在夔州三遷居所，均名「高齋」，而於東屯高齋居住尤久。乾道七年（一一七一），陸游在夔州通判任上遊覽東屯杜甫舊居，結識當地世家李襄。本文爲陸游應李襄之請爲東屯高齋所作的記文，感慨當年杜甫的坎壈遭遇，曲折抒寫了自己的不遇之歎。

本文據篇末自署，當作於乾道七年（一一七一）四月十日。時陸游在夔州通判任上。

參考劍南詩稿卷二夜登白帝城樓懷少陵先生。

【箋注】

〔一〕少陵先生：即杜甫。杜甫以杜陵爲其祖籍郡望，自號少陵野老，世稱杜少陵。

〔二〕「曰次」二句：杜甫宿江邊閣（即後西閣）：「暝色延山徑，高齋次水門。」唐代夔州屬山南東道，州治與白帝城相連，故稱「白帝城之高齋」。白帝城，位於重慶奉節縣瞿塘峽口的長江北岸，奉節東白帝山上。原名子陽城，爲西漢末年割據蜀地的公孫述所建，公孫述自號白帝，故名城爲「白帝城」。

〔三〕「曰依」二句：杜甫暮春題瀼西新賃草屋五首其四：「高齋依藥餌，絶域改春華。」瀼西，指瀼水西岸地。杜甫瀼西寒望詩云「瞿塘春欲至，定卜瀼西居」，故稱「瀼西之高齋」。

〔四〕「曰見」二句：杜甫自瀼西荆扉且移居東屯茅屋四首其三：「道北馮都使，高齋見一川。」又其一：「平地一川穩，高山四面同。」故稱「東屯之高齋」。

〔五〕高齋非一處：杜甫云：「龍似瞿唐會，江依白帝深。終年常起峽，每夜必通林。收穫辭霜渚，分明在夕岑。高齋非一處，秀氣豁煩襟。」

〔六〕城郭：城牆。城爲内城之牆，郭爲外城之牆。禮記禮運：「大人世及以爲禮，城郭溝池以爲固。」孔穎達疏：「城，内城；郭，外城也。」府寺：古代公卿的官舍。左傳隱公七年「戎朝於周，發幣於公卿」，杜預注：「朝而發幣於公卿，如今計獻詣公府卿寺。」孔穎達疏：「自漢以來，三公所居謂之府，九卿所居謂之寺。」

〔七〕治所：地方長官的官署。漢書朱博傳：「使者行部還，詣治所。」顏師古注：「治所，刺史所止理事處。」阡陌：指田界。史記秦本紀：「（商鞅）爲田開阡陌。」司馬貞索隱引風俗通：「南北曰阡，東西曰陌。河東以東西爲阡，南北爲陌。」坊市：即街市。蘇鶚杜陽雜編卷下：「又坊市豪家相爲無遮齋大會，通衢間結綵爲樓閣臺殿。」

〔八〕財：同「才」。　大曆：唐代宗年號，公元七六六至七七九年。　故券：舊時契約。　氣象：指景色，景象。閻寬曉入宜都渚詩：「回眺佳氣象，遠懷得山林。」

〔九〕郡博士：指府學學官。

〔一〇〕天下士：才德非凡之士。史記魯仲連鄒陽列傳：「始以先生爲庸人，吾乃今日知先生爲天下之士也。」

〔一一〕見知：受到知遇。酈道元水經注汾水：「飛廉以善走事紂，惡來以多力見知。周武王伐紂，兼殺惡來。」　以稷卨自許：杜甫自京赴奉先縣詠懷五百字：「杜陵有布衣，老大意轉拙。許身一何愚，竊比稷與契。」稷卨，稷和卨（契）的並稱，二人爲堯舜時代賢臣。

〔一二〕漢昭烈：指劉備。昭烈爲其謚號。

〔一三〕寖久：即積久。管子君臣上：「行公道而托其私焉，寖久而不知，奸心得無積乎？」　熟睨：注目斜視。劍南詩稿卷四七新買啼雞：「狐狸熟睨那敢犯，蕭蕭清露和微風。」

〔一四〕柏中丞：即柏茂琳，時官夔州都督兼御史中丞。　嚴明府：當指嚴武，曾任成都尹，杜甫在成都時曾受其照拂。明府，郡守牧尹的尊稱。

〔一五〕「小臣」二句：出自杜甫壯遊詩。

〔一六〕荆卿之歌：即易水歌。戰國策燕策三：「（燕）太子及賓客知其事者，皆白衣冠以送之。至易水上，既祖，取道。高漸離擊筑，荆軻和而歌，爲變徵之聲，士皆垂淚涕泣。又前而爲歌曰：『風蕭蕭兮易水寒，壯士一去兮不復還。』復爲慷慨羽聲，士皆瞋目，髮盡上指冠。於是荆軻遂就車而去，終已不顧。」荆卿，即荆軻。　阮嗣宗之哭：即窮途之哭。晉書阮籍傳：「（籍）時率意獨駕，不由徑路，車迹所窮，輒痛哭而返。」嗣宗，阮籍字。

〔一七〕區區：拘泥，局限。漢書楊王孫傳：「且孝經曰『爲之棺槨衣衾』，是亦聖人之遺制，何必區區獨守所聞？」　仕進：入仕。做官。

〔一八〕貞觀、開元之治：指唐太宗時期和唐玄宗前期的太平盛世。貞觀爲唐太宗年號，公元六二七至六四九年。開元爲唐玄宗前期年號，公元七一三至七四一年。

〔一九〕坎壈：不平，不遇。劉向九歎怨思：「惟鬱鬱之憂毒兮，志坎壈而不違。」王逸注：「坎壈，不遇貌也。」

〔二〇〕通塞：指境遇的順逆。易節：「不出户庭，知通塞也。」　弦歌：依弦樂伴奏歌詠，古代用以配合傳授詩學。後用以指學習誦讀、禮樂教化。論語陽貨：「子之武城，聞弦歌之聲，夫子莞爾而笑曰：『割雞焉用牛刀。』」

〔二一〕浹歲：一年，經年。

樂郊記

李晉壽一日圖其園廬持示余〔一〕，曰：「此吾荆州所居名『樂郊』者也。荆州故多賢公卿，名園甲第相望〔二〕，自中原亂，始以吴會上流，常宿重兵，而衣冠亦遂散去〔三〕。太平之文物〔四〕，前輩之風流，蓋略盡矣。獨旹樂郊日加葺，文竹、奇石、蒲萄、來禽、勺藥、蘭茝、蔆芡、菡萏之富〔五〕，爲一州冠。其尤異者，往往累千里致之。子幸爲我記。」予官峽中，始與晉壽相識，長身鐵面，音吐鴻暢〔六〕，遇事激烈奮發，以全軀保妻子爲可鄙，其意氣豈不壯哉！及爲客置酒，出佳侍兒，陳書畫琴弈，相與娱嬉，則雍容都雅，風味乃甚可愛〔七〕，雖梁宋間少年貴公子不能過。蓋其多材藝、知弛張如此〔八〕。然自少時，不喜媒聲利〔九〕，有官不仕，窮園林陂池之樂者且三十年，每自謂「泉石膏肓」〔一〇〕。及來夔州，諸公始大知之，合薦於朝。議者謂晉壽當以少伸於世爲喜，而晉壽顧不然，獨眷眷於樂郊〔一一〕，不忍暫忘。嗚呼！出處一道也〔一二〕，仕而忘歸，與處而不能出者，俱是一癖，未易是泉石、非鍾鼎〔一三〕。諸公之薦，蓋砭晉壽膏肓〔一四〕，而使爲世用。異時晉壽成功而歸，高牙在前，千兵在後，擅畫繡之榮，以賁斯園，荆楚多秀民，尚有能賦其事者乎〔一五〕？乾道七年六月十日，笠澤陸某記〔一六〕。

【題解】

陸游在夔州結識鄉紳李晉壽。李氏熱衷園林陂池之樂，不願出仕。其在荆州有園林名「樂郊」，請陸游爲記。樂郊，即樂土。典出詩魏風碩鼠：「逝將去女，適彼樂郊。樂郊樂郊，誰之永號。」本文爲陸游爲李氏園林樂郊所作的記文，記述李氏沉迷園林陂池的隱逸生活，勉勵其正確對待出處，大爲世用，成功而歸。

本文據篇末自署，當作於乾道七年（一一七一）六月十日。時陸游在夔州通判任上。

【箋注】

〔一〕園廬：田園廬舍。張衡南都賦：「於其宮室，則有園廬舊宅，隆崇崔嵬。」

〔二〕甲第：豪門貴族的宅第。史記孝武本紀：「賜列侯甲第，僮千人。」裴駰集解引漢書音義：「有甲乙次第，故曰第。」

〔三〕吴會上流：指以吴會之地爲上等地區。吴會，秦漢之會稽郡，東漢時分爲吴、會稽二郡，并稱吴會。　常宿重兵：指荆州常屯宿重兵。　衣冠：縉紳、士大夫的代稱。漢書杜欽傳：「茂陵杜鄴與欽同姓字，俱以材能稱京師，故衣冠謂欽爲『盲杜子夏』以相別。」顔師古注：「衣冠，謂士大夫也。」

〔四〕文物：指禮樂制度，以示貴賤等級。左傳桓公二年：「夫德，儉而有度，登降有數，文物以紀之，聲名以發之，以臨百官。」

〔五〕文竹：即斑竹。蔡邕筆賦：「削文竹以爲管，加漆絲質纏束。」　蒲萄：即葡萄。　來禽：即沙果，也稱花紅、林檎、文林果。藝文類聚卷八七引郭義恭廣志：「林檎似赤柰，亦名黑檎……一名來禽，言味甘熟則來禽也。」 勺藥：多年生草本植物，五月開花，花大而色彩豔麗，根可入藥。詩鄭風溱洧：「維士與女，伊其相謔，贈之以芍藥。」勺藥，同芍藥。 蘭茝：均爲香草。茝即白芷。楚辭九歌湘夫人：「沅有芷兮澧有蘭。」王逸注：「言沅水之中有盛茂之芷，澧水之内有芬芳之蘭，異於衆草。」芷，一本作「茝」。 蔆芡：蔆，同「菱」，菱角和芡實，均爲一年生水生草本植物。芡，俗稱雞頭。文選張衡東京賦：「獻鱉蜃與龜魚，供蝸蠯與菱芡。」薛綜注：「菱，芰也；芡，雞頭也。」 菡萏：即荷花。詩陳風澤陂：「彼澤之陂，有蒲菡萏。」

〔六〕鐵面：黑臉。蘇軾真興寺閣：「當年王中令，斫木南山赬。寫真留閣下，鐵面眼有棱。」 音吐鴻暢：聲音洪亮，言辭流暢。新唐書盧鈞傳：「鈞年八十，升降如儀，音吐鴻暢，舉朝咨歎。」

〔七〕娱嬉：戲樂。蘇軾秀州僧本瑩静照堂：「老死不自惜，扁舟自娱嬉。」 雍容都雅：神態從容不迫，舉止文雅大方，十分美好。史記司馬相如列傳：「相如之臨邛，從車騎，雍容閒雅，甚都。」 風味：風度，風采。宋書自序傳：「(伯玉)温雅有風味，和而能辨，與人共事，皆爲深交。」

〔八〕弛張：比喻處事的鬆緊、進退等。文心雕龍論説：「夫説貴撫會，弛張相隨，不專緩頰，亦在刀筆。」

〔九〕媒聲利：招致名利。

〔一〇〕泉石膏肓：唐代隱士田遊巖自稱，指沉迷山水煙霞而不能自拔。膏肓，比喻病入膏肓，不可救藥。新唐書隱逸傳田遊巖：「(高宗)親至其門，遊巖野服出拜，儀止謹樸，帝令左右扶止，謂曰：『先生比佳否？』答曰：『臣所謂泉石膏肓，煙霞痼疾者。』」

〔一一〕眷眷：依戀反顧貌。陶潛雜詩之三：「眷眷往昔時，憶此斷人腸。」

〔一二〕出處：指出仕和隱退。蔡邕薦皇甫規表：「修身力行，忠亮闡著，出處抱義，皦然不汙。」一道：同一道理。

〔一三〕「未易」句：難以肯定退隱，否定出仕。泉石，借指隱逸生活。鍾鼎，比喻榮華富貴，借指出仕生活。

〔一四〕砭晉壽膏肓：救治晉壽的沉迷山水之病。

〔一五〕高牙：牙旗，大纛。文選潘岳關中詩：「桓桓梁征，高牙乃建。」李善注：「牙，牙旗也。兵書曰：牙旗，將軍之旗。」晝繡：典出史記項羽本紀，項羽入關後，思歸江東，稱「富貴不歸故鄉，如衣繡夜行」。後稱富貴還鄉爲「衣繡晝行」，省稱「晝繡」。陳書陳寶應傳：「起家臨郡，兼晝繡之榮；裂地置州，假藩麾之盛。」賁：文飾，裝點。荆楚：荆爲楚之舊稱，指古荆州地區，即今湖北、湖南一帶。秀民：德才傑出之民。國語齊語：「其秀民之能爲士者，必足賴也。」韋昭注：「秀民，民之秀出者也。」

〔一六〕笠澤：即吴淞江，陸龜蒙隱居地，陸游視其爲祖上。參見卷十一答方寺丞啓注〔三〕。

對雲堂記

巫故郡，自秦以來見於史。其後罷郡，猶爲壯縣〔一〕。杜少陵扁舟下白帝，過焉，爲賦「歸」字韻五字詩〔二〕，詩傳天下，由是巫縣名益重。宋建中靖國之元，黄太史始脱鈎黨〔三〕，自蜀之荆，訪少陵遺迹，客縣治之東堂，留字壁間，有「坐卧對南陵，雲山陰晴變態」之語。距乾道辛卯①，逾一甲子，無舉出者〔四〕。鄄城李德修來爲令〔五〕，風流儒雅，翩翩佳公子，因廢趾作堂，與客落之。舉酒屬山陰陸務觀曰：「子爲予名，且記復興之歲月。」務觀既取太史語名之〔六〕，且曰：「僕行年五十〔七〕，閱世故多矣，所謂朝夕百變者，奚獨雲山哉！一日進此道，幻瞖消，情塵滅，真實相見，雖巍乎天地，浩乎古今，變壞不停，與浮雲遊塵、空華眚暈，初無少異也〔八〕。德修方吏退時，清坐堂上，試以僕言觀之〔九〕。」德修名普。務觀名某。臈月乙卯之夕，大醉中，秉燭梅花下記〔一〇〕。

【題解】

夔州巫山縣令李普在黄庭堅當年題字舊址築堂，請陸游命名作記。陸游取黄庭堅語題名「對雲堂」，并作記文，記述築堂命名始末，抒發世道如浮雲遊塵、空華眚暈般變幻不停的感慨。

本文據篇末自署，當作於乾道七年（一一七一）十二月乙卯（十五）日。時陸游在夔州通判任上。

【校記】

①「距」，原作「詎」，據弘治本、汲古閣本改。

【箋注】

〔一〕巫故郡：巫郡設置於楚懷王時，因巫山得名。治今重慶巫山縣及周邊地區。秦昭襄王三十年（前二七七）改置巫縣。隋開皇三年（五八三）改巫山縣。南宋巫山縣隸屬夔州。壯縣：富庶繁盛之縣。新唐書杜洪傳：「神福……以永興壯縣，饋餫所仰，既得鄂半矣，遂進圍鄂州。」

〔二〕歸字韻五字詩：指杜甫巫山縣汾州唐使君十八弟宴别兼别諸公携酒樂相送率題小詩留於屋壁：「卧病巴東久，今年强作歸。故人猶遠謫，兹日倍多違。接宴身兼杖，聽歌淚滿衣。諸公不相棄，擁别惜光輝。」

〔三〕建中靖國：宋徽宗年號，僅一年，即公元一一〇一年。元：始，首。黄太史脱鈎黨：指黄庭堅開始擺脱元祐黨禁的迫害。鈎黨，指相牽引爲同黨。

〔四〕「距乾道」三句：自建中靖國元年至乾道七年，已超過一甲子六十年。乾道辛卯，即乾道七年（一一七一）。舉出，指將黃庭堅題字揭舉突出。

〔五〕鄄城：縣名。今屬山東菏澤。　李德修：即李普，字德修。

〔六〕取太史語名之：取黃庭堅題字語命名爲「對雲堂」。

〔七〕行年：此指將到的年齡。

〔八〕此道：指塵世之道。　幻瞖：幻象的遮蔽。　情塵：指情愛，情欲。佛家將情欲視作塵垢。王中頭陀寺碑：「愛流成海，情塵爲嶽。」　變壞：指有形之物因受外界影響，逐漸發生變化而敗壞。楞嚴經卷二：「汝此肉身，爲同金剛常住不朽？爲復變壞？」　空華：亦作空花。佛教指隱現於眼病者視覺中的繁花狀虛影。比喻紛繁的妄想和假相。楞嚴經卷四：「亦如瞖人，見空中華；瞖病若除，華於空滅。忽有愚人，於彼空華所滅空地，待華更生，汝觀是人，爲愚爲慧？」　眚暈：因眼睛生瞖而形成的光影模糊景象。

〔九〕吏退：指官吏公畢退衙。李流謙觀漁舟：「晚晴吏退漫憑欄，注目溪光巧映山。」　清坐：安閒静坐。王安石對棋與道源至草堂寺：「北風吹人不可出，清坐且可與君棋。」

〔一〇〕臈月：臈，同「臘」。農曆十二月。　乙卯：乙卯日。　秉燭：持燭以照明。文選古詩十九首其十五：「生年不滿百，常懷千歲憂。晝短苦夜長，何不秉燭遊。」

静鎮堂記

四川宣撫使故治益昌，樞密使清源公之爲使也，始徙漢中，即以郡治爲府〔一〕。

郡自兵火滌地之後，一切草創。公至未幾，凡營壘、廄庫、吏士之廬，皆築治之，使堅壯便安〔二〕，可以支久，而府獨仍其故。西偏有便坐，日受群吏謁見，與籌邊治軍，燕勞將士〔三〕，靡不在焉，而其壞尤甚。公既留三年，官屬數以請，始稍加葺，易其傾橈，徹其蔽障，不費不勞，浹日而成〔四〕。會上遣使持親詔，賜黄金奩寶熏珍劑〔五〕，以彰殊禮。公遂摭詔中「静鎮坤維」之語〔六〕，名新堂曰「静鎮」，而命其屬陸某記之。某辭謝不獲命〔七〕，則再拜言曰：「以才勝物易，以静鎮物難〔八〕。以静鎮物，惟有道者能之。泰山喬嶽之出雲雨，明鏡止水之照毛髮，則静之驗也〔九〕。如使萬物並作，吾與之逝，衆事錯出，吾爲之變，則雖弊精神，勞思慮，而不足以理小國寡民〔一〇〕，況任天下之重乎？歲庚寅，某自吴適楚，過廬山東林〔一一〕，山中道人爲某言，公嘗憩此院，閉户面壁，終夏不出，老宿皆愧之〔一二〕。則公之刳心受道〔一三〕，蓋非一日矣。世徒見公馳騁於事功之會，而不知公枯槁澹泊〔一四〕，蓋與山棲谷汲者無異；徒見公以才略奮發，不數歲取公輔〔一五〕，而不知公道學精深，尊德義，斥功利，卓乎非世俗所能窺測也。而上獨深知之，故詔語如此。傳曰『知臣莫若君』〔一六〕，詎不信哉！雖然，某以爲今猶未足見公也。虜暴中原久，腥聞於天，天且悔禍，盡以所覆畀上〔一七〕。而公方弼亮神武，紹開中興〔一八〕，異時奉鑾駕，奠京邑，屏符瑞之奏，抑封禪之請，却渭橋之朝，謝玉關之質〔一九〕，然後能究公静鎮之美云。」乾道八年七月二十五日，門生、左承議郎、權四川宣撫使司幹辦公事、兼檢法官陸某謹記〔二〇〕。

【題解】

乾道八年二月，陸游赴漢中在四川宣撫使王炎幕府任職。王炎修葺府治西側厢房，取皇上詔書語命名爲「静鎮堂」，命陸游爲記。本文爲陸游爲静鎮堂所作的記文，記述静鎮堂命名始末，闡發以静鎮物之理，稱頌王公静鎮之美。

本文據篇末自署，當作於乾道八年（一一七二）七月二十五日。時陸游在權四川宣撫使司幹辦公事兼檢法官任上。

參考卷八謝王宣撫啓、上王宣撫啓。

【箋注】

〔一〕宣撫使：宋代鎮撫一方的軍政長官，多以執政充任，亦兼用武將。益昌：縣名。東晉始置，在今四川廣元。北宋改名昭化，南宋隸屬利州路利州。樞密使：宋代最高軍事機關樞密院的長官。宋史職官志二：「樞密使，知院事，佐天子執兵政。」清源公：即王炎，因其爲山西清源人。乾道七年九月除樞密使，參知政事、四川宣撫使依前。參見卷八謝王宣撫啓題解。 漢中：古稱南鄭、梁州。秦始置漢中郡，在今陝西漢中。南宋隸屬利州路及所屬興元府，治所均設於漢中。 以郡治爲府：指將四川宣撫使司的公府設在漢中。

〔二〕營壘：軍營、堡壘。 廄庫：牲口房、庫房。 堅壯便安：堅固高大，便利安適。

〔三〕西偏：西側。 便坐：別室，廂房。 漢書張禹傳：「而宣之來也，禹見之於便坐，講論經義。」 籌邊：籌畫邊境事務。 薛濤籌邊樓：「平臨雲鳥八窗秋，壯壓西川四十州。」 燕勞：設宴慰勞。蘇軾王仲儀真贊序：「公至，燕勞將佐而已。」

〔四〕傾橈：傾斜的屋樑。橈，棟橈，屋樑脆弱彎曲。 蔽障：遮蔽，指隔牆。 王充論衡率性：「起屋築牆，以自蔽障。」 挾日：指十日。從甲至癸之十干支周遍，稱挾日。挾，通「浹」，周匝。周禮天官大宰：「乃縣治象之法於象魏，使萬民觀治象，挾日而斂之。」

〔五〕黃金奩寶：黃金裝飾的梳妝鏡匣。 奩寶，同寶奩。 熏珍劑：熏香之類。

〔六〕摭：摘取。 静鎮：静止，坐鎮。 坤維：指西南方。易坤有「西南得朋」之語，故以坤指西南。文選張協雜詩之二：「大火流坤維，白日馳西陸。」李善注引淮南子曰：「坤維在西南。」范仲淹宋故乾州刺史張公神道碑：「初蜀師之役，中軍雷侯有終辟公以行，如左右手。平定坤維，公有力焉。」

〔七〕不獲命：不獲應允。 左傳僖公二十三年：「若不獲命，其左執鞭弭，右屬櫜鞬，以與君周旋。」

〔八〕以才勝物：指以才能超出衆人。物，此指人，衆人。 以静鎮物：指以静止控制情緒，使人鎮定。晉書謝安傳：「玄等既破堅，有驛書至，安方對客圍棋，看書既竟，便攝放牀上，了無喜色，棋如故。客問之，徐答云：『小兒輩遂已破賊。』既罷，還内，過户限，心喜甚，不覺屐齒之折，其矯情鎮物如此。」

〔九〕喬嶽：高山。本指泰山，後用以泛指。詩周頌時邁：「懷柔百神，及河喬嶽。」毛傳：「喬，高也。高岳，岱宗也。」 静之驗：指静以鎮物之徵驗。

〔一〇〕小國寡民：指國家小，人民少。老子：「小國寡民，使有什佰之器而不用，使民重死而不遠徙。」

〔一一〕歲庚寅：此指乾道六年（一一七〇）。 廬山東林：指廬山東林寺。

〔一二〕老宿：指釋道中年老而有德行者。杜甫岳麓山道林二寺行：「依止老宿亦未晚，富貴功名焉足圖。」

〔一三〕刳心：指摒棄雜念。參見卷十一上丞相參政乞宫觀啓注〔三一〕。

〔一四〕枯槁：指安貧之心。謝靈運遊名山志：「枕巖漱流者，乏於大志，故保其枯槁。」 澹泊：恬淡寡欲。漢書叙傳上：「若夫嚴子者，絶聖棄智，修生保真，清虚澹泊，歸之自然。」

〔一五〕公輔：古代天子之佐有三公、四輔。此指宰相之類大臣。漢書孔光傳：「光凡爲御史大夫、丞相各再，壹爲大司徒、太傅、太師，歷三世，居公輔位前後十七年。」

〔一六〕「傳曰」句：管子大匡：「鮑叔曰：『先人有言曰：知子莫若父，知臣莫若君。今君知臣不肖也，是以使賤臣傳小白也。』」

〔一七〕悔禍：指撤去所加之災禍。左傳隱公十一年：「若寡人得没於地，天以禮悔禍於許，無寧茲許公復奉其社稷。」以所覆畀上：指將土地歸還宋帝。

〔一八〕弼亮：輔佐。書畢命：「弼亮四世，正色率下。」孔傳：「言公……輔佐文、武、成、康，四世爲公卿。」孔穎達疏：「亮，佐也。」神武：指英明威武的帝王。紹開中興：繼承并開闢中興局面。

〔一九〕鑾駕：天子的車駕，因有鑾鈴，故稱。後漢書荀彧傳：「今鑾駕旋軫，東京榛蕪，義士有存本之思，兆人懷感舊之哀。」符瑞：多指帝王受命的吉祥徵兆。管子水地：「是以人主貴之，藏以爲寶，剖以爲符瑞。」封禪：古代帝王祭天地的大典。史記封禪書：「自古受命帝王，曷嘗不封禪。」渭橋：漢唐時長安渭水上的橋梁。借指長安。玉關：指玉門關。質：同「贄」，禮物。

〔二〇〕門生：因得王炎薦舉，陸游自稱爲王炎門生。承議郎：宋代文臣階官名之二十三級，正六品下。

渭南文集箋校卷第十八

記

【釋體】本卷文體同卷十七，收録記十一首。

藏丹洞記

漢嘉郡治之西偏望雲樓東有石穴〔一〕，天將雨，輒出雲氣。予疑而發之，則石室屹立，室之前，地中獲瓦缶𦉪矮，貯丹砂、雲母、奇石〔二〕，或爛然類黄金。意其金丹之餘也，悉斂而櫝藏，輸諸府庫，緘識惟謹〔三〕。予嘗讀丹經〔四〕，言古得道至人，藏丹留於名山，非當仙者輒不見，雖見亦輒變化。今是丹不藏名山，而近在官寺之側〔五〕，予以塵垢衰病之餘，又輒見之，是與丹經之説大異。或謂丹藏於此遠矣，方上古未爲城邑時，西望三峨〔六〕，東帶大江，山川秀傑，蓋宜爲仙真煉藥騰舉之地〔七〕。至予輒見之者，豈神物隱見有時，而予適逢其時與？丹之伏而不見者常多，見者常寡，雖嵇叔夜、葛稚川不免齎恨以蜕〔八〕，而予顧得見焉，兹非幸與！乾道九年秋八月辛未，山陰陸某記。

【題解】

藏丹洞，爲嘉州州府偏西位置的一石穴。乾道九年夏，陸游攝知嘉州事，在穴内發掘出貯藏丹砂等的瓦缶，命名石穴曰藏丹洞。本文爲陸游爲發現藏丹洞所作的記文，叙述發現金丹始末，抒寫幸遇神物的喜悦之情。

本文據篇末自署，當作於乾道九年（一一七三）八月辛未（十一）日。時陸游在攝知嘉州事任上。

【箋注】

〔一〕漢嘉郡：古行政區劃名。三國時改蜀郡屬國置，治漢嘉縣（今四川蘆山）。屬益州。西晉時廢。唐宋時轄境内置嘉州，治今四川樂山、峨眉等地。此指嘉州。

〔二〕矲矮：低矮。矲，短。　丹砂：又名辰砂、朱砂，礦物名，煉汞的主要原料。可做顏料，也可入藥。道教徒用以化汞煉丹。抱朴子金丹：「凡草木燒之即燼，而丹砂燒之成水銀，積變又還成丹砂。」　雲母：又名雲精，矽酸鹽類礦物名，能分成透明薄片，用做絕緣材料。主要有白色和黑色兩種，白雲母可供藥用。淮南子地形訓：「磁石上飛，雲母來水。土龍致雨，燕雁代飛。」

〔三〕「意其」四句：金丹，古代方士以金石煉製的藥，相傳服之可以成仙。抱朴子金丹：「夫金丹之爲物，燒之愈久，變化愈妙。黃金入火，百煉不消，埋之，畢天不朽。服此二物，煉人身體，故能令人不老不死。」櫝藏，用匣子珍藏。緘識，封口標識。

〔四〕丹經：講述煉丹之術的經典。抱朴子金丹：「昔左元放於天柱山中精思，而神人授之金丹仙經……余從祖仙公，又從元放受之。凡受太清丹經三卷，及九鼎丹經一卷、金液丹經一卷。」

〔五〕官寺：官署、衙門。漢書翼奉傳：「地大震於隴西郡，毁落太上廟殿壁木飾，壞敗豲道縣城郭、官寺及民室屋，厭殺人衆，山崩地裂，水泉湧出。」

〔六〕三峨：峨眉山有大峨、中峨、小峨三峰，故稱三峨。蘇軾軾欲以石易畫晉卿難之復次韻：「三峨吾鄉里，萬馬君部曲。」

〔七〕仙真：道家稱得道升仙之人。李白上雲樂：「生死了不盡，誰明此胡是仙真？」　騰舉：飛升。葉法善留詩：「今日登雲天，歸真遊上清，泥丸空示世，騰舉不爲名。」

〔八〕嵇叔夜：即嵇康，字叔夜，魏晉名士，竹林七賢之一。　葛稚川：即葛洪，字稚川，自號抱朴子，東晉道教理論家、煉丹家。　齎恨以蜕：抱恨而終。蜕，解脱，變化。道教指死去。

籌邊樓記

淳熙三年八月既望，成都子城之西南〔一〕，新作籌邊樓。四川制置使、知府事范公舉酒屬其客山陰陸某曰〔二〕：「君爲我記。」按史記及地志，唐李衛公節度劍南，實始作籌邊樓〔三〕。廢久，無能識其處者。今此樓望犍爲、僰道、黔中、越嶲諸郡，山川方域，皆略可指，意者衛公故趾，其果在是乎〔四〕？樓既成，公復按衛公之舊圖，邊城地勢險要，與蠻夷相入者〔五〕，皆可考信不疑。雖然，公於邊境，豈真待圖而後知哉？方公在中朝，以洽聞强記擅名一時〔六〕。天子有所顧問〔七〕，近臣皆推公對，莫敢先者。其使虜而歸也〔八〕，盡能道其國禮儀、刑法、職官、宫室、城邑、制度，自幽薊以出居庸、松亭關，並定襄、五原，以抵靈武、朔方〔九〕，古今戰守離合，得失是非，一皆究見本末，口講手畫，委曲周悉，如言其閫内事〔一〇〕。雖虜耆老大人〔一一〕，知之不如是詳也。

而況區區西南夷，距成都或不過數百里，一登是樓，在目中矣，則所謂圖者，直按故事而已。請以是爲記。公慨然曰：「君之言過矣。予何敢望衛公，然竊有幸焉。衛公守蜀，牛奇章方居中，每排沮之，維州之功，既成而敗〔二〕。今予適遭清明寬大之朝，論事薦吏，奏朝入而夕報可〔三〕。使衛公在蜀，適得此時，其功烈壯偉，詎止取一維州而已哉！」某曰：「請併書公言，以詔後世，可乎？」公曰：「唯唯。」九月一日記。

【題解】

籌邊樓，在今成都西。雍正四川通志卷二六：「（籌邊樓）在（成都）縣西，唐李德裕建四壁，畫蠻夷險要，日與習邊事者籌畫其上，宋范成大又改建子城西南。今圮。」淳熙三年八月，四川制置使、知成都府范成大新築籌邊樓成，請參議官陸游作記。本文爲陸游爲籌邊樓所作的記文，回顧李德裕守蜀建功故事，稱頌范成大周悉敵情、籌畫邊事的功業。

本文據篇首末自署，當作於淳熙三年（一一七六）九月一日。時陸游在成都府路安撫司參議官兼四川制置使司參議官任上。

參考卷十四范待制詩集序、本卷銅壺閣記。

【箋注】

〔一〕既望：農曆十五日爲望，十六日爲既望。書召誥：「惟二月既望。越六日乙未，王朝步自周，則至豐。」子城：大城所屬的小城，包括内城及附屬的甕城或月城。白居易庾樓晚望：「子城陰處猶殘雪，衙鼓聲前未有塵。」

〔二〕范公：即范成大。淳熙二年，范成大由廣西調任四川制置使，陸游爲其直接下屬。參見卷十四范待制詩集序題解。

〔三〕史記：泛指史籍。地志：專記地理情況之書。唐李衛公，即李德裕，曾封衛國公。節度劍南：舊唐書李德裕傳：「（大和）四年十月，以德裕檢校兵部尚書、成都尹、劍南西川節度副大使、知節度事、管内觀察處置、西山八國雲南招撫等使。」

〔四〕犍爲：即嘉州，今四川樂山。僰道：古縣名，今四川宜賓。黔中：戰國楚始置，唐黔中郡治黔州（今重慶彭水），轄今貴州大部，遂以黔爲貴州别稱。越巂：古郡名，西漢始置，唐曾置巂州，宋屬大理。今雲南越西。衛公故趾：指李德裕所建籌邊樓舊址。趾，同址。

〔五〕蠻夷：此指西南少數民族。相入：指與少數民族犬牙交錯。

〔六〕中朝：朝中，朝廷。洽聞强記：見聞廣博，記憶力强。孔叢子嘉言：「（仲尼）躬履謙讓，洽聞强記。」

〔七〕顧問：咨詢，詢問。韓詩外傳卷七：「誅賞制斷，無所顧問。」

〔八〕使虜而歸：指范成大於乾道六年五月至九月，奉命出使金國，不辱使命，索還欽宗梓宮，回國後撰成使金日記攬轡録。

〔九〕幽薊：幽州和薊州，今河北薊縣一帶。居庸關：又稱軍都關、薊門關，今北京昌平境内。長城重要關口，控軍都山隘道中樞。松亭關：又稱喜峰口，在今河北寬城西南。關門險塞，當交通要道。宋、遼時自燕京（今北京西南）至中京（今内蒙古寧城西），每取道於此。定襄：縣名，今屬山西忻州。五原：縣名，今屬内蒙古巴彦淖爾。靈武：縣名，古稱靈州，今屬寧夏銀川。朔方：古郡名，西漢始置，唐置方鎮，治靈州，今寧夏靈武。以上泛指北方地域。

〔一〇〕閫内：門内。閫，門檻。

〔一一〕耆老大人：指長者，老者。

〔一二〕「衛公守蜀」五句：舊唐書李德裕傳：「（太和）五年九月，吐蕃維州守將悉怛謀請以城降。……德裕疑其詐，遣人送錦袍金帶與之，托云候取進止，悉怛謀乃盡率郡人歸成都。德裕乃發兵鎮守，因陳出攻之利害。時牛僧孺沮議，言新與吐蕃結盟，不宜敗約，語在僧孺傳。乃詔德裕却送悉怛謀一部之人還維州。」牛奇章，指牛僧孺，因其八世祖牛弘爲隋朝僕射，封奇章郡公。排沮，排斥抑制。

〔一三〕報可：批復照准，許可。岳飛奏乞復襄陽劄子：「臣今已厲兵飭士，惟俟報可，指期北向，伏乞睿斷，速賜施行。」

銅壺閣記

天下郡國，自譙門而入，必有通逵，達於侯牧治所〔一〕，惟成都獨否。自劍南西川門以北，皆民廬、市區、軍壘，折而西，道北爲府，府又無臺門〔二〕，與他郡國異。考其始，蓋自孟氏國除，矯霸國之僭侈而然〔三〕。至蔣公堂來爲牧，乃南直劍南西川門西北，距府五十步，築大閣曰銅壺，事書於史〔四〕。崇寧初，以火廢。政和中，吴公栻因其矩復侈大之①，雄傑閎深，始與府稱〔五〕。淳熙二年夏六月，今敷文閣直學士范公以制置使治此府。始至，或以閣壞告，公曰：「失今不營，後費益大。」於是躬自經畫，趣令而緩期〔六〕，廣儲而節用，急吏而寬役。一旦崇成，人徒駭其山立翬飛，崇然摩天〔七〕，不知此閣已先成於公之胸中矣。夫豈獨閣哉！天下之事，非先定素備，欲試爲之，事已紛然，始狼狽四顧〔八〕，經營勞弊，其不爲天下笑者鮮矣。方閣之成也，公大合樂〔九〕，與賓佐落之。客或舉觴壽公曰：「天子神聖英武，蕩清中原。公且以廊廟之重，出撫成師，北舉燕趙，西略司并，挽天河之水，以洗五六十年腥羶之污，登高大會，燕勞將士，勒銘奏凱，傳示無極〔一〇〕，則今日之事，蓋未足道。」識者以此知公舉大事不難矣，其可闕書？四年四月己卯，朝奉郎、主管台州崇道觀陸某記〔二〕。

【題解】

銅壺閣，爲宋代成都府西門鼓樓。蜀中名勝記卷一成都府一：「西門直街鼓樓，即宋銅壺閣也。陸游記云：閣南直西川門，西北距府五十步。乃蔣堂知益州伐江瀆廟材所創。吴栻、范成大相繼而侈張之，爲成都巨觀，書於史。」淳熙四年，范成大重修銅壺閣成，大宴賓客。本文爲陸游爲銅壺閣所作的記文，考述建閣始末，稱頌范成大重修功績，表達收復中原的願望。

本文據篇末自署，當作於淳熙四年（一一七七）四月己卯（初十）日。時陸游在成都奉祠，主管台州崇道觀。

參考卷十四范待制詩集序、本卷籌邊樓記。

【校記】

① 栻，原作「拭」，據宋史改。

【箋注】

〔一〕郡國：漢初分天下爲郡和國，郡直屬中央，國分封諸王、侯，爲王國、侯國。至隋始廢國存郡。後以「郡國」泛指地方行政區劃。　譙門：建有瞭望樓的城門。漢書陳勝傳：「攻陳，陳守令皆不在，獨守丞與戰譙門中。」顔師古注：「譙門，謂門上爲高樓以望者耳。」　通逵：

通途。謝靈運君子有所行：「密親麗華苑，軒甍飾通逵。」侯牧：方伯，一方諸侯之長。此指地方行政長官。

〔二〕臺門：泛指高大之門。

〔三〕孟氏國：即孟知祥所建後蜀國，都成都。北宋乾德三年（九六五）發兵攻蜀，孟昶降宋，後蜀亡。霸國：謂其僭號稱國，雄霸一方。僭侈：過分奢侈。鹽鐵論授時：「故民饒則僭侈，富則驕奢，坐而委蛇，起而爲非，未見其仁也。」

〔四〕蔣堂（九八〇—一〇五四）：字希魯，常州宜興人。大中祥符進士。慶曆年間以樞密直學士知益州。宋史卷二九八有傳。築大閣曰銅壺：宋史蔣堂傳：「又建銅壺閣，其制宏敞，而材不預具，功既半，乃伐喬木於蜀先主惠陵、江瀆祠，又毁后土及劉禪祠，蜀人浸不悦，獄訟滋多。」

〔五〕吴栻：字碩道，甌寧（今福建建甌）人，熙寧進士。政和年間知成都府。清康熙甌寧縣志有傳。侈大：擴張，擴大。漢書霍光傳：「太夫人顯改光時所造塋制而侈大之。」雄傑閎深：雄偉特出，宏大深邃。

〔六〕趣令：促令，促成。緩期：推遲工期。此指根據情況施工。

〔七〕崇成：終成山立，如高山屹立不動。禮記玉藻：「立容，辨卑毋讇，頭頸必中，山立時行。」孔穎達疏：「山立者，若住立則嶷如山之固，不摇動也。」翬飛：典出詩小雅斯干：「如翬斯飛。」朱熹集傳：「其簷阿華采而軒翔，如翬之飛而矯其翼也。」後用以形容宮室宏大壯麗。　嶪然：高峻貌。

〔八〕狼狽：比喻艱難窘迫。後漢書任光傳：「更始二年春，世祖自薊還，狼狽不知所向，傳聞信都獨爲漢拒邯鄲，即馳赴之。」

〔九〕大合樂：指大宴賓客。合樂，諸樂合奏。儀禮鄉飲酒禮：「乃合樂。」鄭玄注：「謂歌樂與衆聲俱作。」

〔一〇〕廊廟：殿下屋和太廟，指朝廷。國語越語下：「謀之廊廟，失之中原，其可乎？王姑勿許也。」　成師：大軍。左傳宣公十二年：「且成師已出，聞敵强而退，非夫也。」　司并：司州、并州，均爲古州名。相傳大禹治洪水，劃分域内爲九州。今陝西中部、山西西南部及河南西部，稱司州，山西太原稱并州。　燕勞：設宴慰勞。　勒銘：鐫刻銘文。　無極：無窮盡，無邊際。左傳僖公二十四年：「女德無極，女怨無終。」

〔一一〕朝奉郎：宋代文臣階官名之二十二級，正七品。

彭州貢院記

國家三歲一貢士，天子先期爲下詔書，與郊祀天地埒〔一〕。及試於禮部，既中選矣，天子親御殿發策〔二〕，詢天下事，第其高下，又親御殿賜以科名，其禮可謂重矣。蓋以爲所與共代天理物〔三〕，而守宗廟社稷於無窮者，實在是也。然則郡國貢士，顧可不重耶？彭州舊無貢院，每科舉，輒寓佛祠〔四〕。祠乃在城外，士不以爲便。淳熙三年，知州事王公敦詩、通判州事鄧公樞，始采進士穆滂、陳仲山、楊倫、蘇松等議，取廢驛故地爲貢院。凡郡之士，奔走後先，肩袂相屬，甓堅材良，山積雲委〔五〕。自正月壬子至七月癸亥訖事，用緡錢萬五千六百有奇〔六〕，役工稱是①。重門大堂，高閎邃深，繚以修廡，沈沈翼翼，分職庀事，各有攸處〔七〕。既成，王公徙利州路轉運判官，書來屬予爲記。鄧公又繼以請。明年正月，朝奉大夫王公序來知州事，則又以請。予發書歎曰：俗壞久矣，上下相戾，後先相傾者〔八〕，天下皆是也。今彭之士大夫，與王公、鄧公謀同心協，若出一人，固已異矣。後王公事不出己〔九〕，而不忌其成，不揜其能，惟懼後之無傳，可不謂賢哉！使士之貢於朝而仕者，揆時之宜〔一〇〕，從人之欲，以舉萬事，如王公、鄧公；視人之善，若己有之，如後王公，則利澤被元元〔一一〕，勳業垂竹帛，將孰禦焉？士尚知所勉哉。四年五月丁未，朝散郎、主管台州崇道觀陸某記〔一二〕。

【題解】

貢院爲科舉中舉行考試的場所。彭州在成都北，始置於唐武后垂拱二年（六八六），宋代屬成都府路。彭州舊無貢院，淳熙三年始建成，知州、通判先後請記於陸游。本文爲陸游爲彭州貢院所作的記文，記述貢院創建始末，勉勵士大夫發揚「揆時之宜，從人之欲，以舉萬事」、「視人之善，若己有之」的精神。

本文據篇末自署，當作於淳熙四年（一一七七）五月丁未（初八）日。時陸游在成都奉祠，主管台州崇道觀。

【校記】

①「工」，原作「士」，據弘治本、正德本、汲古閣本改。

【箋注】

〔一〕貢士：地方向朝廷薦舉人才，此指科舉考試之常科。禮記射義：「諸侯歲獻，貢士於天子。」孔穎達疏：「諸侯三年一貢士於天子也。」郊祀：古代在郊外祭祀天地，南郊祭天，北郊祭地。漢書郊祀志下：「帝王之事莫大於承天之序，承天之序莫重於郊祀……祭天於南郊，就陽之義也；瘞地於北郊，即陰之象也。」埒：等同。

〔二〕發策：發出策問。古代考試將試題寫於簡策之上，稱爲策問，簡稱策。漢書公孫弘傳：「上乃使朱買臣等難弘置朔方之便。發十策，弘不得一。」顔師古注：「言其厲害十條，弘無以應之。」

〔三〕理物：指治民。班固白虎通誅伐：「王者承天理物，故率天下静，不復行役，扶助微氣，成萬物也。」

〔四〕佛祠：佛堂，奉祀佛像之處。

〔五〕山積雲委：如山之堆積，如雲之聚積。極言其多。

〔六〕緡錢：以千文結紮成串的銅錢。

〔七〕庀事：辦事。白居易除郎官分牧諸州制：「雖典曹庀事，其務非輕；而恤隱分憂，所寄尤重。」攸處：所處。

〔八〕相戾：指上下級不和諧，相違背。相傾：指前後任不協調，相排擠。

〔九〕後王公：指新任知州王序。

〔一〇〕揆：估量，揣測。

〔一一〕利澤：利益恩澤。莊子天運：「利澤施於萬世，天下莫知也。」成玄英疏：「有利益恩澤，惠潤群生。」元元：百姓。戰國策秦策一：「制海内，子元元，臣諸侯，非兵不可。」高誘注：「元，善也，民之類善故稱元。」

〔一二〕朝散郎：宋代文臣階官名之二十一級，正七品。

撫州廣壽禪院經藏記

淳熙己亥冬十二月，予使江西，治在撫州〔一〕。其東是爲廣壽禪院，每出，輒過焉。僧守璞方爲輪藏〔二〕，予之始至也，巉屹立十餘柱，其上未瓦，其下未甃，其旁未垣，經未匭䤈〔三〕，其止山立，其作雷動，神呵龍負，可怖可愕，丹堊金碧，殆無遺功〔四〕。而守璞儼然燕坐，爲其徒説出世間法〔五〕，土木梓匠之問〔六〕，不至丈室，若未嘗有是役者。比明年冬十一月，予被命詣行在所，璞乃礱石乞予爲記〔七〕，予慨然語之曰：「予棄家爲浮屠氏，祝髮壞衣，徒跣行乞〔八〕，無冠冕、軒車、府寺以爲尊也，無官屬、胥吏、徒隸以爲奉也〔九〕，無鞭笞、刀鋸、囹圄、桎梏與夫金錢、粟帛、爵秩、禄位以爲刑且賞也〔一〇〕，其舉事宜若甚難。今顧能不動聲氣，於期歲之間〔一一〕，成此奇偉壯麗，百年累世之迹。予切怪士大夫操尊權，席利勢〔一二〕，假命令之重，耗府庫之積，而翫歲愒日〔一三〕，事功弗昭，又遺患於後，其視子豈不重可愧哉！」既諾其請，又具載語守璞者，以勵吾黨云。是月十九日，朝請郎、提舉江南西路常平茶鹽公事、賜緋魚袋陸某記〔一四〕。

【題解】淳熙六年冬，陸游赴撫州任提舉江西常平茶鹽公事，撫州城東廣壽禪院正建造存放佛經的經藏。次年冬，陸游受命詣行在所，寺僧守璞請其爲經藏作記。本文爲陸游爲廣壽禪院經藏所作的記文，記叙建造過程，感慨浮屠氏執着信仰、不畏艱難的精神，抨擊士大夫貪圖爵禄、玩歲愒日的劣迹。

本文據篇中篇末自署，當作於淳熙七年（一一八〇）十一月十九日。時陸游在提舉江西常平茶鹽公事任上。

【箋注】

〔一〕淳熙己亥：即淳熙六年（一一七九）。撫州：今江西撫州。南宋屬江南西路，爲該路提舉常平司駐地。

〔二〕輪藏：可用機輪旋轉的存放佛經的書架，以及安置書架的建築。莊季裕雞肋編卷中：「又作輪藏，殊極幺麽。」

〔三〕匭䤨：裝入書匣。

〔四〕止：同「趾」。指建築的基座。神呵龍負：神龍負載呵護。丹堊金碧：塗紅刷白，點金著碧。指粉刷裝飾。堊，一種白色土。金碧，金黄合碧緑色。遺功：即遺巧，未盡其巧，没有充分發揮精美的技藝。曹鄴庭草詩：「庭草根自淺，造化無遺功。低回一寸心，不敢怨春風。」

〔五〕儼然：嚴肅莊重貌。論語堯曰：「君子正其衣冠，尊其瞻視，儼然人望而畏之。」燕坐：安坐。儀禮燕禮：「賓反入，及卿大夫皆説屨，升就席。」鄭玄注：「凡燕坐必説屨，屨賤不在堂也。」出世間法：又稱出世間道。佛教指出離有爲迷界的道法。

〔六〕梓匠：兩種木工。梓人造器具，匠人修建築。墨子節用中：「凡天下群百工，輪車鞼匏，陶冶梓匠，使各從事其所能。」

〔七〕礲石：指立碑。皮日休鄙孝議下：「所在之州鄙，礱石峨然。」

〔八〕祝髮：削髮出家。新唐書楊元琰傳：「敬暉等爲武三思所構，元琰知禍未已，乃詭計請祝髮事浮屠，悉還官封。」壞衣：即袈裟。僧尼避用五種正色和間色，故僧衣皆用壞色染成，因名壞衣。壞色指青、黑、木蘭（樹皮）。梅堯臣乾明院碧鮮亭詩：「壞衣削髮遠塵垢，蛇祖龍孫生屋後。」徒跣：赤足。禮記喪問：「親始死，雞斯徒跣。」陳澔集説：「徒跣，無屨而空跣也。」

〔九〕徒隸：刑徒奴隸，服役的犯人。管子輕重乙：「今發徒隸而作之，則逃亡而不守。」

〔一〇〕爵秩：即爵禄。史記商君列傳：「明尊卑爵秩等級，各以差次名田宅。」禄位：俸禄和爵次，泛指官位俸禄。周禮天官大宰：「四曰禄位，以馭其士。」鄭玄注：「禄，若今之月俸也；位，爵次也。」

〔二〕期歲：指一年。唐摭言芳林十哲：「秦韜玉……爲田令孜擢用，未期歲，官至丞郎，判鹽鐵，特賜及第。」

〔三〕利勢：利益和權勢。韓非子八奸：「示之以利勢，懼之以患害。」

〔三〕翫歲愒日：指貪圖安逸，虚度歲月。左傳昭公元年：「趙孟將死矣。主民，玩歲而愒日，其與幾何！」漢書引此言，顔師古注：「玩，愛也；愒，貪也。」

〔四〕朝請郎：宋代文臣階官名之二十級，正七品。

成都犀浦國寧觀古楠記

予在成都，嘗以事至沉犀〔一〕，過國寧觀，有古楠四，皆千歲木也。枝擾雲漢，聲挾風雨，根入地不知幾百尺，而陰之所庇，車且百兩。正晝〔二〕，日不穿漏。夏五六月，暑氣不至，凛如九秋。成都固多壽木〔三〕，然莫與四楠比者。予蓋愛而不能去者彌日。有石刻立廡下，曰是仙人蘧君手植。予歎曰：「神仙至人，手之所觸，氣之所呵，羸疾者起，盲聵者愈〔四〕，榮茂枯朽，而金玉瓦石不難〔五〕，況其親所培植哉？久而不槁不死，固宜。」欲爲作詩文，會多事，不果，嘗以語道人蘧昌老真叟以爲恨〔六〕。予既去蜀三年，而昌老以書萬里屬予曰：「國寧之楠，幾伐以營繕〔七〕，郡人力全之，僅乃得免。懼卒不免也，君爲我終昔意。」予發書，且歎且喜。夫勿翦憩棠，恭敬桑梓〔八〕，愛其人及其木，自古已然。姑以蜀事言之，則唐節度使取孔明祠柏一小枝爲手板，書於圖志，今見非詆〔九〕。蔣堂守成都，有美政，止以築銅壺閣，伐江瀆廟一木，坐謡言罷〔一〇〕，亦書國史。且王建、孟知祥父子〔一一〕，專有西南，窮土木之侈，沉犀近在國城數十里間，而四楠不爲當時所取，彼猶有畏而不敢者。況今聖主以恭儉化天下，有夏禹卑宫室、漢文罷露臺之風〔一二〕，專閫方面〔一三〕，皆重德偉人，豈其殘滅千歲遺迹，侈大棟宇，爲王、孟之所難哉？意者特出於吏胥梓匠，欺罔專恣〔一四〕，以自爲功而已。使有以吾文告之者，讀未終篇，禁令下矣。然則其可不書？淳熙九年六月一日，朝奉大夫、主管成都府玉局觀山陰陸某記〔一五〕。

【題解】

犀浦爲古縣名。元和郡縣志卷三一載：「犀浦縣，本成都縣之界，垂拱二年分置犀浦縣，昔蜀守李冰造五石犀沉之於水以壓怪，因取其事爲名。」浦爲水濱，犀浦指沉石犀之浦。北宋熙寧五年（一七二）廢爲鎮。今爲成都西郊郫縣東南之犀浦鎮。陸游在成都時，曾參觀過犀浦國寧觀四株千歲古楠。離蜀三年後，觀内道人爲保護古楠，萬里寄書陸游請記。本文爲陸游爲國寧觀古楠所作的記文，追述古楠風采和傳説，引用故事闡述「勿剪憩棠，恭敬桑梓」、愛人及木的道理。

本文據篇末自署，當作於淳熙九年（一一八二）六月一日。時陸游奉祠家居，主管成都府玉局觀。

【箋注】

〔一〕沉犀：戰國秦李冰造石犀五頭，沉於水以鎮水怪。水經注江水一載李冰沉石犀故址，在今四川犍爲西南五里。

〔二〕正晝：即大白天。晏子春秋内篇雜上：「景公正晝被髮，乘六馬，御婦人以出正閨。」

〔三〕壽木：樹齡長久的樹木。吕氏春秋本味：「菜之美者，崑崙之蘋，壽木之華。」高誘注：「壽木，崑崙山上木也。華，實也。食其實者不死，故曰壽木。」

〔四〕羸疾：痼疾，久治不愈之病。南史陶潛傳：「遂抱羸疾。江州刺史檀道濟往候之，偃卧瘠餒有日矣。」盲聵：眼瞎耳聾。秦觀進策主術：「任政事之臣而忽諫官，略御史，猶股肱便利而耳目盲聵也。」

〔五〕「榮茂」二句：指神仙使枯朽變榮茂、瓦石變金玉不難。

〔六〕真叟：蘧昌老字真叟。卷二八跋蔡肩吾所作蘧府君墓誌銘：「蘧昌老字真叟，亦佳士，蓋與肩吾爲方外友云。」

〔七〕幾伐以營繕：幾乎被砍伐用以建造宫室。

〔八〕勿翦憩棠：不要砍伐召公休憩其下的棠樹，比喻地方官的德政。參見卷一嚴州到任謝表注

〔一五〕。　恭敬桑梓：要恭敬鄉親父老。語本詩小雅小弁：「維桑與梓，必恭敬之。」朱熹集注：「桑梓二木，古者五畝之宅，樹之牆下，以遺子孫給蠶食、具器用者也……桑梓父母所植。」

〔九〕今見非詆：至今被非議詆毁。

〔一〇〕「蔣堂」五句：參見本卷銅壺閣記注〔四〕。

〔一一〕王建（八四七—九一八）：字光圖，許州舞陽（今河南舞陽）人，五代十國時期前蜀開國皇帝。舊五代史卷一三六、新五代史卷六三、十國春秋卷三五、三六均有傳。　孟知祥父子：孟知祥（八七四—九三四），字保胤，邢州龍岡（今河北邢臺）人，五代十國時期後蜀開國皇帝。舊五代史卷一三六、新五代史卷六四、十國春秋卷四八均有傳。　孟昶（九一九—九六五），字保元，孟知祥第三子，後蜀末代皇帝。舊五代史卷一三六、新五代史卷六四、宋史卷四百七十九均有傳。

〔一二〕夏禹卑宮室：史記夏本紀：「卑宮室，致費於溝淢。」　漢文罷露臺：史記孝文本紀：「孝文帝從代來，即位二十三年，宮室苑囿狗馬服御無所增益，有不便，輒弛以利民。嘗欲作露臺，召匠計之，直百金。上曰：『百金中民十家之産，吾奉先帝宮室，常恐羞之，何以臺爲！』」

〔一三〕專閫：專主京城以外大權。此指將帥在外統軍。語本史記張釋之馮唐列傳：「臣聞上古王者之遣將也，跪而推轂，曰：閫以内者，寡人制之；閫以外者，將軍制之。軍功爵賞皆決於外，歸而奏之。」裴駰集解引韋昭曰：「此郭門之閫也。門中橛曰閫。」

〔一四〕吏胥：官府中小吏。　梓匠：木工。參見本卷撫州廣壽禪院經藏記注〔六〕。　欺罔：欺騙蒙蔽。語本論語雍也：「可欺也，不可罔也。」　專恣：專横放肆。

〔一五〕朝奉大夫：宋代文臣階官名之十九級，從六品。

書巢記

陸子既老且病，猶不置讀書〔一〕，名其室曰「書巢」。客有問曰：「鵲巢於木，巢之遠人者；燕巢於梁，巢之襲人者。鳳之巢，人瑞之；梟之巢，人覆之。雀不能巢，或奪燕巢，巢之暴者也。鳩不能巢，伺鵲育雛而去，則居其巢〔二〕，巢之拙者也。上古有有巢氏〔三〕，是爲未有宫室之巢。堯民之病水者，上而爲巢，是爲避害之巢。前世大山窮谷中，有學道之士，棲木若巢〔四〕，是爲隱居之巢。近時飲家者流，或登木杪〔五〕，酣醉叫呼，則又爲狂士之巢。今子幸有屋以居，牖户墻垣，猶之比屋也〔六〕，而謂之巢，何耶？」陸子曰：「子之辭辯矣，顧未入吾室。吾室之内，或棲於櫝，或陳於前，或枕藉於床〔七〕，俯仰四顧，無非書者。吾飲食起居，疾痛呻吟，悲憂憤歎，未嘗不與書俱。賓客不至，妻子不覿，而風雨雷雹之變，有不知也。間有意欲起，而亂書圍之，如積槁枝，或至不得行，則輒自笑曰：此非吾所謂巢者耶？」乃引客就觀之。客始不能入，既入，又不能出，乃亦大笑曰：「信乎其似巢也。」客去，陸子歎曰：「天下之事，聞者不如見者知之爲詳，見者不如居者知之爲盡。吾儕未造夫道之堂奥，自藩籬之外而妄議之，可乎〔八〕？」因書以自警。淳熙九年九月三日，甫里陸某務觀記。

【題解】

本文爲陸游爲自己的書室所作的記文，假借陸子與客問答，形象記述了自己的讀書生活，并引申出要突破藩籬，造夫堂奥，努力探索道之精深處的旨趣。

本文據篇末自署，當作於淳熙九年（一一八二）九月三日。時陸游奉祠家居，主管成都府玉局觀。

【箋注】

〔一〕不置：不舍，不止。嵇康與山巨源絶交書：「足下若嬲之不置，不過欲爲官得人，以益時用耳。」

〔二〕「鳩不能」三句：詩經召南鵲巢：「維鵲有巢，維鳩居之。」毛傳：「鳲鳩不自爲巢，居鵲之成巢。」

〔三〕有巢氏：傳説中巢居的發明者。韓非子五蠹：「上古之世，人民少而禽獸衆，人民不勝禽獸蟲蛇。有聖人作，構木爲巢以避群害，而民悦之，使王天下，號曰有巢氏。」

〔四〕棲木若巢：皇甫謐高士傳：「巢父者，堯時隱人也。山居不營世利，年老。以樹爲巢而寢其上，故時人號曰巢父。」

〔五〕飲家者流：狂飲之輩。木杪：樹梢。謝靈運山居賦：「蹲谷底而長嘯，攀木杪而哀鳴。」

〔六〕比屋：所居屋舍相鄰。三國志杜畿傳「荀彧進之太祖」，裴松之注引傅子：「畿自荆州還，後至許，見侍中耿紀，語終夜。尚書令荀彧與紀比屋，夜聞畿言，異之……遂進畿於朝。」

〔七〕櫝：木櫃，書櫥。枕藉：物體縱横相枕，多而雜亂。班固西都賦：「禽相鎮壓，獸相枕藉。」

〔八〕吾儕：我輩。左傳宣公十一年：「吾儕小人，所謂取諸其懷而與之也。」造：去，到。堂奥：深處。比喻深奥的義理。束晳答石崇：「竊睹堂奥，欽蹈明規。」藩籬：比喻界域，境界。蘇軾和寄天選長官：「藩籬吾未窺，敢議窮閫奥。」

景迂先生祠堂記

明州船場新作故侍讀晁公祠成〔一〕，監場事襄陽王君鈆，因通判州事丹陽蘇君玭，移書某爲之記。自春徂秋，凡十許書，請不倦。某於公爲彌甥，方踉蹌學步時，已獲拜公〔二〕，則今於爲記，誠不當以薄陋辭。謹按公諱説之，字以道，一字伯以父〔三〕，自號景迂生。元豐、元祐間，已爲知名士。崇寧後，坐上書邪等，斥不得立朝臨民，故連爲祠廟管庫吏〔四〕。其爲船場，則大觀、政和間也。寓舍直桃華渡〔五〕，而官寺有亭曰超然。公方爲世僇人〔六〕，士夫遇諸途，噤莫敢語，況有拜牀下者。簿書稍暇，則以讀書爲樂，時時見於文章，如汪伯更哀辭、祭鄒忠公文，皆傳天下。亦間與爲佛學者延慶明智師遊，論著所謂天台教〔七〕，至今其徒以爲重。雖然，此猶未足言公也。公之學深且博矣，於易，自商瞿下至河南邵先生〔八〕；於書，自伏生下至泰山姜先生〔九〕；於詩，雜以齊、魯、韓三家，不梏於毛、鄭〔一〇〕；於春秋，考至賈誼、董仲舒，不膠於啖、趙〔一一〕。其所引據，多先秦古書，藏山埋冢之秘，卓乎獨立，確乎自信，雖引天下而與之争不能奪。卒成一家之説，與諸儒並傳〔一二〕。向非擯斥疏置於荒遠寂寞之地，如在役工時①，則雖公之敏，此功未易成也。於虖！士之棄日，豈皆馳騖於富貴功名哉？弊精神於事爲之末，謀衣食於涯分之外〔一三〕，忽焉不知老之至者多矣。登堂而望公之風采，讀記而稽公之學術，其亦可自省哉！公之文章本一百卷，中原喪亂後，其家復集之，益以南渡至殁時所作，纔得六十卷，而士大夫猶未盡見也。郡人能言公舊事者曰：「一日，部使者來治船事，詬責甚峻〔一四〕。公從容對曰：『船待木乃成，木非錢不可致。今無錢致木，則無船適宜。』使者爲發愧去〔一五〕。」觀公平生大節，一言折庸人之驕，蓋不足書，而郡人所願書，故亦不敢略云。淳熙十年九月丁丑，朝奉大夫、主管成都府玉局觀山陰陸某記并書。

【題解】

景迂先生，即晁説之（一〇五九—一一二九），字以道，一字伯以。參見卷十四晁伯咎詩集序注〔一〕。晁説之早游司馬光門下，仰慕其爲人，因司馬光晚號迂叟，故自號景迂生。他於元豐、元祐年間早有文名，與蘇軾及蘇門弟子多有交遊。因被列入「元符上書籍」，大觀四年（一一一〇）被貶監明州船場。七十年後，明州船場新建晁公祠堂，以爲紀念，監場事、州通判十餘次移書陸游請記。本文爲陸游爲明州船場晁説之祠堂所作的記文，記叙晁公在船場軼事，高度評價晁公學術「卓乎獨立」，「成一家之説」。

本文據篇末自署，當作於淳熙十年（一一八三）九月丁丑（十五）日。時陸游奉祠家居，主管成都府玉局觀。

參考卷十四晁伯咎詩集序、卷三十跋諸晁書帖及老學庵筆記卷七「先夫人幼多在外家晁氏」條。

【校記】

①「役工」，弘治本、正德本、汲古閣本作「船場」。

【箋注】

〔一〕明州船場：明州即今浙江寧波，爲宋代沿海貿易通商重地，并是建造海船的重要基地，史稱「四明船場」或「明州船場」。　侍讀：晁説之於南宋建炎元年被召至行在，除徽猷閣待制兼侍讀，建炎三年卒。

〔二〕「某於」三句：陸游是晁公的遠房外甥，幼年學步時（靖康間和建炎初），曾親見晁公。山陰陸氏與巨野晁氏有姻親關係，陸游外祖母是晁沖之之姊，墓碑則爲晁説之所作，而沖之和説之爲堂兄弟。彌甥，遠甥。左傳哀公二十三年：「以肥之得備彌甥也。」杜預注：「彌，遠也。康子父之舅氏，故稱彌甥。」

〔三〕伯以父：伯以爲字，「父」爲古代對有才德的男子的美稱，多附綴於表字後面。

〔四〕「崇寧」四句：指晁説之曾在元符三年（一一〇〇）四月上應詔封事，崇寧元年（一一〇二）因此入「元符上書籍」，説之居「邪中」等第，著籍刑部，禁入京城，累爲小吏。　晁氏世譜節録卷二十：「坐元符應詔上書，得監嵩山中嶽廟、陝州集津倉。」

〔五〕直：正對。　説文：「直，正見也。」

〔六〕僇人：指當加刑戮之人，後泛指罪人。　韓非子制分：「故其法不用，而刑罰不加乎僇人。」

〔七〕「亦問」兩句：延慶明智，天台宗高僧，俗姓陳，明州鄞（今浙江寧波）人。依延慶智廣學法。擅論辯説法，多有著述。晁説之爲作宋故明州延慶明智法師碑銘。天台教，即佛教天台宗。天台宗因創始人智顗常住浙江天台山而得名。其教義主要依據妙法蓮華經，故亦稱法華宗。天台宗盛行於唐，衰於五代，至宋復興。

〔八〕商瞿（前五二二—？）：字子木，春秋末年魯國人，小孔子二十九歲，喜好易經。史記仲尼弟子列傳：「孔子傳易於瞿，瞿傳楚人馯臂子弘。」河南邵先生：即邵雍（一〇一一—一〇七七），字堯夫，生於范陽，隨父卜居河南，遂爲河南人。少有志，喜刻苦讀書并遊歷天下。師從李之才學河圖洛書與伏羲八卦，著皇極經世、觀物内外篇、先天圖等，成其象數之學。皇祐元年定居洛陽，以教授爲生，司馬光兄事之。仁宗、神宗時兩度被舉，均稱疾不赴。卒謚康節。宋史卷四二七有傳。

〔九〕伏生（前二六〇—前一六一）：一作伏勝。西漢濟南人。曾爲秦博士。秦焚書時，於壁中藏尚書，漢初以教齊魯之間。文帝時求能治尚書者，以年九十餘老不能行，乃使晁錯往受之。西漢今文尚書學者皆出其門。史記卷一二一、漢書卷八八有傳。泰山姜先生：即姜潛，字至之，兖州奉符（今山東寧陽）人。北宋學官，曾從石介讀易徂徠山中。出仕任國子監直講、韓王宫伴讀、陳留令等，棄官歸徂徠山築讀易堂，教授生徒。與當時學者、文人多有交遊，晁説之曾拜其門下。

〔一〇〕齊、魯、韓三家：即齊人轅固、魯人申培、燕人韓嬰，三家於西漢時并立學官傳授詩經，均屬今文經，魯學最盛。後三家詩漸亡，僅存韓詩外傳。　梏：古代指手銬。引申爲束縛。

毛、鄭：毛即魯人毛亨（大毛公）、趙人毛萇（小毛公），一人亦爲西漢傳詩經者，毛詩爲古文經。鄭玄字康成，東漢末年經學大師，治學以古文經學爲主，兼采今文經説。

〔一一〕膠：膠着，拘泥。　啖、趙：即啖助、趙匡。啖助（七二四—七七〇）字叔佐，趙州（今河北趙縣）人。趙匡（生卒年不詳）字伯循，河東（今山西永濟）人。二人均爲唐代經學家，長於春秋學。

〔一二〕與諸儒並傳：清人黄宗羲宋元學案卷二二有景迂學案（全祖望補述）。

〔一三〕事爲：指工藝技術。禮記王制：「八政：飲食、衣服、事爲、異别、度、量、數、制。」鄭玄注：「事爲，謂百工技藝也。」　涯分：限度，本分。隋書董純傳：「先帝察臣小心，寵逾涯分。」

〔一四〕垢責：辱駡責備。

〔一五〕發愧：感到慚愧。

圜覺閣記

淳熙十年某月某日，徑山興慶萬壽禪寺西閣落成〔一〕。會是歲某月某日，詔賜住持僧寶印御注圓覺經〔二〕，且命其爲之序①。於是道俗咸曰：「賜經與閣成同時，宜榜曰『圓覺』之閣，且刻石以侈盛事〔三〕。」於是又咸曰：「陸某宜爲記。」寶印以衆言來諭某於山陰大澤中，某蹴然不敢辭〔四〕。恭惟聖天子以聰明睿智之資，體堯蹈舜〔五〕，深造道妙，悟一心於萬法之中，既已博極皇墳帝典、羲圖魯史之秘〔六〕，而象胥所傳，木葉旁行，亦莫不究極〔七〕。以大圓覺爲我世界〔八〕，悼士之陋，多岐私智，昧乎大同〔九〕，乃以萬機之餘〔一〇〕，親御訓釋。凡十二士之所問〔一一〕，調御之所説〔一二〕，佛陀波羅之所譯〔一三〕，宗密之所注〔一四〕，裴休之所言〔一五〕，皆冰釋縷解於宸筆之下〔一六〕。十日并照〔一七〕，物無遁形；百川東歸，海無異味。如既望月〔一八〕，無有缺減；如大寶鏡〔一九〕，莫不照了。東夷南蠻，西戎北狄，霜露所墜，日月所照，莫不共此大圓覺中。魯之逢掖，楚之黄冠，竺乾之染衣祝髮，平時相與爲矛盾、爲冰炭者〔二〇〕，亦莫不共在此大圓覺中。不偏不欠，不迷不謬，垂之千萬億世，亦莫不然。而寶印以山林枯槁之士，名徹九重，得以大覺禪師懷璉入侍仁宗皇帝故事〔二一〕，覲清光〔二二〕，承聖問，受好賜，序巨典。又此閣壯麗，首冠一山，費至三十萬錢。其落成也，適當賜經之時，山川動色，神龍踴躍，於虖盛哉！方閣之未建也，東偏有千僧閣。紹興中，大慧禪師宗杲〔二三〕，法門之傑，方住山時，衆溢千數，故以是名閣。然自今觀之，雖阿僧祇衆〔三四〕，猶爲有限量也，豈若圜覺之廣大無邊也哉！顧某衰且病，學問廢落，文思局澀，而名山盛事，本末閎闊，非區區筆力所能演述，實以爲愧懼云。淳熙十年十一月十四日，朝奉大夫、主管成都府玉局觀陸某記。

【題解】

圜覺閣，爲徑山興慶萬壽禪寺之西閣。圜覺，即圓覺，佛教語，指佛家修成圓滿正果的靈覺之道。淳熙十年二月，西閣落成之時，恰逢宋孝宗向住持僧寶印賜其所撰御注圓覺經。西閣遂命名爲圜覺閣，寶印向陸游求記。本文爲陸游爲圜覺閣所作的記文，記述圜覺閣命名始末，稱頌孝宗「深造道妙」，闡發佛教大圜覺之廣大無邊。

本文據篇末自署，當作於淳熙十年（一一八三）十一月十四日。時陸游奉祠家居，主管成都府玉局觀。

參考卷四十別峰禪師塔銘。

【校記】

①諸本均作「某」字，與文義不合，當爲「其」字，形近而誤。明河補續高僧傳卷十別峰印禪師傳：「（淳熙）十年二月，上製圓覺經註，遣使馳賜，且命作序。」蓋孝宗賜寶印御注圓覺經，并命其作

序，而非命陸游作序。文中亦有稱寶印「覯清光，承聖問，受好賜，序巨典」。今據以改爲「其」。

【箋注】

〔一〕徑山興慶萬壽禪寺：在今浙江杭州餘杭長樂鎮。徑山寺創建於唐代天寶年間，代宗大曆三年（七六八）下詔建造。南宋建炎四年（一一三〇）始興「臨濟宗」，道譽日隆，爲江南五大禪院之首。規模宏大，有寺僧一千七百餘衆，寺廟建築一千餘間。孝宗爲題「徑山興慶萬壽禪寺」額。樓鑰撰有徑山興慶萬壽禪寺記。

〔二〕寶印（一一〇九—一一九〇）：字坦叔，號別峰，俗姓李，嘉州（今四川樂山）人。幼通六經及百家之説，師從禪宗高僧圓悟和密印，歷主峨眉中峰寺、金陵保寧寺、鎮江金山寺、明州雪竇寺、餘杭徑山寺等。卒謚慈辯，塔名智光。陸游攝知嘉州時，常與之遊，并在寶印卒後爲其撰別峰禪師塔銘。圓覺經：全稱大方廣圓覺修多羅了義經，唐佛陀多羅譯。

〔三〕侈：誇大，張揚。

〔四〕蹴然：亦作蹵然。驚慚不安貌。莊子德充符：「子産蹵然改容更貌曰：『子無乃稱！』」成玄英疏：「蹵然，驚慚貌也。」

〔五〕體堯蹈舜：體悟、遵循堯舜聖君之道。

〔六〕皇墳帝典：即三墳五典，三皇五帝時代的古書。文選張衡東京賦：「昔常恨三墳五典既泯，仰不睹炎帝、帝魁之美。」薛綜注：「三墳，三皇之書也；五典，五帝之書也。」羲圖魯史：伏羲時的河圖和魯國的史書。書顧命「河圖」，孔安國傳：「伏羲王天下，龍馬出河，遂則其文以畫八卦，謂之河圖。」杜預春秋經傳集解序：「仲尼因魯史策書成文，考其真僞，而志其典禮。」

〔七〕象胥：古代接待四方使者的官員，亦指翻譯人員。周禮秋官象胥：「掌蠻、夷、閩、貉、戎、狄之國使，掌傳王之言而諭説，以和親之。」木葉旁行：指佛經。木葉即貝葉，古印度用以寫經的樹葉。旁行，横寫，佛經爲横寫。

〔八〕大圓覺：廣大圓滿的覺悟，亦即佛的大智。世界：佛教語，如言宇宙。世指時間，界指空間。楞嚴經卷四：「何名爲衆生世界？世爲遷流，界爲方位。汝今當知，東、西、南、北、東南、西南、東北、西北、上、下爲界，過去、未來、現在爲世。」

〔九〕多岐：多岔道，指目標不專一，岐，同「歧」。列子説符：「楊子之鄰人亡羊，既率其黨，又請楊子之豎追之。楊子曰：『嘻！亡一羊何追者之衆？』鄰人曰：『多歧路。』既反，問：『獲羊乎？』曰：『亡之矣。』曰：『奚亡之？』曰：『歧路之中又有歧焉，吾不知所之，所以反也。』」私智：指偏私的識見。管子禁藏：「故國多私勇者其兵弱，吏多私智者其法亂。」尹知章注：「私智則營己而背公，故多亂。」昧：不明，暗。大同：指與天地萬物融合爲一。莊子在宥：「頌論形軀，合乎大同，大同而無己。」郭象注：「其形容與天地無異。」

〔一〇〕萬機：形容政事繁忙。書皋陶謨：「兢兢業業，一日二日萬機。」

〔一二〕十二士之所問：圓覺經共有十二章，主要内容是釋迦牟尼佛回答文殊菩薩、普賢菩薩、普眼菩薩、金剛藏菩薩、彌勒菩薩、清浄慧菩薩、威德自在菩薩、辯音菩薩、浄諸業障菩薩、普覺菩薩、圓覺菩薩和賢善首菩薩就有關修行菩薩道所提出的問題，宣説如來圓覺的妙理和方法。

〔一三〕調御：佛教語，「調御丈夫」的省稱。佛十個名號之一，指佛能調御一切可度的丈夫，使他們發心修道。

〔一三〕佛陀波羅：亦作佛陀多羅，漢語譯覺救，北天竺罽賓人。在洛陽白馬寺譯出大方廣圓覺了義經。

〔一四〕宗密（七八〇—八四一）唐代僧人，世稱圭峰禪師，華嚴宗五祖。俗名何炯。果州西充（今四川西充）人。曾第進士，於遂州從道圓禪師出家受教。精研圓覺經，著有圓覺經大疏十二卷、圓覺經大疏釋義鈔十三卷、圓覺略疏科一卷、圓覺經道場修證儀十八卷等。

〔一五〕裴休（七九一—八六四）：字公美，唐代河内濟源（今河南濟源）人。官至宰相。善文章，工書。虔信佛教，曾隨圭峰宗密禪師學習華嚴宗，圭峰有所著述，均請其撰序，有圓覺經序、華嚴經法界序等。

〔一六〕宸筆：帝王的親筆。

〔一七〕十日并照：神話傳説天有十日并現。莊子齊物論：「昔者十日并出，萬物皆照，而況德之進乎日者乎！」

〔一八〕既望月：指滿月。農曆十五爲望，十六爲既望。
〔一九〕大寶鏡：佛教指至寶之明鏡。
〔二〇〕逢掖：寬大的衣袖，儒生所穿之衣，此指儒者。禮記儒行：「丘少居魯，衣逢掖之衣；長居宋，冠章甫之冠。」　黄冠：道士之冠，借指道士。　竺乾之染衣祝髮：指天竺國的佛徒。竺乾，天竺，古印度的别稱。染衣，僧人所穿染成黑色的緇衣。祝髮，削髮出家。　冰炭：冰塊和炭火相互衝突，不能相容。
〔二一〕大覺禪師：宋仁宗皇祐年間詔請廬山僧懷璉入京，召對化成殿，問佛法大意，賜號大覺禪師，親書頌詩十七首賜之。詳見蘇軾宸奎閣碑。
〔二二〕清光：指帝王的容顏。漢書晁錯傳：「今執事之臣皆天下之選已，然莫能望陛下清光，譬之猶五帝之佐也。」
〔二三〕大慧禪師宗杲（一〇八九—一一六三）：字曇晦，號妙喜，又號雲門。俗姓奚，宣州寧國（今安徽寧國）人。紹興七年經張浚舉薦入主徑山法席，十年建千僧閣，解決坐夏僧住宿，李邴撰有千僧閣記。
〔二四〕阿僧衹：梵語譯音，意譯爲「無數」。

能仁寺捨田記

淳熙十三年三月乙巳，承節郎河東薛純一詣紹興府〔一〕，自言生長太平，蒙被德澤，念亡益縣官，不勝慺慺報國之心〔二〕，願以家所有山陰田千一百畝，歲爲米千三百石有奇，入大能仁禪寺，祝兩宫聖壽〔三〕。安撫使龍圖丘公視牒異之〔四〕，問所以然。純一曰：「昔漢卜式上書，願輸家財半助邊，且曰：『天子誅匈奴，愚以爲賢者宜死節，有財者而輸之，如此可滅也〔五〕。』今天子垂拱穆清，北虜讋服〔六〕，歲時奉貢，純一弗獲傾貲，備軍興一日費〔七〕，故因像教爲兩宫祈年〔八〕，誠愚戇不識法令，罪死不宥。願言之朝，即伏斧鑕，不敢悔。」於是龍圖公嘉其意，爲上尚書户部〔九〕。純一乃因寺之住持僧子昕來告予，請撰次本末爲記。予辭謝不可，則語之曰：「子雖列在勇爵〔一〇〕，曩嘗舉進士，試禮部，繼今能益修其業，以自致於顯榮，則所以報國者，豈若是而已。雖然，是已足以勵風俗，助教化，使貪冒者廉，怠忽者奮，享禄賜而忘報者愧〔一一〕，豈不可書也哉？」田之頃畝、賦役，及别以錢權其子本，以待凶歲〔一二〕，則具書於碑陰，俾後有考焉。五月十三日記。

【題解】

能仁寺，即大能仁禪寺，據嘉泰會稽志卷七載，在紹興府南二里一百四步。初爲晉許詢舍宅建，號祇園寺。唐會昌廢。吴越王錢鏐時，觀察使錢儀復建，號圓覺寺。宋咸平六年改賜承天寺。政和七年改名能仁寺。同年，又敕改神霄玉清萬壽宫。南宋建炎年間，遷長生太君像於天真觀，復能仁寺。爲别於能仁院，稱大能仁寺。舍田，指施捨田産入寺院作爲功德。淳熙十三年三月，河東薛純一將山陰田産一千一百畝舍入能仁寺，爲兩宫祝壽，并請陸游爲舍田事作記。本文爲陸游爲薛純一舍田能仁寺所作的記文，記述其舍田本末，肯定其言行「勵風俗，助教化」的作用。

本文據篇末自署，當作於淳熙十三年（一一八六）五月十三日。時陸游已發表知嚴州，尚未到任。

【箋注】

〔一〕承節郎：宋代武臣階官名之五十二級，從九品。河東：宋初所設十五路之一，治并州（今山西太原），轄境相當於今山西西南一帶。

〔二〕縣官：此指朝廷，官府。史記孝景本紀：「令内史郡不得食馬粟，没入縣官。」僂僂：恭謹貌。後漢書楊賜傳：「老臣過受師傅之任，數蒙寵異之恩，豈敢愛惜垂没之年，而不盡其僂僂之心哉。」

〔三〕兩宫：指太上皇和皇帝，因其各居一宫，故稱兩宫。此指宋高宗和宋孝宗。

〔四〕安撫使：指兩浙東路安撫使。龍圖：即龍圖閣學士。丘公：指丘崈。嘉泰會稽志卷三：「丘崈，淳熙十三年正月以朝請大夫直龍圖閣權發遣。十四年四月除兩浙轉運副使。」丘崈，宋史卷三九八有傳。

〔五〕卜式：西漢大臣，河南人。以牧羊致富。武帝時，曾上書朝廷，願以家財之半捐公助邊。帝欲授以官職，辭而不受。又以二十萬錢救濟家鄉貧民。朝廷召拜爲中郎，仍布衣爲皇家牧羊於山中。官至御史大夫。事見漢書卷五八卜式傳。

〔六〕垂拱：指垂衣拱手，無爲而治。穆清：指太平祥和。蔡邕釋誨：「夫子生穆清之世，秉醇和之靈。」讋服：畏懼服從。漢書項籍傳：「諸將讋服，莫敢枝梧。」

〔七〕傾貲：傾囊。軍興：指徵集財物以供軍用。周禮地官旅師「平頒其興積」，鄭玄注：「縣官徵聚物曰興，今云軍興是也。」

〔八〕像教：即像法，泛指佛法。劉得仁送智玄首座歸蜀中舊山：「像教得重興，因師説大乘。」祈年：指祈禱長壽。

〔九〕尚書户部：即户部尚書，掌管土地、户籍、賦税、財政收支等事務。

〔一〇〕勇爵：指武將。左傳襄公二十一年：「莊公爲勇爵，殖綽、郭最欲與焉。」杜預注：「設爵位以命勇士。」

〔一一〕貪冒：貪得，貪圖財利。左傳成公十二年：「諸侯貪冒，侵欲不忌。」怠忽：怠惰玩忽。書周官：「蓄疑敗謀，怠忽荒政。」孔安國傳：「怠惰忽略，必亂其政。」禄賜：禄賞。漢書貢禹傳：「禄賜愈多，家日以益富，身日以益尊。」

〔一二〕子本：利息和本金。韓愈柳子厚墓誌銘：「其俗以男女質錢，約不時贖，子本相侔，則没爲奴婢。」凶歲：凶年，荒年。孟子告子上：「富歲，子弟多賴；凶歲，子弟多暴。」

常州開河記

隋疏大渠，自今京口、毗陵、姑蘇、嘉興以抵於臨安，初以備巡幸，而後世因爲漕運大利，故得不廢〔一〕。渠貫毗陵城中，徐行東注，獨南水門受荆溪之水，爲惠明河，釃爲二股〔二〕，皆會於金斗門。慶曆中，太守國子博士李公餘慶始疏顧塘河，益引惠明水注之漕渠〔三〕。顧塘地勢在漕渠後，故俗又謂之後河。崇寧初，太守給事中朱公彦復增濬之〔四〕。方是時，毗陵多先生長者，以善俗進後學爲職〔五〕，故儒風蔚然，爲東南冠。及余公中、霍公端友，皆策名天下士第一〔六〕，則説者遂歸之後河，曰：「是爲東南文明之地。」鄒忠公方居鄉，士所尊事而化服者〔七〕，忠公避不敢居，因以後河實之，而爲作記。淳熙十四年，今太守林公下車逾年〔八〕，既尊禮其諸老先生，延見其秀民，所以表勵風俗而激勸儒學者，日夜不敢少怠。弦歌之盛，殆軼於承平時矣〔九〕。而或以後河告者，亦不廢也。後河自崇寧後，不治者積數十年，中更兵亂，民積瓦礫，及治家棄滓，故地益堅确〔一〇〕。夏六月，林公乃搜閒卒，捐羨金〔一一〕，分命其屬治之。

不淹旬〔一二〕，渠復故道，袤若干，深若干，修若干〔一三〕。乃以書屬予曰：「願記其事。」予謂渠之興，自爲一郡之利，不必爲士之舉有司者設〔一四〕。然城南衣冠，以杜固鑿而頓減〔一五〕，則後河成廢，與士之舉有司者相爲盛衰，亦自有理。太王遷岐，成王都洛，皆觀川原，咨卜筮，其由來蓋尚矣〔一六〕，則林公兼取焉，顧不可哉？士益勉之，以毋負公之意。公名祖洽，字子禮，明州鄞人，世以經行顯云〔一七〕。渠成之歲，十二月二日記。

【題解】

常州爲隋代開鑿的大運河流經之地。其中顧塘河（後河）一段，至北宋已嚴重阻塞。淳熙十四年夏，太守林祖洽組織財力疏通後河，使運河恢復故道，并請陸游爲之作記。本文爲陸游爲常州疏通運河所作的記文，記述後河疏浚歷史及林公復其故道的功績，闡述水利之興與儒風蔚然、人才輩出之關係。

本文據篇末自署，當作於淳熙十四年（一一八七）十二月二日。時陸游在知嚴州任上。

【箋注】

〔一〕隋疏大渠：此指隋代開鑿的大運河的江南運河部分，北起鎮江、揚州，南至杭州。毗陵：古地名。本爲春秋時吴季札封地延陵邑。西漢置縣，治所在今江蘇常州。歷代廢置無常，後世多稱常州一帶爲毗陵。老學庵筆記卷十：「今人謂貝州爲甘州，吉州爲廬陵，常州爲毗陵。」巡幸：指皇帝巡遊駕幸。漢書郊祀志上：「上始巡幸郡縣，寖尋於泰山矣。」漕運：指從水路運輸糧食，供京城或軍需。桓寬鹽鐵論刺復：「涇淮造渠，以通漕運。」

〔二〕釃：疏導，分流。

〔三〕李餘慶：字昌宗，福建連江人。李亞荀從子。起家應天府法曹參軍，知湖州歸安縣，判秀州。爲石堤，自平望至吴江，捍除水患。後知常州，卒於官。漕渠：人工挖掘或疏浚的主要用於漕運的河道。史記河渠書：「令齊人水工徐伯表，悉發卒數萬人穿漕渠，三歲而通。」

〔四〕朱彦：江西南豐人。熙寧進士。歷官太常博士、刑部侍郎、中書舍人、考功員外郎、左司員外郎等，崇寧元年閏六月，以朝散郎守給事中降承議郎出守常州。見咸淳毗陵志卷八，又光緒江西通志卷一五五有傳。

〔五〕善俗：良好的風俗。易漸象：「山上有木，漸，君子以居賢德善俗。」

〔六〕余中：字行老，常州宜興人。熙寧六年狀元。歷官大理評事、知江寧府、秘書省正字、著作佐郎等。紹聖中出使遼國。後出知湖州，徙杭州，致仕。霍端友（一〇六六—一一一五）：字仁仲，常州武進人。崇寧二年狀元。歷官中書舍人、給事中、禮部侍郎、知平江、陳州，爲政以寬聞。復召禮部侍郎，轉吏部。官至通議大大。宋史卷三五四有傳。策名天下士第一：指科舉考試中一甲頭名進士。

〔七〕鄒忠公：即鄒浩（一〇六〇—一一一一），字志完，自號道鄉居士，常州晉陵人。元豐五年進士。歷官太常博士、右正言，因上疏諫立劉后，貶謫新州。徽宗立，復爲右正言，進左司諫、中書舍人，遷兵、吏二部侍郎，出知江寧府，徙杭、越州。後貶永州。大觀元年，復直龍圖閣，乞歸養親。因直言敢諫，兩謫嶺表，高宗朝追賜謚忠。宋史卷三四五有傳。化服：感化順服。司空圖容城侯傳：「炯之遠祖，當軒轅時已化服於祝融氏。」

〔八〕今太守林公：即林祖洽。咸淳毗陵志卷八：「林祖洽，淳熙十三年二月朝請郎在任，轉朝奉大夫。十五年二月滿。」下車：指到任。

〔九〕承平：治平相承，太平。漢書食貨志上：「今累世承平，豪富吏民貲數巨萬，而貧弱俞困。」此指北宋受金兵入侵前。

〔一〇〕冶家：冶鑄金屬器物之家。陸龜蒙有冶家子言。堅确：指河道堅實。

〔一一〕羨金：多餘的金錢。

〔一二〕不淹旬：不過一旬。

〔一三〕「袤若干」三句：分別指河渠的寬度、深度和長度。

〔一四〕士之舉有司者：指擔任地方官的士大夫。

〔一五〕城南衣冠：出新唐書杜正倫傳：「正倫與城南諸杜昭穆素遠，求同譜，不許，銜之。諸杜所居號杜固，世傳其地有壯氣，故世衣冠。正倫既執政，建言鑿杜固通水以利人。既鑿，川流如血，閱十日止，自是南杜稍不振。」杜正倫爲報復諸杜不許「同譜」，在杜固鑿渠，斬斷其氣脈，城南士大夫逐漸衰落。城南，指唐代長安城南。宋人張禮元祐初撰有游城南記。衣冠，代指縉紳、士大夫。

〔一六〕太王遷岐：周人本居豳，古公亶父始遷居岐山之下，定國號曰周，從此興盛。武王克殷，追尊亶父爲太王。成王都洛，周武王子成王，於即位五年時遷都洛邑（今河南洛陽）。川原：指江河。漢書溝洫志贊：「中國川原以百數，莫著於四瀆，而河爲宗。」卜筮：用龜甲和蓍草預測吉凶。

〔一七〕林祖洽：字子禮（寶慶四明志作符禮），明州鄞（今浙江寧波）人。林保孫。以任補官，善治財賦。知武岡軍，除知常州。再除司農丞、總領湖廣、江西、京西財賦，入爲中書門下省檢正諸房公事兼國用司同參計官，升司農卿、總領淮東財賦等，官至户部侍郎。以寶文閣待制致仕。寶慶四明志卷八有傳。經行：經術和品行。漢書師丹傳：「丹經行無比，自近世大臣能若丹者少。」

渭南文集箋校卷第十九

記

【釋體】本卷文體同卷十七，收録記十首。

明州育王山買田記

紹興元年，高皇帝行幸會稽，詔明州阿育王山廣利禪寺上仁宗皇帝賜僧懷璉詩頌親札〔一〕，念無以鎮名山，慰衆志，乃書「佛頂光明之塔」以賜〔二〕，又申以手詔，特許買田瞻其徒〔三〕。逾五十年，未能奉詔〔四〕。佛照禪師德光以大宗師自靈隱歸老是山〔五〕，慨然曰：「僧寺毋輒與民質産〔六〕，令也。今特許勿用令，高皇帝恩厚矣，其可弗承？且昔居靈隱時，壽皇聖帝召入禁闥〔七〕，顧問佛法，屢賜金錢，其敢爲他費？」乃盡以所賜及大臣、長者、居士修供之物買田〔八〕，歲入穀五千石，而遣學者義銛求記於陸某〔九〕。某方備史官，其紀高皇帝遺事，職也〔一〇〕，不敢辭。惟兹四明，表海大邦〔一一〕，自嘉祐、紹興，兩賜宸翰，雲漢之章，下飾萬物〔一二〕。於是山君波神，效珍受職，鼉鼉蛟鰐，弭伏退聽，惡氣毒霧，收斂澄廓〔一三〕；萬里之舶，五方之賈，南金大貝，委積市肆，不可數知，陂防峭堅，年穀登稔〔一四〕，於虖盛哉！今德光又廣上賜，蘄兩宫之壽〔一五〕，植天下之福，無疆惟休，時萬時億〔一六〕，刻之金石，於是爲稱。咨爾學者〔一七〕，安食其間，明己大事，傳佛大法，報上大恩，將必有在。不然，不耕而食，既飽而嬉，厲民以自養〔一八〕，豈不甚可愧哉！淳熙十六年十一月二十四日，朝議大夫、尚書禮部郎中、兼實録院檢討官陸某記〔一九〕。

【題解】

明州育王山，即阿育王寺，始創於西晉太康三年（二八二），梁普通三年（五二二），梁武帝命擴建殿堂，并賜額「阿育王寺」。北宋大中祥符元年（一〇〇八），阿育王寺被朝廷定名爲「阿育王山廣利禪寺」。熙寧三年（一〇七〇），第五任主持大覺禪師懷璉築宸奎閣，珍藏宋仁宗御筆偈頌及所賜御書等，蘇軾爲撰宸奎閣記，并手書碑文。阿育王寺一時法席鼎盛，名播天下。紹興元年

（一一三一），宋高宗詔阿育王寺上繳仁宗御筆詩頌親劄，另親書「佛頂光明之塔」以贈，并特許其買田。淳熙十六年（一一八九），佛照禪師德光於五十餘年後落實了買田之事，并請陸游爲記。本文爲陸游爲阿育王寺買田所作的記文，詳述買田始末，頌揚高宗、孝宗盛德，稱贊德光禪師功德。

本文據篇末自署，當作於淳熙十六年（一一八九）十一月二十四日。時陸游在尚書禮部郎中兼實録院檢討官任上。

參考卷二二佛照禪師真贊。

【箋注】

〔一〕行幸會稽：南宋建炎三年（一一二九），金兵渡江大舉南下。十一月，宋高宗逃往温、台沿海。至四年四月，才穩住脚跟，駐蹕越州。紹興元年（一一三一）十月，升越州爲紹興府。二年正月，還駕臨安。「仁宗皇帝」句：蘇軾宸奎閣碑：「仁宗皇帝以天縱之能，不由師傅，自然得道，與璉問答，親書頌詩以賜之，凡十有七篇。」

〔二〕佛頂光明之塔：建炎年間，阿育王寺迎舍利塔至宮中，故宋高宗賜「佛頂光明之塔」匾。

〔三〕澹：同「贍」。給予，滿足。漢書食貨志：「竭天下資財以奉其政，猶未足以澹其欲也。」顔師古注：「澹，古贍字也。贍，給也。」

〔四〕未能奉詔：未能落實當年買田的詔令。

〔五〕佛照禪師德光（一一二一——一二〇三）：俗姓彭，名德光，自號拙庵，臨江軍新喻人。紹興二十六(一一五六)年入阿育王寺大慧宗杲禪師門下。先後住持台州天寧寺、光孝寺等。淳熙三年(一一七六),奉詔住持臨安景德靈隱寺,孝宗召其入宫説法,賜號佛照。七年,詔令德光歸老於阿育王寺。晚年於寺内築東庵居住,慶元三年圓寂。

〔六〕質産:指交易資産。

〔七〕壽皇聖帝:指宋孝宗。淳熙十六年二月,孝宗禪位於子光宗,光宗上孝宗尊號爲「至尊壽皇聖帝」。禁闥:宫廷門户,亦指宫廷。史記汲鄭列傳:「臣常有狗馬病,力不能任郡事,臣願爲中郎,出入禁闥,補過拾遺,臣之願也。」

〔八〕長者:指顯貴者。居士:佛教稱居家修道的佛教徒。修供:向神佛貢獻物品。

〔九〕學者:指佛教之學人。義銛:字朴翁,俗姓葛,山陰人。天資奇逸,辯博無礙。師從佛照禪師。住持湖州上方寺。後返服,復俗姓。

〔一〇〕「某方」三句:南宋館閣續録卷九:「(實録院檢討官)陸游十六年七月以禮部郎中兼。」劍南詩稿卷六五望永思陵自注:「淳熙末,上命群臣齊集華文閣,修高宗實録,游首被選。」

〔一一〕表海:臨海,濱海。子華子晏子問黨:「且齊之爲國也,表海而負嵎。」

〔一二〕宸翰:帝王的墨迹。沈佺期立春日内出彩花應制:「花迎宸翰發,葉待御筵披。」雲漢:比喻美好的文章,亦特指帝王的筆墨。蘇軾送陳伯修察院赴闕:「裕陵固天縱,筆有雲漢姿。」

〔一三〕效珍：呈獻珍寶。班固寶鼎詩：「岳修貢兮川效珍，吐金景兮歊浮雲。」黿鼉：大鱉和豬婆龍（揚子鰐）。國語晉語九：「黿鼉魚鱉，莫不能化。」蛟鰐：蛟龍和鰐魚。均爲水中的兇猛動物。弭伏：馴服，順服。元稹和李校書新題樂府：「吾聞黃帝鼓清角，弭伏熊羆舞玄鶴。」澄廓：清明遼闊。鮑照舞鶴賦：「既而氛昏夜歌，景物澄廓。」

〔一四〕南金：南方出産之銅。借指貴重品。詩魯頌泮水：「元龜象齒，大賂南金。」毛傳：「南謂荆揚也。」鄭玄箋：「荆揚之州，貢品三金。」孔穎達疏：「金即銅也。」大貝：貝之一種，上古以爲寶器。書顧命：「大貝、鼖鼓在西房。」陂防：堤壩。峭堅：挺拔堅固。登稔：五穀豐收。東觀漢記明帝紀：「是時天下安平，人無徭役，歲比登稔，百姓殷富。」

〔一五〕兩宮：此指孝宗和光宗。

〔一六〕無疆惟休：無比美好。書召誥：「惟王受命，無疆惟休，亦無疆惟恤。」時萬時億：極言時間之長。時，即是。詩小雅楚茨：「永錫爾極，時萬時億。」

〔一七〕咨爾：用於句首，表示贊歎或祈使。論語堯曰：「堯曰：『咨，爾舜！天之曆數在爾躬。』」邢昺疏：「咨，咨嗟；爾，汝也。」

〔一八〕厲民：虐害人民。孟子滕文公上：「今也滕有倉廩府庫，則是厲民以自養也。」

〔一九〕朝議大夫：宋代文臣階官名之十五級，正六品。

建寧府尊勝院佛殿記

建寧城東永安尊勝禪院，成於唐僖、昭間，壞於建炎之末，稍葺於紹興之庚申〔一〕，自佛殿始。方是時，院大壞塗地，趣於復立〔二〕，以慰父老心，故不暇爲支久計。未四十年，遽復頹圮〔三〕。適懷素者來爲其長老〔四〕，乃慨然曰：「殿，大役也，舍是弗先，吾則不武〔五〕。」乃廣其故基北、南、西、東各三尺。意氣所感，助者四集，瓌材珍産〔六〕，山積雲委。其最巨者，石痕村之杉，修百有三十尺，圍十有五尺，其餘蓋稱是。凡費錢三百萬有奇，而竹木、磚甓、黝堊之施者〔七〕，工人、役夫之樂助者，不在是數。其成之歲月，淳熙戊申冬十一月庚子也〔八〕。越四年，紹熙辛亥五月，予友人方君伯謨移書爲懷素求文爲記〔九〕。予爲之言曰：世多以浮屠人之舉事誚吾士大夫，以爲彼無尺寸之柄，爲其所甚難，而舉輒有成，士大夫受天子爵命〔一〇〕，挾刑賞予奪，以臨其吏民，何往不可，而熟視蠹弊〔一一〕，往往憚不敢舉，舉亦輒敗，何耶？予謂不然。懷素之來爲是院，固非有積累明白之效，佛殿方壞，而院四壁立，今日食已，始或謀明日之食。懷素坐裂瓦折桷、腐柱頹垣之間，召工人，持矩度〔一二〕，謀增大其舊，計費數百萬，未有一錢儲也。使在士大夫，語未脱口，已得狂名，有心者疑，有言者謗，逐而去之久矣。浮屠人則不然，方且出力爲之先後，爲之輔翼，爲之禦侮，歷十有四年如一日〔一三〕，此其所以巋然有所成就，非獨其才異於人也。以十四年言之，不知相之拜者幾人，免者幾人，將之用者幾人，黜者幾人。禮樂學校，人主所與對越天地、作士善俗〔一四〕，與夫貨財、刑獄足用，而弼教藩翰之臣〔一五〕，古所謂侯國者，大抵倏去忽來，吏不勝紀。彼懷素固自若也〔一六〕，則其有成，曷足怪哉？且懷素之爲是院，不獨致力於佛殿，凡所謂堂寢之未備者①，廊廡之朽敗者，皆一新之。今老矣，無他徙意。使不死，復十四年，或過十四年，皆未可知也。則是院之葺，又可前知耶？而士大夫凛凛拘拘〔一七〕，擇步而趨，居其位不任其事，護藏蠹萌〔一八〕，傳以相諉，顧得保禄位，不蹈刑禍，爲善自謀。其知耻者，又不過自引而去爾，天下之事，竟孰任之？於虖！是可歎也已。懷素，三衢人，少從道行禪師遊〔一九〕，能得其學。伯謨名士繇，莆陽人。六月甲申，中奉大夫、提舉建寧府武夷山冲佑觀陸某記〔二〇〕。

【題解】

建寧府地處今福建省北部，爲宋代福建路「八閩」（一府五州二軍）之一。尊勝禪院創建於晚唐，毁於南宋建炎末年，紹興年間曾重建大殿，三十餘年後又頽圮不堪。懷素於淳熙初住持該院，主持佛殿重建，歷十四年而功成，并請陸游爲記。本文爲陸游爲尊勝院佛殿重建所作的記文，叙述重建始末，贊頌浮屠人十四年如一日的堅韌不拔之精神，抨擊士大夫爲保禄位，推諉自謀的可恥行徑。

本文據篇中、篇末自署，當作於紹熙二年（一一九一）六月甲申（初七）日。時陸游奉祠家居，提舉建寧府武夷山沖佑觀。

參考卷十八撫州廣壽禪院經藏記。

【校記】

①「凡」，原作「几」，據弘治本、正德本、汲古閣本改。

【箋注】

〔一〕唐僖、昭間：唐僖宗（八七三—八八八在位）、昭宗（八八八—九〇四在位）年間。　紹興之庚申：即紹興十年（一一四〇）。

〔二〕塗地：指徹底敗壞不可收拾。　趣：同「促」。催促，急促。

〔三〕頹圮：坍塌。李綱過淵明故居：「如何高世士，廟貌乃頹圮。」

〔四〕長老：寺院住持僧的尊稱。祖庭事苑釋名識辨長老：「今禪宗住持之者，必呼長老。」

〔五〕不武：謙詞，言無將相之才。晉書庾翼傳：「臣雖不武，意略淺短，荷國重恩，志存立效。」

〔六〕瓌材：珍奇的棟樑之材。班固西都賦：「因瓌材而究奇，抗應龍之虹梁。」　珍産：珍貴的物産。後漢書賈琮傳：「舊交阯土多珍産，明璣、翠羽、犀、象、瑇瑁、異香、美木之屬，莫不自出。」

〔七〕黝堊：用黑、白顔色塗刷。禮記喪服大記：「既祥，黝堊。」孔穎達疏：「黝，黑色，平治其地令黑也。堊，白也，新塗堊於牆壁令白。」

〔八〕淳熙戊申：即淳熙十五年（一一八八）。

〔九〕紹熙辛亥：即紹熙二年（一一九一）。方君伯謨：即方士繇，陸游友人。參見卷三六方伯謨墓誌銘。

〔一〇〕爵命：封爵受職。穀梁傳隱公元年：「邾之上古微，未爵命於周也。」

〔一一〕蠹弊：弊病，弊端。歐陽修奉荅子華學士安撫江南見寄之作：「猛寬相濟理，古語六經存。蠹弊革僥倖，濫官絶貪昏。」

〔一二〕矩度：泛指丈量長度和角度的工具。

〔一三〕先後：教導，輔導。周禮秋官士師：「以五戒先後刑罰。」孫詒讓正義：「謂豫教導之，使民知避罪也。」輔翼：輔佐，輔助。禮記文王世子：「保也者，慎其身以輔翼之，而歸諸道者也。」孔穎達疏：「輔，相也；翼，助也。謂護慎世子之身，輔相翼助，使世子而歸於道。」禦侮：抵禦外侮。孔叢子論書：「自吾得由也，惡言不至於門，是非禦侮乎！」歷十有四年：懷素住持尊勝禪院復建佛殿當在淳熙元年（一一七四），歷十四年爲淳熙戊申（一一八八八〉。

〔一四〕對越：即對揚。答謝頌揚。詩周頌清廟：「濟濟多士，秉文之德；對越在天，駿奔走在廟。」作士善俗：培育人才，改善風俗。

〔一五〕弼教：輔助教化。語本書大禹謨：「汝作士，明于五刑，以弼五教，期于予治。」孔安國傳：「弼，輔；期，當也。歎其能以刑輔教，當於治體。」藩翰：指捍衛王室。語本詩大雅板：「价人維藩，大師維垣，大邦維屏，大宗維翰。」毛傳：「藩，屏也；翰，幹也。」

〔一六〕自若：自如，依然如故。史記陳涉世家：「雍州之地、殽函之固自若也。」

〔一七〕凜凜拘拘：驚恐畏懼、拘束不前貌。

〔一八〕蠹萌：指弊端萌生。

〔一九〕三衢：即浙江衢州，以其境内有三衢山而得名。道行禪師：衢州烏巨雪堂道行禪師，俗姓葉，處州人。事迹見五燈會元卷二十。

〔二〇〕中奉大夫：宋代文臣階官名之十三級，從五品。

紹興府修學記

八卦有畫，三墳有書〔一〕，經之原也。典教有官，養老有庠〔二〕，學之始也。歷世雖遠，未之或異。不幸自周季以來，世衰道微，俗流而不返，士散而無統，亂於楊墨，賊於申韓，大壞於釋老，爛漫横流，不可收拾〔三〕。始有重編累簡，棲以巨輪，象龍寓人，飾黄金、珂璧、怪珍之物，誘駭愚稚，而六經寖微〔四〕。穹閣傑屋，上摩霄漢，黝堊髹丹，窮極工技，其費以億萬計，而學校弗治〔五〕。自周衰至五代幾二千歲，而後我宋誕受天命，崇經立學，以爲治本。十二聖一心〔六〕，罔或怠忽。然竊嘗考之，方周盛時，天子所都，既并建四代之學〔七〕，而又黨有庠，遂有序〔八〕。畿内六鄉〔九〕，鄉有黨；百五十六遂，遂有鄙，如黨之數〔一〇〕。遂、序、黨、庠，蓋互見之〔一一〕。則是千里之内，爲序十有二，爲庠三百，何其盛也！今畿内之郡，皆僅有一學，較於周不及百之二，而又不治，則爲之牧守者〔一二〕，得無任是責耶？會稽拱行在所，爲東諸侯之冠〔一三〕，宜有以宣聖化，倡郡國，而學未稱。給事中括蒼王公信來爲是邦，政成令行，民物和樂〔一四〕。臺榭弗崇，陂池弗廣，而惟學校是先；燕游弗親，廚傳弗飾〔一五〕，而惟養士是急。下車未久，奥殿崇閣，邃宇修廊，講説之堂，絃誦之舍，以葺以增，不日訖事〔一六〕。以其饔飧未足也，則爲之售常平之田〔一七〕；以其見聞未廣也，則爲之求四方之書。食有餘積，書罕未見，然公猶以爲慊〔一八〕，曰：「上丁之禮，服器未復古也〔一九〕。」又爲之新冕弁、衣裳、帶紳、佩舄之屬，自邦侯至諸生，各以其所宜服〔二〇〕；鼎俎、尊彝、豆籩、簠簋之屬，自始奠至受胙，各以其所宜用〔二一〕：無一不如禮式。公乃齋心修容，來宿於次〔二二〕。質明陟降揖遜〔二三〕，進退跪起，俯首屏氣，如懼弗克。禮成，士僉曰〔二四〕：「公以躬行先我。我處於鄉，弗篤於孝悌忠信，出而仕，弗勉於廉清正直，不獨不可見公，仰天俯地其何心？見父兄長老其何辭？」教授陳君自强與諸生以其言來告曰〔二五〕：「願有紀。」某老病，不獲奉俎豆以從公後〔二六〕，喜士之能承公也，於是乎書。紹熙二年九月癸酉，中奉大夫、提舉建寧府武夷山沖佑觀陸某記。

【題解】

修學，指修建府學。紹興府拱衛臨安，地位重要，但府學與之不相稱。紹熙元年，王信知紹興府，「惟學校是先」，「惟養士是急」，到任不久即着手修建府學，舉行祭孔典禮，得到士大夫稱頌。紹興府學教授請記於陸游。本文爲陸游爲紹興府修建府學所作的記文，考述上古學校的興盛，稱揚紹興知府王公修建府學、躬行祭禮的功績。

本文據篇末自署，當作於紹熙二年（一一九一）九月癸酉（二十七）日。時陸游奉祠家居，提舉建寧府武夷山沖佑觀。

【箋注】

〔一〕八卦有畫：周易中的八卦是八種具有象徵意義的基本圖形，名稱爲乾、坤、震、巽、坎、離、艮、兑。相傳是伏羲所作。　三墳有書：傳説中最古的典籍。左傳昭公十二年：「是能讀三墳、五典、八索、九丘。」杜預注：「皆古書名。」或稱三墳爲三皇之書。

〔二〕典教：主管教育。　養老有庠：禮記王制：「有虞氏養國老於上庠，養庶老於下庠。」鄭玄注：「上庠，右學，大學也，在西郊。下庠，左學，小學也，在國中王宫之東。」

〔三〕楊墨：戰國時楊朱和墨翟的並稱。楊朱主張「爲我」，墨翟主張「兼愛」，均與儒家相對立。莊子胠篋：「削曾史之行，鉗楊墨之口。」　申韓：戰國時申不害和韓非的並稱，均爲法家代表人物。史記李斯列傳：「若此然後可謂能明申韓之術而修商君之法。」　賊：害，傷害。　釋老：釋迦牟尼和老子的並稱，亦指佛教和道教。周書武帝紀上：「帝御大德殿，集百僚、道士、沙門等討論釋老義。」　爛漫：蔓延，彌漫。謝朓詠兔絲：「爛漫已萬條，連綿復一色。」　横流：充盈，遍布。文選司馬遷封禪文：「協氣横流，武節猋逝。」李善注：「横流，多也。」

〔四〕「始有」六句：謂佛經氾濫而儒家六經衰微。　重編累簡，指佛教經典。　巨輪，指佛教的轉輪藏，即藏置佛經的塔形木建築，分若干層，可左右旋轉。　象龍，刻繪龍形。揚雄法言先知：「民可使覿德，不可使覿刑。覿德則純，覿刑則亂，象龍之致雨也，難矣哉！」李軌注：「象，似也。言畫繒刻木以爲龍而求致雨，則不可得也。」寓人，用作陪葬的冥器，此指輪藏上的木偶人。陸游放翁家訓：「近時出葬，或作香亭魂亭，寓人寓馬之類，當一切屏去。」誘駭愚稚，勸導駭人的形象，愚弄幼稚的信徒。

〔五〕「穹閣」六句：謂佛道寺觀興盛而學校不建。黝堊，塗刷黑、白色。髹丹，塗刷紅漆。

〔六〕十二聖：指宋代太祖、太宗、真宗、仁宗、英宗、神宗、哲宗、徽宗、欽宗、高宗、孝宗、光宗共十二帝。

〔七〕四代之學：禮記學記：「古之教者，家有塾，黨有庠，術有序，國有學。」

〔八〕黨有庠：謂黨立庠爲學。禮記學記「黨有庠」，孔穎達注：「庠，學名也，於黨中立學，教閭中所升者也。」黨是古代地方基層組織。周禮地官大司徒：「五家爲比，五比爲閭，四爲族，五族爲黨。」釋名：「五百家爲黨。」　遂有序：謂遂設序爲學。古代的「鄉遂制度」以「國」與「野」相對立，在郊內設「鄉」，爲「國人」居住地區；在郊外設「遂」，爲「野人」居住地區。遂爲郊外行政區劃，周禮地官遂人：「五家爲鄰，五鄰爲里，四里爲酇，五酇爲鄙，五鄙爲縣，五縣爲遂。」

〔九〕畿内六鄉：畿，古代王都領轄的千里範圍。周禮地官大司徒：「乃建王國焉，制其畿方千里而封樹之。」賈公彦疏：「王畿千里，以象日月之大，中置國城，面各五百里。」鄉，古代郊内行政區劃。周禮地官大司徒：「令五家爲比，使之相保；五比爲閭，使之相愛；四閭爲族，使之相葬；五族爲黨，使之相救；五黨爲州，使之相賙；五州爲鄉，使之相賓。」鄭玄注：「鄉萬二千五百家。」

〔一〇〕「遂有」二句：謂五百家爲鄙，同五百家爲黨之數同。

〔一一〕互見：相互參見。

〔一二〕牧守：州郡的長官。州官稱牧，郡官稱守。漢書翟方進傳：「持法刻深，舉奏牧守九卿，峻文深詆，中傷者尤多。」

〔一三〕拱：拱衛，環繞。東諸侯，指東南諸州府。

〔一四〕王公信：即王信（一一三七—一一九四），字誠之，處州麗水（今浙江麗水）人。紹興三十年進士，歷官考功郎官、左司員外郎、太常少卿兼權中書舍人，遷給事中，擢集英殿修撰、知紹興府、浙東安撫使，徙知鄂州，改池州。以通議大夫致仕。宋史卷四〇〇有傳。嘉泰會稽志卷二：「王信，紹熙元年十二月以朝議大夫集英殿修撰知，三年正月除焕章閣待制。」括蒼：古縣名，以境内有括蒼山得名。治所在今浙江麗水。民物：泛指人民、萬物。蔡邕陳太丘碑：「神化著於民物，形表圖於丹青。」

〔一五〕燕游，宴飲游樂。晉書五行志下：「魏代宫人猥多，晉又過之，燕游是湎，此其孽也。」廚傳：供應過客食宿、車馬的處所。漢書王莽傳中：「吏民出入，持布錢以副符傳，不持者，廚傳勿舍，關津苛留。」顔師古注：「廚，行道飲食處；傳，置驛之舍也。」

〔一六〕絃誦：泛指吟哦誦讀。　不日，不久。　訖事，完事，竣工。

〔一七〕饔飧：早飯和晚飯。泛指飯食。亦作飧饔。柳宗元種樹郭橐駝傳：「吾小人輟飧饔以勞吏者，且不得暇，又何以蕃吾生而安吾性邪？」　常平：古代調節米價的一種方法。高承事物紀原常平：「漢宣帝時數豐稔，耿壽昌奏諸邊郡以穀賤時增價糴入，貴則減價糶出，名曰『常平』，此其始也。」

〔一八〕慊：不滿意。

〔一九〕上丁：農曆每月上旬之丁日。禮記月令：「（仲春之月）上丁，命樂正習舞，釋菜。」又：「（季秋之月）上丁，命樂正入學習吹。」鄭玄注：「爲將饗帝也。春夏重舞，秋冬重吹也。」唐代以後將每年仲春（二月）和仲秋（八月）的上丁之日，定爲祭祀孔子之日。　服器：指祭祀所用服飾器物。

〔二〇〕冕弁：古代帝王貴族所戴禮帽。禮記禮運：「冕弁兵革，藏於私家，非禮也，是謂脅君。」孔穎達疏：「冕是衮冕，弁是皮弁，是朝廷之尊服。」　衣裳：上衣和下裙。詩齊風東方未明：「東方未明，顛倒衣裳。」毛傳：「上曰衣，下曰裳。」　帶紳、佩舄：束腰的衣帶佩飾和穿的鞋子。　邦侯，指地方長官。

〔二一〕鼎俎：古代祭祀時盛放犧牲或食物的禮器。　尊彝：均爲古代的酒器。　豆籩：均爲祭器，木制爲豆，竹制爲籩。　簠簋：盛黍稷稻粱的禮器。　受胙：接受供奉的肉食，祈求神靈賜福，是祭祀典禮的尾聲。左傳僖公九年「下拜登受」，杜預注：「拜堂下，受胙於堂上。」

〔二二〕齋心：祛除雜念，凝聚心神。列子黃帝：「退而閒居大庭之館，齋心服形。」修容：修飾儀表。商君書靳令：「修容而以言耻食，以上交以避農戰，外交以備，國之危也。」宿於次：住宿於爲祭禮準備的專門處所。

〔二三〕質明：天剛亮之時。儀禮士冠禮：「擯者請期，宰告曰：『質明行事。』」鄭玄注：「質，正也。宰告曰：『旦日正明行冠事。』」陟降揖遜：指行動合乎禮節。陟降，升降，上下。揖遜，揖讓，相見時的禮儀。管子小匡：「升降揖讓，進退閒習，辯辭之剛柔，臣不如隰朋，請立爲大行。」

〔二四〕僉：全，都。

〔二五〕陳君自强：即陳自强，字勉之，福州閩縣（今福州）人。淳熙五年進士。紹熙年間任紹興府學教授。慶元二年入都待銓選，因曾爲韓侂胄童子師，除太學録，隨後遷轉極速。嘉泰三年拜右丞相。性極貪鄙，諂事韓侂胄。開禧末，韓北伐失敗被殺，遂罷相，累貶雷州安置。死於廣州。宋史卷三九四有傳。

〔二六〕奉俎豆：恭敬地捧着祭器。指參與祭典。

重修天封寺記

淳熙丙午春，予以新定牧入奏行在所，館於西湖上，日與物外人遊〔一〕。多爲予言浄慈有慧明師者，歷抵諸方，如汗血駒，所至蹴蹋，萬馬皆空〔二〕。方是時，知其得法，而不知其能文。後四年〔三〕，予屏居鏡湖上，明來訪予。談道之餘，縱言及文辭，卓然俊偉，非凡子所及。方是時，知其能文，而不知其有才。明既從予遊累日，乃曳杖負笠，入天台山，爲天封主人〔四〕。是山也，巖嶂嶄絶，爲天台四萬八千丈之冠〔五〕；林麓幽邃，擅智者十二道場之勝〔六〕。然地偏道遠，遊者既寡，施者益落。明居之彌年，四方問道之士，以天封爲歸。植福樂施者，踵門還至〔七〕，雖却不可。於是自佛殿經藏、阿羅漢殿、鍾經二樓、雲堂庫院〔八〕，莫不畢葺。敞爲大門，繚爲高垣，周爲四廡，屹爲二閣，來者以爲天宫化成，非人力所能也。又裒其餘作二庫，曰資道，曰博利，以供僧及童子紉浣之用〔九〕。彼庸道人日夜走衢路〔一〇〕，丐乞聚畜，蓋未必能辦此。明方爲其徒發明大事因緣〔一一〕，錢帛穀粟之問，不至丈室，而其所立，乃超卓絶人如此，豈非一世奇士哉！予嘗患今世局於觀人〔一二〕，妄謂長於此者必短於彼，工於細者必略於大。自天封觀之，其説豈不淺陋可笑也哉！會明以書來求予文，記其寺之廢興，因告以予説，使併刻之，庶幾覽者有所儆焉。紹熙三年三月三日，中奉大夫、提舉建寧府武夷山冲佑觀、山陰縣開國男、食邑三百户陸某記〔一三〕。

【題解】

天封寺位於天台山，爲南北朝至隋時開創佛教天台宗的智者大師智顗所建。淳熙元年，慧明法師入天台山住持天封寺，遂重新整修寺内佛殿經藏等建築并請陸游爲記。本文爲陸游爲重修天封寺所作的記文，記載天封寺的廢興，稱道慧明法師超卓絶人之才，感慨當世觀人的偏見。

本文據篇末自署，當作於紹熙三年（一一九二）三月三日。時陸游奉祠家居，提舉建寧府武夷山沖佑觀。

參考劍南詩稿卷二八寄天封明老。

【箋注】

〔一〕淳熙丙午：即淳熙十三年（一一八六）。　新定牧：即知嚴州。新定，古縣名，爲嚴州古稱。　物外人：塵世以外之人。

〔二〕浄慈：即浄慈寺，位於杭州西湖南岸、雷峰塔對面的南屏山上。宋代爲其鼎盛時期，人文薈萃，儒釋交融，與靈隱寺相埒。南宋時被評爲江南禪院「五山之一」。　慧明師：字無得，號竹院。淳熙末住浄慈寺，紹熙初住天台天封寺。　汗血駒：古代西域駿馬名。流汗如血，故稱。後多指駿馬。史記大宛列傳：「得烏孫馬好，名曰『天馬』。及得大宛汗血馬，益壯，更名烏孫馬曰『西極』，名大宛馬曰『天馬』云。」　蹴蹋：踩踏。杜甫韋諷録事宅觀曹將軍畫馬圖：「霜蹄蹴踏長楸間，馬官廝養森成列。」

〔三〕後四年：即紹熙元年（一一九〇）。

〔四〕爲天封主人：指住持天封寺。

〔五〕天台四萬八千丈：李白夢遊天姥吟留别：「天台四萬八千丈，對此欲倒東南傾。我欲因之夢吴越，一夜飛度鏡湖月。」

〔六〕智者十二道場：指智者大師遊歷的十二座寺院。智者，即智顗（五三八—五九七），俗姓陳，字德安，荆州華容（今湖北潛江）人。世稱智者大師，是佛教天台宗四祖，天台宗的實際創始人。智顗於陳、隋兩朝深受帝王禮遇，隋煬帝楊廣授予「智者」之號。道場：趙彦衛雲麓漫鈔卷六：「隋曰道場，唐曰寺，本朝則大曰寺，次曰院。」

〔七〕植福：即造福、造福田，佛教謂積善行可得福報，如春播秋穫。樂施：樂於接濟他人。踵門還至：指紛紛登門。

〔八〕阿羅漢殿：陳列阿羅漢的殿堂。佛教稱斷絶嗜欲、解脱煩惱、修得小乘果的人爲阿羅漢，簡稱羅漢。常有五百羅漢堂。雲堂：僧堂，僧衆設齋吃飯和議事之處。

〔九〕紉浣：縫綴，浣洗。

〔一〇〕庸道人：指平庸的僧人。日夜走衢路：指日夜奔走。

〔一一〕大事因緣：亦稱一大事因緣，佛教指爲了化度衆生的因緣。

〔一二〕局於觀人：指對人的考察常有局限、偏見。

〔一三〕開國：晉以後在五等封爵前所加的稱號。高承事物紀原官爵封建開國：「晉令始有開國之稱，故五等皆郡縣開國。陳亦有開國郡公、縣侯伯子男，侯已降，無郡封。由唐迄今，因而不改。」食邑：古代君主賜予臣下作爲世禄的封地。唐宋時則爲一種賜予宗室或高官的榮譽性加銜。此爲陸游首次受封。

嚴州重修南山報恩光孝寺記

浙江自富春泝而上，過七里瀨、桐君山，山益秀，水益清〔一〕。烏龍山崛起千仞〔二〕，鱗甲爪鬣，蜿蜒盤踞。嚴州在其下，有山直州之南，與烏龍爲賓主。烏龍以雄偉，南山以秀邃，形勢壯而風氣固，是爲太宗皇帝、高宗皇帝受命賜履之邦〔三〕。登高四望，則樓觀雉堞，騫騰縈帶〔四〕，在鬱葱佳氣中，兩山對峙，紫翠重複，信天下名城也。南山報恩光孝禪寺〔五〕，實爲諸剎之冠。質於地志及父老之傳，唐末有僧結廬於山之麓，名廣靈庵。慶曆中，始斥大之，爲廣靈寺。紹聖中，易禪林佛印大師希祖實爲第一代〔六〕，始徙寺於山巔，今寺是也。崇寧中，賜名「天寧萬壽」。紹興中，易今名。初，郡長者江氏爲塔七級，與寺俱燬於宣和之盜〔七〕。厥後文則來居而寺復，法琦來助而塔建，及得智廓、仲玘而學者雲集〔八〕。廓不期年示滅，凡今之營繕崇成者，皆玘也〔九〕。如來大士有殿，演法會齋有堂，安衆有寮〔一〇〕，棲鍾有樓，寢有室，遊有亭，浴有泉。又以餘力爲門，爲廡，爲庫，爲垣，爲磴路，爲禦侮力士之像〔一一〕。未五六年，百役踵興，無一弗備。郡人童天祐、天錫、方珍出貲爲最巨，老僧智貴傾其衣囊助施爲尤難。若夫以宿世願力來爲外護，取郡之積木以終成之者，太守、殿中侍御史冷公世光也〔一二〕。寺之役既成，冷公適有歸志，遂奉祠以去，豈非緣法哉〔一三〕？予亦嘗來爲守，廓及玘皆予所勸請〔一四〕，則於是山不爲無夙昔緣，故玘來求予爲記。予行天下多矣，覽觀山川形勝，考千載之遺迹，未嘗不慨然也。晚至是邦，觀烏龍似赤甲白鹽〔一五〕，南山似錦屏，一水貫其間，紆餘澄澈似渭水；而南山崇塔廣殿，層軒修廊，山光川靄，鍾鳴鯨吼〔一六〕，遊者動心，過者駭目，又甚似漢嘉之淩雲〔一七〕，蓋兼天下之異境而有之。騷人墨客，將有徙倚太息、援筆而賦之者〔一八〕。予未死，尚庶幾見之。紹熙四年二月庚申記。

【題解】

嚴州南山報恩光孝禪寺創始於唐代，北宋末毀於方臘之亂。南宋後逐漸復建，陸游知嚴州時，請來仲玘禪師主其事。仲玘用五六年時間完成重修，并請陸游爲記。本文爲陸游爲重修報恩光孝寺所作的記文，記述禪寺沿革及重修始末，描繪嚴州及南山形勝，慨歎其兼天下之異境而有之。

本文據篇末自署，當作於紹熙四年（一一九三）二月庚申（二十三）日。時陸游提舉建寧府武夷山沖佑觀，奉祠家居。

參考卷二十智者寺興造記、集外文與仲玘書。

【箋注】

〔一〕富春：古縣名，秦時設，縣域含桐廬、建德等地，沿富春江一帶。東晉更名富陽。泝：同「溯」，逆流。七里瀨：在桐廬富春江上，其下數里有嚴陵瀨。桐君山：在桐廬分水江與桐江交匯處，與桐廬縣城隔水相望。古稱小金山，又叫浮玉山。

〔二〕烏龍山：位於浙江建德東部，古鎮梅城以北，坐落在新安江、富春江、蘭江交匯處之北岸。因山石烏黑，山體巍峨，蜿蜒如龍而得名。東西綿亘五六十里，最高處海拔九百餘米，是嚴州最著名的一座山峰。

〔三〕「是爲」句：指嚴州爲太宗、高宗最初受封之地。宋史太宗本紀：「太祖即位，以帝爲殿前都御史，領睦州防禦使。」嚴州前身爲睦州，宣和三年方臘被擒後改名。高宗受封未詳。賜履，指君主所賜封地。左傳僖公四年：「賜我先君履，東至於海，西至於河，南至於穆陵，北至於無棣。」杜預注：「履，所踐履之界。」

〔四〕樓觀：泛指高大的建築。禮記月令：「（仲夏之月）可以居高明。」鄭玄注：「高明，謂樓觀也。」雉堞：城上短牆。文選鮑照蕪城賦：「板築雉堞之殷，井幹烽櫓之勤。」李善注：「鄭玄周禮注曰：『雉，長三丈，高一丈。』杜預左氏傳注曰：『堞，女牆也。』」騫騰：即飛騰。杜甫贈特進汝陽王二十韻：「筆飛鸞聳立，章罷鳳騫騰。」縈帶：環繞。水經注汾水：「數十里間道險隘，水左右悉結偏梁閣道，纍石就路，縈帶巖側。」

〔五〕南山報恩光孝禪寺：淳熙嚴州圖經卷二：「報恩光孝禪寺，在水南五里山上。慶曆中建，名廣靈寺。崇寧二年，詔改爲天寧萬壽禪寺。政和元年，改爲天寧。紹興七年，詔改今名。」

〔六〕昜禪林佛印大師希祖：未詳。

〔七〕宣和之盜：指北宋末方臘起義。

〔八〕智廓、仲玘：陸游知嚴州時請來主持報恩光孝寺的禪師。

〔九〕不期年：不到一年。示滅：佛教指菩薩及高僧坐化身死。李華東都聖善寺無畏三藏碑：「山王高妙，海月圓深，因於示滅，空悲鶴林。」營繕崇成：指修建工程竣工。崇，通「終」。

〔一〇〕如來大士：即釋迦牟尼佛的十種法號之一。大士，佛教對菩薩的通稱。演法：宣講教義。劉知幾史通論贊：「亦猶文士製碑，序終而續以『銘曰』；釋氏演法，義盡而宣以『偈言』。」會齋：聚集進餐。安衆：安置信徒。寮：僧舍。

〔一一〕磴路：登山的石路。禦侮力士之像：即佛教護法神，如四大金剛。

〔一二〕宿世：前世，前生。願力：教指誓願的力量，善願功德之力。沈約千佛贊：「參差各隨，願力密迹。」外護：佛教戒法有二護：護身口意之非爲内護，供給衣服飲食的親屬施主爲外護。冷公世光，即冷世光，字賓王，紹興十八年進士。歷幹辦行在諸軍審計司，淳熙十二年除監察御史，遷殿中侍御史。紹熙間知嚴州。奉祠而去。寶祐琴川志卷八有傳。

〔一三〕緣法：緣分。范成大初入大峨：「山中緣法如今熟，世上功名自古癡。」

〔一四〕予亦嘗來爲守：陸游曾於淳熙十三年七月至十五年七月知嚴州。勸請：即勸請轉法輪，佛教指請其住持寺院，説法度衆生。

〔一五〕赤甲：亦作赤岬，山名，在四川奉節東。水經注江水一：「江水又東逕赤岬城西，是公孫述所造，因山據勢，周回七里一百四十步，東高二百丈，西北高千丈，南連基白帝山，甚高大，不生樹木，其石悉赤。土人云如人袒胛，故謂之赤岬山。」白鹽：山名，在四川奉節東。水經注江水一：「山上有神淵，淵北有白鹽崖，高可千餘丈，俯臨神淵。土人見其高白，故因名之。」

〔一六〕鯨吼：比喻鐘聲洪亮。黄庭堅題净因壁二首其二：「履聲如度薄冰過，催粥華鯨吼夜闌。」

〔一七〕漢嘉：古郡名，轄境在今四川樂山。凌雲：即凌雲山，位於樂山城東的岷江、青衣江、大渡河三江匯合處，與樂山城一水之隔。古名青衣山，因青衣江得名。山頂有凌雲寺，因以爲山名。

〔一八〕徙倚：即徘徊，逡巡。楚辭遠遊：「步徙倚而遥思兮，怊惝怳而乖懷。」王逸注：「彷徨東西，意愁憤也。」

會稽縣重建社壇記

古者侯國，地之别三，爵之等五，皆有宗廟社稷〔一〕。秦黜封建，置郡守縣令，於是古之命祀，惟社稷尚存〔二〕。陵夷千餘載〔三〕，士不知學古，吏不知習禮，其祀社稷，徒以法令從事，纔封壇壝，服器牲幣〔四〕，一切苟且，取便於事，無所考法。宋興，文物寖盛，自朝廷達於下州蕞邑〔五〕，社稷之祀，略皆復古。不幸中更犬戎之禍，兵氛南被吴楚。中興七十年〔六〕，郡縣之吏，往往惟餉軍弭盜、簿書訟獄爲急。及吏以期告，漫應曰如令，至期，又或移疾弗至〔七〕。雖朝廷所班令式〔八〕，或未嘗一視，况三代之舊典禮乎？會稽之爲邑，實奉陵寢，且在安撫使、提點刑獄、提舉常平治所〔九〕，有將迎造請之役，有符檄期會之煩〔一〇〕，敕使内家及宗室近屬〔一一〕，一歲屢至。亭傳道路〔一二〕，舟車徒役，一有不治，責在會稽者十居七八，故令於祀事，尤不遑暇〔一三〕。縣社在禮神坊，曰社、曰稷、曰風師、曰雨師、曰雷神，凡五壇，皆茀不治。祀則芟舍以爲次〔一四〕。凡祀之費，一出於吏。雨則寓於吴越王祠之門〔一五〕。承議郎四明王君時會之來爲令〔一六〕，始至，周視壇所，喟然歎曰：「幸爲政於此，得有人民社稷，事孰大於是者？」乃即其地爲垣八十丈，築屋四楹，有門以時其啓閉〔一七〕，有庫以儲其器物，用宋之櫟、豐之枌榆故事，蓺松五十〔一八〕。又稽合制度〔一九〕，稿秸、莞席、幣篚、樽俎、豆籩、簠簋、勺冪〔二〇〕，莫不如式；粢盛、酒醴、牲牢〔二一〕，莫不共給。獻有次，祝有位，齊有禁〔二二〕。省饌、食爵、奠幣、飲福、望燎、望瘞有儀〔二三〕，祝事各以其日〔二四〕。王君祗敬齊栗〔二五〕，與其僚從事，禮成而退，無違者。會稽歲比不登，及是雨暘時若，歲以大豐〔二六〕。民歌於途，農抃於野，皆曰：「吾令致力於神，神實嚮答〔二七〕，吾其可忘？」於是父老子弟相與告予，請記其事。予曰：爲政之道無他，知先後緩急之序而已。王君設施，知所先急如此，雖欲不治，得乎？雖然，是皆朝廷以班郡縣者，王君特能舉之爾，後來者顧獨不能耶？故予詳記始末，所以告無窮也。慶元二年五月二十日，中大夫、提舉建寧府武夷山冲佑觀、山陰縣開國男、食邑三百户陸某記〔二八〕。

【題解】

嘉泰會稽志卷一社稷：「會稽縣：社在縣南禮禋坊，慶元二年知縣事王時會重修，有記。」會稽縣之縣社設五壇，分别祭祀土地神（社）、穀神（稷）、風神（風師）、雨神（雨師）和雷神。南渡之後，縣令往往忙於事務，無暇祭祀社壇。慶元二年，王時會知縣事，重建社壇，籌備物資，舉行祭社大典。神祇響答，歲以大豐。父老子弟請記於陸游。本文爲陸游爲會稽縣重建社壇所作的記文，追叙祭祀社稷傳統及其興廢，詳述會稽縣重建社壇始末，稱贊縣令王時會爲政知先後緩急之序。

本文據篇末自署，當作於慶元二年（一一九六）五月二十日。時陸游奉祠家居，提舉建寧府武夷山沖佑觀。

參考卷三七王季嘉墓誌銘。

【箋注】

〔一〕「古者」四句：古代分封諸侯國，土地區分爲三類，爵位區别爲五等（公、侯、伯、子、男），都建有宗廟（祭祀祖宗之所）和社稷（祭祀土神、穀神之所）。書太甲上：「先王顧諟天之明命，以承上下神祇，社稷宗廟罔不祗肅。」

〔二〕封建：封邦建國的分封制。　命祀：指遵從天子之命舉行的祭祀。左傳哀公六年：「三代命祀，祭不越望。」

〔三〕陵夷：由盛至衰，衰落。漢書成帝紀：「帝王之道日以陵夷。」顔師古注：「陵，丘陵也；夷，平也。言其頹替若丘陵之漸平也。」

〔四〕畿封：王畿四周聚土爲界。周禮地官封人：「封人掌詔王之社壝，爲畿封而樹之。」鄭玄注：「畿上有封，若今時界矣。」壇壝：壇場，祭祀場所。周書武帝紀上：「丁亥，初立郊丘壇壝制度。」服器牲幣：服飾、器物、犧牲、幣帛。指祭祀所用的物品和供品。

〔五〕下州蕞邑：下等小的州邑。蕞，小貌。

〔六〕中興七十年：指南宋高宗建炎元年（一一二七）至寧宗慶元二年（一一九六）。

〔七〕移疾：移病，稱病。北史高德正傳：「德正甚憂懼，乃移疾，屏居佛寺，兼學坐禪，爲退身之計。」

〔八〕班：同「頒」。令式：章程，程式。北史房暉遠傳：「諸儒莫不推其通博，皆自以爲不能測也。尋奉詔預修令式。」

〔九〕「會稽」三句：指會稽安放着宋高宗永思陵、宋孝宗永阜陵等帝王的陵寢，又是兩浙路安撫使司、提點刑獄司、提舉常平司等機構的治所。

〔一〇〕將迎：送往迎來。莊子知北遊：「顏淵問乎仲尼曰：『回嘗聞諸夫子曰：「無有所將，無有所迎。」回敢問其遊。』仲尼曰：『……唯無所傷者，爲能與人相將迎。』」造請：登門謁見。史記酷吏列傳：「其造請諸公，不避寒暑。」符檄：指官符移檄等文書。抱朴子勤求：「陽敦同志之言，陰挾蜂蠆之毒，此乃天神所共惡，招禍之符檄也。」期會：在規定期限内實施政令。後漢書袁紹傳：「尚書記期會，公卿充員品而已。」

〔一一〕敕使内家：指宫廷使者。

〔一二〕亭傳：古代供旅客和信使途中住宿的處所。後漢書陳忠傳：「（長吏）發人修道，繕理亭傳。」

〔一三〕不遑暇：無暇，没有閒暇。

〔一四〕茀：紛亂，雜亂。　茇舍：草屋。范成大吴船録卷下：「鄂營昔皆茇舍，今始易以瓦屋。」

〔一五〕吴越王：即錢鏐（八五二—九三二），字具美，杭州臨安人，五代十國時期吴越國創建者。宋史卷四八〇有傳。　次：祭祀時居止之處所。

〔一六〕王君時會：即王時會（一一三七—一二〇〇），字季嘉，奉化人。乾道五年進士。歷官台州司户參軍、袁州州學教授、監行在左藏西庫、知紹興府會稽縣、湖南轉運司主管文字。有泰庵存稿三十卷。事迹見陸游王季嘉墓誌銘。

〔一七〕時其啓閉：指按時開關。

〔一八〕「用宋」二句：宋之櫟，櫟當爲櫟社，以櫟樹爲土地神。莊子人間世：「匠石之齊，至於曲轅，見櫟社樹。」　豐之枌榆：豐縣之枌榆社，漢高祖即位後，將其移置於新豐縣。西京雜記卷二：「高祖少時常祭枌榆之社，及移新豐亦還立焉。高帝既作新豐，并移舊社。」藝松，植松。

古人常用枌榆指代故鄉，松楸指代亡故親人，故此社壇植松。

〔一九〕稽合：考校。東觀漢記明帝紀：「帝尤垂意經學，删定擬議，稽合圖讖。」

〔二〇〕「稿秸」句：均爲祭祀用物。稿秸，用禾稈編成的草席。莞席，莞草編織的席子。幣篚，幣帛和筐篚。樽俎、豆籩、簠簋，均爲禮器，參考本卷紹興府修學記注〔一一〕。勺幂，舀物器具和覆蓋之巾。

〔二一〕「粢盛」句：均爲祭祀食品。粢盛，盛入器物内供祭祀的穀物。酒醴，泛指各種酒。牲牢：牲畜。

〔二二〕「獻有次」三句：指祭祀時獻酒有順序（初獻、亞獻、終獻），祝禱有位次，祭祀前清心潔身的齋戒有禁止事項。齊，同「齋」。

〔二三〕「省饌」句：指祭祀過程均有儀程。省饌，檢查供祭祀的食物。食爵，按照爵位高低供給。奠幣，進獻幣帛祭品。飲福，祭祀完畢飲食供神的酒肉。望燎，望祭（遥望祭山川）和燎祭（焚燒祭天）。望瘞，焚燒祝帛。

〔二四〕祝事各以其日：指祭祀祝禱之事均安排好日程。

〔二五〕祗敬：恭敬。齊栗：同「齋慄」。敬慎恐懼貌。書大禹謨：「（舜）祗載見瞽瞍，夔夔齋慄。」孔穎達疏：「見父瞽瞍，夔夔然悚懼，齋莊戰慄，不敢言己無罪。」

〔二六〕歲比不登：連年歉收。　雨暘時若，指晴雨適時，風調雨順。語本書洪範：「曰肅，時雨若；曰乂，時暘若。」

〔二七〕饗答：相應，應答。韓愈祭裴太常文：「至乎公卿冠昏，士庶喪祭，疑皆饗答，問必實歸。」

〔二八〕中大夫：宋代文臣階官名之十二級，正五品。

廣德軍放生池記

古者臣之愛其君，何其至也！其禱蘄之辭曰「受天百禄」，曰「子孫千億」，曰「如南山之壽」〔一〕。一話言，一飲食，未嘗忘君，然不聞有以羽毛鱗介之族〔二〕，蘄其君之福者。蓋先王盛時，山澤有虞，川林有衡，漁獵有時，數罟有禁〔三〕，洋洋乎，浩浩乎，物各遂其生養之宜。所謂「漉陂竭澤」者〔四〕，蓋無有也。所謂「相呴以濕，相濡以沫」者〔五〕，蓋未見也。至於後世德化弗行，厲禁弗施，廣殺厚味，暴殄天物〔六〕，放而不知止，舍耒耜而事網罟者，日以益衆。於是有以放生名池，用祝壽祺者，而唐顔真卿之石刻，始傳於世〔七〕。宋興，十三聖相繼〔八〕，以深仁盛德，極高蟠厚，鳥獸魚鼈咸若矣〔九〕。而四方郡國〔一〇〕，猶相與築陂儲水，修放生故事，所以廣聖澤之餘，有不敢忽者。惟廣德軍舊以郡圃後池爲之，地隘，水泉淺涸，不與事稱。承議郎曾侯㮚以慶元二年來領郡事〔一一〕，顧而太息。會以事至子城西稍南，得亘溪者，延袤百步，泓渟澄澈，蒲柳列植，藻荇縈帶，水光天影，蕩摩上下，爲一郡絶景〔一二〕。侯因其故而加治焉。築屋於其會〔一三〕，名曰溪堂。民不勞，財不費，焕然告成。重明節率僚吏放鱗介千計，望行在拜手稽首，禮成而退〔一四〕。父老童稚縱觀興歎，以爲廣德爲郡以來，逾二百年所未之有。侯移書笠澤陸某，俾爲記，某復之曰：侯奉天子詔，來爲守於此，一賦役非其時，一訟獄非其情，窮僻下俚、匹夫匹婦有一愁歎〔一五〕，侯之責也。能不負此責，然後足以對揚天子休命，而致歸美報上之意〔一六〕。放生之舉，蓋賢守善其職之一事爾，豈特是而止哉！期年政成〔一七〕，將屢書之。中大夫、提舉建寧府武夷山冲佑觀、山陰縣開國男、食邑三百户陸某記。

【題解】

廣德軍，南宋屬江南東路，治廣德、建平二縣，在今安徽廣德。放生池，指蓄養購來的水族、禁止捕殺的水池。劉餗隋唐嘉話卷下：「太平公主於京西市掘池，贖水族之生者置其中，謂之放生池。」廣德軍原有放生池，地隘水淺，新任知軍事曾㮚在亘溪重新修治，於重明節放生，并求請陸游爲記。本文爲陸游爲廣德軍重修放生池所作的記文，記述放生池沿革和曾㮚重修廣德軍放生池始末，稱道曾㮚治郡有方。

本文原未繫年。歐譜繫於慶元二年（一一九六）。于譜云：「文中云曾㮚慶元二年來領郡事，末云：『期年政成，將屢書之。』足見仍爲本年事。重明節爲九月四日，則此屬稿時，蓋已入冬矣。」于説是。則本文當作於該年冬。時陸游奉祠家居，提舉建寧府武夷山沖佑觀。

參考卷二十婺州稽古閣記。

【箋注】

〔一〕受天百禄：指接受上天無盡福禄。詩小雅天保：「天保定爾，俾爾戩穀。罄無不宜，受天百禄。」子孫千億：指子孫無窮盡。詩大雅假樂：「千禄百福，子孫千億。」如南山之壽：即壽比南山，如終南山般長壽。詩小雅天保：「如月之恒，如日之升。如南山之壽，不騫不崩。」

〔二〕羽毛鱗介之族：指有毛皮的鳥獸和有鱗甲的水生動物。

〔三〕山澤有虞：書舜典：「咨益，汝作朕虞。」孔安國傳：「虞，掌山澤之官。」川林有衡：國語齊語：「山立三衡。」韋昭注：「周禮有山虞林衡之官。」漁獵有時：孟子梁惠王上：「數罟不入洿池，魚鱉不可勝食也；斧斤以時入山林，材木不可勝用也。」

〔四〕漉陂竭澤：用漁網在陂池中撈魚，抽乾河川、湖泊之水。禮記月令：「毋竭川澤，毋漉陂地，毋焚山林。」

〔五〕相呴以濕、相濡以沫：用吹氣、口沫相互濕潤。此指泉涸。莊子大宗師：「泉涸，魚相與處於陸，相呴以濕，相濡以沫，不如相忘於江湖。」

〔六〕厚味：美味。莊子至樂：「所樂者，身安、厚味、美服、好色、音聲也。」暴殄天物：殘害滅絶萬物。書武成：「今商王受無道，暴殄天物，害虐烝民。」孔安國傳：「暴絶天物，言逆天也。」孔穎達疏：「普謂天下百物，鳥獸草木，皆暴絶之。」

〔七〕壽祺：長壽吉祥。唐顔真卿之石刻：唐肅宗乾元二年（七五九）春，詔令南北各地，「臨江帶郭，上下五里各置放生池，凡八十一所」，「宣皇明而廣慈愛」。顔真卿撰天下放生池碑銘一首，并書寫和刻碑流傳。

〔八〕十三聖相繼：指從宋太祖至宋寧宗共十三帝。參見本卷紹興府修學記注〔六〕。

〔九〕極高蟠厚：頂天立地，遍及天地。參見卷一光宗册寶賀表注〔五〕。咸若：書皋陶謨：「皋陶曰：『都！在知人。在安民。』禹曰：『吁！咸若時，惟帝其難之。』」後用「咸若」稱頌帝王之教化，使萬物皆能順其性，得其時。

〔一〇〕四方郡國：指各地州府。

〔一一〕承議郎：宋代文臣階官名之廿三級，從七品。曾㮚：曾幾孫。

〔一二〕子城：大城所屬的小城。延袤：綿亘，綿延伸展。史記蒙恬列傳：「築長城，因地形，用制險塞，起臨洮，至遼東，延袤萬餘里。」泓渟：水深貌。柳宗元永州萬石亭記：「於是刳辟朽壤，翦焚榛薉，決澮溝，導伏流，散爲疏林，洄爲清池，寥廓泓渟，若造物者始判清濁，效奇於兹地，非人力也。」「盪摩：摩擦震蕩。杜甫魏將軍歌：「欃槍熒惑不敢動，翠蕤雲旓相盪摩。」

〔一三〕會：聚合。此指景物會聚處。

〔一四〕重明節：宋光宗聖節，爲九月四日。參見卷二丞相率文武百僚請建重明節表題解。　拜手稽首：男子跪拜禮。跪後兩手相拱，俯頭至手，爲拜手；叩頭至地，爲稽首。書太甲中：「伊尹拜手稽首。」孔安國傳：「拜手，首至手。」孔穎達疏引鄭玄云：「稽首，拜頭至地也。」

〔一五〕「一賦」三句：如若一項賦役不合農時，一樁訟獄不合情理，窮苦百姓、普通民衆一有憂愁悲歎。下俚：同「下里」。

〔一六〕對揚天子休命：答謝稱揚天子的任命。書説命下：「敢對揚天子之休命。」孔安國傳：「對，答也。答受美命而稱揚之。」　歸美報上：贊美報答天子。

〔一七〕期年：一年。左傳僖公十四年：「秋八月辛卯，沙鹿崩。晉卜偃曰：『期年將有大咎，幾亡國。』」

鎮江府駐劄御前諸軍副都統廳壁記

鎮江府駐劄御前諸軍副都統、武功大夫、和州防禦使淄川夏侯君，書來諗予於山陰澤中曰〔一〕：「吾軍有都統，爲一軍大將，内以屏衛行在，外以控扼梁楚〔二〕，隱然一長城也。又置副都統一員，以佐其長，智勇相資，寬猛相濟〔三〕。有事則或居或行，更出迭歸，無事則同籌共畫於帳中，而制敵於千里之外，其任可謂重矣。而副都統自設官以來，今三十有八年，歷官十人，再至者一人〔四〕，未有壁記，後將無所考質〔五〕。子爲我書而刻其姓名，可乎？」予與夏侯君南北異鄉，東西異班，出處壯老異致〔六〕，然每見其撫劍抵掌，談中原形勢、兵法奇正〔七〕，未嘗不太息，恨不與之周旋於軍旅間也。君亦謂予非齪齪老書生〔八〕，以兄事予甚敬，則今日之請尚何辭？然今天子神聖文武，承十二聖之傳，方且拓定河洛，規恢燕趙，以卒高皇帝之伐功〔九〕，則宿師江淮〔一〇〕，蓋非久計。夏侯君亦且與諸將移屯玉關之西、天山之北矣。予雖老，尚庶幾見之。慶元四年正月甲子，陸某記。

【題解】

南宋初，軍隊經過整編，形成韓世忠、劉光世、張俊、吴玠、岳飛五支屯駐大軍。紹興十一年，朝廷解除岳飛、韓世忠等兵權，先後改名爲某州府駐劄御前諸軍。隨後，陸續在興元府、金州、江陵府、鄂州、沔州、利州、江州、池州、建康府、鎮江府設置御前諸軍，由都統制和副都統制統轄。廳壁記爲記文的一種。封演封氏聞見記壁記：「朝廷百司諸廳，皆有壁記。叙官秩創置及遷授始末，原其作意，蓋欲著前政履歷，而發將來健羨焉。」鎮江府駐劄御前諸軍副都統夏侯君因幕府未有廳壁記，請陸游爲撰。本文爲陸游爲其所作的廳壁記，記述都統職責，表達與夏侯君一起撫劍抵掌、周旋軍旅、收復中原的願望。

本文據篇末自署，當作於慶元四年（一一九八）正月甲子（二十六）日。時陸游奉祠家居，提舉建寧府武夷山沖佑觀。

【箋注】

〔一〕武功大夫：宋代武臣階官名之二六級，正七品。防禦使：宋代武臣寄禄官之一，無職掌。淄川：隋代設縣，唐宋置郡，宋代屬京東東路。今屬山東淄博。夏侯君：名不詳。

〔二〕吾軍：此指鎮江府駐劄御前諸軍。梁楚，今河南、湖北一帶。梁，即魏，魏惠王遷都大梁（今河南開封），魏國也稱梁國。楚，都郢（今湖北江陵），統轄今長江中下游地區。諗：告知，告訴。

〔三〕寬猛相濟：寬大和嚴厲護衛補充。語本左傳昭公二十年：「仲尼曰：『善哉，政寬則民慢，慢則糾之以猛；猛則民殘，殘則施之以寬。寬以濟猛，猛以濟寬，政是以和。』」

〔四〕再至者：兩次任該職者。

〔五〕考質：咨詢質疑。曾鞏侍讀制：「蓋用儒學之臣入閣侍讀，所以考質疑義，非專誦習而已。」

〔六〕南北異鄉：夏侯君爲淄川（今山東淄博）人，陸游爲山陰（今浙江紹興）人，故云。東西異班：指上朝時文臣武臣東西分班排列。資治通鑑卷二五〇胡三省注：「唐凡朝會，文官班於東，武官班於西。」出處：出仕和退隱。異致：不同情狀。魏書禮志三：「臣等聞先王制禮，必有隨世之變；前賢創法，亦務適時之宜。良以世代不同，古今異致故也。」

〔七〕撫劍：按劍。左傳襄公二十三年：「遂超乘，右撫劍，左援帶，命驅之出。」抵掌：擊掌。談話過程中的高興舉止。戰國策秦策一：「（蘇秦）見説趙王於華屋之下，抵掌而談。」奇正：兵法術語。作戰以對陣交鋒爲正，設伏掩襲等爲奇。孫子勢：「三軍之衆，可使必受敵而無敗者，奇正是也。」又：「戰勢不過奇正，奇正之變，不可勝窮也。」

〔八〕齺齺：拘謹，謹小慎微貌。史記貨殖列傳：「而鄒魯濱洙泗，猶有周公遺風，俗好儒，備於禮，故其民齺齺。」

〔九〕拓定：平定。潘勖册魏公九錫文：「濟師洪河，拓定四州。」河洛，指黄河、洛水之間地區。規恢：規劃恢張。揚雄上書諫勿許單于朝：「其後深惟社稷之計，規恢萬載之策。」卒高皇帝之伐功：完成宋高宗收復中原的功業。伐，功勛。

〔一〇〕宿師：駐軍。

法雲寺觀音殿記

浙東之郡，會稽爲大。出會稽城西門，循漕渠行八里〔一〕，有佛刹曰法雲禪寺。

寺居錢塘、會稽之衝，凡東之士大夫仕於朝與調官者〔二〕，試於禮部者，莫不由寺而西，餞往迎來，常相屬也。富商大賈，捩柂挂席，夾以大艫，明珠大貝、翠羽瑟瑟之寶，重載而往者，無虚日也〔三〕。又其地在鏡湖下，灌溉淪泄，最先一邦，富比封君者，家相望也〔四〕。故多施者，寺易以興。然建炎庚戌胡虜之禍〔五〕，亦以近官道，首廢於火，一瓦不遺。主僧曰道亨，爲一方所信，度弟子三十二人，慨然自任以興復之事，未成者十七而没。其後有自修者，始爲三門、法堂、經藏等，予適得華嚴、般若、涅槃、寶積數百卷以施之〔六〕。草創未畢，而修謝去。自是寺以不得人又廢，木翦竹伐，鍾鼓不鳴，白衣攘居之，屠牛牧豕，莫敢孰何〔七〕。初，先楚公爲尚書左丞，請於朝，以證慈及法雲爲功德院〔八〕，歲度僧一人。三年間證慈得其二，法雲得其一。故太傅與楚公祠堂肖像具存〔九〕。予自蜀歸，始言於府，請逐白衣，而命契彝者主之。彝與亨俱東陽人〔一〇〕，人固已喜。而彝又有器局才智，居之且二十年，創佛殿及像設〔一一〕，費甚厚，談笑而成。重建三門，翼以兩廡，巍然大刹矣。彝没，予以告府牧尚書葉公〔一二〕，以其弟子道澤繼之。澤少年，志節清苦，言議英發，人皆畏其嚴而服其公。於是予以大屋四楹，施以爲觀音大士殿〔一三〕。雖然，尚未易成也，澤即日走四方謀之。三年，遂建殿。殿之雄麗，冠於一刹。予又施以禪月所畫十六大阿羅漢像，龕於兩壁〔一四〕，觀者起敬，施者踵至。自火於庚戌及今庚申〔一五〕，實七十載，殆若有數。然卒成之者，繄彝與澤父子積勤不懈之力也。予嘗謂事物廢興，數固不可逃，而人謀常參焉。予游四方，凡通都大邑，以至遐陬夷裔〔一六〕，十家之聚必有佛刹，往往歷數百千歲，雖或盛或衰，要皆不廢。而當時朝市城郭，邑里官寺〔一七〕，多已化爲飛埃，鞠爲茂草〔一八〕，過者弔古興懷於狐嗥鬼嘯之區，而佛刹自若也。豈獨因果報應之説，足以動人而出其財力，亦其徒堅忍强毅，不以豐凶難易變其心，子又有孫，孫又有子，必於成而後已。彼之不廢固宜。予因彝與澤之事而有感焉，併載其説。士大夫過而税駕者〔一九〕，讀之其亦有感也夫！慶元五年秋七月庚午記。

【題解】

嘉泰會稽志卷七載：「法雲寺在縣西北八里，本名王舍城寺，久廢。吳越王時有大校巡警，見其地有光景，乃復興葺。開寶七年改名寶城寺。中允陸公仁旺及弟大卿捨園地以益之。大中祥符中改額法雲。建中靖國元年大卿之孫拜左丞，請爲功德院，三歲度僧一人。建炎初金虜入寇，有三騎至寺，主僧道亨不勝憤，閉寺門擊殺之，尸諸門。虜後騎至，遂焚寺。道亨，婺州人，在法雲四十年，度弟子三十二人。寺焚復營葺，不少挫，未成而卒。其後自修、契彝繼之，乃成。道澤又建觀音殿、鐘樓、經藏。」陸氏家族與法雲寺多有關係。本文爲陸游爲法雲寺觀音殿所作的記文，記述法雲寺沿革和觀音殿廢興始末，記録家族、自身與法雲關係，感慨佛徒「堅忍强毅，不以豐凶難易變其心」的精神。

本文據篇末自署，當作於慶元五年（一一九九）七月庚午日。時陸游致仕家居。

【箋注】

〔一〕漕渠：用於漕運的河道。參見卷十八常州開河記注〔三〕。

〔二〕調官：選調官職。劉敞得蕭山書言吏民頗相信又言湘湖之奇及生子名湘戲作此詩：「去年射策雄東堂，今年調官在越上。」

〔三〕捩柂：撥轉船舵。指行船。王安石送董伯懿歸吉州：「江湖北風帆，捩柂即千里。」掛席：掛帆。文選謝靈運游赤石進帆海：「揚帆采石華，掛席拾海月。」李善注：「揚帆、掛席，其義一也。」大艑：亦作大艪。一種比槳大的划船工具。大貝：貝之一種，上古以爲寶器。書顧命：「大貝、鼖鼓在西方。」瑟瑟：碧色寶石。周書異域傳波斯：「（波斯國）又出白象、師子……馬瑙、水晶、瑟瑟。」

〔四〕鏡湖：古代江南大型農田水利工程，在今紹興會稽山北麓。東漢永和五年（一四〇）在太守馬臻主持下修建。以水準如鏡，故名。封君：受封邑的貴族。漢書食貨志下：「封君皆氏首仰給焉。」顔師古注：「封君，受封邑者，謂公主及列侯之屬也。」

〔五〕建炎庚戌胡虜之禍：指建炎四年金兵南下攻陷紹興。

〔六〕三門：指寺院大門。釋氏要覽住處：「凡寺院有開三門者，只有一門亦呼三門者何也？佛氏論云：『大宮殿，三解脱門爲所入處。大宮殿喻法空涅槃也，三解脱門謂空門、無相門、無作門。』今寺院是持戒修道、求至涅槃人居之，故由三門入也。」法堂：演説佛法的講堂。經藏：寺院存放佛經處。華嚴：即華嚴經，全名大方廣佛華嚴經。般若：即般若經，全名大般若波羅蜜多經。涅槃：即涅槃經，全名大般涅槃經。寶積：即大寶積經。施：施捨。

〔七〕「白衣」三句：白衣，佛教徒着緇衣，稱俗家人爲白衣。攘，奪取。孰何，誰何。

〔八〕先楚公：指陸游祖父陸佃，官至尚書左丞，封楚國公。證慈：即證慈寺。嘉泰會稽志卷七：「泰寧寺，在縣東南四十裏，周顯德二年建，初號化城院，又改爲證道院。建中靖國元年，太師陸佃既拜尚書左丞，請以爲功德院，改賜名『證慈』。米芾書額，寺門外築亭曰慶顯。紹興初，詔卜昭慈聖獻太后攢宫，遂以證慈視陵寺。而議者謂昭慈將歸祔永泰陵，因賜名泰寧禪寺。其後永祐、永思、永阜、永崇四陵修奉，皆在其地，故泰寧益加崇葺云。」功德院：宋代貴戚大臣被允許建功德寺院，贍養僧侣，誦經焚修，爲祖先資薦冥福。但資格有一定限制。

〔九〕太傅：指陸游高祖陸軫，贈太傅。

〔一〇〕東陽：宋時東陽郡即婺州，屬兩浙東路。

〔一一〕器局：器量，度量。三國志明元郭皇后傳「五年二月葬高平陵西」，裴松之注引晉諸公贊：「（郭）建字叔始，有器局而彊問。」　像設：所祠祀的人像。楚辭招魂：「天地四方，多賊奸些；像設君室，静閒安些。」朱熹集注：「像蓋楚俗，人死則設其形貌於室而祠之也。」

〔一二〕府牧尚書葉公：指葉翥。嘉泰會稽志卷二：「葉翥，紹熙五年七月以顯謨閣學士中大夫知。慶元元年正月，應辦孝宗皇帝梓宫有勞，除龍圖閣學士。五月，召赴行在。」

〔一三〕觀音大士：即觀世音。佛教菩薩：慈悲的化身，救苦救難之神。唐避太宗諱，省稱觀音。南史王玄謨傳：「初，玄謨始將見殺，夢人告曰：『誦觀世音千遍則免。』」

〔一四〕禪月：即貫休（八三二—九一二），前蜀婺州蘭溪（今浙江蘭溪）人。俗姓姜，名休，字德遠。唐末五代著名詩畫僧，被前蜀主王建封爲「禪月大師」。擅長畫羅漢像。益州名畫録載：貫休畫羅漢十六幀，龐眉大目者，朵頤隆鼻者，倚松石者，坐山水者，胡貌梵相，曲盡其態。或問之，云：「休自夢中所睹爾。」著有禪月集。　龕：供奉佛像的小閣，此指築龕。

〔一五〕庚戌：即建炎四年（一一三〇）。　庚申：即慶元六年（一二〇〇）。

〔一六〕遐陬：邊遠一隅。宋書謝靈運傳：「内匡寰表，外清遐陬。」　夷裔：邊緣外族。秦觀次韻邢敦夫秋懷十首：「憬彼高句麗，來修夷裔職。」

〔一七〕官寺：官署，衙門。漢書翼奉傳：「地大震於隴西郡，毀落太上廟殿壁木飾，壞敗豲道縣城郭官寺及民室屋，厭殺人衆，山崩地裂，水泉湧出。」

〔一八〕鞠爲茂草：指雜草塞道。形容衰敗荒蕪景象。鞠，通「鞫」。晉書石勒載記：「誠知晉之宗廟鞠爲茂草，亦猶洪川東逝，往而不還。」

〔一九〕税駕：解駕，停車。税，通「脱」。史記李斯列傳：「物極則衰，吾未知其所税駕也。」司馬貞索隱：「税駕，猶解駕，言休息也。李斯言己今日富貴已極，然未知向後吉凶，正泊在何處也。」

會稽縣新建華嚴院記

會稽五雲鄉有山曰黄琢。山之麓，原野曠，水泉冽，岡巒抱負，巖嶂森立，而地茀不治者〔一〕，不知幾何年。或謂古嘗立精舍，以待天衣、雲門游僧之至者〔二〕，有石刻具其事。其後寺廢石亡，獨龜趺猶在〔三〕，父老類能言之。慶元三年，有信士馬君正卿聞而太息，乃與其弟崧卿，以事親收族之餘貲〔四〕，買地築屋，擇僧守之。凡僧若士民之道出於此者〔五〕，皆得就憩。猶以爲未廣也，則爲堂殿門廡，倉廥庖湢，凡僧居之宜有者悉備，而殖産使足以贍足其徒〔六〕。猶懼其不能久也，告於府牧丞相葛公，以華嚴院額徙置焉〔七〕，可謂盡矣！而其意猶未已也，曰：「年運而往，或者欺有司而寓其孥，則院廢矣。家世隆替不可常，萬分一有子孫以貧故，規院之産〔八〕，侵院之事，則僧散矣。」於是因其同學於佛者、朝奉郎致仕曾君迅叔遲，來請予文刻之石，庶來者知此院經理之艱勤，則不忍寓其孥，子孫知乃祖乃父志願之堅確，則不忍規其産、侵其事。設若有之，而至於有司，則賢守善令必有以處此。雖至於數百千歲，此院猶不廢也。予報之曰：僧居之廢興，儒者或謂非吾所當與，是不然。韓退之著書，至欲「火其書，廬其居」〔九〕；杜牧之記南亭，盛贊會昌之毁寺〔一〇〕，可謂勇矣。然二公者卒亦不能守其説。彼浮圖「突兀」「三百尺」，退之固喜其成〔一一〕；而老僧「挈衲」無歸，寺竹殘伐，牧之亦賦而悲之〔一二〕。彼二公非欲納交於釋氏也，顧樂成而惡廢〔一三〕，亦人之常心耳。則君之志，叔遲之請，與予之記之也，皆可以無愧矣。慶元五年八月甲子，中大夫致仕、山陰縣開國男、食邑三百户陸某撰并書丹〔一四〕。

【題解】

會稽縣五雲鄉黄琢山麓，原有精舍石刻，後寺廢石亡。慶元三年，信士馬正卿買地築屋，新建寺院，殖産贍徒，告府牧移華嚴院額賜之，并因曾迅請陸游作記，以祈久存不廢。本文爲陸游爲新建華嚴院作所作的記文，記叙建寺和刻石始末，表達「樂成而惡廢」之心。

本文據篇末自署，當作於慶元五年（一一九九）八月甲子（初四）日。時陸游致仕家居。

【箋注】

〔一〕茀：草多塞路。國語周語中：「道茀不可行。」韋昭注：「草穢塞路爲茀。」

〔二〕精舍：僧人修煉居住之所。魏書馮熙傳：「熙爲政不能仁厚，而信佛法，自出家財，在諸州鎮建佛圖精舍，合七十二處。」天衣：天衣寺。嘉泰會稽志卷七：「天衣寺，在縣南三十里。」雲門：雲門寺，亦在縣南三十里。參見卷十七雲門壽聖院記。游僧：四方雲游的僧人，亦稱游方僧。

〔三〕龜趺：石碑下的龜形石座。劉禹錫吏部侍郎奚公神道碑：「螭首龜趺，德輝是紀。」

〔四〕信士：指信奉佛教的在家男子。梵語「優婆塞」的譯稱。郭嵩藥師像贊：「立召良工，雕磨斯像，使信士等日加精勤。」事親：侍奉父母。收族：團結族人。儀禮喪服：「大宗者，收族者也。不可以絶。」鄭玄注：「收族者，謂別親疏，序昭穆。」餘貲：富餘的資財。

〔五〕若：和，與。

〔六〕倉廥：貯藏糧食和草料的倉庫。史記平準書：「天子遣使者虛郡國倉廥以振貧民。」庖：廚房。孟子梁惠王上：「庖有肥肉。」湢：浴室。禮記內則：「外內不共井，不共湢浴。」鄭玄注：「湢，浴室也。」殖產：置產，增殖財產。

〔七〕府牧：指知府。丞相葛公：指葛邲。嘉泰會稽志卷一：「葛邲，慶元元年七月，以特進、觀文殿學士判。慶元二年三月，改判福州。」宋史葛邲傳：「紹熙四年，拜左丞相……未期年，除觀文殿大學士、知建康府。改隆興，請祠。寧宗即位……判紹興府。」華嚴院額：嘉泰會稽志卷七：「華嚴院，在縣東南七十五里。咸通九年賜今額。寺久廢，後移五雲鄉，今方廣院乃其子院爾。」

〔八〕隆替：盛衰，興廢。潘岳西征賦：「人之升降，與政隆替，杖信則莫不用情，無欲則賞之不竊。」規：謀劃。

〔九〕「韓退之」二句：韓愈原道：「然則，如之何而可也？曰：不塞不流，不止不行。人其人，火其書，廬其居。明先王之道以道之。鰥寡、孤獨、廢疾者有養也，其亦庶乎其可也。」

〔一〇〕「杜牧之」二句：杜牧作杭州新造南亭子記，記載了武宗會昌五年滅佛的成果，謂「凡除寺四千六百，僧尼笄冠二十六萬五百；其奴婢十五萬，良人枝附爲使令者，倍笄冠之數；良田數千萬頃，奴婢口率與百畝，編入農籍；其餘賤取民直，歸於有司，寺材州縣得以恣新其公署傳舍。」

〔一一〕「彼浮圖」二句：韓愈送僧澄觀詩有「清淮無波平如席，欄柱傾扶半天赤。火燒水轉掃地空，突兀便高三百尺」之句，贊歎佛塔興廢，如有神助。

〔一二〕「而老僧」三句：杜牧還俗老僧詩云：「雪髮不長寸，秋寒力更微。獨尋一徑葉，猶挈衲殘衣。日暮千峰裏，不知何處歸。」又斫竹詩云：「寺廢竹色死，宦家寧爾留。霜根漸隨斧，風玉尚敲秋。江南苦吟客，何處送悠悠。」二首均描繪會昌滅佛後寺竹衰敗、老僧無依的淒涼景象。

〔一三〕納交：結交。　樂成而惡廢：樂於見證成功而厭惡廢棄。

〔一四〕書丹：古時刻碑，先用朱筆在石上寫所要刻的文字，稱書丹。後泛指書寫碑誌。後漢書蔡邕傳：「（熹平四年）奏求正定六經文字，靈帝許之，邕乃自書丹於碑，使工鐫刻，立於太學門外。」